传统文化修养丛书

唐宋文举要

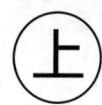

高步瀛 / 著

乔继堂 崔人元 / 整理

上海科学技术文献出版社
Shanghai Scientific and Technological Literature Press

图书在版编目（CIP）数据

唐宋文举要：上中下册/高步瀛著.—上海：上海科学技术文献出版社，2021
（传统文化修养丛书.续二）
ISBN 978-7-5439-8406-6

Ⅰ.①唐… Ⅱ.①高… Ⅲ.①古典散文—散文集—中国—唐宋时期　Ⅳ.①I264

中国版本图书馆 CIP 数据核字 (2021) 第 166989 号

策划编辑：张　树
责任编辑：王　珺
封面设计：留白文化

唐宋文举要（上中下册）
TANGSONG WEN JUYAO
高步瀛　著　乔继堂　崔人元　整理
出版发行：上海科学技术文献出版社
地　　址：上海市长乐路746号
邮政编码：200040
经　　销：全国新华书店
印　　刷：常熟市人民印刷有限公司
开　　本：889mm×1194mm　1/32
印　　张：56.5
字　　数：1 416 000
版　　次：2021年9月第1版　2021年9月第1次印刷
书　　号：ISBN 978-7-5439-8406-6
定　　价：268.00元（上中下册）
http://www.sstlp.com

总目录

甲　编

卷一　唐文十八首 …………………………………………… 1
卷二　唐文二十首 ………………………………………… 148
卷三　唐文二十四首 ……………………………………… 308
卷四　唐文二十五首 ……………………………………… 465
（以上上册）

卷五　唐文十三首 ………………………………………… 573
卷六　宋文二十七首 ……………………………………… 673
卷七　宋文三十一首 ……………………………………… 833
卷八　宋文二十首 ………………………………………… 993
（以上中册）

乙　编

卷一　唐文十五首 ……………………………………… 1165
卷二　唐文十五首 ……………………………………… 1352
卷三　唐文十六首 ……………………………………… 1538
卷四　宋文二十四首 …………………………………… 1648
整理后记 ………………………………………………… 1775
（以上下册）

上册目录

甲 编

卷一 唐文十八首 ……………………………… 1
魏玄成 ………………………………………… 2
  十渐不克终疏 ………………………………… 3
陈伯玉 ………………………………………… 17
  谏用刑书 …………………………………… 18
  堂弟孜墓志铭 ……………………………… 30
张道济 ………………………………………… 37
  贞节君碣 …………………………………… 38
  齐黄门侍郎卢思道碑 ……………………… 44
王摩诘 ………………………………………… 55
  山中与裴迪秀才书 ………………………… 56
李遐叔 ………………………………………… 59
  卜论 ………………………………………… 59
苏源明 ………………………………………… 69
  秋夜小洞庭离讌序 ………………………… 70
贾幼邻 ………………………………………… 74
  工部侍郎李公集序 ………………………… 75
元次山 ………………………………………… 80

谢上表 …………………………………………… 81
　　大唐中兴颂（并序） ………………………… 85
　　右溪记 …………………………………………… 90
　独孤至之 …………………………………………… 91
　　吴季子札论 …………………………………… 91
　　仙掌铭（并序） ……………………………… 96
　陆敬舆 ……………………………………………… 104
　　奉天请罢琼林大盈二库状 ………………… 105
　权载之 ……………………………………………… 113
　　两汉辨亡论 …………………………………… 114
　梁敬之 ……………………………………………… 126
　　代太常答苏端驳杨绾谥议 ………………… 127
　韩云卿 ……………………………………………… 139
　　平蛮颂（并序） ……………………………… 139

卷二　唐文二十首 ………………………………… 148
　韩退之 ……………………………………………… 148
　　原道 ……………………………………………… 149
　　杂说（四首录二） …………………………… 163
　　读荀子 …………………………………………… 166
　　张中丞传后序 ………………………………… 171
　　禘袷议 …………………………………………… 181
　　与孟尚书书 …………………………………… 202
　　答李翊书 ……………………………………… 208
　　答吕毉山人书 ………………………………… 212
　　与汝州卢郎中论荐侯喜状 ………………… 215
　　送董邵南游河北序 …………………………… 219
　　送王含秀才序 ………………………………… 221

送幽州李端公序 …… 225

送高闲上人序 …… 230

送廖道士序 …… 235

送温处士赴河阳军序 …… 237

送李愿归盘谷序 …… 242

故金紫光禄大夫检校尚书左仆射同中书门下平章事兼汴州刺史充宣武军节度副大使知节度事管内支度营田汴宋亳颍等州观察处置等使上柱国陇西郡开国公赠太傅董公行状 …… 250

毛颖传 …… 271

平淮西碑 …… 280

卷三 唐文二十四首 …… 308

韩退之 …… 308

南海神庙碑 …… 308

柳州罗池庙碑 …… 320

曹成王碑 …… 327

司徒兼侍中中书令赠太尉许国公神道碑铭 …… 347

柳子厚墓志铭 …… 365

唐故朝散大夫尚书库部郎中郑君墓志铭 …… 377

试大理评事王君墓志铭 …… 381

故幽州节度判官赠给事中清河张君墓志铭 …… 387

南阳樊绍述墓志铭 …… 395

贞曜先生墓志铭 …… 400

殿中少监马君墓志铭 …… 405

郓州谿堂诗（并序） …… 412

蓝田县丞厅壁记 …… 420

画记 …… 424

五箴（并序） …………………………………… 430
　　　　游箴 ……………………………………… 431
　　　　言箴 ……………………………………… 431
　　　　行箴 ……………………………………… 432
　　　　好恶箴 …………………………………… 432
　　　　知名箴 …………………………………… 433
　　子产不毁乡校颂 ……………………………… 434
　　进学解 ………………………………………… 437
　　祭张员外文 …………………………………… 445
　　祭柳子厚文 …………………………………… 455
　　欧阳生哀辞（并序） ………………………… 457

卷四 唐文二十五首 …………………………… 465
柳子厚 …………………………………………… 465
　　封建论 ………………………………………… 465
　　桐叶封弟辩 …………………………………… 478
　　《论语》辩二篇 ……………………………… 482
　　辩列子 ………………………………………… 488
　　辩文子 ………………………………………… 494
　　辩鬼谷子 ……………………………………… 497
　　辩鹖冠子 ……………………………………… 500
　　与李翰林建书 ………………………………… 504
　　故襄阳丞赵君墓志 …………………………… 509
　　游黄溪记 ……………………………………… 514
　　始得西山宴游记 ……………………………… 518
　　钴鉧潭记 ……………………………………… 521
　　钴鉧潭西小丘记 ……………………………… 522
　　至小丘西小石潭记 …………………………… 524

袁家渴记 ………………………………………… 527
　　石渠记 …………………………………………… 530
　　石涧记 …………………………………………… 532
　　小石城山记 ……………………………………… 533
　　柳州山水近治可游者记 ………………………… 535
　　伊尹五就桀赞 …………………………………… 540
刘梦得 ………………………………………………… 542
　　唐故尚书礼部员外郎柳君集纪 ………………… 543
　　彭阳侯令狐氏先庙碑 …………………………… 545
吕和叔 ………………………………………………… 559
　　成皋铭 …………………………………………… 560
　　张荆州画赞（并序） …………………………… 564

甲编

卷一 唐文十八首

　　明、清之世，言唐、宋文者，必归宿于八家。考八家之选，始于宋吕东莱《文章关键》。然于韩、柳、欧阳、曾、三苏外，有宛丘而舞无半山，且亦未立"八家"之名。今所谓"八家"者，始于明朱右所录《八先生文集》，而其书今不传。唐顺之所著《文编》，其于唐、宋文，则八家外无所取。茅鹿门因之，有《唐宋八大家文钞》。后人迭相祖述，不可胜举，而以方望溪、刘海峰评录为精善，诚可谓艺苑之南车、文家之埠鹄已。然学唐、宋文者，宗八家则可；谓八家外唐、宋更无文焉，则不可。是以姚姬传《古文辞类纂》于唐增元次山、李习之，于宋增晁无咎、张子厚；曾涤生《经史百家杂钞》更增陆敬舆、范希文，而于周濂溪《通书》、马端临《文献通考序》亦全录焉。吾师吴挚甫先生曾采录唐文，于韩、柳外更取九十三家以为辅翼。然则古今精于文者，曷尝暖姝于一先生之言哉？近人好为立异，乃或摈斥八家，别取鄙陋拙滞之作以代之。夫鄙陋拙滞尚安得谓之文？斯亦不足辨也已。今约取唐、宋文若干首，加以笺释，分为甲乙编，用备学者习肄。窃尝谓今日为学，门户之见不可存，而门径之辨则不可不审。区区文艺，特其一端云尔。

魏玄成

魏徵，字玄成，钜鹿人，后徙家相州之内黄。（此依《贞观政要》卷二，吴兢唐人，所载当得其实。《旧唐书》徵传作钜鹿曲城人，《新唐书》徵传作魏州曲城人。考汉有曲成县，《晋书·地理志》作曲城县。《太平寰宇记》谓隋大业二年废，唐武德四年复，六年又废。在今山东掖县东北，与钜鹿、魏郡皆无涉。《南齐书·州郡志》：冀州北东海郡有曲城县，乃侨置县，与钜鹿、魏郡尤无涉。《新唐书·宰相世系表》中列徵为馆陶魏氏。《清一统志》于直隶省正定府人物载魏徵，而辨之曰："馆陶汉县，属魏郡，唐属魏州。广平府有曲周县，东南至馆陶百里，而馆陶故城又在今县治西四十里，则唐时馆陶去曲周不过数十里。曲周在唐属洺州，而后汉尝省入钜鹿郡，以此推之，两史之曲城，明系曲周之讹。"案：此说不为无见。然馆陶、曲周虽相近，不闻馆陶并入曲周，似不应遽以馆陶为曲周也。《万姓统谱》卷九十四载魏徵为下曲阳人，黄彭年等《畿辅通志》卷二百二曰："《宰相世系表》：魏徵父长贤。《北史·长贤传》言是收之族父。收，钜鹿下曲阳人，下曲阳汉钜鹿郡，今直隶正定府晋州西，则曲城当即下曲阳，便文而言曲城也。"案：此说似近之。《广舆记》卷一以魏徵为晋人，亦以魏徵墓在晋州也。即今河北晋县。）少落拓有大志。尝出家为道士，好读书，多所通涉。见天下渐乱，尤属意纵横之说，以十策干李密，密不能用。后随密降唐，隐太子建成引为洗马。太子败，太宗引为詹事主簿。及践阼，擢谏议大夫，封钜鹿县男。太宗励精政道，数引至卧内，访以得失。徵亦喜逢知己之主，思竭其用，知无不言。凡二百馀奏，无不剀切。迁尚书左丞，又迁秘书监，参预朝政。进侍中，封郑国公。固请逊位,乃拜特进,仍知门下省事。拜太子太师,卒,赠司空,谥"文贞"。新、旧《唐书》皆有传。

十渐不克终疏

《贞观政要》卷十曰:"贞观十三年,魏徵恐太宗不能克终俭约,近岁颇好奢纵,上疏谏。疏奏,太宗谓徵曰:'人臣事主,顺旨甚易,忤情尤难,公作朕耳目股肱,常论思献纳。朕今闻过能改,庶几克终善事。若违此言,更何颜与公相见,复欲何方以理天下?自得公疏,反覆研寻,深觉词强理直,遂列为屏障,朝夕瞻仰;又录付史司,冀千载之下,识君臣之义。'乃赐徵黄金十斤,厩马二匹。"《新唐书·魏徵传》曰:"贞观十三年,阿史那结社率作乱,云阳石然,自冬至五月不雨,徵上疏极谏。"案:此篇文句皆依《政要》,《全唐文》同,《新唐书》载此文颇多改窜,今不著。

臣观自古帝王受图定鼎,皆欲传之万代,贻厥孙谋。故其垂拱岩廊,布政天下,其语道也,必先淳朴而抑浮华;其论人也,必贵忠良而鄙邪佞。言制度也,则绝奢靡而崇俭约;谈物产也,则重谷帛而贱珍奇。然受命之初,皆遵之以成治;稍安之后,多反之而败俗。其故何哉?岂不以居万乘之尊,有四海之富,出言而莫己逆,所为而人必从,公道溺于私情,礼节亏于嗜欲故也!语曰:"非知之难,行之惟难;非行之难,终之斯难。"所言信矣。以上言帝王之道当慎终如始。

《太平御览·皇王部》四引《龙鱼河图》曰:"黄龙负图,鳞甲成字,从河中出,付黄帝,令侍臣自写以示天下。"又引《尚书中候》曰:"河龙图出,洛龟书威,赤文像字,以授轩辕。"又班孟坚《东都赋》曰:"天子受四海之图籍。"《左》宣三年:"王孙满曰:昔成王定鼎于郏鄏。"○《诗·文王有声》曰:"贻厥孙谋。"○《管子·任法篇》曰:"垂拱而天下治。"《书》伪古文《武成》袭之。孔疏曰:"《说文》:拱,敛手也。谓任得人,人皆称职,手无所营,下垂其拱。"○《汉书·董仲舒传》:"制曰:盖闻虞舜之时,游于岩郎之上。"注引晋灼曰:"堂边庑,岩郎谓严峻之郎也。"王益吾(先谦)《补注》曰:"《说文》无廊字,借郎为之。《周书·作雒解》:重亢重郎;韩敕后碑:库室中郎,并以郎为廊。《说文新附》以为廊东西序是也。不当释作屋庑。《后汉·顺纪、灵纪》注并云,庑,廊屋也。《侯览传》注庑廊下周屋也。"据此则庑是廊下之屋,而廊但是东西厢之上有周檐下无屋壁者,盖今所谓游廊。○《汉书·刑法志》曰:"天子兵车万乘,故称万乘之主。"《孟子·梁惠王上》赵注曰:"万乘谓天子也。"○《礼记·中庸》曰:"富有四海之内。"○《左》昭十年:"子皮曰:非知之实难,将在行之。"《书》伪古文袭之。《说命中》曰:"非知之艰,行之惟艰。"《左》襄三十一年:"北宫文子曰:终之实难。"

伏惟陛下年甫弱冠,大拯横流,削平区宇,肇开帝业。贞观之初,时方克壮,抑损嗜欲,躬行节俭,内外康宁,遂臻至治。论功则汤、武不足方,语德则尧、舜未为远。臣自擢居左右,十有馀年,每侍帷幄,屡奉明旨。常许仁义之道守之而不失,俭约之志终始而不渝。一言兴邦,斯之谓也。德音在耳,敢忘之乎?而顷年已来,稍乖曩志。敦朴之理,渐不克终。谨以所闻,列之如左:以上虑太宗仁义之道,俭约之志,渐不克终。

《独断》卷上曰:"陛下者,陛阶也,所由升堂也。天子必有近臣执兵,陈于陛侧,以戒不虞。谓之陛下者,群臣与天子言,不敢指斥，故呼在陛下者而告之，因卑达尊之意也。上书亦如之。及群臣庶士相与言殿下、阁下、足下、侍者、执事之属，皆此类也。"○《礼记·曲礼上》曰："二十曰弱冠。"案《旧唐书·太宗本纪》曰："太宗皇帝讳世民，高祖第二子也。及高祖之守太原，太宗时年十八。时隋已终，太宗潜图义举，每折节下士，推财养客。及义兵起，乃率兵略徇西河克之。高祖受禅，拜尚书令，右武候大将军，进封秦王。"○《穀梁传·序》曰："孔子睹沧海之横流。"杨疏曰："沧海是水之大者。沧海横流喻害万物之大。"又曰："拯颓纲。疏曰：拯者救溺之名。"○史孝山《出师颂》曰："浑一区宇。"案：秦王于武德元年灭薛仁杲。三年败宋金刚，走刘武周。四年擒窦建德，俘王世充。五年破刘黑闼。七年御突厥等。皆所谓"削平区宇"也。○《尔雅·释诂》曰："肇，始也。"○《旧唐书·太宗本纪》曰："武德九年，皇太子建成、齐王元吉谋害太宗。六月四日，太宗率长孙无忌、尉迟敬德等于玄武门诛之。甲子，立为皇太子。八月癸亥，高祖传位于皇太子，太子即位于东宫显德殿。贞观元年春正月乙酉，改元。"《曲礼上》曰："三十曰壮。"《诗·采芑》曰："克壮其犹。"案《贞观政要》卷十："太宗曰：朕年十八便举兵，年二十四定天下，年二十九升为天子。"此指武德九年即位而言，至贞观元年正三十岁。○《史记·留侯世家》：高帝曰："运筹策帷幄中，决胜千里外，子房功也。"○《贞观政要》卷五："贞观元年，太宗曰：朕看古来帝王以仁义为治者，国祚延长。任法御人者，虽救弊于一时，败亡亦促。既见前王成事，足是元龟。今欲专以仁义诚信为治，望革近代之浇薄也。二年，太宗谓侍臣曰：为国之道，必须抚之以仁义，示之以威信。"○《贞观政要》卷六："贞观四年，太宗谓侍臣曰：崇饰宫宇，游赏池台，帝王之所欲，百姓之所不欲。帝王所欲者放逸，百姓所不欲者劳弊。孔子云：'有一言可以终身行之者，其恕乎！己所不欲，勿施于人。'劳弊之事，诚不可施于百姓。朕尊为帝王，富有四海，每事由己，诚能自节，若百姓不欲，必能顺其情也。"○《论语·子路篇》曰："定公问：一言而可以兴邦，有诸？"

陛下贞观之初，无为无欲。清静之化，远被遐荒。考之于今，其风渐坠。听言则远超于上圣，论事则未逾于中主。何以言之？汉文晋武，俱非上哲。汉文辞千里之马，晋武焚雉头之裘。今则求骏马于万里，市珍奇于域外，取怪于道路，见轻于戎狄。此其渐不克终一也。以上求马市珍，清静寡欲之心渐不克终。

《老子》卷下曰："我无为而民自化，我无欲而民自朴。"又曰："清静为天下正。"○《政要》卷一曰："贞观初，太宗谓侍臣曰：若安天下，必须先正其身，未有身正而影曲、上理而下乱者。朕每思伤其身者不在外物，皆由嗜欲以成其祸。若耽嗜滋味，玩悦声色，所欲既多，所损亦大。既妨政事，又扰生人。且复出一非理之言，万姓为之解体。怨讟既作，离叛亦兴。朕每思此，不敢纵逸。"○《汉书·贾捐之传》：捐之对曰："孝文皇帝时有献千里马者，诏曰：鸾旗在前，属车在后，吉行日五十里，师行三十里，朕乘千里之马，独先安之？于是还马与道里费，而下诏曰：朕不受献也，其令四方毋求来献。"○《晋书·武帝纪》曰："咸宁四年十一月辛巳，太医司马程据献雉头裘，帝以奇技异服典礼所禁，焚之于殿前。甲申，敕内外敢有犯者罪之。"

昔子贡问理人于孔子，孔子曰："懔乎若朽索之驭六马。"子贡曰："何其畏哉？"子曰："不以道道之，则吾雠也。若何其无畏？"故《书》曰："民惟邦本，本固邦宁。为人上者，奈何不敬？"陛下贞观之始，视人如伤。恤其勤劳，爱民犹子。每存简约，无所营为。顷年已来，意在奢纵，忽忘卑俭，轻用人力。乃云百姓无事则骄逸，劳役则易使。自古已来，未有由百姓逸乐而致倾败者也。何有逆畏其骄逸而故欲劳役者哉！恐非兴邦之至言，岂安人之长算？此其渐不克终二也。以上轻用民力，节俭爱人之心渐不克终。

《说苑·政理篇》："子贡问治民于孔子，孔子曰：懔懔焉如以腐索御奔马。子贡曰：何其畏也？孔子曰：夫通达之国皆人也，以道道之则吾畜也，不以道道之则吾雠也。若何而毋畏？"又见《家语·致思篇》。懔懔句作"懔懔焉若持腐索之扞马"。此文作"懔乎若朽索之驭六马"，盖参用《书》伪古文《五子之歌》。《续汉书·舆服志上》刘补注引其文而驳之曰："《逸礼·王度记》曰：天子驾六马，诸侯驾四，大夫三，士二，庶人一。《周礼》四马为乘。《毛诗》天子至大夫同驾四，士驾二。《易京氏》《春秋公羊说》皆云天子驾六。许慎以为天子驾六，诸侯及卿驾四，大夫驾三，士驾二，庶人驾一。《史记》曰：秦始皇以水数制乘六马。郑玄以为天子四马，《周礼》乘马有四，圉各养一马也。诸侯亦四马，顾命时诸侯皆布乘黄朱，乘亦四马也。今帝者驾六，此自汉制，与古异耳。"惠定宇《尚书古文考》、王西庄《尚书后案》，皆据此证伪古文之谬。玄成引此，亦沿其失耳。○"民惟邦本"四句，皆《五子之歌》。○《政要》卷六曰："贞观元年，太宗谓侍臣曰：自古帝王，凡有兴造，必须贵顺物情。昔大禹凿九山，通九江，用人力至广而无怨讟者，物情所欲而众所共有故也。秦始皇营建宫室而人多谤者，为徇其私欲不与众共故也。朕今欲造一殿，材木已具，远想秦皇之事，遂不复作也。又二年公卿奏曰：依礼，季夏之月可以居台榭，今夏暑未退，秋霖方始，宫中卑湿，请营一阁以居之。太宗曰：朕有气疾，岂宜下湿？若遂来请，糜费良多。昔汉文将起露台，而惜十家之产。

朕德不逮于汉帝，而所费过之，岂为人父母之道也？固请至于再三，竟不许。"

陛下贞观之初，损己以利物。至于今日，纵欲以劳人。卑俭之迹岁改，骄侈之情日异。虽忧人之言不绝于口，而乐身之事实切于心。或时欲有所营，虑人致谏，乃云若不为此不便我身。人臣之情，何可复争？此直意在杜谏者之口，岂曰择善而行者乎？此其渐不克终三也。以上纵欲拒谏，损己利物之心渐不克终。

《政要》卷二曰："贞观四年，诏发卒修洛阳之乾元殿以备巡狩。给事中张玄素上书谏曰：臣闻阿房成，秦人散；章华就，楚众离；乾元毕工，隋人解体。且以陛下今时功力，何如隋日？承凋残之后，役疮痍之人，费亿万之功，袭百王之弊。以此言之，恐甚于炀帝远矣。深愿陛下思之，无为由余所笑，则天下幸甚矣。太宗谓玄素曰：卿以我不如炀帝，何如桀、纣？对曰：若此殿卒兴，所谓同归于乱。太宗叹曰：我不思量，遂至于此。顾谓房玄龄曰：今玄素上表，洛阳实亦未宜修造，后必事理须行，露坐亦复何苦？所有作役，宜即停之。然以卑干尊，古来不易。非其忠直，安能如此？且众人之唯唯，不如一士之谔谔，可赐绢五百匹。"《通鉴》卷一百九十四曰："贞观八年，中牟丞皇甫德参上言：修洛阳宫劳人，收地租厚敛，俗好高髻，盖宫中所化。上怒谓房玄龄等曰：德参欲国家不役一人，不收斗租，宫人皆无发，乃可其意邪？欲治其谤讪之罪。魏徵谏曰：贾谊当汉文帝时上书，云可为痛哭者一，可为流涕者二。自古上书不激切不能动人主之心。所谓狂夫之言，圣人择焉。唯陛下裁察！上曰：朕罪斯人则谁敢复言？乃赐绢二十匹。"○《政要》卷十戈直注曰："争读曰诤。"

立身成败，在于所染。兰芷鲍鱼，与之俱化。惯乎所习，不可不思。陛下贞观之初，砥砺名节，不私于物，唯善是与。亲爱君子，疎斥小人。今则不然，轻亵小人，礼重君子。重君子也，敬而远之；轻小人也，狎而近之。近之则不见其非，远之则莫知其是。莫知其是，则不间而自疎；不见其非，则有时而自昵。昵近小人，非致理之道；疎远君子，岂兴邦之义？此其渐不克终四也。以上远君子、近小人，慎习与善之心渐不克终。

《墨子·所染篇》曰："舜染于许由、伯阳，禹染于皋陶、伯益，汤染于伊尹、仲虺，武王染于太公、周公，此四王者所染当，故王天下，立为天子，功名蔽天地。夏桀染于干辛、推哆，殷纣染于崇侯、恶来，厉王染于厉公长父、荣夷终，幽王染于傅公夷、蔡公榖，此四王者所染不当，故国残身死，为天下僇。"又见《吕氏春秋·当染篇》。○《说苑·杂言篇》：孔子曰："与善人居，如入兰芷之室，久而不闻其香，则与之化矣。与恶人居，如入鲍鱼之肆，久而不闻其臭，亦与之化矣。"又见《家语·六本篇》。兰芷作芝兰。○《隋唐嘉话》卷上曰："太宗尝止一树下曰：此嘉树。宇文士及从而美之不容口。帝正色曰：魏公常劝我远佞人，我不悟佞人为谁，意常疑汝而未明也。今日果然。士及叩头谢曰：南衙群官面折廷争，陛下尝不得举手，今臣幸左右，若不少有顺从，陛下虽贵为天子，复何聊乎？帝意复解。"

《书》曰："不作无益害有益，功乃成；不贵异物贱用物，人乃足。犬马非其土性不畜，珍禽奇兽弗育于国。"陛下贞观之初，动遵尧、舜，捐金抵璧，反朴还淳。顷年已来，好尚奇异。难得之货无远不臻，珍玩之作无时能止。上好奢靡而望下敦朴，未之有也。末作滋兴而求丰实，其不可得亦已明矣。此其渐不克终五也。以上好尚奢靡，敦朴贱末之心渐不克终。

"不作无益"至"弗育于国",皆《书》伪古文《旅獒》之文。○《抱朴子·安贫篇》曰:"上智不贵难得之财,故唐、虞捐金而抵璧。"○《梁书·明山宾传》:阮孝绪曰:"此言足使还淳反朴。"○《政要》卷六曰:"贞观十年,治书侍御史权万纪上言:宣、饶二州诸山大有银坑,采之极是利益,每岁可得钱数百万贯。太宗曰:朕贵为天子,是事无所少之,惟须纳嘉言、进善事,有益于百姓者。且国家賸得数百万贯钱,何如得一有才行人?不见卿推贤进善之事,又不能按举不法,震肃权豪,惟道税鬻银坑以为利益。昔尧、舜抵璧于山林,投珠于渊谷,由是崇名美号见称千载。后汉桓、灵二帝好利贱义,为近代庸暗之主。卿遂欲将我比桓、灵耶?是日敕放令万纪还第。"○《韩非子·奸劫弑臣篇》曰:"商君说秦孝公以变法易俗,困末作而利本事。"《汉书·文帝纪》注引李奇曰:"本,农也;末,贾也。"

贞观之初,求贤如渴。善人所举,信而任之。取其所长,恒恐不及。近岁已来,由心好恶。或众善举而用之,或一人毁而弃之;或积年任而用之,或一朝疑而远之。夫行有素履,事有成迹。所毁之人,未必可信于所举;积年之行,不应顿失于一朝。君子之怀,蹈仁义而弘大德;小人之性,好谗佞以为身谋。陛下不审察其根源,而轻为之臧否,是使守道者日疏,干求者日进。所以人思苟免,莫能尽力。此其渐不克终六也。以上轻为臧否,任贤不贰之心渐不克终。

《政要》卷三曰:"贞观二年,太宗谓房玄龄、杜如晦曰:公为仆射,当助朕忧劳,广开耳目,求访贤哲。比闻公等听受辞讼,日有数百,此则读符牒不暇,安能助朕求贤哉?因敕尚书省细碎务皆付左右丞,惟冤滞大事合闻奏者,关于仆射。"又曰:"贞观二年,太宗谓右仆射封德彝曰:致安之本,惟在得人。比来命卿举贤,未尝有所推荐。天下事重,卿宜分朕忧劳。卿既不言,朕将安寄?对曰:臣愚岂敢不尽情?但今未见有奇才异能。太宗曰:前代明王,使人如器。皆取士于当时,不借才于异代。岂得待梦傅说、逢吕尚然后为政乎?且何代无贤?但患遗而不知耳。德彝惭赧而退。"○《蜀志·诸葛亮传》曰:"将军总揽英雄,思贤如渴。"○《政要》卷二曰:"贞观五年,治书侍御史权万纪、侍御史李仁发俱以告讦谮毁数蒙引见。魏徵奏曰:权万纪、李仁发并是小人,不识大体。以谮毁为是,告讦为直。凡所弹射,皆非有罪。陛下掩其所短,收其一切。乃骋其奸计,附下罔上,多行无礼以取强直之名。诬房玄龄,斥退张亮,无所肃厉,徒损圣明。道路之人,皆兴谤议。臣伏度圣心,必不以为谋虑深长,可委以栋梁之任,将以其无所避忌,欲以警厉群臣。若信狎回邪,犹不可以小谋大,群臣素无矫伪,空使臣下离心。以玄龄、亮之徒,犹不可得伸其枉直,其馀疎贱,孰能免其欺罔?伏愿陛下留意再思。太宗欣然纳之,赐徵绢五百匹。其万纪又奸状渐露,仁发亦解黜,万纪贬连州司马。朝廷咸相庆贺焉。"

陛下初登大位,高居深视。事惟清静,心无嗜欲。内除毕弋之物,外绝畋猎之源。数载之后,不能固志。虽无十旬之逸,或过三驱之礼。遂使盘游之娱见讥于百姓,鹰犬之贡远及于四夷。或时教习之处,道路遥远,侵晨而出,入夜方还。以驰骋为欢,莫虑不虞之变。事之不测,其可救乎?此其渐不克终七也。<u>以上驰骋田猎,警戒盘游之心渐不克终。</u>

《齐语》:"桓公曰:田狩毕弋。"韦注曰:"毕,掩雉兔之网也。弋,缴也。"○《政要》卷十曰:"秘书监虞世南以太宗颇好畋猎,上疏谏曰:伏惟陛下因听览之馀辰,顺天道以杀伐,举旗效获,式遵前古。然黄屋之尊,金舆之贵,八方之所仰德,万国之所系心。清道而行，犹戒衔橜。斯盖重慎防微，为社稷也。是以马卿直谏于前，张昭变色于后。臣诚细微，敢忘斯义？且天弧星罩，所殪已多；颁禽赐获，皇恩亦溥。伏愿时息猎车，且韬长戟。不拒刍荛之请，降纳涓浍之流。袒裼徒搏，任之群下。则贻范百王，永光万代。太宗深嘉其言。"○《书》伪古文《五子之歌》曰："太康尸位，以逸豫灭厥德，黎民咸贰，乃盘游无度，畋于有洛之表，十旬弗反。"○《易·比》九五曰："王用三驱。"孔疏曰："三驱之礼，先儒皆云三度驱禽而射之也，三度则已。"《左氏春秋经》桓四年孔疏引郑注曰："王者习兵于蒐狩，驱禽而射之三则已，法军礼也。"孔疏所引先儒，当即习郑学者。《易·比》《释文》谓：驱，郑作驱。《周易姚氏学》曰："案大司马，中冬教大阅，鼓戒三阕，车三发，徒三刺。郑注曰：鼓戒戒攻敌，鼓一阕，车一转，徒一刺，三而止，象敌服，此所谓三则已也。张衡《东京赋》云，马足未极，舆徒不劳，礼成三驱，解罘放麟。其意亦以三驱为三度驱禽，与郑同。"步瀛案：三驱之说，以郑为是，得姚仲虞引《周礼》以证，其义益明。《释文》引马注曰："三驱者，一曰乾豆，二曰宾客，三曰君庖。"此三品，非三驱也。王辅嗣注曰："三驱之礼，禽逆来趣己则舍之，背己而走则射之，爱于来而恶于去也。"此郑释下句失前禽之义，非解三驱，王殆误会。孔疏又引褚氏诸儒以为三面着人驱禽，亦与失前禽为一义，与三驱之本旨未合。○《尔雅·释诂》曰："般，乐也。"盘，般之通借字。

孔子曰："君使臣以礼，臣事君以忠。"然则君之待臣，义不可薄。陛下初践大位，敬以接下。君恩下流，臣情上达，咸思竭力，心无所隐。顷年已来，多所忽略。或外官充使，奏事入朝，思睹阙庭，将陈所见。欲言则颜色不接，欲请又恩礼不加。间因所短，诘其细过，虽有聪辩之略,莫能申其忠款。而望上下同心,君臣交泰,不亦难乎?此其渐不克终八也。以上上下睽隔,敬以接下之心渐不克终。

"君使臣以礼"二句,见《论语·八佾篇》。○《政要》卷三曰:"贞观三年,太宗谓侍臣曰:君臣本同治乱、共安危,若主纳忠谏,臣进直言,斯故君臣合契,古来所重。若君自贤,臣不匡正,欲不危亡,不可得也。"○《易·泰·象传》曰:"天地交泰。"左太冲《魏都赋》曰:"乾坤交泰而絪缊。"

傲不可长,欲不可纵,乐不可极,志不可满。四者前王所以致福,通贤以为深诫。陛下贞观之初,孜孜不怠。屈己从人,恒若不足。顷年已来,微有矜放。恃功业之大,意蔑前王;负圣智之明,心轻当代。此傲之长也。欲有所为,皆取遂意。纵或抑情从谏,终是不能忘怀。此欲之纵也。志在嬉游,情无厌倦。虽未全妨政事,不复专心治道。此乐将极也。率土乂安,四夷款服,仍远劳士马,问罪遐裔。此志将满也。亲狎者阿旨而不肯言,疏远者畏威而莫敢谏,积而不已,将亏圣德。此其渐不克终九也。以上傲长欲纵,乐极志满,前此谦恭戒慎之心渐不克终。

"傲不可长"四句,《礼记·曲礼上》之文。○《政要》卷六曰:"贞观三年,太宗问给事中孔颖达曰:《论语》云:'以能问于不能,以多问于寡,有若无,实若虚。'何谓也?颖达对曰:圣人设教,欲人谦光,己虽有能,不自矜大,仍就不能之人求访能事。己之才艺虽多,犹病以为少,仍就寡少之人更求所益。己之虽有,其状若无;己之虽实,其容若虚。非惟匹庶,帝王之德亦当如此。若其位居尊极,炫耀聪明,以才陵人,饰非拒谏,则上下情隔，君臣道乖，自古灭亡，莫不由此也。太宗曰：《易》云：'劳谦君子，有终吉。'诚如卿言。诏赐物二百段。"又卷二曰："贞观六年，匈奴克平，远夷入贡，符瑞日至，年谷频登，岳牧等屡请封禅，群臣等又称述功德，以为时不可失、天不可违，今行之，臣等犹谓其晚。惟魏徵以为不可。太宗曰：朕欲得卿直言之，勿有所隐，朕功不高耶？曰：高矣。德未厚耶？曰：厚矣。华夏未安耶？曰：安矣。远夷未慕耶？曰：慕矣。符瑞未至耶？曰：至矣。年谷未登耶？曰：登矣。然则何为不可？对曰：隋氏之乱，非止十年，陛下为之良医，除其疾苦，虽已乂安，未甚充实。告成天地，臣窃有疑。且陛下东封，万国咸萃，要荒之外，莫不奔驰。今自伊、洛之东，暨乎海岱，萑莽巨泽，茫茫千里，人烟断绝，鸡犬不闻，道路萧条，进退艰阻。宁可引彼戎狄，示以虚弱？竭财以赏，未厌远人之望；加年给复，不偿百姓之劳。或遇水旱之灾，风雨之变，庸夫邪议，悔不可追。岂独臣之诚恳，亦有舆人之论。太宗称善，于是乃止。"

昔陶唐、成汤之时，非无灾患，而称其圣德者，以其有始有终，无为无欲，遇灾则极其忧勤，时安则不骄不逸故也。贞观之初，频年霜旱。畿内户口，并就关外。携负老幼，来往数千，曾无一户逃亡、一人怨苦。此诚由识陛下矜育之怀，所以至死无携贰。顷年已来，疲于徭役。关中之人，劳弊尤甚。杂匠之徒，下日悉留和雇；正兵之辈，上番多别驱使。和市之物，不绝于乡间；递送之夫，相继于道路。既有所弊，易为惊扰。脱因水旱，谷麦不收，恐百姓之心，不能如前日之宁帖。此其渐不克终十也。以上民既劳弊，偶有水旱，易为惊扰，遇灾忧勤之心渐不克终。

《汉书·食货志上》："晁错说上曰：尧、禹有九年之水，汤有七年之旱，而国亡捐瘠者，以畜积多而备先具也。"○《政要》卷一曰："太宗自即位之始，霜旱为灾，米谷踊贵，突厥侵扰，州县骚然。帝志在忧人，锐精为政，崇尚节俭，大布恩德。是时自京师及河东、河南、陇右，饥馑尤甚，一匹绢才得一斗米。百姓虽东西逐食，未尝嗟怨，莫不自安。至贞观三年，关中丰熟，咸自归乡，竟无一人逃散。"○《史记·高祖本纪》《索隐》引《三辅旧事》曰："西以散关为限，东以函谷为界，二关之中，谓之关中。"《汉书·高纪》颜注曰："自函谷以西，总名关中。"○《新唐书·食货志》曰："用人之力，岁二十日，闰加二日，不役者，日为绢三尺，谓之庸。有事而加役二十五日者免调，三十日者租调皆免，通正役不过五十日。"案：唐力役之制如此。下日，谓满役而下之日也。杂匠之徒，则官府与以雇值而留之，故曰和雇。《旧书·后妃传上·徐贤妃传》：妃上疏曰："假使和雇取人，不无烦扰之弊。"《唐会要》卷八十六：贞元四年二月敕："京城内庄宅使界诸街坊墙有破坏，宜令取两税钱和雇工匠。"皆是。○《新唐书·兵志》曰："府兵之制，太宗贞观十年，诸府总曰折冲府，凡天下十道，置府六百三十四，皆有名号。而关内二百六十有一，皆以隶诸卫。凡府三等，兵千二百人为上，千人为中，八百人为下。府置折冲都尉一人，左右果毅都尉各一人，长史、兵曹、别将各一人，校尉六人，士以三百人为团，团有校尉五十人为队，队有正，十人为火，火有长。凡民年二十为兵，六十而免。凡当宿卫者番上，兵部以远近给番，五百里为五番，千里七番，一千五百里八番，二千里十番，外为十二番，皆一月上。若简留直卫者，五百里为七番，千里八番，二千里十番，外为十二番，亦月上。"○官府市物与以值，曰和市。《新书·百官志》：户部金部郎中掌互市和市之事，是也。

　　臣闻祸福无门，唯人所召。人无衅焉，妖不妄作。

伏惟陛下统天御寓〔寓〕，十有三年。道洽寰中，威加海外。年谷丰稔，礼教聿兴。比屋逾于可封，菽粟同于水火。暨乎今岁，天灾流行。炎气致旱，乃远被于郡国；凶醜作孽，忽近起于毂下。夫天何言哉？垂象示诫。斯诚陛下惊惧之辰，忧勤之日也。若见诫而惧，择善而从，同周文之小心，追殷汤之罪己，前王所以致理者勤而行之，今时所以败德者思而改之，与物更新，易人视听，则宝祚无疆，普天幸甚。何祸败之有乎？然则社稷安危，国家理乱，在于一人而已。当今太平之基，既崇极天之峻；九仞之积，犹亏一篑之功。千载休期，时难再得。明主可为而不为，微臣所以郁结而长叹者也。臣诚愚鄙，不达事机，略举所见十条，辄以上闻圣听。伏愿陛下采臣狂瞽之言，参以刍荛之议，冀千虑一得，衮职有补，则死日生年，甘从斧钺。以上冀太宗纳其言。

　　□郑公之文虽用偶句，而词旨剀切，气势雄骏，与六朝骈文俪黄妃白者迥然殊途。陆宣公献纳之文即出于此，后来欧、苏奏议皆用其体。应用之文，以此为宜。

　　《左》襄二十三年："闵子马曰：祸福无门，唯人所召。"○《左》庄十四年："申繻曰：人无衅焉，妖不自作。"○《易·乾·象传》曰："万物资始乃统天。"《晋书·武帝纪》："制曰：握图御宇。"案：寓，宇之古文。○《穀梁》隐元年《释文》曰："寰内，圻内也。"《文选·魏都赋》张孟阳注引尹更始《穀梁传注》曰："天子以千里为畿。"○《史记·高祖本纪》："高祖歌曰：威加海内兮归故乡。"○《说文》曰："稔，谷熟也。"○《汉书·王莽传上》：莽上奏曰："唐、虞之时，可比屋而封。"《论衡·艺增篇》曰："儒书又言，尧、舜之民可比户而封。"○《孟子·尽心上》曰："圣人之治天下，使有菽粟如水火。"

○《资治通鉴》卷一百九十五曰："太宗贞观十三年夏四月戊寅，上幸九成宫。初突厥突利可汗之弟结社率从突利入朝，历位中郎将，居家无赖，怨突利斥之，乃诬告其谋反。上由是薄之，久不进秩。结社率阴结故部落，得四十馀人，谋因晋王治四鼓出宫，开门辟仗，驰入宫门，直指御帐，可有大功。甲申，拥突利之子贺逻鹘夜伏于宫外。会大风，晋王未出。结社率恐晓，遂犯行宫，踰四重幕，弓矢乱发，卫士死者数十人，折冲孙武开等帅众奋击，久之乃退。驰入御厩，盗马二十馀匹，北走度渭，欲奔其部落，追获斩之。原贺逻鹘，投于岭表。"○司马长卿《谏猎书》曰："是胡越起于毂下。"○《论语·阳货篇》："子曰：天何言哉！"○《易·系辞上》曰："天垂象，见吉凶。"○《诗·文王》曰："唯此文王，小心翼翼。"○《左》庄十一年："臧文仲曰：禹、汤罪己，其兴也勃焉。"○《诗序》曰："《南山有台》，乐得贤也。得贤则能为邦家立太平之基矣。"○《诗·崧高》曰："峻极于天。"○《书》伪古文《旅獒》曰："为山九仞，功亏一篑。"○《汉书·盖宽饶诸葛丰等传赞》曰："诸葛、刘、郑虽云狂瞽，有异志焉。"○《诗·板》曰："询于刍荛。"○《史记·淮阴侯传》：广武君曰："臣闻智者千虑，必有一失；愚者千虑，必有一得。"○《诗·烝民》曰："衮有阙，维仲山甫补之。"○《文选》曹子建《求自试表》李善注引傅武仲《与荆文姜书》曰："虽死之日，犹生之年。"

陈伯玉

　　陈子昂，字伯玉，梓州射洪人（今四川射洪县）。擢进士第。《新唐书·本传》曰："文明初，举进士。"《唐才子传》曰："开耀二年许旦榜进士。"徐星伯《登科记考》曰："《永乐大典》引

《潼川志》,陈子昂,文明初举进士。"又赵儋《故拾遗陈公旌德之碑》亦云:"子昂年二十四,文明元年进士。"与《才子传》异。考碑言射策高第,在高宗崩之前,当以《才子传》为是。卢藏用《陈子昂别传》:"年二十一始东入咸京,游太学,由是为远近所称籍甚,以进士对策高第。")高宗崩,梓宫将迁长安,子昂诣阙上书,盛陈东都形胜,可营山陵,关中旱俭,灵驾西行不便。武后奇其才,召见擢麟台正字,迁右卫胄曹参军。以母丧去官,服终擢右拾遗。武攸宜讨契丹,表子昂参谋。圣历初,以父老,表解官归侍,会父丧,庐墓次,每哀恸,闻者为涕。县令段简闻其富,欲害子昂,因事收系狱中,忧愤而卒。《旧唐书》入《文苑传》,《新唐书》自有传。○韩退之《荐士诗》曰:"国朝盛文章,子昂始高蹈。"又《送孟东野序》,于唐文人首称之。柳子厚《杨评事文集后序》谓:"著述比兴,秉笔之士恒偏胜独得,而罕有兼者焉。唐兴以来,称是选而不作者,梓潼陈拾遗也。"《新唐书》本传曰:"唐兴,文章承徐、庾馀风,天下祖尚。子昂始变雅正。"《直斋书录解题》卷十六曰:"子昂诗文,在唐初实首起八代之衰者。"由以上诸说观之,则韩公以前,文章复古之功,不能不推原伯玉已。

谏用刑书

《旧唐书·刑法志》曰:"则天严于用刑,属徐敬业及豫、博兵起之后,恐人心动摇,欲以威制天下,渐引酷吏,务令深文以案刑狱。时周兴、来俊臣等相次受制,推究大狱;俊臣又与侍御史侯思止、王弘义等招集告事数百人,共为罗织,以陷良善。前后枉遭杀害者,不可胜数。是时海内慑惧,道路以目。麟台正字陈子昂上书云云,疏奏不省。"案《通鉴》卷二百三《唐纪》十九载此书于垂拱二年之春,《旧唐书》言豫、博兵起之后。考豫州刺史越王贞、博州刺史琅邪王冲起兵在垂拱四年,盖《通鉴》特连类叙及，伯玉上书当在垂拱四年后也。

将仕郎守麟台正字臣陈子昂谨顿首冒死诣阙上疏：臣本蜀之匹夫，宦不望达。陛下过意，擢臣草莽之下，升在麟台之阁。光宠自天，卓若日月。微臣固陋，将何克负？然臣闻忠臣事君，有死无二。怀佞不谏，罪莫大焉。况在明圣之朝，当不讳之日，方复钳口下列，俛仰偷荣，非臣之始愿也。不胜愚惑，辄奏狂昧之说，伏惟陛下少加察焉！以上进谏之意。

《文苑英华》卷二曰："从九品下曰将仕郎。"又卷十曰："秘书监正字，正九品下。"又卷二曰："凡任官，阶卑而拟高则曰守，阶高而拟卑则曰行。"○《唐会要》卷六十五曰：秘书省，光宅元年九月五日改为麟台监。"（《文苑英华》作天授初改，《新书·百官志》作垂拱元年改，胡梅磵注《通鉴》依《会要》。）○《文苑英华》宦作官。○《孟子·万章下》曰："在野曰草莽之臣。"○《文苑》阁作间。○有死无二，见《左传》僖十五年。○杨子云《解嘲》曰："处不讳之朝。"○贾生《过秦论》曰："拑口而不言。"《汉书·爰盎传》曰："闭箝天下之口。"颜注曰："箝，籋也。"案：拑、钳皆箝之通假字。

臣闻古之御天下者，其政有三。王者化之，用仁义也。霸者威之，任权智也。强国胁之，务刑罚也。是以化之不足，然后威之；威之不变，然后刑之。故至于刑，则非王者所贵矣。况欲光宅天下，追功上皇，专任刑杀以为威断，可谓策之失者也。以上言刑杀不可任。

《旧唐书》不变作不足，王者下有之字，《文苑》亦有之字。○《书序》曰："昔在帝尧，光宅天下。"○《庄子·天运篇》

曰："治成德备，监照下土，天下载〔戴〕之，此谓上皇。"

臣伏睹陛下圣德聪明，游心太古。将制静宇宙，保乂黎人。发号施令，出于诚慊。天下苍生，莫不想望圣风，冀见神化。道德为政，将待于陛下矣。且臣闻之，圣人出必有驱除，盖天人之符应休命也。日者东南微孽，敢谋乱常，陛下顺天行诛，罪恶咸服。岂非天意欲彰陛下神武之功哉？而执事者不察天心，以为人意。恶其首乱倡祸，法合诛屠，将息奸源，穷其党与。遂使陛下大开诏狱，重设严刑。冀以惩创观于天下。逆党亲属及其交游，有迹涉嫌疑，辞相逮引，莫不穷捕考讯，枝叶蟠拏，大或流血，小御魑魅。至有奸人荧惑，乘险相诬，纠告疑似，冀图爵赏，叫于阙下者，日有数矣。于时朝廷皇皇，莫能自固，海内倾听，以相惊恐。赖陛下仁慈，悯斯危惧，赐以恩诏，许其大功已上一切勿论。时人获泰，谓生再造。愚臣窃亦欣然贺陛下圣明得天下之机也。不谓议者异见，又执前图。此者刑狱纷纷复起。陛下不深思天意，以顺休期。尚以督察为理，威刑为务。使前者之诏不信于人。愚臣昧焉，窃恐非五帝三王伐罪弔人之意也。以上言刑狱纷起，与前恩诏相反。

《汉书·朱邑传》：张敞与邑书曰："明主游心太古。"《书·君奭》："保乂有殷。"伪《孔传》训保乂为安治。○《书·尧典》："黎民于变时雍。"伪《孔传》曰："黎，众也。"《旧书》黎人作黎民，今依本集，唐避太宗讳也。○《书》伪古文《冏命》曰："发号施令，罔有不臧。"○《孟子·公孙丑上》赵注曰："慊，快也。"《齐策》一高注曰："慊犹善也。"○《书·皋陶谟》曰："至于海隅苍生。"（伪古文分入《益稷》）《文选·出师颂》

李善注曰："苍生，黔首也。"《旧书》想作悬。○《旧书》臣闻上无且字。○《史记·秦楚之际月表》曰："乡秦之禁，适足以资贤者为驱除难耳。"《吴志·吕蒙传》："孙权曰：子敬答孤书云，帝王之起，皆有驱除。"○《后汉书·循吏传》曰："王景作《金人论》，颂洛邑之美，天人之符，文有可采。"○《旧唐书·则天皇后本纪》曰："嗣圣元年二月，废皇帝为庐陵王，立豫王轮（改名旦）为皇帝，改元文明，皇太后仍临朝称制。九月，柳州司马徐敬业据扬州起兵，自称上将，以匡复为辞。冬十月，命左玉钤卫大将军李孝逸为大总管，率兵三十万以讨之。"《新书·则天本纪》曰："十月丁酉，复敬业姓徐氏。十一月乙酉，徐敬业将王那相杀敬业降。"《旧书·李勣传》曰："勣孙敬业，高宗崩，则天皇后临朝，既而废帝为庐陵王，立相王为皇帝，而政由天后。时敬业坐事左授柳州司马，其弟盩厔令敬猷亦坐累左迁，俱在扬州，敬业遂据扬州，鸠聚民众，旬日之间，胜兵有十馀万。"○《易·系辞上》曰："神武而不杀者夫。"案《旧书》神作威。○《旧书》倡作唱。案：倡即唱之通借字。○本集姦作奸，今依《旧书》及《文苑》。案：奸乃奸之后出字。○《旧书》惩创作惩姦。○《尔雅·释言》曰："观，示也。"《考工记·槀氏》曰："以观四国。"《释文》曰："观，古乱反，示也。"○《旧书》涉上无迹字，又逮引作连及，考讯作考校，《文苑》作考劾。○《说文》曰："挐，牵引也。"案：挐当作挈，《说文》挐、挈互误（见手部段注），此亦因转写淆乱。○《旧书》大或作大忽。○《左传》文十八年曰："投诸四裔，以御螭魅。"案：螭俗作魑。○《旧书》叫作刑。○皇，惶之通借字，《文苑》作惶。《广雅·释诂》二曰："惶，惧也。"《释训》曰："惶惶，剧也。"《旧书》作徨同。○《旧书》悯斯作悯其。○《新唐书·礼乐志》载五服之制，从兄弟庶孙，女子子之适人者，姑姊妹适人者，皆为服大功。○《旧书》时人作人时。○《旧书》窃亦作窃以,得天下无下字。○五帝,众说纷纭,当依《大戴礼·五帝德》《史记·五帝本纪》,以黄帝、颛顼、帝喾、尧、舜为五帝。又《白虎通·号篇》曰:"五帝者何谓也?《礼》曰:黄帝、颛顼、帝喾、帝尧、帝舜五帝也。三王者何谓也?夏、殷、周也。"案本集及《文苑》作三皇五帝,今依《旧书》。○《郑语上》:"史伯曰:奉辞伐罪(伪《大禹谟》同),无不克矣。"《大戴礼·王言篇》:孔子曰:"致弔其民。"魏明帝《櫂歌行》曰:伐罪以弔民。"案:唐讳民为人,后并同。

　　臣窃观当今天下百姓思安久矣。曩属北胡侵塞,西戎寇边,兵革相屠,向历十载。关河自北,转输幽燕,秦蜀之西,驰骛湟海,当时天下疲极矣。重以大兵之后,屡遭凶年,流离饥饿,死丧略半。幸赖陛下以至圣之德,抚宁兆人,边境获安,中国无事,阴阳大顺,年谷累登,天下父子始得相养矣。故扬州构祸,殆有五旬,而海内晏然,纤尘不动,岂非天下蒸庶厌凶乱哉?臣以此卜之,知百姓思安久矣。今陛下不务玄默以救疲人,而反任威刑以失其望,欲以察察为政,肃理寰区。臣愚暗昧,窃有大惑。且臣闻刑者,政之末节也。先王以禁暴整乱,不得已而用之。今天下幸安,万物思泰。陛下乃以末节之法,察理平人。臣愚以为非适变随时之义也。顷年以来,伏见诸方告密,囚累百千辈,大抵所告皆以扬州为名。及其穷究,百无一实。陛下仁恕,又屈法容之。傍评他事,亦为推劾。遂使奸恶之党,快意相雠,睚眦之嫌,即称有密。一人被讼,百人满狱。使者推捕,冠盖如云。或谓陛下爱一人而害百人,天下喁喁,莫知宁所。以上言大兵之后百姓思安,不得以威刑悚惧之。

北胡谓突厥。《通典·边防典》十三曰："突厥之先，平凉杂胡也。盖匈奴之别种，姓阿史那氏。"《旧唐书·突厥传上》曰："突厥别部有车鼻者，亦阿史那之族也，自称乙注车鼻可汗。车鼻既破之后，突厥尽为封疆之臣，于是分置单于、瀚海二都护府。单于都护领狼山、云中、桑乾三都督，苏农等二十四州。瀚海都护领金微、新黎等七都督，仙萼、贺兰等八州。各以其首领为都督刺史。自永徽已后，殆三十年，北鄙无事。调露元年，单于管内突厥首领阿史德温傅、奉职二部落始相率反叛，立泥孰匐为可汗，二十四州并叛应之。高宗遣鸿胪卿萧嗣业、右千牛将军李景嘉率众讨之，反为温傅所败，兵士死者万馀人。又诏礼部尚书裴行俭为定襄道行军大总管，率太仆少卿李思文、营州都督周道务等，统众三十馀万讨击温傅，大破之，泥孰匐为其下所杀，并擒奉职而还。永隆元年，突厥有迎颉利兄之子阿史那伏念于夏州，将渡河立为可汗，诸部落复响应从之。又诏裴行俭率将军曹继叔、程务挺、李崇直、李文暕等讨之，伏念窘急，诣行俭降。行俭遂虏伏念诣京师，斩于东市。永淳二年，突厥阿史那骨咄禄复反叛，骨咄禄者，颉利之疎属，亦姓阿史那氏。永淳二年，进寇蔚州，丰州都督崔智辩击之，反为贼所杀。文明元年，又寇朔州，杀掠人吏。则天诏左武威卫大将军程务挺为单于道安抚大使以备之。垂拱二年，骨咄禄又寇朔、代等州，左玉钤卫中郎将淳于处平为阳曲道总管，与副将中部将蒲英节率兵赴援，行至忻州，与贼战大败，死者五千馀人。三年，骨咄禄及元珍又寇昌平，诏左鹰扬卫大将军黑齿常之击却之。其年八月，又寇朔州，复以常之为燕然道大总管，击贼于黄花堆，大破之，追奔四十馀里，贼众遂散走碛北。"○西戎谓吐蕃。《旧唐书·吐蕃传上》曰："吐藩在长安之西八千里，本汉四羌之地也。其种落莫知所出。或云南凉秃发利鹿孤之后也。利鹿孤有子曰樊尼，及利鹿孤卒，樊尼尚幼，弟傉檀嗣位，以樊尼为安西将军。后魏神瑞元年，傉檀为西秦乞佛炽盘所灭，樊尼招集馀众以投沮渠蒙逊，蒙逊以为临松太守。及蒙逊灭，樊尼乃卒众西奔，济黄河逾积石，于羌中建国，开地千里。樊尼威惠夙著，为群羌所怀，皆抚以恩信，归之如市，遂改姓为窣勃野，以秃发为国号，语讹谓之吐蕃。其后子孙繁昌，又侵伐不息，土宇渐广，历周及隋，犹隔诸羌，未通于中国。其国人号其王为赞普，相为大论小论，以统理国事。后与吐谷浑不和，率兵以击吐谷浑，吐谷浑遣使告急。咸亨元年四月，诏以右威卫大将军薛仁贵为逻娑道行军大总管，率众十馀万以讨之，军至大非川，为吐蕃大将论钦陵所败，自是吐蕃连岁寇边。上元三年，进寇鄯、廓等州，杀掠人吏。高宗命尚书左仆射刘仁轨往洮河军镇守以御之。仪凤三年，又命中书令李敬玄兼鄯州都督，往代仁轨，于洮河镇守。其年秋，敬玄与工部尚书刘审礼率兵与吐蕃战于青海，官军败绩，审礼没于阵。寻而黑齿常之破吐蕃大将赞婆及素和贵于良非川，杀获二千馀级，吐蕃遂引退。诏以常之为河源军使，以镇御之。则天临朝，命文昌右相韦待价为安息道大总管，安西大都护阎温古为副。永昌元年，率兵往征吐蕃，迟留不进，待价坐流浦州，温古处斩。"○《文苑》屠作图。○《元和郡县志》曰："陇右道鄯州湟水县：湟河出青海东北乱山中，东南流至兰州西南入黄河。"《清一统志》卷四百十二曰："湟河蕃名波克布拉斯河，在西宁边外西北，青海之东，源出噶威臧岭。"卷二百七曰："甘肃西宁府：湟水自塞外流经西宁县北，又东迳碾伯县南，又东南历凉州府平番县至兰州界（皋兰县西）入河。"卷四百十二曰："青海在西宁府西五百馀里，名西海，又名禾皁羌海，即古鲜水也。"（《汉书·地理志》金城郡临羌县：原注曰，西北至塞外，有仙海盐池，北则湟水所出。）○《老子》曰："大军之后，必有凶年。"○《旧书》屡作属。○《文苑》馁作殍。○《礼记·曲礼下》曰："年谷不登。"郑注曰："登，成也。"○《旧唐》扬州上无故字。○《旧唐》蒸作烝，字通。《诗·烝民》毛传曰："烝，众也。"《孟子·告子上》引作蒸。○《旧书》百姓上无知字。○《汉书·贾谊传赞》曰："追观孝文，玄默躬行，以移风俗。"《周礼》秋官大司寇：以嘉石平罢民。罢即疲之通借字。《旧书》疲民作疲人，盖后人所改。又反任作又任。○《老子》曰："其政察察，其民缺缺。"《晋书·顾和传》：和答王道曰："何缘采听风闻，以察察为政?"○《后汉书·逸民传》曰："自致寰区之外。"《文选》五臣注吕延济曰："寰宇，国之封域也。"○《旧唐》整乱作厘乱。○《旧唐》臣愚作愚臣。○《易·随·象传》曰："随，时之义大矣哉!"案集，义作议，《全唐文》同。今依《旧书》。○《旧书》究作竟。○《论语·阳货篇》《集解》引包注曰："讦谓发人之阴私也。"○《旧书》奸恶作奸臣。○集快意作决意，《文苑》同，今依《旧书》。○《史记·范睢传》曰："睚眦之怨必报。"《汉书·杜钦传》："子业上书言方今进报眦怨。"颜注曰："睚音厓。睚，举眼也。眦即眥字，谓目匡也。言举目相忤者即报之。一说，睚音五懈反，眦音仕懈反，睚眦，瞋目貌也。"○《旧书》被讼作被告。○班孟坚《西都赋》曰："冠盖如云。"案《旧书》如云作如市。○《汉书·司马相如传》颜注曰："喁喁，众口向上也。"

臣闻自非圣人，不有外患，必有内忧，物理之自然也。臣不敢以远古言之，请借隋而况。臣闻长老言，隋之末代，天下犹平。炀帝不龚，穷毒威武。猒居皇极，自总元戎。以百万之师观兵辽海。天下始骚然矣。遂使杨玄感挟不臣之势，有大盗之心，欲因人谋，以窃皇业。乃称兵中夏，将据洛阳，哮阚之势倾宇宙矣。然乱未踰月，而首足异处。何者？天下之弊，未有土崩；蒸人之心，犹望乐业。炀帝不悟，暗忽人机。自以为元恶既诛，天下无巨猾也。皇极之任，可以刑罚理之。遂使兵部尚书樊子盖专行屠戮，大穷党与，海内豪士，无不罹殃。遂至杀人如麻，流血成泽。天下靡然，始思为乱矣。于是萧铣、朱粲起于荆南，李密、窦建德乱于河北。四海云摇，遂并起而亡隋族矣。岂不哀哉？长老至今谈之，委曲如是。

　　臣窃以此上观三代夏、殷、周兴亡，下逮秦、汉、魏、晋理乱，莫不皆以毒刑而致败坏也。夫大狱一起，不能无滥。何者？刀笔之吏，寡识大方；断狱能者，名在急刻。文深网密，则共称至公；爰及人主，亦谓其奉法。于是利在杀人，害在平恕。故狱吏相诫以杀为词，非憎于人也，而利在己。故上以希人主之旨，下以图荣身之利。徇利既多，则不能无滥。滥及良善，则淫刑逞矣。

　　夫人情莫不自爱其身，陛下以此察之，岂能无滥也？冤人吁嗟，惑伤和气。和气悖乱，群生疠疫。水旱随之，则有凶年。人既失业，则祸乱之心怵然而生矣。顷来亢阳愆候，密云而不雨，农夫释耒，瞻望嗷嗷。岂不由陛下之有圣德而不降泽于下人也？倘旱遂过春，废于时种，今年稼穑，必有损矣。陛下何不敬承天意以泽恤人？臣闻古者明王重慎刑罚，盖惧此也。《书》不云乎？"与其杀不辜，宁失不经。"陛下奈何以堂堂之圣犹务强霸之威哉？愚臣窃为陛下不取也。以上言当鉴于前代，而以滥刑为戒。

　　《左传》成十六年："范文子曰：唯圣人能外内无患。自非圣人，外宁必有内忧。"○《旧书》理下无之字，远古作古远，借作指，况作说。《汉书·高惠高后孝文功臣表》颜注曰："况，譬也。"○《旧书》言作云，末代作末世。案：唐避世字，此盖后人所改。○《隋书·炀帝本纪》曰："大业七年二月，幸涿郡。诏曰：高丽高元亏失藩礼，将欲问罪辽左。八年春正月，大军集于涿郡。诏曰：朕躬驭元戎，为其节度，涉辽而东，循海之右，解倒悬于遐裔，问疾苦于遗黎。三月，围辽东。既而高丽各城守，攻之不下。七月，宇文述等败绩于萨水，九军并陷，将帅奔还，亡者二千馀骑。九月，上至东都。九年二月，又征兵讨高丽。夏四月，车驾度辽。六月，礼部尚书杨玄感反于黎阳，逼东都，上班师，遣左翊卫大将军宇文述等发兵讨玄感。八月，宇文述等破玄感于阌乡，斩之，馀党悉平。"详见《东夷·高丽传》及《杨玄感传》。○《旧书》《文苑》龚作恭，字通。《书·尧典》象恭，《汉书·王尊传》作龚。○《后汉书·班固传》章怀注曰："中夏，中国也。"○《诗·常武》："阚如虓虎。"毛传曰："虎之自怒虓然。"郑笺曰："阚然如虎之怒。"《文选·七启》李善注曰："哮与虓同也。"案《旧书》哮阚作哮虓，非是。○《旧书》踰作逾，首作头。○《史记·主父偃传》：徐上书曰："天下之患，在于土崩。"○《炀帝纪》曰："大业七年五月，以武威太守樊子盖为民部尚书。九年三月，幸辽东，以越王侗、民部尚书樊子盖留守东都。"以下两见皆云民部尚书，《樊子盖传》亦不言为兵部尚书，疑转写之误。○《史记·天官书》曰："死人如乱麻。"○本集流血作血流。○《旧书》思上无始字。○《炀帝纪》曰："大业十一年，谯郡人朱粲拥众数十万寇荆、襄，僭称楚帝。十三年春正月，勃海贼窦建德设坛于河间之乐寿，自称长乐庄。二月，贼帅李密、翟让等陷兴洛仓，李密自号魏公。冬十月，罗令萧铣以县反，鄱阳人董景珍以郡反，迎铣于罗县，号为梁王。"详见新、旧《唐书》各本传（朱粲附《李子通传》）。○贾生《过秦论》曰："山东豪俊遂并起而亡秦族矣。"○《旧书》无"臣窃以此上"五字，下逮作已下至三字。○贾生《陈政事疏》曰：

"俗吏之所务，在于刀笔筐箧而不知大体。"《汉书·萧何曹参传》注曰："刀以削书也，古者用简牒，故吏皆以刀笔自随也。"○《汉书·酷吏·赵禹传》：亚夫曰："禹文深，不可以居大府。"注应劭曰："禹持文法深刻。"又《刑法志》曰："奸猾巧法，转相比况，禁罔寖密。"案：网、罔字同。○《文苑》害在作罕能。○《左传》僖二十三年曰："淫刑以逞，谁则无罪？"○《旧书》岂能作岂非，字误。○《淮南子·原道篇》高注曰："怵然犹惕然。"《文苑》然作焉。○《洪范·五行传》曰："君持亢阳之节，暴虐于下，故旱灾应也。"（《太平御览》卷八百七十九引）○本集愆作僭，《全唐文》同，盖愆字之讹。愆与愆同，今依《旧书》。○《易·小畜》曰："密云不雨。"案《旧书》云上无密字，《文苑》下无而字。○《旧书》释耒作失耒。○《汉书·董仲舒传》颜注曰："嗷嗷，众怨愁声也。"○《旧书》岂不由，由作尤，字误。又人也上无下字。○《旧书》何不作可不。○与其杀不辜二句，见伪古文《大禹谟》。○《论语·子张篇》皇疏引江熙曰："堂堂，德宇广也。"○《旧书》强霸作强国，又威下无哉字，取下无也字。

且愚人安则乐生，危则思变。故事有招祸，而法有起奸。倘大狱未休，支党日广，天下疑惑，相恐无辜，人情之变，不可不察。昔汉武帝时，巫蛊狱起。江充行诈，作乱京师。致使太子奔走，兵交宫阙，无辜被害者以千万数。刘氏宗庙几倾覆矣。赖武帝得壶关三老上书，幡然感悟，夷江充三族，馀狱不论，天下少以安尔。臣每读《汉书》至此，未尝不为戾太子流涕也。古人云，前事之不忘，后事之师。伏愿陛下念之。以上引汉戾太子事为戒。○吴挚甫先生曰："保全中宗，全用微词感动。"

《旧书》法上无而字，倘作傥，字同。○《汉书·武五子传》

曰："卫皇后生戾太子，戾太子据，元狩元年立为皇太子。武帝末，卫后宠衰，江充用事。充与太子及卫有隙，恐上晏驾后为太子所诛，会巫蛊事起，充遂至太子宫掘蛊，得桐木人。时上疾，辟暑甘泉宫，独皇后、太子在。太子召问少傅石德，德惧为师傅并诛，谓太子曰：可矫以节收捕充等系狱，穷治其奸诈。太子急，然德言。征和二年七月壬午，乃使客为使者收捕充等，乃斩充以徇。遂部宾客为将率，与丞相刘屈氂等战。太子兵败，亡不得，壶关三老茂（《汉纪》曰令狐茂）上书言太子冤，天子感寤。太子之亡也，东至湖，臧匿泉鸠里。太子自度不得脱，入室距户自经。车千秋复讼太子冤。上遂擢千秋为丞相，而族灭江充家。上怜太子无辜，乃作思子宫，为归来望思之台于湖，天下闻而悲之。"○本集行诈作作诈，作乱作惑乱。○《旧书》千万作万千。○《文苑》刘氏下有当此之时四字。○《旧书》无氏字、庙字，倾覆作覆灭。○幡然，集及《全唐文》作廓然，今依《旧书》。《孟子·万章上》"既而幡然改曰"，赵注曰："幡，反。"《音义》引张镒曰："与翻同。"○《旧书》，每读《汉书》，无每字、汉字。○《赵策》一：张孟谈曰："前事不忘，后事之师。"贾生《过秦论》曰："野谚曰：前事之不忘，后事之师也。"案《旧书》前事下无之字。○案：武后废中宗迁于房州，立豫王旦为皇帝，旋改国号曰周，自称皇帝，以豫王为皇嗣。有告皇嗣谋反者，太常工人安金藏剖心以明皇嗣不反，乃得免。然则伯玉此言，非独保全中宗，亦大有裨于睿宗矣。

臣不避汤镬之罪，以蝼蚁之命轻触宸严，臣非不恶死而贪生也。诚恐负陛下恩遇。臣不敢以微命蔽塞聪明，亦非敢欲陛下顿息刑罚，望在恤刑尔。乞与三事大夫图其可否。夫往者不可谏，来者犹可追。无以臣微而忽其奏，天下幸甚。臣子昂诚惶诚恐死罪死罪。结与起段相应。

□气体朴厚，语意剀挚，犹存西汉风格。

《旧书》臣上有今字。○《史记·蔺相如传》：相如曰："请就汤镬。"○司马子长《报任少卿书》曰："假令仆伏法受诛，若九牛亡一毛，与蝼蚁何以异？"○江文通《建平王辞阙表》曰："托慕宸严。"《说文》曰："宸，屋宇也。"《广韵》十七真曰："宸，天子所居。"○《旧书》诚恐作诚以，下句无臣不敢三字。○《旧书》刑罚作严刑。○《书·尧典》曰："惟刑之恤哉！"（伪古文分入《舜典》）《诗·雨无正》曰："三事大夫。"郑笺释为三公。孔疏曰："卿则当有六人，孤则无主事，故知三事大夫惟三公耳。公虽无职，而地官云二乡则公一人，郑亦云外与六乡之事。（《周礼·地官》序官注。案：乡元作卿，误，今正。六乡之事，事当作教。）谓之大夫者，大夫，丈夫之成名，可以上通公卿。"○本集及《全唐文》往者上无夫字，今依《旧书》。○"往者不可谏"见《论语·微子篇》。○《独断》卷上曰："凡群臣上书于天子者有四名，一曰章，二曰奏，三曰表，四曰驳议。表者上言臣某言，下言臣某诚惶诚恐顿首顿首死罪死罪。"

堂弟玫墓志铭

钱竹汀（大昕）《恒言录》卷三曰："《旧唐书·中宗纪》：封堂兄左金吾将军郁林郡公千里为成纪郡王。《通典》载宋庚蔚之说，今人谓从父昆弟为同堂，盖六朝人犹称同堂，唐时省去同字。"案：钱引《通典》见卷九十二凶礼十四。又《魏书·公孙表传》曰："邃、叡为从父兄弟，祖季真每云，二公孙同堂兄弟耳，吉凶集会便有士庶之异。"又《崔光韶传》：广陵王欣曰："北海、长乐俱是同堂兄弟。"可知南北朝均有同堂兄弟之称。《旧唐书·张献诚传》曰："以疾上表，乞归私第，仍荐堂弟献恭以自代。"《因话录》卷二曰："司徒郑真公堂兄文宪公，前后相德宗。"卷三曰："伯仲昆弟以史笔继业，家藏书最多者，苏少常景彻、堂弟尚书涤，诸家无比。"又曰："荥阳郑还古有堂弟浪迹，好吹觱篥。"皆唐人省去"同"字之证。然《玉泉子》曰："相国李石同堂昆弟三人。"是统言昆弟者亦称同，而特称者则省称堂兄堂弟耳。

君讳孜，字无怠，其先陈国人也。六代祖太乐，梁大同中为本郡大司马。生五代祖方庆，属梁乱，始居新城郡武东山。生高祖汤，为郡主簿。生曾祖通，早卒。通生皇祖辩，少习儒学，然以豪英刚烈著闻，是以名节为州国所服。皇祖生考元爽，保植先人茂德，降生于君。以上先世。

《新唐书·宰相世系表》曰："陈氏出自妫姓，虞帝舜之后。夏禹封舜子商均于虞城，三十二世孙遏父为周陶正，武王妻以元女大姬，生满，封之于陈，赐姓妫，以奉舜祀，是为胡公。九世孙厉公佗生敬仲完，奔齐，以田为姓。"案《左》襄二十五年："子产曰：昔虞阏父为周陶正，以服事我先王，我先王赖其利器用也，与其神明之后也，庸以元女大姬配胡公，而封诸陈，以备三恪。"杜注曰："阏父，舜之后，当周之兴，为武王陶正。元女，武王之长女。胡公，阏父王子满也。"案：遏父即阏父，郑君《毛诗·陈谱》亦依《左氏》为说。是大姬配胡公满，非配阏父生满也。此表误。○伯玉《先府君有周居士文林郎陈公墓志铭》曰："五世祖太乐，梁大同中为新城郡司马。"案《南齐书·州郡志下》：益州有新城郡。《元和郡县志》曰："剑南道梓州，宋于此置新城郡。梁武陵王萧纪于郡置新州。隋开皇末，改为梓州。"案：即今四川三台县治。《通典·职官典》十五曰："司马本主武之官，自魏、晋以后，刺史多带将军开府者，则置府僚，司马为军府之官，理军事。宋制司马钢印墨绶，绛朝服武冠。"

又案：伯玉之父为孜之世父，其自六代祖、五代祖者，皆离身数之。《沈果堂集》卷三《与沈六如论东湖行述书》曰："凡高祖之父连身数之为六世，离身数之为五世。《后汉书·蔡邕传》：邕六世阻勋，勋乃邕高祖之父，则连身数之也。陈子昂志父墓，柳子厚表父神道，于高祖之上一世，皆称五代祖，则离身数之也。按古文《尚书》云：七世之庙，可以观德（案此伪古文《咸有一德》之文）。《荀子》云，有一国者事五世，有五乘之地者事三世（《礼论篇》）。是祖祢而上皆身所治。数世离身，实本古制，故韩退之撰薛戎墓铭称高祖为四世祖。"○伯玉《先府君墓志》曰："方庆好道，得墨子《五行秘书》《白虎七变法》，遂隐于郡武东山。"《舆地纪胜》曰："潼川府路潼川府：武东山在射洪县东十里。"《清一统志》曰："四川潼川府：武东山在射洪县东七里。"○本集高祖上无生字，依《全唐文》增。○《隋书·百官志下》曰："郡置太守丞尉正，光初功曹，光初主簿。"《通典·职官典》十五曰："主簿谓主诸簿目。"○《诗·还》毛传曰："茂，美也。"

君幼孤，天资雄植，英秀独茂。性严简而尚倜傥之奇，爱廉贞而不拘介独之操。始通诗礼，略观史传，即怀轨物之标，希旷代之业。故言不宿诺，行不苟从。率身克己，服道崇德。闺门穆穆如也，乡党恂恂如也。至乃雄以济义，勇以存仁，贞以立事，毅以守节，独断于心，每若由己。实为时辈所高，而莫敢与伦也。以上行谊。

《方言》十二曰："植，立也。"○本集茂作迈，今依《文苑》。○《文选·鲁灵光殿赋》李善注曰："倜傥，非常也。"○《淮南子·原道篇》高注曰："轨，法也。"孙兴公《喻道论》曰："应世轨物。"陆佐公《新刻漏铭》曰："宁可以轨物字民？"皆谓为法于事物，与《左》隐五年"君将纳民于轨物"，字同义异。○《论语·颜渊篇》曰："子路无宿诺。"○《礼记·坊记》

曰:"闺门之内,戏而不欢。"《华阳国志·刘先主志》曰:"广陵太守陈登谓功曹陈矫曰:闺门雍穆有行,吾敬陈元方父子。"○《论语·乡党篇》曰:"孔子于乡党,恂恂如也。"《集解》引王肃曰:"恂恂,温恭之貌。"○《易·乾·文言传》曰:"贞固足以干事。"○《论语·颜渊篇》曰:"为仁由己。"○《礼记·中庸》郑注曰:"伦犹比也。"《宋策》高注曰:"伦,等也。"

是以乡里长幼,望风而靡。邦国贤豪,闻名而悦服。方谓拂羽乔木,缅升高云,而遭命大过,栋桡而殒。呜呼!天咎予乎!时年三十五,是岁龙集癸巳,有周天授二年秋七月。卜兆不吉,权殡于真谛寺之北园。始以今甲午岁献春一月乙酉朔二十五日己酉,窆于石溪山之北冈,陪考域也。君家世坟垅在武东山,昭穆崇封,松柏成列,至君考遗令,独爱石溪之冈,故君从先志祔葬于此。呜呼哀哉!以上卒葬。

《史记·淮阴侯传》:广武君曰:"燕从风而靡。"《汉书·杨恽传》:《报孙会宗书》曰:"犹随风而靡。"○《礼记·月令》曰:"鸣鸠拂其羽。"○《穀梁》庄三年《释文》曰:"缅,远也。"○本集遭下无命字,非是。○《易·大过·象传》:"栋桡,本末弱也。"《释文》曰:"桡,乃教反,曲折也。"○《公羊》哀十四年曰:"颜渊死,子曰:噫,天丧予!子路死,子曰:噫,天祝予!"本集咎予作降吊。○《左》襄二十八年杜注曰:"龙,岁星也。"《周礼·保章氏》郑注曰:"岁谓太岁,岁星与日同次之月,斗所建之辰也。郑司农云,太岁所在,岁星所居。"贾疏曰:"昭十五年有事于武官之岁,龙度天门。龙,岁星也。龙东方宿,天德之贵神。"王伯申《经义述闻》卷二十九《太岁考》曰:"太岁所以纪岁也,其名有六。太岁一也,太阴二也,岁阴三也,天一四也,摄提五也,青龙六也。《淮南子·天文篇》

曰，天神之贵者，莫贵于青龙，或曰天一，或曰太阴，《尔雅》谓之太岁，《史记·天官书》谓之岁阴，《甘氏星经》谓之摄提，其实一也。"〇《旧唐书·则天皇后本纪》曰："载初元年九月九日壬午革唐命，改国号为周，改元为天授。"〇《周礼·春官·小宗伯》曰："卜葬兆。"郑注曰："兆，墓茔域。"〇《潼川府志》卷六曰："射洪县真谛寺在县东武东山上，有陈子昂故宅，寺在其左。"步瀛案：杜子美有《谒真谛寺禅师诗》，当与《陈拾遗故宅》《赠射洪李四丈》等诗同编于梓州作，今各本编入夔州诗，疑误。〇甲午岁为长寿三年，是年五月改元为延载。〇《楚辞·招魂》曰："献岁发春兮，汩吾南征。"王注曰："献进，言岁始来进也。"本集乙酉作己酉，《全唐文》同，皆误。二十五日为己酉，朔日当为乙酉也，今正。〇《仪礼·既夕礼》郑注曰："窆，下棺也。"《释文》曰："窆，彼验反。"〇《潼川府志》卷七曰："唐陈孜墓在县治石溪山之北冈。"而不言山之所在。卷二"山川"，亦未载石溪山名。〇《礼记·曲礼下》曰："生曰父，死曰考。"案：集域作垓，今依《文苑》。〇《礼记·祭统》曰："昭穆者，所以别父子远近、长幼亲疏之序，而无乱也。"《檀弓上》曰："于是封之，崇四尺。"〇《文选·古诗十九首》李善注引《仲长子昌言》曰："古之葬者，松柏梧桐以识其坟。"〇集成列作列盛，今依《文苑》。

　　始君伯父，海内之文人也。含纯刚之德，有高代之行。每见君叹曰：吾家代虽儒术传嗣，然豪英雄秀，济济不泯，常惧后来光烈不象先风。每一见尔，慰吾家道，实谓君有逸群之骨，拔俗之标，超山越壑可以骏迈也。岂其夭绝，丧兹良图，呜呼，其元命欤！遭命欤！天不忧欤！道固谬欤！大圆苍苍，大方茫茫。贤圣同此，尔之何伤？以上言孜尝为其伯父所称重，而惜其早夭。

孜之伯父即伯玉之父。墓志铭曰:"公讳元敬,字某,性英雄而志尚玄默,群书秘学,无所不览。年弱冠,早为州闾所服,耆老童幼见之若大宾。二十二乡贡明经擢第,拜文林郎,属忧艰不仕。潜道育德,穆其清风,邦人驯致,如众鸟之从凤也。时有决讼,不取州郡之命,而信公之言。四方豪杰,望风景附,朝廷闻名。"○集高代上无有字。○《蜀志·诸葛亮传》:"陈寿等上《诸葛氏集》表曰:'亮少有逸群之才。'"案:逸、轶字通。○《后汉书·仲长统传》:统诗曰:"达士拔俗。"孔德璋《北山移文》曰:"耿介拔俗之标。"○陈孔璋《答东阿王笺》曰:"飞兔流星,超山越海。"○《书·吕刑》曰:"自作元命。"○《论衡·命义篇》曰:"传曰,说命有三,一曰正命,二曰随命,三曰遭命。遭命者,行善得恶,非所冀望,逢遭于外,而得凶祸,故曰遭命。"○《诗·大明》曰:"天难忱斯。"毛传曰:"忱,信也。"案:《文苑》忱作佑。○《吕氏春秋·序意篇》:"尝得学黄帝之所以诲颛顼矣,爰有大圜在上,大矩在下。"高注曰:"圜,天也。矩,方,地也。"《庄子·逍遥游》曰:"天之苍苍,其正色邪,"《淮南子·俶真篇》曰:"是故能戴大员者履大方。"高注曰:"言能戴天履地之道。"《左》襄四年引辛甲《虞人之箴》曰:"芒芒禹迹。"芒与茫同。

古人有言:珠玉而瘗,是暴骸于中原。况吾家道尚俭,名训未坠,封树之礼,吾敢过焉?是用锡尔瓦木之器,涂刍之灵,尧、舜之典,忠孝之经,昭示后代,以安尔形。铭曰:以上葬必以礼,不求奢靡。

《吕氏春秋·安死篇》曰:"鲁季孙有丧,孔子往吊之,主人以玙璠收,孔子历级而上曰:以宝玉收,犹暴骸中原也。"又《家语·曲礼子夏问篇》曰:"季平子卒,将以君之玙璠敛,赠以珠玉。孔子初为中都宰,闻之,历级而救焉,曰:送死(《御览・礼仪部》二十九引有人字）而以宝玉，是犹曝尸于中原也。其示民以奸利之端而有害于死者，安用之？"○《易・系辞下》曰："古之葬者，不封不树。"○《礼记・檀弓上》曰："瓦不成味，木不成斲。其曰明器，神明之也。"郑注曰："成犹善也，味当作沬，沬，靧也。"孔疏曰："味犹黑光也，今世亦呼黑为沬也。瓦不善沬，谓瓦器无泽也。"○《檀弓下》曰："涂车刍灵，自古有之。"郑注曰："刍灵，束茅为人马，谓之灵者，神之类。"陆士衡《士庶挽歌》曰："埏埴为涂车，束薪作刍灵。"○"尧、舜之典"二句，谓以书附葬，为帝王之典与言忠孝之书耳，不宜泥定《尚书》之《尧典》《舜典》，孔子为曾子所陈之《孝经》，及宋以后伪撰之马融《忠经》也。

我祖之葳蕤兮邈于陈。缅遥裔兮此江濆。五代崇光兮至夫君，徽烈英曜兮始菳菳。何意严霜兮降青春，玉树摧落兮成黄尘？南山无隙兮永幽沦，悠悠昭代兮卜尔辰。吾恸感伤兮号苍旻。问之蓍策兮立兹坟。乃言千载兮衣冠来臻。黄头之子白服人，嗟尔黄头兮勿伤神。

□雄俊倜傥，韩公先导。

《说文》曰："蕤，艸木华垂貌。"左太冲《蜀都赋》"敷蕊葳蕤"是也。与司马长卿《子虚赋》葳蕤义别，此借以喻名德之盛耳。○《离骚》曰："帝高阳之苗裔兮。"王注曰："裔，末也。"朱注曰："裔者，衣裾之末，衣之馀也，故以为远末子孙之称也。"《说文》曰："濆，水厓也。"○《楚辞・九歌・湘君》曰："望夫君兮未来。"案：夫音扶。○《玉篇》艸部曰："菳，扶文切；菳，于云切。菳菳，盛貌。"案：集作氛氲。○《楚辞・大招》曰："青春受谢。"○《世说新语・伤逝篇》曰："庾文康（亮）亡，何扬州（充）临葬云：埋玉树箸土中，使人情何能已已？"○《汉书・张释之传》曰："上顾谓群臣曰：嗟乎，以北山石为椁,用纻絮斲陈漆其间,岂可动哉?左右皆曰:善。释之前曰:使其中有可欲,虽锢南山犹有隙;使其中亡可欲,虽亡石椁,又何戚焉?文帝称善。"○《尔雅·释天》曰:"春为苍天。"郭注曰:"万物苍苍然生。"又曰:"秋为旻天。"注曰:"旻犹愍也,愍万物彫落。"案:《文苑》号作昊。○《淮南子·览冥篇》曰:"蓍策日施。"《楚辞·卜居》朱注曰:"策,蓍茎。"○《魏书·游雅传》曰:"雅字伯度,小字黄头,高允将婚于邢氏,雅劝允娶于其族,允不从。雅曰:人贵河间邢,不胜广平游。人自弃伯度,我自敬黄头。"○《史记·儒林传》曰:"公孙弘以《春秋》,白衣为天子三公。"案:此谓孜之子犹衣庶民之服,然卜地既吉,子孙将大,蔚为衣冠之族,故令孜勿伤神也。○《文苑》嗟尔作呜呼。

张道济

张说,字道济,一字说之。其先范阳人,徙河南之洛阳。武后策贤良方正,说对第一,后署乙等,授太子校书郎。中宗朝,历工部、兵部侍郎,加弘文馆学士。睿宗即位,迁中书侍郎。景云二年,同中书门下平章事,转尚书左丞,罢政事。既而拜中书令,封燕国公。开元九年,拜兵部尚书,同中书门下三品。明年为朔方节度大使。十七年,复为右丞相,迁左丞相,授开府仪同三司。十八年卒,谥文贞。新、旧《唐书》皆有传。○皇甫持正《谕业》曰:"燕公之文,如梗木柟枝,缔构大厦,上栋下宇,孕育气象,可以燮阴阳而阅寒暑,坐天子而朝群后。"(《持正集》卷一)《旧唐书·说传》曰:"为文俊丽,用思精密,朝廷大手笔,皆特承中旨撰述,天下词人咸讽诵之。尤长于碑文墓志,当代无能及者。"

贞节君碣

《全唐文》作"墓碑",此依本集。《唐六典》卷四载碑碣之制曰:"五品以上立碑,螭首龟趺,趺上高不过九尺。七品以上立碣,圭首方趺,趺上高不过四尺。若隐沦道素,孝义著闻,虽不仕亦立碣。"据此则作"碣"为是,作"碑"者特通称耳。(如《隶释》六载《孔谦碣》《孔君篡碣》,据《金石萃编》九记此二石皆短小,宜称为碣,而《集古录》二、《金石录》一皆称《孔谦碣》为《孔德让碑》,《山左金石志》卷八亦称《孔君墓碣》为《孔君墓碑》,即其证也。)

神功元年十月乙丑,阳鸿卒于雩都县。友人沛国朱敬则、清河孟乾祚、范阳卢禹等哀鸿抱德没地,继体未识,考行定谥,葬于旧域。以上卒葬。

神功,武后年号。○唐江南道虔州雩都县,今江西雩都县治。○《旧唐书·朱敬则传》曰:"字少连,亳州永城人也。长寿中,累除右补阙。长安三年,累迁正谏大夫。"与此时正相当,此云沛国,盖指旧族郡望。《元和姓纂》有沛国相县朱氏。○《周书·谥法篇》曰:"谥者,行之迹也。"《榖梁》桓十七年传曰:"谥所以成德也。"○《广雅·释丘》曰:"域,葬地也。"

鸿字季翔,平恩人也。其先著族右北平郡。大父真阳宰,适兹乐土,爰定我居,维桑与梓,既重世矣。以上著籍。

唐河北道洺州平恩县在今山东丘县西。○《广韵》十阳注曰:"阳姓出右北平,本自周景王封少子于阳樊,后裔避周之乱,适燕,家于无终,因邑命氏,秦置右北平,子孙仍属焉。"○唐河南道蔡州真阳县在今河南正阳县北。○《诗·硕鼠》曰:"适彼乐土,爰得我所。"○《诗·小弁》曰:"维桑与梓,必恭敬止。"毛传曰:"父之所树,已尚不敢不恭敬。"王勉夫《野客丛书》卷十曰:"诗意谓桑梓人赖其用,犹不敢残毁,寓恭敬之意,而况父子相与,非直桑梓而已,非谓桑梓为乡里也。然自东汉以来,乃以桑梓为乡里用矣。"(杭大宗《订讹类篇》卷一曰:《漫叟诗话》亦以为非。)案张平子《南都赋》曰:"永世克孝,怀桑梓焉;真人南巡,睹旧里焉。"自此以后,文家皆相承作乡里用之。《日知录》卷三十二引据甚详。又谓汉人之文必有所据。齐、鲁、韩三家之《诗》不传,未可知其说也。后人谓平子习《鲁诗》,故或以为即《鲁诗》之说。○庾子山《哀江南赋》曰:"居负洛而重世。"

鸿侗侥奇杰,瓌瑋博达。贯涉六籍百家之言,其要在霸王大略,奇正大旨,君亲大义,忠孝大节而已。章句之徒,不之视也。尝陋汉史《地理志》《周礼》职方志,时异虚记,心不厌焉。乃攀恒、岱,浮洞庭,窥河源,践岷、衡,稽四海之风俗,算九州之险易,与赵国贯高图献其议,遇火焚荡,天下壮其志而痛其事。以上学识及著作。

侗侥已见陈伯玉《堂弟孜墓志铭》注,侗侥又作俶傥。《广雅·释训》曰:"俶傥,卓异也。"《庄子·天下篇》曰:"其书虽瓌玮。"《释文》曰:"瓌玮,奇特也。"○《周礼》职方志,谓《周礼·夏官·职方氏》所志也。盖以《汉书》《周礼》所记与今时有异,后人沿袭,是为虚记,故陋而心不厌足尔。《周语中》韦注曰:"猒,足也。"厌,猒之通借字,又作饜。○《元和郡县志》:"河北道定州恒阳县:恒山在县北一百四十里,是为北岳。"《新唐书·地理志》曰:"定州曲阳本恒阳,元和十五年更名。"案:唐曲阳县即今河北曲阳县治。○《元和郡县志》:"河南道兖州乾封县：泰山一曰岱宗，在县西北三十里。"案：唐乾封县在今山东泰安县东南。○《元和郡县志》："江南道岳州巴陵县：洞庭湖在县西南一里五十步，周迥二百六十里。"《清一统志》曰："湖南岳州府：洞庭湖在巴陵县南，每夏秋水涨，周围八百馀里。"案：巴陵县今改岳阳县。○《旧唐书·吐谷浑传》曰："侯君集与江夏王道宗趣南路，登汉哭山，饮马乌海，经途二千馀里，又达于柏梁，北望积石山，观河源之所出焉。"《史记·夏本纪》《正义》引《括地志》曰："积石山今名小积石山，在河州枹罕县西七里。"《正义》曰："河州有小积石山，即《禹贡》'浮于积石，至于龙门'者。然黄河源从西南下出大昆仑东北隅，东北流经于阗入盐泽，即东南潜行入吐谷浑界大积石山，又东北流至小积石山。"《元和郡县志》曰："陇右道河州枹罕县：积石山一名唐述山，今名小积石山，在县西北七十里。按河出积石山，在西南羌中，注于蒲昌海，潜行地下，出于积石，为中国河，故今人目彼山为大积石，此山为小积石。"案：据此唐人以河源在大积石山，而以甘肃导河县西北之积石为禹所导之积石，故《后汉书·段颎传》章怀注、《通典·州郡典》四，皆以鄯州龙支山县南之积石为《禹贡》之导河积石，而不言大积石，与张守节《史记正义》本无不合。《禹贡锥指》卷十三上谓唐初太子贤注《后汉书》误认龙支之积石为《禹贡》之积石，中叶已知其非，独杜佑不审耳，未必然也。《元史·地理志·河源附录》，以吐番朵甘斯东北之大雪山为昆仑山。《清一统志》卷四百十二之下青海部谓即唐人所谓大积石山，乃真《禹贡》之积石也。董方立《水经注图说残稿》卷一曰："中国诸山之脉，皆起自西藏阿里部落东北冈底斯山，绵亘东北数千里，至青海之玉树土司境，为巴颜哈喇山，河源出焉。河源左右之山统名枯尔坤，即昆仑之转音，盖自冈底斯山东，皆昆仑之脊，古所称昆仑墟即在乎此。"案：河源所在，唐人虽略能知之，未必能亲至其地。此云"窥河源"，不过言其大略耳。○《史记·夏本纪》《正义》引《括地志》曰："岷山在岷州溢乐（元作洛，误）南一里，连绵至蜀二千里，皆名岷山。"又曰："岷山在茂州汶川县。"案：唐陇右道岷州溢乐县，今甘肃岷县治。剑南道茂州汶川县，在今四川汶川县西。虽皆称岷山，然江源所在，当为今四川松潘县西北之岷山，旧为松潘厅。《清一统志》曰："岷山在厅西北，《书·禹贡》岷山导江，《汉书·地理志》湔氐道：《禹贡》岷山在西徼外，江水所出，是也。"○《元和郡县志》曰："江南道衡州衡山县：衡山，南岳也，在县西三十里。"案：在今湖南衡山县西。

养徒闾里，不应宾辟。仪凤中，河北大使薛公举鸿行励贪鄙。天子嘉之，用寘于吏，乃尉汲、曲阿，主簿龙门、雩都。夫其屏居十年，一方化德，历佐四邑，诸侯观政。惜乎有大才无贵仕，命也。以上历仕。

《文选·郭有道碑文》曰："遂辟司徒掾。"李善注曰："辟犹召也。"○《旧唐书·高宗本纪》曰："仪凤元年十二月，遣使分道巡抚，宰相来恒河南道，薛元超河北道。"《薛收传》曰："收，蒲州汾阴人。子元超袭爵汾阴男。上元三年，迁中书侍郎，寻同中书门下三品。"○《唐六典》卷三十曰："诸州上县尉二人，从九品下。"案《元和郡县志》，汲县紧，丹阳县（即曲阿，见下）望，皆同上县也。○唐河北道卫州汲县，今河南汲县治。○《元和郡县志》曰："江南道润州丹阳县本旧云阳县地，秦时望气者云有王气，故凿之以败其势，截其直道使之曲阿，故曰曲阿。天宝元年改为丹阳县。"《清一统志》曰："江苏镇江府：曲阿故城，今丹阳县治。"○《唐六典》卷三十曰："诸州上县主簿一人，正九品下。"案《元和志》，龙门县望畿，雩都县上。○唐河东道绛州龙门县，在今山西河津县西。

初鸿游太学，有书生山东李思言物故南馆，鸿伤其终远家属，有丧无主，乃躬驾枢车送归东土。及在曲阿，敬业作难润州，藉鸿得人，历旬坚守，城既陷而犹斗，力虽屈而蹈节，寇义而脱之，因伪加朝散大夫，即署曲阿令。鸿贞而不谅，诡应求伸，既入邑，则焚服阖门而设拒矣。故得殿邦奋旅，一境赖存。淮海底绩，答勋效功。卒不言赏，赏亦不及。以上叙送丧、守城二事，以见其平生节概。

《通典·吉礼》十二曰："西京国子监领六学，一曰国子学，生徒三百人；二曰大学，生徒五百人；三曰四门学，生徒千三百人；四曰律学，生徒五十人；五曰书学，生徒三十人；六曰算学，生徒三十人。凡诸学，皆博士助教授。"○《释名·释丧制》曰："汉以来谓死为物故，言其诸物皆就朽故也。"○徐星伯《唐两京城坊考》卷二曰："西京外城郭朱雀门街东第二街，街东从北第一务本坊，半以西国子监，领国子监大学四门律书算六学。"案：六学唐人亦谓之六馆，此南馆殆即指大学也。○《旧唐书·李敬业传》（附其祖勋传）曰："敬业据扬州，乃开三府，一曰匡复府，二曰英公府，三曰扬州大都督府。敬业自称匡复府上将，领扬州大都督。旬日之间，胜兵有十馀万。敬业兵集，图其所向。薛璋曰：金陵王气犹在，大江设险，可以自固，且取常、润等州以为霸基，然后治兵北渡。魏思温曰：兵贵神速，但宜早渡淮而北，招合山东豪杰，乘其未集，直取东都，据关决战，此上策也。敬业不从，十月率众渡江，攻拔润州，杀刺史李思文。"馀见陈伯玉《谏用刑书》注。○《唐六典》卷二曰："从五品下曰朝散大夫。"○《论语·卫灵公篇》曰："君子贞而不谅。"皇疏曰："贞，正也。谅，信也。君子权变无常，若为事苟合道得理之正，君子为之，不必存于小信，自经于沟渎也。"○《后汉书·郑太传》章怀注曰："诡，犹诈也。"○《诗·采菽》曰："乐只君子，殿天子之邦。"毛传曰："殿，镇也。"○杨子云《赵充国颂》曰："请奋其旅。"○《书·禹贡》曰："淮海惟扬州。"又曰："和夷厎绩。"○《左》僖二十四年曰："介之推不言禄，禄亦弗及。"

君子以为急友成哀，高义也；临危抗节，秉礼也；矫寇违祸，明智也；保邑匿勋，近仁也。义以利物，智以周身，礼以和众，仁以安人。道有五常，鸿擅其四；武有七德，鸿秉其二。大虑克就之谓贞，好廉自克之谓节，粤若夫子，可谥为贞节也已！于是纪名垂迹，表墓勒石。其词曰：以上立石表德。

《易·乾·文言》曰："利物足以和义。"○杜元凯《春秋序》曰："圣人包周身之防。"○安人即安民，唐避讳耳。○《白虎通·情性篇》曰："五常者何（卢校常作性）？谓仁义礼智信也。故人生而应八卦之体，得五气以为常，仁义礼智信也。"○《左》宣十二年："楚子曰：夫武，禁暴、戢兵、保大、定功、安民、和众、丰财者也。武有七德，我无一焉。"○《周书·谥法篇》曰："大虑克就曰贞。"又曰："好廉自克曰节。"○《汉书·翟义传》注曰："粤，发语词也。"

倬良士，纵自天。辨方物，覈山川。厥志大哉！峻刚节，殷义声。返旅榇，宴穷城。厥德迈哉！哀斯人，命莫赎。德不朽，温如玉。轨来世哉！

□雅絜渊懿，中郎遗则。

《诗·棫朴》毛传曰："倬，大也。"○《论语·子罕篇》：子贡曰："固天纵之将圣。"○《书》伪古文《旅獒》曰："毕献方物。"○《文选·西京赋》薛注曰："覈，验也。"○《仪礼·士丧礼》郑注曰："殷，盛也。"○《说文》曰："榇，棺也。"○《易·需》《释文》曰："宴，安也。"史孝山《出师颂》曰："穷城极边。"案：本集宴作晏，今依《全唐文》。○《左》庄八年引《夏书》曰："皋陶迈种德。"（伪《大禹谟》袭之）杜注曰："迈，勉也。"〇《左》二十四年：穆叔曰："豹闻之，太上有立德，其次有立功，其次有立言，虽久不废，此之谓不朽。"〇《诗·小戎》曰："言念君子，温其如玉。"〇《文选·东京赋》薛注曰："轨，法也。"〇天、川韵，声、城韵，赎、玉韵，大、迈、世韵。

齐黄门侍郎卢思道碑

思道，《隋书》有传，《北史》附刘玄传，与此碑所述间有同异，当以碑正其失。又思道历仕齐、周、隋三朝，此独取其先仕之朝所终之官，亦金石文中一例也。

有齐黄门侍郎范阳卢公讳思道，字子行，涿人也。其先姜姓，世祚东海，别为卢氏，家于北燕。自汉世中郎将植至侍中，阳乌，以上先世。〇阳乌下疑尚有脱文。

王伯申《经传释词》卷三曰："有，语助也，一字不成词，则加有字以配之。若虞、夏、殷、周皆国名，而曰有虞、有夏、有殷、有周，是也。凡国名之上加有字者，放此。"〇《隋书·百官志》中曰："后齐门下省，掌献纳谏正及司进御之职，侍中、给事黄门侍郎各六人。"〇《隋书·卢思道传》曰："范阳人也。"《地理志》：冀州涿郡涿县：原注曰："旧置范阳郡，开皇初郡废。"《太平寰宇记》卷七十曰："河北道涿州：汉高六年分燕置涿郡，后汉为涿郡，魏初因之。至黄初七年，文帝改为范阳郡，取汉涿县在范水之阳以为名。晋武泰始元年，又改为范阳国。后魏又改为范阳郡。隋开皇二年，罢郡，大业三年，以幽州为涿郡，县仍属焉。唐武德元年，郡废，复为幽州之属邑。七年，改涿县为范阳县。"案《清一统志》曰："顺天府：涿县故城今涿州治。"（今改县）。《元和姓纂》卷三曰："卢，姜姓，齐太公之后，至文公予高,高孙俟食采于卢,因姓卢氏。"《新唐书·宰相世系表》曰:"田和篡齐,卢氏散居燕、秦之间,秦有博士敖,子孙家于涿水之上,遂为范阳涿人。裔孙植,字子幹,汉北中郎将。生毓字子象,魏司空、容城成侯。三子,钦、简、珽;珽三子,浮、皓、志;志三子,谌、谧、诜;谌五子,勖、凝、融、偃、征。勖居巷南,号南祖;偃居北,号北祖。偃二子,邈、闿;邈生玄,玄二子,巡、度世;度世四子,阳乌、敏、昶、尚之,号四房卢氏。又阳乌字伯源,后魏秘书监、固安懿侯。子道亮,字仲业。"《隋书·卢思道传》曰:"父道亮,隐居不仕。"案:此文似应叙及道亮,下"征君"字始有着,疑误脱。

　　征君之子,禀天灵杰,承家令轨。清明虚受,磊落标奇。言不诡随,行不苟合。游必英俊,门无尘杂。至于求己励学,探道睹奥,思若泉涌,文若春华,精微入虚无,变化合飞动,斯固非学徒竭才仰钻之所逮也。以上品行及文学。

　　征君句上疑当有君字。《后汉书·黄宪传》曰:"初举孝廉,又辟公府,友人劝其仕,宪亦不拒之,暂到京师而还,竟无所就,天下号曰征君。"案:征君之称始此。○宋武帝与臧焘敕曰:"明发搜访,想闻令轨。"○《易·咸·象传》曰:"君子以虚受人。"○《世说新语·言语篇》:"孙子荆曰:其人磊落而英多。"○《诗·民劳》曰:"无纵诡随。"○曹子建《王仲宣诔》曰:"思若涌泉。"○班孟坚《答宾戏》曰:"摛藻如春华。"○《文苑》合作含。○《论语·子罕篇》:"颜渊喟然叹曰:仰之弥高,钻之弥坚,欲罢不能,既竭吾才。"

　　事齐,历散骑侍郎,以文翰直中书。中废复进,至给事黄门侍郎,待诏文林馆。武平末,天子总兵御寇,太子监国于晋阳,公留综宫朝,兼典枢密。及皇舆败绩于外，而百寮荡析于内，公节义独存，侍从趣邺，告至行赏，授仪同三司。入周，除御正上士。定省归郡，郡人祖英伯作难，公胁在其旅。幽都既平，玉石将燎，赖元帅宇文公神举，以旧有令闻引谒，因命草露板立就，骇其丽，异其敏，释于齐斧之下，擢于群士之上，除掌教上士。隋高祖为丞相也，迁武阳太守，以母老乞解职，优诏许之。后复征为散骑侍郎，奏内史侍郎郎事。隋开皇六年，春秋五十有二，终于长安，反葬故里。凡更臣三代，易官十七，再降，一免；二去职，八平除，擢迁者四而已。以上历仕。○仕迹于此段述之，以下皆称其文学，是文字用意处。○总括数语以收束前半篇，此法出自《史记》《曹相国世家》《绛侯周勃世家》《樊哙列传》等。

《隋书·卢思道传》曰："左仆射杨遵彦荐之于朝，解褐司空行参军长，兼员外散骑侍郎，直中书省。后漏泄省中语，出为丞相西阁祭酒，历太子舍人，司徒录事参军。每居官多被谴辱，后以擅用库钱，免归于家。数年，复为京畿主簿，历主客郎，给事黄门侍郎，待诏文林馆。"案：《文苑》文翰作翰林。○《隋书·百官志中》曰："齐制集书省散骑常侍六人。"又曰："中书省管司王言及司进御之音乐。"○《唐六典》卷八曰："北齐有文林馆，后周有崇文馆，或典校理，或司撰著。"又卷九曰："北齐有文林馆学士，后周麟趾殿学士，皆掌著述。"○《北齐书·后主纪》曰："武平七年冬十月景辰（唐讳丙为景），周师攻晋州。甲子，出兵大集晋祠。庚午，帝发晋阳。"案：太子监国于晋阳，当在此时，特史未备耳。《通鉴地理通释》卷四曰："齐高氏继东魏都邺，以邺为上都，晋阳为下都。"《清一统志》曰："山西太原府：晋阳故城，即今太原县治。"○《北齐书·后主纪》曰："武平七年十一月，周武帝退还长安，留偏师守晋州，高阿那肱等围晋州城。十二月戊申，武帝来救晋州。庚申，战于城南，我军大败，帝弃军先还。癸丑，入晋阳，忧惧不知所之。丁巳，大赦，改武平七年为隆化元年。诏除安德王延宗为相国，委以备御，帝乃夜斩五龙门而出，欲走突厥，从官多散，领军梅胜郎叩马谏，乃回之邺。"《元和郡县志》曰："河东道晋州，即尧、舜、禹所都平阳也，今州即汉河东郡之平阳县也。后魏太武帝于此置东雍州，孝明帝改为唐州，寻又改为晋州，因晋国以为名也。高齐武成帝于此置行台。"又曰："河北道相州邺县，本汉旧县，属魏郡，东魏高齐并都于此。"《清一统志》曰："山西平阳府：白马故城即今府治（今临汾县）。元魏及唐晋州皆治此。"又曰："河南彰德府：邺县故城在临漳县西。"○《离骚》曰："恐皇舆之败绩。"○《书·皋陶谟》曰："百僚师师。"《尔雅·释诂》曰："僚，官也。"案：寮，僚之通借字。《书·盘庚下》曰："今我民用，荡析离居。"○《左》桓二年曰："公至自唐，告于庙也。凡公行告于宗庙，反行饮至，舍爵策勋焉，礼也。"○《通典·职官》十六曰："汉文帝元年，始用宋昌为卫将军，位亚三司。后汉章帝建初三年，始使车骑将军马防班同三司，'同三司'之名自此始也。殇帝延平元年，邓骘为车骑将军仪同三司，'仪同'之名自此始也。魏黄权以车骑将军开府仪同三司，'开府'之名自此始也。"案：子行受仪同三司，据碑当在齐末，传云周帝平齐，授仪同三司。《隋书》《北史》皆同，殆误，当以碑正之。又周灭齐在建德六年，《周书·卢辩传》曰："建德四年改仪同三司为仪同大将军。"是此时已无复"仪同三司"之名，史之误益明矣。○《隋书·百官志》中载周制上士三命。○《隋书·卢思道传》曰："以母疾还乡，遇同郡祖英伯及从兄昌期、宋护等举兵作乱，思道预焉。周遣柱国宇文神举讨平之，罪当法，已在死中。神举素闻其名，引出之，令作露布，思道援笔立成，文无加点，神举嘉而宥之。"○陈孔璋《檄吴将校部曲文》曰："大兵一放，玉石俱碎。"《书》伪古文《胤征》曰："玉石俱焚。"○《周书·宇文神举传》曰："神举，太祖之从子也。幽州人卢昌期、祖英伯等聚众据范阳反，诏神举率兵擒之。齐黄门侍郎卢思道亦在反中，贼平见获，解衣将伏法，神举素钦其才名，乃释而礼之，即令草露布，其待士礼贤如此。"案《文苑》举上无神字，集神作特，皆转写之误，今依《隋书》校正。○《隋书·礼仪志》三曰："后魏每攻战克捷，欲天下知闻，乃书帛揭于竿，名为露布，其后相因施行。"（案：贾叔业为马超作露布，见《魏志·王朗传》注；袁彦伯为桓温作北伐露布，见《世说新语·文学篇》。露布之文，其来已久，特书帛揭竿自魏始尔。）《文心雕龙·移檄篇》曰："明白之文，或称露布。露布者，盖露板不封，布诸视听也。"（露布者至不封八字今本无，又布诸作播诸，今并依《御览·文部》十三引增订。）《易·旅》九四曰："得其资斧。"《释文》曰："子夏传及众家并作齐斧，张轨云，齐斧盖黄钺斧也。张晏曰，整齐也。应劭云，齐利也。虞喜《志林》云，齐当作斋，斋戒入庙而受斧。"○《隋书·卢思道传》曰："高祖为丞相，迁武阳太守，非其好也。开皇初，以母老表请辞职，优诏许之。思道自恃才地，多所陵轹，由是官涂沦滞，岁馀被征，奉诏郊劳陈使，顷之遭母忧，未几起为散骑侍郎，奏内史侍郎事。是岁卒于京师，时年五十二，上甚惜之，遣使弔祭焉。"○《隋书·高祖纪上》曰："高祖文皇帝姓杨氏，讳坚，弘农郡华阴人也。袭爵隋国公。武帝聘高祖长女为皇太子姬。宣帝即位，以后父征拜上柱国大司马。大象二年五月，帝崩，时静帝幼冲，庚戌，拜高祖假黄钺左大丞相，百寮总己而听焉。十二月，进公爵为王，备九锡之礼。大定元年二月，禅位于隋。开皇元年二月甲子，上即皇帝位于临光殿。"

  公处屯安贞，赋诗颓饮。视得失蔑如也。临难无慑，在黜无愠，危不去主，仕不违亲，休明有宾礼之盛，颠覆无沦胥之祸，其大雅者欤！夫礼仪损益，公能言之，故与熊安生详定齐礼；三坟五典，公能读之，故与薛道衡侍学储后。公国华人望，光照邻邦，故所居之朝，应对宾客；修词抗议，允执其中，故青琐黄缣，异代咸掌。大名之下，岂诬也哉！以上就其际遇证明其品行文学。

《诗·桑柔》郑笺曰："蔑犹轻也。"○《后汉书·张步传》曰："王闳诣步，步待以上宾之礼。"○《诗·雨无正》曰："沦胥以铺。"毛传曰："沦，率也。"○《文选》班孟坚《西都赋》曰："大雅宏达，于兹为群。"李善注曰："大雅谓有大雅之才，《诗》有大雅，故以立称焉。"○《论语·为政篇》曰："殷因于夏礼，所损益可知也。"《八佾篇》："子曰：夏礼吾能言之。"○《周书·儒林传》曰："熊安生，字植之，长乐阜城人也。齐河清中，阳休之特奏为国子博士。"案：详定齐礼事，熊安生传亦不载。《隋书·经籍志》史部仪注有《后齐仪注》二百九十卷，未知是卢、熊等所撰否。○《左》昭十二年："左史倚相趣过，王曰：是良史也，是能读《三坟》《五典》《八索》《九丘》。"孔疏引贾逵曰："《三坟》，三皇之书；《五典》，五帝之典。"《周礼·春官·外史》："掌三皇五帝之书。"郑注曰："楚灵王所谓《三坟》《五典》。"《尚书》伪孔序曰："《三坟》言大道也，《五典》言常道也。"○《隋书·薛道衡传》曰："字玄卿，河东汾阴人也。武平初，诏与诸儒修定三礼，除尚书左外兵郎。待诏文林馆。与范阳卢思道、安平李德林齐名友善，复以本官直中书省，寻拜中书侍郎，仍参太子侍读。"储后谓太子，犹言储君也。○《鲁语中》："季文子曰：吾闻以德荣为国华。"《后汉书·卢植传》：议郎彭伯曰："卢尚书海内大儒，人之望也。"○《易·明夷·象传》曰："初登于天，照四国也。"○应对宾客，如郊迎陈使是，已见上。○《论语·尧曰篇》曰："允执其中。"○《汉书·元后传》曰："赤墀青琐。"注孟康曰："以青画户边镂中。"颜师古曰："青琐者，刻为连环文而青涂之也。"《续汉书·百官志》三刘补注引《汉旧仪》曰："黄门郎属黄门令，日暮入对青琐门拜，名曰夕郎。"《后汉书·光武十王·楚王英传》曰："英遣郎中令奉黄缣白纨三十匹以赎愆皋。"案：黄缣犹言黄卷也。○孔文举《论盛孝章书》曰："孝章要为有天下大名。"《后汉书·黄琼传》曰："李固以书遗之曰：盛名之下，其实难副。"

昔仲尼之后，世载文学，鲁有游、夏，楚有屈、宋。汉兴有贾、马、王、杨，后汉有班、张、崔、蔡，魏有曹、王、徐、陈、应、刘，晋有潘、陆、张、左、孙、郭、宋，齐有颜、谢、江、鲍，梁、陈有任、王、何、刘、沈、谢、徐、庾，而北齐有温、邢、卢、薛，皆应世翰林之秀者也。吟咏情性，纪述事业，润色王道，发挥圣门，天下之人，谓之文伯。於戏！国有校，家有塾，禄位以劝，风雅犹存。然千数百年，群心相尚，竞称者若斯之鲜矣。才难，不其然乎！然则飞黄虚骋，百辔遗路；鹓鹏天运，万翼无阶。文士擅名当时，垂声后代，亦云才力之绝众故尔。以上深美其文学。吴先生曰："孤情远韵，瑰放出奇。"

《论语·先进篇》曰："文学子游、子夏。"《史记·仲尼弟子列传》曰："言偃，吴人，字子游。卜商，字子夏。"《家语·七十二弟子篇》曰："卜商，卫人。"案：此言在鲁者，以学于孔子，子游又尝为武城宰也。○《史记·屈原传》曰："屈原者，名平，楚之同姓也。忧愁幽思而作《离骚》。楚有宋玉、唐勒、景差之徒者，皆妙文辞，而以赋见称，皆祖屈原。"王叔师《楚辞·九辩章句》曰："宋玉者，屈原弟子也。"○贾谊，洛阳人。

司马相如，字长卿，蜀郡成都人。《史记》《汉书》皆有传。王褒，字子渊，蜀人。杨雄，字子云，蜀郡成都人。《汉书》皆有传。〇班固，字孟坚，扶风安陵人。张衡，字平子，南阳西鄂人。崔骃，字亭伯，涿郡安平人。蔡邕，字伯喈，陈留圉人。《后汉书》皆有传。〇曹植，字子建，魏武帝操子，文帝丕弟，沛国谯人。王粲，字仲宣，山阳高平人。徐幹，字伟长，北海人。陈琳，字孔彰，广陵人。应玚，字德琏，汝南人。刘桢，字公幹，东平人。《三国·魏志》皆有传。〇潘岳，字安仁，荥阳中牟人。陆机，字士衡，吴郡人。张载，字孟阳，安平人。孙绰，字兴公，太原中都人。郭璞，字景纯，河东闻喜人。《晋书》皆有传。左思，字太冲，齐国临淄人。《晋书》入《文苑传》。颜延之，字延年，琅邪临沂人。谢灵运，袭封康乐公，陈国夏阳人。《宋书》《南史》皆有传。鲍照，字明远，东海人。（虞炎《鲍氏集序》曰，本上党人。）《宋书》《南史》皆附《临川王刘道规传》。谢朓，字玄晖，《南齐书》有传，《南史》附《谢裕传》。江淹，字文通，济阳考城人。《梁书》《南史》皆有传。案：文通尝仕宋，而仕齐至秘书监，故此文列入宋、齐。〇任昉，字彦升，乐安博昌人。沈约，字休文，吴兴武康人。《梁书》《南史》皆有传。王筠，字元礼，一字德柔，琅邪临沂人。《梁书》有传，《南史》附《王裕传》。刘孝绰，字孝绰，本名冉，彭城人。《梁书》有传，《南史》附《刘勔传》。谢朏，字敬冲，陈郡夏阳人。《梁书》有传，《南史》附《谢弘微传》。何逊，字仲言，东海郯人。《梁书》入《文学传》，《南史》附《何承天传》。徐陵，字孝穆，东海郯人。《陈书》有传，《南史》附父摛传。庾信，字子山，《周书》《北史》皆有传。皆列于梁、陈者，以子山初仕于梁也。〇温子升，字鹏举，济阴冤句人，自云温峤后，本太原人。《魏书》《北史》皆入《文苑传》。案：子升虽未入北齐，然尝为高澄大将军府谘议参军，故此文亦数入北齐。邢邵，字子才，河间郑人。《北齐书》有传，《北史》附《邢峦传》。薛道衡已见上。○《文苑》应世作历代。○《汉书·杨雄传》曰："上《长杨赋》，聊因笔墨之成文章，故藉翰林以为主人，子墨为客卿以风。"《文选·长杨赋》注引韦昭曰："翰，笔也。"李善曰："翰林，文翰之多若林也。翰林犹儒林之义也。"胡广曰："博士为儒雅之林，是也。"○《文苑》性情作情性。○班孟坚《两都赋序》曰："润色鸿业。"○《三国·吴志·张纮传》注引《吴书》曰："纮见陈琳作《武库赋》《应机论》，与琳书深叹美之。琳答曰：自仆在河北，与天下隔，此间率少于文章，易为雄伯，故使仆受此过差之谭，非其实也。"○《诗·烈文》曰："於乎前王不忘。"《礼记·大学篇》引作於戏。《释文》曰："於音乌，戏，好胡反。"《匡谬正俗》卷二曰："乌呼，叹辞也，或嘉其美，或伤其悲，其语备在诗书，不可具载。文有古今之变，义无美恶之别。末代文字辄为体例，若哀诔祭文即为呜呼，其封拜册命即为於戏，於读如字，戏读为羲，谓呜呼为哀伤，於戏为叹美，妄为穿凿，不究根本。且许氏《说文解字》、李登《声类》并云於即古乌字也。"步瀛案：《说文》"乌古文作於"，段注曰："古者短言於，长言乌呼，於乌一字也。"按经传、《汉书》乌呼无有作呜呼者，唐《石经》误为呜者十之一耳，近今学者无不加口作呜，殊乖大雅。朱丰芑《通训定声》豫部曰："《小尔雅·广训》，乌乎，吁嗟也。《书·洪范》呜呼，《汉书·五行志》作乌嘑，《礼记·大学》於戏，《诗·云汉》於乎，《汉书·武帝纪》乌虖，《北海相景君碑》歋歔，皆同。"○《礼记·学记》曰："古之教者，家有塾，党有庠，术有序，国有学。"《汉书·平帝纪》："元始三年立学官，郡国曰学，县道邑侯国曰校。"○《汉书·儒林传赞》曰："自武帝立五经博士，开弟子员，设科射策，劝以官禄，讫于元始，百有馀年，传业者寖盛，支叶蕃滋，一经说至百馀万言，大师众至千馀人，盖禄利之路然也。"○《论语·泰伯篇》：

"子曰：才难，不其然乎！"○《淮南子·览冥篇》曰："飞黄伏皁。"高注曰："飞黄，乘黄也，出西方，状如狐，背上有角，寿千岁。"《海外西经》曰："白民之国有乘黄，其状如狐，其背上有角，乘之寿二千岁（《博物志》卷十作三千岁）。"郭注曰。"《周书》曰：白民乘黄似狐，背上有两角，即飞黄也。"（今《周书·王会篇》似狐作似骐。）《汉书·礼乐志·郊祀歌·日出入》曰："訾黄其何不来下！"注应劭曰："訾黄一名乘黄，龙翼而马身，黄帝乘之而仙。"《初学记》兽部引《符瑞图》曰："腾黄者神马也，其色黄，一名乘黄，亦曰飞黄，或作古黄，或曰翠黄，一名紫黄。"○集及《全唐文》鹮作鹃，今依《文苑》。《史记·司马相如传·上林赋》曰：'掩焦明。'《集解》曰："焦明似凤。"《汉书·相如传》颜注引张揖曰："西方之鸟也。"《文选·上林赋》李善注引乐纬《汁图征》曰："焦明状似凤皇。"《说文·鸟部》曰："五方神鸟也，东方发明，南方焦明，西方鹔鹴，北方幽昌，中央凤皇。"亦作鹪明。《楚辞·九叹·远游》曰："从玄鹤与鹪明。"王注曰："鹪明俊鸟也。"亦作鹪鹏。《文选·吴都赋》曰："稽鹪鹏。"刘渊林注引《楚辞》亦作鹪鹏。《文苑》及《全唐文》鹏作鹏。案：鹃、鹏亦皆凤也。《楚辞·九辩》曰："鹃鸡啁哳而悲鸣。"《文选·西京赋》李善注曰："鹃与鹏同。"《淮南子·览冥篇》曰："轶鹍鸡于姑馀。"高注曰："鹍鸡，凤皇之别名。"《说文》曰："朋，古文凤，象形；鹏，亦古文凤。"

　　开皇以来，百三十馀载，天赞唐德，生此多士。公之玄孙曰藏用，济美文馆，重禄黄门。永惟衣冠子孙，邑里多改，先人封树，岁代将平。迺假词菲才，刊石表隧。庶乎涉齐地者不薪柳惠之陇，过邢山者无惑子产之墓。至矣乎！卢氏之子其用心也远矣。铭曰：以上作碑铭之意。

　　《思道传》：开皇初著《劳生论》，有"余年五十"之语，岁馀被征，顷之遭母忧，未几起为散骑侍郎，于时议置六卿云云，是岁卒于京师，年五十二，则思道之卒当在开皇三年癸卯，自隋开皇元年辛丑至唐中宗景龙四年庚戌，正一百三十年。○《旧唐书·卢藏用传》曰："字子潜，度支尚书承庆之侄孙也。（《承庆传》曰：隋武阳太守思道孙也。）景龙中为吏部侍郎，又迁黄门侍郎兼昭文馆学士。"○《左》文十八年曰："世济其美。"○《方言》十三曰："菲，薄也。"○《诗·桑柔》毛传曰："隧，道也。"案：此谓墓道，然与《左传》僖二十五年隧为王之葬礼者不同。○《战国策·齐策四》："颜斶曰：昔者秦攻齐，令曰有敢去柳下季垄而樵采者，死不赦。"《文选·陶征士诔》引郑康成《论语注》曰："柳下惠，鲁大夫展禽，食采柳下，谥曰惠。"阎百诗《四书释地续》曰："古人多葬于食邑，垄所在即邑所在，则柳下自当在齐南鲁之北，二国接壤处，方昔为鲁地，后为齐有也。"樊廷枚《补注》曰："秦伐齐，先径鲁，则柳下季垄当属鲁地。"○邢当作陉，此盖借字。《续汉书·郡国志》：司隶密县有陉山，刘注引杜预遗令曰："山上有冢，或曰子产邪，东北向新郑城，不忘本也。"《水经·溱水注》曰："陉山上有郑祭仲冢，冢西有子产墓，累石为方坟，坟东有庙，并东北向郑城，杜元凯言不忘本际，庙旧有一枯柏树，其尘根故株之上，多生稚柏成林，列秀青青，望之奇可嘉矣。"《清一统志》曰："河南开封府：子产墓在新郑县西南陉上。"

或或黄门，实天生德。才盖一世，荣闻四国。文王既没，文在人弘。公为宗匠，当朝与能。龙跃春霄，凤鸣朝升。或颂或变，或雅或承。理以神合，声以妙征。高视睢涣，与君代兴。人之云亡，十有一纪。斯文未丧，施于孙子。新作丰碑，德音不已。

□渊懿朴茂，自宜独步一时。

《广雅·释诂》三曰："或，文也。"○《论语·述而篇》："子曰：天生德于予。"○《论语·子罕篇》："子曰：文王既没，文不在兹乎？"○《卫灵公篇》："子曰：人能弘道。"○袁彦伯《三国名臣赞序》曰："莫不宗匠陶钧而群才缉熙。"○《易·系辞下》曰："百姓与能。"○孔文举《荐祢衡表》曰："如得龙跃天衢。"○《诗·卷阿》曰："凤皇鸣矣，于彼朝阳。"《晋书·褚陶传》：张华谓陆机曰："君兄弟龙跃云津，顾彦先凤鸣朝阳。"○《诗序》曰："雅者正也，言王政之所由废兴也。颂者美盛德之形容，以其成功告于神明者也。"案：或颂二句，犹言或颂而变，或雅而承也。颂、雅互文见义，以喻一切文章。言生平为文，或因雅颂而变其体，或因雅颂而继其业耳。○《文选》陈孔璋《为曹洪与魏文帝书》曰：游睢、涣者学藻绩之彩。"李善注引《陈留记》曰："襄邑涣水出其南，睢水出其北，传云睢、涣之间出文章，故其黼黻絺绣日月华虫以奉宗庙御服焉。"○《左》昭十二年：齐侯举矢曰："有酒如渑，有肉如陵。寡人中此，与君代兴。"案：文借用此语以喻文学古今代兴，犹序仲尼之后世载文学之意，君字不必泥。○《诗·瞻卬》曰："人之云亡。"○《晋语》四：韦注曰："十二年岁星一周为一纪。"案：十一纪一百三十二年也。○《论语·子罕篇》：子曰："天之未丧斯文也。"○《诗·皇矣》曰："施于孙子。"郑笺曰："施犹易也，延也。"○《礼记·檀弓下》曰："公室视丰碑。"○《诗·皇矣》曰："貊其德间。"

王摩诘

　　王维，字摩诘，太原祁人（今山西祁县）。开元十九年擢进士第。（《旧书》作九年，今依《唐才子传》。徐星伯《唐登科记考》曰:《旧书》九上脱十字。)天宝末,为给事中。安禄山陷两都,维为贼所得,服药阳瘖,贼平,责授太子中允,后仕至尚书右丞。《旧唐书》入《文苑传》,《新唐书》入《文艺传》。

山中与裴迪秀才书

《旧唐书·王维传》曰:"维得宋之问蓝田别墅,在辋口,辋水周于舍下,别涨竹洲花坞,与道友裴迪浮舟往来,弹琴赋诗,啸咏终日。"《新唐书》传曰:"别墅在辋川,地奇胜,有华子冈、欹湖、竹里馆、柳浪、茱萸沜、辛夷坞,与裴迪游其中,赋诗相酬为乐。"《唐诗纪事》卷十六曰:"迪初与王维俱居终南,天宝后为蜀州刺史,(杜子美有《和裴迪登新津寺寄王侍郎诗》,原注曰:'王时为蜀牧。'蔡梦弼曰:'王侍郎乃王维之弟缙也,维有别业在辋川,裴迪从之游,迪从缙来蜀,缙守蜀州,盖在高适之后,见《千家注杜诗》卷八,是刺蜀州者乃王缙,非裴迪也,《纪事》似误。')与杜甫友善。"《唐诗品汇》诗人爵里详节曰:"裴迪,关中人。"

近腊月下,景气和畅,故山殊可过。足下方温经,猥不敢相烦,辄便往山中,憩感配寺,与山僧饭讫而去。以上还山。北涉玄灞,清月映郭,夜登华子冈,辋水沦涟,与月上下,寒山远火,明灭林外,深巷寒犬,吠声如豹,村墟夜舂,复与疏钟相间。此时独坐,僮仆静默。多思曩昔,携手赋诗,步仄径、临清流也。以上因归途夜中见闻,回忆昔日同游之乐。当待春中,草木蔓发,春山可望,轻鯈出水,白鸥矫翼,露湿青皋,麦陇朝雊,斯之不远,倘能从我游乎!非子天机清妙者,岂能以此不急之务相邀?然是中有深趣矣,无忽!因驮黄蘗人往,不一。以上招其明春来游并寄书。山中人王维白。

　　□昔人谓摩诘"诗中有画，画中有诗"，此文幽隽华妙，有画所不到处。

　　《风俗通·祀典篇》曰："谨按《礼传》，夏曰嘉平，殷曰清祀，周曰大蜡，汉改为腊。腊者猎也，言田猎取兽以祭祀其先祖也。或曰，腊者接也，新故交接，故大祭以报功也。"案《左》僖五年："宫之奇曰：虞不腊矣。"杜注曰："腊，岁终祭众神之名。"孔疏曰："《月令》：孟冬腊门闾及先祖五祀。《秦本纪》：惠王十二年初腊，始皇三十一年更改腊曰嘉平。此言虞不腊矣，明当时有腊祭。周时腊与大蜡各为一祭，秦、汉改为腊。"案：腊为祭名，后世遂以腊祭之月名为腊月。○殷仲文《南州桓公九井诗》曰："景气多明远。"王逸少《兰亭诗序》曰："惠风和畅。"○《元和郡县志》曰："关内道雍州蓝田县：蓝田山一名玉山，一名覆车山，在县东二十八里。"《清一统志》曰："陕西西安府：蓝田山在蓝田县东。"《后汉书·皇甫规传》章怀注曰："可，犹宜也。"○足下，见魏玄成《十渐疏》陛下注引《独断》。又王彦辅《麈史》卷中曰："段成式《酉阳杂俎》云，秦、汉以来，于天子言陛下，皇太子言殿下，将言麾下，使者言节下、毂下，二千石长史言阁下，父母言膝下，通类相与言足下（今本《杂俎》无此文），比蔡所言盖已详而有等矣。然予观秦、汉间卑对尊者亦称足下，如史谓大王足下者是也（《苏秦等传》）。则非特通类相与者之言也。"案：《异苑》卷十谓介子推抱树烧死，晋文公每怀割股之功，俯视其屦曰，悲乎足下！足下之称起此。此特小说家傅会之言，不足信也。○《广雅·释言》曰："猥，顿也。"王怀祖《疏证》曰："《月令》'寒气总至'，郑注云，总犹猥卒也，卒与猝同，猥、猝皆顿也。"又《读书杂志》四之九曰："猥犹猝也。"朱丰芑《说文通训定声》十五曰："猥，实亦发声之词。"○《诗·甘棠》毛传曰："憩，息也。"感配寺疑当作感化寺，王摩诘有《过感化寺昙兴上人山院》及《游感化寺诗》。《文苑英华》卷二百三十四皆作化感寺。严挺之《大智禅师碑铭》曰：至京师游于终南化感寺（《全唐文》卷二百八十）。《旧唐书·方伎传》曰：义福初止蓝田化感寺，其地正合。○潘安仁《西征赋》曰："南有玄灞素浐。"李善注曰："玄、素，水色也。灞、浐，二水名也。"《水经·渭水注》三曰："霸者水上地名也，古曰滋水矣。出蓝田县蓝田谷，西北有铜谷水，次东有辋谷水，二水合而西注，又西流入浐水。浐水西北流入霸，霸水又北历蓝田川迳蓝田县东。"《清一统志》曰："陕西西安府：霸水在咸宁县（今并入长安县）东，源出蓝田县，谷水经县东南流至咸宁县界，又北入渭水。"○王摩诘《辋川集序》曰："余别业在辋川山谷，其游止有孟城坳、华子冈、文杏馆、斤竹岭、鹿柴、木兰柴、茱萸沜、宫槐陌、临湖亭、南垞、欹湖、柳浪、栾家濑、金屑泉、白石滩、北垞、竹里馆、辛夷坞、漆园、椒园等，与裴迪闲暇各赋绝句云尔。"案《文选》谢灵运《入华子冈是麻源第三谷诗》，李善注引谢灵运《山居图》曰："华子冈麻山第三谷，故老相传华子期者，禄里弟子，翔集此顶，故华子为称也。"考彼冈在今江西南城县西，辋川华子冈殆沿其名欤！○《长安志》卷十六曰："蓝田辋川在县南二十里，辋谷水出南山辋谷，北流入霸水。"《清一统志》曰："辋谷在蓝田县西南二十里。《雍大记》，商岭水流至蓝桥，伏流至辋谷，如车辋环辏，唐右丞王维庄在焉，所谓辋川也。"○《诗·伐檀》曰："河水清且涟猗。"毛传曰："风行水成文曰涟。"又曰："河水清且沦猗。"毛传曰："小风水成文转如轮也。"○《说文》曰："舂，捣粟也。"○嵇叔夜《琴赋》曰："临清流，赋新诗。"○《庄子·秋水篇》曰："庄子与惠子游于濠梁之上。庄子曰：鯈鱼出游从容，是鱼之乐也。"《释文》曰："鯈，徐音条，李音由，白鱼也。《尔雅》云，鮂，黑鰦，郭注即白鯈也。"案《说文》曰："鯈，鱼也。"鯈乃通借字。《释鱼》作鮴,《淮南子·览冥篇》曰:"若观鯈鱼。"高注曰:"鯈,小鱼也。"○《文选》杨子云《解嘲》曰:"矫翼厉翮。"五臣注李周翰曰:"矫,举也。"○枚叔《七发》曰:"麦秀薪兮雊朝飞。"《诗·小弁》曰:"雉之朝雊,尚求其雌。"《说文》曰:"雊,雄雉鸣也。"○曹子建《七启》曰:"子能从我而游之乎!"○《玉篇》曰:"驮,马负貌。"案:此谓入山驮药者。《说文》曰:"檗,黄木也,一名檀桓。"案:檗俗作蘗,《证类本草》卷十二引《图经》曰:"蘗木,黄蘗也。木高数丈,叶类茱萸及椿,根叶经冬不凋,皮外白里深黄色,根如松下茯苓,作结块,五月六月采皮去皱麤暴干,用其根,名檀桓。"○《楚辞·九歌·山鬼》曰:"山中人兮芳杜若。"

李遐叔

李华,字遐叔,赵州赞皇人(今河北赞皇县)。举开元二十三年进士,天宝二年博学宏词,皆为科首。天宝十一年,拜监察御史。宰相杨国忠支娅所在横猾,遐步出使,劾按不桡,州县肃然,为权幸所疾,徙右补阙。安禄山反,玄宗入蜀,华母在邺,欲辇以逃,为贼所得,伪署凤阁舍人。贼平,贬杭州司户参军。上元中,召为左补阙司封员外郎,称疾不拜。李岘领选江南,表置幕府,擢检校吏部员外郎,苦风痹去官,客隐山阳。大历初卒。《旧唐书》入《文苑传》,《新书》入《文艺传》。

卜 论

《礼记·曲礼上》曰:"龟为卜,筴为筮。卜筮者,先王之所以使民信时日、敬鬼神、畏法令也,所以使民决嫌疑、定犹与也。"《旧唐书·文苑·李华传》曰:"华著论言龟卜可废,通人当其言。"

天地之大德曰生。舜好生之德洽于人心。五福首乎寿。麟凤龟龙谓之四灵，龟不伤物，呼吸元气，于介虫为长而寿。古之圣者，刳而焌之，观其裂画，以定吉凶。残其生，剿其寿，既剿残之而求其灵，夫何故？愚未知夫天地之心，圣达之谟，灵之寿之而夭戮之，脱其肉，钻其骸，精气复于无物，而贞悔发乎焦朽，不其反耶？以上言龟如有灵，不应剿残。既经朽腐，安望有灵？

《易·系辞下》曰："天地之大德曰生。"○"好生之德"二句，《书》伪古文《大禹谟》皋陶称舜之言。○《书·洪范》曰："五福一曰寿。"○《礼记·礼运》曰："麟凤龟龙谓之四灵。"○《史记·龟策传》曰："江旁家人常畜龟饮食之，以为能导引致气，有益于助衰养老。褚先生曰：龟能行气导引。"○《大戴礼·易本命篇》曰："有甲之虫三百六十，而神龟为之长。"《家语·本命篇》亦作甲虫。《执辔篇》王注曰："介，甲虫也。"《礼记·月令》曰："其虫介。"又曰："介虫败谷。"○《周礼·春官·龟人》曰："凡取龟用秋时，攻龟用春时。"郑注曰："秋取龟，及万物成也。攻，治也。治龟骨以春，是时干解不发伤也。"胡晓沧（煦）《卜法详考》卷一曰："此云攻龟用春时，又云历冬至春而干，可知取龟之时即杀龟之时也。若是生龟，历冬至春，何干之可言？取之在秋，攻之在春，攻龟为衅龟而言，非谓至春始杀之也。"步瀛案：古人无卜用生龟之说，至明季本《卜筮论》、杨时乔《龟卜辨》始臆刱其说。《卜法详考》卷一载杨氏书本序曰："考之六经，唯言龟卜，不言卜理卜法。《洪范》言之，特举其端。《史记·龟策传》褚氏补传皆食墨钻灼，观拆衅龟，又皆败龟之事。窃意神龟至灵，知天道，出即为瑞。圣人重其灵瑞，敬为居室藏之，建官守之，继世遗之，凡占必以圭璧盛礼求之，至重至慎，而圣德好生，凡物爱之各尽其性，安得剥杀之？且灵龟食息能先知，亦安能致其剥杀之者？唐李氏华作《卜论》疑及此。近日季氏本作《卜筮论》，谓杀龟钻灼衅牲禳不祥，乃后世术家小法行于鸡卜等物者。周末秦、汉时君恶龟卜言吉凶，害其所为，遂以杀龟为古制。《史记》两传首引宋元王事为征。注《周礼》者误信以为然，至今以妄传妄，令龟卜古道不明于世，可慨矣。"胡氏驳之曰："按汉去古未远，当宗《史记》。若李氏、季氏，皆后儒也，必谓生龟始为至灵，则未知圣人用败龟之道矣。圣人之以筮卜教也，非直前知之具为占而已也，将直以此为道之寓也。其用败龟与蓍草也，使知朽骨腐草无不含天地之至灵。此正天地一元之布濩，阴阳造化之灵机，即物而存，显而易见者也。《史记》所言，皆败龟之事，郑、王二氏注释《周礼》，悉以败龟为言，非其传流有据，能臆为之解乎？唐之李氏，明之季氏、杨氏，去古既遥，乃为翻新出奇之论，何见之陋也？"案：胡氏驳生龟之说甚确。然杨氏援李遐叔以证其卜用生龟之说，殊不明遐叔之意而妄为傅会。遐叔主废龟卜，故谓龟若有灵，不应残杀之，其意见龟之非灵，非主卜用生龟也。杨氏既妄引之，而胡氏并遐叔、季氏、杨氏同斥之。清《四库书目提要》卷一百九及罗叔言《殷商贞卜文字考》亦称胡氏驳李华、季本、杨时乔卜用生龟之说，明析精确。皆未取遐叔之文而一观之也。

○《庄子·外物篇》曰："宋元君夜半而梦人被发窥阿门曰：予自宰路之渊，予为清江使河伯之所，渔者余且得予。元君觉，使人占之曰：此神龟也。君曰：渔者有余且乎？左右曰：有。君曰：令余且会朝。明日余且朝，君曰：渔何得？对曰：且之网得白龟焉，箕圆五尺。君曰：献若之龟。龟至，君再欲杀之，再欲活之，心疑，卜之曰：杀龟以卜吉，乃刳龟七十二钻而无遗筴。仲尼曰：神龟能见梦于元君，而不能避余且之网，知能七十二钻而无遗筴，不能避刳肠之患，如是则知有所困，神有所不及也。"○《周礼·春官·菙氏》："掌共燋契以待卜事，凡卜以明火爇燋，遂龡其焌契以授卜师，遂役之。"杜子春曰："燋读为细目燋之燋，（段懋堂曰：读为当作读如，细目燋读同焦，其字不当从火，转写误。）或曰如薪樵之樵。（段曰：曰如二字当作读为。）谓所爇灼龟之木也，故谓之樵，契谓契龟之凿也。《诗》云，爰始爰谋，爰契我龟。焌读为英俊之俊，书亦或为俊。"郑注曰"《士丧礼》曰：楚焞置于燋，在龟东，楚焞即契所用灼龟也，燋谓炬其存火，焌读如戈鐏之鐏，谓以契柱燋火而吹之也，契既然，以授卜师，用作龟也。"孙仲容《正义》曰："杜意燋为灼龟木，别有凿龟之器谓之契，盖以金为之，若钻凿之类。引《诗·大雅·緜》文，彼说太王卜都之事。毛传云，契，开也，开、刻义近，即谓凿之。杜意《诗》契龟亦为凿刻，故引以为证，郑则不取凿龟之义，故彼笺云契灼其龟而卜之，与毛、杜异也。杜但读焌为俊，而未释其义，以意推之，似以焌为燋之甚，故爇而吹之，其契则属下，以授卜师为句。杜说契以凿龟，不以灼龟，不得与焌并吹其火也。《说文》火部曰：焌，然火也，从火夋声。《周礼》曰，遂籥其焌。焌火在前，以焞焯龟，许读焌如字，虽与杜不同，而云焌火在前，亦即谓燋之前甚火所爇者，又读遂龡其焌句绝，盖亦以契下属，与杜义训略同，与郑读遂龡其焌契为句异也。"步瀛案《卜法详考》卷一曰："契者，刻划之称，谓刻划其龟板之下方，以定其上下内外之限。《周礼》所云开龟是也。此犹在未灼时，契而后燋，必于所契之地，故曰焌契，火非吹不燃，故曰龡其焌契。"案：胡氏以焌契连读。与杜、许不同，而以契为刻划，又与郑不同，而与杜合，如其说则当作龡以焌契方合，经既作其，当如孙氏谓契字下属为句是也。罗叔言曰："杜诂最确，康成误以凿与灼为一事，毛传训契为开。开者，先契所欲灼之处，又有钻与凿之别，乃予据目验而得之者。予所藏龟甲兽骨有钻有凿，钻形圆，凿形则椭圆，又有钻而复凿者，盖灼处欲其薄，乃易坼也。大率龟甲皆凿，未见钻者，骨则钻者十一，凿者十九，此钻与凿之别也。"○《文苑》焌作焞。○裂画谓卦也，亦以兆为之。《礼记·玉藻》曰："卜人定龟，史定墨，君定体。"郑注曰："定龟，谓灵射之属所当用者；（《周礼·春官·龟人》：掌六龟之属，天龟曰灵属，地龟曰绎属。《尔雅·释鱼》绎作谢，并与射字通。）定墨，视兆坼也；定体，视兆所得也。"《周礼·春官·占人》曰："凡卜簭，君卜体，大夫占色，史占墨，卜人占坼。"郑注曰："体，兆象也；色，兆气也；墨，兆广也；坼，兆璺也。体有吉凶，色有善恶，墨有大小，坼有微明，尊者视兆象而已，卑者以次详其馀也。"《卜师》曰："扬火以作龟致其墨。"郑注曰："致其墨者，熟灼之明其兆。"《大卜》曰："掌三卦之法，一曰玉卦，二曰瓦卦，三曰原卦。"郑注曰："卦者，灼龟发于火，其形可占者，其象似玉、瓦、原之罅罅，是用名之焉。上古以来作其法，可用者有三。原，原田也。"罗叔言曰："龟卜之事，盖先取龟之下甲，（自注曰："予所藏之龟从未见上甲。"）于其腹之里面先凿为穴，而不令穿，此之谓契。灼火于穴中，色乃焦黑，此之谓灼。与致墨灼于里，则纵横之坼自现于表，此之谓兆。凡此诸兆，皆于表面得见之，于受灼之里面不得见也，其灼而得兆之故，盖由于凿甲令薄。凿处多为椭圆形，契之刃斜入，故外博而内狭，其狭处骨尤薄，故由此而得纵坼，又由纵坼而旁出横坼也。"○《易·系辞上》曰："八卦定吉凶。"《周礼·春官·占人》曰："凡卜簭既事，则敝币以比其命。"杜子春曰："敝币者，以帛书其占，敝之于龟也。"郑曰："谓既卜簭，史必书其命龟之事及兆于策，敝其礼神之币而合藏焉。"罗曰："郑与杜异义，杜谓书占于帛，郑谓书事于策，均不言刻辞于龟，今甲与骨之刻辞即在兆侧。"○剢同剁。《说文》曰："剁，绝也。"○《书·洪范》曰："乃命卜筮，曰雨，曰霁，曰蒙，曰驿，曰克，曰贞，曰悔。"《史记·宋世家》《集解》郑注曰："内卦曰贞，贞正也。外卦曰悔，悔之言晦也，晦犹终也。"《左传》僖十五年曰："蛊之贞，风也。其悔，山也。"杜注曰："巽下艮上蛊，内卦为贞，外卦为悔，巽为风，艮为山。"孔疏曰："筮之画卦，从下而始，故以下为内，上为外。"

夫大人者，与天地合其德，与日月合其明，与四时合其序，与鬼神合其吉凶，不当妄也。寿而夭之，岂合其德乎？因物求征，岂合其明乎？毒灵介而徵其神，岂合其序乎？假枯壳而决狐疑，岂合其吉凶乎？《洪范》曰：尔有大疑，谋及卜筮。圣人不当有疑于人以筮也。夫祭有尸，自虞夏商周不变，战国荡古法，祭无尸，尸之重，重于卜，则明废龟可也。以上以尸之不行于今，明龟卜亦可废。

"夫大人者"以下四句，《易·乾·文言传》之文。○《汉书·严安传》颜注曰："徵，要求也，音工尧反。"○《楚辞·卜居》曰："龟，枯骨也。"《离骚》曰："心犹豫而狐疑。"○《诗·天保》毛传曰："尸所以象神。"《仪礼·士虞礼》郑注曰："尸，主也，孝子之祭，不见亲之形象，心无所系，立尸而主意焉。"《公羊》宣八年何注曰："祭必有尸者，节神也。礼天子以卿为尸，诸侯以大夫为尸，大夫以下以孙为尸。夏立尸，殷坐尸，周旅酬六尸。"案《礼记·礼器》曰："夏立尸而卒祭。"郑注目："夏礼尸，有事乃坐。""殷立尸"注曰："无事犹坐。""周旅酬六尸"注曰："使之相酌也，后稷之尸，发爵不受旅。"孔疏曰："旅酬六尸，谓祫祭时，聚群庙之主于太祖后稷庙中，后稷在室西壁东向，为发爵之主，尊不与子孙为酬酢，馀自文、武二尸，就亲庙中凡六，在后稷之东南北对为昭穆，更相次序以酬也。殷但坐尸，未有旅酬之礼，而周益之也。然大祫多主而唯云六尸者，先儒与王肃并云毁庙无尸，但有主也。"又案《仪礼经传通解续》卷二十二引《尚书大传》曰："惟十有三祀，帝乃称王，而入唐郊，犹以丹朱为尸。是有虞氏时已有尸矣。"○江慎修《群经补义》卷三曰："周礼虽极文，然犹有俗沿太古，近于夷而不能革者。如祭祀用尸，席地而坐，食饭食肉以手，食酱以指，酱用蚁子，行礼偏袒肉袒，脱屦升堂跣足而燕，皆今人所不宜者，而古人安之。"姚姬传《惜抱轩文集》卷六《再复袁简斋书》曰："夫圣人制礼，其始必因乎俗，故曰礼俗。祭之有尸，始盖亦出于上古之俗，而圣人因以为礼，此亦仁孝之极思。使圣人生乎今世，天下但有厌祭而无尸矣。固必不更行设尸以祭之礼，然不可因此遂讥古人之为谬也。"案：姚氏此说最为平允。李恖伯《越缦堂日记》第四册，谓祭之用尸，夏、商所未见，疑是公刘迁豳以先，习于戎翟之俗而不能改，亦非也。虞、夏、商皆有尸，明见于《尚书大传》及《礼运》，恖伯殆偶忘之耳。

又闻夫铸刀剑者不成，则屠犬豙血而祭之，被发而哭之，则成而利，盖不祥器也。其神者跃为龙蛇，穿木石，入泉源，以至发炯光声音。人不能自神，因天地之气，化天地之物而为神，固无悉然，是亦为怪。古者成宫室必落之，钟鼓器械必衅之，岂神明贵杀享膻腥欤！今亡其礼，未闻屋室不安身而器物不利用，由是而言，则卜筮阴阳之流皆妄作也。以上落室、衅器之礼可废，知龟卜亦可废。

《周礼·夏官·小子》言衅军器，后世铸刀剑涂血、被发等说，盖傅会其事而神之。《吴越春秋·阖闾内传》曰："干将者，吴人也，莫耶，干将之妻也。干将作剑，三月不成。莫耶曰：夫神物之化，须人而成。今夫子作剑，得无得其人而后成乎？干将曰：昔吾师作冶，金铁之类不销，夫妻俱入冶炉中，然后成物。

至今后世即山作冶，麻绖菱服，然后敢铸金于山。今吾作剑不变化者，其若斯耶？莫耶曰：师知烁身以成物，吾何难哉！于是干将妻乃断发翦爪，投于炉中，遂以成剑。"《拾遗记》卷五曰："汉太上皇微时佩一刀，长三尺，上有铭，其字难识，疑是殷高宗伐鬼方时所作也。上皇游丰沛山中，寓居穷谷里，有人欧冶铸，上皇息其傍，问曰：此铸何器？工者笑而答曰：为天子铸剑，惧勿泄言！上皇谓为戏言而无疑色。工人曰：今所铸铁，钢砺难成，若得公腰间佩刀而冶之，即成神器，可以克定天下，星精为辅佐，以奸三猾，木衰火盛，此为异兆也。上皇则解匕首投于炉中，俄而烟焰冲天，日为昼晦。及乎剑成，杀三牲以衅祭之，工人即持剑授上皇。上皇以赐高祖，高祖常佩于身，以奸三猾。及天下已定，吕后藏于宝库，库中守藏者，见白气如云出于户外，状如龙蛇，吕后改库名曰灵金藏。"又见《三辅黄图》卷六。○《晋书·张华传》曰："华补雷焕为丰城令，焕到县，掘狱屋基入地四丈馀，得一石函，光气非常，中有双剑，并刻题，一曰龙泉，一曰太阿。使送一剑与华，留一自佩，华得剑爱之，常置坐侧。报焕书曰：详观剑文，乃干将也。莫耶何复不至？虽然，天生神物，终当合耳。华诛，失剑所在，焕卒，子华为州从事，持剑行经延平津，剑忽于腰间跃出堕水，使人没水取之，不见剑，但见两龙各长数丈，蟠萦有文章，没者惧而反。"案：跃为龙蛇之说，此类是也。○"固无悉然"二句，谓刀剑之为龙蛇变化固不尽然，然俗有此说，亦足为怪矣。○《左》昭七年曰："楚子成章华之台，愿以诸侯落之。"杜注曰："宫室始成祭之为落。《礼记·杂记下》：成庙则衅之，路寝成则考之而不衅。衅屋者，交神明之道也。"郑注曰："庙新成而衅之，尊而神之也。路寝者，生人所居，不衅者，不神之也。考之者，设饮食以落之尔。《檀弓》曰：晋献文子成室，诸大夫发焉（今《檀弓下》诸作晋）。是也。"是据郑注宫室落而不衅。昭七年孔疏曰："杜言宫室始成，祭之为落者，以其言落，必是以酒浇落之，虽不如庙以血涂其上，当祭中霤之神以安之。"○《孟子·梁惠王上》曰："将以衅钟。"赵注曰："新铸钟，杀牲以血涂其衅郄，因以祭之曰衅。"《吕氏春秋·慎大篇》曰："衅钟鼓甲兵。"高注曰："杀牲祭，以牲血涂之曰衅。"《周礼·春官·天府》曰："上春衅宝镇及宝器。"郑注曰："衅谓杀牲以血血也。"又《夏官·小子》曰："衅邦器及军器。"郑注曰："邦器谓礼乐之器及祭器之属。"《礼记·杂记下》曰："凡宗庙之器，其名者成，则衅之以豭豚。"是古人于钟鼓器械之成，皆衅之也。但血祭曰衅，杀牲以血涂器之衅郄亦曰衅。赵注《孟子》、高注《吕览》皆兼此二义言之。然《春官·大祝》作隋衅，郑注曰：谓荐血也，凡血祭曰衅。贾疏引马氏云血以涂钟鼓，而郑不从。案：据此则血祭与衅器，郑以为二事也。○嵇叔夜《与山巨源绝交书》曰："手荐鸾刀，漫之膻腥。"《列子·周穆王篇》曰："化人以为王之嫔御膻恶而不可亲。"殷氏《释文》曰："膻音羶。"案：即羶之通借字，《唐文粹》正作羶。○《史记·太史公自序》述其父谈论六家之要指曰："阴阳之术，大祥而众忌讳，使人拘而多所畏。"《汉书·艺文志》曰："阴阳家者流，盖出于羲和之官。"

　　夫洁坛墠而布精诚，求福之来，缅不可致。耕夫蚕妇，神一草木，祷一禽畜，鼓而舞之，谓妖祥如答，实欤、妄欤！牺、文之《易》，更周、孔之述，以为至矣。杨子云为《太玄》，设卦辨吉凶，如《易》之告。若使后代有如子云，又为一书可筮，则象数之变其可既乎？专任道德以贯之，则天地之理尽矣，又焉假夫蓍龟乎？又焉征夫鬼神乎？子不语是，存乎道义也。以上言任数术不如任道义，结出本旨。

　　□吴先生曰："遐叔识议如此，宜其名一世也。"

《礼记·祭法》郑注曰："封土曰坛，除地曰墠。"○《文苑》诚作意。○《诗·旱麓》曰："求福不回。"○《穀梁》庄三年传《释文》曰："缅，远也。"○《周书·苏绰传》："绰为六条诏书，奏施行，其三尽地利曰，皆宜少长悉力，男女并功，然后可使农夫不废其业，蚕妇得就其功。"○《易·系辞上》曰："鼓之舞之以尽神。"○班孟坚《东都赋》曰："讲羲、文之《易》。"《易·系辞下》曰："古者包牺之王天下也，始作八卦，以通神明之德，以类万物之情。"《汉书·艺文志》曰："宓戏始作八卦，至于殷、周之际，文王重《易》六爻为上下篇，孔子为之彖、象、系辞、文言、序卦之属十篇，故曰《易》道深矣，人更三圣，世历三古。"是西汉人说《易》不以爻辞为周公作也。孔冲远《周易正义》论卦辞爻辞谁作曰："一说卦辞、爻辞并是文王所作。知者，案《系辞》云，《易》之兴也其于中古乎！作《易》者其有忧患乎！又曰，《易》之兴也，其当殷之末世、周之盛德邪！当文王与纣之事邪！（并《系辞下》）又《乾凿度》云，垂皇策者牺，卦道演德者文，成命者孔。《通卦验》又云，苍牙通灵昌之成，孔演命明道经。准此诸文，伏牺制卦，文王系辞，孔子作十翼，《易》历三圣，只谓此也。故史迁云，文王囚而演《易》，即是作《易》者其有忧患乎。郑学之徒并依此说也。二以为验爻辞多是文王后事。案《升》卦六四，"王用享于岐山"。武王克殷之后，始追号文王为王，若爻辞是文王所制，不应云王用享于岐山。又《明夷》六五，"箕子之明夷"。武王观兵之后，箕子始被囚奴，文王不宜豫言箕子之明夷。又《既济》九五，"东邻杀牛，不如西邻之禴祭"。说者皆云西邻谓文王，东邻谓纣。文王之时，纣尚南面，岂容自言己德受福胜殷，又欲抗君之国，遂言东西相邻而已。又《左传》韩宣子适鲁，见《易象》，云吾乃知周公之德（昭二年）。周公被流言之谤，亦得为忧患也。验此诸说，以为卦辞文王，爻辞周公，马融、陆绩等并同此说。今依而用之，所以只言三圣，不数周公者，以父统子业故也。"○《汉书·杨雄传下》曰："雄大潭思浑天，参摹而四分之，极于八十一，旁则三摹九据，极之七百二十九赞，亦自然之道也。故观《易》者见其卦而名之，观《玄》者数其画而定之。《玄》首四重者，非卦也，数也，其用自天元推一昼一夜阴阳数度律历之纪，九九大运，与天终始，故《玄》三方九州二十七部八十一家二百四十三表七百二十九赞，分为三卷，曰一二三，与泰初历相应。亦有颛顼之历焉。撢之以三策，开之以休咎，絣之以象类，播之以人事，文之以五行，拟之以道德仁义礼知，无主无名，要合五经，苟非其事，文不虚生。为其泰曼漶而不可知，故有首冲错测攡莹数文揽图告十一篇，皆以解剥《玄》体，离散其文，章句尚不存焉。"○《论语·里仁篇》："子曰：参乎！吾道一以贯之。曾子曰：唯。"○《曲礼上》曰："凡卜筮日，曰为日，假尔泰龟有常，假尔泰筮有常。"孔疏曰："命龟筮辞也，假，因也，泰，大中之大也。欲褒美此龟筮，故谓为泰龟、泰筮也。"○《论语·述而篇》曰："子不语怪力乱神。"○《易·系辞上》曰："成性存存，道义之门。"

苏源明

源明初名预，字弱夫，京兆武功人。天宝中进士，更试集贤院。累迁太子谕德。出为东平太守，召拜国子司业。安禄山陷京师，以病不受伪署。肃宗复两京，擢考功郎中知制诰，仕至秘书少监。《新唐书》入《文艺传》。○韩退之《送孟东野序》，于唐代文人，称及苏源明。《新唐书·艺文志》载有《苏源明前集》三十卷，久佚。《唐文粹》载其谶集序二首，清辑《全唐文》未录，而录入《全唐诗》中。今录其一，以见吉光片羽焉。

秋夜小洞庭离谯序

《清一统志》曰："山东泰安府：小洞庭湖，在东平州北三十里蚕尾山下，唐苏源明《宴小洞庭诗序》所谓'左拂蚕尾'者也。"案彼序亦载《唐文粹》，题为《小洞庭五太守谯集序》，序曰："天宝十二载七月辛丑，东平太守扶风苏源明觞濮阳太守清河崔公季重、鲁郡太守陇西李公兰、济南太守太原田公琦、济阳太守陇西李公俊于回源亭，前此济阳以河堤之虞，夫役之弊，请南略我宿及鲁之中都，宿人讼其不便。源明请废济阳，以平阴、长清属济南，卢、东阿归我，阳谷隶濮阳；不可则分我寿西入濮阳，东入济阳，鲁之中都北入于我。书贡阊阖，旨下，陈留太守王公，命属官湖城主簿王子说会五太守于东平议，县乃不割，郡亦仍旧"云云。是天宝十二年，其事未决也。《新唐书·文艺传》曰："既而卒废济阳，以县皆隶东平，（《旧唐书·地理志》亦云，天宝十三载六月一日废州，卢、平阴、东阿、阳谷等五县，并入郓州，然长清实属齐州，则此及旧志皆误也。《新唐书·地理志》曰："济州天宝元年更名济阳郡，十三载郡废，以长清隶齐州，以卢、平阴、东阿、阳谷来属。"是也。）召源明为国子司业。"此文作于从东平太守征为司业之时，则在天宝十三年也。

  源明从东平太守征国子司业。须昌外尉袁广载酒于回源亭，明日遂行。及夜留谯，会庄子若讷过归莒，相里子同讳过如魏，阳谷管城、青阳权衡二主簿在座，皆故人也。以上因迁秩饯别，并集故人。彻馔新尊，移方舟中，有宿鼓，有汶簧，济上嫣然能歌者五六人共载。止回源东柳门，入小洞庭，迟夷傍偟，眇缅旷漾，流商杂徵，与长言者啾焉合引，潜鱼惊或跃，宿鸟飞复下，真嬉游之择耳。以上游宴。源明歌曰："浮涨湖兮莽条遥。川后礼兮扈予桡。横增沃兮蓬迁延。川后福兮易予舷。月澄凝兮明空波。星磊落兮耿秋河。夜既良兮酒且多。乐方作兮奈别何！"曲阕，袁子曰："君公行当挥翰右垣，岂止典胄米廪邪！广不敢受赐，独不念四三贤！"源明醉曰："所不与吾子及四三贤同恐惧安乐，有如秋水！"以上作歌及致词。晨前而归，及醒，或说向之陈事。源明局局然笑曰："狂夫之言，不足罪也。"乃志为序。以上作序。

□戛戛独造，宜为韩所称。○弱夫两序皆矜创，惟彼篇多用俪语，犹与颜、鲍相近，故置彼录此。

《旧唐书·地理志》一曰："河南道郓州，隋东平郡之须昌县。武德四年，置郓州，天宝元年，改郓州为东平郡。"（乾元元年复为郓州。）案：唐天宝时，东平郡治须昌县，在今山东东平县西北。《新唐书·百官志》曰："上州刺史一人，从三品，（郓州上。）天宝元年改刺史曰太守。"○《唐六典》卷二十一曰："国子监司业二人，从四品下，掌儒学训道之政令。"○《唐六典》卷三十曰："诸州上县，尉二人，从九品下。县尉亲理庶务，分判众曹，牧率课调。"案《紫薇诗话》言"开封县两尉，一尉治内，一尉治外，外尉失囚"云云，此言外尉，殆亦治外者欤？○令狐悫士（楚）《刻苏公二文记》曰："余为考寻询访耆老，自五六日至于旬时，茫然会不得回源亭涡泊依稀髣髴者。"唐河南道密州（天宝元年改高密郡）莒县，今山东莒县治。○相里，复姓；同袆，名。《庄子·天下篇》相里勤，《释文》曰："姓相里名勤。"《元和姓纂》曰："相里，咎繇之后，晋大夫里克为惠公所灭，克妻携少子逃居相城，因为相里氏。汉有相里斥，唐有相里造等。"《新唐书·孝友传》有相里志降。〇《尔雅·释诂》曰："如，往也。"案：唐河北道魏州（天宝元年改魏郡）治贵乡县，在今直隶大名县东。〇阳谷、青阳，二县名。管城、权衡，盖二主簿姓名。（管城亦县名，然此处当是人姓名。）唐郓州阳谷县（天宝十三年前属济阳郡），在今山东阳谷县东北；唐江南道池州青阳县，今安徽青阳县治。〇新尊，新其尊也，与上"彻馔"对文。《说文》：尊，酒器也。字亦作樽、作罇。〇《诗·大明》疏引《尔雅·释水》李巡注曰："并两舩曰方舟。"〇宿鼓、汶簧、济上歌者，皆所谓乐操土风也。《元和郡县志》曰："郓州须昌县隋改为宿城县。"又曰："无盐故城在县东三十六里，古宿国也。"又曰："济水南自郓城县界流入去县西二里。"《水经·汶水篇》曰："又西南过无盐县南，又西南过寿张县北，又西南至安民亭入于济。"潘安仁《笙赋》曰："邹、鲁之珍，有汶阳之孤筱焉。"戴凯之《竹谱》曰："鲁郡邹山有筱，宜为笙管。"《说文》曰："簧，笙中簧也。"〇宋玉《登徒子好色赋》曰："嫣然一笑。"〇迟夷，即迟迟。《汉书·杨雄传·甘泉赋》曰："灵迟迟兮。"颜注曰："迟音栖，迟音又夷反。"《文选》作迡迡。李善注曰："即棲迟也。"然字书无迡字，五臣作棲迟，又《说文》遟迡同字，《甘泉》迡字疑本作遟。《玉篇》曰："遟，古夷字，传写者加辵耳。又作㠟遟。"《集韵》曰：休息也，或作徲。"〇《史记·刺客传》：高渐离傍偟不能去。《诗·黍离》序作彷徨。《庄子·逍遥游》彷徨乎无为其侧。《释文》曰："彷徨犹翱翔也。"〇眇缅，远貌，（《楚辞·九章·哀郢》王注曰："眇，远也。"《穀梁》庄三年《释文》曰："缅，远也。"）同眇绵。《法言·先知篇》李注曰："眇绵，远视，又同冥缅。"《水经·温水注》曰："幽烟冥眇。"冥眇一声之转，眇缅倒之为缅眇，同绵眇。《文选》郭景纯《江赋》曰："江妃含颦而瞵眇。"李善曰："远视貌，又同绵邈。"《上林赋》曰："微睇绵邈。"郭景纯曰：

"远视貌。"(《文选》注)颜师古曰:"小视也。"(《汉书·司马相如传》注)王怀祖曰:"好视貌。"(《读书杂志》四之一)胡枕泉曰:"微视貌。"(《文选笺证》卷十)皆通。此文则但形其远耳。○旷瀁,即旷瀁。马季《长笛赋》曰:"旷瀁敞罔。"刘良注曰:"宽大闲幽貌。又同瀇漾。"《后汉书·马融传·广成颂》曰:"瀇漾沉㴋。"章怀注曰:"并水貌也。"又同潢洋。《楚辞·九辩》曰:"然潢洋而不可带。"王注曰:"潢洋,犹浩荡也。"○宋玉《对楚王问》曰:"引商刻羽,杂以流徵。"○《史记·五帝本纪》曰:"謌,长言。"《集解》引马融曰:"謌所以长言,《诗》之意也。"○《文选·答宾戏》注引项岱曰:"啾,口吟也。"又《洞箫赋》曰:"啾咇嘒而将吟兮。"李注曰:"啾,众声也。"○《淮南·本经篇》高诱注曰:"择,选也。"(《汉书·武帝纪》颜注曰:选,善也。)○《小尔雅·广诂》曰:"莽,大也。"○条遥,长远貌。《诗·椒聊》毛传曰:"条,长也。"案:条遥,即迢遥。江文通《横吹赋》曰:"迢遥冲山。"○《文选·洛神赋》曰:"川后静波。"李善注曰:"川后,河伯也。"○《上林赋》曰:"扈从横行。"《封氏闻见录》卷五、叶氏《石林燕语》卷四,皆谓从驾为扈从,此扈字义同。《楚辞·九歌·湘君》王注曰:"桡,船小楫也。"○增、层字通。《广雅·释诂四》曰:"增,重也。"《列子·黄帝篇》曰:"沃水之潘为渊。"《尔雅·释水》曰:"沃泉县出,县出,下出也。"○《庄子·逍遥游》郭注曰:"蓬,非直达者也。"《释文》引向曰:"蓬者短不畅。"《左》襄十四年杜注曰:"迁延,却退也。"蓬迁延者,逡遁不能畅行之意,与上"莽条遥"为对文。字书无㐰字,疑即迁之俗字。《全唐诗》径作仙字,谓招延蓬岛之仙人也。(《列子·汤问篇》曰:"渤海之东,其中有五山焉,一曰岱舆,二曰员峤,三曰方壶,四曰瀛洲,五曰蓬莱,所居之人皆仙圣之种,一日一夕飞相往来者,不可数焉。")未知孰是。○《广韵》:易,羊益切,转也。《集韵》:舷,船边也。《两头纖纖诗》曰："磊磊落落向曙星。"谢玄晖《暨使下都诗》曰："秋河曙耿耿。"○《礼记·文王世子》郑注曰："閡，终也。"○右垣谓中书省。《唐六典》卷七曰："宣政殿前东廊曰日华门，门东门下省；殿前西廊曰月华门，门西中书省。"又卷八曰："门下省，龙朔二年改为东台。"卷九曰："中书省，龙朔二年改为西台，咸亨元年复旧。"《初学记·职官部上》引《汉官仪》曰：前世文士以中书在右，因谓中书为右曹，又称西掖（《御览·职官部》十八引同）。刘公幹《赠徐幹诗》曰："隔此西掖垣。"○《书·舜典》（伪古文所分）：帝曰："夔！命汝典乐，教胄子。"《礼记·明堂位》曰："米廪，有虞之庠也。"案：此喻国子司业。○《左传》僖二十四年："公子曰：所不与舅氏同心者，有如白水。"○《庄子·天地篇》曰："季彻局局然笑。"《释文》曰："局局，大笑之貌。"○《汉书·晁错传》：错上言兵事曰："《传》曰：狂夫之言而明主择焉。"

贾幼邻

贾至，字幼邻，河南洛阳人。父曾，开元初知制诰，仕至礼部侍郎。至擢明经第，为单父尉。从玄宗幸蜀，拜起居中书舍人，知制诰。帝称其父子继美。肃宗擢为中书舍人，坐小法，贬岳州司马。宝应初，召复故官，迁尚书左丞，转礼部侍郎，待制集贤院。大历初，徙兵部。累封信都县伯。进京兆尹，右散骑常侍，卒谥曰文。《旧唐书》附《文苑》其父曾传，《新唐书》亦附曾传。○皇甫持正《谕业》曰："贾常侍之文，如高冠华簪，曳裾鸣玉，立于庙廊，非法不言，可以望为羽仪，资以道义。"

工部侍郎李公集序

《新唐书·文艺传》曰:"李适,字子至,京兆万年人。举进士,再调猗氏尉。武后修《三教珠英》书,以李峤、张昌宗为使,取文学士缀集。于是适与王无竞、尹元凯、富嘉谟、宋之问、沈佺期、阎朝隐、刘允济在选。书成,迁兵部员外郎,俄兼修书学士。景龙初,又擢修文馆学士。睿宗时,待诏宣光阁,再迁工部侍郎卒。"(《旧唐书》亦入《文苑传》)又《艺文志》丁部别集类有《李适集》十卷。

《易》曰:"观乎天文,以察时变;观乎人文,以化成天下。"然则唐、虞赓歌,殷、周雅颂,美文之盛也。厥后四夷交侵,诸侯征伐,文王之道将坠地,于是仲尼删《诗》、述《易》、作《春秋》而叙帝王之书,三代文章,炳然可观。泪骚人怨靡,杨、马诡丽,班、张、崔、蔡、曹、王、潘、陆,扬波扇飚,大变风雅;宋、齐、梁、隋,荡而不返。昔延陵听乐,知诸侯之与亡。览数代述作,固足验夫理乱之源也。以上言文章盛衰有关国家之治乱。

"观乎天文"四句,《易·贲卦·彖传》之文。○《书·益稷》(当为《皋陶谟》,伪古文分为《益稷》):"帝庸作歌曰:股肱喜哉,元首起哉,百工熙哉!皋陶拜手稽首,乃赓载歌曰:元首明哉,股肱良哉,庶事康哉!"○《毛诗序》曰:"雅者,正也,言王政之所由废兴也。政有小大,故有小雅焉,有大雅焉。颂者,美盛德之形容,以其成功告于神明者也。"又曰:"有正考甫者,得商颂十二篇于周之大师,以《那》为首。"郑君《诗谱序》曰:"文、武之德,光熙前绪,以集大命于厥身。其时,

《诗》风有《周南》《召南》，雅有《鹿鸣》《文王》之属。及成王、周公致大平，制礼作乐，而有颂声兴焉，盛之至也。本之由此风雅而来，故皆录之，谓之《诗》之正经。后王稍更陵迟，懿王始受谮，亨齐哀公。夷身失礼之后，邶不尊贤。自是而下，厉也、幽也，政教尤衰，周室大坏。《十月之交》《民劳》《板荡》，勃尔俱作。众国纷然，刺怨相寻。五霸之末，上无天子，下无方伯。善者谁赏，恶者谁罚？纪纲绝矣。故孔子录懿王、夷王时诗，讫于陈灵公淫乱之事，谓之变风、变雅。"○《诗序》曰："小雅尽废，则四夷交侵，中国危矣。"○《论语·季氏篇》曰："天下无道，则礼乐征伐自诸侯出。"○《论语·子张篇》："子贡曰：文、武之道，未坠于地，在人。"○《史记·孔子世家》曰："古者诗三千馀篇，及至孔子去其重，取可施于礼义，上采契、后稷，中述殷、周之盛。至幽、厉之缺，始于衽席。故曰：《关雎》之乱以为风始，《鹿鸣》为小雅始，《文王》为大雅始，《清庙》为颂始。三百五篇，孔子皆弦歌之，以求合韶、武、雅、颂之音，礼乐自此可得而述，以备王道、成六艺。孔子晚而喜《易》，序彖、系、象、说卦、文言。读《易》韦编三绝，曰：假我数年，若是我于《易》则彬彬矣。"又曰："乃因史记作《春秋》，上至隐公，下讫哀公十四年，十二公，据鲁、亲周，故殷，运之三代，约其文辞而指博。《春秋》之义行，则天下乱臣贼子惧焉。"又曰："序《书传》，上纪唐、虞之际，下至秦缪，编次其事。"《汉书·艺文志》曰："《书》之所起远矣，至孔子纂焉，上断于尧，下讫于秦，凡百篇，而为之序。"○班孟坚《两都赋序》曰："而后大汉之文章，炳然与三代同风。"○《史记·屈原传》曰："屈原之作《离骚》，盖自怨生也。"○杨、马以下，并见张道济《卢黄门碑》注。○《左》襄二十九年曰："吴公子札来聘，请观于周乐，使工为之歌《周南》《召南》，曰：美哉！始基之矣，犹未也。然勤而不怨矣。为之歌《邶》《鄘》《卫》，曰：

美哉渊乎！忧而不困者也。吾闻卫康叔、武公之德如是，是其卫风乎！为之歌《王》，曰：美哉！思而不惧，其周之东乎！为之歌《郑》，曰：美哉！其细已甚，民弗堪也。是其先亡乎！为之歌《齐》，曰：美哉泱泱乎，大风也哉！表东海者，其太公乎！国未可量也。为之歌《豳》，曰：美哉荡乎！乐而不淫，其周公之东乎！为之歌《秦》，曰：此之谓夏声。夫能夏则大，大之至也，其周之旧乎！为之歌《魏》，曰：美哉沨沨乎！大而婉，险而易行，以德辅此，则明主也。为之歌《唐》，曰：思深哉！其有陶唐氏之遗民乎！不然，何忧之远也？非令德之后，谁能若是？为之歌《陈》，曰：国无主，其能久乎？自《郐》以下无讥焉。"

　　皇唐绍周继汉，颂声大作。神龙中兴，朝称多士。济济儒术，焕乎文章。则我李公，杰立当代。於戏！斯文将丧久矣。习郑、卫者，难与言咸濩之节；被毡裘者，难与议周公之服。而公当颓靡之中，振洋洋之声，吴先生曰："二句一篇之主，知前之议论有为而发，颂扬乃是诡变，而从斯文将丧引入，所谓灭尽针线迹者。"可谓深见尧、舜之道，宣尼之旨，鲜哉希矣！以上揭明主旨。

　　《史记·周本纪》曰："成王兴正礼乐，度制于是改而民和睦，颂声兴。"《公羊》宣十五年何注曰："颂声者，太平歌颂之声。"○《旧唐书·中宗纪》曰："嗣圣元年二月，皇太后废帝为庐陵王，幽于别所。其年五月，迁于均州，寻徙居房陵。圣历元年，召还东都，立为皇太子，依旧名显。时张易之与弟昌宗潜图逆乱，神龙元年正月，凤阁侍郎张柬之、鸾台侍郎崔玄暐、左羽林将军敬晖、右羽林将军桓彦范、司刑少卿袁恕己等定策，率羽林兵诛易之、昌宗，迎皇太子监国，总司庶政，大赦天下。乙巳，则传位于皇太子。丙午，即皇帝位于通天宫。"○《诗·文王》曰："济济多士。"毛传曰："济济，多威仪也。"○《论语·泰伯篇》曰："焕乎其有文章。"○《论语·子罕篇》："子曰：天之将丧斯文也，后死者不得与于斯文也！"○《乐记》曰："郑、卫之音，乱世之音也，比于慢矣。"○《周礼·春官·大司乐》曰："以乐舞教国子，舞云门、大卷、大咸、大磬、大夏、大濩、大武。"郑注曰："大咸、咸池，尧乐也，尧能禅，均刑法以仪民，言其德无所不施。大濩，汤乐也，汤以宽治民而除其邪，言其德能使天下得所也。"《文选·东京赋》薛注曰："咸池，尧乐。"《白虎通·礼乐篇》曰："黄帝乐曰咸池，咸池者，言大施天下之道而行之，天之所生，地之所载，咸蒙德施也。"案《庄子·天运篇》《天下篇》《吕氏春秋·古乐篇》《风俗通·声音篇》《文选·东京赋》李善注引乐纬《动声仪》《初学记·乐部》上引《五经通义》，又引乐纬《汁图征》，皆以咸池为黄帝乐。《乐记》曰："咸池备矣。"郑注曰："黄帝所作乐名也，尧增修而用之。"则两说皆是也。《白虎通·礼乐篇》曰："汤乐曰大濩，大濩者，言汤承衰能濩民之急也。"《风俗通·声音篇》曰："濩，言救民也。"《春秋繁露·楚庄王篇》曰："頀者，救也。"《广雅·释诂》四曰："頀，濩也，字亦作頀。"○《史记·匈奴传》曰："自君王以下，咸被旃裘。"案：旃，毡之通借字。《苏秦传》旃裘，《赵策》二作毡裘。《释名·释床帐》曰："毡，旃也，毛相著旃旃然也。"○《庄子·天运篇》曰："今取猨狙而衣以周公之服，彼必龁啮挽裂，尽去而后慊。"○《论语·泰伯篇》曰："师挚之始，《关雎》之乱，洋洋乎盈耳哉。"○《汉书·平帝纪》曰："元始元年，追谥孔子曰襃成宣尼公。"左太冲《咏史诗》曰："言论准宣尼。"

观作者之意，得《易》之变，知《书》之达，究《诗》之微，极《春秋》之襃贬，可谓孔门之弟，洙、泗遗徒。至其逸韵，扬波扇飚，餔糟啜醨，时有婉丽之什、浮艳之句。皆牵于诏旨，迫于时事。然亦言近而兴深，语细而讽大，罔有不含六经之奥义，览者其知夫子之墙乎！以上评其文之优长。

《礼记·经解》："孔子曰：其为人也温柔敦厚，《诗》教也；疏通知远，《书》教也；广博易良，乐教也；属辞比事，《春秋》教也。"《史记·滑稽传》曰："《书》以道事，《诗》以达意，《易》以神化，《春秋》以义。"杜元凯《春秋序》曰："指行事以正褒贬。"○《孟子·梁惠王上》赵注曰："孔子之门徒颂述宓戏以来，至文、武、周公之法制耳。"○《礼记·檀弓上》：曾子曰："吾与女事夫子于洙、泗之间。"郑注曰："洙、泗，二水名。"《水经·泗水注》曰："洙、泗二水，交于鲁城东北，阙里背洙面泗，南北百二十步，东西六十步，四门各有石阃，北门去洙水百步馀。"又《洙水注》曰："洙水又西南流于卞城，西入泗水，乱流西南至鲁县东北，又分为二水。水侧有故城，两水之分会也。洙水西北流迳孔里北，是谓洙、泗之间矣。"《清一统志》曰："山东兖州府：阙里在曲阜县城中。"○《文苑》至作失，逸韵作韵俗，盖误。○《楚辞·渔父》曰："众人皆醉，何不餔其糟而歠其醨？"《文选》五臣注吕向曰："餔，食也；歠，饮也。糟、醨，皆酒滓。"案《说文》：啜，尝也；歠，饮也。二字义别，此盖借啜为歠。○《文苑》言近作音近。○《论语·子张篇》：子贡曰："夫子之墙数仞，不得其门而入，不见宗庙之美、百官之富。"

至先大夫与公有皮、鲍之知；公嗣子吏部侍郎季卿与至有声誉之好。德业度量，弱岁闻之于趋庭；文学编简，中年得之于吏部。所见异辞，所传异文，敢不序焉？夫其游、夏之文学，不备颜子之德行；许、郭之机览，未闻班、张之赞述。而公文与行协，识与才并。是故大名震于当代，德庆流于后叶，不其伟欤！以上作序之旨。

□渊懿绵渺，具有远神。○开、天之间，力矫六朝词胜之弊，故其议论如此。然当时之文尚纯驳互见，非独子至之文体格未纯，即幼邻亦未免此。起衰八代之誉独归韩公，岂偶然哉？

《左》昭十三年曰："子产归闻子皮卒，哭且曰：吾已，无为为善矣，唯夫子知我。"《史记·管晏列传》：管仲曰："生我者父母，知我者鲍子也。"○《新唐书·文艺中·李适传》曰："子季卿亦能文，举明经博学宏辞，调鄂尉。肃宗时为中书舍人，以累贬通州别驾。代宗立，迁为京兆少尹，复授舍人，进吏部侍郎。"《唐六典》卷二曰："尚书吏部侍郎二人，正四品上。吏部尚书、侍郎之职，掌天下官吏选授、勋封、考课之政令。"○《后汉书·冯衍传》："衍说鲍永曰：天下无变，则足以显声誉。"○《论语·季氏篇》：伯鱼曰："他日尝独立，鲤趋而过庭。"○《公羊》隐元年曰："所见异辞，所闻异辞，所传闻异辞。"○《论语·先进篇》曰："德行颜渊，文学子游、子夏。"○《后汉书·郭太（本名泰，范蔚宗避父讳改。）传》曰："太字林宗，太原界休人也。性明知人，好奖训士类。"《许劭传》曰："劭字子将，汝南平舆人也。好人伦，多所赏识。故天下言拔士者，咸称许、郭。"○《诗·长发》毛传曰："叶，世也。"《蜀志·吕凯传》：凯答檄曰："皆流名后叶，世歌其美。"○《庄子·大宗师》《释文》引向注曰："伟，美也。"

元次山

元结，字次山，河南人。后魏常山王遵十五代孙。少不羁，十七乃折节向学。天宝十三载，擢进士第。会天下乱，国子司业苏源明见肃宗，问天下士，荐结可用。结上时议三篇，擢右金吾兵曹参军，摄监察御史，为山南西道节度参谋。以讨史思明功，迁监察御史里行，进水部员外郎，佐荆南节度使吕諲府。又参山南东道来瑱府。瑱诛，结摄府事。代宗立，固辞，授著作郎，拜道州刺史。进授容管经略使，加左金吾将军，罢还京师，卒赠礼部侍郎。《新唐书》有传。○韩退之《送孟东野序》，于唐代文人称及次山。皇甫持正《题浯溪石诗》曰："次山有文章，可惋只在碎。然长于指叙，约洁有馀态。心语适相应，出句多分外。于诸作者间，拔戟成一队。"晁子止《郡斋读书志》卷十七曰："结性耿介，有忧道悯世之意。逢天宝之乱，或仕或隐，自谓与世聱牙，岂独其行事而然？其文辞亦如之。然其辞义幽约，譬古钟磬，不谐于俚耳而可寻玩。"高续古《子略》卷四曰："次山平生辞章，奇古峻绝，不蹈袭古今。"清《四库书目》卷一百四十九曰："唐文在韩愈以前毅然自为者，自结始。亦可谓耿介拔俗之姿矣。"

谢上表

  原注曰：广德二年，道州进颜清之《元君墓碑》曰："起家为道州刺史，州为西原贼所陷，人十无一，户才满千。君下车行古人之政，二年间归者万馀家，贼亦怀畏不敢犯。"

  臣某言：去年九月，勑授道州刺史，属西戎侵轶，至十二月，臣始于鄂州授勑牒，即日赴任。臣州先被西原贼屠陷，节度使已差官摄刺史，兼又闻奏。臣在道路，待恩命者三月，臣以五月二十二日到州上讫。以上到任。

  敕命字当作敕，勑其通借字。○唐江南道道州治弘道县，今湖南道县治。《唐六典》卷三十曰："中州（道州中）刺史一人，正四品上。"○西戎谓吐蕃。《旧唐书·代宗本纪》曰:"宝应二年秋七月,改元曰广德。九月己丑,吐蕃寇泾州,刺史高晖以城降,因为吐蕃乡道。冬十月庚午朔,辛未,高晖引吐蕃犯京畿,寇奉天、武功、盩厔等县,蕃军自司竹园渡渭,循南山而东。丙子,驾幸陕州。庚寅,郭子仪收京城。十二月甲午,上至自陕州。"《左传》隐九年:"公子突曰:惧其侵轶我也。"杜注曰:"轶,突也。"○唐江南道鄂州治江夏县,今湖北武昌县治。《新唐书·元结传》曰:"初,西原蛮掠居人数万去,遗户裁四千。"《南蛮传》曰:"西原蛮居广、容之南,邕、桂之西,(唐广州治南海县,今广东番禺县治。容州治北流县,今广西北流县治。邕州治宣化县,今广西武鸣县治。桂州治临桂县,今广西桂林县治。)案《地理志》:岭南道羁縻州,西原州领县三,罗和、吉林、罗淡,隶安南都护府,后没于蛮。"《清一统志》曰:"广西南宁府:西原废州在新宁州(今改扶南县)西南。"○《新唐书·方镇表》曰:"上元二年,荆南节度使增领涪、衡、潭、岳、郴、邵、永、道、连九州。广德二年,以衡、潭、邵、永、道五州隶湖南观察使。"又曰:"广德二年,置湖南都团练守捉观察处置使,领衡、潭、邵、永、道五州。"是道州属湖南观察使。然二年未置以前,自当属荆南节度使,故节度使得差官摄道州刺史也。

耆老见臣,俯伏而泣。官吏见臣,已无菜色。城池井邑,但生荒草。登高极望,不见人烟。岭南数州,与臣接近,馀寇蚁聚,尚未归降。臣见招辑流亡,率劝贫弱,保守城邑,畲种山林,冀望秋后少可全活。以上本州情况。

《礼记·王制》曰:"民无菜色。"郑注曰:"菜色,食菜之色。"○《元和郡县志》曰:"江南道道州,南逾岭至贺州四百四十里,正南逾岭至韶州四百二十里。"案:二州唐皆属岭南道。

又案唐道州领五县，弘道、永明、延唐、大历、江华。延唐在今湖南宁远县东，大历在今湖南新田县西，永明、江华今县同。广西之全县、灌阳、恭城、富川、贺县，广东之乐昌、连山，皆其邻县。然全县唐为湘源县，与灌阳县同属永州，尚隶江南道。恭城唐属昭州，贺县唐为临贺县，与富川县并属贺州，乐昌县唐属韶州，三州皆属岭南道也。连山县唐属连州，《元和志》及《旧唐书·地理志》并属江南道。《新唐志》属岭南道。《太平寰宇记》曰："江南西道连州，按《十道记》云，连州自贞观中属江南道，开元、天宝中属岭南道，乾元后属湖南管，据岭及洭水言之，合属岭南道。"《新唐志》属岭南道而不言何年复改属，则广德时未知连州即属岭南否。○孔德璋《陈通和之策表》曰："蚁聚蜂攒，穷诛不尽。"○畲种，即火耕也。《史记·货殖传》："楚、越之地，地广人希，或火耕而水耨。"《汉书·孝武纪》："元鼎二年诏曰：江南之地，火耕水耨。"杜子美《戏作俳谐体解闷诗》曰："畲田费火耕。"《广韵》九麻曰：畲，式车反，烧榛种田。"

臣愚以为，今日刺史，若无武略以制暴乱，若无文才以救疲弊，若不清廉以身率下，若不变通以救时须，一州之人不叛则乱将作矣。岂止一州者乎？臣料今日州县，堪征税者无几，已破败者实多。百姓恋坟墓者盖少，思流亡者乃众。则刺史宜精选慎择以委任之，固不可拘限官次，得之货贿，出之权门者也。以上陈选吏之法。

慎择，本集择字上空字，注曰御名，盖沿南宋本避孝宗讳也。《全唐文》作谨字，疑非。下同。○《后汉书·明帝纪》："诏曰：今选举不实，邪佞未去，权门请托，残吏放手。"○拘限官次，谓不应选补而由贿赂，或权贵援引而得之者也。

凡授刺史，特望陛下一年问其流亡归复几何，田畴垦辟几何；二年问畜养比初年几倍，可税比初年几倍；三年计其功过，必行赏罚。则人皆不敢冀望侥幸，苟有所求。以上陈课吏之法。

《唐会要》卷六十八："天授二年，获嘉县主簿刘知几上疏曰：历观两汉已降，迄乎魏、晋之年，方伯岳牧，临州按郡，或十年不易，或一纪仍留。莫不尽其化民之方，责以治人之术。既而日就月将，风加草靡，故能化行千里，恩渐百城。臣望自今已后，刺史非三岁已上，不可迁官，仍以明察功过，精甄赏罚，冀宏共治之风，以赞垂衣之化。景龙二年，御史中丞卢怀慎上疏曰：臣窃见比来州牧上佐等，在任多者一二年，少者三五月，遂即迁改，不论课最，争求冒进，不顾廉耻，亦何暇为陛下宣风布化、求瘼恤民哉？户口所以流散，仓库所以空虚，百姓所以凋弊，日更滋甚，职为此也。臣请望诸州都督刺史上佐等，在任未经四考已上，不许迁除，察其课效尤异者，或锡以车裘，或就加禄秩，或降使临问，并玺书慰勉。若公卿有缺，则擢以劝能。其政绩无闻，及犯贪暴者，放归田里。则万方之民，一变于道，致此之美，革彼之弊，易于反掌。"皆可与次山此表互证。

臣实孱弱，辱陛下符节。陛下必当慎择，臣固宜废归山野，供给并税。臣不任恳款之至，谨遣某官奉表陈谢以闻。以上陈谢。

□真挚剀切，不事华藻而自能动人，此世间有用文字。但赏其用笔峻削，犹末也。

《史记·张耳传》《集解》引孟康曰："孱音如潺湲之潺，冀州人谓懦弱为孱。"○次山《舂陵行》曰："安人天子命，符节我所持。"○《魏书·李安世传》（附《李孝伯传》）：安世上疏曰："量地画野，经国大式，邑地相参，致治之本，并税之兴，其来日久。"

大唐中兴颂　并序

《集古录跋尾》卷七曰："《大唐中兴颂》，元结撰，颜真卿书。书字尤奇伟，而文辞古雅，世多模以黄绢为图障。碑在永州，摩崖石而刻之。"《舆地纪胜》曰："荆湖南路永州：《大唐中兴颂》，在祁阳浯溪石崖上，元结文，颜真卿书，大历六年刻，俗谓之磨崖碑。"案《金石萃编》卷九十六载《大唐中兴颂》署云"尚书水部员外郎兼殿中侍御史荆南节度判官元结撰，金紫光禄大夫前行抚州刺史上柱国鲁郡开国公颜真卿书"，末云"上元二年秋八月撰，大历六年夏六月刻"。王兰泉曰：《新唐书》传：史思明乱，命结发军挫贼南锋，结屯洛阳，守险全十五城，以讨贼功，迁监察御史里行，荆南节度使吕諲请益兵拒贼，帝进结水部员外郎，佐諲府，与碑题衔合。《吕諲传》称上元初拜荆州长史，澧、朗、峡、忠等五州节度使，则结之为判官，亦在其时。颂撰于上元二年，正与两传合也。颜真卿官抚州刺史，亦在大历六年，则是元结撰颂后十年而后书且刻也。碑颂肃宗中兴，即位灵武，收复两京，上皇还京等事。《唐书·肃宗本纪》：至德二载十二月丙午，上皇天帝至自蜀郡，则撰颂又在还京后四年。颂磨崖在祁阳县（今湖南属县）浯溪，结判荆南时寓居于此。〇辛良史《唐才子传》卷三《元结传》曰："《中兴颂》一文，灿烂金石，清夺湘流。"

天宝十四载，安禄山陷洛阳。明年，陷长安。天子幸蜀，太子即位于灵武。明年，皇帝移军凤翔。其年复两京，上皇还京师。於戏！前代帝王，有盛德大业者，必见于歌颂。若今歌颂大业，刻之金石，非老于文学，其谁宜为？颂曰：序文简括严肃，金石文宜如是。

《新唐书·玄宗本纪》曰:"天宝三载正月丙申,改年为载。十四载十一月,安禄山反,陷河北诸郡。十二月丁酉,陷东京。十五载六月丙戌,哥舒翰及安禄山战于灵宝西原,败绩。辛卯,蕃将火拔归仁执哥舒翰叛降于安禄山,遂陷潼关上洛郡。甲午,诏亲征。(《旧唐书·玄宗本纪》曰:甲午谋幸蜀,乃下诏亲征。乙未,凌晨自延秋门出,微雨霑湿,扈从惟宰相杨国忠、韦见素,内侍高力士,及太子、亲王、妃主、皇孙已下多从之不及。)丁酉,次马嵬,左龙武大将军陈玄礼杀杨国忠,赐贵妃杨氏死。(旧唐书·玄宗本纪》曰:丁酉,将发马嵬驿,幸扶风,百姓遮道乞留皇太子,愿戮力破贼,收复京城,因留太子。)己亥,禄山陷京师。七月丁卯,皇太子为天下兵马元帅。庚辰,次蜀郡。八月癸巳,皇太子即皇帝位于灵武以闻。庚子,上皇天帝诏遣韦见素、房琯、崔涣奉皇帝册于灵武。至德二载十月丁巳,皇帝复京师以闻。十二月丁未,至自蜀郡,居于兴庆宫。"(《旧唐书·本纪》作丙午上皇至自蜀。《通鉴》二百二十《唐纪》三十六曰:十二月丙午,上皇至咸阳,上备法驾迎于望贤宫。丁未,将发行宫,上亲为上皇习马而进之。上皇自开远门入大明宫,即日幸兴庆宫,遂居之。)《肃宗本纪》曰:"肃宗讳亨,玄宗第三子也,立为皇太子。天宝十五载,玄宗避贼,行至马嵬,父老遮道请留太子讨贼,玄宗许之,太子乃还。六月辛丑,次平凉郡,朔方留后支度副使杜鸿渐迎太子治兵于朔方。庚戌,次丰宁,见大河之险,将保之,会天大风,回趋灵武。七月辛酉,至于灵武。甲子,即皇帝位于灵武,尊皇帝曰上皇天帝,改元至德。二载正月乙卯,安庆绪弑其父禄山。二月戊子,决于凤翔。八月闰月丁卯,广平郡王俶为天下兵马元帅,郭子仪副之,以朔方、安西、回纥、南蛮、大食兵讨安庆绪。九月壬寅,广平郡王俶及庆绪战于澧水,败之。癸卯,复京师,庆绪奔于陕郡。十月戊申,广平郡王俶及安庆绪战于新店,败之,克陕郡。壬子,复东京。癸亥，遣太子太师韦见素迎上皇天帝于蜀郡。十二月丙午，上皇天帝至自蜀郡。"《逆臣传》曰："安禄山，营州柳城胡也。本姓康，母阿史德为觋，居突厥中，祷子于轧荦山，及生，遂字轧荦山。天宝元年，以平卢为节度，禄山为之。又为范阳节度，河北采访使，仍领平卢军。时宰相李林甫请颛用蕃将，故帝宠禄山益牢，卒乱天下。"○碑载作年，《文粹》同。○唐以河南府（治洛阳、河南二县，今并入洛阳。）为东都，亦曰东京，（《元和郡县志》曰：河南道河南府：武德四年为洛州，显庆二年置东都，开元元年改洛州为河南府，天宝元年改东都为东京，至德元年复为东都。）故以京兆府（治万年、长安二县，万年即咸宁，今并入长安。）为西京，（《新唐书·地理志》曰：初曰京城，天宝元年曰西京，至德二载曰中京，上元二年复曰西京，代宗元年曰上都。）合言之曰两京。（唐韦述有《两京新记》。）○《元和郡县志》曰："剑南道成都府（治成都县），隋蜀郡。武德元年改为益州总管府，天宝元年改蜀郡大都督府。十五年，玄宗幸蜀，改为成都府。"《新唐书·地理志》曰："至德二载曰南京，上元元年罢京。"○《旧唐书·地理志》曰："关内道凤翔府，隋扶风郡。武德元年，改为岐州，天宝元年改为扶风郡。至德二年，肃宗幸扶风郡，置天兴县（郡治）。其年十月，克复两京，十二月，置凤翔府，号为西京，与成都、京兆、河南、太原为五京。后罢京名。"○《元和郡县志》曰："关内道灵州（治回乐县，在今甘肃灵县西南），隋灵武郡。武德元年改为灵州，天宝元年改为灵武郡。至德元年，肃宗幸灵武即位，升为大都督府。乾元元年复为灵州。"○於戏，见张道济《齐黄门侍郎卢思道碑》注。○《易·系辞上》曰："富有之谓大业，日新之谓盛德。"

噫嘻前朝，孽臣奸骄，为昏为妖。边将骋兵，毒乱国经，群生失宁。大驾南巡，百寮窜身，奉贼称臣。天将昌唐,䵣盷我皇,匹马北方。独立一呼,千麾万旗,戎卒前驱。我师其东,储皇抚戎,荡攘群凶。复服指期,曾不逾时,有国无之。事有至难,宗庙再安,二圣重欢。地辟天开,蠲除祅灾,瑞庆大来。兇徒逆俦,涵濡天休,死生堪羞。功劳位尊,忠烈名存,泽流子孙。盛德之兴,山高日昇,万福是膺。能令大君,声容沄沄,不在斯文。湘江东西,中直浯溪,石崖天齐。可磨可镌,刊此颂焉,何千万年!

　　□姚姬传曰:"峻伟雄刚,词与事称,宋人无此兴象。"

　　《诗·噫嘻》毛传曰:"噫,嘻也;嘻,敕也。"○《晋语》十韦注曰:"昏,闇乱。"案:碑昏作㖧。《晋语》六韦注曰:"妖,恶也。"○《吴语》韦注曰:"毒,暴也。"《左》宣十二年杜注曰:"经,法也。"○《后汉书·儒林传》注引胡广《汉制度》曰:"天子出有大驾、法驾、小驾。"《独断》卷下同。此则但指天子出幸耳,非备大驾乃出也。○《唐文粹》《观澜集》及《全唐文》寮作僚,集与碑皆作寮,寮即僚之借字。《书·皋陶谟》:百僚师师。伪孔传曰:"僚,官也。"《新唐书·游臣传》曰:"禄山未至长安,士人皆逃入山谷,东西络绎二百里,宫嫔散匿行哭,将相第家委宝货不赀,群不逞争取之,累日不能尽。"○《通鉴·唐纪》三十四曰:"禄山遣孙孝哲将兵入长安,命搜捕百官宦者宫女等,每获数百人,辄以兵衞送洛阳。王侯将相扈从车驾,家留长安者,诛及婴孩。陈希烈以晚节失恩怨上,与张均、张垍皆降于贼,禄山以希烈、垍为相,自馀朝士,皆授以官。"○《左》隐元年杜注曰:"繄,语助。"《释文》曰:"繄,乌兮反,又乌帝反。"哀十三年注曰:"盷,视也。案:集盷作晓,误。"○次山《时议》上篇曰:"往年逆乱之兵,可谓强矣,当时人心,已不固矣。天子独以数骑仅至灵武,引聚馀弱,凭陵强寇，顿军岐阳，师及渭西，会不逾时，竟能摧坚锐，复两京，逃降逆类，悉牧河南州县"云云，可与此颂相证。(《新唐书》结传载此议数骑作匹马，馀亦多异。)○麾本字作摩。《说文》曰："旌旗所以指也。"《周礼·春官·司常》曰："鸟隼为旟。"○集戎作我，误。《诗·伯兮》曰："为王前驱。"○储皇谓广平王俶也。《新唐书·代宗纪》曰："代宗讳豫，肃宗长子也，初名俶，封广平郡王。至德二载九月，以广平郡王为天下兵马元帅。"蔡伯喈《劝学篇》曰："储，副君也。"(见玄应《一切经音义》卷二引)《左》闵二年曰："太子从曰抚军，守曰监国。"○《左》僖四年杜注曰："攘，除也。"○碑复服作复复，马永卿《懒〔嬾〕真子》卷五引《汉书·匡衡传》：所更或不可行而复复之，《何武传》后皆复复故，注云，依其旧也，谓上音服，下音福。吴先生曰："此乃碑误，服谓九服也。"(九服见《周礼·夏官·职方氏》，谓侯服、甸服、男服、采服、卫服、蛮服、夷服、镇服、藩服也。)○有国无之，言恢复之速，为有国以来所未有也。○二圣谓玄宗、肃宗。○《广雅·释诂》三曰："蠲，除也。"《观澜集》祅作妖。《说文》曰："地反物为祅也。"今字作祅，经传多以妖为之。集灾作灾，灾、灾同哉，皆巛之借字。《说文》曰："巛，害也。"○碑兇徒之兇作凶，凶乃兇之借字。○《书·君奭》曰："天休滋至。"○《诗·天保》曰："如日之升。"案：升、昇字同。○《楚辞·天问》王注曰："膺，受也。"○《易·师》上六曰："大君有命。"○《诗序》曰："颂者，美盛德之形容。"《宋书·乐志》二：《昭德凯容乐舞歌词》曰："写德声容。"《楚辞·九思·哀岁》注曰："沄沄，沸流。"案：此以水之沸流喻声容之盛也。《宋史·乐志》《酌献英宗室乐章》曰："声容沄沄，被于八荒。"即用此语。○不在，在也。不，语词。《玉篇》曰："不，辞也。"《毛诗·车攻》传曰："不警，警也；不盈，盈也。"《桑扈》传："不戢，戢也；不难，难也；不多，多也。"

《生民》传曰："不宁，宁也；不康，康也。"义皆同。详见王伯申《经传释词》。○次山《浯溪铭序》曰："浯溪在湘水之南，北汇于湘，爱其胜异，遂家溪畔。溪世无名称者也，为自爱之，故命曰浯溪。"《清一统志》曰："湖南永州府：湘江至湘口入潇水，北流一百四十里，入祁阳县境，浯溪在祁阳县西南五里。"○《说文》曰："镌，一曰破石也。"《广韵》二仙曰："镌，钻也，斲也，子泉切。"

右溪记

《舆地纪胜》曰："荆湖南路道州，右溪在城西百馀步，元次山有记。"《清一统志》曰："湖南永州府：右溪在道州西。"（今改道县。）

道州城西百馀步有小溪，南流数十步合营溪，水抵两岸，悉皆怪石，欹嵌盘屈，不可名状。清流触石，洄悬激注，休木异竹，垂阴相荫。此溪若在山野，则宜逸民退士之所游处，在人间可为都邑之胜境，静者之林亭。而置州已来，无人赏爱。徘徊溪上，为之怅然。乃疏凿芜秽，俾为亭宇。植松与桂，兼之香草，以裨形胜。为溪在州右，遂命之曰右溪。刻铭石上，彰示来者。

□吴先生曰："次山放恣山水，实开子厚先声；文字幽眇芳洁，亦能自成境趣。"

《旧唐书·地理志》曰："江南西道道州，隋零陵郡之永阳县。武德四年置营州，五年又改南营州，贞观八年改为道州，天宝元年改为江华郡，乾元元年复为道州。"案：馀见《谢上表》注。○《元和郡县志》曰："道州江华县，营水出县东北。"《太平寰宇记》曰："道州营道县：《元丰九域志》曰："建隆三年复改弘道县为营道。")营水在县西一里,经故城,合巢水,(当复巢水二字。)自东南来,西流,于故城南合营水,谓之营阳峡。"○《全唐文》盘屈作盘缺。○《华严经音义》下引《三苍》曰:"水转曰洞也。"○《尔雅·释诂》曰:"休,美也。"案:《全唐文》休作佳。○《全唐文》可为上有则字。○郭景纯《江赋》曰:"夏后疏凿。"

独孤至之

独孤及,字至之,河南洛阳人。天宝十三载,以洞晓玄经对策上第(见梁敬之《常州刺史独孤公行状》),补华阴尉。江淮都统李峘辟掌书记。代宗召为左拾遗,迁礼部员外郎,历濠、舒二州刺史,加检校司封郎中,徙常州,卒谥曰宪。《新唐书》有传。○韩退之为至之子郁墓志铭曰:"宪公躬孝,践行笃实,而辩于文,劝饬指诲,以进后生。"《旧唐书·韩愈传》曰:"大历、贞元之间,文字多尚古学,效杨雄、董仲舒之述作,而独孤及、梁肃最称渊奥,儒林推重。愈从其徒游,锐意钻仰,欲自振于一代。"晁子止《郡斋读书志》卷十七曰:"及为文,以立宪诫世、褒贤过恶为用,长于议论。《唐实录》称韩愈师其为文云。"案:退之之文,非至之所能及,《实录》所言,未知信否。本传言梁肃、高参、崔元翰、陈京、唐次、齐抗皆师事之,而不言退之。皇甫持正《谕业》曰:"独孤尚书之文,如危峰绝壁,穿倚霄汉,长松怪石,倾倒谿壑,然而略无和畅,雅德者避之。"案:此评亦未甚确。

吴季子札论

《左传》襄十四年曰:"吴子诸樊既除丧,将立季札,季札辞曰:曹宣公之卒也,诸侯与曹人不义曹君,将立子臧,子臧去之，遂弗为也，以成曹君（见成十三年）。君子曰：能守节。君义嗣也，谁敢奸君？有国非吾节也。札虽不才，愿附于子臧以无失节。固立之，弃其室而耕，乃舍之。"又昭二十七年曰："吴子使延州来季子聘于上国，遂聘于晋，以观诸侯。公子光遂弑王。季子至，曰：苟先君无废祀，民人无废主，社稷有奉，国家无倾，乃吾君也。哀死事生，以待天命，非我生乱，立者从之，先人之道也。复命哭墓，复位而待。"《史记·吴世家》曰："寿梦有子四人，长曰诸樊，次曰馀祭，次曰馀眛，次曰季札。季札贤而寿梦欲立之，季札让不可。于是乃立长子诸樊，摄行事当国。诸樊已除丧，让位季札，季札谢曰云云，乃舍之。十三年，王诸樊卒，有命授弟馀祭，欲传以次，必致国于季札而止，以称先王寿梦之意，且嘉季札之义，兄弟皆欲致国，令以渐至焉。季札封于随陵，故号曰延陵季子。十七年，王馀祭卒，弟馀眛立。四年，王馀眛卒，欲授弟季札，季札让逃去，于是乃立王馀眛之子僚为王。十三年，使季札于晋，公子光遂弑王僚，代立为王，季子至曰"云云。○崔贻孙（祐甫）撰《独孤至之神道碑》曰："著论延陵，君子谓其评议之精在古人右。"即指此文，是当时已得大名。以今观之，文虽佳，尚未臻其极。且季之贤，自孔子以下，左丘明、太史公、刘子政皆无异辞，《文中子·述史篇》始斥季札不知乐，实亦大言欺人耳。至唐中叶，论古渐刻，遂开宋人之先声矣。

  谨按季子三以吴国让，而《春秋》褒之。余征其前闻于旧史氏。窃谓废先君之命，非孝也；附子臧之义，非公也；执礼全节，使国篡君弑，非仁也；出能观变，入不讨乱，非智也。左丘明、太史公书而无讥，余有惑焉。以上疑季札不得为贤。

《公羊》襄二十九年曰："吴子使札来聘。吴无君无大夫,此何以有君有大夫?贤季子也。何贤乎季子?让国也。"又《穀梁传》曰:"吴其称'子'何也?善使延陵季子,故进之也。"○《文苑》闻作文。○《文粹》非孝、非公、非仁、非智下,皆无也字。

　　夫国之大经,实在择嗣。王者慎德之不建,故以贤则废年,以义则废卜,以君命则废礼。是以太伯之奔句吴也,盖避季历。季历以先王所属,故篡服嗣位而不私。太伯知公器有归,亦断发文身而无怨。及武王继统,受命作周,不以配天之业让伯邑考,官天下也。彼诸樊无季历之贤,王僚无武王之圣,而季子为太伯之让,是徇名也,岂曰至德?且使争端兴于上替,祸机作于内室,遂错命于子光,覆师于夫差,陵夷不返,二代而吴灭。以上言季札让国,终致吴亡,不得与太伯比。

《全唐文》慎上有所字,非。《文苑》之作而。《左》襄三十一年:"穆叔曰:太子死,有母弟则立之,无则立长,年钧择贤,义钧则卜,古之道也。"又昭二十六年:"王子朝使告于诸侯曰:昔先王之命曰,王后无适(同嫡),则择立长,年钧以德,德钧以卜,王不立爱,公卿无私,古之制也。"○《史记·吴世家》曰:"吴太伯,太伯弟仲雍,皆周太王之子,而王季历之兄也。季历贤而有圣子昌,太王欲立季历,以及昌,于是太伯、仲雍二人乃犇荆蛮,文身断发,示不可用,以避季历。季历果立,是为王季,而昌为文王。太伯之犇荆蛮,自号句吴。"○《礼记·檀弓上》曰:"文王舍伯邑考而立武王。"○《论语·泰伯篇》曰:"泰伯其可谓至德也已矣。三以天下让,民无得而称焉。"案:泰、太字通。○《左》昭二十七年曰:"夏四月,光伏甲于堀室而享王,光伪足疾,入于堀室,鱄设诸寘剑于鱼中以进,抽剑刺王，遂弑王。"《史记·刺客传》曰："专诸者，吴堂邑人也。伍子胥进专诸于公子光。光之父曰吴王诸樊，诸樊弟三人，次曰馀祭，次曰夷眛，次曰季子札。诸樊知季子札贤，而不立太子，以次传三弟，欲卒致国于季子札。诸樊既死，传馀祭；馀祭死，传夷眛；夷眛死，当传季子札，季子札逃不肯立，吴人乃立夷眛之子僚为王。公子光曰，使以兄弟次邪？季子当立，必以子乎？则光真适嗣当立。故尝阴养谋臣以求立。光既得专诸，善客待之。光伏甲士于窟室中，而具酒请王僚，王僚使兵陈，自宫至光之家，门户阶陛左右，皆王僚之亲戚也。夹立侍，皆持长铍。酒既酣，公子光详为足疾，入窟室中，使专诸置匕首鱼炙之腹中而进之，既至王前，专诸擘鱼，因以匕首刺王僚，王僚立死，左右亦杀专诸。王人扰乱，公子光出其伏甲以攻王僚之徒，尽灭之，遂自立为王，是为阖闾。"○《吴世家》曰："王夫差十八年，越益强，越王句践卒兵使伐，败吴师于笠泽。二十年，越王句践复伐吴。二十一年，遂围吴。二十三年十一月丁卯，越败吴，越王句践欲迁吴王夫差于甬东，予百家居之。吴王曰：孤老矣，不能事君王也。遂自刭死。越王灭吴。"案：二代谓阖闾、夫差。

　　以季子之闳达博物，慕义无穷，向使当寿梦之眷命，接馀眛之绝统，必能光启周道，以霸荆蛮。则大业用康，多难不作。阖闾安得谋于窟室？专诸何所施其匕首？以上言季札若不让国而立，则吴可兴。

　　《吴世家》："太史公曰：延陵季子之心，慕义无穷，见微而知清浊。呜呼，又何其闳览博物君子也！"○《文苑》阖闾作阖庐。案：《左传》（始昭二十七年），《国语·楚语下》，《公羊》《穀梁》定四年，《史记·吴世家》《越世家》《孙子传》《伍子胥传》，《汉书·人表》，《吕氏春秋·当染篇》《简选篇》，《越绝书》（始卷二），皆作阖庐；《齐策》五、《史记·楚世家》《墨子·所染篇》《吕氏春秋·尊师篇》《淮南子·泰族篇》《吴越春秋》(始卷三),皆作阖闾,并同。

　　呜呼!全身不顾其业,专让不夺其志,所去者忠,所存者节。善自牧矣,谓先君何?与其观变周乐,虑危戚钟,曷若以萧墙为心,社稷是恤?复命哭墓,哀死事生,孰与先衅而动,治其未乱?弃室以表义,挂剑以明信,孰与奉君父之命,慰神祇之心?则独守纯白,不干义嗣,是洁己而遗国也。吴之覆亡,君实阶祸。且曰非我生乱,其孰生之哉!其孰生之哉!以上实指季札让国之祸。

　　▢所论虽未必是,而笔力尚廉悍可取,录之以存一格。
《易·谦》初九《象传》曰:"卑以自牧也。"王注曰:"牧,养也。"《文苑》自作身,盖误。○《左》襄二十九年曰:"吴公子季札来聘,请观于周乐。"又曰:"将宿于戚,闻钟声焉,曰:异哉,吾闻之,辩而不德,必加于戮。夫子获罪于君以在此,惧犹不足,而又何乐?夫子之在此也,犹燕之巢于幕上,君又在殡,而可以乐乎?遂去之。文子闻之,终身不听琴瑟。"案:孙文子林父,卫大夫,逐卫献公,后献公返国,林父奔戚,戚在今河北大名县北。○《论语·季氏篇》曰:"季孙之忧在萧墙之内也。"《集解》引郑注曰:"萧之言肃也,墙谓屏也。君臣相见之礼,至屏而加肃敬焉,是以谓之萧墙。"《汉书·五行志》下之下曰:"成帝建始三年十二月戊申朔,其夜未央殿中地震,谷永对曰:地震萧墙之内。"是萧墙之内,指宫廷而言也。○《尔雅·释诂》曰:"恤,忧也。"○复命二句见题注。○弃室见题注。○《吴世家》曰:"季札之初使,北过徐君,徐君好季札剑,口弗敢言。季札心知之,为使上国未献。还至徐,徐君已死。于是乃解其宝剑,系之徐君冢树而去。从者曰:徐君已死,尚谁予乎？季子曰：不然，始吾心已许之，岂以死倍吾心哉？"又见《新序·节士篇》。○《文粹》吴作国。○《左》隐三年："石碏曰：若犹未也，阶之为祸。"○生乱见题注。

仙掌铭　并序

《文选》张平子《西京赋》曰："缀以二华，巨灵赑屃，高掌远跖，以流河曲，厥迹犹存。"薛敬文（综）注曰："华，山名也。巨灵，河神也。古语云，此本一山，当河水过之而曲行，河之神以手擘开其上，足蹋离其下，中分为二，以通河流，手足之迹，于今尚在。"案《太平御览·地部》四引薛注曰：华山对河东首阳山，黄河流于二山之间。古语云，本一山，当河，河水过之而曲行云云，今睹手迹于华岳上，足迹在首阳山下，俱存焉。与今《文选》注引小异，盖经李善删节也。《艺文类聚·山部》引《述征记》与薛注略同。《水经·河水注》四曰："华岳本一山，当河，河水过而曲行，河神巨灵手荡脚蹋，开而为两，今掌足之迹仍存。"《华岩开山图》曰："有巨灵胡者，遍得坤元之道，能造山川，出江河（《西京赋》李注引同），所谓巨灵赑屃，首冠灵山者也。"（左太冲《吴都赋》作巨鳌，此引误。）《清一统志》曰："陕西同州府：太华山在华阴县南十里，即西岳也。《华岳志》：岳顶东峰曰仙人掌，峰侧石上有痕，自下望之，宛然一掌，五指俱备，人呼为仙掌。"○崔贻孙《独孤至之神道碑》曰："古《函谷关》《仙掌》二铭，格高理精，当代词人无不畏服。"可见此铭极见重于当时。后王广津（涯）有《仙掌辨》，与此文相反，持论虽正，而文则平平无奇矣。

阴阳开阖，元气变化，泄为百川，凝为崇山，山川之作，与天地并，疑有真宰而未知尸其功者。有若巨灵赑屃，攘臂其间，左排首阳，右拓太华，绝地轴使中裂，坼山脊为两道，然后导河而东，俾无有害，留此巨迹于峰之巅。后代揭厉于玄踪者，聆其风而骇之，或谓诙诡不经，存而不议。以上言巨灵擘山之说，人以为诙诡不经。

《淮南子·原道篇》曰："与阴俱闭，与阳俱开。"班孟坚《西都赋》曰："顺阴阳以开阖。"案《文苑》阖作辟。○《文选·东都赋》李善注引《春秋命历序》曰："元气正则天地八卦孳。"○《文选·魏都赋》曰："流而为江海，结而为山岳。"《游天台山赋》曰："融而为川渎，结而为山阜。"李注引班固《终南山赋》曰："流泽遂而成水，停积结而为山。"○《庄子·齐物论篇》曰："是有真宰而特不得其朕。"○《西京赋》薛注曰："赑屃，作力之貌也。"李注曰："赑，扶秘切；屃，许备切。"《吴都赋》刘渊林注曰："赑屃，用力貌。"朱兰坡《文选集释》卷二曰："赑，俗字，依《说文》当作㠻，屃，或作屭，亦俗讹误，《说文》作肩。"○《论语·季氏篇》《集解》引马融曰："首阳山在河东蒲坂县华山之北，河曲之中也。"《史记·五帝本纪》《正义》引《括地志》云："蒲州河东县雷首山，亦名首阳山。"《清一统志》曰："山西蒲州府雷首山在永济县南。"○《御览·地部》一引《河图括地象》曰："昆仑者，地之中也，下有八柱，柱广十万里，有三千六百轴，互相牵制，名山大川孔穴相通。"○《尔雅·释山》曰："山脊冈。"○《文粹》颠作巅，俗字。○《论语·宪问篇》曰："深则厉，浅则揭。"《尔雅·释水》曰："揭者，揭衣也，以衣涉水为厉，繇膝以下为揭，繇膝以上为涉，繇带以上为厉。"案：此揭厉以涉水，喻探求古迹也。《游天台山赋》曰："蹑二老之玄踪。"

及以为学者拘其一域，则惑于馀方。曾不知创宇宙，作万象，月而日之，星而辰之，使轮转环绕，箭驰风疾，可骇于俗有甚于此者。徒观其阴骘无朕，未尝骇焉。而巨灵特以有迹骇世，世果惑矣。天地有官，阴阳有藏，锻炼六气，作为万形。形有不遂其性，气有不达于物，则造物者取元精之和，合而散之，财而成之，如埏埴炉锤之为瓶为缶，为钩为棘，规者矩者，大者细者，然则黄河华岳之在六合，犹陶冶之有瓶缶钩棘也。巨灵之作于自然，盖万化之一工也。天机冥动而圣功启，元精密感而外物应。故有无迹之迹，介于石焉。可以见神行无方，妙用不测。彼管窥者乃循迹而求之，揣其所至于巨细之境，则道斯远矣。以上言天道变化，巨灵之事殊不足怪。

《文粹》拘作摠，此依《文苑》。〇王深宁《困学纪闻》卷十七曰："杨植《许由庙碣》云：尧而许之，日而月之。独孤及《仙掌铭》序云，月而日之，星而辰之，同一句法。"方朴山曰："其原出于《庄子》之尸而祝之，社而稷之。"（《庚桑楚》）程易田曰："《史记·孔子世家》纲而纪之，统而理之。"屠继序曰："《管子·小问》：五而六之，九而十之。《吴子·治兵》：圆而方之，坐而起之。《子张问入官篇》：优而柔之，揆而度之。东方朔（《答客难》）、杜预（〈春秋左氏传序〉）用之。"〇《御览·天部》二引杨泉《物理论》曰："浑天说天，言天如车轮而转，日月旦从上过，夜从下过，故得出卯入酉。"《西京赋》曰："譬众星之环极。"〇《书·洪范》曰："惟天阴骘下民。"《释文》引马融曰："阴，覆也。骘，升也。升犹举也，举犹生也。"《庄子·齐物论》《释文》曰："朕，李除忍反（此当是李轨音），兆也。"〇《庄子·在宥篇》："广成子曰：天地有官，阴阳有藏。"案《文苑》官作观。〇《庄子·逍遥游篇》曰："御六气之辩。"《释文》引司马彪曰："阴阳风雨晦明也。"《楚辞·远游》王注曰："《陵阳子明经》言春食朝霞，朝霞者，日始欲出赤黄气也。秋食沦阴,沦阴者,日没以后赤黄气也。冬饮沆瀣,沆瀣者,北方夜半气也。夏贪正阳,正阳者,南方日中气也。并天地玄黄之气,是为六气也。"○《易·泰·象传》曰:"后以财成天地之道。"《释文》曰:"财,荀作裁。"○《老子》曰:埏埴以为器。"《释文》埏作挻,引河上公注曰:"挻,和也。埴,土也。"又引《声类》曰:"挻,柔也。"案:《说文》无埏字,埏乃徐氏新附者,作挻是。《荀子·性恶篇》曰:"陶人埏埴而为器。"杨注曰:"陶人,瓦工也。埏,击也。埴,黏土也。击黏土而成器。"埏亦当作挻。○《庄子·大宗师篇》曰:"皆在炉捶之间耳。"郭注曰:"自然之理,亦有须冶锻而为器耳。"《释文》曰:"捶,本又作锤,徐(徐邈)之睡反。"○《汉书·韩延寿传》颜注曰:"钩,亦兵器也,似剑而曲,所以钩杀人也。"《礼记·明堂位》郑注曰:"棘,戟也。"○《淮南子·原道篇》高注曰:"四方上下为六合。"○作于自然,集作作居,《文苑》作居也。○元精,集作至精,今依《文苑》《文粹》。○《易·豫》六二曰:"介于石。"《释文》曰:"古文作砎,郑云谓磨砎也。马作扴,云触小石声。"○《庄子·秋水篇》曰:"是直用管窥天。"东方曼倩《答客难》曰:"以管窥天。"

夫以手执大象,力持化权,指挥太极,蹴蹋显气,立乎无间,行乎无穷,则揿长河如揩杯,擘太华若破块,不足骇也。世人方以禹凿龙门以导西河为神奇,可不为大哀乎?峩峩灵掌,仙指如画,隐辚磅礴,上挥太清。远而视之,如欲扪青天以掬皓露,攀扶桑而捧白日,不去不来,若飞若动,非至神曷以至此?以上言巨灵之神。○于仙掌稍加点缀,亦词章所不可少者。

《老子》曰:"执大象,天下往。"○《易·系辞上》曰:"《易》有太极。"○《文苑》蹋作踏。○《汉书·司马相如传》

颜注曰："颢土，言气颢汗也。"○《淮南子·原道篇》引《老子》曰："出于无有，入于无间。"又曰："穷无穷，极无极。"○《文粹》挨作据。○《庄子·田子方篇》曰："列御寇为伯昏无人射，引之盈贯，揩杯水其肘上。"又《逍遥游篇》曰："覆杯水于坳堂之上，则芥为之舟，置杯焉则胶。"案：揩杯字用《田子方篇》，而义则同《逍遥游》。○董仲舒《雨雹对》曰："太平之世，雨不破块。"○《吕氏春秋·古乐篇》曰："禹立，勤劳天下，凿龙门，降通漻水以导河。"《史记·夏本纪》《正义》引《括地志》曰："龙门山在同州韩城县北五十里。李奇云，禹凿河水处，广八十步。"（孙渊如《书禹贡疏》曰：夏阳，今陕西韩城县，山在县东北八十里。）《正义》又曰："河在冀州西，故云西河。"○《文选·上林赋》："隐辚郁㠑。"郭注曰："堆垄不平貌。"○《庄子·逍遥游篇》曰："将旁礴万物。"《释文》曰："旁又作磅。引司马曰：旁礴犹混同也。"○《淮南子·本经篇》曰："太清之始也，和顺以寂寞。"《后汉书·蔡邕传》章怀注曰："太清谓天也。"《鹖冠子·度万篇》曰："上及太清。"陆农师注同。○《楚辞·九章·悲回风》曰："遂儵忽而扪天。"《史记·封禅书》曰："其后又作柏梁铜柱承露仙人掌之属矣。"○《离骚》曰："总余辔乎扶桑。"《魏志·程昱传》注引《魏书》曰："昱梦两手捧日。"○《易·系辞上》曰："非天下之至神，其孰能与于此？"

唐兴百三十有八载，余尉于华阴，华人以为纪内崦嵫，勒之罘，颂峄山，铭燕然，旧典也。玄圣巨迹，岂帝者巡省伐国之不若欤？其古之阙文以俟知言欤？仰之叹之，斐然琢石为志。其词曰：以上作铭。

梁敬之《独孤君行状》曰："天宝十三载，应诏至京师，以洞晓玄经对策高第，解褐拜华阴尉。"案：此文当作于天宝十四年，自唐高祖武德元年己卯至玄宗天宝十四年乙未，正一百三十八年。○唐关内道华州华阴县，今陕西华阴县治。○《穆天子传》三曰："天子遂驱升于弇山，乃纪丌迹于弇山之石。"郭注曰："弇，弇兹山，日所入也。"《离骚》曰："望崦嵫而勿迫。"王注曰："崦嵫，日所入山也。"《山海经·西山经》郭注同。案：崦嵫古但作奄兹。《清一统志》曰："甘肃秦州（今天水县）：崦嵫山在州西五十里。"○《史记·秦始皇本纪》曰："二十八年，始皇东行郡县，上邹峄山立石，与鲁诸儒生议刻石颂秦德。于是乃并勃海以东，过黄腄，穷成山，登之罘，立石颂秦德焉。"《清一统志》曰："山东登州府：之罘山在福山县东北三十里。兖州府：邹峄山在邹县东南二十里，本名峄山。"○《后汉书·窦宪传》曰："宪击匈奴，与北单于战于稽落山，大破之，遂登燕然山，去塞三千馀里，刻石勒功，纪汉威德，令班固作铭。"《清一统志》谓喀尔杭爱山当即古之燕然山也。○《书》伪古文《汤诰》传释玄圣为大圣。○《论语·公冶长篇》皇疏曰："斐然，文章貌也。"○《文苑》石作玉，《周礼·春官·保章氏》郑注曰："志，古文识。识，记也。"

天作高山，设险西方。至精未分，川壅而伤。帝命巨灵，经启地脉。乃眷斯顾，高掌远跖。君如剖竹，骤若裂帛。川开山破，天动地坼。黄河太华，自此而辟。神返虚极，迹挂石壁。迹岂我名？神非我灵。变化翕忽，希夷杳冥。道本不生，化亦无形。天何言哉？山川以宁。断鳌补天，世未睹焉。夸父愚公，莫知其踪。屹彼灵掌，悬诸龍嵸。介二大都，亭亭高耸。霞赪烟喷，云抱花捧。百神依凭，万峰朝拱。长于上古，以阅群动。下视众山，蜉蝣蠛蠓。彼邦人士，永揖遗烈。瞻之在前，如揭日月。三川有竭，此掌不灭。

□巨灵擘山之说，本诙诡不经，文中略见正意，随即斥去，一以诙诡出之，石破天惊，雅与题称。○古来神怪之说，其妄诞易知，有不待辨者，而文家反得借以发其雄奇。若概以迷信目之，反为古人所欺矣。

　　《诗·周颂》曰："天作高山。"○《国语·周语上》：邵公曰："川壅而溃，伤人必多。"○《诗·灵台》毛传曰："经，度之也。"○《诗·皇矣》曰："乃眷西顾。"○高掌句出《西京赋》。《说文》曰："跖，足下也。"《文选·西京赋》作蹠，乃借字。○《庄子·养生主篇》曰："砉然响然，奏刀騞然。"《释文》曰："砉，向（秀）呼鶪反，司马（彪）云，皮骨相离声。騞，呼获反，崔（撰）云音近获，声大于砉也。"《史记·赵世家》曰："襄子亲自剖竹。"《左传》昭元年曰："叔孙豹裂裳帛而与之。"○"迹岂我名"二句，与谢惠连《雪赋》"节岂我名，洁岂我贞"二句句法相同。○张景阳《七命》曰："翕忽挥霍。"○《老子》曰："视之不见名曰夷，听之不闻名曰希。"○《老子》曰："天地所以能长且久者，以其不自生，故能长生。"又曰："大象无形。"○《论语·阳货篇》："子曰：天何言哉！"○《淮南子·览冥篇》曰："往古之时，四极废，九州裂，天不兼覆，地不周载，于是女娲炼五色石以补苍天，断鳌足以立四极。"○《山海经·海外北经》曰："夸父与日逐，走入日，渴欲得饮，饮于河、渭，河、渭不足，北饮大泽。未至，道渴而死。弃其杖，化为邓林。"郭注曰："夸父者，盖神人之名也。"《列子·汤问篇》曰："太形（张湛注曰：形当作行。）、王屋二山，方七百里，高万仞，本在冀州之南，河阳之北。北山愚公者，年且九十，面山而居，惩山北之塞，出入之迂也，聚室而谋曰：与汝毕力平险，指通豫南，达于汉阴，可乎？杂然相许。河曲智叟笑而止之。愚公曰：虽我之死，有子存焉，子子孙孙，无穷匮也，而山不加增，何苦而不平？帝感其诚，命夸蛾氏二子负二山，一厝朔东，一厝雍南，自此冀之南，汉之阴无陇断焉。"○《上林赋》曰："于是乎崇山巃嵸崔巍。"郭注曰："皆高峻貌也。"○《左传》襄三十一年曰："介于大国。"杜注曰："介犹间也。"案：二大都谓关内道华州与河东道河中府，言介于华州、河中之间也。○《西京赋》薛注曰："亭亭，高貌也。"○玄应《一切经音义》十九引《字林》曰："赮，赤貌也。"○《御览·地部》四引《华山记》曰："山顶有池，生千叶莲花。"○杜子美《望岳诗》曰："西岳崚嶒竦处尊，诸峰罗立似儿孙。"与此铭"万峰朝拱"云云，可以互证。○《尔雅·释虫》曰："蜉蝣，渠略。"郭注曰："似蛣蜣，身狭而长，有角，黄黑色，丛生粪土中，朝生暮死，猪好啖之。"《淮南子·说林篇》曰："蜉蝣不食不饮，三日而死。"《诠言篇》曰："浮游不过三日。"许注曰："浮游，渠略也，生三日死。"（盖高本作蜉蝣，许本作浮游。）此铭言蜉蝣者，喻众山后成先毁耳。《释虫》又曰："蠓，蠛蠓。"郭注曰："小虫似蚋，喜乱飞。"杨子云《甘泉赋》曰："浮蠛蠓而撇天。"李善注引孙炎《尔雅注》曰："蠛蠓虫小于蚋。"案：蠛蠓又喻众山之小。又案：此文蜉蝣疑本作浮游，不作虫名解。《庄子·山木篇》曰："若夫乘道德而浮游者则不然。"《史记·屈原传》曰："以浮游尘埃之外。"皆是。《甘泉赋》吕向注曰："蠛蠓，游气也。"《后汉书·张衡传》注引《甘泉赋》作蔑蒙，曰："蔑蒙，气也。"（胡枕泉《文选笺证》卷八曰：曰蔑蒙，语之转，义并为小，尘细小谓之蔑蒙，犹飞虫细小谓之蠛蠓。）言下视众山，浮游于尘气之中也。转写者并加虫旁耳。○《论语·子罕篇》："颜渊曰：瞻之在前。"○《庄子·达生篇》曰："昭昭乎如揭日月而行也。"又见《山木篇》。○《周语上》曰："幽王二年，西周三川皆震。是岁也三川竭，岐山崩。"韦注曰："三川泾、渭、洛，出于岐山也。"

陆敬舆

陆贽，字敬舆，苏州嘉兴人（今浙江嘉兴县治）。大历八年进士第，以博学宏词登科，授郑县尉，又以书判拔萃科调渭南县主簿，迁监察御史。德宗即位，以为翰林学士，由祠部员外转考工郎中。朱泚之乱，从幸奉天。诏书旁午，洒翰即成，无不曲尽事情，中于机会。还京为中书舍人，俄以母忧去职。服除，权知兵部侍郎，复为学士。贞元七年，罢学士，以兵部侍郎知贡举。明年，拜中书侍郎门下同平章事，旋为裴延龄所间，罢为太子宾客，又贬忠州别驾。卒谥曰宣。新、旧《唐书》皆有传。○《新唐书·陆贽传赞》曰："观贽论谏数十百篇，讥陈时病，皆本仁义，可为后世法。"清《四库书目》卷一百五十曰："《新唐书》例不录排偶之作，独取贽文十馀篇。司马光作《资治通鉴》，尤重贽议论，采奏疏三十九篇，其后苏轼亦乞以贽文校正进读。盖其文虽多出一时匡救规切之语，而于古今来政治得失之故，无不深切著明，有足为万世龟鉴者，故历代宝重焉。"《鸣原堂论文》卷上曰："骈体文为大雅所羞称，以其不能发挥精义，并恐以芜累伤其气也。陆公则无一句不对，无一字不谐平仄，无一联不调马蹄，而义理之精，足以此隆濂、洛；气势之盛，亦堪方驾韩、苏。退之本为陆公所取士，（退之与祠部陆员外书，往者陆相公司贡士，考文章甚群，愈时亦幸在得中。孙良臣注曰："贞元八年陆贽知贡举，贾棱等二十二人登第，公与焉。"《新唐书·文艺·欧阳詹传》曰："举进士，与韩愈、李观、李绛、崔群、王涯、冯宿、庚承宣联第，皆天下选，时称龙虎榜。"）子瞻奏议，终身效法陆公（子瞻有《乞校正陆贽奏议上进劄子》），而公之剖晰事理，精当不移，则非韩、苏所能及。"

奉天请罢琼林大盈二库状

郎晦之（晔）《陆宣公奏议注》曰："德宗于行宫庑下，贮诸道贡献之物，榜曰琼林、大盈库，赞以为战守之功，赏赉未行，而遽私别库，则士卒怨望，无复斗志，乃上此奏。帝悟，即命去其榜。"案《旧唐书·德宗纪》："建中四年八月，李希烈攻哥舒曜于襄城。冬十月丙午，诏泾原节度使姚令言率泾原之师救哥舒曜。丁未，泾原军出京城，至浐水，倒戈谋叛，姚令言不能禁，上令载缯綵二车，遣普王（普原作晋，误。）往慰谕之。乱兵已陈于丹凤阙下。促神策军拒之，无一人至者。与太子、诸王、妃主出苑北门，右龙武军使令狐建方教射于军中，闻难，聚射士得四百人扈从。其夕至咸阳。戊申，至奉天。"《元和郡县志》曰："关内道京兆府奉天县梁山，高宗天皇大帝乾陵所在，因名曰奉天。"（奉天故城，今陕西乾县治。）

右臣闻作法于凉，其弊犹贪；作法于贪，弊将安救？示人以义，其患犹私；示人以私，患必难弭。故圣人之立教也，贱货而尊让，远利而尚廉。天子不问有无，诸侯不言多少。百乘之室，不畜聚敛之臣。夫岂皆能忘其欲贿之心哉？诚惧贿之生人心而开祸端，伤风教而乱邦家耳。是以务鸠敛而厚其帑椟之积者，匹夫之富也；务散发而收其兆庶之心者，天子之富也。天子所作，与天同方。生之长之，而不恃其为；成之收之，而不私其有。付物以道，混然忘情。取之不为贪，散之不为费。以言乎体则博大，以言乎术则精微。亦何必挠废公方，崇聚私货，降至尊而代有司之守，辱万乘以效匹夫之藏，亏法失人，诱奸聚怨？以斯制事，岂不过哉？以上言天子不蓄私财。

案：进状之式，以所论列之事或人物列于前行，故文首多用"右"字。○《左》昭四年曰："郑子产作丘赋，浑罕曰：君子作法于凉，其敝犹贪；作法于贪，敝将若之何？"案《宣公集》作檠，檠本字，弊或体字，敝通借字耳。○《诗·沔水》毛传曰："弭，止也。"○《荀子·大略篇》曰："天子不言多少，诸侯不言利害。"又见《韩诗外传》四、《盐铁论·本议篇》。○《礼记·大学》："孟献子曰：百乘之家，不畜聚敛之臣。"○《文粹》夫岂下无皆字。○《翰苑集》惧作恐，祸作货。○《文粹》同方作地同，又取之、散之二句，皆无之字。○《尔雅·释诂》曰："鸠，聚也。"○《通鉴》二百二十九《唐纪》四十五胡注曰："挠，屈曲也。方，法也。"○《仪礼·丧服传》曰："天子，至尊也。"○《孟子·梁惠王上》赵注曰："万乘谓天子也。"○《翰苑集》斯作私。

今之琼林、大盈，自古悉无其制。传诸耆旧之说，皆云创自开元。贵臣贪权，饰巧求媚，乃言郡邑贡赋所用，盍各区分？税赋当委之有司，以给经用；贡献宜归乎天子，以奉私求。玄宗悦之，新是二库。荡心侈欲，萌柢于兹。迨乎失邦，终以饵寇。《记》曰："货悖而入，必悖而出。"岂非其明效欤？以上言琼林、大盈二库置自开元，及文宗幸蜀，徒以资贼。

《文粹》今下无之字。○《旧唐书·王鉷传》曰："鉷，太原祁人也。天宝二载，迁户部郎中。四载，加勾户口色役使。玄宗在位多载，妃御承恩多赏赐，不欲频于左右藏取之。鉷探旨意，岁进钱宝百亿万，便贮于内库，以恣主恩赐赉。鉷云此是常年额外物，非征税物，玄宗以为鉷有富国之术，利于主用，益厚待之。"《新唐书·食货志》曰："王鉷为户口色役使，岁进钱百亿万缗，非租庸正额者，积百宝大盈库，以供天子燕私。及安禄山反，司空杨国忠以为正库物不可以给士，遣侍御史崔众至太原纳钱度僧尼道士，旬日得百万缗而已。"又《逆臣传》曰："禄山未至长安，士人皆逃入山谷，将相第家委宝货不赀，群不逞争取之，累日不能尽。又剽左藏大盈库，百司帑藏竭，乃火其馀。禄山至，怒，乃大索三日，民间财赀尽掠之，府县因株根牵连，旬剥苛急，百姓愈骚。"○《文粹》税赋作赋税，归乎作归于。○《文粹》萌柢作萌蒂。○《礼记·大学》曰："货悖而入者，亦悖而出。"案：《文粹》记作礼。○岂非，《文粹》无非字，《翰苑集》无岂字。

　　陛下嗣位之初，务遵理道。敦行约俭，斥远贪饕。虽内库旧藏，未归太府，而诸方曲献，不入禁闱。清风肃然，海内丕变。议者咸谓汉文却马、晋武焚裘之事，复见于当今矣。近以寇逆乱常，銮舆外幸。既属忧危之运，宜增儆励之诚。臣昨奉使军营，出由行殿，忽睹右廊之下，牓列二库之名。懼然若惊，不议所以。何则？天衢尚梗，师旅方殷。疮痛呻吟之声，噢咻未息；忠勤战守之效，赏赉未行。而诸道贡珍，遽私别库。万目所视，孰能忘怀？窃揣军情，或生觖望。试询候馆之吏，兼采道路之言，果如所虞，积憾已甚。或忿形谤讟，或醜肆讴谣，颇含思乱之情，亦有悔忠之意。是知甿俗昏鄙，识昧高卑，不可以尊极临，而可以诚义感。顷者六师初降，百物无储，外扞凶徒，内防危堞，昼夜不息，迨将五旬，冻馁交侵，死伤相枕，毕命同力，竟夷大艰。良以陛下不厚其身，不私其欲，绝甘以同卒伍，辍食以啖功劳。无猛制而人不携，怀所感也；无厚赏而人不怨，悉所无也。今者攻围已解，衣食已丰，而谣讟方兴，军情稽阻。岂不以勇夫恒性，嗜货矜功，其患难既与之同忧，而好乐不与之同利，苟异恬默，能无怨咨？此理之常，固不足怪。《记》曰："财散则人聚，财聚则人散。"岂非其殷鉴欤？众怒难任，蓄怨终泄。其患岂徒人散而已？亦将虑有缔奸鼓乱干纪而强取者焉。以上言大难未平，遽置二库，军情离怨，为患其大。

《旧唐书·德宗纪》曰："大历十四年五月辛酉，代宗崩。癸亥，即位于太极殿。"○《离骚》王注曰："爱财曰贪，爱食曰婪。"《左》文十八年杜注曰："贪财为饕，贪食为餮。"○《旧唐书·杨炎传》曰："国家旧制，天下财赋皆纳于左藏库，而太府四时以数闻，尚书比部覆其出入上下相辖无失遗。及第五琦为度支盐铁使（至德初年），京师多豪将，求取无节，琦不能禁。乃悉以租赋进入大盈内库，以中人主之意。天子以取给为便，故不复出。是以天下公赋为人君私藏，有司不得窥其多少，国用不能计其赢缩。殆二十年矣，中官以冗名持簿书，领其事者三百人，皆奉给其间，连结根固不可动。及炎作相，顿首于上前论之。诏曰：凡财赋皆归左藏库，用旧式。每岁于数中量进三五十万入大盈，而度支先以其全数闻。"案：杨炎作相，在建中二年。○《文粹》旧藏作大藏。○《旧唐书·德宗纪》曰："大历十四年五月，闰月丙子，诏诸州府新罗、渤海岁贡鹰鹞皆停。戊寅，诏山南枇杷、江南柑橘，岁一贡以供宗庙，馀贡皆停。辛巳，罢邕府岁贡奴婢。癸未，停梨园使及伶官之冗食者三百人，留者皆隶太常。剑南岁贡春酒十斛罢之。丙戌，诏禁天下不得贡珍禽异兽，银器勿以金饰。丁亥，诏文单国所献舞象三十二，令放荆山之阳，五坊鹰犬皆放之，出宫女百馀人。六月己未，扬州每年贡端午日江心所铸镜，幽州贡麝香，皆罢之。秋七月癸酉，减宫中服御常贡者千数。庚辰，罢商州岁贡稿胶。辛卯，罢天下榷酒。建中元年夏四月癸丑，上诞日，不纳中外之贡，唯李正己、田悦各献缣三万匹，诏付度支。"《通鉴》卷二百二十五《唐纪》四十一曰："大历十四年，内庄宅使上言有官租万四千馀斛，上令分给所在充军储。先是诸国屡献驯象凡四十有二，上曰：象费豢养而违物性，将安用之？命纵于荆山之阳。及豹貀斗鸡猎犬之类，悉纵之。又出宫女数百人。于是中外皆悦。淄青军士至投兵相顾曰：明主出矣，吾属犹反乎？"或曰："曲献犹曰私献。"○《书·盘庚上》曰："民用丕变。"○汉文却马、晋武焚裘事，并见魏玄成《十渐不克终疏》注。○《宣公集》《翰苑集》，当今下皆无矣字。○《说文》曰："銮，人君乘车，四马镳八銮铃，象鸾鸟之声。和则敬也。"○出由，一本由作游。○《文选·非有先生论》曰："吴王戄然改容。"《广雅·释诂》一曰："戄，惊也。"案：《文粹》作矍同，若惊作自惊。○《易·大畜》上九曰："何天之衢。"张平子《西京赋》曰："岂伊不虔，思于天衢。"《诗·桑柔》毛传曰："梗，病也。"或曰："天衢尚梗，言世乱也。犹皇路清夷，言世治也。"○《列子·屈穆王篇》曰："尹氏有老役夫，昼则呻吟而即事。"○《左》昭三年："晏子曰：民人痛疾而或燠休，其爱之如父母而归之如流水。"杜注曰："燠休，痛念之声。"《玉篇》噢咻字训同。○《文粹》忠勤作辛勤。○集忘怀作忍怀。○《史记·荆燕世家》：田生说张卿曰："今营陵侯泽，诸刘为大将军，独此尚觖望。"《索隐》曰："觖音决。"又《卢绾传》《集解》引傅瓒曰："谓相觖而怨望也。"《周礼·地官·遗人》曰："凡国野之道，五十里有市，市有候馆，候馆有积。"或曰："公时奉使出外，故询候馆之吏。今之驰驿者，州县皆至公馆迎候。"○《左》定四年："卫侯使祝佗私于苌弘曰：闻诸道路，不知信否。"或曰："果如所虞，即果如所虑也。不作虑者，调平仄马蹄耳。"○《通鉴》二百二十九胡注曰："天子之行，必有六师，以为营卫。不敢指言自京师出居奉天，故微其辞曰六师初降。"○《旧唐书·德宗纪》曰："建中四年冬十月，乱兵既剽京城，迎朱泚为帅。"《通鉴》二百二十九曰："朱泚攻围奉天经月，十月，即围奉天，城中资粮俱尽。时供御才有粝米二斛，每伺贼之休息，夜缒人于城外采芜菁根而进之。上召公卿将吏谓曰：朕以不德，自陷危亡，固其宜也。公辈无罪，宜早降以救室家。群臣皆顿首流涕，期尽死力，故将士虽困急而锐气不衰。"《新唐书·浑瑊传》曰："泚治攻具，矢石四集如雨，昼夜不息，凡浃旬，凿堑圜城，城中死者可藉。"○《诗·出车》毛传曰："夷，平也。"○司马子长《报任少卿书》曰："李陵素与士大夫绝甘分少，能得人之死力。"○《汉书·张良传》曰："汉王辍食吐哺。"《韩信传》："信曰：汉王推食食我。"又《高帝纪》颜注曰："啗者，本谓食啖耳，昔徒敢反。以食餧人，令其啖食，音则变为徒滥反。"○潘安仁《藉田赋》曰："岂严刑而猛制之哉？"○"财散"二句亦《大学》文，唐避民为人，《奏议》郎注本两人字作民，盖后人所改。《全唐文》同。○《诗·荡》曰："殷鉴不远，在夏后之世。"案：《文粹》岂下无非字，《翰苑集》无岂字。○《左》襄十年：子产曰："众怒杂犯，专欲难成。"○《文粹》《宣公集》缔作构，《全唐文》同。

夫国家作事，以公共为心者，人必乐而从之；以私奉为心者，人必咈而叛之。故燕昭筑金台，天下称其贤；殷纣作玉杯，百代传其恶。盖为人与为己殊也。周文之囿百里，时患其尚小；齐宣之囿四十里，时病其太大。盖同利与专利异也。为人上者，当辨察兹理，洒濯其心，奉三无私，以壹有众。人或不率，于是用刑。然则宣其利而禁其私，天子所恃以理天下之具也。舍此不务，而壅利行私，欲人无贪，不可得已。今兹二库，珍币所归，不领度支，是行私也；不给经费，非宣利也。物情离怨，不亦宜乎？以上言所以离怨之故。

《说文》曰:"咈,违也。"○《奏议》郎注本金台上有黄字,曰:"《韵语阳秋》云,李白《古风》有'燕昭延郭隗,遂筑黄金台'之句。予考《史记》不载黄金台,云昭王为郭隗改筑宫而师事之。"(《燕世家》)案:黄金台所在及筑台何人,诸说不同。孔文举《论盛孝章书》曰:"昭王筑台以尊郭隗。"犹未曾黄金之名也。蔡梦弼《杜工部草堂诗笺》卷三十五(《晚晴诗》)引《春秋后语》曰:"郭隗曰,王能筑台于碣石山前,尊隗为师,天下贤士必自至也。王如其言,作台以黄金饰之,号曰黄金台。"《文选》鲍明远《放歌行》李善注引《上谷郡图经》曰:"黄金台,易水东南十八里,燕昭王置千金于台上,以延天下之士。"则皆以台为昭王筑。又引王隐《晋书》曰:"段匹䃅讨石勒,进屯故安县故燕太子丹金台。"则以为太子丹台。《水经·易水注》谓昭创于前,丹踵于后,则二说皆是也。然《水经注》及《上谷图经》以为在易水,今河北省易县东南之黄金台是。《述异记》谓在幽州燕王故宫中,今北平市东南之黄金台,殆后人依此说仿筑之。其他定兴、徐水皆有黄金台,随地附会,不足据也。○《韩子·喻老篇》曰:"昔者纣为象箸而箕子怖,以为象箸必不加于土铏,必将犀玉之杯。象箸玉杯,必不羹菽藿,必旄象豹胎。"○"文王之囿方七十里,与民同之,民犹以为小;齐宣王之囿方四十里,杀其麋鹿者如杀人之罪,故民以为大。"见《孟子·梁惠王下》。杨子云《羽猎赋》曰:"文王囿百里,民以为尚小;齐宣王囿四十里,民以为大。"袁宏《后汉纪》卷二十四《灵帝纪中》:任芝、乐松等曰:"昔宣王囿五十里,民以为大;文王百里,民以为小。"《后汉书·杨赐传》亦载其语,殆此文所本,与《孟子》言文王囿七十里小异。○《周语上》:芮良夫曰:"荣夷公好专利。"○《翰苑集》辨作辩,兹作此。○《左》襄二十一年:臧武仲曰:"在上位者,洒濯其心,壹以待人。"案《翰苑集》,洒作丽。○《礼记·孔子闲居》曰:"奉三无私以劳天下。

天无私覆，地无私载，日月无私照。奉斯三者以劳天下，此之谓三无私。"○《书》伪古文《大禹谟》曰："济济有众。"或曰："壹对三，有众对无私，开后世借对之法，究不宜学。"○《左》襄十一年曰："毋壅利。"

智者因危而建安，明者矫失而成德。以陛下天姿英圣，倪加之见善必迁，是将化蓄怨为衔恩，反过差为至当。促殄遗孽，永垂鸿名，易如转规，指顾可致。然事有未可知者，但在陛下行与否耳。能则安，否则危；能则成德，否则失道，此乃必定之理也。愿陛下慎之惜之。陛下诚能近想重围之殷忧，追戒平居之专欲；器用取给，不在过丰；衣食所安，必以分下；凡在二库货贿，尽令出赐有功，坦然布怀，与众同欲；是后纳贡，必归有司，每获珍华，先给军赏，瓌异纤丽，一无上供。推赤心于其腹中，降殊恩于其望外，将卒慕陛下必信之赏，人思建功；兆庶悦陛下改过之诚，孰不归德？如此，则乱必靖，贼必平，徐驾六龙，旋复都邑，兴行坠典，整缉棼纲，乘舆有旧仪，郡国有恒赋，天子之贵，岂当忧贫？是乃散其小储，而成其大储也；损其小宝，而固其大宝也。举一事而众美具，行之又何疑焉？吝少失多，廉贾不处；溺近迷远，中人所非。况乎大圣应机，固当不俟终日。不胜管窥愿效之至，谨陈冒以闻，谨奏。以上请改过散财。

□指陈利害，剀切动听，文章得此，无不尽之怀。

《文粹》天姿作资。○《易·益·象传》曰："君子以见善则迁，有过则改。"○司马长卿《封禅文》曰："永保鸿名。"○《后汉书·马援传》：朱勃诣阙上书曰："势如转规。"章怀注曰："规，员也。《孙子》曰：战如转员石于万仞之山者，势也。"

(《势篇》）○班孟坚《东都赋》曰："指顾倏忽。"○刘越石《劝进表》曰："或殷忧以启圣明。"○《后汉书·光武纪上》："降者更相语曰：萧王推赤心置人腹中。"○《易·乾·象传》曰："时乘六龙以御天。"《续汉书·舆服志上》曰："天子乘舆驾六马。"《礼记·月令》："驾苍龙。"郑注曰："马八尺以上为龙。'"《公羊》隐元年何注曰："天子马曰龙，高七尺以上。"徐疏引《五经异义》曰：《公羊》说引《易经》云，时乘六龙以驭天也，知天子驾六。又引许君谨案亦从《公羊》说引《王度记》云：天子驾六。又引郑君驳曰：《易经》时乘六龙者，谓阴阳六爻上下耳，岂故为礼制？《王度记》云，今天子驾六者，自是汉法。（《荀子·劝学篇》曰："六马仰秣。"《修身篇》曰："六骥不致。"《议兵篇》曰："六马不和。"《御览·珍宝部》十二引《庄子》曰："金铁蒙以大绁，载六骥之上，则致千里。"恐周代已有驾六之制。）案：许、郑二君说虽不同，而此文六龙则固喻天子之马也。○《独断》上曰："天子至尊，不敢渫渎言之，故托之于乘舆。乘犹载也，舆犹车也。天子以天下为家，不以京师宫室为常处，则当乘车舆以行天下，故群臣托乘舆以言之。"○《易·系辞下》曰："圣人之大宝曰位。"○《文粹》整作总。案：棼，纷之通借字。《左》隐四年《释文》曰："棼，乱也。"○《文粹》吝作悋，集同。吝、悋同字。○《史记·货殖传》曰："廉贾五之。"○《易·系辞下》曰："君子见几而作，不俟终日。"○管窥，见独孤至之《仙掌铭》注。○愿效之至，郎注本止此。

权载之

权德舆，字载之，天水略阳人（今甘肃秦安县东北），徙润州丹徒（今江苏丹徒县治）。未冠，以文名。韩洄黜陟河南，辟置幕府，复从江西观察使李兼府为判官。杜佑、裴胄交辟之。德宗闻其材，召为太常博士，改左补阙，迁起居舍人，兼知制诰，进中书舍人。贞元十七年，知礼部贡举。明年，拜真侍郎。元和初，历兵部、吏部侍郎，迁太常卿。五年，拜礼部尚书同中书门下平章事，罢，以检校吏部尚书留守东都，进扶风郡公，复拜太常卿，徙刑部尚书，复检校吏部尚书，出为山南西道节度使。后二年，以病乞还，卒于道，赠尚书左仆射，谥曰文。新、旧《唐书》皆有传。○《旧唐书·权德舆传》曰："于述作特盛，六经百氏，游咏渐渍。其文雅正而弘博，时人以为宗匠焉。"皇甫持正《谕业》曰："权文公之文，如朱门大第，而气势宏敞，廊庑廪厩，户牖悉周，然而不能有新规胜概，令人竦观。"

两汉辨亡论

《新唐书·权德舆传》曰："尝著论辨汉所以亡，西京以张禹，东京以胡广，大指有补于世。"案：陆士衡有《辨亡论》。

言两汉所以亡者，昔曰莽、卓。予以为莽、卓篡逆，污神器以乱齐民，自贾夷灭，天下耳目，显然闻知。静征厥初，则亡西京者张禹，亡东京者胡广，皆以假道儒术，得伸其邪心，徼一时大名，致位公辅。词气所发，损益系之。而多方善柔，保位持禄。或陷时君以滋厉阶，或附凶渗以结祸胎。故其荡覆之机，篡夺之兆，皆指导驯致之。虽年祀相远，犹手授颐指之然也。其为贼害也，岂直莽、卓之比乎？以上言禹、广之害，甚于莽、卓。

《汉书·王莽传》曰："莽字巨君，孝元皇后之弟子也。永始元年，封为新都侯，国南阳新野之都乡，千五百户。元始元年正月，以莽为太傅，赐号安汉公。平帝崩，乃选广戚侯子婴年二岁，太后下诏令安汉公居摄践阼，如周公故事，明年改元曰居摄。初始元年，即真天子位，定有天下之号曰新。始建国元年，莽策命孺子为定安公。"○《后汉书·董卓传》曰："卓字仲颖，陇西临洮人也。灵帝拜卓为并州牧。及帝崩，大将军何进、司隶校尉袁绍谋诛阉宦，而太后不许，乃私呼卓将兵入朝，以胁太后。卓得召，即时就道。兵士大盛，乃讽朝廷策免司空刘弘而自代之，废少帝为弘农王，乃立陈留王，是为献帝。迁天子西都。于是尽徙洛阳人数百万口于长安，悉烧宫庙官府居家，二百里内，无复孑遗。"○《老子》曰："天下神器，不可为也。"《文选》张平子《东京赋》曰："巨猾间舋，窃弄神器。"薛注曰："神器，帝位也。"○《汉书·食货志下》注如淳曰："齐，等也，无有贵贱，谓之齐民，若今言平民矣。"○《左》桓十年贾害，杜注曰："贾，卖也。"《释文》曰："贾音古。"案《王莽传》曰："初世祖族兄圣公，在平林兵中，平林、新市、下江兵将王常、朱鲔等共立圣公为帝，改年为更始元年，拜置百官。十月（莽建丑也，故《通鉴》径作九月。）戊申朔，兵从宣平门入，莽就车之渐台，众兵追之，围数百重，商人杜吴杀莽，取其绶，校尉东海公宾就斩莽首，军人分裂莽身，传莽首诣更始，县宛市。"《董卓传》曰："王允与吕布及仆射士孙瑞谋诛卓，帝病新愈，大会未央殿，允令骑都尉李肃与布同心勇士十馀人，伪着卫士服，于北掖门以待卓。卓入门，肃以戟刺之，卓衷甲不入，伤臂堕车，顾大呼曰：吕布何在？布曰：有诏讨贼。持矛刺卓，趣兵杀之，尽灭其族。"○《汉书·张禹传》曰："禹字子文，河内轵人也。至禹父徙家莲勺。禹至长安学，从沛郡施雠受《易》，琅邪王阳、胶东庸生问《论语》，既皆明习，有徒众，举为郡文学。甘露中，诸儒荐禹，有诏太子太傅萧望之问禹，对《易》及《论语》大义，望之善焉。奏禹经学精习，有师法，可试事，奏寝罢归故官，久之试为博士。初元中，立皇太子，而博士郑宽中以《尚书》授太子，荐言禹善《论语》，诏禹授太子《论语》。由是迁光禄大夫。数岁，出为东平内史。元帝崩，成帝即位，征禹、宽中皆以师赐爵关内侯，拜为诸吏光禄大夫，秩中二千石，给事中，领尚书事。河平四年，代王商为丞相，封安昌侯。"○《后汉书·胡广传》曰："广，字伯始，南郡华容人也。举孝廉。既到京师，试以章奏，安帝以广为天下第一，旬月拜尚书郎，五迁尚书仆射。广典机事十年，出为济阴太守，以举吏不实免，复为汝南太守，入拜大司农。汉安元年，迁司徒。质帝崩，代李固为太尉，录尚书事。以定策立桓帝，封育阳安乐乡侯。"○《论语·季氏篇》："孔子曰：友善柔，损矣。"○《汉书·匡衡张禹等传赞》曰：自教武兴学，公孙弘以儒相，其后蔡义、韦贤、玄成、匡衡、张禹、翟方进、孔光、平当、马宫及当子晏，咸以儒宗居宰相位，然皆持禄保位，被阿谀之讥。"○《诗·桑柔》曰："谁生厉阶？至今为梗。"○《汉书·五行志》中之上注引服虔曰："沴，害也。"又引如淳曰："沴音拂戾之戾。"枚叔《说吴书》曰："祸生有胎。"○《易·坤·象传》曰："驯致其道，至坚冰也。"○《汉书·贾谊传》："谊复上疏曰：颐指如意。"注引如淳曰："但动颐指麾，则所欲皆如意。"○《文粹》害下无也字。

　　禹以经术为帝师，身备汉相，特见尊信。当主臣之重，极儒者之贵。永始、元延之间，天地之眚屡见，言事者皆讥切王氏颛政，时成帝亦悔惧天变，而未有以决。驾至禹第，辟左右以问之，须其一言，以为律度。为禹计者，亦宜陈大《易》"坚冰"之诫，诵《小雅》"十月"之刺，乘其向纳，痛言得失。反以"罕言命""不语怪"为词，致成帝不疑之心，授王氏寖盛之势。上下恬然，晻忽亡国。傥帝虑不至是，犹当开陈切劘，面列廷辩。矧当就第宴闲之际，虚怀访决之时，方且视小男于床下，官子婿于近郡，款款然用家人匹妇为心，以图身安，不恤国患。致使群盗世权，迭执魁柄，祸稔毒流，至于新都，不可遏也，斯可愤也。逮至东都顺、桓之间，国统三绝，胡广以钜儒柄用，位极上台。初梁冀席外戚之重，贪戾当国，既鸩质帝，议立嗣君，公卿大臣皆以清河王蒜年长有德，属最尊亲，可以靖人，亦既定策。冀乃惮其明哲，且不利长君，私于蠡吾，独异群议。为广计者，亦当中立如石，介然不回，率赵戒之徒，同李、杜所守。然后与三事百工正诃于朝。虽冀之暴恣，岂能一旦尽诛汉廷群公耶？反徇一息之安，首鼠畏懦，竟使清河徙废，蠡吾为梗，邦家陵夷，汉道日蹙，结党锢之狱，成阉寺之祸，祸乱循环，以至董卓，赫赫汉室，化为当涂。盖栋桡鼎折之所由来久矣。彼梅福以孤远上疏，张纲以卑秩埋轮，独何人哉！而不是思也！以上就禹、广之事，证明其为害于两汉。

《汉书·张禹传》曰："禹虽家居，以特进为天子师，国家每有大政，必与定议。永始、元延之间，日蚀地震尤数，吏民多上书言灾异之应，讥切王氏专政所致。上惧变异数见，意颇然之，未有以明见。乃车驾至禹第，辟左右，亲问禹以天变，因用吏民所言王氏事示禹。禹自见年老，子孙弱，又与曲阳侯不平，恐为所怨。禹则谓上曰：《春秋》二百四十二年间，日蚀三十馀，地震五，或为诸侯相杀，或夷狄侵中国，灾变之意，深远难见，故圣人罕言命，不语怪神，性与天道，自子赣之属不得闻，何况浅见鄙儒之所言？陛下宜修政事，以善应之，与下同其福喜，此经义意也。新学小生，乱道误人，宜无信用，以经术断之。上雅信爱禹，由此不疑王氏。后曲阳侯根及诸王子弟闻知禹言，皆喜说，遂亲就禹。"案：永始、元延，皆成帝年号。○《汉书·郊祀志下》：张敞上议曰："今鼎出于郊东，中有刻书曰，王命尸臣。"颜注曰："尸臣，主事之臣也。"案：此主臣犹言尸臣，与陈平谢曰主臣义异也。○儒者之贵见上注。○《易·讼》《释文》引子夏《易传》曰："妖祥曰眚。"○《文粹》颛作专。案：颛、专皆嫥之借字，凡专壹、专权本字当作嫥。○《汉书·禹传》颜注曰："辟读曰闢。"○《文苑》亦宜作亦须。○《易·坤》初六曰："履霜坚冰至。"《文言传》曰："臣弑其君，子弑其父，非一朝一夕之故，其所由来渐矣，由辩之不早辩也。《易》曰：履霜坚冰至，盖言顺也。"○《诗序》曰："《十月之交》，大夫刺幽王也。"郑笺曰："当为刺厉王，作《诂训传》时，移其篇第，因改之耳。《节》刺师尹不平，乱靡有定，此篇讥皇父擅恣，日月告凶。《正月》恶褒姒灭周，此篇疾艳妻煽方处。又幽王时，司徒乃郑桓公友。非此篇之所云番也，是以知然。"陈硕甫（奂）疏曰："此诗为周幽王时，十月辛卯朔，日有食之。郑笺用纬说，改为周厉王时日食。仪征阮元云，《大衍术·日蚀议》曰：《小雅·十月之交》，梁虞𠚎以术推之，在幽王六年。开元术定交分四万三千四百二十九入食限。《授时术议》曰：幽王六年十月辛卯朔泛交十四日五千七百九分入食限。盖自来推步家未有不与纬说异者。本朝时宪书密合天行，为往古所无，今遵后编法，推幽王六年十月朔，正得入交。如谓厉王时事者，断难执以争矣。"阮说详《揅经室集》（一集卷四）。陈勉甫（懋龄）《经书算学天文考》，亦推为周幽王六年。○《论语·子罕篇》曰："子罕言利，与命与仁。"○《论语·述而篇》曰："子不语怪力乱神。"○《汉书·酷吏·严延年传》曰："奄忽如神。"汉《敦煌长史武班碑》曰："晻忽徂逝。"（《隶释》卷六）则奄、晻字通。○《汉书·贾邹枚路等传赞》曰："贾山自下劘上。"注孟康曰："劘谓剀切之也。"苏林曰："劘音摩，厉也。"○《全唐文》面列作面折。《史记·吕后本纪》："陈平、绛侯曰：于今面折廷争，臣不如君。"○《文苑》《文粹》宴皆作燕，燕乃宴之借字。○《张禹传》曰："天子愈益厚禹，禹每病，辄以起居闻。车驾自临问之，上亲拜禹床下。禹顿首谢恩归诚，言老臣有四男一女，爱女甚于男，远嫁为张掖太守萧咸妻，不胜父子私情，思与相近。上即时徙咸为弘农太守。又禹小子未有官，上临候禹，禹数视其小子，上即禹床下拜为黄门郎给事中。"○《文苑》匹妇作匹夫。○《文粹》世权作弄权。○《汉书·梅福传》："福复上书曰：今乃尊宠其位，授以魁柄。"颜曰："以斗为喻也，斗身为魁二。"○《左》僖二年杜注曰："稔，熟也。"○新都见上。《清一统志》曰："河南南阳府：新都故城在新野县东。"○《后汉书·李固传》："固与冀书曰：频年之间，国祚三绝。"章怀注曰："顺帝崩，冲帝立，一年崩；质帝立，一年崩。"《顺冲质帝纪》曰："孝顺皇帝讳保，安帝之子也。建康元年八月庚午，帝崩于玉堂前殿，时年三十（在位十九年）。孝冲皇帝讳炳，顺帝之子也。建康元年立为皇太子，其年八月庚午，即皇帝位，年二岁，太后临朝。永嘉元年春正月戊戌，帝崩于玉堂前殿，年三岁。孝质皇帝讳缵，肃宗玄孙，曾祖父千乘贞王伉，祖父乐安夷王宠，父勃海孝王鸿，母陈夫人。冲帝不豫，大将军梁冀征帝到洛阳都亭，及冲帝崩，皇太后与冀定策禁中。丙辰，使冀持节，以王青盖车迎帝入南宫。丁巳，封为建平侯。其日即皇帝位，年八岁。本初元年六月，闰月甲申，大将军梁冀潜行鸩弑，帝崩于玉堂前殿，年九岁。"《桓帝纪》曰："孝桓皇帝讳志，肃宗曾孙也。祖父河间孝王开，父蠡吾侯翼，翼卒，帝袭爵为侯。本初元年，梁太后征帝到夏门亭，将妻以女弟，会质帝崩，太后遂与兄大将军冀定策禁中。闰月庚寅，使冀持节以王青盖车迎帝入南宫，其日即皇帝位，时年十五，太后犹临朝政。"案《文苑》三绝作亡绝，非。○《汉书·谷永传》曰："永知王凤方见柄用。"颜注曰："言任用之授以权也。"○《晋书·天文志上》曰："三台六星，两两而居，起文昌列抵太微，一曰天柱，三公之位也，在人曰三公，在天曰三台，西近文昌二星曰上台，次二星曰中台，东二星曰下台。"○《后汉书·梁冀传》（附《梁统传》后》曰："冀字伯车，顺帝拜冀为大将军。及帝崩，冀立质帝。帝少而聪慧，知冀骄横，尝朝群臣，目冀曰：此跋扈将军也。冀闻，深恶之，遂令左右进鸩加煮饼，帝即日崩，复立桓帝，而枉害李固及前太尉杜乔，海内嗟惧。"《后妃纪下·梁皇后纪》曰："顺烈梁皇后讳妠，大将军商之女。阳嘉元年，立为皇后。建康元年，帝崩，后无子，美人虞氏子炳立，是为冲帝，尊后为皇太后。太后临朝，冲帝寻崩，复立质帝，犹秉朝政。兄大将军冀鸩杀质帝，专权暴滥，忌害忠良，数以邪说疑误太后，遂立桓帝。"○《后汉书·章帝八王清河孝王庆传》曰："庆立二十五年薨，子愍王虎威嗣，虎威立三年薨，亦无子，邓太后复立乐安王宠子延平为清河王，是为恭王，立三十五年薨，子蒜嗣。冲帝崩，征蒜诣京师，将议为嗣。会大将军梁冀与梁太后立质帝，罢归国。蒜为人严重，动止有度。朝臣太尉李固等莫不归心焉。初中常侍曹腾谒蒜，蒜不为礼，宦者由此恶之。及帝崩，公卿皆正义立蒜，而腾说梁冀不听，遂立桓帝。蒜由此得罪。建和元年，甘陵人刘文与南郡妖贼刘鲔交通，讹言清河王当统天下，欲共立蒜，事发觉，有司因劾奏蒜，坐贬爵为尉氏侯，徙桂阳，自杀，立三年国绝。"案：后汉清河国，在今山东清平县南。○《后汉书·李固传》曰："固字子坚，汉中南郑人。冲帝即位，以固为太尉，与梁冀参录尚书事。明年，帝崩，固以清河王年长有德，欲立之。谓梁冀曰：今当立帝，宜择长年高明有德，任亲政事者，愿将军审详大计。冀不从，乃立乐安王子缵，年八岁，是为质帝。冀忌帝聪慧，恐为后患，遂令左右进鸩，帝苦烦甚，使促召固。固入，前问陛下得患所由，帝尚能书曰：食煮饼，令腹中闷，得水尚可活。时冀亦在侧，曰：恐吐，不可饮水。语未绝而崩。固伏尸号哭，推举侍医。冀虑其事泄，大恶之。因议立嗣，固引司徒胡广、司空赵戒，先与冀书曰：国之兴衰，在此一举。冀得书，乃召三公中二千石列侯大议所立。固、广、戒及大鸿胪杜乔皆以为清河王蒜明德著闻，又属最尊亲，宜立为嗣。先是蠡吾侯志常取冀妹，时在京师，冀欲立之，众论既异，愤愤不得意，而未有以相夺。中常侍曹腾等闻而夜往说冀曰：将军累世有椒房之亲，秉摄万机，宾客纵横，多有过差。清河王严明，若果立，则将军受祸不久矣。不如立蠡吾侯，富贵可长保也。冀然其言，明日重会公卿，冀意气凶凶而言辞激切，自胡广、赵戒以下，莫不慑惮之，皆曰惟大将军令。而固独与杜乔坚守本议，冀厉声曰：罢会。固意既不从，犹望众心可立，复以书劝，冀愈激怒，乃说太后先策免固，竟立蠡吾侯，是为桓帝。"《杜乔传》曰："乔字叔荣，河内林虑人也。"案：后汉蠡吾国，在今河北博野县西南。○《易·系辞下》曰："介如石焉，宁用终日？"○三事，见陈伯玉《谏用刑书》注。《书·尧典》曰："允厘百工。"伪孔传曰："工，官也。"○《史记·魏其武安传》："蚡怒曰：何为首鼠两端？"《后汉书·邓训传》（附《禹传》后）曰："首施两端。"章怀注曰："首施，犹首鼠也。"○《后汉书·党锢传》曰："太学诸生三万馀人，郭林宗、贾伟节为其冠，并与李膺、陈蕃、王畅更相褒重。又勃海公族进阶、扶风魏齐卿并危言深论，不隐豪强，自公卿以下，莫不畏其贬议，屣履到门。时河内张成善说风角，推占当赦，遂教子杀人。李膺为河南尹，督捉收捕，既而逢宥获免，膺愈怀愤疾，竟案杀之。初成以方伎交通宦官，帝亦颇谇其占。成弟子牢修因上书诬告膺等，养太学游士，交结诸郡生徒，更相驱驰，共为部党，诽讪朝廷，疑乱风俗。于是天子震怒，班下郡国，逮捕党人，布告天下。遂收执膺等，其辞所连及陈寔之徒二百馀人，或有逃遁不获，皆悬金购募，使者四出，相望于道。明年，尚书霍谞、城门校尉窦武并表为请，帝意稍解，乃皆赦归田里，禁锢终身，而党人之名，犹书王府。自是正直废放，邪枉炽结，海内希风之流，遂共相摽搒，指天下名士，为之称号。上曰三君，次曰八俊，次曰八顾，次曰八及，次曰八厨，犹古之八元八凯也。又张俭乡人朱并承望中常侍侯览意旨，上书告俭与同乡二十四人别相署号，共为部党，图危社稷。灵帝诏刊章捕俭等，大长秋曹节因此讽有司奏捕前党故司空虞放、太仆杜密、长乐少府李膺、司隶校尉朱㝢、颍川太守巴肃、沛相荀昱、河内太守魏朗、山阳太守翟超、任城相刘儒、太尉掾范滂等百馀人，皆死狱中。馀或先殁不及，或亡命获免。自此诸为怨隙者，因相陷害，睚眦之忿，滥入党中。又州郡承旨，或有未尝交关，亦离祸毒，其死徙废禁者六七百人。熹平五年，永昌太守曹鸾上书大讼党人，言甚方切，帝省奏大怒，即诏司隶益州槛车收鸾，送槐里狱掠杀之。于是又诏州郡更考党人，门生故吏，父子兄弟，其在位者，免官禁锢。中平元年，黄巾贼起，中常侍吕强言于帝曰：党锢久积，人情多怨。若久不赦宥，轻与张角合谋，为变滋大，悔之无救。帝惧其言，乃大赦党人，诛徙之家，皆归故郡。其后黄巾遂盛，朝野崩离，纲纪文章荡然矣。"〇《后汉书·宦者传》曰："单超，河南人，徐璜，下邳良城人，具瑗，魏郡元城人，左悺，河南平阴人，唐衡，颍川郾人也。桓帝初，超、璜、瑗为中常侍，悺、衡为小黄门史。梁冀自诛太尉李固、杜乔等，骄横益甚，皇后乘势忌恣，多所鸩毒，上下钳口，莫有言者。帝逼畏久，恒有不平，恐言泄不敢谋。延熹二年，皇后崩，帝因如厕，独呼衡问：左右与外舍不相得者皆谁乎？衡对曰：单超、左悺前诣河南尹不疑，礼敬小简，不疑收其兄弟送洛阳狱，二人诣门谢，乃得解。徐璜、具瑗常私忿疾，外舍放横，口不敢道。于是帝呼超、悺入室，谓曰：梁将军兄弟专固国朝，迫胁外内，公卿以下，从其风旨，今欲诛之。更召璜、瑗等五人，遂定其议。于是诏收冀及宗亲党与悉诛之。悺、衡迁中常侍，封超新丰侯、璜武原侯、瑗东武阳侯，悎上蔡侯，衡汝阳侯。自是权归宦官，朝廷日乱矣。"又曰："张让者，颍川人，赵忠者，安平人也。中军校尉袁绍说大将军何进令诛中官，以悦天下，谋泄，让、忠等因进入省，遂共杀进，而绍勒兵斩忠，捕宦官无少长悉斩之。让等数十人劫质天子，走河上，追急，让等皆投河而死。"○《三国·魏志·文帝纪》裴注引《献帝传》曰："太史丞许芝条魏代汉，见谶纬于魏王曰：故白马令李云上事曰：许昌气见于当涂高，当涂高者，当昌于许，当涂高者魏也，象魏者，两观阙是也，当道而高大者魏，魏当代汉。"○《易·大过》九三曰："栋桡凶。"《鼎》九四曰："鼎折足，覆公餗。"○《汉书·梅福传》曰："福字子真，九江寿春人也。是时成帝委任大将军王凤，凤专势擅朝，而京兆尹王章素忠直，讥刺凤，为凤所诛。王氏浸盛，灾异数见，群下莫敢正言。福复上书曰：汉兴以来，社稷三危，吕、霍、上官，皆母后之家也。亲亲之道，全之为右。当与之贤师良傅，教以忠孝之道。今乃尊宠其位，授以魁柄，使之骄逆，至于夷灭。此失亲亲之大者也。势陵于君，权隆于主，然后防之，亦亡及已。上不纳。"○《后汉书·张纲传》（附《皓传》后）曰："纲字文纪，汉安元年选遣八使，徇行风俗，皆耆儒知名，多历显位。唯纲年少，官次最微。馀人受命之部，而纲独埋其车轮于洛阳都亭曰：豺狼当路，安问狐狸？遂奏曰：大将军冀、河南尹不疑，蒙外戚之援，荷国厚恩，以乌莞之资，居阿衡之任，不能敷扬五教，翼赞日月，而专为封豕长蛇，肆其贪叨，甘心好货，纵恣无底，多树谄谀，以害忠良，诚天威所不赦、大辟所宜加也。谨条其无君之心十五事，斯皆臣子所切齿者也。书御，京师震竦。"

噫嘻！就利违害，荣通醜穷，大凡有生之常性也。暨乎手持政柄，体国存亡，则谨之于初，决之于始，以导善气，以遏乱源。若祸胎既萌，则死而后已。白刃可蹈，鸿毛斯轻。奈何禹、广于完安之时则务小忠而立细行，数数然献吉筮于露蓍，沮立后于探筹。及夫安危之际，邦家之大，则甘心结舌，阴拱观变。岂止然也？方又炽焰焰以燎原，决汤汤以襄陵，投天下于烟煨，挤万民于昏垫，百代之下，无所指名。虽史赞粗言，而不究论本末。且出不越境，书弑君之恶；言伪而辩，有两观之诛。若当春秋之时，明禹、广之罪，作诫来世，可胜既乎？向若西京抑损王氏，尊君卑臣，则庶乎无哀、平之坏；东京登庸清河，主明臣忠，则庶乎无灵、献之乱。大汉之祚，未易知也。以上明禹、广之罪以为后人之诫。

《论语·泰伯篇》曰："死而后已。"○《礼记·中庸》曰："白刃可蹈也。"○司马子长《报任少卿书》曰："死有重于泰山，或轻于鸿毛。"○《文粹》完安作宴安。○《庄子·逍遥游》曰："未数数然也。"《释文》曰："数音朔，司马云犹汲汲也。"《张禹传》曰："禹见时有变异，若上体不安，择日絜斋露蓍，正衣冠立筮，得吉卦则献其占，如有不吉，禹为感动忧色。"注服虔曰："露筮易蓍于星宿下，明日乃用，言得天气也。"颜师古曰："蓍，草名，筮者所用也。"《胡广传》曰："迁尚书仆射，顺帝欲立皇后，而贵人有宠四人，莫知所建，议欲探筹，以神定选。广与尚书郭虔、史敞上疏谏曰：窃见诏书以立后事大，谦不自专，欲假之筹策，决疑灵神，篇籍所记，祖宗典故，未尝有也。恃神任筮，既不必当贤，就值其人，犹非德选。夫岐嶷形于自然，倪天必有异表。宜参良家，简求有德，德同以年，年钧以貌，稽之典经，断之圣虑。政令犹汗，往而不反，诏文一下，形之四方。臣职在拾遗，忧深贵重，是以焦心冒昧陈闻。帝从之，以梁贵人良家子，定立为皇后。"○《汉书·李寻传》：寻曰："智者结舌。"

颜注曰："不敢出言也。"○《汉书·英布传》：随何曰："阴拱而观其孰胜。"颜注曰："敛手曰拱，言不动摇，坐观成败也。"○《书·洛诰》曰："无若火始焰焰。"《盘庚上》曰："若火之燎于原。"○《书·尧典》："帝曰：汤汤洪水方割，荡荡怀山襄陵。"伪孔传曰："汤汤，流貌。襄，上也。"《释文》曰："汤音伤。"○《广雅·释言》曰："煨，熭也。"○《书·益稷》："禹曰：下民昏垫。"伪孔传曰："言天下民昏瞀垫溺，皆困水灾。"○《禹传》班孟坚赞，但讥以持禄保位；《广传》范蔚宗论，但诮以晏安为戒，故载之以为粗言不究本末也。○《左》宣二年曰："赵穿攻灵公于桃园，宣子未出山而复。大史书曰，赵盾弑其君。以示于朝。宣子曰：不然。对曰：子为正卿，亡不越竟，反不讨贼，非子而谁？"○《家语·始诛篇》曰："孔子为鲁司寇，摄行相事，七日而诛乱政大夫少正卯，戮之于两观之下，尸于朝三日。子贡进曰：夫少正卯，鲁之闻人也，今夫子为政而始诛之，或者为失乎？孔子曰：居，吾语女以其故！天下有大恶者五，而窃盗不与焉，一曰心逆而险，二曰行辟而坚，三曰言伪而辩，四曰记丑而博，五曰顺非而泽。此五者有一于人，则不免君子之诛，而少正卯皆兼有之。其居处足以撮徒成党，其谈说足以饰褒［衺］莹众，其强御足以返是独立，此乃人之奸雄者也，不可以不除。"○《左》宣十二年："厨子曰：董泽之蒲，可胜既乎？"杜注曰："既，尽也。"案《文粹》既作纪，《全唐文》同。○《文粹》向若作向者，《全唐文》同。

或以国之兴亡皆有阴骘之数，非人谋能亢。则但取瞽矇者而相之，立土木偶而尊之，被以章组，列于廊庙，斯可矣。何尧、舜之或咨或吁，殷、周之或梦或卜，忧勤日昃之若是，然后为理耶？予因肄古史，且嗜《春秋》褒贬之学，心所愤激，故辨其所以然。以上言公辅有国家兴亡之责，不得委于气运，以见禹、广之罪不可逭。

　　□持议正大，可为小人儒下一针砭。

　　《书·洪范》曰："惟天阴骘下民。"伪孔传曰："骘，定也。天不言而默定下民。"《释文》曰："阴，默也。"○《文粹》曚作聋。○《史记·苏秦传》曰："孟尝君将入秦，苏代谓曰：今旦从外来，见木偶人与土偶人相与语。"○曹子建《七启》曰："华组之缨。"○《史记·货殖传》曰："贤人深谋于廊庙。"○《书·尧典》："帝曰：畴咨若予采！帝曰：吁！嚚讼可乎？"《舜典》曰："舜曰：咨四岳！"○《书序》曰："高宗梦得说，使百工营求诸野，得诸傅岩，作《说命》三篇。"《史记·殷本纪》曰："武丁夜梦圣人，名曰说，以梦所见，视群臣百吏，皆非也。于是乃使百工营求之野，得说于傅险中。是时说为胥靡，筑于傅险，见于武丁。武丁曰：是也。得而与之语，果圣人，举以为相，殷国大治，故遂以傅险姓之，号曰傅说。"《齐太公世家》曰："西伯将出猎，卜之曰：所获非龙非彲，非虎非罴，所获霸王之辅。于是周西伯猎，果遇太公于渭之阳，与语大说，曰：自吾先君太公曰：当有圣人适周，周以兴，子真是耶，吾太公望子久矣。故号曰太公望，载与俱归，立为师。"○《书·无逸》曰："自朝至于日中昃，不遑暇食。"《释文》曰："昃音侧，亦作仄。"○《文苑》古作昃。○杜元凯《春秋序》曰："指行事以正褒贬。"

梁敬之

　　梁肃，字敬之，一字宽中，隋刑部尚书毗五世孙，（《隋书·梁毗传》曰：安定乌氏人。案：在今甘肃平凉县西北。崔元翰《梁君墓志》曰：其先安定人。）世居陆浑（在今河南嵩县东北）。

建中初,中文辞清丽科。(《唐会要》卷七十六曰:建中元年,文辞清丽科奚涉、梁肃、刘公亮、郑辕、沈封、吴通元及第。)荐之,擢授右拾遗,修史,以母老病辞。淮南节度使杜佑辟掌书记,表为殿中侍御史。召为监察御史,转右补阙翰林学士,皇太子诸王侍读卒。《新唐书》附《文艺传》苏源明后。《摭言》卷七曰:"贞元中,李元宾、韩愈、李绛、崔群同年进士,先是四君子定交久矣,共游梁补阙之门。"卷八曰:"陆忠州膀,梁补阙肃、王郎中础佐之,肃荐八人俱捷,事见韩文公《与陆修员外书》。"据此知敬之为韩公知己,陆宣公之得韩,亦敬之之力也。

代太常答苏端驳杨绾谥议

《旧唐书·杨绾传》曰:"绾字公权,华州华阴人也(今山〔陕〕西属县)。举进士,调太子正字。天宝十三年,玄宗御勤政楼,试博通坟典、洞晓玄经、辞藻宏丽、军谋出众各举人。取辞藻宏丽外,别试诗赋各一首。时登科者三人,绾为之首,超授右拾遗。安禄山反,肃宗即位于灵武,绾冒难赴行在,拜起居舍人,知制诰,历司勋员外郎、职方郎中,迁中书舍人,再迁礼部侍郎。上疏条奏贡举之弊。再迁吏部侍郎,历典选举,精覈人物,以公平称。时元载秉政,公卿多附之。绾孤立中道,清贞自守,未尝私谒,载以绾雅望素高,外示尊重,心实疏忌。会鱼朝恩死,载乃奏为国子祭酒,实欲以散地处之。载贪冒日甚,天下清议亦归于绾,上深知之,以载久在枢衡,未即罢遣,仍迁绾为太常卿,充礼仪使,以郊庙礼久废,借绾振起之也。亦以观其效用。是年(大历十二年)三月,载伏诛,上乃拜绾中书侍郎同中书门下平章事,集贤殿崇文馆大学士,兼修国史。绾久积公辅之望,及诏出,朝野相贺。绾累表恳让,上属意稍重,绾不敢辞。绾素以德行著闻,质性贞廉,车服俭朴,居庙堂未数月,人心自化。绾有宿痫疾,居职旬日中风，优诏令就中书省摄养。绾累表抗疏辞位，频诏敦勉不许。及绾疾亟，上日发中使就第存问，尚书御医旦夕在侧，数日薨。中使驰奏，代宗震悼，辍朝三日，诏谥文简。"《新书》绾传曰："太常谥曰文贞。比部郎中苏端，憸人也，持异议。宰相常衮阴助之。帝以其言醜险不实，贬端巴州员外司马，犹赐谥曰文简。"《通典》卷一百四《礼典》曰：大历十三年，太常谥赠司徒杨绾曰文贞，工部郎中苏端驳曰：夫道德博闻曰文，清白守节曰贞。且元载与司徒友敬殊深，推为长者，首举清要，人莫与京。及司徒宠望渐高，载畏其偪，旋又知载斁坏纲纪，心贰于君，既惧其疑，因为疏简，有口皆知载恶，而独曾无一言，或有发载之恶，证告未明，抱诚坐法者，司徒时居上列，奏达非难，不能因此披衷陈词，全志士之命，露凶狡之私，而乃宴安自泰，优游过日，使元载祸大灭身，竟劳圣上防伺之虑。岂守节不隐邪？岂怀道无毒邪？非谓文贞明矣。洎元载将谋不忠，罔圣蔽聪，嗇恩于下，招怨于上，使北塞人劳，有过时之戍，西郊虏入，无弔灾之惠，磁、邢坚义之士，将死复生，梁、宋伤夷之人，或寒或馁。搜访旌恤，中外所急，载皆绝之，使王泽不及于下，为行路所嗟。而杨公当圣上惟新之时，居天下得贤之望，诚宜不俟终日，造次遽言，乃寂寥启悟，喋闭谋猷，贪食万钱之赐，虚承一心之顾，使防河之人，家闻《采薇》之叹，近甸诸邑，多兴《祈父》之忧。岂慈惠爱人乎？既曰不慈不惠，何以谓之文？有隐有毒，何以谓之贞乎？古者诸侯有国，卿大夫有家，上以报祖宗，下以处子孙之义也。杨公历处厚俸，人谓儒宗，曾不立家，又无私庙，宁使人老阙敬祖之礼，位极亡祭祢之宫。凡在衣冠，谁不叹恨？又乖大虑克就，愍民惠礼之义矣。曰文与贞，曷可以议？圣人立谥，尽公而无私之谓也。所以周宣不敢私于父谥曰厉，汉宣不敢私于祖谥曰戾，百王明制，历圣通则。昔公叔文子有死卫之节，修班制之勤，社稷不辱，方居此谥。爰及太宗初，魏公徵有匡救公直之忠；中宗末，苏公瓌有保安不夺之节。所以诸贤甚众，谥文贞者不过数公。至于燕国公张说，先朝输能，名节昭著，省司尚谓不可，至今人故称之。由是言之，焉可比德？请牒太常，更详他谥，以守彝章。庶乎青史之笔，不乖于周汉；黄泉之魂，免惭于苏魏。"又见《唐会要》卷八十，《册府元龟》卷五百九十五，《文苑英华》卷一百四十。《元龟》载诏曰："自古谥终之典，皆赐以美名。《谥法》曰，忠信爱人曰文，平易不懈曰简，宜谥曰文简，以其简俭之风厚于俗也。"（《会要》载为十三年二月二十二日别敕，《旧书》缩传载苏端驳议于此诏后，非也。）《唐六典》卷十四曰："太常寺太常博士，凡王公以上拟谥，皆迹其功德而为之褒贬。"原注曰："议谥职事官三品已上，散官二品已上，佐史录行状，申考功勘校，下太常拟谥讫，申省议定奏闻。"卷二曰："吏部考功郎中，其谥议之法，古之通典，皆审其事以为不刊。"原注曰："诸职事官三品已上，散官二品已上，身亡者，其佐史录行状申考功，考功责历任勘校，下太常寺拟谥讫，覆申考功，于都堂集省内官议定，然后奏闻。"

议曰：有国之典，存以位叙其德，没以谥易其名。名之大小，视德之美恶，盖书其著而略其微，要其终而明其义。故曰谥以尊名，节以一惠，耻名之浮于行也。杨文贞体淳素之质，协时中之德。爰自下列，至于宰司。秉心不渝，动必由道。与夫立功立事，开物济众，不同日语矣。而清俭厉俗，明哲保身，曰文与贞，在我惟允。秉公议者，其谁曰不然？今奉符谓公与元载交游，尝为载荐引，载之咎恶悉归于公。斯乃昧于观行定谥之义，且非君子成人之美也。请区而评之。以上言文贞之谥最允，而今奉驳文，故特辨之。

《礼记·檀弓下》曰："公叔文子卒，其子戍请于君曰：日月有时，将葬矣，请所以易其名者。"《周书·谥法篇》曰："谥者行之迹也，号者功之表也，车服者位之章也，是以大行受大名，细行受细名，行出于己，名生于人。"《礼记·表记》："子曰：先王谥以尊名，节以壹惠，耻名之浮于行也。"郑注曰："谥者行之迹也，名者谓声誉也，言先王论行以为谥，以尊名者，使声誉可得而尊信也。壹读为一，惠犹善也，言声誉虽有众多者，节以其行一大善者为谥耳。在上曰浮，君子勤行成功，声誉逾行是所耻。"蔡伯喈《汉太尉杨公碑》曰："受天醇素。"《礼记·中庸》曰："君子而时中。"《诗·桑柔》曰："秉心无竞。"《郑风·羔裘》传曰："渝，变也。"《左》襄二十四年："穆叔曰：太上有立德，其次有立功。"《诗·桑扈》："之屏之翰。"郑笺曰："内能立功立事为之桢榦。"《易·系辞上》曰："开物成务。"《论语·雍也篇》：子贡曰："如有博施于民而能济众。"贾生《过秦论》曰："则不可同日而语矣。"《汉书·王贡两龚传》曰："其风声足以激贪厉俗。"《诗·烝民》曰："既明且哲，以保其身。"《左》隐元年："颍考叔曰：其谁曰不然！"○《新唐书·元载传》曰："载字公辅，凤翔岐山人。天宝初，下诏举明《庄》《老》《列》《文》四子学者，载策入高等，补新平尉。韦镒监选黔中，苗晋卿东都留守，皆署判官。至德初，擢嗣部员外郎，累迁户部侍郎，充度支江淮转运等使。帝不豫，李辅国用事。辅国妻，载宗女也，因相缔昵，拜同中书门下平章事，领使如故。代宗立，拜中书侍郎，许昌县子。载智略开果，久得君，以为文武才略莫己若。外委主书卓英倩、李待荣，内劫妇言，纵诸子关通货贿，京师要司及方面，皆挤遣忠良，进贪猥。凡仕进干请，不结子弟则谒主书。城中开南北二第，室宇奢广，当时为冠。近郊作观榭，帐帟什器,不徙而供,膏腴别墅,疆畛相望,且数十区,名姝异伎,虽禁中不逮。帝尽得其状。载尝独见,帝深戒之,警然不悛。会李少良上书诋其醜状,载怒,奏杀少良,道路目语,不敢复议。载由是非党与不复接,帝积怒。大历十二年三月庚辰,仗下,帝御延英殿,遣左金吾大将军吴溱收载及王缙系政事堂,分捕亲吏诸子下狱,乃下诏赐载自尽,妻王及子扬州兵曹参军伯和、祠部员外郎仲武、校书郎季能并赐死。"○《论语·颜渊篇》:子曰:"君子成人之美。"《华严经音义》上引《论语·子张篇》马注曰:"区,别也。"

昔荀爽为董卓所举,致位三公。及卓斁乱汉政,可谓甚矣。而汉史曾不以卓之过累于慈明。晏子、陈氏俱事齐侯,陈志邪而晏志正,《春秋》亦不以陈之恶延于平仲。是知道不必合,事不必同,则载之于公,其事可见。况当载秉钧而公不参大政,载以时望慕我,我则静而守中。因疏为简,适见清节。又有发载之恶,皆漏泄致乱,患自掇也,庸可救乎?及夫载覆其餗,公膺大任。任职日浅,屡以疾辞。位且不安,安可以启悟寂寥而责之乎? 以上辨绾虽经元载之荐,不得以载之咎恶归之;又为相在位日浅,更不得以无所启悟责之。

《后汉书·荀爽传》(附父淑传)曰:"爽字慈明,征命不应,何进荐为侍中,及进败而诏命中绝。献帝即位,董卓辅政,复征之。爽欲遁命,吏持之急,不得去,因复就拜平原相。行至宛陵,复追为光禄勋,视事三日,进拜司空。爽自被征命,及登台司,九十五日。因从迁都长安。爽见董卓忍暴滋甚,必危社稷,其所辟举,皆取才略之士,将共图之,亦与司徒王允及卓长史何颙等为内谋,会病薨。"《白虎通·封公侯篇》曰:"司马主兵,司徒主人,司空主地,王者受命为天地人之职,故分职以置三公，各主其一，以效其功上。《书·洪范》伪孔传曰："斁，败也。"案：斁，殬之通借字。《说文》曰："殬，败也。"《左》昭三年曰："齐侯使晏婴请继室于晋，既成昏，晏子受礼，叔向从之宴，相与语。叔向曰：齐其何如？晏子曰：齐其为陈氏矣！公弃其民而归于陈氏。"又曰："及晏子如晋，公更其宅，既拜，乃毁之，卒复其旧宅。公弗许，因陈桓子以请，乃许之。"《论语·公冶长篇》："晏平仲。"《集解》引周曰："齐大夫晏姓，平谥，名婴。"《史记·管晏列传》《索隐》曰："平谥，仲字，名婴。"适见清节，案：此上驳苏端"有口皆知载恶，而独曾无一言"等语。《诗·节南山》曰："秉国之均。"《汉书·律历志上》引作钧，说者以为《齐诗》。《左》襄十四年："范宣子曰：盖言语漏泄。"案《文苑》乱作辞。《广雅·释诂》一曰："掇，取也。"○庸可救乎，案：此上驳不能披衷陈词等语。○覆悚，已见权载之《两汉辨亡论》注。《易·鼎卦》《释文》引马曰："悚，键也。"郑曰："菜也。"《文苑》曰作月。○启悟寂寥，言启悟君心者之少耳。《文苑》作寂寥启悟，《全唐文》同。案：此上驳寂寥启悟、噤闭谋猷等语。

　　昔季文子相三君，无食粟之马、衣帛之妾，君子以为忠。杨公以大名厚位，出入三朝，无宅一区，无马一驷，志于清白，交不谄渎，可不谓贞乎？掌训诰，秉铨衡，处成均，贰宗伯，润色王度，无替厥美，加以敏而好学，见善如不及，可不谓文乎？谨按《谥法》称贞之例有三：清白守节曰贞，大虑克就曰贞，忧国忘死曰贞。文之义有六：经纬天地曰文，道德博闻曰文，愍民惠礼曰文，不耻下问曰文，慈惠爱人曰文，修德来远曰文。名既不备，事亦殊贯。又安可以二王三恪私庙家祭之阙，并责于一名哉？若具美果在一名，则士文伯、孔文子且无经纬天地之文，孟武伯、宁武子又非克定祸乱之武。若以废礼不称其名，则臧孙辰纵逆祀不得谥文，管夷吾台门反坫不得谥敬。是知议名之道，取其所长，则舍其所短；志其大行，则遗其小节。使善恶决于一字，褒贬垂于将来。盖先王制谥之方也。若综覈名实，形于公论，宜取坦然明白彰于遐迩者。今或乘人之意，肆诬谤之辞，所谓抉瑕刺骨之说，非正议也。以上言绾已合"文贞"之谥，安得更以不立家庙而疵之？

《左》襄五年曰："季文子卒，大夫入敛，公在位，宰庀家器为葬备，无衣帛之妾，无食粟之马，无藏金玉，无重器备，君子是以知季文子之忠于公室也。相三君矣，而无私积，可不谓忠乎？"○三朝，玄宗、肃宗、代宗。《说文》曰："驷，一乘也。"《楚辞·招魂》王注曰："四马曰驷。"。○《易·系辞下》：子曰："君子上交不谄，下交不渎。"○谢希逸《上封禅仪注表》曰："辨明训诂。"案：此谓绾知制诰也。《文选》任彦昇《为范尚书让吏部封侯第一表》李善注引陆士衡《顾谭诔》曰："迁吏部尚书，才长于铨衡，而综核人物。"案：此谓绾再迁吏部侍郎也。案《文苑》校曰，秉集作持。《周礼·春官》大司乐掌成均之法。郑注曰："董仲舒云，成均，五帝之学。"案：此谓绾为国子祭酒也。○贰宗伯，《唐六典》卷四曰："礼部侍郎。"原注曰："周之春官小宗伯。"案：此谓绾再迁礼部侍郎也。○班孟坚《两都赋》序曰："润色鸿业。"《左》昭十二年《祈招》之诗曰："思我王度，式如玉，式如金。"○《书》伪古文《微子之命》曰："无替朕命。"○《论语·公冶长篇》："子贡问曰：孔文子何以谓之文也？子曰：敏而好学，不耻下问，是以谓之文也。"○《论语·季氏篇》曰："见善如不及。"○《文粹》谥法下无称字。○《周书·谥法篇》曰："清白守节曰贞，大虑克就曰贞，不隐无屈曰贞。"《史记正义》载谥法与《周书》同。《檀弓下》孔疏引《谥法》，外内用情曰贞。《唐会要》七十九贞凡六：图国忘死曰贞，内外无怀曰贞，直道不挠曰贞，此三者《周书》所无，馀与《周书》同。此文作忧国忘死，与《会要》异。《文苑》大虑作大意，似形近而误。又《周书》：经纬天地曰文，道德博厚曰文，勤学好问曰文，慈惠爱民曰文，愍民惠礼曰文，锡民爵位曰文。《史记正义》博厚作博闻，锡作赐，馀并同。《会要》与《周书》同。《左传》文公下《释文》引《谥法》：忠信接礼曰文。《檀弓下》：君曰：夫子听卫国之政，修其班制，以与四邻交，卫国之社稷不辱。与此文修德来远，亦皆《周书》所无。《文苑》，经纬天地作经天纬地，惠礼作接礼。○《诗序》曰："《振鹭》，二王之后来助祭也。"《礼记·郊特牲》曰："天子存二代之后，犹尊贤也。"孔疏曰："案《异义》，《公羊》说存二王之后，所以通天三统之义。引此文，古《春秋左氏》说周家封夏、殷二王之后，以为上公；封黄帝、尧、舜之后，谓之三恪。许慎谨案云，治《鲁诗》丞相韦玄成，治《易》施雠等说，引《外传》曰，三王之乐可得观乎，知王者所封，三代而已。不与《左氏》说同。郑驳之云，所存二王之后者，命使郊天，以天子之礼祭其始祖受命之王，自行其正朔服色。恪者敬也，敬其先圣而封其后，与诸侯无殊异，何得比夏、殷之后？如郑此言，《公羊》自据二王之后，《左氏》兼论三恪，义不乖异也。"《左》襄二十五年："子产曰：昔虞阏父为周陶正，以服事我先王。我先王赖其利器用也，与其神明之后也，庸以元女大姬，配胡公，而封诸陈，以备三恪。"孔疏曰：郑玄以杞、宋为二代之后，蓟、祝、陈为三恪。"案：此文引二王三恪，似以绾为隋后。然《新书·世系表》绾实出后魏阳津，与隋文帝、炀帝及酅国公侑皆无关，以证私庙家祭殊属不合。故《渊鉴》径删此四字。《左》襄三十午："士文伯。"杜注曰："文伯士弱之子。"三十一年《释文》曰：匄本作丐，士文伯名也，士文伯字伯瑕。"○《论语·公冶长篇》《集解》引孔安国曰："孔文子，卫大夫孔叔圉也。文，谥也。"《左》哀十五年孔圉，杜注曰："孔文子也。"《论语·宪问篇》又称仲叔圉。《论语·为政篇》孟武伯，《集解》引马融曰："武伯，懿子之子仲孙彘，武谥也。"刘楚桢《正义》曰："《左》哀十一年孟孺子洩。杜注：孺子，孟懿子之子武伯彘，疑彘是名，洩是字也。"○《论语·公冶长篇》宁武子，《集解》引马融曰："卫大夫宁俞，武，谥也。"《左》僖二十八年杜注曰："武子，宁俞也。"○《周书·谥法篇》曰："克定祸乱曰武。"○《论语·公冶长》《集解》引包曰："臧文仲，鲁大夫臧孙辰。文，谥也。"《春秋》庄二十八年杜注曰："臧孙辰，鲁大夫臧文仲。"又文二年八月丁卯，大事于大庙，跻僖公。杜注曰："大事，禘也。跻，升也。僖公，闵公庶兄，继闵而立庙，坐宜次闵下，今升在闵上，故书而讥之。"《左传》曰："逆祀也，于是夏父弗忌为宗伯，尊僖公，君子以为失礼。仲尼曰：臧文仲作虚器，纵逆祀，礼妾居，三不知也。"杜曰："僖是闵兄，不得为父子，尝为臣，位应在下，今居闵上，故曰逆祀。"○《左》庄九年称管夷吾，三十二年称管仲，闵元年称管敬仲。杜注曰："敬仲，管夷吾。"孔疏曰："谥法夙夜勤事曰敬，仲字，管氏，夷吾名。"○《礼记·礼器》曰："家不台门。"郑注曰："阁者谓之台。"孔疏曰："两边筑阁为基，基上超屋曰台门。诸侯有保障之重，故为台门，而大夫轻，故不得也。"《郊特牲》曰："台门而旅树反坫，大夫之僭礼也。"郑注曰："言此皆诸侯之礼也。旅，道也，屏谓之树。树所以蔽行道，管氏树塞门，塞犹蔽也。礼，天子外屏，诸侯内屏，大夫以帘，士以帷。反坫，反爵之坫也，盖在尊南，两君相见，主君既献，于反爵焉。"案：《记》虽台门与旅树反坫并举，而不言为管仲。《论语》言树塞门反坫，不及台门，或以三归为台门，非也。台门似当作塞门。《论语·八佾篇》曰："邦君树塞门，管氏亦树塞门。

邦君为两君之好有反坫，管氏亦有反坫。"《集解》引郑注曰："反坫，反爵之坫也，在两楹之门。人君有别外内，于门树屏以蔽之。若与邻国君为好会，其献酢之礼更酌，酌毕则各反爵于坫上。今管仲皆僭为之，如是是不知礼也。"皇疏曰："邦君谓诸侯也。树塞门，谓立屏以障隔门、别外内，礼天子、诸侯并有之也。臣来朝君，至屏而起敬。天子尊远，故外屏于路门之外为之；诸侯尊近，故内屏于内门之内为之。卿大夫以帘，士以帷，又并不得施之于门，政当在庭阶之处耳。管仲是大夫，亦学诸侯于门立屏，故云亦树塞门。"案：皇曰内门，未指为何门。《曲礼下》孔疏曰："诸侯内屏，在路门之内；天子外屏，在路门之外，近应门。"江慎修《乡党图考》谓屏设于正门，天子以应门为正门，屏应在应门外；诸侯以雉门为正门，屏在雉门内。以孔疏为非。刘楚桢《论语正义》曰："吴语谓越王入命夫人，王背屏，此当在路门内。或春秋时不如制矣。"皇疏又曰："礼诸侯与邻国君相见，共于庙饮燕，有反坫之礼。坫者，筑土为之，形如土堆，在于两楹之间，饮酒行献酬之礼更酌，酌毕则各反其酒爵于坫上，故谓此堆为反坫。大夫无此礼，而管仲亦僭为之，故云亦有反坫也。"金诚斋（鹗）《求古录·礼说》卷九曰："两楹之间，古人以为行礼之节。《士昏礼》：纳采、问名、纳吉、纳征、请期皆用雁，授于楹间。《乡饮酒礼》：介授主人爵于两楹间，司正立于楹间以相拜。此固大夫士之礼，然诸侯若行昏礼及两君燕饮，亦必如是矣。又《聘礼》：公受玉于中堂与东楹之间。中堂谓东西之中，此时君虽稍偏于东，而宾必与君并立，方可授受，宾在君西，则正当两楹之中间矣。古者以牖户之间为客位，正当东西之中，所以尊宾也。《聘礼》：君立偏东，宾立正中，亦尊宾之意也。然则两楹之间，正宾主行礼之处，安得设坫于此乎？乡饮酒尊于房户间，燕礼尊于东楹之西。房户间正当东楹，东楹之西，去楹亦当不远，是二者设尊相近，然则两君燕饮设尊，亦必在东矣。两君敌体，与乡饮一类，是亦宜尊于房户之间，与东楹相当。然乡饮无坫，经文明言房户间，尊当在东楹北；两君燕饮有坫，尊当在东楹南，此为异耳。两君之坫，犹乡饮之篚，篚设于尊南，与尊同处，则坫亦必与尊同处可知，《明堂位》云，反坫出尊，天子之庙饰也。天子反坫在尊南，则诸侯反坫当在尊北，虽南北不同，要无不与尊同处。尊以盛酒，爵以酌酒，其事一类，故所设之处同也。由是言之，坫不在两楹之间明矣。或者以燕礼为诸侯之事，两君好会，当与燕礼同尊于东楹之西，东楹之西亦可谓两楹之间也。夫谓两君之燕，亦尊于东楹之西，是君臣无别，而谓东楹之西即两楹之间，其名亦混。礼经或言两楹之间，或言东楹之西，正所以别其同异，岂可混而一之乎？"案：金说是。○《文苑》取作录。○《汉书·宣帝纪赞》曰："综覈名实。"○《文苑》于公论上无形字。○《后汉书·陈元传》：元诣阙上疏曰："窃见博士范升等所议，抉瑕擿衅，掩其弘美。"案：刺骨，《文苑》校曰刺，集作次。《史记·酷吏·杜周传》曰："内深次骨。"《集解》引李奇曰："其用罪深刻至骨。"

且圣无全能，才不必备。以郑公徵立言正色，耻君不如尧、舜，其节大矣，而昧于知人。许公瓘固执遗诏，廷沮邪计，其志明矣，终不能守。故《春秋》为贤者讳过，《传》称不以一眚掩大德，《语》曰无求备于一人。盖二公所以为文贞也。若曰：百行所归，九德咸事，如周公之文，宣父之宣，然后拟议，则千古莫嗣，而谥典绝矣。安在一二苏、魏足为定制乎？谨上参典礼，近考故事，杨公之名请如前议云尔。以上言善善从长，不宜求全责备。

□《渊鉴》评云：义以典而能确，词以恕而能公。持此核人，可以论世不爽矣。

《列子·天瑞篇》曰："天地无全功，圣人无全能，万物无全用。"案《文粹》且圣下有人字。○《礼记·文王世子》曰："不必备，唯其人。"○曹子建《求通亲亲表》曰："伊尹耻其君不为尧、舜。"《新唐书·魏徵传》：帝曰："徵蹈履仁义，以弼朕躬，欲致之尧、舜。"○《旧唐书·魏徵传》曰："尝密荐中书侍郎杜正伦及吏部尚书侯君集，有宰相之材。徵卒后，正伦以罪黜，君集犯逆伏诛，太宗始疑徵阿党。"《旧唐书·苏瓌传》曰："瓌字昌容，京兆武功人。景龙三年，转尚书右仆射，同中书门下三品，进封许国公。四年，中宗崩，秘不发丧，韦庶人召诸宰相韦安石、韦巨源、萧至忠、宗楚客、纪处讷、韦温、李峤、韦嗣立、唐休璟、赵彦昭及瓌等十人，入禁中会议。初遗制遣韦庶人辅少主知政事，授安国相王太尉，参谋辅政。中书令宗楚客谓温曰：今须请皇太后临朝，宜停相王辅政。且皇太后于相王，居嫂叔不通问之地，甚难为仪注，理全不可。瓌独正色拒之，谓楚客等曰：遗制是先帝意，安可更改？楚客及韦、温大怒，遂削相王辅政而宣行焉。薨谥曰文贞。"案：《文粹》遗诏作条诏。○《公羊》庄四年曰："《春秋》为贤者讳。"○《左》僖三十三年曰："秦伯素服郊次，乡师而哭曰：大夫何罪？且吾不以一眚掩大德。"杜注曰："眚，过也。"○《论语·微子篇》：周公谓鲁公曰："无求备于一人。"○《诗·氓》郑笺曰："士有百行，可以功过相除。"○《书·皋陶谟》曰："九德咸事。"伪孔传曰："使九德之人皆用事。"○《周语》中富辰引周文公之诗。韦注曰："文公之诗者，周公旦之所作。"郑康成《诗周南召南谱》曰："周公封鲁，死谥曰文。"○宣父，见贾幼邻《工部侍郎李公集序》注。《文粹》宣父作宣王，《文苑》之宣作之德。○安在一二苏、魏足为定制乎，此驳苏端引魏、苏及"谥文贞者，不过数公"等语。○吴华《石经词衍释》卷三曰："云尔，犹如此也。"案：尔乃尒之通借字。《说文》曰："尒，词之必然也。"朱丰芑《说文通训定声》十二曰："犹言如此也。"

韩云卿

云卿,南阳人。(此据李太白《韩君去思颂碑》,韩君即退之之父仲卿也。南阳,说详韩退之下。)父叡素,桂州长史。有四子仲卿、少卿、云卿、绅卿,仲卿即退之之父也。(亦据太白《去思颂碑》。又退之《虢州司户韩府君墓志》曰:叡素有子四人,最季曰绅卿,与碑正合。而《新唐书·世系表》载叡素子七人,晋卿、季卿、子卿、仲卿、云卿、绅卿、升卿,与碑并异。《昌黎集》注曰:公仲卿之子,而绅卿侄也。宁有叙其家世而故误耶?当以志为正。)云卿仕肃宗、代宗朝,以文章名,历监察御史,礼部郎中,试鸿胪卿,兼御史中丞,终礼部侍郎。新、旧《唐书》皆无传。《新唐书》但云云卿礼部郎中,今据李太白《武昌宰韩君去思颂碑》、皇甫持正《韩文公神道碑》及韩退之《科斗书后记》五百家注引樊泽之(汝霖)注。○退之《科斗书后记》曰:"愈叔父(即云卿)当大历世,文辞独行中朝,天下之欲铭述其先人功行,取信来世者,咸归韩氏。"李太白《去思颂碑》曰:"云卿文章冠世。"皇甫持正《韩文公神道碑》曰:"叔父云卿,当肃宗、代宗时,独为文章官。"李习之《韩君夫人韦氏墓志铭》曰:"礼部郎中云卿好立节义,有大功于昭陵,其文章出于时,而官不甚高。"案:观以上诸家之言,则云卿之文为时所重可知,而退之家学之渊源亦可知矣。

平蛮颂　并序

陈思《宝刻丛编》卷十九曰:"西原蛮在唐为患久矣。自肃宗至德以来,百馀年间,诸蛮更相雄长,乍服乍叛,攻桂管一十八州,所至焚掠。此碑序昌巘勋烈如此之著,其列传偶阙而不书（案：李昌巙新、旧《唐书》无传）。欧、赵集金石文又不得此碑入录，乡非事著于碑，而碑录于余，其遂无闻矣。"《舆地纪胜》广南西路静江府载韩云卿《平蛮颂》，《通志·金石略》亦载之。《清一统志》曰："广西名宦唐李昌巙，大历间讨蛮贼潘长安有功，吏士刻《平蛮颂》于镇南山下。"案《金石续编》卷八载《平蛮颂》署云，囗囗郎守尚书礼部郎中上柱国韩云卿撰，囗议郎守梁州都督府长史武阳县开国男翰林待诏韩秀实书，囗囗囗囗李阳冰篆额，末云大唐大历十二年囗月二十五日囗，陆绍闻（耀遹）曰额题'平蛮碑'三字，在广西桂林府（旧治临桂县，今改桂林县），城北镇南峰摩崖。《广西通志·金石略》曰："案《代宗纪》（《旧唐书》），大历八年九月，以辰锦观察使李昌巙为桂州刺史防御观察使，至是盖莅官之五年也。潘长安称安南王事，《唐书》《通鉴》皆不载，惟《南蛮传》（《新唐书》）大历中以潘归国部落置龙武州，归国盖长安之族。"

维大历十二年，桂林象郡之外，有西原贼率潘长安，伪称安南王。诱胁夷蛮，连跨州邑，鼠伏蚁聚，贼害平人。南距雕题、交趾，西控昆明、夜郎，北洎黔、巫、衡湘，弥亘万里，人不解甲。天子命陇西县男昌巙，领桂州都督兼御史中丞，持节招讨。斩首二百馀级，擒获元恶，并其下将率八十四人，生献阙下。其馀逼逐俘虏二十馀万，并给耕牛种粮，令还旧居。统外一十八州牧守，羁縻反覆，历代不宾，当授首请罪，愿为臣妾。嘉其自新，俾守厥旧，商农渔樵，各复其业，悼耋鳏寡，各安其宅。变氛祲为阳煦，化险阻为夷途。五岭之人，若出玄泉而观白日，如蹈烈火而蒙寒冰。书上闻，优诏嘉焉，公卿百辟，将校耆艾，咸愿歌颂勋烈，以铭于石。其辞曰：

　　大历，代宗年号。○《史记·秦始皇本纪》曰："三十三年，略取陆梁地为桂林、象郡、南海。"《汉书·地理志》郁林郡元注曰："故秦桂林郡。"日南郡元注曰："故秦象郡。"《通典·州郡》十四桂林注曰："今始安、平乐、蒙山、开江、浔江、苍梧、临江、郁林、平琴、安城、贺水、常林、象郡、龙城、融水、胡宁、怀泽、宁浦、横山、修德、龙池、永定等郡是。"象郡注曰："今招义、南潘、普宁、陵水、南昌、定川、宁越、安南、武峨、龙水、忻城、九真、福禄、文阳、日南、承化、玉山、合浦、安乐、海康、温水、汤泉等郡是。"西原蛮，见元次山《谢上表》注。○《左》襄二十三年：臧纥曰："夫鼠，昼伏夜动。"《水经·温水注》曰："范佛蚁聚，连垒五十馀里。"○《礼记·王制》曰："南方曰蛮，雕题、交趾，有不火食者矣。"郑注曰："雕文谓刻其肌以丹青涅之，交趾足相乡，然浴则同川，卧则僢。"孔疏曰："雕谓刻也，题谓额也，谓以丹青雕刻其额也。蛮卧时头向外而足在内而相交，故云交趾。"范致能《桂海虞衡志》曰："交趾之名，其来最久，《王制》与雕题同言，即其人形必少异。《交州记》云，交趾之人，出南定县。《山海经》亦言交胫（《海外南经》）。郭璞云，脚胫曲戾相交，故谓之交趾。今安南地乃汉、唐郡县，其人百骸与华无异，何尝有交胫等说？或传安南有播流山，环数百里皆如铁围，不可攀跻，中有土田，惟一窍可入，而尝自窒之，疑此是古交趾地。"（见《文献通考·舆地》九引，今本《虞衡志》无之。）孙绍周（希旦）《礼记集解》曰："交趾之说，注疏殊不明。范氏以为形必有异，是也。然交趾地甚广，而欲以一山当之可乎？盖古时交趾之人，其足趾必与华不同，故以此为名。其后渐染华风，与中国通婚嫁，故形体遂变，此乃事理之常，不足怪也。"《史记·西南夷传》曰："西南夷君长以什数，夜郎最大，其外西自同师以东，北至楪榆，名为巂、昆明。《汉书》颜古师注曰："夜郎后为县，属牂柯郡。巂即今之嶲州也。昆明又在其西南，即今之南宁州，诸爨所居，是其地也。"《隋一统志》曰："贵州南龙府以前为夜郎地。"又曰："遵义府，夜郎废县，在桐梓县东。"按：汉夜郎县即故国，在今贵州省西界。王益吾《汉书补注》曰："据志稿，夜郎今霑益州，亦兼宣威州地（属云南，今并改为县），当在宣城霑益西界。考《西南夷传》：成帝河平中，尚有夜郎王兴未除其爵，是县自为县，国自为国。夜郎疆域较大，不必同在一地也。"案《清一统志》曰："云南曲靖府，南宁故城在南宁县西十五里平川中。"唐江南道黔州治彭水县，今四川彭水县治。巫州（大历五年改为叙州）治龙标县，今湖南黔阳县治。衡州治衡阳县，今湖南衡阳县治。潭州在秦为长沙郡，汉为长沙国，宋兼置湘州，隋为潭州，治长沙县，今湖南长沙县治。○《魏志·陶谦传》注引《吴书》：谦上书曰："若承命解甲，弱国自虚。"案：人不解甲，碑作流毒如彼其广，天子命下有我字。○《唐六典》卷二曰："县男从五品，食邑三百户。"卷十三曰："御史台中丞二人，正五品。"《通典·职官》十四曰："都督，晋使持节为上，持节次之，假节为下。使持节得杀二千石以下，持节杀无官位人，若军事，得与使持节同。大唐诸州复有总管，亦加号使持节，刺史加号持节。武德七年，改大总管府为大都督府。太极初以并、益、荆、扬为四大都督府。开元十七年，加潞州为五焉。其馀都督定为上中下等。《元和志》曰：岭南道桂州中都督府。（《新唐书·地理志》同，《旧唐书·志》作下都督府。）《新唐书·百官志》曰："中都督府都督一人，正三品。"（下都督府都督从三品）○《后汉书·光武纪上》注曰："秦法斩首一，赐爵一级，故因谓斩首为级。"○《书·康诰》曰："元恶大憝。"○碑将下无率宇。○《新唐书·南蛮传》言西原蛮至德初攻桂管十八州，《元和志》载，桂管十二州，《旧唐书·地理志》载桂管十五州，《新唐书·方镇表》言开耀后置桂管经略使，领十四州。三书所载，惟桂、梧、柳、富、昭、蒙、融、龚八州相同；贺、严、思唐三州，《元和志》与《表》同；象州《元和志》与《旧唐书》同；其馀《旧唐书》之浔、郁林、平琴、宾、澄、绣六州，《表》之连、瑷、古三州，皆不相同。未知大历前桂管十八州沿革何如也。又《新唐书·方镇表》言广德二年废邕州管内都防御使，以所管州隶桂管经略使。大历五年，复置邕州都防御使，桂管观察使，罢领邕管诸州。八年，罢桂管观察使，以诸州隶邕管。贞元元年，复置桂管经略招讨使。七年，桂管经略使罢领招讨使。考之《旧唐书·代宗纪》，大历八年九月戊戌，以辰锦观察使李昌夔为桂州刺史、桂管防御观察使，所载亦不合。且此文招讨字虽活用，非确指为招讨使，然《表》谓贞元元年复置招讨使，疑亦有误。）此文言统外，则似指羁縻州，非指桂管之州也。而唐代羁縻州亦时有损益，不能详考。案：碑牧守作守牧。○司马长卿《难蜀父老》曰："盖闻天子之牧夷狄也，其义羁縻勿绝而已。"○《周礼·秋官·象胥》曰："若以时入宾。"《论衡·宣汉篇》曰："化不宾为齐民。"○潘元茂《册魏公九锡文》曰："蕲阳之役，桥蕤授首。"○《史记·吴世家》曰："越王请委国为臣妾。"○《汉书·匡衡传》：衡上疏曰："使百姓得改行自新。"○《礼记·曲礼上》曰："七年曰悼。"《尔雅·释言》注曰："耄，老也。"《公羊》宣十二年注，《左》僖九年疏引《尔雅·舍人》注，皆以六十为耋。《易·离》《释文》引马融注，《诗·车邻》疏及《尔雅·释诂》疏引郑玄《易》注，《诗疏》及《礼记·射义》疏引《左传》服注，《左传》杜注，皆以七十为耋。《诗·车邻》毛传，《说文》《释名·释长幼》《易》《释文》引王肃注、《尔雅·释言》郭注、《方言》一郭注、《盐铁论·孝养篇》，皆以八十为耋。《孟子·梁惠王下》曰："老而无妻曰鳏，老而无夫曰寡。"○《汉书·元帝纪》注曰："氛，恶气也。"案：沴字已见权载之《两汉辨亡论》注。○五岭，岭本字作领。《汉书·张耳陈馀传》颜师古注曰："领者，西自衡山之南，东穷于海，一山之限耳，而别标名则有五焉。裴氏《广州记》云，大庾、始安、临贺、桂阳、揭阳，是为五领。邓德明《南唐记》曰，大庾领一也，桂阳、骑田领二也，九真、都庞领三也，临贺、萌渚领四也，始安、越城领五也。"《后汉书·吴祐传》章怀注同。（异字皆彼注转写之误，当依此正。）《水经·溱水注》曰："连水出南康县凉热山、连溪山，即大庾岭也，五岭之最东矣。"《耒水注》曰："黄水出黄岑山，山则骑田之峤，五岭之第二岭也。"《锺水注》曰："都山即都庞之峤，（都庞元作部龙，今依戴东原校改。赵诚夫《水经注释》曰："考《班志》九真郡有都庞县，应劭曰：庞音龙。师古曰，音龚。而桂阳之部龙乃岭峤之名。《舆地纪胜》曰：山之绝顶曰都逢，土人语讹曰庞也。不知都、部字相似，庞、龙音相联，而强以都逢为土音山之绝顶之说，殆因岭峤而傅会耶？此与九真之都庞县无涉，邓记误也，当以南平部龙为是。"杨惺吾《水经注疏要删》曰："据《南康记》五岭由东而西，则第三岭自当在桂阳、临贺之间，若九真之都庞已至极南，不得为第三。按南平自有都庞，《宋本寰宇记》：蓝山本汉南平也，有黄蘗山，今谓之都庞山，即是五岭从东第三都太庞岭也，而部龙之名无闻焉，然则作都庞是也。《南康记》九真二字，或浅人求都庞于南平不得，但见九真有都庞县而增改之与？"案：杨氏说是，五岭之第三岭也。）《湘水注》曰："萌渚水南出于萌渚之巉，五岭之第四岭也。"《漓水注》曰："湘漓之间陆地广百馀步，谓之始安峤，峤即越城峤也。"《元和郡县志》曰："岭南道桂州全义县，越城峤在县北三里，即五岭之最西岭也。"案：以今地舆考之，大庾岭在江西大庾县，一也；黄岑山一名骑田岭，在湖南郴县南，二也；黄蘗山即都庞岭，在湖南蓝山县北,三也;萌渚岭在湖南江华县西南,四也;越城岭在广西兴安县北,五也。○班孟坚《终南山赋》曰:"玄泉落落。"○《诗·烈文》曰:"百辟其刑之。"《礼记·月令》曰:"百辟卿士。"○《尔雅·释诂》曰:"耆艾,长也。"《礼记·曲礼上》曰:"六十曰耆。"《吴语》韦注、《周书·谥法篇》孔注、《释名·释长幼》《礼记·射义》《释文》《荀子·致仕篇》杨注并同。《后汉书·韦彪传》注引《礼记》七十曰耆,殆误也。《曲礼》曰:"五十曰艾。"《释名》《荀子注》《后汉书》注并同,而《盐铁论·未通篇》谓五十以上曰艾。《曲礼》疏载熊氏引《中候运衡》注、《中候准谶》注、《周书·谥法篇》孔注,皆谓七十曰艾。○碑勋下无烈字,辞上无其字。

皇帝嗣位,十有五载。淳风横流,声教无外。蠢兹蛮陬,肆其蜂趸。恃远怙险,为人蟊贼。爰命陇西,授节讨绥。训我师徒,如熊如罴。卷旗释甲,先喻德泽。稔恶弗惩,含虿弗息。矫矫陇西,砺尔矛鋋。鼓奋重泉,兵扬九天。出其不意,亿万踣颠。来者面缚,亡者染锷。搜洞索穴,覆其巢宅。若鼓洪炉,燎彼毛氃。若振飘风,摧乎朽脆。海峤蒙蒙,再开天光。俾褆作和,化戎为农。三军卧鼓,四鄙罢柝。原野萧条,万里澄廓。明主是嘉,罢人是康。铭之岭门,用垂无疆。

□吴先生曰:"雄直劲厉,造语奇崛,已开退之先声。"

宝应元年壬寅四月,肃宗崩,代宗即位。明年癸卯七月,改元广德,又明年乙巳,改元永泰。二年丁未十一月,改元大历。自即位至大历十二年,凡十五载。○司马长卿《封禅文》曰:"协气横流。"○《书·禹贡》曰:"朔南暨声教。"《公羊》僖二十四年曰:"王者无外。"○《诗·采芑》曰:"蠢尔蛮荆。"《书》伪古文《大禹谟》曰:"蠢兹有苗。"左太冲《魏都赋》曰:"蛮陬夷落。"《左》僖二十二年：臧文仲曰："蜂虿有毒，而况国乎！"○《诗·大田》曰："去其螟螣，及其蟊贼。"毛传曰："食根曰蟊，食节曰贼。"（《尔雅·释虫》同）《左》成十三年：晋侯使吕相绝秦曰："帅我蟊贼以来，荡摇我边疆。"蟊，蟊之借字。案：《素问·宝命全形篇》贼与代韵，盖此文所本。○《书·牧誓》曰："尚桓桓，如虎如貔，如熊如罴。"○碑旗作旂。○《吴语》韦注曰："稔，熟也。"○《诗·泮水》曰："矫矫虎臣。"郑笺曰："矫矫，武貌。"○《书·牧誓》曰："立尔矛。"《费誓》曰："砺乃锋刃。"《说文》曰："鋋，小矛也。"○《孙子·形篇》曰："善守者，藏于九地之下；善攻者，动于九天之上。"又《计篇》曰："攻其无备，出其不意。"○《诗·伐檀》毛传曰："万万曰亿。"《假乐》郑笺曰："十万曰亿。"《楚语下》韦注曰："十万曰亿，此古数也。今人乃以万万为亿。"○《左》僖六年曰："许男面缚衔璧。"《宋微子世家》曰："微子造于军门，肉袒面缚。"《汉书·项籍传》："马童面之。"颜注曰："面谓背之不面向也。"上面缚，亦谓反背而缚之。杜元凯以为但见其面，非也。○班孟坚《封燕然山铭》曰："血尸隧以染锷。"○碑索下空一字，宅作穴。○《魏志·陈琳传》：琳谏何进曰："以此行事，无异于鼓洪炉以燎毛发。"《说文》曰："毳，兽细毛也。"○《后汉书·郑太传》：太曰："以胶固之众，当解合之势，犹以烈风埽彼枯叶。"○《列子·汤问篇》曰："渤海之东，有大壑焉，其中有五山焉，一曰岱舆，二曰员峤。"案碑峤作宇。○《左》庄二十二年曰："有山之材，而照之以天光。"○《左》昭十五年杜注曰："祲，妖氛也。"○陈孔璋《正欲赋》，濛舆藏韵；潘安仁《藉田赋》，农与芳韵（芳字据《文选》五臣注及《晋书·潘岳传》李善本作茅）。案：濛古音在东部，农在冬部，皆与阳部光字可通转。○《后汉书·隗嚣传》：嚣移檄告郡国曰："兴灭继绝，封定万国，然后还师振旅，櫜弓卧鼓。"○张茂先《游猎篇》

曰："嚻声振四鄙。"张平子《西京赋》曰："城尉不弛柝，而内外潜通。"李善注："郑玄《周礼》注曰：櫫，戒夜者所击也。"（宫正注）柝与櫫同。○班孟坚《西都赋》曰："原野萧条，目极四裔。"○罢，疲之借字。

卷二　唐文二十首

韩退之

　　韩愈，字退之，邓州南阳人，（今河南南阳县。案李太白《武昌宰韩君去思颂碑》曰，仲卿，南阳人，即愈之父也。皇甫持正《韩文公神道碑》叙其先世，亦云后居南阳。故《新唐书》愈传曰，邓州南阳人。或以南阳为修武，非是。《左传》僖二十五年：晋启南阳。《战国策》亦屡称之。然自秦名修武之后，汉以来称南阳者，皆指南阳郡，不指修武。即以韩集考之，如《南阳樊绍述墓志铭》，樊本河中人，其曰南阳，乃举郡望，则退之为南阳人，亦为郡望可知。不得以退之家居河阳，遂以南阳为修武也。惟据《元和姓纂》及《新唐书·宰相世系表》，退之之族，出于颍川，与居南阳之赭阳、后徙昌黎之棘城者，别为二族，故后人颇以为疑。然谱系之书，本不尽可信。退之文中，恒署昌黎韩愈，李习之撰韩公行状亦云昌黎人，《旧唐书》愈传因之，当必有据。特今不可考。朱子《韩文考异》谓昌黎族盛，故随称之，则未免轻诬前贤矣。至昌黎之棘城，后魏并入龙城县，当在今奉天锦县等处，与河北昌黎县无涉也。顾亭林《日知录》卷三十一谓昌黎有五，而河北徐水县西遂城故城，后魏侨置昌黎郡，尚不与焉。此后魏孝武帝永熙二年韩瓒为南营州刺史侨置，唯瓒与愈之先祖茂族属如何，亦不可考矣。）贞元八年进士第，董晋为宣武节度使，表署观察推官。晋卒，武宁节度使张建封辟府推官。调四门博士，迁监察御史。上疏极论宫市，贬阳山令，改江陵法曹参军。元和初，权知国子博士，分司东都，三岁为真。改都官员外郎，即拜河南令。迁职方员外郎，复为博士，改比部郎中，史馆修撰，转考功，知制诰，进中书舍人。裴度宣慰淮西，奏愈行军司马。元济平，迁刑部侍郎。宪宗遣使者往凤翔迎佛骨，愈上表极谏，帝大怒，贬潮州刺史。召拜国子祭酒，转兵部侍郎，又转吏部侍郎。长庆四年卒，赠礼部尚书，谥曰文。新、旧《唐书》皆有传。〇《新唐书》愈传曰："愈每言文章自汉司马相如、太史公、刘向、杨雄后，作者不世出，故愈深探本原，卓然树立，成一家言。其《原道》《原性》《师说》等数十篇，皆奥衍闳深，与孟轲、杨雄相表里，而佐佑六经云。至它文造端置辞，要为不袭蹈前人者，然惟愈为之，沛然若有馀；至其徒李翱、李汉、皇甫湜从而效之，遽不及远甚。"《唐才子传》卷五曰："公英伟间生，才名冠世。继道德之统，明列圣之心，独济狂澜，词彩灿烂。齐、梁绮艳，毫发都捐。有冠冕佩玉之气，宫商金石之音。为一代文宗，使颓纲复振。岂易言也哉？固无辞足以赞述云。"

原　道

《韩集五百家注》引樊泽之（汝霖）曰："《淮南子》以《原道》首篇。许氏笺云，原，本也。"（后引樊注皆见《五百家本》）步瀛案：高诱注同。《汉书·薛宣传》颜师古注曰："原谓寻其本也。"钱晓征（大昕）《十驾斋养新录》卷十六曰："原道二字，出《淮南·原道训》〇（陆朗甫《切问斋集》卷二《与王惺斋论韩文书》，谓韩公即《淮南》之题，作此以反之，恐未确。）刘氏《文心雕龙》亦有《原道篇》。〇《五百家补注》曰："山谷尝曰：文章必谨布置，每见后学，必告以《原道》命意曲折，后以此揆求古人法度，如老杜《赠韦见素诗》，（此杜子美《奉赠韦左丞丈诗》，乃韦济，非见素也。此沿范元实之误。）布置最得正体，如官府甲第，厅堂房室，各有定处，不可乱也。韩文公《原道》与《书》之《尧典》盖如此。"（此范元宝《潜溪诗眼》之说，《苕溪渔隐丛话·前集》卷十引之。）

博爱之谓仁，行而宜之之谓义，由是而之焉之谓道，足乎己无待于外之谓德。仁与义为定名；道与德为虚位。故道有君子小人，而德有凶有吉。《老子》之小仁义，茅顺甫谓以下数句，是一篇之律，盖因老子有《道德经》，故据此立论辟之。非毁之也，其见者小也。坐井而观天，曰天小者，非天小也，彼以煦煦为仁，孑孑为义，其小之也则宜。其所谓道，道其所道，非吾所谓道也。其所谓德，德其所德，非吾所谓德也。凡吾所谓道德云者，合仁与义言之也，天下之公言也。老子之所谓道德云者，去仁与义言之也，一人之私言也。吴北江曰："以上从辨老子之道德论发起。"

《论语·颜渊篇》："樊迟问仁，子曰：爱人。"《孟子·离娄下》曰："仁者爱人。"《说苑·修文篇》曰："积爱为仁。"《国语·周语下》韦注曰："博爱于人为仁。"○《礼记·中庸》曰："义者，宜也。"《孟子·离娄上》曰："义，人之正路也。"○《礼记·中庸》曰："率性之谓道。"郑注曰："循性行之之谓道。"又曰："道犹道路也。"○《礼记·乐记》曰："德者，得也。"《周礼·师氏》郑注曰："在心为德。"《诗·皇矣》孔疏引服虔曰："在己为德。"《黄氏日钞》卷五十九曰："程录尝以虚位之说为非（《程氏遗书》十九伊川先生语），此决非程氏之言也。夫道二，仁与不仁而已。此正《孟子》之言（《离娄上》）。岂可反以道德虚位非原道哉？仁与义为道德，去仁与义亦自以为道德，故特指其位为虚，而未尝以道德为虚也。"钱晓征曰："二语胜于宋儒。"○《易·泰·彖传》曰："君子道长，小人道消也。"《否·彖传》曰："小人道长，君子道消也。"《系辞下》曰："阳一君而二民，君子之道也。阴二君而一民，小人之道也。"《礼记·中庸》曰："君子之道闇然而日章，小人之道的然而日亡。"○《左》文十八年曰："孝敬忠信为吉德，盗贼藏奸为凶德。"○《老子》曰："大道废，有仁义。"又曰："失道而后德，失德而后仁，失仁而后义。"○朱子《韩文考异》曰："非天小也，小方作罪，（此谓方崧卿《韩文举正》，音注本亦作罪。）云《尸子》曰，井中视星，所视不过数星。（《群书治要》卷三十六载《尸子》此二语在《广泽篇》，井上有因字；《艺文类聚·天部》一、《太平御览》《天部》六、《人事部》七十引因并作自，下视字作见，又《人事部》引上视字作窥。）今按韩公未必用《尸子》语，正使用之，作罪亦非文意。"○《韩集五百家注》引孙良臣（汝听）曰："煦煦，小惠貌。"（后引孙注皆见《五百家本》）案：煦与呴、姁字并通借，《汉书·东方朔传》："愉愉呴呴。"颜注曰："呴呴，言语顺也。"《韩信传》："言语姁姁。"颜注曰："姁姁，和好貌也。"○《释名·释兵》："狭而短者曰孑，盾孑小称也，是孑孑亦小貌。"或曰：《汉书·高惠高后文功臣表》颜注曰："孑然，独立貌。"○钱晓征曰："老氏云失道而后德云云（已见上），所谓去仁与义言之也。《孟子》曰：尧、舜之道，孝弟而已矣（《滕文公上》）。仁之实，事亲是也；义之实，从兄是也（《离娄上》）。道在迩而求诸远，事在易而求诸难。人人亲其亲，长其长，而天下平（《离娄上》）。所谓合仁与义书之也。退之《原道》一篇，与《孟子》言仁义同功。"

周道衰，孔子没，火于秦，黄老于汉，佛于晋、魏、梁、隋之间，其言道德仁义者，不入于杨，则入于墨；不入于老，则入于佛。入于彼，必出于此。入者主之，出者奴之；入者附之，出者污之。噫！后之人其欲闻仁义道德之说，孰从而听之！老者曰：孔子，吾师之弟子也。佛者曰：孔子，吾师之弟子也。为孔子者，习闻其说，乐其诞而自小也，亦曰：吾师亦尝师之云尔。不惟举之于其口，而又笔之于其书。噫！后之人虽欲闻仁义道德之说，其孰从而求之！吴北江曰："以上慨异端之害道。"

《史记·秦始皇本纪》曰："三十四年，李斯请史官非秦记皆烧之，非博士官所职，天下敢有藏《诗》《书》百家语者，悉诣守尉杂烧之。"○《汉书·曹参传》曰："参闻胶西有盖公，善治黄老言，使人厚币请之。"《外戚传》曰："窦太后好黄帝、老子言，景帝及诸窦不得不读《老子》，尊其术。"又《窦婴田蚡传》《儒林传》并言窦太后好黄老。《隋书·经籍志》曰："自黄帝以下，圣哲之士，所言道者，传之其人，世无师说。汉时曹参始荐盖公能言黄老，文帝宗之。自是相传，道学众矣。"王西庄《十七史商榷》卷六曰："汉初黄老之学极盛，君如文、景，宫闱如窦太后，宗室如刘德，将相如曹参、陈平，名臣如张良、汲黯、郑当时、直不疑（自刘德以下皆见《汉书》各本传）、班嗣（《汉书叙传》），处士如盖公、邓章（《晁错传》）、王生（《张释之传》，又《盖宽饶传》别为一人）、黄子（《司马迁传》，即《儒林传》之黄生）、杨王孙（本传）、安丘望之（《后汉书·耿弇传》）等，皆宗之。东方朔戒子以首阳为拙，柱下为工（《汉书》本传赞中引之），是亦宗黄老者。"○《隋书·经籍志》曰："后汉明帝夜梦金人飞行殿庭，以问于朝，而傅毅以佛对。帝遣郎中蔡愔及秦景使天竺求之，得佛经四十二章。魏黄初中，中国人始依佛戒，剃发为僧。甘露中，有朱仕行者，往西域，至于阗国，得经九十章。晋元康中，至邺译之。太始中，有月支沙门竺法护西游诸国，大得佛经，至洛翻译部数甚多。佛教东流，自此而盛。梁武大崇佛法，于华林园中总集释氏经典凡五千四百卷。后魏时，太武帝焚破佛像，长安僧徒，一时歼灭。文成之世，又使修复。熙平中，遣沙门慧生使西域，采经律，至周武帝时，一切废毁。开皇元年，普诏天下，任听出家，仍令计口出钱，营造经像，天下之人，从风而靡。"案：《后汉书·西域传》载佛法入中国，在后汉明帝时。《世说新语·文学篇》注引《牟子》同。又引刘子政《列仙传》曰："历观百家之中，以相检验，得仙者百四十六人，其七十四人，已在佛经。"又引鱼豢《魏略·西戎传》曰："汉哀帝元寿元年，博士弟子景虑（《魏书·释老志》作秦景宪，《法苑珠林·千佛篇》作景宪。）受大月氏王使伊存口传《浮屠经》。"又引《汉武故事》曰："昆邪王杀休屠王来降，得其金人之神，置之甘泉宫。金人皆长丈馀，其祭不用牛羊，唯烧香礼拜，谓此神全类于佛。"《魏书·释老志》谓刘歆著《七略》，班固志艺文，释氏之学所未曾记，则刘向已见佛经之事，恐未足信。《颜氏家训·书证篇》亦云《列仙传》赞云七十四人出佛经，由后人所羼，非本文也。盖佛法在西汉时，已尝入中国，事或有之。至《法苑珠林·千佛篇》引释道安、朱士行等经录目，言秦始皇时，有沙门释利防等十八人，赍佛经来化始皇；《敬佛篇》引陆元畅言，周穆王时，文殊、目连来化，穆王从之，即《列子》所谓化人者是也。化人示穆王高四台，是迦叶说法处。又言秦穆公时，扶风获一石佛，皆僧徒附会之说，不足信也。（《困学纪闻》卷十以《列子·仲尼篇》称西方圣人，《周穆王篇》称西极化人，因谓佛已闻于中国。不知《列子》寓言，且亦伪托也。）〇《孟子·滕文公下》曰："杨朱、墨翟之言盈天下，天下之言，不归杨则归墨。"《庄子·寓言篇》曰:"杨子居南之沛。"《释文》曰:"姓杨名朱。"《列子·杨朱篇》殷敬顺《释文》曰:"字子居,战国时人,后于墨。"《汉书·艺文志》:墨家有《墨子》七十一篇。元注曰:"名翟,为宋大夫,在孔子后。"○孙曰:"老者谓学老子者。"案:《庄子·德充符》曰:"无趾语老聃曰:孔丘之于至人,其未邪!彼何宾宾以学子为?"《天运篇》曰:"孔子行年五十有一而不闻道,乃南之沛见老聃。"○孙曰:"佛者亦谓学佛者。"案《困学纪闻》卷十七曰:"佛者曰,孔子吾师之弟子也。盖用佛书三圣弟子之说,谓老子、仲尼、颜子也。《纬文琐语》云。"万蔚亭(希槐)《集证》曰:"陈耀文《天中记》引唐释法琳《破邪论》云,佛遣三弟子震旦教化,儒童菩萨彼称孔子,光净菩萨彼称颜回,摩诃迦叶彼称老子。"步瀛案:此说出《清净法行经》,释道安《二教论》引之,见释道宣《广弘明集》卷八。○《吕氏春秋·应言篇》高注曰:"诞,诈也。"○亦尝师之云尔,方本无师之二字,《考异》及世彩堂本皆从之。《文粹》同,今依《音注本》《五百家注本》《文苑》《观澜文乙集》。○吕伯恭《观澜文乙集》注曰:"《家语·观周篇》:孔子谓南宫敬叔曰,吾闻老聃博古知今,通礼乐之原,明道德之归,则吾师也,今将往矣。敬叔与俱至周,问礼于老聃。"步瀛案:后人以《家语》为王伪撰,可为笔之于书之证。又《列子·仲尼篇》:"商太宰曰,孰者为圣?孔子曰:西方之人,有圣者焉。"此亦后人伪托,然竟以孔子为知有佛矣。

甚矣,人之好怪也,不求其端,不讯其末,惟怪之欲闻。吴挚甫先生曰:"后凡所发明圣人作为,皆喜求端讯末之事,凡所讥于老、佛者皆怪也。"吴北江曰:"不求其端三句,提挈为一篇纲领。"古之为民者四,今之为民者六。古之教者处其一,今之教者处其三。农之家一,而食粟之家六。

工之家一，而用器之家六。贾之家一，而资焉之家六。奈之何民不穷且盗也？吴北江曰："以上言二氏与儒并主教化，民所以穷。"

《说文》曰："讯，问也。"○《穀梁》成元年曰："古者有四民，有士民，有商民，有农民，有工民。"○孙曰："士农工贾，加佛、老为六。"○孙曰："圣人之教一，加佛、老为三。"○贾音古。

古之时，人之害多矣。有圣人者立，然后教之以相生养之道。为之君，为之师，驱其虫蛇禽兽，而处之中土。寒然后为之衣，饥然后为之食。木处而颠，土处而病也，然后为之宫室。为之工以赡其器用，为之贾以通其有无，为之医药以济其夭死，为之葬埋祭祀以长其恩爱，为之礼以次其先后，为之乐以宣其湮郁，为之政以率其怠勌，为之刑以锄其强梗。相欺也，为之符玺斗斛权衡以信之；相夺也，为之城郭甲兵以守之。害至而为之备，患生而为之防。今其言曰："圣人不死，大盗不止；剖斗折衡，而民不争。"呜呼！其亦不思而已矣。如古之无圣人，人之类灭久矣。何也？无羽毛鳞介以居寒热也，无爪牙以争食也。姚姬传曰："此段辟老。"吴先生曰："此因二家之为民害发端，遂纵论圣人生养人之法，是求其端之事，彼欲离其圣人者怪也。"又曰："此段仁。"

《孟子·梁惠王下》引《书》曰："天降下民，作之君，作之师。"○《孟子·滕文公上》曰："益烈山泽而焚之，禽兽逃匿。"《滕文公下》曰："禹驱蛇龙而放之菹。"又曰："周公驱猛兽。"○《诗·荡》毛传曰："颠，仆也。○《易·系辞下》曰："上古穴居而野处，后世圣人易之以宫室。"○湮郁，《考异》依方崧卿本作壹郁,《文粹》同。今依《音注》《五百家》《文苑》《观澜乙集》。方曰:"按《史记·贾谊传》:独湮郁其谁语?(《史记》郁下有分字。)《汉书》作壹郁。壹当作壹,《集韵》音咽,壹郁不得泄也。平、入声通用。湮与壹亦音义同也,作壹字则非。"朱曰:"字书壹壹,吉凶在壶中不得泄也,即今之氤氲字。壹、湮古盖通用,故《汉书》但作壹耳。"步瀛案:《说文》曰:"壹壹也,从凶从壶,壶不得渫,凶也。《易》曰:天地壹壹。"今《系辞下》作絪缊。《思玄赋》作烟煴,是壹壹、絪缊、烟煴、氤氲并同,湮与壹一声之转。○《音注》曰:"勚与倦同,疲也,懈也。《庄子》学道不勚。"(《大宗师篇》)案:近人以《音注》为祝充撰,然此注与《五百家注》引不同,岂魏氏节取之耶?抑此非祝氏书耶?故仍引作《音注》,而《五百家》引者则作祝充。○《方言》二曰:"梗,猛也。韩、赵之间曰梗。"○《说文》曰:"符,信也。汉制以竹长六寸分而相合"又曰:"壐,王者之印也,壐籀文从玉。"《周礼·地官·司市》:凡通货贿,以壐节出入之。郑注曰:"壐节印章,如今斗检封矣。"《秋官·职金》注引郑司农曰:"壐者,印也。"○"圣人不死"四句,见《庄子·胠箧篇》。

是故君者,出令者也;臣者,行君之令而致之民者也;民者,出粟米麻丝,作器皿,通货财,以事其上者也。君不出令,则失其所以为君。臣不行君之令而致之民,民不出粟米麻丝,作器皿,通货财,以事其上,则诛。今其法曰:必弃而君臣,去而父子,禁而相生养之道,以求其所谓清净寂灭者。呜呼!其亦幸而出于三代之后,不见黜于禹、汤、文、武、周公、孔子也。其亦不幸而不出于三代之前,不见正于禹、汤、文、武、周公、孔子也。姚曰:"此段辟佛。"吴先生曰:"因圣人之生养人，于是始有君、臣、民之常职，是讯其末之事。彼欲弃去之者，尤怪也。"又曰："此段义。"

《管子·重令篇》曰："尊君在乎行令，故曰亏令者死，益令者死，不行令者死，留令者死，不从令者死。○而致之民下，《音注》《五百家》《文苑》皆有"则失其所以为臣"七字，非是。○《广雅·释诂》一曰："诛，责也。"《礼记·曲礼上》郑注："诛，罚也。"案：民不出粟米麻丝云云，近人多訾之。然在民权未明之时，所见止如此。即《孟子》固云"民为贵"者，亦云"治于人者食人"，又何能独责退之邪？○孙曰："而，皆谓汝也。"○袁彦伯《后汉纪》卷十曰："浮屠者，佛也，其教以修善慈心为主，专务清净。"《俱舍论》十六曰："诸身语意三种妙行，名身语意三种清净，暂永远离一切恶行烦恼垢，故名为清净。"《维摩诘所说经·佛国品》曰："悉已清净，永离盖缠。"《弟子品》曰："法本不然，今则无灭，是寂灭义。"《妙法莲华经·序品》曰："或有菩萨说寂灭法。"

帝之与王，其号名殊，其所以为圣一也。夏葛而冬裘，渴饮而饥食，其事殊，其所以为智一也。今其言曰：曷不为太古之无事？是亦责冬之裘者曰：曷不为葛之之易也？责饥之食者曰：曷不为饮之之易也？茅顺甫曰："正譬杂还，各无数语，笔力天纵。"姚曰："此段辟老。仍承上患至为备、害生为防意。"吴先生曰："彼欲去天常、禁相生养者，且以太古无事藉口，故又明帝王殊施，而天下国家之不可外，以折之。"又曰："此段义。"

《白虎通·号篇》曰："帝王者何？号也。号者，功之表也。所以表功明德，号令臣下者也。德合天地者称帝，仁义合者称王。"○《庄子·胠箧篇》曰："昔者容成氏、大庭氏、伯皇氏、中央氏、栗陆氏、骊畜氏、轩辕氏、赫胥氏、尊庐氏、祝融氏、伏羲氏、神农氏。当是时也，民结绳而用之，甘其食，美其服，乐其俗，安其居，邻国相望，鸡狗之音相闻，民至老死而不相往来。"

传曰："古之欲明明德于天下者，先治其国。欲治其国者，先齐其家。欲其齐家者，先修其身。欲修其身者，先正其心。欲正其心者，先诚其意。"然则古之所谓正心而诚意者，将以有为也。今也欲治其心而外天下国家，灭其天常，子焉而不父其父，臣焉而不君其君，民焉而不事其事。孔子之作《春秋》也，诸侯用夷礼则夷之，进于中国则中国之。经曰："夷狄之有君，不如诸夏之亡。"《诗》曰："戎狄是膺，荆、舒是惩。"今也举夷狄之法而加之先王之教之上，几何其不胥而为夷也？姚曰："此段辟佛，仍承弃君臣父子意。"吴先生曰："此段仁。"

"传曰"以下至"先诚其意"，见《礼记·大学》。《黄氏日钞》曰："程录又载昌黎言治国平天下，止及正心而不及致知格物（《程氏遗书》二十五伊川先生语），此殆程子一时偶然之言也。孔子言修己以安百姓（《论语·宪问篇》），孟子言笃恭而天下平（《中庸》，非《孟子》），皆不过举其要而言，岂必尽及致知格物之条目，而后可以为自修，而顾乃以此非《原道》哉？异端言心而外其天下国家者，故昌黎言治国平天下而特推其本于正心耳。《原道》不可非也。〇孙曰："天常，犹言天伦也"〇《春秋》僖二十三年："杞子卒。"《左氏传》曰："书曰子，杞，夷也。"二十七年："杞子来朝。"《左氏传》曰："用夷礼，故曰子。"桓十五年："邾娄（《左氏》《穀梁经》无娄字）人、牟人、葛人来朝。"《公羊传》曰："皆何以称人？夷狄之也。"昭二十三年："戊辰，吴败顿、胡、沈、蔡、陈、许之师于鸡父（《穀梁》作甫）。"《公羊传》曰："此偏战也，曷以为诈战之辞言之？不与夷狄之主中国也。然则曷为不使中国主之？中国亦新夷狄也。"隐七年："戎伐凡伯于楚丘以归。"《穀梁传》曰："戎者，卫也。"昭十二年："晋伐鲜虞。"《穀梁传》曰："其曰晋，狄之也。"皆用"夷礼则夷之"之例。〇《春秋》庄二十三年："荆人来聘。"《公羊传》曰："荆何以称人？始能聘也。"何劭公《解诂》曰："明夷狄能慕王化，修聘礼，受正朔者，当进之，故使称人也。"文九年："楚子使椒来聘。"《公羊传》曰："椒者何？楚大夫也。楚无大夫，此何以书？始有大夫也。"《穀梁》椒作萩，《传》曰："其曰萩何也？以其来，我褒之也。"襄二十九年："吴子使札来聘。"《公羊传》曰："吴无君、无大夫，此何以有君、有大夫？贤季子也。"《穀梁传》曰："吴其称子何也？善使延陵季子，故进之也。"皆"进于中国则中国"之之例。〇《论语·八佾篇》《集解》引包咸曰："诸夏，中国也。亡，无也。"皇侃《义疏》曰："言夷狄虽有君主，而不及中国无君也。故孙绰曰，诸夏有时无君，道不都丧；夷狄强者为师，理同禽兽也。释惠琳曰，有君无礼，不如有礼无君也。"邢叔明（昺）疏曰："言夷狄虽有君长而无礼义，中国虽偶无君，若周、召共和之年，而礼义不废。"亦同皇义。至程子始谓此孔子言当时天下大乱无君之甚，若曰夷狄犹有君，不若是诸夏之亡君也（《程氏遗书》九，二先生语）。朱子《论语集注》从之。今本皇疏作"周室既衰，诸侯放恣，礼乐征伐之权，不复出自天子，反不如夷狄之国，尚有尊长统属，不至如我国之无君也"，乃清《四库本》为满洲讳，取程朱之义而妄改耳。〇"戎狄是膺"二句，《鲁颂·閟宫》之文。毛传曰："膺，当也。"郑笺曰："艾也。"孔疏曰："楚一名荆，群舒楚之与国。"《孟子·滕文公上》引此文，赵注曰："膺，击也。"

夫所谓先王之教者何也？ 吴先生曰："怪端既辟，此下明不怪以诏之"吴北江曰："此下一气回旋到底，如长江大河，浑灏流转，波涛起伏，而卒输于海，文字之钜观也。"博爱之谓仁，行而宜之之谓义，由是而之焉之谓道，足乎己无待于外之谓德。其文《诗》《书》《易》《春秋》，其法礼乐刑政，其民士农工贾，其位君臣父子师友宾主昆弟夫妇，其服麻丝，其居宫室，其食粟米果蔬鱼肉，其为道易明，而其为教易行也。吴先生曰："不怪。"是故以之为己，则顺而祥；以之为人，则爱而公；以之为心，则和而平；以之为天下国家，无所处而不当。是故生则得其情，吴北江曰："两用'是故'，皆提挈行气之处。"死则尽其常，郊焉而天神假，庙焉而人鬼飨。吴北江曰："顿束处十分酣足。"曰：斯道也，何道也？曰：斯吾所谓道也，非向所谓老与佛之道也。吴北江曰："文太长则恐气不振拔，故复加一问以警醒之，且与起处照应，以便首尾一气贯注。"尧以是传之舜，舜以是传之禹，禹以是传之汤，汤以是传之文、武、周公，文、武、周公传之孔子，孔子传之孟轲。轲之死，不得其传焉。荀与杨也，择焉而不精，语焉而不详。张廉卿曰："插入荀、杨二语，极奇宕恣肆。"吴北江曰："横截二句，如海流之有岛屿沙滩。否则一泻无馀，无复屈折盘旋之致矣。"由周公而上，上而为君，故其事行。由周公而下，下而为臣，故其说长。然则如之何而可也？曰：不塞不流，不止不行。人其人，火其书，庐其居，明先王之道以导之，鳏寡孤独废疾者有养也，其亦庶乎其可也！先王之道既明，自可行消弭异端之法，用结全文，极为有力。

□刘海峰曰："老苏称公文如长江大河，浑灏流转，鱼鳖蛟龙，万怪惶惑，惟此文足以当之。"

孙曰："《周礼》祀天神，祭地示，飨人鬼。假，至也。人鬼，祖宗也。"步瀛案：见《周礼·春官·大宗伯》，假音格。又案：自顺而祥以下皆用韵，祥当常飨详行长古音阳部，公东部，情精耕部，皆通转为韵。又退之《此日足可惜诗》则合东冬江阳唐庚耕青而通用之矣，可与此文相证。○《史记·孟子荀卿列传》曰："孟子，驺人也，受业于思之门人。(《索隐》曰：王劭以人为衍字。案：《列女传·母仪·邹孟轲母传》《汉书·艺文志》《风俗通·穷通篇》，皆以孟子受业子思，故王劭以人为衍字。然以年代计之，《家语·本姓解》言孔子十九岁生伯鱼，《史记·孔子世家》言伯鱼年五十，先孔子卒，孔子卒年七十三，则伯鱼当卒于鲁哀公十二年。又言子思年六十二，则不得与鲁穆公同时。毛大可《四书賸言》卷三以为八十二之误，当卒于周威烈王二十二年。《六国表》周显王三十三年孟子至梁，即《孟子》首章孟子见梁惠王也。赧王三年，秦败楚将屈丐，即《孟子·告子下》所谓秦楚构兵也。是年燕人立公子平，即《孟子·公孙丑下》所谓燕人畔也。自威烈王末年至此凡九十年，则孟子非寿逾百岁，不能及亲受业子思，故后人颇以为疑。万季野《群书疑辨》卷五引《孟子世谱》言孟子生于周烈王四年，卒于赧王二十六年，年八十有四。然以《六国表》核之，其所言孟子年岁事实皆不合，恐不足信。而《通鉴》卷一《周纪》于安王二十五年载子思言苟变于卫侯，自鲁哀十二年至此一百有六年，然则子思之寿又不止八十二，岂《孔子世家》言六十二者，指下作《中庸》而言，非谓其所卒之年，与前后言伯鱼、子上等年若干者不同耶？果如此，则孟子受业子思，尚属可及。然《困学纪闻》卷十谓子思之年过于寿考，是终可疑也。且《孟子·离娄下》自言私淑诸人，不书受业子思，则《史记》"人"字又似非衍字。大抵子夏、子思、孟子、荀卿皆寿考，后人不能确定其年。焦里堂《孟子正义》于孟子受业子思但存疑义，不径下断语，得多闻阙疑之义矣。）所如者不合，退而与万章之徒序诗书，述仲尼之意，作《孟子》七篇。"馀见《读荀子》注。○《程氏遗书》卷十八（伊川先生语，刘元承编）曰："退之晚年为文，所得处甚多。如曰轲之死不得其传，似此言语非是蹈袭前人，又非凿空撰得出，必有所见。若无所见，不知言所传者何事。"步瀛案：《孟子》末章历叙由尧、舜至汤，由汤至文王，由文王至孔子，各五百有馀岁，皆闻而知之，由孔子以来，百有馀岁，无见知之者，以自寓愿学孔子之志。退之此文，即《孟子》末章之旨。至宋儒遂起道统之说，恐非《孟子》之意，亦未必为退之之意也。○《史记·孟子荀卿列传》曰："荀卿赵人，推儒墨道德之行事兴坏，序列著数万言。"《索隐》曰："名况，卿者时人相尊而号为卿也。"馀见《读荀子》注。○《汉书·杨雄传》曰："雄字子云，蜀郡成都人也。以为经莫大于《易》，故作《太玄》；传莫大于《论语》，作《法言》。"《艺文志》儒家，杨雄所序三十八篇，原注曰："《太玄》十九，《法言》十三，《乐》四《箴》二。"案：韩集各本杨雄姓皆作扬，吴斗南《两汉刊误补遗》卷十曰："《杨震传》，八世祖喜封赤泉侯。刊误曰：杨氏有两族，赤泉氏从木，子云从扌。而杨修称曰'修家子云'（《答临淄侯笺》），又似震族亦是扬。今书中华阴之族从木从扌相半，未知所从。仁杰按：子云自序其先食采于晋之杨，号曰杨侯，杨、扬字画易相乱尔。今于《千姓编》有从木之杨而无从扌之扬。《集韵》亦云：杨，木也，又姓。至扬则云飞举也，又州名。陆法言字书从木之杨注云，本自周宣王子，幽王邑诸杨，号曰杨侯，后并于晋，因为氏，与子云自序同。然则子云、伯起皆氏木名之杨明矣。"段懋堂《经韵楼集》卷五《汉书·杨雄传后》曰："刘贡父《汉书注》云，杨氏两族，赤泉氏从木，子云自叙其受氏从扌，而杨修书称'修家子云'，又似震族。贡父所见雄自序，必是唐以后伪作。雄果自序其受氏从扌不从木，《汉书音义》及师古注必载其说，何唐以前并无此论，至宋而后有之？（案：吴斗南引刘贡父《两汉刊误》，未及子云自序，斗南按语始引之，正指《汉书》雄传耳，无所谓唐以后伪序也，段氏此说似误。）《左传》《汉书》家未有谓其字从才者，修与雄姓果不同字，断不曰"修家子云"，以启临淄侯之蚖笑。修语正可为辨伪之一证矣。"王怀祖《读书杂志》四之三曰："《汉郎中郑固碑》云，君之子有杨乌之才，乌即雄之子也，而其字从木，则雄姓之不从手益明矣。"案：诸家说是，今据以校正，后并同。○《程氏遗书》卷一（二先生语，李端伯录）曰："韩愈亦近世豪杰之士，如断曰'孟子醇乎醇'（《读荀子》），又曰，荀与杨'择焉而不精，语焉而不详'。若不是他见得，岂千年后便能断得如此分明也？"○不塞不流二句，孙曰："言佛老之道不塞不止，则圣人之教不流不行也。"○《礼记·礼运》曰："矜寡孤独废疾者皆有所养。"《释文》曰："矜，古顽反。"案：矜、鳏字通。（朱丰芑《说文通训定声》十五谓鳏矜皆憘之叚借。）《孟子·梁惠王下》曰："老而无妻曰鳏，老而无夫曰寡，老而无子曰独，幼而无父曰孤。"

杂说 四首录二

龙嘘气成云，李刚己曰："起句破空而入，卓如山立。韩文于起笔尤擅胜场。"云固弗灵于龙也。汪武曹曰："此言云是龙所为。"李曰："逆笔。"然龙乘是气，茫洋穷乎玄间，薄日月，伏光景，感震电，神变化，水下土，汩陵谷，云亦灵怪矣哉！汪曰："此言云是龙所凭依，用正笔。"云，龙之所能使为灵也。汪曰："申龙嘘气成云，言云是龙所为。"若龙之灵，则非云之所能使为灵也。李曰："此上四句逆笔。"然龙弗得云无以神其灵矣。失其所凭依，信不可欤！汪曰："就上'龙乘是气'意，翻转说发云是龙所凭依。"

李曰："此上四句正笔。"异哉！其所凭依，乃其所自为也。汪曰："就上逆说，转归重在龙。"李曰："挽转首句之意。"《易》曰："云从龙。"既曰龙，云从之矣。汪曰："既是龙，自能嘘气为云而凭依之。"李曰："结笔窅然无际。"

　　□曾涤生曰："龙以喻其身，云以喻其文章，凭依其所自为，犹曰'文书自传道，不仗史笔垂'。"○张廉卿曰："纯从空际转运翔舞。"又曰："其神妙尤在中间奇宕处与转捩变化无迹可寻处。"

　　《庄子·齐物论篇》《释文》曰："吐气曰嘘。"○茫洋犹漭瀁处。《家语·致思篇》王注曰，"漭瀁，广大貌，与茫洋同。"○《说文》曰："玄，幽远也。"孙曰："玄间，天地之表。"○《广雅·释言》曰："薄，附也。"○《晋语二》韦注曰："伏，隐也。"○《淮南·原道篇》高注曰："感，动也。"《诗·十月之交》："烨烨震电。"毛传曰："震，雷也。"○《管子·水地篇》曰："龙生于水，被五色而游，故神欲小则化如蚕蠋，欲大则藏于天下，欲上则凌于云气，欲下则入于深泉，变化无日，上下无时，谓之神。"○韩集旧注曰："水，浸也。"（《五百家注》不载明某氏者统称"旧注"，世彩堂本注亦然。注虽成于廖莹中，然实杂采诸家，故不称廖注。）案：水如《左》昭三十年防山以水之之水。○旧注曰："汩，漂没也，越笔切。"案：《说文》汩从水曰声，于笔切，与从川曰声训为水流之𡿮字，从水冥省声训为汩罗渊之汩字，皆不同。段注曰："汩，俗音古忽切，训汩没、汩乱。"○《易·乾·文言传》曰："云从龙，风从虎。"○案：此首本集为四首之一，《文粹》《观澜》同，惟《文苑》作四首之二。

　　世有伯乐然后有千里马。姚曰："一句断。"李曰："将通篇主意一笔揭明。"千里马常有，而伯乐不常有。故虽有名马，秖辱于奴隶人之手，骈死于槽枥之间，不以千里称也。李曰："此段反对起句，言无伯乐则无千里马，意较浅，笔较轻。"马之千里者，一食或尽粟一石。食马者不知其能千里而食也，是马也，虽有千里之能，张廉卿曰："折笔以取遒劲之势。"食不饱，力不足，才美不外见，且欲与常马等不可得，张曰："更折入一层，以取沉着痛快。"安求其能千里也？李曰："此段发明无伯乐则无千里马之故，意较深，笔较重。"策之不以其道，食之不能尽其材，鸣之而不能通其意，执策而临之曰：天下无马。李曰："自'策之不以其道'以下，纯用逆笔，喷薄而出，奇纵无匹。"呜呼！其真无马邪！李曰："前文语势过于峻急，故用宕漾之笔以疏其气。"其真不知马邪！李曰："一句收转，笔力千钧。"汪曰："总结上文，以咏叹结之。"

　　□张曰："昌黎诸短篇，遒古而波折自曲，简峻而规模自宏，最有法度，而转换变化处更多，学韩者宜从此入。"

　　《庄子·马蹄篇》曰："伯乐曰，我善治马。"《释文》曰："乐音洛，姓孙名阳，善驭马。"《韩诗外传》卷七曰："使骥不得伯乐，安得千里之足？造父亦无千里之手矣。"○祇当作祇，今俗作祇，《五经文字》衣部曰："祇，止移切，适也，作祇讹。"《说文·示部》祇字段注曰："《唐石经》祇字皆从衣，正用张参字样。而张参以前，颜师古注《窦婴传》曰：祇，适也，音支，其字从衣，（今本祇作祇亦误，祇字不音支。）岂师古太宗朝刊定经籍皆用此说欤？宋《类篇》，祇祇皆云适也；《韵会》则从示之祇，训适也。近日经典训适者皆不从衣，与唐不合。"○《汉书·杨雄传》颜注曰："骈，并也。"《说文》曰："槽，养兽之食器。"《方言》卷五曰："枥或谓之皂。"郭注曰："养马器也。"钱子乐（绎）《笺疏》曰："槽皂声义并近。"○《说文》秝字从禾，经典皆以石字为之。《说苑·辨物篇》曰："十斗为一石。"○食马而食及下食之之食，并相吏切，音寺；馀皆乘力切，音蚀。○《楚策》四：汗明见春申君曰："夫骥之齿至矣，服盐车而上太行，中坂迁延，负辕不能上，伯乐遭之，下车攀而哭之，解紵衣以幂之，骥于是俛而喷，仰而鸣，声达于天，若出金石声者，何也？彼见伯乐之知己也。"此文反用其意。○《左》襄十七年孔疏引服虔曰："策，马捶也。"《吕览·知士篇》曰："今有千里之马于此，非得良工，犹若弗取，良工之与马也，相得则然后成（《太平御览·兽部》八引无则字）。譬之若枹之与鼓。夫士亦有千里，高节死义，此士之千里也。能使士待千里者，其惟贤者也。"（《御览》引待作行，也作乎。）与此文可以相证。○末句邪字，《考异》依方本作也。今依《音注》《五百家》《文粹》《观澜》乙集，惟《音注》知作识，《观澜》同，《文粹》邪上有也字。○案：此首本集为四首之四，《文苑》《文粹》《观澜》并同。

读荀子

《汉书·艺文志》：儒家《孙卿子》三十三篇。原注曰："名况，赵人，为齐稷下祭酒。"刘子政《孙卿书录》曰："所校雠中孙卿书凡三百二十二篇，以相校，除复重二百九十篇，定著三十二篇，皆以定杀青，简书可缮写。"王深宁《汉艺文志考证》曰："当云三十二篇。"沈文起（钦韩）《汉书疏证》卷二十五曰："志云三十三篇，或连向叙也。"案：沈说殆是。《隋书》及《旧唐书》《经籍志》并载《孙卿子》十二卷，《新唐书·艺文志》同。《新志》又载杨倞注《荀子》二十卷。案：杨倞《荀子注·序》曰："分旧十二卷三十二篇为二十卷。又改《孙卿新书》为《荀子》，其篇第亦颇有移易，使以类相从。"沈文起《韩集补注》曰："杨倞注《荀子》，多引韩侍郎，（《劝学·修身、成相篇》注皆引之。案：倞注《荀子》序署元和十三年，退之于十二年十二月为刑部侍郎，时代正合。）盖惊承公意而为注也。"又《艺文志》颜师古注曰:"本曰荀卿,避宣帝讳故曰孙。"《史记·孟荀列传》《索隐》说同。谢昆城(墉)《荀子笺释·序》曰:"汉不避嫌名,荀淑、荀爽俱用本字,《左传》荀息以下并不改字,何独于荀卿改之?盖荀、孙二字同音,语遂移易,如荆卿又为庆卿也。"胡子威(元仪)《郇卿别传考证》谓荀子姓当作郇,以国为氏。又称孙者,盖郇伯公孙之后,以孙为氏也。《潜夫论·志姓氏篇》:王孙氏、公孙氏,国自有之。孙氏者,或王孙之班,或公孙之班也。是各国公孙之后皆有孙氏矣。郇也,孙也,皆是也。如陈公子完奔齐,《史记》称田完,其后陈恒亦云田常,陈仲子亦云田仲,陈骈亦云田骈。田、陈皆氏,故两称之。王益吾《汉书补注》谓胡氏说尤确。王氏又据《孙卿书录》云,兰陵人喜字为卿,以法孙卿也,盖若今人自称甫矣。○《考异》从方本无子字,《文粹》同,今依《音注》及《五百家》本。

始吾读孟轲书,然后知孔子之道尊,圣人之道易行,王易王,霸易霸也。以为孔子之徒没,尊圣人者孟氏而已。晚得扬雄书,益尊信孟氏。因雄书而孟氏益尊,则雄者亦圣人之徒欤?以上论孟及扬。圣人之道张廉卿曰:"突起雄阔。"不传于世,周之衰,好事者各以其说干时君,纷纷籍籍相乱,张曰:"不醇。"六经与百家之说错杂。然老师大儒犹在。火于秦,张曰:"突转。"黄老于汉,其存而醇者孟轲氏而止耳,扬雄氏而止耳。及得荀氏书,于是又知有荀氏者也。考其辞,时若不粹,张曰:"小疵。"要其归,与孔子异者鲜矣。张曰:"大醇。"抑犹在轲、雄之间乎!以上荀在孟、扬之间。孔子删《诗》《书》,笔削《春秋》,合于道者著之,离于道者黜去之。

故《诗》《书》《春秋》无疵。余欲削荀氏之不合者，附于圣人之籍，亦孔子之志欤？以上欲删荀书之不合者。孟氏醇乎醇者也，荀与杨大醇而小疵。方曰："止如槁木。自周以后，惟太史公、韩退之有此，以所读皆周人之书故也。"张曰："通篇断制处。"又曰："归宿。"

　　□曾曰："矜慎之至，一字不苟，文气类史公《年表序》。"○张曰："卓识伟论，上下千古。其文势甚雄阔，而以盘劲之致行之，弥觉声光郁然。"又曰："此文虽为读《荀子》作，然直是自抒己意，论孟、荀、杨三家耳，而其中宾主秩然不乱。"

　　孟轲见《原道》注。《汉书·艺文志》儒家有《孟子》十一篇，盖兼外书四篇而言。赵邠卿《孟子题辞》曰："著书七篇，二百六十一章，三万四千六百八十五字。又有外书四篇，性善辩文说孝经为政，其文不能宏深，不与内篇相似，似非孟子本真，后世依放而托之者也。"又曰："孟子名轲，字则未闻。"《艺文志》颜注曰：《圣证论》云，轲字子车。《困学纪闻》卷八曰："孟子字未闻。《孔丛子》云子车，注一作子居，居贫坎轲，故名轲字子居，亦称字子舆，疑皆附会。"原注曰："《圣证论》云《子思书》《孔丛子》有孟子居，即是轲也。《傅子》云，孟子舆。"案：王引《圣证论》作子居，与颜引异。今《孔丛子·杂训篇》宋咸注作一字子舆。《御览·人事部》四引《圣证论》曰，学者不知孟轲字。按《子思书》及《孔丛子》有孟子居，即是轲也。轲少居坎轲，故名轲，字子居也。皆王氏所谓附会者也。○《孟子·公孙丑上》曰："乃所愿则学孔子也。"又曰："自有生民以来，未有孔子也。"又曰："以齐王由反手也。"《滕文公下》曰："大则以王，小则以霸。"○《法言·吾子篇》曰："古者杨、墨塞路，孟子辞而辟之，廓如也。后之塞路者有矣，窃自比于孟子。"《渊骞篇》曰："请问孟轲之勇，曰：勇于义而果于德，不以贫富贵贱死生动其心，于勇也其庶乎！"又《君子篇》

曰:"或问孟子知言之要、知德之奥,曰:非苟知之,亦允蹈之。或曰,子小诸子,孟子非诸子乎?曰:诸子者以其异于孔子者也,孟子异乎不异。"案:子云推尊孟子如此,故云因雄害而孟氏益尊也。○好事者各以其说干时君,孙曰:"如韩非、申不害、田骈、慎到之属。"○《汉书·刘屈氂传》颜注曰:"籍籍犹纷纷也。"○《庄子·天运篇》曰:"丘治《诗》《书》《礼》《乐》《易》《春秋》六经。"《天下篇》曰:"其在于《诗》《书》《礼》《乐》者,邹、鲁之士,缙绅先生多能明之。《诗》以道志,《书》以道事,《礼》以道行,《乐》以道和,《易》以道阴阳,《春秋》以道名分,其数散于天下而设于中国者,百家之学,时或称而道之。天下大乱,贤圣不明,天下多得一察焉以自好。"○《史记·孟子荀卿列传》曰:"齐襄王时,荀卿最为老师。"《列女传·母仪·孟母传》曰:"及孟子长,学六艺,卒成大儒之名。"案:此文尚未指实荀卿,则但浑言之耳。○"火于秦"二句,见《原道》注。○《考异》曰:"抑犹抑下,或有其字。"吴先生曰:"有其字是。抑其犹意其。"步瀛案:王怀祖《读书杂志》三之四曰:"抑、意古字通,《论语·学而篇》抑与之与,《汉石经》抑作意。○删《诗》《书》,笔削《春秋》,已见贾幼邻《工部侍郎李公集序》注。又《孔子世家》曰:"孔子在位听讼,文辞有可与人共者,弗独有也。至于为《春秋》,笔则笔,削则削,子夏之徒不能赞一辞。"(《文选》曹子建《与杨德祖书》李善注引《史记》,子夏上有子游二字。)○"孟氏醇乎醇者也"二语,宋儒程氏极称之,见《原道》注。然伊川又谓荀、杨可谓大驳矣,韩子责人甚恕(《程氏遗书》十八)。又谓韩退之言孟子醇乎醇,此言极好,非见得孟子意,亦道不到,其言荀、杨大醇小疵则非也。荀子极偏驳,只一句性恶,大本已失;杨子虽少过,然已自不识性,更说甚道(《遗书》十九)。其他攻斥之言,不一而足。自是宋儒讲学,皆贬荀子。清儒汉学家多反其说,而钱晓征、汪容甫之说最为平允。钱氏跋谢刻本《荀子》曰:"盖自仲尼既殁,儒家以孟、荀为最醇,太史公叙列诸子,独以孟、荀标目。韩退之于荀氏虽有大醇小疵之讥,然其云吐辞为经,优入圣域(《进学解》),则与孟氏并称,无异词也。宋儒所訾议者,惟性恶一篇。愚谓孟言性善,欲人之尽性而乐于善;荀言性恶,欲人之化性而勉于善,立言虽殊,其教人以善则一也。宋儒言性虽主孟氏,然必分义理与气质而二之,则已兼取孟、荀二义。至其教人以变化气质为先,实暗用荀子化性之说。然则荀子书讵可以小疵訾之哉?古书伪与为通,荀子所云人之性恶,其善者伪也,此伪字即作为之为,非诈伪之伪。故又申其义云,不可学,不可事,而在人者,谓之性;可学而能、可事而成之在人者,谓之伪。《尧典》平秩南讹,《史记》作南为(《五帝本纪》),《汉书·王莽传》作南伪,此伪即为之证也。"(《潜研堂集》卷一十七又有《跋荀子》一篇,与此意同,不复录。)汪氏《荀卿子通论》曰:"荀卿之学,出于孔子,而尤有功于诸经。《经典叙录·毛诗一》云,子夏传曾申,申传魏人李克,克传鲁人孟仲子,孟仲子传根牟子,根牟子传赵人孙卿子,孙卿子传鲁人大毛公。由是言之,《毛诗》,荀卿子之传也。《汉书·楚元王交传》,少时尝与鲁穆生、白生、申公同受《诗》于浮邱伯,伯者,孙卿门人也。《汉书·儒林传》,申公,鲁人也,少与楚元王交,俱事齐人浮邱伯受《诗》。由是言之,《鲁诗》,荀卿子之传也。《韩诗》之存者,《外传》而已,其引荀卿子以说《诗》者四十有四。由是言之,《韩诗》,荀卿子之别子也。《经典叙录》云,左丘明作传以授曾申,申传卫人吴起,起传其子期,期传楚人铎椒,椒传赵人虞卿,卿传同郡荀卿,名况,况传武威(自注曰武威据《史记·张丞相传》当作阳武)张苍,苍传洛阳贾谊。由是言之,《左氏春秋》,荀卿子之传也。《儒林传》云,瑕丘江公受《穀梁春秋》及《诗》于鲁申公,传子至孙为博士。由是言之,《穀梁春秋》,荀卿子之传也。荀卿所学，本长于《礼》。《儒林传》云，东海兰陵孟卿善为《礼》《春秋》，授后苍、疏广，刘向叙云，兰陵多善为学，盖以荀卿也，长老至今称之，曰兰陵人喜字为卿，盖以法荀卿。又《二戴礼》并传自荀卿，《大戴·曾子立事篇》载《修身》《大略》二篇文，《小戴》《乐记》《三年问》《乡饮酒义篇》载《礼论》《乐论》[二]篇文。由是言之，曲台之《礼》，荀卿之支与馀裔也。盖自七十子之徒既殁，汉诸儒未兴，中更战国暴秦之乱，六艺之传，赖以不绝者，荀卿也。"（胡子威《郇卿别传考异》所考尤详，然大体不出此，故不复录。）步瀛案：因性恶之说攻荀卿，宋儒则然。韩所谓"小疵"者，殆不在此。退之《原性》言性有三品，非独不同荀之性恶、杨之善恶混，即孟子之性善亦不谓然，知非以此判醇疵也。或谓韩尊孟子，荀《非十二子篇》兼非子思、孟子，"小疵"者殆指此，恐亦不然。杨固尊孟者（《君子篇》亦斥荀卿之非，子思、孟子为同门异户），何以同列之小疵邪？然则韩所谓荀、杨小疵者安在乎？吴先生曰："《尧问篇》末言孙卿之遗言馀教，足以为天下法式表仪，所存者神，所遇者化，观其善行，孔子弗过，世皆知其徒所为矣；其他与卿言不类者，亦皆其徒之言也。夫卿既言治生于君子，乱生于小人矣（《王制篇》），顾又书便嬖左右者，人主之所以窥远收众之门户牖向也（《君道篇》）；既言巧敏佞说善取宠乎上为态臣矣（《臣道篇》，又言以顺上为志，是事圣君之义（同上），安得一人之言诡易如此？凡此类，必韩非、李斯之徒所窜易者，其非卿言决也。退之能辨古书正讹，意其欲削者，其此类也欤？"

张中丞传后序

　　《新唐书·艺文志》史部杂传记类，有李翰《张巡姚訚传》二卷。《旧唐书·忠义传》曰："张巡，蒲州河东人。"《新唐书·忠义·张巡传》曰："张巡字巡，邓州南阳人。"《通鉴》卷二百十七《唐纪》云,河东张巡,与《旧唐书》传同。《太平寰宇记》则河东、南阳两载之。明、清《一统志》皆载于河南南阳府,云南阳人,从《新唐书》传也。又《新唐书》传曰:"巡开元末,擢进士第。繇太子通事舍人出为清河令,更调真源令。安禄山反,天宝十五载,谯郡太守杨万石降贼,逼巡为长史,使西迎贼军。巡率吏哭玄元皇帝祠,遂起兵讨贼,从者千馀。单父尉贾贲引军至雍丘,巡与之合,有众二千。是时雍丘令令狐潮举县附贼,东败淮阳兵,虏其众反接在庭,将杀之,暂出行部,淮阳因更解缚起杀守者,迎贲等如。潮还攻雍丘,贲趋门,为众蹯死。士乃奉巡主军,贼常数万,而巡众才千馀,每战辄克。河南节度使嗣虢王巨屯彭城,假巡先锋。俄而鲁东平陷贼,巨引兵东走临淮,贼将杨朝宗谋趋宁陵,绝巡饷路,巡拔众保宁陵,马裁三百,兵三千,至睢阳,与太守许远、城父令姚訚等合。有诏拜巡主客郎中,副河南节度使。至德二载,诏拜巡御史中丞。"○方望溪曰:"前三段乃议论,不得曰记张中丞遗事;后二段乃叙事,不得曰读张中丞传,故标以《张中丞传叙》。"

元和二年四月十三日夜,愈与吴郡张籍阅家中旧书,得李翰所为《张巡传》。翰以文章自名,为此传颇详密。然尚恨有阙者,不为许远立传,又不载雷万春事首尾。以上论李翰所为《张巡传》之阙。○吴北江曰:"此文前半发明许远,后半附记霁云,先著此二语以为关键。"

洪庆善《韩子年谱》曰:"宪宗元和元年夏,召为国子博士,二年分教东都生。魏仲举谓夏末出京,则四月十三日尚在京师,故云与籍阅家中旧书也。"○张籍,字文昌,《新唐书》籍传称和州乌江人,此云吴郡,盖其族望也。唐苏州亦曰吴郡,详见后张文昌文注。○《旧唐书·文苑传》曰:"李华,赵郡人(《新唐书·文艺传》曰赵州赞皇人)。华宗人翰,亦以进士知名。禄山之乱,翰从友人张巡客宋州,巡率州人守城,贼攻围经年,食尽矢穷方陷。当时薄巡者言其降贼,翰乃序巡守城事迹,撰《张巡姚訚等传》两卷,上之肃宗,方明巡之忠义,士友称之。"阎百诗《潜邱劄记》卷五曰:"《通鉴考异》引《张中丞传》,是司马文正时犹传,今遂亡逸,惜哉!"○《旧唐书·忠义·许远传》曰:"许远者,杭州盐官人也。禄山之乱,或荐远素练戎事。玄宗召见,拜睢阳太守。"案《新唐书·忠义传》曰:"许远者,右相许敬宗曾孙。"《旧唐书·许敬宗传》《新唐书·奸臣·许敬宗传》皆言杭州新城人。《太平寰宇记》卷九十三、《舆地纪胜》卷二皆言远为杭州新城人。敬宗为善心子,《隋书·许善心传》曰:"高阳北新城人。"善心祖懋,《梁书》《南史》《许懋传》皆云高阳新城人。北新城故城在今河北省徐水县西南,南北朝时,其地属北朝,而善心祖、父皆仕南朝,则新城乃其族望,可无疑也。杭州盐官,为今浙江海宁县,新城为今新登县,相去不远。《清一统志》载许远墓在海宁州(今改县)东北五十里洛塘,唐大历二年远子玫招魂葬此。《畿辅通志》卷二百主远为北新城人,反谓以远为盐官人者,因杭州有许远墓而误,殆偏见也。○《新唐书·忠义·雷万春传》曰:"雷万春者,不知所来,事巡为偏将。万春将兵方略不及霁云,而强毅用命,每战,巡任之与霁云钧。"李耆卿《文章精义》曰:"雷万春俗本误耳,前半篇是说巡、远,后半篇是南霁云,即不及雷万春事。"茅顺甫《韩文钞》亦谓雷万春疑当作南霁云,阎百诗《潜邱劄记》卷五亦谓作南霁云为是。

远虽材若不及巡者,开门纳巡,位本在巡上,授之柄而处其下,无所疑忌,竟与巡俱守死,成功名。城陷而虏,与巡死先后异耳。两家子弟材智下,不能通知二父志。以为巡死而远就虏,疑畏死而辞服于贼。远诚畏死,何苦守尺寸之地,食其所爱之肉,以与贼抗而不降乎?当其围守时,外无蚍蜉蚁子之援,所欲忠者,国与主耳。吴曰:"提唱而入,淋漓生动。"而贼语以国亡主灭。远见救援不至,而贼来益众,必以其言为信。外无待而犹死守,张廉卿曰:"此数句最担力,如兵家并力疾战也。"人相食且尽,虽愚人亦能数日而知死处矣。张曰:"顿挫。"吴曰:"极盘郁跌宕之势。"远之不畏死亦明矣。张曰:"所谓听之有声,扣之有棱。"乌有城坏其徒俱死,独蒙愧耻求活?吴曰:"再提,此下咽住。"虽至愚者不忍为,吴曰:"再折一句,盘礴宕激。"呜呼!而谓远之贤而为之邪?张曰:"此段辩远必死。"

《新唐书》巡传曰:"远自以材不及巡,请禀军事而居其下,巡受不辞,远专治军粮战具。"○《新唐书》巡传曰:"城陷,送远洛阳,至偃师,亦以不屈死。"《旧唐书·忠义·许远传》曰:"城陷,尹子奇执送洛阳,与哥舒翰、程千里俱囚之客省。及安庆绪败,渡河北走,使严庄皆害之。"方雪斋(成珪)《韩集笺正》卷三曰:"二史纪事互异,当以《新史》为实录。"步瀛案:旧巡、远传疎略,欧阳永叔已议之矣(《集古录跋尾》八)。○《新唐书》远传曰:"大历中,巡子去疾上书曰,孽胡南侵,父巡与睢阳太守远各守一面,城陷,贼所入自远分,尹子琦分郡部曲各一方,巡及将校三十馀皆割心剖肌,惨毒备尽,而远与麾下无伤。故远心向背,梁、宋人皆知之,则远于臣不共戴天,请追夺官爵以刷冤耻。诏下尚书省,使去疾与许岘及百官议,皆以去疾证状最明者,城陷而远独生也。且远本守睢阳,凡屠城,以生致主将为功,则远后巡死不足惑。若曰后死者与贼,其先巡死者,谓巡当叛可乎?当此时去疾尚幼,事未详知,且艰难以来,忠烈未有先二人者，事载简书若日星，不可妄轻重，议乃罢。"○《新唐书》巡传曰："巡士多饿死，存者皆痍伤气乏，巡出爱妾杀以大飨，远亦杀奴僮以哺卒。"○《尔雅·释虫》曰："蚿蝚，大蝚。"郭注曰："俗呼马蚿蝚。"○贼语以国亡主灭，沈文超《补注》曰："当睢阳被围，贼以此言诱胁，虽无文，亦理所应有。旧注以巡雍邱时，令狐潮所以语巡者当之，与许远无涉。"○《说文》曰："数，计也。"音所矩反。○《孟子·万章上》曰："乡党自好者不为，而谓贤者为之乎？"

说者又谓远与巡分城而守，城之陷，自远所分始，以此诟远。此又与儿童之见无异。人之将死，其藏腑必有先受其病者。引绳而绝之，其绝必有处。观者见其然，从而尤之，其亦不达于理矣。小人之好议论，不乐成人之美如是哉！吴："再提、再振。长篇多用提振之笔，以纵荡其神气，恐其曼衍不振而入于靡弱也。"如巡、远之所成就如此卓卓，犹不得免，其他则又何说？姚曰："此文上两段皆专为远辨当时之诬，下一段申翰等之论，兼为张、许辨谤，而以'小人之好议论'五句为上下文作纽。"张曰："此段辨城陷自远始只数语，明直简劲，与前后二段疏密相间，段末遂作感愤，为上下关键枢纽。"

孙曰："巡守东北，远守西南。"○姚姜坞曰："大历中，巡子去疾上书言城陷，贼所入自远分，则当时有妄为是语者。去疾不详而苟同之也。"（见《古文辞类纂》卷七）○《诗·载驰》毛传曰："尤，过也。"○《论语·颜渊篇》："子曰：君子成人之美，不成人之恶，小人反是。"○《新唐书》巡传曰："时议者或谓巡始守睢阳，众六万，即粮尽，不持满，按队出再生之路，与夫食人，宁若全人。于是张澹、李纾、董南史、张建封、樊晃、朱巨川、李翰咸谓巡蔽遮江淮，沮贼势，天下不亡，其功也。翰等皆有名士，由是天下无异言。"

当二公之初守也，宁能知人之卒不救，弃城而逆遁？苟此不能守，虽避之他处何益？及其无救而且穷也，将其创残饿羸之馀，虽欲去必不达。二公之贤，其讲之精矣。守一城，张曰："突接。"捍天下，吴曰："句势轩昂突起，如崇山峻岭，矗立天半。"以千百就尽之卒，战百万日滋之师，蔽遮江淮，沮遏其势。天下之不亡，其谁之功也！吴曰："英骏雄迈，震古铄今"当是时，弃城而图存者，不可一二数，擅强兵坐而观者相环也。吴曰："峥嵘生动。"不追议此，吴曰："逆折劲峭。"而责二公以死守，亦见其自比于逆乱，设淫辞而助之攻也。张曰："此段辩二公死守。"吴曰："以上二节，蹈厉奋发，制一篇之胜。"愈尝从事于汴、徐二府，屡道于两州间，亲祭于其所谓双庙者，其老人往往说巡、远时事云。吴曰："数语结上递下，盖下载南霁云事实，亦得之故老所传闻也。"

《新唐书》巡传曰："贼知外援绝，围益急，众议东奔，巡、远议，以睢阳江淮保障也，若弃之，贼乘胜鼓而南，江淮必亡，且师饥，众行必不达。"○弃城而逆遁，吴北江曰："此破弃城他去之说。"○二公之贤，其讲之精矣，吴北曰："此谓李翰等讲明巡、远之功。"○捍、扞字同。《左传》桓十二年注曰："扞，卫也。"成十二年注曰："扞，蔽也。"○李翰《进张巡中丞传表》曰："张巡率乌合之众，当渔阳之锋，贼时窃据洛阳，控引幽朔，驱其猛锐，吞噬河南。巡前守雍丘，溃其心腹，及鲁炅十万之师弃甲于宛、叶，哥舒以天下之众败绩于潼关，两宫出居，万国波荡。贼遂僭盗神器，鸱峙两京，南临汉江，西偪岐雍。群帅迁延而不进，列郡望风而出奔。而巡独守孤城，不为之却。贼乃绕出巡后，议图江淮。巡退军睢阳，扼其咽领，前后拒守，自春徂冬。大战数十，小战数百，以少击众，以弱制强，出奇无穷，制胜如神，杀其凶丑凡九十馀万。贼所以不敢越睢阳而取江淮，江淮所以保全者，巡之力也。"（此据《唐文粹》节引之，《新唐书·文艺传》载此表尤多删节。）《通鉴考异》曰："唐人皆以全江淮为巡、远功。按睢阳虽当江淮之路，城既被围，贼若取江淮，绕出其外，睢阳岂能障之哉？盖巡善用兵，贼畏巡为后患，不灭巡则不敢越过其南耳。"○沈文起曰："《通鉴》（卷二百十九）至德二载五月，山南东道节度使鲁炅弃南阳，奔襄阳。八月，灵昌太守许叔冀奔彭城。睢阳士卒死伤之馀，才六百人，是时叔冀在谯郡，尚衡在彭城，贺兰进明在临淮，皆拥兵不救。"○《论语·为政篇》《集解》引孔安国曰："阿党为比。"《释文》曰："比，毗志反。"○《孟子·公孙丑上》曰："淫辞知其所陷。"○吴先生曰："弃城句结前，擅兵句开后霁云乞救事。"○孙曰："董晋镇汴州，张建封镇徐州，公皆为从事。"案李习之《韩吏部行状》曰："汴州乱，诏以旧相东都留守董晋为平章事、宣武军节度使，以平汴州。晋辟公以行，途入汴州，得试秘书省校书郎，为观察推官（晋兼观察使）。晋卒，公从晋丧以出，四日而汴州乱，武宁军节度使张建封奏为节度推官。"《韩子年谱》曰："贞元十二年秋，为汴州观察推官，十五年秋，为徐州节度推官。"《旧唐书·地理志》曰："宣武军节度使治汴州，武宁军节度使治徐州。"案：唐汴州治开封县，今河南开封县治；徐州治彭城县，今江苏铜山县治。又案：汴、徐二府，谓二州幕府也，两州谓汴州、徐州也。韩集两州误作两府，吴先生依《文粹》校改，今从之。○樊曰："时诏赠巡扬州大都督，远荆州大都督，皆立庙睢阳，岁时致祭，号双庙。"

南霁云之乞救于贺兰也，贺兰嫉巡、远之声威功绩出己上，不肯出师救。爱霁云之勇且壮，不听其语，强留之，具食与乐，延霁云坐。霁云慷慨语曰："云来时，睢阳之人不食月馀日矣。"吴曰："叙述激昂有生气。"云虽欲独食，义不忍，虽食且不下咽。吴曰："顿为两层，沉着刻至。"因拔所佩刀断一指，血淋漓，以示贺兰，一座大惊，皆感激为云泣下。云知贺兰终无为云出师意，即驰去。将出城，抽矢射佛寺浮图，矢着其上砖半箭，曰："吾归破贼，必灭贺兰，此矢所以志也。"吴曰："加入此层，神态愈觉超逸。此颊上添毫之笔，乃生气之溢出者。文章死活高下，全争此等，《左传》中此境独多，《史记》亦往往有之，唐以后则殆绝矣。韩公之文所以振起八代，有生龙活虎之精神者，以此也。"愈贞元中过泗州，船上人犹指以相语，城陷，贼以刃胁降巡，巡不屈，即牵去，将斩之，又降霁云。云未应，巡呼云曰："南八，男儿死耳，不可为不义屈。"云笑曰："欲将以有为也。公有言，云敢不死？"即不屈。方曰："此段记己所闻见。"

《新唐书·忠义·南霁齐云传》曰："南霁云者，魏州顿丘人。少微贱，为人操舟。禄山反，钜野尉张沼起兵讨贼，拔以为将。尚衡击汴州贼李廷望，以为先锋，遣至睢阳与张巡计事。退谓人曰：张公开心待人，真吾所事也。遂留巡所。"又巡传曰："御史大夫贺兰进明屯临淮，许叔冀、尚衡次彭城，巡使霁云如叔冀请师，不应。巡复遣如临淮告急，引精骑三十冒围出，贼万众遮之，霁云左右射，皆披靡。"○《旧唐书·地理志》曰："河南道宋州，天宝元年改睢阳郡。"案：唐睢阳郡治宋城县，在今河南商丘县南。○樊曰："《旧唐书》传云，霁云曰，请啮一指，留于大夫，示之以信，归报本州，而此云因拔佩刀断一指。柳子厚作霁云碑则云自啮其指曰，噉此足矣。司马温公《考异》从

《旧传》。又按《新唐书》传云，请置一指以示信，归报中丞也，因拔佩刀断一指，一座大惊。新、旧《唐书》与公书大略同，此最为有理。至如啮其指曰，噉此足矣，则无谓也。"○《魏书·释老志》曰："凡宫塔制度，犹依天竺旧状而重构之，从一级至三五七九，世人相承，谓之浮图，或云佛图。"《翻译名义集》卷二十曰："窣堵波，《西域记》云浮图，此翻方坟，亦翻圆冢，亦翻高显，义翻灵庙。又梵名塔婆。"○志，识之古文，已见独孤至之《仙掌铭》注。○唐河南道泗州治临淮县。《元和郡县志》曰："开元二十三年，自宿迁县移于今理。"《清一统志》曰："安徽泗州：临淮故城在今州治东南。"（州今改县）

　　张籍曰：有于嵩者，少依于巡，及巡起事，嵩常在围中。籍大历中，于和州乌江县见嵩，嵩时年六十馀矣。以巡初尝得临涣县尉，好学无所不读。籍时尚小，粗问巡、远事，不能细也。云巡长七尺馀，须髯若神。尝见嵩读《汉书》，谓嵩曰："何为久读此？"嵩曰："未熟也。"巡曰："吾于书读不过三遍终身不忘也。"因诵嵩所读书，尽卷不错一字。嵩惊，以为巡偶熟此卷，因乱抽他帙以试，无不尽然。嵩又取架上诸书，试以问巡。巡应口诵无疑。嵩从巡久，亦不见巡常读书也。为文章，操纸笔立书，未尝起草。初守睢阳时，士卒仅万人，城中居人，户亦且数万。巡因一见问姓名，其后无不识者。巡怒，须髯辄张。及城陷，贼缚巡等数十人坐，且将戮，巡起旋，其众见巡起，或起或泣。巡曰："汝勿怖，死，命也。"众泣不能仰视。巡就戮时，颜色不乱，阳阳如平常。吴曰："著此一段，与前记巡死时相照应。古人文字皆双双对照也，特加以参差变化，令人不觉耳。"远宽厚长者，貌如其心，与巡同年生，月日后于巡，呼巡为兄，死时年四十九。嵩贞元初死于亳、宋间，或传嵩有田在亳、宋间，武人夺而有之，嵩将诣州讼理，为所杀。嵩无子。张籍云。方曰："此段记张籍所闻。"吴曰："'张籍曰'以下，专记张籍之言，乃知章首预提张籍之故。"

　　□茅曰："通篇句字气皆太史公髓，非昌黎本色。"○方曰："退之叙事文不学《史记》，而生气奋动处不觉与之相近。"又曰："截然五段，不用钩连，而神气流注，章法浑成，惟退之有此。"○汪曰："笔力如蛟龙之翔，如虎凤之跃，此正昌黎本色。鹿门止因昌黎碑文造语古奥，遂谓此非昌黎本色，谬也。"○张曰："其屈盘遒劲，雄岸自遂处，仍系退之本色。"

　　唐淮南道和州有乌江县。《清一统志》曰："安徽和州：乌江废城在州东北。"（今改县）○孙曰："以巡者，以巡立功故得官。"《元和郡县志》：河南道亳州有临涣县（《旧唐书·地理志》言太和元年割属宿州）。注紧字。（《通典·职官典》曰：大唐县有赤、畿、望、紧、上、中、下七等之差。）《旧唐书·职官志》曰："诸州上县尉二人，从九品上。"《清一统志》曰："安徽凤阳府：临涣故城在宿州西南。"（今改县）○樊曰："巡开元二十四年进士。刘梦得《嘉话》载其《谢加金吾表》有云，主辱臣死，当臣致命之时；恶稔罪盈，是贼灭亡之日。《激励将士赋诗》有云，裹疮犹出阵，饮血更登陴。又《夜闻笛声诗》有云，营开星月近，战苦阵云深。（案《嘉话录》，二诗皆载全首，此特节引。）观此则巡之文章可见矣。"案《侯鲭录》（卷六）曰："张巡之守睢阳，其《谢金吾将军表》词甚忠勇。许远亦有祭文，为时所重，所谓太乙先锋，蚩尤后殿，苍龙持弓，白虎捧箭。又祭城隍文，皆文武雄健，志气不衰，真忠烈之士也。"○仅字有多、少二义，此盖用其多义。又与《李翱书》曰：家累仅三十口，杜子美《泊岳阳城下诗》曰：山楼仅百层，皆与此同，今人则作尽字。○《新唐书》巡传曰："子琦谓巡曰：闻公督战，大呼辄眥裂血面，嚼齿皆碎，何至是？答曰：吾欲气吞逆贼，顾力屈耳。子琦怒，以刀抉其口，齿存者三四。"○《楚辞·招魂》王注曰："旋，转也。"《左传》定三年杜注曰："旋，小便也。"此处两义均通。○《诗·君子阳阳》毛传曰："阳阳，无所用其心也。"○《新唐书》远传曰："远与巡同年生而长，故巡呼为兄。"与此异。○唐河南道亳州治谯县。《清一统志》曰：安徽颍州府：谯县故城，今亳州治。（今改县）

禘祫议

《说文》曰："禘，禘祭也，（金诚斋《礼说》七谓谛字从示从帝，帝谓天帝也，圜丘祭天，是禘之本义；宗庙之禘，乃始取审谛之义。）祫，大合祭先祖亲疏远近也。"禘之说诸家不同。但以郑义言之，一为禘郊之禘，一为禘祫之禘。禘郊之禘有五，一圜丘，二方丘，三南郊，四北郊，五明堂。（王子雍谓祫为五年祭宗庙之名，非圜丘及郊，又谓圜丘与郊为一，与郑异，见《礼记·郊特牲》《祭法》，《左》桓五年孔疏，《孝经》邢疏，及《魏书·礼志》《通典·吉礼》八引。）禘祫之禘有二，一吉禘，二大禘。本议专属禘祫，故禘郊之义不述。而禘祫之说诸家又各不同。魏、晋以后，大抵以郑、王之义互为从违，今约述之，他家姑从略焉。

《礼记·王制》郑注曰："鲁礼三年丧毕而祫于太祖，明年春禘于群庙，自是之后，五年而再殷祭，一祫一禘。"《周礼·春官·大宗伯》注同。贾疏曰："《春秋》文公二年秋八月，大事于大庙，以僖三十三年十二月薨，至文二年秋八月二十一月，于礼虽少四月，（《王制》疏谓郑志答赵商云，于礼少六月者，通禫月言之也。）犹是三年丧毕而祫祭也。"案：僖公八年及宣公八年皆有禘文，则知僖公、宣公三年春有禘；以文公二年祫，则知僖公、宣公二年亦有祫。僖公、宣公二年既为祫，则明年是三年春禘，四年、五年、六年秋祫，是三年祫更加七年、八年，添前为五年禘也。五年而再殷祭，《公羊传》文。殷，大也，一祫一禘，是礼谶文（案：《韦玄成传》亦言五年再殷祭一禘一祫）。《诗·雝》孔疏曰："三年一祫，五年一禘，每于五年之内为此二礼，据其年端数之，故言三年、五年耳，其实禘祫自相距各五年，非祫多而禘少也。"案：郑著《禘祫志》（《后汉书·郑玄传》作《鲁礼禘祫义》）以《春秋》推祫禘甚详，孔、贾皆依此为说。盖郑意谓丧毕而祫，明年春禘，是为吉禘。自吉禘之后，三年一祫，五年一禘，则为大禘。而祫与祫相距，禘与禘相距，各为五年也。（《诗·玄鸟》郑笺一本曰，古者君丧三年既毕，禘于其庙而后祫于太祖，明年春禘于群庙，与注礼异。《释文》谓笺有两本，前本与礼注同，而以此为后本。孔疏谓定本无禘于其庙之文，且以此有者为误。然《王制》疏又引之而说为练时迁主递庙，且引《鬯人》庙用修注谓始禘时以证之，与《玄鸟》疏又异。盖未定之说也。郑义仍当以礼注及《禘祫志》为是。）是郑以祫合禘分也。《王制》疏引王肃《圣证论》曰："贾逵说，吉禘于庄公，禘者递也，审递昭穆，迁主递位，孙居王父之处。又禘于太庙，逸礼，其昭尸穆尸，其祝辞总称孝子孝孙，则是父子并列。逸礼又云，皆合升于其祖，所以刘歆、贾逵、郑众、马融等皆以为然。"《通典·吉礼八》引王肃奏曰："近尚书难臣以《曾子问》，唯祫于太祖，群主皆从，而不言禘，知禘不合食。臣答以为禘祫殷祭群主皆合，举祫则禘可知也。"《论语》："孔子曰：禘自既灌而往者，吾不欲观之矣。所以特禘者，以禘大祭，故欲观其成也。禘祫大祭，独举禘则祫亦可知也。"是谓禘祫皆合食也。禘祫皆合食，故二祭为一。《通典》引贾逵、刘歆曰："一祭二名，礼无差降。"《魏书·礼志》曰："王肃称禘祫一名也，合而祭之，故称祫；审谛之，故称禘，非两祭之名。"则以禘祫为合祭，与郑异也。《公羊》文二年传曰："大祫者何？合祭也。毁庙之主，陈于大祖。未毁庙之主，皆升合食于大祖。"《穀梁传》同。《王制》疏述郑义曰："祫谓祭于始祖之庙，毁庙之主及未毁庙之主，皆在始祖庙中。始祖之主于西方东面；始祖之子为昭，北方南面；始祖之孙为穆，南方北面。自此以下皆然，从西为上。禘则太王、王季以上，迁主祭于后稷之庙，其坐位乃与祫相似。其文、武以下迁主，若穆之迁主祭于文王之庙，文王东面，穆主皆北面，无昭主。若昭之迁主祭于武王之庙，武王东面，其昭主皆南面，无穆主。又祭亲庙四，其四时之祭，惟后稷、文、武及亲四庙也。"《通典》引王肃奏曰："汉光武时言祭礼，以禘者毁庙之主皆合于太祖，祫者唯未毁之主合而已矣。"则又与郑异也。《诗·雝》序笺曰："禘，大祭也，大于四时而小于祫。"孔疏曰："《春秋》文二年大事于太庙。《公羊传》曰：大事者，大祫也。昭二年有事于武宫，祫言大事，禘言有事，是祫大于祭也。"《王制》疏谓王肃以禘为大，祫为小，《通典》亦引王肃云禘大祫小，（杜邠卿则主郑义，申之极详。）则又与郑异也。《诗·天保》疏引《禘祫志》曰："《王制》记先王之法度，宗庙之祭，春曰礿（同祠），夏曰禘，秋曰尝，冬曰烝，祫为大祭，于夏于秋于冬。周公制礼，乃改夏为礿，禘又为大祭。"《閟宫》疏引《禘祫志》曰："周改先王夏祭之名为礿，故禘以夏，先王祫于三时，周则一焉，则宜以秋。"《宋书·礼志》：朱膺之引郑曰："禘以孟夏，祫以孟秋。"《通典》载魏武宣皇后太和四年六月崩，至六年三月，有司以今年四月禘告。王肃议曰："今宜以崩年数。按《春秋》鲁闵公二年夏禘于庄公，是时缘经之中，至二十五月大祥，便禘不复禫，故讥其速也。去四年六月武宣皇后崩，二十六日晚葬除服即吉，四时之祭皆亲行事。今当计始除服日数当如礼，须到禫月乃禘。"则又与郑异也。但举数端，其聚讼已如此。

其三代沿革说又不同。《王制》曰："天子犆礿祫尝祫烝。"郑注曰："犆犹一也，祫，合也，天子诸侯之丧毕，合先君之主于祖庙而祭之谓之祫，后因以为常。天子先祫而后时祭，诸侯先时祭而后祫，凡祫之岁，春一礿而已，不祫，以物无成者不殷祭。周改夏祭曰礿，以禘为殷祭也。"又曰："诸侯礿则不禘，禘则不尝，尝则不烝，烝则不礿。"注曰："虞、夏之制，诸侯岁朝，废一时祭。"又曰："诸侯礿犆禘一犆一祫尝祫烝祫。"注曰："下天子也，祫岁不禘。"《初学记・礼部上》引《五经异义》："许君谨按三岁一祫，五岁一禘，此周礼也。三岁一禘疑先王之礼也。"（原作三岁一祫，此周礼也，五岁一禘，疑先王之礼也。《艺文类聚・礼部上》《太平御览・礼仪部七》并同。陈恭甫《五经异义》卷上据《册府元龟・掌礼部》奏议十七、《旧唐书・礼仪志》开元二十七年太常议，谓当如此，今从之。）《诗・长发》孔疏引郑君驳曰："三年一祫，五年一禘，百王通义，以为礼谶云，殷之五年殷祭，亦名禘也。又周禘祫之礼，经传无明文，郑以鲁礼推之，故《禘祫志》曰：《明堂位》曰：鲁王礼也，以此相推况可知。"（《王制》疏，又《玄鸟》疏）《大宗伯》贾疏曰："周衰礼废，无文可明。《春秋左氏传》云，周礼尽在鲁（昭二年），即以《春秋》为鲁礼，是郑以《春秋》推鲁，即以鲁况周也。"《通典》引王肃曰："周公以圣德用殷之礼，故鲁人亦遂以禘为夏祭之名，是以《左传》所谓禘于武宫（昭十五），又曰烝尝禘于庙（僖三十三年），是四时祀，非祭之禘也。郑据《春秋》，与大义乖。"此说三代禘祫之制，王与郑又异也。

至汉、魏以降，制度又复不同。汉自高帝以下，皆别立庙，又未定迭毁之礼。至元、成间，匡衡、贡禹及韦玄成先后议定，太祖以下五庙皆迭毁，毁庙之主臧乎太祖，五年而再殷祭。言壹禘壹祫也。祫祭者，毁庙与未毁之主皆合食于太祖，父为昭，子为穆，孙复为昭，以合古制（《汉书·韦玄成传》）。然未及行，至平帝时始行之。故后汉张纯言旧制三年一祫，毁庙之主，合食高庙，存庙主未尝合。元始中（孝平）始行禘礼，父为昭南向，子为穆北向，父子不并坐，而孙从王父（《后汉书·张纯传》，《续汉书·祭祀志下》）。《汉旧仪》言高祖南面，昭西面，穆东面（《祭祀志下》刘注引）。后汉光武帝从张纯之议，三年冬祫，五年夏禘，而难复立庙，遂合祭于高庙。后以祫禘之时，但就陈祭毁庙主而已，谓之殷。太祖东面，惠、文、武、元帝为昭，景、宣帝为穆，惠、景、昭三帝非殷祭时不祭（《祭祀志下》）。此两汉禘祫之制可考见者也。魏明帝太和八年，用王肃议（《通典·吉礼八》），于是禘祫殷祭，群主皆合。晋、宋以来，殷祭率用冬夏，间用孟秋，特非常典。（《宋书·礼志三》：大明七年周景远议，引晋义熙初博士徐干言，晋咸康六年七月殷祠不专用冬夏，议得迁用孟秋，诏可。）又《通典》载晋徐邈议，五年再殷，凡六十月分中，每三十月殷也。又载晋义熙三年刘瑾议曰：永和十年用三十月辄殷，则三十月辄殷之制，行之已久，又不始于邈矣。梁武帝用谢广议，三年一禘，五年一祫，谓之殷祭，禘以夏，祫以冬（《隋书·礼仪志二》）。北魏孝文帝十三年，诏群臣议礼，卒用王肃说，禘祫并为一名（《魏书·礼志一》）。北齐与梁制同（《隋志》）。至隋则三年一祫，以孟冬迁主合食于太祖之庙，五年一禘，以孟夏，其迁主各食于其所迁之庙，未迁之主各于其庙，禘祫之月，则停时飨。从郑义也。唐以前禘祫年月及分合大略如此。

《新唐书》卷十三《礼仪志》曰："礼禘祫，太祖位于西而东向,其子孙列为昭穆,昭南向而穆北向。虽已毁庙之主,皆出而序于昭穆。殷、周之兴,太祖世远,而群庙之主皆出其后,故其礼易明。汉、魏以来,其兴也暴,又其上世微,故创国之君为太祖而世近,毁庙之主皆在太祖之上,于是禘祫不得如古。"案:汉以高帝为太祖,而太上皇别立庙,故太祖得全东向之尊。(前引《汉旧仪》言高祖南面,则汉初尚未定东面之制,至后汉始定耳。)而魏以武帝操为太祖,上及处士萌,萌子高皇腾,腾养子太皇嵩,三世。晋以宣帝懿为太祖,而上及征西将军钧,豫章太守量,颍川太守儁,京兆尹防,四世。其始太祖皆在昭穆之列,故虚东向之位,待太祖以上之主既迁,则太祖东向之位可正。特魏、晋传祚既促,故魏武、晋宣未及正东面之位,而国祚已移。除后魏外,如宋、齐迄隋,皆与魏、晋相同,故张荐谓详魏、晋、宋、齐、梁、周、北齐、隋所述,禘祫并虚东向(《通典》)是也。唐高祖有天下,追尊高祖金门镇将熙为宣简公,曾祖幢主天赐为懿王,祖唐公虎为景皇帝,庙号太祖,父唐公昞为元皇帝,庙号世祖。高宗咸亨五年,又追尊熙为宣皇帝,天赐为光皇帝。玄宗开元十一年,追号熙曰献祖,天赐曰懿祖,而熙之父为弘农太守重耳,重耳之父为凉王歆,歆之父即凉武昭王暠也。玄宗天宝二年,又追尊咎繇为德明皇帝,凉武昭王为兴圣皇帝,并立庙焉。唐初太庙四室,太宗贞观九年,从王肃天子七庙之义,增弘农及高祖二室为六室。开元十一年,增为九室,而景帝犹居昭穆之列,故禘祫时虚东向之位。观唐代禘祫之礼,其属于年月分合者,皆易定。惟献、懿及太祖之位则屡经集议,历十八年乃决,盖其难也。高宗上元三年十月当祫,有司疑其年数,乃用太学博士史元璨议,三年一祫,五年一禘,从郑义也。唐初沿隋制,祫序昭穆,禘各于其室,犹从郑祫合禘分之义。至开元十七年,礼官太常卿韦韬等奏禘各于其庙,则与常祭不异,请依古礼序列昭穆，从之，则用王肃义矣。先是开元六年，睿宗丧毕而祫，明年而禘，自此祫禘各自纪年，不相通数。至二十七年，经五禘七祫，而禘祫并在一岁，于是太常议三十月一殷祭，又用徐邈议矣。（《唐六典》卷四曰："四孟月及腊日，大享太庙，凡三年一祫，享以孟冬；五年一禘，享以孟夏。"案：《六典》成于开元二十七年，犹未祭取徐邈议也。）然此皆所谓易定者也。代宗即位，禘玄宗、肃宗而迁献祖、懿祖于夹室，于是太祖居第一室，禘祫得正其位而东向，而献、懿不合食（以上见《通典》《唐会要》、新旧《唐书》等）。然太祖东向之位虽定，而献、懿之主当有所位置，于是群议兴焉。《唐会要》卷十三曰："建中二年九月四日，太常博士陈京上疏言，今年十月祫享太庙，并合享迁庙献祖、懿祖二神主，伏请据魏、晋旧制为此，东晋以征西等四府君为别庙，至祫禘之时，则于太庙正太祖之位，以伸其尊；别庙祭高皇、太皇、征西等四府君，以叙其亲。国家若用此义，则宜别为献祖、懿祖立庙。伏以德明、兴圣二皇帝曩既立庙，至禘祫之时，当用享礼，今则别庙之制，便就兴圣庙藏祔为宜。敕下尚书省百寮集议。礼仪使太子少师颜真卿议曰：议者或云献祖、懿祖亲远庙迁，不当祫享，宜永閟于西夹室。又议者云，二祖宜同祫享于太祫，并列昭穆，而空太祖东向之位。又议者曰，二祖若同祫享，即太祖之位永不得正，宜奉迁二祖神主，祔藏于德明皇帝庙。臣伏以三议俱未为允。太祖景皇帝以受命始封之君，处百代不迁之庙，（代《会要》作世，今依《颜鲁公集》《通典》、新旧《唐书》改，下同。）配天崇享，是极尊严。且至禘祫之时，暂居昭穆之位，屈己伸孝，敬奉祖宗，缘齿族之礼，广尊先之道，此实太祖明神蒸蒸之本意，亦所以化被天下，率循孝悌也。请依晋蔡谟等议，至十月祫享之日（集十月上有五年二字），奉献祖神主，居东面之位，自懿祖、太祖洎诸祖宗，遵左昭右穆之例。此有以彰国家重本尚顺之明义，足为万代不易之命典也。又议者请奉迁二祖神主于德明皇帝庙，行祫祭之礼。夫祫者，合也，故《公羊传》云，大事者何？祫也。若祫祭不陈于太庙，而享于德明庙，斯乃分食也，岂谓合食乎？名实既乖，尤失礼意，固不可行也。（《新唐书·陈京传》曰：于是还献、懿祫于庙，如真卿议。）贞元七年十一月二十八日，太常卿裴郁奏曰：景皇帝始封唐公，实为太祖。中间世数既近，在三昭三穆之内，故皇家太庙惟有六室。其弘农府君宣、光二祖，尊于太祖，亲尽则迁，不在昭穆之数。开元中加置九庙，献、懿二祖皆在昭穆，是以太祖景皇帝未得居东向之尊，今二祖已祧，九室惟序，太祖之位，安可不正？伏以太祖，上配天地，百世不迁，而居昭穆；献、懿二祖，亲尽庙迁，而居东向，征诸故实，实所未安。请下百僚会议，敕旨依行。八年三月十二日，祠部奏郁议状，至十一年七月十二日敕：于顿等议状，所请各殊，宜令尚书省会百寮与国子监儒官切磋旧状，定其可否，仍令所司奏闻。其月二十八日左司郎中陆淳奏曰：臣窃寻七年百寮所议，虽有一十六状，总其归趣，三端而已。于顿等一十四状并云复太祖之位，张荐状则云并列昭穆而虚东向之位，韦武状则云当祫之岁，献祖居于东向，行禘之礼，太祖复延于西。谨按礼经及先儒之说，复太祖之位，位既正也，义在不疑。太祖之位既正，献、懿二主当有所归。详考十四状，其义有四，一曰藏诸夹室，二曰置之别庙，三曰迁于园寝，四曰祔于兴圣。然而藏诸夹室，是无享献之期，异乎周人藏于二祧之义，礼不可行也。置之别庙，始于魏明之说，礼经实无其文。晋义熙九年虽立此义，已后亦无行者。迁于园寝，是乱宗庙之仪，殊乖礼志。惟有祔于兴圣之庙，禘祫之岁乃一祭之，庶乎亡于礼者之礼，而得变之正也。"卷十四曰："十九年三月，给事中集贤学士陈京奏禘是大合祖宗之祭，必尊太祖之位以正昭穆，今年遇禘，伏恐须定向来所议之礼。是月敕：禘祫之祭，礼之大者，先有众议犹未精详，宜令百寮集议以闻。时尚书左仆射姚南仲等奏议状五十七道，有进止送尚书省更集百寮都商议定奏闻。户部尚书王绍等五十五人奏议，请奉迁献祖、懿祖神主祔于德明、兴圣庙，为修庙未成（《旧唐书·礼仪志》作缘二十四日禘祭修庙未成），请于德明、兴圣庙东北，量地之宜，权设幕屋为行庙奉安神主，候新庙成，准礼迁祔神主入新庙，每至禘祫年，各于本室行享礼。其月十五日王绍等又奏请于德明、兴圣庙殿南垣内陈设四室，权安神主。敕旨从之。（此两奏当在四月，《旧唐书·德宗纪》贞元十九年今年孟夏禘飨，又夏四月戊戌百官以祔庙毕舞蹈称贺，以四月辛巳朔推之，则十八日戊戌，二十四日乙未，是十五日祔庙，十八日称贺，二十四日祫享，皆在四月也。《旧志》载王绍等奏言二十四日禘祭。无明月字，则此奏亦在四月可知，《会要》及《旧唐书》均脱四月字耳。）是月十五日，徙二祖神主于德明、兴圣庙，二十四日，有司行祫享于太庙，自此景皇帝始居东向之尊，元皇帝已下，依左昭右穆之列矣。时鸿胪卿王权议曰：按《祭法》曰，周人祖文王而宗武王，故《毛诗·清庙》章云，《清庙》，祀文王也，不言太王、王季也。又按《雍禘》章疏云，太王、王季已上皆祔于后稷之庙，盖以太祖东向之位，至尊也。太王、王季之尊，私礼也，祔之后稷之庙，天下为公，不敢以私夺公也。又按郑玄注云，《祭法》曰，古者先生迁庙之主，以昭穆合藏于始祖庙，今献祖、懿祖之主，窃以为宜祔于兴圣庙，不当祭于太庙也。如此则太祖东向之位得其尊，献祖、懿祖之位得其所也。时前后议者，亦多言祔于兴圣庙，然引据无文，上意不决。及览权议，引据《诗》《礼》成文，上意遂定，迁二祖于德明、兴圣庙，每禘祫年一享，遂正太祖东向之位。"《新唐书·陈京传》曰："京自博士献议，弥二十年乃决，诸儒无后言。"

案：据《通典》《会要》、新旧《唐书》所载考之，则退之此议当在贞元十九年，百察集议时。洪庆善（兴祖）《韩子年谱》谓议禘祫在十九年春，是也。程致道（俱）《韩文公历官记》载献禘祫议，在授四门博士后，十九年之前；孙良臣以为在贞元十八年（《文苑》题下注同），未知何据。或因《陈京传》载此议于十九年京复奏之前，遂以为十八年，不知京传载此议，并不依先后次叙，此议前为李嵘、柳冕、张荐、裴枢、陈京、韦武、仲子陵等议，皆在贞元八年，此议后继以柳冕、又上禘祫议证十四篇，亦在八年（《会要》及《旧唐书》），是时退之初及进士第，并未为四门博士也。此下又继以帝诏尚书省集议及陆淳奏，则在贞元十一年，此下乃载十九年京复奏，是以京传考之，亦不得谓在十八年矣。而《新唐书·礼乐志》贞元七年裴郁上言，又误作十七年（京传作七年不误）。乃魏仲举不知其误，反谓此议实在贞元十七年，尤为疏谬。《朱子考异》曰："今按韩公本意，献祖为始祖，其主当居初室，百世不迁。懿祖之主，则当迁于太庙之西夹室。而太祖以下，以次列于诸室。四时之享，则惟懿祖不与，而献祖、太祖以下各祭于其室。室自为尊，不相降厌，所谓'所伸之祭常多'者也。禘祫则惟献祖居东向之位，而懿祖、太祖以下皆序昭穆，南北相向于前，所谓'祖以孙尊，孙以祖屈，而所屈之祭常少'者也。韩公礼学精深，盖诸儒所不及，故其所议独深，得夫孝子慈孙报本反始不忘其所生之本意，真可谓万世之通法，不但可施于一时也。"姚姜坞《援鹑堂笔记》四十二曰："按唐之献祖，乃金门镇将李熙也，既非有开国之鸿构，而其上世则有弘农太守重耳，又其上则有歆，又其上则凉武昭王李暠也，则献祖非始祖，何云百世不迁乎？又懿祖者，太祖之父，献祖者，太祖之祖，祖当四时之享，而父不与，此何礼也？且韩子前云献、懿二祖，即毁庙主也。又云禘祫之时，当与合祭之列耳，非云必当居初室也。又云常祭甚众，合祭甚寡，太祖所屈之祭至少，所伸之祭至多，亦非谓居初室也。盖平时仍藏之夹室，至禘祫则于太庙东向进耳。朱子尝论宋世当以僖祖为太祖，亦姑取韩公之说而附之欤！"又曰："韩公之意，谓献、懿二祖宜藏于祧庙，则祫祭乃以献祖正东向之位，故云事异殷、周，礼从而变。然从王绍等议，何尝非事异殷周，礼从而变也？"沈文起《韩集补注》曰："案贞元时，献、懿二祖庙已祧毁，诸儒纷纷不决，但为合食一事。公之此议，谓太祖所屈之祭至少，所伸之祭至多，亦仅欲献、懿二祖一与于禘祫，初无庙不当毁之意。"《考异》谓韩公本意以献祖为始祖，其主当居初室，百世不迁。信如所云，则太祖乃常屈于下，何云太祖所屈至少乎？朱氏附王安石、程颐之说，始终欲以宋之僖祖为太祖，而艺祖常居昭穆。马氏《通考》深折其谬矣。乃操此说以厚诬韩公。然文字俱存，岂其然乎？案：姚、沈两说所辨皆确。沈虽诋朱不无过当，然其言不可易也。姚惜抱《书颜鲁公集》，乃谓唐不用真卿及退之之说为可惜，则偏信朱子，遂袒退之，并上及鲁公，而于韩、朱异同不暇辨白也。秦味经《五礼通考》卷九十八方宜田（观承）案，亦辨朱说之非，谓观韩子请迁玄宗庙议，专以景皇为太祖，此周之后稷，则献、懿俱在祧迁之列，可知其说亦确。又云，但其以禘祫俱为合祭，而禘祫之分则未有其义，此直沿唐之制而未及考古以正之，其说是也。第方所谓禘祫之分者，宾主陆淳、赵匡之说，朱子《论语集注》取之，然实与古义亦不合，清儒多能言其失矣。

右今月十六日勅旨，宜令百僚议，限五日内闻奏者。将仕郎守国子监四门博士臣韩愈谨献议曰：伏以陛下追孝祖宗，肃敬祀事。凡在拟议，不敢自专。聿求厥中，延访群下。然而礼文繁漫，所执各殊。自建中之初，迄至今岁，屡经禘祫，未合适从。臣生遭圣明，涵泳恩泽，虽贱不及议，而志切效忠，今辄先举众议之非，然后申明其说。以上建议之大意。

文首有右字，知此议以状进也。沈曰："案《会要》则贞元十九年三月也。"步瀛案：《旧唐书·德宗纪》曰："贞元十九年三月丁卯，以今年孟夏禘飨，前议太祖、献、懿之位未决，至此禘祭，方正太祖东向之位。"《旧唐书》是年三月壬子朔，则丁卯正是十六日，与此文合，沈说是也。○权载之《献懿二祖迁庙奏议》曰："右伏维今月十六日敕，禘祫之祭，礼之大者，先有众议，犹未精详，宜更命百寮议，限至二十六日内闻奏者。"其限日与此不同，疑奉到敕旨之日有先后也。（《权载之集》卷二十九此题误与上篇末行贞元十五年九月奏相连。此奏所引敕旨与《会要》十九年三月敕旨合，又有获贰宗伯之言，与退之《权公墓碑》十八年拜尚书礼部侍郎又合，则在十九年无疑也。）○沈曰："六典（卷二）从九品下曰：将仕郎，凡任官阶卑而拟高则曰守，阶高而拟卑则曰行。四门博士正七品上，阶卑官高，故称守也。"步瀛案：《唐六典》卷二十一曰：国子监六学，一曰国子，二曰太学，三曰四门，四曰律学，五曰书学，六曰算学。四门博士三人，正七品上，掌教文武官七品已上及侯伯子男子之为生者。若庶人子为俊士生者，五分其经以为之业，每经各百人。又案《韩子年谱》：调授四门博士，在贞元十八年。方崧卿《韩谱》同。魏仲举谓当在十七年之秋，公十九年《上京兆尹李实书》首云，将仕郎前守四门博士，是上书之日官已满矣。唐制博士皆二年满，施士丐由四门助教至为太学博士，秩满当去，诸生辄留。公今年《与崔群书》，亦曰官满便终老嵩下。以满日计之，当自十七年始也。又公《论停选举状》曰：臣虽非朝官，月受俸钱。停选举在十九年七月,是公是月犹在职也。公《与李实书》曰:今年以来,不雨者百馀日。考之史,十九年自正月至七月不雨,是公官满上书,当在是年秋冬之交也。案:如魏说,则十九年三月尚未满博士秩矣。○《左》昭二十六年杜注曰:"聿,惟也。"案:聿语词。○《左》僖五年士蒍赋曰:"一国三公,吾谁适从?"《释文》曰:"适,丁历反。"案:建中二年陈京建议,已见题注。○陈少章(景云)《韩集点勘》曰:"唐代都省集议,惟朝官得与,国子博士非朝官,故曰贱不及议也。朝官亦名常参官,文官五品以上及两省供奉官、监察御史、员外郎、太常博士。"

一曰:献、懿庙主宜永藏之夹室,臣以为不可。夫祫者合也,毁庙之主皆当合食于太祖,献、懿二祖,即毁庙主也,今虽藏于夹室,至禘祫之时,岂得不食于太庙乎?名曰合祭,而二祖不得祭焉,不可谓之合矣。以上驳藏夹室之议。

《通典·吉礼九》曰:"贞元八年正月,太子左庶子李嵘等七人议曰:晋朝博士孙钦议云,王者受命太祖及诸侯始封之君,其以前神主,据以上数,过五代即毁其庙,禘祫不复及也。禘祫所及者,谓受命太祖之后,迭毁上升,藏于二祧者,虽百代禘祫及之。伏以献、懿二祖,则太祖以前亲尽之主也,据三代以降之制,则禘祫不及矣。代祖(即世祖)神主,则太祖以下毁庙之主也,则《公羊传》所谓已毁庙之主,陈于太祖者是也。谨按汉元帝下诏议罢郡国庙及亲尽之祖,丞相韦玄成议太上、孝惠庙皆亲尽宜毁,太上庙主宜瘗于园(于园元作北园,今依《会要》改,下同),孝惠神主迁于太祖庙。奏可。太上则太祖以前之主,瘗于园,禘祫不及故也。则今献、懿二祖之比也。孝惠迁于太祖庙,明太祖以下子孙则禘祫所及。则今代祖元皇帝神主之比也。自魏、晋及宋、齐、陈、隋相承,始受命之君皆立六庙,虚太祖之位。自太祖之后至七代君，则太祖当东向位，乃成七庙。太祖以前之主，魏明帝则迁处士主置于园邑，岁时使令丞奉荐，代数犹近故也。至东晋明帝崩，以征西等三祖迁入西除，名之曰祧，以准远庙。至康帝崩，穆帝立，于是京兆迁入西除，同谓之祧，并禘祫不及。国朝始飨四庙，宣、光并太祖、代祖神主祔于庙。至贞观九年，将祔高祖于太庙。朱子奢请准礼立七庙，其三昭三穆各置神主。太祖依晋、宋以来故事，虚其位待递迁，方处之东向位。于是始祔弘农府君及高祖为六室，虚太祖之位而行禘祫。至二十三年，太宗祔庙，弘农府君乃藏于西夹室。文明元年，高宗祔庙，始迁宣皇于西夹室。开元十年，玄宗特立九庙，追尊宣皇帝为献祖，复列于正室，光皇帝为懿祖，以备九室，禘祫犹虚太祖之位。至宝应三年，祔玄宗、肃宗于庙，迁献、懿二祖于西夹室，始以太祖当东向位次，献、懿二祖为是太祖以前亲尽神主，准礼禘祫不及。凡十八年，至建中二年十月，将祫飨，礼仪使颜真卿状奏合出献、懿二祖神主，准东晋蔡谟等议为定，遂以献祖当东向，以懿祖于昭位南向，以太祖于穆位北向，以次左昭右穆，陈列行事。且蔡谟当时虽有其议，事竟不行，（《晋书·礼志上》曰："穆帝永和二年七月，有司奏十月殷祭，京兆府君当迁祧室。昔征西、豫章、颍川三府君毁主，中兴之初，权居天府，在庙门之西。咸康中，太常冯怀表续太庙，奉还于西储夹室，谓之为祧，疑亦非礼。领司徒蔡谟议四府君宜改筑别室，若未展者，当入就太庙之室，人莫敢卑其祖，文、武不先不窋，殷祭之日，征西东面，处宣皇之上，其后迁庙之主，藏于征西之祧，祭荐不绝。护军将军冯怀议礼无庙者，为坛以祭，可立别室藏之，至殷禘则祭于坛。辅国将军谯王司马无忌等议，府君迁主宜在宣帝庙中，今无寝室，宜变通而改筑。又殷祫太庙，征西东面，尚书郎孙绰议同。尚书郎徐禅议，礼去祧为坛，去坛为墠，岁祫则祭之。今四祖迁主，可藏之石室，有祷则祭于坛墠。又遣禅访处士虞喜，喜答曰，汉世韦玄成等以毁主瘗于园，魏朝议者云，应埋两阶之间，且神主本在太庙，若今侧室而祭，则不如永藏。又四君无追号之礼，益明应毁而无祭。是时简文为抚军将军，与尚书郎刘劭等奏，四祖同居西祧，藏主石室，禘祫乃祭，如先朝旧仪。"）而我唐庙祧岂可为准？臣嵘等伏以尝祷郊杜，尊无二上，瘗毁迁藏，礼有义断。献、懿已为亲尽之主，太祖已当东向之尊，一朝改移，实非典故。宜效先朝故事，献、懿神主藏于西夹室，以类《祭法》所谓远庙为祧，去祧为坛，去坛为墠，坛墠有祷则祭，无祷则止。太祖既昭配天地，位当东向之尊，庶符合经义，不失旧章。"案：此藏之夹室之议也。

二曰：献、懿庙主宜毁之瘗之，臣又以为不可。谨按《礼记》：天子立七庙，一坛一墠，其毁庙之主，皆藏于祧庙，虽百代不毁，祫则陈于太庙而飨焉。自魏、晋以降，始有毁瘗之议，事非经据，竟不可施行。今国家德厚流光，创立九庙，以周制推之，献、懿二祖犹在坛墠之位，况于毁瘗而不禘祫乎？以上驳毁瘗之议。

此条无专名，孙以李嵘等议有引韦玄成太上皇主瘗园之文，途以嵘议当之，非也。权载之《迁庙奏议》曰："八年春，有于顽等一十六状（合张荐、韦武计之），至十一年，有陆淳、宇文炫二状，前后异同有七家，至于藏夹室，虚东向，远迁园寝，分飨禘祫，加币玉虞主而枚卜瘗埋，肤引滋多，皆失礼意。臣等细审讨论，惟置别庙及祔于德明、兴圣二说最为可据。"又辨五家不安之说，其埋瘗一条曰：右议者引古者贵祖，命敛币玉藏诸两阶之间（《曾子问》），又埋虞主于庙门外之道左（《礼记·杂记上》注，又《檀弓下》孔疏引郑驳《异义》），以为此类，即此议所主也。○朱曰："毁之瘗之上之字，疑当作而。"案：《文苑》作宜毁之宜瘗之，校曰集作宜毁而瘗之。○《礼记·祭法》曰：

"王立七庙，一坛一墠，曰考庙，曰王考庙，曰皇考庙，曰显考庙，曰祖考庙，皆月祭之。远庙为祧，有二祧，享尝乃止，去祧为坛，去坛为墠，坛墠有祷焉祭之，无祷乃止，去墠曰鬼。"郑注曰："祧之言超也，超上去意也，封土曰坛，除地曰墠，天子迁庙之主，以昭穆合藏于二祧之中，享尝谓时之祭，天子诸侯为坛墠，所祷谓后迁在祧者也。（卢召弓曰：所当作祈。）既事则反其主于祧，鬼亦在祧，顾远之于无事，祫乃祭之尔。"《释文》曰："墠音善。"孔疏曰："有文、武二庙不迁，故云有二祧焉。昭之迁主其数虽多，总合藏武王祧中，穆之迁主总合藏文王祧中。故郑注《周礼·守祧》，先公迁主藏于后稷之庙，先王迁主藏于文、武之庙。"《王制》曰："天子七庙，三昭三穆，与大祖之庙而七。"郑注曰："此周制，七者，大祖及文王、武王之祧，与亲庙四，大祖后稷。殷则六庙，契及汤与二昭二穆。夏则五庙，无大祖，禹与二昭二穆而已。"孔疏谓郑说本《礼纬·稽命征》及《孝经纬·钩命决》，王肃则以为天子七庙者，谓高祖之父及高祖之祖庙为二祧，并始祖及亲庙四为七。故《圣证论》难郑云，周之文、武，受命之王，不迁之庙，权礼所施，非常庙之数，殷之三宗，宗其德而存其庙，亦不以为数，凡七庙者，皆不称周室。《礼器》云有以多为贵者，天子七庙。孙卿云，有天下者事七世（《礼论篇》今本七误十）。又云，自上以下，降杀以两。（《荀子》无此文，此见《左》襄二十六年传，今本降作隆，《宋石经》残本作降，《韦玄成传》刘歆引亦作降。）今使天子诸侯立庙并亲庙四而止，则君臣同制，尊卑不别。《礼》：名位不同，礼亦异数（《左传》庄十八年文），况其君臣乎？又儒者难郑云，《祭法》：远庙为祧，郑注《周礼》云，迁主所藏曰祧，违经正文。郑又云，先公之迁主藏于后稷之庙，先王之迁主藏于文、武之庙，便有三祧，何得《祭法》云有二祧？难郑之义大略如此。步瀛案：《汉书·韦玄成传》：玄成等言，毁庙之主，臧乎太祖、王舜、刘歆议天子七庙，宗不在此数中，即王肃所本也。又《援鹑堂笔记》谓百世不毁，未详韩子所据，大姚殆误会韩意，不毁者据主言，不据庙言，谓毁庙之主百代犹存耳，岂不毁庙耶？○毁瘗，见题注及文中各注。自汉韦玄成已有此议，见《汉书·玄成传》，李嵘等已引之，故不复录其原文。○《穀梁传》僖十五年曰："天子七庙，诸侯五，大夫三，士二，故德厚者流光，德薄者流卑。"《荀子·礼论篇》曰："积厚者流泽。"《大戴礼·礼三本篇》《史记·礼书》并同。《汉书·韦玄成传》：王舜、刘歆议曰："德厚者流光。"颜注曰："流谓流风馀福。"○《通典·吉礼六》曰："开元十年制移中宗神主就正庙，仍创立九室，其后制献祖、懿祖、太祖、代祖、高祖、太宗、高宗、中宗、睿宗太庙九室也。"○宝应二年，祔玄宗、肃宗于庙，迁献、懿二主子西夹室，故云犹在坛墠之位。

三曰：献、懿庙主，宜各迁于其陵所，臣又以为不可。二祖之祭于京师，列于太庙也，二百年矣。今一朝迁之，岂惟人听疑惑？抑恐二祖之灵眷顾依迟，不即飨于下国也。此驳迁主陵所之议。

《通典·吉礼九》曰："司勋员外郎裴枢议曰：礼云，亲亲故尊祖，尊祖故敬宗，敬宗故收族，收族故宗庙严，宗庙严故重社稷（《大传》）。由是言之，太祖之上，复有追尊之祖，则亲亲尊祖之义无乃乖乎？太庙之外，轻置别祭之庙，则宗庙无乃不严，社稷无乃不重乎？且汉丞相韦玄成请瘗于园，晋征士虞喜请瘗于庙两阶之间，喜又引《左氏》说，古者先王日祭于祖考，月祀于高曾，时享及二祧，岁祫及坛墠，终禘及郊宗石室，是为郊宗之上，复有石室之祖，斯最近矣。但当时议所处石室未有准的，喜请于夹室中。愚以为石室可据，所以处之之道未安。何者？夹室谓居太祖之下毁主，非是安太祖之上藏主也。未有卑处正位，尊在傍居，考理即心（《会要》即作印），恐非允协。今若建石室于园寝，迁神主以永安，庶乎《春秋》变礼之正，动也中者焉。"○《文苑》二作五，误。自唐高祖武德元年至德宗贞元十九年，凡一百八十六年，言二百者，举其成数耳。○朱曰："《甘泉赋》徕祇郊禋，神所依兮，徘徊招摇，灵犀迟兮。（《汉书·杨雄传》作迟迟，《文选》作犀迡。）犀音栖，迡与迟同，皆徐行也。言神久留安处，不即去也。"（此二句颜师古注）○《方言》十二曰："即，就也。"《说文》曰："即，就食也。"《文选·鲁灵光殿赋》李注曰："以天子为上国，故诸侯为下国。"案：此下国对京师言，谓外郡耳。《唐会要》卷一曰："献祖宣皇帝葬建初陵，在赵州昭庆县界，仪凤二年追封为建昌陵。开元二十八年，诏改为建初陵。懿祖光皇帝葬启运陵，在赵州昭庆县界，仪凤二年追封为延光陵。开元二十八年，诏改为启运陵。"《元和郡县志》曰："河北道赵州昭庆县：建初陵、启运陵二陵共茔，在县西南二十里。"《清一统志》曰："直隶赵州，唐祖陵在隆平县南。"

四曰：献、懿庙主，宜祔于兴圣庙而不禘祫，臣又以为不可。传曰：祭如在。景皇帝虽太祖，其于属，乃献、懿之子孙也。今欲正其子东向之位，废其父之大祭，固不可为典矣。此驳祔兴圣庙之议。

《唐会要》十三曰："考功员外郎陈京议曰：臣前为太常博士，已于建中二年九月四日，奏请祫飨献、懿二祖所安之位。其时礼仪使颜真卿与京议异，京议未行。伏见去年十一月，太常卿裴郁所奏，大旨与京旧议相合。伏以兴圣皇帝则献祖之曾祖，懿祖之高祖。夫以曾孙玄孙祔列于高曾之庙，岂礼之不可哉？实人情之大顺也。同官县尉仲子陵议曰：今儒者援"子虽齐圣，不先父食"之语，欲令已祧献祖权居东向，配天太祖屈居昭穆，此不通之甚也。凡左氏不先食之言，且以正文公之逆祀，儒者安知非夏后庙数未足之时，而言禹不先鲧乎？且汉之禘祫盖不足征，魏、晋已还，太祖皆近，是太祖之上皆有迁主。历代所疑，或引《閟宫》之诗而永閟，或因虞主之义而瘗园，或缘远庙为祧以筑宫，或言太祖实卑而虚位，惟东晋蔡谟凭《左氏》不先食以为说，令征西东向，详其数事，此最不安。且蔡谟此议，非晋所行，前有司不本谟改筑之言，取"征西东向"之一句，为万世法，此其不可甚也。臣又思之，永閟瘗园，则臣子之心有所不安；权虚正位，则太祖之尊无时而定。别筑一室，义差可安。且兴圣之于献祖，乃曾祖也，昭穆有序，享祀以时。伏请奉献、懿二祖迁祔于德明、兴圣庙，此大顺也。或以祫者合也，今二祖祔庙，是分食也，何合之为？臣以为德明、兴圣二庙，每禘祫之年，亦皆飨荐，是亦合食，奚疑于二祖乎？"案：陆淳、王权、王绍等皆主此说，后遂为定议，见题注。○祭如在，《论语·八佾篇》文。○《尔雅·释诂》曰："典，常也。"《诗·维清》毛传曰："典，法也。"

　　五曰：献、懿二祖，宜别立庙于京师，臣又以为不可。夫礼有所降，情有所杀，是故去庙为祧，去祧为坛，去坛为墠，去墠为鬼，渐而之远，其祭益稀。昔者鲁立炀宫，《春秋》非之，以为不当取已毁之庙、既藏之主，而复筑宫以祭。今之所议，与此正同。又虽违礼立庙，至于禘祫也，合食则禘无其所，废祭则于义不通。此驳别立庙之议。或曰："以上备举五说之不可。"

　　《通典·吉礼九》曰："吏部郎中柳冕等十二人议曰：天子受命之君，诸侯始封之祖，皆为太庙，故虽天子必有尊也，是以尊太祖也。故太祖以下，亲尽而毁。洎秦灭学，汉不及礼，不列昭穆，不建迭毁，晋既失之，宋又因之，于是有违五庙之制，于是有虚太祖之位。不列昭穆，非所以示人有序也。不建迭毁，非所以示人有杀也。违五庙之制，非所以示人有别也。虚太祖之位，非所以示人有尊也。此礼之所由废也。谨按《礼》父为士，子为天子，祭以天子，葬以士（《丧服小记》）。今献祖祧也，懿祖亦祧也，唐未受命，犹士礼也。是故高祖、太宗以天子之礼祭之，不敢以太祖之位易之。今而易之，无乃乱先王之序乎？昔周有天下，追王太王、王季以天子之礼，及其祭也，亲尽而毁之。汉有天下，尊太上皇以天子之礼，及其祭也，亲尽而毁之。唐有天下，追王献、懿二祖以天子之礼，及其祭也，亲尽而毁之。则不可代太祖之位明矣。又按《周礼》有先王之祧，先公之祧，先公之迁主藏乎后稷之庙，其周未受命之祧乎？先王之迁主藏之文、武之庙，其周已受命之祧乎？故有二祧，所以异庙也。今献祖以下之祧，犹先公也；太祖以下之祧，犹先王也，请筑别庙以居二祖，则行周之礼，复古之道也。"○《周礼·地官·廪人》郑注曰："杀犹减也。"《释文》曰："杀，所界反。"○"去庙为祧"四句，《礼记·祭法》之文，已见上注。○《春秋》定元年："立炀宫。"《公羊传》曰："炀宫者何？炀公之宫也。立者何？立者不宜立也。立炀宫，非礼也。"《穀梁传》曰："立者，不宜立者也。"《左传》曰："昭公出，故季平子祷于炀公。九月，立炀宫。"杜注曰："炀公，伯禽子也，其庙已毁，季氏祷之而立其宫，书以讥之。"孔疏曰："好内怠政曰炀。"○合食则禘无其所，朱曰："此言若作别庙，则不当禘于太庙，又不当禘于别庙，故云禘无其所，若以无可禘祫之所，而遂直废其祭，则于义又有不可通者。"

此五说者，皆所不可。故臣博采前闻，求其折中。以为殷祖玄王，周祖后稷，太祖之上，皆自为帝。又其代数已远，不复祭之。故太祖得正东向之位，子孙从昭穆之列。礼所称者，盖以纪一时之宜，非传于后代之法也。《传》曰："子虽齐圣，不先父食。"盖言子为父屈也。景皇帝虽太祖也，其于献、懿，则子孙也。当禘祫之时，献祖宜居东向之位，景皇帝宜从昭穆之列，祖以孙尊，孙以祖屈，求之神道，岂远人情？又常祭甚众，合祭甚寡，则是太祖所屈之祭至少，所伸之祭至多，比于伸孙之尊，废祖之祭，不亦顺乎？事异殷、周，礼从而变，非所失礼也。以上自陈所主。

《礼记·祭法》曰："殷人祖契而宗汤。"《周语下》：卫彪傒曰："玄王勤商，十有四世而兴。"韦注曰："玄王，契也。"《诗·长发》："玄王桓拨。"毛传曰："玄王，契也。"郑笺曰："承黑帝而立子，故谓契为玄王。"○《周语下》：太子晋曰："自后稷之始基靖民，十五王而文始平之。"《祭法》曰："周人禘喾而郊稷。"《鲁语上》同。韦注曰："稷，周始祖也。"《孝经》曰："郊祀后稷以配天。"○《左》文二年曰："子虽齐圣，不先父食，久矣。故禹不先鲧，汤不先契，文、武不先不窋。"杜注曰："齐，肃也。"《释文》曰：先，悉荐反。"○朱曰："所字疑衍。"吴北江曰："朱说非是。非所失礼，犹云'非所谓失礼'耳。信陵君谏攻韩书'非所施厚积德也'，正与此同。"

臣伏以制礼作乐者，天子之职也。陛下以臣议有可采，麤合天心，断而行之，是则为礼。如以为犹或可疑，乞召臣对，面陈得失，庶有发明。谨议。

　□朱曰："此等公家文字，或施于君上，或布之吏民，只用当时体式，直述事意，乃易晓而通行，非如诗篇铭记可以时出奇怪也。故韩公之文虽曰高古，然于此等亦未尝敢故为新巧，以失庄敬平易之体。但其间反覆曲折，说尽事理，便是真文章，他人自不能及耳。"○此篇议礼制，实未尽合；而明辨以哲，缜密以果，可为作考据文字之法。若专事抄胥，不知裁翦，不得谓之文矣。

《礼记·乐记》曰:"王者功成作乐,治定制礼。"

与孟尚书书

《考异》曰:"孟下一有简字。"案:《音注》《五百家》《观澜乙集》皆有简字。《旧唐书·宪宗纪》曰:"元和十三年五月,以户部侍郎孟简检校工部尚书,襄州刺史,山南东道节度使。"又《孟简传》曰:"简字几道,平昌人。元和十三年,出为襄州刺史,山南东道节度使。十四年,改授太子宾客分司东都。十五年,穆宗即位,贬吉州司马。"退之贻书,即在是年。题曰"尚书",称以前官也。《新唐书·孟简传》曰:"简佞佛过甚,常与刘伯刍、归登、萧俛译次梵言。"樊曰:"公元和十四年以言佛骨贬潮州,与潮僧大颠游,人遂云奉佛氏,其冬移袁州,明年简遗书言及,公作此书答之。"

愈白:行官自南回,过吉州,得吾兄二十四日手书数番,忻悚兼至,未审入秋来眠食何似,伏惟万福。以上问劳。

沈曰:"《通鉴》二百十六:行官王滔等,平日构高仙芝于夫蒙灵詧(胡梅礀注曰:行官主将命,往来京师及邻道。)此节度使行官也。《册府元龟》一百五十三:懿宗咸通十年八月,和州防御行官石伻等一百三十人,状诉刺史崔雍降贼庞勋,此刺史行官也。"○孙曰:元和十五年,贬太子宾客分司孟简吉州司马。"《元和郡县志》曰:"江南道吉州有吉水,因为名焉。"案:唐吉州治卢陵县,今江西吉安县治。○《说文》曰:"欣,笑喜也。"忻与欣同。又曰:"慑,惧也。"悚与慑同。

来示云,有人传愈近少信奉释氏,此传之者妄也。潮州时,有一老僧,号大颠,颇聪明,识道理。远地无可与语者，故自山召至州郭，留十数日，实能外形骸，以理自胜，不为事物侵乱。与之语，虽不尽解，要自胸中无滞碍。以为难得，因与来往。及祭神至海上，遂造其庐。及来袁州，留衣服为别，乃人之情，非崇信其法求福田利益也。孔子云："丘之祷久矣。"凡君子行己立身，自有法度。圣贤事业，具在方册，可效可师。仰不愧天，俯不愧人，内不愧心。积善积恶，殃庆自各以其类至。何有去圣人之道，舍先王之法，而从夷狄之教，以求福利也？吴北江曰："此等处质直光明，磊落正大，最近似《孟子》。"《诗》不云乎？"恺悌君子，求福不回。"《传》又曰："不为威惕，不为利疚。"假如释氏能与人为祸祟，非守道君子之所惧也。况万万无此理。且彼佛者，果何人哉？其行事类君子邪，小人邪？若君子也，必不妄加祸于守道之人。如小人也，其身已死，其鬼不灵，天地神祇，昭布森列，非可诬也。又肯令其鬼行胸臆、作威福于其间哉？进退无所据，而信奉之，亦且惑矣。以上言佛不足信。

《元和郡县志》曰："岭南道潮州，以潮流往复，因以为名。"案：唐潮州治海阳县，今广东潮阳县治。○《景德传灯录》卷十四曰："潮州大颠和尚，初参石头（希迁大师），言下大悟，后辞往潮州灵山隐居，学者四集。"《释氏稽古略》曰："潮州灵山大颠禅师讳宝通，潮州杨氏子。"（《舆地纪胜》曰："潮州僧大颠，姓陈氏，旧云炀帝之后，其祖以宦游留于此。然隋杨姓，今师岂王之裔哉？)《潮州府志》卷三十曰："宝通号大颠，俗姓陈氏，或曰杨姓，先世为颍川人。生于开元末。大历中，与药山惟俨并师事惠照于西山，即复与之同游南岳，参石头。贞元六年，开辟牛岩，立精舍。七年，又于邑西幽岭下，创建禅院，名曰灵山。时已大悟宗旨，得曹溪之绪，门人传法者千馀人，自号为大颠和尚。"○《舆地纪胜》曰："广南东路潮州：灵山院故为大颠师开山之地。"《明一统志》曰："广东潮州府：灵山在潮阳县治西，唐僧大颠居此，今为大道场，邦人事之甚谨。"《清一统志》曰："灵山在潮阳县西少北五十里，唐元和中，僧大颠居此。"○孙曰："是岁十月，公移袁州刺史。"《元和郡县志》曰："江南道袁州，因袁山为名。"案：唐袁州治宜春县，今江西宜春县治。○《法苑珠林·福田篇》曰："《优婆塞戒经》云：佛言世间福田凡有三种，一报恩田，二功德田，三贫穷田。又《门毗昙甘露味经》云：福田好有三种，一大德田，二贫苦田，三大德贫苦田。"苏子瞻《杂说》曰："韩退之喜大颠，如喜澄观、文畅意耳，非信佛法也。而妄撰退之《与大颠书》，其词凡鄙，退之家奴亦无此语。"○孔子云云，见《论语·述而篇》。○《礼记·中庸篇》："布在方策。"郑注曰："方，板也；策，简也。"案：策乃册之借字。《说文》曰："册象其札，一长一短，中有二编之形。"○《孟子·尽心上》曰："仰不愧于天，俯不怍于人。"《史记·田儋传》："田横曰：我独不愧于心乎！"《魏其武安传》："韩安国曰：魏其必内愧。"○《易·坤·文言传》曰："积善之家必有馀庆，积不善之家必有馀殃。"○《诗·大雅·旱麓篇》文，郑笺曰："不回者，不违先祖之德。"《毛诗》恺悌作岂弟，《释文》曰："岂本亦作恺，又作凯，弟一作悌。岂，乐也；弟，易也。"（《周语中》《韩诗外传》《淮南·泰族篇》《新序·义勇篇》引并作恺悌，《礼记·表记》《吕览·知分篇》引并作凯弟。）○《左传》哀十六年曰："不为利诏，不为威惕。"昭二十年曰："君子不为利疚。"○《庄子·天地篇》《释文》引李颐曰："祟，祸也。"○《吕览·季冬纪》高注曰："天曰神，地曰祇。"《说文》曰："天神引出万物者也，地祇提出万物也。"朱曰："布森方作森布，今按公《进平淮西碑状》亦有森列字可考。"

且愈不助释氏而排之者，其亦有说。吴曰："提笔轩爽，以下发明己之学识，故特郑重而出之。"《孟子》云："今天下不之杨则之墨。"方望溪曰："二语开后。"杨、墨交乱而圣贤之道不明，则三纲沦而九法斁，礼乐崩而夷狄横，几何其不为禽兽也？故曰："能书距杨、墨者，皆圣人之徒也。"杨子云云："古者杨、墨塞路，孟子辞而辟之，廓如也。"夫杨、墨行，刘海峰曰："以下屈盘瘦硬，千回百折，有真气行乎其间，具江河沛然之势。"正道废，且将数百年，以至于秦，卒灭先王之法，烧除其经，坑杀学士，天下遂大乱。及秦灭，汉兴且百年，尚未知修明先王之道。其后始除挟书之律，稍求亡书，招学士，经虽少得，尚皆残缺，十亡二三。故学士多老死，新者不见全经，不能尽知先王之事，各以所见为守，分离乖隔，不合不公。二帝三王群圣人之道于是大坏。后之学者无所寻逐，以至于今，泯泯也。其祸出于杨、墨肆行而莫之禁故也。孟子虽贤圣，张廉卿曰："突接逆接。"不得位，空书无施，虽切何补？然赖其言，而今学者尚知宗孔氏，崇仁义，贵王贱霸而已。吴曰："极力顿挫。"其大经大法皆亡灭而不救，坏烂而不收，所谓存十一于千百，安在其能廓如也？汪武曹曰："以翻为应。"张曰："极力翻起，为下文作势。"然向无孟氏，则皆服左衽而言侏离矣。张曰："止二句而孟氏之功极矣。"故愈尝推尊孟氏，张曰："前文无数转折顿挫，方入此句，格外出力。"以为功不在禹下者为此也。吴曰："极力盘旋。"汉氏已来，群儒区区修补，百孔千疮，随乱随失，其危如一发引千钧，绵绵延延，寖以微灭。于是时也，而倡释老于其间，鼓天下之众而从之。呜呼！其亦不仁甚矣。释老之害，张曰："突转逆势。"过于杨、墨。韩愈之贤，不及孟子。孟子不能救之于未亡之前，而韩愈乃欲全之于已坏之后。呜呼！其亦不量其力，且见其身之危，莫之救以死也！张曰："纵笔绝奇，有呵斥鬼神之概。"虽然，使其道由愈而粗传，虽灭死万万无恨。张曰："转折有拔山之力。"天地鬼神方曰："语抱前。"临之在上，质之在旁。又安得因一摧折，自毁其道以从于邪也？以上言辟佛所以卫道，虽死不变。

《淮南·原道篇》高注曰："排犹斥也。"○《孟子·滕文公下》曰："天下之言不归杨则归墨，杨、墨之道不熄，孔子之道不著。"○《白虎通·三纲六纪篇》曰："三纲者何谓也？谓君臣、父子、夫妇也。故《含文嘉》曰，君为臣纲，父为子纲，夫为妻纲。"孙曰："九法，九畴之法。斁，败也。《书》彝伦攸斁。"（《洪范》）《音注》曰："斁音妒。"○《音注》曰："横，下孟切。"○能言二句，见《孟子·滕文公下》。案：距乃岠之借字。方作拒，俗字。○杨子云云云，见《法言·吾子篇》。○《汉书·惠帝纪》曰："四年三月，除挟书律。"注应劭曰："挟，藏也。"张晏曰："秦律，敢有挟书者族。"○《汉书·艺文志》曰："汉兴，改秦之败，收篇籍，广开献书之路，迄孝武世，书缺简脱，礼坏乐崩。于是建藏书之策，置写书之官，下及诸子传说，皆充秘府。至成帝时，以书颇散亡，使谒者陈农求遗书于天下。"○刘子骏《移让太常博士书》曰："鲁恭王坏孔子宅，欲以为宫，而得古文于坏壁之中，逸礼有三十九，书十六篇。天汉之后，孔安国献之，遭巫蛊仓卒之难，未及施行。及《春秋左氏》丘明所修，皆古文旧书，多者二十餘通，藏于秘府，伏而未发。孝成皇帝闵学残文缺，稍离其真，乃陈发秘藏，校理旧文，得此三事，以考学官所传，经或脱简，传或间编，传问民间，则有鲁国桓公、越国贯公、胶东庸生之遗学，与此同。"○《文选·魏都赋》李善注引《春秋说题辞》曰："二帝之迹，三王之义。"《汉书·杨雄传上》注引应劭曰："二帝尧、舜，三王夏、殷、周。"○《书·吕刑》："泯泯棼棼。"《释文》曰："泯，面忍反，徐音民。"《周书·祭公篇》曰："汝无泯泯芬芬。"孔注曰："泯芬，乱也。"○《论语·宪问篇》："子曰：微管仲，吾其被发左衽矣。"邢疏曰："夷狄之人，被发左衽。"《说文》曰："衽，衣襟也。"《后汉书·南蛮传》曰："言语侏离。"章怀注曰："侏离，蛮夷语声也。"○《孟子·滕文公下》曰：昔者禹抑洪水，而天下平；周公兼夷狄，驱猛兽，而百姓宁；孔子成《春秋》，而乱臣贼子惧。我亦欲正人心，息邪说，距诐行，以承三圣者。"退之谓功不在禹下，盖本此。○《广雅·释训》曰："区区，小也。"○《尔雅·释诂》曰："乱，治也。"○《列子·仲尼篇》曰："发引千钧。"枚叔《上书谏吴王》曰："夫以一缕之任，系千钧之重，虽甚愚之人，犹知哀其将绝也。"○《广雅·释训》曰："绵绵延延，长也。"○《汉书·成帝纪》颜注曰："寖，渐也。"

籍、湜辈虽屡指教，不知果能不叛去否。辱吾兄眷厚，而不获承命，惟增惭惧，死罪死罪，愈再拜。

□方曰："理足气盛，浩然如江河之达。"或曰："此为韩公第一等文字，当与《原道》并读。"○张曰："浑颢变化，千转百折，而气愈劲。其雄肆之气，奇杰之辞，并臻上乘，北宋诸家无能为役。"

孙曰："皇甫湜，字持正，睦州新安人。"案：籍、湜《新唐书》皆附《韩愈传》，又别详后。○《侯鲭录》卷一曰："短启出于晋、宋,兵革之间,时国禁书疏,非弔丧问疾,不得辄行尺牍,故羲之书首云'死罪',是违制令,是也。"张孟奇(萱)《疑燿》卷六曰:"汉董仲舒诣丞相公孙弘记室书(见《古文苑》卷十),已前用之矣。"案:书首云"死罪"者,特自谦干冒威严,宜有罪耳,赵德麟违制令之说谬矣。此书以违孟简之意,故云"死罪死罪",又与萱、王书不同也。

答李翊书

樊曰:"公答李翊二书,或作李翱,非也。贞元十八年,陆傪佐主司权德舆于礼部,公以李翊荐于傪,用是其年登第。此书其十七年所作欤!"案《摭言》卷八曰:"贞元十八年,权德舆主文,陆傪员外通牓帖,韩文公荐十人于傪,其上四人曰侯陪、侯云长、刘述古、韦纾,其次六人沈杞、张苰、尉迟汾、李绅、张后馀、李翊,而权公凡三牓,共放六人,而苰、绅、后馀不出五年内皆捷矣。"又《容斋四笔》卷五引《登科记》曰:"贞元十八年权德舆以中书舍人知举,放进士二十三人,尉迟汾、侯云长、韦纾、沈杞、李翊登第。"又案:退之有《与祠部陆员外书》荐侯喜及翊。吴先生曰:"当依别本作答李翱,篇中所论,翊殆不足与闻,重答翊书谓其汲汲于知待之殊,亦非不志乎利者也。"

六月二十六日愈白:李生足下。生之书辞甚高,而其问何下而恭也?能如是,谁不欲告生以其道?道德之归也有日矣,况其外之文乎?抑愈所谓望孔子之门墙而不入于其宫者,焉足以知是且非邪?虽然,不可不为生言之。以上答其来问之旨。○李刚己曰:"此上虽系闲文,然用笔曲折尽致,无一语平直。"

《论语·子张篇》：子贡曰："譬之宫墙，夫子之墙数仞，不得其门而入，不见宗庙之美，百官之富。"

生所谓立言者是也。生所为者，与所期者，甚似而几矣。抑不知生之志，蕲胜于人，而取于人邪？李曰："纯用盘旋顿宕之笔，为下文作势。"将蕲至于古之立言者邪？蕲胜于人而取于人，则固胜于人而可取于人矣。李曰："再顿一笔，取足逆势。"将蕲至于古之立言者，李曰："转捩有力。"则无望其速成，无诱于势利。汪武曹曰："通篇主义。"养其根而俟其实，加其膏而希其光。根之茂者其实遂，膏之沃者其光晔，仁义之人，其言蔼如也。方曰："通篇言文之所以成，而推本于仁义，故以二语为枢纽。"李曰："自'无望速成'以下，揭明正意，气道语炼，字字腾跃而出。"○上告以学文之道，必先务本。

《礼记·乐记》郑注曰："几，近也。"《释文》曰："几音讥，音臣依切。"○蕲、祈字通。《庄子·养生主篇》郭注曰："蕲，求也。"《释文》曰："蕲音祈。案：两于字用法不同。胜于人犹言胜乎人，取于人言为人所取，犹言见取于人也。"○《论语·宪问篇》曰："阙党童子将命，子曰：非求益者也，欲速成者也。"○《尔雅·释诂》曰："俟，待也。"《音注》《五百家》《观澜》皆作俟，通借字。○《鲁语下》韦注曰："沃，肥美也。"《广雅·释诂》三曰："晔，明也。"○朱丰芑《说文通训定声》卷十三曰："蔼，言之美也。故曰仁义之人，其言蔼如。蔼如，单辞形况字。"

抑又有难者，愈之所为，不自知其至犹未也。李曰："先用此句逆探下文，所谓凌空倒影之笔。"虽然，学之二十余年矣。李曰："总束一笔，然后从始至终逐层追叙，文势便不散漫。"始者，非三代两汉之书不敢观，非圣人之志不敢存。处若忘，行若遗，俨乎其若思，茫乎其若迷。当其取于心而注于手也，惟陈言之务去，戛戛乎其难哉！张曰："逐处刻意摹绘。"其观于人，不知其非笑之为非笑也。李曰："此句与下'笑之则以为喜'二句，均发明无望速成之意。盖人非不为毁誉所摇，决不能无望其速成也。"〇茅曰："此是第一级。"如是者亦有年，犹不改。李曰："顿挫生姿。"然后识古书之正伪，与虽正而不至焉者，昭昭然白黑分矣。而务去之，乃徐有得也。李曰："灏洄尽致。"当其取于心而注于手也，汩汩然来矣。汪曰："汩汩然来，浩乎其沛然，然后肆焉。'不可不养'等句，皆是说气。故曰'气水也'云云。"其观于人也，笑之则以为喜，誉之则以为忧，以其犹有人之说者存也。茅曰："第二级。"如是者亦有年，然后浩乎其沛然矣。茅曰："第三级。"吾又惧其杂也，张曰："笔阵奇恣，巧构形似之言，精妙入微，与《庄子·养生主篇》绝相似。"迎而距之，平心而察之，其皆醇也，然后肆焉。茅曰："第四级。"虽然，不可以不养也。行之乎仁义之途，方曰："退之知立言之道，在行之仁义之途，所以能约六经之旨而成文也。"游之乎诗书之源，张曰："无一字苟下。"无迷其途，无绝其源，终吾身而已矣。方曰："与前根茂实遂、膏沃光晔相应。"〇茅曰："第五级。"气，水也，言，浮物也，水大而物之浮者大小毕浮。气之与言犹是也，气盛，则言之长短与声之高下者皆宜。李曰："自'抑有难者'以下，转接超忽，起落迅疾，笔势如飘风，如涌泉，令读者心骇目眩。至此数句，忽换用凝重之笔，遂变为渊渟岳峙之概。所谓前有浮声、后有切响，即此法也。"〇以上言学文功夫，所谓"无望其速成"也。

《礼记·曲礼上》曰："俨若思。"郑注曰："俨，矜庄貌。"〇《书·皋陶谟》：夔曰："戛击鸣球。"（伪古文分入《益稷》）《释文》引马融曰："戛，櫟也。"《广雅·释诂》三曰，櫟，击也。）此戛戛盖重言形况用力之意。〇《方言》六曰："汩，疾行也。"郭注曰："汩汩，急流也。"案汩本字作淈。《说文》曰："淈，水流也，从川曰声。"《广雅·释训》曰："淈淈，流也。"曹宪音于密反。〇《广雅·释训》曰："浩浩，流也。"《后汉书·袁术传》注曰："沛然，自恣纵貌也。"

虽如是，其敢自谓几于成乎？虽几于成，其用于人也奚取焉？方曰："抱篇首薪胜于人而取于人。"李曰："转入无诱于势力一层，笔势矫变。"虽然，待用于人者，其肖于器邪？用与舍属诸人。君子则不然，处心有道，行己有方，用则施诸人，舍则传诸其徒，垂诸文而为后世法。如是者，其亦足乐乎，其无足乐也！以上又言文章为己之事，非有待于人。所谓"无诱于势利"也。

舍、捨字通。

有志乎古者希矣，方曰："抱篇首'将薪至于古之立言者'。"志乎古必遗乎今，吾诚乐而悲之。李曰："语语深至，如闻慨叹之声。"亟称其人，所以劝之，非敢褒其可褒而贬其可贬也。问于愈者多矣，念生之言不志乎利，聊相为言之。愈白。再明答书之旨，与首段相应。

□姚曰："此文学《庄子》。"〇张曰："退之自道所得，字字从精心撰出，故自绝伦。"又曰："学《庄子》而得其沉着精刻者，惟退之此书而已。"〇李曰："昔归熙甫论为文之法，谓如儿童放纸鸢，愈放愈高，要在手中线索牢。此文中幅历叙平生为学之方,一层深一层,即所谓'愈放愈高'也。而其行文则一线穿成,半丝不乱,即所谓'手中线索牢'也。"○养气之说,发自《孟子》,《论衡·自纪篇》亦言之。而以气论文,则始自魏文帝《典论·论文》,其言"文以气为主",遂开后来养气之功。《文心雕龙·气骨篇》《颜氏家训·文章篇》皆有所阐发,而公言"气盛则言之短长与声之高下者皆宜",尤为深造自得之言。

《尔雅·释诂》曰:"希,罕也。"

答吕䃶山人书

山人之称,盖盛于唐。《新唐书·武后纪》曰:"延载元年七月癸未,嵩岳山人武什方为正谏大夫,同凤阁鸾台平章事。"《李泌传》曰:"着白者山人。"厥后水南山人、水北山人、少室山人之号纷纷矣。吕䃶山人特未知何许人耳。

愈白:惠书责以不能如信陵执辔者,李曰:"直起斩截。"夫信陵战国公子,欲以取士声势倾天下而然耳。李曰:"折笔矫健明快。"如仆者,自度若世无孔子,不当在弟子之列。吴先生曰:"断。"李曰:"乘势将本意揭出,文笔奇纵,如风起水涌。"○以上先破其所见之非。

《史记·魏公子传》曰:"公子为人,仁而下士。魏有隐士曰侯嬴,年七十,家贫,为大梁夷门监者。公子从车骑,虚左自迎侯生。侯生摄敝衣冠直上,载公子上座不让,欲以观公子,公子执辔愈恭。"○《史记·吕不韦传》曰:"当是时,魏有信陵君,楚有春申君,赵有平原君,齐有孟尝君,皆下士喜宾客以相倾。"

以吾子始自山出,有朴茂之美意,恐未砻磨以世事。又自周后文弊,百子为书,各自名家,乱圣人之宗,后生习传,杂而不贯,故设问以观吾子。李曰:"此文虽有凌迈无前之概，然如此等处，辞气固极淳厚，故尔足贵。若纯以巉岩峭刻为奇，则非君子立言之体矣。"其已成熟乎，将以为友也。其未成熟乎，将以讲去其非而趋是耳。不如六国公子有市于道者也。吴先生曰："续。"李曰："回应首段，笔势横厉绝伦，与寻常前后呼应一味掉弄虚机者不同。"○张曰："此段言己所以造就山人之意。"

《说文》曰："礳，礳也。"《广雅·释诂》三曰："礳，磨也。"字并同。○《礼记·表记》曰："殷、周之道，不胜其敝。"又曰："殷、周之文，不胜其质。"《史记·高祖本纪》：太史公曰："夏之政忠，忠之敝小人以野，故殷人承之以敬；敬之敝小人以鬼，故周人承之以文，文之敝小人以僿。"

方今天下入仕，吴先生曰："断。"惟以进士明经，及卿大夫之世耳。其人率皆习熟时俗，工于语言，识形势，善候人主意。故天下靡靡，日入于衰坏，恐不复振起。李曰："自'方今天下'句至此，全系凌空起步，而体势雄直，辞指沉郁，与刘子骏《移让太常博士书》相近。"务欲进足下趋死不顾利害去就之人于朝，以争救之耳，非谓当今公卿间无足下辈文学知识也。吴先生曰："再续。"不得以信陵比。李曰："再覆一句，文势愈加峻迈。"○张曰："此段言己所取于山人之意。"

《唐六典》卷二曰："吏部考功员外郎，掌天下贡举之职，凡诸州每岁贡人，其类有六，一曰秀才，二曰明经，三曰进士，四曰明法，五曰书，六曰算。正经有九，《礼记》《左传》为大经，《毛诗》《周礼》《仪礼》为中经，《周易》《尚书》《公羊》《穀梁》为小经。通二经者，一大一小，若两中经；通三经者，大小中各一；通五经者，大经并通，其《孝经》《论语》并须兼习。诸明经试两经，进士一经，每经十帖，《孝经》二帖，《论语》八帖，每帖三言，通六已上，然后试策，《周礼》《左氏》《礼记》各四条，馀经各三条，《孝经》《论语》共三条，皆录经文及注意为问，其答者须辨明义理，然后为通。通十为上上，通八为上中，通七为上下，通六为中上。其通三经者，全通为上上，通十为上中，通九为上下，通八为中上，通七及二经通五为不第。其进士帖一小经及《老子》皆经注兼帖，试杂文两首，策时务五条，文须洞识文律，策须义理惬当者为通。其经策全通为甲，策通四、帖通六已上为乙，已下为不第。"（《新唐书·选举志》曰："开元二十四年，考功员外郎李昂为举人诋诃，帝以员外郎望轻，遂移贡选于礼部，以侍郎主之，礼部选士自此始。"）《通典·选举》三曰："大唐贡士之法，上郡岁三人，中郡二人，下郡一人，有才能者无常数。其常贡之科，有秀才，有明经，有进士，有明法，有书，有算。自京师郡县皆有学焉。每岁仲冬，郡县馆监课试其成者，长吏会属僚行乡饮酒礼，既饯而与计偕，其不在馆学而举者，谓之乡贡，到尚书省，始由户部集阅。而关于考功，课试可者为第，初秀才科第最高，试方略策五条，有上上、上中、上下、中上凡四等。贞观中，有举而不第者，坐其州长，由是废绝。自是士族所趣向，唯明经进士而已。"○卿大夫之世，指恩荫言。《新唐书·选举志》曰："凡用荫，一品子正七品上，二品子正七品下，三品子从七品上，从三品子从七品下，正四品子正八品上，从四品子正八品下，正五品子从八品上，从五品及国公子从八品下。"○《文选·琴赋》李善注曰："靡靡，顺风貌。"

然足下衣破衣，系麻鞋，率然叩吾门。吾待足下，虽未尽宾主之道，不可谓无意者。足下行天下，得此于人盖寡。李曰："有此一段，意义愈觉圆足，局势愈觉展拓，所谓笔力破馀地者也。"乃遂能责不足于我，吴先生曰："变幻。"此真仆所汲汲求者。李曰："转捩无迹，乘势递入结意。"议虽未中节，张曰："拗一句，势愈劲。"其不肯阿曲以事人者灼灼明矣。方将坐足下三浴而三熏之，听仆之所为，少安无躁。张曰："结尤奇诡不可测。"愈顿首。茅曰："奇气。"

□张曰："此文生杀出入，擒纵抑扬，奇变不可方物，可谓极文章之能事矣。"又曰："笔力似《孟子》，机趣似《国策》，侯、魏学之，徒得矜气，所以病也。"吴先生曰："此篇似《谏猎书》。"○此等文最能增人笔力，然不善学之，易流为客气，亦不可不知。

马缟《古今注》卷中曰："麻鞋起自伊尹，以草为之，名曰草屦，周文王以麻为之，名曰麻鞋。"《能改斋漫录》卷七曰："王叡《炙毂子》云，夏、商以草为屦，《左氏》曰：扉，屦也。（僖四年）至周以麻为之，谓之麻鞋，贵贱通着。"○《广雅·释训》曰："汲汲，剧也。"汲借字。○《吕氏春秋·达郁篇》曰："非以阿君也。"高注曰："阿，曲媚也。"《广雅·释诂》曰："阿，衺也。"○以事人者，吴先生校删者字。○《广雅·释训》曰："灼灼，明也。"○《齐语》曰："鲁庄公将杀管仲，齐使者请曰：寡君欲以亲为戮，请生之。于是庄公使束缚以予齐使，齐使受之而退，比至，三衅三浴之。"韦注曰："以香涂身曰衅，亦或为薰。案薰即熏之借字。"

与汝州卢郎中论荐侯喜状

韩仲韶（醇）《韩集诂训》曰："卢郎中名虔，时为汝州刺史，名氏见于侯喜所作《汝州复黄陂记》。（《集古录跋尾》卷八曰："《复黄陂记》，唐侯喜撰。黄陂在汝州，记云至贞元辛未，刺史卢虔始复之。辛未，贞元七年也。碑以元和三年建。"又《集古录目》卷四曰："唐《复黄陂记》，前乡贡进士侯喜撰。"案：碑立于元和三年，故称前进士也。）公既已荐喜于卢汝州,十八年,陆修佐主司权德舆,又荐于陆修,后一年喜登第,诚可谓知己矣。"《旧唐书·卢从史传》曰:"其先自元魏已来,冠冕颇盛。父虔举进士,历御史府三院,刑部郎中,江、汝二州刺史,秘书监。"《唐六典》卷六曰:"刑部郎中,从五品上。"卷三十曰:"上州刺史,从三品。"(《元和郡县志》:河南道汝州望。案:望与上州同。)陈少章曰:"汝州刺史领防御使,不隶大名,故亦得举进士。"案:唐河南道汝州治梁县,今河南临汝县治。退之《赠侯生诗》曰:"吾党侯生字叔迟",(方崧卿《举正》曰:迟古起字。)《题李生壁》曰:"上谷侯喜,与祠部陆员外(修)书曰:文章之尤者,有侯喜者。喜之家在开元中,衣冠而朝者兄弟五六人,及喜之父仕不达,弃官而归,喜率兄弟操耒耜而耕于野,地薄而赋多,不足以养其亲,则以其耕之暇,读书而为文,以干于有位者而取足焉。喜之文章,学西京而为也。举进士十五六年矣。"《五百家补注》曰:"贞元十九年,喜中进士第,终于国子主簿。"案:公又有《祭侯主簿文》。《韩子年谱》魏仲举按曰:"公荐侯喜于卢汝州,实在十七年之秋,今年三月自京还,夏秋居于洛,喜五月至洛,七月二十二日与公钓鱼温水,洛北惠林寺有题名尚存,其荐喜于卢,盖是秋也。"○方本论下无荐字,今依《音注》及《五百家本》,《文苑》作《论侯喜书》,非是。

进士侯喜

吴北江曰:"此唐时论荐状格式也。姚选删去此行,则所谓'右其人'云云者,不可通矣。"

右其人为文甚古,立志甚坚。行止取舍有士君子之操。家贫亲老,无援于朝,在举场十馀年,竟无知遇。愈常慕其才而恨其屈,与之还往,岁月已多。尝欲荐之于主司，言之于上位，名卑官贱，其路无由。观其所为文，未尝不撽卷长叹。以上叙其学行，即反跌下文。

《国史补》卷下曰："进士其都会谓之举场。"案：十馀年见《与陆员外书》，题注已引之。○《史记·孟荀列传》：太史公曰："余读《孟子》书至《梁惠王》，问何以利吾国，未尝不废书而叹也。"

去年愈从调选，本欲携持同行，适遇其人自有家事，迍邅坎轲，又废一年。及春末自京还，怪其久绝消息，五月初至此，自言为阁下所知。辞气激扬，面有矜色。曰："侯喜死不恨矣。吴曰："淡语皆见血性。"喜辞亲入关，羁旅道路，见王公数百，未尝有如卢公之知我也。比者分将委弃泥涂，老死草野，今胸中之气勃勃然复有仕进之路矣。"吴曰："宕激郁至。"○以上述其感深知己之言。

樊曰："此谓贞元十六年去徐来洛水，官京师。"《韩子年谱》曰："贞元十六年夏五月题李生壁云：余黜于徐州，将西居洛阳。是年五月十三日庚戌，张建封卒，十五日壬子，徐军乱，公以十四日题李生壁，则建封未死时已去徐矣。《送僧澄观诗》唐本注云：十六年诗云'洛阳穷秋厌穷独'，即今年秋也。"魏仲举按曰："公是冬如京师，《县斋有怀诗》所谓'求官去东洛，犯雪过西华'，乃此时也。"○迍当作屯。《易·屯》六二：屯如邅如。《释文》引马融曰："邅如，难行之貌。"《说文》曰："屯，难也。"《楚辞·七谏·怨世》曰："然埳轲而留滞。"王注曰："埳轲，不遇。"洪《补注》曰："埳轲又音坎可。"《说文》曰："轲，坎轲也。"《汉书·杨雄传》颜注曰："坎轲，不平貌，轲音口货反。"○樊曰："此谓十七年自京还洛，五月初与喜会于洛也。"○阁下，已见魏玄成《十渐疏》"陛下"注。又《因话录》卷五曰："古者三公开阁，郡守比古之侯伯，亦有阁，所以世之书题有阁下之称。前辈呼刺史、太守亦曰节下,与宰相大僚书往往呼执事,言阁下之执事人耳。其记室本系王侯宾佐之称,他人亦非所宜,执事则指斥其左右之人,尊卑皆可通称,侍者士庶尽可用之。近日官至使府御史及畿令悉呼阁下,至于初命宾佐犹呼记室,今则一例阁下,可谓上下无别矣。"《墨客挥犀》卷四同。案《汉书·王尊传》:直符史诣阁下,从太守受其事,故太守、刺史可称阁下。閤乃本字,俗以止扉阁字为之。顾亭林《日知录》卷二十四、梁茝林《称谓录》卷三十二考阁下皆甚详,不具录。○《广雅·释诂》三曰:"比,近也。"《文选》卢子谅《赠刘琨诗》李善注曰:"分谓己所当得也。"○《左传》襄三十年:"赵孟曰:使吾子辱在泥涂久矣。"○《韩子·说难》曰:"草野而倨侮。"○《广雅·释训》曰:"勃勃,盛也。"

愈感其言,贺之以酒。沈确士曰:"空中设色。"谓之曰:"卢公,天下之贤刺史也,不闻有所推引,盖难其人而重其事。今子郁为选首,其言死不恨,固宜也。古所谓知己者,正如此耳。身在贫贱,为天下所不知,独见遇于大贤,乃可贵耳。吴曰:"极力顿宕,以取盘郁之致。"若自有名声,又托形势,此乃市道之事,又何足贵乎?子之遇知于卢公,真所谓知己者也。吴曰:"淋漓尽致。"士之修身立节而竟不遇知己,前古已来不可胜数。吴曰:"再加顿挫。"或日接膝而不相知,或异世而相慕,以其遭逢之难,吴曰:"极力盘旋。"故曰:士为知己者死。不其然乎!不其然乎!"吴曰:"重言咏叹,以尽嗟颂之情。以上文淋漓顿挫,盘郁已极,非此不足以承之也。"又曰:"意无殊绝,特笔势盘郁,能使性情意气一时坌涌并出,腾跃纸上,令人鼓舞兴起。"○以上贺其幸得知己。

《文选》木玄虚《海赋》李善注曰："郁,盛貌。"《后汉书·李固传》章怀注曰："郁泱,云起貌。"此处亦有兴起意。又《汉书·董仲舒传》：制曰："今子大夫褒然为举首。"陈少章曰："郁为选首者,盖州家牒送举进士之首,如张籍举进士,由汴州牒送,是其证也。"○市道,已见《答吕䃲山人书》注。○陶渊明《闲情赋》曰："愿接膝以交言。"○《陈书·萧允传》曰："经延陵季子庙,设蘋藻之荐,托为异代之交。"○《赵策》一："豫让曰：士为知己者死,女为悦己者容。"又见《史记·刺客·豫让传》。

阁下既已知侯生,而愈复以侯生言于阁下者,非为侯生谋也。感知己之难过,大阁下之德,而怜侯生之心,故因其行而献于左右焉。谨状。以上因遇知之难,冀终成其德,并非专为侯生谋也。

□吴先生曰："韩公侠气,本之天赋,故于此等言之特沉郁激昂。"

送董邵南游河北序

樊曰："邵南,寿州安丰人,举进士不得志,去游河北,公作此送之。公诗有《嗟哉董生行》,亦为邵南作也。"朱曰："此篇言燕、赵之士,仁义出于其性,乃故反其辞以深讥其不臣而习乱之意,故其卒章又为道上威德以警动而招徕之,其旨微矣。"陈曰："董生不得志于有司,事在贞元中,详见公诗。时仕路壅滞,两河诸侯竞引豪杰为谋主,由是藩镇益强,朝廷盱食。此开成初宰相李石告文宗云尔。董生北游,正幕府急才、王室多事之日。文中立言,尚欲招燕、赵之士,则郁郁适兹土者,其亦可以息驾矣。送之所以留之,其辞绞而婉矣。"案：朱、陈说皆是。或谓此韩公望董生以仁义化河北,使坚事朝廷,则全失语妙矣。且如此则当庄言以告,如《送幽州李端公序》可也。何为隐约其词、微言相讽乎？乃叹朱、陈皆深达古人之意，其说为不可易也。吴先生曰："《嗟哉董生行》称唐贞元时，此序亦当贞元时作，殆十八年为四门博士时也。"〇《考异》无"游河北"三字，今依《音注》《五百家》及《文苑》。

　　燕、赵古称多感慨悲歌之士。吴曰："韩公为文，每争起句，凝炼矜重，独剏奇格，故老相传姚姬传先生每诵此句，必数易其气而始成声，足见古人经营之苦矣。"董生举进士，连不得志于有司，怀抱利器，郁郁适兹土，李曰："折落题面，承明首句。如无此语，则起笔为无着矣。"吾知其必有合也。董生勉乎哉！以上言其不遇而去燕、赵，或有所遇。夫以子之不遇时，苟慕义强仁者皆爱惜焉。矧燕、赵之士出乎其性者哉！吴曰："心否词唯，最为深曲。"然吾尝闻风俗与化移易，吾恶知其今不异于古所云邪！汪曰："结处遂引古为讽，望诸君及昔时屠狗者，皆古也。"〇古也感慨悲歌，今也犯上作乱，风化不同，故古今亦异，讽意昭然可知。乃有妄解悲歌之士，即隐喻犯上作乱者，则望诸君一语不可通矣。因泥定风俗与化移易，专就好一面说，遂生此谬解耳。"聊以吾子之行卜之也。吴曰："跌宕有态。"董生勉乎哉！以上言古今不同，仍难必其有合。吾因子有所感矣。吴曰："蹴起下文。"为我弔望诸君之墓，绰约绵眇，不从人间世来。而观于其市，复有昔时屠狗者乎？为我谢曰："明天子在上，可以出而仕矣。"以上讽其当仕于王朝，不宜效命藩镇。〇张曰："收处寄兴无端，如此乃谓之妙远不测。"李曰："末段托意高妙，措辞深婉，文境颇近司马子长。"

　　□谢叠山曰："文章有短而转折多气长者，此序是也。"〇刘海峰曰:"微情妙旨,寄之笔墨之外。昌黎平生作文,不欲托《史记》篱下,独此为近。"○或曰:"沉郁往复,去肤存液。"

感慨悲歌之士,孙曰:谓荆轲、高渐离之属。《史记·刺客传》曰:"荆轲既至燕,爱燕之狗屠及善击筑者高渐离。荆轲嗜酒,日与狗屠及高渐离饮于燕市,酒酣以往,高渐离击筑,荆轲和而歌于市中,相乐也,已而相泣,旁若无人者。"《汉书·地理志》曰:"赵、中山地薄人众,丈夫相聚游戏,悲歌忼慨。"○退之《嗟哉董生行》曰:"寿州属县有安丰,唐贞元时,县人董生邵南隐居行义于其中,刺史不能荐,天子不闻名声,爵禄不及门,门外惟有吏,日来征租更索钱。"○《魏志·陈思王植传》曰:"植常自愤怨抱利器而无所施。"○邹阳《于狱中上书自明》曰:"行合于志,慕义无穷也。"○《礼记·表记》曰:"畏罪者强仁。"《孟子·尽心上》曰:"强恕而行,求仁莫近焉。"○恶音乌。○《史记·乐毅传》曰:"赵封乐毅于观津,号曰望诸君。"《集解》引张华曰:"望诸君冢在邯郸西数里。"《元和郡县志》曰:"磁州邯郸县:乐毅墓在县西南十八里。"《太平寰宇记》同。皆墓在赵之证。《魏书·卢道将传》曰:"为燕郡太守,下车表乐毅之墓。"柳子厚《吊乐毅文》序曰:"许纵自燕来,曰燕之南有墓焉,其志曰乐生之墓。"皇甫鉴《城冢记》曰:"燕广城君乐毅墓,在良乡县南三里",《名胜志》《清一统志》《日下旧闻》均引之。皆墓在燕之证。或谓毅卒于赵,墓当在邯郸。或谓盖返葬于燕,故《名胜志》、明清《一统志》,良乡、邯郸皆载有乐毅墓。此文兴会所到,托意于是,固不必辩其在燕在赵也。

送王含秀才序

樊曰:"含元和八年进士。"徐星伯《登科记考》卷十八曰:"是年进士二十人。"(见《文献通考·选举二》)《文苑英华》有《履春冰诗》(卷百八十二),是此年试题。知贡举为中书舍人韦贯之（见《唐语林》卷八补遗）。○《考异》秀才下无含字，曰一作进士王舍。案：今依《音注》及《五百家本》，《观澜文丙集》《古文关键》并同。

吾少时读《醉乡记》，汪曰："举其先世遗文作议论，后所谓'悲醉乡之文辞'也。"私怪隐居者无所累于世，而犹有是言，岂诚旨于味邪？既读阮籍、陶潜诗，汪曰："引阮、陶二人以伴醉乡。"乃知彼虽偃蹇，不欲与世接，然犹未能平其心，或为事物是非相感发，于是有托而逃焉者也。若颜氏子操瓢与箪，曾参歌声若出金石。汪曰："又引颜、曾二人以压倒醉乡。"彼得圣人而师之，汲汲每若不可及。其于外也固不暇，尚何麴糵之托而昏冥之逃邪？吾又以为悲醉乡之徒不遇也。以上借醉乡发端，下文"吾力不能振之"云云，含盖求仕宦而不遂者，故勉以师圣人，而不必如醉乡之徒有托而逃，则区区仕宦得失，又不足介于胸中矣。通篇用意在此，而以缥缈凌虚之笔出之，遂令人渊然莫测其际。

《旧唐书·隐逸·王绩传》曰："绩字无功，绛州龙门人。尝游北山，躬耕于东皋，故时人号东皋子。"《新唐书·隐逸传》曰："绩著《醉乡记》，以次刘伶《酒德颂》。"○《晋书·阮籍传》曰："籍字嗣宗，陈留尉氏人也。作《咏怀诗》八十馀篇，为世所重。"又《隐逸·陶潜传》曰："潜字元亮，（《宋书·隐逸·陶潜传》曰字渊明，或云渊明字元亮，梁昭明太子《陶渊明传》曰：字元亮，或云潜字渊明，《南史·隐逸·陶潜传》曰，或云名元亮。案：昔人谓在晋名渊明，在宋名潜，元亮之字则一。或曰本名潜字渊明，后以字为名，字元亮。）大司马侃之曾孙也。（《宋书》曰：寻阳柴桑人。）为彭泽令，郡遣督邮至县，吏白应束带见之。潜叹曰：吾不能为五斗米折腰，事乡里小人。

解印去县，乃赋《归去来辞》。"锺仲伟《诗品》卷上曰："晋步兵阮籍《咏怀》之作，可以陶性灵、发幽思，言在耳目之内，情寄八荒之表，洋洋乎会于风雅，使人忘其鄙近，自致远大，颇多感慨之词，厥旨渊放，归趣难求。"卷中曰："宋征士陶潜文体省静，殆无长语，笃意真古，辞典婉惬，每观其文，想其人德，古今隐逸诗人之宗也。"案：《文选》卷二十三阮嗣宗《咏怀诗》李善注载颜延年、沈约等注曰："嗣宗身仕乱朝，常恐罹谤遇祸，因兹发咏，故每有忧生之嗟，虽志在刺讥，而文多隐避，百代之下，难以情测。"江文通《杂诗·拟阮步兵咏怀》曰："精卫衔木石，谁能测幽微？"皆能会阮之微旨者也。陶渊明《述酒诗》李公焕注引韩子苍曰："'山阳归下国'之句，盖用山阳公事，疑是义熙以后有所感而作也。故有'流涕抱中叹，平王去旧京'之语。"又引赵泉山曰："晋恭帝元熙二年六月十一日，宋王裕迫帝禅位，既而废帝为零陵王。明年九月，潜行弑逆。故靖节诗中引用汉献事。今推子苍意，考其退休所作诗，类多悼国伤时感讽之语，然不欲显斥，故命篇云'杂诗'，或托以述酒、饮酒、拟古，惟述酒间寓以他语，使漫奥不可指摘。今于各篇姑见其一二句警要者，馀章自可意逆也。如'豫章抗高门，重华固灵坟'，此岂边酒语耶？'三季多此事，慷慨争此场，忽值山河改'（《拟古》），其微旨端有在矣。"又陶集何孟春本附录引真西山曰："渊明惓惓王室，盖有乃祖长沙公之心，独以力不得为，故肥遁以自绝，食薇饮水之言（《拟古》），衔木填海之喻（《读山海经》），至深痛切。"○《左》哀六年："陈乞言诸大夫曰：彼皆偃蹇。"杜注曰："偃蹇，骄敖。"○《易·系辞下》："子曰：颜氏之子，其殆庶几乎！"《论语·雍也篇》："子曰：贤哉回也，一箪食，一瓢饮。"《曲礼上》郑注曰："箪笥，盛饭食者，圜曰箪，方曰笥。"○《庄子·让王篇》曰："曾子居卫，曳縰而歌商颂，声满天地，若出金石。"○《说文》曰："糵，牙米也。"《礼记·月令》曰：

"麹蘖必时。"王无功《醉乡记》曰:"醉之乡,去中国不知其几千里也,其土旷然无涯,无丘陵阪险,其气和平一揆,无晦明寒暑,其俗大同,无邑居聚落,其人甚精,无爱憎喜怒,吸风饮露,不食五谷,其寝于于,其行徐徐,与鸟兽鱼鳖杂处,不知有舟车器械之用。阮嗣宗、陶渊明等十数人,并游于醉乡,没身不返,死葬其壤,中国以为酒仙云。"○吾又以为,朱曰:"为字疑衍。"○孙曰:"不遇谓不遇圣人。"

建中初,天子嗣位,有意贞观、开元之丕绩,在廷之臣争言事。当此时,醉乡之后世又以直废。以上又以良臣见废,陪舍之求仕不遂。

樊曰:"大历十四年,德宗即位。十五年正月,改元建中。"○严冲甫(有翼)曰:"贞观太宗时,开元明皇时。《河南同官记》云,建中初天子始纪年更元,命官司举贞观、开元之烈,群臣惕栗奉职,命才登良,不敢私违。"(严注亦见《五百家》,后并同。)《书》伪古文《大禹谟》曰:"嘉乃丕绩。"伪孔传曰:"丕,大也。"○良臣其人与事,史不具。

吾既悲醉乡之文辞,而又嘉良臣之烈。汪曰:"良臣之烈,即以醉乡贯。"思识其子孙。今子之来见我也无所挟,吾犹将张之,况文与行不失其世守,浑然端且厚,惜乎吾力不能振之,而其言不见信于世也。于其行,姑与之饮酒。以上惜不能引之显达,以饮酒作结,妙不可测。茅曰:"昔人以不用入醉乡,今与之饮酒,有无限意。"

□刘曰:"含蓄深婉,颇近子长。退之文以雄奇胜人,独《董邵南》及此篇,深微屈曲,读之觉高情远韵,可望不可及。"○或曰:"澹宕夷犹,风神绝远。"○张曰:"此篇与退之他文,有阳刚阴柔之别。然空中起步,其来无端,则一也。"

《诗·韩奕》毛传曰:"张,大也。"

送幽州李端公序

韩曰:"端公名益,宰相揆之族子。大历四年登第,贞元中,幽州卢龙节度使刘济辟为府从事。公因益来东都,序以送之,勉其归,使为济言帅先来觐奉职如开元时也。"案:柳子厚《先君石表》阴《先友记》曰:"李益,陇西姑臧人。风流有文词。少有癖疾,以故不得用。年老常望仕,非其志,复为尚书郎。"《旧唐书·李益传》曰:"益少有痴病,而多猜忌,防嫌妻妾,过为苛酷,故时谓妒痴为李益疾。以是久之不调,而流辈皆居显位,益不得意。北游河朔,幽州刘济辟为从事,常与济诗有'不上望京楼'之句。"《新唐书》入《文艺传》。《唐才子传》《全唐诗话》并云益字君虞。陈少章曰:"贞元间,刘禹锡在杜佑淮南幕府,与僚友会饮联句,李端公益为坐客之首。"唐人称御史为端公,盖是时已为使府御史矣。后佑入朝,府罢,端公官久不调,因游河朔,入幽帅刘济幕,尝作诗有"不上望京楼"之句,盖中之郁郁深矣。及至东都,而韩子送之归府,讽其效忠燕帅,修开元时藩臣之礼,盖深以乃心王室勖之。观旧史所载端公在幽州诗,则知斯序立言之旨矣。

元年,今相国李公为吏部员外郎,愈尝与偕朝,道语幽州司徒公之贤。曰:"某前年被诏,告礼幽州,入其地,迓劳之使里至,每进益恭。及郊,司徒公红帓首,鞴袴,握刀在左,右杂佩,弓韔服,矢插房,俯立迎道左。某礼辞曰:公天子之宰,礼不可如是。及府,又以其服即事,某又曰:公三公,不可以将服承命。卒不得辞,上堂即客阶,坐必东向。"吴曰:"随事铺写,便有礼经意致。"○以上述李相道刘济尊君命之义。

祝曰："元和元年。"○今相国，李藩也。案《旧唐书·李藩传》曰："藩字叔翰，赵郡人。（《新唐书·藩镇传》曰，其先赵州人。）除秘书郎，迁主客员外郎，寻改吏部员外郎。元和初，迁吏部郎中，给事中，郑絪罢免，遂拜藩门下侍郎，同平章事。"《新唐书·宰相表》曰："元和四年二月丁卯，给事中李藩为门下侍郎，同中书门下平章事。六年二月壬申，藩罢为太子詹事。"《唐六典》卷二曰："吏部员外郎二人，从六品上。"○樊曰："元年六月，公自江陵召为国子博士。"○《旧唐书·刘怦传》曰："怦，幽州昌平人也。子济（《新唐书·藩镇传》曰：济字济。）继为幽州节度使，累加至检校兵部尚书。贞元五年，迁左仆射，充幽州节度使。顺宗即位，再迁检校司徒。"○孙曰："贞元二十一年正月，德宗崩，以藩为告哀使，故至幽州。"沈文起曰："按李翱《杨於陵墓志铭》，改秘书少监。德宗崩，为太原、幽、镇等十道告哀使，则藩是时为告哀副使也。"案：唐河北道幽州，为幽州节度使治所。（唐幽州治蓟县，在今北平市西南。）○《礼记·曲礼下》《释文》曰："劳，力报反。"孔疏曰："劳，慰劳也。"○《玉篇》曰："帕，亡拨、莫瞎二切，帕巾也。"《释名·释衣服》曰："袴，跨也，两股各跨别也。韠，跨也，两足各以一跨骑也。"朱曰："帕或作帊。"案：退之《元和圣德诗》曰："以红帕首。"《送郑尚书序》曰："帕首袴韠，迎郊。"皆作帕。○《考异》刀下无在字。朱曰："方从《杭本》刀下有在字，而读连下文左字为句，《谢本》又校作在右。今按：若如方意，则当云左握刀、右杂佩矣，不应云握刀在左，亦不应惟右有佩也，在为衍字无疑，《杭本》误也。《礼疏》云，带剑之法在左，右手抽之为便（见《少仪》），则刀不当在右，《谢本》亦非矣。左右杂佩当自为一句，《内则》所谓左右佩用者也。"姚曰：此当从《杭本》作握刀在左，盖握刀者，其佩刀之名，若不连在左二字，则真为手持刀而见，无是理也。此杂佩止是戎事之用，如射决之类，与《内则》之杂佩不同，右有而左无，无害，弓矢亦在右，右杂佩弓韣服矢插房九字相连。《送郑尚书序》，左握刀，右属弓矢，文正与此同。○《诗·采绿》曰："言韔其弓。"《释文》曰："韔，勑亮反，弢也。"《礼记·檀弓下》："工尹商阳韔弓。"郑注曰："韔，韬也。"服，箙之借字。《说文》曰："箙，弩矢箙也。"《周礼·夏官·司弓矢》郑注曰："菔，盛矢器也。"《左》宣十二年："抽矢菣纳诸厨子之房。"杜注曰："房，箭舍也。"○《仪礼·士冠礼》：宾礼辞。郑注曰："礼辞，一辞而许也，再辞而许曰固辞，三辞曰终辞不许也。"案：下文云终不得辞，则此礼辞但言以礼辞谢，不必一辞而许如《士冠》所言也。○公天子之宰，此指济检校左仆射言。《通典·职官典》四曰："大唐左右二仆射因前代，本副尚书令，自尚书令废阙，二仆射则为宰相。"○公三公，此指济检校司徒言。《新唐书·百官志》曰："太尉、司徒、司空是为三公。"○孙曰："将服谓将士之服。"○卒不得辞，朱曰："卒上或有'及馆又如是'一句，方从《阁》，《杭》《苑》《粹》无之。今按：此据次第，当有此句，但下文云上堂即客阶、坐必东向，若至馆如此，即是常礼不足言；唯在府如此，乃见其尊事天子使者，不敢以主礼自居之意。当从方本为是。"《援鹑堂笔记》卷四十二曰："按：朱子据天子无客礼，莫敢为主焉，君适其臣，升自阼阶之文（《礼记·郊特牲》）。但唐时诏使至诸镇，其仪不可考。即古者天子使至于诸侯，亦未闻如天子之至于诸侯也。且刘济之自处如此，则使者即位于堂南面邪？抑居主位而西面也。南向于礼不衷。且果尔则文应特著以示异，不必言镇帅之升阶即坐以为恭也。如谓济之尊使者，李藩之升阶即坐如此，则岂他郡有不尔者？此未足以为异也。或者宾主则东西坐，是时刘济不敢以客礼待诏使，而自居于主也，亦从藩而东面坐乎？"又曰："或云唐时平昔升阶与坐，疑亦如今时客升东阶坐西向不如古，至是一正其礼耶？然检《唐书》如卢简求镇太原，其子汝弼后依李克用，太原府子亭，简求所署多在，每宴亭中，未尝居宾位，西向俯首（《新唐书·卢简求》附简辞传）。其他志传及小说言主司待举人尚西向，犹可考，不得以今俗仪覈唐礼也。"王宋贤（元启）《读韩记疑》曰："或云使者持节南向，故主人东向坐。愚谓上文及府承命，是宣诏时堂下拜命之事。此云上堂，则是改服后以宾主礼见。古礼客上西阶坐东向，主人上东阶坐西向。然如此则居然以主礼自居，非敬事王人之道，故反自居宾客，以主位让使者，若尊者南向，则侍立者当西向，不应东向。唐时悉遵古礼，或说全非。"

愈曰："国家失太平，于今六十年矣。吴曰："接笔妙远不测。姚姬传作《刘海峰寿序》，舒、黄之间天下奇山水一段，全从此脱化。"夫十日十二子相配，数穷六十，其将复平。平必自幽州始，乱之所出也。吴曰："前似《仪礼》，此又似《左传》。"今天子大圣，司徒公勤于礼，庶几帅先河南北之将来觐奉职如开元时乎！"吴曰："意在讽厉效顺，而借往事着笔，又参以术数之说，痕迹都化，一片空灵，意态自尔隽逸。若以庄语出之，则失之拙滞矣。"李公曰："然。"以上述与李相应对之语，以讽幽州效顺，而借术数之说为点染，语意便觉灵活，非真有取于术数家言也。

《周礼·春官·冯相氏》掌十有二辰十日，《秋官·哲蔟氏》以方书十日之号十有二辰之号。郑注曰："日谓从甲至癸，辰谓从子至亥。"《考工记·匠人》贾疏曰："甲乙丙丁之属十日为母，子丑寅卯等十二辰为子。"《左传》昭七年曰："天有十日。"杜注曰："甲至癸。"《史记·律书》载十母十二子，十母即甲至癸，十二子即子至亥也。又《续汉书·律历志上》刘注引蔡邕《月令章句》曰："大挠始作甲乙以名日，谓之幹；作子丑以名月，谓之枝。枝幹相配，以成六旬。"○其将复平，朱曰："平方作乎，今按若作乎字而属上句，则下文不应便重出如开元时乎，下句但云必自幽州始，而上无平字，即又不成文理，今定作平。"案《音注》本亦作平，《文粹》同。○樊曰："按天宝十四年范阳节度使安禄山反，范阳，幽州也。其年岁在乙未，至元和九年甲午，数穷六十，一甲子终矣。公此序元和四年二月以后为之，故云。其后济裨将谭忠亦说济子总曰：天地之数合必离、离必合，河北与天下离六十年，数穷必合。今兵骎骎北来，赵人已献德、棣十二城助魏破齐，惟燕无一日劳，后世子孙得无事乎？为君忧之。总因上疏愿奉朝请，且欲割所治为三，以幽涿营为一府，请张弘靖治之；瀛莫为一府，卢士玫治之；平蓟妫檀为一府，薛平治之。忠说总在元和十四年，其所云数穷必合者，岂用公语耶？何其相似也？"案：王宋贤据序云端公来寿其亲东都，意是元和五年公为河南令时作。

今李公既朝夕左右，必数数为上言，元年之言殆合矣。端公岁时来寿其亲东都，东都之大夫士莫不拜于门，其为人佐甚忠，意欲司徒公功名流千万岁，请以愈言为使归之献。结出本意。

□方曰："虞伯生云：命意高，结体奇，转掣从天降。"又曰："体制字法，皆仿《三传》《三礼》。"○刘曰："讽司徒以来觐奉职，而运词简古秾丽。"○或曰："骨俊上而词瑰玮，极用意之作。"○张曰："用意高妙，造言瑰奇，可想下笔时摒落一切。"○吴曰："宣明朝廷威德，讽谕藩镇，最见公之伟抱，文亦英伟轶荡非常。"

孙曰："李公即藩也，朝夕左右，谓为相。"○《汉书·贾山传》颜注曰："数，屡也。"《论语·里仁篇》《释文》引何晏曰："数，色角反。"○孙曰："益父时官洛阳。"案：益父名虬，见《新唐书·世系表》。《通典·职官典》六曰："侍御史之职有四，谓推（原注曰："掌推鞫也。"）、弹（原注曰："掌弹举。"）、公廨（原注曰："知公廨事。"）、杂事（原注曰："台事悉总判之。"），定殿中监察以下职事及进名改转，台内之事悉主之，号曰台端，他人称之曰端公。"《元和郡县志》曰："河南府：显庆二年置东都，天宝元年改东都为东京，至德元年复为东都。"案：唐河南府治洛阳、河南二县，宋因之，金并河南县于洛阳县。○《韩子年谱》曰："元和四年己丑，改都官员外郎，守东都省。五年庚寅，为河南县令。"○孙曰："佐，谓为幽州从事。"

送高闲上人序

赞宁《高僧传》卷三十曰："湖州开元寺释高闲，本乌程人也。后入长安，于荐福、西明等寺肆习经律，克精讲贯。宣宗重兴佛法，召入对御前草圣，遂赐紫衣。闲常好将霅州白紵书真草之踪，与人为学法焉。"米海岳《书史》卷六曰："唐僧高闲草书千文，楮纸上真迹，在李熙处。"又曰："唐高闲书令狐楚诗，在尚书李常家。"《能改斋漫录》卷七曰："唐诗多以僧为上人。按《摩诃般若经》云，何名上人？佛言若菩萨一心行阿耨菩提，心不散乱，是名上人。《十诵律》云，人有四种，一麤人，二浊人，三中间人，四上人。"又案《南史·刘显传》曰："武帝时有沙门讼田，帝大署曰贞，显曰：贞字文为与上人。"则上人之称已见于梁矣。沈文起曰："张祜集《高闲上人诗》云：卷轴朝廷钱，书函内库收。张籍集有《送闲师归江南诗》，盖与公同时作也。"王宋贤曰："按宣宗即位，距公卒已二十二年，此序当属长庆中作。"

苟可以寓其巧智，使机应于心，不挫于气，则神完而守固。虽外物至，不胶于心。姚曰："机应于心，故物不胶于心，不挫于气，故神完守固。韩公此言，本自状所得于文事者，然以之论道亦然。牢笼万物之态，而物皆为我用者，技之精也。曲应万物之情，而事循其天者，道之至也。必离去事物而后静其心，是韩公所斥解外胶泊然淡然者也，以是为道，其道浅矣；以是为技，其技粗矣。"尧、舜、禹、汤治天下，养叔治射，庖丁治牛，师旷治音声，扁鹊治病，僚之于丸，秋之于奕，伯伦之于酒，乐之终身不厌，奚暇外慕？夫外慕徙业者，皆不造其堂、不哜其胾者也。以上言不专一其心者，业必不能精。

　　《礼记·王制》郑注曰："胶之言纠也。"《庄子·逍遥游》《释文》引李曰："胶，黏也。"○《左传》襄十三年杜注曰："养叔，养由基也。"《西周策》："苏厉谓周君曰：楚有养由基者善射。"○《庄子·养生主》曰："庖丁为文惠君解牛，手之所触，肩之所倚，足之所履，膝之所踦，砉然响然，奏刀騞然，莫不中音，合于桑林之舞，乃中经首之会。文惠君曰：嘻善哉，技盖至此乎！庖丁释刀对曰：始臣之解牛之时，所见无非牛者，三年之后，未尝见全牛也。方今之时，臣以神遇而不以目视，官知止而神欲行，依乎天理，批大郤，导大窾，因其固然，技经肯綮之未尝，而况大軱乎？"《释文》曰："庖人，丁其名也。"○《孟子·离娄上》曰："师旷之聪。"赵注曰："师旷，晋平公之乐太师也。"又《告子上》曰："至于声，天下期于师旷。"○《史记·扁鹊传》曰："扁鹊者，渤海郡郑人也。（《集解》引徐广曰："郑当为鄚。鄚，县名，今属河间。"案《汉书·地理志》：鄚县属涿郡。《续志》属河间郡。此云渤海，当在汉前。鄚县故城在今河北任丘县东北鄚州镇。）姓秦氏，名越人。少时为人舍长，舍客长桑君与语曰：我有禁方，年老欲传与公。乃出其怀中药予扁鹊，饮是以上池之水，三十日当知物矣。乃悉取其禁方书尽与扁鹊，扁鹊以其言饮药三十日，视见垣一方人，以此视病，尽见五藏症结,特以诊脉为名耳。"○《庄子·徐无鬼篇》曰:"市南宜僚弄丸而两家之难解。"《释文》引司马彪曰:"宜僚,楚之勇士也,善弄丸。楚白公胜将作乱,杀令尹子西、子期(子期上当有司马二字),石乞曰:市南有熊宜僚者,若得之,可以当五百人,乃往告之,不许也。承之以剑,不动,弄丸如故。曰:吾亦不泄子,(事见《左传》哀公十六年,《左》不言弄丸事,但载胜曰:不为利谄,不为威惕,不泄人言以求媚者,去之。不以"不泄"为宜僚语。《淮南·主术篇》高注曰:"宜僚弄丸不辍,心志不惧,曰不能从子为乱,亦不泄子之事。"盖司马所本。)白公遂杀子西、子期叹息两家而已。宜僚不预其息。"又《山木篇》曰:"市南宜僚见鲁侯。"《释文》引司马彪曰:"熊宜僚也,居市南,因为号也。"又引李颐曰:"姓熊名宜僚。"(《淮南》注:宜僚姓也,名熊,姓名二字盖互误。)《淮南·主术篇》曰:"市南宜僚弄丸而两家无所关其辞。"○《孟子·告子上》曰:"奕秋,通国之善奕者也。"赵注曰:"有人名秋,通一国皆谓之善奕,故曰奕秋。"《说文》曰:"奕,围棋也。"弈通借字。○《晋书·刘伶传》曰:"伶字伯伦,沛国人也。放情肆志,常以细宇宙、齐万物为心。尝乘鹿车,携一壶酒,使人荷锸而随之,谓曰:死便埋我,其遗形骸如此。著《酒德颂》。"○《说文》曰:"胾,尝也。胾,大脔也。"《玉篇》曰:"胾,在细切;胾,侧吏切。"沈曰:"三饭始食胾,(《礼记·曲礼上》曰:三饭,主人延客食胾,然后辩殽。)后于脯醢,先于骨体也。(《曲礼上》郑注曰:"殽,骨体也。")以故胾对堂。"

　　往时张旭善草书,不治他伎。汪曰:"即无外慕意。"喜怒窘穷,忧悲愉佚,怨恨思慕,酣醉无聊不平,有动于心,必于草书焉发之。观于物,汪曰:"又作两层叙。"见山水崖谷,鸟兽虫鱼,草木之花实,日月列星,风雨水火，雷霆霹雳，歌舞战斗，天地事物之变，可喜可愕，一寓于书。故旭之书变动犹鬼神，不可端倪，以此终其身而名后世。以上言旭之专一于书。

《新唐书·文艺传》曰："张旭，苏州吴人。嗜酒，每大醉呼叫狂走乃下笔，或以头濡墨而书，既醒自视以为神，不可复得也。世呼张颠。旭自言始见公主担夫争道，又闻鼓吹而得笔法意，观倡公孙舞剑器得其神。"（见杜子美《观公孙大娘弟子舞剑器行序》。）杜子美《饮中八仙歌》曰："张旭三杯草圣传。"朱曰："善方作喜。"案：《音注》作喜，吴先生校韩集改从喜。○《五百家本》伎作技。案伎，技之借字。○《说文》曰："霆，靁馀声也，铃铃所以挺出万物。"《尔雅·释天》曰："疾雷为霆。"（霆下元有霓字，依郝兰皋《义疏》删。）郭注曰："雷之急激者谓霹雳。"郝疏曰："《说文》云，震，劈历振物者。"《一切经音义》十五引《苍颉篇》曰："霆，礔礰也。"（《文选·西京赋》薛注引礔礰作霹雳。）是霆为疾雷。《穀梁》隐九年传云："震，雷也；电，霆也。"（《左》襄十四年《释文》曰：霆，电也。）是霆、电通名。《淮南·兵略篇》云，疾雷不及塞耳，疾霆不暇掩目，亦以霆为电。○《庄子·大宗师篇》曰："反覆终始，不知端倪。"

今闲之于草书，有旭之心哉！不得其心而逐其迹，未见其能旭也。为旭有道，利害必明，无遗锱铢，情炎于中，利欲斗进，有得有丧，勃然不释，然后一决于书，而后旭可几也。今闲师浮屠氏，一死生，解外胶。是其为心，必泊然无所起；其于世，必淡然无所嗜。泊与淡相遭，颓堕委靡，溃败不可收拾，则其于书得无象之然乎！以上言学浮屠者，离事物以静其心，恐其学书不能如旭之专一，而难底于成。

锱铢之数，诸说不同。《说文·金部》曰："锱，六铢也。"《淮南子·说山篇》高注曰："六铢曰锱。"与《说文》合。而《诠言篇》注曰："六两曰锱。"此许注也，与《说文》反异，疑两为铢字之误，否则二说互为传写之讹也。又《礼记·儒行篇》郑注曰："八两曰锱。"《风俗通》曰："铢六则锤，二锤则锱。"（玄应《一切经音义》卷二十引）此锱之诸说不同也。《说文·金部》铢字下曰："权，十分黍之重也。"《禾部》秤字下曰："十二粟为一分，十二分为一铢。"与《淮南·天文篇》合。桂未谷据此改铢下十分黍为十二分黍，王菉友从之，此一义。《玉篇》曰："铢，十二分也。"段懋堂改十分黍为十絫黍，曰十絫黍者，谓百黍也。《汉书·律历志》曰："一龠容千二百黍，重十二铢。"许说与《汉志》合。步瀛案：《汉志》注引应劭曰："十黍为絫，十絫为铢。"此又一义也。《说苑·辨物篇》曰："十六黍为一豆，六豆为一铢。"则又异。此铢之数诸说不同也。○朱曰："诸本作胶，方从杭、欧、谢本作缪。云缪，莫侯切，犹绸缪也。《庄子》内鞬者不可缪而捉，（《庚桑楚篇》《释文》曰："缪，结也。"）义盖同此。今按胶者，黏着之物，而其力之溃败不黏为解，今以下文'颓堕溃败'之语反之，当定作胶。"步瀛案：《文苑》作缪，吴先生校韩集改从缪。○《五百家补注》曰："东坡《送参寥诗》云，退之论草书，万事未尝屏。忧愁不平气，一寓笔所骋。颇怪浮屠人，视身如丘井。颓然寄淡泊，谁与发豪猛？"正谓此一段立意也。

然吾闻浮屠人善幻，多伎能，闲如通其术，则吾不能知矣。掉转作收，以解脱为讥讽。

□方曰："子厚《天说》，似类《庄子》，若退之为之，并其精神意气皆得之矣。观《高闲序》可辨。"○刘曰："奇崛之文，倚天拔地。"○张曰："退之奇处，最在横空而来，凿险绝幽之思,籥云乘风之势,殆穷极文章之变矣。"

《后汉纪》卷十《明帝纪》曰:"浮屠者,佛也。西域天竺有佛道焉,佛者汉言觉,将悟群生也。"《魏书·释老志》曰:"浮屠正号曰佛陁,佛陁与浮屠声相近,皆西方言,其来转为二音,华言译之则谓净觉。"○朱曰:"《汉书·西域传》有善眩之语。颜注云,眩读与幻同,眩,相诈惑也,即今吞刀吐火,植瓜种树,屠截人马之术。韩公盖用此语。"

方崧卿曰:"此文全篇皆本于《庄子》,所谓宋元君画图,有一史后至,解衣槃礴臝。"(见《田子方篇》。槃作般,《释文》曰:又作般。)郭注曰:"内足者神闲而意定。"又曰:"王彦法谓退之此数语,乃深得祖师向上休歇一路,其见处胜裴休远甚。"朱曰:"今按韩公本意,但谓人必有不平之心,郁积之久,而后发之,则其气勇决而伎必精。今高闲既无是心,则其为伎宜其溃败委靡而不能奇,但恐其善幻多伎,则不可知耳。此自韩公所见,非如画史祖师之说也。"王宋贤曰:"公不喜浮屠,故立论必故与相反。朱子谓此自韩公所见,极为知言。方氏画史祖师之说,朱子讥其非是,吾并谓公论亦非学书之道本然。"步瀛案:韩公辟佛之旨,《送浮屠文畅师序》既以庄论出之矣,然不能每送释子即发此论也。故此文别出手眼,以为习释氏者,其心泊然淡然,无勇决之气,即学书亦不能精,仍以旁见侧出,寓其辟释氏之旨耳。文心何等灵妙?若认为为学书者说法,则几于痴人说梦矣。

送廖道士序

五岳于中州,衡山最远,南方之山,巍然高而大者以百数,独衡为宗。最远而独为宗,其神必灵。衡之南八九百里,地益高,山益峻,水清而益驶。其最高而横绝南北者岭。郴之为州在岭之上,测其高下,得三之二焉。中州清淑之气于是焉穷。气之所穷，盛而不过，必蜿蟺扶舆磅礴而郁积。衡山之神既灵，而郴之为州又当中州清淑之气蜿蟺扶舆磅礴而郁积。其水土之所生，神气之所感，白金水银丹砂石英钟乳，橘柚之包，竹箭之美，千寻之名材，不能独当也。极力蹶起，以纵为奇。意必有魁奇忠信材德之民生其间，再蹶一句，以纵为奇。而吾又未见也。忽又扬开，奇变不测。其无乃迷惑溺没于老佛之学而不出邪？忽又蹶起，奇变不测。○以上从山川物产引入人才。

《周礼·春官·大宗伯》郑注曰："五岳：东曰岱宗，南曰衡山，西曰华山，北曰恒山，中曰嵩高山。"《清一统志》曰："湖南衡州府：衡山在衡山县西三十里，五岳之一也。"○《汉书·司马相如传》颜注曰："中州，中国也。"○《玉篇》曰："驶，山利切，疾也。"○五岭，已见韩云卿《平蛮颂》注。○《元和郡县志》曰："江南道郴州，本汉长沙国地，后汉分长沙南境，立桂阳郡，理郴县。"案：郴州治郴县，即今湖南郴县治。○《文选·长笛赋》："綖宛蟺。"李善注曰："盘屈摇动貌。宛，于阮切，蟺音善。"《史记·司马相如传·子虚赋》曰："扶舆猗靡。"《集解》引郭注曰："《淮南》所谓会折靡地，扶舆猗委也。"今《淮南·修务篇》作扶旋。高注曰："扶转周旋。"此扶舆即扶旋之意。《晋书·挚虞传·思游赋》曰："乘云车电鞭之扶舆委移兮。"扶舆字与此同。《庄子·逍遥游篇》："将旁礴万物。"《释文》曰："旁又作磅，引司马彪云，旁礴犹混同也。"○《证类本草》卷三石钟乳：引陶隐居曰："第一出始兴，而江陵及东境名山石洞亦皆有，惟通中轻薄，如鹅翎管，碎如爪甲，中无雁齿，光明者为善。"又引《唐本草》注曰："钟乳第一始兴，其次广、连、澧、朗、郴等州者，虽厚而光润可爱，饵之并佳。"

○《书·禹贡》："厥包橘柚。"伪孔传曰："小曰橘,大曰柚,其所包裹而致者。"○《尔雅·释地》郭注曰："竹箭,筱也。"○《诗·閟宫》毛传曰："八尺曰寻。"《说文》作𪥌,曰："度人之两臂为𪥌,八尺也。"注家多以八尺为言,惟《史记·张仪传》《索隐》曰七尺为寻。

廖师郴民,而学于衡山,气专而容寂,多艺而善游,岂吾所谓魁奇而迷溺者邪！此句落下所谓魁奇忠信材德之民将属之廖师矣。此下忽又扬开,如海上三神山,望之如云,及到,风辄引去。廖师善知人,若不在其身,必在其所与游,访之而不吾告,何也？愈转愈妙,魁奇之目至此,廖师乃绝望矣,而文境转悠然不尽。于其别申以问之。

　　□刘曰："此文如黑云漫空,疾风迅雷甚雨骤至,电光闪闪,顷刻净埽阴霾,皎然日出,文境奇绝。"○或曰："磊落而迷离,收处绝诡变。"

送温处士赴河阳军序

《旧唐书·温造传》曰："造字简舆,河内人（此盖称其族望）。幼嗜学,不喜试吏,隐居王屋以渔钓逍遥为事。"《新唐书·温大雅传》曰："大雅,并州祁人。四世孙佶,佶子造。造隐王屋山,人号其居曰处士墅。寿州刺史张建封闻其名,书币招礼,造欣然往从之,建封虽咨谋而不敢縻以职事。及节度徐州,造谢归下邳,慨然有高世心。建封恐失造,因妻以兄子。时李希烈反,攻陷城邑,天下兵镇阴相撼,逐主帅自立。德宗患之,以刘济方纳忠于朝,密诏建附择纵横士往说济,建封强署造节度参谋,使幽州。造与济语未讫,济俯伏流涕,愿效死节。造还,建封以闻,诏驰驲入奏。天子爱其才,将用为谏官,以语泄乃止。复去隐东都,乌重胤奏置幕府。"案:处士之称,见《孟子·滕文公下》《荀子·非十二子篇》。魏道辅(泰)《临汉隐居诗话》曰:"李固谓处士纯盗虚名,韩愈虽与石洪、温造、李渤游,而多侮薄之,所谓'水北山人得名声,去年去作幕下士。水南山人今又往(此三字韩诗作"又继往"),鞍马仆从照间里。少室山人索价高,两以谏官征不起。彼皆刺口论时事,有力未免遭驱使'。"(见《寄卢仝诗》)步瀛案:简舆为侍御史,劾大金吾李祐违诏进马,及后平兴元军之乱,其风裁功绩非无可观者。故韩公爱其才而讥其轻出,亦所以深惜之也。《送石处士序》韩注曰:"元和五年四月,诏用乌重胤为河阳军节度使御史大夫,治孟州。"案《旧唐书·宪宗纪》曰:"元和五年夏四月,以潞州左司马乌重胤为怀州刺史,河阳三城怀州节度使。"《地理志》曰:"河阳三城节度使治孟州。"韩说盖本此,然武宗会昌三年始升河阳为孟州。(《唐会要》七十曰:"会昌三年九月,中书门下奏河阳县改为孟州,从之。"《太平寰宇记》五十二曰:"会昌三年,河阳升为孟州,时河阳节度使以怀州为理所,四年仍移理所于孟州。"元和时不当云孟州也。《新唐书·方镇表》言贞元十二年复置河阳怀州节度,治河阳,而《元和郡县志》言河北道怀州,为河阳三城怀州节度使理所。宏宪(李吉甫)此书上于元和八年,而自河阳徙治怀州,未知何年,故乌重胤出镇,亦无从确指其治河阳抑治怀州也。又案:唐怀州治河内县,今河南沁阳县治。唐河阳县在今河南孟县西。○《音注》《五百家》及《文苑》温下有造字。

伯乐一过冀北之野,而马群遂空。方展卿曰:"起得超忽突兀,从《郑风》叔于田巷无居人章来。"吴曰:"矜炼刱调。"**夫冀北马多于天下,伯乐虽善知马,安能空其群邪?解之者曰:吾所谓空,非无马也,无良马也。伯乐知马,**

遇其良辄取之，群无留良焉。苟无良，虽谓无马不为虚语矣。先以譬喻引起。

伯乐已见《杂说》注。○《左》昭四年：司马侯曰："冀之北土，马之所生。"○《考异》多下无于字，今依《音注》《五百家》及《文苑》。

东都，固士大夫之冀北也。吴曰："横空逆接。"恃才能深藏而不市者，洛之北涯曰石生，其南涯曰温生。大夫乌公以鈇钺镇河阳之三月，以石生为才，以礼为罗，罗而致之幕下。未数月也，以温生为才，于是以石生为媒，以礼为罗，又罗而致之幕下。东都虽信多才士，方展卿曰："此文境盘旋顿挫处。"朝取一人焉拔其尤，吴曰："此下纯是跌宕风神。"暮取一人焉拔其尤，自居守河南尹以及百司之执事，与吾辈二县之大夫，政有所不通，事有所可疑，奚所谘而处焉？汪曰："发东都处士无人，用旁见侧出法。"又曰："四种人四样句法。"吴先生曰："止为'处士之庐无人'一语，不可轻出，故尽力蓄势。"士大夫之去位而巷处者，谁与嬉游？小子后生于何考德而问业焉？搢绅之东西行过是都者，无所礼于其庐。吴曰："极意跌宕，不肯轻下。"若是而称曰：方展卿曰："生动飞扬。"大夫乌公一镇河阳，而东都处士之庐无人焉，岂不可也？吴曰："诙调语以淡宕出之，谐妙独绝。"又曰："前半幅文字，专为顿出此句，遂尔精采四射，看其用思何等灵幻奇绝。伯时画马，先画马鼻，鼻之俯仰偃侧，全马之势因之。'若是'以下数语，全文中之马鼻也。"○以上惜东都处士之无人。

严曰："石洪、温造二处士皆居洛阳，北涯曰石生，南涯曰温生，即《赠卢仝诗》（集赠作寄）所谓'水北山人，水南山人'

是也。"案《新唐书·乌重胤传》曰："石洪者，字濬川，其先姓乌石兰，后独以石为氏。有至行，举明经，为黄州录事参军，罢归东都，十馀年，隐居不出，公卿数荐皆不答。重胤镇河阳，求贤者以自重，或荐洪。重胤曰：彼无求于人，其肯为我来邪？乃具书币邀辟，洪亦谓重胤知己，故欣然戒行。"《后汉书·马融传》章怀注曰："涯，水滨也。"○《新唐书·乌重胤传》曰："重胤字保君，河东将承玭子也。少为潞牙将，兼左司马。节度使卢从史奉诏讨王承宗，阴与贼连，吐突承璀将图之，以告重胤。乃缚从史帐下，士持兵合譁，重胤叱曰：天子有命，从者赏，违者斩。士敛手还部，无敢动。宪宗嘉其功，擢河阳节度使。"《百官志》曰："兵部，凡将出征，告庙授斧钺，军不从令，大将专决。"又曰："节度使掌总军旅，颛诛杀。"○《说文》曰："罗，以丝罟鸟也。"○《韩子年谱》曰："元和六年辛卯，《寄卢仝》云：水北山人得名声，去年去作幕下士。水南山人又继往，鞍马仆从塞闾里。公有《送石洪温造序》，《唐本》云送石在五年，送温在今年。"魏仲举曰："送石与温二序，当附之五年。公《寄卢仝诗》，盖今年之春。其曰'水南山人又继往'，只去年事也。送温序云未数月也云云，以未数月之言考之，恐不应在今年也。或辟命在去冬而春首行，然实无所考也。"案：王宋贤谓此五年冬公初令河南日作。○《文选·射雉赋》徐爰注曰："媒者，少养雉子，至长狎人，能招引野雉，因名曰媒。"○韩曰："居守谓东都留后郑馀庆。"案：河南尹，韩注不言为何人。《旧唐书·宪宗纪》曰："元和三年六月，以河南尹郑馀庆为东都留守。六年夏四月，以东都留守郑馀庆为兵部尚书，依前留守。"《郑馀庆传》曰："馀庆字居业，荥阳人。拜河南尹。三年，检校兵部尚书兼东都留守。六年四月，正拜兵部尚书。"又《宪宗纪》曰："元和四年十二月，以陕虢观察使房式为河南尹。五年十二月，以河南尹房式为宣州刺史，宣歙池观察采石军使，以鄂岳观察使郗士美为河南尹。六年三月乙未朔，以河南尹郗士美检校工部尚书兼潞府长史昭义军节度使。"而不言继者何人。以韩集证之，盖李素以少尹行之。退之《李素墓志铭》曰："拜河南少尹行大尹事。"樊曰："六年三月，以河南尹郗士美为昭义军节度使，以素为少尹行大尹事。温赴河阳，洪、魏有二说，未能确定为何时，故为河南尹者，亦未能确定为何人。若在元和五年十二月之前，当为房式，（式新、旧《唐书》皆附《房琯传》，《旧唐书》云琯之侄，《新唐书》云琯侄孙，琯河南人。）十二月之后或六年三月之前，当为郗士美，（士美字和夫，高平金乡人，新、旧《唐书》皆有传。）六年三月后，当为李素也，（沈曰：素字贞一。）如王宋贤说，则当为房式矣。"《唐会要》卷六十七曰："贞观十七年，太宗亲征辽东，令太子太傅房玄龄充京城留守，东都留守以萧瑀为之，是为置留守之始。"《唐六典》卷三十曰："河南尹一人，正三品。"○孙曰："东都郭下二邑，洛阳、河南也。公为河南令。"王宋贤曰："时窦牟为洛阳令。"步瀛案：退之《故国子司业窦公墓志铭》曰："元和五年真拜尚书虞部郎中，转洛阳令。"王说是。○《史记·封禅书》《集解》引李奇曰："搢，插也，插笏于绅。绅，大带。"

夫南面而听天下，茅曰："推开一步，才正大而地位高。"其所托重而恃力者，惟相与将耳。又以相陪出将。相为天子得人于朝廷，将为天子得文武士于幕下，求内外无治，不可得也。愈縻于兹，不能自引去，资二生以待老。今皆为有力者夺之，其何能无介然于怀邪？吴曰："借寓微旨。"生既至，拜公于军门，其为吾以前所称为天下贺，以后所称为吾致私怨于尽取也。以上乌公得人可贺，而私怨其取尽，致东都无人。

《易·说卦传》曰："圣人南面而听天下，向明而治。"

○《广雅·释诂》二曰:"縻,系也。"○《后汉书·孔融传》注曰:"介犹蒂芥也。"

　　留守相公首为四韵诗歌其事,愈因推其意而序之。以上作序。

　　□吴曰:"韩公敩奇尚节之士,于温、石等之趋迎大吏,意皆不以为然。《寄卢仝诗》所谓'彼皆哆口谕世事,有力未免遭驱使'者也。此文意含谐讽,词特屈曲盘旋,在集中亦不可多得之文字。"又曰:"凡文字以意在言外,委婉不尽,为最上乘。《左氏传》最为擅场,《史记》亦数数见之,韩文中类此者,盖可指数。自馀各家,于此微恉寥乎绝矣。夫为文不能涵泳微意,则词尽而意与之尽,平直浅近,复何蕴藉之可言乎?此自唐以后文章之所以日衰,而高尚理想之不复存在也,岂小失哉!"

　　馀庆于贞元十四年七月,以工部侍郎为中书侍郎,同中书门下平章事。十六年九月,贬为郴州司马。永贞元年八月,以尚书左丞同中书门下平章事。元和元年五月,罢为太子宾客。尝再为相,故称相公也。○《新唐书·艺文志》有《郑馀庆集》十卷,今佚,《全唐诗》仅载馀庆诗二首,无此篇。

送李愿归盘谷序

　　樊曰:"贞元十七年作,时公年三十四,脱汴、徐之乱,来居洛,方且求官京师,郁于中而见于外,故其辞如此。"《五百家注》载唐人《跋盘谷序后》曰:"陇西李愿,隐者也,不干誉以求进,每韬光而自晦,迹寄人世,心游□清乐人智于□之间,信古今一时也。昌黎韩愈知名之士,高愿之贤,故叙而送之,于□县大夫博陵崔俅(《野客丛书》引作崔倰)披其文,稽其实,是用命工勒石于谷之西偏,以祛不朽。大唐贞元辛□岁(樊曰:贞元十七年岁在辛巳。)建丑月渤海高从

□□。"《集古录跋尾》卷八曰："盘谷在孟州济源县，贞元中，县令刻石于其侧，令姓崔，其名泆，（王勉夫谓泆与徕必有一误。）今已摩灭。其后书云昌黎韩愈，知名士也，当时退之官尚未显，其道未为当世所宗师，故但云知名士也。然当时送愿者不为少，而独刻此序，盖其文章已重于时也。以余家集本校之，或小不同，疑刻石误，集本世已大行，刻石乃当时物，存之以为佳玩尔。其小失不足较也。"朱曰："此篇诸校本多从石本，而樊、洪两石已自不同，未知孰是。其有同者，亦或无理，未可尽信。按欧公《集古录跋尾》云云，最为通论，近世论者专以石本为正，然其谬可考而知也。"案：王勉夫《野客丛书》卷二十六言其家有鲁直所校石本，与今刊本差异，今以校《举要》《考异》所举洪、樊石本，又各有不同者。今以各书具在，不悉录。

太行之阳有盘谷，盘谷之间，泉甘而土肥，草木藂茂，居民鲜少。或曰：谓其环两山之间，故曰盘。或曰：是谷也，宅幽而势阻，隐者之所盘旋。茅曰："两或曰文多跌宕，结胎在'隐者所盘旋'一句上。"汪曰："两或曰奇古，《檀弓》（下）：或曰由鲁嫁，或曰外祖母也。《公羊传》：高子来盟（闵二年），及晋人败秦于殽（僖三十三年），传俱用两或曰。"友人李愿居之。以上言盘谷为隐者所居。○李曰："起段词笔简宕。"又曰："凡为文，宜专就篇中紧要之处极力抒写，其馀闲文末节，不宜浪费笔墨。如此文紧要处在中三段，故作者精神全注于此。起段则但求简净，不求精采也。"

孙曰："太行，山名，在怀州。阳，南也。盘谷，地名，在孟州济源县。"案：《穀梁》僖二十八年曰："山南为阳。"《元和郡县志》曰："河北道怀州河内县，太行山在县北二十五里。"又引《述征记》曰:"太行山首始于河内,自河内北至幽州,凡百岭,连亘十二州之界。"《清一统志》曰:"河南怀庆府,太行山,一名五行山,府境河内(今沁阳)、济源、修武三县,皆在其麓。"又曰:"盘谷在济源县北二十里。"○《困学纪闻》卷十七阎百诗笺曰:"《昌黎年谱》,贞元十七年辛巳在京师,有《送李愿归盘谷序》。《旧唐书·李愿传》,父晟,立大勋,即拜太子宾客上柱国,为兴元元年甲子,此岂终身官不挂朝籍者?《新唐书·李晟传》,贞元七年以临洮未复,请附贯万年,诏可。是愿又当为长安人,于盘谷不得曰归,盖送者乃别一人耳。"何义门补笺曰:"《元和御览诗》中有李愿二首,疑即其人。"《援鹑堂笔记》卷四十四曰:"《名胜志》云,唐使院石幢题名,在徐州州治仪门下,题名金紫光禄大夫、简校尚书右仆射、使持节徐州诸军事、兼徐州刺史、御史大夫、充武宁军节度管内支度营田徐、泗、宿、濠等州观察处置等使、袭岐国公、食实封七百五十户李愿,幢建于元和六年。按愿本传云,元和初,领夏绥银宥节度使,后徙武宁军。又云,晟立功时,诸子未官,宰相以闻,即日诏授太子宾客上柱国。故事,柱国门列戟,遂父子皆赐。按晟立功已在建中、贞元之际,愿贵已久,而公此序作于十七年,其非一人明矣。"步瀛案:退之又有《和卢郎中云夫寄示送盘谷子诗》,韩仲韶注以为元和七年冬长安作(王宋贤以为或六年作)。蔡闻之(世远)曰:"西平之子李愬之兄亦名愿,史言其以荒侈败,结纳权近,与篇中所述正复相反,明非一人矣。公又有《和卢郎中送盘谷子诗序》,作于贞元十七年,西平子方官环列,诗和于元和七年,西平子正拥节旄,更非弃官高蹈者可知。"(《古文雅正评语》)○友人,方曰:"樊氏石本作有人,《野客丛书》言石本同。俞荫甫《曲园杂纂》卷二十五《读昌黎集》从之,且引《山海经·大荒南经》有人三身,有人凿齿,有人名曰张宏,《大荒西经》有人衣青等为证。然按之此文,义殊不安,不足取也。"

愿之言曰：李曰："忽开异境。"人之称大丈夫者，我知之矣。利泽施于人，名声昭于时，坐于庙朝，进退百官，而佐天子出令。其在外，则树旗旄，罗弓矢，武夫前呵，从者塞途，供给之人，各执其物，夹道而疾驰，喜有赏，怒有刑，才畯满前，道古今而誉盛德，入耳而不烦。曲眉丰颊，清声而便体，秀外而惠中，飘轻裾，翳长袖，粉白黛绿者，列屋而闲居，妒宠而负恃，争妍而取怜。大丈夫之遇知于天子，用力于当世者之所为也。吾非恶此而逃之，李曰："逆折有力。"是有命焉不可幸而致也。以上功名利达一流。沈确士曰："此段宾。"

古者天子、诸侯皆三朝，曰外朝，曰治朝，曰内朝。宗庙在治朝之左，聘享必于庙，命官必于庙，谋事必于庙。《礼记·祭统》曰："庙中者，境内之象。"凡国功曰庙谟、曰庙算，与朝廷出政并重，故庙、朝并言也。○《周礼·春官·司常》曰："交龙为旂，熊虎为旗。"《说文》曰"熊旗九游，以象伐星，士卒以为期。"《释名·释兵》曰："熊虎为旗，旗，期也，言与众期于下，军将所建，象其猛如熊虎也。"案：旂、旗散文亦通。孙曰："旄，旗类，以犛牛尾注于竿首，故因以为名。"案：此说本《诗·干旄》毛传及《后汉书·东平王传》注。《说文》曰："旄，幢也。"段注曰："旄是旌旗之名，汉之羽葆幢，以犛牛尾为之，亦有羽，羽或全或析。言旄不言羽者，举一以晐二，其字从㫃从毛，亦举一以晐二也。以犛牛尾注旗竿，故谓此旗为旄，因而谓犛牛尾曰旄，谓犛牛曰旄牛，名之相因者也。"○畯，俊之通借字，《文苑》《文粹》《观澜乙集》《崇古文诀》皆作俊。○《文选·上林赋》郭注曰："便嬛，轻利也。"惠、慧字通。《论语·卫灵公篇》曰："好行小慧。"《释文》曰："鲁读慧为惠。"皇疏本作惠。《列子·汤问篇》：河曲智叟曰："甚矣汝之不惠。"亦作惠。○《方言》十三曰："翳，掩也。"○《楚策》三：张子（仪）曰："彼郑周之女，粉白黛黑，立于衢间，非知而见之者以为神。"《说文》曰："黱，画眉黑也。"（依小徐本）段注曰："黛者黱之俗。"《释名·释首饰》曰："黛，代也，灭眉毛去之，以此画代其处也。"

穷居而野处，升高而望远，坐茂树以终日，濯清泉以自洁，采于山，美可茹，钓于水，鲜可食，起居无时，惟适之安。与其有誉于前，孰若无毁于其后？与其有乐于身，孰若无忧于其心？汪曰："纽上一段。"车服不维，刀锯不加，理乱不知，黜陟不闻，大丈夫不遇于时者之所为也，我则行之。以上隐逸一流。沈曰："此段主。"

《广雅·释诂》二曰："茹，食也。"《诗·烝民》孔疏曰："茹者，啖食之名，故取菜之入口名为茹。"○《书·舜典》："车服以庸。"《广雅·释诂》三曰："维，系也。"○《鲁语上》：臧文仲曰："中刑用刀锯。"

伺候于公卿之门，奔走于形势之途，足将进而趑趄，口将言而嗫嚅，处秽污而不羞，触刑辟而诛戮，徼幸于万一，老死而后止者，其于为人贤不肖何如也？汪曰："此句与'丈夫遇知天子''不遇时'二句相对照。"张曰："含蓄无尽。"

○以上于上二段之外，写一种人，即以一句收束，结构甚奇。○李曰："自'愿之言'至此，三段文字，奇气歕涌，异采怒发，正如蜃楼海市，一转瞬而消归乌有，洵天下之奇观也。初学悟此，于文章构境设色之法，思过半矣。"

《说文·人部》新附伺字，曰："候，望也。"○《易·夬》九四曰："其行次且。"《释文》曰："次，本亦作趑，或作跛，郑作起趑，同，七私反。且，本亦作趄，或作跙，同，七馀反。王肃云，趑趄，行止之碍也。"案《说文》曰："趑趄，行不进也。"
○孙曰："嗫嚅，不敢出口也。上之舌切，又而舌切；下女居切。"案：《说文》无嗫字，《言部》曰："讘，多言也。"《玉篇》引《埤苍》曰："嗫嚅，多言也。"与此文义异。退之之意，疑当用愶懦字，《说文》：愶，失气也。懦，驽弱也。因属语言，故书为嗫嚅耳。○《说文》曰："辟，法也。"○徼，憿之通借字。《说文》曰："憿，幸也。"又曰："幸吉而免凶也。"本字作夲，隶变为幸，或加人作倖。

昌黎韩愈闻其言而壮之。李曰："简劲。"**与之酒而为之歌曰：盘之中，维子之宫。盘之土，可以稼。盘之泉，可濯可沿。盘之阻，谁争子所。窈而深，廓其有容。缭而曲，如往而复。嗟盘之乐兮，乐且无央。虎豹远跡兮，蛟龙遁藏。鬼神守护兮，呵禁不祥。饮且食兮寿而康。无不足兮奚所望？膏吾车兮秣吾马，从子于盘兮，终吾生以徜徉。**李曰："按此歌词意颇为危悚，'虎豹远跡，蛟龙遁藏'等语，皆寓远引避害之意。盖是时朝政昏乱，藩臣骄态，退之浮沉其间，不能无惧祸之心欤！"

□茅曰："通篇全举李愿说话，自说只数语，此又别是一格。"○刘曰："兼用偶俪之体，而非偶俪之文，则哲匠之妙用也。"恽子居曰："字字有本，句句自造，事事披根，惟退之有此。"○或曰："别出奇径，跌宕自喜。"○日本赖山阳曰："此文有六代风习，虽不深于文者亦知之，惟其造语依然昌黎本色，试以六代文字来比较之，何人手笔得仿佛于此？是非深于文者不知也。"○步瀛案：退之之文，日人且能深知之，而今日不知文者，妄加排斥，良可慨已。

中宫韵。○土稼韵。顾亭林《诗本音》曰："稼，古音古。"○《说文》曰："沿，缘水而下也。"方崧卿曰："按公《论语笔解》，以浴于沂作沿于沂（于当作乎，见《笔解》卷下），政与此沿同义。"朱曰："方以古韵为据，舍《石》《杭》《阁本》而去湘从沿，其说当矣。然必以《笔解》为说，又似太拘。今世所传《笔解》，盖未必韩公本真也。"吴北江曰："《笔解》以浴为沿之误，未知果出公说否。然公此句实即本此。"步瀛案：王宋贤曰：濯即濯缨、濯足之濯，与沿为二事，公诗有"沿涯宛转"之句，(《郴口诗》曰：沿涯宛转到深处。) 即此所谓可沿也。○泉沿韵。○《楚辞·天问》王注曰："阻，险也。"案：阻所韵。《广韵》八语曰："所，疎举切。"○方曰："以容叶深，以《易·恒卦·小象》考之，亦合古韵。"步瀛案：《恒》以深中容禽为韵，《诗·小戎》以中骖为韵，《楚辞·七谏》：怨思容心韵，《九叹》：逢纷容逸韵。案：深古音侵部，容古音东部，本通转为韵也。○《广韵》二十九筱曰："缭，绕缠也，力小切。"屋曰："复，返也，方六切。"案：曲复韵。○无央，方曰："阁、杭、蜀本皆作央。王逸《离骚》注曰：央，尽也，已也。《考异》作殃。"朱曰："方从洪校石本作央，今按作殃，于义为得。"案：《音注》《五百家》《文苑》《文粹》《文诀》皆作央。俞荫甫《读昌黎集》以作央者为是。吴先生校韩集亦改为央。今从之。○孙曰："不祥谓魑魅之属。"○饮且，《考异》从方作则，《音注》《文粹》《观澜》《文诀》并同。今依《五百家本》及《文苑》。○《诗·閟宫》曰："俾尔寿而康。"○《音注》曰："望音忘。"○《五百家注》曰："膏音告。"案：膏车即脂车也。《诗·泉水》曰："载脂载辖。"毛传曰："脂辖其车。"陈硕甫疏曰："《说文》：锏，车轴铁也；釭，车毂中铁也；辖，车轴耑键也。一曰，车辖，軝，车毂小穿也，軎，车轴耑也，或作輨、軝为毂末，輨为轴末，轴毂皆有铁以错之，盛膏于釭中，则铁与铁相摩，使之滑利，是曰脂。又于轴末以木键之，是曰辖，辖与辂同。"○《诗·汉广》："言秣其马。"毛传曰："秣，养也。"又《鸳鸯》："摧之秣之。"传曰："秣，粟也。"《说文》作䬳，曰："食马谷也。"○《广雅·释训》曰："倘佯，戏荡也。"《广韵》十阳曰："徜徉犹徘徊也。徜，市羊切；徉，与章切。"案：徜徉叠韵连语，故或作尚羊（《楚辞·惜誓》），或作常羊（《汉书·礼乐志·郊祀歌》），或作尚徉（《淮南·览冥篇》），或作倘佯（《文选·风赋》），或作倘徉（《文选·思玄赋》），又或作相羊（《离骚》），相佯（《后汉书·张衡传》），襄羊（《史记·司马相如传》），儴佯（《文选·上林赋》五臣本），儴徉（《广雅·释训》），方羊（《左》哀十七年），方洋（（汉书·吴王濞传》），仿佯（《史记·吴王濞传》），仿佯（《楚辞·远游》），仿洋（《淮南·原道篇》），皆音近义同。○央藏祥康望佯韵。

《东坡题跋》卷一《跋退之送李愿序》曰："欧阳文忠公尝谓晋无文章，惟陶渊明《归去来》一篇而已。余亦以谓唐无文章，惟韩退之《送李愿归盘谷》一篇而已。平生愿效此作一篇，每执笔辄罢，因自笑曰，不若且放教退之独步。"王从之（若虚）《滹南集》卷三十五《辨文》曰："东坡云云，盖亦一时之戏语耳。古之作者，各自名家，其所长不可强而同，其优劣不可比拟而定，使其必模仿而成，亦未必可贵也。"汪武曹曰："宋朝诸名家为文，无有不自韩文出者。苏公之称韩公，至比之孟子，而曰文起八代之衰，谓之唐无文章可乎？且《盘谷序》非韩文之最者，何故独推一篇？予谓此必非东坡之言，如《万石君罗文江瑶柱传》之类，皆妄庸者托之耳。"（《八家文读本》二集）步瀛案：武曹此说，先得我心。宋时常有妄人评古人诗文，必托名人之言以欺世。如欧阳永叔谓晋无文章，苏子瞻谓唐无文章，已不成语。且《送李愿序》，在韩公文中，亦非其至者，徒以奇瑰为流俗所喜，遂妄为此言，托之子瞻耳。大抵《东坡题跋》，其中真赝参半，七集内殊无此等文，后人无识，概收入全集中。即使此语果出子瞻，亦正如王从之所谓"一时戏语"，殊不足为典要。

况子瞻未必果有此语乎？故附录之，以破俗人之惑。

故金紫光禄大夫检校尚书左仆射
同中书门下平章事兼汴州刺史充宣武军节度副大使
知节度事管内支度营田汴宋亳颍等州观察处置等使
上柱国陇西郡开国公赠太傅董公行状

韩曰："公尝从晋于汴州，为观察推官，故知晋行甚详，唐史晋传，皆取公行状为之。"

曾祖仁琬，皇任梁州博士　祖大礼，皇赠右散骑常侍　父伯良，皇赠尚书左仆射

《文选》任彦昇《齐竟陵文宣王行状》，首二行列题祖太祖高皇帝，父世祖武皇帝。又《南徐州南兰陵郡县中都乡中都里萧公年三十五行状》（古抄本无行字）。何义门《读书记·文选》卷五曰："《汉书》高祖求贤诏书曰，诣相国府，署行义年，苏林云，行状年纪也。此行状所自始。后则太常议谥，史官纪事，皆取之。首行必书几岁，犹其遗也。《柳河东集》中此体仅存，韩、李为人所刊削汩乱也。"姚姬传《古文辞类纂》卷四十五附注曰："何论太拘，昌黎业以董公乡邑年纪叙入行状之内，则知首行本未题列，非人汩乱也。"○《旧唐书·地理志》曰："山南西道梁州兴元府，天宝元年改为汉中郡，乾元元年复为梁州。兴元元年升为兴元府。"案：唐梁州治南郑县，今陕西南郑县治。《唐六典》卷三十曰："上州经学博士一人，正九品上。医学博士一人，从九品下。"○《唐六典》卷八曰："门下省左散骑常侍二人，从三品。掌侍奉规讽，备顾问应对。"卷九曰："中书省右散骑常侍二人，从三品，掌如左散骑常侍之职。"○《新唐书·百官志》曰："尚书省左右仆射各一人，从二品，掌统理六官，为令之贰。"

公讳晋，字混成，河中虞乡万岁里人。少以明经上第。宣皇帝居原州，公在原州。宰相以公善为文任翰林之选闻，召见，拜秘书省校书郎，入翰林为学士。三年，出入左右，天子以为谨愿，赐绯鱼袋，累升为卫尉寺丞，出翰林，以疾辞，拜汾州司马。崔圆为扬州，诏以公为圆节度判官，摄殿中侍御史。以军事如京师朝，天子议之，拜殿中侍御史内供奉。由殿中为侍御史，入尚书省为主客员外郎，由主客为祠部郎中。曾曰："以上科第历官。"

《援鹑堂笔记》四十二曰："唐所置虞乡县，在今蒲州临晋县之南，今有废虞乡县城，（自注曰：今虞乡县乃分临晋县之东置县。）临晋之北为荣河县，县有万岁宫，即古汾阴县也。万岁里或取宫而名之欤？然县去虞乡百馀里。"步瀛案：《清一统志》曰："山西蒲州府：虞乡故城，即今虞乡县治。《元和郡县志》：虞乡县西至河中府七十里，本汉解县地。《旧唐书·地理志》：隋虞乡县，武德元年，改为解县，蒲州别置虞乡县。《元史·地理志》：至元三年省虞乡入临晋，旧志虞乡县今为虞乡镇。按《寰宇记》：后周末于解县西五十里别置虞乡县，即今治，不知省于何时，仍移绥化故城。唐所置县当即后周末之治，今所置县亦即唐时县治也。"以上二说不同，姑并存之。又案世彩堂本里上敚岁字，《东雅堂本》承其误，他本皆有，《文苑》同，今据增。○《旧唐书·肃宗纪》曰："群臣上谥曰文明武德大圣大孝宣皇帝。"《旧唐书》《通鉴·唐纪》并载至德元载六月辛丑至平凉，（《新唐书·地理志》曰："原州平凉郡。"）董晋诣肃宗，当在此时。而新、旧《唐书》晋传并曰：肃宗自灵武幸彭原，晋上书谒见，盖误，当以行状为正。孙注谓至德元载十月，肃宗幸原州。考《旧唐书》及《通鉴》十月幸彭原郡，彭原郡乃宁州，非原州，孙说亦误也。唐关内道原州平凉郡治平高县，今甘肃固原县治。○《唐六典》卷十曰："秘书省校书郎八人，正九品上，掌雠校典籍。"○《唐会要》卷五十七曰："翰林院，开元初置，已前掌内文书，至德以后，军国务殷，其入直者，并以文词共掌诏敕，自此翰林院始有学士之名。"○《新唐书·车服志》曰："开元初，驸马都尉从五品者，假紫金鱼袋，都督刺史品卑者，假绯鱼袋，五品以上检校试判官皆佩鱼。中书令张嘉贞奏致仕者佩鱼终身，自是百官赏绯紫必兼鱼袋，谓之章服。"○《唐六典》卷十六曰："卫尉寺丞二人，从六品上，掌判寺事。"○唐河东道汾州治西河县，今山西汾阳县治。《唐六典》卷三十曰："上州司马，从五品下，掌贰府之事。"○《旧唐书·崔圆传》曰："清河东武城人也。（《新唐书》圆传曰："字有裕，贝州武城人。"《元和郡县志》曰："河北道贝州东武城县属清河郡，隋开皇三年改属贝州，皇朝因之，清河诸崔即此邑人。"）李光弼用为怀州刺史，改汾州刺史，皆以理行称，拜扬州大都督府长史淮南节度观察使。"案：唐淮南道扬州为淮南节度使治所，附郭为江都县，今江苏江都县治。○孙曰："贞元二年二月，以前汾州刺史崔圆为淮南节度使，奏晋以本官摄御史，充判官。"案《通典·职官典》十四曰："节度使有判官二人。原注曰：分判仓兵骑胄四曹事。"《唐六典》卷十三曰："御史台殿中侍御史六人，从七品下，掌殿廷供奉之仪式。"○孙曰："寻归台授本官。"案《唐六典》卷十三曰："御史台侍御史四人，从六品下，掌纠举百僚，推鞫狱讼。原注曰：又置内供奉员，不过本数，其迁改与正官资望亦齐。"○《唐六典》卷一曰："尚书省尚书令，掌总领百官，其属有六尚书，一曰吏部，二曰户部，三曰礼部，四曰兵部，五曰刑部，六曰工部。"卷四曰："礼部尚书、侍郎之职，掌天下礼仪祠祭燕飨贡举之政令，其属有四，一曰礼部，二曰祠部，三曰膳部，四曰主客。祠部郎中从五品上，掌祠祀享祭，天文漏刻，国忌庙讳，卜筮医药，道佛之事。主客郎中从五品上，员外郎从六品上，掌二王后及诸蕃朝聘之事。"

先皇帝时，兵部侍郎李涵如回纥立可敦，诏公兼侍御史，赐紫金鱼袋，为涵判官。回纥之人来曰："唐之复土壃，取回纥力焉。约我为市，马既入，而归我贿不足，我于使人乎取之。"涵惧不敢对，视公，公与之言曰："我之复土壃，尔信有力焉。吾非无马，而与尔为市，为赐不既多乎？尔之马岁至，吾数皮而归资，边吏请致诘也，天子念尔有劳，故下诏禁侵犯，诸戎畏我大国之尔与也，莫敢校焉。尔之父子宁而畜马蕃者，非我谁使之？"于是其众皆环公拜，既又相率南面序拜，皆两举手曰："不敢复有意大国。"自回纥归，拜司勋郎中，未尝言回纥之事。或曰："以上副使回忆。"

《旧唐书·代宗纪》曰："大历四年五月辛卯，以仆固怀恩女为崇徽公主，嫁回纥可汗，仍令兵部侍郎李涵往册命。"《新唐书·宗室传》曰："涵简素忠谨，为宗室俊，擢给事中，迁兵部侍郎。"《叛臣传》曰："仆固怀恩，铁勒部人。初肃宗以宁国公主下嫁毗伽阙可汗，又为少子请婚，故以怀恩女妻之。少子立，号发里可汗，而怀恩女为可敦。"《回鹘传》曰："回纥，其先匈奴也，至隋曰韦纥，自为俟斤，称回纥。"（又曰：元和四年改为回鹘，义取回旋轻捷如鹘也。）《突厥传》曰："号可汗，犹单于也，妻曰可敦。"〇孙曰："李涵奏晋为判官。"〇《新唐书·回鹘传》曰："磨延啜立，号葛勒可汗，肃宗即位，使者来请助讨禄山，于是可汗自将，与朔方节度使郭子仪合讨同罗诸蕃，俄以大将军多揽等造朝，及太子叶护身将四千骑来，惟所命。帝命广平王见叶护，约为昆弟。香积之战，陈澧上，贼诡伏骑于王师左,将袭我,仆固怀恩麾回纥驰之,尽覄其伏,乃出贼背,与镇西北庭节度使李嗣业夹攻之,贼大败,进收长安,安庆绪弃陈东北渡河。"○壃与疆字同。《说文》曰:"畺,界也。"重文作疆。○《唐六典》卷二曰:"吏部其属有四,三曰司勋,司勋郎中一人,从五品上,掌邦国官人之勋级。"

迁秘书少监,历太府、太常二寺亚卿,为左金吾卫将军。今上即位,以大行皇帝山陵出财赋,拜太府卿。由太府为左散骑常侍,兼御史中丞,知台事,三司使。选擢才俊,有威风。始公为金吾,未尽一月拜太府,九日又为中丞,朝夕入议事。于是宰相请以公为华州刺史,拜华州刺史,潼关防御镇国军使。汪曰:"留华州事在汴州后带叙,以此处入不下也。"朱泚之乱,加御史大夫。诏至于上所。又拜国子祭酒,兼御史大夫,宣慰恒州。于是朱滔自范阳以回纥之师助乱,人大恐,公既至恒州,恒州即日奉诏出兵与滔战,大破走之。以上叙历官及宣慰恒州。

《唐六典》卷十曰:"秘书省少监二人,从四品上。秘书监之职,掌邦国经籍图书之事,少监为之贰。"○《唐六典》卷二十曰:"太府寺卿一人,从三品;少卿二人,从四品上。太府卿之职,掌邦国财货之政令,少卿为之贰。"○《唐六典》卷十四曰:"太常寺卿一人,正三品;少卿二人,正四品上。太常卿之职,掌邦国礼乐郊庙社稷之事,少卿为之贰。"○《唐六典》卷二十五曰:"左右金吾卫大将军,正三品,将军从三品,掌宫中及京城昼夜巡警之法,以执御非违。"○孙曰:"大历十四年五月,德宗即位。"○《旧唐书·代宗纪》曰:"大历十四年五月辛酉,诏皇太子监国,是夕上崩于紫宸之内殿,遗诏皇太子枢前即位。壬戌,迁神枢于太极殿发丧。"《通典·礼典·凶》一引《汉旧仪》

曰：" 帝初登遐，朝臣称曰大行皇帝。"又引《风俗通》曰："天命有终，往而不返，故曰大行。天子新崩，梓宫在殡，太子已即位，存亡有别，不可但称皇帝，未及定谥，故曰大行皇帝。"《水经》卷十九《渭水注》曰："秦名天子冢曰山，汉曰陵，故通曰山陵矣。"《通鉴》卷二百二十五《唐纪》四十一曰："大历十四年六月制：应山陵制度，务从优厚，当竭帑藏以供其费。"○《唐六典》卷十三曰："御史台御史大夫，从三品，中丞正五品。御史大夫之职，掌邦国刑宪典章之政令，以肃正朝列，中丞为之贰。"又曰："侍御史其职有六，二曰三司，凡三司理事，则与给事中、中书舍人更直于朝堂受表。"《唐会要》卷六十曰："大历十四年六月三日，敕御史中丞董晋、中书舍人薛播、给事中刘迺宜充三司使。仍取右金吾厅一所充使院，并于西朝堂置幕屋，收词讼。"《通鉴·唐纪》四十一曰："大历十四年六月，诏天下冤滞，州府不为理，听诣三司使，以中丞、舍人、给事中各一人，日于朝堂受词推决。"○《旧唐书·地理志》曰："关内道华州上辅。"《唐六典》卷三十曰："上州刺史一人，从三品，掌清肃邦畿，考覈官吏，宣布德化，抚和齐人，劝课农桑，教谕五教。"案：唐华州治郑县，今陕西华县治。○《旧唐书·地理志》曰："潼关防御镇国军使，华州刺史领之。"又曰："至德之后，中原用兵，刺史皆治军戎，遂有防御、团练、制置之名，要衝大郡，皆有节度之类。寇盗稍息，则易以观察之号。"《新唐书·方镇表》曰："乾元二年，置陕虢华节度，领潼关防御团练镇守等使。上元元年，改陕虢华节度为陕西节度，兼神策军使。二年，陕西节度罢领华州，以华州置镇国节度，亦曰关东节度。广德元年，罢镇国军节度。"钱晓征《廿二史考异》四十六曰："按旧史本纪：广德元年有同华节度使李怀让（《代宗纪》），怀让死而周智光继之。至大历二年，智光伏诛，始不除节度。表云广德二年罢节度者，非也。"案：钱说是。《寰宇记》曰："华州华阴县：

潼关，玄宗开元十三年于华岳祠南通衢立碑，御制其文，并书，是新关南路也。旧路在岳北，是后牧是州者，多带防御潼关军使。"又案：唐潼关，今潼关县治。○《新唐书·逆臣传》曰："朱泚，幽州昌平人。李希烈围哥舒曜于襄城，诏泾原节度使姚令言督镇兵五千东救曜，过阙下。师次浐水，京兆尹王翃使吏供军，粝饭菜肴，众怒不肯食，乃尽甲反旗而鼓。帝闻，命中人持赐往，人二缣，士愈悖，射中人，乘舆奔奉天，贼无属，畏不能久，以泚昔在泾有恩，令言率百馀骑见泚，夜数百骑复往，泚知不伪，乃拥徒向阙下。"○孙曰："建中四年，以晋代孙宿为华州刺史，又兼御史中丞潼关防御镇国军（当有使字），久之加兼御史大夫。"○《旧唐书·董晋传》曰："朱泚僭逆于京师，使凶党仇敬、何望之侵逼华州，晋奔遁赴行在，授国子祭酒。"○《唐六典》卷二十一曰："国子监祭酒，从三品，掌邦国儒学训导之政令。"○《旧唐书·德宗纪》曰："建中三年六月甲子，恒冀观察使王武俊反。四年十二月癸酉，命华州刺史董晋河北宣慰。（《通鉴》卷二百二十九《唐纪》四十五曰："十二月，以国子祭酒董晋为河北宣慰使。"）兴元元年春正月癸酉朔，上在奉天行宫受朝贺，诏大赦天下，改建中五年为兴元元年。李希烈、田悦、王武俊、李纳咸复其爵位，仍即遣使宣谕。"《新唐书·方镇表》曰："建中三年，罢成德军，置恒冀都团练观察使，治恒州。兴元元年，废恒冀、深赵二观察，复置成德军节度使，治恒州。"案：唐恒州治真定县，今河北正定县治。○《旧唐书·朱滔传》曰："贼泚之弟也，建中二年，加检校司徒，为幽州卢龙军节度使，以德、棣二州隶焉。朝廷以康日知为深、赵二州团练使，王武俊为恒、冀二州团练使。滔怒失深州，武俊怒失宝臣故地，滔构武俊同己反。兴元元年正月，滔驱率燕蓟之众及回纥杂虏攻围贝州。"《地理志》曰："幽州节度使治幽州。"《新唐书·方镇表》曰："宝应元年，范阳节度使复为幽州节度使，及平卢陷，又兼卢龙节度使。"○《旧唐书·德宗纪》曰:"兴元元年二月戊寅,王武俊效顺,加中书门下平章事,兼幽州节度使,令讨朱滔。五月丙子,李抱真、王武俊及朱滔战于京城,败之。"《朱滔传》曰:"德宗在山南,遣授王武俊平章事,令与李抱真叶力击滔。四月,恒、潞两军次泾城北。五月四日,进军距贝州三十里而军。翌日两军既合,鼓噪震地,滔阵乱东走,两边追斩,俘馘数万计,是夜滔以残众千人奔德州。"

还至河中,李怀光反,上如梁州。怀光所率皆朔方兵,公知其谋与朱泚合也,患之。造怀光言曰:"公之功,天下无与敌;公之过,未有闻于人。某至上所,言公之情,上宽明,将无不赦宥焉。乃能为朱泚臣乎?彼为臣而背其君,苟得志,于公何有?且公既为太尉矣,彼虽宠公,何以加此?彼不能事君,能以臣事公乎?公能事彼,而有不能事君乎?彼知天下之怒,朝夕戮死者也,故求其同罪而与之比,公何所利焉?公之敌彼有馀力,不如明告之绝,而起兵袭取之,清宫而迎天子,庶人服而请罪有司,虽有大过,犹将揜焉。如公则谁敢议?"语已,怀光拜曰:"天赐公活怀光之命。"喜且泣,公亦泣。则又语其将卒,如语怀光者。将卒呼曰:"天赐公活吾三军之命。"拜且泣,公亦泣。故怀光卒不与朱泚。当是时怀光几不反。此处既叙其效,又顾事实,斟酌尽当,具见苦心。公气仁,语若不能出口。及当事,乃更疏亮捷给。其词忠,其容貌温然,故有言于人无不信。或曰:"以上说李怀光。"

唐河东道河中府治河东县,今山西永济县治。○《旧唐书·德宗纪》曰:"兴元元年二月,李晟以怀光反状已明,请上幸蜀。

甲子，加李怀光太尉，仍赐铁券赦三死罪。怀光怒曰：凡人臣反逆，乃赐铁券，今赐怀光，是反必矣。乃投之于地，是日人心恐骇，怀光夺杨惠元、李建徽所将兵，惠元被害。丁卯，车驾幸梁州。"《李怀光传》曰："怀光勃海靺鞨人也。本姓茹，其先徙于幽州，常为朔方列将。德宗即位，以怀光检校刑部尚书，兼邠宁庆晋绛慈节度，迁朔方节度。泾原之卒叛，上居奉天。朱泚既僭大号，怀光率军奔命。时属泥淖，怀光奋厉军士，道自蒲津渡河，败泚骑兵于醴泉，又败泚兵于鲁店。泚乃解兵还。怀光性麤厉疎愎，缘道数言卢杞、赵赞、白志贞等奸佞，且曰：吾见上，当请诛之。杞等微知之，惧甚。因说上令怀光乘胜逐泚，收复京师，不可许至奉天。德宗从之。怀光屯军咸阳，数上表暴扬杞等罪恶。上不得已，为贬杞、赞、志贞以慰安之。怀光既不敢进军，迁延自疑，因谋为乱。且宣言曰：吾今与泚连和，车驾当须引避。由是上遽幸梁州。"案：怀光之反，在王武俊与朱滔战前，此重其事，故特于此叙之。

明年，上复京师，拜左金吾卫大将军。由大金吾为尚书左丞，又为太常卿，由太常拜门下侍郎平章事，在宰相位凡五年。所奏于上前者，皆二帝三王之道，由秦汉以降未尝言。退归，未尝言所言于上者于人。子弟有私问者，公曰："宰相所职系天下，天下安危，宰相之能与否可见。欲知宰相之能与否，如此视之其可。凡所谋议于上前者不足道也。"故其事卒不闻。以疾病辞于上前者不记，退以表辞者八，方许之。拜礼部尚书。制曰："事上尽大臣之节。"又曰："一心奉公。"于是天下知公之有言于上也。初，公为宰相时，汪曰："追叙。"五月朔，会朝，天子在位，公卿百执事在廷。侍中赞，百僚贺。中书侍郎平章事窦参摄中书令，当传诏，疾作不能事。凡将大朝会，当事者既受命，皆先日习仪。于时未有诏，公卿相顾。公逡巡进，北面言曰："摄中书令臣某病不能事，臣请代某事。"于是南面宣致诏词，事已复位，进退甚详。或曰："以上为宰相。"○吴先生曰："为相时著宣诏一事，文最凝重，意最妙远。"

《旧唐书·德宗纪》曰："兴元元年六月癸卯，李晟上收京城露布，田希鉴斩姚令言，韩旻斩朱泚，并传首至行在。戊午，车驾还京。秋七月壬午，至自兴元。"是与德宗如梁州同在一年，此云明年，盖就下文晋拜官之年言耳。○《唐六典》卷一曰："尚书左丞一人，正四品上，左右丞掌管辖省事，纠举宪章，以辨六官之仪制，而正百僚之文法，分而视焉。"孙曰："贞元二年七月，以晋为尚书左丞。时尚书右丞元琇判度支使，为韩滉所挤贬黜，晋嫉之，见宰相极言非罪，举朝称之，复拜太常卿。"案《旧唐书·德宗纪》：贞元二年，己巳，以金吾大将军董晋为尚书右丞，以上文七月戊子乙未己酉推之，七月不得有己巳，上文戊午已属八月，《旧纪》误脱八月二字耳。孙氏云七月，失考。又《新唐书》晋传曰："右丞元琇为韩滉排笮得罪，滉势振朝廷，晋见宰相，诵元琇非罪，士大夫壮其节。"孙注亦未明晰。○《旧唐书·德宗纪》曰："贞元五年二月庚子，以大理卿董晋为门下侍郎，（大理卿当作太常卿，《新唐书·宰相表》亦误，权载之《董公神道碑》《通鉴·唐纪》皆不言为大理卿，与行状合，知新、旧《唐书》皆误也。《文苑》载此碑作贞元五年春三月，三字亦误，是年三月无庚子也，当依集作二月。）同中书门下平章事。"《新唐书·百官志》曰："仆射与侍中、中书令号为宰相。贞观八年，仆射李靖以疾辞位，诏疾小瘳，三两日一至中书门下平章事，而'平章事'之名盖起于此。其后李勣以太子詹事同中书门下三品，谓同侍中、中书令也，而'同三品'之名盖起于此。自高宗以后，为宰相者，必加'同中书门下三品'。永淳元年，以黄门侍郎郭待举等同中书门下平章事，'平章事'入衔自待举等始。终唐之世不能改。初三省长官议事于门下省之政事堂，其后裴炎自侍中迁中书令，乃徙政事堂于中书省。开元中，张说为相，又改政事堂号中书门下。"《志》又曰："门下侍郎，正三品，掌贰侍中之职。"○樊曰："时政事决在窦参，晋但奉诏书唯诺而已。八年，参以其侄给事中申为吏部侍郎，讽晋以闻。帝正色曰：无乃参迫卿为之耶？晋不敢隐，因问以参过失，晋具奏之。旬日参贬官，晋皇恐，上疏固辞位。"○樊曰："九年五月罢相，改礼部尚书。"《唐六典》卷四曰："礼部尚书一人，正三品，掌天下礼仪祠祭燕飨贡举之政令。"○《唐会要》卷二十四曰："贞元七年四月二十八日敕：自此以后，每年五月一日御宣政殿，与文武百寮相见，宜令所司即量定礼法颁示，仍永编礼式。"原注曰："本以五月一日阴生，臣子道长，君父道消，非善月也，因创是月朝见之仪。元和三年，上以术数之说，礼经不载，遂罢之。"○《唐六典》卷八曰："门下省侍中二人，正三品，掌出纳帝命，缉熙皇极，总典吏职，赞相礼仪，以和万邦，以弼庶务，所谓佐天子而统大政者也。凡军国之务，与中书令参而总焉。"○《旧唐书·德宗纪》曰："贞元五年二月庚子，以御史中丞窦参为中书侍郎平章事，铨转运使。"《窦参传》曰："参字时中（岐州平陆人），拜中书侍郎，同平章事，领度支盐铁转运使。每宰相间日于延英召对，诸相皆出，参必居后。久之，以度支为辞，实专大政。"○《唐六典》卷九曰："中书省中书令二人，正三品，掌军国之政令，缉熙帝载，统和天人，入则告之，出则奉之，以厘万邦，以度百揆，盖以佐天子而执大政也。中书侍郎二人，正四品上，掌贰令之职。"

为礼部四年，拜兵部尚书。入谢，上语问日晏。复有人谢者，上喜曰："董某疾且损矣。"出语人曰："董公且复相。"既二日，拜东都留守，判东都尚书省事，充东都畿汝州都防御使，兼御史大夫。仍为兵部尚书。由留守未尽五月，拜检校尚书左仆射，同中书门下平章事，汴州刺史，宣武军节度副大使，知节度事，管内支度营田汴、宋、亳、颍等州观察处置等使。或曰："以上以东都留守，授节度汴州之任。"

《唐六典》卷五曰："兵部尚书一人，正三品，掌天下军卫武官选授之政令。"○《旧唐书·德宗纪》曰："贞元十二年三月戊申，以兵部尚书董晋充东都留守，判东都尚书省，东畿汝州都防御使。"（畿上当有都字）《新唐书·方镇表》曰："贞元元年，废东都畿汝州节度，置都防御使，以东都留守兼之，增领唐、邓二州。二年，升东都畿汝州都防御使为都防御观察使。（《廿二史考异》四十六曰：按《旧唐书·德宗本纪》：贞元元年，以贾耽兼东都留守都畿汝州防御使。二年，加东都留守贾耽东都畿唐汝邓都防御观察使。盖耽本以留守兼防御，止领汝州，至是始进为都防御，增领唐、邓二州也。表于上年已书都防御增领唐、邓，似不如《旧纪》之得其实矣。是岁耽移镇义成。其明年除嗣王皋为山南东道节度使，乃割唐、邓隶之。）五年罢东都畿汝州观察使，置都防御使，汝州别置防御使。"《唐会要》卷六十曰："元和三年五月敕，承前东都留守无防御使名，往因权宜，遂有制置。"案：唐河南道汝州治梁县，在今河南临汝县西。○《通典·职官一》曰："神龙二年置员外官二千馀人，遂有员外检校试摄制知之官。"原注曰："检校者，云检校某官；判者，云判某官事；知者，云知某官事，皆是诏除而非正命。"李微之（心传）《建炎以来朝野杂记》甲集卷十二曰："检校官者，自唐以来有之。凡内职崇班（原注曰："今修武郎。"）武臣副率以上，初除及加恩皆带。若文臣则枢密、宣徽、节度使始带焉。自三公，（原注曰："谓太尉、司徒、司空。"）三师、仆射、尚书、常侍至宾客、祭酒，凡十馀等。"○《新唐书·方镇表》曰："建中二年，置宋亳颍节度使，治宋州，寻号宣武军节度使。兴元元年，徙治汴州。"沈文起曰："唐制亲王遥领节度使，不之官，其正任者，降名号以避之，故有副大使知节度使之号。"《唐会要》（七十八）："贞元九年十二月，以通王谌为宣武军节度使，董晋故称副大使也。"○《旧唐书·德宗纪》曰："贞元十二年七月乙未，以东都留守兵部尚书董晋检校左仆射，同中书门下平章事，宣武军节度使，宋亳颍观察使。时李万荣病，万荣子迺自署为兵马使，军人又逐迺，汴州乱，故命董晋帅之。"《唐会要》卷七十八曰："景云二年四月，贺拔延嗣除凉州都督，充河西节度使，始有节度之号。至开元二年四月，除阳执一，又兼赤水九姓本道支度营田等使。"又曰："开元二十二年二月十九日，初置十道采访处置使。乾元元年四月十一日，诏采访使并诸道黜陟使便宜且停。"原注曰："其年改为观察处置使。"又曰："初景云、开元间，节度、支度、营田等使诸道并置（《文献通考·职官考》作并不置），又一人兼领者甚少。艰难以来，优宠节将，天下拥旄者常不下三十人，例衔节度支度营田观察使。"案：唐河南道汴州治浚仪县，今河南开封县治；宋州治宋城县，在今商丘县南；亳州治谯县，今安徽亳县治；颍州治汝阴县，今阜阳县治。

汴州自大历来多兵事，刘玄佐益其师至十万。玄佐死，子士宁代之，畋游无度，其将李万荣乘其畋也逐之。万荣为节度一年，其将韩淮清、张彦林作乱，求杀万荣不克。三年，万荣病风，昏不知事，其子迺复欲为士宁之故。监军使俱文珍与其将邓惟恭执之归京师，而万荣死。诏未至，惟恭权军事。公既受命遂行，刘宗经、韦弘景、韩愈实从，不以兵卫。及郑州，逆者不至。郑州人为公惧，或劝公止以待。有自汴州出者，言于公曰："不可入。"公不对，遂行，宿圃田。明日，食中牟，逆者至。宿八角。明日，惟恭及诸将至。遂逆以入。及郛，三军缘道欢声，庶人壮者呼，老者泣，妇人啼，遂入以居。汪曰："诸遂字相承。"初，玄佐死，吴凑代之。及巩，闻乱归。士宁、万荣皆自为而后命。军士将以为常，故惟恭亦有志。以公之速也，不及谋，遂出逆。既而私其人观公之所为以告，曰："公无为。"惟恭喜，知公之无害已也，委心焉。进见公者，退皆曰："公仁人也。"闻公言者皆曰："公仁人也。"环以相告，故大和。或曰："以上速入汴州，不以兵卫。"

《旧唐书·代宗纪》曰："大历十一年八月，李灵耀据汴州叛。甲申，命淮西李忠臣、滑州李勉、（滑元误渭，据新、旧《唐书·刘玄佐传》《新唐书·方镇表》《通鉴·唐纪》四十一校改。）河阳马燧三镇兵讨之。"《刘玄佐传》曰："玄佐本名洽，滑州匡城人也。大历中为永平军衙将，李灵耀据汴州，洽将兵乘其无备，径入宋州，遂诏以州隶永平军，节度使李勉奏署宋州刺史。建中二年，加兼御史中丞，亳颍节度等使。李希烈攻汴州，德宗在奉天，连战，贼稍却。兴元初，进加检校左仆射，加平章事。希烈弃汴州，洽率军收汴，诏加汴、宋节度。无几，授本管及陈州诸军行营都统，赐名玄佐。"○《旧唐书·德宗纪》曰："贞元八年（当有三月二字，《刘玄佐传》作贞元三年三月，三年乃八年之误，三月字则是也。）庚午，宣武军节度使司徒平章事刘玄佐卒。己卯，以陕虢观察使吴凑为汴州刺史，宣武军节度汴、宋等州观察使。夏四月庚寅，以汴州长史刘士宁为汴州刺史，宣武军节度使。时吴凑行次氾水，闻其有变而还。"《新唐书·藩镇传》曰："玄佐假子乐士朝私玄佐嬖妾，惧事觉，酖玄佐死，年五十八，赠太傅，谥曰壮武。军中匿丧俟代，帝亦为隐，逾三日乃发丧。使至，帝问所欲立。曰：陕虢观察使吴凑可乎？监军孟介、行军（当依《通鉴》增司马二字）卢瑗以为便，乃拜凑为节度使。至氾水，玄佐枢将迁，士请具礼，瑗不许，众皆怒。陵晨，甲而噪，起玄佐子士宁于丧，尊为留后。介以闻，帝召宰相计议，窦参曰：汴人挟李纳以邀命，若不许，势且合，不可解。遂以士宁为左金吾卫将军，嗣节度。"○《旧唐书·德宗纪》曰："贞元九年十二月丙辰（《通鉴·唐纪》五十作乙卯），宣武军乱，逐节度使刘士宁。壬戌，以宣武军节度副使李万荣为汴州刺史，宣武军节度，汴、宋等州观察留后。"《刘玄佐传》曰："士宁初授节制，诸将多不悦服，性忍暴淫乱，每出畋猎，数日方还，军府苦之。其大将李万荣与其父玄佐同里闬，少相善，宽厚得众心，士宁疑之，去其兵权，令摄汴州事。万荣深怨之，将伺其隙逐之。十年正月（此误，本在九年十二月），士宁以众二万畋于城南，万荣入士宁廨舍，召其所留心腹兵千馀人，矫谓之曰：有诏征大夫入朝，俾吾掌留务，汝辈人赐钱三千贯，无他忧也。兵士皆拜。万荣既约亲兵于内，又召各营兵于外，以是言令之，军士皆听命。万荣乃分兵闭城门，驰使白士宁曰：诏征大夫，宜速即路。若迁延不行，当传首以献。士宁知众不为用，乃走归京师。万荣斩士宁所亲之将，以令于军，凡赏军士钱二十万贯，诏令籍没士宁家财以分赏焉。遂授万荣宣武军兵马留后。"○《旧唐书·刘玄佐传》曰："初万荣遣兵三千备秋于京西，有亲兵三百，前为刘士宁所骄者，日益横。万荣恶之，悉置行籍中，由是深怨万荣。大将韩惟清、张彦琳请将往，不许，惟清、彦琳不得志，因亲兵衔怨，乃作乱，共攻万荣。万荣分兵击之，叛卒兵械少，战不胜，乃劫转运财货及居人而溃。韩惟清走郑州，张彦琳走东都，以束身归罪，宥以不死，并流窜焉。万荣悉捕逃叛将卒妻孥数千人皆诛之。"案：张彦林《新唐书》《通鉴》并作琳，与《旧唐书》同。又案《通鉴》曰："贞元十年夏四月庚午，宣武军乱，留后李万荣讨平之。"○《旧唐书·刘玄佐传》曰："十一年五月，授万荣宣武军节度使。其年八夏四月庚午，宣武军乱，留后李万荣讨平之。"○《旧唐书·刘玄佐传》曰："十一年五月，授万荣宣武军节度使。其年八月，万荣病，遂署其子迺为司马，乃勒大将李湛、伊娄说、张伾往外镇，寻皆令杀之。说、伾皆已死，惟尉氏镇将不肯杀湛。是夜军士逐出李迺，遂执送京师。万荣以其日病卒。迺至京师，付京兆府杖杀。"案：此传当有脱误，迺被执及万荣死，皆十二年事，而《德宗纪》十二年七月乙未下云，是日汴州节度使李万荣卒。《新唐书·德宗纪》曰："十二年六月己丑，宣武节度使节万荣卒，其子迺自称兵马使，伏诛。"《藩镇传》曰："万荣死，是夜惟恭与监军俱文珍执迺送京师。"所纪均不同。《旧传》不言十二年六月，实有脱误，而《新纪》作六月己丑，于事亦不合。《通鉴》卷二百三十五《唐纪》五十一曰："十二年六月，宣武军节度使李万荣病风，昏不知事，其子迺为兵马使。甲申，迺集诸将责李湛、伊娄说、张伾以不忧军事，斥之外县。迺又杀伊娄说、张伾。都虞候匡城邓惟恭与万荣乡里相善，万荣常委以腹心，迺亦倚之。至是惟恭与监军俱文珍谋，执迺送京师。秋七月乙未，以东都留守董晋同平章事，兼宣武节度使，以万荣为太子少保，贬迺虔州司马。丙申，万荣薨。邓惟恭既执李迺，遂权军事。"《旧唐书·宦官传》曰："俱文珍，贞元末宦官，后从义父姓曰刘贞亮。"《新唐书·宦者传》曰："刘贞亮本俱氏，名文珍，出监宣武军，自置亲兵千人。"○其子迺，韩集各本迺皆作乃，《文苑》作迴，皆迺之误，今正。○韦弘景，京兆人。贞元中进士。《旧唐书》有传。○唐河南道郑州治管城县，今河南郑县治。○《通鉴·唐纪》曰:"邓惟恭自谓当代万荣,不使人迎董晋。"○《穆天子传》五曰:"天子里圃田之路。"《汉书·地理志》:河南郡中牟县,原注曰:"圃田泽在西,豫州薮。"案:古圃田泽甚广,见《水经·渠水注》及阎百诗《潜邱劄记》卷五。《元和郡县志》:河南道郑州:于管城县言圃田泽在县东三里,中牟县言在县西北七里。此文言宿圃田,明日食中牟,宿八角,则圃田非谓圃田泽而指圃田城也。《太平寰宇记》曰:"河南道开封府中牟县:后周武帝保定五年移于今县西三十里圃田城,隋避讳改为内牟。开皇十六年,于中牟旧城置郏城县。十八年,又于圃田城中为圃田县,以界内泽为名。大业二年,废郏城县,又移圃田县于中牟城。唐武德初,复改为中牟。"是宿圃田城之明日行三十里而食于中牟也。唐郑州中牟县在今河南中牟县东六里,今中牟县在开封县西七十里。是日宿八角镇,镇距开封三十里,是由中牟食后又行四十六里而宿八角,明日行三十里遂至开封矣。○《元丰九域志》:东京开封府祥符县有八角镇。《清一统志》曰:"河南开封府八角镇在祥符县西南三十里。"(祥符县今改开封县)○《说文》曰:"郛,郭也。"○《旧唐书·董晋传》曰:"晋既受命,唯将幕官僚从等十数人,都不召集兵马。既至郑州,宣武军迎候将吏无至者。晋左右及郑州官吏皆惧,共劝晋且迟迴以俟事势。晋曰:奉诏为汴州节度使,即合准敕赴官,何可妄为逗留?人皆忧其不测,晋独恬然。未至汴州十数里,邓惟恭方来迎候,晋俾不下马,既入,乃委惟恭以军政,众皆服。"○吴凑及巩闻乱归,《旧唐书·德宗纪》《玄佐传》《新唐书·藩镇传》及《通鉴》皆言至汜水,樊注同。案:唐河南道河南府巩县今河南巩县治,唐河北道孟州汜水县今河南汜水县治,两地非一,而新、旧《唐书·吴凑传》皆不言所至之地。(《旧唐书》凑附《外戚传》。)《新唐书》传曰:"凑,章敬皇后弟也(肃宗后,濮州濮阳人)。"○《旧唐书》晋传曰:"晋明于事体机变,而未测其深浅,惟恭心常鞅鞅，竟以骄盈慢法，潜图不轨，配流岭南。"

初，玄佐遇军士厚，士宁惧，复加厚焉。至万荣，如士宁志。及韩、张乱，又加厚以怀之。至于惟恭，每加厚焉。故士卒骄不能御。则置腹心之士幕于公庭庑下，挟弓执剑以须，日出而入，前者去；日入而出，后者至。寒暑时至，则加劳赐酒肉。公至之明日，皆罢之。贞元十二年七月也。或曰："以上罢庭庑弓剑之士。"

禦，御之通借字。《荀子·荣辱篇》杨倞注曰："御，制也，或作禦。"○须，頿之通借字。《说文》曰："頿，待也。"

八月，上命汝州刺史陆长源为御史大夫，行军司马；杨凝自左司郎中为检校吏部郎中，观察判官；杜伦自前殿中侍御史为检校工部员外郎，节度判官；孟叔度自殿中侍御史为检校金部员外郎，支度营田判官。职事修，人俗化，嘉禾生，白鹊集，苍乌来巢，嘉瓜同蒂联实。四方至者，归以告其帅，小大威怀。有所疑，辄使来问。有交恶者，公与平之。或曰："以上治汴僚佐效验。"

《旧唐书·陆长源传》曰："长源字泳之，(《新唐书·长源传》曰：吴人，字泳。)为汝州刺史。贞元十二年(《旧唐书·德宗纪》云八月丙子)授检校礼部尚书，宣武军行军司马。汴州政事皆决断之。"《通典·职官》十四曰："节度使有行军司马一人，原注曰：申习法令。"《新唐书·百官志》曰："行军司马掌弼戎政，居则习蒐狩，有役则申战守之法，器械粮糒军籍赐予皆专焉。"○《旧唐书》晋传曰："朝廷恐晋柔懦，寻以汝州刺史陆长源为晋行军司马。晋谦恭简俭，每事因循多可，故乱兵粗安。长源好更张，数请改易旧事，务从削刻。晋初皆然之，及案牍已成，晋乃命且罢。又委钱谷支计于判官孟叔度，叔度轻佻好慢易,军人皆恶之。"《唐六典》卷二曰:"尚书省左司郎中一人,右司郎中一人,并从五品上,各掌付十有二司之事,以举正稽违,省署符目,都事监而受焉。"卷三曰:"户部金部郎中一人,从五品上,掌库藏出纳之节,金宝财货之用,权衡度量之制,皆总其文籍而颁其节制。"《新唐书·百官志》曰:"节度使副大使知节度事,有行军司马判官各一人,兼观察使又有判官一人,兼支度营田使,有判官一人。"○《文苑》卷六百四十三有韩公《奏汴州封丘县得嘉禾浚仪得瓜状》(集无)。方曰:"盖为董晋作。"又曰:"《瑞应图》有苍乌。"案《艺文类聚·祥瑞部下》引孙氏《瑞应图》曰:"文王时见苍乌,王者孝悌则至。"吴先生曰:"此等皆董公所深信,故皆著之。"○《左》襄三十一年:"北宫文子曰:《周书》数文王之德曰,大国长其力,小国怀其德。"(《书》伪古文《武成》袭之。)此云小大威怀,意本于此。○《左》隐四年曰:"周、郑交恶。"

累请朝,不许。及有疾,又请之。且曰:"人心易动,军旅多虞。及臣之生,计不先定,至于他日,事或难期。"犹不许。十五年二月三日,薨于位。上三日罢朝,赠太傅,使吏部员外郎杨於陵来祭,弔其子,赠布帛米有加。公之将薨也,命其子三日敛,既敛而行。于行之四日,汴州乱。故君子以公为知人。公之薨也,汴州人歌之曰:"浊流洋洋,有辟其郛。闓道欢呼,公来之初。今公之归,公在丧车。"又歌曰:"公既来止,东人以完。今公殁矣,人谁与安?"或曰:"以上薨汴。"

权载之《董公神道碑》曰:"十五年二月丁丑薨于位,享年七十六。"《旧唐书·德宗纪》及《通鉴》并同。《旧唐书》十五年正月丙午朔,正月小月,则二月朔为乙亥,三日为丁丑,与行状合。《礼记·曲礼下》曰:"诸侯死曰薨。"郑注曰:"薨,颠坏之声。"《白虎通·崩薨篇》曰:"薨之言奄也,奄然亡也。"○《唐会要》卷二十五曰:"是月七日拜陵官发,其日,本视事,适会董晋卒,废朝。"○《唐六典》卷一曰:"太傅,正一品,三师训导之官也,其名即周之三公,近代多以为赠官。"○《旧唐书·杨於陵传》曰:"於陵字达夫,弘农人。贞元八年始入朝,为膳部员外郎,历考功吏部三员外,判南曹。"《新唐书》传曰:"以南曹郎出弔宣武军。"《唐六典》卷二曰:"吏部员外郎二人,从八品上,一人掌选院,谓之南曹,一人掌曹务。"○《旧唐书·德宗纪》曰:"十五年二月乙酉,以行军司马陆长源检校礼部尚书汴州刺史御史大夫宣武军节度度支营田汴宋亳颍节察等使(节察当作观察)。是日汴州军乱,杀陆长源及节度判官孟叔度、丘颍,军人脔而食之。"《陆长源传》曰:"晋卒,令长源知留后事,长源扬言曰:将士多弛慢,不守宪章,当以法绳之。由是人人恐惧。旧例使长薨,放散布帛于三军制服,至是人请服,长源初固不允,军人求之不已。长源等议给其布直,叔度高其盐价而贱为布直,每人不过得盐三二勉,军情大变。或劝长源,故事有大变皆赏三军,三军乃安,长源曰:不可使我同河北贼,以钱买健儿取旌节。兵士怨怒滋甚,乃执长源及叔度等脔而食之。"○汴人两歌,外集五《祭汴州董相公文》同(惟今公殁矣作公既没矣),盖退之本汴人之意而自撰其词也。

始公为华州,亦有惠爱,人思之。汪曰:"追华事作类叙,亦字联上。"公居处恭,无妾媵,不饮酒。不谄笑,好恶无所偏,与人交,泊如也。未尝言兵。有问者,曰:"吾志于教化。"享年七十六,阶累升为金紫光禄大夫,勋累升为上柱国,爵累升为陇西郡开国公。娶南阳张氏夫人,后娶京兆韦氏夫人,皆先公终。四子,全道、溪、全素、瀚。全道、全素皆上所赐名,全道为秘书省著作郎，溪为秘书省秘书郎，全素为大理评事，澥为太常寺太祝，皆善士，有学行。或曰："以上道德及妻子。"

方崧卿曰："诸本溪作全溰，澥作全澥。考《世系表》，董溪。《志》，溪、澥皆无全字，盖全道、全素出于赐名也。"洪曰："按《董府君墓志》云，公讳溪字惟深，陇西公第二子，则溰作溪。又云其季弟澥问名于太史氏韩愈，并无全字。此云全道、全素皆上所赐名，则全溰、全澥误矣。"樊曰："按《宰相世系表》，全道殿中少监、溪商州刺史、全素太子中舍人、澥太常寺太祝，当从溪墓志及《世系表》。"魏仲举曰："按墓志全溰、全澥之名止作溪、澥，岂全溰后名溪而全澥后去全名澥耶？"步瀛案：全溰、全澥两全字，盖因全道、全素而衍，溰亦溪字之误。《董公神道碑》云，有四子，秘书省著作郎全道、秘书郎溪、大理评事全素、太常寺太祝澥，与《行状》正合。载之与退之同时，所载皆同，则非后来改名可知。魏说非也。○《唐六典》卷二曰："凡叙阶二十九，正三品曰金紫光禄大夫（叙阶掌自吏部郎中）。凡勋十有二等，十二转为上柱国，此正二品（勋级掌自司勋郎中）。封爵凡有九等，四曰郡公（《百官志》作开国郡公），正二品，食邑二千户。"（封爵掌自司封郎中）○《唐六典》卷十曰："秘书省秘书郎四人，从六品上，掌四部之图籍，分库以藏之，以甲乙景丁为之部目。著作局著作郎二人，从五品上，掌修撰碑志祝文祭文，与佐郎分判局事。"卷十八曰："大理寺评事十二人，从八品下，掌出使推案。"卷十四曰："太常寺太祝三人，正九品，掌出纳神主于太庙之九室，而奉享荐禘祫之仪。"

　　谨具历官行事状，伏请牒考功，并牒太常，议所谥；牒史馆，请垂编录。谨状。以上进行状。

　　□方望溪曰："此韩文之最详者，然所详不过三事，其馀官阶宦迹皆列数，其为人则于序事中夹带一二语。北宋以后，此种义法不讲矣。"○姚姜坞曰："此等何足以跨压北宋？望溪沾沾于详略，讲义法，非笃论也。"○或曰："着意在喻回纥、喻李怀光、入汴州三事，馀皆不甚措意。唯有所略，故详者震耸异常。"○张曰："退之诸碑志序事，并简严奇奥，此文则一以左、马史法行之，金石之文与史传体裁自别也。"

韩集文后别行低格署曰："贞元十五年五月十八日故吏前汴、宋、亳、颍等州观察推官将仕郎试秘书省校书郎韩愈状。"○考功、太常议谥，已见梁敬之《代太常答苏端驳杨绾谥议》注。《唐六典》卷九曰："中书省史馆史官（《新唐书·百官志》曰：修撰四人。）掌修国史。"案：晋谥恭惠，见《神道碑》及《新传》。

毛颖传

柳子厚《读毛颖传后题》曰："自吾居夷，不与中州人通书，有来南者，时言韩愈为《毛颖传》，不能举其辞，而独大笑以为怪，而吾久不克见。杨子诲之来，始持其书，索而读之，若捕龙蛇、搏虎豹，急与之角而力不敢暇，信韩之怪于文也。世之模拟窜窃，取青媲白，肥皮厚肉，柔筋脆骨，而以为辞者之读之也，其大笑固宜。"又《与杨诲之书》曰："足下所持《毛颖传》来，仆甚奇其书，恐世人非之。今作数百言，知前圣不必罪俳也。"李肇《国史补》卷下曰："沈既济撰《枕中记》，庄生寓言之类。韩愈撰《毛颖传》，其文尤高，不下史迁。"叶少蕴《避暑录话》卷下曰："韩退之作《毛颖传》，此本南朝俳谐文《驴九锡》《鸡九锡》之类而小变之耳。俳谐文虽出于戏，实以讥切当世封爵之滥；而退之所致意，亦正在'中书君老不任事，今不中书'等数语，不徒作也。文章最忌祖袭，此体但可一试之耳。《下邳侯传》世已疑非退之作，而后世乃因缘模仿不已，司空图作《容城侯传》，其后又有《松滋侯传》，近岁《温陶君》《黄甘》《绿吉》《江瑶柱》《万石君传》纷然不胜其多，至有托之苏子瞻者。妄庸之徒，遂争信之。子瞻岂若是之陋耶？"洪曰："退之《毛颖传》，其流出于庄周寓言，旧史云愈作《毛颖传》，讥戏不近人情，此文章之甚纰缪者。天下有识者固少，而旧史所见如此，可发一笑。"吴先生曰："柳以贞元二十一年贬永州司马，则此传为元和一二年作矣。"

　　毛颖者，中山人也。其先明视，佐禹治东方土，养万物有功，因封于卯地，死为十二神。尝曰："吾子孙神明之后，不可与物同，当吐而生。"已而果然。李曰："叙述此事颇难措辞，此乃就死为十二神句化出，奇妙不测。"明视八世孙䨲，世传当殷时居中山，得神仙之术，能匿光使物，窃恒娥，骑蟾蜍入月，其后代遂隐不仕云。居东郭者曰㕙，汪曰："先旁叙，亦得《史记》叙世次法。"狡而善走，与韩卢争能，卢不及。卢怒，与宋鹊谋而杀之，醢其家。以上叙其先世。李曰："此段犹史传中之叙述世次，其用笔之疏宕，叙事之简洁，不让史公。"

　　孙曰："中山，国名，今定州。"马永卿《嬾真子》卷五曰："退之以毛颖为中山人者，盖出于《右军经》云，唯赵国豪中用，盖赵国平原广泽无杂木，唯有细草，是以兔肥，肥则豪长而锐，此良笔也。"是皆以中山为古中山国，即今河北定县也。《元和郡县志》曰："江南道宣州溧水县，中山在县东南一十五里，出兔毫，为笔精妙。"《太平寰宇记》曰："江南东道升州溧水县：中山又名独山，在县东南十五里，不与群山连结，古老相传中山有白兔，世称为笔最精。"《舆地纪胜》曰："江南东路建康府：中山在溧水县东南十五里，出兔豪，为笔最精，韩退之《毛颖传》

云，惟居中山者能继父业。"是皆以中山为今江苏溧水县东南之山也。陈少章、沈文起皆以《舆地纪胜》为据。陈又曰："中山兔豪亦见白乐天《鸡距笔赋》，白又有《紫毫笔诗》，则云贡自宣城。以《新史·地理志》参证，宣州贡笔，与诗语合，而溧水则宣之属县也。则宣城之贡即出自中山明矣。"俞荫甫《读昌黎集》曰："朱子谓中山在秦东北，则固指定州而言，非指溧水而言也。且溧水之中山其名不著，而定州之中山则本国名。《战国策》中列为一国。韩文所云中山，自当指此。《汉书·地理志》云，赵地北有信都、真定、常山、中山，然则韩公所谓中山毛颖，即右军所谓赵国豪。《嬾真子》之言自是可信。"步瀛案：下文南伐楚，次中山，朱子谓中山在秦东北，非伐楚所当次，此固寓言，然亦不为无失。是朱子以中山为定州。文既寓言，似不应过泥。然若从溧水之说，则虽寓言，于地势亦甚合。楚自考烈王徙都寿春，在今安徽寿县，则伐楚时，次江苏溧水县之中山，于用兵亦宜，并免朱子所讥矣。王逸少《笔经》亦伪撰，未足信，（方雪斋谓王逸少《笔经》中山亦指溧水之中山，则非是，逸少明言赵国豪中用，《嬾真子》所引与《御览·文部》二十一引《笔经》正合，不宜改为中山也。）俞氏据《嬾真子》所引遽定中山为定州，非也。○《礼记·曲礼下》曰："兔曰明视。"孔疏曰："兔肥则目开而视明也，故王云目精明皆肥貌也。"《说文》视重文作眎，曰："古文从目氐声。"《玉篇》作眎，曰："亦古文视。"○朱曰："东方卯位。"○孙曰："十二神谓子丑寅卯之类。"案：《论衡·物势篇》曰："寅木也，其禽虎也。戌土也，其禽犬也。丑未，亦土也，丑禽牛，未禽羊也。亥水也，其禽豕也。巳火也，其禽蛇也。子亦水也，其禽鼠也。午亦火也，其禽马也。酉鸡也，卯兔也，申猴也。"又《言毒篇》曰："辰为龙。"《困学纪闻》卷九谓十二物出此。○朱仲觉（翌）《猗觉寮杂记》卷下曰："神明之后四字，子产献陈捷于晋语也（《左》襄二十五年）。退之为文，用古人语如己出，所以为奇。"○《论衡·奇怪篇》曰："兔吮豪而怀子，及其子生，从口而出。"《博物志》卷二曰："兔舐毫望月而孕，口中吐子，旧有此说，余自所见也。"（自所见，一作目所未见。）朱丰芑《说文通训定声》卷九曰："以兔为吐，声训之法，必非实事。兔生子极易，人不见其生，但见其舐，故有是说。"○《尔雅·释兽》曰："兔子嬎。"郭注曰："俗呼曰鵽。"《广雅·释兽》曰："鵽，兔子也。"《集韵》曰："鵽，奴侯切，江东呼兔子为鵽。"○殷时居中山，案下言恒娥乃羿妻，羿虽善射者之通名，然尧臣外，惟有穷君，殷时无闻焉，盖游戏之文，固无庸刻舟求剑也。○《史记·封禅书》曰："李少君能使物却老。"《孝武纪》《集解》引如淳曰："物，鬼物也。"○《淮南子·览冥篇》曰："羿请不死之药于西王母，恒娥窃以奔月。"《续汉书·天文志上》刘注引张衡《灵宪》曰："羿请无死之药于西王母，姮娥窃之以奔月，将往，枚筮之于有黄，有黄筮之曰：吉。翩翩归妹，独将西行。逢天晦芒。毋惊毋恐，后其大昌。姮娥遂托身于月，是为蟾蜍。"《初学记·天部上》引《五经通义》曰："月中有兔，与蟾蜍并。月阴也，蟾蜍阳也，而与兔并明，阴系于阳也。"《太平御览·天部四》引《诗推度灾》曰："月三日成魄，八日成光，蟾蜍体就，穴鼻始萌。宋均注曰：穴，决也，决鼻兔也。"又引《春秋元命苞》曰："月之为言阙也，两设以蟾蜍与兔者，阴阳双居，明阳之制阴，阴之倚阳。"《尔雅·释鱼》曰："鼁𪓰蟾诸。"郭注曰："似虾蟆居陆地。"《释文》本诸作蟆。《说文》无蟾蜍字，虫部、黾部皆作詹诸，俗作蟾蜍。○《齐策》三：淳于髡谓齐王曰："东郭逡者，海内之狡兔也。"鲍注曰："逡、鵔同，狡兔名。"《新序·杂事》五：宋玉曰："昔者齐有良兔曰东郭鵔，盖一旦而走五百里。"《玉篇》曰："鵔，子徇、且伦二切。"《艺文类聚·兽部中》引《策》作兔，盖鵔之误。《初学记·兽部》引作俊，又引作鵔，《御览·兽部》十八引

《春秋后语》亦作俊。○《广雅·释诂》二曰："狡，健也。"《齐策》三淳于髡曰："韩子卢者，(《诗·卢令》孔疏、《文选·西京赋》李注引，并作韩国卢。) 天下之疾犬也。韩子卢逐东郭逡，环山者三，腾山者五，兔极于前，犬废于后。"《新序·杂事》五：宋玉曰："齐有良狗曰韩卢，亦一旦而走五百里。"《说苑·善说篇》：孟尝君客曰："韩氏之卢，天下疾狗也。"《秦策》三：范雎曰："驰韩卢而逐蹇兔也。"《汉书·王莽传下》：严尤曰："继韩卢而责之获。"颜注曰："韩卢，古韩国之名犬也，黑色曰卢。"《博物志》卷四曰："韩国有黑犬名卢。"《广雅·释兽》作韩獹，《初学记·兽部》《御览·兽部》十六并引吕忱《字林》曰："獹，韩良犬也。"《御览·兽部》引《后语》亦作獹。○《礼记·少仪》曰："守犬田犬则授，摈者既受，乃问犬名。"郑注曰："名谓若韩卢宋鹊之属。"《孔丛子·执节篇》："申叔问曰：犬马之名，皆因其形色而名焉，唯韩卢宋鹊独否，何也？子顺答曰：卢黑色，鹊白色，非色而何邪？"《博物志》卷四曰："宋有骏犬曰鹊。"《广雅·释兽》作宋狚，《初学记》《御览》引《字林》曰："狚，宋良犬也。"《初学记》又作宋㹻，引《庄子》曰："介斗闾里有狗，宋人之弩狗也，其家命之为㹻。"○《离骚》王注曰："肉酱曰醢。"

　　秦始皇时，蒙将军恬南伐楚，次中山，将大猎以惧楚。召左右庶长与军尉，以《连山》筮之，得天与人文之兆。筮者贺曰："今日之获，不角不牙，衣褐之徒，缺口而长须，八窍而跌居，独取其髦，李曰："双关语。"简牍是资，天下其同书。汪曰："托筮语题前摹写，亦是化实为虚法。"李曰："筮词奇古绝伦，置之《左传》占筮辞中，当无以复别。"秦其遂兼诸侯乎！"遂猎，围毛氏之族，拔其豪，李曰："亦双关语。"载颖而归，献俘于章台宫，聚其族而加束缚焉。秦皇帝使恬赐之汤沐，而封诸管城。李曰："汤沐管城等字，皆取双关之意。"号曰管城子，日见亲宠任事。以上叙其由俘虏而见用。李曰："首段专就兔言，此段方叙取毫为笔，行文步骤极严。"

《初学记·文部》引《博物志》曰："蒙恬造笔。"《古今注》卷下："牛亨问曰：自古有书契以来便应有笔，世称蒙恬造笔何也？答曰：蒙恬始造，即秦笔耳，以柘木为管，鹿毫为柱，羊毛为被，所谓苍毫，非兔毫竹管也。"案：方崧卿引此证蒙恬造笔非兔豪。又曰："公岂它有所自邪？"方雪斋曰："此等游戏之文，不嫌假借，无庸深究其所自也。"〇秦制爵二十级，左庶长第十，右庶长十一，见《汉书·百官公卿表上》。颜注曰："庶长言为众之长也。"《表》又曰："护军都尉秦官。"〇《周礼·春官·大卜》掌《三易》之法，一曰《连山》。郑注曰："名曰《连山》，似山出内气也。"（《左》襄九年疏引，气上有云字。）杜子春云，《连山》虙戏，《归藏》黄帝。贾疏曰："《郑志》答赵商云，非无明文，改之无据，且从子春说，近师皆以为夏、殷也。郑既为此说，故《易赞》云夏曰《连山》、殷曰《归藏》，盖子春之意，虙戏、黄帝造其名，夏、殷因其名以作《易》，是以皇甫谧记亦云夏人因炎帝曰《连山》，殷人因黄帝曰《归藏》，虽炎帝与子春、虙戏不同，（虙戏元误黄帝，从孙仲容《正义》改。）是亦相因之意也。"〇《易·贲·象传》曰："观乎天文以察时变，观乎人文以化成天下。"〇《古今注》卷中曰："兔口有缺，尻有九孔。"〇《博物志》卷二曰："九窍若胎化，八窍者卵生。"《埤雅》卷三曰："咀嚼者九窍而胎，独兔雌雄八窍。"《文选》补亡诗李善注曰："趼与跗同。"《左》成十六年杜注曰："跗谓足。"《广韵》十虞曰："趼，足趾也，甫无切。跗同。"〇《广雅·释器》曰："髦，毛也。"《尔雅·释言》《释文》曰："毛中之长毫曰髦。"《诗·棫朴》曰："髦士攸宜。"毛传曰："髦，俊也。"〇《广雅

·释器》曰:"笧谓之箙,牍,板也。"《释名·释书契》曰:"简,间也,编之篇篇有间也。牍,睦也,手执之以进见,所以为恭睦也。"○《史记·秦始皇本纪》琅邪台立石曰:"书同文字。"许叔重《说文解字叙》曰:"七国文字异形,秦始皇帝初兼天下,丞相李斯乃奏同之,罢其不与秦文合者。"○方崧卿曰:"笧词皆用古韵,《诗·祈父》:予王之爪牙,靡所止居。古牙、吾通,髦与资亦然。"朱曰:"髦资与居书叶,今北人语犹谓髦为谟,公作《董生诗》咨与书渔叶,皆可证也。"步瀛案:获牙徒须居书,古音皆鱼部,髦宵部,资脂部,亦得与鱼部通转为韵。又案:吴才老《韵补》九鱼牧髦资二字,本此。○《说文》曰:"俘,军所获也。"《史记·蔺相如传》曰:"秦王坐章台见相如。"○《太平御览·文部》二十一引《笔墨法》曰:"作笔当以铁梳梳兔毫及羊青毛,去其秽毛,使不髯,茹青羊为心,名曰笔柱。"○《公羊》隐八年曰:"邴者何?郑汤沐之邑也。"何注曰:"当沐浴洁齐以致其敬,故谓之汤沐邑也。"《汉书·高帝纪下》颜注曰:"凡言汤沐邑者,谓以其赋税以供汤沐之具也。"《左》宣十二年杜注曰:"荥阳京县东北有管城。"孔疏曰:"古管国也。"《清一统志》曰:"河南开封府管城故城,即今郑州治。"(今改郑县。)

颖为人强记而便敏,自结绳之代以及秦事,无不纂录。阴阳卜筮占相医方族氏山经地志字书图画九流百家天人之书,乃至浮图、《老子》、外国之说,皆所详悉。又通于当代之务,官府簿书市井货钱注记,惟上所使。自秦皇帝及太子扶苏、胡亥、丞相斯、中车府令高下及国人,无不爱重。又善随人意,正直邪曲巧拙,一随其人。虽后见废弃,终默不泄。惟不喜武士,然见请亦时往。以上叙其性情才能。李曰:"此段犹史传中之揅举行能。行文纵横恣肆，不可羁勒，然却无语不精，无字不切，所以为妙。惟'不喜武士'二句，笔势尤为奇宕。"

《史记·孟子荀卿列传》曰："淳于髡博闻强记。"○《易·系辞下》曰："上古结绳而治。"○孙曰："九流谓儒、道、阴阳、法、墨、纵横、杂、农九家者流。"案《汉书·艺文志》有儒家者流、道家者流、阴阳家者流、法家者流、名家者流、墨家者流、从横家者流、农家者流、小说家者流，曰"诸子十家，其可观者，九家而已"。又《叙传》述《艺文志》曰："刘向司籍，九流以别。"郭景纯《尔雅序》曰："诚九流之津涉。"范武子《穀梁传序》曰："九流分而微言隐。"杨士勋疏引《艺文志》，自儒家至农家为九流，而不数小说家，邢叔明《尔雅疏》同，王深宁《小学绀珠》卷四谓小说家为十家。或曰九流者，别乎儒家而言也。孙氏不数名家，非是。○浮图与浮屠同，《后汉书·桓帝纪》曰："设华盖以祠浮图、老子。"章怀注曰："浮图，佛也。"《襄楷传》："或言老子入夷狄为浮屠。"案：或言此文浮图二字，信笔写入，以秦时佛尚未入中国也。或言周末秦初已有佛，（见《原道》注）其说皆泥。○《说文叙》曰："丞相李斯作《仓颉篇》，中车府令赵高作《爰历篇》。"《汉书·艺文志》曰："《仓颉》七章，秦丞相李斯所作也。《爰历》六章者，中车府令赵高所作也。"○虽后，《考异》无后字，《音注》《五百家》《文苑》《文粹》《观澜丙集》皆有，今从之。○《汉书·周仁传》曰："仁为人阴重不泄。"

累拜中书令，与上益狎，上尝呼为中书君。上亲决事，以衡石自程，虽宫人不得立左右，独颖与执烛者常侍，上休乃罢。颖与绛人陈玄、弘农陶泓，及会稽褚先生，友善，相推致，其出处必偕。上召颖，三人者，不待诏辄俱往，上未尝怪焉。以上叙其共任职之人。李曰：

"以上因笔推及纸、墨、砚三物。"

《汉书·百官公卿表上》：中书谒者令属少府。《续百官志》：尚书令本注曰："丞，秦所置，武帝用宦者更为中书谒者令，成帝用士人复故。"○《左》襄十六年杜注曰："狎，亲习也。"○《史记·秦始皇本纪》曰："天下之事，无小大皆决于上，上至以衡石量书，日夜有呈，不中呈不得休息。"案：呈、程字通。○乃罢，各本乃作方，《文苑》校曰：蜀本作乃，《五百家本》同，今从之。○沈曰："《通典》（《食货六》）：绛郡今绛州，岁贡墨千四百七十挺，（唐绛州治正平县，今山西新绛县治。）弘农郡今虢州，岁贡砚瓦十具，（唐虢州治弘农县，在今河南灵宝县南。）《语林》：王右军为会稽，（《艺文类聚·杂文部》《初学记·文部》引皆有令字，非是。羲之为会稽内史，非令也。《御览·文部》二十一引无令字。）谢公就乞笺纸，库中惟有九万枚，（《北堂书钞·文艺部》十作九百万，误。）悉与之。"案《新唐书·地理志》：河东道绛州绛郡土贡墨，河南道虢州弘农郡土贡瓦砚，江南道越州会稽郡土贡纸。（唐赵州治会稽县，今浙江绍兴县治。）

后因进见，上将有任使，拂拭之，因免冠谢，上见其发秃，又所摹画不能称上意。上嘻笑曰："中书君老而秃，不任吾用。吾尝谓君中书，君今不中书耶？"对曰："臣所谓尽心者。"茅曰："澹荡。"因不复召，归封邑，终于管城。以上退废。

《史记·始皇本纪》曰："吾前收天下书不中用者尽去之。"不中字本此。

其子孙甚多，散处中国夷狄，皆冒管城，惟居中山者能继父祖业。以上后裔。

太史公曰：此文摹《史记》，故并托为太史公之言。毛氏有两族，其一姬姓，文王之子，封于毛，所谓鲁、卫、毛、聃者也。战国时有毛公毛遂，茅曰："客。"汪曰："先就客说，亦史公法。"李曰："以实证虚，奇妙不测。"独中山之族，茅曰："主。"不知其本所出，子孙最为蕃昌。《春秋》之成，见绝于孔子而非其罪。李曰："此二语笔势横溢，出人意表。"及蒙将军拔中山之豪，始皇封诸管城，世遂有名，而姬姓之毛无闻。汪曰："又顾客一笔。"李曰："萦拂尽致。"颖始以俘见，卒见任使，秦之灭诸侯，颖与有功，赏不酬劳，以老见疏，秦真少恩哉！李曰："结末感喟无端，顿挫有节，尤为史公神境。"

　　□茅曰："设虚景摹写，工极古今，其连翩跌宕，刻画司马子长。"○或曰："东坡诗云：'退之仙人也，游戏于斯文。'凡韩文无不狡狯变化，具大神通，此文尤作剧耳。"○张廉卿曰："游戏之文，借以抒其胸中之奇，洸洋自恣，而部勒一丝不乱，后人无从学步。"

　　《左》僖二十四年：富辰曰："鲁、卫、毛、聃，文之昭也。"《春秋传说汇纂》曰："毛今河南河南府宜阳县界。"○《史记·魏公子传》曰："公子闻赵有毛公，藏于博徒。"《平原君传》曰："门下有毛遂者，前自赞于平原君。"○杜元凯《春秋序》曰："绝笔于获麟之一句者，所感而起，固所以为终也。"○与音预。

平淮西碑

　　樊曰："宰臣裴度为淮西宣慰处置等使，公为行军司马，蔡平，随度还朝，诏撰《平淮西碑》。公以吴元济之平，由度能固天子意，得不赦，卒擒之，多归度功。而李愬特以入蔡功居第一，愬妻唐安公主女也，出入禁中，诉碑不实。帝诏斲其文，更命翰林学士段文昌为之。见旧史公传及新史《吴元济传》(即《藩镇传》)。罗隐乃为《石烈士说》(当依《唐文粹》卷一百《罗昭谏集》卷五作《说石烈士》)，言石孝忠者，事李愬为前驱，韩侍郎撰《平蔡碑》，孝忠熟视恚怒，因推去其碑，仅倾者再三，吏执诣狱，又以枷尾拉杀一吏。事闻，天子怒，诏械送阙下，孝忠顿首明愬功，请就刑，上赦之。刘公《嘉话》云，韩碑石本《吴少诚德政碑》，与狄梁公对立，其韩文(原文作吴碑)忽流汗成泥，不十日中使至，磨韩之作而刊改制焉。《嘉话》涉怪，而隐所书与史异，其云改命文昌为之，则一也。(俞理初《癸巳存稿》卷十二曰："丁用晦《芝田录》亦言老卒推倒之，李商隐《韩碑诗》云，'长绳百尺拽碑倒，粗沙大石相磨治'；而《唐语林》以为碑未立，无推倒碑事。今检《嘉话录》云，蔡州紫极宫韩碑石，本《吴少诚德政碑》，磨刻韩文，是此碑石经再磨也。"文昌之文，见姚铉《文粹》(《文苑英华》卷八百七十二韩、段两碑皆载之)，其与公作，不待较而明。苏内翰《录临江驿小诗》云：'淮西功业冠吾唐，吏部文章日月光。千载断碑人脍炙，不知世有段文昌。'尽之矣。"(苏子瞻《记临驿诗》凡二首，赵德麟《侯鲭录》卷二、陈子象《庚溪诗话》卷下、胡元任《苕溪渔隐丛话》前集卷三十九皆载之。樊以太白一首与淮西无关，故未引。又《侯鲭录》言时贬东坡，毁《上清宫碑》，令蔡京别撰，诗盖隐喻其事。诗为江几邻子我作，或云张文潜作，《渔隐丛话》言或云乃东坡窜海外时作，盖自况也。)《援鹑堂笔记》卷四十二曰："自元和九年用兵淮蔡，至十二年而始平，铭及之，其间命将出师，攻城降卒，俱非一时事，亦非尽命裴度后事也，而序皆类之若一时事者。盖序所以耸唐宪奋武耆功、申命伐叛之威，裴度以宰相宣慰，君臣协谋，亦应特书，著度之勋，而主威益隆，此《江汉》《常武》之义也。于以见保大定功、绥驭震叠之谟。若群著入蔡禽一叛臣，其于推崇唐宗威德替矣。此公表所云'《诗》《书》之文，各有品章条贯'者也（见退之《上平淮西碑表》）。而宋子京乃云，公以元济之平，繇度能固天子意，得不赦，故诸将不敢首鼠，卒禽之，多归度功，此与义山诗见处同耳。（《韩碑诗》曰：帝曰汝度功第一。）未达撰次之旨也。但序事非实，王介甫有类俳之讥，或以是与？或云铭词当出于序之外，补序所不及，仅以避重文复说者，其亦未达《诗》《书》之殊轨，文质之异用矣。"案：大姚此说，可释读者之惑。钱晓徵《潜研堂文集》卷十三曰："韩退之《平淮西碑》文，工则工矣，绳以史法，殊未尽善。如光颜、重胤除授于元和九年，公武、文通于十年，愬于十一年，并不同时，碑但云曰某曰某，而总之云各以其兵进战，文虽简而事未核也。又碑云，颜、胤皆加司空，不书检校，何以别于正授之司空？云道古进大夫，不书御史，何以别于散官之大夫？光颜、重胤、公武皆二名，篇中两称颜、胤、武，一称颜、胤，非史法也。书裴度为丞相，则唐时无丞相之名。云庚申予其临门送女，有日而无年月，此学《尚书》而失之者也。且淮西之役，裴相虽以身任之，然所责功者，廑光颜一路，其胜负正未可知也。唐邓随之帅，始用高霞寓，再用袁滋，三易而得李愬，不逾年遂成入蔡之功，视光颜等合攻三年，才克一二县者，优劣悬殊矣。退之叙其功，但与诸将伍，得毋以雪夜之袭，不由裴相所遣，有意抑之邪？"案：钱氏所举中间数事，皆属小节，惟首尾两事，关系较钜，亦读韩文者通有之疑问，得大姚此说，可以释然。且此碑叙入蔡，并未没愬之功，安得谓有意抑之邪？惟于介甫所谓类俳者，恐亦误解其意。王介甫《和董伯懿咏裴晋公平淮将佐题名诗》云："退之道此尤俊伟，当镂玉牒东燔柴。欲编诗书播后嗣，笔墨虽巧终类俳。"案：镂玉牒、编诗书，皆见退之《潮州上表》，与此碑无涉。盖介甫于淮西之功未甚满意，谓如退之所言，竟以此封禅告功，虽有退之之文，恐亦类俳耳。非谓此碑序事不实，讥其类俳也。李鹧湖注已误解介甫之意，大姚复沿其失耳。○《音注》《五百家本》碑下皆有"奉敕撰"三字，又注"并序"二字。

天以唐克肖其德，天子二字谁能如此诠发？圣子神孙，继继承承，于千万年，敬戒不怠，全付所覆，四海九州，罔有内外，悉主悉臣。沈确士曰："起大手笔，必如此才领得一篇文字。"高祖、太宗，既除既治，高宗、中、睿，休养生息。至于玄宗，受报收功，极炽而丰。物众地大，蘖牙其间。茅曰："回护却好。"肃宗、代宗，德祖、顺考，以勤以容。大慝适去，稂莠不薅。相臣将臣，文恬武嬉，习熟见闻，以为当然。或曰："以上叙唐之先朝。"

《春秋繁露·顺命篇》曰："德侔天地者，皇天右而子之，号称天子。"○悉主悉臣，《五百家补注》曰："谓悉以为主而臣之也。"○既除既治，《补注》曰："除谓除乱也。"○高宗治，太宗子。中宗哲、睿宗旦，皆高宗子。○玄宗隆基，睿宗子。○《尔雅·释言》曰："炽，盛也。"○牙、芽字通。《说文》曰："芽，萌芽也。"此犹言蘖生其间耳，盖指安、史之乱。○肃宗亨，玄宗子。代宗豫，肃宗子。○德宗适，代宗子。顺宗诵，德宗子。《礼记·曲礼下》曰："父曰皇考。"又曰："生曰父，死曰考。"○《广雅·释诂》三曰："容，宽也。"案：勤故能去大慝，容故稂莠犹存。○《新唐书·藩镇传》序曰："安、史乱天下，至肃宗大难削平，君臣皆幸安，故瓜分河北地付授叛将，护养孽萌，以成祸根。"即此文所谓"稂莠不薅"之意。然此承上肃、代、德、顺四代，则大慝兼指安、史及朱泚、李希烈等；稂莠兼指安、史馀党降唐为藩镇，及后来自称留后者。《诗·民劳》毛传曰："慝，恶也。"《大田》毛传曰："稂，童梁也。莠，似苗也。"《尔雅·释草》曰："稂，童梁。"《说文》曰："蓈，禾粟之采生而不成者，（段据《诗·大田》及《尔雅·释草》《释文》改采作莠。）谓之童蓈。"重文作稂。又曰："禾粟下扬生莠。"胡墨庄《毛诗后笺》卷二十一曰："蓈为莠之未成者，莠则已成而扬起者。《说文》皆连禾粟为言，自是禾粟间一种相似之草。"是也。又别有狼尾、狗尾草，亦曰稂莠。《释草》曰："孟狼尾。"《说文》曰："茛，草也。"《史记·司马相如传》《集解》引《汉书音义》曰："茛，茛尾草也，《中山经》作猿。"是与童梁之蓈异物，或亦借字作稂耳。《太平御览·百卉部》五、罗愿《尔雅翼》卷八并引韦曜《问答》曰："甫田维莠今何草？答曰：今之狗尾也。"焦里堂《孟子正义》卷二十三曰："今狗尾草遍野，皆一种自生，不关粟秔所种，则狗尾草亦名莠，与下扬所生之莠亦异物。"胡墨庄曰，狼尾名茛，狗尾名莠，或因禾粟之稂莠以为名，而实非一物也。《诗·良耜》曰："以薅荼蓼。"《释文》曰："薅，呼毛反。"《说文》曰："薅，拔去田草也。"

睿圣文武皇帝既受群臣朝，乃考图数贡曰：汪曰："说入宪宗，觉精采一变，便含断字意。""**呜呼，天既全付予有家，今传次在予，予不能事事，其何以见于郊庙？**"**群臣震慑，奔走率职。明年平夏，又明年平蜀，又明年平江东，又明年平泽潞。遂定易定，致魏、博、贝、卫、澶、相，无不从志。**茅曰："客。"皇帝曰："**不可究武，予其少息。**"沈曰："顿挫。"○或曰："以上宪宗前此武功。"

《旧唐书·宪宗纪》曰："元和三年春正月癸巳，群臣上尊号睿圣文武皇帝，御宣政殿受册。"○《旧唐书·宪宗纪》曰："宪宗皇帝讳纯，顺宗长子也。顺宗即位之年（贞元二十一年，即永贞元年），四月，册为皇太子。七月乙未，权勾当军国政事。八月丁酉朔，受内禅。乙巳，即皇帝位于宣政殿。"○考图句，祝曰："谓考舆图之广狭，计贡赋之至与不至。"○郊庙谓祭天于郊，祭祖于庙。○《旧唐书·宪宗纪》曰："元和元年三月，先是韩全义入朝，(《德宗纪》曰："贞元十四年闰五月，以左神策行营节度韩全义为夏州刺史，兼盐夏绥银节度使。"又《全义传》曰："宪宗即位，全义入觐，诏以太子太保致仕，其年七月卒。")令其甥杨惠琳知留后，俄有诏除李演为节度，代全义。演赴任，惠琳据城叛，诏发河东、天德兵讨之，(时河东节度使严绶，天德军都防御团练使任迪简。绶遣牙将阿跌光进、优颜将兵赴之。)辛巳，夏州兵马使张承金斩惠琳。"《元和郡县志》曰："关内道夏州为夏银绥节度理所。"(《旧唐书·德宗纪》：贞元十九年以李兴幹为盐州刺史，许专达于上，不隶夏州。)案：唐夏州治朔方县，在今陕西横山县西。○《新唐书·宪宗纪》曰："永贞元年八月癸丑，剑南西川节度使韦皋卒，行军司马刘辟自称留后。元和元年正月癸未，长武城使高崇文为左神策行营节度使，以讨刘辟。九月辛亥，高崇文克成都。十月戊子，刘辟伏诛。"《旧唐书·刘辟传》(附《韦皋传》，《新传》曰辟字太初。)曰："永贞元年八月，韦皋卒，辟自为西川节度留后，率成都将校上表请降节钺。朝廷不许，除给事中，使令赴阙。辟不奉诏。时宪宗初即位，以无事息人为务，遂授辟检校工部尚书，充剑南西川节度使。辟益凶悖，出不臣之言，而求都统三川，遂举兵围梓州。宪宗难于用兵，宰相杜黄裳奏，刘辟一狂蹶书生耳，王师鼓行而俘之，兵不血刃，臣知神策军使高崇文骁勇可任，举以成功，帝数日方从之。于是令高崇文、李元奕将神策京西行营兵相续进发，令与严砺、李康掎角相应以讨之。元和元年正月，崇文出师。三月，收复东川。九月，崇文收成都府，刘辟以数十骑遁走，投水不死，骑将郦定进入水擒辟于成都府西洋灌田(《新唐书》辟传及《通鉴》二百三十七洋作羊)，槛送京师。上御兴安楼受俘馘，令献太庙郊社，即日戮于子城西南隅。"（《新唐书》作城西南独柳下。）《梁溪漫志》卷五曰："元和元年三月辛巳，杨惠琳伏诛，十月戊子，刘辟伏诛，事皆在元和元年，而退之《平淮西碑》云，明年平夏，又明年平蜀，盖误也。《新唐书》载此碑，删去明年平夏一句。"案：《新唐书》但删去又明年三字，非删去明年平夏一句也。下文五年平泽潞，叙于二年平江东之下，亦曰又明年，似此文明年、又明年字，但为约计之辞耳。然绳以史法，不免疏忽，此等处亦无容讳也。《元和郡县志》曰："剑南道成都府，为西川节度使理所。"案：唐成都府治成都县，今四川成都县治。〇《旧唐书·宪宗纪》曰："元和二年十月己酉，以浙西节度使李锜为左仆射，以御史大夫李元素为润州刺史，镇海军浙西节度使。庚申，李锜据润州反。壬戌，诏以淮南节度使王锷充诸道行营招讨使，内官薛尚衍为监军，率汴、徐、鄂、淮南、宣歙之师，取宣州路进讨。癸酉，润州大将张子良，（原作文良，误，今依《新唐书·宪宗纪》、新旧《唐书·李锜传》及《通鉴》改。）李奉迁等执李锜以献。十一月甲申，斩李锜于独柳树下。"《李锜传》（附其父《李国贞传》，国贞淮安王神通子，淄川王孝曾孙。）曰："锜迁润州刺史，德宗于润州置镇海军，以锜为节度使。宪宗即位已二年，诸道倔强者入朝，锜不自安，亦请入朝，乃拜锜左仆射，署判官王澹为留后。既而迁延发期，讽将士杀澹，遂称兵。初锜以宣州富饶，有并吞之意，遣兵马使张子良、李奉仙、田少卿领兵三千，分略宣、池等州。三将夙有向顺志，而锜甥裴行立亦思向顺，乃回戈趋城，执锜于幕，缒而出之。"《新唐书·叛臣·李锜传》曰："子良以监军命晓谕城中，且呼锜束身还朝，左右以幕缒而出之，神策兵自长兴驿送至阙下，与子师回腰斩子城西南。"《元和郡县志》曰："江南道润州，为浙西节度使理所。"案：唐润州治丹徒县，今江苏丹徒县治。〇《旧唐书·宪宗纪》曰："元和五年夏四月甲申，镇州行营招讨使吐突承璀执昭义节度使卢从史，载从史送京师。"《卢从史传》曰："从史其先世自元魏已来，冠冕颇盛。从史善迎奉中使，得授昭义军节度。丁父忧，朝旨未议起复，属王士真卒，从史窃献诛承宗计，以希上意，用是起授，委其成功。及诏下讨贼，兵出逗留不进，阴与承宗通谋，令军士潜怀贼号，又高其刍粟之价，售于度支，讽朝廷求宰相，且诬奏诸军与贼通，兵不可进，上深患之。护军中尉吐突承璀将神策兵与之对垒，从史往往过其营博戏。上知其事，取裴垍之谋，因戒承璀伺其来博揖语，幕下伏壮士，突起持捽，出帐后缚之，内车内，驰以赴阙。从者惊乱，斩十数人，馀号令乃定。且宣谕密诏诏赴阙庭。都将乌重胤素怀忠顺，乃严戒其军，众不敢动。会夜，使疾驱，未明出境，道路人莫知。元和五年四月，制卢从史贬骧州司马。"《新唐书·从史传》曰："贬骧州赐死。"《方镇表》曰："建中元年，昭义军节度兼领泽、潞二州。"《元和郡县志》曰："河东道潞州为泽潞节度使理所。"案：唐潞州治上党县，今山西长治县治；泽州治晋城县，今山西晋城县治。○《新唐书·宪宗纪》曰："元和五年十月，义武军节度使张茂昭以易、定二州归于有司。"《旧唐书·张茂昭传》（附其父《张孝忠传》，孝忠本奚之种类。）曰："茂昭本名昇云。贞元七年，德宗以邕王谅为义武军节度大使、易定观察，以昇云为定州刺史，起复左金吾卫大将军，充节度观察留后，赐名茂昭（《新唐书》传曰字丰明）。九年正月，（九年原误元年，《德宗纪》作九年二月。）授节度使。二十年十月入朝，元和二年，又请入觐，五上章恳切，宪宗许之。冬十月，至京师，留数月，诏令归镇。茂昭愿奉朝请于阙下，不许。自安史之乱，两河藩帅多阻命自固，父死子代，唯茂昭表请举族还朝，邻藩累遣游客间说，茂昭志意坚决，拜表求代者数四。上乃命左庶子任迪简（元误简迪，依《新传》改）为其行军司马，乘驿赴之。时五年冬也。"《元和郡县志》曰："河北道定州为易定节度使理所。"案：唐河北道定州治安喜县，今河北定县治；易州治易县，今河北易县治。○《新唐书·宪宗纪》曰："元和七年十月，魏博节度使田兴，以六州归于有司。"《田弘正传》曰："弘正字安道，父廷阶，与承嗣为从昆弟（《旧唐书·承嗣传》曰平州人）。弘正幼通兵法，善骑射，承嗣爱之，以为必兴吾宗，名之曰兴。季安时为衙内兵马使，同节度副使，封沂国公，季安内忌，欲诛之。弘正阳痹病，卧家不出，乃免。季安死，子怀谏袭节度，召还旧职，怀谏委政于家奴，措置不平，众怒，咸曰：兵马使吾帅也。牙兵即诣其家迎之，弘正拒不纳。众哗于门，弘正出，众拜之，胁还府。弘正顿于地，度不免，即令于军曰：今与公等约，能听命否？皆曰：惟公命。因曰：吾欲守天子法，举六州版籍请吏于朝，苟天子未命，敢有请吾旗节者死，杀人及掠人者死。皆曰：诺。遂到府。于是图魏、博、相、卫、贝、澶之地，籍其入以献，不敢署僚属，而待王官。宪宗美其诚，诏检校工部尚书，充魏博节度使，且赐今名。"《元和郡县志》曰："河北道魏州，为魏博节度使理所。"案：唐魏州治贵乡县，在今河北大名县东；博州治聊城县，在今山东聊城县西北；贝州治清河县，今河北清河县治；卫州治汲县，今河南汲县治；澶州治顿丘县，在今河北清丰县西南；相州治安阳县，今河南安阳县治。○《尔雅·释言》曰："究，穷也。"《广雅·释诂》一曰："息，安也。"

九年，蔡将死，蔡人立其子元济以请，不许。茅曰："主。"遂烧舞阳，犯叶、襄城，以动东都，放兵四劫。皇帝历问于朝，一二臣外，伏下。皆曰："蔡帅之不廷授，于今五十年，传三姓四将，其树本坚，兵利卒顽，不与他等。因抚而有，顺且无事。"大官臆决唱声，万口和附，并为一谈，牢不可破。汪曰："极叙卿士莫随意，衬得起断字。"皇帝曰："惟天惟祖宗所以付任予者，庶其在此！予何敢不力？汪曰："断。"况一二臣同不为无助。"以上决计伐蔡。

《新唐书·宪宗纪》曰："元和九年闰八月丙辰，彰义军节度使吴少阳卒，（《旧唐书·宪宗纪》，少阳卒在九月己丑下壬辰上，《吴少阳传》亦言少阳元和九年九月卒。《通鉴》卷二百三十九从《新唐书·宪宗纪》，《考异》曰："《实录》少阳卒在闰月己丑下壬辰上，而并元济焚舞阳言之，《统纪·旧纪》少阳卒皆在九月。按《旧唐书》传曰：少阳卒凡四十日，不为辍朝。《唐纪》张弘靖请为少阳废朝赠官，而《实录》辛丑赠少阳右仆射，然则己丑至辛丑，才十二日耳，岂容四十日不辍朝乎？今从《新唐书·纪》。"步瀛案：《旧唐书·纪》元和九年闰八月乙巳朔九月甲戌朔，则闰月中不得有己丑壬辰，九月中不得有乙丑，《旧唐书·纪》乙丑乃己丑之讹，闰月丙辰为十二日，九月辛丑为二十八日，相去四十六日，与四十日不辍朝事相合，故《通鉴》从《新唐书·纪》也。）其子元济自称知军事。"《藩镇传》曰："少阳，沧州清池人。少诚病亟，家奴召少阳至，摄副使总军事。于是杀少诚子元庆，自称留后。宪宗以王承宗方叛，故诏以少阳领留后。居三年，进拜节度使。不肯朝，然屡献牧马以自解。帝亦因善之。九年死，子元济匿不发丧，以病闻，伪表请元济主兵。帝遣太医往视，即阳言少愈不得见。有董重质者，少诚婿也，勇悍久将，善为兵，元济倚之。少阳死四十日，帝不为辍朝，会传言重质杀元济，族其家。宰相李吉甫因请为少阳辍朝，遣使吊赗，赠尚书右仆射。"《元和郡县志》曰："河南道蔡州为蔡州节度使理所。"案：唐蔡州治汝南县，今河南汝南县治。○《新唐书·藩镇传》曰："元济不得命，乃悉兵四出，焚舞阳及叶，掠襄城、阳翟。时许汝居人皆窜伏榛莽间，剽系千馀里，关东大震。"案：唐河南道许州舞阳县，今河南舞阳县治；汝州叶县，今河南叶县治；汝州襄城县，今河南襄城县治。○《左》昭十六年杜注曰：

"放，纵也。"○朱曰："下文'一二臣同，不为无助'，指武元衡、裴度赞伐蔡之谋者，而其外群臣皆以为不可耳。"步瀛案：朱说是，沈文起谓一二臣指李吉甫、武元衡，而不及裴度，非也。此文固以度为重耳。○孙曰："广德元年七月，以李忠臣为淮西节度使，贞元二年四月，以陈奇（当作陈仙奇），十月，以吴少诚为之。是为三姓（忠臣本姓董名秦）。大历十四年三月，忠臣为其将李希烈所逐，自为节度。忠臣、希烈、少诚、少阳，是为四将。"步瀛案：李忠臣为淮西节度，《旧唐书·忠臣传》在宝应元年七月，孙注作广德元年，误。《旧唐书·纪》以吴少诚为蔡州刺史，在贞元二年秋七月己酉，《通鉴》同，孙注十月，亦七月之误。又案：自宝应元年至元和九年，凡五十三年，孙于三姓既数陈仙奇，则四将亦宜数仙奇而去忠臣。此文曰传，谓自忠臣传之，故忠臣可不数也。盖希烈逐忠臣，仙奇使人毒杀希烈，少诚杀仙奇，少阳又杀少诚子元庆自称留后，李、陈、吴凡三姓，希烈、仙奇、少诚、少阳凡四将也。○祝曰："本谓根本。"○祝曰："臆决谓以己意决之。"王宋贤曰："此句满朝群贵皆为削色，李逢吉尤应愧死，然则仆碑之举，有主之者，恐不尽由唐安之人诉也。"○旧注曰："和去声。"○沈曰："《通鉴》（《唐纪》五十五及五十六）：十一年正月，翰林学士中书舍人钱徽、驾部郎中知制诰萧俛各解职，守本官。时群臣请罢兵者众，上患之，故黜徽、俛以警其馀。八月，中书侍郎同平章事韦贯之数请罢用兵，罢为吏部侍郎（以上卷二百三十九）。十二年，宰相李逢吉欲罢兵，裴请自往督战。八月庚申，度赴淮西，翰林学士令狐楚与逢吉善，度言其草制失辞。壬戌，罢楚为中书舍人（以上卷二百四十）。又《卫次公传》亦请罢兵，又《裴度传》（据《旧唐书》传）宰相李逢吉、王涯等三人以劳师意欲罢兵。"（时韦贯之已罢，崔群未命，三人字似误。）

曰光颜，或曰："叙诸将皆述皇帝诏言，故文气振拔异常，通首得势在此。"汝为陈许帅，维是河东、魏博、郃阳三军之在行者，汝皆将之。曰重胤，汝故有河阳、怀，今益以汝，维是朔方、义成、陕、益、凤翔、延、庆七军之在行者，汝皆将之。曰弘，汝以卒万二千，属而子公武往讨之。曰文通，汝守寿，维是宣武、淮南、宣歙、浙西四军之行于寿者，汝皆将之。曰道古，汝其观察鄂岳。曰愬，汝帅唐邓随。各以其兵进战。曰度，汝长御史，其往视师。曰度，惟汝予同，应前"三臣同"。汝遂相予，以赏罚用命不用命。曰弘，汝其以节都统诸军。曰守谦，汝出入左右，汝惟近臣，其往抚师。曰度，茅曰："归重在度，凡三见。"汝其往，衣服饮食予士，无寒无饥，以既厥事，遂生蔡人。赐汝节斧，通天御带，卫卒三百。凡兹廷臣，汝择自从，惟其贤能，无惮大吏。庚申，予其临门送汝。曰御史，予闵士大夫战甚苦，自今以往，非郊庙祠祀，其无用乐。汪曰："用意著闲语，有事外远致。"或曰："以上部署诸将相。"

《旧唐书·宪宗纪》曰："元和九年九月甲戌朔，以洺州刺史李光颜为陈州刺史，忠武军都知兵马使。冬十月壬戌，以忠武军节度副使兼陈州刺史李光颜为许州刺史，忠武军节度使。"《李光颜传》（附其兄《李光进传》，《新唐书》传同。《旧唐书》传曰：光进本河曲部落稽阿跌之族也，赐姓李氏。《新唐书》传曰，姓阿跌氏，又曰光颜字光远。）曰："光颜自宪宗元和已来，历授代、洺二州刺史，兼御史大夫。九年，将讨淮蔡，九月，迁陈州刺史，忠武军都知兵马使。逾月，迁忠武军节度使。会朝廷讨吴元济，诏光颜以本军独当一面，光颜于是引兵临溵水，抗洄曲。"

《元和郡县志》曰："河南道陈州，为陈许节度使理所。"案：唐陈州治宛丘县，今河南淮阳县治；许州治长社县，今许昌县治。○樊曰："元和十年正月，命宣武等十六道进军讨元济，以光颜等分掌行营。二月，命神策军郃阳镇遏将索曰进以泾原兵六百人会李光颜。"沈曰："是时镇河东者王锷、张弘靖，王锷于十年十二月卒，史未有河东遣将助讨淮西之文，盖漏落也。"步瀛案：段墨卿《平淮西碑》言光颜总魏博、河阳、郃阳凡三军，自临颍而前，（《文苑》《文粹》《观澜文丙集》《全唐文》并同。）则河东又作河阳，然河阳是时属乌重胤，其军似不应属光颜，（下文宣武军不属韩公武而属李文通，与此不同。）疑段碑字误。又案：是时魏博节度为田弘正。《旧唐书·宪宗纪》曰："元和十年二月，田弘正子布、韩弘子公武，各率师隶李光颜讨贼。"《元和郡县志》曰："河东道太原府，为河东节度使理所。"案：唐太原府治太原、晋阳二县，太原在今山西太原县东北，晋阳今山西太原县治。魏博见上。唐关内道同州郃阳县，今陕西郃阳县治。○《旧唐书·宪宗纪》曰："元和五年夏四月壬申，以昭义都知兵马使乌重胤为怀州刺史，河阳三城怀州节度使。九年闰八月辛酉，以河阳节度使乌重胤兼汝州刺史。"《乌重胤传》曰："会讨淮蔡，用重胤压境，仍割汝州隶河阳。"馀见《送温处士赴河阳军序》及《与汝州卢郎中荐侯喜状》注。○《新唐书·藩镇传》载此碑延、庆作鄜延、宁庆，段碑言重胤总朔方、义成、陕虢、剑南、西川、凤翔、延州、宁庆凡七军，由襄阳而进。《元和郡县志》曰："关内道灵州，常为朔方节度使理所。河南道滑州，为郑滑节度使理所（《方镇表》曰：贞元元年号义成军节度），陕州为陕虢节度使理所。"蜀为西川节度使，已见上。又曰："武德元年为益州总管府。关内道凤翔府，为凤翔节度使理所；鄜州为鄜坊节度使理所，管州四，鄜州、坊州、丹州、延州。又邠州为邠宁节度使理所，管州三，邠州、宁州、庆州。"案：唐灵州治回乐县，在今甘肃灵武县西南；滑州治白马县，在今河南滑县东；陕州治陕县，今河南陕县治。成都见上。凤翔府治天兴县，今陕西凤翔县治；延州治肤施县，在今陕西肤施县东；庆州治顺化县，今甘肃庆阳县治。○《旧唐书·韩弘传》曰："弘，颍川人，世居滑之匡城。宪宗欲用形势以临淮西，弘方镇汴州，当两河贼之冲要，朝廷虑其异志，欲以兵柄授之，而令李光颜、乌重胤实当旗鼓，乃授弘淮西诸军行营都统。弘令其子公武率师三千隶李光颜军。"又曰："公武自宣武马步都虞候将兵诛蔡。"《新唐书·公武传》（亦附弘传）曰："公武字从偃，为宣武行营兵马使。"案：段碑言宣武帅韩弘请以子公武领精卒一万三千时集洄曲。退之撰弘《神道碑》（见后）亦云请使子公武以兵万三千会讨蔡，与段碑同，而此云"万二千"，二字疑三字之讹。新、旧《唐书》弘传皆云三千，盖脱去万字。○《通鉴》卷二百三十九曰："元和十年二月，寿州团练使令狐通为淮西兵所败。癸丑，以左金吾大将军李文通代之。"案：唐淮南道寿州治寿春县，今徽寿县治。○《新唐书》四军作五军，上有徐泗字，段碑亦言文通总宣武、淮南、宣歙、浙西、淮泗凡五军，扼固始之险。《考异》以有徐泗字及四作五为非，而不言何故。《元和郡县志》曰："河南道汴州，为汴东节度使理所。"《方镇表》曰："兴元元年，宣武军节度使徙治汴州。"《旧唐书·地理志》曰："淮南节度使治扬州。"《元和郡县志》曰："江南道宣州，为宣歙观察使理所；河南道徐州，为徐泗节度使理所。"浙西见上。案：唐汴州、扬州并见《董公行状》注。宣州治宣城县，今安徽宣城县治；歙州治歙县，今安徽歙县治；徐州治彭城县，今江苏铜山县治；泗州治临淮县，在今安徽泗县东南。○《旧唐书·李道古传》（附其父《李皋传》，皋曹王明玄孙。）曰："道古由黔中观察为鄂岳沔蕲黄团练观察使，时元和十一年也。初以柳公绰在镇无功，议将代之。裴度言道古嗣曹王皋之子，皋常以江汉兵遏李希烈之乱，威惠至今在人，复用其子，必能继美。宪宗然之，故有此授。"《新唐书》道古传（附《太宗诸子·曹王明传》）曰："柳公绰镇鄂岳，为飞谮上闻，会道古自黔中观察使入朝，乃代公绰。"《元和郡县志》曰："江南道鄂州，为鄂岳观察使理所。"案：唐鄂州治江夏县，今湖北武昌县治；岳州治巴陵县，今湖南岳阳县治。○《旧唐书·宪宗纪》曰："元和十一年十二月甲寅，以闲厩宫苑使李愬检校左散骑常侍兼邓州刺史，充唐随邓等州节度使。"《新唐书·李愬传》（附其父《李晟传》，晟洮州临潭人。《旧唐书》晟传曰：陇右临洮人。唐洮州，隋临洮郡，天宝时亦称临洮郡。）曰："愬字元直，宪宗讨吴元济，唐邓节度使高霞寓既败，以袁滋代将，复无功。愬求自试，宰相李逢吉亦以愬可用，遂检校左散骑常侍，为随唐邓节度使。"段碑言愬以山南东道、荆南凡两军自文成而东。《方镇表》曰："元和十年，置唐邓随三州节度使，治唐州。十一年废，是年复置，徙治随州。"案：唐山南道唐州治比阳县，今河南沘源县治；邓州治邓县，在今河南邓县东南；随州治穰县，今湖北随县治。○《旧唐书·裴度传》曰："度字中立，河东闻喜人，拜中书舍人。九年十月，改御史中丞，寻兼刑部侍郎，奉使蔡州行营，宣慰诸军。"《通鉴》曰："元和十年，诸军讨淮西，久未有功。五月，上遣中丞裴度诣行营宣慰，察用兵形势，度还言淮西必可取之状，上悦。"○《补注》曰："同谓同谋。"○《旧唐书·宪宗纪》曰："元和十年六月乙丑，制以朝议郎守御史中丞兼刑部侍郎裴度为朝请大夫刑部侍郎，同中书门下平章事。"《裴度传》曰："度自蔡州劳军还，益听其言。初元衡遇害，或请罢度官以安二镇之心。宪宗大怒曰：若罢度官，是奸计得行，朝纲何以振举？吾用度一人，足以破二贼矣。度亦以平贼为己任。时群盗干纪，变起都城，朝野恐骇，及度命相制下，人情始安。"○《书·甘誓》曰："用命赏于祖，不用命戮于社。"○《旧唐书·宪宗纪》曰："元和十年九月癸酉,以宣武军节度使韩弘充淮西行营兵马都统。"○《旧唐书·宪宗纪》曰:"元和十一年十一月(三字据《通鉴》增)辛巳,命内侍梁守谦监淮西行营诸军事。"《通鉴》曰:"上怒诸将久无功,命知枢密梁守谦宣慰,因留监其军。"○陈少章曰:"按《汉书·李广传》,司马注曰:振旅抚师,以征不服。"○《仪礼·乡饮酒礼》郑注曰:"既,卒也。"○《旧唐书·宪宗纪》曰:"元和十二年秋七月丙辰,制以中书侍郎平章事裴度守门下侍郎,同平章事,使持节蔡州诸军事,蔡州刺史,充彰义军节度申光蔡观察处置等使,仍充淮西宣慰处置使。"《裴度传》曰:"宰相李逢吉、王涯等三人以劳师弊赋,意欲罢兵,见上互陈利害。度独无言。帝问之,对曰:臣请身自督战。明日,延英重议,逢吉等出,独留度谓之曰:卿必能为朕行乎?度俯伏流涕曰:臣誓不与此贼偕全。上亦为之改容。翌日,诏裴度可门下侍郎,同中书门下平章事,蔡州刺史,充彰义军节度申光蔡观察等使,仍充淮西宣慰招讨处置使。诏出,度以韩弘为淮西行营都统,不欲更为招讨,请只称宣慰处置使,从之。十二年八月三日,度赴淮西,诏以神策军三百骑卫从,上御通化门慰勉之。度楼下衔涕而辞,赐之犀带。度名虽宣慰,其实行元帅事。"《杜阳杂编》卷中曰:"吴元济之乱淮西,以宰臣裴度为元帅,及对于殿上,度曰:微臣无状,叨蒙大用,唯虑一丸之卵,不足以胜太山,款段之马,不足以行千里。但竭臣至忠,以仗宗庙之灵,臣虽不才,敢以死效命。泣下沾濡,若不胜语,上亦为之动容。"○《酉阳杂俎》卷十六曰:"犀之通天者,其理有倒插正插腰鼓插。"○《旧唐书·宪宗纪》曰:"以刑部侍郎马总兼御史大夫,充淮西行营诸军宣慰副使;以太子右庶子韩愈兼御史中丞,充彰义军行军司马;以司勋员外郎李正封、都官员外郎冯宿、礼部员外郎李宗闵皆兼侍御史,为制官、书记,从度出征。"○《旧唐书·宪宗纪》曰:"八月庚申,裴度发赴行营,敕神策军三百人卫从,上御通化门劳遣之。"《长安志》卷五曰:"唐京城东面三门,北曰通化门。"

颜、胤、武合攻其北,大战十六,得栅城县二十三,降人卒四万。汪曰:"叙诸将战功,与前分命诸将相应。"道古攻其东南,八战,降万三千,再入申,破其外城。文通战其东,十馀遇,降万二千。愬入其西,得贼将,辄释不杀,用其策,战比有功。茅曰:"略。"十二年八月,丞相度至师,茅曰:"归重度上。"都统弘责战益急,颜、胤、武合战益用命。汪曰:"留愬另叙。"元济尽并其众洄曲以备。十月壬申,愬用所得贼将,自文城,因天大雪,疾驰百二十里,用夜半到蔡,破其门,茅曰:"详。"取元济以献,尽得其属人卒。辛巳,丞相度入蔡,汪曰:"书成功亦归重度。"以皇帝命赦其人。汪曰:"得体。"淮西平,大飨赉功。师还之日,因以其食赐蔡人。汪曰:"前所谓'遂生蔡人',颂所谓'天子活之'。"凡蔡卒三万五千,其不乐为兵、愿归为农者十九,悉纵之。斩元济京师。或曰:"以上平蔡战功。"

王宋贤曰:"此下叙诸将战功。十年五月,光颜大破贼时曲,时诸镇相顾不前,独光颜先破贼,又与乌重胤破贼小溵河。十一年,遂拔凌云栅。十二年四月,败贼于郾城,守将邓怀金降。"○《通鉴》卷二百四十曰:"元和十二年二月,鄂岳观察使李道古引兵出穆陵关,甲寅,攻申州,克其外郭。"《旧唐书·道古传》曰:"自帅兵出木陵,士卒骄惰,赐给多阙,其度支供军钱,道古半以奉权幸,半以没己,人皆怨怒,不肯力战,贼亦易道古,以羸兵抵之,故道古前后再破申州外城而不能拔。至李愬入蔡州乃降。"案:唐申州治义阳县,在今河南信阳县南。○王宋贤曰:"文通引兵与贼将王览、董重质战史蒛冈,馘览首。十一年,败贼于固始,拔鏊山,其秋以兵衔枚夜出九女原,屠堡壁三十所,分兵西北并安阳山,破屯逻数百人,降者万馀,执两将。"○《新唐书·李愬传》曰:"贼来降,辄听其便,或父母与孤未葬者,给粟帛遣还。平青陵城,禽丁士良,异其才不杀,署捉生将。士良谢曰:吴秀琳不可破者,陈光洽为之谋也,我能为公取之。乃禽以献。于是秀琳举文城栅降,愬署以为将。秀琳为愬策曰:必破贼,非李祐无与成功者。祐,贼健将也,守兴桥栅。愬候祐护获于野,遣史用诚以壮骑三百伏其旁,见嬴卒若将燔聚者,祐果轻出,用诚禽而还。诸将素苦祐,请杀之。愬不听,以为客,待间,召祐及李忠义屏人语至夜艾,忠义亦贼将,所谓李宪者。军中多谏此二人不可近,愬待益厚。"○《礼记·投壶》《释文》曰:"比,毗志反,频也。"○《旧唐书·宪宗纪》曰:"诏以郾城为行蔡州治所。八月甲申,裴度至郾城。"案:唐蔡州郾城县,今河南郾城县治。○《旧唐书·裴度传》曰:"二十七日至郾城,巡抚诸军,宣达上旨,士皆贾勇。时诸道兵皆有中使监阵,进退不由主将。度至行营,并奏去之,兵柄专制之于将,众皆喜悦,军法严肃,号令画一,以是出战皆捷。"○《通鉴》卷二百四十曰:"十二年夏四月,吴元济以蔡人董昌龄为郾城令,守将邓怀金劝之归国。乙未,昌龄、怀金举城降,光颜引兵入据之。吴元济闻郾城不守,甚惧,时董重质守洄曲,元济悉发亲近及守城卒诣重质以拒之。"胡注曰:"据《新唐书·李光颜传》,洄曲即时曲,盖溵水于此回曲,因以为名。"《清一统志》曰:"河南陈州府,时曲栅在商水县西南五十里,一名洄曲。"又曰:"许州洄曲河,在郾城县东南三十里,唐元和中,吴元济叛,以重兵委董重质守洄曲,即此。"《援鹑堂笔记》曰:"《方舆纪要》,郾城县有蔡水,在城东南五里,即汝水也。源自汝州鲁山县来,亦曰汝河。又有澧河,经县南境至县东漯湾渡北流合汝河,又东南流,其处谓之洄曲也。余按:洄曲是汝水自郾城县流入商水县，呼泂为时，音变耳。"○《新唐书·藩镇传》曰："祐为愬谋曰：蔡之守者，市人疲卒耳，劲兵皆在外，若直捣悬瓠，（《元和郡县志》曰："蔡州，古悬瓠城也，汝水屈曲，形若垂瓠，故城取名焉。"）贼成禽矣。愬然之，以精骑夜袭蔡，坎垣入之，戍者不知也。贼恃董重质兵在洄曲，不虞师之至。及愬攻内城，防卒尚千馀，接战，元济始惊，被甲乘城以待重质。重质降愬，而李进诚取贼库兵即攻之，明日烧其门，民相率抱薪增火，王师纵射，城上镞可拾也。居二日，（即入蔡之明日，非入后复居二日也。）门坏，执元济，举族传之长安。"《愬传》曰："祐以突将三千为前锋，李忠义副之，愬率中军三千，李进诚以下军殿，出文城栅，令曰：引而东，六十里止，袭张柴，歼其戍。敕士少休，益治鞍铠，发刃彀弓。会大雨雪，天晦凛风，偃旗裂肤，马皆缩栗，士抱戈冻死于道十一二。始发，吏请所向。愬曰：入蔡州取吴元济。士失色，监军使者泣曰：果落祐计。然业从愬，人人不敢自为计。愬道分轻兵断桥以绝洄曲道，又以兵绝朗山道，行七十里，夜半至悬瓠城，雪甚，城旁皆鹅鹜池，愬令击之以乱军声。贼恃吴房、朗山戍，宴然无知者。祐等坎埔先登，众从之，杀门者，发关，留持柝传夜自如。黎明雪止，愬入驻元济外宅。蔡吏惊曰：城陷矣。元济尚不信，曰：是洄曲子弟来索褚衣尔。及闻号令曰：常侍传语！始惊曰：何常侍得至此？率左右登牙城，李进诚兵薄之。愬计元济且望救于董重质，乃访其家慰安之，使无怖，以书召重质。重质以单骑白衣降，愬待以礼。进诚火南门，元济请罪，梯而下，槛送京师。"《通鉴考异》卷二十曰："十月戊午朔，壬申即十五日也。"案《旧唐书·宪宗纪》九月丁亥朔，十月朔不得为戊午，九月三十日，十月朔为丁巳，数至壬申为十六日。段碑曰十月既望，正合。《韩子年谱》谓入蔡十六日，平蔡十七日，是也。又自文城出师，此不言夜发，而新、旧《唐书·愬传》《旧唐书·元济传》皆言夜。然《旧唐书·愬传》云十日夜,《新唐书·愬传》云己卯夜,皆非是。《通鉴》从《平蔡录》以为辛未自文城出师,夜至张柴村,命士少休,复夜出,壬申四鼓至城下。考自文城至张柴六十里,张柴至悬瓠七十里,而所经乃几两日夜,袭人之师当不如是迟滞也。《旧唐书·宪宗纪》言己卯入蔡州,盖本《宪宗实录》。然《考异》谓《实录》己卯执元济,乃奏到之日,非平蔡之日。(《旧唐书·度传》云十一日,尤误。)《新唐书·宪宗纪》言癸酉克蔡州,癸酉正十七日,与韩、段所记皆合,为可信也。胡梅磵《通鉴注》曰:"文城栅在蔡州西南一百二十里。"《清一统志》曰:"河南汝宁府:文城栅在辽平县西南五十里。"○《通鉴》曰:"是日申、光二州及诸镇兵二万馀人相继来降。"○《通鉴》曰:"庚辰,裴度遣马总先入蔡州慰抚。辛巳,度建彰义军节,将降卒万馀人入城。"○《诗序》曰:"赍,予也。"《说文》曰:"赍,赐也。"○《旧唐书·宪宗纪》曰:"十月甲申,诏淮西立功将士,委韩弘、裴度条疏奏闻,淮西军人一切不问,宜准元敕,给复二年。"○《旧唐书·宪宗纪》曰:"十一月丙戌朔,御兴安门,受淮西之俘,以吴元济徇两市,斩于独柳树。"

册功,汪曰:"次赏功次第,又与战功相应。"弘加侍中,愬为左仆射,帅山南东道,颜、胤皆加司空,公武以散骑常侍帅鄜、坊、丹、延,道古进大夫,文通加散骑常侍。丞相度朝京师,道封晋国公,进阶金紫光禄大夫,以旧官相,而以其副总为工部尚书,领蔡任。既还奏,群臣请纪圣功,茅曰:"得体。"被之金石。皇帝以命臣愈,臣愈再拜稽首而献文曰:以上行赏及撰碑文。

《旧唐书·宪宗纪》曰:"十一月,录平淮西功,加宣武军节度使韩弘兼侍中。"○《旧唐书·宪宗纪》曰:"随唐节度使检校左散骑常侍李愬检校尚书左仆射襄州刺史充山南东道节度襄、邓、随、唐、复、郢、均、房等州观察等使。"（复原误福，今依樊注改。）《新唐书·方镇表》曰："至德二载，升襄阳防御使为山南东道节度使，治襄州。元和十二年，废唐随郢节度使，以唐、随、邓三州还隶山南东道。"又案：唐襄州治襄阳县，今湖北襄阳县治。〇《旧唐书·宪宗纪》曰："忠武军节度使李光颜、河阳节度使乌重胤并检校司空。"樊曰："光颜封武威郡公，重胤郧国公。"《唐六典》卷一曰："司空，正一品。"〇《旧唐书·宪宗纪》曰："以宣武军都虞候韩公武检校左散骑常侍鄜州刺史鄜坊丹延节度使。"《元和郡县志》曰："关内道鄜州，为鄜坊节度使理所，管鄜、坊、丹、延四州。"案：唐鄜州治洛交县，今陕西鄜县治；坊州治中部县，今陕西中部县治；丹州治义川县，今陕西宜川县治；延州见上。〇《新唐书·李道古传》曰："淮西平，加检校御史大夫。"〇《旧唐书·宪宗纪》曰："十二月壬戌，以彰义军节度淮西宣慰处置使门下侍郎同平章事裴度守本官，赐上柱国，晋国公，食邑三千户。"《度传》曰："诏加度金紫光禄大夫，弘文馆大学士，复知政事。"〇《旧唐书·宪宗纪》曰："十一月戊申，以淮西宣慰副使刑部侍郎马总为彰义军节度留后。十二月壬戌，以蔡州留后马总检校工部尚书蔡州刺史彰义军节度使，溵州（以郾城置，析上蔡、西平、遂平三县隶焉。《方镇表》曰：元和十二年彰义军节度复为淮西节度，增领溵州，未几以溵州隶忠武军节度。）颍陈许节度使。"《马总传》曰："总字会元，扶风人。吴元济诛，度留总蔡州，知彰义军留后，寻检校工部尚书蔡州刺史兼御史大夫，充淮西节度使。总以申、光、蔡等州久陷贼寇，人不知法，威刑劝导，咸令率化，奏改彰义军曰淮西，贼之伪迹，一皆削荡。"《新唐书·马总传》曰："蔡人习伪恶相掉评，犷戾有夷貊风，总为设教令，明赏罚，磨治洗汰，其俗一变。"

　　唐承天命，遂臣万邦。孰居近土，袭盗以狂。往在玄宗，崇极而圮。河北悍骄，河南附起。何义门曰："从河北说到河南，源委分明。以下魏将首义等语，节节有根。"四圣不宥，屡兴师征。有不能克，益戍以兵。夫耕不食，妇织不裳。输之以车，为卒赐粮。外多失朝，旷不岳狩。百隶怠官，事亡其旧。或曰："以上唐中兴后，方镇多叛。"

《尔雅·释诂》曰："圮，毁也。"○孙曰："安、史既平，燕、赵、魏相继而起。"案：燕谓卢龙，赵谓成德，魏谓魏博。卢龙朱滔、成德王武俊、魏博田承嗣、田悦等，皆尝反。○孙曰："谓汴、蔡之属居河南者。"案：汴虽屡乱，然与蔡叛命究不同，此当指淄青淮蔡。淄青唐属河南也，淄青李惟岳、李纳，淮蔡李希烈、吴少诚等，皆尝反。○《补注》曰"肃、代、德、顺，四圣也。"○退之韵文本合东冬锺江阳唐庚耕清青等为一韵，兵字古音补芒切，与下裳粮同部，则征字可读之良切。但此文四句一韵，其今韵能合者，以下皆不复注。○孙曰："夫耕不得食，妇织不得裳，皆以为卒之赐粮也。"○孙曰："谓为乱者所隔，故不得朝觐也。"○祝曰："谓巡狩四岳之礼多旷废也。"

帝时继位，顾瞻咨嗟。惟汝文武，孰恤予家？汪曰："含同德意。"既斩吴蜀，旋取山东。魏将首义，六州降从。茅曰："客。"淮蔡不顺，自以为强。提兵叫譁，欲事故常。茅曰："主。"始命讨之，遂连奸邻。阴遣刺客，来贼相臣。刺武元衡事，于此补叙。汪曰："极叙淮蔡之强，与卿士不随，小大并疑，以振起断字意。"方战未利，内惊京师。群公上言，莫若惠来。帝为不闻，与神为谋。汪曰"断。"乃相同德，以讫天诛。或曰："以上宪宗与裴相同谋。"

《补注》曰："帝谓宪宗。"○既斩吴蜀，谓平江东、平蜀。○取山东谓平泽潞。案：泽潞唐属河东道，言山东者，谓华山之东，如战国所谓山东六国也。○六州降从，谓致魏、博、贝、卫、澶、相。○《广韵》曰："谨，呼官切，谨喧。"○故常，谓表请主兵，如少诚、少阳故事。○奸邻，指郓州李师道及恒州王承宗也。《旧唐书·李师道传》（附《李正己传》）曰："师道兼郓州大都督府长史，充平卢军及淄青节度副大使，知节度事。王师讨蔡州，师道使贼烧河阴仓，断建陵桥。"又《王承宗传》（《附王武俊传》）曰："王师讨吴元济，承宗与李师道继献章表，请宥元济，奸计百端，以沮用兵。"○《新唐书·宪宗纪》曰："元和八年三月甲子，剑南西川节度使武元衡为门下侍郎同中书门下平章事。十年六月癸卯，盗杀武元衡。"《旧唐书·武元衡传》曰："元衡字伯苍，河南缑氏人。上讨淮蔡，悉以机务委之。时王承宗遣使奏事，请赦吴元济，请事于宰相，辞礼悖慢，元衡叱之，承宗因飞章诋元衡，咎怨颇结。元衡宅在静安里，十年六月三日（《旧纪》六月辛丑朔），将朝，出里东门，有暗中叱使灭烛者，导骑诃之，贼射之中肩，又有匿树阴突出者，以棓击元衡左股，其徒驭已为贼所格奔逸，贼乃持元衡马东南行十馀步害之，批其颅骨怀去。及众呼偕至，持火照之，见元衡已踣于血中，即元衡宅东北隅墙之外。时夜漏未尽，陌上多朝骑及行人铺卒，连呼十馀里，皆云贼杀宰相，声达朝堂，百官恟恟，未知死者谁也。须臾元衡马走至，遇人始辨之。既明，仗至紫宸门，有司以元衡遇害闻。上震惊，却朝而坐延英，召见宰相，惋恸者久之，为之再不食。册赠司徒，辍朝五日，谥曰忠愍。"《裴度传》曰"王承宗、李师道俱遣刺客刺宰相武元衡，亦令刺度。是日度出通化里，盗三以剑击度，初断靴带，次中背，才绝单衣，后微伤其首，度堕马。会度带毡帽，故疮不至深。贼又挥刃追度，度从人王义乃持贼，连呼甚急，贼反刃断义手，乃得去。度已堕沟中，贼谓度已死，乃舍去。居三日，诏以度为门下侍郎同中书门下平章事。"案《楚辞·招魂》王注曰："贼，害也。"○《旧唐书·

武元衡传》曰:"自是京师大恐,城门加卫兵,察其出入,物色伺之。"《通鉴》卷二百三十九曰:"京城大骇,于是诏宰相出入加金吾骑士,张弦露刃以卫之,所过坊门,呵索甚严。朝士未晓,不敢出门,上或御殿久之,班犹未齐。贼遗纸于金吾及府县曰:毋急捕我,我先杀汝。故捕贼者不敢甚急。兵部侍郎许孟容见上曰:自古未有宰相横尸路隅而盗不获者,此朝廷之辱也。因涕泣。又诣中书挥涕言请奏起裴中丞为相,大索贼党,穷其奸源。戊申,诏中外所在搜捕,获贼者赏钱万缗,官五品;敢庇匿者,举族诛之。于是京城大索,公卿家有复壁重橑者皆索之。成德军进奏院有恒州卒张晏等数人行止无状,众多疑之。庚戌,神策将军王士则等告王承宗遣晏等刺元衡,吏捕得晏等八人,命京兆尹裴武、监察御史陈中师鞠之。陈中师按张晏等,具服杀武元衡,张弘靖疑其不实,屡言于上,上不听。戊辰,斩晏等五人,杀其党十四人。李师道客竟潜匿亡去。"(《考异》曰:"《旧唐书·张弘靖传》曰:及田弘正入郓,按簿书,亦有杀元衡者。《旧唐书·吕元膺传》获李师道将訾嘉珍、门察,皆称害武元衡者。然则元衡之死,必师道所为也。但以元衡叱尹少卿,及承宗上表诋元衡,故时人皆指承宗耳。今从薛图存《河南记》。"○师来通转为韵。○帝为不闻,严曰:"谓不听其言也。"○谋读曰谟,与诛通转为韵。○《汉书·王莽传下》颜注曰:"讫犹竟也。"

乃敕颜、胤、愬、武、古、通,咸统于弘,各奏汝功。三方分攻,五万其师。大军北乘,厥数倍之。常兵时曲,军士蠢蠢。既翦陵云,蔡卒大窘。胜之邵陵,郾城来降。何曰:"补前所略。"自夏入秋,复屯相望。兵顿不励,告功不时。汪曰:"又含小大并疑意。"帝哀征夫,命相往厘。汪曰:"断。"士饱而歌,马腾于槽。茅曰:"工而细。"试之新城,贼遇败逃。尽抽其有,聚以防我。西师跃入，道无留者。或曰："以上破蔡。"

陈少章曰："按三方分攻，即上所谓道古攻其东南，文通战其东，愬入其西也。三方中即已伏后西师之根矣。至'大军北乘'二句，始详叙颜、胤、武合攻其北之事，自'常兵时曲'至'郾城来降'，乃挈前文大战十六，得栅城县二十三之要而言之。'试之新城'二句，则所谓颜、胤、武合战益用命也。自是贼势日蹙，专备北境，故西师得成捣虚之功，西师句尤与上分攻相应。"○时曲即洄曲，已见上注。《左》昭二十四年杜注曰："蠢蠢，动扰貌。"《通鉴》曰："十年八月乙丑，李光颜败于时曲。"王宋贤引沈曰（疑是沈德毓之说）："常当作尝，《左氏》尝寇（隐九年），《史记》先尝秦军（《张耳陈馀传》），公语本此。"吴先生曰："常犹尝也。此言先攻时曲，蔡之军士犹蠢蠢然动以拒王师也。"○《旧唐书·李光颜传》曰："十一年，光颜连败元济之众，拔贼凌云栅。"《通鉴》曰："十一年九月乙酉，李光颜、乌重胤奏拔吴元济陵云栅。"胡注曰："陵云栅在溵水西南，郾城东北，蔡人立栅于此，以陵云为名。"《清一统志》曰："陈州府，陵云栅在商水县故溵水城西南，溵水故城即今商水县治。"《广韵》曰："宭，急迫也，渠殒切。"○《旧唐书·李光颜传》曰："十二年四月，光颜败元济之众三万于郾城，其将张伯良奔于蔡州，郾城守将邓怀金请以城降，光颜许之，而收郾城。"《清一统志》曰："河南许州，召陵故城，在郾城县东三十五里。"又曰："元和十二年，李光颜败淮西于郾城，即今治。"○朱曰："复（復）或作複。"步瀛案：復、複字通。望，武方切。○顿、钝通，励、厉通，《秦策》一高注曰："厉，利也。"○王宋贤曰："自四月败贼郾城之后，五月愬又败之于张柴。自此以后，军不奏捷者三月，八月重胤又有贾店之败，故曰告功不时。"○孙曰："相谓裴度。釐，理也。"（《诗·臣工》笺）。沈文起曰："《李光颜传》（旧传）：裴度至行营，于方城沱口观板筑，（自注曰：

"《九域志》许州郾城县有驼口，胡三省引作沱口。"）五沟贼遝至，（自注曰："《纪要》郾城县南七里曰五沟。"）光颜决战于前以却之，此即所谓试之新城也。《金史志》郾城县有新寨镇。"○聚以防我，孙曰："谓董重质兵守洄曲。"○西师二句，《补注》曰："谓李愬入蔡之师。"○可者通转为韵。

額額蔡城，其壇千里。既入而有，莫不顺俟。帝有恩言，相度来宣。汪曰："颂君之体，所谓'遂生蔡人'，所谓'天子活之'。"诛止其魁，释其下人。蔡之卒夫，投甲呼舞。蔡之妇女，迎门笑语。蔡人告饥，船粟往哺。蔡人告寒，赐以缯布。始时蔡人，禁不往来。今相从戏，里门夜开。始时蔡人，进战退戮。今旰而起，左飧右粥。今昔相形，写出乐生之心，的是妙笔。为之择人，以收余惫。选吏赐牛，教而不税。蔡人有言，始迷不知。今乃大觉，羞前之为。蔡人有言，汪曰："用蔡人语，以感动邻镇。"天子明圣。不顺族诛，顺保性命。汝不吾信，视此蔡方。孰为不顺？往斧其吭。凡叛有数，声势相倚。何曰："应前'遂连奸邻'。"吾强不支，汝弱奚恃？汪曰："应'自以为强'。"其告而长、而父、而兄，奔走偕来，同我太平。以上怀柔蔡人。

祝曰："額額，大貌也。"《援鹑鹑堂笔记》曰："注引《书》罔昼夜額額（本在《皋陶谟》，今伪古文分入《益稷》）。按柳《雅》'无恃額額'，注者引《书》或本此，以言城，不类矣。按《仪礼·丧服传》斩衰条下贾疏郑注三年练冠一条引《大戴礼》：大功以下唯唯，小功以下額額，云弔宾以下，望之額額然，此似符铭义。又按刘熙《释名》：额，鄂也，有垠鄂也，故幽州人谓之鄂（《释形体》）。据此額額亦读鄂。"○《广韵》曰："俟，林史切。"○《补注》曰："恩言，谓诏令也。"○《诗·江汉》曰：

"王命召虎，来旬来宣。"《鸿雁》毛传曰："宣，示也。"○言宣人通转为韵。释其下人，即"诏淮西军人一切不问"也。○《礼记·礼运》郑注曰："币帛曰缯。"○《旧唐书·裴度传》曰："旧令途无偶语，夜不然烛，人或以酒食相过从者，以军法论。度约法，唯盗贼斗杀外，馀尽除之，其往来者，不以昼夜为限，于是蔡之遗黎始知有生人之乐。"○《说文》曰："旰，晚也。"案《音注》《五百家》及《观澜甲集》《文诀》殆皆作餐。方曰："旧本皆作飧。"朱曰："还予受子之粲兮（《诗·缁衣》，传云：粲，餐也；《史记》：餐未及下咽，酒未及濡唇（《秦始皇本纪》后附班孟坚论秦王子婴语）；《汉书》令其裨将传餐（《韩信传》），则餐字亦有义。公《祭郑夫人文》：念寒而衣，念饥而餐，固以衣对餐也。或当作餐。"步瀛案：飧不成字，当作飧，音孙。《诗·伐檀》毛传曰："熟食曰飧。"是也。或作餐，义亦通。《列子·说符》张注曰："餐，水浇饭也。"○《藩镇传》曰："以元济献庙社，徇于市斩之，年二十五，妻沈没入掖庭，二弟三男子流江陵，皆杀之。"○《新唐书·裴度传》曰："度入朝，会帝以二剑付监军梁守谦，使悉诛贼将。度过诸郾城，复与入蔡，商罪议诛，守谦请如诏，度固不然，腾奏申解，全宥者甚众。"○旧注曰："吭，喉也，古郎切。"○凡叛有数，孙曰："谓叛者数镇，如王承宗之类也。"吴北江曰："数者术数，犹言叛亦有法也。文本当云凡叛有道，然叛不可言道，故改言数，足见公用字下句缜密。孙注乃云叛者数镇，则失其义矣。"步瀛案：据下文"吾强汝弱"云云，孙注似亦可通。《旧唐书·王承宗传》：诛吴元济，承宗始惧，求救于田弘正。元和十三年三月，弘正遣人送承宗男知感、知信及其牙将石泛等诣阙，又献德、棣二州图印，兼请入管内租税除补官吏。"○《补注》曰："而，皆谓汝也。"

淮蔡为乱，天子伐之。既伐而饥，天子活之。始议伐蔡，卿士莫随。既伐四年，小大并疑。不赦不疑，由天子明。凡此蔡功，惟断乃成。二句全篇之归宿。既定淮蔡，四夷毕来。汪曰："仍旧是'四海九州，悉主悉臣'矣。"遂开明堂，坐以治之。茅曰："颂文淋漓纵横，并合绳斧。"

□大姚曰："昔人谓序似《书》，铭似《诗》，（《后山诗话》卷二曰："龙图孙学士觉喜论文，谓退之《淮西碑》叙如《书》，铭如《诗》。"）余谓铭词酣恣奋动，正以不全似《诗》为佳，而柳子厚乃以《淮蔡雅》矜出其上，谬矣。"（《唐语林》卷二曰："刘禹锡云，柳八《驳韩十八平淮西碑》云：左飡右粥，何如我《平淮西雅》云仰父俯子。禹锡曰：美宪宗俯下之道尽矣。柳曰：韩碑兼有冒子，使我为之，便说用兵讨叛矣。"）案：此疑出《刘宾客嘉话》，今《嘉话》无此条，以非完书也。○汪武曹曰："用兵伐叛，却从天眷唐德说起，作本朝文字，最为得体。碑冒子之说，托于柳子厚，必非其实也。"案：汪说得之，非徒子厚未必有此语，即《嘉话》亦韦绚所辑，即果出其书，亦未必果为梦得语也。）规橅章句，何处得此生气横出耶？○张曰："此文自秦后，殆无能为之者，殆欲度越盛汉，与周人并席矣。"

《书·洪范》曰："谋及卿士。"《秦策》一高注曰："随，从也。"○小大并疑，《诗·泮水》曰："无小无大，从公于迈。"郑笺释大小为尊卑，此亦谓小臣大臣也。○严曰："集有《论淮西事宜状》云：以三小州残弊困剧之馀，而当天下之全力，其破败可立而待，所未可知者，在陛下断与不断尔。传曰：断而后行，鬼神避之。（《史记·李斯传》：赵高曰：断而敢行，鬼神避之。）迟疑不断，未有能成事者也。故此终篇以'惟断乃成'为言也。"○《礼记·明堂位》曰："昔者周公朝诸侯于明堂之位。"《周书·明堂篇》曰："明堂者，明诸侯之尊卑也。"《古木兰词》曰："天子坐明堂。"○来之古昔同部。

卷三　唐文二十四首

韩退之

南海神庙碑

　　韩集旧注曰："此碑有石刻，其首云使持节袁州诸军事守袁州刺史韩愈撰，使持节循州诸军事守循州刺史陈谏书，并篆额。其后云，元和十五年十月一日建。"（《金石萃编》卷一百七曰：此碑今装本陈谏书下，失并篆额三字，并失其后年月一行。）《集古录跋尾》卷八曰："昌黎集颇多讹舛，惟《南海碑》不舛者，以此刻石人家多有故也。"《集古录目》卷四曰："此碑在南海庙中。"《韩子年谱》曰："碑云元和十二年诏用鲁国孔公为广州刺史，又云至州之明年，即十三年，明年祀归，即十四年，明年其时，公又固往，即十五年。戣墓志云，祠部岁下广州祭南海庙，庙入海口，为州者皆惮之，不自奉事，唯公岁自常行，官吏刻石为词美之。（《考异》本自常作常自，词作诗，皆是。）十五年，迁吏部侍郎，而旧史云戣每受诏，自犯风波而往，愈在潮州，作诗美之。（新、旧《唐书》戣皆附《孔巢父传》。）按十五年，退之已移袁州，（退之移袁州，在十四年十月二十四日，十五年正月八日到任，见《袁州谢表》。）

旧史误也。"魏仲举曰："公在潮州，孔戣待公特厚，旧史所谓作诗美之，盖《南海庙碑》也。碑云系之以诗故也。碑立在元和十五年十月，时公亦去袁矣。（《旧唐书·穆宗纪》：元和十五年九月辛酉，以袁州刺史韩愈为朝散大夫守国子祭酒，以是月庚子朔推之，为二十二日。《滕王阁记》署曰'元和十五年十月某日，袁州刺史韩愈记'，《考异》谓某一作五，是十月五日前，尚未受国子祭酒之命，《南海碑》立于十月一日，则退之犹未去袁州明矣。至《祭湘君夫人文》乃云十五年十月某日，朝散大夫守国子祭酒，则在受命后矣。洪谱谓命下在九月，受命在十月，是也。洪谓明年春到阙，魏谓今年冬到阙，则十月去袁，亦未可知，然五日以前，决未去袁也。）然公志孔戣墓云，'官吏刻石为词美之'，是立碑之日，公亦不应尚称官吏，（碑云"咸愿刻庙石以著厥美"，墓志言官吏指此，非退之自称也，此说亦非是。）盖墓志与传皆推本而言之也。"《清一统志》曰："广东广州府：南海神庙，在番禺县东南。"○朱曰："神或作东，此篇方从石本。"《五百家补注》曰："赵本作《南海东庙碑》。"案《文粹》《观澜文甲集》碑下有文字，《集古录跋尾》《金石录》目录皆作南海神庙碑，《集古录目》作南海广利王庙碑，盖从石本也。武虚谷《授堂金石文字续跋》卷五曰："碑题作《南海神庙碑》，石本阑入广利王三字。"钱晓征《金石文跋尾》卷八曰："碑首行题字，与全文大小疏密不类，似经后人磨改，昌黎集本题中无广利王三字，此碑有之，盖磨治添入者。"○《补注》曰："苏内翰尝移书杨康功（原作公，误），使迁庙文登，因古庙而新之，（何曰：迁庙文登乃东海神庙。）杨不从，故苏诗云：退之仙人也，游戏于斯文。笑谈出奇伟，鼓舞南海神。"（次王定国韵，见苏诗施注本卷三十三。）

海于天地间为物最钜，起句卓如山立，韩公往往有此。自三代圣王莫不祀事。考于传记，而南海神次最贵，在北东西三神河伯之上，号为祝融。天宝中，天子以为古爵莫贵于公侯，故海岳之祝，牺币之数，放而依之，所以致崇极于大神。今王亦爵也，而礼海岳尚循公侯之事，虚王仪而不用，非致崇极之意也。由是册尊南海神为广利王，祝号祭式，与次俱升。因其故庙，易而新之，在今广州治之东南，海道八十里，扶胥之口，黄木之湾，汪曰："即详庙之道里处所，以为委事于副，及亲供嗣事者立案，而本题建碑，亦在此生。"常以立夏气至命广州刺史行事祠下，事讫驿闻。以上南海王祀典，及其庙所在。

《太平御览·神鬼部》二引《太公金匮》曰："武王都洛邑未成，阴寒雨雪十馀日，深丈馀。甲子旦，有五丈夫乘车马从两骑止王门外，欲谒武王。武王将不出见，太公曰：不可，雪深丈馀而车骑无迹，恐是圣人。太公乃持一器粥出，开门而进五车两骑曰：王在内未有出意，时天寒，故进热粥以御寒，未知长幼从何起。两骑曰：先进南海君，次东海君，次西海君，次北海君，次河伯雨师。粥既毕，使者具告太公，太公谓武王曰：前可见矣。五车两骑，四海之神，与河伯雨师耳。南海之神曰祝融，东海之神曰勾芒，北海之神曰玄冥，西海之神曰蓐收，请使谒者各以其名召之。武王乃于殿上，谒者于殿下，门外引祝融进，五神皆惊相视而叹，祝融拜，武王曰：天阴乃远来，何以教之？皆曰：天伐殷立周，谨来受命，愿敕风伯雨师，各使奉其职。"《天部》十二亦引之，与此互有详略，《艺文类聚·天部下》节引之，（洪引此作北海之神曰颛顼，盖误。）《初学记·天部下》引《太公伏符阴谋五行大义》卷五论诸官引《周书》，皆与此略同。（《伏符阴谋》四海神名下又云河伯名冯修，《五百家》载樊注亦引之。）朱曰："今按东海神名阿明，南海祝融，西海巨乘，北海禺强，亦见《养生杂书》，（《御览·鬼神〔神鬼〕部》一引《龙鱼河图》曰：东海君姓冯名修青，夫人姓朱名隐娥；南海君姓视名赤，夫人姓翳名逸寥；西海君姓勾大名丘百，夫人姓灵名索简；北海君姓是名禺帐里，夫人姓结名连翘；河伯名公子，夫人姓冯名夷，姓名尤奇。）然公言南海神次最贵，则是据《太公书》矣。"
○《通典·礼典·吉礼》五曰："天宝十载正月，以东海为广德王，南海为广利王，西海为广润王，北海为广泽王，分命卿监，诸岳渎及山，取三月十七日一时备礼兼册祭，仪具《开元礼》。"《旧唐书·礼仪志》四曰："天宝十载正月，四海并封为王，遣太子中允李随祭东海广德王，义王府长史张九章祭南海广利王，太子中允柳奕祭西海广润王，太子洗马李齐荣祭北海广泽王。"（《册府元龟·帝王部》三十三，封四海为王在正月丁未，遣官分祭在二月己亥，加王位且行册礼。）《新唐书·礼乐志》五曰："祭东海于莱州，南海于广州，西海于同州，北海于河南。"
○《舆地纪胜》：广南东路广州黄木湾但引此碑文（八十里误作十八里）。《清一统志》广东广州府：南海神庙，在番禺县东南。《岭海见闻记》曰："庙在波罗江上。"《广东通志》卷一百一曰："广州府番禺县：波罗江，韩愈碑'扶胥之口，黄木之湾'即此，在南海神庙前，岭南诸水之会也。罗浮夜半见日，然在山巅高处，此从卑处见之，若凌空倒影，最为奇观，在府城东八十里。"
○《通典·吉礼》五曰："武德、贞观之制，五岳四镇，四海四渎，年别一祭，各以五郊迎气日祭之，其牲皆用太牢，祀官以当界都督刺史充。"又《开元礼》曰："诸岳镇海渎，每年一祭，各以五郊迎气日祭之。"

　　而刺史常节度五岭诸军，仍观察其郡邑，于南方事无所不统。地大以远，故常选用重人。既贵而富，且不习海事。又当祀时，海常多大风，沈确士曰："开下波澜，怪怪奇奇，俱从此生出。"将往，皆忧戚；既进，观顾怖悸，故常以疾为解，而委事于其副。其来已久，故明宫斋庐，上雨旁风，无所盖障，汪曰："引出本题建庙。"牲酒瘠酸，取具临时，水陆之品，狼籍笾豆，荐裸兴俯，不中仪式。吏滋不供，神不顾享。盲风怪雨，发作无节，人蒙其害。以上言昔时刺史遇祭皆不肯亲往，是以多不如礼，故不为神佑。

孙曰："唐制岭南为五府，而岭南节度使观察四府事。"《元和郡县志》曰："岭南道广州，开元二十一年置节度经略使，式遏四夷。广州为岭南五府经略使理所，统经略军、（原注曰："南海郡系本州，城内有经略军额，管镇兵五千四百人。"）清海军、（原注曰："恩平郡管兵一千人。"恩平今恩州。）桂管经略使、（原注曰："始安郡管兵一千人。"）容管经略使、（原注曰："普宁郡管兵一千一百人。"）镇南经略使、（原注曰："安南都护府管兵四千二百人。"）邕管经略使。"（原注曰："朗宁郡管兵一千七百人。"）案《旧唐书·地理志》四：岭南道广州都督府、桂州都督府、邕州都督府、容州都督府、安南都督府五府，亦曰五管，皆隶岭南节度使。又案：唐广州治南海县，今广东番禺县治。五岭已见韩云卿《平蛮颂注》。○《说文·心部》曰："悸，心动也。"○《旧唐书·职官志》三曰："节度副使一人。"○《礼记·郊特牲》曰："笾豆之实，水土之品也。"又曰："恒豆之菹，水草之和气也。其醢，陆产之物也。"《史记·滑稽传》：淳于髡曰："杯盘狼籍。"○《说文》曰："裸，灌祭也。"○《左》襄八年杜注曰："滋，益也。"○方曰："或谓秘阁本盲作甿，字见《吕氏春秋》（《仲秋纪》）。考石本只作盲。《月令》盲风至，注疾风也。《山海经》：符阳之山多怪雨，风云之所出也。"（《西山经》）步瀛案：《月令》：仲秋之月盲风至，《吕氏春秋》作凉风至，与孟秋之月凉风至无别。据方氏此注，知仲秋凉风为盲风之误，盲、䖟皆从亡声，故通用，然实皆萌之借字。《广雅·释诂》一曰："萌，遽也"，故郑注《月令》训为疾风。孔疏引皇侃曰："秦人谓疾风为盲风。"《玉烛宝典》卷八引蔡邕《月令章句》曰："秦人谓蓼风为盲风。"（《初学记·岁时部》《御览·时序部》十引同，《岁时广记》引作蓼花风，大谬。）蓼、飉字通。《吕氏春秋·有始览》曰："西方曰飂风。"高注曰："一曰阊阖风。"《淮南·天文篇》曰："凉风至，四十五日阊阖风至。"即《月令》之盲风也。（《淮南·时则篇》：仲秋之月凉风至，疑亦误。又《宝典》引《淮南子》八风西方曰飂风。注云，兑气所生，一曰阊阖。今《坠形篇》高注无一曰阊阖四字。）

  元和十二年，始诏用前尚书右丞国子祭酒鲁国孔公为广州刺史，兼御史大夫，以殿南服。公正直方严，中心乐易，祗慎所职，治人以明，事神以诚，汪曰："治人是宾，事神是主，宾主并提，却先宾后主，以下便接主句正叙。"方望溪曰："神依人而行，故先言治人。"内外单尽，不为表襮。以上治人事神并提，开下二段。至州之明年，将夏，祝册自京师至，吏以时告。汪曰"以下正叙事神。"公乃斋被视册，誓群有司曰："册有皇帝名，乃上所自署，其文曰嗣天子某，谨遣官某敬祭，茅曰："详册文，顿觉生色。"其恭且严如是，敢有不承？明日，吾将宿庙下，以供晨事。"明日，吏以风雨白，不听。于是州府文武吏士凡百数，交谒更谏，皆揖而退。公遂陞舟，风雨少弛，沈曰："以下语语反对前文。"櫂夫奏功，云阴解驳，日光穿漏，波伏不兴。省牲之夕，载旸载阴。将事之夜，天地开除，月星明槩。五鼓既作，牵牛正中，公乃盛服执笏，以入即事，文武宾属，俯首听位，各执其职。牲肥酒香，罇爵静洁，降登有数，神具醉饱，海之百灵秘怪，慌惚毕出，蜿蜿虵虵，来享饮食。阖庙旋舻，祥飚送艘，旗纛旄麾，飞扬暗霭，铙鼓嘲轰，高管嚎噪，武夫奋櫂，工师唱和，穹龟长鱼，踊跃后先，乾端坤倪，轩豁呈露。张曰："瓌诡奇丽，似出张平子《西京赋》。"祀之之岁，风灾熄灭，人厌鱼蟹，五谷胥熟。明年祀归，又广庙宫而大之，治其庭坛，改作东西两序，斋庖之房，百用具修。茅曰："详于祀事而省于此，此射雕手也。"汪曰："才入本题建庙，对上明宫斋庐三句。"明年其时，公又固往，不懈益虔，岁仍大和，薹艾歌咏。方曰："以上事神。"

退之《尚书左丞孔公墓志铭》曰："孔子之后三十八世有孙曰戣，字君严。元和九年，权知尚书右丞。明年，拜右丞。（《考异》曰："或作拜左丞。"方曰："戣在元和中，未尝为左丞，盖权右丞事，逾年而正除右丞。长庆二年，还自广州，乃为左丞耳。新旧史戣传皆误，石本可考也。）十二年，自国子祭酒拜御史大夫，岭南节度等使。"《旧唐书·宪宗纪》曰："元和十二年秋七月庚戌，以国子祭酒孔戣为广州刺史，岭南节度使。"《孔戣传》（附其从父《孔巢父传》，云巢父冀州人）曰："十二年岭南节度使崔咏卒，三军请帅，宰相奏拟，皆不称旨，因入对，上谓裴度曰：尝有上疏论南海进蚶菜者，词甚忠正。（《新唐书》戣传云：明州岁贡淡菜蚶蛤之属，戣以为自海抵京师，道路役凡四十三万人，奏罢之。《通鉴》从《新唐书》。）此人何在？卿第求之。度退访之，或曰：祭酒孔戣尝论此事。度征疏进之，即日授广州刺史兼御史大夫岭南节度使。"○《诗·采菽》曰："殿天子之邦。"毛传曰："殿，镇也。"《周语中》：富辰曰："郑伯南也。"韦注引贾侍中曰:"南者,在南服之侯伯也。"○《礼记·郊特牲》郑注曰:"易,和说也。"○《尔雅·释诂》曰:"祗,敬也。"○单、殚通。《说文》曰:"殚,殛尽也。"《诗·天保》笺曰:"单,尽也。"此文单尽连读。○《广雅·释诂》四曰:"襮,表也。"王怀祖《疏证》曰:"襄三十一年《左传》:不敢暴露。暴与襮声近而义同。"○孙曰:"册谓祝版。"樊曰:"唐制岳渎以上祝版御署,附中使送往。"○《小尔雅·广诂》曰:"祓,洁也。"《通典·吉礼》五曰:"贞元四年五月,太常卿董晋奏,五岳四渎,其神版并合御署。至上元元年,中祠小祠,一切权停,自后因循,不请御署。其祝版欲至飨祭日,所司准程先进,取御署附驿发遣。敕旨宜依,仍委所司每至时先奏,附中使送往。"《册府元龟·帝王部》三十四同。(《唐会要》二十二作贞元二年,《文献通考·郊社考》十六因之,皆误也。《旧唐书·德宗纪》:贞元二年,晋为金吾大将军及尚书右丞,为太常卿尚在其后。至五年由太常卿拜平章事,见前董公行状。则为太常卿时所奏,当依《通典》及《册府元龟》作四年为是。)○谨遣官某敬祭,朱曰:"官上或有某字。今按石本官上无某字,或以为用《左传》其官臣偃之语。"(襄十八年)步瀛案:《通典》载《开元礼》七祭岳渎祝文,作"维某年岁次月朔日子嗣天子某,谨遣某官某"。是当日册文当署某官某,石本不具耳。殊不必以《左传》例之。《音注》《五百家》《文苑》《文粹》《观澜》《文诀》官上皆有某字。○晨事,魏仲举曰:"事,祀事也。质明行事(《郊特牲》),故曰晨事。"○皆揖而退,孙曰:"谓揖而退之,不从其言。"○《广雅·释诂》二曰:"弛,缓也。"○《五百家补注》曰:"櫂夫,舟人。奏功,效力也。"○解驳,案驳(駮)、驳字通,谓云色斑驳。○省牲之夕,孙曰:"谓祭之前一日。省牲,视涤濯也。"步瀛案:《周礼·天官》太宰之职,及执事,眂涤濯。郑注曰:"执事初为祭祀,前祭日之夕,涤濯谓溉祭器及甑甗之属。"《春官》大宗伯、小宗伯，皆省牲、省涤濯连言，虽同在祭之前一夕，而省牲与视涤濯为二事。孙注未晰。《通典》载《开元礼》七祭岳镇海渎，原注曰："其牲各随方色。"○《说文》曰："旸，日出也。"○方曰："槩，几利切，《说文》：稠也，《文选》何晏《景福殿赋》，槩若幽星之缠连，李善音古爱切。蜀本作概，非是。"案今《文选》槩作概，《文苑》《文粹》《观澜》《文诀》皆作槩。《景福殿赋》云：其奥秘则翳蔽暧昧，髣髴退槩，若幽星之缠连也。髣髴退槩四字连读，方截一槩字属下非也。《援鹑堂笔记》四十二曰："翳蔽暧昧，髣髴退槩，皆谓幽深不明也。"作槩当是。今刊本误。方氏谓公文出此，则未必尔，至从《说文》以槩为稠，文义自符，引何赋则误。○《颜氏家训·书证篇》曰："或问一夜何故五更？更何所训？答曰：汉、魏以来，谓为甲夜乙夜丙夜丁夜戊夜。又云鼓，一鼓二鼓三鼓四鼓五鼓，亦云一更二更三更四更五更，皆以五为节。更，历也，经也，故曰五更尔。"○方曰："《月令》：季春之月，旦牵牛中。"上文言立夏行事，正此时也。祝曰："牵牛，星名，一名河鼓。"步瀛案：星有岁差，唐之中星自异周、秦，立夏五鼓，牵牛正中，得诸目验，非泥《月令》也。○《左》桓二年，臧哀伯曰："夫德俭而有度，登降有数。"杜注曰："登降谓上下尊卑。"○《诗·楚茨》曰："神具醉止。"○张平子《西京赋》曰："状蜿蜿以蝹蝹。"薛注曰："蜿蜿蝹蝹，龙形貌也。"《集古录跋尾》卷八曰："集本云蜿蜿蜓蜓，而碑云蜿蜿虵虵，小异。当以碑为正。"案《音注》《五百家》《文粹》《观澜》皆作蜓蜓。○阁庙旋舻，孙曰："谓祭毕而归。舻，舟后持船处。"案《小尔雅·广器》曰："船头谓之舳，船后谓之舻。"《吴都赋》刘渊林注曰："舳，船头也；舻，船后也。"《广韵》十一模曰："舻，舟后。"皆孙所本也。《说文》曰："舳，舳舻也。《汉律》名船方长为舳舻。"段注谓长当作丈。盖汉时计船以丈，每方丈为舳舻也。此释舳舻之谓二字，不加分析者，宋于庭《小尔雅·训纂》曰："舳舻双声字，当依《汉律》舳舻连言为正。"是也。《说文》又曰："舳一曰船尾，舻一曰船头。"《方言》九曰："舟首谓之阁闾，后曰舳。舳，制水也。"郭注曰："今江东呼船头屋谓之飞闾是也。"《汉书·武帝纪》注引李斐曰："舳，船后持柁处也；舻，船前头刺櫂处也。"《文选·江赋》李善注曰："舳，船尾也；舻，船头也。"皆与《小尔雅》互异。戴东原《方言疏证》谓舻即阁闾，《吴都赋》注前后二字互讹。朱兰坡《文选集释》卷七谓《方言》郭注今江东呼舳为柁，未闻柁有在前者，当从戴说。胡枕泉《文选笺证》卷五谓舳为船后持柁处，舳者轴也，如车之有轴，以利转也。舳在舟尾，则舻为船头可知。舻者，颅也。《说文》：颅，首骨也，首骨谓之颅，故船首亦谓之舻。其说皆是。案：舳舻或如《汉律》不分船前后则可；如分之，则舳后舻前之义为长。（原本《玉篇·舟部》引《说文》及《方言》郭注、《汉书》李斐注是主舳后舻前之说，而今本《玉篇》舻下云在船后，疑后人误改。）○王子渊《圣主得贤臣颂》曰："恩从祥风翱。"《吴都赋》刘注曰："飘，船帐也。"○《乐雅·释言》曰："翿，纛也。"郭注曰："今之羽葆幢。"《广韵》三十七号：纛，徒到切；二沃：纛，徒沃切。《说文》曰："㫃，幢也。"麾，《说文》作𪑾，曰："旌旗所以指撝也。"《文选·思玄赋》旧注曰："麾，执旄以指撝也。秦、汉以来，即以所执之旄名曰麾，谓麾幢曲盖者也。"○《离骚》曰："扬云霓之晻蔼兮。"王注曰：晻蔼犹翁郁，荫貌也。"《文选》五臣注李周翰曰："晻蔼，旌旗蔽日貌。"○《周礼·地官·鼓人》郑注曰："铙如铃，无舌有秉，执而鸣之，以止击鼓。"《释文》曰："铙，女交反。"○《说文》曰："嗷，吼也。"又曰："噪，扰也。"《穀梁》定十年范注曰："群呼曰噪。"○《尔雅·释诂》曰："穹，大也。"○孙曰："谓天地开霁，皆见端倪。"案《庄子·大宗师》曰："不知端倪。"成玄英疏曰："端，绪也；倪，畔也。"案：端假借为耑，倪假借为兒。耑者，草之微；兒者，人之始也。○祀之，朱曰："祀，方从石本作祝。"今按：祝当作祀，其理甚明，疑或误刻，今从诸本。○石本厌作猒。《说文》曰："猒，饱也。"诸本作厌，通借字。○祀归，朱曰："诸本、石本皆作祀，方作祝误。"○《楚辞·大招》王注曰："坛犹堂也。"《淮南·说林篇》高注曰："楚人谓中庭为坛。"○《尔雅·释宫》曰："东西墙谓之序。"邵二云《正义》曰："堂两旁为东西夹室，中有墙以隔之，谓之东西序。《顾命》言西序东序，孔疏谓序者，墙之别名是也。"郝兰皋《义疏》曰："《书·顾命》《正义》引孙炎曰：堂东西墙，所以别序内外也。《御览》引舍人曰：殿东西堂，序尊卑处。按东西堂，即东西厢，舍人本墙盖作厢，故《书·正义》（《顾命》）及《文选》（《灵光殿赋》注）、《后汉书》注（《刘愉传》）、《御览》（《居处部》十三）并引《尔雅》作东西厢，从舍人本也。郭从孙炎本作墙，与《说文》合。"步瀛案：此文当指东西厢言。○螯、艾，并见《平蛮颂》注。

始公之至，茅曰："以下并纪孔公政绩。"沈曰："公之政只用补叙，故高。"尽除他名之税，罢衣食于官之可去者。四方之使，不以资交，以身为帅。燕享有时，赏与以节，公藏私畜，上下与足。于是免属州负逋之缗钱廿有四万，米三万二千斛。赋金之州，耗金一岁八百，困不能偿，皆以丐之。加西南守长之俸，诛其尤无良不听令者，由是皆自重慎法。人士之落南不能归者，与流徒之胄百廿八族，用其才良，而廪其无告者，其女子可嫁，与之钱财，令无失时。刑德并流，方地数千里，不识盗贼，山行海宿，不择处所。方曰："以上治人。"事神治人，其可谓备至耳矣。汪曰："就治人并将事神双收，以与前'治人以明，事神以诚'二句相应。"咸愿刻庙石以著厥美，而系以诗，乃作诗曰：

《孔公墓志》曰："境内诸州负钱至二百万，悉放不收。蕃舶之至，泊步有下碇之税，始至有阅货之燕，犀珠磊落，贿及仆隶，公皆罢之。"○廿有四万，朱曰："或作十有八万，廿方误作二十。"步瀛案：诸本皆作十八万，《新唐书》戣传同。○三万二千斛，朱曰："三或作八。"步瀛案：诸本皆作八万二千斛，《新唐书》戣传作八万斛。○皆以丐之，《说文》曰："匄，气也。"案匄亦作丐，气亦作乞。《左传》昭十六年孔疏曰："气之与乞，一字也，取则入声，与则去声也。此匄亦有取与。"案：此文丐字当解为与。《汉书·西域传》曰："我匄若马。"颜注曰："丐，与也。"退之《调张籍诗》曰："乞君飞霞佩。"即与君也。与此丐字义同。○沈文起曰："《全唐文》（六百九十二）有孔戣《奏加岭南州县官禄科钱状》。"○《曲礼上》郑注曰："诛，罚也。"○沈曰："《名胜志》：广州府城北一里有广恩馆，唐节度使孔戣建，以居南谪子孙不能自存者，岁拨田租千五百石以赡之。"○《说文》曰："胄，胤也。"《左》襄十四年杜注曰："胄，后也。"

南海阴墟，祝融之宅。即祀于旁，帝命南伯。吏惰不躬，正自今公。明用享锡，右我家邦。惟明天子，惟慎厥使。我公在官，神人致喜。海岭之陬，既足既濡。胡不均弘，俾执事枢？公行勿迟，公无遽归。匪我私公，神人具依。

□刘曰："昌黎文集大成，此文以所得于相如、子云者为文，故叙祠祀而《子虚》《上林》《甘泉》《羽猎》之体奔赴腕下，富丽雄奇，极才人之能事。"○曾曰："四字句凡百二十句，汉赋之气体也。"又曰："古来文士并以赋物为难，盖绘三才，刻画万态，而不可剽袭一字，故其难也。后人惟缀前人字句为文，又不究事物之情状，浅矣。"

南伯，孙曰："谓南方邦伯也。"○《说文》曰："右，助也。"（段曰："李焘本及《集韵》如是，二徐本皆作手口相助也。"步瀛案：《说文》ナ又字作又，今作右；左右字作右，今作佑。示部曰："祐，助也。"盖取神助意。段曰："古只作右。"○邦古音在东部，与公韵。○《尔雅·释天》《释文》曰："陬，隅也。"

柳州罗池庙碑

韩注曰："罗池神，子厚也。其碑石本首云，尚书吏部侍郎赐紫金鱼袋韩愈撰，中书舍人史馆修撰赐紫金鱼袋沈传师书。其后云，朝议郎桂管观察使试太常寺协律郎上柱国陈会篆额，（陈少章曰："当依方氏《举正》使上增支字，支使之职，与书记同。"王宋贤曰："《百官志》：节度观察使赵宗儒父骅尝为陈留采访使郭纳支使。是采访亦有支使，《志》虽不言支使品秩，然与判推等官并列，类皆使府自辟，然后列爵于朝，故其官多用试衔。若观察，乃系大使，岂协律所得骤跻此位？陈据《举正》本增支字极当。"）长庆元年正月十一日，桂官都防御先锋兵马使朝散大夫试左卫长史孙季雄建立。"《集古录跋尾》卷八曰：按《穆宗实录》，长庆二年二月，传师自尚书兵部郎中翰林学士为中书舍人史馆修撰，其九月愈自兵部侍朗迁吏部。碑言柳侯死后三年庙成，明年愈为柳人书罗池事。子厚以元和十四年卒，至愈作碑时，当是长庆三年。考二君官与此碑同，但不应在元年正月，盖后人传模者误刻之尔。"（王宋贤曰："子厚卒元和十四年，后三年立庙，为长庆二年，庙成之明年，始来请文京师，则已在长庆之三年，碑文元年之误，不待远征《实录》而知。又碑言是春谢宁来请文，则急归柳刻石，亦恐不副正月十一之期，是石本日月亦误。朱子每云石本不足信，即此亦其一证。")《太平寰宇记》曰："岭南道柳州马平县，罗池神庙在州北半里，即故刺史柳宗元也。韩愈为碑文。"《清一统志》曰："广西柳州府（旧治马平县）：柳侯祠在府治北，旧名罗池庙，祀唐刺史柳宗元，内有韩愈《罗池庙碑》。"○《旧唐书·柳宗元传》谓韩文时有恃才肆意，蠹孔、孟之旨，若南人妄以柳宗元为罗池神，而愈谋碑以实之，颇为当代所非。《新唐书·柳宗元传》曰："宗元既没，柳人怀之，托言降于州之堂，人有慢者辄死，庙于罗池，愈因碑以实之。"《观澜文乙集》吕伯恭（祖谦）注引石敏若曰："世以韩愈《罗池碑》为语怪，非也。士有抱负不克施，遭流落以死，其不平之气上干牛斗，为明神烈鬼，福善祸淫，巍峩庙食，此理也。岂随臭腐漂坏等庸人哉？"朱子《楚辞后语》引晁补之曰：夫神不可知，孔子乃不语。然此非铭罗池神之文，愈弔宗元之文也。"吴先生曰："此因柳人神之，遂著其死后精魄凛凛，以见生时之屈抑，所谓深痛惜之，意怆最为沉郁，史官乃妄议之，不知此乃《左氏》之神境也。"○朱曰："此篇方从石本，刘太乙（青藜）《金石续录》卷三曰：按《集古录·罗池庙碑》沈传师书，扬本（凡言石本皆指此。）未见，而坡公所书荔子丹辞，传者甚多，（但书铭辞后语谓之《享罗池》。）据跋语乃长沙帅安公藏本，以授柳州推官刻之庙中者也。字大径尺，奇伟雄健，与退之辞，可称两绝。"

罗池庙者，故刺史柳侯庙也。直起简老。柳侯为州，不鄙夷其民，动以礼法。三年，民各自矜奋：兹土虽远京师，吾等亦天氓，今天幸惠仁侯，若不化服，我则非人。语皆刻挚。于是老少相教语，莫违侯令。凡有所为于其乡闾及于其家，皆曰："吾侯闻之得无不可于意否？"莫不忖度而后从事。凡令之期，民劝趋之，无有后先，必以其时。于是民业有经，公无负租，流逋四归，乐生兴事，宅有新屋，步有新船，池园洁修，猪牛鸭鸡，肥大蕃息，子严父诏，妇顺夫指，嫁娶葬送各有条法，出相弟长，入相慈孝。写柳民悦喜入微。先时民贫，汪曰："追叙实政。"以男女相质，久不得赎，尽没为隶。我侯之至，按国之故，以佣除本，悉夺归之。大修孔子庙，城郭巷道，皆治使端正，树以名木，柳民既皆悦喜。曾曰："以上生能泽其民。"

《旧唐书·宪宗纪》曰：元和十年三月乙酉，以永州司马柳宗元为柳州刺史。"案：唐柳洲治马平县，今广西马平县治。○不鄙夷其民，祝曰："谓不鄙之以为夷。柳州古百粤之地，故云。"案：鄙，边鄙，与夷连文对举，谓不以柳民为鄙为夷而贱视之也。○《后汉书·张衡传》注曰："矜，竦也。"○《音注》本奋下有曰字，注曰：石本无曰字。朱曰："宜有曰字，然石本无之，不欲补也。"案《文苑》《文粹》《观澜乙集》《文诀》皆有曰字。○《诗·巧言》："予忖度之。"《释文》曰："忖，七损反。度，符洛反。"○《小尔雅·广诂》曰："劝，力也。"《吕览·为欲篇》高注曰："劝，乐也。"《史记·商君传》曰："秦人皆趋令。"《索隐》曰："趋者，向也，附也。"○《广雅·释诂》一曰："经，常也。"○《述异记》卷下曰："水际谓之步。瓜步，在吴中，吴人卖瓜于江畔，用以名焉。吴江中有鱼步、龟步，湘中有灵妃步。按吴、楚间谓浦为步，语之讹耳。"《青箱杂记》卷三曰："韩退之《罗池庙碑》言步有新船，或以步为涉，误也。盖岭南谓水津为步，言步之所及，故有罾步，即渔者施罾处；有船步，即众人渡船处。然今亦谓之步，故扬州有瓜步，洪州有观步，闽中谓水涯为溪步。"案子厚《永州铁炉步志》曰：江之浒，凡舟可縻而上下者曰步。"朱曰："孔戭志亦有泊步字。"○《吕氏春秋·审分篇》高注曰："诏，教也。"○指、恉通，《说文》曰："恉，意也。"○玄应《一切经音义》二十五引《周礼·司厉》郑众注曰："隶，奴也，役也。"○孙曰："柳州之俗，以男女质钱，约不时赎，子本相侔，则没为奴婢。宗元为设方计，悉令赎归，其尤贫力不能者，令书其佣足相当，则使归其质。观察使下其法于它州，比一岁，免而归者且千人。佣，赁直也。"案：此本《子厚墓志铭》，见后。○柳子厚《柳州文宣王新修庙碑》曰："元和十年八月，州之庙屋坏，几毁神位。刺史柳宗元始至，大惧不任，以坠教基。丁未奠荐，法齐时事，礼不克施，乃合初亚终献三官衣布，洎于赢财，取土木金石，征工僦功，完旧益新，十月乙丑，王宫正室成。"

尝与其部将魏忠、谢宁、欧阳翼饮酒驿亭，谓曰："吾弃于时，汪曰："在子厚口中点出废不用。"而寄于此，与若等好也。吴先生曰："此摹《史记·汲黯传》'黯弃于外，不得与朝廷议也'句法。"明年吾将死，死而为神，后三年，为庙祀我。"汪曰："在生时先叙此段，极生色。"及期而死。三年孟秋辛卯，侯降于州之后堂，欧阳翼等见而拜之。其夕，梦翼而告曰："馆我于罗池。"其月景辰庙成，大祭。过客李仪醉酒，慢侮堂上，得疾，扶出庙门即死。曾曰："以上死能食其土。"

《柳子厚墓志》云：元和十四年十一月八日卒，本又作十月五日卒。○旧注曰：长庆三年七月辛卯。案三年七月癸丑朔，是月无辛卯，旧注误。卒后三年乃长庆二年。《旧唐书·穆宗纪》：长庆二年七月己丑朔，则辛卯乃三日也。○《清一统志》曰："广西柳州府罗池，在马平县东。"○唐避高祖父李昞讳，以景代丙。

明年春，魏忠、欧阳翼使谢宁来京师，请书其事于石。余谓柳侯生能泽其民，死能惊动福祸之，以食其土，可谓灵也已。茅曰："结束通篇。"作迎享送神诗，遗柳民，俾歌以祀焉，而并刻之。王念丰曰："《刘熊碑》系诗三章，《张道君碑》系诗九章，皆汉碑中殊体，为后来碑版迎送神歌所自起。"柳侯河东人，讳宗元，字子厚。贤而有文章，尝位于朝，光显矣，已而摈不用。以上补叙子厚生平。其辞曰：

《新唐书·宗元传》曰："其先河东人。"《宰相世系表》曰："秦并天下，柳氏迁于河东。"《汉书·地理志》：河东郡，原注曰："秦置。"案《水经·涑水注》：河东郡治安邑县，今山西夏县北。○《新唐书·宗元传》曰："善王叔文、韦执谊，二人者奇其才，及得政，引内禁近，与计事，擢礼部员外部，欲大进用。俄而叔文败，贬邵州刺史，不半道，贬永州司马。"馀见《子厚墓志铭》。

荔子丹兮蕉黄。杂肴蔬兮进侯堂，侯之船兮两旗。度中流兮风泊之。待侯不来兮，不知我悲。侯乘驹兮入庙。慰我民兮，不嚬以笑。鹅之山兮柳之水。桂树团团兮，白石齿齿。侯朝出游兮暮来归。春与猿吟兮，秋鹤与飞。北方之人兮，为侯是非。千秋万岁兮，侯无我违。福我兮寿我。驱厉鬼兮山之左。下无苦湿兮高无干。秔稌充羨兮，蛇蛟结蟠。我民报事兮无怠。其始自今兮钦于世世。茅曰："追《九歌》。"沈确士曰："迎送神词，宛然《九歌》，宜朱子采附《楚辞》之后。"

□曾曰："此文情韵不匮，声调铿锵，乃文章第一妙境。情以生文，文亦足以生情；文以引声，声亦足以引文。循环互发，油然不能已，庶可渐入佳境。"

《南方草木状》卷下曰："荔枝树高五六丈馀，如桂树，绿叶蓬蓬，冬夏荣茂，青华朱实，实大如鸡子，核黄黑似熟莲，实白如肪，甘而多汁。"又卷上曰："甘蔗望之如树，株大者一围馀，叶长一丈，或七八尺，广尺赊，二尺许，花大如酒杯形，色如芙蓉，著茎末百馀子，大名为房，相连累，剥其子上皮黄白，味似葡萄，甜而脆。"○《五百家注》引朱廷玉《罗池庙碑全解》曰："湖湘士人云，柳人迎神，其俗以一船两旗，置木马偶人于舟，作乐而导之，登岸而趋于庙。"陈曰："舟中树两旗，设偶马以迎神，此岭外祀神旧俗，见南宋《临邛韩本》注，盖侯船及乘驹诸句，皆纪其实也。"○风泊之，谓风飘泊其旗也。此与《晋书·王濬传》所言风利不得泊义异。彼泊字谓逆风迴舟，此谓顺风行舟也。何义门《读书记·昌黎集》卷四从苏本定作泪，释为乱，非是。○《文选·江赋》李善注曰："嘽，𢣎，忧貌。"○孙曰："鹅字疑当作峨。按子厚《柳州山水记》云：峨山在野中无麓，峨水出焉，东流入于浔水。"《元和郡县志》曰："岭南道柳州马平县，柳江在县南十步。"《太平寰宇记》曰："柳州马平县，浔江在州南三十步，亦名柳江。"《舆地纪胜》曰："广南西路柳州，鹅山在马平县西十里，山巅有石，状如鹅，故名，鹅水出焉。柳水一名浔水，源自牂柯出辰沅，经融州西北一百里，曰龙水，北八十里曰古清江，南十五里曰三汀，东五十里曰桂江，东会于郡，又东过浔、藤至广州，入于海。"《清一统志》曰："柳州府：峨山在马平县西三里，亦曰鹅山，柳江即古潭水也，经柳城县环绕县南，名潭江，亦名柳江。"○《南方草木状》卷中曰："桂有三种，叶如柏叶皮赤者为丹桂，似柿叶者为菌桂，其叶似枇杷者为牡桂。"朱采芑《离骚补注》曰："凡经传言桂，皆非今之木犀，唐以后始名木犀为桂花。"○朱廷玉曰："桂树团团，木茂也。白石齿齿，石险也。"○《集古录跋尾》卷八曰："春与猿吟兮秋鹤与飞,疑碑之误。"《梦溪笔谈》卷十四曰:古人多用此格,如《楚词》"吉日兮良辰",又"蕙肴蒸兮兰藉,奠桂酒兮椒浆",盖欲相错成文,则语势矫健耳。杜子美诗'红稻(一作香稻)啄馀鹦鹉粒,碧梧栖老凤皇枝'(《秋兴》),亦语反意全。"(能改斋漫录》卷三亦以沈说为是,《扪虱新语》卷五谓此法本自《春秋》僖十六年陨石于宋五、六鹢退飞过宋都。《困学纪闻》卷二十又引《论语·乡党篇》迅雷风烈必变,皆为此等句法之始。"○"北方之人"二句,刘海峰曰:"此祝其安于南方,犹《招魂》言北方不可以止也。为侯是非者,即子厚书所谓'群言沸腾,诋诃万端'者也。"陈曰:"据唐史,子厚从永州召还,复有岭外之行,盖深为言路所排,所谓为'侯是非者'此也。"○《邵氏闻见后录》卷十四曰:"时柳仪曹已死,若曰国中于侯或是或非,公言未出,不如远即罗池之人,千万年奉尝不忘也。"○樊曰:"子厚《龙城录》:罗池北役者得白石,上有刻书云:龙城柳,神所守,驰厉鬼,山女首,福土氓,制九丑。"步瀛案:《龙城录》乃王性之伪撰,非子厚作,恐不足据。○《说文》曰:"秔,稻属;稴,稻也",(秔为稻之不黏者,稴为稻之黏者。)《诗·十月之交》毛传曰:"羡,馀也。"○愆世通转为韵。○樊曰:"元祐七年六月,诏赐唐柳州刺史罗池庙为灵文之庙,以郡人言其雨旸应祈故也。"陈曰:"宋邱崇《重修罗池庙记》略云:柳侯祠罗池三百馀年,英灵犹存。元祐五年,赐额曰灵文庙。(《续资治通鉴长编》卷四百七十四,亦在元祐七年六月,与樊注同。此作五年,恐误。)崇宁三年,赐爵曰文惠侯,承禋践笾,袂尝相属,所谓施利钱者,岁不知几何,率以十万为公帑,用馀则庙得之以备营缮。此记乃政和初作,施利钱即后代香钱也,至绍兴末,加封文惠昭灵侯,致和元年,又进封文惠昭灵公,见《元史》(《泰定帝纪》)。盖柳侯著灵南土,州人祀之,久而益虔,碑文所谓'钦于世世'者,信矣。"

曹成王碑

曹成王李皋,《旧唐书》有传,《新唐书》附《太宗诸子·曹王明传》。○洪曰:"《曹成王碑》造语,法子云也。"

王姓李氏,讳皋,字子兰,谥曰成。其先王明,以太宗子国曹,汪曰:"书始封之祖。"绝复封,传五王至成王。汪曰:"三世皆不书,下文因事载其母,亦不书姓。"成王嗣封在玄宗世,盖于时年十七八。绍爵三年,而河南北兵作,天下震扰。王奉母太妃逃祸民伍,得间走蜀从天子。汪曰:"叙其忠孝。"天子念之,自都水使者拜左领军卫将军,转贰国子秘书。以上嗣封后,遭乱奉母,走蜀从君。

《周书·谥法篇》曰:"安民立政曰成。"○《新唐书·太宗诸子传》曰:"曹王明母,本巢王妃,贞观二十一年,始王曹,累为都督刺史,高宗诏出后巢王。永隆中,坐太子贤事,降王零陵,徙黔州,都督谢祐逼杀之。帝闻悼甚,黔官吏皆坐冤。(《金銮密记》以谢祐逼杀明在则天朝,恐误。)三子,俊、杰(傑)、备(僃)。俊嗣王,南州别驾,杰为黎国公,垂拱时并及诛。神龙初,以杰子胤为嗣曹王。后备自南还,诏停胤封而封备,薨,开元十二年复封胤;薨,子戢嗣,位左卫府中郎将,子皋嗣。"李庭坚《嗣曹王墓志铭》曰:"王讳戢,字仲和。"(今有石本又见《芒洛冢墓遗文续补》)。孙曰:"天宝十一年皋嗣封,年二十。"案《旧唐书》皋传曰:"天宝十一载,嗣封,贞元八年三月,暴卒于位,年六十。"是皋生于开元二十一年,至天宝十一载,正二十岁,碑误。○《新唐书·玄宗纪》曰:"天宝十四载十一月,安禄山反,陷河北诸郡。十二月丁酉,陷东京,十五载六月辛卯,蕃将火拔归仁执哥舒翰,叛降于安禄山,遂陷潼关、上洛郡。甲午，诏亲征，(《旧唐书·玄宗纪》曰：乙未凌晨，自延秋门出。)七月庚辰，次蜀郡。"○《新唐书》皋传曰："事母太妃郑以孝闻，安禄山反，奉母逃民间，间走蜀，谒玄宗，由都水使者迁左领军将军。"穆与直(员)《嗣曹王妃荥阳郑氏墓志铭》曰："太妃讳中(《文苑》卷九百六十六、《全唐文》七百八十五并作仲)，字正和，恒州司兵文恪之孙，郴州司户休叡之子，年十有四，归于公族，居廿四岁，而先嗣王即世。"(今有石本，又见《芒洛冢墓遗文续补》，《文苑》居廿四岁误作又十四岁，《全唐文》因之，遂致戢卒之年亦误，幸有石本可正。)○《旧唐书》皋传曰："授都水使者，三迁至秘书少监。"《唐六典》卷二十三曰："都水监使者，正五品上，掌川泽津梁之政令。"卷二十四曰："左右领军卫大将军正三品，将军从三品，掌统领宫庭警卫之法令，以督其属之队仗，而总诸曹之职务。"卷二十一曰："国子监司业，从四品下。"(馀见《董公行状》注)卷一曰："秘书省少监从四品上，秘书监之职，掌邦国经籍图书之事，少监为之贰焉。"左领军卫下《音注》及《五百家本》皆有大字。

  王生十年而失先王，哭泣哀悲，吊客不忍闻。丧除，痛刮磨豪习，委己于学。稍长，重知人情，急世之要，耻一不通。侍太妃从天子于蜀，既孝既忠。持官持身，内外斩斩。由是朝廷滋欲试之于民。汪曰："为下治民之纲。"上元元年，除温州长史，行刺史事。江东新刳于兵，郡旱饥，民交走死无弔。王及州，不解衣，下令掊锁扩门，悉弃仓实与民，活数十万人。奏报，升秩少府。与平袁贼，仍徙秘书，兼州别驾，部告无事，迁真于衡。法成令修，治出张施，声生势长，观察使嚊媢不能出气，诬以过犯，御史助之，贬潮州刺史。杨炎起道州，相德宗，还王于衡，以直前谩。王之遭诬在理，念太妃老，将惊而戚，出则因服就辩，入则拥笏垂鱼，坦坦施施。即贬于潮，以迁入贺。及是，然后跪谢告实。以上治温州、衡州，及贬潮还衡。

孙曰："开元二十一年，父戢卒。"步瀛案：开元二十一年，乃皋生之年，生十年则当天宝元年，孙说误也。然碑言生十年，应作生十五年，当天宝六载。《嗣曹王墓志》曰："开元廿九载丁父忧，服阕，上获宝符之二载，除宁远将军，守左卫率府中郎。又以大都之地，封王子弟，锡之山川，土田附庸，受册命。四载良月，拜庆献岁入朝，遘疾薨于京兰陵之里，以六载十二月廿日，葬于河南县平乐乡北邙山。"是戢丁父忧在开元廿九年，服阕在天宝二年，是岁嗣封，受封四年，正当天宝六载，十月卒，十二月葬。又妃郑氏墓志曰："以建中三年薨，寿七十有二。"是妃生于景云二年，志言年十有四，归于公族，当开元十二年，又云居廿四岁，而先嗣王即世，当天宝六年，与《曹王墓志》正合，是戢之卒在天宝六载无疑也。是年皋十五岁，碑书生十年误。若如碑，则皋生开元廿六年，十七八绍爵，则当天宝十四五载，与下言绍爵三年，河南北兵作，亦不合。则此碑之误可断言矣。○沈文起曰："《旧唐书·李皋传》造敧器进入内中。南卓《羯鼓录》：嗣曹王皋有巧思，精于器用，杜牧集《池州造刻漏记》，建中时，曹王皋命处士王易间为之。"步瀛案：《法言·君子篇》曰："耻一物之不知。"《曹王妃墓志》曰："太妃念嗣王之壮，必及经纶，不患不贵，患不更贱，不患不闻先王之训，患不知下人之生，率以仲尼鄙事为教。"○斩斩，齐肃之意。○《小尔雅·广诂》曰："滋，益也。"○《旧唐书·肃宗纪》曰："乾元三年闰四月，改乾元为上元。"○《旧唐书》皋传曰："上元初，京师旱，米斗直数千，死者甚多。《新唐书》皋传亦云上元初旱歉，然《旧唐书·肃宗纪》言上元元年，自四月雨至闰月末不止，米价翔贵，人相食，是因淫雨为灾，非旱也。新、旧《唐书·五行志》是年水旱皆不载,未知水旱兼致邪,抑新、旧《唐书传》因此碑下言温州旱饥而误属京师非旱也。新、旧《唐书·五行志》是年水旱皆不载,未知水旱兼致邪,抑新、旧《唐书·传》因此碑下言温州旱饥而误属京师邪?)皋度俸不足养,亟请外官,不允,乃故抵微法,贬温州长史,无几摄行州事。"(沈曰:《新唐书·李泌传》云:时京官禄薄,薛邕由左丞贬歙州刺史,家人恨降之晚。崔祐甫任吏部员外郎,求为洪州别驾,使府宾佐有所忤者,荐为郎官,其当迁台阁者皆不赴,取罪而去。盖未加京官俸前情事如此。)《元和郡县志》曰:"江南道温州上。"《唐六典》卷三十曰:"上州刺史从三品,长史从五品上。"案:唐温州治永嘉县,今浙江永嘉县治。○刲于兵,《五百家补注》曰:"谓为兵所刲割也。案《旧唐书·肃宗纪》:上元元年十一月,宋州刺史刘展赴镇,扬州长史邓景山以兵拒之,为展所败,展进陷扬、润、升等州。二年春正月乙卯,平卢军兵马使田神功生擒刘展,扬、润平。"《通鉴·唐纪》三十八曰:"展更率众力战,将军贾隐林射展中目而仆,遂斩之。(《考异》卷十六曰:《实录》云生擒,《旧·神功传》亦然,今从《刘展乱纪》。)馀党皆平,平卢军大掠十馀日。安、史之乱,乱兵不及江淮,至是其民始罹荼毒矣。"○方曰:"交或作皆。"朱曰:"唐人语多用交字,如《陆宣公奏议》云'交骇物听','交下不存济'者之类,意犹曰即今云尔。"(案前引交骇物听,见《论宜令除裴延龄度支使状》;后引见《请遣使臣宣抚诸道遭水州县状》,本作应家有溺死及漂没居产都尽父子不存济者,各量赐粟帛,是交下二字乃父子之讹,济者当属下句。朱子所见盖误本,遂致句读既误,理解亦乖。)王宋贤曰:"《小尔雅》(《广言》)云,交,俱也。朱子即今训,未知所出。"吴北江曰:"交犹蹄踵交道之交,犹云纵横也。"步瀛案:《说文》曰:"弔,问终也。"○《庄子·逍遥游》《释文》引司马注曰:"掊,击破也。"○《旧传》曰:"岁俭,州有官粟数十万斛，皋欲行赈救，掾吏叩头乞候上旨，皋曰：夫人日不再食，当死，安暇禀命？若杀我一身，活数千人命，利莫大焉。于是开仓尽散之，以擅贷之罪，飞章自劾。天子闻而嘉之，答以优诏，就加少府监。"《唐六典》卷二十二曰："少府监从三品，掌百工伎巧之政令。"○《旧唐书·代宗纪》曰："宝应元年八月，台州贼袁晁陷台州，连陷浙东州县。二年四月庚辰，河南副元帅李光弼奏生擒袁晁，浙东州县尽平。"（是年七月改元广德）《通鉴·唐纪》三十八曰："宝应元年八月，台州贼帅袁晁攻陷浙东诸州，改元宝胜，民疲于赋敛者多归之。李光弼遣兵击晁于衢州，破之。九月，袁晁陷信州。冬十月，袁晁陷温州、明州。广德元年（即明年）夏四月庚辰，李光弼奏擒袁晁，浙东皆平。时晁聚众近二十万，转攻州县，光弼使部将张伯仪将兵讨平之。"《音注》曰："与音预。"○《旧唐书》皋传曰："改处州别驾行州事，以良政闻。"樊曰："按传作处州别驾，而此云兼州，必其字误。"朱曰："兼，方作处，云考《旧唐书》皋传合。今按成王本以温州长史行刺史事，今两奏功而得处州别驾，又不行州事，则于地望事权皆为左降矣。以事理推之，不应如此，疑方本误而诸本作兼者为是，盖以本官仍兼本州别驾以宠之尔。又云部告无事，则谓温州前此旱饥，而今始无事也。又云迁真于衡，则是自行刺史事而为真刺史也。其间不应复有处州一节明矣。旧史亦承集误，不足为据。"何义门《读书记·昌黎集》四曰："唐故事以宗室为州别驾，见《孔若思传》。"沈曰："按《职官志》（《旧唐书》）上州别驾一人，从四品下，长史一人，从五品上。是别驾与长史有隔品之崇，岂得为左迁？"步瀛案：以'部告无事'句观之，则作兼为长。先是温州陷贼，不仅旱饥也。○《旧唐书》皋传曰："征至京，未召见，因上书言理道，拜衡州刺史。"樊曰："初在处州行州事，至是始除刺史，故云迁真。"王宋贤曰："《新唐书》直云自温州还，不言处州，益知上文处字乃误文。"○《元和郡县志》曰："江南道衡州上。"案：唐江南道衡州治衡阳县，今湖南衡阳县治。○朱曰："施或作弛。"王宋贤曰："张施字与治出不耦，疑张系章字之讹，章施谓章条施下也。"步瀛案：此不必与治出相耦，张施犹言张设也。○《史记·五宗世家》曰："王后亦以妒媢不尝侍病。"《索隐》引郭璞注《三苍》云，丈夫妒也。又云，妒女为媢。是媢训妒。玄应《一切经音义》二十二引《通俗文》曰："塞喉曰噎。"《方言》一曰："凡怒而噎噫，谓之胁阅。"则噎媢谓妒极而怒，至于喉塞，故曰不能出气也。○《通鉴·唐纪》四十二曰："衡州刺史曹王皋有治行，湖南观察使辛京杲疾之，陷以法，贬潮州。"《元和郡县志》曰："岭南道潮州下。"《唐六典》卷三十曰："下州刺史，正四品下。"案：馀见《与孟尚书书》注。○《旧唐书·代宗纪》曰："大历十二年夏四月癸未，贬吏部侍郎杨炎为道州司马。"（道元作远，误。）《德宗纪》曰："大历十四年五月辛酉，代宗崩。癸亥，即位于太极殿。八月庚辰，以道州司马杨炎为门下侍郎同平章事。"（司马下元有司正二字，无同字，盖误，今依炎传订。）《杨炎传》曰："炎字公南，凤翔人。"○《旧传》曰：杨炎谪官道州，知皋事直，及为相，复拜衡州。○《汉书·文帝纪》颜注曰："谩，欺也。"○《唐会要》三十二曰："开元八年九月，敕诸笏，三品已上前屈后直，五品已上前屈后挫，并用象，九品已上竹木，上挫下方。"垂鱼见《董公行状》注。○《援鹑堂笔记》卷二十八曰："《管子·枢言》：坦坦之利不以功，坦坦之备不以用。然公本《易》'履道坦坦'。"步瀛案：《易·履卦》孔疏曰："坦坦，平易之貌。"《广雅·释训》曰："坦坦，平也。"《孟子·离娄篇》赵注曰："施施扁扁，喜悦之貌。"

初，观察使虐，使将国良往戍界，良以武冈叛，戍众万人，敛兵荆、黔、洪、桂伐之。二年尤张。于是以王帅湖南，将五万士，以讨良为事。王至则屏兵，投良以书，中其忌讳。良羞畏乞降，狐鼠进退。王即假为使者，从一骑，踔五百里，抵良壁，鞭其门，大呼："我曹王，来受良降，良今安在？"汪曰："叙得极生色。"良不得已，错愕迎拜，尽降其军。以上招降王国良。

韩曰："邵州贼王国良，本湖南衙将，辛京杲使镇武冈县，以扞西原蛮。京杲贪暴，国良家富，京杲以死罪加之，国良危惧，因人所苦，遂散财聚众，据县以叛。聚众千人，侵掠州县，濒湖千里，皆被其害。诏荆、黔、洪、桂诸道合兵讨之，连岁不能下。"步瀛案：韩注本新、旧《唐书·传》参以《通鉴·唐纪》四十二也。《旧唐书·地理志》曰："荆南节度使治江陵府，黔中观察使治黔州，江南西道观察使治洪州，桂管经略观察使治桂州。"案：唐山南东道江陵府治江陵县，今湖北江陵县治；江南道黔州治彭水县，今四川彭水县治；江南道洪治南昌县，今江西南昌县治；岭南道桂州治临桂县，今广西桂林县治。〇方曰："阁、杭、蜀本察使下有残字而无国字，马大年（永卿）所得柴氏善本无残字，良下有往字，以虐字属下句（见《嬾真子》卷二），云良不愿往而辛强使之也。然按旧史云前使贪残，新史亦云前帅贪虐，国良以富获谴，则马说为非是。国良只称良，犹南霁云只称云，李光颜只称颜也。"朱曰："国良初见，当全书二名，其后乃可单出。（王宋贤曰：按二名单出一字，此自韩公创例，不得遂据为纪事文通例。步瀛案：《左传》晋文公重耳，定四年称晋重；左丘明，司马子长《报任少卿书》称左丘，知古有此例，非韩公所创也。）如霁云、光颜，亦先全书，后乃单出也。"吴北江曰："虐字句绝。"〇《旧唐书·德宗纪》曰："建中元年夏四月壬戌，以衡州刺史嗣曹王皋为潭州刺史，湖南团练观察使。"《元和郡县志》曰："江南道潭州，为湖南观察使理所。"

案：唐潭州治长沙县，今湖南长沙县治。○《旧唐书》皋传曰："皋遣使遗国良书曰：观将军非敢大逆，盖遭谗嫉，救误死而已。将军遇我，何不速降？我与将军同为辛京杲所构，我已蒙圣朝昭雪，使我何心持刃杀将军耶？将军以为不然，我以阵术破将军阵，以攻法屠将军城，非将军所度也。国良捧书，且忧且喜。"《新唐书》皋传曰："国良得书喜且畏，因请降，然内尚首鼠。"《荀子·荣辱篇》杨注曰："屏，却也。"《音注》《五百家》鼠皆作疑。《离骚》曰："心犹豫而狐疑。"《史记·武安侯传》：武安怒曰："何为首鼠两端？"《新唐书》皋传即作首鼠。今从《考异》作狐鼠，盖兼二事用之。○《汉书·杨雄传》颜注曰："踔，走也，音丑教反。"○《后汉书·寒朗传》章怀注曰："错愕犹仓卒也。错音七故反，愕音五故反。"○《旧唐书》皋传曰："皋即日赴县受降，中道有候骑驰告曰：国良军中有变，言降是诈也。皋曰：非尔辈所知。遂留麾下兵。单骑，假称使者，径入国良垒中，国良召使者入，皋遂大叫军中曰：有人识曹王否？只我是。国良何不速降？一军愕眙不敢动。适有识者走至，传呼曰：是。良匍匐叩头请罪。皋执手约为兄弟，尽焚攻守之备，散仓库，给兵士，令复农桑。有诏赦国良罪，赐名维新。"《曹王妃郑氏墓志》曰："初湖南将有王国良者，当危疑负固，历年不下，嗣王为帅，恭太妃之教，以子召之，国良捧檄如归，抚之以信，其后入卫中禁，锡名维新，哀请赴葬，上嘉而许之。其执礼致慕，祖于苫凷。"可与此碑互证。

太妃薨，王弃部，随丧之河南葬，及荆，被诏责还。会梁崇义反，王遂不敢辞以还。升秩散骑常侍。_{以上母丧起复。}

《旧唐书》皋传曰："建中二年，丁母艰，奉丧至江陵，会梁崇义反，乃授起复左卫大将军，复还湖南。"《新唐书》皋传略同。又《新唐书·德宗纪》曰："建中二年二月，山南东道节度使梁崇义反。八月壬子，梁崇义伏诛。"是皋丁郑太妃忧，当在梁崇义反前。而《曹王妃郑氏墓志》曰："以建中三年冬十月九日，遘疾薨于潭州官舍之寝，寿七十有二。嗣王奉丧归葬，达于南荆，国难方兴，天下否塞，朝廷倚宗周维城之固，加于郡帅一等，乃用鲁公、伯禽有为为之之变，（见《礼记·曾子问篇》，即征淮夷徐戎作《费誓》事。）俾复其位，且使即其次而空焉。嗣王衔恤奉诏，以战克，以攻拔，统江西，援江陵。其展墓也，如生平之侍，其哀号也，执干戈者悲之。"则皋丁母忧在建中三年，其起复也，由李希烈之反，皆与此碑异。又案《旧唐书·德宗纪》，以皋为江西节度，在三年十月辛亥，是月庚戌朔，则辛亥乃二日，尚在郑太妃未薨之前，盖朝命改帅在二日，丁母忧在九日，时道路梗塞，王命未达，故皋丁忧后，奉丧归葬，及荆南，因希烈反，朝命起复。复位者，盖回江西，非回湖南也。故至洪州后，即哀兵大选，亲教士卒，至明年之春，遂与贼战。以墓志推之，其情事当如此。《旧唐书》皋传虽从此碑，而《德宗纪》盖从《实录》，尚有日月可考，《新唐书》则崇信韩公，于碑外不复他考。（墓志皋属穆员为之。碑由皋子道古所述，恐不如墓志之确也。）

明年，李希烈反，迁御史大夫，授节帅江西以讨希烈。命至，王出止外舍，禁无以家事关我。哀兵大选洪州，群能著职，王亲教之抟力勾卒赢越之法，曹诛五觕，舰步二万人，以与贼遌，嚼锋蔡山，踣之，剡蕲之黄梅，大鞈长平，鑢广济，掀蕲春，撇擎蕲水，掇黄冈，筴汉阳，行跐汉川，还大膊蕲水界中，披安三县，詸其州，斩伪刺史。标光之北山，醋随光化，挦其州，十抽一推，救兵州东北厉乡还，开军受降。大小之战三十有二，取五州十九县。民老幼妇女不惊，市买不变，田之果谷下无一跡。加银青光禄大夫，工部尚书，改户部，再换节临荆及襄，真食三百。汪曰："本传尚有政迹，然此处却入不下，故不书，而再就战功洗发，可以知结构之紧。"王之在兵，天子西巡于梁，希烈北取汴郑，东略宋围陈，西取汝，薄东都，王坐南方北向，落其角距，贼死咋不能入寸尺，奇剺可喜。亡将卒十万，尽输其南州。曾曰："以上师江西讨李希烈，而于帅荆襄事略之。"

《新唐书·德宗纪》曰："建中三年十月，李希烈反。"《逆臣传》曰："李希烈，燕州辽西人。少籍平卢军，从李忠臣浮海战河北有劳，及忠臣在淮西，因署偏裨，试光禄卿。会忠臣荒纵不事，得间众怒逐忠臣听命，代宗使专留后事。德宗立，加御史大夫，即拜节度使，名其军曰淮宁以宠之。梁崇义之反，敕诸道进讨，诏进希烈南平郡王，汉南北招讨处置使，又拜诸军都统。平崇义功多，拥兵欲有其地。会山南节度使李承至，不克，犹大掠而去。李纳叛，以检校司空兼淄青节度使讨之。希烈拥众三万，次许州不进，约纳为唇齿，遣使者约河北朱滔、田悦等连和。俄而滔等自相王，遣使者来奉笺，希烈亦自号建兴王，天下都元帅。"○《旧唐书·德宗纪》曰："建中三年冬十月辛亥，以湖南观察使嗣曹王皋为洪州刺史，江西节度使。"（《新唐书·方镇表》升江南西道都防御团练观察使为节度使，在建中四年，似应作三年。）○出止外舍，王宋贤曰："此谓湖南帅府之外舍。此时皋初承命，犹未至江西也。"○关我，案：关谓关白也。○哀兵大选洪州，《尔雅·释诂》曰："哀，聚也。"《考异》洪作江，《音注》同。朱曰："方作洪，考新旧史皆作洪。今按洪州即江西帅治所，若只大选洪州，乃是未曾出门一步，无足书者。选兵江州，盖为北向进讨之势，故其下文途攻蕲州，道里亦便。史承集误，不足据。当从诸本作江为是。"王宋贤曰："《考异》之意，殆疑皋先授节江西，讨希烈之命又在其后，故谓作洪州，则是未尝出门一步。不知帅江西讨希烈乃一时之命，皋初闻命，犹在湖南，至洪州，乃始选兵署职，故宜从方本及新旧史作洪。又旧史《伊慎传》：皋始至锺陵，大集将吏。锺陵即洪州，慎传如此，恐不得谓亦承韩集之误。"步瀛案：据《新唐书·方镇表》，贞元四年，江州始隶江西观察使，建中二年，隶浙江西道。是皋帅江西时，江州不隶江西节度，岂有治所不加教练，及出境外始行教练者乎？宋贤说是。《五百家》亦作洪。又案：洪州见上，江州治浔阳县，今江西九江县治。○《旧唐书》皋传曰："皋至州，集将吏而令曰：尝有功未申者，别为行；有策谋及器能堪佐军者，别为行。有裨将伊慎、李伯潜、刘旻皆自占。皋察其词气，验其有功，悉补大将，擢王锷委之中军，以马彝、许孟容为宾佐。"○朱曰："抟新史作团，嬴或作赢。方云，樊泽之、马大年皆云作嬴非是，嬴谓秦也，或谓句践伐吴之兵法也。今按《秦纪》《越语》《世家》皆无'抟力句卒'之文，不知诸家之说何所据。"步瀛案：《嬾真子》卷二曰："抟力者，结集其力也。句卒者，伍相句连也，嬴越之法，嬴当为嬴，谓秦商君、越句践教兵之法。世彩堂本引姚令威《集注》曰：《商子·农战篇》：凡治国者，患民之散不可抟也，是以圣人作一以抟之。又曰：抟民以待外事，然后患可以去而王可致，则抟力知其为秦法也。"《左传》哀公十七年越子伐吴，吴子御之笠泽，夹水而阵，越子为左右句卒。杜预注云，句卒，句伍相着，别为左右屯，则句卒知其为越法也。《新唐书》皋传曰："治战舰，哀兵二万，以士二千五百，委伊慎等教之，自将五百人，教以秦兵团力法，联其赏罚，弛张如一，乃约以五百人击慎卒二千五百，莫能当其锋，即尽以教之。"沈文起曰："按此借抟力以喻团结之兵，抟、团字同。《六典》府兵三百人为一团，又差卫士征戍镇防亦有团伍。《吴语》明日将舟战于江,及昏乃令左军衔枚泝江五里以须,亦令右军衔枚逾江五里以须,即左右句卒。又《史记》句践发习流二千伐吴(《越世家》),则句卒正谓水军。"○朱曰:"皇羿或作卑。方云'曹五'字见马融《广成颂》'曹伍相保'是也。马大年云,曹诛五羿,败则诛及其曹,有获则分羿其伍。《新唐书》皋'自将五百人,教以秦兵团力法'云云,即约此碑语为文也。"沈曰:"《尉缭子》战诛之法,什长得,诛十人;伯长得,诛什长。又束伍之令,五人为伍,共一符,收于将吏之所,得伍而不亡有赏。"(樊引或云羿音异,大姚谓《说文》引《春秋传》晋人或以广队,楚人羿之,黄颢说,广车陷,楚人为举之,即宣十二传楚人惎之脱扃,以惎为羿,即或说所本。步瀛案:羿当作卑,详段注,然以释此文,恐亦未合,故不取。)○祝曰:"舰,御敌船。"《释名》:"上下重板曰舰(《释船》)。舰谓舟师,步谓步兵。"《文选·思玄赋》旧注曰:"逻,遇也。"案:此含有牴牾相持之意。○《礼记·曲礼上》郑注曰:"噆谓一举尽脔。"孔疏曰:"并食之曰噆。"《释文》曰:"噆,初怪反。"《左》襄十四年杜注曰:"踣,僵也。"《释文》曰:"踣,蒲北反。"《新唐书》皋传曰:"贼栅蔡山不可攻,皋声言西取蕲,引兵舰循压泝江上,贼闻,以赢师保栅,悉军行江北,与皋直,西去蔡山三百里,皋遣步士悉登舟,顺流下攻蔡山拔之。"《通鉴·唐纪》四十四胡注曰:"蔡山在黄梅界。"《清一统志》曰:"湖北黄州府:蔡山在黄梅县西北四十里。"○玄应《一切经音义》四引《埤苍》曰:"剜,削也,谓抉取肉也。"《通鉴·唐纪》四十四曰:"建中四年三月戊寅,江西节度使曹王皋败李希烈将韩霜露于黄梅,斩之。"胡注曰:"蕲音祁。"案:唐江南道蕲州黄梅县,在今湖北黄梅县西北。○吴北江曰:"鞣即蹂之借字。"祝曰:"长平地无考。"沈曰:"《九域志》陈州西华县有长平镇,在今湖北黄梅县西北。《名胜志》:隆平山在黄梅县北三十里,一名龙平,岂即长平乎?"○《说文》曰:"鏺,两刃木柄，可以刈艸，读若拨。"《释名·释用器》曰："钑，杀也，言杀草也。"（何义门曰：审配《献袁谭书》："放兵钞钑。"步瀛案：《魏志·袁绍传》注引《魏晋春秋》作钞拨，《后汉书·袁绍传》作钞突。）案：唐蕲州广济县，今湖北广济县治。○《说文》曰："掀，举出也。"《广韵》曰："掀，以手高举，虚言切。"《新唐书》皋传曰："取蕲州，降其将李良。"案：唐蕲州治蕲春县。○《说文》曰："挚，一曰击也。"《文选·四子讲·德论》李善注曰："挚与撤同，匹误切。"案：唐蕲州蕲水县，今湖北蕲水县治。○《说文》曰："掇，拾取也。"《通鉴·唐纪》四十四曰："建中四年三月辛卯，拔黄州。"《旧唐书》皋传曰："又取黄州，斩首千馀，兵益振。"案：唐江南道黄州治黄冈县，今湖北黄冈县治。○筴，策之通借字。《说文》曰："策，马箠也。"吴北江曰："谓鞭箠之也。"步瀛案：又疑夹之通借字。夹、铗字通。《周礼·夏官·射鸟氏》注引郑司农曰："并夹针箭具。"《说文》曰："铗，可以持器铸镕者。"唐江南道沔州治汉阳县，今湖北汉阳县治。○《广雅·释诂》二曰："趾，踶也。"《释名·释姿容》曰："趾，弭也。足践之使弭服也。"《广韵》四纸曰："趾，雌氏切，蹈也。"案：唐沔州汉川县，在今湖北汉川县北。○膊、搏字通，书作膊，并见肉搏之义。樊曰："《左传》成二年，杀而膊诸城上。注膊，磔也。"沈曰："本传（旧传），李希烈已屠汴州，又遣骁将杜少诚将步骑万馀来寇蕲、黄，将绝江道，皋遣伊慎将七千众御之，遇于永安戍。慎列三栅，相去才四里，列鼓角中栅，少诚至，分兵围之，部队未严，声鼓而三栅齐出奋击，不为行阵，贼乱，少诚败走。符载集有《保安镇阵图记》，亦指此事。"《一统志》：蕲口镇在蕲州（今改蕲春县）西三十里，蕲水入江之口也，古名永安戍，今谓之挂口塘。胡三省曰："永水安戍在黄冈，盖误以永安故城在黄冈者当之也。"○祝曰："《广韵》：披，开也，裂也。方本诔作拔，曰拔或作诔，或作株,马本作詠。"朱曰:"《左传》云又披其邑(昭五年)。安三县,安州三县也,其州安州也。"步瀛案:《嬾真子》卷二曰:"柴本诛字作詠,盖言披剥安州之三县,故以威名詠惧其州人,使斩不当为刺史者。盖当时刺史,李希烈之党也。"吴先生曰:"当依马大年本作詠。"吴北江曰:"马谓以威詠惧其州,是也。谓使州人自斩其刺史,非也。斩伪刺史句不与上属,仍谓皋斩之耳。"步瀛又案:《旧唐书》皋传曰:"又遣伊慎、王锷将兵围安州,希烈遣甥刘戒虚将步骑八千来援,皋命李伯潜分师迎击于应山,获戒虚及大将二,裨将二十,斩首千馀,面缚戒虚等之城下,乃使人说之。贼曰:得大将及宾佐一二人为信,当降。皋乃使王锷、马彝绳城而入,城中大呼,乃出降。"《新唐书》皋传曰:"遂下安州,斩伪刺史王嘉祥。"案:唐安州治安陆县,今湖北安陆县治。○标、摽字通。《说文》曰:"摽,击也。"又通勡,《说文》曰:"勡,劫也。"祝曰:"光州有光山县,无北山,恐误。"步瀛案:《元和郡县志》曰:"河南道光州本属淮南道,贞元以后,隶蔡州节度使。"又曰:"光山县,光山一名弋山,在县西北八十里。"盖北山即指光山,与上光字避复耳。唐光州治定城县,今河南潢川县治,光山县今光山县治。沈曰:"光州属淮西,安、黄既平,固宜扬威于其境矣。"○《说文》曰:"䭤,歠也。"《玉篇》曰:"䭤,通答切,大食也。"案:唐山南道随州治随县,已见《平淮西碑》注。光化故城在县东。○祝曰:"《后汉书》梧羽群(《马融传》)注:案字书从手,即古文搅字,谓搅扰也。"步瀛案:《说文》无挮字,挮即搅之或体字也。然王师讨叛,不应取搅扰之义,且皋欲取随州,非徒搅扰之也。旧注曰:挮一作梧,械也,古书从手从木之字往往相乱,亦常相通。王宋贤曰:"字当从木,作桎梧之梧,谓四面攻围,使合城俱不得动摇,故曰梧。"案:王说得之。○宋次道(敏求)《春明退朝录》卷上曰:"吴正肃(育)言律令有丁推,推字不通,少壮之意,当是丁稚。唐以大帝讳避之，（唐高宗讳治，稚嫌名耳。）损其点画云。"陈履常（无己）《后山丛谈》卷二曰："唐令民年二十为丁，其下为推，此下引宋次道之说，又引吕缙叔（夏卿）曰：推者椎也，独髻为椎，传者误尔，盖唐人初不讳嫌名，缙叔说是也。"朱曰："《史记》《汉书》《陆贾传》有魋结字，注读为椎髻，故唐令以椎为未冠之称，此云十抽一推者，十椎而取其一以为兵，即杜诗所谓无丁而选中男者也（《新安吏》）。然《唐志》但云十六为中而无椎字，《会要》亦然，未详其说。《困学纪闻》卷十曰：按《史记·秦始皇纪》王翦什推二人从军，《索隐》云，什中推择一人，文公语本此，不必改为椎。"（万蔚亭《集证》引仲长统《昌言·损益篇》证之而未甚确，不录。）沈曰："言十丁抽一丁为卒。旧注谓推为稚，又谓椎髻，皆谬。"步瀛案：沈说与《困学纪闻》合，盖十人推一丁为卒，后遂谓所推之丁为推，一推犹云一丁也，而上推字别以抽字代之，故曰十抽一推也。吾友徐行可曰："施、顾二家注本《苏诗》卷四十二《梦归白鹤山居作》云'时节供丁推'，注引宋敏求《春明退朝录》云云。（文已见上，惟唐大帝引作唐高宗。）按坡公以推字入韵，吴正肃所见律文又与《后山丛谈》所引唐令合，则吕缙叔疑推为椎误者，亦为肊测。"案：如苏诗，尤可为推即丁推之证。（或谓"十抽一"为句，推当作椎，椎击也，属下为句，非是。）○兵州，陈少章曰：《文章正宗》作其州，是。盖蒙上揩其州之文，谓随州也。姚氏《类纂》亦依《正宗》作其州。吴北江曰："兵字是，其字殊弱。且兵出而仅救一乡，亦不足道。"○《考异》厉作属，《音注》同，方及《五百家》作厉。朱曰："厉乡当属亳州，去安州尚远，当作属。"陈曰："属乡方本作厉乡，与唐史合。又权德舆《伊慎碑》引兵攻随，走康叔于厉乡。康叔，李希烈所遗将也，盖曹王遣慎击走希烈兵之在厉乡者，故曰救耳。权、韩两碑尤可互证。"步瀛案：亳州厉乡，乃老子所生，见《史记·老子韩非列传》，在今河南鹿邑县东，与碑所言厉乡无涉。《旧唐书》皋传曰：希烈又遣兵援随州，皋令伊慎击于厉乡，大破之，复平靖、白雁等关，《新唐书》皋传同。《通鉴·唐纪》四十七曰："兴元元年秋七月，曹王皋遣其将伊慎、王锷围安州，安州降，以伊慎为安州刺史。又击希烈将康叔夜于厉乡，走之。"胡注曰："《祭法》，厉山氏之有天下也，注：厉山氏，炎帝也，起于厉山西。《汉书·地理志》注云，随故厉国（此孟坚原注）。皇甫谧曰：今随之厉乡（《史记·三皇本纪》《索隐》引同）。《九域志》：随州厉乡村有厉山，今自枣阳至厉乡，道路交错，号九十九冈。"《清一统志》曰："湖北德安府，厉乡在随州北，今名厉山店。又平靖关、百雁关（即白雁关）皆在应山县东北。"○韩曰："未几李惠登以随州降。"（《通鉴》作李思登，载其事于《唐纪》四十八，贞元元年四月皋为荆南节度使下。）沈曰："《册府元龟》（《将师部》八十七）伊慎为安州刺史，时李希烈死，李惠登为贼守随州，慎飞书招谕，惠登随以城降，因密奏惠登可用，诏授随州刺史。"○樊曰："五州谓蕲、黄、安、沔、随也。旧史云凡下州四县十七。按《地理志》，蕲四县（蕲春、黄梅、蕲水、广济），安六县（安陆、应山、云梦、孝昌、吉阳、应城），黄三县（黄冈、黄陂、麻城），随四县（随、光化、枣阳、唐城），凡十七县，传止书其取蕲、安、黄、随，故云四州十七县，公又书沔州汉阳、汉川二县，故云五州十九县。"王宋贤曰："汉阳、汉川一节，自不应删，旧史盖脱漏耳。又新史云，取州五县二十，盖并黄梅之长平亦误指为县，故云二十。"○买，《正宗》作贾，荆川《文编》、姚《纂》皆从之，韩集各本皆作买。○田之果谷下无一跡，新传曰："师所过，不敢伐桑枣，践禾稼。"○《唐六典》卷二曰："凡叙阶二十有九，从三品曰银青光禄大夫。"卷七曰："工部尚书正三品，掌天下百工屯田山泽之政令。"卷三曰："户部尚书正三品，掌天下户口井田之政令，凡徭赋职贡之方，经费赒给之算，藏货赢储之准，悉以咨之。"○《旧唐书·德宗纪》曰："贞元元年夏四月丁丑，以江西节度嗣曹王皋为江陵尹，荆南节度使。三年闰五月癸亥，以荆南节度使检校户部尚书嗣曹王皋为襄州刺史，山南东道节度，襄、邓、郢、安、随、唐等州观察使。"案：荆南已见上。山南东道节度治襄州，见《平淮西碑》注。○真食三百，谓封邑三百户。○天子西巡于梁，见《董公行状》注。○《旧唐书·德宗纪》曰："建中四年十二月庚午，李希烈陷汴州。"《李勉传》曰："李忠臣为麾下所逐，诏加勉汴宋节度使，移理汴州。建中元年，充河南汴、宋、滑、亳、河阳等道都统，馀如故。四年，李希烈反，悉众来寇汴州，勉城守累月，救援莫至，遂潜师溃围南奔宋州。"《通鉴·唐纪》四十五曰："建中四年十二月庚午，希烈陷大梁。兴元元年正月，希烈即皇帝位，国号大楚，改元武成，以汴州为大梁府。"案：汴、郑见《董公行状》注。○唐河南道宋州治宋城县，今河南商丘县治。陈见《平淮西碑》。○《旧唐书·李希烈传》曰："建中四年，希烈遣其将袭汝州，执李元平而去（《德宗纪》元平作元吉，误）。东都大扰乱。"《通鉴·唐纪》四十四曰："建中四年春正月庚寅，李希烈遣其将李克诚袭陷汝州，执别驾李元平。又遣别将董侍名等四出抄掠，取尉氏，围郑州，官军数为所败，逻骑西至彭婆，（胡注曰：《九域志》河南府河南县有彭婆镇。）东都士民震骇，窜匿山谷。"《淮南子·精神篇》高注曰："薄者，迫也。"汝，见《董公行状》注；东都，见《送幽州李端公序》注。○《说文》曰："距，鸡爪也。"○《淮南子·修务篇》高注曰："咋，啮也。"

王始政于温，终政于襄。恒平物估，贱敛贵出，民用有经。一吏轨民，使令家听户视，奸宄无所宿。府中不闻急步疾呼。治民用兵，各有条次，世传为法。汪曰："另总叙治民，并将用兵双收。"任马彝，将慎，将锷，将潜，偕尽其力能。薨赠右仆射。元和初，以子道古在朝，更赠太子太师。曾曰："以上总叙治民用兵。"

《旧唐书》皋传曰："皋性勤俭，知人疾苦，所至常平物价，贵出卖之，给将吏廪俸，豪家不得擅其利。"○《淮南子·原道篇》高注曰："轨，法也。"○使令家听户视，案使令二字连用，见《孟子·梁惠王上》，谓或指使之，或命令之也。方谓疑衍一字，非是。家听户视，谓人民自察奸宄。王宋贤谓使令二字为句，解家听户视为率从，亦非。○《左传》成十七年："长鱼矫曰：乱在外为奸，在内为轨。"《释文》曰：轨本又作宄，（玄应《一切经音义》一引《三苍》与此相反。）《诗·九罭》毛传曰："宿犹处也。"《广雅·释言》曰："宿，留也。"○《旧唐书》皋传曰："设监司，能参听下持将吏短长，赏罚必信。"○方曰："潜，李伯潜也。时马彝掌幕府，故不言将。"案：《旧唐书》皋传曰："初扶风马彝未知名，皋始辟之，卒以正直称。"《旧唐书·伊慎传》曰："兖州人。"《新唐书》慎传曰："字寰悔。"又新、旧《唐书·王锷传》皆曰："字昆吾，自言太原人。"○《史记·李斯传》："上书曰：上幸尽其能力。"○《旧唐书》皋传曰："贞元八年三月，暴卒于位。（《旧唐书·德宗纪》：乙丑上脱书三月字，见《董公行状》注。）年六十，废朝三日，赠右仆射，赙弔有差，谥曰成。"《新唐书·百官志》曰："尚书省左右仆射各一人，从二品，掌统理六官，为令之贰。"○《唐六典》卷一曰："太子太师，从一品下。"

道古进士，司门郎，刺利、随、唐、睦，征为少宗正，兼御史中丞，以节督黔中。朝京师，改命观察鄂、岳、蕲、沔、安、黄，提其师以伐蔡。且行，泣曰："先王讨蔡，实取沔、蕲、安、黄，寄惠未亡。今余亦受命有事于蔡，而四州适在吾封，庶其有集。先王薨于今二十五年，吾昆弟在而墓碑不刻，无文，其实有待，子无用辞！"乃序而诗之，以上子道古请为碑文。辞曰：

《补注》曰："贞元五年道古登第。"案温之《道古墓志铭》曰："公以进士举及第，献《文舆》三十卷，拜校书郎，集贤学士，四迁至宗正丞。宪宗即位，迁尚书司门员外郎。"《唐六典》卷六曰："刑部司门员外郎，从六品上。司门郎中、员外郎，掌天下诸门，及关出入往来之籍赋而审其政。"○《墓志》曰："以选为利、随、唐、睦州刺史。"案：唐山南西道利州治广元县。随、唐二州，已见《平淮西碑》注。江南道睦州治建德县，今浙江建德县治。○《墓志》曰："迁少宗正。"《唐六典》卷十六曰："宗正寺少卿，从四品上。宗正卿之职，掌皇九族六亲之属籍，以别昭穆之序，纪亲疏之别。少卿，为之贰。"○《墓志》曰："元和九年以御史中丞持节镇黔中。"《旧唐书·宪宗纪》曰："元和八年冬十月己巳，以宗正少卿李道古为黔中观察使。"案：黔州见上注。○《墓志》曰："十一年来朝，迁镇鄂州，以鄂岳道兵会平淮西。"馀见《平淮西碑》注。蕲、沔（治汉阳）、安、黄并见上注。○于今二十五年，《补注》曰："即元和十一年。"王宋贤曰："自贞元八年至元和十一年，道古奉命伐蔡，首尾二十五年。"○《旧唐书》皋传曰："皋子象古、复古、道古。"

太支十三，曹于弟季。或亡或微，曹始就事。曹之祖王，畏塞绝迁。零王黎公，不闻仅存。子父易封，三王守名。延延百载，以有成王。成王之作，一自其躬。文被明章，武荐畯功。苏枯弱强，龈其奸猖。以报于宗，以昭于王。王亦有子，处王之所。唯旧之视，蹶蹶陛陛。实取实似。刻诗其碑，为示无止。

□方望溪曰："此韩碑之最详者，然所详仅讨希烈一事耳。自转国子秘书以上，著以宗藩承王官之由也；除温州长史行刺史以上，出试郡之由也；贬潮还衡，跌而复起之迹也；被召还乡，衰经即戎之义也。讨国良则虚言其方略，讨希烈始实次战绩，而不及其兵谋，末乃总括治行，按之无一语可汰损者；后叙湘南江西战战绩，故此第曰与平袁贼，一字不可增。"○或曰："贬潮与降良事小振，平李希烈事大振。凡叙事皆分大小为宾主，骤看乃似直叙漫铺。"○张廉卿曰："退之叙事简严生动，一变东汉之格，后人无从追步。直叙处多本东汉旧法，出退之手，便简古不可及，却与东汉不同。于此能辨，则于叙事之法思过半矣。"

祝曰："太宗十四子，其一高宗也，其馀支子十三人，曹王为季。《嬾真子》卷二曰：曹王明之母杨氏，乃齐王元吉之妃也，后太宗以明出继元吉后。此人伦之大恶也，故退之为国讳，既言其先王明以太宗子国曹，又云'太支十三，曹于弟季'。其言弟季，尤有深意，盖元吉之变，在于盖年，及其暮年，乃有曹王，故曰弟季，盖非东昏奴之比也。（案：梁武帝子豫章王综乃东昏侯子。）前辈用意皆出忠厚，诚可法哉。"步瀛案：大年此说未必为退之本意，而见仁见知，各自不同，故录之。又案：《旧唐书·太宗诸子传》为恒山王承乾、楚王宽、吴王恪、濮王泰、庶人祐、蜀王愔、蒋王恽、越王贞、纪王慎、江王嚣、代王简、赵王福、曹王明。○方曰："曹始封于贞观二十一年，时太宗十三子，三早卒（宽、嚣、简），二贬死（承乾、祐），泰与愔亦皆迁降也。"○曹之祖王，朱曰："曹方作明，宋景文云，岂有为人作铭而名其祖者，当作曹。"（大姚曰："《房启志》：融、绾皆名之。"）案《尔雅·释诂》曰："祖，始也。"○畏塞绝迁，方曰："明坐太子贤事，（《旧唐书·高宗诸子·章怀太子贤传》曰：调露二年，明崇俨为盗所杀，则天疑贤所为，俄使人发其阴谋事，乃废贤为庶人。）降零陵王，徙黔州，都督谢祐逼杀之。"朱曰："铭文四字未详其义，疑畏如畏、厌、溺之畏（《礼记·檀弓上》），塞如其行塞之塞（《易·鼎》九三《爻辞》），言见杀于闭塞之中，而封绝于迁谪之时也。方说近是。"沈曰："塞为窴，《说文》：窴，塞也，《虞书》：窴三苗于三危，麤最切，即今之窴字。《檀弓》云，死而不吊者三，畏、厌、溺。《白虎通·丧服》：畏者兵死也。此文犹云诛于窴，绝于迁耳。"〇韩曰："明二子，俊嗣封零陵王，杰封黎国公。"吴北江曰："不闻仅存，四字作二句读，言其事实不存，但仅存而已。"步瀛案：迁存韵古音同部。〇子父易封，孙曰："杰子胤封曹王后，杰弟备自南还，诏停胤封而封备，后备卒，复以胤为嗣曹王。"王宋贤曰："《太史公自序》云，子父易名，此公句法所本。"〇孙曰："三王谓备、胤、戢也，守名，言但有空名耳。"〇延延百载二句，《广雅·释训》曰："延延，长也。"王宋贤曰："自贞观二十一年，明始王曹，至天宝十一载，皋嗣爵，凡百有六载。"案：名王韵。退之韵文多阳耕通用。〇畯、俊字通。《夏小正》：时有俊风。传曰："俊，大也。"〇《说文》曰："龈，啮也。"祝曰："谓屡破希烈之众。"王宋贤曰："苏枯弱强，治民之事；龈其奸猾，用兵之事。"〇王亦有子，方曰："或云语下脱一句。今按公为铭不必偶句用韵，刘昌裔、王仲舒碑可见。"〇处王之所，王宋贤曰："所谓四州适在吾封是也。"〇唯旧之视，言以四州讨蔡也。〇《尔雅·释训》曰："蹶蹶，敏也。"《诗·蟋蟀》毛传曰："蹶蹶动而敏于事。"方密之《通雅》卷九曰："比比，犹栉比之比。退之用陛陛，亦犹比比，言众多而层次也。"沈曰："《广雅》：毕，次也。"（《释诂》三）步瀛案：方说犹是望文生义，沈以陛为坒之通借字近之，盖言敏于事而有次第也。〇《礼记·儒行》曰："力行以待取。"郑注曰："进取位也。"《诗·斯干》毛传曰："似，嗣也。"

司徒兼侍中中书令赠太尉许国公神道碑铭

韩注曰："韩弘新史有传，多本碑词，传间有误处，当以碑为正。盖淮西之役，弘为行营都统，公为行军司马，其知弘非一日也。"案弘《旧唐书》亦有传。○姚姬传《古文辞类篆》卷四十一附注曰："观弘本传及《李光颜传》,载弘以女子间挠光颜事,与志正相反。退之谀墓亦已甚矣。"吴先生曰:"《唐书》多采小说,殆即飞谋钩谤之词,当以碑为正。碑云首变两河事,亦公之所恶,则弘本末自见,不为谀墓也。"步瀛案:《旧唐书·韩弘传》言弘不欲诸军立功,每闻献捷,辄数日不怡。光颜传又载弘以美妇人遗光颜,阴图挠屈其力战。《新唐书》弘传、光颜传皆与《旧唐书》略同。又李义山《记齐鲁二生》:刘义持退之金数斤曰:此谀墓中人所得耳,不若与刘君为寿。谀墓字出此。姚姜坞《援鹑堂笔记》卷四十二曰:"弘挟贼自重,饰女以挠李光颜,听李师道输盐于蔡,阴为逗挠,以危国邀功,诸将告捷,辄累日不怡。公于弘碑文,乃书其忠勤不异纯臣,何耶?"惜抱说本此,然闻捷不怡之说,《资治通鉴考异》卷二十已驳之曰:"弘承宣武积乱之后,镇定一方,居强寇之间,威望甚著,若有异志,与诸镇连衡跋扈,如反掌耳。然观其始末,未尝失臣节,朝廷若疑其有异志,而更用为都统,则光颜、重胤更受其节制,非所以防之也。且数日不怡,有何状可寻,恐毁之过其实耳。"步瀛案:温公此言,可与吴先生说互证。大抵韩弘为人,颇有权术,虽不必为纯臣,然平时坐镇宣武,既不与淄青、淮蔡连结,及伐淮蔡,又使其子公武帅师敌王所忾,实未尝稍失臣节。退之既为撰其碑文,自当称述其美,择其事之共见者载之,安得斥为谀墓?且刘义谰言,亦何足据?而姚氏以此讥之,非也。○神道之名,始见于汉。《汉书·高惠高后文功臣表》:戚圉侯季信成,元狩五年,坐为太常,纵丞相侵神道为隶。(《云谷杂记》卷四谓此疑宗庙之路,非是。《汉书·武帝纪》:元狩五年,丞相李蔡有罪自杀。文颖曰:"坐侵陵堧地,则非宗庙之路明矣。")《霍光传》曰:"太夫人显,改光时所自造茔制而侈大之,起三出阙,筑神道，北临昭灵，南出承恩。"《后汉书·光武十王·中山简王焉传》曰："永元二年薨，诏大为修冢茔，开神道。"章怀注曰："墓前开道建石柱以为标，谓之神道。"刘楚桢（宝楠）《汉石例》卷一谓神道即羡道，引《周礼·地官·墓人》郑注及《左氏》僖二十五年传、《史记·秦始皇本纪》《续汉书·礼仪志下》以证，其说甚是。潘景梁（昂霄）《金石例》卷一谓地理家言以东南为神道，盖后起之说也。然神道与碑当属二事，《隶释》卷十三所载《交阯都尉沈君二神道》《绵竹令王君神道》《上庸长司马梦台神道》《韦氏神道》，《隶续》卷二所载《征南将军刘君神道》，卷三所载《太尉刘宽神道》二，及《芒洛冢墓遗文续补》所载《苏君神道》，皆但题某官某某之神道，而《隶释》卷十三所载《冯焕神道》题"故尚书侍郎河南京令豫州幽州刺史冯使君神道"二十字，又有残碑记其名字历仕事迹。（有永宁二年字，洪景伯以为是其卒之年。）冯柳东（登府）《金石综例》卷三谓此为神道碑之始。《集古录跋尾》四所载《宋文帝神道碑》，止"太祖文皇帝之神道"八字，故李香子（富孙）《汉魏六朝墓铭纂例》卷三引叶氏奕苞曰："或更有碑，此其神道，如汉人墓阙题识。"案：冯、李之说皆是。又《集古录跋尾》二曰："杨震碑首题云'汉故太尉杨公神道碑铭'，神道碑之名，此最为显矣。"

韩姬姓，以国氏。其先有自颍川徙阳夏者，其地于今为陈之太康。汪曰："虚就先世叙其里居。"太康之韩，其称盖久，然自公始大著。公讳弘，公之父曰海，汪曰："叙先世用虚说，即入本人，然后逆出其父。"为人魁伟沈塞，以武勇游仕许、汴之间，寡言自可，不与人校，众推以为钜人长者，官至游击将军，赠太师。娶乡邑刘氏女，生公，是为齐国太夫人。以上先世。

　　严曰："《唐韵》云，韩姓出自唐叔虞之后，曲沃桓叔之子万，食邑于韩，因以为氏。代为晋卿，后分晋为国，韩为秦灭，复以国为氏，出颍川，（《史记·韩世家》曰："秦虏王安，尽入其地为颍川郡。"）后避王莽之乱，居南阳。"（《广韵》作后韩骞避王莽乱，移居南阳，故有颍川、南阳二望。）案《元和姓纂》（孙氏、洪氏据《秘笈新书》增，又见《古今姓氏书辨证》卷八引）与《唐韵》略同。案：三代姓与氏有别，《左》隐八年："众仲曰：天子建德，因生以赐姓，胙之土而命之氏。诸侯以字为谥，因以为族。"杜注曰："因其所由生以赐姓，谓若舜由妫汭，故陈为妫姓，报之以土而命氏曰陈。诸侯位卑，不得赐姓，故其臣因氏其王父字。"此姓与氏之别也。然三代以下，即以氏为姓，故《秦始皇本纪》曰："姓赵氏。"《高祖本纪》曰："姓刘氏。"《孔子世家》曰："姓孔氏。"〇《新唐书·宰相世系表》曰："韩氏，河南尹骞避王莽乱居赭阳（今河南叶县西南），九世孙河东太守术，生河东太守纯，纯生魏司徒南乡（此南乡元作甫乡，与下不合，盖形近而误，今改正。《姓氏书辨证》作甫阳。）恭侯暨。"又曰："南乡恭侯暨子孙其后徙阳夏"，表于此系载望、垂、弘，是弘系出阳夏，与碑合。然《广韵》言韩骞徙南阳，表言居赭阳，是非径由颍川徙阳夏矣。《元和姓纂》缀弘系于东郡下，又异。大抵谱牒之书，传闻不同，亦难言其孰是也。汉颍川郡治阳翟县，今河南禹县治；淮阳国有阳夏县，今河南太康县治。〇《隋书·地理志中》，淮阳郡太康县，原注曰："旧曰阳夏，开皇七年更名。"《元和郡县志》曰："河南道陈州太康县，本汉阳夏县地。"〇《旧唐书》弘传曰："颍川人，其祖父无闻，世居滑之匡城。"《新唐书》弘传曰："滑州匡城人。"此云太康者，盖据其先世而言也。又案：唐河南滑州匡城县，今河北长垣县西南。〇公之父曰海，《新唐书·世系表》作垂。〇沈塞，案：塞，寨之通借字。《说文》曰："寋，实也。"○不与人校，《考异》校作交，今依《音注》《五百家》及《文粹》。○《通典·职官》十曰："游击将军为五品以上武散官。"又十六曰："游击将军汉置，晋及陈并有之，大唐因之。"○《唐六典》卷一曰："太师正一品，近代多以为赠官，皇朝因之。"○生公，《补注》曰："海二子弘、充。"案：详见下注。

夫人之兄曰司徒玄佐，茅曰："入刘玄佐处有法。"又曰："根。"有功建中、贞元之间，为宣武军帅，有汴、宋、亳、颍四州之地，兵士十万人。公少依舅氏，读书习骑射，事亲孝谨，偘偘自将，不纵为子弟华靡遨放事，出入敬恭，军中皆目之。尝一抵京师，就明经试。退曰："此不足发名成业。"复去从舅氏学，将兵数百人，悉识其材鄙怯勇，指付必堪其事。司徒叹奇之，士卒属心，诸老将皆自以为不及。汪曰："叙其功与才，为柄授张本。"司徒卒，去为宋南城将，此六七岁，汴军连乱不定。贞元十五年，刘逸淮死，军中皆曰：此军司徒所树，必择其骨肉为士卒所慕赖者付之。今见在人莫如韩甥，且其功最大，而材又俊，即柄授之，而请命于天子，天子以为然。遂自大理评事拜工部尚书，代逸淮为宣武军节度使，悉有其舅司徒之兵与地，应上地、人。众果大悦便之。曾曰："以上叙许公所以得镇汴。"

刘玄佐见《董公行状》注。○祝曰："偘，和乐貌。"《考异》曰："偘偘或作侃侃，字与侃同。"《论语·乡党篇》《集解》引孔安国曰："侃侃，和乐貌也。"○明经见《答吕毉山人书》注。○司徒卒，见《董公行状》注。○《旧唐书》弘传曰：事玄佐为州掾，累奏试大理评事。玄佐卒，子士宁被逐，弘出汴州，为宋州南城将。"《方舆纪要》曰:"河南归德府唐为宋州,建中时亦为宣武军城,(兴元初,宣武军移置汴州。)城有三。原注曰:长庆二年,宣武叛将李㝏攻宋州,陷南城,刺史高承简保北二城,与贼战却之。咸通十年,徐贼庞勋袭攻宋州,陷南城,刺史郑处冲守北城以拒贼。"(案:事见《通鉴·唐纪》五十八及六十七。)○汴州连乱不定,已见《董公行状》。孙曰:"贞元十五年二月,晋卒,以行军司马陆长源为使,军乱,杀长源,以宋州刺史刘逸淮为使。"○《新唐书·德宗纪》曰:"贞元十五年九月庚戌,宣武军节度使刘全谅卒。"《陆长源传》曰:"长源死,监军俱文珍密召宋州刺史刘全谅使总后务,全谅至,其夜军复乱,杀大将及部曲五百人乃定。帝即诏全谅检校工部尚书宣武节度使。全谅始名逸淮,至是赐名。本怀州武陟人也。视事凡八月卒,赠尚书右仆射。军中立韩弘代节度云。"步瀛案:刘全谅卒,《旧唐书·德宗纪》系八月下,然是年八月壬申朔,是月不宜有庚戌,上文丙午上已脱九月二字也。《通鉴·唐纪》五十一改为庚辰,然下文丙辰辛酉仍非八月所有,亦误脱九月二字而不悟耳。《旧唐书》全谅传言二月尤误。又案:新、旧《唐书·德宗纪》及《刘全谅传》皆作逸准,《通鉴》同,《新唐书·陆长源传》作逸淮,与此碑合。○《旧唐书·德宗纪》曰:"贞元十五年(是年脱九月字见上)辛酉,以大理评事宣武军都知兵马使韩弘检校工尚书,兼汴州刺史,御史大夫,宣武军节度使。"弘传曰:"贞元十五年,全谅卒,汴军怀玄佐之惠,又以弘长厚,共请为留后,环监军使请表其事,朝廷许之。自试大理评事检校工部尚书,汴州刺史兼御史大夫,宣武军节度副大使知节度事,宋、亳、汴、颍观察等使。"《唐六典》卷十八曰:"大理寺评事,从八品下。"○世彩堂本无"众果大悦便之"六字。

当此时,陈许帅曲环死,而吴少诚反,自将围许,求援于逸淮，啗之以陈归汴，使数辈在馆。公悉驱出斩之，选卒三千人，会诸军击少诚许下，少诚失势以走，河南无事。曾曰："以上拒蔡。"

《旧唐书·德宗纪》曰："贞元十五年八月丙申，陈许节度使检校尚书右仆射许州刺史曲环卒。"《曲环传》曰："陕州安邑人也。"案：陈许见《平淮西碑》注。○《新唐书·德宗纪》曰："贞元十五年三月甲寅，彰义军节度使吴少诚反。九月丙午，少诚寇许州。"《旧唐书·吴少诚传》曰："少诚，幽州潞县人。李希烈征梁崇义，以少诚为前锋。希烈叛，少诚颇为其用。希烈死，少诚等初推陈仙奇统戎事，朝廷已命仙奇，寻为少诚所杀，众推少诚知留务，朝廷遂授以申、光、蔡等州节度观察兵马留后，寻正授节度。贞元十五年，陈许节度曲环卒，少诚擅出兵攻掠临颍县，节度留后上官涚遣兵赴救，临颍镇使韦清与少诚通，救兵三千馀人悉擒缚而去。九月，遂围许州。"○《说文》曰："啗，食也。"朱丰芑《说文通训定声》卷四曰："自食为啖，食人为啗。"案：字亦作嚪，《史记·乐毅传》曰："令赵嚪秦以伐齐之利。"《集解》引徐广曰："嚪进说之意。"○《新唐书》弘传曰："先是曲环死，吴少诚与全谅谋袭陈许，使数辈仍在馆。弘始得帅，欲以忠自表于众，即驱出少诚使斩之，选卒三千会诸军击少诚，败之。"

公曰："自吾舅殁，汪曰："收舅氏案。"五乱于汴者，吾苗薅而发栉之几尽，然不一揃刈，不足令震骇。"命刘锷以其卒三百人待命于门，数之以数与于乱，自以为功，并斩之以徇，血流波道。何曰："先提击走少诚，然后叙诛刘锷，事便不平直，此《左氏》叙事法也。"自是讫公之朝京师廿有一年，莫敢有謹呶嗥号于城郭者。曾曰："以上治汴。"

《淮南子·兵略篇》曰："圣人之用兵也，若栉发耨苗，所去者少而所利者多。"薅字已见《平淮西碑》注。《通鉴·唐纪》五十一曰:"宣武军自刘玄佐薨,凡五作乱。"胡注曰:"贞元八年玄佐薨,汴卒拒吴凑而立其子士宁,李万荣既逐士宁,十年韩惟清等乱,十二年万荣死,其子迺以兵乱,重晋既入汴,邓惟恭复谋乱,十四年晋薨,兵又乱,杀留后,凡五乱。"○《说文》曰:"揃,灭也。"《庄子·外物篇》《释文》曰:"揃,子浅反。《三苍》云,揃犹翦也。"《说文》曰:"乂,芟草也。"重文作刈,曰:"或乂从刀。"○《说文》曰:"骇,惊也。"《文选·西京赋》李注曰:"骇与駴同。"○数之数,所矩切。数与数,所角切。与音预。○《旧唐书》弘传曰:"汴州自刘士宁之后,军益骄恣,及陆长源遇害,颇轻主帅,其为乱魁党数十百人,弘视事数月,皆知其人。有部将刘锷者,凶卒之魁也。弘欲大振威望,一日(《通鉴》在贞元十六年三月)引短兵于衙门,召锷与其党三百,数其罪,尽斩之以徇,血流道中,弘对宾僚言笑自若。"○《说文》曰:"廿,二十并也。"大徐音人汁切。○《诗·宾之初筵》毛传曰:"号呶,号呼讙呶也。"《释文》曰:"号,呼毛反;呶,女交反;讙,呼端反。"

李师古作言起事,屯兵于曹,以嚇滑帅,且告假道。公使谓曰:"汝能越吾界而为盗邪?有以相待,无为空言。"滑帅告急,公使谓曰:"吾在此,公无恐。"或告曰:"翦棘夷道,兵且至矣。请备之。"公曰:"兵来不除道也。"不为应。师古诈穷变索,迁延旋军。少诚以牛皮鞯材遗师古,师古以盐资少诚,潜过公界,觉,皆留输之库,曰:"此于法不得以私相馈。"以上拒郓、蔡。

《旧唐书·李正己传》曰:"正己,高丽人也。授平卢淄青节度观察使,后自青州徙居郓州,卒,子纳擅总兵政。兴元元年四月归顺,诏加检校工部尚书平卢军节度淄、青等州观察使。子师古累奏至青州刺史。贞元八年，纳死，军中以师古代其位而上请，朝廷因而授之。及德宗遗诏下，告哀使未至，义成军节度使李元素以与师古邻道，录遗诏报师古以示无外。师古遂集将士，引元素使者谓曰：师古近得邸吏状，具承圣躬万福，李元素岂欲反，乃忽伪录遗诏以寄，师古三代受国恩，位兼将相，见贼不可以不讨，遂杖元素使者，遽出兵以讨元素为名，冀因国丧以侵州县。"案：唐河南道曹州治济阴县，在今山东曹县西北。○《新唐书·李元素传》曰："元素字太朴，邢国公密裔孙。郑滑节度使卢群卒，拜元素检校工部尚书，节度其军。"《方镇表》曰："兴元元年，永平军节度徙治滑州，贞元元年，改号义成军节度。"馀见《平淮西碑》注。○滑帅告急，《考异》帅作师，今依《音注》《五百家》及《文粹》。○《左》僖二年曰："晋荀息请假道于虞以伐虢。"○《左》成十六年杜注曰："夷，平也。"○《仪礼·乡射礼》郑注曰："索犹尽也。"《左》襄十四年杜注曰："迁延，却退。"《旧唐书·李正己传》曰："师古闻顺宗即位，乃罢兵。"

田弘正之开魏博，李师道使来告曰："我代与田氏约相保援，今弘正非其族，又首变两河事，亦公之所恶，微言。我将与成德合军讨之，敢告。"公谓其使曰："我不知利害，知奉诏行事耳。若兵北过河，我即东兵以取曹。"师道惧，不敢动，弘正以济。以上拒郓以成田弘正归朝之志。

田弘正事见《平淮西碑》注。○《旧唐书·宪宗纪》曰："元和元年闰六月壬戌朔，（壬戌原误壬子，以七月壬辰朔推之，当是壬戌，今依《新唐书·宪宗纪》及《通鉴》改。）淄青李师古卒。八月己巳，以建王审为郓州大都督，平卢淄青节度使，以节度副使李师道权知郓州事，充节度留后。十月（二字依传补）

壬午，以淄青节度使留后李师道检校工部尚书，兼郓州大都督府长史，充平卢淄青节度副大使，知节度事。"《李正己传》曰："师道，师古异母弟，师古死，其奴不发丧，潜使迎师道而奉之。宪宗以蜀川方扰，不能加兵于师道，元和元年七月，遂命建王审遥领节度，授师道淄青节度留后。十月，充平卢军及淄青节度副大使，知节度事。"○《旧唐书·田悦传》（附《田承嗣传》后）曰："悦充魏、博七州节度使，李勉增广汴州城，李正己闻而猜惧，以兵万人屯曹州，遣使说悦，同为拒命。悦乃与正己谋阻兵。正己卒，子纳求节钺，朝廷不允，遂与纳同谋叛逆。河东节度使马燧、河阳李芃与昭义军讨悦，李纳遣兵八千人助悦。"又曰："朱滔称冀王，悦称魏王，又请李纳称齐王。"○弘正父廷玠与田承嗣为从昆弟，故承嗣爱之，以为必兴吾宗，见弘正传（已见《平淮西碑》注）。今云非其族，明师道诬词。○首变两河事，谓河南北藩镇皆私其土，而弘正举六州版籍请吏于朝，为首变两河事也。田弘正开魏博在元和七年，是时成德军节度为王承宗。《新唐书·宪宗纪》曰："元和四年三月乙酉，成德军节度王士真卒，其子承宗自称留后。十月辛巳，成德军节度使王承宗反。五年七月丁未，赦王承宗。"《藩镇传》曰："王武俊本出契丹怒皆部。兴元元年，拜检校工部尚书恒、冀、深、赵节度使。贞元十七年死，士真袭位，其长子也。元和四年死，军中推其子承宗为留后。"○时曹州属平卢淄青节度。

诛吴元济也，命公都统诸军，曰："无自行，以遏北寇。"公请使子公武以兵万三千人会讨蔡下，归财与粮以济诸军，卒擒蔡奸。于是以公为侍中，而以公武为鄜坊丹延节度使。曾曰："以上平蔡。"

孙曰："元和十年九月，以弘充淮西行营都统使。"案：已见《平淮西碑》。《新唐书·百官志》曰："都统掌征伐，兵罢则省。"

又曰:"都统总诸道兵马,不赐旌节。"○万三千人,《考异》曰:"《淮西碑》三作二。"步瀛案:当以此碑为是,见彼注。○《仪礼·聘礼记》郑注曰:"今文归作馈。"案:归,馈之通借字。《说文》曰:"馈,饷也。"

师道之诛,曾曰:"若他手为之,则曰诛李师道也,与上文对举矣。退之随手变换,无所不可。"**公以兵东下,进围考城,克之,遂进迫曹,曹寇乞降。**曾曰:"以上平郓。"

《旧唐书·宪宗纪》曰:"元和十三年秋七月乙酉,诏削夺淄青节度使李师道在身官爵,仍令宣武、魏博、义成、武宁、横海等五镇之师分路进讨。"《通鉴·唐纪》五十六曰:"初李师道谋逆命,判官高沐与同僚郭㫏、李公度屡谏之,师道杀沐并囚郭㫏。及淮西平,师道忧惧,不知所为。李公度及牙将李英昙说之,使纳质献地以自赎。师道从之,遣使奉表请使长子入侍,并献沂、密、海三州,上许之。师道暗弱,军府大事独与妻魏氏、奴胡惟堪、杨自温、婢蒲氏、袁氏及孔目王再升谋之,大将及幕僚莫得预焉。魏氏不欲其子入质,与蒲氏、袁氏言于师道曰:自先司徒以来,有此十二州,奈何无故割而献之?若力战不胜,献之未晚。师道乃大悔,表言军情不听纳质割地,上怒,决意讨之。秋七月乙酉,下制罪状李师道,令宣武、魏博、义成、武宁、横海兵共讨之。"(《旧唐书·李正己传》《新唐书·藩镇传》互有歧异,今姑从《通鉴》。)○《通鉴·唐纪》五十六曰:"吴元济既平,韩弘惧。九月,自将兵击李师道,围曹州。十四年春正月,拔考城,杀二千馀人。"(樊注二作三。)胡注曰:"考城,汉古县,唐属曹州。"案:唐曹州考城县,今河南考城县治。

郓部既平,公曰:"吾无事于此,其朝京师。"天子曰:"大臣不可以暑行,其秋之待。"公曰:"君为仁,臣为恭,可矣。"遂行,既至,献马三千匹,绢五十万匹,

他锦纨绮纈又三万，金银器千。而汴之库厩钱以贯数者尚馀百万，绢亦合百馀万匹，马七千，粮三百万斛，兵械多至不可数。初公有汴，承五乱之后，汪曰："前诛刘锷，从五乱说来，见其定乱。此因入朝献马币，又自五乱说来，以见其财足。"又曰："叙定乱则说到入朝之无敢或哗，叙财足则追前五乱之恒无宿储，一是终言之，一是追言之，乃史家妙法。"掠赏之馀，且敛且给，恒无宿储。至是公私充塞，至于露积不垣。何曰："又一束，潆洄曲折，不可一览而尽。"又曰："自是讫公之朝京师，初公有汴，周环一线。"〇以上因入朝而叙治汴之功。

《旧唐书·宪宗纪》曰："元和十四年二月壬戌，田弘正奏，今月九日，（《旧唐书》是月己酉朔，则九日为丁巳，《新纪》作戊午，则十日也。）淄青都知兵马使刘悟斩李师道并男二人首请降，师道所管十二州平。甲子，上御宣政殿受贺。"《李正己传》曰："元和十三年十月，魏博节度使田弘正率本军破贼，师道使刘悟将兵当魏博军，既败，数令促战，师未进，乃使奴召悟计事。悟知其来杀己，乃称病不出，召将吏谋，迎其使而斩之。遂赍师道追牒以兵趣郓州，及夜至门，示以师道追牒，乃得入，兵士继进。至毬场，因围其内城，以火攻之，擒师道而斩其首，送于魏博军。元和十四年二月也。"《元和郡县志》曰："河南道郓州，淄青节度使理所。"案：唐郓州治东平县，今山东东平县西北。〇樊曰："元和十四年二月，李师道伏诛，收复河南十二州（《旧唐书》弘传脱十字），弘大惧，因请入朝。七月，携汴之牙校千人入觐。"〇绢五十万匹，《音注》《五百家》五十万并作七千，并注曰："一作五千，一作三千，一作五十万。"《文粹》无此句。〇《旧唐书》弘传曰："弘进绢三十五万匹，纯三万匹，银器二百七十件，与碑所载不同。《通鉴》以碑所载之数（惟绢五十万匹作五千）为弘七月戊寅入朝所献；《旧唐书》所载之数（惟绢三十五万匹作二十五万匹）为甲午所再献。《新唐书》弘传与碑同，惟删金银器千一句。○《广韵》十六屑曰："缬，綵。缬，胡结切。"

册拜司徒，兼中书令，进见上殿，拜跪给扶。赞元经体，不治细微，天子敬之。元和十五年，今天子即位，公为冢宰，又除河中节度使。在镇三年，以疾乞归，复拜司徒中书令。病不能朝，以长庆二年十二月三日，薨于永崇里第，年五十八。天子为之罢朝三日，赠太尉，赐布粟，其葬物有司官给之，京兆尹监护。明年七月某日，葬于万年县少陵原，京城东南三十里，楚国夫人翟氏祔。子男二人，长曰肃元，某官；次曰公武，某官。肃元早死，公之将薨，公武暴病先卒，公哀伤之，月馀遂薨。无子，以公武子孙绍宗为主后。以上历官及卒葬。

《旧唐书·宪宗纪》曰："元和十四年八月己酉，制宣武军节度副大使知节度事汴、宋、亳、颍等州观察处置等使开府仪同三司守司徒兼侍中汴州刺史许国公食邑三千户韩弘，可守司徒兼中书令，弘坚辞戎镇故也。"弘传曰："三上章坚辞戎务，愿留京师奉朝请，诏守司徒兼中书令。"《唐六典》卷一曰："司徒，正一品。"馀见《董公行状》注。○《旧唐书》弘传曰："弘入觐，对于便殿，拜舞之际，以其足疾，命中使掖之。"沈曰："晋宋故事，位尊年耆者，加兵给扶。"《玉海》（一百六十）：杨绾对延英给扶。则唐自有给扶之制。○退之《河南同官记》曰："登槐赞元。"祝曰："赞元谓辅赞元首。"案：《周礼·序官》曰：体国经野。或曰：如祝说，则体犹股肱，谓群臣也。《淮南·原道篇》高注曰："经，理也。"谓上赞元首，下理群臣也。○《旧唐书·穆宗纪》曰："穆宗讳恒，宪宗第三子。元和十五年正月庚子，宪宗崩。丙午，即皇帝位于太极殿东序。"弘传曰："宪宗崩，以弘摄冢宰。"《论语·宪问篇》曰："君薨，百官总己以听于冢宰三年。"《孟子·滕文公上》《礼记·檀弓下》并同。后世人君不行三年之丧，穆宗正月丙午即位，正月丁卯，与群臣皆释服从吉（《旧唐书·穆宗纪》），则冢宰亦虚文而已。《周礼·天官·冢宰》疏引郑目录曰："冢，大也。"○《旧唐书·穆宗纪》曰："元和十五年六月丁丑，以司徒兼中书令韩弘为河中尹，充河中、晋、绛、慈、隰等州节度使。"《元和郡县志》曰："河东道河中府，为河中节度使理所。"案：馀见《董公行状》注。○《旧唐书·穆宗纪》曰："长庆二年冬十月壬戌，前河中、晋、绛、慈、隰等州节度使（前字疑制字之误）开府仪同三司守司徒中书令河中尹上柱国许国公韩弘，可守司徒兼中书令。"弘传曰："二年请老，乞罢戎镇，三表，从之，依前守司徒中书令。"○《旧唐书·穆宗纪》曰："长庆二年十二月丁亥朔，庚寅，是夜司徒中书令韩弘卒。"案：碑言三日，当为己丑。旧纪言庚寅夜，盖即己丑之夜也。方雪斋曰："弘卒后二日辛卯，穆宗即于紫宸殿见百官，则所谓罢朝三日者，亦徒有其名而无其实耳。"沈曰："《长安志》（卷八）皇城东第一街永崇坊，有司徒兼中书令韩弘宅。"○年五十八，朱曰："或作八十，方考新旧史，定从今本。"步瀛案：《音注》《五百家》及《文粹》并作八十。以给扶、请老等事观之，疑作八十为是。○《唐六典》卷一曰："太尉正一品。"《新唐书》弘传曰："谥曰隐。"《援鹑堂笔记》曰："碑不书，想以非美谥耳。"○《唐旧书》弘传曰："赠太尉，赙绢二千匹，布七百端，米粟千硕。"（韩注本硕一作石。案：《说文》作稻，石、硕皆借字。）○陈曰："时韩方尹京兆，监护其丧者即公也，故公《祭韩令公文》中有云，'锡襚物之必周，余将命而临视'，是也。祭文乃门人沈亚之代作，亚之时为溧阳尉，京兆属邑也。"案《韩子年谱》：长庆三年夏为京兆尹，引《穆宗实录》曰："三年六月辛卯，吏部侍郎韩愈兼御史大夫。"《唐六典》卷三十曰："京兆尹从三品，掌清肃邦畿，考覈官吏，宣布德化，抚和齐人，劝课农桑，教谕五教。"○《通典·州郡》一：京兆府万年县，原注曰："有少陵原，汉宣许后陵。"《长安志》卷十一曰："万年县少陵原在县南四十里，即汉鸿固原也。宣帝许皇后葬于此，俗号少陵原。"《清一统志》曰："陕西西安府咸宁县：唐万年县，少陵原在长安县南，接咸宁县界。"（咸宁今并入长安。）○长曰肃元，某官，案《世系表》亦不著其官。○《旧唐书》弘传曰："公武自宣武马步都虞候将兵诛蔡，贼平，检校右散骑常侍、鄜州刺史、鄜坊等州节度使。丁所生忧，超复金吾将军。仍旧职十四年，父弘入朝，公武乞罢节度，入为右金吾将军。既而弘出镇河中，季父充移镇宣武，公武叹曰：二父联居重镇，吾以孺子当执金吾职，家门之盛，惧不克胜。坚辞宿卫，改右骁卫将军。性颇恭逊，不以富贵自处。弘罢河中，居永崇里第，公武居宣阳里之北门，因省父，无疾暴卒，赠户部尚书。"《新唐书》弘传曰："谥曰恭。"又见《平淮西碑》注。○《旧唐书·穆宗纪》曰："长庆二年闰十月壬辰，右骁卫大将军韩公武卒，废朝。"

汴之南则蔡，北则郓，或曰："叙次既毕，复摘尤大者著议以最其功，笔端大廉悍，亦其位置裁布有以显之也。"**二寇患公居间为己不利，卑身佞辞，求与公好，荐女请昏，使日月至。既不可得，则飞谋钩谤，以间染我。公先事候情，坏其机牙，奸不得发，王诛以成。最功定次，孰与高下？** 曾曰："以上总叙帅汴之功。"

《左》昭五年："蘧启彊曰：晋之事君，臣曰可矣。求昏而荐女。"○《举正》《考异》《音注》《五百家》钩作鉤，并注曰："一作钩。"吴先生校韩集定作钩。案：钩、句字通。《说文》曰："句，曲也。钩，曲钩也。"《鬼谷子·飞箝篇》曰："引钩箝之辞。"陆农师注曰:"谓诱致其情也。"○机牙,《礼记·缁衣》郑注曰:"机,弩牙也。"案:此以弩为喻。○《史记·卫将军骠骑列传》《索隐》曰:"最,凡计也。"步瀛案:最当作冣,《说文》曰:"冣,积也。"段注曰:"古凡云殿冣者,皆当从冖作冣,读才句切。"朱丰芑曰:"凡冣目、冣括、殿冣,字皆当作冣,六朝以后皆讹作最。"

公子公武与公一时俱授弓钺,处藩为将,疆土相望。公武以母忧去镇,公母弟充,自金吾代将渭北。公以司徒中书令治蒲,于时弟充自郑滑节度平宣武之乱,以司空居汴。自唐以来,莫与为此。曾曰:"以上子、弟同秉节钺。"○何曰:"此段又叙国家报功之厚,淋漓有馀情,极设色之工,然于事未尝有所增加,宋以后人不及也。"

《礼记·王制》曰:"诸侯赐弓矢然后征,赐鈇钺然后杀。"○孙曰:"元和十二年十一月,以公武为渭北鄜坊节度使。十四年十一月,以母忧去官。十五年正月,以弘弟充代公武领渭北。"○蒲即河中府。《元和郡县志》曰:"河东道河中府,本舜所都蒲坂也。今州即秦河东郡地,后魏太武帝于今州理置雍州。延和元年改为秦州,周明帝改为蒲州,因蒲坂以为名。隋大业三年,罢州,又置河东郡。武德元年,罢郡置蒲州,开元元年,改为河中府。"○《新唐书》弘传曰:"弟充本名璀。"《元和姓纂》曰:"弘弟权右金吾将军。"疑权即璀字之误。《世系表》及《姓氏书辨证》但言充,不闻别有弟也。○《旧唐书·穆宗纪》曰:"长庆二年二月癸酉,以鄜坊丹节度使韩充为义成军节度使。秋七月戊戌,汴州军乱,逐节度使李愿,立牙将李㝏为留后。(㝏原误充,今改。)丙午,以郑滑节度使韩充为汴州刺史,宣武军节度使,汴、宋、亳、颍观察等使,郑滑如故。以宣武军节度押衙李㝏为右金吾卫将军。八月癸酉,韩充奏今月六日发军入汴州界,营于千塔。丙子,汴州监军姚文寿与兵马使李质同谋,斩李齐及其党薛志忠、秦邻等。丁丑,韩充入汴州。"《新唐书》充传曰:"为义成军节度使,会汴军逐李愿,以李㓋主留事。帝谓充素为汴士悦向,诏节度宣武,兼统义成兵讨㓋,战郭桥,破之。会李质斩㓋,遂入汴。加检校司空。籍㓋所胁为兵者三万悉纵之。又责首乱者千馀斥出境。令曰敢后者斩。由是内外按堵,人爱赖之。"《通鉴·唐纪》五十八曰:"长庆二年八月壬申,韩充败宣武兵于郭桥,斩首千馀级,进军万胜。初李㓋既为留后,以都知兵马使李质为腹心,㓋疽发于首,悉以军事属质。丙子,质与监军姚文寿擒㓋杀之,执㓋四子送京师。"是入汴之前,先战郭桥,《旧传》言不战而入大梁,非也。又㓋为李质所杀,《旧传》云送㓋归京师,亦非也。

公之为治,方望溪曰:"虽淡语,而丰棱治法,具见于此,故以结束通篇。"严不为烦,止除害本,不多教条,与人必信,吏得其职,赋入无所漏失,人安乐之,在所以富。公与人有畛域,不为戏狎,人得一笑语,重于金帛之赐。其罪杀人,不发声色,问法何如,不自为轻重,故无敢犯者。以上并叙其性情。其铭曰:

《庄子·秋水篇》:其无所畛域。成玄英疏以畛界限域释之。

在贞元世,汴兵五狃。将得其人,众乃一愒。其人为谁?韩姓许公。磔其枭狼,养以雨风。桑谷奋张,厥壤大丰。贞元元孙,命正我宇。公为臣宗,处得地所。河流两播,盗连为群。雄唱雌和,首尾一身。公居其间,为帝督奸。察其嚬呻,与其睨眴。左顾失视,右顾而踞。蔡先郓鉏,三年而墟。槁干四呼,终莫敢濡。常山幽都,孰陪孰扶?天施不留,其讨不逋。许公预焉,其赉何如?

悠悠四方，既广既长。无有外事，朝廷之治。许公来朝，车马干戈。相乎将乎，威仪之多。将则是矣，相则三公。释师十万，归居庙堂。上之宅忧，公让太宰。养安蒲坂，万邦绝等。有弟有子，提兵守藩。一时三侯，人莫敢扳。生莫与荣，殁莫与令。刻文此碑，以鸿厥庆。方望溪曰："韩碑惟此总括始终事迹以为铭，然切究碑文，正直书其事，而当日两河之情事，公之材武忠顺，宜受宠命，保有天禄，必得铭词乃曲畅，与会撮前文别无意义可寻者异矣。"何曰："铭诗亦伟丽绝世。"

　　□何曰："通篇大意，只说韩弘帅汴，居蔡、郓之交，而能屹然中立，制之使不得逞，卒成朝廷翦逆之功。首尾只一节，但叙得逐层变化耳。"○姚姜坞曰："碑文严毅威重，与其人相称。"○姚姬传曰："雄伟，首尾无一字懈，精神突然。"

　　猘同狾。《左》襄十七年《释文》引《字林》曰："狾，九世反，狂犬也。"祝曰："自刘玄佐死，汴州五乱。"○《诗·民劳》毛传曰："愒，息也。"《释文》曰："愒，起例反。"○《史记·李斯传》《索隐》曰："磔谓裂其肢体而杀之。"○《书·金縢》曰："惟尔元孙某。"韩曰："贞元皇帝之孙宪宗。"○《史记·河渠书》《集解》引韦昭曰："壖音而缘反，谓缘河边也。"○盗连为群，案指郓、蔡。○《素问·阴阳应象大论》王砅注曰："呻，吟声也。"○《说文》曰："睨，衺视也。"又曰："旬，目摇也。"重文作眴，曰："眴或从目旬。"（段曰：旬声。）《庄子·田子方篇》《释文》曰："眴李音荀。"○《说文》曰："跽，长跪也。"大徐音渠几切。案：二句言郓、蔡居左右，以弘镇汴故，左右顾之，彼皆帖服不敢逞也。○《补注》曰："常山，成德军。幽都，幽州也。"案《书·尧典》宅朔方曰幽都。《庄子·在宥篇》：流共工于幽都。《释文》引李曰："即幽州也。《尚书》作幽都。"

《旧唐书·宪宗纪》曰:"元和五气年九月壬戌,以瀛州刺史刘总起复授幽州长史,充幽州、卢龙节度使。"《地理志》曰:"幽州节度治幽州。"馀见《送李端公序》注。○《诗·载驰》毛传曰:"悠悠,远貌。"○无有外事,谓蔡、郓既平。○相则三公,谓册拜司徒也。已见《送幽州李端公序》注。○公堂韵,东阳通。○《补注》曰:"上谓穆宗。"案《书》伪古文《说命上》曰:"王宅忧谅暗三年。"○《周礼·天官·冢宰》曰:"大宰之职。"贾疏曰:"言冢宰者,据总摄六职;若据当职,则称大宰也。"《释文》曰:"大音泰。"○蒲坂见上注。○扳、攀、攃并同,本字作兆,《说文》曰:"引也。"○《论语·子张篇》:子贡曰:"夫子其生也荣。"○《尔雅·释诂》曰:"令,善也。"○《淮南·原道篇》高注曰:"鸿,大也。"

柳子厚墓志铭

韩曰:"公元和十五年九月二十二日,始自袁州召还,此志作于袁州。公之志于厚详矣。其祭文推许尤厚。"刘梦得《祭子厚文》曰:"退之承命,改牧宜阳,勒石垂后,属于伊人。"其后序其集曰:"子厚之丧,昌黎韩退之志其墓,且以书来吊曰:哀哉若人之不淑,吾尝评其文,雄深雅健似司马子长,崔、蔡不足多也。安定皇甫湜于文章少推许,(《刘宾客集》少下有所字,许作让,柳集序同。)亦以退之之言为然。凡子厚之名氏,(刘集无之字,柳集序同。)与仕与年,暨行己之大方,有退之之志若祭文在。"梦得与子厚俱以文推,及志其墓,梦得则属于公而不敢当,公之文在当时为侪辈所服如此。○王宋贤曰:"标题不书官位,止书姓字,以子厚姓字,人所共知,故与《李元宾墓铭》一例。欧公《尹师鲁》《梅圣俞》二志标题,即仿公李、柳二志,欧嘱伊氏子弟勿于碑额添书官位,可知专书姓字正自有义。或疑此文失当时碑额,非也。"步瀛案：韩集各本皆然，可知退之正以不书官位见义，而《文苑》作柳州刺史柳君墓志铭》，《文粹》作《唐柳州刺史柳子厚墓志》，《观澜文乙集》同，唯无唐字，疑各以意署，非韩集有此也。

子厚讳宗元。汪曰："起处不书姓，于'众谓柳氏有子'见之。"七世祖庆，为拓跋魏侍中，封济阴公。曾伯祖奭，为唐宰相，与褚遂良、韩瑗俱得罪武后，死高宗朝。吴曰："叙祖德亦与其生平相发，盖文章义例，每篇中不得有一冗词滥语与主旨无涉者。今人不知此义矣。"皇考讳镇，以事母，弃太常博士，求为县令江南，其后以不能媚权贵，失御史。权贵人死，乃复拜侍御史。号为刚直，所与游皆当世名人。以上先世。

柳子厚《先侍御史府君神道表》曰："六代祖讳庆，后魏侍中平齐公；五代祖讳旦，周中书侍郎济阴公。"《周书·柳庆传》曰："字更兴，解人也。孝闵帝践阼，进爵平齐公。"不言封济阴。《北史·柳庆传》（附兄虬传）、《新唐书·宰相世系表》《元和姓纂》皆无封济阴之文，然退之与子厚至交，叙其先世不应有误。或此文侍中下本有封平齐公，六世祖旦为周中书侍郎等字，传写者脱去，抑或庆尝改封济阴而史不具，皆未可知也。（《隋书》《北史》旦传、《世系表》《姓纂》亦不言旦封济阴。）《魏书·帝纪》曰："黄帝子昌意少子受封北土，黄帝以土德王，北俗谓土为拓，谓后为跋，故以为氏。"《姓纂》曰："黄帝土德王，北人谓为拓后跋氏，后拓后跋氏从省文为拓跋氏。考文帝迁洛阳，改为元氏。"○《神道表》曰："曾伯祖讳奭，字子燕，唐中书令。"《姓纂》曰："庆生机、弘、旦、肃、勃，旦生蠻、则、绰、楷、融、亭，则生奭。"《新唐书·世系表》亦云奭字子燕。

《柳奭传》（附《柳泽传》）曰："奭字子邵。"案：奭为子厚父之曾伯祖，与子厚之高祖子夏为从父昆弟，此当云高伯祖，曾字疑传写之误。然《诗·维天之命》曰："曾孙笃之。"郑笺曰："曾犹重也，自孙之子而下，享先祖皆称曾孙。"或祖之父以上，亦可通称曾祖欤？○《旧唐书·柳奭传》（附《柳亨传》）曰："奭贞观中，累迁中书舍人，后以外生女为皇太子妃，擢拜兵部侍郎。妃为皇后，（《旧唐书·后妃传》曰："高宗废后王氏，并州祁人也。永徽初，立为皇后。"）奭又迁中书侍郎。永徽三年，代褚遂良为中书令。及后废，累贬爱州刺史，寻为许敬宗、李义府所构，云奭潜通宫掖，谋行鸩毒，又与褚遂良等朋党构扇，罪当大逆。高宗遣使就爱州杀之。"《褚遂良传》曰："遂良，散骑常侍亮之子也。（亮传曰："杭州钱塘人。"《新唐书·遂良传》曰："字登善。"）永徽三年，拜吏部尚书，同中书门下三品。四年，为尚书右仆射，依旧知政事。六年，高宗将废皇后王氏，立昭仪武氏为皇后，遂良曰：皇后出自名家，无愆亿妇德，先帝不豫，执陛下手以语臣曰：我好儿好妇，今将付卿。陛下亲承德音，言犹在耳，皇后恐不可废。帝立昭仪为皇后，左迁遂良潭州都督。显庆二年，转桂州都督。未几又贬为爱州刺史，明年卒官。"《韩瑗传》曰："瑗，雍州三原人也。（《新唐书·韩瑗传》曰："字伯玉。"）永徽四年，同中书门下三品。六年，迁侍中。时高宗欲废王皇后，瑗涕泣谏，帝不纳。明日，瑗又谏，悲泣不能自胜。帝大怒，促令引出。寻而尚书左仆射褚遂良以忤旨左授潭州都督，瑗复上疏理之，帝竟不纳。显庆二年，许敬宗、李义府诬奏瑗与遂良潜谋不轨，于是更贬遂良为爱州刺史，左授瑗振州刺史，四年卒官。"○柳集《先侍御史府君神道表》曰："先君讳镇，字某。高祖讳楷，隋刺齐、房、兰、廓四州。曾祖讳子夏，徐州长史。祖讳从裕，沧州清池令。皇考讳察躬，湖州德清令。"《姓纂》曰："察躬生镇，侍御史。"屈原《离骚》曰："朕皇考曰伯庸。"《礼记·曲礼下》曰:"父曰皇考。"○《神道表》曰:"常吏部命为太常博士,先君固曰:有尊老孤弱在吴,愿为宣城令,三辞而后获徙为宣城。"韩仲雅(醇)《柳集诂训》曰:"常吏部名衮。"案新、旧《唐书·常衮传》皆不言为吏部。《唐六典》卷十四曰:"太常寺博士四人,从七品上,掌辨五礼之仪式,奉先王之法制,适变随时而损益焉。"案:唐江南道宣州宣城县,今安徽宣城县治。○《神道表》曰:"迁殿中侍御史,会宰相与宪府比周,诬陷正士,以校私雠,有击登闻鼓以闻于上,上命先君总三司以听理,至则平反之。群冤获宥,邪党侧目。逾年卒中以他事,贬夔州司马。"《音辩》曰:"贞元四年,陕虢观察使卢岳卒,岳妻分赀不及妾子,妾诉之,(《旧唐书·穆赞传》曰:"卢岳妾裴氏。")中丞卢佋欲重妾罪,侍御史穆赞不听,佋与窦参共诬赞受金,捕送狱,(《旧唐书》赞传曰:"侍御史杜伦希其意,诬赞受裴之金,鞭其使以成其狱甚急,弟赏驰诣阙挝登闻鼓。")诏殿中侍御史柳镇与刑部员外郎李觌、大理卿杨瑀为三司,覆治无之。"(《柳集音辩》引)○《神道表》曰:"居三年,醜类就殛,拜侍御史。制书曰:守正为心,疾恶不惧。"《旧唐书·德宗纪》曰:"贞元八年夏四月乙未,贬中书侍郎平章事窦参为郴州别驾。"○子厚《先君石表阴先友记》曰:"先君之所与友,凡天下善士举集焉。"

子厚少精敏,无不通达。逮其父时,虽少年已自成人,能取进士第,崭然见头角。众谓柳氏有子矣。其后以博学宏词,授集贤殿正字,蓝田尉。儁杰廉悍,议论证据今古,出入经史百子,踔厉风发,率常屈其座人。名声大振,一时皆慕与之交,诸公要人争欲令出我门下,交口荐誉之。贞元十九年,拜监察御史。王叔文、韦执谊用事,拜尚书礼部员外郎,且将大用。遇叔文等败,例出为刺史。未至，又例贬永州司马。吴曰："以上叙少时声誉及遭贬。"

《神道表》曰："贞元九年，宗元得进士第。上问有司曰：得无以朝士子冒进者乎？有司以闻，上曰：是固抗奸臣窦参者耶？吾知其不为子求举矣。"又《与杨诲之第二书》曰："吾年十七求进士，四年乃得举。"又《送苑论登第后归觐诗序》曰："八年冬，余与马邑苑言扬联贡于京师，是岁小司徒顾公守春官之缺，而权择士之柄。明年春，同趋权衡之下，并就重轻之试。二月丙子，有司题甲乙之科揭于南宫，余与兄又联登焉。"《音辩》曰："户部侍郎顾少连权礼部侍郎，知贡举。"樊曰："贞元九年登第，年二十一。"○《广雅·释训》曰："崭崭，高也。"曹宪音谗。《援鹑堂笔记》卷四十二曰："按头角见《礼记·学记》开而未达郑注，开为发其头角。"○孙曰："贞元十四年中此科，以将仕郎守集贤殿正字。"案子厚《与杨诲之第二书》曰：二十四求博学宏词，二年乃得仕。"子厚年二十四，当贞元十二年，（徐星伯《登科记考》卷十四列子厚于十二年博学宏词科。）又二年则十四年也。《新唐书·百官志》曰："中书省集贤殿正字，从九品上。"○《唐六典》卷三十曰："京兆诸县尉，正九品下。"案：唐关中道京兆府蓝田县，今陕西蓝田县治。○《考异》无蓝田尉三字，《文苑》《文粹》《观澜》同，《音注》《五百家》皆有此三字，吴先生校增。○《史记·货殖传》《索隐》曰："踔，远腾貌也。"○文安礼《柳先生年谱》曰："贞元十九年为监察御史里行。"刘梦得集序云："十有九年为材御史。"是也。《唐六典》卷十三曰："御史台监察御史，正八品上，掌分察百僚，巡按郡县，料视刑狱，肃整朝仪。"（原注曰：贞观二十二年，置监察御史里行，其始自马周以布衣，太宗令于监察御史里行自便，置里行之名。）《考异》十九年下有由蓝田尉四字，《音注》《五百家》皆无，今从之。○《唐六典》卷四曰："礼部员外郎一人，从六品上。礼部郎中员外，掌贰尚书侍郎，举其仪制而辨其名数。"案：唐吏、户、礼、兵、刑、工六部皆属尚书省，故曰尚书礼部。《新唐书·王叔文传》曰："叔文，越州山阴人。德宗诏直东宫，太子引以侍读，因论政及宫市之弊，由是重之，宫中事咸与参订。顺宗立，拜起居郎翰林学士，迁户部侍郎。"《韦执谊传》曰："执谊，京兆旧族也。顺宗立，以疾不亲政，叔文用事，擢执谊为尚书左丞，同中书门下平章事。"○祝曰："顺宗即位，叔文、执谊用事，尤奇待宗元，与监察吕温密引禁中，与之图事，擢礼部员外郎。"○"王叔文、韦执谊用事"，至"遇叔文等败，例出为刺史"，方本作："顺宗即位，拜礼部员外郎，遇用事者得罪，例出为刺史。"朱曰："今按方本得婉微之体，疑初本直书，后乃更定之。"步瀛案：《文苑》《文粹》同，今依《音注》及《五百家》《观澜》同。吴先生曰："此宜直书。《房启碑》云，王叔文之用事，材公之为，亦此类也。"○樊曰："永贞元年八月，宪宗即位，贬叔文渝州司户参军。九月，宗元与同辈七人，皆坐王叔文党同贬，宗元邵州刺史。十一月，道贬永州司马。"案《元和郡县志》：永州中。《唐六典》卷三十曰："中州司马，正六品下。"又案：唐江南道永州治零陵县，今湖南零陵县治。

居闲益自刻苦，务记览，为词章。汪曰："后所谓斥久穷极，自力于文学辞章者也。"泛滥停蓄，为深博无涯涘，而自肆于山水间。元和中，尝例召至京师，又偕出为刺史，而子厚得柳州。茅曰："伏代刘禹锡请播一节。"既至，叹曰："是岂不足为政邪？"因其土俗，为设教禁，州人顺赖。何曰："简括。"又曰："志所重在文章必传于后，区区下州之理，特馀事也。故只用三语虚括。"其俗以男女质钱，约不时赎，子本相侔，则没为奴婢。子厚与设方计，悉令赎归。其尤贫力不能者，令书其佣足相当，则使归其质。

观察使下其法于他州，此一岁，免而归者且千人。茅曰："柳州之政可书者，详见《罗池庙碑》，此独书赎子一节，撮其最有德于民之大者。"吴曰："政绩不得备书，记其大者一二端，具见崖略足矣。此史公法也。"衡湘以南为进士者，皆以子厚为师，其经承子厚口讲指画为文词者悉有法度可观。何曰："通篇重文学，故此事不得略。"○吴曰："以上贬后学问及政绩。"

《新唐书·宗元传》曰："宗元既窜斥，地又荒疠，因自放山泽间，其堙厄感郁，一寓诸文，仿《离骚》数十篇，读者咸悲恻。"○闲，閒之通借字。○召至京师，《补注》曰："元和九年冬。"○《旧唐书·宪宗纪》曰："元和十年三月乙酉，以柳宗元为柳州刺史。"《通鉴·唐纪》五十五曰："王叔文之党坐谪官者，凡十年不量移，执政有怜其才欲渐进之者，悉召至京师。谏官争言其不可，上与武元衡亦恶之。三月乙酉，皆以为远州刺史，官虽进而地益远。"柳州，见《罗池庙碑》注。○《元和郡县志》：桂管经略使管州十二，柳州其一也。《旧唐书·地理志》称桂管经略观察使。○衡山见《送廖道士序》注。《元和郡县志》曰："岭南道桂州全义县：湘水出县东南八十里阳朔山，经零陵郡西。江南道永州零陵县：湘水经州西十馀里。"《清一统志》曰："广西桂林府：湘江源出兴安县阳海山，北流至灵渠，分为湘水，东经全州（今改县）。湖南永州府：湘江自广西全州流入东安县境，一百七十里至石期市入零陵县境。"

其召至京师而复为刺史也，中山刘梦得禹锡亦在遣中，当诣播州。子厚泣曰："播州非人所居，而梦得亲在堂，吾不忍梦得之穷，无辞以白其大人。且万无母子俱往理。请于朝，将拜疏，愿以柳易播，虽重得罪死不恨。"遇有以梦得事白上者，梦得于是改刺连州。呜呼！

士穷乃见节义,今夫平居里巷相慕悦,酒食游戏相征逐,诩诩强笑语以相取下,握手出肺肝相示,指天日涕泣,誓生死不相背负,真若可信。一旦临小利害,仅如毛发比,吴曰:"字字透切。"反眼若不相识,落陷穽不一引手救,吴曰:"一层。"反挤之,吴曰:"二层。"又下石焉者,吴曰:"三层。"皆是也。吴曰:"一句中凡分三层,其委曲切尽如此。"此宜禽兽夷狄所不忍为,而其人自视以为得计。闻子厚之风,亦可以少愧矣。吴曰:"以上因子厚以柳易播之请,感慨世涂交态之薄,激宕沉郁,悼叹无穷,生气远出。"

　　刘梦得《自传》曰:"刘子名禹锡,字梦得,其先汉景帝贾夫人子胜封中山王,谥曰靖,子孙因封为中山人也。"《旧唐书·刘禹锡传》曰:"禹锡,彭城人。贞元末,王叔文于东宫用事,禹锡尤为叔文所知奖。顺宗即位,叔文引禹锡入禁中,与之图议,言无不从,转屯田员外郎,判度支盐铁案,兼崇陵使判官。叔文败,坐贬连州刺史,在道贬朗州司马。元和十年召还,宰相欲置之郎署。时禹锡作《游玄都观咏看花君子诗》,语涉讥刺,执政不悦,复出为播州刺史。"案:唐江南道播州治遵义县,在今贵州遵义县西。○沈曰:"《汉书·高帝纪》:始大人常以臣无赖。此称其父也。《后汉书》:范滂白母曰:惟大人割不可忍之恩(《党锢传》)。此称其母也。《乐府诗集·焦仲卿妻诗》:三日断一匹,大人尚嫌迟。此妇称其姑也。"《陔馀丛考》卷三十七曰:"《家语》:曾子曰:参得罪大人(《六本篇》)。《史记》:范蠡之长子曰:今弟有罪而大人不遣,是吾不肯也(《越王句践世家》)。霍去病曰:不早自知为大人遗体(《汉书·霍光传》)。此皆以呼其父也。《汉书》:疏受叩头曰:从大人议(《疏广传》)。此以呼其叔也。张博诈淮阳王,欲上书为大人乞骸骨去(《宣元六王传》)。此以称其母也。柳宗元称刘禹锡无辞以白其大人,亦谓禹锡母。"○《新唐书·禹锡传》曰:"御史中丞裴度为言播极远,猿狖所宅,禹锡母八十馀,不能往,当与其子死诀,恐伤陛下孝治,请稍内迁,乃易连州。"案:唐岭南道连州治桂阳县,今广东连县治。○(汉书·张敞传)注引孟康曰:"北方人谓媚好为诩。"○《说文》曰:"媿,慙也,或体作愧。"

子厚前时少年,勇于为人,不自贵重顾藉。吴曰:"于子厚之过差绝不回护,乃为直友信笔。"谓功业可立就,故坐废退。吴曰:"一顿。"既退,又无相知有气力得位者推挽,故卒死于穷裔。吴曰:"再顿。"材不为世用,道不行于时也。吴曰:"加二语盘旋。"使子厚在台省时,吴曰:"再接。"自持其身,已能如司马刺史时,亦自不斥。吴曰:"三顿。"斥时有人力能举之,且必复用不穷。吴曰:"四顿。"然子厚斥不久,穷不极,虽有出于人,其文学辞章必不能自力,以致必传于后如今无疑也。吴曰:"极力顿挫,以见其文章必传之可贵。"虽使子厚得所愿,为将相于一时,以彼易此,孰得孰失?必有能辨之者。吴曰:"再复数语以厚其势,使人玩味无穷。"又曰:"以上总论子厚生平,而决其必传后世。"

勇于为人,王宋贤曰:"为读去声,为人即谓党助叔文。"○刘海峰曰:"顾,顾惜也。藉,藉赖也。《上留守郑相公启》不啻如弃涕泗唾无一分顾藉心,可证。"步瀛案:《庄子·应帝王篇》《释文》引崔譔曰:"藉,系也。"顾藉盖谓顾惜系恋也。○《左传》襄十四年曰:"或挽之,或推之。"○集贤殿属中书省,御史属御史台。案潘岳《司空郑衮碑》曰:"显绩成于台省。"

子厚以元和十四年十一月八日卒,年四十七,以十五年七月十日归葬万年先人墓侧。子厚有子男二人,长曰周六，始四岁，季曰周七，子厚卒乃生。女子二人，皆幼。其得归葬也，费皆出观察使河东裴君行立。行立有节概，重然诺，与子厚结交，子厚亦为之尽，竟赖其力。葬子厚于万年之墓者，舅弟卢遵。遵涿人，性谨慎，学问不厌。自子厚之斥，遵从而家焉，逮其死不去。既往葬子厚，又将经纪其家，庶几有始终者。吴曰："以上卒葬后事。"又曰："记此二人与子厚交厚，亦以愧他人之不然者也。与文中议论处相贯注。"铭曰：

十一月八日，《举正考异》如此，《文苑》同，《音注》《五百家》《文粹》《观澜》《旧唐书·宗元传》皆作十月五日。○《神道表》曰："葬于万年县栖凤原。"《先太夫人河东县君归祔志》曰："安祔于京兆万年棲凤原，先侍御府君之墓。"案：唐关内道京兆府万年县，在今陕西长安县东。○任子渊（渊）曰："咸通四年，右常侍萧仿知举，试《谦光赋》《澄心如水诗》，中第者二十五人，柳告第三人，韩绾第八人，告即子厚之子，字用益，绾即退之之孙。"（《五百家》注引）王宋贤曰："按咸通四年，岁在癸未，子厚之卒，岁在己亥，告即生于子厚卒年，至是已四十有五矣。然则所云柳告者，岂即周七其人邪？"○孙曰："元和十二年，行立为桂管观察使。"案《新唐书·裴守真传》曰："绛州稷山人，曾孙行立，行立重然诺，徙桂管观察使。"《旧唐书·地理志》曰："桂管经略观察使治桂州。"○《归祔志》曰："先夫人姓卢氏，讳某，世家涿郡。"又《上桂州李中丞荐卢遵启》曰："内弟卢遵，其行类诸父，静专温雅，好礼而信，饰以文墨，达于政事。"案：唐河北道涿州治范阳县，今河北涿县治。○重然诺，《考异》重作立，诸本皆作重。

是为子厚之室，既固既安，以利其嗣人。

□方望溪曰："《罗池碑》载治柳政迹甚详，此以三语括之，而独书免归奴婢一事，可知文尚体要，各有所宜。"○刘曰："柳州之政，止载一事，而于其交友、文章，反覆感叹，淋漓生气。"○汪曰："韩公志文，用笔谨严，不尚驰骋。兹独异于他篇，行议论于叙事中，在昌黎诸碑志文中为变调。"○吴曰："韩、柳至交，此文以全力发明子厚之文学风义，其酣恣淋漓、顿挫盘郁处乃韩公真实本领，而视所为墓铭以雕琢奇诡胜者，反为别调。盖至性至情之所发，而文字之变格也。"又曰："金石文字当以严重简奥为宜，此文偶出变格，固无不可。欧公作墓铭，乃专用其平日条畅之体，以就己性之所近，而文体遂为所坏。此欧公之过，不得以韩此文为借口也。"

何曰："子厚已矣，不复能伸其志矣，庶几以待后之人乎，铭词盖深痛之也。"○安人通转为韵。

案：史以党王叔文为子厚罪，后人不察，几以子厚为失身此匪者。至宋范希文（仲淹）始为昭雪。《文正集》卷六《述梦诗序》曰："刘（禹锡）与柳宗元、吕温数人，坐王叔文党，贬废不用。览数君子之述作，礼意精密，涉道非浅，如叔文狂甚，义必不交。叔文以艺进东宫，人望素轻，然传称知书，好论理道，为太子所信。顺宗即位，遂见用，引禹锡等决事禁中，及议罢中人兵权，牾俱文珍辈，又绝韦皋私请，欲斩刘辟，其意非忠乎？皋衔之，会顺宗病笃，皋揣知太子意，请监国而诛叔文。宪宗纳皋之谋而行内禅，故当朝左右谓之党人者，岂复见雪？《唐书》芜驳，因其成败而书之，无所裁正。韩退之欲作唐之一经，诛奸谀于既死，发潜德之幽光，岂有意于诸君子乎？"严冲甫（有翼）《柳文序》曰："子厚不幸，其进于朝，适当王叔文用事之时。叔文工言治道，顺宗在东宫颇信重之，迨其践阼，方欲有所施为，然与文珍、韦皋等相忤，内外逸谮，交口诋诬，一时在朝，例遭窜逐，而'八司马'之号纷然出矣。作文者不复审订其是非，第以一时成败论人，故党人之名不可澣洗。呜呼！子厚亦可谓重不幸矣。"（见世彩堂《柳河东集·附录》）亦能发子厚之枉。至清儒集中，亦多为子厚辨者，而冯山公（景）、王西庄（鸣盛）二家说尤为详确。冯氏《解春集》卷十《读柳子》曰："史第言八司马为党，卒无一事可实著其党之罪以斥刘、柳者，既以党得罪，尚欲以柳易播，是其同道为朋，不以党为讳也。且夫叔文固小人，然素自爱。其过在专权自用，欲诛宦官、强公室，反为所胜被祸耳，亦无他殃民误国之罪。观《顺宗实录》，如罢宫市，贬李实，停月进，出宫女，禁五坊小儿，遣教坊女妓，焚容州所进毒药，委常参官各举所知，及叙用姜公辅、苏弁、郑馀庆、陆贽、阳城于贬所，史皆称其人情大悦。而叔文侍东宫时，自言读书知理道，乘间常言人间疾苦，顺宗将大论宫市事，叔文说中上意，则其机辩亦非无深识远虑者可比。因言某可为将，某可为相，幸异日用之。然则刘、柳无求于叔文，而叔文引刘、聊以自重，此则情之所有也。奈何后世君子不察，遽斥为党哉？幸当时大贤如阳亢宗、陆敬舆，皆未闻诏而卒于贬所耳。设为引用，亦诛二公为党人否？在当日有所拘忌，不得不深排而力诋之，今已千载，犹尔邪？宋子京作柳子厚传，言众畏其才高，惩艾复进，故无用力者。今读贬永州后与人诸书，既不文过，又尝自讼，此君子引咎伤痛之词则然，而后世且据以为口实。呜呼，小人论古无识，亦见其好议论不乐成人之美如此也。"王氏《十七史商榷》卷七十四曰："王叔文为人轻躁，其用心则忠，后世恶之太甚，而不加详察。《旧唐书》亦狗众论，然《顺宗本纪》所书一时善政甚多。如二月辛酉，贬京兆尹李实为通州长史。甲子，诸道除正敕率税外，诸色杂税并宜禁断，除上供外，不得别有进奉。三月庚午，出宫女三百人于安国寺，又出掖庭教坊女乐六百人于九仙门，召其亲族归之。五月己巳，以右金吾卫大将军范希朝为右神策统军，充左右神策京西诸城镇行营兵马节度使。六月丙申，二十一年十月已前，百姓所欠诸色课利租赋钱帛共五十二万六千八百四十一贯石匹束并除免。七月丙子，赠故忠州别驾陆贽兵部尚书，谥曰宣，赠故道州刺史阳城为左散骑常侍。以上数事，自天宝以至贞元，少有及此者。而以范希朝领神策行营尤为扼要。盖其意本欲内抑宦官，外制方镇，摄天下之财赋兵力而尽归之朝廷。总计叔文之谬，不过在躁进，若求其真实罪名，本无可罪。"案：由以上诸说，叔文且有可取，则子厚更不待辨而明矣。

唐故朝散大夫尚书库部郎中郑君墓志铭

韩曰："公在江陵，与郑群同官，诗有《郑群赠簟》，即其人，至是铭之。"〇茅氏《韩文钞》无"唐故朝散大夫"六字，《类纂》《杂钞》皆从之，今依集。《唐六典》卷二曰："从五品下，曰朝散大夫。"

君讳群，字弘之，世为荥阳人。其祖于元魏时，有假封襄城公者，子孙因称以自别。曾祖匡时，晋州霍邑令。祖千寻，彭州九陇丞。父迪，鄂州唐年令，娶河南独孤氏女，生二子，君其季也。以上先世。

《元和姓纂》卷九曰："周厉王少子受封于郑，是为桓公，至幽公为韩所灭。子孙播于陈、宋，以国为氏。幽公六代孙荣生当时，当时六代孙穉，汉末自陈徙开封，晋置荥阳郡，开封隶焉，遂为郡人。"〇《周书·郑伟传》曰："伟字子直，荥阳开封人也。魏孝武西迁，伟亦归乡里。大统三年，纠合州里，建义于陈留，率众来附，封武阳县伯，进爵襄城郡公。"案：襄城郡时属东魏，故云假封，今河南襄城县治。〇唐河东道晋州霍邑县，今山西霍县治。〇唐剑南道彭州九陇县，今四川彭县治。〇唐江南道鄂州唐年县，在今湖北崇阳县西。

以进士选吏部考功所，试判为上等，授正字。唐荆川曰："先叙历官。"自鄂县尉拜监察御史，佐鄂岳使。裴均之为江陵，以殿中侍御史佐其军。均之征也，迁虞部员外郎。均镇襄阳，复以君为襄府左司马，刑部员外郎，副其支度使事。均卒，李夷简代之，因以故职留君。岁馀，拜复州刺史。迁祠部郎中。会衢州无刺史，方选人，君愿行。宰相即以君应诏。治衢五年，复入为库部郎中。行及扬州遇疾，居月馀，以长庆元年八月二十四日卒，春秋六十。即以其年十一月二十二日，从葬于郑州广武原先人之墓次。曾曰："以上历官卒葬。"

　　樊曰："贞元四年，群登进士第。"步瀛案：郑群盖以进士登科复试书判也。《册府元龟》卷六百三十九曰："宏辞拔萃平判，皆吏部主之。"又曰："有官阶出身者，吏部主之。"《唐六典》卷一曰："吏部考功员外郎，掌天下贡举之职，（原注曰：开元二十四年敕以为权轻，专令礼部侍郎一人知贡举。）书判为吏部所主，故曰选。吏部考功所选如选举之选，非铨选之选也。"《五百家补注》曰："试判谓试书判，《旧唐书·韦温传》曰：以书判拔萃，调补秘书省校书郎。可证。"大姚疑判为判补之判，非是。○集贤殿正字，已见《柳子厚墓志铭》注。又《新唐书·百官志》：秘书省正字四人，著作局正字二人，皆正九品下，此但云正字，未知何属。○《唐六典》卷三十曰："京兆诸县尉二人，正九品下。"案：唐关内道京兆府鄠县，今陕西鄠县治。○监察御史见《柳子厚墓志铭》注。○《旧唐书·德宗纪》曰："贞元十八年三月己巳，以蕲州刺史郑绅为鄂州刺史，鄂、岳、蕲、沔观察使。"群所佐者或绅欤？○《旧唐书·德宗纪》曰："贞元十九年五月乙未，以荆南行军司马裴筠（当作均）为江陵尹，兼御史大夫，荆南节度使。"《新唐书·裴行俭传》曰："绛州闻喜人"，附均传（均，行俭玄孙）曰："均字君齐，擢荆南节度行军司马，就拜荆南节度使。"案：荆南节度使已见《曹成王碑》注，殿中侍御史已见董公行状注。樊曰："公时亦为江陵法曹，与群同官。"○《旧唐书·宪宗纪》曰："元和三年夏四月丁丑，以荆南节度使裴均为右仆射，判度支。"○《唐六典》卷七曰："工部尚书其属有四，一曰工部，二曰屯田，三曰虞部，四曰水部。虞部员外郎一人，从六品上。虞部郎中、员外郎，掌天下虞衡山泽之事。"○《旧唐书·宪宗纪》曰："三年九月庚寅，以右仆射裴均检校左仆射同平章事，襄州长史，充山南东道节度使。"《元和郡县志》曰："山南道襄州，今为襄阳节度使理所。"又曰："永贞九年，升为大都督府。"《唐六典》卷三十曰："大都督府司马二人，从四品下。"《通典·职官》十五曰："长安元年，洛、雍、并、荆、扬、益置左右司马各一员，四年复旧，太极元年，又置四大都督府，置左右司马各一员。"案：襄阳节度使，已见《曹成王碑》注。○《唐六典》卷六曰："刑部员外郎二人，从六品上。刑部郎中、员外郎，掌贰尚书侍郎，举其典宪而辨其轻重。"○副其支度使事，《补注》曰："为支度副使。"案《新唐书·百官志》曰："节度使兼支度营田招讨经略使，则有副使、判官各一人。"○《旧唐书·宪宗纪》曰："元和六年夏四月庚午，以户部侍郎判度支李夷简检校礼部尚书，襄州大都督府长史，山南东道节度使。五月丙午，前山南东道节度使检校左仆射平章事裴均卒。"《新唐书·宗室宰相传》曰："李夷简，字易之，郑惠王元懿四世孙，检校礼部尚书、山南东道节度使。"○唐山南道复州治竟陵县，今湖北天门县治。○祠部郎中，见《董公行状》注。○唐江南道衢州治信安县，今浙江衢县治。○《唐六典》卷五曰："兵部尚书其属有四，四曰库部。库部郎中一人，从五品上，掌邦国军州之戎器仪仗，及冬至、元正之陈设，并祠祭丧葬之羽仪，诸军州之甲仗，皆辨其出入之数，量其缮造之功，以分给焉。"○扬州见《董公行状》注。○广武原即广武山之原也。《元和郡县志》曰："河南道郑州荥泽县：广武山在县西二十里。"《清一统志》曰："河南开封府：广武山在荥泽县西。"

君天性和乐，唐曰："后叙为人。"居家事人，与待交游，初持一心，唐曰："造语。"未尝变节有所缓急曲直薄厚疏数也。不为翕翕热，亦不为崖岸斩绝之行。俸禄入门，与其所过逢吹笙弹筝，饮酒舞歌，诙调醉呼，连日夜不厌，费尽不复顾问。茅曰："使气。"或分挈以去，一无所爱惜，不为后日毫发计留也。遇其空无时，客至，清坐相看，或竟日不能设食，客主各自引退，亦不为辞谢。与之游者，自少及老，未尝见其言色有若忧叹者。茅曰："又澹宕。"岂列御寇、庄周等所谓近于道者邪！其治官守身，茅曰："传入正谊。"又极谨慎，不挂于过差，去官而人民思之，身死而亲故无所怨讥，哭之皆哀，又可尚也。曾曰："以上性情治行。"

《广韵》四觉：数，烦数，音朔。○《广雅·释诂》三曰："翕，炽也，字又作熻。"《释诂》二曰："熻，爇也。"○《考异》曰："斩或作崭。"案《广雅·释训》曰："崭崭，高也。"○《音注》曰："诙音恢。"○《周语中》韦注曰："猒，足也。"厌乃猒之通借字。○《列子·黄帝篇》言：不知乐生，不知恶死，不知亲己，不知疏物，都无所爱惜，都无所畏忌。《庄子·天下篇》言：上与造物者游，而下与外死生、无终始者为友，皆是。

初娶吏部侍郎京兆韦肇女，生二女一男，长女嫁京兆韦词，次嫁兰陵萧僭。后娶河南少尹赵郡李则女，生一女二男，其馀男二人女四人皆幼，嗣子退思，韦氏生也。曾曰："以上妻子。"铭曰：

《唐六典》卷二曰："吏部侍郎二人，正四品上。"韩曰：

"肇，京兆人，大历中为中书舍人，累上疏言得失，为元载所恶，左迁京兆少尹。载卒，除吏部侍郎，卒。"沈曰："按《代宗纪》（《旧唐书》），大历九年，以中书舍人杨炎、秘书少监韦肇并为吏部侍郎。元载之诛，在大历十二年，旧注不著其所出书，难可尽信。"〇韦词，孙曰："词字致用。"步瀛案：《旧唐书·韦辞传》曰："字践之。"未知即一人否。《音注》曰："一作嗣宗。"〇沈曰："《因话录》：赞为太常博士。"（卷六）〇《唐六典》卷三十曰："河南少尹二人，从四品下。"

再鸣以文进涂辟。佐三府治蔼厥迹。郎官郡守愈著白。洞然浑朴绝瑕谪。甲子一终反玄宅。茅曰："隽才逸兴。"

□刘曰："韩公文法，劲挺独造，独此篇叙述遗逸，风神略近史公。"〇欧阳永叔墓志多出此种。

孙曰："再鸣谓进士及书判拔萃也。"〇《补注》曰："三府谓鄂岳、江陵、襄府。"案《说文》曰："蔼，臣尽力之美。"《广雅·释训》曰："蔼蔼，盛也。"〇《音注》曰："浑，胡本切。朴一作璞。"案《世说新语·赏誉篇上》曰："王戎目山巨源如璞玉浑金，人皆钦其宝，莫知名其器。"《老子》曰："名言无瑕谪。"《释文》曰："瑕，疵过也；谪，谴责也。"〇韩曰："甲子一终，即志所谓春秋六十是也。《后汉书·马融传》章怀注曰：玄犹幽也。"

试大理评事王君墓志铭

《五百家》注引刘曰："王荆公云，退之善为铭，如王适、张彻铭尤奇也。"（《五百家注》卷首列所引诸家姓名，刘氏凡六人，此未知何属。）

君讳适，姓王氏。好读书，怀奇负气，不肯随人后举选。见功业有道路可指取有，名节可以戾契致，困于无资地，不能自出，乃以干诸公贵人，借助声势。诸公贵人既志得，皆乐熟软媚耳目者，不喜闻生语。一见，辄戒门以绝。上初即位，以四科募天下士，君笑曰："此非吾时邪！"即提所作书，缘道歌吟，趋直言试。既至，对语惊人，不中第，益困。曾曰："以上所如不遇。"

朱曰："取下有字当属上句，言功业可指取而有之，名节可以戾契而致之也。"○方曰："戾，力结切。契，诘结切，字本作奊，《通俗文》曰：奊，多节目谓之奊，奊，《方言》作謑诟。《贾谊传》奊诟亡节。"祝曰："戾契与槷奊字同。《广韵》云，多节目也。"步瀛案：《方言》今无謑诟字。《广雅·释诂》四曰："謑诟，耻也。"《说文·言部》曰："謑，耻也，从言奚声。"（大徐音胡礼切，小徐音亦启反。）重文作謑，曰："謑或从奊。"诟下曰："謑诟，耻也。"《汉书·贾谊传》省謑为奊，颜师古注曰："奊诟谓无志分也。"然与此处戾契义不甚合，似方引《通俗文》为近。（任幼植《小学钩沉》、马竹吾《玉函山房》所辑《通俗文》皆未及此条。）《广韵》十六屑作奊，《说文》无槷字。《玉篇》曰："槷，力结切，奊也；奊，具屑切，顾也"，又与《广韵》不同，疑奊皆后出之讹俗字。《说文》曰："奊，头衺骫奊态也，从矢圭声（音胡结切），奊，头倾也，从矢吉声，读若子（音古屑切）。"盖皆头不正之貌，以喻奇衺不正之行，竦动世俗，亦可以致名节也，似又不惟多节目矣，戾契与奊槷音义相同。○上初即位，《补注》曰："谓宪宗。"○四科，《五百家》注引程曰："元和元年四月，试博通坟典达于教化科，才识兼茂明于体用科，达于吏理可使从政科，军谋宏远堪任将帅科。"（《五百家》列程氏凡三人，此未知何属。）案《唐会要》卷七十六所载元和元年，惟才识兼茂明于体用科，及达于吏治可使从政科，仅两科。而二年四月贤良方正能直言极谏科，牛僧孺等及第；博通坟典达于教化科，冯苞等及第；军谋宏达堪任将帅科，樊宗师及第；达于吏治可使从政科（《云麓漫钞》卷六作详明政术可以理人），萧睦及第（《册府元龟·选举》六同）。是二年四科并举，王适所应为直言，则当在二年也，程说似未核。○《摭言》卷十三曰："王适侍御初举贤良方正直言极谏科，太直见黜，故韩文公志适墓云云。"

久之，闻金吾李将军年少喜士可撼，乃踏门告曰："天下奇男子王适，愿见将军白事。"一见语合意，往来门下。卢从史既节度昭义军，张甚，奴视法度士，欲闻无顾忌大语。有以君生平告者，即遣客钩致。君曰："狂子不足以共事"，立谢客。何曰："此事略见其名节。"汪曰："得此段相形，见其怀奇负气而非狂诗。"李将军由是待益厚，奏为其卫胄曹参军，充引驾仗判官，尽用其言。将军迁帅凤翔，君随往，改试大理评事，摄监察御史，观察判官，栉垢爬痒，民获苏醒。何曰："二句略见其功业。"○曾曰："以上从李将军。"

金吾李将军，樊曰："李惟简。"案《旧唐书·李宝臣传》曰："惟简宝臣第三子，元和初，检校户部尚书左金吾卫大将军，充街使。"案：金吾将军已见《董公行状》注。○踏门，《考异》踏作蹋，《音注》《五百家》，今依方本。○卢从史节度昭义军，已见《平淮西碑》注。○《左》桓六年杜注曰："张，自侈大也。"《释文》曰："张，猪亮反。"○《唐六典》卷二十五曰："左右金吾卫胄曹参军事，正八品下，掌军戎器械及其公廨兴造决罚之事。"○《新唐书·百官志》曰："左右金吾卫判官各二人。"原注曰："引驾仗三卫六十人。"○《旧唐书·宪宗纪》曰：

"元和六年五月庚子,以左金吾卫将军(将军上当有大字》李惟简检校户部尚书凤翔尹陇右节度使。"《地理志》曰:"凤翔陇节度使治凤翔府,管凤翔府陇州。"《新唐书·方镇表》曰:"贞元三年,以凤翔节度使领陇右支度营田观察使。"馀见《平淮西碑》注。○《新唐书·百官志》曰:"大理寺评事,从八品下,掌出使推按,长吏当停务禁锢者,请鱼书以往。"○《新唐书·百官志》曰:"观察使副使、支使判官各一人。"

居岁馀,如有所不乐,一旦载妻子入阌乡南山不顾。中书舍人王涯、独孤郁、吏部郎中张惟素、比部郎中韩愈,日发书问讯,顾不可强起,不即荐。明年九月疾病,舆医京师,其月某日卒,年四十四。十一月某日,即葬京城西南长安县界中。曾祖爽,洪州武宁令。祖微,右卫骑曹参军。父嵩,苏州昆山丞。妻上谷侯氏,处士高女。曾曰:"以上卒葬及家世。"

《汉书·武五子传》曰:"以湖阌乡邪里聚为戾园。"颜注曰:"阌字本从昚,其后转写讹误,遂作门中受耳。"《广韵》二十文:閺音文,曰俗作阌,弘农湖县有閺乡。案:唐河南道虢州阌乡县,今河南阌乡县治。○《旧唐书·王涯传》曰:"涯字广津,太原人。贞元八年进士擢第,登宏辞科。贞元五年,为吏部员外郎。七年,改兵部员外郎,知制诰。九年八月,正拜舍人。"《唐六典》卷九曰:"中书省中书舍人,正五品上,掌侍奉进奏参议表章,凡诏旨制敕及玺书册命,皆按典故起草进画,既下则署而行之。"○《旧唐书·独孤郁传》曰:"郁河南人,(《新唐书》附其父及传,曰:"郁字古风。")贞元十四年登进士第。元和八年,转驾部郎中,复召为翰林学士。九年,以疾辞内职,改秘书少监。"新、旧《唐书·郁传》皆不言郁为中书舍人。○《唐六典》卷二曰:"吏部郎中二人,从五品上,一人掌考天下文吏之班秩品命，一人掌小选。"○韩曰："元和八年三月，以公为比部郎中。"《唐六典》卷六曰："刑部尚书其属有四，一曰刑部，二曰都官，三曰比部，四曰司门。比部郎中一人，从五品上。比部郎中、员外郎，掌司诸司百寮俸科公廨赃赎。"○其月某日卒，樊曰："按上文观之，当是元和九年卒。"○唐京兆府长安县，今陕西长安县治。○《元和郡县志》曰："江南道洪州武宁县上。"《唐六典》三十曰："诸州上县令，从六品上。"案：唐武宁县，今江西武宁县治。○《唐六典》二十四曰："左右卫骑曹参军事，正八品下。"○《新唐书·地理志》：江南道苏州昆山县，注曰望。《唐六典》三十曰："上县丞，从八品下。"案：唐昆山县，今江苏昆山县治。○李习之《故处士侯君墓志》曰："侯高字玄览，上谷人。少为道士，居庐山，号华阳居士，达奚抚为楚州，起摄盱眙，祭酒李公逊刺衢州，请治信安，其观察浙东，又宰于剡。三县皆有政，不幸得心疾，留其子狗儿于翱家，而归庐山，不到，卒江西。其子婿王适使佣吉勉求君所如，值君卒，吉勉以君丧殡于袁州之野，而复于适。适又死，适之妻使吉勉来告于翱，翱以狗儿归适妻，居二年，适妻又死。"《元和郡县志》曰："河北道易州，秦上谷郡，隋大业初，为上谷郡，遥取汉上谷以为名。"《旧唐书·地理志》曰："易州天宝元年改为上谷郡，乾元元年复为易州。"案：馀见《平淮西碑》注。

高固奇士，自方阿衡太师，何曰："亦怀奇。"世莫能用吾言，再试吏，再怒去，何曰："亦负气。"发狂投江水。_{叙侯高事亦与适相映。}初处士将嫁其女，怼曰："吾以龃龉穷，一女怜之，必嫁官人，不以与凡子。"君曰，吾求妇氏久矣，唯此翁可人意。且闻其女贤，不可以失，即谩谓媒妪："吾明经及第，且选，即官人，侯翁女幸嫁，若能令翁许我，请进百金为妪谢。"诺许，白翁，翁曰：

"诚官人邪！取文书来。"君计穷吐实，妪曰："无苦，翁大人，不疑人欺。我得一卷书，粗若告身者，我袖以往，翁见未必取际，幸而听我，行其谋。"翁望见文书衔袖，果信不疑，曰："足矣。"以女与王氏。曾曰："以上取妇之奇。"○何曰："一妻耳，犹谩言官人而乃得之，则何事不困于无资地而不能自出乎！书此以见其穷，所谓微而显也。"○汪曰："《司马相如传》详叙文君事，则此载娶妇事何妨？"又曰："笔高故不类小说。"步瀛案：汪氏笔高之评甚是。今人或谓事有关系者，便不类小说，则殊不然。文君事既如汪所云矣，《史记·外戚世家》窦广国见皇后一段，《汉书·外戚传》赵昭仪闻许美人生子诘成帝一段，皆描写尽致，而顾不类小说，何邪？

自方阿衡、太师，案：谓其比伊、吕也。《诗·长发》曰："实维阿衡。"毛传曰："阿衡，伊尹也。"郑笺曰："阿，倚也。衡，平也。伊尹，汤所依倚而取平，故以为官名。"《诗·大明》曰："维师尚父。"毛传曰："师，太师也。"《左传》襄十四年："王使刘定公赐齐侯命曰：昔伯舅太公右我先王，世胙太师，以表东海。"○《说文》曰："齟齬，齿不相值也。"（从段注订）齟亦作鉏，《广韵》八语曰："鉏齬，不相当也。"又曰："或作鉏铻。"○《广雅·释诂》二曰："谩，欺也。"明经已见《答吕䃢山人》注。○际同视。○衔袖，《考异》曰："袖或作轴。"沈曰："作轴者是，《唐会要》（七十五）元和八年吏部奏请差文武官告，纸轴之色物，六品下朝官，装写大花绫纸及小花绫裹檀木轴。"步瀛案：沈说聊备一解，此应上文，作袖是。

生三子，一男二女，男三岁夭死，长女嫁亳州永城尉姚侹，其季始十岁。以上后嗣。铭曰：

县尉，见《柳子厚墓志铭》注。唐河南道亳州永城县，今河南永城县治。案世彩堂本侹作挺。

鼎也不可以柱车；马也不可使守闾。佩玉长裾，不利走趋。只系其逢，不系巧愚。不谐其须，有衔不祛。钻石埋辞，以列幽墟。

□茅曰："澹宕多奇。"曾曰："以蔡伯喈碑文律之，此等文已失古意。然能者游戏，无所不可；末流效之，乃堕恶趣矣。"〇张廉卿曰："写嫖姚俶傥之概于谲绝奇宕之中，其间翩若惊鸿处，往往使读者洒悚欲绝。"

《广雅·释器》曰："柱，距也。"〇洪曰："《淮南子》：柱不可以摘齿，筐不可以持屋，马不可以服重，牛不可以追速（见《齐俗篇》）。公取此意。"〇《淮南子·氾论篇》曰："楚王之佩玦而逐菟，为走而破其玦也，因佩两玦以为之豫，两玦相触，破乃愈疾。"〇有衔不祛，孙曰："言有所怀不得用也。"沈曰："衔，马勒口。"《广雅·释诂》（三）：祛，开也。《庄子》作胠，司马云，从旁开为胠（《胠箧篇》）。言不合其所需，至衔结而不开。

故幽州节度判官赠给事中清河张君墓志铭

新、旧《唐书》彻事并载《张弘靖传》，（《旧唐书》弘靖附《延赏传》，《新唐书》附《嘉贞传》。）清河，彻族望。《新唐书·世系表》曰："清河东武城张，本出汉留侯裔孙魏太山太守岱，自河内徙清河。"

张君名彻，字某，以进士累官至范阳府监察御史。汪曰："观累官二字，则馀官皆略之，馀事亦略之矣。"长庆元年，今牛宰相为御史中丞，奏君名迹中御史选，诏即以为御史。其府惜不敢留，遣之，而密奏幽州将父子继续，不廷选且久，今新收，臣又始至，孤怯，须强佐乃济。

姚姬传曰:"昌黎盖鄙张弘靖,故没其名,'喑喑以为生'者,盖即谓之邪!"发半道,有诏以君还之。仍迁殿中侍御史,加赐朱衣银鱼。至数日,军乱,怨其府从事,尽杀之而囚其帅,且相约,张御史长者,毋侮辱轹蹙我事,无罪无庸杀,置之帅所。曾曰:"以上在幽州值军乱。"

《新唐书》彻作澈。○祝曰:"彻中进士第在元和四年。"○范阳府即幽州节度使署,已见《送幽州李端公序》注。案唐官制,使府并无专御史官,监察御史隶御史台,彻盖以判官而检校之也。(李君虞佐幽州府而称端公,亦检校御史耳。)下文云诏即以为御史,乃补真,故虽还幽州,仍迁殿中侍御史。说者以为使署有御史,非也。《新唐书·百官志》曰:"节度使判官一人。"○《旧唐书·穆宗纪》曰:"元和十五年十二月己丑,以库部郎中知制诰牛僧孺为御史中丞。"《牛僧孺传》曰:"僧孺字思黯,隋仆射奇章公弘之后。(《隋书·牛弘传》曰:"安定鹑觚人,本姓㩜氏,父允仕魏,赐姓为牛。")长庆二年正月,拜户部侍郎。三年三月,以本官同平章事。"《考异》曰:"陈齐之云,常疑牛僧孺之为人,观此语,则知韩公亦不喜其人矣。然牛宰相三字,或作今宰相牛公,未知孰是。"(何曰:"好恶予夺,固不在此,作今宰相牛公为是。")案御史中丞,已见《董公行状》注。○《旧唐书·穆宗纪》曰:"长庆元年二月己卯,幽州节度使刘総奏,请去位落发为僧,又请分割幽州所管为三道,请支三军赏设钱一百万贯。三月癸丑,以宣武军节度使检校右仆射同平章事,张弘靖为检校司空同平章事兼幽州大都督府长史,充幽州、卢龙军节度使,从刘総所奏故也。"《刘怦传》曰:"怦,幽州昌平人也。朱滔将兵讨田承嗣,奏署怦领留府事。滔卒,三军推怦权抚军府事,朝廷因授怦幽州大都督府长史,兼御史大夫,幽州、卢龙节度副大使,知节度事,管内营田观察,押奚契丹,经略卢龙军使。居位三月，以贞元元年九月卒。子济，继为幽州节度使，济在镇二十馀年，虽输忠款，竟不入觐。总，济之第二子也，性阴贼险谲。元和五年，济奉诏讨王承宗，使长子绲假为副使，领留务。时总为瀛州刺史，济署为行营都兵马使，屯军饶阳，师久无功，总潜伺其隙，与判官张玘、孔目官成国宝及帐内小将为谋，使诈自京至曰：朝廷以相公逗留不进，除副大使为节度使矣。乃追绲，以张玘兄皋代知留务。济自朝至日晏不食，渴索饮，总因寘毒而进之。济死，绲行至涿州，总矫以父命杖杀之，总遂领军务。朝廷不知其事，因授以斧钺。及吴元济就擒，李师道枭首，王承宗忧死，田弘正入镇州，总既无党援，怀惧，每谋自安之计。初总弑逆后，每见父兄为祟甚惨，晚年恐悸尤甚，故请落发为僧，冀以脱祸。乃以判官张皋为留后。总以落发，上表归朝，穆宗授天平军节度使，既闻落发，乃赐紫，号大觉师，总行至易州界暴卒。先是总请分割所理之地，欲以幽、涿、营州为一道，请弘靖理之；瀛州、莫州为一道，请卢士玫理之；平、蓟、妫、檀为一道，请薛平理之，仍籍军中宿将尽荐于阙下，因望朝廷升奖，使幽蓟之人皆有希羡爵禄之意。及疏上，穆宗且欲速得范阳，宰臣崔植、杜元颖又不为久大经略，但欲重弘靖所授而未能省其使局，惟瀛、莫两州许置观察使，其他郡县悉命弘靖统之。时总所荐将校又俱在京师旅舍中，久而不问，如朱克融辈不胜其困。及除弘靖，又命悉还本军，克融辈虽得复归，皆深怀觖望，其后果为叛乱。"○《旧唐书·穆宗纪》曰："长庆元年秋七月甲寅，幽州监军使奏今月十日军乱，囚节度使张弘靖别馆，害判官韦雍、张宗元、崔仲卿、郑塓，军人取朱滔子洄为留后。"《旧唐书·张延赏传》曰："延赏，中书令嘉贞之子。（《新唐书·嘉贞传》曰：本范阳旧姓，高祖子吒，仕隋终河东郡丞，遂家蒲州，为猗氏人。）子弘靖字元理，刘总请求归阙，且请弘靖代，已制加检校司空子章事，充幽州、卢龙等军节度使。弘靖之入幽州也，蓟人无老幼男女，皆夹道而观焉。河朔军帅冒寒暑多与士卒同，无张盖安舆之别。弘靖久富贵，又不知风土，入燕之时，肩舆于三军之中，蓟人颇骇之。弘靖以禄山、思明之乱，始自幽州，（《新唐书·弘靖传》曰："俗谓禄山、思明为二圣。"）欲于事初尽革其俗，乃发禄山墓，毁其棺柩，人尤失望。从事有韦雍、张宗厚（《通鉴》作张宗元，《考异》曰从《实录》。）数辈，复轻肆嗜酒，常夜饮醉归，烛火满街，前后呵叱，蓟人所不习之事。又雍等诟责吏卒，多以反虏名之，谓军士曰：今天下无事，汝辈挽得两石力弓，不如识一丁字。军中以意气自负，深恨之。刘总归朝，以钱一百万贯赐军士，弘靖留二十万贯充军府杂用，蓟人不胜其愤，遂相率以叛，囚弘靖于蓟门馆，执韦雍、张宗厚辈数人皆杀之。"《通鉴·唐纪》五十八曰："长庆元年秋七月甲辰，韦雍出，逢小将策马冲其前道，雍命曳下，欲于街中杖之，河朔军士不贯受杖，不服，雍以白弘靖，弘靖命军虞候系治之。是夕士卒连营呼噪作乱，将校不能制，遂入府舍，掠弘靖货财妇女，囚弘靖于蓟门馆。"胡注曰："蓟门馆，幽州驿馆也。"○《汉书·酷吏传》颜注曰："栎，谓陵践也，音来的反。"○无罪，《考异》无此二字，方本及《音注》《五百家》皆有，吴先生校韩文据增。

居月馀，闻有中贵人自京师至。君谓其帅，公无负此土人，上使至，可因请见自辨，幸得脱免归，即推门求出。守者以告其魁，魁与其徒皆骇曰："必张御史。张御史忠义，必为其帅告此馀人，不如迁之别馆。"即与众出君，君出门，骂众曰："汝何敢反！前日吴元济斩东市，昨日李师道斩于军中，同恶者父母妻子皆屠死，肉餧狗鼠鸥鸭，汝何敢反！汝何敢反！"或曰："著语极有精神"行且骂，众畏恶其言，不忍闻，且虞生变，即击君以死。君抵死口不绝骂，众皆曰：义士义士！或收瘗之以俟。曾曰："以上遇害。"

《史记·李将军传》曰："天子使中贵人从广。"《集解》引《汉书音义》曰："内官之幸贵者。"○姚曰："馀人非畔者党也，恐以其言动之上。○吴元济斩东市，见《平淮西碑》注。○李师道斩于军中，见《许国公神道碑》注。○肉餧狗鼠鸱鸭，樊曰："新史书彻事，大抵出公此志，其所书骂贼语，凡削六字、改一字。笔削固史氏事，然而改餧为饱，则不若公语，且有来处，此前汉陈馀所谓以肉餧虎也。"（《汉书·张耳陈馀传》）步瀛案：《新唐书》削昨日字、于字、皆屠死字，共六字。○《旧唐书》弘靖传曰："续有张彻者，自远使回，军人以其无过，不欲加害，将引置馆中。彻不知其心，遂索弘靖所在，大骂军人，亦为乱兵所杀，与墓志不合。"《通鉴考异》卷二十引《实录》曰："彻到职才数日，军人不之杀，与弘靖同馆处之。后数日，军人恐彻与弘靖为谋，将移之它所。彻自疑就戮，因抗声大骂，复遇害。又引《旧唐书》传及墓志而断之曰：据《旧传》，彻以弘靖囚时被杀，《实录》云后数日，墓志云居月馀，三书各不同。按此月丁巳，弘靖已贬官，月馀则离幽州，今从《实录》参以墓志。"步瀛案：《新唐书·弘靖传》依墓志而删居月馀字，且叙于军中以朱克融主留后之前，是宋子京之意，殆与司马温公同，而《通鉴》叙于众奉克融之后，（《通鉴》曰："明日军士稍稍自悔，悉诣馆谢弘靖，请改心事之，凡三请，弘靖不应。军士乃相谓曰：相公不言，是不赦吾曹，军中岂可一日无帅？乃相与迎旧将朱洄，奉以为留后。洄，克融之父也，自辞老病，请使克融，众从之。"以下始叙彻事。《新唐书·弘靖传》，则于杀彻后，乃云数日吏卒稍自悔，诣馆谢弘靖云云。）似为得之。然温公谓月馀则离幽州，亦误。《旧唐书·穆宗纪》曰："长庆元年七月丁巳，贬张弘靖为太子宾客分司（《新唐书·弘靖传》有"东都"二字），己未，再贬弘靖为吉州刺史。二年二月甲子，以前吉州刺史张弘靖为抚州刺史。弘靖初贬官尚在幽州，拘留半岁，克融授节（元年十二月乙酉），始得还，故有是命。"《新唐书·弘靖传》亦曰，明年出幽州，皆可证，当以墓志为是。

事闻，天子壮之，赠给事中。其友侯云长佐郓使，请于其帅马仆射，为之选于军中，得故与君相知张恭、李元宝者，使以币请之范阳。范阳人义而归之，以闻。诏所在给船轝，传归其家，赐钱物以葬。长庆四年四月某日，其妻子以君之丧，葬于某州某所。曾曰："以上归葬。"

《唐六典》卷八曰："门下省给事中四人，正五品上。"○侯云长贞元十八年进士登第，已见《答李翊书》注。○马仆射，《新唐书·马总传》曰："李师道平，析郓、曹、濮等为一道，除总节度，赐号天平军。长庆二年，检校尚书左仆射。"（案：下云总卒，赠右仆射，疑左右字互误，《旧唐书》总传亦同。）馀见《平淮西碑》注。○轝、舆字同。○《左》成四年杜注曰："传，驿也。"《史记·卫将军》《索隐》曰："传犹转也。"○长庆四年，方曰："旧本或作二年，或作三年。按郓帅，马总也，总以二年秋迁右仆射，明年夏召还，当作二年或三年也。"朱曰："方说虽如此，而其所定之本却作四年，今姑从之。盖或丧归逾年，马既召还，乃克葬也。"

君弟复，亦进士，佐汴宋，得疾，变易丧心，惊惑不常。君得间，即自视衣褥薄厚，节时其饮食，而匕箸进养之，禁其家无敢高语出声，医饵之药，其物多空青、雄黄诸奇怪物，剂钱至十数万，营治勤剧，皆自君手，不假之人。家贫，妻子常有饥色。曾曰："以上内行。"

孙曰："元和元年，复中进士。案徐星伯《登科记考》卷十六引《幽闲鼓吹》：元稹在鄂州，张复为从事云云。今检顾氏《文房小说》本、《宝颜堂秘笈·普集》本皆作周复，恐徐引误。"○节时其饮食，《庄子·人间世篇》曰："时其饥饱。"○严曰："空青，山出铜处，铜精熏则生空青，腹中空如杨梅者胜。雄黄出武都山，块方数寸，明澈如鸡冠者佳。"案：严说本《本草图经》《类证本草》卷三四引之。又引《日华子》曰："空青大者如鸡子，小者如相思子，其青厚如荔支，壳内有浆酸甜，能点多年青盲内障瞖膜，养精气。"又曰："雄黄微毒，治疥癣风邪癫痫岚障，一切蛇虫犬兽伤咬。"又载掌禹锡等引吴普曰："雄黄神农苦，山阴有丹，雄黄生山之阳，故曰雄，是丹之雄，所以名雄黄也。"

祖某，某官；父某，某官。妻韩氏，礼部郎中某之孙，汴州开封尉某之女，于余为叔父孙女。君常从余学，选于诸生而嫁与之。孝顺祗修，群女效其所为。男若干人曰某，女子曰某。曾曰："以上家世。"铭曰：

《音注》《五百家》作祖践某官，父休某官。○妻韩氏，礼部郎中某某孙。祝曰："云卿之孙。"案：云卿，退之之叔父，已见前。《唐六典》卷四曰："礼部郎中一人，从五品上。"馀见《柳子厚墓志铭》注。○汴州开封尉某之女，祝曰："俞之女。"案《新唐书·世系表》曰："俞，开封令。"《年谱》曰："公志周况妻韩氏云，俞，开封尉，卓越豪纵，不治资业。唐史误云开封令，婿张彻及况也。"○为叔父孙女，案《年谱》，愈祖叡素子四人，仲卿、少卿、云卿、绅卿，仲卿子三人，会、介、愈；云卿子二人，俞、弇。《世系表》叡素子晋卿、季卿、子卿、仲卿、云卿、绅卿、仲卿，云卿子不列弇，皆非是。洪曰："公志从兄岌曰，安定桓王五世孙叡素为桂州刺史，化行南方，有子四人，最季曰绅卿。李太白《武昌碑》云，考叡素，朝散大夫桂州都督府长史，君乃长史之元子也。少卿当涂丞，云卿监察御史，绅卿高邮尉。新史韩氏世系，无少卿而有晋卿、季卿、子卿、升卿，凡七子，盖误矣。"

　　呜呼彻也。世慕顾以行，子揭揭也。噎暗以为生，子独割也。为彼不清，作玉雪也。仁义以为兵，用不缺折也。知死不失名，得猛厉也。自申于暗明，莫之夺也。我铭以贞之，不肖者之咀也。

　　□刘曰："于骂叛辛及视弟疾二事摹写生色。"○张曰："介甫论韩文，惟王适、张彻墓志最奇。王文叙事立意间架，实从此二篇化出，而未能自然，所以未及退之也。"

　　沈曰："《说文》：揭，高举也。言世人皆顾望趋舍，子独高举其义。"○《诗·黍离》孔疏曰："噎者，咽喉闭塞之名。"○沈曰："《周礼·宫正》职纠禁，注：纠犹割也，察也，则纠治不阿，谓彻之当官。"徐行可曰："割字当与上噎暗字对文，《韩非·扬权篇上》：操度量以割其下；《说难篇》：明割利害以致其功；《解老篇》：理定而物易割也；《论衡·自纪篇》：入为治中，材小任大，职在刺割，皆是。张官监察，刺举正其所职，故云割也。"○陈少章曰："按张平子《灵宪》中论日之明云：由明瞻暗，暗还自夺。韩子语似本此。"吴先生曰："《灵宪》谓繇暗视明，明无所屈，是以望之若大；繇明视明，明遥自夺，故望之若小。公盖镕此数语成文。"又曰："明字句绝，《考异》谓暗明互倒及暗字绝句，并非。"○《周易集解·乾文言》引何妥曰："贞，信也。"○玄应《一切经音义》卷一引《韵集》曰："咀哒，语不正也。"《广韵》十二曷："咀，相呵，当割切。"（徐行可曰："颜延年《庭诰》：妲语以敌要义，咀乃诞之后出字，妲为诞之通借字。诞俗体作讕，声形皆相通转，则铭中咀字或亦本之颜

《诰》也。贾子反必为咀，亦诞之借字。"○方曰："此铭以彻揭割雪折厉夺咀为韵，而行生清兵名暗贞复自为韵，厉音烈，暗当读如谅暗之暗。"朱曰："方说多得之，此铭盖法《兔罝》《鱼丽》等诗，隔句用韵耳。诗隔句用韵，先儒所未知，观公此铭，则既识之矣。但暗明二字乙之则韵自叶，而义亦胜。若如方说则虽读暗作鹖，韵终不叶，而义亦不通也。"步瀛案：暗不得与行生清等为韵，朱说是也。然欲乙暗明字，盖以明句绝，暗字属下句耳，不知暗明二字连读也。如云行生清兵名明贞，复自为韵则合矣。

南阳樊绍述墓志铭

绍述名宗师，《新唐书》附其父泽传。泽，河中人，此云南阳者，盖其族望也。《元和姓纂》卷四曰："周太王子虞仲支孙为周卿士，食采于樊，因命氏，今河内阳樊是也。周有樊穆仲字山甫，樊仲皮、樊齐并其后，樊齐之后，汉有舞阳侯樊哙，曾孙嘉为南阳太守，因家焉。"○樊曰："绍述作《绛守居园池记》，乃长庆三年五月十七日，而公卒以四年十二月，则此志疑在长庆三四年间。"王宋贤曰："按绍述卒官绛州，志言绛人至今感其德，则此志必在卒后之年，当属长庆四年。"○欧阳永叔《论尹师鲁墓志》曰："修见韩退之与孟郊联句，颇似孟郊；与樊宗师作志，便似樊文。"(《外集》卷二十三)《后山诗话》卷二曰："欧阳公谓退之为樊宗师志，便似樊文，其始出于司马子长为长卿传如其文，惟其过之，故兼之也。"步瀛案：退之固能兼绍述，子长未必遂能兼长卿，且《司马相如传》盖即本长卿之自叙，与《汉书·杨雄传》即本子云之自叙同。《隋书·儒林·刘炫传》，炫自为赞曰："通人司马相如、杨子云、马季长、郑康成等皆自叙风徽，传芳来叶。"《史通·序传篇》曰："司马相如始以自叙为传。"皆其证也。又案《国史补》卷下曰:"元和已后为文笔,则学奇诡于韩愈,学苦涩于樊宗师。"欧阳永叔《集古录跋尾》卷九曰:"《绛守居园池记》,唐樊宗师撰。元和之际,文章之盛极矣。其怪奇至于如此。"又《题绛守居园池诗》曰:"尝闻绍述绛守居,偶来览登周四隅。异哉樊子怪可吁,心欲独出无古初。穷荒探幽入有无,一语诘曲百盘纡。孰云已出不剽袭?句断欲学《盘庚书》。"(《居士集》卷二)洪曰:"退之作樊墓志,称其为文不剽袭,观《绛守居园池记》诚然,然亦太奇涩矣。本朝王晟、刘忱皆为之注解,如'瑶翻碧潋、罴眼倾耳'等语,皆前人所未道也。"《邵氏闻见后录》卷十四曰:"樊宗师之文怪矣,退之但取其不相袭而已,其评曰:多乎哉,古未有也。又曰:然而必出于己,不袭蹈前人一言一句,又何其难也?又曰:绍述于斯术,可谓至于斯极者矣。曰未有,曰难,曰极,特取其不相袭耳,不直以为美也。故其铭曰:'惟古于词必己出,降而不能乃剽贼,后皆指前公相袭,从汉迄今用一律'。盖斥班固而下相袭者。退之于文吝许可如此。"步瀛案:退之于同时之人论文多所推奖,如李元宾、欧阳行周皆然,不独樊绍述也。或以《绛守居》《越王楼》二文皆艰涩几难句读,疑铭词所谓文从字顺者,为反讥之词,则不然。今人所见者止此二篇,安知其他文不有精粹者邪?退之推奖从厚则有之,必非加以讥诮。邵公济以为吝许可,亦未甚确。○储同人曰:"公志文壹题官阀,惟李元宾、柳子厚、樊绍述称字,亲之也。施士匄、孟陈野称先生,尊之也。"

樊绍述既卒,且葬,愈将铭之,从其家求书,_{方望溪曰:"樊文士也,故首举所著书。"}得书号《魁纪公》者三十卷,曰《樊子》者又三十卷,《春秋集传》十五卷,表笺状策书序传记纪志说论今文赞铭凡二百九十一篇,道路所遇及器物门里杂铭二百二十，赋十，诗七百又十九，曰：多矣哉，古未尝有也。然而必出于己，不袭蹈前人一言一句，又何其难也？曾曰："退之言属文，皆亲切有味。"必出入仁义，汪曰："修词之本。"其富若生蓄，万物必具，海含地负，放恣横从，无所统纪，然而不烦于绳削而自合也。呜呼！绍述于斯术，其可谓至于斯极者矣。曾曰："以上著作之多。"

　　沈曰："《新唐书·艺文志》收《魁纪》入杂家。"步瀛案：《新唐书·艺文志》《樊子》亦入杂家。○樊曰："今以《艺文志》考之，皆有其目，独铭赋诗亡焉，所谓表笺状策等文，凡二百九十一篇，曰《樊宗师集》二百九十一卷数同，而以卷为篇，疑志之字误也。"沈曰："今仅传《绛守居园池记》《绵州越王楼诗并序》，《宋史·艺文志》《樊宗师集》，仅存一卷。案《旧唐书·经籍志》阙开元以后别集，恐《新唐书·艺文志》据此碑而误也。"步瀛案：汉人所著之文，皆曰若干篇，不曰若干卷，盖退之意亦然。《新唐书·艺文志》误以篇为卷耳。沈说是也。○地负，《补注》曰："负，载也。"○《诗·南山》：衡从其亩。《释文》曰："衡一作横。从，足容反。"案：从、纵字通。○绳削，案：绳以正曲，削以去繁。

　　生而其家贵富，长而不有其藏一钱，妻子告不足，顾且笑曰：我道盖是也。汪曰："叙其性情，亦与文词相关合，盖其文词必出入仁义也。"皆应曰然，无不意满。尝以金部郎中告哀南方还，言某师不治，罢之，以此出为绵州刺史。一年，征拜左司郎中，又出刺绛州。绵、绛之人至今皆曰于我有德。汪曰："吏治只虚虚带过，亦与仁义关合。"以为谏议大夫。命且下，遂病以卒，年若干。曾曰：

"以上居家居官。"

《新唐书·宗师传》曰："始宗师家饶于财，悉散施姻旧宾客，妻子告不给，宗师笑不答。"我道盖是也，孙曰："言盖如是也。"○退之《荐樊宗师状》曰："孝友忠信，称于宗族朋友，可以厚风俗；勤于艺学，多所通解，议论平正有经据，可以备顾问；谨洁和敏，持身甚苦，遇物仁恕，有材有识，可任以事。"此志皆从略。○樊曰："元和十五年正月，宪宗崩，宗师以金部郎中告哀南方。"案：金部郎中已见《董公行状》注。○某师，《考异》曰："师或作帅。"案《五百家本》作帅。○唐剑南道绵州治巴西县，今四川绵阳县治。○左司郎中，已见《董公行状》注。○唐河东道绛州治正平县，今山西新绛县治。○《唐六典》卷八曰："门下省谏议大夫四人，正五品上，掌侍从赞相，规谏讽谕。"○案：绍述出身、历官，此亦从略。《新唐书·绍述传》曰："始为国子主簿，元和三年，擢军谋宏远科，授著作佐郎。"据退之《与郑相公（馀庆）书》，称'太子舍人樊宗师，此持服在东都'，《与袁相公（滋）书》，称'朝议郎前太子舍人樊宗师'，是绍述尝为太子舍人也。荐状题为摄山南西道节度副使朝议郎前检校水部员外部兼殿中御史赐绯鱼袋樊宗师，皆为金部郎中以前所历官也。

绍述讳宗师，父讳泽，尝帅襄阳、江陵，官至右仆射，赠某官。祖某官，讳泳，汪曰："止载二代，逆叙。"**自祖及绍述，**汪曰："顺说下。"**三世皆以军谋堪将帅策上第以进。**汪曰："与文学相激射。"曾曰："以上家世。"

《旧唐书·德宗纪》曰："兴元元年春正月丙申，以山南东道行军司马樊泽为襄州刺史、山南东道节度使。贞元三年五月闰月癸亥，以山南东道节度使樊泽为江陵尹、荆南节度使。八年（当有三月字，元脱，见《曹成王碑》注。孙以为二月，非是。）丙子，以荆南节度使樊泽为襄州刺史、山南东道节度使。十四年九月己酉，山南东道节度使检校尚书右仆射襄州刺史樊泽卒。"《樊泽传》曰："泽字安时，河中人也。建中元年，举贤良对策，礼部侍郎于邵厚遇之，为山南东道行军司马，寻代贾耽为襄州刺史，兼御史大夫，山南东道节度观察使。三年，代张伯仪为荆南节度观察使，江陵尹，兼御史大夫。三岁，加检校礼部尚书。会襄州节度曹王皋卒于镇，军中剽劫扰乱，以泽威惠素著于襄、汉，复代曹王皋为襄州刺史、山南东道节度使。十二年，加检校右仆射，卒赠司空。"○《旧唐书·樊泽传》曰："父咏，开元中举草泽，授试大理评事，累赠兵部尚书。"案：咏字与此作泳异。○孙曰："开元中泳举草泽科；建中元年，泽举贤良方正直言极谏科；元和三年四月，宗师举军谋宏远堪任将帅科。"沈曰："《册府元龟》（《贡举部》）开元十五年武足安边科，郑昉、樊衡及第。是绍述之祖与绍述同科，传以为草泽科，误也。传与此志同云讳泳（传作咏），而《册府元龟》《唐会要》（七十六）并作衡，或后来改名泳也。志以樊泽三世同科，传云泽中贤良方正科，亦误。"步瀛案：沈据此志以订《旧唐书》之误，然《新唐书》泽传亦云泽举贤良方正，宋子京多从韩、柳文，而此仍同《旧唐书》泽传，当有所据。沈以泳为樊衡改名，亦武断。据崔颢《荐樊衡书》，谓衡相州人，与泳恐非一人也。

绍述无所不学，于辞于声天得也。汪曰："以知乐结，仍就文辞贯出。"在众若无能者，尝与观乐，问曰：何如？曰：后当然，已而果然。曾曰："以上知音。"又曰："若叙知声如叙其于辞，则冗长不警拔矣。"铭曰：

于声，《补注》曰："声，乐也，下言观乐是已。"

惟古于词必已出。降而不能乃剽贼。后皆指前公相袭。从汉迄今用一律。寥寥久哉莫觉属。神徂圣伏道绝塞。既极乃通发绍述。文从字顺各识职。有欲求之此其蹢。

　　□方望溪曰："守官以一语括之，盖志以文为主，详其行身治官，则于首尾不称。樊文甚奇，恐世无识，故并举其辞与声之学，以其于声有独得，证其于词无可疑耳。章法与《蓝田县丞厅壁记》同。"○刘曰。"绍述非真能文者，公特与其交好，又与己'务去陈言'之意相合，以著词必己出之宗尔。"（此与《闻见后录》意同。）

　　《汉书·江充传》颜注曰："剽，劫也，音烦妙反。"○公相袭，孙曰："公然相袭"。○《尔雅·释诂》曰："徂，往也。"○文从，《礼记·乐记》郑注曰："从，顺也。"○《汉书·叙传》颜注曰："蹢，迹也。"

贞曜先生墓志铭

　　韩曰："先生，孟郊也，湖州武康人，以诗名。唐人谓'孟诗韩笔'，故公志及铭，皆以诗称之。"《援鹑堂笔记》卷四十二曰："按昌黎《与杨生书》（集生作子）称平昌孟东野，《唐志》德州有平昌县（今山东德平县治），志中称同姓简，于世次为叔父，检《孟简传》，《旧唐书》平昌人，《新唐书》德州平昌人。"步瀛案：李习之《荐所知于徐州张仆射书》及《侯高墓志》，皆云平昌孟郊，新、旧《唐书·孟郊传》皆云武康（今属浙江）人。《唐才子传》卷五云，洛阳人。盖平昌其族望，武康后来所居，志称鄪、郢皆在江南，唐武康属湖州，湖州隶江南道也，洛阳其先世所居，志又云葬之洛阳东其先人墓左，是也。

　　唐元和九年岁在甲午，八月己亥，汪曰："冠以唐字，又书岁在甲午，繁而不杀，见贞曜为唐一代人物。"贞曜先生孟氏卒，无子，其配郑氏以告。汪曰："即在此叙其子及其妻之姓。"愈走位哭，且召张籍会哭。汪曰："随手伏张籍。"明日，使以钱如东都供葬事，诸尝与往来者，咸来哭弔韩氏。遂以书告兴元尹故相馀庆。闰月，樊宗师使来弔，告葬期，征铭。愈哭曰："呜呼，吾尚忍铭吾友也夫！"兴元人以币如孟氏赗，且来商家事。樊子使来速铭曰："不则无以掩诸幽。"乃序而铭之。曾曰："以上叙弔赗杂事。"

愈走位哭，孙曰："当作愈赴位哭，谓为位以祭而哭也。"沈文起曰："《奔丧》注引逸《奔丧礼》曰：哭朋友于寝门外，壹哭而已，不踊。疏云，本是无服，故但哭，不为位。案韩、孟交谊，比于朋友，同在他邦，袒免，故为位哭，亦为有来弔者与叙亲疏也。"步瀛案《韩子年谱》：元和八年春，守尚书比部郎中，史馆修撰，至九年，始改考功郎中。○咸来哭弔韩氏，《礼记·檀弓上》曰："伯高死于卫，赴于孔子，孔子曰：夫由赐也见我，吾哭诸赐氏，遂命子贡为之主。"方望溪、何义门、王宋贤皆引此以证，得东野赴后，退之为主，尝与往来者，咸哭弔于韩氏也。旧读哭弔句绝，非是。○《旧唐书·宪宗纪》曰："元和九年三月辛酉，以太子少傅郑馀庆检校右仆射，兴元尹，山南西道节度使。"又《郑馀庆传》曰："馀庆字居业，荥阳人。"《元和郡县志》曰："山南道兴元府，山南西道节度使理所。"案：唐兴元府治南郑县，已见《董公行状》注。郑馀庆贞元十四年七月，永贞元年八月，皆尝为同中书门下平章事，故曰故相。○闰月，《补注》曰："是岁闰八月。"祝曰："时宗师自太子舍人持母丧在东都。"《补注》曰："来弔，弔公也。"案：已见上《南阳樊绍述墓志铭》及注。○孙曰："馀庆给钱数万，送赗给其家。赗助也，所以赠终。"○《补注》曰："家事谓孟郊家事。公集有《与郑馀庆书》云再奉示问,皆缘孟家事。又云樊宗师在东都,经营孟家事,不啻如己,其言大抵与此志合。"

先生讳郊,字东野。父庭玢,娶裴氏女,而选为昆山尉。生先生及二季酆、郢而卒。先生生六七年,端序则见,长而愈骞,涵而揉之,内外完好,色夷气清,可畏而亲。及其为诗,汪曰:"以昌其诗作主。"刿目钅术心,刃迎缕解,钩章棘句,掐擢胃肾,神施鬼设,间见层出。唯其大玩于词,而与世抹摋,人皆劫劫,我独有馀。曾曰:"以上叙其人与诗。"

《广韵》十七真:玢音彬。○昆山尉见《王君墓志铭》注。○先生生六七年,《补注》曰:"天宝十年郊生。"○骞、鶱字通。《说文》曰:"鶱,飞貌。"《广雅·释训》曰:"鶱,鶱飞也。"○《诗·草虫》郑笺曰:"夷,平也。"○《礼记·聘义》郑注曰:"刿,伤也。"《释文》曰:"刿音九卫反。《字林》云利也。"《说文》曰:"钅术,綦针也。"《管子·轻重乙》曰:"一女必有一刀一锥、一针一钅术。"尹注曰:"钅术,时橘切,长针也。"案:此取针刺之义。○《说文》曰:"掐,掐也,从手舀声。《周书》曰:师乃掐。(段曰:《尚书·大誓》文,《尚书大传》师乃慆,郑云慆,喜也,此今文《大誓》也;许所称作师乃掐,此古文《大誓》也。)掐者,拔(段据《诗·清人》《释文》引改擂。)兵刃以习击刺也。《诗》曰:左旋右擂。"(今《诗·清人》作抽。)大徐音土刀切。《说文》曰:"擢,掐也。"《方言》三曰:"擢,拔也。"○间音古苋切。○方曰:"《字林》:抹摋,埽灭也。《汉书·谷永传》:"末杀灾异。"步瀛案:颜师古注曰:"末杀,埽灭也。"《释名·释姿容》曰:"摩挲犹末杀也,手上下之言也。"此言东野专心诗词,而埽却世之名利,故其为诗沛然有馀力也。○沈曰:"《荀子解蔽》注:劫,追也。"

有以后时开先生者，曰：吾既挤而与之矣，其犹足存邪？汪曰："就昌其诗申出维执不狝，以引其卒不施。"年几五十，汪曰："以下叙其出处，是出不訾、卒不施处。"始以尊夫人之命，来集京师，从进士试。既得即去。间四年，又以命来，选为溧阳尉，迎侍溧上。去尉二年，而故相郑公尹河南，汪曰："郑公前书名，此书姓。"奏为水陆转运从事，试协律郎，亲拜其母于门内。母卒五年，而郑公以节领兴元军，奏为其军参谋，试大理评事。曾曰："以上科第官阶。"

有以后时开先生者，谓劝其及时而取功名也。〇《淮南·兵略篇》许注曰："挤，排也。"（《广雅·释诂》三曰，排，推也。）谓功名之事，吾既推而让人矣，其犹足存于心邪？挤而与之，即上所谓"与世抹搬"也。〇樊曰："贞元十二年吕渭知举，郊登第，年五十四。"《唐才子传》曰："孟郊贞元十二年李程榜进士。"〇间四年，王宋贤曰："谓登第后中隔十三至十六，四年不入京，其选溧阳，实在贞元十七年也。"〇又以命来，《考异》无以字，曰：或有以字。案：今从吴先生校增。〇《元和郡县志》：江南道宣州溧阳县，注曰：紧。《新唐书·地理志》："江南道升州溧阳县，上元元年隶升州，州废，（上元二年废，光启三年复。）还隶宣州。"案：贞元中升州未复，溧阳属宣州也。唐溧阳县今江苏溧阳县治。《唐六典》卷三十曰："上县尉二人，从九品下。"〇孙曰："溧阳有投金濑，平陵城，林薄蒙翳，下有积水，郊间往坐水旁，裴回赋诗，而曹务多废，令白府以假尉代之，分其半俸。"〇孙曰："元和元年十一月，以郑馀庆为河南尹，水陆转运使。李翱分司洛中，与郊善，荐之馀庆，以为判官。"《唐六典》卷三十曰："京兆、河南、太原尹一人，从三品。"《百官志》曰："掌宣德化，岁巡属县，观风俗，录囚，恤鳏寡。"《文献通考·职官》十五曰："唐先天二年李杰始为水陆发运使，盖使名之起。开元二十一年，裴耀卿以侍中充江南淮南转运使，而崔希逸、萧旻为副，盖副使始此。天宝中，以韦坚充勾当转运使，第五琦充诸色转运使，刘晏充诸路转运使，其后韩滉、杜佑、杜让能、崔昭纬，皆以宰相充使，而诸道分置巡院，皆统于此。"案：唐代转运使大略具此，以非品官，故官制中皆不列也。○转运，《音注》《五百家》皆无转字。《考异》曰："或有转字。"今从吴先生校增。○恊、协字通。《唐六典》卷十四曰："太常寺协律郎，正八品，掌和六律六吕，以辨四时之气，八风五音之节。"○亲拜其母于门内，何曰："此郑拜孟母耳，拜从事母，真盛德事。"○王宋贤曰："郊母以四年正月卒，见李翱《来南录》。至九年三月馀庆尹兴元，适五年矣。"○兴元已见上注。樊曰："郊有诗谢馀庆云：国老出为将，红旗入青山。再招门下生，结束余病孱。自笑骑马丑，强从驰驱间。倾倾摩天路，袅袅镜下颜。文魄既飞越，官情谁等闲。羡他白面少，多是清朝班。惜命非所报，惯行诚独艰。悠悠去住心，两说何能删。"

挈其妻行，之兴元，次于阌乡，暴疾卒，年六十四。买棺以敛，以二人舆归。酅、郢皆在江南。十月庚申，樊子合凡赠赙，而葬之洛阳东，其先人墓左，以馀财附其家而供祀。将葬，张籍曰："先生揭德振华，于古有光。贤者故事有易名，况士哉？如曰贞曜先生，则姓名字行有载，不待讲说而明。"皆曰然，遂用之。曾曰："以上死葬私谥。"

阌乡见《王君墓志铭》注。○以二人舆归，王宋贤曰："谓归东都，盖旧为河南从事，寓家于此。"○《补注》曰："酅、郢家湖州武康县。"○《明一统志》曰："河南河南府，孟郊墓在府城东北。"《清一统志》曰："墓在洛阳县东。"○易名，见梁敬之

《代太常答苏端谥议》。《援鹑堂笔记》曰："按贤者虽无位于时，尚有私谥，而东野以进士从事幕府得官，盖亦士之列矣，语意或如此。"○朱曰："待或作从。"

初，先生所与俱学同姓简，于世次为叔父，由给事中观察浙东。曰："生吾不能举，死吾知恤其家。"曾曰："补叙孟简。"○吴曰："意颇讥刺孟简，而反用其语出之，斯为微妙。"铭曰：

沈曰："《尔雅·释亲族》，晜弟之子相谓为亲同姓。按郊与孟简同出平昌望。"步瀛案：孟简已见《与孟尚书书》注。○《旧唐书·宪宗纪》曰："元和九年九月戊戌，以给事中孟简为越州刺史，浙东观察使。"

於戏贞曜，维执不猗。维出不訾。维卒不施。以昌其诗。

□方曰："于当官无一语赞美，位卑职散，不足言也。"又曰："此篇前后载朋友哀戚赗恤，中间志其高才而穷，故末用闲语总结。"○沈确士曰："句削字炼，此公极用意文。"

《诗·节南山》郑注曰："猗，倚也。"《齐语》韦注曰："訾，量也。"何义门《读书记·昌黎集》卷四曰："执不猗，言其进之难；出不訾，言其文之盛也。上言贞，下言曜也。"吴北江曰："此言其才智所出不可量也，然卒不施，则以昌其诗而已矣。"

殿中少监马君墓志铭

《音注》《五百家》，殿上有唐故二字，志下无铭字。《考异》曰："或有铭字。"案：《正宗》作《马少监墓志铭》；《文编》《文钞》《类纂》《杂钞》皆有铭字。姚姬传曰："古者书旌枢前，即谓之铭，故不必有韵之文始可称铭。"步瀛案：《仪礼·士丧礼》曰："为铭各以其物，亡则以缁，长半幅，经末，长终幅，广三寸，书铭于末，(《周礼·春官·小祝》郑司农引书铭作书名。)曰某氏某之柩。"(郑注曰："铭，明旌也，杂帛为物，大夫士之所建也。亡，无也，无旌不命之士也。半幅一尺，终幅二尺。在棺为柩。")《周礼·春官》：小祝置铭。注引郑司农曰："铭，书死者名于旌，今谓之柩。"(贾疏曰："铭所以表柩，故汉时谓铭为柩。")《礼记·檀弓下》曰："铭，明旌也，以死者为不可别已，故以其旗识之。(据《释文》本《士丧礼》郑注、《小祝》杜子春注引并复识字。卢召弓曰："识古帜字，亦旗类。上识字是帜，下识字乃记也。")爱之斯录之矣，敬之斯尽其道焉耳。"姚谓书旌柩前，即谓之铭，本此。黄梨洲(宗羲)《金石要例》曰："墓志而无铭者，盖叙事即铭也。昌黎《张圆之志》云，叙次其族世名字事始终而铭曰云云，盖所谓志铭者，通一篇而言之，非以叙事属志，韵语属铭。犹如作赋者末有重曰乱曰，揔之是赋，不可谓重是重、乱是乱也。故无铭者，犹赋之无重无乱者也。"《援鹑堂笔记》卷四十四曰："志止是立石为辞以志之，铭即志耳，故或称志铭，或称铭志。刘显卒，友人刘之遴启皇太子为之铭志。今《梁书》载其辞，观前人石刻墓铭，有'有序'二字以目其散文，《文选》谢朓《和伏武昌诗》善注引徐勉《伏曼容墓志序》云云是也。若后无韵语，则即散文亦可谓之志。唐宋诸公集皆有之。若有韵语，前当谓之序，欧公论《尹师鲁墓志铭》云，志言云云，铭言云云，是以志、铭分为二，以序独为志，盖是误也。《北史·叙传》言李行之口授墓志以纪，其志云云，下又云乃为铭曰云云，所谓'其志'者，兼目下序及铭辞，非以志、铭为二，如欧公意也。"(姚姬传《类篆》叙目谓为之铭者，所以志之之辞也。然恐人观之不详，故又为序。世或分志、铭二之，独呼前序曰志者，失其义。盖自欧阳公不能辨矣。语即本此。)梁曜北(玉绳)《志铭广例》卷一曰："墓石之文，分言之则前序为志，韵语为铭。通言之则志即是铭，铭即是志。汉《闻熹长韩仁铭》乃令牒无韵语，而谓之铭。韩文公《法曹张君志铭》叙次其族世名字事始终，别无铭辞，而曰是为铭。《虞部张季友》《考功卢东美》《襄阳卢丞》《司法李楚金》《博士李于》诸篇皆然。陈了斋《邹公埋铭序》而无铭，惟结以'某官陈某叙次'一语，叶适《水心集·媛女瘗铭》，只叙其病夭卒葬，结以'龙泉叶某记'一语，是志即铭也。《柳河东集》中诸志皆有铭辞，而题止称志。白香山《范阳张公仲方墓志》亦然。《文选》任彦升《刘先生夫人墓志》无志但铭，而题独称志，苏文忠《李太师墓志》《朱亥墓志》亦然，是铭即志也。"

君讳继祖，汪曰："不书姓，亦不书字。"司徒赠太师北平庄武王之孙，娄迂斋曰："尊之不书讳。又名字显，人所皆知。"少府监赠太子少傅讳畅之子。汪曰："叙父祖乃志文之常，此却即为通篇之案。"生四岁，以门功拜太子舍人。积三十四年，五转而至殿中少监。茅曰："总而略。"年三十七以卒。有男八人，女二人。以上先世及历官年岁、子女。

《国史补》卷上曰："马司徒孙始生，德宗命之曰继祖，退而笑曰：此有二义，意谓以索系祖也。"案：退之《扶风郡夫人（即畅妻）墓志铭》曰："长子殿中丞继祖，孝友以类。"《考异》曰："诸本子下有敖字，或作毂，或作敎。晁本作长子继祖，殿中丞，孝友嗣类，本或孝友上有承考二字。方云此碑谓少府监者马畅也，畅子继祖，公尝志其墓。新、旧《唐书》燧传，畅只有此一子；《世系表》燧之子彚、畅，彚子赦、敫，畅子亦只有继祖，岂继祖先名敖邪！或敖字当删。今按《马少监墓志》云，君讳继祖，则方说得之，仍当更从晁本删敖字，但以其兄弟连名考之,(谓彙子敍、敩与敖,皆从攴为连名。然《说文》敍、敩攴从攴,敖从放,亦小异。且从父兄弟亦不必定连名也。)则又疑作敖为是。而其下或有承考二字者,乃言敖能继北平,承少傅,而孝友似之也。《少监志》云,讳继祖,或是反用此志,误本补足,而《世系表》又承集误,然不可考,姑从晁本而并著其所疑如此云。"王宋贤曰:"方云畅只一子,则此文长字已赘,前文母有多子,后文所谓诸孤者又谁哉?方据表传,窃恐表传尚多脱漏也。又按《少监志》樊引《国史补》云云,则《少监志》并非有误,且赐名在始生之初,亦非先名敖,敖字毕竟当删。樊又云畅生二子,长曰敖,次继祖,则恐反据此文误本臆说,以志中多子诸孤推之,畅子不止有二。"步瀛案:王说是也。新旧史虽据韩集,未必不更参他书。《国史补》即由韩集傅会,而诸家注韩集不言此志继祖有作敖之本,且使敖果为长子,则新、旧《唐书·世系表》决不舍敖而称继祖。又《元和姓纂》成于元和七年以前,退之尚未撰《扶风夫人志》,断非根据韩集者。其卷九云畅少府监,生继祖,不言敖,亦一证也。○《旧唐书·马燧传》曰:"燧字洵美,(权载之《马公行状》作珣美。)汝州郏城人。(《元和姓纂》燧不系郏城而系临安,未知何据。)其先自右扶风徙焉。兴元元年,加检校司徒,封北平郡王。贞元二年闰五月,侍中浑瑊与蕃相尚结赞盟于平凉,为蕃军所劫,燧坐是夺兵权。六月,以燧守司徒兼侍中、北平王如故。贞元十一年八月薨,时年七十,册赠太尉,谥曰庄武。"《新唐书》燧传曰:"赠太傅。"○《旧唐书》燧传曰:"燧子彙、畅,畅以父荫,累迁至鸿胪少卿,终少府监,赠工部尚书。"《新唐书》燧传同。少府监已见《曹成王碑》注。《唐六典》卷二十六曰:"太子少傅一人,正二品。"旧注曰:"按传燧赠太傅,此云赠太师;畅赠工部尚书,公元和九年为其夫人作墓志,亦云赠工部尚书,此云赠太子少傅,岂其后累赠至此耶?"○《唐六典》卷二十六曰:"太子中舍人二人，正五品上。原注曰：本汉魏太子舍人也。"〇《唐六典》卷十一曰："殿中省少监二人，从四品上。殿中监之职，掌乘舆服御之政令，总尚食尚药尚衣尚乘尚舍尚辇六局之官属，备其礼物而供其职事，少监为之贰。"

始余初冠，应进士贡在京师，穷不自存。以故人稚弟，拜北平王于马前，王问而怜之，因得见于安邑里第。王轸其寒饥，赐食与衣，召二子使为之主。其季遇我特厚，娄曰："过接妙。"少府监赠太子少傅者也。姆抱幼子立侧，眉眼如画，发漆黑，肌肉玉雪可念，殿中君也。李刚己曰："此上追溯往事，由壮武递入少傅，由少府递入少监，叙次极为曲折敏妙。"当是时，见王于北亭，犹高山深林钜谷，龙虎变化不测，杰魁人也。退见少傅，翠竹碧梧，鸾鹄停峙，能守其业者也。幼子娟好静秀，瑶环瑜珥，何曰："带补服饰一句。"兰茁其芽，称其家儿也。李曰："以上摹写少监三世状态，历历入画，虽未尝叙述一事，而其人之精神意象，无不毕见，是为神妙。然自下文言之，则皆系逆笔，与平铺直叙者迥别。"〇以上叙与马氏三世交谊，正三世并存之时。

孙曰："贞元三年，公年二十，（王宋贤曰："公以贞元二年年十九入京，初冠则年始二十，盖公见马燧在贞元三年也。"）〇退之《欧阳生哀辞》曰："贞元三年，余始至京师，举进士。"又《答崔立之书》曰："及年二十时，苦家贫，衣食不足，及来京师，见有举进士者，人多贵之，因诣州县求举。"〇以故人稚弟，樊曰："贞元三年平凉之盟，马燧预议，韩弇时以殿中侍御史为判官，死焉。其年罢兵，燧奉朝请京师。弇，公之兄也。"案《新唐书·德宗纪》曰："贞元三年闰五月辛未，浑瑊及吐蕃盟于平凉，吐蕃执会盟副使兵部尚书崔汉衡，杀判官殿中侍御史韩弇。"李习之《殿中侍御史韩君夫人韦氏墓志铭》曰："夫人执妇道于昌黎韩氏，府君讳弇，进士及第，(《韩子年谱》引《唐科名记》曰：建中四年登第。)朔方节度请掌书记，得秘书省校书郎，累迁殿中侍御史。贞元三年，吐蕃乞盟，诏朔方节度使即塞上与之盟，宾客皆从。其五月，吐蕃不肯盟，殿中君于是遇害。"又曰："殿中君从父弟愈。"(案《年谱》愈父仲卿，弇父云卿，皆叡素子，故弇、愈为从父兄弟。)○宋次道《长安志》卷八曰："朱雀街东第四街，即皇城之东第二街，街东从北第五安邑坊，奉诚园。司徒侍中马燧宅在安邑里，燧子少府监畅以赀甲天下，畅亦善殖财，贞元末，神策中尉申志廉讽使纳田产，遂献旧第为奉诚园。"○《楚辞·九章·哀郢》王注曰："轸，痛也。"○《仪礼·士昏礼》郑注曰："姆，妇人年五十无子出而不复嫁，能以妇道教人者，若今时乳母。"○方曰："左思《娇女诗》，眉目粲如画。"○可念犹可爱，方曰："《妒记》云，王丞相（当依《世说新语·轻诋篇》引增"曹夫人"三字，又下观有《世说》作望见。）于青疎台中观有两三儿骑羊，皆端正可念。"○《旧唐书》燧传曰："燧姿度魁异，长六尺二寸。"○《文选·射雉赋》徐爱注曰："峙，立也。"孙曰："谓犹鸢鹄停于竹梧之上。"○能守其业者也，案《唐会要》卷八十载太常博士林宝议马畅谥曰敬，工部郎中崔备、兵部员外郎韦奕皆驳之，下太常重定其议，博士崔韶改谥曰纵。议曰："马畅承籍故业，历居通显，家富于财，以奢纵自处，不能抚安嫂侄，使之离析。其干进也，趋利如转圜；其居家也，揉下如束湿，故时论鄙之。谨按国史，宇文士及居家侈纵，议谥为纵；畅之行己，同于士及，请以纵为谥可也。"观此则畅之为人，殊不足取，退之仅谓能守其业，亦非深许之也。○《说文》新附字曰："娟，婵也。"《广韵》二仙曰："婵娟，好姿态儿，于缘切。"○《楚辞·九歌·东皇太一》王注曰："瑶，石之次玉者也。"《尔雅·释器》曰："肉好若一谓之环"，《说文》曰："瑜瑾，美玉也。珥，瑱也；瑱，以玉充耳也。"○称，昌孕切。《说苑·杂言篇》曰："孔子家儿不知骂，曾子家儿不知怒，所以然者，生而善教也。"

后四五年，吾成进士，去而东游，哭北平王于客舍。后十五六年，吾为尚书都官郎，分司东都，而分府少傅卒，哭之。又十馀年，至今哭少监焉。以上哭马氏祖子孙三世。○蒋曰："哭三世用笔变换。"李曰："此段系正笔，然神气已直注于末段。"

樊曰："公贞元八年登第。"○樊曰："十一年五月，公东归河阳，八月燧卒。"○《唐六典》卷六曰："都官员外郎一人，从六品上。都官郎中、员外郎，掌配没隶簿录俘囚以给衣粮药疗，以理诉竞雪冤。"《韩文公历官记》曰："元和三年，改真博士。明年为都官员外郎，分司东都，判祠部。"《韩子年谱》曰："元和四年改都官员外郎，守东都省。"魏仲举曰："制词云，朝议郎守国子博士分司东都上骑都尉韩愈，直亮而廉洁，博达而沉厚云云，可尚书都官员外郎，分司东都。"○分府少傅卒，樊曰："元和五年畅卒，自贞元十一年，至是凡十六年。"步瀛案：《扶风郡夫人墓志铭》曰："元和五年尚书薨。"《旧传》曰："燧既卒，畅承旧业，屡为豪幸邀取。贞元末，中尉申志廉讽畅令献田园第宅，顺宗复赐畅，初为彙妻所诉，析其产，中贵又逼取，仍指使施于佛寺，畅不敢悋，晚年财产并尽，身没之后，诸子无室可居，以至冻馁。今奉诚园亭馆，即畅旧第也。"又案少府监故曰分府，朱误属上，以为当时分司分官之名，非是。沈文起引《隋唐长孙平传》：周宣帝即位，置东宫官属，以平为小司寇，与小宗伯赵芬分掌六府。盖误以东宫官为东京官，以分掌六府证分府，尤为傅会。○孙曰："长庆初年，继祖卒。"

呜呼，吾未耄老，自始至今，未四十年，而哭其祖子孙三世，于人世何如也！人欲久不死，而观居此世者何也！茅曰："只数句，无限悲凉。"李曰："此段感叹深至，乃通篇作意所在，结笔尤有澹宕不收之音。"

□唐荆川曰："此欧文《黄梦升》《张应之》诸作之祖。"○何曰："如此俯仰淋漓，仍是简古，不觉繁溢。"○方望溪曰："他无可述，故载死生离合之迹。"○刘曰："少监无一事可纪，乃以三世交游，作两番摹写，古色古声，造出奇伟，于此见公之才力。六一屡仿效之而未能也。"○或曰："情韵不匮。"又曰："凡志墓之文，惧千百年后谷迁陵改，见者不知谁氏之墓，故刻石以文告之也，语气须是对不知谁何之人说话，此文少乖，似哀诔文序。"

王宋贤曰："其后燧第改为奉诚园，诸孙至有丐于路者，见吴融《敷水道见丐者》一诗，使公后死若干年，亲见此事，其感慨更当何如也！"

郓州谿堂诗 并序

樊曰："长安薛氏有皇甫湜手帖云：郓塘（塘当作堂，下同）特高古风，敢树降旗，而作者之下，何人能及矣。崔侍御前日称叹终席，满座不觉继烛，我唐有国，退之文宗一人，不任钦慰之极。湜上侍郎宗伯。郓塘正谓此郓州谿堂也。公时为兵部侍郎。曰宗伯者，文章宗伯也。"案：赵明诚《金石录目录》九《唐谿堂诗》，列长庆二年诸石刻后，注曰：韩愈撰，牛僧孺正书。《清一统志》曰："山东泰安府：谿堂在东平州西（今改县）故郓州城内，唐郓曹濮观察使马总建，以为飨士大夫之所，韩愈为序，并系以诗，有碑，牛僧孺立。"

宪宗之十四年，始定东平，三分其地，以华州刺史礼部尚书兼御史大夫扶风马公为郓曹濮节度观察等使，镇其地。汪曰："始至其地，安以治之，一层。"既一年，褒其军号曰天平军。上即位之二年,召公入,且将用之,以其人之安公也,复归之镇。上之三年,公为政于郓曹濮也,适四年矣。治成制定,汪曰:"上勤。"众志大固,恶绝于心,仁形于色,蓴心一力,以供国家之职。汪曰:"下顺。"于时沂密始分而残其帅,其后幽、镇、魏不悦于政,相扇继变,复归于旧,徐亦乘势逐帅自置,同于三方。惟郓也截然中居,四邻望之,若防之制水,恃以无恐。汪曰:"教之成不扇而变,又一层。"吴曰:"文气亦渊渟岳峙,如归震川所云'盛得水住'者。"又曰:"以上叙马公坐镇之能。"

《旧唐书·宪宗纪》曰:"元和十四年二月壬戌,田弘正奏今月九日,淄青都知兵马使刘悟,斩李师道请降,师道所管十二州平。三月戊子,以华州刺史马总为郓、濮、曹等州观察等使。己丑,以义成军节度使薛平为青州刺史,充平卢军节度、淄青齐登莱等州观察等使。以淄青四面行营供军使王遂为沂州刺史,充沂、海、兖、密等州都团练观察等使。析李师道所据十二州为三镇也。"《新唐书·方镇表》曰:"元和十四年,淄青平卢节度使领青、淄、齐、登、莱等州,复治青州;置郓曹濮节度使,治郓州;置沂海观察使,领沂、海、兖、密四州,治沂州。"《马总传》曰:"总字会元,系出扶风。李师道平,析郓、曹、濮等为一道,除总节度,赐号天平军。"案:唐河南道濮州治鄄城县,在今山东濮县东。华州见《董公行状》注,郓州、曹州见《许国公神道碑》及《平淮西碑》注。○《旧唐书·穆宗纪》曰:"元和十五年秋七月乙巳,郓、曹、濮等州节度赐号天平军,从马总奏也。"○韩曰:"穆宗以元和十五年正月即位,其曰上即位之二年,则长庆元年;上之三年,则长庆二年也。"案:穆宗即位,已见《许国公碑》注。○《新唐书·马总传》曰:"长庆初,刘总上幽镇地,诏总徙天平(此刘总),而诏总还(此马总),将大用之。会緫卒，（此又刘緫。《通鉴·唐纪》五十七曰："长庆元年二月，卢龙节度使刘緫奏乞弃官为僧，三月癸丑，以刘緫兼侍中充天平节度使，緫削发为僧遁去，癸亥，卒于定州之境。"）穆宗以郓人附赖緫（此又马緫），复诏还镇。"○《说文》曰："䙝，等也。"《齐语》韦注同。《广雅·释诂》四曰："䙝，齐也。"又与嫥字通。《说文》曰："嫥，壹也。"经传以专为之。○《新唐书·宪宗纪》曰："元和十四年七月辛卯，沂海将王弁杀其观察使王遂，自称留后。"案：唐河南道沂州治临沂县，今山东临沂县治；密州治诸城县，今山东诸城县治。○《新唐书·穆宗纪》曰："长庆元年七月甲辰，幽州卢龙军都知兵马使朱克融囚其节度使张弘靖以反。壬戌，成德军大将王廷凑杀其节度使田弘正以反。二年正月癸卯，魏博节度使田布自杀，兵马使史宪诚自称留后。"《田弘正传》曰："穆宗立，王承元以成德军请帅，帝诏弘正兼中书令为节度使。弘正以新与镇人战（讨王承宗），有父兄怨，取魏兵二千自卫，入其军。时天子赐钱一百万缗不时至，军有怨言，弘正亲加抚喻乃安，仍请留魏兵为纪纲，以持众心。度支崔倰吝其稟，沮却之。"（《旧唐书》弘正传曰："时度支使崔倰不知大体，故阻其请，凡四上表不报。"）长庆元年七月，归卫卒于魏，是月军乱，并家属将吏三百馀人皆遇害。弘正子布，字敦礼，弘正遇害，魏博节度使李愬病不能军，穆宗遽召布，解缞，拜检校工部尚书、魏博节度使，乘传以行。布号泣固辞不听。布以牙将史宪诚出麾下可任，乃委以精锐。时中人屡趣战，而度支馈饷不继。布辄以六州租赋给军，引兵三万进屯南宫，破贼二垒。于是朱克融据幽州，与王廷凑唇齿。河朔三镇旧连衡，桀骜自私，而宪诚蓄异志，阴欲乘衅。又魏军骄，惮格战，会大雪，师寒粮乏，宪诚得间，因以摇乱。会有诏分布军合李光颜救深州，兵怒不肯东，众遂溃，皆归宪诚，唯中军不动。布以中军还魏。明日会诸将议事，众哗曰：公能行河朔旧事，则生死从公，不然不可以战。布度众且乱，叹曰：功无成矣。即为书谢帝，乃入至几筵，引刀刺心曰："上以谢君父，下以示三军。"言讫而绝。《藩镇传》曰："王廷凑本回纥阿布思之族，王承宗时为兵马使，田弘正至镇州，廷凑害弘正，自称留后，胁监军表请节；又取冀州，杀刺史王进岌。穆宗怒，以弘正子布为魏博节度使，率军进讨，仍敕横海、昭义、河东、义武军并力。会朱克融因张弘靖，以幽州乱，乃合从拒王师。明年，魏牙将史宪诚叛，帝不得已，乃赦廷凑，检校右散骑常侍，成德军节度使。廷凑与克融、宪诚深相结为辅车。"《旧唐书·地理志》曰："镇州常山郡，本恒州，元和十五年，避穆宗名更。"案：恒州已见《董公行状》注；幽州囚张弘靖，已见《清河张君墓志铭》。〇《新唐书·穆宗纪》曰："长庆二年二月乙巳，武宁军节度副使王智兴逐其节度使崔群。"《王智兴传》曰："智兴字匡谏，怀州温人。长庆初，河朔用兵，充武宁军副使河北行营诸军都知兵马使，帅兵三千度河。属朝廷用崔群为武宁节度使，群畏智兴难制，密请追还京师。(《群传》曰："群以其副王智兴得士心，不若假以节度。"《旧唐书·群传》曰："表请授智兴旌钺。"《智兴传》曰："群虑其旋军难制，密表请追赴阙，授以他官。"两说不同。《通鉴·唐纪》五十八曰："群奏请即用智兴为节度使，不则召诣阙，除以它官。"盖兼取之。）未报，会赦王廷凑，诸节度班师，智兴还，群遣僚属迎之，令士委甲而入。智兴因勒兵斩关入，杀异己者十馀辈，然后谒群谢曰：此军情也。群乃治装去，智兴以兵卫送还朝。"《方镇表》曰："武宁军节度使治徐州。"今江苏铜山县治。〇孙曰："三方，幽、镇、魏也。"〇《左》襄二十五年杜注曰："防，隄也。"

然而皆曰，郓为虏巢，且六十年，将强卒武。曹、濮于郓，州大而近，军所根柢，皆骄以易怨。而公承死亡之后，掇拾之馀，剥肤椎髓，公私扫地赤立，新旧不相保持，万目睽睽。茅曰："极力摹写镇郓之难。"吴曰："字字矜劲，此为韩公正格。"公于此时能安以治之，其功为大。若幽、镇、魏、徐之乱，不扇而变，此功反小，何也？公之始至，众未孰化，以武则忿以憾，以恩则横而肆，一以为赤子，一以为龙蛇，愈心罢精，磨以岁月，然后致之，难也。及教之行，众皆戴公为亲父母。夫叛父母，从仇雠，非人之情，故曰易。吴曰："议既惊〔警〕创，文亦奇矫，斡回兜杀，具有千钧之力，此韩文绝大神通处。"又曰："以上著议论以发明之。"

　　孙曰："永泰元年七月，以平卢兵马使李正己为本军节度使，传子纳，纳子师道（师道上宜有师古字），至元和十四年败，凡五十五年。"○《易·剥》六四曰："剥床以肤。"（《杜阳杂编》卷中载宪宗谓左右曰：岂可剥肤搥髓，强娱耳目？疑苏德祥即取退之之语润色之。）《汉书·杨雄传》：刮野埽地。颜注曰："言无遗馀也。"朱丰芑《说文通训定声》卷九曰："赤地赤族，皆显然尽露，盖蔽无存之意。赤体赤脚亦同。"○睽睽犹睽睢，《文选·鲁灵光殿赋》李善注曰："睽睢，张目貌。"（朱竹垞《经义考》卷二，以《归藏》之瞿，当《周易》之睽，是睽睽犹瞿瞿。《玉藻》瞿瞿，孔疏曰："惊惧之貌。"）○《说文》曰："孰，饪食也。"《音注》《五百家》作熟同，与后两孰字义异。○《补注》曰："横去声。"○孙曰："以恩待之，故若赤子；以武威之，故若龙蛇。"○《易·遁》《释文》引郑注曰："愈，困也。"《列子·天瑞篇》《释文》曰："愈，疲也。"《汉书·高帝纪》颜注曰："罢读曰疲。"案：罢、疲之借字。

　　于是天子以公为尚书右仆射，封扶风县开国伯以褒嘉之。公亦乐众之和，知人之悦，而侈上之赐也，于是为堂于其居之西北隅，号曰谿堂，以飨士大夫，通上下之志。既飨，其从事陈曾谓其众言：公之畜此邦，其勤不亦至乎？此邦之人，纍公之化，惟所令之，不亦顺乎？上勤下顺，遂济登兹，不亦休乎？昔者人谓斯何！今者人谓斯何！吴曰："收束亦极简峭。"虽然，斯堂之作，意其有谓，而喑无诗歌，是不考引公德而接邦人于道也。乃使来请。吴曰："以上作堂原委。"其诗曰：

孙曰："是岁就加总尚书右仆射。"步瀛案：《旧唐书·穆纪》及新、旧《唐书·总传》作左仆射，疑误。《新唐书·百官志》曰："开国县伯食邑七百户，正四品。"〇陈曾，孙曰："曾元和十五年登进士第。"〇《诗·节南山》：以畜万邦。郑笺曰："畜，养也。"〇《说文》曰："纍，缀得理也。"音力追反，字亦作缧、作累。《礼记·儒行》郑注曰："累，系也。"与絫字声义皆异。〇《尔雅·释诂》曰："休，美也。"〇《说苑·正谏篇》曰："无言则谓之喑。"案喑，瘖之借字。《说文》曰："瘖，不能言也。"〇《韩子年谱》引《穆宗实录》曰："长庆二年九月庚寅，兵部侍郎韩愈为吏部侍郎。"

帝奠九壤，有叶有年。有荒不条，河、岱之间。及我宪考，一收正之。视邦选侯，以公来尸。公来尸之，人始未信。公不饮食，以训以徇。孰饥无食？孰呻孰叹？孰冤不问？不得分愿。孰为邦蟊？节根之螟。羊很狼贪，以口覆城。吹之煦之，摩手抚之。箴之石之，膊而磔之。吴曰："奇丽壮伟，至此已极。"凡公四封，既富以强。谓公吾父，孰违公令？可以师征。吴曰："单句承上，四言中奇格也。"不宁守邦。吴曰："以上叙公勋绩，以下咏谿堂。"公作谿堂，播播流水。浅有蒲莲，深有蒹苇。公以宾燕，其鼓骇骇。公燕谿堂，宾校醉饱。流有跳鱼，岸有集鸟。既歌以舞，其鼓考考。公在谿堂，公御琴瑟。公暨宾赞，稽经諏律。施用不差，人用不屈。谿有蘋苨，有龟有鱼。公在中流，右诗左书。无我斁遗，此邦是庥。刘曰："此诗直追风雅。"吴曰："四言之体，自三百篇而后，已成绝响，其后惟曹子建为之至工，惜不多见。韩公崛起，精炼矜劲，蔚为巨观，前无古人，后无来者，可谓奇伟独绝矣。此诗在韩集中尤为精诣，以其通体磨莹，字字日光玉洁，如错金碧，如刺蜚绣，奇而不诡于正，怪而不损其华，虽韩公他作骇愕或过之，而精绝终不逮也。"

孙曰："九壤，九州也。"朱曰："壤与廛同。"○《诗·长发》毛传曰："叶，世也。"○《文选·四子讲德论》李善注曰："条犹理也。"○孙曰："河、岱皆天平之境。"《元和郡县志》曰："河南道兖州乾封县：泰山亦曰岱宗，在县西北三十里。郓州阳谷县：黄河在县北十二里。"郓州为天平军治所，兖州则沂海观察使治所，非天平境也。此指李师道窃据青淄十二州时而言，不必泥定天平，然以郓州言，正在河、岱之间也。《清一统志》曰："山东泰安府：泰山在泰安县北，古黄河在东平州西五十里。"○《诗·采蘋》毛传曰："尸，主也。"○徇、彴通。《说文》曰："彴，行示也。"《左》桓十三年杜注曰："徇，宣令也。"《广韵》二十二稕："徇、彴并辞闰切。"○《尔雅·释虫》曰："食苗心螟，食叶蟘，食节贼，食根蟊。"○《史记·项羽本纪》：宋义下令军中曰："猛如虎，很如羊，贪如狼，强不可使者，皆斩之。"○以口覆城，孙曰："谓以利口倾覆之也。"○煦同欨，《说文》曰："欨，吹也。"○《说文》曰："拊，揗也。"○《汉书·艺文志》曰："用度箴石，汤火所施。"颜注曰："箴所以刺病也。石谓砭石，即石箴也，古者攻病则有砭，今其术绝矣。"案：箴、针字通。(《说文》曰:"箴,缀衣箴也,针所以缝也。"段曰:"以竹为之,仅可联缀衣;以金为之,乃可缝衣。"案:古籍多以箴为针。)○《说文》曰:"膞,薄脯膞之屋上,从肉專声。"又曰"磔,辜也,桀石声。"《周礼·秋官·掌戮》郑注曰:膞谓去衣磔之。"《左传》成二年曰:"杀而膞诸城上。"杜注曰:"膞,磔也。"《释文》曰:"膞,普各反。磔,陟百反。"○《左》成二年杜注曰:"封,竟也。"案:竟,境之本字。四封谓四境也。○封强令征邦韵,退之诗文多合东冬锺江阳唐庚耕清青为一部也。○《补注》曰:"播播,流水貌。"○《说文》曰:"兼,薍之未秀者。苇,大葭也。"段注曰:"凡经言藿苇、言兼葭、言葭菼,皆并举二物,兼、菼、藿一也,今人所谓荻也;葭、苇一也,今人所谓芦也。"○《周礼·夏官·大司马》:鼓皆駴。郑注曰:"疾雷击鼓曰駴。"《释文》曰:"駴本亦作骇。"张平子《西京赋》曰:"駴雷鼓。"五臣本作骇。○宾校,谓宾客将校也。《汉书·胡建传》:护军诸校。颜注曰:"校者,军之诸部校也"○《诗·山有枢》曰:"子有钟鼓,弗鼓弗考。"毛传曰:"考,击也。"孙曰:"骇骇、考考,皆鼓声。"○孙曰:"宾赞谓幕僚。"○《周礼·地官·质人》郑注曰:"稽,考也。"《广雅·释诂》二曰:"稽,问也。"《释言》曰:"稽,考也。"《左》襄四年:穆叔曰:"臣闻之,咨事为诹。"《尔雅·释诂》曰:"诹,谋也。"○孙曰:"用谓由是也。施由是而不差,人由是而不屈,言皆得其宜也。"步瀛案:稽经故施不差,诹律故人不屈。○《说文》曰:"蘋,大萍也。"又曰:"苽,雕苽,一名蒋。"案:蘋字亦作蘋。《尔雅·释草》曰:"苹萍,其大者蘋。"苽字亦作菰。《楚辞·大招》曰:"设菰梁只。"王注曰:"菰,梁蒋实也。"○《诗·葛覃》毛传曰:"斁,厌也。"《释文》曰:"斁音亦。"孙曰:"言无厌弃我而去。"○《尔雅·释言》曰:"麻,荫也。"孙曰:"言且麻芘是邦也。"○苽鱼流书遗麻韵,退之通支脂之鱼虞模尤侯幽为一部也。

蓝田县丞厅壁记

《韩子年谱》曰:"《蓝田县丞厅壁记》,唐本云元和十年。"步瀛案:退之有《雪后寄崔二十六丞诗》曰:蓝田十月雪塞关。旧注谓元和十年十月,是也。蓝田见《柳子厚墓志铭》注。《封氏闻见记》卷五曰:"朝廷百司诸厅,皆有壁记,叙官秩创置及迁授始末。原其作意,盖欲著前政履历而发将来健羡焉。故为记之体,贵其说事详雅,不为苟饰。韦氏《两京记》云,郎官盛写壁记,以纪当厅前后迁除出入,寖以成俗。然则壁记之由,当是国朝以来,始自台省,遂流郡邑耳。"《容斋四笔》卷五曰:"韩退之作《蓝田县丞厅壁记》,柳子厚作《武功县丞厅壁记》,二县皆京兆属城,在唐为畿甸,事体正同,而韩文雄拔超俊,光前绝后。"

丞之职,所以贰令,于一邑无所不当问。其下主簿尉,主簿尉乃有分职。丞位高而偪,例以嫌不可否事。文书行,吏抱成案诣丞,卷其前,钳以左手,右手摘纸尾,雁鹜行以进,平立,睨丞曰:"当署。"丞涉笔占位,署惟谨。形容刻酷。目吏问可不可。吏曰:"得",则退,不敢略省,漫不知何事。官虽尊,力势反出主簿尉下,谚数慢,必曰丞,至以相訾謷。丞之设,岂端使然哉!以上极言丞之无能为。

《唐六典》卷三十曰:"京兆、河南、太原(除万年、长安、河南、洛阳、奉先、太原、晋阳为赤县,馀皆畿县。《通典·职官》十五曰:"京都所治为赤县,京之旁邑为畿县。"步瀛案:蓝田唐为畿县。)令一人,正六品上;丞一人,正八品上;主簿一人,正九品上;尉二人,正九品下。原注曰:隋九等县丞尉以下，皆有本县人为之，高宗始为本官。"《通典·职官》十五曰："大唐县有令而置七司，一如郡制，丞为副贰，主簿上辖，尉分理诸曹。"原注曰："主簿如录事参军，其曹谓之录事司，并司功以下六曹（司功、司仓、司户、司兵、司法、司士）总之为七司。"○钳，拑之借字。《说文》曰："拑，胁持也。（段曰："谓胁制而持之也。"）钳，以铁有所劫束也。（段曰："劫者，以力胁止也。束者，缚也。"）箝，籋也。"（段曰："以竹胁持之曰箝。"）朱丰芑《说文通训定声》卷四曰："以手曰拑，以竹籋拑曰箝，以铁钻拑曰钳。"步瀛案：书传多通用之。○《宋书·蔡廓传》：廓曰："我不能为徐干木署纸尾。"○《尔雅·释鸟》曰："舒鴈，鹅。"郭注曰："《礼记》曰，出如舒鴈。"（《仪礼·聘礼记》）《释鸟》又曰："舒凫，鹜。"郭注曰："鸭也。"《说文》曰："鴈，䳒也。（段曰："鴈与雁各字，许意隹部雁为鸿雁，鸟部鴈为䳒。今字雁鴈不分久矣。礼经单言鴈者，皆鸿雁也；言舒鴈者，则䳒也。"）鹜，舒凫也。"《礼记·内则》孔疏引李巡《尔雅》注曰："野曰鴈，家曰鹅；野曰凫，家曰鹜。"《庄子·天道篇》曰："士成绮鴈行。"○《庄子·天下篇》《释文》引李曰："睨，侧视也。"○沈曰："占位者，丞书名在令之下、簿尉之上也。"○《礼记·大学》《释文》曰："谚，俗语也。"《晋语》七韦注曰："数，计也。"方曰："谓谚语之所举计者，以丞为慢之最，且至以相訾謷也。数，所矩切。"陈曰："按公《酬崔少府诗》云，但闻赤县尉，不比博士慢。与此记慢字同义，即公《论盐法状》中所谓散慢官也。'谚数慢必曰丞'者，盖当时俗语历数内外官职之慢，莫若丞耳。数读土声，方说得之。"○《礼记·曲礼上》《释文》曰："訾音紫，毁也。"《尔雅·释训》："謷謷，傲也。"《释文》曰："本又作警，五高反。"又引舍人注曰："謷謷，众口毁人之貌。"○《礼记·礼器》郑注曰："端，本也。"

博陵崔斯立，种学绩文，以蓄其有。泓涵演迤，日大以肆。贞元初，挟其能，战艺于京师，再进再屈千人。元和初，以前大理评事言得失黜官，再转而为丞兹邑。始至，喟曰："官无卑，顾材不足塞职。"既噤不得施用，又喟曰："丞哉丞哉！余不负丞而丞负余！"曾曰："此文纯用戏谑，而怜才共命之意沉痛处自在言外。"则尽枿去牙角，一蹴故迹，破崖岸而为之。以上崔立之为蓝田，欲有为而不能。

退之《赠崔立之评事诗》韩注曰："崔斯立字立之，博陵人。"（《补注》曰：清河人。未知何据。《新唐书·世系表》，博陵、清河各系，均不载斯立。）案：博陵安平崔氏，安平汉属涿郡，后汉属安平国，晋置博陵国，后魏为博陵郡治，今河北安平县治。○《礼记·礼运》曰："修礼以耕之，陈义以种之，讲学以耨之。""种学"之义本此。《诗·七月》曰："八月载绩，载玄载黄，我朱孔阳。""绩文"之义本此。王宋贤曰："曰种曰织，以耕织为比。"是也。○《汉书·五行志上》颜注曰："演，广也。"《诗·秦谱》孔疏曰："迤谓靡迤，境界广被之意。"案：迆、迤字同。○方曰："斯立贞元四年进士，六年中博学宏词，再进而屈千人也。"案：朱子以方从《文苑》作千为误，谓唐人试宏词者甚少，如贞元九年，仅三十二人而已，作千人恐非，故放《穆天子传》阙其字，作一空格。王宋贤曰："试宏词者虽少，以进士试礼部者，岁三千人。今统进士、宏词二科言之，即云再屈千人，似亦无害。"（世彩堂本题下注曰："公尝寄其诗云，连年收科第，如摘领下髭。记谓再进再屈于人，屈当作出字，乃与诗意合。"陈曰："此条乃樊泽之语，其说是也。又'出于人'三字，亦见《柳子厚志》文，尤可证樊说之有据。王宋贤亦谓当从樊氏引，或定作再出于人。联句云'斗场再鸣先'，与此文再出于人同意。"步瀛案：作屈千人是，不必依樊说改。）步瀛案：屈千人者，如杜子美《醉歌行》所谓"笔阵横扫千人军"也，不必问试者数目，朱说似泥。退之《寄崔二十六立之诗》曰："连年收科第，如摘颔底髭"，乃喻其易。此言再屈千人，则喻服者之多也。○《离骚》王注曰："喟，叹貌。"○《说文》曰："噤，口闭也。"大徐音巨禁切。○栟同櫱。《诗•长发》：苞有三櫱。《释文》引《韩诗》曰："櫱，绝也。"《说文》曰："櫱，伐木馀也。"或体作𣡌，古文作𣎴，又作糵。○陈曰："《汉书•邹阳传》：人主必袭按剑相眄之迹。师古注言蹑其故迹。"○破崖岸而为之，《考异》曰："方无而字，之作文，而读连下句，曰为文丞，犹言文具也。"(《容斋四笔》卷五曰："莆田方崧得蜀本，数处与今文小异，其'破崖岸而为文'一句，继以'丞厅故有记'，蜀本无而字。考其语脉，乃'破崖岸为文丞'是句绝，文丞者，犹言文具备员而已。语尤奇崛，若以丞字属下句，则既是丞厅记矣，而又云丞厅故有记，虽初学为文者不肯尔也。"步瀛案：洪说非是，丞厅故有记，言旧有记耳。）今按文丞不成文理，方说之僻类如此。

丞厅故有记，坏漏污不可读。斯立易桷与瓦，墁治壁，悉书前任人名氏。庭有老槐四行，南墙钜竹千梃，俨立若相持，水㶁㶁循除鸣。斯立痛扫溉，对树二松，日哦其间。有问者，辄对曰："余方有公事，子姑去。"汪曰："以此为公事，收丞之不得尽职，巧妙绝伦。"○以上修治厅壁而日以吟哦为事，见丞终不得尽职。考功郎中知制诰韩愈记。

　　□何曰："极意摹写，见其流失非一日，既为斯立发其愤懑，亦望为政者闻之，使无失其官守也。"○张曰："此文纯以恢诡出之，当从教睨一切处玩其神味。"

《尔雅·释宫》曰："桷谓之榱。"郭注曰："榱，屋橑。"○㮰同櫋。《说文》曰："櫋，联也。"又曰："镘，铁朽也。"《广韵》二十六桓：镘櫋㮰并同母官切。○方曰："梃，从木。《说文》：梃，一枚也。"○《礼记·曲礼上》郑注曰："俨，矜庄貌。"○《说文》曰："㶇，水裂去也。"大徐音古伯切。《切韵》九鱼曰："除，阶也。"○《诗·匪风》毛传曰："溉，涤也。"○《玉篇》曰："哦，吾哥切，吟哦也。"《切韵》九歌曰："哦，美吟。"○《韩子年谱》曰："贞元九年甲午冬，为考功郎中知制诰，引《实录》云，九年十月甲子，韩愈考功郎中依前史馆修撰。十二月戊午，以考功知制诰。"《年谱》又曰"十年乙未"，引唐本云："元和十年公知制诰。"《新唐书·百官志》曰："中书省舍人，以久次者一人为阁老，判本省杂事；又一人知制诰，颛进书。开元初，以它官掌诏敕策命，谓之兼知制诰。"

画　记

苏子瞻《记欧阳论退之文》曰："妄庸者，作欧阳永叔语云，吾不能为退之《画记》，此大妄也。仆尝谓退之《画记》，近似甲乙帐耳，了无可观，世人识真者少，可叹亦可愍也。"

杂古今人物小画共一卷。一句总起。骑而立者五人，骑而被甲载兵立者十人，一人骑，执大旗前立，茅曰："倒。"骑而被甲载兵行且下牵者十人，骑且负者二人，骑执器者二人，骑拥田犬者一人，骑而牵者二人，骑而驱者三人，执羁靮立者二人，骑而下倚马臂隼而立者一人，骑而驱涉者二人，徒而驱牧者二人，坐而指使者一人，甲胄手弓矢鈇钺植者七人，甲胄执帜植者十人，负者七人，偃寝休者二人，甲胄坐睡者一人，方涉者一人，方涉坐而脱足者一人，寒附火者一人，杂执器物役者八人，奉壶矢者一人，舍而具食者十有一人，挹且注者四人，牛牵者二人，驴驱者四人，一人杖而负者，汪曰："倒。"妇人以孺子载而可见者六人，载而上下者三人，孺子戏者九人，凡人之事三十有二，为人大小百二十有三，而莫有同者焉。以上记人之状与数。

《诗·驷驖》：载猃歇骄。毛传曰："猃歇骄，田犬也。长喙曰猃，短喙曰歇骄。"《礼记·少仪》曰："犬则执绁，守犬田犬则授摈者，既受，乃问犬名。"孔疏曰："犬有三种，一曰守犬，守御宅舍者也；二曰田犬，田猎所用也；三曰食犬，充君子庖厨庶羞用也。"○《离骚》王注曰："革络头曰羁。"《礼记·檀弓下》曰："如皆守社稷，则孰执羁靮而从？"郑注曰："靮，绁也。"《释文》曰："羁音基，靮，丁历切。"○《诗·采芑》：鴥彼飞隼。郑笺曰："隼，急疾之鸟也。"孔疏引《说文》曰："隼，鸷鸟也。"（今《说文》以隼为雏之或体字。沈西雝《说文古本考》、徐子还《说文解字注笺》皆辨其误。）又引陆氏曰："隼，鹞属也，齐人谓之击征，或谓之题肩，或谓之雀鹰。"○《礼记·檀弓下》："陈弃疾谓工尹商阳曰：子手弓而可。"《说文》曰："鈇，莝斫刀也；戉，大斧也。"经典多以钺为之。《吕览·知度篇》高注曰："植，立也。"○《说文》新附帜字曰："旌旗之属。"○《论语·颜渊篇》疏曰："偃，卧也。"○坐字上方涉二字，吴先生据方本增，今从之。○《补注》引《笔墨闲录》云："予尝爱附火语工，乃王弼云，火有其炎，寒者附之。（《周易·比卦》注。）附，近也。"○《礼记·曲礼下》曰："凡奉者当心。"《释文》曰："奉本亦作捧，同，芳勇反。"又《投壶》曰："主人奉矢，司射奉中，使人执壶。"郑注曰："矢所以投者也。"《释文》曰："壶，器名，以矢投其中，射之类。奉音捧，芳勇反。"○孙曰："舍，屋下也。"○《诗·泂酌》曰："挹彼注兹。"○以孺子载，《诗·江有汜》，郑笺曰："以犹与也。"

马大者九匹。于马之中，又有上者，下者，行者，牵者，涉者，陆者，翘者，顾者，鸣者，寝者，讹者，立者，人立者，龁者，饮者，溲者，陟者，降者，痒磨树者，嘘者，嗅者，喜相戏者，怒相蹄啮者，秣者，骑者，骤者，走者，载服物者，载狐兔者，汪曰："文法取诸《庄子·齐物论》，若再如前逐匹数去，便不成文字矣。"凡马之事二十有七，为马大小八十有三，而莫有同者焉。以上记马之状与数。

陆者，朱曰："此承涉者，则陆为方出水也。"案：此陆疑踛之通假字。《庄子·马蹄篇》曰："翘足而陆。"《释文》引司马曰："陆，跳也。"《文选·江赋》注引作翘尾而踛。司马彪曰："踛，跳也。"○翘，蹻之通借字。《说文》曰："蹻，举足行高也。"○《诗·无羊》曰："或寝或讹。"毛传曰："讹，动也。"案：讹当作吪。《说文》：吪，动也。《玉篇》引诗作吪。○《左》庄八年曰："豕人立而啼。"○《庄子·马蹄篇》曰："龁草饮水。"《释文》曰："龁，恨发反，又胡切反。"成玄英疏曰："龁，啮也。"○《史记·郦生传》《索隐》曰："溲，所由反，即溺也。"○《说文》曰："蛘，搔蛘也。"字亦作痒，书传或以痒为之。○《庄子·齐物论》《释文》曰："吐气为嘘。"引向秀曰："息也。"○《说文》曰："齅，以鼻就臭也。"《广韵》四十九宥曰："齅，以臭取气，亦作嗅，许救切。"○《庄子·马蹄篇》曰："夫马陆居则食草，饮水，喜则交颈相靡（靡，摩之通借字），怒则分背相踶。"《释文》曰："踶，大计反，又徒兮反。李云踶，蹋也，《通俗文》云，小蹋谓之踶。"《说文》曰："啮，噬也。"○秣，已见《送李愿归盘谷序》注。○《说文》曰："骤，马疾步也。"

牛大小十一头，橐驼三头，驴如橐驼之数而加其一焉，隼一，犬羊狐兔麋鹿共三十，旆车三两，杂兵器弓矢旌旗刀剑矛楯弓服矢房甲胄之属，缾盂簦笠筐莒锜釜饮食服用之器，壶矢博弈之具，二百五十有一。以上诸畜及器物之数。皆曲极其妙。一句总束。○以上记人物之状及数。

橐驼，《文选·上林赋》注引韦昭曰："背上有肉似橐，故曰橐驼也。"《汉书·司马相如传》颜注曰："橐驼者，言其可负橐囊而驼物，故以名云。"与韦说异，而两说皆通。○《说文》曰："旆，旗曲柄也。"字又作旜，《周礼·夏官》大司马之职，师都载旜，盖建旆车上，故曰旆车。又疑旆车即毡车，毡、旆通借。《南齐书·豫章王嶷传》曰："上谋北伐，以房所献毡车赐嶷。"《书·牧誓序》孔疏引《风俗通》说：车有两轮，故称两。《广韵》四十一漾曰："两，车数，力让切。"○《周礼·春官·司常》曰："熊虎为旗，析羽为旌。"《说文》曰："盾，瞂也，所以扞身蔽目。"楯乃盾之借字。《说文》曰："箙，弩矢箙也。"《周礼·夏官·司弓矢》郑注曰："箙，盛矢器也。"《左传》宣十二年：抽矢菆纳诸厨子之房。杜注曰："房，箭舍。"是箙与房为一物，此言弓服，但指弓衣耳。《说文》曰："韔，弓衣也。"孙曰："服，弓衣。"是也。○《史记·虞卿传》《集解》引徐广曰："簦，长柄笠，音登。"《诗·采蘋》毛传曰："方曰筐，圆曰莒。锜釜金属，有足曰锜，无足曰釜。"《释文》曰："锜，其绮反，三足釜也。"○博、簙字通。《说文》曰："簙，局戏也，六箸十二棊也。"又曰："弈，围棊也。"

贞元甲戌年，余在京师，甚无事，同居有独孤生申叔者，始得此画，而与余弹棊，余幸胜而获焉。意甚惜之，以为非一工人之所能运思，盖丛集众工人之所长耳，虽百金不愿易也。以上得画。明年出京师，至河阳，与二三客论画品格，因出而观之。坐有赵侍御者，君子人也。见之戚然若有感然，少而进曰："噫！余之手摹也，亡之且二十年矣。余少时常有志乎兹事，得国本，绝人事而摹得之，游闽中而丧焉。居闲处独，时往来余怀也。以其始为之劳，而夙好之笃也，今虽遇之，力不能为已。且命工人存其大都焉。"余既甚爱之，又感赵君之事，因以赠之。以上赠人。而记其人物之形状与数，而时观之以自释焉。以上作记之因，一语收尽通篇。茅曰："尚不忘情，亦文字密处。"

　　□方望溪曰："周人以后，无此种格力。欧公自谓不能为，所谓晓其深处，而东坡以所传为妄，于此见知言之难。"○张廉卿曰："读此文，固须求其参错之妙，尤当玩其精整。"○徐幼铮曰："先有精整，乃有所谓参错，参错而不精整，则杂而无章矣。"又曰："此文佳处，全在句法错综，繁而明，简而曲，质而不俚，段与段句法变换，而段之中各句又自为变换。不然，与杂货单何异，何得为文？欧公自谓不能为者，自是不能仿为之意。此种文字，长篇大幅中偶摹效一二句，尚觉生色；若全篇仿此，试问有何趣味？遽谓周人以后无此格力，未免过当，盖无是题耳。且有是题，亦不必作是调耳，非无是文也。"

　　甲戌，樊曰："即贞元十年也。"○退之有《独孤申叔哀辞》，柳子厚《独孤君墓碣》曰："君讳申叔，字子重。二十二举进士，又二年，用博学宏词为校书郎。又三年，居父丧，未练而没。盖贞元十八年四月五日也。"○《文选》魏文帝《与朝歌令吴质书》李善注引《艺经》曰："棊正弹法，二人对局，白黑棊各六枚，先列棊相当，更先控三弹，不得各去控一棊，先补角。"（《御览》

引"相当"句下作"下呼上击之"。)《太平御览·工艺部》十二引《弹棋经序》曰:"昔汉武帝平西域,得胡人善蹴鞠者,盖衔其便捷跳跃,帝好而为之,群臣不能谏。侍臣东方朔因以此艺进之,帝就舍蹴鞠而上弹棋焉。习之者多在宫禁中,故时人莫得而传。至王莽末,赤眉凌乱,西京倾覆,此艺因宫人所传,故散落人间。及章帝御宇,好诸技艺,此戏乃盛于当时。"又引《弹棋经后序》曰:"自后汉冲、质已后,此艺中绝。至献帝建安中,曹公执政,禁闱幽密,至于博弈之具,皆不得妄寘宫中,宫人因以金钗玉梳戏于妆奁之上,即取类于弹棋也。及魏文帝受禅,宫人所为,更习弹棋焉。当时朝臣名士无不争能,故帝《与吴季重书》曰:"弹棋间设者也。"《世说新语·巧艺篇》曰:"弹棋始自魏,宫内用妆奁戏。文帝于此戏特妙,用手巾角拂之无不中,有客自云能,帝使为之,客著葛巾角低头拂棋,妙逾于帝。"刘孝标注曰:"傅玄《弹棋赋叙》曰:汉成帝(《御览》引作武帝误。)好蹴鞠,刘向以谓劳人体、竭人力,非至尊所宜御,乃因其体作弹棋,(《西京杂记》上亦载之。)今观其道,蹴鞠道也。"按玄此言,则弹棋之戏其来久矣。沈存中(括)《梦溪笔谈》卷十八曰:"弹棋今人罕为之,有谱一卷,盖唐人所为。其局方二尺,中心高如覆盂,其巅为小壶,四角微隆起,今大名开元寺佛殿上有一石局,亦唐时物也。李商隐诗曰:玉作弹棋局,中心最不平。(《无题》)谓其中高也。白乐天诗:弹棋局上事,最妙是长斜。(《和春深》)长斜谓抹角斜弹,一发过半局,今谱中具有此法。柳子厚《叙棋》用二十四棋者,即此戏也。《汉书》注云:两人对局,白黑子各六枚,(此《后汉书·梁冀传》注引《艺经》,子当作棊。)与子厚所引小异。"○丛,方本作菆,《考异》从之,今依《音注》及《五百家》。菆乃丛之或体后出字。○明年,樊曰:"当是贞元十一年。"孙曰:"河阳,公家世所葬。"步瀛案:《祭十二郎文》曰:吾年十九,始来京城,其后四年,而归视汝,又四年，吾往河阳省坟墓。樊注谓在十一年，方崧卿《韩文年表》载在十年，如方说，则非此文所言至河阳，《感二鸟赋序》曰：贞元十一年五月戊辰，愈东归。则至河阳殆在此时。故顾侠君《韩诗集注》所载年谱于十年十一年皆云归河阳也。案：河阳已见《送石处士序》注。○沈曰："张彦远《历代名画记》（卷十）：赵博宣亦解画，弟博文画子母犬兔善写貌。"案：赵博宣，尚书左丞涓子。《画史会要》云，博文、博宣，皆师周昉，疑即是赵侍御。○《说文》曰："摹，规抚〔橅〕也。"字亦作摸〔模〕。《广雅·释言》曰："摸，抚也。"○得国本，《补注》曰："国一作故。"○《考异》曰："往下或有日字。"案：《五百家》本有之，吴先生校韩文增日字于往字上。○孙曰："大都，大略也。"

五箴　并序

人患不知其过，既知之，不能改，是无勇也。余生三十有八年，发之短者日益白，齿之摇者日益脱，聪明不及于前时，道德日负于初心，其不至于君子而卒为小人也昭昭矣。李曰："此序词简意挚，无一字浮浪。读韩文宜深玩此等，不宜专学其奇倔之作，以其易涉叫嚣也。"作五箴以讼其恶云：

《韩子年谱》曰："永贞元年乙酉，移江陵法曹参军。《五箴序》云，余生三十有八年，即此年也。一作四十八。按贞元十八年《与崔群书》云，左车第二牙脱去，两鬓半白，头发五分亦白其一。《祭老成》云，吾年未四十，而视茫茫，而发苍苍，而齿牙动摇，自今年来，苍苍者或化而为白矣，动摇者或脱而落矣。此云发之短者日益白，齿之摇者日益脱。明年《感春》云：冠欹感发秃，语误悲齿堕。以此观之，公未四十时屡有此叹，知作四十八为误也。"

游 箴

案古书之式，小题当在本章之后，然韩集已列各章之前，各本皆同，姑因之。

余少之时，将求多能。蚤夜以孜孜。余今之时，既饱而嬉。蚤夜以无为。李曰："笔势飞动。"呜呼余乎！其无知乎！君子之弃，而小人之归乎！李曰："后四句语意极为沉挚。"

蚤，早之借字。《说文》曰："早，晨也。"又曰："孜，汲汲也。"《周书·大誓》，尔其孜孜，（伪孔《传》，孜孜劝勉不怠。）《诗·大明》，孔疏引《大誓》曰，师乃鼓噪，前歌后舞，格于上天下地，咸曰孜孜无怠。《史记·周本纪》孜作挚，字通。○时能（古音在之部。）孜嬉为知归韵。

言 箴

不知言之人，乌可与言？知言之人，默焉而其意已传。李曰："起四句语意警动。"幕中之辩；人反以汝为叛。台中之评；人反以汝为倾。汝不惩邪，而呶呶以害其生邪！李曰："结笔有悠扬不尽之意。"

幕中之辩，樊曰："此谓佐董晋、张建封于汴、徐二州时。"《韩子年谱》曰："贞元十二年丙子秋，为汴州观察推官，十五年己卯秋，为徐州节度推官。公行状云，九月一日上建封书，论晨入夜归事，其后有谏击毬书及诗。旧史云，发言真率，无所畏忌，操行坚正，拙于世务。公岂拙于世务者？特不能取容于俗耳。"○台中之评，樊曰："此谓为监察御史，坐论天旱人饥，出为阳山令。"《韩子年谱》曰："贞元十九年癸未，拜监察御史，冬贬连州阳山令。是时有诏以旱饥蠲租之半,有司征愈急,公与张署、李方叔上疏请宽民繇,而免田租之弊,天子恻然,卒为幸臣所谗,贬连州阳山令。幸臣,李实也。"○《说文》曰:"呶,讙声也。"大徐音女交切。○言传韵,辩叛韵,评倾惩生韵。

行 箴

行与义乖;言与法违。后虽无害;汝可以悔。行也无邪;言也无颇。死而不死,汝悔而何。李曰:"起八句曲折尽意,令读者忘其为有韵之文。"宜悔而休;李曰:"承上文前四句。"汝恶曷瘳?宜休而悔;李曰:"承上文后四句。"汝善安在?悔不可追,悔不可为。思而斯得,汝则弗思。李曰:"结末笔势拗折。"

《广雅·释诂》二曰:"颇,衺也。"○死而不死,吴北江曰:"此谓虽死犹生也。"○汝悔而何,沈曰:"言不当悔。《匡衡传》解何与此同义。"○《吕氏春秋·观表篇》高注曰:"休,止也。"○《诗·何彼秾矣》郑笺曰:"曷,何也。"《风雨》毛传曰:"瘳,愈也。"《释文》曰:"瘳,敕留反。"○吴曰:言当悔而不悔,则恶不能改矣;不当悔而悔,则善亦亡矣。悔不可追谓当悔也,悔不可为谓不当悔也。通篇两意相承到底。○乖违韵,害悔韵,邪颇何韵,休瘳韵,悔在韵,追为思韵。

好恶箴

无善而好;不观其道。无悖而恶;不详其故。前之所好,今见其尤。从也为比,舍也为雠。前之所恶,今见其臧。从也为愧,舍也为狂。维雠维比,维狂维愧。于身不祥,于德不义。不义不祥,维恶之大。几如是为,而不颠沛?齿之尚少,庸有不思。今其老矣,不慎胡为?

李曰："此首笔势尤为纵横跌宕，不可羁勒，其析理之精，亦不让宋贤也。"

《诗·载驰》毛传曰："尤，过也。"○《论语·为政篇》《集解》引孔曰："阿党为比。"○《尔雅·释诂》曰："臧，善也。"○《广雅·释诂》三曰："狂，痴也。"○《礼记·坊记》郑注曰："齿，年也。"好道韵（爱好之好与美好之好古本同读，后人爱好字读去声，美好字读上声，此箴好与道韵，读上声，而仍作爱好解。）恶（去声）故韵，尤仇韵，臧狂韵，比愧义韵，大沛韵，思为韵。

知名箴

内不足者，急于人知。霈焉有馀，厥闻四驰。今日告汝，知名之法。勿病无闻，病其晔晔。昔者子路，惟恐有闻。赫然千载，德誉愈尊。矜汝文章，负汝言语。乘人不能，舍以自取。汝非其父，汝非其师。不请而教，谁云不欺？欺以贾憎，揆以媒怨。汝曾不寤，以及于难。小人在辱，亦克知悔。及其既宁，终莫能戒。既出汝心，又铭汝前。汝如不顾，祸亦宜然。

□李曰："读此等文字，细玩其往来向背之势，可以悟古人用笔之妙。"又曰："汉氏以降，为四言韵语者，自太史公、杨子云之外，鲜能出三百篇之范围，惟韩公不袭取三百篇形貌，而力足与之并，如此五首，词恉深切，笔势奇宕，实周成《小毖》、卫武《抑戒》之嗣音也。"

霈同沛。《公羊》文十四年《解诂》曰："沛，有馀貌。"○《说文》曰："曅，光也。"字亦作晔。《后汉书·班固传》章怀注曰："晔晔，美茂之貌。"又与烨通。《汉书·杨雄传·反离骚》颜注曰："烨烨，光盛。"○《论语·公冶长篇》》曰："子路有闻,未之能行,唯恐有闻。"《集解》引孔曰:"前所闻未及行,故恐后有闻不得并行也。"退之引此与旧注异。樊引苏子瞻解曰:或曰,闻,声闻也,未能行其实而得其声,故不欲其有闻也,盖即用此说。○《诗·生民》毛传曰:"赫,显也。"○《周礼·夏官·大司马》郑注曰:"负犹恃也。"○《左》桓十年:虞叔曰:"将焉用此?其以贾害也。"杜注曰:"贾,买也。"《释文》曰:"贾音古。"○《汉书·司马迁传》颜注曰:"媒如媒娉之媒。"○《孟子·公孙丑上》赵注曰:"曾犹乃也。"案:寤、悟字通。○《广韵》二十八翰曰:"难,患也,奴案切。"○李曰:"按柳子厚《答韦中立论师道书》云:今之世不闻有师,有辄哗笑之以为狂人,独韩愈奋不顾流俗,犯笑侮,收召后学,作《师说》,因抗颜而为师,世果群怪聚骂,指目牵引,而增与为言词,愈以是得狂名,居长安炊不暇熟,又挈挈而东。公此文自'矜汝文章'以下,盖指其事。"

子产不毁乡校颂

《左》襄三十一年曰:"郑人游于乡校,以论执政,然明谓子产曰:(襄二十四年杜注曰:"然明,鬷蔑。")毁乡校如何?子产曰:何为?夫人朝夕退而游焉,以议执政之善否,其所善者,吾则行之,其所恶者,吾则改之,是吾师也,若之何毁之?我闻忠善以损怨,不闻作威以防怨。岂不遽止?然犹防川,大决所犯,伤人必多,吾不克救也。不如小决使道,不如吾闻而药之也。仲尼闻是语也,曰:以是观之,人谓子产不仁,吾不信也。"杜注曰:"乡校,乡之学校。"李刚己曰:"按德宗贞元十四年,国子司业阳城,出为道州刺史,太学生王鲁卿、李傥等二百七十人诣阙乞留,经数日,吏遮止之,疏不得上。是时朝廷必有忌疾太学诸生之意。此文盖因是而作,反覆咏叹于子产之事,所以讽切当时君相,其旨微矣。又按是时柳子厚亦有《与太学诸生书》，推奖甚至，盖当时公论皆重惜阳公之去位，而深予诸生之所为也。"步瀛案：贞元十四年，退之方从董晋于汴州，《通鉴·唐纪》五十一，载阳城左迁道州刺史于是年，非也。《考异》卷十九曰："《实录》、新旧《唐书》无年月，柳宗元《阳公遗爱碣》曰：四年五月，起阳公为谏议大夫，后七年迁国子司业，又四年九月己巳，出拜道州刺史，今从之。"如其说则当在十五年。且《通鉴》既载城改国子司业于十一年，则又四年正当十五年矣。故韩集《太学生何蕃传》樊注谓贞元十五年九月，以城为道州刺史。《柳子厚年谱》亦载《国子司业阳城遗爱碣》及《与太学诸生书》于十五年。陈曰："集中《与太学诸生书》题下注贞元十四年，乃后人承《通鉴》之文而失之。当据谱厘正其说。是也。退之是年秋从张建封于徐州，而冬尝至京师，故《欧阳生哀辞》曰：十五年冬，余以徐州从事朝正于京师，詹为国子助教，将率其徒伏阙下，举余为博士，会监有狱不果上。所谓监有狱者，不知为何事。窃意当日太学诸生必于朝政有所建议，而触当道之忌疾，固不仅乞留阳司业一事也。即以阳事言，其左迁之故，由于步送太学生薛约，约之得罪由于直言，则当日朝廷恶太学之意可以推见。此子厚所以比之李元礼，而退之所以托意于子产也欤！"

我思古人，伊郑之侨。以礼相国，人未安其教。游于乡之校，众口嚣嚣。或谓子产：毁乡校则止。曰何患焉？可以成美。夫岂多言，亦各其志。善也吾行，不善吾避。维善维否，我于此视。川不可防，言不可弭。下塞上聋，邦其倾矣。李曰："以上骤栝《左传》所记事实，文气极为疏宕。"既乡校不毁，而郑国以理。李曰："束顿有力。此等处乃文字筋节，不可忽也。"

伊，发声之词。《尔雅·释诂》曰："伊，维也。"孙曰："国侨，字子产，郑大夫穆公之孙，子国之子。"○《左》襄二十六年：公孙挥曰："子产其将知政矣，让不失礼。"《广韵》五肴：教，古肴切。○《诗·十月之交》曰："谗口嚣嚣。"郑笺曰："嚣嚣，众多貌。"○《论语·先进篇》曰："亦各言其志也已矣。"○《周语上》："召公曰：防民之口，甚于防川。"韦注曰："弭，止也。"○《穀梁》文六年曰："上泄则下暗，下暗则上聋，且暗且聋，无以相通。"○《广雅·释诂》三曰："理，治也。"

在周之兴，养老乞言。及其已衰，谤者使监。成败之迹，昭哉可观。维是子产，执政之式。维其不遇，化止一国。李曰："文势略顿，旋用纵笔。"诚率是道，相天下君。交畅旁达，施及无垠。李曰："四句笔势奇纵，在韵语中尤为难得。"於虖四海，所以不理，有君无臣。谁其嗣之？我思古人。李曰："咏叹作结，有含蓄不尽之意。"

□茅曰："子产之识远，故不毁乡校。退之之思深，故为颂。"○吴挚甫先生云："纵横跌宕，使人忘其为有韵之文。"

《诗序》曰："《行苇》，忠厚也。周家忠厚，仁及草木，故能内睦九族，外尊事黄耇，养老乞言，以成其稻禄焉。"○《周语上》曰："厉王虐，国人谤王，王怒，得卫巫，使监谤者，以告则杀之。"案：监，《广韵》入二十七衔，古音在谈部，本闭口音，变音转元部，此盖以谈盐添咸衔严凡含合元魂痕寒桓删山先仙为一部。○《文选·答宾戏》善注曰："垠，限也。"○《左》襄三十年曰："子产从政一年，与人诵之曰：取我衣冠而褚之；取我田畴而伍之，孰杀子产？吾其与之。三年又诵之曰：我有子弟，子产诲之；我有田畴，子产殖之；子产而死，谁其嗣之？"

进学解

《礼记·经解》孔疏引皇氏曰："解者，分析之名。"《说文》曰："解，判也。"《广雅·释诂》三曰："解，说也。"《旧唐书·韩愈传》曰："复为国子博士，愈自以才高累被摈黜，作《进学解》以自喻，政览其文，以为有史才，改比部郎中，史馆修撰。"○孙可之《与王霖秀才书》曰："韩吏部《进学解》，拔地倚天，句句欲活，读之如赤手捕长蛇，不施鞚勒骑生马，急不得暇，莫可捉搦。"

国子先生晨入太学，招诸生立馆下，诲之曰："业精于勤，荒于嬉，业该学与文。行成于思，毁于随。行兼包言。方今圣贤相逢，沈确士曰："伏宰臣一段。"治具毕张。拔去凶邪，登崇畯良。占小善者率以录，名一艺者无不庸。沈曰："伏惟器是适。"爬罗剔抉，刮垢磨光。盖有幸而获选，孰云多而不扬？沈曰："伏登明选公。"诸生业患不能精，无患有司之不明；行患不能成，无患有司之不公。"沈曰："进学正义止此，跌起翻驳。"○以上设为诲诸生之言以发端。

《新唐书·百官志》曰："国子监祭酒一人，从三品，总国子太学广文四门律书算凡七学。国子监博士正五品上，掌教三品以上，及国公子孙从二品以上，曾孙为生者，五分其经以为业。"案：唐国子、太学分为二学，退之为国子博士，此文太学自指国子监，盖唐之国子监当古之太学也。《韩子年谱》曰："元和七年春，复为国子博士。"韩注谓此文作于元和八年三月二十三日。○嬉随韵。○《汉书·王褒传》曰："诏褒为圣主得贤臣，颂其意。"又《酷吏传序》曰："法令者，治之具。"○《考异》曰：

"畯或作俊。"案《音注》《五百家》《文苑》《文诀》并作俊。《孟子·公孙丑上》赵注曰："俊，美才出众者也。"畯乃俊之通借字。○《史记·平准书》《索隐》曰："自占，自隐度也。"朱丰芑《说文通训定声》卷四曰："占假借为帖，凡训隐度，皆傅会本意，其实帖写之意，犹云自署也。"○《说文》曰："庸，用也。"○《考异》曰："爬或作把。"祝曰："爬与杷字同。"《广韵》九麻曰："爬，搔也，蒲巴切。"《说文》曰："剔，解也；抉，挑也。"○《礼记·明堂位》郑注曰："刮，摩也。"《说文》曰："垢，浊也。"案：此二句言搜择人材而磨礲之，使底于成也。○《小尔雅·广言》曰："扬，举也。"○逢张良庸光扬精明成公皆韵。

言未既，有笑于列者曰："先生欺余哉！弟子事先生，于兹有年矣。先生口不绝吟于六艺之文，手不停披于百家之编。记事者必提其要，纂言者必钩其玄。娄曰："三句读书之法。"贪多务得，细大不捐。焚膏油以继晷，恒兀兀以穷年。先生之业，可谓勤矣。何曰："此段是学。"觝排异端，攘斥佛老。补苴罅漏，张皇幽眇。寻坠绪之茫茫，独旁搜而远绍。障百川而东之，回狂澜于既倒。先生之于儒，可谓有劳矣。何曰："此段是言。"沉浸醲郁，含英咀华。作为文章，其书满家。上规姚姒，浑浑无涯。《周诰》《殷盘》，佶屈聱牙。《春秋》谨严，《左氏》浮夸。《易》奇而法，《诗》正而葩。下逮《庄》《骚》，太史所录。子云相如，同工异曲。曾曰："韩文于文用力绝勤，故言之切当有味如此。"先生之于文，可谓闳其中而肆其外矣。何曰："此段是文。"少始知学，勇于敢为。长通于方，左右具宜。先生之于为人，可谓成矣。何曰："此段是行。"

又曰："此上四段发明多字。"然而公不见信于人，私不见助于友。跋前疐后，动辄得咎。暂为御史，遂窜南夷。三年博士，冗不见治。命与仇谋，取败几时。冬暖而儿号寒，年丰而妻啼饥。头童齿豁，竟死何裨？不知虑此，而反教人为！"以上设为弟子难词。

《穀梁》桓三年曰："既者，尽也。"○《文选·上林赋》李善注曰："六艺，六经也。"○《庄子·天下篇》曰："百家之学，时或称而道之。"○《汉书·艺文志》有杨雄《训纂篇》，又《司马迁传赞》曰："至孔氏纂之。"颜注曰："纂与撰同。撰，《说文》作譔，是纂、纂、撰、譔字并通。"《说文》曰："玄，幽远也。"○《说文》曰："捐，弃也。"○《左氏春秋序》孔疏曰："脂之泽者为膏。"《说文》曰："晷，日景也。"○《汉书·王褒传》：《圣主得贤臣颂》曰："终日矻矻。"注引应劭曰："矻矻，劳极貌。"如淳曰："健作貌。"颜曰："如淳说是，矻音口骨反。"《考异》本矻矻作兀兀，曰或作矻。案：新旧《唐书》《文苑》《观澜甲集》《文粹》《文诀》皆作矻。《五百家本》作兀，引孙曰：兀兀，用心貌，恐臆说。○年文编玄捐勤皆韵。盖退之合真谆臻文欣元魂痕寒恒删山先仙为一部也。○觝同牴。《说文》曰："牴，触也。"又为抵之通借字。《说文》曰："抵，挤也。"《论语·为政篇》曰："攻乎异端。"《楚辞·七谏·沉江》王注曰："攘，排也。"○《汉书·贾谊传》：冠虽敝不以苴履。颜注曰："苴，履中之藉也。"引申之为填塞虚空之义。《说文》曰："罅，裂也。"大徐音呼迓切。《广雅·释诂》一：张皇皆训大。《尔雅·释诂》曰："幽，微也。"《方言》十三曰："眇，小也。"此言罅漏者补苴之，微眇者张大之，喻阐明道义也。○《文选·魏都赋》注曰："茫茫，远貌也。"○《说文》曰："绍，继也。"○障，墇之通借字。《说文》曰："墇，拥也。"《吕览·达郁篇》高注曰：

"障，防也。"○《周礼·夏官·司勋》曰："事功曰劳。"○老眈绍倒劳韵。○《说文》曰："醲，厚酒也。"《广雅·释诂》三曰："醲，厚也。"《上林赋》曰："酷烈淑郁。"郭注曰："香气盛也。"○《说文》曰："咀，含味也。"○祝曰："刘孝绰《安成康王碑》曰：虞、夏革运，姚、姒之姓已分。"案《广韵》四宵曰："姚，舜姓。"六止曰："姒，夏姓。"《法言·问神篇》曰："虞、夏之书浑浑尔。"李注曰："深大。"孙曰："谓规学此虞、夏之书也。"○孙曰："《周诰》谓《大诰》《康诰》《酒诰》《洛诰》之属，《殷盘》谓《盘庚》三篇。佶屈聱牙，皆艰涩貌。"步瀛案：佶屈即结绌。《广雅·释诂》一曰："结，曲也。"《释诂》四曰："结，绌也。"又作诘诎。《说文叙》，随体诘诎。段注曰："诘诎犹今言屈曲也。"《玉篇》曰："聱，五苞、鱼幽二切。"○《二程遗书》卷二上："二先生语曰：《春秋》之法，中国而用夷礼则夷之。韩愈言《春秋》谨严，深得其旨。"《困学纪闻》卷六曰："《春秋》之法，韩文谨严二字尽之。"○范武子《穀梁传集解序》曰："《左氏》艳而富，其失也巫。"○《易》言龙战于野（《坤》上六），载鬼一车（《睽》上九），奇矣。而天地盈虚，与时消息（《丰·彖》），故曰法。○《诗》三百，一言以蔽之曰：思无邪（《论语·为政篇》），故曰正。多识于鸟兽草木之名（《论语·阳货篇》），故曰葩。○华家涯夸葩韵。○孙曰："《庄》谓《庄子》，《骚》谓《离骚》，太史所录谓司马迁《史记》。"案《汉书·艺文志》：《太史公》百三十篇，即《史记》也。○《补注》引陈齐之《语录》曰："沉浸醲郁，含英咀华，至子云、相如同工异曲，此退之作文法。记事者必提其要，纂言者必钩其玄，是亦学文术也。"○录曲韵。○《楚辞·九叹·远逝》王注曰："闳，大也。"《法言·君子篇》曰："或问君子言则成文，动则成德，何以也？曰：以其弸中而彪外也。"○《吕氏春秋·必己篇》高注曰："方，术也。"○为宜韵。○文人自为韵。○《诗·猗嗟》郑笺曰："成谓备也。"《论语·宪问篇》曰："可以为成人矣。"○《诗·豳风》：狼跋其胡，载疐其尾。毛传曰："跋躐，疐跲也。老狼有胡，进则躐其胡，退则跲其尾，进退有难。"《说文》曰："疐，跲也。《诗》曰：载疐其尾。"盖《三家诗》作疐，毛则借疐为疐耳。《考异》曰："疐或作疌。"案：《文苑》《文诀》《五百家》本并同，《文粹》《文澜》作疌，则又疐之误。《文澜》注云疾也，竟不辨疌为误字，尤非。○友咎韵。○《年谱》曰："贞元十九年拜监察御史，冬贬连州阳山令。○《年谱》曰："元和元年夏召为国子博士，二年分教东都生，三年，公自元年为士至今三年。行状云，权知三年改真博士也。"樊曰："公元和初权知国子博士，避谤求分教东都，三岁即真也。《旧唐书·韩愈传》作三为博士，盖公贞元十八年为四门博士，元和初自江陵掾入为国子博士，至是元和七年自尚书外郎为之，作三为博士亦可。"朱曰："按洪谱当作三年，唐本诗注行状皆有三年字，何烦曲说乎？"韩曰："《楚词》：虽过失犹弗治。"步瀛案：韩引见《九章·惜诵》，谓职虽冗旷，君相犹不治其罪也。王宋贤曰："见音现，谓官冗不足彰治理之才。"沈曰："言善最弗闻。《周礼》小宰：二曰以叙进其治。注：治功状也。"案：王、沈二说较旧说义长，然治虽作功状解，而仍读平声，古人用韵之文例多如此。○《释名·释长幼》曰："牛羊之无角者曰童，山无草木曰童。"案：人老发秃，如山无草木，故曰头童。《汉书·扬雄传》颜注曰："豁，开也。"○《诗·瞻卬》郑笺曰："竟犹终也。"《郑语》韦注曰："裨，益也。"《广韵》五支：裨音卑，又音陴。○夷治时饥裨为韵。

先生曰：吁，子来前。夫大木为杗，张曰："此皆偏宕之词。"细木为桷，欂栌侏儒，椳闑扂楔，各得其宜，施以成室者，匠氏之工也，玉札丹砂，赤箭青芝，牛溲马勃，败鼓之皮，俱收并蓄，待用无遗者，医师之良也。登明选公，杂进巧拙，纡馀为妍，卓荦为杰，校短量长，惟器是适者，宰相之方也。昔者孟轲好辩，孔道以明。辙环天下，卒老于行。荀卿守正，大论是弘。逃谗于楚，废死兰陵。是二儒者，吐辞为经，举足为法。绝类离伦，优入圣域。其遇于世何如也！今先生学虽勤而不繇其统，言虽多而不要其中，文虽奇而不济于用，行虽修而不显于众，汪曰："对业成四段，仍是患不精、患不成意。"犹且月费俸钱，岁靡廪粟。子不知耕，妇不知织。乘马从徒，安坐而食。踵常途之促促，窥陈编以盗窃。然而圣主不加诛，宰臣不见斥。非其幸欤！动而得谤，名亦随之。茅曰："占地位。"何曰："不遇者名高，则不公不明之失重矣，妙有含蓄。"投闲置散，乃分之宜。若夫商财贿之有亡，计班资之崇庳。忘己量之所称，指前人之瑕疵。是所谓诘匠氏之不以杙为楹，而訾医师以昌阳引年欲进其豨苓也。汪曰："抱前匠、医二喻作收，无限风韵。"○以上假设答词。

□曾曰："仿《客难》《解嘲》，气味之渊懿不及，而论道、论文二段，精实处过之。"

《尔雅·释宫》曰："栋谓之梁。"郭注曰："屋大梁也。"《释文》曰："栋音亡。"《说文》曰："栋，栋也。"郝兰皋《义疏》曰："栋庿中央斯谓之梁。《说文》以栋训栋，非以栋为梁也。"《释宫》又曰："桷谓之榱。"郭曰："屋椽。"《说文》曰："桷，榱也，椽方曰桷。"○《说文》曰："构栌，柱上枅也。"（今枅作栭，段氏依《文选》注改，今从之。）又曰："楷，欂栌也。"《尔雅·释宫》曰："枅谓之䆫。"郭注曰："即栌也。"《释文》曰:"棁旧本及《论语》《礼记》皆作节。"《礼记·明堂位》山节,郑注曰:"刻构栌为山也。"《论语·公冶[长]篇》山节,皇疏曰:"节如今拱斗也。"是构栌与枅棨为一物也。○《尔雅·释宫》曰:"梁上楹谓之棁。"郭曰:"侏儒柱也。"《明堂位》:藻棁。郑注曰:"画侏儒柱为藻文也。"《释名·释宫室》曰:"棳儒,梁上短柱也。"棳儒犹侏儒,短故以名之也。○《释宫》曰:"枢谓之椳。"郭曰:"门户扉枢。"《释文》曰:"椳,乌回反。"《御览·居处部》十二引孙炎曰:"门户扇枢间可依蔽为椳也。"○《释宫》曰:"橛谓之闑。"郭注曰:"门闑。"《说文》曰:"闑,门梱也。"此郭注所本。郝兰皋曰:"《曲礼》云,由闑右。《士冠礼》云,布席于门中闑西。郑注并以门橛为释。橛是竖木,设于门中,其旁曰枨,其中曰闑。《玉藻》曰:大夫中枨与闑之间,盖门中间竖一短木。东曰闑东,西曰闑西。梱是门限,横木为之;闑是门橛,竖木为之,说者多误。"○《说文》曰:"楗,距门也。"(距各本作限,段氏据《南都赋》注引改。)《颜氏家训·书证篇》曰:"《古乐府歌·百里奚词》曰:吹扊扅。吹当作炊煮之炊。"案蔡邕《月令章句》曰:"键,关牡也,所以止扉,或谓之剡移。然则当时贫困,并以门牡木作薪炊耳。"《声类》作扅,又或作扊,案《切韵》三十六忝曰:"扂闭户,徒玷反。"《集韵》五十一忝曰:"扂户牡,或作弗。"玄应《一切经音义》十五引《通俗文》曰:"门键曰弗。"又引《苍颉篇》作撢。《广雅·释宫》曰:"扂,户牡也"字并同。○《释宫》曰:"枨谓之楔。"郭曰:"门两旁木。"《释文》曰:"楔,古黠反。"郝兰皋曰:"《说文》櫼楔互训,《系传》引《尔雅》而申之,云即今府署大门脱限者,两旁斜柱两木于橛之岗,是也。据《系传》楔音当先结切。"○桷楔室韵。○玉札丹砂至败鼓之皮,孙曰:"七者,皆药名也。《证类本草》卷三曰:"玉泉一名玉札。"引陶隐居曰:"蓝田出美玉,此当是玉之精华,白者质色明彻,可消之为水，故名玉泉。"又丹砂，引陶隐居曰："按此化为汞，及名真朱者，即是今朱砂也。"又引《图经》曰："丹砂生符陵山谷，今出辰州者最胜，谓之辰砂。"○《证类本草》卷六曰："赤箭一名离母，一名鬼督邮，生陈仓川谷，雍州及太山、少室。"引唐本注曰："茎似箭簳赤色，端有花叶，远看如箭有羽，根皮肉汁与天门冬同，惟无心脉，去根五六寸有十餘子卫似芋，其实似苦楝子，核作五六棱，中肉如面，日暴则枯萎也。"又曰："青芝一名龙芝，生泰山。"○《证类本草》卷十二曰："黄犍牛、乌牯牛溺，主水肿腹胀脚满，利小便。"卷十一曰："马勃主恶疮马疥，一名马庀，生园中久腐处。陶隐居云，俗人呼为马氣勃，紫色虚软，状如狗肺，弹之粉出，傅诸疮用之，甚良也。蜀本《图经》云，此马屁菌也。"○《证类本草》卷十八曰："败鼓皮主中蛊毒。"引陶隐居曰："此用穿败者，烧作屑，水和服之。"○《淮南子·主术篇》曰："贤主之用人也，犹巧工之制木也，大者以为舟航柱梁，小者以为楫榜（元作楫楔，依王怀祖校改），修者以为桐榱，短者以为朱儒枅栌，无大小修短，各得其所宜，规矩方圆，各有所施。天下之物莫凶于奚毒（元作鸡毒，亦依王校改），然而良医橐而藏之，有所用也。是故林莽之材犹无可弃者，而况人乎？"文中语意盖本此。○芝皮遗韵。○《后汉书·班固传下》章怀注曰："卓荦犹超绝也。"○拙杰适韵。○工良方自为韵。○《孟子·滕文公下》曰："予岂好辩哉？予不得已也。"又曰："杨、墨之道不息，孔子之道不著。"○孙曰："辙，车迹也。行，循环也。"○明行韵。○《史记·荀卿传》曰："荀卿推儒墨道德之行事兴坏，序列著数万言。"○《荀卿传》曰："齐襄王时，荀卿最为老师，齐尚修列大夫之缺，而三为祭酒。齐人或谗荀卿，荀卿乃适楚，而春申君以为兰陵令。春申君死而荀卿废，因家兰陵，而卒葬兰陵。"《正义》曰："兰陵县属东海郡，今沂州承县有兰陵山。"《清一统志》曰："山东沂州府：荀卿墓在兰山县西南。"(今改临沂县)○弘陵韵。○法域韵。○中，陟仲反。○统中用众韵。○《越语下》韦注曰："靡，损也。"○孙曰："徒谓徒御也。"○方曰："促音踧。公《张署墓志》：抑首促促就食，与此同。《史记》：申屠嘉娖娖廉谨，（娖娖廉谨四字虽见《申屠嘉传》，乃指许昌、薛泽等，非谓嘉也，引未晰。）娖与促音义通。"朱曰："促促诸本多作役役。"案：《音注》《五百家》《文粹》《观澜》《文诀》皆作役役。○粟织食窃斥韵。○分，扶问切。○《法言·孝至篇》李注曰："庳，下也。"○称，尺证切。○孙曰："前人谓在己之前，谓贵显者。"○之宜庳疵韵。○《广雅·释诂》一曰："诘，责也。"《尔雅·释宫》曰："槛谓之杙。"郭注曰："杙，橜也。"《庄子·人间世篇》曰："求狙猴之杙者斩之。"《释文》曰："杙，以职反，又羊植反。"案杙，弋之借字。《说文》曰："弋，橜也。槷，柱也。"孙曰：杙小而槛大，故愈以杙自喻。"○《礼记·曲礼上》《释文》曰："訾音紫，毁也。"○《广雅·释草》曰："昌阳，菖蒲也。"《庄子·徐无鬼篇》曰："药也，其实堇也，桔梗也，鸡癕也，豕零也，是时为帝者也。"《释文》曰："豕零，司马本作豕囊，云一名猪苓，根似猪卵，可以治渴。"《证类本草》卷六曰："菖蒲久服轻身，聪耳明目，延年益心智，一名昌阳，生上洛池泽，及蜀郡严道。"卷十三曰："猪苓利水道，一名豭猪屎。《图经》曰：生衡山山谷，及济阴冤句，今蜀州、眉州亦有之。旧说是枫木苓，今则不必枫根下乃有，生土底，皮黑作块，似猪粪，故以名之。"祝曰："楚人呼猪为豨，（《方言》八曰："猪南楚谓之豨。"豨苓乃猪苓也。"

祭张员外文

樊曰："张署为河南令，既数月，弃官去，遂卒。时公从裴度讨蔡，元和十二年八月也。志其墓，为文以祭之。"《韩子年谱》曰："《张署墓志》，为庶子时作，至祭署时，已为司马，云：铭君之绩，纳石壤下，盖祭文在墓志后也。"案退之《河南令张君墓志铭》曰："君讳署，字某，河间人。迁刑部员外郎，改河南令，以病辞免，死年六十。"○韩集各本张上有河南二字，姚选无此二字，今从之。又《音注》及《五百家》本张下皆有署字。

维年月日，彰义军行军司马，守太子右庶子，兼御史中丞韩愈，谨遣某乙，以庶羞清酌之奠，祭于亡友故河南县令张十二员外之灵。贞元十九，君为御史。余以无能，同诏并跱。君德浑刚，标高揭己。有不吾如，唾犹泥滓。余戆而狂，年未三纪。乘气加人，无挟自恃。曾曰："以上同官御史。"

《旧唐书·韩愈传》曰：元和十二年八月，宰臣裴度为淮西宣慰处置使兼彰义军节度使，请愈为行军司马。"李习之《韩公行状》曰："迁中书舍人，改太子右庶子。元和十二年，上命裴丞相为淮西节度使，丞相请公以行，于是以公为御史中丞，赐三品衣鱼，为行军司马。"《唐六典》卷二十六曰："太子右春坊右庶子，正四品下，掌侍从献纳启奏。"行军司马，御史中丞，并见《董公行状》注。《六典》卷二曰："凡任官，阶卑而拟高则曰守，阶高而拟卑则曰行。"案：退之《沂国公先庙碑》，撰于元和八年，署曰朝议郎；《徐偃王庙碑》撰于元和十年，韩注引石刻亦曰朝议郎；《黄陵庙碑》撰于长庆元年，石本署曰通议大夫。其进阶在何年，谱均不载，要必在平蔡之后。此时官阶自应是朝议郎。按《六典》，朝议郎正六品上，而右庶子正四品下，御史中丞正五品（新、旧《唐书志》皆正四品下），阶卑职高，故称守也。○《方言》十二郭注曰："熟食为羞。"《礼记·曲礼下》曰："酒曰清酌。"○退之与署赠和诗皆称十一，(《洞庭湖阻风赠张十一署》《李花赠张十一署》《忆昨行和张十一》《答张十一功曹》《湘中酬张十一功曹》《题张十一旅舍》皆是。)此文十二疑亦当作十一。○墓志曰:"以进士(《补注》曰:署贞元二年进士第。)举博学宏词,为校书郎,自京兆武功尉拜监察御史。"《韩子年谱》曰:"贞元十九年拜监察御史。"《文选·西京赋》薛注曰:"跱,犹置也。"《关中诗》五臣注吕向曰:"跱,立也。"○《文选·东京赋》薛注曰:"揭犹表也。"○《说文》曰:"涬,淀也。"○《说文》曰:"懘,愚也。"○严曰:"退之大历戊申岁生,至贞元十九年癸未,三十六年矣。"案《晋语》四韦注曰:"十二年岁星一周为一纪。"

彼婉蛮者,实悻吾曹。侧肩帖耳,有舌如刀。我落阳山,以尹鼺猱。君飘临武,山林之牢。岁弊寒凶,雪虐风饕。颠于马下,我泗君咷。夜息南山,同卧一席。守隶防夫,觝顶交跖。洞庭漫汗,粘天无壁。风涛相豗,中作霹雳。追程盲进,飘船箭激。有万怪惶惑,震炫耳目之势,在韵文中,尤为难得。南上湘水,屈氏所沉。二妃行迷,泪踪染林。山哀浦思,鸟兽叫音。余唱君和,百篇在吟。或曰:"以上同南迁。"

《诗·甫田》:婉兮娈兮。毛传曰:"婉娈,少好貌。"案:此借喻群小。○《史记·平准书》《索隐》引如淳曰:"曹,辈也。"○有舌如刀,严曰:谓谗人以言伤人也。退之与张署、李方叔同为御史,时方旱饥,上疏乞宽民徭,为李实所谗,俱贬南方县令。又与署同赴贬所。"案《张署墓志》曰:"为幸臣所谗,与同辈韩愈、李方叔三人俱为县令南方。"孙曰:"贞元十九年冬,三人皆以言事得罪,署贬郴州阳武令,公贬连州阳山令。"○《年谱》曰:"贞元十九年冬,贬连州阳山令。"退之《刘生诗》曰:"阳山穷邑惟猿猴。"《汉书·地理志》颜注曰:"尹,主也。"此言为鼯狖之主也。鼯鼠一名夷由，一名飞生，一名獱狖，即猕猴也。《尔雅·释兽》《释文》曰："狖，奴刀反。"唐岭南道连州阳山县，今广东阳山县治。○唐江南道郴州临武县，今湖南临武县治。○《说文》曰："牢，闲养牛马圈也。"又《释名·释宫室》曰："狱又谓之牢。"○《文选》枚叔《上书谏吴王》李善注曰："弊，尽也。"○《广雅·释诂》二曰："饕，贪也。"言风寒恶如贪饕也。○《诗·荡》毛传曰："颠，仆也。"又《泽陂》毛传曰："自目曰涕，自鼻曰泗。"《易·同人》曰："同人，先号咷而后笑。"《释文》曰："咷，道刀反。号咷，啼呼也。"○退之《答张彻诗》曰："叠雪走商岭，飞波航洞庭。"又《赴江陵途中寄赠三学士诗》曰："商山季冬月，冰冻绝行辀。"此云南山，即商山也。《史记·苏秦传》曰："韩西有商阪之塞。"《索隐》引刘伯庄曰："盖在商、洛之间，适秦、楚之险塞也。"《正义》曰："即商山也。"《太平寰宇记》：山南西道商州上洛县引《帝王世纪》曰："南山曰商山，又名地肺山，亦称楚山。"《清一统志》曰："陕西商州：商山在州东。"（今改县。）盖退之遭贬，与署同出长安，南赴荆湘，故路经商山也。○祝曰："觝，触也，谓以顶相觝触。跖，足也。"○《海内东经》郭注曰："洞庭地穴，在长沙巴陵也。"《清一统志》曰："湖南岳州府，洞庭湖在巴陵县西南。"（今改岳阳县。）《文选》木玄虚《海赋》曰："洪涛澜汗。"又曰："浮天无岸。"李善注曰："澜汗，长貌。"澜汗、漫汗，并叠韵连语。《补注》曰："漫汗，广大也。漫音瞒，汗音寒。"（见《咏雪赠张籍诗》。）○《海赋》曰："磊匒匌而相豗。"李善注曰："豗，呼回切。相豗，相击也。"○《尔雅·释天》郭注曰："雷之急激者谓霹雳。"《文选·吴都赋》曰："楼船举颿而过肆。"刘渊林注曰："颿者船帐也。"《考异》曰："颿或作帆。"《太平御览·地部》二十六引《慎子》曰："西河下龙门，其流驶如竹箭。"○《史记·屈原传》曰："屈原乃作《怀沙》之赋，于是怀石，遂自投汨罗以死。"《水经·湘水注》曰："湘水又北，汨水注之，水东出豫章艾县桓山西南，西迳罗县北，谓之罗水。又西迳玉笥山，又西为屈潭，即汨罗渊也。屈原怀沙自沉于此，故渊潭以屈为名。"《清一统志》曰："湖南长沙府：罗县故城，在湘阴县东北，汨水在湘阴县北七十里，自岳州府平江县流入，西注湘水。"○《博物志》卷十曰："尧之二女舜之二妃曰湘夫人，舜崩，二女啼，以涕挥竹，竹尽斑。"《述异记》上曰："昔舜南巡，而葬于苍梧之野，尧之二女娥皇、女英追之不及，相与恸哭，泪下沾竹，竹上文为之斑斑然。"《困学纪闻》卷十二引张耒诗曰："重瞳陟方时，二妃盖老人。安肯泣路旁，洒泪留翠筠？"（翁注曰：今本《柯山集》五十卷不载此诗。案文津阁《宛丘集》七十六卷及陆刚甫《群书校补·柯山集》十二卷皆无此诗。）则以染竹之说为妄，其义甚正。然词赋家故事相沿，大多类此，其妄亦人所易知，似无庸辨也。○张署有《赠韩退之诗》，《韩子年谱》以为作于是时。退之有《湘中诗》，方扶南《韩诗编年笺注》以为作于是时。馀不可考，盖不复存也。然百篇亦第言其多耳。方谓唱和百篇，或一时兴至之谈，未必有之，亦太泥矣。

君止于县，我又南踰。把盏相饮，后期有无。期宿界上，一又相语。自别几时，遽变寒暑。枕臂款眠，加余以股。仆来告言，虎入厩处。无敢惊逐，以我骠去。君云是物，不骏于乘。虎取而往，来寅其征。我预在此，与君俱膺。就虎取骠事，写出祸福相同，非徒见交谊之厚，而改官江陵，即从此递入，文心何等捷便？孟首果信，恶祷而凭？曾曰："以上在阳山、临武时，两人相约会于界上。"

《年谱》曰："临武属郴州，在阳山之北。《忆昨》云：阳山鸟路出临武，是也。"○《玉篇》曰："琖，侧简切，亦作盏、醆。"《说文》新附琖字曰："玉爵也。"《广韵》二十六产曰："玉琖，小杯。"○《年谱》曰："公以十九年冬末贬官，二十年春到阳山，二公以今秋冬期宿界上。"《清一统志》曰："湖南桂阳州临武县，南至广东连州界五十里，西南至连州界三十五里。○《后汉书·逸民·严光传》曰："帝共偃卧，光以足加帝腹上。"此盖隐用其事。○《说文》曰："驘，驴子也。"《玉篇》曰："亡东切。"《广韵》一东作骡，曰："莫红切。"《猗觉寮记》卷上曰："《唐韵》驴子曰骡，亦见何承天《纂文》。"○《尔雅·释诂》郭注曰："骏犹迅也。"○樊曰："公贞元十九年与张俱令南方，明年冬会宿临武界上，虎入公厩取骡去。骡，驴子也，虎，寅属也，公载张语云云，已而顺宗即位，皆改江陵府掾，公法曹，张功曹。"○《诗·閟宫》毛传曰："膺，当也。"《楚辞·天问》王注曰："膺，受也。"○孟首，各本作猛兽。洪曰："仆来告言，虎入厩处而下，予以问葛鲁卿，葛云：驴不骏，去之则亨矣，虎取而去，疑其亨也，故来寅望征，猛兽果信者，言虎取骡果亨，遂有府掾之命，不待祷而有所凭也。"方曰："兽，蜀本作首，李本校作孟首。"朱曰："洪、谢本皆作孟首，谓正月孟春之首也，然且作猛兽亦通。"案：吴先生校韩文改孟首，今从之。又案：恶音乌，此著当日无聊之慰藉，以见忧患相同，望归之切，非真信其兆之验也。此皆韩文诙诡处。

余出岭中，君噉州下。偕掾江陵，非余望者。郴山奇变，其水清写。泊砂倚石，有遟无舍。衡阳放酒，熊咆虎嗥。不存令章，罚筹蝟毛。委舟湘流，往观南岳。云壁潭潭，穹林攸擢。避风太湖，七日鹿角。钩登大鲇，怒颊豕豞。脔盘炙酒，群奴馀啄。<small>写归途中情事极豪放。</small>走官阶下，首下尻高。下马伏涂，从事是遭。<small>写到官后情事，又极局促，极文章恢诡之观。</small>曾曰："以上同改掾江陵，同游南岳洞庭。"

州谓郴州。《通典·州郡》十三曰:"郴州有骑田岭,今谓之腊岭,即五岭之一。"唐江南道郴州治郴县,今湖南郴县治。〇墓志曰:"二年逢恩,俱徙掾江陵。"《年谱》曰:"顺宗永贞元年,移江陵法曹参军,盖公今春遇赦,夏秋离阳山,俟命于郴州者三月,其受命在秋末也。《祭李郴州》云:俟新命于衡阳,费薪刍于馆候。辍行谋于俄顷,见秋月之三毂。逮天书之下降,犹低回以宿留。"郴在衡山之阳,故曰衡阳。《玉篇》曰:"掾,与绢切。"《六书故》曰:"掾乃属官通称。"〇郴山谓郴州之山。写,泻之本字。《汉书·司马相如传》颜注曰:"写,吐也。"《舆地纪胜》曰:"荆湖南路郴州:郴水在郴县南四十里,源出黄岑山,至郴口耒水,灌田二百四十顷。韩愈所谓'其水清泻,泊砂倚石',是也。"《清一统志》曰:"郴州,黄岑山在州南八十里,又名骑田岭,郴江发源黄岑山。"〇《文选·幽通赋》曹大家注曰:"遌,遇也。"〇《年谱》曰:"自郴至衡,有《合江亭寄刺史邹君》诗。"孙曰:"衡阳,衡州。"案:唐江南道衡州治衡阳县,今湖南衡阳县治。〇《说文》曰:"咆,嗥也。"《广韵》五肴曰:"咆,虓,熊虎声,薄交切。"六豪曰:"嗥,熊虎声,胡刀切。"〇《周礼·春官·司尊彝》郑注曰:"存,省也。"《尔雅·释诂》曰:"存,察也。"《后汉书·马援传》注曰:"存犹问也。"方曰:"唐人会饮,以筹记罚,刘梦得诗'罚筹长树蘱'(《浙西李大夫述梦四十韵》),是也。"朱曰:"章谓酒令,违令则以筹记其罚也。"案:蝟毛,喻多也。《汉书·贾谊传》:谊《谏封淮南王四子疏》曰:反者如蝟毛而起。"〇《年谱》曰:"公有《谒衡岳庙遂宿岳寺题门楼诗》云:我来正逢秋雨节,阴气晦昧无清风。"案:衡山已见《送廖道士序》注。〇《汉书·杨雄传》颜注曰:"潭,深也。"又《陈涉传》注引应劭曰:"沉沉,宫室深邃之貌也。"沉音长含反。退之《符读书城南诗》曰:潭潭府中居,是潭潭与沉沉同。〇《尔雅·释诂》曰:"穹,大也。"《广雅·释诂》三曰："擢，拔也。"〇严曰："太湖即上文洞庭是也。集有《洞庭阻风赠张十一诗》。"〇元微之《长庆集·鹿角镇诗》原注曰："洞庭湖中地名。"《清一统志》曰："湖南岳州府：鹿角山在巴陵县南五十里（今改岳阳县）洞庭湖滨。"〇《尔雅·释鱼》：鮎。郭注曰："别名鳀，江东呼鮎为鮧。"《释文》曰："鮎，郭奴谦反。"《说文》曰："鯷，大鮎也。"《广雅·释鱼》曰："鯷、鳀，鮎也。"是鯷与鮧、鳀同。《尔雅翼》卷二十九曰："鳀鱼偃额，两目上陈，头大尾小，身滑无鳞，谓之鮎鱼，言其黏滑也。"《广韵》四觉曰："豭，豕声，许角切。"方扶南谓《叉鱼招张功曹诗》作于此时。〇《说文》曰："脔，一曰，切肉脔也。"〇馀啄，谓啄其馀也。〇走官阶下，谓赴江陵后也。〇《玉篇》曰："尻，苦高切，髋也。"《汉书·东方朔传》曰："尻益高。"〇沈曰："公为江陵判司，是郡掾，从事等乃幕僚，故须下马避道也。"

余征博士，君以使已。相见京师，过愿之始。分教东生，君掾雍首。两都相望，于别何有？解手背面，遂十一年。君出我入，如相避然。生阔死休，吞不复宣。汪曰："将后事一总，先透出死别，此韵语中用凌驾法也。"〇曾曰："以上自在京别后，不复相见。"

《年谱》曰："元和元年夏，召为国子博士。"〇墓志曰："邕管奏君为判官，改殿中侍御史，不行。"孙曰："贞元二十一年八月，路恕为邕管经略使，表署判官。"〇《左传》成十八年："周子曰：孤始愿不及此。"〇年谱曰："元和二年分教东都生。"〇墓志曰："拜京兆府司录。"韩曰："贞元二十一年十月，李鄘为京兆尹，表署为府司录参军。"《元和郡县志》曰："关中道京兆府，《禹贡》雍州之地。"沈曰："御史台记，录事持纠曹之权，当要害之地，判曹事，故云掾首也。"步瀛案：即指司录参军，见后刘梦得《令狐家庙碑》注。○唐以京兆为西京，亦曰上都；河南为东京，亦曰东都。京兆附郭为万年、长安二县，河南附郭为河南、洛阳二县。万年、长安今为陕西长安县，河南、洛阳今为河南洛阳县。○案：退之自掾江陵后，元和元年为国子博士，二年分教东都，四年改都官员外郎，守东都省，五年为河南县令，六年行尚书职方员外郎，七年复为国子博士，八年守尚书比部郎中、史馆修撰，九年为考功郎中知制诰，十一年迁中书舍人，降为右庶子。署自掾江陵后，邕管表为判官，不往，为京兆司录，改凤翔判官，旋谢归，又为三原令，为刑部员外郎，改虔州刺史，复改澧州，罢又为河南令，卒。十一年者，括前后言之耳。○《广雅·释诂》三曰："阔，疏也。"

刑官属郎，引章许夺。权臣不爱，南康是幹。明条谨狱，泯獠户歌。用迁澧浦，为人受瘥。还家东都，起令河南。屈拜后生，愤所不堪。屡以正免，身伸事蹇。竟死不升，孰劝为善？曾曰："以上张之末年，潦倒而死。"

署墓志曰："迁尚书刑部员外郎，守法争议，棘棘不阿，改虔州刺史。"《史记·贾生传》《集解》引如淳曰："幹，转也。"《广韵》十三末曰："斡，乌括切。"案：唐虔州南康郡治赣县，今江西赣县治。韩集各本南康误南昌，今依《考异》校改。○署墓志曰："民俗相朋党，不诉杀牛，牛以大耗。又多捕生鸟雀鱼鳖，可食与不可食相买卖，时节脱放，期为福祥。君视事一皆禁督立绝，使通经吏与诸生之旁大郡，学乡饮酒丧婚礼，张施讲说，民吏观听，从化大喜。度支符州，折民户租，岁征绵六千屯，比郡承命，惶怖立期日，唯恐不及事，被罪，君独疏言治迫岭下，民不识蚕桑，月馀免符下，民相扶携，守州门叫讙为贺。"《说文》曰："泯，民也。"《广韵》三十二晧曰："獠，西南夷名，獠同。"○署墓志曰："改澧州刺史。民岁出杂产物与钱，尚书有经数,观察使牒州征民钱倍经,君曰:刺史可为法,不可贪官害民,留喋不肯从,竟以代罢。"《尔雅·释诂》曰:"瘥,病也。"《释文》曰:"瘥,阻何切。"《水经·澧水篇》曰:"澧水出武陵充县西历山,东过其县南,又东过零阳县之北,又东过作唐县北,又东至长沙下隽县西北,东入于江。"郦注曰:"澧水流注于洞庭湖,俗谓之曰澧江口也。"《清一统志》曰:"湖南澧州,澧水在州南。"(今改县)案:唐山南道澧州治澧阳县,今湖南澧县治。吴先生曰:"人,唐避民字讳。"○署墓志曰:"改河南令,而河南尹适君平生所不好者,君年且老,当日日拜走仰望阶下,不得已就官,数月大不适,即以病辞免,公卿欲其一至京师,君以再不得意于守令,恨曰:义不可更辱,又奚为于京师间?竟闭门死。"○蹇与伸相对,有屈意。《汉书·司马相如传》颜注引张揖曰:"蹇产,屈折也。"○《左》宣四年:"楚子曰:子文无后,何以劝善?"

丞相南讨,余辱司马。议兵大梁,走出洛下。哭不凭棺,奠不亲酹。不抚其子,葬不送野。望君伤怀,有陨如泻。铭君之绩,纳石壤中。爰及祖考,纪德事功。外著后世,鬼神与通。君其奚憾?不余鉴衷。曾曰:"以上述哀。"呜乎哀哉,尚飨!

□茅曰:"公之奇崛战斗鬼神处,令人神眩。"○大姚曰:"凄丽处独以健倔出之,层见叠牟,而笔力坚净,他人无此也。"○刘曰:"昌黎善为奇险光怪之语以惊人,而与张员外同出贬窜,其所经过山川险阻患难,适足供其役遣,故能雄肆如此。"○曾曰:"以奇崛鸣其悲郁,鏖战鬼神,层叠可愕。"

"丞相南讨"二句,见上注,事具《平淮西碑》。○《新唐书·韩愈传》曰:度奏愈行军司马,愈请乘遽入汴,说韩弘协力。"《元和郡县志》曰:"河南道汴州,战国魏都,即今浚仪县。"(唐浚仪县在今河南开封县西北。)○《诗·行苇》毛传曰："醻，爵也。"《释文》曰："醻，古雅反。"○墓志曰："二子升奴、胡师。"

祭柳子厚文

旧注曰："子厚以元和十四年十月五日（墓志作十一月八日，一本同此，见彼注。)卒于柳州，公其月自潮即袁，明年自袁召为国子祭酒，此文袁州作也。故刘梦得《祭子厚文》有云，退之承命，改牧宜阳，亦驰一函，候子便道。其后序柳集又云，凡子厚行己之大方，有退之之志若祭文在，祭文盖谓此也。"

维年月日，韩愈谨以清酌庶羞之奠祭于亡友柳子厚之灵。嗟嗟子厚，而至然邪！自古莫不然，我又何嗟？李曰："起四句反覆嗟叹，痛惜之意溢于言表。"吴曰："此数语在公亦率意为之，而流俗相沿，几成祭文恶调。后有作者，切忌再袭。"人之生世，如梦一觉。其间利害，竟亦何校？当其梦时，有乐有悲。及其既觉，岂足追惟？吴曰："绝世名言。"○曾曰："以上言死生常理。"李曰："此段全用比喻。"

《考异》曰："《文苑英华》作维某年（今本作维元和十五年）岁次庚子五月壬寅朔五日景午。"○《考异》曰："柳下或有君字。"案《文苑》有。○《庄子·齐物论篇》曰："方其梦也，不知其梦也，梦之中又占其梦焉，觉而后知其梦也。"《释文》曰："觉音教。"○《汉书·严助传》颜注曰："校，计也。"○《尔雅·释诂》曰："惟，思也。"

凡物之生，李曰："此下正喻错杂，造语尤为奇瑰。"又曰："凡古人为文，遇幽隐难显之意，多以譬况出之。周、秦诸子文章妙处全在于此。至有韵之文，尤非正喻杂糅无以尽其变化。观《毛诗》《楚辞》及两汉以来诗歌箴铭之类，可以见矣。"

不愿为材。牺尊青黄,乃木之灾。李曰:"逆笔。"子之中弃,天脱辔羁。玉佩琼琚,大放厥辞。李曰:"正笔。"富贵无能,磨灭谁纪?李曰:"逆笔。"子之自著,表表愈伟。李曰:"正笔。"不善为斲,血指汗颜。巧匠旁观,缩手袖间。李曰:"逆笔。"吴曰:"此非仅喻文事,而不善为斲,亦非公所以自喻也。下乃续以文章用世云云,盖特假以乱之耳,实则用意与'群飞刺天'句相应也。"子之文章,而不用世。乃令吾徒,掌帝之制。李曰:"正笔。"子之视人,自以无前。李曰:"逆笔。"一斥不复,群飞刺天。李曰:"逆笔。"又曰:"此二句妙处,在先言子之不得志,而后言他人之得志者,以反衬之,故笔下有苍茫不尽之势,若凡手为之,将二句之意,上下颠倒,则奄奄无生气矣。"○曾曰:"以上言柳之才高不用。"

　　《庄子·人间世篇》:"子綦曰:此果不材之木也,以至于此其大也,嗟乎,神人以此不材。"○《庄子·天地篇》曰:"百年之木,破为牺樽,青黄而文之,其断在沟中,比牺樽于沟中之断,则美恶有间矣,其于失性一也。"案:尊、樽字同。○《庄子·马蹄篇》曰:"连之以羁馽。"《释文》曰:"馽,居宜反。《广雅》云勒也(《释器》)。馽,丁邑反,绊也。"案:馽《说文》作馽,曰:"绊马足也,从马。○其足,读若辄。"重文作馽,曰:"馽或从系执声。"羁《说文》作䩭,曰:"马络头也,从网从馽,馽,马绊也。"重文作羁,曰:"䩭或从革。"○玉琼喻文章之贵,佩琚喻音节之美。《诗·木瓜》曰:"报之以琼琚。"毛传曰:"琼,玉之美者。琚,佩玉名。(段懋堂改为佩玉石,曰佩玉石者,谓杂佩纳间之石也。胡墨庄曰:"此说非也,佩玉名者,杂佩非一,其中有名琚者耳。")《有女同车》曰:"佩玉琼琚。"毛传曰:"佩有琚瑀,所以纳间。"陈硕甫疏曰:"凡佩玉系于革带,其系于带之组谓之缓,系缓之组则有环,环下垂为三组,其中组之末曰冲牙，其左右组皆上珩下璜，冲牙在前后两璜之间，瑀琚在上珩下璜之间，蠙珠又在中组之间，故冲牙琚瑀蠙珠皆为纳间也。"○《东京赋》薛注曰："纪，录也。"○孙曰："表表，卓立之貌。"○《老子》曰："夫代大匠斲者，希不伤其手矣。"○《韩子年谱》曰：元和元年冬为考功员外郎知制诰。"○自以无前，即墓志所谓勇于为人也。

嗟嗟子厚，今也则亡。临绝之音，一何琅琅？徧告诸友，以寄厥子。不鄙谓余，亦托以死。凡今之交，观势厚薄。余岂可保，能承子托？李曰："逆笔。"吴曰：反跌下文，以明子厚相知之深，托己之重。"非我知子，子实命我。犹有鬼神，宁敢遗堕？李曰："正笔。"又曰："语意真挚，可贯金石。"吴曰："止此已足，血诚自任之语，似淡而实深，极沉郁恻怛之致。"念子永归，无复来期。设祭棺前，矢心以辞。曾曰："以上述哀。"呜呼哀哉，尚飨！

琅琅，以玉声为喻。○沈曰："刘禹锡《祭柳员外文》：伸纸穷竟，得君遗书。初托遗嗣，知其不孤。末言归轊，从附先域。凡此数事，职在吾徒。永言素交，索居多远。鄂渚差近，表臣分深。（自注曰：表臣，李程字。）已命所使，持书径行，退之承命，改牧宜阳。亦驰一函，候于道旁。勒石垂后，属于斯人，安平、宣英，（自注曰：韩泰、韩晔〔晔〕字。）会有还使，悉已如称，形于其书。观此文则知子厚诀别诸友，皆梦得为之分驰也"。○犹有鬼神，《左传》襄二十年宁惠子语。○《广韵》三十四果："堕，他果切，又徒果切。"

欧阳生哀辞　并序

韩曰："欧阳名詹，字行周，泉州晋江人也。卒年四十馀。集十卷行世。新史于文艺立传。"○《御览·文部》十二引

《文章流别论》曰:"哀辞者,诔之流也。崔瑗、苏顺、马融等为之,率以施于童殇夭折,不以寿终者。哀辞之体,以哀痛为主,缘以叹息之辞。"《文心雕龙·哀吊篇》曰:"赋宪之谥(赋宪字出《周书·谥法篇》),短折曰哀。哀者依也,悲实依心,故曰哀也。以辞遣哀,盖不泪之悼,故不在黄发,必施夭昏。原夫哀辞大体,情主于痛伤,而辞穷乎爱惜。必使情往会悲,文来引泣,乃为贵耳。"

欧阳詹世居闽越,自詹已上,皆为闽越官。至州佐县令者,累累有焉。闽越地肥衍,有山泉禽鱼之乐。虽有长材秀民通文书吏事与上国齿者,未尝肯出仕。今上初,故宰相常衮为福、建诸州观察使,治其地。衮以文辞进,有名于时,又作大官,临莅其民。乡县小民有能诵书作文辞者,衮亲与之为客主人之礼。史公喜用此等句法,退之亦时有之。观游宴飨,必召与之。时未几,皆化翕然。詹于时独秀出,衮加敬爱,诸生皆推服。闽越之人举进士繇詹始。以上家世及举进士。

《元和郡县志》曰:"江南道福州,《禹贡》扬州之域,本闽越。秦并天下,以闽中郡作三十六郡之数,今州即闽中郡之地也。汉初又为闽越国。"又曰:"泉州晋江县,开元六年析南安县置,在晋江之北,因名。"《清一统志》曰:"福建泉州府秦闽中郡地,晋江县附郭。"○《舆地纪胜》:"福建路泉州府载欧阳詹读书堂在龟岩。"《清一统志》曰:"福建泉州府:欧阳书院在府城东北泉山之龟岩。"又曰:"泉山在晋江县北。"○《穀梁》哀十三年范注曰:"累累犹数数也。"案:此累字当作纍,与累异。○今上谓唐德宗。○《新唐书·常衮传》曰:"衮,京兆人。文采赡蔚,长于应用,誉重一时。拜门下侍郎同中书门下平章事。

德宗即位，衮奏贬崔祐甫为河南少尹，帝怒，使与祐甫换秩，再贬为潮州刺史。建中初，杨炎辅政，起为福建观察使。"《元和郡县志》曰："福州为福建观察使理所。"（福州府旧治闽、侯官二县，今并为闽侯县。）○客主人之礼，《考异》自"衮以文辞进"至此，皆从吕汲公本。主下无人字。吴先生依方本增。○旧注曰："与读为预，或作预。"○《新唐书·常衮传》曰："始闽人未知学，衮至为设乡校，使作为文章，亲加讲道，与为客主钧礼，观游燕飨与焉，由是俗一变，岁贡士与内州等。"沈曰："独孤及集《福州都督府新学碑铭》，言大历七年李锜都督福建，领观察等使，始兴学校，贡士于宗伯，是衮继其后，宜其翕然胥化。"○王宋贤曰："按李贻孙为詹集序，言衮为观察，此詹为芝英，他语亦一一与此文相合。"○方雪斋曰："按新史詹传，初詹与罗山甫同隐潘湖，往见衮，衮奇之，辞归，泛舟饮饯，此可为'加敬爱'之一证。"○《唐摭言》卷一曰："贞元八年，欧阳詹居第三人。"孙曰："贞元八年，詹与公同登第。"严曰："此言闽人举进士自詹始，及观《林蕴泉山铭叙》，则谓闽川贞元以前未有文进者也。因廉使李郧公锜（据独孤及之《福州都督府新学碑铭》及《新唐书·宗室世系表》蜀王房后当作'李成公椅'，成谥也。《舆地纪胜》福建路福州引《图经》作李锜，又引《重修学记》作李椅，以别于宪宗润州之李锜。）兴启庠序，请独孤常州及为记，中有辞云：缦胡之缨化为青衿。其兄藻与友欧阳詹继登正第。以其年考之，则藻之登第又在詹之前。然长溪薛令之以中宗神龙二年擢第，则又在藻之前矣。退之谓由詹始，岂考之未详耶？"沈曰："藻贞元七年登第，见《摭言》，（《摭言》不载林藻，盖误记也。《能改斋漫录》卷四引赵儋《登科记》，藻登第在贞元七年，是年试题为《珠还合浦赋》，见《文苑》一百十七，《青云干吕诗》，见《文苑》一百八十一，并载林藻诗。《太平广记》一百八十《能改斋漫录》四引《闽川名士传》亦载藻七年及第事。王宋贤并斥林藻贞元七年及第为不足信，亦过矣。）薛令之亦见《摭言》（十五）。"又曰："欧阳詹集《与王式书》云，公范与群公可予以进士之目，而有令予观国之心，建中初，因当道廉察故相国常公，本州中书舍人薛公（自注曰：薛公为薛播）南涧之谈，西湖之礼，丹青目下，程准前期。又《文苑》李贻孙《四门助教欧阳詹文集序》，（此见《文粹》卷九十三，《文苑》无，沈亦误记。）建中、贞元时，文词崛兴，遂大震耀瓯、闽之乡，不知有他人也。以此推之，则詹登第在林藻后，充贡在藻前耳。卢熊《苏州府志》：林披字彦则，莆田人，年二十，以经业擢第，为汀州别驾。大历中，御史大夫李栖筠奏授太子詹事兼苏州别驾，此又林藻之先世擢第者也。"步瀛案：经业擢第，盖明经，非进士。退之言闽越人举进士繇詹始，固不误也。又案：由字，《汉书》皆以繇为之。

建中贞元间，余就食江南，未接人事，往往闻詹名闾巷间。詹之称于江南也久。贞元三年，余始至京师举进士，闻詹名尤甚。八年春，遂与詹文辞同考试登第，始相识。自后詹归闽中，余或在京师他处，不见詹久者，惟詹归闽中时为然。其他时与詹离，率不历岁，移时则必合，合必两忘其所趋，久然后去。故余与詹相知为深。以上相知之深。

就食江南，孙曰："时公家于宣州。"《韩子年谱》曰："建中二年，成德、魏博、山南、平卢节度相继称乱。三年，王武俊、李希烈反。四年，泾原姚令言犯京师，德宗幸奉天，朱泚犯奉天。兴元元年，李怀光反，如梁州。公以中原多故，避地江左，祭嫂云：既克返葬，遭时艰难，百口偕行，避地江濆。韩氏有别业在宣城，见《示爽诗》。〇贞元三年，余始至京师，韩曰："当作二年。"案：《五百家本》余下有年十九三字。《韩子年谱》曰：

"贞元二年丙寅《祭老成》云,吾年十九,始来京城,即此年也。《答崔立之书》云,年二十时,苦家贫,及来京师,见有举进士者,人多贵之,因诣州县求举,公举进士在此年后也。《县斋有怀》云:濯缨起江湖,谓自江南入京师。"步瀛案:若作二年,则当有年十九三字,否则就举进士之年言之,正当作三年。○《年谱》曰:"《唐科名记》云,贞元八年,陆贽主司,试《明水赋》《御沟新柳诗》,其人贾棱、陈羽、欧阳詹、李博、李观、冯宿、王涯、张季友、齐孝若、刘遵古、许季同、侯继、穆赞、韩愈、李绛、温商、庾承宣、员结、胡谅、崔群、邢册、裴光辅、万㟧,是年一榜多天下孤隽伟杰之士,号龙虎榜。"○《欧阳行周集》有《泉州席使君宴邑中赴举秀才于东湖亭序》;贞元癸酉岁。沈曰:"癸酉乃贞元九年,詹登第后尝归省觐也。"○《韩文公历官记》曰:"贞元二年,始至京师,举进士,凡四举,至八年乃登第。三选于吏部,不得官,闻吏部有博学宏辞选者,再试才一得,又黜于中书。十一年正月,三上书时相不报,五月,去京师,过潼开,游凤翔,以书抵邢君牙,不得意去。十二年秋七月,董晋节度汴州,辟署试校书郎,汴、宋、亳、颍四州观察推官。十五年二月,晋薨,随晋丧出,四日而汴州乱,愈从丧至洛,还孟津,渡氾水,出陈许间,抵徐州。节度使张建封居之于符离睢上,及秋将辞去,建封奏为节度推官试协律郎。"

詹事父母尽孝道,仁于妻子,于朋友义以诚。<small>三句句法三变。</small>气醇以方,容貌巍巍然,其燕私善谑以和。其文章切深,喜往复,善自道。读其书,知其于慈孝最隆也。十五年冬,余以徐州从事朝正于京师,詹为国子监四门助教,将率其徒伏阙下,举余为博士。会监有狱,不果上。观其心,有益于余,将忘其身之贱而为之也。呜呼!詹今其死矣。<small>以上性情事实及其死。</small>

方雪斋曰："新史詹传：初徐晦举进士不中，詹数称之。明年高第，仕为福建观察使，语及詹必流涕。"亦其义以诚之所感也。○《史记·五帝本纪》曰："帝喾其德嶷嶷。"《索隐》曰："嶷嶷，德高也。"案：此盖言容貌高大也。《诗·生民》：克岐克嶷。毛传曰："嶷，识也。"郑笺曰："其貌嶷嶷然有所识别也。"则矊之借字（《淮南·本经篇》及《说文》引并作矊），与此不同。○徐州从事，孙曰："公为徐州节度推官。"○《唐六典》卷二十一曰："国子监国子助教，从六品上，掌佐博士分经以教授。四门助教，从八品上，掌同国子。"○举余为博士，见《子产不毁乡校颂》注。○王宋贤曰："按詹死不知何年，然此直承前文举公为博士言之，当在十五年朝正京师以后，去公得官博士尚远。若既为博士，则虽非詹荐，亦足慰其幽灵，序中必宜略及。又此文编次独孤申叔之前，当是十六年冬赴京参调，十七年春未出京师时作。"

詹，闽越人也。父母老矣，舍朝夕之养以来京师，其心将以有得于是，而归为父母荣也。虽其父母之心亦皆然。詹在侧，虽无离忧，其志不乐也。詹在京师，虽有离忧，其志乐也。或曰："油然入情。"若詹者，所谓以志养志者欤！詹虽未得位，其名声流于人人，其德行信于朋友，虽詹与其父母，皆可无憾也。以上言詹离父母而死，不失为孝。

《孟子·离娄上》曰："若曾子则可谓养志也。"《盐铁论·孝养篇》曰："上孝养志。"

詹之事业文章，李翱既为之传，故作哀辞，以舒余哀，以传于后，以遗其父母，而解其悲哀，以卒詹志云。以上作哀辞。

沈曰："翱集不存此传。《唐诗纪事》詹子贾早死，有孙瀣，见《摭言》（十）。"

求仕与友兮，远违其乡。父母之命兮，子奉以行。友则既获兮，禄实不丰。以志为养兮，何有牛羊？事实既修兮，名誉又光。父母忻忻兮，常若在旁。命虽云短兮，其存者长。终要必死兮，愿不永伤。友朋亲视兮，药物甚良。饮食孔时兮，所欲无妨。寿命不齐兮，人道之常。在侧与远兮，非有不同。山川阻深兮，魂魄流行。祀祭则及兮，勿谓不通。哭泣无益兮，抑哀自强。推生知死兮，以慰孝诚。呜呼哀哉兮，是亦难忘。

□方望溪曰："退之文每至亲懿故旧，存亡离合，怨思慕恋，恻然自肺腑流出，使读者气厚。"○曾曰："前半叙述矜当，后半就父母老矣反复低回，绝难绅颂。"

沈曰："《闽川名士传》：孟简赋诗叙言，闽欧阳生游太原，悦一妓，留赏累月，既而南辕，妓请同行，生约以至都来迎，后不克如约，过期，乃遣乘密往迎妓。妓已积望成疾，不可为也。乃翦髻寄生，生为之恸怨，涉旬亦殁。则韩退之所谓欧阳生詹者也。案詹集有发《太原途中寄所思诗》云：'一履不出门，一车无停轮。流泙与系鞄，早晚期相亲。'当即其人也。然生以不赀之躬，而为一妓死，此友朋所讳者也。公以慰其父母，故云药物甚良，所欲无妨，而终诿诸寿命，其全人父子之恩当如此。亦立言之体要也。"步瀛案：真景元（德秀）《西山文集·跋欧阳四门集》曰："嘉定己卯，郡士林彬之为余言：四门之文之行，昌黎韩文公盖亟称之。至黄璞为《闽中名士传》，乃记太原妓一节，观者疑焉。近岁黄君介、喻君良能皆尝为文以辨，谓宜登载编末，以澡千载之诬。余曰：四门之行，获称于昌黎，而见毁于广璞，后之君子将惟昌黎是信乎？抑惟璞之惑乎？二君虽无言，可也，不载之编末，亦可也。"《直斋书录解题》卷十六曰："詹之为人，有哀辞可信矣。黄璞何人斯？乃有太原函髻之谤，好事者喜传之，不信愈而信璞，异哉！'高城已不见'之句，乐府类此多矣，不得以为实也，然诗题云'途中寄太原所思'，盖亦有以召其疑也。昔人以暧昧受谤，传之千古，尚未能明，孰谓今人行己而可不谨哉？"清《四库书目》卷一百五十曰："考《闽川名士传》载詹游太原始末甚详，所载孟简一诗（《全唐诗》亦载入），乃同时之作，亦必无舛误。又考邵博《闻见后录》载妓家至宋，犹隶乐籍，珍藏詹之手迹，博尝见之。（《后录》卷十九曰："迪孺云，欧阳詹为并州妓赋：高城已不见，况乃城中人。今其家尚为妓，詹诗本亦尚在。"是闻喻迪孺所言，非博亲见也。此引小误。）则不可谓竟无其事。盖唐、宋官妓，士大夫往往狎游，不以为讶，见于诸家诗集者甚多，亦其时风气使然，固不必奖其风流，亦不必讳为瑕垢也。"○此文乡羊长伤良妨常强忘入阳韵，光旁入唐韵，古音皆阳部也；行入庚韵（行列之行唐韵），古音亦阳部也；丰同通入东韵，古音东部；诚入清韵，古音耕部，退之诗文，率通为一部用之。○退之《题哀辞后》曰："愈性不喜书，自为此文，惟自书两通。其一通遗清河崔群，群与余皆欧阳生友也，哀生之不得位而死，哭之过时而悲。其一通今书以遗彭城刘君伉，君喜古文，以吾所为合于古，诣吾庐而来请者八九至，而其色不怨，志益坚。凡愈之为此文，盖哀欧阳生之不显荣于前，又惧其泯灭于后也，今刘君之请，未必知欧阳生，其志在古文耳。虽然，愈之为古文，岂独取其句读不类于今者邪，思古人而不得见，学古道则欲兼通其辞。通其辞者，本志乎古道者也。古之道不苟誉毁于人，刘君好其辞，则其知欧阳生也无惑焉。"

卷四　唐文二十五首

柳子厚

柳宗元，字子厚，其先河东人。新、旧《唐书》皆有传，事迹已见韩退之《柳子厚墓志铭》及《柳州罗池庙碑》。

封建论

《东坡志林·论封建》曰："昔之论封建者，曹元首、陆机、刘颂及唐太宗时魏徵、李百药、颜师古，其后则刘秩、杜佑、柳宗元。宗元之论出，而诸子之论废矣。虽圣人复起，不能易也。"

天地果无初乎？吾不得而知之也。沈确士曰："发端便奇杰。"生人果有初乎？吾不得而知之也。然则孰为近？曰：有初为近。孰明之？由封建而明之也。汪武曹曰："入封建洒然。"彼封建者，更古圣王尧、舜、禹、汤、文、武而莫能去之。盖非不欲去之也，势不可也。势之来，其生人之初乎？沈曰："势字为一篇主脑。"不初，无以有封建。封建，非圣人意也。沈曰："非圣人意即是势。"彼其初与万物皆生，汪曰："已下就有初推封建所由始，以明其势。"草木榛榛，鹿豕狉狉，人不能搏噬，而且无毛羽，莫克自奉自卫。荀卿有言，必将假物以为用者也。沈曰："如衣食之类。"夫假物者必争，争而不已，必就其能断曲直者而听命焉。其智而明者，所伏必众。告之以直而不改，必痛之而后畏。由是君长刑政生焉。故近者聚而为群。下里胥大夫，皆包群字。群之分，其争必大，大而后有兵有德。又有大者，众群之长又就而听命焉，以安其属，于是有诸侯之列。则其争又有大者焉。德又大者，诸侯之列又就而听命焉，以安其封，于是有方伯连帅之类。则其争又有大者焉。德又大者，方伯连帅之类又就而听命焉，以安其人，然后天下会于一。逆说到上，由小以成大，方见积势。是故有里胥而后有县大夫，有县大夫而后有诸侯，有诸侯而后有方伯连帅，有方伯连帅而后有天子。汪曰："申明上文意总说一番，极精彩。"自天子至于里胥，汪曰："上两层自下逆说到上，此自上顺说到下。"其德在人者，死必求其嗣而奉之。娄迂斋曰："封建本意。"故封建非圣人意也，势也。汪曰："势字作一束。"○曾曰："以上封建大势。"

《汉书·司马相如传》颜注曰："榛榛，盛貌。"《杨雄传》颜注曰："榛榛，梗秽貌也。"○《广雅·释训》曰："狉狉，走也。"又曰："伾伾，众也。"王怀祖《疏证》曰："《鲁颂·駉篇》毛传云：伾伾，有力也。《释文》云，《字林》作狉，走也。《说文》俀字引《小雅·吉日篇》伾伾俟俟。《后汉书·马融传》鄙驿噪讙。李贤注云，鄙驿，兽奋迅貌也。引《韩诗》駓駓騃騃。《文选·西京赋》群兽駓騃，李善注引薛君《韩诗章句》云，趋曰駈駈，行曰駃駃。《毛诗》作儦儦俟俟。《楚辞·招魂》：逐人駓駓些，王逸注云，駓駓，走貌也。駓駓伾鄹儦五字并声近而通用。"步瀛案：狉又后出字，《集韵》五支：狉，贫悲切，音邳。
○《荀子·劝学篇》曰："假舆马者，非利足也，而致千里；假舟楫者，非能水也，而绝江河。君子生非异也，善假于物也。"
○《说文》曰："封，爵诸侯之土也。"案：封、邦古通用。
○《礼记·王制》曰："千里之外，设方伯，十国以为连，连有帅，二百一十国以为州，州有伯。"○姚姬传曰："本篇叛人、人怨等人字，皆是民字，避讳后未改耳。"（《类纂》卷二附注。）步瀛案：以安其人，恐亦是民字，下亦多类此。○《周礼·地官·序官》：闾胥每闾中士一人，里宰每里下士一人，州长每州中大夫一人，县正每县下大夫一人。方望溪曰："《周官》闾胥里宰，皆二十五家之长耳，州长县正，二千五百家之吏耳，吏必择人，虽县大夫不能求其嗣而奉之也，况里胥乎？"（《柳文约选》评语。）步瀛案：柳州之意，在所治之大小，聊借后世里胥县大夫之名以指示之耳。方以周制绳之，固宜其不合也。

夫尧、舜、禹、汤之事远矣，汪曰："撇去尧、舜、禹、汤，专论周。"及有周而甚详。周有天下，裂土田而瓜分之，设五等，邦群后，布履星罗，四周于天下，轮运而辐集。合为朝觐会同，离为守臣扞城。然而降于夷王，害礼伤尊，下堂而迎觐者。历于宣王，挟中兴复占之德，雄南征北伐之威，卒不能定鲁侯之嗣。陵夷迄于幽、平，王室东徙，而自列为诸侯。厥后问鼎之轻重者有之，射王中肩者有之，伐凡伯、诛苌弘者有之。汪曰："此处句法尚未变化。"天下乖盭，无君君之心。余以为周之丧久矣，徒建空名于公侯之上耳。得非诸侯之盛强末大不掉之咎欤！遂判为十二，合为七国，威分于陪臣之邦，国殄于后封之秦。汪曰："串出秦。"则周之败端，其在乎此矣。曾曰："以上周。"

《汉书·贾谊传》："谊上疏曰：高皇帝瓜分天下，以王功臣。"○《汉书·诸侯王表》曰："昔周监于二代，三圣制法，立爵五等，封国八百，同姓五十有馀。"颜注曰："五等，公侯伯子男。"○《左传》僖四年："管仲曰：赐我先君履。"杜注曰："履所践履之界。"《柳集》旧注曰："履一作濩，濩，散也。"(《柳集增广、注释、音辩》及《五百家注》不言某氏者，皆统称旧注。世彩堂本注亦然。此条即《世彩堂》注也。)《唐文粹》亦作濩。《汉书·司马相如传》：氾布护之。颜注曰："布护，遍布也。"《史记》护作濩，杨雄《羽猎赋》曰："焕若天星之罗。"班固《西都赋》曰："星罗云布。"○《魏策》一：张仪曰："诸侯四通辐凑。"《淮南子·主术篇》曰："群臣辐凑。"(《文子·上仁篇》同)《文选·东都赋》曰："万方辐凑。"李善注引张湛曰："如众辐之集于毂。"○《周礼·春官·大宗伯》曰："以宾礼亲邦国，春见曰朝，夏见曰宗，秋见曰觐，冬见曰遇，时见曰会，殷见曰同。"○《礼记·玉藻》曰："诸侯之于天子曰，某土之守臣某。"《左传》成十二年："郤至曰：此公侯之所以扞城其民也。"杜注曰："扞，蔽也，言享宴结好邻国，所以蔽扞其民。"《释文》曰："扞，户旦反。"○《礼记·郊特牲》曰："觐礼，天子不下堂而见诸侯。下堂而见诸侯，天子之失礼也，由夷王以下。"案《史记·周本纪》曰："孝王崩，诸侯复立懿王太子燮，是为夷王。"○《诗序》曰："六月，宣王北伐也。《采芑》，宣王南征也。《车攻》，宣王复古也。《烝民》，尹吉甫美宣王也，任贤使能，周室中兴焉。"《释文》曰："中，张仲反。"案：《释文》则中读去声。孔疏曰："周室既衰，中道复兴。"则中读平声。王观国《学林》(卷二)谓中字有钟、众二音，音钟者，当二者之中，首尾均也；音众者，首尾不必均，但在二者之间耳。中兴者，在一世之间，因王道衰而有能复兴者，斯谓之中，与首尾先后不必均也。其说殊泥。唐人诗中兴字，亦平、去两用也。（如宋延清《入泷州江诗》：运启中兴历，时逢外域清。则中字平声，杜子美《喜达行在所诗》：今朝汉社稷，新数中兴年。则中字去声。）○《周语上》曰："鲁武公以括与戏见王，王立戏，樊仲山父谏曰：不可立也，不顺必犯，犯王命必诛。今天子立诸侯而建其少，是教逆也。王卒立之，鲁侯归而卒，及鲁人杀懿公而立伯御，三十二年，宣王伐鲁，立孝公，诸侯从是而不睦。"○《汉书·成帝纪》颜注曰："陵，丘陵也。夷，平也。言其颓替若丘陵之渐平也。"又曰："陵迟亦言如丘陵之透迟稍卑下也。"王怀祖曰："师古以陵为丘陵，非也。陵与夷皆平也。《文选·长杨赋》注引薛君《韩诗章句》曰：四平曰陵。是丘陵之陵，本取陵夷之义，非陵夷之取义于丘陵也。《史记·高祖功臣侯年表》：陵夷衰微，四字平列，陵夷不可谓如陵之夷，犹衰微不可谓如衰之微也。陵夷之为陵迟，犹透夷之为透迟。故庄啸《家语注》曰：陵迟犹陂沱也。《淮南·泰族篇》曰：河以透蛇故能远，山以陵迟故能高，透蛇、陵迟相对为文。又《说文》夌，夌徲也，其字作夌，不作陵，则非丘陵之陵益明矣。"（《读书杂志》四之十六）○幽、平，《柳集》各本平作厉，林少颖《观澜文乙集》作平，疑北宋本《柳集》有作平者，故少颖从之。吕东莱《古文关键》同，方望溪疑作幽王，失考。○《诗·黍离序》郑笺曰："幽王之乱，而宗周灭，平王东迁，政遂衰弱，下列于诸侯。"《周本纪》曰："申侯与缯西夷犬戎攻幽王，遂杀幽王骊山下。于是诸侯乃即申侯而共立故幽王太子宜曰，是为平王，以奉周祀。平王立，东迁于雒邑。"○为诸侯，世彩堂本侯下有矣字，注曰："一无矣字。"案今依《音辩》。（本编柳文多依世彩堂本，不悉注。）《左传》宣三年曰："楚子伐陆浑之戎，途至于雒，观兵于周疆，定王使王孙满劳楚子，楚子问鼎之大小轻重焉。"杜注曰："示欲偪周取天下。"○《左传》桓五年曰:"王以诸侯伐郑,郑伯御之,王卒大败,祝聃射王中肩。"○《左传》隐七年曰:"王使凡伯来聘,还,戎伐之于楚丘以归。"(《穀梁传》以戎为卫,见《原道》注。)哀三年曰:"刘氏、范氏世为婚姻,苌弘事刘文公,故周与范氏,赵鞅以为讨。六月癸卯,周人杀苌弘。"昭十一年杜注曰:"苌弘,周大夫。"○《汉书·贾谊传》颜注曰:"螯,古戾字。"○《左》昭十一年曰:"末大必折,尾大不掉。"《说文》曰:"掉,摇也。"○《汉书·杨雄传·解嘲》曰:"离为十二,合为六七。"颜注曰:"十二谓鲁、卫、齐、楚、宋、郑、燕、秦、韩、赵、魏、中山也。"案:子厚言判,自本此。方望溪讥之,非也。○《史记·六国年表》《索隐》曰:"六国乃魏、韩、赵、楚、燕、齐,并秦凡七国,号七雄。"○陪臣谓赵、魏、韩分晋,田氏篡齐也。《礼记·曲礼下》曰:"列国之大夫入天子之国曰某士,自称曰陪臣某。"郑注曰:"陪,重也。"○《史记·秦本纪》曰:"非子居犬丘,周孝王使主马于汧、渭之间,马大蕃息,为附庸,邑之秦。"又曰:"庄襄王元年,东周君与诸侯谋秦,秦使相国吕不韦诛之,尽入其国,秦不绝其祀,以阳人地赐周君,奉其祭祀。"《尔雅·释诂》曰:"殄,尽也。"又曰:"绝也。"

秦有天下,裂都会而为之郡邑,废侯卫而为之守宰。据天下之雄图,都六合之上游,摄制四海,运于掌握之内。此其所以为得也。不数载而天下大坏,其有由矣。汪曰:"此言秦之亡,非郡县之制失。"亟役万人,暴其威刑,竭其货贿,负锄梃谪戍之徒,圜视而合从,大呼而成群。时则有叛人而无叛吏。汪曰:"无叛吏,无叛郡,无叛州,见郡县之制得。"人怨于下,而吏畏于上,天下相合,杀守劫令而并起。咎在人怨,非郡邑之制失也。曾曰:"以上秦。"

《史记·秦始皇本纪》曰:"二十六年,丞相绾等言,诸侯初破,燕、齐、荆地远,不为置王,毋以填之。请立诸子。始皇下其议于群臣。廷尉李斯议曰:周文、武所封子弟同姓甚众,然后属疏远,相攻击如仇雠,诸侯更相诛伐,周天子弗能禁止。今海内一统,皆为郡县,诸子功臣以公赋税重赏赐之,甚足易制,天下无异意,则安宁之术也。置诸侯不便。始皇曰:廷尉议是。分天下以为三十六郡,郡置守尉监。"《广雅·释诂》一曰:"裂,分也。"《周礼·夏官·职方氏》曰:"方千里曰王畿,其外方百里曰侯服,又其外方五百里曰甸服,又其外方五百里曰男服,又其外方五百里曰采服,又其外方五百里曰卫服。"○《吕氏春秋·审分篇》高诱注曰:"六合,四方上下也。"○《史记·高祖本纪》:"田肯曰:秦形胜之国,地势便利,其以下兵于诸侯,譬犹居高屋之上建瓴水也。"○《孟子·梁惠王上》曰:"天下可运于掌。"○贾生《过秦》曰:"陈涉偏起阡陌之中,将数百之众,转而攻秦。"又曰:"二世繁刑严诛,吏治刻深,赏罚不当,赋敛无度,天下多事,吏弗能纪,百姓困穷,而主弗收恤。天下苦之。是以陈涉奋臂于大泽,而天下响应者,其民危也。"《汉书·贾谊传》:"谊《陈政事疏》曰:动一亲戚,天下圜视而起。"《秦始皇本纪》曰:"陈胜遣诸将徇地山东,郡县少年苦秦吏,皆杀其守尉令丞反,以应陈涉。"

　　汉有天下,矫秦之枉,徇周之制,汪曰:"插周、秦。"剖海内而立宗子,封功臣。数年之间,奔命扶伤之不暇。困平城,病流矢,陵迟不救者三代。后乃谋臣献画,而离削自守矣。然而封建之始,郡邑居半。时则有叛国而无叛郡。汪曰:"就郡国明封建之失。"秦制之得,亦以明矣。汪曰:"言汉初封建之失,却以秦制之得收住,分明以秦为主。"继汉而帝者,虽百代可知也。曾曰:"以上汉。"

《汉书·诸侯王表序》曰:"汉兴之初,惩戒亡秦孤立之败,于是割裂疆土,立二等之爵。功臣侯者,百有馀邑。尊王子弟,大启九国。而藩国大者,夸州兼郡,连城数十,宫室百官,同制京师,可谓挢枉过其正矣。"颜注曰:"挢与矫同,枉,曲也,正曲曰矫。"又《高惠高后文功臣表序》曰:"五年,东克项羽,即皇帝位,八载而天下乃平。始论功臣而定封,迄十二年,侯者百四十有三人。"○《汉书·高帝纪下》曰:七年,上自将击韩王信,信亡走匈奴。上从晋阳连战,乘胜逐北,遂至平城,为匈奴所围七日,用陈平秘计得出。"《匈奴传》曰:"高帝先至平城,冒顿纵精兵三十馀万骑围高帝于白登七日。"《史记·高祖本纪》《正义》引《括地志》曰:"朔州定襄县,本汉平城县,县东北三十里有白登山,山上有台,名曰白登台。《汉书·匈奴传》云,冒顿围高帝于白登七日,即此也。"《清一统志》曰:"山西大同府:平城故城在大同县东,白登山在大同县东,一名白登台。"○《史记·高祖本纪》曰:"十一年,淮南王黥布反,高祖自往击之。十二年,布走。高祖击布时,为流矢所中,行道病。"○《汉书·诸侯王表序》曰:"高祖创业,日不暇给。孝惠享国又浅,高后女主摄位。诸侯小者淫荒越法,大者睽孤横逆,以害身丧国。故文帝采贾生之议,分齐、赵。景帝用晁错之计,削吴、楚。武帝施主父之册,下推恩之令,使诸侯王得分户邑以封子弟。不行黜陟而藩国自析。"○叛国谓七国之类。《汉书·吴王濞传》曰:"诸侯既新削罚,震恐,多怨错。及削吴会稽、豫章郡书至,则吴王先起兵诛汉吏二千石以下,胶西、胶东、甾川、济南、楚、赵亦皆反,闽、东越亦发兵从。"○亦以明矣,案以、已字同。○《论语·为政篇》曰:"其或继周者,虽百世可知也。"案:唐避太宗讳,以代为世。

唐兴,制州邑,立守宰,此其所以为宜也。然犹桀猾时起，虐害方域者，失不在于州，而在于兵，时则有叛将而无叛州。州县之设，固不可革也。汪曰："亦隐然以秦制之得收住。"○曾曰："以上唐。"

《新唐书·地理志》曰："唐兴，高祖改郡为州，太守为刺史，又置都督府以治之。然天下初定，权置州郡颇多。太宗元年，始命并省。又因山川形便，分天下为十道。"○叛将谓魏博、卢龙之类。《新唐书·藩镇传》曰："安、史乱天下，至肃宗大难略平，君臣皆幸安，故瓜分河北地付授叛将。护养孽萌，以成祸根。"案：代宗大历十年，魏博田承嗣反。德宗建中二年，魏博田悦反，成德李惟岳、淄青李纳皆自称留后。三年，卢龙朱滔、恒冀王武俊反。贞元十五年，彰义吴少诚反。见《本纪》及《藩镇传》。又建中二年，山南东道节度使梁崇义反。兴元元年，朔方节度使李怀光反。见《本纪》及《叛臣传》。建中三年，淮宁节度使李希烈反。见《本纪》及《逆臣传》。

或者曰：储同人曰："前列四代，示利害之门；此设三难，破庸人之论。"封建者，必私其土，子其人，适其俗，修其理，施化易也。守宰者，苟其心，思迁其秩而已。何能理乎？汪曰："己上是言诸侯郡县之叛服，此下方是言诸侯郡县之于民利病。"余又非之。周之事迹，断可见矣。列侯骄盈，黩货事戎。大凡乱国多，理国寡。侯伯不得变其政，天子不得变其君。私土子人者，百不有一。失在于制，不在于政。周事然也。秦之事迹，亦断可见矣。有理人之制，而不委郡邑，是矣。有理人之臣，而不使守宰，是矣。郡邑不得正其制，守宰不得行其理，酷刑苦役，而万人侧目。失在于政，不在于制。秦事然也。汉兴，天子之政行于郡，不行于国；制其守宰，不制其侯王。侯王虽乱，不可变也。国人虽病，不可除也。及夫大逆不道，然后掩捕而迁之，勒兵而夷之耳。大逆未彰，奸利浚财，怙势作威，大刻于民者，无如之何。及夫郡邑，方曰："气弱。"可谓理且安矣。何以言之？且汉知孟舒于田叔，吴先生曰："柳文用且字皆古义。"得魏尚于冯唐，闻黄霸之明审，睹汲黯之简靖，拜之可也，复其位可也，卧而委之以辑一方可也。以三句承上四句，得变化之法。有罪得以黜，有能得以赏。朝拜而不道，夕斥之矣。夕受而不法，朝斥之矣。设使汉室尽城邑而侯王之，汪曰："此一翻，又就郡国明封建之失，议论明快，笔力驰骋。"纵令其乱人，戚之而已。孟舒、魏尚之术莫得而施；黄霸、汲黯之化莫得而行。明谴而道之，拜受而退已违矣。下令而削之，缔交合从之谋周于同列，则相顾裂眦，勃然而起。幸而不起，则削其半。削其半，民犹瘁矣。汪曰："此一层更妙。"曷若举而移之以全其人乎？汉事然也。今国家尽制郡邑，连置守宰，其不可变也固矣。善制兵，谨择守，则理平矣。曾曰："以上校论封建与郡县之治乱。"

　　陆士衡《五等诸侯论》曰："五等之君，为己思治；郡县之长，为利图物。何以征之？盖企及进取，仕子之常志；修己安民，良士之所希及。夫进取之情锐，而安民之誉迟，是故侵百姓以利己者，在位所不惮；损实事以养名者，官长所夙夜也。君无卒岁之图，臣挟一时之志。五等则不然，知国为己土，众皆我民，民安己受其利，国伤家婴其病。故前人欲以垂后，后嗣思其堂构。为上无苟且之心，群下知胶固之义。使其并贤居治，则功有厚薄；两愚处乱，则过有深浅。然则八代之制，几可以一理贯；秦、汉之典，殆可以一言蔽矣。"○《广雅·释诂》三曰：

"理，治也。"案：唐讳治为理。旧校曰："理一作治。"○柳集旧注曰："事戎谓用兵。"○姚曰："理人之臣，治统于丞相御史大夫及监郡御史，不使守宰专擅。"○《史记·酷吏·郅都传》曰："列侯宗室见都，侧目而视"○大逆不道云云，如淮南厉王孝文六年谋反，废徙蜀，楚王戊孝景三年反，诛之，等类是也。○《左传》襄二十四年杜注曰："浚，取也。"《书·微子篇》孔疏曰："刻者，伤害之义。"○《史记·田叔传》曰："叔为汉中守十馀年，孝文帝召田叔问之曰：公知天下长者乎？叔顿首曰：故云中守孟舒，长者也。是时孟舒坐虏大入塞，盗劫云中尤甚，免，上复召舒以为云中守。"○《史记·冯唐传》曰："唐以孝著，为中郎署长，事文帝。上既闻廉颇、李牧为人良，说而搏髀曰：嗟乎！吾独不得廉颇、李牧时为吾将，吾岂忧匈奴哉？唐曰：陛下虽得廉颇、李牧，弗能用也。今臣窃闻魏尚为云中守，坐上功首虏差六级，陛下下之吏，削其爵，罚作之。由此言之，陛下虽得廉颇、李牧，弗能用也。文帝说，是日令冯唐持节赦魏尚，复以为云中守。"○《汉书·循吏传》曰："黄霸，字次公，淮阳阳夏人也，徙云陵。霸为颍川太守，外宽内明，得吏民心，户口岁增，治为天下第一。征守京尹，连贬秩。有诏归颍川太守官，前后八年，郡中愈治。"○《史记·汲黯传》曰："汲黯，字长孺，濮阳人也。迁为东海太守。黯学黄、老之言，治官理民，好清静，择丞史而任之。其治责大指而己，不苛小。黯多病，卧闺阁内不出，岁馀东海大治。"又曰："召拜黯为淮阳太守，黯伏谢不受印，诏数强予，然后奉诏。诏召见黯，上曰：淮阳吏民不相得，吾徒得君之重，卧而治之。黯居郡如故治，淮阳政清。"○《尔雅·释诂》曰："辑，和也。"○戚，慼之借字。《说文》曰："慼，慼也。"字亦作感。《广雅·释诂》一曰："戚，忧也。"○贾生《过秦》曰："合从缔交，相与为一。"案：如景帝三年七国反，是也。○《说文》曰："眥，目匡也。"《汉书·叙传》注引《字林》曰："眥，才赐反。"又《司马相如传》颜注曰："眦即眥字。"

或者又曰："夏、商、周、汉封建而延，秦郡邑而促。"尤非所谓知理者也。魏之承汉也，封爵犹建。晋之承魏也，因循不革。而二姓陵替，不闻延祚。今矫而变之，垂二百祀，大业弥固。何系于诸侯哉？曾曰："以上校论封建与郡邑祚之久暂。"

《尔雅·释诂》："延，长也。"○《汉书·诸侯王表序》曰："周历载八百馀年，数极德尽，号位已绝于天下，尚犹枝叶相持。秦窃自号为皇帝，而子弟为匹夫，内亡骨肉根本之辅，外亡尺土藩翼之卫。陈、吴奋其白梃，刘、项随而毙之。故曰周过其历，秦不及期，国埶然也。"曹元首《六代论》曰："昔夏、殷、周之历世数十，而秦二世而亡。何则？三代之君，与天下共其民，故天下同其忧。秦王独制其民，故倾危而莫救。"《晋书·刘颂传》：颂在郡上疏曰："三代并建明德，及兴王之显亲，列爵五等，开国承家，以藩屏帝室。延祚久长，近者五六百岁，远者仅将千载。逮至秦氏，罢侯置守，子弟不分尺土，孤立无辅，二世而亡。"○《通典·职官》一曰："封爵：魏王公侯伯子男，次县侯，次乡侯，次亭侯，次关内侯，凡九等。晋亦有王公侯伯子男；又有开国郡公县公、郡侯县侯、伯子男及乡亭关内等侯，凡十五等。"○《旧唐书·李百药传》曰："朝廷议将封建诸侯，百药上《封建论》，太宗从其议。"《资治通鉴·唐纪》九曰："初上令群臣议封建，魏徵以为若封建诸侯，则卿大夫咸资俸禄，必致厚敛。又京畿赋税不多，所资畿外，若尽以封国邑，经费顿阙。又燕、秦、赵、代俱带外夷，若有警急，追兵内地，难以奔赴。礼部侍郎李百药以为运祚修短，定命自天，今使勋戚子孙皆有民有社，易世之后，将骄淫自恣，攻战相残，害民尤深，不若守令之迷居也。"

或者又以为殷、周圣王也，而不革其制，固不当复议也。是大不然。夫殷、周之不革者，是不得已也。娄曰："应前封建非圣人意。"盖以诸侯归殷者三千焉，资以黜夏，汤不得而废。归周者八百焉，资以胜殷，武王不得而易。徇之以为安，仍之以为俗，汤、武之所不得已也。汪曰："此较前有德在人心，死必求其嗣奉之，又进一层，盖前言封建所由始，此则言封建之不可革也，皆势也。"夫不得已，非公之大者也。私其力于己也，私其卫于子孙也。秦之所以革之者，其为制，公之大者也。其情私也，私其一己之威也，私其尽臣畜于我也。然而公天下之端自秦始。石破天惊，小儒咋舌。夫天下之道，理安，斯得人者也。使贤者居上，不肖者居下，而后可以理安。今夫封建者，继世而理。继世而理者，上果贤乎？下果不肖乎？则生人之理乱未可知也。将欲利其社稷，以一其人之视听，则又有世大夫，世食禄邑，以尽其封略。圣贤生于其时，亦无以立于天下。汪曰："前言封建必叛天子，又言封建必虐民，此则言封建不肖居上，而圣贤不能得位行道。"封建者为之也。岂圣人之制使至于是乎？汪曰："收非圣人意。"吾固曰，非圣人之意也，势也。汪曰："势字结。"○曾曰："以上论公私。"

　　□真西山曰："此篇间架宏阔，辩论雄俊，真可为作文之法。"○方望溪曰："深切事情，虽攻者多端，而卒不可拔。"○吴先生曰："体势雄俊，辞理廉悍劲古，宋以来无之。"

陆士衡《五等诸侯论》曰："五等之制，始于黄、唐；郡县之治，创自秦、汉。"又曰："昔者成汤亲照夏后之鉴，公旦目涉商人之戒，文质相济，损益有物。故五等之礼，不革于时，封畛之制，有隆焉尔者，岂玩二王之祸而闇经世之算乎？固知百事非可悬御，善制不能无弊。而侵弱之辱，愈于殄祀，土崩之困，痛於陵夷也。"○《太平御览·皇王部》八引《尚书大传》曰："汤放桀而归于亳，三千诸侯大会，汤取天子之玺，置之于天子之坐，左复而再拜，从诸侯之位，三千诸侯莫敢即位，然后汤即天子之位。"○《史记·周本纪》曰："九年，武王上祭于毕，东观兵至于盟津，武王渡河。是时诸侯不期而会盟津者，八百诸侯。诸侯皆曰：纣可伐矣。武王曰：女未知天命，未可也。乃还师，归居二年，闻纣昏乱暴虐滋甚，于是武王徧告诸侯曰：殷有重罪，不可以不毕伐。十一年十二月戊午，师毕渡盟津，诸侯咸会。"○《春秋》隐三年：夏四月辛卯，尹氏卒（《左氏经》尹作君）。《公羊传》曰："尹氏者何？天子之大夫也。其称伊氏何？贬。曷为贬？讥世卿。世卿非礼也。"何劭公《解诂》曰："世卿者，父死子继也。礼公卿大夫士皆选贤而用之，卿大夫任重职大不当世。"○固、故字通。

桐叶封弟辩

《吕氏春秋·重言篇》曰："成王与唐叔虞燕居，援桐叶以为珪。（《说苑》援作翦，下有梧字。）而授唐叔虞曰：余以此封女。虞喜，以告周公。周公以请曰：天子其封虞耶？成王曰：余一人与虞戏也（《说苑》无人字）。周公对曰：臣闻之，天子无戏言。天子言则史书之，工诵之，士称之。于是遂封叔虞于晋。"《说苑·君道篇》同。《史记·晋世家》曰："唐叔虞者，周武庄子，而成王弟。武王崩，成王立，唐有乱，周公诛灭唐，成王与叔虞戏，削桐叶为珪以与叔虞曰：以此封若。史佚因请择日立叔虞。成王曰：吾与之戏耳。史佚曰：天子无戏言，言则史书之，礼成之，乐歌之。于是遂封叔虞于唐。"《汉书·地理志》：颍川郡父城县应劭注引《韩诗外传》《史记·梁孝王世家》诸先生补，皆言成王以桐叶戏封者为应侯。傅瓒、颜师古、张守节均斥其非。

古之传者有言，汪曰："下字便含有不可信意。"成王以桐叶与小弱弟戏曰："以封汝。"周公入贺，王曰："戏也。"周公曰："天子不可戏。"汪曰："说逢其失而为之辞，带束缚之急意。"乃封小弱弟于唐。以上立案。吾意不然。一句转正。李刚己曰："转捩迅捷。"按：此虽常语，然使非先著此句，驳倒上文，揭明主意，则以下数行文字均散缓不得势矣。

旧注曰："传去声。"案《释名·释典艺》曰："传，传也，以传示后人也。"○《左传》昭元年：子产曰："当武王邑姜方震大叔，梦帝谓己，余命而子曰虞，将与之唐。及生，有文其手曰虞，遂以命之。及成王灭唐，而封大叔焉。"《史记·晋世家》曰："唐叔虞姓姬氏，字子于。"○唐地有数说。《晋世家》曰："唐在河、汾之东方百里，故曰唐叔虞。唐叔子燮是为晋侯。"《正义》曰："封于河、汾之东方百里，正合在晋州平阳县。"又引《宗国都城记》曰："唐叔虞之子燮父徙居晋水旁。"《毛诗·唐风谱》孔疏引《帝王世纪》曰："尧始封于唐，今中山唐县是也。后徙晋阳。及为天子，都平阳，于《诗》为唐国。"案：平阳故城在今山西临汾县西南，是唐叔始封平阳，至燮父始徙居太原，以临晋水，更名曰晋。盖史公旧说也。《汉书·地理志》太原郡晋阳县原注曰："故《诗》唐国，周成王灭唐，封弟叔虞。"郑君《毛诗·唐风谱》曰："唐者，帝尧旧都之地，今日太原晋阳，是尧始居此，后乃迁河东平阳，成王封母弟叔虞于尧之故墟曰唐侯，南有晋水，至于燮改为晋侯。"《水经·晋水篇》曰：晋水出晋阳县西悬瓮山。"注曰："县故唐国也。"案：晋阳故城，今山西太原县治，是唐叔始封即在晋阳。班掾、郑君说同，后世地志等书多从此说也。而与平阳相近，合于《晋世家》所言河、汾之东者，又有三说。《晋世家》《正义》引《括地志》曰："故唐城在绛州翼城县西二十里，即尧裔子所封。"《左》定四年曰："命以《唐诰》而封于夏虚。"服虔曰："大夏在汾、浍之间。"顾亭林《日知录》卷三十一据此，疑唐叔之封，以至侯缗之灭，并在于翼。案：翼城故城，在今山西翼城县西南十里。此一说也。《晋世家》《集解》引《世本》曰："唐叔虞居鄂。"宋忠曰："鄂地在今大夏。"《正义》曰："《括地志》云，故鄂城在慈州昌宁县东二里。按与绛州夏县相近。"今案：昌宁故城，在今山西乡宁县西。此又一说也。《地理志》太原郡晋阳下注引傅瓒曰："所谓唐，今河东永安是也，去晋四百里。"《诗谱》疏亦引之。疏又引傅瓒曰："尧居唐，东于虒十里。"又引应劭曰："顺帝改虒曰永安。"案：唐城在今山西霍县西。此又一说也。然《诗谱》疏言昭侯以下徙于翼，又《左》隐六年晋侯居鄂，谓之鄂侯，恐皆非唐叔所封。至傅瓒以永安为唐，唯颜师古是之，诸家皆以为误也。

王之弟当封耶？周公宜以时言于王，不待其戏而贺以成之也。汪曰："本是言戏，言不可行，却自先有'不待戏'一层，说得极周帀。"不当封耶？周公乃成其不中之戏，以地以人与小弱者为之主，其得为圣乎？李曰："自'王之弟当封耶'以下，纯用宕漾之笔，以展拓文势。"且周公以王之言，不可苟焉而已，必从而成之耶？唐荆川曰："转。"设有不幸，王以桐叶戏妇寺，亦将举而从之乎？汪曰："较小弱者更进一层。"李曰："此数语驳辩至为透快，然其用笔则仍取宕漾之势。"凡王者之德，在行之何若。唐曰："转。"设未得其当，虽十易之不为病。要于其当，不可使易也。

汪曰："上文说戏言不可必行，此又再上一层言，即使真实，所行不当，不妨屡易，则戏言之不当成之愈见矣。此意说得更周币。"而况以其戏乎？若戏而必行之，是周公教王遂过也。谢叠山曰："此一转尤妙。"李曰："自'凡王者之德'以下，为前半篇文字结穴，笔势虽仍屈曲盘旋，然较上文则为坚重。即此可悟浮声切响之法。"○以上言周公必不因君戏言以成其事。

旧注曰："中去声。"○《诗·卬瞻》曰："时维妇寺。"毛传曰："寺，近也。"《周礼·天官·寺人》郑注曰："寺之言，侍也。"○旧注曰："当，丁浪切。"○易，羊益切。○《孟子·公孙丑下》曰："今之君子，过则顺之。"《周语下》韦注曰："遂犹顺也。"

吾意周公辅成王，唐曰："转。"宜以道从容优乐，要归之大中而已。沈曰："与'不中'应。"必不逢其失而为之辞。汪曰："上文皆说不当逢其失而为之辞，此处说宜从容辅道，却仍从不当逢其失说来，乃牵上搭下法。"又不当束缚之，驰骤之，使若牛马然。急则败矣。且家人父子尚不能以此自克，况号为君臣者耶？李曰："此数语提顿有力。"是直小丈夫映映者之事，非周公所宜用，故不可信。汪曰："收周公开出结句。"李曰："断制森严。"○以上又以辅君之道断其不然。或曰：唐曰："转。"封唐叔，史佚成之。李曰："结笔妙远不测。"

□吕东莱曰："此一篇文字，一段好似一段。大抵作文字须留好意思在后，令人读一段好似一段。"○方望溪曰："此篇苦效《韩公子郐克分谤篇》，笔墨之迹，划然可寻。"○李曰："此文名言至论，间见层出，令人应接不暇，此制局之妙也。"

《孟子·告子下》曰："逢君之恶，其罪大。"《公孙丑下》

曰："今之君子岂徒顺之？又从而为之辞。"○《孟子·公孙丑下》曰："予岂若是小丈夫然哉？"《老子》曰："其政察察，其民缺缺。"河上公注本作𠰥𠰥，乃俗字。案：缺，𠰥之借字。《说文》曰："𠰥，䀩也。"○《左》僖十五年杜注曰："史佚，周武王时太史，名佚。"《大戴礼·保傅篇》曰："承者，承天子之遗忘者也，常立于后，是史佚也。"卢注曰："史佚，周太史尹佚也。《史记·周本纪》称史佚，亦称尹佚，《周书·世俘篇》称史佚，《克殷篇》称伊逸，《书·洛诰》称逸。"

《论语》辩二篇

《汉书·艺文志》曰："《论语》者，孔子应答弟子时人，及弟子相与言，而接闻于夫子之语也。当时弟子各有所记，夫子既卒，门人相与辑而论篹，故谓之《论语》。"何平叔（晏）《论语集解序》曰："汉中垒校尉刘向言《鲁论语》二十篇，皆孔子弟子记诸善言也。《齐论语》二十二篇，其二十篇中章句颇多于《鲁论》，故有《鲁论》，有《齐论》。鲁恭王时，尝欲以孔子宅为宫，坏得古文《论语》。《齐论语》有《问王》《知道》、（《汉·艺文志》注引如淳曰："《问王》《知道》，皆篇名也。"王深宁《考证》曰：《说文》：《逸论语》曰：玉粲之瑟兮，其璓猛也，如玉之莹。又曰：玙璠鲁之宝玉也。孔子曰：美哉玙璠，远而望之奂若也，近而眂之瑟若也。一则理胜，二则孚胜。《初学记》亦谓《逸论语》之文。愚谓《问王》疑即《问玉》也，篆文相似。"多于《鲁论》二篇。古论亦无此二篇，分《尧曰》下章《子张问》以为一篇，有两《子张》，凡二十一篇，篇次不与齐、鲁《论》同。安昌侯张禹本受《鲁论》，兼讲齐说，善者从之，号曰《张侯论》。《古论》唯博士孔安国为之训说，而世不传。至顺帝之时，南郡太守马融亦为之训说，汉末大司农郑玄就《鲁论》篇章，考之齐、古，以为之注。"

或问曰："儒者称《论语》，孔子弟子所记，信乎？"曰："未然也。孔子弟子，曾参最少，少孔子四十六岁。曾子老而死，是书记曾子之死，则去孔子也远矣。曾子之死，孔子弟子略无存者矣。读书得间。吾意曾子弟子之为之也。何哉？且是书载弟子必以字，独曾子、有子不然。由是言之，弟子之号之也。""然则有子何以称子？"曰："孔子之殁也，诸弟子以有子为似夫子，立而师之，其后不能对诸子之问，乃叱避而退，则固尝有师之号矣。今所记独曾子最后死，余是以知之。盖乐正子春、子思之徒与为之尔。"或曰："孔子弟子尝杂记其言。"然而卒成其书者，曾氏之徒也。何曰："收处甚密。"

《经典释文》《论语音义》引郑康成曰："仲弓、子夏、子游等撰。"赵邠卿《孟子题辞》曰："七十子之畴，会集夫子所言，以为《论语》。"○曾子少孔子四十六岁，见《史记·仲尼弟子列传》《家语·七十二弟子解》。○曾子死，见《论语·泰伯篇》。○《仲尼弟子列传》曰："孔子既没，弟子思慕，有若状似孔子，弟子相与共立为师，师之如夫子时也。他日，弟子进问曰：昔夫子当行，使弟子持雨具，已而果雨。弟子问曰：夫子何以知之？夫子曰：《诗》不云乎？月离于毕，俾滂沱矣。昨暮月不宿毕乎？他日月宿毕竟不雨。商瞿年长无子，其母为取室，孔子使之齐，瞿母请之。孔子曰：无忧。瞿年四十后，当有五丈夫子。已而果然。敢问夫子何以知此？有若默然无以应。弟子起曰：有子避之，此非子之座也。"案：此事后儒多驳之。《史通·暗惑篇》曰："有若名不隶于四科，誉无偕于十喆。逮尼父既没，方取为师，以不答所问，始令避坐。此乃童儿相戏，非复长老所为。"《容斋随笔》卷十五曰："此两事殆近于星历卜祝之学，何足以为圣人？有若不能知，何所加损？而弟子遽以是斥退之乎？孟子称子夏、子张、子游以有若似圣人，欲以所事孔子事之，曾子不可，但言江汉秋阳不可尚而已（《滕文公上》），未尝深诋也。且门人所传者道也，岂应以状貌之似而师之邪？"《困学纪闻》卷七曰："此太史公采杂说之谬。宋子京、苏子由辨之矣。孟子谓子夏、子张、子游以有若似圣人，欲以所事孔子事之。朱子云，盖其言行气象有似之者，如《檀弓》所记子游谓有若之言似夫子之类是也（《集注》）。岂谓貌似之哉？"又卷十一曰："宋景文曰：此邹、鲁间野人语耳。观《孟子》书，则始尝谋之，后弗克举，安有撤座之论乎？"○旧注曰："乐正子、子思二人，曾子弟子。"案《礼记·檀弓上》："曾子疾病，乐正子春坐于床下。"郑注曰："子春，曾参弟子。"而子思为曾子弟子，未见汉人有此说，韩退之《送王秀才埙序》曰：子思之学，盖出曾子，与子厚同，然犹作推测之词。自宋以后，竟成定论矣。○卒成其书者，曾氏之徒也，姚姬传曰："此语程子亦取之，朱子载之《集注》前。然鼐疑其未必然。《檀弓》最推子游，似子游之徒所为，而于子游称字，曾子、有子称子，似圣门相沿，称皆如此，非以字与子为重轻也。"步瀛案：《程氏遗书·外书》卷六：伊川曰："《论语》，曾子、有子弟子论譔，所以知者，唯曾子、有子不名。"《论语集注·序说》引程子曰："《论语》之书，成于有子、曾子之门人，故其书独二子以子称。"案：即伊川之语，其说本于子厚。然《集注·先进篇》引胡氏说，（胡寅有《论语详说》，胡宏有《论语指南》，胡宪有《论语会义》，此所引未知谁属。）疑闵子门人所记；《宪问篇》引胡氏说，疑原宪所记。盖朱子之意，亦不以《论语》一书皆有子、曾子门人所记也。《陆象山全集》卷三十四《语录上》曰："夫子平生所言，岂止如《论语》所载！特当时弟子所载止此耳。今观有子、曾子独称子，或多是有若、曾子门人。"与子厚之说相合。又卷三十五《语录下》曰："王肃、郑康成谓《论语》乃子夏、子游所编，亦有可考者。如《学而篇》子曰次章，便载有若一章，又子曰而下，载曾子一章，皆不名而以子称之。盖子夏辈平昔所尊者，此二人耳。"可申郑君之说。（兼言王肃，未知何本。）此说溯其原，前说要其终，亦并不相背也。魏华甫（了翁）《鹤山集》卷四十六《常熟县重修学记》，反子厚之记，以为字尊于子，阎百诗《四书释地·三续》称之，以为足广《序说》之未备，然实失之牵强。《檀弓》于有子、曾子亦皆称子，故姚氏以为孔门相沿之称，似为近之。然此称何由而来，岂果如象山所云邪？○以上第一首。

尧曰：咨尔舜，天之历数在尔躬，四海困穷，天禄永终。舜亦以命禹。曰：余小子履，敢用玄牡，敢昭告于皇天后土，有罪不敢赦。万方有罪，罪在朕躬。朕躬有罪，无以尔万方。或问之曰："《论语》书记问对之辞尔。今卒篇之首，章然有是，何也？"柳先生曰："《论语》之大，莫大乎是也。是乃孔子常常讽道之辞云尔。彼孔子者，覆生人之器也。上之尧、舜之不遭，而禅不及己；下之无汤之势，而己不得为天吏。生人无以泽其德，日视闻其劳死怨呼，而己之德涸焉无所依而施。故于常常讽道云尔而止也。此圣人之大志也。无容问对于其间。此皆于无字处读书，真所谓善读书矣。弟子或知之，或疑之不能明，相与传之。故于其为书也，卒篇之首严而立之。"

　　□方望溪曰："观此二篇，可知古人读书，必洞见垣一方人，而后的然无疑。不如此，则朱子所谓以意包笼，如从数里外，望见城郭，辄云我已知此地者。"又曰："摽然若秋云之远，使人可望而不可及。如出自宋以后人，即所见到此，文境亦不能如此清深旷邈。"

《论语·尧曰篇》《集解》曰:"历数谓列次也。"《史记·历书》曰:"尧立羲和之官,明时正度,则阴阳调,风雨节,茂气至,民无夭疫,年耆禅舜,申戒文祖云,天之历数在尔躬。"班叔皮《王命论》曰:"昔在帝尧之禅曰,咨尔舜,天之历数在尔躬。"○《集解》引包咸曰:"困,极也,永,长也。言能穷极四海,天禄所以长终。"朱注曰:"四海之人困穷,则君禄亦永绝矣,戒之也。"阎百诗《尚书古文疏证》卷七曰:"四海困穷,自不得如汉注作好;天禄永终,亦不得如朱注作不好。盖四海困穷,欲其俯而恤人之穷;天禄永终,则欲仰而承天之福。"毛大可《论语稽求篇》卷四曰:"阎潜邱云,四海困穷是儆辞,天禄永终是勉辞。四海当念其困穷,天禄当期其永终。《金縢》:惟永终是图,《周易·归妹·象》:君子以永终知敝,则永终二字,原非恶辞。班彪《王命论》云:福祚流子孙,天禄其永终矣。隽不疑谓暴胜之曰:树功扬名,永终天禄(《汉书·隽不疑传》。《韦贤传》:匡衡曰:其道应天,故天禄永终。灵帝立皇后诏曰:无替朕命,永终天禄(《续汉书·礼仪志中》补注引蔡质《典仪》)。凡用此语者,无不以永长为辞。及《三国·魏志》,山阳公深识天禄永终之运,禅位文皇帝。又曰:山阳公昔知天命,永终于己(并见《明帝纪》注引《献帝传》)。嗣后以天禄永终,为却位绝天之辞。"○《集解》引孔安国曰:"舜亦以尧命己之辞命禹也。"○《论语》皇天后土,作皇皇后帝。《集解》引孔曰:履,殷汤名也,此伐桀告天文也,殷家尚白,未变夏礼,故用玄牡也。皇,大也,后,君也,大大君帝,谓天帝也。《墨子》引《汤誓》,其辞若此也。"步瀛案:《墨子·兼爱下》曰:"虽子墨子之所谓兼者,(孙仲容《间诂》曰:虽与唯通。)于文王取法焉,且不唯《泰誓》为然,虽《禹誓》亦犹是也;且不唯《禹誓》为然,虽汤说即亦犹是也。汤曰,惟予小子履,敢用玄牡,告于上天后曰:今天大旱,即当朕身,履未知得罪于上下,有善不敢蔽，有罪不敢赦，简在帝心，万方有罪，即当朕身，朕身有罪，无及万方。"《吕氏春秋·顺民篇》曰："昔者汤克夏而正天下，天大旱五年不收，汤乃以身祷于桑林曰：余一人有罪，无及万夫，万夫有罪，在余一人。"皆以为祷雨之辞，与孔注谓伐桀告天之文不同。于是沈西雝（涛）《论语孔注辨伪》、丁俭卿（晏》《论语孔注证伪》、俞荫甫（樾）《群经平议》、刘公冕（恭冕）《论语正义》，皆据以攻《论语》孔注之伪。窃谓伪孔注固无庸曲护。然魏以前作伪之人，必多见古书，《墨子·兼爱下》明言"汤说"，不言《汤誓》，且有"今天大旱"之文，必非伪孔所引。今《墨子》书已有阙佚，安知所引《汤誓》不即在阙佚内乎？《周语上》："内史过曰：在《汤誓》曰：余一人有罪，无以万夫，万夫有罪，在余一人。"韦注曰："《汤誓》，《商书》伐桀之誓也。今《汤誓》无此言，则散亡矣。"《白虎通·三军篇》曰：《论语》曰："予小子履，敢用玄牡，敢昭告于皇天上帝。此汤伐桀告天，用夏家之牲也。"伪孔注正合，固不得以伐桀之说为无据矣。且伪《古文尚书》以此文缀入《汤诰》，而此注引《墨子》，不引《汤诰》，以斯知《论语》伪孔注又在《尚书》伪孔传前矣。（《论语》伪孔注，沈涛以为出于何晏，丁晏以为出于王肃，皆无确据。）又《汤诰》孔疏引郑曰："用玄牡者，为舜命禹事，于时总告五方之神莫适用，用皇天大帝之牲。"案：郑注本盖无履字，故以为舜命禹事，而不以为《汤诰》，然此文尧、舜、汤并言，则亦不从郑义也。○《集解》引包曰："顺天奉法，有罪者不敢擅赦。"○无以尔万方，以上皆《论语·尧曰篇》之文，万方二句，在朕躬二句下，又无尔字。孔曰："无以万方，万方不与也，万方有罪，我身之过。"《群书治要》载《尸子·绰子篇》曰："阳曰：朕身有罪，无及万方，万方有罪，朕身受之。"○《礼记·坊记》郑注曰："章，明也。"○《说文》曰："讽，诵也。"○覆生人之器也，世彩堂本器下有者字，今依《音辩》。○《孟子·公孙丑下》赵注曰："天吏，天使也。"○《楚辞·七谏·谬谏》王注曰："涸，塞也，"世彩堂本焉作然，今依《音辩》。○以上第二首。

辩列子

《汉书·艺文志·道家》有《列子》八篇，原注曰："姓列名圄寇，先庄子，庄子称之。"《隋书·经籍志·道家》有《列子》八卷，原注曰："郑之隐人列禦寇撰，东晋光禄大夫张湛注。"《新唐书·艺文志》曰："天宝元年诏号《列子》为《冲虚真经》。"步瀛案：《庄子》有《列御寇篇》，《韩策》二史疾治列子围寇之言，是圄、围、禦、御并通。

刘向古称博极群书，然其录《列子》，独曰郑穆公时人。穆公在孔子前几百岁，《列子》书言郑国，皆云子产、邓析，不知向何以言之如此？《史记》郑繻公二十四年，楚悼王四年围郑，郑杀其相驷子阳。子阳正与列子同时，是岁周安王三年，秦惠王、韩烈侯、赵武侯二年，魏文侯二十七年，燕釐公五年，齐康公七年，宋悼公六年，鲁穆公十年。不知向言鲁穆公时遂误为郑耶？不然，何乖错至如是？其后张湛徒知怪《列子》书言穆公后事，亦不能推知其时。以上辩列子时代之误。

《汉书·楚元王传》曰："向字子政。"《艺文志》曰：成帝时诏光禄大夫刘向校经传诸子诗赋，步兵校尉任宏校兵书，太史令尹咸校数术，侍医李柱国校方技，每一书已，向辄条其篇目，撮其指意，录而奏之。"案子政《列子书录》曰："所校中书《列子》五篇，臣向谨与长社尉臣参校雠《太常书》三篇，《太史书》四篇，臣向书六篇，臣参书二篇，内外书凡二十篇，以校除复重十二篇，定著八篇。列子者，郑人也，与郑缪公同时，盖有道者也。其学本于黄帝、老子，号曰道家。道家者，秉要执本，清虚无为，及其治身接物，务崇不竞，合于六经，而《穆王》《汤问》二篇迂诞恢诡，非君子之言也。至于《力命篇》，一推分命，《杨子》之篇，唯贵放逸。二义乖背，不似一家之书。然各有所明，亦有可观者。孝景皇帝时贵黄、老术，此书颇行于世，及后遗落，散在民间，未有传者。且多寓言，与庄周相类，故太史公司马迁不为列传。"殷敬顺《列子释文》曰："缪音穆。"步瀛案：缪、穆字通。《庄子·逍遥游》《释文》引李颐曰："列子郑人，名御寇，与郑穆公同时"，则此说其来久矣。子厚以郑穆当为鲁穆，似涉上郑字而误。叶荣甫（大庆）《考古质疑》卷三谓郑缪公疑郑繻公之误，缪、繻从系，遂致误，较子厚说尤为近之。至《朱子语类》卷一百二十六谓为郑顷公，则无他证也。胡元瑞（应麟）《少室山房笔谈》卷二十七《九流诸论上》曰："繻与缪字相近，非鲁穆公故也。余以中垒博极群书，不应乖错至是，当是向序本作繻公，后人不解，因见秦、鲁二公皆谥缪，遂改繻公为缪公。缪、穆音义本同，故缪再讹为穆，而与繻迥不同矣。张湛注亦以穆公为疑，则知晋世已误，不始唐也。"○《春秋》：宣公三年冬十月丙戌，郑伯兰卒。《史记·十二诸侯年表》曰："郑文公二十四年生穆公兰，当周襄王三年，鲁釐公十一年，郑文公四十五年薨，明年为穆公元年，二十二年薨，当周定王元年，鲁宣公三年。"又见《郑世家》，与《春秋》合。是穆公在位二十二年，年四十四岁，自其所生之年至周灵王二十一年，鲁襄公二十二年，孔子生，（《公》《穀》皆书孔子生于鲁襄二十一年，《史记·孔子世家》作二十二年，孔牧堂《先圣生卒年月日考》以《史记》为是，今从之。）凡九十九年，故曰几百年矣。《易·屯》《释文》曰："几音机，近也。"○《列子·力命篇》曰："邓析操两可之说，设无穷之辞，当子产执政，作竹刑，郑国用之，数难子产之治，子产执而戮之，俄而诛之。"（张注曰："列子及孙卿并云子产杀邓析。据《左传》昭公二十年子产卒，定公九年驷颛杀邓析，而用其竹刑，则非子产所杀也。"步瀛案：注引孙卿，见《荀子·宥坐篇》，而《吕览·离谓篇》亦载其事，刘子政《邓析书录》则引《左传》以辨子产杀邓析之误。）《杨朱篇》曰："子产相郑，专国之政，而有兄曰公孙朝，有弟曰公孙穆，朝好酒，穆好色，子产日夜以为戚，密造邓析而谋之。"《仲尼篇》曰："圃泽之役，有伯豊子者，行过东里，遇邓析。"○郑繻公二十四年，案四当作五，盖涉下文四字而误，此下皆依《史记·六国表》，其不合者，殆皆传写之误。○周安王三年，何义门《读书记·河东集》卷一曰：当是四年。步瀛案：依《六国表》三当作四。（李刻《古文辞类纂》改四，而前后之误皆失改。）○秦惠王，何曰："惠王当是惠公。"○《列子》张注序曰："湛闻之先父曰：吾先君与刘正舆、傅颖根，皆王氏之甥也。并少游外家，舅始周，始周从兄正宗、辅嗣皆好集文籍，先并得仲宣家书，几将万卷。傅氏亦世为学门；三君总角，竞录奇书。及长，遭永嘉之乱，与颖根同避难南行，车重，各称力并有所载，而寇虏弥盛，前途尚远。张谓傅曰：今将不能尽全所载，且共料简世所希有者，各各保录，令无遗弃。颖根于是唯赍其祖玄、父咸子集，先君所录书中有《列子》八篇。及至江南，仅有存者。《列子》唯馀《杨朱》《说符》《目录》三卷。比乱，正舆为扬州刺史，先来过江，复在其家得四卷，寻从辅嗣女婿赵季子家得六卷，参校有无，始得全备，遂注之。"《释文》曰："张湛字处度，晋光禄勋。始周，张湛祖之舅。"据此则王辅嗣乃湛曾祖母之从父兄弟。清《四库书目》卷一百四十六谓湛母为王弼从姊妹，大谬。○《列子·仲尼篇》曰："中山公子牟者，魏国之贤公子也。好与贤人游，不恤国事，而悦赵人公孙龙。"张注曰："公子牟，文侯子，作书四篇，号曰道家。魏伐得中山，以邑子牟，因曰中山公子牟也。公子牟、公孙龙似在列子后，而今称之，恐后人所增益以广书义。"步瀛案：《黄帝篇》又载惠盎见宋康王之事。《考古质疑》卷三曰："公孙龙乃平原之客，赧王十七年，赵王封其弟胜为平原君，则公孙龙之事，盖后于子阳之死一百年矣，而宋康王事又后于公孙龙十馀年，列子乌得而豫书之？信乎后人所增，有如张湛之言矣。"

然其书亦多增窜，非其实。要之，庄周为放依其辞。此说未是，乃列放依庄，非庄放依列也。其称夏棘、狙公、纪渻子、季咸等，皆出《列子》，不可尽纪。虽不槩于孔子道，然其虚泊寥阔，居乱世远于利，祸不得逮乎身，而其心不穷。《易》之"遯世无闷"者，其近是欤！风神淡逸。余故取焉。以上《列子》亦有可取者。

亦多增窜，旧注曰："一本多下有遭字。"○《庄子·逍遥游篇》曰："汤之问棘也是已。"《释文》引李曰："棘，汤时贤人，又云是棘子。《列子·汤问篇》曰：汤问于夏革，张注曰：夏棘字子棘，为汤大夫。"步瀛案：棘、革字通。《庄子·齐物论篇》曰："狙公赋芧。"《释文》引司马彪曰："狙公，典狙官也。"又引崔譔曰："养猨狙者也。"又引李曰："老狙也。"《列子·黄帝篇》曰："宋有狙者，爱狙，养之成群。"张注曰：狙公，好养猿猴者。"《庄子·达生篇》曰："纪渻子为王养斗鸡。"《释文》曰："纪渻，人姓名也。渻，所景反，一本作消。"引司马曰："王，齐王也。"《列子·黄帝篇》曰："纪渻子为周宣王养斗鸡。"张注曰："姓纪名渻，或作消。"卢重元注本作消。《庄子·应帝王篇》曰："郑有神巫曰季咸。"《列子·黄帝篇》曰："有神巫自齐来处于郑，命曰季咸。"皆其事之互见者。此外《天瑞篇》子列子适卫，食于道，从者见百岁髑髅，见《庄子·至乐篇》。又舜问乎丞，见《知北游篇》《黄帝篇》。列子问关尹，见《达生篇》。又列御寇为伯昏瞀人射，见《田子方篇》。又颜回问乎仲尼，孔子观于吕梁，仲尼适楚出于林中，并见《达生篇》。子列子之齐，中道而反，见《列御寇篇》。杨朱南之沛，见《寓言篇》。杨朱过宋，东之于逆旅，见《山木篇》《汤问篇》。楚之南有冥灵，见《逍遥游篇》。其他字句相同者不可悉举。高续古（似孙）《子略》卷二曰："太史公殊不传列子，如庄周所载许由、务光之事，迁犹疑之。所谓御寇之说，独见于寓言耳。迁于此讵得不致疑耶？庄周末篇叙墨翟、禽滑釐、慎到、田骈、关尹之徒以及于周，而御寇独不在其列，岂御寇者，其亦所谓鸿蒙、列缺者欤？然则是书与《庄子》合者十七章，其间尤有浅近迂怪者，特出后人会萃而成之耳。"清《四库书目》卷一百四十六曰："《尔雅》疏引《尸子·广泽篇》曰：墨子贵兼，孔子贵公，皇子贵衷，田子贵均，列子贵虚，料子贵别（料当作宋），是当时实有列子，非庄周之寓名。"步瀛案：《韩策》二：史疾治列子之言，亦可证实有其人。姚首源（际恒）《古今伪书考》曰："意战国时本有其书，或庄子之徒依托为之者，但自无多，其馀尽后人所附益也。以庄称列，则列在庄前，故多取庄书以入之。至其言西方圣人，则直指佛氏，殆属明帝后人所附益无疑。佛氏无论战国未有，即刘向时又宁有耶？则向之序亦安知不为其人所托而传乎？夫向博极群书，不应有郑缪公之谬，此亦可证其为非向作也。后人不察，咸以《列子》中有庄子，谓《庄子》用《列子》，不知实《列子》用《庄子》也。庄子之书，洸洋自恣，独有千古，岂蹈袭人作者？"案：子政《书录》似非伪撰，特所见之《周穆王篇》，未知与今本同否耳。至《列》袭《庄》非《庄》袭《列》，则姚说是也。○《楚辞·惜誓》王注曰："燊，平也。"○《易·乾·文言传》曰："遯世无闷。"又《遯卦》《释文》曰："遯又作遁，同。"

其文辞类《庄子》，而尤质厚少为作。此评亦未确，姚首源已讥之矣。好文者可废耶！其《杨朱》《力命》疑其杨子书，其言魏牟、孔穿，皆出列子后，不可信。以上又辩《杨朱》《力命》二篇出列子后，不可信。

姚首源《伪书考》曰："《庄》之叙事，回环郁勃，不即了了，故为真古文。《列子》叙事，简净有法，是名作家耳。后人反言《列》愈于《庄》。柳子厚曰：《列》较《庄》尤质厚。洪景卢曰：《列子》书事，简劲宏妙，多出《庄子》之右（《容斋续笔》卷十二）。宋景濂曰：《列子》书简劲宏妙，似胜于周。（《宋文宪集》卷六十二《辩诸子》。）王元美曰：《列子》与《庄子》同叙事，而简劲有力。（《四部稿》卷一百一十二《读列子》。）如此之类，代代相仍，以诸公号能文者，而于文字尚不能尽知，况识别古书乎？又况其下者乎？"○少为作，犹言少造作，其文自然也。方、姚选为字作伪，伪、为虽通用，然柳集各本皆作为，不作伪。○好文者，旧注曰："一本有其字。"○《杨朱》《力命》，《列子》二篇名。案：杨朱书不传，赖此稍见大略，虽亦后人伪托，然或辑他书，或旧说相传，未必全出臆造也。○《列子·仲尼篇》曰："乐正子舆之徒笑之，子牟曰：子何笑？子舆曰：吾笑龙之诒孔穿。"张曰："孔穿，孔子之孙。"案：公子牟又见《赵策》三、《吕氏春秋·审为篇》《庄子·让王篇》《淮南·道应篇》，并称中山公子牟，《庄子·秋水篇》《荀子·非十二子篇》并称魏牟。杨倞注曰："《韩诗外传》作范魏牟。牟，魏公子，封于中山。"《汉书·艺文志·道家》有《公子牟》四篇，班固曰：先庄子，庄子称之。今《庄子》有公子牟称庄子之言，以折公孙龙，据即与庄子同时也。又《列子》称公子牟解公孙龙之言，公孙龙，平原君之客，而张湛以为文侯子据，年代非也。《说苑》曰："公子牟东行，穰侯送之，未知何者为定也。"（杨引《外传》及《说苑》今本皆无。）步瀛案：《史记·孔子世家》曰："子思生白，字子上；子上生求，字子家；子家生箕，字子京；

子京生穿,字子高。"《四库书目》曰:"《汤问篇》中并有邹衍吹律事,不止魏牟、孔穿,其不出御寇之手,更无疑义。"

然观其辞,亦足通知古之多异术也。读焉者慎取之而已矣。以上读《列子》之法。

□方望溪曰:"古雅澹荡。"○张廉卿曰:"史公论赞,用意反侧荡漾,尺幅具寻丈之势。惟孙、吴、白起、魏其传,另是一体,子厚辩诸子文从此出。"又曰:"柳州辩诸子极峻,与退之相上下。韩、柳之峻,时时提起,直接直转,极具炉锤,如高山深谷,可寻阶级而上。半山之峻,破空而来,意取直上,斗然险绝,如峭壁悬崖,故文境较瘦削,而气味之厚则逊。"

异术,旧注曰:"术,一本作述。"

辩文子

《汉书·艺文志·道家》有《文子》九篇。原注曰:"老子弟子,与孔子并时,而称周平王问,似依托者也。"(《文子·道德篇》:平王问文子曰:吾闻子得道于老聃。徐注曰:平王,周平王也。)《隋书·经籍志·道家》有《文子》十二卷。原注曰:"《七略》有九篇,梁《七录》十卷亡。"《新唐书·艺文志》有徐灵府、李暹注《文子》各十二卷。原注曰:"天宝元年诏号《文子》为《通玄真经》。"晁子止《郡斋读书志》卷十一曰:"李暹注《文子》十二卷。其传曰:姓辛,葵丘濮上人,号曰计然,范蠡师事之,本受业于老子,录其遗言为十二篇云。按刘向录《文子》,九篇而已,《唐志》录暹注与今篇次同,岂暹析之欤?"又曰:"默希子注《文子》十二卷。默希子,徐灵府自号也。"陈伯玉《直斋书录解题》卷九曰:"案《史记·货殖传》徐广注,计然,范蠡师,名钘。裴骃曰:计然,葵丘濮上人,姓辛氏,字文子。默希子引以为据。然自班固时已疑其依托，况又未必当时本书乎？至以文子为计然之字，尤不可考信，柳子厚亦辨其为驳书，而亦颇有取焉。"洪景卢《容斋续笔》卷十六曰："《汉书·货殖传》：昔粤王句践困于会稽之上，乃用范蠡、计然，遂报强吴。孟康注曰：姓计名然，越臣也。蔡谟曰：计然者，范蠡所著书篇名耳，非人也。谓之计然者，所计而然也，群书所称句践之贤佐，种、蠡为首，岂复闻有姓计名然者乎？若有此人，越但用半策便以致霸，是功重于范蠡，而书籍不见其名，史迁不述其传乎？颜师古曰：蔡说谬矣，《古今人表》计然列在第四等，一号计研；班固《宾戏》：研、桑心计于无垠，即谓此耳。计然者，濮上人也，尝南游越，范蠡卑身事之。其书则有《万物录事》，见《皇览》及《晋中经簿》。又《吴越春秋》及《越绝书》并作计倪，此则倪、研及然声皆相近，寔一人耳，何云书籍不见哉？予按唐贞元中马总所述《意林》一书，抄类诸子百馀家，有《范子》十二卷，云：计然者，葵丘濮上人，姓辛字文子，其先晋国之公子也，为人有内无外，状貌似不及人，少而明学阴阳，见微知著，其志沈沈，不肯自显，天下莫知，故称曰计然，时遂游海泽，号曰渔父。范蠡请其见越王，计然曰：越王为人鸟喙，不可与同利也。据此，则计然姓名出处，皎然可见。裴骃注《史记》亦知引《范子》，《北史》萧大圜云，留侯追踪于松子，陶朱成术于辛文，正用此事。曹子建表引《文子》，李善注以为计然，师古盖未能尽也。而《文子》十二卷，李暹注，其序以谓《范子》所称计然，但其书一切以《老子》为宗，略无与范蠡谋议之事。《意林》所编《文子》正与此同。所谓《范子》乃别是一书，亦十二卷，冯总只载其叙计然及他三事，云馀并阴阳历数，故不取。则与《文子》了不同，李暹之说误也。《唐艺文志》《范子计然》十五卷注云：范蠡问，计然答，列于农家，其是矣，而今不存。"步瀛案：王深宁《汉艺文志考证》卷六亦同此说。清《四库书目》卷一百四十六曰:"《文子》二卷,汉、隋二志所载,不过篇数有多寡耳,无异说也。北魏李暹作注,以计然、文子合为一人。案马总《意林》列《文子》十二卷,又列《范子》十二卷,是截然两人,两书更无疑义。暹移甲为乙,谬之甚矣。柳宗元集有《辩文子》一篇云云,是其书不出一手,唐人固已言之。然宗元所刊之本,高似孙《子略》已称不可见,今所行者,仍十二篇之本。"步瀛案:今《道藏本·通玄真经》默希子注十二卷,杜道坚《缵义》十二卷,朱弁(字正仪)注七卷(八卷以下逸),凡三种。

《文子》书十二篇。其传曰:老子弟子。其辞时有若可取,其指意皆本老子。以上揭明其大旨。然考其书,盖驳书也。其浑而类者少,窃取他书以合之者多。凡孟、管辈数家,皆见剽窃,峣然而出其类,其意绪文辞,又牙相抵而不合。不知人之增益之欤?或者众为聚敛以成其书欤?以上辩其为驳书。然观其往往有可立者,又颇惜之。悯其为之也劳,今刊去谬恶乱杂者,取其似是者,又颇为发其意,藏于家。以上刊削杂乱者,著为定本,并发其意。

□方曰:"意致妙远,在笔墨之外。"

有若,旧注曰:"一去若字。"○《音辨》考作攷,曰攷即考字。步瀛案:丁应书作丂,盖亦传写致误耳。稽攷字当作攷,考借字,攷、考皆从丂声。○凡孟、管辈数家,皆见剽窃,案:如《精诚篇》忧民之忧者云云,出《孟子·梁惠王下》;处于不倾之地云云,出《管子·牧民篇》,皆直袭其语。又《上德篇》濯足濯缨之语,本《孟子·离娄上》;酌水车薪之语,本《孟子·告子上》。《自然篇》海不让水潦之语，本《管子·形势解》。其馀袭其意而异其文者，不可枚举。要之《文子》一书，袭用《淮南子》者最多，而管、孟以及庄、荀、吕、韩等次之，其为剽窃诸书而成无疑也。(《容斋三笔》卷十五谓《孟子》杯水车薪之语本《文子》，则倒置矣。)《玉篇》曰："剽，孚妙切，削也，截也。"○凡孟、管，旧注曰："一去凡字。"○剽窃，旧注曰："一本作劫。"○《玉篇》曰："峣，午幺切，高峻貌。"《音辨》引童宗说《音注》曰："峣音尧，山高貌，或作尧。"○叉牙，叠韵连语，又作杈枒。《文选·鲁灵光殿赋》曰："枝撑杈枒而斜据。"李注曰："杈枒，参差之貌。"○为之也劳，旧注曰："无也字。"

辩鬼谷子

《史记·苏秦传》曰："东事师于齐，而习之于鬼谷先生。"《集解》曰："徐广曰：颍川阳城有鬼谷，盖是其人所居，因为号。骃案：《风俗通义》曰：鬼谷先生，六国时从横家。"《索隐》曰："乐壹注《鬼谷子》书云，苏秦欲神秘其道，故假名鬼谷。"《隋书·经籍志》"纵横家"有《鬼谷子》，皇甫谧注、乐壹注各三卷。原注曰："鬼谷子周世隐于鬼谷。"新。旧《唐书志》皆以为苏秦撰，盖从乐壹说也。又载尹知章注三卷。《玉海·艺文》五十二引《中兴书目》曰："《鬼谷子》三卷，周时高士，无乡里族姓名字，以其所隐，自号鬼谷先生，苏秦、张仪事之，授以《捭阖》，下至《符言》等十有二篇，及《转圆》《本经》《持枢》《中经》等篇，亦以告仪、秦者也。一本始末皆晋陶弘景注，一本《捭阖》《反应》《内揵》《抵巇》四篇，不详何人训释，中下二卷，与弘景所注同。"《郡斋读书志》卷十一曰："按《史记》，战国时隐居颍川阳城之鬼谷，因以自号，长于养性治身，苏秦、张仪师之，叙谓此书即授之二子者。陆龟蒙诗谓鬼谷先生名䚶。"(《文献通考·经籍[考]》

三十九引此作训,案检鲁望诗无此语,秦刻《鬼谷子》引作诩,《真仙通鉴》卷六云鬼谷子王诩。)《少室山房笔丛》卷三十一《四部正讹中》曰:"《鬼谷子》,《汉志》绝无其书,文体亦不类战国。晋皇甫谧序传之。按《汉志》"纵横家"有《苏秦》三十一篇,《张仪》十篇,《隋·经籍志》已亡。盖东汉人本二书之言,会萃附益为此,或即谧手所成,而托名鬼谷,若子虚、亡是云耳。《隋志》"占气家"又有《鬼谷》一卷,今不传。"(杨用修《丹铅总录》卷十四,谓鬼谷即鬼容区,胡氏《笔丛》已驳之,此谬说不足存。)清《四库书目》卷一百十七,谓胡氏此言,颇为近理,然亦终无确证。《隋志》称皇甫谧注,则为魏晋以来书,固无疑耳。秦敦夫(恩复)刻《鬼谷子》陶弘景(清避讳弘作宏)注三卷序曰:"《汉书》"纵横家",别有《苏子》三十二篇,其文与《鬼谷》不类,使苏秦托名鬼谷,班固何以略而不注?陆龟蒙以鬼谷为王诩,王嘉《拾遗记》以鬼谷为归谷(卷四),盖归谷声转,《尔雅》曰:鬼之为言,归也(《释诂》)。其谓苏秦假托者,以仪、秦师事鬼谷,而《史记·苏秦传》有简练揣摩之语,《鬼谷》书适有《揣摩》二篇,遂附会其说,实无所据。书凡三卷,自《捭阖》至《符言》十二篇,《转丸》《胠箧》二篇旧亡,又有《本经》《阴符》《七术》及《持枢》《中经》,共二十一篇。"

元冀好读古书,然甚贤鬼谷子,为其指要几千言。以上元冀《鬼谷子指要》。鬼谷子要为无取,断制谨严。汉时刘向、班固录书无《鬼谷子》。《鬼谷子》后出,而险戆峭薄,恐其妄言乱世难信,学者宜其不道。而世之言纵横者时葆其书。尤者,晚乃益出七术,怪谬异甚,不可考校。其言益奇,而道益陋,使人狙狂失守而易于陷坠。

以上极言《鬼谷子》之无可取。幸矣，人之葆之者少，空际宕漾，笔妙不测。今元子又文之以《指要》，转入捷便。呜呼！其为好术也过矣。意严而语有含蓄，便不流于浅直。

□方曰："破空而游，邈然难攀。"

元冀《鬼谷子指要》，《旧唐书·经籍志》《新唐书·艺文志》皆不载，盖其书不传。《玉海》卷五十三曰："《鬼谷子》，元冀为《指要》几千言。"盖亦据子厚此文，未见其书也。○刘子政录书，已见《辩列子》注。《艺文志》又曰："会向卒，帝复使向子侍中奉车都尉歆卒父业，歆于是总群书而奏其《七略》，故有辑略，有六艺略，有诸子略，有诗赋略，有兵书略，有术数略，有方技略，今删其要以备篇籍。又《叙传》曰："刘向司籍，九流以别。爰著目录，略序洪烈。述《艺文志》第十。"○《史记·司马相如传》《索隐》引张揖曰："夒，古戾字。"○葆、保字通。○《鬼谷子》《本经》《阴符》七篇曰：盛神法五龙，养志法灵龟，实意法腾蛇，分威法伏熊，散势法鸷鸟，转圜法猛兽，损兑法灵蓍，即七术也。○旧注曰："陿音洽，狭同。"步瀛案：《说文》曰："陕，隘也。"字又作陿、作狭。○《汉书·诸侯王表序》曰："骋狤诈之兵。"《叙传》曰："孙、吴狙诈。"案：狙狂犹狙诈也，狂、诳字通。《说文》曰："诳，欺也。"○来鹄《读鬼谷子》曰："《鬼谷子》者，鬼谷先生之书也。六国时所作。其教人容动色理气意之间，以诡绐激讦，桄固呼哩，离合揣测，反覆憸滑之术，悉备于章旨。余读之，知六国之时，得术是书者，惟秦、仪而已。至如捭阖飞箝，实时之常态，是知渐酿之后，不读鬼谷之书者，其行事皆得自然符契也。"（《文粹》卷四十六）可与子厚此文互证。故晁子止《读书志》曰："世人欲知《鬼谷子》者，观二子之言略尽矣。"

辩鹖冠子

《汉书·艺文志》"道家"，有《鹖冠子》一篇。原注曰："楚人居深山，以鹖为冠。"《隋书·经籍志》"道家"，有《鹖冠子》三卷。原注曰："楚之隐人。"新、旧《唐书志》并三卷，韩退之《读鹖冠子》言十有六篇。（《考异》作十有九篇，盖后人据《鹖冠子》篇数所改。）陆农师《鹖冠子序》，谓自《博选篇》至《武灵问》凡十有九篇，而退之读此，云十有六篇者，非全书也。《通考·经籍考》三十八引《崇文总目》曰："今书十五篇。"（盖无《世贤》以下四篇。）《郡斋读书志》卷十一曰："按《四库书目》：《鹖冠子》十六篇，与愈合，（十上原有三字，胡元瑞以其数不合疑之，不知三字乃误衍。）已非《汉志》之旧。今书乃八卷，前三卷十三篇，与今所传《墨子》书同，中三卷十九篇，愈所称《博选》《学问》两篇皆在。宗元非之者，篇名《世兵》亦在后两卷，有十九论，多称引汉以后事，皆后人杂乱附益之。今削去前后五卷，止存十九篇，庶得其真。"《直斋书录解题》卷九亦称三卷十九篇，《宋史·艺文志》但称三卷，不言篇数。《玉海》卷五十三言，今本《博选》至《学问》分为四卷。《汉书艺文志考证》卷六，言四卷十五篇。案：今通行之本，则三卷十九篇为最著也。刘彦和《文心雕龙·诸子篇》曰："《鹖冠》绵绵，亟发深言。"韩退之《读鹖冠子》曰："其词杂黄老刑名，其《博选篇》四稽五至之说当矣。使其人遇时，援其道而施于国家，功德岂少哉？《学问篇》称贱生于无所用，中流失船，一壶千金者，余三读其辞而悲之。"与子厚此文斥为好事者伪为，所见不同。《读书志》《书录解题》及《困学纪闻》卷十皆以子厚之说为是。案《朱子语类》卷一百三十九曰："韩退之之议论正，规模阔大，然不如柳子厚较精密。"又曰："《鹖冠子》，柳子厚谓其书乃写贾谊

《鵩鸟赋》之类，故只有此处好。柳子厚看得文字精，以其人刻深，故如此。韩较有些王道意思，每事较含洪，便不能如此。"胡元瑞《笔丛》卷三十一《四部正讹》中曰："贾谊《鵩鸟赋》所云，初非出《鹖冠子》。后世伪《鹖冠》者，剽谊赋中语以文饰其陋，唐人不能辩，以《鹖冠》在谊前，遂指为谊所引。河东之说极得之。昌黎严于二氏，而恕于百家。若抉邪摘伪，判别妄真，子厚之裁鉴，良不可诬。"案朱、胡二说极为平允。然《通考》引周氏《涉笔》谓《王鈇篇》所载，全用楚制，又似非贾谊后所为。胡元瑞又曰："此书芜纇不驯，诚难据为战国文字，然词气瑰特浑奥，时时有之，似非东京后人所办。盖其书残逸断缺，后人之鄙浅者，以己意增益傅之。"姚首源《伪书考》曰："《鹖冠子》，《汉志》止一篇，逐代增多何也？意者原本无多，馀悉后人增入与？"案：二家说是，至宋时十五篇之本，盖无《世贤》《天权》《能天》《武灵王》四篇。胡元瑞曰："《艺文志》'兵家'有《庞煖》三篇，《鹖冠子·兵政》称庞煖问，而《世贤》《武灵》等篇直称煖语，岂煖学于鹖冠，而此二篇自是煖书，后人因鹖冠与煖问答，因取以附之与？"沈文起《汉书疏证》卷二十五亦谓其中庞煖论兵法，《汉志》本在兵家，为后人傅合耳。与胡氏说合。（案《艺文志》班氏原注，盖因《鹖冠子》已入道家，故兵权谋家重出者，省不复列。）又《鹖冠子》，《汉志》以来皆入道家，韩退之谓其杂黄老刑名，陆农师谓其虽杂黄老刑名，而要其宿时若散乱而无家者。清《四库书目》改入杂家。

余读贾谊《鵩赋》，嘉其辞，而学者以为尽出《鹖冠子》。余往来京师，求《鹖冠子》无所见。至长沙，始得其书读之，尽鄙浅言也。唯谊所引用为美，馀无可者。吾意好事者伪为其书，反用《鵩赋》以文饰之，非谊有所取之，决也。以上言《鹖冠子》袭取《鹏鸟赋》。太史公《伯夷列传》称贾子曰：贪夫殉财，烈士殉名，夸者死权。不称《鹖冠子》。迁号为博极群书，假令当时有其书，迁岂不见耶？假令真有《鹖冠子》书，亦必不取《鹏赋》以充入之者。何以知其然耶？曰："不类。"以上又据史公不引《鹖冠》，以明其伪。

　　□左证既确，文字亦极操纵之能。○辨别古书真伪，清儒尤擅其长。后世学者羡前人之得名也，于是卤莽灭裂，不肯深思切究，稍有所疑，辄斥为伪书，以迎合浅人不悦学之心理，而博取高名，遂致古书竟无可读者。其流毒遂不可胜言。昔吾友刘际唐斥为仇士良愚主之术，虽为笑谵之言，亦深中其欺世盗名之心矣。读子厚诸篇，能不为之三叹耶？

　　《史记·贾生传》曰："贾生为长沙王太傅三年，有鸮飞入贾生舍，止于坐隅。楚人命鸮曰服。贾生既以适居长沙，长沙卑湿，自以为寿不得长，伤悼之，乃为赋以自广。"《汉书·贾谊传》曰："服似鸮，不祥鸟也。"与《史记》异。《文选》从《汉书》，又服作鵩（古钞本作服）。《史记索隐》引《荆州记》曰："巫县有鸟如雌鸡，其雄为鸮，楚人谓之服。"案《周礼·夏官·硩蔟氏》贾疏曰："鸮之与服，二鸟俱夜为恶声者"，此以鸮、服为二鸟，与《汉书》合。《孔丛子·连丛》载孔臧《鸮赋》曰："昔在贾生，有识之士。忌兹服鸟，卒用丧己。"则以为一物，与《史记》合。《汉书补注》卷四十八载王慧英（先慎）曰："《毛诗义疏》云，鸮大如鸠，绿色，恶声鸟也，入人家凶。贾谊所赋是也。"案：贾子在长沙作《鹏鸟赋》，盖从楚地之名耳，非有二物也。当从《史记》为是。《周礼》贾疏盖沿班书而误也。○《鹏鸟赋》之文，多见《鹖冠子·世兵篇》，今并载于下。赋曰："万物变化兮，（《汉书》句末皆无兮字。）固无休息，斡流而迁兮，或推而还。"《鹖》曰:"斡流迁徙,固无休息。"《赋》曰:"汹穆无穷兮,(《汉书》穷作间。)胡可胜言?"《鹖》曰:"芴芒无貌。"又曰:"变化无穷,何可胜言?"《赋》曰:"祸兮福所倚,福兮祸所伏。"《鹖》曰:"祸乎福之所倚,福乎祸之所伏。"《赋》曰:"忧喜聚门兮,吉凶同域。"《鹖》曰:"忧喜聚门,吉凶同域。"《赋》曰:"彼吴强大兮,夫差以败。越栖会籍兮,句践霸世。"(《汉书》越作粤,霸作伯。)《鹖》曰:"吴大兵强,夫差以困。越栖会稽,句践霸世。"《赋》曰:"夫祸之与福兮,何异纠缠?"《鹖》曰:"祸与福如纠缠。"《赋》曰:"命不可说兮,孰知其极?"《鹖》曰:"终则有始,孰知其极?"《赋》曰:"水激则旱兮,矢激则远。万物迴薄兮,振荡相转。"(《汉书》迴作回,振作震。)《鹖》曰:"水激则旱,矢激则远。精神迴薄,振荡相转。"《赋》曰:"块轧无垠。"(《汉》《选》轧作圠。《鹖》曰:"块轧鞣垠。"《赋》曰:"天不可与虑兮,道不可与谋。"(《选》两与字皆作预。)《鹖》曰:"天不可与谋,地不可与虑。"(《选》注引与作预,地作道。)《赋》曰:"迟数有命兮,恶识其时?"(《汉》《选》数皆作速,《汉》恶作乌,《选》作焉。)又曰:"合散消息兮,安有常则?"《鹖》曰:"迟速有命,(《选》注引有命作止息。)必中三五。合散消息,孰识其时?"又曰:"交解形状,孰知其则?"又曰:"盛衰死生,孰识其期?"《赋》曰:"忽然为人兮,何足控搏?"(《汉》搏作揣。)《鹖》曰:"彼时之至,安可复还?安可控搏?"《赋》曰:"小知自私兮,(《汉》《选》知作智。)贱彼贵我。"《鹖》曰:"小知立趣,(《选》注引知亦作智。)好恶自惧。"《赋曰》:"远人大观兮,物无不可。"(《汉》无作亡。)《鹖》曰:"达人大观,乃见其可。"(《选》注引可作符。)《赋》曰:"贪夫殉财兮,列士殉名。"《鹖》曰:"列士徇名,贪夫徇财。"《赋》曰:"夸者死权兮,品庶冯生。"(《汉》冯作每。)《鹖》曰:"夸者死权,自贵矜容。"《赋》曰:"拘士系俗兮。"

（《汉》《选》拘作愚。）《鹖》曰："不肖系俗。"《赋》曰："至人遗物兮，独与道俱。"《鹖》曰："至人遗物，独与道俱。"又曰："圣人捐物。"《赋》曰："众人或或兮，（《汉》《选》或或作惑惑。）好恶积意。"（《选》意作忆。）《鹖》曰："众人域域，（《选》注引作惑惑。）迫于嗜欲。"《赋》曰："寥廓忽荒兮，与道翱翔。乘流则逝兮，得坻则止。"《鹖》曰："乘流以逝，与道翱翔。"《赋》曰："纵躯委命兮，不私与己。"《鹖》曰："纵躯委命，与时往来。"《赋》曰："氾乎若不系之舟。"（《选》氾作泛，《汉》乎作虖。）《鹖》曰："泛泛乎若不系之舟。"《赋》曰："细故蒂芥，何足以疑？"《鹖》曰："细故裂䪞、（《选》注引作葪。）奚足以疑？"○至长沙，案当是子厚贬永州时，路出于此。唐江南道漳州长沙县，今湖南长沙县治。○烈士，《汉书》烈作列，《史记》汲古阁本、《文选》古抄本并同。○《困学纪闻》卷十曰："《鹖冠子·博选篇》用《战国策》郭隗之言，《王鈇篇》用《齐语》管子之言，不但用贾生《鵩赋》而已。柳子之辩，其知言哉！"

与李翰林建书

元微之《赠工部尚书李公墓志铭》曰："公讳建，字杓直，始以进士第二人试校秘书郎。会德宗皇帝选文学，公被荐，上使居翰林中，就拜左拾遗。会德宗崩，郓帅擅师于曹，诏归之，公不肯与姑息。后一年，司直给事府（给疑当作詹）。会朝廷以观察防御事，授路恕治于鄘，（《旧唐书·宪宗纪》在元和三年。）诏赐五品服供奉殿中，以贰焉。罢归为殿中侍御史，寻为员外比部郎，转兵部、吏部。"据《柳谱》，此书作于元和四年，疑建为殿中侍御史时也。新、旧《唐书》建并附兄逊传，（逊后魏申公发之后，于赵郡谓之申公房。）皆甚疏略。（《旧唐书》云：元和六年降詹事府司直，六年盖元年之误。

《新唐书》云，左除太子詹事，盖脱府司直三字。）陈少章曰："李入翰林在贞元末年，未久即解内职，此盖追呼其前官耳。"

　　杓直足下：州传遽至，得足下书，又于梦得处得足下前次一书，意皆勤厚。庄周言，逃蓬藋者，闻人足音，则跫然喜。仆在蛮夷中，比得足下二书，及致药饵，喜复何言？仆自去年八月来，痞疾稍已，往时间一二日作，今一月乃二三作。用南人槟榔馀甘，破决壅隔大过，阴邪虽败，已伤正气，行则膝颤，坐则髀痹。所欲者补气丰血，强筋骨，辅心力，有与此宜者，更致数物，得良方偕至，益善。以上得书及近状，并望致药物。

　　《礼记·玉藻》郑注曰："传遽，以车马给使者也。"《释文》曰："传，陟恋反；遽，其庶反。"○梦得，刘禹锡字，时贬朗州司马。○《庄子·徐无鬼篇》曰："夫逃虚空者，藜藋柱乎鼪鼬之径，良位其空，闻人足音，跫然而喜矣。"《释文》曰："藋，徒吊反。跫然，郭巨恭反，李曲恭反，又曲勇反，徐苦江反。司马云：喜貌。崔云：行人之声。"案：子厚用司马绍绪义也。○《文选·吴都赋》刘渊林注引薛莹《荆扬已南异物志》曰："馀甘如梅李，核有刺，初食之味苦，后口中更甘。高凉、建安皆有之。槟榔树高六七丈，正直无枝，叶从心生，大如楯，其实作房，从心中出，一房数百实，实如鸡子，皆有壳，肉满谷中，正白，味苦涩，得扶留藤与古贲灰合食之，则柔滑而美。交趾、日南、九真皆有之。"《证类本草》卷十三曰："槟榔味辛温无毒，主消谷逐水，除痰癖，杀三虫伏尸，疗寸白，生南海。庵摩勒味苦，甘寒无毒，主风虚热气，一名馀甘，生岭南交、广、爱等州。"○壅隔，旧注曰：隔一作塞。"○旧注曰："颤音战，寒动也。"○《素问·痹论篇》：岐伯曰："风寒湿三气杂至，合而为痹也。《说文》曰："痹，湿病也。"大徐音必至切。○世彩堂本得良方上有忽字，《音辩》无。

永州于楚为最南，状与越相类。仆闷即出游，游复多恐，涉野有蝮虺大蜂，仰空视地，寸步劳倦。近水即畏射工沙虱，含怒窃发，中人形影，动成疮痏。时到幽树好石，暂得一笑，已复不乐。工于写情。何者？譬如囚拘圜土，一遇和景，负墙搔摩，伸展支体，当此之时，亦以为适。然顾地窥天，不过寻丈，终不得出，岂复能久为舒畅哉？明时百姓，皆获欢乐，仆士人，颇识古今理道，独怆怆如此。诚不足为理世下执事，至此愚夫愚妇又不可得，窃自悼也。凄戾，令人不忍卒读。○以上谪居异域之苦。○蝮虺大蜂，射工沙虱等，虽属实物，而意含比况。若果尽如此，则永州诸游记乌能作哉？

永州已见韩退之《柳子厚墓志铭》注。○《楚辞·大招》曰："王虺骞只。"王注曰："王虺，大蛇也。"引《尔雅·释鱼》蟒王蛇。是蝮虺即蝮蛇，旧注分为二物，殆非是。子厚《宥蝮蛇文》曰："蝮蛇犯于人，死不治，然或慊不得于人，则愈怒，反啮草木，草木立死，后人来触死茎，犹堕指挛腕肿足为废病。"又曰："目兼蜂虿，色混泥涂。其颈蹙恶，其腹次且。搴鼻钩牙，穴出榛居。蓄怒而蟠，衔毒而趋。"是其状也。○《酉阳杂俎》卷十七曰："毒蜂，岭南有毒菌夜明，经雨而腐，化为巨蜂，黑色，喙若锯，长三分馀，夜入人耳鼻，断人心系。"○《抱朴子·登陟篇》曰："又有短狐，一名蜮，一名射工，一名射影，其实水虫也。口中有横物如角弩，闻人声，缘口中角弩，以气为矢，因水而射人，中人身者，即发疮，中影者亦病。又有沙虱，其大如毛发之端，初着人，便入其皮里，其所在如芒刺之状，小犯大痛，可以针挑取之，若不挑之，虫钻至骨，便周行走人身，其与射工相似，皆杀人。"○《文选·西京赋》薛综注曰：创痏谓瘢痕也。"○《周礼·秋官·大司寇》曰："以圜土聚教罢民。"郑注曰："圜土，狱城也。"○和景，旧注曰：景乐下一有出字。"○诚不足为理世下执事，言诚不能为治世之下等执事者。

仆曩时所犯，足下适在禁中，备观本末，不复一一言之。今仆癃残顽鄙，不死幸甚。苟为尧人，不必立事程功，唯欲为量移官，差轻罪累，即便耕田艺麻，取老农女为妻，生男育孙，以供力役。时时作文，以咏太平。摧伤之馀，气力可想。假令病尽已，身复壮，悠悠人世，越不过为三十年客耳。汪曰："一翻更哀。"前过三十七年，与瞬息无异。复所得者，其不足把玩，亦已审矣。构直以为诚然乎？以上愿为老农没世且不可得，念岁月易逝，愈增悲怆。

足下适在禁中，旧注曰："时建为翰林学士。"案《唐会要》卷五十七曰："翰林院置在右银台门内，驾在兴庆宫，院在金明门内，驾在大内，院在明福门内。"又曰："翰林院者，本在银台门内，麟德殿西厢重廊之后。学士院者，开元二十六年之所置，在翰林之南，别户东向。"○《说文》曰："癃，罢病也。"○尧人，旧注曰："避民为人。"《论衡·艺增篇》曰："儒书又言，尧、舜之民，可比屋而封。"○《广雅·释诂》三曰："差，次也。"《广韵》五支曰："差，楚宜切。"○《诗·南山》曰："蓺麻如之何？"毛传曰："蓺，树也。"《释文》曰："蓺本或作艺。"○《公羊》宣十五年何注曰："颂声者，太平歌颂之声。"○《吕氏春秋·至忠篇》高注曰："已犹愈。"○吴先生曰："本集《答友人求文章书》亦云，越不过数十人耳，越不过，盖当时语。"步瀛案：《音辩》本无越字，非是。○《司马法·严位篇》曰：二人之禁，无过瞬息。"案子厚墓志，以元和十四年卒，年四十七，距此十年，则三十七岁，正当元和四年。

仆近求得经史诸子数百卷，常俟战悸稍定，时即伏读，颇见圣人用心，贤士君子立志之分。著书亦数十篇，心病，言少次第，不足远寄，但用自释。贫者士之常，今仆虽羸馁，亦甘如饴矣。以上读书安贫。

《说文》曰："悸，心动也。"○《列子·天瑞篇》："荣启期曰：贫者，士之常也；死者，人之终也。处常得终，尚何忧哉？"○《吴越春秋·句践归国外传》曰："采葛之妇，伤越王用心之苦，乃作苦之诗曰：尝胆不苦甘如饴。"

足下言已白常州煦仆，仆岂敢众人待常州耶？若众人，即不复煦仆矣。然常州未尝有书遗仆，仆安敢先焉？裴应叔、萧思谦仆各有书，足下求取观之，相戒勿示人。敦诗在近地，简人事，今不能致书，足下默以此书见之。勉尽志虑，辅成一王之法，以宥罪戾。以上致书，并希其援手。不悉，宗元白。

□刘曰："前写永州风物之恶，后感人生岁月之促，造语极工。"

陈曰："常州谓建兄逊也，时方刺常州，及明年，已自常迁领浙东矣。旧史《宪宗纪》与此书合，《宪宗纪》曰：元和五年八月，以常州刺史李逊为越州刺史浙东观察使。新旧史逊传不言为常州，云自衢迁浙东者，误也。"步瀛案：逊字友道。《礼记·乐记》：煦妪覆育万物。郑注曰："气曰煦，体曰妪。"○裴应叔、萧思谦，《音辩》曰："裴埙、萧俛也。"案：子厚有《与裴埙书》及《与萧翰林俛书》。《旧唐书·萧俛传》曰："元和六年召充翰林学士。"《柳谱》，与俛书，亦作于元和四年，陈少章谓举其后来之官是也。若思谦方为翰林学士，则与崔敦诗同在近地，不得致书矣。○敦诗在近地，《音辩》曰："敦诗，崔群字。"陈曰："崔群时为翰林学士。唐时官翰林者，自以职亲地禁，例不与人相闻，故书云尔。"步瀛案：《旧唐书·崔群传》曰："元和初，召为翰林学士，历中书舍人。群在内职，常以谠言正论闻于时。"○《易·乾》《释文》曰："见，贤遍反，示也。"○《汉书·儒林传序》曰："孔子因鲁《春秋》，举十二公行事，绳之以文、武之道，成一王法。"

方望溪曰："子厚在贬所寄诸故人书，事本丛细，情虽幽苦，而与自反而无怍者异，故不觉其气之茧。相其风格，不过与嵇叔夜《绝山巨源书》相近耳。而鹿门以拟太史公《报任安书》，是未察其形，并未辨其貌也。"又曰："退之云，气盛则言之短长与声之高下皆宜，此数篇词旨凄厉，而其气实未充，三复可见。"姚曰："子厚永州与诸故人书，茅顺甫比之司马子长、韩退之，诚为不逮远甚；而方侍郎遽云，相其风格，不过如《与山巨源绝交书》，则评亦失公矣。子厚气格紧健，自有得于古人。若叔夜文，虽有韵致，而轻弱不出魏、晋文格。如子厚山水记，间用《水经注》兴象，然子厚岂郦道元所能逮耶？"吴先生曰："方氏议其气未充可也，至云与自反无怍者异，乃随俗是非，不稽事实。子厚有何媿怍？正坐名高气盛，见忌时流，遂至一斥不复耳。范文正尝论此，最尤当。"步瀛案：范文正说，已见《柳子厚墓志》附注。刘曰："子厚寄许（孟容）、萧（俛）、李三书，未尝不自《报任安》来，但史公刑不当罪，故悲愤而其气豪壮；子厚自反不缩，故气象衰飒，然撰造苦语绝工，足以动人矜闵。鹿门比之胡笳塞曲，褒贬极当。"吴北江曰："此由二家笔势不同，未可遽为訾议。"

故襄阳丞赵君墓志

旧注曰："赵公矜（志称公，公非其名也，此似误会，故陈少章以为衍。）之死，自贞元十八年至元和十三年，凡十七载之久，来章乃能求于人所不知者而归之，公此志非以神其事,所以大其孝也。十三年作。"陈曰:"赵丞名矜,曾祖弘安,新史附见其弟弘智传后,矜与子来章皆详载,并采此志也。"○《荆川文编》志下有铭字。

贞元十八年月日,天水赵公矜,年四十二,客死于柳州,官为敛葬于城北之野。汪曰:"先提清。"元和十三年,孤来章始壮,自襄州徒行求其葬,不得,征书而名其人,皆死,无能知者。来章日哭于野,凡十九日,惟人事之穷,汪曰:"引出卜来,不苟。"则庶于卜筮。五月甲辰,卜秦詷兆之曰:"金食其墨,而火以贵。其墓直丑,在道之右。南有贵神,冢土是守。乙巳于野,宜遇西人。汪曰:"就卜生出叟来。"深目而髯,其得实因。七日发之,乃觏其神。"汪曰:"摹史公。"明日求诸野,汪曰:"应乙巳。"有叟荷杖而东者,汪曰:"应上西人。"问之,曰:"是故赵丞儿耶?吾为曹信是,迩吾墓。噫!今则夷矣。直社之北,二百举武,汪曰:"应冢土。"吾为子蒞焉。"辛亥,启土,汪曰:"应七日发之。"有木焉,发之,绯衣缁衾,凡自家之物皆在。州之人皆为出涕,诚来章之孝,神付是叟,以与龟偶。汪曰:"就叟纽合下。"不然,其协焉如此哉?以上叙得墓情事。

《元和姓纂》卷七曰:"赵,帝颛顼伯益嬴姓之后,益十三代孙造父封赵城,因以为氏。衰、盾之后,分晋为诸侯,都邯郸。王迁为秦所灭。子代王嘉,嘉子公辅主西戎,居陇西郡天水县西。"(《世系表》亦云居陇西天水县西,然《汉书·地理志》陇西县属陇西郡,而武帝元鼎三年以前,未置天水郡,其地本属陇西,故与西县连言之。《水经·渭水注》曰:"濛水迳上邽县故城西侧城南出上邽,故邽戎国也。秦武公十年,伐邽,县之。旧天水郡治,五城相接,北城中有湖水,有白龙出是湖,风雨随之,故汉武帝元鼎三年,改为天水郡。"是天水郡初治上邽,而上邽后仍属陇西郡,故赵氏、上官氏皆有天水望,而《汉书·赵充国》《上官桀传》皆言陇西上邽人,则此云天水,即指上邽也。)又曰:"新安称自天水徙焉,后周有肃生轨,轨生弘智,唐黄门侍郎;兄弘安,度支郎中。"《新唐书·赵弘智传》曰:"弘智河南(《旧唐书·孝友传》作洛州。)新安人,国子祭酒,卒谥曰宣。兄弘安亦终国子祭酒,曾孙矜。"○年四十二,旧注曰:四或作三。○柳州已见韩退之《柳州罗池庙碑》注。○襄州已见韩退之《郑君墓志铭》注。○惟,集作唯,此依《文钞》。《尔雅·释诂》曰:"惟,思也。"○《诗·素冠》毛传曰:"庶,幸也。"○《广韵》二十四盐:䥬,直廉切。曰:"言利美也,又人名,字书无。"旧注曰:"䥬,晏本作利。"○《说文》曰:"卦,灼龟坼也,从卜兆,象形,古文作兆。"《淮南·本经篇》高注曰:"兆,契龟之兆也。"○《书·洛诰》曰:"惟洛食。"孔疏曰:"凡卜之者,必先以墨画龟,要坼依此墨,然后灼之求其兆,顺食此墨画之处,故云惟洛食。"案:伪孔释洛食,与郑注以食为服田相食之义不合。(郑注见《诗·王风谱》孔疏引。)故清儒言《尚书》者,多从郑驳孔。又《周礼·春官·卜师》曰:"扬火以作龟,致其墨。"郑注曰:"致其墨者,孰灼之,明其兆。"《占人》曰:"史占墨。"郑注曰:"墨,兆广也。"《礼记·玉藻》曰:"史定墨。"郑注曰:"视,兆坼也。"孔疏曰:"凡卜必以墨画龟,求其吉兆,若卜从墨而兆广,谓之下从。"胡晓沧《卜法详考》卷一驳之曰:"《周礼》明曰致其墨矣,有因而致之者,其非画也可知。盖火之所兆,必将有黑色形焉,故曰致其墨,黑色既形,其坼必著。"罗叔言《贞卜文字考》曰:"胡氏申郑驳孔,其说至当。今征目验,则灼痕以外,更不见墨迹,知唐之初叶,古代卜法失传已久。"步瀛案：伪孔及孔疏之说《洛诰》，与殷周卜法虽不合，然唐代卜法实如此，可证此文食墨也。《左》哀九年，晋赵鞅卜救郑，遇水适火。孔疏引服虔曰："兆南行适火，卜法横者为土，立者为木，邪向经者为金，背经者为火，因兆而细曲者为水。"《书·洪范》孔疏说同。（《周礼·占人》贾疏曰："凡卜欲作龟之时，灼龟之四足，依四时而灼之，其兆直上向背者为木兆，直下向足者为水兆，邪向背者为人兆，邪向下者为金兆，横者为木兆。"与服、孔稍异。）《唐六典》卷十四曰："太常寺太卜署太卜令，掌卜筮之法。凡兆以千里径为母，两翼为外，正立为木，正横为土，内高为金，外高为火，细长芒动为水。"《苏氏演义》卷上曰："《龟经》云：欲得知龟圣，但看千里径。诸龟腹下竖文，数之千里路，五行支兆之文，悉以千里路为准也。凡文头上向千里路，下向外者，为金兆也；文头上向外，下向千里路者，为火兆也；竖为木兆，平为土兆，下垂而细者为水兆。"又见《太白阴经·龟卜篇》，虽小有异，而大致相同。○墨贵韵。○《诗·緜》，迺立冢土。毛传曰："冢土，大社也。"《礼记·祭法》曰："王为群姓立社曰大社，大社在王宫路寝之西。"案：此文所谓大社，不必泥《祭法》之义，即后世所谓庙社、村社者耳。○丑右守韵。○《诗·桃夭》毛传曰："于，往也。"○《汉书·高帝纪上》颜注曰："在颐曰须，在颊曰髯。"○人因韵。○《广韵》三十三哿曰："荷，负荷也，胡可切。"○曹信，《音辩》曰："信一本作于，是。"○《左》成十六年，塞井夷灶。杜注曰："夷，平也。"○《礼记·曲礼上》曰："堂上接武，堂下布武。"郑注曰："武，迹也。"○《晋语》八："叔向曰：置茆蕝。"韦注曰："蕝谓束茅而立之，所以缩酒。"（此别一义。）《史记·叔孙通传》《索隐》引贾逵曰："束茅以表位为蕝。"又引纂文曰："蕝，今之纂字。"《史记》《汉书》《叔孙通传》皆曰为绵蕞。《集解》引如淳曰："置设绵索，为习肄处。蕞谓以茅翦树地为纂位。"颜曰："蕝与蕞同，并音子悦反。"○《说文》新附绯字曰："绯，帛赤色也。"《考工记·锺氏》曰："五入为緅。"郑注曰："染纁者三入，又再染以黑，则为緅。"《释文》曰："緅，侧留反。"○自家，旧注曰："一无自字。"○《尔雅·释诂》曰："偶，合也。"

六月某日就道，月日葬于汝州龙兴县期城之原。夫人河南源氏，先没而祔之。矜之父曰渐，南郑尉；祖曰倩之，郓州司马；曾祖曰弘安，金紫光禄大夫、国子祭酒。始矜由明经为舞阳主簿，蔡帅反，犯难来归，擢授襄城主簿，赐绯鱼袋，后为襄阳丞。其墓自曾祖以下，皆族以位。时宗元刺柳，用相其事，哀而旌之以铭。以上归葬及先世并为铭。铭曰：

唐河南道汝州龙兴县，今河南宝丰县治。案：龙兴诸本皆误龙城，今依世彩堂本改。（龙城疑当作襄城，《新唐书·地理志》汝州襄城县下原注曰："武德元年，以县置汝州，并置汝坟、期城二县。贞观元年州废，省汝坟、期城，以襄城隶许州。开元二十七年来属，二十八年还隶许州。天宝七年复来属。"是期城之原，当属襄城县也，今姑从世彩堂本，而仍记所疑于此。）南郑见韩退之《董公行状》注。○郓州见韩退之《许国公碑》注。○舞阳见韩退之《平淮西碑》注。○《新唐书·德宗纪》曰："贞元十五年三月甲寅，彰义军节度使吴少诚反。"《赵弘智传》曰："矜调舞阳主簿，吴少诚反，以县归。"○襄城见《平淮西碑》注。○襄阳县为襄州治，亦见《平淮西碑》注。○皆族以位，《周礼·春官·墓大夫》："令国民族葬，而掌其禁令，正其位，掌其度数。"郑注曰："族葬各从其亲，位谓昭穆也。"○刺柳见韩退之《柳州罗池庙碑》注。○《诗·生民》毛传曰："相，助也。"

詷也挈之，信也蒞之。有朱其绂，神具列之。恳恳来章，神实恫汝。锡之老叟，告以兆语。灵其鼓舞，从而父祖。孝斯有终，宜福是与。百越蓁蓁，羁鬼相望。有子而孝，独归故乡。同病相怜，故语尤沉痛。涕盈其铭，旌尔勿忘！何曰："两汉金石之文。"

□渊雅朴茂，雅近中郎。子厚诸碑志，皆不逮退之，惟此篇庶可相从，如骖之靳。

《诗·緜》曰："爰契我龟。"毛传曰："契，开也。"《释文》曰："契本又作挈。"《汉书·叙传》颜注引作挈。馀见李遐叔《卜论》注。○《易·困》六二曰："朱纹方来。"《释文》曰："绂音弗。"《说文》曰："市，韠也。"篆文作韍，今字或作绂。○挈蒞列韵。○《诗·恩齐》曰："神罔时恫。"毛传曰："恫，痛也。"○汝语舞祖与韵。○《通典·州郡》十四曰："自岭而南，是百越之地。"蓁、榛字通。《汉书·杨雄传》颜注曰："榛榛，梗秽貌。"○旧注曰："望音忘。"○望乡忘韵。

游黄溪记

《舆地纪胜》曰："荆湖南路永州：黄溪在州北九十里。"又曰："黄溪水在零陵县东七十里，盖九疑之西境。柳宗元游彼，爱其山水。"《清一统志》曰："湖南永州府黄溪在零陵县东七十里。府志：源出阳明山（在今零陵县东一百里），流经福田山，在零陵县东五十里，又北至祁阳县，合白水入湘。"○游、遊通用，柳集皆作游。

北之晋，西适豳，东极吴，南至楚、越之交，其间名山水而州者以百数，永最善。环永之治百里，北至于浯溪，西至于湘之源，南至于泷泉，东至于黄溪、东屯，其间名山水而村者以百数，黄溪最善。以上言永州山水，黄溪最善。

时子厚为永州司马。案：晋谓山西，豳谓陕西，吴谓江西、江苏、安徽，楚谓两湖、两广、浙江、福建等。○元次山《浯溪铭序》曰："浯溪在湘之南山，汇于湘，爱其胜异，遂家溪畔。溪世无名称者也，为自爱之，故命曰浯溪。"《舆地纪胜》曰："永州浯溪在祁阳县南五里，唐上元中元结居此，又有《峿台》《㦤亭》诸铭。"陈衍《题浯溪图》云，元氏始命之意，因水以为浯溪，因山以为峿山，作屋以为㦤亭，三吾之称，我所自也。制字从水，从山从广，我所命也。三者之自，皆自吾焉，我所擅而有也。《清一统志》曰："永州府：浯溪在祁阳县西南五里。"○《元和郡县志》曰："江南道永州湘源县：东北至州一百三十里，湘水经县东。"又曰："岭南道桂州全义县：湘水出县东南阳朔山下，即零陵山也。"案：唐湘源县在今广西全县西，唐全义县在今广西兴安县东。○柳集旧注曰：泷音双，水名，泷泉奔湍也。○《汉书·陈胜传》颜注曰："人所聚曰屯。"○《困学纪闻》卷十七曰："《游黄溪记》，仿太史公《西南夷传》。"案《史记·西南夷传》曰："西南夷君长以什数，夜郎最大，其西靡莫之属以什数，滇最大，自滇以北，君长以什数，邛都最大。"

黄溪距州治七十里，由东屯南行六百步，至黄神祠。祠之上，两山墙立，丹碧之华叶骈植，与山升降。状物极工。其缺者为崖，峭岩窟水之中，皆小石平布。黄神之上，揭水八十步，至初潭，最奇丽，殆不可状。其略若剖大瓮，沈曰："工于形容。"侧立千尺，溪水积焉，黛蓄膏渟，来若白虹，沈沈无声。有鱼数百尾，方来会石下。南去，又行百步，至第二潭，石皆巍然，临峻流，若颏领断腭。其下大石离列，可坐饮食。有鸟赤首乌翼，大如鹄，方东向立。自是又南数里，地皆一状，树益壮，石益瘦，水鸣皆锵然。又南一里，至大冥之川，山舒水缓，沈曰："善形平远。"有土田。以上黄溪山水之善。

《清一统志》曰："黄神祠在零县陵东七十里。"○《汉书·杨雄传》颜注曰："骈，并也。"《音辩》丹碧上有如字，旧注曰："一无如字。"沈引虞伯生曰："丹碧华叶皆实景，著如字不得。"○《诗·匏有苦叶》曰："浅则揭。"毛传曰："揭，褰衣也。"《释文》曰："揭，芳例反，褰衣渡水也。"○积焉，《音辩》积作即，曰一作积，世彩堂本作积。○《说文》曰："黱，画眉墨也。"字亦作黛。《左氏春秋序》孔疏曰："脂之泽者为膏。"《文选·长笛赋》李善注引《埤苍》曰："渟，水止也。"○旧注曰："来一作采。"《礼记·聘义》：孔子曰："夫昔者君子比德于玉焉。气如白虹，天也。"○数百尾，旧注曰："楚、越之人数鱼以尾，不以头也。"○《后汉书·朱浮传》注曰："峻，严急也。"○《玉篇》曰："颏，胡来切，颐下。又在记切。颔，户感切，又音含。"《释名·释形体》曰："颐或曰颔车。"《素问·至真要大论》注曰："颔颊车前牙之下也。"《玉篇》曰："齗，鱼斤切，齿根肉。腭，五各切，齗也。"○离列，《后汉书·皇后纪》注曰："离，并也。"《音辩》曰："离一作杂。"案世彩堂本作杂。○《急就篇》颜师古注曰："鹄，黄鹄也，一举千里，其鸣声鹄鹄然。"朱丰芑《说文通训定声》卷六曰："鹄形似鹤，色苍黄，亦有白者，其翔极高，一名天鹅。"○姚曰："朱子谓《山海经》所记异物，有云东西向者，盖以其有图画在前故也（见《语类》卷一百三十八）。此言最当，子厚不悟，作山水记效之，盖无谓也。后人又有以子厚此等为工，而效法者，益失之矣。"吴先生曰："此与上文方来会石下，皆当时所见，即景为文，不必效《山经》也，不为病。"○《礼记·玉藻》曰："然后玉锵鸣也。"

始黄神为人时，居其地。传者曰：黄神王姓，莽之世也。莽既死，神更号黄氏，逃来，择其深峭者潜焉。始莽尝曰："余黄虞之后也。"故号其女曰黄皇室主。黄与王声相迩，而又有本，其所以传言者益验。神既居是，民咸安焉。以为有道，死乃俎豆之，为立祠。后稍徙近乎民，今祠在山阴溪水上。元和八年五月十六日，既归为记，以启后之好游者。以上黄神始末。案：此隐以黄神自喻。

□方曰："子厚诸记，以身闲境寂，又得山水以荡其精神，故言皆称心，探幽发奇而出之，若不经意。"○李曰："子厚山水诸作，其寄兴之旷远，状物之工妙，直合陶、谢之诗，杨、马之赋，镕为一炉，洵属文家绝境。"

《诗序》曰："裳裳者华，刺幽王也，绝功臣之世焉。"孔疏曰："世谓继也。"○《汉书·王莽传下》曰："莽之渐台，众兵追之，围数百重。莽入室，众兵上台，商人杜吴杀莽，取其绶，校尉东海公宾就杀莽首。"○《王莽传中》曰："莽曰：王氏，虞帝之后也，出自帝喾，虞氏之先受姓曰姚，其在陶唐曰妫，在周曰陈，在齐曰田，在济南曰王，凡五姓者，皆黄虞苗裔，予之同族。其令天下上此五姓名籍于秩宗，皆以为宗室。"○《汉书·外戚传》曰："孝平王皇后，安汉公太傅大司马莽女也。平帝即位，年九岁，莽欲依霍光故事，以女配帝。平帝崩，莽立孝宣帝玄孙婴为孺子。莽摄帝位，尊皇后为皇太后。三年，莽即真，以婴为定安公，改皇太后号为定安公太后，自刘氏废，常称疾不朝，莽欲嫁之，乃更号为黄皇室主。"《王莽传》曰："改定安太后号曰黄皇室主，绝之于汉也。"○《猗觉寮杂记》卷上曰："黄王不分，江南之音也，岭外尤甚。柳子厚《黄溪记》云云，以此考之，自唐以来已然矣。"○《庄子·庚桑楚篇》曰："今以畏垒之细民，而窃窃焉欲俎豆予于贤人间。"

始得西山宴游记

《舆地纪胜》曰:"永州:西山在零陵县西五里,柳子厚爱其胜境,有《西山宴游记》。"《清一统志》曰:"永州府:西山在零陵县西。县志在县西隔河二里,自朝阳岩起,至黄茅岭北,长亘数里,皆西山也。"

自余为僇人,居是州,恒惴慄,其隙也,则施施而行,漫漫而游,日与其徒,上高山,入深林,穷迴谿,幽泉怪石,无远不到。汪曰:"极力写前此之游,以托起篇末,'然后知吾向之未尝游'句。"到则披草而坐,倾壶而醉,何曰:"带出宴字。"醉则更相枕以卧。意有所极,梦亦同趣。二句似从《楚辞·抽思》得来,而形貌决不相似。觉而起,起而归,以为凡是州之山有异态者,皆我有也。李曰:"以上极言平日游览之胜,以反跌下文。"又曰:"此与《钴鉧潭记》以下七篇文字,首尾呼应,脉络贯输,合之可为一文。此段语意,确是第一首发端,移置他篇不得。"而未始知西山之怪特。茅曰:"此句正见'始得',与末一句相应。"汪曰:"反剔'始得'。"李曰:"入题飘忽。"

旧注曰:"僇与戮同。"案:谓遭贬谪也,僇人即戮民。《庄子·大宗师篇》:孔子曰:"丘,天之戮民也。"○《孟子·公孙丑上》赵注曰:"惴,惧也。"《广雅·释训》曰:"慄慄,惧也。"《诗·黄鸟》曰:"惴惴其慄。"○旧注曰:"隙与隟同。"潘种宝(纬)《音义》曰:"施如字,徐行貌。"步瀛案:《楚语下》韦注曰:"隙,空闲时也。"《诗·丘中有麻》曰:"将其来施施。"郑笺曰:"施施,舒行,伺闲独来之貌。"《释文》曰:"施如字。"《孟子·离娄下》:施施从外来。孙宗古(奭)《音义》曰:"施施，丁（丁公著）依字，张（张鉴）音怡。"《后汉书·仲长统传》注曰："漫漫犹纵逸也。"○世彩堂本以卧下有卧而梦三字。○《尔雅·释诂》曰："极，至也。"《汉书·王吉传》颜注曰："趣，向也。"○世彩堂本之山下有水字，非是。

今年九月二十八日，因坐法华西亭，望西山，始指异之。沈曰："点'始'字。"遂命仆过湘江，缘染溪，斫榛莽，焚茅茷，穷山之高而止。攀援而登，箕踞而遨，则凡数州之土壤，李曰："自此以下形容西山之高峻，纯从对面着笔，构意绝妙，撰语绝工。"皆在衽席之下。其高下之势，岈然洼然，若垤若穴，尺寸千里，攒蹙累积，莫得遯隐。萦青缭白，外与天际，四望如一。李曰："此三句气象尤为雄远。"然后知是山之特出，不与培塿为类。沈曰："始得神理。"悠悠乎与灏气俱，而莫得其涯；洋洋乎与造物者游，而不知其所穷。引觞满酌，颓然就醉，不知日之入。沈曰："此写宴游。"苍然暮色，自远而至。李曰："写景微妙。"至无所见，而犹不欲归。汪曰："极状始得之喜。"心凝形释，何曰："破惴慄。"与万化冥合。李曰："词旨精奥，似晚周诸子。"然后知吾向之未始游，汪曰："又反剔一笔作衬。"游于是乎始。沈曰："正收'始'字。"李曰："回应首段。"故为之文以志，是岁元和四年也。

　□沈曰："从始得著意，人皆知之。苍劲秀削，一归元化，人巧既尽，浑然天工矣。此篇领起后诸小记。"○何曰："中多寓言，不惟写物之工。"

子厚《永州法华寺新作西亭记》曰："法华寺居永州，地最高。有僧曰觉照，照居寺西庑下。庑之外，有大竹数万。又其外，山形下绝，然而薪蒸篠荡，蒙杂拥蔽，吾意伐而除之，必将有见焉。遂命仆人持刀斧，群而剪焉，丛莽下颓，万类皆出，旷然茫然，天为之益高，地为之加辟。余时谪为州司马，官外常员，而心得无事，乃取官之禄秩以为其亭。"《舆地纪胜》曰："西亭在零陵之法华寺。"《清一统志》曰："法华寺在零陵寺东山。"○《元和郡县志》曰："永州零陵县，湘水经州西十馀里。"世彩堂本仆下有人字。○子厚《愚溪诗序》曰："灌水之阳，有溪焉，东流入于潇水，或曰冉氏尝居也，故姓是溪为冉溪。或曰可以染也，名之以其能，故谓之染溪。余以愚触罪，谪潇水上，爱是溪，入二三里，得其尤绝者家焉。古有愚公谷，今予家是溪，而名莫能定，土之居者，犹龂龂然，不可以不更也，故更之为愚溪。"《舆地纪胜》曰："永州：愚溪在州西一里，水色蓝，谓之染水，或曰冉氏尝居于此，故名冉溪，又曰染溪，柳子厚更名曰愚溪。"《清一统志》曰："愚溪在零陵县西南。"○《淮南子·原道篇》高注曰："藂木曰榛。"《说文》曰："茻，众草也，经传皆以莽为之。"○茷、芨字通。《楚辞·招隐士》曰："林木茷骫。"洪兴祖校茷一作芨。《说文》曰："芨，草根也，一曰草之白华为芨。"○《汉书·张耳传》颜注曰："箕踞者，谓申两脚，其形如箕。"又《丙吉传》颜注曰："敖，游戏也。"案：敖、遨字同。○《礼记·曲礼上》郑注曰："衽，卧席也。"《释文》曰："衽，而审反。"○《玉篇》曰："岈，火加切，岣岈，山深之状。"《说文》曰："洼，深地也。"《广韵》九麻曰："洼，深也，乌瓜切，又于佳切。"○《说文》曰："垤，蚁封也。"大徐音徒结切。○《说文》曰："缭，缠也。"大徐音卢鸟切。《广韵》二十九篠曰："缭绕，缠也。"○《淮南·精神篇》高注曰："际，合也。"○《左传》襄二十四年：子太叔曰："部娄无松柏。"杜注曰："部娄，小阜。"《释文》曰："部，蒲口反。娄，路口反，徐力侯反。"《文选·魏都赋》李善注引作培塿。《方言》十三曰："冢，秦晋之间或谓之培，自关而东谓之丘，小者谓之塿。"郭注曰:"培塿亦堆高之貌。"○灏、颢、昊字并通。《汉书·律历志上》颜注曰:"昊天言天气广大也。"《汉书·司马相如传下》颜注曰:"颢言气颢汗也。"○《诗·衡门》毛传曰:"洋洋,广大也。"《庄子·大宗师篇》曰:"彼方且与造物者为人,而游乎天地之一气。"又《天下篇》曰:"上与造物者游。

钴鉧潭记

潘仲宝曰:"钴音古。鉧,诸韵无从母字,《集韵》作䥈,蒲补、母朗二切,并注云钴䥈温器。"《西溪丛语》卷下曰:"《宜都山水记》:很山溪有釜滩,其石大者如釜,小者如钴䥈。柳子厚《钴鉧潭记》,鉧字字书无之,《集韵》䥈钴并音胡,又䥈,满补反,钴䥈温器,言潭石如此大小尔。"案《玉篇》曰:"钴,阿母切。钴,䥈也。䥈,莫胡切,又莫补切。"《正字通》曰:"鉧同䥈。"范致能(成大)《骖鸾录》曰:"渡潇水即至愚溪,溪上愚亭以祠子厚。路旁有钴鉧潭,钴鉧,熨斗也,潭状似之。其地如大小石渠石涧之类,询之皆芜没篁竹中,无能的知其处者。"《舆地纪胜》曰:"永州:钴鉧潭,在州西五里,即冉溪别派也,其间水石尤异,柳子厚有记。"《清一统志》曰:"永州府:钴鉧潭,在零陵县西三里,中有小泉,经愚溪入潇水。"陈曰:"《隋书·地理志》:长沙诸郡杂夷名莫徭,婚嫁用铁钴鉧为聘财,字正作䥈。"朱碧山(亦栋)《群书札记》卷十六曰:"《世说新语·夙慧篇》:'韩康伯曰:火在熨斗中而柄热,则温器之为熨斗也明矣。'"

钴鉧潭在西山西,汪曰:"劈头即点清钴鉧潭,跟上篇西山来。"其始盖冉水自南奔注,抵山石,屈折东流,其颠委势峻,荡击益暴,啮其涯,故旁广而中深,毕至石乃止。沈曰:句句剪削,乃有此诣,稍一放笔,平常语矣。"流沫成轮，然后徐行。摹写工细。其清而平者且十亩，有树环焉，有泉悬焉。以上潭之形状。其上有居者，以予之亟游也，一旦欵门来告曰："不胜官租私券之委积，既芟山而更居，愿以潭上田，贸财以缓祸。"予乐而如其言，则崇其台，延其槛，行其泉，于高者坠之潭，有声潨然，尤与中秋观月为宜。于以见天之高，气之迥。孰使予乐居夷而忘故土者，非兹潭也欤？以上得潭之始末。刘曰："结处极幽冷之趣，而情甚凄楚。"徐幼铮曰："结语哀怨之音，反用一乐字托出，在诸记中，尤令人泪随声下。"

《魏策》二曰："灓水啮其墓。"《吕览·开春篇》同，此啮字所本。○《诗·伐檀》曰："河水清且沦猗。"毛传曰："小风水成文，转如轮也。"○世彩堂本亩下有馀字。○《左》隐元年《释文》曰："亟，欺冀反，数也。"○《广韵》二十四缓曰："欵，叩也，苦管切。"○《诗·载芟》毛传曰："除草曰芟。"《释文》曰："芟，所衔反。"○《尔雅·释言》曰："贸，买也。"○《尔雅·释诂》："延，长也。"○世彩堂本坠上有而字。○《说文》曰："小水入大水曰潨。"大徐音徂红切。案：此盖状小水入大水之声。○《论语·子罕篇》曰："子欲居九夷。"

钴鉧潭西小丘记

《明一统志》曰："湖广永州府：小丘，在钴鉧潭西。"《清一统志》曰："小丘在零陵县西。"《容斋三笔》卷九曰："柳子厚《钴鉧潭西小丘记》云，贾四百，连岁不能售。苏子美《沧浪记》云，以钱四万得之。予谓二境之胜绝如此，至于人弃不售，安知其后卒为名人赏践！沧浪亭者，今为韩蕲王家所有，价直数百万矣。但钴鉧复埋没不可识，士之处世，遇与不遇，其亦如是哉！"

得西山后八日，沈曰："亦跟西山入。"汪曰："书八日，含'不匝旬'意。"寻山口西北道二百步，又得钴鉧潭。汪曰："从钴鉧潭说来，含'得异地二'。"潭西二十五步，当湍而浚者，为鱼梁，梁之上有丘焉，生竹树。其石之突怒偃蹇，负土而出，争为奇状者，殆不可数。其嵚然相累而下者，若牛马之饮于溪；其冲然角列而上者，若熊罴之登于山。形容得出。○以上小丘之形状。丘之小不能一亩，可以笼而有之。问其主，曰：唐氏之弃地，何曰："弃地比迁客。"货而不售。问其价，曰止四百。余怜而售之。李深源、元克己时同游，皆大喜出自意外。即更取器用，铲刈秽草，伐去恶木，烈火而焚之。嘉木立，美竹露，奇石显。由其中以望，则山之高，云之浮，溪之流，鸟兽之遨游，举熙熙然迥巧献技，以效兹丘之下。枕席而卧，则清泠之状与目谋，瀯瀯之声与耳谋，悠然而虚者与神谋，渊然而静者与心谋。何曰："四'与谋'字，为'遭'字起本。心神二句，寓己之可贵。"不匝旬而得异地者二。虽古好事之士，或未能至焉。以上得丘之始末。噫！以兹丘之胜，沈曰："全为放臣写照。"致之沣、镐、鄠、杜，则贵游之士争买者，日增千金而愈不可得。今弃是州也，农夫渔父过而陋之。贾四百，连岁不能售，而我与深源、克己独喜得之。是其果有遭乎！书于石，所以贺兹丘之遭也。以上因贱直得丘而发感慨，即隐以自喻。

　　□刘曰："前写小丘之胜，后写弃掷之感，转折独见幽冷。"

　　《说文》曰："湍，疾濑也。"《诗·小弁》毛传曰："浚，深也。"《谷风》毛传曰："梁，鱼梁。"《周礼·天官·獻人》：掌以时獻为梁。郑司农曰："梁，水偃也。"○《离骚》王注曰："偃蹇,高貌。"《左传》哀六年杜注曰:"偃蹇,骄敖也。"○《玉篇》曰:"嶔,锜金切。嶔崟,山势也。"○《文选·射雉赋》徐爰注曰:"角,邪也。"○《音辩》本贾作价,价后出字。○潘曰:"刬,诸《韵》《玉篇》皆无此字,义当作铲,平也。"步瀛案:刬即铲之俗字。《说文》曰:"铲,鏶也,一曰平铁。"字又作划。《玉篇》曰:"划,楚简切,划削也。"○《老子》曰:"众人熙熙,如登春台。"《汉书·礼乐志》颜注曰:"熙熙,和乐貌。"○《礼记·曲礼上》郑注曰:"效犹呈也。"《左传》襄二十七年杜注曰:"效,致也。"案:効,效之或体字。○童宗说《音注》曰:"潆音营,水回也。"○《庄子·应帝王篇》郭注曰:"渊者,静默之谓。"案《考工记》:"进则与马谋,退则与人谋。"此文盖师其句法。○《说文》曰:"帀,周也。"俗作匝。○澧,水名;鄷,邑名。此盖借澧为鄷,古借作丰。《说文》曰:"丰,周文王所都,在京兆杜陵西南。"《续汉书·郡国志》曰:"京兆尹:镐在上林苑中。"注引孟康曰:"长安西南有镐池。"《水经·渭水注》曰:"镐水上承镐池于昆明池北,周武王之所都也。自汉武帝穿昆明池于是地,基构沦褫,今无可究。"《汉书·地理志》右扶风鄠县原注曰:"古国。"京兆尹杜陵县原注曰:"故杜国。"《清一统志》曰:"陕西西安府:古丰邑,在鄠县东;古镐京,在长安县西南。鄠县故城,在今鄠县治;杜陵故城,在咸宁县东南。"(今并入长安县。)○《周礼·地官·师氏》曰:"凡国之贵游子弟学焉。"郑注曰:"贵游子弟,王公之子弟,游无官司者。"孔疏云,言游者,以其未仕,而在学游暇习业。

至小丘西小石潭记

《明一统志》曰:永州府:小石潭,在小丘西。"《清一统志》曰:"小石潭在零陵县西小丘之西。"

从小丘西行百二十步，沈曰："因上篇来。"隔篁竹闻水声，如鸣佩环。李曰："从水声引入，行文曲折有逸致。"心乐之。伐竹取道，下见小潭，水尤清冽。以上得小潭。全石以为底，何曰："叙明石字，先写四面竹树。"近岸卷石底以出，为坻为屿，为嵁为岩，青树翠蔓，蒙络摇缀，参差披拂。李曰："此上皆就石言。青树翠蔓，即附石而生者也。"潭中鱼可百许头，皆若空游无所依。日光下澈，影布石上，佁然不动，俶尔远逝，往来翕忽，似与游者相乐。刘曰："摹写鱼之游行澄水中，如化工肖物。"李曰："此上皆就水言，摹写鱼之游行，正以见水之清冽。"又曰："此八句摹写物状，尤为穷微尽妙，具此笔力，可以镕镜造化、雕刻百态矣。"潭西南而望，斗折蛇行，明灭可见。其岸势犬牙差互，不可知其源。何曰："石岸差互，故水流皆作斗折蛇行之势，为岸所蔽，虽明灭可见，莫知其源也。"李曰："此五句溯潭水之来源，语妙而神远。"坐潭上，四面竹树环合，寂寥无人，凄神寒骨，悄怆幽邃。以其境过清，不可久居，沈曰："过清二字，收尽通篇。"乃记之而去。李曰："此数句文境，亦极悄怆幽辽，尘劳中读之，可以涤烦襟而释躁念，此古人所谓'一卷冰雪文'也。"同游者，吴武陵、龚古，余弟宗玄，隶而从者，崔氏二小生，曰恕己，曰奉壹。

□沈曰："记潭中鱼数语，动定得妙，后全在不尽，故意境弥深。"

旧注曰："篁，竹田也，一曰竹名。"○旧注曰："闻，一作间，绝句。"○《说文》曰："冽，水清也。"《易·井卦》王注曰："冽，洁也。"《释文》曰："冽音列。"《文选·东京赋》曰："玄泉冽清。"薛注曰："冽，澄清貌。"世彩堂本冽作洌，《诗·

大东》孔疏引《说文》曰："冽，寒貌。"（今《说文》有瀨字无冽字，段懋堂改瀨为冽，严铁桥谓篆当为列。）此处文义两通。○《尔雅·释水》曰："小沚曰坻。"《释文》曰："坻，直基反。"○《说文》曰："屿，岛也。"《玉篇》曰："屿，似与切，海中洲上有山石。"○《庄子·在宥篇》曰："故贤者伏处大山嵁岩之下。"《释文》曰："嵁，苦岩反，一音苦咸反，又苦严反。"○"潭中鱼"二句，杨用修《升庵诗话》卷九曰："此语本之郦道元《水经注》，渌水平潭，清洁澄深，俯视游鱼，类若乘空（《洧水注》）。沈佺期诗'鱼似镜中悬'（《钓竿篇》），亦同郦意也。"○集佁作怡，《文苑》作佁。吴先生曰："作佁是。"步瀛案：《说文》曰："佁，痴儿，读若駭。"《玉篇》曰："佁，丑利、夷在二切。"《广韵》七至曰："佁儗不前。"○《方言》十二曰："俶，动也。"○《文选·吴都赋》刘渊林注曰："翕忽，疾貌。"《庄子·秋水篇》曰："庄子与惠子游于濠梁之上。庄子曰：儵鱼出游从容，是鱼乐也。"○《后汉书·窦融传》曰："斗，峻绝也。"案：俗作陡。○《秦策》一高注曰："蛇行，匍匐曳地也。"○《史记·孝文纪》："宋昌进曰：高帝封王子弟，地犬牙相制。"《索隐》曰："言封子弟，境土交接，若犬之牙，不正相当，而相衔入也。"○《楚辞·九思·逢尤》注曰："悄犹惨也。"《广雅·释诂》三曰："邃，深也。"○吴武陵，濮阳人，见后。○《柳先生年谱》曰："子厚之从兄弟见于集者，宗一、宗玄、宗直等，世系不可得而详。"○旧注曰："崔氏二小生，崔简之子也。"又《永州刺史崔君权厝志》旧注曰："崔简字子敬，子厚之姊夫。"案：子厚有《亡姊崔氏夫人墓志》，盖此文即崔简妻也，不著其子之名。《权厝志》曰："出刺连、永二州，未至永，而连之人愬君，御史按章具狱，坐流驩州，幼弟讼诸朝，天子黜连帅，罢御史，小吏咸死，投之荒外，不克复。元和七年正月二十六日卒，孤处道泪守讷，奉君之丧逾海水，不幸遇暴风，二孤溺死。"《新唐书·世系表》：崔氏博陵安平房，简子二，曰铎曰镡，所载皆不同。旧注以恕已、奉壹为简子，当有所据，然今不能详也。

袁家渴记

《舆地纪胜》曰："永州：袁家渴，在州南十里，尝有姓袁者居之，两岸木石奇怪，子厚记叙之。"《清一统志》曰："永州府：袁家渴在零陵县南。"○苏子瞻《书子厚梦得造语》曰："每风自四山而下，振动大木，掩苒众草，粉红骇绿，蓊葧香气，子厚善造语，若此句殆入妙矣。"

由冉溪西南水行十里，山水之可取者五，莫若钴𬭁潭。由溪口而西，陆行可取者八九，莫若西山。由朝阳岩东南，水行至芜江，可取者三，莫若袁家渴。皆永中幽丽奇处也。吴先生曰："此与游黄溪起法，皆橅《史记·西南夷传》。○以上以钴𬭁潭、西山陪出袁家渴。楚、越之间方言，谓水之反流者为渴，音若衣褐之褐。渴上与南馆高嶂合，下与百家濑合。其中重洲小溪，澄潭浅渚，厕曲折，平者深墨，峻者沸白，舟行若穷，忽又无际。沈曰："八字已抵一篇游记。"○以上渴之得名，及其形状。有小山出水中，山皆美石，石上生青丛，冬夏常蔚然。其旁多岩洞，其下多白砾。其树多枫、柟、石楠、楩、楮、樟、柚，草则兰、芷，又有异卉，类合欢而蔓生，櫐轕水石。每风自四山而下，振动大木，掩苒众草，纷红骇绿，蓊葧香气，冲涛旋濑，退贮谿谷，摇飏葳蕤，与时推移。沈曰："四时不同。"汪曰："就风将山木草一并收在水上，造语又精妙之极。"其大都如此，余无以穷其状。沈曰："此处逗

'穷'字，为后二篇作地。"〇以上写水中之山，山上草木受风之状。永之人未尝游焉，余得之不敢专也，出而传于世。其地主袁氏，故以名焉。以上渴名"袁家"之故。〇李厚庵曰："末段言风处，亦以兴己。"

□姚曰："《风赋》'邸华叶而振气'云云，文特就赋意而演之。《七发》云，'众芳芬郁，乱于五风'云云，亦本《风赋》。秦汉人文，善学者得其片言只字，即可推演成妙文。"

元次山《朝阳岩铭序》曰："永泰丙午，自舂陵诣都使计兵，至零陵，爱其郭中有水石之异，泊舟寻之，得岩与洞，此邦之形胜也。自古荒之而无名称，以其东向，遂以朝阳命焉。"《舆地纪胜》曰："朝阳岩在零陵县南二里，下临潇江。有洞，石溜自中出，流入湘江，亭台凡十六所，自唐迄今，名贤留题，皆镵于石。"《明一统志》曰："永州府：朝阳岩，在府城西潇江之浒。"《清一统志》曰："在零陵县西南。"〇旧注曰："芜江未详，或云疑是潇字之误。"〇反流，世彩堂本作支流，《音辩》及《文苑》皆作反。何曰："作反是。"步瀛案：《尔雅·释诂》曰："涸，渴也。"《说文》曰："渴，尽也。"《后汉书·宦者·张让传》：渴乌。章怀注曰："为曲筒，以气引水上也。"渴字之义取此，故以作反流为是。〇《孟子·滕文公上》曰："许行其徒数十人，皆衣褐。"〇《清一统志》曰："百家渡在零陵县南二里，即古百家濑也。宋苏轼有诗。"步瀛案：苏集作柏家渡。《湖南通志》卷十八曰："永州府零陵县：百家濑。在县南里许，一泓寒碧，其容如练。"〇《尔雅·释水》曰："小洲曰陼。"《说文》引作渚。〇《文选·秋兴赋》李善注引《苍颉篇》曰："厕，次也，杂也。"〇《音辩》及世彩堂本美石下无石字，皆注曰一有石字，今从一本。〇《汉书·陈胜传》颜注曰："丛谓草木岑蔚者也。"〇《说文》曰："砾，小石也。"〇《尔雅·释木》曰："枫，欇欇。"郭注曰："枫树似白杨，叶圆而歧，有脂，今之枫香是也。"

《释木》又曰："梅楠。"《说文》曰："楠，梅也。"《诗·终南》孔疏引孙炎曰："荆州曰梅，扬州曰楠。"又引陆玑曰："梅树皮叶似豫樟，豫樟叶大如牛耳，一头尖，赤心，华赤黄，子青不可食。榕叶大，可三四叶一蘖，木理细致于豫章，子赤者材坚，子白者材脆。"案枏俗作柟，又作楠，石楠当作石南。《证类本草》卷十四引陶隐居曰："石南叶状如枇杷叶。"又引《图经》曰："石南生于石上，株极有高大者。江湖间出者，叶如枇杷叶，有小刺，凌冬不凋，春生白花成簇，秋结细红实。"《汉书·司马相如传》颜师古注曰："楩音便，又音步田反，即今黄楩木也。"《中山经》曰："前山其木多楮。"郭注曰："似柞，子可食，冬夏生，作屋柱难腐。"音诸，或作储。《汉书·司马相如传》颜注引张揖曰："楮似柃，叶冬不凋。"《玉篇》曰："柃，木名，可染。"其字在柞上，当为柞类。《史记·司马相如传》《正义》引温活人曰："豫，今之枕木也；章，今之樟木也。二木生至七年，枕、樟乃可分别。"《本草纲目》卷三十四曰："樟木高丈馀，小叶似楠而尖长，背有黄赤茸毛，四时不凋，夏开细花，结小子，木大者数抱，肌理细而错纵有文，宜于雕刻，气甚芬烈。"《释木》曰："柚条。"郭曰："似橙，实酢。"《史记·司马相如传》《正义》曰："小曰橘，大曰柚，树有刺，冬不凋，叶青花白子黄，亦二树相似。"○《说文》曰："兰，香草也。"《汉书·司马相如传》颜注曰："兰即今泽兰也。"又引张揖曰："芷，白芷也。"○《古今注》下曰："合欢树似梧桐，枝叶互相交结，每风来，辄身相解，了不相牵缀。"《证类本草》卷十三引《图经》曰："合欢，夜合也，木似梧桐，枝甚柔弱，叶似皂荚、槐等，极细而繁密，其叶至暮而合，故一名合昏。五月花发红白色，瓣上若丝茸然，至秋而实，作荚，子极薄细。"○《文选·东京赋》曰："闒戟轇轕。"薛注曰："轇轕，杂乱貌。"《羽猎赋》曰："纵横轇轕。"李善注曰："轕音葛。"《汉书·杨雄传》轇作樛。○掩苒，叠韵联语，此状众草被风之态。○《玉篇》曰："蓊，乌公、乌孔二切。荔，蒲骨切，又作荢。"旧注曰："蓊荔，草茂貌。"步瀛案：此状香味之盛耳。○《玉篇》曰："葳，于归切；蕤，汝谁切。葳蕤，草木实垂貌。"○《楚辞·渔父》曰："圣人不凝滞于物，而能与世推移。"

石渠记

自渴西南行，不能百步，得石渠。民桥其上。有泉幽幽然，其鸣乍大乍细。渠之广，或咫尺，或倍尺，其长可十许步。其流抵大石，伏出其下，逾石而往，有石泓，昌蒲被之，青鲜环周。又折西行，旁陷岩石下。北堕小潭，潭幅员减百尺，清深多鯈鱼。又北曲行纡馀，睨若无穷，然卒入于渴。其侧皆诡石怪木，奇卉美箭，可列坐而休焉。风摇其巅，韵动崖谷，视之既静止，其听始远。李厚庵曰："名理。"沈曰："亦善写风，前篇骇动，此篇静远。"○以上石渠之景物。予从州牧得之，揽去翳朽，决疏土石，既崇而焚，既釃而盈。惜其未始有传焉者，故累记其所属，遗之其人，书之其阳，俾后好事者求之得以易。元和七年正月八日，蠲渠至大石。十月十九日，逾石得石泓小潭。渠之美于是始穷也。沈曰："应穷字。"○以上得石渠后加以修治。

□茅曰："清冽。"

《风俗通·山泽篇》曰："渠者，水所居也。"《吕氏春秋·上农篇》高注曰："渠，沟也。"○《说文》曰："中妇手长八寸谓之咫，周尺也。"《文选·长杨赋》李注引贾逵《国语》注曰："八寸曰咫。"○《说文》曰："泓，下深皃。"○昌蒲，昌字亦作菖。《证类本草》卷六引陶隐居曰："菖蒲生石碛上，在下湿地，大根者名昌阳，止主风湿，不堪服食。真菖蒲叶有脊，一如剑刃，四月五月亦作小厘华也。"又引《图经》曰："菖蒲春生青叶，长一二尺许，其叶中心有脊，状如剑，无花实，即石菖蒲也。又有水菖蒲，生溪涧水泽中甚多，但中心无脊。"○《文选·登徒子好色赋》李注曰："鲜，荣华也。"○《诗·长发》曰："幅陨既长。"毛传曰："幅，广也；陨，均也。"郑笺曰："陨当作圆，圆谓周也。"步瀛案：毛以陨为员之借字，(《诗·玄鸟》：景员维河，毛传曰："员，均也。"郑以陨为圆之借字。幅陨字俗又作帧。○《说文》曰："鯈，鱼也。"或以鲦为之。《庄子·秋水篇》曰："鲦鱼出游从容。"《释文》曰："鲦，徐音条，李音由，白鱼也，一音篠。"《淮南子·览冥篇》高注曰："鲦鱼，小鱼也。"○《周礼·夏官·职方氏》曰："其利竹箭。"郑注曰："箭，筱也。"○其听始远，何曰："远者，虚谷相应，故此貌已静，彼声转远也。"○州牧盖即谓永州刺史。《汉书·百官公卿表》曰："武帝元封五年，初置部刺史，掌奉诏条察州。成帝绥和元年，更名牧。"(《日知录》卷九曰："汉之刺史，犹今之巡按御史；魏、晋以下之刺史，犹今之总督；隋以后之刺史，犹今之知府及直隶州也。")故唐人于州刺史亦借称之。子厚《永州韦使君新堂记》旧注曰："韩本注：刺史韦彪。公贬永州十年，其州刺史见公集者六，元和元年刺史韦公，见《贺改元表》；二三年刺史冯公，见《修净土院记》；五年以前刺史崔君敏（当删君字），见《南池谯集序》及墓志；后又有崔简者，未上，以罪去，见简墓志等文；十年刺史崔能，见《湘源二妃庙碑》《万石亭记》；所谓章公，盖在七八年间者也，见《上岭南郑相公启》及《黄溪祈雨诗》。"步瀛案：此记作于元和七年，州牧或即韦彪欤？○《说文》曰："擥，撮持也。"字亦作揽。《离骚》：夕揽州之宿莽。王注曰："揽，采也。"洪校揽一作擥。《释名·释姿容》曰："揽，敛也。"《诗·皇矣》毛传曰："木自毙曰翳。"○《汉书·

沟洫志》曰："遒酾二渠以引其河。"注引孟康曰："酾，分也。"颜曰："酾音山支反。"○《穀梁传》僖二十八年曰："水北为阳。"○《方言》三曰："蠲亦除也。"《诗·天保》毛传曰："蠲，洁也。"

石涧记

石渠之事既穷，汪曰："起法又变。"上由桥西北，下土山之阴，民又桥焉。其水之大，倍石渠三之。亘石为底，达于两涯。若床若堂，若陈筵席，若限阃奥。水平布其上，流若织文，响若操琴。揭跣而往，折竹扫陈叶，排腐木，可罗胡床十八九居之。交络之流，触激之音，皆在床下。翠羽之木，龙鳞之石，均荫其上。古之人其有乐乎此耶！吴先生曰："襟抱偶然一露，是谓神到。"后之来者，有能追予之践履耶！得意之日，与石渠同。以上石涧之形状及景物。由渴而来者，先石渠，后石涧；由百家濑上而来者，先石涧，后石渠。涧之可穷者，皆出石城村东南，其间可乐者数焉。其上深山幽林逾峭险，道狭不可穷也。沈曰："去路悠然。"汪曰："结法与上各别。"

☐沈曰："连《袁家渴》《石渠》二篇，俱以'穷'字作线索。"又曰："柳州游山水记诸篇，有次第，有联络，而又不显然露次第联络之迹，所以别于后人。"

世彩堂本三之下有一字，今依《音辩》。○《礼记·檀弓上》郑注曰："堂，形四方而高。"○《说文》曰："梱，门橜也。"《曲礼上》郑注曰："梱，门限也。"《释文》曰："梱本又作阃。"《尔雅·释宫》曰："西南隅谓之奥。"郭注曰："室中隐奥之处。"《释文》曰："奥本或作隩。"○《书·禹贡》曰："厥篚织文。"○揭，已见《游黄溪记》注。○《太平御览·服用部》八引《风俗通》曰:"灵帝好胡床,董卓权胡兵之应也。"(《服用部》引曰:灵帝好胡服帐,后人有谓赵武灵王作胡床,殆由此误。)《魏志·武帝纪》裴注引《曹瞒传》曰:"公将过河,前队适渡,超等掩至(马超),公犹坐胡床不起。"(《艺文类聚·服饰部下》亦引之,较详。)《演繁露》卷十曰:"今之交床,制本自虏来,始名胡床,桓伊下马据胡床,取笛三弄(《晋书·桓伊传》),是也。隋以讖有胡,改名交床。"张端义《贵耳集》卷下曰:"今之交椅,古之胡床也。"

小石城山记

《舆地纪胜》曰:"石城山在城之东北,城之二字当据《明一统志》作西山。)柳子厚有《小石城山记》。(小,元误上。)《清一统志》曰:"石城山在零陵县西。县志,此山与石城相似而差小,故名。"

自西山道口径北,逾黄茅岭而下,有二道。其一西出,寻之无所得。其一少北而东,不过四十丈,土断而川分。有积石横当其垠,其上为睥睨梁欐之形,其旁出堡坞,有若门焉,窥之正黑,投以小石,洞然有水声,其响之激越,良久乃已。环之可上,望甚远,无土壤而生嘉树美箭,益奇而坚。其疏数偃仰,沈曰:"四字尽山水之妙。"类智者所施设也。汪曰:"开出下文。"○以上小石城山之形状。噫!吾疑造物者之有无久矣。发出异想。及是愈以为诚有,又怪其不为之于中州,而列是夷狄,更千百年,不得一售其伎。茅曰:"暗影自家。"是固劳而无用,神者傥不宜如是,则其果无乎!或曰:以慰夫贤而辱于此者。吴北江曰:"此句浅露,非有度者之言。"或曰:其气之灵，不为伟人，而独为是物，故楚之南少人而多石。沈曰："即'片石可语'意。"是二者余未信之。茅曰："不了语，读之有远音。"又曰："借石之瑰玮，以吐胸中之气。"

　□储同人曰："惝怳然疑，摠束永州诸山水记，千古绝调。"《史记·大宛传》《集解》曰："径，直也。"○《楚辞·九叹·远逝》王注曰："垠，岸涯也。"《释名·释宫室》曰："城上墙曰睥睨，言于其孔中睥睨非常也。"《广雅·释宫》（从王氏订）曰："埤堄，女墙也。"王怀祖《疏证》曰："埤堄，或作俾倪，或作睥睨，或作僻倪，《玉篇》引《仓颉篇》云：堄，城上小垣也。《说文》：陴，城上女墙俾倪也。宣十二年《左传》：守陴者皆哭。杜注云：陴，城上僻倪也。"《列子·汤问篇》："秦青顾谓其友曰：昔韩娥东之齐，匮粮，过雍门，鬻歌假食，既去而馀音绕梁欐，三日不绝。"殷敬顺《释文》曰："梁欐音丽，屋栋也。"《庄子·秋水篇》曰："梁丽可以冲城，而不可以窒穴，言殊器也。"《释文》曰："梁丽，司马、李昔音礼，一音如字。司马云，梁丽，小船也。崔云，屋栋也。"成玄英疏曰："梁，屋梁也。丽，屋栋也。"步瀛案：梁丽、梁欐字同，此文与睥睨连举，当从崔譔屋栋之训。（俞荫甫《诸子平议》卷十八，谓梁丽疑是冲车之有楼者。郭孟纯《庄子集释》驳之，谓《列子·力命篇》居则连欐，《文选》司马长卿《上林赋》连卷欐佹，注：欐佹，支柱也。欐者附着，佹者交午，欐与丽同。《广韵》：丽，着也，《玉篇》：丽，偶也。柱偶曰丽，栋梁相附着亦曰丽，正谓椽柱之属，当从崔说为胜。为梁丽必材之大者，故可用以冲城，不当泥视。）○《广韵》三十二晧曰："堢，障小城。博抱切，堡同。"又曰："坞，村坞，亦壁垒。《说文》曰：小障也。一曰庳城也，安古切。坞同。"《通俗文》曰："营居曰坞。"○《左》昭二年曰："韩宣子来聘，宴于季氏，有嘉树焉。"美箭见《石渠记》注。○《左》文十六年杜注曰："数，不疏。"《释文》曰："数音朔。"《诗·北山》："或栖迟偃仰。"《孟子·滕文公上》赵注曰："偃，伏也。"〇中州已见韩退之《送廖道士序》注。〇伎、技通借字。

柳州山水近治可游者记

柳集此上为《柳州东亭记》，作于元和十二年九月。此文旧注曰："记不书其年月，然当与前记先后作。"

古之州治，在浔水南山石间，今徙在水北，直平四十里，南北东西皆水汇。汪曰："总一句。"北有双山，夹道嵲然，曰背石山。有支川，东流入于浔水。浔水因是北而东，尽大壁下。其壁曰龙壁。其下多秀石，可砚。南绝水，有山无麓，广百寻，高五丈，下上若一，曰甑山。山之南皆大山，多奇。又南且西，曰驾鹤山，壮耸环立，古州治负焉。汪曰："随手又带古州治。"有泉在坎下，恒盈而不流。南有山，正方而崇类屏者，曰屏山。其西曰四姥山，皆独立不倚。北流浔水濑下。又西曰仙弈之山，山之西可上，其上有穴，穴有屏有室有宇，其宇下有流石成形，如肺肝，如茄房，或积于下，如人如禽如器物甚众。何曰："先叙山之所有。"东西九十尺，南北少半。东登入小穴，常有四尺，则廓然甚大，无窍，正黑，烛之，高仅见其宇，皆流石怪状。由屏南室中入小穴，倍常而上，始黑，已而大明，为上室。由上室而上，有穴，北出之，乃临大野，飞鸟皆视其背。蒋曰："极形其高。"其始登者，得石枰于上，黑肌而赤脉，十有八道，可弈，故以云。何曰："始叙山之所由名。"其山多柽，多楮，多篔筜之竹，多橐吾，其鸟多秭归。以上按东西南北，写诸山水之形状及景物。

《元和郡县志》曰："岭南道柳州，本汉郁林郡潭中县之地。隋开皇十一年，改潭中为桂林县，仍析桂林为马平县，属象州。武德四年，于此置昆州，又改为南昆州。贞观八年，改为柳州，因柳江为名。"《舆地纪胜》曰："柳州：柳水，一名浔水。"案已见韩退之《柳州罗池庙碑》注。○玄应《一切经音义》三引《三苍》曰："汇，水迴也。"○《玉篇》曰："嶃，仕咸切，山石高峻皃。"《舆地纪胜》引嶃作轩。○《明一统志》曰："广西柳州府：夹道双山，在府城北一十里，东山曰桃竹，西山曰雀儿（《名胜志》作雀冈）。"《清一统志》曰："背石山在马平县西北三十里。"○《明一统志》曰："柳州府：龙壁山，在府城东北一十五里，中有石壁峭立，下临滩濑。"《清一统志》曰："龙壁山在马平县东北二十五里。"○《诗·旱麓》传曰："麓，山足也。"○《舆地纪胜》曰："甑山在马平县东南一里，如甑。"玄应《一切经音义》十引《字林》曰："甑，炊器也。"○《舆地纪胜》曰："驾鹤山在马平县，傍临大江。"《清一统志》曰："驾鹤山在马平县东南，县志在县东南隅，隔江耸立如孤鹤，下有长塘，冬夏皆不涸。"○《易·说卦传》曰："坎，陷也。"○《舆地纪胜》曰："屏山在马平县东南一里，其山方正类屏，故名。"○《明一统志》曰："柳州府：四姥山，在府城西五里，其山四面对峙，故名。"○北流浔水濑下，《音辨》曰："流一本作沈。"世彩堂本作沈。李穆堂（绂）《别稾》卷三十六曰："流当作枕。"姚姬传《类纂》取之。吴先生曰："李说非是，《史记·天官书》，中国山川东北流，此流字所本也。"又曰："'北流浔水濑下'六字，承'浔水因是北而东'为文，此上诸山皆在浔水南，此山在浔水北也。"○《太平寰宇记》曰："岭南道柳州：仙人山，在州西南山上，有石形如仙人。"《清一统志》曰："仙弈山在马平县西南，亦名仙人山。"○茄房即莲房。《说文》曰："茄，夫渠茎。"《文选·西京赋》：蒂倒茄于藻井，薛注曰："茄，藕茎也。"《汉书·杨雄传》：《反骚》曰："衿芰茄之绿衣兮。"颜注曰："茄亦荷字，见张揖《古今字谱》。"○《考工记》郑注："八尺曰寻，倍寻曰常。"○《玉篇》曰："枰，博局也。"○《文选·吴都赋》曰："其竹则篔筜箖箊。"刘注曰："皆竹名也。"《异物志》："篔筜生水边，长数丈，围一尺六寸，一节，相去六七尺，或相去一丈，庐陵界有之。"○《尔雅·释草》曰："菟奚颗涷。"郭注曰："款冬也，紫赤花，生水中。"《释文》曰："案《本草》云，款冬一名橐吾，一名颗涷，一名虎须，一名菟奚，一名氏冬。"《广雅·释草》曰："苦萃，款冻也。"（王怀祖曰："款或作款，冻或作涷。"）《急就篇》曰："半夏皂荚艾橐吾。"颜师古注曰："橐吾似款冬，而腹中有丝，生陆地，华黄色，一名兽须。"（王深宁曰：兽须，虎须也。"步瀛案：唐讳虎字曰兽，须乃鬚之本字。）《急就篇》又曰："款东贝母姜狼牙。"颜注曰："款东即款冬也，亦曰款涷，以其凌寒叩冰而生，故为此名也。生水中，华紫赤色，一名兔奚，亦曰颗东。"王深宁《补注》曰："《本草》以款冬为橐吾，此又有款冬，则橐吾别是一物，当考。"王怀祖《广雅疏证》曰："案《艺文类聚》引吴普《本草》云，款冬十二月花黄白（卷八十一《草部上》），陶隐居《本草》注云，款多第一出河北，其形如宿蓴，未舒者佳，其腹裏有丝。(《证类本草》七引之。）然则腹有丝而华黄者，即是款冬，颜师古以此为橐吾，未审所据。"郝兰皋《尔雅义疏》曰："《本草》款冬、橐吾为一物，如《急就篇》橐吾、款冬，又为二物，颜师古注以款冬生水中，华紫赤色；橐吾腹中有丝，生陆，华黄色。然陶注言腹有丝者，即是款冬，非橐吾，则此盖一类二种也。"○《尔雅·释鸟》曰："巂周。"郭注曰："子巂鸟出蜀中。"《说文》曰："巂周，燕也，一曰蜀王望帝婬其相妻，惭，亡去，为子巂鸟，故蜀人闻子巂鸣，皆起曰是望帝也。"《广雅·释鸟》曰："鹂𪃦，𪄸鸩，子巂也。"王怀祖《疏证》曰："子巂，刘逵《蜀都赋》注引《蜀记》作子规，《御览》引《蜀王本纪》作子巂（《羽族部》十），《华阳国志》作子鹃（《蜀志》）。案：萧该《汉书音义》云，苏林鹂𪃦音殄绢（《杨雄传》），是𪃦、鹃同声也。子巂之转声则为姊归。《高唐赋》：姊归思妇，其鸣喈喈。李善注引郭璞释《尔雅》巂周云，或曰即子规，一名姊归。今《尔雅》注无之，盖《音义》之文也。《御览》引《临海异物志》云，鹂𪃦一名杜鹃，春三月鸣，昼夜不止，当陆子孰，鸣乃得止耳。"邵二云《尔雅正义》曰："《史记·历书》云，百草奋兴，秭鸠先滜，徐广以为即子规也。"步瀛案：此作秭归，亦犹《高唐赋》之作姊归，《史记·历书》之作秭鸠也。

石鱼之山，汪曰："石鱼山及雷山，陡然直起，而下文将'在多秭归西''在立鱼南'二句组合，点法奇变，此断续法也。"全石，无大草木，山小而高，其形如立鱼，在多秭归西。有穴，类仙弈。入其穴，东出，其西北灵泉在东趾下，有麓环之，泉大类鼛雷鸣，沈曰："随叙随释，类《水经注》。"西奔二十尺，有洞，在石涧，因伏无所见，多绿青之鱼，多石鲫，多鲦。雷山两崖皆东面，雷水出焉，蓄崖中曰雷塘，能出云气，作雷雨，变见有光，祷用俎鱼豆氂脩形，秸粟阴酒，虔则应，在立鱼南。其间多美山，无名而深。沈曰："又用虚叙。"峨山在野中，无麓。汪曰："点法又变。"峨水出焉，东流入于浔水。汪曰："一句组合浔水。"

□茅曰："全是叙事，不著一句议论，却澹宕风雅。"○汪曰："零零碎碎叙去，而其中自有线索，打成一片，此天下奇文也。若但以其将南北东西分叙，而谓为似《史记·天官书》，犹皮相耳。"○何曰："此篇多拟《山经》。"

　　《舆地纪胜》曰："立鱼山在马平县，状如植鳍，下有岩，岩出灵泉，甘而冽。"《清一统志》曰："石鱼山在马平县西南二里。"○《说文》曰："毂，辐所凑也。"○玄应《一切经音义》一引《三苍》曰："洄，水转也。"○《证类本草》二十引《图经》曰："鲫鱼似鲤鱼，色黑而身促，肚大而脊高，亦有大者，至重二三斤。又黔州有一种重唇石鲫鱼，亦其类也。"○鯈已见《石渠记》注。○《清一统志》曰："雷山在马平县南十里。"○皆东面，各本作西。姚曰："西字当作面。"吴先生曰："姚说是，今从之。"○《舆地纪胜》曰："雷塘在水南，距城七里，四壁高山，岩穴黝黑，神灵所凭，直下有潭无底，遇旱，沉以牲币，能兴云致雨。"《清一统志》曰："雷塘庙在马平县南十里雷山，唐柳宗元有《祷雨》文。"○《说文》曰："脩，脯也。"方望溪曰："形当作铏。"案《周礼·天官·内饔》曰："掌共羞脩刑，膴胖骨鱐，以待共膳。"《外饔》曰："共其脯脩刑膴。"郑注曰："脩，锻脯也，刑，铏羹也。"秾当从禾作秾。《南山经》曰："糈用稌米。"郭注曰："糈，祀神之米，名秾稻也。"《玉篇》曰："糈，先吕切。"《太平御览·饮食部》一引《春秋纬》曰："凡黍为酒，阳据阴乃能动，故以麹酿黍为酒。"注曰：麹，阴也，是先渍麹，黍后入，故曰阳相感皆据阴也。相得而沸，是其动也。凡物阴阳相感，非唯作酒。"○峨山见韩退之《罗池庙碑》注。○《明一统志》曰："柳州府：鹅水在府城西南四十里，流入柳江。"《清一统志》曰："鹅江在马平县西南四十里，即峨水也。"○《舆地纪胜》曰："柳水一名浔水。"《清一统志》曰："府志：柳江环府城西南东三面，折而东南，与鹅江、洛清江会，曰三江口，即雒容县之江口镇。"

伊尹五就桀赞

《孟子·告子下》曰："五就汤，五就桀者，伊尹也。"赵注曰："伊尹为汤见贡于桀，桀不用而归汤，汤复贡之，如此者五。思济民，冀得施其道也。"《鬼谷子·忤合篇》曰："伊尹五就汤，五就桀，然后合于汤。"《淮南子·泰族篇》曰："伊尹五就桀，五就汤，将欲以浊为清，以危为宁也。"苏子瞻《书柳子厚论伊尹》曰："读柳宗元《五就桀赞》，终篇皆言伊尹往来两国之间，俟其有意，欲教诲桀而全其国耶！不然，汤之当王也久矣，伊尹何疑焉？桀能改过而免于讨，可庶几也。能用伊尹而得志于天下，虽至愚知其不然。宗元意欲自解其从王叔文之罪也。"韩仲雅曰："按子厚以附王叔文见逐，尝与许京兆（孟容）书云，早岁与负罪者亲善，始奇其能，谓可以共立仁义，裨教化，过不自料，窭窭勉励，惟以忠正信义为志，以兴尧、舜、孔子之道，利安元元为务，不知愚陋不可力强。其素志如此，今又作此阴自解说，以言居势顺便，可以速得志耳。"吴先生曰："此子厚解嘲之作，非强颜作高语，其所自负故如此也。"又评苏文曰："用伊尹而得志于天下，理固有之；桀治而汤固终身侯服，不必王也。"

伊尹五就桀。或疑曰：汤之仁，闻且见矣。桀之不仁，闻且见矣。夫胡去就之亟也？柳子曰：恶！是吾所以见伊尹之大者也。彼伊尹，圣人也。圣人出于天下，不夏、商其心，心乎生民而已。曰：孰能由吾言？由吾言者为尧、舜，而吾生人尧、舜人矣。退而思曰：汤诚仁，其功迟。桀诚不仁，朝吾从而暮及于天下可也。于是就桀。桀果不可得，反而从汤。既而又思曰：尚可十一乎！使斯人蚤被其泽也。又往就桀，桀不可，而又从汤。以至于百一千一万一，卒不可，乃相汤伐桀，俾汤为尧、舜，而人为尧、舜之人。是吾所以见伊尹之大者也。吴江北曰："英壮磊落，由其理盛，故其词岸伟而其气雄厚。"仁至于汤矣，四去之；不仁至于桀矣，五就之。大人之欲速其功如此。不然，汤、桀之辨，一恒人尽之矣。又奚以憧憧圣人之足观乎？吾观圣人之急生人，莫若伊尹。伊尹之大，莫若于五就桀。作《伊尹五就桀赞》：

《左传》隐元年《释文》曰："噁，欺冀反，数也。"○《孟子·公孙丑上》赵注曰："曰恶者，深嗟叹也。"《音义》曰："恶音乌。"○吾生人尧、舜人矣，人即民字。下人字除大人、恒人、圣人外，馀亦皆民字。○《孟子·万章上》曰："伊尹思天下之民，匹夫匹妇有不被尧、舜之泽者，若己推而内之沟中。"○《孟子·万章上》曰："伊尹曰：吾岂若使是君为尧、舜之君哉？吾岂若使是民为尧、舜之民哉？"○《易·咸》九四曰："憧憧往来。"《释文》引刘瓛曰："憧憧，意未定也。"

圣有伊尹，思德于民。往归汤之仁。曰仁则仁矣，非久不亲。退思其速之道，宜夏是因。就焉不可，复反亳殷。犹不忍其讪，噁往以观。庶狂作圣，一日胜残。至千万冀一，卒无其端。五往不疲，其心乃安。遂升自陑，黜桀尊汤，遗民以完。大人无形，与道为偶。道之为大，为人父母。大矣伊尹，惟圣之首。既得其仁，犹病其久。恒人所疑，我之所大。呜呼远哉！志以为诲。

□序意态罻岸，赞笔意从横，而句句遏抑之，使人忘其为有韵之文。

《书序》曰："盘庚五迁，将治亳殷。"《史记·殷本纪》《集解》引郑玄曰:"治于亳之殷地,商家自此徙,而改号曰殷亳。"《殷本纪》曰:"汤始居亳。"《汉书·地理志》:河南郡偃师县原注曰:"尸乡,殷汤所都。"《殷本纪》《正义》引《括地志》曰:"亳邑故城在洛州偃师县西十四里,本帝喾之墟、商汤之都也。"《清一统志》曰:"河南府:亳城,在偃师县西,亦曰尸乡。"〇民仁亲因殷韵。〇《书·多方》曰:"惟狂克念作圣。"〇《论语·子路篇》曰:"善人为邦百年,亦可以胜残去杀矣。"《集解》引王肃曰:"胜残者,胜残暴之人,使不为恶也。"〇《书序》曰:"伊尹相汤伐桀,升自陑,遂与桀战于鸣条之野。"伪孔传曰:"陑在河曲之南。"孔疏曰:"盖在今潼关左右。"〇观残端安完韵。〇《淮南子·原道篇》曰:"夫道者,包裹天地,禀授无形。"(《文子·道原》袭之。)《诗·泂酌》曰:"岂弟君子,民之父母。"〇偶母首久韵。〇大海韵。(韩、柳韵文,不泥今韵,而亦不尽与古韵相合,当分别观之。)

刘梦得

刘禹锡,字梦得,彭城人(今江苏铜山县)。自言系出中山。贞元九年,擢进士第,登博学宏词科。王叔文用事,引参谋议,转屯田员外郎,判度支盐铁。叔文败,贬连州刺史,在道贬朗州司马。元和十年召还,宰相欲置之郎署,时禹作《游玄都观咏看花君子诗》,语涉讥刺,执政不悦,复出为播州刺史。裴度为言宪宗,禹锡母老不能往,当与其子死诀,恐伤陛下孝治,乃改授连州,徙夔、和二州。久之征入,拜主客郎中,复作《游玄都观诗》,人薄其行,俄分司东都。宰相裴度雅知禹锡,欲令知制诰,荐为礼部郎中集贤院直学士。度罢,又出刺苏州,徙汝、同,迁太子宾客,复分司东都。会昌时,加检校礼部尚书,卒赠户部尚书。新、旧《唐书》皆有传。○吴先生曰："韦处厚子蕃，请李习之为其父作集序，许而未就，后谓蕃曰：翱昔与吏部退之，为文章盟主，同时伦辈，柳仪曹宗元、刘宾客梦得耳。韩、柳逝久矣，今翱又被病。有孤前言，赍恨无已，将子荐诚于刘君乎？习之卒后，梦得序韦集，具载习之此语，殆当时公评也。"

唐故尚书礼部员外郎柳君集纪

梦得父名绪，故避嫌名，以纪为序，《论衡·自纪》，即自序也。

八音与政通，而文章与时高下。三代之文，至战国而病，涉秦、汉复起。汉之文至列国而病，唐兴复起。夫政庞而土裂，三光五岳之气分，大音不完，故必混一而后大振。以上文章关乎国运盛衰。

《礼记·乐记》曰："声音之道，与政通矣。"○《书》伪《周官》，伪孔传曰："庞，乱也。"柳集载此序旧注曰："分，扶问切。《群经音辨》：分，限也。"○《老子》曰："大音希声。"

初贞元中，上方向文章，昭回之光，下饰万物，天下文士，争执所长，与时而奋，粲焉如繁星丽天，而芒寒色正，人望而敬者，五行而已。河东柳子厚，斯人望而敬者欤！以上子厚之文见重当时。

《诗·棫朴》曰："倬彼云汉，昭回于天。"○《左传》襄二十八年孔疏曰："五星者，五行之精也。"

子厚始以童子有奇名于贞元初，至九年为名进士，十有九年，为材御史，二十有一年，以文章称首，入尚书，为礼部员外郎。是岁以疎隽少检获訕，出牧邵州，又谪佐永州。居十年，诏书征不用，遂为柳州刺史，五岁不得召归。以上子厚事迹大略。

子厚事实，已见韩退之所撰墓志及注。○唐江南道邵州治邵阳县，今湖南邵阳县治。○《左》宣十五年杜注曰："隽，绝异也。"○集无归字。

病且革，留书抵其友中山刘禹锡曰："我不幸卒以谪死，以遗草累故人。"禹锡执书以泣，遂编次为三十通行于世。以上编次子厚遗集。

柳集旧注曰："革音亟，急也。"○《新唐书·艺文志》载《柳子厚集》三十卷，与此序合，柳集改为四十五，乃后人所增，非刘梦得所编之旧矣。

子厚之丧，昌黎韩退之志其墓，且以书来弔曰："哀哉若人之不淑！吾尝评其文，雄深雅健似司马子长，崔、蔡不足多也。"安定皇甫湜，于文章少所推让，亦以退之之言为然。凡子厚名氏与仕与年，暨行己之大方，有退之之志若祭文在，今附于第一通之末云。以上论其文，并附墓志祭文于集末。

□雅健与子厚相近。古人为人作文集序，往往即肖其人之文，此文亦是也。

司马迁字，《史记》《汉书》皆不载，杨子《法言·寡见》《君子》二篇称司马子长，《论衡·变动》《须颂》《超奇》《案书》《自纪》等篇，张衡《应闲》，皆称之。《文选·报任安书》题曰司马子长。○《文选》沈休文《宋书谢灵运传论》曰："王褒、刘向、杨、班、崔、蔡之徒异轨同奔，递相祖述。"李善注曰："范晔《后汉书》曰：崔骃年十三，能通百家，善属文。"又曰："蔡邕少博学，好辞章。"案骃传曰："字亭伯，涿郡安平人。"邕传曰："字伯偕，陈留圉人。"○《汉书·张耳陈馀传》注曰："多犹重也。"

彭阳侯令狐氏先庙碑

《旧唐书·令狐楚传》曰："楚字悫士，自言德棻之裔。（《旧唐书·德棻传》曰："宜州华原人。"《新唐书》传：其先乃敦煌右族。）弱冠应进士，贞元七年登第。元和十四年，授朝议大夫中书侍郎同平章事。穆宗即位，出为宣歙观察使，再贬衡州刺史。长庆元年，分司东都。敬宗即位，用楚为河南尹兼御史大夫。其年九月，检校礼部尚书、汴州刺史、宣武军节度、汴宋亳观察等使。太和二年九月，征为户部尚书。三年三月，检校兵部尚书、东都留守。"又曰："九年六月进封彭阳郡开国公。"案：新、旧《唐书》皆不言楚何年为彭阳侯。刘梦得《令狐公集纪》亦略而不言，以此文考之，当即在留守东都时也。又案：李义山集有《代彭阳公遗表》，徐艺初（树榖）笺曰："《汉·地理志》：安定郡有彭阳县，《匈奴传》：单于遂至彭阳。师古曰：即今彭阳县是，其故城在今陕西平凉府镇原县东八十里也（今属甘肃）。周封令狐熙之父以此，唐无彭阳，其封楚，盖仍其先祖之号耳。"○《文苑》作《东都留守令狐楚家庙碑》，《全唐文》从之；《文粹》作《唐宣武军节度副大使检校礼部尚书令狐公先庙碑铭》并序，今依本集。

今上元年七月十三日，汴州刺史宣武军节度副大使知节度事汴宋亳等州观察处置使银青光禄大夫检校礼部尚书兼御史大夫上柱国彭阳县开国伯令狐公西向拜章上言：守臣楚蒙被恩泽，列为元侯。得立家庙，以奉常祀。制书下其奏于有司，于是善相考祥，得地于京师通济里。

居无何，新庙成。公以守藩故，申命季弟监察御史定，卜牲练日，越八月丁亥，祔飨三室，坉塘以尚幽，设幄以迎精，礼无尤违，神用宁谧。第一室曰秦州上邽县尉讳潜，以妣太原王氏配。第二室曰绵州昌明县令赠吏部尚书讳崇亮，以妣赠太原郡夫人河东柳氏配。第三室曰太原府功曹参军赠太子太保讳承简，以妣赠魏国太夫人富春孙氏配。以上立庙。

今上元年，文宗太和元年也。《旧唐书·文宗纪》曰："讳昂，穆宗第二子，封江王。宝历二年十二月八日，敬宗遇害，枢密使王守澄、中尉梁守谦迎上于江邸。乙巳，即位于宣政殿。"○汴州刺史以下，并见韩退之《董公行状》注。《唐六典》卷二曰："吏部郎中凡叙阶二十九，从二品曰银青光禄大夫。"又曰："司封郎中封爵凡有九等，七曰县伯，正四品，食邑七百户。"○《左》襄四年："穆叔曰：三夏，天子所以享元侯也。"杜注曰："元侯牧伯。"○《唐六典》卷四曰："祠部郎中、员外郎，掌祠祀享祭，凡官爵二品以上祠四庙，五品以上祠三庙。"《唐会要》卷十九曰："开元十二年敕，一品许祭四庙，三品许祭三庙。"○《易·履》上九曰："视履考祥。"○《长安志》卷八："朱雀街东第三街，即城东之第一街，街东从北而南，次十七为通济坊，（原注曰："坊南街抵城之南面。"）有山南西道节度使（此举其最后之官。）令狐楚家庙。"○《新唐书·宰相世系表》曰："定字履常。"馀见后。○《礼记·祭义》曰："古者天子诸侯必有养兽之官，及岁时，齐戒沐浴而躬朝之，牺牲祭牲必于是乎取之，君召牛，纳而视之，择其毛而卜之，吉然后养之。"《汉书·礼乐志·郊祀歌》曰："练时日。"颜注曰："练，选也。"○《书·洛诰》：越六日，越三日，伪孔传及孔疏皆训越为于。案《旧唐书·文宗纪》：元年八月庚寅朔，是月不当有丁亥，疑有误。○三品祭三庙，故有三室。韩退之《乌氏庙碑》曰："八月庙成，三屋同宇。"《魏博节度使先庙碑》亦曰得立庙祭三代，下云初室二室东室；梦得《兴元节度使王公先庙碑》亦云祔其主于三室，后以王涯拜司空，乃增第四室也。皆可与此相证。其馀不可胜举。○垍墉谓藏主之处。《通典·吉礼》七引《公羊》说：主藏太庙室西壁中，以备火灾。注曰："西方长老之处，尊之也。"《左》昭十八年疏引《白虎通》曰："主祏纳之西壁。"即本《公羊》说也。《穀梁》文二年疏亦引之。又载糜信引卫次仲曰："宗庙主皆用栗，若祭讫，则内于西壁垍中，去地一尺六寸。"《续汉书·礼仪志下》刘注引《汉旧仪》曰："高帝崩，三日，小敛室中墉下，（元作牖下，误。陈卓人《公羊义疏》三十八、《白虎通疏证》十二引皆作墉下，今从之，下同。）作栗木主置墉中。已葬，收主，为木函，藏庙太室中，西墙壁垍中。"又《祭祀志下》注引挚仲洽《决疑要注》曰："毁庙主藏庙外户之外，西墉之中，（墉亦误牖，今依《通典·吉礼》七引改。）有石函，名曰宗祏，函中有笥以盛主。"陈卓人《白虎通疏证》卷十二曰："以西者，长老之处，地道尊右，鬼神幽阴，故也。"○《周礼·天官·掌次》曰："凡祭祀，张尸次。"郑注曰："尸则有幄。"又《幕人》注曰："四合象宫室曰幄。"○《诗·四月》郑笺曰："尤，过也。"○《尔雅·释诂》曰："谧，静也。"○唐陇右道秦州上邽县，在今甘肃天水县西南。○唐剑南道绵州昌明县，今四川彰明县治。○《新唐书·世系表》曰："承简字居易，太原功曹参军。"《唐六典》卷三十曰："京兆、河南、太原府功曹参军事二人，正七品下。"○富春县汉属会稽郡，后属吴郡，今浙江富阳县治。

明年十月，公由浚郊，以介圭入觐，真拜户部尚书，进爵为鲁侯。既辞戎旃，得以列侯谒三庙。是岁南至，上不视朝，又得以时展祭。先期致齐，栗然以敬，既斋尽志，歆然永思，奉其百顺，陈以具物，始跻而虔恭，终献而汍澜。既卒事，顾丽牲之石，宜有刊纪，乃俾家老，授其牒于所知云。以上请撰碑铭。

梦得《令狐公集纪》曰："文宗纂服，三年多，上表以大臣未识天子，愿朝正月。制曰可。操节入觐，迁户部尚书。"案：士悫入朝在太和二年，此云三年，殆合宝历二年即位计之耳，否则三为二字之误。《旧唐书·文宗纪》曰："太和二年冬十月癸酉，以李逢吉为宣武军节度使，代令狐楚，以楚为户部尚书。"○《诗·干旄》曰："在浚之郊。"《元和郡县志》曰："河南道汴州，今为汴宋节度使理所。战国魏都，《史记》：魏惠王自安邑徙理大梁，（《魏世家》理作治，唐避讳改。）即今之浚仪县，秦为三川郡地，汉陈留郡之浚仪县也。"《清一统志》曰："河南开封府：浚仪故城。在祥符县（今开封县）西北。"○《唐六典》卷二曰："封爵九等，六曰县侯，从三品，食邑一千户。"○《文选》谢玄晖《拜中军记室辞随王笺》曰："契阔戎旃。"李善注曰："《周礼》九旗：通帛曰旃。"案《春官·司常》作旜，字同。○《诗·韩奕》曰："以其介圭，入观于王。"《崧高》郑笺曰："圭长尺二寸，谓之介，非诸侯之圭。诸侯之瑞圭，自九寸而下。"○《左》僖五年曰："春王正月辛亥朔日南至。"杜注曰："周正月，今十一月，冬至之日日南至。"《唐会要》卷二十四曰："建中二年十一月二十日敕，宜以冬至日受朝贺。"又曰："元和十一年十一月日南至，不受朝贺，以司徒马燧出葬故也。"太和二年十一月南至不朝，新、旧《唐书·文宗纪》皆不载。○《晋语》二韦注曰："展，伸也。"○《礼记·祭义》曰："致齐于内。"《释文》曰："齐，侧皆反。"《祭统》曰："致齐三日。"案：齐，斋之通借字。○《书·皋陶谟》：宽而栗。伪孔传释为庄栗；

此文同。○《祭统》曰："外则尽物，内则尽志，此祭之心也。"○《周语下》章注曰："歆犹欣，欣喜服也。"明道本无欣欣二字，喜作嘉。)《祭义》曰："齐之日，思其居处，思其笑语，思其志意，思其所乐，思其所嗜。"○《祭统》曰："贤者之祭也，必受其福。福者备也，备者，百顺之名也。"○《祭义》曰："此时具物不可以不备。"○《穀梁》文二年传曰："跻，升也。"《左》庄二十四年杜注曰："虔，敬也。"○《文选》欧阳坚石《临终诗》曰："挥笔泣汍澜。"陆士衡《弔魏武帝文》曰："涕垂睫而汍澜。"《汉书·息夫躬传》："绝命辞曰：涕泣流兮萑兰。"注引傅瓒曰："萑兰，涕泣阑干也。"案：萑兰与汍澜同。○《祭义》曰："祭之日，君牵牲，既入庙门，丽于碑。"孔疏曰："丽，系也。君牵牲入庙门，系著中庭碑也。"《文心雕龙·诔碑篇》曰："宗庙有碑，树之两楹，事止丽牲，未勒勋绩，而庸器渐缺，故后代用碑，以石代金，同乎不朽。"徐楚金《说文系传》卷十八曰："按古宗庙立碑以系牲耳，后人因其上纪功德。铭勒功德，当始于宗庙丽牲之碑也。"○《仪礼·聘礼》郑注曰："老，家臣也。"○《说文》曰"牒，札也。"集作谍，《文苑》《文粹》皆作牒，《全唐文》同，今从之。

令狐，晋邑也，晋大夫魏颗以辅氏之功，始封焉。其谥名曰文，《国语》所谓令狐文子是已。其先周文王之昭，毕公高之裔，毕万为晋卿，始封于魏，自万至颗盖四世。其后三十七世蓝田侯虬，仕拓跋魏，为燉煌郡太守，子孙因家，遂占数为郡人。蓝田之孙熙，在隋为纳言，惟上邽府君，纳言之玄孙，道克肖而位不至。惟尚书府君，西州之右族，光未耀而德已基。惟太保府君，志为君子儒，以经明居上第，调补阳安县主簿，历正平尉，汾州司法参军，陕州大都督府兵曹，终于太原府首掾。始以颛经进，既仕，旁通百家，爱《穀梁子》清而婉，左丘明《国语》辨而工，司马迁《史记》文而不华，咸手笔朱墨，究其微旨。恺悌以肥家，信谊以急人，德充齿耋，独享天爵，故休祐集于身后，徽章流乎佳城。凡以子贵，承泽降命书告第者，始赠尚书祠部郎中，再赠礼部尚书，三加右仆射，四进太保，五为上公。先夫人亦四徙封，蜜印累累，邦族耸慕。以上详叙先世。

《左》僖二十四年："晋公子济河，围令狐。"文七年："晋败秦师于令狐。"杜注曰："令狐在河东。"《水经·涑水注》曰："涑水又西迳猗氏县故城北。"阚骃曰："令狐即猗氏也。"《史记·秦本纪》《正义》引《括地志》曰："令狐故城，在蒲州猗氏县界十五里。"《清一统志》曰："山西蒲州府：令狐城，在猗氏县西，县志今名令狐村。"○《元和姓纂》卷五曰："令狐，周文王毕公高之后，有毕万仕晋，孙魏犫武子生颗，别封令狐，因氏焉。"《左》宣十五年曰："秋七月，秦桓公伐晋，决于辅氏，魏颗败秦师于辅氏，获杜回，秦之力人也。"杜注曰："辅氏晋地。"《清一统志》曰："陕西同州府：辅氏城，在朝邑县西北，县志在县西北十一二里。"○令狐文子，乃魏颗子颉也，此文误。《晋语》七曰："公（悼公）即位，使魋恭子将新军，使令狐文子佐之，曰：昔魏颗以其身却退秦师于辅氏，亲止杜回，其勋铭于景钟，至于今不育，其子不可不兴也。"韦注曰："文子，魏犫之孙，颗之子魏颉也。"《左》成十八年曰："使魏颉为卿。"杜注曰："颉，魏颗子。"案：易名见梁敬之《答苏端驳杨绾谥议》注。○《左》闵元年曰："晋侯赐毕万魏。"《史记·魏世家》曰："魏之先，毕公高之后也。毕公高与周同姓。"《索隐》曰："《左传》（僖二十四年）富辰说文王之子十六国，有毕、原、郇、丰，言毕公是文王之子，此云与周同姓，似不用《左氏》之说。马融亦云，毕、毛，文王庶子。"《新唐书·宰相世系表》曰："令狐氏出自姬姓，周文王子毕公高裔孙毕万为晋大夫，生芒季，芒季生武子魏犨，犨生颗，以获秦将杜回功，列封令狐，生文子颉，因以为氏。案《魏世家》云：毕万生武子，无芒季一代，《索隐》引《世本》毕万生芒季，芒季生武仲州，谓州与犨声相近字异耳，代亦不同。"步瀛案：此云四世，则数芒季一代，从《世本》也。○《新唐书·宰相世系表》曰："令狐氏世居太原，秦有太原守五马亭侯范十四世孙汉建威将军迈，与翟义起兵讨王莽，兵败死之。三子伯友、文公、称，皆奔燉煌，伯友入龟兹，文公入疏勒，称为故吏所匿，遂居劫榖。（当作榖，县名，在今燉煌县西。）称六子，扶、坚、由、羡、瑾、猛。由字仲平，后汉伊吾都尉。六子，禹、霸、容、明、涣、淳。禹字亘先，博陵太守。四子，辉、洽、延、溥。溥字文悟，苍梧太守。三子，璜、叡、玚。溥五世孙晋谏议大夫馨，馨孙亚，字就胤，前凉西海太守，安人亭侯。二子瑅、绥。亚孙敏，字永昌，前凉鸣沙令。四子，达、忠、袭、越。敏五世孙虬，字惠献，后魏燉煌郡太守，鹯阴县子。"案：此则自颉至虬当为三十五世，此云三十七世，亦不合。盖谱牒之数难悉究也。《周书·令狐整传》曰："整字延保，燉煌人也。世为西土冠冕。曾祖嗣，祖诏安，（《北史》整传作绍安。）并官至郡守。父虬，仕历瓜州司马，燉煌郡守，鄯州刺史，封长城县子。"不言封蓝田侯。案：拓跋魏，已见韩退之《柳子厚墓志铭》注。《魏书·地形志》：瓜州下郡县阙。《隋书·地理志上》：敦煌郡注曰："旧置瓜州。"敦煌县注曰："旧敦煌郡，后周并效榖、寿皇二郡入焉。又并敦煌、鸣沙、平康、效榖、东乡、龙勒六县为鸣沙县。开皇初郡废，大业置敦煌郡，改鸣沙为敦煌。"案：今甘肃敦煌县治。○《隋书·令狐熙传》曰："熙字长熙，敦煌人也。父整，仕周，官至大将军，始、丰二州刺史。熙袭爵彭阳县公，历司勋吏部二曹大夫。高祖受禅之际，熙以本官行纳言事，寻除司徒长史，加上仪同，进爵河南郡公。"案：熙仕至安州刺史，此云纳言，据隋初而言耳。《隋书·百官志下》曰："门下省纳言二人。"《唐六典》卷八曰："后魏侍中六人，后周天官府置伯御中大夫二人，武帝改为纳言，盖侍中之职也。宣帝末，又别置侍中，为加官，隋氏讳忠，改为纳言，置二人，正三品，掌陪从。"○《尔雅·释亲》曰："曾孙之子为玄孙。"○《晋书·欧阳建传》曰："世为冀方右族。"《史记·孝文本纪》《索隐》曰："右犹高也。"《后汉书·郭伋传》注曰："右姓犹高姓也。"○《论语·雍也篇》："子谓子夏曰：汝为君子儒，无为小人儒。"《集解》引马融曰："君子为儒，将以明其道；小人为儒，则矜其名也。"○颛经，《文苑》作明经，《文粹》作经学。案：明经已见韩退之《答吕翳山人书》注。○唐河北道相州安阳县，今河南安阳县治；河东道绛州正平县，今山西绛县治。○《元和郡县志》河东道汾州，注曰："望。"《唐六典》三十曰："上州司法参军二人，从七品下。"案：唐汾州治西河县，今山西汾阳县治。○《元和郡县志》曰："河南道陕州，广德元年改为大都督府。"《唐六典》三十曰："大都督府兵曹参军二人，正七品下。"案：唐陕州治陕县，今河南陕县治。○首掾盖谓司录参军事也。《唐六典》三十曰："太原府司录参军事二人，正七品上。"又互见韩退之《祭张员外文》注。○范武子，《穀梁传集解序》曰："穀梁清而婉，其失也短。"○《魏志·王朗传》附董遇裴注引《魏略》曰："遇善《左氏传》，更为朱墨别异。"○《诗·旱麓》曰："岂弟君子，干禄岂弟。"毛传曰："君子得以干禄乐易。"《释文》曰："岂本亦作恺，又作凯，弟本亦作悌。"《礼记·礼运》曰："父子笃，兄弟睦，夫妇和，家之肥也。"○《庄子·德充符篇》郭注曰："德充于内，物应于外。"《尔雅·释言》曰："耋，老也。"○《孟子·告子上》曰："仁义忠信，乐善不倦，此天爵也。"○班孟坚《西都赋》曰："究休祐之所用。"案

《文粹》祐作祜。○《诗·角弓》毛传曰："徽，美也。"案：即媺之借字，与《齐策》一"变其徽章"徽为微之借字者异。《西京杂记》卷下曰："滕公驾至东都门，马嘶踢不肯前，以足跑地，久之，滕公使士卒掘马所跑地，入三尺所，得石椁。滕公以烛照之，有铭焉，乃以水洗其文，文字皆古异，左右莫能知。以问叔孙通，通曰：科斗书也。以今文写之曰：佳城郁郁，三千年见白日，吁嗟滕公居此室。滕公曰：嗟乎，天也！吾死其即安此乎！死遂葬焉。"○《晋书·山涛传》曰："以太康四年薨，策赐司徒，蜜印紫绶。"《汉书·佞幸·石显传》：民歌之曰："印何累累，绶若若邪！"颜注曰："累累，重积也。"○《诗·黄鸟》曰："复我邦族。"《楚语上》韦注曰："耸，敬也。"

生三子皆才，彭阳公为嗣，次子从，端实肃给，今为检校膳部郎中，参河东军事。季子前所谓监察御史，今主柱下方书，温敏而有文，绰绰然真令兄弟。以上楚与从、定并叙。

《唐六典》卷四曰："礼部尚书、侍郎之职，其属有四，三曰膳部。膳部郎中一人，从五品上。膳部郎中、员外郎，掌邦之牲豆酒膳，辨其品数。"○《旧唐书·地理志》一曰："河东节度使治太原府，管汾、辽、沁、岚、石、忻、宪等州。"○《旧唐书·令狐楚传》曰："楚弟定，字履常，元和十一年进士及第。累辟使府。大和九年，累迁至职方员外郎，弘文馆直学士，检校右散骑常侍，桂州刺史，桂管都防御观察等使。卒赠礼部尚书。"《唐六典》卷八曰："门下省弘文馆学士，掌详正图籍。"○《诗·角弓》曰："此令兄弟，绰绰有裕。"毛传曰："绰绰，宽也。"

唯彭阳以词笔取科名，累参侍从，由博士主尚书笺奏，典内外书命，遂登枢衡，言文章者以为冠。拥节总戎，率身和众，留惠于盟津，变风于浚都，言方略者以为能。夫浚师嚚喑难治，乘衅窃发，寖成习俗。茌止五载，饮和革心，束马来朝，熊罴陨涕，问公还期，觔必祝之。留为常伯，旋命居守。汴人闻公之东，近而愈怀，翘翘瞿瞿，尽西其首。造语似韩。言遗爱者可纪焉。贵而率礼，老而能慕，忧惕乎霜露，齐庄乎庙祧，睦其仲季，施及乡党，言孝悌者归厚焉。勒名于碑，以代夷鼎。以上特叙楚之勋德。文曰：

《旧唐书》楚传曰："弱冠应进士，贞元七年登第，桂管观察使王拱爱其才，欲以礼辟召，惧楚不从，乃先闻奏而后致聘。楚以父掾太原，登第后，径往桂林谢拱，不预宴游，乞归奉养，即还太原，人皆义之。李说、严绶、郑儋相继镇太原，高其行义，皆辟为从事。自掌书记至节度判官，历殿中侍御史。楚才思俊丽，德宗好文，每太原奏至，能辨楚之所为，颇称之。丁父忧，以孝闻。免丧，征拜右拾遗，改太常博士，礼部员外郎。母忧去官，服阕，以刑部员外郎征，转职方员外郎，知制诰。元和九年，入翰林充学士，迁职方郎中，中书舍人。十二年，罢内职，守中书舍人。十三年四月，出为华州刺史。其年十月，皇甫镈作相，其月，以楚为河阳怀节度使。十四年七月，皇甫镈荐楚入朝，自朝议郎授朝议大夫中书侍郎同平章事。"〇累参侍从，《文粹》作翰飞参侍从。〇《北史·序传》：孝文曰："仆射执我枢衡，总厘朝务。"〇盟津句，即谓为河阳怀节度使也。《书·禹贡》孟津，《史记·夏本纪》作盟津。《索隐》曰："盟，古孟字。孟津在河阳。《十三州记》云，河阳县在河上，即孟津是也。"《正义》引《括地志》云："盟津，周武王伐纣，与八百诸侯会盟津，亦曰孟津，又曰富平津。《水经》云小平津（《河水注》），今云河阳津是也。"《元和郡县志》卷五曰："河阳县南城在县西，四面临河，即孟津之地，亦谓之富平津。"《清一统志》曰："河南怀庆府，孟津在孟县十八里。"馀见韩退之《送温处士赴河阳军序》注。〇浚郊见上。〇《史记·骠骑将军传》："天子尝欲教之孙、吴兵法，对曰：顾方略何如耳。"〇《史记·魏公子传》：公子曰："晋鄙嚄唶宿将。"《集解》曰："上音乌百反，下音庄白反。"《索隐》曰："嚄唶谓多词句也。"《正义》引《声类》曰："嚄大笑，唶大呼。"《文选·风赋》李善注引《声类》曰："嚄，大唤也。"盖嚄唶形容军士謹哗之状耳。《旧唐书》楚传曰："汴军素骄，累逐主帅，前后韩弘兄弟率以峻法绳之，人皆偷生，未能革志。楚长于抚理，前镇河阳，代乌重胤，移镇沧州，以河阳军三千人为牙卒，卒咸不愿从，中路叛归，又不敢归州，聚于境上。楚初赴任，闻之，乃疾驱赴怀州，溃卒亦至，楚单骑喻之，咸令橐弓解甲，用为前驱，卒不敢乱。及莅汴州，解其酷法，以仁惠为治，去其太甚，军民咸悦，翕然从化，后竟为善地。"〇《庄子·则阳篇》曰："故或不言而饮人以和。"〇《管子·小匡篇》曰："县车束马，逾大行与卑耳之谿。"（原误貉，依《义证》改。）〇《书·牧誓》曰："如熊如罴。"〇《公羊》襄二十九年曰："饮食必祝。"《赵策》四曰："祭祀必祝之。"〇常伯指户部尚书也。《唐六典》卷三曰："户部尚书隋初曰度支尚书，开皇三年改为民部，皇朝因之。贞观二十三年，改为户部。显庆元年，改为度支。龙朔二年，改为司元太常伯。咸亨元年，复为户部。"《令狐公集纪》曰："迁户部尚书，俄为东都留守。"〇《广雅·释训》曰："翘翘，众也。"《诗·汉广》疏曰："翘翘，高貌。"案：此状众人高望之貌。《荀子·非十二子》杨注曰："瞿瞿，瞠视之貌。"〇《左》昭二十年曰："及子产卒，仲尼闻之出涕曰：古之遗爱也。"〇《孟子·万章上》曰："大孝终身慕父母。"〇《祭义》曰："霜露既降，君子履之，必有悽怆之心，非其寒之谓也。春雨露既濡，君子履之，必有怵惕之心，如将见之。"○《礼记·祭法》曰："设庙祧坛墠而祭之，乃为亲疏多少之数。"郑注曰："庙之言貌也，宗庙者先祖之尊貌也；祧之言超也，超上去义也。"○《祭义》："卫孔悝之鼎铭曰：勤大命，施于烝彝鼎。"郑注曰："彝，尊也。"

已孤之孝，莫如备物。显显新庙，四阿三室。时惟仲月，卜用柔日。醴醆苾芬，牲牷博腯。笾甒在堂，萧脊在庭。孝孙烝烝，躬若奉盈。低簪委绅，荐俎登铏。肸蠁交感，涕流缘缨。礼以备仪，诚以致美。祖考来格，锡之丕祉。工祝告讫，退循轩屺。乃授风人，作诗以纪。

以上奉祖先庙。

备物见上。○《考工记·匠人》曰："四阿重屋。"郑注曰："四阿若今四柱屋。"贾疏曰："《燕礼》云：设洗当东霤，则此四阿四霤者也。"《周书·作雒解》曰："乃位五宫，大庙、宗宫、考宫、路寝、明堂，咸有四阿。"孔注曰："宫庙四下曰阿。"盖本郑注。（焦里堂《群经宫室图》卷一谓四阿为四栋，非四霤，《明堂位》言复庙重檐，为天子庙制，诸侯不重屋，阿何有四？又谓《燕礼》之东霤，乃两下屋檐之东角，非四阿，且非四注。其说甚辩。然如其说，则令狐家庙不得为四阿之制，此文四阿，自当以四霤言，与郑、贾义同。）○仲月，此十一月，为仲冬之月。○《礼记·曲礼上》曰："外事以刚日，内事以柔日。"郑注曰："顺其出为阳也，出郊为外事，顺其居内为阴。"孔疏曰："外事，郊外之事也，刚，奇日也。十日有五奇五偶，甲丙戊庚壬五奇为刚也。内事，郊内之事也，乙丁己辛癸五偶为柔也。"○《礼运》曰："醴醆在户。"郑注曰：《周礼》五齐：一曰泛齐，二曰醴齐，三曰盎齐，四曰醍齐，五曰沈齐。字虽异，醆与盎，盖同物也。"《周礼·天官·酒正》郑注曰："醴犹体也，成而汁泽相将，如今恬酒矣。盎犹翁也，成而翁翁然葱白色，如今酇白矣。"《诗·楚茨》曰:"苾芬孝祀。"郑笺曰:"苾苾芬芬,有馨香矣。"○《左》桓六年:随侯曰:吾牲牷肥腯。"杜注曰:"牲,牛羊豕也。牷,纯色完全也。腯亦肥也。"《释文》曰:"牷音全,腯,徒忽反。"○《尔雅·释器》曰:"竹豆谓之笾。"《礼记·礼器》:君尊瓦甒。郑注曰:"瓦甒五斗。"孔疏曰:"即《燕礼》公尊瓦大也。"《杂记上》《释文》曰:"甒音武,瓦器。"○《礼记·郊特牲》曰:"然后焫萧合羶芗。"郑注曰:"萧芗,蒿也。"《诗·生民》曰:"取萧祭脂。"毛传曰:"取萧合黍稷,臭达墙屋,先奠而后爇萧合馨香也。"又《信南山》曰:"取其血膋。"郑笺曰:"膋,脂膏也。血以告杀,膋以升臭,合之黍稷,实之于萧,合馨香也。"○《诗·楚茨》曰:"孝孙有庆。"《广雅·释训》曰:"蒸蒸,孝也。"○《祭义》曰:"孝子如执玉,如奉盈。"《释文》曰:"奉,芳勇反。"○《文选》左太冲《招隐诗》李善注引《苍颉篇》曰:"簪,笄也,所以持冠也。"又谢惠连《捣衣诗》注引《魏台访议》曰:"簪,以玉为笄也,古曰笄,今曰簪。"《礼记·杂记下》郑注曰:"绅,大带也。"《玉藻》注曰:"绅,带之垂者也。"○《说文》曰:"俎,礼俎也。从半肉在且上。"《左》隐五年杜注曰:"俎,祭宗庙器。"铜见柳子厚《柳州山水记》注。○《文选·上林赋》曰:"胅蠁布写。"李善注引《说文》曰:"胅蠁,布也。"《甘泉赋》曰:"胅蠁丰融。"又《蜀都赋》曰:"景福胅蠁而兴作。"今《说文》十部作:"胅蠁,布也。"段据《文选》注引改作蠁,曰:虫部蠁,知声虫也,胅蠁者,盖如知声之虫,一时云集也。王伯申《春秋名字解诂》上曰:"胅蠁者,写之貌也,凡动而四布者,皆谓之黔蠁。胅之言屑也,肸也。《说文》曰:屑,动作切切。又曰:肸,振也,胅从肸声,故有振起之义也。"(《经义述闻》卷二十二)朱碧山《群经札记》卷二曰:"《甘泉赋》:胅蠁丰融,懿懿芬芬,已作其香,始升解矣。后人用之祭祀,盖本此也。"○《书·益稷》:(本合

《皋陶谟》，伪古文分。）夔曰："祖考来格。"○《诗·楚茨》曰："工祝致告，徂赉孝孙。"毛传曰："善其事曰工。"又曰："孝孙徂位，工祝致告。"毛传曰："致告，告利成也。"○《文选·魏都赋》李善注曰："轩，长廊之有窗也。"《书·顾命》伪孔传曰："堂廉曰戺。"○曹子建《求通亲亲表》曰："是以雍雍穆穆，风人咏之。"

猗欤彭阳之宠，光佐宪皇、穆皇。西省东台，迭为侍郎。国之大政，容尔平章。敬宗凝旒，俾镇雝丘。入为地官，令守东周。彭阳之忠厚，宜介福以寿。东郊既鳌，可复朝右。绵绵其胄，系于周旧。由我显起，必昌其后。大和纪元，作庙之首。刻碑庙门，龙集己酉。以上楚之功德必昌其后。

□矜炼雅健，金石文之正轨，非宋贤所能及。

《诗·那》曰："猗与那与。"毛传曰："猗，叹辞。"《汉书·武帝纪》颜注曰："猗，美也。"○《左》襄二十七年：王曰："宜其光辅五君，以为盟主也。"沈休文《郊居赋》曰："明光佐于此时。"案：宪皇、穆皇，谓宪宗、穆宗也。《文苑》脱下皇字，《文粹》本不误，今许刻从《全唐文》改穆皇为穆穆皇皇，大谬。○《新唐书》楚传曰："皇甫镈荐楚为中书侍郎同中书门下平章事。穆宗即位，进门下侍郎。"《唐六典》八曰："自晋始有门下省，历宋、齐、梁、陈、后魏、北齐、隋、国初皆曰门下省。龙朔二年，改为东台左相。咸亨元年复旧。"卷九曰："隋改中书省为内史省，炀帝十二年改为内书省。武德初，为内史省。三年，改为中书省。龙朔二年，改省为西台，令为右相。咸亨元年复旧。"○《礼运》曰："礼者，君之大柄也。"○平章，见韩退之《董公行状》注。○许延族《奉和咏雨应诏诗》曰："宸盼俯凝旒。"○雝、雍字同。雝丘谓宣武军汴州也。《汉书·地理志》陈留郡雍丘县，原注曰："故杞国也。"《元和郡县志》曰："河南道汴州雍丘县，雍丘故城，今县城是也。北临汴河。"《清一统志》曰："河南开封府：雍丘故城，今杞县治。"案：此以雍丘属汴州，故借用之。○《唐六典》卷三曰："户部尚书，周之地官卿也。后周依周制，置地官府大司徒。"○令守东周，即谓东都留守也。○《诗·小明》曰："介尔景福。"毛传曰："介、景皆大也。"郑笺曰："介，助也。"○《书》伪古文《毕命》曰："以成周之众，命毕公保釐东郊。"伪孔传曰："用成周之民众，命毕公使安理正治成周东郊，令得所。"○《诗·緜》曰："绵绵瓜瓞。"毛传曰："绵绵，不绝貌。"《说文》曰："胄，胤也。"○令狐本周后，故云周旧。○《诗·雝》曰："克昌厥后。"大音泰。○龙集见陈子昂《堂弟孜墓志》注。案：己酉，太和三年也。

吕和叔

吕温，字和叔，一字化光，河中人。（唐河中府治河东县，今山西永济县治。）贞元末登进士第，与韦执谊厚，因善王叔文，再迁为左拾遗。二十年冬，以侍御史副工部侍郎张荐使吐蕃。明年德宗崩，顺宗即位，荐卒于青海，吐蕃以中国有丧，留温不遣。时叔文秉权，与游者皆贵显，温在绝域，常自悲叹。元和元年使还，而柳宗元等皆坐叔文贬，唯温以奉使免。进户部员外郎，累迁刑部郎中，贬均州刺史，再贬道州，久之，徙衡州，卒。新、旧《唐书》皆有传（附其父渭传后）。○李慈伯《桃华圣解盦日记》庚集曰："和叔之文，当时拟之左丘、班固，诚非其伦。然根柢深厚，自不在同时刘梦得、张文昌之下，此以见八司马中固多君子，其气势格律，皆出于学问，非李元宾辈所可及也。"（《越缦堂日记》第十八册。）

成皋铭

《元和郡县志》曰："河南道河南府：汜水县，古东虢国，郑之制邑，汉之成皋县，一名虎牢。"《穆天子传》曰："天子猎于郑圃，有兽在菆中，七萃之士，擒之以献，天子命蓄之东虞，因曰虎牢。"隋开皇十八年，改成皋为汜水县。大业十三年，陷于王世充。武德四年，讨平充，复于县理置郑州。贞观七年，移郑州于管城，以县属焉。显庆二年，改属河南府。垂拱四年，改名广武县。神龙元年，复为汜水。开元二十九年，自虎牢城移于今理。又曰："成皋故关，在县东南二里。"《清一统志》曰："河南开封府：成皋故城，在汜水县西北。"

茫茫大野，万邦错峙。惟王守国，设险于此。呀谷成壍，崇巅若垒。势轶赤霄，气吞千里。洪河在下，太室旁倚。冈盘岭蹙，虎伏龙起。镵天中区，控地四鄙。出必由户，入皆同轨。拒昏纳明，闭乱开理。以上成皋形势。

《易·坎·象传》曰："王公设险以守其国。"○《文选·西都赋》曰："呀周池而成渊。"李善注引《字林》曰："呀，大空貌，火加切。"《说文》曰："堑，阬也。"案壍同。○《淮南子·人间篇》曰："鸿鹄䳾摩赤霄。"许注曰："赤霄，飞云也。"《后汉书·仲长统传》注曰："霄，摩天赤气也。"○《西都赋》曰："带以洪河、泾、渭之川。"《元和郡县志》曰："汜水县：黄河，自巩县界流入。"○《左》昭四年：司马侯曰："四岳、三涂、阳城、太室、荆山、中南，九州之险也。"《元和郡县志》曰："河南府登封县：嵩高山，在县北八里，亦名外方山。"又云："东曰太室，西曰少室，嵩高总名，即中岳也。山高二十里，周迴一百三十里。"○镈同锁，俗作鏁。皇甫士安《三都赋序》曰："魏跨中区之衍。"○《周语中》韦注曰："鄙，四鄙也。"《吴语》注曰："鄙，边邑也。"张茂先《游猎篇》曰："嚣声振四鄙。"○《论语·雍也篇》曰："谁能出不由户？"○《礼记·中庸篇》曰："车同轨。"《左》隐元年曰："同轨毕至。"○张孟阳《剑阁铭》曰："世浊则逆，道清斯顺。闭由往汉，开自有晋。"

　　昔在秦亡，雷雨晦冥。刘、项分险，扼喉而争。汉飞镐京，羽斩东城。德有厚薄，此山无情。以上前代兴亡。

　　《史记·高祖本纪》曰："高祖沛丰邑中阳里人，姓刘氏，字季。父曰太公，母曰刘媪。其先刘媪尝息大泽之陂，梦与神遇。是时雷电晦冥，太公往视，则见蛟龙于其上，已而有身，遂产高祖。"○《史记·项羽本纪》曰："汉之四年，项进兵围成皋，汉王跳，独与滕公出成皋北门，渡河走修武，从张耳、韩信军，诸将稍稍得出成皋从汉王。汉王得淮阴侯兵，欲渡河南，郑忠说汉王，乃止壁河内。使刘贾将兵佐彭越，烧楚积聚，项王东击破之，走彭越。汉王则引兵渡河，复取成皋，军广武，就敖仓食。"《高祖本纪》曰："四年，项羽谓海春侯大司马曹咎曰：谨守成皋，若汉挑战，慎勿与战，勿令得东而已。我十五日必定梁地，复从将军。乃行击陈留、外黄、睢阳下之，汉果数挑楚军，楚军不出，使人辱之五六日，大司马怒，度兵汜水，士卒半渡，汉击之，大破楚军，尽得楚国金玉货赂。大司马咎、长史欣皆自刭汜水上。"○《史记·高祖本纪》曰："五年正月，诸侯及将相相与共尊汉王为皇帝。甲午，（《集解》引徐广曰：二月甲午。）乃即皇帝位汜水之阳。高祖都雒阳，齐人刘敬说及留侯劝上入都关中，高祖是日驾入都关中。"案：镐京即谓长安也。《诗·下武》曰："宅是镐京。"又案：已见柳子厚《钴鉧潭西小丘记》注。

○《史记·项羽本纪》曰："项王乃复引兵而东，至东城，汉骑追者数千人，项王欲东渡乌江，乃令骑皆下马步行，持短兵接战，独籍所杀汉军数百人，项王身亦被十馀创。顾见汉骑司马吕马童曰：若非吾故人乎？马童面之，指王翳曰：此项王也。项王乃曰：吾闻汉购我头千金，邑万户，吾为若德。乃自刎而死。王翳取其头，馀骑相蹂践争项王，相杀者数十人，最其后郎中骑杨喜、骑司马吕马童、郎中吕胜、杨武各得其一体。"《集解》：《汉书音义》曰："东城县名，属临淮。"案《汉书·地理志》：东城县属九江郡，在今安徽定远县东南。

维唐初兴，时未大同。王于东征，烈火顺风。乘高建瓴，擒建系充。奄有天下，斯焉定功。以上唐初得成皋以兴。

《礼运》曰："是故谋闭而不兴，盗窃乱贼而不作，故外户而不闭，是谓大同。"○《旧唐书·高祖本纪》曰："武德三年秋七月，命秦王率诸军讨王世充。"《太宗本纪》曰："七月，总率诸军攻王世充于洛邑，师次谷州，世充率精兵三万阵于慈涧，命秦庄率诸军讨王世充。"《太宗本纪》曰："七月，总率诸军攻王世充于洛邑，师次谷州，世充率精兵三万阵于慈涧，太宗以轻骑挑之。时众寡不敌，陷于重围。世充骁将单雄信数百骑夹道来逼，太宗几为所败。太宗左右射之，无不应弦而倒，获其大将燕颀，世充乃拔慈涧之镇归于东都，大军进屯邙山。"○庾子山《贺平邺都表》曰："威风所振，烈火之遇鸿毛。旗鼓所临，冲风之卷秋叶。"《史记·游侠传》曰："比如顺风而呼，声非加疾，其势激也。"○《史记·高祖本纪》："田肯说高祖曰：秦形胜之国，地势便利，其以下兵于诸侯，譬犹居高屋之上建瓴水也。"《集解》如淳曰："瓴，盛水瓶也。居高屋之上而幡瓴水，言其向下之势易也。"○《旧唐书·高祖纪》曰："武德四年三月，窦建德来援王世充。夏五月己未，秦王大破窦建德之众于武牢，（即虎牢，唐避讳。）擒建德，河北悉平。丙寅，王世充举东都降，河南平。秋七月，秦王凯旋，献俘于太庙。丁卯，大赦天下，斩窦建德于市，流王世充于蜀，未发，为雠人所害。"《王世充传》曰："世充字行满，本姓支，西域胡人也。越王侗嗣位于东都，拜世充为吏部尚书，封郑国公。二年三月，策相国，总百揆，封郑王，加九锡。四月，世充僭即皇帝位，建元曰开明，国号郑。鸩杀侗，谥曰恭皇帝。四年三月，秦王擒建德，世充请降。"《窦建德传》曰："贝州漳南人也。大业十三年，自称长乐王，年号丁丑。武德元年，改年为五凤，称夏国。秦王攻王世充于洛阳，世充乞师于建德。四年，军次成皋，筑宫于板渚，以示必战，于是悉众进逼武牢，结阵于汜水。秦王大破之，建德中枪，窜于牛口渚，车骑将白士让、杨武威生获之。"○《诗·皇矣》曰："奄有四方。"毛传曰："奄，大也。"《说文》曰："奄，覆也。"○《左》宣十二年：楚子曰："保大定功。"

二百年间，大朴既还。周道如砥，成皋不关。顺至则平，逆者惟艰。敢迹成败，勒铭嶕颜。以上作铭为后世之鉴。

□李恁伯谓此文置之韩、柳集中，亦为高作。步瀛以为此文较韩则不能及，与柳庶如骖之靳耳。其义意体格，亦颇与张孟阳《剑阁铭》相近。

嵇叔夜《难自然好学论》曰："洪荒之世，大朴未亏。"○《诗·大东》曰："周道如砥。"毛传曰："如砥，贡赋平均也。"《孟子·万章下》引砥作底，本字当作砥。《说文》曰："厎，柔石也。"重文作砥。○《汉书·司马相如传》："《大人赋》曰：放散畔岸，骧以孱颜。"颜注曰："孱颜，不齐也。"案：嶕颜，亦谓山势不平耳。

张荆州画赞　并序

《旧唐书·张九龄传》曰："九龄字子寿,一字博物。曾祖君政,韶州别驾,因家于始兴,今为曲江人。(唐岭南道韶州曲江县,在今广东曲江县西。)登进士第,应举登乙第,拜校书郎。玄宗在东宫,举天下文藻之士,亲加策问,九龄对策高第,迁右拾遗。初张说知集贤院事,常荐九龄堪为学士。说卒后,上思其言,召拜九龄为秘书少监,集贤院学士,副知院事,再迁中书侍郎。常密有陈奏,多见纳用。寻丁母丧,归乡里。二十一年十二月,起复拜中书侍郎同中书门下平章事。明年,迁中书令,兼修国史。二十三年,加金紫光禄大夫,累封始兴县伯。李林甫自无学术,以九龄文行为上所知,心颇忌之,乃引牛仙客知政事。九龄屡言不可,帝不悦。二十四年,迁尚书右丞相,罢知政事。初九龄为相,荐长安尉周子谅为监察御史,至是子谅以妄陈休咎,上亲加诘问,令于朝决杀之,九龄坐引非其人,左迁荆州大都督府长史,俄请归拜墓,因遇疾卒,年六十八。赠荆州大都督,谥曰文献。"(原作文宪误,今依《新唐书·九龄传》改,《唐会要》卷八十亦作文献。)

中书令始兴文献公,有唐之鲠亮臣也。开元二十二年后,玄宗春秋高矣,以太平自致,颇易天下,综覈稍息,推纳寖广。君子小人,摩肩于朝,直声遂寝,邪气始胜。中兴之业衰焉。公于是以生人为身,社稷自任,抗危言而无所避,秉大节而不可夺。小必谏,大必诤,攀帝槛,历天阶,犯雷霆之威,不霁不止。日月之蚀,为公却明。虎而冠者,不敢猛视。群贤倚赖,天下仰息。凛凛乎千载之望矣。不虞天将启幽蓟之祸,俾奸臣乘衅,以速致戎，诈成逞胜，圣不能保，褫我公衮，寘于侯服。身虽远而谏愈切，道既塞而诚弥坚，忧而不怨，终老南国。以上荆州以忠言见远。

唐岭南道韶州始兴县，在今广东始兴县西。○《史记·陈丞相世家》：平曰："彼项王骨鲠之臣，不过数人耳。"《尔雅·释诂》曰："亮，信也。"案：鲠亮犹直谅。○开元二十二年后，《文苑》无下二字，《文粹》无后字，皆非。○陈鸿《长恨歌传》曰："开元中，泰阶平，四海无事。玄宗在位岁久，倦于旰食宵衣，政无大小，始委于右丞相。深居游宴，以声色自娱。"《高力士外传》曰："上因大同殿思念神道，左右无人，谓高公曰：朕自住关内，向欲十年。俗阜人安，中外无事。高止黄屋，吐故纳新。军国之谋，委以林甫。至十年，上又言：朕年事渐高，心力有限。朝廷细务，委以宰臣。藩戎不耸，付之边将。自然无事，日益宽闲。"案：开元二十二年，玄宗年五十。○《汉书·宣帝纪赞》曰："孝宣之治，信赏必罚，综核名实。"○推纳谓推举引纳也。徐孝穆《陈公九锡文》曰："推纳藩枝。"义同。与《孟子·万章上》推而纳之沟中，义异。○《齐策》一：苏秦说齐宣王曰："临淄之途，车毂击，人肩摩。"○《汉书·礼乐志》颜注曰："寝，息也。"○《新唐书·九龄传》曰："范阳节度使张守珪以斩可突干功，帝欲以为侍中。九龄曰：宰相代天治物，有其人然后授，不可以赏功。国家之败，由官邪也。帝曰：假其名若何？对曰：名器不可假也，有如平东北二虏，陛下何以加之？遂止。又将以凉州都督牛仙客为尚书，九龄不可。帝怒曰：岂以仙客寒士嫌之邪？卿固素有门阀哉！九龄顿首曰：臣荒陬孤生，陛下过听，以文学用臣。仙客擢胥史，目不知书。韩信，淮阴一壮夫，羞绛、灌等列。陛下必用仙客，臣实耻之。帝不悦。"又曰："当是时，帝在位久，稍怠于政，故九龄议论必极言得失，所推引皆正人。武惠妃谋陷太子瑛，九龄执不可，妃密遣宫奴牛贵儿告之曰：废必有兴，公为援，宰相可长处。九龄叱曰：房緭安有外言哉？遽奏之，帝为动色，故卒九龄相而太子无恙。安禄山初以范阳偏校入奏，气骄蹇，九龄谓裴光庭曰：乱幽州者，此胡雏也。及讨奚、契丹败，张守珪执如京师，九龄署其状曰：穰苴出师而诛庄贾，孙武习战犹戮宫嫔，守珪法行于军，禄山不容免死。帝不许，赦之。九龄曰：禄山狼子野心，有逆相，宜即事诛之，以绝后患。帝曰：卿无以王衍知石勒，而害忠良。卒不用。帝后在蜀，思其忠，为泣下。"○《论语·泰伯篇》："曾子曰：临大节而不可夺也。"○《汉书·朱云传》："云曰：臣愿赐尚方斩马剑，断佞臣一人以厉其馀。上问谁也？对曰：安昌侯张禹。上大怒曰：小臣居下讪上，廷辱师傅，罪死不赦。御史将云下，云攀殿槛，槛折，云呼曰：臣得下从龙逢、比干游于地下足矣。"○《礼记·檀弓下》曰："知悼子卒，未葬，平公饮酒。杜蒉入寝，历阶而升。平公曰：寡人亦有过焉。"张平子《东京赋》曰："登圣皇于天阶。"○《汉书·贾山传》："《至言》曰：今人主之威，非特雷霆也。"○《左传》宣十二年：士贞子曰："如日月之食焉，何损于明？"《说文》曰："蝕，败创也。"字亦作蚀。《史记·天官书》曰："日月薄蚀。"《集解》曰："亏毁曰蚀。"经传以食为之。○《史记·齐悼惠王世家》：琅邪王及大臣曰："齐王母家驷钧恶戾，虎而冠者也。"《集解》引张晏曰："言钧恶戾，如虎而着冠。"○《旧唐书·安禄山传》曰："安禄山，营州柳城杂种胡人也。开元二十八年，为平卢兵马使，授营州都督，平卢军使。天宝元年，以平卢为节度，以禄山摄中丞为使。三载，代裴宽为随阳节度，河北采访平卢军等使如故。十四载十一月，反于范阳。"《地理志》曰："范阳节度使理幽州。"又曰："幽州大都督府，开元十八年割渔阳、玉田、三河置蓟州。天宝九年，改范阳郡。乾元元年，复为幽州。蓟（县）州所治，古之燕国都。"○《新唐书·逆臣·安禄山传》曰："时宰相李林甫嫌儒臣以战功进，尊宠间己，乃请专用蕃将。故帝宠禄山益牢，群议不能轧，卒乱天下，林甫启之也。"○《旧唐书·李林甫传》曰："张九龄为中书令，林甫为礼部尚书同中书门下三品。太子瑛、鄂王瑶、光王琚皆以母失爱而有怨言。驸马都尉阳洄白惠妃，玄宗怒，谋于宰臣，将罪之。九龄曰：陛下三个成人儿不可得，太子国本，长在宫中，受陛下义方，人未见过，陛下奈何以喜怒间忍欲废之？臣不敢奉诏。玄宗不悦，林甫惘然而退，初无言，既而谓中贵人曰：家事何须谋及于人？时朔方节度使牛仙客在镇有政能，玄宗加实封。九龄又奏曰：边将训兵秣马，储蓄军实，常务耳。陛下赏之可也，欲赐实赋，恐未得宜，惟圣虑思之。帝默然。林甫以其言告仙客。仙客翌日见上，泣让官爵。玄宗欲行实封之命，兼为尚书，九龄执奏如初。林甫退而言曰：但有材识，何必辞学？天子用人，何有不可？玄宗滋不悦。九龄与中书侍郎严挺之善，玄宗以九龄有党，罢知政事，拜右丞相。即日林甫代九龄为中书集贤殿大学士，拜牛仙客工部尚书同中书门下平章事，知门下省事。监察御史周子谅言仙客非宰相器，玄宗怒而杀之，林甫言谅本九龄引用，乃贬九龄为荆州长史。"○《易·讼》上九曰："或锡之鞶带，终朝三褫之。"《释文》引王肃曰："褫，解也。"《礼记·王制》曰："制三公一命卷。"郑注曰："卷俗读也，其通则曰衮。"孔疏曰："《周礼·司服》及觐礼皆作衮。"○《书·禹贡》曰：五百里侯服。案：此谓贬九龄为荆州长史。○南国谓荆州。

於戏！功业见乎变，而其变有二。在否则通，在泰则穷。开元初，天子新出艰难，久愤荒政，乐与群下励精致理，于是乎有否极之变。姚、宋坐而乘之，举为时要，动中上意，天光照身，宇宙在手，势若舟楫相得，当洪流而鼓迅风，崇朝万里，不足怪也。开元末，天子倦于勤而安其安，高视穆清，霈然大满，于是乎有泰极之变。荆州起而抉之，举为时害，动怫上欲，日与谗党抗衡于交戟之中，势若微阳战阴，冲密云而吐丹气，欻耀而灭，又何叹乎？以上伤荆州当泰极之穷，不能如姚、宋之功业。

《易·否卦》《释文》曰："否，备鄙反，闭也，塞也。"《泰卦》《释文》曰："郑云，通也；马云，大也。"○《新唐书·玄宗纪》曰："庶人韦氏，已弑中宗，矫诏称制。玄宗定策讨乱，遂诛韦氏。睿宗即位，立为皇太子。景云二年，监国，八月庚子，即皇帝位。"《诸公主传》曰："太平公主，则天皇后所生。睿宗即位，主权震天下，朝廷大政事，非关决不下。间不朝，则宰相就第咨判，天子殆画可而已。左羽林大将军常元楷、知羽林军李慈皆私谒主。先天二年，谋废太子，使元楷、慈举羽林兵杀太子。太子得其奸，前一日枭元楷、慈于阙下，主赐死于第。"○《新唐书·姚崇传》曰："崇字元之，陕州硖石人。睿宗立，拜兵部尚书同中书门下三品，进中书令。玄宗在东宫，太平公主干政，宋王成器等分典闲厩、禁兵，崇与宋璟建请主就东都，出诸王为刺史，以壹人心。帝以谓主，主怒，太子惧，上疏以崇等惎间王室，请加罪，贬为申州刺史。先天二年，玄宗讲武新丰，密召崇，崇至，帝曰：卿宜相朕。崇知帝大度，锐于治，乃先设事以坚帝意，即阳不谢。帝怪之，崇因跪奏：臣愿以十事闻。帝曰：朕能行之。崇乃顿首谢。翌日，拜兵部尚书同中书门下三品，封梁国公。"《宋璟传》曰："璟，邢州南和人。睿宗立，以吏部尚书同中书门下三品。与姚崇白奏出公主、诸王于外，贬楚州刺史。历兖、冀、魏三州，河北按察使，进幽州都督，以国子祭酒留守东都，迁雍州长史。玄宗开元初，以雍州为京兆府，复为尹，进御史大夫，坐小累为睦州刺史，徙广州都督，召拜刑部尚书。四年，迁吏部，兼侍中。"（《旧唐书》璟传曰：兼黄门监。明年官名改，易为侍中。）赞曰："姚崇以十事要说天子，开元初皆已施行。宋璟刚正，又过于崇。玄宗素所尊惮，常屈意听纳。故唐史臣称崇善应变，以成天下之务；璟善守文，以持天下之正。二人道不同，同归于治，此天所以佐唐使中兴也。"○《左》庄二十二年曰："有山之材，而照之以天光。"○《书》伪古文《说命上》曰："若济巨川，用汝作舟楫。"○《诗•蝃蝀》曰："崇朝其雨。"毛传曰： "崇，终也。从旦至食时为终朝。"○《书》伪古文《大禹谟》曰："耄期倦于勤。"○《史记•太史公自序》曰："受命于穆清。"曹子建《七启》曰："天下穆清。"○霈同沛。《公羊》文十四年何注曰："沛，有馀貌。"《鲁语下》："闵马父曰：笑吾子之大满也。（明道本无满字。）韦注目："谓骄满也。）《说文》曰："咈，违也。"○《汉书•刘向传》：向上封事曰："今佞邪与贤臣并在交戟之内，合党共谋，违善依恶。"○《易•坤•文言传》曰："阴疑于阳必战。"○《说文》曰："欻，有所吹起也，读若忽。"《文选•西京赋》曰："欻忽背见。"薛注曰："欻之言，忽也。"案：歘与欻同。

所痛者，逢一时，事一圣，践其迹，执其柄，而有可有不可，有成有不成，况乎差池草茅，沈落光耀者，复何言哉？复何言哉？以上因荆州而发身世之感，然只以言外见意，使人低徊不尽，若刺刺不休，则乏味矣。

《说苑•善说篇》："晋献公之时，东郭民有祖朝者，上书献公曰：草茅臣东郭氏祖朝，愿请闻国家之计。"

曹溪沙门灵澈虽脱离世务，而犹好正直，得其图像，因以示予，睹而感之，乃作赞曰：以上作赞。

《舆地纪胜》曰："广南东路韶州：曹溪水，在曲江县东南三十五里，源出本县界牛岭下，西流五十里合大江。《清一统志》

曰："广东韶州府：曹溪在曲江县东南五十里，源出西界狗耳岭，西流三十里合溱水，以土人曹叔良舍宅为寺，故名。"《翻译名义集》卷四曰："沙门或云桑门，或名沙迦㘗曩，皆讹，正言室摩那拏，或舍罗磨拏，此言功劳，言修道有多劳也。什师云：佛法及外道凡出家者，皆名沙门。"刘梦得《澈上人文集纪》曰："上人生于会稽，本汤氏子，聪察嗜学，不肯为凡夫，因辞父兄出家，号灵澈，字源澄。虽受经论，一心好篇章，从越客严维学为诗，遂籍籍有闻。维卒，乃抵吴兴，与长老诗僧皎然游，讲艺益至，皎然以书荐于词人包侍郎佶，包得之大喜，又以书致于李侍郎纾，以是上人之名，由二公而扬。贞元中，西游京师，名振辇下，缁流疾之，造飞语激动中贵人，因侵诬得罪，徙汀州，会赦归东越。时吴、楚间诸侯，多宾礼招延之。元和十一年，终于宣州开元寺。"而不言至曹溪。权载之《送灵澈上人归沃州序》言沃州澈上人，亦不及曹溪。吕和叔有《戏赠灵澈上人诗》，而刘文房、权载之、柳子厚、张承吉诗皆涉及灵澈，以及《国史补》卷下、《唐诗纪事》卷七十二、《释氏稽古略》卷三载灵澈事，皆不及曹溪，俟再考。

　　唐有栋臣，往矣其邈。世传遗像，以觉后觉。德容恢异，天骨峻擢。波澄东溟，日照太岳。具瞻崇崇，起敬起忠。貌与神会，凛然生风。气蕴逆鳞，色形匪躬。当时曲直，如在胸中。鲲鳞初脱，激海以化。羊角中颓，摩天而下。无喜无愠，亦如此画。呜呼为臣，儆尔夙夜！

　　□光明瑰伟，实能写出荆州胸次，即以为自己写照。大家诗文，皆有自己在也。

　　《魏志·高柔传》：柔上疏曰："今公辅之臣，皆国之栋梁。"〇《孟子·万章上》："伊尹曰：使先觉觉后觉也。"〇《魏志·管辂传》引《辂别传》："孔曜曰：有一骐骥，不得骋天骨，起凤尘。"○《诗·节南山》曰："民具尔瞻。"○《韩非子·说难篇》曰："夫龙之为虫也，柔可狎而骑也，然其喉下有逆鳞径尺，若人有婴之者，则必杀人。人主亦有逆鳞，说者能无婴人主之逆鳞，则几矣。"○《易·蹇》六二曰："王臣蹇蹇，匪躬之故。"孔疏曰："志匡王室，能涉蹇难而往济蹇，故曰王臣蹇蹇也。尽忠于君，匪以私身之故，而不往济君，故曰匪躬之故。"○《庄子·逍遥游》曰："北溟有鱼，其名为鲲，化而为鹏，怒而飞，其翼若垂天之云。"又曰："抟扶摇羊角而上者九万里，绝云气，负青天，然后图南，且适南溟也。"《释文》引司马彪曰："风曲上行若羊角。"《说文》曰："隤，下队也。"或体作穨，今作颓。案：此喻明皇用子寿而不终也。○《论语·公冶长篇》："子张问曰：令尹子文三仕为令尹，无喜色，三已之，无愠色。"○《诗·烝民》曰："夙夜匪解，以事一人。"

传统文化修养丛书

唐宋文举要

高步瀛 / 著

乔继堂　崔人元 / 整理

上海科学技术文献出版社
Shanghai Scientific and Technological Literature Press

中册目录

卷五　唐文十三首	573
李习之	573
题燕太子丹传后	573
与陆傪书	576
寄从弟正辞书	577
故正议大夫行尚书吏部侍郎上柱国赐紫金鱼袋赠礼部尚书	
韩公行状	579
皇甫持正	593
韩文公墓志铭（并序）	593
张文昌	600
上韩昌黎书	600
李南纪	603
唐吏部侍郎昌黎先生韩愈文集序	603
吴武陵	606
遗吴元济书	606
刘去华	611
对贤良方正直言极谏策	612
杜牧之	644
罪言	644
原十六卫	657
孙可之	666

书褒城驿壁 ……………………………………………… 667
与王霖秀才书 …………………………………………… 669

卷六 宋文二十七首 …………………………………… 673

柳仲涂 ………………………………………………… 673
应责 ……………………………………………………… 673

范希文 ………………………………………………… 676
岳阳楼记 ………………………………………………… 677

穆伯长 ………………………………………………… 680
答乔适书 ………………………………………………… 681

尹师鲁 ………………………………………………… 684
叙燕 ……………………………………………………… 685

欧阳永叔 ……………………………………………… 691
五代史记一行传序 ……………………………………… 692
五代史记伶官传序 ……………………………………… 694
苏氏文集序 ……………………………………………… 699
江邻幾文集序 …………………………………………… 706
释祕演诗集序 …………………………………………… 709
送田画秀才宁亲万州序 ………………………………… 712
送徐无党南归序 ………………………………………… 717
资政殿学士户部侍郎文正范公神道碑铭（并序） …… 720
石曼卿墓表 ……………………………………………… 753
胡先生墓表 ……………………………………………… 759
泷冈阡表 ………………………………………………… 766
张子野墓志铭 …………………………………………… 777
黄梦升墓志铭 …………………………………………… 782
尹师鲁墓志铭 …………………………………………… 788
太常博士尹君墓志铭 …………………………………… 802

丰乐亭记 ·················· 807
祭尹师鲁文 ················ 811
祭苏子美文 ················ 813
祭石曼卿文 ················ 814
集古录跋尾（录二首） ········ 816
　隋太平寺碑 ··············· 817
　唐田布碑 ················· 818
刘原父 ···················· 819
　先秦古器记 ··············· 820
　天子五门议 ··············· 822

卷七　宋文三十一首 ········ 833

曾子固 ···················· 833
　唐论 ····················· 833
　列女传目录序 ············· 838
　战国策目录序 ············· 847
　先大夫集后序 ············· 852
　范贯之奏议集序 ··········· 858
　寄欧阳舍人书 ············· 862
　宜黄县学记 ··············· 867
　越州赵公救菑记 ··········· 873
张子厚 ···················· 877
　西铭 ····················· 877
王介甫 ···················· 881
　周礼义序 ················· 882
　诗义序 ··················· 885
　书义序 ··················· 888
　读孟尝君传 ··············· 890

书李文公集后 …… 892
上仁宗皇帝言事书 …… 894
本朝百年无事劄子 …… 929
答司马谏议书 …… 939
答姚辟书 …… 941
广西转运使孙君墓碑 …… 942
宝文阁待制常公墓表 …… 952
给事中赠尚书工部侍郎孔公墓志铭 …… 957
泰州海陵县主簿许君墓志铭 …… 965
王深父墓志铭 …… 969
兵部员外郎马君墓志铭 …… 974
曾公夫人万年太君黄氏墓志铭 …… 978
度支副使厅壁题名记 …… 980
祭范颍州文 …… 983
祭周幾道文 …… 987
祭曾博士易占文 …… 988
祭高师雄主簿文 …… 990
祭丁元珍学士文 …… 991

卷八 宋文二十首 …… 993

苏明允 …… 993

权书（十首录二） …… 993
　六国 …… 994
　项籍 …… 998
六经论（六首录二） …… 1004
　礼论 …… 1004
　乐论 …… 1007
上欧阳内翰书 …… 1010

送石昌言北使引 …………………………………… 1017
苏子瞻 ……………………………………………… 1021
  志林 ……………………………………………… 1022
    平王 ………………………………………… 1023
    鲁隐公 ……………………………………… 1032
    战国任侠 …………………………………… 1036
    始皇扶苏 …………………………………… 1044
  留侯论 …………………………………………… 1051
  上皇帝书 ………………………………………… 1058
  答李端叔书 ……………………………………… 1116
  方山子传 ………………………………………… 1121
  表忠观碑 ………………………………………… 1124
苏子由 ……………………………………………… 1140
  上枢密韩太尉书 ………………………………… 1141
  武昌九曲亭记 …………………………………… 1144
晁无咎 ……………………………………………… 1148
  新城游北山记 …………………………………… 1148
朱元晦 ……………………………………………… 1150
  大学章句序 ……………………………………… 1151
  送郭拱辰序 ……………………………………… 1160

卷五　唐文十三首

李习之

　　李翱，字习之，凉武昭王之后。（曇，陇西狄道人。）贞元十四年登进士第，授校书郎，三迁至京兆府司录参军。元和中，转国子博士，史馆修撰，历礼部郎中，庐州刺史。太和初为谏议大夫，寻以本官知制诰，拜中书舍人，历官至户部侍郎，检校户部尚书，襄州刺史，充山南东道节度使。卒谥曰文。〇皇甫持正《谕业》曰："李襄阳之文，如燕市夜鸿，华亭晓鹤，嘹唳亦足惊听，然而才力偕鲜，悠然高远。"案：评习之之文，苏明允为最允（见后）；苏子美（舜钦）称其词不远韩，而理过于柳；（《郡斋读书志》卷十七引苏舜钦《李文公集序》，今《苏学士集》无此文。）陈伯玉（振孙）谓习之为文，源委于退之，但才气不能及（《直斋书录解题》卷十六），皆可为定评。叶梦得径谓习之学力，实过韩退之，（《岩下放言》卷下，全谢山《鲒埼亭集》外编三十七《李习之论》亦取其说。）则推崇太过矣。

题燕太子丹传后

　　《史记》燕太子丹无传，隋、唐《志》小说家有《燕丹子》，疑指此书。今《燕丹子》有断美人手事，而无促槛车驾秦王如燕之语，盖亦非全书。孙渊如疑今本卷末以下尚有阙文（平津馆刻本校语），然恐不但卷末也。

荆轲感燕丹之义，高雨农曰："一起已注末节。"**函匕首入秦劫始皇，将以存燕霸诸侯。事虽不成**，拗一句以取势。**然亦壮士也。**翻起。**惜其智谋不足以知变识机。**捷转。**始皇之道，异于齐桓，曹沫功成，荆轲杀身，其所遭者然也。**前段急促，故此纡徐以缓其气。**及欲促槛车驾秦王以如燕，童子妇人且明其不能，而轲行之，其弗就也非不幸。**高曰："缴智谋不足。"**燕丹之心，苟可以报秦，虽举燕国犹不顾，况美人哉？**高曰："写足起句燕之义。"○笔意飞舞，有昂头天外之势。**轲不晓而当之，陋矣。**冷隽。

□储同人曰："摹子长。"○吴先生曰："笔笔转，句句变，皆从空中折换，极顿挫反侧之势。是太史公神妙之境，不易到也。"

《史记·刺客传》曰："荆轲者，卫人也。其先乃齐人，徙于卫。卫人谓之庆卿。而之燕，燕人谓之荆卿。燕之处士田光先生善待之，知其非庸人也。燕太子丹质秦亡归燕，求为报秦王者。田光先生见荆卿曰：愿足下过太子于宫。荆轲见太子，太子避席顿首曰：丹之私计，愚以为诚得天下之勇士使于秦，窥以重利，秦王贪，其势必得所愿矣。诚得劫秦王，使悉反诸侯侵地，若曹沫之与齐桓公，则大善矣。则不可，因而刺杀之，彼秦大将擅兵于外，而内有乱，则君臣相疑，以其间诸侯得合从，其破秦必矣。此丹之上愿，而不知所委命，唯荆卿留意焉。于是尊荆卿为上卿，舍上舍，太子日造门下，供太牢，具异物，间进车骑美女，恣荆轲所欲，以顺适其意。"○《刺客传》曰："秦将王翦破赵，进兵至燕南界，太子恐惧，乃请荆轲。荆轲曰：今毋信而行,则秦未可亲。夫樊将军,秦王购之金千斤,邑万家。诚得樊将军首与燕督亢之地图,奉献秦王,秦王必说见臣,臣乃有以报。太子曰:樊将军穷困来归丹,丹不忍以己之私,伤长者之意,愿足下更虑之。荆轲知太子不忍,乃遂私见樊於期,樊於期遂自刭。乃盛樊於期首,函封之,于是太子豫求天下之利匕首,得赵人徐夫人匕首,取之百金,使工以药焠之,以试人,血濡缕,人无不立死者。乃装为遣荆卿,令秦舞阳为副,遂发。"○《刺客传》曰:"曹沫者,鲁人也,为鲁将,与齐战,三败北。鲁庄公惧,乃献边邑之地以和,齐桓公许与鲁会于柯而盟。桓公与庄公既盟于坛上,曹沫执匕首劫齐桓公,桓公乃许归鲁之侵地。曹沫三战所亡地,尽复予鲁。"○《刺客传》曰:"秦王见燕使者咸阳宫,荆轲奉樊於期头函,而秦舞阳奉地图匣,以次进。秦王谓轲曰:取舞阳所持地图。轲既取图奏之,秦王发图,图穷而匕首见。因左手把秦王之袖,而右手持匕首揕之。未至身,秦王惊,自引而起,袖绝,拔剑,剑长操其室,时惶急,剑坚,故不可立拔。荆轲逐秦王,秦王环柱而走,卒惶急不知所为。左右乃曰:王负剑!负剑!遂拔以击荆轲,断其左股。荆轲废,乃引其匕首以擿秦王,不中,中铜柱,秦王复击轲,轲被八创。轲自知事不就,倚柱而笑,箕踞以骂曰:事所以不成者,以欲生劫之,必得约契以报太子也。于是左右既前杀轲。"《燕丹子》曰:"秦王发图,图穷而匕首出,轲左手把秦王袖,右手揕其胸数之曰:足下负燕日久,贪暴海内,不知厌足,於期无罪而夷其族,轲将为海内报仇。今燕王母病,与轲促期,从吾计则生,不从则死。秦王曰:今日之事,从子计耳,乞听琴声而死,召姬入鼓琴。琴声曰:罗縠单衣,可掣而绝。八尺屏风,可超而越。鹿卢之剑,可负而拔。轲不解音,秦王从琴声,负剑拔之,于是奋袖超屏风而走,轲拔匕首擿之,决秦王耳,入铜柱,火出然,秦王还断轲两手,轲因倚柱而笑,箕踞而骂曰:吾坐轻易,为竖子所欺，燕国之不报，我事之不立哉！"案：此小说家言，恐不足据。○《史记·淮南王传》《集解》引《汉书音义》曰："槛车，有槛封也。"○《燕丹子》曰："太子置酒华阳之台，酒中，太子出美人能琴者。轲曰：好手琴者，太子即进之，轲曰：爱其手耳。太子即断其手，盛以玉槃奉之。"

与陆傪书

傪，字公佐，吴郡人。为祠部员外郎，出刺歙州，卒于道。见习之《陆歙州述》，韩退之有《与祠部陆员外荐士书》。

李观之文章如此，高曰："书文先李观，故首及之，体如跛然，又以知是书系三文后也。"官止于太子校书郎，年止于二十九，虽有名于时俗，其卒深知其至者果谁哉！信乎天地鬼神之无情于善人，而不罚罪也，甚矣！为善者将安所归乎？沉郁切挚。翱书其人赠于兄，赠于兄，盖思君子之知我也。以上与书之意。

韩退之《李元宾墓志铭》曰："李观，字元宾，其先陇西人。始来自江之东，食太学之禄，年二十四举进士，三年登上第，又举博学宏辞，得太子校书，又一年年二十九，客死于京师。"○《新唐书·百官志》曰："东宫官，崇文馆校书郎二人，从九品下，掌校理书籍。"

予与观平生不得相往来，及其死也，则见其文。尝谓使李观若永年，则不远于杨子云矣。书己之文次，忽然若观之文亦见知于君也。高曰："曲折详缓，极川云岭月之妙。"故书《苦雨赋》缀于前，当下笔时，复得咏其文，则观也虽不永年，亦不甚远于杨子云矣。以上书李文。

李元宾集有《苦雨赋》。

　　书苦雨之辞既，又思我友韩愈，非兹世之文，古之文也；非兹世之人，古之人也。其词与其意适，则孟轲既没，亦不见有过于斯者。高曰："风神怡悦，其韵在絃外。"当其下笔时，如他人疾书之，写诵之，不是过也。其词乃能如此。尝书其一章曰《获麟解》，其他可以类知也。以上书韩文。

　　《公羊》宣元年何注曰："既，事毕也。"○韩集有《获麟解》。

　　穷愁不能无所述，高曰："入己书用重笔递落，然观二亦字，似翻主作客，其实隆主敌客也，而措语严谨，寓任于谦，微妙不可思议。"适有书寄弟正辞，及其终，亦有觉不甚下寻常之所为者，亦书以赠焉。以上书己文。亦惟读观、愈之辞既，试一详焉。高曰："合收侧落法密。"储曰："书己文忽及李，忽及韩，翩翩超忽，笔意可玩。"翱再拜。

　　□高曰："神味之妙，如天仙化人，不可思议。"

寄从弟正辞书

　　知尔京兆府取解，不得如其所怀念，勿在意！凡人之穷达，所遇亦各有时尔，何独至于贤丈夫而反无其时哉？跌宕。此非吾徒之所忧也。其所忧者何？畏吾之道未能到于古之人尔。其心既自以为到，且无谬，则吾何往而不得所乐？何必与夫时俗之人同得失忧喜，而动于心乎？以上言得失无足动于心。

　　《新唐书·选举志》曰："唐制取士之科，多因隋旧，由选举不由馆学者，谓之乡贡，皆怀牒自列于州县，试已，长吏以乡饮酒礼会属僚。《唐摭言》卷一曰："解送之日，行乡饮礼。"《国史补》卷下曰："进士为时所尚久矣，京兆府考而升者，谓之等第，外府不试而贡者，谓之拨解。"

借如用汝之所知，分为十焉，用其九学圣人之道，而知其心，使有馀以与时世进退俯仰。如可求也，则不啻富且贵矣。如非吾力也，虽尽用其十，只益劳其心矣。安能有所得乎？以上言重在学圣人之道，不当重应接世务。

司马子长《报任少卿书》曰："与时俯仰。"

汝勿信人号文章为一艺。夫所谓一艺者，乃时世所好之文，或有盛名于近代者是也。其能到古人者，则仁义之辞也。储曰："所以可乐之实，以下只发明此句。"恶得以一艺而名之哉？卓识名言，可破庸俗人之见。仲尼、孟轲殁千馀年矣，高曰："神怡味厚。"吾不及见其人，吾能知其圣且贤者，以吾读其辞而得之者也。后来者不可期，高曰："转落全以神行。"安知其读吾辞也而不知吾心之所存乎？亦未可诬也。夫性于仁义者，未见其无文也。有文而能到者，吾未见其不力于仁义也。由仁义而后文者，性也。由文而后仁义者，习也。犹诚明之必相依尔。以上勖以由仁义为文章。

《礼记·中庸》曰："自诚明，谓之性；自明诚，谓之敎。诚则明矣，明则诚矣。"

贵与富，在乎外者也，吾不能知其有无也，非吾求而能至者也。吾何爱而屑屑于其间哉？仁义与文章，生乎内者也，吾知其有也，吾能求而充之者也。吾何惧而不为哉？汝虽性过于人，然而未能浩浩于其心，吾故书其所怀以张汝,且以乐言吾道云耳。结出本旨。

　　□亲切有味。习之学文学道之功,于此可见。

　　《说文》曰:"屑,动作切切也。"字又作屟。《汉书·王莽传上》曰:"晨夜屑屑。"《广雅·释诂》一曰:"张,大也。"

故正议大夫行尚书吏部侍郎上柱国
赐紫金鱼袋赠礼部尚书韩公行状

　　《唐六典》卷二曰:"正四品上曰正议大夫。"又曰:"吏部侍郎二人,正四品上。吏部尚书、侍郎之职,掌天下官吏选授、勋封、考课之政令,凡职官铨综之典,封爵策勋之制,权衡殿最之法,悉以咨之。"《唐会要》卷三十一曰:"景云三年四月敕文,鱼袋著紫者金装,著绯者银装。"上柱国礼部尚书,见韩退之《董公行状》注。

　　曾祖泰,皇任曹州司马。

　　《元和郡县志》:河南道曹州上。《唐六典》卷三十曰:"上州司马一人,从五品下。"案:唐曹州治济阴县,在今山东曹县西。

　　祖濬素,皇任桂州长史。

　　李太白《武昌宰韩君去思碑》曰:"考睿素,朝散大夫桂州都督长史。"皇甫持正《韩文公神道碑》曰:"叡素为唐桂州长史,善化行于江岭之间。"《新唐书·世系表》亦作濬素。《元和郡县志》:岭南道桂州中都督府。《唐六典》卷三十曰:"中都督府长史一人,正五品上。"案:唐桂州治始安县,今广西桂林县治。

　　父仲卿,皇任秘书郎,赠尚书左仆射。

　　《韩君去思碑》曰:"君名仲卿,南阳人也。自潞州铜鞮尉调补武昌令。相公崔公涣特奏授鄱阳令。"《神道碑》曰:"赠尚书左仆射讳仲卿,秘书郎。"见韩退之《董公行状》注。左仆射见《曹成王碑》注。案:以上三行,原在文首,与下文相连,今依《董公行状》,改列如右,说详彼篇注。

公讳愈,字退之,昌黎某人。生三岁,父殁,养于兄会舍。及长,读书能记他生之所习。年二十五,上进士第。汴州乱,诏以旧相东都留守董晋为平章事,宣武军节度使,以平汴州。晋辟公以行,遂入汴州,得试秘书省校书郎,为观察推官。晋卒,公从晋丧以出,四日而汴州乱,凡从事之居者皆杀死。武宁军节度使张建封奏为节度推官,得试太常寺协律郎。以上少壮及初入仕。

昌黎某,盖谓昌黎棘城也,已见卷二韩退之注。○退之《祭郑夫人文》曰:"敢昭告于六嫂荥阳郑氏夫人之灵,我生不辰,三岁而孤。蒙幼未知,鞠我者兄。又罹谗口,承命南迁。"孙注曰:"大历十二年,宰相元载得罪,四月,会坐党与,自起居舍人贬韶州刺史。"柳子厚《先友记》曰:"韩会,昌黎人,善清言,有文章,名最高,然以故多谤,至起居郎,贬官卒。"○《韩子年谱》曰:"贞元八年壬申春,登进士第。"馀见韩退之《欧阳生哀辞》注。○汴州事见《董公行状》及彼注。○《唐六典》卷十曰:"秘书省校书郎八人,正九品上。"○《年谱》曰:"贞元十五年己卯秋,为徐州节度推官。《此日足可惜赠张籍》云:'夜闻汴州乱,绕壁行傍徨。我时留妻子,仓卒不及将。俄有东来说,我家免罹殃。乘船下汴水,东去趋彭城。'时公妻子自汴之徐也。'从丧朝至洛,旋走不及停。假道经盟津,出入行涧冈。甲午憩时门,临泉窥斗龙。'是年二月乙亥朔,甲午二十日也。'行行二月暮,乃及徐南疆。仆射南阳公,宅我睢水阳。'即《与东野书》云,主人与余有故,居余符离睢上者,南阳公张建封也。符离旧隶徐州。"又曰:"十六年庚辰夏五月,《题李生壁》云，余黜于徐州，将西居于洛阳。按公黜于徐，盖以髃言无所忌，虽建封之知己，亦不能容也。是年五月十三日庚戌，建封卒，十五日壬子，徐军乱，公以十四日题李生壁，则建封未死时已去徐矣。"○《旧唐书·张建封传》曰："建封字本立，兖州人。贞元四年为徐州刺史徐泗濠节度支度营田观察使，十六年卒。"○协律郎见韩退之《贞曜先生墓志铭注》。

选授四门博士，迁监察御史。为幸臣所恶，出守连州阳山县令。政有惠于下。及公去，百姓多以公之姓名其子。改江陵府法曹参军，入为权知国子博士。宰相有爱公文者，将以文学职处公。有争先者，构公语以非之。公恐及难，遂求分司东都。权知三年，改真博士。入省，为分司都官员外郎。改河南县令，日以职分辨于留守及尹，故军士莫敢犯禁。入为职方员外郎，华州刺史奏华阴县令柳涧有罪，遂将贬之，公上疏请发御史辨曲直，方可处以罪，则下不受屈。既柳涧有犯，公由是复为国子博士。改比部郎中，史馆修撰，转考功郎中，修撰如故。数月，以考功知制诰。以上历仕。

《年谱》曰："贞元十八年壬午，调授国子四门博士。"《魏仲举》曰："按公除四门博士，当在去岁之秋或冬首也。洪、樊二谱皆以为今年，误也。公贞元十九年上京兆尹李实书首云：将仕郎前守四门博士，是上书之日，官已满矣。唐制博士皆二年满。施士匄由四门助教，至为太学博士，秩满当去，睹生辄留，公今年与崔群书亦曰：官满便终老嵩下。以满日计之，当自十七年始也。"○《唐六卷》二十一曰："国子监四门博士三人，正七品上，掌敎文武官七品已上及侯伯子男子之为生者，若庶人子为俊士生者。"又卷十三曰："御史台监察御史十人，正八品上，掌分察理僚，巡按郡县，纠视刑狱，肃整朝仪。"○《年谱》曰："贞元十九年癸未，拜监察御史。冬，贬连州阳山令。《顺宗实录》云：是时春夏旱，京畿乏食，李实一不以介意，方务聚敛征求，以给进奉，勇于杀害，人吏不聊生。是时有诏以旱饥蠲租之半，有司征愈急。公与张署、李方叔上疏言关中天下根本，民急如是，请宽民徭，而免田租之弊。天子恻然，卒为幸臣所谗，贬连州阳山令。幸臣，李实也。馀见韩退之《祭张员外文》注。"案：集阳山下无县字，吴先生依《文苑》增，今从之。○姓名，集作姓以命，吴先生依《文苑》改，曰：《文苑》校云集作命，不云有以字，则以乃误衍。○《年谱》曰："顺宗永贞元年乙酉，移江陵法曹参军。"《新唐书·百官志》曰："江陵府法曹参军二人，正七品下。"○《年谱》曰："宪宗元和元年丙戌夏，召为国子博士，二年丁亥，分教东都生。《释言》云：拜国子博士，始进见今相国郑公，后数日，有来谓愈，有谗子于相国者，既累月，又有来谓愈曰：有谗子于翰林舍人李公与裴公者，既累月，上命李公相，客谓愈曰：子前被言于一相，今李公又相，子其危矣。公分教东都生，正以避谤尔。郑絪宪宗即位为中书侍郎同平章事，公所见郑公，即絪也。去年十二月，李吉甫、裴垍皆为翰林学士、中书舍人，李即吉甫，裴即垍也。今年正月己酉，吉甫为中书侍郎同平章事。李公又相，即吉甫也。"○爱公文，《文苑》无文字，又非，《文苑》作飞误。○《年谱》曰："元和四年己丑，改都官员外郎，守东都省。五年庚寅，为河南县令。"○《旧唐书·宪宗纪》曰："元和三年八月，以郑馀庆为东都留守。四年十一月，河南尹杜兼卒，十二月，以陕虢观察使房式为河南尹。五年十二月，以鄂岳观察使郗士美为河南尹。"○《年谱》曰："六年辛卯，行尚书职方员外郎。"《唐六典》卷五曰："兵部职方员外郎一人，从六品上，职方郎中、员外郎，掌天下之地图，及城隍镇戍烽候之数。"○《年谱》曰："七年壬辰春，复为国子博士。《宪宗实录》云：七年二月乙未，职方员外郎韩愈为国子博士。旧史云：华州刺史阎济美以公事停华阴令柳润县务，居数月，济美罢郡，润讽百姓遮道索前年军顿役直，后刺史赵昌至，按得润罪以闻，贬房州司马。时愈因使过华，以为刺史相党，上疏理润。诏遣监察御史李宗奭按得润赃状，再贬封溪尉，以愈妄论，复为国子博士。柳润建中四年进士也。公自去年以来，未尝出使，或云即公赴职方时，过华睹其事，遂疏于朝尔。"〇《年谱》曰："八年癸巳春，守尚书比部郎中史馆修撰。"《新唐书·百官志》曰："史馆修撰四人，掌修国史。"〇《年谱》曰："九年冬为考功郎中知制诰。《实录》云：九年十月甲子，韩愈考功郎中依前史馆修撰。十二月戊午，以考功知制诰。"《唐六典》卷二曰："吏部考功郎中一人，从五品上，掌内外文武官吏之考课。"《新唐书·百官志》曰："中书省舍人六人，一人知制诰。开元初，以它官掌诏敕策命，谓之兼知制诰。"

上将平蔡州，先命御史中丞裴公度使诸军以视兵。及还，奏兵可用，贼势可以灭，颇与宰相意忤。既数月，盗杀宰相，又害中丞，不克，中丞微伤，马逸以免。遂为宰相，以主东兵。自安禄山起范阳，陷两京，河南北六七镇节度使身死，则立其子，作军士表以请，朝廷因而与之。高曰："不回护，而仍得体。"及贞元季年，虽顺地节将死，多即军中取行军副使将校以授之节，习以成故矣。顿住，笔力凝重。朝廷之贤，恬于所安，以苟不用兵为贵，议多与裴丞相异。唯公以为盗杀宰相而遂息兵，其为懦甚大，兵不可以息。以天下力取三州，尚何不可？与裴丞相议合，故兵遂用。高曰："史笔卓绝。"而宰相有不便之者。月满，迁中书舍人，赐绯鱼袋，后竟以他事改太子右庶子。元和十二年秋，以兵老久屯，贼未灭，上命裴丞相为淮西节度使，以招讨之，丞相请公以行。于是以公兼御史中丞，赐三品衣鱼，为行军司马，从丞相居于郾城。公知蔡州精卒悉聚界上，以拒官军，守城者率老弱，且不过千人，亟白丞相，请以兵三千人间道以入，必擒吴元济。丞相未及行，高曰："五字度脉简稳。"而李愬自唐州文城垒，提其卒以夜入蔡州，果得元济。蔡州既平，布衣柏耆以计谒公，公与语奇之，遂白丞相曰："淮西灭，王承宗胆破，可不劳用众，宜使辩士奉相公书，明祸福以招之，彼必服。"丞相然之，公令柏耆口占为丞相书，明祸福，使柏耆袖之以至镇州。承宗果大恐，上表请割德、棣二州以献。丞相归京师，公迁刑部侍郎。以上从裴相平蔡州。

　　平蔡州事，已见《平淮西碑》及注。○颇与宰相意忤，此宰相当指韦贯之。（李逢吉尚未相。）时宰相为武元衡、韦贯之，元衡乃主讨蔡者，则此宰相当指韦；下文盗杀宰相，则武元衡也。见《平淮西碑》及注。○六七镇，集无六字，吴先生依《文苑》增。○《年谱》引《实录》曰："十一年正月丙戌，考功郎中知制诰韩愈中书舍人。丙申，赐服绯鱼。"又曰："五月癸未，降为太子右庶子。本传云：初宪宗将平蔡，命裴视贼，及还言贼可灭，与宰相议不合，时宰相李逢吉、韦贯之也。愈亦奏言云云，执政不喜，俄有不悦愈者，摭其旧事，坐是改右庶子。"《唐六典》卷九曰："中书省中书舍人六人，正五品上，掌侍奉进奏，参议表章，凡诏旨制敕，及玺书册命，皆按典故起草进画，既下则署而行之。"又卷二十六曰："太子右春坊右庶子二人，正四品下，掌侍从献纳启奏。"○《年谱》曰："十二年丁酉秋，为彰义行军司马，冬为刑部侍郎。"○《旧唐书·柏耆传》曰："耆，将军良器之子（魏州人），学纵横家流。于蔡州行营以书干裴度，请以朝旨奉使镇州，授左拾遗。既见承宗，以大义陈说，承宗泣下，请质二男，献两郡。"《王承宗传》曰："承宗求救于田弘正，十三年三月，弘正遣人送承宗男知感、知信及其牙将石泛等诣阙请命，又献德、棣二州图印，兼请入管内租税，除补官吏，上以弘正表疏相继，重违其意，乃下诏云云。"○唐河北道：德州治安德县，今山东陵县治。棣州治厌次县，在今山东惠民县南。○《唐六典》卷六曰："刑部侍郎一人，正四品下。刑部尚书、侍郎之职，掌天下刑法及徒隶勾覆开禁之政令。"

岁馀，佛骨自凤翔至，传京师诸寺，百姓有烧指与顶以祈福者。公奏疏言，自伏羲至周文、武时，皆未有佛，而年多至百岁，有过之者。自佛法入中国，帝王事之，寿不能长。梁武帝事之最谨，而国大乱，请烧弃佛骨。疏入，贬潮州刺史，移袁州刺史。百姓以男女为人隶者，公皆计佣以偿其直，而出归之。以上谏迎佛骨贬潮州刺史，移袁州。

《旧唐书》愈传曰："凤翔法门寺，有护国真身塔，塔内有释迦文佛指骨一节，其书本传法，三十年一开，开则岁丰人泰。十四年正月，上令中使杜英奇押宫人三十人，持香花赴临皋驿迎佛骨，自光顺门入大内，留禁中三日，乃送诸寺，王公士庶，奔走舍施，唯恐在后，百姓有废业破产，烧顶灼臂，而求供养者。愈素不喜佛，上疏谏云云。疏奏，宪宗怒甚，间一日，出疏以示宰臣，将加极法。裴度、崔群奏曰：韩愈上忤尊听，诚宜得罪，然而非内怀忠恳，不避黜责，岂能至此？伏乞稍赐宽容，以来谏者。上曰：愈言我奉佛太过，我犹为容之。至谓东汉奉佛之后，帝王咸致天促，何言之乖剌也？愈为人臣，敢尔狂妄，固不可赦。于是人情惊惋，乃至国戚诸贵，亦以罪愈太重，因事言之，乃贬为潮州刺史。集百姓上有时字，依《文苑》删。○《年谱》曰："十四年己亥春，贬潮州刺史，冬移袁州。"唐岭南道潮州，治海阳县，今广东海阳县治；江南袁州治宜春县，今江西宜春县治。○退之《典贴良人男女状》曰："准律不许典贴良人男女，作奴婢驱使。臣往任袁州刺史日，检到州界内得七百三十一人，并是良人男女，准律例计佣折直，一时放免。原其本末，或因水旱不熟，或因公私债负，遂相典贴，渐以成风，名目虽殊，奴婢不别，鞭笞役使，至死乃休，既乖律文，实亏政理云云。"

入迁国子祭酒，有直讲能说礼而陋于容，学官多豪族子，摈之不得共食。公命吏曰："召直讲来，与祭酒共食。"学官由此不敢贱直讲。奏儒生为学官，日使会讲，生徒多奔走听闻，皆相喜曰："韩公来为祭酒，国子监不寂寞矣。"高曰："生色语，一何蕴藉！"改兵部侍郎。以上入为国子祭酒，改兵部侍郎。

《年谱》曰："十五年秋，召为国子祭酒，是年闰正月，穆宗即位。"《唐六典》卷二十一曰："国子监祭酒一人，从三品，掌邦国儒学之政令。直讲四人，掌佐博士助教之职，专以经术教授。"○集喜上无相字，依《文苑》增。○《年谱》曰："穆宗长庆元年辛丑秋，迁兵部侍郎。"《唐六典》卷五曰："兵部侍郎二人，正四品下。兵部尚书、侍郎之职，掌天下军卫武官选授之政令，凡军师卒戍之籍，山川要害之图，厩牧甲仗之数，悉以咨之。"

镇州乱，杀其帅田弘正，征之不克，遂以王廷凑为节度使。诏公往宣抚，既行，众皆危之。元稹奏曰："韩愈可惜。"穆宗亦悔，有诏令至境观事势，无必于入。公曰："安有受君命而滞留自顾？"遂疾驱入，廷凑严兵拔刃弦弓矢以逆。及馆，甲士罗于庭，公与廷凑、监军使三人就位。既坐，廷凑言曰："所以纷纷者，乃此士卒所为，本非廷凑心。"公大声曰："天子以为尚书有将帅材，故赐之以节。高曰："严正得体。"实不知公共健儿语未得，乃大错。"甲士前奋言曰："先太史为国打朱滔，滔遂败走，血衣皆在，此军何负朝廷，乃以为贼乎？"公告曰："儿郎等且勿语，听愈言。愈将为儿郎已不记先太史之功与忠矣，若犹记得，乃大好。高曰："雄赡而归于朴，字字精能，史家极笔。"且为逆与顺利害，不能远引古事，但以天宝来祸福，为儿郎等明之。安禄山、史思明、李希烈、梁崇义、朱滔、朱泚、吴元济、李师道复有若子若孙在乎？亦有居官者乎？"众皆曰："无。"又曰："田令公以魏博六州归朝廷，为节度使，后至中书令，父子皆受旄节，子与孙虽在童幼者，亦为好官。穷富极贵，宠荣耀天下。刘悟、李祐皆居大镇，王承元年始十七，亦杖节。此皆三军耳所闻也。"众乃曰："田弘正刻此军，故军不安。"公曰："然，汝三军亦害田令公身，又残其家矣，复何道？"众乃謹曰："侍郎语是，侍郎语是。"重语，传军士心动之神。廷凑恐众心动，遽麾众散出，因泣谓公曰："侍郎来，欲令廷凑何所为。"公曰："神策六军之将，如牛元翼比者不少，但朝廷顾大体，不可以弃之耳，而尚书久围之何也？"廷凑曰："即出之。"公曰："若真耳，则无事矣。"因与之宴而归，而牛元翼果出。及还，于上前尽奏与廷凑及三军语。上大悦曰："卿直向伊如此道。"由是有意欲大用之。王武俊赠太师，呼太史者，燕赵人语也。著数语，闲逸有致。○以上宣慰镇州。

镇州杀田弘正事，见韩退之《郓州谿堂诗序》注。《旧唐书·王廷凑传》曰："廷凑自称留后知兵马使，将吏逼监军宋惟澄上章，请授廷凑节钺。穆宗怒，下诏征邻道兵，仍以河东节度裴度充幽镇两道招抚使，以弘正子泾原节度使布代李愬为魏博节度使，令率魏军进讨。又以承宗故将深州刺史牛元翼为成德军节度使，下诏购诛廷凑。是月，镇州大将王位等谋杀廷凑泄，坐死者二千馀人，廷凑合幽蓟之兵围深州，梯冲云合，牛元翼婴城拒守。二年二月，诏赦廷凑，仍授检校右散骑常侍镇州大都督府长史成德军节度，镇、冀、深、赵等州观察等使，以牛元翼为山南东道节度使，遣兵部侍郎韩愈至镇州宣慰。又遣中使衔命入深州，监元翼赴镇。廷凑虽受命，而深州之围不解。三月，元翼率十馀骑突围出深州赴阙，深州将校臧平以城降，廷凑责其固守，杀将吏一百八十馀人。"○《旧唐书·元稹传》曰："稹字微之，河南人。长庆初，转祠部郎中知制诰，无何，召入翰林，为中书舍人承旨学士。"○未得，集作未尝，乃作及，今依《文苑》。○《旧唐书·王武俊传》曰："武俊，契丹怒皆部落也。兴元元年，德宗罪己，大赦反侧，授武俊检校兵部尚书成德军节度使。朱滔围贝州，贾林说武俊与李抱真合军同救魏博。五月，武俊、抱真会军于钜鹿东。两军既交，滔震恐。抱真为方阵，武俊用奇兵，朱滔倾垒出战，武俊不擐甲而驰之，滔望风奔溃，自相蹂践死者十四五，收其辎重器甲马牛不可胜数计。滔夜奔还幽州。贞元十七年六月卒，赠太师。"○《说文》曰："朾，撞也。"大徐音宅耕切。段注曰："朾之字俗作打，音德冷、都挺二切，近代读德下切，而无语不用此字。"步瀛案：《广雅·释诂》三曰："打，击也。"欧阳永叔《归田录》卷二曰："打，遍检字书无此字，其义主考击之打，自音滴耿，以字学言之，从手从丁，丁又击物之声，故音滴耿为是，不知何因转为丁雅也。"章太炎曰：

"宅耕切之打字，依音理不能变作德下切，今扬州鄙人呼此音如鼎，江南、浙西转如党，此实打之音变也，而通作德下切者，乃别一字。按挞字《说文》作笗，乃舌上音，古无舌上，唯有舌头，故挞音变为德下切，正字当为笗，声转则为笪，《说文》：笪，笞也，音当割切，又转而为挞，皆一语之变也。"○《新唐书·玄宗纪》曰："天宝十四载十一月，安禄山反。"《肃宗纪》曰："至德二载正月，安庆绪弑其父禄山。乾元二年二月，史思明杀安庆绪。上元二年三月，史朝义杀其父思明。"《德宗纪》曰："建中二年春，山南东道节度使梁崇义反。八月，梁崇义伏诛。建中三年十月，李希烈反。贞元二年四月，希烈伏诛。建中三年四月，朱滔反。贞元元年六月，幽州卢龙军节度使朱滔卒。建中四年九月，朱泚反。兴元元年六月，朱泚伏诛。"吴元济见《平淮西碑》，李师道见《许国公碑》注。○《旧唐书·田弘正传》曰："穆宗以弘正检校司徒兼中书令。"案：弘正以魏、博、卫、贝、澶、相六州归朝廷，已见《平淮西碑》注。《旧唐书·弘正传》曰："子布为河阳三城怀节度使，父子俱拥节旄，同日拜命。"案：田令公集无田字，旄作旌，今依《文苑》。○《旧唐书·刘悟传》曰："元和末，宪宗既平淮西，下诏诛师道，遣悟将兵拒魏博军，而数促悟战。悟未及进，驰使召之。悟于是立斩其使，以兵取郓，围其内城，兼以火攻其门，不数刻，擒师道并男二人，并斩其首以献。擢拜悟检校工部尚书兼御史大夫义成军节度使，封彭城郡王。穆宗即位，以恩例迁检校尚书右仆射。是岁十月，移镇泽潞，旋以本官兼平章事。"○《旧唐书·李祐传》曰："祐本蔡州牙将。元和十二年，为李愬所擒。愬知祐有胆略，释其死，厚遇之，竟以祐破蔡，擒元济。以功授神武将军，迁金吾将军，检校左散骑常侍，夏州刺史，御史大夫，夏绥银宥节度使。"○《旧唐书·王承元传》曰："承元，士真第二子。（士真，武俊子。）元和十五年冬，王承宗卒。参谋崔燧密与握兵者谋，乃以祖母凉国夫人之命，告亲兵及诸将使拜承元。承元拜泣不受，诸将请之不已。承元曰：天子使中贵人监军，有事盍先与议？及监军至，因以诸将意赞之，遂于衙门都将所理视事，约左右不得呼留后，事无巨细，决之参佐，密疏请帅。天子嘉之，授银青光禄大夫，检校工部尚书，兼滑州刺史，义成军节度，郑滑观察等使。承元出镇州时年十八，俄而王廷凑杀田弘正，据镇州叛，移镇鄜坊丹延节度使。"○侍郎语是，集不复下句，今依《文苑》增。○《唐会要》卷七十二曰："天宝初，哥舒翰破吐蕃于临洮城西二百馀里，途请以其地为神策军。朝廷以成如璆兼神策军使。及安禄山反，如璆使其将卫伯玉领神策军千馀人赴难。相州之败，伯玉与观军容使鱼朝恩同保陕州。时西边土地已没，遂谓伯玉所领军号神策军。代宗幸陕，朝恩率神策军以迎，兼护车驾，京师克平，朝恩以所统军归于禁中。李晟出镇凤翔，分神策为左右厢。贞元二年，改为左右神策军，每军置大将军二人，将军各一人。"案：左右各三军，故曰神策六军也。○《新唐书·牛元翼传》曰："元翼赵州人。王廷凑反，穆宗以元翼在成德，名出廷凑远甚，自深州刺史，擢为深冀节度使，以摄其军。廷凑怒，遣部将王位以锐兵攻元翼，不胜，乃合朱克融共围之。长庆二年，诏赦廷凑罪，徙元翼山南东道，以深州赐廷凑，使中人促元翼南。廷凑恨之，已受诏，兵不解。招讨使裴度诒书消让，克融解而归，廷凑退舍。诏并加检校工部尚书两悦之。淹月，元翼率十馀骑，冒围跳德棣，朝京师。"○及集作乃，又廷凑下有言字，今皆依《文苑》。

转吏部侍郎，凡令史皆不锁听出入。或问公，公曰："人所以畏鬼者，以其不能见也。鬼如可见，则人不畏之矣。选人不得见令史，故令史势重，听其出入，则势轻。"改京兆尹，兼御史大夫，特诏不就御史台谒，后不得引为例。六军将士皆不敢犯，私相告曰："是尚欲烧佛骨者，安可忤？"故盗贼止。遇旱，米价不敢上。李绅为御史中丞，械囚送府，使以尹杖杖之。公曰："安有此？"使归其囚。是时绅方幸，宰相欲去之，故以台与府不协为请，出绅为江西观察使，以公为兵部侍郎。绅既复留，公入谢，上曰："卿与李绅争何事？"公因自辨。数日复为吏部侍郎。长庆四年得病，满百日罢，既罢，以十二月二日卒于靖安里第。以上两为吏部侍郎，及卒。

《年谱》曰："长庆二年壬寅春，奉使镇州，秋迁吏部侍郎。三年癸卯夏，为京兆尹兼御史大夫。冬，复为兵部侍郎，又迁吏部侍郎。《实录》云：三年六月辛卯，吏部侍郎韩愈京兆尹兼御史大夫，勅放台参，后不得为例。时宰相李逢吉与李绅不协，及绅为中丞，乃除愈京兆尹兼御史大夫，仍放台参。绅性峭直，屡上疏论其事，遂与愈辞理往复。逢吉乃两罢之，出绅为江西观察使，以公为兵部侍郎。《答友人论京兆尹不台参书》云：容桂观察使带中丞，尚不台参，京尹郡国之首，所管神州赤县，官带大夫，岂得却不如〔加〕？事须台参，是何典故？赤令尚与中丞分道而行，何况京兆尹？圣恩以为然，便命宣与李绅，不用台参。"《实录》云："十月癸巳，愈为兵部侍郎，庚子，为吏部侍郎。"○集畏下无之字，今依《文苑》。○《唐六典》卷三十曰："京兆尹一人，从三品，京兆、河南、太原牧及都督刺史，掌清肃邦畿，考覈官吏，宣布德化，抚和齐人，劝课农桑，教谕五教。"○退之《论佛骨表》曰："乞以此骨付之有司，投诸水火。"此云欲烧佛骨，即指此表也。○《旧唐书·李绅传》曰："绅字公垂，润州无锡人。穆宗召为翰林学士，与李德裕、元稹同在禁署，时称三俊，情意相善。长庆二年，拜中书舍人。俄而稹作相，寻为李逢吉教人告稹阴事，稹罢相，出为同州刺史。时德裕与牛僧孺俱有相望，德裕恩顾稍深，逢吉欲用僧孺，惧绅与德裕沮于禁中，二年九月，出德裕为浙西观察使，乃用僧孺为平章事，以绅为御史中丞，冀离内职，易掎摭而逐之。乃以吏部侍郎韩愈为京兆尹兼御史大夫，放台参。知绅刚褊，必与韩愈忿争。制出，绅果移牒往来，论台府事体，而愈复性讦，言辞不逊，大喧物论，由是两罢之，愈改兵部侍郎，绅为江西观察使。天子待绅素厚，不悟逢吉之嫁祸，为其心希外任，乃令中使就第宣劳，赐之玉带。绅对中使泣诉其事，言为逢吉所排，及中谢日，面自陈诉，帝悟，乃改授户部侍郎。"○满百日罢，集罢作假，今依《文苑》。○《长安志》卷七曰："万年县所领朱雀街东第二街从北而南第五靖安坊，有尚书吏部侍郎韩愈宅。"

公气厚性通，论议多大体，与人交，始终不易。凡嫁内外及交友之女无主者十人。幼养于嫂郑氏，及嫂殁，为之服朞以报之。深于文章，每以为自杨雄之后，作者不出，其所为文，未尝效前人之言，而固与之并。自贞元末，以至于兹，后进之士，其有志于古文者，莫不视公以为法。有集四十卷，小集十卷。及病，遂请告以罢。每与交友言既终以处妻子之语，且曰："某伯兄德行高，晓方药，食必视《本草》，年止于四十二。某疏愚，食不择禁忌，位为侍郎，年出伯兄十五岁矣，如又不足，于何而足？且获终牖下，幸不至失大节，以下见先人，可谓荣矣。"享年五十七，赠礼部尚书。<small>以上总叙性情、事迹及文学。</small>谨具任官事迹如前，请牒考功下太常定谥，并牒史馆，谨状。

□详而不冗，简而不略，澹而弥永，朴而弥真，此种境界，非宋贤所能及。○吴先生曰："方侍郎每论叙事文，所叙事不宜多，多则体拥肿不能自举；又须用一意贯穿之，使首尾不冲决。若李公叙事，则不厌其多，亦不着意贯穿，而据事直叙，遇提摄处，略著一二语见意，而首尾浩然，气亦足以自举，此境乃方侍郎所未及。曩与张廉卿言之，廉卿亦自谓未明也。世颇议桐城文为法所检，殆是类欤！今廉卿即世，吾无与析此疑矣。"

《年谱》曰："长庆四年甲辰冬，退之没，年五十七，赠礼部尚书，谥曰文。是年正月，敬宗即位。"案《宣室志》卷二载退之尝昼卧，梦许从神人征威梓国，经六月而卒。小说神怪之言，殊不足取。○退之《祭郑夫人文》曰："昔在韶州之行，受命于元兄，曰尔幼养于嫂，丧服必以苴，今其敢忘？天实临之。"案：服苴集作苴服，今依《文苑》。○伯兄谓会也。韩集孙注曰："会卒于韶，年四十二。"○《左》哀二年："简子曰：毕万死于牖下。"杜注曰："言得寿终。"孔疏曰："《檀弓》云，饭于牖下，小敛于户内，大敛于阼阶（《檀弓上》子游之言），则礼之正法，死于牖下。"案：集终下有于字，今依《文苑》。

皇甫持正

皇甫湜，字持正，睦州人。（《新唐书·皇甫湜传》曰："新安人。《元和郡县志》曰：'江南道睦州，晋为新安郡，隋析新安县置睦州。'"案：唐睦州治建德县，今浙江建德县治。）元和元年进士第，为陆浑县尉，仕至工部郎中，《新唐书》附《韩愈传》。○缪艺风（荃孙）曰："湜，韩门弟子，句奇语重，不离师法，而雕琢艰深，或格格不能自达其意，较之同时文人，固已超出流辈。"（《跋皇甫持正集》）

韩文公墓志铭　并序

韩集《五百家本》及《文粹》皆作"故吏部侍郎赠礼部尚书昌黎韩先生墓志铭"，今依本集。

长庆四年八月，昌黎韩先生既以疾免吏部侍郎，谕湜曰："死能令我躬所以不随世磨灭者，唯子以为嘱。"其年十二月丙子，遂薨。明年正月，其孤昶使奉功绪之录继讣以至。三月癸酉，葬河南河阳，乃哭而叙铭其墓。其详将揭之于神道碑云。以上先从铭墓叙入。

《文选》司马子长《报任少卿书》曰："古者富贵而名摩灭，不可胜记。"五臣本摩作磨，字同。○韩有之自为墓志铭曰："昌黎韩昶，字有之，生徐之符离，小名曰符。至六七岁，出言成文，张籍奇之。及年十二，樊宗师大奇之。宗师文学为人之师，文体与常人不同，昶读慕之。一旦为文，宗师大奇其文中字，或出于经史之外，樊读不能通。稍长爱进士及第，见进士所为之文，与樊不同，遂改体就之，欲中其汇。年至二十五及第。"退之《符城南读书诗》，樊注引《登科记》曰："昶登进士第，在长庆四年。"○《周礼·天官·宫正》：稽其功绪。郑注曰："功，吏职也；绪其志业。"又《内宰》：展其功绪。注曰："绪，业也。"○《清一统志》曰："河南怀庆府：韩愈墓在孟县西十五里。"○持正有《韩文公神道碑》。

先生讳愈，字退之。后魏安桓王茂六代孙。祖朝散大夫桂州长史讳叡素，父秘书郎赠尚书左仆射讳仲卿。先生七岁好学，言出成文。及冠，恣为书以传圣人之道。人始未信，既发不掩，声震业光，众方惊爆而萃排之。乘危将颠，不懈益张，卒大信于天下。先生之作，无圆无方，至是归工。抉经之心，执圣之权，尚友作者，跋邪觝异，以扶孔氏，存皇之极。知与罪非我计。茹古涵今，无有端涯，浑浑灏灏，不可窥校。及其酾放，豪曲快字，凌纸怪发，鲸铿春丽，惊耀天下。然而栗密窈眇，章妥句适，精能之至，入神出天。呜呼！极矣。后人无以加之矣。姬氏以来，一人而已矣。王季友曰："极意推崇，不为过量之言，文亦鲸铿春丽，惊耀天下。"〇以上叙其文章。

《魏书·韩茂传》曰："茂字元兴，安定武安人也。进爵安定公，为侍中尚书左仆射，加征南将军。高宗践阼，拜尚书令，加侍中征南大将军。太安二年夏，领太子少师，冬卒，赠泾州刺史安定王，谥曰桓王。"《新唐书·世系表》曰："茂生二子，备、均。均字天德，定州刺史安定康公，生晙，雅州都督，生仁泰，曹州司马。"案：仁泰即叡素之父也，馀见李习之《韩公行状》。〇大信，案信如字，与上信字应；或读曰伸，亦通。〇无圆无方二句，《渊鉴》注曰："言不拘一格，而至当不易，极其匠心也。"〇抉经之心二句，综括《文心雕龙·宗经》《征圣》二篇之旨。〇《说文》曰："跋，蹎跋也。"《文选·羽猎赋》注引韦昭曰："跋，踢也。"舣同牴，《说文》曰："牴，触也。"案：集跋作跂，非。〇《孟子·万章下》曰："又尚友古之人。"〇《书·洪范》曰："建用皇极。"伪孔传曰："皇大，极中也。"〇《孟子·滕文公下》曰："是故孔子曰：知我者其惟《春秋》乎！罪我者其惟《春秋》乎！"案：知与罪，集及韩集与作人，非，今依《全唐文》。〇豪曲快字，豪或作毫，误；曲谓心曲。豪曲与快字相对。〇《文选·东都赋》曰："发鲸鱼，铿华钟。"李善注引薛综《西京赋》注曰："海中有大鱼曰鲸，海边又有兽名蒲牢，蒲牢素畏鲸，鲸鱼击蒲牢，辄大鸣，凡钟欲令声大者，故作蒲牢于上，所以撞之者为鲸鱼。"庾千山《慨然成咏》诗曰："新春光景丽。"案：春或作春，误。〇姬氏谓周。

始先生以进士三十有一仕，历官，共为御史尚书郎中书舍人，前后三贬，皆以疏陈治事，廷议不随，为罪。

常惋佛老氏法，溃圣人之隄，乃唱而筑之。及为刑部侍郎，遂章言宪宗迎佛骨非是，任为身耻，上怒天子。先生处之安然，就贬八千里海上。呜呼！古所谓非苟知之，亦允蹈之者耶！吴元济反，吏兵久屯无功，国涸将疑，众惧恼恼。先生以右庶子兼御史中丞行军司马。宰相军出潼关，请先乘遽至汴，感说都统，师乘遂和，卒擒元济。王庭湊反，围牛元翼于深，救兵十万，望不敢前。诏择廷臣往谕，众栗缩，先生勇行。元稹言于上曰："韩愈可惜。"穆宗悔，驰诏无径入。先生曰："止，君之仁。死，臣之义。"遂至贼营，麾其众责之，贼怔汗伏地，乃出元翼。《春秋》美臧孙辰告籴于齐，以为急病，校其难易，孰为宜褒？呜呼！先生真古所谓大臣者耶！迁拜京兆尹，敛禁军，帖旱籴，齮幸臣之锋，再为吏部侍郎，薨年五十七，赠礼部尚书。以上叙历仕事迹，而注重谏佛骨、说韩弘、使王庭湊三事。

《韩子年谱》曰："贞元十二年丙子秋，为汴州观察推官，而公神道碑云十四年用进士从董晋平汴州。墓志云先生三十有一而仕，皆后二年，殊不可晓。岂今年辟公以行，至十四年始有成命邪？亦不应如是之缓也。"○三贬谓论宫市贬阳山令，言柳涧事复为博士，言讨淮西事改太子右庶子。并详行状。○上怒天子，《全唐文》作震怒天颜。○就贬八千里海上，谓潮州也。退之《左迁至蓝关示侄孙湘诗》曰："一封朝奏九重天，夕贬潮阳路八千。"《元和郡县志》曰："岭南道潮州潮阳郡：海阳县南滨大海，故曰海阳。"○《法言·君子篇》曰："非苟知之，亦允蹈之。"李注曰："允，信也；蹈，履也。"○恼、兇字同。《说文》曰："兇，扰恐也。"《左》僖二十八年：曹人兇惧。杜注曰："兇，恐惧声。"案《全唐文》作洶洶。○《元和郡县志》曰："关内道同州华阴县,潼关在县东北三十九里,关西一里有潼水,因以名关。又云河在关内,南流冲激关山,因谓之冲关。"案:即今陕西潼关县治。○都统谓韩弘。○《春秋》庄二十八年:冬,大无麦禾,臧孙辰告籴于齐。《左氏传》曰:"礼也。"《鲁语上》曰:"鲁饥,臧文仲言于庄公曰:夫为四邻之援,结诸侯之信,重之以婚姻,申之以盟誓,固国之艰急是为,铸名器藏宝财,固民之殄病是待。今国病矣,君盍以名器请籴于齐?公曰:谁使?对曰:国有饥馑,卿出告籴,古之制也。辰也备卿,辰请如齐。公使往,从者曰:君不命吾子,吾子请之,其为选事乎?文仲曰?贤者急病而让夷,居官者当事不避难,在位者恤民之患,是以国家无违。今我不如齐,非急病也。在上不恤下,居官而惰,非事君也。文仲以鬯圭与玉磬如齐告籴,齐人归其玉而予之籴。"○敛禁军,即李习之《韩公行状》所言六军将士皆不敢犯也。帖旱籴,即行状所言过旱米价不敢上也。○《论语·先进篇》曰:"所谓大臣者,以道事君。"○《说文》曰:"齾,缺齿也。"大徐音五辖切。段注曰:"引伸凡缺皆曰齾。"案:此犹言挫幸臣之锋铓,指与李绅争台参事,或谓幸臣为指李逢吉,非是。

　　先生与人洞朗轩辟,不施戟级。族姻友旧不自立者,必待我然后衣食嫁娶丧葬。平居虽寝食未尝去书,恧以为枕,浞以饴口,讲评孜孜,以磨诸生。恐不完美,游以诙笑啸歌,使皆醉义忘归。呜呼!可谓乐易君子钜人长者矣。以上性情行谊。

　　戟级疑犹陛级。班孟坚《西都赋》曰:"陛戟百重。"《后汉书·孔融传》曰:"陛级县远。"然此文喻卫护森严,不使人易见也,与上洞朗轩辟相反。○《旧唐书》愈传曰:"愈与洛阳孟郊、东郡张籍友善,二人名位未振,愈不避寒暑,称荐于公卿,而籍终成科第,退公之隙,即相与谈讌,论文赋诗,诱厉后进,馆之者十六七，虽晨炊不给，怡然不介意。"○乐易君子，即岂弟君子，已见刘梦得《令狐先庙碑》凯悌注。

夫人高平郡君范阳卢氏，孤前进土昶，婿左拾遗李汉，集贤校理樊宗懿，次女许嫁陈氏，三女未笄。以上妻子。铭曰：

退之《故河南府法曹参军卢君夫人墓志铭》曰："夫人姓苗氏，上党人。嫁法曹卢府君讳贻，有文章德行，其族世所谓甲乙者。其季女婿昌黎韩愈为其志铭。"《处士卢君墓志铭》曰："处士讳於陵，其先随阳人。父贻为河南法曹参军，愈于处士，妹婿也。"《卢浑墓志铭》韩注曰："浑河南法曹参军第二子，而公妻弟也。"《唐六典》卷二曰："四品若勋官二品，有封母妻为郡君。"○《国史补》卷下曰："得第谓之前进士。"○《文粹》集贤上有聋字，非是。持正集及《五百家本》韩集皆无之，是也。黄梨洲《金石要例》曰：韩文公三女，其长女初适李汉，改适樊宗懿，志书婿左拾遗李汉，聋集贤校理樊宗懿，聋即婿之别名，此皇甫持正变例也。"案：黄所据亦误本，梁曜北《志铭广例》卷二曰："案《文苑英华》张说撰《睿宗七女鄎国长公主神道碑铭》云：求之令族，嫔于薛氏，有男子四，女子五，其后君子晨歌，夫人昼哭，朝制断恩，改降郑氏，均养七子，休荫二宗。沈亚之《郭驸马志铭》，乃汾阳王第四子暖之少子，尚西河公主，西河主前降吴兴沈氏，生子男一人，皆直书不讳，勒诸碑石。"○《礼记·曲礼上》曰："女子许嫁，笄而字。"《内则》曰："女子十有五年而笄。"案《旧唐书》愈传，言穆宗、文宗尝诏史臣添改《顺宗实录》，时愈婿李汉、蒋係在显位云云。又《蒋係传》（附父义传）曰："武宗朝，李德裕用事，恶李汉，以係与汉僚婿，出为桂管都防御观察使。"《新唐书》係传："宰相李德裕恶李汉，以係友婿，出为桂管观察使。"《尔雅·释亲》曰："两婿相谓为亚。"郭注曰："今江东人呼同门为僚婿。"《汉书·严助传》颜注曰："友婿，同门之婿也。"此文次女许嫁陈氏，则蒋係当是第三女之夫矣。

维天有道，在我先生。万颈胥延，坐庙以行。令望绝邪，痌此四方。惟圣有文，乖微岁千。先生起之，焯役于前。彏义滂仁，耿照充天。有如先生，而合亘年。按我章书，经纪大环。唵不时施，昌极后昆。嘻嘻永归，奈知之悲。

□《渊鉴》评曰："渊奥古崛，殆有意仿昌黎而为之者。"

万颈二句，谓万人皆引颈而望公得高位，坐朝庙，以行其道也。○令望二句，谓韩公之死，为四方所痛。○生行方韵。○《说文》曰："彏，弩满也。"字亦作彍。《汉书·吾丘寿王传》颜注曰："彏，引满也。"玄应《一切经音义》十二引《三苍》曰："滂，注也，水多流貌也。"义主宜，故以射之引满为喻；仁主爱，故以水之盛大为喻。○《文选·吴都赋》李善注曰："亘，引也。"案：亘年即延年之意。○唵、噞字通。《吕氏春秋·重言篇》高注曰："唵，闭也。"《太玄·唵》次二《元冲》曰："唵，不通也。"○文千前仁天年环昆韵。○归悲韵。

蒋叔起（超伯）《南漘楛语》卷一曰："皇甫湜《谕业》云：韩吏部之文，如长江秋注，千里一道，冲飚激浪，汙流不滞。然而施诸灌溉，或寡于用。湜评如此，并非心折于昌黎也。其《韩文公铭》'茹古涵今'云云，与'长江秋注'之评，先后矛盾，盖谀墓之文耳。"步瀛案：人之议论，先后不必尽同。《谕业》评韩文"施诸灌溉，或寡于用"，亦非贬词，谓高文不宜世俗之用耳。此云"姬氏以来，一人而已"，虽不免推崇少过，而其形容韩公文字，实能相肖，胜于彼评，不得以谀墓目之。叔起本不知文，且恒有意求韩公之短，故不能平心而出也。

张文昌

张籍，字文昌，和州乌江人。(《旧唐书·张籍传》不言何郡人，《新唐书》籍传云和州乌江人，《唐才子传》从之。《郡斋读书志》《全唐诗话》《唐诗纪事》皆云和州人。韩集《五百家注》卷十三《张中丞传后叙》引孙良臣注曰："苏州吴人。"卷二《此日足可惜诗注》曰："吴郡人。"案《新唐书·宰相世系表》，张氏有吴郡房，唐苏州吴郡治吴县，云吴人者，盖因其郡望而言也。退之《与孟东野书》曰：张籍在和州居丧，又籍《寄苏州白使君诗》曰："题诗今日是州人。"可见籍居和州，而仍称苏州人者，以其郡望言之耳。汤季庸（中）《跋张司业集》，据此诗谓籍当是生于吴，而常居于和，故《寄和州刘使君诗》但记游宴之地，无复桑梓之意。案：籍是否生吴，亦无确证，且与郡守诗，岂必皆以州人自名哉？汤说亦固矣。) 尝学于退之，（见退之《与冯宿论文书》及送《孟东野序》。) 贞元十五年登进士第，（见《侯鲭录》卷五引《唐登科记》。案《此日足可惜诗》曰："州家举进士，选试缪所当。驰辞对我策，章句何伟煌？"孙曰："汴州举进士，愈为考官，试反舌无声诗，籍中第。"今张集题作徐州试反舌无声，疑误。) 终国子司业。新、旧《唐书》皆有传。

上韩昌黎书

韩集《五百家注本》卷十四附此书。韩仲雅曰："新史曰：籍性狷直，尝责愈喜博塞，及为驳杂之说，论议好胜人，其排佛老，不能著书若杨雄、孟轲以垂世。"（籍传）即谓此书也。

古之胥教诲，举动言语，无非相示以义，非苟相谀悦而已。执事不以籍愚暗，时称发其善，敬所不及，施诚相与，不间塞于他人之说，是近于古人之道也。籍今不复以义，是执竿而拒欢来者，乌所谓承人以古人之道欤？以上致书之意。

《书·无逸》曰："古之人胥教诲。"○《左传》定四年杜注曰："复，报也。"○《庄子·秋水篇》曰："庄子钓于濮水，楚王使大夫二人往先焉，曰愿以竟内累矣。庄子持竿不顾。"《蜀志·秦宓传》：王商与宓书曰："楚聘庄周，非不广也，执竿不顾。"

顷承论于执事，尝以为世俗陵靡，不及古昔。盖圣人之道废弛之所为也。宣尼没后，杨朱、墨翟，恢诡异说，干惑人听，孟轲作书而正之，圣人之道，复存于世。秦氏灭学，汉重以黄老之术教人，使人寖惑，杨雄作《法言》而辩之，圣人之道犹明。及汉衰末，西域浮屠之法入于中国，中国之人世世译而广之。黄老之术，相沿而炽。天下之言善者，惟二者而已矣。昔者圣人以天下生生之道旷，乃物其金木水火土谷药之用以厚之。因人资善，乃明乎仁义之德以教之，俾人有常。故治生相存而不殊。今天下资于生者，咸备圣人之器用，至于人情，则溺乎异学，而不由乎圣人之道。使君臣父子夫妇朋友之义沉于世，而邦家继乱，固仁人之所痛也。以上言释老之害道。

执事已见魏玄成疏陛下注。○杨朱、墨翟及孟轲作书，并见韩退之《与孟尚书书》注。○《汉书·杨雄传》曰："人有问雄者，常用法应之，赞以为十三卷，象《论语》，号曰《法言》。"○浮屠已见韩退之《送高闲上人序》注。○《左》文七年："郤缺曰：水火金木土谷，谓之六府；正德利用厚生，谓之三事。"伪古文《大禹谟》袭曰：水火金木土谷惟修，正德利用厚生惟和。

自杨子云作《法言》，至今近千载，莫有言圣人之道者。言之者惟执事焉耳。习俗者闻之，多怪而不信，徒相为訾，终无裨于教也。执事聪明文章，与孟轲、杨雄相若。盍为一书，以兴存圣人之道，使时之人、后之人知其去绝异学之所为乎？曷可俯仰于俗，嚻嚻为多言之徒哉？以上劝其著书存圣道，绝异学。

《左传》成十六年杜注曰："嚻，喧哗也。"

然欲举圣人之道者，其身亦宜由之也。比见执事多尚驳杂无实之说，使人陈之于前以为欢。此有以累于令德。又商论之际，或不容人之短，如任私尚胜者，亦有所累也。先王存六艺，自有常矣，有德者不为，犹以为损，况为博塞之戏，与人竞财乎？君子固不为也。今执事为之，以废弃时日，窃实不识其然。以上责其尚杂说，好胜人，为博塞之失。

韩集樊注曰："驳杂之说，世多指《毛颖》，盖因《摭言》有云，韩公著《毛颖传》，好博塞之戏，张水部以书劝之耳。而不知籍此书，乃与公酬答于贞元佐汴时，而《毛颖传》，以吕汲公《年谱》考之，则元和七年所作。又柳子厚《书毛颖传后》云，自吾居夷，不与中州人通书，有来南者，时言韩愈为《毛颖传》。子厚以永正（宋人辟仁宗嫌名，改贞为正。）元年出为永州司马，凡十年，则《毛颖传》诚元和间作，后此书十有馀岁，《摭言》未可凭也。"○博塞本字作簙簺。《说文》曰："簙，戏局也，六箸十二棊也。"又曰："行棊相塞谓之簺。"

且执事言论文章，不谬于古人。今所为或有不出于世之守常者，窃未为得也。愿执事绝博塞之好，弃无实之谈，弘广以接天下士，嗣孟轲、杨雄之作，辩杨墨老释之说，使圣人之道复见于唐，岂不尚哉？籍诚知之，以材识顽钝，不敢窃居作者之位。所以咨于执事而为之尔。若执事守章句之学，因循于时，置不朽之盛事，与夫不知言者亦无以异矣。以上望其改前之所为，而著书牖世。籍再拜。

□刚直之气，流于楮墨间，文固不可伪为。

《论语·尧曰篇》曰："不知言，无以知人也。"

李南纪

李汉，字南纪，淮阳王道明之后。韩愈子婿，少师愈文。元和七年，登进士第，历仕至吏部侍郎，出为汾州刺史，贬司马。大中时，召拜宗正卿，卒。《旧唐书》有传，《新唐书》附宗室道明传后。

唐吏部侍郎昌黎先生韩愈文集序

《旧唐书·韩愈传》曰："有文集四十卷，李汉为之序。"

文者，贯道之器也，不深于斯道，有至焉者不也！《易》繇爻象，《春秋》书事，《诗》咏謌，《书》《礼》剔其伪，皆深矣乎！秦、汉已前，其气浑然，迨乎司马迁、相如、董生、杨雄、刘向之徒，尤所谓杰然者也。至后汉曹魏，气象萎苶。司马氏已来，规范荡悉，谓《易》已下为古文，剽掠潜窃为工耳。文与道蓁塞，固然莫知也。以上言文以贯道，六经之文，皆深于道者；秦、汉以下，文有盛衰，故道有升降。

不、否字通，也、邪字通。不也即否邪。○《左传》闵二年杜注曰："繇，卦兆之占辞。"《释文》曰："繇，直救反。"《易·系辞下》曰："爻也者，效此者也；象也者，像此者也。"○《史记·太史公自序》曰："夫《春秋》上明三王之道，下辨人事之纪。"杜元凯《春秋序》曰："大事书之于策，小事简牍而已。"○《诗序》曰："诗者志之所之也，嗟叹之不足，故永歌之。"《说文》曰："咏，歌也。永通借字。又：歌，咏也，重文作謌。○吴先生《记写本尚书后》曰："李汉《论六艺》曰，《书》《礼》剔其伪，《书》之伪盖自此发。且必退之与其徒常所讲说云尔，而汉诵述之。不然，汉之智殆不及此。"○韩退之《送孟东野序》曰："汉之时，司马迁、相如、杨雄，最其善鸣者也，其下魏晋氏鸣者，不及于古，然亦未尝绝也，就其善鸣者，其声清以浮，其节数以急，其辞淫以哀，其志弛以肆，其为言也，乱杂而无章。"○《广韵》十七薛曰："苶，疲役貌，如列切。"

先生生于大历戊申，幼孤，随兄播迁韶岭。兄卒，鞠于嫂氏，辛勤来归。自知读书为文，日记数千百言。比壮，经书通念晓析。酷排释氏，诸史百子，皆搜抉无隐。汗澜卓踔，奫泫澄深，诡然而蛟龙翔，蔚然而虎凤跃，锵然而韶钧鸣。日光玉洁，周情孔思，千态万貌，卒泽于道德仁义，炳如也。洞视万古，愍恻当世，遂大拯颓风，教人自为。时人始而惊，中而笑且排，先生志益坚，其终人亦翕然随以定。呜呼！先生于文，摧陷廓清之功，比于武事，可谓雄伟不常者矣。以上韩文之文与道合。

幼孤，随兄播迁韶岭，已见李习之《韩公行状》及皇甫持正《韩文公墓志铭》。○《文选·海赋》曰："洪涛澜汗。"李善注曰："澜汗，长貌。"案：汗澜与澜汗义同。踔、趠字通。《说文》曰："趠，远也。"○《文选·吴都赋》曰："泓澄奫潫。"注曰：

"皆水深广阔也。䔄，于旲切。"又《江赋》曰："瀇滉囦泫。"李注曰："皆水深广之貌。"○《庄子·齐物论》《释文》曰："诡，异也。"○《史记·赵世家》："简子曰：我之帝所甚乐，与百神游于钧天，广乐九奏万舞，其声动人心。"《说文》曰："韶，虞舜乐也。"

长庆四年冬，先生殁。门人陇西李汉辱知最厚且亲，遂收拾遗文无所坠失，得赋四，古诗二百一十，联句十一，律诗一百六十，杂著六十五，书启序九十六，哀词祭文三十九，碑志七十六，笔砚鳄鱼文三，表状五十二，总七百，并目录合为四十一卷，目为《昌黎先生集》，传于代。又有《注论语》十卷，传学者。《顺宗实录》五卷，列于史书，不在集中。先生讳愈，字退之，官至吏部侍郎，馀在国史本传。以上序集。

□王季友曰："汉受知昌黎最深，故言之亲切，一'道'字亦得大原。"

《韩集考异》曰："总七百或作七百一十六，或作七百三十八，方考其数皆不合，而姑从《阁本》《杭本》，以为《唐本》旧如此，既非文义所系，今亦不能深考。"案：《文粹》作得赋四，古诗二百五，联句十，律诗一百七十三，杂著六七四，书启序八十六，哀辞祭文三十八，碑志七十六，笔砚鳄鱼文三，表状四十七，又与此不同。又笔砚谓《毛颖传》《瘗砚铭》。○《新唐书·艺文志》有韩愈《注论语》十卷。《郡斋读书志》卷十七曰："韩李《论语笔解》十卷，唐韩愈退之、李翱习之撰。然《四库》《邯郸书目》皆无之，独《田氏书目》有韩愈《论语》十卷，《笔解》两卷，此书题曰《笔解》，而十卷亦不同。案：今本《笔解》二卷，义理颇浅，疑后人伪托。清《四库书目》卷三十五谓疑愈注《论语》时，或于简端有所记录，翱亦间相讨论，附书其间，迨书成之后，后人得其稿本，采注中所未载者，别录为二卷行之，题曰《笔解》，明非所自编也，未知然否。"○今韩集有附《顺宗实录》者，后人所增也。○韩集《五百家本》题云，门人朝议郎行屯田员外郎史馆修撰上柱国赐绯鱼袋李汉编。

吴武陵

吴武陵，信州人。元和初登进士第。裴度征淮西，韩愈为司马，武陵劝愈为裴度画谋，时度部分已定，故不见用。入为太学博士，后出为韶州刺史，贬播州司户参军卒。《新唐书》入《文艺传》。○吴先生曰："吴公文最有生气可喜，亦元和间一健者。"

遗吴元济书

《新唐书·文艺传下·吴武陵传》曰：元和初擢进士第。淮西吴少阳闻其才，遣客郑平邀之，将待以宾友，武陵不答。俄而少阳子元济叛，武陵遗以书，自称东吴王孙云云。"案：吴元济事，见《平淮西碑》注。

夫势有不必得，事有不必疑。徒取暴逆之名，而殄物败俗，不可谓智。一日破亡，平生亲爱，连头就戮，不可谓仁。支属繁衍，因缘磨灭，先魂伤馁，不可谓孝。数百里之内，拘若槛穽，常疑死于左右手，低回姑息，不可谓明。且三皇以来，数千万载，何有悖理乱常而能自毕者哉？先言叛乱之事，自古无成。

《左传》宣四年：子文曰："鬼犹求食，若敖氏之鬼不其馁而！"○司马子长《报任少卿书》曰："及在槛穽之中。"《后汉书·杨雄传》：移书属县曰："毁坏槛穽。"章怀注曰："槛谓捕兽之机也，穽谓穿地陷兽也。"案：穽与阱同。○《礼记·檀弓上》：曾子曰："细人之爱人也以姑息。"郑注曰："息犹安也，言苟容取安也。"○三皇之说，诸家不同，《史记·秦始皇本纪》：博士议曰："古有天皇、地皇、泰皇。"《索隐》谓泰皇当人皇。《潜夫论·五德志》作天皇、地皇、人皇，《初学记·帝王部》引《春秋纬》《御览·皇王部》三引徐整《三五历纪》，皆同此说也。《风俗通·皇霸篇》引《礼含文嘉》，以虙戏、燧人、神农为三皇，又引《尚书大传》，说遂人为遂皇，伏羲为戏皇，神农为农皇，《白虎通·号篇》亦首举此说。《吕氏春秋·用众篇》高诱注、《曲礼上》孔疏引宋均注《孝经援神契》、引《雒书甄耀度》、谯周《古史考》，并同此说也。《白虎通》引《礼》，以伏羲、神农、祝融为三皇，即《风俗通·皇霸篇》引《礼号谥记》之说也。《风俗通》又引《春秋运斗枢》，以伏羲、女娲、神农为三皇，《曲礼上》孔疏引熊安生说，郑康成意同此，故郑注《中候勅省图》引《运斗枢》为说也。伪孔安国《尚书序》，以伏羲、神农、黄帝为三皇，《史记·五帝本纪》《索隐》引皇甫谧《帝王世纪》、孙氏注《世本》亦同此说也。然黄帝为五帝首，不宜称皇；祝融为炎帝佐，亦不宜称皇。其馀《含文嘉》《运斗枢》二说，亦难定其孰是，而《史记》所载秦博士之说，为较古云。

贞元时，德宗以函容御天下。河北诸镇专地不臣，朝廷资以爵号，桀黠者自谓得计，以反为利。于是杨惠琳、刘辟、李锜、卢从史等又乱。皇帝即位，赫然命偏师讨之，尽伏其辜，所谓时也。日者张太尉厌垣捍之勤，谢易、定为国老，田尚书知虑绝俗，又以魏博来归，幽、檀、沧、景皆为信臣。以上言是时天子英武，逆者得祸，顺着得福。

杨惠琳、刘辟、李锜、卢从史，并见韩退之《平淮西碑》注。○张太尉茂昭、田尚书弘正，亦见《平淮西碑》注。○《诗·板》曰："大师维垣。"《左》成十二年："郤至曰：此公侯之所以扞城其民也。"案：扞、捍同。○易、定、幽、檀亦同上。○唐河北道沧州，治清池县，在今河北沧县东南；景州治弓高县，在今河北东光县西。○贾生《过秦》曰："信臣精卒，陈利兵而谁何。"

然而与足下者独齐、赵耳。夫齐安可为恃哉？徐压其首，梁薄其翼，魏斩其胫，滑针其腹，淮南承其冲，分兵不足相救，全举则曹、鲁、东平非其有也。彼何苦而自弃哉？若赵则固竖子耳。前日主上以泽潞为之导，既斥从史，姑赦罪复爵禄之，天下之人，欲讨者十八。无何，残丞相御史，朝廷以足下故，未加斧钺也。然则中山薄藁城之险，太原乘井陉之隘，燕徇乐寿，邢扼临城，清河绝其南，弓高断其北，孤雏腐鼠求责不暇，又曷以救人哉？二镇不敢动，亦明矣，足下何待，而穷处邪？以上言淄青、成德，皆不能相助。

《吕氏春秋·顺说篇》高注曰："与犹助也。"○齐谓淄青李师道，赵谓成德王承宗也。○梁谓汴州、徐州，汴州已见韩退之《张中丞传后叙》注。《小尔雅·广言》曰："薄，迫也。"○魏州、滑州，见韩退之《平淮西碑》注。《楚辞·七谏·怨世》王注曰："斩，断也。"○淮南见《平淮西碑》注。○鲁谓兖州，东平谓郓州、曹州，郓州见《许国公碑》注。唐河南道兖州治瑕丘县，在今山东滋阳县西。○《旧唐书·宪宗纪》曰："元和五年秋七月，王承宗遣判官崔遂上表自首，请输常赋，朝廷除授官吏，丁未，诏昭洗王承宗，复其官爵，待之如初。诸道行营将士，共赐物二十八万四百三十端匹。时招讨非其人，诸军解体，而藩邻观望养寇，空为逗挠，以弊国赋，而李师道、刘济亟请昭雪，乃归罪卢从史而宥承宗，不得已而行之也。"案：泽潞谓卢从史，已见《平淮西碑》注。○残丞相御史，谓刺宰相武元衡，及御史中丞裴度，当时以为王承宗所遣刺客也，故云然。已见《平淮西碑》注。○中山谓定州，见《平淮西碑》注。唐河北道恒州藁城县，今河北藁城县治。案《史记·赵世家》曰："王出九门，为野台以望齐、中山之境。"《清一统志》曰："直隶正定府，九门故城，在今藁城县西南。"○太原已见《平淮西碑》注。《元和郡县志》曰："河北道恒州获鹿县：井陉口，今名土门口，在县西南十里，即太行八陉之第五陉也。四面高，中央下，似井，故名之。"《清一统志》曰："正定府：井陉关，在井陉县东北井陉山上，与获鹿县接，亦曰土门口，即《吕氏春秋（《有始览》)》九塞之一也。"○燕谓幽州。唐河北道深州乐寿县，今河北献县治。唐初为窦建德所都。○唐河东道邢州治龙冈县，在今河北邢台县西南。河北道赵州临城县，今河北临城县治。○唐贝州清河郡治清河县，见《平淮西碑》注。○唐河北道景州治弓高县，在今河北东光县西。○《后汉书·窦宪传》曰："帝大怒宪，切责曰：国家弃宪，如孤雏腐鼠耳。"

昔仆之师裴道明尝言：唐家二百载，有中兴主，当其时，很傲者尽灭，河湟之地复矣。今天子英武任贤，同符太宗；宽仁厚物，有玄宗之度。罚无贷罪，赏无遗功，诸侯豢齐、赵以稔其衅，群帅筑室厉兵，进窥房、蔡，屯田继漕，前锋扼喉，后阵抚背，左排右掖，其几何而不蹢邪？以上申言违命者必灭。

《左》文十八年曰："傲很明德，以乱天常。"○《通鉴·唐纪》三十九曰："代宗广德元年，吐蕃入大震关，陷兰、廓、河、鄯、洮、岷、秦、成、渭等州，尽取河西陇右之地。"又五十四曰:"宪宗元和五年,上曰:今两河数十州,皆国家政令所不及,河湟数千里,沦于左衽,朕日夜思雪祖宗之耻,而财力不赡,故不得不蓄聚耳。"又六十四曰:"宣宗大中三年,吐蕃秦、原、安乐三州及石门等七关来降。上曰:宪宗尝有志复河湟,以中原方用兵,未遂而崩。今乃克成先志耳。其议加顺、宪二庙尊谥,以昭功烈。"《清一统志》曰:"甘肃西宁府:湟水,自塞外流经西宁县北,又东迳礧伯县南,又东南历凉州府平番县,至兰州界入黄河。"○《旧唐书·宪宗纪》:史臣蒋係曰:"宪宗嗣位之初,读列圣实录,见贞观、开元故事,竦慕不能释卷,顾谓丞相曰:太宗之创业如此,玄宗之致理如此,犹须宰执臣僚同心补助,岂朕今日独能为理哉?自是延英议政,昼漏率下五六刻方退。由是中外咸理,纪律再张,果能翦削乱阶,诛除群盗。"○《吴语》章昭注曰:"稔,熟也。"○唐山南道房州治房陵县,今湖北房县治。○《说文》曰:"踣,僵也。"

足下勿谓部曲勿我欺。人心与足下一也,足下反天子,人亦欲反足下。易地而论,则婴凶横之命,不若奉大君官守矣。枕戈持矛,死不得地,不若坐兼爵命而保胤嗣也。足下苟能挺知几之烈,莫若发一介,籍士马土疆,归之有司。上以覆载之仁,必保纳足下,涤垢洗瑕,以倡四海,将校官属,不失宠且贵。何哉?为国者,不以纤恶盖大善也。且贰而伐,服而舍,宠荣可厚,骨肉可保,何独不为哉?以上劝其归命国家,可无后祸。

婴如《汉书·蒯通传》婴城自守之婴,其义训绕;此喻受凶横之命,为所缠绕也。○《易·师》上六曰:"大君有命。"○《易·系辞下》曰:"知几其神乎!"○《左》襄八年曰:"亦不使一介行李告于寡君。"○《西都赋》曰:"涤瑕荡垢。"○《左》僖十五年:"阴饴甥曰:贰而执之,服而舍之,德莫厚焉，刑莫威焉。"

　　三州，至狭也。万国，至广也。力不相侔，判然可知。假使官军百败，而行阵未尝乏。足下一败，则成禽矣。夫一壮士不能当十夫者，以其左右前后咸敌也。矧以一卒欲当百人哉？昏迷不返，诸侯之师集城下。环垒刬堑，灌以流潦，主将怨携，士卒崩离，田儋、吕嘉发于肘腋，尸不得裹，宗不得祀，臣仆以为诚，子孙所不祖，生为暗愎之人，没为幽忧之鬼，何其痛哉？以上悚以败灭之祸。

　　□雄骏之笔，喷薄之气，指陈利害，警悚异常。

　　淮西有蔡、光、申三州之地，案见《平淮西碑》注。○《晋书·宣帝纪》曰："辽东太守公孙文懿反。帝曰：坐守襄平，此成擒耳。"《易·井》初六曰："旧井无禽。"《集解》引崔憬曰："禽古擒字，禽犹获也。"○《书》伪古文《大禹谟》曰："昏迷不恭。"○《曲礼上》《释文》曰："雨水谓之潦。"○《史记·田儋传》曰："陈涉使周市略定魏地，北至狄，狄城守，田儋详为缚其奴，从少年之廷，欲谒杀奴，见狄令，因击杀令。"○《史记·南越传》曰："婴侪薨，太子兴代立，其相嘉相三王，越人信之，吕嘉等遂反，与其弟将卒攻杀王太后及汉使者。"案：吕嘉《新唐书》作吕兴。○江统《徙戎论》曰："害起肘腋。"

刘去华

　　刘蕡，字去华，幽州昌平人。（唐河北道幽州昌平县，在今河北昌平县西。）客梁、汴间。宝历二年，擢进士第。太和二年，策试贤良方正直言极谏，以忤宦官被黜。令狐楚在兴元，牛僧孺镇襄阳，皆表蕡幕府，授秘书郎，待如师友。而宦官深嫉蕡，诬以罪，贬柳州司户参军，卒。昭宗时，既诛宦官，赠蕡左谏议大夫。《旧唐书》入《文苑传》，《新唐书》自有传。

对贤良方正直言极谏策

《旧唐书·文苑·刘蕡传》曰："自元和末，阉寺权盛，握兵宫闱，横制天下，天子废立，由其可否，干挠庶政，当时目为南北司，爱恶相攻，有同水火。蕡草泽中居常愤惋。文宗即位，恭俭求理。太和二年，策试贤良，时对策者百馀人，所对止循常务，唯蕡切论黄门太横，将危宗社。是岁，左散骑常侍冯宿、太常少卿贾餗、库部郎中庞严为考策官，三人者，时之文士也。睹蕡条对，叹服嗟悒，以为汉之晁、董，无以过之。言论激切，士林感动。时登科者二十二人，而中官当途，考官不敢留蕡在籍中，物论喧然不平之。守道正人，传读其文，至有相对垂泣者。谏官御史，扼腕愤发，而执政之臣，从而弭之，以避黄门之怨。唯登科人李邰谓人曰：刘蕡不第，我辈登科，实厚颜矣。请以所授官让蕡。事虽不行，人士多之。"《摭言》卷十曰："太和二年，裴休等二十三人登制科，时刘蕡对策万馀字，深究治乱之本，又多引《春秋》大义，虽公孙弘、董仲舒，不能肩也。自休以下，糜不敛衽，然以指斥贵幸，不顾忌讳，有司知而不取。时登科人李邰诣阙进疏，请以己之所得，易蕡之所失，疏奏留中。蕡期月之间，屈声播于天下。"《玉泉子》曰："刘蕡，杨嗣复门生也，对策以直言忤时，中官尤所嫉忌。中尉仇士良谓嗣复曰：奈何以国家科第，放此风汉耶！嗣复惧而答曰：嗣复昔与刘蕡及第时，犹未风耳。"《容斋续笔》卷十六曰："是时宰相乃裴度、韦处厚、窦易直，易直不足言，裴、韦之贤，顾独失此。蕡既由此不得仕于朝，而李邰亦不显，盖无敢用之也。令狐楚、牛僧孺乃能表蕡入幕府，竟为宦人所嫉，诬贬柳州司户。李商隐赠以诗曰：'汉廷急诏谁先入？楚路高歌自欲翻。万里相逢欢复泣，凤巢西隔九重门。'及蕡卒，复以二诗哭之曰：'一叫千回首，天高不为闻。'又曰：'已为秦逐客，复作楚冤魂。并将添恨泪，一洒问乾坤。'其悲之至矣。甘露之事，相去才七年，未知蕡及见之否乎？"胡致堂（寅）《读史管见》卷二十五曰："刘蕡对策时，执政大臣，裴度、韦处厚也，抑谏官御史，不令伸蕡何也？愚读蕡策，有三事焉，裴、韦之所避也。一曰阉寺擅权，致陛下不得正其始。二曰诚能挈国权以归相，则心无不达。一曰何不塞阴邪之路，屏褒狃之臣？一则讥及文宗，二则誉隆宰辅，三则力诋宦寺，此裴、韦所以拒之而不敢当者也。虽然，此常常之见耳。二公累朝旧德，盍以栋国取贤，匡君救弊为重乎？是时未有一人言及宦寺者，因蕡有言，置之高第，请开延英，召会公卿给舍，谏官御史，并贵常侍五六人，陈太宗故事，及近代之失，咨访厥中，公议既合，此五六人者，必有自善之谋，纳兵之请，因而处之以礼，则不出中戺，大计定矣。乃避远小嫌，失于事会，宦寺必曰：晋公尚不敢治我。是则黜直言之士，增北司之气，其失岂小也哉？蕡所陈异乎宋申锡、李训、郑注者，但欲复之于门户埽除，非有草薙禽狝之意，事必可行。惜乎裴、韦读之不详，思之不精也。"叶水心（适）《习学记言》曰："唐贤良策惟有刘蕡，余尝论唐人无识治乱者（此专指对贤良策者而言），惟以文华进身，以气力任事，随其所至，裁割而成，如蕡考据经术，条析急务，一时大义，略皆先具，进士之俊杰，无能及矣。然知治与致治不同，惜蕡不一试用，观其所为如何也。"步瀛案：宋人论事太易，又好苛责古人，致堂其尤也。唐文宗时，宦寺典兵，大权已经旁落，去华欲复之于门户埽除，虽与训、注等不同，然实不免与虎谋皮。若云事必可行，恐言之过易。王叔文等即前车之鉴也。

韦、裴二相处此亦有不得已之苦心，未可遽加疵议。然如去华之忠直敢言，洵为可重，唐三百年中，不愧直言敢谏之科者，一人而已。

问：朕闻古先哲王之理也，玄默无为，端拱司契。陶甄心以居简，凝日用于不宰。立本以厚下，推诚而建中。繇是天人通，阴阳和，俗跻仁寿，物无疵疠。噫！盛德之所臻，复乎其莫可及已。以上古哲盛德之治。三代令王，质文迭救，而巧伪滋炽，风流寖微，自汉、魏已降，足征益寡。以上言三代已来，政教日衰，汉魏已后，益不足取。朕顾昧理道，祗荷丕构。奉若谟训，不敢荒宁，任贤惕厉，宵衣旰食，二语言为国忧劳，亦制策中恒语，去华怀欲陈之意，故据以剀切发挥耳。讵追三五之遐轨？庶绍祖宗之鸿绪。以上言忧勤图治，思绍先业。而心有所未达，行有所未孚。由中及外，阙政斯广。是以人不率化，气或堙厄，灾旱竟岁，播植愆时。国廪罕蓄，乏九年之储；吏道多端，微三载之绩。京师为诸夏之本也，将以观理，而豪猾时踰检；大学明教化之源也，期于宣化，而生徒多惰业。列郡在乎颁条，而干禁或未绝；百工在乎按度，而淫巧或未衰。俗堕风靡，积讹成蠹。其择官济理也，听人以言，则枝叶难辨，御下以法，则耻格不形。其阜财发号也，生之寡而食之众，烦于令而鲜于理。思欲究此缪盭，致之治平，兹心浩然，若涉泉水。以上历举政治之阙失。故前诏有司，博延群彦，伫启宿懵，冀臻时雍。此明举行制科之意。子大夫皆识达古今，志在康济，造庭待问，副朕虚怀。必当箴主之阙，辨政之疵，明纲条之所纂,稽庶富之所急。何术斯革于前弊?何泽斯惠于下土?何施而理古可近?何道而和气可充?推之本源,著于条对。以上使就庶政应兴应革者,条举以对。○前所列举,以事实言,此所胪陈,以方法言。至若夷吾轻重之权,孰辅于理?严尤底定之策,孰叶于时?元凯之考课何先?叔子之克平何务?推此龟鉴,择乎中庸。此又举理财驭夷,课吏怀远,四者古人已有之成法,核其情实,是否可行。期在洽闻,朕将亲览。此间文字畅适,然但就政教等事胪列,无甚精言奥义,当日策问,大都如此。

《书·康诰》曰:"别求闻由古先哲王。"○《淮南子·主术篇》曰:"俨然玄默。"《老子》曰:"为无为则无不治。"○《老子》曰:"有德司契。"王注曰:"有德之人,念思其契,不念怨生,而后责于人也。"案《旧唐书》作思道。○《说文》曰:"甿,田民也。"案《旧唐书》作民。○《论语·雍也篇》曰:"居简而行简。"○立本以厚下,《文苑》校云:诸本作厚下以立本。○《老子》曰:"为而不宰。"○《书》伪古文《仲虺之诰》曰:"建中于民。"○司马长卿《封禅文》曰:"观天人之际。"○《礼记·乐记》曰:"阴阳和而万物得。"○《汉书·王吉传》:吉上疏言得失曰:"驱一世之民,跻之仁寿之域。"○《庄子·逍遥游》曰:"使物不疵疠。"○《广雅·释诂》一曰:"负,远也。"○《诗·文王》郑笺曰:"令,善也。"案《新唐书》王作主。○《白虎通·三正篇》引《礼·三正记》曰:"正朔三而改,文质再而复。"○巧伪,《旧唐书》作百伪,《新唐书》作百氏。○自汉、魏,两《唐书》皆无魏字。○《论语·八佾篇》:子曰:"夏礼吾能言之,杞不足征也。殷礼吾能言之,宋不足征也。"○顾昧理道,两《唐书》皆作顾惟昧道。○丕构,《书·大诰》曰:"若考作室,厥子乃弗肯堂,矧肯构?"《鲁灵光殿赋》曰:

"观其结构。"此亦以作室喻国家大业也。唐玄宗《过晋阳宫诗》曰:"顾循承丕构。"○《书》伪古文《仲虺之诰》曰:"奉若天命。"《胤征》曰:"圣有谟训。"○《书·无逸》曰:"不敢荒宁。"案两《唐书》荒宁作息荒。○《书》伪古文《大禹谟》曰:"任贤勿贰。"《冏命》曰:"怵惕惟厉。"○《汉书·邹阳传》:"奏书吴王曰:始孝文皇帝寒心销志,不明求衣。"《左》昭二十年:"伍奢曰:楚君大夫其旰食乎!"徐孝穆《陈文帝哀策文》曰:"勤民听政,宵衣旰食。"○《后汉书·曹褒传》:元和二年下诏曰:"三五步骤。"注引《孝经钩命决》曰:三皇步,五帝骤,三王驰。"○《说文》曰:"愆,过也。"《左》昭二十六年杜注曰:"愆,失也。"○《礼记·王制》曰:"三年耕,则有九年之食。"○《书·舜典》曰:"三载考绩。"○《公羊》桓九年曰:京者何?大也。师者何?众也。天子之居,必以众大之词言之。"《西都赋》曰:"卓荦诸夏。"案:京师下各本无为字,依《文粹》增。○《汉书·地理志》曰:"汉兴,立都长安,五方杂厝,风俗不纯,其世家则好礼文,富人则商贾为利,豪杰则游侠通奸。"《酷吏·郅都传》曰:"济南瞷氏,宗人三百馀家豪猾。"案《文苑》《文粹》《新唐书》皆无时字,今依《旧唐书》增。○宣化,《新唐书》作变风。○多惰业,《新唐书》无多字,《文粹》同。○《晋书·武帝纪》曰:"泰始四年十二月,班五条诏书于郡国,一曰正身,二曰勤百姓,三曰抚孤寡,四曰敦本息,五曰去人事。"案:班、颁字通。○《礼记·月令》曰:"季春之月,百工咸整,监工日号,毋悖于时,毋或作为淫巧,以荡上心。"○堕,《新唐书》作恬。○《礼记·表记》曰:"天下无道,则辞有枝叶。"郑注曰:"言有枝叶,是众虚华也。"○《论语·为政篇》曰:"道之以德,齐之以礼,有耻且格。"○《礼记·大学篇》曰:"生财有大道,生之者众,贪之者寡。"○《汉书·刑法志》:元帝诏曰:"今律令烦多而不约,斯岂刑中之意哉?"○《书·大诰》曰:"惟予小子,若涉渊水。"案:此作泉,避高祖讳,《新唐书》改作泉,水误冰。○《说文》曰:"懜,不明也。"大徐音武亘切。《集韵》四十九隥、懜、懵同。○《书·尧典》曰:"黎民于变时雍。"○《书》伪古文《蔡仲之命》曰:"康济小民。"案:志在,《旧唐书》作明于。○《左》襄四年:魏绛曰:"昔周辛甲之为大史也,命百官官箴王阙。"○《论语·子路篇》:冉有曰:"既庶矣,又何加焉?曰:富之。"○《管子》有《轻重篇》凡十九,又《明法解》曰:"权衡者,所以起轻重之数也。"○《汉书·匈奴传下》曰:"莽新即位,欲立威,乃拜十二部将率,发郡国勇士,武库精兵,同时十道并出,穷追匈奴。莽将严尤谏曰:臣闻匈奴为害,所从来久矣,未闻上世有必征之者也。后世三家,周、秦、汉征之,然皆未有得上策者也。周得中策,汉得下策,秦无策焉。当周宣王时,猃狁内侵,至于泾阳,命将征之,尽境而还。其视戎狄之侵,譬犹蟁蝱之螫,驱之而已。故天下称明。是为中策。汉武帝选将练兵,约赍轻粮,深入远戍,虽有克获之功,胡辄报之,兵连祸结,三十馀年,中国罢耗,匈奴亦创艾,而天下称武。是为下策。秦始皇不忍小耻,而轻民力,筑长城之固,延袤万里,转输之行,起于负海,疆境既完,中国内竭,以丧社稷,是为无策。"○《晋书·杜预传》曰:"预字元凯,京兆杜陵人也。泰始中,守河南尹,受诏为黜陟之课。其略曰:今科举优劣,莫若委任达官,各考所统,在官一年以后,每岁言优者一人为上第,劣者一人为下第,因计偕以名闻。如此六载,主者总集采案,其六岁处优举者,超用之;六岁处劣举者,奏免之。其优多劣少者,叙用之;劣多优少者,左迁之。"○《晋书·羊祜传》曰:"祜字叔子,泰山南城人也。帝将有灭吴之志,以祜为都督荆州诸军事。祜每与吴人交兵,克日方战,不为掩袭之计。将帅有欲进谲诈之策者,辄饮以醇酒,使不得言。祜出军行吴境,刈谷为粮,皆计所侵,送绢偿之。每会众江汭，游猎常止晋地，若禽兽先为吴人所伤，而为晋兵所得者，皆封还之。于是吴人翕然悦服，称为羊公，不之名也。"○《北史·长孙绍远传》：上遗表曰："扬搉而言，足为龟镜。"案《旧唐书》鉴作镜，《文粹》同。○《礼记·中庸篇》曰："择乎中庸，则拳拳服膺，而弗失之矣。"

对：褐衣小臣贲，沐浴斋戒，伏于彤庭之下，谨顿首上言皇帝陛下。臣诚不佞，有匡国致君之术，无位而不得行；有犯颜敢谏之心，无路而不得达。但怀愤抑郁，思有时而一发耳。常欲与庶人议于道，商旅谤于市，得通上听，一悟主心，虽被妖言之罪，无所悔焉。况逢陛下，以至德嗣兴，以大明垂照。询求过阙，咨访谟猷。下制中外，举能直言极谏者。臣既辱斯举，专承大问，敢不悉意以言？至于上之所忌，时之所禁，权幸之所讳恶，有司之所与夺，臣愚不议，伏惟陛下，少加优容，不使圣朝有谠直而受戮者，乃天下之幸也，非臣之所望也。谨昧死以对。以上进言之大意。

《后汉书·陈元传》注曰："褐，织毛为布，贱者之服也。"又《赵典传》注曰："褐织毛布之衣，贫者所服。"○《文粹》小臣作小生，无贲字。○班孟坚《西都赋》曰："玉阶彤庭。"案《文粹》下作内。○《左》襄十四年：师旷曰："庶人谤，商旅于市。"《汉书·贾山传》："山上《至言》曰：圣王之制，庶人谤于道，商旅议于市。"○《尔雅·释诂》郭注曰："世以妖言为讹。"○下制，两《唐书》《文粹》皆作制诏。○能直言极谏，两《唐书》《文粹》皆无能字。○《文粹》不识下，有大体二字，非是。不识者，谓不识上所云忌禁讳恶与夺也。○《后汉书·班固传》章怀注曰："谠，直言也。"案《新唐书》直作言。

伏以圣策有思先古之理，念玄默之化，将欲通天人以济俗，和阴阳以煦物，见陛下慕道之深也。臣以为哲王之理，其则不远。惟陛下致之之道何如耳。伏以圣策有祗荷丕构，而不敢荒宁，奉若谟训，而罔有怠忽，见陛下忧劳之至也。若夫任贤惕厉，宵衣旰食，宜黜左右之奸佞，进股肱之大臣。若夫追踪三五，绍复祖宗，宜鉴前古之兴亡，明当时之成败。心有所未达，以下情蔽而不得上通；行有所未孚，以上泽壅而不得下浃。欲俗之化也，在修己以先之；欲气之和也，在遂性以道之。救灾旱在致乎精诚，广播植在视乎食力。国廪罕蓄，本乎冗食尚繁；吏道多端，本乎选用失当。豪猾踰检，由中外之法殊；生徒惰业，由学校之官废。列郡干禁，由授任非人；百工淫巧，由制度不立。伏以圣策有择官济理之心，阜财发号之叹，见陛下教化之本也。且进人以行，则枝叶安有难辨乎？防下以礼，则耻格安有不形乎？念生寡而食众，则可罢斥惰游；念令烦而理鲜，要在察其行否。博延群彦，愿陛下必纳其言；造廷待问，则小臣其敢爱死？伏以圣策有求贤箴阙之言，审政辨疵之令，见陛下咨访之勤也。遂小臣屏奸豪之志，则弊革于前；守陛下念康济之言，则惠敷于下。邪正之道分，而理古可近；礼乐之方著，而和气克充。至若夷吾之法，非皇王之权；严尤所陈，无最上之策。元凯之所先，不若唐尧之考绩；叔子之所务，不若虞舜之舞干。且俱非大德之中庸，未可为上圣之龟鉴。又何足为陛下道之哉？或有以系安危之机，兆存亡之变者，臣请披沥肝胆，为陛下别白而重言之。以上先逐对策问诸条，即以为纲，以下乃逐条申明之。

《旧唐书》伏以作伏维，下同。○《诗·伐柯》曰："其则不远。"郑笺曰："则，法也。"○忧劳之至也，《旧唐书》至作志。○《书·益稷》：帝曰："臣作朕股肱耳目。"○班孟坚《两都赋序》曰："或以抒下情而通讽谕，或以宣上德而尽忠孝。"○下情蔽，《旧唐书》蔽作塞。○下浃，《文苑》浃作达。○灾旱，《旧唐书》作灾患，又踰检作踰制。○其敢，两《唐书》《文粹》作安敢。○辨疵之令，《旧唐书》令作念。○咨访之勤也，《文苑》《文粹》勤上皆有心字，今依两《唐书》。○《韩非子·五蠹篇》曰："当舜之时，有苗不服，禹将伐之。舜曰：不可，上德不厚而行武，非道也。乃修教三年，执干戚舞，有苗乃服。"《书》伪古文《大禹谟》曰："帝乃诞敷文德，舞干羽于两阶，七旬有苗格。"○《汉书·路温舒传》上书曰："大将军受命武帝，股肱汉国，披肝胆，决大计。"沈初明《为陈武帝与王僧辩盟文》曰："沥胆抽肠，共诛奸佞。"

臣前所谓哲王之理，其则不远者，在陛下慎思之，力行之，始终不懈而已。臣谨按《春秋》：元者气之始也，春者岁之始也。《春秋》以元加于岁，以春加于正，明王者当奉若天道，以谨其始也。又举时以终岁，举月以终时，《春秋》虽无事，必书首月以存时，明王者当奉若天道，以谨其终也。王者动作，始终必法于天者，以其运行不息也。陛下既能谨其始，又能谨其终，懋而修之，勤而行之，则可以执契而居简，无为而不宰矣。广立本之大业，崇建中之盛德矣。又安有三代循环之弊，而为巧伪滋炽之渐乎？臣故曰，惟陛下致之之道何如耳。

以上申言思古先之道，重在实行，且总括以下诸事。

《文苑》此第一所谓作所言。○《礼记·中庸》曰："慎思之，笃行之。"○《公羊》隐元年传曰："元年者何？君之始年也。春者何？岁之始也。王者孰谓？谓文王也。曷为先言王而后言正月？王正月也。何言乎王正月？大一统也。"何劭公《解诂》曰："元者气也，无形以起，有形以分，造起天地，天地之始也，故上无所系，而使春系之也。统者始也，总系之辞。夫王者始受命，改制布政，施教于天下，自公侯至于庶人，自山川至于草木昆虫，莫不一一系于正月，故云政教之始。"徐疏引《春秋说》曰："元者，端也。"《气泉注》曰："元为气之始，如水之有泉。泉流之原，无形以超，有形以分，窥之不见，听之不闻。"宋氏云："无形以起，在天成象，有形以分，在地成形也。"何劭公又曰："公即位者，一国之始，政莫大于正始，故《春秋》以元之气，正天之端，以天之端，正王之政，以王之政，正诸侯之即位，以诸侯之即位，正竟内之治。诸侯不上奉王之政，则不得即位，故先言正月，而后言即位；政不由王出，则不得为政，故先言王而后书正月也。王者不承天以制号令，则无法，故先言春而后言王；天不深正其元，则不能成其化，故先言元而后言春。五者同日并见，相须成体，乃天人之大本，万物之所系，不可不察也。"《汉书·路温舒传》："上疏曰：《春秋》正即位，大一统而慎始也。"○《穀梁》隐元年传曰："虽无事必举正月，谨始也。"○《书》伪古文《说命》中曰："明王奉若天道。"《尔雅·释书》曰："若，顺也。"○《易·乾·象传》曰："天行健，君子以自强不息。"○《老子》曰："圣人执左契而不责于人。"○《史记·高祖本纪》：太史公曰："夏之政忠，忠之敝小人以野，故殷人承之以敬；敬之敝小人以鬼，故周人承之以文；文之敝小人以僿，（《集解》引徐广曰："一作薄。"）故救僿莫若以忠。三王之道若循环，终而复始。"

臣前所谓若夫任贤惕厉，宵衣旰食，宜黜左右之奸佞，进股肱之大臣者，实以陛下忧劳之至也。臣闻不宜忧而忧者国必衰，宜忧而不忧者国必危。今陛下不以国家存亡之计，社稷安危之策，而降于清问，臣未知陛下以为布衣之臣，不足以定大计耶？或万机之勤，而圣虑有所未至耶？不然，何宜忧者而不先忧乎？臣以为陛下之所忧者，宜忧宫闱将变，社稷将危，天下将倾，海内将乱，此四者，乃国家已然之兆，故臣谓圣虑宜先及之。夫帝业既艰难而成之，胡可容易而守之？昔太祖肇其基，高祖勤其绩，太宗定其业，玄宗继其明，至于陛下，二百有馀载矣。其间明圣相因，扰乱继作，未有不委用贤士，亲近正人，而能绍兴徽烈者也。或一日不念，则颠覆大器，宗庙之耻，万古为恨。臣谨按《春秋》：人君之道，在体元以居正。昔董仲舒为汉武帝言之略矣。其所未尽者，臣得为陛下备而陈之。夫继故必书即位，所以正其始也；终必书所终之地，所以正其终也。故君者，所发必正言，所履必正道，所居必正位，所近必正人。臣又按《春秋》：阍寺弑吴子馀祭，书其名，《春秋》讥其疏远贤士，昵近刑人，有不君之道矣。伏惟陛下，思祖宗开国之勤，念《春秋》继故之戒。将明法度之端，则发正言而履正道；将杜篡弑之渐，则居正位而近正人。远刀锯之残，亲骨鲠之直，辅臣得以专其任，庶寮得以守其官。奈何以亵近五六人，总天下之大政？外专陛下之命，内窃陛下之权。威慑朝廷，势倾海内。群臣莫敢指其状，天子不得制其心。祸稔萧墙，奸生帷幄，臣恐曹节、侯览，复生于今日矣。此宫闱之所以将变也。臣谨按《春秋》：鲁定公元年，春王，不书正月者，《春秋》以为先君不得正其终，则后君不得正其始，故曰定无正也。今忠贤无腹心之寄，阉寺专废立之权，陷先帝不得正其终，致陛下不得正其始。况皇储未建，郊祀未修，将相之职不归，名分之宜不定，此社稷之所以将危也。臣谨按《春秋》：王札子杀召伯、毛伯。《春秋》之义，两下相杀不书，而此书者，重其专王命也。夫天之所授者在君，君之所操者在命。操其命而失之者，是不君也；侵其命而专之者，是不臣也。君不君，臣不臣，此天下所以将倾也。臣谨按《春秋》：晋赵鞅以晋阳之兵叛，入于晋，书其归者，以其能逐君侧之恶人以安其君，故《春秋》善之。今威柄陵夷，藩臣跋扈。或有不达人臣之节，首乱者以安君为名；不究《春秋》之微，称兵者以逐恶为义。则政刑不由乎天子，征伐必自于诸侯。朱梁之祸，有如蓍龟。此海内所以将乱也。故樊哙排闼而雪涕，袁盎当车以抗词，京房发愤以殒身，窦武不顾而毕命。此陛下皆明知之耳。臣谨按《春秋》：晋狐射姑杀阳处父，书襄公杀之者，以其君漏言也。襄公不能固阴重之机，处父所以及戕贼之祸。故《春秋》非之。夫上漏其情，则下不敢尽意；上泄其事，则下不敢尽言。故《传》有造膝诡词之文，《易》有失身害成之戒。今公卿大臣，非不欲为陛下言之，虑陛下必不能用之，陛下既忽之而不用，必泄其言；臣下既言之而不行，必婴其祸。适足以钳直臣之口，而重奸臣之威。是以欲尽其言，则有失身之惧；欲尽其意，则有害成之忧。故低徊郁塞，以俟陛下感悟，然后尽其启沃耳。陛下何不以听朝之馀，明御便殿？召当时贤相，与旧德老臣，访持变安危之谋，求定倾救乱之术，塞阴邪之路，屏亵狎之臣，制侵陵迫胁之心，复门户埽除之役。戒其所宜戒，忧其所宜忧。既不得理于前，当理于后；不得正其始，当正其终。则可以虔奉典谟，克承丕构，终任贤之效，无旰食之忧矣。以上就文宗忧劳之心，而进以忧所当忧，指陈阉宦之祸。危言悚论，惊心动魄，尤为一篇极用意之处。

存亡之计，《旧唐书》计作事。○《书·吕刑》曰："皇帝清问下民。"○诸葛孔明《出师表》曰："臣本布衣，躬耕于南阳。"○不足以，《新唐书》以作与。案《诗·江有汜》郑笺曰："以犹与也。"○《书·皋陶谟》曰："一日二日万几。"《汉书·王嘉传》：嘉上疏引作万机。○之所忧者，《文苑》忧作虑，《旧唐书》作宜先忧者，《新唐书》作所先忧者。○宜忧，《文苑》宜下有先字，两《唐书》不再出此二字。○太祖，唐公李虎也，见韩退之《禘祫议》注。《书》伪古文《武成》曰："至于大王，肇基王迹。"○《旧唐书》扰乱作忧乱。○《汉书·贾谊传》：谊上疏曰："天下，大器也。"○备而陈之，《旧唐书》陈作论。○故君者，《旧唐书》君上有为字。○书其名，《旧唐书》作不书其君。○《汉书·董仲舒传》："仲舒对曰：臣谨按《春秋》谓一元之意，一者万物之所从始也，元者辞之所谓本也。（本原作大，此依王怀祖校。）谓一为元君，视大始而欲正本也。《春秋》深探其本，而反自贵者始，故为人君者，正心以正朝廷，正朝廷以正百官，正百官以正万民，正万民以正四方，四方正，远近莫敢不壹于正，而亡有邪气奸其间者。"《春秋》隐元年杜注曰："隐公之元年，周王之正月也。凡人君即位，欲其体元以居正，故不言一年一月也。"○《穀梁》桓元年曰：继故不言即位，正也。先君不以其道终，则子弟不忍即位也。范武子《集解》曰："故谓弑也，哀痛之至，故不忍行即位之礼。"○《春秋》隐十一年：冬十有一月公薨。《穀梁传》曰："公薨不地，故也。隐之，不忍地也。"范曰："隐犹痛也。"庄三十二年：八月癸亥，公薨于路寝。《穀梁传》曰："路寝，正寝也。寝疾居正寝，正也。男子不绝于妇人之手，以齐终也。"○《春秋》襄二十九年：阍弑吴子馀祭。《左氏传》曰："吴人伐楚，获俘焉，以为阍，使守舟。吴子馀祭观舟，阍以刀弑之。"《公羊传》曰："阍者何？门人也。刑人则曷为谓之阍？刑人非其人也，君子不近刑人，近刑人，则轻死之道也。"《穀梁传》曰："礼，君不使无耻，不近刑人，不狎敌，不迩怨。贱人非所贵也，贵人非所刑也，刑人非所近也，举至贱而加之吴子，吴子近刑人也，阍弑吴子馀祭，仇之也。"○《史记·晋世家》：宦者履鞮曰："臣刀锯之馀。"案《旧唐书》残作贱。○骨鲠，见吕和叔《张荆州画赞注》。○辅臣，两《唐书》《文粹》作辅相。○专其任，《旧唐书》专作颛，专、颛皆嫥之借字。○庶寮，《新唐书》寮作僚，寮、僚之借字。《旧唐书》作职。○《左》僖二年杜注曰："稔，熟也。"《论语·季氏篇》：孔子曰："吾恐季孙之忧，不在颛臾，而在萧墙之内也。"《集解》引郑曰："萧之言肃也，墙谓屏也。君臣相见之礼，至屏而加肃敬焉，是以谓之萧墙。"《释名·释宫室》曰："萧墙在门内。萧，肃也，臣将入，于此自肃敬之处也。"○《后汉书·宦者传序》曰："帷幄称制，不得不委用刑人，寄之国命。"○曹节，南阳新野人。桓帝时为中常侍。灵帝即位，封长安乡侯。大将军窦武、太傅陈蕃欲诛宦官，节等矫诏以长乐食监王甫为黄门令，将兵诛武。详见后。侯览，山阳防东人。桓帝时为中常侍，封高乡侯。督邮张俭奏请诛览，览遂诬俭为钩党，及故长乐少府李膺、太仆杜密等，皆夷灭之。《后汉》并入《宦者传》。○《春秋》定元年

《穀梁传》曰:"元年春王,不言正月,定无正也。定之无正何也?昭公之终,非正终也,定之始,非正始也。昭无正终,故定无正始,不言即位,丧在外也。"夏六月癸亥,公之丧至自乾侯(昭公),戊辰,公即位(定公)。《传》曰:"殡然后即位也。定无正,见无以正也,先君无正终,则后君无正始也。"○《旧唐书·敬宗本纪》曰:"讳湛,穆宗长子。长庆二年十二月,立为皇太子。四年正月壬申,穆宗崩。癸酉,皇太子即位柩前,时年十六。宝历二年十二月,帝夜猎还宫,与中官刘克明、田务成、许文端打毬,将军苏佐明、王嘉宪、石定宽等二十八人饮酒,帝方酣,入室更衣,殿上烛忽灭,刘克明等同谋害帝,即时殂于室内,时年十八。"案:文宗见刘梦得《令狐先庙碑》注。○《春秋》宣十五年:王札子杀召伯、毛伯。《穀梁传》曰:"王札子杀召伯、毛伯。王札子者,当上之辞也。杀召伯、毛伯,不言其,何也?两下相杀也。两下相杀,不志乎《春秋》,此其志何也?矫王命以杀之,非忿怒相杀也。故曰以王命杀也。以王命杀,则何志焉?为天下主者天也,继天者君也,君之所存者命也,为人臣而侵其君之命而用之,是不臣也;为人君而失其命,是不君也。君不君,臣不臣,此天下所以倾也。"○所操,《旧唐书》操作授,《新唐书》作存,又在命作在令,《文粹》并同。○《春秋》定十三年:秋,晋赵鞅入于晋阳以叛。冬,晋荀寅及士吉射入于朝歌以叛,晋赵鞅入于晋。《公羊传》曰:"此叛也,其言归何?以地正国也。其以地正国奈何?晋赵鞅取晋阳之甲以逐荀寅与士吉射。荀寅与士吉射者,曷为者也?君侧之恶人也。此逐君侧之恶人,曷为以叛言之?无君命也。"《穀梁传》曰:"此叛也,其以归言之何也?贵其以地反也。贵其以地反,则是大利也。非大利也,许悔过也。许悔过则何言叛也?以地正国也。以地正国,则何以言叛?其入无君命也。"○《后汉书·冯衍传》注曰:"跋扈犹强梁也。"○《春秋》之微,《通鉴·唐纪》五十九节录此文,胡注曰:"微为《春秋》之微旨也。贲盖虑夫强藩首乱称兵,以逐君侧恶臣为名耳。"○《论语·季氏篇》曰:"天下无道,则礼乐征伐自诸侯出。"胡曰:"昭宗之世,岐、汴交兵,以诛宦官为名,卒如刘贲言。"○《史记·樊哙传》曰:"先黥布反时,高祖尝病甚,恶见人,卧禁中,诏户者无得入群臣。群臣绛、灌等莫敢入。十馀日,哙乃排闼直入,大臣随之,上独枕一宦者卧,哙等见上流涕曰:始陛下与臣等起丰、沛,定天下,何其壮也;今天下已定,又何惫也!且陛下病甚,大臣震恐,不见臣等计事,顾独与一宦者绝乎?且陛下独不见赵高之事乎?高帝笑而起。"○《史记·袁盎传》曰:"宦者赵同(《汉书》作谈)以数幸,常害袁盎,袁盎患之,盎兄子种为常侍,骑持节夹乘,说盎曰:君与斗,廷辱之,使其毁不用。孝文帝出,赵同参乘,袁盎伏车前曰:臣闻天子所与共六尺舆者,皆天下豪英。今汉虽乏人,陛下独奈何与刀锯馀人载?于是上笑,下赵同,赵同泣下车。"○《汉书·京房传》曰:"房字君明,东郡顿丘人也。治《易》,事梁人焦延寿,其说长于灾变。是时中书令石显颛权,房尝宴见,问上曰:幽、厉之君何以危?所任者何人也?上曰:君不明而所任者巧佞。房曰:臣恐后之视今,犹今之视前也。上良久乃曰:今为乱者谁哉?房曰:明主宜自知之。上曰:不知也,如知,何故用之?房曰:上最所信任,与图事帷幄之中,进退天下之士者,是矣。房指谓石显,上亦知之,谓房曰:已谕。石显、五鹿充宗皆疾房,欲远之,建言宜试以房为郡守。元帝于是以房为魏郡太守。显告房非谤政治,归恶天子,弃市。"○《后汉书·窦武传》曰:"武字游平,扶风平陵人。长女立为皇后,武封槐里侯。灵帝立,更封武为闻喜侯。武既辅朝政,常有诛翦宦官之意。太傅陈蕃亦素有谋,私谓武曰:中常侍曹节、王甫等,自先帝时,操弄国权,浊乱海内,百姓匈匈,归咎于此。今不诛节等,后必难图。武深然之,白太后。太后沉豫未忍,武奏免黄门令魏彪，以所亲小黄门山冰代之。使冰奏素狡猾尤无状者，长乐尚书郑飒，送北寺狱，令冰与尹勋杂考，飒辞连及曹节、王甫，勋、冰即奏收节等，节召尚书官属，胁以白刃，使作诏板，拜王甫为黄门令，出郑飒，还共劫太后，夺玺书，收捕武等。武不受诏，驰入步兵营，召会北军五校士数千人，屯都亭下，王甫将虎贲羽林合千馀人，与武对陈，武军归甫略尽，武自杀，收捕宗亲宾客姻属悉诛之。"○明知之耳，《旧唐书》耳作矣。○《春秋》文六年：晋杀其大夫阳处父。《公羊传》曰："称国以杀何？君漏言也。其漏言奈何？君将使射姑将，阳处父谏曰：射姑民众不说，不可使将。于是废将，阳处父出，射姑入，君谓射姑曰：阳处父言曰：射姑民众不说，不可使将。射姑怒，出刺阳处父于朝而走。"《穀梁传》曰："晋将与狄战，使狐夜姑为将军，赵盾佐之。阳处父曰：不可，古者君之使臣也，使仁者佐贤者，不使贤者佐仁者，今赵盾贤，夜姑仁，其不可乎？襄公曰：诺。谓夜姑曰：吾始使盾佐女，今女佐盾矣。夜姑曰：敬诺。襄公死，处父主竟上之事，夜姑使人杀之，君漏言也。故士造辞而言，（《经义述闻》卷二十五谓辞当作膝。）诡辞而出，曰，用我则可，不用我，则无乱其德。"《晋书·羊祜传》："夫人则造膝，出则诡辞，君臣不密之诫，吾惟惧其不及。"○《易·系辞上》曰："乱之生也，则言语以为阶。君不密则失臣，臣不密则失身，几事不密则害成。是以君子慎密而不出也。"○陛下必不能用之，《文粹》作虑陛下忽而不用之。○低徊，《旧唐书》作排徊，《新唐书》作裴回。○《书》伪古文《说命上》曰："启乃心，沃朕心。"○《周礼·天官》：阍人掌埽门庭。《礼记·月令》曰："仲冬之月，命阍尹审门闾，谨房室。"

臣前所谓若夫追踪三五，绍复祖宗，宜鉴前古之兴亡，明当时之成败者。臣闻尧、舜之为君，而天下大理者，以其能任九官四岳十二牧，不失其举，不二其业，不侵其职。居官惟其能，左右惟其贤。元、凯在下，虽微而必举；四凶在朝，虽强而必诛。考其安危，明其取舍。至秦之二代，汉之元、成，咸愿措国如唐、虞，致身如尧、舜，而终败亡者，以其不见安危之机，不明取舍之道，不任大臣，不辨奸人，不亲忠良，不远谗佞。伏愿陛下察唐、虞之所以兴，而景行于前；鉴秦、汉之所以亡，而戒惧于后。陛下无谓庙堂无贤相，庶官无贤士。今纲纪未绝，典刑犹在，人谁不欲致身为王臣，致时为升平？陛下何忽而不用之邪？又有居官非其能，左右非其贤，其恶如四凶，其诈如赵高，其奸如恭、显者，陛下又何惮而不去之邪？神器固有归，天命固有分，祖宗固有灵，忠臣固有心。陛下其念之哉！排繠动宕。昔秦之亡也，失于强暴；汉之亡也，失于微弱。强暴则贼臣畏死而害上；微弱则奸臣擅权而震主。臣伏见敬宗皇帝，不虞亡秦之祸，不翦其萌。伏惟陛下深轸亡汉之忧，以杜其渐，则祖宗之鸿绪可绍，三五之退轨可追矣。以上申言宜鉴前古之兴亡，明当时之成败，在用贤去恶，力绝阉祸。

而天下大理者，《旧唐书》大作之人。○《书·尧典》："帝曰：咨四岳。"《舜典》（伪古文分）：询于四岳，咨十有二牧。又伯禹作司空，弃作后稷，契作司徒，皋陶作士，垂作共工，益作虞，伯夷作秩宗，夔典乐，龙作纳言，是九官也。○《左》文十八年：季文子使太史克对曰："昔高阳氏有才子八人，苍舒、隤敳、梼、大临、龙降、庭坚、仲容、叔达，天下之民谓之八凯。高辛氏有才子八人，伯奋、仲堪、叔献、季仲、伯虎、仲熊、叔豹、季狸，天下之民谓之八元。舜臣尧，举八凯，使主后土；举八元，使布五教于四方。昔帝鸿氏有不才子，天下之民谓之浑敦；少皞氏有不才子，天下之民谓之穷奇；颛顼氏有不才子，天下之民谓之梼杌；缙云氏有不才子，天下之民谓之饕餮。舜臣尧，流四凶族。"〇取舍，两《唐书》《文粹》舍作捨，下同。舍乃捨之通借字。〇二代，即秦二世也。〇姦人，《文苑》姦作奸，俗字。〇伏愿，《旧唐书》愿作惟，《文粹》同。〇《诗·车𦈡》曰："景行行止。"〇《诗·棫朴》曰："纲纪四方。"〇《诗·荡》："虽无老成人，尚有典刑。"〇升平，《旧唐书》作太平，《公羊》隐元年《解诂》曰："于所闻之世，见治升平，至所见之世，著治太平。"《文苑》升作昇。〇《史记·蒙恬传》曰："赵高者，诸赵疏远属也，赵高昆弟数人，皆生隐宫，其母被刑戮，世世卑贱。秦庄闻高强力，通于狱法，举以为中府车〔车府〕令。"〇《汉书·佞幸传》曰："石显济南人，弘恭沛人也。皆少坐法腐刑，为中黄门，以选为中尚书。宣帝时，任中书官，恭为令，显为仆射。元帝即位，数年，恭死，显代为中书令。"〇《老子》曰："天下神器，不可为也。"〇奸臣畏死而害上，胡曰："谓赵高也。"强臣窃权而震主，胡曰："谓外戚宦官，贲意专指宦官。"〇"臣伏见敬宗皇帝"至"以杜其渐"，胡曰："贲盖谓敬宗以荒暴丧身，又恐文宗以仁弱不能制宦官也。"案《旧唐书》无臣字。

　　臣前所谓陛下心有所未达，以下情塞而不得上通；行有所未孚，以上泽壅而不得下浃者。且百姓有涂炭之苦，陛下无由而知；则陛下有子惠之心，百姓无由而信。臣谨按《春秋》：书梁亡，不书取者，梁自亡也。以其思虑昏而耳目塞，上出恶政，人为寇盗，皆不知其所以然，以其自取灭亡也。臣闻国君之所以尊者，重其社稷也。

社稷之所以重者，存其百姓也。苟百姓之不存，则虽社稷不得固其重。苟社稷之不重，则虽国君不得保其尊。故理天下者，不可不知百姓之情也。夫百姓者，陛下之赤子，陛下宜命慈仁者亲之育之，如保傅焉，如乳哺焉，如师之教导焉。故人之于上也，敬之如神明，爱之如父母。今或不然，陛下亲近贵幸，分曹建署，补除卒吏，召致宾客，因其货贿，假其气势，大者统藩方，小者为牧守。居上无清惠之政，而有饕餮之害；居下无忠诚之节，而有奸欺之罪。故人之于上也，畏之如豺狼，恶之如雠敌。今四海困穷，处处流散，饯者不得食，寒者不得衣，鳏寡孤独者不得存，老幼疾病者不得养。加以国权兵柄，专在左右，贪臣聚敛以固宠，奸吏夤缘而弄法，冤痛之声，上达于九天，下入于九泉，鬼神为之怨怒，阴阳为之愆错。君门九重，而不得告诉，士人无所归化，百姓无所归命。官乱人贫，盗贼并起，土崩之势，忧在旦夕。即不幸因之以师旅，继之以凶荒，臣以谓陈胜、吴广不独生于秦；赤眉、黄巾不独生于汉。臣所以为陛下发愤扼腕腐心泣血也。如此，则百姓有涂炭之苦，陛下何由而知之乎？陛下有子惠之心，百姓安得而信之乎？致使陛下行有所未孚，心有所未达者，固其然也。臣闻昔汉元帝即位之初，更制七十馀事，其心甚诚，其称甚美。然纪纲日紊，国祚日衰，奸宄日强，黎元日困者，以其不能择贤明而任之，失其操柄也。自陛下御宇，忧勤兆庶，屡降德音，四海之内，莫不抗首而长息，自喜复生于死亡之中也。伏愿陛下慎终如始，以塞万方之望。

诚宜揭国权以归其相，持兵柄以归其将，去贪臣聚敛之政，除奸吏夤缘之害，惟忠贤是近，惟正直是用，内宠便辟，无所听焉。选清慎之官，择仁惠之长，毓之以利，煦之以和，教之以孝慈，导之以德义，去耳目之塞，通上下之情，俾万国欢康，兆人苏息，则心无所不达，而信无所不孚矣。以上申言上下不能相通之害。

《书》伪古文《仲虺之诰》曰："民坠涂炭。"○《书》伪古文《太甲中》曰："先王子惠困穷。"案《旧唐书》子惠作子育。○《春秋》僖十九年：梁亡。《公羊传》曰："此未有伐者，其言梁亡何？自亡也。其自亡奈何？鱼烂而亡也。"《穀梁传》曰："自亡也，湎于酒，淫于色，心昏耳目塞，上无正长之治，大臣背叛，民为寇盗，梁亡，自亡也。"○《孟子·尽心下》曰："民为贵，社稷次之，君为轻。"○《汉书·循吏·龚遂传》："遂对曰：陛下赤子，盗弄陛下之兵于潢池中耳。"○《左》襄十四年：师旷曰："良君将赏善而刑淫，养民如子，盖之如天，容之如地。民奉其君，爱之如父母，仰之如日月，敬之如神明，畏之如雷霆。"○《旧唐书》建作补，补作建，《文粹》同。○《左》文十八年杜注曰："贪财为饕，贪食为餮。"《释文》曰："饕，他刀反；餮，他结反。"○《书》伪古文《大禹谟》曰："四海困穷。"案《旧唐书》四海作海内，《文粹》同。○《孟子·梁惠王上》曰："饥者弗食。"案饑、饥字通。○国权兵柄，《旧唐书》作国之权柄。○夤缘字见左太冲《吴都赋》，两《唐书》《文粹》作因缘。○《淮南子·原道篇》曰："上通九天。"案：九泉即九渊（唐避高祖讳），九渊之名，见《列子·黄帝篇》。○《楚辞·九辩》曰："君之门以九重。"案两《唐书》作君门万里。《管子·法法篇》曰："门庭远于万里。"○《汉书·徐乐传》："上书曰：天下之患，在于土崩。"○《论语·先进篇》：子路曰："加之以师旅,因之以饥馑。"案:师旅,《旧唐书》作疾疠,《新唐书》作病疠。○《史记·陈涉世家》曰:"陈胜者,阳城人也,字涉。吴广者,阳夏人也,字叔。陈胜自立为将军,吴广为都尉,攻大泽乡。"○《后汉书·刘盆子传》曰:"琅邪人樊崇起兵于莒,转入太山。时青、徐大饥,寇贼蜂起,群盗以崇勇猛,皆附之。王莽遣廉丹、王匡击之,崇等欲战,恐其众与莽兵乱,乃皆朱其眉以相识别,由是号曰赤眉。"又《灵帝纪》曰:"中平元年春二月,钜鹿人张角,自称黄天,其部师有三十六万,皆着黄巾,同日反叛。"○《史记·刺客传》:"樊於期偏袒搤捥而进曰:此臣之日夜切齿腐心也。"《诗·正月(雨无征)》曰:"鼠思泣血。"○《汉书·元帝纪》曰:"初元五年,省刑罚七十馀事。"(此专指刑罚,《通鉴·汉纪》二十:初元五年亦有此文,胡注言在元二年,误。又《后汉书·梁统传》注引《东观汉纪》曰:元帝初元五年,轻殊死刑三十四事。"则专就死刑计之耳。)奸宄,《书·舜典》曰:"寇贼奸宄。"伪孔传曰:"在外曰奸,在内曰宄。"案《文苑》作奸凶。○《汉书·朱云传》曰:"抗首而请。"颜注曰:"抗,举也。"○伏愿,《旧唐书》作伏惟。○《书》伪古文《太甲下》曰:"慎终于始。"○诚宜,《旧唐书》作诚能。○便辟,《孟子·梁惠王上》曰:"便嬖不足使令于前与!"辟乃嬖之借字,《旧唐书》作僻,非。○《旧唐书》毓作敏,误。

臣前所谓欲人之化也在修己以先之者。臣闻德以修己,教以导人。修己也,则人不劝而自至;导人也,则人敦行而率从。是以君子欲政之必行也,故以身先之;欲人之从化也,故以道御之。今陛下先之以身,而政未必行;御之以道,而人未从化。岂不以立教之之旨,未尽其方耶?夫立教之方,在乎君以明制之,臣以忠行之,君以知人为明,臣以匡时为忠,知人则任贤而去邪,匡时则固本而守法。贤不任，则重赏不足以劝善；邪不去，则严刑不足以禁非。本不固则人流，法不守则政散，而欲教之使必至，化之使必行，不可得也。陛下能斥奸邪，不私其左右；举贤正，不遗其疏远，则化洽于朝廷矣。爱人以敦本，分职而奉法，修其身以及其人，始于中而成于外，则化行于天下矣。以上申言修己以及人，君明而臣忠，自可化行天下。

《文苑》自此下，所谓皆作所言。○《论语·宪问篇》曰："修己以安人。"又曰："修己以安百姓。"○修己也，两《唐书》己作之，《文类》作修之德。○导人也，两《唐书》人作之，《文类》作导之教。○《书·皋陶谟》曰："在知人。"○《尔雅·释言》曰："匡，正也。"《文粹》爱人作劝人。

臣前所谓欲气之和也，在遂性以导之者，当纳人于仁寿也。夫欲人之仁寿也，在乎立制度，修教化。夫制度立则财用省，财用省则赋敛轻，赋敛轻则人富矣。教化修则争竞息，争竞息则刑罚清，刑罚清则人安矣。既富矣则仁义兴焉，既安矣则寿考生焉。仁寿之心感于下，和平之气应于上，故灾害不作，休祥荐臻，四方底宁，万物咸遂矣。以上申言遂性以导民，使富且安，则自跻于仁寿。

遂性，《文苑》作安其情，非是。○《汉书·董仲舒传》：对册曰："故尧、舜行德则民仁寿。"○既富矣，既安矣，《文苑》无两矣字。○《诗·云汉》毛传曰："荐重，臻至也。"○《左》昭元年杜注曰："底，致也。"

臣前所谓救旱灾在致乎精诚者。臣谨按《春秋》：鲁僖公一年之中三书不雨者，以其人君有恤人之志也。鲁文公二年之中一书不雨者，以其人君无悯人之心也。故僖致精诚，而旱不害物；文无悯恤，而变则成灾。陛下诚能有恤人之心，则无成灾之变矣。以上申言致精诚以救旱灾。

《春秋》僖三年：春王正月不雨。《穀梁传》曰："不雨者，勤雨也。"夏四月不雨。传曰："不雨者，闵雨也。闵雨者，有志乎民者也。"八月雨。传曰："雨云者，喜雨也。喜雨者，志乎民者也。"案一年，《旧唐书》作七月。○人君，《旧唐书》无人字，下同。○《春秋》文二年：自十有二月不雨，至于秋七月。《穀梁传》曰："历时而不雨，文不忧雨也。不忧雨者，无志乎民也。"十年自正月不雨，至于秋七月，传与二年同。○旱不害物，《文苑》无旱字。○变则成灾，《文苑》无则字，《旧唐书》变作旱。

臣前所谓广播植，在视乎食力者。臣谨按《春秋》：君人者，必时视人之所勤。人勤于力，则功筑罕；人勤于财，则贡赋少；人勤于食，则百事废。今财食与人力皆勤矣，愿陛下废百事之用，以广三时之务，则播植不愆矣。以上申言视食力以广播植。"

《文苑》植作殖，下同。○《春秋》庄二十九年：春，新延厩。《穀梁传》曰："延厩者，法厩也，其言新，有故也。有故则何为书也？古之君人者，必时视民之所勤，民勤于力，则功筑罕；民勤于财，则贡赋少；民勤于贪，则百事废矣。"范注曰："凶荒杀礼。"○财食与人力，《旧唐书》作食与财力。○《后汉书·明帝纪》注曰："三时谓春夏秋。"

臣前所谓国廪罕蓄，本乎冗食尚繁者。臣谨按《春秋》：臧孙辰告籴于齐，《春秋》讥其国无九年之蓄，一年不登，而百姓饥。臣愿斥游惰之徒，以督其耕植；省不急之务，以赡其黎元，则廪蓄不乏矣。以上申言省冗食。

《春秋》庄二十八年：臧孙辰告籴于齐。《穀梁传》曰："国无三年之畜，曰国非其国也。一年不升，告籴诸侯。告，请也。籴，糴也。不正，故举臧孙辰以为私行也。国无九年之畜曰不足，无六年之畜曰急，无三年之畜，曰国非其国也。诸侯无粟，诸侯相归粟，正也。臧孙辰告籴于齐，告然后与之，言内之无外交也。古者税什一，丰年补败，不外求而上下皆足也。虽累凶年，民弗病也。一年不艾，而百姓饥，君子非之，不言如，为内讳也。"○斥游惰之徒，两《唐书》徒作人。○以督，两《唐书》《文粹》督作笃。○省不急之务，两《唐书》《文粹》务作费。

臣前所谓吏道多端，本乎选用失当者，由国家取人不尽其材，任人不明其要故也。今陛下之用人也，求其声而不求其实；故人之趋进也，务其末而不务其本。臣愿覈考课之实，定迁序之制，则多端之吏道息矣。以上申言慎选吏。

《汉书·京房传》曰："房奏考功课吏法，上令公卿朝臣与房会议温室。"

臣前所谓豪猾踰检，由中外之法殊者，以其官禁不一也。臣谨按《春秋》：齐桓公盟诸侯不书日，而葵丘之盟特以日者，美其能宣明天子之禁，率奉王官之法，故《春秋》备而书之。夫官者，五帝三王之所建也。法者，高祖、太宗之所制也。法宜画一，官宜正名。今又分外官中官之员，立南司北司之局。或犯禁于南，则亡命于北；或正刑于外，则破律于中。法出多门，人无所措，实由兵农势异，而中外法殊也。臣闻古者因井田以制军职，间农事以修武备，提封约卒乘之数，命将在公卿之列。故兵农一致，而文武同方。可以保乂邦家，式遏乱略。暨太宗皇帝，肇建邦典，亦置府兵，台省军卫，文武参掌。居闲岁则橐弓力穑，将有事则释耒荷戈。所以修复古制，不废旧物。今则不然。夏官不知兵籍，止于奉朝请。大将不主兵事，止于养勋阶。军容合中官之政，戎律附内臣之职。首一戴武弁，嫉文职如仇雠；足一蹈军门，视农夫如草芥。谋不足以翦除奸凶，而诈足以抑扬威辐；勇不足以镇卫社稷，而暴足以侵轶里闾。羁绁藩臣，干陵宰辅，隳裂王度，汨乱朝经。张武夫之威，上以制君父；假天子之命，下以驭英豪。有藏奸观衅之心，无仗节死难之义。岂先王经文纬武之旨耶？臣愿陛下贯文武之道，均兵农之功，正贵贱之名，一中外之法，还军伍之职，修省署之官。近崇贞观之规，远复成周之制，自邦畿以刑于万国，始天子以达于诸侯。则可以制豪猾之强，而无踰检之患矣。以上申言欲制豪猾，当一中外之法。而藩臣专制，阉寺典兵，为患甚大，皆当收其权，归天子之将。

《春秋》僖九年：九月戊辰，诸侯盟于葵丘。《穀梁传》曰："桓盟不日，此何以日？美之也。为见天子之禁，故备之也。葵丘之会，陈牲而不杀，读书加于牲上，壹明天子之禁曰：毋雍泉，毋讫籴，毋易树子，毋以妾为妻，毋使妇人与国事。"○胡曰："百官赴南牙朝会者，谓之外官，亦谓之南司，（《旧唐书·宋申锡传》：内官马存亮曰：何不召南司会议？）宦官列局于玄武门内，两军中尉护诸营于苑中，谓之中官，亦谓之北司。"（《新唐书·宦者·田令孜传》曰：左拾遗孟昭图上疏，言天下非北司之天下，天子非北司之天子，北司岂悉忠于南司？是也。）〇《汉书·刑法志》曰："司马之官，设六军之众，因井田而制军赋。地方一里为井，井十为通，通十为成，成方十里。成十为终，终十为同，同方百里。同十为封，封十为畿，畿方千里。有税有赋，税以足食，赋以足兵。故四井为邑，四邑为丘，丘十六井也，有戎马一匹，牛三头。四丘为甸，甸六十四井也，有戎马四匹，兵车一乘，牛十二头，甲士三人，卒七十二人，干戈备具，是谓乘马之法。一同百里，提封万井，除山川沈斥，城池邑居，园囿术路，三千六百井，定出赋六千四百井，戎马四百匹，兵车百乘，此卿大夫采地之大者也，是谓百乘之家。一封三百一十六里，提封十万井，定出赋六万四千井，戎马四千匹，兵车千乘，此诸侯之大者也，是谓千乘之国。天子畿方千里，提封百万井，定出赋六十四万井，戎马四万匹，兵车万乘，故称万乘之主。戎马车徒干戈素具，春振旅以搜，夏拔舍以苗，秋治兵以狝，冬大阅以狩，皆于农隙，以讲事焉。"〇《汉书·刑法志》注引李奇曰："提，举也，举四封之内也。"《文选·西都赋》提封五万，注引臣瓒案旧说云："提，撮凡也，言大举顷亩也。"又引韦昭曰："积土为封限也。"《匡谬正俗》卷五曰："凡言提封者，谓提举封疆大数以为率耳。"《广雅·释训》曰："堤封都凡也。"王怀祖《疏证》谓堤封亦大数之名，犹今人言通共也。提封即都凡之转，堤封与提封同，力辨旧注之非，其说甚确。此文提封与下命将对文，则从旧注耳。〇《书·康王之诰》曰："保乂王家。"〇《诗·民劳》曰："式遏寇虐。"《书》伪古文《武成》曰："以遏乱略。"案《旧唐书》乱略作祸乱。〇《新唐书·兵志》曰："府兵之制，起自西魏、后周，而备于隋，唐因之。隋制十二卫，皆有将军，以分统诸府之兵。府有郎将、副郎将、坊主、团主以相统治。又有骠骑、车骑二府，皆有将军。后更骠骑曰鹰扬郎将，车骑曰副郎将，别置折冲、果毅。自高祖初起，开大将军府。武德初,始置军府,以骠骑、车骑两将军府领之,析关中为十二道,皆置府。太宗贞观十年,更号统军为折冲都尉,别将为果毅都尉,诸府总曰折冲府。凡天下十道,置府六百三十四,皆有名号,而关内二百六十有一,皆以隶诸卫。凡府三等,兵千二百人为上,千人为中,八百人为下。府置折冲都尉一人,左右果毅都尉各一人,长史、兵曹、别将各一人,校尉六人。士以三百人为团,团有校尉;五十人为队,队有正;十人为人,火有长。凡当宿卫者,兵部以远近给番,皆一月上。初府兵之置,居无事时耕于野,其番上者,宿卫京师而已。若四方有事,则命将以出,事解辄罢,兵散于府,将归于朝,故士不失业,而将帅无握兵之重,所以防微渐,绝祸乱之萌也。"○《诗·时迈》曰:"载櫜弓矢。"毛传曰:"櫜,韬也。"《书·盘庚上》曰:"若农服田力穑。"○《史记·郦生传》:郦生曰:"农夫释耒。"《诗·候人》曰:"何戈与祋。"《说文》曰:"何,儋也。"后人借荷为之。○《左》哀元年:伍员曰:"不失旧物。"○胡曰:"兵部古夏官之职。"案《唐六典》卷五曰:"兵部尚书,《周礼》夏官卿也。"案:此谓贞元以来,方镇之兵,统于节度,京师之兵,统于宦官,兵部不知其籍,但如散官奉朝请而已。○大将,两《唐书》作六军,《通鉴》同。胡曰:"六军上将军、大将军、将军、统军,皆以养勋阶。"案《唐六典》卷五:武官自从一品骠骑大将军,至从九品下陪戎副尉,凡阶二十九等。又卷二,自十二转上柱国,此正二品,至一转武骑尉,此从七品,凡勋十二等。○军容合中官之政二句,胡曰:"谓军容使及诸监军使也。"案《旧唐书·宦官传序》曰:"玄宗在位既久,中官稍称旨者,即授三品左右监门将军,后李辅国从幸灵武,程元振翼卫代宗,干预国政,亦未全握兵权。代宗时,特立观军容宣慰使,命鱼朝恩为之,然自有统帅,亦监领而已。德宗避泾师之难,幸山南,内官窦文场、霍仙鸣拥从,贼平之后,不欲武臣典重兵,其左右神策天威等军，欲委宦者主之，乃置护军中尉两员，中护军两员，分掌禁兵，以文场、仙鸣为两中尉。自是神策亲军之权，全归于宦者矣。"○奸凶，《新唐书》《文粹》作凶逆。○《左》隐九年：郑伯曰："惧其侵轶我也。"杜注曰："轶，突也。"《释文》曰："轶，直结反，又音逸。"○尹义尚《与徐仆射书》曰："纬武经文，方侔四贵。"○万国，两《唐书》《文粹》作下国。○以达，《文苑》以作而。

臣前所谓生徒惰业，由学校之官废者，盖以国家贵其禄而残其能，先其事而后其行。故庶官乏通经之学，诸生无修业之心矣。以上申言学校官废之害。

《后汉书·质帝纪》曰："令千石、六百石、四府掾属、三署郎、四姓小侯，先能通经者，各令随家法。"

臣前所谓列郡干禁，由授任非人者。臣以为刺史之任，理乱之根本系焉，朝廷之法制在焉。权可以抑豪猾，恩可以惠孤寡，强可以御奸寇，政可以移风俗。其将校有曾经战阵，及功臣子弟，各请随宜酬赏。如无理人之术者，不当授任此官，则绝干禁之患矣。申言去任用非人之弊。

臣前所谓百工淫巧，由制度不立者。臣请以官位禄秩，制其器用车服，禁以金银珠玉，锦绣雕镂，不蓄于私室，则无荡心之巧矣。申言百工宜立制度。臣前所谓辨枝叶者，在考言以询行也。欲不惑枝叶，考言询行。臣前所谓形耻格者，在导德而齐礼也。欲民耻格，在导德齐礼。臣前所谓念生寡而食众，可罢斥游惰者，已备之于前矣。斥游惰，则可免生寡食众之害，以已具于前，故不复论。臣前所谓令烦而理鲜，要在察其行否者；臣闻号令者，乃理国之具也。君审而出之，臣奉而行之，或亏益止留，罪在不赦。今陛下令烦而理鲜，得非持之者为所蔽欺乎？去蔽欺，则可免令烦治鲜之失。○以上皆非去华对策所注重，故不详说。

如无理人之术者，《新唐书》如作苟。○禁以，两《唐书》《文粹》以作人。○导德，两《唐书》《文苑》导作道，字通。《书·舜典》曰："询事考言。"○《管子·重令篇》曰："凡君国之重器，莫重于令。令重则君尊，君尊则国安；令轻则君卑，君卑则国危。故安国在乎尊君，尊君在乎行令，行令在乎严罚。故曰亏令者死，益令者死，不行令者死，留令者死，不从令者死。"案：亏益止留，《旧唐书》《文粹》作或亏上旨。

臣前所谓博延群彦，愿陛下必纳其言，造庭待问，则小臣其敢爱死者。臣闻晁错为汉画削诸侯之策，非不知其祸之将至也。忠臣之心，壮夫之节，苟利社稷，死无悔焉。今臣非不知言发而祸应，计行而身戮。盖所以痛社稷之危，哀生人之困，岂忍姑息时忌，窃陛下一命之宠哉？昔龙逢死而启殷，比干死而启周，韩非死而启汉，陈蕃死而启魏。今臣之来也，有司或不敢荐臣之言，陛下又无以察臣之心，退必受戮于权臣之手。臣幸得从四子游于地下，固臣之愿也。所不知杀臣者，臣死之后，将孰为启之哉？于臣不敢爱死，尤加意申明，盖去华本知此对不为权阉所容，而迫于患〔患〕愤，不忍不言也？至于人主之阙，政教之疵，前日之弊，臣既言之矣。若乃流下土之惠，修近古之理，而致和平者，在陛下行之而已。箴阙、辩疵、革弊，前已发挥尽致，故不复言，而敷惠、治古、和平三者，亦可从略。惟顺势点明"行"字，与"上行之何如耳"一段相应，全篇有如一笔书之妙。

其敢爱死，《旧唐书》其作不，《文苑》《文粹》作岂。〇《史记·晁错传》曰："晁错者，颍川人也。迁为御史大夫，请诸侯之罪过削其地，诸侯皆喧哗疾错。吴、楚七国反，以诛错为名。及窦婴、袁盎进说，上令晁错衣朝衣斩东市。"《袁盎传》曰："袁盎夜见窦婴，为言吴所反者，愿至上前口对状。窦婴入言上，上乃召袁盎入见。晁错在前，及盎请辟人赐间，错去，固恨甚。袁盎具言吴所以反状以错故，独急斩错以谢吴，吴兵乃可罢。"《吴王濞传》曰："于是上嘿然良久曰：顾诚何如，吾不爱一人以谢天下。使中尉召错，绐载行东市，错衣朝衣斩东市。"〇《周礼·春官·大宗伯》曰："壹命受职。"郑注曰："王之下士亦一命。"胡曰："后世以受初品官为一命。"〇《韩诗外传》四曰："桀为酒池，关龙逢进谏曰：古之人君，身行礼义，爱民节财，故国安而身寿。今君用财若无穷，杀人若恐弗胜，君若弗革，天殃必降，而诛必至矣。君其革之！立而不去朝，桀囚而杀之。"《御览·人事部》九十八引《符子》曰："龙逢进谏桀曰：臣尝观君之冕，非其冕也，而冕危石；君之履，非其履也，而履春冰。未有冠危石而不压，蹈春冰而不陷者也。桀乃笑而应之曰：子且就炮烙之刑。龙逢布武而趋，赴火而死。"〇《史记·殷本纪》曰："比干强谏纣，纣怒曰：吾闻圣人心有七窍。剖比干观其心。"《韩诗外传》四曰："纣作炮烙之刑，王子比干曰：主暴不谏，非忠也；畏死不言，非勇也。见过即谏，不用即死，忠之至也。遂谏，三日不去朝，纣囚杀。"〇《史记·韩非传》曰："韩非者，韩之诸公子也，喜刑名法术之学，而其归本于《老子》。韩王遣非使秦，秦庄悦之，未信用。李斯、姚贾害之，毁之曰：韩非，韩之诸公子也，今王欲并诸侯，非终为韩不为秦，此人之情也，不如以过法诛之。秦王以为然，下吏治非，李斯使人遗非药，使自杀，韩非欲自陈不得见。秦王后悔之，使人赦之,非已死矣。"○《后汉书·陈蕃传》曰:"蕃字仲举,汝南平舆人也。曹节矫诏诛武等,蕃时年七十馀,闻难作,将官属诸生八十馀人,并拔刃突入承明门,攘臂呼曰:大将军忠以卫国,黄门反逆,何云窦氏不道邪?王甫时出,与蕃相迕,蕃拔剑叱甫,甫兵不敢近,乃益人围之数十重,遂执蕃送黄门北寺狱,即日害之。"○《汉书·朱云传》:云呼曰:"臣得下从龙逢、比干游于地下,足矣。"

　　然上之所陈者,实以臣亲承圣问,敢不条对?虽臣之愚,以为未及教化之大端,皇王之要道。伏惟陛下,事天地以教人敬,奉宗庙以教人孝,养高年以教人悌,育百姓以教人慈,调元气以煦育,扇太和于仁寿,可以逍遥而无为,端拱而成化。至若念陶钧之道,在择宰相而任之,使权造化之柄;念保定之功,在择将帅而任之,使修阃外之寄。念百度之未贞,在择庶官而任之,使专职业之守;念万姓之愁痛,在择长吏而任之,使明惠养之术。自然言足以为天下教,动足以为天下法,仁足以劝善,义足以禁非,又何必宵衣旰食劳神惕虑,然后以致其理哉?总束全文。谨对。剀切光明,到底不懈。

　　□陈子端曰:"其经术综三传之绪言,其识略切当世之要务,至触冒忌讳,不顾利害,尤能言人所难言,洵唐、宋以来制策之冠冕也。"

　　未及,两《唐书》《文粹》作未极。○两《唐书》悌下有长字,慈下有幼字。○端拱,两《唐书》《文粹》作垂拱。《书》伪古文《毕命》曰:"予小子垂拱仰成。"○《汉书·邹阳传》:"从狱上书曰:是以圣王制世御俗,独化于陶钧之上。"颜注曰:"陶家名转者为钧,盖取周回调钧耳。圣王制驭天下,亦犹陶人转钧也。"〇《文苑》脱"在择将帅"至"未贞"十九字。〇《史记·冯唐传》:"唐对曰:臣闻上古王者之遣将也,跪而推毂曰,阃以外者,将军制之。"〇《书》伪古文《旅獒》曰:"百度惟贞。"《新唐书》未贞作求正,避宋仁宗嫌名改。〇《礼记·中庸》曰:"言而世为天下法,行而世为天下则。"〇以致,《文粹》无以字。

杜牧之

杜牧,字牧之,京兆万年人(在今陕西长安县东)。太和二年第进士,复举贤良方正,授弘文馆校书郎,试左武卫兵曹参军。沈传师表为江西团练巡官,又为牛僧孺淮南节度府掌书记。擢监察御史,累迁左补阙,转膳部比部员外郎。宰相李德裕素奇其才,刘稹叛,命诏诸镇兵讨之,牧移书德裕,后泽潞平如其策。历黄、池、睦三州刺史。入为司勋员外郎,转吏部,复乞为湖州刺史,入拜考功员外郎,知制诰,迁中书舍人卒。新、旧《唐书》皆附《杜佑传》。

罪 言

《新唐书》牧传曰:"是时刘从谏守泽潞,何进滔据魏博,颇骄蹇不循法度,牧追咎长庆以来,朝廷措置亡术,复失山东。钜封剧镇,所以系天下轻重,不得承袭轻授,皆国家大事,嫌不当位而言实有罪,故作罪言。"

国家大事,某不当官,言之实有罪,故作《罪言》。
《文苑》言之实作实言之,故作罪言作故以云,《文粹》同,今依本集。

生人常病兵，兵祖于山东，胤于天下，不得山东，兵不可死。旧评曰："奇确。"山东之地，禹画九土，一曰冀州，舜以其分太大，离为幽州，为并州。程其水土，与河南等，常重十一二。故其人沉鸷多材力，重许可，能辛苦。自魏、晋已下，胤浮羡淫，工机纤杂，意态百出，俗益卑弊，人益脆弱。唯山东敦五种，本兵矢，他不能荡，而自若也。复产健马，下者日驰二百里，所以兵常当天下。冀州，以其恃强不循理，冀其必破弱，虽已破，冀其复强大也。并州，力足以并吞也。幽州，幽阴惨杀也。故圣人因其风俗以为之名。以上言山东关系兵事，为最重要。

　　生人，《文苑》作人生。○《尔雅·释诂》曰："祖，始也；胤，继也。"《新唐书》牧传载此，胤作羡。○兵不可死，《新唐书》死作去。○山东，战国时指华山之东而言。《通鉴》卷二胡梅磵注曰："山自鸟鼠同穴，连延为长安南山，至于泰华，秦国在山之西，韩、魏、赵、齐、楚、燕六国，皆在山以东。"是也。杜子美《兵车行》曰："君不见汉家山东二百州"，《九家注》引赵彦材（次公）曰："山东者，太行山之东也，昔言山东，即古之晋地，今之河北也。今言山东，则谓太山之东，昔之齐地，今之京东路也。"阎百诗《潜邱劄记》卷三驳之，引《通鉴》注及《史记·太史公自序》《正义》《汉书·赵充国辛庆忌传赞》以证之，其说甚是。然牧之此文所谓山东者，自当指河北而言，不宜泛及华山以东。赵谓太行山以东，解杜诗则非，解此则是也。○《史记·五帝本纪》《集解》引马融曰："禹分水土，置九州，舜以冀州之北广大，分置并州，燕、齐辽远，分燕置幽州，分齐置营州，于是为十二州也。"案一曰冀州，集作曰冀州野，《新唐书》无一字。○《文苑》分下有野字。案：分读如分星之分，

《周礼·春官·保章氏》曰："所封封域，皆有分星。"郑注曰："大界则曰九州，州中诸国之封域，于星亦有分焉。"《释文》曰："分，扶问反。"〇《汉书·食货志上》曰："能风与旱。"颜注曰："能读曰耐也。"《穀梁》成七年《释文》曰，能亦作耐。〇胤浮羡淫，《诗·十月之交》毛传曰："羡，馀也。"案《新唐书》删此四字。〇卑弊，集作荡弊。〇《周礼·夏官·职方氏》郑注曰："五种，黍稷菽麦稻。"〇《左》昭四年曰："冀之北土，马之所生。"〇《释名·释州国》曰："冀州亦取地以为名也。冀，易也，其地有险有易也。又帝王所都，乱则冀治，弱则冀强，荒则冀丰也。并州西土兼北，其州或并设，故因以为名也。幽州在北，幽昧之地也。"《尔雅·释地》《释文》引李巡曰："两河间其气清，厥性相近，故曰冀，冀近也。燕其气深要，厥性剽疾，故曰幽，幽要也。或云北方太阴，故以幽冥为号。"案：牧之说名州之义，与刘、李不尽同。

黄帝时，蚩尤为兵阶，自后帝王多居其地，岂尚其俗都之邪？自周劣齐霸，不一世晋大，常佣役诸侯。至秦萃锐三晋，经六世乃能得韩，遂折天下脊，复得赵，因拾取诸国。秦末，韩信联齐有之，故蒯通知汉、楚轻重在信。光武始于上谷，成于鄗。魏武举官渡，三分天下有其二。晋乱胡作，至宋武号为英雄，得蜀，得关中，尽得河南地，十分天下有八，然不能使一人渡河以窥胡。至于高齐荒荡，宇文取得，隋文因以灭陈，五百年间，天下乃一家。隋文非宋武敌也。是宋不得山东，隋得山东，故隋为王，宋为霸。旧评曰："综论甚确。"由此言之，山东王者不得，不可为王；霸者不得，不可为霸；猾贼得之，是以致天下不安。以上更就历代成败，证山东之重要。

蚩尤为兵阶，原注曰："阪泉，在今妫川县。"《新唐书·地理志》：河北道妫州怀戎县注曰："天宝中，析置妫川县，寻省。"案：唐怀戎县，即今绥远怀来县治。阪泉乃黄帝与炎帝战地，而与蚩尤战于涿鹿，相去不远，故以阪泉证之也。《史记·五帝本纪》曰："黄帝与炎帝战于阪泉之野，三战然后得其志。蚩尤作乱，不用帝命，于是黄帝乃与蚩尤战于涿鹿之野，遂禽杀蚩尤。"《正义》曰："《括地志》云：阪泉今名黄帝泉，在妫州怀戎县东五十六里，出五里，至涿鹿东北，与涿水合。又有涿鹿故城，在妫州东南五十里，本黄帝所都也。《晋太康地理志》云：涿鹿城东一里有阪泉。"案：涿鹿故城，在今绥远涿鹿县南。《大荒北经》曰："蚩尤作兵伐黄帝。"《管子·地数篇》曰：蚩尤受葛卢山之金，而作剑铠矛戟。"《太平御览·兵部》一引《世本》曰："蚩尤作兵。"○晋大，常佣役诸侯，谓晋为霸主，常役使诸侯如佣也。集宋本误晋大为皆太，明本又臆改为晋文，皆非。《文苑》《文粹》大亦误为太，今依《新唐书》。○《孟子·梁惠王上》赵注曰："韩、赵、魏本晋六卿，（合范氏、中行氏、知氏言之。）号三晋。"○《汉书·陈胜项籍传》引贾生《过秦》曰："及至秦王，奋六世之馀烈。"颜注曰："孝公、惠文王、武王、昭襄王、孝文王、庄襄王凡六君也。"○《史记·秦始皇本纪》曰："十七年，内史腾攻韩，得韩王安，尽纳其地，以其地为郡，命曰颍川。"《张仪传》：说楚王曰："席卷常山之险，必折天下之脊。"《索隐》曰："常山于天下在北，有若人之背脊。"○《史记·淮阴侯传》曰："韩信渡河，袭齐历下军，田广走高密，使使之楚请救。韩信已定临菑，遂东逐广，至高密西，楚使龙且救齐，信击杀龙且，齐王广亡去，遂平齐。汉王遣张良立信为齐王。"又曰："齐人蒯通知天下权在韩信，说信曰：足下为汉则汉胜，与楚则楚胜。"○《后汉书·光武帝纪》曰："上谷太守耿况遣其将寇恂将突骑来助击王郎。"又曰："诸将议上尊号，行至鄗，群臣因复奏。于是命有司设坛场于鄗南千秋亭五成陌。六月己未，即皇帝位，建元为建武，改鄗为高邑。"案：汉上谷郡治沮阳县，在今绥远怀来县南，高邑县在今河北柏乡县北。○《魏志·武帝纪》曰："建安五年，袁绍进临官渡，相拒连月。冬十月，绍遣车运谷，使淳于琼等五人将兵万馀人送之，宿绍营北四十里，公自将步骑五千人大破琼等，皆斩之，绍众大溃。"《水经·渠水注》曰："渠水又左迳阳武县故城南，东为官渡水，又迳曹太祖垒北，有高台，谓之官渡台，渡在中牟，故又谓之中牟台。建安五年，太祖营官渡，绍进临官渡，起土山地道以逼垒，公亦起高台以捍之，即中牟台也。今台北土山犹在，山之东悉绍旧营，遗基并存。"《清一统志》曰："河南开封府：官渡城，在中牟县东北。"○《论语·泰伯篇》曰："三分天下有其二。"○晋乱胡作，谓五胡乱华也。刘渊汉为匈奴，石赵为羯，苻秦为氐，姚秦为羌，慕容燕为鲜卑，是为五胡。○《宋书·武帝纪》曰："高祖武皇帝讳裕，字德舆，彭城县绥舆里人。"又曰："初伪燕主（南燕）慕容德僭号于青州，德死，兄子超袭位。义熙五年，公抗表北讨。六年二月，屠广固，超踰城走，征虏贼曹乔胥获之，送超京师，斩于建康市。八年，以西阳太守朱龄石为益州刺史，率众伐蜀。九年七月，朱龄石平蜀，斩伪蜀主谯纵，传首京师。十二年，羌主（后秦）姚兴死，子泓立，公乃北讨。十三年八月，克长安，生擒泓。九月，送姚泓，斩于建康市。"○有八，《新唐书》有作之，《文苑》有下有其字。○《北齐书·后主纪》曰："后主讳纬，字仁纲，武成皇帝之长子也（武成帝乃神武帝高欢第九子）。帝言语涩讷，无志度，不喜见朝士。自以为策无遗算，乃益骄纵，盛为无愁之曲，帝自弹琵琶而唱之，侍和之者以百数，人间谓之无愁天子。尝出见群厉，尽杀之，或剥人面而视之。任陆令萱、和士开、高阿那肱、穆提婆、韩长鸾等，宰割天下，官由财进，政以贿成，其所以乱政害人，难以备载。"

○《周书·文帝纪》曰："太祖文皇帝姓宇文，讳泰，代武川人也，其先有葛乌菟者，鲜卑奉以为主，其后曰普回，因狩得玉玺三纽，有文曰皇帝玺，普回以为天授，其俗谓天曰宇，谓君曰文，因号宇文国，并以为氏焉。"《武帝纪》曰："高祖武皇帝讳邕，太祖第四子也。建德五年，并州平。六年春正月乙亥，齐主（即后主）传其位于太子恒，自号为太上皇，齐主先于城外掘堑栅，癸巳，帝率诸军围之，遂平邺。齐主率数十骑走青州，遣大将军尉迟勤追之，擒齐主及太子恒于青州。二月，齐诸行台州镇悉降，关东平，合州五十五，郡一百六十二，县三百八十五，户三百三十万二千五百二十八，口二千万六千六百八十六。"○取得，《新唐书》作取之。○《隋书·高祖纪》曰："高祖文皇帝姓杨氏，讳坚，弘农郡华阴人。周帝遣大宗伯赵煚奉皇帝玺绶，百官劝进，高祖乃受焉。开皇元年二月甲子，即皇帝位于临光殿。八年冬十月，命晋王广、秦王俊、清河公杨素并为行军元帅，以伐陈。九年春正月，韩擒虎进师入建邺，获陈主叔宝，陈国平，合州三十，郡一百，县四百。"○五百年间，五当作三，自晋惠帝永兴元年甲子刘渊称汉王，十六国之乱自此始，至隋文帝开皇九年己酉平陈，凡二百八十六年，言三百者，举成数耳。○是以，《新唐书》作足以。

　　国家天宝末，燕盗徐起，出入成皋、函、潼间，若涉无人地。郭、李辈常以兵五十万，不能过邺。自尔一百馀城，天下力尽，不得尺寸。人望之若回鹘吐蕃，义无有敢窥者。国家因之畦河修障戍，塞其衕蹊。齐、鲁、梁、蔡，被其风流，因亦为寇，以里拓表，以表撑里，混溷迴转，颠倒横斜，未尝五年间不战。生人日顿委，四夷日昌炽，天子因之幸陕，幸汉中，焦焦然七十馀年矣。呜呼！运遭孝武，澣衣一肉，不畋不乐，自卑冗中，拔取将相，凡十三年，乃能尽得河南、山西地，洗削更革，罔不顺适。唯山东不服，亦再攻之，皆不利以返。岂天使生人未至于帖泰邪？岂其人谋未至邪？何其艰哉！何其艰哉！以上唐代山东不服之害。

《新唐书·玄宗纪》曰："天宝十四载十一月，安禄山反，陷河北诸郡。十二月丙申，封常清及安禄山战于罂子谷，（《旧唐书·玄宗纪》作成皋罂子谷。《清一统志》曰："河南府：罂子谷，在巩县东二十里，接汜水县界。"）七败绩。癸卯，哥舒翰持节统领处置太子先锋兵马副元帅，守潼关。十五载六月丙戌，哥舒翰及安禄山战于灵宝西原，败绩。辛卯，蕃将火拔归仁执哥舒翰，叛，降于安禄山，遂陷潼关上洛郡。"《元和郡县志》曰："河南道陕州灵宝县：函谷故城，在县南十里。"成皋见吕和叔《成皋铭》注。潼关见皇甫持正《韩文公墓志铭》注。○《旧唐书·肃宗纪》曰："乾元元年九月庚寅，大举讨安庆绪于相州，命朔方节度郭子仪、河东节度李光弼、关内潞州节度王思礼、淮西襄阳节度鲁炅、兴平节度李奂、滑濮节度许叔冀、平卢兵马使董秦、北庭行营节度使李嗣业、郑蔡节度使季广琛等九节度之师，以开府鱼朝恩为观军容使，围相州。庆绪食尽，求于史思明，率众来援。二年三月壬申，郭子仪等与贼史思明战，王师不利，九节度兵溃。"《地理志》曰："河北道相州，天宝元年改为邺郡，乾元元年，复为相州。"案：唐河北道相州治邺县，在今河南临漳县西南。○《楚辞·招魂》王注曰："畦犹区也。"○《文选·北征赋》注引《苍颉篇》曰："障，小城也。"○《广雅·释宫》曰："街、术、蹊、径，道也。"案：术集作街，《文苑》同。○齐、鲁谓淄青、平卢，梁谓宣武，即汴州，蔡谓淮西，即蔡州也。○混涽犹鸿絧。《文选·羽猎赋》注曰："相连貌也。"○《旧唐书·代宗纪》曰："宝应二年秋七月改元为广德。

冬十月，吐蕃犯京畿，寇奉天、武功、盩厔等县，蕃军自司竹园渡渭，循南山而东。丙子，驾幸陕州。"案：唐河南道陕州治陕县，今河南陕县治。○幸汉中，即德宗幸梁州也。已见韩退之《董公行状》注。○七十馀年，案：自天宝十五年至文宗六年，凡七十七年。○孝武，谓代宗也。《旧唐书·代宗纪》曰："谥曰睿文孝武皇帝，庙号代宗。"案《文苑》作章武，非也。又案：代宗在位十七年，此云十三年者，谓大历十年以前也。《新唐书·代宗纪》曰："大历十年正月戊申，田承嗣反。六月甲戌，成德军节度使李宝臣及田承嗣战于冀州，败之。十月甲子，昭义军节度使李承昭及田承嗣战于清水，败之。十二年三月庚子，赦田承嗣。"○帖泰，《新唐书》帖作怗，字同。《广雅·释诂》一曰："怗，安也。"《释诂》四曰："怗，静也。"

今日天子圣明，超出古昔，志于平理。若欲悉使生人无事，其要在于去兵。不得山东，兵不可去，是兵杀人无有已也。今者上策莫如自治。何者？当贞元时，山东有燕、赵、魏叛，河南有齐、蔡叛，梁、徐、陈、汝、白马津、盟津、襄、邓、安、黄、寿春皆戍厚兵，凡此十馀所，才足自护治所，实不辍一人以他使。遂使我力解势弛，孰视不轨者无可奈何。阶此蜀亦叛，吴亦叛，其他未叛者，皆迎时上下，不可保信。自元和初至今二十九年间，得蜀，得吴，得蔡，得齐，凡牧郡县二百馀城。所未能得，唯山东百城耳。土地人户，财物甲兵，校之往年，岂不绰绰乎？亦足自以为治也。法令制度，品式条章，果自治乎？贤才奸恶，搜选置舍，果自治乎？障戍镇守，干戈车马，果自治乎？井闾阡陌，仓廪财赋，果自治乎？如不果自治，是助虏为虐，环土三千里，植根七十年，复有天下阴为之助，则安可以取？故曰：上策莫如自治。以上自治为上策。

是兵杀人无已也，《新唐书》删此句。○燕谓幽州卢龙，赵谓恒冀（成德），魏谓魏博，齐谓淄青（平卢），蔡谓淮蔡也。《新唐书·德宗纪》曰："建中二年正月，成德军节度使李宝臣卒，其子惟岳自称留后，幽州卢龙军节度使朱滔讨之，魏博节度使田悦反。二月，山南东道节度使梁崇义反。六月，淮宁军节度使李希烈为汉南汉北招讨使，以讨梁崇义。八月，平卢军节度使李正己卒，其子纳自称留后，梁崇义伏诛。三年正月闰月，惟岳伏诛。四月，朱滔反。六月，恒冀观察使王武俊反。十月，李希烈反。"《旧唐书·德宗纪》曰："建中三年十一月，朱滔、田悦、王武俊各相推奖，僭称王号。滔称大冀王，武俊称赵王，悦称魏王。又劝李纳称齐王。李希烈自称天下都元帅太尉建兴王，与朱滔等四盗胶固为逆。"案：燕、赵等叛，皆在德宗初年，兴元元年大赦，已复李希烈、田悦、王武俊、李纳官爵。贞元元年，朱滔卒。二年，李希烈为大将陈仙奇所杀，吴少诚又杀仙奇。十五年，少诚反，乃在贞元时。此不过大略言之，不必拘定年之先后。下文蜀刘辟、吴李锜之反，则元和初二年，亦类及之耳。○梁、徐见上，陈、汝见韩退之《平淮西碑》注。○白马津，《元和郡县志》曰："河北道卫州黎阳县：白马故关，在县东一里五步。郦食其说高祖曰：杜白马之津，即此地也。"《清一统志》曰："河南卫辉府：白马在滑县北，旧为河水分流处，一曰白马津。"○盟津已见《成皋铭》注。○襄、邓、寿春见《平淮西碑》注。安、黄见《曹成王碑》注。○实不辍，《文粹》实作资，上属，非是。○《左》襄二十七年："子罕曰：兵之设久矣，所以威不轨而昭文德也。"《华严经音义》上引《国语》贾注曰："轨，法也。"○二十九年，谓宪宗元和十五年，穆宗长庆四年，敬宗宝历二年，自元和元年至文宗太和六年，正二十九年。集作一十九年，误。○得蜀、得吴、得蔡，并见《平淮西碑》，平齐见《许国公碑》。○绰绰已见刘梦得《令狐先庙碑》注。○《史记·秦本纪》《索隐》引《风俗通》曰："南北曰阡，东西曰陌，河东以东西为阡，南北为陌。"《汉书·成帝纪》颜注曰："阡陌，田间道也。"

中策莫如取魏，魏于山东最重，于河南亦最重。何者？魏在山东，以其能遮赵也。既不可越魏以取赵，固不可越赵以取燕。是燕、赵常取重于魏，魏常操燕、赵之性命也。故魏在山东最重。黎阳距白马津三十里，新乡距盟津一百五十里，陴垒相望，朝驾暮战，是二津庋能溃一，则驰入成皋，不数日间。故魏于河南间亦最重。今者愿以近事明之。元和中，纂天下兵，诛蔡诛齐，顿之五年，无山东忧者，以能得魏也。昨日诛沧，顿之三年，无山东忧者，亦以能得魏也。长庆初诛赵，一日五诸侯兵四出溃解，以失魏也。昨日诛赵，一日罢，如长庆时，亦以失魏也。故河南、山东之轻重常悬在魏，明白可知也。非魏强大能致如此，地形使然也。故曰取魏为中策。以上取魏为中策。

原注曰："黎阳、新乡，并属卫州。"《水经·河水篇》曰："又东北过黎阳县南。"注曰："晋灼曰：黎山在其南，河水迳其东，其山上碑云，取山之名，取水之阳，以为名也。"《元和郡县志》志："河北道卫州黎阳县：黎阳镇故城，在县东南一里。"《清一统志》曰："河南卫辉府：黎阳故城，在浚县东北。"○唐河北道卫州新乡县，今河南新乡县治。○以能得魏也，原注："田弘正来降。"案已见《平淮西碑》及《韩公行状》注。○亦以其能得魏也，原注曰："史宪诚来降。"案《新唐书·敬宗纪》

曰："宝历二年四月，横海军节度使李全略卒，其子同捷反。"《文宗纪》曰："太和元年，横海军节度使乌重胤讨李同捷。二年，魏博节度使史宪诚及同捷战于平原，败之。三年四月，沧景节度使李祐克德州，李同捷降，沧德宣慰使柏耆以同捷归于京师，杀之于将陵。"《旧唐书·史宪诚传》曰："宪诚其先出于奚虏，今为灵武建康人。田布引决，宪诚为中军都知兵马使，乘乱，以河朔旧事动其人心，诸军即拥而归魏，共立为帅，国家因而命之。大和二年，沧景节度使李全略卒，其子同捷窃据军城，表邀符节，举兵伐之。先是宪诚与全略婚媾，及同捷叛，复潜以军饷为助，遣骁将至阙，恣为张大，宰相韦处厚以语挫折之。宪诚不敢复与同捷为应。时宪诚示出师共讨同捷。"《通鉴·唐纪》十九曰："太和二年三月闰月，史宪诚奏其子副大使唐、都知兵马使亓志绍将兵二万五千趣德，讨李同捷。时宪诚欲助同捷，唐泣谏，且请发兵讨之，宪诚不能违。九月，以李寰为夏绥节度使，以傅良弼为横海节度使。傅良弼薨，以李祐为横海节度使。三年二月，李祐帅诸道行营兵击李同捷，破之，进攻德州，史宪诚闻沧景将平而惧，其子唐劝之入朝。宪诚使唐奉表请入朝，且请以所管听命。夏四月，李祐拔德州，李同捷与祐书请降，祐并奏其书。谏议大夫柏耆受诏宣慰行营，好张大声势，自将数百骑驱入沧州，取同捷及其家属诣京师。至将陵（唐德州属县），或言王庭凑欲以奇兵篡同捷，乃斩同捷，传首，沧景悉平。"《新唐书·方镇表》曰：贞元三年，置横海军节度使，领沧、景二州，治沧州。"馀见吴武陵《遗吴元济书》注。○以失魏也，原注曰："田布死。"案：已见韩退之《郓州谿堂诗序》注，李习之《韩公行状》注。○亦以失魏也，原注曰："李听败。"案《旧唐书·文宗纪》曰："太和二年九月甲午，诏削夺王庭凑官爵，邻道接界随便进讨。三年六月辛亥，以魏博节度使史宪诚检校司徒，兼侍中，河中尹，充河中晋绛节度使，以义成军节度使李听兼充魏博节度使,以魏博节度副使检校工部尚书史孝章(史唐改名)为相卫节度使。秋七月癸未,中使刘弘逸送史宪诚旌节自魏州还,称六月二十六日夜,魏博军乱,杀史宪诚,立大将何进滔为留后,其新节度使李听入城不得。(以下当有八月二字。)壬子,诏以魏博都知兵马使何进滔检校左散骑常侍,充魏博节度使。壬申,诏雪王庭凑,复官爵。"《李听传》(李晟子,附晟传后。《新唐书》曰:听字正思。)曰:"史宪诚欲入觐,竭其府库,魏人怨之,杀宪诚。衙军立其大将何进滔。诏听兼领魏博节度使,将兵北渡。魏人不纳听,乘城拒守,乃屯兵馆陶。魏人遽袭听,不为备,其军大败,无复部伍,昼夜奔走,仅而获免,丧师过半,辎车兵仗,并皆委弃。"《通鉴·唐纪》五十九曰:"太和二年,王庭凑阴以兵及盐粮助李同捷,上欲讨之。秋七月,下诏罪状庭凑,命邻道各严兵守备,听其自新。"又六十曰:"三年六月,以史宪诚为兼侍中,河中节度使,以李听兼魏博节度使,分相、卫、澶三州,以史孝章为节度使。时李听自贝州还,军馆陶,迁延未进,宪诚竭府库以治行。甲戌,军乱,杀宪诚,奉牙内都知兵马使灵武何进滔知留后。李听至魏州,进滔拒之不得入。秋七月,进滔出兵击李听,听大败,昭义兵救之,仅而得免,归于滑台。河北久用兵,馈运不给,朝廷厌苦之。八月壬子,以进滔为魏博节度使,复以相、卫、澶三州归之。王庭凑因邻道微露请服之意,壬申,赦庭凑及将士,复其官爵。"

　　最下策为浪战,不计地势,不审攻守是也。兵多粟多,驱人使战者,便于守;兵少粟少,人不驱自战者,便于战。故我常失于战,虏常困于守。山东之人,叛且三五世矣,今之后生所见,言语举止,无非叛也,以为事理正当如此,沉酣入骨髓,无以为非者。指示顺向,诋侵族裔,语曰叛去,酋酋起矣。至于有围急食尽,餤尸以战。以此为俗，岂可与决一胜一负哉？自十馀年来，凡三收赵，食尽且下。尧山败，赵复振；下博败，赵复振；馆陶败，赵复振。故曰不计地势，不审攻守为浪战，最下策也。以上浪战为下策，实无策也。

　　□旧评曰："剖辨形势，揣悉事机，如画沙聚米，宛在目中，此经济大文也。"（朱近情、吴于庭合评本，未知专属谁氏，故以旧评称之。）○徐健庵曰："笔势纵横，苏氏父子近之，而牧之气较道上，力追《短长》。"

　　《太玄·中》次七曰："酋酋火魁。"范注曰："酋，就也。"案：此疑遒之借字。《广雅·释诂》一曰："遒，急也。"○《尔雅·释诂》："餤，进也。"《龙龛手鉴》卷四引《尔雅》旧注曰："甘之进也。"《史记·赵世家》：苏厉遗赵王书曰："故以齐餤天下。"《乐毅传》曰："令赵嚪秦以伐齐之利。"《索隐》曰："嚪与啗同。"《汉书·王吉传》：妇取枣以啖吉，则啖与啗同餤，音义皆近。○尧山败，原注曰："郗尚书。"（《文苑》下有士美二字，《文粹》作郗士美。）案《旧唐书·宪宗纪》曰："元和十二年三月，昭义郗士美兵败于柏乡，兵士死者千人。"《郗士美传》曰："士美字和夫，高平金乡人也。元和五年，拜河南尹。明年三月，检校工部尚书，潞州大都督长史，昭义节度。"《通鉴·唐纪》五十五曰："元和十一年春正月，制削王承宗官爵，命河东、幽州、义武、横海、魏博、昭义六道进讨。八月，诸军讨王承宗者，互相观望，独昭义节度使郗士美，引精兵压其境，士美奏大破承宗之众于柏乡，杀千馀人，降者亦如之，为三垒以环柏乡。"又五十六曰："十二年三月，郗士美败于柏乡，拔营而归，士卒死者千馀人。"《清一统志》曰："直隶赵州：尧峰，在临城县东二里，近唐山尧都，故名。顺德府：尧山，在唐山县西北八里。"案：二县皆与柏乡接境。○下博败，原注曰："杜叔良。"案《通鉴·

唐纪》五十八曰："长庆元年十一月,横海节度使杜叔良将诸道兵与镇人战,遇敌辄北,镇人知其无勇,常先犯之。十二月,监军谢良通奏叔良大败于博野,失亡七千馀人,叔良脱身还营,丧其旌节。"胡注曰："博野,汉涿郡蠡吾县之地,后汉分置博陵县,后魏改为博野,唐属深州。"《清一统志》曰："直隶保定府:蠡吾故城,在博野县西南,今之博野乃汉之蠡吾,今之蠡县乃汉之博陵、后魏及唐宋以来之博野。"〇馆陶败见上。胡注曰："馆陶在魏州北四十五里。"案在今山东馆陶县西南。

原十六卫

《通典·职官》十曰："隋炀帝以左右卫、左右屯卫、左右御卫、左右候卫凡十二卫,各置大将军一人,将军二人,以总府事。盖魏、周十二大将军之遗制。大唐武德二年七月,高祖以天下未定,事资武力,将举关中之众以临四方,乃置十二军,分关中诸府以隶焉。每军将一人,副一人,取威名素重者为之,督耕战之备。自是士马强劲,无敌于天下。五年省,七年以突厥寇掠,复置十二军,后又省之。其后定制有左右卫、左右骁、左右武、左右威、左右领军、左右金吾、左右监门、左右千牛凡十六卫。"

国家始踵隋制,开十六卫,将军总三十员,属官总一百二十八员,置守分部,夹峙禁省,厥初历今,未始替削。然自今观之,设官言无谓者,其十六卫乎!本原事迹,其实天下之大命也。以上言十六卫之官非虚设。

《通典·职官》十曰："十六卫大将军各一人,将军总三十人。"原注曰:左右卫及左右金吾,总谓之四卫,其馀谓之杂卫,左右千牛卫将军各一人,馀卫各二人。"案:此云将军总三十员,与《通典》合。《唐六典》卷二十五曰："左右千牛卫将军各一人。"此文亦合。惟《旧唐书·职官志》云：左右千牛卫将军各二员，《新唐书·百官志》亦云二人，此其不同者也。又案《六典》二十四、五两卷所载，左右卫长史各一人，录事参军事各一人，仓曹兵曹参军事各二人，骑曹胄曹参军事各一人，左右骁卫、左右武卫、左右威卫、左右领军卫、左右金吾卫并同，惟左右监门卫有中郎将各四人，而兵曹参军事各一人，兼仓曹、胄曹参军事一人，兼骑曹，新、旧《唐书志》同。总计属官当一百二十四员，与此文数亦不合。○集置守作署宇。

始自贞观中，既武遂文，内以十六卫畜养戎臣，外开折冲、果毅府五百七十四，以储兵伍。或有不幸，方二三千里为寇土，数十百万人为寇兵，蛮夷戎狄，践踏四作，此时戎臣当提兵居外。至如天下平一，暴勃消削，单车一符，将命四走，莫不信顺，此时戎臣当提兵居内。当其居内也，官为将军，绶有朱紫，章有金银，千百骑趋奉朝谒，第观车马，歌儿舞女，念功赏劳，出于曲赐。所部之兵，散舍诸府，上府不越一千二百人。三时耕稼，被襁耡耒，一时治武，骑剑兵矢，裨卫以课，父兄相言，不得业他。籍藏将府，伍散田亩，力解势破，人人自爱。虽有蚩尤为师帅，雅亦不可使为乱耳。及其当居外也，缘部之兵，被檄乃来，受命于朝，不见妻子，斧钺在前，爵赏在后，以首争首，以力搏力，飘暴交捽，岂暇异略？虽有蚩尤为师帅，雅亦无能为叛也。自贞观至于开元末，百三十年间，戎臣兵伍，未始逆篡，此圣人所能柄统轻重，制障表里，圣筭神术也。以上府兵制度之善。

府兵见刘去华《对策》注。陆敬舆《论关中事宜状》曰：

"太宗文皇帝既定大业,万方底义,犹务戎备,不忘虑危,列置府兵,分隶禁卫。大凡诸府八百馀所,而在关中者殆五百焉。举天下不敌关中,则居重驭轻之意明矣。"《唐会要》七十二曰:"关内置府三百六十一,积兵士十六万。"又曰:"通计旧府六百三十三。"案:以上二者所载折冲府之数,与《新唐书·兵志》所言天下十道,置府六百三十四,又各不同。盖时有增减,各就所据言之耳。○畜养戎臣,原注曰:"褒公、鄂公之徒并为诸卫将军。"案《旧唐书·段志玄传》曰:"改封褒国公,拜右卫大将军。"《尉迟敬德传》曰:"拜右武候大将军,(左右武候卫,高宗龙朔二年,改左右金吾卫。)加封鄂国公。"又《李勣传》曰:"加武候大将军,迁左监门大将军。"《秦叔宝传》曰:"拜武卫大将军。"《程知节传》曰:"迁右武卫大将军。"《薛万彻传》曰:"迁右卫大将军。"《盛彦师传》曰:"拜武卫将军。"皆是也。又案《文粹》《观澜乙集》,戎作武。○《通典·嘉礼》八曰:"北齐制二品以上,并金章紫绶,三品银章青绶。"《旧唐书·舆服志》曰:"亲王纁朱绶,四彩赤、黄、缥组;二品、三品紫绶,三彩紫、黄、赤。"○朝谒,《文苑》作朝庙。○上府不越一千二百人,原注曰:"五百七十四府,凡有四十万人。"○《管子·中匡篇》曰:"今夫农身服袯襫。"尹注曰:"袯襫谓麤坚之衣,可以任苦著者也。"《广韵》十三末曰:"袯襫,蓑雨衣也,袯,北末切。"二十二昔:"襫,施只切。《说文》曰:'拂,击禾连枷也。枷,柫也。淮南谓之栚。'案:枷与枷同。《说文》曰:'耒,耕曲木也。'"○蚩尤已见《罪言》注。案:蚩尤为何如人,诸说纷纭,有以为炎帝臣者。《周书·尝麦篇》曰:"赤帝分正二卿,命蚩尤宇于少昊,以临四方。"孔注曰:"蚩尤古诸侯,即二卿之一。"《御览·兵部》一引《世本》宋衷注曰:"蚩尤,神农臣也。"《庄子·盗跖篇》《释文》曰:"蚩尤,神农时诸侯。"此一说也。有以为黄帝臣者。《管子·五行篇》曰:"昔者黄帝得蚩尤而明于天道。"又曰："蚩尤明乎天道，故使为当时。"尹注曰："谓知天时之所当也。"《越绝书·计倪内经》曰："黄帝于是上事天，下治地，故少昊治西方，蚩尤佐之，使主金。"此又一说也。有以为古天子者。《史记·高祖本纪》《集解》引应劭《汉书注》曰："蚩尤古天子。"《汉书·高纪》注引同。此又一说也。有以为庶人者。《周礼·肆师》疏引《五经异义》："谨案《三朝记》曰：蚩尤庶人之强者。"《汉书·高纪》臣瓒引《孔子三朝记》强作贪，与《大戴礼·用兵篇》同。《史记·五帝本纪》《索隐》引刘向《别录》曰："孔子见鲁哀公问政，比三朝，退而为此记，故曰三朝，凡七篇，并入《大戴礼》。"案：《用兵篇》即《三朝记》七篇之一。卢景宣注曰："或云蚩尤古之诸侯，妄耳。一曰众人之贪者也。"此又一说也。有以为九黎之君者。《尚书·吕刑》《释文》引孔季长曰："蚩尤，少昊之末，九黎君名。"孔疏引郑康成曰："蚩尤霸天下，黄帝所伐者。"又曰："学蚩尤为此者，九黎之君，在少昊之代也。"《吕氏春秋·荡兵篇》《秦策》高诱注并同。《吕刑》伪孔传曰："九黎之君，号曰蚩尤，黄帝所灭。"孔疏曰："《楚语》曰：少昊氏之衰也，九黎乱德，颛顼受之，使复旧常。则九黎在少昊之末，黄帝虽灭蚩尤，种族尚在，故至少昊之末复为乱。"案：郑以九黎之君学蚩尤，伪孔以九黎之君称蚩尤，说虽小异，而以为少昊末之九黎，非炎帝时之蚩尤则同。盖蚩尤为九黎之族，蚩尤既诛之后，九黎犹有袭蚩尤之名者，且非独少昊之时，帝喾时殆亦有之。《后汉书·张衡传》：衡上疏曰："凡谶皆云黄帝伐蚩尤，而诗谶独以为蚩尤败，然后尧受命，其说非无因也。"《路史·后纪》四引《阴经遁甲》云：蚩尤者，炎帝之后，则妄说不足据。要之，蚩尤崛起庶人之中，统其民族而君之，故或曰天子，或曰诸侯，以当时天子、诸侯尚无定名也。其时值炎帝之衰，黄帝初盛，盖尝归伏二帝，故或曰炎帝臣，或曰黄帝臣。当上古洪荒，文化初开之世，君臣之分，非如后世之严，故或曰庶人，或曰诸侯，或曰君，或曰天子，或曰炎帝臣，或曰黄帝臣，盖各据所闻而言耳。○雅亦不可使为乱耳，《史记·高帝本纪》《集解》引服虔曰："雅，故也。"案《文粹》无雅字。○雅亦无能为叛也，《文粹》无雅字，《文苑》也作者。○《说文》曰："捽，持头发也。"○百三十年间，自太宗贞观元年丁亥，至玄宗开元二十九年辛巳，共一百一十五年，加天宝十五年，正一百三十年，集三作五固误，《文苑》《文粹》《观澜》作三是也。然开元二字，作天宝方合，否则为开、天之误，盖综开元、天宝计之耳。○《全唐文》筭作算，《说文》曰："算，数也。"筭乃通借字。

至于开元末，愚儒奏章曰：天下文胜矣，请罢府兵。诏曰可。武夫奏章曰：天下力强矣，请搏四夷。诏曰可。于是府兵内刓，边兵外作，戎臣兵伍，湍奔矢往，内无一人矣。起辽走蜀，缭络万里，事五强寇。十馀年中，亡百万人。尾大中干，成燕偏重。而天下掀然，根萌烬燃。七圣旰食，求欲除之，且不能也。由此观之，戎臣兵伍，岂可一日使出落钤键哉？然为国者不能无也。居外则叛，居内则篡。使外不叛内不篡，兵不离伍，无自焚之患，将保颈领，无烹狗之谕，古今已还，法术最长，其置府立卫乎！以上观府兵既废后之乱，益知府兵制善。

《旧唐书·张说传》曰："先是缘边镇兵，常六十馀万，说以时无强寇，不假师众，奏罢二十馀万，勒还营农。玄宗颇以为疑，说奏曰：臣久在疆场，具悉边事。军将但欲自卫，及杂使营私，若御敌制胜，不在多拥闲冗，以妨农务。以陛下之明，四夷畏服，必不虑减兵而招寇也。上乃从之。时当番卫士，浸以贫弱，逃亡略尽。说又建策，请一切召募强壮，令其宿卫，不简色役，优为条例，逋逃者必争来应募。上从之。旬日得精兵一十三万人，分系诸卫，更番上下，以实京师。其后彍骑是也。"《新唐书·兵志》曰："玄宗开元六年，始诏折冲府兵，每六岁一简。自高宗、武后时，天下久不用兵，府兵之法寝坏，番役更代，多不以时，卫士稍稍亡匿。至是益耗散，宿卫不能给。宰相张说乃请一切募士宿卫。十一年，取京兆、蒲、同、岐、华府兵及白丁，而益以潞州长从兵，共十二万，号长从宿卫。岁二番。命尚书左丞萧嵩与州吏共选之。明年更号曰彍骑。自天宝以后，彍骑之法，又稍变废，士皆失拊循。八载，折冲诸府至无兵可交，李林甫遂请停上下鱼书。其后徒有兵额官吏，而戎器驮马，锅幕糗粮，并废矣。故时府人目番上宿卫者曰侍官。言侍卫天子。至是卫佐悉以假人为童奴，京师人耻之，至相骂辱，必曰侍官。而六军宿卫皆市人，富者贩缯綵，食粱肉，壮者为角觝拔河，翘木扛铁之戏。及禄山反，皆不能受甲矣。"○《通鉴·唐纪》二十九曰："开元十五年春正月辛丑，凉州都督王君㚟破吐蕃于青海之西。初吐番自恃其强，致书用敌国礼，辞指悖慢。上意常怒之。返自东封，张说言于上曰：吐蕃无礼，诚宜诛夷。但连兵十馀年，甘、凉、河、鄯不胜其弊，虽师屡捷，所得不偿所亡。闻其悔过求和，愿听其款服，以纾边人。上曰：俟吾与王君㚟议之。及君㚟入朝，果请深入讨之。去冬吐蕃大将悉诺逻寇大斗谷，进攻甘州，焚掠而去。君㚟度其兵疲，勒兵蹑其后，会大雪，虏冻死者甚众，自积石军西归。君㚟先遣人间道入虏境，烧道旁草。悉诺逻至大非川，欲休士马，而野草皆尽，马死过半。君㚟与秦州都督张景顺追之，及于青海之西乘冰而度，悉诺逻已去，破其后军，获其辎重羊马万计而还。君㚟以功迁羽林大将军，上由是益事边功。"○《说文》曰："湍，急濑也。"《汉书·沟洫志》颜注曰："急流曰湍。"案：湍矢，喻急也。○《水经》曰："大辽水出塞外卫皋山（皋原误白平二字，赵氏、孙氏据《海内东经》谓作皋，是也，今从之。）东南入塞，过辽东襄平县西。及玄菟高句丽县有辽山，小辽水所出，西南至辽队县，入于大辽水。"《清一统志》卷三十八曰："辽河即古句骊河也，今名巨流河。"○五强寇，旧注曰："奚、契丹、吐蕃、云南、大食国。"案：以下云十馀年中，亡百万人，姑从天宝后计之。《通鉴·唐纪》：天宝四载，安禄山欲以边功市宠，数侵掠奚、契丹，奚、契丹叛，禄山讨破之。九载十月，安禄山屡诱奚、契丹，为设会饮，以莨菪酒醉而阬之，动数千人，函其酋长之首以献，前后数四，至是入朝，献奚俘八千人。十载八月，禄山将三道兵六万，（《旧唐书·北狄传》言发幽州、云中、平卢、河东兵十万。）讨契丹，以奚骑二千为乡导，至契丹牙帐，奚复叛，夹击唐兵，杀伤殆尽。十一载三月，安禄山发蕃汉步骑二十万击契丹，皆事奚、契丹者也。天宝元年十二月，陇右节度使皇甫惟明奏破吐蕃、大岭等军。戊戌，又奏破青海道莽布支营三万馀众，斩获五千馀级。庚子，河西节度使王倕奏破吐蕃渔海及游弈等军。二年三月，皇甫惟明引军出西平击吐蕃，攻洪济城破之。四载九月，陇右节度使皇甫惟明与吐蕃战于陌堡城，为虏所败。五载，以庄忠嗣为河西陇右节度使，与吐蕃战于青海积石，皆大捷。六载，上欲使王忠嗣攻吐蕃石堡城，忠嗣上言，非杀数万人不能克。将军董延光自请将兵取石堡城，上命忠嗣分兵助之。延光言嗣沮挠军计，敕征忠嗣入朝，以哥舒翰充陇右节度使。七载十二月，哥舒翰筑神威军于青海上，又筑城于青海中陇驹岛，谓之应龙城，吐蕃不敢近青海。八载五月，上命哥舒翰帅陇右、河西及突厥可布思兵，益以朔方、河东兵，凡六万三千，攻石城堡拔之。唐士卒死者数万，果如忠嗣之言。皆事吐蕃者也。云南当作南诏。天宝九载，杨国忠德鲜于仲通，荐为剑南节度使。仲通性褊急，失蛮夷心。故事，南诏常与妻子俱谒都督，过云南，云南太守张虔陀皆私之，又多所征求。南诏王阁罗凤不应，虔陀遣人詈辱之，仍密奏其罪，阁罗凤忿怨，是岁发兵反，攻陷云南，杀虔陀，取夷州三十。二十载夏四月，鲜于仲通讨南诏蛮，大败于泸南。时仲通将兵八万，分二道出戎、嶲州，至曲州、靖州，南诏王阁罗凤谢罪，请还所俘掠，城云南而去。仲通不许，囚其使，进军至西洱河，与阁罗凤战，军大败，士卒死者六万人，仲通仅以身免。此事南诏者也。又（同上）高仙芝将蕃汉三万（《考异》曰：马宇《段秀实别传》云，蕃汉六万众，今从《唐历》。）众击大食，深入七百馀里，至恒罗斯城，与大食遇，相持五日，葛罗禄部众叛，与大食夹攻唐军，仙芝大败，士卒死亡略尽，所馀才数千人。此事大食国者也。又案：大食今阿剌伯。○《左》昭十一年："申无宇曰：末大必折，尾大不掉。"僖十五年："庆郑曰：外强中干。"○《左》成十六年《释文》引《字林》曰："掀，举出也，火气也。"下盖别义，字当作燂。昭十七年曰："行火所焮。"杜注曰："焮，炙也。"○七圣谓玄、肃、代、德、顺、宪、穆七帝也。旰食见刘去华《对策》注。○郭景纯《尔雅序》注曰："六艺之钤键。"○居外则叛，原注曰："韩、黥、七国及禄山、仆固怀恩是也。"○居内则篡，原注曰："莽、卓、曹、马已下是也。"○《左》隐四年："众仲曰：夫兵犹火也，不戢将自焚也。"○《左》隐五年："宋穆公曰：得保首领以没。"○《史记·淮阴侯传》："信曰：果如人言，狡兔死，良狗烹。"

近代已来，于其将也，弊复为甚。人嚣曰：廷诏命将矣。名出视之，率市儿辈。盖多赂金玉，负倚幽阴，折券交货所能也。绝不识父兄礼义之教，复无慷慨感槩之气。百城千里，一朝得之。其强杰愎勃者，则挠削法制，不使缚己；斩族忠良，不使违己。力壹势便，罔不为寇。其阴泥巧狡者，亦能家箪口敛，委于邪倖。由卿市公，去郡得都，四履所治，指为别馆。或一夫不幸而寿，则戛割生人，略市天下。是以天下每每兵乱涌溢，齐人干耗，乡党风俗，淫窳衰薄，教化恩泽，拥抑不下，召来灾沴，被及牛马。嗟乎！自愚而知之，人其尽知之乎！以上更言近日兵制之弊。

《旧唐书·郭子仪传》："子仪附章论奏曰：近因吐蕃凌逼，銮驾东巡，盖以六军之兵，素非精练，皆市肆屠沽之人，务挂虚名，苟避征赋，及驱以就战，百无一堪，亦有潜输货财，因以求免。又中官掩蔽，庶政多荒，遂令陛下振荡不安，退居陕服。斯盖关于委任失所，岂可谓秦地非良者哉？"○《史记·栾布传》："太史公曰：夫婢妾贱人，感慨而自杀者，非能勇也。"《集解》徐广曰："慨或作概，字音义同。"《汉书·栾布传赞》作槩。颜曰："感槩谓感念局狭为小节，槩音工代反。"案《说文》忼慨字作慨，嘅叹字作嘅，依徐音则概为嘅之通借字，颜以为节槩字亦通。又案《文苑》气作节。○《左》僖十五年杜注曰："愎，戾也。"勃，誖之通借字。《说文》曰："誖，乱也。"○旧注曰："泥去声。"○《汉书·萧望之传》："上疏曰：户赋口敛。"颜注曰："率户而赋，计口而敛也。"○《左》僖四年："管仲曰：赐我先君履，东至于海，西至于河，南至于穆陵，北至于无棣。"杜注曰："履所践履之界。"《宋书·武帝纪》："义熙十二年十月，天子诏曰：营丘表海，四履有闻。"《书·益稷》《释文》引马融曰："戛，拣也。"○《庄子·胠箧篇》曰："故天下每每大乱。"《释文》引李曰："每每犹昏昏也。"○《汉书·食货志下》注引如淳曰："齐，等也。无有贵贱，谓之齐民，若今言平民矣。"案：唐避讳作人。○《汉书·地理志下》注引晋灼曰："窳，惰也。"○拥抑，集拥作雍。案《说文》本字作邕，雍后出字，拥通借字。○《汉书·五行志》中之上曰："气相伤谓之沴。"注引如淳曰："沴音拂戾之戾，义亦同。"

且武者任诛，如天时有秋；文者任治，如天时有春。

是天不能倒春秋，是豪杰不能总文武，是此辈受钺诛暴乎？曰于是乎在。某人行教乎？曰于是乎在。欲祸蠹不作者，未之有也。伏惟文皇帝十六卫之旨，谁复而原，其实天下之大命也，故作原十六卫。以上结出本意。

　　□旧评曰："府兵坏而藩镇重，尾大之祸，唐卒不振。篇中利利害害，辨如列眉，惟中有感愤，故言之切挚也。"○王季友曰："唐初府兵之设，最为得策，一变而为彍骑，再变而为召募，遂成藩镇之患，宜樊川激切言之。"

　　《御览·时序部》三引《三礼义宗》曰："古之学者，干戈之舞，得从春夏；羽籥之职，得入秋冬。四事之中，有文有武，故得分之。"

　　李恋伯《受礼庐日记》上集曰："《樊川集·上池州李使君书》有曰：今之言者，必曰使圣人微旨不传，乃郑玄辈为注解之罪。仆观其所解释，明白完具，虽圣人复生，必挈置数子，坐于游、夏之位。若使玄辈解释不足为师，要得圣人复生，如周公、夫子，亲授微旨，然后为学，是则圣人不生，终不为学。假使圣人复生，即亦随而猾之矣。此等议论，唐中叶以后所罕知。樊川文章风桀，卓绝一代，其学问识力，亦复如是。予向推为晚唐第一人，非虚诬也。"（《越缦堂日记》第八册。）

孙可之

　　孙樵字可之（《读书志》作隐之），韩退之之门人。大中九年进士第。广明初，黄巢犯阴，赴岐、陇，授职方员外郎。时诏书曰"行在三绝"，以常侍李骘有曾、闵之行，前进士司空图有巢、由之风，樵有杨、马之文，遂辑所著名《经纬集》。见可之文集自序、《新唐书·艺文志》《郡斋读书志》卷十八。○储同人曰："可之之文，幽怀孤愤，章章激烈，生乎懿、僖，每念不忘贞观、开元之盛，其言不得不激，不得不愁。按其词意渊源之自出，信昌黎先生嫡传也。"

书褒城驿壁

<small>唐山南道兴元府褒城，在今陕西褒城县西南。</small>

褒城驿号天下第一。及得寓目，视其沼则浅混而茅，视其舟则离败而胶，庭除甚芜，堂庑甚残，乌睹其所谓宏丽者？讯于驿吏，则曰：忠穆公尝牧梁州。以褒城控二节度治所，龙节虎旗，驰驿奔诏，以去以来，毂交蹄劘，由是崇侈其驿，以示雄大。盖当时视他驿为壮。且一岁宾至者，不下数百辈，苟夕得其庇，饥得其饱，皆暮至朝去，宁有顾惜心邪？至如棹舟，则必折篙破舷碎鹢而后止；渔钓则必枯泉汩泥尽鱼而后止。至有饲马于轩，宿隼于堂，凡所以污败室庐，糜毁器用。官小者其下虽气猛可制，官大者其下益暴横难禁。由是日益破碎，不与曩类。其曹八九辈，虽以供馈之隙，一二力治之，其能补数十百人残暴乎？<small>以上记驿之所以芜毁。</small>

《庄子·逍遥游》《释文》引崔赞曰："胶，著地也。"○甚残，《文苑》残作浅。○《新唐书·严震传》曰："震字遐闻，梓州盐亭人。迁山南西道节度使。天子至梁州，诏改梁州为兴元府，即用震为尹。贞元十五年卒，赠太保，谥曰忠穆。"○控二节度治所，《元和郡县志》曰："山南道兴元府，为山南西道节度理所。（兴元府治南郑县，今陕西南郑县东。）褒城县东至府三十三里，褒谷山在县北五里，南口为陵，北口为斜，长四百七十里。关内道凤翔府，为凤翔节度使理所，（凤翔府治天兴县，今陕西凤翔县治。）郿县西北至府一百里，县理城亦曰斜谷城，城南斜谷以为名，斜谷南口曰褒，北口曰斜。"（郿县今陕西郿县治。）《文粹》作二节度治所，正合，集及《文苑》二作三，岂兼陉原节度使治所言之邪？然当以二字为确。〇《周礼·地官·掌节》曰："泽国用龙节。"《春官·司常》曰："熊虎为旗。"〇《说文》曰："軺，小车也。"〇《汉书·贾邹枚路列传赞》注引孟康曰："靡谓硙切之也。"苏林曰："劘音摩，厉也。"案：劘与摩同，《说文》曰："摩，研也。"〇集朝去下有者字，《文粹》同。〇《淮南子·本经篇》曰："龙舟鹢首。"高注曰："鹢，大鸟也，画其像著船头，故曰鹢首。"〇《列子·黄帝篇》张注曰："曩，昔也。"〇一二力治之，《文苑》作葺治之。

语未既，有老甿笑于旁，且曰："举今州县，皆驿也。吾闻开元中，天下富蕃，号为理平，踵千里者不裹粮，长子孙者不知兵。今者天下无金革之声，而户口日益破，疆场无侵削之虞，而垦田日益寡；生民日益困，财力日益竭，其故何哉？凡与天子共治天下者，刺史县令而已。以其耳目接于民，而政令速于行也。今朝廷命官，既已轻任刺史县令，而又促数于更易。且刺史县令，远者三岁一更，近者一二岁再更，故州县之政，苟有不利于民，可以出意革去其甚者。在刺史曰：明日我即去，何用如此？在县令亦曰：明日我即去，何用如此？当愁醉醲，当饥饱鲜，囊帛椟金，笑与秩终。"以上借老甿之言，以明州县同于驿。《渊鉴》评曰："前幅似主而实宾，后幅似宾而实主，此文家变化错综之法。"

《说文》曰："甿，田民也。"〇《庄子·逍遥游》曰："适千里者，三月聚粮。"《诗·笃公刘》曰："乃裹餱粮。"○《汉书·王嘉传》："嘉上疏曰：孝文时，吏居官者，或长子孙，以官为氏。"○《礼记·中庸》孔疏曰："金革谓军戎器械也。"案：此云金革之声，则指钲鼓言。《文选·东京赋》薛注曰："金钲镯铙之属也。"《礼记·月令》疏引《易通卦验》注曰："革为鼓。"○户口，《文苑》作编户。○《乐记》郑注曰："趋数读为促速。"《释文》曰："数音速。"○其甚者，《文苑》作者其二字。○当愁醉醲，当饥饱鲜，《说文》曰："醲，厚酒也。"《说文》曰："鱻，新鱼鲭也。"经传多以鲜为之。《文苑》作愁当饮，饥当饱。

呜呼！州县者，真驿邪！矧更代之隙，黠吏因缘，恣为奸欺，以卖州县者乎？如此而欲望生民不困，财力不竭，户口不破，垦田不寡，难哉！予既揖退老甿，条其言，书于褒城驿屋壁。以上书驿壁。

□高江村曰："因驿而发明郡县迁代，不宜促数之故。可谓深达物情，有关治体。"

与王霖秀才书

《唐六典》卷四曰："凡举试之制，其科有六，一曰秀才，试方略策五条，此科取人稍峻，贞观巳后遂绝。"《通典·选举》三曰："秀才，贞观中有举而不第者，坐其州长，由是遂绝。（《新唐书·选举志》曰："高宗永徽二年，始停秀才。"）开元二十四年以后，复有此举，其时进士渐难，而秀才本科无帖经及杂文之限，反易于进士，主司以其科废，不欲收奖，应者多落之。三十年无及第者。至天宝初，侍郎韦陟始奏有堪此举者，令长官特荐，其常年举送者并停。"《国史补》卷下曰："进士通称，谓之秀才。"案：此题秀才，盖通称耳。

太原君足下：《雷赋》逾千六言，推之大《易》，参之玄象，其旨甚微，其辞甚奇。如观骇涛于重溟，徒知㩉魄眙目，莫得畔岸，诚谓足下怪于文。方举降旗，将大夸朋从间，且疑子云复生。无何足下继以翼旨及杂题十七篇，则与《雷赋》相阔数百里。足下未到其壶，则非樵所敢与知。既入其城，设不如意，亦宜上下铢两，不当如此悬隔。不知足下以此见尝耶？抑以背时戾众，且欲哺粕啜醨，以苟其合耶？何自待则浅，而徇人反深？以上因其文前后相悬，疑其中惑而徇世俗。

太原疑王霖字，或别号。○千六，《全唐文》作六千。○《易·说卦传》曰："震为雷。"○《太玄·释》次三曰："风动雷兴。"○魏文帝《沧海赋》曰："惊涛暴骇。"○《文选·吴都赋》曰："魂㩉气慑。"李善注曰："㩉，夺也。"《说文》曰："眙，直视也。"○《诗·氓》曰："淇则有岸，隰则有泮。"郑笺曰："泮读为畔，畔，涯也。"○《尔雅·释宫》曰："宫中衖谓之壶。"此文当为梱之借字。《诗·既醉》曰："室家之壶。"郑笺曰："壶之言，梱也。"《说文》曰："梱，门橜也。"○其城，《全唐文》城作域。○《小尔雅·释言》曰："尝，试也。"○哺，《全唐文》作餔。《楚辞·渔父》曰："众人皆醉，何不餔其糟而歠其醨？"《文选》醨作醨，五臣注吕向曰："餔，食也；歠，饮也。糟醨皆酒滓。"案《说文》曰："哺，哺咀也。歠，饮也。"餔啜皆借字。○苟其合，集作其苟合，吴先生依《全唐文》乙，今从之。

鸾凤之音必倾听，雷霆之声必骇心。龙章虎皮，是何等物？日月五星，是何等象？储思必深，擒辞必高，道人之所不道，到人之所不到，趋怪走奇，中病归正。

以之明道，则显而微；以之扬名，则久而传。前辈作者正如是。譬玉川子《月蚀》诗、杨司成《华山赋》、韩吏部《进学解》、冯常侍《清河壁记》，莫不拔地倚天，句句欲活，读之如赤手捕长蛇，不施控骑生马。急不得暇，莫可捉搦。善状难状之情。又似远人入大兴城，茫然自失，讵比十家县，足未及东郭，目已极西郭耶？尚节之曰："可之论文如此，以得真诀自负，岂妄哉！"〇以上论作文之旨趣。

《文选·答宾戏》曰："摛藻如春华。"注引韦昭曰："摛，布也。"〇《新唐书·卢仝传》曰："仝居东都，韩愈为河南令，爱其诗，厚礼之。仝自号玉川子，尝为《月蚀》诗，以讥切元和逆党，愈称其工。"〇《新唐书·杨敬之传》（附其祖《杨凭传》后，凭虢州弘农人。）曰："敬之字茂孝，元和初，擢进士第，检校工部尚书兼祭酒，卒。敬之尝为《华山赋》示韩愈，愈称之，士林一时传布。"案《华山赋》见《文苑》卷二十八、《文粹》卷六。《唐六典》卷二十一曰："国子监祭酒，龙朔二年改为大司成。咸亨中复旧。"各本成作城，误。〇《进学解》已见第三卷。〇《新唐书·冯宿传》曰："宿字拱之，婺州东阳人，贞元中擢进士第，进中书舍人，徙左散骑常侍。"案《清河壁记》今佚。〇控字亦作鞚，同。《初学记·武部》引《通俗文》曰："所以制马曰鞚。"《御览·兵部》八十九引《埤苍》曰："鞚，马勒也。"〇莫可，集莫作不，今依《全唐文》。〇《乐府诗集》卷二十五引《古今乐录》曰："梁乐府，胡吹旧曲有捉搦，而不言其义。"《旧唐书·代宗纪》曰："广德二年二月，禁钿作珠翠等，委所司切加捉搦。"《李德裕传》曰："宝历二年，亳州言出圣水，德裕奏曰：两浙、福建百姓渡江者，日三五十人，臣于蒜山已加捉搦。"《新唐书·韩琬传》（附其父思彦传后。）琬上言曰："不务省事而务捉搦。"盖即后人所谓捉拏之义也。○《隋书·地理志》：京兆郡大兴县原注曰："开皇三年置，后周旧郡，置县曰万年。高祖龙潜，封号大兴，故至是改焉。"《元和郡县志》曰："关内道京兆府万年县：周明帝二年，始于长安城中置万年县，隋开皇三年迁都，改为大兴县，理宣阳坊。武德元年，复为万年。"

  樵尝得为文真诀于来无择，来无择得之于皇甫持正，皇甫持正得之于韩吏部退之。然樵未始与人言及文章，且惧得罪于时，今足下有意于此，而自疑尚多，其可无言乎？以上自明为文之传授。樵再拜。

  □可之之文，得韩之奇崛，读此可知其平日用力之所在。

卷六 宋文二十七首

柳仲涂

柳开,字仲涂,大名人。(宋河北道大名府大名县,在今河北濮阳县东。)五代文格浅弱,开幕韩、柳为文,因名肖愈,字绍元,既而改名字,以为能开圣道之涂也。著书自号东郊野夫,又号补亡先生,宋开宝六年举进士第,补宋州司寇参军。太平兴国中,擢右赞善大夫,选知常州,徙润州,拜监察御史,后为崇仪使,知全州,又知曹、邢二州。真宗即位,加如京使,知代州,徙忻州刺史。及契丹犯边,开上书请车驾观兵河朔,徙沧州,道病卒。《宋史》入《文苑传》。○《邵氏闻见录》卷十五曰:"本朝古文,柳开仲涂、穆修伯长首为之唱。"清《四库书目》卷百五十二曰:"宋朝变偶俪为古文,实自开始。惟体近艰涩,是其所短耳。要其转移风气,于文格实为有功也。"

应 责

盛如梓《庶斋老学丛谈》卷中之上引柳仲涂云:古文非在辞涩言苦云云,即出此篇。王阮亭《池北偶谈》卷十七曰:"予读《河东集》但觉苦涩,初无好处,岂能言之而不能行耶?"清《四库书目》卷一百五十二曰:"谓之明而未融则可,以为初无好处，则已甚之词也。"

或责曰：子处今之世，好古文与古人之道，其不思乎！苟思之，则子胡能食乎粟，衣乎帛，安于众哉？众人所鄙贱之，子独贵尚之，孰从子之化也？忽焉将见子穷饿而死矣。以上设为责者之言。

汉人所谓古文者，以字体言，以别于当时通行之今文耳。六朝人趋重藻采，故以有韵者谓之文，无韵者谓之笔。（《文心雕龙·总术》曰："今之常言，有文有笔，无韵者笔，有韵者文。"阮伯元曰："所谓韵者，乃章句中之音韵，非但句末之韵脚也。"详见梁茝林《退庵随笔》卷十九。）至北周时，言文体者，有今古文之分，（《周书·柳虬传》曰："时人论文体，有今古之分。"）及唐、宋人所谓古文者，则以五经、周、秦、西汉为宗，而别乎六朝之骈俪矣。（文笔之分，乃晋以后之俗说。《抱朴子·百家篇》已知其非，而或者据之，以为后人所谓古文者，乃古人所谓笔，此偏宕之言，不足信也。且如昌黎之文，原本《五经》，岂六朝人谓之笔者所能同日语？唐人谓孟诗韩笔，亦沿六朝之鄙说耳。）○独贵，《宋文鉴》独作犹。

柳子应之曰：於乎！天生德于人，圣贤异代而同出。其出之也，岂以汲汲于富贵，私丰于己之身也？将以区区于仁义，公行于古之道也。己身之不足，道之足，何患乎不足？道之不足，身之足，则孰与足？今之世与古之世同矣；今之人与古之人亦同矣。古之教民，以道德仁义；今之教民，亦以道德仁义。是今与古胡有异哉？以上言道不以古今而异。

於，古文乌字，於乎即乌乎，亦即呜呼，已见张道济《卢思道碑》注。○《汉书·杨雄传》颜注曰："汲汲，欲速之意。"

○《汉书·杨王孙传》曰："何必区区独守所闻？"此文区区，有局守区域之意。○《论语·颜渊篇》："有若曰：百姓足，君孰与不足？百姓不足，君孰与足？"此文略仿其句法。

　　古之教民者，得其位，则以言化之，是得其言也，众从之矣。不得其位，则以书于后，传授其人，俾知圣人之道易行。尊君，敬长，孝乎父，慈乎子，大哉斯道也，非吾一人之私者也，天下之至公者也。是吾行之，岂有过哉？且吾今栖栖草野，位不及身，将以言化于人，胡从于吾乎？故吾著书自广，亦将以传授于人也。以上言文所以传道。

　　司马子长《报任少卿书》曰："仆诚以著此书，藏之名山，传之其人，通邑大都。"○《论语·宪问篇》："微生亩谓孔子曰：何为是栖栖者与？"《韩非·说难篇》曰："则以为草野而倨侮。"案：集栖作恓，非是。今依《文鉴》。○吾乎，集乎作矣，《文鉴》同。吾友徐行可据拜楼所藏旧钞本校作乎，今从之。

　　子责我以好古文，子之言何谓为古文？古文者，非在辞涩言苦，使人难读诵之，在于古其理，高其意，随言短长，应变作制，同古人之行事，是谓古文也。子不能味吾书，取吾意，今而视之，今而诵之，不以古道观吾心，不以古道观吾志，吾文无过矣。吾若从世之文也，安可垂教于民哉？亦自愧于心矣。以上言古文之法，非俗人所知。

　　古其理，高其意，《庶斋老学丛谈》引同。抄本理、意二字互易。○今而视之二句，言以今世之文视之、诵之也。

　　欲行古人之道，反类今人之文，譬乎游于海者乘之以骥，可乎哉？苟不可，则吾从于古文。吾以此道化于民，若鸣金石于宫中，众岂曰丝竹之音，则以金石而听之矣。食乎粟，衣乎帛，何不能安于众哉？苟不从于吾，非吾不幸也，是众人之不幸也。吾岂以众人之不幸，易我之幸乎？纵吾穷饿而死，死即死矣，吾之道岂能穷饿而死之哉？吾之道，孔子、孟轲、杨雄、韩愈之道；吾之文，孔子、孟轲、杨雄、韩愈之文也。以上言好古文古道，未必即不安于众，且即穷死，亦非所悔。

《诗·白华》曰："鼓钟于宫。"○众岂，《文鉴》岂作且，又句末有也字。○岂以，《文鉴》作非以。

子不思其言而妄责于我，责于我也即可矣，责于吾之文、吾之道也，即子为我罪人乎！结应起段。

□河东文多苦涩，此篇则爽朗可诵，其论文尤见心得，可为集中之冠。

《孟子·告子下》曰："五霸者，三王之罪人也。"

范希文

范仲淹，字希文。其先邠州人，后徙家江南，遂为苏州吴县人。大中祥符八年，登进士第。仁宗时，西夏赵元昊反，仲淹为陕西经略安抚招讨副使，历知延州、耀州，徙庆州，迁环庆路经略安抚缘边招讨使。复置陕西四路经略安抚招讨使，以仲淹与韩琦、庞籍分领之。及元昊请和，召拜枢密副使，参知政事，寻出为陕西、河东宣抚使，兼陕西四路安抚使，历知邓、杭、青三州，徙知颍州，卒，赠兵部尚书，谥文正。宋史有传。（详见后欧阳永叔《范公神道碑》。）

岳阳楼记

《范文正公年谱》曰:"庆历六年丙戌,年五十八岁,公在邓,(五年十一月乙未,转给事中资政殿学士,知邓州。)九月十五日,作《岳阳楼记》,中有'先天下之忧而忧,后天下之乐而乐'之句,盖允蹈之言也。"案《太平寰宇记》曰:"江南西道岳州巴陵县:岳阳楼,唐开元四年,张说自中书令为岳州刺史,常与才士登此楼,有诗百馀篇,列于楼壁。"(此据《古逸丛书》补本,《舆地纪胜》亦引之。)案《元丰九域志》:荆湖路,咸平二年分南北二路,岳州巴陵郡属北路。《舆地纪胜》:荆湖北路岳州:引《岳阳风土记》曰:岳阳楼,城西门楼也,下瞰洞庭,景物宽广。"《清一统志》曰:"湖南岳州府:岳阳楼,在巴陵县(今岳阳县)西门上。"○《后山诗话》卷二曰:"范文正公为《岳阳楼记》,用对语说时景,世以为奇,尹师鲁读之曰:传奇体尔。《传奇》,唐裴铏所著小说也。"

庆历四年春,滕子京谪守巴陵郡。越明年,政通人和,百废具兴,乃重修岳阳楼,增其旧制,刻唐贤今人诗赋于其上,属余作文以记之。以上作记之由。

《宋史·滕宗谅传》曰:"宗谅字子京,河南人。与范仲淹同年举进士。元昊反,知泾州。仲淹荐以自代,擢天章阁待制,徙庆州。御史梁坚劾奏宗谅,前在泾州费公钱十六万贯。仲淹时参知政事,力救之,止降一官知虢州。中丞王拱辰论奏不已,复徙岳州。《元丰九域志》曰:"荆湖北路岳州巴陵郡军事治巴陵县。"案:即今湖南岳阳县治。

余观夫巴陵胜状,在洞庭一湖,衔远山,吞长江,浩浩汤汤,横无际涯,朝晖夕阴,气象万千,此则岳阳楼之大观也。前人之述备矣。然则北通巫峡，南极潇湘，迁客骚人，多会于此，览物之情，得无异乎！以上略去巴陵形状，而就登楼者览物之情言之，引起悲乐二段。

《元和郡县志》曰："江南道岳州巴陵县，昔羿屠巴蛇于洞庭，其骨若陵，故曰巴陵。"（《舆地纪胜》谓蜀刘巴卒葬岳阳，后人因号岳阳为巴陵，恐非。）○《水经·湘水注》曰："湘水左会清水口，资水也，世谓之益阳江。湘水左则沅水注之，谓之横房口，东对微湖，世或谓之麇湖也。右属微水，西流注于江，谓之麇湖口。湘水又北，左则澧水注之，世谓之武陵江。凡此四水，同注洞庭，北会大江，湖水广圆五百馀里，日月若出没于其中。"《元和郡县志》曰："江南道岳州巴陵县：洞庭湖在县西南一里五十步，周迴二百六十里。"《清一统志》曰："湖南岳州府：洞庭湖，在巴陵县西南，每夏秋水涨，周围八百馀里。"○《书·尧典》伪孔《传》曰："汤汤，流貌；浩浩，盛大。"《释文》曰："汤音伤。"○《水经·江水注》二曰："江水又东迳巫峡，杜宇所凿以通江水也。江水历峡东迳新崩滩，其间首尾百六十里，谓之巫峡，盖因山为名也。"《清一统志》曰："四川夔州府巫山，在巫山县东。"○《中山经》曰："洞庭之山，帝之二女居之，是常游于江渊，澧沅之风交潇、湘之渊。"郝兰皋《笺疏》曰："潇当作瀟，《说文》云：瀟，深清也。《水经》云：湘水北过罗县西。注云：瀟者，水清深也。《湘中记》曰：湘川清照五六丈，是纳潇湘之名矣。"案《清一统志》曰："湖南永州府：湘江自广西全州（今改县）流至黄沙河入东安县境，一百七十里至石期市，入零阳县境，又东流七十里，至湘口合潇水，北流一百四十里，入祁阳县境，又东北入衡州府常宁县界。营水源出宁远县南，西流迳江华县东，又北流迳道州（今改县）东，又北流至零陵县西入湘水。自随州以上，今谓之泡水；自道州以下，今谓之潇水。"又曰："潇水在道州北，源出潇山，东流入营水。州志潇水源有三。一出潇山，东流绕宜山，亦曰宜水，从州东北宜江口入洮水。一曰小潇水，在小西门穿城入，由潇源环绕玉城出，从庄城桥入洮水。一出宁远县九疑山，下流俱入湘。今细考之，唯道州北出潇山者为潇永，其下流皆营水故道也。出九疑山者，乃《水经注》之泠水，北合都溪以入营水者也。又零陵蒋本厚《山水志》云："萧水一支出江华，一支出永明，一支出濂溪，唯出濂溪者，犹为近之。出江华者，乃以洮水为潇水，出永明者，以掩水为潇水，盖后人以营水所经，统谓之潇水，而遂不知有营水矣。"○骚人，已见贾幼邻《工部侍郎李公集序》。○多会，集多作都，今依《观澜文甲集》及《文鉴》。

若夫霪雨霏霏，连月不开，阴风怒号，浊浪排空，日星隐耀，山岳潜形，商旅不行，樯倾楫摧，薄暮冥冥，虎啸猿啼。登斯楼也，则有去国怀乡，忧谗畏讥，满目萧然，感极而悲者矣。以上以览物而悲者。

《尔雅·释天》曰："久雨谓之霪。"案：霪后出字。○连月，《文鉴》月作日。○《庄子·齐物论》曰："夫大块噫气，其名为风，作则万窍怒呺。"○《文选·江赋》李善注引《埤苍》曰："樯，帆柱也，才羊切。"○《文鉴》楫作檝。《说文》曰："楫，櫂也。"檝与楫字同。

至若春和景明，波澜不惊，上下天光，一碧万顷，沙鸥翔集，锦鳞游泳，岸芷汀兰，郁郁青青。此春昼景物。而或长烟一空，皓月千里，浮光跃金，静影沉璧，渔歌互答，此乐何极？此秋夜景物。登斯楼也，则有心旷神怡，宠辱皆忘，把酒临风，其喜洋洋者矣。以上览物而喜者。○二段稍近俗艳，故师鲁讥为传奇体也。

《说文》曰："景，日光也。"○鲍明远《芙蓉赋》曰："戏锦鳞而夕映。"○《后汉书·冯衍传》注曰："郁郁，香气也。"《诗·淇澳》："绿竹青青。毛传曰："青青，茂盛貌。"《释文》曰："青，子丁反，本或作菁，音同。"○王子安《上巳浮江序》曰："渔歌互起。"○皆忘，《文鉴》皆作偕。○《诗·衡门》毛传曰："洋洋，广大也。"

嗟夫，予尝求古仁人之心，或异二者之为，何哉？不以物喜，不以己悲。居庙堂之高，则忧其民；处江湖之远，则忧其君。是进亦忧，退亦忧。然则何时而乐耶？其必曰：先天下之忧而忧，后天下之乐而乐乎！噫，微斯人，吾谁与归！以上揭明主旨作结。时六年九月十五日。

□此文坊本多选之，其中二段写情景处，殊失古泽，故或以为俳。然先天下而忧，后天下而乐，实为千古名言，故姚选不取，而《杂钞》录入也。

《庄子·让王篇》："中山公子牟谓瞻子曰：身在江海之上，心居乎魏阙之下，奈何？"○先天下之忧而忧二句，《神道碑》以为平日自诵之言（见后），盖为此记又自用之耳。《观澜》乎作欤。○《礼记·檀弓下》："赵文子曰：死者如可作也，吾谁与归？"

穆伯长

穆修，字伯长，郓州人。（宋初河南道郓州治须城县，今山东东平县治。）真宗东封泰山，诏举齐、鲁经行之士，修预选，赐进士出身，调泰州司理参军。负才与众龃龉，通判忌之，使人诬告其罪，贬池州。居岁馀，遇赦，久之，补颍州文学参军，徙蔡州卒。《宋史》入《文苑传》。○《宋史·《文苑传》曰："自五代文敝，国初柳开始为古文，其后杨亿、刘筠尚声偶之辞，天下学者靡然从之。修于是时独以古文称，苏舜钦兄弟多从之游。"李慈伯《孟学斋日记》乙集中曰："参军才无过人，学亦不竞，惟生昆体极盛之世，独矫割裂排比之习，以文从字顺为文，而说理明确。尹氏、欧阳出而推尊之，故名迻震爆。"（《越缦堂日记》第六册。）

答乔适书

近辱书并示文十篇，终始读之，其命意甚高。自及淮西来，尝见人言足下少年乐古文，固耳闻而心存之。但未敢辄轻信人说，今遂果知足下能然。以上读其文，知其果能乐古文。

本集文首有"月日河南穆修白秀才足下"十一字，今依《文鉴》。○乐古文，《文鉴》古作喜。○辄轻信，《文鉴》无辄字。○今遂，《文鉴》无今字。

盖古道息绝，不行于时已久。今世士子，习尚浅近，非章句声偶之辞，不置耳目。浮轨滥辙，相跡而奔，靡有异涂焉。其间独取以古文语者，则与语怪者同也。众又排诟之，罪毁之，不目以为迂，则指以为惑，谓之背时远名，阔于富贵。先进则莫有誉之者，同侪则莫有附之者。其人苟无自知之明，守之不以固，持之不以坚，则莫不惧而疑，悔而思，忽焉且复去此而即彼矣。噫！仁义忠正之士，岂独多出于古，而鲜出于今哉？亦由时风众势，驱迁溺染之，使不得从乎道也。以上言古道不行于今。

章句声偶，皆指作文，与经学家所谓章句者（如《汉书·艺文志》所称《易》施孟、梁丘章句,《书》欧阳章句,大小夏侯章句等。)不同。《文心雕龙·章句篇》所谓"宅情曰章,位言曰句",是也。声谓声律,《文心雕龙·声律篇》所谓"声含宫商",是也。偶谓对偶,《文心雕龙·丽辞篇》所谓"体植必两,辞动有配",是也。○《汉书·平当传》颜注曰:"迹谓求其踪迹也。"案:跡与迹同。○涂,集作途,字同。○独取,集取作敢。○《尔雅·释诂》曰:"阔,远也。"○苟无,《文鉴》无作失。○忠正,《文鉴》忠作中。

观足下十篇之文,则信有志于古矣。其书之问,则曰:将学于今,则虑成浅陋;将学于古,则惧不得取名于世,学宜何旨?引韩先生《师说》之说以求解惑为请。足下当少秀之年,怀进取之机,又学古于仁义不胜之时,与之者寡,非之者众,不得无惑于中焉。是以枉书见问。某不才而弃于时者也,何足为人质其是非可否?徒以退拙无所用心,因得从事于不急之学,知旧者不识其愚且戆,或谓之为好古焉,故足下以是厚相期待者,盖感其声而求其类乎!可不少复其意耶!试为足下言之。以上因其以学古学今之惑来问而答。

有志于古矣,古下有文字,今依《文鉴》。○韩退之《师说》曰:"古之学者必有师,师者所以传道受业解惑也。人非生而知之,孰能无惑?惑而不从师,其为惑也终不解矣。"又学古,集又作反。○不识,《文鉴》作不知。○《说文》曰:"戆,愚也。"段注曰:"旧音下感反,今音读竹巷反。"

夫学乎古者,所以为道;学乎今者,所以为名。道者,仁义之谓也;名者,爵禄之谓也,然则行道者有以兼乎名,守名者无以兼乎道。何者?行夫道者,虽固有穷达云耳，然而达于上也，则为贤公卿；穷于下也，则为令君子。其在上，则礼成乎君，而治加乎人；其在下，则顺悦乎亲，而勤修乎身。穷也达也，皆本于善称焉。守夫名者，亦固有穷达云耳，而皆反于是也。达于上也，何贤公卿乎？穷于下也，何令君子乎？其在上，则无所成乎君而加乎人；其在下，则无所悦乎亲而修乎身。穷也达也，皆离于善称焉。故曰行道者，有以兼乎名，守名者，无以兼乎道。有其道而无其名，则穷不失为君子。有其名而无其道，则达不失为小人。与其为名达之小人，孰若为道穷之君子？矧穷达又各系其时遇，岂古之道有负于人耶？以上言行道守名之得失，当求道不求名。

《易·系辞上》曰："言出乎身加乎民。"○《礼记·中庸篇》曰："顺乎亲有道，反诸身不诚，不顺乎亲矣。"《孟子·离娄上》，顺作悦。○岂古之道，《文鉴》之作人。

　　足下有志乎道而未忘乎名，乐闻于古而喜求于今，二者之心苟交存而无择，将惧纯明之性寖微，浮躁之气骤胜矣。足下心明乎仁义，又学识其归向，在固守而弗离，坚持而弗夺，力行而弗止，则必立乎名之大者矣。学之正伪有分，则文之指用自得，何惑焉？以上告以求道之方，所以解其惑也。不宣，某白。

　　□学古人之文以求其道，自昌黎以后，讫宋欧、曾、王诸家，皆同此法。伯长之文，虽未精奥深美，而明白晓畅，不用涩语奇字，自是文家正轨。

　　《文选》杨德祖《答临淄侯笺》曰："反荅造次，不能宣备。"吴虎臣（曾）《能改斋漫录》谓书尾用"不宣"语起此。（今《漫录》无此条，见《野客丛书》引。）王勉夫（楙）《野客丛书》卷十五谓汉高祖初定天下,诸侯王上疏云云,末云"大王之德,著于后世,不宣,昧死再拜",此正"不宣"之语所从出也。案《汉书·高帝纪》下本作"大王功德之著,后世不宣",颜师古注曰:言位号不殊,则功德之著明者,不宣于后世也。是"后世不宣"四字为句,与书尾所用"不宣"语意皆不同,王说非是。"不宣"二字,仍以杨德祖笺为始也。魏道辅(泰)《东轩笔录》卷十五曰:"近世书问,自尊与卑,即曰'不具';自卑上尊,即曰'不备';朋友交驰,即曰'不宣'。三字义皆同,而创为轻重之说,不知何人,世莫敢乱,亦可怪也。"周昭礼(煇)《清波别志》卷上曰:"五代刘岳《书仪》,以不宣、不备分轻重,今之尺牍尤谨于此。《文选》杨修《答临淄王书》末云云,乃并言之,盖著"裁刬不克周悉"意,二字其果有轻重耶?"(今已无此分别。)

尹师鲁

伊洙,字师鲁,河南人。(宋京南西路河南府河南县,今河南洛阳县治。)天圣二年进士第,举书判拔萃,以王曙荐,充馆阁校勘,迁太子中允。范仲淹贬知饶州,洙上疏请同贬,贬监郢州酒税。赵元昊反,大将葛怀敏辟为经略判官,后知渭州,兼领泾原路经略公事,坐城水洛事,与边将异议,徙知庆州,又改晋州。董士廉诣阙上书,讼洙在渭州,以公使钱贷部将,贬崇信军节度副使,徙监均州酒税。得疾,无医药,舁至南阳卒。《宋史》有传。○范希文《尹师鲁河南集序》曰:"唐正元(即贞元)元和之间,韩退之主盟于文,而古道最盛,懿、僖以降,寖及五代,其体薄弱。皇朝柳仲涂起而麾之,髦俊率从焉。仲涂门人能师经探道,有文于天下者多矣。洎杨大年以应用之才,独步当世，学者刻辞镂意，有希髣髴，未暇及古也。其间甚者，专事藻饰，破碎大雅，反谓古道不适于用，废而弗学者久之。洛阳尹师鲁，少有高识，不逐时辈，从穆伯长游，力为古文，而师鲁深于《春秋》，故其文谨严，辞约而理精，章奏疏议，大见风采，士林方耸慕焉，遽得欧阳永叔，从而大振之，由是天下之文一变，而其深有功于道欤！"

叙　燕

欧阳永叔《尹师鲁墓志铭》曰："师鲁当天下无事时，独喜论兵，为《叙燕》《息戍》二篇行于世。"《宋史·尹洙传》曰："西北久安，洙作《叙燕》《息戍》二篇，以为武备不可弛。"

战国世，燕最弱，二汉叛臣，持燕挟虏，蔑能自固。以公孙伯珪之强，卒制于袁氏，独慕容乘石虎乱乃并赵。虽胜败异术，大概论其强弱，燕不能加赵，赵、魏一，则燕固不敌。唐三盗连衡百馀年，虏未尝越燕侵赵、魏，是燕独能支虏也。自燕覆于虏，虏日炽大。显德世，虽复三关，尚未尽燕南地。国初，虏与并合，势益张，然止命偏师备御，王师伐蜀伐吴，泰然不以两河为顾，是赵、魏足以制虏明矣。以上论赵魏足以制燕，契丹虽得燕不足患。

《赵策》二："苏秦说赵王曰：燕固弱国，不足畏也。"○二汉叛臣，盖指卢绾、卢芳等。《汉书·卢绾传》曰："下诏立绾为燕王，绾立六年以陈豨事见疑而败。高祖崩，绾遂将其众亡入匈奴。"《后汉书·卢芳传》曰："立芳为代王，芳入朝，南及昌平，有诏止令更朝明岁，芳自道还忧恐，遂反，匈奴遣数百骑迎芳及妻子出塞。"○《三国志·魏书·公孙瓒传》曰："瓒字伯珪，辽西令支人也。光和中，假瓒都督行事，到蓟中，朝议以刘虞为幽州牧，虞为瓒所败，出奔居庸，瓒攻拔居庸，执虞还蓟，斩虞。袁绍遣麹义及虞子和击瓒，瓒军数败，乃走还易京固守。建安四年，绍悉军围之，瓒乃自杀。"○《晋书·载记》十曰："慕容儁僭即燕王位，是时石季龙死，赵、魏大乱，儁将图兼并之计，简精卒二十余万以待期，及冉闵杀石衹，儁称大号，儁遣慕容恪及相国封奕讨冉闵于安喜，擒闵送之，斩于龙城。"《十六国春秋·后赵录》曰："石虎字季龙，勒之从子也。建武元年，废勒子弘，称居摄赵天王。三年，又僭称大赵天王。太宁元年，僭皇帝位于南郊。"又曰："石闵，虎之养孙也。本姓冉。"（虎卒，子世立。世兄遵杀世自立。其兄鉴又杀遵自立。闵又杀鉴自立，称魏。）○唐三盗谓卢龙、成德、魏博，即燕、赵、魏也。○《新五代史记·晋本纪》曰："高祖天福元年九月，敬瑭夜出北门，见耶律德光，约为父子。十一月丁酉，皇帝即位，国号晋，以幽、涿、蓟、檀、顺、瀛、漠、蔚、朔、云、应、新、妫、儒、武、寰州入于契丹。"《周本纪》曰："世宗显德六年三月甲戌，北征。夏四月辛丑，取益津关，以为霸州。癸卯，取瓦桥关，以为雄州。"注曰："世宗下三关，瓦桥、益津以建州及见，淤口关止置寨，故旧史、实录皆阙不书，遂不见其取得时日，今信安军是也。《新五代史·东汉世家》(《宋史》称北汉）曰："刘旻，汉高祖母弟也。初名崇。以周广顺元年正月戊寅，即皇帝位于太原。遣通事舍人李䞇间行使于契丹，契丹永康王兀欲与旻约为父子之国。旻乃遣宰相郑珙致书兀欲，称侄皇帝，以叔父事之而已。旻卒，子承钧立。承钧遣人奉表契丹，自称男，述律答之以诏，呼承钧为儿，许其嗣位。《元和郡县志》曰："河东太原府：《禹贡》冀州之域。"《禹贡》曰："既修太原。"注曰："高平曰原，今以为郡名。"《舜典》曰："肇十有二州。"王肃注曰："舜为冀州之北太广,分置并州,至夏复为九州,省并州合于冀州,周之九州,复置并州。"《释名》曰:"并,兼也。言其州或并或设,因以为名。"(《释州国》)○《左》桓六年杜注曰:"张,自侈大也。"《释文》曰:"张,猪亮反。"○《左》宣十二年曰:"彘子以偏师陷。"○《宋史·太祖本纪》曰:"乾德二年十一月甲戌,命忠武军节度使王全斌为西川行营前军兵马都部署,武信军节度崔彦进副之,将步骑三万出凤州道;江宁军节度使刘光义为西川行营前军兵马都部署,枢密承旨曹彬副之,将步骑二万出归州道,以伐蜀。三年春正月乙酉,蜀主昶降,得州四十五,县一百九十八,户五十三万四千三十有九。开宝七年九月癸亥,命宣徽南院使义成军节度使曹彬为西南路行营马步军战櫂都部署,山南东道节度使潘美为都监,颍州团练使曹翰为先锋都指挥使,将兵十万出荆南,以伐江南。八年十一月乙未,曹彬克昇州,俘其国主煜,江南平,凡得州十九,军三,县一百八十,户六十五万五千六十。"

并寇既平,悉天下锐,专力于虏,不能攘尺寸地。顷尝以百万众驻赵、魏,讫敌退莫敢抗,世多咎其不战。然我众负城,有内顾心,战不必胜,不胜则事亟矣,故不战未当咎也。原其弊,在兵不分。设兵为三,壁于争地,犄角以疑其兵,顿坚城之下,乘间夹击,无不胜矣。盖兵不分有六弊。使敌畜勇以待战,无他支梧,一也。我众则士息,二也。前世善将兵者,必问几何,今以中才尽主之,三也。大众傥北,彼遂长驱,无复顾忌,四也。重兵一属,根本虚弱,纤人易以干说,五也。虽委大柄,不无疑贰,复命贵臣监督,进退皆由中御,失于应变,六也。兵分则尽易其弊,是有六利也。以上论兵不分之害。

《宋史·太宗纪》曰："太平兴国四年春正月，遣官分督诸州军储，输太原行营。庚寅，以宣徽南院使潘美为北路都招讨制置使，分命节度使河阳崔彦进、彰德李汉琼、彰信刘遇、桂州观察使曹翰，副以卫府将直四面进讨，辛卯，命云州观察使郭进为太原石岭关都部署，以断燕蓟援师。夏四月辛未，幸太原城，诏谕北汉主刘继元使降。五月甲申，继元降，北汉平，凡得州十，县四十，户三万五千二百二十。"○《左》僖四年杜注曰："攘，除也。"案：此犹言开斥，司马长卿《难蜀父老》曰："随流而攘。"○百万众驻赵魏云云，按之真宗时事殊不合。咸平二年四年六年，契丹入寇，皆与之战，不得云讫敌退莫敢抗。至景德元年，真宗亲征，幸澶州，契丹数战不利，和议始成，虽戒诸臣勿出兵要其归路，而杨延朗独率所部兵抵契丹界，破石城，俘馘甚众。此云"莫敢抗"者，亦与当日情形不甚合。唯仁宗天圣二年冬，契丹大阅，声言猎幽州，朝廷患之，以问二府，皆请备粟练师，以待不虞。枢密副使张知白独言契丹修好未远，今其举兵者，以上初政，观试朝廷耳，岂可自生衅耶？若终以为疑，莫如因今河决，以防河为名，万一有变，亦足应用。未几，契丹果罢去（《续资治通鉴长编》卷一百二）。疑此时有驻兵赵、魏之事，恐未及百万众耳。岂史有不详耶？抑就景德元年事而甚言之耶？○《左》襄十四年："戎子驹支曰：譬如捕鹿，晋人角之，诸戎掎之。"○《史记·淮阴侯传》："广武君曰：今将军欲举倦弊之兵，顿之燕坚城之下。"○《史记·项羽本纪》曰："诸将皆慑服，莫敢枝梧。"《集解》引如淳曰："梧音悟，枝梧犹枝捍也。"又引傅瓒曰："小柱为枝，斜柱为梧，今屋枝邪柱是也。"支梧即枝梧，《文鉴》作捂。梧，悟之借字；悟，捂之俗字。○《史记·淮阴侯传》："上问曰：如我能将几何？信曰：陛下不过能将十万，臣多多而益善耳。陛下不能将兵而善将将。"《史记·乐书》曰："北者，败也。"○长驱，集无长字，依《文鉴》增。

《说文》曰："纤，细也。"案：细人谓小人也。《文中子·事君篇》曰："谢庄、王融，古之纤人也，其文碎。"与此异。

　　胜败兵家常势，悉内以击外，失则举所有以弃之。苻坚淝水、哥舒翰潼关是也。是则制敌在谋不在众。以赵、魏、燕南，益以山西，民足以守，兵足以战，分而帅之，将得专制，就使偏师挫衄，它众尚奋，讵能系国安危哉？故师覆于外，而本根不摇者，善败也。昔者，六国有地千里，师败于秦，散而复振，几百战犹未及其都，守国之固也。陈胜、项梁举关东之众，朝败而夕灭，新造之势也。以天下之广，谋其国不若千里之固，而袭新造之势，徼幸于一战，庸非惑哉？以上论兵分而国本益固。

　　《旧唐书·裴度传》："宪宗曰：一胜一负，兵家常势。"○《晋书·孝武纪》曰："太元八年八月，苻坚帅众渡淮，遣征讨都督谢石、冠军将军谢玄、辅国将军谢琰、西中郎将桓伊等距之。冬十月，诸将及苻坚战于肥水，大破之，俘斩数万计。"《通鉴·晋纪》二十七曰："孝武帝太元八年，秦王坚下诏大举入寇。八月戊午，坚遣阳平公融督张蚝、慕容垂等步骑二十五万为前锋。十一月，秦兵逼肥水而陈，晋兵不得渡。谢玄遣使谓融曰：君悬军深入，而置陈逼水，此乃持久之计，非欲速战者也。若移陈少却，使晋兵得渡以决胜负，不亦善乎？融遂麾兵使却，秦兵遂退不可复止。谢玄、谢琰、桓伊等引兵渡水击之，融马倒，为晋兵所杀，陈兵遂溃。玄等乘胜追击，至于青冈，秦兵大败，自相蹈藉而死者，蔽野塞川，其走者，闻风声鹤唳，皆以为晋兵且至，昼夜不敢息。草行露宿，重以饥冻，死者什七八。初秦兵少却，朱序在陈后呼曰：秦兵败矣，众遂大奔。坚中流矢，单骑走至淮北，谓张夫人曰：吾今复何面目治天下乎？"○《旧唐书·玄宗纪》曰："天宝十四载十一月，范阳节度使安禄山率蕃汉之兵十馀万，自幽州南向诣阙，以诛杨国忠为名。十二月，以哥舒翰为太子先锋兵马元帅，守潼关。十五载六月，哥舒翰将兵八万，与贼将崔乾祐战于灵宝西原，官军大败，死者十六七。哥舒翰至潼关，为其帐下火拔归仁以左右数十骑执之降贼，关门不守。"《哥舒翰传》曰："翰至潼关，素有风疾，至是颇甚，军中之务，不复躬亲。委政于司马田良丘。良丘复不敢专断。教令不一，人无斗志。先是翰数奏，禄山虽窃河朔，而不得人心，请持重以弊之，擒兹寇矣。杨国忠恐其谋己，屡奏使出兵，中使相继督责。翰不得已，引师出关。六月四日，次于灵宝县之西原。八日，与贼交战，官军南迫险峭，北临黄河。崔乾祐以数千人先据险要，翰及良丘等浮船中流，以观进退，谓乾祐兵少，轻之。遂促将士令进，争路拥塞，无复队伍。午后东风急，乾祐以草车数十乘，纵火焚之，烟焰亘天，将士掩面，开目不得，因为凶徒所乘，王师自相排挤，坠于河。后者见前军陷败，悉溃，填委于河，死者数万人。军既败，翰与数百骑驰而西归，为火拔归仁执降于贼。"○《史记·陈涉世家》曰："章邯进兵击陈西张贺军，陈王出监战，军破，张贺死。腊月，陈王之汝阴，还至下城父，其御庄贾杀以降秦，陈胜葬砀，谥曰隐王。"《项羽本纪》曰："项梁再破秦军、项羽等又斩李由，益轻秦，有骄色。秦悉起兵益章邯，击楚军，大破之定陶，项梁死。"

兵久弭，士大夫诵圣，谓百世不复用，非甚妄者不谈，然兵果废则已，傥后世复用之，鉴此少以悟世主，故迹其胜败云。以上揭明作文本旨。

□气势虽未雄厚，而议论剀切，无拔剑张弓之态，可见学养，若一味叫嚣，品斯下矣。

《左》襄二十七年曰："宋向戌欲弭诸侯之兵。"○贾生《陈政事疏》曰："后世诵圣。"

李恁伯曰:"师鲁文笔警特,议论通达,似唐之杜牧之,而正平较胜,色泽差减耳。然宋人如张、晁以下,皆不及也。欧阳文忠称其简而有法,知言哉!"(《荀学斋日记》丁集下)

欧阳永叔

欧阳修,字永叔,庐陵人。(宋江南西路吉州庐陵县,今江西庐陵县治。)天圣八年举进士,试南宫第一,擢甲科,试秘书省校书郎,充西京留守推官,入朝为馆阁校勘。坐范仲淹贬,贻书责高若讷,贬夷陵令。久之复校勘,改集贤校理。庆历三年,知谏院,拜右正言,知制诰。时杜衍、富弼、范仲淹等以党议去朝,修慨然上疏,于是敌党益忌之,因其甥张氏狱诬以罪,虽得白,犹左迁知滁州。嘉祐五年,拜枢密副使,六年,参知政事,与韩琦同心辅政。神宗即位,力求退,罢为观文殿学士刑部尚书,知亳、青州,徙蔡州,连乞谢事,又以请止散青苗钱,为王安石所诋,故求归愈切,熙宁四年,以太子少师致仕,五年卒。赠太子太师,谥文忠。《宋史》有传。○永叔之文,苏明允(《上欧阳内翰书》)、王介甫(《祭欧阳公文》)形容最肖。此外可参酌者,韩稚圭曰:"公与尹师鲁专以古文相尚,而公得之自然,非学所至,超然独骛,众莫能及,自汉司马迁没几千年,而唐韩愈出;愈之后又数百年,而公始继之。气焰相薄,莫较高下。"(《欧阳公墓志铭》)苏子瞻曰:"欧阳子论大道似韩愈,论事似陆贽,记事似司马迁。"(《居士集序》)苏子由曰:"公之于文,天材有余,丰约中度,雍容俯仰,不大声色,而义理自胜,短章大论,施无不可。"(《欧阳公神道碑》)虽不免推崇太过,然亦各有所见,要之永叔学昌黎,而才力不逮,然能变化,自成一家,故可继韩公之后,而雄视一代也。

五代史记一行传序

《郡斋读书志》卷五曰："《五代史记》七十五卷，欧阳永叔以薛居正史繁猥失实，重加修定，藏于家。永叔没后，朝廷闻之，取以付国子监刊行。"清《四库书目》曰："本名《新五代史记》，世称《五代史》者，省其文也。"案：欧史七十四卷，此合目录一卷计之，故云七十五卷。○范蔚宗《后汉书》有《独行传》，此云"一行"，盖取其意。

呜呼！五代之乱极矣，《传》所谓"天地闭、贤人隐"之时欤！当此之时，臣弑其君，子弑其父，而搢绅之士，安其禄而立其朝，充然无复廉耻之色者，皆是也。吾以谓自古忠臣义士，多出于乱世，而怪当时可道者何少也！感喟无穷。岂果无其人哉？虚转，不落平实。虽曰干戈兴，学校废而礼义衰，风俗隳坏，至于如此，顿挫。然自古天下未尝无人也。吾意必有洁身自负之士，嫉世远去而不可见者。自古贤材，有韫于中而不见于外。再提，总不使一直笔。或穷居陋巷，委身草莽。虽颜子之行，不遇仲尼而名不彰。得此为证，乃不空衍。况世变多故，而君子道消之时乎？吾又以谓必有负材能，修节义，而沉沦于下，泯没而无闻者。汪武曹曰："惜其泯没无闻是主。"求之传记，而乱世崩离，文字残缺，不可复得，然仅得者，四五人而已。总叙立传之旨，而一字百转，淋漓感慨，悲凉呜咽，最为欧公长技。

《欧阳文忠集》附欧阳伯和（名发，永叔子。）等述曰："先公撰《五代史》七十四卷，褒贬善恶，为法精密，发论必以呜呼，曰：此乱世之书也。"○《易·坤·文言》曰："天地闭，贤人隐。"又曰："臣弑其君，子弑其父，非一朝一夕之故，其所由来者渐矣。"案：弑君如梁太祖朱全忠，唐废帝王从珂，晋高祖石敬瑭，周太祖郭威皆是。弑父梁郢王朱友珪是。○《史记·封禅书》《集解》引李奇曰："搢，插也。插笏于绅。绅，大带。"《汉书·郊祀志》作缙。《荀子·礼论篇》杨倞注曰："缙与搢同。"《史记·五帝本纪赞》曰："荐绅先生难言之。"《集解》引徐广曰："荐绅即搢绅也，古字假借。"○《荀子·子道篇》曰："颜色充盈。"○《论语·雍也篇》："子曰：贤哉回也，在陋巷不改其乐。"○《孟子·万章下》曰："在野曰草莽之臣。"○《史记·伯夷传》曰："伯夷、叔齐虽贤，得夫子而名益彰；颜子虽笃学，附骥尾而行益显。"

处乎山林，而群麋鹿，虽不足以为中道，然与其食人之禄，俛首而包羞，孰若无愧于心，放身而自得？吾得二人焉，曰郑遨、张荐明。此隐居不污者。势利不屈其心，去就不违其义，吾得一人焉，曰石昂。此以义自守者。苟利于君，以忠获罪，而何必自明？有至死而不言者，此古之义士也，吾得一人焉，曰程福赟。此以忠获罪者。五代之乱，君不君，臣不臣，父不父，子不子，至于兄弟夫妇，人伦之际，无不大坏，而天理几乎其灭矣。于此之时，能以孝弟自修于一乡，而风行于天下者，犹或有之，然其事迹不著，而无可纪次，独其名氏或因见于书者，吾亦不敢没。而其略可录者，吾得一人焉，曰李自伦。此笃于伦纪者。作《一行传》。

□刘海峰曰："慨叹淋漓，风神萧飒。"

刘孝标《广绝交论》曰："独立高山之顶，欢与麋鹿为群。"○《说文》曰："頫，低头也。"重文作俛。《易·否》六三曰：

"包羞。"○《郑遨张荐明传》略曰:"郑遨,字云叟,滑州白马人也。入少室山为道士。唐明宗时,以左拾遗,晋高祖时,以谏议大夫召之,皆不起,即赐号为逍遥先生。与遨同时有张荐者,燕人也。少以儒学游河朔,后去为道士,通老子、庄周之说,高祖赐号通玄先生。"○《石昂传》略曰:"石昂,青州临淄人也。节度使符彦习高其行,召以为临淄令。习入朝京师,监军杨彦朗知留后事,昂以公事至府上谒,赞者以彦朗讳石,更其姓曰右,昂趋于庭,仰责彦朗曰:内侍奈何以私害公?昂姓石,非右也。昂即趋出,解官还于家。"○《程福赟传》略曰:"程福赟者,不知其世家。晋出帝时,为奉国右厢都指挥使。开运中,契丹入寇,出帝北征,奉国军士乘间,夜纵火焚宫,欲因以为乱。福赟身自救火被伤,火灭而乱者不得发。福赟以为契丹且大至,而天子在军,京师空虚,不宜以小故动摇人听,因匿其事不以闻。军将李殷诬福赟与乱者同谋,不然何以不奏?出帝下福赟狱,人皆以为冤。福赟终不自辩,以见杀。"○君不君四句,见《论语·颜渊篇》齐景公语。○《礼记·乐记》曰:"好恶无节于内,知诱于外,不能反躬,天理灭矣。"○《李自伦传》略曰:"李自伦者,深州人也。天福四年正月,尚书户部奏,深州司功参军李自伦,六世同居,按验不妄,敕以所居飞凫乡为孝义乡,匡圣里为仁和里,准式旌表门闾。"

五代史记伶官传序

呜呼!盛衰之理,虽曰天命,岂非人事哉?汪曰:"盛衰二字是眼目,人事是主意。"李刚己曰:"三句绾摄通篇。"○起势横空而来,神气甚远,惜为后人袭成滥调,不可复用矣。原庄宗之所以得天下,与其所以失之者,可以知之矣。三句弱,故刘海峰拟删云。然古人之文,心知其失可也,不宜以意妄改。世言晋王之将终也,以三矢赐庄宗,而告之曰:

"梁，吾仇也，燕王吾所立，契丹与吾约为兄弟，而皆背晋以归梁，此三者，吾遗恨也。与尔三矢，尔其无忘乃父之志！"庄宗受而藏之于庙，其后用兵，则遣从事以一少牢告庙，请其矢，盛以锦囊，负而前驱，及凯旋而纳之。李曰："此段叙事，笔势骞举。○张廉卿曰："叙事华严处，得自《史记》，子固、介甫所希。"

《新五代史记·唐本纪》曰："沙陀朱邪赤心，赐姓名曰李国昌，国昌子克用，用破黄巢功，封克用陇西郡王，乾宁二年，拜克用忠正平难功臣，封晋王。天祐五年正月辛卯，克用卒。"《旧五代史·唐书·武皇纪》曰："太祖武皇帝讳克用，本姓朱邪氏。天祐五年，崩于晋阳。庄宗即位，追谥武皇帝，庙号太祖。"○《旧五代史·唐书·庄宗纪》曰："庄宗讳存勖，武皇帝之长子也。天成元年，有司上谥曰光圣神闵孝皇帝，庙号庄宗。"○王元之（禹偁）《五代史阙文》曰："世传武皇临薨，以三矢付庄宗曰：一矢讨刘仁恭，汝不先下幽州，河南未可图也。一矢击契丹，且曰：阿保机与吾把臂而盟，结为兄弟，誓复唐家社稷，今背约附梁，汝必伐之。一矢灭朱温，汝能成吾志，死无憾矣。庄宗藏三矢于武皇庙廷。及讨刘仁恭，命幕吏以少牢告庙，请一矢，盛以锦囊，使亲将负之，以为前驱。凯旋之日，随俘馘纳矢于太庙。伐契丹、灭朱氏亦如之。"案：此盖永叔所本。《通鉴考异》卷二十八曰："按《薛史·契丹传》：庄宗初嗣位，亦遣使告哀，赂以金缯，求骑军以救潞州。契丹答其使曰：我与先王为兄弟，儿即吾儿也，宁有父不助子邪？许出师，会潞州平而止。唐末，刘守光为守文所攻，屡求救于晋。晋王遣将部兵五千救之。然则于时庄宗未与契丹及守光为仇也，此盖后人因庄宗成功，撰此事以夸其英武耳。"胡梅磵曰："晋王实怨燕与契丹，垂没以属庄宗，容有此理。庄宗之告哀于阿保机，与遣兵救刘守光，此兵法所谓将欲取之，必固与之也，其心岂忘父之治命哉？观后来之事可见已。"姚姜坞《援鹑堂笔记》卷三十四曰："刘仁恭父子未尝事梁，又克用为燕攻潞州以解梁围，迄守光之立，克用之卒，未有交兵事。又《契丹传》云：晋王憾契丹之附梁，临卒，以一箭授庄宗，期必灭契丹，则云灭燕还矢事虚也。想《考异》不过有疑于此，然公云'世言'，想别有本，又不载之传记，而虚寄之于论以致慨，又何害也？"○《新五代史·唐纪》曰："中和四年，黄巢脱身走，克用追之，不及而还，过汴州，朱全忠飨克用于上源驿，夜酒罢，克用醉卧，伏兵发，火起，侍者郭景铢灭烛，匿克用床下，以水醒面而告以难。会天大雨灭火，克用随电光，缒尉氏门出，还军中。七月至于太原，讼其事于京师，请加兵于汴。僖宗和解之。克用八上表请讨全忠，僖宗不许。天复二年，梁军围太原，克用大惧，谋出奔，未决，梁军大疫解去。七年，梁灭唐，克用称天祐四年。"○《新五代史·唐纪》曰："乾宁元年冬，攻幽州，李匡俦弃城走，以刘仁恭为留后。"又《杂传·刘守光传》曰："守光，深州乐寿人也。其父仁恭，事幽州李可举，可举死，子匡威使戍蔚州。匡威为弟匡俦所逐，仁恭攻幽州，战败，奔于晋。乾宁元年，晋击破匡俦，乃以仁恭为幽州留后，留其亲信燕留得等十馀人监其军。为之请命于唐，拜检校司空卢龙军节度使。"案：守光始称燕王，此则指仁恭，盖统言之耳。○《新五代史·唐纪》曰："天复五年，克用会契丹阿保机于云中，约为兄弟。"《四夷附录》曰："晋王李克用使人聘于契丹，阿保机以兵三十万会克用于云州东城，置酒。酒酣，握手约为兄弟。克用赠以金帛甚厚，期共举兵击梁。阿保机遗晋马千匹。"○《旧五代史·僭伪·刘守光传》曰："乾宁三年，武皇遣李存信攻魏州，征兵于燕。仁恭托以契丹入寇，俟敌退听命。四年，复征兵于仁恭，数月之间，使车结辙。仁恭辞旨不逊，武皇以书让之。仁恭览书嫚骂，拘其使人，晋之戍兵在燕者，皆拘之。八月，武皇讨仁恭。九月，次安塞军，渡木瓜涧，大为燕军所败，死伤大半。既而仁恭告捷于梁祖，梁祖表仁恭加平章事。"《新五代史·四夷附录》曰："阿保机既归而背约，遣使者袍笏梅老聘梁，梁遣太府卿高顷、军将郎公远等报聘。逾年顷还，阿保机遣使者解俚随顷以良马貂裘朝霞锦聘梁，奉表称臣，以求封册。"○《通典·职官》十四曰："汉制部郡国有从事史，汉魏之际，复增祭酒文学从事员。晋又有武猛从事员。"唐以来无从事官名，此则泛指掾属耳。○《仪礼·少牢馈食礼》贾疏引郑目录曰："羊豕曰少牢。"○凯、恺字同。《周礼·大司马》郑注曰："兵乐曰恺。"《左》僖二十八年曰："振旅恺以入于晋。"

方其系燕父子以组，函梁君臣之首，入于太庙，还矢先王，而告以成功，其意气之盛，可谓壮哉！沈确士曰："顿挫雄健。"李曰："回应'盛'字。"○曾曰："以上盛。"及仇雠已灭，天下已定，一夫夜呼，乱者四应。仓皇东出，未及见贼，而士卒离散，君臣相顾不知所归。至于誓天断发，泣下沾襟。何其衰也！李曰："回应'衰'字。"又曰："自'方其系燕父子以组'以下数行文字，横空而来，如风水相搏，洪涛钜浪忽起忽落，极天下之壮观，而声情之沉郁，气势之淋漓，与史公亦极为相近也。"○曾曰："以上衰。"岂得之难而失之易欤？李曰："回应'得失'二字。"抑本其成败之迹，而皆自于人欤！李曰："回应'岂非人事'。"又曰："归重人事，是通篇主意所在，妙在用笔纡徐宕漾，不参死语。故文外有含蓄不尽之意。"《书》曰："满招损，谦受益。"忧劳可以兴国，逸豫可以亡身，自然之理也。汪曰："抉出所以盛衰之故，归在人事上。"故方其盛也，举天下之豪杰，莫能与之争。李曰："承上文'方其系燕父子以组'数句言。"

及其衰也,数十伶人困之,而身死国灭,为天下笑。李曰:"承上文'及仇雠已灭'数句言。"又曰:"此数语虽仍就后唐之盛衰反覆咏叹,而神气已直注于结末三句。"夫祸患常积于忽微,而智勇多困于所溺,李曰:"千古名言。"岂独伶人也哉!汪曰:"推广言之,更见包举,要之不重在推广上,只是不肯用正笔、顺笔作收耳。李曰:"推开作结,有烟波不尽之势,所谓'篇终接混茫'者也。"作《伶官传》。

　　□茅鹿门曰:"此等文章,千年绝调。"○沈曰:"抑扬顿挫,得《史记》神髓,《五代史》中,第一篇文字。"○刘曰:"跌宕遒逸,风神绝似史迁。"

《新五代史·刘守光传》曰:"梁乾化元年八月,自号大燕皇帝,改元曰应天。明年,晋遣周德威攻燕,破其城,执仁恭及其家族三百口。守光走沧州,被擒送幽州,晋王命械守光并其父仁恭以从军。晋王至太原,仁恭父子曳以组练,献于太庙。"○《旧五代史·梁书·末帝纪》曰:"末帝讳瑱,初名友贞,太祖第四子也。(《新五代史》云第三子,此兼假子友文数之。)龙德三年十月,唐军长驱将至,帝召控鹤都将皇甫麟谓之曰:吾与晋人世雠,不可俟彼刀锯,卿可尽我命。麟进刀于建国楼之廊下,帝崩。麟即时自刭。唐帝入东京,诏河南尹张全义收葬之,其首藏于太社。"《通鉴·后唐纪》一曰:"同光元年冬十月辛巳,诏王瓒收朱友贞尸,殡于佛寺,漆其首函之,藏于太社。"○《旧五代史·庄宗纪》曰:"同光四年,郭崇韬诛,人情震骇,讹言云,帝已晏驾,其言播于邺市。贝州军士皇甫晖等,因夜聚蒲博不胜,遂作乱。帝命元行钦讨,久而无功,乃命嗣源行营。三月壬子,李嗣源领军至邺都,是夜城下军乱,迫嗣源为帝。元行钦请车驾幸汴州,嗣源已入于汴。帝闻诸军离散,精神沮丧,至万胜镇,即命旋师,登路旁荒冢置酒,视诸将流涕。甲戌,次石桥。帝置酒野次，悲啼不乐，谓元行钦等曰：卿等如何？元行钦等百馀人垂泣而奏曰：乞申后效，以报国恩。于是百馀人皆援刀截发，以断首自誓，上下无不悲号。"○"满招损"二句，《书》伪古文《大禹谟》之文。案：《新五代史》受作得，《崇古文诀》依《书》作受，今从之。○本传曰："败政乱国者，有景进、史彦琼、郭门高三人为最。郭门高者，名从谦，门高其优名也。李嗣源兵反向京师，庄宗东幸汴州，至万胜，不得进而还，军士离散。居数日，复东幸汜水。四月丁亥朔，朝群臣于中兴殿。庄宗入食内殿，从谦自营中露刃注矢，驰攻兴教门，与黄甲军相射。庄宗闻乱，率诸王卫士击乱兵，出门，乱兵纵火焚门，缘城而入，从楼上射帝，帝伤重，踣于绛霄殿廊下，至午时帝崩。"《赵策》一曰："知伯身死国亡地分，为天下笑。"

苏氏文集序

《居士集》原注曰："皇祐三年。"○《宋史·艺文志》有《苏舜钦集》十六卷。《郡斋读书志》卷十九、《直斋书录解题》卷十七、《文献通考·经籍考》六十一，皆载苏舜钦《沧浪集》十五卷，《通志·艺文略》八亦称《苏子美集》十五卷，永叔序言十卷，今《苏学士集》十六卷，与《宋志》同。清《四库书目》卷一百五十二，谓后人又有所续入，是也。

予友苏子美之亡后四年，始得其平生文章遗藁于太子太傅杜公之家，而集录之，以为十卷。子美，杜氏婿也，遂以其集归之，而告于公曰：斯文，金玉也，弃掷埋没粪土，不能销蚀。其见遗于一时，必有收而宝之于后世者。虽其埋没而未出，其精气光怪，已能常自发见，而物亦不能揜也。故方其摈斥摧挫，流离穷厄之时，文章已自行于天下。虽其怨家仇人，及尝能出力而挤之死者，至其文章，则不能少毁而撵蔽之也。唐介轩曰："极力摹写，大为文章吐气。"凡人之情，忽近而贵远，唐曰："又推进一层。"子美屈于今世犹若此，其伸于后世宜如何也！公其可无恨。曾曰："以上言子美必伸于后世。"

永叔《湖州长史苏君墓志铭》曰："君讳舜钦，字子美，其上世居蜀，后徙开封，为开封人。举进士中第，范文正公荐君，召试得集贤校理。于是时，范文正公与今富丞相多所设施，而小人不便，思有以撼动，未得其根。以君文正公之所荐，而宰相杜公婿也，乃以事中君，坐监进奏院祠神奏用市故纸钱会客为自盗，除名。君携妻子居苏州，买水石作沧浪亭，居数年，复得湖州长史。庆历八年十二月某日，以疾卒于苏州，享年四十有一。"案：庆历八年明年改元皇祐，故皇祐三年，正子美亡后四年也。○永叔《杜祁公墓志铭》曰："杜公讳衍字世昌，越州山阴人也。以太子太师致仕，累迁太子太保太傅太师，封祁国公于其家。女长适集贤校理苏舜钦。"《宋史·职官志》曰："太子太师太傅太保为从一品。"○《苏君墓志铭》曰："故湖州长史苏君有贤妻杜氏，自君之丧，布衣疏食，居数岁，提君之孤子，敛其平生文章走南京，（宋以应天府为南京，今河南商丘县。杜衍致仕后，寓居南京。）号泣于其父曰：吾夫屈于生，犹可伸于死。其父太子太师以告于予，予为集次其文而序之。"又曰："君先娶郑氏（子美有《亡妻郑氏墓志铭》），后娶杜氏。"○蔽字下，《居士集》原注曰："一无此字。"○《汉书·杨雄传赞》："桓谭曰：凡人贱近而贵远。"

予尝考前世文章政理之盛衰，沈曰："开。"而怪唐太宗致治几乎三王之盛，而文章不能革五代之馀习。后百有馀年，韩、李之徒出，然后元和之文始复于古。唐衰兵乱，又百馀年，而圣宋兴，天下一定，晏然无事，又几百年，而古文始盛于今。自古治时少而乱时多，幸时治矣，文章或不能纯粹，或迟久而不相及，何其难之若是欤？岂非难得其人欤？沈曰："极言振兴文运之难，愈见子美之可惜。"苟一有其人，又幸而及出于治世，世其可不为之贵重而爱惜之欤？嗟吾子美！呜咽之音，千古如号。此等提接之法，最为可爱。以一酒食之过，至废为民，而流落以死，此其可以叹息流涕，而为当世仁人君子之职位宜与国家乐育贤材者惜也。沈曰："此当作长句一气读。"○曾曰："以上言子美生于治世又能文，而竟以才废。"

《新唐书·太宗本纪赞》曰："盛哉太宗之烈也，其除隋之乱，比迹汤、武，致治之美，庶几成、康。自古功德兼隆，自汉以来未之有也。"○《北史·序传》曰："洎紫气南浮，黄旗东徙，时更五代，年且三百。"是五代指晋、宋、齐、梁、陈也。《续通鉴长编》卷二百七十五："熙宁九年五月癸酉，上曰：唐太宗亦英主也，乃学庾信为文，此亦识见无以胜俗故也。"苏子瞻《书潭州石刻法帖》曰："唐太宗作诗至多，亦有徐、庾风气，世不传，独于《初学记》时时见之。"（见《容斋四笔》卷十。）《困学纪闻》卷十四曰："郑毅夫谓唐太宗功业雄卓，然所为文章，纤縻浮丽，嫣然妇人小儿嬉笑之声，不与其功业称，甚矣淫辞之溺人也。神宗圣训亦云，唐太宗英主，乃学徐、庾为文。"原注曰："《温泉铭》《小山赋》之类可见。"○唐懿宗、僖宗朝，庞勋、王仙芝、黄巢先后为乱。历昭宗至昭宣帝天祐四年丁卯，为梁所篡，梁二主十七年，后唐三姓四主十四年，晋二主十二年，汉二主四年，周二姓三主十年，自懿宗咸通元年庚辰至宋太祖建隆元年庚申，凡一百有一年。○几百年，《诗·瞻卬》郑笺曰："几，近也。"案：宋太祖乾德元年平荆南、湖南，三年平蜀，开宝四年平南汉，八年平南唐；太宗太平兴国三年吴越纳土，四年平北汉，天下统一。自太祖建隆元年庚申至仁宗皇祐二年辛卯，凡九十二年。〇《续通鉴长编》卷一百五十三曰："庆历四年十一月甲子，监进奏院右班殿直刘巽、大理评事集贤校理苏舜钦并除名勒停。工部员外郎直龙图阁兼天章阁侍讲史馆检讨王洙落侍讲检讨，知濠州。太常博士集贤校理刁约通判海州、殿中丞集贤校理江休复监蔡州税、殿中丞集贤校理王益柔监复州税，并落校理。太常博士周延隽为秘书丞，太常丞集贤校理章岷通判江州，著作郎直集贤院同修起居注吕溱知楚州，殿中丞周延让监宿州税，馆阁校勘宋敏求签书集庆军节度判官事，将作监丞徐绥监汝州叶县税。先是杜衍、范仲淹、富弼等同执政，多引用一时闻人，欲更张庶事。御史中丞王拱辰等不便其所为，而舜钦仲淹所荐，其妻又衍女也。少年能文章议论，稍侵权贵，会进奏院祠神，（叶少蕴《石林燕语》卷五曰："京师百司胥吏每至秋，必醵钱为赛神会，往往因剧饮终日。苏子美进奏院会正坐此。余尝问其何神，曰：苍王。盖以苍颉造字，故胥吏祖之，可笑。"）舜钦循前例，用鬻故纸公钱，召妓女开席会宾客，拱辰廉得之，讽其属鱼周询、刘元瑜等劾奏，因欲动摇衍。事下开封府治，于是舜钦及巽俱坐自盗，洙等与妓女杂坐，而休复、约、延隽、延让又服惨未除，益柔并以谤讪周、孔坐之。（原注曰："《王拱辰行状》云，或作傲歌，有'醉卧北极遣帝佛，周公、孔子驱为奴'，盖益柔所作也。"）同时斥逐者，多知名士，世以为过薄，而拱辰等方自喜曰：吾一举网尽矣。狱事起，枢密副使韩琦言于上曰：舜钦等一醉饱之过，止可付有司治之，何至是？上悔见于色。"（子美有与欧阳公书，自辩甚析。见费补之衮《梁溪漫志》卷八，以文长，今不录。）王圣涂（辟之）《渑水燕谈录》卷七曰："苏子美庆历末谪居姑苏，以诗自放。一日观鱼沧浪亭，有诗云：'我嗟不及游鱼乐，虚作人间半世人。'识者以为不祥，未几果卒，年四十一，士大夫嗟惜之。"○《诗序》曰："《菁菁者莪》，乐育才也。"

　　子美之齿少于予，而予学古文反在其后。天圣之间，予举进士于有司，见时学者务以言语声偶摘裂，号为时文以相夸尚，而子美独与其兄才翁及穆参军伯长作为古歌诗杂文。时人颇共非笑之，而子美不顾也。其后天子患时文之弊，下诏书讽勉学者以近古，由是其风渐息，而学者稍趋于古焉。独子美为于举世不为之时，其始终自守，不牵世俗趋舍，可谓特立之士也。汪曰："归美子美身上，见其人之可贵重，奈何以一酒食之过，使废为民，而流落以死乎！"○曾曰："以上言子美为古文于举世不为之时。"

　　《欧阳文忠年谱》：永叔生于宋真宗景德四年丁未，至庆历八年戊子，年四十二；子美卒于是年，年四十一，则生景德五年，少永叔一岁。○《年谱》曰："天圣九年三月，公至西京。钱文僖公（惟演）为留守，幕府多名士。与尹师鲁（洙）、梅圣俞（尧臣）尤善，日为古文歌诗，遂以文章名冠天下。"○《年谱》曰："天圣七年春，试国子监为第一，补广文馆生，秋赴国学解试又第一。八年正月，试礼部，翰林学士晏公（殊）知贡举，公复为第一。三月，御试崇政殿，公甲科第十四名。五月，授将仕郎试秘书省校书郎，充西京留守推官。"○《宋史·文苑·苏舜钦传》曰："天圣中，学者为文，多病偶对，舜钦与河南穆修好为古文歌诗，一时豪杰多从之游。兄舜元字才翁，为歌诗亦豪健。"案：穆伯长尝为泰州司理参军，已见前穆伯长事略。○《长编》卷一百一十三曰："明道二年冬十月辛亥，上谕辅臣曰：近岁进士所试诗赋多浮华，而学古者或不可以自进，宜令有司兼以策论取之。"又庆历四年三月乙亥，诏曰："儒者通天地人之理，明古今治乱之源，可谓博矣。然学者不得骋其说，而有司务先声病章句以拘牵之，则夫英俊奇伟之士何以奋焉？"此序所言"下诏书讽勉"，殆指此等。○《礼记·儒行》曰："其特立独行，有如此者。"

子美官至大理评事集贤校理而废，后为湖州长史以卒，享年四十有一。其状貌奇伟，望之昂然，而即之温温，久而愈可爱慕。其材虽高，而人亦不甚嫉忌，其击而去之者，意不在子美也。赖天子聪明仁圣，凡当时所指名而排斥，二三大臣而下，欲以子美为根而累之者，皆蒙保全，今并列于荣宠。虽与子美同时饮酒得罪之人，多一时之豪俊，亦被收采，进显于朝廷，而子美独不幸死矣。汪曰："两'独'字相映，极为可悲。"岂非其命也！悲夫！或曰："以上言同时得罪者，多复进用，独子美不幸早死。"庐陵欧阳修序。

□刘曰："沉着痛快，足为为子美舒其愤懑。"

《宋史·职官志》曰："大理寺，国初大理正、丞、评事，皆有定员，分掌断狱。其后择他官明法令者，若常参官则兼正，未常参官则兼丞，谓之详断官。旧六人，后加至十二人，又去兼正丞之名。"又曰："大理评事为正八品。"《文献通考·职官》十曰："宋大理寺评事，国初为京官寄禄，视后来承事郎。"○《隆平集》卷一曰："三馆集贤、昭文置大学士，史馆置监修国史，皆以宰相兼领。又置学士、修撰、直馆、校理之职，以他官领之。"江少虞《皇朝类苑》（本名《皇宋事实类苑》）卷二十五曰："唐两京皆有三馆，而各为之所。本朝三馆合为一，并在崇文院中。"卷二十九曰："三馆谓弘文馆、史馆、集贤院。建隆元年二月，避讳字诏易名昭文馆。"又曰："集贤有直院有校理，端拱初，以李宗谔为集贤校理，淳化初，以和蒙为直集贤院，则本朝直集贤校理，自和蒙、李宗谔始也。"《文献通考·职官》五曰：

"集贤殿书院,开元中置,宋为集贤院。直院校理,以京官以上充,无常员。"○《职官志》曰:"诸州长史为正九品。"案:宋两浙路湖州治乌程、归安二县,今并为浙江吴兴县。○《论语·子张篇》:"子夏曰:君子望之俨然,即之也温。"○《长编》卷一百五十四曰:"庆历五年春正月乙酉,参知政事范仲淹为资政殿学士,知邠州;枢密副使富弼为资政殿学士,京东西路安抚使,知郓州。丙戌,侍郎平章事兼枢密使杜衍,罢为尚书左丞,知兖州。自苏舜钦等斥逐,衍迹危矣。陈执中在中书,又数与衍异,因谮衍。上入其言,故与仲淹、弼俱罢,衍为宰相才百二十日也。"○二三大臣,指范、富、杜诸公。欲以子美累之者,蔡襄、孙甫、余靖以及永叔皆是,特蔡襄之去,在子美狱前耳。《长编》一百五十二曰:"庆历四年冬十月,秘书丞直史馆同修起居注知谏院蔡襄,以亲老乞乡郡。己酉,授右正言,知福州。襄与孙甫俱论陈执中不可执政。既不从,于是两人俱求出,而襄先得请。时甫使契丹未还也。"二百五十四曰:"五年春正月甲戌,右正言秘阁校理孙甫为右司谏,知邓州。先是甫言陈执中,又劾丁度,度指甫为衍门人,及甫自契丹还,亟命出守。六年秋七月丙申,右正言知制诰知吉州余靖为将作少监分司南京,许居韶州。"案:永叔落龙图阁直学士,降知制诰知滁州,即在庆历五年八月也。厥后孙历江南两浙转运使,再迁兵部员外郎,改直史馆,知陕府(据永叔撰《孙公墓志铭》)。蔡为福建路转运使,判三司盐铁勾院,复修起居注(据永叔撰《蔡公墓志铭》)。余则迁光禄少卿于家。皇祐三年,知虔州(据永叔《余襄公神道碑》)。永叔于皇祐二年知应天府兼留守司事,故曰并列荣宠也。○与子美饮酒同得罪者,宋敏求庆历五年九月为馆阁校勘(《长编》一百七十五),王洙皇祐二年三月同判太常寺(《长编》百六十八),三年知制诰(《长编》百七十一),吕溱皇祐二年八月为右正言(《长编》百六十九),王益柔黜监复州酒税后,久之为开封府推官盐铁判官（《宋史·王曙传》），江休复黜监蔡州商税后，久之知奉符县事，后复得集贤校理（永叔《江邻幾墓志铭》），皆进显于朝廷也。

江邻幾文集序

《居士集》原注曰："熙宁四年。"案永叔《江邻幾墓志铭》曰：文集二十卷。《宋史·文苑·江休复传》同。《读书志》《书录解题》皆不载，《文献通考·经籍考》六十一有《江邻幾文集》二十卷，《隆平集》卷十五云三十卷，《宋史·艺文志》作四十卷，又各不同，今其文已佚，不可考。

余窃不自揆，少习为铭章，因得论次当世贤士大夫功行，自明道、景祐以来，名卿钜公，往往见于余文矣。至于朋友故旧，平居握手言笑，意气伟然，可谓一时之盛，而方从其游，遽哭其死，遂铭其藏者，是可叹也！以上先从为友人作志铭引起。

《礼记·檀弓上》曰："葬也者，藏也。藏也者，欲人弗得见也。"《荀子·礼论篇》曰："葬埋，敬藏其形也。"

盖自尹师鲁之亡，逮今二十五年之间，相继而殁，为之铭者，至二十人，又有余不及铭，与虽铭而非交且旧者，皆不与焉。呜呼！何其多也！不独善人君子难得易失，而交游零落如此，反顾身世死生盛衰之际，又可悲夫！而其间又有不幸罹忧患，触网罗，至困厄流离以死，与夫仕宦连蹇，志不获伸而殁，独其文章尚见于世者，则又可哀也欤！沈曰："上概说交游，此说到同罹忧患，文章可传，此行文浅深法。"然则虽其残篇断藁，犹为可惜，况其可以垂世而行远也！故余于圣俞、子美之殁，既已铭其圹，又类集其文而序之，其言尤感切而殷勤者，以此也。以上由铭墓说入序文，以圣俞、子美为邻幾影子，今昔俯仰，感喟苍凉，使人情为之移。

据韩稚圭（琦）《故崇信军节度副使检校尚书工部员外郎尹公墓表》：师鲁卒于庆历七年四月，至熙宁四年，正二十五年也。○二十人固不必泥定，其文亦未必悉载集中，但以《居士集》及外集墓志铭约略计之，如尹师鲁（洙，庆历八年）、杜祁公（衍，同上）、尹子渐（源，至和元年）、梅君让（让，皇祐元年）、苏子美（舜钦，嘉祐元年）、王原叔（源，嘉祐二年）、许子春（元，嘉祐二年）、吴春卿（育，嘉祐四年）、孙之翰（甫，嘉祐五年）、梅尧臣（圣俞，嘉祐六年）、江邻幾（同上）、石守道（介，治平二年）、薛元卿（长孺，治平三年）、薛得之（良儒，同上）、薛宗道（塾，同上）、苏明允（洵，治平四年）、胡武平（宿，同上）、蔡君谟（襄，熙宁元年）、刘原父（敞，熙宁二年），亦得二十人也。○《汉书·杨雄传》颜注曰："连謇，难也。"○永叔《梅圣俞墓志铭》曰："嘉祐五年，京师大疫。四月乙亥，圣俞得疾，卧城东汴阳坊。居八日癸未，圣俞卒。圣俞，字也。其名尧臣，姓梅氏，宣州宣城人也。自其家世颇能诗，而从父询以仕显。至圣俞遂以诗闻。初以从父荫补太庙斋郎，历桐城、河南、河阳三县主簿，以德兴县令知建德县，又知襄城县，监湖州盐税，签署忠武、镇安两军节度判官，监永济仓，国子监直讲，累官至尚书都官员外郎。尝奏其所撰《唐载》二十六卷，多补正旧史阙缪，乃命编修《唐书》，书成未奏而卒，享年五十有九。"又《梅圣俞诗集序》曰："圣俞诗既多不自收拾，其妻之兄子谢景惧其多而易失也，取其自洛阳至于吴兴已来所作，次为十卷。予尝嗜圣俞诗，而患不能尽得之，遽喜谢氏之能类次也，辄序而藏之。其后十五年，圣俞以疾卒于京师，予既哭而铭之，因索于其家，得其遗藁千馀篇，并旧所藏，掇其尤者六百七十七篇，为一十五卷。"案：《宋史·艺文志》，《梅尧臣集》六十卷，《后集》二卷。《郡斋读书志》卷十九梅圣俞《宛陵集》二十卷，《外集》十卷，《直斋书录解题》卷十七、《文献通考·经籍考》六十一并同。今本六十卷附录一卷，清《四库书目》卷一百五十三谓卷数与《通考》合，惟无《外集》，只有补遗三篇及赠答诗文墓志一卷，亦不知何人所附。陈振孙谓外集多与正集附出，或后人删汰重复，故所录者止此耶。

陈留江君邻几常与圣俞、子美游，而又与圣俞同时以卒。余既志而铭之，后十有五年，来守淮西，又于其家得其文集而序之。邻几，毅然仁厚君子也。虽知名于时，仕宦久而不进，晚而朝廷方将用之，未及而卒。其学问通博，文辞雅正深粹，而论议多所发明，诗尤清淡闲肆可喜。然其文已自行于世矣，固不待余言以为轻重。而余特区区于是者，盖发于有感而云然。以上作序之意。熙宁四年三月日，六一居士序。

　　□茅曰："江邻几文今不传，当非其文之至者，而欧阳公序之，只道其故旧凋落之意，隐然可见。"○刘曰："情韵之美，欧公独擅千古，而此篇尤胜。"

　　永叔《江邻幾墓志铭》曰："君讳休复，字邻幾。其为文章淳雅，尤长于诗，淡泊闲远，往往造人之不至。举进士及第，召试充集贤校理，判尚书刑部。当庆历时，小人不便大臣执政者，欲累以事去之。君友苏子美，杜丞相婿也。以祠神会饮得罪，一时知名士皆被逐，君坐落职监蔡州商税。久之知奉符县事，改太常博士通判睦州，徙庐州，复得集贤校理，累迁刑部郎中。嘉祐五年四月乙亥，以疾卒于京师。君姓江氏，开封陈留人也。"案：宋东京开封府陈留县，今河南陈留县治。○《年谱》曰："熙宁三年七月辛卯，改知蔡州。九月甲寅，至蔡。"案：自嘉祐五年至熙宁三年，凡十一年，即以作序之年计之，亦仅十二年耳。此序云十有五年，五字盖传写之误。○《中山诗话》曰："江邻幾善为诗，清淡有古风。苏子美坐奏进院事谪官，后死吴中，江作诗云：'郡邸狱冤谁与辩？皋桥客死世同悲。'用事甚精当。"○永叔《六一居士传》曰："六一居士初谪滁州，自号醉翁，既老而衰且病，将退休于颍水之上，则又更号六一居士。客有问曰：六一何谓也？居士曰：吾家藏书一万卷，集录三代以来金石遗文一千卷，有琴一张，有棋一局，而常置酒一壶。客曰：是为五一尔，奈何？居士曰：以吾一翁老于此五物之间，是岂不为六一乎？"

释祕演诗集序

《居士集》原注曰："庆历二年。"○案：永叔既为演作此序，苏子美赠以诗（见《苏学士集》卷二），尹师鲁复为作序（见《河南集》卷五）。《文献通考·经籍考》六十一《祕演诗集》，不载卷数，惟载永叔此序。《宋史·艺文志》，《僧祕演诗集》二卷。

予少以进士游京师，因得尽交当世之贤豪，然犹以谓国家臣一四海，休兵革，养息天下以无事者四十年，而智谋雄伟非常之士，无所用其能者，往往伏而不出，山林屠贩，必有老死而世莫见者，欲从而求之不可得。逆折。其后得吾亡友石曼卿。汪曰："客。"○以上言天下太平，奇士不易见。

永叔以仁宗天圣八年举进士，回溯太宗淳化初年，正四十年，其时北汉已平，李继迁以银州内属，乃宋代全盛时也。○石曼卿名延年，宋城人，见后永叔《石曼卿墓表》。

　　曼卿为人，廓然有大志，时人不能用其材，曼卿亦不屈以求合。无所放其意，则往往从布衣野老，酣嬉淋漓，颠倒而不猒。汪曰："引出祕演，先透出极饮大醉意。"予疑所谓伏而不见者，庶几狎而得之，故尝喜从曼卿游，欲因以阴求天下奇士。以上与曼卿游，以求天下奇士。

《诗·皇矣》毛传曰："廓，大也。"○猒，经传多以厌为之。《后汉书·刘盆子传》注曰："厌，倦也。"

　　浮屠祕演者，汪曰："主。"与曼卿交最久，亦能遗外世俗，以气节相高。二人欢然无所间。曼卿隐于酒，祕演隐于浮屠，皆奇男子也。汪曰："主客合说。"又曰："应'奇士'。"然喜为歌诗以自娱，汪曰："入诗。"当其极饮大醉，歌吟笑呼，以适天下之乐，何其壮也！一时贤士，皆愿从其游，予亦时至其室。唐曰："挽入自己。"十年之间，祕演北渡河，东之济、郓，无所合，困而归，曼卿已死，祕演亦老病。嗟夫！二人者，予乃见其盛衰，汪曰："说二人之盛衰，就自己见之说。"则予亦将老矣夫。沈曰："写尽盛衰俯仰顿挫。"○以上叙己与曼卿、祕演三人踪迹。

　　浮屠，《居士集》原注曰："二字一作僧。"案：浮屠已见韩退之《送高闲上人序》注，字亦作浮图。《湘山野录》卷下曰："苏子美有《赠祕演师诗》，中有'垂颐孤坐若痴虎，眼吻开合犹光精'之句。人谓与演写真，演颔额方厚，顾视徐缓，喉中含其声，尝若鼾睡然，其始云'眼吻开合无光精'，演以浓笔涂去'无'字，自改为'犹'字，子美诟之。演曰：吾尚活，岂当曰无光精耶？中又有一联云，'卖药得钱租沽酒，一饮数斗犹惺惺。'又都抹去。苏曰：吾之作谁敢点窜耶？演曰：君之诗出，则传四海，吾不能断荤酒，为浮图罪人，何堪更为君诗所暴？子美亦笑而从之。"○永叔《归田录》卷上曰："石曼卿磊落奇才，知名当世，气貌雄伟，饮酒过人。有刘潜者，亦志义之士也。常与曼卿为酒敌，闻京师沙行王氏新开酒楼，遂往造焉。对饮终日，不交一言，至夕殊无酒色，相揖而去。明日都下喧传王氏酒楼有二酒仙来饮，久之乃知刘、石也。"○极饮大醉，《居士集》原注曰："作临水望月。"○从其，《居士集》原注曰："其一作之。"○《太平寰宇记》曰："济州济阳郡，今理钜野县；郓州东平郡，今理须城县。"（宋钜野县在今山东钜野县南，须城县今山东东平县治。）○《曼卿墓表》曰："年四十八，康定二年二月四日，以太子中允秘阁校理卒于京师。"○嗟夫；《居士集》原注曰："嗟一作若。"○案《年谱》庆历二年，永叔年三十六岁。

曼卿诗辞清绝，尤称祕演之作，以为雅健有诗人之意。汪曰："又从曼卿之诗，串出祕演之作。"祕演状貌雄杰，其胸中浩然，既习于佛，无所用，独其诗可行于世。汪曰："完'智谋非常之士无所用其能'案，以侧出诗来。"而懒不自惜，唐曰："宕折。"已老，胠其橐，尚得三四百篇，皆可喜者。以上叙祕演之诗。

《庄子·胠箧篇》《释文》曰："李云，胠，起居反。司马云，从旁开为胠，一云发也。"

曼卿死，汪曰："完'客'案。"祕演漠然无所向，闻东南多山水，其巅崖崛嶂，江涛汹涌，甚可壮也，遂欲往游焉。足以知其老而志在也。又开奇境，烟波无际。于其将行，为叙其诗，因道其盛时，以悲其衰。汪曰："以盛衰锁尾，收通篇。"庆历二年十二月二十八日，庐陵欧阳修序。

□茅鹿门曰："多慷慨呜咽之音，命意最旷而逸，得司马子长之神髓矣。"○张廉卿曰："直起直落，直转直接，具无穷变化，纯是潜气内转，可与子长诸表序参看。"

　　《文选·上林赋》：崔崒崛崎。李善注引张揖曰："崛崎，斗绝也。"《子虚赋》隆崇峍崒。《史记·司马相如传》峍作嵂，《汉书》作律，字通。《集韵》曰："崛，渠勿切，峍，勒没切。"○《上林赋》：汹涌澎湃。注引司马彪曰："汹涌，跳起也。"

送田画秀才宁亲万州序

　　《居士集》原注曰："景祐四年。"案：永叔是时为夷陵令，集中又有代赂赠田文初诗，亦是年在夷陵作。是文初颇预游宴之乐，序言文初之祖从诸将平成都，及南攻金陵，则未详为何人。《万姓统谱》曰："田画字承君，阳翟人。"然考《宋史》作田昼，昼字承君，画字文初，各有意义。《统谱》乃误作画耳。昼乃田况从子，况父延昭，（《东都事略》昭作招。）官至太子率府，生八男，多知名，见王介甫《田况墓志铭》及《东都事略》《宋史·田况传》。永叔有与况书及诗。昼是否即画之易名，抑其兄弟行，皆不可考。或指文初之祖为田仁朗，亦无据。考《宋史》仁朗传，不言平江南，而田钦祚、田绍斌二传，皆有平蜀及江南事，又安知非钦祚、绍斌乎？此等处止应阙疑，未可臆断也。宋夔州路万州治南浦县，今四川万县治。

　　五代之初，天下分为十三四，及建隆之际，或灭或微，其在者犹七国，而蜀与江南地最大。沈曰："送文初归蜀，以其祖有功于蜀立论，江南又是带说。"以周世宗之雄，三至淮上，不能举李氏，而蜀亦恃险为阻。汪曰："险字为下二险字之根。"秦陇山南，皆被侵夺，而荆人缩手归、峡，不敢西窥以争故地。及太祖受天命，用兵不过万人，举两国如一郡县吏，何其伟欤！当此时，文初之祖，从诸将西平成都。及南攻金陵，汪曰："说主带客。"功最多，于时语名将者称田氏。田氏功书史官，禄世于家，至今了而不绝。汪曰："以蜀之恃险为阻，引出蜀之山川险怪奇绝之可爱；以田氏之祖之武功，引出文初之文儒；以田氏之祖之西平成都，引出文初之览其山川，慨然而赋。"及天下已定，将率无所用其武，士君子争以文儒进，故文初将家子，茅曰："才入秀才。"反衣白衣，从乡进士举于有司。彼此一时，亦各遭其势而然也。吴北江曰："专以风韵取姿态，亦微惜功臣之后之落拓也。"○以上言国初取蜀时，文初之祖有功，而感古今时势之不同。

《新五代史·职方考》曰："梁初，天下别为十一，南有吴、浙、荆、湖、闽、汉，西有岐、蜀，北有燕、晋。"案：吴，杨渥也。浙即吴越，钱镠也。荆即南平，高季兴也。湖即楚，马殷也。闽，王审知也。汉，刘隐也。岐，杨茂贞也。蜀，王建也。燕，刘守光也。晋，李克用及子存勖也。合朱梁，凡十一国。此云十三四者，盖就唐代末年计之，如成德之王镕，魏博之罗绍威，平卢之王师范等，亦可约数之为十三四矣。○建隆，宋太祖年号。○《职方考》曰："周末，闽已先亡，而在者七国。自江南以下二十一州为南唐（李昇篡吴为南唐），自剑以南及山南西道四十六州为蜀，自湖南北十州为楚，自浙东西十三州为吴越，自岭南北四十七州为南汉，自太原以北十州为东汉（《宋史》称北汉），而荆、归、峡三州为南平。"案：楚马氏亡于周广顺元年。《职方考》及此序，皆言大略耳。○《旧五代史·周世宗纪》曰："世宗讳荣，太祖之养子，圣穆皇后之侄也。本姓柴氏，封晋王。显德元年正月壬辰，太祖崩。丙申，晋王荣即皇帝位。显德三年正月乙卯，车驾渡淮。丙辰，至寿州城下。五月戊戌，车驾还京。四年二月乙酉，次下蔡。三月戊申，幸寿州城北，丙辰，车驾发下蔡还京。十月戊辰，诏暂幸淮上。十一月癸巳，帝统率诸军攻濠州。乙巳，至泗州。五年三月辛卯，幸迎銮江口。丙申，江南李景遣其臣兵部侍郎陈觉奉表陈情，兼贡罗縠细绢乳茶香药犀象等。己亥，李景遣其臣刘承遇奉表以庐、舒、蕲、黄等四州来献，且请以江为界。四月乙卯，车驾发扬州，还京。"《新五代史·南唐世家》曰："李昪复姓李氏，改其国号曰唐。七年，卒，子景立，（景初名景通，既立，改名璟，后避周讳，改名景。）改元保大，十五年五月，景下令去帝号，称国主，奉周正朔。"○《新五代史·前蜀世家》曰："王建并有两川之地，天复元年，天子幸凤翔，建遣王宗涤将兵五万，声言迎驾，以攻兴元，于是并有山南西道。七年（唐天祐四年）九月，建即皇帝位。永平五年，遣王宗侃等攻岐，取其秦、凤、阶、成四州。"《后蜀世家》曰："孟知祥即皇帝位，国号蜀。山南西道节度使张虔钊、武定军节度使孙汉韶，皆以其地附于蜀。知祥卒，子昶立。是时契丹灭晋，汉高祖起于太原，中国多故，雄武军节度使何建以秦、成、阶三州附于蜀。昶因遣孙汉韶攻下凤州，于是悉有王衍故地。"○《居士集》原注曰："一本注云，往时忠、万、夔、施皆属荆南，五代之际，为蜀所侵。"案《前蜀世家》曰："荆南成汭死，襄州赵匡凝遣其弟匡明袭据之。建乘其间，攻下夔、施、忠、万四州。天复六年，又取归州，于是并有三峡。"《南平世家》曰："高季兴同光三年封南平王。唐兵伐蜀，季兴请以本道兵，自取夔、忠、万、归、峡等州，乃以季兴为峡路东南面招讨使，而季兴未尝出兵。魏王已破蜀，而明宗入立，季兴因请夔、忠等州为属郡，虽不得已与之，而唐犹自除刺史。季兴拒而不纳，明宗乃以襄州刘训为招讨使，攻之不克，而唐别将西方邺克其夔、忠、万三州，季兴遂以荆、归、峡三州臣于吴。天成三年卒，子从诲立，楚王马殷为之请命于唐，长兴元年，拜从诲节度使。"《清一统志》曰："湖北荆州府：五代时为南平国。宜昌府归州：五代初属蜀，后属南平。峡州故城，在长阳县东。"（荆州府旧治江陵县，今裁府留县，归州今改称归县。）○西攻成都，南平金陵，已见尹师鲁《叙燕》注。案：依《宋史·太祖本纪》，伐蜀用步骑五万（《长编》合步骑六万），伐江南用十万，此言不过万人，特极言其取之易耳。又案：蜀都成都，今四川成都县治。南唐都金陵，即今南京。○原注曰："过一作及，欤一作哉，攻一作破。"○《周礼·夏官·司勋》曰："战功曰多。"案原注曰："功最多，一作最有功。"○《孟子·梁惠王下》曰："仕者世禄。"《书》伪古文《毕命》曰："世禄之家。"○及天下已定；原注曰："一作天下既平久矣。"○《说文》曰：衔，将衔也。"将率字当作衔，率、帅皆借字。○《晋书·载记》五："石勒谓徐光曰：大雅憒憒，殊不似将家子。"○《史记·儒林传》曰："公孙弘以《春秋》，白衣为天子三公。"《宋史·选举志》曰："宋之科目有进士，有诸科，而进士得人为盛。礼部贡举皆秋取解，冬集礼部，春考试，合格及第者，列名放榜于尚书省。凡进士试诗赋论各一首，策五道，帖《论语》十，帖对《春秋》或《礼记》墨义十条。"○《孟子·公孙丑下》曰："彼一时此一时也。"

文初辞业通敏，为人敦洁可喜。岁之仲春，自荆南西拜其亲于万州，维舟夷陵，予与之登高以远望，遂游东山，窥绿萝溪，坐磐石。文初爱之，汪曰："引起'乃可爱'句。"数日乃去。夷陵者，其地志云：北有夷山以为名。或曰：巴峡之险，至此地始平夷。盖今文初所见，尚未为山川之胜者。由此而上泝江湍，入三峡，险怪奇绝，乃可爱也。吴曰："此等跌宕，亦专取风神处。"当王师伐蜀时，沈曰："忽然迥合。"兵出两道，一自凤州以入，一自归州以取忠、万以西，今之所经，皆王师向所用武处，览其山川，可以慨然而赋矣。汪曰："回顾起处'西平成都'，不惟首尾相应，而览其山川，可慨然而赋，更能将用武收摄入文儒中，妙极。"吴曰："风韵独绝。"

□茅曰："风韵跌宕。"○刘曰："欧公序文，惟此篇有苍古雄迈之气，不易得也。"

自荆南西，原注曰："一作自荆南而西将。"○《方言》九郭注曰："系船为维。"原注曰："维一作系。"○宋荆湖北路峡州夷陵县，今湖北宜昌县东南。○远望，原注曰："一作望山川。"○陆务观《入蜀记》卷六曰："至峡州，游西山甘露寺，至一泉，曰孝妇泉，欧阳文忠诗曰：'江上孤峰蔽绿萝'，初读之，但谓孤峰蒙藤萝耳。及至此，乃知山下为绿萝溪也。及至东山寺，亦见欧公诗，距望京门五里，寺外一亭临小池，有山如屏环之，颇佳。"案《舆地纪胜》：荆湖北路峡州有绿萝溪，引此序文。○《宋书·乐志》三：魏武帝《秋胡行》曰："坐盘石之上。"案：盘、磐字通借。《文选·海赋》李善注引《声类》曰："磐，大石也。"○文初爱之句下，原注曰："一有留字。"○乃去，原注曰："去一作行。"○《汉书·地理志》：南郡夷陵县注引应劭曰："夷山在西北。"《水经·江水注》二曰："夷陵县故城，南临大江。秦令白起伐楚，三战而烧夷陵者也。"应劭曰："夷山在西北，盖因山以名县也。"《旧唐书·地理志》曰："夷陵有夷山在西北，因为名。"《清一统志》曰："湖北宜昌府：西陵峡，在东湖县（今改宜昌县）西北二十五里，一名夷山。"步瀛案：《舆地纪胜》屡引《夷陵志》，未知孰撰。○《清一统志》曰："湖北宜昌府：巴峡，在巴东县西二十里。"○《左传》哀四年杜注曰："逆流曰泝。"《广雅·释水》曰："湍，濑也。"○《文选》左太冲《蜀都赋》曰："经三峡之峥嵘。"刘渊林注曰："三峡，巴东永安县有高山相对，相去可二十丈，左右崖甚高，人谓之峡，江水过其中。"《水经·江水注》二曰："江水又东迳广溪峡，斯乃三峡之首也。其间三十里，颓岩倚木，厥势殆交。峡中有瞿塘、黄龛二滩。"又曰："江水又东迳巫峡，历峡东迳新崩滩，其间首尾百六十里，谓之巫峡，盖因山为名也。自三峡七百里中，两岸连山，略无阙处，重岩叠嶂，隐天蔽日。每至晴初霜旦，林寒涧肃，常有高猿长啸，属引凄异，空谷传响，哀转久绝。故渔者歌曰：巴东三峡巫峡长，猿鸣三声泪沾裳。"又曰："江水又东迳西陵峡。《宜都记》曰：自黄牛滩东入西陵界，至峡口百许里，山水纡曲，而两岸高山重障，非日中夜半，不见日月，所谓三峡，此其一也。"是郦善长以广溪、巫峡、西陵为三峡，王深宁《小学绀珠》卷二从之。顾震沧《方舆纪要》卷七十五曰："三峡者，一为广溪峡，即瞿塘峡也，在四川夔州府奉节县东三里（《清一统志》作十三里）。一为巫峡，在夔州府巫山县东三十里，因山为名。一为西陵峡，在夷陵州西二十五里（夷陵州今改宜昌县），峡长二十里。"亦本《水经注》。言三峡者，当以此为据。此外说三峡者甚多，今不具述。○乃可，原注曰："乃一作直。"○《清一统志》曰："陕西汉中府凤县：五代初属岐，后属蜀，改军曰武兴，陈仍曰凤州。四川忠州：五代属蜀，宋亦曰忠州。"案：宋凤州治梁泉县，今四川凤县治。宋忠州治临江苏，今四川忠县治。○今之所经二句，原注曰："一作今文初所历，皆向时王师用武处。"○《诗·定之方中》毛传曰："升高能赋，山川能说。"

送徐无党南归序

《居士集》原注曰："至和二年。"案《两浙名贤录·文苑传》曰："徐无党，永康人，从欧阳修学古文词，尝注《五代史》，妙得良史笔意。皇祐中以南省第一人登进士第，仕止郡教授而卒。"

草木鸟兽之为物，众人之为人，其为生虽异，而为死则同，一归于腐坏澌尽泯灭而已。洒然而来。而众人之中，有圣贤者，汪曰："就众人引入圣贤。"固亦生且死于其间，而独异于草木鸟兽众人者，虽死而不朽，逾远而弥存也。其所以为圣贤者，修之于身，施之于事，见之于言，是三者所以能不朽而存也。唐曰："三项平列而侧注，须看他手法。"修于身者，无所不获；施于事者，有得有不得焉；其见于言者，则又有能有不能也。施于事矣，不见于言可也。唐曰："撇去言。"自诗书史记所传，其人岂必皆能言之士哉？修于身矣，而不施于事，不见于言，亦可也。唐曰："并撇去事。"孔子弟子，有能政事者矣，有能言语者矣，若颜回者，在陋巷曲肱饥卧而已，其群居则默然终日如愚人，然自当时群弟子皆推尊之，以为不敢望而及，而后世更百千岁亦未有能及之者，其不朽而存者，唐曰："应'不朽而存'。"固不待施于事，况于言乎？唐曰："归到言不足重上。"○姚仲实曰："以上言圣人所以异于鸟兽草木众人者，修之于身，施之于事，见之于言，而三者之中，以修身为尤重。"

　　《礼记·曲礼下》郑注曰："死之言澌也，精神斯尽也。"孔疏曰："今俗呼尽为澌。"○《左传》襄二十四年："穆叔曰：豹闻之太上有立德，其次有立功，其次有立言，虽久不废，此之谓不朽。"○《论语·先进篇》曰："言语宰我、子贡，政事冉有、季路。"○《论语·雍也篇》："子曰：贤哉回也！一箪食，一瓢饮，在陋巷，人不堪其忧，回也不改其乐。"《述而篇》："子曰：饭疏食饮水，曲肱而枕之，乐亦在其中矣。"○《论语·为政篇》："子曰：吾与回言终日，不违如愚。"○《论语·公冶长篇》》:"子贡曰:赐也何敢望回?"

予读班固《艺文志》,唐《四库书目》,见其所列,自三代秦、汉以来,著书之士,多者至百馀篇,少者犹三四十篇,其人不可胜数,而散亡磨灭,百不一二存焉。予窃悲其人,文章丽矣,言语工矣,无异草木荣华之飘风,鸟兽好音之过耳也。唐曰:"忽然打转'草木鸟兽'。"方其用心与力之劳,亦何异众人之汲汲营营?唐曰:"忽然打转'众人'。"而忽焉以死者,虽有迟有速,而卒与三者同归于泯灭。汪曰:"上应处分说,此则合说。"夫言之不可恃也盖如此。唐曰:"言意。"今之学者,莫不慕古圣贤之不朽,唐曰:"又应'不朽'。"而勤一世以尽心于文字间者,皆可悲也。姚仲实曰:"以上又申论言不足恃。"

《汉书·叙传》曰:"刘向司籍,九流以别。爰著目录,略序鸿烈。述《艺文志》第十。"○《新唐书·艺文志》曰:"至唐始分为四类,曰经、史、子、集,而藏书之盛,莫盛于开元,其著录者,五万三千九百一十五卷,而唐之学者自为之书,又二万八千四百六十九卷。"○《尔雅·释草》曰:"木谓之华,草谓之荣。"○《诗·凯风》曰:"睍睆黄鸟,载好其音。"○《汉书·杨雄传》颜注曰:"汲汲,欲速之义;营营,周旋貌。"

东阳徐生,少从予学为文章,稍稍见称于人。既去,而与群士试于礼部,得高第,由是知名。其文辞日进,如水涌而山出。予欲摧其盛气而勉其思也,故于其归,告以是言。然予固亦喜为文辞者,亦因以自警焉。汪曰:"扯自己在内,更有波澜,不平顺。"○姚仲实曰:"以上言所以赠徐生此语之由。"

□方展卿曰:"反复感叹,抑扬顿挫。"○吴先生曰:"波澜出之自然，不见照应之迹，故佳。"○尚节之曰："须知此文句句言文之不可恃，实则句句叹文之难工，而虞传世之不易，所谓爱之深则言之切，乃欧文之最诙诡者，细细涵咏，自得其意。"

宋永康县属两浙路婺州东阳郡，今浙江永康县治。此东阳指其所隶之郡，非指今之东阳县也。○《广雅·释诂》一曰："摧，折也。"

资政殿学士户部侍郎文正范公神道碑铭　并序

《居士集》原注曰："至和元年。"案《范文正公集》附《褒贤集》卷一载此碑额，作"褒贤之碑"四字，宋仁宗皇帝篆额，题云"观文殿学士光禄大夫行礼部尚书知河南府兼西京留守事畿内劝农使上柱国臣王举正题"。今拓本皆无之，署云"陈推诚保德功臣资政殿学士金紫光禄大夫尚书户部侍郎护军汝南郡开国公食邑二千三百户食实封六百户（扬本六百作陆伯）赠兵部尚书谥文正范公神道碑铭，并序（二字旁写）。翰林学士尚书吏部郎中知制诰充史馆修撰欧阳修文，翰林学士兼侍讲尚书吏部郎中知制诰充史馆修撰王洙书"。拓本亦多剥泐，但拓本此二行在碑文前，而《褒贤集》在碑文后，非碑之原式也。又碑文后署"至和三年二月□□建"，《褒贤集》但载"至和三年二月"六字，误连于永叔衔上，则刻本之误耳。毕秋帆（沅）《中州金石记》卷四曰，《范仲淹神道碑》，至和三年二月立，欧阳修撰，王洙隶书，在洛阳。王兰泉（昶）《金石萃编》卷一百三十四曰，此碑中多泐字，史传称既葬，帝亲书其碑曰褒贤之碑，今拓亦未见，不知存佚何如也。○《宋文鉴》题作"资政殿学士礼部侍郎范文正公神道碑铭"，王兰泉曰，礼部侍郎，文正未尝居此官，《文鉴》误也。然户部侍郎文内，并不叙及，据《东都事略》及史传，皆云加给事中，知杭州，再迁户部侍郎，知青州，则碑漏也。步瀛案：碑中于加官多不书，非漏也。茅《钞》无"户部侍郎"四字，方、姚皆从之，今依《居士集》。

皇祐四年五月甲子，资政殿学士尚书户部侍郎汝南文正公薨于徐州。汪曰："起处即书其薨之时与地，其所终之官及谥皆见于此。"以其年十有二月壬申，葬于河南尹樊里之万安山下。公讳仲淹，汪曰："不书姓，在铭中见之。"字希文。五代之际，世家苏州，事吴越。太宗皇帝时，吴越献其地，公之皇考，汪曰："考之名留在后与曾祖、祖一处书。"从钱俶朝京师，后为武宁军掌书记以卒。公生二岁而孤，母夫人贫无依，汪曰："亦留其姓在后。"再适长山朱氏。既长，知其世家，感泣，去之南都，入学舍，扫一室，昼夜讲诵。其起居饮食人所不堪，而公自刻益苦。居五年，大通六经之旨，为文章论说，必本于仁义。祥符八年，举进士，礼部选第一，遂中乙科，为广德军司理参军，始归迎其母以养。及公既贵，天子赠公曾祖苏州粮料判官讳梦龄为太保，祖秘书监讳赞时为太傅，考讳墉为太师，妣谢氏为吴国夫人。汪曰："三代不叙于前，亦不叙于篇末，却因迎养其母，就势叙出。既贵而赠其三代，叙法变化；且他篇皆曰曾祖讳某，某官，赠某官，而此则曰'天子赠公曾祖'云云，亦变。"又曰："三代止书其母。"○曾曰："以上先世及孤寒科第。"

《宋史·职官志》曰："资政殿在龙图阁之东序。景德二年，王钦若罢参政，特置资政殿学士以宠之。十二月，复以钦若为大学士，班在文明殿学士之下，翰林学士承旨之上。资政殿置大学士，自钦若始。康定二年，诏大学士置二员，学士三员。"又曰：

"资政殿学士为正三品。"○《宋史·职官志》曰:"户部尚书一人,侍郎二人,掌军国用度,以周知其出入盈虚之数。凡州县废置,户口登耗,则稽其版籍。若贡赋征税,敛散移用,则会其数而颁其政令焉。"又曰:"列曹侍郎为从三品。"○富彦国《范公墓志铭》曰:"公之先始居河内,后徙长安。唐垂拱中,履冰相则天,以文章称,实公之远祖也。"《范文正公年谱》曰:"公昔远祖博士范滂为清诏使,裔孙履冰为唐丞相、鸾台凤阁平章事。"案《后汉书·党锢传》曰:"范滂,汝南征羌人。"章怀注引谢承《后汉书》曰:"汝南细阳人。"《后汉书·来歙传》章怀注曰:"征羌故城,在今豫州郾城县东南。"案:郾城故城,在今河南郾城县南。细阳故城,在今安徽太和县东。)《元和姓纂》以汝南为金乡范式后,河内为范滂后。《新唐书·宰相世系表》亦云;范氏至后汉博士滂,世居河内。未知孰是。《宋史》仲淹传曰:"其先邠州人。"《范文正集》补编载《家传》曰:"其先邠州人也。高祖隋,唐懿宗时调官处州丽水县丞,因徙家江南,遂为苏州吴县人。"范能濬附注曰:"按唐宰相,怀州河内人(《旧唐书·文苑传》《新唐书·文艺传》,履冰附《元万顷传》),丽水丞,幽州人(《世系表》但云隋丽水丞),此云邠州人,当是丽水丞之先世,复迁居于此。"案:此说亦无他证。○《元丰九域志》曰:"京东西路大都督府,徐州彭城武宁军节度,治彭城县。"案:今江苏铜山县治。又案:《九域志》所载分路,如京东路分东路、西路,陕西路分永兴军路、凤翔路等,皆熙宁中所分。范文正时尚未分也。他皆仿此。○《墓志》曰:"以是年十二月一日壬申葬于河南县万安山尹樊里先陇之侧。"《太平寰宇记》曰:"河南府洛阳县大石山,一名万安山,在县西南四十五里。"(西当作东,《明一统志》《方舆纪要》皆云在府城东南四十里。《清一统志》《乾隆府厅州县志》皆云在洛阳县东南四十里。)《清一统志》曰:"河南河南府,河南故城在洛阳县西五里,宋范仲淹墓,在洛阳县东南万安山下。"○《墓志》曰："四代祖隋，唐末为幽州良乡县主簿，遭乱奔二淛，家于苏之吴县，自尔遂为吴人。时中原多故，王泽不能逮远，于是世食钱氏之禄。"《年谱》曰："四世祖上柱国隋，懿宗朝咸通二年任幽州良乡主簿，诏书犹存。至十一年迁处州丽水县丞，一支渡江，中原乱离，不克归，子孙遂为中吴人。"案《新五代史·职方考》：苏州属吴越。《九域志》曰："两浙路苏州吴郡平江军节度，伪唐中吴军节度，（《舆地广记》亦曰南唐升为中吴军节度。）皇朝太平兴国三年，改平江军，治吴、长洲二县。"案：今江苏长洲并入吴县。○《宋史·太宗纪》曰："太平兴国三年三月己酉，吴越国王钱俶来朝。夏四月，钱俶乞罢所封吴越国王，及解天下兵马大元帅，并寝书诏不名之命，归其兵甲求还，不许。五月乙酉，钱俶献其两浙诸州，凡得州十三，军一，县八十六，户五十五万六百八十，兵一十一万五千三十六。丁亥，封钱俶为淮海国王。"○《年谱》曰："父墉，从钱俶归宋，任武宁军节度掌书记，封太师周国公。文正公即书记第三子也。"《家传》曰："终徐州节度掌书记。"案：武宁军已见上。《宋史·职官志》：幕职官有节度掌书记。○《年谱》曰："太宗皇帝端拱二年己丑秋八月丁丑，公生于徐州节度掌书记官舍。（总叙谓以八月二日丁丑辛丑时生。）淳化元年庚寅，丁父太师忧，年二岁。"○《墓志》曰："吴国太夫人以北归之初，亡亲戚故旧，贫而无依，冉适长山朱氏。"《年谱》曰："母夫人谢氏贫无依，再适淄州长山朱氏，亦以朱为姓，名说。(《家传》范能濬附注曰："周国公卒时，中舍最长，方六岁，次镃亦不过四五龄。考宋官制，掌书记秩列三班之末，周国从钱氏归朝，十馀年间，自冀而蜀而徐，匍匐以就禄，一旦捐馆，去乡千里，三稚幼弱，此太夫人所以贫而无依也。厥后中舍二兄归吴，而文正未离襁褓，遂随育于朱氏。")上长白山僧舍修学。"（《清一统志》）曰："山东济南府：长白山，在邹平县南二十里，东北属长山，北属邹平。醴泉寺在邹平县西南三十里,宋范仲淹尝读书寺中。")案:宋京东东路淄州长山县,今山东长山县治。○《年谱》曰:"真宗皇帝大中祥符四年辛亥,年二十三,询知家世,感泣,去之南都,入学舍。按《家录》云:公以朱氏兄弟浪费不节,数劝止之,朱氏兄弟不乐,曰:吾自用朱氏钱,何预汝事?公闻此疑骇,有告者曰:公乃姑苏范氏子也。太夫人携公适朱氏。公感愤自立,决欲自树立门户,佩琴剑径趋南都,谢夫人亟使人追之,既及,公语之故。期十年登第来迎亲。"《宋史》仲淹传曰:"去之应天府,依戚同文学。"(《宋史·隐逸传》曰:"戚同文字同文,宋之楚丘人。"《九域志》曰:"南京应天府睢阳郡,治宋城县。"案:在今河南商丘县南。又案《文鉴》都作郡,误。○《年谱》曰:"五年壬子,年二十四,以朱说名,举进士礼部第一,七年甲寅,有《睢阳学舍书怀诗》。按《遗事》云:公处南都学舍,昼夜苦学。五年未尝解衣就枕,夜或昏怠,辄以水沃面,往往饘粥不充,日昃始食。八年乙卯,登蔡齐榜,中乙科第九十七名,试《置天下如置器赋》,《君子以恐惧修省诗》,《顺时知微何先论》。调广德军司理参军。按张唐英撰公传云:祥符八年登进士第朱说者是也。"○汪彦章《广德军范文正公祠堂记》曰:"公以进士解褐为广德军司理参军,日抱具狱,与太守争是非,守数以盛怒临公,公未尝少挠,归必记其往复辩论之语于屏上,比去,至字无所容。贫止一马,鬻马徒步而归。初广德人未知学,公得名士三人为之师,于是郡人之擢进士第者,相继于时。"《宋史·职官志》曰:"司理参军掌讼狱勘鞫之事。"又曰:"中下州诸司参军为从九品。"《九域志》曰:"江南东路广德军(同下州)治广德县。"案:今安徽广德县治。又案石本,广德下无军字。○《年谱》曰:"公既登仕版,始迎其母以养。天禧元年丁巳,年二十九,迁文林郎,权集庆军节度推官,始复范姓。其表略曰:名非霸越,乘舟偶效于陶朱。志在投秦,人境遂称于张禄。用事最为亲切。"(《容斋三笔》卷八曰："用范雎、范蠡，皆当家故事。")《家传》曰："始还姓更今名。"《年谱》曰："初任广德军司理，后迎侍母夫人至姑苏，欲还范姓，而族人有难之者。公坚请云，止欲归本姓，他无所觊，始许焉。至天禧元年，为亳州节度推官，始奏复范姓。"又《言行拾遗事录》曰："公以朱氏长育有恩，常思厚报之，及贵，用南郊所加恩，乞赠朱氏父太常博士，暨朱氏诸兄弟，皆公为葬之，岁别为飨祭。朱氏子弟以公荫，得补官者三人。"《名臣言行录》前集卷七亦载之。○《墓志》曰："苏州粮料判官梦龄，以才德雄江右，即公之曾王父也。判官生赞时，幼聪警，尝举神童，任秘书监，集《春秋》泊历朝史，为《资谈录》六十卷行于时。秘监生墉，博学善属文，累佐诸王幕府。端拱初，随钱俶纳国，终武宁军节度掌书记。公即掌记之第三子也。朝廷以公贵，用太保、太傅、太师追赠三代，又择徐、许、越、吴四大国，追封王妣陈氏、妣陈氏、谢氏为太夫人。"《年谱》曰："曾祖梦龄，仕吴越中吴节度判官，宋赠太师徐国公；祖赞时，仕吴越，九岁童子出身，终秘书监，宋赠太师唐国公。"《宋史·职官志》曰："宋承唐制，以太师、太傅、太保为三师。"又曰："太师、太傅、太保为正一品，开国郡公为正二品。"又内外命妇之号十有四，六为国夫人。案《文鉴》讳下皆不书名，但作某字。

公少有大节，于富贵贫贱，毁誉欢戚，不一动其心，而慨然有志于天下。常自诵曰：士当先天下之忧而忧，后天下之乐而乐也。汪曰："提出公平生大志，以为通篇纲领。"又曰："篇中叙建言，叙将略，叙参政事，皆著公之大节先天下而忧处，末所谓系于天下国家之大者也。"其事上遇人，一以自信，不择利害为趋舍。其所有为，必尽其方。曰：为之自我者当如是，其成与否，有不在我者，虽圣贤不能必，吾岂且苟哉？汪曰："就自言中，伏'卒坏于成'意。"○曾曰："以上行己大节。"

于富贵贫贱，石本于上有其字。○"士当先天下之忧而忧"二句，范希文《岳阳楼记》亦有此二语，石本无士字。

天圣中，晏丞相荐公文学，以大理寺丞为秘阁校理，以言事忤章献太后旨，通判河中府。久之，上记其忠，召拜右司谏。当太后临朝听政时，以至日大会前殿，上将率百官为寿，有司已具，公上疏言天子无北面，且开后世弱人主以强母后之渐，其事遂已。又上书请还政天子，不报。及太后崩，言事者希旨，多求太后时事，欲深治之。公独以谓太后受托先帝，保佑圣躬，始终十年，未见过失，宜掩其小故，以全大德。储同人曰："忤太后于临朝听政之时，而护持于身后攻击之日，此趋舍不避利害之大者。"初，太后有遗命，立杨太妃代为太后。公谏曰：太后，母号也，自古无代立者。由是罢其册命。是岁大旱蝗，奉使安抚东南。使还，会郭皇后废，率谏官御史伏阁争，不能得，贬知睦州，又徙苏州。岁馀，即拜礼部员外郎，天章阁待制，召还。益论时政阙失，而大臣权幸多忌恶之。居数月，以公知开封府。开封素号难治，公治有声，事日益简。汪曰："能治开封只轻撇，而叙其进言。"暇则益取古今治乱安危，为上开说，又为《百官图》以献，曰：任人各以其材而百职修，尧、舜之治，不过此也。因指其迁进迟速次序，曰：如此而可以为公，可以为私，亦不可以不察。由是吕丞相怒，至交论上前，公求对辨，语切，坐落职知饶州。明年，吕公亦罢，公徙润州，又徙越州。以上谏章献太后，谏册杨太妃，谏废郭皇后，及忤吕丞相，皆其趋舍不避利害也。

《年谱》曰："天禧三年己未，年三十一，除秘书省校书郎。四年庚申，是岁校书芸省，守官集庆。五年辛酉，监泰州西溪镇盐仓。仁宗皇帝天圣元年癸亥，年三十五，徙楚州粮料院。二年甲子，迁大理寺丞。四年丙寅，丁母夫人忧。五年丁卯，时公寓南京应天府。"按公《言行录》云："时晏丞相殊为留守，遂请公掌府学。公尝宿学中，训督学者，皆有法度，勤劳恭谨，以身先之。由是四方从学者辐凑。六年戊辰，年四十岁，是岁服除。冬十二月甲子，以公为秘阁校理。晏丞相殊之荐也。"《宋史·晏殊传》曰："殊字同叔，抚州临川人。康定初，知枢密院事，遂为枢密使，进同中书门下平章事。庆历中，拜集贤殿学士，同平章事，兼枢密使。殊平居好贤，当世知名之士如范仲淹、孔道辅皆出其门。及为相，益务进贤材，而仲淹、韩琦、富弼皆进用。"○大理寺丞，见《苏氏文集序》大理评事注。《职官志》曰："寺丞正八品。"江少虞《皇朝类苑》卷二十九曰："本朝三馆之外，复有秘阁，故秘阁置直阁，又置校理。咸平初，以杜镐为秘阁校理，后充直秘阁。则本朝直秘阁、秘阁校理，皆自杜镐始也。"又曰："端拱元年五月，诏置秘阁于崇文院之中堂。"《职官志》曰："秘书省秘阁：淳化元年诏次三馆置直阁，以朝官充；校理以京官充。"○《涑水记闻》卷十："仲淹《上宰相书》言朝政得失，民间利病，凡万馀言，王曾见而伟之。时晏殊亦在京师，荐一人为馆职，曾谓殊曰：公知范仲淹，舍不荐而荐斯人乎？已为公置不行，宜更荐仲淹也。殊从之，遂除馆职。顷之，冬至立仗，礼官定议，欲媚章献太后，请天子率百官献寿于庭。仲淹奏以为不可。晏殊大惧，召仲淹怒责之，以为狂。仲淹正色抗言曰：仲淹受明公误知，常惧不称，为知己羞，不意今日更以正论得罪于门下也。殊惭无以应。"《宋史·后妃传》曰："真宗章献明肃刘皇后，其先家太原，后徙益州，为华阳人。真宗崩，遗诏尊后为皇太后，军国重事，权取处分。于是五日一御承明殿。帝位左，太后位右，垂帘决事。崩，谥章献明肃皇后。旧制皇后皆二谥，称制皆四谥。"○石本渐上无之字。○通判河中府，《居士集》原注曰："一有陈州。"《长编》卷一百八曰："天圣七年十一月癸亥，冬至，上率百官上皇太后寿于会庆殿，乃御天安殿受朝。秘阁校理范仲淹奏疏言，天子有事亲之道，无为臣之礼；有南面之位，无北面之仪。若奉亲于内，行家人礼可也。今顾与百官同列，亏君体，损主威，不可为后世法。疏入不报。又奏疏请皇太后还政，亦不报。遂乞补外，寻出为河中府通判。"《年谱》曰："九年辛未三月，公迁太常博士，通判陈州。"《职官志》曰："宋初惩五代藩镇之弊，乾德初，下湖南，始置诸州通判。建隆四年，诏知府公事，并须长史通判签议连书，方许行下。时大郡置二员，馀置一员，州不及万户，不置。武臣知州，小郡亦特置焉。其广南小州，有试秩通判，兼知州者，职掌倅贰郡政，凡兵民钱谷、户口赋役、狱讼听断之事，可否裁决，与守臣通签书施行。所部官有善否，及职事修废，得刺举以闻。"案：宋陕西永兴军路河中府治河东县，今山西永济县治。京西北路陈州（宣和元年升淮宁府）治宛丘县，今河南淮阳县治。○《年谱》曰："明道二年癸酉，是年三月甲午（元作甲子，误），太后崩。帝始亲政，裁抑侥幸，中外大悦。时公为陈州通判，太常博士。四月，公被诏赴阙，为右司谏。"《职官志》曰："门下省左司谏，掌规谏讽谕，凡朝政阙失，大臣至百官，任非其人，三省至百司，事有违失，皆得谏正。中书省右司谏同，但左属门下，右属中书。"又曰："左右司谏为正七品。"○《宋史·礼志·宾礼》一曰："宋承前代之制，以元日、五月朔、冬至，行大朝会之礼。"○其事遂已，《长编》卷一百八原注曰："欧阳修作仲淹《神道碑》云：太后将至日大会前殿云云，按仲淹书入不报，上寿会庆殿未尝已也，岂修谓止在便殿，不在前殿，为听仲俺之言乎？然供张便殿，实自王曾执奏，非由仲淹矣。修盖误。富弼作仲淹墓碑（当作志）亦云，疏奏，遂罢上寿仪，然后颇不怿，寻出为河中府通判，弼亦误。僧文莹以为仲淹时任右司谏，太后先遣中使谕令勿言（见《续湘山野录》）。此妄也，今不取。《年谱》曰：《东坡志林》云：先君奉诏修《太常因革礼》，求之故府，朝正案牍具在，考其始末，无谏止之事，而有已行之明验。质之于文忠公，公曰：范公实谏，而卒不从，墓碑误也，当以案牍为正。今按《涑水记闻》（卷十）亦但云奏以为不可，而不言见从与否，则苏公所记，疑若可信，但诸书皆云冬至，而苏独云朝正，则误也。"步瀛案：《东都事略·范仲淹传》言元日，亦误。〇《长编》百十二曰："仁宗明道二年五月癸酉，诏曰：大行皇太后保佑冲人十有二年，恩勤至矣。而言者罔识大体，务诋讦一时之事，非所以慰朕孝思也。其垂帘日诏命，中外毋辄以言。太后崩，言者多追斥垂帘时事，右司谏范仲淹言于帝曰：太后受遗先帝，保佑圣躬，十馀年矣，宜掩其小故，以全大德。帝大感悟，乃降是诏。"〇《墓志》曰："为右司谏，属朝廷用章献遗令，策太妃杨氏为皇太后，与政，制出，都下讻讻。公上疏极谏，上悟，第加后位号而止。"《长编》百十二曰："仁宗明道二年夏四月，太常博士秘阁校理范仲淹为右司谏。仲淹初闻遗诏以太妃为皇太后，参决军国事，亟上疏言，太后母号也，未闻因保育而代立者。今一太后崩，又立一太后，天下且疑陛下不可一日无母后之助矣。时已删去参决等语，然太后之号讫不改，止罢其册命而已。"《宋史·后妃传》曰："杨淑妃益州郫人。真宗崩，遗制以为皇太妃。始仁宗在乳褓，章献使妃护视，凡起居饮食，必与之俱，所以拥佑扶持，恩意勤备。章献遗诰，尊为皇太后，居宫中，与皇帝同议军国事，阁门趣百僚贺。御史中丞蔡齐目台吏毋追班，乃入白执政曰：上春秋长，习知天下情伪，今始亲政事，岂宜使女后相继称制乎？乃诏删去遗诰同议军国事语，第存后号，后名其所居宫曰保庆，称保庆皇太后。"（杨谥章惠。案《涑水记闻》卷八曰：上幼冲即位，章献性严，动以礼法禁约之，未尝假以颜色。章惠以恩抚之，上怨章献而亲章惠。谓章献为大娘，章惠为小娘。及章献崩，尊章惠为太后，所以奉事，曲尽恩意。）○《长编》百十二曰："明道二年秋七月，先是右司谏范仲淹以江淮京东灾伤，请遣使巡行，未报。仲淹请问曰：宫掖中半日不食当如何？今数路艰食，安可置而不恤？甲申，命仲淹安抚江淮，所至开仓廪，赈乏绝，毁淫祀，奏蠲庐舒折役茶、江东丁口盐钱，饥民有食乌昧草者，擷草进御，请示六宫贵戚，以戒侈心。又陈八事，上嘉纳之。"○《墓志》曰："还朝，适议废郭皇后。上书曰：后者君称，以天子之配至尊，故称后，后所以长养阴教而母万国也。故系如此之重，未宜以过失轻废立。且人孰无过？陛下当面谕后失，放之别馆，拣妃嫔之老而仁者，朝夕劝导，俟其悔而复其宫，则上有常尊而下无轻议矣。书奏不纳。明日，又率其属及群御史伏阁门论列，如前日语。上遣中贵人挥之，令诣中书省。宰相擩取汉、唐废后事为解。时吕夷简为相，公曰：陛下天资如尧舜，公宜因而辅成之，奈何欲以前世弊法累盛德耶？中丞孔道辅名骨鲠，亦扶公议，论甚切直。又明日晨，率道辅将留百辟班，揖宰相廷辨。抵漏舍，会降知睦州，台吏促上道。"《年谱》曰："二年癸酉，十二月，郭皇后废，率谏官御史伏阙谏，诏出知睦州。"《宋史·后妃传》曰："仁宗郭皇后，其先应州金城人，平卢军节度使崇之孙也。天圣二年，立为皇后。其后尚美人、杨美人俱幸，数与后忿争。一日尚氏于上前有侵后语，后不胜忿，批其颊，上自起救之，误批上颊，上大怒。入内都知阎文应因与上谋废后，且劝帝以爪痕示执政，上以示吕夷简，夷简亦以前罢相怨后，乃曰：古亦有之。后遂废。于是中丞孔道辅、谏官御史随仲淹、段少运等十人伏阁言后无过，不可废。道辅等俱被黜责。"《九域志》曰："两浙路睦州新安郡治建德县。"案：今浙江建德县治。○《年谱》曰："景祐元年甲戌，年四十六。是岁春正月，出守睦州。夏六月壬申，徙苏州。苏为公乡郡，地滨震泽，田多水患，募游手疏五河，导积水入海。有《上吕相公并呈中丞谘目》，言水利事。秋八月，徙明州转运使。上言公治水有绪，愿留以毕其役。九月，诏复知苏州。"○《年谱》曰："景祐二年乙亥，冬十月，除尚书礼部员外郎，天章阁待制。"《宋史·职官志》曰："礼部郎中、员外郎，参领礼乐祭祀，朝会宴享，学校贡举之事，有所损益，则审订以次谘决。"又曰："尚书诸司员外郎为正七品。"又曰："天章阁，天禧四年建，在会庆殿之西龙图阁之北。明年，仁宗即位，修天章阁毕，以奉安真宗御制，以在位受天书祥符，改曰天章，取为章于天之义。天圣八年置待制。"又曰："天章阁待制为从四品。"○《墓志》曰："公自还阙，论事益急，宰相阴使人讽公，待制主侍从，非口舌任也。公曰：论思者，正侍臣之事，予敢不勉？宰相知不可诱，乃命知开封府，欲挠以剧烦，而不暇他议，亦幸其有失，即罢去。公处之弥月，威断如神，吏缩手不敢侮其奸，京邑肃然称治。"《长编》百十七曰：置景祐二年十二月癸亥，礼部员外郎天章阁待制范仲淹为吏部员外部权知开封府。"（《年谱》在十月后，十二月前，与碑言居数月不合，疑非。）《职官志》曰："开封府牧尹不常置，权知府一人，以待制以上充，掌尹正京畿之事，以教法导民而劝课之，中都之狱讼，皆受而听焉，小事则专决，大事则禀奏。"○张次功（唐英）《名臣传》曰："执政命知开封府，欲处以烦剧，而不暇他议。仲淹明敏通照，决事如神，京师谣曰：朝廷无忧有范君，京师无事有希文。"○《长编》百十八曰："景祐三年五月丙戌，天章阁待制权知开封府范仲淹落职知饶州。仲淹言事无所避，大臣权幸多恶之。时吕夷简执政，进者往往出其门，仲淹言官人之法，人主当知其迟速升降之序，其进退近臣，不宜全委宰相。又上《百官图》，指其次第曰：如此为序迁，如此为不次，如此则公，如此则私，不可不察也。夷简滋不悦。帝尝以迁都事访诸夷简，夷简曰：仲淹迂阔，务名无实。仲淹闻之，为四论以献。一曰帝王好尚，二曰选贤任能，三曰近名，四曰推委。大抵讥指时政。又言汉成帝信张禹，不疑舅家，故终有王莽之乱，臣恐今日朝廷亦有张禹，坏陛下家法。夷简大怒，以仲淹语辨于帝前，且诉仲淹越职言事，荐引朋党，离间君臣。仲淹亦交章对诉，辞愈切，由是降黜。"《东都事略·吕夷简传》曰："夷简字坦夫，河南人（《宋史》夷简传曰："先世莱州人。"案：唐莱州属河南道），祖龟祥，尝知寿州，遂以家焉。夷简擢进士，又举制科。天圣七年，以户部侍郎拜同中书门下平章事集贤殿大学士。明道二年，罢为武胜军节度使。是岁复入为门下侍郎，兼吏部尚书同平章事昭文馆大学士。"○王圣涂（辟之）《渑水燕谈录》卷二曰："景祐中，范文正公以言事触宰相，黜守饶州。到任谢表云：此而为郡，练优优布政之方；必也立朝，增蹇蹇匪躬之节。天下叹公至诚于国，始终不渝。不以进退易其守也。"《九域志》曰："江南东路饶州鄱阳郡，治鄱阳县。"案：今江西鄱阳县治。○明年，吕公亦罢，石本无此六字，即尧夫所删者。○《宋史·仁宗纪》曰："景祐四年夏四月甲子，吕夷简、王曾、宋绶、蔡齐罢。"《宰辅表》曰："景祐四年四月甲子，吕夷简自右仆射中国公以镇安军节度使同平章事判许州。"《东都事略》曰："始王曾荐吕夷简为相，未几曾罢，夷简为首相，及王曾复相，夷简专决政事，曾不能平，因对，斥夷简尝纳贿市恩。仁宗以问夷简，夷简请置对，曾亦请罪求去。（《长编》百二十曰："时外传夷简纳知秦州王继明馈赂，曾因及之，夷简乞置对，而曾言亦有失实者。"）遂以曾知郓州，亦除夷简镇安军节度使同平章事判许州，徙天雄军。"○《长编》百二十曰："景祐四年十二月壬辰，徙知饶州范仲淹知润州，上谕执政令移近地故也。先是京师地震，直史馆叶清臣上疏曰：顷范仲淹、余靖以言事被黜，天下之人齰舌不敢议朝政者，行将二年。愿陛下深自咎责，详延忠直敢言之士，庶几明威降鉴，而善应来集也。书奏，数日，仲淹等皆得近徙。范仲淹既徙润州，谗者恐其复用，遽诬以事。语入，上怒，亟命置之岭南。参知政事程琳辨其不然，仲淹讫得免。自仲淹贬而朋党之论起，朝事牵连，出语及仲淹者，皆指为党人，琳独为上开说，上意解乃已。"《九域志》曰："两浙路润州丹阳郡镇江军节度，治丹徒县。"案：今江苏丹徒县治。○《年谱》曰："宝元元年戊寅，年五十岁，春正月十三日，赴润州。冬十一月，徙知越州。按公文集有《刻唐祖先生墓志于贺监两堂序》，题曰宝元元年知越州范某序。"《九域志》曰："两浙路大都督府越州会稽郡镇东军节度，治会稽、山阴二县。"案：今并二县为浙江绍兴县。

而赵元昊反河西，汪曰："用转笔作提笔。"上复召相吕公，乃以公为陕西经略安抚副使，迁龙图阁直学士。汪曰："叙西事层次甚多，却妙在一气贯下，此等笔法，何减《史》《汉》？"是时新失大将，延州危。公请自守鄜延扞贼，乃知延州。元昊遣人遗书以求和，公以谓无事请和难信，且书有僭号，不可以闻，乃自为书，告以逆顺成败之说，甚辩。坐擅复书，夺一官，知耀州。未逾月，徙知庆州。既而四路置帅，以公为环庆路经略安抚招讨使，兵马都部署。累迁谏议大夫，枢密直学士。汪曰："先总叙其在陕西之历官，而下乃总叙其将略。"

《宋史·仁宗纪》曰："宝元元年十二月丙寅，鄜延路言赵元昊反。甲戌，禁边人与元昊互市。二年春正月癸丑，赵元昊表请称帝改元。六月壬午，削赵元昊官爵，除属籍。"《夏国传》曰："李彝兴，夏州人也，本姓拓跋氏。唐贞观初，有拓跋赤辞者，归唐，太宗赐姓李，置静边等州以处之。其后析居夏州者，号平夏部，唐末拓跋思恭镇夏州，统银、夏、馁、隋、静五州地，讨黄巢有功，复赐姓李彝兴，封西平王，卒，子克睿立；卒，子继筠立；卒，弟继捧立，以太平兴国七年率族人入朝，赐姓赵氏，更名保忠。继迁，继捧族弟也，起夏州，袭银州据之，随册为夏国王。咸平五年，攻陷灵州，以为西平府。六年春，遂都于灵州，诏遣张崇贵、王涉议和，割河西银、夏等五州与之。卒，子德明立，德明城怀远镇为兴州以居。卒，子曩霄，本名元昊，宋宝元元年（宝元原误宝庆，今改）即皇帝位。"○上复召相吕公，石本无此六字，亦尧夫所删。尚节之曰："明年吕公亦罢者，示深恶吕公也；上复召相吕公者，著文正再起之由也。此皆信史，而削之可乎？"○《长编》百二十七曰："康定元年五月壬戌，镇安节度使同平章事判天雄军吕夷简行右仆射，兼门下侍郎平章事。"○《长编》百二十六曰："康定元年三月戊寅，吏部员外郎知越州范仲淹复天章阁待制，知永兴军，始用韩琦之言也。四月癸丑，改为陕西都转运使。五月己卯，以起居舍人知制诰韩琦为枢密直学士，陕西都转运使。吏部员外郎天章阁待制范仲淹为龙图阁直学士，并为陕西经略安抚副使，同管勾都部署司事。（是月戊寅，徙知泾州忠武节度使泾原秦凤路缘边经略安抚使夏竦为陕西都部署，兼经略安抚使，缘边招讨使，知永兴军。）初仲淹与吕夷简有隙，及议加职，夷简请超迁之。上悦，以夷简为长者，既而仲淹入谢，帝谕仲淹令释前憾。仲淹顿首曰：臣向所论盖国事，于夷简何憾也？"《宋文·职官志》曰："经略安抚司，经略安抚使一人，（不言副，盖不常置。）以直秘阁以上充，掌一路兵民之事，皆帅其属而听其狱讼，颁其禁令，定其赏罚，稽其钱谷甲械出纳之名籍，而行以法。若事难专决，则具可否具奏。即干机速边防及士卒抵罪者，听以便宜裁断。"又曰："龙图阁，大中祥符中建，在会庆阁西偏，北连禁中，阁东曰资政殿，西曰述古殿，阁上以奉太宗御书御制文集，及典籍图画宝瑞之物，及宗正寺所进属籍世谱。直学士，景德四年置，班在枢密学士下。祥符六年，诏结衔在本官之上。"又曰："龙图阁直学士为从三品。"○《宋史·仁宗纪》曰："康定元年春正月，元昊寇延州，执鄜延、环庆两路副都总管刘平、鄜延副都总管石元孙。"《长编》百二十六曰："初西贼自承平寨退，声言将攻延州。范雍闻之惧甚。（宝元元年十二月癸酉，范雍为振武节度使，知延州。）即奏疏请济师，未报而元昊诈遣人乞和，雍信之，不为备。元昊乃盛兵攻保安军，自土门路入。壬申，声言取金明寨，李士彬严兵以待之，夜分不至，士彬释甲而寝。翌日奄至，士彬父子俱被擒，遂乘胜抵延州城下。雍先以檄召鄜延、环庆副都部署刘平于庆州，使至保安，与鄜延副都部署石元孙合军趋土门，及是雍复召平、元孙还军救延州，平得雍初檄，即率骑兵三千发庆州，行四日，至保安，与元孙合军趋土门，而雍后檄寻到，元孙遂引还。乙亥，复至保安，平昼夜倍道兼行。丁丑，至万安镇，平、元孙领骑兵先发，步军继进，夜至三川口西十里止营，令骑兵先趋延州夺门。时鄜延都监黄德和将二千馀人屯保安北碎金谷，巡检万俟政、郭遵各将所部分屯，雍皆召之为外援。平亦使人趣其行。戊寅，五将合步骑万馀，结阵东行五里，平令诸军齐进，至三川口遇贼，时平地雪数寸，平与贼皆为偃月阵相向，有顷，贼兵涉水横阵，官军争奋，杀贼骑五七百人乃退，贼复蔽盾为阵，官军亦击却之，夺盾杀获及溺死者，又八九百人。平左耳右胫皆中流矢。日暮，贼轻兵薄战，官军却引二十馀步，黄德和居阵后，见军却，率麾下军走保西南山，众军随皆溃。平遣军校以剑遮留士卒，得千馀人，力战拒贼，退还水东，平率馀众保西南山下，立七寨自固。贼夜麾骑士四出，合击官军，平与元孙巡阵东偏，贼冲阵分为二，遂与元孙皆被执。贼围延州凡七日，及失二将，城中忧沮，不知所为。会是夕大雪，贼解去，城得不陷。"《九域志》曰："陕西路延州延安郡彰武军节度，治肤施县。"案：

今陕西肤施县治。〇《墓志》曰："至部，首按鄜延。时延安始困兵火，障戍堌地，城外即寇壤，岿然孤垒，人心危恐，废食待窜。凡朝廷遣守，皆以事避免，迁延不时往。公遂留不行，骑奏愿兼领延州事，以待寇之复来。上嘉而从之。"《长编》百二十八曰："康定元年八月庚戌，陕西经略安抚副使范仲淹兼知延州，徙知延州，张存知泽州。先是，存自陕西都转运使徙延州，迁延不即行，既至，与仲淹议边事，乃云素不知兵，且以亲年八十求内徙。仲淹因自请代存，从之。"《九域志》曰："陕西路鄜州洛交郡保大军节度，治洛交县。"案：今陕西鄜县治。〇《长编》百三十曰："庆历元年春正月，元昊使人于泾原乞和。又遣塞主高延德诣延州与范仲淹约言。己卯，至保安军，仲淹既见延德，察元昊未肯顺事，且无表章，不敢闻于朝廷，乃自为书谕以逆顺，遣监押韩周，同延德还抵元昊。"（此书文集所载，与《长编》互有详略，今以文长不录。）又百三十一曰："韩周等持仲淹书入西界，逆者礼意殊善。行既两日，闻山外诸将败亡。（二月，任福等败于好水川。）周等抵夏州，留四十馀日，元昊俾其亲信叶勒旺荣为书报仲淹，别遣使与周俱还，书辞益慢。仲淹对使者焚其书，而潜录副本以闻，书凡二十六纸，其不可以闻者二十纸，仲淹悉焚之，馀又略加删改。《涑水记闻》卷八曰："范文正公知延州，移书谕赵元昊以利害，元昊复书，语极悖慢。文正具奏其状，焚其书不以闻。时宋相庠为参知政事，先是许公执政，诸公唯诺书纸尾而已，不敢有所预。宋公多与之论辨，许公不悦。一日二人独在中书，许公从容言曰：人臣无外交，希文乃擅与元昊书，得其书又焚去不奏，他人敢尔耶？宋公以为许公诚深罪范也，时朝廷命文正分析，文正奏，臣始闻虏有悔过之意，故以书诱谕之，会任福败，虏势益振，故复书悖慢，臣以为朝廷见之而不能讨，则辱在朝廷；乃对官属焚之，使若朝廷初不知者，则辱在臣矣。奏上，两府共进。宋公遽曰：范仲淹可斩。杜祁公时为枢密副使，曰：仲淹之志出于忠，果欲为朝廷招叛耳，何可深罪？争之甚切。宋公谓许公必有言相助也，而许公默然终无一语。上顾问许公如何，许公曰：杜衍之言是，止可薄责而已。乃降一官知耀州。于是论者喧然，而宋公不知为许公所卖也。亦寻出知扬州。"《长编》百三十一曰："庆历元年夏四月癸未，降陕西经略安抚副使兼知延州龙图阁直学士户部郎中范仲淹为户部员外郎，知耀州，职如故。"《九域志》曰："陕西永兴军路耀州华原郡感德军节度，治华原县。"案：今陕西耀县治。○《长编》百三十二曰："庆历元年五月壬申，徙知耀州龙图阁直学士范仲淹知庆州，兼管勾环庆路部署司事。初元昊反，阴诱属羌为助，环庆酋长六百馀人，约与贼为乡道，后虽首露，犹怀去就。仲淹至部，即奏行边，以诏书犒赏诸羌，阅其人马，立条约。诸羌受命悦服，自是始为汉用。"《九域志》曰："陕西永兴军路庆州安化郡，治安化县。"案：今甘肃庆阳县治。○以公为环庆路，石本无以字。○《长编》百三十四曰："庆历元年冬十月甲午，始分陕西为四路，管勾秦凤路部署司事兼知秦州韩琦为礼部郎中，管勾泾原路部署司事兼知渭州王沿为右司郎中，龙图阁直学士户部郎中管勾环庆路部署司事兼知庆州范仲淹为左司耶中，管勾鄜延路部署司事兼知延州庞籍为吏部郎中，并兼本路马步军都部署，经略安抚缘边招讨使。"又百三十八曰："二年冬十月辛亥，以环庆路都部署经略安抚缘边招讨使龙图阁直学士左司郎中兼知庆州范仲淹为枢密直学士，右谏议大夫。葛怀敏败，（是年九月癸巳，泾原副都部署与元昊战，没于定川寨。）贼大掠至潘原，关中震恐，居民多窜山谷间。仲淹率众六千，由邠泾援之，知贼已出寨，乃还。帝始闻定川事，按图谓左右曰：若仲淹出援，吾无虑矣。奏至，帝大喜曰：吾固知仲淹可用，并加职进官。仲淹以西师久无功，密疏乞赐贬降，以谢边陲，辞不受命，不听。十一月，复置陕西四路都部署经略安抚兼缘边招讨使，命韩琦、范仲淹、庞籍分领之。仲淹与韩琦开府泾州，从仲淹之请也。"《职官志》曰："招讨使掌收招讨杀盗贼之事，不常置。"又曰："枢密直学士为正三品，左右谏议大夫为从四品。"案：左右谏议大夫，职与左右司谏同，已见上右司谏注。○累迁，石本无累字。

公为将，务持重，不急近功小利。汪曰："为将略提纲。"于延州，筑青涧城，垦营田，复承平、永平废寨，熟羌归业者数万户。于庆州，城大顺以据要害，又城细腰胡芦，于是明珠、灭臧等大族，皆去贼为中国用。自边制久隳，至兵与将常不相识。公始分延州兵为六将，训练齐整，诸路皆用以为法。公之所在，贼不敢犯。人或疑公见敌应变为如何。沈曰："延、庆二州城，筑营屯田类叙。"至其城大顺也，汪曰："又抽出城大顺另叙，以见公之见敌应变。"一旦引兵出，诸将不知所向。军至柔远，始号令告其地处，使往筑城。至于版筑之用，大小毕具，而军中初不知。贼以骑三万来争，公戒诸将，战而贼走，追勿过河。已而贼果走，追者不渡，而河外果有伏。贼失计，乃引去。于是诸将皆服公为不可及。汪曰："与'人或疑'句应。"公待将吏，汪曰："就'将皆服'搭上。"必使畏法而爱己，所得赐赉，皆以上意分赐诸将，使自为谢。诸蕃质子，汪曰："因待将吏，连类而及于待诸蕃。"纵其出入，无一人逃者。蕃酋来见，召之卧内，屏人彻卫，与语不疑。公居三岁，士勇边实，恩信大洽，乃决策谋取横山，复灵武，而元昊数遣使称臣请和，上亦召公归矣。汪曰："总上陕西事，即起下柄用，前后一片。"初，西人籍为乡兵者十数万，汪曰："籍兵事另叙，却连在召归上。"既而黥以为军。惟公所部，但刺其手，公去兵罢，独得复为民。其于两路，既得熟羌为用，汪曰："又收两州事，俱在召归时叙出。"使以守边，因徙屯兵，就食内地，而纾西人馈挽之劳。其所设施，去而人德之，与守其法不敢变者，至今尤多。曾曰："以上经略西夏。"

《长编》百二十八曰："康定元年九月庚午，大理寺丞签书定国节度使判官种世衡为内殿承制，知延州青涧城。安远寨门既陷贼，东路无藩篱，贼益内侵，世衡言于范仲淹，请营故宽州，州西南直延安二百里，当贼冲，右捍延安，左可致河东粟，北可图银夏，仲淹为请于朝，诏世衡即废垒兴筑，垒近敌，屡出争，世衡且战且城，城成，赐名青涧，世衡改秩主之。世衡开营田一千顷，募商贾贷以本钱，使通货得利，城遂富实，间出行部族，慰劳酋长，属羌皆乐为用。"《九域志》：青涧城在延州东北一百八十五里。○《家传》曰："公又请修承平、永平等砦，稍招还流亡，完保障，通斥候，城十二砦，于是羌、汉之民，相踵归业。"《东都事略》亦曰："复承平、永平废砦。"《九域志》：延州延川县有绥平、永平等寨，不载承平寨。案：寨、砦同，寨乃砦之俗字。（《说文•木部》柴字下徐鼎臣曰：师行野次，竖散木为区落，名曰柴篱，后人语讹，转入去声，又别作寨字，非是。）《集韵》十五卦曰："柴，藩落也，仕懈切，或作砦。"○《墓志》曰："成青涧城，复散亡，属羌万馀帐，开营田数千顷，以收军实，人视边塞，其完固如山立不可动。"○《墓志》曰："有马砦者，素为贼冲，久不能城，公自领牙兵，出不意驻柔远砦，别遣蕃将取其地得之，先命长子入据以率众，公亦亲往劳士。有顷，贼三万骑叩城下，公麾兵出战，贼遽北，戒诸将勿追，已而果有伏兵夜遁。城既立，诏名大顺。"《长编》百一二十六曰："庆之西北马铺寨，当后桥川口，深在贼腹中。范仲淹欲城之，度贼必争，密遣子纯祐与蕃将赵明先据其地，引兵随其后，诸将初不知所向，行至柔远，始号令之。版筑毕具，旬日城成，是岁三月也（庆历二年）。寻赐名大顺。贼觉，以骑三万来战，佯北，仲淹戒勿追，已而果有伏。大顺既城，白豹、金汤皆截然不敢动，环庆自是寇益少。"《九域志》：陕西永兴军路庆州安化县有大顺城。《清一统志》曰："甘肃庆阳府：大顺城，在安化县（今庆阳县）北一百五十里。"〇以据要害，原注曰："一本有夺贼地而耕之六字"，案石本有此六字。〇《墓志》曰："又城细腰，复胡卢等寨，招明珠、灭臧二强族，各万馀人，及并环千馀帐内附。自是环、庆属悉为吾用。"《长编》百三十八曰："庆历二年冬十月，原州属羌敏珠尔、密桑（即明珠、灭臧）二族兵数万，与元昊首尾，隔绝邻道。范仲淹闻泾原欲袭讨之，己巳，奏言二族道险不可攻，今讨之，必与贼为表里，南入原州，西扰镇戎，东侵环州，边患未艾也。宜因昊贼别路大入之际，即并兵取细腰、芦泉（《史传》《家传》，芦泉并作胡芦众泉。）为堡障，以断贼路，则二族自安。（《长编》百三十五："是年正月，仲淹奏曰：环州定边寨，镇戎军乾兴寨，相望八十馀里，二寨之间，有胡芦泉，今属贼界，为义渠、朝那二郡之交。其南有敏珠尔、密桑之族，若进兵据葫芦泉，为军壁，北断贼路，则二族自安。"与此可以互证。）而环州镇戎径道通彻，则可亡忧矣。后二岁，遂筑细腰、葫芦诸寨。"原注曰："此年三月己未，泾原请于细腰城属羌地内，建筑堡寨，虽许之，竟不闻兴役。仲淹十月己巳乃有此奏，当是为二族所隔，未能建筑，将欲讨之，故仲淹以为不可。至四年十二月，乃卒城细腰也。"（时仲淹为陕西河东宣抚使，檄知环州种世衡与知原州蒋偕共干其事。明年正月，城成而世衡卒。）《清一统志》曰："甘肃庆阳府：细腰城，在环县西；平凉府：怀德废军，在固原州北。州志，细腰、葫芦峡城，在州东一百五十里。"案：固原州今改县。〇细腰、胡芦，石本芦作卢，《文鉴》同。〇边制，《文鉴》制作坌。〇《墓志》曰："属忘战日久，兵无纪律，猝有外警，荡然不支。公于是大阅州兵，得万八千，析为六将，分命裨佐训饬。不数月，举为精锐，士气大振，莫不思战，而寇知我有备，即引去。朝廷推其画，诸路皆以为法。"《长编》百二十八曰："先是诏分边兵，部署领万人，钤辖领五千人，都监领三千人，有寇则官卑者先出。仲淹曰：不量贼众而出战，以官为先后，取败之道也。为分州兵为六将，将三千人，分部教之，量贼众寡，使更出御贼，贼不敢犯。既而诸路皆取法焉。"○《名臣传》曰："仲淹阅兵得万八千，选六将，俾领之，日夕训练，号为精兵焉。贼闻之，第戒曰：无以延州为意，今小范老子腹中有数万甲兵，不比大范老子可欺。戎州呼知州为老子，大范谓范雍也。"（《燕谈录》卷二曰："范文正公以龙图阁直学士帅邠、延、泾、庆四郡，威德著闻，夷夏耸服，属户蕃部率称曰龙图老子，至于元昊，亦以是称之。"○城大顺，石本无城字。○军至柔远，石本无军字。○《九域志》："庆州安化县有柔远城。"《清一统志》曰："庆阳府：柔远砦，在安化县北一百四十里。"○版筑之用，石本无用字。○贼失计，贼下旧注曰："有既字。"案石本同。○《左》隐三年，周郑交质。《释文》曰："质音致。"○蕃酋，《文鉴》作诸羌。○《墓志》曰："朝廷寻尽以西路委公，置府于泾州，授陕西四路经略安抚招讨使，方谋取横山故地，渐复灵夏，然后可以诛贼。贼知亡无日，惧不克当，因遣使讲和。明年春，召公为枢密副使。"《名臣传》曰："公与韩琦协谋，必欲收复灵夏、横山之地。边上谣曰：军中有一韩，西贼闻之心骨寒。军中有一范，西贼闻之惊破胆。元昊大惧，遂称臣。"《长编》百三十八曰："庆历二年十一月，先是帝以泾原伤夷，欲令范仲淹与文彦博对易，遣内侍王怀德喻旨。仲淹对曰：泾原地重，臣恐不足以独当，愿与韩琦同经略泾原，并驻泾州。琦兼秦凤，臣兼环庆，一则事不率易，二则可相应援，三则通修环州镇戎诸寨，借此两路力，必能速有成功，四则臣与韩琦日夜计议，选练兵将，渐复横山，以断贼臂，不数年间，可期平定。于是复置陕西四路都部署经略安抚兼招讨使，仲淹与琦开府泾州。"又百三十九曰："三年春正月癸巳，延州言元昊遣伪六宅使伊州刺史贺从勖来纳款。"又百四十曰："三月癸卯，著作佐郎签书保安军判官事邵良佐假著作郎，使夏州。先是良佐与贺从勖诣阙，馆于都亭西驿，承受使臣取元昊书至中书、枢密院，论文字名体未正，名上一字又犯圣祖讳，不敢进，却令赍回。其称男情意虽见恭顺，（元昊书称"男邦泥鼎国乌珠郎霄，上书父大宋皇帝"。）然父子亦无不称臣之礼。自今上表，只称旧名，朝廷当行封册为夏国主，赐诏不名，许自置官属，岁赐绢十万匹，茶三万斤，生日与十月一日，赐赉之。仍命良佐与从勖等同往议定以闻。甲辰，以陕西四路马步军都部署兼经略安抚招讨等使枢密直学士右谏议大夫韩琦、范仲淹并为枢密副使，琦、仲淹凡五让不许，乃就道。"○《宋史·地理志》曰："陕西庆阳府（宋初曰庆州，至宣和七年始改府。）安化县：横山砦：原注曰：地名西掳哆，元符元年建筑，赐名。"《清一统志》曰："甘肃庆阳府：横山砦，在安化县北。"案：横山砦，至哲宗时，始筑而名之，则此文所谓横山者，尚不在此。《长编》百四十九："韩琦、范仲淹所上四策，其三曰：元昊巢穴，实在河外，河外之兵，懦而罕战，惟横山一带蕃部，东至麟府，西至原渭，二千馀里，人马精劲，惯习战斗之事，与汉界相附。又曰：若元昊失横山之势，可谓断其右臂矣。"《明一统志》曰："陕西庆阳府，子午山，在合水县东五十里，一名桥山，南连耀州，北抵盐州，东接延安，绵亘八百馀里，横岭在宁州（今甘肃宁县）东一百里，盖子午山别阜也。"《清一统志》曰："陕西榆林府：横山，在怀远县南，旧志横山即古桥山，与延安府安定县接界。"案《通鉴辑览》卷七十四注同。○西夏都灵武，即今甘肃灵武县治，已见元次山《大唐中兴颂》注。○《长编》百三十八曰："庆历二年冬十月，韩琦奏，自逆昊寇扰西鄙，乃于陕西点民为弓手，以助防守，有警则赴集，无事则归农，武艺废而不修，禁约轻而易犯。至有父子兄弟，疎属外戚，或则顾人应名，更相为代，而宫中了不可别，请黥为禁军，人给刺面钱二千。诏从琦请，简陕西弓手，悉刺面充保捷指挥，仍给例物。"○《墓志》曰："朝廷以戍卒屡衂，议黥乡人，惧甚，窜匿不愿黥，公改命但刺其手，非校战请农于家，及罢兵，独环庆路乡军得复为民，民德公至于今不忘。"○《说文》曰："纡，缓也。"《汉书·主父偃传》颜注曰："挽谓引车船也。"

　　自公坐吕公贬，汪曰："又追前建言坐贬，以转入知政事，总成一片。"群士大夫各持二公曲直，吕公患之，凡直公者，皆指为党，或坐窜逐。及吕公复相，公亦再起被用，于是二公欢然相约，勠力平贼。天下之士，皆以此多二公。然朋党之论，遂起而不能止。上既贤公可大用，故卒置群议而用之。汪曰："置群议用之，即为下嫉公者埋根。"○以上叙与吕相交欢戮力，而即揭出党论，有此段乃气脉贯注，局势阔远，非徒为上下绾纽也。

　　《居士集》孙谦益校正曰："按司马文正公《记闻》：景祐中，吕许公执政，范文正公知开封，屡攻吕短，坐落职知饶州。康定元年，复旧职，知永兴，会许公复相，言于仁宗曰：仲淹贤者，朝廷将用之，岂可但除旧职？即除龙图阁直学士陕西经略安抚副使。上以许公为长者，天下亦以许公不念旧恶。（见《涑水记闻》卷八，此所引词句多异而意同。又下云文正面谢曰：向以公事，忤犯相公，不意相公乃尔奖拔。许公曰：夷简岂敢复以旧事为念耶？）又苏文定公《龙川志》，范文正自饶州还朝，出领西事，恐申公不为之地，无以成功，乃为书自咎，解仇而去，故欧阳公作文正碑，有"二公晚年，欢然相得"之语，后生不知，皆咎欧阳公，予见张公安道言之，乃信。（见《龙川别志》卷上，词句亦多异而意同。）又《邵氏闻见录》：当时文正子尧夫不以为然，从欧阳公辩不可得，则自削去"驩然勠力"等语。公不乐，谓苏明允曰：范公碑为其子弟擅于石本改动文字，令人恨之。（见《后录》卷二十一，词句亦有异。）故今罗氏本于坐落职知饶州下，无"明年吕公亦罢"六字，为陕西经略安抚副使上，无"上复召相吕公"六字，又无"自公坐吕公贬"已下，至"故卒置群议而用之"一段，以此观之，诸家本乃当时定本也。罗氏本尧夫改本也。今从众而载尧夫所改如此。陈无已《谈丛》叙二公曲折，未必尽然。（《后山丛谈》卷一曰："某公恶韩、富、范三公，欲废之而不能，军兴，以韩、范为西帅，遣富使北，名用仇而实间之，又不克，军罢而请老，尽用三公及宋莒公、夏英公于二府，皆其仇也。又以其党贾文元公、陈恭公间焉，犹欲因以倾之。"所云某公，即吕文靖也。又曰："某公及老，大事犹问，西北相攻，请出大臣行三边，于是范公使河东陕西，范公既奉使，宿道者院，而某在焉。范公往见之，某佯曰：参政求去邪？范公以对。某曰：大臣岂可一日去君侧，去则不复还矣。今万里奉使，故疑求去耳。范公私笑之，久而觉报缓而请不获，召堂吏而问曰：吾为西帅，每奏即下，而请辄得，今以执政奉使，而请报不迨何也？曰某别置司专行鄜延事，故速而必得耳。范公始以前言为然，乃请守边矣。"此与《东轩笔录》卷四、《邵氏闻见录》卷八所记，语意大异。又曰："某薨，范公自为祭文归重而启讼云。"）文靖吕公薨，范公虽有祭文，盖交际常礼，今载集中，词意亦平平，无已谓归重而自讼，过矣。"（《续文章正宗》录入孙氏校语，而沈氏、姚氏皆取之，以为真西山语，殊失考。吴先生曰："孙校欧文，在绍熙二年，《正宗》续刻，在咸淳二年，其时西山已卒，门人汇辑而成，故列孙语而词不辨别，非西山手定也。"步瀛案：西山卒于端平二年五月。）案范文正《祭吕相公文云》："某素游大钧，猥居近辅。得公遗书，适在边土。就哭不逮，追想无穷。心存目断，千里悲风。"殊无自讼之语，故孙驳后山之说也。张子贤（邦基）《墨庄漫录》卷八曰："欧阳文忠公初以范希文事，得罪于吕相，坐党人，远贬三峡（夷陵），流落累年。比吕公罢相，公始被进擢，及后为范作《神道碑》，言西事，吕公擢用希文，盛称二人之贤，能释私怨，而共力于国家。希文子纯仁大以为不然，刻石时，辄削去此一节，云我父至死未尝解仇。公亦叹曰：我亦得罪于吕丞相者，惟其言公，所以信于后世也。吾尝闻范公自言，平生无怨恶于一人，兼其与吕公解仇书，见在范集中，岂有父自言无怨恶于一人，而其子不使解仇于地下，父子之性不同如此。"朱文公《答周益公书》(《文集》卷三十八答周益公有三书，其第二、第三皆论吕、范事，《续文章正宗》皆节录之，姚氏节取其第三书中语。)曰："盖尝窃谓吕公用事之时，举措之不合众心者，盖亦多矣。而又恶忠贤之异己，必力排之，使不得容于朝廷而后已。逮其晚节，知天下之公议不可以终拂，亦以老病将归，而不复有所畏忌，又虑夫天下之事，或终至于危乱，不可如何，而彼众贤之排去者，或将起而复用，则其罪必归于我，而并及于吾之子孙，是以宁损故怨，以为收之桑榆之计，盖其悔悟之意，虽未必尽出于至公，而其补过之善，天下实被其赐，则与世之遂非长恶，力战天下之公议，以贻患于国家者，相去远矣。至若范公之心，则其正大光明，固无宿怨，而惓惓之义，实在国家。故承其善意，起而乐为之用。其自讼之书，所谓'相公有汾阳之心之德，仲淹无临淮之才之力'者，亦不可不谓之倾倒而无馀矣。此书今不见于集中，恐亦以忠宣刊去而不传也。此最为范公之盛德，而他人之难者。欧阳公亦识其意而特书之，撼实而言之，但曰吕公前日未免蔽贤之罪，而其后日诚有补过之功。范、欧二公之心，则其终始本末如青天白日，无一毫之可议。若范公所谓'平生无怨恶于一人'者，尤足以见其心量之广大高明，可为百世之师表。至于忠宣，则所见虽狭，然亦不害其为守正，则不费词说，而名正言顺，无复可疑矣。"（依姚氏节录。）案：文公此论，最为平允，然犹未及文字也。尚节之曰："尧夫所删碑文，皆欧阳公所最注意处，以事论，则持议公平，允为信史。以文论，则通篇气脉，非此不足以贯输振动，而取宏远之势。此皆《史》《汉》中扼要文字，且于范公名德，固无碍也。而皆为尧夫镵去。学者试读原碑，由尧夫所删，则文之生者死矣，曲者直矣，深厚者而浅薄矣，此诬为文者耳，宜欧公恨恨不已也。"

庆历三年春，召为枢密副使，汪曰："遥应'召公归'句。"五让，不许，乃就道。既至数月，以为参知政事。每进见，必以太平责之。公叹曰："上之用我者至矣，然事有先后，而革弊于久安，非朝夕可也。"既而上再赐手诏，趣使条天下事。又开天章阁，召见赐坐，授以纸笔，使疏于前。公惶恐避席，始退而条列时所宜先者十数事上之。其诏天下兴学取士，先德行不专文辞，革磨勘例迁，以别能否，减任子之数，而除滥官。用农桑考课守宰等，事方施行，而磨勘任子之法，汪曰："京磨勘、任子二事，转出公之不得久任朝廷。"侥幸之人皆不便，因相与腾口，而嫉公者，亦幸外有言，喜为之佐佑。会边奏有警，公即请行，乃以公为河东陕西宣抚使。至则上书愿复守边，即拜资政殿学士，知邠州，兼陕西四路安抚使。其知政事，才一岁而罢，有司悉奏罢公前所施行而复其故。言者遂以危事中之，赖上察其忠，不听。以上参知政事，未久再出帅，知邠州。

《长编》百四十二曰："庆历三年夏四月甲辰，以陕西四路马步军都部署兼经略安抚招讨等使枢密直学士右谏议大夫韩琦、范仲淹并为枢密副使。"是碑春字当作夏。又曰："秋七月（《年谱》作六月，误。）丁丑，以枢密副使右谏议大夫范仲淹为参知政事。仲淹曰：执政可由谏官而得乎？固辞不拜。甲申，范仲淹为陕西宣抚使。仲淹既辞参知政事，愿与韩琦迭出行边。上因付以西事。八月丁未，以范仲俺为参知政事。"《职官志》曰："枢密院掌军国机务，兵防边备，戎马之政令，出纳密命，以佐邦治。枢密使知院事，佐天子执兵政，而同知副使签书为之贰。参知政事，掌副宰相毗大政，参庶务。至道元年，诏宰相与参政轮班知印，同升政事堂，押敕齐衔，行则并马。"又曰："参知政事为正二品。"○又开天章阁，《墓志》作开龙图阁。《长编》《东都事略》《史传》《家传》《年谱》皆作天章阁。○《长编》百四十三曰："庆历三年九月，上既擢范仲淹、韩琦、富弼等，每进见，必以太平责之，数令条奏当世务。上再赐手诏促曰：此以中外人望，不次用卿等，今琦暂往陕西，仲淹、弼宜与宰臣章得象尽心国事，毋或有所顾避。其当世急务有可建明者，悉为朕陈之。既又开天章阁召对，赐坐给笔札，使疏于前。仲淹、弼皆皇恐避席，退而列奏：一曰明黜陟，（《长编》注曰：十一月壬戌施行。）二曰抑侥幸，（注曰：十一月癸未，试馆职，丁亥，减任子。）三曰精贡举，（注曰：明年三月乙亥，施行贡举新制。）四曰择官长，（注曰：十月丙午施行。案《史传》《家传》作择长官。）五曰均公田，（注曰：十一月壬戌施行。）六曰厚农桑，七曰修武备，八曰减徭役，（注曰：明年五月己丑施行。案《史传》作推恩信，《家传》同。）九曰覃恩信，（《史传》《家传》作重命令。）十曰重命令。（《史传》《家传》作减徭役。）上方信向仲淹等，悉用其说，当著为令者，皆以诏书画一，次第颁下，独府兵，辅臣共以为不可而止。《长编》百四十七曰："庆历四年三月乙亥，诏曰：今朕建学兴善，有司其务严训导，精察举，以称朕意。学者其进德修业，无失其时。凡所科条，可为永式，其令曰：州若县皆立学。本道使者选属部官为教授，三年而代。选于吏员，不足，取于乡里宿学有道业者。三年无私谴，以名闻。士须在学习业三百日，乃听预秋试。旧尝充试者，百日而止。亲老无兼侍，取保任听学于家，而令试于州者相保任。进士试三场，先策次论次诗赋，通考为去取，而罢帖经墨义，士子通经术，愿对大义者，试十道，以晓析意义为通，五通为中格。三史科取其明史意，而文理可采者。明法科试断案，假立甲乙罪，合律令，知法意，文理优，为上等。"○《长编》百四十四曰："庆历三年冬十月壬戌，诏曰：祥符之际，治致升平，考最则有限年之制，入官则有循资之格。及比年事边，因缘多故，数披官簿，审阅朝行，思得应务之才，知亏素养之道。然非褒沮善恶，则不激砺；非甄别流品，则不愤发。特颁程式，以懋官成。自今两地臣僚，非有勋德善状，不得非时进秩，非次罢免者，毋以转官带职为例。两省以上，旧法四年一迁官，今具履历听旨，京朝官磨勘年限有私罪，及历任尝有赃罪，先以情重轻，及勤绩与举者数奏听旨。若朝官迁员外郎，须三年无私罪，而有监司若清望官五人为保引，乃磨勘。迁郎中、少卿监亦如之。举者数不足，增二年，迁大卿监谏议大夫，弗为常例，悉听旨。又定制，监物务入亲民，次升通判，通判升知州，皆用举者。举数不足，毋辄关陞。"○《长编》百四十五曰："庆历三年十一月丁亥，诏曰：今之荫法，推恩太广，以致疏宗蒙泽，稚齿授官。未知立身之道，从政之方，而并阶仕进，非所以审政重民也。其著为令，使夫冢嗣先录，以笃为后之体；支子限年，以明入官之重。设考课之格，立保家之条。咨尔庶位，体兹意焉。荫长子孙，皆不限年，诸子孙须年过十五，若弟侄须年过二十，必五服亲乃得荫，已尝荫而物故者，无子孙禄仕听再荫。自是任子之恩杀矣，然犹未大艾也。"○等事，《文鉴》无事字。○《易·咸》上六《象传》曰："滕，口说也。"《释文》曰："滕，徒登反，达也。"案：滕乃腾之借字。

○《长编》百五十曰:"庆历四年六月壬子,参知政事范仲淹为陕西河东路宣抚使。始仲淹以忤吕夷简,放逐者数年,及陕西用兵,天子以仲淹士望所属,拔用护边,及夷简罢,召还,倚以为治。中外想望其功业,而仲淹亦感激眷遇,以天下为己任。遂与富弼日夜谋虑,兴致太平,然规摹阔大,论者以为难行。及按察使多所举劾,人心不自安,任子恩薄,磨勘法密,侥幸者不便。于是谤毁浸盛,而朋党之论滋不可解。然仲淹、弼守所议弗变。先是石介奏记于弼,责以行伊、周之事,夏竦怨介斥己,(介作《庆历圣德诗》斥竦为大奸。)又欲因是倾弼等,乃使女奴阴习介书,久之习成,遂改伊周曰伊霍,而伪作介为弼撰废立诏草,飞语上闻。帝虽不信,而仲淹、弼始恐惧,不敢自安于朝,皆请出按西北边,未许。适有边奏,仲淹固请行,乃使宣抚陕西河东。"○《长编》百五十四曰:"庆历五年春正月乙酉,右谏议大夫参知政事范仲淹为资政殿学士,知邠州,兼陕西四路缘边安抚使。枢密副使富弼为资政殿学士、京东西路安抚使,知郓州。仲淹、弼既出使,(四年八月甲午,富弼为河北宣抚使。)谗者益甚,两人在朝所施为,亦稍沮止。独杜衍左右之,上颇惑焉。仲淹愈不自安,因疏奏乞罢政事。上欲听其请。章得象曰:仲淹素有虚名,今一请即罢,恐天下谓陛下轻黜贤臣,不若且赐诏不允,若仲淹即有谢表,则是挟诈要君,乃可罢也。上从之,仲淹奏表谢,上愈信得象言,于是弼自河北还,将及国门,右正言钱明逸,希得象意,言弼更张纲纪,纷扰国经,凡所推荐,多挟朋党心,倾朝共畏,与仲淹同。又言仲淹去年受命宣抚河东陕西,闻有诏戒励朋党,心惧彰露,称疾乞医,才见朝廷别无行遣,遂拜章乞罢政事,知邠州,欲固己位以弭人言,欺诈之迹甚明。乞早废黜,以安天下之心。疏奏,即降诏罢仲淹、弼。是夕并锁学士院草制罢衍。"《九域志》曰:"陕西永兴军路邠州新平郡静难军节度,治新平县。"案:今陕西邠县治。○陕西四路,《文鉴》无四字。○"故言者"至"不听"十六字，《文鉴》无，盖脱，石本无遂字。

是时夏人已称臣，公因以疾请邓州。守邓三岁，求知杭州，又徙青州。公益病，又求知颍州，肩舁至徐，遂不起。享年六十有四。方公之病，上赐药存问，既薨，辍朝一日。以其遗表无所请，使就问其家所欲，赠以兵部尚书，所以哀恤之甚厚。以上因疾请知邓、杭等州及薨逝。

是时，《文鉴》无是字。○《长编》百四十九曰："庆历四年五月丙戌，元昊始称臣，自号夏国主。"百五十三曰："十二月乙未，册命元昊为夏国主，更名曩霄。"○《年谱》曰："庆历五年乙酉，年五十七岁，十一月，诏以边事宁息，盗贼衰止，罢公陕西四路安抚使，并罢富弼安抚。其实谗者谓石介谋乱，弼将举一路兵应之，故也。公先引疾求解边任，遂改知邓州。（《长编》百五十七载在十一月乙未。）是月乙未，转给事中资政殿学士，知邓州。"《九域志》曰："京西南路邓州南阳郡武胜军节度，治穰县。"案：在今河南邓县东南。○《年谱》曰："八年戊子，年六十岁。春正月丙寅，徙知荆南府，邓人爱之，遮使者请留，公亦愿留，从其请也。"○《文鉴》守邓下有州字。○《年谱》曰："皇祐元年乙丑，公知杭州。"《梦溪笔谈》卷十一曰："皇祐二年，吴中大饥，殍殣枕路。是时范文正领浙西，发粟及募民存饷，为术甚备。吴人喜竞渡，好为佛事，希文乃纵民竞渡，太守日出宴于湖上，自春至夏，居民空巷出游。又召诸佛寺主首谕之曰：饥岁工价至贱，可以大兴土木之役。于是诸寺工作鼎兴，又新敖仓吏舍，日役千夫。监司奏劾杭州不恤荒政，嬉游不节，及公私兴造，伤耗民力。文正乃自条叙所以宴游及兴造，皆欲以发有馀之财，以惠贫者，贸易饮食、工技服力之人，仰食于公私者，日无虑数万人，荒政之施，莫此为大。是岁两浙唯杭州晏然，民不流徙，皆文正之惠也。"《九域志》曰："两浙路杭州馀杭郡宁海军节度，治钱塘、仁和两县。"案：今并二县为浙江杭县。○《年谱》曰："皇祐三年辛卯，年六十三岁。是岁公以户部侍郎知青州，充淄、潍等州安抚使。"《湘山野录》卷中曰："范文正公镇青社，会河朔艰食，青之舆赋，移博州置纳，青民大患辇置之苦，而河朔斛价不甚翔踊，公止戒民本州纳价，每斗三镪，给抄〔钞〕与之，俾签幕者挟金往干曰：博守席君夷亮，余尝荐论，又足下之妇翁也。携书就彼坐仓，以倍价招之，事必可集。赍巨榜数十道，介其境，则张之。设郡中不肯假廪，寄僧舍可也。签禀教行焉。至则皆如公料，村斛时为厚价所诱，贸者山积，不五日遂足，而博斛亦衍，斛金尚馀数千缗，随等差给还，青民因立像祠焉。"《九域志》曰："京东东路青州北海郡镇海节度，治益都县。"案：今山东益都县治。○《年谱》曰："四年壬辰，年六十四。春正月戊午，徙知颍州。"《九域志》曰："京西北路颍州汝阴郡顺昌军节度，治汝阴县。"案：今安徽阜阳治。○《墓志》曰："肩舆至彭门，（舆、舁字通，门疑作城。）遂不起。年六十四。"《家传》曰："时皇祐四年壬辰五月二十日甲子也。"（《长编》载在五月丁卯，是二十三日，盖据奏到之日记之。）○《宋史·职官志》曰："兵部尚书掌兵卫武选，车辇甲械，厩牧之政令，以天下郡国之图，而周知其地域。"又曰："兵部尚书为从二品。"○所欲，原注口："一有为。"案石本有为字。

公为人，外和内刚，乐善泛爱。丧其母时尚贫，终身非宾客，食不重肉。临财好施，意豁如也。及退而视其私，妻子仅给衣食。汪曰："此系叙其后乐如此。"其为政所至，民多立祠画像，其行己临事，自山林处士，里闾田野之人，外至夷狄，莫不知其名字，而乐道其事者甚众。及其世次官爵，志于墓，谱于家，藏于有司者，皆不论著。汪曰："此碑妻子皆不书。"著其系天下国家之大者，亦公之志也欤！汪曰："应'慨然志于天下'。"○曾曰："以上总述其盛德善政。"铭曰：

《渑水燕谈录》卷二曰："范文正公知邠州，暇日率僚属，登楼置酒。未举觞，见缞绖数人，营理丧具，公亟令询之，乃寄居士人卒于邠，将出殡近郊，赗敛棺椁，皆所未具。公怃然，即彻宴席，厚赒给之，使毕其事。坐客感叹，有泣下者。"又卷四曰："范文正公轻财好施，尤厚于族人。既贵，于姑苏近郭，买良田数千亩为义庄，以养群从贫者。择族人长而贤者一人，主其出纳，人日米一升，岁衣缣一匹，嫁娶丧葬，皆有赡给，聚族人仅百口。公没逾四十年，子孙贤令，至今奉公之法，不敢废弛。"○《史记·高祖本纪》曰："爱人喜施，意豁如也。"《集解》引服虔曰："豁，达也。"《汉书·高帝纪》颜注曰："豁然开大之貌。"○《言行拾遗事录》卷一曰："公既贵，常以俭约率家人，且戒诸子曰：吾贫时，与汝母养吾亲，汝母躬执爨，而吾亲甘旨未尝充也。今而得厚禄，欲以养亲，亲不在矣，汝母又已蚤世，吾所恨者，忍令若曹享富贵之乐也？又曰：公子纯仁娶妇将归，或传妇以罗为帷幔，公闻之不悦曰：罗绮岂帷幔之物耶？吾家素清俭，安得乱吾家法？敢持归吾家，当火于庭。"○《论语·子路篇》曰："行己有耻。"○石本行下无己字，误脱。○山林，旧注曰："一作搢绅。"案石本作搢绅。○《史记·留侯世家》曰："所与上从容言天下事甚众，非天下所以存亡故不著。"永叔正用此法。

范于吴越，世实陪臣。俶纳山川，及其士民。范始来北，中间几息。公奋自躬，与时偕逢。事有罪功，言有违从。岂公必能？天子用公。其艰其劳，一其初终。夏童跳边，乘吏怠安。帝命公往，问彼骄顽。有不听顺，锄其穴根。公居三年,怙勇隳完。儿怜兽扰,卒俾来臣。夏人在廷,其事方议。帝趣公来,以就予治。公拜稽首,兹惟难哉!初匪其难,在其终之。群言营营,卒坏于成。匪恶其成,惟公是倾。不倾不危,天子之明。存有显荣,殁有赠谥。藏其子孙,宠及后世。惟百有位,可劝无怠。

　　□茅曰:"欧阳公碑文正公,仅于四百言,而公之生平已尽。苏长公状司马温公,几万言而上,似犹有馀旨。盖欧得史迁之髓,故于叙事处裁节有法,字不繁而体已完。苏则所长在策论纵横,于史家学或短。此两公互有短长,不可不知。"○何义门曰:"叙范、吕本末,特微而显,公文之至者。"

　　陪臣已见柳子厚《封建论》注。○石本川作水。○臣民韵。○北息韵。○躬逢功从公终韵。○边安顽根完臣韵。○怠安,原注曰:"怠一作殆。"○石本锄作鉏,隳作堕,来作徕,字并同。○议治韵。○难哉,原注曰:"难一作艰。"案《文鉴》惟作为,《左》襄三十一年:北宫文子曰:"《诗》云:靡不有初,鲜克有终,终之实难。"○哉之韵。○《诗》营营青蝇,毛传曰:"营营,往来貌。"郑笺曰:"蝇之为虫,污白使黑,污黑使白,喻佞人变乱善恶也。"

石曼卿墓表

　　《居士集》原注曰:"庆历元年。"(康定二年十一月,改元庆历。)案《宋史》石延年入《文苑传》。

　　曼卿讳延年,姓石氏,其上世为幽州人。幽州入于契丹,其祖自成,始以其族间走南归。天子嘉其来,将禄之,不可,乃家于宋州之宋城。父讳补之,官至太常博士。以上先世。

唐河北道幽州，范阳节度使治所。（唐幽州治蓟县，在今北京西南。）○幽州入于契丹，已见尹师鲁《叙燕》注。○《太平寰宇记》曰："河南道宋州，治宋城县。（《九域志》曰："宋州，景德三年升应天府，大中祥符七年升南京。"）案：今河南商丘县南。○嘉其来，原注曰："嘉一作喜。"《宋史·职官志》："太常寺博士，掌讲定五礼仪式。有改革，则据经审议，凡于法应谥者，考其行状，撰定谥文，有祠事，则监视仪物，掌凡赞导之事。"又曰："太常博士，正八品。"

幽燕俗劲武，而曼卿少亦以气自豪。汪曰："就幽燕士风，引出曼卿以气自豪。"读书不治章句，独慕古人奇节伟行非常之功，视世俗屑屑无足动其意者。自顾不合于时，乃一混以酒。然好剧饮大醉，颓然自放。由是益与时不合。而人之从其游者，皆知爱曼卿落落可奇，而不知其才之有以用也。茅曰："一篇柱子。"汪曰："才气是通篇骨子。"年四十八，康定二年二月四日，以太子中允秘阁校理卒于京师。汪曰："总提后，即书其卒，即书所终之官，见其不得中寿，而不克少施于世，以致哀之之意。"○以上叙其才气及所终之官。

《文鉴》以上无亦字，独慕作独参。○《后汉书·崔骃传》注曰："屑屑犹区区也。"○混以酒，原注曰："以一作于。"案：曼卿混于酒事，见《释祕演诗集序》。○《续通典》卷三十四曰："太子中允，唐置二人，宋东宫官，中不设，以中允为阶官。"秘阁校理，见《范文正神道碑》注。

曼卿少举进士，不中，真宗推恩，三举进士皆补奉职。曼卿初不肯就，张文节公素奇之，汪曰："应上'奇'字。"谓曰："母老乃择禄耶！"曼卿矍然起就之，迁殿直。久之，改太常寺太祝，知济州金乡县。叹曰："此亦可以为政也。"县有治声，通判乾宁军。丁母永安县君李氏忧，汪曰："母之姓及封在此见。"服除，通判永静军。皆有能名。汪曰："才之有用，结穴在谈兵，然曰'县有治声'，曰'皆有能名'，亦见其才。"充馆阁校勘，累迁大理寺丞，通判海州。还为校理。以上历官。

《宋史·选举志》曰："宋之科目，进士得人为盛。"《日知录》卷十六曰："进士乃诸科目中之一科，传中有言举进士者，有言举进士不第者，不若今人已登科而后谓之进士也。"○不中下原注曰："一有第字。"○《宋史·文苑传》曰："真宗录三举（三原误二，今据《墓表》及《东都事略·文艺传》改。）进士，以为三班奉职。"《职官志》，武臣叙迁之制，三班借职转三班奉职，（《太宗纪》曰："淳化二年春正月，改殿前承旨为三班奉职。"）三班奉职转右班殿直，右班殿直转左班殿直。○《宋史·张知白传》曰："字用晦，沧州清池人，谥文节。"○《韩诗外传》一曰："家贫亲老者，不择官而仕。"○《说文》曰："矍，一曰视遽皃。"大徐音九缚切。案：矍当为瞿之借字。《说文》曰："瞿，举目惊瞿然也。"经传多以瞿或矍为之。○《文苑传》曰："后以右班殿直改太常寺太祝。"《职官志》曰："太常寺太祝掌读册辞，授祭，以瑕告，侑福则进爵，酌酒受其虚爵。"又曰："太常寺太祝，从八品。"又武臣叙迁之制，右班殿直转左班殿直，左班殿直转右侍禁，右侍禁转左侍禁。文臣换左职之制，太常寺太祝换左侍禁，武臣换文资当同此例。盖曼卿转为左侍禁，始得改为太常寺太祝也。○宋京东西路济州金乡县，今山东金乡县治。○通判乾宁军上，原注曰："一有用荐者三字。"《元丰九域志》曰："河北东路乾宁军：太平兴国七年，以沧州永安县置军。"（熙宁六年省为镇。）案：今河北青县治。○《九域志》

曰："河北东路永静军，治东光县。"案：今河北东光县治。○《容斋随笔》卷十六曰："国朝馆阁之选，皆天下英俊，然必试而后命，一经此职，遂为名流。其高者曰集贤殿修撰，史馆修撰，直龙图阁，直昭文馆、史馆、集贤院、秘阁，次曰集贤秘阁校理，官卑者曰馆阁校勘，史馆检讨，均谓之馆职。"○《九域志》曰："淮南东路海州东海郡，治朐山县。"案：今江苏灌云县治。

庄献明肃太后临朝，曼卿上书，请还政天子。汪曰："此是奇节，故抽出另叙，不挨年月次第也。"其后太后崩，范讽以言见幸，引尝言太后事者，遽得显官，欲引曼卿，曼卿固止之，乃已。以上请太后归政。

庄献明肃太后即章献太后，已见《范文正神道碑》注。《仁宗纪》曰："明道二年三月甲午，皇太后崩。夏四月癸亥，上大行太后谥曰庄献明肃。庆历四年十一月己卯，改上庄献明肃皇太后曰章献明肃。"案：作此墓表时，尚未改谥，故曰庄献明肃。○《宋史·范讽传》（附其父正辞传，正辞齐州人。）曰："讽字补之，权御史中丞，以龙图阁直学士权三司使。"

自契丹通中国，德明尽有河南而臣属，遂务休兵养息，天下晏然，内外弛武三十馀年。汪曰："提时事另起，却直从上文'不知其才之有用'说来。"曼卿上书言十事，不报，已而元昊反，西方用兵，始思其言，召见。稍用其说，籍河北、河东、陕西之民，得乡兵数十万。曼卿奉使籍兵河东，还称旨，赐绯衣银鱼。天子方思尽其才，茅曰："转。"而且病矣。汪曰："照定'才之有以用'句，如此转出病来，有无限哀之之意。"既而闻边将有欲以乡兵扞贼者，笑曰：茅曰："又转。""此得吾粗也。汪曰："就上籍乡兵，再作一层洗发。"夫不教之兵，勇怯相杂，若怯者见敌而动，则勇者亦牵而溃矣。今或不暇教，不若募其敢行者，则人人皆胜兵也。"以上论募兵。

《宋史·真宗纪》曰："景德二年春正月庚戌朔，以契丹讲和，大赦天下。"○河南即河西。《东都事略·文艺·石延年传》皆作西。又永叔《文正王公神道碑铭》曰："是时契丹初请盟，赵德明亦纳誓约，愿守河西故地。"又《文正范公神道碑铭》曰："赵元昊反河西。"皆其证也。○《宋史·真宗纪》曰："景德三年九月，夏州赵德明奉表归款。冬十月，以赵德明为定难军节度，兼侍中，封西平王。"《夏国传》曰："德明小字阿移，遣牙将王旻奉表归顺。三年，复遣牙将仁勖奉誓表，请藏盟府。"○天下晏然，集无晏字，然下属，《文鉴》《文编》皆同。茅选有晏字，姚从之。案《说文》曰："宴，安也。"宴乃晏之通借字。○元昊反，见《范文正神道碑》注。○籍河北，原注曰："一无河北二字。"○《长编》百二十七曰："仁宗康定元年夏四月丁亥，大理寺丞秘阁校理石延年，往河东路同计置催促粮草。明道中，延年尝建言天下不识战三十馀年，请选将练兵，为二边之备，不报。及西边数警，始召见，命副吴遵路使河东，时方用延年之说籍乡丁为兵故也。"《渑水燕谈录》卷四曰："康定中，河西用兵，石曼卿与安道（吴遵路字）奉使河东。既行，安道昼访夕思，所至郡县，考图籍，见守令，按视民兵刍粟，山川道路，莫不究尽利害。而曼卿饮酒吟诗，若不为意者。一日，安道曰：以曼卿才，如略加之意，则事无遗举矣。曼卿笑曰：延年已熟计之矣。因徐举将兵之勇怯，刍粮之多寡，山川之险易，道路之通塞，纤悉具备，如宿所经虑者。安道乃大惊服，以为天下之奇才，且叹其不可及也。"○《新唐书·车服志》曰："紫为三品之服，绯为四品之服，浅绯为五品之服。"《宋史·舆服志》曰："宋因唐制，三品以上服紫，五品以上服朱，七品以上服绿，九品以上服青。"又曰："鱼袋，其制自唐始，凡服紫者饰以金，服绯者饰以银，廷赐紫则给金涂银者，赐绯亦有特给者。"《石林燕语》卷三曰："服色凡言赐者，谓于官品未合服而特赐也。故执事服紫，虽侍从以上官，未当其品，亦皆言赐。"〇敢行者下，原注曰："一有用字。"

其视世事，蔑若不足为。汪曰："应'屑屑无足动意'作翻。"及听其施设之方，虽精思深虑，不能过也。汪曰："对针上'得吾粗'句。"状貌伟然，喜酒自豪，若不可绳以法度。汪曰："应'剧饮大醉'作翻。"退而质其平生趣舍大节，无一悖于理者。遇人无贤愚，皆尽忻欢，汪曰："应'从其游者之爱曼卿'作翻。"及间而可否天下是非善恶，当其意者无几人。上下两层相勘，写出其人怀抱，永叔常用此法。其为文章，劲健称其意气。汪曰："串入气字。"〇以上论其为人及文章。

趣舍，原注曰："趣一作取。"案：趣舍、取舍字并通。《庄子·齐物论篇》郭注曰："趣舍不同。"《释文》曰："趣，七喻反，字或作取，舍音舍。"〇忻欢，原注曰："一作欢忻。"案《文鉴》作忻欢。〇茅选无间而二字，集否作不，今从《文鉴》。〇《广韵》四十七证曰："称，昌孕切。"

有子济、滋。天子闻其丧，汪曰："与上'天子方思尽其才'关合。"官其一子，使禄其家。既卒之三十七日，葬于太清之先茔，以上恩荫及葬。其友欧阳修表于其墓曰：

《长编》卷一百曰："庆历元年二月，录故太子中允秘阁校理石延年子济为太庙斋郎。延年与天章阁待制吴遵路同使河东，及卒，遵路为言于朝，特恤之。"〇太清盖永城县之乡名。

呜呼曼卿，宁自混以为高，不少屈以合世，可谓自重之士矣。士之所负者愈大，茅曰："一转尤妙。"则其自顾也愈重；自顾愈重，则其合愈难。然欲与共大事，立奇功，非得难合自重之士，不可为也。古之魁雄之人，未始不负高世之志，故宁或毁身污迹，卒困于无闻。茅曰："悲慨。"或老且死，而幸一遇，汪曰："又翻进一层，重在老幸一遇上。"犹克少施于世。若曼卿者，非徒与世难合，而不克所施，亦其不幸不得至乎中寿，汪曰："对'古人老且死幸一遇'。"其命也夫，其可哀也夫！

　　□方望溪曰："章法极变化，语亦不蔓。"

　　非得，原注曰："一无得字。"○《左传》僖三十二年："公使谓之曰：尔何知？中寿。"孔疏曰："上寿百二十岁，中寿百，下寿八十。"《庄子·盗跖篇》曰："人上寿百岁，中寿八十，下寿六十。"

胡先生墓表

　　《居士集》原注曰："嘉祐六年。"案《宋史》胡瑗入《儒林传》。○《文鉴》作《胡翼之墓表》。

　　先生讳瑗，字翼之，姓胡氏，其上世为陵州人，后为泰州如皋人。先生为人师，以师道作主。言行而身化之，使诚明者达，昏愚者励，而顽傲者革。故其为法严而信，为道久而尊。师道废久矣。自明道、景祐以来，学者有师，惟先生暨泰山孙明复、石守道三人，而先生之徒最盛。汪曰："请二客陪说，即钩清主位。"○以上先总叙胡先生之能为人师。

陵州，原注曰："一作京兆。"○如皋，原注曰："一作海陵。"○蔡君谟《太常博士致仕胡君（瑗）墓志铭》曰："胡氏世居长安，询为唐兵部尚书，其孙韬因乱留蜀，为伪陵州刺史。蜀平归京师，终卫尉卿。于君为曾祖。生泰州司寇参军讳修己，卒葬海陵。司寇生海宁军节度推官讳讷，赠太子中允，博学善属文。吕文靖公夷简尝荐其书备修国史，君其长子也。"案《宋史·儒林传》言瑗泰州海陵人，《长编》卷百十八亦言海陵人。《隆平集》卷十五、《名臣言行录前集》卷十、《黄氏日钞》卷四十五皆但言泰州人。宋淮南路泰州治海陵县，今江苏泰县治。泰州有如皋县，今江苏如皋县治。又唐剑南道陵州治仁寿县，五代属蜀，今四川仁寿县治。《宋元学案·安定学案》曰："先生世居安定，（《元和姓纂》曰："安定汉有胡建始居焉。"）流寓陵州，父讷为宁海节度推官，随任生于泰州宁海乡，先生故址也，人称之为安定先生，溯其源也。"○《黄氏日钞》卷五十曰："安定胡先生明体用之学。师道之立，自先生始。然其始读书泰山，十年不归，及既教授，犹夙夜勤瘁，二十馀年，人始信服，立己立人之难如此。非笃实力行何以哉？"○永叔《孙明复先生墓志铭》曰："先生讳复，字明复，姓孙氏，晋州平阳人也。少举进士不中，退居泰山之阳，学《春秋》，著《尊王发微》。鲁多学者，其尤贤而有道者石介。自介而下，皆以弟子事之。庆历二年，枢密副使范仲淹、资政殿学士富弼言其道德经术，宜在朝廷，诏拜校书郎国子监直讲。"○永叔《徂徕石先生墓志铭》曰："徂徕先生姓石氏，名介，字守道，兖州奉符人也。徂徕，鲁东山，而先生非隐者也，其仕尝位于朝矣。鲁之人不称其官而称其德，以为徂徕鲁之望，先生鲁人之所尊。故因其所居山以配其有德之称，曰徂徕先生者，鲁人之志也。先生年二十六，举进士甲科，召入国子监直讲，拜太子中允直集贤院，通判濮州。"○《名臣言行录前集》卷十引翼之曾孙涤所记曰："侍讲布衣时，与孙明复、石守道同读书泰山，攻苦食淡，终夜不寝，十年不归。"

其在湖州之学，弟子去来常数百人，各以其经转相传授，其教学之法最备。行之数年，东南之士莫不以仁义礼乐为学。先叙湖州学教授之法。庆历四年，天子开天章阁，与大臣讲天下事，始慨然诏州县皆立学。于是建太学于京师，而有司请下湖州，取先生之法，以为太学法，至今为著令。汪曰："前叙其在湖学，后叙其在太学，此将湖学、太学纽合，以作过文。"○以上湖州学之法，太学取之，并定为著令。

《墓志》曰："先生尤患隋、唐已来，仕进尚文词而遗经业，苟趋禄利，及为苏、湖二州教授，严条约以身先之。虽大暑，必公服终日，以见诸生，严师弟子之礼。解经至有要义，恳恳为诸生言其所以治己而后治乎人者。学徒千数，日月刮劘。为文章皆傅经义，必以理胜，信其师说，敦尚行实。"《名臣言行录前集》卷十引《吕氏家塾记》曰："时方尚词赋，独湖学以经义及时务，学中故有经义斋、治事斋。经义斋者，择疏通有器局者居之。治事斋者，人各治一事，又兼一事，如边防、水利之类。故天下谓湖学多秀异，其出而筮仕，往往取高第，及为政，多适于世用，若老于吏事者。由讲习有素也。"《黄氏日钞》卷四十五曰："先生宝元初，始以一命主学东南，训诲诸生，过于父兄之训子弟，诸生有善，若己有之，诸生有过，若己蹈之。东南之人，知以经行为先，道德为本，实先生始之也。"案：湖州见《苏氏文集序》注。○庆历四年兴学，已见《范公神道碑》注。○为著令，《居士集》及《文鉴》《续正宗》《文编》《文钞》皆同，姚选著字在为字上，（《宋史》作取其法著为令，殆姚所本。）《汉书·景帝纪》："元年诏曰：更议著令。"似当从集。

后十馀年，先生始来居太学，学者自远而至。太学不能容，取旁官署以为学舍。礼部贡举，岁所得士，先生弟子十常居四五。其高第者，知名当时，或取甲科，居显仕；其馀散在四方，随其人贤愚，皆循循雅饬。其言谈举止，遇之不问可知为先生弟子。其学者相语称先生，不问可知为胡公也。就弟子一面，摹出胡公，妙妙。何曰："文气一收束。"张廉卿曰："从《史记》李广、程不识一段化出。"○以上在太学。

《墓志》曰："后为太学，四方归之，庠舍不能容，旁拓步军居署以广之。"李方叔（廌）《师友谈记》曰："吕元明希哲侍讲为廌言：顷仁皇时，太学之法宽简，国子先生必求天下贤士真可为人师表者，就其中又择其尤贤者，专委掌教导规矩之事。胡翼之瑗初为直讲，有旨专掌一学之政。胡文学、行义一代高之，既专学政，遂推诚教育多士，身率天下之士，不远万里来就师之。方是时，游太学者，端为道艺，称弟子者，中心悦而诚服之也。胡亦甄别人物，择其过人远甚人畏服者，奖之激之，以励其志。又各因其所好，类聚而别居之，故好尚经术者，好谈兵战者，好文艺者，好尚节义者，皆使之（使之元作所以，依《名臣录》引改。）以类群居，相与讲习。胡亦时召之，使论其所学，为定其理，或自出一义，使人人以对，为可否之，时取当时政事，俾之折衷，故人皆乐从而有成。今朝廷近臣，往往胡之徒也。"○《名臣言行录前集》卷十引李廌书曰："在湖学时，福唐郑彝中（中上当有执字。执中，彝字也。）往从之。学者数百人，彝为高弟。熙宁二年召对，上问曰：胡瑗文章，与王安石孰优？彝曰：胡瑗以道德仁义，致东南诸生，时王安石方在场屋，修进士业。臣闻圣人之道，有体，有用，有文，君臣父子、仁义礼乐，历世不可变者，其体也；诗书史传子集，垂法后世者，文也；举而措之天下，能润泽其民，归于皇极者，其用也。国家累朝取士，不以体用为本，而尚其声律浮华之词，是以风俗媮薄。臣师瑗当明道、宝元之间，尤病其失，遂明体用之学，以授诸生。夙夜勤瘁，二十馀年，专切学校，始自苏、湖，终于太学，出其门者，无虑二千馀人。故今学者，明夫圣人体用，以为政教之本，皆臣师之功也。上曰：其门人今在朝者为谁？对曰：若钱藻之渊笃，孙觉之纯明，范纯仁之直温，钱公辅之简谅，此陛下所知也。其在外明道适用，教于民者，迨数十辈。其馀政事文学，粗出于人者，不可胜数。"《黄氏日钞》卷四十五曰："其高第钱藻之、孙觉、范纯仁、钱公辅、顾临、吴孜、徐积、滕甫。"《邵氏闻见录》卷八曰："胡先生瑗判国子监，其教育诸生皆有法。先生每语诸生，食饱未可据案，或久坐，皆于气血有伤，当习射投壶游息焉。是亦'食不语、寝不言'之遗意也。"程伊川曰："凡从安定先生学者，其醇厚和易之气，望之可知也。"

先生初以白衣见天子论乐，拜秘书省校书郎，辟丹州军事推官，改密州观察推官。丁父忧去职。服除，为保宁军节度推官，遂居湖学。召为诸王宫教授，以疾免。已而以太子中舍致仕，迁殿中丞于家。皇祐中，驿召至京师议乐，复以为大理评事，兼太常寺主簿，又以疾辞。岁馀，为光禄寺丞，国子监直讲，乃居太学。迁大理寺丞，赐绯衣银鱼。嘉祐元年，迁太子中允，充天章阁侍讲，仍居太学。以上历官，而叙次亦归重教授。

《隆平集》卷十五曰："胡瑗累举进士不中，景祐中，求知音者，白衣召至京师，与李照、阮逸定乐，除秘书郎。"《长编》卷百十八曰："景祐二年二月丙辰，诏翰林学士冯元、礼宾副使邓保信，与镇江节度推官阮逸、湖州乡贡进士胡瑗，较定旧钟律。瑗以经术教授吴中，范仲淹前知苏州，荐瑗知音，白衣召对崇政殿，与逸俱命。"百十九曰："景祐三年九月壬辰，以阮逸为镇安节度掌书记,知城父县,胡瑗试校书郎。初召逸、瑗作钟磬律度,按之虽与古多不合,犹推恩而遣之。"《东都事略·儒学传》曰:"瑗所议乐,多变古法,其乐制以一黍之广,为分以制尺,其律径三分四厘六毫四丝,其围十分三厘九毫三丝,其声比旧乐下半律,又钟磬大小,一以黄钟为律焉。"○《文献通考·职官》十曰:"秘书省校书郎,宋初为寄禄官,元丰后,校书郎四人,掌校雠典籍。"○拜下,原注曰:"一有试字。"《史传》曰:"范仲淹经略陕西,辟丹州推官。"《九域志》曰:陕西路丹州咸宁郡军事,治宜川县。"案:今陕西宜川县治。《职官志》曰:"军事推官为从八品。"《墓志》曰:君虽老于训导,在丹州,实与帅府事,建议更陈法,制兵器,开废地为营田,募土人为兵,给钱使自市劲马,渐以代东兵之不任战者。虽军校蕃酋、亭障厮役以事见,辄饮之酒,访被边利害,以资帅府。府多武人,初谓君徒能知古书耳,既观君之所为不以异己,又翕然称之。"○《九域志》曰:"京东路密州高密郡安化军节度,治诸城县。"案:今山东诸城县治。《职官志》曰:"观察推官为从八品。"○《墓志》曰:"丁父忧,举其族之亡于远者九丧归葬。"○《九域志》曰:"两浙路婺州东阳郡保宁军节度,治金华县。"案:今浙江金华县治。《职官志》曰:"节度推官为从八品。"○《职官志》曰:"亲王府凡诸宫皆有教授,初无定员。"○《职官志》曰:"太子中舍人舍人,至道、天禧各置一人。"又曰:"太子中舍人为从七品。"又曰:"殿中省监丞各一人。"○《史传》曰:"皇祐中,更铸太常钟磬,驿召瑗、逸与近臣太常官议于秘阁,遂典作乐事。"又《乐志》曰:"皇祐二年九月,帝既阅雅乐,谓辅臣曰:作乐崇德,荐之上帝,以配祖考。今将有事于明堂,然世鲜知,其令太常并加讲求。时言者以为镈钟、特磬,未协音律,诏令邓保信、阮逸、卢昭序同太常检详典礼,别行铸造。太常荐太子中舍致仕胡瑗晓音,诏同定钟磬制度。"○大理评事,见《苏氏文集序》

注。○《职官志》曰:"太常寺主簿一人。"又曰:"主簿为从八品。"○《长编》百七十三曰:"皇祐四年冬十月甲戌,殿中丞胡瑗落致仕为光禄寺丞国子监直讲,同议大乐。"《职官志》曰:"光禄寺卿,掌祭祀朝会,宴飨酒醴膳羞之事,修其储备而谨其出纳之政,少卿为之贰,丞参领之。"又曰:"寺丞为正八品。"又曰:"国子监直讲八人,以京官选人充,掌以经术教授诸生。"○《长编》百八十四曰:"嘉祐元年十二月乙卯,太子中允天章阁侍讲胡瑗管勾太学。瑗既为学官,其徒益众。于是擢与经筵,治太学犹如故。"(原注曰:"《实录》称瑗以天章阁侍讲管勾太学,然不见初除天章阁侍讲是何日月,当考。)太子中允,见《石曼卿墓表》注。《职官志》曰:"侍讲为正七品。"

已而病不能朝,天子数遣使者存问,又以太常博士致仕。东归之日,太学之诸生,与朝廷贤士大夫送之东门,执弟子礼,路人嗟叹以为荣。以四年六月六日,卒于杭州,享年六十有七。以明年十月五日,葬于乌程何山之原,其世次官邑与其行事,莆阳蔡君谟具志于幽堂。以上致仕卒葬。

太常博士,见《石曼卿墓表》注。○《墓志》曰:"侍迩英讲,不以讳忌为避,既疾,上数遣中贵人就问安否,盖亦有所待矣。此去京,诸生诣阙下乞留者累日,公卿祖送,都门甚盛,莫不惜其行也。"《安定学案》曰:"弟子祖帐,百里不绝。"○江邻幾《杂志》曰:"胡瑗翼之卒,凶讣至京,钱公辅学士与太学生徒百馀人诣兴国戒坛院举哀。又自陈师丧,给假二日,近时无此事。"○《太平寰宇记》曰:"江南东道湖州乌程县:何口山在县南十里山下,当何山等路,昔曰何山,亦曰金盖山,晋何楷居之,修儒业。楷后为吴兴太守,改金盖山为何山。"《清一统志》曰:"浙江湖州府:何山在乌程县南,少西十四里,宋胡瑗墓在乌程县南何山。"案：乌程今并归安，为浙江吴兴县。○《墓志》曰："母随氏，赠京兆郡太君。娶王氏，封长安县君。有子三人，志康进士及第，志宁、志正皆力学。长女婿大理寺滕希鲁，次进士王伯起，季女尚幼，孙守约。"○《宋史·蔡襄传》曰："襄字君谟，兴化仙游人。"《寰宇记》曰："江南东道兴化军，本泉州莆田县地也。"《九域志》曰："福建路兴化军治莆田县。"又曰："县三，莆田、仙游、兴化。"案：仙游县今福建仙游县治，莆田县今莆田县治。○蔡君谟《胡君墓志铭》，见《忠惠集》卷三十三。○具志，原注曰："具一作且。"

呜呼！先生之德在乎人，不待表而见于后世，然非此无以慰学者之思。梁曜北曰："仍归师道上说。"乃揭于其墓之原。以上表墓。六年八月三日，庐陵欧阳修述。

□沈曰："作文必寻一事作主。此篇以师道为主，盖主意既立，而枝叶从之，所以能一线贯穿也。后人草志传，必期事事罗列，既表其言行，复扬其文章功业，本末钜细，一一兼该，如散钱无索，宜识者贬为谀墓辞矣。"○刘曰："叙安定之善于教学，而摹写其弟子之盛且贤，淋漓生气。末及东归，而诸生执弟子礼，以为馀波。"

泷冈阡表

《居士集》原注曰："熙宁三年。"案《独醒杂志》卷二曰："两府例得坟院，欧阳公既参大政，以素恶释氏，久而不请。韩公为言之，乃请泷冈之道观。又以崇公之讳，因奏改为西阳宫，今隶吉之永丰。后公罢政出守青社，自为阡表，刻碑以归，江行过采石，舟裂碑沉。舟人曰：神如有知，石将出。有顷石果见，遂得以归立于其宫。绍兴乙卯，宫焚不馀一瓦，碑亭独无恙，信有神物护持云。"（神龙借观诸怪说，盖由此傅会而出，不复录。）又卷三曰："欧阳之父崇公与母韩国太夫人，皆葬于沙溪泷冈，胥、杨两夫人之丧，亦归祔葬，（欧公胥夫人，偃女；杨夫人，大雅女。）公辞政日，屡乞豫章，欲归省坟墓，竟不得请。里中父老至今相传云，公葬太夫人时，当指其山之中曰：此处他日当葬老夫。后葬于新郑，非公意也。"《鹤林玉露》卷一曰："欧阳公居永丰县之沙溪，其考崇公葬焉。所谓泷冈阡是也。厥后奉母郑夫人之丧归合葬，载青州石镌阡表，石绿色，高丈馀，光可鉴。"《金石萃编》卷一百三十七曰："碑连额高八尺一寸五分，广三尺五寸，二十七行，行五十六字，连额并正书，在永丰县。"

呜呼，惟我皇考崇公，卜吉于泷冈之六十年，其子修始克表于其阡，非敢缓也，盖有待也。沈曰："一篇以'有待'作主。"

永叔《欧阳氏图谱》，崇公讳观，字仲宾。韩稚圭《欧阳文忠公墓志铭》曰："父讳观，性至孝，力学。咸平中，擢进士第，终于泰州军事推官，累赠太师中书令，封郑国公。"吴冲卿（充）《欧阳公行状》、苏子由《神道碑》，皆称郑国公，《年谱》亦然，今坊本改崇国公，盖后改封也。《礼记·曲礼下》曰："父曰皇考。"又曰："生曰父，死曰考。"郑注曰："皇，君也；考，成也。"○《欧阳文忠公年谱》曰："大中祥符三年，郑公终于泰州军事判官。四年，葬郑公于吉州吉水县泷冈"，原注曰："其后至和元年，析吉水县之报恩镇置永丰县，遂隶永丰。"《清一统志》曰："江西吉安府：宋欧阳观墓，在永丰县南泷冈阡，即欧阳修父。"《广韵》四江曰："泷，吕江切，又音双。"案：自宋真宗祥符四年辛亥，至神宗熙三年庚戌，正六十年。○《文鉴》无冈字，盖脱。

修不幸，生四岁而孤，太夫人守节自誓，居穷，自力于衣食，以长以教，俾至于成人。梁曜北曰："先叙母德。"太夫人告之曰："汝父为吏廉，梁曰："次叙亡父遗训。"而好施与，喜宾客，其俸禄虽薄，常不使有馀，曰：毋以是为我累。汪曰："好施与，收入廉内。"故其亡也，无一瓦之覆，一垅之植，以庇而为生。吾何恃而能自守邪？吾于汝父，知其一二，以有待于汝也。唐曰："起下能养、有后。"汪曰："待字是起处待字之根。"自吾为汝家妇，不及事吾姑，然知汝父之能养也。汝孤而幼，吾不能知汝之必有立，然知汝父之必将有后也。沈曰："能养、有后双提。"吾之始归也，汝父免于母丧方逾年。岁时祭祀，则必涕泣曰：祭而丰，不如养之薄也。间御酒食，则又涕泣曰：昔常不足，而今有馀，其何及也！吾始一二见之，以为新免于丧适然耳。既而其后常然，至其终身未尝不然。吾虽不及事姑，而以此知汝父之能养也。以上申能养。汝父为吏，尝夜烛治官书，屡废而叹。吾问之，则曰：此死狱也，我求其生不得尔。吾曰：生可求乎？曰：求其生而不得，则死者与我皆无恨也。唐曰："情深挚。"矧求而有得邪！以其有得，则知不求而死者有恨也。夫常求其生，犹失之死，而世常求其死也！回顾乳者剑汝而立于旁，吴先生曰："此学《霍光传》'太后曰止'一段文法。"因指而叹曰：术者谓我岁行在戌将死。沈曰："忽接乳者抱子及术者等言，字字悲怆。"使其言然，吾不及见儿之立也。后当以我语告之。其平居教他子弟，常用此语，吾耳熟焉，故能详也。其施于外事，吾不能知。其居于家，无所矜饰，而所为如此。是真发于中者邪！呜呼！其心厚于仁者邪！此吾知汝父之必将有后也。以上申有后。汝其勉之，夫养不必丰，要于孝；利虽不得博于物，要其心之厚于仁。吾不能教汝，此汝父之志也。"茅曰："以上并母之言。"汪曰："叙其母述父之言，而母之贤达自见。"○"其平居教子弟"至此一段，又上"吾虽不及事姑"二句下治其家之其字，方氏、刘氏皆删削。吴北江曰："方、刘于古人文字辄好删削，殆是习气。养不必丰二语，总括大旨，尤不宜去。"修泣而志之，不敢忘。沈曰："结一语，为不辱其亲作案。"梁曰：束住太夫人训语。"○曾曰："以上太夫人述崇公之盛德遗训。"

居穷，原注曰："穷一作贫。"案石本作贫。○《行状》曰："皇考之捐舍，公才四岁，太夫人守节自誓，而教公以读书为文。及公成人，太夫人自力衣食，不以家事累公，使专务为学。"又曰："公幼孤，家贫无资，太夫人以荻画地，教以字书。"○告之曰，《文鉴》之作修。○毋以是，《文鉴》毋作无。○一垅之植，石本植作殖。○庇而，《齐策》一高注曰："而，汝也。"○《史记·项羽本纪》陈婴母谓婴曰："自我为汝家妇，未尝闻汝先古之有贵者。"文用此语。○《韩诗外传》七："曾子曰：往而不可还者亲也，至而不可加者年也，是故孝子欲养而亲不待也，木欲直而时不待也。是故椎牛而祭墓，不如鸡豚逮亲存也。"○昔常，原注曰："常一作吾。"案《文鉴》作吾。○吾始，石本作始吾。○适然耳，石本耳作尔。案：耳、尔皆尒之通借字。○治官书，石本治作清。《周礼·天官·宰夫》曰："六曰吏，掌官书以赞治。"郑注曰："赞治若今起文书草也。"○屡废，石本废作癈。案癈，废之通借字。○不得尔，石本尔作尒，即尒之俗字。○皆无恨也，原注曰："一无也字。"案《文鉴》无也字。○以其有得，原注曰："一本有字作求而得。"案石本作求而得。○有恨也，《文鉴》无有字。○而世常求，原注曰："世一作况。"案《文鉴》作况。○《何义门读书记·欧阳文忠公文》卷下曰："《孔丛》载孔子曰：古之听讼者，恶其意不恶其人，求所以生之，不得其所以生乃刑之，君必与众共焉，爱民而重弃之也。今之听讼者，不恶其意而恶其人，求所以杀，是反古之道也（《刑论篇》）。欧公所述崇公之言，全本于此。"○姚令威（宽）《西溪丛语》卷下曰："欧公父墓表云：回顾乳者剑汝于其旁。《曲礼》曰：负剑辟咡诏之。注云：负谓置之于背，剑谓挟之于旁，《容斋随笔》卷五说同。"案：原注曰："剑一作抱。"《文鉴》作抱，当以剑字为是。

先公少孤力学，梁曰："次叙崇公履历。"咸平三年进士及第，为道州判官，泗、绵二州推官，又为泰州判官。享年五十有九，葬沙溪之泷冈。曾曰："以上崇公科第官阶卒葬。"

《文献通考·选举》五曰："咸平三年进士四百九人，诸科一千一百二十九人，省元李庶几，状元陈尧咨。"（《长编》四十六曰："咸平三年三月甲午，上御崇政殿亲试，赐陈尧咨以下二百七十一人进士及第，一百四十三人同本科及三传学究出身。又命考校诸科，得四百三十二人，赐及第同出身。又试进士五举，诸科八举，及尝经御试，或年逾五十者，论一篇，得进士二百六十人，诸科六百九十七人。"数与《通考》不同，未知孰是。）○《九域志》曰："荆湖南路道州江华郡，治营道县。"案：今湖南道县治。○《九域志》曰："淮南路泗州临淮郡，治盱眙县。成都府路（咸平四年为益州路，嘉祐四年改成都府路。）绵州巴西郡，治巴西县。"案：宋盱眙县，在今安徽盱眙县东北，巴西县今四川绵阳县治。○《九域志》曰："淮南路泰州海陵郡，治海陵县。"今江苏泰县治。

太夫人姓郑氏，梁曰："次叙太夫人履历。"考讳德仪，世为江南名族。太夫人恭俭仁爱而有礼，初封福昌县太君，进封乐安、安康、彭城三郡太君。自其家少微时，治其家以俭约，其后常不使过之，曰："吾儿不能苟合于世，俭薄所以居患难也。"其后修贬夷陵，太夫人言笑自若曰："汝家故贫贱也，吾处之有素矣。汝能安之，吾亦安矣。"曾曰："以上太夫人盛德遗训。"

少微，原注曰："微一作贱。"案《文鉴》作贱。○《年谱》曰："景祐三年丙子，公年三十。是岁，天章阁待制权知开封府范仲淹言事忤宰相，落职知饶州，公切责司谏高若讷，若讷以其书闻。五月戊戌，降为峡州夷陵县令，公自京师沿汴绝淮沂江，奉母夫人赴贬所。十月，至夷陵。"案：夷陵已见《送田画秀才序》注。○汝家故贫贱也，石本无此六字。

自先公之亡二十年，修始得禄而养。又十有二年，列官于朝，始得赠封其亲。又十年，修为龙图阁直学士，尚书吏部郎中，留守南京，太夫人以疾终于官舍，享年七十有二。又八年，修以非才，入副枢密，遂参政事，又七年而罢。汪曰："其备载年数，正是醒起处'有待'之义。"自登二府，天子推恩，褒其三世，故自嘉祐以来，逢国大庆，必加宠锡。皇曾祖府君，累赠金紫光禄大夫、太师中书令，汪曰："俱不书讳。"曾祖妣累封楚国太夫人。汪曰："不书姓。"皇祖府君，累赠金紫光禄大夫、太师中书令兼尚书令，祖妣累封吴国太夫人。皇考崇公，累赠金紫光禄大夫、太师中书令兼尚书令，皇妣累封越国太夫人。今上初郊，皇考赐爵为崇国公，太夫人进号魏国。
曾曰："以上自叙禄位，亲得爵封。"

《行状》曰："天圣中，进士甲科，补西京留守推官。"《年谱》曰："天圣八年庚午，公年二十四。正月，试礼部，翰林学士晏公殊知贡举，公复为第一。三月，御试崇政殿，公甲科第十四名。五月，授将仕郎，试秘书省校书郎，充西京留守推官。"《职官志》曰："奉禄，留守推官十五千，春冬绢各五匹，冬绵十两。"案《文鉴》二十作三十，误。自祥符三年庚戌，至宋仁宗天圣八年庚午，凡二十一年，实计正二十年也。○《年谱》曰："康定元年庚辰六月辛亥，复充馆阁校勘，仍修《崇文总目》。十月，转太子中允。庆历元年辛巳五月庚戌，权同知太常礼院，以见修《崇文总目》辞，许之。十一月丙寅，祀南郊，摄太常博士，引终献。十二月，加骑都尉。"《长编》百三十四曰："庆历元年十一月丙寅，祀天地于圜丘。十二月丙子朔，加恩百官。"○《年谱》曰："皇祐元年己丑四月丙戌，转礼部郎中。八月辛未，复龙图阁直学士。二年庚寅七月丙戌，改知应天府兼南京留守司事。己酉至府。十月己未，明堂覃恩，转吏部郎中，加轻车都尉。"案：龙图阁直学士，已见《范文正神道碑》注。《职官志》曰："吏部郎中，主管尚书左右选、侍郎左右选，各一人，参掌选事而分治之。"又曰："尚书诸司郎中为从六品。"○尚书吏部郎中，原注曰："一无尚书字。"案《文鉴》无。○《文献通考·职官》十七曰："留守司掌宫钥及京城守卫修葺弹压之事，畿内钱谷兵民之政。"○《年谱》曰："皇祐四年壬辰，三月壬戌，丁母夫人忧，归颖川。"原注曰："终一作卒。"《文鉴》作卒。○《年谱》曰："嘉祐五年庚子十一月辛丑，拜枢密副使。"案：枢密副使，已见《范文正碑》注。○《年谱》曰："嘉祐六年辛丑八月辛丑，转户部侍郎参知政事。治平四年丁未，正月丁巳，神宗即位。三月，御史彭思永、蒋之奇以飞语污公，上察其诬斥之，公力求去。三月壬申，除观文殿学士，转刑部尚书，知亳州。"○《职官志》曰："宋初循唐、五代之制，置枢密院，与中书对持文武二柄，号为二府。"○故自，原注曰："故一作盖。"案石本及《文鉴》《续正宗》《文编》并作盖。○《墓志》曰："曾祖讳郴，孝悌之行，乡里师服。仕南唐为武昌令。（《行状》曰："检校右散骑常侍兼御史大夫。）累赠太师中书令。曾祖妣刘氏追封楚国太夫人。"《职官志》曰："金紫光禄大夫为正二品。"又曰："中书令国朝未尝真拜，以他官兼领者，不与政事，然止曹佾一人，馀皆赠官。"○《墓志》曰："祖讳偃，强学善属文，南唐时，献所为文十馀万言，召试补南京街院判官，累赠太师中书令兼尚书令。祖妣李氏追封吴国太夫人。"《职官志》曰："尚书令与三师三公、侍中、中书令，俱以册拜，自建隆以来不除。"○《宋史·神宗纪》曰："熙宁元年十一月丁亥，祀天地于圜丘，大赦，群臣进秩有差。"○魏国，原注曰："魏一作韩。"案《文鉴》作韩。

于是小子修泣而言曰：呜呼！为善无不报，而迟速有时，此理之常也。储曰："明缴'有待'意，而归功祖考，字字得体。"汪曰："醒'有待'意。"惟我祖考，积善成德，宜享其隆。虽不克有于其躬，而赐爵受封，显荣褒大，实有三朝之锡命。是足以表见于后世，而庇赖其子孙矣。乃列其世谱，具刻于碑，既又载我皇考崇公之遗训，太夫人之所以教，而有待于修者，并揭于阡，汪曰："结'待'字。"俾知夫小子修之德薄能鲜，遭时窃位，而幸全大节，不辱其先者，其来有自。唐荆川曰："地步。"熙宁三年，岁次庚戌，四月辛酉朔，十有五日乙亥，男推诚保德崇仁翊戴功臣，观文殿学士，特进行兵部尚书，知青州军州事，兼管内劝农使，充京东东路安抚使，上柱国，乐安郡开国公，食邑四千三百户，食实封一千二百户修表。唐曰："列官亦是有关系文字。"○曾曰："以上著立表之意。"

□沈曰："不特不铺陈己之显扬，并不实陈崇公行事，只从太夫人语中传述一二而崇之为孝子仁人，足以庇赖其子孙者，千古如见，此至文也。若出近代钜公，必扬其先人为周、孔矣。"

幸全大节，何义门曰："韩吏部行状：幸不至大失节，以下见先人，可谓荣矣。公盖本此语。"○《庄子·人间世》曰："隐将芘其所藾。"《释文》曰："芘一作庇，藾一作赖。"○钱竹汀《金石跋尾》卷十三曰："按《文献通考》及《宋史·职官志》，文武臣僚功臣号，无推诚而有推忠，然史又称中书、枢密则推忠协谋，亲王则崇仁佐运，馀官则推诚保德翊戴，则推忠之号，惟两府专之，其馀文武诸臣，但当为推诚耳。《通考》及史文作推忠者，误也。欧公尝任执政，此所赐功臣号，止称推诚保德者，宋制中书、枢密所赐，若罢免或出镇，则改之。予又记《狄武襄神道碑》（王珪撰）称推诚保德守正翊戴功臣，狄公由枢密使出镇，故所赐功臣号，亦用馀官之例也。表作于熙宁三年四月，时公以观文殿学士知青州。按《宰辅编年录》，是年四月，除宣徽南院使判太原府，方作表之时，除命未下也。"步瀛案：《年谱》曰："嘉祐七年壬寅九月辛亥，大飨明堂。己未，赐推忠佐理功臣。八年癸卯四月壬申，英宗即位。甲申，覃恩转户部侍郎，仍赐推忠协谋佐理功臣。治平四年丁未正月丁巳，神宗即位，戊辰，覃恩转尚书左丞，仍赐推忠协谋同德佐理功臣。三月壬申，知亳州，改赐推诚保德崇仁翊戴功臣。"○《职官志》曰："观文殿本隋炀帝殿名。国初为文明殿学士。庆历七年，改为紫宸殿学士，以参知政事丁度为之。八年，御史何郯以为紫宸不可为官称，于是改延恩殿为观文殿，即殿名置学士，仍以度为之。自后非曾任执政者弗除。"又曰："观文殿学士为正三品。"○《年谱》曰："嘉祐七年九月己未，进阶正奉大夫。八年四月甲申，进阶金紫光禄大夫。治平二年乙巳十一月壬申，祀南郊，进阶光禄大夫。治平四年正月戊辰，进阶特进。"《职官志》："文散官：特进正二品。"○《年谱》曰："熙宁元年戊申八月乙巳，转兵部尚书，改知青州，充京东东路安抚使。"案：兵部尚书已见《范文正碑》注。○《宋史·食货志》曰："景德三年，丁谓等请少卿监为刺史阁门使以上知州者，兼管内劝农使。"（《长编》六十二载在景德三年二月丙子，言劝农使入衔自此始。）《职官志》曰："安抚使总一路兵政，以知州兼充，太中大夫以上，或曾历侍从，乃得之。"○《年谱》曰："庆历四年甲申十一月，南郊恩封信都县开国子，食邑五百户。七年丁亥十二月，以南郊恩进封开国伯，加食邑三百户。嘉祐元年丙申九月，进封安乐郡开国侯，加食邑五百户。四年己亥十月丁丑，加护军，食实封二百户。五年庚子，十一月辛丑，加食邑五百户，食实封二百户。六年辛丑八月辛丑，进封开国公，加食邑五百户，食实封二百户。七年九月己未，加柱国。八年四月甲申，加实邑五百户，食实封二百户。治平二年十一月，加上柱国，食邑五百户。四年正月戊辰，加食邑五百户，食实封二百户。熙宁元年十一月丁亥，郊祀恩加食邑五百户，食实封二百户。"《职官志》曰："上柱国为正二品。"郡公见《范文正碑》注。○梁曜北（玉绳）《读欧记疑》曰："表后一年辛亥六月致仕，又明年壬子闰七月公薨，距立表时，二岁有馀。"

王仲言（明清）《挥麈后录》卷六曰："欧阳观本庐陵人，家世冠冕，一祖兄弟，自江南至今，擢进士第者六七人。观少有辞学，应数举，屡阶魁荐。咸平三年登第，授道州军州推官，考满，以前官迁于泗州，当淮、汴之口，天下舟航漕运鳞萃之所，因运使至，观傲睨不即见，郡守设食召之不赴，因为所弹奏，怠于职务，遂移西渠州，迨成资而卒于任所。观有目疾，不能远视，苟瞩读行句，去牍不远寸。其为人义行颇腆，先出其妇，有子随母所育，及登科，其子诣之，待以庶人，常致之于外。寒燠之服，每苦于单弊，而亲信仆隶，至死曾不得侍宴语。然其骨殖，卒赖其子而收葬焉。右龙衮字君章所著《江南野录》载《欧阳观传》。观乃文忠父，文忠自识其父墓云，太仆府君长子讳观字仲宾，咸平三年进士及第，以文行称于乡里。少孤，事母至孝，丁潘原太君忧时尚贫，其后终身非宾客食不重肉，岁时祭祀，涕泗呜咽，至老犹如平生。喜待士，戒家人倰勿留馀，而居官以廉恕为本，官至泰州军州判官，卒年五十九。（原注曰：大中祥符三年三月二十四日终于官。）葬吉水县沙溪保之泷冈，累赠兵部郎中。夫人彭城郡太君郑氏，年二十九而公卒，居贫子幼，守节自誓，家无纸笔，以荻画地，教其子修学书，卒年七十二，（原注曰：皇祐四年三月十七日，卒于南京留守廨舍。）祔葬泷冈。（原注曰：墓志起居舍人知制诰吕臻撰，工部郎中知制诰王沫篆盖，大理平事陆经书石。）有子曰□，早卒，曰修。观文忠所述，则观初无出妇之玷，文忠又叙其考妣之贤如此。衮螺江人，与文忠为乡曲，岂非平时有宿憾，与夫祈望不至云尔？信夫毁誉不可深信，不独《碧云騢》一书而已，不可不为之辩。文忠公亲笔，今藏其孙伋家，明清亲见之。"李微之（心传）《旧闻证误》卷二曰："按欧阳公《泷冈阡表》，以熙宁二年立，而云既葬之六十年，逆数之，葬时公才四岁耳。表中虽不见出妇事，然以志考之，观年五十九卒官，而郑夫人年方二十九，必非元配。盖观已出妇，其子固难言之。欧阳公撰族谱云：观二子，晒，当是其前妇之子，所谓卒赖以葬者也。文忠后任晒之子嗣立为庐陵尉，见焚黄祭文中，又文忠贬滁州谢上表云：同母之亲，惟有一妹，足见晒为前母之子无疑。仲言虽欲为欧阳公讳之，其意甚美，然非事实。况观之前妇实有过，亦未可知，孔子、子思尚明言之，特欧公不可自言，他人何讳之有？"（宋刻残本二卷无此条，此从清四库四卷本、由《永乐大典》辑成者也。又《宋史·李心传传》云，字微之，残本则作伯微。）

张子野墓志铭

《居士集》原注曰："康定元年。"案《宋史·张逊传》曰："逊，博州高唐人，子敏中。敏中子先，进士及第。"周公谨《齐东野语》卷十五曰："本朝有两张先，皆字子野。其一博州人，天圣三年进士，欧阳公为作墓志。其一天圣八年进士，则吾州人也。"（湖州人。案：即苏子瞻"张子野年八十五，尚闻买妾，述古令作诗"者。）

吾友张子野既亡之二年，其弟充以书来请曰："吾兄之丧，将以今年三月某日葬于开封，不可以不铭，铭之莫如子宜。"呜呼！予虽不能铭，然乐道天下之善以传焉。唐介轩曰："一层。"况若吾子野者，非独其善可铭，又有平生之旧，朋友之恩，唐曰："二层。"与其可哀者，唐曰："三层。"皆宜见于予文，宜其来请于予也。以上子野之卒宜铭。

《论语·季氏篇》曰："益者三乐，乐节礼乐，乐道人之善，乐多贤友，益矣。"

初，天圣九年，予为西京留守推官，是时陈郡谢希深、南阳张尧夫与吾子野，尚皆无恙。沈曰："将希深、尧夫并叙，而子野夹叙其间，是主客双行法。"于时一府之士，皆魁杰贤豪，日相往来，饮酒歌呼，上下角逐，争相先后，以为笑乐。唐曰："写欢聚时，淋漓尽致。"而尧夫、子野，退然其间，不动声气，众皆指为长者。予时尚少，心壮志得，以为洛阳东西之冲，贤豪所聚者多，为适然耳。唐曰："曲笔敏妙。"其后去洛来京师，南走夷陵，并江、汉，其行万三四千里，山砠水厓，穷居独游，思从曩人，邈不可得。唐曰："写得离散寂寞无聊。"然虽洛人至今，皆以谓无如向时之盛，何曰："此句剔得好。"然后知世之贤豪不常聚，而交游之难得，为可惜也。梁曰："叙平生之旧。"初在洛时，已哭尧夫而铭之，其后六年，又哭希深而铭之，今又哭吾子野而铭。于是又知非徒相得之难，而善人君子，欲使幸而久在于世，亦不可得。呜呼！可哀也已。梁曰："叙朋友之恩。"○以上十年来，友朋离合聚散，已可感惜，而逝者尤为可哀。

为西京推官，已见《泷冈阡表》注。《邵氏闻见录》卷八曰："天圣、明道中，钱文僖公自枢密留守西郿，谢希深为通判，欧阳永叔为推官，尹师鲁为掌书记，梅圣俞为主簿，皆天下之士，钱相遇之甚厚。"又曰："谢希深、欧阳永叔官洛阳时，同游嵩山，自颍阳归，暮抵龙门香山，雪作，登石楼望都城，各有所怀，忽于烟霭中，有策马渡伊水来者，既至，乃钱相遣厨传歌妓至，吏传公言曰：山行良劳，当少留龙门赏雪，府事简，无遽归也。钱相遇诸公之厚类此。"○永叔《尚书兵部员外郎知制诰谢公墓志铭曰："公讳绛，字希深，其先出于黄帝之后。至晋、宋间，谢氏出陈郡者，始为盛族。以宝元二年四月丁卯来治邓，其年十一月己酉，以疫卒于官。公年十五，起家试秘书省校书郎，复举进士中甲科，与修真宗国史，迁祠部员外郎直集贤院，通判河南府。"○《河南府司录张君墓表》曰："故大理寺丞河南府司录张君讳汝士，字尧夫，开封襄邑人也。明道二年八月壬寅卒于官。初天圣、明道之间，钱文僖公守河南，公王家子，特以文学仕至贵显，所至多招集文士，而河南吏属，适皆当世贤材知名士，故其幕府号为天下之盛，君其一人也。文僖公善待士，未尝责以吏职，而河南又多名山水，竹林茂树，奇花怪石，其平台清池，上下荒墟草莽之间，余得日从贤人长者，赋诗饮酒以为乐。"《东轩笔录》卷三曰："钱文僖公惟演，以使相留守西京，时通制谢绛、掌书记尹洙、留府推官欧阳修，皆一时文士，游宴吟咏，未尝不同，洛下多水竹奇花，凡园囿之胜，无不到者。"○歌呼，茅《钞》作欢呼。○《年谱》曰："景祐元年甲戌三月，西京秩满归襄城。五月，如京师，会前留守王文康公曙入枢府，荐召试学士院。闰六月乙酉，授宣德郎试大理评事兼监察御史，充镇南军节度掌书记，馆阁校勘。"○夷陵已见《送田昼秀才序》注。○《史记·秦始皇本纪》《集解》引服虔曰："并音傍，傍，依也。"○《诗·卷耳》：陟彼砠矣。毛传曰："石山戴土曰砠。"《释文》作碴，曰："本亦砠。"《说文》作岨。曰："石戴土也。"《释名·释山》曰："石戴土曰岨，岨胪然也。"皆与毛合。《尔雅·释山》曰："土戴石为砠。"与毛相反。《卷耳》孔疏疑毛传传写误，《玉篇》于岨字从毛传，于砠字从《尔雅》，而云亦作岨，盖并存二说。段懋堂谓二文互异而义则一。戴者，增益也，《释山》谓用土戴于石上，毛谓石而戴之以土，以丝衣戴弁例之，则毛之立文为善矣。马元伯曰："毛传多本《尔雅》，今《尔雅》与毛传互异，盖《尔雅》传写误也。孔疏转疑毛传为误，失矣。"步瀛案：段氏义主调停，转不如马说为直截。郝兰皋从之，谓毛、许、刘所见《尔雅》古本俱不误。《尔雅·释水》曰："浒，水厓。"郭注曰："水边地。"《释丘》曰："浚为厓。"郭注曰："谓水边。"○亦不可得，原注曰："一有之字。"

　　子野之世，曰赠太子太师讳某，曾祖也。宣徽北院使枢密副使累赠尚书令讳逊，皇祖也。尚书比部郎中讳敏中，皇考也。曾祖妣李氏，陇西郡夫人；祖妣宋氏，昭应郡夫人，孝章皇后之妹也。妣李氏，永安县太君。子野家联后姻，世久贵仕，而被服操履，甚于寒儒。好学自力，善笔札。天圣二年举进士，历汉阳军司理参军，开封府咸平主簿，河南法曹参军，王文康公、钱思公、谢希深与今参知政事宋公，咸荐其能，改著作佐郎，监郑州酒税，知阆州阆中县，就拜秘书丞。秩满，知亳州鹿邑县。宝元二年二月丁未，以疾卒于官，享年四十有八。子伸，郊社掌坐，次从，次幼未名，女五人，一适人矣。妻刘氏，长安县君。以上家世及历仕。

《宋史·张逊传》曰："逊，博州高唐人。雍熙三年，授宣徽北院使签署枢密院事，未几兼枢密副使，知院事。"《职官志》曰："宣徽南院使、北院使，掌总内诸司及三班内侍之籍，郊祀朝会宴飨供帐之仪，应内外进奉，悉检视其名物。旧制以检校为使，或领节及两使留后阙，则枢密副使一人兼领二使，亦有兼枢密副使签书枢密院者。"○《张逊传》曰："子敏中，初补供奉官，逊在宣徽，表言尝业文，愿改秩，即换大理寺丞，累至比部郎中。"《职官志》曰："刑部其属三，曰都官，曰比部，曰司门。比部郎中、员外郎掌勾覆中外帐籍，凡场务仓库出纳，在官之物，皆月计季考岁会，从所隶监司检察，以上比部。至则审覆其多寡登耗之数，有陷失，则理纳钩考，百司经费有隐昧，则会问同否，而理其侵负。"○《职官志》曰："吏部司封郎中、员外郎掌官封叙赠承袭之事。命妇之号十有四，七曰郡夫人。"○《宋史·后妃传》曰："太祖孝章宋皇后，河南洛阳人，左卫上将军偓之长女也，母汉永宁公主。"○宋荆湖北路汉阳军治汉阳县，今湖北汉阳县治。司理参军见《范公神道碑》注。○宋东京开封府咸平县，今河南许县治。《职官志》曰："京畿县主簿为正九品。"○《职官志》曰："河南府法曹专掌谳议。"又曰："京府诸曹参军事为从八品。"○《宋史·王曙传》曰："曙字晦叔，世居河汾，后为河南人。再知河南府，召为枢密使，拜同中书门下平章事，卒谥文康。"○《宋史·钱惟演传》曰："惟演字希圣，吴越王俶之子也。天圣七年，改武胜军节度使。明年来朝，上言先垅在洛阳，愿守宫钥，即以判河南府。"又曰："卒特赠侍中，太常张环按谥法，敏而好学曰文，贪而败官曰墨，请谥文墨。其家诉于朝，诏章得象等覆议，以惟演无贪黩状，而晚节率职，有惶惧可怜之意，取谥法追悔前过曰思，改谥曰思。庆历间，子暧复诉前议，乃改谥曰文僖。"康定时尚未改谥，故称思公也。○《宋史·宋庠传》曰："庠字公序，安州安陆人，后徙开封之雍丘。天圣初，举进士，开封试礼部皆第一，庠初名郊，李淑恐其先己，以奇中之，言曰：宋受命之号，郊，交也，合姓名言之为不祥。帝弗为意，他日以谕之，因改名庠。宝元中，以右谏议大夫参知政事。"○《职官志》曰："秘书省著作郎一人，著作佐郎二人，掌修纂日历。"又曰："著作佐郎为正八品。"○宋京西北路郑州治管城县，今河南郑县治。○《九域志》曰："利州路阆州阆中郡治阆中县。"案：今四川阆中县治。○宋淮南路亳州鹿邑县，今河南鹿邑县治。○《职官志》："吏部流内铨：诸色入流，及循资磨勘，选格入流，郊社斋郎，试衔白衣，送铨注官，司士文学参军长生司马助教得正官，并班行试换文资，入下州判官，中下县簿尉。原注曰：'旧长坐同。'"案：长疑当作掌。

　　子野为人，外虽愉怡，中自刻苦，遇人浑浑，不见圭角，而志守端直，临事敢决。唐曰："补写其善可铭，仍归到可哀上。"平居酒半，脱冠垂头，童然秃且白矣。予固已悲其早衰，而遂止于此。岂其中亦有不自得者邪！梁曰："书其可哀者。"○以上为人。

《礼记·儒记》郑注曰:"去己之大圭角。"○敢决,原注曰:"敢一作果。"案:茅《钞》作果。

子野讳先,其上世博州堂人,自曾祖已来,家京师而葬开封,今为开封人也。补出名及籍贯。铭曰:

高堂当作高唐。宋河北东路博州高唐县,今山东唐县治。

嗟夫子野,质厚材良。孰屯其亨,孰短其长?岂其中有不自得,而外物有以戕?开封之原,新里之乡。三世于此,其归其藏。

□茅曰:"总写交游之情,而自任及乐善,宛然言外。"○刘曰:"以交游之聚散生死,感叹成文,淋漓郁勃。"

黄梦升墓志铭

《居士集》原注曰:"庆历三年,孙谦益校正附载别本,即真迹,作《南阳主簿黄君墓志铭》,文后又载永叔《与黄渭小简》曰:修启,多事不及周谨,鄙文或可刊石,望只依首尾,不须添他语,亦不必平空及不用官衔,惟书刻人欲署姓名无妨,墨本乞三五纸,乍别保爱,修再拜。又载黄山谷跋曰:叔祖梦升,学问文章,五兵从横,制作之意,似徐陵、庾信,使同时遇合,未知孰先孰后也。然不幸得人间四十年尔,使之白发角逐于英俊之场,又未知与欧阳文忠公孰先孰后也。梦升既乖牾不逢,尝以文哭世父长善云:高明之家,尚为鬼瞰。子之文章,岂无物憾?盖自道也。安世十三弟,秀而不实,使人气塞,于今孙曾特多英妙之质,力学不休,安知来者之不如今也?绍圣元年五月,诸孙庭坚记。"(《山谷别集》题作《跋欧阳文忠公撰七叔祖主簿墓志后》)又附跋曰:"右《黄梦升墓志铭》,公年三十八所作,真迹今藏兴国军吴氏,字画端丽,虽似净本,然亦间有涂改。校今众本,凡增损异同七十馀字,疑公后尝修润，或传写差讹，今录示后人，并以元帖并山谷跋附焉。"

予友黄君梦升，其先婺州金华人，后徙洪州之分宁。其曾祖讳某，祖讳某，父讳某，皆不仕。黄氏世为江南大族，自其祖父以来，乐以家赀赈乡里，多聚书以招四方之士，梦升兄弟皆好学，尤以文章意气自豪。汪曰："文章意气作柱，下分应却重在文章。"○以上先世。

唐江南道婺州治金华县，今浙江金华县治。○黄山谷《叔父给事行状》曰："黄氏本婺州金华人，公高祖讳瞻，当李氏时，来游江南，以策干中主不能用，授著作佐郎知分宁县，解官去游湘中。久之，念藏器以待时，无兵革之忧，莫如分宁，遂以安舆奉二亲来居分宁，因葬焉。"又《叔父和叔墓碣》曰："黄氏自婺州来者讳瞻，以策干江南李氏不用，用为著作佐郎知分宁县。分宁、吴、楚地犬牙相入处也。著作为县，使两地民不得相侵陵，水旱相移食，故湖南马氏亦授以兵马副使，将楚兵者二十年。其后吴、楚政益衰，著作乃去官游湖湘间。久之念山川重深，可以辟世，无若分宁者，遂将家居焉，而葬于白土。"案：唐江南道洪州，南唐为南昌府，分宁县属焉。今江西修水县县治。○其曾祖讳某至父讳某，真迹本如此，《文鉴》同，集作曾祖讳元吉，祖讳某，父讳中雅，乃后人妄填，遂致大谬，中雅为元吉子，元吉乃瞻子。山谷《叔父和叔墓碣》曰："著作生元吉，豪杰士也，买田聚书，长雄一县，始宅于修溪之上，而葬于马鞍山。马鞍君生中理，赠光禄卿。"又周来轩（季凤）《山谷先生别传》曰："瞻生元吉，元吉生中理，中理生湜，湜生庶，庶实生先生。"又《山谷集》载世系图，始祖瞻，子元绩、元吉，元吉子中理、中雅，中理、中雅各五子，中理子湜，即山谷之祖，中雅子注即梦升，山谷所称为七叔祖者也。由此言之，此文当作曾祖讳瞻，祖讳元吉，父讳中雅，乃合。○皆不仕，案：瞻尝仕南唐著作佐郎，知分宁县，又兼为楚兵马副使，非不仕者。永叔谓为不仕，意或以去官游湖湘，终老于分宁，虽谓之不仕亦可也。○江南，真迹作江西。○赈，振之俗字，真迹赈下有施字。○以招，真迹招下有延字。○山谷《叔父和叔墓碣》曰："光禄始筑书馆于樱桃洞、芝台两馆，游士来学者，常数十百人，故诸子多以学问文章知名。"

予少家随，梦升从其兄茂宗官于随，予为童子，立诸兄侧，见梦升年十七八，眉目明秀，善饮酒谈笑。汪曰："以饮酒作线。"予虽幼，心已独奇梦升。以上少壮。

《年谱》曰："大中祥符九年，公年十岁，在随。"《九域志》曰：京西南路随州汉东郡崇信军节度，治随县。"案：今湖北随县治，真迹陇作隋州。○《墓碣》曰："光禄生茂宗，字昌裔，高材笃行，为书馆游士之师，子弟文学渊源，皆出于昌裔。祥符中，国学试进士以《木铎赋》，有司以王交为第一，而黜昌裔，昌裔抱屈归，次尉氏，遇翰林学士胥公偃，见昌裔赋大惊，与俱还，以昌裔赋示考试官曰：使举子能为此赋，何以处之？皆曰王交不得为第一矣。胥则以实告，诸公相顾绝叹，考校时实不见。因怀赋上殿，有诏特收试。及试礼部，参知政事赵公安仁，翰林学士刘公筠，擢昌裔在十人中，登科授崇信军节度判官。"真迹无茂宗二字。○予为童子，真迹予下有时字。○立诸兄侧，真迹无此四字。○眉目，真迹无目字。○心已独奇梦升，真迹作已能知梦升为可奇。

后七年，予与梦升皆举进士于京师，梦升得丙科，初任兴国军永兴主簿，怏怏不得志，以疾去。汪曰："世不知。"久之，复调江陵府公安主簿。时予谪夷陵令，遇之于江陵。梦升颜色憔悴，初不可识。汪曰："对上'眉目明秀'。"久而握手嘘欷，相饮以酒，夜醉起舞，歌呼大嚎，予益悲梦升志虽衰，而少时意气尚在也。沈曰："悲壮。"汪曰："应'意气'。"○以上虽不得志，而意气尚在。

后七年，真迹作其后八九年。○予与梦升，真迹作与予。○《宋史·选举志》曰：景德四年，定亲试进士条例。其考第之制凡五等，学识优长、词理精纯为第一，才思该通、文理周率为第二，文理俱通为第三，文理中平为第四，文理疏浅为第五。然后临轩唱第，上二等曰及第，三等曰出身，四等五等曰同出身。"《日知录》卷十六曰："甲乙丙科，始见《汉书·儒林传》，平帝时，岁课博士弟子，甲科四十人为郎中，乙科二十人为太子舍人，丙科四十人补文学掌故。《萧望之传》以射策甲科为郎，《匡衡传》数射策不中，至九乃中丙科。"（原注曰：褚先生《补史记》）案：宋时进士定制，无丙科之名，盖时谓同出身者为丙科耳。○《九域志》曰："江南西路兴国军治永兴县。"案：今江西兴国县治。《宋史·职官志》曰："诸州上中下县主簿为从九品。"○《说文》曰："怏，不服怼也。"玄应《一切经音义》卷十八引《苍颉篇》曰："怏，怼也，亦怏怏然心不服也。"○以疾去，真迹疾下有解字。○宋荆湖北路江陵府公安县，今湖北公安县治。○时予谪夷陵令，真迹时予作予时。案：已见《泷冈表》及《送田画秀才序》注。○永叔《与尹师鲁书》曰："始谋陆赴夷陵，以大暑又无马，乃作此行，沿汴绝淮泛大江，凡五千里，用一百一十程，才至荆南。"《九域志》曰："荆湖北路江陵府江陵郡荆南节度，治江陵县。"案：今湖北江陵县治。○《楚辞·渔父》曰："屈原既放，颜色憔悴。"案：真迹可作能。○《集韵》五支曰："欷，虚宜切，呜戏叹辞，或从口。"案：嚱俗字，嘘欷当作歔欷。《离骚》曰："曾歔欷余郁邑兮。"或作嘘唏。枚叔《七发》曰："嘘唏烦酲。"真迹嘘作吁，饮作劳。○大嚎，《说文》曰："嚎，大笑也。"大徐音其虐切。案：真迹大嚎作自若。

后二年，予徙乾德令，梦升复调南阳主簿，又遇之于邓。间常问其平生所为文章几何，梦升慨然叹曰："吾口已讳之矣，穷达有命，非世之人不知我，我羞道于世人也。"求之不肯出，遂饮之酒，复大醉起舞歌呼。因笑曰："子知我者。"乃肯出其文。读之，博辨雄伟，其意气奔放，犹不可御。予又益悲梦升志虽困而独其文章未衰也。沈曰："传出豪气未除，愈见可悲。"○以上文章犹未衰。

后二年，真迹后下有又字。○《年谱》曰：景祐四年十二月壬辰，移光化军乾德县令。"案：宋京西南路光化军治乾德县，在今湖北光化县西。○南阳即邓州，已见《范公神道碑》注。○《年谱》曰："宝元二年二月，知制诰谢希深出守邓州，五月，公谒告往会，留数日而还。"○慨然叹曰，真迹无叹字。○我羞，真迹我上有乃字。○遂饮之酒，真迹之作以。○因笑曰，真迹因下有大字。○子知我者，真迹子上有独字，者下有也字。○读之，真迹作其。○犹不可御，真迹犹下有若字。案：茅选去犹存若。○独其，原注曰："一无二字。"案：真迹独字在未字上。

是时谢希深出守邓州，尤喜称道天下士，予因手书梦升文一通，欲以示希深，未及而希深卒，予亦去邓。后之守邓者皆俗吏，不复知梦升。汪曰："世不知。"梦升素刚，不苟合，负其所有，常怏怏无所施，卒以不得志，死于南阳。汪曰："收'不得志'。"梦升讳注，以宝元二年四月二十五日卒，享年四十有二。其平生所为文，曰《破碎集》《公安集》《南阳集》，凡三十卷。以上不得志以死，而独有文章在。

希深出守邓州，已见《张子野墓志铭》注。案：真迹无出字。○欲以，真迹作将。○《年谱》曰："宝元二年六月甲申，复旧官,权武成军节度判官厅公事,公自乾德奉母夫人待次于南阳,冬暂如襄城。康定元年庚辰春,赴滑州。"○俗吏,真迹作庸人。○怏怏,真迹作愤愤。○二年当作三年。考谢希深于宝元二年四月来邓,十一月卒于官,永叔去邓亦在是年之冬。梦升若卒于二年四月,是希深尚未卒,永叔亦未去邓也。明年二月丙午,改元康定,实即宝元三年,后人未深考,疑宝元无三年,乃改三为二,事实皆不合矣。孙附真迹有一本作三年者是也,当从之。○黄山谷《跋七叔祖主簿与族伯侍御书》曰:"叔祖梦升是时年四十,文章妙一世。欧阳永叔爱叹其才,称之不容口,不幸明月遂捐馆舍于南阳耳。"又《跋七叔祖主簿墓志后》曰:"不幸得人间四十年尔。"与《墓志》言四十二小异,岂山俗但举成数言之欤?○《破碎集》《公安集》《南阳集》,《宋史·艺文志》及诸家书目皆不载,盖佚。○二十五日,真迹作某日。○三十卷,真迹作若干卷。

娶潘氏,生四男二女,将以庆历四年某月某日葬于董坊之先茔。妻子及葬。

潘氏,真迹作温氏。○生四男,原注曰:"一作三。"○将以庆历四年至先茔,真迹作以某年某月某日葬于先茔之侧。

其弟渭汪曰:"不脱兄弟二字。"泣而来告曰:"吾兄患世之莫吾知,汪曰:"收'世不知'。"孰可为其铭?"予素悲梦升者,汪曰:"收上两悲字。"因为之铭曰:以上为铭。

莫吾知,真迹无吾字。○因,真迹作乃。

予尝读梦升之文,至于哭其兄子庠之词,曰:"子之文章,电激雷震。雨雹忽止,阒然灭泯。"未尝不讽诵叹息而不已。沈曰:"即用梦词而益以数言,便觉可悲。"嗟夫梦升,曾不及庠。不震不惊,郁塞埋藏。孰与其有,不使其施。吾不知所归咎，徒为梦升而悲。汪曰："收悲字。"

□刘曰："欧公叙事之文，独得史迁风神，此篇遒宕古逸，当为墓志第一。"○吴先生曰："此文音节之美，句句可歌。"

尝读，真迹读上有喜字。○《宋史·文苑传》曰："黄庠，字长善，洪州分宁人。名声动京师，所作程文，传诵天下，闻于外夷，近世布衣罕匹也。"《涑水记闻》卷九曰："黄庠，洪州人。文章精赡，取国子监进士解，贡院奏名皆第一，声名赫然，天下之士皆服为之下，及就殿试，病不能执笔，有诏复举就殿试，未及期而卒。"○《易·丰》上六曰："阒其无人。"《释文》曰："阒，苦鵙反。《字林》云静也。"○未尝，真迹尝作始。○叹息，真迹叹作叹。○孰与，真迹与作予。○知所，真迹所作夫。

尹师鲁墓志铭

《居士集》原注曰："庆历八年。"案《外集》卷二十三《论尹师鲁墓志》曰："志言天下之人，识与不识，皆知师鲁文学议论材能，则文学之长，议论之高，材能之美，不言可知。又恐太略，故条析其事，再述于后。述其文，则曰简而有法，此一句在孔子六经，惟《春秋》可当之，其他经非孔子自作文章，故虽有法而不简也。修于师鲁之文不薄矣，而世之无识者，不考文之轻重，但责言之多少，云师鲁文章不合只著一句道了，既述其文，则又述其学曰，通知古今，此语若必求其可当者，惟孔、孟也。既述其学，则又述其论议云，是是非非，务尽其道理，不苟止而妄随，亦非孟子不可当此语。既述其论议，则又述其材能，备言师鲁历贬，自兵兴便在陕西，尤深知西事，未及施为，而元昊臣，师鲁得罪，使天下之人尽知师鲁材能。此三者，皆君子之极美，然在师鲁犹为末事。其大节乃笃于仁义，穷达祸福，不愧古人，其事不可遍举，故举其要者一两事以取信。如上书论范公，而自请同贬，临死而语不及私，则平生忠义可知也。其临穷达祸福不媿古人，又可知也。既已具言其文，其学，其论议，其材能，其忠义，遂又言其为仇人挟情论告以贬死，又言其死后妻子困穷之状，欲使后世知有如此人，以如此事废死，至于妻子如此困穷，所以深痛死者，而切责当世君子致斯人之及此也。《春秋》之义，痛之益至，则其辞益深，子般卒是也（庄公三十二年）。《诗》人之意，责之愈切，则其言愈缓，《君子偕老》是也（《毛诗序》曰刺卫夫人也）。不必号天叫屈，然后为师鲁称冤也。故于其铭文但云：藏之深，固之密，石可朽，铭不灭。意谓举世无可告语，但深藏牢埋此铭，使其不朽，则后世必有知师鲁者，其语愈缓，其意愈切，《诗》人之义也。而世之无识者，乃云铭文不合不讲德，不辩师鲁以非罪，盖为前言其穷达祸福无媿古人，则必不犯法，况是仇人所告，故不必区区曲辩也。今止直言所作，自然知非罪矣。添之无害，故勉徇议者添之。若作古文自师鲁始，则前有穆修、郑條辈（《困学纪闻》十五曰，《馆阁书目》有《郑條集》一卷，條，蜀人，自号金斗先生，名其文《金斗集》。）及有大宋先达甚多，不敢断自师鲁始也。偶俪之文，苟合于理，未必为非。故不是此而非彼也。若谓近年古文自师鲁始，则范公《祭文》已言之矣，（范希文《祭尹师鲁文》曰：天生师鲁，有益当世，为学之初，时文方丽。子师何人？独有古意。韩柳宗《经》，班马叙事。众莫子知，子特弗移。是非乃定，英俊乃随。圣朝之文，与唐等夷。繄子之功，多士所推。）可以互见，不必重出也。皇甫湜《韩文公墓志》《李翱行状》不必同，亦互见之也。《志》云师鲁喜论兵，论兵儒者末事，言喜无害，喜非嬉戏之戏，喜者，好也。君子固有所好矣。孔子言'回也好学'，岂是薄颜回乎？后生小子，未经师友，苟恣所见，岂足听哉？修见韩退之《与孟郊联句》便似孟郊诗，与樊宗师作《志》便似樊文，慕其如此，故师鲁之

《志》，用意特深而语简，盖为师鲁文简而意深。又思平生作文，惟师鲁一见，展卷疾读，五行俱下，便晓人深处。固谓死者有知，必受此文，所以慰吾亡友尔。岂恤小子辈哉？"

又《书简》卷七答孔嗣宗（字绍伯）二通。其一曰："尹君志文，前所辨释详矣。某于师鲁岂有所惜，而待门生亲友勤勤然以书之邪？幸无他疑也。馀俟他时相见可道，不欲忉忉于笔墨，加察加察！"其二曰："东方学生皆自石守道诱倡，此人专以教学为己任，于东诸生有大功，与师鲁同时人也，亦负谤而死。若言师鲁倡道，则当举天下言之，石遂见掩，于义可乎？若分限方域而言之，则不可，故此事难言之也。察之！"（以上皆皇祐元年）

又与尹材曰："墓铭刻石时，首尾更不要留官衔题目及撰人书人刻字人等姓名，只依此写，晋以前碑皆不著撰人姓名，此古人有深意，况久远自知，篆盖只著伊师鲁墓四字。"（庆历八年）

又《外集》卷十九《与杜䜣论祁公墓志书》曰："修文字简略，止记大节，期于久远，恐难满孝子意，但自报知己，尽心于纪录则可耳。更乞裁择！范公家神刻，为其子擅自增损，不免更作文字发明，欲后世以家集为信，续得录呈。尹氏子卒请韩太尉别为墓表，以此见朋友门生故吏与孝子用心常异，修岂负知己者？范、伊二家亦可为鉴。更思之，然能有意于传，则须纪大而略小，此可与通识之士语，足下必深晓此。但因葬期速，恐仓卒不及遂及斯言也。"

又《外集》卷二十三编校者附跋曰："此卷论伊师鲁墓志，即辨志也。遂宁府有石刻，载师鲁妻初怒志文简略，新进士孔嗣宗请诣颍州与公辨论，凡留半月，公为添换并遗辨志，又答嗣宗两帖，与今本书简第七卷同，但增一节云：此不当辨，为世人多云云，恐尹氏惑之，故其妻子不足，故须委曲。近曾录寄随公，今录奉呈，为语伊氏，凡三十九字，据此则所谓添换尚或可疑，姑附于此。"又曰："《外集》第十九卷与《与杜诉书》云，尹氏子卒请韩太尉别为墓表云云，然则当时固无甚添换也。"

步瀛案：范碑尹志，为欧公碑志中两重公案，故备录其事。公《与杜诉书》言有意传久，须纪大而略小，尤可为作碑志之标准，因并录之。

师鲁，河南人，姓尹氏，讳洙。然天下之士，识与不识，皆称之曰师鲁。盖其名重当世，而世之知师鲁者，或推其文学，或高其议论，或多其材能，至其忠义之节，处穷达，临祸福，无愧于古君子，则天下之称师鲁者，未必尽知之。汪曰："他文说为人处，就本身说；此独就世人称之说，凌空著笔，飞动。"师鲁为文章，简而有法，博学强记，通知今古，长于《春秋》。茅曰："文学。"其与人言，是是非非，务穷尽道理乃已，不为苟止而妄随，而人亦罕能过也。茅曰："议论。"遇事无难易，而勇于敢为。汪曰："材能。"其所以见称于世者，亦所以取嫉于人。梁曰："随笔埽去，实处皆空。"故其卒穷以死。曾曰："以上志节文章。"

今古，原注曰："一作古今。"○而勇而下，原注曰："一无此字。"

师鲁少举进士及第，为绛州正平县主簿，河南府户曹参军，邵武军判官。举书判拔萃，迁山南东道掌书记，知伊阳县。王文康公荐其才，召试充馆阁校勘，迁太子中允，天章阁待制。范公贬饶州，谏官御史不肯言，师鲁上书，言仲淹臣之师友，愿得俱贬。茅曰："忠义。"贬监郢州酒税，又徙唐州。遭父丧，服除，复得太子中允，知河南县。赵元昊反，陕西用兵，大将葛怀敏奏起为经略判官。师鲁虽用怀敏辟，而尤为经略使韩公所深知。汪曰："从怀敏侧重韩公，用联络法，不另起头。"其后诸将败于好水，韩公降知秦州，师鲁亦徙通判濠州。久之，韩公奏得通判秦州，迁知泾州，又知渭州，兼泾原路经略部署。坐城水洛与边臣异议，徙知晋州，又知潞州，为政有惠爱，潞州人至今思之。累迁官至起居舍人，直龙图阁。曾曰："以上历官。"

韩稚圭《尹公墓表》曰："天圣二年登进士第。"○《九域志》曰："河东路绛州绛郡治正平县。"案：今山西绛县治。○主簿见《黄梦升墓志》注。○《职官志》曰："开封府功曹、仓曹、户曹、兵曹、法曹、士曹参军事各一人，视其官曹，分职莅事。河南、应天府户曹、法曹、士曹掌同。开封府户曹，通掌府院户籍，考课税赋。"又曰："京府诸曹参军事为从八品。"○《九域志》曰："福建路邵武军治邵武县。"案：今福建邵武县治。○《长编》一百九曰："天圣八年六月乙巳，御崇政殿试书判拔萃科。戊申，以书判拔萃人安德节度推官河南尹洙为武胜节度掌书记，知伊阳县。"（原作河阳，疑沿《独醒杂志》之误，从《墓表》及《志铭》改正。）《独醒杂志》卷一言中选者六人，《文献通考·选举》五言八年二人，九年四人，与《长编》卷一百十合，疑《杂志》误。又问题十通，载《杂志》，今不录。○武胜军即邓州，见《范文正碑》注。案《九域志》：襄州为山南东道节度，此以武胜军为山南东道者，《太平寰宇记》：邓州属山南东道也。○宋西京河南府伊阳县，今河南嵩县治。○《墓表》曰："文康王公知而荐之，召试，充馆阁校勘，迁太子中允。"案：师鲁除馆阁校勘，在景祐元年九月，而王文康曙卒于八月。《长编》卷一百十附注谓洙得馆职，据《会要》为王曙所荐，是年九月洙初除馆阁校勘，盖曙先荐之也。○太子中允见《石曼卿墓表》注。○《职官志》曰："天章阁待制为从四品。"○《墓表》曰："时文正范公治开封府，每奏事，见上论时政，指丞相过失，贬知饶州。余公安道（靖）上疏论救，坐以朋党，贬监筠州酒税。公慨然上书曰：臣以仲淹忠谅有素，义兼师友，以靖比臣，臣当从坐。贬崇信军节度掌书记，监郢州商税。欧阳公永叔移书让谏官不言，又贬夷陵令，当是时，天下称为四贤。"《九域志》曰："京西南路郢州富水郡治长寿县。"案：今湖北锺祥县治。○《九域志》曰："京西南路唐州淮安郡治泌阳县。"案：今河南泌阳县治。○《墓表》曰："丁父忧，服除，复得太子中允，知河南府长水县。"案：宋京西北路河南府长水县，在今河南洛宁县西南。○《长编》卷百二十六曰："康定元年三月癸酉，太子中允知长水县尹洙权签书泾原、秦凤经略安抚司判官事，从葛怀敏之辟也。"原注曰："洙先从葛怀敏辟，为泾原、秦凤两路经略安抚判官，其后夏竦、韩、范复辟洙，始为陕西路经略判官。"○《宋史·葛霸传》曰："霸，真定人，子怀敏。"又怀敏传曰："陕西用兵，起为泾原路马步军副总管，兼泾原、秦凤两路经略安抚副使，知延州范仲淹言其不知兵，复徙泾原路，兼招讨经略安抚使。"○《宋史·韩琦传》曰："琦字稚圭，相州安阳人。弱冠举进士，名在第二。赵元昊反，琦论西师形势甚悉，即命为陕西安抚使，进枢密直学士，副夏竦为经略安抚招讨使。诏遣使督出兵，琦亦欲先发以制贼，而合府固争。元昊遂寇镇戎。琦画攻守二策，驰入奏。仁宗欲用攻策，执政者难之。琦言元昊虽倾国入寇，众不过四五万人，吾逐路重兵自为守，势分力弱，遇敌辄不支，若出一道，鼓行而前，乘贼骄惰，破之必矣。乃诏鄜延、泾原同出征。琦悉兵付大将庄福，令自怀远城趋德胜砦，出贼后,如未可战,即据险置伏要其归。及行,戒之至再,又移檄申约,苟违节度,虽有功亦斩。福竟为贼诱,没于好水川。竦使人收散兵,得琦檄于福衣带间,言罪不在琦,琦亦上章自劾,独夺一官,知秦州。"《长编》百三十一曰:"庆历元年二月乙丑,琦亟趋镇戎军,尽出其兵,又募敢勇凡八千人,使福将以击贼。泾原驻泊都监桑怿为先锋,钤辖朱观、泾州都监武英继之,行营都监王珪、参军事耿傅皆从。琦面授福等方略,翌日福分轻骑数千趋怀远城,薄暮,福、怿合军屯好水川,朱观、武英为一军,屯龙落川,约明日会兵。逻者传贼少,故福等轻之,路益远,刍粮不继,人马已乏食三日。福等不知贼之诱也,悉力逐之。癸巳,至龙竿城北,遇贼大军循川行,出六盘山下,距扬博隆城五里,结阵以抗官军。诸将乃知堕计,势不可留,因前接战,怿驰犯其锋,福阵未成列,贼纵铁骑冲突,自辰至午,阵动,众傅山欲据胜地,贼发伏自山背下击,士卒多堕崖堑相覆压。怿战死。贼分兵数千断官兵后,福力战,身被十馀矢,挥四刃铁简,挺身决斗,枪中左颊,绝其喉而死。福子怀亮亦死之。先是琦命渭州都监赵律将瓦亭骑兵二千二百为军后继。是日与观、英会兵与姚家川,福既死,贼并兵攻观、英等,战既合,珪自扬博隆城以屯兵四千五百,来阵于观军西,屡出略阵,坚不可破。英重伤不能视军,自午至申,贼兵益至,东偏步兵先溃,众随大奔。英、律、珪、傅皆死之。指使及军校死者数百人,军士死者六千馀人。夏四月辛巳,降陕西经略安抚副使枢密直学士起居舍人韩琦为右司谏,知秦州,职如故。"○《水经·渭水注》曰:"渭水又东,与新阳崖水合,即陇水也。东北出陇山,其水西流,右迳瓦亭南,一水亦出陇山,东南流历瓦桥〔亭〕北,又西南合一水,谓之瓦亭川。"《清一统志》曰:"甘肃平凉府:陇水,源出隆德县东,西南流,至静宁州(今改县)西南,与州之西瓦亭水合。又南入秦安县界。旧志陇水二源,一为甜水河,源出隆德县六盘山,亦名六盘水，西南流泾县北半里，又西过神林堡，入静宁州界，泾州南一里，至州西南，与苦水会。宋时谓之好水，即《水经》之陇水，苦水即瓦亭水也。"《九域志》曰："陕西秦凤路秦州天水郡雄武军节度，治成纪县。"案：今陕西天水县治。○《长编》百三十一曰："始朝廷既从陕西都部署司所上攻策，经略安抚判官尹洙以正月丙子至延州，与范仲淹谋出兵，越三日，仲淹言已得旨，听兵勿出，洙留延州几两旬，仲淹坚持不可。辛巳，洙还至庆州，乃知任福败绩，贼侵刘璠堡未退，因遣权延庆路都监刘政将锐卒数千往援，未至，贼引去。夏竦寻劾奏洙擅发兵，降通判濠州。"○《九域志》曰："淮南西路濠州锺离郡治锺离县。"案：在今安徽凤阳县东少北。○《长编》百三十三曰："庆历元年九月辛巳，知秦州韩琦复为起居舍人，知庆州。"又百三十七曰："庆历二年闰九月壬午，太子中允集贤校理通判秦州尹洙直集贤院。"○《长编》百三十九曰："庆历三年春正月戊寅，太子中允直集贤院通判秦州尹洙为太常丞，知泾州。"《九域志》曰："陕西秦凤路泾州治保定县。"案：在今甘肃泾县北。○《长编》百四十二曰："庆历三年秋七月甲戌，以太常丞直集贤院知泾州尹洙为右司谏，知渭州，兼管勾泾原路安抚都部署司事。"《九域志》曰："陕西秦凤路渭州陇西郡治平凉县。"案：今甘肃平凉县治。○《长编》百四十四曰："庆历三年冬十月甲子，陕西四路经略安抚招讨使郑戬言，德顺军生户大千家族元宁等，以水洛城来献。寻遣静边寨主刘沪招集其酋长，皆愿纳质子，求补汉官，今若就其地筑城，可得蓄兵三五万人，及弓箭手，共捍西贼，实为封疆之利。从之。"百四十六曰："庆历四年春正月戊辰，诏陕西都部署司、泾原泾略司罢修水洛城，从宣抚使韩琦奏请也。然刘沪时已兴役，郑戬又遣著作佐郎董士廉将兵助之矣。"《墓表》曰："时宣徽使郑公为陕西四路帅，主静边寨主刘沪议，遣其属官著作佐郎董士廉与沪于章川堡南入诸羌中，开道二百里，修水洛城，以通秦之援兵。公曰：贼数犯寨，必并兵一道，五路帅之战兵尝不登二万人，而当贼昊举国之众，吾兵所以屡为贼困者，由黄石河路来援，虽远水洛路二日，而援师安然以济，今无故夺诸羌田二百里，列堡屯师，坐耗刍粮不胜计，以冀秦援一二日之速，则吾兵愈分而边用不给矣。乃奏罢之便。诏从之。会郑以府罢，改知永兴军，乃署前帅牒，饬沪等督役如初。二人者遂不奉诏，兴作不已，公遣人召沪者再，不至。乃命瓦寨主张忠代沪，沪复不受代，部署狄公于是亲至德顺军摄沪、士廉下狱，差官按问，而郑比奏本道沮沪等功，朝廷卒薄沪等罪，徙公庆州而城水洛焉。会庆帅孙公请终任，改知晋州。庆历四年，契丹遣使报西戎元昊，诏河陕三路要郡皆择人，徙知潞州。"○边臣，原注曰："臣一作将。"○《九域志》曰："陕西秦凤路德顺军：水洛城，在军西一百里。"《清一统志》曰："甘肃平凉府：水洛故城，在隆德县东南。"○《九域志》曰："河东路晋州平阳府，治临汾县；潞州上党郡，治上党县。"案：宋临汾县，今山西临汾县治；上党县，今山西长治县治。○《职官志》曰："门下省起居郎，掌记天子言动，大朝会则与起居舍人对立殿下螭首之侧，凡朝廷命令赦宥，礼乐法度，损益因革，赏罚劝惩，群臣进对，文武臣除授，及祭祀宴享，临幸引见之事。四时气候，四方符瑞，户口增减，州县废置，皆书以授著作官。"又曰："起居舍人为从六品，直龙图阁为正七品。"

　　师鲁当天下无事时，独喜论兵，为《叙燕》《息戍》二篇行于世。汪曰："此段叙师材能，而带议论文学说。"自西兵起，凡五六岁，未尝不在其间，故其论议益精密，而于西事尤习其详。其为兵制之说，述战守胜败之要，尽当今之利害。又欲训士兵代戍卒，以减边用，为御戎长久之策。皆未及施为，而元昊臣，西兵解严，师鲁亦去而得罪矣。然则天下之称师鲁者，于其材能亦未必尽知之也。汪曰："较起处又进一步，亦字从'不知其忠义'生出。"梁曰："文特曲折有情。"○曾曰："以上论兵材略。"

　　《叙燕》已见前，其《息戍篇》大意，谓国家割弃朔方，西师不出三十年，而亭徼千重，环重兵以戍之，计费六百馀亿。为今之计，莫若籍丁民为兵，拟唐置府，颇损其数，料京兆西北数郡，上户可十馀万，中家半之，当得兵六七万。若寇至，以关西河东劲兵傅之，尽罢京师禁旅，慎简守帅，分其统，专其任。分统则柄不重，专任则将益励，坚于守备，习其形势，积粟多，教士锐，使虏众无险可窥，不战而慑，其庙胜之策乎！○益精密，原注曰："益一作亦。"○《兵制篇》大意，谓今与戎狄战，未尝一胜，非夷狄之兵强，中国之兵弱，法制之失也。何谓法制之失？以吏事而制戎事也。策之长在战与守，策之失在御与救。废策之长，用策之失，所以亟败也。假以虏事言之，若闻其将寇我境，我之大将不计敌众寡之势，不论战迟速之利，必分兵御之，御之不胜，制令者曰：吾知出兵而已。行者曰：吾知奋命而已。朝廷必薄其责，议者亦置其罪。苟不御之，虽全其师，朝廷诛其逗留，议者称其畏懦，此所以御之也。若闻一城被围，不计受攻之急缓，不论城垒之坚脆，必尽锐救之，救之不胜，制令者曰：吾知救之而已。行者曰：吾知死之而已。朝廷必薄其责，议者亦置其罪。苟不救之，虽城获全，朝廷咎其不进，议者言其坐观，此所以必救之也。夫御与救非利战，不得已而战也，非我利则敌之利也。所谓战者，我利则战，不利则不战，先计而后战者也。所谓守者，方面之守，非一堡一障之守也。使城自守，毋望救兵之出，盖兵不出则势不分，势不分则有以待之。夫待之者，不战则敌疑，作战则敌惧，必战则敌北，能守所以辨战，能战所以济守。明战守之利，而不得志于夷狄者，未之有也。○师鲁《乞募土兵劄子》略曰："臣欲乞于泾州别立军额，召募兵众，武勇才力，明立科式，定作三等。第一等使充本军人员，更不刺面。第二等充十将将虞候。第三等充承局押营。其兵士但取强壮堪任教习者，不以身材尺寸为限。科钱三百文至五百文为额，唯乞优赐例物，其节级以上，别作等第支给。若泾原一路，可得万人，以此御敌，军威为振。"○元昊臣见《范文正碑》注。

初师鲁在渭州，将吏有违其节度者，欲按军法斩之而不果。其后吏至京师，上书讼师鲁以公使钱贷部将贬崇信军节度副使，徙监均州酒税，得疾，无医药，舁至南阳求医，疾革，隐几而坐。顾稚子在前，无甚怜之色，与宾客言，终不及其私。汪曰："处穷达，临祸福，无愧君子处，所谓忠义之节也。"享年四十有六以卒。曾曰："以上贬官病卒。"

《长编》百五十六曰："庆历五年秋七月辛丑，贬起居舍人直龙图阁知潞州尹洙为崇信节度副使。洙前在渭州，有部将孙用者，由军校补边，自京师贷息钱到官，亡以偿。洙惜其才可用，恐以犯法罢去，尝假公使钱为偿之，又以公使钱不足，假军资钱回易充用。及董士廉诣阙，讼洙欺隐官钱，诏洙分析。而监察御史李京又言，韩琦因处置边机不当，罢枢密副使，琦过实自洙始，请并责洙。洙复奏章与京辨，执政不悦，遣殿中侍御史刘湜往渭州鞫之，洙竟坐贷公使钱与孙用及私自贷，诏甲申德音，当追两官勒停，特有是命。湜颇傅致重法，盖希执政意也。"《墓表》曰："贬公崇信军节度副使，徙监均州酒税。"崇信军即随州，已见《黄梦升墓志铭》注。《九域志》曰："京西南路均州武当郡防御，治武当县。"案：在今湖北均县北。○而不果，原注曰："不一作未。"○讼师鲁以公使钱贷部将，原注曰："作讼师鲁自盗。"○《墓表》曰："得疾，沿牒至南阳访医药，疾革，对宾客妻子无一戚言，整冠带盥濯，怡然隐几而卒，时年四十七。

庆历七年四月十日也。"案此与《墓志》言四十六不同，《史传》《东都事略》皆从《墓表》，韩、范祭文皆云七年。○《范文正公尺牍》卷中《与韩魏公》曰："师鲁去赴均州时，已觉疾作，至均寝食或进或退，仅百馀日，得提刑司文字，舁疾来邓，以存没见托，至五日而启手足，苦痛苦痛！至终不乱，初相见时，却且著灸，不谈后事，疾势渐危，途中夜诣驿看他，告伊云：足下平生节行用心，待与韩公、欧阳公各做文字，垂于不朽。他举手叩头。又告伊云：待与诸公分俸赡家，不令失所。他又举手云：渭州有二儿子。即就枕，更不他语。来日与赵学士看他，云夜来示谕并记得，已相别矣。顾家人则云：我自了当，不复管汝。略无忧戚。又两日，犹能扶行，忽索灌漱讫，凭案而化。众人无不悲，无不钦服其明也。（原注曰：则赵学士云，不怛化；别韩倅云，少年树德；别贾状元云，亦无鬼神，亦无烦恼。）官员又问以家事，答云：参以人事，则不乐也。终更无言。庄老释氏齐生死之说，师鲁尽得之，奇异奇异！寻常见他于儿女多爱，不谓能了了如此。初九日夜四更有事，十日晚殡于西禅，送终之礼甚备，官员举人无不至者。家且寄此，候秋凉归洛，已去安州之翰处作行状，待送永叔作《墓志》。（原注曰：某不敢作，恐知他当年事不备故也，却待作文集序，此中上人多收得他文字。）明公可与他作墓表也。看他永诀时，实无不足意。"案：此简述师鲁死时情事甚详尽，且最为可信，其他《涑水记闻》卷十、《邵氏闻见录》卷八、《梦溪笔谈》卷二十、《冷斋夜话》卷八记师鲁死时情状互有同异，盖皆得之传闻也。今不取。○《礼记·檀弓上》："曾元曰：夫子之病革矣。"郑注曰："革，急也。"《释文》曰："革，纪力反。"○《孟子·公孙丑下》："隐几而卧。"赵注曰："隐，倚其几而卧也。"《说文》曰："㡛，所依据也。"隐（隱）即㡛之通假字。案：原注曰："隐一作凭。"

师鲁娶张氏，某县君。有兄源，字子渐，亦以文学知名，前一岁卒。师鲁凡十年间三贬官，丧其父，又丧其兄。有子四人，连丧其三。女一，适人亦卒，而其身终以贬死。一子三岁，四女未嫁，家无馀赀。何曰："此句兼具不辨之辨。"客其丧于南阳不能归，平生故人，无远迩皆往赙之，然后妻子得以其柩归河南。以某年某月某日，葬于先茔之次。或曰："以上兄弟妻子。"余与师鲁兄弟交，尝铭其父之墓矣，故不复次其世家焉。梁曰："此作墓志文之通例。"铭曰：

《墓表》曰："娶张氏，鹿邑县君。"○兄源字子渐，墓志铭见下。梁曜北曰："子渐卒庆历五年二月，师鲁七年四月，当云前二年卒。"○凡十年间三贬官，案：景祐三年五月，贬崇信军节度掌书记，监郢州酒税；庆历元年二月，降通判濠州；五年七月，贬崇信军节度副使，监均州酒税，自景祐三年至庆历五年，凡十年。○《墓表》曰："子男四人，长曰朴，奇隽博学，有父风，其二未名，俱早世。其幼曰构。"又《尹君（朴）墓志铭》曰："河南尹君名朴字处厚，师鲁之长子也，幼博学能文，通《春秋》，知古今，尝一举进士，误为有司所绌，反笑曰：是岂足以尽吾才耶？余尝称于公卿间，谓其学必能继师鲁，其才必为朝廷所用，不幸年二十五而亡，良可哀已。处厚娶王氏，再娶宗氏，一男曰洙，一女尚幼。"○《墓表》曰："女五人，长适虞部员外郎张景宪，次继适张氏，次适太常寺太祝谢景平，次二人未嫁。是卒者即长女，《墓表》作于至和元年，六七年中，又嫁二女矣。"○一子三岁，《墓表》曰："其幼曰构，今方十岁，时在至和元年，上距庆历八年凡七年，故正十岁也。"永叔奏议《乞与尹构一官状》曰："今洙孤幼，并在西京，家道屡空，衣食不给，洙止一男构，年方十馀岁，惸然无依，实可嗟恻。伏见将来裕享大礼在近，群臣皆得奏荫子孙，伏望圣慈，录洙遗忠，悯洙不幸，特赐其子一官，庶沾寸禄，以免饥寒。"此状作于嘉祐四年，则构十五岁矣。范尧夫《尹判官（构）墓志铭》曰："君姓尹氏，讳构，字嗣复，师鲁第三子也。庆历七年，先君文正公守南阳，时予侍行，师鲁自郎乡舆疾而来，托先公以后事，予得省疾于卧内，见婴儿扶床方二三岁，眉宇秀爽，师鲁指谓予曰：此吾儿也。予始识君，而爱其神俊异常，君以翰林诸公荐，名臣之后，特恩补太庙斋郎，年未应调，魏公奏为相州安阳县主簿，黠吏易君少而为奸，君得其情，皆按以法，一邑惊服。魏公镇大名，复辟监仓草场，秩满，调泗州观察判官。未行，以熙宁八年六月十四日，卒于许昌之长葛县，享年三十有一。娶李氏，予舅氏司农少卿讳禹卿之女，生一子照，尚幼。"○《邵氏闻见录》卷十六曰："皇祐初，洛阳南资福院有僧录义琛者，素出入尹师鲁门下，师鲁自平凉帅谪崇信军节度副使，均州监酒，过洛，义琛见之曰：欲邀龙图略至院中可乎？师鲁从之，义琛曰：乡里门徒数人，欲一望见龙图。有顷诸人出，一喏而去。皆洛中大豪。义琛已密约贷钱，为师鲁买洛城南宫南村负郭美田三十顷，师鲁初不知。后义琛复以岁所得地利偿诸人。至师鲁卒，丧归洛，义琛哭柩前，纳其券于师鲁家。师鲁素贫，子孙赖此以生。呜呼！在仁宗朝，一僧尚负义如此，风俗可谓厚矣。"○远迩，原注曰："迩一作近。"○永叔《尚书虞部员外郎尹公（仲宣）墓志铭》曰："公讳仲宣，姓尹氏。尹氏世居太原，无显者。由公之父赠刑部侍郎讳文化始，举《毛诗》登某科，以材敏称于当时，仕至尚书都官郎中。于今人士语尹氏者，往往能称其名字，由是始有闻人。刑部葬其父于河南，今为河南人。公举《周易》，成平三年中第，历梓州铜山、凤翔麟游二主簿，京兆府司理参军，最后知鄞州，至州之三日，晨起衣冠，得疾卒，实景祐四年三月七日也，年七十一。以五年十一月二十八日葬寿安。（宋京西北路河南府寿安县，今河南宜阳县治。）母郑氏，德兴县太君，妻张氏，寿安县君，子七人，源、洙、湘、冲、淑、沂、泳，诸孙十馀人。"○梁曰："公与韩魏公简、师鲁、子渐同以至和元年十二月葬，子渐志盖在卜葬得日之后，故书之特详，此志前数年作，并年月俱阙。"

藏之深，固之密。石可朽，铭不灭。何曰："铭词非公自言之，固未易测其用意之深至此也。"

□方曰："欧公志诸朋好，悲思激宕，风格最近太史公。"○何曰："谨严而凄婉。"

太常博士尹君墓志铭

《居士集》原注曰："至和元年。"

君讳源，字子渐，姓尹氏，与其弟洙师鲁，俱有名于当世。汪曰："以师鲁作客相形，为通篇立案。"其论议文章，博学强记，皆有以过人。梁曰："兄弟二人合说。"而师鲁好辩，果于有为。梁曰："此下分说。"子渐为人，刚简不矜饰，能自晦藏，梁曰："与师鲁异处，用三句提纲。"与人居，久而莫知。梁曰："自晦处。"至其一有所发，则人必惊伏。其视世事，若不干其意，梁曰："不矜饰处。"已而榷其情伪，计其成败，后多如其言。其性不能容常人，梁曰："刚简处。"而善与人交，久而益笃。梁曰："承前作三项摹写，逐层皆作一抑一扬，故笔特夭矫不平。"自天圣、明道之间，予与其兄弟交，梁曰："合说。"其得于子渐者如此。梁曰："分说。"○曾曰："以上状其性情器识。"

《宋史·道学·尹焞传》曰："曾祖仲宣七子，而二子有名，长子源字子渐，是为河内先生；次子洙字师鲁，是为河南先生。"○朱丰芑《说文通训定声》七曰："権，段借为蘿。《吴都赋》商権万俗。"○《论语·公冶长篇》》："子曰：晏平仲善与人交，久而敬之。"《宋史·欧阳修传》曰："从尹洙游，为古文，议论当世事，迭相师友。"

其曾祖讳谊，赠光禄少卿。祖讳文化，官至都官郎中，赠刑部侍郎。父讳仲宣，官至虞部员外郎，赠工部郎中。子渐初以祖荫，补三班借职，稍迁左班殿直。天圣八年，举进士及第，为奉礼郎，累迁太常博士。历知芮城、河阳二县，佥署孟州判官事，又知新郑县，通判泾州、庆州，知怀州。以庆历五年三月十四日卒于官。曾曰："以上先世，及历官、卒日。"

《宋史·职官志》曰："刑部都官郎中，掌徒流配隶，凡天下役人，与在京百司吏职，皆有籍以考其役放，及增损废置之数。"○《职官志》曰："工部虞部员外郎，掌山泽苑囿场冶之事，辨其地产而为之厉禁。"○《宋史·选举志》曰："文臣至郎中及员外郎任馆阁职者，止许荫子若孙一人。"案：三班借职，已见《石曼卿墓表》注。○《职官志》曰："太常寺奉礼郎，掌奉币帛授初献官，大礼则设亲祠板位。"又曰："太常寺奉礼郎，从八品。"宋陕西永兴军路陕州芮城县，今山西芮城县治。宋京西北路孟州河阳县，即孟州治，在今河南孟县西。○宋京西北路郑州新郑县，今河南郑县治。○泾州已见《尹师鲁墓志铭》注。庆州已见《范文正公碑》注。宋河北西路怀州治河内县，今河南沁阳县治。

赵元昊寇边，围定川堡，大将葛怀敏发泾原兵救之。君遗怀敏书曰："贼举其国而来，其利不在城堡，而兵法有不得而救者。且吾军畏法，见敌必赴，而不计利害，此其所以数败也。宜驻兵瓦亭，见利而后动。"汪曰："所谓榷其情伪，计其成败，多如其旨者也。"怀敏不能用其言，遂以败死。刘涣知沧州，杖一卒不服，涣命斩之，以闻，坐专杀，降之密州。君上书为涣论直，得复知沧州。范文正公常荐君材，可以居馆阁。汪曰："即逗范公，为下文之根。"召试不用，遂知怀州，至期月，大治。曾曰："以上在官事迹。"

《宋史·仁宗纪》曰："庆历二年闰九月，元昊寇定川砦。"《九域志》："陕西秦凤路镇戎军：定川寨，在军西北二十五里。"《清一统志》曰："甘肃平凉府：定川砦在固原州（今改县）西北二十五里。〇《九域志》："秦凤路渭州平凉县有瓦亭寨。"《清一统志》曰："平凉府：瓦亭驿，在华亭县西北一百八十里。"〇《宋史·葛霸传》附子怀敏传曰："庆历二年，元昊寇镇我军，怀敏出瓦亭砦，入保定川砦，敌毁板桥，断其归路，别为二十四道以过军，环围之，又绝定川水泉上流，以饥渴其众。怀敏谋结阵走镇戎军，至长城壕，路已断，敌周围之，遂与诸将皆遇害。"〇贼举其国，其下原注曰："一无此字。"〇《宋史·刘质夫传》曰："保州保寨人，子涣。"又涣传曰："字仲章，由工部郎中知沧州。"案：宋河北东路沧州治清池县，今河北沧县东南。〇以闻，原注曰："闻一作徇。"〇宋京东东路密州治诸城县，今山东诸城县治。〇《宋史·文苑·尹源传》曰："范仲淹、琦荐其才，召试学士院，源素不喜赋，请以论易赋，主试者方以赋进，不悦其言，第其文下。"〇期本字作稘，《说文》曰："稘，复其时也。"经传以期为之，又作朞。《论语·子路篇》皇疏曰："朞月，谓年一周也。"

是时天子用范文正公，梁曰："用重笔提顿。"与今观文殿学士富公，武康军节度使韩公，欲更置天下事，而权幸小人不便，三公皆罢去。茅曰："庆历初，韩、范、富公罢相，欧公所最感伤处，故凡于当时名士序志之文，往往及此。"而师鲁与时贤士，多被诬枉得罪。汪曰："说贤士多被诬，独钩出师鲁。"君叹息忧悲发愤，以谓生可厌而死可乐也。往往被酒，哀歌泣下，朋友皆窃怪之。已而以疾卒，享年五十。至和元年十有二月十三日。其子材葬君于河南府寿安县甘泉乡龙涧里。其平生所为文章六十篇皆行于世。子男四人，曰材、植、机、桴。曾曰："以上感愤卒葬。"

《长编》百七十五曰："皇祐五年八月壬子，礼部侍郎知河阳富弼为户部侍郎观文殿学士。"《宋史·富弼传》曰："字彦国，河南人。"《职官志》曰："庆历八年，改延恩殿为观文殿，即殿名置学士。自后非曾任执政者弗除。"○《长编》百七十四曰："皇祐五年春正月壬戌，观文殿学士吏部侍郎知定州韩琦为武康节度使，知并州。"《九域志》曰："利州路洋州洋川郡武康军节度，治兴道县。"《太平寰宇记》曰："河东道并州理阳曲县。"《舆地广记》曰："河东路，太平兴国四年降为并州，嘉祐四年升为太原府河东节度。"案：此云知并州，在未改名之前。宋阳曲县今山西阳曲县治。兴道县今陕西洋县治。军与州相去甚远，盖遥领其节度使耳。○范文正公事见《神道碑》。《宋史·富弼传》曰："庆历三年七月，复拜枢密剧使。帝锐以太平责成宰辅，数下诏督弼与范仲淹等，又开天章阁，给笔札使书其所欲为，且命仲淹主西事，弼主北事。弼上当世之务十馀条，及安边十三策，大略以进贤退不肖，止侥幸去宿弊为本，欲渐易监司之不才者，使澄汰所部吏，于是小人始不悦矣。夏竦不得志，中弼以飞语，弼惧，求宣抚河北，还以资政殿学士出知郓州。岁馀谗诼不验，加给事中，移青州，兼京东路宣抚使。明年复以为礼部侍郎，又辞不受。迁大学士，徙知郑、蔡、河阳，加观文殿学士。"《韩琦传》曰："召为枢密副使，时与范仲淹、富弼皆以海内人望，同时登用，中外跂想其勋业。仲淹等亦以天下为己任，群小不便之，毁言日闻。仲淹、弼继罢，畸为辨析，不报。尹与刘沪争城水洛事，琦右洙，朝论不谓然，乃请外，以资政殿学士知扬州，徙郓州、成德军、定州，兼安抚使，进大学士，进观文殿学士，拜武康军节度使，知并州。"〇以谓以下，原注曰："一无此字。"〇宋京西北路寿安县，今河南宜阳县。案原注曰："龙一作龛。"茅选涧作洲。〇《书录解题》卷十七曰："《尹子渐集》六卷，太常博士知怀州河南尹源子渐撰。"《通考·经籍》六十一同。

呜呼，师鲁常劳其智于事物，梁曰："仍用师鲁伴说，与首相应。"而卒蹈忧患以穷死。若子渐者，旷然不有累其心，而无所属其志，然其寿考亦以不长。岂其所谓短长得失者，皆非此之谓欤！其所以然者，不可得而知欤！汪曰："起处以师鲁与子渐之性情相形，此处就其寿俱不永发论。"曾曰："以上与师鲁互勘，与篇首相应。"铭曰：

事皆见《师鲁墓志铭》。

有韫于中不以施。一愤乐死其如归。岂其志之将衰？茅曰："宕。"不然，世果可嫉其如斯。茅曰："无限深情。"

□茅曰："主客相形，分合有法。"〇刘曰："中间天子用韩、范、富三公，继而罢去，从《史记》气脉得来。"〇张曰："欧公志铭，当以此篇为最古，感喟深挚，神气跌荡，诵之使人心醉。"

《文选·古诗》李善注引《老莱子》曰："人生于天地之间，寄也，寄者固归。"《列子·天瑞》曰："古者谓死人为归人。"

丰乐亭记

《居士集》原注曰:"庆历六年。"案《舆地纪胜》曰:"淮南路滁州:丰乐亭,在幽谷寺。庆历中,太守欧阳修建。"《清一统志》曰:"安徽滁州(今改县)丰乐亭在州西南琅琊山幽谷泉上。宋欧阳修建,自为记,苏轼书,刻石。"《金石萃编》卷百四十曰:"《丰乐亭记》碑共三石,在全椒县。"

修既治滁之明年夏,始饮滁水而甘,问诸滁人,得于州南百步之近。其上丰山,耸然而特立;下则幽谷,窈然而深藏;中有清泉,滃然而仰出。俯仰左右,顾而乐之。于是疏泉凿石,辟地以为亭,而与滁人往游其间。何曰:"虚含'同乐'。"○吴北江曰:"以上筑亭缘起。"○李刚己曰:"此文精神团结之处,全在中幅,故前后皆用轻笔,此即浓淡相济之法也。"

《年谱》曰:"庆历五年知滁州,十月甲戌至郡,六年公在滁。"○州南,原注曰:"一作城西。"○《舆地纪胜》曰:"滁州丰山在清流县西南五里,上有汉高祖庙,唐梁载言《十道四番志》:滁州有丰亭山,疑即此山。"《清一统志》:"滁州丰山在州西南五里。"《广韵》二肿曰:"耸,高也。"○《舆地纪胜》曰:"滁州紫微泉在琅琊山,旧名幽谷。"《清一统志》曰:"滁州紫微泉,在州西南丰乐亭下,一名幽谷。"《广雅·释诂》三曰:"窈,深也。"○《说文》曰:"滃,云气起也。"音乌孔切。○仰字下原注曰:"一无此字。"○往游,原注曰:"游一作还,一有于字。"

滁于五代干戈之际,用武之地也。李曰:"顿开异境。按此乃凌空倒影之笔,近则反对'天下之平久矣'句,远则反对

'及宋受命，今滁介于江、淮之间'，两节语意。"昔太祖皇帝，尝以周师破李景兵十五万于清流山下，生擒其将皇甫晖、姚凤于滁东门之外，遂以平滁。修尝考其山川，按其图记，升高山以望清流之关，欲求晖、凤就擒之所，而故老皆无在者。盖天下之平久矣。李曰："跌出正意。"又曰："自'滁于五代干戈之际'以下，数行文字，横空而来，兴象超远，气势淋漓，极瞻高眺深之概。"自唐失其政，茅曰："又宕开说。"李曰："再用提掇之笔。"海内分裂，豪杰并起而争，所在为敌国者，何可胜数？李曰："此数语皆系逆笔。"及宋受天命，圣人出而四海一。向之凭恃险阻，铲削消磨。百年之间，漠然徒见山高而水清。汪曰："说无事之时，即粘山水说。"欲问其事，而遗老尽矣。唐介轩曰："再叠一笔，虚神无尽。"今滁介于江、淮之间，舟车商贾四方宾客之所不至。民生不见外事，而安于畎亩衣食，以乐生送死。而孰知上之功德休养生息涵煦百年之深也！汪曰："说风俗之美，归之主上功德，所谓宣上德意也。"李曰："此乃一篇作意所在，腾踔而出，魄力绝大，文外有一片冲瀜骏邈之气。"○吴北江曰："以上追忆开国之功。"

《舆地纪胜》曰："滁州，五代，伪吴杨氏据有其地，南唐继之，周世宗征淮，地入于周。"《晋书·宗室·谯王承传》："帝谓承曰：湘州南楚险固，是用武之国也。"○《宋史·太祖纪》曰："太祖皇帝讳匡胤，姓赵氏，涿郡人也。世宗三年春，从征淮南，南唐节度皇甫晖、姚凤众号十五万，塞清流关，击走之。"《东都事略·太祖纪》同，皆与此文兵数合。《旧五代史·周书·世宗纪》曰："显德三年二月壬申，今上奏破淮贼万五千人于清流山。"王性之（铚）《默记》曰："李景命大将皇甫晖、监军姚凤提兵十万扼其地。"兵数各不同。《太平寰宇记》曰："滁州清流县：清流关，山在县西二七二里。"《舆地纪胜》曰："清流关在清流县西南二十馀里，旧传南唐置关，地尤险要，今关已废。"《清一统志》曰："滁州：清流山，在州西南二十五里，关在山上。"案：唐主李璟避周讳改为景，见《送田画秀才序》注。〇《通鉴》卷二百九十二《后周纪》三曰："世宗显德三年，上命太祖皇帝倍道袭清流关，皇甫晖等陈于山下，方与前锋战，太祖引兵出山后，晖等大惊，走入滁州，欲断桥自守。太祖跃马麾兵涉水，直抵城下。晖曰：人各为其主，愿容成列而战。太祖笑而许之。晖整众而出，太祖拥马颈突陈而入，手剑击晖中脑，生擒之，并擒姚凤，遂克滁州。"《新五代史·杂传》曰："皇甫晖，魏州人也，（马令《南唐书·皇甫晖传》曰："山东人也。"）周师征淮，景以晖为北面行营应援使，屯清流关，为周师所败，并其都监姚凤皆被擒。"陆务观《南唐书·皇甫晖传》曰："周师攻淮南，为北面行营应援使。会刘彦贞、姚凤兵以行，彦贞躁挠，人测其必败。晖独持重，部分甚整，士亦乐为用。周人颇惮之。刘彦贞死，晖、凤退保清流关，周世宗亲率众尽锐攻寿州，而分兵袭清流关，陈山下，周兵出山后要击，晖大败，犹收兵且行入滁州。滁州刺史王绍颜已委城遁，晖无所归，方断桥自守。周兵涉水逾城入，执晖、凤送寿州行在。"（《默记》谓周师大败，晖入憩滁州，太祖访赵学究，用其计，夜浮西涧，破城夺门而入，晖与太祖战，三擒而三纵之。《挥麈后录》卷一谓赵韩王教村童于山下，太祖用其计，夜浮西涧，入自北门，晖奔东郊，太祖追擒之，姚凤降。《通鉴》及《东都事略·太祖纪》《赵普传》《名臣言行录》《宋史·赵普传》皆不言入滁之谋出于普，且三纵三擒，尤似儿戏，晖奔东郊，亦与他书不合，盖王氏父子皆采自里巷传闻，未足信也。）〇"考其山川"二句，原注一本考按二字互易。〇所在上，原注曰："一有而字。"〇为敌土，原注曰："一有自字。"〇休养生息，原注曰："一作覆被休养。"〇《礼记·乐记》

曰：" 煦妪覆育万物。"郑注曰："气曰煦。"《张说之集·大唐祀封禅颂》曰："菌蠢滋育，氤氲涵煦，若天地之覆载，日月之照临。"

修之来此，乐其地僻而事简，又爱其俗之安闲。既得斯泉于山谷之间，乃日与滁人仰而望山，俯而听泉，掇幽芳而荫乔木。吴北江曰："此等词藻，皆失古泽矣。"风霜冰雪，刻露清秀，四时之景，无不可爱。李曰："此数句于景物略加点缀，虽非要义，然不可少。"又幸其民乐其岁物之丰成，而喜与予游也，因为本其山川，道其风俗之美，使民知所以安此丰年之乐者，幸生无事之时也。沈曰："结'天下之平久矣'。"李曰："此数语乃通篇关键。"夫宣上恩德，以与民共乐，刺史之事也。李曰："结末复加提振，文势便不衰弱。"遂书以名其亭焉。以上作记之意。庆历丙戌六月日，右正言知制诰知滁州军州事欧阳修记。

□刘曰："滁昔日用武，而今则承平已久，于此生出感叹，情文并美，是欧公所长，且与丰乐之名相应。"○吴先生曰："此与《送田画序》并佳绝，其抚今思昔亦同，而彼篇作于谪官之中，心旷而神怡；此篇作于丰乐之时，忧深而思远，盖贤人君子之意量如此。"○姚叔节曰："宋代兵革不修，酿成积弱之祸，公盖预见及此，特言之以讽当世，足见经世之略，而文情抑扬吞吐，绝不轻露，所以为高。"

乃字下原注曰："一无此字。"○《汉书·王褒传》曰："益州刺史王襄欲宣风化于众庶，使褒作中和乐职宣布诗。"班孟坚《西都赋》序曰："或以宣上德而尽忠孝。"《孟子·梁惠王下》曰："与民同乐也。"○丙戌，庆历六年。

祭尹师鲁文

《居士集》原注曰:"庆历八年。"

维年月日,具官欧阳修谨以清酌庶羞之奠,祭于亡友师鲁十二兄之灵曰:嗟乎师鲁!辩足以穷万物,而不能当一狱吏;志可以狭四海,而无所措其一身。汪曰:"首一段言师鲁被贬以死,将辩与志之奇伟,俱收入此中,不用呆疏。"穷山之崖,野水之滨,猿猱之窟,麋鹿之群,犹不能容于其间兮,遂即万鬼而为邻。一起如风雨波涛之骤至,为一篇之胜。汪曰:"叙贬谪亦用驾过,即滚出死来,不是呆疏。"又曰:"贬犹不已,而至于死,正无可措身处。"嗟乎师鲁!世之恶子之多未必若爱子者之众。何其穷而至此兮,得非命在乎天而不在乎人?伏下"通乎性命"意。汪曰:"归之于天,为之宽解而愈悲愤。"〇以上言其穷困至死,然亦由于天命。

《年谱》曰:"庆历八年闰正月乙卯,转起居舍人,仍旧知制诰,徙扬州。二月庚寅,至扬州。"案:祭文具官当书全衔,稿中省作具官二字耳。〇不能当一狱吏,指军吏讼师鲁事,已见《墓志铭》注。狱史指治其狱者,《史记·绛侯世家》:"绛侯曰:吾尝将百万军,然安知狱吏之贵乎?"〇《礼记·礼器》郑注口:"措,置也。"〇师鲁徙监均州酒税,穷山野水,指其地也。〇陆士衡《挽歌》曰:"昔居四民宅,今托万鬼邻。"〇身滨群邻人韵。

方其奔颠斥逐,困危艰屯,举世皆冤,而语言未尝以自及,以穷至死,而妻子不见其悲忻。用舍进退,屈伸语默。夫何能然?乃学之力。汪曰:"此一段将其贬斥而死，俱收入学力中。"至其握手为诀，隐几待终。颜色不变，笑言从容。死生之间，既已能通于性命；忧患之至，宜其不累于心胸。汪曰："若只顺叙忧患不累于死生，能通于性命，便是凡笔。此妙在就死生逆打转忧患，则其叙死时之从容，亦不是呆疏。"○以上言其不以得失死生动心。

事并见《墓志铭》。○屈伸，原注曰："一作出处。"○屯冤忻韵。○默力韵。○终容胸韵。

自子云逝，善人宜哀。汪曰："先透出宜哀。"子能自达，予又何悲？汪曰："上段翻起下意。"惟其师友之益，平生之旧。情之难忘，言不可究。以上言师鲁虽不以死生为念，而朋友不能忘情。

《左》文六年曰："秦伯任好卒，以子车氏之三子奄息、仲行、鍼虎为殉，皆秦之良也。国人哀之，为之赋《黄鸟》。君子曰：先王违世，犹诒之法，而况夺之善人乎！"○哀悲韵。○《世说新语·伤逝篇》："王戎曰：圣人忘情，最下不及情，情之所锺，正在我辈。"○旧究韵。

嗟乎师鲁！自古有死，皆归无物。惟圣与贤，虽埋不没。尤于文章，焯若星日。汪曰："留文章在后另叙。"子之所为，后世师法。虽嗣子尚幼，未足以付予，而世人藏之，庶可无于坠失。以上言其文章必传。

《论语·子路篇》曰："自古皆有死。"《说文》曰："焯，明也。"○物没日韵。○法失韵。

子于众人，最爱予文。寓辞千里，侑此一罇。冀以慰子，闻乎不闻？尚飨！以上致祭。

□汪曰："叙事全用议论驾过，笔笔凌空，不是呆疏。"

《诗·楚茨》毛传曰："侑，劝也。"案：上云"寓辞千里"，当是在扬州遣人致祭也，疑在四月师鲁之卒周年时。○文镈闻韵。

祭苏子美文

《居士集》原注曰："庆历八年。"

维年月日，具官欧阳修谨以清酌庶羞之奠，致祭于亡友湖州长史苏君子美之灵曰：哀哀子美，命止斯邪！小人之幸，君子之嗟。以上悼其死。子之心胸，蟠屈龙蛇。风云变化，雨雹交加。忽然挥斧，霹雳轰车。人有遭之，心惊胆落，震仆如麻。须臾霁止，而回顾百里，山川草木，开发萌芽。子于文章，雄豪放肆，有如此者，吁可怪邪！以上赞其文之诡奇。

《晋语》四："司空季子曰：震，雷也，车也。"《庄子·达生篇》："皇子曰：委蛇恶闻雷车之声。"《魏志·袁绍传》曰："太祖为发石车，击绍楼皆破，绍众号曰霹雳车。"《说文》曰："轰，群车声也。"《续博物志》一曰："细石形如小斧，谓之霹雳斧。"○《释名·释姿容》曰："仆，踣也；顿，踣而前也。"《史记·天官书》曰："死人如乱麻。"○邪嗟蛇加车麻芽邪韵。

嗟乎世人！知此而已。贪悦其外，不窥其内。欲知子心，穷达之际。金石虽坚，尚可破坏。子于穷达，始终仁义。惟人不知，乃穷至此。蕴而不见，遂以没地。独留文章，照耀后世。楼迂斋曰："仍旧结转文章，前后相应。"汪曰："就人不知其仁义，打转但知其文章，笔如游龙，不为声韵所缚。"○以上言子美蕴仁义而不见用，惟以文章传后。

遂以，原注曰："遂一作遽。"○内际坏义地世韵。

嗟世之愚，掩抑毁伤。譬如磨鉴，不灭愈光。一世之短，万世之长。其间得失，不待较量。楼曰："不说尽。"
哀哀子美，来举予觞！尚飨！以上慰藉作收。

□楼曰："卓荦俊迈。"○何曰："激昂。"

祭石曼卿文

《居士集》原注曰："治平四年。"○原注曰："祭一作吊。"
案：曼卿已见《墓表》。

维治平四年七月日，具官欧阳修谨遣尚书都省令史李敳，至于太清，以清酌庶羞之奠，致祭于亡友曼卿之墓下，而吊之以文曰：呜呼曼卿！生而为英，死而为灵。汪曰："含起世之名说起。"其同乎万物生死，而复归于无物者，暂聚之形。不与万物共尽，而卓然其不朽者，后世之名。此自古圣贤，莫不皆然，而著在简册者，昭如日星。汪曰："后世之名不朽。"

《年谱》曰："治平四年三月壬申，除观文殿学士转刑部尚书，知亳州。五月甲辰，至亳州。"○太清已见《墓表》。○生灵形名星韵，贤然自为韵。

呜呼曼卿！吾不见子久矣，犹能髣髴子之平生。其轩昂磊落，突兀峥嵘，而埋藏于地下者，汪曰："顶生平说，正是生英死灵。"意其不化为朽壤，而为金玉之精。不然，生长松之千尺，产灵芝而九茎。汪曰："又说一层，笔意驰骋。"奈何荒烟野蔓，荆棘纵横。风凄露下，走燐飞萤。但见牧童樵叟，歌唫而上下，与夫惊禽骇兽，悲鸣踯躅而咿嚘。今固如此，更千秋而万岁兮，安知其不穴藏狐貉与鼯鼪？汪曰："是同乎万物生死，而归于无物，笔力驰骋。"此自古圣贤亦皆然兮，汪曰："'亦'字从上'莫不皆然'生出。"独不见夫累累乎旷野与荒城？汪曰："大意言既有不朽之名，则暂聚之形，虽与万物同归于无物，固其常理，而不必悲哀。"

《文心雕龙·明诗篇》曰："磊落以使才。"《后汉书·班固传上》注曰："峥嵘，高峻也。"○《汉书·武帝纪》曰："元封二年，甘泉宫产芝九茎。"案原注曰："而一作之。"○《淮南·氾论篇》曰："久血为燐。"高注曰："血精在地，暴露百日则为燐，遥望炯炯若燃火也。"《论衡·论死篇》曰："燐者，死人之血也。"《诗·东山》孔疏曰："燐者，鬼火之名。"《礼记·月令》郑注曰："萤，飞虫萤火也。"○《荀子·礼论篇》曰："今夫大鸟兽则失亡其群匹，越月逾时，铅过故乡则徘徊焉，鸣号焉，踯躅焉，踟蹰焉，然后能去也。"杨注曰："铅与沿同。踯躅，以足击地也。"韩集《赤藤杖歌》《五百家注》引《字林》曰："咿，内悲也。"《文选·琴赋》李善注引《苍颉篇》曰："嘤嘤，鸟声也。"咿嘤双声，盖状鸟悲鸣之声。○《楚策》一："王仰天而笑曰：寡人万岁千秋之后，谁与乐此矣？"○《尔雅·释兽》曰："貔子貐。"《说文》曰："貔似狐，善睡兽也。"作貉者借字。《释鸟》曰："鼯鼠夷由。"郭注曰："状如小狐，似蝙蝠，肉翅，翅尾项胁毛紫赤色，背上苍艾色，腹下黄，喙颔杂白，脚短爪长，尾三尺许，飞且乳，亦谓之飞生，声如人呼，食火烟，能从高赴下，不能从下上高。"《释兽》曰："鼬鼠。"郭注曰："今鼬似貂，赤黄色，大尾，啖鼠，江东呼为鼪，音牲。"郝兰皋曰："今俗通呼黄鼠狼，顺天人呼黄鼬，以其尾毛为笔，所谓狼毫者也。"○《古诗》曰："松柏冢累累。"《文选》张景阳《七哀诗》曰："北芒何垒垒？"李善注曰："垒垒，冢相次之貌。"案：累、垒字通。○生嵘精茎横萤嘤鼪城韵。

呜呼曼卿！盛衰之理，吾固知其如此，而感念畴昔，悲凉悽怆，不觉临风而陨涕者，有愧乎太上之忘情。收到吊。尚飨！汪曰："本重在后世之名，却反结穴在同乎万物、复归无物上，用笔变化。"○茅曰："凄清逸调。"

　　□欧公此等文，最为世俗所喜，然不善学之，易流于俗艳，故何义门颇发之，然竟斥为无味，则太过矣。

　　情字与上为韵，理此涕自为韵。

集古录跋尾　录二首

　　吴冲卿《欧阳公行状》、韩稚圭《欧阳公墓志铭》、苏子由《欧阳公神道碑》皆称著《集古录跋尾》十卷，《直斋书录解题》卷八、《文献通考·经籍》三十四并同。今本集所载及通行卷数相同。又《宋史·艺文志》目录类有欧阳修《集古录》五卷，与此不合，盖别一本也。小学类又有《集古录》六卷，《通考》有欧公亲书《集古录》六卷。赵君锡（希弁）《郡斋读书志》附志入法帖类（又有《拾遗》一卷），盖即此本也。《书录解题》又有《集古目录》二十卷，公子礼部郎官棐叔弼撰。《通考》同。今本止四卷。清《四库书目》卷八十四曰："《集古录》十卷，宋欧阳修撰。修采摭佚遗，积至千卷，撮其大要，各为之说，至嘉祐、治平间，修在政府，又各书其卷尾，于是文或小异，盖随时有所窜定也。修自书其后，题嘉祐癸卯；至熙宁二年己酉，修季子棐复摭其略，别为目录，上距癸卯盖六年。而棐记称录既成之八年，则是录之成，当在嘉祐六年辛丑。（步瀛案：当在七年壬寅，己酉亦八年也。）其真迹跋尾，则多系治平初年所书，亦间有在熙宁初者，知棐之目录，固承修之命而为之也。诸碑跋今皆具修集中，其跋自为书，则自宋方崧卿裒聚真迹，刻于庐陵，曾宏父《石刻铺叙》称有二百四十六跋，陈振孙《书录解题》称有三百五十跋，修子棐所记则曰凡二百九十六跋，修又自云凡四百馀篇有跋。近日刻《集古录》者，又为之说曰：世所传集古跋四百馀篇，而裴乃谓二百九十六，虽是时修尚无恙，然续跋不应多逾百篇，因疑写本误以三百为二百，以今考之，则通此十卷，乃正符四百馀跋之数，盖以集本与真迹合编，与专据集本者不同。宋时庐陵之刻，今已不传，无从核定，不必以裴记为疑矣。"○或曰："古文阳刚之美，莫要于雄直怪丽四字；阴柔之美，莫要于茹远洁适四字。"又为之赞。其适字赞曰："心境两闲，无营无待，柳集欧跋，得大自在。"案：永叔之文，多以风神姿媚胜，往往不能苍古，而跋尾时有苍古之气，盖得心应手，不求工而益工矣。

隋太平寺碑

原注曰："开皇九年。"案：赵德甫（明诚）《金石录书目》三载此碑，注云：开皇九年八月，亦不著书撰人；《通志·金石略》云未详。

右太平寺碑，不著书撰人名氏。南北文章，至于陈隋，其弊极矣。以唐太宗之致治，几乎三王之盛，独于文章，不能少变其体。岂其积习之势，其来也远，非久而众胜之，则不可以骤革也，是以群贤奋力，恳〔垦〕辟芟除。至于元和，然后芜秽荡平，嘉禾秀草争出，而葩华美实，烂然在目矣。比况真确，文亦精爽。○以上言唐代文章，至元和而后醇。此碑在隋，尤为文字浅陋者，疑其俚巷庸人所为。然视其字画，又非常俗所能。盖当时流弊，以为文章止此为佳矣。文辞既尔无取，而浮图固吾侪所贬，所以录于此者，第不忍弃其书尔。以上言存此碑之意。治平元年三月十六日书。

唐太宗之致治云云，已见《苏氏文集序》注。○尔，尒之俗字,犹言如此也。○所贬,此依真迹,原注曰:"贬集本作鄙。"

唐田布碑

原注曰:"长庆四年。"案:田布事迹,已见韩退之《郓州谿堂诗序》,及杜牧之《罪言》注,《文苑英华》卷九百十四载庾承宣《魏博节度使田布牌》。

右田布碑,庾承宣撰。布之事壮矣,承宣不能发于文也,盖其力不足尔。布之风烈,非得左丘明、司马迁笔,不能书也。故世有不顾其死,以成后世之名者,有幸不幸,各视其所遭如何尔。以上惜庾之文不能发田布之风烈。今有道《史》《汉》时事者,其人伟然甚著,而市儿俚妪犹能道之。举《史》以包《左》。自魏、晋以下,不为无人,而其显赫不及于前者,无左丘明、司马迁之笔以起其文也。申明前说,不必更收明田布,而意自足。治平甲辰秋社日书。

庾承宣,贞元八年进士,见《新唐书·文艺·欧阳詹传》,太和九年由太常卿检校吏部尚书,充天平军节度使,见《旧唐书·文宗纪》。○《汉书·艺文志》:《春秋》家有《左氏传》三十卷,原注曰:"左丘明,鲁太史。"案刘子骏《移让太常博士书》曰:《春秋》左氏丘明所修。《艺文志》亦称丘明,恐弟子各安其意,以失其真。《元和姓纂》载左氏为丘明之后,则左氏丘明名无疑,太史公《报任少卿》书称左丘失明,省明字以避句累。且左丘明之称左丘,犹晋重耳之称晋重,古书往往有此也。段懋堂有《驳山东巡抚请以丘姓人充先贤左丘明后博士议》(《经韵楼集》卷四)最为精确,一切妄说,均不足复辩矣。○《史记·太史公自序》曰:"著十二纪、十表、八书、三十世家、七十列传,凡百三十篇,为太史公书序略。"《汉书·艺文志》,《太史公书》百二十篇。案:《史记》汉称《太史公书》(《汉书·宣六王·东平王宇传》),或曰《太史公记》(《汉书·杨挥传》《杨雄传》。),或曰《太史公》(《汉书·艺文志》《后汉书·窦融传》《范升传》《陈元传》。),或曰《太史记》(《风俗通·正失篇》)。至荀仲豫《汉纪》卷三十曰:"班固明帝时为郎,据太史公司马迁《史记》"云云,又卷四十曰:"司马子长既遭李陵之祸,喟然而叹,幽而发愤,遂著《史记》。"称司马迁书为《史记》盖始此。而《隋书·经籍志》遂径称《史记》矣。○有幸不幸,此依真迹,句上原注曰:"集本有犹字。"句下原注云:"集本有焉字。"○《岁华纪丽》卷三曰:"八月择元日命民社,(二句《礼记·月令》之文。)谓近秋分前后戊日。"《东京梦华录》卷八曰:"八月秋社,各以社糕社酒相赍送。"案:宋英宗治平元年甲辰八月甲午朔,若戊戌,当为五日也。

□吴北江曰:"欧公之文,丰采敷腴,风华掩映,神韵之美,冠绝百代。盖公之得于天者,非可仿效而袭似也。自此体易为人所慕悦,而学步者益多,多而又不能至,而去古人夐夐独造之风益远矣。盖周、秦三代之文,自东汉以降,兴于唐之韩退之,而复衰于宋。宋以后无复真古文矣。欧公虽不尸其咎,然公之文实导人于平易,而不能引人日上,则昭然无可疑也。"

刘原父

刘敞,字原父,(永叔《刘公墓志》云,字仲原父。)临江新喻人。(宋临江军新喻县,今江西新喻县治。案:此依《宋史》本传,永叔《刘公墓志铭》吉州临江人。《名臣言行录后集》卷四同。《东都事略》云,袁州临江人。淳化以前,新喻县属袁州,岂新喻尝改名临江，又尝属吉州耶？）庆历六年进士第，以大理评事通判蔡州，召试学士院，选太子中允，直集贤院，判登闻鼓院，改吏部南曹兼考功事。争夏竦谥，遂改文正曰文庄。迁右正言知制诰，历知扬、郓二州及永兴军，召还，判三班院太常寺，出知卫州，未行，徙汝州，改集贤学士判南京留司御史台，卒。《宋史》有传。○《郡斋读书志》卷十九曰："《刘公是集》七十五卷，皇朝刘敞，为人明白俊伟，自六经百氏，下至传记，无所不通，为文章尤敏赡，好摹仿古语句度，在西掖时，尝食顷草九制，各得其体。英宗尝语及原父，韩魏公对以有文学，欧阳公曰：'其文章未佳，特博学可称耳。'《避暑录话》卷上曰："庆历后，欧阳文忠公以文章擅天下，世莫敢有抗衡者。刘原甫虽出其后，以博学通经自许，文忠亦以是推之。作《五代史》《新唐书》凡例，多问《春秋》于原甫，及书梁入阁事之类，原甫即为剖析，辞辨风生，文忠论《春秋》多取平易，而原甫每深言经旨，文忠有不同，原甫间以谑语酬之。文忠久或不能平，原甫复忤韩魏公，终不得为翰林学士。"清《四库书目提要》卷一百五十三曰："今考修草敞知制诰诏曰：议论宏博，词章烂然，（此《内制集》赐起居舍人知制诰刘敞等奖谕诏也。谓草敞知制诰诏误。）又作其父立之墓志曰：敞与攽皆贤而有文章，又作敞墓志曰：于学博云云，为文章尤敏赡云云。其铭词曰：惟其文章灿日星云云。则修亦雅重之。晁氏、叶氏所言，殆非其实欤！"（《提要》以叶氏为叶适，前引《石林燕语》之文作《习学记言》，皆误。）《朱子语类》卷百三十九曰："刘原父才思极多，涌将出来，每作文多法古，绝相似。"

先秦古器记

孙渊如（星衍）《寰宇访碑录》卷六曰："《先秦古器记》，刘敞撰，正书，嘉祐八年六月，在陕西长安。"

先秦古器十有一物，制作精巧，有款识，皆科斗书，为古学者莫能尽通。以他书参之，乃十得五六。就其可知者校其世，或出周文武时，于今盖二千有馀岁矣。以上记其器之古。嗟乎！三王之事，万不存一，诗书所记，圣王所立，有可长太息者矣。独器也乎哉！推开说，以感慨出之故佳。兑之戈，和之弓，离磬崇鼎，三代传以为宝，非赖其用也，亦云上古而已矣。孔子曰："多见而识之，知之次也。"众不可概，安知天下无能尽辨之者哉？使工模其文刻于石，又并图其象，以俟好古博雅君子焉。以上重其器之古而刻石。终此意者，礼家明其制度，小学正其文字，谱牒次其世谥，乃为能尽之。以上考求此器，宜合数家之学为之。

☐文字简古而神气极远，颇近欧公《集古录跋尾》之文。

《晋书·卫恒传》（附其父瓘传后），《四体书势》曰："汉武时，鲁恭王坏孔子宅，得《尚书》《春秋》《论语》《孝经》，时人以不复知有古文，谓之科斗书。"《束晳传》曰："时有人于嵩高山下，得竹简一枚，上两行科斗书，传以相示，莫有知者。司空张华以问晳，晳曰：此汉明帝显节陵中策文也。检验果然，时人伏其博识。"○《汉书·贾谊传》："上疏曰：可为长太息者此也。"○《书·顾命》曰："兑之戈，和之弓，垂之竹矢，在东房。"《周礼·春官·天府》疏引郑注曰："兑也，和也，皆古人造此物者之名。"伪孔《传》曰："兑、和古之巧人，所为皆中法，故亦传宝之。"○《礼记·明堂位》曰："垂之和钟，叔之离磬。"郑注曰："叔未闻也，和、离谓次序其声县也。"《世本》作曰：无句作磬。孔疏曰："言县磬之时，其磬希疏相离，《世本》书名，有作篇。其篇记诸作事云，无句，作磬者。皇氏云，无句叔之别名，义或然也。"《明堂位》曰："崇鼎，天子之器也。"郑注曰:"崇,国名,文王伐崇。古者伐国,迁其重器以分同姓。"《左》昭三年谗鼎之铭。孔疏曰:"服虔云,谗鼎,疾谗之鼎,《明堂位》所云崇鼎是也。一云谗地名,禹铸九鼎于甘谗之地。"《困学纪闻》卷六曰:"《韩子·说林》曰:齐伐鲁,索谗鼎。《新序》《节士篇》、《吕氏春秋》《审己篇》皆曰岑鼎,二字音相近,然则谗鼎,鲁鼎也。《明堂位》鲁有崇鼎,服注不为无据。"案:崇、谗、岑皆古音通转,服解以疾谗,不免望文生义。李次白《春秋服贾注辑述》谓文王疾崇侯之谮,故伐而得其鼎,名之曰谗鼎,亦傅会服说而失之。甘谗之说尤无据。○《论语·述而篇》:"子曰:多见而识之,知之次也。"○《文鉴》概作盖。○伪孔安国《尚书序》曰:"若好古博雅君子与我同志,亦所不隐也。"○《汉书·艺文志》,凡礼十三家,百六十五篇;凡小学十家,四十五篇。《史记·十二诸侯年表序》曰:"儒家断其义,驰说者骋其辞,不务综其终始,历人取其年月,数家隆于神运,谱牒独记世谥,其辞略,欲一观诸要难。"此文略仿其句法而变其意。

天子五门议

《周礼·天官·阍人》注曰:"郑司农云:王有五门,外曰皋门,二曰雉门,三曰库门,四曰应门,五曰路门,路门一曰毕门。玄谓雉门三门也。《春秋传》曰:雉门灾,及两观。"《秋官·朝士》注引郑司农说:五门之次,与《阍人》注同。后郑曰:玄谓《明堂位》说鲁公宫曰库门,天子皋门,雉门,天子应门,此名制二兼四,则鲁无皋门、应门矣。《檀弓》曰:鲁庄公之丧,既葬,而经不入库门,言其除丧而反由外来,是库门在雉门外必矣。如是王五门,雉门为中门,雉门设两观,与今之宫门同。《阍人》几出入者,穷民盖不得入也。《郊特牲》讥绎于库门内,言远,当于庙门,庙在库门之内,见于此矣。《小宗伯》职曰：建国之神位，右社稷，左宗庙。然则外朝在库门之外、皋门之内与！《礼记·明堂位》注曰：天子五门，皋、库、雉、应、路，鲁有雉、库、路，则诸侯三门与！综以上注，是郑君以天子五门曰皋、库、雉、应、路也。

礼说：天子五门，曰皋门，曰库门，曰雉门，曰应门，曰路门。此有五门之名，无五门之实。以《诗》《书》《礼》《春秋》考之，天子有皋门，无库门；有应门，无雉门；有毕门，无路门。诸侯有库门，无皋门；有雉门，无应门；有路门，无毕门。天子三门，诸侯三门，门同也，而名不同；三同也，而制不同。以上言天子、诸侯皆三门。

见题注。礼说即指郑君礼注也。《通典·礼典·宾》二，说曰："天子路寝，门有五焉。其最外曰皋门，二曰库门，三曰雉门，四曰应门，五曰路门。路门之内，则路寝也。皋门之外曰外朝。库门之内有宗庙社稷，雉门之外有两观，连门，雉门内有百官宿卫之廨。应门内曰中朝，中朝东有九卿理事之处。外朝之法，朝有疑狱，王集而听之。故礼云王会三公，会其朝者，诸侯未去，亦于此也。广问之义，询于刍荛之谋，三刺问以定其法。燕朝者，路寝之朝，群公以下，常日于此朝见君位，其位太仆掌之上。"小本郑义为说也。（《礼典·吉》一自注曰：凡义有经典文字，其理深奥者，则于后说之以发明，皆云"说曰"。）

何以言之耶？《诗》曰："乃立皋门，皋门有伉。乃立应门，应门将将。"《书》曰："二人雀弁执惠，立于毕门之内。"又曰："王出在应门之内。"此皆道天子之礼者也。无道库门、雉门者，非天子门故也。明确。虽然，毕门或谓之虎门，或谓之路门。路门者，建路鼓于此门之外，太仆司之。指路鼓而言，故曰路门。虎门者，王在国，则虎贲氏守王之宫，盖居此门。故太保命仲桓南宫毛，俾爰齐侯吕伋，为天子虎贲也。指虎贲而言，曰虎门。其实一也。以上证天子三门，无库门、雉门。

《诗·緜》曰："乃立皋门，皋门有伉。乃立应门，应门将将。"毛传曰："王之郭门曰皋门，伉，高貌。王之正门曰应门，将将，严正也。美大王作郭门以致皋门，作正门以致应门焉。"郑笺曰："诸侯之宫，外曰皋门，朝门曰应门，内有路门，天子之宫，加以库雉。"《释文》曰："伉本又作亢，苦浪反。将，七羊反。"孔疏曰："大王实非天子，本作郭门应门耳，在后文王之兴，以为皋门应门。虽迁都于丰，用岐周旧制，故云致得为之也。"案：原父不从郑天子加库雉之说。○《书·顾命》曰："二人雀弁执惠，立于毕门之内。"伪孔《传》曰："士卫殡与在庙同，故雀韦弁，惠三隅矛，路寝门一名毕门。"孔疏引郑注曰："赤黑曰雀，言如雀头色也。雀弁制如冕黑色，但无藻耳。惠状盖斜刃，宜芟刈。"○《书·康王之诰》曰："王出在应门之内。"伪孔《传》曰："出毕门，立应门内之中庭南面。"○《周礼·夏官·太仆》曰："建路鼓于大寝之门外，而掌其政。"郑注曰："大寝，路寝也，其门外则内朝之中，如今宫殿端门下也。"《水经·谷水注》曰："路门一曰毕门，亦曰虎门也。"《周礼·天官·宫人》贾疏曰："路，大也。人君所居皆曰路。"案：路门当以路寝为名，原文以为指路鼓而言，欲别于诸侯名路门之义，恐未确。○《周礼·春官·师氏》："居虎门之左，司王朝。"郑注曰："虎门，路寝门也。王日视朝于路寝门外，画虎焉，以明勇猛，于守宜也。"《虎贲氏》曰："王在国则守王宫。"孙仲容《正义》曰："刘敞云云，案司士治朝之位，虎士在路门右，盖虎士分守五门，自内而出，以路门为始，刘说亦足备一义。"○《书·顾命》曰：

"太保命仲桓、南宫毛俾爰齐侯吕伋,以二干戈,虎贲百人,逆子钊于南门之外。"伪孔《传》曰:"冢宰摄政,故命二臣,桓、毛名。臣子皆侍左右,将正太子之尊,故出于路寝门外,使桓、毛二臣各执干戈,于齐侯吕伋索虎贲百人,更新逆门外,所以殊之,伋为天子虎贲氏。"

《明堂位》曰:"库门,天子皋门。雉门,天子应门。"此言鲁之库门,制如皋门,鲁之雉门,制如应门也。鲁用王礼,故门同王门,其制虽同,而名不同也。诸侯有路寝,路寝之门,是谓路门。此诸侯三门也。无道皋门、毕门、应门者,非诸侯门故也。明确。《春秋》曰:"雉门及两观灾。"子家曰:"设两观,乘大辂,诸侯之僭礼也。"讥两观不讥雉门,雉门者,诸侯之礼,两观者,天子之礼也。以上证诸侯三门,无皋门、毕门、应门。

《礼记·明堂位》:"大庙天子明堂,库门天子皋门,雉门天子应门。"郑注曰:"言庙及门如天子制也。"〇《明堂位》曰:"成王以周公为有勋劳于天下,命鲁公世世祀周公以天子之礼乐。"〇《礼记·文王世子》:"世子之记曰:朝夕至于大寝之门外。"郑注曰:"大寝,路寝。"《春秋》庄三十一年八月辛亥,公薨于路寝。《公羊传》曰:"路寝者何?正寝也。"〇《春秋》:定二年夏五月壬辰,雉门及两观灾。《公羊传》曰:"其言雉门及两观灾何?两观微也。"何注曰:"雉门两观,皆天子之制。门为主,观为其饰,故微也。"又昭二十五年传:子家驹曰:诸侯僭于天子,大夫僭于诸侯,久矣。公曰:吾何僭矣哉?子家驹曰:设两观,乘大路,朱干玉戚以舞大夏,八佾以舞大武,此皆天子之礼也。何注曰:"礼,天子诸侯台门,天子外阙两观,诸侯内阙一观。"陈卓人(立)《义疏》曰:"《尔雅·释宫》云:观谓之阙。孙炎云:宫门双阙者,旧悬法象,谓使民观之处,因谓之阙。熊氏云：当门阙处，以通行路，既言双阙，明是门之两旁，相对为双。熊氏得焉。然观与阙同在一处，而非一物，阙者，其制则在门两旁，故孙、郭说《尔雅》，皆云宫门双阙。据纬文，则天子外、诸侯内耳。故《水经注》引《白虎通》云：阙者，所以饰门别尊卑也，（见《谷水注》，前引纬文同。）是也。《中华古今注》谓两观其上可居，登之则可远观，故谓之观，则观可升上。故《礼运》云出游于观之上也。天子二观，诸侯一观，其制差耳。若阙则宜皆有二。"案：陈说是也。何注《公羊》，以雉门亦天子之制，原父以子家驹不言雉门，可以正何之失。又《明堂位》郑注曰："天子五门，皋、库、雉、应、路。鲁有库、雉、路，则诸侯三门与！《诗》云：乃立皋门，皋门有伉。乃立应门，应门将将。"孔疏曰："此经有库门、雉门。又《檀弓》云，鲁庄公之丧，既葬而绖，不入库门。定二年雉门灾，是鲁有库、雉，则又有路门可知。鲁既有三门，则馀诸侯亦有三门，但其馀诸侯有皋门、应门及路门也。引《诗》乃立皋门、应门者，证诸侯有皋门、应门也。"然孔疏又引《家语》云：卫庄公反国，孔子讥其绎之于库门内（《公西赤问篇》），是卫有库门也。与前说已自牴牾。江慎修《乡党图考》曰：朱子云："《春秋》书鲁有雉门，《礼记》云鲁有库门，《家语》云卫有库门，皆无云诸侯有皋、应者。则皋、应为天子之门明矣。此为定说。注疏云鲁有库、雉，他国诸侯有皋、应者，皆非。案：此可与原父之说相证。

天子三朝，诸侯三朝。天子外朝，在皋门之外。诸侯外朝，在库门之内。天子内朝，在毕门之内。诸侯内朝，在路门之内。其建国之神位，左宗庙，右社稷，皆夹治朝。此《春秋》所云间于两社，为公室辅者也。《礼说》以为庙于库门之内。诚然者，仲尼助祭于庙，事毕，出游观之上。观者，雉门也，雉门在内，库门在外，当言入游，不当言出也。读书得间。祭毕而出游，乃得至观之上，明庙在治朝之左，库门之内也。奏刀騞然，如土委地。《郊特牲》曰："绎之于库门内，失之矣。"绎当于庙，即庙在库门者，无失也。又曰："献命库门之内，戒百官也，太庙之命，戒百姓也。"百官疎，故戒之于外朝，百姓亲，故戒之于太庙。此亦鲁事也。鲁之有库门，审也，天子无库门也。以上更以天子、诸侯皆三朝，证天子、诸侯皆三门。

《周礼·秋官·朝士》郑注曰："周天子、诸侯皆有三朝，外朝一，内朝二。内朝之在路门内者，或谓之燕朝。"贾疏曰："天子外朝一者，即朝士所掌者是也。内朝二者，司士所掌正朝（即治朝），大仆所掌路寝朝，是二也。诸侯内朝二者，《玉藻》云：朝于内朝，朝，群臣辨色始入，君日出而视之，退适路寝，使人视大夫，大夫退，然后适小寝。彼亦路门外，内二者，为内朝二。闵二年，季友将生，卜人云：间于两社，为公室辅。两社，周社、亳社，是两社在大门内、中门外，为外朝。"又《掌讶》疏曰："解诸侯外朝之法有二，或解取闵公季友将生，间于两社，为公室辅，注云：两社周社、亳社，此二社在大门内、内门外，则外朝所在也。或解以为《聘礼》聘宾在外卒，以枢造朝，枢不可入公门，造朝朝在大门外可知。"是其两解不同。贾以《掌讶》云至于朝，诏其位，谓于朝者，即是大门外陈宾介之处，言朝即外朝在大门外，于义可矣。是贾主外朝在皋门外也。然《戴东原集》卷二《三朝三门考》、焦里堂《群经宫室图》卷一、金诚斋《求古录礼说》卷五，皆主外朝在皋门内。盖朝必有门，若在皋门外，则外朝无门，朝必有廷，廷必有门以限之，若在皋门外，则外朝无廷，无门无廷，安得谓之朝？且路门外有朝，则应门外亦宜有朝，乃越应门而远设于皋门外，亦失置朝之意。又外朝门外，亦可通谓之朝，贾氏泥于外朝之廷，故有枢入公门之疑，不知大门外亦可通名曰朝，则外朝在大门内，即皋门内无疑矣。刘氏犹沿贾公彦之说也。○《周礼·春官·小宗伯》曰："掌建国之神位，右社稷，左宗庙。"郑注曰："库门内雉门外之左右。"案：原父以为夹治朝，当在雉门内也。○《左》闵二年曰："成季之将生也，桓公使卜楚丘之父卜之，曰：男也。其名曰友，在公之右。间于两社，为公室辅。"杜注曰："两社，周社、亳社，两社之间，朝廷执政所在。"孔疏曰："《周礼》朝士所掌外朝之位，乃在雉门之外耳，雉门之外，左有亳社，右有周社，间于两社，是在两社之间，朝廷询谋大事，明在此处，是执政之所在也。"案：原父亦以为夹治朝，与孔疏异。戴氏、金氏皆谓诸侯庙在雉门内，天子庙在应门内，从刘氏之说。○《礼记·礼运》曰："昔者仲尼与于蜡宾，事毕，出游于观之上。"郑注曰："蜡者，索也，岁十二月，合聚万物而索飨之，亦祭宗庙，时孔子仕鲁，在助祭之中。"○《礼记·郊特牲》："孔子曰：绎之于库门内，祊之于东方，朝市之于西方，失之矣。"郑注曰："祊之礼，宜于庙门外之西室，绎又于其堂，神位在西也，此二者同时，而大名绎，其祭礼简，而事尸礼大。"孔疏曰："祊是室内求神，绎是堂上接尸，一时之事，故云二者同时。案《春秋》宣八年壬午犹绎。释者云：绎又祭。《诗·丝衣》云：绎，宾尸，但有绎名，而无祊称，是大名曰绎。其祭之明日，于庙门外西室及堂而行礼也。"《求古录礼说补遗》曰："此言三事皆失，绎与祊，各为一事也。若以祊、绎为一事，统谓之绎，岂朝市亦得为绎乎？郑、孔于《楚茨》祝祭于祊，及《郊特牲》索祭祝于祊，指为正祭之祊，而以祊之于东方，及《礼器》为祊乎外，则故为绎祭之祊，且以绎祭之祊为正，而谓正祭之祊假绎祭而名，其亦慎矣。祊祭当在庙门外之西室，绎则于庙门内之西堂，《礼器》为祊乎外，对设祭于堂言，可知祊在门外，门内与堂不可分内外也。《祭统》

言出于祊，出者，出门也。《郊特牲》言祊求诸远，亦可知为门外也。盖必于门外求之，斯远之至矣。《郊特牲》以绎于库门内为失，言库门不言庙门，是失在于库门，不在于门内，可知绎祭当在庙门内也。绎为又祭，当与正祭相似，而杀其礼，与祊祭迥异。绎祭有牲，《丝衣》诗可证。"案：诚斋此说，似与原父意合，盖谓绎在庙门内，假使庙在库门内，则绎于库门内者，无失矣。无如诸侯之庙在雉门内，故绎于库门，不在庙中，而为失也。○《郊特牲》曰："献命库门之内，戒百官也。太庙之命，戒百姓也。"郑注曰："王自泽宫而还，以誓命重相申敕也。库门在雉门之外，入库门则至庙门外矣。大庙者，祖庙也。百官，公卿以下也。百姓，王之亲也。入庙戒，亲之也。"案：原父意以庙在雉门内，故亲于库门。

何谓毕门？毕者趩也，王出于此则趩也，师氏掌焉。何谓应门，应者应也，王居治朝，正天下之政，则四海之内，罔不敬应也。何谓皋门？皋者告也，王居外朝，则播告万民，谋大事也。此亦《春秋》大言天子也。何谓库门、路门、雉门？诸侯不敢戚天子，名门以其所近也。库者，府库所在也。雉者，治朝所在也。谓之雉，犹治也。路者，路寝所在也。此亦小言诸侯也。以上释天子三门、诸侯三门之名，所谓门同而名不同，三同而制不同也。

《周礼·天官·阍人》贾疏曰："言毕门者，从外而入，路门为终毕。"原父以趩为训，亦通。《阍人》曰："跸宫门。"郑注曰："跸止行者。"《说文》曰："趩，止行也。"跸同。○《玉海》卷一百六十九引《三礼义宗》曰："应门，谓应接诸侯群臣，常在此门之内也。"原父以四海敬应解之，亦通。○《明堂位》郑注曰："皋之为言，高也。"《玉海》引《三礼义宗》曰："皋之为言高也，谓其制高显也。"原父取声训亦通。《周礼·春官·乐师》皋舞，郑司农曰："皋当为告。"是也。○《公羊》桓九年曰："京师者何？天子居也。京者何？大也。师者何？众也。天子之居，必以众大之辞言之。"○《礼记大传》曰："族人不得以其戚戚君位也。"郑注曰："族人皆臣也，不得以父兄子弟之亲，自戚于君位，谓齿列也。所以尊君别嫌也。"又《小尔雅·广诂》曰："戚，近也。"○《玉海》引《三礼义宗》曰："库门，因其近库，即以为名也。"原父意同。○《三礼义宗》曰："雉门，雉，施也，其上有观阙以藏法，故以施布政教为名也。"原父亦异，似胜旧解。《方言》六曰："雉，理也。"《广雅·释诂》二同。又《释诂》三曰："理，治也。"

或问子之所言，宫室门户之间道欤？曰：然，固正宫室门户之道也。以上明所释者，为宫室之正门。

□引据精确，断制谨严，可为考据文之法。

原父此说，清儒戴氏、焦氏、金氏，以暨邵二云《尔雅正义》、郝兰皋《尔雅义疏》、黄元同（以周）《礼书通故》，皆从其说。林艿谿（昌彝）《三礼通释》卷六十六虽列郑义，而无所发明，曹叔彦（元弼）《礼经校释》卷九复申郑义，有可供礼家考正者，并附录于左。

曹曰："古者天子、诸侯皆三门，外曰郭门，中曰正门，内曰寝门。大王居岐，依此制度，文王受命，改制更崇大之，名郭门为皋门，正门为应门，寝门为路门。《诗》人本其王道之兴，由于大王，故《诗》曰：乃立皋门，皋门有伉。乃立应门，应门将将。《传》：王之郭门曰皋门，王之正门曰应门，美大王作郭门以致皋门，作正门以致应门焉。按：王者孰谓？谓文王也。未称王时，为郭门、正门，既称王后，为皋门、应门。然门名虽异，其数与制犹未异于古。周公制礼，乃于皋门内加库门，应门外加雉门，雉门设两观以望云物，悬法象，施政教，移应门内之宗庙、社稷于其左右。礼仪制度于是为盛，而三门惟为诸侯之制。其名则依周初，称皋、应、路。犹上文云：乃召司空，乃召司徒，当时惟有三卿，后立六官，而三卿遂定为诸侯之制。故笺云：诸侯之宫，外门曰皋门，朝门曰应门，内有路门。天子之宫，加以库、雉。郑据制礼后言之也。成王以周公为有勋劳于天下，特假鲁以库、雉之名，而制如天子之皋、应，故《明堂位》曰：库门天子皋门，雉门天子应门。名为库、雉，实为皋、应者，以二门之内皆有朝，宜为皋、应朝门之制，且库、雉制非诸侯所得用。雉门有两观。《通典》引《三礼义宗》云：雉门，雉，施也，其上有观阙，以藏法象魏，故以施政教为名。是雉门之名，因两观而立，诸侯无之，鲁虽名应门为雉门，仍不设两观。炀公始僭其制，故子家子曰：设两观僭于天子久矣。《春秋》书雉门及两观灾，新作雉门及两观以讥之，雉门如此，库门可知。鲁之雉、库，尚如皋、应本制，诸侯皆立皋、应可知。盖皋、应，朝门也，库、雉，非朝门也。天子、诸侯之宫，皆有三朝，每朝皆有门，古之制也。天子三朝，三门之间，特加二门，周之制也。后人不知库、雉之非朝门，皋、应为王侯朝门之通名，乃谓诸侯无皋、应，或谓天子三门有皋、应无库、雉，诸侯三门有库、雉无皋、应，皆误。《郊特牲》云：献命库门之内，《周书·作雒解》：路寝明堂，咸有库台。库库门，台台门，即雉门。是天子有库雉矣。《诗·緜》《正义》引《春秋传》：皋门之晢，必据古本及贾、服旧谊。是诸侯有皋门矣。皋应相将，有皋门则有应门可知。既有皋应，明无库雉。《檀弓》记诸侯礼，屡言库门者，记礼者，多鲁人假鲁礼言之。《郊特牲》：孔子曰：绎之于库门内。《正义》明谓讥鲁失礼，伪《家语》以为卫事，先儒皆知其为王肃窜改。如诸侯得有库门，岂亦得有雉门两观乎？然则以三门言，内曰路门，其内为燕朝，其外殷人设宗庙社稷，次曰应门，其内为内朝，其外周诸侯设宗庙社稷，外曰皋门，其内为外朝。以周天子五门言，应门外加雉门，外设两观，左宗庙，右社稷，皋门内加库门，二门内皆无朝，在内朝外朝之间。先郑注朝士，以内朝为外朝，然外朝不得反在宗庙社稷内。故后郑不从，谓当在皋门内。明皋门为朝门也。周天子、诸侯，宗庙、社稷皆在中门外，《书·顾命》，诸侯出庙门俟，王出在应门之内，大保率西方诸侯入应门左，毕公率东方诸侯入应门右，两言出者，出庙门也。出庙门至应门而言入，则庙在应门外可知。（自注曰：诸侯位在庙门外。）《仪礼·聘礼》云：公出送宾，及大门内，出庙门即言及大门内，则庙在大门内可知。大门内即中门外，故《周官·司仪》云：出及中门之外，出庙门即及中门外，犹蜡宾事毕，出游于观，观在中门外，出庙即得至观也。《檀弓》：君复于小寝大寝，小祖大祖，库门四郊。库门与祖连言，明祖在库门内也。《郊特牲》：绎之于库门内，失之矣，庙与库门近，故失之者，得于库门内。若庙在雉门内，鲁虽失礼，安得至库门内乎？又云：献命库门之内，戒百官也，大庙之命，戒百姓也。庙在库门内，此其明文。是以礼家相承，皆云宗庙社稷在中门外。《玉海》引《五经通义》云：大社在中门之外，稷在西。《白虎通》云：社稷在中门之外，外门之内何？尊而亲之，与先祖同也。不置中门内何？敬之示不袭〔亵〕渎也。《论语》曰：譬诸宫墙未得其门而入，不见宗庙之美，百官之富。《祭义》曰：右社稷，左宗庙。蔡氏《独断》义略同。是宗庙社稷在中门外，古无异辞。"案曹氏此说，洵可羽翼郑注，然以《周书》库台为库门雉门，终不甚确。《家语》虽王肃伪撰，然皆有所本，断不至以鲁为卫也。姑存其说，以备考焉。

卷七　宋文三十一首

曾子固

曾巩，字子固，建昌南丰人。（宋建昌军南丰县，今江西南丰县治。）甫冠，名闻四方。欧阳修见其文奇之。中嘉祐二年进士第，调太平州司法参军，召编校史馆书籍，迁馆阁校理集贤校理，为实录检讨官，出通判越州，历襄州，加直龙图阁，知福州，徙明、亳、沧三州。神宗召见劳问，留判三班院。会新官制行，拜中书舍人。丁母艰去，又数月卒。《宋史》有传。○《宋史·曾巩传》曰："巩一出其力为文章，上下驰骤，愈出而愈工，本原六经，斟酌于司马迁、韩愈，一时工作文词者，鲜能过也。"

唐　论

成、康殁而民生不见先王之治，何义门曰："起句中即伏后意。"日入于乱，以至于秦，尽除前圣数千载之法。天下既攻秦而亡之，以归于汉。汉之为汉，更二十四君，东西再有天下，垂四百年。吕东莱曰："都包汉尽，此是句法。"然大抵多用秦法，其改更秦事，亦多附己意，非放先王之法，而有天下之志也。真有天下之志者，文帝而已。然而天下之材不足，故仁闻虽美矣，而当世之法度，亦不能放于三代。汉之亡，而强者遂分天下之地，晋与隋虽能合天下于一，然而合之未久而已亡，其为不足议也。以上自三代后至隋，皆不能复见先王之治。

　　班孟坚《两都赋序》曰："昔成、康没而颂声寝。"案：殁、殟同，没借字。○西汉高帝、惠帝、高后、文帝、景帝、武帝、昭帝、宣帝、元帝、成帝、哀帝、平帝凡十二帝。自高帝元年乙未，至孺子婴初始元年戊辰，凡二百十四年。东汉光武帝、明帝、章帝、和帝、殇帝、安帝、顺帝、冲帝、质帝、桓帝、灵帝、献帝凡十二帝，自光武建武元年乙酉，至献帝延康元年庚子，凡一百九十六年。自高帝元年至此，共四百二十六年。○《汉书·刑法志》曰："相国萧何，攟摭秦法，取其宜于时者，作律九章。"案：非徒刑法如是，一切制度莫不沿秦之旧。如叔孙通起朝仪，兼采古礼与秦仪，见《叔孙通传》。职官多因秦名，见《百官公卿表》。郡县亦因秦制，见《地理志》。故《史记·六国表序》曰："秦取天下多暴，然世异变，成功大。《传》曰：法后王何也？以其近己而俗变相类，议卑而易行也。"即讥汉多用秦法也。○亦多附己意，《文鉴》意上有之字。○《史记·孝文本纪》曰："汉兴，至孝文四十有馀载，德至盛也，廪廪乡改正服封禅矣。让让未成于今，呜呼！岂不仁哉？"○天下之材不足，《何义门读书记·元丰类稿》卷二曰："文帝有一贾生而不能用，然则所患者，非材之不足，而帝之志诚卑也。文帝所长者，能休养天下之民而已。"步瀛案：惟一贾生，亦可谓不足矣。○《孟子·离娄上》曰："今有仁心仁闻。"孙宗古《音义》曰："闻音问。"○《汉书·贾谊传》曰："谊以为汉兴二十馀年，天下和洽，宜当改正朔，易服色制度，定官名，典礼乐，乃草具其仪法，文帝谦让未皇也。"○汉亡，魏、蜀、吴三国分立，魏陈留王奂景元四年蜀亡，成熙二年魏亡，晋武帝泰始元年篡魏，十六年改太康元年，平吴统一天下。至惠帝后，五胡十六国迭起，历怀、愍而亡，东晋后，南北朝分立。西晋武帝、惠帝、怀帝、愍帝凡四帝，自泰始元年乙酉，至建业四年丙子，凡五十二年。东晋元帝、明帝、成帝、康帝、穆帝、哀帝、废帝、简文帝、孝武帝、安帝、恭帝，凡十一帝，自元帝建武元年丁丑，至恭帝元熙二年庚申，凡一百四年。两晋共一百五十六年。隋文帝开皇元年篡周，九年平陈，统一天下，炀帝末年，群雄并起，恭帝侑义宁二年亡，恭帝侗皇泰二年亡，凡四帝，共三十九年。

代隋者唐，吕曰："又接过。"更十八君，垂三百年，而其治莫盛于太宗。太宗之为君也，诎己从谏，仁心爱人，可谓有天下之志。以租庸任民，以府卫任兵，以职事任官，以材能任职，以兴义任俗，以尊本任众。提六句作纲，以下两次承接，而句法迭有变化。赋役有定制，兵农有定业，官无虚名，职无废事，人习于善行，离于末作。以上分承。使之操于上者，要而不烦；取于下者，寡而易供。四句总说。民有农之实，而兵之备存；有兵之名，而农之利在。事之分有归，而禄之出不浮；材之品不遗，而治之体相承。其廉耻日以笃，其田野日以辟。以上分承。以其法修则安且治，废则危且乱，二句再总。可谓有天下之材。行之数岁，粟米之贱，斗至数钱，居者有馀蓄，行者有馀资，人人自厚，几致刑措，可谓有治天下之效。以上皆褒，以下乃致不满之意。夫有天下之志，有天下之材，又有治天下之效，然而不得与先王并者，法度之行，拟之先王未备也。礼乐之具，田畴之制，庠序之教，拟之先王未备也。躬亲行阵之间，战必胜，攻必克，天下莫不以为武，而非先王之所尚也。四夷万里，古所未及以政者，莫不服从，天下莫不以为盛，而非先王之所务也。太宗之为政于天下者，得失如此。以上历举唐太宗之得失。

　　唐高祖、太宗、高宗、武后、中宗、睿宗、玄宗、肃宗、代宗、德宗、顺宗、宪宗、穆宗、敬宗、文宗、武宗、宣宗、懿宗、僖宗、昭宗、昭宣帝凡二十一帝。新、旧《唐书·本纪》同，即去武后亦二十君，此言十八者，岂以昭宗以后，政由朱氏，遂不复数欤？自高祖武德元年戊寅，至昭宣天祐四年丁卯，凡二百九十年。○而其治莫盛于太宗，此下《文鉴》《关键》《续正宗》并复太宗二字，今从之。○《旧唐书·太宗本纪》曰："用人如贞观之初，纳谏比魏徵之日，况周发周成之世袭，我有遗妍；较汉文汉武之恢弘，彼多惭德。迹其听断不惑，从善如流，千载可称，一人而已。"○《新唐书·食货志》曰："凡授田者，丁岁输粟二斛，稻三斛，谓之租。丁随乡所出，岁输绢二匹，绫绝二丈，布加五之一，绵三两，麻三斤，非蚕乡则输银十四两，谓之调。用人之力，岁二十日，闰加二日，不役者日为绢三尺，谓之庸。"○府兵，见刘去华《对策》注。○《史记·平准书》曰："先本绌末。"《后汉书·班固传》章怀注引《汉书音义》曰："本，农也；末，贾也。"○有兵之名，《文鉴》有上有兵字。○以其法，《文鉴》《关键》《续正宗》无以字。○《新唐书·食货志》曰："贞观初，户不及三百万，绢一匹易米一斗。至四年，米斗四五钱，外户不闭者数月，马牛被野，人行数千里不赍粮，民物蕃息。是岁天下断狱，死罪者二十九人，号称太平。"《魏徵传》曰："帝即位四年，岁断死二十九，几至刑措。"《史记·周本纪》曰："成、康之际，天下安宁，刑错四十馀年不用。"《集解》引应劭曰："错，置也。民不犯法，无所置刑。"案：错，措之通借字。《文鉴》《关键》致作于。○《新唐书·太宗本纪》曰："贞观四年四月，西北君长请上号为天可汗。"又《北狄传赞》曰："唐之德大矣，际天所覆，悉臣而属之，薄海内外，无不州县，遂尊天子曰天可汗，三王以来，未有以过之。"案《文鉴》万里作万国。○《孟子·尽心上》曰："易其田畴。"赵注曰："畴，一井也。"《说文》曰："畴，耕治之田也。"○《孟子·梁惠王上》曰："谨庠序之教。"赵注曰："庠序者，教化之宫也。殷曰序，周曰庠。"《礼记·乡饮酒义》郑注曰："庠，乡学也，州党曰序。"○拟之先王未备也，何曰："其不得与先王并者，非为制之犹有不备，而德之不能建其极也。"

由唐、虞之治，何曰："追溯成、康以前。"五百馀年而有汤之治；由汤之治，五百馀年而有文、武之治；由文、武之治，千有馀年而始有太宗之为君。有天下之志，有天下之材，又有治天下之效，然而又以其未备也，不得与先王并，而称极治之时。是则人生于文、武之前者，率五百馀年而一遇治世；生于文、武之后者，千有馀年而未遇极治之时也。笔势跌宕。非独民之生于是时者之不幸也。拗一句，使不平，愈见跌宕。士之生于文、武之前者，高瞻远瞩，气象不凡。如舜、禹之于唐，八元、八凯之于舜，伊尹之于汤，太公之于文、武，率五百馀年而一遇；生于文、武之后，千有馀年，虽孔子之圣、孟轲之贤而不遇。虽太宗之为君，而未可以必得志于其时也。是亦士民之生于是时者之不幸也。宛转低徊，神气如生。故述其是非得失之迹，非独为人君者可以考焉。士之有志于道，而欲仕于上者，可以鉴矣。微旨。

□何曰："峻洁。"又曰："此等议论，自曾、王以前，无人道来。"○刘海峰曰："后半上下古今，俛仰慨然，而漓淋遥道逸，有百川归海之致。"○此文未知作于何时，味其语意，似在熙宁之时，疑为介甫而发。新政咈民，故慨想乎唐太宗之盛，然太宗犹不得比于三代之治，则夫青苗理财诸政，当慎所从事矣。

《孟子·尽心下》曰："由尧、舜至于汤，五百有馀岁，若禹、皋陶，则见而知之；若汤，则闻而知之。由汤至于文王，五百有馀岁，若伊尹、莱朱，则见而知之；若文王，则闻而知之。由文王至于孔子，五百有馀岁，若太公望、散宜生，则见而知之；若孔子，则闻而知之。"○八元、八凯，见刘去华《对策》注。凯、恺字通。○《论语·里仁篇》曰："士志于道。"

列女传目录序

《汉书·艺文志》儒家，有刘向所序六十七篇。原注曰："《新序》《说苑》《世说》《列女传颂图》也。"《郡斋读书志卷》九曰："《古列女传》八卷，《续列女传》一卷，汉刘向撰。"《直斋书录解题》卷七曰："隋、唐《志》及《崇文总目》皆十五卷，盖以七篇分为上下，并颂为十五卷，而自陈婴母以下十六人附入其中，或在向后者，皆好事者所益也。王回、曾巩二序辨订详矣。"清《四库书目》卷五十七曰："《古列女传》七卷，《续列女传》一卷，前七卷及颂题向名。《续传》一卷，不署撰人。"

刘向所叙《列女传》凡八篇，事具《汉书》向列传，而《隋书》及《崇文总目》皆称向《列女传》十五篇，曹大家注。以《颂义》考之，盖大家所注，离其七篇为十四，与《颂义》凡十五篇，而益以陈婴母，及东汉以来，凡十六事，非向书本然也。盖向旧书之亡久矣。嘉祐中，集贤校理苏颂，始以《颂义》为篇次，复定其书为八篇,与十五篇者,并藏于馆阁。而《隋书》以《颂义》为刘歆作,与向列传不合,今验《颂义》之文,盖向之自叙,又《艺文志》有向《列女传·颂图》,明非歆作也。自唐之乱,古书之在者少矣,而《唐志》录《列女传》凡十六家,至大家注十五篇者亦无录。然其书今在,则古书之或有录而亡,或无录而在者,亦众矣。非可惜哉?今校雠其八篇,及其十五篇者已定,可缮写。
曾曰:"以上叙书之存亡分合。"

《汉书·刘向传》(附《楚元王传》后)曰:"向字子政,本名更生。向睹俗弥奢淫,而赵、卫之属起微贱,逾礼制,以为王教由内及外,自近者始,故采取《诗》《书》所载,贤妃贞妇,兴国显家,可法则,及孽嬖乱亡者,序次为《列女传》凡八篇,以戒天子。"○《郡斋读书志》卷九曰:"《崇文总目》一卷,皇朝《崇文院书目》也。"又曰:"《崇文总目》六十四卷,皇朝王尧臣等撰。景祐中,诏张观、李若谷、宋庠取昭文、史馆、集贤、秘阁书,刊正讹谬条次之,凡四十六类,计三万六百六十九卷。康定二年书成。"《直斋书录解题》卷八曰:"《崇文总目》一卷,景祐初,学士王尧臣同聂冠卿、郭稹、吕公绰、王洙、欧阳修等撰定,凡六十六卷。欧公文集颇见数条,今此惟六十六卷之目耳。题云绍兴改定。"案:天一阁所藏本一册,朱锡鬯(彝尊)谓因郑渔仲(樵)之言,而去其序释。(《曝书亭集》卷四十四《崇文总目跋》。案:郑说见《通志·校雠略》及《文献通考·经籍》三十四。)清《四库书目》卷八十五亦取其说,非也。杭堇浦(世骏)《道古堂文集》卷二十八,钱竹汀《十驾斋养新录》卷十四,皆驳朱说之失矣。钱曰:"《续宋会要》载绍兴十二年十二月,权发遣盱眙军向子坚言,乞下本省以《唐艺文志》及《崇文总目》所阙之书,注阙字于其下,付诸州军照应搜访。是今所传者，即诏兴中颁下诸州军搜访之本，有目无释，取其便于寻检耳。"钱同人（侗）《崇文总目辑释》小引谓晁子止、陈伯玉所见，即今世传本，绍兴中从向子固言改定者是也。又晁氏所载一本六十四卷，《文献通考·经籍》三十四同，《长编》一百三十四作六十卷，《玉海》五十二同。《玉海》引《中兴书目》作六十六卷，叙录一卷，《皇朝类苑》卷三十作六十七卷，盖合叙录数之。《宋史·艺文志》《通志·艺文略》作六十六卷，殆不数叙录也。是则一卷本之外，又有六十卷、六十四卷、六十六卷三本，钱同人谓马贵与、王伯厚所见，乃当时原本，而佚其后半帙者，则非也。伯厚所见六十卷，与《长编》正合，安得谓《长编》所纪即佚后半帙耶？今清《四库》本从《永乐大典》辑出者十二卷，钱同人辑释本五卷，补遗一卷，而原书不可见矣。○《后汉书·列女传》曰："扶风曹世叔妻者，同郡班彪之女也，名昭，字惠班，一名姬。博学高才，和帝数召入宫，令皇后诸贵人师事焉，号曰大家。"○王深父（回）《列女传序》曰："《古列女传》八篇，刘向所序也，向为汉成帝光禄大夫，当赵后姊娣嬖宠时，奏此书以讽宫中，故有母仪、贤明、仁智、贞慎、（今本作顺，盖南宋人避讳改。）节义、辩通、孽嬖等篇，而各颂其义，图其状，总为卒篇，传如太史公记，颂如《诗》之四言，而图为屏风云。然世所行班氏注向书，乃分传每篇上下并颂为十五卷，其十二传无颂，三传其同时人，五传其后人，而通题曰向譔，题其颂曰向子歆譔，与汉史不合。故《崇文总目》以陈婴母十六传为后人所附。予以颂考之，每篇皆十五传耳。则凡无颂者，宜皆非向所奏书，不特自陈婴母为断也。颂有齐仓公女等，亦汉时人，而秦已上女史，见于他书，而此顾不录者犹众，亦不特周郊妇等四人而已。颂云画之屏风，而史有《颂图》在八篇中，今直秘阁吕缙叔、集贤校理苏子容、象山令林次中各言尝见《母仪》《贤明》四卷于江南人家，其画为古佩服，而各题其颂像侧。然《崇文》

及三君北游，诸藏书家皆无此本，不知其传果向之《颂图》欤？抑后好事者据其颂，取古佩服而图之欤？莫得而考已。余读向书，每爱其文，嘉其志，而惜其所序散亡脱缪，于千岁之间，幸存而完者，此一书耳。复为他手窜疑于其真，故并录其目而以颂证之，删为八篇，号《古列女传》。盖凡以列女名书者，皆祖之刘氏，故云。馀二十传，其文亦奥雅可喜，非魏、晋诸史所能作也。故又自周郊妇至东汉梁嫕等以时次之，别为一篇，号《续列女传》。"案：曾子固此序，谓嘉祐中，集贤校理苏颂始以《颂义》为编次，复定其书为八篇，是苏子容、王深父皆有所更定，而蔡骥谓今人以向所撰《列女传》七篇，并《续列女传》二十传为一篇，共计八篇，今止依此，将《颂义》大序列于目录前，小序七篇，散见目录中间，颂见各人传后，（见宋建安余氏本目录后，顾氏、阮氏所刻，皆仿此本也。《颂义》大序已佚，又《母仪传》十四传，盖佚一传。）似又与苏、王所定不同也。○《宋史·苏颂传》曰："颂字子容，泉州南安人。第进士。皇祐五年，召试馆阁校勘，同知太常礼院。至和中，迁集贤校理，编定书籍。"○为篇次，《文鉴》无为字。○《何义门读书记·元丰类稿》二曰："《隋书》：《列女传颂》一卷，刘歆撰，与《曹植颂》一卷、《缪袭赞》一卷，录于向书十五卷之后。或歆亦自有颂，至宋已亡，未可知也。"清《四库书目》卷五十七曰："颂本向所作，曾巩及回所言不误，而晁公武《读书志》乃执《隋志》之文，诋其误，信颜籀之注，不知《汉志》旧注凡称师古者，乃籀注；其不题姓氏者，皆班固之自注，以《颂图》属向，乃固说，非籀说也。考《颜氏家训》称《列女传》刘向所造，其子歆又作颂（见《书证篇》），是讹传颂为歆作，始于六朝，修《隋志》时，去之推仅四五十年，袭其误耳。岂可遽以驳《汉书》乎？"○《旧唐书·经籍志》杂传一百九十四部《列女传》十六家。案：子固云云，指《旧唐书》也。曹大家注，《新唐书·艺文志》

已著录矣。○《文选·魏都赋》李善注引《风俗通》曰：案刘向《别录》："雠校，一人读书，校其上下，得缪误为校；一人持本，一人读书，若怨家相对。"（《考异》曰：下当有为雠二字。案《御览·学部》十二引作故曰雠也。）

初汉承秦之敝，风俗已大坏矣。而成帝后宫赵、卫之属尤自放，向以谓王政必自内始，故列古女善恶，所以致兴亡者，以戒天子，此向述作之大意也。以上揭明向作《列女传》本旨。

《汉书·贾谊传》："上疏曰：曩之为秦者，今转而为汉矣。然其遗风馀俗，犹尚未改。"○《汉书·外戚传》曰："孝成赵皇后，本长安宫人，属阳阿主家学歌舞，号曰飞燕。成帝尝微行，出过阳阿主作乐，上见飞燕而说之，召入宫大幸，有女弟复召入，俱为婕伃，贵倾后宫。许后之废也，乃立婕伃为皇后。"又曰："班婕伃进侍者李平，平得幸，立为婕伃。上曰：始卫皇后亦从微起，乃赐平姓曰卫，所谓卫婕伃也。其后赵飞燕姊弟，亦从自微贱兴，踰越礼制，寖盛于前。"

其言大任之娠文王也，何曰："独提一事发端。"目不视恶色，耳不听淫声，口不出敖言，汪曰："对上'自放'。"又以谓古之人胎教者皆如此。夫能正其视听言动者，皆大人之事，而有道者之所畏也。顾令天下之女子能之，何其盛也？以臣所闻，盖为之师傅保姆之助，诗书图史之戒，珩璜琚瑀之节，威仪动作之度，其教之者，虽有此具，然古之君子，未尝不以身化也。汪曰："就王政必自内始，又推极根本。"故《家人》之义，归于反身，《二南》之业，本于文王。夫岂自外至哉？世皆知文王之所以兴，能得内助，而不知其所以然者，盖本于文王之躬化。汪曰："内治之本。"故内则后妃有《关雎》之行，汪曰："从躬化说到内助。"外则群臣有《二南》之美，与之相成。其推而及远，则商辛之昏俗，江汉之小国，《兔罝》之野人，莫不好善而不自知。汪曰："又就内助推说去，所谓王政自内始也。"此所谓身修故家国天下治者也。后世自问学之士，汪曰："就士洗发。"多徇于外物，而不安其守，其家室既不见可法，故竞于邪侈。岂独无相成之道哉？汪曰："对上'与之相成'。"士之苟于自恕，顾利冒耻，而不知反己者，往往以家自累故也。故曰："身不行道，不行于妻子。"信哉！如此人者，非素处显也。然去《二南》之风，亦已远矣。汪曰："打转《二南》。"况于南乡天下之主哉？汪曰："就士钩醒人主，应'王政必自内始'。"向之所述，劝戒之意，可谓笃矣。汪曰："前云'此向述作之大意也'，此云'向之所述劝戒之意，可谓笃矣'，乃通篇关键。"○以上发明向书大义，归重躬化，以讽切时君，为一篇之主旨。

《列女传·母仪传》曰："太任者，文王之母，挚任氏中女也。王季娶为妃。及其有娠，目不视恶色，耳不听淫声，口不出敖言，能以胎教。"《尔雅·释诂》曰："敖，戏也。"案《文鉴》敖作恶。○《母仪传》曰："古者妇人妊子，寝不侧，坐不边，立不跸，（《贾子新书》卷十作跛。）不食邪味，割不正不食，席不正不坐，目不视于邪色，耳不听于淫声。夜则令瞽诵诗道正事。如此则生子形容端正，才德必过人矣。"○《诗·葛覃》毛传曰："师，女师也。古者女师教以妇德、妇言、妇容、妇功，祖庙未毁，教于公宫三月，祖庙既毁，教于宗室。"《内则》曰："择于诸母，必求其宽裕慈惠，温良恭敬，慎而寡言者，使为子师。其次为慈母，其次为保母。"郑注曰："子师教示以善道者，保母安其居处者。"《公羊》襄三十年："伯姬曰：吾闻之也，妇人夜出，不见傅母不下堂。"《释文》曰："母又作姆。"《士昏礼》郑注曰："姆妇人年五十无子，出而不复嫁，能以妇道教人者，若今时乳母矣。"○《汉书·谷永传》："永对曰：《书》曰：乃用妇人之言，自绝于天。《诗》曰：赫赫宗周，褒姒威之。皆《诗》《书》之戒也。"《外戚传》："班倢伃曰：观古图画贤圣之君，皆有名臣在侧，三代末主，乃有嬖女。"《后汉书·后妃纪序》曰："女史彤管，记功书过。"案：此皆图史之戒也。○《诗·郑风·鸡鸣》毛传曰："杂佩者，珩璜琚瑀冲牙之类。"《释文》曰："珩音冲，佩上玉也。璜音黄，半璧曰璜。琚昔居，佩玉名。瑀音禹，石次玉也。"《大戴礼·保傅篇》曰："琚瑀以杂之。"卢注曰："赤者曰琚，白者曰瑀。"○虽有此具，《文鉴》无虽字。○《汉书·匡衡传》："衡上疏戒妃匹，劝经学威仪之则曰：情欲之感，无介乎容仪；宴私之意，不形乎动静。"○《易·家人·象传》曰："威如之吉，反身之谓也。"○《诗序》曰"《关雎》《麟趾》之化，王者之风，故系之周公，'南'言化自北而南也。《鹊巢》《驺虞》之德，诸侯之风也，故系之召公。《周南》《召南》，正始之道，王化之基。"○夫岂自外，《文鉴》无夫字。○《母仪传》曰："太姒者，武王之母，禹后有莘姒氏之女。仁而明道，文王嘉之，亲迎于渭。太姒号曰文母，文王治外，文母治内。"○《诗序》曰："《关雎》，后妃之德也，《关雎》，乐得淑女，以配君子，爱在进贤，不淫其色，哀窈窕，思贤才，而无伤善之心焉，是《关雎》之义也。"○《诗序》曰："《行露》，召伯听讼也，衰乱之俗微，贞信之教兴，强暴之男，不能侵陵贞女也。"又曰："《野有死麕》，恶无礼也。天下大乱，强暴相陵，遂成淫风，被文王之化，虽当乱世，犹恶无礼也。"《史记·殷本纪》曰："帝辛，天下谓之纣。"○《诗序》曰："《汉广》，德广所及也，文王之道，被于南国，美化行乎江汉之间。"○《诗序》曰："《兔罝》，后妃之化也，《关雎》之化行，则莫不好德，贤人众多也。"郑笺曰:"罝兔之人,鄙贱之事,犹能恭敬,则是贤者众多也。"○《礼记·大学篇》曰:"身修而后家齐,家齐而后国治,国治而后天下平。"○家室,《文鉴》作室家。○身不行道二句,《孟子·尽心下》之文。赵注曰:"身不自履行道德,而使人行道德,虽妻子不肯行之,言无所则效。"○《易·说卦传》曰:"圣人南面而听天下,向明而治。"

然向号博极群书,而此传称《诗·芣苢》《柏舟》《大车》之类,与今序《诗》者之说尤乖异,盖不可考。至于《式微》之一篇,又以谓二人之作,岂其所取者博,故不能无失欤!其言象计谋杀舜,及舜所以自脱者,颇合于孟子,然此传或有之,而孟子所不道者,盖亦不足道也。凡后世诸儒之言经传者,固多如此。览者采其有补,而择其是非可也。故为之叙论,以发其端云。以上论所采之事,间有驳杂。

□王遵岩曰:"宋人叙古人集,及古人所著书,往往有此家数。然多以考订次第,为一篇之文而已。不能如先生更有一段大议论,以成其篇也。"○刘海峰曰:"子政胎教之言,已足千古;子固更进一层,归之身化,深入理奥,而文亦粲然成章。"

《列女传·贞顺传》曰:"蔡人之妻者,宋人之女也。既嫁于蔡,而夫有恶疾,其母将改嫁之,女曰:夫之不幸,乃妾之不幸也,奈何去之?乃作《芣苢》之诗。"又曰:"卫宣夫人者,齐侯之女也。嫁于卫,至城门,君死,保母曰:可以还矣。女不听,遂入持三年之丧毕,弟立,请曰:卫小国也,不容二庖,请愿同庖,终不听。卫君使人愬于齐兄弟。齐兄弟皆欲与君,使人告女。女终不听,乃作诗曰:我心匪石,不可转也。我心匪席,不可卷也。"又曰:"息君夫人者,息君之夫人也。楚伐息,破之,虏其君使守门,将妻其夫人,而纳之于宫。楚王出游,夫人遂出见息君，谓之曰：人生要一死而已，何至自苦？妾无须臾而忘君也，终不以身更贰醮。生离于地上，岂如死归于地下哉？乃作诗曰：穀则异室，死则同穴。谓予不信，有如皦日。遂自杀。"《毛诗序》曰："《芣苢》，后妃之美也（《召南》）。《柏舟》，言仁而不过也（《邶风》）。《大车》，刺周大夫也（《王风》）。"与《列女传》迥异。《汉书·楚元王传》曰：元王交少时，尝与申公俱受《诗》于浮丘伯，申公始为《诗》传，号《鲁诗》，元庄亦次之《诗》传，号曰《元王诗》。向为元王四世孙，所称盖《鲁诗说》。《诗序》传自毛公，其家法故不同也。又《文选·辨命论》李善注引《韩诗》曰："《芣苢》，伤夫有恶疾也。"《毛诗》李黄集解引《韩诗说》：《柏舟》，卫宣姜自誓所作，与《鲁诗》同。而辑《鲁诗》者，如马竹吾（国翰）辑《鲁诗故》，陈朴园（乔枞）《鲁诗遗说考》，以及王婉佺（照圆）、梁无非（端）《列女传注》，并据《太平御览》卷四百四十一引作卫寡夫人，与本传鲁寡陶婴、梁寡高行、陈寡孝妇同，其说良是。然王伯厚《诗考》引已作宣，今鲍刻《御览》亦作宣，岂后人因误本《列女传》而改与！〇《贞顺传》曰："黎庄夫人者，卫侯之女，黎庄公之夫人也。既往而不同欲，所务者异，未尝得见，甚不得意。其傅母谓夫人曰：夫妇之道，有义则合，无义则去。今不得意，胡不去乎？乃作诗曰：式微式微胡不归？夫人曰：妇人之道，壹而已矣，彼虽不吾以，吾何可以离于妇道乎？乃作诗曰：微君之故，胡为乎中路？"《困学纪闻》卷十八曰："《列女传》：《式微》二人之作，联句始此。"〇项安世《家说》四曰："按《列女传》：《芣苢》，蔡人之妻作也。《行露》，申人之女作也。《邶·柏舟》，卫宣夫人作也。《式微》，黎庄公夫人作也。《硕人》，庄姜傅母作也。《大车》，息夫人作也。刘向父子世受《鲁诗》，故其作《列女传》所载如此，去古既远，独《毛诗》存。《韩诗》有《外传》及《薛君章句》，（《薛君章句》今亦佚，《玉函山房》有辑本。）齐、鲁二家不复可识，因此亦略见《鲁诗》之一二。"案：项氏此说，能推知子政说《诗》之渊源，子固乃执《毛诗》以绳之，殆昧于三家之别矣。○《母仪传》曰："有虞二妃者，帝尧之二女也，长娥皇，次女英。瞽瞍与象谋杀舜，使涂廪，舜归告二女曰：父母使我涂廪，我其往！二女曰：往哉！舜既治廪，乃捐阶，瞽叟焚廪，舜往飞出，象复与父母谋使舜浚井，舜乃告二女，二女曰：俞往哉！舜往浚井，格其出入，从掩舜，潜出。时既不能杀舜，瞽叟又速舜饮酒，舜告二女，二女乃与舜药浴汪，遂往，舜终日饮酒不醉。"案：治廪、浚井事，见《孟子·万章上》，饮酒浴汪则《孟子》所不道也。○固多如此，《文鉴》固作故，字通。○余本《列女传序》末，有"编校馆阁书籍臣曾巩序"十字，集一本同。

战国策目录序

《汉书·艺文志》，《春秋》家有《战国策》三十三篇，原注曰：记《春秋》后。

刘向所定《战国策》三十三篇，《崇文总目》称第十一篇者阙，臣访之士大夫家，始尽得其书。正其误谬，而疑其不可考者，然后《战国策》三十三篇复完。

刘子政《战国策书录》曰："所校中《战国策》书中书馀卷，错乱相糅，莒，又有国别者八篇，少不足，臣向因国别者，略以时次之，分别不以序者以相补，除复重得三十三篇，本字多误脱为半字，以赵（趙）为肖，以齐为立，如此字（姚氏本校曰：字，一本作类字。）者多，中书本号或曰国策，或曰国事，或曰短长，或曰事语，或曰长书，或曰修书。臣向以为战国时游士辅所用之国，为之英谋，宜为《战国策》，其事继《春秋》以后，讫楚、汉之起，二百四十五（当作五十）年间之事，皆定以杀青，书可缮写。"

叙曰：向叙此书，言周之先，明教化，修法度，所以大治。及其后，谋诈用，而仁义之路塞，所以大乱。汪曰："先略扬，后痛抑。"其说既美矣。卒以谓此书，战国之谋士，度时君之所能行，不得不然，则可谓惑于流俗，而不笃于自信者也。汪曰："用此二句，断刘向之失，后文只用暗收。"夫孔、孟之时，茅曰："举孔、孟以折战国之失，所谓'群言淆乱折诸圣'。"去周之初，已数百岁，其旧法已亡，旧俗已熄久矣。二子乃独明先王之道，以谓不可改者，岂将强天下之主，以后世之所不可为哉？亦将因其所遇之时，所遭之变，而为当世之法，使不失乎先王之意而已。二帝三王之治，吕曰："转换好，接得自然处。"其变固殊，其法固异，而其为国家天下之意，本末先后，未尝不同也。二子之道，如是而已。盖法者，所以适变也，不必尽同。道者，所以立本也，不可不一。议论精湛。此理之不易者也。故二子者守此，岂好为异论哉？能勿苟而已矣。汪曰："孔、孟知道之可信，而不乐于说之易合。"可谓不惑乎流俗，而笃于自信者也。茅曰："与向相反。"○曾曰："以上言法以适变，不必同；道以立本，不可改。"

先王之道，集无之道二字，《观澜文乙集》《文鉴》《关键》《续正宗》《文诀》皆有此二字，今据增。○以后世之所不可为哉，集无所字，《观澜》《文鉴》《关键》等皆有，今据增。此理之不易者也，《观澜》无此句。

战国之游士则不然，不知道之可信，而乐于说之易合，其设心注意，偷为一切之计而已。故论诈之便，而讳其败，言战之善，而蔽其患。其相率而为之者，莫不有利焉，而不胜其害也，有得焉，而不胜其失也。卒至苏秦、商鞅、孙膑、吴起、李斯之徒，以亡其身，而诸侯及秦用之者，亦灭其国，其为世之大祸明矣。汪曰："顶不胜其害与失。"而俗犹莫之寤也。汪曰："打著刘向暗收。"惟先王之道，因时适变，为法不同，而考之无疵，用之无弊，故古之圣贤，未有以此而易彼也。或曰："以上言战国游士之说，为世大祸。"

《汉书·平帝纪》颜注曰："一切者，权宜之事，非经常也，犹如以刀切物，苟取整齐，不顾长短纵横，故言一切。"○《史记·苏秦传》曰："苏秦者，东周雒阳人也。齐宣王以为客卿。齐宣王卒，湣王即位，说湣王厚葬以明孝，高宫室，大苑囿，以明得意。欲破敝齐而为燕。其后齐大夫多与苏秦争宠者，而使人刺苏秦，苏秦不死，殊而走，齐王使人求贼不得，苏秦且死，乃谓齐王曰：臣即死，车裂臣以徇于市曰：苏秦为燕作乱于齐，则臣之贼必得矣。于是如其言，而杀苏秦者果自出，齐王因而诛之。"○《史记·商君传》曰："商君者，卫之诸庶孽公子也。名鞅，姓公孙氏。秦封之于商十五邑，号为商君。商君相秦十年，宗室贵戚多怨望者，孝公卒，太子立。公子虔之徒，告商君欲反，发吏捕商君。商君去之魏，魏人弗受，商君复入秦，走商邑，与其徒属发邑兵北出击郑，秦发兵攻商君，杀之于郑渑池。秦惠王车裂商君以徇，曰莫如商鞅反者。遂灭商君之家。"○《史记·孙子吴起传》曰："孙膑生阿鄄之间，孙武之后世子孙也。孙膑尝与庞涓俱学兵法，庞涓既事魏，得为惠王将军，而自以为能不及孙膑，乃阴使召孙膑。膑至，庞涓恐其贤于己，疾之，则以法刑断其两足而黥之。"案：孙膑未亡身，但膑足耳，此因其受刑，故类及之。○《史记·吴起传》曰："吴起者，卫人也。魏文侯以为将，为西河守，以拒秦韩。魏文侯既卒，起事其子武侯，甚有声名，武侯疑之，吴起遂去之楚。楚悼王素闻起贤，至则相楚。及悼王死，宗室大臣作乱而攻吴起，吴起走之王尸而伏之，击起之徒，因射刺吴起，并中悼王。"○《史记·李斯传》曰："李斯者，楚上蔡人也。秦王用其计谋，竟并天下，尊主为皇帝，以斯为丞相。始皇至沙丘崩，赵高乃相与谋，诈为受皇诏，立子胡亥为太子。太子立为二世皇帝，二年七月，具斯五刑论，腰斩咸阳市。"○寤，悟之通借字，《说文》曰："悟，觉也。"

或曰：邪说之害正也，宜放而绝之。则此书之不泯其可乎？对曰：君子之禁邪说也，固将明其说于天下，使当世之人，皆知其说之不可从，然后以禁则齐。使后世之人，皆知其说之不可为，然后以戒则明。岂必灭其籍哉？放而绝之，莫善于是。是以孟子之书，有为神农之言者，有为墨子之言者，皆著而非之。至于此书之作，汪曰："转到本题，见其书不可泯，所以当校定。"则上继《春秋》，下至楚、汉之起，二百四五十年之间，载其行事，固不可得而废也。或曰："以上言籍不可没。"

《说文》曰："放，逐也。"《小尔雅·广言》曰："放，弃也。"○不泯，本集原注曰："一作不泯泯。"○《孟子·滕文公上》曰："有为神农之言者许行。"赵注曰："神农，三皇之君，炎帝，神农氏。许姓，行名也，治为神农之道者。"○《孟子·滕文公上》曰："墨者夷之。"赵注曰："夷之治墨家之道者。"○四五十年，《类纂》作四十五年，茅选同。《观澜》《文鉴》《关键》《续正宗》并作四五十年，《文诀》无五字。案：作四五十者是也。此二百四五十年，盖约略言之。然《史记·六国表》，自周元王元年至秦二世三年，共二百七十年，若依公、穀《春秋》终于哀公十四年，当敬王三十九年，敬王在位四十三年，应再加四年，凡二百七十四年。即依《左氏》所记终哀公二十七年，当定王元年,(今本《六国表》在二年,盖误也。当据《左传》《释文》引改在元年。)减去九年,凡二百六十一年;或依杜预《世族谱》,《春秋》终于元王十年,亦二百六十一年。(杜以敬王四十二年崩,子仁王十年,与史表仁王八年异。)○而废也,《文诀》止此。

此书有高诱注者二十一篇,或曰三十二篇,《崇文总目》存者八篇,今存者十篇。以上高注之存者。

□王莲岩曰:"此序与《新序》序相类,而此篇为英爽轶宕。"○方曰:"南丰之文,长于道古,故序古书尤佳,而此篇及《列女传新序》目录序尤胜,淳古明洁,所以能与欧、王并驱,而争先于苏氏也。"

《隋书·经籍志》载高诱注二十一卷,《新唐书·经籍志》作三十二卷,与曾举或说同。《关键》及茅选作二十二篇,非是。○清《四库书目》卷五十一曰:"《战国策》注三十三卷,旧本题汉高诱注,今考其书,实宋姚宏校本也。《汲古阁》影宋钞本,虽三十三皆题曰高诱注,而有诱注者仅二卷至四卷,六卷至十卷,与《崇文总目》八篇数合。又最末三十二、三十三两卷,合前八卷,与曾巩序十篇数合,而其馀二十三卷,则但有考异而无注,其有注者,多冠以续字,其偶遗续字者,如《赵策》一郝疵注,雒阳注,皆引唐林宝《元和姓纂》。《赵策》二瓯越注,引魏孔衍《春秋后语》。《魏策》三芒卯注,引《淮南子注》。衍与宝在诱后,而《淮南子注》即诱所自作,其非诱注,可无庸置辨。盖巩校书之时,官本所少之十二篇,诱书适有其十,惟阙第五、第三十一。诱书所阙,则官书悉有之,亦惟阙第五、第三十一,意必以诱书足官书,而又于他家书内摭二卷补之,此官书、诱书合为一本之由。然巩不言校诱注,则所取惟正文也。迨姚宏重校之时,乃并所存诱注入之,故其自序称:不题校人并题续注者,皆余所益。知为先载诱注，故以续为别。且凡有诱注复加校正者，并于夹行之中又为夹行，与无注之卷不同，知校正之时，注已与正文并列矣。"○姚本《战国策序》末，有"编校史馆书籍臣曾巩序"十字，集一本同。

先大夫集后序

王介甫《赠谏议大夫曾公墓志铭》曰："公讳致尧，字正臣，南丰人。"又载所著《直言集》五卷，文集六十卷，与此序异。《宋史·艺文志》载曾致尧《直言集》一卷，又不同。《文献通考·经籍》六十一载《曾致尧文集》十卷，与序合。

公所为书，号《仙凫羽翼》者三十卷，《西陲要纪》者十卷，《清边前要》五十卷，《广中台志》八十卷，《为臣要纪》三卷，《四声韵》五卷，总一百七十八卷，皆刊行于世。今类次诗赋书奏一百二十三篇，又自为十卷，藏于家。或曰："以上书目。"

《仙凫羽翼》，《墓志》作《双凫羽翼》，疑误。《崇文总目》入类书类，《宋志》入子部类事类，《玉海》卷五十五《艺文》引《中兴书目》曰："淳化中，光禄丞曾致尧采经史子集中可为诗赋论题者集之，据本经注解其下，取兴国八年御制赐进士诗名篇。"案：《通志·艺文略》卷七载此书，而曾致尧误作僧智晓，大谬。○《清边前要》，《崇文总目》入兵书类，《宋志》入史部故事类。○《广中台记》，《宋史》入史部传记类，《玉海》卷五十七《艺文》载李筌《中台志》十卷，引《中兴书目》曰："景德中，曾致尧以筌叙事简略，褒贬未当，乃为《广中台志》八十卷，自黄帝得六相而下，至于唐末，类事为二十四类。"○《为臣要纪》，《玉海》卷五十七称十五篇。

方五代之际，儒学既摈焉。后生小子，治术业于闾巷，文多浅近。是时公虽少，所学已皆知治乱得失兴坏之理。汪曰："与下'勇言得失'对筍。"其为文闳深隽美，而长于讽谕，今类次乐府已下是也。曾曰："以上五代时著作。"

《后汉书·张衡传》注曰，傧，弃也。案：槟与傧同。

宋既平天下，公始出仕。当此之时，太祖、太宗已纲纪大法矣。汪曰："见大纲已举，作本朝文字，如此方得体。"公于是勇言当世之得失，其在朝廷，疾当事者不忠，汪曰："一篇骨子。"故凡言天下之要，必本天子忧怜百姓，劳心万事之意，汪曰："得体。"而推大臣从官执事之人，观望怀奸，不称天子属任之心，故治久未洽。至其难言，则人有所不敢言者。虽屡不合而出，全篇关纽。而所言益切，不以利害祸福动其意也。汪曰："此一段举其生平大概。"曾曰："以上仕宋后奏议。"

《墓志》曰：李氏有江南，抚州上公进士第一，（《续正宗》作卒。）不就，太平兴国八年，乃举进士中第，选主符离簿，岁馀，授兴元府司录，道迁大理评事。"

始公尤见奇于太宗，茅曰："此一段从'屡不合而出'一句翻出。"自光禄寺丞越州监酒税召见，以为直史馆，遂为两浙转运使。未久而真宗即位，益以材见知。初试以知制诰。及西兵起，又以为自陕以西经略判官。而公尝激切论大臣，汪曰："疾当事者不忠。"当时皆不悦，故不果用。然真宗终感其言，汪曰："舍天子受尽言。"故为泉州未尽一岁，拜苏州，五日又为扬州，将复召之也。而公于是时又上书，语斥大臣尤切，故卒以龃龉终。汪曰：
"此段叙屡不合而出。"○或曰："以上太宗、真宗时再进再绌。"
《宋史·职官志》曰："光禄寺卿、少卿、丞各一人，卿掌祭
祀朝会宴飨酒醴膳羞之事，修其储备而谨其出纳之政，少卿为之
贰，丞参领之。"○《职官志》曰："监当官掌茶盐酒税场务征输
及冶铸之事，诸州军随事置官。"《太平寰宇记》曰："江南东道
（太宗至道三年，改为两浙路。）越州会稽郡，今理会稽、山阴两
县。"案：今并二县改为浙江绍兴县。○《职官志》曰："国初以
史馆、昭文馆、集贤院为三馆，皆寓崇文院。太宗端拱元年，诏
就崇文院中堂建秘阁，直院则谓之馆职，以他官兼者，谓之贴
职。"○欧阳永叔《曾公神道碑》曰："累迁光禄寺丞，监越州酒
税，数上书言事，献文章。太宗奇之，召拜著作佐郎，直史馆，
使行视汴河漕运，称旨。迁秘书丞，为两浙转运使。"《职官志》
曰："转运使掌经度一路财赋，而察其登耗有无，以足上供及郡
县之费。"○《宋史·真宗纪》曰："讳恒，太宗第三子也。至道
三年二月，太宗崩，奉遗制即皇帝位。"○《职官志》曰："翰林
学士院知制诰，掌制诰诏令撰述之事。"○欧阳永叔《曾公神道
碑》曰："再迁主客员外郎，判三司盐铁勾院。是时李继捧以银、
夏五州归朝廷，其弟继迁亡入碛中为寇，太宗遽遣继捧往招之，
至则诱其兄以阴合，卒复图而囚之，自陕以西，既苦兵矣。真宗
初即位，益欲来以恩德，许还其地，使听约束。公独以谓继迁反
覆不可予，继迁已得五州，后二年，果叛围灵武，议者又欲予
之。公益争以为不可，言虽不从，真宗知其材，将召以知制诰。
而大臣有不可者，乃已。出为京西转运使。继迁兵既久不解，丞
相张齐贤经略环庆以西，署公判官以从，公度言终不合，乃辞
行，会召赐金紫。公谢曰：臣尝言丞相某事未效，不敢受赐。由
是贬黄州团练副使。"《墓志》曰："会召赐金紫，公曰：丞相敏
中以非功德进宫，臣论其不可用，今臣受命，事未有效，不敢以

冒赐。固辞。上繇此贬为黄州团练副使。"(《宋史·向敏中传》曰:"敏中字常之,开封人。咸平初拜兵部侍郎参知政事,四年以本官同平章事。")○公尝激切论大臣,集一本尝作常,无激字,茅选同。一本尝激切作常且方,何义门所见本作常日方切,皆误。姚姜坞曰:"大臣即向文简也。"步瀛案:文简,向敏中谥。○《墓志》曰:"会南郊恩,复官知泰州。丁母夫人陈氏忧,服除授吏部员外郎知泉州,移知苏州,至五日移知扬州。"案:宋福建路泉州治晋江县,今福建晋江县治。淮南路扬州治江都县,今江苏江都县治。苏州已见《范文正碑》注。○王介甫《曾公墓志》曰:"天子方崇符瑞,兴昭应诸宫,且出幸祠。公疏言王者受命,必修人事以称天所以命之之意,不举属之天以怠人事也。终曰:陛下始即位,以爵禄待君子,近年以来,以爵禄畜盗贼。大臣愈不怿,移知鄂州,封泰山恩,迁礼部郎中,始解扬州,受添支差多一月,公寻自言。患公者,因复绌公监江宁盐酒。西祀恩,迁户部郎中。以祥符五年五月丁亥疾不起,年六十六。"○龃龉已见韩退之《王君墓志铭》注。

公之言,其大者,汪曰:"抽出公勇言得失之大者发挥,见人所不敢言,而天子之能受尽言。"以自唐之衰,民穷久矣,海内既集,天子方修法度,而用事者尚多烦碎,治财利之臣又益急。公独以谓宜遵简易,汪曰:"对'琐碎'。"罢筦榷,汪曰:"对'财利'。"以与民休息,汪曰:"对'民穷久'。"塞天下望。祥符初,四方争言符应,天子因之,遂用事泰山,祠汾阴,而道家之说亦滋甚。自京师至四方,皆大治宫观。公益诤,以谓天命不可专任,汪曰:"对'符瑞'。"宜绌奸臣,汪曰:"疾当事者不忠。"修人事,汪曰:"对'用事泰山,道家说滋甚'。"反覆至数百千言。呜呼!公之尽忠,天子之受尽言,何必古人?汪曰:

"归美天子能受尽言，隐然见大臣虽忌之而天子终能容之也。"此非传之所谓主圣臣直者乎？何其盛也！何其盛也！曾曰："以上叙奏议，在太宗时，不言财利；在真宗时，不言符瑞。"

《史记·平准书》曰："大农筦盐铁。"《汉书·武帝纪》曰："天汉三年，初榷酒酤。"注如淳曰："榷音较。"韦昭曰："以木渡水曰榷，谓禁酤酿，独官开置，如道路设木为榷，独取利也。"○《宋史·真宗本纪》曰："大中祥符元年春正月乙丑，有黄帛曳左承天门南鸱尾上，有司以闻。上召群臣拜迎于朝元殿，启封号称天书。三月甲戌，兖州父老千二百人，诣阙请封禅。丁卯，兖州并诸路进士等八百四十人，诣阙请封禅。壬午，文武官、将校、蛮夷、耆寿、僧、道二万四千三百七十馀人，诣阙请封禅，不允。自是表凡五上。夏四月甲午，诏以十月有事于泰山。五月壬戌，王钦若言泰山醴泉出，锡山苍龙见。六月乙未，天书再降于泰山醴泉北。九月甲子，奉天书告太庙，悉陈诸州所上芝草嘉禾瑞木于仗内。庚辰，赵安仁献五色金玉丹紫芝八千七百馀本。冬十月辛卯，车驾发京师。戊申，王钦若等献泰山芝草三万八千馀本。辛亥，享昊天上帝于圜台。壬子，禅社首，如封祀仪。三年秋七月辛丑，文武官将校等三上表请祠汾阴后土。八月丁未朔，诏明年春有事于汾阴。冬十月辛亥，河中民获灵宝真文。庚申，丁谓等上《大中祥符封禅记》。四年春正月丁酉，奉天书发京师。二月辛酉，祀后土地祇。"《清一统志》曰："山东泰安府：泰山在泰安县北五里。山西蒲州府：后土祠在荥河县北。"○《说文》曰："滋，益也。"○《玉海》卷一百：《郊祀》，载祥符元年四月丙午，诏于京邑择地建宫，天波门外殿直班院吉。二年四月己亥，命丁谓为修宫使。七月辛未，赐宫名玉清昭应。七年十月癸亥宫成，凡二千六百一十区。祥符五年八月己未，命丁谓等建观南薰门外，以奉五岳。七年九月壬子，名曰会灵。十九年五月丙辰，观成。此宫观之在京师者也。祥符七年春正月乙卯，车驾次应天府。丙辰，升为南京，诏南京新修圣祖殿，宜号曰鸿庆宫，仍奉安太祖太宗像，此在南京者也。祥符元年孟冬辛亥，圜台礼成。壬子，禅社首。诏泰山奉高宫改为会真宫，增葺室宇。四年二月辛酉，嗣后土，诏改奉祇宫曰太宁宫，设后土圣母像。四月壬戌，增葺宫庙。五年七月癸未，太宁宫庙成，总六百四十六区。祥符二年十月甲午，诏州郡建天庆观。五年闰十月癸酉，增设圣祖殿。祥符五年闰十月戊寅，诏兖州曲阜县为仙源县，寿丘建道宫奉圣祖，以景灵为名；建道观奉圣祖母，以太极为名。八年七月丙辰，诏王钦若讨阅《道藏》，得赵氏神仙四十人事迹，分画廊庑。九年五月丙辰，宫成。祥符六年八月戊子，诏泗州新造观名延祥，又亳州濑乡老子宅，唐为太清宫。淳化四年修，祥符六年，制奉上真元皇帝号曰太上老君混元上德皇帝。十一月甲午，赐真源县行宫名曰奉元。七年正月己酉，改奉元宫曰明道宫，奉安玉皇像。九年三月庚午，明道宫成，总四百八十区。此皆宫观之在四方者也。○《周语下》，单子曰，唯善人能受尽言。○《汉书·薛广德传》曰，上欲御楼船，广德当乘舆免冠顿首曰，宜从桥。光禄大夫张猛进曰，臣闻主圣臣直，御史大夫言可听。

公在两浙，奏罢苛税二百三十馀条，在京西，又与三司争论免民租，释逋负之在民者，盖公之所试如此。汪曰："对上'在朝廷'。盖上既抽出公言之大者，此乃是公在外，而言之已试者。"所试者大，其庶几矣。公所尝言甚众，言之大者，及已试者，既叙于前。此以包埽出之，叙事之法也。其在上前及书亡者，盖不得而集。其或从或否，而后常可思者，与历官行事，庐陵欧阳修公已铭公之碑特详焉。此故不论，论其不尽载者。公卒以龃龉终，汪曰："遥接前文，完'屡不合'意。"其功行或不得在史氏记。藉令记之，当时好公者少，史其果可信欤！后有君子，欲推而考之，读公之碑与其书，及予小子之序其意者，具见其表里，其于虚实之论可覈矣。曾曰："以上言当时毁誉虚实难尽信。"

《九域志》曰："京西路太平兴国二年，分南北路，后并一路。"○《宋史·职官志》曰："三司之职，国初沿五代之制，置使以总图计，应四方贡赋之入，朝廷不预，一归三司，通管盐铁度支户部，号曰计省，位亚执政，目为计相。"○与其书，茅选无其字。

公卒乃赠谏议大夫，姓曾氏，讳某，南丰人。序其书者，公之孙巩也。至和元年十二月二日谨序。

□王遵岩曰："先生之文，如此篇之委曲感慨，而气不迫晦者，亦不多有。"○茅曰："子固阐扬先世所不得志处有大体，而文章措注处极浑雄。"○刘曰："称述先人之忠谏，而反复致慨于当时朝臣之龃龉，及天子优容之盛德，浑然磅礴。"

谏议大夫，已见《范文正碑》注。○《墓志》曰："始公娶黄氏，生子男七人，仕者三人，易占尝为太常博士，以能文称，公以博士故，赠至右谏议大夫。公殁八年，而博士子巩生。"

范贯之奏议集序

《宋史·范师道传》曰："师道字贯之，苏州长洲人，进士及第，为抚州判官，累迁都官员外郎。吴育举为御史，出知常州，召为盐铁判官，迁起居舍人，同知谏院，管勾国子监，迁兵部员外郎，兼侍御史，数奏枢密副使陈升之不当用。升之罢，师道亦出知福州。顷之以工部郎中入为三司盐铁副使，迁户部，直龙图阁，知明州，卒。"《通考·经籍》七十四，有

《范贯之奏议》十卷,直龙图阁范师道贯之撰。○集序,《荆川文编》作后序。

尚书户部郎中直龙图阁范公贯之之奏议,凡若干篇,其子世京,集为十卷,而属予序之。以上作序。

户部郎中,已见《范文正碑》注。直龙图阁,已见《张子野墓志铭》注。○《汉书·食货志下》颜注曰:"若干,且设数之言也,干犹个也,谓言如此个数耳。"

盖自至和已后,十馀年间,公常以言事任职。汪曰:"'至和后十馀年'句,即含'仁宗在位岁久'意,下文乃提出畅言之。"吴北江曰:"自此以下,曲折顿挫,而一气舒卷,驱迈淋漓之气,勃郁纸上。"自天子大臣,至于群下,自掖庭至于四方幽隐,一有得失善恶,关于政理,汪曰:"便见得是公议。"公无不极意反复,为上力言。或矫拂情欲,或切劘计虑,或辨别忠佞,而处其进退。章有一再,或至于十馀上。事有阴争独陈,或悉引谏官御史合议肆言。汪曰:"连用五或字,叙臣之进言。"仁宗常虚心采纳,为之变命令,更废举,近或立从,远或越月逾时,或至于其后卒皆听用。吴曰:"排叠而下,文气醇厚。"盖当是时,吴曰:"提。"仁宗在位岁久,熟于人事之情伪,与群臣之能否,汪曰:"就仁宗发论,正见得上下相成,其时难得。"方以仁厚清静休养元元,至于是非与夺,则一归之公议,而不自用也。吴曰:"极言仁宗之德化,以其适与当时相反,故津津言之,以为借鉴。"又曰:"覆述一遍,气愈宽博敦厚,所以为渊懿也。"其所引拔以言为职者,吴曰:"再开。"如公皆一时之选。而公与同时之士,亦皆乐得其言,不曲从苟止。故天下之情，因得毕闻于上，而事之害理者，常不果行。至于奇衺恣睢，有为之者，亦辄败悔。故当此之时，吴曰："再开。"常委事七八大臣，而朝政无大阙失。群臣奉法遵职，海内乂安。吴曰："述此等语，详切如此，亦以见时政非是，而今之不能然也。"夫因人而不自用者天也。吴曰："再提。"仁宗之所以其仁如天，至于享国四十馀年，能承太平之业者，繇是而已。吴曰："至此稍一停顿，然后再振作起来。"后世得公之遗文而论其世，见其上下之际相成如此，必将低回感慕，有不可及之叹。然后知其时之难得。则公言之不没，岂独见其志？所以明先帝之盛德于无穷也。吴曰："感慨时政之非，追慕先代之盛，而叹其迥不相及。虽前文已详言之，犹自以为未足，再振笔加倍摹写，以尽其感叹低徊之意。句句转换，盘旋曲至，悱恻缠绵，使人反覆咏叹自不能已。而于讥切当时之旨，始终含蓄茹咽，未尝稍露。文情高邈轩鬶，夐不可及。"○以上因范公敢言，而归美于仁宗能纳谏，极道当时君臣相遇之盛。

《汉书·贾山传赞》颜注引孟康曰："劘谓剀切之也。"又苏林曰："劘音摩，厉也。"○而处其进退，吴北江曰："处，处分之也。"○《宋史·范师道传》曰："仁宗晚年尤恭俭，而四方无事。师道言虽过，每优容之。师道励风操，前后在言责，有闻即言，或独争，或列奏，如陈执中家人杀婢，王拱辰宣徽使，李淑翰林学士，及王德用、程戡领枢密，宦官石全彬、阎士良升进，皆尝奏数其罪焉。"○卒皆听用，集皆作从，今依《文鉴》。○仁宗在位四十一年，自至和初元，至嘉祐八年，凡十年，师道尝为谏官也。何义门曰："仁宗初年，母后临朝，其继有废郭后逐言者之失，及西北事起，召用贤俊，而亦为群小沮败，不能有为。惟晚年定继嗣，托韩琦，使四十年太平克有其终，斯优于汉唐享国久长之主耳。"○《左》僖二十八年曰:"民之情伪,尽知之矣。"○《秦策》一:"苏秦曰:子元元。"高诱注曰:"元元,善也。"《史记·孝文本纪》《索隐》曰:"按姚察云:古人谓人云善人也,因善为元,故云黎元,其言元元者,非一人也。顾野王云,元元犹喁喁,可怜爱貌,未安其说,聊记异也。"案《后汉书·光武纪上》注曰:"元元谓黎庶也",则用姚说。又曰:"元元犹言喁喁,可矜怜之辞也。"兼用顾说。○《周礼·天官·宫正》曰:"去其淫怠,与其奇衺之民。"郑注曰:"奇邪,谲觚非常。"《释文》曰:"奇音羁,衺,似嗟反,亦作邪。"《史记·伯夷列传》:暴戾恣睢。《索隐》曰:"邹诞生恣音资,睢音千馀反。刘氏恣音如字,睢音休季反。恣睢谓恣行为睢恶之貌也。"《正义》曰:"睢,仰白目怒貌也,言盗跖凶暴恶戾恣性,怒白目也。"案《说文》曰:"睢,仰目也,从目隹声。"与从佳且声之字迥异。○《史记·封禅书》文帝制曰,方内乂安。《尔雅·释诂》曰,乂,治也。○繇、由字通,《汉书》由字皆作繇。《管子·势篇》曰,天因人,圣人因天。又见《越语下》范蠡语。○《史记·五帝本纪》曰:帝尧者,其仁如天。○歎(叹)集作嘆(叹),此依《文鉴》。案《说文》曰,嘆,吞嘆也。歎,吟也。是悲嘆作嘆,咏歎作歎。然经传往往通用。

公为人温良慈恕,其从政宽易爱人。及在朝廷,危言正色,人有所不能及也。凡同时与公有言责者,后多至大官,而公独早卒。何曰:"又因奏议而略及平生,见贯之言,真出于忠爱,非蒯上以邀名,惜其早卒,见仁宗之诚于听用,非阴弃其身也。"公讳师道,其世次州里,历官行事,有今资政殿学士赵公抃为公之墓铭云。以上略叙为人从政,而归重直谏。

□朱文公曰:"气脉浑厚。"○王遵岩曰:"沉着顿挫,光采自露。且序人奏议，发明直气切谏，而能形容圣朝之气象，治世之精华，真大家数手段。"〇储同人曰："宋至熙宁，而公议废斥，无一足存，扬历仁宗，义犹鱼藻。"

赵公抃，集抃作忭，今依《文鉴》。苏子瞻《赵清献公神道碑》曰："公讳抃，字阅道，其先京兆奉天人。祖讳湘，庐州庐江尉，始家于衢，遂为西安人。擢右谏议大夫，参知政事。熙宁三年，除资政殿学士，知杭州。元丰二年致仕，以疾还衢，有大星陨焉，二日而公薨。实七年八月癸巳也。"《名臣言行录后集》卷五、《东都事略》及《宋史·赵抃传》皆作抃。

寄欧阳舍人书

《援鹑堂笔记》卷四十五曰："欧公为《曾致尧神道碑》云：庆历六年夏，其孙巩称父命云云，则求碑文于是年。"杨铁佣（希闵）《曾文定公年谱》曰："庆历七年，《上欧阳公谢为作志铭书》。"步瀛案：《欧阳文忠年谱》曰："庆历五年八月甲戌，降知制诰，知滁州。八年闰正月乙卯，转起居舍人，依旧知制诰，徙知扬州。"是庆历七年永叔在滁州，明年始转舍人也。然子固上欧阳舍人书，称当世之急有三云云，在庆历六年已称舍人先生，岂因其尝知制诰而通称之邪？《宋史·职官志》曰："中书省舍人，掌行命令为制诰。"又曰："中书舍人为正四品。"

巩顿首载拜，舍人先生：去秋人还，蒙赐书，及所赞先大父墓碑铭。反复观诵，感与惭并。夫铭志之著于世，义近于史，而亦有与史异者。茅曰："挑剔出来。"汪曰："言之近乎史，以见铭之所系如此其重，便于篇末追睎祖德，及数美之归于欧公生根。"盖史之于善恶，无所不书。而铭者，盖古之人有功德材行志义之美者，惧后世之不知，则必铭而见之。或纳于庙，或存于墓，一也。苟其人之恶，则于铭乎何有？此其所以与史异也。其辞之作，所以使死者无有所憾，生者得致其严。而善人喜于见传，则勇于自立；恶人无有所纪，则以愧而惧。至于通材达识，义烈节士，嘉言善状，皆见于篇，则足为后法。警劝之道，非近乎史，其将安近？唐介轩曰："拓进一步，反语束住。"○以上言铭所系之重。

永叔《尚书户部郎中赠右谏议大夫曾公神道碑铭》曰："公讳致尧，字某，抚州南丰人也。庆历六年夏，其孙巩称其父命以来请曰：愿有述，遂为之述。"○《礼记·祭统》曰："铭者，自名也，自名以称扬其先祖之美，而明著之后世者也。为先祖者，莫不有美焉，莫不有恶焉，铭之义，称美而不称恶，此孝子孝孙之心也。"○或纳于庙，《何义门读书记·元丰类稿》卷三曰："碑本以丽牲，故曰或纳于庙。"步瀛案：此庙碑之始。古之碑制有二，一宫中庙中之碑，所以识日景，祭时用以丽牲者，《仪礼·聘礼》郑注曰："宫必有碑，所以识日景引阴阳也。（《仪礼经传通解》卷二十二曰："引疑当作别。"阮伯元《仪礼校勘记》卷二十一引周学健曰："别字固直截，或以绳着碑，引之而定方位，则引字亦可解。"）凡碑引物者，宗庙则丽牲焉，以取毛血。"《礼记·祭义》曰："君牵牲，既入庙门，丽于碑。"郑注曰："丽犹系也。"一圹间之碑，葬时用以下棺者。《礼记·檀弓下》："公肩假曰：公室视丰碑。"郑注曰："丰碑，斲大木为之，形如石碑，于椁前后四角树之，穿中，于间为鹿卢，下棺以綍绕。"（孔疏曰："綍即绋也。以绋之一头系棺缄，以一头绕鹿卢，既讫，而人各背碑负绋末头，听鼓声以渐却行而下之。"）《丧服大记》曰："凡封用綍去碑负引。"郑注曰："封，《周礼》作窆，窆下棺也，此封或皆作敛。"棺之入坎为敛，与敛尸相似。记时同之耳，凡柩车及圹，说载除饰，而属绋于棺之缄，又树碑于圹之前后，以绋绕碑间之鹿卢，挽棺而下之，此时棺下窆，使挽者皆系绋而绕要负引舒纵之，备失脱也。用绋去碑者，谓纵下之时也。又《聘礼》郑注曰："其材宫庙以石，窆用木。"（徐楚金谓庙碑非石，《仪礼经传通解》谓下窆之碑用石，与郑说异。）而后来更刻以文字。《说文》曰："碑竖石记功德。"（小徐本）《释名·释典艺》曰："碑，被也，此本葬时所设也，施鹿卢，以绳被其上，引以下棺也。臣子述君父之功美以书其上，后人因为焉，故建于道陌之头，（《御览·文部》引焉作为，无作焉。）显见之处，名其文就谓之碑也。"又互见刘梦得《令狐氏先庙碑》注。又古代钟鼎铭亦纳于庙。《礼记·祭统》曰："卫孔悝之鼎铭曰：六月丁亥，公假于大庙。"此鼎铭之纳于庙者。虽与碑铭不同，子固之意，或亦兼用之也。至于墓铭最古者，《史记·秦本纪》曰："蜚廉为纣石北方，还无所报，为坛霍太山，而报得石棺，铭曰：帝舍处父，不与殷乱，赐尔石棺，以华氏死，遂葬于霍太山。"《庄子·则阳篇》曰："卫灵公死，卜葬于故墓不吉，卜葬于沙丘而吉，掘之数仞，得石椁焉，洗而视之，有铭焉，曰：不冯其子。灵公夺而里之。"虽近神怪，然其传已久矣。○《孝经》曰："祭则致其严。"《礼记·学记》郑注曰："严，尊敬也。"

及世之衰，人之子孙者，一欲褒扬其亲而不本乎理。故虽恶人，皆务勒铭，以夸后世。立言者既莫之拒而不为，又以其子孙之所请也。书其恶焉，则人情之所不得，于是乎铭始不实。后之作铭者，常观其人。茅曰："又挑出来。"汪曰："此言铭必托之得人乃传，虚虚列入欧公身上。"苟托之非人，将到又离，不然便失之平衍矣。则书之非公与是，则不足以行世而传后。故千百年来，公卿大夫至于里巷之士，莫不有铭，而传者盖少。其故非他，托之非人，书之非公与是故也。以上传后之难。○汪曰："传之难有两层，公与是乃一层，辞之工又一层，却在公与是下，先将传之难作一束。"

常观，一本常作当，茅选同。

然则孰为其人，而能尽公与是欤？非畜道德而能文章者，无以为也。茅曰："才徐徐引入欧公身上。"汪曰："孰为其人中，兼畜道德能文章。上文公与是，乃畜道德者；下丈文章兼胜，乃能文章者。若于公与是下，即接'又在文章兼胜'，恐犯平顺，故将此二句插在中间。"盖有道德者之于恶人，则不受而铭之，于众人则能一辨焉。而人之行，有情善而迹非，有意奸而外淑，有善恶相悬，而不可以实指，有实大于名，有名侈于实。犹之用人，非畜道德者，恶能辨之不惑，议之不徇？不惑不徇，则公且是矣。而其辞之不工，则世犹不传。唐曰："从道德侧到文章，郑重曲折。"于是又在其文章兼胜焉。故曰，非畜道德而能文章者，无以为也。岂非然哉？以上又言非道德而文章兼胜者，不能任。

《尔雅·释诂》曰："淑，善也。"

然畜道德而能文章者，虽或并世而有，亦或数十年或一二百年而有之。其传之难如此，其遇之难又如此。倍形郑重，又加此层。若先生之道德文章，固所谓数百年而有者也。先祖之言行卓卓，幸遇而得铭其公与是，其传世行后无疑也。而世之学者，每观传记所书古人之事，至其所可感，则往往蠹然不知涕之流落也，况其子孙也哉？况巩也哉？唐曰："恳切。"其追睎祖德，而思所以传之之繇，则知先生推一赐于巩而及其三世，其感与报，宜若何而图之？以上言己之感德。

《说文》曰："盡，伤也。"又曰："睎，望也。"

抑又思，若巩之浅薄滞拙，而先生进之；先祖之屯蹶否塞以死，而先生显之。则世之魁闳豪杰不世出之士，其谁不愿进于门！唐曰："拓开一步，遥应前段警劝之道。"潜遁幽抑之士，其谁不有望于世？善谁不为，而恶谁不愧以惧？为人之父祖者，孰不欲教其子孙？为人之子孙者，孰不欲宠荣其父祖？此数美者，一归于先生，既拜赐之辱，且敢进其所以然。以上归众美于欧。所谕世族之次，敢不承教而加详焉？附及一事。愧甚，不宣，巩再拜。

□茅曰："此书纡徐百折，而感慨呜咽之气，博大幽深之识，溢于言外。"○方曰："必发人所未见之义，然后其文传，而传之显晦，又视其落笔时精神机趣，如此文盖兼得之。"○刘曰："文亦雍容温雅，而前半历叙作铭源流，不免拙塞。"

先祖之屯蹶否塞以死，见子固《先大夫集后序》。○永叔《与曾巩谕氏族书》曰："示及见托撰次碑文事，修于人事多故，不近文字久矣。大惧不能称述世德之万一，以满足下之意，然近世士大夫，于氏族尤不明，其迁徙世次，多失其序，至于始封得姓，亦或不具。如足下所示，云曾元之曾孙乐，为汉都乡侯，至四世孙据，遭王莽乱，始出都乡，而家豫章，考于史记皆不合。盖曾元去汉近二百年，自元至乐，似非曾孙，然亦当仕汉初，则据遭莽世失侯而徙，盖又二百年，疑亦非四世。以《诸侯年表》推之，虽大功德之侯，亦未有终前汉而国不绝者，亦无自高祖之世，至平帝时，侯才四传者。宣帝时，分宗室赵顷王之于景封为都乡侯，则据之去国，亦不在莽世，而都乡已先别封宗室矣。又乐、据姓名，皆不见于年表，盖世次久远而难详如此。若曾氏出于鄫者，盖其支庶自别有为曾氏者尔，非鄫于之后皆姓曾也。盖今所谓鄫氏者是也。杨允恭，据国史所书，尝以西京作坊使为江浙发运制置茶盐使，乃至道之间耳，今云苑洛使者，虽且从所述，皆宜更加考正。"○谕，茅选作论。

宜黄县学记

《元丰九域志》："宜黄属江南西路抚州临川郡。"《清一统志》曰："江西抚州府：宜黄县学，在县治北。宋皇祐初，始建于社稷坛右。"○集复县字，《续正宗》不复，茅选同，今从之。○《朱子语类》卷百三十九曰："南丰作宜黄、筠州二学记好，说得古人教学意出。"

古之人，自家至于天子之国，皆有学。自幼至于长，未尝去于学之中。学有《诗》《书》六艺，汪曰："言《礼》《乐》节文之详，却从《诗》《书》说起，即伏后'典籍在而可考可求'意。"弦歌洗爵，俯仰之容，升降之节，以习其心体耳目手足之举措。又有祭祀乡射养老之礼，以习其恭让；进材论狱出兵授捷之法，以习其从事。帅友以解其惑，劝惩以勉其进，戒其不率。其所以为具如此，而其大要，则务使人人学其性，不独防其邪僻放肆也。汪曰："从外说到内。"虽有刚柔缓急之异，皆可以进之于中，而无过不及。使其议之明，气之充于其心，则用之于进退语默之际，而无不得其宜；临之以祸福死生之故，而无足动其意者。为天下之士，而所以养其身之备如此，汪曰：" 以上言修身之事。"则又使知天地事物之变，古今治乱之理，至于损益废置，先后终始之要，无所不知。汪曰："此言为国家天下之事。"其在堂户之上，而四海九州之业、万世之策皆得。及出而履天下之任，列百官之中，则随所施为无不可者。何则？其素所学问然也。汪曰："倒钩转学作一锁，下文总承上意而透发之。"盖凡人之起居饮食动作之小事，至于修身为国家天下之大体，皆自学出，而无斯须去于教也。其动于视听四支者，必使其洽于内。其谨于初者，必使其要于终。驯之以自然，而待之以积久。噫！何其至也！故其俗之成，则刑罚措。其材之成，则三公百官得其士。其为法之永，则中材可以守。其入人之深，则虽更衰世而不乱。为教之极至此，鼓舞天下，而人不知其从之。岂用力也哉！以上古代教法之备，成材之众。

《礼记·学记》曰："古之教者，家有塾，党有庠，术有序，国有学。"郑注曰："术当为遂，声之误也。古者仕焉而已者，皆归教于闾里，朝夕坐于门，门侧之堂谓之塾。《周礼》：五百家为党，万二千五百家为遂，党属于乡，遂在远郊之外。"孔疏曰："《周礼》：百里之内，二十五家为闾，同共一巷，巷首有门，门边有塾，谓民在家之时，朝夕出入，恒受教于塾，故云家有塾。党谓《周礼》五百家也。庠，学名也，于党中立学，教闾中所升者也。术，遂也。《周礼》万二千五百家为遂，遂有序，亦学名。于遂中立学，教党学所升者也。国谓天子所都，及诸侯国中也。《周礼》天子立四代学，以致世子及群后之子，及乡中俊选所升之士也。而尊鲁亦立四代学，馀诸侯于国，但立时王之学，故云国有学也。"陈用之（祥道）《礼书》卷四十八曰："士之致仕者，教子弟于闾塾之基，则家有塾云者，非家塾也。合二十五家而教之于闾塾，谓之家有塾，则合二十五党而教之乡庠，谓之党有庠可也。《周礼》遂官，各降乡官一等，则遂之学，亦降乡一等矣。降乡一等，而谓之州长，其爵与州大夫同，则遂之学，其名与州序同可也。"《王制》曰："小学在公宫南之左，大学在郊，天子曰辟廱，诸侯曰頖宫。"郑注曰："此小学大学殷之制。"案：郑谓周制大学在国，小学在郊也。○《大戴礼·保傅篇》曰："古君年八岁而出就外舍，学小艺焉，履小节焉；束发而就大学，学大艺焉，履大节焉。"卢注曰："小学谓庠门，师保之学也；大学王宫之东者。束发谓成童。"《公羊》僖十年何注曰："礼，诸侯之子，八岁受之少傅，教之以小学，业小道焉，履小节焉。十五受太傅，教之以大学，业大道焉，履大节焉。"《白虎通·辟雍篇》曰："八岁毁齿，始有识知，入学学书，计七八十五阴阳备，故十五成童志明，入大学，学经籍。"《汉书·食货志上》曰："八岁入小学，学六甲五方书计之事，始知室家长幼之节。十五入大学，学先圣礼乐，而知朝廷君臣之礼。其有秀异者，移乡学于庠序。"则所谓入小学、大学者，似谓举程，非学地，与专指天子太子、诸侯世子之制，说盖异也。《贾子新书·容经》谓九岁入小学，又稍有不同。《仪礼经传通解》卷九引《尚书大传》曰："岁事已毕，馀子皆入学，十五始入小学，见小节，践小义。十八入大学，见大节，践大义焉。"此与《食货志》所述上下文略同，但入学之年不同耳。而说者以为卿大夫適子之制，小未必然也。○《周礼·地官·大司徒》曰："以乡三物教万民而宾兴之，三曰六艺，礼、乐、射、御、书、数。"○《礼记·文王世子》曰："春诵夏弦。"郑注曰："诵谓歌乐也，弦谓以丝播诗。"案：古者乡射乡饮酒，于庠序行之，皆有洗爵之礼。○《礼记·文王世子》曰："凡祭与养老乞言、合语之礼，皆小乐正诏之于东序。"郑注曰："学以三者之威仪也，养老乞言，养老人之贤者，因从乞善言可行者也。合语谓乡射、乡饮酒、大射、燕射之属也。《乡射记》曰：古者于旅也语。"孔疏曰："一是祭，二是养老乞言，三是合语之礼。"案：学中之祭祖，兼释奠、释菜而言，而乡射、养老，亦于学中行之。《周礼·地官·州长》曰："春秋以礼会民，而射于州序。"郑注曰："序，州党之学也。"《王制》曰："有虞氏养国老于上庠，养庶老于下庠，夏后氏养国老于东序，养庶老于西序，殷人养国老于右学，养庶老于左学，周人养国老于东胶，养庶老于虞庠，虞庠在国之西郊。"○《王制》曰："命乡论秀士，升之司徒，曰选士。司徒论选士之秀者，而升之学，曰俊士。升之司徒者，不征于乡，升于学者，不征于司徒，曰造士。大乐正论造士之秀者，以告于王，而升诸司马，曰进士。司马辨论官材，论进士之贤者，以告于王，而定其论，论定然后官之。"又曰："天子将出征，受成于学，出征执有罪，反释奠于学，以讯馘告。"《诗·鲁颂·泮水》曰："矫矫虎臣，在泮献馘。淑问如皋陶，在泮献囚。"案：论狱一作论德。○劝惩一作劝戒。○戒其，一作警其。○《学记》曰："五年视博习亲师，七年视论学取友。"○《王制》曰："命乡简不率教者，以告耆老，皆朝于庠，元日习射上功，习乡上齿，大司徒帅国之俊士，与执事焉。不变，命国之右乡，简不率教者移之左，命国之左乡，简不率教者移之右，如初礼。不变，移之郊，如初礼。不变，移之遂，如初礼。不变，屏之远方，终身不齿。将出学，小胥、大胥、小乐正简不率教者，以告于大乐正，大乐正以告于王，王命三公九卿大夫元士皆入学，不变，王亲视学，不变，王三日不举，屏之远方。西方曰棘，东方曰寄，终身不齿。"○《论语·为政》曰："殷因于夏礼，所损益可知也；周因于殷礼，所损益可知也。"《礼记·大学》曰："物有本末，事有终始，知所先后，则近道矣。"案：终始集作始终，今依《正宗》，茅选同。○《礼记·乐记》曰："礼乐不可斯须去身。"郑注曰："斯须犹须臾也。"

及三代衰，圣人之制作尽坏。千餘年之间，学有存者，亦非古法。人之体性之举动，惟其所自肆。汪曰："对上'养其身之备'。"而临政治人之方，固不素讲。汪曰："对上'为国家天下之大体'。"士有聪明朴茂之质，而无教养之渐，则其材之不成夫然。汪曰："人材不出。"盖以不学未成之材而为天下之吏，又承衰敝之后，而治不教之民。呜呼！仁政之所以不行，盗贼刑罚之所以积，汪曰："风俗不成。"其不以此也欤？以上教法衰敝之害。

朴（樸）茂，《正宗》樸作朴，茅选同。案：朴，樸之通借字。○则其材之不成夫然，姚姬传曰："夫疑固。"吴先生曰："夫为误字。《正宗》作天亦误。"○盗贼，集作贼盗，今依《正宗》，茅选同。

宋兴几百年矣。庆历三年，天子图当世之务，而以学为先。于是天下之学乃得立。而方此之时，抚州之宜黄，犹不能有学。士之学者，皆相率而寓于州，以群聚讲习。其明年，天下之学复废，士亦皆散去。而春秋释奠之事，以著于令，则常以庙祀孔氏，庙又不复理。皇祐元年，会令李君详至，始议立学，而县之士某某与其徒，皆自以谓得发愤于此，莫不相励而趋为之。故其材不赋而羡，匠不发而多。其成也，积屋之区若干，而门序正位，讲艺之堂，栖士之舍皆足；积器之数若干，而祀饮寝食之用皆具。其像孔氏而下，从祭之士皆备。其书经史百氏，翰林子墨之文章，无外求者。其相基会作之本末，总为日若干而已。何其周且速也？以上宜黄立学始末。

自来太祖建隆元年，至仁宗皇祐元年，凡九十年。《广韵》八微曰："几，近也，渠希切。"○《宋史·职官志》曰："庆历四年，诏诸路州军监，各令立学，学者二百人以上，许更置县学。"○《长编》百五十五曰："庆历五年三月辛未，诏曰：顷者尝诏方州，增置学官，而吏贪崇儒之虚名，务增室屋，使四方游士，竞起而趋之，轻去乡闾，浸不可止。自今有学州县，毋得辄容非本土人入居听习。"○《礼记·文王世子》曰："凡学，春官释奠于其先师，秋冬亦如之。"郑注曰："不言夏，夏从春可知也。释奠者，设荐馔酌奠而已，无迎尸以下之事。"《文王世子》又曰："凡始立学者，必释奠于先圣先师，及行事必以币。"孔疏曰："立学为重，故及先圣，此经始立学，故奠先圣先师。"又曰："凡释奠有六始，立学释奠一也，四时释奠有四，通前五也，《王制》，师还释奠于学六也。"黄元同《礼书通故》三十二曰："天子视学，祭先圣先师，是四时常奠，亦祭先圣也。此不言者，古重先师，言先师足以赅先圣。孔疏陈礼书谓四时常奠，不祭先圣，止祭先师，其说殊偏。"又曰："大祝大会同造于庙，宜于社，反行舍奠，甸祝掌四时之田舍，奠于祖祢（并《周礼·春官》）。舍奠即释奠，庙社山川亦有释奠礼，是不止有六也。孔疏直举学中言之耳。然始立学之释奠，䁖告之释奠，皆非常祀，其常祀者，四时释奠也。"案：黄氏说是，后世释奠之礼，《通典·吉礼》十二曰："隋制国子寺每岁四仲月上丁，释奠于先圣先师，州县学则以春秋仲月释奠。"《文献通考·学校》四曰："宋初春秋二丁，及仲冬上丁，贡举人诣先圣先师，命官行释奠之礼，皆如旧典。"○《论语·述而篇》曰："不愤不启。"皇疏曰："愤谓学者之心，思义未得，而愤愤然也。"《述而篇》又曰："发愤忘食。"《庄子·徐无鬼篇》《释文》曰："趋音促，急也。"○《诗·十月之交》毛传曰："羡，馀也。"《尔雅·释宫》曰："堂东西墙谓之序。"○《文献通考·学校》四曰："宋初增修先圣及亚圣十哲塑像，七十二贤及先儒二十一人，皆画像于东西廊之板壁，太祖亲撰先圣及亚圣赞，从祀贤哲先儒，并命当时文臣为之赞。"

○《汉书·杨雄传》曰:"雄上《长杨赋》,聊因笔墨之成文章,故借翰林以为主人,子墨为客卿以风。"

　　当四方学废之初,有司之议,固以谓学者人情之所不乐。及观此学之作,在其废学数年之后,唯其令之一唱,而四境之内响应,而图之如恐不及。则夫言人之情不乐于学者,其果然也欤?宜黄之学者,固多良士,而李君之为令,威行爱立,讼清事举,其政又良也。夫及良令之时,而顺其慕学发愤之俗,作为宫室教肄之所,以至图书器用之须,莫不皆有以养良材之士。虽古之去今远矣,然圣人之典籍皆在,其言可考,其法可求。使其相与学而明之,礼乐节文之详,固有所不得为者。若夫正心修身,为国家天下之大务,则在其进之而已。使一人之行修,移之于一家,一家之行修,移之于乡邻族党,则一县之风俗成、人材出矣。汪曰:"收'风俗人材'。"教化之行,道德之归,非远人也。可不勉欤?县之士来请曰:愿有记。故记之。十二月某日也。以上致勉结出作记之意。

　　□方曰:"观此等文,可知子固笃于经学,颇能窥见先王礼乐教化之意,故朱子爱而效仿之。"○姚曰:"随笔曲注,而浑雄博厚之气,郁于纸上。"

　　响应,集响作向,今依《正宗》,茅选同。○《礼记·中庸》曰:"道不远人。"○故记之,集故作其,今依茅选。

越州赵公救菑记

　　赵公即赵抃也,已见《范贯之奏议集序》注。案:《涑水记闻》卷十五曰:"赵阅道抃,熙宁中以资政殿大学士知越州,两浙旱蝗,米价踊贵,饥死者十五六,诸州皆牓衢路立赏,禁人增米价。阅道独牓衢路令有米者任增价粜之,于是诸州米商辐辏,米价更贱,民无饿死者。"苏子瞻《赵清献公神道碑》曰:"吴越大饥,民死者过半,公尽所以救荒之术,发廪劝分,而以家赀先之,民乐从焉。生者得食,病者得药,死者得藏,下令修城,使民贪其力。故越人虽饥而不怨。"又见《宋史·赵抃传》。越州已见欧阳永叔《文正范公神道碑》注。《说文》曰:"巛,害也。"蕾乃巛之通借字,经传或作烖作灾(灾),亦借字。

熙宁八年夏,吴越大旱。九月,资政殿大学士右谏议大夫知越州赵公,前民之未饥,汪曰:"先事为计。"为书问属县,蕾所被者几乡?民能自食者有几?当廪于官者几人?沟防构筑,可僦民使治之者几所?库钱仓粟,可发者几何?富人可募出粟者几家?僧道士食之羡粟书于籍者,其几具存?汪曰:"妙在先将各项劈头提清,乃《史记》法也。"使各书以对,而谨其备。刘曰:"此段从《管子·问篇》来。"○曾曰:"以上豫事。"

《长编》二百六十五曰:"熙宁八年六月,诏淮南、两浙、江南、荆湖路转运司,具旱灾州军以闻。"○苏子瞻《赵公神道碑》曰:"以大学士知成都,居二岁,乞守东南为归老计,得越州。"《长编》二百五十四曰:"熙宁七年六月壬辰,知成都府资政殿大学士赵抃知越州,从所乞也。"《职官志》曰:"资政殿大学士为正三品。"

州县吏录民之孤老疾弱不能自食者,二万一千九百馀人以告。故事,岁廪穷人,当给粟三千石而止。公敛富人所输,及僧道士食之羡者,得粟四万八千馀石,佐其费。使自十月朔,人受粟日一升,幼小半之。忧其众相蹂也，使受粟者，男女异日，而人受二日之食。忧其且流亡也，于城市郊野，为给粟之所，凡五十有七，使各以便受之，而告以去其家者勿给。计官为不足用也，取吏之不在职而寓于境者，给其食而任以事。不能自食者，有是具也。曾曰："以上给粟不能自食者。"

玄应《一切经音义》九曰："蹂古文厹同（《说文》厹篆作蹂），仁求、仁柳二切。"《苍颉篇》云："蹂，践也。"案：蹂集作躁，误，今依《续正宗》。

能自食者，为之告富人，无得闭粜。又为之出官粟，得五万二千馀石，平其价予民，为粜粟之所凡十有八，使籴者自便如受粟。曾曰："以上平粜。"

《左传》僖十五年曰："秦饥，晋闭之籴。"

又僦民完城四千一百丈，为工三万八千，计其佣与钱，又与粟再倍之。民取息钱者，告富人纵予之，而待熟，官为责其偿。弃男女者，使人得收养之。曾曰："以上以工代赈。"

《广雅·释言》曰："僦，赁也。"

明年春大疫，为病坊，处疾病之无归者。募僧二人，属以视医药饮食，令无失所恃。凡死者，使在处随收瘗之。曾曰："以上医病瘗死。"

《大戴礼》曾子《天圆篇》卢注曰："瘗，埋也。"○恃集作时，今依《正宗》。

法廪穷人，尽三月当止，是岁尽五月止。事有非便文者，公一以自任，不以累其属。有上请者，或便宜，多辄行。公于此时，蚤夜惫心力不少懈，事细钜必躬亲。

给病者药食，多出私钱，民不幸罹旱疫，得免于转死；虽死，得无失敛埋，皆公力也。以上旱疫总束。

《后汉书·章帝纪》曰："廪，给也。"○《正宗》止字上有而字，茅选在止字下。○茅选累作烦，细钜作钜细。

是时旱疫被吴越，民饥馑疾疠死者殆半，蓄未有钜于此也。天子东向忧劳，州县推布上恩，人人尽其力。公所拊循，民尤以为得其依归。所以经营绥辑，先后终始之际，委曲纤悉，无不备者。其施虽在越，其仁足以示天下。其事虽行于一时，其法足以传后。汪曰："所谓荒政可师者。"盖蓄沴之行，治世不能使之无，而能为之备。民病而后图之，与夫先事而为计者，则有间矣。不习而有为，与夫素得之者，则有间矣。汪曰："就示天下传后说，乃作记之意也。"予故采于越，得公所推行，乐为之识其详。岂独以慰越人之思？汪曰："撇越州，正所以收越州。"将使吏之有志于民者，不幸而遇岁之蓄，推公之所已试，其科条可不待顷而具。则公之泽岂小且近乎？

茅选被下有于字。○《史记·吴王濞传》曰："郡国诸侯，各务自拊循其民。"○茅选终始作始终。○《淮南子·俶真篇》曰："则丑美有间矣。"高注曰："间，远也。"

公元丰二年，以大学士加太子少保致仕，家于衢。其直道正行，在于朝廷，岂弟之实，在于身者，此不著。汪曰："公之生平，以撇为叙。"著其荒政可师者，以为《越州赵公救蓄记》云。

□方曰："叙琐事而不俚，非熟于经书及管、商诸子，不能为此等文。"○刘曰："详悉如画，有用之文。起处用《管子·问篇》文法，极古。"

《神道碑》曰:"公年未七十,告老于朝,不许,请之不已。元丰二年二月,加太子少保致仕,时年七十二矣。退居于衢,有溪石松竹之胜。东南高士多从之游。"《九域志》曰:"两浙路衢州信安郡治西安县。"案:今浙江西安县治。

张子厚

张载,字子厚,长安人。举进士,为祁州司法参军,云岩令,政事以敦本善俗为先。熙宁初,御史中丞吕公著荐之,召见,以为崇文院校书,移疾屏居南山下,敝衣蔬食,与诸生讲学,每告以知礼成性、变化气质之道,学必如圣人而后已。以为知人而不知天,求为贤人而不求为圣人,此秦、汉以来学者大蔽也。故其学尊礼贵德,乐天安命,以《易》为宗,以《中庸》为体,以孔、孟为法。吕大防荐之,诏知太常礼院,与有司议礼不合,复以疾归。中道疾甚,沐浴更衣而寝,旦而卒。世称为横渠先生。《宋史》入《道学传》。

西 铭

《宋史·道学传》曰:"张载作《西铭》,程颐尝言,《西铭》明理一而分殊,扩前圣所未发。"朱文公《近思录》卷二原注曰:"横渠学堂双牖,右书订顽,左书砭愚。"伊川曰:是起争端。改订顽曰西铭,砭愚曰东铭。朱文公《西铭解》曰:"天地之间,理一而已。然乾道成男,坤道成女,二气交感,化生万物,则其大小之分,亲疏之等,至于十百千万而不能齐也。不有圣贤出,孰能因其异而反其同哉?《西铭》之作,意盖如此。"

乾称父，坤称母。予兹藐焉，乃混然中处。故天地之塞吾其体，天地之帅吾其性，民吾同胞、物吾与也。理既精粹，文亦警悚异常。大君者，吾父母宗子。其大臣，宗子之家相也。尊高年，所以长其长。慈孤弱，所以幼其幼。圣其合德，贤其秀也。凡天下疲癃残疾，惸独鳏寡，皆吾兄弟之颠连而无告者也。词高理粹，文章家道不出。于时保之，子之翼也。乐且不忧，纯乎孝者也。违曰悖德，害仁曰贼。济恶者不才，其践形惟肖者也。知化则善述其事，穷神则善继其志。不愧屋漏为无忝，存心养性为匪懈。恶旨酒，崇伯子之顾养。育英才，颍封人之锡类。不弛劳而底豫，舜其功也。无所逃而待烹，申生其恭也。体其受而归全者，参乎！勇于从而顺令者，伯奇也。富贵福泽，将厚吾之生也。贫贱忧戚，庸玉女于成也。存吾顺事，没吾宁也。径住高绝。

□姚曰："岂独理美，其文亦未易几也。"

《易·说卦》曰："乾，天也，故称乎父；坤，地也，故称乎母。"○《广雅·释诂》二曰："藐，小也。"○《语类》卷九十八曰："塞如《孟子》说塞乎天地之间，塞只是气，吾之体即天地之气。帅是主宰，乃天地之常理也。吾之性即天地之理。"○《说文》曰："胞，儿生裹也。"《文选·西征赋》李善注曰："与，党与也。"○《易·师》上六曰："大君有命。"《礼记·曲礼下》曰："祭必告于宗子。"又曰："士不名家相。"孔疏曰："家相谓助知家［事］者也。"○《孟子·梁惠王上》曰："老吾老，以及人之老，幼吾幼，以及人之幼。"○《易·乾·文言》曰："大人者，与天地合其德。"○《汉书·高帝纪》颜注曰："癃，疲病也，音隆。"《诗·正月》曰："哀此惸独。"《孟子·梁惠王下》引作茕。《离骚》王逸注曰："茕，孤也。"《孟子》曰：

"老而无妻曰鳏，老而无夫曰寡，老而无子曰独，幼而无父曰孤，此四者，天下之穷民而无告者。"案《文鉴》，兄弟下无之字。○《诗·我将》曰："畏天之威，于时保之。"《广雅·释训》曰："翼翼，敬也。"○《易·系辞上》曰："乐天知命故不忧。"《左》隐元年曰："颍考叔，纯孝也。"○《孝经》曰："不爱其亲而爱他人者，谓之悖德。"○《孟子·梁惠王下》曰："贼仁者谓之贼。"○《左传》文十八年曰："此三族也，世济其凶，增其恶名。"○《孟子·尽心上》曰："惟圣人然后可以践形。"○《易·系辞下》曰："穷神知化，德之盛也。"《中庸》曰："夫孝者，善继人之志、善述人之事者也。"《朱子语类》九十八曰："林闻一问《西铭》只是言仁孝继志述事。曰：是以父母比较乾坤，主意不是说孝，只是以人所易晓者，明其所难晓者耳。"○《诗·抑》曰："相在尔室，尚不愧于屋漏。"毛传曰："西北隅谓之屋漏。"○《诗·小宛》曰："夙兴夜寐，无忝尔所生。"毛传曰："忝，辱也。"又《烝民》曰："夙夜匪懈，以事一人。"《孝经》皆引之。《孟子·尽心上》曰："存其心，养其性，所以事天也。"○《孟子·离娄下》曰："禹恶旨酒。"《周语下》：太子晋曰："其在有虞，有崇伯鲧。"韦注曰："鲧，禹父，崇，鲧国，伯，爵也。"《孟子·离娄下》曰："不顾父母之养。"○《尽心上》曰："得天下英才而教育之，三乐也。"《左传》隐元年曰："颍考叔为颍谷封人。君子曰：颍考叔纯孝也，爱其母施及庄公。"《诗》曰："孝子不匮，永锡尔类，其是之谓乎！"杜注曰："封人，典封疆者。"孔疏曰："此《诗·大雅·既醉》之五章。锡，予也。"○《孟子·万章上》曰："父母恶之，劳而不怨。"《离娄上》曰："舜尽事亲之道，而瞽瞍厎豫。"赵注曰："厎，致也；豫，乐也。"案：全书弛作施，乃弛之通借字。○待烹，《文鉴》烹作亨。《说文》曰："亯，献也，从高省，曰象执物形。"段注曰："礼经言馈食者，荐孰也，许两切，亯象荐孰，因以为饪物之称，故又读普庚切。亯之义训荐神，诚意可通于神，故又读许庚切，其形荐神作亨亦作享，饪物作亨亦作烹，《易》之元亨则皆作亨，皆今字也。"《礼记·檀弓上》曰：晋献公将杀其世子申生，重耳谓之曰：盖行乎？曰：不可。君谓我欲弑君也，天下岂有无父之国哉？吾何行如之？再拜稽首乃卒。是以为恭世子也。"又见《左传》僖五年十年。《语类》九十八曰："问：《西铭》谓颖人之锡类，申生其恭，二子皆不能无失处，岂能尽得孝道乎？曰：《西铭》本不是说孝，只是说事天，但推事亲之心事天耳。又曰：问申生未尽子道，何故取之？曰：天不到得似献公也，人有妄，天则无妄，若教自家死，便是理合如此，只得听受之。"〇《孝经》曰："身体发肤，受之父母，不敢毁伤，孝之始也。"《礼记·祭义篇》："乐正子春曰：吾闻诸曾子，曾闻诸夫子曰：天之所生，地之所养，无人为大。父母全而生之，子全而归之，可谓孝矣。不亏其体，不辱其身，可谓全矣。"〇《琴操》曰："《履霜操》者，尹吉甫之子伯奇所作也。吉甫，周上卿也，有子伯奇。伯奇母死，吉甫更娶后妻，生子曰伯邦，乃僭伯奇于吉甫曰：伯奇见妾有美色，然有欲心。吉甫大怒，放伯奇于野，伯奇编水荷而衣之，采楟花而食之，清朝履霜，自伤无罪见逐，乃援琴而鼓之曰：履朝霜兮采晨寒，考不明其心兮听谗言云云，宣王闻之曰：此孝子之辞也。"〇将厚，《文鉴》将下有以字。〇《诗·民劳》曰："王欲玉女。"郑笺曰："玉女，君子比德焉，王乎，我欲令女如玉然。"案《文鉴》女作汝。〇朱子解曰："孝子之身存，则其事亲也，不违其志而已。没则安而无所愧于亲也。仁人之身存，则其事天也，不逆其理而已。没则安而无所愧于天也。盖所谓朝闻夕死，吾得正而毙焉者，故张子之铭以是终焉。"〇《宋史》没作殁。

王介甫

　　王安石，字介甫，临川人（今江西临川县治）。擢进士上第，签书淮南判官。旧制，秩满，许献文求试馆职，安石独否，再调知鄞县，通判舒州，后知常州，移提点江东刑狱，入为度支判官。安石慨然有矫世变俗之志，于是上万言书。后安石当国，其所注措，大抵皆祖此书也。俄直集贤院，知制诰，纠察在京刑狱，以母忧去。终英宗世，召不赴。神宗在藩邸，闻其名，甫即位，命知江宁府。数月，召为翰林学士兼侍讲。熙宁二年二月，拜参知政事，设置三司条例司，而农田、水利、青苗、均输、保甲、免役、市易、保马、方田诸役，相继并兴，号为新法。三年十二月，拜同中书门下平章事。七年，罢为观文殿大学士知江宁府。自礼部侍郎超九转为吏部尚书。八年二月，复拜相。《三经义》成，加尚书左仆射，兼门下侍郎，屡谢病求去，罢为镇南军节度使同平章事判江宁府。明年，改集禧观使，封舒国公。屡乞还将相印。元丰三年，复拜左仆射观文殿大学士，换特进，改封荆。哲宗立，加司空。元祐元年卒，赠太傅。绍圣中谥曰文。《宋史》有传。〇茅鹿门曰："王荆公湛深之识，幽渺之思，大较并本之古六艺之旨，向于其中别自为调，镂刻万物，鼓铸群情，以成一家之言者也。"又曰："匠心所注，意在言外，神在象先，如幽林邃谷，而杳然洞天，恐亦古人所罕者。"吴北江曰："荆公崛起宋代，力追韩轨，其倔强之气，峭折之势，朴奥之词，均臻闳奥，独其规摹稍狭，故不及韩之纵横排荡，变化喷薄，不可端倪。然戛戛独造，亦可谓不离其宗者矣。"

周礼义序

《宋史·神宗纪》曰:"熙宁六年三月,置经局,命王安石提举。八年六月己酉,颁王安石《诗、书、周礼义》于学官。"《艺文志》有王安石《新经·周礼义》二十二卷。《郡斋读书志》卷二、《文献通考·经籍考》八、《玉海·艺文》三十九并同。《直斋书录解题》卷二作《周礼新义》,卷数同。清《四库书目提要》卷十九曰:《周官新义》十六卷,附《考工记解》二卷,宋王安石撰。《周礼新义》本二十二卷,明万历中重编《内阁书目》尚载其名。故朱彝尊《经义考》卷二十二不敢著其已佚,但注曰未见。然外间实无传本。即明以来内阁旧籍亦实无此书。惟《永乐大典》中所载最夥,盖《内阁书目》据《文渊阁书目》,《文渊阁书目》即修《永乐大典》所征之书,其时尚有完帙,故采之最详也。考蔡絛《铁围山丛谈》(卷三)曰:王元泽(雱)奉诏为《三经义》时,王丞相介甫为之提举,《诗》《书》盖多出元泽及诸门弟子手。《周礼新义》实丞相亲为之笔创者。政和中有司上言天府所籍吴氏资多有王丞相文书,于是朝廷悉藏诸秘阁,用是吾得见之。《周礼新义》笔迹如斜风细雨,诚介甫亲书云云,然则《三经义》中惟《周礼》为安石手著矣。今《永乐大典》阙《地官》《夏官》二卷,安石本未解《考工记》,而《永乐大典》乃备载其说,据晁公武《读书志》,盖郑宗颜辑安石《字说》为之。

士弊于俗学久矣,圣上闵焉,以经术造之。乃集儒臣,训释厥旨,将播之校学。而臣某实董《周官》。以上承命修《周官义》。

《长编》二百四十三曰:"熙宁六年三月庚戌,命知制诰吕惠卿兼修撰国子监经义,太子中允崇政殿说书王雱兼同修撰。先是上谕执政曰：举人对策，多欲朝廷早修经义，使义理归一，乃命惠卿及雱，而安石以判国子监沈季常亲嫌，固辞雱命，上弗许，已而又命安石提举，安石又辞，亦弗许。"

惟道之在政事，其贵贱有位，其后先有序，其多寡有数，其迟数有时。制而用之存乎法，推而行之存乎人。其人足以任官，吴北江曰："文势峻急直下，句句劲挺，此荆公长处。"其官足以行法，莫盛乎成周之时；其法可施于后世，其文有见于载籍，莫具乎《周官》之书。盖其因习以崇之，庚续以终之，至于后世无以复加。则岂特文、武、周公之力哉？犹四时之运，阴阳积而成寒暑，非一日也。吴北江曰："以上括《周官》大旨。"

数、速字通。《礼记·乐记》郑注曰："数读为速。"○《汉书·艺文志》：《周官经》六篇。《汉纪》卷二十五曰："刘歆以《周官经》为《周礼》，王莽时，歆奏以为礼经，置博士。"《释文序录》曰："王莽时，刘歆为国师，始建立《周官经》为《周礼》。"（王实斋《周礼学》曰："天官惟王建国注云：周公居摄，而作六典之职，谓之《周礼》，据此则周公作此书，本名《周礼》，至汉复出之时，师承久绝，人见其所载皆是官职，又因《尚书序》有《周官》篇目，世儒未见其书，或欲以此当之。自刘歆以来，乃复其本名。"）贾公彦序《周礼》废兴曰："《周礼》起于成帝刘歆，而成于郑玄附离之者大半，故林孝存（《后汉书·郑玄传》作临孝存，案孝存，林硕字也，临、林字通。）以为武帝知《周官》末世渎乱不验之书，故作十论七难以排弃之。何休亦以为六国阴谋之书，唯有郑玄遍览群经，知《周礼》者乃周公致太平之迹，故能答林硕之论难，使《周礼》义得条通。故郑氏传曰：玄以为括囊大典，网罗众家，是以《周礼》大行后王之法，《易》曰：神而化之，存乎其人，此之谓也。"○《诗·大东》毛传曰："庚，续也。"茅选作赓。《尔雅·释诂》曰："赓，续也。"

　　自周之衰，以至于今，历岁千数百矣。太平之遗迹，扫荡几尽，学者所见，无复全经。汪曰："衬起训发之难。"于是时也，乃欲训而发之，臣诚不自揆。然知其难也。吴北江曰："郑重出之，自谦实自负也。"以训而发之之为难，则又以知夫立政造事追而复之之为难。吴先生曰："逆卷回抱，前后融成一片，篇法完密。"吴北江曰："由训释递至立政，文情绵邈而温懿。盖荆公所学所行，一本于《周礼》，其经世之具，固不专在训释其文也。用笔绵褫而下，意恉实有所专注，而行文特为委宛周至。"○以上因训发之难，而知追复之难。

　　《经典释文·叙录》曰："或曰：河间献王开献书之路，时有李氏上《周官》五篇，失事官一篇，乃购千金不得，取《考工记》以补之。"《周礼正义》序《周礼》废兴曰："《周官》孝武之时始出，秘而不传。至孝成皇帝，刘向子歆校理秘书，始得列序，著于《录》《略》，然其《冬官》一篇，以《考工记》足之。"韩退之《与孟尚书书》曰："故学士多老死，新者不见全经。"

　　然窃观圣上致法就功，取成于心，训迪在位，有冯有翼，亹亹乎乡六服承德之世矣。汪曰："此转言主上立政造事，已追而复之。"吴北江曰："词藻亦多取之于经，所以泽乎尔雅。盖为文之法，一字一语之不慎，则全篇气体胥为之累也。夫岂可以轻心掉之哉？"以所观乎今，考所学乎古，汪曰："就神宗致德就功，转到《周官》之书，极为圆紧。"吴北江曰："顿挫纡徐，以取迟重之势。"所谓见而知之者。臣诚不自揆，妄以为庶几焉。故遂昧冒自竭，而忘其材之弗及也。以上言神宗有志追复，故已不觉训发之。

《诗·卷阿》：有冯有翼。毛传曰："道可冯依以为辅翼也。"《释文》曰："冯，符冰反。"《尔雅·释诂》曰："亹亹，勉也。"《荀子·儒效篇》杨注曰："乡读曰向。"《书》伪古文《周官》曰："六服群辟，罔不承德。"伪孔传曰："六服诸侯，奉承周德。"孔疏曰："《周礼》九服，此惟言六服者，夷、镇、蕃三服在九州之外，夷狄之地。王者之于夷狄，羁縻之而已，不可同于华夏，故惟举六服。"○见而知之，已见曾子固《唐论》注。

谨列其书为二十有二卷，凡十馀万言。上之御府，副在有司，以待制诏颁焉。以上请以制诏颁布。谨序。

□方曰："《三经义》序，指意虽未能尽应于义理，而辞气芳洁，风味邈然，于欧、曾、苏氏诸家外，别开户牖。"○汪曰："庄重谨言，一字不可增损。"又曰："顺逆反复，笔法圆紧之极。"

诗义序

《郡斋读书志》卷二曰："《新经毛诗义》二十卷，熙宁中，置三经义局，撰《三经义》，皆本安石说，《毛诗》先命王雱训其辞，复命安石训其义，书成，以赐太学，布之天下，以取士云。"《宋史·艺文志》书名与卷数皆同。《直斋书录解题》卷二、《通考·经籍》六，皆云《新经诗义》三十卷。《经义考》卷一百四曰："王氏安石《新经·毛诗义》佚。"

《诗》三百十一篇，其义具存，其辞亡者，六篇而已。上既使臣雱训其辞，又命臣某等训其义。书成，以赐太学，布之天下，又使臣某为之序。谨拜手稽首言曰：

《诗》上通乎道德，下止乎礼义。放其言之文，君子以兴焉。循其道之序，圣人以成焉。然以孔子之门人，赐也商也，有得于二目，则孔子悦而进之。盖其说之难明如此。则自周衰以迄于今，泯泯纷纷，岂不宜哉？汪曰："衬起神宗之自得，又引起己之代匮。"○或曰："以上言《诗》义难明。"

亡者六篇，谓《南陔》《白华》《华黍》《由庚》《崇丘》《由仪》，笙诗六篇也。《毛诗序》曰："《南陔》，孝子相戒以养也。《白华》，孝子之絜白也。《华黍》，时和岁丰，宜黍稷也。有其义而亡其辞。"郑笺曰："此三篇者，乡饮酒燕礼用焉。曰笙入立于县中，奏《南陔》《白华》《华黍》（《燕礼》之文）是也。孔子论诗，雅颂各得其所，时俱在耳。遭战国及秦之世而亡之。"序又曰："《由庚》，万物得由其道也。《崇丘》，万物得极其高大也。《由仪》，万物之生各得其宜也。有其义而亡其辞。"笺曰："此三篇者，乡饮酒燕礼亦用焉。曰乃间歌《鱼丽》笙《由庚》，歌《南有嘉鱼》笙《崇丘》，歌《南山有台》笙《由仪》，（《乡饮酒礼》之文，《燕礼》同。）亦遭世乱而亡之。"步瀛案：六篇，郑注《仪礼·乡饮酒礼》《燕礼》以为亡在孔子前。笺《诗》以为亡在孔子后。贾疏曰："郑君注礼之时，未见毛传，以为此篇孔子前亡，注《诗》之时，既见毛传，以为孔子后失是也。"《乡饮酒礼》贾疏曰："堂上歌《鱼丽》终，堂下笙中吹《由庚》续之，以下皆然。堂上歌者不亡，堂下笙者即亡。盖当时方以类聚，笙歌之时，各自一处，故存者并存，亡者并亡也。"是六《诗》之亡，自汉至唐，殊无异议。朱子《集传》言笙诗有声无辞，于是聚讼纷纭，不可诘究。介甫言亡者六篇，正从古说，故诸家辨难不复录焉。○《毛诗序》曰："变风发乎情，止乎礼义。"○《论语·学而篇》：子曰："赐也，始可与言《诗》已矣。"《八佾篇》：子曰："起予者商也，始可与言《诗》已矣。"○《书·吕刑》曰："泯泯棼棼。"《周书·祭公篇》曰："泯泯芬芬。"孔注曰："泯，芬乱也。"《论衡·寒温篇》曰："泯泯纷纷。"纷、棼、芬字并通。

伏惟皇帝陛下，内德纯茂，则神罔时恫。汪曰："此下遣词立义，一取于本经，渊然晬然，珠晖玉润，真非凡手所能望到。"外行恂达，则四方以无侮。日就月将，学有缉熙于光明，则颂之所形容，盖有不足道也。微言奥义，既自得之，又命承学之臣，训释厥遗，乐与天下共之。顾臣等所闻，如爝火焉，岂足以庚日月之馀光？姑承明制，代匮而已。以上奉制作《诗义》。

《诗·还》毛传曰："茂，美也。"又《思齐》曰："神罔时恫。"毛传曰："恫，痛也。"○《方言》一曰："恂，信也。"《诗·皇矣》曰："四方以无侮。"○《诗·敬之》曰："日就月将，学有缉熙于光明。"毛传曰："将，行也；光，广也。"又《昊天有成命》，传曰："缉明，熙广也。"○《诗序》曰："颂者，美盛德之形容，以其成功告于神明者也。"○《庄子·逍遥游篇》曰："爝火不息。"爝乃燋之借字。《说文》曰："燋所以持然火也。"段注曰："《少仪》：执烛抱燋，凡执之曰烛，未爇曰燋，燋即烛也。"○庚，茅选作赓。○《诗·谷风》郑笺曰："匮，乏也。"

传曰："美成在久。"吴北江曰："收束又出一意，深思遐望，神味尤为隽美。"故《棫朴》之作人，以寿考为言，盖将有来者焉，追琢其章，缵圣志而成之也。臣衰且老矣，尚庶几及见之！以上望《诗》教之成，仍说到己身作结。谨序。

□吴先生曰："自然采藻，不得移之他经。"○吴北江曰："此等文字，意量神韵，殆不作三代下想，虚心而讽咏之，自尔释躁平矜，怡然理顺，而涣然意解，渊渊乎金声玉振之文也。"

《庄子·人间世篇》曰："美成在久。"郭注曰："美成者，任其时化，譬之种植，不可一朝成。"〇《诗·棫朴》曰："周王寿考，遐不作人。"《诗序》曰："《棫朴》，文王能官人也。"〇《诗·棫朴》曰："追琢其章。"毛传曰："追，雕也。金曰雕，玉曰琢。"《释文》曰："追，对回反。"〇《独醒杂志》卷一曰："王荆公《诗经义》成书，神宗令以进呈，阅其序篇未毕，谓荆公曰：卿谓朕比德文王，朕不敢当也。公曰：陛下进德不倦，从谏弗咈，于文王何愧？上曰：《诗》称陟降庭止之类，岂朕所能？公曰：人皆可以为尧、舜，陛下何自谦如此？上摇首曰：不若改之。"案：此小说家言，未足为据，以有关文中之义，故附录之。

书义序

《郡斋读书志》卷一曰："《新经尚书[义]》十三卷，皇朝王雱撰。雱，安石之子也。熙宁六年，命吕惠卿汇修撰国子监经义，王雱兼同修撰，王安石提举，而雱董是经，颁于学官，用以取士，或少违异，辄不中程。由是独行于世者六十年。而天下学者喜攻其短。自开党禁，世人鲜称焉。"《直斋书录解题》卷二曰："《书义》十三卷，侍讲临川王雱元泽撰。雱盖述其父之学，王氏《三经义》，此其一也。初熙宁六年，命知制诰吕惠卿充修撰经义，以安石提举修定，又以安石子雱，惠卿弟升卿，为修撰官。八年，安石复入相，新传乃成。雱盖主是经者也。"《通考·经籍》四、《玉海·艺文》三十七，并作《新经尚书》，《宋史·艺文志》作《新经书义》，《宋志》署王安石，以安石提举也，而卷数皆同。朱竹垞《经义考》卷七十九曰："王安石子雱《新经尚书义》佚。"

熙宁二年，臣某以尚书入侍，遂与政。而子雱实嗣讲事。有旨为之说以献。八年，下其说太学班焉。以上《书义》已颁行大学。

《宋史·神宗本纪》曰："熙宁二年二月庚子，以王安石参知政事。"○《长编》二百二十曰："熙宁四年二月己卯，前旌德县尉王雱为太子中允崇政殿说书。"《宋史·王安石传》曰："子雱。"又雱传曰："雱字元泽，性敏甚，未冠，已著书数万言。举进士，调旌德尉。召见，除太子中允崇政殿说书，受诏注《诗、书义》，擢天章阁待制，兼侍讲。书成，迁龙图阁直学士，以病辞不拜，卒时才三十三。"○《长编》卷二百六十五曰："熙宁八年六月己酉，中书言《诗、书、周礼义》，欲以副本送国子监镂板颁行，从之。"

惟虞、夏、商、周之遗文，更秦而几亡，遭汉而仅存。赖学士大夫诵说，以故不泯。而世主莫或知其可用。吴先生曰："高简。"○以上言世主不知其可用。

《汉书·艺文志》曰："《书》之所起远矣，至孔子纂焉。上断于尧，下讫于秦，凡百篇，而为之序，言其作意。秦燔书禁学，济南伏生独壁藏之。汉兴亡失，求得二十九篇，以教齐、鲁之间。讫孝宣世，有欧阳、大小夏侯氏立于学官。古文《尚书》者，出孔子壁中。武帝末，鲁共王坏孔子宅，欲以广其宫，而得古文《尚书》及《礼记》《论语》《孝经》凡数十篇，皆古字也。共王往入其宅，闻鼓琴瑟钟磬之音，于是惧，乃止不坏。孔安国，孔子后也，悉得其书，以考二十九篇，得多十六篇，安国献之。遭巫蛊事，未列于学官。"

天纵皇帝大知，实始操之以验物，考之以决事。又命训其义，兼明天下后世，而臣父子以区区所闻，承乏与荣焉。以上神宗知其可用，故命训其义。

《论语·子罕篇》曰："固天纵之将圣。"○《左》成二年曰："摄官承乏。"○与音预。

然言之渊懿，而释以浅陋，命之重大，而承以轻眇。兹荣也，只所以为愧欤！吴先生曰："此用《法言》成调。"○以上逊谢。谨序。

□茅曰："其词简，而其法度自典则。"○吴北江曰："情词粹美。"

《法言·学行篇》曰："颜苦孔之卓之至也。或人瞿然曰：兹，苦也，只其所以为乐也与。"茅选欤上有也字。

读孟尝君传

《史记自序》曰："好客喜士，士归于薛，为齐扞楚魏，作《孟尝君列传》第十五。"《孟尝君传》《集解》曰："《诗》云：居常与许。郑玄曰：常或作尝，在薛之南。孟尝邑于薛城也。"案《诗·鲁颂·閟宫》郑笺曰："常或作尝，在薛之旁。《春秋》鲁庄公三十一年，筑台于薛，其是与！"孔疏曰："六国时，齐有孟尝君，食邑于薛，以其居薛邑而号孟尝君，则尝在薛旁，共为一地也。"案：薛在今山滕县东南。

世皆称孟尝君能得士，士以故归之，而卒赖其力以脱于虎豹之秦。汪曰："三句立案。"李刚己曰："起数句虽是案语，亦是逆笔。"嗟乎！孟尝君特鸡鸣狗盗之雄耳。吴北江曰："接笔英壮挺拔。"岂足以言得士？汪曰："破'能得士'。"李曰："将上文一笔折倒，辞气极为骏快。"不然，沈确士曰："掉。"擅齐之强，得一士焉，宜可以南面而制秦。汪曰："从韩子《祭田横墓文》得来。"沈曰："正论。"尚何取鸡鸣狗盗之力哉？汪曰："破'卒赖其力以脱'。"李曰："此数句即承上文'岂足以言得士'句转出正论，用笔有高山坠石之势。"吴曰："此层尤为开拓宏放，使局势一张。"夫鸡鸣狗盗之出其门，沈曰："此转更不测。"此士之所以不至也。汪曰："破'士以故归之'。"李曰："此二句仍趁上文语势掇转，义愈深，势愈陡。文外尤有苍茫不尽之意。"吴曰："收意高绝，用笔亦变幻不测。"

　　□楼迂斋曰："转折有力，首尾无百馀字，严劲紧束，而宛转凡四五处，此笔力之绝。"○沈曰："语语转，笔笔紧，千秋绝调。"○刘曰："寥寥数言，而文势如悬崖断壁，于此见介甫笔力。"○李曰："此文笔势峭拔，辞气横厉，寥寥短章之中，凡具四层转变，真可谓尺幅千里者矣。"○吴曰："此文乃短篇中之极则，雄迈英爽，跌宕变化，故能尺幅中具有万里波涛之势。后人多喜摹之，莫能拟似万一，前人亦无似者。虽荆公他长篇文字，亦未有能似此者也。使其篇篇至此，岂不与昌黎并驾争雄哉？"

　　《史记·孟尝君传》曰："孟尝君名文，姓田氏。文之父曰靖郭君田婴。婴卒，文代立于薛，是为孟尝君。孟尝君在薛，招致诸侯宾客及亡人有罪者，皆归孟尝君。孟尝君舍业厚遇之，以故倾天下之士，食客数千人。秦昭王闻其贤，乃先使泾阳君为质于齐，以求见孟尝君，齐湣王卒，使孟尝君入秦，昭王即以为秦相。或说秦昭王曰：孟尝君贤，又齐族也，今相秦，必先齐而后秦，秦其危矣。于是秦昭王乃止，囚孟尝君，谋欲杀之。孟尝君使人抵昭王幸姬求解。幸姬曰：妾愿得君狐白裘。此时孟尝君有一狐白裘，直千金，天下无双，入秦献之昭王，更无他裘。孟尝君患之，徧问客，莫能对。最下坐有能为狗盗者，曰：臣能得狐白裘。乃夜为狗，以入秦宫藏中，取所献狐白裘至，以献秦王幸姬，幸姬为言昭王，昭王释孟尝君，孟尝君得出，即驰去。夜半，至函谷关，秦昭王后悔出孟尝君，求之已去，即使人驰传逐之。孟尝君至关，关法，鸡鸣而出客。孟尝君恐追至，客之居下坐者，有能为鸡鸣，而鸡尽鸣，遂发传出，乃还。始孟尝君列此二人于宾客，宾客尽羞之。及孟尝君有秦难，卒此二人拔之，自是之后，客皆服孟尝君。"○古来论秦者，皆云虎狼，不云虎豹。吾友曹致尧曰："豹字音节佳耳。予谓庾子山《思旧铭》序云：项羽之晨起帐中，本是夜起，而晨字音节为佳，故改夜为晨。可见古人以声选字之法。"○言得士，《文鉴》无言字。○谢叠山《文章轨范》评此文曰："一篇得意处，只是擅齐之强，得一士焉，宜可以南面而制秦，尚何取鸡鸣狗盗之力哉？先得此数句作此一篇文字，然亦是祖述前言。韩文公《祭田横墓文》云：当嬴氏之失鹿，得一士而可王。何五百人之扰扰，不能脱夫子于剑铓？岂所宝之非贤，抑天命之有常！"陈玉田（锡路）《黄姊饮诰》卷二曰："介甫巧偷，却被叠山抉出，然猝读之，亦自令人不觉。此正是盗狐白裘手也。"步瀛案：后人用意偶与前人相同者，往往有之，不得径指为巧偷。陈氏语言轻薄，殊属无谓。○尚何取，《文鉴》无何字。

书李文公集后

《新唐书·艺文志》：《李翱集》十卷。《直斋书录解题》卷十六（疑当与《读书志》同，否则《通考》当言其异也。姑依今本。）、《通志·艺文略》卷八并同。《郡斋读书志》卷十七、《通考·经籍》六十、《宋史·艺文志》皆作十八卷，今本同。

文公非董子作《仕不遇赋》，惜其自待不厚。以予观之，《诗》三百发愤于不遇者甚众，而孔子亦曰：凤鸟不至，河不出图，吾已矣夫。盖叹不遇也。文公论高如此，及观于史，一不得职，则诋宰相以自快。今吾于人也，听其言而观其行。言不可独信久矣。虽然，彼宰相名实固有辨。彼诚小人也，则文公之发，为不忍于小人可也。为史者，独安取其怒之以失职耶？世之浅者，固好以其利心量君子，以为触宰相以近祸，非以其私，则莫为也。夫文公之好恶，盖所谓皆过其分者耳。以上言文公言行不能相副，好恶皆过其分。

李习之《答独孤舍人书》曰："仆尝怪董子大贤，而著《士不遇赋》，惜其自待不厚。凡人之蓄道德才智于身，以待世用，盖将以代天理物，非为衣服饮食之鲜肥而为也。董子道德备具，武帝不用为相，故汉德不如三代，而生人受其颠陨，于董子何苦哉？"案：董仲舒《士不遇赋》，见《艺文类聚·人部》三十及《古文苑》，仕皆作士，此文作仕，盖通借字。《孟子·公孙丑下》：有仕于此，《论衡·刺孟篇》引作士，即其证。○《史记·太史公自序》曰："《诗》三百篇，大抵圣贤发愤之所为作也。"○《论语·子罕篇》曰："凤鸟不至，河不出图，吾已矣夫！"《汉书·董仲舒传》：仲舒对册引此文而说之曰："自伤可致此物，而身卑贱不得致也。"○《旧唐书·李翱传》曰：翱自负辞艺，以为合知制诰，以久未如志，郁郁不乐，因入中书谒宰相，面数李逢吉之过失，逢吉不之校，翱心不自安，乃请告，满百日，有司准例停官。逢吉奏授庐州刺史。"○《论语·公冶长篇》："子曰：今吾于人也，听其言而观其行。"

方其不信于天下，更以推贤进善为急。一士之不显，至寝食为之不甘。盖奔走有力，成其名而后已。士之废兴，彼各有命。身非王公大人之位，取其任而私之，又自以为贤，仆仆然忘其身之劳也。岂所谓知命者耶！笔势翩翻，令人神远。《记》曰：道之不行，贤者过之，不肖者不及也。夫文公之过也，抑其所以为贤欤！以上言文公为贤者之过。

□茅曰："看王公文字，须识得他笔力天纵处。"

李习之《答韩侍郎书》曰："如鄙人无位于朝，陁摧于时，悽悽惶惶，奔走耻辱，求食不暇，自一千年来，贤士屈厄，未见有如此者。尚汲汲孜孜，引荐贤俊，如朝饥求餐，如久旷思通，如见妖丽而不得亲，然若使之有位于朝，或如兄侪得志于时，则天下当无屈人矣。"《孟子·万章下》曰："子思以为鼎肉，使己仆仆尔亟拜也。"赵注曰："仆仆，烦猥貌。"○《礼记·中庸篇》："子曰：道之不行也，我知之矣。知者过之，愚者不及也。道之不明也，我知之矣。贤者过之，不肖者不及也。"

上仁宗皇帝言事书

《宋史·王安石传》曰："移提点江东刑狱，入为度支判官。时嘉祐三年也。安石议论高奇，能以辨博济其说。果于自用，慨然有矫世变俗之志。于是上万言书，后安石当国，其所措注，大抵皆祖此书。"《长编》百八十八曰："嘉祐三年冬十月甲子，提点江南东路刑狱祠部员外郎王安石为度支判官，献书万言，极陈当世之务。"案《荆公诗集》卷八《解使事泊棠阴诗》曰："俛仰换春冬，纷纷空百忧。"李雁湖注曰："介父三年二月自常州移提点江东刑狱，此言换春冬，去官时当是四年，自是入为三司判官，献万言书，所谓百忧，皆书中所论者。"案：据雁湖此注，则去官在四年，即上书亦当在四年。《长编》载于三年十月甲子，盖据命下之日。又顺及上书，特终言其事耳，非谓上书即在此时。蔡元凤（上翔）《王文公年谱考略》载在嘉祐三年，殆非也。《宋史·仁宗纪》曰："嘉祐五年五月己酉，王安石召入为三司度支判官。"顾震沧（栋高）《王荆公年谱》从之，并载上万言书。且谓按书中有云，臣蒙恩备使一路云云，据此当在初还阙庭，未受度支之前所上，其说诚是。然三年十月下命，不应至五年五月方还阙庭。《宋史》似据度支判官到任之日，非谓上书亦在此时也。综其时月，似以李雁湖之说为合。至元人詹大和《王荆文公年谱》载在嘉祐六年，尤为无据也。

蔡元凤曰："荆公之学，原本经术，其上仁宗书，秦、汉而下，未有及此者。自宋承五代之馀，西北世为边患，太祖、太宗尚苦于兵。至澶渊之役，和议始成，虽以景德仁爱，有不忍战其民之心，而金缯岁币数十万，岁输于边，中原之财赋耗矣。浸寻至仁宗、英宗，天下安于无事，又六十年，而积弱之势成矣。当是之时，公以不世出之才，而又遇神宗大有为之君，其汲汲于变法者，盖欲以救国君积弱之势，振累世苟且之习，而非以聚敛媚君，以加息厉民，并非假财用不足以利一己之私也。先是范文正公应诏条陈十事，所援《易》言'穷则变，变则通，通则久'甚切。谓国家革五代之乱，垂八十年，纲纪制度，日削月侵，官壅于上，民困于下，不可不更张以救之。又论明黜陟必三载考绩，精贡举必先策论而后诗赋，此皆为公书中所必欲行者。而范公已先言之，安有如后人所谓议论高奇哉？"

吴先生曰："王荆公言'天变不足畏，祖宗不足法，人言不足恤'，世以为诟厉，而余绝重之，以为非有英奇闳伟非常之识，不能为此言也。礼义不愆，何恤人之言？曩哲有传语矣。为政当法先王，宋之祖宗有足法者乎？天人相与难言矣。殆非圣人不足以知之。后之言天者，一陷于巫祝禨祥之说，尽鄙琐见也，而傅之《洪范》。《洪范》何尝有是？《春秋》之纪日食星变，吾以为为历算家言之耳。近时西洋天文测算之学绝精，而不言占验，其识殆远过董仲舒、刘向诸儒，未可以方外之说少之也。"（此先生评《新五代史·司天考》之言，虽非为此文而发，而最足发明荆公伟抱，故特载之。）

臣愚不肖，蒙恩备使一路。今又蒙恩召还阙廷，有所任属，而当以使事归报陛下。不自知其无以称职，而敢缘使事之所及，冒言天下之事。伏惟陛下详思而择其中，幸甚。以上总起。

备使一路，谓提点江东刑狱也。《职官志》曰：提点刑狱公事，掌察所部之狱讼，而平其曲直，所至审问囚徒，详覆案牍，凡禁系淹延而不决，盗窃逋窜而不获，皆劾以闻，及举刺官吏之事。○而择，姚选择下有处字。

臣窃观陛下有恭俭之德，有聪明睿智之才，夙兴夜寐，无一日之懈，声色狗马，观游玩好之事，无纤介之蔽，而仁民爱物之意，孚于天下，而又公选天下之所愿以为辅相者，属之以事，而不贰于谗邪倾巧之臣。此虽二帝三王之用心，不过如此而已。宜其家给人足，天下大治。而效不至于此，顾内则不能无以社稷为忧，外则不能无惧于夷狄，天下之财力日以困穷，而风俗日以衰坏，四方有志之士，諰諰然常恐天下之不久安。此其故何也？患在不知法度故也。以上言天下不治，由于不知法度。今朝廷法严令具，无所不有，而臣以谓无法度者，何哉？方今之法度，多不合乎先王之政故也。《孟子》曰："有仁心仁闻，而泽不加于百姓者，为政不法于先王之道故也。"以《孟子》之说，观方今之失，正在于此而已。以上言今之法不合先王之道。夫以今之世，去先王之世远，所遭之变，所遇之势不一，而欲一二修先王之政，虽甚愚者犹知其难也。然臣以谓今之失，患在不法先王之政者，以谓当法其意而已。夫二帝三王，相去盖千有馀载，一治一乱，其盛衰之时具矣。其所遭之变，所遇之势，亦各不同，其施设之方亦皆殊，而其为天下国家之意，本末先后，未尝不同也。臣故曰，当法其意而已。

法其意，则吾所改易更革，不至乎倾骇天下之耳目，嚣天下之口，而固已合乎先王之政矣。以上言法先王当法其意。虽然，以方今之势揆之，陛下虽欲改易更革天下之事，合于先王之意，其势必不能也。汪曰："轩然大波忽起。"陛下有恭俭之德，有聪明睿智之才，有仁民爱物主意，诚加之意，则何为而不成，何欲而不得？然而臣顾以谓陛下虽欲改易更革天下之事，合于先王之意，其势必不能者，何也？以方今天下之人才不足故也。以上言不能法先王之意，由于人才不足。○人才不足，为篇中要义。盖行政在人，荆公变法，本注意于此，后以君子不附，不能不假手小人，而新政乃不可为矣。悲夫！

《孟子·滕文公上》曰："明君必恭俭。"《礼记·中庸》曰："聪明睿知，足以有临也。"○《诗·小宛》曰："夙兴夜寐。"○《后汉书·方术传》："秦密曰：董扶褒秋毫之善，贬纤芥之恶。"○《孟子·尽心下》曰。"君子仁民而爱物。"○沈文起《王荆公文集》注曰："《长编》（百八十七）嘉祐三年六月，文彦博罢户部侍郎平章事集贤殿大学士。富弼加礼部尚书昭文殿大学士，枢密使韩琦依前工部尚书平章事集贤殿大学士。"《富弼传》："拜集贤殿大学士，与文彦博并命，宣制之日，士大夫相庆于朝。帝微觇知之，以语学士欧阳修曰：古之命相，或得诸梦卜，岂若今日人情如此哉！修顿首贺。"《容斋五笔》（卷三）："嘉祐中，士大夫相语曰：富公真宰相，欧阳永叔真翰林学士，包老真中丞，胡公（瑗）真先生，遂有四真之目。"○《史记·平准书》曰："民则人给家足。"○《荀子·议兵篇》曰："秦四世有胜，諰諰然常恐天下之一合而轧己也。"杨倞注曰："《汉书》諰作鳃。"《苏林》曰："读如慎而无礼则葸之葸，鳃，惧貌也，先礼反。"○不久安，原作久不安，吴先生依拟上殿劄子乙为不久安。

○《孟子·离娄上》曰："今有仁心仁闻而民不被其泽，不可法于后世者，不行先王之道也。"○一二，茅选二作一，今依集。○《孟子·滕文公下》曰："天下之生久矣，一治一乱。"○《诗·十月之交》曰："谗口嚣嚣。"郑笺曰："嚣嚣，众多貌。"○茅选材、才字杂见，案：才乃材之通借字。

臣尝试窃观天下在位之人，未有乏于此时者也。夫人才乏于上，则有沉废伏匿在下，而不为当时所知者矣。臣又求之于闾巷草野之间，而亦未见其多焉，岂非陶冶而成之者非其道而然乎？臣以谓方今在位之人才不足者，以臣使事之所及则可知矣。今以一路数千里之间，能推行朝廷之法令，知其所缓急，而一切能使民以修其职事者甚少，而不才苟简贪鄙之人，至不可胜数。其能讲先王之意，以合当时之变者，盖阖郡之间，往往而绝也。朝廷每一令下，其意虽善，在位者犹不能推行，使膏泽加于民。而吏辄缘之为奸，以扰百姓。臣故曰：在位之人才不足，而草野闾巷之间亦未见其多也。夫人才不足，则陛下虽欲改易更革天下之事，以合先王之意，大臣虽有能当陛下之意，而欲领此者，九州之大，四海之远，孰能称陛下之指，以一二推行此，而人人蒙其施者乎？臣故曰其势必未能也。孟子曰："徒法不能以自行。"非此之谓乎？然则方今之急，在于人才而已。诚能使天下之才众多，然后在位之才，可以择其人而取足焉。在位者得其才矣，然后稍视时势之可否，而因人情之患苦，变更天下之弊法，以趋先王之意，甚易也。汪曰："上言方今患人才不足，此即乘势说方今若能使人才足，则自可以法先王之意。盖先在此著本朝说，就人才之足，收法先王，此后只用虚说、反说、借说，若正说便易复矣。此化繁为简之法也。"今之天下，亦先王之天下，先王之时，人才尝众矣，何至于今而独不足乎？故曰：陶冶而成之者非其道故也。以上言人才不足，由于陶冶之非其道。商之时，天下尝大乱矣，在位贪毒祸败，皆非其人，及文王之起，而天下之才尝少矣，当是时，文王能陶冶天下之士而使之皆有士君子之才，然后随其才之所有而官使之。《诗》曰："岂弟君子，遐不作人。"此之谓也。及其成也，微贱兔罝之人，犹莫不好德，《兔罝》之诗是也。又况于在位之人乎？夫文王惟能如此，故以征则服，以守则治。《诗》曰："奉璋峨峨，髦士攸宜。"又曰："周王于迈，六师及之。"言文王所用文武各得其才，而无废事也。及至夷、厉之乱，天下之才又尝少矣，至宣王之起，所与图天下之事者，仲山甫而已。故诗人叹之曰："德輶如毛，维仲山甫举之，爱莫助之。"盖闵人士之少，而山甫之无助也。宣王能用仲山甫，推其类以新美天下之士，而后人才复众。于是内修政事，外讨不庭，而复有文、武之境土。故诗人美之曰："薄言采芑，于彼新田，于此菑亩。"言宣王能新美天下之士，使之有可用之才，如农夫新美其田，而使之有可采之芑也。由此观之，人之才未尝不自人主陶冶而成之者也。以上申言陶冶人才之重要。

《孟子·离娄上》曰："谏行言听，膏泽下于民。"○《孟子·离娄上》曰："徒法不足以自行。"○《诗·旱麓》曰："岂弟君子，遐不作人。"又《棫朴》曰："周王寿考，遐不作人。"毛传曰："遐，远也，远不作人也。"郑笺曰："周王，文王也，其政变化纣之恶俗，近如新作人也。"案：介甫引《旱麓》之文，以证文王能陶冶天下之士，义盖与《棫朴》义同，与《旱麓》毛郑以君子为太王王季义异。○《兔罝》已见曾子固《列女传序》注。○《诗·棫朴》曰："奉璋峨峨，髦士攸宜。"毛传曰："半圭曰璋。峨峨，盛壮也；髦，俊也。"笺曰："璋，璋瓒也。祭祀之礼，王祼以圭瓒，诸臣助之亚祼以璋瓒。士，卿士也，奉璋之仪峨峨然，故今俊士之所宜。"又曰："周王于迈，六师及之。"毛传曰："天子六军。"笺曰："于往，迈行，及与也。周王往行，谓出兵征伐也。"○《史记·周本纪》曰："孝王崩，诸侯立懿王太子燮，是为夷王。夷王崩，子厉王胡立，王行暴虐侈傲，国人畔，袭厉王，厉王出奔于彘。召公、周公二相行政，号曰共和。共和十四年，厉王死于彘，太子静长于召公家，二相乃共立之为王，是为宣王。"○《诗·烝民》序曰："《烝民》，尹吉甫美宣王也。任贤使能，周室中兴焉。"其诗曰："德輶如毛，民鲜克举之。我仪图之，维仲山甫举之。爱莫助之。"毛传曰："仲山甫，樊侯也。"笺曰："輶，轻也；爱，惜也。仲山甫能独举此德而行之，惜乎莫能助之者。"○《诗·车攻》序曰："宣王内修政事，外攘夷狄，复文、武之竟土。"《左》隐十年曰："以王命讨不庭。"杜注曰："下之事上，皆成礼于庭中。"○《诗序》曰："《采芑》，宣王南征也。"其诗曰："薄言采芑，于彼新田，于此菑亩。"毛传曰："芑，菜也。田一岁曰菑，二岁曰新田，三岁曰畬，宣王能新天下之士，然后用之。"

所谓陶冶而成之者何也？亦教之养之、取之任之有其道而已。_{陶成之道分四项，此先提纲。}所谓教之之道何也？古者天子、诸侯自国至于乡党皆有学。博置教导之官而严其选。朝廷礼乐刑政之事皆在于学。士所观而习者，皆先王之法言德行，治天下之意，其才亦可以为天下国家之用。汪曰："又将法先王之意组合在教之中，见得人才成，便可行先王法度。"苟不可以为天下国家之用，则不教也。苟可以为天下国家之用者，则无不在于学。汪曰："并含武事。"此教之之道也。以上教之之道。所谓养之之道何也？饶之以财，约之以礼，裁之以法也。养之之道，又分三目。何谓饶之以财？人之情，不足于财，则贪鄙苟得，无所不至。先王知其如此，故其制禄，自庶人之在官者，其禄已足以代其耕矣。由此等而上之，每有加焉。使其足以养廉耻而离于贪鄙之行。犹以为未也，又推其禄以及其子孙，谓之世禄。使其生也，既于父子兄弟妻子之养，昏姻朋友之接，皆无憾矣。其死也，又于子孙无不足之忧焉。此言饶之以财。何谓约之以礼？人情足于财，而无礼以节之，则又放僻邪侈，无所不至。先王知其如此，故为之制度婚丧祭养燕享之事，服食器用之物，皆以命数为之节，而齐之以律度量衡之法。其命可以为之，而财不足以具，则弗具也。其财可以具，而命不得为之者，不使有铢两分寸之加焉。此言约之以礼。何谓裁之以法？先王于天下之士，教之以道艺矣。不帅教，则待之以屏弃远方，终身不齿之法。约之以礼矣。不循礼，则待之以流杀之法。《王制》曰："变衣服者其君流。"《酒诰》曰："厥或诰曰，群饮，汝勿佚，尽执拘以归于周，予其杀！"夫群饮变衣服，小罪也，流杀，大刑也。加小罪以大刑，先王所以忍而不疑者，以为不如是，不足以一天下之俗而成吾治。夫约之以礼，汪曰："又带约之以礼说。"裁之以法，天下所以服从无抵冒者，又非独其禁严而治察之所能致也。盖亦以吾至诚恳恻之心，力行而为之倡。凡在左右通贵之人，皆顺上之欲而服行之，有一不帅者，法之加必自此始。夫上以至诚行之，而贵者知避上之所恶矣，则天下之不罚而止者众矣。此言裁之以法。故曰此养之之道也。以上养之之道。

所谓取之之道者何也？先王之取人也，必于乡党，必于庠序，使众人推其所谓贤能，书之以告于上而察之。诚贤能也，然后随其德之大小，才之高下，而官使之。所谓察之者，非专用耳目之聪明，而听私于一人之口也。欲审知其德，问以行；欲审知其才，问以言。得其言行，则试之以事。所谓察之者，试之以事是也。虽尧之用舜，亦不过如此而已。又况其下乎？若夫九州之大，四海之远，万官亿醜之贱，所须士大夫之才则众矣。有天下者，又不可以一二自察之也，又不可以偏属于一人，而使之于一日二日之间，考试其行能，而进退之也。盖吾已能察其才行之大者，以为大官矣，因使之取其类，以持久试之，而考其能者，以告于上，而后以爵命禄秩予之而已。此取之之道也。以上取之之道。所谓任之之道者何也？人之才德，高下厚薄不同，其所任有宜有不宜。先王知其如此，故知农者以为后稷，知工者以为共工。其德厚而才高者，以为之长；德薄而才下者，以为之佐属。又以久于其职，则上狃习而知其事，下服驯而安其教。贤者则其功可以至于成，不肖者则其罪可以至于著。故久其任而待之以考绩之法。夫如此，故智能才力之士，则得尽其智以赴功，而不患其事之不终，其功之不就也。偷惰苟且之人，虽欲取容于一时，而顾僇辱在其后，安敢不勉乎？若夫无能之人，固知辞避而去矣。居职任事之日久，不胜任之罪不可以幸而免故也。彼且不敢冒，而知辞避矣，尚何有比周谗谄争进之人乎？取之既已详，使之既已当，处之既已久，至其任之也又专焉，而不一二以法束缚之，而使之得行其意。尧、舜之所以理百官而熙众工者，以此而已。《书》曰："三载考绩，三考，黜陟幽明。"此之谓也。然尧、舜之时，其所黜者，则闻之矣，盖四凶是也。其所陟者，则皋陶、稷、契，皆终身一官而不徙，盖其所谓陟者，特加之爵命禄赐而已耳。此任之之道也。以上任之之道。夫教之养之、取之任之之道如此，而当时人君，又能与其大臣，悉其耳目心力，至诚恻怛，思念而行之。此其人臣之所以无疑，而于天下国家之事，无所欲为而不得也。以上言陶冶人才有道之效。

　　古者，自天子、诸侯，自国至于乡党，皆有学，已见曾子固《宜黄县学记》注。○《孟子·万章下》曰："下士与庶人在官者同禄，禄足以代其耕也。"《礼记·王制》郑注曰："庶人在官，谓府史之属，官长所除，不命于天子国君者。"○《孟子·梁惠王下》曰："昔者文王之治岐也，仕者世禄。"○《孟子·梁惠王上》曰："苟无恒心，放辟邪侈，无不为已。"又见《滕文公上》。○《周礼·春官·典命》曰："上公九命为伯，其国家宫室车旗衣服礼仪，皆以九为节。侯伯七命，其国家宫室车旗衣服礼仪，皆以七为节。子男五命，其国家宫室车旗衣服礼仪，皆以五为节。王之三公八命，其卿六命，其大夫四命，及其出封，皆加一等，其国家宫室车旗衣服礼仪亦如之。公之孤四命，以皮帛眡小国之君，其卿三命，其大夫再命，其士一命，其宫室车旗衣服礼仪，各眡其命之数，侯伯之卿大夫士亦如之。子男之卿再命，其大夫一命，其士不命，其宫室车旗衣服礼仪，各眡其命之数。"〇《周礼·地官·保氏》养国子以道，乃教之六艺。〇《礼记·王制》曰："命乡简不帅教者，以告耆老，皆朝于庠，元日习礼上功，习乡上齿，大司徒帅国之俊士与执事焉。不变命国之右乡简不帅教者移之左，命国之左乡简不帅教者移之右，如初礼。不变移之郊，如初礼。不变移之遂，如初礼。不变屏之远方，终身不齿。将出学，小胥大胥小乐正简不帅教者，以告于大乐正，大乐正以告于王，王命三公九卿大夫元士皆入学。不变，王亲视学，不变，王三日不举，屏之远方。西方曰棘，东方曰寄，终身不齿。"《释文》曰："屏，必郢反。"〇《王制》曰："变礼易乐者为不从，不从者流；革制度衣服者为畔，畔者君讨。"荆公盖约举之耳。〇《书·酒诰》伪孔传曰："其有诰汝曰：民群聚饮酒不用上命，则汝收捕之勿令失也。尽执拘群饮酒者以归于京师，我其择罪重者而杀之。"《苏氏书传》曰："予其杀者，未必杀也，犹令法曰，当斩者，皆具狱以待命，不必死也。然必立法者，欲人畏而不敢犯也。"《苏氏》又谓为群聚饮酒，谋为大奸，其拟进士廷试策，亦主此说。蔡元凤驳之曰："如使群饮者谋为大奸，则罪至重，而酒为轻，武王又何故讳其至重者，录其少轻者？"案：蔡驳是也，故此下不录。）与伪孔择罪之意，可以相成。然尽执拘《说文》引作尽执柯献。（大徐本无献字，此从小徐《系传》本。）王西庄《尚书后案》曰："《说文》：柯，搟也。又通作苛，《天官·阍人》注，苛其出入，《秋官·环人》注，苛留，并作苛。而《阍人》《释文》又云：苛本又作呵。故《天官·宫正》注几呵其衣服持操，《汉·李广传》：霸陵尉呵止广，《江充传》：馆陶公主行驰道中，充呵问之，皆是也。经言执，必不重言拘，故当为柯。《说文》叙俗书之谬云，廷尉说律，至以字断法苛人受钱，苛之字止句也，此不合孔氏古文，即此可见。有以可误为句者，伪孔解为收捕，非矣。"江艮庭《尚书集注音疏》曰："献当为濒，濒，议罪也。从水献声，水取其平也。"步瀛案：抅献罪定而后杀之，可无子瞻群饮辄杀，虽桀纣不至此之疑矣。○《周礼·地官》：乡大夫之职曰："三年则大比，考其德行道艺，而兴贤者能者，厥明乡老及乡大夫群吏献贤能之书于王。此谓使民兴贤，出使长之，使民兴能，入使治之。"○《书·尧典》："帝曰：明明扬侧陋，师锡帝曰，有鳏在下曰虞舜。帝曰：我其试哉！"孔疏引郑注曰："试以为臣之事。"○《尔雅·释诂》曰："醜，类也。"○一二自察，茅选二作一。○《书·舜典》（伪古文分《尧典》为《舜典》）："帝曰：弃，汝后稷，播时百谷。帝曰：咨垂，汝共工。"《释文》曰："共音恭。"《史记·周本纪》曰："周后稷名弃，为儿时，其游戏好种树麻菽，麻菽美，及为成人，遂好耕农，相地之宜，宜谷者稼穑焉，民皆法则之。帝尧闻之，举弃为农师。"《礼记·明堂位》郑注曰："垂，尧之时共工也。"《书·顾命》伪孔传曰："垂，舜共工。"《淮南子·齐俗篇》曰："尧之治天下也，后稷为大田师，奚仲为工。"此奚仲疑即垂，非夏时为车正者也。《汉书·百官公卿表》曰："《书》载唐、虞之际，弃作后稷，播百谷；垂作共工，利器用。"○僇、戮字通。《广雅·释诂》三曰："戮，辱也。"《楚世家》《索隐》曰："僇，辱也。"○《左》文十八年曰："是与比周。"《孟子·告子下》曰："士止于千里之外，则谗谄面谀之人至矣。"○《书·尧典》曰："允厘百工，庶绩咸熙。"《史记·五帝本纪》作信饬百官，众功皆兴。工、功字通。○《书·舜典》曰："三载考绩，三考黜陟幽明。"伪孔传曰："三年有成，故以考功，九岁则能否幽明有别，黜退其幽者，升进其明者。"○《左》文十八年曰："舜臣尧，流四凶族：浑敦、穷奇、梼杌、饕餮，投诸四裔，以御螭魅。"《书·舜典》曰："流共工于幽州，放驩兜于崇山，窜三苗于三危，殛鲧于羽山，四罪而天下咸服。"案《史记·五帝本纪》，四凶与四罪非一事。吴生先《尚书故》曰："《左传》所云流四凶族，贾、服诸儒以牵合骥、兜、共、鲧（见《五帝本纪》《集解》引），《史记》无是说也。至缙云氏，则贾、服亦不以为三苗，郑以《左传》文解此四罪，乃谓三苗为饕餮（《书·舜典》孔疏引），据《史记》则流四凶在宾四门时，四罪在摄政后，明非一事。贾、郑合而一，非其实矣。"

　　方今州县虽有学，取墙壁具而已。非有致道之官，长育人才之事也。唯太学有教导之官，而亦未尝严其选。朝廷礼乐刑政之事，未尝在于学。学者亦漠然，自以礼乐刑政为有司之事，而非己所当知也。学者之所教，讲说章句而已。讲说章句，固非古者教人之道也。近岁乃始教之以课试之文章。夫课试之文章，非博诵强学穷日之力则不能。及其能工也，大则不足以用天下国家，小则不足以为天下国家之用。故虽白首于庠序，穷日之力以帅上之教，及使之从政，则茫然不知其方者，皆是也。盖今之教者，非特不能成人之才而已，又从而困苦毁坏之，使不得成才者，何也？夫人之才，成于专而毁于杂。故先王之处民才，处工于官府，处农于畎亩，处商贾于肆，而处士于庠序。使各专其业，而不见异物。惧异物之足以害其业也。所谓士者，又非特使之不得见异物而已。一示之以先王之道，而百家诸子之异说，皆屏之而莫敢习者焉。今士之所宜学者，天下国家之用也。今悉使置之不教，而教之以课试之文章，使其耗精疲神，穷日之力以从事于此。及其任之以官也，则又悉使置之，而责之以天下国家之事。夫古之人以朝夕专其业于天下国家之事，而犹才有能有不能。今乃移其精神，夺其日力，以朝夕从事于无补之学。及其任之以事，然后卒然责之以为天下国家之用。宜其才之足以有为者少矣。臣故曰：非特不能成人之才，又从而困苦毁坏之，使不得成才也。汪曰："应上作锁，即乘势转出'又有甚害'句。"

又有甚害者。先王之时，士之所学者，文、武之道也。汪曰："又生出武事意，又另引古。"士之才有可以为公卿大夫，有可以为士，其才之大小宜不宜则有矣。至于武事，则随其才之大小，未有不学者也。故其大者，居则为六官之卿，出则为六军之将也。其次则比闾族党之师，亦皆卒两师旅之帅也。故边疆宿卫，皆得士大夫为之，而小人不得奸其任。今之学者，以为文武异事。吾知治文事而已，至于边疆宿卫之任，则推而属之于卒伍。往往天下奸悍无赖之人，苟其才行足自托于乡里者，亦未有肯去亲戚而从召募者也。边疆宿卫，此乃天下之重任，而人主之所当慎重者也。故古者教士，以射御为急。其他技能，则视其人才之所宜，而后教之。其才之所不能，则不强也。至于射，则为男子之事。人之生，有疾则已，苟无疾，未有去射而不学者也。在庠序之间，固当从事于射也。有宾客之事则以射，有祭祀之事则以射，别士之行同能偶则以射，于礼乐之事，未尝不寓以射，而射亦未尝不在于礼乐祭祀之间也。《易》曰："弧矢之利，以威天下。"先王岂以射为可以习揖让之仪而已乎？固以为射者，武事之尤大，而威天下守国家之具也。居则以是习礼乐，出则以是从战伐。士既朝夕从事于此，而能者众，则边疆宿卫之任，皆可以择而取也。夫士尝学先王之道，其行义尝见推于乡党矣。然后因其才而托之以边疆宿卫之事。此古之人君所以推干戈以属之人，而无内外之虞也。今乃以夫天下之重任，人主所当至慎之选，推而属之奸悍无赖，才行不足自托于乡里之人。此方今所以愍愍然常抱边疆之忧，而虞宿卫之不足恃以为安也。今孰不知边疆宿卫之士不足恃以为安哉？顾以为天下学士以执兵为耻，而亦未有能骑射行阵之事者，则非召募之卒伍，孰能任其事者乎？夫不严其教，高其选，则士之以执兵为耻，而未尝有能骑射行阵之事，固其理也。凡此皆教之非其道故也。以上教之非其道。

沈曰："《职官志》：景祐四年，诏藩镇始立学，他州勿听。庆历四年，诏诸路州军监各令立学，学者二百人已上，许更置县学，始置教授，以经术行义训导诸生。掌其课试之事，委运司及长史于幕职州县内荐，或本处举人有德艺者充。熙宁六年，诏诸路学官，委中书门下选差，至是始命于朝廷。"○沈曰："《职官志》：国子监直讲，旧以讲书为名，无定员。淳化五年，判监李至奏为直讲，以京兆官充，其后又有讲书说书之名，并以幕职州县官充，秩满稍迁京官。皇祐中，始以八人为额，每员各专一经。"○沈曰："《选举志》：庆历中，国子监每科场诏下，许品官子试艺，给牒充广文、太学、律学三馆学生。初立四门学，自八品至庶人子弟，岁一试补，差学官锁宿弥封校其艺，疏名上闻，而后给牒，未几学废。按此盖如唐立广文馆，令进士专习诗赋者也。"○《管子·小匡篇》曰："士农工商四民，国之石民也。是故圣王之处士，必于闲燕处，农必就田壄处，工必就官府处，商必就市井，少而习焉，其心安焉，不见异物而迁焉。"○《汉书·董仲舒传》："对册曰：今师异道，人异论，百家殊方，指意不同。是以上亡以持一统，法制数变，下不知所守。臣愚以为诸不在六艺之科，孔子之术者，皆绝其道，勿使并进。邪辟之说灭息，然后统纪可一，而法度可明，民知所从矣。"○卒然，案：卒读曰猝。○《周礼·夏官·大司马·序官》曰："凡制军万有二千五百人为军，王六军，大国三军，次国二军，小国一军，军将皆命卿。二千有五百人为师，师帅皆中大夫；五百人为旅，旅帅皆下大夫；百人为卒，卒长皆上士；二十有五人为两，两司马皆中士；五人为伍，伍皆有长。"郑注曰："军、师、旅、卒、两、伍，皆众名也，伍一比，两一闾，卒一族，旅一党，师一州，军一乡，家所出一人，将、帅、长、司马者，其师吏也。言军将皆命卿，则凡军帅不特置，选于六官六乡之吏，自卿以下，德任者使兼官焉。"贾疏曰："此皆据在乡为乡大夫、州长、党正、族师、闾胥、比长时，尊卑命数而言。"《地官·大司徒》曰："五家为比，五比为闾，四闾为族，五族为党。"案：卒两，茅选两作伍。○《周礼·春官·大司徒》曰："以乡三物教万民而宾兴之，三曰六艺，礼乐射御书数。"《礼记·内则》曰："成童舞象，学射御。"○《礼记·射义》曰："古者天子以射选诸侯卿大夫士，射者男子之事也。"又曰："故男子生，桑弧蓬矢六，以射天地四方，天地四方者，男子之所有事也。"《内则》曰："国君世子生三日，卜士负之，射人以桑弧蓬矢六，射天地四方。"○《礼记·曲礼下》曰："君使士射，不能则辞以疾。"○《周礼·春官·大宗伯》曰："以宾射之礼，亲故旧朋友。"郑注曰："射礼，虽王亦立宾主也。王之故旧朋友，为世子时共在学者，天子亦有友诸侯之义。"《礼记·射义》曰："古者诸侯之射也，必先行燕礼；卿大夫士之射也，必先行乡饮酒之礼。"《诗·宾之初筵》毛传曰："有燕射之礼。"○《礼记·射义》曰："天子将祭，必先习射于泽，泽者所以择士也。已射于泽，而后射于射宫，射中者得与于祭，不中者不得与于祭。"○《汉书·食货志上》曰："诸侯岁贡少学之异者于天子，学于大学，命曰造士，行同能偶，则别之以射，然后爵命焉。"○《易·系辞下》曰："弧木为弓，剡木为矢，弓矢之利，以威天下。"○沈曰："《兵志》：太祖拣军强勇者号兵样，分送诸道，令如样召募。后更为木梃，差以尺寸高下，谓之等长杖，委长吏都监，度人材取之，当部送阙者，军头司覆验，引对便坐，分隶诸军。"

方今制禄，大抵皆薄。自非朝廷侍从之列，食口稍众，未有不兼农商之利而能充其养者也。其下州县之吏，一月所得，多者钱八九千，少者四五千，以守选待除守阙通之，盖六七年而后得三年之禄。计一月所得，乃实不能四五千，少者乃实不能及三四千而已。虽厮养之给，亦窘于此矣。而其养生丧死婚姻葬送之事，皆当于此。夫出中人之上者，虽穷而不失为君子；出中人之下者，虽泰而不失为小人。唯中人不然，穷则为小人，泰则为君子。计天下之士，出中人之上下者，千百而无十一；穷而为小人，泰而为君子者，则天下皆是也。先王以为众不可以力胜也，故制行不以己，而以中人为制。所以因其欲而利导之，以为中人之所能守，则其制可以行乎天下，而推之后世。以今之制禄，而欲士之无毁廉耻，盖中人之所不能也。故今官大者，往往交赂遗，营赀产，以负贪污之毁。官小者，贩鬻乞丐，无所不为。夫士已尝毁廉耻以负累于世矣，则其偷惰取容之意起，而矜奋自强之心息。则职业安得而不弛，治道何从而兴乎？又况委法受赂，侵牟百姓者，往往而是也。此所谓不能饶之以财也。以上不能饶之以财。婚丧奉养服食器用之物，皆无制度以为之节，而天下以奢为荣，以俭为耻。苟其财之可以具，则无所为而不得。有司既不禁，而人又以此为荣。苟其财不足，而不能自称于流俗，则其婚丧之际，往往得罪于族人亲姻，而人以为耻矣。故富者贪而不知止，贫者则强勉其不足以追之。此士之所以重困，而廉耻之心毁也。凡此所谓不能约之以礼也。以上不能约之以礼。方今陛下，躬行俭约，以率天下，此左右通贵之臣所亲见，然而其闺门之内，奢靡无节，犯上之所恶，以伤天下之教者，有已甚者矣。未闻朝廷有所放绌以示天下。昔周之人拘群饮而被之以杀刑者，以为酒之末流生害，有至于死者众矣。故重禁其祸之所自生。重禁祸之所自生，故其施刑极省，而人之抵于祸败者少矣。今朝廷之法，所尤重者，独贪吏耳。重禁贪吏，而轻奢靡之法，此所谓禁其末而弛其本。然而世之识者，以为方今官冗，而县官财用已不足以供之，其亦蔽于理矣。今之入官诚冗矣，然而前世置员盖甚少，而赋禄又如此之薄，则财用之所不足，盖亦有说矣。吏禄岂足计哉？臣于财利固未尝学，然窃观前世治财之大略矣。盖因天下之力，以生天下之财；取天下之财，以供天下之费。自古治世，未尝以不足为天下之公患也。患在治财无其道耳。今天下不见兵革之具，而元元安土乐业，人致己力，以生天下之财。然而公私常以困穷为患者，殆以理财未得其道，而有司不能度世之宜而通其变耳。诚能理财以其道而通其变，臣虽愚，固知增吏禄不足以伤经费也。方今法严令具，所以罗天下之士，可谓密矣。然而亦尝教之以道艺，而有不帅教之刑以待之乎？亦尝约之以制度，而有不循理之刑以待之乎？亦尝任之以职事，而有不任事之刑以待之乎？夫不先教之以道艺，诚不可以诛其不帅教；不先约之以制度，诚不可以诛其不循礼；不先任之以职事，诚不可以诛其不任事。此三者，先王之法所尤急也。今皆不可得诛。而薄物细故，非害治之急者，为之法禁，月异而岁不同，为吏者至于不可胜记，又况能一二避之而无犯者乎？此法令所以玩而不行，小人有幸而免者，君子有不幸而及者焉。此所谓不能裁之以刑也。以上不能裁之以刑。凡此皆治之非其道也。以上养之非其道。

沈曰："《梦溪笔谈》：国初时，州县小官，俸入至薄，（此二句《笔谈》所无。）故有'五贯九百六十俸，省钱且作足用'之语。（《笔谈》卷二十三曰：尝有一名公，初任县尉，有举人投书索米，戏为一诗答之云云。又旧三班奉职，月俸钱七百，驿券肉半斤云云，益可笑。）《职官志》：五万户已上州，录事参军二十千，司理、司法十二千，司户十千，已下递减，至不满五千户州，录事、司理、司法十千，司户七千。五千户已上知县，朝官二十二千，京官二十千，自此递减，三千户已下知县，止命京官十二千，主簿尉十二千至七千，有四等。幕职州县科钱，诸路支一半见钱，一半折支。《长编》（百四十一）：庆历三年五月，诏自今巡检县尉，月俸并特给见钱，勿折支，按以他物准折，则名为十千者一半虚作，实得一二千而已。景德四年，以庶官食贫，诏令掌事文武官月俸给折支，京师每一千，给实钱六百，在外四百，愿给他物者听，在上方以为优给，然其折数仅如此。《容斋四笔》（卷七）：黄亚夫（庶）皇祐间自序所为《伐檀》云，历佐一府三州，皆为从事，月廪于官，粟麦常两斛，钱常七千。按亚夫为录事参军，仁宗时俸所得仅此数，与志文不同，未知志据何为额耳。"《史记·张耳陈馀传赞》《集解》："如淳曰：厮，贱者也。韦昭曰：折薪为厮，炊烹为养。"《公羊》宣十二年厮役扈养，唐石经作廙，明监本、毛本作厮，廙、厮字同。〇皆当于此，吴先生曰：此下疑脱一出字。〇《汉书·景帝纪》：侵牟万民。注引李奇曰："牟，食苗根虫也。侵牟食民，比之蟊贼也。"〇"方今陛下躬行俭约"至"禁其末而弛其本"，姚曰：此与后段"法严令具"至"不能裁之以刑也"两段，当前后互易。《荆公集》见一南宋雕本，极多舛错，世亦无佳本正之。盖"世之识者"一段补饶财之馀意，"陛下躬行"一段，补约以礼、裁以刑之馀意，均当在"不能裁之以刑也"结句之后。而为刊本舛误，遂无觉其文势之不顺者。〇沈曰："王沂公（曾）《笔谈》：太平兴国中，朝士祖吉，历典方部，奸贼事觉，下狱，时郊祀将近，太宗怒其贪墨，遣中使谕旨于执政曰：祖吉特俾郊祖不宥。李元纲（字国纪）《厚德录》（卷三）：仁宗尝谓近臣曰：比有贪墨之吏，贼民自厚，朕诚恶之。今后会有赃私罪犯，更不得许臣僚奏举，审官院、流内铨、三班院，更不得引见磨勘转官。时士人亦有才高而不能事上官者，或上官以私怨，而捃拾米盐果菜细碎以为赃私者，遂永不得进用。众以为冤。右正言知制诰流内铨吴育奏，欲乞应选人中，曾犯赃私之类，除情理重者，无复在官。其馀罪名虽同，事体不一，或以微物致累，或以周防偶亏，而所犯稍轻，故得叙用，候经两任，如别无私罪，显有才能，并许奏举，特为磨勘。"〇然而世之识者，姚选识作议，谓此上仍有脱字；沈谓此一节，当在前"饶之以财"上。〇已不足以供之，姚曰："下有脱文。"〇前世置员盖甚少，沈曰："疑有脱误，玩文义（此七字依写本增）当云'比诸前世'。《汉·百官公卿表》吏员自佐史至丞相，十二万二百八十五人。杜佑《通典》（《职官》一）：大唐内外文武官员，凡万八千八百五人，都计文武官及诸色胥吏等，总三十六万八千六百六十八人，（都计以下，依《职官》二十二计算。）《元丰类稿·议经费劄子》：皇祐官二万员。"步瀛案：沈说非也。前世谓前代，指宋初而言。李微之（心传）

《建炎以来朝野杂记·甲集》卷十二曰："祖宗时，内外文武官，通一万三千馀员，天圣中，两制两省不及三千员，京朝官不及二千员，三班使臣不及四千员。庆历中，两制两省至五千员，京朝官二千七百馀员，流内铨选人仅万计。据此较宋初为增多矣。介甫之意，盖谓今日入官诚冗矣，然前代置官甚少，则财用有馀，而禄宜丰，乃赋禄又如此之薄，是财用亦未见有馀，则知财用不足，不在吏禄也。"○元元，已见曾子固《范贯之奏议序》注。○《易·系辞下》曰："通其变，使民不倦。"○一二避之，茅选二作一。○《论语·雍也篇》曰："罔之生也幸而免。"○治之，姚曰："治当作养。"

　　方今取士，强记博诵，而略通于文辞，谓之茂才异等，贤良方正。茂才异等，贤良方正者，公卿之选也。记不必强，诵不必博，略通于文辞，而又尝学诗赋，则谓之进士。进士之高者，亦公卿之选也。夫此二科所得之技能，不足以为公卿，不待论而后可知。而世之议者，乃以为吾常以此取天下之士，而才之可以为公卿者，常出于此，不必法古之取人，而后得士也。其亦蔽于理矣。先王之时，尽所以取人之道，犹惧贤者之难进，而不肖者之杂于其间也。今悉废先王所以取士之道，而驱天下之才士，悉使为贤良进士，则士之才可以为公卿者，固宜为贤良进士。而贤良进士，亦固宜有时而得才之可以为公卿者也。汪曰："放宽一笔，用意周密，愈宽愈紧。"然而不肖者，苟能雕虫篆刻之学，以此进至乎公卿，才之可以为公卿者，困于无补之学，而以此绌死于岩野，盖十八九矣。夫古之人有天下者，其所以慎择者，公卿而已。公卿既得其人，因使推其类以聚于朝廷，则百司庶物，无不得其人也。今使不肖之人，幸而至乎公卿，因得推其类聚之朝廷。此朝廷所以多不肖之人，而虽有贤智，往往困于无助，不得行其意也。且公卿之不肖，既推其类以聚于朝廷；朝廷之不肖，又推其类以备四方之任使；四方之任使者，又各推其不肖以布于州郡。则虽有同罪举官之科，岂足恃哉？适足以为不肖者之资而已。其次九经、五经、学究、明法之科，朝廷固已尝患其无用于世，而稍责之以大义矣。然大义之所得，未有以贤于故也。今朝廷又开明经之选，以进经术之士，然明经之所取，亦记诵而略通于文辞者，则得之矣。彼通先王之意，而可以施于天下国家之用者，顾未必得与于此选也。其次则恩泽子弟，庠序不教之以道艺，官司不考问其才能，父兄不保任其行义，而朝廷辄以官予之，而任之以事。武王数纣之罪，则曰官人以世。夫官人以世，而不计其才行，此乃纣之所以乱亡之道，而治世之所无也。又其次曰流外。朝廷固已挤之于廉耻之外，而限其进取之路矣。顾属之以州县之事，使之临士民之上，岂所谓以贤治不肖者乎？以臣使事之所及，一路数千里之间，州县之史，出于流外者，往往而有，可属任以事者，殆无二三，而当防闲其奸者，皆是也。盖古者有贤不肖之分，而无流品之别。故孔子之圣，而尝为季氏吏，盖虽为吏，而亦不害其为公卿。及后世有流品之别，则凡在流外者，其所成立，固尝自置于廉耻之外，而无高人之意矣。夫以近世风俗之流靡，自虽士大夫之才，势足以进取，而朝廷尝奖之以礼义者，晚节末路，往往忧而为奸。况又其素所成立，无高人之意，而朝廷固已挤之于廉耻之外，限其进取者乎？其临人亲职，放僻邪侈，固其理也。至于边疆宿卫之选，则臣固已言其失矣。凡此皆取之非其道也。以上取之非其道。

《礼记·曲礼上》曰："博闻强识。"又见韩退之《毛颖传》注。○《汉书·文帝纪》曰："二年诏举贤良方正能直言极谏者。"《武帝纪》曰："元封五年，诏令州郡察吏民有茂才异等，可为将相及使绝国者。"此后世二科之始。沈曰："《选举志》：太祖始置贤良方正能直言极谏，经学优深可为师法，详闲吏理达于教化，凡三科，不限前资见任职官，黄衣草泽，悉许应诏，对策三千言，词理俱优，则中选。景德二年，增置博通坟典，达于教化，才识兼茂明于体用，武足安边，洞明韬略，运筹决胜，军谋宏远材任边寄等科。按徐度（字敦立）《却埽篇》（卷下）有鲜明吏理，可使从政，与上为六科。史志及《长编》并脱之。时言者以两汉举贤良，多因兵荒灾变，所以询访阙政；今国家受瑞登封，无阙政也，安取此？乃罢其科。《长编》（卷一百七）：天圣七年闰二月诏曰：朕开数路以详延天下之士，而制举独久置不设，意吾豪杰或以故见遗也。其复置此科，曰贤良方正能直言极谏科，博通坟典达于教化科，才识兼茂明于体用科，详明吏理可使从政科，洞识韬略运筹决胜科，军谋宏远材任边寄科，凡六，以待京朝官之被举者。又置书判拔萃科，以待选人之应举者。又置高蹈丘园科，沉沦草泽科，茂才异等科，以待布衣之被举及应书者。又置武举，以待方略志勇之士。"○又尝学诗赋则谓之进士，沈曰："王定保《摭言》（卷一）：进士，隋大业所置也。与俊（自注曰，当作孝。）秀同源，所试皆答策而已。至神龙元年，方行三场试。王栐（字叔永）《燕翼诒谋录》（卷五）：旧制御试诗赋论，士人未免上请于殿陛之下，出题官临轩答之，往复纷纭。景祐元年三月丙子，诏进士题具书史所出，御药院印给。按进士殿试，亦用诗赋三篇，如唐试宏词科也。"（自注曰：《诒谋录》卷四曰："庆历二年富弼乞罢殿试，止令尚书礼部奏名，次第唱名，盖以廷试惟用诗赋，士子多侥幸故也。王尧臣、梁适皆状元及第，以为讥己，请如旧制。"○《法言·吾子篇》曰："或问吾子少而好赋，曰：然。童子雕虫篆刻，俄而曰，壮夫不为也。"○其次九经五经学究明法之科，沈曰："《通典》《选举典》三）凡课试之法，明经帖经者，以所习经掩其两端，中间开惟一行，裁纸为帖，凡帖三字，随时增损，可否不一，或得四得五得六者为通。天宝十一载，礼部侍郎阳濬始开为三行，明经所试，一大经及《孝经》《论语》《尔雅》帖各有差。帖既通而口问之，一经问十义，得六者为通。问通而后试策，凡三条，三试皆通者为第。（自注曰：此上单言学究科。）进士所试，一大经及《尔雅》帖通而后试文诗赋各一篇，文通而后试策凡五条，三试皆通者为第。明法试律令各十帖，试策共十条，（自注曰："律七条，令三条。"）全通为甲，通八已上为乙，自七已下为不第。按明经之中，有九经、五经之殊，仅通一经者为学究。《选举志》：凡九经帖书一百二十帖，对墨义六十条，凡五经帖书八十帖，对墨义五十条，凡三礼对墨义六十条，（自注曰："《唐会要》卷七十六曰：贞元九年五月二日，敕诸色人中，有习三礼者，每经问大义三十条，试策三道，义策全通为上等，特加超奖。则三礼科起唐中叶。"）凡三传一百一十条，（自注曰：《新唐书·选举志》凡三传科，《左氏传》问大义五十条，《公羊》《穀梁传》三十条。）凡《开元礼》、凡三史各对三（自注曰："按此字衍。"）百条，（自注曰："《唐志》：贞元二年，诏习《开元礼》者，举同一经例。"）凡学究《毛诗》对墨义五十条，《论语》十条，《尔雅》《孝经》共十条，《周易》《尚书》各二十五条，（自注曰："《论语》《尔雅》《孝经》皆兼通。"）凡明法对律合四十条。《长编》（百七十五）：皇祐五年闰七月，诏礼部贡院，自今诸科举人，终场问大义十道，每道举科首一两句为问，能以本经注疏对，而加以文辞润色发明之者为上，或不指明义理，而但引注疏备者次之，并为通。若引注疏及六分者为麤，其不识本义，或连引他经，而文意乖戾，章句断绝者为下，并以四通为合格。九经止问大义，不须注疏全备，其九经场数，并各减二场，仍不问兼经。"（自注曰："陆游《老学庵笔记》卷六曰：国初举人对策，皆先写策题，然策题不过一二十句，其后策题寖多，举人甚以为苦。庆历初，贾文元公为中丞，始奏罢之。"）〇又开明经之选，《宋史·选举志》曰："嘉祐二年，下诏间岁贡举进士诸科，悉解旧额之半，增设明经试法，凡明两经或三经、五经，各问大义十条，两经通八，三经通六，五经通五，为合格，兼以《论语》《孝经》策时务三条，出身与进士等。"〇恩泽子弟，沈曰："《选举志》：凡文臣三公宰相子为诸寺丞。期亲校书郎，馀亲以属远近补试衔，至诸司大卿监子期亲有差。太祖初定任子之法，台省六品，诸司五品，登朝尝历两任，然后得请，凡诞圣节及三年大祀，皆听奏一人，诸子孙须年过十五，若弟侄须过二十，必五服亲乃许，已尝荫而物故者，无子孙禄仕听再荫，凡致仕许奏荫，又身殁遗表上亦授荫。《长编》（百五十五）：庆历五年三月，监察御史包拯言，臣伏睹先降敕节文，应奏荫选人，年二十五已上，遇南郊大礼，限半年内，许令赴铨投状，京官每年春季赴国子监投状，并差两制官于逐处考试，内习词业者，或论或诗赋，习经业者，各专一经，试墨义等，及格者，与放选注官及差遣。自敕下之后，天下士大夫之子弟，莫不靡然向风，笃于为学，诏书所谓非惟为国造才，是乃为臣立家，实诲人育士之本也。近闻臣僚上言欲罢去，（自注曰：前事本范仲淹所建十事也，仲淹去位，故言者悉坏之。）是未之熟思耳。且国家推恩之典，其弊尤甚，遽欲厘革，则务学者日以怠惰，一旦俾临民莅政，懵然不知，犹未能操刀而使割也。或前条制有未尽事件，欲望只今有司再加详定，依旧施行。五月癸未，诏吏部流内铨，自今始初入官选人，具习文辞者，试省题诗或赋论一首，习经者，试墨义十道，并注合入官；如所试纰缪，试墨义凡九不中，令守选候放选再试，又不中，与远地判司。其年四十已上，依旧格读律通，即与注官，仍命两制一员同考试之。"○《书》伪古文《泰誓中》曰："官人以世。"○流外，沈曰："《选举志》：凡流外补选五省，谓中书、门下、枢密三司也。御史台、九寺、三监、金吾司、四方馆职掌，每岁遣近臣与判铨曹就尚书同试律三道，中者补正名理劳考，三馆秘阁楷书皆本司试书札，中书覆试补受，为职掌者，皆限年授，外州司户勒留有至诸卫长吏两省主事者。《诒谋录》（卷三）：国初吏人，皆士大夫子弟，不能自立者，忍耻为之，犯罪许用荫赎，吏有所恃，敢于为奸。天圣七年三月乙丑，三司吏母士安犯罪，用祖令孙荫，诏特决之，仍诏今后吏人犯罪，并不用荫。又诏吏人投募责状，在身无荫赎，方听入役。"○使之临士民之上，案《职官志》流外出官法，有补簿尉之职者。○《孟子·万章下》曰："孔子尝为委吏矣，尝为乘田矣。"赵注曰："委吏，主委积仓庾之吏也；乘田，苑囿之吏也，主六畜之刍牧者也。"《史记·孔子世家》曰："孔子贫且贱，及长，尝为季氏史，料量平；为司职吏，而畜蕃息。"○《魏志·陈群传》曰："徙为尚书，制九品官人之法，群所建也。"《通典·选举》二曰："延康元年，吏部尚书陈群以天朝选用，不尽人才，乃立九品官人之法，州郡皆置中正，以定其选，择州郡之贤有识鉴者，为之区别人物，第其高下。"《宋书·王僧绰传》曰："徙尚书吏部郎，参掌大选，究识品流，谙悉人物，拔才举能，咸得其分。"

方今取之既不以其道，汪曰："亦承'取之'说。"至于任之，又不问其德之所宜，而问其出身之后先；不论其才之称否，而论其历任之多少。以文学进者，且使之治财。已使之治财矣，又转而使之典狱。已使之典狱矣，又转而使之治礼。是则一人之身，而责之以百官之所能备。宜其人才之难为也。夫责人以其所难为，则人之能为者少矣。人之能为者少，则相率而不为。故使之典礼，未尝以不知礼为忧。以今之典礼者，未尝学礼故也。使之典狱，未尝以不知狱为耻。以今之典狱者，未尝学狱故也。天下之人，亦已渐渍于失教，被服于成俗，见朝廷有所任使，非其资序，则相议而讪之。至于任使之不当其才，未尝有非之者也。且在位者数徙，则不得久于其官。故上不能狃习而知其事，下不肯服驯而安其教。贤者则其功不可以及于成，不肖者则其罪不可以至于著。若夫迎新将故之劳，缘绝簿书之弊，固其害之小者，不足悉数也。设官大抵皆当久于其任，而至于所部者远，所任者重，则尤宜久于其官，而后可以责其有为。而方今尤不得久于其官，往往数日辄迁之矣。取之既已不详，使之既已不当，处之既已不久，至于任之则又不专，而又一二以法束缚之，不得行其意。臣故知当今在位多非其人，稍假借之权而不一二以法束缚之，则放恣而无不为。汪曰："又生出此意，塞住后路。"虽然，在位非其人，而恃法以为治，自古及今，未有能治者也。即使在位皆得其人矣，而一二以法束缚之，不使之得行其意，亦自古及今，未有能治者也。夫取之既已不详，使之既已不当，处之既已不久，任之又不专，而一二之以法束缚之，故虽贤者在位，能者在职，与不肖而无能者，殆无以异。

夫如此，故朝廷明知其贤能足以任事，苟非其资序，则不以任事而辄进之。虽进之，士犹不服也。明知其无能而不肖，苟非有罪，为在事者所劾，不敢以其不胜任而辄退之。虽退之，士犹不服也。彼诚不肖无能，然而士不服者何也？以所谓贤能者任其事，与不肖而无能者，亦无以异故也。臣前以谓不能任人以职事，而无不任事之刑以待之者，盖谓此也。以上任之非其道。汪曰："不用任之非其道句而应前作收，用笔变。"

论其历任之多少，沈曰："《诒谋录》（卷三）：旧制京朝官实历知县三任入同判。（自注曰："《容斋随笔》：章献太后临朝，其父讳通，故改同判，后复旧。王楙误。"）同判实历三任入知州。天圣六年七月己亥，诏自今任内有五人同罪奏举，（自注曰："凡保任皆结合同罪。"）减一任，同判后改为通判。又云：审官院定差知州军，并以资历，不容超越，资历当，不容不与。天圣七年九月辛巳，诏审官院定差，并申中书引上审视，若懦庸老疾不任事者，罢之。今都堂审察，其遗意也。"○又使之治财，又转而使之典狱，已使之典狱矣，又转而使之治礼，沈曰："治财若三司使属官，典狱若审刑院详议官、大理寺详断官，治礼若判太常礼院，皆士大夫所扬历者也。"○尤不得久于其官，沈曰："若诸路缘边帅臣兼安抚经略使者。"○一二以法束缚之，茅选二作一，下并同。○《孟子·公孙丑上》曰："贤者在位，能者在职。"

夫教之养之、取之任之，有一非其道，则足以败天下之人才。又况兼此四者而有之，汪曰："总上当今之弊。"则在位不才苟简贪鄙之人，至于不可胜数，而草野闾巷之间，亦少可任之才，固不足怪。《诗》曰："国虽靡止，或圣或否。民虽靡膴，或哲或谋，或肃或艾。如彼泉流，无沦胥以败。"此之谓也。以上总结教养取任之非道，而痛陈不能陶冶成材之害。

"国虽靡止"至"无沦胥以败"，皆《诗·小旻》之文。毛传曰："靡止言小也，人有通圣者，有不能者，亦有明哲者，有聪谋者。艾，治也，有恭肃者，有治理者。"《緜》传曰："膴，美也。"《雨无正》传曰："沦，率也。"王伯申《经传释词》卷十曰："无，发声。无沦胥以败，沦胥以败也。言周德日衰，如泉水之流，滔滔不返，无论智愚贤否，将相率而底于败亡也。"

夫在位之人才不足矣，而闾巷草野之间，亦少可用之才，则岂特行先王之政而不得也？社稷之托，封疆之守，陛下其能久以天幸为常，而无一旦之忧乎？盖汉之张角，三十六万同日而起，所在郡国，莫能发其谋。唐之黄巢，横行天下，而所至将吏无敢与之抗者。汉、唐之所以亡，祸自此始。唐既亡矣，陵夷以至五代，而武夫用事，贤者伏匿消沮而不见，在位无复有知君臣之义、上下之礼者也。当是之时，变置社稷，盖甚于弈棋之易。而元元肝脑涂地，幸而不转死于沟壑者无几耳。夫人才不足，其患盖如此。汪曰："将人才不足之患一锁。"而方今公卿大夫，莫肯为陛下长虑后顾，为宗庙万世计，臣窃惑之。汪曰："又生出苟且因循意。"昔晋武帝趣过目前，而不为子孙长远之谋。当时在位，亦皆偷合苟容，而风俗荡然，弃礼仪，捐法制，上下同失，莫以为非，有识固知其将必乱矣。而其后果海内大扰，中国列于夷狄者，二百馀年。伏惟三庙祖宗神灵，所以付属陛下，固将为万世血食而大庇元元于无穷也。臣愿陛下鉴汉、唐五代之所以乱亡，惩晋武苟且因循之祸，明诏大臣，思所以陶成天下之才。汪曰："此句包教养、取任在内。"虑之以谋，计之以数，为之以渐，期为合于当世之变而无负于先王之意，则天下之人才不胜用矣。人才不胜用，则陛下何求而不得，何欲而不成哉？夫虑之以谋，计之以数，为之以渐，则成天下之才甚易也。汪曰："又提上文语说下，文字既长，须时用提掇法、照应法、收锁法。"臣始读《孟子》，见《孟子》言王政之易行，心则以为诚然。及见与慎子论齐、鲁之地，以为先王之制国，大抵不过百里者。以为今有王者起，则凡诸侯之地，或千里，或五百里，皆将损之至于数十百里而后止。于是疑孟子虽贤，其仁智足以一天下，亦安能毋劫之以兵革，而使数百千里之强国，一旦肯损其地之十八九，比于先王之诸侯？至其后观汉武帝用主父偃之策，令诸侯王地，悉得推恩封其子弟，而汉亲临定其号名，辄别属汉。于是诸侯王之子弟，各有分土，而势强地大者，卒以分析弱小。然后知虑之以谋，计之以数，为之以渐，则大者固可使小，强者固可使弱，而不至乎倾骇变乱败伤之衅。孟子之言不为过。又况今欲改易更革，其势非若孟子所为之难也。臣故曰：虑之以谋，计之以数，为之以渐，则其为甚易也。以上言成天下之才，当虑之以谋，计之以数，为之以渐。

《后汉书·灵帝纪》曰："中平元年春二月，钜鹿人张角自称黄天，其部师有三十六万，皆著黄巾，同日反叛。"《刘陶传》曰："时钜鹿张角，伪托大道，妖惑小民，陶与乐松、袁贡连名上疏言之曰：四方私言云，角等窃入京师，觇视朝政，州郡忌讳，不欲闻之，但相告语，莫肯公文。宜下明诏，重募角等，赏以国土，有敢回避，与之同罪。帝殊不悟。明年，张角反乱，海内鼎沸。"○《新唐书·逆臣传》曰："黄巢，曹州冤句人。乾符二年，濮名贼王仙芝乱长垣，巢即与群从八人，募众得数千人，以应仙芝，转寇河南十五州，众遂数万。广明元年，陷京师，僭即位，号大齐。"○《左》襄二十五年，太叔文子曰：今宁子视君，不如弈棋。"○司马长卿《喻巴蜀檄》曰："肝脑涂中原，膏液润野草，而不辞也。"○《孟子·梁惠王下》曰："老弱转乎沟壑。"○《晋书·何曾传》曰："初曾侍武帝宴，退而告遵等曰：国家应天受禅，创业垂统，吾每宴见，未尝闻经国远图，惟说生平常事，非贻厥孙谋之兆也。及身而已，后嗣其殆乎，此子孙之忧也。"《文选》干令升《晋纪总论》曰："朝寡纯德之士，乡乏不二之老。风俗淫僻，耻尚失所。学者以庄老为宗，而黜六经。谈者以虚薄为辩，而贱名检。行身者以放浊为通，而狭节信。进仕者以苟得为贵，而鄙居正。当官者以望空为高，而笑勤恪。由是毁誉乱于善恶之实，情慝奔于货欲之涂。选者为人择官，官者为身择利。而秉钧当轴之士，身兼官以十数，大极其尊，小录其要。机事之失，十恒八九。而世族贵戚之子弟，陵迈超越，不拘资次，悠悠风尘，皆奔竞之士。列官千百，无让贤之举。礼法刑政，于此大坏。如室斯构，而去其凿契；如水斯积，而决其隄防；如火斯畜，而离其薪燎也。国之将亡，本必先颠，其此之谓乎！"○中国列于夷狄者二百馀年，案：晋惠帝永兴元年，刘渊称汉王，于是五胡十六国之乱起，厥后南北分裂，北魏又分为东西，迄北周静帝大象三年之亡，凡二百六十八年。○《宋史·太祖纪》曰："谥曰英武圣文神德皇帝，庙号太祖。"《太宗纪》曰："谥曰神功圣德文武皇帝，庙号太宗。"《真宗纪》曰："谥曰文明武定章圣元孝皇帝，庙号真宗。"○《左》庄六年，雅甥、聃甥、养甥曰："若不从三臣，抑社稷实不血食。"○《孟子》言王政之易行，如《梁惠王下》齐宣问毁明堂章，《公孙丑上》公孙丑问夫子当路于齐章。○《孟子·告子下》曰："鲁欲使慎子为将军，孟子曰：一战胜齐，遂有南阳，然且不可。周公之封于鲁，为方百里也，太公之封于齐也，亦为方百里也。今鲁方百里者五，子以为有王者作，则鲁在所损乎，在所益乎？"○《汉书·诸侯王表序》曰："武帝施主父偃之册，下推恩之令，使诸侯王得分户邑以封子弟，不行黜陟而藩国自析。"《主父偃传》："偃说上曰：古者诸侯地不过百里，强弱之形易制，今诸侯或连城数十，地方千里，缓则骄奢，易为淫乱，急则阻其强而合从以逆京师，今以法割削，则逆节萌起，前日朝错是也。愿陛下令诸侯得恩分子弟，以地侯之，彼人人喜得所愿，上以德施，实分其国，必稍自销弱矣。于是上从其计。"

然先王之为天下，不患人之不为，而患人之不能；不患人之不能，而患己之不勉。何谓不患人之不为，而患人之不能？人之情所愿得者，善行美名，尊爵厚利也，而先王能操之以临天下之士。天下之士有能遵之以治者，则悉以其所愿得者以与之。士不能则已矣，苟能，则孰肯舍其所愿得，而不自勉以为才？故曰：不患人之不为，患人之不能。何谓不患人之不能，而患己之不勉？先王之法，所以待人者尽矣。自非下愚不可移之才，未有不能赴者也。然而不谋之以至诚恻怛之心，力行而先之，未有能以至诚恻怛之心，力行而应之者也。故曰不患人之不能，而患己之不勉。陛下诚有意乎成天下之才，则臣愿陛下勉之而已。以上勉之以成。臣又观朝廷异时欲有所施为变革，其始计利害，未尝不熟也。顾有一流俗侥幸之人，不悦而非之，则遂止而不敢。夫法度立，则人无独蒙其幸者。故先王之政，虽足以利天下，而当其承弊坏之后，侥幸之时，其㓤法立制，未尝不艰难也。使其刱法立制，而天下侥幸之人，亦顺说以趋之，无有龃龉，则先王之法，至今存而不废矣。惟其刱法立制之艰难，而侥幸之人，不肯顺悦而趋之。故古之人欲有所为，未尝不先之以征诛，而后得其意。《诗》曰："是伐是肆，是绝是忽，四方以无拂。"此言文王先征诛，而后得意于天下也。夫先王欲立法度以变衰坏之俗，而成人之才，虽有征诛之难，犹忍而为之，以为不若是，不可以有为也。及至孔子，以匹夫游诸侯，所至则使其君臣捐所习，逆所顺，强所劣，憧憧如也，卒困于排逐。然孔子亦终不为之变，以为不如是不可以有为。此其所守盖与文王同意。汪曰："纽合。"夫在上之圣人莫如文王，在下之圣人莫如孔子，而欲有所施为变革，则其事盖如此矣。今有天下之势，居先王之位，刱立法制，非有征诛之难也。虽有侥幸之人，不悦而非之，固不胜天下顺悦之人众也。然而一有流俗侥幸不悦之言，则遂止而不敢为者，惑也。陛下诚有意乎成天下之才，则臣又愿断之而已。以上断之以果。夫虑之以谋，计之以数，为之以渐，而又勉之以成，断之以果，然而犹不能成天下之才，则以臣所闻，盖未有也。以上总结成天下之才。

　　美名，集美误矣，今依姚选。〇《论语·阳货篇》："子曰：唯上知与下愚不移。"〇《汉书·文帝纪》："后二年诏曰：为之恻怛不安。"颜曰："怛音丁曷反。"〇未尝不熟也，集无不字，依姚选增。〇侥幸之人不悦而非之，沈曰："此似指范文正执政时事也。"步瀛案：已见欧阳永叔《范文正碑》《尹师鲁墓志》及注。〇使其刱法立制，集使作以，今依姚选。〇《史记·五帝本纪》曰："黄帝与炎帝战于涿鹿之野，三战然后得其志。"吴先生曰："此宰我使民战栗之说也。"○《诗·皇矣》曰："是伐是肆，是绝是忽，四方以无拂。"毛传曰："肆，疾也；忽，灭也。"《释文》引王肃曰："拂，违也。"○《法言·五百篇》曰："或问孔子之时，诸侯有知其圣者与？曰：知之。知之则曷为不用？曰：不能。曰：知圣而不能用也，可得闻乎？曰：用之则宜从之，从之则弃其所习，逆其所顺，强其所劣，捐其所能，衝衝如也。非天下之至，孰能用之？"案：衝衝、憧憧字通。《广雅·释训》曰："衝衝，行也。"《易·咸》憧憧往来，《释文》引马融曰："行貌。"又引《王肃》曰："往来不定貌。"

然臣之所称，流俗之所不讲。而今之议者，以谓迂阔而熟烂者也。窃观近世士大夫所欲悉心力耳目，以补助朝廷者有矣，彼其意非一切利害，则以为当世所能行者，士大夫既以此希世，而朝廷所取于天下之士，亦不过如此。至于大伦大法，礼义之际，先王之所力学而守者，盖不及也。一有及此，则群聚而笑之，以为迂阔。今朝廷悉心于一切之利害，有司法令于刀笔之间，非一日也。然其效可观矣。则夫所谓迂阔而熟烂者，惟陛下亦可以少留神而察之矣。昔唐太宗正观之初，人人异论。如封德彝之徒，皆以为非杂用秦、汉之政，不足以为天下，能思先王之事开太宗者魏文正公一人尔。其所施设，虽未能尽当先王之意，汪曰："借魏郑公，收先王之意。"抑其大略可谓合矣。故能以数年之间，而天下几致刑措，中国安宁，蛮夷顺服。自三王以来，未有如此盛时也。唐太宗之初，天下之俗，犹今之世也。魏文正公之言，固当时所谓迂阔而熟烂者也。然其效如此。贾谊曰："今或言德教之不如法令，胡不引商、周、秦、汉以观之？"

然则唐太宗之事，亦足以观矣。以上破流俗之论，归结法先王之意。

《汉书·王吉传》曰："上以其言迂阔，不甚异也。"《董仲舒传》："对册曰：使习俗薄恶，人民嚚顽，抵冒殊扞，孰烂如此之甚者也。"○有司法令，姚曰："有司下脱字。"○《文子·征明篇》曰："察于刀笔之迹者，不知治乱之本。"《汉书·贾谊传》："上疏曰：俗吏之所务，在于刀笔筐箧，而不知大体。"颜注曰："刀所以削书"○《新唐书·魏徵传》曰："帝即位四年，岁断死二十九，几至刑措，米斗三钱。先是帝尝叹曰：今大乱之后，其难治乎！徵曰：大乱之易治，譬饥人之易食也。帝曰：古不云善人为邦百年，然后胜残去杀邪？答曰：此不为圣哲论也。圣哲之治，其应如响，朞月而可，盖不其难。封德彝曰：不然。三代之后，浇诡日滋，秦任法律，汉杂霸道，皆欲治不能，非能治不欲。徵书生，好虚论，徒乱国家，不可听。徵曰：五帝三王不易民以教，行帝道而帝，行王道而王，顾所行何如尔。黄帝逐蚩尤，七十战而胜其乱，因致无为。九黎害德，颛顼征之，已克而治。桀为乱，汤放之，纣无道，武王伐之，汤、武身及太平。若人渐浇诡，不复返朴，今当为鬼为魅，尚安得而化哉？德彝不能对，然心以为不可。帝纳之不疑。至是天下大治，蛮夷君长袭衣冠，带刀宿卫，东薄海，南逾岭，户阖不闭，行旅不赍粮，取给于道。帝谓群臣曰：此徵劝我行仁义既效矣，惜不令封德彝见之。（沈曰：《封伦传》，贞观元年卒。）徵薨，谥文贞。案：贞观文贞，此文皆作正者，避仁宗嫌名，馀见曾子固《唐论》注。○《汉书·贾谊传》："上疏陈政事曰：今或言礼谊之不如法令，教化之不如刑罚，人主胡不引殷、周、秦事以观之也？"案：宋避讳，改殷为商。

臣幸以职事归报陛下，不自知其驽下无以称职，而

敢及国家之大体者，以臣蒙陛下任使，而当归报。窃谓在位之人才不足，而无以称朝廷任使之意，而朝廷所以任使天下之士者，或非其理，而士不得尽其才。此亦臣使事之所及，而陛下之所宜先闻者也。释此不言，而毛举利害之一二，以汙陛下之聪明，而终无补于世，则非臣所以事陛下惓惓之义也。伏惟陛下详思而择其中，天下幸甚。以上言上书之意，应前作结。

□茅曰："此书几万馀言，而其丝牵绳联，如提百万之兵，而钩考部曲，无一不贯。"○方曰："欧、苏诸公上书，多条举数事，其体出于贾谊《陈政事疏》。此篇止言一事，而以众法之善败经纬其中，义皆贯通，气能包举，迳觉高出同时诸公之上。"○刘曰："其行文曲折鬯达，极文章之能事，而局段分析，不及古人之高浑变化。"

《文选·王命论》李善注曰："今谓马之下者为驽。"○以称，茅选以作所。○释此不言，集不作一，误，依茅选。○《汉书·刑法志》颜注曰："毛举者，书举豪毛之事，轻小之甚。"○《汉书·武五子·戾太子传》："壶关三老茂上书曰：臣不胜惓惓。"颜注曰："惓读曰拳。"案《广雅·释训》曰："拳拳，爱也。"

本朝百年无事劄子

杨仲良《通鉴长编纪事本末》卷五十九曰："神宗熙宁元年四月乙巳，诏新除翰林学士王安石越次入对，上问安石，祖宗守天下，能百年无大变，麤致太平，以何道也？安石退而书奏曰：伏惟太祖云云。"顾震沧《荆公年谱》曰："公之倾动主上，得专政柄者，尽在此书。其于宋室中叶之病，言言洞中膏肓矣。"○《归田录》卷一曰："往时学士入劄子不著姓，但云学士臣某，先朝盛度、丁度并为学士，遂著姓以别之。其后遂皆著姓。"卷二曰："唐人奏事，非表非状者，谓之牓子，亦谓之录子，今谓之劄子。凡群臣百司，上殿奏事，两制以上，非时有所奏陈，皆用劄子。中书、枢密院事，有不降宣敕者，亦用劄子。与两府自相往来亦然。若百司申中书，皆用状，惟学士院用咨报，其实如劄子，亦不书名，但当直学士一人押字而已。谓之咨报，此唐学士旧规也。"（江少虞《皇朝类苑》卷二十九同。）《清波别志》卷中曰："故事在外惟前两府，在内两大省，方许用劄于奏事，他官皆上表状。"〇《文鉴》《正宗》本朝上，皆有论字，《文鉴》入奏疏类，而无劄子二字。

　　臣前蒙陛下问及本朝所以享国百年，天下无事之故。臣以浅陋，误承圣问。迫于日晷，不敢久留，语不及悉，遂辞而退。窃惟念圣问及此，天下之福，而臣遂无一言之献，非近臣所以事君之义。故敢昧冒而粗有所陈。以上因问上陈。

　　自太祖建隆元年庚申，至神宗熙宁元年戊申，凡一百一十九年。〇《说文》曰："晷，日景也。"〇昧冒，茅选作冒昧，《文鉴》无此二字。

　　伏惟太祖躬上智独见之明，而周知人物之情伪，指挥付托，必尽其材，变置施设，必当其务。故能驾驭将帅，训齐士卒，外以扞夷狄，内以平中国。于是除苛赋，止虐刑，废强横之藩镇，诛贪残之官吏，躬以简俭，为天下先。其于出政发令之间，一以安利元元为事。太宗承之以聪武，真宗守之以谦仁，以至仁宗、英宗，无有逸德。此所以享国百年，而天下无事也。汪曰："总上锁住，下方抽出仁宗专论之。"〇以上言太祖开创于前，太宗、真宗、仁宗、英宗守成于后，皆无逸德，故百年无事。

《文献通考·田赋》四曰："宋太祖遣使监输民租，惩五代藩镇重敛之弊，阎式等坐监输增羡贬杖，常盈仓吏以多入民租弃市。乾德四年诏曰：出纳之吝，谓之有司，倘规致于羡馀，必深务于掊克。知光化军张全操上言：三司令诸处仓场主吏，有羡馀粟及万石，刍五万束以上者，上其名请行赏典。此苟非倍纳民租，私减军食，何以致之？宜追寝其事，勿颁行。除官所定正耗外，严加止绝。开宝三年，诏诸州府，两税所科物，非土地所宜者，不得抑配。"○《宋史·刑法志》曰："开宝八年，有司言自三年至今，诏所贷死罪，凡四千一百八人。帝注意刑辟，哀矜无辜，尝叹曰：尧、舜之时，四凶之罪，止于投窜，先王用刑，盖不获已，何近代宪网之密耶？故自开宝以来，犯大辟非情理深害者，多得贷死。"○《长编》卷二曰："太祖建隆二年秋七月，初上既诛李筠及重进，一日召赵普问曰：吾欲息天下之兵，为国家长久计，其道何如？普曰：陛下之言及此，天地人神之福也。此非他故，方镇太重，君弱臣强而已。今所以治之，亦无他奇巧，惟稍夺其权，制其钱谷，收其精兵，则天下自安矣。语未毕，上曰：卿无复言，吾已喻矣。时石守信、王审琦等，皆上故人，各典禁卫，普数言于上，请授以他职，上不许。普乘间即言之，上曰：彼等必不吾叛，卿何忧？普曰：臣亦不忧其叛也，然熟观数人者，皆非统御才，恐不能制伏其下，苟不能制伏其下，则军伍间万一有作孽者，彼临时亦不得自由耳。上悟，于是召守信等饮，酒酣，屏左右谓曰：我非尔曹之力，不得至此，念尔曹之德，无有穷尽。然天子亦大艰难，殊不若为节度使之乐，吾终夕未尝敢安枕而卧也。守信等皆曰：何故？上曰：是不难知矣。居此位者，谁不欲为之？守信等皆顿首曰：陛下何为出此言？今天命已定，谁敢复有异心？上曰：不然，汝曹虽无异心，其如麾下之人，欲富贵者，一旦以黄袍加汝之身，汝虽欲不为，其可得乎？皆顿首涕泣曰：臣等愚不及此，惟陛下哀矜，指示可生之途。上曰：人生如白驹之过隙，所为好富贵者，不过欲多积金钱，厚自娱乐，使子孙无贫乏耳。尔曹何不释去兵权，出守大藩，择便好田宅市之，为子孙立永远不可动之业，多置歌儿舞女，日饮酒相欢，以终其天年，我且与尔曹约为婚姻，君臣之间，两无猜疑，上下相安，不亦善乎？皆拜谢曰：陛下念臣等至此，所谓生死而肉骨也。明日皆称疾请罢，上喜，所以慰抚赐赍之甚厚。庚午，以侍卫都指挥使归德节度使石守信为天平节度使，殿前副都点检忠武节度使高怀德为归德节度使，殿前都指挥使义成节度使王审琦为忠正节度使，侍卫都虞候镇安节度使张令铎为镇安节度使，皆罢军职。独守信兼侍卫都指挥使如故。其实兵权不在也。殿前副都点检，自是亦不复除授云。"○《宋史·太祖本纪赞》曰："建隆以来，释藩镇兵权，绳赃吏重法，以塞浊乱之源，州郡司牧，下至令录幕职，躬自引对。"《刑法志》曰："乾德伐蜀之役，有军大校割民妻乳而杀之，太祖召至阙，数其罪，近臣营救颇切。帝曰：朕与师伐罪，妇人何辜，而残忍至此？遂斩之。时郡县吏承五代之习，黩货厉民，故尤严贪墨之罪。开宝三年，董光吉守英州，月馀，受赃七十馀万，帝以岭表初平，欲惩掊克之吏，特诏弃市。"○《宋史·太祖本纪》曰："宫中苇箔，缘用青布，常服之衣，澣濯至再，魏国长公主襦饰翠羽，戒勿复用，又教之曰：汝生长富贵，当念惜福，见孟昶宝装溺器，搏而碎之曰：汝以七宝饰此，当以何器贮食？所为如是，不亡何待？"○《书·立政》曰："乃惟庶习逸德之人，同于厥政。"孔疏曰："逸德，言以过恶为德。"○《宋史·仁宗纪》曰："讳祯，真宗第六子。天禧二年九月丁卯，册为皇太子。乾兴元年二月戊午，真宗崩，即皇帝位。"《英宗纪》曰："讳曙，濮安懿王允让第十三子，四岁，仁宗养于内，嘉祐七年八月，立为皇子。八年（三月辛未），仁宗崩，夏四月壬申朔，皇后传遗诏，命帝嗣皇帝位。"《神宗纪》曰："讳顼，英宗长子。治平三年十二月壬寅，立为皇太子。四年正月丁巳，英庙崩，帝即皇帝位。"

仁宗在位历年最久，臣于时实备从官。施为本末，臣所亲见。尝试为陛下陈其一二，而陛下详择其可，亦足以申鉴于方今。汪曰："申鉴方今，已含篇末'人事不可怠终'意。"伏惟仁宗之为君也，仰畏天，俯畏人，汪曰："下文独留此二语在'累朝相继'处总收，文法变。"宽仁恭俭，出于自然，而忠恕诚悫，终始如一。汪曰："先叙此四句，下文却留此在后总收，仁宗，至说累朝处，又复及之，文法亦变。"未尝妄兴一役，未尝妄杀一人。断狱务在生之，而特恶吏之残扰。宁屈己弃财于夷狄，而终不忍加兵。刑平而公，赏重而信。纳用谏官御史，公听并观，而不蔽于偏至之谗。因任众人耳目，拔举疏远，而随之以相坐之法。汪曰："已上提仁宗之事，已下言其效。"盖监司之吏，以至州县，无敢暴虐残酷，擅有调发，以伤百姓。自夏人顺服，蛮夷遂无大变。边人父子夫妇，得免于兵死，而中国之人，安逸蕃息，以至今日者，未尝妄兴一役，未尝妄杀一人，断狱务在生之，而特恶吏之残扰，宁屈己弃财于夷狄，而不忍加兵之效也。大臣贵戚，左右近习，莫敢强横犯法，其自重慎，或甚于闾巷之人。此刑平而公之效也。募天下骁雄横猾以为兵，几至百万，非有良将以御之，而谋变者辄败。聚天下财物，虽有文籍，委之府史，非有能吏以钩考，而断盗者辄发。凶年饥岁，流者填道，死者相枕，而寇攘者辄得。此赏重而信之效也。大臣贵戚，左右近习，莫能大擅威辐，广私货赂，一有奸慝，随辄上闻。贪邪横猾，虽间或见用，未尝得久。此纳用谏官御史，公听并观，而不蔽于偏至之谗之效也。自县令京官，以至监司台阁，陞擢之任，虽不皆得人，然一时之所谓才士亦罕蔽塞而不见收举者。此因任众人之耳目，拔举疏远，而随之以相坐之法之效也。升遐之日，天下号恸，如丧考妣，此宽仁恭俭，出于自然，忠恕诚悫，终始如一之效也。以上陈仁宗之美，隐寓善善从长之意。

宋太祖在位十七年，太宗二十二年，真宗二十五年，仁宗四十一年，英宗四年，故曰仁宗在位最久也。《书·召诰》曰："多历年所。"○《长编》百九十一曰："仁宗嘉祐五年夏四月己卯，度支判官祠部员外郎直集贤院王安石，同修起居注，安石固辞之，既得请，又申命之。安石复辞，至七八月乃受。六年六月戊寅，度支判官刑部员外郎直集贤院同修起居注。"故曰实备从官也。○《尔雅·释诂》曰："惟，思也。"○仰畏天，沈曰："《事实类苑》（即江少虞《皇朝类苑》，本名《皇宋事实类苑》，清《四库书目》题作《皇朝事实类苑》，此条见第四卷。）：庆历二年五月旱，丁亥，夜雨，戊子，宰相章得象等入贺，上曰：昨夜朕忽闻微雷，因起露立于庭，仰天百拜以祷，须臾雨至，朕嫔御衣皆沾湿，不敢避去，移刻雨霁，再拜而谢，方敢升阶。得象对曰：非陛下至诚，何以感动天也？上曰：比欲下诏罪己，避寝彻膳，又恐近于崇饰虚名，不若夙夜精自一心，密祷为佳耳。""宽仁恭俭"二句，沈曰："《类苑》（卷四）：至和初，京师疫，太医进方者用犀角，内出二株解之，其一株乃通天犀。内侍李舜举请以为御服带，上谓曰：岂重于服御，而不以疗民乎？命工碎之。《东轩笔录》（卷十一）：仁宗尝春日步苑中，屡回顾，皆莫测圣意。及还宫中，顾嫔御曰：渴甚，可速进热水。嫔御进水，且曰：大家何不外面取水，而致久渴耶？仁宗曰：吾屡顾不见镣子，苟问之，即有抵罪者，故忍渴而归。（又卷一）一日晨兴，语近臣曰：昨夕因不寝而甚饥，思食烧羊。侍臣曰：何不降旨取索？仁宗曰：比闻禁中每有取索，外面遂以为例，诚恐自此逐夜宰杀，以备供应，则岁月之久，害物多矣。岂可不忍一日之馁，而启无穷之杀耶？《归田录》（卷一）仁宗圣性恭俭，至和二年春不豫，两府日至寝阁问圣体，见上器服简质，用素漆唾壶盂子，素瓷盏进药，御榻上衾褥皆黄絁，色已故暗，宫人遽取新衾覆其上，亦黄絁也。然外人无知者。《闻见后录》（卷一）帝内宴十阁分各进馔，有新蟹一品二十八枚。帝曰：吾尚未尝，枚直几钱？左右对直一千，帝不悦曰：数戒汝辈无侈靡，一下箸为缗二十八千，吾不忍也。置不食。"○"断狱务在生之"二句，《宋史·仁宗本纪赞》曰："大辟疑者，皆令上谳，岁常活千馀。吏部选人，一坐失入死罪，皆终身不迁。每谕辅臣曰：朕未尝罝人以死，况敢滥用辟乎！"《渑水燕谈录》卷一曰："庆历中，郎官吕觉者，勘公事已回登对，自陈衣绯已久，乞改章服。仁宗曰：待别差遣，与卿换金紫，朕不欲因鞫狱与人恩泽，虑刻薄之徒，望风希进，加入深罪耳。帝宽厚钦恤之德如此。"《东轩笔录》卷一曰："仁宗圣性仁恕，尤恶深文，狱官有失入人罪者，终身不复进用。"○宁屈己弃财于夷狄，《宋史·仁宗本纪》曰："庆历二年夏四月庚辰，知制诰富弼报使契丹。三年春正月癸巳，元昊自名曩霄，遣人来纳款称夏国。四年冬十月庚寅，赐曩霄誓诏，岁赐银绢茶彩凡二十五万五千。"《富弼传》曰："契丹专欲增币，曰南朝遗我之辞当曰献，否则曰内，弼争之。契丹主曰：若我拥兵而南，得无悔乎？弼曰：本朝兼爱南北，故不惮更成，若不得已，至于用兵，则当以曲直为胜负，非使臣之所知也。弼声色俱厉，契丹知不可夺，乃曰，吾当自遣人议之。复使刘六符来，弼归奏曰：臣以死拒之，彼气折矣，可勿许也。朝廷竟以纳字与之。"○纳用谏官御史，沈曰："《长编》（卷百五十）：庆历四年六月，开宝寺灵宝塔灾，谏官余靖对上极言。靖素不修饰，上入内云：被一汗臭汉熏杀，喷唾在吾面上，上优容谏臣如此。"《事实类苑》（卷五）：仁宗时，宦官虽有甚蒙听信者，台谏言其罪，辄斥之，不吝也。由是不能弄权。王巩（字定国）《闻见近录》："先公为谏官，（自注曰："按王素。"）论王德用进女口，仁宗初诘之，曰：此宫禁事，卿何从知之？先公曰：臣职在风闻，何至诘其从来也？仁宗笑曰：朕真宗之子，卿王某之子，自有世契，德用所进女口实有之，在朕左右，亦甚亲近，且留之何如？先公曰：若在疏远，虽留可也。臣之所论，正恐亲近。仁宗色动，呼近珰曰：王德用所进女口，各支钱三百贯，即令出内东门了，急来奏，遂涕下。先公曰：陛下既以臣奏为然，亦不须如此之遽。上曰：朕苟见其泣涕不忍去，则恐朕亦不能出之。久之，中使奏宫女已出内东门，上复动容而起。"（《说郛》卷七十五）○断盗，《文鉴》作欺盗。○《书·费誓》曰："无敢寇攘。"《诗·荡》孔疏引郑注曰："寇，劫取也。因其失亡曰攘。"○《邵氏闻见后录》卷一曰："仁皇帝崩，遣使赴于契丹，燕境之人，无远近皆聚哭，虏主执使者手号恸曰：四十二年，不识兵革矣。其后北朝葬仁皇帝所赐御衣，严事之如其祖宗陵墓云。"《书·舜典》曰："二有八载，帝乃殂落，百姓如丧考妣。"

然本朝累世因循末俗之弊，而无亲友群臣之议，储同人曰："上褒美，下讥切。曰累世，并太祖亦在其中。"人君朝夕与处，不过宦官女子，出而视事，又不过有司之细故。未尝如古大有为之君，与学士大夫，讨论先王之法，以措之天下也。一切因任自然之理势，而精神之运，有所不加，名实之间，有所不察。君子非不见贵，然小人亦得厕其间。正论非不见容，然邪说亦有时而用。以诗赋记诵求天下之士，而无学校养成之法。以科名资历叙朝廷之位，而无官司课试之方。监司无检察之人，守将非选择之吏。转徙之亟，既难于考续，而游谈之众，因得以乱真。交私养望者，多得显官；独立营职者，或见排沮。故上下偷惰，取容而已。虽有能者在职，亦无以异于庸人。农民坏于繇役，而未尝特见救恤，又不为之设官，以修其水土之利。兵士杂于疲老，而未尝申敕训练，又不为之择将，而久其疆埸之权。宿卫则聚卒伍无赖之人，而未有以变五代姑息羁縻之俗。宗室则无教训选举之实，而未有以合先王亲疏隆杀之宜。其于理财，大抵无法。故虽俭约而民不富，虽忧勤而国不强。赖非夷狄昌炽之时，又无尧、汤水旱之变，故天下无事，过于百年。虽曰人事，亦天助也。盖累圣相继，仰畏天，俯畏人，宽仁恭俭，忠恕诚悫，此其所以获天助也。以上历陈其失。

　　《孟子·公孙丑上》曰："故将大有为之君，必有所不召之臣。"○《汉书·宣帝纪赞》曰："综核名实。"○以诗赋记诵求天下之士，见《上仁宗书》注。○以科名资历叙朝廷之位，《宋史·选举志》曰："考课，宋初循旧制，文武常参官各曹务闲剧为月限，考满即迁，太祖罢岁月叙迁之制，置审官院，考课中外职事，受代京朝官引对磨勘，非有劳绩不进秩。其后立法，文臣五年，武臣七年，无贼私罪，始得迁职；曾犯赃罪，则文臣七年，武臣十年，中书枢密院取旨。其七阶选人，则考第资历无过犯，或有劳绩者递迁，谓之循资。"○《汉书·食货志上》曰："繇役横作。"颜曰："繇读曰徭。"○疆埸，集作疆场，今依姚选。《左》桓随十七年曰："疆埸之事，慎守其一而备其不虞。"《释文》曰："埸音亦。"○《汉书·食货志上》曰："始开籍田，躬耕以劝百姓。晁错复说上曰：尧、禹有九年之水，汤有七年之旱。"案《墨子·七患篇》曰："《夏书》曰：禹七年水，《殷书》曰：汤五年旱。"《荀子·王霸篇》曰："禹十年水，汤七年旱。"

伏惟陛下躬上圣之质，承无穷之绪，知天助之不可常恃，知人事之不可怠终，则大有为之时，正在今日。臣不敢辄废将明之义，而苟逃讳忌之诛。伏惟陛下幸赦而留神，则天下之福也。取进止。以上勉神宗以有为。

□茅曰："此篇精神骨髓，荆公所以直入神宗之胁，全在说仁庙处，可谓搏虎屠龙手。"○吴先生曰："纲举目应，章法高古。自首至尾，如一笔书。所谓瓌瑋雄放也。"

《诗·烝民》曰："肃肃王命，仲山甫将之。邦国若否，仲山甫明之。"毛传曰："将，行也。"《汉书·刑法志》曰："有司既无仲山甫将明之材。"○《石林燕语》卷四曰："臣僚上殿劄子，末概言'取进止'，犹言进退也。盖唐日轮清望官两员，于禁中以待召对，故有进止之辞。崔祐甫奏，待制官候奏事官尽，然后趋出，于内廊赐食，待进止，至酉时放，是也。今乃以为可否取决之辞。自三省大臣论事，皆同一体，著为定式，若尔自当为'取圣旨'。盖沿习唐制不悟也。"叶调笙（廷琯）《考异》曰："进止犹言进退也。唐日轮清望官两员，于禁中以待召对，故有进止之辞。今乃以为可否取决之辞。"《说郛》引《汪辨》云：高宗永淳元年，郭待举、岑长倩、郭正一、魏玄同与中书门下，同承受进止平章。又乾封以后，召学士元万顷、范履冰等于北门候进止，时号为北门学士。又肃宗即位，明皇令四海军国事，皆先取皇帝进止，仍候朕知。唐人上疏，初云奉进止，或云某人奉宣进止，末云伏候进止之类，则进止正是可否取决之辞，非专为待对官设也。又《云谷杂记》（卷四）引《隋·裴蕴传》云："大小之狱，皆诏付蕴，宪部大理，莫敢与夺，必禀承进止，然后决断。所谓进止者,候蕴之可否也。当是时不特用于奏御,虽臣下亦通用之。"沈曰:"程大昌《演繁露》:今奏劄言取进止,犹言此劄之或留或却,合禀承可否也。"(《演繁露》无此文,《云谷杂记》四引作《程氏考古编》。)案《文鉴》删"取进止"三字。

答司马谏议书

《宋史·司马光传》曰:"光字君实,陕州夏县人也。神宗即位,擢为翰林学士。御史中丞王陶罢,优代之。"顾震沧《司马温公年谱》曰:"治平四年夏四月,除御史中丞。熙宁三年二月二十七日,公与介甫书。"又《王荆公年谱》曰:"熙宁二年春二月庚子,公参知政事。三年春正月乙卯,诏诸路散青苗钱,禁抑配。"案《温公集》卷七十四有《与王介甫书》,原注曰:"熙宁三年二月二十七日。"(温公书约三千馀言,蔡元凤《王文公年谱考略》卷十六力辨为伪作,非也,特文长不复载。)

某启:昨日蒙教,窃以为与君实游处相好之日久,而议事每不合,所操之术多异故也。虽欲强聒,终必不蒙见察。故略上报,不复一一自辨。重念蒙君实视遇厚,于反覆不宜卤莽,故今具道所以,冀君实或见恕也。吴江北曰:"以上酬答之词。"

《庄子·天下篇》曰:"虽天下不取,强聒而不舍者也。"《释文》曰:"聒,古活反,谓强聒其耳而语之也。"

盖儒者所争,尤在于名实。名实已明,而天下之理得矣。今君实所以见教者,以为侵官生事,征利拒谏,以致天下怨谤也。某则以谓受命于人主,议法度而修之于朝廷,以授之于有司,不为侵官。举先王之政,以兴利除弊，不为生事。为天下理财，不为征利。辟邪说，难壬人，不为拒谏。至于怨诽之多，则固前知其如此也。汪曰："叙怨谤，笔法变且叙得独多。"人习于苟且非一日，吴北江曰："挺接处，矗如山立。"士大夫多以不恤国事，同俗自媚于众为善。上乃欲变此，吴北江曰："句句劲折。"而某不量敌之众寡，欲出力助上以抗之。则众何为而不汹汹？吴北江曰："语甚得势。"然盘庚之迁，胥怨者民也，非特朝廷士大夫而已。盘庚不为怨者故改其度，度义而后动，是而不见可悔故也。吴北江曰："以上逐层申辨。"

名实，已见《本朝百年无事劄子》注。○《春秋》文六年：晋杀其大夫阳处父。《左氏传》曰："书曰晋杀其大夫，侵官也。"成十六年："栾鍼曰：侵官，冒也。《公羊传》：桓八年曰："遂者何？生事也。"何注曰："生犹造也。"《春秋繁露·精华篇》曰："无危而擅生事，是卑君也。"《淮南·诠言篇》曰："欲尸名者必为善，欲为善者必生事，事生则释公而就私，背数而任己。"（《文子·符言篇》袭之。）○《孟子·梁惠王上》曰："上下交征利，而国危矣。"○《史记·殷本纪》曰："帝纣知足以距谏。"距、拒字通。○《书·舜典》曰："惇德允元，而难任人。"（伪古文《尧典》分为《舜典》。）伪孔传曰："任，佞，难，拒也。"《尔雅·释诂》曰："允任壬佞也。"郭注曰："壬犹任也。"○《史记·萧相国世家上》曰："今相国多受贾竖金，而为民请吾苑，以自媚于民。"○《书序》曰："盘庚五迁，将治亳殷，民咨胥怨，作《盘庚》三篇。"

如君实责我以在位久，未能助上大有为，以膏泽斯民，则某知罪矣。吴北江曰："傲岸之气，奋然涌出。"如曰今日当一切不事事，守前所为而已，则非某之所敢知。

无由会晤，不任区区向往之至。以上言当责其不能有为，而不当责有为，以明所责之失。

□吴先生曰："固由兀傲性成，亦理足气盛，故劲悍廉厉无枝叶如此，不似上皇帝书时，尚有经生习气也。"○吴北江曰："傲岸崛强，荆公天性，而其生平志量政略，亦具见于此。"

大有为，已见《百年无事劄子》注。○膏泽斯民，已见《上仁宗皇帝书》注。

答姚辟书

《宋史·文苑·苏洵传》曰："与陈州项城令姚辟同修礼书。"《万姓统谱》卷三十九曰："姚辟字子张，赡词博学，授项城令、通州判，所至有声，黜去词华，究心经术，一时名士如欧阳文忠、王荆公皆与交游，所著有《太常因革礼》一百卷。"吴北江曰："姚盖精于礼典，故介甫以章句名数讥之。然此时初为进士，尚在修礼以前也。"

姚君足下：别足下三年于兹，一旦犯大寒，绝不测之江，亲屈来门。出所为文书，与谒并入，若见贵者然。始惊以疑，卒观文书，词盛气豪，于理悖焉者希。吴北江曰："句法斟酌。"间而论众经，有所开发，私独喜故旧之不予遗而朋友之足望也。以上先谢其来见之诚。

间，去声。○《论语·泰伯篇》曰："故旧不遗。"

今冠衣而名进士者，用万千计，蹈道者有焉，蹈利者有焉。吴曰："开出文字。"蹈利者则否，蹈道者，则未免离章绝句，解名释数，遽然自以圣人之术单此者有焉。吴曰："此以指姚所谓'论众经有所开发'者也。"夫圣人之术，修其身，治天下国家，在于安危治乱，不在章句名数焉而已。吴曰:"荆公以经世为志,不甚以姚所学为然,而出语特为轻婉,转接处笔笔不测,所以为矫变也。"而曰圣人之术单此者,皆守经而不苟世者也。吴曰:"此处落笔最难,看其接法圆矫。"守经而不苟世,其于道也几,其去蹈利者则缅然矣。观足下固已几于道,姑汲汲乎其可急,于章句名数乎徐徐之。则古之蹈道者,将无以出足下上。足下以为何如?以上进以经世之学。

□吴曰:"势重语急,而用笔煞有停顿,简核老当,无一枝辞赘字,且能函茹意思于笔墨之外,最可法。"

单,殚之借字。《尔雅·释诂》曰:"殚,尽也。"○《穀梁》庄三年《释文》曰:"缅,远也。"

广西转运使孙君墓碑

君少学问勤苦,寄食浮屠山中,步行借书数百里,升楼诵之而去其阶。盖数年而具众经。后遂博极天下之书。属文操笔布纸,谓为方思,而数百千言已就。以上文学。

沈曰:"《摭言》(卷七):王播少孤贫,尝客扬州惠昭寺木兰院,随僧斋餐。徐商相公常于中条山万固寺泉入院读书,《家庙碑》云,随僧洗钵。韦令公昭度少贫窭,常依左街僧录净光大师随僧斋粥。是知贫儒寄食浮屠,由来已久。"○《释名·释宫室》曰:"阶,梯也。"

以天圣五年,同学究出身,补滁州来安县主簿,洪州右司理。再举进士甲科,迁大理寺丞,知常州晋陵县,移知浔州。浔当是时,人未趣学,乃改作庙学,召吏民子弟之秀者,亲为据案讲说,诱劝以文艺。居未几,旁州士皆来学，学者由此遂多。以选，通判耀州，兵士有讼财而不直者，安抚使以为直。君争之不得，乃奏决于大理。大理以君所争为是，而用君议，编于敕。庆历二年，擢为监察御史里行。于是弹奏狄武襄公不当沮败刘沪水洛城事。又因日食言阴盛，以后宫为戒。仁宗大猎于城南，卫士不及整，而归以夜，明日将复出，有雉陨于殿中。君奏疏，即是夜有诏止猎。蛮唐和寇湖南，以君安抚，奏事有所不合，因自劾。乃知复州，又通判金州，知汉阳军吉州。稍迁至尚书都官员外郎，提点江南西路刑狱。有言常平岁凶，当稍贵其粟以利枭本者，诏从之。君言此非常平本意也，诏又从之。以上历官。

《长编》一百五曰："天圣五年三月乙丑，赐进士王尧臣等一百九十七人及第，八十三人同出身，七十一人同学究出身，二十八人试衔。丙寅，赐诸科及第并出身者又六百九十八人。"（《文献通考·选举》五作天圣五年，进士七十七人，诸科八百九十四人，与此异，《通考》传写恐误。）《宋史·选举志》曰："旧制及第即命为官。真宗初，复廷试，赐出身者亦免选，于是策名之士尤众，虽艺不及格，悉赐同出身。乃诏有司，凡赐同出者，并令守选循用常调，以示甄别。"《职官志》曰："学究入中州判司，上县簿尉。"○宋淮南路滁州来安县，今安徽来安县治。○宋江南西路洪州治南昌、新建二县，即今江西南昌及新建县治。○再举进士甲科，沈曰："此即命官应举，谓之锁厅试。"○沈曰："《长编》（百二十二）：宝元元年六月丙子，三司检法官孙抗请三司刑名之有疑者，如开封府例，许至大理寺商议，从之。抗之为检法官，盖在其时。"○宋两浙路常州晋陵县，今江苏武进县治。○宋广南西路浔州，治桂平县，今广西桂平县治。○趣，《正宗》作趋，字通。《史记·商君传》《索隐》曰："趋，向也。"○宋陕西永兴军路耀州治华原县，今陕西耀县治。○《长编》（百五十五）："庆历五年四月丁未，原注曰：孙抗去年十二月癸丑乃自太常博士，为监察御史里行。"沈曰："此碑云庆历二年，盖误。"○《职官志》曰："御史台殿中侍御史二人，掌以仪法纠百官之失，凡大朝会及朔望六参，则东西对立，弹其失仪者，官卑而入殿中者，谓之里行。"《石林燕语》卷五曰："监察御史里行，监察御史之资浅者也。始唐太宗自布衣擢马周，令于监察御史里行，遂以名官。《马周传》不载，而《六典》言之。"○水洛城事，已见欧阳永叔《尹师鲁墓志》注。《宋史·刘沪传》（附父文质传后。）曰："沪字子濬，为渭州瓦亭砦监押，权静边砦。去泾阳二百里，中有城曰水洛，川平土沃，又有水轮银铜之利，环城数万帐，汉民之逋逃者归之，教其百工商贾，自成完国。沪密使说城主铎廝那令内附，会郑戬行边，沪遂召铎廝那及其酋属来献结公、水洛、路罗甘地，愿为属户。戬即令沪将兵往受地，既至而氐情中变，聚兵数万合围，期尽杀官军，沪兵才千人，前后数百里无援，沪指挥进退，一战氐溃，追奔至石门，酋皆稽颡请服，因尽驱其众隶麾下，以通秦、渭之路。戬以三将兵，遣董士廉助筑城，功未半，会戬罢四路招讨使，而泾原路尹洙以为不便，令罢筑，且召沪，不听，日增版趣役，洙怒，使狄青械沪、士廉下狱。氐众惊，收积聚，杀吏民为乱。朝廷遣鱼周询、程戬往视，氐众诣周询请，以牛羊及丁壮助工役，复以沪权水洛城砦主。"沈曰："《长编》（百七十四）：庆历四年三月，参知政事范仲淹言泾原路走马承受赵正奏，内殿崇班刘沪、著作佐郎董士廉，被狄青枷送司理院次，窃缘此二人，元禀四路都部署节制，往修水洛城，非是二人擅兴，及四路罢后，本路部署司抽回军马，其人即合依禀罢修，不合坚执拒抗。臣料其情，盖本人在彼相杀得功，降下周回蕃部，又已下手修筑城寨，惧见中辍之后，本路责其经画不当，故以死拒抗，一面兴修，意望成功，亦求免罪，始末可见。况刘沪是沿边有名将佐，最有战功，国家且须爱惜，不可轻弃。恐狄青因怒辄行军法，则边上将佐必皆衔冤。其董士廉是朝廷京官，即非将佐，亦将一例枷勘。盖狄青粗人，未知朝廷事理。万一二人被戮，逐家骨肉必来诉于阙下，亦更多有臣僚上言，紊烦圣听。虽知将帅行得军法，即非用兵进退之际，有违节制，自是因争利害，致犯帅威。望委鱼周询取勘刘沪所犯因依，仍送邠州拘管，一则惜得二人，不致因公被戮。二则惜得狄青、尹洙，免被二家致讼。案范公所言，可谓周悉公平。然此碑孙抗弹奏狄武襄，正以是也。"案《正宗》弹奏作奏弹，狄武襄公作狄青。〇《仁宗纪》曰："庆历五年夏四月丁亥朔，司天言日当食，阴晦不见。"《长编》百五十五曰："御史李京言陛下因天之戒，恐惧修省，故精意感格，日当食而阴云蔽亏，虽宋景之荧惑退舍，商大戊之桑谷并枯，无以异也。然臣区区窃有所疑者，尚美人弃外馆多年，比闻复召入，臣虑假媚道以为蛊惑，宜亟绝之。苗继宗嫔御子弟，乃缘恩私为府界提点，宜割帷薄之爱，重名器之分，庶几不累圣政。"是亦以后宫为戒。孙疏未知在何年，以李京疏证之，或亦在庆历五年乎？〇《长编》百七十五曰："庆历五年冬十月庚午，猎于杨村。"原注曰："王安石志孙抗墓云，上大猎于城南云云，按仁宗以五年十月猎于杨村，六年十一月猎于城南之东韩村，七年三月即有诏罢猎。而抗六年三月已罢御史，其谏当是五年冬，然五年冬不归以夜，又不在城南，其在城南归以夜，乃六年冬事，何郊奏议可考，恐安石误也。"〇《宋史·仁宗纪》曰："庆历三年九月，桂阳洞蛮寇边，湖南提刑募兵讨平之。十二月乙巳，桂阳猺贼复寇边。四年冬十月癸丑，桂阳蛮降，授蛮酋三人奉职。五年二月癸丑，桂阳监言唐和等复内寇。"《长编》百四十三曰："庆历三年九月乙丑朔，湖南转运使言桂阳监蛮猺内寇。蛮猺者，居山谷间，其山自卫州常宁县属于桂阳，郴、连、贺、韶四州，环纡千馀里。蛮居其中，不事赋役，谓之猺人。初有吉州巫黄捉鬼，与其兄弟数人，皆习蛮法，往来常宁，出入溪峒，诱蛮众数百人盗贩盐，杀官军，逃匿峒中。既招出而杀之，又徙山下民他处，至是其党遂合五千人，出桂阳蓝山县华阴峒，害巡检李延祚、潭州都监张克明，诏发兵捕击之。"又百五十四曰："五年二月癸丑，桂阳监言黄捉鬼馀党唐和等复内寇。"《长编》百五十七曰："庆历五年冬十月戊寅，太常博士监察御史里行孙抗为荆湖南路体量安抚。"又百五十八曰："六年三月丙午，太常博士监察御史里行孙抗落御史里行，知复州。初抗受命安抚湖南，奏事不合意，有章自劾，故罢黜之。"案：宋荆湖北路复州治景陵县，今湖北天门县治。○宋京南路金州治西城县，今陕西安康县治。○宋荆湖北路汉阳军治汉阳县，今湖北汉阳县治。○宋江南西道吉州治庐陵县，今江西庐陵县治。○《职官志》曰："刑部其属三，曰都官，曰比部，曰司门。都官郎中、员外郎掌徒流配隶，凡天下役人，与在京百司，吏部皆有籍以考其役放，及增损废置之数。"○提点刑狱见《上仁宗书》注。○《宋史·食货志》曰：景德三年，言事者请于京东西、河北、河东、陕西、江南、淮南、两浙皆立常平仓，计户口多寡，量留上供钱，自二三千贯至一二万贯，令转运使每州择清干官主之，领于司农寺，三司无辄移用，岁夏秋，视市价量增以籴粜，减价亦如之，所减不得过本钱。诏三司集议，请如所奏。"

侬智高反，特提智高事，以孙积劳为多也。君即出兵二千于岭，以助英、韶。会除广西转运使，驰至所部，而智高方煽。天子出大臣，部诸将兵数万击之。君驱散亡残败之吏民，转刍米于惶扰卒急之间。又以馀力，督守吏治城堑，修器械。属州多完，而师饱以有功。君劳居多，以劳迁尚书司封员外郎。初，君请斩大将之北者，发骑军以讨贼。及后贼所以破灭，皆如君计策。军罢而人重困，方恃君绥抚。即蹴下卒官得势。君乘险阻，冒瘴毒，经理出入，启居无时。以皇祐三年三月初七日卒于治所，年五十四。官至尚书工部郎中，散官至朝奉郎，勋至上轻车都尉。以上以平侬之功，进官及卒。

《宋史·蛮夷传》三曰："广源州蛮侬氏，州在邕州西南郁江之源，地峭绝深阻，其先韦氏、黄氏、周氏、侬氏为首领，自交阯蛮据有安南，而广源虽号邕管羁縻州，其实服役于交阯。初有侬全福者，知傥犹州，其弟存禄知万涯州，全福妻弟侬当道知武勒州，一日全福杀存禄、当道，并有其地。交阯怒，举兵执全福及其子智聪以归。其妻阿侬，本左江武勒族也，转至傥犹州，全福纳之，全福见执，阿侬遂嫁商人，生子名智高。智高冒侬姓，复与其母据傥犹州，建国曰大历。交阯攻拔傥犹州，执智高释其罪，使知广源州，又以雷、火、频、婆四洞，及思浪州附益之。居四年，内怨交阯，袭据安德州，僭称南天国，改年景瑞。皇祐元年，寇邕州。明年，交阯发兵讨之不克，广西转运使萧固遣邕州指挥使开赟往刺侯，而赟擅发兵攻智高，为所执。赟说智高内属，乃遣赟还，奉表请岁贡方物，未听，又以驯象金银来献。朝廷以其役属交阯，拒之。后复赍金函书以请，知邕州陈珙上闻，不报。智高既不得请，乃谋入寇，一夕焚其巢穴，绐其众曰：平生积聚，今为天火焚，无以为生，计穷矣，当拔邕州，据广州，以自王，否则兵死。四年四月，率众五千沿郁江东下，攻破横山砦，遂破邕州，于是智高僭号仁惠皇帝，改年启历。"宋广南东路英州治真阳县，在今广东英德县东。韶州治曲江县，今曲江县治。○《职官志》曰：都转运使、转运使，掌经度一路财赋，而察其登耗，有以足上供及郡县之费。○《宋史·狄青传》曰："皇祐中，广源州蛮侬智高反，陷邕州，又破沿江九州，围广州，岭外骚动。杨畋等安抚经制蛮事，师久无功。又命孙沔、余靖为安抚使讨贼。仁宗犹以为忧，青上表请行，遂除宣徽南院使，宣抚荆湖南北路，经制广南盗贼事。置酒垂拱殿以遣之。"《长编》百七十三曰："皇祐四年九月，上问宰相庞籍，谁可将者，籍荐枢密副使狄青，青亦上表请行，翌日入对，自言臣起行伍，非战伐无以报国。愿得蕃落骑数百，益以禁兵，羁贼首致阙下。上壮其言，庚午，改宣徽南院使，荆湖北路宣抚使，提举广南东路，经制贼盗事。冬十月丙子，诏鄜延、环庆、泾原路，择蕃落广锐军曾经战斗者各五千人，仍逐路遣使臣一员，押赴广南行营，从狄青之请也。青言贼便于乘高履险，步兵力不能抗，愿得西边蕃落兵自从。或谓南方非骑兵所宜，枢密使高若讷言蕃落善射，耐艰苦，上下山如平地，当瘴未发时，疾驰破之，必胜之道也。青卒用骑兵破贼。"○《仁宗纪》曰："皇祐五年春正月戊午，狄青败智高于邕州，斩首五千馀级，智高遁去。"《狄青传》曰："时智高还据邕州，青合孙沔、余靖兵次宾州。先是蒋偕、张忠皆轻敌败死，军声大沮。青戒诸将毋妄与贼斗，听吾所为。广西钤辖陈曙乘青未至，辄以步卒八千犯贼，溃于昆仑关，殿直袁用等皆遁。青曰：'令之不齐，兵所以败。晨会诸将堂上，揖曙起，并召用等三十人，按以败亡状，驱出军门斩之。沔、靖相顾瞠眙，诸将股栗。已而顿甲，令军中休十日，觇者还，以为军未即进，青明日乃整军骑，一昼夜绝昆仑关，出归仁铺为阵，贼既失险，悉出逆战，前锋孙节（《长编》百七十四原注曰："按《武贵传》称前军孙节，《贾达传》称右将孙节，而《狄青传》乃称前锋孙节，盖为前军之右将，当军锋最前尔。张玉实将先锋，《实录》即称节为先锋，恐误。《张玉传》可考也。"）搏贼死山下，贼气锐甚，沔等惧失色，青执白旗麾骑兵纵左右翼，出贼不意，大败之，追奔五十里，斩首数千级。其党黄师宓、侬建中、智中及伪官属死者五十七人，生擒贼五百馀人。智高夜纵火烧城遁去。"

《长编》百七十四原注曰："吕晦志陈曙墓铭，称曙先与孙抗有隙，抗时为广西漕，权桂州，与余靖秘狄青所下令，趣曙出战，曙遣其副苏缄诣靖、抗言不可。抗怒，趣战愈急，曙果战败。及狄青至桂州，抗悉以败军事归曙，故坐诛。与国史事异，当考。"步瀛案：曙墓志恐不足信，然此碑恐亦多溢美，盖行状乃抗子邈为之，荆公殆据状叙次耳。《宋史》及《东都事略》皆无抗传，罗愿《新安志》有之，盖取材此碑，故文与事皆与碑同。○君劳居多，《正宗》无劳居多三字。○《职官志》曰："吏部其属有三，曰司封，曰司勋，曰考功，司封郎中、员外郎，掌官封叙赠承袭之事。"○皇祐三年三月初七日卒于治所，《正宗》无初字。案：三年疑当作五年，盖涉下三月字而误，侬智高之乱，皇祐五年正月始平，若在三年，则狄汉臣尚未出师，安得言军罢方恃君绥抚耶？姚选作嘉祐三年，则尤谬。抗子适卒于至和二年，若抗卒于嘉祐三年，是反在适卒后矣。○《职官志》曰："工部郎中、员外郎，旧制，凡制作营缮计置采伐材物，按程式以授有司，则参掌之。"○《职官志》：文散官阶二十九，朝奉即正六品。○上轻车都尉，集作上骑都尉，今依《正宗》。《职官志》：勋级十有二，上轻车都尉正四品，上骑都尉正五品。

君所为州，整齐其大体，阔略其细故。与宾客谈说，弦歌饮酒，往往终日。而能听用佐属尽其力，事以不废。在御史言事，计曲直利害如何，不顾望大臣，以此无助。所为文，自少及终，以类集之，至百卷。天德地业人事之治，掇拾贯穿，无所不言，而诗为多。_{以上总叙莅官大节及文章。}

不顾望大臣，沈曰："《长编》（百五十五）：庆历五年四月，韩琦等皆去，章得象居相位自若，监察御史里行孙抗数以为言，而得象亦十二章请罢。"○《宋史·艺文志》不载《孙抗集》，盖佚。

君讳抗，字和叔，姓孙氏。得姓于卫，得望于富春。其在黟县，自君之高祖，弃广陵以避孙儒之乱。而至君曾大父讳某，善治生以致富。岁饥，贱出米谷，以斗升付籴者，得驩心于乡里。大父讳某，始尽弃其产，而能招士以教子。父讳某，当终时，君始十馀岁。后以君故，赠尚书职方员外郎。君初娶张氏，又娶吴氏，又娶舒氏，封太康县君。五男子，适、邈、迪、迨、邁，适尝从予游，年十四，论议著书，足以惊人，终永州军事推官。邈今某州某县令，亦好学能文。状君行以求铭者，邈也。君之卒也，天子以适试秘书省校书郎。二女子，一嫁试秘书省校书郎李简夫，一尚幼，君以其卒之年十二月二十五日葬黟县怀远乡上林村。以上家世。

《元和姓纂》卷四曰："孙，周文王第八子卫康叔之后，至武公生惠孙，惠孙生耳，耳生武仲，以王父字为氏。吴有孙武、孙膑。"又吴郡富春下曰："吴孙武子世居富春，坚、策、权，权为吴帝。"《广韵》二十三魂曰："周文王子封于卫，至武公子惠孙生耳为卫上卿，因氏焉。后有孙武、孙膑，俱善兵法，各撰书，皆不言孙武为陈后，则富春之孙，亦出于卫矣。此盖荆公所本也。"《新唐书·宰相世系表》曰："孙氏出自姬姓，卫康叔八世孙武公和生公子惠孙，惠孙生耳，为卫上卿，食采于戚，生武仲乙，以王父字为氏。又有出自妫姓，齐田完字敬仲，四世孙桓子无宇，无宇二子，恒、书，书字子占，齐大夫，伐莒有功，景公赐姓孙氏。（《通志·氏族略》以赐姓为非，谓以字为氏，何用赐为？此当是桓子祖父字也。然郑氏亦臆决无他证。）食采于乐安，生凭，凭生武，字长卿，以田、鲍四族谋为乱，奔吴为将军。三子，驰、明、敌，明食采于富春，自是世为富春人。"据此则富春之孙出于陈，不出于卫也。谱牒之学，本自难信，不能定其孰是。○唐江南道歙州黟县，今安徽黟县治。○《新唐书·孙儒传》曰："儒，河南人，以兵属秦宗权为都将。宗权遣儒抄淮南，乘高骈之乱，会杨行密得扬州，宗权使弟宗衡争淮南，以儒为副。儒斩宗衡，并其众，有骑七千，因略定旁州，不淹旬，兵数万，号土团白条军。文德元年，破扬州。"○曾大父讳某、大父讳某、父讳某，集作曾大父讳师睦，大父讳旦，父讳遂良，《正宗》皆作某。《临川集》碑志多不书名，但作某字，盖其稿本皆然。《正宗》是也。曾子固《永州军事推官孙君墓志铭》曰："孙氏世家富春，唐有徙歙之黟县者，讳师睦，始自别为黟县之孙氏。师睦生延绪，延绪生旦，旦生遂良，以子恩为尚书职方员外郎。"据此则此文师睦当作延绪，而弃广陵以避孙儒之乱者，乃师睦也。疑后人填写致误。今依《正宗》。○曾子固《永州军事推官孙君墓志铭》曰："黟县之孙氏，有起进士为尚书工部郎中广南西路转运使以卒者，讳抗，以文学见于世，其葬在黟之上林。有子亦起进士，为永州推官以卒，卒时年二十有八者，讳适。亦以文学见称，葬在其父之左。"又曰："君年十有四，辞亲学问江东，已有闻于人，往从临川王安石受学，安石称之。后主越州上虞簿，去，以父恩得永州，父卒，万里致丧，疾不忍废事，既葬，携扶幼老，将就食淮南，疾益革，遂卒于池州大安镇。实至和二年。"案：宋荆湖南路永州治零陵县，今湖南零陵县治。○某州某县令，集作潞州上党县令，今从《正宗》。案：上党见欧阳永叔《尹师鲁墓志铭》注。○试秘书省校书郎，集作太庙斋郎，今依《正宗》。○一尚幼，集作一嫁进士郑安平，今依《正宗》。○宋江南东路歙州黟县（后属徽州），今安徽黟县治。

歙之为州，在山岭涧谷崎岖之中，自去五代之乱百年，名士大夫亦往往而出。然不能多也。黟尤僻陋，中州能人贤士之所罕至。君孤童子，徒步宦学，茅曰："应篇首。"终以就立，为朝廷显用。论次终始，作为铭诗。岂特以显孙氏而慰其子孙？乃亦以治其乡里。以上又就所生之地发议论，入为铭之意。铭曰：

案：宋歙州治歙县，今安徽歙县治。○罕至，《正宗》作不至。

在仁宗世，蛮跳不制。馈师牧民，实有肤使。践艰乘危，条变画奇。瘴毒既除，膏燖以治。方迁既陨，哀暨山夷。维此肤使，文优以仕。禄则不殖，其书满笥。书藏于家，铭在墓前。以告黟人，孙氏之阡。

□茅曰："欧阳公志表叙事，多得太史公逸调，荆公独自出机轴，多巉画曲折之言。其尤长者，往往于序事中，一面点缀著色，隽永远出，令人览之，如走马于千山万壑中，层峦叠嶂，应接不暇，序事中之剑戟也。"

《法言·渊骞篇》曰："张骞、苏武之奉使也，执节没身，不屈王命，虽古之肤使，其犹劣诸！"李注曰："肤，美也。"○《庄子·则阳篇》曰："漂毒疥痈。"《释文》曰："漂本亦作瘭，徐敷妙反，又匹招反，一音必招反。瘭疽谓病疮脓出也。"○《论语·子张篇》："子夏曰：学而优则仕。"

宝文阁待制常公墓表

《东都事略·隐逸传》曰："常秩字夷甫，颍州汝阴人也。常举进士不中，退而为自得之学，尤长于《春秋》。居于陋巷二十馀年，淡如也。欧阳修、王安石闻而称之，士论亦翕然归重。嘉祐中，修听于朝，以为颍州教授。又除国子监直讲，又以为大理评事，知长葛县，皆不赴。于是声名愈高。神宗闻其名，诏有司以礼敦遣，秩入对，神宗以为右正言直集贤院，俄兼舍人院，迁天章阁侍讲，同修起居注。秩辞直舍人院修起居注，未几又求去。神宗惊曰：方赖卿德义，何遽求去也？熙宁七年，迁宝文阁待制兼侍读，明年，又求去，已而病不能朝，乃以为西京留司御史台，归颍而卒。初，秩隐居求志，不肯出仕，世以为必退者也。及王安石更定法令，士大夫沸腾，以为不便，秩在间阎，见所下诏，独以为是，被召遂起。然在朝亦无所发明，闻望日损。既卒，赠右谏议大夫。臣偁曰：常秩以隐逸应聘，而不能尽性知命，乃务求苟合，是岂知《易》所谓君子之道者哉？故虽名列隐逸，殆亦赧然矣。"案：王季平不满于夷甫，故特入《隐逸传》以愧之。然传中尚未尽失实。《宋史·常秩传》言秩长《春秋》，至斥孙复所学为不近人情，著讲解数十篇，自以为圣人之道皆在于是。及安石废《春秋》，遂讳其学，则出于彭乘《墨客挥犀》卷七，邵公济《闻见后录》卷二十二之言，其他《东轩笔录》卷七、卷十一，《渑水燕谈录》卷十，于常夷甫事，皆加以冷嘲热刺，甚至《后录》谓后神宗遇秩浸薄，荆公亦鄙之，秩失节怏怏，如病狂易。或云自裁以死。荆公尚表于墓，盖其失。《长编》二百二十二附注引林希《野史》谓其自刎而死，王彦辅（明清）《麈史》卷下引张师正《倦游录》谓其自经而死，可见一时记载纷然诬枉矣。然王彦辅辨之曰："王莘乐道奉议，颍人也，从学于常，具道处士得病而卒，师正进士及第，后换西班官，至诸司使守郡，亦有才，此《倦游》乃襄汉间士人所为，托名以行，是常夷甫殊无自裁之事。王莘可证明，而《倦游录》亦魏泰所为（《闻见后录》卷十六），宜其与《东轩笔记》同一诬枉也。"

蔡元凤《王荆公年谱考略》卷十九曰："予观刘原父《杂录》所载夷甫行谊甚详，(《杂录》曰："处士之有道者，孙侔、常秩，颍州人应进举，初未为人知，欧阳永叔守颍，令吏较郡中户籍，正其等，秩资薄，在第七，众人遽请曰：常秀才廉贫，愿宽其等。永叔怪其有让，问之皆曰：常秀才孝悌有德，非庸众人也。永叔为除其籍，而请秩与相见，悦其为人，秩由此知名。及张唐公守颍，因荐秩于朝廷，赐以米麦束帛，秩固让不受，自陈方应举，无隐者之实，不敢当其赐。是时余守扬州，亦以孙侔闻，朝廷赐之如秩，幸受之而不谢，两人者取舍异，或议其意。予以秩尚节而侔安礼者也，所谓赒之亦可受矣。尚节者洁而介，安礼者广而通。")是时夷甫声名已大著于贤公卿间，欧公自治平三年至熙宁三年所称夷甫诗及尺牍十馀条，欧公长夷甫六年，而乃称之曰常夫子，又曰愿得幅巾杖屦以从先生长者游。夷甫长介甫二年，固常与深交讲学者也。乃于其卒也，亦称之曰公，而夷甫之贤可知矣。治平四年，神宗初立，九月，以王安石为翰林学士。十月，诏将作监主簿常秩赴阙。此非安石所荐，而夷甫犹在颍数年，至熙宁四年乃始入朝，而新法已遍行于天下，介甫固无借夷甫为之助，而夷甫官谏职学政，尤与新法无与也。吾尝遍阅《宋史》及南渡后诸杂说，凡属与安石游者，无不尽遭诋毁，故虽名德如夷甫、博学如崔公度，皆不免焉。观其所缀于二人传末，皆闾巷小儿秽亵不堪之谈，而笔之于史，何也？"案：蔡氏此说，可以辨夷甫之枉矣。

右正言宝文阁待制特赠右谏议大夫汝阴常公以熙宁十年二月己酉卒，以五月壬申葬。以上卒葬。临川王某志其墓曰：公学不期言也，正其行而已；行不期闻也，信其义而已。所不取也，可使贪者矜焉，而非雕斲以为廉；所不为也，可使弱者立焉，而非矫抗以为勇。以上行谊。官之而不事，召之而不赴，或曰必退者也，终此而已矣。及为今天子所礼，则出而应焉。以上出处。于是天子悦其至，虚己而问焉。使莅谏职，以观其迪己也；使董学政，以观其造士也。以上历职。公所言乎上者无传，然皆知其忠而不阿；所施乎下者无助，然皆见其正而不苟。以上建树。《诗》曰："胡不万年？"引诗词为转递之笔，具有神力。惜乎既病而归死也。以上惜其功绩未著。自周道隐，开。观学者所取舍，大抵时所好也。笔刚健含婀娜。违俗而适己，独行而特起，呜呼！公贤远矣。如此转折，笔力千钧。〇以上叹其践行之高。传载公久，莫如以石。石可磨也，亦可泐也，谓公且朽，不可得也。为铭之旨。

□茅曰："通篇无一实事，特点缀虚景百数十言，当属一别调。"〇吴先生曰："愈排偶愈古劲，独公文为然。"

右正言，见欧阳永叔《范文正神道碑》注。〇《宋史·职官志》曰："宝文阁在天章阁之东西序，群玉药珠殿之北，即旧寿昌阁。庆历改曰宝文。嘉祐八年，英宗即位，诏以仁宗御书御集藏于阁，命王珪撰记立石。治平四年，神宗即位，始置学士、直学士、待制，恩宠如龙图，英宗御书附于阁。"〇右谏议大夫亦见《范公碑》注。〇汝阴见《范公碑》颍州注。案：常秩诸书皆言汝阴人，惟《长编》百九十云一临汝人，殆误。〇《长编》百九十一曰："嘉祐五年五月己亥，颍州进士常秩为试将作监主簿，本州州学教授。翰林学士胡宿等言其文行称于乡里也。"（《宋史》《东都事略》皆言又除国子直讲，又以为大理评事，《长编》不载。）《长编》二百五曰："治平二年六月，试将作监主簿常秩为忠武军节度使推官，知长社县，（《宋史》及《事略》作长葛县。）为知制诰沈遘、王陶等所荐。命下，秩辞不赴。"〇《宋史·神宗纪》曰："治平四年冬十月，诏将作监主簿常秩赴阙。"秩传曰："神宗即位，三使往聘辞。熙宁三年，诏郡以礼敦遣，毋听秩辞。明年始诣阙。"王仲言《挥麈馀话》卷一曰："熙宁初，王荆公力荐常夷父，乞以种放之礼召之，上云放辈诗酒自娱而已，岂有经世之才？如常秩肯来，朕当以非常之礼待之。故制词云，幡然斯来，副朕虚伫，盖宣德音也。"○《长编》二百二十二曰："熙宁四年夏四月甲戌，试将作监主簿常秩为右正言，直集贤院，管勾国子监。初秩不肯仕宦，世以为必退者也。及王安石更定法令，士大夫沸腾，以为不便，秩在闾阎，见所下诏书，独以为是。被召遂起。及对垂拱殿，上问秩先朝累有除命，何以不起？秩言先帝容臣辞免，故臣得久安里巷。今陛下迫臣，不许稽违诏旨，是以不敢不来，非敢有所辞择去就也。上嘉之，徐问当今何以免民冻馁？秩言法制不立，庶民食侯食、服侯服，此今之大患也。且言臣不才，不适时用，愿得复归。上曰：卿来安得不少留乎？俟异日不能用卿，然后有去就可尔。"又二百三十曰："五年二月癸丑，右正言直集贤院兼天章阁侍讲常秩权判流内铨，兼同修起居注，赴谏院供职。秩辞免同修起居注，从之。"又二百四十三曰："六年三月壬戌，常秩罢天章阁侍讲及谏院，从所请也。秩初免修起居注，未几复面乞罢去，上惊曰：方赖卿德义，何遽求去也？于是又以疾求归，上遣内侍就第谕旨，秩固称疾，诏赐告，仍听免二职。"又二百四十五曰："五月甲子，上批：常秩在病告已满百日，闻有司以例停俸，秩家素贫，父子卧病，僦居京师，复罢官俸，则遂绝粥药之资，甚无以称朝廷遇秩之意。可自停给月皆给之。"又二百五十四曰："七年七月甲辰，右正言直集贤院管勾国子监常秩为宝文阁待制，判国子监。秩疾久，执政屡请进职以慰安之，故有是命。"又二百七十七曰："九年八月戊子，宝文阁待制同判国子监常秩提举中太一宫，秩以疾请故也。"案：夷甫进退职官可考者如此，何尝无月不除官，如林希《野史》所言哉？（见卷二百二十二附注。）○所言乎上者无传，案《长编》所载秩言如准朝旨取索国子直讲所出策论义题及试卷看详优劣，（二百二十八：熙宁四年十一月戊申。）请赐王回子汾为郎，（二百四十五：熙宁六年五月癸亥。）礼院官赴太常议事，（二百五十八：熙宁七年十一月己酉。）请立孟子、杨雄像于孔子庙廷，仍加爵号，又请追尊孔子以帝号，（二百五十八：熙宁七年十二月庚寅。）皆非国政之大者。然又载神宗曰："秩素行为吕公著、程颢等所师仰，方公著等纷纷之时，秩乃出就禄，必其所见有异故也。此以言事多不听，故屡求去。"（二百四十五：熙宁六年五月癸亥。）是知秩非默无一言者，特其言不传耳。姚姬传谓秩为谏官，无所献替，荆公以所亲厚为之饰词，亦但狃于诸记载所言，未加详考耳。○《长编》二百四十三曰："熙宁六年三月壬戌，王安石白上曰：风俗患不忠信，无廉耻至甚，如秩美行，宜加崇奖，留之在朝，足以表励风俗。又曰：人各有所用，如秩安贫守节，在朝不为无用也。"○《诗·抑》曰："白圭之玷，尚可磨也。"《考工记》曰："石有时以泐。"注引郑司农曰："泐读如再扐而后卦之扐，泐谓石解散也。夏时盛暑大热则然。"《释文》曰："泐音勒。"

给事中赠尚书工部侍郎孔公墓志铭

孔道辅，《宋史》有传。○《正宗》作《给事孔公墓志铭》，茅同。

宋故朝请大夫给事中，知郓州军州事，兼管内河隄劝农同群牧使，上护军，鲁郡开国侯，食邑一千六百户，实封二百户，赐紫金鱼袋孔公者，尚书工部侍郎赠尚书吏部侍郎讳勖之子，兖州曲阜县令袭封文宣公赠兵部尚书讳仁玉之孙，兖州泗水县主簿讳光嗣之曾孙，汪曰："三代逆叙。"而孔子之四十五世孙也。茅曰："以上序三世，而末一句拖出有法。"○或曰："以上先世。"

《宋史·职官志》曰："朝请大夫为从六品。"○《职官志》曰："门下省给事中，掌读中外出纳及判后省之事，若政令有失当，除授非其人，则论奏而驳正之，凡章奏日录目以进，考其稽违而纠治之。"又曰："给事中为正四品。"○《九域志》曰："京东路郓州东平郡天平军节度治须城县。"案：今山东东平县治。○《宋史·河渠志》曰："乾德五年，诏开封、大名府、郓、澶等州长吏，并兼本州河隄使。"《兵志》曰："景德四年，以知枢密院陈尧叟为群牧制置使，凡厩牧之政，皆出于群牧司，诸州有牧监，知州通判兼领之。"劝农使已见欧阳永叔《泷冈表》注。○《职官志》：勋十二，上护军正三品。○《职官志》：爵十二，开国侯从三品。○紫金鱼袋，见《石曼卿墓表》注。○实封，集实上有食字，今依《正宗》。○《宋史·孔道辅传》曰："父勖进士及第，为太平州推官，以殿中丞通判广州，会真宗东封，召对，以为太常博士，知曲阜县。后为御史台推直官，累迁秘书监分司南京，管勾祖庙，以尚书工部侍郎致仕。"《职官志》曰："列曹侍郎从三品。"○《宋史·儒林·孔宜传》曰："仁玉九岁通《春秋》，后唐长兴元年，以为曲阜令。仁玉四子，长曰宜，次曰宪，次曰冕，次曰勖。"《职官志》曰："各部尚书从二品。"《寰宇记》曰："兖州曲阜县：委曲长七八里，故曰曲阜。"案：宋京东路兖州曲阜县，今山东曲阜县治。《宋史·礼志》曰："景祐二年，诏以孔子四十六世孙宗愿袭封文宣公。至和初，太常博士祖无择言不可以祖谥而加后嗣，遂诏有司定封宗愿衍圣公。"○《儒林传》曰："光嗣哀帝天祐中为泗水主簿，奉孔子祀，光嗣生仁玉。"案：唐兖州泗水县，今山东泗水县治。

其仕当今天子天圣、宝元之间，以刚毅谅直，名闻天下。唐荆川曰："断。"尝知谏院矣，上书请明肃太后归政天子。唐曰："提出一二大事。"而廷奏枢密使曹利用、上御药罗崇勋罪状。当是时，崇勋操权利，与士大夫为市，而利用悍强不逊，内外惮之。尝为御史中丞矣，皇后郭氏废，引谏官御史伏阁以争，又求见上，皆不许，而固争之，得罪然后已。盖公事君之大节如此。此其所以名闻天下，而士大夫多以公不终于大位，为天下惜者也。或曰："以上谏争大节三事。"

《长编》九十九曰："天圣元年八月乙巳，孔延鲁、刘随并为左正言。"又百五曰："五年十二月己丑，左正言直史馆孔道辅，左司谏龙图阁待制。"《东都事略》《宋史》道辅传并曰："初名延鲁。"《职官志》曰："门下省左司谏左正言，掌规谏讽谕。"又曰："国初虽置谏院，知院官凡六人，以司谏正言充职，而他官领者，谓之知谏院。"○章献太后，已见《范文正公碑》注。○《宋史·曹利用传》曰："利用字用之，赵州宁晋人。大中祥符七年，拜枢密副使，遂拜枢密使，同中书门下平章事。在位既久，颇恃功，章献太后临朝，中人与贵戚，稍能轩轾为祸福，而利用以勋旧自居，不恤也。凡内降恩，力持不予，左右多怨。内侍罗崇勋得罪，太后使利用召崇勋戒敕之，利用去崇勋冠帻，诟斥良久，崇勋恨之，会从子汭为赵州兵马监押，州民赵德崇诣阙告汭不法事，崇勋请往按治，遂穷探其狱，汭坐被酒衣黄衣，令人呼万岁，杖死。初汭事起，即罢利用枢密使，（《长编》百七曰："天圣七年春正月癸卯，枢密使曹利用罢，以保平节度使守司空检校太师兼侍中判邓州。"）及汭诛，谪左千牛卫将军，知随州（丙辰）。又坐私贷景灵宫钱，贬崇信军节度副使，房州安置（二月癸酉）。命内侍杨怀敏护送，宦官多恶利用，行至襄阳驿，怀敏以语逼之，利用素刚，遂投缳而绝，以暴卒闻。"《长编》百八曰："曹利用未败时，道辅尝言利用及上御药罗崇勋，窃弄威权，宜早斥去，以清朝廷。立对移刻，太后可其言，乃退。利用既被谴，而崇勋固在云。"（原注曰：本传云：道辅除左正言，受命日，论奏枢密使曹利用、上御药罗崇勋云云。按道辅为左正言，乃天圣元年八月，此时利用及崇勋骄恣之状犹未著，道辅必不以受命日论此二人，及五年十二月，迁左司谏，或可论矣。然距利用贬绌尚一年馀，遽云太后可其言，亦妄矣。且利用不应与崇勋同论，或道辅同论二人，亦必不在始受命日，传盖误也。）〇《职官志》曰："御药院勾当四人，以入内侍省充，掌按验方书，修合药剂，以待进御。"沈曰："长编（百六）：天圣六年二月丁丑，诏上御药供奉蓝元用、张怀德、罗崇勋并落供奉，为上御药。按四年二月，置上御药供奉四人，至是落'供奉'二字，单名'上御药'也。明道二年，罢上御药，并上御药供奉，以入内供奉官勾当御药院，如故事，罗崇勋永州安置。"（《长编》百十二：夏四月癸丑。）案：集上作尚。〇《长编》百十三曰："明道二年十一月癸亥，龙图阁待制孔道辅为右谏议大夫权御史中丞。"《职官志》曰："御史台中丞一人为台长，旧兼理检使，凡除中丞而官未至者，皆除右谏议大夫。"又曰："御史中丞为从三品。"〇《宋史·仁宗纪》曰："明道二年十二月乙卯，废皇后郭氏为净妃玉京冲妙仙师，居长宁宫。"案：事已见《范文正碑》注。〇《宋史·孔道辅传》曰："郭皇后废，道辅率谏官孙祖德、范仲淹、宋郊、刘涣，御史蒋堂、郭劝、杨偕、马绛、段少连十人，诣垂拱殿伏奏：皇后天下之母，不当轻议绌废。于是出道辅知泰州。"

公讳道辅，字原鲁。初以进士释褐，补宁州军事推官。年少耳，然断狱议事，已能使老吏惮惊。遂迁大理寺丞，知兖州仙源县事，又有能名。其后尝直史馆，待制龙图阁，判三司理欠凭由司、登闻检院、吏部流内铨，纠察在京刑狱，知许、徐、兖、郓、泰五州，留守南京。而兖、郓御史中丞皆再至。所至官治，数以争职不阿，或绌或迁，而公持一节以终身，盖未尝自诎也。

沈曰："本传初名延鲁。按《长编》于天圣元年、三年，并称右正言孔延鲁，天圣四年十二月接伴使，始云孔道辅为左司谏，其改名之时未详。○字原鲁，《正宗》作字厚济，《东都事略》《宋史》《名臣言行前录》卷九皆云字原鲁。○杨子云《解嘲》曰："或释褐而傅。"《文献通考·选举》二曰："唐进士及第者，未能便解褐入仕，尚有试吏部一关，而宋则一登第之后，即为入仕之期。"○《九域志》曰："陕西永兴军路宁州彭原郡军事治定安县，今甘肃宁县治。"○《宋史》道辅传曰："知仙源县，主孔子祠事，孔氏故多放纵者，道辅一绳以法，再迁太常博士。"《九域志》曰："大中祥符五年，改曲阜县为仙源。"○《职官志》曰："国初以史馆、昭文馆、集贤院为三馆，皆寓崇文院，直馆直院则谓之馆职。"○龙图阁已见《范文正碑》注。○《职官志》曰：三司都理欠司判司官一人，以朝官充，掌理在京及天下欠负官物之籍，皆立限以促之，都凭由司以判都理欠司官兼，掌在京官物支破之事。凡部支官物，皆覆视无虚谬，则印署而还之，支讫，复据数送勾而销破之。"○《职官志》曰："登闻检院隶谏议大夫，掌受文武官及士民章奏表疏。"○《职官志》曰："吏部判流内铨事二人，以御史知杂以上充，掌节度判官以下州府判司、诸县令佐，拟注对扬，磨勘功过之事。"○《孔道辅传》曰："章献太后临朝，召为左正言，未几为直史馆，判三司理欠凭由司。奉使契丹，道除右司谏，龙图阁待制，历判吏部流内铨，纠察在京刑狱。坐料事不当，出知郓州。"○《长编》一百一十："天圣九年十二月庚申，左司谏龙图阁待制孔道辅出知宣州，寻改徐州，又改许州。"原注曰："道辅出守必有故，当考。明年二月改徐州，三月改许州。"又百十三曰："明道二年十一月，为右谏议大夫，权御史中丞，奏皇后不当废，诏出知泰州。"又百十四曰："景祐元年二月，新知泰州孔道辅言父母年老，辄暂至兖州宁省，乃赴泰州。诏仍令兖州发遣赴本任。居数月，改知徐州。"又百十七曰："二年八月为龙图阁直学士。"又百二十二曰："宝元元年十二月甲戌，入为御史中丞。"又百二十五曰："二年十一月丁酉，降知郓州。"《东都事略》道辅传曰："出知郓州，徙青州，入判流内铨，出知许州，徙应天府，除右谏议大夫御史中丞，出知泰州，徙徐州、兖州，复入为御史中丞，出知郓州。"《宋史》道辅传曰："出知郓州，徙青州，还判流内铨，迁兵部员外郎，复出知徐、许二州，徙应天府，召为右谏议大夫，权御史中丞，出知泰州，徙徐州，又徙兖州，进龙图阁直学士。在兖三年，复入为御史中丞。会受诏鞫冯士元狱，帝以道辅朋党大臣，出知郓州。"《长编》则五州外多一宣州，徐再至，兖一至。《事略》《宋史》皆多一青州，《事略》兖一至，《宋史》则徐再至、兖一至，皆与《墓志》不合。宋京西北路许州治长社县，今河南许昌县治。京东西路兖州治瑕丘县，在今山东滋阳县西。淮南东路泰州治海陵县，今江苏泰县治。○西京留守，已见《泷冈表》注。

其在兖州也，近臣有献诗百篇者，执政请除龙图阁直学士。上曰："是诗虽多，不如孔某一言。"乃以公为龙图阁直学士。于是人度公为上所思，且不久于外矣。未几果复召，以为中丞。而宰相使人说公稍折节以待迁，公乃告以不能。于是又度公且不得久居中，而公果出。运笔如风。初，开封府吏冯士元坐狱，语连大臣数人，故移其狱御史。御史劾士元罪止于杖，又多更赦。公见上，上固怪士元以小吏与大臣交私，污朝廷，而所坐如此，而执政又以谓公为大臣道地，故出知郓州。

《长编》百十七曰："时近臣有献诗百篇，执政请除龙图阁直学士。上曰：是诗虽多，不如孔道辅一言，遂以命道辅。议者因是知前日之斥，果非上意也。"○孔某，集某作道辅。○宰相乃张士逊，见下。○于是又度，集又上有人字。○《耆旧续闻》卷四曰："郑戬知开封府，府吏冯元者（当作冯士元）奸巧，通结权贵，号为立地京兆尹，戬穷其罪，流于海岛。"○《长编》百二十五曰："宝元二年十一月丁酉，降知枢密院事盛度为尚书右丞，知扬州；参知政事程琳为光禄卿，知颍州；御史中丞孔道辅为给事中，知郓州；天章阁待制庞籍知汝州；开封府判官金部郎中李宗简追一任官勒停。先是权知开封府郑戬按使院行首冯士元奸赃，及私藏禁书事，而士元尝为度强取其邻所赁官舍，故枢密副使张逊第在武城坊，其曾孙偕才七岁，贫不自给，乳媪擅出券鬻之，琳阴使士元谕以宜得御宝许鬻，即市取之，籍尝令士元雇女口，士元既杖脊配沙门岛，而宗简辄私发公案，欲营救之。开封府推官王逵具以白戬，遂奏移鞫御史台，狱具，上特御延和殿，召宰臣等议决之。初张士逊素恶琳，而疾道辅不附己，将并逐二人。察帝有不悦琳意，即谓道辅：上顾程公厚，今为小人所诬，宜见上为辨之。道辅入对，言琳罪薄不足深治。帝果怒，以道辅朋党大臣，故特贬焉。"苏子瞻《记张士逊中孔道辅事》曰："孔道辅为御史中丞，勘冯士元事，尽法不阿，仁宗称之，有意大用。时大臣与士元通奸利最甚者，宰相程琳。道辅既得其情矣。退傅张士逊不喜道辅，欲有以中之，上使道辅送劄子中书，士逊屏人与语久。因言公将大用，道辅喜。士逊云所以致此，谁之力也，非程公不致此。道辅怅然愧而德之。不数日上殿，遂力救琳，上大怒，既贬琳，亦黜道辅兖州（兖当作郓）。道辅知为士逊所卖，感愤得疾死中路。元祐三年五月三日，闻之苏子容。"吴先生曰："子容所言，殆即执政所谓为大臣道地之说，非事实也。且张士逊屏人之语，果孰闻而孰传之？当以此碑为正。"

公以宝元二年如郓，道得疾，以十二月壬申，卒于滑州之韦城驿，享年五十四。其后诏追复郭皇后位号，而近臣有为上言公明肃太后时事者。汪曰："回应前文，通体俱灵。"上亦记公平生所为，廷奏曹、罗事，亦暗收在内。

故特赠公尚书工部侍郎。公夫人金城郡君尚氏，尚书都官员外郎讳宾之女。生二男子，曰洵，今为尚书屯田员外郎，曰宗翰，今为太常博士，皆有行治，世其家。累赠公金紫光禄大夫尚书兵部侍郎，而以嘉祐七年十月壬寅，葬公孔子墓之西南百步。

《宋史》道辅传曰："道辅知为士逊所卖，颇愤惋。时天寒上道，行至韦城，发病卒。"《九域志》：韦城县属京西北路滑州。《清一统志》曰："河南卫辉府：韦城废县在滑县东南。"○《宋史·仁宗纪》曰："景祐二年十一月戊子，废后郭氏薨。三年春正月壬辰，追复郭氏为皇后。"《后妃传》曰："郭皇后废，出居瑶华宫，属小疾，遣文应挟医诊视，数日乃言后暴薨，上深悼之，追复皇后，而停谥册祔庙之礼。"○《宋史》道辅传曰："皇祐三年，王素因对，语及道辅，仁宗思其忠，特赠尚书工部侍郎。"○《职官志》曰："工部屯田员外郎，掌屯田营田职田学田官庄之政令，及其租入种刈、兴修给纳之事。"又曰："诸司员外郎为正七品。"○《东都事略》道辅传曰："子宗翰字周翰。"○《职官志》曰："金紫光禄大夫为正二品。"○《寰宇记》曰："兖州曲阜县：孔子墓高一丈二尺，在县西北三里。"《清一统志》曰："山东兖州府：孔林在曲阜县北二里，宋孔道辅墓在曲阜县孔林内先圣墓西南。"

公廉于财，乐振施，遇故人子，恩厚尤笃，而尤不好鬼神禨祥事。在宁州，道士治真武像，有蛇穿其前，<small>叙击蛇事，即小见大，此颇上添毫法也。</small>数出近人，人传以为神。州将欲视验以闻，故率其属往拜之，而蛇果出。公即举笏击蛇杀之，自州将以下皆大惊，已而又皆大服。公由此始知名。然余观公数处朝廷大议，视祸福无所择，其智勇有过人者，胜一蛇之妖，何足道哉？世多以此称公者，故余亦不得而略也。铭曰：

《淮南·氾论篇》曰："因鬼神禨祥，而为之立禁。"高诱注曰："禨祥，吉凶也。"○《云麓漫钞》卷九曰："朱雀玄武，青龙白虎，为四方之神。祥符间，避圣祖讳，始改玄武为真武，后兴醴泉观，得龟蛇，道士以为真武现，绘其像为北方之神，披发黑衣仗剑踏龟蛇，从者执黑旗，自后奉祀益严，加号镇天佑圣。"《渑水燕谈录》卷四曰："徂徕先生石守道，尝为公击蛇笏铭。"案：铭见《徂徕集》卷六及《文鉴》卷七十三。沈曰："元《郝文忠集》卷十《楷木杖笏行》，今曲阜祖庭有孔道辅击蛇笏，殷血犹在，以水濯洗，则其色如新溅者。"

展也孔公，维志之求。行有险夷，不改其辀。权强所忌，谗谄所雠。考终厥位，宠禄优优。维皇好直，是锡公休。序行纳铭，为议诸幽。

□茅曰："荆公第一首志铭，须看他顿挫纡徐，往往叙事中伏议论，风神萧飒处。"又曰："于序事中一一点缀，而风韵焕发，若顺江流而看两岸之山，古人所谓应接不暇。"○吴先生曰："笔笔腾踊，句句逆折，故峭劲百倍。"

《广雅·释器》曰："辕谓之辀。"○《诗·长发》曰："敷政优优，百禄是遒。"○《书·洪范》曰："惟皇作极。"又曰："予攸好德，汝则锡之福。"又曰："三德一曰正直。"《诗·小明》曰："好是正直。"○《尔雅·释诂》曰："休，美也。"

泰州海陵县主簿许君墓志铭

《文鉴》作《许平墓志铭》。

君讳平，字秉之，姓许氏，余尝谱其世家，所谓今泰州海陵县主簿者也。君既与兄元相友爱称天下，而自少卓荦不羁，善辨说，与其兄俱以智略为当世大人所器。吴北江曰："此见其为趋时之士。"宝元时，朝廷开方略之选，以招天下异能之士。汪曰："是用说之时，右武之国。"而陕西大帅范文正公、郑文肃公争以君所为书以荐。汪曰："与下贵人荐，皆铭所谓'有拔而起之'。"于是得召试为太庙斋郎。已而选泰州海陵县主簿。贵人多荐君有大才，可试以事，不宜弃之州县。君亦常慨然自许，欲有所为。然终不得一用其智能以卒。噫！其可哀也已。吴北江曰："措词隽敏，言虽善趣时，终亦不得。"○以上不得大用以卒。

王介甫《许氏世谱》曰："许远孙儒，不义朱梁，自雍州入于江南，儒生稠，稠生规，规生遂、遯、迥三子，遯有子五人，恂黄州录事参军，恢尚书虞部员外郎，怡今为太子中舍，签书淮南节度使判官厅公事，元今为江淮荆湖两浙制置发运使，平泰州海陵主簿。"○《宋史·许元传》曰："字子春，宣州宣城人。历知扬、越、泰州卒。元在江淮十三年，以聚敛刻剥为能，急于进取，多聚珍奇，以赂遗京师权贵。发运使治所在真州，衣冠之求官舟者日数十辈，元视势家贵族，立榷巨舰与之。即小官惸独，伺候岁月，有不能得，人以是愤怨，而元自以为当然，无所愧惮。"○《宋史·仁宗纪》曰："宝元二年五月癸巳，诏近臣举方略材武之士各二人。"沈曰："《长编》：宝元二年十二月乙亥，秘书丞田京通判镇戎军，著作佐郎令狐挺通判延州，秘书丞夏侯观为内园副使邠州都监，著作佐郎刘质为内殿承制宁州都监，并以近臣荐，召试方略，而特命之（卷百二十五）。康定元年夏四月甲午，永兴军进士杨著、卢凯上书陈方略，召试舍人院，授渭州、坊州军事推官（卷百二十七）。七月庚午，布衣吕渭、李元振、姚嗣宗皆上封事陈方略，召试学士院。壬申，并授幕职知县

（卷百二十八）。十月己丑，命翰林学士王居正、知制诰王拱辰等，于国子监考试方略举人，以滕希仲为经〔泾〕县尉，雷子元试校书郎，成锐太庙斋郎，李遵等十人为郊社斋郎，张恂等十人诸州司士参军，王嘉麟三班借职，韩杰下班殿侍差使，李顾等三十八人诸州文学，尝经南省下第而不愿就文学者，免将来文解，不合格者，赐钱十千罢归（卷百二十九）。庆历元年二月甲申，以应方略人、郊社斋郎邱良孙权耀州观察推官，布衣邵亢权邠州观察推官（卷百三十一）。三年五月乙未，以试方略人仇公绰为试大理评事，姜潜、许平为太庙斋郎，杨著为郊社斋郎，鞠章、张弼为司士参军，皆近臣特荐也（卷百四十一）。十一月辛未，以试方略人黄通为试大理评事，张定方为秘书省正字，姚光弼、张纮为试将作监主簿（卷百四十五）。熙宁六年，王安石言庆历边事，大臣以门客故人之故，开方略之科，因此缪及京师市井间富人，买策求得官者甚众（卷二百四十三）。"○《宋史·郑戬传》曰："戬字天休，苏州吴县人，为陕西四路都总管兼经略招讨使，卒谥文肃。"○《文献通考·职官》九曰："宋以宗正寺知丞事，掌奉宗庙诸陵荐享之事，室长斋郎无常数。"○泰州海陵县见《孔公墓志铭注》。

士固有离世异俗，独行其意，骂饥笑侮，困辱而不悔。彼皆无众人之求，而有所待于后世者也。其龃龉固宜。吴北江曰："掷笔天外，轩然撑局势，此公所以自况也。"若夫智谋功名之士，窥时俯仰，以赴势物之会，而辄不遇者，乃亦不可胜数。吴北江曰："此正指许平辈也。"辨足以移万物，而穷于用说之时；谋足以夺三军，而辱于右武之国。吴北江曰："以上文犹为未快，乃更提笔唱叹，以尽其意。"又曰："若省此四句，以下句直接上文，亦未尝不顺。然局势直率，无此雄厚恣肆矣。"此又何说哉？吴北江曰："摇曳以尽唱叹之神。"嗟乎！彼有所待而不悔者，其知之矣。汪曰："忽纽合有所待而不遇者作收，隐然见得之有命。"吴北江曰："忽缴前一句，用笔尤为诡变不测，极纵横跌宕之致，而托意尤高。"〇以上就许平不得大用，发为感慨，以见趋时之士，亦未必得，君子所以贵自守也。俯仰古今，神味无穷。

《史记·平津侯传》："天子报曰，守成尚文，遭遇右武。"《汉书·公孙弘传》颜注曰："右亦上也，祸乱时则上武耳。"

君年五十九。以嘉祐某年某月某甲子葬真州之扬子县甘露乡某所之原。夫人李氏。子男瓌，不仕；璋，真州司户参军；琦，太庙斋郎；琳，进士。女子五人，已嫁二人，进士周奉先、泰州泰兴县令陶舜元。以上妻子。铭曰：

宋淮南路真州治扬子县，今江苏仪征县治。〇《职官志》：上州诸司参军从八品。按《九域志》，真为上州。〇宋淮南东路泰州泰兴县，今江苏泰兴县治。

有拔而起之，莫挤而止之。呜呼许君！而已于斯。谁或使之？吴北江曰："铭用意与前文同，而笔势瓌诡，起落无端，精神尤远出。"

□刘曰："以议论行序事，而感叹深挚，跌宕昭朗。荆公此等志文最可爱。"〇姚曰："按《宋史·许元传》：元固趋势之士，平盖亦非君子。故介甫语含讥刺。"〇吴先生曰："张廉卿初见曾公，公为引声读此文，抑扬抗坠，声之敛侈，无不中节，使文字精神意态尽出。廉卿言下顿悟，不待讲说而明。自此研讨王文，笔端日益精进。此固见廉卿识解过人，亦见文字高能助学人神智，全在乎精读也。"〇吴北江曰："纵横开阖，用笔有龙跳虎卧之势，学韩之文，此为极则。"

《淮南·兵路篇》许注曰："挤，排也。"

王深父墓志铭

《宋史》王回入《儒林传》。○《文鉴》《正宗》及茅选标题作深甫，而文中仍作深父，今依集。

吾友深父，书足以致其言，言足以遂其志。志欲以圣人之道为己任，盖非至于命弗止也。故不为小廉曲谨以投众人耳目，而取舍进退去就必度于仁义。世皆称其学问文章行治，然真知其人者不多，而多见谓迂阔，不足趣时合变。嗟乎！是乃所以为深父也。令深父而有以合乎彼，则必无以同乎此矣。以上言深父不求人知。

曾子固《王深甫文集序》曰："深甫，吾友也。姓王氏，讳回。当先王之迹熄，六艺残缺，道术衰微，天下学者无所折衷，深甫于是奋然独起，因先王之遗文，以求其意，得之于心，行之于己，其动止语默，必考于法度，而穷达得丧，不易其志也。文集二十卷，其辞反复辨达，有所开阐，其卒盖将归于简也。其破去百家传注，推散缺不全之经，以明圣人之道于千载之后，所以振斯文于将坠，回学者于既溺，可谓道德之要言，非世之别集而已也。后之潜心于圣人者，将必由是而有得，则其于世教岂小补之而已哉？"《东都事略·儒学传》曰："回经术粹深，王安石、曾巩与为深交，而当时之士，亦以为虽汉之儒林，不能过也。"○《史记·孟荀列传》曰："孟轲适梁，梁惠王不果所言，则见以为迂远而阔于事情。"○《文鉴》趣作趋，字通。○《文鉴》是乃作乃是。

尝独以谓天之生夫人也，殆将以寿考成其才，使有待而后显，以施泽于天下。或者诱其言，以明先王之道，觉后世之民。呜呼！孰以为道不任于天，德不酬于人，而今死矣。甚哉，圣人君子之难知也。以孟轲之圣，而弟子所愿，止于管仲、晏婴，况馀人乎？至于杨雄，尤当世之所贱简，其为门人者，一侯芭而已。芭称雄书以为胜《周易》，《易》不可胜也，芭尚不为知雄者。而人皆曰：古之人生无所遇合，至其没久，而后世莫不知。若轲、雄者，其没皆过千岁，读其书，知其意者甚少。则后世所谓知者，未必真也。夫此两人以老而终，幸能著书，书具在，然尚如此。曲折尽致。嗟乎深父，其智虽能知轲，其于为雄，虽几可以无悔，然其志未就，其书未具，而既早死，岂特无所遇于今？又将无所传于后。天之生夫人也，而命之如此，盖非余所能知也。以上惜世不能知深父，而发感慨。

《孟子·公孙丑上》："公孙丑问曰：夫子当路于齐，管仲、晏子之功，可复许乎？孟子曰：子诚齐人也，知管仲、晏子而已矣。曰：管仲以其君霸，晏子以其君显，管仲、晏子犹不足为与？"○《汉书·杨雄传》曰："钜鹿侯芭，常从雄居，受其《太玄》《法言》焉。"《论衡·书案篇》曰："杨子云作《太玄》，侯铺子随而宣之。"侯铺子即侯芭也。（铺、芭古音同，沈文起《韩集补注》谓铺子盖芭字。）韩退之《与冯宿论文书》曰："昔杨子云著《太玄》，人皆笑之。子云之言曰：世不我知，无害也，后世复有杨子云，必好之矣。其弟子侯芭颇知之，以为其师之书胜《周易》。"○知轲《文鉴》知作如。

　　深父讳回，本河南王氏，其后自光州之固始迁福州之侯官，为侯官人者三世。曾祖讳某，某官，祖讳某，某官，考讳某，尚书兵部员外郎。兵部葬颍州之汝阴，故今为汝阴人。以上先世。深父尝以进士补亳州卫真县主簿。岁馀自免去，有劝之仕者，辄辞以养母。结上"不求人知"。其卒以治平二年七月二十八日，年四十三。于是朝廷用荐者，以为某军节度推官，知陈州南顿县事。书下而深父死矣。夫人曾氏，先若干日卒。子男一人某，女二人皆尚幼。诸弟以某年某月某日葬深父某县某乡某里，以曾氏祔。以上卒葬及妻子。铭曰：

三世疑当作五世，介甫《尚书都官员外郎侍御史王公（平）墓碣铭》曰："其先为汉雁门太守者曰泽，泽后十八世雄，为唐东都留守，封望太原，族墓在河南，至唐之将亡，雄诸孙颇陵夷，不知几传而至护，始居福之侯官，曰本河南人，雄之后也。护生伸，伸生廷简，当闽王审知时，被署为安远使，有劳烈于其国，审知死，遂置其官以老。安远二子，其季居政，娶邑里姚氏女，生公。自护四世至公，始以文行发名。"胡武平（宿）《守侍御史王公（平）墓志铭》曰："五世祖唐末避地，自徙居闽之侯官。"曾子固《王容季（回）墓志铭》曰："其先世太原人，中徙河南，其后自光州之固始徙福州之侯官。徙侯官者五世矣。"此文若作五世，则与诸志铭皆合。案：唐河南道光州固始县，今河南固始县治。唐江南道福州侯官县，在今福建闽侯县西。又案：集一本侯官作候官。《后汉书·郑弘传》注引《晋太康地理志》曰："东冶后改为东候官。"《御览·职官部》三十九引《临海记》曰："汉元鼎五年，立都尉府于候官，以镇抚二越，所谓东南一尉者也。"《州郡部》十六引《郡国志》曰："汉武元鼎六年立都尉，居候官，以御两越，所谓东南一尉，西北一候也。"是汉时本名候官。然《吴志·虞翻传》曰："翻追随营护，到东部侯官。"（或谓部字衍。）《三嗣主孙休传》曰："永安三年，黜亮为侯官侯。"《晋书·地理志》：扬州晋安郡有侯官县。《宋书·州郡志》：江州晋安郡侯官县下曰：后汉曰东侯官，属会稽。《续汉书·郡国志》：会稽郡东部侯国。钱竹汀《廿二史考异》十四以为东侯官之讹。似后汉已称侯官矣。○《王公墓志》曰："王审知之据郡也，尝署大父为安远使，已而谢去。考讳居政，以行义称于州里，及公有位于朝，陪祀延祢室，官至秘书丞。"与介甫所撰墓碣同。《王容季墓志》曰："曾大父讳廷金，仕闽王为安远军使。大父讳居正，曾秘书丞。"金字、正字，均与碣异。○《王公墓碣》曰："庆历五年，天子以尚书都官员外郎通判荆南府王公为侍御史，居一年，以入三司为户部判官，又一年，还之为言事御史。顷之奏事殿中，疾作归，翌日卒。公讳某字某，生五男子，回、向、固、同、冏。"《墓志》曰："公讳平，字保衡，章圣后元年，以同进士出身，授许州司理参军，再为临安、扶沟二县主簿，除开封府法曹参军。寻除秘书省著作佐郎，在职如故。就迁太常博士，入为审刑详议官，除尚书屯田员外郎，通判徐州，未行，丁秘书忧。免丧还台，出通判荆州府，迁都官员外郎，朝廷高选宪属，于是有台端之召。除三司户部判官。享年六十三。"皆不言兵部，此及下兵部字，疑当作都官。○《王公墓志》曰："以皇祐己丑八月十二日葬于汝阴之旌义新安里。"○《深甫文集序》曰："深甫，福州侯官人，今家于颍。尝举进士中其科，为亳州卫真县主簿，未一岁弃去，遂不复仕。"《宋史·儒林传》曰："回为卫真簿，有所不合，称病自逸，退居颍州。"案：宋淮南路亳州卫真县，在今河南鹿邑县东。○曾子固《金华县君曾氏墓志铭》曰："夫人嫁王氏，为侍御史讳平妻，姓曾氏，泉州晋江人。子五人，回、向、固、同、冏，皆有学行。回有道，为儒宗。向、冏尤有文。夫人兄鲁公公亮，实为宰相当国，然夫人处里舍弥约，未尝以为泰。"○《深甫文集序》曰："卒于治平二年之七月二十八日，年四十有三。天子尝以某军节度推官知陈州南顿县事就其家命之，而深甫既卒矣。"《曾氏墓志铭》曰:"子回忠武军节度推官知陈州南顿县事。"《长编》二百五曰:"治平二年六月,前亳州卫真县主簿王回为忠武军节度使推官知南顿县,为知制诰沈遘、王陶等所荐,命下而回卒。"案:宋京西北路许州许昌郡忠武军节度治长社县。陈州南顿县,在今河南项城县北。○《长编》二百四十五曰:"熙宁六年五月癸亥,录故忠武军节度推官王回子汾为郊社斋郎。先是右正言同判国子监常秩言回学术行义,臣自蒙召对,陛下尝问及回之为人,近又被旨进其遗文,今有子汾,望特赐甄录,故有是命。"王仲言《挥麈后录》卷六曰:"深父子汶(疑汾字传写误)字道原,诗文尤奇,有集,先人作序行于世。"(仲言父,性之也。)○曾子固《王容季文集序》曰:"吾友王氏兄弟曰回,深甫;曰向,子直;曰囘,容季,皆善属文,长于叙事。深甫尤深,而子直、容季盖能称其兄者也。予尝叙深甫、子直之文,铭容季之墓,而容季之兄固子坚,又集容季之遗稿,属余序之。"案:囘墓志亦称其仲兄固子坚,惟同之字未详。《儒林传》称弟同字容季,同盖囘字之误。《元丰类稿》元刊本《王容季墓志铭》囘亦误同,他本作囘,是也。《挥麈后录》卷六言囘字子直,向字容季,囘、向二字又互误。又案《曾氏墓志》曰:"回、向、同、囘皆蚤世,则回诸弟中,惟固寿耳。"

呜呼深父!惟德之仔肩,以迪祖武。厥艰荒遐,力必践取。莫吾知庸,亦莫吾侮。神则尚反,归形此土。

□茅曰:"多沉郁之思。"○吴先生曰:"究极笔势,跌宕自喜。"

《诗·敬之》曰:"佛时仔肩。"毛传曰:"仔肩,克也。"○《广雅·释言》曰:"迪,蹈也。"《诗·下武》曰:"绳其祖武。"毛传曰:"武,迹也。"○《诗·南山》毛传曰:"庸,用也。"《小尔雅·广言》曰:"庸,善也。"○《左》昭七年正考父鼎铭曰："亦莫余敢侮。"〇《礼记·檀弓下》曰："延陵季子适齐，于其反也，其长子死，葬于嬴、博之间。既封，左袒右还其封且号者三，曰：骨肉归复于土，命也，若魂气则无不之也。"《祭义》曰："众生必死，死必归土，此之谓鬼。骨肉毙于下，阴为野土，其气发扬于上，为昭明，焄蒿悽怆，此百物之精也，神之著也。"

兵部员外郎马君墓志铭

马遵《宋史》附《吕景初传》。

马君讳遵，字仲涂，世家饶州之乐平。举进士，自礼部至于廷，书其等皆第一。守秘书省校书郎，知洪州之奉新县，移知康州。当是时，天子更置大臣，欲有所为。求才能之士，以察诸路。茅曰："点缀如生，笔笔有神。"而君自大理寺丞除太子中允，福建路转运判官，以忧不赴。忧除，知开封县，为江淮荆湖两浙制置发运判官。于是君为太常博士，朝廷方尊宠其使事，以监六路，乃以君为监察御史，又以为殿中侍御史，遂为副使。已而还之台，以为言事御史。至则弹宰相之为不法者，宰相用此罢，而君亦以此出知宣州。至宣州一日，移京东路转运使，又还台为右司谏，知谏院。又为尚书礼部员外郎，兼侍御史，知杂事，同判流内铨。数言时政，多听用。

宋江南东路饶州乐平县，今江西乐平县治。〇宋江南西路洪州奉新县，今江西新县治。〇《九域志》曰："岭南东路康州晋康郡治端溪县。案：今广东德庆县治。〇转运使已见《孙君碑》注。《职官志》曰："都运废置不常，而正使不废，若副使、若判官，皆随资之浅深称焉。"《隆平集》卷一曰："转运判官，开宝六年，广南路初除徐泽一员，太平兴国三年，诸路并置。"○《职官志》曰："发运使副判官，掌经度山泽财货之源，漕淮（淮南路）浙（两浙路）江（江南东西二路）湖（荆湖南北二路）六路储廪，以输中都，而兼制茶盐泉宝之政，及专举刺官吏之事。"○欧阳永叔《真州东园记》曰："龙图阁直学士施君正臣、侍御史许君子元之为使也，得监察御史里行马君仲涂为其判官。"是遵先为里行，此志不言，盖略之耳。○沈曰："《长编》：庆历五年正月乙亥，复置言事御史，以殿中侍御史梅挚、监察李京为之。唐制御史不专言职，故天禧初始置言事御史六员，其后久不除，至是以谏官员不足，复除之。今御史台中丞厅之南，有谏官御史厅，盖御史得兼谏职也（百五十四）。皇祐五年八月庚申，新知复州主客员外郎殿中侍御史里行唐介为殿中丞侍御史充言事御史（百七十五）。至和二年十月己亥，开封府判官殿中侍御史俞希孟为言事御史，中丞张昪言希孟论事私邪，向者亲发德音，面责希孟，故自言事台官除开封府判官，中外喜快，今却充言事台官，士人失望。又言事御史旧虽二员，自来多是止除一员，已有马遵矣。壬寅，改希孟为祠部员外郎，除荆湖南路转运使（百八十一）。按此即是御史之中，自有许之言事者，愚谓不许言事，亦无明文，惟以御史别受差遣为重，自然不与言职耳。"○《长编》百七十六曰："至和元年秋七月戊辰，礼部侍郎平章事梁适罢，以本官知郑州。先是殿中侍御史马遵等弹适奸邪贪黩，任情循私，且弗戢子弟，不宜久居重位。适表乞与遵等辨，遵等即疏言光禄少卿向博师、前淮南转运使张可久，尝以赃废，乃授左曹郎中。又留豪民郭秉在家卖买，奏与恩泽，张揆还自隰州，赂适得三司副使。中丞孙抃言适为宰相，上不能持平权衡，下不能训督子弟，言事之官，数有论奏，非罢适无以慰清议。上乃罢之。己巳，殿中侍御史马遵知宣州（宣元误宜，今据志及《宋史》

正。）殿中侍御史吕景初通判江宁府主客员外郎，殿中侍御史里行吴中复通判虔州。梁适之得政也，中官有力焉。及遵等于上前极陈其过，上左右或言御史捃拾宰相，今谁敢当其任者？适既罢，左右欲并遵等去之。始遵等弹适多私，又言盐铁判官李虞卿尝推按茶贾李士宗负贴纳钱十四万缗，法当倍输，而士宗与司门员外郎刘宗孟共商贩，宗孟与适连亲，适遽出虞卿提点陕西刑狱。下开封府鞫其事，宗孟实未尝与士宗共商贩，且非适亲，遵等皆坐是黜。"○《九域志》曰："江南东路宣州宣城郡治宣城县。"案：今安徽宣城县治。○沈曰："《隐居诗话》：马遵谪守宣州，及其去也，郡僚军民争欲驻留，至以铁锁绝江，遵于钱筵倚醉，令官妓剥椔实而食，眷眷若流连状。夜使人绝锁解舟，以水沃橹牙，使之不鸣，逮晓，舟去远矣。"按遵到官才一日，吏民何至不忍其去？可见小说家之妄。○《宋史·马遵传》曰："其言事不激讦，故多见推行。杜衍、范仲淹皆称道之。"

　　始君读书，即以文辞辩丽称天下。及出仕，所至号为办治。论议条鬯，人反覆之而不能穷。平居颓然，若与人无所谐。及遇事有所建，则必得其所守。开封常以权豪请托不可治，客至有所请，君辄善遇之无所拒。客退，视其事一断以法。居久之，人知君之不可以私属也，县遂无事。及为谏官御史，又能如此。于是士大夫叹曰：马君之智，盖能时其柔刚以有为也。曾曰："以上居官，刚柔悉协。"

　　办治一本办（辦）作辨。案《说文》刀部曰："辨，判也。"段注曰："辨从刀，俗作辨为辨别字，符蹇切，别作从力之辦为干辦字，蒲苋切，古辨别、干辦无二义，亦无二形二声也。"○鬯，畅之通借字。

嘉祐二年，君以疾，求罢职以出，至五六。乃以为尚书吏部员外郎，直龙图阁，犹不许其出。某月某甲子君卒，年四十七。天子以其子某官某为某官，又官其兄子持国某官，夫人某县君郑氏，以某年某月某甲子葬君信州之弋阳县归仁乡襄沙之原。曾曰："以上卒葬、妻子。"

宋江南东路信州弋阳县，今江西弋阳县治。○茅《钞》襄作襄。

君故与予善，予常爱其智略，以为今士大夫多不能如。惜其不得尽用，亦其不幸早世，不终于贵富也。然世方惩尚贤任智之弊，而操成法以一天下之士，则君虽寿考，且终于贵富，其所畜亦岂能尽用哉？茅曰："有余慨。"呜呼！可悲也已。曾曰："以上交谊、征铭之由。"

《墨子》有《尚贤篇》。

既葬，夫人与其家人谋，而使持国来以请曰："愿有纪也，使君为死而不朽。"乃为之论次，而系之以辞曰：以上作铭。

归以才能兮，茅曰："铭亦奇。"又予以时。投之远涂兮，使骤而驰。前无御者兮，后有推之。忽税不驾兮，其然奚为？哀哀茕妇兮，孰慰其思？墓门有石兮，书以余辞。

□茅曰："机圆。"

《左》襄十四年："臧孙曰：夫二子者，或挽之，或推之。"○《方言》七曰："税，舍车也。"郭注曰："税犹脱也。"《文选》陆士衡《招隐诗》曰："税驾从所欲。"李善注曰："脱与税古字通。"○《诗·陈风》曰："墓门有棘。"

曾公夫人万年太君黄氏墓志铭

曾子固之祖母。

夫人江宁黄氏，兼侍御史知永安场讳某之子，南丰曾氏赠尚书水部员外郎讳某之妇，赠谏议大夫讳某之妻。凡受县君封者四，萧山、江夏、遂昌、雒阳，受县太君封者二，会稽、万年。男子四，女子三，以庆历四年某月日卒于抚州，寿九十有二。明年某月，葬于南丰之某地。以上家世、卒葬。

江宁府南唐为西都，宋初为升州，真宗天禧中改江宁府。（治上元、江宁二县，今上元并入江苏江宁县。）黄某之仕，未知在何时。又宋初西京置永安镇，（真宗景德中升为县，在今河南巩县西南。）岂镇置场务官邪？然与侍御史官品亦不合（《宋志》侍御史从六品），未详。○介甫《户部郎中赠谏议大夫曾公墓志铭》曰："公讳致尧，字正臣，其先封鄫，鄫亡，去邑为氏。王莽乱，都乡侯据弃侯之豫章家之。盖豫章之南昌，后分为南丰，故今为南丰人。可徒为沂州刺史（沂集作宜，今依《正宗》）。再世生仁旺，赠尚书水部员外郎，公考也。公娶黄氏，生子男七人，仕者三人。（集无"七人仕者"四字，依《正宗》补。）易占尝为太常博士，以能文称。公以博士故，赠至右谏议大夫。"案：馀见曾子固《先大夫集后序》注。○《宋史·职官志》曰："郎中刺史（曾致尧尝为之）赤县令（曾易占知如皋、玉山，但皆非赤县。）母封县太君，妻封县君。升朝官已上，遇恩并母封县太君，妻封县君。"○永叔《尚书户部郎中赠右谏议大夫曾公（致尧）神道碑铭》曰："子男七人。"介甫所撰墓志同。此云四人，岂其三人非黄所生耶？然子固父易占外，他亦不传。○永叔《曾公神道碑》曰:"初葬南丰之东园,水坏其墓,某年月日改葬龙池乡之源头。庆历六年夏,其孙巩称其父命以来请曰:愿有述。"介甫《曾公墓志铭》曰:"以祥符五年五月二十日疾不起,以其年某月日归葬南丰之东园,公没八年而博士子巩生,生若干年,水溃墓,移葬龙池乡之原头,某年月日也。葬有日,(集若干年作三十五年,而无下十九字,今亦依《正宗》。)巩以博士命,次公生平事来请,曰:为我志而铭之。"案:碑志皆不言祔,未详。

夫人十四岁无母,事永安府君至孝,修家事有法。二十三岁归曾氏,不及舅水部府君之养。以事永安之孝事姑陈留县君。以治父母之家治大家。事姑之党,称其所以事姑之礼。事夫与夫之党,若严上然。眂子慈,眂子之党若子然。以上宜家。每自戒不处白人善否。有问之,曰:"顺为正,妇道也,吾勤此而已。处白人善否,靡靡然为聪明,非妇人宜也。"以此为女与妇,其传而至于没,与为女妇时弗差也。以上律己。故内外亲无老幼疎近,无智不能,尊者皆爱,辈者皆附,卑者皆慕之。吴先生曰:"空叙,绝峻迈。"为女妇在其前者,多自叹不及,后来者皆曰可矜法也。其言色在视听,则皆得所欲,其离别,则涕洟不能舍,有疾皆忧。及丧来吊哭,皆哀有馀。以上德感。於戏!夫人之德如是,总束一句。是宜有铭者。铭曰:

称,尺证反。○视,古文从目兀声,兀示之古文也。○《孟子·滕文公下》曰:"以顺为正者,妾妇之道也。"○其传而至于没,沈曰:"传谓传家事于子妇。"○《易·萃》上六:赍咨涕洟,《释文》曰:"洟,他丽反,又音夷。"郑云:"自目曰涕,自鼻曰洟。"

女子之德，煦顾愉愉。教隳弗行，妇妾乘夫。趋为亢厉，励之颛愚。猗嗟夫人！惟德之经。媚于族姻，柔色淑声。其究女初，不倾不盈。谁疑不信？来监于铭。

□茅曰："通篇虚景语，如贯珠，如连环。"○吴先生曰："整齐变化，廉悍劲健。"

煦顾，姚曰："顾疑愿。"步瀛案：顾，愿之借字。《说文》曰："愿，谨也。"《尔雅·释训》曰："愉愉，和也。"○《小尔雅·广言》曰："乘，凌也。"○《法言序》曰："倥侗颛蒙。"李注曰："颛蒙，顽愚也。"○《诗·猗嗟》毛传曰："猗嗟，叹辞。"○《诗·思齐》曰："思媚周姜。"毛传曰："媚，爱也。"○于铭，吴先生曰："于疑予。"

度支副使厅壁题名记

介甫嘉祐三年冬十月，命为度支判官。已见《上仁宗书》注。《长编》百九十一曰："嘉祐五年四月己卯，度支判官祠部员外郎直集贤院王安石同修起居注。"又介甫《同修起居注状》曰："臣去年始蒙恩特除直集贤院。"是四年已直集贤院，则度支判官到任，当在其前。《宋史·仁宗纪》载五年五月己酉，似稍晚，疑误。蔡元凤曰："此公抑兼并之意。诗文屡言之，即异日青苗法行，所谓昔日贫者，举息之于豪民；今之贫者，举息之于官是也。"

三司副使不书前人名姓。嘉祐五年，尚书户部员外郎吕君冲之，始稽之众史，而自李纮已上至查道，得其名，自杨偕已上，得其官，自郭劝已下，又得其在事之岁时，于是书石而镵之东壁。以上记厅壁题名。

《职官志》曰："三司之职，国初沿五代之制，置使以总国计，应四方贡赋之入，朝廷不预，一归三司，通管盐铁度支户部，号曰计省，位亚执政，目为计相。使一人，以两省五品以上及知制诰、杂学士、学士充，亦有辅臣罢政出外，召还充使者。掌邦国财用之大计，总盐铁度支户部之事，以经天下财赋，而均其出入焉。盐铁掌天下山泽之货，关市河渠军器之事，以资邦国之用。度支掌天下财赋之数，每岁均其有无，制其出入，以计邦国用。户部掌天下户口税赋之籍，榷酒工作衣储之事，以供邦国之用。副使以员外郎以上，历三路转运及六路发运使充，判官以朝官以上，曾历诸路转运提点刑狱充，三部副使各一人，通签逐部之事，三部判官各三人，分掌逐案之事。"〇《宋史·吕景初传》曰："景风初，字冲之，开封酸枣人。以户部员外郎判都水监，改度支副使。"〇《宋史·李昌龄传》曰："昌龄，宋州楚邱人。从子纮，字仲纲，历梓州陕西河北路转运使，迁侍御史知杂事，为三司度支副使。"(《长编》百十三曰："明道二年八月戊午，命度支副使兵部员外郎李纮为契丹国主生辰使，知纮为三司度支副使在明道时。")《查道传》曰："道字湛然，歙州休宁人。咸平四年举贤良方正之士，策入，拜右正言直史馆，未几出为西京转运使。六年，始令三司使分部置副，召入拜工部员外郎充度支副使。"〇《宋史·杨偕传》曰："偕字次公，坊州中部人。以尚书户部员外郎兼侍御史知杂事判吏部流内铨，徙三司度支副使。(《长编》百十八："景祐二年春正月，三司吏孙居中等请复现钱法，度支副使杨偕亦陈三说。"原注曰："杨偕以此月壬寅始自度支副使除河北都漕。"是偕为度支副使，至景祐三年始去职。)〇《宋史·郭劝传》曰："劝字仲褒，郓州须城人。迁兵部员外郎，兼起居舍人，同知谏院。赵元昊袭父位，以劝为官告使，所遗百万，悉拒不受。(元昊袭父位，在明道元年，封元昊西平王，授定难军节度使。其时旌节官告使为工部郎中杨告，见《长编》百十一及《宋史·夏国传》，非杨偕也。《长编》百十五：

"景祐元年冬十月，元昊酖其母卫慕氏，使来告哀，诏以内殿崇班阁门祗候王中庸为致祭使，兵部员外郎兼起居舍人郭劝为弔赠兼起复官告使。元昊赂遗劝等百万，悉拒不受。"《夏国传》同。是劝传元昊袭父位，当作元昊母死告哀也。）还兼侍御史知杂事，权判流内铨。迁工部郎中度支副使。"（当即继杨偕。）〇《玉篇》曰："鑱，仕衫、任忏二切，刺也，錾也。"

夫合天下之众者财，理天下之财者法，守天下之法者吏也。吏不良，则有法而莫守；法不善，则有财而莫理。有财而莫理，则阡陌闾巷之贱人，皆能私取予之势，擅万物之利，以与人主争黔首，而放其无穷之欲。非必贵强桀大而后能。如是而天子犹为不失其民者，盖特号而已耳。虽欲食蔬衣敝，憔悴其身，愁思其心，以幸天下之给足而安吾政，吾知其犹不得也。吴北江曰："廉悍骏迈，从韩公来。"然则善吾法而择吏以守之，以理天下之财，虽上古尧、舜，犹不能册以此为先急，吴曰："再加一折，不肯轻落，此见荆公笔力强处。"而况于后世之纷纷乎？以上论理财之法。

桀、杰字通。《尔雅·释丘》郭注曰："更有魁梧杰大者五。"《释文》曰："杰今作桀。"〇《孟子·尽心上》曰："尧、舜之知，而不遍物，急先务也。"

三司副使，方今之大吏，朝廷所以尊宠之甚备。盖今理财之法，有不善者，其势皆得以议于上而改为之。非特当守成法，吝出入，以从有司之事而已。其职事如此。吴曰："逆接。"则其人之贤不肖，利害施于天下如何也！观其人，以其在事之岁时，以求其政事之见于今者，而考其所以佐上理财之方。则其人之贤不肖，与世之治否，吾可以坐而得矣。此盖吕君之志也。以上揭明题目之用意。

□茅曰："何等识见，何等笔力。"○吴先生曰："笔力豪悍，有崩山决泽之观。"

《论语·子张篇》曰："犹之与人也，出内之吝，谓之有司。"○以其在事之岁时，《诗·江有汜》郑笺曰："以犹与也。"○《孟子·离娄下》曰："可坐而致也。"

祭范颍州文

《临川集》原注曰："仲淹。"案：已见欧阳永叔《文正范公神道碑》。

呜呼我公，一世之师。由初迄终，名节无疵。茅曰："四句已括生平。"明肃之盛，身危志殖。瑶华失位，又随以斥。治功亟闻，尹帝之都。闭奸兴良，稚子歌呼。赫赫之家，万首俯趋。独绳其私，以走江湖。士争留公，蹈祸不慄。有危其辞，谒与俱出。风俗之衰，骇正怡邪。蹇蹇我初，人以疑嗟。力行不回，慕者兴起。儒先酋酋，以节相侈。以上言屡遭贬谪。

明啸二句，谓请太后归政事。○瑶华二句，谓谏废郭后事。《宋史·后妃传》曰："仁宗郭皇后废居长乐宫。景祐元年，出居瑶华宫。"○治功亟闻四句，谓知开封府事。○赫赫四句，谓忤吕夷简落职知饶州事。《诗·节南山》毛传曰："赫赫，显盛也。"○士争留公四句，谓尹师鲁请与俱贬，欧阳永叔移书责高若讷，亦坐贬夷陵令。○风俗之衰八句，汪武曹曰："言范公能变风俗之衰，而使之以节相侈也。"○欧阳永叔《与尹师鲁书》曰："五六十年来，天生此辈，沉默畏慎，布在世间，相师成风，忽见吾辈作此事，下至灶间老婢，亦相惊怪，交口议之，不知此事古人日日有也。"○《易·蹇》六二曰："王臣蹇蹇，匪躬之故。"○《史记·匈奴传》曰："其儒先。"《集解》曰："先，先生也。"《汉书》作儒生也。《太玄·中》次七曰："酋酋火魁。"范注曰："酋，就也。"陆注曰："秋物成就，故曰酋酋。"案：此言成就之意。《尔雅·释训》曰："侈，多也。"

公之在贬，愈勇为忠。稽前引古，谊不营躬。外更三州，施有馀泽。如醋河江，以灌寻尺。宿赃自解，不以刑加。猾盗涵仁，终老无邪。讲艺弦歌，慕来千里。沟川障泽，田桑有喜。以上三州政绩。

三州谓饶州、润州、越州也。○《汉书·沟洫志》注孟康曰："醋，分也。"颜曰："醋音山支反。"○《论语·阳货篇》曰："子之武城，闻絃歌之声。"《年谱》曰："公迁建饶之郡学，饶之山水，大率秀拔，公识其形胜曰：妙果院一塔高崎，当城之东南，屹立千馀尺，城之下，枕瞰数湖，水脉连秀，于是名之曰文笔峰砚池，学既建而生徒浸盛。"又《润州与李泰伯书》云："今润州初建郡学，可能屈节教授。"又《越州与李泰伯书》云："此地比丹阳，又似闲暇，可以卜居，请一来讲说，因而图之，诚众望也。"案：即在三州建学之事。

戎孽猘狂，敢齮我疆。铸印刻符，公屏一方。取将于伍，后常名显。收士至佐，维邦之彦。声之所加，虏不敢濒。以其馀威，走敌完邻。昔也始至，疮痍满道。汪曰："追前描写，极生色。"药之养之，内外完好。既其无为，饮酒笑歌。百城晏眠，吏士委蛇。以上经略西夏。

戎孽，指西夏赵元昊也。《淮南·氾论篇》曰："猘狗之惊，以杀子阳。"猘同猘。《说文》曰："猘，狂犬也。"又曰："齮，啮也。"○《吕氏春秋·贵直篇》高注曰:"屏,障也。"○取将于伍二句,《宋史·狄青传》曰:"仲淹以《左氏春秋》授之曰:将不知古今,匹夫勇尔。青折节读书,悉通秦、汉以来将帅兵法,由是益知名。"又《郭逵传》曰:"为三班奉职,隶陕西范仲淹麾下,仲淹勉以问学。"又《种世衡传》曰:"世衡受知于范仲淹,因立青涧功。"(此见世衡子附传中。)○收士至佐二句,《诗·郑风·羔裘》曰:"邦之彦兮。"毛传曰:"彦,士之美称。"案:《范文正集》有《举欧阳修充经略掌书记状》,《举张方平经略掌书记状》,《举许渤签署陕府判官事状》。又《言行拾遗事录》曰:"公言幕府宾客可为己师者,乃辟之,虽朋友亦不可辟,盖为我敬之为师,则必心怀尊奉,每事取法,于我有益耳。"《宋史·范仲淹传》曰:"泛爱乐善,士多出其门下。"《石林燕语》卷十曰:"范文正公用人,多取气节,阔略细故,如孙威敏(沔谥)、滕达道(元发字)之徒,皆深所厚者。为帅府,辟置多谪籍未牵叙人。或以问公,公曰:人之有才能无瑕颣者,自应用于宰相。惟实有可用,不幸陷于过失者,不因事起之,则遂为废人矣。世咸多公此意。"○庬不敢濒,姚姬传曰:"言庬不敢近边也。"○走敌完邻,富彦国《范文正公墓志铭》曰:"泾原师再丧定川,(《宋史·仁宗纪》曰:"庆历二年九月,元昊寇定川,泾原路马步军副都总管葛怀敏战没,诸将死者十四人。")关辅复震,公知,亲率兵连夜赴援,且将邀贼归路击之。会已出塞,遂班师。因移其兵耀于关辅,人心由是大定。"○《说文》曰:"痍,伤也。"○《诗·召南·羔羊》郑笺曰:"委蛇,委曲自得之貌。"

上嘉曰材,以副枢密。稽首辞让,至于六七。遂参宰相,釐我典常。扶贤赞杰,乱冗除荒。官更于朝,士变于乡。百治具修,偷堕勉强。彼阕不远,归侍帝侧。

卒屏于外，身屯道塞。谓宜耆老，尚有以为。神乎孰忍？使至于斯。盖公之才，犹不尽试。肆其经纶，功孰与计？以上入朝未尽其用。

遂参宰相，谓拜参知政事。○扶贤赞杰，谓所举人才；乱冗除荒，谓所陈十事也。见《神道碑》注。《说文》曰："乱，治也；冗，散也。"《文鉴》作冗，字同；姚选作穴误。○官更于朝四句，指所陈精贡举、择官长等事。○彼阅不遂四句，谓入为群小所排，出为陕西四路安抚使，归又出知杭州也。《说文》曰："阅，遮壅也。"《礼记·王制》郑注曰："屏犹放去也。"《释文》曰："屏，必郢反。"○《易·屯·象传》曰："君子以经纶。"案：黄鲁直《送范德孺知庆州诗》曰："乃翁知国如知兵，塞垣草木识威名。"又曰："平生端有活国计，百不一试薶九京。"德孺，仲淹子纯粹字，乃翁谓仲淹也。诗意与此文同。

自公之贵，厩库逾空。和其色辞，傲讦以容。化于妇妾，不靡珠玉。翼翼公子，弊绨恶粟。闵死怜穷，惟是之奢。孤女以嫁，男成厥家。孰堙于深？孰锲乎厚？其传其详，以法永久。以上述其行事。

傲讦以容，谓傲讦之人皆能容之。《神道碑》所谓"外和内刚，乐善泛爱"也。○《礼记·檀弓上》郑注曰："靡，侈也。"○《尔雅·释训》曰："翼翼，恭也。"《说文》曰："绨，厚缯也。"《宋史·范仲淹传》曰："四子纯佑、纯仁、纯礼、纯粹。"事见《神道碑》注。○孤女以嫁二句，钱君倚（公辅）《义田记》曰："范文正公，苏人也。平生好施与。方贵显时，于其里中，买负郭常稔之田千亩，号曰义田，以养济群族。族之人日有食，岁有衣，嫁娶凶葬皆有赡。择族之长而贤者一人，主其计而时其出纳焉。日食人米一升，岁衣人衣一缣，嫁女者钱五十千，娶妇者二十千，再嫁者三十千，再娶者十五千，葬者如再嫁者之数，葬幼者十千，族之聚者九十口，入粳稻八百斛，以其所入，给其所聚，需然有馀而无穷。"○孰埋于深，谓瘗墓志也。《周语下》章注曰："埋，没也。"（姚本作湮，字通。）孰锲乎厚，谓刻碑铭也。《荀子·劝学篇》杨注曰："锲，刻也，苦结反。"

硕人今亡，邦国之忧。矧鄙不肖，辱公知尤。承凶万里，不往而留。涕洟驰辞，以赞醪羞。以上致祭。

□茅曰："荆公为人，多气岸不妄变，所交者皆天下名人，故于其殁也，其文多奇崛之气，悲怆之思，令人读之不能不掩卷而涕洟。"○方曰："祭韩、范诸公文，此为第一。"

《诗·考槃》曰："硕人之宽。"毛传曰："硕，大也。"○顾震沧《王荆公年谱》曰："皇祐四年壬辰，公通判舒州。"○涕洟已见《曾公夫人黄氏墓志铭》注。案：集洟作哭，《文鉴》同，今依茅选。○《说文》曰："醪，汁滓酒也。"《方言》十二郭注曰："熟食为羞。"

祭周幾道文

介甫《尚书屯田员外郎周君墓志铭》曰："君周姓，讳涛，字幾道，中庆历六年进士甲科，历亳州观察推官，抚州军事推官，著作佐郎，秘书丞，太常博士，尚书屯田员外郎，知汝州梁、杭州钱塘二县，内行敏能，为政壹自急饬，视民疾如在己，不肯释事实为名声，要利所在，民爱誉甚于士大夫。治平三年六月，在京师，授签书梓州判官事，七月十三日以官卒，年四十有四。以其年十月十六日，葬君扬州江都县同轨南乡东武里。"

初我见君，皆童而帻。意气豪悍，崩山决泽。弱冠相视，隐忧陁穷。貌则侲年，心颓如翁。以上追叙少壮时之异。俯仰悲欢，超然一世。皓发鬓鬒，分当先弊。反跌下文。孰知君子，赴我称孤？发封涕洟，举屋惊呼。以上惊悼其死。行与世乖，逆笔跌下。惟君缱绻。弔祸问疾，书犹在眼。写交谊真挚。序铭于石，以报德音。设辞虽褊，义不愧心。叙作志铭。君实爱我，祭其如歆。致祭。

□茅曰："文多淘洗，字字琳瑯。"

《释名·释首饰》曰："帻，迹也，下齐眉迹然也。"《广雅·释器》曰："帻，巾覆结也。"○陁穷，集作困穷，今依姚选。○《礼记·曲礼上》曰："二十曰弱冠。"○《说文》曰："頮，低头也。"重文作俛。○《庄子·列御寇篇》："槁项黄馘。"《释文》引司马彪曰："黄馘谓面黄熟也。"《楚辞·九叹·逢纷》，王注曰："鬒，黑也。"○《仪礼·既夕礼》郑注曰："赴，走告也。"今文赴作讣。○《诗·民劳》毛传曰："缱绻，反复也。"○《小尔雅·广言》曰："褊，狭也。"○《诗·生民》毛传曰："歆，飨也。"案：如集作知，今依茅选，姚同。

祭曾博士易占文

介甫《太常博士曾公墓志铭》曰："公讳易占，字不疑，姓曾氏，建昌南丰人。中进士第，用举者监真州装卸米仓，迁太子中允太常丞博士，知泰州之如皋、信州之玉山二县，知信州钱仙芝者，有所丐于玉山，公不与，即诬公，吏治之，得所以诬公者，仙芝则请出御史，当是时仙芝盖有所挟，故虽坐诬公抵罪，而公亦卒失博士，归不仕者十二年，复如京师，至南京病，遂卒。子男六人，毕、巩（鞏）、牟、宰、布、肇。

呜呼！公以罪废，实以不幸。卒困以夭，亦惟其命。命与才违，人实知之。名之不幸，知者为谁？汪曰："四句侧说，较上又进一层。"公之闾里，宗亲党友。知公之名，于实无有。呜呼公初！公志如何！孰云不谐，而厄孔多？吴北江曰："以上惜其不遇，而人不尽知其志。"地大天穹，有时而毁。星日脱败，山倾谷圮。人居其间，万物一偏。固有穷通，世数之然。至其寿夭，尚何忧喜！要之百年，一蜕以死。吴曰："识议英伟，振古绝今。以四言出之，尤为奇纵。"方其生时，窘若囚拘。其死以归，混合空虚。以生易死，死者不祈。唯其不见，生者之悲。吴曰："警辟未经人道。"又曰："以上横空发议，局势开拓，笔力雄伟。"公今有子，能隆公后。惟彼生者，可无甚悼。嗟理则然，其情难忘。哭泣驰辞，往侑羹胾。吴曰："以上收束。"

　　□茅曰："悲戚。"○吴曰："议论惊矞出色。"

　　《尔雅·释诂》曰："穹，大也。"又曰："圮，毁也。"○《文选》贾生《鵩鸟赋》曰："愚士系俗兮，窘若囚拘。"○《庄子·至乐篇》曰："庄子之楚，见空髑髅，髐然有形，撽以马捶，因而问之曰：夫子贪生失理，而为此乎？将子有亡国之事，斧钺之诛，而为此乎？将子有不善之行，愧遗父母妻子之丑，而为此乎？将子有冻馁之患，而为此乎？将子之春秋故及此乎？于是语卒，援髑髅枕而卧。夜半髑髅见梦曰：子之谈者，似辩士，视子所言，皆生人之累也，死则无此矣。子欲闻死之说乎？庄子曰：然。髑髅曰：死无君于上，无臣于下，亦无四时之事，从然以天地为春秋，虽南面王乐不能过也。庄子不信曰：吾使司命复生子形，为子骨肉肌肤，反子父母妻子，闾里知识，子欲之乎？髑髅深矉蹙頞曰：吾安能弃南面王乐，而复为人间之劳乎？"此文"以生易死"二句，似隐用此意。

祭高师雄主簿文

师雄事迹未详。

我始寄此，与君往还。于时康定、庆历之间。奇崛。爱我勤我，急我所难。以上旧日交谊。日月一世，开。疾于跳丸。南北几时，相见悲欢。以上踪迹离合。去岁忧除，追寻陈迹。淮水之上，冶城之侧。握手笑语，有如一昔。以上去年相见江宁。屈指数日，待君归舲。安知弥年，乃见哭庭？以上卒。维君家行，可谓修饬。如其智能，亦岂多得？以上行事。垂老一命，终于远域。岂唯故人，所为叹惜？抚棺一羹，以告心恻。尚飨！以上致祭。

□茅曰："奇崛之文。"

蔡元凤《王文公年谱考略》曰："宝元二年己卯十九岁，二月十三日，父益卒，年四十六。楚公（益追封）通判江宁，即卒于官，葬于江宁牛首山，子孙遂家焉。康定元年庚辰二十岁。明年冬十一月，改元庆历。《忆昨诗》曰：母兄呱呱泣相守，三年厌食锺山薇。自宝元二年二月居丧，至庆历元年服阕。"案：康定、庆历间，介甫居忧江宁，盖尝与高往还也。○韩退之《秋怀诗》曰："日月如跳丸。"○《年谱考略》曰："嘉祐八年八月，安石母吴氏卒于京师。治平元年，公在江宁居丧，二年七月服除。三年、四年公在江宁。"案：此云去岁忧除，则此文作于治平三年也。○《太平寰宇记》曰："江南东道升州江宁县：淮水北去县一里，源从宣州东南溧水县乌刹桥西流入百五十里。又上元县古冶城在今县西五里，本吴铸冶之地，因以为名。"《九域志》曰："江南东路江宁府建康军节度治上元、江宁二县。"（今上元并入江宁县。）○一昔，案昔、夕字通。《广雅·释诂》四曰:"昔,夜也。"《左》哀四年曰:"楚人为一昔之期。"○《说文》曰:"数,计也。"《楚辞·九章·涉江》王注曰:"舲,船有牕牖者。"○《礼记·檀弓上》:孔子哭子路于中庭。郑注曰:"寝中庭也。与哭师同,亲之。"○《周礼·春官·大宗伯》曰:"卖命受职。"○《易·井》九三曰:"为我心恻。"

祭丁元珍学士文

介甫《司封员外郎秘阁校理丁君墓志铭》曰:"晋陵丁君卒。王某曰:噫吾僚也,方吾少时,辅我以仁义者。君讳宝臣,字元珍,少与其兄宗臣,皆以文行称,乡里号为二丁。知端州,侬智高反,攻至其治所。君出战,能有所捕斩,然卒不胜,乃与其州人皆去而避之,坐免一官。英宗即位,以尚书屯田员外郎编校秘阁书籍,遂为校理,同知太常礼院。君质直自守,接上下以恕,虽贫困,未尝言利,于朋友故旧,无所不尽。故其不幸废退,则人莫不怜,少进也则皆为之喜。居无何,御史论君尝废矣,不当复用,遂出,通判永州,世皆以咎言者,谓为不宜。君以治平三年,待阙于常州,于是再迁尚书司封员外郎。以四年四月四日卒,年五十八。"案:欧阳永叔有《集贤校理丁君墓表》,曾子固亦有《祭丁元珍文》。

我初闭门,汪曰:"从自己说起。"屈首书诗。一出涉世,芒无所知。援挈覆护,免于贴危。吴曰:"逆提。"雕培浸灌,使有华滋。微吾元珍,汪曰:"落到元珍,笔意飘然。"吴曰:"逆接。"我殆弗殖。如何弃我,陨命一昔?汪曰:"乘势即滚出元珍之死,已下方叙其生平。"以忠出恕,以信行仁。至于白首,困厄穷屯。又从挤之,吴曰:"劲折峭健。"使以踬死。岂伊人尤?吴曰:"逆接。"天实为此。

有槃彼石，可志于丘。吴曰："逆提。"虽不属我，吴曰："逆接。"我其徂求。吴曰："此四句萧闲淡永，韵味可入风诗。"请著君德，铭之九幽。以驰我哀，不在醪羞。吴曰："逆收。"

　　□茅曰："情痛而吐辞激昂。"○吴曰："四言之体，自退之后，唯介甫为工，不及韩之瑰怪恣肆，而矜炼崛屼，句法亦极错综变化，奥朴入古，最为可观。其诀专在多用逆折之笔也。"

　　《楚辞·离骚》王注曰："陒犹危也。"《汉书·文帝纪》注服虔曰："陒音反坫之坫。"孟康曰："陒音屋檐之檐。"如淳曰："陒，近边欲堕之意。"颜曰："服、孟二音并通。"○雝，邕之借字，今字作壅。《广雅·释诂》二曰："壅，障也。"○我殆，集殆作始，今依姚选。○《左》昭十八年：闵马父曰："夫学殖也，不学将落。"杜注曰："殖，生长也。"○一昔，见《祭高师雄文》注。○槃、磐字同。《文选·海赋》李善注引《声类》曰："磐，大石也。"《易·渐》六二孔疏曰："山中石磐纡，故称磐也。"○《尔雅·释诂》曰："徂，往也。"○谢希逸《为朝士与袁顗书》曰："德洞九幽，功贯三曜。"

卷八　宋文二十首

苏明允

苏洵，字明允，眉州眉山人（今四川县治）。举进士及茂材异等，（欧阳永叔《苏明允墓志铭》云：举茂材异等。《宋史·文苑传》从之，《东都事略·儒学·苏洵传》作举贤良。）皆不中。悉焚常所为文，闭户益读书，遂通六经百家之说，下笔顷刻数千言。嘉祐间，与其二子轼、辙皆至京师，翰林学士欧阳修上其所著书二十二篇，既出，士大夫争传之，一时学者竞效苏氏为文章。宰相韩琦见其书善之，奏于朝，召试舍人院，辞疾不至，遂除秘书省校书郎。会太常修纂建隆以来礼书，乃以为霸州文安县主簿，与陈州项城令姚辟同修礼书，为《太常因革礼》一百卷，书成方奏，未报卒。《宋史》入《文苑传》，《东都事略》入《儒学传》。

权书　十首录二

《宋史·文苑传》称明允所著书二十二篇，即《几策》二篇，《权书》十篇，《衡论》十篇也。

六 国

《史记·六国年表》《索隐》曰:"六国魏、韩、赵、楚、燕、齐,并秦凡七国,号曰七雄。"〇何仲默曰:"老泉论六国赂秦,其实借论宋赂契丹之事,而卒以此亡,可谓深谋先见之识矣。"(杭堇浦《订讹类编续补》卷下曰:"老泉者,眉山苏氏茔有老人泉,子瞻取以自号,故子由祭子瞻文云:老泉之山,归骨其旁。而今人多指为其父明允之称,盖误于梅都官有老泉诗故也。")

六国破灭,非兵不利,战不善,弊在赂秦。汪武曹曰:"劈头提破。"赂秦而力亏,破灭之道也。或曰:六国互丧,率赂秦耶?曰:不赂者以赂者丧,储同人曰:"伏齐、赵、燕。"盖失强援,不能独完,故曰弊在赂秦也。以上言六国之灭由赂秦。

案:秦始皇十七年灭韩,十九年灭赵,(赵公子嘉立为代王,至始皇二十五年始灭。)二十二年灭魏,二十四年灭楚,二十五年灭燕,(二十一年秦拔蓟,燕王喜走辽东,至是始灭。)二十六年灭齐。《史记·秦始皇本纪》曰:"三十六年,秦初并天下。"

秦以攻取之外,小则获邑,大则得城。较秦之所得,与战胜而得者,其实百倍。诸侯之所亡,与战败而亡者,其实亦百倍。则秦之所大欲,诸侯之所大患,固不在战矣。思厥先祖父,暴霜露,斩荆棘,以有尺寸之地,子孙视之不甚惜,举以予人,如弃草芥。今日割五城,明日割十城,然后得一夕安寝。起视四境,而秦兵又至矣。汪曰:"感慨激昂,淋漓痛快。"然则诸侯之地有限,暴秦之欲无厌。奉之弥繁，侵之愈急。故不战而强弱胜负已判矣。至于颠覆，理固宜然。古人云：以地事秦，犹抱薪救火，薪不尽，火不灭，此言得之。以上言割地赂秦之害。

诸侯之所大患，《文编》无之字，茅选同。○《左》襄十四年：戎子驹支曰："我诸戎翦除其荆棘。"○举以予人，茅选予作与。案：予即与之通借字。○《方言》三曰："芥，草也。自关而西或曰草，或曰芥。"○《史记·苏秦传》："秦说韩宣惠王曰：大王之地有尽，而秦之求无已，以有尽之地，而逆无已之求，此所谓市怨结祸者也。不战而地已削矣。"又《虞卿传》："虞卿对曰：且王之地有尽，而秦之求无已，以有尽之地，而给无已之求，其势必无赵矣。"两说语意相同。又《苏秦传》："苏代约燕昭庄曰：秦之行暴，正告天下。"《陆贾传》曰："皇帝起丰、沛，讨暴秦。"《说文》曰："猒，饱也。"厌乃猒之借字。○《魏策》四："孙臣谓魏王曰：以地事秦，譬犹抱薪而救火也，薪不尽，则火不止。今大王之地有尽，而秦之求无穷，是薪火之说也。"《史记·魏世家》：苏代谓魏王曰："且夫以地事秦，譬犹抱薪救火，薪不尽，火不灭。"

齐人未尝赂秦，茅曰："应。"终继五国迁灭，何哉？与嬴而不助五国也。五国既丧，齐亦不免矣，汪曰："齐未尝赂秦，故抽出另发。"燕、赵之君，始有远略，能守其土，义不赂秦。汪曰："燕、赵始亦不赂秦，故亦抽出另发。"是故燕虽小国而后亡，斯用兵之效也。至丹以荆卿为计，始速祸焉。赵尝五战于秦，二败而三胜，后秦击赵者再，李牧连却之，洎牧以谗诛，邯郸为郡，惜其用武而不终也。且燕、赵处秦革灭殆尽之际，可谓智力孤危，战败而亡，诚不得已。汪曰："就革灭殆尽，生出'向使'一段，见得前此之时，六国皆存，犹可有为，宜并力攻秦。"向使三国各爱其地，楚、魏、韩。齐人勿附于秦，刺客不行，燕。良将犹在，赵。则胜负之数，存亡之理，当与秦相较，或未易量。以上不赂者以赂者丧，假使六国同心抗秦，不至破灭。

《史记·田敬仲完世家》曰："后胜相齐，多受秦间金，多使宾客入秦。秦又多予金，客皆为反间，劝王去从朝秦，不修攻战之备，不助五国攻秦，五国已亡，秦兵卒入临淄，民莫敢格者。王建遂降，迁于共。"《秦策》一：高诱注曰："与犹助也。"○《史记·燕世家》曰："燕见秦且灭六国，秦兵临易水，祸且至燕，太子丹阴养壮士二十人，使荆轲献督亢图于秦，因袭刺秦王，秦王觉，杀轲，使将军王翦击燕，燕王亡徙居辽东，秦拔辽东，虏燕王喜，卒灭燕。"《刺客传》曰："荆轲者，卫人也，而之燕，燕人谓之荆卿。"《索隐》曰："卿者，时人尊重之号。"○《左》隐三年曰："所以速祸也。"○《燕策》一："苏秦说燕文侯曰：秦、赵五战，秦再胜而赵三胜。"鲍注曰："设辞也。"○《史记·赵世家》曰："赵王迁三年，秦攻赤丽、宜安，李牧率师与战肥下，却之。四年，秦攻番吾，李牧与之战，却之。"《李牧传》曰："赵以李牧为大将军，击秦军于宜安，大破秦军，走秦将桓齮，封李牧为武安君。居三年，秦攻番吾，李牧击破秦军。"案：秦攻番吾在四年，传云居三年，则在六七年，然《六国表》亦在四年，梁曜北《史记志疑》曰："当作居一年"，是也。又曰："案《赵策》：武安君名繓，子活反，则牧有二名。"○《赵世家》曰："幽缪王迁七年，秦人攻赵，赵大将李牧、将军司马尚将击之，李牧诛，司马尚免，赵忽及齐将颜聚代之，赵忽军破，颜聚亡去，以王迁降。八年十月，邯郸为秦。"《李牧传》曰："赵王迁七年，秦使王翦攻赵，赵使李牧、司马尚御之，秦多与赵王宠臣郭开金，为反间，言李牧、司马尚欲反。赵王乃使赵忽及齐将颜聚代李牧，李牧不受命。赵使人微捕得李牧斩之，废司马尚。后三月，王翦因急击赵，大破杀赵忽，虏赵王迁及其将颜聚，遂灭赵。"《清一统志》曰："直隶广平府：邯郸故城，在今邯郸县西南，战国属赵。敬侯元年，自晋阳徙都于此。秦始皇十九年置邯郸郡。"《文选·东京赋》薛注曰："洎，及也。"

呜呼！以赂秦之地，封天下之谋臣，以事秦之心，礼天下之奇才，并力西向，茅曰："洗发痛快。"汪曰："上既总六国说当攻秦，此遂为画攻秦之策，妙在即串在赂秦上。"则吾恐秦人食之不得下咽也。茅曰："宕。"悲夫，有如此之势，汪曰："又从攻秦串出赂秦。"而为秦人积威之所劫，日削月割，以趋于亡，为国者，无使为积威之所劫哉！以上惜六国为秦积威所劫。

《史记·秦始皇本纪》后附《班孟坚记》曰："餐未及下咽，酒未及濡唇，楚兵已屠关中，真人翔霸上，素车婴组，奉其符玺以归帝者。"韩退之《张中丞传后叙》曰："虽贪且不下咽。"

夫六国与秦皆诸侯，其势弱于秦，而犹有可以不赂而胜之之势。苟以天下之大，下而从六国破亡之故事，是又在六国下矣。结出本意。

□茅曰："一篇议论，由《战国策》纵人之说来，却能与《战国策》相伯仲。"○储曰："谓此悲六国乎？非也。刘六符来求地，岁币顿增，五城十城之割，如水就下，直易易耳。借古伤心，淋漓深痛。"

下而从，茅选无下字。○宋真宗景德元年，与契丹主（圣宗）为澶渊之盟，宋输辽岁币银十万两，绢二十万匹。仁宗庆历二年，契丹遣萧英、刘六符至宋求关南十县地。富弼再使契丹，卒定盟加岁币银绢各十万两匹，且欲改称献或纳，弼皆不可。仁宗用晏殊议，竟以纳字许之。此宋赂契丹之事也。至于西夏，亦复有赂。庆历三年，元昊上书请和，赐岁币绢十万匹，茶三万斤。见《宋史》真宗、仁宗本纪，寇准、曹利用、富弼等传，及《续资治通鉴长编》。此虽非割地，然几与割地无异。故明允慨乎其言之也。

项　籍

《史记·项羽本纪》曰："项籍者，下相人也，字羽。"

吾尝论项籍有取天下之才，而无取天下之虑；曹操有取天下之虑，而无取天下之量；刘备有取天下之量，而无取天下之才。汪曰："一主二客，平列说起，客中却又有虚有实。"故三人者，终其身无成焉。且夫不有所弃，茅曰："虚案。"不可以得天下之势；不有所忍，不可以尽天下之利。是故地有所不取，城有所不攻，胜有所不就，败有所不避。其来不喜，其去不怒，肆天下之所为，而徐制其后，乃克有济。以上言取天下者，必有所弃与忍。

《三国志·魏志·武帝纪》曰："太祖武皇帝，沛国谯人也。姓曹，讳操，字孟德。"○《三国志·蜀志·先主传》曰："先主姓刘，讳备，字玄德，涿郡涿县人。"

呜呼！项籍有百战百胜之才，而死于垓下，无惑也。茅曰："入题一跌。"汪曰："入题超然。"吾于其战钜鹿也，见其虑之不长，量之不大，汪曰："应虑字、量字。"未尝不怪其死于垓下之晚也。汪曰："怪其死之晚，是进一步擒题法。"方籍之渡河，沛公始整兵向关，籍于此时，若急引军趋秦，及其锋而用之，可以据咸阳，制天下。茅曰："本旨。"不知出此，而区区与秦将争一旦之命。既全钜鹿，汪曰："又就战钜鹿，转到沛公入关。"而犹徘徊河南、新安间，至函谷，则沛公入咸阳数月矣。夫秦人既已安沛公而雠籍，则其势不得强而臣。故籍虽迁沛公汉中而卒都彭城，使沛公得还定三秦，则天下之势，在汉不在楚。楚虽百战百胜，汪曰："对'百战百胜之才'。"尚何益哉？故曰：兆垓下之死者，钜鹿之战也。以上论羽当急入关，不宜战钜鹿。

《孙子·谋攻篇》曰："百战百胜，非善之善者也。"○《史记·项羽本纪》曰："项王军壁垓下，兵少食尽，汉军及诸侯兵围之数重。项王直夜溃围南出，驰走陷大泽中。汉追及之，项王欲东渡，乌江亭长檥船待，谓项王曰：愿大王急渡。项王笑曰：天之亡我，我何渡为？乃自刎而死。"《集解》：徐广曰："垓下在沛之洨县。"应劭曰："垓音该。"李奇曰："沛洨县，枣邑名也。"《索隐》曰："张揖《三苍》注云：垓，堤名，在沛郡。"《正义》曰："垓下是高冈绝岩，今犹高三四丈，其聚邑及堤在垓之侧，因取名焉。今在亳州真源县东十里。"《清一统志》曰："安徽凤阳府：垓下聚在灵壁县东南。"吾于，集于作观，《三苏文粹》及茅选作于，今从之。○《项羽本纪》曰："章邯击赵，大破之。令王离、涉间围钜鹿，章邯军其南，筑甬道而输之粟。楚王召宋义与计事而大说之，因置以为上将军，项羽为次将，范增为末将，救赵。诸别将皆属宋义，号为卿子冠军。行至安阳，留四十六日不进。项羽曰：吾闻秦军围赵王钜鹿，疾引兵渡河，楚击其外，赵应其内，破秦军必矣。宋义曰：不然，今秦攻赵，战胜则兵罢，我承其敝。不胜则我引兵鼓行而西，必举秦矣。乃饮酒高会,天寒大雨,士卒冻饥。项羽曰:将戮力而攻秦,久留不行,乃曰承其敝。夫以秦之强,攻新造之赵,其势必举赵,赵举而秦强,何敝之承?项羽晨朝宋义,即其帐中斩宋义头,出令军中曰:宋义与齐谋反楚,楚王阴令羽诛之。诸将乃相与共立羽为假上将军,使桓楚报命于怀王,怀王因使项羽为上将军,项羽乃悉引兵渡河,皆沉船破釜甑,烧庐舍,持三日粮,以示士卒必死,无一还心。于是至则围王离,与秦军遇,九战,绝其甬道,大破之。杀苏角,虏王离,涉间不降楚,自烧杀。当是时,楚兵冠诸侯。"《清一统志》曰:"直隶顺德府:钜鹿故城,今平乡县治。"○《史记·高祖本纪》曰:"赵数请救,怀王乃以宋义为上将军,项羽为次将,范增为末将,北救赵,令沛公西略地入关,与诸将约,先入定关中者,王之。"○《史记·高祖本纪》:"韩信说汉王曰:军吏士卒皆山东之人也,日夜跂而望归,及其锋而用之,可以有大功。"《韩王信传》作及其锋东向,可以争天下。案:秦都咸阳。《清一统志》曰:"陕西西安府:渭城故城在今咸宁县东(今并入长安县),即秦所都咸阳也。"○《项羽本纪》曰:"项羽悉引兵击秦军汙水上,大破之。章邯使人见项羽,欲约项羽乃与期洹水南殷虚上。已盟,章邯见项羽而流涕,为言赵高。项羽乃立章邯为雍王,置楚军中,使长史欣为上将军,将秦军为前行,到新安,楚军夜击阬秦卒二十馀万人新安城南。行略定秦地函谷关,有兵守关不得入,又闻沛公已破咸阳,项羽大怒,使当阳君等击关,项羽遂入至于戏西。"《正义》引《括地志》曰:"新安故城在洛州渑池县东一十三里,汉新安县城也。即阬秦卒处。函谷关在陕西桃林县西南十二里,秦函谷关也。"《清一统志》曰:"河南河南府:河南故城在洛阳县西,新安故城在渑池县东,今改为搭泥镇。"又曰:"陕州:函谷关在灵宝县西南。"○《项羽本纪》曰:"项羽、范增疑沛公之有天下,又恶负约,恐诸侯叛之,乃阴谋曰:巴蜀道险,秦之迁人皆居蜀,乃曰:巴蜀亦关中地也，故立沛公为汉王，王巴蜀汉中，都南郑。项王自立为西楚霸王，王九郡，都彭城。"《清一统志》曰："陕西汉中府：南郑故城在今南郑县东。江苏徐州府：彭城故城，即今府治（今铜山县治）。"《项羽本纪》曰："三分关中，王秦降将，以距塞汉王。项王乃立章邯为雍王，王咸阳以西，都废丘。立司马欣为塞王，王咸阳以东，至河，都栎阳。立董翳为翟王，王上郡，都高奴。"《索隐》引孟康曰："废丘县名，今槐里是也。"《正义》引《括地志》曰："犬丘故城，一名废丘，故城在雍州始平县东南十里，栎阳故城一名万年城，在雍州栎阳东北二十五里，延州州城即汉高奴城。"《清一统志》曰："陕西西安府：槐里故城在兴平县东南，栎阳故城在临潼县东北七十里，延安府：高奴故城在肤施县东。"《项羽本纪》又曰："汉还定三秦。"《高祖本纪》曰："汉元年八月，汉王用韩信之计，从故道还袭雍王章邯，章邯迎击汉陈仓，雍兵败，还走止战好畤，又复败，走废丘，汉王遂定雍地，东至咸阳，引兵围雍王废丘，二年，汉王东略地，塞王欣、翟王翳皆降。引水灌废丘，废丘降，章邯自杀。"

或曰："虽然，籍必能入秦乎？"曰："项梁死，章邯谓楚不足虑，故移兵伐赵，有轻楚心，而良将劲兵，尽于钜鹿。籍诚能以必死之士，击其轻敌寡弱之师，入之易耳。且亡秦之守关，与沛公之守，善否可知也。沛公之攻关，与籍之攻，善否又可知也。以秦之守，而沛公攻入之，沛公之守，而籍攻入之，然则亡秦之守，籍不能入哉？"此言籍之才必能入秦。

《项羽本纪》曰："秦悉起兵益章邯，击楚军，大破之定陶。项梁死，章邯已破项梁军，则以为楚地兵不足忧，乃渡河击赵。"○《高祖本纪》曰："或说沛公，急使兵守函谷关，无内诸侯军，稍征关中兵以自益，距之。沛公然其计，从之。十一月中，项羽果率诸侯兵西欲入关，关门闭，闻沛公已定关中，大怒，使黥布等攻破函谷关。"

或曰："秦可入矣，如救赵何？"曰："虎方捕鹿，罴据其穴，搏其子，虎安得不置鹿而返，返则碎于罴明矣。军志所谓攻其必救也。使籍入关，王离、涉间必释赵自救，籍据关逆击其前，赵与诸侯救者十馀壁蹑其后，覆之必矣。是籍一举解赵之围，而收功于秦也。战国时，魏伐赵，齐救之，田忌引兵疾走大梁因存赵而破魏。汪曰："通篇议论，因此事而生。"彼宋义号知兵，殊不达此，屯安阳不进，而曰待秦敝。吾恐秦未敝，而沛公先据关矣。籍与义俱失焉。"汪曰："引宋义，乃借客作主。"○以上入关即所以救赵。

《孙子·虚实篇》曰："故我欲战，敌虽高垒深沟不得不与我战者，攻其所必救也。"○《史记·秦始皇本纪》：琅邪台立石刻有武城侯王离。又《王翦传》曰："秦使王翦之孙王离击赵，项羽救赵，击秦军，虏王离。"《项羽本纪》《集解》引张晏曰："涉间，涉姓，间名，秦将也。"○《项羽本纪》曰："诸侯军救钜鹿下者十馀壁，莫敢纵兵，及楚击秦，诸将皆从壁上观，楚战士无不以一当十，诸侯军无不人人惴恐。"○《史记·孙子传》曰："魏伐赵，赵急，请救于齐，齐威王欲将孙膑，膑辞，乃以田忌为将，而孙子为师。田忌欲引兵之赵，孙子曰：今梁、赵相攻，轻兵锐卒必竭于外，老弱罢于内，君不若引兵疾走大梁，据其街路，冲其方虚，彼必释赵而自救，是我一举解赵之围，而收弊于魏也。田忌从之，魏果去邯郸，与齐战于桂陵，大破梁军。"案：魏都大梁，即今河南开封县。然《史记·六国年表》，齐败魏桂陵，在魏惠王十八年，而《魏世家》三十一年徙治大梁，然《集解》引《竹书纪年》曰：梁惠成王九年四月甲寅，徙都大梁，小司马《索隐》驳之，然以《孙子传》证之，则《纪年》似非无因，或九年徙都，当两都并重，至三十一年，乃不以安邑为国都耳。○《项羽本纪》《索隐》曰："今宋州楚丘西北四十里有安阳故城。"《清一统志》曰："山东曹州府：安阳城在曹县东。"

是故古之取天下者，常先图所守。诸葛孔明弃荆州而就西蜀，吾知其无能为也。汪曰："说孔明所以应刘备也。"且彼未尝见大险也。彼以为剑门者，可以不亡也。吾尝观蜀之险，其守不可出，其出不可继，兢兢而自完，犹且不给。而何足以制中原哉？若夫秦、汉之故都，沃土千里，洪河大山，真可以控天下，又乌事夫不可以措足如剑门者，而后曰险哉？今夫富人，必居四通五达之都，使其财布出于天下，然后可以收天下之利。有小丈夫者，得一金椟而藏诸家，拒户而守之。呜呼！是求不失也，非求富也。大盗至，劫而取之，又焉知其果不失也？汪曰："只就客设譬喻结案，不说客，正意不更归到主，作法奇变。"

□茅曰："苏氏父子往往按事后成败立说，而非其至，然其文特雄，近《战国策》。"

《蜀志·诸葛亮传》曰："建安十六年，益州牧刘璋遣法正迎先主，使击张鲁。亮与关羽镇荆州，先主自葭萌还攻璋，亮与张飞、赵云等率众泝江，分定郡县，与先主共围成都。成都平，以亮为军师将军，署左将军府事。"案：后汉荆州南郡治江陵，今湖北江陵县治。益州蜀郡治成都县，今四川成都县治。《水经·漾水注》曰："清水又东南迳小剑戍，北去大剑三十里，连山绝险，飞阁通衢，故谓之剑阁也。"《元和郡县志》曰："剑州普安县大剑山亦曰梁山，在县北四十九里，姜维保剑门以拒锺会，即此也。大剑镇在县东四十八里，剑阁道自利州益昌县界西南十里至大剑镇，合今驿道，诸葛亮相蜀，凿石驾空，为飞梁阁道，以通行路。"《清一统志》曰："四川保宁府：大剑山在剑州北，又有小剑山，与大剑山相属，剑门关在剑州东北，即剑阁道阻也。"案：剑州今改剑阁县。○《汉书·地理志》曰："秦地沃野千里。"《鲁语下》韦注曰："沃，肥美也。"班固《西都赋》曰："左据函谷、二崤之阻，表以太华、终南之山，右界褒斜、陇首之险，带以洪河、泾、渭之川。"○沈莲溪（濂）《怀小编》卷八曰："《北史·魏·毛修之传》：崔浩与修之论武侯云：亮之相备，英雄奋发之时，君臣相得，鱼水为喻，而不能与曹氏争天下，弃荆州，退入巴蜀，守穷崎岖之地，僭号边夷之间，此策之下者，可以赵佗为偶，而以为管、萧之亚匹，不亦过乎？且亮既据蜀，弗量势力，严威切法，控勒蜀人，欲以边夷之众，抗衡上国，出兵陇右，再攻岐山，一攻陈仓，疏迟失会，摧衄而反，后入秦川，更求野战，魏人知其意，以不战屈之，智穷势尽，发病而死。由是言之，岂合古人之善将，见可知难乎？案：浩之轻诋前贤如此，盖自负而不自量，卒致族灭取祸，非无由也。视诸葛之一生谨慎何如哉？苏老泉《权书》谓孔明弃荆州而就西蜀，吾知其无能为，成败论人，所见略与崔浩陪同。"

六经论　六首录二

茅曰："苏氏父子兄弟，于经术甚疏，故论六经处，大都渺茫不根，特其行文纵横，往往空中布景，绝处逢生，令人有凌云御风之态。"

礼　论

夫人之情，安于其所常为。无故而变其俗，则其势必不从。汪武曹曰："变其俗是虚说，下文使之事君、事父、事兄，是变其俗之实。又下文坐其君父兄而拜之，又是事君、事父、事兄之实。"圣人之始作礼也，不因其势之可以危亡困辱之者，以厌服其心，汪曰："反笔含'耻'字顺说下。"而徒欲使之轻去其旧，而乐就吾法，不能也。故无故而使之事君，无故而使之事父，无故而使之事兄。彼其初非如今之人知君父兄之不事则不可也，而遂翻然以从我者，吾以耻厌服其心也。汪曰："正笔出清'耻'字，是逆说。"彼为吾君，彼为吾父，彼为吾兄，圣人曰：彼为吾君父兄，何以异于我？汪曰："拈'异'字生出议论。"于是坐其君与其父以及其兄，而己立于其旁，且俛首屈膝于其前以为礼，而谓之拜，率天下之人，而使之拜其君父兄。夫无故而使之拜其君，无故而使之拜其父，无故而使之拜其兄，则天下之人将复嗤笑以为迂怪而不从，而君父兄又不可以不得其臣子弟之拜，而徒为其君父兄。沈确士曰："长句越见笔力。"于是圣人者又有术焉，以厌服其心，而使之肯拜其君父兄。然则圣人者果何术也？耻之而已。汪曰："就'以耻厌服其心'正面畅言之，上文'耻'字，在厌服其心上；此处'耻'字，在厌服其心之下。"又曰："此与上文两层虚说耻字，已下乃耻之之实。○以上圣人使人拜其君父兄，以耻厌服其心。

厌乃压之本字。《说文》曰："厌，笮也。"《汉书·景帝纪》颜注曰："厌，服也。"《广雅·释言》曰："压，镇也。"后人以压为之。

古之圣人，将欲以礼治天下之民，故先自治其身，使天下皆信其言。曰：此人也，其言如是，是必不可不如是也。故圣人曰：天下有不拜其君父兄者吾不与之齿。

汪曰："耻之之实。"而天下之人亦曰彼将不与我齿也，于是相率以拜其君父兄以求齿于圣人。虽然，彼圣人者，必欲天下之拜其君父兄何也？其微权也。以上耻之之术，为圣人之微权。

以礼治天下之民，集治作法，《文粹》《文编》、茅选皆作治，今从之。○《礼记·王制》曰："终身不齿。"郑注曰："齿犹录也。"《周礼·大司寇》曰："不齿三年。"郑注曰："不得以年次列于平民也。"而天下之人，《文编》而下有使字。

彼为吾君，彼为吾父，彼为吾兄，圣人之拜，不用于世，吾与之皆坐于此，皆立于此，比肩而行于此，无以异也。吾一旦而怒，奋手举梃而搏逐之，可也。何则？彼其心常以为吾侪也，不见其异于吾也。圣人知人之安于逸而苦于劳，汪曰："'劳逸'二字，是此篇归根。"故使贵者逸而贱者劳。且又知坐之为逸，而立且拜者之为劳也，故举其君父兄坐之于上，而使之立且拜于下。汪曰："就'异'字发挥。"明日彼将有怒作于心者，徐而自思之，必曰：此吾向之所坐而拜之，且立于其下者也。圣人固使之逸而使我劳，是贱于彼也。奋手举梃以搏逐之，吾心不安焉。刻木而为人，朝夕而拜之，他日析之以为薪，而犹且忌之。沈曰："妙喻在于浅。"彼其始木焉，已拜之犹且不敢以为薪。汪曰："只就譬喻说住，高极。"故圣人以其微权，而使天下尊其君父兄，而权者又不可以告人，故先之以耻。汪曰："又就'权'字，归到耻上。"○以上申言以不齿耻之，即圣人教民知礼之权。

《小尔雅·广服》曰："杖谓之梃。"《广雅·释诂》三曰："搏，击也。"○《说文》曰："侪，等辈也。"○不见其异上，集再出何则二字，《文粹》《文编》、茅选皆无此二字，今从之。

呜呼，其事如此，然后君父兄得以安其尊而至于今。今之匹夫匹妇莫不知拜其君父兄，乃曰拜起坐立，礼之末也。不知圣人其始之教民拜起坐立如此之劳也。此圣人之所虑，而作易以神其教也。汪曰："去路。"

□茅曰："老苏以礼为强世之术，文甚纵横，而议论颇僻矣。"○沈曰："大意谓圣人之微权，在于教民知耻，而所以教民知耻者，在乎自治其身以作之则，而民自习而安之，此防微杜渐之意也。一气相生，递折而下，如泰山之云，起于肤寸，不崇朝而弥漫六合，是为宇内伟观。"○老苏《六经论》，亦自成一家言，其议一贯，《乐论》一篇，全从《礼论》生出。姚氏录五篇，而独遗《礼论》，不惟《乐论》无所附丽，即《易》《诗》两论亦无根矣。亦犹今诗选杜子美《古迹咏怀》五首，"诸葛大名垂宇宙"一首，为作者命意之归宿，而姚氏取前四首、独遗此首，皆不可解也。

明允《易论》曰："圣人之道，得《礼》而信，得《易》而尊，信之而不可废，尊之而不敢废。故圣人之道，所以不废者，礼为之明，而易为之幽也。"

乐　论

礼之始作也，难而易行；既行也，易而难久。承《礼论》来，难而易行，总括《礼论》大意；易而难久，隐隐激起乐之作用来，非复述《礼论》也。天下未知君之为君，父之为父，兄之为兄，而圣人为之君父兄。天下未有以异其君父兄，而圣人为之拜起坐立。天下未肯靡然以从我拜起坐立，而圣人身先之以耻。呜呼！其亦难矣。天下恶夫死也久矣，圣人招之曰：来！吾生尔。储曰："告语。"既而其法果可以生天下之人，天下之人，视其向也如此之危，而今也如此之安，则宜何从？故当其时，虽难而易行。既行也，天下之人，视君父兄，如头足之不待别白而后议，视拜起坐立，如寝食之不待告语而后从事。虽然，百人从之，一人不从，则其势不得遽至乎死。天下之人，不知其初之无礼而死，而见其今之无礼而不至乎死也，则曰圣人欺我。故当其时，虽易而难久。以上言礼易行而难久，以见圣人当更有所作，以济其穷。

《史记·儒林传序》曰："天下之学士，靡然乡风矣。"○《礼记·曲礼上》曰："人有礼则安，无礼则危。"○《诗·相鼠》曰："人而无礼，胡不遄死？"

呜呼！圣人之所恃以胜天下之劳逸者，独有死生之说耳。死生之说不信于天下，承《礼论》"天下皆信其言"来。则劳逸之说将出而胜之。沈曰："死生之说胜，礼之所以行；劳逸之说胜，礼之所以难久，全从罅缝中著笔。"劳逸之说胜，则圣人之权去矣。酒有鸩，肉有堇，然后人不敢饮食。药可以生死，然后人不以苦口为讳。去其鸩，彻其堇，则酒肉之权，固胜于药。储曰："全以喻洗发圣人之权去。"圣人之始作礼也，其亦逆知其势之将必如此也，沈曰："空中翻簸。"曰：告人以诚，而后人信之。幸今之时，吾之所以告人者，其理诚然，而其事亦然，故人以为信。吾知其理，而天下之人知其事。事有不必然者，则吾之理不足以折天下之口，此告语之所不及也。沈曰："非可以口说胜，惟无言之化足以神。"告语之所不及，必有以阴驱而潜率之，于是观之天地之间，得其至神之机，而窃之以为乐。以上乐所以济礼之穷。

《鲁语上》韦注曰:"鸩,鸟也,其羽有毒,渍之酒而饮之,立死。"又《晋语》二韦注曰:"堇,鸟头也。"○《韩子·外储说左上》曰:"夫良药苦于口,而知者劝而饮之,知其入而已疾也。"《说苑·正谏篇》:"孔子曰:良药苦于口,利于病。"又见《家语·六本篇》,《史记·留侯世家》《淮南王传》。

雨,吾见其所以湿万物也。日,吾见其所以燥万物也。风,吾见其所以动万物也。隐隐鈜鈜,而谓之雷者,彼何用也?储曰:"申天地间至神之机。"阴凝而不散,物蛰而不遂,雨之所不能湿,日之所不能燥,风之所不能动,雷一震焉,而凝者散,蛰者遂。曰雨者,曰日者,曰风者,以形用。曰雷者,以神用。用莫神于声,故圣人因声以为乐。为之君臣父子兄弟者,礼也,礼之所不及,而乐及焉。正声入乎耳,而人皆有事君、事父、事兄之心。储曰:"正讲只数句。"则礼者固吾心之所有也,沈曰:"仍归到礼上,此与《孟子》事亲从兄吻合。"而圣人之说,又何从而不信乎?汪曰:"应'信'字结。"

□茅曰:"论乐之旨非是,而文特袅娜百折,无限烟波。"○刘曰:"后半风驰雨骤,极挥斥之致,而机势圆转如辘轳。"

《易·说卦传》曰:"风以散之,雨以润之,日以烜之。"又曰:"挠万物者莫疾乎风,燥万物莫熯乎火,润万物者莫润乎水。"○《诗·殷其靁》毛传曰:"殷,靁声也。"《释文》曰:"殷音隐。"司马相如《上林赋》曰:"沉沉隐隐,砰磅訇礚。"《说文》曰:"鈜,谷中声也。"《广韵》十三耕曰:"鈜,户萌切。"字又作谹,作砿。《广雅·释诂》四曰:"砿,声也。"又作耾。宋玉《风赋》曰:"耾耾雷声。"《法言·问道篇》曰:"隐隐耾耾。"《易·豫·象传》曰:雷出地奋《豫》,先王以作乐崇德。"○《孟子·离娄上》曰："仁之实，事亲是也。义之实，从兄是也。礼之实，节文斯二者是也。乐之实，乐斯二者。乐则生矣，生则恶可已也？恶可已，则不知足之蹈之，手之舞之。"与此文可相证。

上欧阳内翰书

《邵氏闻见后录》卷十五载雷简夫《上欧阳内翰书》曰："伏见眉州人苏洵，年逾四十，寡言笑，淳谨好礼，不妄交游。尝著《六经》《洪范》等论十篇，为后世计，张益州一见其文，叹曰：司马迁死矣，非子吾谁与？简亦谓之曰：生王佐才也。呜呼！起洵于贫贱之中，简夫不能也。然责之亦不在简夫也。若知洵不以告于人，则简夫为有罪矣。用是不敢固其初心，敢以洵闻左右。恭维执事，职在翰林，以文章忠义为天下师，洵之穷达，宜在执事。向者洵与执事不相闻，则天下不以是责执事，今也读简夫之书，既达于前，而洵又将东见执事于京师，今而后天下将以洵累执事矣。"叶少蕴《避暑录话》卷下曰："张安道与欧阳文忠素不相能，嘉祐初，安道守成都，文忠在翰林，苏明允求知安道，安道曰：吾何足以为重？其欧阳永叔乎？不以其隙为嫌也。乃为作书办装，使人送之京师，谒文忠，文忠得明允所著书，亦不以安道荐之非其类，即极力推誉，天下于是高此两人。"案：此书作于仁宗嘉祐元年，时永叔为翰林学士，故曰内翰。○《嘉祐集》书上有"第一"二字。

内翰执事：洵布衣穷居，常窃自叹，以为天下之人，不能皆贤，不能皆不肖。故贤人君子之处于世，合必离，离必合。汪曰："总第一段意。"往者天子方有意于治，而范公在相府，富公为枢密副使，执事与余公、蔡公为谏官，尹公驰骋上下，用力于兵革之地。汪曰："合。"方是之时，天下之人，毛发丝粟之才，纷纷然而起，汪曰："衬出自己。"合而为一。而洵也，自度其愚鲁无用之身，不足以自奋于其间，退而养其心，幸其道之将成。汪曰："从'合'字串出己之欲道有成。"而可以复见于当世之贤人君子。汪曰："复见即为下文将往见之根。"又曰："己之为文，节次本在第三段中叙述，却先在第一段中叙诸公离合处插入夹叙。"又曰："所谓道即末段己之文章是也。"不幸道未成，而范公西，富公北，执事与余公、蔡公分散四出，而尹公亦失势，奔走于小官。汪曰："从道之未成串出离。"洵时在京师，亲见其事，忽忽仰天叹息，以为斯人之去，而道虽成，不复足以为荣也。既复自思念，汪曰："又就'离'字，串出己之欲道有成。"往者众君子之进于朝，其始也必有善人焉推之，今也亦必有小人焉间之。应"不能皆贤"。今之世，无复有善人也则已矣。应"不能皆不肖"。如其不然也，吾何忧焉？姑养其心，使其道大有成，而待之何伤？退而处十年，虽未敢自谓其道有成矣。然浩浩乎其胸中若与曩者异，而余公适亦有成功于南方，执事与蔡公复相继登于朝，富公复自外入为宰相，其势将复合为一。汪曰："就其道之有成，串出离而复合。"喜且自贺，以为道既已粗成，而果将有以发之也。储曰："文势略顿，随即提起，屈曲纵放。"既又反而思其向之所慕望爱悦之而不得见之者，盖有六人焉，今将往见之矣。而六人者，已有范公、尹公二人亡焉，则又为之潸然出涕以悲。呜呼！二人者不可复见矣，而所恃以慰此心者，犹有四人也。则又以自解，思其止于四人也，则又汲汲欲一识其面，以发其心之所欲言。汪曰："犹有四人，止于四人，一意反复说。"而富公又为天子之宰相，远方寒士未可遽以言通于其前。储曰："卸。"而余公、蔡公，远者又在万里外，储曰："卸。"独执事在朝廷间，而其位差不甚贵，可以中呼扳援，而闻之以言。而饥寒衰老之病，又痼而留之，使不克自至于执事之庭。曲折。夫以慕望爱悦其人之心，茅曰："又掣前来复说一番。"十年而不得见，茅曰："婉曲。"而其人已死，如范公、尹公二人者。则四人者之中，非其势不可遽以言通者，何可以不能自往而遽已也？以上叙诸公离合，以致其慕望爱悦之心。

常窃自叹，集常作尝，自作有，《观澜文乙集》亦作有。○《观澜》洵作某，下并同，惟"洵之知"作洵。○《观澜》吕东莱注曰："离合之说，本出《国语》。"步瀛案：《国语》无此文。《史记·周本纪》：周太史儋见秦献公曰：始周与秦国合而别，别五百载复合，合十七岁而霸王者出焉。离合之说似出此，岂《春秋后语》载之，故吕引为《国语》欤？○庆历三年，范文正公参知政事，已见欧阳永叔《范公神道碑》注。又是年富郑公为枢密副使，已见《尹子渐墓志铭》注。为枢密副使，《观澜》作在枢密。○《长编》百四十曰："庆历三年三月癸巳，太子中允集贤校理欧阳修为太常丞并知谏院，以太常博士集贤校理余靖为右正言，谏院供职。夏四月，著作佐郎馆阁校勘蔡襄为秘书丞知谏院。初王素、余靖、欧阳修除谏官，襄作诗贺之，辞多激劝。三人者以其诗荐于上，寻有是命。"○庆历三年，尹师鲁知泾州，又知渭州，兼泾原路经略部署，见欧阳永叔《尹师鲁墓志铭》。○庆历四年六月，范公为陕西河东宣抚使。八月，富公为河北宣抚使。已见《范公神道碑》《尹子渐墓志铭》注。○《欧阳文忠年谱》曰："庆历五年，时二府杜正献、范文正、韩忠献、富文忠公以党论相继去，公上书辨之。小人素已憾公，会公孤甥张氏犯法，谏官钱明逸因以财产事及公，下开封鞫治，府尹杨日严观望傅会，上命户部判官苏安世、入内供奉官王昭明监勘，得无他。八月甲戌，犹落龙图阁直学士，罢都转运按察使，降知制诰，知滁州。"《长编》百五十二曰："庆历四年十月，秘书丞直史馆同修起居注知谏院蔡襄以亲老乞乡郡。己酉，授右正言，知福州。"（襄谓陈执中不可执政，不从，襄因求出。）百五十五曰："五年五月，知制诰余靖前后三使契丹，益习外国语，尝对契丹主为蕃语诗，侍御史王平、监察御史刘元瑜等劾奏靖失使者体，请加罪。元瑜又言知制诰不当兼领谏职。庚午，出靖知吉州。"○尹公失势，见《尹师鲁墓志铭》。○洵时在京师，案王见大《苏诗总案》卷一，"庆历五年，明允自夔巫下荆渚，将游京师，七年，与史经臣同举制科"。○《宋史·余靖传》曰："知虔州，丁父忧去。侬智高反邕州，乘胜掠九郡，以兵围广州，朝廷方顾南事，就丧次起靖为秘书监，知潭州，改桂州，诏以广南西路委靖经制，智高西走邕州，靖策其结援交阯，而胁诸峒以自固，乃约李德政会兵击贼于邕州，备万人粮以待之，而诏亦给缗钱二万，助德政兴师，且约贼平更赏以缗钱二万。又募侬、黄诸姓酋长，皆縻以职，使不与智高合。既而朝廷遣狄青、孙沔将兵共讨贼，青却交阯援兵不用。贼平，就迁靖给事中，御史梁蒨言赏薄，又迁尚书工部侍郎。"《长编》百七十二曰："皇祐四年六月乙亥，起复前卫尉卿余靖为秘书监知潭州，后七日，改为广西路安抚使，知桂州。"百七十三曰："秋七月丙午，命知桂州余靖经制广南东西路盗贼。"百七十四曰："五年二月乙酉，知桂州秘书监余靖为给事中，仍诏靖留屯邕，经制馀党，候处置毕，乃还桂州。五月丁未，给事中知桂州余靖为工部侍郎。"○《欧阳文忠年谱》曰："至和元年九月辛酉，迁翰林学士。壬戌，兼史馆修撰。至和二年六月己丑，上书论宰相陈执中，已而乞外，改翰林侍读学士，集贤殿修撰，出知蔡州，侍御史赵抃、知制诰刘敞上疏留公，七月戊午，复领旧职。"○永叔《端明殿学士蔡公墓志铭》曰："丁父忧，服阕，除制三司盐铁勾院，复修起居注。皇祐四年，迁起居舍人。至和元年，迁龙图阁直学士，知开封府。"○《宋史·富弼传》曰："徙知郑、蔡、河阳，加观文殿学士，宣徽南院使，判并州。至和二年，召拜同中书门下平章事。"○其势将复合，集一本无此句。○《观澜》自贺作相贺。○六人焉，集一本无焉字。○范文正卒，见《神道碑》；尹师鲁卒，见《墓志铭》。○《诗·大东》曰："潸焉出涕。"毛传曰："潸，涕下貌。"《释文》曰："潸，所奸反。"○欧阳永叔《余襄公神道碑铭》曰："公留广西逾年，抚缉复完，岭海肃然。又遣人入特磨袭取智高母及其弟一人，俘于京师斩之。拜集院学士。"又《蔡公墓志铭》曰："至和元年，知开封府。三年，（据《长编》三当作二。）以枢密直学士知泉州，徙知福州，未几复知泉州。"

　　执事之文章，天下之人莫不知之。然窃自以为洵之知之特深，愈于天下之人。汪曰："此二句与'欲执事知其知我'，乃此一段关键。"何者？孟子之文，语约而意尽，不为巉刻斩绝之言，而其锋不可犯。韩子之文，如长江大河，浑浩流转，鱼鼋蛟龙，万怪惶惑，而抑遏蔽掩，不使自露，而人望见其渊然之光，苍然之色，亦自畏避不敢追视。执事之文，纡馀委备，往复百折，而条达疏畅，无所间断。气尽语极，急言竭论，而容与闲易，无艰难劳苦之态。此三者，皆断然自为一家之文也。惟李翱之文，其味黯然而长，其光油然而幽，俯仰揖让，有执事之态。陆贽之文，遣言措意，切近的当，有执事之实。汪曰："既以孟、韩相较量，又引李、陆形容之，波澜极阔。"而执事之才，又自有过人者。盖执事之文，非孟子、韩子之文，而欧阳子之文也。汪曰："前总断三家，此以孟、韩钩清欧公。"夫乐道人之善，而不为谄者，以其人诚足以当之也。彼不知者，则以为誉人以求其悦己也。夫誉人以求其悦己，洵亦不为也，而其所以道执事光明盛大之德而不自知止者，亦欲执事之知其知我也。汪曰："'欲执事知其知我'句，与'执事何从知之'，及'自誉以求人之知己'句，相对针，乃是以己之知欧公，引出欲欧公之知己。"○以上评欧阳公之文，以见己知公之深。

《楚辞·离骚》曰："遵赤水而容与。"王注曰："容与，游戏貌。"又《九歌·湘君》曰："聊逍遥兮容与。"《管子·水地篇》曰："宋之水轻劲而清，故其民间易而好正。"闲、閒字通借。○《新唐书·陆贽传》曰："卒赠兵部尚书，谥曰宣。"馀见《唐文》，陆敬舆注。《艺文志》别集有《陆贽议论表疏集》十二卷，又《翰苑集》十卷。○《论语·季氏篇》："孔子曰：乐道人之善，益矣。"

虽然，执事之名满于天下，虽不见其文，而固已知有欧阳子矣。汪曰："承'欲执事知其知我'，翻出下'将使执事何从知之'。"而洵也不幸堕在草野泥涂之中，而其知道之心，又近而粗成，欲徒手奉咫尺之书，自托于执事，将使执事何从而知之、何从而信之哉？洵少年不学，生二十五岁，始知读书，从士君子游，年既已晚，而又不遂刻意厉行，以古人自期，而视与己同列者，皆不胜已，则遂以为可矣。其后困益甚，然后取古人之文而读之，始觉其出言用意，与己大异，时复内顾自思其才，则又似夫不遂止于是而已者。由是尽烧其曩时所为文数百篇，取《论语》《孟子》《韩子》及其他圣人贤人之文，而兀然端坐终日以读之者，七八年矣。方其始也，入其中而惶然，博观于其外，而骇然以惊。及其久也，读之益精，而其胸中豁然以明，若人之言固当然者。然犹未敢自出其言也。时既久，胸中之言日益多，不能自制，试出而书之，已而再三读之，浑浑乎觉其来之易矣。汪曰："与'前浩浩乎胸中，若与曩者异'相应，所谓道之粗成也。"然犹未敢以为是也。近所为《洪范论》《史论》凡七篇，执事观其如何？嘻！区区而自言，不知者又将以为自誉以求人之知己也。汪曰："誉人、自誉相照应。"惟执事思其十年之心，如是之不偶然也而察之。茅曰："何等结束。"○以上自述学文之经历，望欧公之知己。

□茅曰："此书凡三段，一段历叙诸君子之离合，见己慕望之切。二段称欧阳公之文，见己知公之深。三段自叙平生经历，欲欧阳之知之也。而情事婉曲周折，何等意气？何等风神？"○汪曰："茅评固然，然尤妙在第一段中，历叙诸君子离合，即将自己于道之成未成夹叙，既为第一段之隙，又为第三段之根。则十年慕望爱悦诸君子之心，即十年求道之心，首尾融洽，打成一片矣。若第一段中止叙诸君子离合，见己慕望之切，不将己之于道预为插入，至第三段乃始更端自叙，其于法不已疏乎？"○吴先生曰："'执事之文章'以下，论文绝精，前幅则颇伤繁。"

傅藻《纪年录》曰："明允少不习学，年二十有七，始发愤读书，六年而大究六经百家之旨。"○《左》襄三十年："赵孟曰：使吾子辱在泥涂久矣。"○《汉书·韩信传》："广武君曰：发一乘之使，奉咫尺之书。"颜注曰："八寸曰咫，咫尺者，言其简牍或长咫或长尺，喻轻率也。今俗言尺书或言尺牍，盖其遗语耳。"○然后取，《观澜》作复取。○烧其集，一本无其字。○宋延清《自洪府舟行诗》曰："兀坐去沉滓。"案：兀、阢字通，盖端坐之貌。○茅选嘻上有噫字。

送石昌言北使引

苏子瞻《跋送石昌言引》曰："右嘉祐元年九月十九日，先君送石昌言北使文一首，其字则轼年二十一时所书与昌言本也。今蓄于陈履常氏。昌言名扬休，善为诗，有名当时，终于知制诰。"《长编》百八十三曰："仁宗嘉祐元年八月丙寅，刑部员外郎知制诰石扬休为契丹国母生辰使。"《宋史·石扬休传》曰："扬休，字昌言，其先江都人，后徙京兆。七代祖藏用，依其亲眉州刺史李鄗，遂为眉州人。"姚曰："苏明允之考名序，故苏氏讳序，或曰引，或曰说。"○《文鉴》石昌言下有舍人二字，茅选有为字，集北使作使北，《文诀》作北使，与苏子瞻跋合，今从之。

昌言举进士时，吾始数岁，未学也。忆与群儿戏先府君侧，昌言从旁取枣栗啖我，家居相近，又以亲戚故甚狎。昌言举进士，日有名，吾后渐长，亦稍知读书，学句读属对声律，未成而废。昌言闻吾废学，虽不言，察其意甚恨。后十余年，昌言及第第四人，守官四方，不相闻。吾日以壮大，乃能感悔，摧折复学。又数年，游京师，见昌言长安，相与劳问，如平生欢。出文十数首，昌言甚喜称善。吾晚学无师，虽日为文，中心自惭，及闻昌言说，乃颇自喜。今十余年，又来京师，而昌言官两制，乃为天子出使万里外强悍不屈之虏庭。建大旆，从骑数百，送车千乘，出都门，意气慨然。楼迂斋曰："语壮。"自思为儿时，见昌言先府君旁，安知其至此？姚曰："此明允胸襟陋处，昌黎必不然也。"徐又铮曰："此数语特与下驿亭介马相映浓淡耳，言之正见真趣，未必便是陋处。"富贵不足怪，吾于昌言独自有感也。大丈夫生不为将，得为使，楼曰："亦老泉平日之志。"折冲口舌之间，足矣。以上从与昌言交游，叙到奉使。

《宋史》及《东都事略》《石扬休传》皆不言进士及第之年。明允生于宋真宗大中祥符二年，以此文始数岁，及下"后十馀年昌言及第"推之，则昌言初举进士，当在祥符时。祥符四年、五年、八年皆有贡举，（七年惟试亳州南京路举人，《长编》以状元张观非南京路人，谓当是国子监及开封府荐送，《实录》偶不详耳。然昌言蜀人，未必得与也。）至仁宗天禧三年贡举，明允年十岁，恐已入学矣。○苏子瞻《苏廷评行状》曰："公讳序，字仲先，眉州眉山人，其先盖赵郡栾城人也。生三子，季，轼之先人讳洵。"案：顾亭林《日知录》卷二十四、钱竹汀《恒言录》卷三，皆谓汉人谓郡守为府君。钱又曰："太守称府君，魏、晋以下犹然，晋武帝追祭征西将军、豫章府君、颍川府君、京兆府君与宣皇帝、景皇帝、文皇帝三昭三穆，宣帝曾祖父量，豫章太守，祖儁，颍川太守，父防，京兆尹，故皆称府君，而征西独称将军，尚有别也。然永和二年有司奏称征西、豫章、颍川三府君，领司徒蔡谟议，亦称四府君（《晋书·礼志》），则征西亦称府君矣。《宋书·礼志》：高祖开封府君，曾祖武原府君，皇祖东安府君，皇考处士府君，七世右北平府君，六世相国掾府君，开封、武原皆县令，而相国掾、处士亦冒府君之称，自是士大夫叙其先世，亦皆通称府君矣。"步瀛案：韩退之《沂国公先庙碑》，曾祖以下，通称府君，犹各有官号。司马温公《书仪》慰状格式、朱文公《家礼·祠堂章》皆以无官者称府君。《语类》（九十）又谓无爵曰府君，是竟以府君为无官位之称，去本义益远矣。○《汉书·王吉传》："吉妇取枣以啖吉。"颜注曰："啖谓使食之，音徒滥切。"啖亦啗字耳。此义亦与《高纪》"啗以利"同。朱丰芑《说文通训定声》卷四曰："啗与啖微别，自食为啖，食人为啗。"此则通用也。○《左传》襄六年杜注曰："狎，亲习也。"○何劭公《公羊传解诂序》曰："失其句读。"读字《释文》无音，则如字。《周礼·天官·宫正》《释文》曰：读戚如字，徐音逗。（陈少章《韩集点勘》曰：戚谓梁戚衮，徐谓晋徐邈，陆列戚于徐前，则亦以其读为长。）《文选·笛赋》曰："察变为句投。"李善注曰："逗，止也。投与逗古字通，音豆，投句之所止也。"韩退之《师说》：授之书而习其句读。方崧卿《举正》曰："读音逗。"则句投、句逗并同，然实皆丶之借字。《说文》曰："丶，有所绝止而识之也。"音知庾切。朱丰芑《说文通训定声》卷八曰："今诵读书点其句读，亦其一端也，句者，乚而止之，读者，丶而留之，是也。"○《苏廷评行状》曰："轼之先人少时独不学，已壮犹不知书，公未尝问。既而果自发愤力学，卒显于世。"○后十馀年二句，以上推之，昌言及第当在天圣、景祐时，天圣二年、五年、八年，景祐元年皆有贡举，未能确知其何年也。○《宋史·石扬休传》曰："为同州观察推官，迁著作郎，知中牟县，改秘书丞，为秘阁校理，开封府推官，累迁尚书祠部员外郎，历三司度支盐铁判官，出知宿州。"○感悔，茅选作感悟。○又数年游京师，当即庆历五六年间，已见《上欧阳内翰书》注。○《史记·张耳传》曰："廷尉以贯高事辞闻，上使泄公持节问之，泄公劳苦如生平驩。"○自庆历五六年至嘉祐元年，凡十二三年。○《石扬休传》曰："以刑部员外郎知制诰。"《容斋三笔》卷十二曰："国初谓翰林学士、中书舍人为两制，言其掌行内外制也，舍人官未至者，则云知制诰。"茅选万里下有之字。○旃庭，《文鉴》无庭字，集一本同。○《左传》宣十二年杜注曰："旃，大旗也。"○大丈夫，集无大字。○《晏子春秋·内篇杂上》："孔子曰：夫不出尊俎之间，而知千里之外，其晏子之谓也，可谓折冲矣。"

往年彭任从富公使还，为我言曰：既出境，宿驿亭，闻介马数万骑驰过，剑槊相摩，终夜有声，楼曰："语壮。"从者怛然失色。及明，视道上马迹，尚心掉不自禁。凡虏所以夸耀中国者，多此类也。中国之人不测也，故或至于震惧而失辞，以为夷狄笑。呜呼！何其不思之甚也！昔者奉春君使冒顿，壮士大马，皆匿不见，是以有平城之役。今之匈奴，吾知其无能为也。《孟子》曰：说大人，则藐之。况于夷狄？茅曰："结束在此。"请以为赠。以上勖以不辱君命。

□楼迂斋曰："议论好，笔力顿挫而雄伟，曲尽事情物状。"○茅曰："文有生色。"○刘曰："波澜跌宕，极为老成，句调声响，中窾合节。"

子瞻跋曰："彭任字有道，亦蜀人，从富彦国使虏还，得灵河县主簿以死。石守道称之曰：有道长七尺，而胆过其身。一日坐酒肆，与其徒饮且酣，闻彦国当使不测之虏，愤愤椎酒床，拳皮裂，遂自请行，盖欲以死捍彦国者也。"《宋史·仁宗纪》曰："庆历二年夏四月庚辰，知制诰富弼报使契丹。"○言曰，集无曰字。○《左》成二年曰："不介马而驰之。"杜注曰："介，甲也。"○《列子·黄帝篇》曰："怛然内热，惕然震悸矣。"《广雅·释诂》一曰："怛，惊也。"○《史记·刘敬传》曰："娄敬赐姓刘氏，拜为郎中。号为奉春君。汉七年，韩王信反，高帝自往击之，至晋阳，闻信与匈奴欲共击汉，上大怒，使人使匈奴。匈奴匿其壮士肥牛马，但见老弱及羸畜，使者十辈来，皆言匈奴可击，上使刘敬复往使匈奴，还报曰：两国相击，此宜夸矜见所长，今臣往，徒见羸瘠老弱，此必欲见短，伏奇兵以争利，愚以为匈奴不可击也。上怒，械系敬广武，遂往至平城，匈奴果出奇兵，围高帝白登七日，然后得解。"○大马，《文诀》作健马，茅选同。○《旧五代史·外国传》曰："契丹者，匈奴之种也。"○《孟子·尽心下》曰："说大人，则藐之，勿视其巍巍然。"《音义》曰："说音税，藐丁音邈，藐然轻易之貌，又音眇。"

苏子瞻

苏轼，字子瞻，一字和仲，眉州眉山人。嘉祐二年进士第，又以对制策入三等，除大理评事，签书凤翔府判官。入判登闻鼓院，召试直史馆。丁父忧，熙宁二年还朝，判官告院，权开封府推官，出判杭州，知密、徐、湖三州。尝以诗托讽，御史李定等指为讪谤，逮赴台狱，谪黄州团练副使安置，筑室于东坡，自号东坡居士，移汝州，乞居常州。哲宗立，复朝奉郎，知登州，召为礼部郎中，迁起居舍人，寻除翰林学士兼侍读，拜龙图阁直学士，出知杭州。召为翰林承旨，数月知颍州、扬州。复召为兵部尚书兼侍读，改礼部，兼端明殿翰林、侍读两学士，出知定州。绍圣初，贬宁远军节度副使，惠州安置。又贬琼州别驾，居昌化。徽宗立，移舒州团练副使，徙永州，更三赦，遂提举玉局观，复朝奉郎，建中靖国元年，卒于常州。高宗时，谥文忠。《宋史》有传。

《宋史·苏轼传》曰："轼尝自谓作文如行云流水，初无定质，但常行于所当行，止于所不可不止，虽嬉笑怒骂之辞，皆可书而诵也。其体浑涵光芒，雄视百代，有文章以来，盖亦鲜矣。"吴北江曰："东坡天仙化人，其于文章，驱使惟心，无不如志，最为流俗所慕爱。学者纷纷摹拟，徒滋流弊。不知公文天马行空，绝去羁绊，固无轨辙之可寻也。"步瀛案：子瞻才由天纵，洵能开拓学者之心胸，推倒一时之豪杰。其议论上下纵横，无不如志，后来论事者多宗之。但其弊有时失之过快。姚南菁曰："凡文字轻利快便，多不入古，才说仙才，便有此病。李太白诗、苏东坡文皆有此患（《援鹑堂笔记》卷四十四），学者亦不可不知。"

志　林

《直斋书录解题》卷十一小说家类载《东坡手泽》三卷曰："苏轼撰。今俗本《大全集》中所谓《志林》者也。《东坡七集·后集》有《志林》十三首，《百川学海》本一卷同，而明赵开美刊本五卷，《稗海》本十二卷，又各不同。"清《四库书目》卷百二十子部杂家类载《东坡志林》五卷曰："观所载诸条，多自署年月，又有署读某书书此者，又有泛称昨日今日，不知何时者，盖轼随手所记，后人裒而录之，命曰《手泽》，而刊轼集者不欲以父书目之，故题曰《志林》耳。如张睢阳生犹骂贼四语，据《东坡外纪》，乃轼谪儋耳时，醉至姜秀才家所书，今亦在卷中，自为一条，不复别赘一语，是亦蒐辑墨迹之一证矣。此本五卷，较振孙所纪多二卷，盖其卷帙亦皆后人所分，故多寡各随其意也。"夏剑丞（敬观）《校印赵刻志林跋》曰："今所传《志林》凡三，《百川学海》一卷，即论古十三首，成化七集本续集载于初八，后集复载之，标题为《志林》十三首者也。明万历赵开美所刊，与《东坡全集》本相同，张氏《学津讨原》重校刻之，皆五卷，其论古十三首居第五卷，商氏《稗海》所刊则十二卷，与赵刊本互有出入，论古十三首则全失载。《四库提要》以五卷本著录，其所引张睢阳生犹骂贼四句，今检五卷本无之，乃在《稗海》所刊中。覆案库本实十二卷，即《稗海》本也。振孙所载《东坡手泽》，今不可见，未知与《宋·艺文志》所载《儋耳手泽》为一为二，而《志林》之名，始于《大全集》，其书虽非轼所手定，尚为宋人裒集之旧，则无疑义。但《大全集》亦不可见，明刻全集本，较振孙所载《手泽》，溢出二卷，或分卷不同之故欤！"○茅鹿门曰："予览《志林》十三首，按《年谱》：子瞻由南海后所作。公于时经历已久，故上下古今处，所见尤别。"张廉卿曰："子瞻《志林》诸篇，卓识伟论，独有千古，而其文奇纵高妙，变化于自然，实为杰作。"吴先生曰："子赡《志林》，欧公《金石跋尾》，皆振笔直书，得大自在，文家之乐境也。"

平　王

《东坡七集·后集》《志林》十三首，无标目，《学海》本《志林》亦然。《文鉴》录《志林》三首，亦不列目。赵刻本《志林》，此篇标作"东迁失计"，续集作"论周东迁"，郎晔之(晔)《经进东坡文集事略》作"平王论"，茅选同。《三苏文粹》总标"论"字为类，此篇作"平王"，《文编》亦然，姚选从之。

太史公曰："学者皆称周伐纣，居洛邑，其实不然。武王营之，成王使召公卜居之，居九鼎焉，而周复都丰、镐，至犬戎败幽王，周乃东徙于洛。"苏子曰：周之失计，未有如东迁之缪者也。唐荆川曰："开口道破。"自平王至于亡，非有大无道者也。顾王之神圣，诸侯服享，然终以不振，则东迁之过也。昔武王克商，迁九鼎于洛邑，成王、周公复增营之。周公既没，盖君陈、毕公更居焉。以重王室而已，非有意于迁也。周公欲葬成周，而成王葬之毕，此岂有意于迁哉？茅曰："亦是将无作有处。"○以上论周东迁之失计。

学者称周伐纣至周东徙于洛，皆《史记·周本纪》之文。○《史记·周本纪》《正义》引《括地志》曰："故王城一名河南城，本郏鄏，周公新筑在洛州河南县北九里内苑内东北隅。自平王以下十二王，皆都于此，至敬王乃迁都成周，至赧王又居王城也。"《清一统志》曰："河南河南府：洛阳故城，在今洛阳县东北三十里，即故成周城也；河南故城，在洛阳县西五里，即故洛邑王城也。"○《周本纪》："武王曰：我南望三涂，北望岳鄙，顾詹有河，粤瞻雒伊，毋远天室，营周居于雒邑里，即故洛王城也。"又见《周书·度邑篇》。○《书·召诰》曰："惟太保先周公相宅，太保朝至于洛，卜宅，厥既得卜则经营。"《周本纪》曰："七年，成王在丰，使召公营洛邑，如武王之意，周公复卜申视，卒营筑居九鼎焉。"《左》桓二年曰："武王克商，迁九鼎于雒邑。"又宣三年杜注曰："九鼎，殷所受夏九鼎也，武王克商，乃营雒邑而后去之，又迁九鼎焉。时但营雒邑，未有都城，至周公乃卒营雒邑，谓之王城，即今河南城也。故《传》曰：成王定鼎于郏鄏。"○使召公卜居之，居九鼎焉，《续集》《后集》无之居二字，郎本、《文粹》皆有之，茅选、姚选并同。○丰、镐已见柳子厚《小丘记》注。《文粹》《茅选》丰作酆，《后集》及《学海》本《志林》镐作鄗。○《周本纪》曰："犬戎杀幽王骊山下，于是诸侯乃即申侯而共立故幽庄太子宜臼，是为平王。平王立，东迁于雒邑。"○《史记》徙于洛下有邑字。○未有如东迁之缪者也，郎本缪作谬，茅选、姚选同。案：缪即谬之通借字，又郎本无者字，茅、姚同，末句亦同。○自平王至于亡，案：平、桓、庄、釐、惠、襄、顷、匡、定、简、灵、景、悼、敬、元、定、哀、思、考、威烈、安、烈、显、慎靓、赧凡二十五王。○《佐》昭二十六年："王子朝曰：秦人降妖曰：周其有頿王，亦克能修其职，诸侯服享。至于灵王，生而有頿，王甚神圣，无恶于诸侯。"《周本纪》曰："简王崩，子灵王泄心立。"《集解》引《皇览》曰："盖以灵王生而有髭而神，故谥灵王。"○神圣，《续集》圣作灵。○《书序》曰："周公既没，命君陈分正东郊成周，作《君陈》。康王命作册毕，分居里，成周郊，作《毕命》。"《礼记·坊记篇》郑注曰："君陈盖周公之子，伯禽弟也，名篇在《尚书》，今亡。"《周书·和寤篇》曰："召邵公奭、毕公高。"《左》僖二十四年曰："毕、原、酆、郇，文之昭也。"《汉书·古今人表》：毕公，原注曰：文王子。《史记·魏世家》《索隐》引马融、《书·顾命》孔疏引王肃，皆曰毕、毛文王庶子，《元和姓纂》《新唐书·宰相世系表》皆言文王第十五子，惟《魏世家》曰："毕公高与周同姓"，不言文王子。案：今《书·君陈》《毕命》，皆伪古文。○《书序》曰："周公在丰，将没，欲葬成周，公薨，成王葬于毕，告周公作《亳姑》。"《史记·鲁世家》曰："周公在丰，病将没，曰必葬我成周，以明吾不敢离成王。周公既卒，成王亦让，葬周公于毕，从文王，以明予小子不敢臣周公也。"《周本纪》《集解》引马融曰："毕，文王墓名也。"《正义》引《括地志》曰："文王墓在雍州万年县西南二十八里原上也。"刘端临（台拱）《释毕郢》曰："《括地志》云：安陵故城在雍州咸阳县东二十一里，周之程邑也，其西有毕陌，一名毕原。按毕地有二，其一文王墓地也。太史公曰：毕在镐东南杜中。《皇览》云：周文王、武王、周公冢在京兆长安县镐聚东杜中，而《括地志》以为在雍州万年县西南二十八里毕原上，则唐亦谓之毕原，是故有咸阳县之毕原，所谓文王卒于毕郢也；有万年县之毕原，所谓文王葬于毕也。一在渭北，一在渭南，异所同名，往往相乱。杜佑言毕初王季都之，后毕公封焉，此言在渭北者当矣，而以为文王所葬则失之。《帝王世纪》云：文、武葬于毕，毕在杜南。《晋书·地道记》亦云：毕在杜南，与杜陌别，则文、武所葬不在毕陌明矣。是以裴骃辨之云：《皇览》曰：秦武王冢在扶风安陵县西北毕陌中，大冢是也，人以为周文王冢非也。周文王冢在杜中。张守节亦云：《括地志》云：秦惠文王陵在雍州咸阳县西北一十四里，秦悼武王陵在雍州咸阳县西十里，俗名周武王陵，非也。群书剖析，具有明文。惟颜师古注《汉书·刘向传》：文王、周公葬于毕，用毕陌为释，而杜亦云然，自兹以降，莫不谬指秦陵，诬称周墓，传之方志，载之礼典，误所从来，非一世矣。"

今夫富民之家，所以遗其子孙者，田宅而已。不幸而有败，至于乞假以生可也，然终不敢议田宅。今平王举文、武、成、康之业而大弃之，此一败而鬻田宅者也。夏、商之王，皆五六百年，其先王之德，无以过周，而后至之败，亦不减周幽、厉，然至于桀、纣而后亡。其未亡也，天下宗之，不如东周之名存而实亡也。是何也？则不鬻田宅之效也。以上夏、商不迁都之效。

《续集》无家字、以字。○不敢，赵本《志林》作不可。○鬻田宅，《后集》鬻作粥，字同，实卖之借字，下同。○亦不减周幽、厉，《后集》无周字，诸本同。○至于，《后集》无于字。○《续集》东周下无之字。

盘庚之迁也，复殷之旧也。古公迁于岐，方是时，周人如狄人也，逐水草而居，岂所难哉？卫文公东徙渡河，恃齐而存耳。齐迁临淄，晋迁于绛、于新田，皆其盛时，非有所畏也。唐曰："虽迁无害，却是不由避寇。"其馀避寇而迁都，未有不亡，虽不即亡，未有能复振者也。以上言古来迁都者，情形亦各不同，由避寇而迁者，必不能复兴。

《书序》曰："盘庚五迁，将治亳殷，民咨胥怨，作《盘庚》三篇。"《史记·殷本纪》曰："帝盘庚之时，殷已都河北，盘庚渡河南，复居成汤之故居，乃迁无定处，殷民咨胥皆怨，不欲徙。盘庚乃告谕诸侯大夫，遂涉河南治亳，行汤之政，然后百姓由宁，殷道复兴，诸侯来朝，以其遵成汤之德也。"《诗·緜》曰："古公亶父，来朝走马。率西水浒，至于岐下。"毛传曰："古公，豳公也。古言久也，亶父字，或殷以名言质也，古公处豳，狄人侵之，事之以皮币，不得免焉，事之以犬马，不得免焉，事之以珠玉，不得免焉，乃属其耆老而告之曰：狄人之所欲者，吾土地也，吾闻之，君子不以其所养人而害人，二三子所患无君，去之，逾梁山，邑乎岐山之下。"陈硕甫疏曰："父亦作甫，《正义》引郑注《中候·稷起》云：亶父以字为号。《白虎通义》及赵注《孟子》，亶父为名。《礼记大传》追王大王亶、甫王季历、文王昌，并与传或说同也。古公辞狄，自豳徙岐，《孟子·梁惠王》《庄子·让王》《吕览·审为》《淮南子·道应、诠言、泰族》《说苑·至公》，及《书大传·略说》，皆纪其事。"步瀛案：《周本纪》曰："古公去豳，度漆沮，逾梁山，止于岐下，乃贬戎狄之俗，而营筑城郭室屋，而邑别居之。"《集解》引徐广曰："岐山在扶风美阳西北，其南有周原。"《清一统志》曰："陕西凤翔府：岐山在岐山县东北。"○《史记·匈奴传》曰："逐水草迁徙，毋城郭。"《左》闵二年曰："狄入卫，宋桓公宵济，卫之遗民立戴公，以庐于曹，齐侯使公子无亏戍曹。"《诗序》曰："卫为狄所灭，东徙渡河，野处漕邑。齐桓公攘戎狄而封之。文公徙居楚丘，始建城市而营宫室，得其时制，百姓说之，国家殷富焉。"《史记·卫世家》曰："戴公申元年卒，齐桓公以为卫数乱，乃率诸侯伐翟，为卫筑楚丘，立戴公弟燬为卫君，是为文公。"○《诗·烝民》曰："王命仲山甫，城彼东方。"毛传曰："东方，齐也。古者诸侯之居逼隘，则王者迁其邑而定其居，盖去薄姑而迁于临菑也。"《史记·齐世家》曰："献公元年，从薄姑都治临菑。"案：《说文》无淄字，古盖以菑为之。《书·禹贡》：潍淄其道。《汉书·地理志》作菑。《清一统志》曰："山东青州府：临淄故城，在今临淄县北八里。"案：《后集》淄作菑。

○《汉书·地理志》河东郡绛县原注曰："晋武公自曲沃徙此。"《史记·晋世家》曰："周釐王命曲沃武公为晋君，更号曰晋武公。晋武公始都晋国，卒，子献公诡诸立，八年，城聚都之，命曰绛，始都绛。"《毛诗谱》曰："穆侯徙于绛，盖晋始都绛，本自穆侯，武公自曲沃并晋，仍居之，然不名为绛耳。至献公始命曰绛。郑云绛者，盖用后来之名耳。《左》成六年曰：夏四月丁丑，晋迁于新田。"杜注曰："今平阳绛邑是。"江慎修《春秋地理考实》曰："曲沃武公自曲沃徙都于绛，即汉之绛县，今绛州（今新绛县）之北，平阳府太平县（今汾城县）之南二十五里。"又曰："晋既迁新田，又命新田为绛。《括地志》：新田在绛州曲沃县南二里，今之曲沃县南也。"○《后集》无于绛二字。

春秋时，楚大饥，群蛮叛之，申、息之北门不启。楚人谋徙于阪高。蒍贾曰："不可，我能往，寇亦能往。"于是乎以秦人、巴人灭庸，而楚始大。苏峻之乱，晋几亡矣，宗庙宫室，尽为灰烬。温峤欲迁都豫章，三吴之豪欲迁会稽，将从之矣。独王导不可，曰：金陵，王者之都也，王者不以丰俭移都。若弘卫文大帛之冠，何适而不可？不然，虽乐土为墟矣。且北寇方强，一旦示弱，窜于蛮越，望实皆丧矣。乃不果迁，而晋复安。贤哉导也，可谓能定大事矣。唐曰："寇难不肯迁都，是为得计。"嗟夫！平王之初，周虽不如楚之强，顾不愈于东晋之微乎？汪曰："主客相形，精采之极。"使平王有一王导，定不迁之计，收丰、镐之遗民而修文、武、成、康之政，以形势临东诸侯，齐、晋虽强，未敢贰也，而秦何自霸哉？以上又以楚与东晋遇寇不迁都，证周东迁之失计。

"春秋时，楚大饥"至"而楚始大"，见《左》文十六年。案

《续集》时上有之字。○申、息之北门不启，《春秋传说汇纂》曰："今河南南阳府南阳县北有故申城，汝宁府息县西南七里有息城。"○阪高，杜注曰："楚险地。"《汇纂》曰："阪高当在襄阳府西境。"沈文起《左传地名补注》卷五曰："阪高盖即当阳之长阪也。"《舆地纪胜》（卷七十七）："长阪在荆门州当阳县东北二十里。"○僖二十七年杜注曰："蔿贾伯嬴，孙叔敖之父。"○《左》桓九年杜注曰："巴国在巴郡江州县。"《汇纂》曰："隋改江州为巴县。"（四川）○文十六年杜注曰："庸今上庸县，属楚之小国。"江慎修曰："庸国今郧阳府竹山县及竹溪县也（并属湖北）。秦置上庸郡。"○苏峻之乱至乃不果迁，见《晋书·王导传》。○《晋书·成帝纪》曰："咸和二年十一月，豫州刺史祖约、历阳太守苏峻等反。十二月庚申，假护军将军庾亮节为征讨都督。三年春正月，平南将军温峤帅师救京师，次于寻阳，征西大将军陶侃遣督护龚登受峤节度。二月庚戌，峻至于蒋山，假领军将军卞壸节，帅六军及峻战于西陵，王师败绩。丙辰，峻攻青溪栅，因风纵火，王师又大败。庾亮又败于宣阳门内，遂奔寻阳。于是司徒王导等卫帝于太极殿，太常孔愉守宗庙，贼乘胜麾戈，接于帝座，突入太后后宫，左右侍人皆见掠夺。是时太官唯有烧馀米数石，以供御膳，百姓号泣，响震都邑。五月乙未，峻逼迁天子于石头。九月庚午，陶侃使督护杨谦攻峻于石头，温峤、庾亮阵于白石，竟陵太守李阳距贼南偏，峻轻骑出战，坠马，斩之，众遂大溃。"《叛逆传》曰："苏峻，字子高，长广掖人也。"○灰烬，郎本作煨烬。○《晋书·温峤传》曰："峤字太真，司徒羡弟之子也。"《温羡传》曰："太原祁人。"《晋书·地理志》：扬州豫章郡治南昌县。案：即今江西南昌县治。○迁都豫章，郎本及茅选无都字。○《水经·浙江水注》曰："汉顺帝永建中，阳羡周嘉上书，以县远赴会至难，求得分置，遂以浙江西为吴，以东为会稽。汉高帝十二年，一吴也；后分为三，世号三吴，吴兴、吴郡、会稽其一焉。"《晋书·成帝纪》曰："咸和三年五月，吴兴太守虞潭与庾冰、王舒等起兵于三吴。"又《地理志》：吴郡治吴县，今江苏吴县治。吴兴郡治乌程县，今浙江吴兴县治。会稽郡治山阴县，今浙江绍兴县治。《晋书·王导传》曰："导字茂弘，光禄大夫览之孙也。"（《晋书·王祥传》"琅邪临沂人，弟览。"）明帝即位，导受遗诏辅政，迁司徒，封始兴郡公，进位太保，司徒如故。帝崩，导复与庾亮等同受遗诏，共辅幼主，是为成帝。"○《王导传》："导曰：建康古之金陵，旧为帝里。又孙仲谋、刘玄德俱言王者之宅。"（《御览·州郡部》一引《吴录》曰："刘备使诸葛亮至京，因睹秣陵山阜，叹曰：锺山龙盘，石头虎踞，此帝王之宅。"）《清一统志》曰："江苏江宁府，春秋吴地，战国属越，后属楚，置金陵邑，汉为丹阳郡地。建安十六年，孙权徙治吴，黄龙元年建都，东晋，仍为都。"又曰："建康故城在上元县南。孙权改秣陵为建业，晋又改业为邺，愍帝立，避讳，改建业为建康。"案：即今南京。○《左》闵二年曰："卫文公大布之衣，大帛之冠。"○《晋书·成帝纪》曰："咸和三年十二月，石勒败刘曜于洛阳，获之。是岁石勒将石季龙攻氐帅蒲洪于陇山，降之。导所谓北寇，盖指勒也。"○贤哉，郎本哉作者。○《左》襄三十一年曰："冯简子能断大事。"○楚之强，赵刻本无之字。

魏惠王畏秦，迁于大梁；楚昭王畏吴，迁于郢；顷襄王畏秦，迁于陈；考烈王畏秦，迁于寿春，皆不复振，有亡征焉。东汉之末，董卓劫帝，迁于长安，汉遂以亡。近世李景迁于豫章，亦亡。唐曰："畏寇迁都，是为失计。"○以上因避寇迁都而失者，证周东迁之失计。故曰：周之失计，未有如东迁之缪者也。应上总结。

▢唐曰："中间引古事甚碎，而条次整然。"○茅曰："此文以'迁'之字为案，以无畏而迁者五，以有畏而不果迁者二，以畏而迁者六，共十三国，以错证存亡处，如一线矣。"

《史记·魏世家》曰："武侯卒，子䓨立，是为惠王。惠王三十一年，秦、赵、齐共伐我，秦将商君诈我将军公子卬，而袭夺其军，破之。秦用商君，东地至河，而齐、赵数破我，安邑近秦，于是徙治大梁。"《清一统志》曰："河南开封府：战国为魏都，曰大梁。"○《左》定六年曰："吴太子终累败楚舟师，楚国大惕惧亡，于是乎迁郢于鄀。"《史记·楚世家》曰："立太子珍，是为昭王。昭王十年，吴入郢，十一年，楚昭王归入郢。十二年，吴复伐楚，取番，楚恐，去郢，北徙都鄀。"《清一统志》曰："湖北襄阳府：鄀县故城在宜城县东南，春秋鄀国。楚灭以为邑，昭王徙都于此。"案《文编》、茅选都作郢，误。○《楚世家》曰："太子横立，是为顷襄王。顷襄王二十一年，秦将白起拔郢，楚襄王兵散，遂不复战，东北保于陈城。"《汉书·地理志》：淮阳国陈县原注曰："楚顷襄王自郢徙此。"案：即今河南淮阳县治。○《楚世家》曰："顷襄王卒，太子熊元代立，是为考烈王。考烈王二十二年，与诸侯共伐秦，不利而去，楚东徙都寿春，命曰郢。"《清一统志》曰："安徽凤阳府：寿春故城今寿州治。"（今改县）○亡征，郎本征作兆。○《后汉书·献帝纪》曰："初平元年二月丁亥，迁都长安，董卓驱徙京师百姓，悉西入关。"《董卓传》曰："时胁太后废少帝为弘农王，乃立陈留王，是为献帝。及闻东方兵起，惧，乃鸩杀弘农王，徙都长安。"○《新五代史·南唐世家》曰："交泰元年五月，景下令去帝号，称国主，奉周正朔。时显德五年也。景谋迁其都于洪州，乃升洪州为南昌，建南都。建隆二年，景迁于南都。"案：南昌已见上注。○故曰，《续集》故上有吾字。

鲁隐公

赵刻《志林》作"隐公不幸",《续集》作"论隐公、里克、李斯、郑小同、王允之"。郎注本作"隐公论",茅选作"鲁隐公论二",《文粹》作"鲁隐公二",姚选去二字,今从之。

公子翚请杀桓公,以求太宰,隐公曰:"为其少故也,吾将授之矣。"使营菟裘,吾将老焉。翚惧,反谮公于桓公而弑之。以上立案。

公子翚弑鲁隐公,见《左传》隐公十一年。杜注曰:"太宰,官名。菟裘,鲁邑,在泰山梁父县南。"案:今在山东泗水县北。○公子翚字羽父,鲁大夫,见《左传》隐公四年杜注。○《续集》、郎本弑作杀。郎本桓作威,避宋钦宗讳改。

苏子曰:盗以兵拟人,茅曰:"形容奇特。"人必杀之。夫岂独其所拟,涂之人皆捕击之矣。涂之人与盗非仇也,以为不击则盗且并杀已也。隐公之智,曾不若是涂之人也,哀哉!汪曰:"笔锋隽利。"隐公,惠公继室之子也。其为非嫡,与桓均尔,而长于桓。隐公追先君之志而授国焉,可不谓仁乎?惜乎其不敏于智也,使隐公诛翚而让桓,虽夷、齐何以尚兹?以上论隐公不杀翚为不智。

若是涂主人也,《续集》无是字、之字,《后集》无也字。○《左氏传》曰:"惠公元妃孟子。孟子卒,继室以声子,生隐公。宋武公生仲子,仲子生而有文在其手,曰为鲁夫人。故仲子归于我。生桓公而惠公薨。是以隐公立而奉之。"杜注曰:"诸侯始娶,则同姓之国,以侄娣媵,元妃死,则次妃摄治内事,犹不得称夫人,故谓之继室。隐公继室之子,当嗣世,以祯祥之故,追成父志,为桓尚少,是以立为太子,帅国人奉之。"《释文》曰:"隐公名息姑。"又桓元年《释文》曰:"桓公名轨。"○均尔,《续集》《后集》、郎本尔作耳,《文粹》、茅选、姚选作尔。○让桓,郎本作逊威。○《史记·伯夷传》曰:"伯夷、叔齐,孤竹君之二子也。父欲立叔齐,及父卒,叔齐让伯夷。伯夷曰:'父命也。'遂逃去。叔齐亦不肯立而逃之,国人立其中子。"○《广雅·释诂》一曰:"尚,上也。"

骊姬欲杀申生,而难里克,则优施来之;二世欲杀扶苏,而难李斯,则赵高来之。此二人之智,汪曰:"以'智'字与前关合。"若出一人,而其受祸亦不少异。茅曰:"突然入里克、李斯之受祸,以见隐公之不免于辇也。"里克不免于惠公之诛,李斯不免于二世之虐,皆无足哀者。吾独表而出之,以为世戒。君子之为仁义也,茅曰:"此就里克、李斯说来,陡然住,陡然起,皆绝奇笔也。"非有计于利害。然君子之所为,义利常兼,而小人反是。李斯听赵高之谋,前克、斯并列,此下论斯以见克,更不补明,此文字变化处。非其本意,独畏蒙氏之夺其位,故勉而听高。使斯闻高之言,即召百官陈六师而斩之,其德于扶苏,岂有既乎?何蒙氏之足忧?释此不为,而具五刑于市,非下愚而何?以上论里克、李斯之不智。

《左》庄二十八年曰:"晋献公烝于齐姜,生太子申生。晋伐骊戎,骊戎男女以骊姬,归生奚齐。"《晋语》二曰:"公之优曰施,通于骊姬。骊姬告优施曰:君既许我杀太子而立奚齐矣,吾难里克奈何?优施曰:吾来里克,一日而已,子为我具特羊之飨。骊姬许诺,乃具使优施饮里克酒,中饮,优施起舞,乃歌曰:暇豫之吾吾,不如鸟乌。人皆集于苑,己独集于枯。里克笑曰：何谓苑？何谓枯？优施曰：其母为夫人，其子为君，可不谓苑乎？其母既死，其子又有谤，可不谓枯乎？枯且有伤。优施出，里克夜半召优施曰：曩而言戏乎？抑有所闻之乎？曰：然，君既许骊姬杀太子而立奚齐，谋既成矣。里克曰：中立其免乎？优施曰：免。明日称疾不朝，三旬难乃成。"韦注曰："来谓转里克之心，使来从己用也。"案：优施各本作施优，今依姚选。○《史记·秦始皇本纪》曰："三十有七年七月丙寅，始皇崩于沙丘平台。赵高乃与公子胡亥、丞相斯阴谋破去始皇所封书，赐公子扶苏者，而更诈为丞相斯受始皇遗诏沙丘立子胡亥为太子，更为书赐公子扶苏、蒙恬，数以罪，其赐死。"《李斯传》曰："始皇崩，赵高谓公子胡亥曰：方今天下之权，存亡在子与高及丞相耳，愿子图之。高乃谓丞相曰：上崩，所赐长子书及符玺，皆在胡亥所，定太子，在君侯与高之口耳。斯曰：此非人臣所当议也。高曰：长子即位，必用蒙恬为丞相，君侯终不怀通侯之印归于乡里，明矣。胡亥仁慈笃厚，可以为嗣君，君听臣之计，即长有封侯，世世称孤，今释此而不从，祸及子孙，君何处焉？于是斯乃听高。"○此二人之智，若出一人，赵刻《志林》作此二人所行相同。○而其受祸，《续集》无其字。○《左》僖十年曰："晋侯杀里克以说。"《史记·晋世家》曰："夷吾立为晋君，是为惠公。惠公以重耳在外，畏里克为变，赐里克死。"○《史记·李斯传》曰："二世使高案丞相狱治罪，责斯与子由谋反状，皆收捕宗族宾客。赵高治斯，掠拷千馀，不胜痛，自诬服。二世二年七月，具五刑论，腰斩咸阳市，而夷三族。"《穀梁》桓三年传曰："既，尽也。"○《汉书·刑法志》曰："汉兴之初，其大辟尚有夷三族之令，令曰：当三族者，皆先黥劓斩左右止，笞杀之，枭其首，菹其骨肉于市。其诽谤詈诅者，又先断舌，故谓之具五刑。"○赵刻《志林》虐作戮。○哀者，《续集》无者字。○以为世戒，《续集》《后集》无以字，《后集》世上有万字。

○赵刻《志林》勉作俛。○而斩之，郎本无斩字。○下愚，《续集》无下字。

嗚呼！乱臣贼子，犹蝮蛇也，其所螫草木，犹足以杀人，况其所噬啮者欤？数语神气泊凑，似承上起下，又非专为承起下，曾谓似承非承、似提非提、似突非突、似纡非纡，古人无限妙用，难于领取者也。郑小同为高贵乡公侍中，尝诣司马师，师有密疏，未屏也，如厕还，问小同见吾疏乎？曰：不见。师曰：宁我负卿，无卿负我。遂酖之。王允之从王敦夜饮，辞醉先寝，敦与钱凤谋逆，允之已醒，悉闻其言。虑敦疑己，遂大吐，衣面皆污。敦果照视之，见允之卧吐中，乃已。叙郑小同、王允之事。哀哉小同！殆哉岌岌乎允之也！孔子曰："危邦不入，乱邦不居。"有以也夫！汪曰："前三人为一类，后二人为一类。前三人以'智'字连贯，后二人以'危邦不入、乱邦不居'作收束，亦隐含不智意。"

蝮蛇已见柳子厚《与李翰林书》注。○《说文》曰："螫，虫行毒也。"《后汉书·郑玄传》曰："玄惟有一子益恩，益恩有遗腹子，玄以其手文似己，名之曰小同。"《魏志·三少帝纪》曰："高贵乡公讳髦，字彦士，文帝孙东海定王霖子也。"《续汉书·百官志》曰："侍中比二千石，掌侍左右，赞导众事，顾问应对。"○《郑玄传》注引《魏氏春秋》曰："小同，高贵乡公时为侍中，尝诣司马文王，文王有密疏，未之屏也"云云。《晋书·景帝纪》曰："讳师，字子元。晋国建，追尊曰景王。"《文帝纪》曰："讳昭，字子上，谥曰文王。"是酖小同者，乃司马昭也，此云师，盖误。○《晋书·王允之传》曰："允之，字深猷。总角，从伯敦谓为似己，恒以自随，出则同舆，入则共寝。敦尝夜饮，允之辞醉先卧，敦与钱凤谋为逆"云云。《世说新语·假谲篇》以为王羲之事。《晋书·叛逆传》曰："王敦，字处仲，司徒导之从父兄也。以沈充、钱凤为谋主，凤字世仪。"案：郎本王敦作王淳，避宋光宗嫌名改。○《孟子·万章上》赵注曰："岌岌，不安貌也。"○"危邦不入"二句，《论语·泰伯篇》文。○有以，赵刻《志林》以作由。

吾读史得鲁隐公、晋里克、秦李斯、郑小同、王允之五人，感其所遇祸福如此，故特书其事，后之君子，可以览观焉。

□茅曰："奇文。"○方曰："事核而理当，直达所见，不用反覆以为波澜，于子瞻诸论中，更觉晓然而出其类。"○姚曰："奇肆飘忽，其神气盖近《孟子》。"○吴先生曰："其神远，使人莫测其发端所由。要其感喟贯输处有以主其辞者，所引五人皆云雾耳，鳞爪时时一露，身首固未见也。《志林》多如此。"

赵刻《志林》，无鲁晋秦三字。○览观，郎本作观览。

战国任侠

赵刻《志林》作"游士失职之祸"。《续集》作"论养士"，郎本作"六国论"，《文粹》作"战国任侠"，《文编》同。茅选加"论"字，姚选与《文粹》同，今从之。案：任侠之称，见《史记·孟尝君传》，又《季布传》《集解》引孟康曰："信交道曰任。"又引如淳曰："相与信为任，同是非为侠。"《汉书·季布传》注引应劭曰："任谓有坚完可任托以事也。"颜曰："任谓任使其气力，侠之言挟也，以权力侠辅人也。任音人禁反，侠音下颊反。"

春秋之末，至于战国，诸侯卿相，皆争养士，自谋夫说客、谈天雕龙、坚白同异之流，下至击剑扛鼎、鸡鸣狗盗之徒，莫不宾礼。靡衣玉食，以馆于上者，何可胜数？越王句践有君子六千人，魏无忌、齐田文、赵胜、黄歇、吕不韦皆有客三千人，而田文招致任侠奸人六万家于薛，齐稷下谈者亦千人，魏文侯、燕昭王、太子丹皆致客无数。下至秦、汉之间，张耳、陈馀号多士，宾客厮养皆天下豪杰，而田横亦有士五百人。其略见于传记者如此。度其馀当倍官吏而半农夫也。此皆奸民蠹国者，民何以支，而国何以堪乎？唐介轩曰："先抑一笔，跌出下段议论。"苏子曰：此先王之所不能免也。国之有奸也，犹鸟兽之有鸷猛，昆虫之有毒螫也。区处条理，使各安其处，则有之矣。锄而尽去之，则无是道也。吾考之世变，知六国之所以久存，而秦之所以速亡者，盖出于此，不可以不察也。以上奸民不能尽去。

自谋夫，郎注本以自谋二字上属，夫字上有其谋二字。○《诗·小旻》曰："谋夫孔多。"《史记·郦生传》曰："郦生常为说客。"案：此盖指苏、张之流。《史记·孟荀列传》曰："自驺衍、驺奭之徒，各著书言治乱之事，齐人颂曰：谈天衍，雕龙奭。赵亦有公孙龙为坚白同异之辩。"《集解》引刘向《别录》曰："驺衍之所言五德终始，天地广大，尽言天事，故曰谈天。驺奭修衍之文饰，若雕镂龙文，故曰雕龙。"案：《公孙龙子》有《坚白论》。《庄子·齐物论篇》曰："以坚白之昧终。"《德充符篇》："庄子谓惠子曰：子以坚白鸣。"《秋水篇》："公孙龙曰：龙合同异，离坚白。"《天下篇》言别墨以坚白同异之辩相訾，皆是。○之流，《后集》流作说。○《庄子·说剑篇》曰："昔赵文王喜剑，剑士夹门而客三千馀人。"《史记·秦本纪》曰："武王有力好戏，力士任鄙、乌获、孟说皆至大官，王与孟说举鼎，绝膑。"○鸡鸣狗盗，已见王介甫《读孟尝君传》注。○莫不宾礼，

《文编》、茅选无宾礼二字。○《汉书·韩信传》：糜衣偷食。颜注曰："靡，轻丽也。"《书·洪范》惟辟玉食，《释文》引张晏注《汉书》曰："玉食，珍食也。"何可，郎本何作不。○《吴语》曰："越王乃中分其师，以为左右军，以其私卒君子六千人为中军。"韦注曰："私卒君子，王所亲近有志行者，犹吴所谓贤良，齐所谓士。"《史记·越王句践世家》曰："乃发习流二千人，教士四万人，君子六千人。"《集解》引虞翻曰：言君养之如子。"○《史记·魏公子传》曰："魏公子无忌为人，仁而下士，士无贤不肖，皆谦而礼交之，致食客三千人。"《孟尝君传》曰："孟尝君时相齐，封万户于薛，其食客三千人。"《平原君传》曰："胜最贤，喜宾客，宾客盖至者数千人。"《春申君传》曰："赵平原君使人于春申君，赵使欲夸楚，为瑇瑁簪，刀剑室以珠玉饰之，请命春申君客，春申君客三千餘人，其上客皆蹑珠履以见赵使。赵使大惭。"《吕不韦传》曰："吕不韦者，阳翟大贾人也。庄襄王元年，以吕不韦为丞相，封文信侯。庄襄王三年薨，太子政立，为王，尊吕不韦为相国。当是时，魏有信陵君，楚有春申君，赵有平原君，齐有孟尝君，皆下士喜宾客以相倾。吕不韦以秦之强，羞不如，亦招致士厚遇之，至食客三千人。"○《史记·孟尝君传》："太史公曰：吾尝过薛，其俗闾里率多暴桀子弟，与邹、鲁殊，问其故，曰：孟尝君招致天下任侠奸人入薛中，盖六万餘家矣。"《史记·田敬仲完世家》曰："宣王喜文学游说之士，自如驺衍、淳于髡、田骈、接予、慎到、环渊之徒七十六人，皆赐列第，为上大夫，不治而议论，是以齐稷下学士复盛，且数百千人。"《集解》引刘向《别录》曰："齐有稷门，城门也。谈说之士，期会于稷下也。"《新序·杂事》二曰："齐有稷下先生，喜议政事。"《清一统志》曰："山东青州府：稷下在临淄县北，古齐城西。"《史记·魏世家》曰："桓子之孙曰文侯，（《集解》引徐广曰："《世本》曰斯也。"）文侯受子夏经艺，客段干木，过其间未尝不式也。秦尝欲伐魏，或曰：魏君贤人是礼，国人称仁，上下和合，未可图也。"《燕世家》曰："燕人共立太子平，是为燕昭王。昭王即位，卑身厚币以招贤者，为郭隗改筑宫而师事之。乐毅自魏往，驺衍自齐往，剧辛自赵往，士争趋燕。"又曰："今王喜二十三年，太子丹质于秦，亡归。二十七年，秦灭赵，祸且至燕。太子丹阴养壮士二十人，使荆轲献督亢地图于秦，因袭刺秦王。"○《史记·张耳陈馀传》曰："张耳者，大梁人也"，"陈馀者，亦大梁人也"。"太史公曰：张耳、陈馀世传所称贤者，其宾客厮役，莫非天下俊桀，所居国无不取卿相者。"案：互见王介甫《上仁宗书》注，《文粹》厮作廝，字同。○豪杰，《续集》《后集》并作豪俊，郎本作俊杰，《文鉴》《文粹》作豪杰，《文编》、茅选并同。案：豪、杰、俊，皆才智过人之名，而诸书所载不同。有以过千人为豪者，《鹖冠子·能天篇》《博选篇》《楚辞·大招》王叔师注皆是也。有以过百人为豪者，《淮南·泰族篇》，《吕氏春秋·功名》《制乐》《诚廉》《知分篇》高注，及《淮南·氾论篇》注皆是也。有以为过十人者，《春秋繁露·爵国篇》《文子·上礼篇》皆是也。有以万人为杰者，《白虎通·圣人篇》引《礼别名记》、(《礼记·月令》《礼运》，《左》宣十五年孔疏引，并作《辩名记》，又杰作桀。)《孟子·公孙丑上》赵注、《楚辞·大招》王注、《吕氏春秋·孟夏纪》高注、《荀子·非相篇》《儒效篇》杨注皆是也。《史记·屈原传》《索隐》引《尹文子》，《吕氏春秋·孟秋纪》高注作桀同。有以千人为杰者，《吕氏春秋·功名篇》《淮南子·时则篇》高注是也。《齐策》三高注作桀同。有以百人为杰者，《春秋繁露·爵国篇》《文子·上礼篇》是也。有以十人为杰者，《淮南·泰族篇》是也。有以万人为俊者，《鹖冠子·能天篇》《博选篇》是也（作隽同）。有以千人为俊者，《淮南子·泰族篇》《春秋繁露·爵国篇》《文子·上礼篇》《史记·屈原传》《索隐》引《尹文子》，《书·皋陶谟》

《释文》引马季长、郑康成、王子雍注，许叔重《说文》《吕氏春秋·孟夏纪》（作儁）、《孟秋纪》（作隽）、《淮南·氾论篇》高注（作儁）、《楚辞·九章·怀沙》《沉江》王注皆是也。有以百人为俊者，《白虎通·圣人篇》引《礼别名记》是也。《月令》《礼运》及《左》宣十五年孔疏引《辩名记》曰：十人曰选，倍选曰俊。虽数各不同，而为才德过人或兼人，则一也。○《史记·田儋传》曰："田儋者，狄人也，故齐王田氏族也。儋从弟田荣，荣弟田横，汉王立为皇帝，田横惧诛，而与其徒属五百馀人入海，居岛中。高帝闻之，乃使使赦田横罪而召之。田横乃与其客二人乘传诣雒阳，未至三十里，遂自刭，令客奉其头，从使者驰奏之高帝。高帝以王者礼葬田横，既葬，二客穿其冢旁孔，皆自刭，下从之。高帝闻之乃大惊，以田横之客皆贤，其馀五百人在海中，使使召之，至则闻田横死，亦皆自杀。于是乃知田横兄弟能得士也。"○其略见于传记者如此，郎本无略字，《文鉴》无记字。○奸民蠹国，郎本作役人以自养。○有奸也，《续集》《后集》、郎本无也字。○《礼记·儒行》郑注曰："鸷禽猛鸟猛兽也。"案：鸷猛《文编》、茅选作猛鸷。○郎本条理作条别，使各作各使。○郎本锄作鉏。《说文》曰："鉏，立薅所用也。"案：锄与鉏同。○不可以，郎本无以字。

夫智勇辩力，此四者皆天民之秀杰也，类不能恶衣食以养人，皆役人以自养者也。故先王分天下之富贵，与此四者共之。此四者不失职，则民靖矣。四者虽异，先王因俗设法，使出于一。三代以上出于学，战国至秦出于客，唐介轩："此句是主。"汉以后出于郡县吏，魏、晋以来出于九品中正，隋、唐至今出于科举。虽不尽然，取其多者论之。以上区处条理，使各安其处之法。六国之君，虐用其民，不减始皇、二世，然当是时百姓无一人叛者。以凡民之秀杰者，多以客养之，不失职也。其力耕以奉上，皆椎鲁无能为者，虽欲怨叛，而莫为之先，此其所以少安而不即亡也。以上六国所以久存。

《文编》、茅选秀杰下有者字。○自养者也，郎本无者字。○出于学，已见曾子固《宜黄县学记》注。○汉取人之法非一途，《汉书·文帝纪》曰："十五年诏诸侯王公卿郡守，举贤良能直言极谏者。"《武帝纪》曰："元光元年初令郡国举孝廉各一人。"此出于选举者也。《史记·儒林传》曰："太常择民年十八已上，仪状端正者，补博士弟子，郡国县道邑，有好文学，敬长上，肃政教，顺乡里，出入不悖所闻者，令相长丞上属所二千石，二千石谨察可者，当与计偕，诣太常得受业如弟子，一岁皆辄试，能通一艺以上，补文学掌故缺，其高第可以为郎中者，太常籍奏，即有秀才异等，辄以名闻。"此出于学校者也。汉制郡县守令得辟属吏，郡县吏或以功迁，或以贤举，前汉如丙吉、路温舒、张敞、王尊等，后汉如胡广、袁安等，皆由吏出身，见各本传。此皆出于吏道者也。此文不言选举及学校者，所谓取其多者论之耳。又子瞻《徐州上皇帝书》曰：汉法郡县秀民，推选为吏，考行察廉，以次迁补，或至二千石，入为公卿云云，与此可互证。郎本无吏字，故注但引《汉书·儒林传》，文虽可通，或非子瞻本意矣。○九品中正，已见王介甫《上仁宗书》注。又《通典·选举》二曰："晋依魏氏九品之制，内官吏部尚书司徒左长史，外官州有大中正，郡国有小中正，皆掌选举。若吏部选用，必下中正征其人居及父祖官名。"○《通典·选举》二曰："隋文帝开皇七年，制诸州岁贡三人，炀帝始建进士科。"馀见韩退之《答吕醫山人书》注。○多以客养之，《续集》多作皆。○《汉书·周勃传》：椎少文。注引服虔曰："谓内钝也。"又引应劭曰："今俗名拙语为椎储。"颜曰："椎谓朴钝如椎也，音直推反。"《说文》曰："鲁，钝也。"

始皇初欲逐客，用李斯之言而止，既并天下，则以客为无用，于是任法而不任人。谓民可以恃法而治，谓吏不必才，取能守吾法而已。故堕名城，杀豪杰，民之秀异者，散而归田亩，汪曰："对上'力耕者，皆椎鲁无能为'。"向之食于四公子、吕不韦之徒者，皆安归哉？汪曰："纽合六国。"不知其能槁项黄馘以老死于布褐乎？抑将辍耕太息以俟时也？沈确士曰："意极危悚，却以宕折之笔行之。"秦之乱虽成于二世，然使始皇知畏此四人者，有以处之，使不失职，秦之亡不至若此速也。汪曰："反笔。"纵百万虎狼于山林而饥渴之，不知其将噬人，妙语解颐。世以始皇为智，吾不信也。以上秦所以速亡。

《史记·李斯传》曰："韩人郑国来间秦，以作注溉渠，已而觉，秦宗室大臣请一切逐客。李斯议亦在逐中，斯上书，秦王乃除逐客之令。"〇贾生《过秦论》曰："堕名城，杀豪俊。"〇《庄子·列御寇篇》曰："槁项黄馘者，宋人有曹商者，见庄子曰，夫处穷闾阨巷，困窘织屦，商之所短也。"《释文》槁项引李颐曰："赢瘦貌。"又引司马彪曰："项槁立也。"又黄馘古获反，引司马彪曰："谓面黄熟也。"〇以老，《续集》作而老。〇《史记·陈涉世家》曰："陈涉少时尝与人庸耕，辍耕之垄上，怅恨久之曰：苟富贵，无相忘。庸者笑而应曰：若为庸耕，何富贵也？陈涉太息曰：嗟乎！燕雀安知鸿鹄之志哉？"〇太息，《续集》作叹息。

楚、汉之祸，生民尽矣，豪杰宜无几，而代相陈狶从车千乘，萧、曹为政，莫之禁也。至文、景、武之世，法令至密，然吴濞、淮南、梁王、魏其、武安之流，皆争致宾客，世主不问也。岂惩秦之祸，以为爵禄不能尽縻天下之士，故少宽之，使得或出于此也邪！以上又以战国后事为证，见秦区处之失。

《史记·韩王信卢绾传》曰："陈豨者，宛朐人也。以赵相国将，监赵代边兵，豨尝告归，过赵。宾客随之者千馀乘，邯郸官舍皆满。豨所以待宾客，如布衣交，皆出客下。"《汉书·韩信传》曰："陈豨为代相，监边。"是豨又为代相也。《高帝纪》曰："十年九月，代相国陈豨反。"《史记·高祖本纪》作八月赵相国陈豨反代地，亦不言代相，此《史》《汉》不同者。○萧、曹为政，案：此时萧何为相国，曹参尚为齐相，陈豨反在高帝十年，十二年为樊哙所斩，至孝惠二年，参始代何为相，而豨诛久矣。此特连类及之，如《论语·宪问篇》称禹稷躬稼也。○文、景、武，《续集》武下有帝字。○《汉书·刑法志》曰："孝武即位，招进张汤、赵禹之属，条定法令。其后奸猾巧法，转相比况，禁罔寖密。"案《续集》密下有矣字。○《史记·吴王濞传》曰："吴王濞者，高帝兄刘仲之子也。立为吴王。濞招致天下亡命者，岁时存问茂材，赏赐闾里，他郡国吏欲来捕亡人者，讼共禁弗予。"《淮南王长传》曰："淮南王长者，高祖少子也。聚收汉诸侯人及有罪亡者，匿与居，为治家室，赐其财物爵禄田宅。"又曰："上怜淮南厉王失国蚤死，乃立其子安为淮南王。"又安传曰："淮南王安阴结宾客。"《索隐》曰："《淮南要略》云：安养士数千，高材者八人，苏非、李尚、左吴、田由、雷被、伍被、毛被、晋昌，号曰八公也。"《楚辞·招隐士》王叔师序曰："昔淮南王安博雅好古，招怀天下俊伟之士，自八公之徒，咸慕其德而归其仁。"《史记·梁孝王世家》曰："梁孝王武者，孝文皇帝子也。孝王招延四方豪杰，自山以东，游说之士，莫不毕至。"《魏其武安侯传》曰："魏其侯窦婴者，孝文后从兄子也。诸游士宾客争归魏其侯。武安侯田蚡者，孝景后同母弟也，为相，卑下宾客，进名士家居者贵之，欲以倾魏其诸将相。"《惠景间侯者年表》《索隐》曰:"魏其县名,属琅邪;武安县名,属魏郡。"《清一统志》曰:"山东沂州府:魏其故城在兰山县南(今改临沂县)。河南彰德府:武安故城在今武安县西南。"案《续集》吴下有王字。○世主不问也,郎本无此五字。○惩秦,《续集》作悠于误。○以为,郎本为作谓。○《易·系辞上》曰:"我有好爵,吾与尔靡之。"《释文》曰:"靡本又作縻。"

若夫先王之政则不然,应上先王之世。唐介轩曰:"补出正论,通幅皆化云烟。"曰:君子学道则爱人,小人学道则易使也。呜呼!此岂秦、汉之所及也哉!以上归结三代,出于学作收。

　□张廉卿曰:"文字之美,最是跌荡处见态,诸篇尤曲尽其妙。"

《论语·阳货篇》:"子游对曰:昔者偃也闻诸夫子曰:君子学道则爱人,小人学道则易使也。"○呜呼,《后集》作乌乎,《文鉴》同。○也哉,郎本无也字。

始皇扶苏

　　赵刻《志林》作"赵高、李斯",《续集》作"论始皇、汉宣、李斯",郎本作"始皇论下",《文粹》作"始皇一",《文编》、茅选同,《关键》作"秦始皇扶苏",今依姚选。

秦始皇时,赵高有罪,蒙毅按之当死,始皇赦而用之。长子扶苏好直谏,上怒,使北监蒙恬兵于上郡。始皇东游会稽,并海走琅邪,少子胡亥、李斯、蒙毅、赵高从,道病,使蒙毅还祷山川,未及还,上崩。李斯、赵高矫诏立胡亥,杀扶苏、蒙恬、蒙毅,卒以亡秦。以上立案。

《史记·蒙恬传》曰："赵高者，诸赵疏远属也。秦王闻高强力，通于狱法，举以为中车府令。高有大罪，秦王令蒙毅法治之，毅不敢阿法，当高罪死，除其宦籍。帝以高之敦于事也，赦之，复其官爵。"○《后集》皇下有帝字，《文鉴》《关键》《文编》、茅选并同。《后集》按作案，即按之通借字。○《史记·秦始皇本纪》曰："三十五年，使御史悉案问诸生，皆阬之咸阳。始皇长子扶苏谏，始皇怒，使扶苏北监蒙恬于上郡。"《正义》引《括地志》曰："上郡故城在绥州上县东南五十里，秦之上郡城也。"《清一统志》曰："陕西绥德州，魏置上郡，秦置肤施县。"又曰："肤施故城在州东南。"（绥德州今改县。）○《续集》监上，无北字。○《始皇本纪》曰："三十七年，始皇出游，上会稽，祭大禹，望于南海，而立石刻颂秦德。还过吴，从江乘渡，并海上北至琅邪。"《正义》曰："今兖州东沂州、密州，即古琅邪也。《括地志》云：琅邪山在密州诸城县东南百四十里。"又《蒙恬传》《索隐》曰："并，音白浪反。走音奏，走犹向也。"《清一统志》曰："浙江绍兴府：秦为会稽郡，会稽山在会稽县东南十三里。（绍兴府旧治山阴、会稽二县，今合并改曰绍兴县。）山东青州府：琅邪山在诸城县东南一百五十里。汉置琅邪郡，以此取名。琅邪故城在诸城县东南一百五十里琅邪山下。"○蒙毅、赵高，郎本作赵高、蒙毅。○未及还上崩，《后集》作未返而上崩，《文粹》《文编》同。○《蒙恬传》曰："太子立为二世皇帝，赵高日夜毁恶蒙氏，求其罪恶举劾之。胡亥遣御史曲宫乘传之代，令蒙毅曰：先主欲立太子，而卿难之，今丞相以卿为不忠，罪及宗族，不忍，乃赐卿死。毅对曰：用道治者，不杀无罪，而罚不加于无辜。使者不听，遂杀之。又遣使者之阳周令蒙恬，蒙恬乃吞药自杀。"

苏子曰：始皇制天下轻重之势，使内外相形，以禁奸备乱者，可谓密矣。蒙恬将三十万人，威振北方，扶苏监其军，吕东莱曰："外。"而蒙毅侍帷幄为谋臣，吕曰："内。"虽有大奸贼，敢睥睨其间哉？不幸道病，祷祠山川，尚有人也，而遣蒙毅，故高、斯得成其谋。始皇之遣毅，毅见始皇病，太子未立，而去左右，皆不可以言智。此意已可成一篇文字，而下复埽去，所见高人数倍。虽然，天之亡人国，其祸败必出于智所不及。圣人为天下，不恃智以防乱，吕曰："警策。"恃吾无致乱之道耳。茅曰："归本之论。"始皇致乱之道，在用赵高。夫阉尹之祸，如毒药猛兽，未有不裂肝碎首者也。自书契以来，惟东汉吕强，后唐张承业，二人号称善良。汪曰："说阉尹之祸，偏引张、吕二人；说始皇、汉宣英主，偏引桓、灵、肃、代。何等开合？何等顿挫？"岂可望一二于千万，以徼必亡之祸哉？然世主皆甘心而不悔。如汉桓、灵，唐肃、代，犹不足深怪。始皇、汉宣皆英主，汪曰："汉宣是客，却主客并举。"亦湛于赵高、恭、显之祸。彼自以为聪明人杰也，吕曰："精神骨髓处。"奴仆熏腐之馀何能为？及其亡国乱朝，乃与庸主不异。吾故表而出之，以戒后世人主如始皇汉宣者。谢叠山曰："前一段说始皇，罪在用赵高，附入汉宣任恭、显事。"

　　轻重，郎本作重轻。○《蒙恬传》曰："蒙恬，其先齐人也。恬弟毅，秦已并天下，使蒙恬将三十万众，北逐戎狄，始皇甚尊宠蒙氏，信任贤之，而亲近蒙毅，位至上卿，出则参乘，入则御前。恬任外事，而毅常为内谋，名为忠信，故虽诸将相莫敢争焉。"○《释名·释宫室》曰："城上垣曰睥睨，言于其孔中睥睨非常也。"又作辟睨，《汉书·窦田灌韩传》颜注曰："辟睨，傍视也。"○祷祠，《关键》祠作祀。○虽然，《续集》《后集》、郎本、《文鉴》皆无虽字。○智所不及，《关键》智下有之字。○《礼记·月令》曰："命奄尹。"郑注曰："奄尹，主领奄竖之官也。"案：奄、阉字通。○《后汉书·宦者传》曰："吕强字汉盛，河南成皋人也。少以宦者，为小黄门，再迁为中常侍，为人清忠奉公。灵帝时，例封宦者，以强为都乡侯，强辞让恳恻，固不敢当，帝乃听之。因上疏陈事，帝知其忠，而不能用。"○《新五代史·张承业传》曰："张承业，字继元，唐僖宗宦者也。本姓康，幼阉为内常侍张泰养子，为河东监军。晋王病且革，以庄宗属承业，庄宗与梁战河上十馀年，军国之事，皆委承业。天祐十八年，庄宗已诺诸将即皇帝位。承业谏曰：不可。庄宗不听，承业仰天大哭，归太原不食而卒。"○汉桓、灵时，宦官如曹节、侯览等，唐肃、代时，宦官如李辅国、程元振等，皆专权用事，浊乱天下。见《后汉书》及《新唐书·宦者传》《旧唐书·宦官传》。○《汉书·佞幸传》曰："石显字君房，济南人；弘恭，沛人也。皆少坐法腐刑，为中黄门，以选为中尚书。"《说文》曰："湛，没也。"○《后汉书·宦者传序》曰："希附权强者，皆腐身熏子，以自衒达。"章怀注引韦昭曰："腐刑必熏合之。"案：《续集》《后集》、郎本、《关键》熏作薰，乃通借字。

或曰："李斯佐始皇定天下，不可谓不智。汪曰："以'智'字连贯上下。"扶苏亲始皇子，一层。秦人戴之久矣，二层。陈胜假其名，犹足以乱天下。三层。而蒙恬持重兵在外，四层。使二人不即受诛而复请之，则斯、高无遗类矣。以斯之智，而不虑此，何哉？"吕曰："难得好。"苏子曰："呜呼！秦之失道，有自来矣。岂独始皇之罪？汪曰："从始皇逆说到商鞅。"又曰："本欲深罪始皇，却反先说'岂惟始皇之罪'，如此落出商鞅，便不平钝。"自商鞅变法，以殊死为轻典，以参夷为常法。汪曰："以法毒天下，此是虚说。"人臣狼顾胁息，以得死为幸。汪曰："衬得下句起。"何暇复请？汪曰："答上。"方其法之行也，求无不获，禁无不止，鞅自以为轶尧、舜而驾汤、武矣。及其出亡而无所舍，然后知为法之弊。夫岂独鞅悔之，秦亦悔之矣？何等妙笔！汪曰："看他从商鞅落到秦。"荆轲之变，持兵者熟视始皇环柱而走，莫之救者，以秦法重故也。李斯之立胡亥，不复忌二人者，知威令之素行，而臣子不敢复请也。汪曰："答上，前虚此实，前就商鞅略说，此就李斯详说。"二人之不敢请，亦知始皇之鸷悍而不可回也，岂料其伪也哉？吕曰："此一句断尽。"周公曰：平易近民，民必归之。吕曰："又生新意，反复论极正当。"孔子曰：有一言而可以终身行之者，其恕矣乎！汪曰："对下'威信'。"夫以忠恕为心，而以平易为政，则上易知而下易达。汪曰："对下'不可测'。"虽有卖国之奸，无所投其隙，仓卒之变，无自发焉。然其令行禁止，盖有不及商鞅者矣。又打转商鞅，笔如游龙，极行文之乐。而圣人终不以彼易此，圣人应上尧、舜、汤、武。商鞅立信于徙木，立威于弃灰，刑其亲戚师傅，汪曰："以法毒天下，此是实说。"积威信之极，以及始皇。汪曰："此处从商鞅说到始皇，与前不复，则用笔之变也。"秦人视其君如雷电鬼神，不可测也。古者公族有罪，三宥然后制刑，今至使人矫杀其太子而不忌，太子亦不敢请，则威信之过也。故夫以法毒天下者，未有不反中其身，及其子孙者也。汉武与始皇，皆果于杀者也。汪曰："汉是客，亦主客并举。"故其子如扶苏之仁，则宁死而不请；如戾太子之悍，则宁反而不诉，知诉之必不察也。戾太子岂欲反者哉？计出于无聊也。故为二君之子者，有死与反而已。李斯之智，盖足以知扶苏之必不反也。汪曰："若不收到李斯，便离了'或曰'一问本旨。"吾又表而出之，以戒后世人主之果于杀者。"谢曰："后一段说始皇之果于杀，其祸反及其子孙，附入汉戾太子事。"

□吕曰："不特文势雄健，议论亦至当。"○方曰："议论精凿，文亦通体不懈。"○吴先生曰："雄奇万变，当为《志林》中第一篇文字。"

《史记·陈涉世家》："胜曰：天下苦秦久矣，吾闻二世，少子也，不当立，当立者，乃公子扶苏。扶苏以数谏故，上使外将兵，今或闻无罪，二世杀之。百姓多闻其贤，未知其死也。项燕为楚将，数有功，爱士卒，楚人怜之，或以为死，或以为亡。今诚以吾众，诈自称公子扶苏、项燕，为天下唱，宜多应者。乃诈称公子扶苏、项燕，从民欲也。"○受诛，《续集》受作就。○苏子曰：呜呼，郎本无苏子呜呼四字。《后集》呜呼作乌乎，《文鉴》同。○《李斯传》曰："斯乃听高，相与谋，诈为受始皇诏，立于胡亥为太子，更为书赐长子扶苏赐死，使者至，发书，扶苏入内舍欲自杀。蒙恬止扶苏曰：安知其非诈？请复请，复请而后死未暮也。扶苏为人仁，谓蒙恬曰：父而赐予死，尚安复请？即自杀。"○《史记·商君传》曰："孝公以鞅为左庶长，卒定变法之令。"○《庄子·在宥篇》曰："今世殊死者相枕也。"《后汉书·光武帝纪上》注曰："殊死谓斩刑殊绝也。"《汉书·刑法志》曰："秦用商鞅，连相坐之法，造参夷之刑。"颜注曰："参夷，夷三族。"○《史记·苏秦传》曰："秦虽欲深入，则狼顾。"《正义》曰："狼性怯，走常还顾。"《汉书·酷吏·严延年传》曰："豪强胁息。"颜注曰："胁，敛也，屏气而息。"《管子·法法篇》

曰："求必欲得，禁必欲止，令必欲行。"《史记·商君传》曰："秦孝公卒，太子立，公子虔之徒告商君欲反，发吏捕商君。商君亡，至关下，欲舍客舍，客人不知其是商君也，曰：商君之法，舍人无验者坐之。商君喟然叹曰：嗟乎，为法之敝一至此哉！"案：敝、弊字通，《续集》作敝。○《史记·刺客·荆轲传》曰："荆轲逐秦王，秦王环柱而走，群臣皆愕，卒起不意，尽失其度。而秦法，群臣侍殿上者，不得持尺寸之兵，诸郎中执兵，皆陈殿下，非有诏召不得上，方急时，不及召下兵，以故荆轲乃逐秦王，而卒惶急无以击轲。"○威令，《续集》威作法。○不敢，《续集》、郎本上有之字。○二人之不敢请，《续集》、郎本请上有复字。○《史记·鲁世家》曰："周公闻伯禽报政迟，乃叹曰：夫政不简不易，民不有近，平易近民，民必归之。"○《论语·卫灵公篇》："子贡问曰：有一言而可以终身行之者乎？子曰：其恕乎！"○《史记·苏秦传》曰："人有毁苏秦者曰：左右卖国反覆之臣也。"○然其，《续集》无然字。○《荀子·王制篇》曰："令行禁止，王者之事毕矣。"以彼易此，《关键》作以此易彼。○商鞅，《续集》无商字，《关键》同。○《商君传》曰："令既具，未布，恐民之不信己，乃立三丈之木于国都市南门，募民有能徙置北门者予十金。民怪之，莫敢徙。复曰：能徙者予五十金，一人徙之，辄予五十金，以明不欺。"○《李斯传》曰："商君之法，刑弃灰于道者。"《商君传》《集解》引《新序论》曰："弃灰于道者被刑。"○《商君传》曰："太子犯法，卫鞅曰：法之不行，自上犯之，刑其傅公子虔，黥其师公孙贾，公子虔复犯约，劓之。"又赵良曰："公子虔杜门不出已八年矣，君又杀祝懽而黥公孙贾。"○亲戚师傅，《文编》下有无恻容三字。○之极，《续集》、郎本极作剧。○以及，《续集》及作至。○《礼记·文王世子》曰："公族无宫刑，狱成，有司谳于公，其死罪，则曰某之罪在大辟；其刑罪，则曰某之罪在小辟。公曰宥之,有司又曰:在辟。公又曰宥之,有司又曰在辟。及三宥不对,走出,致刑于甸人。"○然后制刑,《续集》制作寔,《关键》作而后致刑。○《易·师·象传》曰:"以此毒天下。"《释文》引马融曰:"毒,治也。"《广韵》一送曰:"中,当也,陟仲切。"○《汉书·武五子传》曰:"戾太子据,元狩元年立为皇太子。武帝末,卫后宠衰,江充用事。充与太子及卫氏有隙,恐上晏驾后,为太子所诛。会巫蛊事起,充至太子宫,掘得桐木人。时上疾,辟暑甘泉宫,太子召问少傅石德,德惧为师傅并诛,因谓太子曰:今巫与使者掘地得征验,无以自明,可矫以节,收捕充等系狱。上存亡未可知,而奸臣如此,太子将不念秦扶苏事邪?太子急,然德言。乃使客为使者,收捕充等,出武库兵,发长乐宫卫,遂部宾客为将率,与丞相刘屈氂等战,长安中扰乱,言太子反。"○《史记·吴王濞传》:"吴使者曰:王恐上诛之,计乃无聊。"(盛如梓《庶斋老学丛谈》已引此为证,又引太史公《与任安书》积威约之渐,证上积威信之极,谓句法同而意殊耳。)○汉武与始皇,《续集》无与字。

留侯论

《史记·留侯世家》曰:"留侯张良者,其先韩人也。大父开地相韩昭侯、宣惠王、襄哀王,父平相釐王、悼惠王,平卒二十岁,秦灭韩,良年少未宦仕韩,韩破,良家僮三百人,弟死不葬,悉以家财求客刺秦王,为韩报仇。以大父父五世相韩,故良尝学礼淮阳,东见仓海君,得力士,为铁椎,重百二十斤。秦皇帝东游,良与客狙击秦皇帝博浪沙中,误中副车,秦皇帝大怒,大索天下,求贼甚急,良乃更姓名亡匿下邳。良尝间从容步游下邳圯上,有一老父衣褐,至良所,直堕其履圯下,顾谓良曰:孺子下取履。良愕然,欲殴之,为其老,强忍下取履,父曰:履我。良业为取履,因长跪履之,父以足受,笑而去。良殊大惊，随目之，父去里所复还曰：孺子可教矣。后五日平明，与我会此。良因怪之，跪曰诺。五日平明，良往，父已先在，怒曰：与老人期，后何也？去曰：后五日早会。五日鸡鸣，良往，父又先在，复怒曰：后何也？去曰：后五日复早来。五日良夜未半往，有顷父亦来，喜曰：当如是。出一编书曰：读此则为王者师矣。后十年兴，十三年孺子见我济北谷城，山下黄石即我矣。遂去无他言，不复见。旦日视其书，乃太公兵法也。"又汉六年正月，封功臣，良未尝有战斗功，高帝曰：运筹策帷幄中，决胜千里外，子房功也。自择齐三万户。良曰：始臣起下邳与上会留，此天以臣授陛下，陛下用臣计，幸而时中，臣愿封留足矣，不敢当三万户。乃封张良为留侯。《正义》引《括地志》曰："故留城在徐州沛县东南五十五里，今城内有张良庙。"《清一统志》曰："江苏徐州府：留县故城在沛县东南。"

  古之所谓豪杰之士者，必有过人之节，人情有所不能忍者。汪曰："'忍'字是一篇骨。"匹夫见辱，拔剑而起，挺身而斗，此不足为勇也。天下有大勇者，卒然临之而不惊，无故加之而不怒，此其所挟持者甚大，而其志甚远也。以上总括通篇大意，前人谓之总冒，宋人作论多喜用之。

  天下有大勇者，《文鉴》无此句。○卒读曰猝，下同。○所挟持，《关键》无所字。○甚远，《文鉴》无甚字。

  夫子房授书于圯上之老人也，其事甚怪。然亦安知其非秦之世有隐君子者出而试之，观其所以微见其意者，皆圣贤相与警戒之义，而世不察，以为鬼物，亦已过矣。此意已可成一篇妙文，而子瞻数语掀过，以下更开妙境，其才力高人数倍。且其意不在书。茅曰："空中下拳。"沈曰："一语空际掀翻，如海上潮来，银山蹴起。"汪曰："撇开授书一句，即起警戒意，翻尽旧案；若不撇开授书，则前授书句便无着落。"

授书，茅选授作受。○《史记·留侯世家》《集解》引徐广曰："圯，桥也，东楚谓之圯，音怡。"《索隐》曰："李奇云：下邳人谓桥为圯。"文颖曰："沂水上桥也。姚察见《史记》本有作土旁者，乃引今会稽东湖大桥名为灵圯，圯亦音夷，理或然也。"《汉书·张良传》颜注引服虔曰："圯音颐，楚人谓桥曰圯。"应劭曰："汜水之上也。"清官本载张佖曰："许慎《说文》云：东楚谓桥为圯，在土部，本从土，传写盖误从汜。"又载刘攽曰："若本实作圯，则应劭无缘解作汜上，疑汜亦自为颐音，而释为桥也。然则汜字从水，亦未为误。"案《说文》土部曰："圯东楚谓桥。"段注曰："《史》《汉》张良尝间从容步游下邳汜上，服虔曰：汜音颐，楚人谓桥为汜。按字当作圯，《史》《汉》假汜为之，故服子慎读如颐也。或云姚察见《史记》本有从土旁者，应劭曰：汜水之上，谓穷渎无水之上也，则应说从水作汜为合，与从土训桥异。"又《说文·水部》曰："一曰汜，穷渎也。"段曰："《汉书》汜上，服虔读圯为音颐，楚人谓桥曰圯，此汉人易字之例也。应劭曰：汜水之上，此不易字，谓穷渎无水之上也。下文直堕其履汜下，良下取履，其为无水之渎了然。《史记》本亦作汜，小司马云，姚察见《史记》有作土旁者，云'有'，则知《史记》不皆作土旁也，义本易憭，诸家说皆不察。"王南垓（绍兰）《说文段注订补》卷十一下曰："段以汜为无水之渎，其误有三。汜上汜下，即桥上桥下也，桥高而渎卑，故有汜上圯下之分，若汜为无水之渎，则地处洼下，可言汜上，不可言汜下矣。下文何以言堕其履汜下乎？一误也。《水经·沂水注》云：沂水于下邳县北西流，分为二水，一水迳城东屈从县南注泗，谓之小沂水，水上有桥，徐、泗间以为圯，昔张子房遇黄石公于圯上，即此处也。是下邳之桥，为沂水支流所经，故文颖曰：汜，沂水上桥也，而乃以圮为无水之渎，二误也。应劭言汜水之上，此是误以圮为今汜水县之汜，非以为《尔雅》之穷渎也。且应言汜水之上，则非无水明矣。而又以汜水为无水之渎，三误也。王念孙说。（原注曰：《经义述闻》。）绍兰案《说文》土部圯字解云：东楚谓桥为圯，即谓《张良传》圯桥也，然则许意不以穷渎之汜为下邳之圯桥，明矣。桥圯之圯为正字，汜为假借字。《汉书》借汜为圯，服虔正读为圯，应劭亦借曰汜。段氏忽发易不不易字之例，不嫌于汜为正、圯为借乎？汉人固有此例，似不当于此发之，转滋疑误。且应劭曰：汜水之上，既称汜水，汜水在河南成皋县，故师古云不在下邳。又此水通流，明非穷渎之汜，履堕其下，直是堕在水中，良安能取而跪进，老人又安能即以足受之乎？以是证之，知不得以圯桥解穷渎也。"步瀛案：以上所订，洵可正段氏之失，则圯当训桥，益信矣。沈文起《汉书疏证》卷二十七引《淮南子·道应篇》注，汜，水也，谓此汜上者，亦下邳之水边。王益吾《汉书补注》：沂与圻通，圻与垠通，以傅会沈氏水厓之说，皆非也。至庾子山《吴明彻墓志铭》云，圯桥取履，早见兵书，李太白《经下邳圯桥怀张子房》云：我来圯桥上，则以圯为桥名，实亦相承而误也。○其事甚怪，《留侯世家》："太史公曰：学者多言无鬼神，然言有物，至如留侯所见老父予书，亦可怪矣。"○然亦安知其非，《文鉴》作而愚以为或者。○警戒之义，《文鉴》义作心。○而世不察，《应诏集》作世人不察。○《论衡·自然篇》曰："或曰张良游泗水之上，遇黄石公授太公书，盖天佐汉诛秦，故命令神石为鬼书授人。"又曰："论之以为黄石授书，汉且兴之象也，妖气为鬼，鬼象人形，自然之道，非或为之也。"《列子·黄帝篇》曰："有一人从石壁中出，随烟烬上下，众谓鬼物。"案《关键》鬼物作鬼神。

当韩之亡，秦之方盛也，以刀锯鼎镬待天下之士，其平居无罪夷灭者，不可胜数。虽有贲、育无所复施。夫持法太急者，其锋不可犯，而其势未可乘。子房不忍忿忿之心，以匹夫之力，而逞于一击之间。沈曰："不能忍。"当此之时，子房之不死者，其间不能容发，盖亦已危矣。千金之子，不死于盗贼。何者？其身之可爱，而盗贼之不足以死也。汪曰："著此譬喻，是急脉缓受法。"子房以盖世之才，不为伊尹、太公之谋，而特出于荆轲、聂政之计，以侥幸于不死，此圯上老人所为深惜者也。汪曰："从子房说到老人。"是故倨傲鲜腆而深折之。汪曰："警戒虚说。"彼其能有所忍也，然后可以就大事，故曰孺子可教也。以上老人教子房以能忍。

《梁元帝·忠臣传》《谏诤篇序》曰："终知自投鼎镬，取离刀锯。"○无罪，《关键》作无事。○《秦策》三："范睢曰：奔育之勇焉而死。"《史记·范睢传》作孟贲、夏育。《集解》引许慎曰："孟贲卫人。"又引《汉书音义》曰："夏育，卫人，力举千钧。"《汉书·司马相如传》：《谏猎疏》曰：勇期贲、育。颜注曰："孟贲，古之勇士也；夏育，亦猛士也。"《后汉书·冯衍传》："衍说廉丹曰，勇冠乎贲、育"，章怀注曰："孟贲、夏育，并古之勇士也。"韩非子《观行篇》曰："有贲、育之强，而无法术，不得长生。"○复施，《轨范》复作获。○而其势，郎本、《文鉴》无势字，未作末。○匹夫之力，《关键》力作勇。○《大戴礼·曾子天圆篇》曰："律历迭相治也，其间不容发。"枚叔《说吴王书》曰："其出不出，间不容发。"○盖亦已危矣，《轨范》无已字。○《史记·越王句践世家》："朱公曰：吾闻千金之子，不死于市。"《袁盎传》："盎曰：臣闻千金之子，坐不垂堂。"○《荀子·臣道篇》曰："殷之伊尹，周之太公，可谓圣臣矣。"《吕氏春秋·知度篇》曰："伊尹、吕尚、管夷吾、百里奚，此霸王者之船骥也。"○《史记·刺客传》曰："聂政者，轵深井里人也。严仲子与韩相侠累有郤，聂政至韩，刺杀侠累。荆轲见苏明允《权书·六国》注。"○圯上老人，郎本、《文粹》《文鉴》《关键》《文编》、茅选老人上有之字，集老人下有之字。○《楚辞·九叹·惜贤》曰："切洴涊之流俗。"王注曰："垢浊也。"姚曰："即鲜腆字。"

楚庄王伐郑，郑伯肉袒牵羊以迎，唐介轩曰："能忍一证。"庄王曰："其君能下人，必能信用其民矣。"遂舍之。句践之困于会稽而归，臣妾于吴者，三年而不勌。唐曰："又一证。"且夫有报人之志，而不能下人者，是匹夫之刚也。汪曰："从郑、越之能忍，说到老人忧子房不能忍，须得此三句脱卸。"夫老人者，以为子房才有馀，而忧其度量之不足，故深折其少年刚锐之气，使之忍小忿而就大谋。何则？非有平生之素，卒然相遇于草野之间，而命以仆妾之役，油然而不怪者，此固秦皇之所不能惊，而项籍之所不能怒也。应上不惊不怒，却作结语，非庸笔所能。○以上申言能忍乃能成功，足上警戒之义。

楚庄王伐郑至遂舍之，见《左传》宣十二年，杜注曰："肉袒牵牛，示服为臣仆。"案集、郎本、《文鉴》《文编》、茅选，迎作逆。○集、《文鉴》《文编》，合作舍。○《左》哀元年曰："吴王夫差败越于夫椒，遂入越，越子以甲楯五千，保于会稽。"杜注曰："上会稽山也，在会稽山阴县南。"《释文》曰："会，古外反；稽，古兮反。"《越语下》曰："越王句践栖于会稽，乃令大夫种行成于吴，吴人许诺，令大夫种守于国，与范蠡入官于吴三年，而吴人遣之。"韦注曰："官，为臣隶也。"《史记·越王句践世家》曰："越王乃以馀兵五千人，保栖于会稽，乃令大夫种行成于吴，膝行顿首曰：句践请为臣，妻为妾。"《清一统志》曰：

"浙江绍兴府：会稽山在会稽县东南十三里。"案：会稽县今与山阴县并，改曰绍兴县。○集勒作倦，字同。○平生，集作生平。○秦皇，郎本、《文鉴》《关键》及茅选，皇下有帝字。

观夫高祖之所以胜，而项籍之所以败者，在能忍与不能忍之间而已矣。汪曰："以项籍之不能忍，衬高祖之能忍。"项籍惟不能忍，是以百战百胜，而轻用其锋。高祖忍之，养其全锋，而待其弊。此子房教之也。沈曰："一语归锁。"当淮阴破齐，而欲自王，高祖发怒，见于词色。由此观之，犹有刚强不忍之气，非子房其谁全之？汪曰："又进一步。"○以上又言汉高之能忍，亦由于子房。沈曰："老人教子房以能忍，是正义；子房又教高祖能忍，是馀意，作文必如此推论。"

茅选高祖作高帝。○《应诏集》弊作毙。○《史记·淮阴侯传》曰："信平齐，使人言汉王曰：齐伪诈多变，反复之国也，南边楚，不为假王以镇之，其势不定，愿为假王便。当是时，楚方急围汉王于荥阳，韩信使者至，发书，汉王大怒，骂曰：吾困于此，旦暮望若来佐我，乃欲自立为王。张良、陈平蹑汉王足，因附耳语曰：汉方不利，宁能禁信之王乎？不如因而立善遇之，使自为守，不然变生。汉王亦悟，因复骂曰：大丈夫定诸侯，即为真王耳，何以假为？乃遣张良往立信为齐王。"茅选词作辞。案：辞乃词之通借字。

太史公疑子房以为魁梧奇伟，而其状貌乃如妇人女子，不称其志气。呜呼，此其所以为子房欤！王闻修曰："结极奇而冷。"沈曰："馀波。"○以上又出一意作结，而与"忍"字能相关。

□王遵岩曰："此文若断若续，变幻不羁，曲尽文家操纵之妙。"○刘曰："忽出忽入，忽主忽宾，忽浅忽深，忽断忽续，而纳履一事，止随文带出，更不正讲，尤为神妙。"

《留侯世家》："太史公曰：余以为其人计魁梧奇伟，至见其图，状貌如妇人好女，盖孔子曰：以貌取人，失之子羽。留侯亦云。"《集解》引应劭曰："魁梧，丘虚壮大之意。"王怀祖《读书杂志》四之十六曰："魁梧皆大也，梧之言吴也。《方言》（十三）曰：吴，大也。"○呜呼，郎本、《文鉴》作而愚以为四字。

上皇帝书

《宋史·苏轼传》曰："权开封府推官，会上元，敕府市浙灯，且令损价。轼疏言陛下岂以灯为悦，此不过以奉二宫之欢耳。然百姓不可户晓，皆谓以耳目不急之玩，夺其口体必用之资，此事至小，体则甚大，愿追还前命，即诏罢之。时安石创行新法，轼上书论其不便曰：臣之所欲言者，三言而已"云云。郎晦之注曰："公尝有杭州召还乞郡状云：王安石新得政，变易法度，臣欲具论安石所为不可施行状，然未测圣意待臣浅深，因上元有旨买灯四千椀，有司无状，亏减市贾，臣即上书论奏，神宗大喜，即时施行，以此少知神宗圣明，能受尽言，上疏六千馀言，极论新法不便。又于哲宗朝，有辩试馆职策问劄子云，臣事神宗，蒙召对访问，退而上书数万言，大抵皆劝神宗忠恕仁厚，含垢纳污，屈己以裕人。公前后所言，皆谓此书。"○《文粹》《文诀》《文编》、茅选皇帝上有神宗二字，郎本作上神宗皇帝，而建类曰"万言书"，今依七集，《奏议》《文鉴》《正宗》、姚选皆同。

熙宁四年二月日殿中丞直史馆判官告院权开封府推官臣苏轼，谨昧万死再拜上书皇帝陛下，臣近者不度愚贱，辄上封章，言买灯事。汪曰："就前事列入。"自知渎犯天威，罪在不赦。席藁私室，以待斧钺之诛。而侧听逾旬，威命不至。问之府司，则买灯之事，寻已停罢。乃知陛下不惟赦之，又能听之，惊喜过望，以至感泣。何者？改过不吝，从善如流，此尧、舜、禹、汤之所勉强而力行，秦、汉以来之所绝无而仅有。顾此买灯毫发之失，岂能上累日月之明？而陛下翻然改命，曾不移刻。茅曰："婉言而入。"则所谓智出天下，而听于至愚，威加四海，而屈于匹夫，臣今知陛下可与为尧、舜，可与为汤、武，可与富民而措刑，可与强兵而伏戎虏矣。有君如此，其忍负之？惟当披露腹心，捐弃肝脑，尽力所至，不知其他。乃者臣亦知天下之事，有大于买灯者矣。而独区区以此为先者，盖未信而谏，圣人不与，交浅言深，君子所戒。是以试论其小者，而其大者，固将有待而后言。今陛下果赦而不诛，则是既已许之矣。许而不言，臣则有罪，是以愿终言之。茅曰："以上数转，无限悽惋曲折。"曾曰："篇首三百馀字，失之冗漫。汉唐制科对策，往往如此。"臣之所欲言者三，愿陛下结人心，厚风俗，存纪纲而已。茅曰："结人心在无兴事，厚风俗在无轻用新进喜事之人，存纪纲在任台谏以持公义。"○曾曰："以上总起。"

熙宁四年至皇帝陛下三十八字，各本多删改，今依《奏议》及郎本，又二本日上皆空一字。○《苏轼传》曰："父丧除还朝，适王安石执政，素恶其议论异己，以判官告院。"又曰："安石不悦，命权开封府推官，将困之以事，轼决断精敏，声闻益远。"《职官志》曰："吏部官告院主管官一员，以京朝官充，旧制提举一人，以知制诰充，判院一人，以带职京朝官充，掌吏兵勋封官告，以给妃嫔王公文武品官内外命妇及封赠者，各以本司告身印印之，文臣用吏部，武臣用兵部，王公及命妇用司封，加勋用司勋，官制行，四选皆用吏部印，惟蕃官则用兵部印记，凡绫纸幅数，标轴名色，视其品之高下，应奏钞画闻者给之。"又曰："开封府其属有判官、推官四人，日视推鞫，分事以治，而佐其长。"王宗稷《东坡先生年谱》曰："神宗皇帝熙宁二年己酉，先生年三十四，还朝，监官告院。四年辛亥，摄开封府推官。"○子瞻有《谏买灯状》。○《史记·吴王濞传》曰："胶西王乃袒跣席藁饮水谢太后。"郎注曰："言将就刑戮，故席藁草。"○《书》伪古文《仲虺之诰》曰："改过不吝。"《左》昭十三年："叔向曰：齐桓从善如流。"○《礼记·中庸篇》曰："或勉强而行之。"○《孟子·万章上》："伊尹曰：吾岂若使是君为尧、舜之君哉？"《公孙丑下》："尹士曰：不识王之不可以为汤、武，则是不明也。"○臣亦知，《奏议》无亦字。○《论语·子张篇》："子夏曰：君子信而后劳其民，未信则以为厉己也；信而后谏，未信则以为谤己也。"《赵策》四："冯忌请见赵王，行人见之，冯忌接手免首欲言而不敢，王问其故。对曰：客有见人于服子者，已而请其罪。服子曰：公之客独有三罪，望我而笑，是狎也；谈语而不称师，是倍也；交浅而言深，是乱也。"《淮南·齐俗篇》作宓子，宓、服字通。许注曰："宓子，子贱也。"

人莫不有所恃，人臣恃陛下之命，故能役使小民；恃陛下之法，故能胜伏强暴。至于人主所恃者谁欤？《书》曰："予临兆民，懔乎若朽索之驭六马。"言天下莫危于人主也。聚则为君臣，散则为仇雠。聚散之间，不容毫厘。故天下归往谓之王，人各有心谓之独夫。由此观之，人主之所恃者，人心而已。人心之于人主也，如木之有根，如灯之有膏，如鱼之有水，如农夫之有田，如商贾之有财。木无根则槁，灯无膏则灭，鱼无水则死，农夫无田则饥，商贾无财则贫，人主失人心则亡。沈曰："叠用引喻，注出此句，是添力法。"汪曰："即搭上正意，与五喻作一样句法，得此反笔，洗发痛切。"此理之必然，不可逭之灾也。其为可畏，从古以然。苟非乐祸好亡，狂易丧志，孰敢肆其胸臆，轻犯人心乎？昔子产焚载书以弭众言，赂伯石以安巨室，以为众怒难犯，专欲难成。而孔子亦曰："信而后劳其民，未信则以为厉己也。"唯商鞅变法，不顾人言，虽能骤至富强，亦以召怨天下，使其民知利而不知义，见刑而不见德。虽得天下，旋踵而亡。至于其身，亦卒不免。负罪出走，而诸侯不纳；车裂以徇，而秦人莫哀。君臣之间，岂愿如此？宋襄公虽行仁义，失众而亡。田常虽不义，得众而强。是以君子未论行事之是非，先观众心之向背。谢安之用诸桓未必是，而众之所乐，则国以乂安；庾亮之召苏峻未必非，而势有不可，则反为危辱。自古及今，未有和易同众而不安，刚果自用而不危者也。汪曰："收古事列出时事。"○曾曰："以上浑言结人心，以下胪到〔列〕失人心之事。"

有所恃，《文粹》无所字。○胜伏，《奏议》伏作服。○所恃者谁欤，《奏议》无欤字。○《书》伪古文《五子之歌》曰："予临兆民，懔乎若朽索之驭六马。"伪孔传曰："十万曰亿，十亿曰兆，言多。懔，危貌；朽，腐也。腐索驭六马，言危惧甚。"案：《奏议》懔作凛，今依郎本及《文粹》，《正宗》同。《说文》曰："癛，寒也。"凛、懔皆后出字。○君臣，《奏议》、郎本臣作民。○《穀梁》庄三年曰："其曰王者，民之所归往也。"《易乾凿度》卷上曰："王者天下所归往。"《吕氏春秋·下贤篇》曰："王也者，天下之往也。"《春秋繁露·灭国篇》曰："王者，民之所往。"《韩诗外传》五曰:"王者,往也,天下往之谓王。"《风俗通·皇霸篇》引《书大传》曰:"王者,往也,为天下所归往也。"《白虎通·号篇》曰:"王者往也,天下所归往。"《说文》曰:"王,天下所归往也。"○《书》伪古文《泰誓上》曰:"受有臣亿万,惟亿万心。"又《泰誓下》曰:"独夫受。"农夫,《奏议》无夫字,《文诀》《文编》、茅选饥(飢)作饥(饑)。○此理之必然,《文粹》然下有也字。《文鉴》《正宗》作此必然之理,《文诀》《文编》、茅选作此必然之理也。○《书》伪古文《太甲下》曰:"自作孽,不可逭。"(《孟子·公孙丑上》《离娄上》引逭皆作活。《礼记·缁衣篇》引作逭,上有以字。)伪孔传曰:"孽,灾;逭,逃也。"○好亡,郎本、《文粹》亡作狂,《文编》、茅选同。○《周礼·天官·阍人》郑注曰:"怪民狂易。"《释文》曰:"易,以豉反。"郎本、《文粹》狂作轻。《文编》《茅选》同。又茅选丧作失。○埶敢,《奏议》、郎本埶上有则字,《文粹》埶作拒,《文编》、茅选同。○轻犯人心乎,《奏议》、郎本无乎字。○《左》襄十年曰:"子孔当国,为载书以位序听政辞,大夫诸司门子弗顺,将诛之。子产止之,请为之焚书,子孔不可。子产曰:众怒难犯,专欲难成。合二难以安国,危之道也,不如焚书以安众。乃焚书于仓门之外,众而后定。"《左》襄三十年曰:"子产为政,有事伯石,赂与之邑。子太叔曰:国皆其国也,奚独赂焉?子产曰:无欲实难,皆得其欲,以从其事,而要其成,非我有成,其在人乎?何爱于邑?邑将焉往?郑书有之曰:安定国家,必大焉先,姑先安大,以待其所归。既伯石惧而归邑,卒与之。"杜注曰:"伯石,公孙段。"○孔子亦曰信而后劳其民,未信则以为厉己也。此《论语·子张篇》子夏之言,子瞻盖误引为孔子,上云圣人不与,即误为孔子之证。惟郎本作子夏,虽是,疑后人所改也。○《史记·商君传》曰:"孝公既用卫鞅,鞅欲变法,恐天下议己。卫鞅曰:疑行无名,疑事无功。且夫有

卷八 宋文二十首

高人之行者，固见非于世；有独知之虑者，必见敖于民。愚者闇于成事，知者见于未萌。民不可以虑始，而可与乐成。论至德者，不和于俗；成大功者，不谋于众。是以圣人苟可以强国，不法其故；苟可以利民，不循其理。孝公曰：善。"又互见《志林·始皇扶苏篇》注。○旋踵而亡，《奏议》亡作失，下有也字。○秦人莫哀，《秦策》一曰："商君归还，惠王车裂之，而秦人不怜。"馀见曾子固《战国策序》注。○《史记·宋世家》曰："襄公之时，修行仁义，欲为盟主。"《穀梁传》僖二十三年曰："兹父之不葬何也？（兹父，襄公名。不葬，谓《春秋》不书其葬。）失民也。其失民何也？以其不教民战，则是弃其师也，为人君而弃其师，其民孰以为君哉？"○《史记·田敬仲完世家》曰："田常复修釐子之政，以大斗出贷，以小斗收，齐人歌之曰：妪乎采芑，归乎田成子！"《庄子·胠箧篇》曰："故田成子有乎盗贼之名而身处尧、舜之安，小国不敢非，大国不敢诛，十二世有齐国。"○《晋书·谢安传》曰："时苻坚强盛，安遣弟石及兄子玄等应机征讨，玄等既破坚，安以总统功进拜太保，是时桓冲既卒，荆、江二州并缺，物论以玄勋望，宜以授之。安以父子皆著大勋，恐为朝廷所疑，又惧桓氏失职，桓石虔复有沔阳之功，乃以桓石民为荆州，改桓伊于中流，石虔为豫州，既有三桓据三州，彼此无怨，各得所任。"○《晋书·庾亮传》曰："亮字元规，明穆皇后之兄也。徙中书令。太后临朝，政事一决于亮。亮任法裁物，颇失人心。会南顿王宗谋废执政，亮杀宗而废宗兄羕，天下咸以亮翦削宗室。琅邪人卞咸，宗之党也，与宗俱诛。咸兄阐亡奔苏峻，亮符峻送阐，而峻保匿之。峻又多纳亡命，专用威刑。亮知峻必为祸乱，征为大司农，举朝谓之不可，平南将军温峤亦累书止之，皆不纳。峻遂与祖约俱举兵反，峻乘胜至于京都，诏假亮节都督征讨诸军事，战于建阳门外，军未及陈，士众弃甲而走，亮携其三弟怿、條、翼南奔温峤。"○及今，《正宗》及作迄，姚选同。

今陛下亦知人心之不悦矣，汪曰："入时事，即陡然从失人心说起，下方说出实事，笔意飘忽。"中外之人，无贤不肖，皆言祖宗以来，治财用者，不过三司使副判官。经今百年，未尝阙事。今者无故又创一司，号曰制置三司条例。汪曰："首论设条例司之失，盖条例司是纲，水利、雇役、青苗、均输，乃条例司所行之事，则其目也。"使六七少年，日夜讲求于内，使者四十馀辈，分行营干于外。造端宏大，民实惊疑；创法新奇，吏皆惶惑。汪曰："含下水利、雇役、青苗、均输。"贤者则求其说而不可得，未免于忧；小人则以其意度朝廷，遂以为谤。汪曰："分出贤者、小人二者，以见人心皆怨。然却重在小人之谤一节，谤即人言也，其后谤字从此生出。"谓陛下以万乘之主而言利，谓执政以天子之宰而治财。商贾不行，物价腾踊。近自淮甸，远及川蜀，喧传万口，论说百端，或言京师正店，议置监官；夔路深山，当行酒禁。拘收僧尼常住；减刻兵吏廪禄。如此等类，不可胜言。而甚者至以为欲复肉刑。斯言一出，民且狼顾。陛下与二三大臣亦闻其语矣，然而莫之顾者。汪曰："与上'亦知人心不悦'相应，所谓人言不足恤也。"徒曰我无其事，又无其意，何恤于人言？汪曰："先代为分解。"夫人言虽未必皆然，而疑似则有以致谤。人必贪财也，而后人疑其盗；人必好色也，而后人疑其淫。汪曰："说疑似之致谤极痛切。篇中凡议论譬喻引证，多用双行，是陆宣公奏议体。"何者？未置此司，则无此谤。岂去岁之人皆忠厚，而今岁之人皆虚浮？孔子曰："工欲善其事，必先利其器。"又曰："必也正名乎！"今陛下操其器而讳其事，有其名而辞其意。虽家置一喙以自解，市列千金以购人，人必不信，谤亦不止。夫制置三司条例司，求利之名也。六七少年与使者四十馀辈，求利之器也。驱鹰犬而赴林薮，语人曰：我非猎也。不如放鹰犬而兽自驯。操罔罟而入江湖，语人曰：我非渔也。不如捐罔罟而人自信。沈曰："篇中引喻，往往双行。"汪曰："就喻意引出条例司之当罢。"或曰："善言事者，每于最难明之处，设譬喻以明之，东坡诗文皆以此擅长。"故臣以为消谗慝以召和气，汪曰："人言。"复人心而安国本，汪曰："人心。"则莫若罢制置三司条例司。夫陛下之所以创此司者，不过以兴利除害也。汪曰："再原其立此司之意，而言其当罢。"使罢之而利不兴，害不除，则勿罢。罢之而天下悦，人心安，兴利除害，无所不可，则何苦而不罢？陛下欲去积弊而立法，必使宰相熟议而后行。事若不由中书，则是乱世之法。圣君贤相，夫岂其然？必若立法不免由中书，熟议不免使宰相，此司之设，无乃冗长而无名？又就其职务之冗长，而言其当罢。智者所图，贵于无迹。汉之文、景，纪无可书之事；唐之房、杜，传无可载之功。而天下之言治者与文、景，言贤者与房、杜。盖事已立而迹不见；功已成而人不知。故曰，善用兵者，无赫赫之功。岂惟用兵？事莫不然。今所图者，万分未获其一也，而迹之布于天下，已若泥中之斗兽。亦可谓拙谋矣。陛下诚欲富国，择三司官属与漕运使副，而陛下与二三大臣，孜孜讲求，磨以岁月，则积弊自去而人不知。汪曰："所谓功成人不知，乃智者所图之无迹。"但恐立志不坚，中道而废。孟子有言：其进锐者其退速。若有始有卒，自可徐徐。十年之后，何事不立？孔子曰："欲速则不达，见小利则大事不成。"使孔子而非圣人，则此言亦不可用。《书》曰："谋及卿士，至于庶人。"汪曰：前言设条例司而招致人言，次言设条例司而事不由宰相，今引《书》谋及卿士至于庶人，则将事由宰相与不致人言，合并为一矣。翕然大同，乃底元吉。若逆多而从少，则静吉而作凶。今自宰相大臣，既已辞免不为，则外之议论，断亦可知。宰相人臣也，且不欲以此自污，而陛下独安受其名而不辞？非臣愚之所议也。姚曰："此处有抵巇相倾习气。"或曰："'宰相人臣也'四句，有倾轧王介甫之意。"君臣宵旰，几一年矣，而富国之效，茫如捕风。徒闻内帑出数百万缗，祠部度五千馀人耳。以此为术，其谁不能？以上论制置三司条例司之当罢。

《宋史·神宗纪》曰："熙宁二年二月庚子，以王安石参知政事。甲子，陈升之、王安石创置三司条例，议行新法。"《长编拾补》卷四曰："熙宁二年二月甲子，命知枢密院陈升之、参知政事王安石取索三司于条例文字看详，行具合行事件闻奏，别为司名曰制置三司条例。先是上问何以得陕西钱重，可积边谷，安石对曰：欲钱重当修天下开阖敛散之法，因言泉府一官，先王所以摧制兼并，均计贫弱，变通天下之财，而使利出于一孔者，以此也。上曰：诚如此，今但知有此理者已少，况欲推行？安石曰：人才难得，亦难知，使能理财，则十人之中，容有一二人败事，况所择而使者非一人，岂能无此失？上曰：自来有一人败事，则遂废厥事［所］图，此所以少成事也。故置条例司，以讲求理财之术焉。"○制置三司条例，《文诀》下有司字。○使六七少年日夜讲求于内，郎曰："安石既置三司条例，别为一局，聚新进之士数人，如曾布、吕惠卿辈，与相谋议。"案：使字或上属为句，非。○使者四十馀人分行营干于外，《长编纪事本末》卷六十八曰："熙宁二年闰十一月，条例司奏，差官提举诸路常平广惠仓，兼管勾农田水利差役事，河东、湖南、梓州、利州、夔州各二员，江西、湖北、成都府、广东、广西、福建各一员，又差官同管勾陕西、江西、湖北、成都府、广东、广西、福建各一员，并令阁门引上殿，从之。时天下常平钱谷见在一千四百万贯石，诸路各置提举二员，以朝官为之，管勾一员，京官为之，或共置二员，开封府界一员，凡四十一人。"郎曰："自王广廉而下凡四十一人，并提举其事，或为同管当官。"○则以其意度朝廷，郎本、《文粹》《正宗》无其字，意下有而字，郎本、《文粹》变下有于字，《文编》同。○减刻《文鉴》《正宗》《文诀》刻作克，《文编》、茅选同。○欲复肉刑，王见大（文诰）《苏诗总案》卷六曰："公言虽不用，而肉刑由此而寝。"案：复肉刑者，殆当时民间传闻揣测之谈，未必实有此议也。王说亦傅会。○《齐策》一："苏秦说齐宣王曰：秦虽欲深入，则狼顾，恐韩、魏之议其后也。"《汉书·食货志上》曰："失时不雨，民且狼顾。"注引李奇曰："狼性怯，走意还顾，言民见天不雨，今亦恐也。"○亦闻其语矣，郎本无矣字。○《左》昭四年：子产引《诗》曰："礼义不愆，何恤于人言？"《荀子·正名篇》引《诗》曰："礼义之不愆兮，何恤人之言兮？"《天论篇》引"何恤人之言兮"。○此谤，《奏议》此作其。○今岁之人，《正宗》《文诀》人作士，《文编》、茅选同。○《论语·卫灵公篇》："子曰：工欲善其事，必先利其器。"○《论语·子路篇》："子路问曰：卫君待子而为政，子将奚先？子曰：必也正名乎！"○夫制置三司条例司，姚曰："一作使。"步瀛案：此司字，各本无作使者，上号曰制置三司条例，下使字乃下属为句，《文编》、茅选皆读制置三司条例使，非也。姚氏既未正前失，又误注此句下，皆非是。○除害也，郎本无也字。○使罢，郎本无使字。○《职官志》曰："制置三司条例司，熙宁二年置，以知枢密院陈升之、参知政事王安石为之，而苏辙、程颢等亦皆为属官，未几，升之相，乃言条例者，有司事尔，非宰相之职，宜罢之。帝欲并归中书，安石请以枢密副使韩绛代升之焉。三年，判大名府韩琦言条例司虽大臣所领，然止是定夺之所，今不关中书，而径自行下，则是中书之外，又一中书也。五月，罢归中书。"又曰："中书省，掌进拟庶务，宣奉命令，行台谏章疏，群臣奏请，兴刱改革，及中外无法式事，应取旨事，凡除省台寺监长贰以下，及侍从职事官，外任监司节镇，知州军通判，武臣遥郡横行以上除授，皆掌之。"○《说文》曰："宂，散也。"大徐音而陇切，字亦作冗。《文选》陆士衡《文赋》：故无取乎宂长。《五臣注》宂音如勇切，长音停亮切。刘良曰："宂长谓烦多也。"○汉之文、景二句，郎曰："文、景二纪，止言劝农桑，减租赋，除肉刑，定篅令之类。"○唐之房、杜二句，《旧唐书·房杜传》曰："房乔，字玄龄，齐州临淄人。杜如晦，字克明，京兆杜陵人。"郎曰："房、杜二传，止言玄龄善谋，如晦善断，而史臣亦称其辅赞弥缝藏诸用，使人由之而不知。"（郎引见《新唐书·房杜传》。）○《孙子·军形篇》曰："故善战者之胜也，无智名，无勇功。"○漕运使副，已见王介甫《孙君墓碑》注。○《孟子·离娄下》曰："其进锐者其返速。"案：孟子，《奏议》作孟轲。○《论语·子张篇》："子夏曰：有始有卒者，其惟圣人乎！"○《论语·子路篇》曰："子夏为莒父宰，问政，子曰：无欲速，无见小利，欲速则不达，见小利则大事不成。"○《书·洪范》曰："汝则有大疑，谋及乃心，谋及卿士，谋及庶人，谋及卜筮。汝则从，龟从，筮从，卿士从，庶民从，身其康强，子孙其逢吉，龟筮共违于人，用静吉，用作凶。"伪孔传曰："安以守常则吉，动则凶。"○逆多，《奏议》《文粹》逆作违。○今自宰相大臣，《奏议》《文鉴》《文诀》今下有上字，

《文编》、茅选并同。○"今自宰相大臣"二句，郎曰："时大臣如富郑公弼、曾鲁公公亮，皆以议论不合求去。"案《宋史·神宗纪》曰："熙宁二年六月丁巳，右谏议大夫御史中丞吕诲以论王安石，罢知邓州。冬十月，富弼罢为武宁军节度使判亳州。三年三月丙申，韩琦罢河北安抚使，为大名府路安抚使。夏四月戊辰，御史中丞吕公著贬知颖州。己卯，赵抃罢，知绛州。九月庚子，曾公亮罢为司空兼侍中河阳三城节度使。癸丑，司马光罢知永兴军"，皆是。然此承制置三司条例司言，宰相大臣似指陈升之所言非宰相事也，郎注失之。○宵旰，已见刘去华《对策》注。○《汉书·郊祀志下》："谷永说上曰：诸盛称奇怪鬼神，及言世有仙人服食不终之药者，求之荡荡，如系风捕景，终不可得。"○《宋史·食货志下》八曰："熙宁二年，以发运使薛向领均输平准事，赐内藏钱五百万缗，上供米三百万石。时议虑其为扰，多以为非。向既董其事，乃请设置官属。神宗使自择之，于是辟刘忱、卫琪、孙珪、张穆之、陈倩为属，又请有司具六路岁当上供数，中都岁用，及见储度可支岁月，凡当计置几何，皆预降有司，从之。"○《职官志》曰："礼部，其属三，曰祠部，曰主客，曰膳部。祠部郎中、员外郎，掌天下祠典道释祠庙医药之政令，凡宫观寺院道释，籍其名额，应给度牒。"案：郎本无馀人二字。

且遣使纵横，本非令典。汉武遣绣衣直指，桓帝遣八使，皆以守宰狼籍，盗贼公行，出于无术，行此下策。宋文帝元嘉之政，比于文、景，当时责成郡县，未尝遣使。及至孝武，以为郡县迟缓，始命台使督之。以至萧齐，此弊不革。故景陵王子良上疏极言其事，以为此等朝辞禁门，情态即异；暮宿村县，威福便行。驱迫邮传，折辱守宰，公私烦扰，民不聊生。唐开元中，宇文融奏置劝农判官，使裴宽等二十九人并摄御史，分行天下，招携户口，检责漏田。时张说、杨玚、皇甫璟、杨相如皆以为不便，而相继罢黜。虽得户八十馀万，皆州县希旨，以主为客，以少为多。及使百官集议都省，而公卿以下，惧融威势，不敢异辞。陛下试取其传读之，观其所行，为是为否？近者均税宽恤，冠盖相望。沈曰："引近事为证。"朝廷亦旋觉其非，而天下至今以为谤。曾未数岁，是非较然。臣恐后之视今，亦犹今之视昔。且其所遣，尤不适宜。事少而员多，人轻而权重。夫人轻而权重，则人多不服，或致侮慢以兴争。事少而员多，则无以为功，必须生事以塞责。陛下虽严赐约束，不许邀功，然人臣事君之常情，不从其令而从其意。今朝廷之意，好动而恶静，好同而恶异，指趣所在，谁敢不从？臣恐陛下赤子，自此无宁岁矣。以上论遣使太多之害。

《汉书·武帝纪》曰："天汉二年，泰山琅邪群盗徐敦等阻山攻城，道路不通，遣直指使暴胜之等衣绣杖斧，分部逐捕，刺史郡守以下皆伏诛。"《百官公卿表》曰："侍御史有绣衣直指，出讨奸猾，治大狱。武帝所制，不常置。"《后汉书·顺帝纪》曰："汉安元年八月丁卯，遣侍中杜乔、光禄大夫周举、守光禄大夫郭遵、冯羡、乐巴、张纲、周栩、刘班等八人分行州郡，班宣风化，举实臧否。"案：文引作桓帝，误。郎本作顺帝，注曰："今诸本皆作威帝，疑传写之误。"案：宋避钦宗讳，以威代桓，疑原本作桓，后人避讳改为威耳。○《周礼·秋官·条狼氏》郑注曰："狼，狼扈道上。"贾疏曰："谓不洁之物在道，犹今言狼籍也。"籍、藉字通。《汉书·燕王旦传》颜注曰："籍籍，纵横貌。"○盗贼公行，郎本无此四字。○《宋书·文帝纪》曰："昔汉氏东京常称建武、永平故事，自时厥后亦每以元嘉为言，斯固盛矣。"○郎曰:"齐高帝姓萧讳道成,国号齐,故谓之萧齐。"○及至孝武,《奏议》无及字,《文编》、茅选并同。○《南齐书·武十七王·竟陵文宣王子良传》曰:"宋世元嘉中,皆责成郡县,孝武征求急速,以郡县迟缓,始遣台使,自此公役劳扰。太祖践阼,子良陈之曰:前台使督逋切调,恒闻相望于道,及臣至郡,亦殊不疎。凡此辈使人,既非详慎憩顺,或贪险崎岖,要求此役。朝辞禁门,情态即异,暮宿村县,威福便行,但令朱鼓裁完,铍槊微具,顾眄左右,叱咤自专,摘宗断族,排轻斥重,胁遏津埭,恐喝传邮,破冈水逆,商旅半引,逼令到下,先过己船,浙江风猛,公私畏渡,脱舫在前,驱令俱发。呵哕行民,固其常理,侮折守宰,出变无穷。既瞻郭望境,便飞下严符,但称行台,未显所督,先诃强寺,却摄群曹,开亭正榻,便振荆革。其次绛标寸纸,一日数至,征村切里,俄刻十催,四乡所召,莫辨枉直,孩老士庶,具令付狱。或尺布之逋,曲以当匹,百钱馀税,且增为千。或诳应质作尚方,寄系东冶,万姓骇迫,人不自固。愚谓凡诸检课,宜停遣使。"景陵,姚曰:"竟字避宋讳改景。"步瀛案:宋翼祖名敬,竟盖嫌名耳。南齐郢州竟陵郡治竟陵县,在今湖北天门县西北。○村县,各本村作州,《奏议》作村,与《南齐书》合,今从之。○极言其事,郎本事作弊。○以为,郎本为作谓。○烦扰,《奏议》烦作劳。○民不聊生,《秦策》一:"苏秦说惠王曰:民无所聊。"《秦策》四:"黄歇说昭王曰:百姓不聊生。"高注曰:"聊,赖。"○《通典·食货》七曰:"开元九年正月,监察御史宇文融陈便宜,奏检察伪滥,兼逃户及籍外賸田,于是令融充使推勾,获伪勋及诸色役甚众,特加朝散大夫,再迁兵部员外郎兼侍御史。融遂奏置劝农判官,长安尉裴宽等二十九人,并摄御史,分往天下,所在检责田畴,招携户口。其新附客户,则免其六年赋调,但轻税入官。"原注:二十九人,慕容珣、王冰、张均、宋希玉、宋珣、韦治、薛侃、乔梦松、王诱、徐楚璧、徐谔、裴宽、岑希逸、边仲寂、班景倩、郭廷倩、元将茂、刘白正、王焘、于儒卿、王忠翼、何千里、梁勋、卢恰、库狄履温、贾晋、李登、盛廙等，皆知名士，判官得人，于此为盛。其后多至显秩。《新唐书·宇文融传》亦作二十九人，《旧唐书》融传及《通鉴·唐纪》二十八并作十人。○并摄御史，郎本无此四字。○《旧唐书·宇文融传》曰："阳翟尉皇甫璟、左拾遗杨相如上书，咸陈括客为不便，上方委任融，侍中源乾曜及中书舍人陆坚皆赞成其事，乃贬璟为盈川尉。于是诸道括得客户凡八十馀万，田亦称是，州县希融旨意，务于获多，皆虚张其数，亦有以实户为客者。岁终征得客户钱数百万，融由是擢拜御史中丞。言事者犹称括客损居人，上令集百寮于尚书省议，公卿已下，惧融恩势，皆雷同不敢有异词。唯户部侍郎杨玚独建议以括客不利居人，征籍外田税，使百姓困弊，所得不补所失。无几，玚出为外职。"又曰："中书令张说素恶融之为人，又患其权重，融之所奏，多建议争之。融揣其意，先事图之，融寻兼户部侍郎，从东封还，又密陈意见，分吏部为十铨，典选事，所奏又为说所抑。融乃与御史大夫崔隐甫连名劾说，廷奏其状，说由是罢知政事。"○试取其传，《奏议》、郎本无此四字。《文鉴》《文诀》《文编》、茅选皆有之。传下并有而字，今依《文粹》《正宗》。○郎曰："仁宗嘉祐四年，遣使均田减税。五年，又遣使分行天下，访宽恤民力事。"案《长编》百九十曰："嘉祐四年八月己丑，自郭谘均税之法罢，论者谓朝廷徒恤一时之劳，而失经远之虑，其后田京知沧州，均无棣田，蔡挺知博州，均聊城、高唐田，岁增赋谷帛之类，无棣总千一百五十二，聊城、高唐总万四千八百七十四，既而或言沧州民不以为便，诏谕如旧。是日复遣职方员外郎孙琳、都官员外郎林之纯、屯田员外郎席汝言、虞部员外郎李凤、秘书丞高本分往诸路均田，从中书门下奏请也。本独以为田税之制，其废已久，不可复均。朝廷亦不遽止，虽均数郡田，其于天下不能尽行。"百九十一曰："五年六月乙亥，遣官分行天下，访宽恤民力事。"原注曰："五月丁酉，初置司。张耒《明道杂志》曰：韩魏公当国，遣使出诸道，以宽恤民力为名，既行，魏公大悔之，每见外来宾客，必问宽恤使者不扰郡县否，意恐诏使骚扰，民重不安也。无几皆罢之。此事当考。今云安军下岩寺有石刻荣州资官令孔嗣宗奉诏宽恤民力。嘉祐六年十月十五日过此。不知竟用何时罢遣宽恤使者，然则耒所称无几，盖不然也。"步瀛案：苏子由《颍滨遗老传》曰："昔嘉祐末，使宽恤诸路，事无所措，行者各务生事，既还奏，例多难行，为天下笑。"又见《宋史·苏辙传》。其言嘉祐末者，似至七八年犹未罢也。李氏说是。○《史记·魏公子传》曰："平原君使者冠盖相属于道。"《汉书·食货志下》曰："使者分部护，冠盖相望。"○王逸少《兰亭集叙》曰："后之视今，亦犹今之视昔。"案《文粹》《文鉴》《正宗》《文诀》《文编》、茅选皆无亦字。○约束，郎本作束约。○《管子·法法篇》曰："凡民从上也，不从口之所言，从情所好者也。"○指趣，《正宗》趣作意。

　　至于所行之事，行路皆知其难。汪曰："二句总冒下水利、雇役、青苗、均输之难行而言，非只指遣使所言水利也。"何者？汴水浊流，自生民以来，不以种稻。秦人之歌曰："泾水一石，其泥数斗；且溉且粪，长我禾黍。"何尝曰长我粳稻耶？今欲陂而清之，万顷之稻，必用千顷之陂，一岁一淤，三岁而满矣。陛下遽信其说，即使相视地形。万一官吏苟且顺从，真谓陛下有意兴作，上縻帑廪，下夺农时，隄防一开，水失故道。虽食议者之肉，何补于民？茅曰："慨切。"天下久平，民物滋息。四方遗利，盖略尽矣。今欲凿空寻访水利，所谓即鹿无虞。岂惟徒劳，必大烦扰？汪曰："京汴水而推及天下。"凡所擘画利害，不问何人，小则随事酬劳，大则量材录用。若官私格沮，并行黜降，不以赦原。若材力不办兴修，便许申奏替换。赏可谓重，罚可谓轻。然并终不言诸色人妄有申陈，或官私误兴功役，当得何罪？如此，则妄庸轻剽浮浪奸人，自此争言水利矣。成功则有赏，败事则无诛，官司虽知其疎，岂可便行抑退？所在追集老少，相视可否，吏卒所过，鸡犬一空。若非灼然难行，必须且为兴役。何则？格沮之罪重，而误兴之过轻。人多爱身，势必如此。且古陂废堰，多为侧近冒耕。岁月既深，已同永业。苟欲兴复，必尽追收。人心或摇，甚非善政。汪曰："又钩勒失人心。"又有好讼之党，多怨之人，妄言某处可作陂渠，规坏所怨田产；或指人旧业，以为官陂。冒佃之讼，必倍今日。臣不知朝廷本无一事，何苦而行此哉？曾曰："以上论兴水利。"

《元丰九域志》：东京开封府开封、陈留、雍丘、中牟、襄邑等县，并注云：有汴河。南京应天府宋城、宁陵、谷熟、下邑等县，并注云：有汴水。《清一统志》曰："河南开封府：汴河源出荥阳，为蒗荡渠，东曰官渡水，曰阴沟，曰汳水，曰浚仪渠，今大河所经，即古汴水故道。"〇浊流，《奏议》作独流。〇《汉书·沟洫志》曰："大始二年，赵中大夫白公穿渠引泾水注渭中，袤二百里，溉田四千五百余顷，因名曰白渠，民得其饶，歌之曰：田于何所？池阳、谷口。郑国在前，白渠起后。举雷为云，决渠为雨。泾水一石，其泥数斗。且溉且粪，长我禾黍。"〇何尝曰，《奏议》、郎本曰作言。〇粳稻，粳当作秔，《说文》曰："秔，稻属，从禾亢声，或从更声。"粳，秔之或体字，作粳非。〇遽信，《奏议》遽作遂。〇郎曰："熙宁二年闰十一月，提举侯叔献言开封府界夹汴河，公私废田，乞置斗门，泄其馀水，分为支渠，及引京索河并三十六陂水以灌溉之，则环畿甸间，岁可得谷百万斛。乃命叔献提举开封府界，则遽信其说者，指叔献也。"○顺从，郎本顺作信。○上縻，《正宗》《文诀》縻作糜。案：縻、糜皆糠之通借字。○《左》宣十二年曰："楚闻晋师既济，王欲还，嬖人伍参欲战，令尹孙叔敖弗欲，曰：战而不捷，参之肉其足食乎？"○郎曰："熙宁二年，命刘彝等八人分遣诸路，相度农田水利。"案《汉书·张骞传》曰：西北国始通于汉，然骞凿空，诸后使往者，皆称博望侯，以为质于外国。"注苏林曰："凿，开也。"颜曰："空，孔也，犹言始凿其孔穴也。"《长编》二百二十七：熙宁四年十月壬子，颁募役法。"原注曰："条例司乞选官分行天下，《实录》在二年四月二十一日，于是遣八人者出使。"又《编年备要》载八人者，为刘彝、谢卿材、王广廉、侯叔献、程颢、卢秉、王汝翼、曾伉。○寻访，《奏议》《文粹》作访寻，《文编》、茅选同。○《易·屯卦》六三《爻辞》曰："即鹿无虞。"孔疏曰："即，就也，虞谓虞官。如人之田猎，欲从就于鹿，当有虞官助己，乃始得鹿；若无虞官，即虚入于林木之中，必不得鹿。"○凡所擘画利害，《奏议》所作有，又无利害二字。○并行，郎本、《文粹》并下皆有重字。○不办，《正宗》《文编》办作辨。案：办（辦）、辨本一字，当作办，已见王介甫《上仁宗书》注。○便许申奏替换，郎曰："农田利害条约云：言事人并籍定姓名事件，候施行讫，随功利大小酬奖，其兴利大者，当议量材录用。至四年六月，诏应管干官等妄有沮废，并重行黜降，亦不在去官及赦原之限。又云：用工致多县分，若知县材力不办，即许申奏对换，或则举官，或替下官。"○谓轻，《文粹》轻作深，《文编》同。○然并终，郎本无并字。○功役，郎本功作工。○《汉书·地理志》颜注曰："剽，急也，轻也，音频妙反，又音疋妙反。"《隋唐·食货志》曰："北齐河清四年，每丁给永业二十亩为桑田。"○《文选·东京赋》薛注曰："规，图也。"○《汉书·韩安国传》颜注曰："佃，治田也。"案《奏议》佃作田。

自古役人，必用乡户。犹食之必用五谷，衣之必用丝麻，济川之必用舟楫，行地之必用牛马。虽其间或有以他物充代，然终非天下所可常行。今者徒闻江、浙之间，数郡雇役，而欲措之天下。是犹见燕、晋之枣栗，岷、蜀之蹲鸱，而欲以废五谷，岂不难哉？先浑言雇役之难行。又欲官卖所在坊场，以充衙前雇直。虽有长役，更无酬劳。长役所得既微，自此必渐衰散。则州郡事体，憔悴可知。士大夫捐亲戚，弃坟墓，以从宦于四方者，宣力之馀，亦欲取乐。此人之至情也。若凋弊太甚，厨传萧然，则似危邦之陋风，恐非太平之盛观。陛下诚虑及此，必不肯为。此言官卖坊场，以充雇直之非。且今法令莫严于御军，军法莫严于逃窜，禁军三犯，厢军五犯，大率处死。然逃军常半天下。不知雇人为役，与厢军何异？若有逃者，何以罪之？其势必轻于逃军，则其逃必甚于今日。为其官长，不亦难乎？此言雇役必有逃亡之患。近者虽使乡户颇得雇人，然至于所雇逃亡，乡户犹任其责。今遂欲于两税之外，别立一科，谓之庸钱，以备官雇，则雇人之责，官所自任矣。汪曰："此承上而言，使乡户任所雇逃亡之责，乡户固为累无已。今若另取庸钱以备官雇，则官自任雇人之责，而可免乡户之累，然却是于常税之外，又生出科名。"自唐杨炎废租庸调以为两税，取大历十四年应干赋敛之数，以定两税之额。则是租调与庸，两税既兼之矣。今两税如故，奈何复欲取庸？圣人立法，必虑后世，岂可于两税之外，别立科名？万一不幸，后世有多欲之君，辅之以聚敛之臣，庸钱不除，差役仍旧。使天下怨毒，推所从来，则必有任其咎者矣。此言两税外别取庸钱，以备官雇之非。又欲使坊郭等第之民，与乡户均役；品官形势之家，与齐民并事。其说曰：周礼田不耕者出屋粟，宅不毛者有里布，而汉世宰相之子不免戍边。此其所以藉口也。古者官养民，今者民养官。给之以田而不耕，劝之以农而不力。于是乎有里布屋粟大家之征，而民无以为生，去为商贾。事势当尔，何名役之？且一岁之戍，不过三日，三日之雇，其直三百。今世三大户之役，自公卿以降，无得免者。其费岂特三百而已？大抵事若可行，不必皆有故事。若民所不悦，俗所不安，纵有经典明文，无补于怨。若行此二者，必怨无疑。此言坊郭之民，与乡户均役，品官之家，与齐民并事之非。女户单丁，盖天民之穷者也。古之王者，首务恤此，而今陛下首欲役之。此等苟非户将绝而未亡，则是家有丁而尚幼。若假之数岁，则必成丁而就役，老死而没官。富有四海，忍不加恤？此言役及女户单丁之非。曾曰："以上论雇役。"

《宋史·食货志上》五曰："宋因前代之制，以衙前主官物，以里正户长乡书手课督赋税，以耆长弓手壮丁逐捕盗贼，以承符人力手力散从官给使令。县曹司至押录，州曹司至孔目官，下至杂职虞候拣掐等人，各以乡户等第定差。京百司补史，须不碍役乃听。建隆中，京西转运使程能请定诸州户为九等，著于籍，上四等量轻重给役，馀五等免之。后有贫富，随时升降，诏加裁定。淳化五年，始令诸县以第一等户为里正，第二等户为户长，勿冒名以给役。"○舟楫，《正宗》《文诀》楫作航。○《宋史·

食货志上》五曰："熙宁元年，知谏院吴充言，今乡役之中，衙前为重，民间规避重役，土地不敢多耕，而避户等，骨肉不敢义聚，而惮人丁。故近年上户寖少，中下户寖多。役使频仍，生资不给，则转为工商，不得已而为盗贼。宜早定乡役利害，以时施行。后帝阅内藏库奏，有衙前越千里输金七钱，库吏邀乞，逾年不得还者，帝重伤之。乃诏制置条例司讲立役法。二年，条例司言，使民出钱雇役，即先王致民财以禄庶人在官者之意，愿以条目，遣官分行天下，博尽众议。于是条谕诸路曰：衙前既用重难分数，凡买扑酒税坊场，旧以酬衙前者，从官自卖，以其钱同役钱，随分数给之。其厢镇场务之类，旧酬奖衙前，不可令民买占者，即用旧定分数，为投名衙前酬奖，如部水陆运，及领仓驿场务公使库之类，其旧烦扰且使陪备者，今当省使母费，承符散从官等，旧苦重役偿欠者，今当改法除弊，庶使无困。凡有产业物力，而旧无役者，今当出钱以助役。久之，司农寺言：今立役条所宽优者，皆村乡朴悫不能自达之穷甿，所裁取者，乃仕宦兼并能致人言之豪右。若经制一定，则衙司县吏，无以施诛求巧舞之奸，故新法之行，尤所不便。欲先自一两州为始，候其成就，即令诸州军仿视施行。若实便百姓，当特奖之。诏可，于是提点府界公事赵子几奏上府界所在条目，下之司农，诏判寺邓绾、曾布更议之。绾、布言畿内乡户计产业若家资之贫富上下，分为五等，岁以夏秋，随等输钱。乡户自四等，坊郭自六等，以下勿输，两县有产业者，上等各随县，中等并一县输，析居者随所析而定，降其等，若官户、女户、寺观、未成丁减半输。皆用其钱募三等以上税户代役，随役重轻制禄。然输钱计等高下，而户等著籍，昔缘巧避失实，乃诏责郡县，坊郭三年，乡村五年，农隙集众，稽其物产，考其贫富，察其诈伪，为之升降，若故为高下者，以违制论。募法士，三人相任，衙前仍供物产为抵，弓手试武艺，典史试书计，以三年或二年乃更，为法既具，揭示一月，民无异辞,著为令。令下,募者执役,被差者得散去。开封一府,罢衙前八百三十人,畿县乡役数千,遂颁其法于天下。天下土俗不同,役轻重不一,民贫富不等,从所便为法。凡当役人户,以等第出钱,名免役钱,其坊郭等第户及未成丁单丁女户寺观品官之家,旧无色役而出钱者,名助役钱。凡敛钱先视州若县应用雇直多少,随户等均取雇直,既已足用,又率其数,增取二分,以备水旱欠阁,虽增毋得过二分,谓之免役宽剩钱。"○《文诀》浙作浙同。○《史记·货殖传》曰:"安邑千树枣,燕秦千树栗,其人皆与千户侯等。"案:安邑汉属河东郡,春秋时属晋。○《史记·货殖传》曰:"蜀卓氏曰:吾闻汶山之下沃野,下有蹲鸱,至死不饥。"案《汉书·货殖传》汶作峧。《说文》曰:"崏,山也,在蜀湔氐西徼外。"字亦作岷,作嶓,作岐,作崛,作䃣,《史记》借汶字为之。又《汉书》蹲作踆,义同。《文选·蜀都赋》曰:"蹲鸱所伏。"刘渊林注曰:"蹲鸱,大芋也。"○《宋史·王安石传》曰:"又令民封状增价以买坊场。"案:宋役法,以衙前主官物,衙前典幹仓库场务纲运,役最繁,故以坊场钱酬其劳。至是酒税坊场从自卖,以其钱同役钱随分数给之。坊场,墟市;坊场钱,即市租也。《鸣原堂论文》卷下曰:"衙前犹差总之名也。凡县有大役,如运送官物钱粮之类,则责成衙前为夫役之总,故宋时派充衙前者,乡之富民立即贫穷。韩魏公、司马温公皆有疏论之,王荆公以坊场为衙前之雇价,较之前此全不给钱者,已稍优矣。"○《书·益稷》:"帝曰:予欲宣力四方,汝为。"(伪古文《皋陶谟》分为《益稷》。)案:宣力,《奏议》作用力。○凋弊,《奏议》凋作彫,乃通借字。《文鉴》弊作敝,案皆㡀之通借字。○厨传,《广韵》三十三线曰:"传,驿马,知恋切。"○《文献通考·职役》一曰:"介甫之行新法,其意勇于任怨,而不为毁誉所动,然役法之行,坊郭品官之家,尽令输钱,坊场酒税主人,尽归助役,故士夫豪右不能无怨,而实则农民之利。此神宗所以有'于百姓何所不便'之说，而潞公所谓'与士大夫治天下，非与百姓治天下'，与东坡所谓'凋弊太甚，厨传萧然'，皆介甫所指以为流俗干誉，不足恤者，是岂足以绳其偏而救其弊乎？"○陛下诚虑及此，必不肯为，郎本无此十字，《正宗》诚作试。○《宋史·兵志》一曰："天子之兵，以守京师，备征戍，曰禁军；诸军之镇兵，以分给役使，曰厢军。"○今遂欲于，郎本无欲于二字。○郎曰："熙宁四年五月壬辰，司农寺以免役法颁天下。初旧法应三等以上税户，差役充衙前胥吏等，而州郡以衙前掌宾厨驿传之类，多破家，故役法弊。至是五等户皆输钱入官以募役，又以其赢入常平司，自是衙前抵当轻，主挽重，多失陷官物，而民间输钱，顿苦其扰。故公与杨绘、刘挚等皆论列之。然王安石、曾布主之甚力，故法卒行。"或曰："王荆公新法，惟雇役为善政，当日诸君子亦争之不已，厥后司马温公改雇役，仍为差役，东坡又力争之。雇役犹今军中雇募民夫，给与饭钱也；差役犹今掳人当夫，不给钱文也。"步瀛案：无论若何良法，奉行不善，难免弊生，不得谓立法之非也。雇役初行，子瞻既力言其不可行，及元祐初，司马光罢免役，子瞻又力言其不可罢，由此观之，子瞻此时所陈，实未为允矣。○《旧唐书·杨炎传》曰："德宗即位，拜门下侍郎同平章事，国家有租庸调之法，至天宝中，租庸之法弊久矣。迨至德之后，天下兵起，人户凋耗，版图空虚，凡富人多丁者，率为官为僧，以色役免，贫人无所入，则丁存。故课免于上，而赋增于下。炎因奏对，悬言其弊，乃请作两税法以一其名，曰：凡百役之费，一钱之敛，先度其数，而赋于人，量出以制入。户无主客，以见居为簿，人无丁中，以贫富为差。不居处而行商者，在所郡县，税三十之一，度所与居者，均使无侥利。居人之税，秋夏两征之，俗有不便者正之，其租庸杂徭悉省，而丁额不废。申报出入如旧式。其田亩之税率，以大历十四年垦田之数为准，而均征之。夏税无过六月，秋税无过十一月，逾岁之后，有户增而税减轻，及人散而失均者，进退长吏，而以尚书度支总统焉。德宗善而行之。"《新唐书·食货志》曰："租庸调之法，以人丁为本。自开元以后，天下户籍久不更造，丁口转死，田亩卖易，贫富升降不实。其后国家侈费无节，而大盗起，兵兴，财用益屈，而租庸调法弊坏。自代宗时，始以亩定税，而敛以夏秋，至德宗相杨炎，遂作两税法，天下之民，不土断而地著，不更版籍，而得其虚实。"○应干赋税，案：干犹言若干；奏议作下，非。○今两税如故，《奏议》无上三字，故作雇。○岂可于两税之外，郎本两作常，《文诀》《文编》、茅选同，《文鉴》两税作常赋。○别立科名，郎本、《奏议》《文粹》《文编》、茅选别立作生出，又各下有哉字，《正宗》《文诀》别立作别出。○不幸后世，《奏议》不幸二字在后世下。○《汉书·汲黯传》："黯曰：陛下内多欲而外施仁义。"○《礼礼·大学篇》："孟献曰：百乘之家，不畜聚敛之臣。"○怨毒，《史记·伍子胥传》：太史公曰："怨毒之于人甚矣。"案《文鉴》《正宗》《文诀》毒作讟。○又欲使坊郭等第之民，至与乡户均役，品官形势之家，与齐民并事，郎曰："凡此皆司农寺曾布等所陈请者。"案《宋史·食货志上》五曰："初官八品以下死者，子孙役同编户，景祐中，特诏除之。"《文献通考·职役》一曰："按乾兴元年，臣僚上言影占徭役之害，白官豪势要，以至衙前将吏，皆避役之人，请立限田之法，命官三十顷，而衙前将吏亦得占十五顷，馀者以违制论。夫均一衙前也，将吏为之，则可以占田给复，乡户为之，则至于卖产破家。然则非衙前之能为人祸也，盖官吏侵渔之毒，可施之于愚戆之乡氓，而不可施之于谙练之将吏故也。此王荆公雇役之法，所以不容不行之熙丰欤。"○《周礼·地官·载师》曰："凡宅不毛者有里布，凡田不耕者出屋粟。"注曰："郑司农云：宅不毛者，谓不树桑麻也，里布者，布参印书，广二寸，长二尺，以为币贸易物。《诗》云：抱布贸丝（《卫风·氓篇》文），抱此布也。或曰：布，泉也。《春秋传》曰：买之百两一布（《左》昭二十六年），又廛人职掌敛市之次布、儥布、质布、罚布、廛布。《孟子》曰：廛无夫里之布，则天下之民，皆悦而愿为其民矣（《公孙丑上》，其民作之氓）。故曰宅不毛者有里布。玄谓宅不毛者，罚以一里二十五家之泉；空田者，罚以三家之税粟。（小司徒考夫屋，注曰：夫三为屋。）以共吉凶二服及丧器也。贾疏引《郑志》曰：赵商问载师职，凡宅不毛乃罚以一里布，田不耕者罚屋粟，商以田不耕其罚莫重，宅不毛其罚当轻，宅不毛乃罚以二十五家之布，田不耕则罚以三家之税粟，未达罚之云为之旨，轻重之差，郑答：此法各当罚其事于当其有故，何以假他轻重乎？"案：郑君此答辞未明晰，或有敚误，而宅不毛者，出二十五家之布，后儒多疑其太重。惠天牧《礼说》、江慎修《周礼疑义举要》皆以里为里居之里，孔㢲轩《礼学卮言》更引《鲁语》"赋里以入，而量其有无"为证，释里字最碻。孙仲容《周礼正义》谓《孟子》赵注说里布，亦训里为居，则汉儒已有此说矣。里与宅同，里布即廛征，亦犹廛人之廛布，盖当依其宅占地之多少，而差其征，大约五亩之宅，以廛征二十而一之率计之，则所征里布，与田征四方畮之一数，当略相等，其所征当甚少，而郑谓不论其宅之大小，概令出二十五家之布，无此理也。江氏又谓屋粟又见《旅师》，自是当时征税之名，不知其多少。田不耕有多少，当量田而出粟，岂可限以三夫？孙氏谓亦当依常税十一至二十五等之率，计亩征其粟，以屋为井田之小成，故假以名之，其说较为近理。○《汉书·昭帝纪》注引如淳曰："更有三品，有卒更，有践更，有过更。古者正卒无常人，皆当迭为之，一月一更，是为卒更也。贫者欲得雇更钱者，次直者出钱雇之，月二千，是谓践更也。天下人皆直戍边三日，亦名为更，律所谓繇戍也。虽丞相子，亦在戍边之调，不可人人自行三日戍，又行者当自戍三日，

卷八　宋文二十首

不可往便还，因便住一岁一更，诸不行者，出钱三百入官，官以给戍者，是为过更也。"○无以为生，《奏议》以作所。○爾，尔之借字，《奏议》、郎本作耳。○《长编》二百五十四曰："熙宁七年七月，吕惠卿言，嘉祐敕造簿委令佐责户长三大司，录人户丁口税产物力为五等。"○岂特三百而已，《文粹》《文编》已下有矣字。○首欲役之，郎曰："司农寺画一陈请，云坊郭等第及未成丁单丁女户寺观品官之家，有产业物力者，自来不著名役，于理合令随等第均出助役钱。

孟子曰："始作俑者，其无后乎！《春秋》书作丘甲，用田赋，皆重其始为民患也。青苗放钱，自昔有禁。今陛下始立成法，每岁常行。虽云不许抑配，而数世之后，暴君污吏，陛下能保之欤？异日天下恨之，国史记之曰：青苗钱自陛下始，岂不惜哉？先言青苗法之难行。且东南买绢，本用见钱；陕西粮草，不许折兑。朝廷既有著令，职司又每举行。然而买绢未尝不折盐，粮草未尝不折钞。乃知青苗不许抑配之说，亦是空文。只如治平之初，拣刺义勇，当时诏旨慰谕，明言永不戍边。著在简书，有如盟约。于今几日？议论已摇。或以代还东军，或欲抵换弓手，约束难恃，岂不明哉！曾曰："买绢之初，本发见钱，后亦失信。拣刺义勇之初，本言永不戍边，后亦失信。以喻王介甫放青苗钱之初，本言不许抑配，不久亦必失信也。东坡言事，或引古事以譬之，或引近事以譬之，取其易晓。"纵使此令决行，果不抑配，计其间愿请之户，必皆孤贫不济之人。家若自有赢馀，何至与官交易？此等鞭挞已急，则继之逃亡。逃亡之馀，则均之邻保。势有必至，理行固然。此言果不抑配，而青苗法亦不可行。且夫常平之为法也，可谓至矣。所守者约，而所及者广。借使万家之邑，止有千斛，而谷贵之际，千斛在市，物价自平。一市之价既平，一邦之食自足。无操瓢乞丐之弊，无里正催驱之劳。今若变为青苗，家贷一斛，则千户之外，孰救其饥？沈曰："极言常平、青苗不两立之势。"且常平官钱，常患其少。若尽数收籴，则无借贷，若留充借贷，则所籴几何？乃知常平、青苗，其势不能两立。坏彼成此，所丧愈多。亏官害民，虽悔何逮？此言常平本善法，若行青苗，必坏常平。臣窃计陛下欲考其实，则必亦问人。汪曰："此转更塞住后路。"人知陛下方欲力行，必谓此法有利无害。以臣愚见，恐未可凭。何以明之？臣顷在陕西，见刺义勇，提举诸县，臣尝亲行。愁怨之民，哭声振野。当时奉使还者，皆言民尽乐为。希合取容，自古如此。沈曰："举亲见为例，以实欺蔽之状。"○曾曰："又以刺义勇时，民怨而帝不闻，喻青苗，亦民怨而帝不闻。"不然，则山东之盗，二世何缘不觉？南诏之败，明皇何缘不知？今虽未至于斯，亦望陛下审听而已。曾曰："以上论青苗钱。"

《孟子·梁惠王上》曰："仲尼曰：始作俑者，其无后乎？"赵注曰："俑，偶人也，用之送死。仲尼重人类，谓秦穆公时，以三良殉葬，本由有作俑者也。夫恶其始造，故曰此人其无后嗣乎！"○《春秋》成元年三月，作丘甲。杜注曰："《周礼》九夫为井，四井为邑，四邑为丘，丘十六井，出戎马一匹，牛三头；四丘为甸，甸六十四井，出长毂一乘，戎马四匹，牛十二头，甲士三人，步卒七十二人。此甸所赋，今鲁使丘出之，讥重敛，故书。"○《春秋》哀十二年，书用田赋，《左》十一年传曰："季孙欲以田赋。"杜注曰："丘赋之法，因其田赋，通出马一匹、牛三头,今欲别其田及家财,各为一赋,故言田赋。"○《宋史·仁宗纪》曰:"天圣五年冬十月辛未,罢陕西青苗钱。"《李参传》曰:"参为陕西转运使,部多戍兵,苦食少,参令民自度麦粟之赢馀,先贷以钱,俟麦粟熟输之官,号青苗钱。数年廪有羡粮。"案:此即介甫青苗法所自出,然仁宗时特诏罢之,岂已积久生弊欤?子瞻谓自昔有禁,或指此耶?郎本无放字。○郎曰:"熙宁二年十一月壬子,置诸路提举常平等官,行青苗法。应郡县每岁春秋未熟,据民等以常平及广惠仓钱敛散取息。"《宋史·食货志上》四曰:"安石为帝言天下财利所当开辟敛散者,帝然其说,遂刱立制置三司条例司。安石请以吕惠卿为制置司检详文字,自是专一讲求,立为新制,欲行青苗之法。会河北转运司干当公事王广廉召议事,广廉言尝奏乞度僧牒数千道为本钱,于陕西转运司私行青苗法,春散秋敛,与安石意合,至是请施行之河北。于是安石决意行之,而常平广惠仓之法,遂变而为青苗矣。"《长编纪事本末》卷六十六曰:"熙宁二年九月丁卯,制置三司条例言,广惠仓除留给[老]疾贫穷人外,馀并用常平仓转移法,其给常平广惠仓钱,依陕西青苗钱法,于夏秋未熟以前,约逐处收成时,酌中物价,立定预支,每斛价召民愿请,仍常以半为夏科,半为秋科,并从之。"○《正宗》成法作新法。○郎曰:"俵散青苗条制云,不愿请者,不得抑配。"《长编纪事本末》卷六十八曰:"熙宁三年正月癸丑,诏诸路常平广惠仓散给青苗钱,本为惠恤贫乏,并取民情愿,今虑官吏不体此意,追呼均配抑勒,反成摇扰,其令诸路提点刑狱官,体量觉察,违者禁止,立以名闻。敢沮遏愿请者,案罚亦如之。先是翰林学士范镇言常平仓始于汉之盛时,贱则贵而敛之,贵则贱而散之,虽唐、虞之政,无以易也。而青苗者,唐衰乱之世,所为苗者,青在田贱估其直,收敛未毕,而必其偿,是盗跖之法也。(唐青苗钱始于代宗永泰二年,苗方青即征之,直是计亩加税,与宋以钱贷民,迥乎不同。详见赵瓯北《二十二史劄记》卷三十六。）惟陛下观天地之变，罢青苗之举。右正言李常、孙觉亦言王广廉近至京师，倡言取三分之息，又开制置局，欲行其法于天下。乞明诏有司，勿以强民，仍且试之河北、陕西数路。初敕旨放青苗钱，并听从便，毋得抑勒，而提举官务以多散为功。又民富者不愿取，而贫者乃欲得之，即令随户等高下分配。又令贫富相兼，十人为保首，王广廉在河北第一等给十五贯，第二等十贯，第三等五贯，第四等一贯五百，第五等一贯，民间喧然，不以为便，而广廉入奏，称民间欢欣鼓舞，歌颂圣德。言者既交攻之，朝廷不得已，乃降是诏。"〇《孟子·滕文公上》曰："是故暴君污吏，必慢其经界。"〇《能改斋漫录》卷十二曰："本朝预买䌷绢，谓之和买绢。按范蜀公《东斋记事》称，是太宗时，马元方为三司判官，建言方春乏绝时，豫给库钱贷之，至夏秋令输绢于官，预买䌷绢，盖始于此。予读诗人袁陟世弼所为墓志，序其当仁宗时，为太平州当涂知县，且言江南和市䌷绢，豫给缗钱，郡县或以私惠人而不及农者，当涂尤甚。世弼自为约条，细民均得之，乃知太宗之所以惠爱天下多矣。而其后以盐代钱，以为缣直，又其后也，盐亡而额存，然后知左氏所谓作法于凉，其说不诬也。"〇《文献通考·征榷》一曰："熙宁七年，中书议陕西盐钞大出，多虚钞而盐益轻，以钞折兑粮草，有虚抬边籴之患，请用西蜀交子法，使其数与钱相当，可济缓急。"案：此事在子瞻上书后数年，然亦可见粮草折钞，迄未改也。又案：郎本钞作抄。〇只如，《文粹》《文编》无只字。〇郎曰："英宗治平元年，韩魏公琦建议，请于陕西诸州点刺义勇，凡主户家三丁选一，六丁选二，九丁选三，总得十五万六千八百七十三人。（案《长编》卷二百三同，原注曰：案《英宗纪》作十三万，盖据《会要》之数，故与此异。至《司马光传》云，刺义勇二十万，则因后韩琦骤益二十万之语而误也。又案今《宋史·英宗纪》作十三万八千四百六十五人，

《文献通考·兵》四同。）司马温公光力争以为不可。琦曰：今已降敕榜，与民约，永不充军戍边。其后十年，义勇运粮出戍，以为常矣。"《长编》二百三曰："光尝至中书与韩琦辨，琦曰：君但见庆历间陕西乡民初刺手臂，后皆刺面充正军，忧今复然耳。今已降敕牓，与民约，永不充军戍边矣。光曰：虽光亦未免怀疑也。琦曰：吾在此，君无忧此语之不信。光曰：相公长在此可也，万一他人当位，因相公见成之兵，遣使运粮戍边，反掌间事耳。"○议论，《文鉴》作论议，姚选同。○或以，郎本以作已。○请愿之户，郎本、《文粹》《文鉴》《正宗》之户并作人户。○与官，《奏议》官作言。○继之，郎本、《文鉴》《文编》《茅选》之下有以字。○《齐策》四："谭拾子曰：事有必至，理有固然。"《史记·孟尝君传》："冯骥曰：夫物有必至，事有固然。"○《汉书·宣帝纪》曰："五凤四年，大司农中丞耿寿昌奏设常平仓，以给北边，省转漕。"《食货志》曰："寿昌白令边郡皆筑仓，以谷贱时，增其贾而籴，以利农；谷贵时，减贾而粜，名曰常平仓，民便之。"《宋史·食货志上》四曰："常平义仓，汉、隋利民之良法，常平以平谷价，义仓以备凶灾。周显德中，又置惠民仓，以杂配钱分数折粟贮之，岁歉减价，出以惠民。宋兼存其法焉。乾德初，诏诸州于各县置义仓，淳化三年，京畿大穰，分遣使臣，于四城门置场，增价以籴，虚近仓贮之，命曰常平。岁饥，即下其直予民。"○止有，《奏议》止作已，茅选同。《文粹》《文编》作上。○一邦之食，《奏议》邦作方，食作民。○操瓢，《奏议》，郎本作专斞。○所丧愈多，郎本作所得几何。○则必亦问人，《奏议》无则字，茅选同，奏议、郎本、《文鉴》《正宗》、茅选亦作然。○《东坡先生年谱》曰：嘉祐六年，授大理评事凤翔府签判。英宗治平元年，官于凤翔。案《奏议》无顷字。○《史记·秦始皇本纪》曰："谒者使东方来，以盗闻二世，二世怒下吏，后使者至，上问，对曰：群盗，郡守尉方逐捕，今尽得，不足忧，上悦。"《叔孙通传》曰："陈胜起山东，使者以闻，二世召博士诸儒生问曰：楚戍卒攻蕲入陈，于公如何？诸生三十馀人前曰：愿陛下急发兵击之。二世怒作色，叔孙通前曰：此特群盗鼠窃狗盗耳，何足置之齿牙间？郡守、尉今捕论，何足忧？二世喜曰：善。尽问诸生，诸生或言反，或言盗，于是二世令御史案诸生言反者下吏，非所宜，诸言盗者皆罢之。赐叔孙通帛二十匹，衣一袭，拜为博士。"○《旧唐书·玄宗本纪》曰："天宝十载夏四月，剑南节度使鲜于仲通将兵六万讨云南，与云南王阁罗凤战于泸川，官军大败，死于泸水者，不可胜数。十三载六月，侍御史剑南留后李宓率兵击云南蛮于西洱河，粮尽军旋，马足陷桥，为阁罗凤所禽，举军皆没。"《南蛮传》曰："南诏蛮本乌蛮之别种也，姓蒙氏，蛮谓王为诏，自言哀牢之后。天宝七年，阁罗凤袭云南王，无何，鲜于仲通为剑南节度使，张虔陀为云南太守，仲通褊急寡谋，虔陀矫诈，待之不以礼。旧事南诏常与其妻子谒见都督，虔陀皆私之，有所征求，阁罗凤多不应。虔陀遣人辱骂之，仍密奏其罪恶。阁罗凤忿怒，因发兵反，攻围虔陀杀之。时天宝九年也。明年，仲通率兵出戎、巂州，阁罗凤遣使谢罪，仍与云南录事参军姜如芝俱来，请还其所虏掠。仲通不许，囚其使，进军逼大和城，为南诏所败。"《杨国忠传》曰："鲜于仲通讨南蛮，与罗凤战于泸南，全军陷没。国忠掩其败状，仍叙其战功。又使李宓率师七万，再讨南蛮，宓渡泸水，为蛮所诱，至和城，不战而败。李宓死于阵，国忠又隐其败，以捷书上闻。自仲通、李宓再举讨蛮之军，凡举二十万众弃之死地，只轮不还，人衔冤毒，无敢言者。"○于斯，《奏议》斯作此。

昔汉武之世，财力匮竭，用贾人桑羊之说，买贱卖贵，谓之均输。于时商贾不行，盗贼滋炽，几至于乱。

孝昭既立，学者争排其说，霍光顺民所欲，从而予之。天下归心，遂以无事。不意今者，此论复兴。立法之初，其说尚浅，徒言徙贵就贱，用近易远。然而广置官属，多出缗钱，豪商大贾，皆疑而不敢动。以为虽不明言贩卖，然既已许之变易，变易既行，而不与商贾争利者，未之闻也。先斥其与商贾争利。夫商贾之事，曲折难行。其买也先期而与钱，其卖也后期而取直。多方相济，委曲相通，倍称之息，由此而得。今官买是物，必先设官置吏，簿书廪禄，为费已厚。非良不售，非贿不行。是以官买之价，比民必贵。及其卖也，弊复如前。商贾之利，何缘而得？朝廷不知虑此，乃捐五百万缗以与之。此钱一出，恐不可复。又言官署与商贾不同，必难得利。纵使其间，薄有所获，而征商之额，所损必多。又言均输即获薄利，商税必致大损。今有人为其主牧牛羊者，不告其主，以一牛而易五羊。一牛之失，则隐而不言，五羊之获，则指为劳绩。陛下以为坏常平而言青苗之功，亏商税而取均输之利，何以异此？汪曰："就上喻兼收青苗、均输二事。"

《史记·平准书》曰："孔仅为大农丞，领盐铁事。桑弘羊以计算用事侍中。弘羊，雒阳贾人子，以心计，年十三侍中。孔仅拜为大司农，而桑弘羊为大农丞，筦诸会计事，稍稍置均输，以通货物矣。"《集解》引孟康曰："谓诸当所输于官者，皆令输其土地所饶，平其所在时价，官更于他处卖之，输者既便，而官有利。"案：桑弘羊去弘字，以避宋宣祖赵弘殷讳也。《文粹》《文鉴》以洪代弘，疑后人所增，《文编》同姚选作宏，皆非。○《汉书·食货志下》曰："昭帝即位，六年，诏郡国举贤良文学之士，问以民所疾苦教化之要，皆对愿罢盐铁酒榷均输官，毋与天下争利，视以俭节，然后教化可兴。弘羊难以为此国家之大业，所以制四夷安边足用之本，不可废也。乃与丞相千秋共奏罢酒酤。"《昭帝纪赞》曰："孝昭委任霍光，承孝武奢侈馀敝，师旅之后，海内虚耗，户口减半，光知时务之要，轻繇薄赋，与民休息，举贤良文学，问民所疾苦，议盐铁而罢榷酤，尊号曰昭，不亦宜乎？"《霍光传》曰："光字子孟，父中孺，河东河阳人也。上以光为大司马大将军，受遗诏辅少主。武帝崩，太子袭尊号，是为孝昭皇帝，帝年八岁，政事壹决于光。"《论语·尧曰篇》曰："天下之民归心焉。"○争利者，《奏议》无者字。○郎曰："熙宁二年七月，条例司言，发运使实总六路之赋入，宜假以钱货，继其用之不给，凡籴买税敛上供之物，皆得徙贵就贱，用近易远，从便变转蓄买，以待上令，所有本司合置官属，许令辟举，并从之。先是草泽魏继宗请置市易于京师，遂下诏委三司详定，以判官吕嘉问为提举，仍出中御府钱一百万缗为市易本。"《宋史·食货志下》八曰："熙宁二年，制置三司条例司言，天下财用无馀，典领之官，拘于弊法，内外不相知，盈虚不相补。诸路上供，岁有常数，丰年便道可以多致，而不能赢，年俭物贵，难于供亿，而不敢不足。远方有倍蓰之输，中都有半价之鬻。徒使富商大贾，乘公私之急，以擅轻重敛散之权。今发运使实总六路赋入，其职以制置茶盐矾酒税为事，军备国用，多所仰给。宜假以钱货，资其用度，周知六路财货之有无，而移用之，凡籴买税敛上供之物，皆得徙贵就贱，用近易远，今预知中都帑藏，年支见在之定数，所当供办者，得以从便变易蓄买，以待上令，稍收轻重敛散之权，归之公上，而制其有无，以便转输，省劳费，去重敛，宽农民，庶几国用可足，民财不匮。诏本司具条例以闻，而以发运使薛向领均输平准事，赐内藏钱五百万缗，上供米百三万石。时议虑其为扰，多以为非。向既董其事，乃请设置官属，神宗使自择之。向于是辟刘忱、卫琪、孙珪、张穆之、陈倩为属，又请有司具六路岁当上供数，中都岁用及见储，度可支岁月，凡当计置几何，皆预降有司，从之。"○以与之，《奏议》与作予。○牧牛羊者，《奏议》、郎本无者字。○以一牛而易五羊，《奏议》《文粹》而字在以字上，《文编》、茅选同。

陛下天机洞照，圣略如神。此事至明，岂有不晓？必谓已行之事，不欲中变，恐天下以为执德不一，用人不终，是以迟留岁月，庶几万一。汪曰："揣君心耻过而破之。"臣窃以为过矣。古之英主，无出汉高，郦生谋挠楚权，欲复六国，高祖曰善，趣刻印。及闻留侯之言，吐哺而骂之，曰趣销印。夫称善未几，继之以骂，刻印销印，有同儿戏，何尝累高祖之知人？适足明圣人之无我。楼曰："可以破庸人之论。"陛下以为可而行之，知其不可而罢之，至圣至明，无以加此。议者必谓民可与乐成，难与虑始，汪曰："又揣议者文过而破之。"故劝陛下坚执不顾，期于必行。此乃战国贪功之人，行险徼幸之说。陛下若信而用之，则是徇高论而逆至情，持空名而邀实祸，未及乐成，而怨已起矣。汪曰："醒'失人心'。"臣之所愿结人心者，此之谓也。自"人莫不有所恃"至此，皆言结人心。

此事，郎本事作旨。○"以为执德不一"二句，郎本以上有必字，两不字上各有之字。○《史记·留侯世家》曰："汉三年，项羽急围汉王荥阳。汉王恐忧，与郦食其谋挠楚权。食其曰：陛下诚能复立六国后世，毕已受印，楚必敛衽而朝。汉王曰善，趣刻印，先生因行佩之矣。食其未行，张良从外来谒，汉王方食曰：子房前，客有为我计桡楚权者，具以郦生语告，曰：于子房何如？良曰：谁为陛下画此计者？陛下事去矣。汉王辍食吐哺骂曰：竖儒几败而公事。令趣销印。"《汉书·张良传》颜注曰："趣读曰促。"案：各本骂下无之字，依郎本增。趣销印者非骂之之词，疑各本误脱之字耳。○《史记·绛侯周勃世家》："文帝曰：曩者霸上棘门军，若儿戏耳。"案《奏议》戏作嬉。○班叔皮《王命论》曰："高祖知人善任使。"○适足下各本有之字，今依郎本及《文粹》。○《论语·子罕篇》曰："子绝四，毋意，毋必，毋固，毋我。"《庄子·逍遥游篇》曰："至人无我。"○《管子·法法篇》曰："故民未尝可与虑始，而可与乐成功。"《史记·商君传》："卫鞅曰：民不可与虑始，而可与乐成。"○故劝陛下，《奏议》《文编》、茅选皆无劝字。○《礼记·中庸篇》曰："小人行险以徼幸。"郑注曰："险谓倾危之道。"案《说文》曰："憿，幸也。"徼乃借字。○所愿，《文编》愿上有谓字，非。

　　士之进言者，为不少矣。亦尝有以国家之所以存亡，历数之所以长短告陛下者乎？楼曰："精神全在呼唤助词。"夫国家之所以存亡者，在道德之浅深，而不在乎强与弱；历数之所以长短者，在风俗之厚薄，而不在乎富与贫。汪曰："道德深则风俗厚，故止以厚风俗为言。"道德诚深，风俗诚厚，虽贫且弱，不害于长而存。道德诚浅，风俗诚薄，虽强且富，不救于短而亡。人主知此，则知所轻重矣。是以古之贤君，不以弱而忘道德，不以贫而伤风俗。而智者观人之国，亦必以此察之。齐至强也，周公知其后必有篡弑之臣。卫至弱也，季子知其后亡。吴破楚入郢，而陈大夫逢滑知楚之必复。晋武既平吴，何曾知其将乱。隋文既平陈，房乔知其不久。元帝斩郅支，朝呼韩，功多于武、宣矣，偷安而王氏之衅生。宣宗收燕、赵，复河湟，力强于宪、武矣，销兵而庞勋之乱起。臣愿陛下务崇道德而厚风俗，不愿陛下急于有功而贪富强。使陛下富如隋，强如秦，西取灵武，北取燕蓟，谓之有功可也，而国之长短则不在此。汪曰："撇开富强，而归重厚风俗。"夫国之长短，如人之寿夭，茅曰："善譬。"人之寿夭在元气，国之长短在风俗。世有尫羸而寿考，亦有盛壮而暴亡。若元气犹存，则尫羸而无害。及其已耗，则盛壮而愈危。是以善养生者，慎起居，节饮食，导引关节，吐故纳新。不得已而用药，则择其品之上，性之良，可以久服而无害者。则五藏和平而寿命长。不善养生者，薄节慎之功，迟吐纳之效，厌上药而用下品，伐真气而助强阳，根本已空，僵仆无日。天下之势，与此无殊。故臣愿陛下爱惜风俗，如护元气。汪曰："以上风俗之当厚，以下言厚风俗之道。"或曰："以上言培养国脉，不在富强。"

夫国家，《奏议》无夫字。〇长而存，《奏议》作存而长。〇而忘，《奏议》、郎本忘作亡，《文编》、茅选同。〇亦必以此察之，《奏议》无必字，察上有而字。〇《吕氏春秋·长见篇》曰："吕太公望封于齐，周公旦封于鲁，二君者，甚相善也，相谓曰：何以治国？太公望曰：尊贤上功。周公旦曰：亲亲上恩。太公望曰：鲁自此削矣。周公旦曰：鲁虽削，有齐者，亦必非吕氏也。其后齐日以大，至于霸，二十四世而田成子有齐国，鲁公（当作日）以削，至于觏存，三十四世而亡。"《韩诗外传》十曰："昔者太公望、周公旦受封而见，太公问周公：何以治鲁？周公曰：尊尊亲亲。太公曰：鲁从此弱矣。周公问太公曰：何以治齐？太公曰：举贤赏功。周公曰：后世必有劫杀之君矣。"又见《淮南子·齐俗篇》，而《史记·鲁世家》《说苑·政理篇》皆载其事，稍有不同。○必有，《奏议》无必字。○《左》襄二十九年曰："吴公子札来聘，请观于周乐，为之歌邶、鄘、卫，曰：美哉渊乎，忧而不困者也。吾闻卫康叔武公之德如是，是其卫风乎？适卫说蘧瑗、史狗、史鰌、公子荆、公叔发、公子朝，曰：卫多君子，未有患也。"○《左》定四年十一月庚辰，吴入郢。五年，吴师大败，吴子乃归，楚子入于郢。哀元年曰："吴之入郢也，使召陈怀公，怀公朝国人而问焉，曰：欲与楚者右，欲与吴者左。陈人从田，无田从党。逢滑当公而进曰：臣闻国之兴也以福，其亡也以祸。今吴未有福，楚未有祸，楚未可弃，吴未可从。公曰：国胜君亡，非祸而何？对曰：国之有是多矣，何必不复？小国犹复，况大国乎？"○晋武事已见《上仁宗书》注。○《隋书·文帝纪》曰："开皇九年正月景子（唐人讳丙为景），贺若弼败陈师于蒋山，韩擒虎进师入建邺，获陈主叔宝，陈国平。"《旧唐书·房玄龄传》曰："房乔，字玄龄，青州临淄人。尝从父至京师，时天下宁宴，论者咸以国祚方永，玄龄乃避左右告父曰：隋帝本无功德，但诳惑黔黎，不为后嗣长计，混诸嫡庶，使相倾夺，诸后藩枝，竞崇淫侈，终当内相诛夷，不足保全家国。今虽清平，其亡可翘足而待。"○《汉书·元帝纪》曰："建昭三年秋，使护西域骑都尉甘延寿、副校尉陈汤矫发戊己校尉屯田吏士及西域胡兵，攻郅支单于，冬，斩其首，传诣京师，县蛮夷邸门。"《陈汤传》曰："匈奴郅支单于遣使奉献，因求侍子，愿为内附。汉遣卫司马谷吉送之，郅支单于竟杀吉等，遂西奔康居，康居欲倚其威以胁诸国，郅支数借兵击乌孙，又遣使责阖苏、大宛诸国岁遗，不敢不予。汉遣使三辈，至康居求谷吉等死（同尸），郅支困辱使者，不肯奉诏。建昭三年，汤与延寿出西域，汤为人沉勇有大虑，多策谋，喜奇功。与延寿谋曰：郅支单于虽在绝远，蛮夷无金城强弩之守，如发屯田吏士，驱从乌孙众兵，直指其城下，彼亡则无所之，守则不足自保。千载之功，可一朝而成也。延寿亦以为然，欲奏请之。汤曰：国家与公卿议大策，非凡所见，事必不从。延寿犹与不听，会其久病，汤独矫制发城郭诸国兵，汉兵胡兵合四万馀人，即日引军分行，别为六校，其三校从南道逾葱领，径大宛；其三校都护自将，发温宿国，从北道入赤谷，过乌孙，涉康居界，至阗池西，而康居副王抱阗将数千骑寇赤谷城东，汤纵胡兵击之，杀四百六十人。入康居东界，令军不得为寇。至郅支城，延寿、汤令军闻鼓音皆薄城下，四面围城，汉兵纵火，吏士争入，单于被创死。军候假丞杜勋斩单于首，得汉使节二，及谷吉等所赍帛书，诸卤获以畀得者，凡斩阏氏太子名王以下千五百一十八级，生虏百四十五人。"○《汉书·元帝纪》曰："竟宁元年春正月，匈奴虖韩邪单于来朝。"《匈奴传下》曰："郅支既诛，呼韩邪单于且喜且惧，上书言曰：常愿谒见天子，诚以郅支在西方，恐其与乌孙俱来击臣，今郅支已伏诛，愿入朝见。竟宁元年，单于复入朝。"郎曰："元帝优游不断，委政外戚，卒基新莽之祸。"○宣宗收燕、赵，案：宣宗无收燕、赵事。时卢龙军为燕，成德军为赵。《新唐书·宣宗纪》曰："大中三年，幽州卢龙军节度使张仲武卒，其子直方自称留后。四年八月，幽州卢龙军乱，逐其节度使张直方，衙将张允伸自称留后。八年正月甲申，成德军节度使王元逵卒，其子绍鼎自称留后。十一年七月庚子，成德军节度副大使王绍鼎卒，其弟绍懿自称留后。"《藩镇传》曰："绍鼎病死，子幼未能事，宣宗以元逵次子绍懿为留后以嗣，俄为节度使。"又曰："直方袭节度留后，俄进副大使，举动多不法，畏下变起，乃托出畋，奔京师，军中以张允伸总后务，直方至，宣宗遣使者郊劳，授金吾大将军。"子瞻所谓收燕、赵者，殆指直方、绍懿二事，然与宪宗之平淮西、平东平，武宗之平泽潞，不可同日而语，谓力强于宪、武，则未然也。○《旧唐书·宣宗纪》曰："大中三年正月丙寅，泾原节度使康季荣奏，吐蕃宰相论恐热以秦原安乐三州，及石门等七关之兵民归国。六月,康季荣奏收复原州、石门驿、藏木峡、制胜、六盘、石峡等六关讫,邠宁张君绪奏收复萧关,敕于萧关置武州,改长乐为威州(灵武节度使朱叔明取长乐州)。八月,凤翔节度使李玭奏收复秦州。十二月,追谥顺宗曰至德大圣大安孝皇帝,宪宗曰昭文彰武大圣孝皇帝。初以河湟收复,百寮请加徽号,帝曰:河湟收复,继成先志,朕欲追尊祖考,以昭功烈。至是上御宣政殿行事。五年八月,沙州刺史(沙原作汝误)张义潮遣兄义泽以瓜、沙、伊、肃等十一州(《新唐书》曰:"瓜、沙、伊、肃、鄯、甘、河、西、兰、岷、廓十一州。")户口来献。自河陇陷番百馀年,至是悉复陇右故地。以义潮为瓜、沙、伊等州节度使。"《汉书·地理志》:金城郡临羌县原注曰:"西北至塞外,有西王母石室,仙海,盐池。北则湟水所出,至允吾入河。"《元和郡县志》曰:"陇右道鄯州湟水县,本汉破羌县地,属金城郡。湟水名,湟河出青海东北乱山中,东南流至兰州西南入黄河。"《清一统志》曰:"甘肃西宁府:湟水自塞外流经西宁县北,又东经碾伯县南,又东南历凉州府平番县,至兰州界(在今皋兰县西)入黄河。"案:唐陇右道故地,秦、原等州为河、湟所经,故曰河湟。安史之乱,陷入吐蕃,至是始复。○销兵而庞勋之乱起,案:销兵,穆宗时事;庞勋之乱,懿宗时事,此皆归之宣宗者,盖以宣宗承穆宗销兵之后,(《新唐书·萧俛传》曰:"穆宗初,两河底定,俛与段文昌当国,谓四方无虞,劝帝密诏天下镇兵,十之岁限一为逃死,不补,谓之销兵。既而宿卒逋亡无生业,聚为盗贼。会朱克融、王庭凑乱燕、赵,一日悉收用之。朝廷调兵不克,乃募市人乌合,战辄北,遂复失河朔。")懿宗又承宣宗之后,故推言之,由宣宗时之安而忘危耳。然按之时势,究嫌不确。《新唐书·懿宗纪》曰:"咸通九年七月,武宁军节度使粮料判官庞勋反于桂州。十月庚午,陷宿州,丁丑,陷徐州,十一月,陷濠州,十二月,陷和、滁二州。"《康承训传》曰:"咸通中,南诏盗边,武宁兵七百戍桂州,六岁不得代,列校许佶、赵可立因众怒,杀都将,诣监军使丐粮铠北还,不许,即擅斧库劫战械,推粮料判官庞勋为长,勒众上道。"○臣愿陛下,《奏议》《文粹》《文鉴》《文诀》臣愿上皆有故字,茅选同。○富如隋,郎曰:"文帝开皇中,有司上言,府藏皆满无所容,积于廊庑。于是更辟左藏院,见《食货志》。"○强如秦,郎曰:"秦并六国,其强可知。"○西取灵武,郎曰:"灵武本中国地,真宗咸平五年三月,陷于西蕃李继迁。"○北取燕蓟,郎曰:"燕蓟亦中国地,五代时,石敬瑭常求援于契丹,既即位,国号晋,割幽、蓟、瀛、莫、涿、檀、顺、新、妫、儒、武、云、应、寰、朔、蔚十六州,以与契丹。时天福元年也。"案《礼记·乐记》《释文》曰:"蓟今蓟县,即燕国都。"《汉书·地理志》:广阳国蓟县原注曰:"故燕国,召公所封。"《新唐书·地理志》:幽州范阳郡治蓟县。案:在北京市西南。○《广韵》十一唐曰:"尫,弱也,乌光切。"五支曰:"羸,瘦也,力为切。"○慎起居,郎本慎作谨,盖避宋孝宗讳改,《文诀》同。○《庄子·刻意篇》曰:"吹呴呼吸,吐故纳新,熊经鸟申,为寿而已矣。此导引之士,养形之人,彭祖寿考者之所好也。"《释文》引李曰:"吐故气纳新气也,导气令和,引体令柔。"《释文》曰:"导音道。"○而无害者,《奏议》无者字,《文诀》同。○节慎,郎本慎作谨。

古之圣人,非不知深刻之法可以齐众,勇悍之夫可以集事,忠厚近于迂阔,老成初若迟钝。然终不肯以彼而易此者,知其所得小而所丧大也。曹参,贤相也,曰慎无扰狱市。黄霸,循吏也,曰治道去泰甚。或讥谢安以清谈废事,安笑曰:秦用法吏,二世而亡。刘晏为度支,专用果锐少年,务在急速集事,好利之党,相师成风。德宗初即位,擢崔祐甫为相,祐甫以道德宽大开广上意,故建中之政,其声翕然,天下想望,庶几正观。及卢杞为相,讽上以刑名整齐天下,驯致浇薄,以及播迁。茅曰:"错叙古今,更又明析。"我仁祖之御天下也,持法至宽,汪曰:"对苛察。"用人有叙。汪曰:"对骤进。"专务掩覆过失,未尝轻改旧章。然考其成功,则曰未至。以言乎用兵,则十出而九败;以言其府库,则仅足而无馀。徒以德泽在人,风俗知义,汪曰:"风俗之厚。"是以升遐之日,天下如丧考妣,社稷长远,终必赖之。汪曰:"历数之长。"则仁祖可谓知本矣。今议者不察,徒见其末年,吏多因循,事不振举,乃欲矫之以苛察,齐之以智能:招来新进勇锐之人,以图一切速成之效。未享其利,浇风已成。汪曰:"用新进勇锐之人,以致风俗之薄。"且大时不齐,人谁无过?国君含垢,至察无徒。汪曰:"承上苛察。"若陛下多方包容,则人材取次可用。必欲广置耳目,务求瑕疵,则人不自安,各图苟免。恐非朝廷之福,亦岂陛下所愿哉?汉文欲用虎圈啬夫,释之以为利口伤俗。今若以口舌捷给而取士,以应对迟钝而退人,以虚诞无实为能文,以矫激不仕为有德,则先王之泽,遂将散微。曾曰:"以上言用人宜求老成忠厚,不取新进锐深。"

知其,郎本、《文鉴》《正宗》《文诀》知作顾。○《史记·曹相国世家》曰:"参相齐九年,齐国安集,大称贤相。惠帝二年,萧何卒,参闻之,告舍人趣治行,吾将入相。居无何,使者果召参。参去,属其后相曰:以齐狱市为寄,慎勿扰也。后相曰:治无大于此者乎?参曰:不然,夫狱市者,所以并包也,今君扰之,奸人安所容也?吾是以先之。"案:郎本慎作谨。

○《汉书·循吏·黄霸传》曰:"霸字次公,淮阳阳夏人也。为颍川太守。许丞老,病聋,督邮白欲逐之。霸曰:许丞廉吏,且善助之,毋失贤者意。或问其故,霸曰:数易长吏,送故迎新之费,及奸吏缘绝簿书,盗财物,公私费耗甚多,皆当出于民。所易新吏又未必贤,或不如其故,徒相益为乱。凡治道去其泰甚者耳。"○《晋书·谢安传》曰:"安尝与王羲之登冶城,悠然遐想,有高世之志。羲之谓曰:夏禹勤王,手足胼胝,文王旰食,日不暇给。今四郊多垒,宜思自效,而虚谈废务,浮文妨要,恐非当今所宜。安曰:秦任商鞅,二世而亡,岂清谈致患耶?"○《旧唐书·刘晏传》曰:"宝应二年,迁吏部尚书平章事,领度支盐铁转运租庸使。罢相为太子宾客,寻授御史大夫,领东都、河南、江淮、山南等道转运使如故。凡所任使,多收后进有干能者,其所总领,务乎急促,趋利者化之,遂以成风。"○《旧唐书·德宗纪》曰:"大历十四年五月,召崔祐甫为门下侍郎同中书门下平章事。八月庚辰,以崔祐甫为中书侍郎平章事。建中元年六月甲午朔,中书侍郎门下平章事崔祐甫卒。二年二月乙巳,以御史大夫卢杞为门下侍郎同中书门下平章事。四年冬十月丙午,诏泾原节度使姚令言率泾原之师救哥舒曜。丁未,泾原军出京城,至浐水,倒戈谋叛,姚令言不能禁。上令载缯綵二车,遣晋王往慰喻之,乱兵已陈于丹凤阙下。促神策军拒之,无一人至者。与太子诸王妃主百馀人出苑北门。戊申,至奉天。"《崔祐甫传》曰:"上初即位,庶务皆委宰司,祐甫谋猷启沃,多所弘益,天下以为可复贞观开元之太平也。"《卢杞传》曰:"初上即位,擢崔祐甫为相,颇用道德宽大,以弘上意。故建中初政声蔼然,海内想望贞观之理。及杞为相,讽上以刑名整齐天下。初李希烈请讨梁崇义,崇义诛而希烈叛,尽据淮右襄、邓之郡邑。恒州李宝臣死,其子维岳邀节钺,遂与田悦缔结,以抗王师。繇是河北、河南连兵不息。是时人心愁怨,泾师乘间谋乱,奉天之奔播，职杞之由。"○翕然，《正宗》翕作蒿，《奏议》作荡，误。○正观，宋避仁宗嫌名，以正字代贞。○御天下，《奏议》御作驭。○成功，郎本功作俗。○十出九败，如西夏好水川等战。○其府库，《奏议》其作乎。○升遐之日，天下如丧考妣，已见王介甫《本朝百年无事劄子》注。《礼记·曲礼下》曰："君天下曰天子，告丧曰天王登假。"郑注曰："登，上也；假，已也。上已者，若仙去云耳。"《释文》曰："假音遐。"○齐之，郎本齐作济。○大时不齐，各本大作天，今依郎本注引《学记》曰："大信不约，大时不齐。"案：孔疏曰："大时谓天时也。"故各本作天时。○《左》宣二年："随曾曰：人谁无过？"○《左》宣十五年："伯宗曰：国君含垢。"○《大戴礼·子张问入官篇》曰："水至清则无鱼，人至察则无徒。"又见《家语·入官篇》，《汉书·东方朔传·答客难》。○《史记·张释之传》曰："释之从行登虎圈，上问上林尉诸禽兽簿，十馀问，尉左右视，尽不能对。虎圈啬夫从旁代尉对，上所问禽兽簿甚悉，欲以观其能，口对响应无穷者。文帝曰：吏不当若是邪？尉无赖。乃诏释之拜啬夫为上林令。释之久之前曰：夫绛侯、东阳侯称为长者，此两人言事曾不能出口，岂敩此啬夫谍谍利口捷给哉？今陛下以啬夫口辨而超迁之，臣恐天下随风靡靡，争为口辩而无其实，且下之化上，疾于景响，举错不可不审也。文帝曰善，乃止不拜啬夫。"《正义》曰："圈，求远反，虎圈啬夫掌虎圈，《百官表》有乡啬夫，此其类也。"○不仕，《奏议》、郎本仕作任。○遂将，郎本作将遂。

　　自古用人，必须历试。虽有卓异之器，必有已成之功。一则使其更变而知难，事不轻作；一则待其功高而望重，人自无辞。昔先主以黄忠为后将军，而诸葛亮忧其不可，以为忠之名望，素非关、张之伦，若班爵遽同，则必不悦。其后关羽果以为言。以黄忠豪勇之姿，以先主君臣之契，尚复虑此，而况其他？世尝谓汉文不用贾生，以为深恨。臣尝推究其旨，窃谓不然。贾生固天下之奇才，所言亦一时之良策。然请为属国，欲系单于，则是处士之大言，少年之锐气。昔高祖以三十万众，困于平城，当时将相群臣，岂无贾生之比？三表五饵，人知其疎，而欲以困中行说，尤不可信。兵凶器也，而易言之，正如赵括之轻秦，李信之易楚。若文帝亟用其说，则天下殆将不安。使贾生尝历艰难，亦必自悔其说。用之晚岁，其术必精。不幸丧亡，非意所及。不然，文帝岂弃材之主？绛、灌岂蔽贤之士？至于晁错，尤号刻薄。文帝之世，止于太子家令。而景帝既立，以为御史大夫。申屠贤相，发愤而死。纷更政令，天下骚然。及至七国发难，而错之术亦穷矣。文、景优劣，于此可见。大抵名器爵禄，人所奔趋。必使积劳而后迁，以明持久而难得。则人各安其分，不敢躁求。今若多开骤进之门，使有意外之得。公卿侍从，跬步可图。其得者既不肯以徼幸自名，则不得者必皆以沉沦为恨。使天下常调，举生妄心。耻不若人，何所不至？欲望风俗之厚，岂可得哉？选人之改京官，常须十年以上。荐更险阻，计析毫厘，其间一事聱牙，常至终身沦弃。汪曰："承常调说，见其艰难如此，以见骤进之门，必不可开。"今乃以一人之荐举而予之，犹恐未称，章服随至。使积劳久次而得者，何以厌服哉？夫常调之人，非守则令，员多阙少，久已患之，不可复开多门以待巧进。若巧者侵夺已甚，则拙者迫忧无聊。利害相形,不得不察。故近岁朴拙之人愈少,而巧进之士益多。惟陛下重之惜之,哀之救之。如近日三司献言,使天下郡选一人,催驱三司文字,许之先次指射以酬其劳。则数年之后,审官吏部,又有三百馀人,得先占阙。常调待次,不其愈难?此外勾当发运均输,按行农田水利,已据监司之体,各怀进用之心。转对者望以称旨而骤迁,奏课者求为优等而速化。相胜以力,相高以言,而名实乱矣。惟陛下以简易为法,以洁净为心,使奸无所缘,而民德归厚。臣之所愿厚风俗者,此之谓也。曾曰:"以上言不宜躐等用人,不贵骤迁速化。"○自"士之进言者"至此,皆论厚风俗。

自古用人,郎本作苟欲用之。○《书序》曰:"虞舜侧微,尧闻之聪明,将使嗣位,历试诸难。"○已成,《奏议》《文鉴》《文诀》作已试。○《蜀志·黄忠传》曰:"先主欲用忠为后将军,诸葛亮说先主曰:忠之名望,素非关、马之伦也,而今便令同列,马、张在近,亲见其功,尚可喻指。关遥闻之,恐必不悦,得无不可乎?先主曰:吾自当解之。遂与羽等齐位,赐爵关内侯。"《费诗传》曰:"先主为汉中王,遣诗拜关羽为前将军。羽闻黄忠为后将军,怒曰:大丈夫终不与老兵同列,不受拜。诗谓羽曰:王与君侯,譬犹一体,同休等戚,祸福共之。愚为君侯不宜计官号之高下,爵禄之多少为意也。羽大感悟,遽即拜受。"○豪勇之姿,《奏议》姿作资。○尚复,《奏议》复作须。○而况其他,《奏议》作况他人乎?茅选同。○世尝谓,《正宗》尝作常。○《史记·贾生传》曰:"贾生名谊,雒阳人也。文帝召以为博士,说之。超迁一岁中至太中大夫。绛、灌、东阳侯冯敬之属尽害之,乃短贾生曰:雒阳之人,年少初学,专欲擅权,纷乱诸事。于是天子后亦疏之,不用其议,乃以贾生为长沙王太傅。"

○《汉书·贾谊传》:"上疏陈政事曰:陛下何不试以臣为属国之官,以主匈奴?行臣之计,请必系单于之颈,而制其命,伏中行说,而笞其背。"《匈奴传》曰:"老上稽粥单于初立,文帝复遣宗人女翁主为单于阏氏,使宦者燕人中行说傅翁主,说不欲行,汉强使之。说曰:必我也,为汉患者。中行说既至,因降单于。"○欲系,《奏议》欲下有以字。○《贾子新书·匈奴篇》曰:"建三表,设五饵,以此与单于争其民,则下匈奴犹振槁也。"《汉书·贾谊传赞》曰:"欲试属国,施五饵三表以系单于,其术固已疏矣。"颜曰:贾谊书(即撮举《匈奴篇》之文)谓爱人之状,好人之技,仁道也(今《新书》无此三字,疑敚。),信为大操常义也(今《新书》常作帝),爱好有实,已诺可期,十死一生,彼将必至(今《新书》将必作必将),此三表也。赐之盛服车乘以坏其目,赐之盛食珍味以坏其口,赐之音乐妇人以坏其耳,赐之高堂邃宇府库奴婢以坏其腹,于来降者,上以召幸之相娱乐,亲酌而手食之,以坏其心,此五饵也。"○信矣,《正宗》无矣字。○《越语下》:"范蠡曰:兵者凶器也。"《尉缭子·议兵篇》《说苑·指武篇》并同。《吕氏春秋·论威篇》曰:"凡兵,天下之凶器也。"○而易言之,郎本无言字。○《史记·赵奢传》(附《廉颇蔺相如传》)曰:"赵王以括为将,代廉颇。赵括自少时学兵法,言兵事,以天下莫能当,尝与其父奢言兵事,奢不能难,然不谓善。括母问奢其故,奢曰:兵死地也,而括易言之。使赵不将括即已,若必将之,破赵军者,必括也。赵括既代廉颇,悉更约束,易置军吏,秦将白起闻之,纵奇兵详败走,而绝其粮道,分断其军为二,军饿,赵括出锐卒自搏战,秦军射杀赵括,括军败,数十万之众遂降秦,秦悉阬之。赵前后所亡,凡四十五万。"○《史记·王翦传》曰:"始皇问李信,吾欲攻取荆,于将军度用几何人而足?李信曰:不过用二十万人。始皇问王翦,王翦曰:非六十万人不可。始皇曰:王将军老矣,何怯也?李将军果势壮勇,其言是也。遂使李信及蒙恬将二十万伐荆,荆人大破李信军,入两壁,杀七都尉,秦军走。"○《史记·贾生传》曰:"拜贾生为梁怀王太傅。数年,怀王骑,堕马而死,无后。贾生自伤为傅无状,哭泣岁馀亦死。贾生之死,时年三十三矣。"○《史记·晁错传》曰:"晁错者,颍川人也。文帝以为太子舍人、门大夫、家令,数上书言削诸侯事,及法令可更定者,书数十上。孝文不听,然奇其材,迁为中大夫。当是时,太子善错计策,景帝即位,以错为内史。错尝数请间言事辄听,宠幸倾九卿,法令多所更定。丞相申屠嘉心弗便,力未有以伤,内史府居太上庙壖中,门东出不便,错乃穿两门南出,凿庙壖垣,丞相嘉闻大怒,欲因此过,为奏请诛错,错闻之,即夜请间,具为上言之。丞相奏事,因言错擅凿庙垣为门,请下廷尉诛。上曰:此非庙垣,乃壖中垣,不致于法。丞相谢,罢朝,怒谓长史曰:吾当先斩以闻,乃先请,为儿所卖,固误。丞相遂发病死。错以此愈贵,迁为御史大夫,请诸侯之罪过,削其地,收其枝郡。错所更令三十章,诸侯皆喧哗疾错,吴楚七国反,以诛错为名。"案:错,文帝时已为中大夫,不止太子家令矣。○纷更政令,郎本纷作滋,《正宗》作更法改令。○使有意外之得,郎曰:"王荆公安石行新法,一时希合者,皆力荐于上,骤加迁擢,如李定以一选人,竟除监察御史,其他可见。"步瀛案:下文始详论选人,此上论贾生事,盖讽因开边而得进者;论晁错事,盖讽因变法而得进者。《宋史·王韶传》曰:"熙宁元年,诣阙,上平戎策三篇,其略以为西夏可取;欲取西夏,当先复河湟。神宗异其言,召问方略,以韶管干秦凤经略司机宜文字。韶又言渭源至秦州,良田不耕者万顷,愿置市易司,颇笼商贾之利,取其赢以治田。帝从其言,改著作佐郎,仍命韶提举。"此即因开边而进者也。其因赞助新法而进者,如吕惠卿辈,不可胜举。○《说文》曰:"赾,半步也。"大徐音丘弭切,字亦作跬。《礼记·祭义》曰:"君子顷步而弗敢忘孝也。"郑注曰："顷当为跬，声之误也。"《释文》曰："一举足为跬，再举足为步。"《淮南·说林篇》，跬步不休。高注曰："跬犹咫尺也。"《荀子·劝学篇》曰："不积頤步，无以至千里。"字又作頤。○不肯，郎本、《正宗》无肯字。○则不得者，《奏议》则下有其字。○为恨，《奏议》恨作叹。○《文献通考·选举》十一曰："仁宗朝尤以选人迁京官为重，又诏磨勘迁京官者，增四考为六考，增举者四人为五人，犯私罪又加一考，举者虽多，无本道使者，亦为不应格，虽有司引对法当与，帝亦省察其当否乃可之。"○荐更险阻，《尔雅·释言》曰："荐，再也。"《小尔雅·广言》曰："荐，重也。"《左》定四年杜注曰："荐，数也。"案：郎本、《正宗》作薦，与荐通。《诗·节南山》《云汉》毛传并曰："荐，重也。"○《玉篇》曰："聱，五包、鱼幽二切。《广雅》云：不入人语也。《埤苍》云：不听也。"又见韩退之《进学解》。○而予之，《奏议》予作与。○以待巧进，《奏议》进作者。○迫怵，贾生《鹏鸟赋》曰："怵迫之徒。"案：《奏议》、郎本怵作惥。○近岁，《正宗》岁作者。○而巧进，郎本、《文鉴》《文诀》进作佞。○三司献议云云，案：此事诸史未见，岂三司但有其议欤，抑因子瞻之言而止欤？○勾当，《北史·序传》曰："事无大小，士彦一委仲举推寻勾当。"《新唐书·第五琦传》曰："拜监察御史，勾当江淮租庸。"《却扫编》下曰："旧制诸路监司属官曰勾当公事。建炎初，避今上嫌名，易为干办。"○已据，《奏议》、郎本、《文粹》《文鉴》《文诀》据作振。○《论语·学而篇》："曾子曰：慎终追远，民德归厚矣。"

古者建国，使内外相制，轻重相权。如周如唐，则外重而内轻；如秦如魏，则外轻而内重。内重之弊，必有奸臣指鹿之患；外重之弊，必有大国问鼎之忧。圣人方盛而虑衰，常先立法以救弊。我国家租赋总于计省，重兵聚于京师。以古揆今，则似内重。恭惟祖宗所以深计而预虑，固非小臣所能臆度而周知。然观其委任台谏之一端，则是圣人过防之至计。汪曰："结人心、厚风俗二条，先说人心之当结，风俗之当厚，然后转出结人心之事云何？厚风俗之事云何？此条论存纪纲，独从任台谏转出纪纲赖此而存。"历观秦、汉以及五代，谏争而死，盖数百人。而自建隆以来，未尝罪一言者。纵有薄责，旋即超升。许以风闻，而无官长。风采所系，不问尊卑。言及乘舆，则天子改容；事关廊庙，则宰相待罪。故仁宗之世，议者讥宰相但奉行台谏风旨而已。圣人深意，流俗岂知？擢用台谏，固未必皆贤，所言亦未必皆是。然须养其锐气，借之重权者，岂徒然哉？将以折奸臣之萌，而救内重之弊也。汪曰："上文云内重必有奸臣之患，承此说来，专以折奸臣立论。"夫奸臣之始，以台谏折之而有馀；及其既成，以干戈取之而不足。今法令严密，朝廷清明，所谓奸臣，万无此理。然养猫以去鼠，不可以无鼠而养不捕之猫；畜狗以防奸，不可以无奸而畜不吠之狗。陛下得不上念祖宗设此官之意，下为子孙立万一之防？朝廷纪纲，孰大于此？以上言朝廷纪纲之大者，在于台谏。

郎曰："晚周诸侯纷争，唐末藩镇跋扈，故谓之外重内轻。"○郎曰："秦罢侯置守，魏子弟宗室权均匹夫，故谓之外轻内重。"○之弊，《奏议》《文粹》、茅选弊作末，《文编》作失。○《史记·秦始皇本纪》曰："赵高欲为乱，恐群臣不听，乃先设验，持鹿献于二世曰：马也。二世笑曰：丞相误邪！谓鹿为马。问左右，左右或默，或言马，以阿顺赵高，或言鹿者，高因阴中诸言鹿者以法。后群臣皆畏高。"《后汉书·窦宪传》："帝召宪切责曰：赵高指鹿为马，久念使人惊怖。"《文选·西征赋》李善注引《风俗通》曰："秦相赵高，指鹿为马，束蒲为脯，二世不觉。"○问鼎，已见柳子厚《封建论》注。○常先，《文粹》《文诀》《文编》、茅选常作当。○计省，已见王介甫《度支副使厅壁题名记》注。○《宋史·兵志》曰："禁兵者，天子之卫兵也，殿前、侍卫二司总之，其最亲近扈从者，号诸班直，其次总于御前忠佐军头司、皇城司、骐骥院，皆以守京师，备征伐。其在外者，非屯驻屯泊，则就粮军也。太祖鉴前代之失，萃精锐于京师，虽曰增损旧制，而规橅宏远矣。"○深计而预虑，《正宗》作预图而深计，《文粹》《文诀》作深计而预图。○臆度，《文粹》《文诀》臆作億。臆，肊之或体字；億，億之隶变字（本从億不从意）。而意度字当作意，臆、億皆通借字。○谏争，郎本争作诤，《文编》、茅选并同，争乃诤之通借字。○郎曰："《通典》（《职官》六）云：旧例御史台不受诉讼，有通词状者，即于台门候御史，御史（二字依《通典》增）竟往门外收采，如可弹者，（如原作知，今依《通典》。）略其姓名，皆云风闻访知。"案《容斋四笔》卷十一曰："御史许风闻论事，相承有言，而不究所从来。以予考之，盖自晋、宋以下如此。齐沈约为御史中丞，（《文选》沈休文《奏弹王源》，李善注引吴均《齐春秋》曰：永明八年沈约为中丞。）奏弹王源曰：风闻东海王源。苏冕《会要》（卷六十）云：故事御史台无受词讼之例，有词状在门，御史采状有可弹者，即略其姓名，皆云风闻访知。其后疾恶公方者少，递相推倚，通状人颇壅滞。开元十四年，始定受事御史，人知一日，劾状遂题告事人名，（《通典·职官》六曰：永徽中，崔义元为大夫，始定受事御史，人知一日，是不始于开元时也，疑《会要》非是。）乖自古风闻之义。然则向之所行，今日之短卷是也。二字本见《尉佗传》。"○《通考·职官》七曰："御史台，宋承唐制，无大夫，以中丞为台长，无正员。以两省给谏权，自中丞以下，掌纠绳内外，百官奸慝，肃清朝廷纲纪，大事廷辨，小事奏弹。"案：御史中丞虽为台长，而与他省部院馆长官不同，故云无官长也。○《独断》上曰："天子至尊，不敢渫渎言之，故托之于乘舆。乘犹载也，舆犹车也，天子以天下为家，不以京师宫室为常处，则当乘车舆以行天下，故群臣托乘舆以言之。"○《越语下》："范蠡曰：谋之廊庙。"《后汉书·申屠刚传》章怀注曰："廊，殿下屋也；庙，太庙也。国事必先谋于廊庙之所也。"○议者讥宰相但奉行台官风旨，郎曰："应制科汪辅之尝以此说讥富丞相弼。"《长编》百九十曰："嘉祐四年八月乙亥，御崇政殿策试应才识兼茂明于体用科，明州观察推官陈舜俞，贤良方正直言极谏旌德尉钱藻、汪辅之，舜俞、藻并入四等，辅之亦入等，监察御史里行沈起言其无行，罢之。辅之躁忿，因以书诮让富弼曰：公为宰相，但奉台谏风旨而已，天下何赖焉？弼不能答。"○擢用，郎本、《文鉴》《文诀》上有盖字，《奏议》无此二字。○以去鼠，《文粹》以上有所字，下畜狗同。《文编》、茅选并同。○万一，郎本、《文鉴》《文诀》《正宗》《文编》、茅选一作世，《文粹》作一。吴先生曰："作一是。"今从之。○纪纲，《文粹》《文鉴》《文诀》作纲纪，《文编》同。

臣自幼小所记，及闻长老之谈，皆谓台谏所言，常随天下公议。公议所与，台谏亦与之；公议所击，台谏亦击之。汪曰："复生出公议一节，亦因介甫谓'人言不足恤'，而有此论。"及至英庙之初，始建称亲之议，本非人主大过，亦无典礼明文。徒以众心未安，公议不允，当时台谏，以死争之。今者物论沸腾，怨讟交至，公议所在，亦可知矣。而相顾不发，中外失望。夫弹劾积威之后，虽庸人亦可以奋扬；风采清秀之馀，虽豪杰有所不能振起。臣恐自兹以往，习惯成风，尽为执政私人，以致人主孤立。纪纲一废,何事不生?曾曰:"以上言介甫之戚,足以胁制台谏,使不敢言,执政、私人等句,亦有倾轧之意。"孔子曰:"鄙夫可与事君也与哉?其未得之也,患不得之,既得之,患失之。苟患失之,无所不至矣。"臣始读此书,疑其太过。以为鄙夫之患失,不过备位而苟容。及观李斯忧蒙恬之夺其权,则立二世以亡秦;卢杞忧怀光之数其恶,则误德宗以再乱。其心本生于患失,而其祸乃至于丧邦。孔子之言,良不为过。是以知为国者,平居必常有忘躯犯颜之士,则临难庶几有徇义守死之臣。苟平居尚不能一言,则临难何以责其死节?人臣苟皆如此,天下亦曰殆哉!君子和而不同,小人同而不和。和如和羹,同如济水。故孙宝有言,周公上圣,召公大贤,犹不相悦,著于经典,两不相损。晋之王导,可谓元臣,每与客言,举坐称善,而王述不悦,以为人非尧、舜,安得每事尽善?导亦敛衽谢之。若使言无不同,意无不合,更唱迭和,何者非贤?万一有小人居其间,则人主何缘得以知觉?臣之所愿存纪纲者,此之谓也。以上言台谏失职之害。自"古者建国"至此,皆论存纪纲。或曰:"存纪纲一节,事实太少,议论亦浅,与前二条不相称,不足平列为三。"

《宋史·英宗本纪》曰:"治平二年春四月戊戌,诏议崇奉濮安懿王典礼。六月己酉,诏尚书集三省御史台,议奉濮安懿王典礼。甲寅,罢尚书省集议,(《长编》原注曰:三年四月壬午始罢议,此须权罢耳。)令有司博求典故,务在合经。三年春正月丁丑,皇太后下书中书门下,封濮安懿王宜如前代故事,王夫人王氏、韩氏、任氏,皇帝可称亲,尊濮安懿王为皇,夫人为后。诏遵慈训,以茔为园,置守卫吏,以园立庙,俾王子孙主祠事,如皇太后旨。辛巳，诏臣民避濮安懿王讳，以王子宗懿为濮国公。壬午，黜御史吕诲、范纯仁、吕大防。二月辛酉，黜谏官傅尧俞、御史赵鼎、赵瞻。"《吕诲传》曰："濮议起，侍从请称王为皇伯，中书不以为然。诲引义固争，会秋大水，诲言此简宗庙之罚也。七上章不听，乞解台职，亦不听。遂劾宰相韩琦，又与御史范纯仁、吕大防共劾欧阳修首开邪议。已而诏濮王称亲，诲等知言不用，即上还告敕，居家待罪。且言与辅臣势不两立。帝犹豫久之，命出御史。既而曰：不宜责之太重，乃下迁诲工部员外郎。"案：英宗本濮王允让子，虽为仁宗之后，而王珪等议称濮王为皇伯，并无经传可据。欧阳永叔引《丧大记》为人后者为其父母降服一二年为期，而不没父母之名，持论甚正。吕诲等意气之争，殊不足取。子瞻称之，亦徇流俗之说耳。案：《正宗》礼典作典礼。○尽为执政私人，郎曰："温公日记云，谢景温素附介甫，与介甫弟安国为婚姻家，故介甫用为知杂御史，仍更不置中丞及谏官，恐其异故。"○郎本纪纲作纲纪。○鄙夫可与事君也与哉，至无所不至矣，见《论语·阳货篇》。可与事君也与哉，《奏议》、郎本无哉字，又下与字作欤；患不得之，郎本、《文粹》《文鉴》《正宗》皆无不字，与《论语》合。然此文疑子瞻特增此字，使意明显也。《集解》曰："患得之，患不能得之。"《荀子·子道篇》："孔子曰：小人者，其未得也，则忧不得，既已得之，又恐失之。"《潜夫论·爱日篇》曰："君子病夫未得之也，患不得之，既得之，患失之者。"沈明远（作喆）《寓简》卷二曰："东坡解云，患得之，当作患不得之。予观退之《王承福传》云：其贤于世之患不得之而患失之，以济其生之欲者。古本必如此。臧玉林（琳）《经义杂记》卷二十二曰：古人之言，多气急而文简，如《毛诗》以不宁为岂不宁，以不康为岂不康，《书·尧典》试可乃已，《史记·五帝本纪》云试不可用而已，是《尚书》以可为不可也。《论语·阳货》，其未得之也患得之，以得为不得，犹《尚书》以可为不可也,皆古人语急反言之证。"刘楚桢《论语正义》曰:"《荀子·子道篇》《潜夫论·爱日篇》,又毛奇龄《賸言》引《家语》患弗得之《见《在厄篇》),皆以训诂增成其义。《王承福传》亦此意。《寓简》谓古本必如此,此未达古人立文之法也。"○李斯忧蒙恬夺其权,已见《志林·鲁隐公篇》及《始皇扶苏篇》注。○《旧唐书·卢杞传》曰:"德宗在奉天,为朱泚攻围,李怀光自魏县赴难,或谓王翃、赵赞曰:怀光累叹愤,以为宰相谋议乖方,度支赋敛烦重,京尹刻薄军粮。乘舆播迁,三臣之罪也。今怀光勋业崇重,圣上必开襟布诚,询问得失,使其言入,岂不殆哉?翃、赞白于杞,杞大骇惧,从容奏曰:不如使怀光乘胜进收京城。帝然之,乃诏怀光率众屯便桥,克期齐进。怀光大怒,遂谋异志。"《李怀光传》曰:"怀光性麤厉疎愎,缘道数言卢杞、赵赞、白志贞等奸佞,且曰:吾见上,当请诛之。杞等微知之,惧甚,因说上令怀光乘胜逐泚,不可许至奉天。德宗从之。怀光屯军咸阳,数上表暴扬杞等罪恶,上不得已,为贬杞、赵赞、白志贞以慰安之。怀光且宣言曰:吾今与朱泚连和,车驾当须引避。由是上遽幸梁州。"案:郎本怀光上有李字。○《书·秦誓》曰:"以不能保我子孙黎民,亦曰殆哉。"○君子和而不同,见《论语·子路篇》。○《左》昭二十年:"晏子曰:据(梁丘据)同也,焉得为和?公曰:和与同异乎?对曰:异。和如羹焉,水火醯醢盐梅以烹鱼肉,燀之以薪,宰夫和之,齐之以味,济其不及,以泄其过。君子食之以平其心。若以水济水,谁能食之?"○《汉书·孙宝传》曰:"平帝立,宝为大司农,会越巂郡上黄龙游江中,太师孔光、大司徒马宫等,咸称莽功德比周公,宜告祠宗庙。宝曰:周公大圣,召公大贤,尚犹有不相说,著于经典,两不相损。今风雨未时,百姓不足,每有一事,群臣同声,得无非其美者?"颜注曰:"《周书·君奭》之序曰:召公为保,周公为师,相成王为左右,召公不说，周公作《君奭》是也。两不相损者，言俱有令名也。"案：《奏议》孙宝上无故字。○两不相损，《奏议》无此四字。○《晋书·王述传》曰："尝见导每发言，一坐莫不赞美。述正色曰：人非尧、舜，何得每事尽善？导改容谢之。"○得以，《奏议》、郎本无得字，《文粹》无此二字，《文编》、茅选同。○所愿，《文粹》《文鉴》《文诀》《正宗》《文编》、茅选所下有谓字，非，今依《奏议》、郎本删。

臣非敢历诋新政，苟为异论。如近日裁减皇族恩例，刊定任子条式，修完器械，阅习鼓旗。皆陛下神算之至明，乾纲之必断。物议既允，臣敢有辞？然至于所献三言，则非臣之私见。中外所病，其谁不知？昔禹戒舜曰："无若丹朱傲，惟慢游是好。"舜岂有是哉？周公戒成王曰："无若殷王受之迷乱，酗于酒德哉！"成王岂有是哉？周昌以汉高为桀、纣，刘毅以晋武为桓、灵，当时人君曾莫之罪，而书之史册，以为美谈。使臣所献三言，皆朝廷未尝有此，则天下之幸，臣与有焉。若有万一似之，则陛下安可不察？然而臣之为计，可谓愚矣。以蝼蚁之命，试雷霆之威，积其狂愚，岂可屡赦？大则身首异处，破坏家门；小则削籍投荒，流离道路。虽然，陛下必不为此。何也？臣天赋至愚，笃于自信。向者与议学校贡举，首违大臣本意，已期窜逐，敢意自全？而陛下独然其言，曲赐召对，从容久之。至谓臣曰："方今政令，得失安在？虽朕过失，指陈可也。"臣即对曰："陛下生知之性，天纵文武，不患不明，不患不勤，不患不断，但患求治太速，进人太锐，听言太广。"三言与前所陈结人心、厚风俗、存纪纲相对。又俾具述所以然之状，陛下领之曰:"卿所献三言,朕当熟思之。"臣之狂愚,非独今日,陛下容之久矣。岂有容之于始而不赦之于终?恃此而言,所以不惧。臣之所惧者,讥刺既众,怨仇实多。必将诋臣以深文,中臣以危法。使陛下虽欲赦臣而不得,岂不殆哉?死亡不辞,但恐天下以臣为戒,无复言者。是以思之经月,夜以继日,书成复毁,至于再三。感陛下听其一言,怀不能已,卒进其说,惟陛下怜其愚忠而卒赦之!汪曰:"对起处赦而不诛。"不胜俯伏待罪忧恐之至。以上总结。臣轼诚惶诚恐顿首顿首上书。

　　□茅曰:"指陈利害似贾谊,明切事情似陆贽。"○刘曰:"虽自宣公奏议来,而笔力雄伟,抒词高朗,宣公不及也。宣公止敷陈条达明白,足动人主之听,故欧、苏咸效其体。"○或曰:"奏疏总以明显为要,时文家有典、显、浅三字诀,奏疏能备此三字,则尽善矣。典字最难,必熟于前史之事迹,并熟于本朝之掌故,乃可言典。至显、浅二字,则多本于天授,虽有博学多闻之士,而笔下不能显豁者多矣。浅字与雅字相背,白香山诗,务令老妪皆解,而细求之,皆雅饬而不失之率。吾尝谓奏疏能如白诗之浅,则远近易于传播,而君上亦易感动。此文虽不甚浅,而典、显二字,则千古所罕见也。"

　　苟为异论,茅选异作议。○裁减皇族恩例,郎曰:"熙宁二年十一月甲戌,诏裁宗子授官法,唯宣祖、太祖、太宗之子孙,择其后各封国公,世世不绝。其馀玄孙之子,将军以下,听出外官;袒免之子,更不赐名授官,许令应举。"《文献通考·帝系》十曰:"神宗熙宁二年,中书枢密院言,祖宗受命百年,皇族日以蕃衍。臣等今谋定方今可行之制,宣祖、太祖、太宗之子,皆择其后一人为宗,世世封公。祖宗袒免亲,将军以下,愿出官者听,仍先经大宗正司陈请;其非袒免亲,不赐名授官,许应举。

应进士者，只试策论，明经者，试一大经，试大义及策，初试不成文理者退黜，馀令覆试，取合格者，以五分为限，人数虽多，不得过五十人，诏依所奏施行。"《老学庵笔记》卷二曰："王荆公作相，裁损宗室恩数，于是宗子相率马首陈状诉云，均是宗庙子孙，且告相公看祖宗面。荆公厉声曰：祖宗亲尽亦须祧迁，何况贤辈？于是皆散去。"○刊定任子条式，郎曰："熙宁元年九月，两制详定裁减恩泽，诏并依所定施行。三年十二月，再裁定后妃公主及臣僚荫补恩泽。"《通考·选举》七曰："熙宁初，裁损奏荫之法，自宰相使相而下，并及宫掖外戚，递有减损。旧制，诸妃遇圣节，奏亲属一人，间一年许奏三人，郊礼许奏一人。今定诸妃每遇圣节并郊，许奏有服亲一人。旧制皇亲妻两遇郊，许奏亲属一人，今罢。旧制郡县主遇郊，许奏亲生子及其夫之亲，今只许奏亲子。旧制臣僚之妻为国夫人者，得遗表恩，今除之。旧制公主每遇圣节郊礼，许奏夫之亲属一人，并遇公主生日，许奏一人，今罢生日恩，圣节许奏有服亲。"○修完器械二句，郎曰："熙宁中，每内阅诸军，时加旌赏。"《通考·兵》五曰："神宗即位之初，总治平之兵，一百十六万二千，帝患兵冗不继，始议销并，乃亲制选练之法，靡不周悉。其立军之制，非新经科简，团并有馀，或特创名，或因旧额增损指挥之，数无常焉。"案：郎本完作营，《文诀》作备。○无若丹朱傲二句，见《书·益稷》。案：本在《皋陶谟》。《史记·夏本纪》曰："帝曰：毋若丹朱傲。"《论衡·问孔篇》曰："《尚书》曰：毋若丹朱敖，惟慢游是好。谓帝舜教禹，毋子不肖子也。"又《谴告篇》曰："帝戒禹曰：毋若丹朱放。"（孙渊如《今古文尚书注疏》曰，放当作敖。）《后汉书·梁冀传》："袁箸上书曰：昔舜、禹相戒，无若丹朱敖。"是汉人皆以此为舜戒禹之言。伪古文分入《益稷》，又无帝曰二字，伪孔传以为禹戒舜之言，非也。子瞻亦承用伪孔之义耳。○《书·无逸》曰："无若殷王受之迷乱，酗于酒德哉!"案：郎本、《文粹》《文鉴》《文诀》有哉字，与《书》合，《文编》、茅选并同，《奏议》、郎本、《正宗》皆无哉字。疑子瞻删节一字，以避下句耳。《汉书·刘向传》：向上星字奏，引毋作无，受作纣。《汉书·翼奉传》："奉上疏曰：周公犹作《诗》《书》，深恐失天下，《书》则曰：王毋若殷王纣。"《论衡·遣告篇》曰："周公敕成王曰：毋若殷王纣。"《后汉书·梁冀传》：袁箸上书曰："周公戒成王，无如殷王纣。"《翼奉传》颜注引《书·无逸》，受亦作纣。○《汉书·周昌传》曰："昌尝燕入奏事，高帝方拥戚姬，昌还走。高帝逐得，骑昌项问曰：我何如主也？昌仰曰：陛下即桀、纣之主也。于是上笑之。"○《晋书·刘毅传》曰："帝尝问毅曰：卿以朕方汉何帝也？对曰：可方桓、灵。帝曰：吾德虽不及古人，犹克己为政，又平吴会，混一天下，方之桓、灵，其已甚乎？对曰：桓、灵卖官钱入官库，陛下卖官钱入私门，以此言之，殆不如也。帝大笑曰：桓、灵之世，不闻此言，今有直臣，故不同也。"案：郎本桓作威，避讳。○屡赦，《奏议》屡作数。○何也，《奏议》也作哉。○子瞻《议学校贡举状》曰："科举之法，行之百年，治乱盛衰，初不由此。自文章言之，则策论为有用，诗赋为无益。自政事言之，则诗赋策论，均为无用矣。虽知其无用，然自祖宗以来，莫之废者，以为设法取士，不过如此也。自唐至今，以诗赋为名臣者，不可胜数，何负于天下，而欲废之？"案：子瞻此说非是，故他日荆公语神宗曰：进士科试诗赋，亦多得人，然谓科法已善，则未也。士少壮时，正当讲求天下正理，乃闭门学作诗赋，及其入官，世事皆所未习，此科法败坏人材，致不如古云云。止此数语，足以破子瞻而有馀。但荆公学校教法，尚未尽善，秀才化为学究之叹，荆公初念所不料也。○召对，郎曰："公墓志云：熙宁四年，王介甫欲变更科举，神宗疑焉，使两制三馆议之。公议上，神宗悟曰：吾固疑此，得苏轼议，意释然矣，即日召见。"○具述，《文鉴》

《正宗》《文诀》作述其。○而不得，郎本不下有可字。○继日，《奏议》、郎本日作昼。○书成，《奏议》、郎本书作表。○卒进，郎本、《文鉴》进作吐。○惟陛下，郎本、《文鉴》无惟字。○顿首顿首上书，《文编》作顿首谨书。案：臣轼以下，《奏议》、郎本、《文鉴》《文诀》等皆删去。

答李端叔书

郎注曰："端叔名之仪，少登科。元祐中为密院编修官，能诗，善为文，工于尺牍。东坡尝谓得发遣三味。"《东都事略·文艺传》曰："李之仪，字端叔，姑熟人也。轼帅定武，辟置幕下。及范纯仁卒，之仪为作遗表，为世传诵，遂坐党籍，废黜终身云。"《宋史》附《李之纯传》，《纪年录》以此书为元丰三年十二月作。案：苏集俗本作《答李属书》，王见大《苏诗总案》据之，以《纪年录》为误，非是。

轼顿首再拜：闻足下名久矣。又于相识处往往见所作诗文。虽不多，亦足以髣髴其为人矣。寻常不通书问，怠慢之罪，犹可阔略。及足下斩然在疚，亦不能以一字奉慰，舍弟子由至，先蒙惠书，又复嬾不即答，顽钝废礼，一至于此。而足下终不弃绝，递中再辱手书，待遇益隆，览之面热汗下也。先谢屡未答书。足下才高识明，不应轻许与人。得非用黄鲁直、秦太虚辈语，真以为然邪？不肖为人所憎，而二子独喜见誉，如人嗜昌歜羊枣，未易诘其所以然者。以二子为妄则不可，遂欲以移之众口，又大不可也。以上言推誉之言不足信。

《左》昭十年："叔向曰：斩焉在衰绖之中。"杜注曰："既葬未卒哭，故犹服斩衰。"王伯申《经义述闻》卷十九曰："斩读为惭，惭焉者，哀痛忧伤之貌。《晋语》（三）曰：吾君慼焉其亡之不恤，而群臣是忧，是也。《说文》：憯，痛也。古声憯、惭相近，杜说非是。"○《诗·闵予小子》曰："嬛嬛在疚。"毛传曰："疚，病也。"○《纪年录》曰："元丰三年正月，至陈，子由自南都来，三日而别。二月一日，到黄州，五月，子由来齐安，以诗迎之。"（《九域志》曰："黄州齐安郡治黄冈县。"）《苏诗总案》卷二十曰："元丰三年五月，子由于二月中，奉同安君（子瞻妻王）及迨、过（迈从子瞻）自宋登舟，缭绕江淮，公闻将至黄州，诗以迎之。（正月十四日，子由自陈州别后，即挈两房家属，自应天府登舟，泛汴泗，出淮扬，过金陵溯皖，公泊家九江以待，而自奉子瞻一房赴黄州，辛勤累月始达，复归九江，自挈其家，由南康一路，赴筠州贬所。）《能改斋漫录》卷二曰：兄称弟曰舍弟，亦有所本。魏文帝《与锺繇书》曰：是以令舍弟子建因荀仲茂时从容喻鄙旨。"○递中，案：递谓驿递。○《宋史·文苑传》曰："黄庭坚字鲁直，洪州分宁人，与张耒、晁补之、秦观俱游苏轼门，天下称为四学士。秦观字少游，一字太虚，扬州高邮人。"○《吕氏春秋·遇合篇》曰："文王嗜昌蒲菹。"《左传》僖三十年：王使周公阅来聘，飨有昌歜。杜注曰："菖蒲菹也。"《释文》曰："歜，在感反。"顾亭林《左传杜注补正》卷二曰："歜字误，《玉篇》作歠，徂敢切，昌蒲菹。"王伯申《经义述闻》十七曰："䡡字或省作歜，䡡字隶书作䡢，与蜀相似，故传写者误作歜。"○《孟子·尽心下》曰："曾晳嗜羊枣。"《尔雅·释木》曰："遵羊枣。"郭注曰："实小而圆，紫黑色，今俗呼之为羊矢枣。"

轼少年时，读书作文，专为应举而已。既及进士第，贪得不已，又举制策，其实何所有？而其科号为直言极谏，故每纷然诵说古今，考论是非，以应其名耳。人苦不自知，既以此得，因以为实能之。故譊譊至今，坐此得罪几死。所谓齐虏以口舌得官，真可笑也。妙语解颐。然世人遂以轼为欲立异同，则过矣。妄论利害，搀说得失，此正制科人习气。譬之候虫时鸟，吴先生曰："此一接，真乃出人不测。"自鸣自已，何足为损益？轼每怪时人待轼过重，而足下又复称说如此，愈非其实。以上言己以言得罪，因坐世人待己过重，李不宜复加推誉。

王宗稷《东坡先生年谱》曰："嘉祐二年，先生年二十二，赴试礼部。时欧阳文忠公考试，得先生《刑赏忠厚之至论》，以为异人，欲冠多士。疑曾子固所为，子固，文忠门下士也，乃寘先生第二。复以《春秋》对义居第一，及殿试，章衡榜中进士乙科。"○子由撰子瞻墓志铭曰："五年授河南福昌主簿。文忠（欧阳修）以直言荐之秘阁，试六论，文义粲然，此答制策，复入三等。"○《广雅·释训》曰："譊譊，语也。"○《墓志铭》曰："徙知湖州，以表谢上，言事者摘其语以为谤，遣官逮赴御史狱。初公既补外，见事有不便于民者，不敢言亦不敢默视也，缘诗人之义，托事以讽，庶几有补于国。言者从而媒蘖之。上初薄其过，而浸润不止，至是不得已从其请。既付狱吏，必欲寘之死，锻炼久之不决。上终怜之，促具狱，以黄州团练副使安置。"《乌台诗案》曰："元丰二年六月二十七日，权监察御史里行何正臣劄子：知湖州苏轼谢上表，愚弄朝廷，妄自尊大。又一有水旱之灾，盗贼之变，轼必倡言归咎新法，喜动颜色。轼所为讥讽文字，传于人者甚众，今独取镂板而鬻于市者进呈。七月二日，权监察御史里行舒亶劄子：轼近谢上表，有讥切时事之言，流俗翕然，争相传诵，忠义之士，无不愤惋。盖陛下发钱以本业贫民，则曰：赢得儿童语音好，一年强半在城中。陛下明法以课试群吏，则曰：读书万卷不读律，致君尧、舜知无术。陛下兴水利，则曰：东海若知明主意，应教斥卤变桑田。陛下谨盐禁，则曰：岂是闻韶解忘味？尔来三月食无盐。其他触物即事，应口所言，无一不以讥谤为主。小则镂板，大则刻石，传播中外，自以为能。其尤甚者，至远引衰汉梁、窦专朝之士，杂取小说燕蝠争晨昏之语，旁属大臣而缘以指斥乘舆，可谓大不恭矣。虽万死不足以谢圣时，伏望付轼有司，至印行四册，谨具进呈。国子博士李宜之状：昨任提举淮东常平，过宿州灵壁镇，有张硕秀才称苏轼与本家撰《灵壁张氏园亭记》，内称古之君子不必仕，不必不仕，必仕则忘其身，必不仕则忘其君。是教天下之人必无进之心，以乱取士之法，无尊君之义，亏大忠之节，显涉讥讽，乞赐根勘。七月三日，权御史中丞李定劄子：知湖州苏轼初无学术，滥得时名，偶中异科，遂叨儒馆。有可废之罪四。轼先腾沮毁之论，陛下犹置之不问，容其改过。轼怙终不悔，其恶已著，一也。古人有言曰：教而不从，然后诛之。陛下所以俟轼者，可谓尽矣，而狂悖之语日闻，二也。轼所为文辞，虽不中理，亦足以鼓动流俗，所谓言伪而辨，当官侮慢，不循陛下之法，操心顽愎，不服陛下之化，所谓行僻而坚，先王之法当诛，三也。《书》刑故无小，轼读史传，岂不知事君有礼，讪上者诛？而敢肆其愤心，公为诋訾，而又应制举对策，即已有厌弊更法之意，又陛下修明政事，怨不用己，遂一切毁之以为非是，四也。而尚容于职位，伤教乱俗，莫甚于此。伏望断自天衷，特行典宪。奉圣旨批四状，并册子送御史台根勘闻奏。"○《史记·刘敬传》曰："上使刘敬复往使匈奴，还报曰：匈奴不可击也。上怒，骂刘敬曰：齐虏以口舌得官，今乃妄言沮吾军，械系敬广武。"

得罪以来，深自闭塞。扁舟草屦，放浪山水间，与樵渔杂处，往往为醉人所推骂，辄自喜渐不为人识。平生亲友，无一字见及，有书与之亦不答，自幸庶几免矣。

足下又复创相推与，甚非所望。以上言幸渐不为人所识，李不宜复创相推与。

《长编》三百一曰："元丰二年十二月庚申，祠部员外郎直史馆苏轼，责授检校水部员外郎黄州团练副使，本州安置，不得签书公事，令御史台差人转押前去。"《墓志铭》曰："公幅巾芒屩，与田父野老，相从豀谷之间，筑室于东坡，自号东坡居士。"〇推骂〔与〕，《文粹》推作摧。

木有瘿，石有晕，犀有通，以取妍于人，皆物之病也。谪居无事，默自观省，回视三十年以来所为，多其病者。足下所见，皆故我，非今我也。无乃闻其声不考其情，取其华而遗其实乎？抑将又有取于此也？茅曰："却又自留地步。"此事非相见不能尽。自得罪后，不敢作文字，此书虽非文，然信笔书意，不觉累幅，亦不须示人，必喻此意。以上得罪后之情状。岁行尽，寒苦，惟万万节哀强食，不次。

□刘曰："本色语，自然工雅，然已开语录之渐。"〇吴先生曰："此文可谓怨而不怒，养到之验，虽振笔直书，而气韵自然，非他家所及。"

谢肇淛《五杂俎》曰："木之有瘿，乃木之病也。而后人乃取其瘿瘤柯礧者，截以为器，盖有瘿而后有旋文，磨而光之，亦自可观。"按《刘子》云：梗楠郁蹙，以成缛锦之瘤（《激通篇》），则瘿木之见重，自古然矣。〇段柯古《酉阳杂俎》卷十六曰："犀角通者是其病，然其理有倒插、正插、腰鼓插，倒者一半已下通，正者一半已上通，腰鼓者中断不通，故波斯谓牙为白暗，犀为黑暗。"〇回视，郎本视作说。〇《庄子·田子方篇》："虽忘乎故吾，吾有不忘者存。"郭注曰："虽忘故吾，而新吾已至，未始非吾，吾何患焉。"

方山子传

《宋史·陈希亮传》曰："希亮其先京兆人，唐广明中迁眉州。子忱，字季常。"子瞻《岐亭诗叙》曰："元丰三年正月，余始谪黄州，至岐亭北二十五里，山上有白马青盖来迎者，则余故人陈忱季常也，为留五日，赋诗一篇而去。"

方山子，光、黄间隐人也。李刚己曰："起二句不叙姓名，留于后文倒点。"少时慕朱家、郭解为人，茅曰："一篇领袖。"闾里之侠皆宗之。稍壮，折节读书，欲以此驰骋当世，然终不遇。晚乃遁于光、黄间，曰岐亭。庵居蔬食，不与世相闻。弃车马，毁冠服，徒步往来山中，人莫识也。见其所著帽方耸而高，曰此岂古方山冠之遗像乎！因谓之方山子。李曰："首段撮举生平，而独不及岐山相见时事，亦留于后文追叙也。此等皆为文时惨淡经营，取逆避顺之法。"○以上总叙其生平，及称方山子之由。

宋淮南西路光州治定城县，今河南潢川县治。黄州治黄冈县，今湖北黄冈县治。○《史记·游侠传》曰："鲁朱家者，与高祖同时，鲁人皆以儒教，而朱家用侠闻。所藏活豪士以百数。郭解轵人也。少时以躯借交报仇，年长更折节为俭，以德报怨，厚施而薄望，然其自喜为侠益甚。"○《元丰九域志》曰："淮南西路黄州：麻城县，在州北一百七十五里，四乡有岐亭镇。"《清一统志》曰："湖北黄州府：岐亭镇在麻城县西南七十里。"○然终，《文鉴》无终字。○方耸，集耸作屋，《正宗》、茅选同。○《续汉书·舆服志》曰："进贤冠前高七寸，后高三寸，长八寸，方山冠似进贤，以五彩縠为之。"聂崇义《三礼图》引作缨长八寸。

余谪居于黄，过岐亭，适见焉。曰：呜呼！此吾故人陈慥季常也。茅曰："才说姓名。"沈曰："倒点出姓名。"何为而在此？李曰："此二句笔势奇横，破空而游。"方山子亦矍然问余所以至此者。余告之故，俯而不答，仰而笑，呼余宿其家，环堵萧然，而妻子奴婢皆有自得之意。余既耸然异之。李曰："文势略顿，旋用奇纵之笔。"又曰："按此数语，自通篇言之，则为正意，自下文言之，则为逆笔，以此见顺逆之无定也。"○以上叙岐亭相遇。

矍、瞿字通。《说文》曰："瞿，举目惊瞿然也。"○陶渊明《五柳先生传》曰："环堵萧然，不蔽风日。"○耸、㷾字通。《说文》曰："㷾，惊也。"

独念方山子少时，使酒好剑，用财如粪土，前十有九年，茅曰："宕。"余在岐下，见方山子从两骑，挟二矢，游西山，鹊起于前，使骑逐而射之，不获，方山子怒马独出，一发得之。茅曰："本没要紧事，却叙得澹宕有神。"李曰："插叙琐事，意态横生，是为文外远致，其法本于史公。"因与余马上论用兵，茅曰："有此一转方好。"及古今成败，自谓一世豪士。沈曰："悲壮淋漓。"李曰："以上写少时豪侠，凛凛有生气，行文亦跌宕尽致。"今几日耳？李曰："顿挫尤为有力。"精悍之色，犹见于眉间，而岂山中之人哉？沈曰："前'吾故人'句内，已含此一段文字矣，得此追叙，见隐人本非枯槁寂寞之人，作法之妙，不可思议。"李曰："自'独念方山子少时'以下，文势横空而来，令人莫测其发端所由。至于韵趣之奇逸，神气之超远，则坡公本色也。"○以上追叙方山子少时志气。

岐下，茅选作岐山。王见大《苏诗总案》卷二十一曰："公自嘉祐癸卯与季常相识岐下，数至是年元丰辛酉，为十九年。

案：嘉祐八年癸卯，子瞻签判凤翔。《元丰九域志》曰："秦凤路凤翔府岐山县在府东四十里。"○两骑，《文鉴》作二骑。

然方山子世有勋阀，当得官，使从事于其间，今已显闻。而其家在洛阳，园宅壮丽，与公侯等。河北有田，岁得帛千匹，亦足以富乐。李曰："此上补叙其家世之富盛，以反逼下文，尤为穷尽笔势。"皆弃不取，独来穷山中，此岂无得而然哉？沈曰："应上'自得'。"李曰："此三句转落正意。"○以上又就其家世之富盛，写其人之高尚。

《汉书·车千秋传》曰："千秋无伐阅功劳。"颜注曰："伐，积功也；阅，经历也。"

余闻光、黄间多异人，往往阳狂垢污，不可得而见，方山子傥见之与！沈曰："妙在不了。"李曰："结末复起一波，有苍茫不尽之势。"

□茅曰："烟波生色处，能令人涕洟。"○沈曰："生前作传，故别于寻常传体，通篇只叙其游侠隐沦，而不及世系与生平行事，此传中变调也。写游侠须眉欲动，写隐沦姓字俱沉，自是传神能手。"○刘曰："鹿门'烟波生色'四字，足尽此文之妙。"○李曰："东坡文字长于议论，叙事之作，不逮韩、欧远甚，惟此篇跌宕有奇气。"

《大戴礼·保傅篇》曰："箕子被发阳狂。"《史记·殷本纪》作详狂，《韩诗外传》六、《史记·宋微子世家》作佯狂，阳、详皆易之借字，佯后出字。

《容斋三笔》卷三曰："陈慥，字季常，公弼之子，居于黄州之岐亭，自称龙丘先生。"又曰："方山子好宾客，喜畜声妓，然其妻柳氏绝凶妒，故东坡有诗云：龙丘居士亦可怜，谈空说有夜不眠。忽闻河东师子吼，拄杖落手心茫然。河东师子，指柳氏也。坡又尝醉中与季常书云：一绝乞秀英君，想是其妾小字。黄鲁直元祐中有与季常简曰：审柳夫人时须医药，今已安平否。公暮年来，想渐求清净之乐，姬媵无新进矣。柳夫人此何所念，以致疾邪？又一帖云：承谕老境情味，法当如此，所苦既不妨游观山川，自可损药石，调护起居，饮食而已，河东夫人亦能哀怜老大，一任放不解事邪？则柳氏之妒名，固彰著于外，是以二公皆言之云。"案：子瞻《寄吴德仁兼简陈季常诗》有"龙丘居士亦可怜"云云，王注载赵次公曰："有王觊字达观，本嘉州犍为人，尝从先生游。达观为次公言：季常之妻柳氏最悍妒，每季常设客有声伎，柳氏则以杖击照壁大呼，客至为散去。"《苕溪渔隐丛话·前集》卷三十八引《西清诗话》曰："季常自以为饱禅学，而其妻柳颇悍忌，季常畏之。东坡因戏之云云。"旧时解苏诗者，皆以为季常惧妻而发，（冯星实《苏诗合注》卷二十五，引刘须溪谓河东暗用杜子美《可叹》诗"河东女儿身姓柳"为戏。卢召弓《锺山札记》卷四，谓狮子吼出《佛说长者女庵提遮狮子吼了义经》。）后世遂以为季常畏妻柳氏之证，而与此文所云妻子奴婢皆有自得之意不相合。王见大《苏诗编注集成》卷二十五曰："张文潜《宛丘集·吴大夫墓志》，称德仁不喜闻人过，公素未识面，必不以柳妒告之也。佛说狮吼，皆喻法也，本集有柳簿者行二，季常之客，即真龄也，其《遗铁拄杖》诗，有'柳公手中黑蛇滑'句，二人尝讶公，而语多谐谑，又云季常示病，正如小子圆觉，可谓害脚法师鹦鹉禅，五通气毬黄门姿，馀如秀英君则托诸醉，脊记则托诸戏，而季常雄冠之说，亦云非实，（以上所引皆见子瞻《与陈季常书》。）诗当参看。"案：如王氏说，则河东狮吼，与季常妻无涉，似胜旧解。

表忠观碑

石本首云：朝奉郎尚书祠部员外郎直史馆权知徐州军州事骑都尉苏轼撰并书。末云：元丰元年八月甲寅。《咸淳临安志》

卷七十五曰："表忠观在城南龙山。熙宁十年，守赵清献公以钱氏坟庙芜废，请于朝，即龙山废佛刹妙因院为观，诏赐额曰表忠，详具苏公所撰碑。"《清一统志》曰："浙江杭州府：钱武肃王祠，在钱塘县（今并入杭县）涌金门外，旧名表忠观，在县南龙山。宋熙宁中，赵抃建，祠吴越诸王，苏轼撰碑文。"王兰泉《金石萃编》卷一百三十七曰："按表忠观，万历《杭州府志》宋时观在龙山，熙宁十年，知杭州赵抃请于朝建，赐名表忠观，苏轼作碑记，即此碑也。《西湖志》云：表忠观碑在今钱王祠内，嘉靖三十六年，杭州知府陈柯重摹立石，此则明时重摹本，在今钱王祠者也。今之钱王祠，在杭州城涌金门外柳浪闻莺之南，灵芝寺之左，亦名表忠观。考表忠观碑有四，其最初者本四石，两面刻作行楷书，字大四寸，每石每面六行，行二十字，元丰元年之旁，尚有小行书两行，其一行云：表忠观碑总四片，面背刻字（下文缺），第二行云：匡护而树之，此碑遂（下文缺）。钱文瀚《苏碑考》云：苏轼表忠观原碑，旧在龙山观内，元初西僧杨琏真伽悉辇砖石甃塔基，杭郡碑石为其所灾者，已大半矣。此碑乃正德十二年御史宋廷佐，与宋高宗石经同迁于郡庠。乾隆二年，诸暨余萝村讳懋栋教授郡庠，秋暮萝村同年赵石函来寓，循视颓垣下微露石棱，掘土获断碑二，即表忠观碑也，后嵌于郡庠壁者几年，又倒仆于名宦祠者几年，岁乙卯，重修表忠观落成，此碑自郡庠移来，树于今表忠观左庑，此东坡手书初刻之碑也。其次则明太守陈柯重摹本，在观中右庑。又其次行书碑，见王衡《缑山集》陈子吉士出所镌文忠行书碑文，字仅拇指大者。又见王荆公题跋，云子瞻守杭州，作表忠观碑，余退老锺山，忽复见过，同憩法云寺，子瞻忽已写一通，字字欲飞，袖之而归者也。又其次小字表忠观碑，见《竹崦盦金石目》，云在杭州府学，仅二小石，其'臣愿以龙山废佛寺曰妙因院者为观'以下俱缺。盖表忠观碑之现行于世者，大凡有此四种。今所录者，取府学出土本，而以陈柯重摹本补其全。按《东坡先生年谱》：元丰元年戊午，先生在徐州任，但载八月癸丑黄楼落成，而不叙及撰此碑，是年谱漏略。东坡撰此文，系在徐州任，并非守杭州，不知何以荆公题跋云，子瞻守杭州，作表忠观碑，恐此跋亦系误传也。"

《邵氏闻见后录》卷十四曰："陈叔易言王荆公得东坡表忠观碑本，顾坐客曰：似何人之文？自又曰：似司马迁，自又曰：似迁何等文？自又曰：《三王世家》也。予以为不然，司马迁死，其书亡，《景帝》《武帝》二纪，《礼书》《乐书》《汉兴以来将相年表》《日者龟策传》，《三王世家》，至元、成间，褚先生者补作《武帝纪》《三王世家》《龟策日者传》，当时以其言鄙陋，失迁本意。(此张晏说，《史记·太史公自叙》《集解》《索隐》，《汉书·司马迁传》颜注皆引之，然晏说凡十篇，邵氏不数《律书》及《傅靳蒯列传》何也？) 荆公岂不知此，而以今《三王世家》为迁之书邪？"《潘子真诗话》曰："东坡作表忠观碑，荆公置坐隅，叶致远、杨德逢在坐，有客问曰：相公亦喜斯作邪？公曰：斯作绝似西汉，坐客叹誉不已。公笑曰：西汉谁人可拟？德逢对曰：王褒易之也。公曰：不可草草。德逢复曰：司马相如、杨雄之流乎？公曰：相如赋《子虚》《大人》，洎《喻蜀文》《封禅书》耳，雄所著《太玄》《法言》以推《易》《论语》，未见其叙事典赡如此也。直须与子长驰骋上下。坐客又从而赞之。公曰：毕竟似子长何语？坐客悚然。公徐曰：《楚汉以来诸侯王年表》也。"步瀛案：荆公谓似《三王世家》，殆指封策言，非指褚少孙所补。又《史记·汉兴以来诸侯王年表》，亦不名《楚汉以来诸侯王年表》，大抵宋人记载，关于荆公、东坡之事，多不足信。孙执升《书画跋·跋》以为《三王世家》是形似，《诸侯年表》是神似，亦牵合傅会耳。吴北江曰："世多谓此文用《三王世家》体，非也，碑刻岂能用史传体？汉碑中如史晨、樊毅、无极山碑，皆直录奏语，其例甚多。子瞻自用汉碑体，何必《三王世家》邪？"

郎本表忠上有钱氏二字，《文鉴》碑下有文字。

熙宁十年十月戊子，资政殿大学士右谏议大夫知杭州军州事臣抃言：故吴越国王钱氏坟庙，及其父祖妃夫人子孙之坟，在钱塘者二十有六，在临安者十有一，皆芜废不治。父老过之，有流涕者。谨按故武肃王钱镠，始以乡兵，破走黄巢，名闻江淮，复以八都兵讨刘汉宏，并越州以奉董昌，而自居于杭。及昌以越叛，则诛昌而并越，尽有浙东西之地。传其子文穆王元瓘，至其孙忠显王仁佐，遂破李景兵，取福州，而仁佐之弟忠懿王俶又大出兵攻景，以迎周世宗之师，其后卒以国入觐。三世四王，与五代相终始。汪曰："揭出此句作主，盖下文虽功德并举，而尤重在功上，乃所谓忠也。铭中亦只就功说其忠。"〇以上钱氏之有国始末。

王兰泉曰："《宋史·宰辅表》：熙宁三年四月己卯，赵抃自参知政事右谏议大夫，以资政殿学士知杭州，此碑载熙宁十年十月，抃犹知杭州，但系衔加大学士，与表不同。盖出知杭州已八年矣。"《宋史·职官志》曰："资政殿大学士为正三品，左右谏议大夫为从四品，诸州刺史为从五品。"〇《舆地纪胜》曰："两浙西路临安府：（北宋曰杭州，南宋建炎三年改升府。）吴越武肃王墓，在临安县城北三十里；吴越文穆王墓，在钱塘县界龙山之南原；吴越忠献王墓，在龙山之南原。苏轼表忠观碑云，钱氏坟庙，在钱塘者二十有六，此其著者也。"《清一统志》曰："浙江杭州府：吴越王钱镠墓，在临安县东安国山；文穆王元瓘、忠献王宏佐墓，在钱塘县龙山。"○《新五代史·吴越世家》曰："钱镠，字具美，杭州临安人也。唐乾符二年，浙西裨将王郢作乱，石鉴镇董昌募乡兵讨贼，表镠偏将，击郢破之。是时黄巢众已数千，攻掠浙东，至临安。镠曰：今镇兵少而贼兵多，难以力御，宜出奇兵邀之。乃与劲卒二十人伏山谷中，巢先锋度险皆单骑，镠伏弩射杀其将，巢兵乱，镠引劲卒蹂之，斩首数百级。（郎注引有先锋溃三字。）镠曰：此可一用尔，若大众至，何可敌耶？乃引兵趋八百里。八百里，地名也，告道旁媪曰：后有问者，告曰：临安兵屯八百里矣。巢众至，闻媪语，不知其地名，皆曰：向十余卒不可敌，况八百里乎？遂急引兵过。（郎注引过作还。）都统高骈闻巢不敢犯临安，壮之。召董昌与镠俱至广陵，久之骈无讨贼意，昌等不见用，辞还，骈表昌杭州刺史。"○《吴越世家》曰："是时天下已乱，董昌乃团诸县兵为八都，以镠为都指挥使。中和二年，越州观察使刘汉宏与昌有隙，镠率八都兵渡江，与汉宏战，大败之。汉宏易服持脍刀以遁。四年，僖宗遣中使焦居璠为杭越通使，诏昌及汉宏罢兵，皆不奉诏。镠攻破越州，汉宏走台州，台州刺史执汉宏送于镠，斩于会稽，镠乃奏昌代汉宏，而自居杭州。"案：唐越州治会稽县，今浙江绍兴县治。○《吴越世家》曰："光启三年，拜镠左卫大将军，杭州刺史。昌越州观察使。昭宗拜镠杭州防御使，唐升越州威胜军，以董昌为节度使，封陇西郡王，杭州武威军，拜镠都团练使。景福二年，拜镠镇海军节度使，润州刺史。乾宁二年，越州董昌反，自称皇帝，国号罗平，改元顺天。昌乃以书告镠，镠以昌反状闻。昭宗下诏削昌官爵，封镠彭城郡王浙江东道招讨使。镠曰：董氏于吾有恩，不可遽伐。乃以兵三万屯迎恩门，遣其客沈滂谕昌使改过。昌以钱二百万犒军，自请待罪，镠乃还兵。昌复拒命，镠遣顾全武攻昌，昌兵败，全武执昌归杭州，行至西小江，昌投水死。昭宗改威胜军为镇东军，拜镠镇海镇东军节度使，加检校太尉中书令，赐铁券恕九死。镠如越州受命，还治钱塘，号越州为东府。天复二年，封镠越王。天祐元年，封镠吴王。梁太祖即位，封镠吴越王兼淮南节度使。唐明宗长兴三年镠卒，谥曰武肃。"○《吴越世家》曰："元瓘字明宝，镠卒，元瓘立，袭封吴越国王。天福六年卒，谥曰文穆。"○《吴越世家》曰："佐字祐立，时年十三。王延义、延政兄弟相攻，卓俨明、朱文进、李仁达等自相篡杀，连兵不解者数年。仁达附李景，已而又叛，景兵攻之，仁达求救于佐，（闽王王审知卒，子延翰立，为其弟延钧所杀；延钧立，更名鏻，为子继鹏所弑；继鹏立，更名昶，为都将连重遇所杀；立审知子延羲，改名曦，曦弟延政为建州节度使，举兵相攻。连重遇复杀曦，立都将朱文进，寻又杀之，福州裨将林仁翰杀重遇。南唐李景闻闽乱，发兵攻之。延政遣从子继昌守福州，福州将李仁达杀继昌，立雪峰寺僧卓俨明，已而杀之，乃自立而送款于李景，景兵又攻破建州，延政降。景召仁达入朝，仁达不从，遂降于吴越。）佐遣统军使张筠、赵承泰等率兵三万，水陆赴之。遣将誓军，号令齐整，筠等大败景兵，俘馘万计，获其将杨业、蔡遇等，送取福州而还。开运四年，佐卒，谥曰忠献。"《吴越备史》卷三曰："忠献王讳弘佐，字元祐，文穆第六子也。"案：《通鉴·后晋纪》三及《文献通考·田赋》四皆曰：弘佐避宋宣祖讳，故新、旧《五代史》《宋史》《吴越钱氏·世家》《东都事略·钱俶传》《文献通考·封建》十七，皆去上一字，但称佐，犹弘俶之但称俶也。此碑作仁佐，（郎本上句作佐，下句作仁佐。）与诸家异。又弘佐谥忠献，新、旧《五代史》《吴越备史》并同，此碑作忠显，《东坡集》及石本、《宋文鉴》《观澜丙集》《崇古文诀》《正宗续编》等，皆作忠显，惟郎本改作忠献。又案：闽王延钧以福州为长乐府，宋福建路福州治闽县，今福建闽侯县治。○《吴越世家》曰："俶字文德，佐卒，弟倧以次立，胡进思废倧，迎俶立之。俶历汉、周，袭封吴越国王。世宗征淮南，诏俶攻常、宣二州，以牵李景。周师渡淮，俶乃尽括国中丁民益兵，使邵可迁等以战船四百艘，水军万七千人，至于通州以会期，宋兴，荆楚诸国相次归命，俶势益孤，始倾其国以事贡献。太祖皇帝时，俶尝来朝，厚礼遣还国。俶喜，益以器物珍奇为献，不可胜数。太祖曰：此吾帑中物，尔何用献为？太平兴国三年，诏俶来朝，俶举族归于京师，国除。"《东都事略·钱俶传》曰：俶名上字犯宣祖讳，故止称俶。太平兴国三年，复来朝，遂以国归有司。太宗改封俶淮海国王，改汉南国王。雍熙四年，徙国南阳，既又辞国号，改封许王。端拱元年，徙封邓王薨。册封秦国王，谥曰忠懿。〇《东都事略》曰："钱氏传五主，共八十四年。"案：此言四王，不数倧耳。又《吴越世家》徐无党注曰："自唐乾宁二年，为镇海镇东军节度使，兼有两浙，至太平兴国三年国除，凡八十四年。"

天下大乱，豪杰蜂起。方是时，以数州之地，盗名字者，不可胜数。既覆其族，延及于无辜之民，罔有孑遗。而吴越地方千里，带甲十万，铸山煮海，象犀珠玉之富，甲于天下。然终不失臣节，贡献相望于道。是以其民至于老死不识兵革，沈曰："父老所以流涕。"四时嬉游歌鼓之声相闻，至于今不废，其有德于斯民甚厚。以上有德于民。

《汉书·项籍传》曰："楚蠭起之将。"颜注曰："蠭古蜂字也。蠭起如蠭之起，言其众也。"〇《诗·云汉》曰："周馀黎民，靡有孑遗。"毛传曰："孑然遗失也。"孔疏曰："孑然孤独之貌，谓无有孑然得遗漏。"〇《史记·吴王濞传》曰："吴有豫章郡铜山，（《集解》引韦昭曰："今故鄣。"《汉书·吴王濞传》注引韦昭以豫字为衍。吴先生曰："豫章自有铜山，非衍。"）濞则招致天下亡命者盗铸钱，煮海水为盐，以无赋，国用富饶。"案：汉豫章郡唐为洪州，五代时属南唐。又弘佐欲铸铁钱，因弟弘亿谏而止，此言铸山煮海，特喻其富饶耳。○《老子》曰："民至老死不相往来。"又见《庄子·胠箧篇》。○《通鉴·后晋纪》三曰："弘佐年十四即位，问仓吏：今畜积几何？对曰：十年。王曰：然则军食足矣，可以宽吾民。乃令复境内税三年。"胡致堂《读史管见》卷二十九曰："钱氏当五代时，不废中国贡献，又有四邻之交，史氏乃谓自武肃王镠常理重敛，以事奢侈，下至鱼鸡卵鷇，必家至而日取，每笞一人以责其负，则诸案吏各持簿立于庭，凡一簿所负，唱其多少，量为笞数，已则以次唱而笞之，少者犹积数十，多至百馀，人不堪其苦（《新史·吴越世家》）。信斯言也，是取之尽锱铢，用之如泥沙，安得仓廪有十年之积，而又复境内三年之税？则其养民亦厚矣。故以史所载，则钱氏宜先亡，而享国最久，何也？是故司马氏记弘佐复税之事，而《五代史》不载，欧阳公记钱氏重敛之虐，而《通鉴》不取，其虚实有证矣。"

皇宋受命，四方僭乱以次削平。而蜀、江南负其崄远，兵至城下，力屈势穷，然后束手。而河东刘氏，百战守死，以抗王师，积骸为城，釂血为池，竭天下之力，仅乃克之。独吴越不待告命，封府库，籍郡县，请吏于朝，视去其国如去传舍，其有功于朝廷甚大。以上有功于国，引据甚确。

郎注曰："太祖建隆元年，昭义节度李筠反，车驾亲征，筠赴火而死，泽潞平。四年，王师入荆南，高继冲举族归朝。开宝四年，潘美攻拔广州，擒刘鋹以献，岭南平。"○蜀、江南，见欧阳永叔《送田画秀才序》注。○崄远，《文诀》崄作险。○《史记·春申君传》："黄歇说秦昭王曰：父子老弱，系脰束手，为群虏者，相及于路。"《后汉书·隗嚣传》："诏告嚣曰：若束手自诣，父子相见，保无他也。"○《说文》曰："釂，下酒也。"《后汉书·马援传》注曰："釂，滤酒也。"○《新五代史·

东汉世家》曰:"王师北征,刘继元闭城拒守,太祖以诏书招继元出降,许以平卢节度使。而并人及继元左右,皆欲坚守以拒命。初太祖命引汾水浸其城,水自城门入,而有积草自城中飘出塞之。是时王师顿兵甘草地中,会岁暑雨,军士多疾,乃班师。太平兴国四年,王师复北征。继元穷窘,而并人犹欲坚守,其枢密副使马峰老疾居于家,舁入见继元,流涕以与亡谕之。继元乃降。"《宋史·太宗本纪》曰:"太平兴国四年春正月庚寅,以宣徽南院使潘美为北路都招讨制置使,分命节度使河阳崔彦进、彰德李汉琼、彰信刘遇、桂州观察使曹翰,副以卫府将直,四面进讨。二月甲子,帝发京师。夏四月辛未,幸太原城,诏谕北汉主刘继元使降。五月甲申,继元降,北汉平,凡得州十,县四十,户三万五千二百二十。"○《正宗》视作㕓。○《后汉书·光武纪》注曰:"传舍,客馆也。"

　　昔窦融以河西归汉,光武诏右扶风修理其父祖坟茔,祠以太牢。楼迂斋曰:"用事亲切。"今钱氏功德,殆过于融,而未及百年,坟庙不治,行道伤嗟,甚非所以劝奖忠臣,慰答民心之义也。注曰:"醒出'忠'字,是'表忠'反面。"○以上伤其坟庙荒芜。

　　《后汉书·窦融传》曰:"帝以融信效著明,益嘉之。诏右扶风修理融父坟茔,祠以太牢。"案:汉右扶风治槐里县,在今陕西兴平县东南。《公羊》桓八年何注曰:"牛羊豕凡三牲,曰太牢。"

　　臣愿以龙山废佛祠曰妙因院者为观,使钱氏之孙为道士曰自然者居之,凡坟庙之在钱塘者,以付自然。其在临安者,以付其县之净土寺僧曰道微,岁各度其徒一人,使世掌之。籍其地之所入,以时修其祠宇,封殖其草木。有不治者,县令丞察之,甚者易其人。庶几永终不坠,以称朝廷待钱氏之意。臣抃昧死以闻。以上请为立观。

《舆地纪胜》曰："临安府龙山，在城南十里，一名卧龙山，郭璞所谓龙盘凤舞。表忠观在城南龙山十五里。"《清一统志》曰："杭州府：龙山在钱塘县南五里，一名卧龙山，又名龙华山，沿江蜿蜒而东，结脉于此。"○妙因院者，《文鉴》无者字。○《左》昭二年："季武子：宿敢不封殖此树？"杜注曰："封，厚也；殖，长也。"○《职官志》曰："建隆元年，令天下诸县，除赤畿外，（京都所治为赤县，京之旁邑为畿县。）有望紧上中下，（以户口多少、资地美恶为差。）掌总治民政，劝课农桑，平决狱讼，有德泽禁令，则宣布于治境，凡户口赋役，钱谷振济给纳之事，皆掌之。县丞初不置，天圣中，因苏耆请，开封两县始各置丞一员，熙宁四年，编修条例所言诸路州军繁剧县令，户二万已上，增置丞一员，以幕职官或县令人充。"案：宋杭州治钱塘、仁和二县，皆有丞。○《独断》上曰："汉承秦法，群臣上书，皆言昧死言。"

　　制曰可。其妙因院改赐名曰表忠观。楼曰："不说朝廷如何区处，只收拾在此三字上。"步瀛案：以三字结束，高简，若复叙如何区处，则冗矣。铭曰：

《史记·秦始皇本纪》曰："制曰可。"《独断》上曰："群臣有所奏请，尚书令奏之，下有司曰制，天子答之曰可。"

　　天目之山，苕水出焉。龙飞凤舞，萃于临安。笃生异人，绝类离群。奋梃大呼，从者如云。仰天誓江，月星晦蒙。强弩射潮，江海为东。雄骏。杀宏诛昌，奄有吴越。金券玉册，虎符龙节。大城其居，包落山川。左江右湖，控引岛蛮。岁时归休，以燕父老。晔如神人，玉带毬马。精神写得出。四十一年，寅畏小心。厥篚相望，大贝南金。

即递入心。○以上钱之开国。

《山海经·南山经》曰:"浮玉之山,苕水出于其阴,浮玉山即天目山也。"(《方舆纪要》《清一统志》皆主此说,郦善长《沔水注》以罗浮为浮玉,以罗浮山阴之溪水当苕水,非是。)《水经·渐江水》注曰:"浙江又北迳新城县,桐溪水注之,水出吴兴郡于潜县北天目山,(此指桐溪水言,郦注径引作浙江水,非是。)山极高峻,崖岭竦叠,西临峻涧,山上有霜木,皆是数百年树,谓之翔凤林。(郦注引翔作双。)东面有瀑布下注,数晦深沼,名曰浣龙池。池水南流,迳县西,为县之西溪。"《元和郡县志》曰:"江南道杭州于潜县:天目山,在理北六十里,有两峰,峰顶各一池,左右相对,名曰天目。"《太平寰宇记》曰:"江南东道杭州于潜县天目山,《郡国志》云,山上有数百年树,名曰翔凤林。《舆地志》云:上有两湖,若左右目,名天目也。"《舆地纪胜》曰:"临安府天目山在临安县西五十里,高三千九百丈,周八百里,乃神仙所居。隋唐《志》皆云于潜有天目山。"《清一统志》曰:"在临安者曰东天目,在于潜者曰西天目,即古浮玉山也。"○《元和郡县志》曰:"江南道湖州乌程县:霅溪水一名大溪水,一名苕溪水,西南自长城、安吉两县东北流至州南,与馀不溪水、苎溪水合流,入于太湖,在州北三十五里。"《寰宇记》曰:"江南东道湖州乌程县:苕溪在县南五十步,大溪西从浮玉山,东至兴国寺,以其两岸多生芦苇,故名苕溪。兴国寺今废为霅溪馆。"又曰:"霅溪在县东南一里,凡四水合为一溪,自浮玉山曰苕溪,(《清一统志》曰:"在孝丰县东南十五里。"案:此与浮玉即天目之说稍戾。)自铜岘山曰前溪,自天目山曰馀不溪,自德清县前北流至州南兴国寺前曰霅溪,东北流四十里合太湖。"《舆地纪胜》曰:"苕溪在于潜、临安二县界,东流经馀杭入钱塘,六十里二百步入湖州,夹岸多苕花,秋风飘散如雪。"《明一统志》曰:"浙江杭州府:苕溪在馀杭县治前,《图经》云:

发源天目山,由于潜、临安东流馀杭,经钱塘入湖州,而汇于具区,故老相传,夹岸多苕花,每秋飘散水上如飞雪,故名。"《方舆纪要》卷八十九曰:"苕溪有二源,一出自天目山之阳,经杭州府临安县西,绕县南而东,(元注曰:"谓之南溪。")入馀杭县界,又东流经馀杭治南,又东流二十七里,入钱塘县界,又东北入湖州府德清县境,经县城东南,(元注曰:"谓之馀不溪。")又北经府城南,合诸溪之水,(元注曰:"谓之霅溪。")汇为城濠,此苕溪之东派也。其一源出天目山之阴,经孝丰县东南,又北流经安吉州西,折而东,经长兴县南境至府城西,(旧治乌程、归安二县,今并县改为吴兴。)亦谓之苕溪。此苕溪之支派也,两溪汇流,由小梅、大钱二湖口入于太湖。"〇《吴越备史》卷一曰:"景福二年,进封彭城郡开国侯,食邑七百户。咸通中,有望气者,言钱塘有王者气,乃遣侍御史许浑、中使许计赍璧来瘗秦望山之腹,以厌之。使回,望气者言必不能止。又郭璞撰《临安地志》云:天目山前两乳长,龙飞凤舞到钱塘,海门山起横为案,五百年生异姓王。至是果验。"(郎注引作郭璞《杭州歌》,《舆地纪胜》引亦作《地记》。郎曰:自东晋讫五代钱镠时,适当五百年。)《桯史》卷二曰:"旧传谶记曰:天目山垂两乳长,龙骞凤舞到钱塘,山明水秀无人会,五百年间出帝王。钱氏有国,世臣事中朝,不欲其语之闻,因更其末章三字曰异姓王,以迁就之,谶实不然也。东坡作《表忠观碑》,特表出其事。"〇《吴越备史》卷一曰:"武肃王,杭州安国县人,(《寰宇记》曰:"临安县,梁开平二年改为安国,今复旧。")大中六年壬申二月十有六日,生于本县之依锦乡勋贵里,皇考讳宽,皇妣冰丘氏。先是五年,邑中大旱,邑令命道士东方生起龙以祈雨,生曰:茅山前池中有龙,然不可起,起必大异。邑令乃止。明年复旱,又召东方生起龙,将临池,遽指王所居曰:池龙已生此家矣。时王诞数日,始诞之夕,皇考方他适,邻人急走告曰:适过君家后舍,闻甲马之声甚众，非有盗乎？皇考乃驰归，王已诞矣。后有红光满室，皇考颇怪之，将弃于井。祖妣知非常人，固不许。因小字曰婆留，而井亦以名焉。"《诗·大明》曰："笃生武王。"毛传曰："笃，厚也。"郑笺曰："天降气于大姒，厚生圣子。"○《汉书·诸侯王表序》曰："陈、吴奋其白梃。"贾生《过秦论》曰："陈涉奋臂大呼。"又曰："天下云集响应。"《诗·敝笱》曰："其从如云。"毛传曰："如云，言盛也。"○《吴越备史》卷一曰："中和二年秋七月，浙东观察使彭城（避钱镠嫌名，故易刘为彭城。）汉宏以天子西幸，乃遣弟汉宥、马步军都虞候辛约率兵二万，营于西陵，将图浙西。董乃遣王率师御之。是月十二夜将渡江，而星月皎然，兵不可渡。王亲掬江沙，吞而祝曰：吾以义兵讨贼，天若见助，愿阴云蔽月，以济我师。俄而云雾四起，咫尺晦暝，王大喜，乃先渡江，窃贼号，纵火斫其营，精兵继至，破贼殆尽。"○《吴越备史》卷一曰："开平四年八月，始筑捍海塘，王因江涛冲激，命强弩以射涛头，遂定基。"《枫窗小牍》卷上曰："杭州江隄，筑自梁开平四年八月，时钱氏始霸，武肃王以候潮、通江二门之外，潮水冲啮，版筑不就，命强弩数百射之，潮水为避，击西陵。"《钱塘遗事》卷一曰："五代钱王射潮箭，在临安府候潮门左首数步，昔江潮每冲激城下，钱氏以壮士数百人，候潮之至，以强弩射之，由此潮头退避，后遂以铁铸成箭样，其大如枰，作亭泥路之旁，埋箭亭中，出土外犹七尺许，以示镇压之意。"○射潮，郎本潮作江。○《诗·皇矣》曰："奄有四方。"毛传曰："奄，大也。"《说文》曰："奄，覆也。大有馀也。"○《吴越世家》曰："庄宗入洛，镠遣使贡献，求玉册。庄宗乃赐镠玉册金印，镠因以镇海等军节度授其子元瓘，自称吴越国王，更名所居曰宫殿，府曰朝，官属皆称臣，起玉册、金券、诏书三楼。"○《史记·孝文本纪》曰："二年九月，初与郡国守相为铜虎符。"《集解》引应劭曰："铜虎符第一至第五，国家当发兵，遣使者至郡合符，符合，乃听受之。"《周礼·地官·掌节》曰："泽国用龙节。"郑注曰："泽多龙，以金为节铸象焉。"○《吴越世家》曰："光化元年，移镇海军于杭州，加镠检校太师，改镠乡里曰广义乡勋贵里，镠素所居营曰衣锦营。昭宗升衣锦营为衣锦城，石鉴山曰衣锦山，大官山曰功臣山。"《通鉴·后梁纪》二曰："开平四年八月，吴越王镠筑捍海石唐，广杭州城，大修台馆，由是钱塘富庶，盛于东南。"郎曰："镠增筑夹城，环包氏秦望山三十里，又增罗城，自秦望东属之江，七十里。"《清一统志》曰："杭州府：吴越西府，在仁和县凤皇山右，唐光化二年，吴越钱镠即杭州治扩而大之，依山阜以为宫室，名曰镇海军使院。梁开平元年，始建国，外城门十，子城门二，屯营六，所居殿曰握发，曰仁政。"《文选·景福殿赋》李善注曰："落与络古字通。"○《元和郡县志》曰："杭州钱塘县：浙江在县南一十二里，江源自歙州界东北流，经界石山，又东北经州理北，又东北流入于海。"《寰宇记》曰："钱塘县西湖在县西，周迴一二十里，源出武林泉，郡人仰汲于此，为钱塘之巨泽。"《清一统志》曰："杭州府：浙江在府城东南，自严州府桐庐县流入富阳县，为富春江，经钱塘、仁和两县界，为钱塘江，又东至海宁州（今改县）界海门入海。"又曰："西湖在钱塘县西。"班孟坚《西都赋》曰："控引淮湖。"王子安《秋日登洪府滕王阁饯别序》曰："控蛮荆而引瓯越。"○《吴越世家》曰："光化元年，镠游衣锦城，宴故老，山林皆覆以锦，号其幼所尝戏大木曰衣锦将军。天祐四年，升衣锦城为安国衣锦军。梁开平二年，改临安县为安国县，广义乡为衣锦乡。四年，镠游衣锦军，作《还乡歌》曰：三节还乡兮挂锦衣，父老远来相追随，牛斗无字人无欺，吴越一王驷马归。"《吴越备史》卷一曰："天复元年二月，王亲巡衣锦营，大会故老宾客，山林树木，皆覆以锦幄，表衣锦之荣也。"又曰："开平四年冬十月戊寅，王亲巡衣锦军，制《还乡歌》。歌曰：三节还乡兮挂锦衣，碧天朗兮爱日辉，功臣道上兮列旌旗，父老还来兮相追随，家山乡眷兮会时稀，今朝设宴兮觥散飞，斗牛无孛兮天无欺，吴越一王兮驷马归。"《枫窗小牍》卷上曰："武肃王还临安，与父老饮，有三节还乡之歌。父老多不解，王乃高揭吴音以歌曰：你辈见侬底欢喜，别是一般滋味子，长在我侬心子里。至今狂童游女，借为奔期问答之歌，呼其宴处为欢喜地。"释文莹《湘山野录》卷中曰："开平元年，梁太祖即位，封钱武肃为吴越王，改其乡临安县为衣锦军，是年省茔垄，延故老，旌钺鼓吹，振耀山谷，自昔游钓之所，尽蒙以锦绣，或树石至有封官爵者。旧贸盐肩担，亦裁锦韬之。一邻媪九十馀，携壶浆角黍迎于道，镠下车亟拜，媪抚其背，犹以小字呼之曰：钱婆留，喜汝长成。盖初生时，光怪满室，父惧，将沉于子溪，此媪酷留之，遂字焉。为牛酒，大陈乡饮，别张蜀锦为广幄，以饮乡妇，凡男女八十已上金樽，百岁已上玉樽，时黄发饮玉者，尚不减十馀人。镠起执爵于席，自唱还乡歌以娱宾云云，（词与《备史》同，惟字句有小异者，故不复录。）时父老虽闻歌进酒，都不之晓。武肃觉其欢意不甚浃洽，再酌酒，高揭吴喉，唱山歌以见意，词曰云云（与《枫窗小牍》同），歌阕，合声赓赞，叫笑振席，欢感闾里，今山民尚有能歌者。"案《野录》与《新史》及《备史》均不尽合，盖传闻之言，聊录之以备异闻。○《文选·神女赋》李善注曰："晔，盛貌。"○《吴越世家》曰："梁太祖尝问吴越进奏吏曰：钱镠平生有所好乎？吏曰：好玉带名马。太祖笑曰：真英雄也。乃以玉带一匣，打毬御马十匹赐之。"○《吴越备史》卷一曰："长兴三年三月庚戌，王薨于正寝，年八十一，在位四十一年。"案：自唐景福元年，镠为武威军团练使，至是凡四十一年。○《书·无逸》曰："昔在殷王中宗，严恭寅畏。"《尔雅·释诂》曰："寅，敬也。"《诗·大明》曰："维此文王，小心翼翼。"○《书·禹贡》：扬州：厥篚织贝。（孔疏引郑曰:"贝,锦名,诗云:萋兮斐兮,成是贝锦。凡为织者,先染其丝乃织之,则文成矣。"《东坡书传》曰:"岛夷绩草木为服,如今吉贝木棉之类,其文班斓如贝,故曰织贝。")伪孔传曰:"织细纻,贝水物。"《尔雅·释鱼》:贝大者魧。郭注曰:"《书大传》曰:大贝如车渠,车渠谓车辋,即魧属。"《诗·泮水》曰:"憬彼淮夷,来献其琛。元龟象齿,大赂南金。"

五朝昏乱,罔堪托国。三王相承,以待有德。既获所归,弗谋弗咨。先王之志,我维行之。汪曰:"极力发挥其忠,而先王之志二句,并见其孝。"**天胙忠孝,世有爵邑。**汪曰:"再以孝伴忠说,此行文变化不单薄处。"**允文允武,子孙千亿。**以上纳国于宋。

五朝谓五代也,集作王朝,非是。○刘后村《跋钱忠懿王帖》曰:"于墨林方氏见忠懿与其子遗墨五幅,草圣奇古,简而不烦,得锺、王意。时忠懿方自杭朝京师,每书必云吾极无事,又云不用忧心,事已如此。识天命之有归,知王者之无敌,脱屣去之,无一毫失国之恨。异乎事穷势追,然后面缚,奉降笺,挥泪对宫娥者矣。"(见李后主词。)○集胙作祚,《文诀》同,字通。《文选·东京赋》薛注曰:"祚,报也。"○《东都事略·钱俶传》曰:"俶为太师中书令者四十年,任元帅者二十年,富贵之盛,无与为此。七子,惟濬、惟治、惟渲、惟灏、惟潜、惟演、惟济。惟治官至左骁卫上将军,惟渲、惟灏俱至团练使,惟潜左龙武将军,惟济保静军留后,谥曰宣惠。惟濬字巨川,俶封淮海国王,惟濬徙镇淮南,改镇山南东道,又镇安州,封萧国公,卒追封汾王,谥曰安僖。惟演字希圣,仁宗即位,进兵部尚书,为枢密使,除保大军节度使,知河阳,判许州,改镇武胜,又徙泰宁,判河南,改镇崇信,卒谥曰文僖。子暄为宝文阁待制。暄子景臻,尚仁宗女许国大长公主,拜左领军卫大将军驸马都尉,官至少师安武节度使，封康国公。臣称曰：太祖世，俶来朝，于时太宗及群臣咸欲留俶，而取其地，太祖卒遣还国，且语之故。乌虖！太祖洪人之度如是哉！及太宗即位，俶不待诏命，即以国入觐，盖有以也。子孙世有爵邑，岂非忠孝之报乎？"○《诗·泮水》曰："允文允武。"○《诗·假乐》曰："子孙千亿。"

帝谓守臣，治其祠坟。毋俾樵牧，愧其后昆。龙山之阳，峛焉新宫。匪私于钱，唯以劝忠。非忠无君，非孝无亲。凡百有位，视此刻文。以上新宫立碑。

□吴先生曰："雄远是子瞻本色，至气体坚苍古厚，则当为集中第一篇文字。"○吴北江曰："方望溪谓赵公奏本轩豁老健，故可用，又疑原奏乃子瞻代为，其说殊迂滞可笑。文虽用赵奏，至其词，子瞻岂不能删约而润色之，何必奏本轩豁老健方可用？又何必原奏为子瞻代为邪？"

《齐策》四："颜斶曰：昔者秦攻齐，令曰：有敢去柳下季垄五十步而樵采者，死不赦。"宋孝武帝置自古帝王冢户诏曰："历运推移，年代久远，丘垅残毁；樵牧相趋，茔兆堙芜，封树莫辨。"（《太平御览·礼仪部》三十九引）伪古文《尚书·仲虺之诰》曰："垂裕后昆。"○《文选·鲁灵光殿赋序》曰："灵光岿然独存。"张孟阳注曰："岿然，高大坚固貌也。"《广韵》五旨曰："岿然，高峻貌，苦轨切。"六脂曰："岿，邱追切。"○凡百，郎本百作厥。

苏子由

苏辙，字子由，洵之子，轼之弟也。年十九，与兄轼同登进士科。又同策制举。仁宗春秋高，辙虑倦勤，因极言得失，宰相以其言过激切，置之下等，授商州军事推官，徙大名。丁父忧，神宗立二年，辙除丧，上书言事，得召对。时王安石与陈升之领三司条例，命辙为之属，吕惠卿附安石，辙与论多相牾。青苗法行，辙以书抵安石，力陈不可，触其怒，徙他职。后坐兄轼以诗得罪，谪监筠州盐酒税，五年不得调，移知绩溪县。哲宗即位，召入。元祐元年，为右司谏，靖国六年，拜尚书右丞，进门下侍郎。绍圣初，落职知汝州，再责知袁州，未至，降秩试少府监分司南京，筠州居住。三年，责化州别驾，雷州安置，移循州。徽宗即位，徙永州、岳州，已而复太中大夫，奉祠，蔡京当国，又降秩罢祠居许州，再复太中大夫致仕，筑室于许，号颍滨遗老，卒追复端明殿学士。淳熙中谥文定。《宋史》有传。

上枢密韩太尉书

《观澜文乙集》吕伯恭注曰："按《子由年谱》云：颍滨年十九及第，有《上韩太尉书》云：某生十九年矣。时嘉祐二年，太尉即魏公也。"案：孙良臣（汝听）《苏颍滨年表》曰："嘉祐二年丁酉，辙兄弟试礼部中第，三月辛巳，上御崇政殿试进士，丁亥，放章衡以下及第出身，辙中第五甲，有《上韩琦枢密书》。"《宋史·职官志》曰："宋承唐制，以太尉、司马、司空为三公，为宰相、亲王、使相加官。其特拜者，不预政事。"《安阳集》附家传曰："至和三年（即嘉祐元年）七月，召为工部尚书三司使，将上道，除检校太傅充枢密使，不言加太尉。而明允父子皆以此称之者，沈确士曰：枢密执兵政，有类汉时太尉，故用古称。"步瀛案：盖亦当时俗称耳，如狄青、童贯，宋人记载，皆称太尉是也。

太尉执事：辙生好为文，思之至深。以为文者气之所形。然文不可以学而能，气可以养而致。唐介轩曰：

"养气一篇之主。"孟子曰："我善养吾浩然之气。"今观其文章，宽厚宏博，充乎天地之间，称其气之小大。太史公行天下，周览四海名山大川，与燕、赵间豪俊交游，故其文疎荡，颇有奇气。此二子者，岂尝执笔学为如此之文哉？其气充乎其中，而溢乎其貌，动乎其言，而见乎其文，而不自知也。以上曰为文当有养气之功。

《孟子·公孙丑上》曰："敢问夫子恶乎长？曰：我知言，我善养吾浩然之气。"案：养气之说，发自孟子，王充《论衡·自纪篇》亦言之，至魏文帝更以气论文。《典论》曰："文以气为主，不可力强而致。譬论音乐，曲度虽均，节奏同检，至于引气不齐，巧拙有素，虽在父兄不能以移子弟。"厥后《文心雕龙·养气篇》《颜氏家训·文章篇》益畅其旨。韩退之《答李翊书》更发其微。子瞻、子由皆祖其说，而发明之也。（子瞻《潮州韩文公庙碑》《答王定国诗》皆发其旨。）○《史记·太史公自序》曰："迁生龙门，耕牧河山之阳，年十岁则诵古文，二十而南游江淮，上会稽，探禹穴，闚九疑，浮于沅、湘，北涉汶、泗，讲业齐、鲁之都，观孔子之遗风，乡射邹、峄，厄困鄱、薛、彭城，过梁、楚以归。"○太史公与田仁善，仁，赵陉城人也。田叔子，见《田叔传》。又《自序》述董生之言。董生广川人也，见《儒林传》及《汉书·董仲舒传》。又与徐乐同时。《主父偃传》作赵人，《汉书·徐乐传》作燕郡无终人，皆太史公与燕、赵豪俊交游之可见者。

辙生十有九年矣，其居家所与游者，不过其邻里乡党之人，所见不过数百里之间，无高山大野可登览以自广。百氏之书虽无所不读，然皆古人之陈迹，不足以激发其志气。汪曰："对上气可养而致，其气充乎其中。"恐遂汩没，故决然舍去，求天下奇闻壮观以知天地之广大。

沈曰："虚势领起。"过秦、汉之故都，恣观终南、嵩、华之高，北顾黄河之奔流，慨然想见古之豪杰。至京师，仰观天子宫阙之壮，与仓廪府库城池苑囿之富且大也，而后知天下之巨丽。见翰林欧阳公，听其议论之宏辩，观其容貌之秀伟，与其门人贤士大夫游，而后知天下之文章聚乎此也。唐曰："以奇闻壮观之三，陪起太尉。"太尉以才略冠天下，天下之所恃以无忧，四夷之所惮以不敢发，入则周公、召公，出则方叔、召虎，而辙也未之见焉。以上求天下奇闻壮观以养其气，惜独未见太尉。

《年表》曰："仁宗宝元二年己卯二月丁亥，苏辙生。"○决然，《栾城集》决作浃，《观澜》《文鉴》《文诀》《文编》、茅选皆作决，今从之。○《舆地广记》曰："陕西永兴军路京兆府：本周室所居，周平王东迁，地入于秦，至孝公徙都焉。汉高帝都此。西京河南府：汉高帝始欲都此，感奉春君之言而止。光武中兴，都雒邑，置河南尹，兼置司隶。"○《太平寰宇记》曰："雍州万年县：终南山在县南五十里。华州华阴县：太华山在县南八里。"《九域志》曰："河南府登封有嵩山。"《清一统志》曰："陕西西安府：终南山在府城南五十里。河南河南府：嵩山在登封县北。陕西同州府：太华山在华阴县南一里。"○《苏诗总案》卷一曰："嘉祐元年二月，公与子由赴京秋试，过成都，子由始谒张方平。自阆中出褒斜，发横渠镇，入凤翔驿。驿圮，出次逆旅。途次长安，出关中，至河南。马死二陵间，骑驴至渑池，止于奉闲僧舍，与子由留题壁上。五月，抵京师。"步瀛案：以所行之程核之，则终南、太华、嵩山皆其所经，而黄河正在其北，故曰北顾黄河之奔流也。○司马长卿《上林赋》曰："君未睹夫巨丽也，独不闻天子之上林乎？"○吕曰："门人贤士大夫，如曾子固、梅圣俞、苏子美、徐无党之流是也。"○《史记·周本纪》

曰："召公为保，周公为师。"○《诗·采芑》序曰："宣王南征也。"其诗曰："方叔莅止。"毛传曰："方叔，卿士也。受命而为将也。"《诗》又曰："方叔元老，克壮其犹。"《江汉》序曰："尹吉甫美宣王也，能兴衰拨乱，命召公平淮夷。"其《诗》曰："江汉之浒，王命召虎。"毛传曰："召虎，召穆公也。"

且夫人之学也，不志其大，虽多而何为？辙之来也，于山见终南、嵩、华之高，茅曰："又覆说前。"于水见黄河之大且深，于人见欧阳公，而犹以为未见太尉也，故愿得观贤人之光耀，闻一言以自壮，然后可以尽天下之大观而无憾者矣。以上欲见太尉。

无憾者矣，茅选无者字，《文编》并无矣字。

辙年少，未能通习吏事。向之来，非有取于斗升之禄。偶然得之，非其所乐。然幸得赐归待选，使得优游数年之间，将归益治其文，沈曰："明应'为文'，虽不收缴'养气'，而已上所云气之浩然可知。"且学为政。太尉苟以为可教而辱教之，又幸矣。以上自厉。

□茅曰："胸次博大。"刘曰："文亦有疏宕之气。"

《汉书·梅福传》："福上书曰：民有上书求见者，使诣尚书，问其所言，言可采取者，秩以升斗之禄。"案：斗升，《文诀》作升斗。

武昌九曲亭记

苏子瞻《记樊山》曰："自余所居临皋亭下，乱流而西，泊于樊山，为樊口。其上为卢洲。孙仲谋泛江遇大风，柂师请所之，仲谋欲往卢洲，其仆谷利以刀拟柂师，使泊樊口，遂自樊口凿山通路归武昌，今犹谓之吴王岘。循山而南，至寒溪寺，上有曲山，山顶即位坛、九曲亭，皆孙氏遗迹。"《清一统志》曰："湖北武昌府：九曲亭在武昌县（武昌今改鄂城县）西九曲岭，为孙吴遗迹，宋苏轼重建，苏辙有记。"

子瞻迁于齐安，庐于江上。齐安无名山，而江之南武昌诸山，陂陁蔓延，涧谷深密。中有浮图精舍，西曰西山，东曰寒溪。依山临壑，隐蔽松枥，萧然绝俗，车马之迹不至。每风止日出，江水伏息，子瞻杖策载酒，乘渔舟乱流而南。山中有二三子，好客而喜游。闻子瞻至，幅巾迎笑，相携徜徉而上。穷山之深，力极而息，埽叶席草，酌酒相劳，意适忘反，往往留宿于山上。以此居齐安三年，不知其久也。沈曰："虚含后半适意为乐意。"以上武昌西山为子瞻所乐游。

齐安即黄州，已见苏子瞻《方山子传》注。○子瞻《与朱康叔书》曰："已迁居江上临皋亭，酌江水饮之。"又《与范子丰书》曰："临皋亭下，不数十里，便是大江。"《舆地纪胜》曰："淮南西路黄州：东坡故居，即今之临皋亭，及临皋馆。"《清一统志》曰："湖北黄州府：临皋馆在黄冈县南，亦名临皋亭。"○《水经·江水篇》曰："东过邾县南，鄂县北。"郦注曰："江之右岸，有鄂县故城。"《九江记》曰："鄂，今武昌也。孙权以魏黄初元年自公安徙此，改曰武昌县，徙治于袁山东，又以其年立为江夏郡，至黄龙元年，权迁都建业，以陆逊辅太子镇武昌，孙皓亦都之，今武昌郡治城南有袁山，即樊山也。"○《文选·子虚赋》曰："罢池陂陁。"郭注曰："言旁颓也，陂音婆，陁音驼。"案：陁、陀同。《广韵》七歌曰："陂陀，不平之貌。"○子瞻有《游武昌寒溪西山寺诗》，又有《与子由同游寒溪西山诗》。又《与陈季常书》曰："数日前，率然与道源过江，游寒溪西山，奇胜殆过于所闻。"张芸叟《郴行录》曰:"丙寅招苏子瞻游武昌樊山,食罢移舟离黄州,泊对岸樊溪口。苏子瞻以舟涉江,同诣武昌县,县在樊溪之东,隔樊山五里许,即吴之西都,有吴王城。同县令李观、佐吴亮、严屼及子瞻诸人游武昌樊山,步出西门,涉寒溪,迤逦步上,凡两寺在山中,景致幽邃,下寺有观音泉,澄澈可爱。"(《画墁集》卷八)○《水经·赣水注》曰:"散原山叠四周,杳邃有趣,晋隆安末,沙门竺昙显建精舍于山南,僧徒自远而至者相继焉。"《翻译名义》卷二十曰:"《僧史略》云:鸿胪寺者,本礼四夷远国之邸舍也,寻令别择洛阳西雍门外盖一精舍,以白马驮经来,故用白马为题。"又曰:"或名精舍者,《释迦谱》云:息心所栖,故曰精舍。《灵裕寺诰》曰:非麤暴者所居,故云精舍。《艺文类聚》云:非由其舍精妙,良由精练行者所居也。"○《寰宇记》曰:"鄂州武昌县:樊山在州西一百七十二里,山东十步有冈,冈下有寒溪,溪中有蟠龙石,又曰寒溪浦,在县西二里,樊山下有寒溪,盛暑之月,常有寒气。"(县在州东一百七十里。)《清一统志》曰:"樊山在武昌县西,一名袁山,一名来山,一名西山,一名寿昌山,一名樊冈,上有九曲岭。寒溪在武昌县西樊山下,有寺又曰西山寺,在武昌县西,晋建寒溪寺,在武昌县寒溪上,一名资圣寺。"○《文选·南都赋》曰:"枫柙栌枥。"李善注曰:"枥与栎同。"案《尔雅·释木》曰:"栎,其实梂。"郭注曰:"有梂彙自裹。"《诗·晨风》:山有苞栎。陆疏曰:"秦人谓柞栎为栎。"《水经·河水注》引周处《风土记》云:舜所耕于山下多柞树,吴越之间名柞为枥,故曰历山,亦栎、枥通用之证。《释木》栩杼。郭注曰:"柞树。"《说文》曰:"栩,柔也,其实皂,一曰样。"(即橡字)《诗·鸨羽》:集于苞栩。陆疏曰:"今柞栎也。徐州人谓栎为杼,或谓之为栩,其子为皂,或言皂斗,其壳为汁,可以染皂,今京洛及河内多言杼汁,谓栎为杼,五方通语也。"《证类本草》卷十四引

《图经》曰:"橡实,栎木子也。木高二三丈,三四月开黄花,八九月结实,其实为皂斗,槲栎皆有斗,而以栎为胜。"○《庄子·齐物论篇》《释文》曰:"策,杖也。"○《尔雅·释水》曰:"正绝流曰乱。"○《后汉书·鲍永传》曰:"永幅巾诣河内。"章怀注曰:"幅巾不著冠,但幅巾束首也。"

然将适西山,行于松柏之间,羊肠九曲而获小平。游者至此必息,倚怪石,荫茂木,俯视大江,仰瞻陵阜,旁瞩溪谷,风云变化,林麓向背,皆效于左右。有废亭焉,其遗址甚狭,不足以席众客。其旁古木数十,其大皆百围千尺,不可加以斤斧。子瞻每至其下,辄睥睨终日。一旦大风雷雨,拔去其一,斥其所据,亭得以广。子瞻与客入山视之,笑曰:兹欲以成吾亭耶,遂相与营之,亭成而西山之胜始具,子瞻于是最乐。以上九曲亭既成,子瞻最乐。

《易林》蛊之剥曰:"羊肠九萦。"鲍明远《石帆铭》曰:"九折羊肠。"张正见《从永阳王游虎丘山》诗曰:"九曲峻羊肠。"○小平,《正宗》小作少,茅选同。○《礼记·曲礼上》郑注曰:"效犹呈也。"○《广雅·释诂》一曰:"睥睨,视也。"

昔余少年从子瞻游,有山可登,有水可浮,子瞻未始不褰裳先之。有不得至,为之怅然移日。至其翩然独往,逍遥泉石之上,撷林卉,拾涧实,酌水而饮之,见者以为仙也。盖天下之乐无穷,而以适意为悦。方其得意,万物无以易之。及其既厌,未有不洒然自笑者也。沈曰:"少陵《观打鱼歌》云:归饱欢娱亦萧瑟。"譬之饮食,杂陈于前,要之一饱,而同委于臭腐。夫孰知得失之所在?惟其无愧于中,无责于外,而姑寓焉。沈曰:"孟子所云仰不愧、俯不怍也。又与子瞻《超然台记》心焉相印。"此子瞻之所以有乐于是也。以上言得失无常，适意者即为至乐。

□茅曰："情兴心思，俱入佳处。"○吴先生曰："此文后幅实为超妙，而前之叙次颇繁。"

《说文》曰："攐，抠衣也。"经传以褰为之。《诗》褰裳涉溱。○《庄子·庚桑楚篇》："畏垒之民相与言曰：庚桑子之始来，吾洒然异之。"《释文》曰："洒，素殄反，又悉礼反。崔、李云，惊貌。"

晁无咎

晁补之，字无咎，济州钜野人。（在今山东钜野县南。）十七岁，从父官杭州倅，以所著《七述》，谒通判苏轼，轼亟称之，遂知名。举进士，试开封及礼部别院，皆第一。元祐初，为太学正。李清臣荐堪馆阁，召试除秘书省正字，迁校书郎，以秘阁校理通判扬州，召还为著作佐郎。绍圣初，出知齐州，降应天府通判，改亳州，又贬监处、信二州酒税。徽宗立，复以著作召。既至，拜吏部员外郎，礼部郎中。党论起，出知河中府。后主管鸿庆宫，还家号归来子。大观末，起知达州，改泗州，卒。《宋史》入《文苑传》。

新城游北山记

《元丰九域志》：两浙路杭州有新城县。《咸淳临安志》曰："新城县北山在县北三十里。"《清一统志》曰："浙江杭州府：北山在新城县北三十里，宋晁无咎有《游北山记》。"案：新城县今改新登县。

去新城之北三十里，山渐深，草木泉石渐幽。初犹骑行石齿间，旁皆大松，曲者如盖，直者如幢，立者如人，卧者如虬。松下草间有泉，沮洳伏见，堕石井，锵然而鸣。松间藤数十尺，蜿蜒如大蚓。其上有鸟，黑如鸲鹆，赤冠长喙，俛而啄，磔然有声。稍西一峰高绝，有蹊介然，仅可步。系马石觜，相扶携而上，篁筱仰不见日，如四五里，乃闻鸡声。有僧布袍蹑履来迎，与之语，睥而顾，如麋鹿不可接。顶有屋数十间，曲折依崖壁为栏楯，如蜗鼠缭绕乃得出，门牖相值。既坐，山风飒然而至，堂殿铃铎皆鸣。二三子相顾而惊，不知身之在何境也。且莫，皆宿。以上游时所见之景物。

《古今注》卷上曰："曲盖，太公所作也。武王代纣大风折盖，太公因折盖之形，而制曲盖焉。"○《释名·释兵》曰："幢，童也，其貌童童然也。"○玄应《一切经音义》卷一引《瑞应图》曰："虬龙身黑无鳞甲。"○《诗·沮洳》毛传曰："沮洳，其渐洳者。"孔疏曰："沮洳润泽之处。"《释文》曰："沮，音子预反，洳音如预反。"○《说文》曰："蚓，䗖螾，蛇医以注鸣者。"《尔雅·释鱼》曰："蝾螈，守宫也。"陆元恪《诗疏》曰："蚅蜴一名蝾螈，水蜴也，或谓之蛇医，如蜥蜴，青绿色，大如指，形状可恶。"○《孟子·尽心下》曰："山径之蹊间介然。"赵注曰："山径，山之领有微蹊介然。"（《说文》曰："介，画也。"朱子《集注》以介然属下用之而成路为句。孔荪轩《经学卮言》卷五谓《长笛赋》间介无蹊，似古读有以间介绝句者。）○《说文》曰："楯，栏槛也。"○宋玉《风赋》曰："有风飒然而至。"○莫，暮之本字。

于时九月，天高露清，山空月明，仰视星斗皆光大，如适在人上。奇刱。窗间竹数十竿相摩戛，声切切不已。竹间梅棕森然，如鬼魅离立突鬓之状，二三子又相顾魄动而不得寐。迟明皆去。以上夜宿之情况。

《书·益稷》曰："戛击鸣球。"○《礼记·曲礼上》：离坐离立。郑注曰："离，两也。"○《庄子·说剑篇》："赵太子曰：吾王所见剑士，皆蓬头突鬓垂冠。"○梅棕，《鸡肋集》梅作海，今依《文鉴》。○《史记·高祖本纪》曰："黎明围宛城三匝。"《汉书·高帝纪》作迟明。王怀祖《读书杂志》四之一曰："黎明、迟明，皆谓此明也。"

既还家数日，犹恍惚若有遇，因追记之。后不复到，然往往想见其事也。以上作记。

□摹写极工，巉刻处直逼柳州。

朱元晦

朱熹，字元晦，一字仲晦，徽州婺源人。（今安徽婺源县治。案《朱子年谱》曰：先生本歙州人，世居婺源之永平乡松岩里。宣和末，考韦斋公松，字乔年，为建州政和县尉，遭父丧，以贫不能归，服除，调南剑尤溪县尉。去官，尝侨寓建、剑二州。建炎四年，馆于尤溪之郑氏，而先生生焉。是自其父已居福建矣。建炎十三年，十四岁，丁父韦斋先生忧。十四年，葬韦斋先生，墓在崇安县。建炎二十年，二十一岁，如婺源展墓。淳熙三年丙申，四十七岁，如婺源复远祖墓，是归故乡省先代之墓，为时皆无多。绍熙二年，归建阳。三年，筑室于建阳之考亭。五年，除宫观，后复还考亭。六年卒，葬建阳唐石里之大林谷。案：政和、尤溪、崇安、建阳，皆今福建属县，是朱子始终居闽。传云婺源人，及自署新安者，皆本先世而言也。）绍兴八年进士第，授泉州同安县主簿。选邑秀民充弟子员，日与讲说修已治人之道，罢归，以养亲请祠。孝宗即位，诏求直言，熹上封事，陈人主诚意正心，及斥与金讲和之议。隆兴元年，复召入对，除武学博士，待次归，历知南康军，提举浙东常平茶盐，提点江西刑狱。光宗朝，历知漳州，秘阁修撰，主管南京鸿庆宫，知潭州，荆湖南路安抚使。宁宗即位，枢密使赵汝愚首荐熹，除焕章阁待制，侍讲。时韩侂胄居中用事，熹上疏斥言左右窃柄之失。在经筵复申言之。以忤侂胄罢侍讲。庆元二年，监察御史沈继祖诬熹十罪，落职罢祠，并禁伪学。四年，申乞致仕，五年，依所请。六年三月卒，冬十一月葬建阳县唐石里之大林谷，及侂胄死，诏赐熹遗表恩泽，谥曰文。《宋史》入《道学传》。

大学章句序

王白田（懋竑）《朱子年谱》卷三曰："淳熙十六年己酉，六十岁。二月甲子，序《大学章句》，三月戊申，序《中庸章句》。引洪璟重刻《朱子年谱》曰：二书定著已久，犹时加改不辍，至是以稳洽于心而始序。"《考异》卷三曰："按《与张吕书》，则甲午乙未《大学》《中庸》已有本矣。《与詹帅书》在乙巳，尚云所改极多，距甲午乙未十馀年矣。《詹帅书》已及《中庸》序，则两序作于乙巳前，至己酉而后定耳。"案《大学》本《礼记》一篇。清《四库书目》卷三十五曰："《大学》自唐以前，无别行之本。（毛大可《四书改错》卷一曰：唐人有《大学》专本，宋仁宗朝，亦曾以《大学》专本赐及第进士。）然《书录解题》（卷二）载司马光有《大学广义》一卷，《中庸广义》一卷，已在二程以前，均不自洛闽诸儒始为表章。特其论说之详，自二程始；定著《四书》之名，则自朱子始耳。"（《四书改错》卷一曰："《四书》合并于北宋，至南宋初，胡安国辈已早举其名，然并不云合自程氏，若朱氏则在宁宗朝，虽有开伪学禁，称朱熹《四书》，然但举旧名。且朱氏作注，亦不合称《四书》，如《大》《中》称《章句》，《论》《孟》称《集注》，至元朝用以取士，虽总用朱本，然仍曰书义用朱熹《章句》《集注》二书，并不溷称《四书》注，可验也。"）又曰："《大学》古本为一篇，朱子则分别经传，颠倒其旧次，补缀其阙文，《中庸》亦不从郑注分节，故均谓之章句。"又曰："《大学章句》，诸儒颇有异同，然所谓'诚其意'者以下，并用旧文，所特剏者不过补传一章，要非增于八条目外，既于理无害，又于学者不为无裨，何必分门角逐欤？"步瀛案："章句"之称起于汉，《汉书·艺文》云：《易》有施、孟、梁丘《章句》各二篇，《尚书》有欧阳《章句》三十一卷，大小夏侯《章句》各二十九卷，《春秋》有公羊《章句》三十八篇，穀梁《章句》三十三篇，皆是。焦理堂《孟子正义》卷一曰："既分其章，又依句敷衍而发明之，所谓'章句'也。"

大学之书，古之大学所以教人之法也。盖自天降生民，则既莫不与之以仁义礼智之性矣。然其气质之禀，或不能齐，是以不能皆有以知其性之所有而全之也。一有聪明睿智能尽其性者出于其间，则天必命之以为亿兆之君师，使之治而教之以复其性。此伏羲、神农、黄帝、尧、舜所以继天立极，而司徒之职，典乐之官，所由设也。以上言复人之性，必由于教。

《礼记·大学篇》《释文》曰："大旧音泰，刘（宗昌）直带反。"《章句》曰："大旧音泰，今读如字。"案：朱子释大学为大人之学，以大学可读为泰学，而大人不可读为泰人，故改旧读也。然古泰、大字通用，太乃后出字。○《礼记·大学篇》孔疏引郑康成《目录》曰：名曰大学者，以其记博学可以为政也。此于《别录》属通论，宋儒说大学与汉儒异。《程氏遗书·二先生语》二上曰："《大学》乃孔氏遗书，须从此学则不差。"《朱子语类》卷十四曰："《大学》是为学纲目，先通《大学》，立定纲领，其他经皆杂说在里许，通得《大学》了，去看他经，方见得此是格物致知事，此是正心诚意事，此是修身事，此是齐家治国平天下事。"○《穀梁传》：隐元年曰："继天者君也。"《书·洪范》曰："皇建其有极。"○《书·舜典》："帝曰：契，汝作司徒，敬敷五教。夔，命汝典乐，教胄子。"《周礼·地官·序官》曰："乃立地官司徒，使帅其属而掌邦教。"《春官·大司乐》曰："掌成均之法，以教国子弟。"

　　三代之隆，其法浸备。然后王宫国都，以及闾巷，莫不有学。人生八岁，则自王公以下，至于庶人之子弟，皆入小学，而教之以洒扫应对进退之节，礼乐射御书数之文。及其十有五年，则自天子之元子众子，以至公卿大夫元士之适子，与凡民之俊秀，皆入大学，而教之以穷理正心修己治人之道。此又学校之教，大小之节，所以分也。以上三代学校之教，有大小之节。

　　立学、入学，皆见曾子固《宜黄县学记》注。○《论语·子张篇》："子游曰：子夏之门人小子，当洒扫应对进退则可矣。"○《礼记·内则篇》曰："子生六年，教之数与方名，九年教之数日，十年出就外傅，居宿于外，学书记，朝夕学幼仪，请肄简谅，十有三年，学乐诵诗舞勺，成童舞象，学射御，二十而冠，始学礼，舞大夏。"○《周礼·地官》：大司徒以乡三物教万民而宾兴之。三曰六艺，礼、乐、射、御、书、数。保氏掌养国子以道，乃教之六艺，一曰五礼，二曰六乐，三曰五射，四曰五驭，五曰六书，六曰九数。郑注曰：五礼，吉、凶、军、宾、嘉也。

（《春官·大宗伯》郑注：吉礼之别十有二，谓三祀、三祭、六享也，凶礼之别有五，谓丧、荒、弔、襘、恤也，宾礼之则有八，谓朝、宗、觐、遇、会、同、问、视也，军礼之别有五，谓大师、大均、大田、大役、大封也，嘉礼之别有六，谓冠、昏、乡饮、燕、射、公食也。）六乐，云门、大咸、大韶、大夏、大濩、大武也。（《春官·大司乐》郑注曰："黄帝曰云门，大咸，咸池尧乐也，大声舜乐也，大夏禹乐也，大濩汤乐也，大武武王乐也。"案：韶、磬字同。）郑司农云：五射，白矢、参连、剡注、襄尺、井仪也。（贾疏曰："白矢者，矢在侯而贯侯过其镞白。"《广韵》四十祃：白矢作白夯。孙仲容《正义》曰："疑夯当为的之误，《诗·小雅·宾之初筵》云：发彼有的。毛传曰：的质也。的《诗》《释文》作旳，即的之省，白旳似言射时审拟的质而发耳。"贾疏曰："参连者，前放一矢，后三矢，连续而去也。"惠天牧《礼说》曰："《新序·杂事》曰：左把弹，右摄丸，定操持，审参连。《吴越春秋》曰：射之道，从分望敌，合以参连。《庄子·田子方篇》云：适矢复沓。注云，矢去也，箭适去复歃沓也。然则复沓犹参连也。《列子·仲尼篇》曰：善射者，能令后镞中前括，发发相及，矢矢相属，前矢造准而无绝落，后矢之括犹衔弦，视之若一焉，是为参连。"孙仲容曰："《诗·齐风·猗嗟》云：四矢反兮。郑笺云：反，复也。每射四矢皆得其故处，即所谓参连也。"贾疏曰："剡注者，谓羽头高镞低而去剡剡然。"黄元同《礼书通故》卷二十五曰："剡，锐也，挹彼注此曰注，谓力锐能贯物而过，因彼注此，诗所谓一发五豵也。"贾疏曰："襄尺者，臣与君射，不与君并立，襄君一尺而退。"《释文》曰："襄音让，本作让。"《广韵》四十祃，襄尺作让尺。孙曰："《白氏六帖·射部》引亦作让。"步瀛案：宋本《白帖》卷二十五《射部》作襄。黄元同曰："襄古攘字，今用让。《乡射记》曰：大夫与士射耦，少退于物，君为下射，退于物一笴，笴三尺，少退于物，即襄尺也。"贾疏曰："井仪者，四矢贯侯，如井之容仪也。"黄曰："井古作丼，侯有上下舌，其形如井，中设正方二尺，如丼之丶。《诗·行苇》曰：既挟四鍭，四鍭如树。树谓仪表，言四矢之发，悉如丼仪，言其中的之正也。"孙曰："黄说井仪与贾小异，义亦得通。"）五驭，鸣和鸾、逐水曲、过君表、舞交衢、逐禽左。（贾曰："鸣和鸾者，和在式，鸾在衡。案《韩诗》云：升车则马动，马动则鸾鸣，鸾鸣则和应，先郑依此而言。逐水曲者，谓御车逐水势之屈曲，而不坠水也。"孙曰："君表犹言君位。《左》昭十一年传云：朝有著定，会有表，会朝之言，必闻于表著之位。杜注云：野会设表以为位，盖会同师田，君在则必有表位，凡车过之，当别有仪以致敬，故五御有过君表之法，犹入治朝者，申过位之敬矣。《晏子春秋·谏下篇》云：县爱槐之令，载过者驰，步过者趋，威仪拟乎君，然则过君表者，车当驰与！"贾曰："舞交衢者，衢道也，谓御车在交道中，车旋应于舞节云。逐禽左者，谓御驱逆之车，逆驱禽兽，使左当人君以射之，人君自左射，故毛传云，故自左膘而射之，达于右隅为上杀。又《礼记》云，佐车止则百姓田猎是也。"）六书，象形、会意、转注、处事、假借、谐声也。（《说文叙》曰："《周礼》八岁入小学，保氏教国子，先以六书。一曰指事，指事者视而可识、察而见意，上下是也。二曰象形，象形者画成其物，随体诘诎，日月是也。三曰形声，形声者以事为名，取譬相成，江河是也。四曰会意，会意者比类合谊，以见指撝，武信是也。五曰转注，转注者建类一首，同意相受，考老是也。六曰假借，假借者本无其字，依声托事，令长是也。"《汉书·艺文志》曰："《周官》保氏掌养国子，教之六书，谓象形、象事、象意、象声、转注、假借，造字之本也。"孙曰："处事许作指事，班作象事，谐声许作形声，班作象声，次第先后，亦与先郑差异，要其义一也。"）九数，方田、粟米、差分、少广、商功、均输、方程、赢不足、旁要，今有重差、夕桀、勾股也。（《九章算术》曰："方田以御田畴界域，粟米以御交质变易，衰分以御贵贱禀税，少广以御积幂方圆，商功以御功程积实，均输以御远近劳费，盈不足以御隐杂互见，方程以御错糅正负，勾股以御高深广远。"李籍《音义》曰："诸田不等，以方为正，故曰方田。粟者米之未舂，诸米不等，以粟为率，故曰粟米。衰，差也，以差而平分，故曰衰分。少广，从多截从之多，益广之少，故曰少广。商，度也，以度其功庸，故曰商功。均，平也；输，委也，以均平其输委，故曰均输。盈者满也，不足者虚也，满虚相推，以求其适，故曰盈不足。方者左右也，程者课率也，左右课率，总统群物，故曰方程。勾，短面也；股，长面也，短长相推，以求其弦，故曰勾股。"案：差分即衰分，旁要即勾股，古今异名耳。先郑说并本《九章》。孔㢩轩《礼学卮言》卷六曰："重差者重两勾股，取其影差，异乘同除，以知此例，若刘徽《海岛经》是也。《少仪》《正义》以重差当差分，误矣。"张孟彪《舒艺室随笔》卷一曰："夕桀惟秦九韶《数学九章》第四篇，望敌圆营术有其名，云以勾股求之，夕桀入之，亦即勾股容圆术也。重差者，重叠测望，而知其差也。刘徽《海岛算经序》云：度高者重表，测深者絫矩，孤离者三望，离而又旁求者四望，此即所谓重差也。旁要夕桀，盖皆测望中之一事。旁要测方，夕桀测圆。夕桀云者，《广雅·释诂》云：衺也，桀者揭也。《文选》谢灵运《拟刘桢诗》注，桀与揭音义同。又《东京赋》注，揭犹表也，盖树表而邪望之，即刘徽所云孤离者也。疑重差夕桀，古人本以旁要该之，其实此三者，皆不离于勾股，后人强为之分析耳。"）○《礼注·王制》曰："王大子王子，群后之大子，卿大夫元士之适子，国之俊选皆造焉。凡入学以齿。"郑注曰："王子，王之庶子也。群后，公及诸侯。"《释文》曰："适，丁历反。"案：天子之元子即王大子。《仪礼·士冠礼》记曰："天子之元子士也。"

郑注曰："元子，世子也。"《王制》注曰："元，善也，元士谓命士也。"孔疏曰："按《周礼》注天子上士三命，中士再命，下士一命（《春官·典命》），则上中下之士皆称元士也。"《白虎通·爵篇》曰："天子之士加元，以别于诸侯士也。"适，嫡之通借字。《王制》曰："命乡论秀士，升之司徒曰选士，司徒论选士之秀者曰俊士。"

夫以学校之设，其广如此，教之之术，其次第节目之详又如此。而其所以为教，则又皆本之人君躬行心得之馀，不待求之民生日用彝伦之外。是以当世之人无不学。其学焉者，无不有以知其性分之所固有，职分之所当为，而各俛焉以尽其力。此古昔盛时，所以治隆于上，俗美于下，而非后世之所能及也。以上古代教化之效。

《书·洪范》曰："彝伦攸叙。"○《礼记·表记》曰："俛焉日有孳孳。"

及周之衰，贤圣之君不作，学校之政不修，教化陵夷，风俗颓败。时则有若孔子之圣，而不得君师之位以行其政教，于是独取先王之法，诵而传之，以诏后世。若《曲礼》《少仪》《内则》《弟子职》诸篇，固小学之支流馀裔。而此篇者，则因小学之成功，以著大学之明法。外有以极其规模之大，而内有以尽其节目之详者也。三千之徒，盖莫不闻其说，而曾氏之传，独得其宗。于是作为传义，以发其意。及孟子没，而其传泯焉，则其书虽存，而知者鲜矣。以上言孔子著《大学》之法，曾子独得其传。

《礼记·曲礼篇上》孔疏引郑《目录》曰："名曰《曲礼》者，以其篇记五礼之事。祭祀之说，吉礼也。丧荒去国之说，凶礼也。致贡朝会之说，宾礼也。兵车旌鸿之说，军礼也。事长敬老，执贽纳女之说，嘉礼也。此于《别录》属制度。"○《礼记·少仪篇》孔疏引郑《目录》曰："名曰《少仪》者，以其记相见及荐羞之少威仪，少犹小也，此于《别录》属制度。"○《礼记·内则篇》孔疏引郑《目录》曰："名曰《内则》者，以其记男女居室，事父母舅姑之法，此于《别录》属子法，以闺门之内，轨仪可则，故曰《内则》。"○《管子》有《弟子职篇》。○《汉书·艺文志》：小学十家，乃文字训诂之学，此以幼仪为小学，亦与汉儒说异。○《汉书·艺文志》曰："诸子亦六经之支与流裔。"颜曰："裔，衣末也，其于六经，如水之下流，衣之末裔。"○《经义考》卷一百五十六曰："《大学》不题作者姓氏，或云七十子之徒，共撰所闻，或云是子思作。朱子于百世之后，毅然论定为曾子之书，且析为经传，谓经一章，盖孔子言而曾子述之；传十章，则曾子之意而门人记之，其《答林择之书》云：传中引曾子曰：知曾氏门人成之。而黄冈樊氏曰：记引曾子之言，决非曾子之书可知，学者所见，不同如是。"○《史记·孔子世家》曰："以诗书礼乐教弟子，盖三千焉。"

自是以来，俗儒记诵词章之习，其功倍于小学而无用；异端虚无寂灭之教，其高过于大学而无实。其他权谋术数，一切以就功名之说，与夫百家众技之流，所以惑世诬民，充塞仁义者，又纷然杂出乎其间。使其君子不幸而不得闻大道之要，其小人不幸而不得蒙至治之泽。晦盲否塞，反覆沉痼，以及五季之衰，而坏乱极矣。以上俗学异端，皆非大学之教，大道不闻，而极坏乱。

虚无寂灭，谓佛老也。《史记·太史公自序》述其父谈论六家要指曰："道家无为，又曰无不为，其实易行，其辞难知，其术以虚无为本。"案：寂灭已见韩退之《原道》注。○《汉书·

艺文志》曰："兵权谋十三家。权谋者，以正守国，以奇用兵，先计而后战，兼形势，包阴阳，用技巧者也。"又曰："凡数术百九十家，数术者，皆明堂羲和史卜之职也。"○《孟子·滕文公下》曰："是邪说诬民，充塞仁义也。"○《宋史·地理志》曰："唐室既衰，五季迭兴，五十馀年，更易八姓。"

天运循环，无往不复。宋德隆盛，治教休明。于是河南程氏两夫子出，而有以接乎孟氏之传，实始尊信此篇而表章之。既又为之次其简编，发其归趣，然后古者大学教人之法，圣经贤传之指，粲然复明于世。以上言二程子表章《大学》。

《史记·高祖本纪》："太史公曰：三王之道若循环。"○《易·泰》九三曰："无往不复。"○《宋史·道学·程颢传》曰："颢字伯淳，世居中山，从开封徙河南，自十五六岁时，与弟颐闻汝南周敦颐论学，遂厌科学之习，慨然有求道之志，求诸六经而后得之。卒，文彦博采众论，题其墓曰明道先生，嘉定十三年，谥曰纯公。"《道学·程颐传》曰："颐字正叔，其学本于诚，以《大学》《语》《孟》《中庸》为标指，而达于六经。动止语默，一以圣人为师。世称伊川先生。嘉定十三年，谥曰正公。"○《二程遗书·程氏经说》卷五：明道、伊川皆有改正《大学》。○《汉书·武帝纪赞》曰："表章六经。"○《荀子·非相篇》曰："欲观圣王之迹，则于其粲然者矣。"杨注曰："粲然，明白之貌。"

虽以熹之不敏，亦幸私淑而与有闻焉。顾其为书，犹颇放失。是以忘其固陋，采而辑之，间以窃附己意，补其阙略，以俟后之君子。极知僭踰无所逃罪，然于国家化民成俗之意，学者修己治人之方，则未必无小补云。

以上撰《大学章句》之悒。淳熙己酉二月甲子新安朱熹序。

□浑重温纯，近似南丰，而说理精粹过之。

《论语·颜渊篇》："颜渊曰：回虽不敏，请事斯语矣。"○《孟子·离娄上》曰："予未得为孔子徒也，予私淑诸人也。"○《礼记·学记》曰："君子如欲化民成俗，其必由学乎。"○《孟子·尽心上》曰："岂曰小补之哉？"○宋孝宗淳熙十六年二月辛酉朔，壬戌，内禅，光宗即位。甲子，乃初四日也。○《舆地纪胜》曰："江南东路徽州，秦置鄣郡，汉武帝改故鄣郡为丹阳郡。吴孙权分丹阳郡置新都郡。晋武平吴，改新都为新安郡。隋平陈，置歙州，炀帝改为新安郡。唐置歙州总管（武德四年），改都督府（武德六年），寻罢（贞观元年），改新安郡（天宝元年），复为歙州（乾元元年）。五代吴杨氏、南唐李氏相继有之，皇朝平江南，始复共职贡（开宝八年）。隶江南东路。方寇既平，诏改为徽州（宣和三年），中兴因之，今领县六（歙、休宁、祁门、婺源、绩溪、黟），治歙县。"（今安徽歙县治。）

送郭拱辰序

郭拱辰，字叔瞻，三山人。登朱晦庵之门，游戏丹青。见楼迂斋（钥）《攻媿集》（卷七十九《赠写照郭拱辰》）。

世之传神写照者，能稍得其形似，已得称为良工。今郭君拱辰叔瞻，乃能并与其精神意趣而尽得之，斯亦奇矣。先叙其写照之善。

《晋书·文苑·顾恺之传》曰："恺之每画人成，或数年不点目精，人问其故。答曰：四体妍蚩，本无阙少，于妙处传神写照，正在阿堵中。"○苏子瞻《书鄢陵主簿所画折枝诗》曰："论画以形似，见与儿童邻。"

予顷见友人林择之、游诚之,称其为人,而招之不至。今岁惠然来自昭武,里中士夫数人,欲观其能,或一写而肖,或稍稍损益,卒无不似,而风神气韵,妙得其天致,有可笑者。为予作大小二象,宛然麋鹿之姿,林野之性,持以示人,计虽相闻而不相识者,亦有以知其为予也。以上作二象极其神似。

《万姓统谱》卷六十四曰:"林用中,字择之,古田人。始从林光朝学,后闻朱文公授徒建安,复往从焉。文公尝称其通悟,修谨嗜学,谓为畏友。"又卷六十二曰:"游九言,字诚之,建阳人。张南轩高弟,累仕至知光化军,卒谥文清。"

然予方将东游雁荡,窥龙湫,登玉霄以望蓬莱,西历麻源,经玉笥,据祝融之绝顶,以临洞庭风涛之壮,北出九江,上庐阜,入虎溪,访陶翁之遗迹,然后归而思自休焉。彼当有隐君子者,世人所不得见,而予幸将见之,欲图其形以归。而郭君以岁晚思亲,不能久从予游矣。予于是有遗恨焉。因其告行,书以为赠。以上言己将远游,以郭不能从行为憾,因为序赠之。淳熙元年九月庚子晦翁书。后幅意象甚远,似从韩公《题李生壁》化出。

沈存中《雁荡山记》曰:"温州雁荡山,天下奇秀,然自古图谱未尝言。祥符中,因造玉清宫,伐木取材,方有人见之。此时尚未有名。按西域书:阿罗汉诺讵那,居震旦东南大海际,有'雁荡经行云漠漠,龙湫宴坐雨蒙蒙'之句。此山南有芙蓉驿,前瞰大海,然未知雁荡、龙湫所在。后因伐木,始见此山顶有大池,相传以为雁荡,下有一潭水以诗名之也。"楼迂斋《大龙湫诗》曰:"北山太行东禹穴,雁荡山中最奇绝。龙湫一派天下无,万众赞扬同一舌。"《清一统志》曰:"浙江温州府:雁荡山在乐清县东九十里，盘曲凡数百里，其峰百有一，谷十，洞八，岩三十，争奇竞胜，游历难遍。鴈之春归者留宿焉，故曰鴈荡。有大小龙湫，会诸涧水，悬压数百丈，飞瀑之势，如倾万斛水从天而下。"○《舆地纪胜》曰："两浙东路台州玉霄峰，在天台县三十五里，洞天宫上，重崖叠嶂，松竹葱蒨，且产香茆，世号小桐柏焉。"《清一统志》曰："浙江台州府：桐柏山，在天台县西北二十五里，有紫霄、翠微、玉泉、卧龙、莲花、华林、玉女、玉霄、华顶九峰。"○《史记·封禅书》曰："蓬莱、方丈、瀛洲，此三神山者，其传在渤海中。"○谢灵运有《入华子冈麻源第三谷诗》。《明一统志》曰："江西建昌府：麻源在府城（今南城县）西一十五里，循溪而入，多茂林修竹，土田沃衍。"○《水经·湘水注》曰："汨水又西迳玉笥山。罗含《湘中记》云：屈潭之左，有玉笥山，道士遗言，此福地也。一曰地脚山。"《清一统志》曰："湖南长沙府：玉笥山，在湘阴县东北，一名石帆山。"○杜子美《望岳诗》曰："祝融五峰尊。"韩退之《谒衡岳庙遂宿岳寺题门楼诗》曰："石廪腾掷堆祝融。"《清一统志》曰："湖南衡州府：衡山在衡山县西三十里，祝融峰乃七十二峰最高者，上有青玉坛，方五丈，湘水环带山下，五折而北去，峰巅有风穴，东有望日台，西有望月台。"○《水经·湘水注》曰："洞庭湖水，广圆五百馀里，日月若出没于其中。"《清一统志》曰："湖南岳州府：洞庭湖在巴陵县西南，每夏秋水涨，周围八百馀里。"○《汉书·地理志·九江郡》注："应劭曰：江自庐江寻阳分为九。"郭景纯《江赋》曰："流九派乎浔阳。"《书·禹贡》孔疏曰："九江谓大江分而为九，犹大河分为九河。"其说甚是。又引《浔阳记》："九江，一曰乌江，二曰蚌江，三曰乌白江，四曰嘉靡江，五曰畎江，六曰源江，七曰廪江，八曰提江，九曰箘江。"《释文》引《浔阳地记》：廪江作累江，馀并同。又引张须元《缘江图》：一曰三里江，二曰五州江，三曰嘉靡江，四曰乌土江，五曰白蚌江,六曰白乌江,七曰箘江,八曰沙提江,九曰廪江,又与《浔阳记》不同,恐皆后出之名,未足信。《元和郡县志》曰:"江州:《禹贡》荆州云:九江孔殷。今州西北二十五里九江是也。"《清一统志》曰:"江西九江府:浔阳江在府城北,亦名九江,即大江也。"○《水经·庐江水注》曰:"王彪之《庐山赋叙》曰:庐山,彭泽之山也。虽非五岳之数,穹隆嵯峨,实峻极之名山也。"孙放《庐山赋》曰:"寻阳郡南有庐山,九江之镇也。"孟浩然《彭蠡湖中望庐山诗》曰:"中流见匡阜,势压九江雄。"《清一统志》曰:"江西南康府:庐山在星子县北二里,北接九江府界,古名南嶂山,一名匡山,总名匡庐。"○《莲社高贤传》曰:"远法师居东林,其处流泉匝寺,下入于溪,每送客过此,辄有虎号鸣,因名虎溪,后送客未尝过。"《清一统志》曰:"江西九江府:虎溪在德化县南。"(今九江县。)○《宋书·隐逸传》曰:"陶潜,字渊明,或云渊明,字元亮,寻阳柴桑人也。"《清一统志》曰:"江西九江府:陶潜宅,在德化县西南九十里柴桑里。"○淳熙元年九月乙酉朔,庚子,乃十六日,是年朱子五十三岁。

传统文化修养丛书

唐宋文举要

高步瀛 / 著

乔继堂 崔人元 / 整理

上海科学技术文献出版社
Shanghai Scientific and Technological Literature Press

唐宋文举要

(下)

下册目录

乙 编

卷一 唐文十五首 …………………………………… 1165
 王无功 …………………………………………… 1166
  答刺史杜之松书 ……………………………… 1166
 杜之松 …………………………………………… 1169
  答王绩书 ……………………………………… 1169
 李善 ……………………………………………… 1172
  上文选注表 …………………………………… 1172
 朱少连 …………………………………………… 1180
  陈后主论 ……………………………………… 1181
 王子安 …………………………………………… 1188
  上武侍极启 …………………………………… 1189
  秋晚入洛于毕公宅别道王宴序 ……………… 1193
  还冀州别洛下知己序 ………………………… 1202
  秋日登洪府滕王阁饯别序 …………………… 1205
  益州绵竹县武都山净惠寺碑 ………………… 1220
 杨炯 ……………………………………………… 1244
  群官寻杨隐居诗序 …………………………… 1244
  大周明威将军梁公神道碑 …………………… 1249
  彭城公夫人尔朱氏墓志铭 …………………… 1276

卢昇之 ·········· 1286
  乐府杂诗序 ·········· 1286
  相乐夫人檀龛赞（并序）·········· 1302
  益州至真观主黎君碑 ·········· 1305

卷二 唐文十五首 ·········· 1352
骆宾王 ·········· 1352
  为齐州父老请陪封禅表 ·········· 1352
  和闺情诗启 ·········· 1360
  与博昌父老书 ·········· 1368
  兵部奏姚州破贼设蒙俭等露布 ·········· 1376
崔安成 ·········· 1399
  嵩山启母庙碑 ·········· 1400
张文成 ·········· 1440
  公主出降礼钱判 ·········· 1441
宋延清 ·········· 1445
  早秋上阳宫侍宴序 ·········· 1445
李巨山 ·········· 1451
  神龙历序 ·········· 1451
张道济 ·········· 1469
  洛州张司马集序 ·········· 1470
  故开府仪同三司上柱国赠扬州刺史大都督梁国公
    姚文贞公神道碑（奉敕撰）·········· 1479
苏廷硕 ·········· 1495
  太清观钟铭 ·········· 1495
王摩诘 ·········· 1500
  送秘书晁监还日本诗序 ·········· 1500
杨公南 ·········· 1511

大唐燕支山神宁济公祠堂碑 ………………… 1511
常衮 …………………………………………… 1520
　　贞懿皇后哀册文 ……………………………… 1520
令狐彀士 ……………………………………… 1535
　　代李仆射谢子恩赐状 ………………………… 1535

卷三　唐文十六首 ……………………… 1538
冯拱之 ………………………………………… 1538
　　兰溪县灵隐寺东峰新亭记 …………………… 1538
吕和叔 ………………………………………… 1542
　　药师如来绣像赞（并序）…………………… 1542
元微之 ………………………………………… 1547
　　许刘总出家制 ………………………………… 1547
李义山 ………………………………………… 1553
　　为张周封上杨相公启 ………………………… 1553
　　为李贻孙上李相公启 ………………………… 1561
　　上尚书范阳公启 ……………………………… 1583
　　上河东公启 …………………………………… 1587
　　祭全义县伏波庙文 …………………………… 1591
　　道士胡君新井碣铭（并序）………………… 1597
温飞卿 ………………………………………… 1618
　　上学士舍人启二首 …………………………… 1619
　　　其一 ………………………………………… 1619
　　　其二 ………………………………………… 1621
司空表圣 ……………………………………… 1623
　　擢英集述 ……………………………………… 1624
顾垂象 ………………………………………… 1628
　　题致仕武宾客嵩山旧隐诗序 ………………… 1628

韩致尧 ·· 1634
　香奁集自序 ·· 1635
韦端己 ·· 1638
　又玄集序 ·· 1639
欧阳炯 ·· 1643
　花间集序 ·· 1643

卷四　宋文二十四首 ································ 1648
徐鼎臣 ·· 1648
　大宋左千牛卫上将军追封吴王陇西公墓志铭（并序）······ 1648
王元之 ·· 1664
　谢赐御草书诗表 ···································· 1664
杨大年 ·· 1667
　驾幸河北起居表 ···································· 1668
欧阳永叔 ··· 1672
　谢致仕表 ·· 1672
　上随州钱相公启 ···································· 1675
王介甫 ·· 1681
　贺致政赵少保启 ···································· 1681
　英德殿上梁文 ······································ 1683
苏子瞻 ·· 1688
　除吕公著特授守司空同平章军国事加食邑实封馀如故制 ··· 1689
　谢赐对衣金带马表 ·································· 1693
秦少游 ·· 1694
　贺吕相公启 ·· 1695
晁无咎 ·· 1699
　亳州谢到任表 ······································ 1699
汪彦章 ·· 1702

隆祐太后告天下手书 ………………………… 1702
　　建炎三年十一月三日德音 …………………… 1708
孙仲益 ……………………………………………… 1713
　　西徐上梁文 …………………………………… 1714
洪景伯 ……………………………………………… 1720
　　汤思退罢尚书左仆射同中书门下平章事兼枢密使特授
　　　观文殿大学士提领江州太平兴国宫依前特进岐国公制 … 1721
周子充 ……………………………………………… 1725
　　岳飞叙复元官制 ……………………………… 1725
杨廷秀 ……………………………………………… 1731
　　辞免赣州得祠进职谢表 ……………………… 1731
陆务观 ……………………………………………… 1735
　　谢葛给事启 …………………………………… 1735
王才臣 ……………………………………………… 1739
　　知成都谢到任表 ……………………………… 1740
李居厚 ……………………………………………… 1744
　　谢王枢使荐举启 ……………………………… 1744
魏华甫 ……………………………………………… 1751
　　潼川路安抚到任谢表 ………………………… 1752
李公甫 ……………………………………………… 1756
　　贺丞相明堂庆寿并册皇后礼成平淮寇奏捷启 … 1757
方巨山 ……………………………………………… 1761
　　两易邵武军谢庙堂启 ………………………… 1762
文宋瑞 ……………………………………………… 1767
　　贺赵侍郎月山启 ……………………………… 1767

整理后记 …………………………………………… 1775

乙编

卷一 唐文十五首

　　唐初文体，沿六朝之习，虽以太宗之雄才，亦学庾子山为文，此一时风气使然，殊不关政治污隆。欧阳永叔讥其不能革五代之馀习，郑毅夫讥其文纤浮靡丽，不与其功业相称，皆书生之见，实亦囿于风气而为此言耳。当时最著者为四杰，其小品犹存齐、梁韵味，而鸿篇钜制，则务恢而张之。虽闳博瑰丽，震铄一时，其弊也或流于重腽，或溺于泛滥，亦学者所当择也。安成同其风，巨山继其武，及燕、许以气格为主，而风气一变。于是渐厌齐、梁，而崇汉、魏矣。然古文之体格未成，骈俪之宗风亦坠，虽见雅饬，殊乏精采。开、天以后，日益蜕化。洎韩、柳出，而骈文益衰，然作者亦未尝绝也。晚唐温、李齐名，义山隶事精切，藻思周密，实出飞卿之上。然才力渐薄，遂开宋四六之先声矣。宋初杨、王诸子，尚缘唐体，欧、苏而后，气体又一变。南渡以降，浮溪为前茅，文山为后劲。有宋一代，作者固不乏人。然其上者，洵能食古而化，推陈出新；其下者，则语意平凡，振采不飞，负声无力。观王厚斋之指南，洪容斋之摘句，知汉家自有法度，即以长卿、子云之才，亦不能不俯而就范也。然骈文家或屏宋体为不足观，亦过矣。今并存其梗概，以备学者审择焉。

王无功

王绩,字无功,绛州龙门人。隋大业中,举孝悌廉洁,授秘书省正字,不乐在朝,求为六合丞,旋解官还乡里。唐武德初,以前官待诏门下省。贞观中为大乐丞,旋弃官去。续游北山东皋,著书自号东皋子。新、旧《唐书》并入《隐逸传》。

答刺史杜之松书

吕才《东皋子集序》曰:"贞观中,京兆杜之松、清河崔善继为本州刺史,皆请与君相见。君曰:奈何悉欲坐召严君平?竟不见。崔、杜高君调趣,卒不敢屈,但岁时赠以美酒鹿脯,诗书往来不绝。"《新唐书·隐逸·王绩传》曰:"杜之松,故人也,为刺史,请绩讲礼。答曰:吾不能揖让邦君,谈糟粕弃醇醪也。"

月日,博士陈龛至,奉处分借《家礼》,并帙封送,至请领也。又承欲相招讲礼,闻命惊笑,不能已已。岂明公前眷或徒与下走相知不熟也? 以上答借《家礼》及其相招之意。

《唐六典》卷三十:"州有经学博士,医学博士,各一人。"○无功《重答杜使君书》言先人遗旨,颇曾恭习。又称先君献公,因事起义,知《家礼》盖无功之祖所著,《文中子·王道篇》称为安康献公者也。杜淹《文中子世家》曰:"同州刺史彦,生济州刺史,一曰安康献公,安康献公生铜川府君,讳隆,字伯高,文中子之父也。"○《世说新语·俭啬篇》曰:"郗公闻之,惊怪不能已已。"《伤逝篇》曰:"何扬州云使人情何能已已。"

○明公之称，见《魏志·吕布传》，《后汉书》同。○《汉书·萧望之传》注：应劭曰："下走，仆也。"颜师古曰："下走者，自谦言趋走之役也。"

　　下走意疎体放，性有由然。兼弃俗遗名，为日已久。渊明对酒，非复礼义能拘。叔夜携琴，惟以烟霞自适。登山临水，邈矣忘归。谈虚语玄，忽焉终夜。僻居南渚，时来北山。兄弟以俗外相期，乡闾以狂生见待。歌去来之作，不觉情亲。咏招隐之诗，惟忧句尽。帷天席地，友月交风。新年则柏叶为樽，仲秋则菊花盈把。罗含宅内，自有幽兰数丛。孙绰庭前，空对长松一树。高吟朗啸，挈榼携壶。直与同志者为群，不知老之将至。以上自述。

　　《宋书·隐逸传》曰："陶潜，字渊明，或云渊明字元亮，浔阳柴桑人也。贵贱造之者，有酒辄设，若先醉，便语客：我醉欲眠，卿可去。其真率如此。郡将候潜，值其酒熟，取头上葛巾漉酒毕，还复着之。"○《晋书·嵇康传》曰："康字叔夜，谯国铚人也。常修养性服食之事，弹琴咏诗，自足为怀。"○宋玉《九辩》曰："登山临水兮送将归。"○《世说新语·容止篇》曰："王夷甫妙于谈玄。"○无功《游北山赋》曰："独居南渚，时游北山。"无功又有《北山诗》。案《清一统志》曰："山西绛州河津县：魏曰龙门，唐贞观十七年属绛州。汾河在州城南门外，自平阳府太平县南流入，迳州东，与曲沃县分境，折而西入稷山县界，又西至河津县南入河。黄河在河津县西。疏属山在河津县东。《文中子》云：疏属之南，汾水之曲，有先人敝庐在（《事君篇》）。王通故里，在河津县南三十里。又通弟绩，隐处东皋村，在县东。"○无功《与冯子华书》曰："家兄知吾纵恣，亦以俗外相待，不拘以家务。"又曰："吾家三兄生于隋末，伤世扰乱，有德无位。"案：无功兄弟四人，伯兄通字仲淹（《文中子世家》），即文中子，仲兄凝字叔恬（王福畤《王氏书杂录》），次即绩，季弟静，字保名（并《文中子·礼乐篇》），此书称三兄者，盖据诸从昆弟之序数之耳。○《史记·郦生传》曰："县中皆谓之狂生。"○陶渊明有《归去来辞》。《宋书·隐逸传》曰："陶潜解印绶去职，赋归去来。"○左太冲、陆士衡皆有《招隐诗》。○刘伯伦《酒德颂》曰："幕天席地，纵意所如。"○《荆楚岁时记》曰："正月一日，长幼悉正衣冠，以次拜贺，进椒柏酒，饮桃汤。"○《艺文类聚·草部》上引《续晋阳秋》曰："陶潜无酒，坐宅边菊丛中，采摘盈把。"○《晋书·文苑传》曰："罗含，字君章，桂阳耒阳人也。累迁散骑常侍，侍中，仍转廷尉，长沙相。年老，致仕还家，阶庭忽兰菊丛生，以为德行之感焉。"○《晋书·孙绰传》（附《孙楚传》，楚太原中都人。）曰："绰字兴公，所居斋前，种一株松，恒自守护。"○《酒德颂》曰："动则挈榼提壶。"○《论语·述而篇》曰："不知老之将至云尔。"

　　欲令复整理簪屦，修束精神，揖让邦君之门，低昂刺史之坐，远谈糟粕，近弃醇醪，必不能矣。亦将恐刍狗贻梦，栎社见嘲。去矣君侯！无落吾事。以上谢不能往。

　　□蒋心馀曰："能以淡胜，故自高出群贤。"

《庄子·天道篇》曰："桓公读书于堂上，轮扁曰：君之所读者，古人之糟魄已夫。"《释文》曰："魄又作粕。"○《汉书·爰盎传》曰："买二石醇醪。"颜注曰："醇者不杂，言其酿也。醪，汁滓合之酒也，音牢。"○《庄子·天运篇》："师金曰：今而夫子亦取先王已陈刍狗，聚弟子游居寝卧其下，是非其梦邪！"《魏志·方伎传》曰："周宣，乐安人也，尝有问宣曰：吾昨夜梦见刍狗，其占何也？宣答曰：君欲得美食耳。出行果遇丰膳。又问宣曰：昨夜复梦见刍狗，何也？曰：君欲堕车折脚。顷之果如宣言。后又问宣，昨夜复梦见刍狗何也？宣曰：君家欲失火。俄遂火起，问宣曰：三梦刍狗而其占不同，何也？宣曰：刍狗者，祭神之物，故君始梦，当得饮食也。祭祀既讫，则刍狗为车所轹，故中梦当堕车折脚也。刍狗既车轹之后，必载以为樵，故后梦忧失火也。"○《庄子·人间世篇》曰："匠石之齐，至乎曲辕，见栎社树，曰散木也。匠石归，栎社见梦曰：而几死之散人，又恶知散木？"○《庄子·天地篇》曰："伯成子高辞为诸侯而耕，禹往见之，子高曰：夫子阖行邪！无落吾事。"《释文》曰："落犹废也。"

杜之松

《全唐文》载之松博陵曲阿人。隋起居舍人，入唐为河中刺史。《全唐诗》同，其云曲阿人（今江苏丹阳县），与吕才序言京兆不合。宋计有功《唐诗纪事》亦云之松贞观中为河中刺史，然据《元和郡县志》及新、旧《唐书·地理志》，改蒲州为河中府在开元初年，吕才但言之松为本州刺史，是绛州非蒲州也。（龙门县今山西河津县，隋开皇十六年割属蒲州，唐武德三年属泰州，贞观十七年泰州废，改属绛州。）

答王绩书

辱书，知不降顾，叹恨何已？仆幸恃故情，庶迥高躅。岂意康成道重，不许太守称官；老莱家居，羞与诸侯为友。延伫不获，如何如何！奇迹独全，幸甚幸甚！以上王不肯来。

《后汉书·郑玄传》曰："玄字康成，北海高密人也。大将军袁绍总兵冀州，遣使要玄，大会宾客。时应劭亦归于绍，因赞曰：故太山太守应中远北面称弟子何如？玄笑曰：仲尼门，考以四科，回、赐之徒，不称官阀。劭有惭色。"○《列女传·贤明传》曰："楚老莱子逃世，耕于蒙山之阳，人或言之楚王，楚王驾至老莱子之门曰：愿先生幸临之。老莱子曰：诺。其妻载畚挟薪樵而来曰：何车迹之众也？老莱子曰：楚王欲使吾守国之政。妻曰：妾闻之，可授以官禄者，可随以鈇钺，能免于患乎？投其畚而去，至江南，老莱子随其妻而居之。"又见皇甫谧《高士传》卷上。

敬想结庐人境，植杖山阿。林壑地之所丰，烟霞性之所适。荫丹桂，藉白茅，浊酒一杯，清琴数弄，诚足乐也。此真高士，何谓狂生？以上王之高尚。

陶渊明《饮酒诗》曰："结庐在人境。"○《论语·微子篇》曰："植其杖而芸。"陶渊明《归去来辞》曰："或植杖而耘耔。"《魏志·常林传》曰："耕种山阿。"○《易·大过》初六曰："藉用白茅。"○嵇叔夜《与山巨源绝交书》曰："浊酒一杯，弹琴一曲，志愿毕矣。"

仆凭藉国恩，滥尸贵部。官守有限，就学无因。延颈下风，我劳何极？前因行县，实欲祗寻。诚恐燉煌孝廉，守琴书而不出；酒泉太守，列钟鼓而空还。所以迟迴，遂揽辔也。以上自述，并言前日不敢相寻之故。

《庄子·胠箧篇》曰："遂至使民延颈举踵。"○《左传》僖十五年曰："群臣敢在下风。"○《汉书·韩延寿传》曰："不肯出行县。"○《尔雅·释诂》曰："祗，敬也。"○《晋书·隐逸传》曰："氾腾，字无忌，敦煌人也。举孝廉，除郎中。属天下兵乱，去官还家，柴门灌园，琴书自适。"○《太平御览·逸民部》三引王隐《晋书》曰："宋纤，字令文（《晋书》作艾），敦煌人也。隐于酒泉山，酒泉太守马岌，高尚之士也。具威仪，鸣钟鼓（《晋书》作铙鼓），造纤，纤拒而不见。"○《步出夏门行》古词曰："揽辔为我御。"

仆虽不敏，颇识前言。道既知尊，荣何足恃？岂不能正平公之坐，敬养亥唐；屈文侯之膝，恭师子夏？虽齐桓德薄，五行无疑；眭夸故人，一来何损？以上仍望其来。

《孟子·万章下》曰："晋平公之于亥唐也，入云则入，坐云则坐，食云则食。"又见《抱朴子·钦士篇》及《御览·人事部》十三引《韩非子》。（凡两见，《腓胀门》作唐亥，《足门》作唐彦，彦即亥字之讹。而《逸民部》九引嵇康《高士传》亦作亥唐。）○《史记·魏世家》曰："文侯受子夏经艺。"又见《仲尼弟子列传》。○《韩非子·难一》曰："齐桓公时有处士曰小臣稷，桓公三往而弗得见，于是五往乃得见之。"又见《吕氏春秋·下贤篇》，《新序·杂事》五。○《魏书·逸士传》曰："眭夸，赵郡高邑人也。少与崔浩为莫逆之交。浩为司徒，奏征为其中郎，辞疾不赴。州郡逼遣，不得已入京师与浩相见，延留数日，惟饮酒谈叙平生，不及世利。浩每欲论屈之，竟不能发言，其见敬惮如此。"

蒙借《家礼》，今见披寻。微而精，简而备，诚经传之典略，闺庭之要训也。其丧礼新义，颇有所疑，谨用条问，具如别帖。想荒宴之馀，为诠释也。遟更知闻。以上论所借之书。

□蒋心馀曰："气体殊佳。"

颜延年《五君咏》曰："韬精日沉饮，谁知非荒宴？"○《广韵》六至：迟，直利切，待也。"案：遟、遲（迟）字同（《说文》遟，遟之籀文）。

李　善

　　李善，扬州江都人。（《江夏县志》云字次孙，不足据。）显庆中，累补太子内率府录事参军，崇贤馆直学士，转秘书郎。乾封中，出为泾城令，坐与贺兰敏之周密，配流姚州，后遇赦得还，以教授为业，诸生多自远方而至。载初元年卒。《旧唐书》附《儒学上·曹宪传》，《新唐书》见《文艺中·李邕传》，邕，善之子也。

上文选注表

　　《旧唐书·儒学·李善传》曰："尝注解《文选》，分为六十卷，表上之，赐绢一百二十匹，诏藏于秘阁。"《新唐书·文艺·李邕传》曰："父善为《文选》注，敷析渊洽，表上之，赐赉颇渥。"《旧唐书·经籍志》《新唐书·艺文志》总集类皆载有李善注《文选》六十卷。

　　臣善言：窃以道光九野，缛景纬以照临；德载八埏，丽山川以错峙。垂象之文斯著，含章之义聿宣。协人灵以取则，基化成而自远。以上人文与天文、地文并著。

　　《易·益·象传》曰："其道大光。"《吕氏春秋·有始篇》曰："天有九野，中央曰钧天，东方曰苍天，东北曰变天，北方曰玄天，西北曰幽天，西方曰颢天，西南曰朱天，南方曰炎天，东南曰阳天。"《淮南子·天文篇》同。《开元占经》卷三引《尚书考灵耀》《楚辞·天问》王逸注、《广雅·释天》，作东方皞天，南方赤天，西方成天，馀并同。《太玄·玄数篇》曰："九天：一为中天，二为羡天，三为从天，四为更天，五为睟天，六为廓天，七为减天，八为沈天，九为成天。"又异。〇《汉书·王莽传》颜注曰："缛，繁也。"《文选》王元长《三月三日曲水诗序》曰："揆景纬以裁基。"注曰："景，日也；纬，星也。"《诗·日月》曰："照临下土。"《左传》庄二十二年曰："照之以天光。"〇《易·坤·彖传》曰："坤厚载物，德合无疆。"司马长卿《封禅文》曰："下泝八埏。"李注引孟康曰："埏若瓮埏，地之八际也。"《汉书·司马相如传》颜注曰："《淮南子》作八夤。"案：今《淮南·墬形篇》作八殥。〇《易·离·彖传》曰："百谷草木丽乎土。"《周礼·小司寇》郑注曰："丽，附也。"《文选》潘安仁《射雉赋》徐爰注曰："峙，立也。"〇《易·系辞传下》曰："天垂象。"《坤》六三曰："含章可贞。"〇恊、协（协）字通。〇《书》伪古文《太誓上》曰："惟人万物之灵。"〇陆士衡《文赋》序曰："取则不远。"〇《易·恒·彖传》曰："圣人久于其道而天下化成。"

故羲绳之前，飞葛天之浩唱；娲簧之后，挢丛云之奥词。步骤分途，星躔殊建；球锤愈畅，舞咏方滋。楚国词人，御兰芬于绝代；汉朝才子，综鏧悦于遥年。虚玄流正始之音，气质驰建安之体。长离北度，腾雅咏于圭阴；化龙东骛，煽风流于江左。以上古今文章之变迁。

《易·系辞下》曰："古者庖牺氏之王天下也，作结绳而为罔罟。"又曰："上古结绳而治，后世圣人易之以书契。"孔疏曰："大事大结其绳，小事小结其绳。"伪孔安国《尚书序》曰："古者伏牺氏之王天下也，始画八卦，造书契，以代结绳之政，由是文籍生焉。"〇《吕氏春秋·古乐篇》曰："昔葛天氏之乐，三人操牛尾，投足以歌八阕。"高注曰："葛天氏，古帝名。"〇《楚辞·九歌·少司命》曰："临风怳兮浩歌。"〇《礼记·明堂位》曰："女娲之笙簧。"郑注引《世本·作篇》曰："女娲作笙簧。"

○《汉书·礼乐志》注引晋灼曰："掞即光炎字也。"《太平御览·天部》八引《尚书大传》曰："舜为宾客，禹为主人，百工相和而歌卿云。于时八风循通，卿云蘩蘩。"注曰："言和气应也，蘩或作蔟。"案：蘩、丛字同。○《后汉书·曹褒传》："元和二年下诏曰：三五步骤。"章怀注引《孝经钩命决》曰："三皇步，五帝骤，三王驰。"○《方言》十二曰："日运为躔。"《汉书·律历志》颜注曰："躔，舍也。"《公羊传》隐元年，何注曰："夏以斗建寅之月为正，殷以斗建丑之月为正，周以斗建子之月为正。"《礼记·月令》："孟春之月，日在营室。"郑注曰："日月之行，一岁十二会，圣王因其会而分之以为大数焉。观斗所建，命其四时。此云孟春者，日月会于诹訾，而斗建寅之辰也。"案：《月令》据夏正建寅，故正月日在营室。推之殷正建丑，则日在娵女；周正建子，则日在斗。然恒星东移，古今日躔有异，此不过言其大略耳。○《书·益稷》伪孔传曰："球，玉磬。"又曰："镛，大锺。"案：锺乃鐘（钟）之通借字。○《礼记·乐记》曰："歌咏其声也，舞动其容也。"○《史记·屈原传》曰："屈原者名平，楚之同姓也。忧愁幽思而作《离骚》。"案《离骚》曰："纫秋兰以为佩。"○杨子《法言·寡见篇》曰："今之学也，非独为之华藻也，又从而绣其鞶帨。"《内则》郑注曰："鞶，小囊，盛帨巾者。"○《世说新语·赏誉篇》曰："王敦为大将军，镇豫章，卫玠避乱，从洛投敦，相见欣然，谈话弥日。于时谢鲲为长史，敦谓鲲曰：不意永嘉之中，复闻正始之音。"刘孝标注引玠别传曰："敦谓僚属曰：昔王辅嗣吐金声于中朝，此子今复玉振于江表。微言之绪，绝而复续。不悟永嘉之中，复闻正始之音。"又见《晋书·卫玠传》。又《王衍传》曰："魏正始中，何晏、王弼等祖述《老》《庄》立论，以为天地万物，皆以无为为本，无也者，开物成务，无往不存者也。"《文心雕龙·明诗篇》曰："正始明道，诗杂仙心，何晏之徒，率多浮浅。"《魏志·三少帝纪》曰:"齐王芳即皇帝位诏曰:以建寅之月,为正始元年正月。"○《宋书·谢灵运传论》曰:"至于建安,曹氏基命,子建、仲宣,以气质为体。"邢子才《广平王碑文》曰:"方见建安之体,复闻正始之音。"《后汉书·献帝纪》曰:"改元建安。"○《文选》潘安仁《为贾谧作赠陆机诗》曰:"婉婉长离,凌江而翔。长离云谁?咨尔陆生。"李善注曰:"长离喻机也。《汉书》曰:长丽前掞光耀明。臣瓒曰:长离,灵鸟也。离与丽古字通。"案:李引《汉书》,见《礼乐志》。北度,谓陆机度江入洛阳也。○《周礼》大司徒之职,以土圭之法测土深,正日景以求地中。日南则景短多暑,日北则景长多寒,日东则景夕多风,日西则景朝多阴。日至之景,尺有五寸,谓之地中。郑司农曰:"土圭之长,尺有五寸,以夏至之日,立八尺之表,其景适与土圭等,谓之地中,今颍川阳城地为然。"案:据先郑此注,汉颍川郡阳城县正当地中,阳城为今河南登封县地,在洛阳东南一百二十里,则洛阳在其西,与日西则景朝多阴之义合,故云圭阴也。○《艺文类聚·帝王部》三引《晋阳秋》曰:"太安中童谣曰:五马浮渡江,一马化为龙。永嘉大乱,王室沦覆,唯琅琊、西阳、汝南、南顿、彭城五王获济,至是中宗登祚。"又见《晋书·元帝纪》。○《宋书·谢灵运传论》曰:"在晋中兴,玄风独扇,为学穷于柱下,博物止乎七篇。驰骋文辞,义殚乎此。"《文心雕龙·明诗篇》曰:"江左篇制,溺于玄风,羞笑徇务之志,崇盛忘机之谈。宋初文咏,体有因革,《庄》《老》告退,而山水方滋。"

爰逮有梁,宏材弥劭。昭明太子,业膺守器,誉贞问寝。居肃成而讲艺,开博望以招贤。搴中叶之词林,酌前修之笔海。周巡绵峤,品盈尺之珍;楚望长澜,搜径寸之宝。故撰斯一集,名曰《文选》。后进英髦,咸资准的。以上昭明之撰《文选》。

《梁书·武帝本纪》曰:"中兴二年三月丙辰,齐帝禅位于梁王。天监元年夏四月丙寅,高祖即皇帝位。"○《晋书·郭璞传赞》曰:"夙振宏材。"《尔雅·释诂》曰:"劭,勉也。"○《梁书·昭明太子传》曰:"昭明太子统,字德施,高祖长子也。以齐中兴元年九月生于襄阳。天监元年,立为皇太子。中大通三年四月乙巳薨,时年三十一,谥曰昭明。所著《文选》三十卷。"○《易·序卦传》曰:"主器者莫若长子。"○《礼记·文王世子》曰:"文王之为世子,朝于王季,日三,鸡初鸣而衣服,至于寝门外,问内竖之御者曰:今日安否何如?"○《三国志·魏志·文帝纪》裴注引王沈《魏书》曰:"帝初在东宫,集诸儒于肃城门内,讲论大义,侃侃无倦。"《太平御览·皇王部》十八引肃城作肃成。○《汉书·武五子传》曰:"戾太子据,元狩元年立为皇太子,及冠,就宫,上为立博望苑,使通宾客。"案《梁书·昭明太子传》曰:"引纳才学之士,赏爱无倦,恒自讨论篇籍,或与学士商榷古今,闲则继以文章著述,率以为常。于时东宫有书几三万卷,名才并集。晋、宋以来,未之有也。"○《离骚》王逸注曰:"搴,取也。"《诗·殷武》曰:"昔在中叶。"毛传曰:"叶,世也。"《文选》左太冲《蜀都赋》曰:"当中叶而擅名。"案:此文中叶,指周、秦以来,对上古而言。陆佐公《感知己赋》曰:"文究词林。"昭明太子《文选序》曰:"泛览辞林。"○《离骚》曰:"謇吾法夫前脩兮。"王注曰:"上法前世远贤。"案脩、修字通用,《论衡·乱龙篇》曰:"刘子骏汉朝智囊,笔墨渊海。"○周巡绵峤四句,以品珠玉喻选文也。《穆天子传》:一日乃至于昆仑之丘,以观春山之瑶。《文选》陆士衡《乐府饮马长城窟行》注曰:"绵,远也。"(案:此依六臣本。)《尔雅·释山》曰:"山锐而高,峤。"《释文》曰:"峤,渠骄反,郭又音骄,《字林》作䂵,云山锐而长也,巨照反。"○《尹文子·大道上》曰:"魏田父有耕于野者,得宝玉径尺。"《文选·西都赋》

注亦引之。○《淮南子·览冥训》高注曰："隋侯，汉东之国，姬姓诸侯也。隋侯见大蛇伤断，以药傅之，后蛇于江中衔大珠以报之。因曰隋侯之珠。盖明月珠也。"《西都赋》注亦引之。又《搜神记》卷二十曰："隋县溠水侧有断蛇丘，隋侯出行，见大蛇被伤中断，使人以药封之，蛇乃能走，岁馀，蛇衔明珠以报之，珠盈径寸，纯白而夜有光明，如月之照，可以烛室，故谓之隋侯珠，亦曰灵蛇珠，又曰明月珠。"案：隋字当作随。随，汉东之国，与楚邻，后入于楚。长澜，指江汉也。《管子·揆度篇》曰："南贵江、汉之珠。"《史记·封禅书》曰："齐桓公曰，南伐至召陵，登熊耳山以望江汉。"《尔雅·释水》曰："大波为澜。"○《尔雅·释言》曰："髦，俊也。"《文选·辨命论》曰："英髦秀达。"○《淮南子·兵略篇》许注曰："的，射准也。"

伏惟陛下，经纬成德，文思垂风。则大居尊，耀三辰之珠璧；希声应物，宣六代之云英。孰可撮壤崇山，导涓宗海？以上称颂高宗。

蔡邕《独断》上曰："天子正号曰皇帝，自称曰朕，臣民称之曰陛下。陛下者，陛阶也，所由升堂也。天子必有近臣执兵，陈于陛侧，以戒不虞。谓之陛下者，群臣与天子言，不敢指斥，故呼在陛下者而告之，因卑达尊之意也。上书亦如之。"○《左传》昭二十八年："成鱄曰：经纬天地曰文。"《书·尧典》曰："钦明文思安安。"○《论语·泰伯篇》："子曰：唯天为大，唯尧则之。"《仪礼·丧服传》曰："君，至尊也。"○《左传》桓二年曰："三辰旂旗。"杜注曰："三辰，日月星也。"《汉书·律历志》曰："日月如合璧，五星如连珠。"○《老子》曰："大音希声。"○《周礼·春官·大司乐》曰："以乐舞教国子，舞云门、大卷、大咸、大磬、大夏、大濩、大武。"郑注曰："此周所存六代之乐。黄帝曰云门、大卷、大咸、咸池，尧乐也；大磬，舜乐也；

大夏，禹乐也；大濩，汤乐也；大武，武王乐也。"贾疏引《乐纬》曰："帝喾之乐曰六英。"《汉书·礼乐志》曰："帝喾作五英。"《白虎通义·礼乐篇》《风俗通义·声音篇》《御览·乐部》四引《乐纬》，皆作五英。《广雅·释乐》作五䩎。〇李斯上书曰："太山不让土壤，故能成其大；河海不择细流，故能就其深。"《礼记·中庸》曰："今夫地，一撮土之多。"〇《说文》曰："涓，小流也。"《书·禹贡》曰："江、汉朝宗于海。"

臣蓬衡蕞品，樗散陋姿。汾河委筴，夙非成诵；嵩山坠简，未议澄心。握玩斯文，载移凉燠。有欣永日，实昧通津。故勉十舍之劳，寄三馀之暇。弋钓书部，愿言注缉，合成六十卷。以上作注。

《礼记·儒行》曰："蓬户瓮牖。"《诗·衡门》毛传曰："衡门，横木为门，言浅陋也。"《左传》昭七年杜注曰："蕞，小貌。"〇《庄子·逍遥游篇》曰："惠子谓庄子曰：吾有大树，人谓之樗。其大本拥肿而不中绳墨，其小枝卷曲而不中规矩，立之涂，匠者不顾。"又《人间世篇》曰："匠石之齐，至乎曲辕，见栎社树，其大蔽牛，絜之百围。匠伯不顾，曰：散木也，以为舟则沉，以为棺椁则速腐，以为器则速毁，以为门户则液樠，以为柱则蠹，是不材之木也。匠石归，栎社见梦曰：而几死之散人，又恶知散木？"〇筴、策字通，实册之借字。《汉书·张安世传》曰："上行幸河东，尝亡书三箧。诏问莫能知，唯安世识之，具作其事。后购求得书以相校，无所遗失。"案《武帝纪》：元鼎四年十一月，立后土祠于汾阴脽上，此后元封四年、六年、太初二年、天汉元年皆幸河东，祠后土。三箧书亡，安世传未明言为何年，然幸河东为祠汾阴后土，故此文汾河连言。《文选》汉武帝《秋风辞》曰："泛楼船兮济汾河。"乃元鼎四年幸河东祠后土作，可见幸河东必济汾河也。〇杨德祖《答临淄侯笺》曰："若成诵在心，借书于手。"○嵩山，《文选》尤本、袁本、茶陵本皆作崇山。今依日本古钞本。案《汉书·地理志》：颍川郡崈高县，颜注曰："崈，古崇字，嵩、崇同字，崇山即嵩山也。"《文选》任彦昇《为萧扬州荐士表》曰：竹书无落简之谬。注引张骘《文士传》曰："人有嵩山下得竹简一枚，两行科斗书，人莫能识，张华以问束晳。晳曰：此明帝显节陵策文，验校果然。朝廷士庶皆服其博识。"又见《晋书·束晳传》。○陆士衡《文赋》曰："罄澄心以凝思。"○陈孔璋《为曹洪与魏文帝书》曰："读之喜笑，把玩无猒。"《南齐书·乐志》：谢朓《零祭歌辞·歌黄帝》曰："凉燠资成化。"○《诗·山有枢》曰："且以喜乐，且以永日。"○王凝之《兰亭诗》曰："逍遥暎通津。"《论语·微子篇》《集解》引郑玄曰："津，济渡处也。"案：此谦言虽喜其书可永朝夕，而实昧其从济之路。○《淮南子·齐俗篇》曰："夫骐骥千里，一日而通，驽马十舍，旬亦及之。"○《魏志·王肃传》裴注引《魏略》曰："董遇言读书百遍，而义自见。从学者云，苦渴无日，遇言当以三馀。或问三馀之意，遇言冬者岁之馀，夜者日之馀，阴雨者时之馀也。"《文选》任彦昇《天监三年策秀才文》注亦引之。夜下有与阴二字，雨上无阴字，未知孰是。○《文选》嵇叔夜《与山巨源绝交书》曰："弋钓草野。"案：此弋钓喻获取也。《隋书·经籍志》曰："班固、傅毅并依《七略》而为书部。"○《诗·伯兮》曰："愿言思伯。"

杀青甫就，轻用上闻。享帚自珍，缄石知谬。敢有尘于广内，庶无遗于小说。谨诣阙奉进，伏愿鸿慈，曲垂照览。谨言。以上上表。

□闳括瑰丽，较之四杰、崔、李诸家，殊无愧色。知《新唐书》谓淹贯古今，不能属辞者，乃忌者诋毁之词，不足信也。

《后汉书·吴祐传》曰："父恢欲杀青简以写经书。"章怀注曰："杀青者，以火炙简令汗，取其青易书，复不蠹，谓之杀青，亦谓汗简。义见刘向《别录》。"案《初学记·果木部》《太平御览·文部》二十二引《风俗通义》，亦据刘向《别录》为说。○《文选》魏文帝《典论·论文》曰："里语曰：家有弊帚，享之千金。"注引《东观汉记》：光武让吴汉诏有此二语。○《文选·百一诗》注引《阙子》曰："宋之愚人，得燕石于梧台之侧，藏之以为大宝。周客闻而观焉，主人斋七日，端冕玄服以发宝，革匮十重，巾十袭。客见俛而掩口，卢胡而笑曰：此特燕石也，其与瓦甓不殊。主人大怒曰：商贾之言，医匠之心，藏之愈固，守之弥谨。"《水经·淄水注》谓古梧宫之台东，即《阙子》所谓宋愚人得燕石处。故马竹吾《玉函山房辑佚书》据以辑入《阙子》，谓《太平御览》卷五十一误作《阚子》，然此注及《艺文类聚·地部》引亦作《阙子》，非误也。○《庄子·逍遥游篇》《释文》曰："尘垢犹染污也。"梁简文帝《上昭明太子集别传表》曰："请备之延阁，藏之广内。"○《法言·学行篇》曰："仰圣人而知众说之小也。"又《汉书·艺文志》有小说家。○《文选》各本此下有"显庆三年九月日上表"九字。古钞本作"显庆三年九月十七日文林郎守太子右内率府录事参军事崇贤馆直学士臣李善上注表"三十六字。

朱少连

朱敬则，字少连，亳州永城人。咸亨中，授洹水尉。长安三年，累迁正谏大夫，寻同凤阁鸾台平章事，以老疾请罢知政事，改祭酒，迁冬官侍郎。神龙元年，出为郑州刺史，寻以老致仕。侍御史冉祖雍诬奏与王同皎善，贬涪州刺史，既明非其罪，改庐州，卒。睿宗立，赠秘书监，谥曰元。新、旧《唐书》皆有传。

陈后主论

《陈书·后主本纪》曰:"后主讳叔宝,字元秀,高宗嫡长子也。太建元年立为皇太子。十四年正月甲寅,高宗崩,乙卯,始兴王叔陵作逆伏诛。丁巳,太子即皇帝位于太极前殿。祯明二年十一月,隋遣晋王广众军来伐。三年春正月乙丑朔,隋总管贺若弼自广陵济京口,总管韩擒虎趣横江济采石。辛巳,贺若弼进据锺山,顿白土冈之东南。甲申,后主遣众军与弼合战,众军败绩,弼进攻宫城,烧北掖门。是时韩擒虎自南掖门而入,于是城内文武百司皆遁出,唯尚书仆射袁宪在殿内。后主闻兵至,从宫人十馀出后堂景阳殿,将自投于井。袁宪侍侧,苦谏不从。后阁舍人夏侯公韵又以身蔽井,后主与争久之,方得入焉。及夜为隋军所执。三月,后主入于长安。隋仁寿四年十一月,薨于洛阳,追赠大将军,封长城县公,谥曰炀。"(隋长城县,今浙江长兴县东。)

长城公,器识古人,承平嗣主。观其求忠谠之士,禁左道之人,淫祀妖书,镂薄假物,即古明哲,何以加焉?先举其善。

《陈书·后主纪》:"太建十四年三月癸亥,诏曰:内外卿士,文武众司,若有智周政术,心练治体,救民俗之疾苦,辩禁网之疎密者,各进忠谠,无所隐讳。四月庚子,诏曰:朕临御区宇,抚育黔黎,方欲康济浇薄,蠲省繁费,奢僭乖衷,实宜防断。应镂金银薄及庶物化生土木人綵花之属,及布帛幅尺短狭轻疎者,并伤财废业,尤成蠹患。又僧尼道士,挟邪左道,不依经律,民间淫祀妖书,诸珍怪事,详为条制,并皆禁绝。"

但强寇临边,南国斯蹙。礼义不举,苛刻日滋。邻好不敦，骄傲是务。嬖妾五十，尽有珥貂之容；丽服一千，咸取夭桃之色。加以贵妃夹坐，狎客承筵。玉貌绛唇，咀嚼宫徵；花笺彩笔，吟咏烟霞。长夜不疲，略无醒日。于时也，隋德甫隆，南被江汉。厚待间谍，羊叔子之倾敌人；不伐有丧，楚恭王之结邻好。加以贺若谋勇，应变如神；擒虎雄风，临机若电。莫不迎刃自裂，听鼓争奔。斩张悌之守迷，降薛莹之知命。紫殿正色，不用袁宪之言；白刃交前，但为无社之计。嗟乎！龙盘虎踞之地，露草沾衣；千门双阙之间，风烟歇绝。临江离别之感，赴洛呜咽之悲。五百里之俘囚，累累不绝；三百年之王气，寂寂长空。一国为一人兴，前贤以后愚灭。其来尚矣。以上慨陈之亡。

《左传》成十六年曰："公筮之，史曰：吉，其卦遇《复》，曰南国蹙。"《释文》曰："蹙，子六反。"案：蹙、戚字同。《南史·陈后主本纪》曰："初隋文帝受周禅，甚敦邻好，宣帝（即陈高宗顼）尚不禁侵掠。太建末，隋兵大举，闻宣帝崩，乃命班师，遣使赴吊，修敌国之礼，书称姓名顿首。而后主益骄，书末云，相彼统内如宜，此宇宙清泰。隋文帝不说，以示朝臣，清河公杨素以为主辱，再拜请罪，及襄邑公贺若弼并奋求致讨。每遣间谍，隋文帝皆给衣马礼遣以归，后主愈骄，不虞外难，荒于酒色，不恤政事，左右嬖佞珥貂者五十人，妇人美貌丽服，巧态以从者千馀人。常使张贵妃、孔贵人等八人夹坐，江总、孔范等十人预宴，号曰狎客。先令八妇人襞采笺，制五言诗，十客一时继和，迟则罚酒。君臣酣饮，从夕达旦，以此为常。而盛修宫室，无时休止，税江税市，征取百端，刑罚酷滥，牢狱常满。"○左太冲《咏史诗》曰："七叶珥汉貂。"○《诗·桃夭》毛传曰："桃有华之盛者，夭夭其少壮也。"谢希逸《怀园引》曰："夭桃晨暮发。"○《陈书·后妃传》曰:"后主张贵妃名丽华,兵家女也。爱倾后宫。"○《陈书·江总传》曰:"总字总持,济阳考城人也。后主之世,总当权宰,不持政务,但日与后主游宴后庭,共陈暄、孔范、王瑗等十馀人,当时谓之狎客。"○鲍明远《芜城赋》曰:"玉貌绛唇。"○曹子建《正会诗》曰:"咀嚼清商。"嵇叔夜《琴赋》曰:"宫徵相证。"○潘安仁《萤火赋》曰:"援彩笔以为铭。"○沈休文《金庭馆碑》曰:"吐吸烟霞。"○《隋书·高祖纪》曰:"高祖文皇帝姓杨氏,讳坚,弘农郡华阴人也。大定元年二月,周帝禅位于隋,开皇元年二月甲子,即皇帝位。"○《诗序》曰:"文王之道,被于南国,化行乎江汉之域。"○《晋书·羊祜传》曰:"祜字叔子,泰山南城人也。武帝以祜为都督荆州诸军事,增修德信,怀柔初附。每与吴人交兵,克日方战,不为掩袭之计。人有略吴二儿为俘者,祜遣送还其家。吴将陈尚、潘景来寇,祜追斩之,美其死节而厚加殡敛。景、尚子弟迎丧,祜以礼遣还。祜出军行吴境,刈谷为粮,皆计所侵送绢偿之。每会众江沔游猎,常止晋地,若禽兽先为吴人所伤,而为晋兵所得者,皆封还之。于是吴人翕然悦服,称为羊公,不之名也。"○《隋书·高颎传》曰:"开皇二年,长孙览、元景山等伐陈,令颎节度诸军。会陈宣帝薨,颎以礼不伐丧,奏请班师。"《左传》襄四年曰:"三月,陈成公卒,楚人将伐陈,闻丧乃止。"(《史记·十二诸侯年表》:鲁襄公四年,楚共王审二十四年。)(共、恭字同)○《隋书·贺若弼传》曰:"弼字辅伯,河阳雒阳人也。高祖受禅,阴有并江南之志,访可任者。高颎曰:朝臣之内,文武才干,无若贺若弼者。高祖曰:公得之矣。于是拜弼为吴州总管,委以平陈之事。开皇九年,大举伐陈,以弼为行军总管。"○《隋书·韩擒传》曰:"擒字子通,河南东垣人也。开皇初,高祖潜有吞并江南之志,以擒有文武才用,夙著声名,于是拜为庐州总管,委以平陈之任。及大举伐陈,以擒为先锋。"案:

唐讳虎字，故《隋书》竟删去。又或以武字、兽字、豹字代之，此文当亦避虎字，而为后人改正也。○《晋书·杜预传》："预曰：今兵威已振，譬如破竹，数节之后，皆迎刃而解，无复著手处也。"○《荀子·议兵篇》曰："闻鼓声而进。"《左传》宣十二年曰："车驰卒奔。"○《吴志·三嗣主·皓传》曰："孙皓，天纪三年冬，晋命镇东大将军司马伷向涂中，安东将军王浑向牛渚，龙骧将军王濬浮江东下。四年，王浑斩丞相张悌，所在战克。"裴注引《襄阳记》曰："悌字巨先，襄阳人。晋来伐，吴皓使悌督沈莹、诸葛靓帅众三万，渡江逆之。吴军大败，诸葛靓与五六百人退走，使过迎悌，悌不肯去，靓自往牵之。悌垂涕曰：今日是我死日也。靓流涕放之，去百馀步，已见为晋军所杀。"《晋书·武帝纪》曰：太康元年二月，王浑、周濬与吴丞相张悌战于版桥，大败之，斩悌，传首洛阳。○《吴志·薛综传》曰："综，沛郡竹邑人也。子翊，翊弟莹，字道言，迁光禄勋。天纪四年，晋军征皓，皓奉书于司马伷，王浑、王濬请降，其文莹所造也。"○《陈书·袁宪传》曰："宪字德章（陈郡阳夏人），为尚书仆射，隋军来伐，贺若弼进烧宫城北掖门，后主遑遽将避匿。宪正色曰：北兵之入，必无所犯，大事如此，陛下安之？臣愿陛下正衣冠，御前殿，依梁武见侯景故事。后主不从，因下榻驰去。宪从后堂景阳殿入，后主投下井中，宪拜哭而出。"《南史·后主纪》曰："韩擒虎自南掖门入，袁宪侍侧，劝端坐殿上，正色以待之。"○《左传》宣十二年："楚子伐萧，还无社与司马卯言，号申叔展。叔展曰：有麦麴乎？曰：无。有山鞠穷乎？曰：无。河鱼腹疾奈何？曰：目于眢井而拯之，若为茅绖哭井则已。明日萧溃，申叔视其井，则茅绖存焉，号而出之。"杜注曰："还无社，萧大夫。"《释文》曰："还音旋。"○《御览·州郡部》一引《吴录》曰："刘备曾使诸葛亮至京，因睹秣陵山阜，叹曰：锺山龙盘，石头虎踞，此帝王之宅。"○《汉书·伍被传》："被曰："今臣亦将见宫中生荆棘，露沾衣也。"○左太冲《吴都赋》曰："朱阙双立。"○《芜城赋》曰："皆薰歇烬灭，光沉响绝。"○《汉书·景十三王传》曰："临江闵王荣坐侵庙壖地为宫，上征荣，荣行，祖道于江陵北门，既上车，轴折车废，江陵父老流涕窃言曰：吾王不反矣。"○《吴志·三嗣主传》注引干宝《晋纪》曰："陆抗之克步阐，皓意张大，乃使尚广筮并天下，遇《同人》之《颐》。对曰：吉，庚子岁，青盖当入洛阳，故皓不修其政，而恒有窥上国之志。是岁也（谓天纪四年），实在庚子。"○《南史·陈后主纪》曰："祯明三年三月己巳，后主与王公百司同发，自建邺之长安，隋文帝遣使迎劳之，使还奏言，自后主以下，大小在路，五百里累累不绝。"○庾子山《哀江南赋序》曰："将非江表王气终于三百年乎？"《隋书·薛道衡传》："道衡曰：郭璞有云：江东偏王三百年，还与中国合。"○《文选》张士然《为吴令谢询求为诸孙置冢人表》曰："夫一国为一人兴，先贤为后愚废。"

或问曰："安乐公刘禅、归命侯孙皓、温国公高纬、长城公陈叔宝，并称域中之大，据天下之尊。或衔璧送降，或逃窜就系。必不得已，何者为先？"君子曰："客所问者，具在方册。请为吾子陈之，任自择焉。若乃投井求生，横奔畏死，面缚请罪，膝行待刑，是其谋也。马上唱无愁之歌，侍宴索达摩之曲。刘禅不思陇蜀，叔宝绝无心肝。对贾充以不忠之词，和晋帝以邻国之咏，是其才也。纵黄皓，嬖岑昏，宠高璟，狎江总，是其任也。剥面凿眼，孙皓之刑；弃亲即雠，高纬之志。其馀细故，不可殚论。听吾子之悬衡，任夫人之明镜。"客曰："入井下策也。"以上较论四君。

□笔势悍挚，后半语杂诙谐，结语尤妙。

《蜀志·后主传》曰："后主讳禅，字公嗣，先主子也。景耀六年夏，魏大兴徒众，命征西将军邓艾、镇西将军锺会数道并攻，于是遣张翼、廖化等拒之。大赦，改元为炎兴。冬，邓艾破卫将军诸葛瞻于绵竹，用光禄大夫谯周策，降于艾，后主举家东迁，既至洛阳，策命为安乐县公。"○《吴志·三嗣主·孙皓传》曰："皓字元宗，权孙，和子也。天纪四年三月，王濬顺流将至，司马伷、王浑皆临近境，皓用光禄勋薛莹、中书令胡冲等计，分遣使奉书于濬、伷、浑，皓举家西迁。太康元年四月，赐号为归命侯。"○《北齐书·帝纪》曰："后主讳纬，字仁纲，武皇帝之长子也。隆化元年，授位幼主。幼主名恒，帝之长子也。隆化二年春正月乙亥即位，时八岁。改承光元年，尊帝为太上皇帝。丁丑，太上皇自邺先趣济州，周师渐逼。癸未，幼主又自邺东走，周师烧城西门，太上皇入济州，幼主禅位于任城王湝，太上皇并太后携幼主走青州，为周将所获，送邺。周帝与抗宾主礼，并太后幼主送长安，封帝温国公。"○《老子》曰："域中有四大，而王居一焉。"王注曰："四大，道、天、地、王也。"○《孟子·公孙丑上》曰："天下有达尊三，齿一、爵一、德一。"○衔璧送降，谓蜀、吴二主也。《蜀志·后主传》曰："邓艾至城北，后主舆榇自缚，诣军垒门。艾解缚焚榇，延请相见。"《吴志·皓传》曰："王濬最先到，于是受皓之降，解缚焚榇，延请相见。"《左传》僖六年曰："许男面缚衔璧。"○逃窜就系，谓齐、陈二主也。《北史·齐本纪》曰："遣高阿那肱留守，太上皇并皇后携幼主走青州，为入陈之计，而高阿那肱召周军，约生致齐主，而屡使人告贼军已远，已令人烧断桥路，太上所以停缓。周军奄至青州，太上窘急，将逊于陈，至青州南邓村，为周将尉迟纲所获。"《南史·陈后主纪》曰："韩擒虎入，袁宪劝端坐殿上以待之。后主曰：锋刃之下，未可交当，吾自有计，乃逃于井。既而军人窥井而呼之，后主不应，欲下石，乃闻叫声，以绳引之，惊其太重，及出，乃与张贵妃、孔贵人三人同乘而上。"○《左传》隐元年《正义》曰："丘明作传，称君子之言。"此文盖仿其意。○《礼记·中庸》曰："布在方策。"郑注曰："方，板也；策，简也。"案：策，册之借字。○张平子《西京赋》曰："请为吾子陈之。"《仪礼·士冠礼》郑注曰："吾子，相亲之辞。"○《史记·吴王濞传》曰："胶西王肉袒叩头汉军壁谒曰：敢请菹醢之罪。弓高侯执金鼓见之，王顿首膝行。"○《北齐书·帝纪》曰："后主骄纵，盛为无愁之曲。帝自弹胡琵琶而唱之，和之者以百数，人间谓之无愁天子。"《隋书·音乐志》曰："齐后主自能度曲，亲执乐器，别采新声，为无愁曲，虽行幸道路，或时马上奏之。"郭茂倩《乐府诗集》载温庭筠《达磨支曲》引《乐府杂录》曰："《达磨支》，健舞曲也。《温飞卿集》作《达摩支曲》，有'无愁高纬花漫漫'之句，岂此曲即纬所奏乎！"○《蜀志·后主传》注引《汉晋春秋》曰：司马文王问禅曰："颇思蜀否？禅曰：此间乐，不思蜀。"○《南史·陈后主纪》曰："后主既见宥，隋文帝给赐甚厚，数得引见，班同三品。每预宴，恐致伤心，为不奏吴音。后监守者奏言：叔宝云：既无秩位，每预朝集，愿得一官号。隋文帝曰：叔宝全无心肝。"○《通鉴·晋纪》曰："贾充谓皓曰：闻君在南方，凿人目，剥人面皮，此何等刑也？皓曰：人臣有弑其君，及奸回不忠者，则加此刑耳。"（胡注曰：斥充世受魏恩，而奸回附晋，弑高贵乡公也。）《御览·人事部》五又十六两引《语林》，皆云贾充问孙皓何以好剥人面皮，皓曰：憎其颜之厚。与此不同。（《晋书·王济传》及《御览·人事部》六又百三十一《工艺部》十引《语林》作答王济语，又异。）○《世说·排调篇》曰："晋武帝问孙皓，闻南人好作《尔汝歌》，颇能为不？皓正饮酒，因举觞劝帝而言曰：昔与汝为邻，今与汝为臣。上汝一杯酒，令汝寿万春。帝悔之。"（《御览·人事部》三十一引《晋书》同。）○《蜀志·后主传》曰："景耀元年，宦人黄皓始专政。"《董允传》曰："陈祗代允为侍中，与黄皓互相表里，皓始预政事。祗死后，皓从黄门令为中常侍奉车都尉，操弄威柄，终至覆国。"○《吴志》皓传曰："岑昏险谀贵幸，致位九列。天纪四年三月，殿中亲近数百人，叩头请皓杀岑昏，皓惶愦从之。"○《北齐书·恩倖传》曰："高阿那肱，善无人也。后主即位，累迁并省尚书左仆射，封淮阴王，又除并省尚书令。初天保中，显祖自晋阳还邺，愚僧阿秃师于路中大叫，呼显祖姓名（高洋），云，阿那瓌终破你国。是时茹茹主阿那瓌强盛，显祖尤忌之。后亡齐者，遂属阿那肱云。虽作肱字，世人皆称为瓌音。"○《吴志》皓传曰："宫人有不合意者，辄杀流之，或剥人之面，或凿人之眼。"○《北齐书·帝纪》曰："后主天统五年正月，杀博陵王济。二月，杀赵郡王叡。武平二年九月，杀琅邪王俨。三年七月，诛左丞相咸阳王斛律光。四年五月，杀兰陵王长恭。"○《礼记·经解》曰："故衡诚县，不可欺以轻重。"○《淮南子·齐俗篇》曰："明镜便于照形。"○《汉书·沟洫志》：贾让奏言治河有上中下策，缮完故堤，劳费无已，此最下策也。

王子安

　　王勃，字子安，绛州龙门人，文中子通之孙也。六岁善文词，未冠应举及第，授朝散郎。沛王贤闻其名，召署府修撰。是时诸王斗鸡，勃为文檄英王鸡，高宗览之怒曰："此交构之渐。"斥出府，勃既废，客剑南，久之补虢州参军。倚才凌藉，僚吏共嫉之。官奴曹达抵罪，勃匿之，又惧事泄杀之。事觉当诛，会赦除名。父福畤为雍州司功参军，坐左迁交阯令。勃往省，渡海溺水，悸而卒。勃与杨炯、卢照邻、骆宾王以文章齐名，当时号

"四杰"。《旧唐书》入《文苑传》,《新唐书》入《文艺传》。

上武侍极启

《新唐书·外戚·武士彟传》曰:"后取贺兰敏之为士彟后,赐氏武,袭封,擢累左侍极兰台太史令,与名儒李嗣真等参与刊撰。"《唐六典》(卷八)曰:"门下省左散骑常侍二人,从三品。"注曰:"龙朔二年改为左侍极。"○子安文多录蒋敬臣清翊注,不逐条标出,以期简便,非敢掠美,故志于此。

某启:某闻玄螭掩耀,光销赤堇之芒;白鹤摧辉,影灭青胡之宝。由是紫氛霄耿,指牛汉而忘归;丹水神迷,道骊泉而罔悔。其有龙文已远,轻图割咒之功;鱼目滥持,自拟灵虬之色。循荣览分,朝闻夕可。以上以剑珠为喻,言宝剑明珠,眇不可得,而求之者,所望甚殷,虽非宝剑明珠,亦可一邀顾盻。

《晋书·张华传》曰:"吴之未灭也,斗牛间常有紫气。吴平之后,紫气愈明。华闻雷焕妙达纬象,乃要焕宿,登楼仰观。焕曰:宝剑之精,上彻于天耳。在豫章丰城。华即补焕为丰城令,焕掘狱屋基,得一石函,中有双剑,并刻题:一曰龙泉,一曰太阿。其夕斗牛间气不复见焉。焕遣使送一剑与华,留一自佩。华诛,失剑所在。焕卒,子华持剑行经延平津,剑忽于腰间跃出堕水,使人没水取之,不见剑,但见两龙各长数丈,蟠萦有文章,于是失剑。"《说文》曰:"螭若龙而黄,北方谓之地蝼,或云无角曰螭。"蒋曰:"玄螭用《张华传》剑化龙事。"○《越绝书·记宝剑》曰:"越王句践有宝剑五,客有能相剑者,名薛烛。王召而问之,取纯钩。薛烛曰:当造此剑之时,赤堇之山,破而出锡,若邪之溪,涸而出铜,雨师埽洒,雷公击橐,蛟龙捧炉,天帝装炭，太一下观，天精下之，欧冶乃因天之精神，悉其伎巧，造为大刑三，小刑二，一曰湛庐，二曰纯钩，三曰胜邪，四曰鱼肠，五曰巨阙。"〇《易林·小畜》之《萃》曰："白鹤衔珠，夜室待明。"《搜神记》卷二十曰："哙参养母至孝，曾有玄鹤，为弋人所射，穷而归参，参收养疗治其疮，愈而放之，后鹤雌雄双至，各衔明珠以报参焉。"〇青胡，蒋曰："未详。"步瀛案：青胡疑青砂或青丘之讹。《拾遗记》卷一曰："舜葬苍梧之野，有鸟衔青砂珠，积成垄阜，名曰珠丘。"〇紫氛句，蒋曰："项本作紫霄气耿。"〇《尔雅·释天》曰："箕斗之间，汉津也。"《文选·古诗》曰："迢迢牵牛星，皎皎河汉女。"〇《楚辞·九歌·东君》曰："观者憺兮忘归。"〇《庄子·天地篇》曰："黄帝游乎赤水之北，登乎昆仑之丘而南望，还归，遗其玄珠。"〇《庄子·列御寇篇》曰："河上有家贫恃纬萧而食者，其子没于渊，得千金之珠。其父谓其子曰：取石来锻之。夫千金之珠，必在九重之渊，而骊龙颔下，子能得珠者，必遭其睡也，使骊龙而寤，子尚奚微之有哉？"《释文》曰："骊龙，黑龙也。"蒋曰："道，《文苑英华》一作蹈。"又曰："唐讳渊作泉。"〇《北史·王昕传》："诏曰：俄佩龙文之剑。"《淮南子·修务训》曰："苗山之鋋，羊头之销，虽水断龙舟，陆剸兕甲，莫之服带。"〇《文选》卢子谅《赠刘琨诗》李善注引《雒书》曰："秦失金镜，鱼目入珠。"郑玄曰："鱼目乱真珠。"〇灵蛇见李善《上文选注表》注。〇庾子山《代人乞致仕表》曰："览分必然，贪荣所忌。"〇《论语·里仁篇》曰："朝闻道，夕死可矣。"

君侯缔华椒阁，席宠芝扃。綷貂冕于金轩，藻龟章于玉署。月开鸾镜，怀精鉴以分形；霜湛虬钟，蕴希声而待物。吞九溟于笔海，若控牛涔；抗五岳于词峰，如临蚁垤。驰魂雾谷，忻逢紫岫之英；驿思霞丘，伫接青田之响。以上称武之才学及其爱客。

《汉书·刘屈氂传》注引如淳曰:"汉仪注,列侯为丞相称君侯。"颜曰:"《杨恽传》:丘常谓恽为君侯,是即通呼列侯之尊称耳,非必在于丞相也。"○谢希逸《宋孝武帝哀策文》曰:"七景缔华。"鲍明远《拟行路难》曰:"璇闺玉墀上椒阁。"案:阁即椒房。《后汉书·皇后纪下》注引《汉官仪》曰:"皇后称椒房,取其蕃实之义也。《诗》云:椒聊之实,蕃衍盈升。"《艺文类聚·后妃部》引《汉官仪》曰:"以椒涂室,取温煖祛恶气也。"武侍极外戚,故云。又案:贺兰敏之,乃武后姊韩国夫人子。《新唐书·外戚传》曰:"士彟娶相里氏,生子元庆、元爽,又娶杨氏,生三女,元女妻贺兰氏,早寡(武后为仲女),士彟卒,诸子事杨不尽礼,衔之,后立,封杨为代国夫人,进为荣国,后姊韩国夫人。于时元庆已官宗正少卿,元爽少府少监,兄子惟良卫尉少卿,杨讽后上疏出元庆等于外。由是元庆斥龙州,元爽濠州,惟良始州。元庆死,元爽流振州。韩国有女在宫中,帝尤爱幸,后导帝幸其母所,惟良等上食,后置堇焉。贺兰食之暴死,后归罪惟良等诛之。讽有司改姓蝮氏,绝属籍。后取贺兰敏之为士彟后,赐氏武。"○《书》伪古文《毕命》曰:"兹殷庶士,席宠惟旧。"《汉书·武帝纪》曰:"甘泉宫内中产芝九茎连叶。"○《唐六典》卷八曰:"散骑常侍金蝉貂。"江文通《拟左记室咏史诗》曰:"金张服貂冕。"郭景纯《南郊赋》曰:"升金轩,抚太仆。"○《汉书·百官公卿表》颜注曰:"《汉旧仪》云:银印皆龟纽。其文曰章,谓刻曰某官之章也。"《汉书·李寻传》曰:"久污玉堂之署。"颜注曰:"玉堂殿在未央宫。"刘孝绰《校书秘书省诗》曰:"终朝守玉署。"○《艺文类聚·鸟部》上引范泰《鸾鸟诗序》曰:"昔罽宾王获一鸾鸟,王甚爱之,欲其鸣而不致也。其夫人曰,尝闻鸟见其类而后鸣,何不悬镜以映之?王从其意,鸾睹形悲鸣,哀响中宵,一奋而绝。"○《淮南子·说林训》

曰："以镜视形，曲得其情。"○《山海经·中山经》曰："丰山有九钟焉，是知霜鸣。"《淮南·泰族篇》曰："阖闾伐楚，入郢，破九龙之钟。"○《老子》曰："大音希声。"《礼记·学记》曰："善待问者如撞锺，叩之以小者则小鸣，叩之以大者则大鸣，待其从容，然后尽其声。"○司马长卿《子虚赋》曰："吞若云梦者八九于其胸中，曾不蒂芥。"《广韵》十五青曰："溟，海也。"《论衡·乱龙篇》曰："刘子骏汉朝智囊，笔墨渊海。"○《淮南子·俶真训》曰："夫牛蹄之涔，无尺之鲤。"高注曰："涔，潦水也。"《氾论训》曰："夫牛蹄之涔，不能生鳣鲔。"高注曰："涔，雨水也，满牛蹄迹中，言其小也。"○《尔雅·释山》曰："泰山为东岳，华山为西岳，霍山为南岳，恒山为北岳，嵩高为中岳。"徐孝穆《与杨仆射书》曰："足下素挺词峰。"○《韩非子·奸劫弑臣篇》曰："犹蚁垤之比大陵也。"《诗·东山》毛传曰："垤，蚁冢也。"○《艺文类聚·鸟部》上引《永嘉郡记》曰："有洙沐溪野青田九里中，有双白鹤，年年生子，长大便去，只恒馀父母一双在耳。精白可爱，多云神仙所养。"蒋曰："此盖以鹤比隐士也。"四句叙武之爱客。

某北岩曲艺，东皋下节。攀翰苑而思齐，俟文风而立志。迹疲千里，未陪丹毂之游；叶契三英，尚隔黄衣之梦。谨凭洪贷，辄录旧文。轻敢上呈，列之如右。涓波有托，望日谷以驰诚；钟鼓无施，伏雷门而假息。谨启。以上自述呈录旧文，冀其援引之意。

□词采丰腴，笔力健举，子安文中，当属佳作。

北岩即北山，北山、东皋，皆子安故居也。见王无功《答杜之松书》注。○《文苑英华》二百四十七朱异《还东田宅赠朋离诗》曰："窗引北岩云。"《礼记·文王世子》曰："曲艺皆誓之。"郑注曰："曲艺为小技能也。"阮嗣宗《奏记诣蒋公》曰："方将耕于东皋之阳，输黍稷之税。"○郭景纯《尔雅序》曰："摛翰者之华苑。"○《论语·里仁篇》曰："见贤思齐焉。"○《广韵》十一暮曰："傃，向也。"案：字当作泝，或作溯。傃俗字。○曹子建《公讌诗》曰："神飙接丹毂，轻辇随风移。"○《诗·羔裘》曰："三英粲兮。"毛传曰："三英，三德也。"○《西京杂记》卷上曰："相如将献赋，未知所为。梦一黄衣翁谓之曰：可为《大人赋》。遂作《大人赋》，言神仙之事，以献之，赐锦四匹。"○梁元帝即位诏曰："逋租宿责，并许弘贷。"○《说文》曰："涓，小流也。"《洛神赋》曰："托微波而通辞。"○《海外东经》曰："汤谷上有扶桑，十日所浴，在黑齿北，居水中，有大木，九日居下枝，一日居上枝。"○钟鼓，疑布鼓之误。《汉书·王尊传》："尊曰：毋持布鼓过雷门。"颜注曰："雷门，会稽城门也，有大鼓，越击此鼓，声闻洛阳。"

秋晚入洛于毕公宅别道王宴序

《旧唐书·宗室传》曰："永安王孝基，高祖从父弟也。父璋，周梁州刺史。高祖即位，追封毕王，孝基无子，以从兄韶子道立为嗣，封高平郡王。九年降为县公。（《新唐书·宗室传》以韶为璋子，误。）《新唐书·宗室世系表》，毕王房高平郡公子有毕国公景淑。蒋敬臣以为即此序毕公盖是也。又《旧唐书·高祖二十二子传》曰："道王元庆，高祖第十六子也。永徽四年，历滑州刺史，以政绩闻。后历徐、沁、卫三州刺史。麟德元年薨，谥曰孝。子临海王诱嗣，官至澧州刺史。"案：依子安年岁推之（详见《滕王阁饯别序》注），麟德元年以前，年齿尚幼，与序称下官又言"晚读《老》《庄》"句不合，则道王当为嗣王诱，其王临淮，未知何时，然其孙徽、曾孙炼皆为嗣道王，《新唐书·表》亦称嗣王诱，则此序道王为诱无疑也。

下官才不旷俗，识不动时。充皇王之万姓，预乾坤之一物。早师周礼，偶爱儒宗；晚读《老》《庄》，动谐真性。进非干物，自疎朝市之机；退不邀荣，谁识王侯之贵？散琴尊于北阜，喜耕凿于东陂。野老披荷，暂辞幽涧；山人卖药，忽至神州。惊帝室之威灵，伟皇居之壮丽。朝游魏阙，见轩冕于南宫；暮宿灵台，闻絃歌于北里。交情独放，已厌人间；野性时违，少留都下。以上入洛。

《汉书·贾谊传》："谊上疏陈政事曰：罢软不胜任者，曰下官不职。"下官字见此。《世说新语·栖逸篇》曰："戴安道既属道东山，而其兄（逯）欲建式遏之功。谢太傅曰：卿兄弟志业何其太殊？戴曰：下官不堪其忧，家弟不改其乐。"《晋书·儒林传》："范弘之与会稽王道子笺曰：下官轻微寒士。"皆自称下官也。○识一作宠，今依张绍和本。○《列子·天瑞篇》张注曰："我身即天地之一物。"○《周礼·天官》太宰之职曰："儒以道得民。"○《汉书·刘向传》：使其外亲上变事，言董仲舒为世儒宗，定议有益天下。○《晋书·庾敳传》曰："尝读《老》《庄》，曰：正与人意暗同。"○《庄子·马蹄篇》曰："此马之真性也。"○《秦策》一："张仪曰：臣闻争名者于朝，争利者于市。"○《文选》任彦昇《为齐明帝让宣城郡公第一表》李善注引《晋中兴书》曰："卞壸表曰：岂敢干禄位以徼时荣乎？"○《易·蛊》上九曰："不事王侯，高尚其事。"班孟坚《西都赋》曰："睎北阜。"案：北阜即指北山，已见王无功《答杜之松书》。○《淮南子·齐俗训》曰："凿井而饮，耕田而食。"《后汉书·周燮传》曰："安帝以玄纁羔币聘燮，宗族更劝之曰：自先世以来，勋宠相承，君独何为守东冈之陂乎？"○《汉书·艺文志》农家有《野老》十七篇。《离骚》曰："制芰荷以为衣兮。"

○《楚辞·九歌·山鬼》曰："山中人兮芳杜若。"《后汉书·逸民传》曰："韩康常采药名山，卖于长安市。"○《史记·孟子荀卿列传》曰："中国名曰赤县神州。"○《文选》王文考《鲁灵光殿赋》曰："又似乎帝室之威神。"张载注曰："威神言尊严也。何平叔《景福殿赋》曰：不壮不丽，不足以一民而重威灵。"○《景福殿赋》曰："备皇居之制度。"《史记·高祖本纪》："萧何曰：天子以四海为家，非壮丽无以重威。"徐孝穆《太极殿铭序》曰："美皇居之壮丽。"○《庄子·让王篇》："中山子牟曰：身在江海之上，心居乎魏阙之下。"又见《吕氏春秋·审为篇》，高注曰："一说魏阙象魏也，悬教象之法，浃日而收之，巍巍高大，故曰魏阙。"又见《淮南子·俶真训》，高注曰："魏阙，王者门外阙，所以县教象之书。"○《管子·法法篇》曰："先王制轩冕，所以著贵贱。"○《史记·高祖本纪》曰："置酒雒阳南宫。"○《后汉书·第五伦传》曰："少子颉为太中大夫。"章怀注引《三辅决录》曰："颉字子陵，为谏议大夫，洛阳无主人，乡里无田宅，客止灵台中，或十日不炊。"《水经·谷水注》曰："谷水又迳灵台北，汉光武所筑，高六丈，方二十步，亦谏议大夫第五子陵之所居。"○左太冲《咏史诗》曰："北里吹笙竽。"○嵇叔夜《与山巨源绝交书》曰："纵逸来久，情意傲散。"又读《庄》《老》，重增其放。又曰："以促中小心之性，统此九患，不有外患，当有内病，宁可久处人间邪？"

道王以天孙之重，分曲阜之新基；毕公以帝室之华，拥平阳之旧馆。迹尘钟鼎，思在江湖。居荣命于中朝，接风期于下走。绿縢朱绂，且混以萝裳；列榭崇轩，坐均于蓬户。宾主由其莫辨，语默于是同归。终大王之乐善，备将军之揖客。以上叙道王、毕公及其交游。

《博物志》卷一引《孝经援神契》曰："太山，天帝孙也。"

○《礼记·明堂位》曰："封周公于曲阜，地方七百里。"○《魏志·武文世王公传》曰："邓哀王冲亡，命宛侯据子琮奉冲后。正始七年，转封平阳公。"案：景淑父道立为毕王孝基后，与平阳公曹琮为邓王冲后相同，故以平阳旧馆为喻。蒋敬臣泥于地名，谓平阳有五，今毕公宅在洛阳，而云平阳旧馆，未详。偶不照此耳。○《汉书·刘辅传》曰："于是中朝左将军辛庆忌、右将军廉褒、光禄勋师丹、太中大夫谷永俱上书。"注孟康曰："中朝，内朝也。"○《世说新语·言语篇》刘孝标注曰："《高逸沙门传》曰：支遁少而任心独往，风期高亮。"○《汉书·萧望之传》："郑朋奏记曰：则下走将归延陵之皋。"注应劭曰："下走，仆也。"颜师古曰："下走者，自谦言趋走之役也。"○《诗·閟宫》曰："公车千乘，朱英绿縢，二矛重弓。"毛传曰："英，矛饰也；縢，绳也。"孔疏曰："言二矛载于车上，皆为英饰；重弓共在韔中，以绿縢束之。"《易·困》九二曰："朱绂方来。"孔疏曰："绂，祭服也。"又《广雅·释器》曰："绂，绶也。"○《楚辞·九歌·山鬼》曰："若有人兮山之阿，披薜荔兮带女萝。"○《世说新语·言语篇》曰："竺法深在简文坐，刘尹问：道人何以游朱门？答曰：君自见其朱门，贫道如游蓬户。"○《蜀志·庞统传》注引《襄阳记》曰："司马德操尝造德公，值其渡沔，上祀先人墓，德操径入其室，呼德公妻子使速作黍。徐元直向云有客当来，就我与庞公谭，其妻子皆罗列拜于堂下，奔走供设。须臾德公还，直入相就，不知何者是客也。"○《易·系辞上》曰："君子之道，或出或处，或默或语。"又《系辞下》曰："天下同归而殊涂。"○《后汉书·光武十王·东平王苍传》："帝手诏国中傅曰："日者问东平王，处家何等最乐，王言为善最乐，其言甚大。"○《史记·汲黯传》曰："大将军青既益尊，姊为皇后，然黯与亢礼。或说黯曰：大将军尊重益贵，君不可以不拜。黯曰：夫以大将军有揖客，反不重耶？"

是日也，云繁雨骤，气爽风驰。高秋九月，王畿千里。高扃向术，似元礼之龙门。甲第临衢，有当时之驿骑。英王入座，牢醴还陈；高士临筵，樵苏不爨。是非双遣，自然天地之间；荣贱两忘，何必山林之下？玄谈清论，泉石纵横；雄笔壮词，烟霞照灼。既而神驰象外，宴洽襄中。白露下而南亭虚，苍烟生而北林晚。鸡鹜始望，不及牲牢；麋鹿长怀，非忘林薮。先生负局，倦城市之尘埃；游子横琴，忆汀洲之杜若。以上叙秋晚之宴。

王逸少《兰亭集序》曰："是日也，天朗气清，惠风和畅。"○《文选》李少卿《答苏武书》曰："凉秋九月，塞外草衰。"○《周礼·夏官·职方氏》曰："方千里曰王畿。"○《文选》左太冲《蜀都赋》曰："亦有甲第，当衢向术，坛宇显敞，高门纳驷。"刘渊林注曰："术，道也。"○《后汉书·李膺传》曰："以声名自高，士有被其容接者，名为登龙门。"章怀注曰："以鱼为喻也。龙门，河水所下之口，在今绛州龙门县。《辛氏三秦记》曰：河津一名龙门，水险不通，鱼鳖之属莫能上，江海大鱼，薄集龙门下，数千不得上，上则为龙也。"○《史记·郑当时传》曰："孝景时为太子舍人，每五日洗沐，常置驿马长安诸郊，存诸故人，请谢宾客。"○徐孝穆《为贞阳侯重答王太尉书》曰："上党英王之然诺。"○《周礼·秋官·掌客》曰："掌四方宾客之牢醴。"《汉书·楚元王传》曰："元王常为穆生设醴。"○《文选》应休琏《与侍郎曹长思书》曰："樵苏不爨，清谈而已。"李善注曰："《汉书》：广武君李左车说成安君曰：樵苏后爨，师不宿饱。晋灼曰：樵，取薪也；苏，取草也。"案见《韩信传》。○《庄子·齐物论》曰："是以圣人和之以是非，而休乎天钧，是之谓两行。"○《庄子·让王篇》曰："逍遥于天地之间，而心意自得。"○《庄子·大宗师篇》曰："与其誉尧而非桀也，不如两忘而化其道。"○《史记·滑稽传》褚先生《补东方朔传》曰："宫殿中可以避世全身，何必深山之中，蒿庐之下？"○《抱朴子·嘉遁篇》曰："宝玄谈为金玉。"谢灵运《拟邺中集诗》曰："清论事究万。"○《文选》孙兴公《游天台山赋》曰："散以象外之说。"李善注曰："象外谓道也。《周易》曰：象者，像也。《荀粲列传》：粲答兄俣云：立象以尽意，此非通乎象外者也。象外之意，故蕴而不出矣。"○江文通《建平王答王太后正位章》曰："礼蔚寰中。"案：宴疑道字之讹。○谢灵运有《游南亭诗》。○《诗·晨风》曰："郁彼北林。"○《鲁语上》曰："海鸟曰爰居，止于鲁东门之外三日，臧文仲使国人祭之。"《庄子·至乐篇》曰："昔者海鸟止于鲁郊，鲁侯御而觞之于庙，奏九韶以为乐，具太牢以为膳，鸟乃眩视忧悲，不敢食一脔，不敢饮一杯，三日而死。"《释文》引司马彪注曰："爰居一名杂县，举头高八尺。樊光注《尔雅》云：形似凤皇。"案：《文选》江文通《杂体诗》注引司马曰："海鸟，爰居也。"《太平御览·羽族部》十二引作海鸟即鶏䳒也，鶏䳒即爰居之俗字。○嵇叔夜《与山巨源绝交书》曰："此由禽鹿少见驯育，则服从教制，长而见羁，则狂顾顿缨，赴蹈汤火，虽饰以金镳，飨以嘉肴，逾思长林而志在丰草也。"○《列仙传》下曰："负局先生者，不知何许人也，语似燕代间人。常负磨镜局，徇吴市中衒磨镜，一钱因磨之，辄问主人得毋有疾苦者，辄出紫丸药以与之，得者莫不愈。"○《楚辞·九歌·湘夫人》曰："搴汀洲兮杜若。"

况乎迹不皆遂，时不再来。属宸驾之方旋，值群公之毕从。洛城风景，此会无期；戚里笙竽，浮欢易尽。仰云霞而道意，舍尘事而论心。夏仲御之浮舟，愿乘春水；张季鹰之命驾，思动秋风。策藜杖而非遥，敕柴车之有日。青溪数曲，幽人长往；白云万里，帝乡难见。

安贞抱朴，已甘心于下走；全忠履道，是所望于群公。
以上叙别。

《史记·淮阴侯传》："蒯通曰：时乎时乎不再来。"○《广韵》十七真曰："宸，屋宇，天子所居。"案：此盖北辰居所之义，后人于天子巡幸，则曰宸游，亦曰宸驾。高宗时以洛阳为东都，巡幸常居之。此云方旋，盖始还长安也。○《史记·万石君传》曰："高祖召其姊为美人，以奋为中涓，受书谒，徙其家长安中戚里。"○谢灵运《石壁立招提精舍诗》曰："浮欢昧眼前。"○班孟坚《弈旨》曰："净泊自守以道意。"○陶渊明《赴假还江陵夜行涂中诗》曰："遂与尘事冥。"陆士衡《演连珠》曰："抚臆论心。"○《晋书·隐逸传》曰："夏统，字仲御，会稽永兴人。母病笃，诣洛市药，会三月上巳，洛中王公已下，并至浮桥，统时在船中，曝所市药，诸贵人车乘来者如云，统并不之顾。太尉贾充怪而问之，统初不应，重问，乃徐答曰：会稽夏仲御也。充问卿居海滨，颇能随水戏乎？答曰可。统乃操柂正橹，折旋中流，初作鲻鮀跃，后作鲔鰐引，飞鹢首，掇兽尾，奋长梢而船直逝者三焉。于是风波振骇，云雾杳冥，俄而白鱼跳入船者有八九，观者皆悚遽。充心尤异之。"○《世说新语·鉴识篇》曰："张季鹰辟齐王东曹掾，在洛见秋风起，因思吴中菰菜羹鲈鱼脍，曰：人生贵得适意尔，何能羁宦数千里以要名爵？遂命驾便归。"《晋书·文苑传》曰："张翰，字季鹰，吴郡吴人。"○《韩诗外传》一曰："原宪楮冠藜杖而应门。"○《文选》江文通《杂体诗陶征君田居》曰："日暮巾柴车。"李善注引《归去来辞》曰："或巾柴车。"今本作或驾巾车。○《艺文类聚·水部》下引《俗说》曰："郗僧施青溪中泛，到一曲之处，辄作诗一篇。谢益寿见诗笑曰：青溪之曲，复何穷尽？"○《易·履》九二曰："履道坦坦，幽人贞吉。"○《庄子·天地篇》："华封人曰：乘彼白云，至于帝乡。"○《易·坤·象传》曰："安贞之吉。"《老子》曰："见俗抱朴。"○《后汉书·光武十王·东平王苍传论》曰："远隙以全忠。"

倘心迹克谐，去留咸遂。庙堂多暇，返身沧海之隅；轩冕长辞，回首箕山之路。寻赤松而见及，泛黄菊以相从。虽源水桃花，时时失路；而幽山桂树，往往逢人。庶公子之来游，幸王孙之毕至。茅君待客，自有金坛；王烈迎宾，还开石架。惟恐一丘风月，侣山水而忘年；三径蓬蒿，待公卿之来日。对光阴之易晚，惜云雾之难披。群公叶县凫飞，入朝廷而不出；下走辽川鹤去，谢城阙而依然。敢抒重襟，爰疏短引。式命离前之笔，希存别后之资。凡我故人，其辞云尔！以上惜别，及为诗序。

□蒋曰："松秀娟好，徐、庚而下，自有此种境地。"

《韩非子·外储说左上》曰："身坐于庙堂之上。"○《史记·伯夷列传》："太史公曰：余登箕山，其上盖有许由冢云。"《高士传》上曰："许由，字武仲，阳城槐里人也。遁耕于中岳颍水之阳，箕山之下。"《清一统志》曰："河南河南府：箕山在登封县东南。"○《列仙传》卷上曰："赤松子者，神农雨师也。"《史记·留侯世家》："留侯曰：愿弃人间事，欲从赤松子游耳。"《神仙传》卷八曰："墨子年八十有二，乃叹曰：世事已可知，荣位非常保，将委流俗以从赤松子游耳。"此盖依张良事而附会之。○《礼记·月令》曰："季秋之月，鞠有黄华。"《西京杂记》下曰："贾佩兰说，宫内九月九日饮菊华酒，令人长寿，菊华舒时，并采茎叶杂黍米酿之，至来年九月九日始熟，就饮焉，故谓之菊华酒。"案：蘜，乃菊华之本字，经传多借鞠与菊为之。○陶渊明《桃花源记》曰："晋太元中，武陵人捕鱼，忘路之远近，忽逢桃花林，林尽水源，便得一山，山有小口，便舍船从口入。行数十步，豁然开朗，土地平旷，屋舍俨然，有良田美池桑竹之属。其中往来种作,男女衣着,悉如外人。见渔人,问所从来,便要还家,设酒杀鸡作食。停数日辞去,既出得其船,便扶向道,处处志之。及郡下,诣太守说如此,太守即遣人随其往,寻向所志,遂迷不复得路。"○《楚辞·招隐士》曰:"桂树丛生兮山之幽。"○《楚辞·九歌·湘夫人》曰:"思公子兮未敢言。"《招隐士》曰:"王孙游兮不归,春草生兮萋萋。"《文选·西京赋》李善注引《博物志》曰:"王孙公子,皆古人推敬之词。"○《真诰》卷十一曰:"句曲山,秦时名为句金之坛,以洞天内有金坛百丈,因以致名。汉有三茅君来治其上,时父老又转名茅君之山。三君往曾各乘一白鹄,各集山之三处,时人互有见者。"○《神仙传》卷六曰:"王烈,字长休,邯郸人。入河东抱犊山中,见一石室,室中有石架,架上有素书两卷,烈取读莫识其文字,不敢取去,却著架上,暗书得数十字形体,以示嵇康,康尽识其字。烈喜,乃与康共往读之。至其道径了了分明,比及,又失其石室所在。"○《汉书·叙传》曰:"栖迟于一丘,则天下不易其乐。"○《文选·归去来辞》李善注引《三辅决录》曰:"蒋诩舍中三径,唯羊仲、求仲从之游,皆挫廉逃名不出。"《艺文类聚·草部》下引《三辅决录》曰:"张仲蔚,平陵人也。隐身不仕,所居蓬蒿没人。"○《世说新语·赏誉篇上》曰:"卫伯玉见乐广,命子弟造之,曰:此人,人之水镜也,见之若披云雾睹青天。"○《后汉书·方术传上》曰:"王乔者,河东人也。显宗世为叶令。乔有神术,每月朔望,常自县诣台朝,帝怪其来数,而不见车骑,密令太史伺望之,言其临至,辄有双凫从东南飞来。于是候凫至,举罗张之,但得一只舃焉。乃诏上方诊视,则四年中所赐尚书官属履也。"○《韩诗外传》卷五曰:"朝廷之士为禄,故入而不出。"○《水经》曰:"大辽水出塞外卫白平山。(《海内东经》曰:"辽水出卫皋东",郭注曰:出塞外卫皋山,《水经》白平二字,疑皋字误分为二。)东南入塞,过辽东襄平县西。"又曰:"玄菟高句丽县有辽山,小辽水所出。"○《搜神后记》曰:"丁令威本辽东人,学道于灵虚山。后化鹤归辽,集城门华表柱,时有少年举弓欲射之,鹤乃飞,徘徊空中而言曰:有鸟有鸟丁令威,去家千岁今始归,城郭如故人民非,何不学仙冢累累?遂高上冲天。"○左太冲《招隐诗》曰:"幽兰间重襟。"○《汉书·苏武传》颜注曰:"疏谓条录之。"案:引即序也,陈无功《文章缘起》注曰:"品秩先后,叙而推之,谓之引。"○陶渊明《答庞参军诗序》曰:"且为别后相思之资。"

还冀州别洛下知己序

李吉甫《元和郡县志》曰:"河南道河南府:显庆二年置东都。"又曰:"河北道冀州西南至东都一千四百里。"案:唐河北道冀州治信都县,今河北冀县治。唐河南府治河南、洛阳二县,今河南洛阳治。

东西南北,丘也何从?寒暑阴阳,时哉不与!河阳古树,无复残花;洛浦寒烟,空惊坠叶。王生卖畚,入天子之中都;夏统乘舟,属群公之大会。风烟匝地,车马如龙;钟鼓沸天,美人似玉。芳筵交映,旁征豹象之胎;华馔重开,直抉蛟龙之髓。季鹰之思吴命驾,果为秋风;伯鸾之适越登山,以求渌水。以上叙洛下列席。

《礼记·檀弓上》:"孔子曰:今丘也,东西南北之人也。"郑注曰:"东西南北,言居无常处也。"○《鹖冠子·近迭篇》曰:"阴阳寒暑与时至。"○《论语·阳货篇》曰:"岁不我与。"刘越石《重赠卢谌诗》曰:"时哉不我与。"○庾子山《枯树赋》曰:"若非金谷满园树,即是河阳一县花。"又《郑伟墓志铭》曰:"河阳古树,金谷残花。"《白帖》卷二十一曰:"潘岳为河阳令,树桃李花，人号曰河阳一县花。"《清一统志》曰："河南怀庆府：河阳故城在孟县西三十五里。"〇张平子《思玄赋》曰："召洛浦之宓妃。"案：各本误作合浦，今依蒋注改。〇谢灵运《山居赋》曰："送坠叶于秋晏。"〇《晋书·载记》附《王猛传》曰："猛字景略，北海剧人，家于魏郡。少贫贱，以鬻畚为业，尝货畚于洛阳。"案：卖畚集作卖药，今依《文苑英华》。〇夏统见上篇注。〇江文通《恨赋》曰："黄尘匝地。"〇《后汉书·皇后纪》："明德马皇后诏曰：前过濯龙门上，见外家问起居者，车如流水，马如游龙。"〇鲍明远《芜城赋》曰："歌吹沸天。"〇《诗·汾沮洳》曰："彼其之子，美如玉。"〇《韩非子·喻老篇》曰："象箸玉杯，必不羹菽藿，则必旄象豹胎。"《说苑·尊贤篇》："淳于髡曰：古者有豹象之胎。"〇《搜神后记》曰："嵩高山北有大穴，晋初尝有一人误堕穴中，寻穴而行，计可十馀日，忽然见明，又有草屋，中有二人，对坐围棊，局下有一杯白饮，坠者告以饥渴。棊者曰：可饮此，遂饮之，气力十倍。棊者曰：从此西行有天井，其中多蛟龙，但投身入井自当出，若饿取井中食物。坠者如言，半年许乃出蜀中归洛下，问张华，华曰：此仙馆大夫，所饮者玉浆也，所食者龙穴石髓也。"案：集抉作报，今依《全唐文》。〇季鹰见上篇注。〇《后汉书·逸民传》曰："梁鸿，字伯鸾，扶风平陵人，因东出关过京师，作五噫之歌曰：陟彼北芒兮噫！顾览帝京兮噫！宫室崔嵬兮噫！人之劬劳兮噫！辽辽未央兮噫！"《文选》赵景臻《与嵇茂齐书》曰："梁生适越，登岳长谣。"李善注曰："梁鸿长谣，不由适越，且复以升邙为登岳，盖取意而略文也。"《日知录》卷二十一曰："梁鸿适吴，云适越者，吴为越所灭。"〇张平子《东京赋》曰："渌水淡淡。"

辞故友，谢时人，登鄂坂而迂迴，入邙山而奔走。何年风月，三山沧海之春；是处风花，一曲青溪之路。

宾鸿逐暖，孤飞万里之中；仙鹤随云，直去千年之后。悲夫！光阴难再，子卿殷勤于少卿；风景不殊，赵北相望于洛北。鸳鸯雅什，俱为赠别之资；鹦鹉奇杯，共尽忘忧之酒。以上别后情况，及作序之意。

　　□蒋心馀曰："清圆浏亮，学六朝者，所当问津。"

　　《列仙传》卷上曰："王子乔乘白鹤驻山头，举手谢时人，数日而去。"○庾子山《哀江南赋》曰："逢鄂坂之讥嫌。"《元和郡县志》曰："河南道河南府缑氏县：鄂岭坂在县东南三十七里。"班叔皮《北征赋》曰："涉长路之绵绵兮，远纡廻以樛流。"○应休琏《与程文信书》曰："故求远田，在关之西，南临洛水，北据邙山。"《元和郡县志》曰："河南道河南府偃师县：北邙山在县北二里，西自洛阳县界，东入巩县界。"○《史记·封禅书》曰："蓬莱、方丈、瀛洲，此三神山者，其传在渤海中。"○《英华》是处作何处，今依项本。○庾子山《咏画屏风诗》曰："风花直乱廻。"○青溪已见上篇注。○《礼记·月令》曰："季秋之月，鸿雁来宾。"郑注曰："来宾，言其客止未去也。"《吕览·季秋纪》高注，宾字合下文爵字读，云宾爵老爵也。《淮南·时则训》注同，本《通卦验》，郑彼注同，与《月令》注异。《御览·鳞介部》十三引《淮南》许注爵字亦不连上宾字，与《月令》注合。○谢惠连《雪赋》曰："瞻云雁之孤飞。"○鹤去千年，见上篇注。○李少卿《与苏武诗》曰："良辰不再至，离别在须臾。"《汉书·苏武传》曰："字子卿。"又《李陵传》曰："字少卿。"○《世说新语·言语篇》曰："过江诸人，每至美日，辄相邀新亭，藉卉饮宴，周侯中坐而叹曰：风景不殊，正自有山河之异。"○《后汉书·公孙瓒传》："童谣曰：燕南垂，赵北际。"○《文选·苏子卿诗》曰："昔为鸳与鸯，今为参与辰。"○《艺文类聚·鳞介部》下引《南州异物志》曰："鹦鹉螺状如覆杯，头如鸟头向其腹视似鹦鹉，故以为名，人所得质白而紫文如鸟形，与觥无异，故因其象鸟，为作两目两翼也。"吴叔庠《别新林诗》曰："还倾鹦鹉杯。"○《晋书·顾荣传》："荣谓友人张翰曰：惟酒可以忘忧。"

秋日登洪府滕王阁饯别序

《元和郡县志》曰："江南道洪州豫章中都督府。"《旧唐书·高祖二十二子传》曰："滕王婴，贞观十三年受封，授金州刺史。永徽三年，迁苏州刺史，寻转洪州都督。"唐韦悫《重建滕王阁记》曰："锺陵郡（唐宝应元年，改豫章县曰锺陵。）背郭郭不二百步，有巨阁称滕王者，考寻结构之始，盖自永徽后，时滕王作苏州刺史，转洪州都督之所营造也。"《唐摭言》卷五曰："王勃著《滕王阁序》时年十四，都督阎公不之信，勃虽在座，而阎公意属子婿孟学士者为之，已宿构矣。及以纸笔巡让宾客，勃不辞让，公大怒，拂衣而起，专令人伺其下笔。第一报云：南昌故郡，洪都新府，公曰：是亦老生常谈。又报云：星分翼轸，地接衡庐。公闻之沉吟不言。又云：落霞与孤鹜齐飞，秋水共长天一色。公矍然而起曰：此真天才，当垂不朽矣。遂亟请宴所，极欢而罢。"案：子安作此序在何时，后人颇有异同。《太平广记》卷一百七十五引《摭言》作年十三，与今本《摭言》不同。《新唐书·文艺传》曰："父福畤坐勃故，左迁交趾令，勃往省，度海溺水，悸而卒。"下文叙作序事云："初道出锺陵，九月九日，都督大宴滕王阁，宿命其婿作序以夸客，因出纸笔遍请，客莫敢当，至勃泛然不辞"云云，即本《唐摭言》，而不取勃十四岁及孟学士之说，盖已不能定为何时。《唐才子传》云：福畤左迁交趾令，勃往省觐，途过南昌，时都督阎公新修滕王阁成，九月九日大会宾客云云，则以为往交趾省父时，据此则子安十四岁时，福畤安得为交趾令？故蒋氏谓当在福畤为六合令时，考《子安集·绵州北亭群公宴序》云："昔往东吴，已有梁鸿之志。今来西蜀，非无张载之怀。"似游蜀之前尝游吴。又《春思赋》云："咸亨二年，余春秋二十有二。"蒋氏谓当作二十三，则前此十四岁省父六合，游吴即在此时。蒋说固非无据。然以《子安集》考之，自龙朔三年至上元元年，中间不见有游吴之事，即使偶出游吴，亦无庸道出洪州。且子安十四岁时，正刘祥道巡察关内时，杨炯《王子安集序》曰："年十有四，时誉斯归，太常伯刘公巡行风俗，见而异之，因加表荐。"是年子安更不得至洪州也。又杨炯序子安之卒云，春秋二十有八，皇唐上元三年秋八月。蒋曰："据此推之，子安盖生于贞观二十三年己酉。《旧唐书》传谓殁在二年，《新唐书》传谓卒年二十九，皆误。"步瀛案：《旧唐书》言上元二年往交趾省父，与集中《荦鉴图铭序》云上元二年岁次己亥十有一月庚午朔七日丙子，予将之交趾，旅次南海云云正合。下云渡南海堕水而卒，盖即终言其事，特未明言为次年耳。余窃疑十四岁之说，乃由序中"童子何知"一句傅会而出。然下云"等终军之弱冠"，又何以解？殆非十四岁时矣。考子安《过淮阴谒汉祖庙祭文》，署上元二年岁次乙亥八月十六日，（蒋注本无此文，见罗叔言《永丰乡人杂著续编》载《王子安集》佚文。）是八月至淮阴，九月至洪州，十一月旅次南海，以李习之《南来录》证之，行途正合也。又案：据《春思赋》，咸亨二年，二十二岁。《新唐书·高宗纪》：龙朔三年命太常伯刘祥道等九人为持节大使，分行天下，与杨序年十四岁正合。以此推之，当生于高宗永徽元年，则杨序上元三年二十有八，当作二十有七，与蒋注、杨序所推，相差一年也。附识于此，更竢他日详考焉。○《容斋四笔》卷五曰："韩公《滕王阁记》云：江南多游观之美，而滕王阁独为第一，及得三王所为序赋记，壮其文辞。注谓王勃作游阁序，（韩仲韶、方崧卿注并云王勃为序，王绪为赋，王仲舒为记。）又云：中丞命为记，窃喜载名其上，辞列三王之次，有荣耀焉。则韩之所以推勃，亦为不浅矣。"

豫章故郡，洪都新府，星分翼轸，地接衡庐。襟三江而带五湖，控蛮荆而引瓯越。物华天宝，龙光射牛斗之墟；人杰地灵，徐孺下陈蕃之榻。雄州雾列，俊采星驰。台隍枕夷夏之交，宾主尽东南之美。都督阎公之雅望，棨戟遥临；宇文新州之懿范，襜帷暂驻。十旬休假，胜友如云；千里逢迎，高朋满坐。腾蛟起凤，孟学士之词宗；紫电青霜，王将军之武库。家君作宰，路出名区。童子何知，躬逢胜饯？以上由洪州地势人才，叙及宴饯。

《汉书·地理志·豫章郡》原注曰："高帝置。"王益吾《汉书补注》曰："据《水经·赣水注》，郡治南昌（今江西南昌县治）。"案《旧唐书·地理志》曰："洪州上都督府，隋豫章郡。"○蒋曰："豫章，《英华》一作南昌。"○蒋曰："《越绝书》十二：楚故治郢，今南郡、南阳、汝南、淮阳、六安、九江、庐江、豫章、长沙翼轸也。《汉书·地理志》豫章郡入吴地，斗牛分野，独《越绝》谓是翼轸分野，与子安合。"步瀛案：王观国《学林》卷六、叶荣甫《考古质疑》卷五皆据《汉书·地理志》，楚地翼轸分野，用于豫章，与《汉志》吴地斗牛分野不合，斥子安为误。俞荫甫《俞楼杂纂》二十七曰："《汉卫尉卿衡方碑》云：州举尤异，迁会稽东部都尉，将继南仲、召虎之轨，飞翼轸之旌，若依《汉·地理志》，会稽亦吴地斗牛分野，则《滕王阁序》言星分翼轸，亦未可厚非。盖吴楚接壤，故下句即言地接衡庐，曰接曰分，其立言自有斟酌。"案：俞氏此说亦有理，然不如蒋注引《越绝书》所据为确也。○《元和郡县志》曰："江南道衡州衡山县（今县属湖南）：衡山，南岳也。在县西三十里。"又："江南道江州浔阳县（今江西九江县治）：庐山在县东三十二里。"○《秦策》四："黄歇说秦昭王曰：王襟以山东之险，带以河曲之利。"《书·禹贡》曰："三江既入，震泽底定。"《周礼·夏官·职方氏》曰："扬州其川三江，其浸五湖。"郑注曰："五湖在吴南。"案《禹贡》三江，当依《汉书·地理志》，详见金鹗中《礼说》及成芙卿《禹贡班义述》，今非必据《禹贡》三江，故不复述。孔冲远《禹贡》疏引《吴地记》曰："松江东北行七十里，得三江口，东北入海为娄江，东南入海为东江，并松江为三江。"与《水经·沔水注》三引庾仲初《扬都赋》注相同，即《吴越春秋》（卷十）所称范蠡出三江入五湖者，非《禹贡》之三江也。以此文襟三江之义推之，似三江即指此，不必泥《禹贡》《周礼》也。《越语下》韦注曰："五湖今太湖。"《文选·江赋》李善注引张勃《吴录》曰："五湖者，太湖之别名也。"《史记·夏本纪》《正义》曰："五湖者，菱湖、游湖、莫湖、贡湖、胥湖，皆太湖东岸五湾为五湖，盖古时应别，今则相连。"案：以此"带"字推之，则五湖当指此。《丹铅总录》卷二谓此文五湖，则总南方之五湖，并洞庭、青草、彭蠡、宫庭、太湖数之，则失之太阔，非带字义矣。○《小尔雅·广诂》曰："控，引也。"《诗·采芑》曰："蠢尔蛮荆。"○《文选》谢灵运《邻里相送方山诗》曰："相期憩瓯越。"李善注曰："《史记》曰：东越王摇都东瓯，时俗号东瓯王。"（《东越传》时作世。）徐广曰："今之永宁也。"（今浙江永嘉县。）○龙光句已见《上武侍极启》注。○《史记·高祖本纪》曰："子房、萧何、韩信，此三人者，皆人杰也。"《韩诗外传》卷八："天老曰：惟凤为能通天祉，应地灵。"○《后汉书·徐稚传》曰："稚字孺子，豫章南昌人。时陈蕃为太守，在郡不接宾客，唯稚来，特设一榻，去则县之。"○《容斋续笔》卷三曰："唐人诗文，或于一句中自成对偶，谓之当句对。如王勃《宴滕王阁序》一篇皆然。谓若襟三江带五湖，控蛮荆引瓯越，龙光牛斗，徐孺陈蕃，腾蛟起凤，紫电青霜，鹤汀凫渚，桂殿兰宫，钟鸣鼎食之家，青雀黄龙之轴，落霞孤鹜，秋水长天，天高地迥，兴尽悲来，宇宙盈虚，丘墟已矣之辞，是也。"○何仲言《与建安王谢秀才笺》曰："选重雄州。"○《说文》曰："俊，材过千人也。"案：采疑寀之借字。《尔雅·释诂》曰："寀，寮官也。"《江宁吴少府宅饯宴序》正作俊寀。《抱朴子·安贫篇》曰："驽蹇星驰以兼路。"○蒋曰："采，《英华》一作彩。"○《尔雅·释言》曰："隍，壑也。"郭注曰："城池空者为壑。"○《尔雅·释地》曰："东南之美者，有会稽之竹箭焉。"《世说新语·赏誉篇》曰："张华见褚陶，语陆平原曰：君兄弟龙跃云津，顾彦先凤鸣朝阳，谓东南之宝已尽，不意复见褚生。"《吴志·虞翻传》曰："翻与少府孔融书，并示以所著《易》注，融答书曰：闻延陵之理乐，睹吾子之治《易》，乃知东南之美者，非徒会稽之竹箭也。"○《唐六典》卷三十曰："大都督府都督一人，从二品；中都督府都督一人，正三品；下都督府都督一人，从三品。"○《元和郡县志》曰："洪州，武德元年改为总管府，七年改为都督府。"蒋曰："都督阎公，名不可考。张逊业《校正王勃集序》，谓是阎伯玙，未知何据。《新唐书·王勃传》有起居舍人阎伯玙之名，殆因此而误耶？"○《世说新语·容止篇》曰："魏王雅望非常。"○《汉书·韩延寿传》注李奇曰："棨，戟也。"颜曰："棨，有衣之戟也。其衣以赤黑缯为之。"《续汉书·舆服志》曰："公以下至二千石骑吏四人，千石以下至三百石县长二人，皆带剑持棨戟为前列。"《古今注》卷上曰："棨戟，殳之遗象也。殳，前驱之器也，以木为之，后世滋伪，无复典刑，以赤油韬之，亦谓之油戟，亦谓之棨戟，公王以下，通用之以前驱。"○《旧唐书·地理志》曰："岭南道新州，武德四年平萧铣置。"案：唐新州治新兴县，今广东新兴县治。宇文名、事未详，或以集中宇文峤当之,亦无确证。○陆士龙《赠颜骠骑诗》曰:"思我懿范。"○《后汉书·郭贺传》曰:"拜荆州刺史,显宗赐以三公之服,敕行部去襜帷,使百姓见其容服。"○《通鉴》卷二百四十四《唐文宗纪》胡身之注曰:"一月三旬,遇旬则下直而休沐,谓之旬休,今谓之旬假,是也。"○蒋曰:"假,《英华》一作暇。"○《诗·出其东门》毛传曰:"如云,众多也。"○《燕策》三曰:"太子跪而逢迎,却行为道。"○《后汉书·孔融传》曰:"及退闲职,宾客日盈其门,常叹曰:坐上客恒满,尊中酒不空,吾无忧矣。"○《西京杂记》卷上曰:"董仲舒梦蛟龙入怀,乃作《春秋繁露》词。"又曰:"杨雄著《太玄经》,梦吐凤皇集玄之上,顷而灭。"○《旧唐书·职官志》曰:"北齐有文林馆学士,后周有麟趾殿学士,皆掌著述。及太宗在蕃府时,有秦府学士十八人,其后弘文、崇文二馆皆有。"步瀛案:《摭言》以孟学士即阎公之婿,未知确否。而章岂绩《思绮堂集·登滕王阁书王子安序后》自注引《诗话》,以阎公婿为吴子章,恐鄙说不足信也。○《古今注》上曰:"吴大皇帝有宝剑六,二曰紫电。"《西京杂记》上曰:"高帝斩白蛇剑,十二年一加磨莹,刃上常若霜雪。"○徐孝穆《为贞阳侯与王太尉书》曰:"霜戈雪戟,无非武库之兵。"《丹铅总录》卷十一,谓子安序正用此事。蒋曰:"按《唐摭言》谓孟学士是阎公之婿,则王将军者,亦如宇文新州,皆当时坐客耳。用修此说太牵强。"○班孟坚《为第五伦荐谢夷吾表》曰:"应选作宰,惠敷百里。"○王简栖《头陀寺碑文》曰:"惟此名区,禅慧攸托。"○《左》成十六年传:范文子斥其子士匄曰:"童子何知焉?"步瀛案:士匄即范宣子,其生卒之年固不可考,然宣子女栾祁为栾黡妻,生子盈,至襄十八年,黡死,盈将下军,距成十六年仅二十年。以此观之,则成十六年,宣子殆三十岁内外矣。又《晋语》五:范文子暮退于朝,武子怒曰:尔童子而三掩人于朝,事在范武子请老之后,当在宣十七年,距范文子斥宣子时,仅十七年,由前所推测,其子已三十内外,则文子至少亦在四五十岁,还计其父武子斥为童子掩人之时,当亦三十内外矣。是不必十三四岁始得称童子也。尝疑《唐摭言》子安十四岁作序之说,乃后人由童子二字附会而出,故特辩焉。

　　时维九月,序属三秋。潦水尽而寒潭清,烟光凝而暮山紫。俨骖騑于上路,访风景于崇阿。临帝子之长洲,得天人之旧馆。层台耸翠,上出重霄;飞阁翔丹,下临无地。鹤汀凫渚,穷岛屿之萦迴;桂殿兰宫,即冈峦之体势。以上时序,及阁之形势。

　　《考古质疑》卷五曰:"唐人以上巳与重阳为令节,都督既于是日启宴,勃不应止泛举九月,盖月乃日字之误也。且既言九月,又言三秋,是诚赘矣。如云九日,则不可无三秋字,今之碑本,乃郡守张公澄所书,亦误以九日为九月。"○《初学记·岁时部》上引《梁元帝纂要》曰:"秋曰三秋、九秋。"○《楚辞·九辩》曰:"寂寥兮收潦而水清。"○《礼记·檀弓上》郑注曰:"騑马曰骖。"《释文》曰:"骖,夹服马也。"《曲礼上》孔疏曰:"车有一辕,而四马驾之,中央两马夹辕者名服马,两边名騑马,亦曰骖马。"枚叔《上书谏吴王》曰:"游曲台,临上路。"案:俨、严字通,俨骖騑犹《楚辞·九思·逢尤》所云"严载驾兮出戏游"也。○谢万石《兰亭诗》曰:"肆眺崇阿。"○《汉书·孔光传》:"定陶王好学多材,于帝子行。"枚叔《上书重谏吴王》曰:"不如长洲之苑。"○《魏志·王粲传》:邯郸淳注引《魏略》曰:"临菑侯植求淳,太祖遣淳诣植,归对其所知,叹植之材,谓之天人。"任彦昇《王文宪集序》曰:"朝夕旧馆。"○《楚辞·招魂》曰:"层台累榭。"《魏书·袁翻传·思归赋》曰:"叠千重以耸翠。"○阮嗣宗《咏怀诗》曰:"翔风拂重霄。"

○班孟坚《西都赋》曰："修除飞阁。"○《头陀寺碑文》曰："层轩延袤，上出云霓；飞阁逶迤，下临无地。"《楚辞·远游》曰："下峥嵘而无地兮。"○《西京杂记》上曰："梁孝王筑兔园，园中有雁池，池间有鸿洲凫渚。"○左太冲《吴都赋》刘渊林注曰："岛，海中山也；屿，海中洲，上有山石。"魏武帝《沧海赋》曰："览岛屿之所有。"○庾子慎《和望月诗》曰："桂殿月偏来。"《楚辞·九怀·匡机》曰："彷徨兮兰宫。"○张平子《西京赋》曰："岗峦参差。"○蒋曰："即，《英华》一作列。"

披绣闼，俯雕甍，山原旷其盈视，川泽纡其骇瞩。闾阎扑地，钟鸣鼎食之家；舸舰迷津，青雀黄龙之舳。云销雨霁，彩彻区明。落霞与孤鹜齐飞，秋水共长天一色。渔舟唱晚，响穷彭蠡之滨；雁阵惊寒，声断衡阳之浦。以上阁外之景。

江文通《丹砂可学赋》曰："幻莲华于绣闼。"○庾子山《登州中新阁诗》曰："雕甍鹏翅张。"○王文考《鲁灵光殿赋》曰："吁可畏乎，其骇人也。"○蒋曰："纡，项本一作吁。"○《史记·平准书》曰："守闾阎者食粱肉。"《说文》曰："闾，里门也；阎，里中门也。"《文选》鲍明远《芜城赋》曰："廛闬扑地。"李善注曰："《方言》（卷三）曰：扑，尽也。郭璞曰：今种物皆生，云扑地出也。"○《左》哀十四年曰："左师每食击钟。"《家语·致思篇》曰："子路曰：由也，南游于楚，列鼎而食。"《史记·货殖传》曰："洒削，薄技也，而郅氏鼎食，马医浅方，张里击钟。"○《方言》九曰："南楚江湘凡船大者谓之舸。"《玉篇》曰："舰，版屋舟。"○《穆天子传》五曰："天子乘鸟舟龙舟，浮于大沼。"郭注曰："舟皆以龙鸟为形制，今吴之青雀舫，此其遗制。"○《方言》九曰："船后曰舳，舳制水也。"郭注曰："今江东呼柁为舳。"○坊本区明作云衢，甚谬。○《尔雅·释鸟》曰:"舒凫鹜。"郭注曰:"鸭也。"《素问·六元正纪大论》曰:"太虚苍埃,天山一色。"○《萤雪丛说》卷下据《事始》谓落霞乃飞蛾,野鸭逐蛾而欲食之,所以齐飞,其说穿凿。《考古质疑》卷五已驳之矣。至此二句机调,六朝人多用之。《集古录跋尾》卷五、《学林》卷七、《芥隐笔记》《苕溪渔隐丛话前集》卷七、《野客丛书》卷十三,皆历举之,然以庾子山《马射赋》及此二语为最工,而《集古录》《邵氏闻见后录》卷十五皆诮之,《困学纪闻》卷十七亦谓为江左卑弱之风,则以古文家所习不同耳。又章岂绩《思绮堂文集》卷六《登滕王阁书王子安序后》自注引《诗话》云:勃死后,常于湖滨风月之下,自吟此二句,有士人泊舟于此,闻之辄曰:曷不去"与、共"二字乃更佳,自尔不复吟,其说甚鄙俗不足道。孔㐲轩曰:"落花芝盖一联,若删去与、共二字,便成俗响,则落霞秋水一联,可类推矣。"(此㐲轩与其甥朱沧湄书中语,见孙渊如《仪郑堂骈俪文序》。)○《书·禹贡》曰:"彭蠡既潴。"《元和郡县志》曰:"江州都昌县彭蠡湖在县西六十里。"○《易林·复》之《丰》曰:"九雁列阵。"○《书·禹贡》曰:"荆及衡阳惟荆州。"张平子《西京赋》曰:"南翔衡阳。"应德琏《侍五官中郎将建章台集诗》曰:"朝雁鸣云中,音响一何哀?问子游何乡,戢翼正徘徊。言我寒门来,将就衡阳栖。"

遥襟甫畅,逸兴遄飞。爽籁发而清风生,纤歌凝而白云遏。睢园绿竹,气凌彭泽之樽;邺水朱华,光照临川之笔。四美具,二难并。穷睇眄于中天,极娱游于暇日。天高地迥,觉宇宙之无穷;兴尽悲来,识盈虚之有数。望长安于日下,目吴会于云间,地势极而南溟深,天柱高而北辰远。关山难越,谁悲失路之人?沟水相逢,尽是他乡之客。怀帝阍而不见,奉宣室以何年? 以上因饯别文酒之宴，而生身世之感。

《法海》襟作吟，坊本甫作俯，甚谬。○《文选》殷仲文《南州桓公九井作诗》曰："爽籁警幽律。"李善注曰："《尔雅》曰：爽，差也（《释言》）。箫管非一，故言爽焉。《庄子》：南郭子綦谓子游曰：汝闻人籁，而未闻地籁，子游曰：地籁则众窍是已，人籁则此竹是已（《齐物论》）。郭象曰：人籁箫也，夫箫管参差，宫商异律，故有长短高下万殊之声。"○《列子·汤问篇》曰："薛谭学讴于秦青，未穷青之技，自谓尽之，遂辞归，秦青弗止，饯于郊衢，抚节悲歌，声振林木，响遏行云，薛谭终身不敢言归。"○《史记·梁孝王世家》曰："孝王筑东苑，方三百馀里，广睢阳城七十里，大治宫室。"《西京杂记》卷上曰："梁孝王筑兔园。"卷下曰："梁孝王游于忘忧之馆，集诸游士使各为赋。邹阳为《酒赋》。"《艺文类聚·产业部》上引枚叔《梁王菟园赋》曰："修竹檀栾夹池水。"○《宋书·隐逸传》曰："陶潜为彭泽令，公田悉令种秫，妻子固请种秔，乃使二顷五十亩种秫，五十亩种秔。"又《归去来辞》曰："携幼入室，有酒停尊。"（《晋书·隐逸传》，《陶集》停作盈；《晋书》尊作樽，集作罇。）○《文选》曹子建《公讌诗》曰："朱华冒绿池。"李善注曰："朱华，芙蓉也。"魏文帝《芙蓉池诗》曰："乘辇夜行游，逍遥步西园。双渠相溉灌，嘉木绕通川。"《选》又有谢灵运《拟魏太子邺中集诗》。《太平寰宇记》曰："河北道相州邺县：故邺城在县东五十步，魏武帝受封于此。"《清一统志》曰："河南彰德府：邺县故城在临漳县西，西园在临漳县西，魏武所作。"○《宋书·谢灵运传》曰："少好学，博览群书，文章之美，江左莫逮。太祖以为临川内史。"《诗品》卷上曰："宋临川太守谢灵运诗，其源出于陈思。"○《文选》刘越石《答卢谌诗》曰："音以赏奏，味以殊珍。文以明言，言以畅神。之子之往，四美不臻。"李善注曰："四美，音、味、文、言也。"《左》庄二十二年传曰：

"天地之美具焉。"○《世说·规箴篇》曰："何晏、邓飏令管辂作卦，卦成，辂称引古义，深以戒之。飏曰：此老生之常谈。晏曰：知几其神乎，古人以为难；交疏吐诚，今人以为难。今君一面尽二难之道，可谓明德惟馨。"案：谢灵运《拟魏太子邺中集序》曰："天下良辰美景，赏心乐事，四者难并。"○《礼记·曲礼上》郑注曰："淫视睇眄也。"《列子·周穆王篇》曰："王执化人之袪腾而上者，中天乃止。"○《庄子·齐物论》《释文》引《尸子》曰："天地四方曰宇，往古来今曰宙。"○《史记·滑稽传》："淳于髡曰：乐极则悲。"○《易·丰·象传》曰："天地盈虚，与时消息。"《世说·夙惠篇》曰："晋明帝数岁，坐元帝膝上。有人从长安来，元帝因问明帝，汝意谓长安何如日边远！答曰：日远，不闻人从日边来，居然可知。元帝异之，明日集群臣宴会，告以此意，更重问之，乃答曰日近。元帝失色曰：尔何故异昨日之言邪？答曰：举目见日，不见长安。"○《困学纪闻》十八曰："吴会谓吴、会稽二郡也。魏文帝《杂诗》适与飘风会，又曰：行行至吴会。"《吴郡志》卷四十八曰："世多称吴门为吴会，意谓吴为东南一都会也。自唐以来已然，此殊未稳。天下都会之处多矣，未有以其地名冠于会之一字而称之者。吴本秦会稽郡，后汉分为吴、会稽二郡，后世指二淅之地，通称吴会，谓吴与会稽也。"《嘉泰会稽志》卷一曰："《三国志》谓吴郡、会稽为吴、会二郡。张纮谓收兵吴、会，则荆、扬可一。《孙贲传》云，策已平吴、会二郡，《朱桓传》曰：部伍吴、会二郡，是也。"《通鉴》卷六十七《汉纪》：建安二十年，观兵于吴会。胡身之注曰："吴会谓吴地为一都会，会读如字，一说吴、会谓吴、会稽二郡之地，会音工外翻。"顾亭林《日知录》卷三十一则同前一说，谓汉初原有此名，如曰吴都云尔。钱辛楣《通鉴注辩正》卷一谓后说是。王西庄《十七史商榷》卷四十三、赵云崧《陔馀丛考》卷二十一、梁曜北《史记志疑》卷三十三、张仲雅《选学胶言》卷十二并同，则吴、会稽二郡之说，不可易也。惟子安此序与长安对举，或亦主吴地为江南一都会之说欤！○《法海》目作指。○《易·坤·象传》曰："地势坤。"《庄子·逍遥游》曰："南冥者，天池也。"《释文》曰："冥本亦作溟。"○《神异经》曰："昆仑之山，有铜柱焉，其高入天，所谓天柱也。围三千里，周围如削。"《尔雅·释天》曰："北极谓之北辰。"《御览·地部》一引《河图括地象》曰："昆仑山为天柱，气上通天。"○《楚辞·九章》曰："欲横奔而失路兮。"○《古辞·白头吟》曰："今日斗酒会，明旦沟水头。蹀躞御沟上，沟水东西流。"○《英华》沟一作萍，《法海》作萍。《楚辞·九怀》曰："窃哀兮浮萍，泛淫兮无根。"王注曰："自此如萍生水濒，随水浮游乍东西也。"○《离骚》曰："吾令帝阍开关兮。"王注曰：帝谓天帝，阍主门者也。案此喻君门。○《史记·贾生传》曰："贾生为长沙王太傅，后岁馀征见，孝文帝方受釐坐宣室，上因感鬼神事而问鬼神之本，贾生因具道所以然之状。至夜半，文帝前席，既罢曰：吾久不见贾生，自以为过之，今不及也。"

  嗟乎！时运不齐，命途多舛。冯唐易老，李广难封。屈贾谊于长沙，非无圣主；窜梁鸿于海曲，岂乏明时？所赖君子见几，达人知命。老当益壮，宁移白首之心？穷且益坚，不坠青云之志。酌贪泉而觉爽，处涸辙以犹欢。北海虽赊，扶摇可接；东隅已逝，桑榆非晚。孟尝高洁，空怀报国之情；阮籍猖狂，岂效穷途之哭？以上勉慰。

  《史记·冯唐传》曰："唐以孝著，为中郎署长，事文帝，文帝辇过问唐曰：父老何自为郎？家安在？具以实对。拜唐为车骑都尉，主中尉及郡国车士。景帝立，唐为楚相，免，武帝立，求贤良，举冯唐，唐时年九十馀，不能复为官。"○《史记·李将军传》曰:"李将军广者,陇西成纪人。广尝与望气王朔燕语曰:自汉击匈奴,而广未尝不在其中,然无尺寸之功以得封邑者,何也?岂吾相不当侯邪?且固命也。"○《史记·贾生传》曰:"贾生名谊,雒阳人也。文帝召以为博士,超迁一岁中至大中大夫。于是天子议以为贾生任公卿之位,绛、灌、东阳侯冯敬之属尽害之,乃短贾生曰:雒阳之人,年少初学,专欲擅权,纷乱诸事。于是天子后亦疏之,不用其议。乃以贾生为长沙王太傅。"○《后汉书·逸民传》曰:"梁鸿东出关过京师,作五噫之歌。肃宗闻而非之,求鸿不得,乃易姓运期名耀字侯光,与妻子居齐、鲁之间,有顷又去适吴,遂至吴依大家皋伯通,居庑下,为人赁舂。"又互见《洛下别知己序》。○曹子建《求自试表》曰:"志欲自效于明时。"○《易·系辞下》曰:"君子见几而作,不俟终日。"又曰:"乐天知命故不忧。"贾生《服鸟赋》曰:"达人大观兮。"○《后汉书·马援传》:"援尝谓宾客曰:丈夫为志,穷当益坚,老当益壮。"○《史记·伯夷传》曰:"非附青云之士,恶能施于后世哉?"《丹铅总录》卷十三曰:"王勃文云云,即《论语》视富贵如浮云之旨。"○《晋书·良吏传》:"吴隐之为广州刺史,未至州二十里,地名石门,有水曰贪泉,饮者怀无厌之欲。隐之至泉所,酌而饮之,赋诗曰:古人云此水,一歃怀千金。试使夷齐饮,终当不易心。清操逾厉。"○《庄子·外物篇》曰:"庄周家贫,故往贷粟于监河侯,监河侯曰:诺,我将得邑金,将贷子三百金可乎?庄周忿然作色曰:周昨来,有中道而呼者,周顾视车辙中,有鲋鱼焉。周问之,对曰:我东海之波臣也,君岂有斗升之水而活我哉?周曰:诺,我且南游吴越之王,激西江之水而迎子,可乎?鲋鱼忿然作色曰:吾得斗升之水然活耳,君乃言此,曾不如早索我于枯鱼之肆。"○《庄子·逍遥游》曰:"北冥有鱼,其名为鲲,化而为鸟,其名为鹏。是鸟也,海运则将徙于南冥。鹏之徙于南冥也,水击三千里,抟扶摇而上者九万里,去以六月息者也。"《释文》曰:"北冥,北海也。扶摇,风名也。《尔雅》云:扶摇谓之飙(《释天》)。郭璞云:暴风从下上也。"○《后汉书·冯异传》:"降玺书劳异曰:可谓失之东隅,收之桑榆。"章怀注曰:"《淮南子》曰:至于衡阳,是谓隅中(《天文篇》)。前书谷子云曰:太白出西方六十日,法当参天,今已过期,尚在桑榆间(《谷永传》)。桑榆谓晚也。"○《后汉书·循吏传》曰:"孟尝字伯周,会稽上虞人。尝少修操行,后策孝廉,举茂才,拜徐令,迁合浦太守,以病自上,被征,隐处穷泽。桓帝时,尚书同郡杨乔上书荐尝,尝竟不见用,年七十卒于家。"○《晋书·阮籍传》曰:"籍任性不羁,时率意独驾,不由径路,车迹所穷,辄恸哭而返。"○《庄子·山木篇》曰:"猖狂妄行,乃蹈乎大方。"

勃三尺微命,一介书生。无路请缨,等终军之弱冠。有怀投笔,爱宗悫之长风。舍簪笏于百龄,奉晨昏于万里。非谢家之宝树,接孟氏之芳邻。他日趋庭,叨陪鲤对;今兹捧袂,喜托龙门。杨意不逢,抚凌云而自惜;锺期既遇,奏流水以何惭?以上自述。

三尺句蒋氏无注。案《礼记·玉藻》曰:"绅制士长三尺。"《周礼·春官·典命》郑注曰:"王之下士一命。"子安曾为虢州参军,故自比于一命之士,曰三尺微命也。又疑三尺或指法律言,《汉书·杜周传》:"客谓周曰:君不循三尺法,周曰:三尺安出哉?"颜注引孟康曰:"以三尺竹简,书法律也。"《旧唐书》勃传曰:"官奴曹达抵罪,匿勃所,惧事泄,辄杀之,事觉当诛,会赦除名。"三尺微命,自伤曾罹法律,生命甚微也。○《左》襄八年传曰:"亦不使一介行李告于寡君。"○《汉书·终军传》曰:"军字子云,济南人。南越与汉和亲,乃遣军使南越说其王,欲令入朝,比内诸侯。军自请愿受长缨,必羁南越而致之阙下。

军遂往说越王，越王听许，请举国内属，军死时年二十馀，故世谓之终童。"《礼记·曲礼上》曰："二十曰弱冠。"○《后汉书·班超传》曰："家贫，常为官佣书以供养，久劳苦，尝辍业投笔叹曰：大丈夫无它志略，犹当效傅介子、张骞立功异域，以取封侯，安能久事笔研间乎？"○《宋书·宗悫传》曰："悫字元幹，南阳人。叔父炳。悫年少时，炳问其志。悫曰：愿乘长风破万里浪。"○江总持《侍宴娄苑湖诗》曰："簪笏奉周行。"《后汉书·冯衍传上》：王邑报书曰："今百龄之期，未有能至。"○《礼记·曲礼上》曰："凡为人子者，昏定而晨省。"案：言舍簪笏，则当在虢州参军罢官之后；言万里，则当指交趾，非六合矣。○《世说·言语篇》曰："谢太傅问诸子侄，子弟亦何预人事，而正欲使其佳？车骑答曰：譬如芝兰玉树，欲使其生于阶庭耳。"○《列女传·母仪传》曰："邹孟轲母舍近墓。孟子之少也，嬉游为墓间之事。孟母曰：此非吾所以居处子，乃去舍市傍，其嬉戏为贾人衒卖之事。又曰：此非吾所以居处子也。复徙舍学宫之傍，其嬉游乃设俎豆，揖让进退，曰：真可以居吾子矣。"○《论语·季氏篇》曰："尝独立，鲤趋而过庭，曰：学诗乎？对曰：未也。"○《英华》兹一作晨。○龙门见《别道王宴序》注。○《史记·司马相如传》曰："蜀人杨得意为狗监，侍上，上读《子虚赋》而善之曰：朕独不得与此人同时哉！得意曰：臣邑人司马相如自言为此赋。又相如既奏《大人》之颂，天子大说，飘飘有凌云之气，似游天地之间。"○《列子·汤问篇》曰："伯牙鼓琴，志在流水。锺子期曰：善哉洋洋兮若江河。"又见《吕氏春秋·本味篇》。

呜呼！胜地不常，盛筵难再。兰亭已矣，梓泽丘墟。临别赠言，幸承恩于伟饯；登高作赋，是所望于群公。敢竭鄙怀，恭疏短引。一言均赋，四韵俱成。请洒潘江，各倾陆海云尔！以上作序之意。

□王益吾曰："文兴到落笔，不无机调过熟之病。而英思壮采，如泉源之涌，流离迁谪，哀感骈集，固是名作，不能末杀。"

《洛阳伽蓝记》卷四曰："神皋显敞，实为胜地。"○王逸少《兰亭集序》曰："永和九年，岁在癸丑，暮春之初，会于会稽山阴之兰亭，修禊事也。"《晋书·石崇传》曰："崇有别馆，在河阳之金谷，一名梓泽。"钱晓征《养新录》卷十六谓'已矣，丘墟'，以双声为对。○《礼记·檀弓下》曰："子路去鲁，谓颜渊曰：何以赠我？"《说苑·杂言篇》曰："子路将行，辞于仲尼曰：赠汝以车乎，以言乎？子路曰：请以言。"○《诗·定之方中》毛传曰："升高能赋。"《韩诗外传》七曰："孔子曰：君子登高必赋。"《汉书·艺文志》曰："登高能赋，可以为大夫。"○疏引，见《道王宴别序》注。○《诗品》卷上曰："晋平原相陆机诗，其源出于陈思。晋黄门郎潘岳诗，其源出于仲宣。余尝言陆才如海，潘才如江。"

益州绵竹县武都山净惠寺碑

《元和郡县志》曰："剑南道汉州绵竹县，武德中属益州。"《清一统志》曰："四川绵州（今改县）：绵竹故城在州东北七十里，武都山在绵竹县北。"案：惠一作慧，字通。

原夫帝机寥廓，云雷驱妙有之功；正气洪荒，清浊构乾元之象。融而为川渎，结而为山岳。五城韬海，接昆阆于大都；八洞藏云，冠瀛洲于巨阙。造化之所偃薄，灵仙之所启处。极缇油而纵观，咏颂宁殚？出宇宙而高寻，风烟罕测。是知玉厄无当，遐荒非视听之津；金牓所存，城阙尽江湖之致。何必九蚪齐骛，直访银宫；八骏长驱，遥临石室？以上言名山为灵仙所宅，不待远求。

《老子》曰："吾不知谁之子，象帝之先。"王注曰："天地莫能及之，不亦似帝之先乎？帝，天帝也。"《易·系辞传下》曰："几者动之微，吉之先见者也。"贾生《服鸟赋》曰："寥廓忽荒。"○《文选》孙兴公《游天台山赋》曰："太虚辽廓而无阂，运自然之妙有。"李善注曰："太虚谓天也，自然谓道也，无阂谓无名，妙有谓一也。言大道运彼自然之妙，而生万物也。"《老子》曰："道生一。"王弼曰："一数之始，而物之极也。谓之为妙有者，欲言有，不见其形，则非有，故谓之妙；欲言其无，物由之以生，则非无，故谓之有也，斯乃无中之有，谓之妙有也。"○《文选·七启》李善注引《春秋命历序》曰："元气正，则天地八卦孳也。"《法言·问道篇》曰："鸿荒之世。"○《列子·天瑞篇》曰："一者，形变之始也，清轻者上为天，浊重者下为地。"《淮南子·天文训》曰："道始于虚霩，虚霩生宇宙，宇宙生气，气有涯垠，清阳者薄靡而为天，重浊者凝滞而为地。"《易·乾卦》曰："乾元亨利贞。"○《文选·游天台山赋》曰："融而为川渎，结而为山阜。"李善注曰："融犹销也。"班孟坚《终南山赋》曰："流泽遂而成水，停积结而为山。"左太冲《魏都赋》曰："流而为江海，结而为山岳。"○《艺文类聚·山部》上引《河图》曰："昆仑之墟，五城十二楼，河水出焉。"○《水经·河水注》一曰："东海方丈，亦有昆仑之称。"《十洲记》曰："昆仑号曰昆崚，在西海之戌地，北海之亥地，去岸十三万里，三角，其一角正北，干辰之辉，名曰阆风巅；其一角正西，名曰玄圃堂；其一角正东，名曰昆仑宫。"《山海经·西山经》曰："昆仑之丘，是实惟帝之下都。"郭注曰："天帝都邑之在下者也。"○王无功《游北山赋》曰："游八洞之金室，坐三清之玉宫。"○《水经·谷水注》曰："今闻阊门外，夹建巨阙，以象天宿。"○《庄子·大宗师篇》曰："子来有病。子犁往问之，倚其户与之语曰：伟哉造化。"《汉书·王吉传》："吉上疏谏昌邑王曰：冬则为风寒之所匽薄。"颜注曰："匽与偃同，言遇疾风则偃靡也。薄，迫也。"○仙原作谷，项本作俗，今依蒋校。《游天台赋序》曰："灵仙之所窟宅。"《诗·采薇》曰："不遑启处。"○缇油字见《汉书·循吏·黄霸传》。然此文当指帛可为书者。杨子云《答刘歆书》曰："赍油素四尺。"又油为紬之借字，《说文》曰："紬，大丝缯也。缇，帛丹黄色。"○《韩非子·外储说右上》曰："堂谿公见昭侯曰：今有白玉之卮而无当，有瓦卮而有当，君渴将何以饮。"○《神异经》曰："中央有宫，以金为墙，门有金榜，以银镂题曰天皇之宫。"○《庄子·让王篇》：中山公子牟谓瞻子曰："身在江海之上，心居乎魏阙之下，奈何？"又见《吕览·审为篇》《淮南·道应训》。○《云笈七签·三洞经教部》曰："元始天王告西王母曰：帝喾之时，九天真王驾九龙之舆，降收德之台，授帝此法。"《说文》曰："虬，龙子有角者。"○《史记·封禅书》曰："三神山者，黄金银为宫阙。"○《列子·周穆王篇》曰："王肆意远游，命驾八骏之乘，右服骅（华）骝而左绿耳，右骖赤骥而左白䮀（义），次车之乘，右服渠黄而左踰轮，左骖盗骊而右山子，驰驱千里，升昆仑之丘，遂宾于西王母，觞于瑶池之上。"《列仙传》上曰："赤松子往返至昆仑山上，常止西王母石室中，随风雨上下。"

武都山净惠寺者，梁太清年中之所建也。名山列岳之旧，仙都福地之凑。黄龙负匦，著宝籍于经山；紫凤衔书，荫荣光于井络。须弥峰顶，仍开梵帝之宫；如意山中，即有经行之地。尔其盘基跨险，列嶂凭霄，日月之所审伏，烟霞之所枕倚。飞泉瀑溜，荡涤峰崖；绿树玄藤，网罗丘壑。飞廉作气，被万吹于中岩；帝顼司寒，宅千霜于北谷。丹梯碧洞，杳冥林岫之间；桂庑松楹，寂寞风尘之表。是称英镇，实瞰崇冈。间阎当四会之街，城邑辨三分之地。绵溪锦渎，下浸重峦；玉阜铜陵，旁分绝磴。山川络绎，崩腾宇宙之心；原隰纵横，隐轸亭皋之势。以上山寺形势。

太清，梁武帝年号。○《十洲记》曰："沧海岛中，有紫石宫室，九老仙都所治。"《文选》王元长《曲水诗序》曰："福地奥区之凑。"李善注引《遁甲开山图》曰："骊山之西原，有阜名曰风凉，雍州之福地。"○著宝籍句，蒋曰："详译语意，必梁代于寺供奉经藏，下紫凤句，谓曾纡纶绋也。"○沈休文《为齐竟陵王发讲疏》曰："灵篇宝籍，远探龙藏。"○《全唐文》经山作山经。○《十六国春秋·后赵录》曰："石虎与皇后在台上，有诏书以五色纸，著凤皇口中，凤既衔诏，侍人放数百丈绯绳，辘轳迴转，状若飞翔，飞下端门，凤以木作之，五色文身，脚皆用金。"○《文选·蜀都赋》刘渊林注引《河图括地象》曰："岷山之地，上为井络。言岷山之地，上为东井维络；岷山之精，上为天之井星也。"○《法苑珠林·三界篇·居处部》曰："须弥山顶纵广四万由旬，其中有喜见城，纵广一万由旬，面别有其千门，三十三天于中止住。"○《释迦谱》卷四曰："四天王遥知佛当用钵，如人屈伸臂顷，俱到窟那山上，如意所念，石中自然出四钵。"《光明定意经》口："夜则经行。"○《水经·湘水注》曰："九疑山下，磐〔盘〕基苍梧之野。"○《大荒西经》曰："西海之外，大荒之中，有方山者，日月所出入也。"○王子渊《故陕州刺史冯章碑》曰："山河枕倚。"○集峰作崩，今依项本。○《离骚》曰："后飞廉使奔属。"王注曰："飞廉，风伯也。"○《庄子·齐物论》："子游曰：敢问天籁？子綦曰：夫吹万不同，而使其自已也。"○《礼记·月令》曰："孟冬之月，其帝颛顼。"○《文选》谢玄晖《敬亭山诗》曰："即此陵丹梯。"李善注曰："丹梯谓山也。"〇《文选·芜城赋》李善注引《洛阳记》曰："铜驼二枚，在四会道头。"《说文》曰："街，四通道也。"〇《礼记·王制》曰："方百里者，为田九十亿亩，山陵林麓，川泽沟渎，城郭宫室涂巷三分去一，其馀六十亿亩。"〇《汉书·地理志》：广汉郡绵竹县原注曰："紫岩山，绵水所出，东至新都北入雒。"《元和郡县志》曰："剑南道汉州绵竹县：紫嵓山在县西北三十里，绵水出县紫嵓山。《蜀都赋》浸以绵洛，谓此水也。蜀人称郫繁曰膏腴，绵洛为浸沃。"《水经·江水注》曰："成都筰县桥南岸道西城，故锦官也，言锦工织锦，则濯之江流，而锦至鲜明，濯以他江，则锦色弱矣。遂命之为锦里也。"〇蒋曰："玉阜，玉垒也。"步瀛案：《汉书·地理志》：蜀郡绵虒县原注曰："玉垒山，湔水所出。"《文选》左太冲《蜀都赋》曰："包玉垒而为宇。"刘渊林注曰："玉垒山在成都西北。"案：在今四川灌县西北。杨子云《蜀都赋》曰："西有盐泉铁冶，橘林铜陵。"《后汉书·公孙述传》注曰："蜀有铜陵。"案：疑即今四川邛崃县南之铜官山。〇《抱朴子·刺骄篇》曰："何有便当崩腾竞逐，彼阘茸之徒，以取容于若曹耶。"〇谢灵运《入东道路诗》曰："隐轸邑里密。"《文选·上林赋》曰："亭皋千里，靡不被筑。"

顷以黄旗夜徙，紫盖晨倾，九服失图，三灵在疢。奸臣跃马，据折坂而吟云；壮士闻鸡，拥阳关而啸雨。岷峨失险，化为锋镝之场；江汉横流，非复朝宗之国。禅宇由其覆没，法众是以凋沦。以上隋末之乱，寺遭毁坏。

《文选》陆佐公《石阙铭》李善注引司马德操《与刘恭嗣书》曰："黄旗紫气，见于东南，终成天下者，扬州之君子。"《宋书·符瑞志》曰："汉世术士，言黄旗紫盖，见于斗牛之间，江东有天子气。"〇《周礼·夏官·职方氏》曰："乃辨九服之邦国,方千里曰王畿,其外方五百里曰侯服,又其外方五百里曰甸服,又其外方五百里曰男服,又其外方五百里曰采服,又其外方五百里曰卫服,又其外方五百里曰蛮服,又其外方五百里曰夷服,又其外方五百里曰镇服,又其外方五百里曰藩服。"《左》昭七年曰:"悼心失图。"○《文选·石阙铭序》曰:"仰叶三灵。"李善注引《春秋元命苞》曰:"造起天地,铸演人君,通灵之贶,交错同瑞。"《诗·闵予小子》曰:"嬛嬛在疚。"毛传曰:"疚,病也。"○左太冲《蜀都赋》曰:"公孙跃马而称帝。"《后汉书·光武帝纪》曰:"公孙述称王巴蜀。"○《水经·江水注》曰:"崃山,邛崃山也。在汉嘉严道县,一曰新道山,南有九折坂。"《元和郡县志》曰:"剑南道雅州荣经县:九折坂在县西八十里。"○《晋书·祖逖传》曰:"与刘琨共被同寝,中夜闻荒鸡鸣,蹴琨觉曰:此非恶声也。因起舞。"○《华阳国志·巴志》曰:"巴、楚数相攻伐,故置扞关、阳关及沔关。"《水经·江水注》曰:"江水东迳阳关,巴子梁,江之两岸犹有梁处,巴之三关,斯为一也。延熙中,蜀邓芝为江州都督治此。"○《说文》曰:"㟭山在蜀湔氐西徼外。"小徐《系传》曰:"湔,水名,今俗作岷。"《蜀都赋》刘渊林注曰:"峨眉山在成都南犍为界。"《元和郡县志》曰:"剑南道嘉州峨眉县:峨眉山在县西七里,两山相对,望之如蛾眉,故名,高七十六里。"○《后汉书·光武帝纪赞》曰:"金汤失险。"○《文选·过秦论》曰:"销锋镝。"李善注引如淳曰:"镝,箭足也。"邓展曰:"镝是扞头铁也,镝音的。"《史记·陈涉世家》《集解》引徐广曰:"镝一作镐。"○《说文》曰:"江水出蜀湔氐徼外崏山入海。漾水出陇西㶒道东至武都为汉。"《华阳国志·汉中志》曰:"汉有二源,东源出武都氏道漾山,因名漾。《禹贡》流漾为汉是也。西源出陇西嶓冢山,会白水经葭萌入汉。"○《孟子·滕文公上》曰:"洪水横流。"○《书·禹贡》曰:"江、汉朝宗于海。"○沈休文《法王寺碑铭》曰："祁祁法众。"

国家奄有帝图，削平天崒。紫宸反照，皇阶即叙。万国顺，百灵朝。幽显再立，华戎一揆。烛龙韬景，避尧日于幽都；云鹏敛翼，候虞风于晏海。以为轩阶具美，功穷望祋之台；汉道兼弘，力尽祈年之观。爰经宝地，大启禅宫。抚香象而高视，鸣法螺而再唱。龙垣净土，连帝道而重光；鹤苑崇基，脱皇居而首出。以上唐兴复修诸寺。

《诗·皇矣》曰："奄有四方。"毛传曰："奄，大也。"《文选》颜延年《三月三日曲水诗序》李善注引《孝经钩命决》曰："丘乃授帝图，掇秘文。"〇班孟坚《终南山赋》曰："概青宫，触紫宸。"〇《文选·汉高祖功臣颂》曰："皇阶授木。"李善注引《春秋孔演图》曰："天子皆五帝精，有诸神辅助，使开阶立遂。宋均曰：遂，道也。"〇《书·禹贡》曰："西戎即叙。"〇班孟坚《东都赋》曰："怀百灵。"〇张平子《西京赋》曰："隔阂华戎。"〇《淮南子·墬形训》曰："烛龙在雁门北，蔽于委羽之山，不见日，其神人面龙身而无足。"高注曰："龙衔烛以照太阴，盖长千里。"〇《史记·五帝纪》曰："尧就之如日。"《书·尧典》曰："宅朔方曰幽都。"《淮南子·墬形训》高注曰："古之幽都，在雁门以北。"〇《庄子·逍遥游》曰："北冥有鱼，其名为鲲，化而为鹏，怒而飞，其翼若垂天之云。"〇《礼记·乐记》曰："昔者舜作五絃之琴，以歌南风。"《文选·新刻漏铭序》李善注引《礼斗威仪》曰："君乘土而王，其政太平，则河海夷晏。"〇《汉书·东方朔传》："朔曰：愿陈泰阶六符。"注孟康曰："泰阶，三台也，每台二星，凡六星。符，六星之符验也。"应劭曰："黄帝《泰阶六符经》曰：太阶者，天之三阶也。上阶为天子，中阶为诸侯、公卿、大夫，下阶为士、庶人，三阶平则阴阳和，风雨时。"○《诗·灵台》郑笺曰："天子有灵台者，所以观祲象，察气之妖祥也。"《释文》曰："祲，阴阳气相侵渐成祥。"○《汉书·叙传》曰："登我汉道。"○《汉书·地理志》：右扶风雍县原注曰："祈年宫，德公起。"《三辅黄图》卷一曰："蕲年宫，穆公所造。"○《法苑珠林·伽蓝篇·营造部》引《真谛师传》曰："过去第六迦叶波佛时有长者名大旛相，纯以七宝遍布其地，奉施如来，起为住处。"○《诗·閟宫》曰："大启尔宇。"○《佛报恩经·恶友品》曰："能多读诵六万香象经典。"《俱舍论颂疏》一曰："于时世尊至本国已，讲毗婆沙，如是次第成百颂，摄大婆沙，其义尽标颂香象，击鼓宣令云，谁能破者，吾当谢之。"○《妙法莲华经·序品》曰："吹大法螺。"○《维摩诘所说经·佛国品》曰："佛告舍利弗，汝且观是佛土严净。"《海龙王经·请佛品》曰："海龙王诣灵鹫山，闻佛说法，信心欢喜，欲请佛至大海龙宫供养，佛许之。龙王即入大海，化作大殿，无量珠宝，种种庄严，佛入龙宫，为说大法。"梁译《摄大乘论》卷下曰："诸佛如来净土清净大乘义章十九曰：经中或时名佛地，或称佛界，或云佛国，或云佛土，或复说为净刹、净首、净国、净土。"○《庄子·天道篇》曰："地〔帝〕道运而无所积，故天下归。"《书·顾命》曰："昔君文王武王宣重光。"○梁简文帝《神山寺碑》曰："耆山鹄苑，布迹人中。"案：鹤、鹄古书多通用。《不应拜俗等事序》曰："希风崛岫，启鹤苑于神畿。"○何平叔《景福殿赋》曰："备皇居之制度。"《易·乾·象传》曰："首出庶物。"

况乎山精旧壤，下镇偏隅；天帝遗墟，上干躔次。王舍城之宫阙，白玉犹存；给孤独之园林，黄金尚在。法物繇其大备，盛德所以相寻。株兵奉天藏之图，泉女献山祇之籍。离亭合榭，因岸谷之高低；叠观连房，就冈峦之曲直。丹崖反照，画栱相临；绿嶂斜烟，雕簷间出。丰隆晓震，次复雷而悽皇；列缺晨奔，望崇轩而愕眙。千香宝树，自起风烟；九乳仙钟，独鸣霜雪。银龛佛影，遥承雁塔之花；石壁经文，下映龙宫之叶。虹生北涧，即挂新幡；凤下东岑，还栖旧刹。以上净惠寺因旧基而修制，极为壮丽。

《后汉书·方术传》注引杨雄《蜀王本纪》曰："武都丈夫化为女子，颜色美绝，盖山精也，蜀王纳以为妃。"○庾子山《终南山义谷铭》曰："峥嵘下镇。"○左太冲《蜀都赋》曰："远则岷山之精，上为井络，天帝运期而会昌，景福胚蠁而兴作。"○司马长卿《子虚赋》曰："上干青云。"《说文》曰："躔，践也。"《系传》曰："星之躔次，星所履行也。"○《翻译名义》卷七曰："《摩竭提西域记》云：摩竭陀，中印度境，城名王舍。"○《法苑珠林·千佛篇·纳妃部》之《灌顶部》曰："大梵天王，地神坚牢，于菩提树南，以黄金白玉，造大金刚坛，众宝庄严。"○《释迦谱》卷八曰："舍卫国有一大臣，名曰须达，居家巨富，好喜布施，赈济贫乏，及诸孤老，时人因行，为其立号，名给孤独，到王舍城，为儿娶竟，辞佛还家，因白佛言，还到本国，当立精舍，不知模法，唯愿世尊，使一弟子，共往敕示。世尊思惟，唯舍利弗，去必有益，即使命之。共须达往，案行诸地，唯王太子，祇陁有园，其地平正，其树郁茂，不远不近，正得处所。时舍利弗告须达言：今此园中，宜起精舍。须达欢喜，到太子所，白太子言，我今欲为如来起立精舍。太子园好，今欲买之。太子笑言，我无所乏，须达慇懃，乃至再三，太子贪惜，增格求价，谓呼价贵，当不能买，语须达言：汝若能以黄金布地，令间无空者，便当相与。须达欢喜，便敕使人，象负金出，八十顷中，须臾欲满。祇陁念言，佛必大德，能使斯人，轻宝乃尔，教齐是止，勿更出金，园地属卿，树木属我，自起门屋上佛，共立精舍，须达欢欣，即然可之。"○法物，即佛家言法衣、法鼓等类。○蒋曰："《酉阳杂俎·广知篇》：近佛画中，有天藏菩萨、地藏菩萨。案：此天藏，疑取'天宫宝藏'之义，二句事未详。"○《文选》颜延年《车驾幸京口三月三日侍游曲阿后湖作诗》曰："山祇跸峤路。"李善注曰："山祇，山神也。"案：此句疑用"坚牢地祇"事。《最胜王经》八曰："大地神女名坚牢。"○《诗·十月之交》曰："高岸为谷。"○沈休文《法王寺碑》曰："连房极睇。"○卢子谅《赠刘越石诗》曰："仰熙丹崖。"○卢子行《从驾经大慈照寺诗》曰："画栱叠相承。"○萧云英《侍皇太子释奠宴诗》曰："雕簷结彩。"○《离骚》王叔师注曰："丰隆，云师，一曰雷师。"洪庆善《补注》曰："《归藏》云：丰隆筮云气而告之，（今《北堂书钞·天部》二引误，当依此订。）则云师也。"○《穆天子传》云："天子升昆仑，封丰隆之葬。郭璞曰：丰隆筮师，（今本无师字，此盖衍。）御云得大壮，遂为雷师。"（《水经·河水注》曰：丰隆，雷公也。）《淮南子》曰："季春三月，丰隆乃出以将其雨。"（《天文篇》，高注曰：丰隆，雷也。）张衡《思玄赋》云："丰隆軯其震霆，云师䨓以交集。"（《思玄赋》旧注曰：丰隆，雷公也。李善曰："诸家之说丰隆，皆曰云师，此赋别言云师，明丰隆为雷也。"《后汉书·张衡传》注曰："丰隆，雷公也。"）则丰隆雷也。○《礼记·檀弓上》曰："池视重霤。"郑注曰："屋之承霤，以木为之，用行水，亦宫之饰也。今宫中有承霤，云以铜为之。"《说文》曰："霤，屋水流也。"○《汉书·司马相如传·大人赋》曰："贯列缺之倒景兮。"注引服虔曰："列缺，天闪也。"张揖曰："《陵阳子明经》曰：列缺气去地二千四百里。"○《杨雄传·羽猎赋》："辟历列缺，吐火施鞭。"注引应劭曰："辟历，雷也；列缺，天隙电照也。"○《文选·西都赋》曰："虽轻迅与僄狡，犹愕眙而不能阶。"李善注曰："《字书》曰：愕，惊也。"《字林》曰："眙，惊貌。"案《广韵》七志，眙，丑吏切。○《全唐文》愕眙作眙愕。○《佛说无量寿经》卷上曰："其国土七宝诸树，周满世界，金树、银树、瑠璃树、玻璃树、珊瑚树、玛碯树、砗磲树，或有二宝三宝，乃至七宝，转共合成。"○《初学记·乐部下》引《乐叶图征》曰："君子铄金为锺，四时九乳。"宋均注曰："九乳，法九州也。"○《山海经·中山经》曰："丰山有九钟焉，是知霜鸣。"郭注曰："霜降则鸣，故曰知也。"○庚子山《麦积崖佛龛铭》曰："壁累经文，龛重佛影。"○《大唐西域记》卷九曰："有苾刍（即比丘）经行，忽见群雁飞翔，戏言曰：今日僧众中食不充，摩诃萨埵（大心又大有情）宜知。是时言声未绝，一雁退飞，当其僧前，投身自殒，苾刍见已，具白众僧，闻者悲感，咸相谓曰：此雁垂诫，诚为明导，宜旌厚德，传记终古，于是建窣堵波（塔），以彼死雁，瘗其下焉。"○龙宫见上注，《史记·司马相如传·大人赋》曰："垂绛幡之素蜺兮。"○《艺文类聚·岁时部》中引晋庾阐《三月三日临曲水诗》曰："高泉吐东岑。"○玄应《一切经音义》卷一曰："刹，此译云土田。"案：刹，书无此字，即刹字略也。刹音初一反，浮图名刹者，讹也。应言刺瑟胝，此译云竿，人以柱代之，名为刹柱，以安佛骨，义同土田，故名刹也。以彼西国塔竿头安舍利故也。（孙渊如曰："刹即剎字之坏，而徐铉增作《说文新附》，惜未见此书耳。"）

若乃寻曲崿，历崇隒，周行数里，直上千仞。苍松蓄吹，临绝迳而疏寒；黛筱防烟，绕迴疆而结荫。春岩橘柚，影入山堂；秋壑芙蓉，光浮水殿。亦有山童采葛，入丹窦而忘归；野老纡花，向青溪而不返。山神献果，送出庵园；天女持花，来游净国。实窈冥之秘诀，托幽深之逸境。岂直淮南桂树，暂得仙家，江左桃源，终迷故老而已？以上地之幽胜。

《全唐文》岪作岫。《楚辞·招隐士》曰："山曲岪。"王逸注曰："盘诘屈也。"洪《补注》曰："岪音佛，山曲也，一音皮笔切。"《说文》曰："岪，山胁道也。"《系传》曰："山半腹旁山而行也。"○《管子·形势篇》尹注曰："隈，山曲也。"○王文考《鲁灵光殿赋》曰："周行数里，仰不见日。"《水经·灢水注》曰："山堂水殿，烟寺相望。"○采葛事未详，释家有所谓葛藤禅者，未知与此有关否。蒋注以《诗·王风》采葛证之，未确。○《史记·货殖传》曰："巴蜀寡妇清，其先得丹穴。"《礼记·礼运》郑注曰："窦，孔穴也。"青溪见《别洛下知己序》注。○《法苑珠林·千佛篇·成道部》："世尊告诸大菩萨及大弟子曰：我初踰城时，至彼洴沙国，路逢牧牛女自我言，我作此山神，经十六大劫，过去诸佛，我皆亲觐，汝可随我，往至住处，当与汝饮食，过去迦叶佛涅槃时，付我澡罐香炉，及一黄金函，将付仁者。"○玄应《一切经音义》卷八《维摩诘所说经音义》曰："庵罗，或言庵婆罗，果名也，形似梨而底钩曲，彼国名为王树，谓在王城种之也。旧译云奈，应误也。正言庵没罗，此庵没罗女持园施佛，因以名焉。昔猕猴为佛穿池，鹿女见千子处，皆在园侧也。"○《维摩诘所说经·观众生品》曰："时维摩诘室有一天女，见诸天人，闻所说法，便现其身，即以天华散诸菩萨大弟子上。"○《维摩诘所说经·佛国品》曰："佛以足指按地，即时三千大千世界若干百千珍宝严饰，譬如宝庄严佛无量功德宝庄严土，一切大众，皆自见坐宝莲华，佛告舍利弗，汝且观是佛土严净，舍利弗言唯然，今佛国土严净悉现，佛告舍利弗，我佛国土常净若此，为欲度斯下劣人，故示是众恶不净土耳。"○《老子》曰："窈兮冥兮，其中有精。"○《楚辞·招隐士》曰："桂树丛生兮山之幽。"《神仙传》卷四曰："汉淮南王刘安登山大祭，埋金地中，即白日升天。"案：王叔师《招隐士序》以为淮南小山作。昭明《文选》以为淮南王安作。○《文选》刘越石《劝进表》曰："抚宁江左。"李善注曰："江左，江东也。"桃花源见《别道王宴序》注。

爰有宽阇黎者，俗姓杨氏，其先华阴人也。因官徙地，家于绵竹。山分太华，水带长汾。川岳会同，风云感召。玄经素论，侍郎居八俊之英；绿绶黄轩，太尉列三台之首。法师玉函降彩，金瓶探色。振八解之遥源，践三明之广路。尽机入证，穷象载于初髫；妙缔因心，释羊车于弱冠。三千法界，由广位而出无明；十二因缘，自普济而登彼岸。弘宣誓愿，大拯沉黎。挥觉剑而破邪山，扬智灯而照昏室。弥纶所被，白马尽于禺同；权渐所开，黄牛至于嶓冢。虔诚乐土，憩影兹峰。乃以贞观九年，于寺西院，立七佛堂，一僧舍。星毫动牖，月面分阶。彩凤衔橃，神龙负塔。飞烟涌座，兔兔忉利之天；香雾成台，树树菩提之果。朝散大夫行县令清河张楚，亲承妙业，俯刊贞琰。林宗有道，伯喈无愧。法师夙机少晤，应变多奇。玉山中断，琼林下杂。支道林之好事，语默方融；释惠远之高居，风埃遂隔。泊乎坐忘遗照，返寂归真，城肆飒然若遗，空山黯而无色。岂直岩枝泣血，磵户摧梁而已哉？以上宽法师尝于寺立佛堂僧舍。

玄应《一切经音义》卷十五曰："阿阇黎，应言阿遮利夜，译云正行，又言阿遮刹耶，此云轨范，旧云于善法中教授，令知名阿阇黎也。"○《新唐书·宰相世系表》曰："杨氏出自姬姓，周宣王子尚父封为杨侯，云晋武公子伯侨生文，文生突，羊舌大夫也。"又云："晋之公族食邑于羊舌，凡三县，一曰铜鞮，二曰杨氏，三曰平阳，突生职，职子肸，字叔向，晋太傅，食采杨氏，其地平阳杨氏县是也。叔向生伯石，字食我，以邑为氏，号曰杨石，晋灭羊舌氏，叔向子孙逃于华山仙谷，遂居华阴。"○《元和郡县志》曰："关内道华州华阴县：太华山在县南八里。"○《水经·汾水注》曰："汾水出太原汾阳县北管涔山，至汾阴县北，西注于河。"蒋曰：华阴距汾较远，疑河字之讹。鲍明远《河清颂序》曰："长河巨济，异源同清。"○《书·禹贡》曰："四海会同。"○《隋书·经籍志》有《杨子太玄经》九卷，《文选》任彦昇《百辟劝进笺》李善注引王隐《晋书》：刘琨表曰："李术以素论门望，不可与樵采同日也。"○杨子云《解嘲》曰："位不过侍郎。"《后汉书·党锢传》曰："李膺、荀昱、杜密、王畅、刘祐、魏朗、赵典、朱㝢为八俊，俊者，言人之英也。"○《汉书·百官公卿表》曰："相国绿绶。"《艺文类聚·职官部》一引《汉旧仪》曰："丞相听事阁曰黄阁。"《后汉书·张奂传》章怀注曰："轩，殿槛阑板也。"○《后汉书·扬震传》曰："震字伯起，弘农华阴人，代刘恺为太尉。"《唐六典》卷一曰："后汉建武二十七年省大司马，又置太尉，而与司徒、司空为三公。"《公羊》桓八年徐疏引《春秋说》曰："法三台以为三公。"○《法苑珠林·千佛篇·成道部》曰："又有黄金函，内盛大般若，合三十亿偈，黄金为经牒，白玉为界道，白银为字。"○《法苑珠林·千佛篇·纳妃部》曰："世尊告诸大众言，我初踰城，始出宫门，外有犍闼婆王，将领部族，奏百千天乐，来至我所，即问我言，欲往何所。我答言欲求菩提，彼语我言，汝定成正觉，有拘留孙佛，欲入涅槃时，付嘱我金瓶，瓶中有宝塔，盛七宝黄金印有二，白银印有五，将付悉达。"○《大般若经》卷十二曰："不应观八解脱，若有相，若无相。"《维摩诘所说经·佛道品》曰："八解之浴池，定水湛然满。"案：八解脱者，一有色观诸色，二内无色想观外诸色，三净胜解身作证，四超一切色想，灭有对想，不思维种想，入无边空处，五超一切空无边处,入无边识处,六超一切识无边处,入无所有处,七超一切无所有处,入非想非非想处,八超一切非想非非想处,入灭想处也。庾子山《周广饶公郑常神道碑铭》曰:"若水遥源。"○《维摩诘所说经·方便品》曰:"佛身者,即法身也。从六通生,从三明生。"僧肇注曰:"天眼、宿命智、漏尽通,为三明也。"《俱舍论》二十七曰:言三明者,一宿住智证明,二死生智证明,三漏尽智证明,名明者,如次:对三际愚故,谓宿住智通治前际愚,死生智通治后际愚,漏尽智通治中际愚。"《抱朴子·畅玄篇》曰:"辔策灵机。"○《文选·头陀寺碑》曰:"正法既没,象教陵夷。"蒋曰:"象载,指内典。"《后汉书·伏湛传》曰:"髫发厉志。"章怀注曰:"《埤苍》曰:髫,发也。髫发,谓童子垂发也。"○《诗·皇矣》曰:"因心则友。"○《妙法莲华经·譬喻品》曰:"诸子于火宅内,乐著游戏,长者告言,种种羊车,鹿车牛车,今在门外,可以游戏。汝等于此火宅,宜速出来,诸子闻说,争出火宅,如来于三界火宅,拔济众生,为说三乘声闻辟支佛佛乘。"弱冠,见《滕王阁饯别序》。○《法苑珠林·三界篇·初四洲部》曰:"长阿含起世经等,四洲地心,即是须弥山,山外别有八山,围如须弥山,下大海深八万四千由旬,其边八山大海,初广八千由旬,中有八功德水,如是渐小,至第七山下,水广一千二百五十由旬,其外咸海,广于无际,海外有山,即是大铁围山,四周围轮,并一日月,昼夜迴转,照四天下,名为一国土,即以此为量数,至满千铁围绕讫,名一小千,复至一千铁围绕讫,名为中千世界,即数中千,复满一千铁围绕讫,名为大千世界,其中四洲,山王日月乃至有顶,各有万亿,成则同成,坏则同坏,皆是一化佛所统之处,名为三千大千世界,号为娑婆世界,梵本正音名为索诃世界。"《楞伽阿跋多罗宝经》三曰:"法界常住。"○《四十二章经》曰:"夫见道者,譬如持炬,入冥室中,其冥即灭,而明独存,学道见谛,无明即灭,而明常存矣。"《大般涅槃经》八曰:"与烦恼诸结俱者,名为无明。与一切善法俱者,名之为明。"○《妙法莲华经·化城喻品》曰:"尔时大通智胜如来,广说十二因缘法,无明缘行,行缘识,识缘名色,名色缘六入,六入缘触,触缘受,受缘爱,爱缘取,取缘有,有缘生,生缘老死忧悲苦恼。无明灭则行灭,行灭则识灭,识灭则名色灭,名色灭则六入灭,六入灭则触灭,触灭则受灭,受灭则爱灭,爱灭则取灭,取灭则有灭,有灭则生灭,生灭则老死忧悲苦恼灭。"○《佛报恩经·序品》曰:"欲令一切众生渡渴爱海,得至彼岸,永得安乐。"○蒋曰:"沉谓沉溺,《诗·云汉》郑笺:黎,众也。"○《维摩经·菩萨行品》曰:"以智慧剑,破烦恼贼。"《最胜王经》二曰:"生死罥网坚牢缚,愿以智剑为断除。"○温鹏举《定国寺碑》曰:"颠坠邪山。"○《佛报恩经·对治品》曰:"于大暗室,燃大智灯,照汝生死,无明黑暗。"○《易·系辞上》曰:"故能弥纶天地之道。"○《水经·沔水注》曰:"沔水又东迳白马戍南,白马城一名阳平关。"《汉书·地理志》:越巂郡青蛉县元注曰:"禹同山有金马碧鸡。"《清一统志》曰:"陕西汉中府:白马城在沔县西北,即汉阳平关也。云南楚雄府:青蛉废县,今大姚县治。"○权者实之对,即方便之别名;渐者顿之对,乃教化之次第。《八教大义》曰:"前佛后佛,自行化他,究其旨归,咸宗一妙。佛之知见,但机缘差品,应物现形,为实施权,故分乎八,顿渐秘密,不定化之仪式,譬如药方,藏通别圆,所化之法,譬如药味。"又曰:"次从鹿苑,至于般若,名为渐教。"又曰:"为实施权,意在于实,卷权归实,意在于权,权实虽殊,不思议一。"○《水经·江水注》二曰:"江水又东迳黄牛山下,有滩名曰黄牛滩,高崖间有石色,如人负刀牵牛,人黑牛黄,成就分明。"《汉书·地理志》:"陇西郡西县元注曰:《禹贡》嶓冢山西汉水所出。"《元和郡县志》曰:"山南道兴元府金牛县:嶓冢山县东二十八里,汉水所出。"《清一统志》曰："湖北宜昌府：黄牛山在东湖县（今宜昌县）西北八十里，亦称黄牛峡。甘肃秦州；嶓冢山在州（今清水县）西南六十里。"〇庾子山《周祀五帝歌》曰："朱絃绛鼓磬虡诚。"《阿弥陀经》："佛告舍利弗，从是西方过十万亿佛土，有世界名曰极乐，其土有佛，号阿弥陀。"〇《法华经·序品》曰："佛放眉间白毫相光，照于东方万八千世界。"《释迦谱》一曰："具三十二相。三十一者，眉间白毫相，软白如兜罗绵。"〇《大般若波罗密多经》卷三百八十一曰："世尊面轮，其犹满月。"〇《法苑珠林·舍利篇》引《阿育王经》曰："阇王得舍利及髭，还大欢喜，作乐动天，难头禾龙王化作人身，到泥洹所，道逢阇王，还语王言，可持一分见与，王言不可得。龙王言，我是难头禾龙，能举卿国土著八万里外，磨碎成屑。阇王怖惧，即奉佛髭与之，龙王即还须弥山下，起水高八万四千里，于起水精琉璃塔。阇王终后，阿育王得其国土。时有大臣白阿育王，言难头禾龙先轻阇王，夺佛髭而去。阿育王闻大嗔怒，即敕诸鬼神王，作铁网铁罝，纵罝须弥山下水中，欲缚取龙王。龙大惊怖，共设计言，阿育事佛，当伺其卧，取宫殿移著须弥山下水中，其嗔必息，即便遣龙，捧取育王宫殿，王卧觉不知是何处，见水精塔高八万四千里。"〇玄应《一切经音义》二曰："忉利，此应讹也，正言多罗夜登陵舍天，此译云三十三天。"慧苑《华严经音义》上曰："忉利梵言，正云怛唎耶怛唎奢，言怛唎耶者，此云三也，怛唎奢者十三也，谓须弥山顶四方各有八天城，当中有一天城，帝释所居，总数有三十三处，故从处立名也。"〇《妙法莲华经·从地涌出品》曰："我于伽耶城菩提树下坐。"《酉阳杂俎·广动植篇》曰："菩提树出摩伽陀国，在摩诃菩提寺。盖释迦如来成道时树，一名思维树，茎榦黄白，枝叶青翠，经冬不凋。"〇《唐六典》卷二曰："凡叙阶二十九，从五品下曰朝散大夫。又凡任官，阶高而拟卑，则曰行。"又卷三十曰："诸州上县令一人，从六品上；诸州中县令一人，正七品上；诸州中下县令一人，从七品上；诸州下县令一人，从七品下。"案《元和郡县志》汉州绵竹县注紧字，即上县也。令从六品上，仍视朝散大夫为卑，故曰行也。《新唐书·宰相世系表》曰："清河东武城张氏，本出汉留侯良裔。"○陶通明《吴太极左仙公葛公碑》曰："未镌贞琰。"案《全唐文》琰作珉。○《后汉书·郭太传曰："太字林宗，太原界休人，举有道，卒，同志者乃共刻石立碑，蔡邕为文。既而谓涿郡卢植曰：吾为碑铭多矣，皆有惭德，唯郭有道无愧色耳。"○蒋曰："晤，项本作悟。"○《荀子·非相篇》曰："应变不穷。"○《世说新语·容止篇》曰："时人目李安国颓唐如玉山之将崩。"又《赏誉篇》曰："世目周侯嶷如断山。"○《世说新语·赏誉篇上》曰："王戎云：太尉神姿高彻，如瑶林琼树，自然是风尘外物。"○《世说新语·言语篇》刘峻注引《高逸沙门传》曰："支遁字道林，河内林虑人，或曰陈留人，本姓关氏。少而任心独往，风期高亮，家世奉法，尝于馀杭山沉思道行，泠然独畅，年二十五，始释形入道。"○《世说新语·文学篇》刘峻注引《张野远法师铭》曰："沙门释慧远，雁门楼烦人，本姓贾氏，世为冠族，遇释道安，以为师，抽簪落发，研求法藏，振锡南游，结宇灵岳，自年六十，不复出山，名被流沙，年八十三而终。"○《庄子·大宗师篇》："颜回曰：回坐忘矣，仲尼蹴然曰：何谓坐忘？颜回曰：堕肢体，黜聪明，离形去知，同于大通，此谓坐忘。"《释文》曰：坐忘，崔云端坐而忘。《易·系辞上》韩注曰："穷理体化，坐忘遗照。"○《莲社高贤传》曰："远公归寂。"《列子·天瑞篇》曰："鬼，归也，归其真宅。"张注曰："真宅，太虚之域。"○《文选》沈休文《齐故安陆昭王碑文》曰："城府飒然，庶寮如寊。"李善注曰："飒然，吹木叶落貌。"○《英华》山下脱一字。案：此依项本。○《大般涅槃经·寿命品》曰："佛在拘尸那国，力士生地阿利罗跋提河边，娑罗双树间，二月十五日临涅槃时，以佛神力，出大音声，普告众生大觉，世尊将欲涅槃，一切众生，若有所疑，今悉可问，为最后问。尔时世尊于晨朝时，从其面门，放种种光，遍照此三千大千佛之世界，乃至十方，亦复如是，是诸众生见闻是已，心大忧愁，同时举声悲啼号哭，其中或有身体战栗，涕涕哽咽，尔时大地诸山大海，皆悉震动，尔时复有八十百千诸大比丘等，皆阿罗汉，于其晨朝，日始初出，离常住处，嚼杨枝时，遇佛光明，举身毛竖，遍体血现，如波罗奢花，涕泣盈目，生大苦恼。"《诗·雨无正》毛传曰："无声曰泣血。"○孔稚圭《北山移文》曰："涧户摧绝无与归。"《释迦如来成道记》曰："始自坏梁之感。"道诚注曰："大迦叶将涅槃，付法于阿难已，捧佛所付衣，入鸡足山入定，待弥勒下生。先阿阇王有约，尊者入灭，必来告我，乃往辞，王睡不见。王于睡梦屋之大梁折乃寤，方知迦叶入灭，不俟驾奔至山前，其山已合。"蒋注引《孔子世家》梁柱摧乎，非是。

　　县令刘照，彭城人也。自砀山仗剑，绾凤历于云台；春郊授钺，嗣龙图于白水。玉垒三分之胄，下杂公门；金陵一霸之基，旁参帝绪。翠緌丹黻，历今古而先鸣；人杰地灵，冠山川而得儁。君膺岳渎之秀，挺风云之会。昆溪剑锷，直照胸襟；楚泽珪璋，潜周履行。鲁恭明德，方升汉辅之阶；潘岳能文，且职河阳之县。仁徽可被，阖境仰其风猷；威德所加，百城叠其霜彩。尚乃康庄妙域，光开不舍之坛；舟楫爱河，昭畅无生之业。痛鹫林之殄瘁，悲象教之榛芜。爰命缉兴，式光泉薮。武溪龙涧，近分庐岳之图；金阙瑶台，更讨瀛洲之记。铭曰：以上刘照为县令，修葺此寺。

　　《元和姓纂》刘彭城下曰："汉高弟楚元王交生休侯富，富生辟强，辟强生阳城侯德，德生向，向生歆，子孙居彭城。分居三里,丛亭、绥舆、安上里。"○《史记·高祖本纪》曰:"高祖亡匿,隐于芒砀山泽岩石之间。"《集解》徐广曰:"芒今临淮县也,砀县在梁。"《正义》引《括地志》曰:"宋州砀山县在州东一百五十里,本汉砀县也。砀山在县东。"又:"高祖曰:吾以布衣,提三尺剑取天下。"○《左》昭十七年:"郯子曰:凤鸟氏历正也。"杜注曰:"凤鸟知天时,故以名历正之官。"又僖五年曰:"春王正月辛亥朔,日南至,公既视朔,遂登观台以望而书,礼也。凡分至启闭,必书云物为备,故也。"○《后汉书·光武帝纪》曰:"孝景帝生长沙定王发,武帝世,诸侯得分封子弟,以泠道县春陵封发中子买为春陵节侯。元帝时,节侯之孙孝侯请徙南阳,于是以蔡阳白水乡为春陵侯封邑。"《后汉书·光武帝纪上》曰:"世祖光武皇帝,南阳蔡阳人。"章怀注曰:"春陵乡本属零陵泠道县,元帝时徙南阳,仍号春陵,故城在今随州枣阳县东。"《文选·东京赋》曰:"乃龙飞白水,凤翔参墟。授钺四七,共工是除。"薛注曰:"白水谓南阳白水县也,世祖所起之处也。授,与也;钺,斧钺也;四七,二十八将也。"○《艺文类聚·祥瑞部》引《龙鱼河图》曰:"天授元始建帝号,黄龙负图,从河中出,付黄帝。"○《后汉书·献帝纪》曰:"建安二十五年三月,改元延康,十月,魏王丕称天子。明年,刘备称帝于蜀,孙权亦自王于吴,于是天下遂三分矣。"《蜀志·先主传》曰:"姓刘,讳备,涿郡涿县人,汉景帝子中山靖王胜之后。即皇帝位于成都武担之南。"○《宋书·武帝纪》曰:"讳裕,彭城县绥舆里人,汉高帝弟楚元王交之后,元熙二年,晋帝禅位于王,即皇帝位。"《通鉴地理通释》曰:"宋因晋旧,都于建康。"○《文选·四子讲德论》曰:"始开帝绪。"李善注引《春秋保乾图》曰:"五帝异绪。"宋衷曰:"绪,业也。"○潘安仁《西征赋》曰:"飞翠緌。"《礼记·内则》郑注曰:"緌,缨之饰也。"范蔚宗《乐游应诏诗》曰:"探己谢丹黻。"李善注曰:"赤芾在股(《采菽》)。毛苌曰：诸侯赤芾。郑玄曰：芾，太古蔽膝之象，黻与芾，古字通。"○《左》襄二十一年："州绰曰：平阴之役，先二子鸣。"○人杰句，见《滕王阁饯别序》注。○《左》庄十一年曰："得儁曰克。"○《文选·陈太丘碑文》曰："禀岳渎之精。"李善注引《孝经援神契》曰："五岳之精雄圣，四渎之精仁明。"○吴季重《答魏太子笺》曰："值风云之会。"案《英华》会一作选。○《中山经》曰："昆吾之山，其上多赤铜。"郭注曰："此山出名铜，色赤如火，以之作刀，切玉如割泥也。周穆王时，西戎献之，《尸子》所谓昆吾之剑也。"吴叔庠《宝剑诗》曰："出自昆吾溪。"《庄子·说剑篇》《释文》曰："锷，司马云剑刃也，一云剑棱也。"《世说新语·赏誉篇上》："陈仲举尝叹曰：若周子居者，真治国之器，譬诸宝剑，则世之干将。"○《韩非子·和氏篇》曰："楚人和氏得玉璞楚山中，文王乃使玉人理其璞，而得宝焉，遂命曰和氏之璧。"司马长卿《子虚赋》曰："楚有七泽。"《诗·卷阿》曰："如圭如璋。"○《晋书·成帝纪》："诏曰：履行修明。"《后汉书·刘儒传》曰："郭林宗尝谓儒口讷心辩，有珪璋之质。"○《后汉书·鲁恭传》曰："恭字仲康，扶风平陵人，拜中牟令，专以德化为理，不任刑罚。永元十二年，代吕盖为司徒。"又《尹敏传》曰："君无口，为汉辅。"○《晋书·潘岳传》曰："岳才名冠世，为众所疾，遂栖迟十年，出为河阳令。"○《诗·思齐》郑笺曰："徽，美也。"○谢灵运《撰征赋》曰："迥风猷以昭宣。"○《文选》曹子建《又赠丁仪王粲诗》李善注引谢承《后汉书》曰："黄琬拜豫州，威迈百城。"《诗·时迈》毛传曰："叠，惧也。"○《尔雅·释宫》："五达谓之康，六达谓之庄。"○不舍之坛，蒋曰："坛是檀字之讹。《文选》王简栖《头陁寺碑文》曰：行不舍之檀，而施洽群有。李善注曰：夫心爱众生而行舍者，舍则增爱，非为实舍，故大士之舍，见不施之舍者，及于众生，斯为不舍，以兹而施，故群有俱洽。"《大品经》曰："不施不悭，是名檀波罗蜜。"《僧肇论》曰："贤劫称无舍之檀，成具美不为之为也。天竺言檀，此言布施，波罗蜜此言到彼岸也。"○《佛报恩经·慈品》曰："痴爱覆心，覆心重故，爱水所没，不能自出。"《楞严经》四曰："爱河枯干，令汝解脱。"○《圆觉经》卷一曰："一切众生，于无生中，妄见生灭，是故说名，轮转生死。"《最胜王经》一曰："无生是实，生是虚妄，愚痴之人，漂溺生死，如来体实，无有虚妄，名为涅槃。"○《法苑珠林·君臣篇》引《智度论》曰："耆阇崛山者，此名鹫头山，是山顶似鹫，王舍城人因而名之。又王舍城南尸陀林中，多诸死人，诸鹫常来食之，远在山头，时人遂名鹫头山，是山于五山中最高大，多好林泉，圣人住处。"《诗·瞻仰》曰："邦国殄瘁。"毛传曰："殄，尽；瘁，病也。"○《文选·头陀寺碑》："象教陵夷。"李善注曰："昙无罗谶曰：释迦佛正法住世五百年，像法一千年，末法一万年。"梁武帝守视晋、宋、齐诸陵诏曰："宿草榛芜。"○《书》伪古文《武成》曰："萃渊薮。"（此伪古文也，本《左传》昭七年。）唐讳渊为泉。○《莲社高贤传》曰："远法师居东林，其处流泉匝寺，下入于溪，每送客过此，辄有虎号鸣，因名虎溪。后送客未尝过。"案：唐讳虎为武。周子充《庐山后录》曰："所谓天池，今不可到，号曰龙潭，在铁船峰下，亦有黑龙潭，祈雨则至焉。"《续汉书·郡国志》刘注引释慧远《庐山纪略》曰："山在寻阳南，南滨宫亭湖，北对小江山，去小江三十馀里，其山大岭凡七重，圆基周迴，垂三五百里。"徐孝穆《与杨仆射书》曰："峰号香炉，依然庐岳。"○《史记·封禅书》曰："蓬莱、方丈、瀛洲，此三神山，黄金银为宫阙。"《拾遗记》卷十曰："昆仑山有瑶台十二，各广千步，皆五色玉为台基。"《十洲记》曰："瀛洲在东海中，地方四千里，大抵是对会稽，去西岸七十万里，洲上多仙家。"

武都仙镇，灵墟奥域。邑动香城，山开净国。涧流百道，峰云五色。谷暗藤斜，山高树逼。千楣鹤列，万栱星悬。分林构址，接磴开廛。临阶竹树，绕栋风烟。龛前怪石，塔下秋泉。绿崖疏径，青岑拒室。雾道相萦，烟房互出。叶浓磩净，花深嶂密。鸟度难寻，猿惊易失。簪分石窦，地络金沙。丹丘抗月，碧洞栖霞。松开野路，桂列仙家。仙炉柏叶，宝座莲花。砌因岩曲，桥随峰返。果出天厨，香来仙苑。玉钥启曙，金珰照晚。谷思钟张，山悲铎远。间阎践胜，铜墨高情。声飞别邑，望动专城。悬金道肆，刻石山楹。千载之后，于嗟令名。

　　□王益吾曰："此文丰腴而萧爽，固是子安佳构。"

　　蒋曰："灵，项本作龙。"○张平子《西京赋》曰："实惟地之奥区神皋。"○《维摩诘所说经·香积佛品》曰："上方界分过四十二恒河沙佛土，有国名众香，佛号香积，其国香气，比于十方诸佛世界人天之香，最为第一，其界一切皆以香作楼阁，经行香地，苑园皆香，其食香气，周流十方无量世界。"庾子山《五张寺经藏碑》曰："并入香城。"○董仲舒《雨雹对》曰："云则五色而为庆。"○《尔雅·释宫》曰："楣谓之梁。"郭注曰："门户上横梁。"《仪礼·乡饮酒礼》郑注曰："楣，前梁也。"《庄子·徐无鬼篇》曰："君亦必无盛鹤列于丽谯之间。"○《尔雅·释宫》曰："樴谓之杙，大者谓之栱。"徐孝穆《太极殿铭序》曰："万栱峻层。"王文考《鲁灵光殿赋》曰："浮柱岹嵽以星悬。"○《集韵》十二齐豀、溪、磩、嵠四字并载，引《说文》曰："山谿无所通也。"（《说文》豀作隵，通下有者字。）一曰：水注川曰豀，或从水，从山石。○孔德璋《北山移文》曰："山人去兮晓猿惊。"○《阿弥陀经》曰："极乐国土，有七宝池，八功德水，充满其中，池底纯以金沙布地。"○《初学记·岁时部上》引繁钦《秋思赋》曰:"云朝跻于西汜兮,遂喷薄于丹丘。"○《初学记·居处部》引盛弘之《荆州记》曰:"城西百馀步有楼霞楼。"宋临川康王置。古诗曰:"请说铜炉器,崔巍象南山。上枝似松柏,下枝据铜盘。"梁昭明太子《铜博山香炉赋》曰:"爨松柏之火。"○《楞伽阿跋多罗宝经》卷二曰:"坐大莲华宝师子座。"○《星经》曰:"天厨六星,在紫微宫东北维,百官厨人光禄厨象之。"《汉武帝内传》曰:"王母自设天厨,真妙非常,丰珍上果,芳华百味,非地上所有。"○《上清黄庭内景经》七曰:"蕤玉籥,闭两扉。"案:钥,《文苑英华》作铸,今依项本。蒋疑为铺字之讹,然似钥字为宜。○《文选·西都赋》曰:"裁金璧以饰珰。"李善注曰:"《上林赋》曰:华榱璧珰。韦昭曰:裁金为璧,以当榱头。"○《法苑珠林》卷九十九引《感应记》曰:"祇洹戒律院内有铜钟,重三十万斤,四天王共造,台高七十丈,其戒场院内,复有八钟,台高四百尺,上有金钟,重十万斤。"○《洛阳伽蓝记》卷一曰:"永宁寺绣柱金铺,骇人心目,高风永夜,宝铎和鸣,铿锵之音,闻及十馀里。"又卷三曰:"景明寺金盘宝铎,焕烂霞表。"○胜践,集作践胜,今依项本。○《汉书·百官公卿表》曰:"县令长皆秦官,万户以上为令,秩千石至六百石,减万户为长,秩五百石至三百石,凡吏秩比六百石以上,皆铜印黑绶。"《文选》王文长《永明十一年策秀才文》李善注引《汉书》作墨绶。○司马长卿《封禅文》曰:"蜚英声。"○《古辞·陌上桑》曰:"四十专城居。"○谢灵运《撰征赋》曰:"方括心于道肆。"案:此云悬金,盖即布金之意(见上注),蒋引吕不韦事,恐非。○《吴越春秋》卷二曰:"德可刻于金石。"《楚辞·哀时命》曰:"凿山楹而为室兮。"○《诗·驺虞》曰:"于嗟乎驺虞。"《左》闵元年曰:"犹有令名。"

杨　炯

　　杨炯，华阴人。举神童，授校书郎，充崇文馆学士，迁詹事司直，俄坐从父弟神让与徐敬业起兵讨武后，左转梓州司法参军，秩满迁盈川令卒。《旧唐书》入《文苑传》，《新唐书》入《文艺传》。

群官寻杨隐居诗序

　　《旧唐书·高宗纪》曰："调露二年二月丁巳，至大室山，又幸隐士田游岩所居。己未，幸嵩阳观。"群官寻杨隐居，疑在此时，而杨隐居名字、事迹皆未详。

　　若夫太华千仞，长河万里，则吾土之山泽，壮于域中。西汉十轮，东京四代，则吾宗之人物，盛于天下。乃有浑金璞玉，凤戢龙蟠。方圆作其舆盖，日月为其扃牖。天光下烛，悬少微之一星；地气上腾，发大云之五色。以不贪为宝，均珠玉以咳唾；以无事为贵，此旂常于粪土。诸侯不敢以交游相得，三府不敢以辟命相期。与夫形在江海，心游魏阙，迹混朝市，名为大隐，可得同年而语哉？以上隐居之高上。

　　《西山经》曰："太华之山，削成而四方，其高五千仞，其广十里。"《元和郡县志》曰："关内道华州华阴县：太华山在县南八里。"○《汉书·地理志》：金城郡河关县元注曰："积石山在西南羌中，河水行塞外，东北入塞内，至章武入海，过郡十六，行九千四百里。"（河水所经之郡，诸家说颇不同。胡胐明《禹贡锥指》谓《水经注》黎阳以上，河水所过有金城、天水、武威、安定、北地、朔方、五原、云中、定襄、雁门、西河、上郡、河东、冯翊、河南、河内凡十六郡。黎阳以下，大河故渎，所过有魏郡、东郡、清河、平原、信都、勃海又六郡，共二十二郡。今考禹河所过，有魏郡、广平、钜鹿、信都、勃海，而无东郡、清河、平原，过郡凡二十一也。王西庄《尚书后案》于前二十二郡外，又加钜鹿为二十三郡。钱献之《新斠注地里志》则数金城十六郡，与胡氏同，而以下数东郡、平原、千乘，凡十九郡。洪筠轩《汉志水道疏证》则依胡氏谓十六字误，未知孰是。杨惺吾《前汉地理图》：金城以下天水、武威、上郡、信都，皆不为河水所经，清河、平原所经甚少，亦可不数，则去此六郡，颇与《汉志》十六郡之数相合，然亦未知确否。）○《老子》曰："域中有四大。"○《汉书·杨恽传》："报孙会宗书曰：恽家方隆盛时，乘朱轮者十人。"《文选》李善注曰："二千石皆得乘朱轮。"○《后汉书·杨震传》曰："震字伯起，弘农华阴人也。延光二年，代刘恺为太尉，震子秉，字叔节，延熹五年，代刘矩为太尉。秉子赐，字伯献，熹平二年代唐珍（依《灵帝纪》当作宗俱）为司空，五年，代袁隗为司徒。赐子彪，字文先，中平六年，代董卓为司空，其冬，代黄琬为司徒。兴平元年，代朱隽为太尉。"孔融曰："杨公四世清德，河内所瞻。"○《左》僖五年："虞公曰：晋吾宗也。"○《晋书·王戎传》曰："戎有人伦鉴识，常目山涛如璞玉浑金，人皆钦其宝，莫知名其器。"○《魏志·杜袭传》："袭曰：龙蟠幽薮，待时凤翔。"○《考工记》曰："轸之方也，以象地也；盖之圜也，以象天也。"宋玉《大言赋》曰："方地为车，圆天为盖。"《淮南·原道篇》曰："以天为盖，以地为舆。"○刘伯伦《酒德颂》曰："日月为扃牖。"○《左》庄二十二年曰："照之以天光。"○《晋书·天文志》曰："少微四星，第一星处士。"《艺文类聚·人部》二十引《晋阳秋》曰："谢敷隐居会稽山，初月犯少微星，一名处士星。时戴逵名重于敷，时人忧之，俄而敷死。故会稽人嘲吴人云，吴中高士，求死不得。"○地气上腾，《礼记·月令》句。○《御览·天部》八引京房《易飞候》曰："视四方常有大云五色，其下贤人隐也。"○《左》襄十五年："子罕曰：我以不贪为宝。"○《庄子·渔父篇》："孔子曰：幸闻咳唾之音。"○嵇叔夜《与山巨源绝交书》曰："以无为为贵。"○谢玄晖《为宣城拜章》曰："铭彼旂常，勒斯钟鼎。"○《左》襄十四年："臧纥曰：卫侯其不得入矣，其言粪土也。"○《后汉书·郭太传》："或问汝南范滂曰：郭林宗何如人？滂曰：隐不违亲，贞不绝俗，天子不得臣，诸侯不得友，吾不知其他。"○《后汉书·承宫传》曰："三府更辟，皆不应。"章怀注曰："三府谓太尉、司徒、司空府。"《庄子·让王篇》："中山公子牟谓瞻子曰：身在江海之上，心居乎魏阙之下，奈何？"○王康琚《反招隐诗》曰："大隐隐朝市。"○贾生《过秦论》曰："则不可同年而语矣。"

　　天子巡于下都，望于中岳。轩皇驻跸，将寻大隗之居；尧帝省方，终全颍阳之节。群贤以公私有暇，休沐多闲。忽乎将行，指林壑而非远；莞尔而笑，览烟霞而在瞩。登块圠，践莓苔。阮籍之见苏门，止闻鸾啸；卢敖之逢高士，讵识鸢肩？忆桑海而无时，问桃源之易失。寒山四绝，烟雾苍苍；古树千年，藤萝漠漠。诛茅作室，挂席为门。石隐磷而环阶，水潺湲而匝砌。乃相与旁求胜境，遍窥灵迹。论其八洞，实惟明月之宫；相其五山，即是交风之地。以上群官相寻。

　　《旧唐书·高宗纪》曰："显庆二年十二月，手诏改洛阳宫为东都。"《西山经》曰："昆仑之丘，是实惟帝之下都。"案：此文本其义，以长安为上都，故洛阳为下都也。○《尔雅·释地》

曰："嵩高为中岳。"《元和郡县志》曰："河南道河南府登封县：嵩高山在县北八里。"《清一统志》曰："河南河南府：嵩山在登封县北。"《穀梁传》僖三十一年注引郑君曰："望者，祭山川之名也。"○《史记·五帝本纪》曰："黄帝者，名曰轩辕。"张平子《同声歌》曰："天老教轩皇。"《庄子·徐无鬼篇》曰："黄帝将见大隗乎具茨之山。"《释文》曰："大隗，五罪反，崔本作泰隗。或云大隗，神名也，一云大道也。具茨，司马本作疾，山名也。司马云，在荥阳密县东，今名泰隗山。"《元和郡县志》曰："河南府密县：大隗山在县东南五十里，本具茨山，黄帝见大隗于具茨之山，故亦谓之大隗山。"○《易·复·象传》曰："后不省方。"《庄子·逍遥游》曰："尧让天下于许由，许由曰：归休乎君，予无所用天下为。"《释文》曰："许由，隐人也，隐于箕山。司马云颍川阳城人。简文云阳城槐里人。李云字仲武。"《史记·伯夷传》《正义》引皇甫谧《高士传》云：许由字武仲（与李说互异），尧闻，致天下而让焉，乃退而遁于颍水之阳，箕山之下。○《汉书·万石君传》曰："长子建为郎中令，每五日洗沐归。"《霍光传》曰："光时休沐出。"○《楚辞·九章·涉江》曰："忽乎吾将行兮。"○《论语·阳货篇》曰："夫子莞尔而笑。"何平叔《集解》曰："莞尔，小笑貌也。"○孔稚圭《褚白玉碑》曰："泉石依情，烟霞入抱。"○《文选》贾生《鵩鸟赋》曰："块圠无垠。"（《汉书·贾谊传》与《文选》同，《史记》作块轧。）扬子云《甘泉赋》曰："忽块圠而亡垠。"（《汉书·扬雄传》作軮轧。）李善注曰："块圠，广大貌。"○孙绰《游天台山赋》曰："践莓苔之滑石。"○《晋书·阮籍传》曰："籍尝于苏门山遇孙登，与商略终古，及栖神导气之术，登皆不应。籍因长啸而退，至半岭，闻有声若鸾凤之音，响乎岩谷，乃登之啸也，遂归，著《大人先生》传。"○《淮南子·道应训》曰："卢敖游乎北海，经乎太阴，入乎玄阙，至于蒙谷之上，见一士焉，深目而玄鬓，泪注而鸢肩，丰上而杀下，轩轩然方迎风而舞。卢敖与之语曰：子殆可与敖为友乎！若士者齤然而笑曰：吾与汗漫期于九垓之外，吾不可以久驻，若士举臂而竦身，遂入云中。"许注曰："卢敖，燕人，秦始皇召来为博士，使求神仙，亡而不反也。"○《神仙传》卷七："麻姑曰：接侍以来，已见东海三为桑田，向到蓬莱，水又浅于往者，会时略半耳，岂将复还为陵陆乎？"○桃源见王子安《别道王宴序》注。○《楚辞·卜居》曰："宁诛锄草茅以力耕乎？"庾子山《哀江南赋》曰："诛茅宋玉之宅。"《汉书·陈平传》曰："家乃负郭穷巷，以席为门。"○隐磷同隐辚，司马长卿《上林赋》曰："隐辚郁垒。"郭璞注曰："堆垅不平貌。"○《楚辞·九歌·湘君》；"横流涕兮潺湲。"王注曰："潺湲，流貌。"○八洞见王子安《净惠寺碑》注。○《艺文类聚·山部》引《仙经》曰："太室高三十馀丈，自然明烛相见，如日月无异，中有十六仙人。"○《初学记·地部》上曰："嵩高山者，五岳之中岳也。"张平子《东京赋》曰："总风雨之所交，然后以建王城。"案：此言嵩山在河南，为天地之中，《周礼·大司徒》曰："日至之景，尺有五寸，谓之地中，天地之所合也，四时之所交也，风雨之所会也，阴阳之所合也。"

仙台可望，石室犹存。极人生之胜践，得林野之奇趣。浮杯若圣，已蔑松乔；清论凝神，坐惊河汉。游仙可致，无劳郭璞之言；招隐成文，敢嗣刘安之作。以上作诗序之意。

□骨肉匀停，色味俱美，骈文正则。

《御览·地部》四引《嵩高山记》曰："又有三台山，汉武东巡过此山，见三学仙女，遂以为名。"○《水经·禹贡山水泽地所在篇》注引《嵩高山记》曰："山下岩中，有一石室，云有自然经书，自然饮食。又云山有玉女台，言汉武帝尝见之，因以为名。"○《魏志·徐邈传》曰："时科禁酒，而邈私饮，至于沉醉，校事赵达问以曹事，邈曰：中圣人。达白之太祖，太祖甚怒，度辽将军鲜于辅进曰：平日醉客谓酒清者为圣人，浊者为贤人，邈性脩慎，偶醉言耳。"（此疑作循慎，古循、脩二字多相乱。）案：此盖兼用嵩山饮玉浆事，已见王子安《别洛下知己序》"蛟龙之髓"句注。○《淮南子·泰族训》曰："王乔赤松，去尘埃之间。"《秦策》三："蔡泽曰：有乔松之寿。"《文选》班孟坚《西都赋》曰："庶松乔之群类，时游从乎斯庭。"李善注引《列仙传》曰："赤松子者，神农时雨师也。服水玉以教神农。"又曰："王子乔者，周灵王太子晋也，道人浮丘公接以上嵩高山。"○《庄子·达生篇》曰："用志不分，乃凝于神。"○《庄子·逍遥游》曰："肩吾问于连叔曰：吾闻言于接舆，大而无当，往而不反，吾惊怖其言，犹河汉而无极也。"○《文选》有郭景纯《游仙诗》。○淮南小山《招隐士》，见王子安《净惠寺碑》注。

大周明威将军梁公神道碑

梁待宾，新、旧《唐书》皆无传。○《金石例》曰："《事祖广记》云：晋、宋之世，始又有神道碑，天子及诸侯皆有之。其刻文止曰某帝或某官神道之碑。今世尚有《宋文帝神道碑》墨本也。其初由立之于葬兆之东南，地理家言以东南为神道，故以名碑尔。案《后汉》中山简王薨，诏为之修冢茔，开神道（《后汉书·光武十三王传》）。注云：墓前开道，建石柱以为标，谓之神道，是则神道之名，在汉已有之也。晋、宋之后，易以碑刻云。"步瀛案：神道之称，西汉已有之。《史记·建元以来侯者年表》：乐安侯李蔡，元狩五年，以丞相侵盗孝景园神道壖地。《汉书·高惠高后文功臣表》：戚侯季信成元狩五年，坐为太常，纵丞相侵神道，为隶臣。《三辅黄图》：阳陵西出神道，又茂陵神道，广四十三丈。《隶释》载两汉神道，如《交阯都尉沈府君神道》《征南将军刘君神道》等，皆其证也。惟诸神道，皆未有文词，《集古录》载《宋文帝神道碑》，亦止"太祖文皇帝之神道"八字，盖犹神道阙之类，后乃踵事增华耳。

盖闻君为元首，臣作股肱。或论道三槐，或折冲千里。至有道存俎豆，艺总干戈。高视翰墨之英，独布爪牙之旅。究青编于学府，业有多闻；受黄石之兵符，算无遗策。故得九功咸叙，七德攸彰。文武不坠，公实兼美。以上总叙文武之才。

《书·益稷》曰："帝庸作歌曰：股肱喜哉，元首起哉，百工熙哉。皋陶乃赓载歌曰：元首明哉，股肱良哉，庶事康哉。"又："帝曰：臣作朕股肱耳目。"○《考工记》曰："坐而论道，谓之三公。"《秋官·朝士》曰："掌建邦外朝之法，面三槐，三公位焉。"郑注曰："槐之言怀也，怀来人于此，欲与之谋。"○《晏子春秋·内篇·杂上》曰："仲尼闻之曰：夫不出于尊俎之间，而知千里之外，其晏子之谓也，可谓折冲矣。"○《论语·卫灵公篇》曰："俎豆之事，则尝闻之矣。"○《礼记·文王世子》曰："春夏学干戈。"○杨子云《答刘歆书》曰："言词博览，翰墨为事。"《汉书·杨雄传》曰："因笔墨之成文章，故藉翰林以为主人，子墨为客卿以风。"○《诗·祈父》曰："予王之爪牙。"《汉书·李广传》："上报曰：将军国之爪牙也。"○梁简文《宣武王庙碑赞》曰："功书绿字，事烛青编。"《南史·傅昭传》曰："昭博极古今，尤善人物，世称为学府。"○《史记·留侯世家》曰："老父出一编书曰：读此则为王者师矣。后十年兴，十三年孺子见我济北，穀城山下黄石即我矣。旦日视其书，乃太公兵法也。"《隋书经·籍志》有《黄石公内记敌法》一卷，《黄石公三略》三卷，《黄石公三奇法》一卷，原注曰："梁有兵书一卷，《张良经》与《三略》往往同亡。"《黄石公五垒图》一卷，《黄石公阴谋行军秘法》一卷，《黄石公兵书》三卷。○《魏志·锺会传》："诏曰：会所向摧弊，前无强敌，谋无遗策，举无废功。"○《书》伪古文《大禹谟》曰："九功维叙。"（出《左传》文八年引《夏书》。）○《左传》宣十二年："楚子曰：夫武，禁暴、戢兵、保大、定公、安民、和众、丰财者也。武有七德，我无一焉。"○《论语·子张篇》："子贡曰：文武之道，未坠于地。"

公讳待宾，安定临泾人也。竦以英才远迈，知州县之徒劳。鸿以抗节遐征，览帝京而有作。由是五噫标兴，播金石而腾徽；七贵承荣，绾银黄而叠茂。贞规盛烈，映史凝图。粗纪咏歌，无俟详推。以上远代。

《汉书·地理志》：安定郡有临泾县。《元和郡县志》曰："关内道泾州临泾县本汉旧县，属安定郡。隋大业元年，于今理置湫谷县，十二年，复为临泾县，皇朝因而不改。"《清一统志》曰："甘肃泾州：临泾故城在镇原县西二里。"○《后汉书·梁统传》曰："统字仲宁，安定乌氏人，窦融为河西大将军，以统为武威太守，为政严猛，威行邻郡。子松，松弟竦，字叔敬，尝登高远望，叹息言曰：大丈夫居世，生当封侯，死当庙食，如其不然，闲居可以养志，诗书足以自娱，州郡之职，徒劳人耳。后辟命交至，并无所就，有三男三女，肃宗纳其二女，皆为贵人，小贵人生和帝。"○梁鸿，见王子安《别洛下知己序》及《滕王阁饯别序》注。○《周礼·春官·太师》曰："皆播之以八音，金石土革丝木匏竹。"《诗·角弓》毛传曰："徽，美也。"○《后汉书·梁统传》曰："冀字伯卓，（统子松、竦，竦子棠、翟、雍，雍子商，商子冀。）一门前后七封侯。"《通鉴》卷五十四胡梅磵注曰："冀祖雍封乘氏侯，冀封襄邑侯，及嗣乘氏侯，又封其子胤襄邑侯，弟不疑颍阳侯，蒙西平侯，不疑子马颍阴侯，胤子桃城父侯，是七封侯也。"○《汉书·酷吏传》"上以敕书责杨仆曰：怀银黄，垂三组，夸乡里。"颜注曰："银，银印也；黄，金印也。"

高祖御，后魏驸马都尉侍中少保金紫光禄大夫扬州总管，赠太尉，谥昭公，食邑三千户。银牓增辉，玉壶流渥。位隆三少，化洽五胥。既而幽垅埋魂，终降槐庭之赠；高门纳驷，式居茅社之封。曾祖睿，宇文周驸马都尉酂、秦二州总管光禄大夫兵部尚书，隋益州总管蒋国公赠司空食邑三千户。白水时清，乳虎之谣行息；绿符垂翼，叩马之谏必申。加以主西序之群英，名高八座；导文翁之遗训，学富三巴。茂先荣级，忽光泉壤；汉祖宠章，永存带砺。祖演，隋沙州刺史上柱国公，践仲宁之馀躅，奸邪敛手；签孝仁之远踪，群胡革面。连州跨郡，迈陶氏之隆基；开国承家，掩张门之累叶。父赞，隋左千牛备身，骊山府上骑柱国。皇朝丰王府谘议、云州司马、冀州长史蒋国公，袭良弓于簪笏，荣侍紫宫；翼雕戟于岩廊，肃趋丹地。西园坐谦，侣明月而飞文；北土行康，望浮云而展足。以上高、曾、祖、父。

《周书·梁御传》曰："御字善通，其先安定人也。后因官北边，遂家于武川，改姓为纥豆陵氏。尔朱天光西讨，引为左右，授宣威将军都将，共平关右，除镇西将军，转征西将军，金紫光禄大夫。太祖以御为大都督雍州刺史，从太祖复弘农，破沙苑，加侍中开府仪同三司，进爵广平郡公，出为东雍州刺史，四年薨于州，赠太尉尚书令雍州刺史，谥曰武昭。"案：此文所叙，与传互有出入，可以参照。○《通典·职官典》十一曰："奉车、驸马、骑三都尉，并汉武帝元鼎二年初置，旧无员，或以冠常侍，或卿尹校尉左迁为之，奉车掌御乘舆车，驸马掌驸马，（元注曰："驸马非正驾车，皆为副马。一曰驸近也，疾也。"）骑都尉本监羽林骑，后汉并属光禄勋，奉朝请，晋后罢奉车、骑二都尉，唯留驸马都尉，奉朝请而已。诸尚公主者刘悛、桓温等皆为之。宋武帝永初以来，以朝请选杂，其尚主者，唯拜驸马都尉，后魏驸马都尉亦为尚公主官。"据此则梁御在魏时尚主矣。○《通典·职官典》三曰："侍中，汉代为亲近之职，后魏置六人，加官在其数。"○又《职官典》二："后魏以太师、太傅、太保谓之三师，上公也，大司马、大将军谓之二大，太尉、司徒、司空谓之三公。后周改三师官谓之三公，兼置三孤以贰之。"（元注曰："少师、少傅、少保。"）○又《职官典》十六曰："后魏有光禄大夫，金紫银青光禄大夫。"○本传言东雍州刺史，不言扬州总管，而此文不言东雍州刺史，未知孰是。案《周书·文帝纪》曰："魏废帝三年，改东雍州为华州，扬州为颍州。"《通典·职官典》十四曰："后魏有都督中外诸军事，后周改为总管。"○《神异经》曰："东方有宫，青石为墙，门有银牓。"○《御览·器物部》六引《搜神记》曰："吴王夫差女悦童子韩重，结气死形见，将重入冢，取昆仑玉壶与之。"○《汉书·贾谊传》:《陈政事疏》曰："于是为置三少，少保、少傅、少师，是与太子宴者也。"○《周礼·地官》有闾胥、胥师、胥，春官有大胥、小胥，五胥殆指此。○庾子山《思旧铭》曰："烈士埋魂，即是将军之墓。"○《汉书·于定国传》曰："始定国父于公，其闾门坏，父老方共治之。于公谓曰：少高大闾门，令容驷马高盖车。"○《史记·三王世家》："褚少孙曰：诸侯王始封者，必受土于天子之社，归立之以为国社，以岁时祠之。"《春秋大传》曰："天子之国有泰社，东方青，南方赤，西方白，北方黑，上方黄，故将封于东方者取青土，封于南方者取赤土，封于西方者取白土，封于北方者取黑土，封于上方者取黄土，各取其色物，裹以白茅，封以为社。"○《周书·文帝纪》曰："太祖文皇帝姓宇文氏，讳泰，代武川人也。"《孝闵帝纪》曰："孝闵皇帝讳觉，太祖第三子也。魏恭帝三年十月乙亥，太祖崩，丙子，嗣位太师大冢宰。十二月丁亥，魏帝封帝为周公，庚子，禅位于帝。"○《隋书·梁睿传》曰："睿字恃德，魏恭帝时，拜渭州刺史，周闵帝受禅，征为御伯。未几，出为中州刺史，拜大将军，进爵蒋国公，武帝时，历数州刺史，凉、安二州总管。高祖总百揆，代王谦为益州总管，高祖受禅，顾待弥隆。"○《隋书·高祖纪》曰"高祖文皇帝姓杨氏，讳坚，弘农郡华阴人也。大定元年二月，周帝禅位于隋。"○西魏鄜州治中部郡，郡治中部县，今陕西中部县。南秦州治天水郡，郡治上邽县，今甘肃天水县西南。○《隋书·地理志》：蜀郡原注曰："旧置益州，开皇初废，后周置总管府。"案：北周益州治蜀郡，郡治成都县，今四川成都县治。○《尔雅·释水》曰："河出昆仑虚，色白。"《后汉书·张衡传》注引《河图》曰："昆仑山出五色流水，其白水东南流入中国名为河也。"《拾遗记》一曰："黄河千年一清。"○《史记·酷吏传》曰："关东吏隶郡国出入关者号曰：宁见乳虎，无值宁成之怒。"《汉书》宁成作甯成。○《淮南子·俶真训》曰："洛出丹书，河出绿图。"又绿、六字通，《汉·艺文志》有泰阶六符一卷。《诗·卷阿》郑笺曰："翼，助也，言周得绿符垂助，将代西魏而兴也。"○《史记·伯夷传》曰："武王东伐纣，伯夷、叔齐叩马而谏。"案《隋书》睿传曰："睿威惠兼著，民夷悦服，声望逾重，高祖阴惮之，薛道衡从军在蜀，因入接宴，说睿曰：天下之望，已归于隋，密令劝进。高祖大悦。"与叩马之谏正相反，文中所言，岂故为掩饰邪？○《书·顾命》《礼记·王制》所言西序，皆与本文无关。《通典·职官典》四言唐神龙初，尚书都堂居中，左右分司，都堂之东，有吏部、户部、礼部三行，每行四司，左司统之；都堂之西，有兵部、刑部、工部三行，每行四司，右司统之。是西序指兵部尚书，盖以唐制况之也。(《汉书·尹翁归传》曰："田延年为河东太守，行县至平阳，召故吏亲临，见令有文者东，有武者西。"是以武属西，其来久矣。)○《通典·职官典》四曰："后汉以六曹尚书（三公曹尚书二人，吏曹、二千石曹、民曹、客曹尚书各一人。）并令仆二人，谓之八座。魏以五曹尚书（魏有吏部、左民、客曹、五兵、度支凡五尚书。）二仆射一令为八座。宋、齐八座与魏同，隋以六尚书（隋有吏、礼、兵、刑、户、工六部尚书。）左右仆射及令为八座。"（左右仆射为一座。）○《汉书·循吏传》曰："文翁，庐江舒人也。景帝末为蜀郡守，见蜀地辟陋，有蛮夷风。文翁欲诱进之，乃选郡县小吏开敏有才者张叔等十馀人，遣诣京师，受业博士。又修起学官于成都市中，招下县子弟以为学官弟子，繇是大化，蜀地学于京师者，比齐、鲁焉。"○《华阳国志·巴志》曰："献帝初平元年，征东中郎将安汉赵颖建议分巴为二郡。颖白益州牧刘璋，以垫江以上为巴郡，江南庞羲为太守，治安汉。以江州至临江为永宁郡，朐忍至鱼腹为固陵郡，巴遂分矣。建安六年，鱼腹蹇胤白璋争巴名，璋乃改永宁为巴郡，以固陵为巴东，徙羲为巴西太守，是为三巴。"○《晋书·张华传》曰："华字茂先，范阳方城人也。拜右光禄大夫开府仪同三司侍中中书监。赵王伦废贾后，收华，遂害之于前殿马道南，夷三族，朝野莫不悲痛之。大安二年诏曰：故司空壮武公华，竭其忠贞，思翼朝政，谋谟之勋，每事赖之。华之见害，俱以奸逆图乱，滥被枉贼，其复华侍中中书监司空公广武侯，及所没财物与印绶符策，遣使吊祭之。"又《谢玄传》：玄上疏曰："不令微臣衔恨泉壤。"○《史记·高祖功臣侯年表序》曰："封爵之誓曰：使河如带，泰山若厉。国以永宁，爰及苗裔。"《集解》引应劭曰："封爵之誓，国家欲使功臣传祚无穷。带，衣带也；厉，砥石也。河当何时如衣带，山当何时如厉石，言如带厉，国乃绝耳。"案：厉、砺同。

○《隋书》睿传曰："卒年六十五，谥曰襄，子洋嗣。"官不及演。○隋无沙州，盖以先后之名称之。《元和郡县志》曰："陇右道沙州：汉武帝元鼎六年分酒泉置敦煌郡，今州即其地也。前凉张骏于此置沙州，盖因鸣沙山为名。后改为敦煌郡。后魏太武帝于郡置敦煌镇，明帝罢镇，立瓜州。隋大业三年，又罢州为敦煌郡。武德二年置瓜州，五年改为沙州。"案：唐沙州治敦煌县，今甘肃敦煌县治。○《隋书·百官志》曰："上柱国为从一品。"案：公字上疑脱蒋国二字。○仲宁，梁统字，事已见上注。○《史记·春申君传》：上书说秦昭王曰："秦、楚合而为一以临韩，韩必敛手。"○《魏志·仓慈传》曰："慈字孝仁，淮南人也。太和中，迁敦煌太守，抑挫权右，抚恤贫羸，甚得其理。又常日西域杂胡欲来贡献，而诸豪族多逆断绝，既与贸迁，欺诈侮易，多不得分明，胡常怨望。慈皆劳之，欲诣洛者，为封过所，欲从郡还者，官为平取，辄以府见物与共交市，使吏民护送道路，由是民夷翕然，称其德惠。"○《易·革》上六曰："小人革面。"○《晋书·陶侃传》曰："侃字士行，本鄱阳人也，吴平，徙家庐江之寻阳。成帝下诏曰：故使持节侍中大尉都督荆、江、雍、梁、交、广、益、宁八州诸军事，荆、江二州刺史，长沙郡公，经德蕴哲，谋猷弘远，作藩于外，八州肃清，勤王于内，皇家以宁云云。侃尝如厕，见一人朱衣介帻敛板曰：以君长者，故来相报，君后当为公，位至八州都督。"○《易·师》上六曰："开国承家，小人勿用。"○《晋书·张轨传》曰："轨字士彦，安定乌氏人，拜凉州牧西平公，在州十三年寝疾，表立子寔为世子。寔在位六年，子骏年幼，弟茂摄事。茂在位五年，无子，骏嗣位。骏在位二十二年卒。重华，骏之第二子也。自称凉州牧西平公，假凉王。"赞曰："茂、骏、重华，资忠踵武，崎岖僻陋，无忘本朝，故能西控诸戎，东攘巨猾，缙累叶之珪组，赋绝域之琛宝，振曜遐荒，良由仗顺之效矣。"○《隋书·百官志》曰：

"左右领左右府各大将军一人，将军二人，掌侍卫左右供御兵仗；领千牛备身十二人，掌执千牛刀。"又曰："左右内率副率各一人，掌领备身已上；有千牛备身八人，掌执千牛刀。"又曰："千牛备身左右为正六品。"《通典·职官》十一曰："千牛，刀名，后汉有千牛备身，掌执御刀，因名职。谢绰《宋拾遗》有千牛刀，即人君防身刀也。其义盖取《庄子》云：庖丁为文惠君解牛十九年，所割者数千牛，而刀刃若新发于硎（《养生主》），因以为备身刀名。"案：隋沿北周府兵之制，置十二卫。炀帝大业三年，增改为十六府，此云骊山府，盖即十六府所统之府，犹唐初置军府，以骠骑、车骑两将军府统之，析关中为十二道，曰万年道、长安道等，皆所置府也。上骑，盖其职也。○《隋书·百官志》曰："柱国为正二品。"○《旧唐书·玄宗诸王传》：玄宗子琪封丰王，《新唐书·十一宗诸子传》：昭宗子祁封丰王。唐初封丰王者未详。《唐六典》卷二十九曰："亲王府谘议参军事一人，正五品上。"○《元和郡县志》：河东道云州下。《旧唐书·地理志》：河北道冀州上。《唐六典》卷三十曰："下州司马一人，从六品上，上州长史一人，从五品上。"案：唐云州治云中县，今山西大同县治。冀州治信都县，今河北冀县治。○《礼记·学记》曰："良冶之子，必学为裘；良弓之子，必学为箕。"江总持《侍宴娄江应诏诗》曰："簪笏奉周行。"○《文选·西都赋》李善注引《春秋合诚图》曰："紫宫，大帝室也。"又《西京赋》薛注曰："天有紫微宫，王者象之。"○贺凯《九月九日应制诗》曰："玉砌分雕戟。"《汉书·董仲舒传》："制曰：盖闻虞舜之时，游于岩廊之上。"注引晋灼曰："堂边屋，岩郎，谓严峻之廊也。"○《后汉书·班固传·两都赋》章怀注曰："墀，殿上地。"《文选·魏都赋》李善注引《汉典·职仪》曰："以丹漆地，故称丹墀。"○曹子建《公谦诗》曰："公子敬爱客，终宴不知疲。清夜游西园，飞盖相追随。明月澄清景，列宿正参差。"班孟坚《东都赋》曰:"扬光飞文。"○《左传》昭四年:"司马侯曰:冀之北土,马之所生。"《尔雅·释宫》曰:"五达谓之康。"《晋书·戴若思传》:"陆机曰:若得托迹康衢,则能结轨骐䯅"○《西京杂记》卷上曰:"文帝有良马九,一名浮云。"《蜀志·庞统传》曰:鲁肃遗先主书曰:"庞士元非百里才也,使处治中、别驾之任,始当展其骥足耳。"

公渐润膏腴,发灵川岳。七年可识,抱杞梓而呈才;千里见知,负骐骥而骋骏。灵台远鉴,与霜月而齐明;智府宏深,共烟波而等旷。践仁义于区域,白璧已轻;许然诺于枢机,黄金岂重?因心孝友,宜于自然;率志谦冲,得乎所性。不脂韦而求达,不诡计而自媒。被玉轴之文章,三冬遽足;穷金坛之秘诀,百战不孤。誉满寰中,声盖天下。而学优将仕,允属名家。欲升鸿渐之姿,终伫鹤鸣之闻。以皇朝麟德二年补左亲卫,从资例也。以上才学及入仕。

《晋书·王国宝传》(附王湛传)曰:"国宝中兴膏腴之族。"《南齐书·谢瀹传》曰:"世祖尝问王俭:当今谁能为五言诗?俭对曰:谢朏得父膏腴。"(朏,谢庄子,瀹之兄。)王僧孺《徐府君集序》曰:"禀灵川岳。"○《史记·司马相如传·子虚赋》:楩柟豫章。《集解》引郭璞曰:"豫章,大木也。生七年乃可知也。"《正义》引温活人曰:"豫今之枕木也,章今之樟木也,二木生至七年,枕樟乃可分别。"○《左传》襄二十六年:"声子曰:晋卿不如楚,其大夫则贤,皆卿材也,如杞梓皮革,自楚往也。"颜延年《七绎》曰:"梓漆简声,丽容呈才。"案:才,材之借字。○《吕氏春秋·知士篇》曰:"今有千里之马于此,非得良工,犹若弗取,良工之与马也,相得则然后成。"《庄子·秋水篇》曰:"骐骥骅骝,一日而驰千里。"《尔雅·释诂》曰:

"骏，速也。"郭注曰："骏犹迅。"〇《庄子·庚桑楚篇》曰："不可内于灵台。"郭注曰："灵台者，心也。"〇《淮南子·俶真训》曰："智者心之府也。"〇《淮南子·说山训》曰："得咼氏之璧，不若得事之所适。"〇《易·系辞上》曰："言行，君子之枢机。"《史记·季布传》曰："楚人谚曰：得黄金百斤，不如得季布一诺。"〇《诗·皇矣》曰："因心则友。"〇《晋书·载记》：赵旻等谏姚兴曰："殷汤、夏禹，德冠百王，然犹顺守谦冲，未居崇极。"〇《楚辞·卜居》曰："如脂如韦。"洪《补注》曰："韦，柔皮也。"朱注曰："脂，肥泽也。"〇曹子建《求自试表》曰："自衒自媒者，士女之丑行也。"〇梁简文《吴郡石像碑》曰："宁须玉轴。"〇《汉书·东方朔传》："朔上书：臣朔年十三学书，三冬文史足用。"〇《史记·淮阴侯传》："萧何曰：今拜大将，择良日，斋戒设坛场，具礼乃可耳。"案：沈休文《桐柏山金庭馆碑》曰："贻金坛之妙诀。"范彦《答句容陶先诗》曰："金坛谒九仙。"皆指道家所筑之坛。唐明皇《饯王晙巡边诗》曰："金坛申将礼，玉节授军符。"王子安《九成宫颂》曰："天策神兵，下金坛而决胜。"皆指将坛矣。《隋书·经籍志》兵家有《黄石公阴谋行军秘法》一卷，《黄帝蚩尤风后行军秘术》二卷。〇《史记·魏世家》："外黄徐子谓太子曰：臣有百战百胜之术。"〇《文选·魏都赋》曰："殷殷寰内。"张孟阳注引《榖梁》隐元年传："尹更始曰：天子以千里为寰。"〇《论语·子张篇》："子夏曰：学而优则仕。"〇《史记·甘茂传》："文信侯言于始皇曰：昔甘茂之孙甘罗年少耳，然名家之子孙，诸侯皆闻之。"〇《易·渐》上九："鸿渐于陆，其羽可用为仪吉。"〇《易·中孚》九二曰："鸣鹤在阴，其子和之。我有好爵，吾与尔靡之。"《诗》："鹤鸣于九皋，声闻于天。"〇麟德，唐高宗年号。〇《唐六典》卷二十四：亲府等五府中郎将各一人。原注曰："隋氏左右亲卫，各置开府一人以统之，武德七年，改开府，置中郎将一人，左右郎将各一人，又兵曹参军事各一人。"案：此但言左亲卫，未知所补何职也。

属金甲出战，玉帐论兵。从命文昌，问罪辽碣。公提戈赴海，投笔从燕。智者有谋，仁者必勇。孤锋直进，九种于是克清；匹马横行，三韩由其殄灭。酬庸赏最，我有力焉。俯洽恩波，泛承勋级。即授上柱国。公深惭位薄，命舛数奇。虽霭勒石之勋，未展披坚之效。嗟乎！杨子云之才藻，空疲执戟；马相如之文词，犹劳武骑。今古同贯，夫复何言？以上从征高丽，赏不酬功。

《新唐书·高宗纪》曰："乾封元年十二月（《旧唐书·高宗纪》作十月，是年十月、十二月皆有己酉，《通鉴》亦作十二月，《旧唐书·东夷传》作十一月，则误矣。）己酉，李勣为辽东道行台大总管，率六总管兵以伐高丽。总章元年九月癸巳，李勣败高丽王高藏，执之。十二月丁巳，俘高藏以献。"《旧唐书·高宗纪》曰："总章元年九月癸巳，司空英国公勣破高丽，拔平壤城，擒其王高藏，及其大臣男建等以归。境内尽降，其城一百七十，户六十九万七千，以其地为安东都护府，分置四十二州。"案：待宾从征，当在是时也。○蔡文姬《悲愤诗》曰："金甲耀日光。"○《北齐书·颜之推传·观我生赋》曰："转绛宫之玉帐。"杜子美《送严公入朝诗》曰："空留玉帐术。"《新唐书·艺文志》丙部子录兵家类，有《玉帐经》一卷，《太白阴经》卷十《推玉帐法》曰："大将军居太乙玉帐下吉，攻之不得，以功曹加月建前五辰"，是也。○《史记·天官书》曰："斗魁戴匡六星，曰文昌宫，一曰上将，二曰次将。"○《汉书·地理志》：玄菟郡高句骊县原注曰："辽山，辽水所出，西南至辽队入大辽水。"辽西郡絫县原注曰："下官水南入海，又有揭石水、宾水皆南入官。"右北平郡骊成县原注曰："大揭石山在县西南。"唐太宗《边城望月诗》曰："澄辉照辽碣。"○《淮南·人间训》曰："阳虎扬剑提戈而走。"梁元帝《告四方檄》曰："提戈蒙险。"○投笔，见王子安《滕王阁饯别序》注。○《史记·楚世家》："伍奢曰：胥之为人，智而好谋。"○《论语·宪问篇》曰："仁者必有勇。"○《后汉书·东夷传》曰："夷有九种，曰畎夷、于夷、方夷、黄夷、白夷、赤夷、玄夷、风夷、阳夷。"○《史记·季布传》："樊哙曰：臣愿将十万众，横行匈奴中。"○《后汉书·东夷传》曰："韩有三种：一曰马韩，二曰辰韩，三曰弁韩。马韩在西，有五十四国；辰韩在东，十有二国；弁韩在辰韩之南，亦十有二国，凡七十八国。"《清一统志》曰："朝鲜，古三韩地，今朝鲜之黄海道，忠清道本古马韩旧地，全罗道本弁韩地，庆尚道本辰韩地。"○《唐六典》卷二曰："凡勋十有二等，十二转为上柱国，比正二品。"○《史记·李将军传》曰："大将军青阴受上诫，以为李广老，数奇。"《集解》引如淳曰："奇为不偶也。"○《后汉书·窦宪传》曰："遂登燕然山，刻石勒功，纪汉威德。"○《史记·项羽本纪》："宋义曰：夫被坚执锐，义不如公。"案：披，被之借字。杨子云《解嘲》曰："位不过侍郎，擢才给事黄门。"东方曼倩《答安难》曰："官不过侍郎，位不过执戟。"曹子建《与杨德祖书》曰："昔杨子云先朝执戟之臣耳，犹称壮夫不为也。"○《史记·司马相如传》曰："相如以赀为郎，事孝景帝为武骑常侍，非其好也。"○郭遐叔《赠嵇康诗》曰："唯予与子，鲜不同贯。"

既而从牒随班，牵丝祗务。起家拜朝议郎。永淳元年正月三十日，授伊州伊吾县丞，非所好也。路指金河，途连玉塞。尘沙共起，烽火相惊。秋草将腓，胡笳动吹；寒胶欲折，虏骑腾云。公佐佑多方，掌司攸寄。服叛怀远，擒奸摘伏。于是寇骑不敢窥边，歌颂因兹溢境。曾未碁月，政令大行，特简帝心，超居不次。永淳二年二月四日，制授昭节校尉，守右卫蒲州府佐果毅仍令长上，兼上阳洛城等门供奉。公洞晓戎章，妙详兵律。军国是赖，戎幕允归。由是徼道长巡，严扃每奉。朝求夕警，不息于风霜；善牧能防，更申于闲皁。其年十月七日，奉敕命于大内祥麟厩检校马。公识高东野，职参西极。励衔策则追风逐日，加鞴拂则绝电奔星。駃騠将駙騵齐衡，骥骝共騎騄伏枥。于是龙媒间出，麟友挺生。伯乐多谢于精微，日碑有惭于秣养。恩制褒奖，又加崇秩。文明元年二月二十日，迁游击将军，仍依旧长上。以上仕唐历官及功绩。

《广雅·释器》曰："牒，板也。"王僧孺《授吏部郎表》曰："从班随牒，自安疏陋。"○《文选》谢灵运《初去郡诗》曰："牵丝及元兴。"李善注曰："牵丝，初仕也。"应璩诗曰："不悞牵朱丝，三署来相寻。"○《唐六典》卷二曰："凡叙阶二十九，正六品上曰朝议郎。"○永淳，唐高宗年号。○《元和郡县志》："陇右道伊州伊吾县下。（在今新疆哈密县南。）"《唐六典》卷三十曰："诸州下丞一人，正九品下。"○《隋书·地理志》："榆林郡有金河县。"（今绥远归绥县南。）《元和郡县志》曰："关内道胜州榆林县：金河泊在县东北二十里，周迴十里。"（今鄂尔多斯左翼后旗地。）○《宋书·乐志》四：《吴鼓吹曲·秋风曲》曰："秋风扬沙尘。"○《史记·周本纪》曰："幽王为燧燧大鼓，有寇至则举燧火。"○《诗·四月》曰："秋日凄凄，百卉具腓。"毛传曰："卉，草也；腓，病也。"《艺文类聚·杂文部》载梁元帝《拟秋气摇落》曰："秋风起兮寒雁归，寒蝉鸣兮秋草腓。"○《文选》李陵《答苏武书》曰："胡笳互动。"李善注曰："杜挚《笳赋序》曰：笳者，李伯阳入西戎所作也。"傅玄《笳赋序》

曰："吹叶为声。"《说文》作葭。○《汉书·晁错传》："错言徙民塞下，曰欲立威者，始于折胶。"注引苏林曰："秋气至，胶可折，弓弩可用，匈奴常以为候而出军。"○《艺文类聚·武部》载虞羲《霍将军北伐诗》曰："虏骑入幽并。"○《左传》僖七年："管仲曰：怀远以德。"○《汉书·赵广汉传》曰："发奸擿伏如神。"颜注曰："擿谓动发之也，音它狄反。"○《汉书·陈汤传》曰："单于遁逃远舍，不敢近边。"○《晋书·刘毅传》（卷八十五）：毅上表曰："干戈溢境。"○《论语·子路篇》皇侃疏曰："朞月，谓年一周也。"○《论语·尧曰篇》曰："简在帝心。"○《汉书·东方朔传》曰："待以不次之位。"颜注曰："不拘常次，言超擢也。"○《唐六典》卷五曰："正六品上曰昭武校尉，正八品上曰宣节校尉。"不言有昭节校尉。疑昭节字误。卷二十五曰："诸府折冲都尉各一人，左右果毅都尉一人。诸府折冲都尉之职，掌领五校之属，以备宿卫，以从师役，总其戎具资粮，差点教习之法令。左右果毅都尉，掌贰都尉。"卷二曰："凡任官，阶卑而拟高则曰守。"《新唐书·兵志》曰："太宗贞观十年，更号统军为折冲都尉，别将为果毅都尉，诸府总曰折冲府。凡天下十道，置府六百三十四，皆有名号，而关内二百六十有一，皆以隶诸卫，左右卫皆领六十府，诸卫领五十至四十，其馀以隶东宫六率。"《地理志》曰："河东道河中府河东郡本蒲州，武德三年徙治河东。"（今山西永济县治。）又原注曰："有府三十三。"据此文则蒲州三十三府，殆隶右卫欤！○《唐六典》卷五曰："凡天下之府五百九十有四，凡应宿卫之官，各从番第，诸卫将军、中郎将、郎将，及诸卫率、副率、千牛备身、备身，左右太子千牛，并长上，折冲果毅应宿卫者，并一日上，两日下。"案：待宾以校尉守果毅，故云仍令长上也。○《唐六典》卷七曰："东都城皇城在东城之内，百僚廨署如京城之制，其西北出曰洛城门，洛城南门之西有丽景夹城，自此潜通于上阳焉。上阳宫在皇城之西南，东面三门，南曰提象门，北曰星躔门，提象门内曰观风门。"案：待宾盖以长上宿卫东都洛阳皇宫也。○《文选·西都赋》曰："徼道绮错。"李善注曰："《汉书》曰：中尉掌徼循京师。如淳曰：所谓遊徼徼循（下徼字依《百官公卿表》注增），禁备盗贼也。"《天文大象赋》曰："大关严扃于毕野。"○《周礼·夏官》："校人掌王马之政，三乘为皁，皁一趣马，天子十有二闲，马六种。"郑注曰："每厩为一闲。"○《雍录》卷三曰："唐都城有三大内，太极宫者，隋大兴宫也。高宗建大明宫于太极宫之东北，太极在西，故名西内；大明在东，故名东内；别有兴庆宫者，亦在都城东南角，故又号南内也。"《唐六典》卷十一曰："尚乘奉御，掌内外闲厩之马，左右六闲，一曰飞黄、二曰吉良、三曰龙媒、四曰騊駼、五曰駃騠、六曰天苑，左右凡十有二闲，分为二厩，一曰祥麟、二曰凤苑，以系饲马。"○《庄子·达生篇》曰："东野稷以御见庄公，进退中绳，左右旋中矩，庄公以为文弗过也，使之钩百而反，颜阖遇之，入见曰：稷之马将败，少焉果败而返。公曰：子何以知之？曰其马力竭矣，而犹求焉，故曰败。"《释文》曰："李云：东野姓，稷名也。庄公，李云鲁庄公也。或云：《内篇》曰：颜阖将傅卫灵公太子，问于蘧伯玉（《人间世篇》），则不与鲁庄同时，当是卫庄公。"案：又见《吕氏春秋·适威篇》，（以为文弗过也，作以为造父不过也，而反作而少及焉。高注曰：不达也。）高诱以为颜阖鲁穆公时人，在庄公后十二世，且谓咸阳之金，固得载而归。梁处素曰："《庄子·列御寇篇》言鲁哀公问颜阖，则此为卫庄公是也，而《荀子·哀公篇》《韩诗外传》二、《新序·杂事》五、《家语·颜回篇》皆云，鲁定公问颜回东野之御，盖传闻异辞耳。又《荀》《韩》《新序》《人表》《家语》稷字并作毕。"（见《吕氏春秋》毕秋帆校本载。）案：梁说是，但庄生多喻言，必以庄公为蒯聩，则亦泥矣。○《汉书·礼乐志·郊祀歌·天马》曰：

"天马徕，从西极。"○《说文》曰："衔，马勒口也。策，首箠也。"○《御览·兽部》九引《古今注》曰："秦始皇有七名马，一曰追风。"（今本无一曰二字。）《拾遗记》三曰："周穆王驭八龙之骏，四名超影，逐日而行。"○刘孝标《广绝交论》曰："蔺拂使其长鸣。"《西京杂记》上曰："文帝自代还，有良马九匹，名浮云、赤电、绝群、逸骠、紫燕骝、绿螭骢、龙子、麟驹、绝尘，号为九逸。"《拾遗记》三曰："周穆王驭八龙之骏，三名奔霄，夜行万里。"《文选》陈孔璋《答东阿王笺》曰："譬犹飞兔流星，超山越海。"○《说文》曰："駃騠，马父骡子也。"（段注谓当作"马父骡母马也"六字。）《汉书·邹阳传》注引孟康曰："駃騠生七日而超其母。"（《司马相如传》注引郭璞作三日。）颜曰："駃音决，騠音题。"○《魏志·王朗传》裴注引《魏名臣奏》载朗节省奏曰："中厩则騑騄驸马六万馀匹。"○《史记·秦本纪》曰："周穆王得骥温骊骅騮騄耳之驷。"案：騮字亦作騧。《尔雅·释畜》曰："騊駼，马。"《释文》引《字林》曰："騊駼，北狄良马也。"《论文》曰："騊駼，北野之良马也。"曹孟德《步出夏门行·龟虽寿》曰："老骥伏枥，志在千里。"（《宋书·乐志》三作"骥老伏历"。）○《汉书·礼乐志·郊祀歌·天马》曰："今安匹，龙为友。"又曰："天马徕，龙之媒。"○《庄子·马蹄篇》曰："伯乐曰我善治马。"《释文》曰："伯乐姓孙名阳，善驭马。"《吕览·观表篇》曰："善相马者，若赵之王良，秦之伯乐、九方堙，尤尽其妙矣。"○《汉书·金日磾传》曰："金日磾，字翁叔，本匈奴休屠王太子也。以父不降见杀，与母阏氏、弟伦俱没入官，输黄门养马，时年十四年矣。久之，武帝游宴见马，后宫满侧，日磾等数十人牵马过殿下，莫不窃视。至日磾独不敢。日磾长八尺二寸，容貌甚严，马又肥好，上异而问之。具以本状对，上奇焉。即日赐汤沐衣冠，拜为马监，迁侍中驸马都尉光禄大夫。"颜注曰："磾音丁奚反。"《诗·汉广》毛传曰：

"秣，养也。"又《鸳鸯》毛传曰："秣，穀马也。"○文明，武后临朝年号，见下。○《唐六典》卷五曰："从五品下曰游击将军。"《通典·职官典》十六曰："武散官游击将军汉置，武帝以苏建、韩说为之，后汉邓晨亦为之，晋及陈并有之，大唐因之。"

大周革命，两仪开辟。爰覃作解之恩，式畅维新之典。勤劳夙著，休望允归。拜职迁荣，实符佥议。天授元年九月十六日，加威武将军守左玉钤卫翊善府折冲都尉，依旧长上，封安定县开国男，食邑三百户。公祇奉王庭，职司兵卫。八屯由其增峻，五校于是克宣。翼翼兢心，积劬劳于岁月；勤勤忠志，怀踟蹰于序时。忧能伤人，竟成沉疾。以长寿二年正月六日终于神都旌善里私第，春秋五十。以上仕周历官及卒。

《旧唐书·则天皇后本纪》曰："则天皇后武氏，讳曌，并州文水人也。弘道元年十二月丁巳，大帝崩，皇太子显即位，尊天后为皇太后。是日自临朝称制。嗣圣元年春正月甲申朔改元。二月戊午，废皇帝为庐陵王，幽于别所，仍改赐名哲。己未，立豫王轮为皇帝，改元文明，皇太后仍临朝称制。四年五月，皇太后加尊号曰圣母神皇。载初元年，依周制建子月为正月，改永昌元年十一月为载初元年，十二月为腊月，改旧正月为一月。九月壬午，革唐命，改国号为周，改元为天授，大赦天下。乙酉，加尊号曰圣神皇帝，降皇帝为皇嗣。丙戌，初立武氏七庙于神都。"《易·革·象传》曰："汤、武革命，顺乎天而应乎人。"○《易·系辞上》曰："《易》有太极，是生两仪。"《吕览·大乐篇》曰："太一出两仪。"高注曰："两仪，天地也。"《文选·鲁灵光殿赋》李善注引《尚书考灵耀（曜）》曰："天地开辟，曜满舒光。"○《易·解·象传》曰："雷雨作解，君子以赦过宥罪。"○《诗·文王》曰："周虽旧邦，其命维新。"○《书·金縢》曰："昔公勤劳王家。"○《尔雅·释诂》曰："休，美也。"○沈休文《授萧惠休右仆射诏》曰："入副朝端，佥议斯在。"《尔雅·释诂》曰："佥，皆也。"《楚辞·天问》王注曰："佥，众也。"○《唐六典》卷二十四曰："左右领军卫，光宅元年改为左右玉钤卫。"案：折冲都尉已见上。《唐六典》卷二又曰："司封郎中、员外郎，掌邦之封爵，凡有九等，九曰县男，从五品，食邑三百户。"○《文选·西京赋》曰："卫尉八屯，警夜巡昼。"薛注曰："卫尉帅吏士周宫外，于四方四角立八屯士。"李善曰："《汉书》曰：卫尉掌门卫屯兵。"（见《百官公卿表》）《汉书·元帝纪》颜注曰："卫尉有八屯，卫候司马，主卫士徼巡宿卫，每面各二司马，故谓宫之外门为司马。"案：颜注与薛说合。五臣注吕延济曰："屯，营也，八营谓长水、中垒、屯骑、虎贲、越骑、步兵、射声、胡骑，言此八营皆于卫尉掌之。"与《三辅黄图》合。或谓《黄图》多后人羼入，恐即取五臣注为之，仍以薛、颜之说为长。○《汉书·百官公卿表》："中垒、屯骑、步兵、越骑、长水、胡骑、射声、虎贲八校尉，武帝初置。"《刑法志》曰："内增七校。"晋灼曰："胡骑不常置，故此言七也。"《昭帝纪》曰："元凤四年五月，孝文庙正殿火发，中二千石将五校作治，六日成。"颜注曰："率领五校之士以作治也。"《南齐书·百官志》曰："屯骑、步兵、射声、越骑、长水五校尉。"《唐六典》卷二十五曰："凡兵马在府，每岁季冬，折冲都尉率五校之属，以教其军阵战斗之法。"○《诗·大明》曰："小心翼翼。"笺云："小心翼翼，恭慎貌。"又《诗·文王》："厥犹翼翼"，毛传曰："翼翼，恭敬也。"○《诗·正月》曰："谓天盖高，不敢不局；谓地盖厚，不敢不蹐。"毛传曰："局，曲也；蹐，累足也。"《释文》曰："局本又作跼。"○孔文举《论盛孝章书》曰："若使忧能伤人，此子不得永年矣。"○《元和志》曰："河南道河南府：显庆二年置东都，则天改为神都。"《太平寰宇记》曰："光宅元年改东都为神都。”案：徐星伯《唐两京城坊考》：东京定鼎门街东第二街六坊，最北为旌善坊，有明威将军梁待宾宅。○案：文言怀跼蹐于序时，又言忧能伤人，盖皆微词。当武后天授、如意、长寿之间，正诛戮大臣、竞行告密之时，岂待宾亦尝牵入耶？特其事不可考矣。

惟公弱不好弄，卓尔不群。九岁明《诗》，七龄通《易》。月初能对，即谢黄童；日下相酬，还惭夫子。经耳不忘，历口不遗。性沉深有器度，能倜傥无拓落，尤重交友，雅爱林泉。月幌风襟，每吟谣于笺綵；花新叶早，必赏会于琴樽。加以啼猿落雁之奇，鸾惊凤翥之妙，泻水悬河之辨，背碑覆局之精，标映前哲，公实多敏。至孝过人，雍和绝俗。事父母则造次不违，友兄弟则温柔必尽。既风树兴感，霜露缠悲。聿修之德维新，欲报之恩罔极。虔诚大象，宏誓小乘。广树慈仁，庶凭因果。月抽官俸，日减私财，并入薰修，咸资檀施。故得雕檀之妙，俯对禅龛；贝叶之文，式盈梵宇。以上叙其性情才艺，及欲报亲恩而推广佛果。

《左》僖九年：“郤芮曰：夷吾弱不好弄。”杜注曰：“弄，戏也。”○《汉书・景十三王传赞》曰：“夫惟大雅，卓尔不群。河间献王近之矣。”○《后汉书・班固传》曰：“年九岁，能属文诵诗书。”○《梁书・王承传》曰：“承七岁，通《周易》。”○《后汉书・黄琬传》曰：“琬字子琰，祖父琼，初为魏郡太守，建和元年正月，日食京师不见，而琼以状闻。太后诏问所食多少，琼思其对，而未知所况。琬年七岁，在傍曰：何不言日食之馀，如月之初。琼大惊，即以其言应诏，而深奇爱之。”○《列子・汤问篇》曰：“孔子东游，见两小儿辩斗，一儿曰：日初出大如车盖，及日中则如盘盂，此不为远者小，而近者大乎？一儿曰：日初出沧沧凉凉，及其日中如探汤，此不为近者热，而远者凉乎？孔子不能决也。两小儿笑曰：孰为汝多知乎？"○沈休文《王茂加侍中诏》曰："器度淹弘。"○《文选》司马迁《报任少卿书》曰："唯倜傥非常之人称焉。"李善注引《广雅》曰："倜傥，卓异也。"（今《释训》作俶傥，字同。）《汉书·杨雄传·解嘲》曰：何为官之拓落也？"颜注曰："拓落，不偶也。拓音托。"○《文选》谢惠连《雪赋》曰："月承幌而通晖。"李善注引《文字集略》曰："幌，以帛明牎也。"又宋玉《风赋》曰："有风飒然而至，王乃披襟而当之。"○陈后主《与詹事江总书》曰："颇用谭笑娱情，琴樽间作。"○《淮南子·说山训》曰："楚王有白猨，王自射之，则搏矢而熙。使养由基射之，始调弓矫矢，未发而猨拥柱号矣。"《楚策》四："魏加曰：异日者，更羸与魏王处京台之下，仰见飞鸟，更羸谓魏王：臣为王引弓虚发而下鸟，有间，雁从东方来，更羸以虚发下之。"案：更羸当依《魏都赋》张孟阳注引作更嬴。○索幼安《草书状》曰："漂若惊鸾。"梁武帝《草书状》曰："婆娑而起舞凤。"成公子安《隶书体》曰："鸾凤翱翔，矫翼欲去。"○《世说新语·赏誉篇下》："王太尉（衍）云：郭子玄语议如悬河泻水，注而不竭。"又见《晋书·郭象传》。○《魏志·王粲传》曰："粲与人共行，读道边碑，人问曰：卿能闇诵乎？曰能。因使背而诵之，不失一字。观人围棊局坏，粲为覆之，棊者不信，以帊盖局，使更以他局为之，用相比校，不误一道。其强记默识如此。"○《南史·王规传》曰："皇太子与湘东王绎令曰：王威明风韵遒上，神锋标映。"○《论语·里仁篇》《集解》引马融曰："造次，急遽也。"○《韩诗外传》九曰："皋鱼被褐拥镰，哭于道旁，孔子辟车舆之言曰：子何哭之悲也？皋鱼曰：树欲静而风不止，子欲养而亲不待也。往而不可得见者亲也，吾请从此辞矣。立槁而死。"○《礼记·祭义》曰:"霜露既降,君子履之,必有悽怆之心。"○《诗·文王》曰:"聿修厥德。"○《诗·蓼莪》曰:"父兮生我,母兮鞠我。欲报之德,昊天罔极。"○《大日经疏》五曰:"摩诃那伽,是如来别号。"可洪《音义》曰:"摩诃此言大,那伽此云龙,亦云象,合而言之,即云大龙象也。谓世尊为大龙象者,以彼有大威德,故以譬之。"○小乘者,对大乘而言,求佛果为大乘,求阿罗汉果、辟支佛果为小乘。《楞严经》卷四曰:"爱念小乘,得少为足。"《法华经·方便品》曰:"佛自住大乘,如其所得法,定慧力庄严,以此度众生,自证无上道,大乘平等法,若以小乘乃至化一人,我则堕悭贪。"○唐译《楞伽经·集一切法品》曰:"因有六种,谓当有因、相属因、相因、能作因、显了因、观待因。当有因者,谓内外法作因生果;相属因者,谓内外法作缘生果;相因者,作无间相生相续果;能作因者,谓作增上而生果;显了因者,谓分别生能显境相;观待因者,谓灭时相续断,无妄想生。"○《观无量寿佛经》曰:"戒香薰修。"○檀施,见王子安《净慧寺碑》注。○《大唐西域记》卷五曰:"憍赏弥国城内故宫中有大精舍,高六十馀尺,有刻檀佛像,上悬石盖,邬陀衍那王之所作也。初如来成正觉已,上升天宫,为母说法,三月不还,其王思慕,愿图形像,及请尊者没特迦罗子,以神通力,接工人上天宫,亲观妙相,雕刻旃檀如来自天宫还也。刻檀之像,起迎世尊,世尊慰曰:教化劳耶!开导末世,实此为冀。"○《翻译名义·林木篇》曰:"多罗旧名贝多,如此方棕榈,直而且高。《西域记》云:南印建那补罗国北不远,有多罗树林三十馀里,其叶长广,其色光润,诸国书写,莫不采用。"《酉阳杂俎》卷十八曰:"贝多出摩伽陀国,长六七丈,经冬不凋。此树有三种,一者多罗娑力叉贝多,二者多梨婆力叉贝多,三者部婆力叉多罗梨贝多。贝多是梵语,汉翻为叶。贝多婆力叉者,汉言树叶也。西域经书,用此三种皮叶,若能保护。亦得五六百年。"

○玄应《一切经音义》六曰："梵言梵摩，此译云寂净，或清净，或曰净洁。"江总持《摄山栖霞寺碑》曰："我开梵宇。"

粤以大周长寿二年岁次癸巳二月辛酉朔二十四日甲申，迁窆于雍州蓝田县骊山原旧茔，礼也。葬事之属，一皆官给。鼓吹仪仗，送至墓所。坟开白日，终留恨于滕城；礼被皇家，忽霑荣于霍隧。呜呼哀哉！嗣子左千牛去疑，哀缠泣柏，思结餐荼。仰庭礼而不违，睹楹书而增慕。恐玄穹倚杵，碧海成桑。敬勒坚贞，乃为铭曰：
以上葬及碑铭。

《旧唐书·则天纪》曰："天授三年（四月改元如意）九月，改元为长寿。"是二月尚在改元之前。○《说文》曰："窆，葬下棺也。"《元和郡县志》曰："关内道京兆府：隋置雍州，炀帝改为京兆郡。武德元年，复为雍州。"《清一统志》曰："陕西西安府：蓝田故城在今蓝田县西。骊山在临潼县东南，与蓝田县蓝田山相连。"○《西京杂记》卷下曰："滕公驾至东都门，马嘶踢不肯前，以足跑地，久之，滕公使士卒掘马所跑地，入三尺所，得石椁，有铭曰：佳城郁郁，三千年见白日，吁嗟滕公居此室！滕公曰：嗟乎天也，吾死其即安此乎，死遂葬焉。"○《汉书·霍光传》曰："光薨，上及皇太后亲临光丧，东园温明（王怀祖校当增秘器二字。）皆如乘舆制度，载光尸柩以辒辌车，黄屋左纛，发材官轻车北军五校士军陈，至茂陵以送，其葬，发三河卒穿复土，起冢祠堂，置园邑三百家，长丞奉守如旧法。"《后汉书·赵咨传》章怀注曰："隧谓掘地为埏道，王之葬礼也。"○《晋书·孝友传》曰："王裒字伟元，城阳营陵人也。父仪，为文帝司马，帝怒斩之。哀痛父非命，未尝西向而坐，示不臣也。庐于墓侧，旦夕常至庐所拜跪，攀柏悲号，泪涕著树，树为之枯。"○《尔雅·释草》曰："荼，苦菜。"○《论语·季氏篇》曰："鲤趋而过庭，曰：学礼乎？对曰：未也。"○《晏子春秋·内篇·杂下》曰："晏子病将死，凿楹纳书焉，谓其妻曰：楹语也，子壮而示之。"○《易·坤·文言》曰："天玄而地黄。"《尔雅·释天》曰："穹苍，苍天也。"郭注曰："天形穹隆，其色苍苍，因名云。"《初学记·天部上》引《河图挺佐辅》曰："百代之后，地高天下，如此千岁之后，而天可倚杵，汹汹莫知始终。"○海桑，已见《访杨隐居序》注。

大哉嬴国！远矣少梁！与秦同祖，今则夏阳。爰暨伯翳，胙土惟良。自兹厥后，人物克昌。逮乎汉朝，令望不已。三世连辉，七侯承祉。或显或晦，有文有史。舃奕圭璋，芬芳兰芷。少保名扬，司空道泰。惟祖惟祢，蝉联轩盖。以上先代。

《左传》桓九年杜注曰："梁国在冯翊夏阳县。"孔疏曰："《地理志》，冯翊夏阳县，故少梁也。"僖十七年传曰："惠公之在梁也，梁伯妻之。梁嬴孕过期。"既以国配嬴，则梁为嬴姓。《史记·秦本纪》《索隐》曰："梁，嬴姓。"《通志·氏族略》曰："梁氏嬴姓，伯爵，伯益之后，秦仲有功，周平王封其少子康于夏阳梁山。夏阳今为同州县，犹有新里城。新里，梁伯所城者。乐史云：新里在澄城，僖十九年秦取之，子孙以国为氏。"《清一统志》曰："陕西同州府：夏阳故城，在韩城县南。"○《郑语》史伯嬴曰："伯翳之后也。"韦注曰："伯翳，舜虞官，少皞之后，（当作颛顼之后。）伯益也。"《史记·秦本纪》曰："秦之先，帝颛顼之苗裔，大费佐舜，调驯鸟兽，鸟兽多驯服，是为柏翳。舜赐姓嬴氏。"《索隐》曰："大费，秦、赵之祖，嬴姓之先，一名伯翳，《尚书》谓之伯益，《系本》（即《世本》）、《汉书》谓伯益是也。寻检《史记》上下诸文，伯翳与伯益是一人不疑，而《陈杞世家》叙伯翳与伯益为二，未知史公疑而未决邪，抑亦误谬耳？"《汉书·地理志》曰："秦之先曰伯益，出自帝颛顼，尧时助禹治水，为舜朕虞，赐姓嬴氏。"颜注曰："伯益一号伯翳，盖翳、益声相近故也。"《诗·秦谱》孔疏曰："伯翳、伯益，声转字异，犹一人也。"（《路史》分伯翳、伯益为二人，伯翳为少昊后，嬴姓，封费。伯益为高阳后，姬姓，封梁，妄说不足据。）○《左传》隐八年："众仲曰：天子建德，因生以赐姓，胙之土而命之氏。"杜注训胙为报。○《诗·雝》曰："克昌厥后。"○《诗·卷阿》曰："令闻令望。"○三世谓梁竦，竦子雍，雍子商，商为大将军，谥忠侯。○七侯见上注。○《文选·典引》曰："舄奕乎千载。"李善注曰："舄奕，光曜流行貌。"《诗·卷阿》曰："如圭如璋。"○冯敬通《显志赋》曰："播兰芷于中廷兮。"○少保、司空，并见上。○《公羊传》隐元年何注曰："生称父，死称考，入庙称祢。"《南史·王筠传》：沈约曰："自开辟以来，未闻爵位蝉联，文彩相映，如王氏之盛者。"鲍明远《咏史诗》曰："轩盖已云至。"

挺生令则，在邦之最。卯岁腾芳，髫年超霭。君号神童，晚称英杰。佩仁服义，既明且哲。七步立成，五行不辍。家惟万卷，韦实三绝。词高许下，学富淹中。志惟谨洁，心亦冲融。温淳植性，朗润在躬。闺门礼洽，朋友财通。思若云飞，辨同河泻。兼该小说，邕谷大雅。武擅孙、吴，文标董、贾。树下啼猿，封中试马。以上才德。

蔡伯喈《陈太丘碑》曰："元方、季方，皆命世挺生。"（此据《文选·辨命论》注引，与今本异。）左太冲《蜀都赋》曰："杨雄含章而挺生。"○《说文》冃部：最，犯而取也。从冃从取。冖部：冣，积也，从冖取，取亦声。段注曰："冣与聚，音义皆同，与最音义皆别，今人最美、最恶之云，读祖会切，于形于音皆失之。"案：观此文，则唐初亦以最为冣，读祖会切矣。○《诗·甫田》曰："总角丱兮。"毛传曰："丱，幼稚也。"《释文》曰："丱，古患反。"○《后汉书·伏湛传》注曰："《埤苍》曰：髻，髦也，髻发谓童子垂发也。"《广韵》十四泰曰："霭，云状。"○《魏志·管辂传》裴注引《辂别传》曰："徐州谓之神童。"○《荀子·儒效篇》曰："其通也，英杰化之。"○《诗·崧高》曰："既明且哲，以保其身。"○《世说新语·文学篇》曰："文帝尝令东阿王七步中作诗，不成者行大法。应声便为诗曰：煮豆持作羹，漉菽以为汁。萁在釜下然，豆在釜中泣。本自同根生，相煎何太急？帝深有愧色。"○《后汉书·应奉传》曰："奉少聪明，读书五行并下。"○《史记·孔子世家》曰："孔子晚而喜《易》，序彖系象、说卦文言，读《易》韦编三绝。"○曹子建《与杨德祖书》曰："昔仲宣独步于汉南，孔璋鹰扬于河朔，伟长擅名于青土，公幹振藻于海隅，德琏发迹于此魏，足下高视于上京，当此之时，人人自谓握灵蛇之珠，家家自谓抱荆山之玉。吾王于是设天网以该之，顿八纮以掩之，今悉集兹国矣。"李善注曰："德琏，南顿人也，近许都，故曰此魏。"案：此许下，即指许都。《魏志·武帝纪》曰："建安元年，洛阳残破，董昭等劝太祖都许。"《清一统志》曰："河南许州（今改许昌县）许昌故城，在州城西南，汉建安元年，曹操迎献帝都此。魏文帝黄初二年，改许县为许昌县。"○《汉书·艺文志》曰："礼古经者，出鲁淹中。"注引苏林曰："里名也。"《续汉书·郡国志》：鲁国奄国。刘注引《皇览》曰："奄里伯公冢，在城内祥舍中。"《清一统志》曰："山东兖州府：奄里在曲阜县城东。"案：奄里疑即淹中里也。○《礼记·仲尼燕居》："子曰：以之闺门之内有礼，故三族和也。"○《白虎通·三纲六纪篇》曰："朋友之交，货财通而不计。"故《论语》曰："子路云：愿车马，衣轻裘，与朋友共，敝而无憾。"（《公冶长篇》）。卢子行《卢记室诔》曰：

"壮思云飞。"案：河渨见上注。○《汉书·艺文志》曰："小说家者流，盖出于稗官。"○班孟坚《两都赋序》曰："雍容揄扬。"案：雍、邕字同，《汉书·司马相如传》注引张揖曰："《诗》小雅之材七十四人，大雅之材三十一人。"○《史记·孙吴列传》曰："孙子武者，齐人也。以兵法见于吴王阖庐。吴起者，卫人也。好用兵。"《汉书·艺文志》：吴《孙子兵法》八十二篇。原注曰：图九卷。颜注曰："孙武也，臣于阖庐。"又《吴起》四十八篇。《史记·骠骑将军传》曰："天子尝欲教之孙吴兵法。"○《汉书·董仲舒传》曰："仲舒，广川人也。武帝即位，举贤良文学之士，前后百数，而仲舒以贤良对策焉。"《贾谊传》曰："谊，雒阳人也。文帝召以为博士，超迁岁中至大中大夫。"《后汉书·仲长统传》曰："缪袭常称统才章足继西京董、贾、刘、杨。"○啼猿见上注。○《晋书·王湛传》曰："湛兄子济所乘马甚爱之。湛曰：此马虽快，然力薄不堪苦行，近见督邮马当胜，但刍秣不至耳。济试养之，当与己马等。湛又曰：此马任重方知之，平路无以别也。于是当蚁封内试之，济马果踬而督邮马如常。"《方言》卷十曰："楚郢以南，蚁土谓之封。"

且文且武，执戟登位。海隅不宾，命我偏帅。既陪勒石，还从饮至。辅翊百里，褒升佐贰。既总兵权，入司宫掖。徼道宵警，禁门晓辟。式重其骏，载怀斯癖。我马既良，我军既雄。折冲千里，趋奉九重。行承芝诰，坐启茅封。恨深负米，荣暨击钟。爰持戒律，思答慈容。将福有征，谓仁必寿。如何淑德，遭此凶咎？孺慕崩心，悴嫠缩首。夜泉扃闭，天长地久。以上仕绩及卒。

▢此篇不矜才气，循循矩矱，雅饬可法。

执戟见上注。《史记·淮阴侯传》《集解》：张晏曰："郎中宿卫执戟之人也。"○《书·益稷》曰："至于海隅苍生。"○《左传》隐五年:"臧僖伯曰:三年而治兵,入而振旅,归而饮至。"○《后汉书·窦宪传》曰:"宪恃宫掖声势。"《西都赋》曰:"后宫则有掖庭椒房。"李善注引《汉官仪》曰:"婕妤以下,皆居掖庭。"○《汉书·息夫躬传》曰:"伍宏以医技得幸,出入禁门。"○《晋书·王济传》曰:"杜预谓济有马癖。"○折冲句见上注。○《楚辞·九章·惜诵》曰:"君之门兮九重。"○《御览·皇王部》六引《春秋运斗枢》曰:"黄龙五彩负图置舜前,图以黄玉为匣,白玉检,黄金绳,芝为泥,封两端。"○茅封见上注。○《说苑·建本篇》:"子路曰:昔者由事二亲之时,常食藜藿之实,而为亲负米百里之外,亲没之后,南游于楚,从车百乘,积粟万锺,累茵而坐,列鼎而食,愿食藜藿,为亲负米之时,不可复得也。"又见《家语·观思篇》。○《左》襄三十年曰:"郑伯有夜饮酒击钟焉。"○《四分戒疏》曰:"尸罗此翻为戒,义训警也。毘尼汉称为律,律者法也。"○《左传》昭八年:"叔向曰:君子之言,信而有征。"○《论语·雍也篇》曰:"仁者寿。"○《礼记·檀弓下》曰:"有子与子游立,见孺子慕者。"○张景阳《七命》曰:"荧鳌为之擗摽。"荧、惸字同;鳌,嫠之借字。○《文选·古诗》曰:"下有陈死人,杳杳即长暮。潜寐黄泉下,千载永不寤。"庾子山《慕容宁神道碑》曰:"泉扃永闭。"○《老子》曰:"天长地久。"

彭城公夫人尔朱氏墓志铭

此篇及《伯母东平郡夫人李氏墓志铭》,并误入《庚子山集》,倪鲁玉(璠)注曰:"皆非子山之作。按滕王序《开府文集》二十卷,及《隋·经籍志》称二十一卷,今并不传,近本皆出《文苑英华》,《英华》列此二篇于子山诸志之后,此篇失名,次篇称前人(即《东平郡夫人李氏墓志》),后人采《英华》成集,误为庾作。又篇内上元元年及下篇永淳二年,皆唐高宗年号，下篇炯忝为詹事司直，明是杨炯之作也。"步瀛案：倪说是也。唐初令狐德棻封彭城郡公，然非刘氏。刘德威封彭城郡公，永徽三年卒，其年代亦相当。唯考《旧唐书》德威传，其妻氏郑，继室为平寿县主，非尔朱氏，则亦非德威矣。苏廷硕《高安长公主神道碑》称彭城侯刘知柔，与此时代亦不相值。

夫人尔朱氏，河南洛阳人也。若夫阴山表里，冲北斗之玑衡；瀚海弥纶，直西街之毕昴。四时衔火，烛龙开照地之光；六月抟风，大鹏运垂天之翼。由是奄有京县，遂荒中土。车书礼乐，三王之损益可知；将相公侯，百代之山河不殒。以上先世之勋阀。

《魏书·尔朱荣传》曰："其先居于尔朱川，因为氏焉。常领部落，世为酋帅。高祖羽健为领民酋长，拜散骑常侍，以居秀容川，诏割方三百里封之，长为世业。曾祖郁德、祖代勤继为领民酋长，代勤高宗末假宁南将军，除肆州刺史，赐爵梁郡公。"○《史记·匈奴传》曰："赵武灵王破林胡楼烦，筑长城，自代并阴山，下至高阙为塞。"《正义》引《括地志》曰："阴山在朔州北塞外突厥界。"《清一统志》曰："蒙古：阴山，俗名大青山，西自河套北乌喇忒西境，东至归化城（今绥远归绥县）东北，层峦峻岭，绵亘五百馀里，土名随地而异。"《左》僖二十八年："子犯曰：表里山河，必无害也。"○《史记·天官书》曰："北斗七星，所谓璇玑玉衡以齐七政。"《索隐》引《春秋运斗枢》曰："斗第一天枢，第二旋，第三玑，第四权，第五衡，第六开阳，第七摇光，第一至第四为魁，第五至第七为杓，合而为斗。"○《史记·骠骑将军传》曰："登临翰海。"《汉书·霍去病传》注如淳曰："翰海，北海名也。"吴让之（熙载）《通鉴地理今释》

曰："瀚海，今苏尼特旗北大戈壁，为度漠大路。"《易·系辞上》曰："故能弥纶天地之道。"○《史记·天官书》曰："昴毕间为天街，其阴阴国，阳阳国。"《集解》引孟康曰："阴西南坤维，河山已北国，阳河山已南国。"《汉书·天文志》曰："昴毕间天街也，街北胡也，街南中国也。"○《海外北经》曰："钟山之神，名曰烛阴。"郭注曰："烛龙也，是烛九阴，因名云。"《大荒北经》曰："西北海之外，赤水之北，有章尾山，有神人面蛇身而赤，是烛九阴，是谓烛龙。"（郝兰皋笺疏谓锺章声转。毕秋帆校正谓锺山即阴山，在山西、陕西塞外，阴、锺声相近。）郭注引《诗含神雾》曰："天不足西北，无有阴阳消息，故有龙衔火精（火字据《文选·雪赋》注增），以往照天门中云。"○六月抟风及垂天之翼，已见王子安《滕王阁饯别序》扶摇，及《净惠寺碑》云鹏注。○《诗·閟宫》曰："奄有龟蒙，遂荒大东。"案：此言尔朱氏从魏入洛也。魏孝文帝太和十八年迁都洛阳。○《论语·为政篇》曰："殷因于夏礼，所损益可知也。周因于殷礼，所损益可知也。其或继周者，虽百世可知也。"○《史记·高祖功臣表序》曰："封爵之誓曰：使河如带，泰山若厉。国以永宁，爰及苗裔。"

祖敞，隋仪同三司金紫光禄大夫岐、同、金、申、信、临、徐七州总管兵部尚书，金城郡开国公，天列尚书之星，地标光禄之塞。出身万里，知吕岱之元勋；专命一方，识刘弘之重寄。父休最，隋左千牛备身朝散大夫齐王府司马，袭封爵金城公。大夫称伐，诸侯胙土。淮仙致雨，仍攀桂树之山；楚客临风，更入芙蓉之水。
以上祖父。

《隋书·尔朱敞传》曰："敞字乾罗，秀容契胡人，尔朱荣之族子也。父彦伯官至司徒博陵王。齐神武诛尔朱氏，敞小，随母养于宫中。及年十二，自窦而走，诈为道士，间行微服，西归于周。太祖见而礼之，拜大都督行台郎中，封灵寿县伯。高祖受禅，改封边城郡公，旋拜金州总管，寻转徐州总管。"《北史》敞传不言徐州，又皆不言岐、同、申、信、临五州，盖略。○《隋书·百官志》曰："仪同三司为正五品。"（《通典·职官》十六曰："汉文帝元年，始用宋昌为卫将军，位亚三司，后汉章帝建初三年，始使车骑将军马防班同三司，同三司之名自此始也。殇帝建平九年，邓骘为车骑将军仪同三司，仪同之名自此始也。"）又曰："金紫光禄大夫为从二品。"又曰："州置总管者，列为上中下三等，上总管为视从二品，中总管为视正三品，下总管为视从三品。"又曰："兵部尚书为从二品。"又曰："开国郡公为从一品。"○《隋书·地理志》：雍州扶风郡旧置岐州（治雍县，今陕西凤翔县南），冯翊郡西魏曰同州（治冯翊县，今陕西大荔县治），梁州西城郡，西魏为金州（治金川县，今陕西安康县治），荆州义阳郡后周曰申州（治义阳县，今河南信阳县南），梁州巴东郡，梁置信州（治人复县，今四川奉节县东北），又临江县后周置临州（今四川忠县治），扬州彭城郡旧置徐州（治彭城县，今江苏铜山县治），雍州金城郡治金城县（今甘肃兰皋县治）。案：北魏边城郡有三，一属霍州（今安徽六安县西），一属扬州（在安徽境），一属南朔州（在河南境），隋无边城郡，自移封金城矣。○《晋书·天文志》曰："文昌六星，在北斗魁前，一曰上将，大将军建威武；二曰次将，尚书正左右。"○《汉书·匈奴传》曰："呼韩邪单于自愿留居光禄塞下。"颜注曰："徐自为所筑者也。"吴让之曰："光禄塞，今河套东北。"○《吴志·吕岱传》曰："岱字定公，广陵海陵人也。延康元年，代步骘为交州刺史，历年不饷家，妻子饥乏，权闻之叹息，以让群臣曰：吕岱出身万里，为国勤事，家门内困，而孤不早知，股肱耳目，其责安在？于是加赐钱米布绢，岁有常限。"○《晋书·刘弘传》

曰："弘字季和，沛国相人也。封宣城公。太安中，张昌为乱，转使持节南蛮校尉荆州刺史。及新野王歆之败也，以弘代为镇南将军都督荆州诸军事，遣军讨昌斩之，悉降其众。时荆部守宰多阙，弘请补选，帝从之。弘乃叙功铨德，随才补授，甚为论者所称。"○休最，《隋书·北史》敲传皆云子最，无休字。○千牛备身，已见上篇注。○《隋书·百官志》曰："朝散大夫为从四品。"又曰："梁皇弟皇子府置司马，陈承梁皆循其制，皇弟皇子府司马千石，高祖又采后周之制，皇伯叔昆弟皇子为亲王，置师友各一人，文学二人，长史、司马、谘议、参军事、掾属各一人。"《炀三子传》曰："齐王暕字世朏，炀帝即位，进封齐王，大业二年，转豫州牧，明年，转雍州牧，寻徙河南尹，开府仪同三司。"○《左》襄十九年：臧武仲曰："大夫称伐。"○胙土，已见上篇注。○《神仙传》卷四曰："淮南王刘安，汉高帝之孙也。方术之士，不远千里，卑辞重币致之。八公告王曰：闻王好士，故来相从，未审王意有何所欲？吾一人能坐致风雨，立起云雾。"○《楚辞》淮南小山《招隐士》曰："桂树丛生兮山之幽。"又曰："攀桂树兮聊淹留。"○《楚辞·九歌·少司命》曰："悦临风兮浩歌。"《湘君》曰："搴芙蓉兮木末。"《南齐书·庾杲之传》曰："杲之字景行，新野人也。出为王俭卫军长史，时人呼入俭府为芙蓉池。"案：新野春秋时邓地，后灭于楚，故曰楚客。入芙蓉水，喻为齐王府司马也。

夫人玉台贞气，金河仙液。蔡中郎之女子，早听色丝；谢太傅之闺门，先扬丽则。彭城公发源殷伯，承家汉相。山川气候，彰白武于皋繇；象纬休征，下苍龙于曼倩。三星照夜，伫稽鸣雁之期；七日秉秋，坐荐飞皇之兆。夫人年甫十八，遂归于我。巫山南眺，逢暮雨于瑶姬；华岳西临，降明星于玉女。以上于归彭城。

《汉书·礼乐志·郊祀歌》曰:"观玉台。"注引应劭曰:"玉台,上帝之所居。"○王僧孺《礼佛文》曰:"穷金河之奥说。"《西域记》六曰:"阿恃多伐底河,唐言无胜,此世共称耳。旧云阿利罗跋提河,讹也。典言谓之户赖拏伐底河,译曰有金河。"○《世说新语·捷悟篇》曰:"魏武尝过曹娥碑下,杨修从,碑背上见题作'黄绢幼妇,外孙齑臼'八字,魏武谓修曰:解不?修曰:解。魏武曰:卿未可言,待我思之。行三十里,魏武乃曰:吾已得。令修别记所知。修:黄绢,色丝也,于字为绝;幼妇少女也,于字为妙;外孙女子也,于字为好;齑臼受辛也,于字为辤;所谓绝妙好辤(辞)也。"○《世说新语·言语篇》曰:"谢太傅寒雪日内集,与儿女讲论文义,俄而雪骤,公欣然曰:白雪纷纷何所似?兄子胡儿曰:撒盐空中差可拟。兄女曰:未若柳絮因风起。公大笑乐。即公大兄无奕女,左将军王凝之妻也。"刘孝标注引《妇人集》曰:"谢夫人名道蕴,有文才,所著诗赋诔颂传于世。"《法言·吾子篇》曰:"诗人之赋丽以则。"○《郑语》曰:"大彭豕韦为商伯矣。"韦注曰:"大彭陆终第三子,曰籛,为彭姓,封于大彭,谓之彭祖,彭城是也。豕韦彭姓之别,封于豕韦者也。殷衰,二国相继为商伯。"《史记·楚世家》曰:"陆终生子六人,三曰彭祖。"《正义》引《括地志》曰:"彭城,古彭祖国也。"○《汉书·百官公卿表》:征和二年,刘屈氂为左丞相,《刘屈氂传》曰:"武帝庶兄中山靖王子也。"○《艺文类聚·祥瑞部》引《春秋元命苞》曰:"尧为天子,季秋下旬,梦白虎遗吾马喙子,(《御览·时序部》九引作鸟喙子。)其母曰扶始,升高丘,睹白虎,上有云感已,(《御览》引云下有如虎二字。)生皋陶,索扶始问之,如尧言,明于刑法,罪次终始,故立皋陶为大理。"案:唐讳虎为武。○《拾遗记》二曰:"师延晓明象纬。"《书·洪范》曰:"休征。"伪孔传曰:"叙美行之验。"○《淮南子·天文篇》曰:"东方木也,其神为岁星,其兽为苍龙。"《东方朔别传》曰："朔未死时，谓同舍郎曰：天下人无能知朔，知朔者惟太王公耳。朔卒后，武帝得此语，即召太王公问之曰：尔知东方朔乎？公对曰：不知。公何所能？曰：颇善星历。帝问诸星皆具在否？曰诸星具在，独不见岁星十八年，今复见耳。帝仰天叹曰：东方朔生在朕傍十八年，而不知是岁星哉！"○《诗·绸缪》曰："三星在天。"毛传曰："三星，参也。在天谓始见东方也。三星在天，可以嫁娶矣。"○《诗·匏有苦叶》曰："雝雝鸣雁。"毛传曰："雝雝，雁声和也，纳采用雁。"郑笺曰："雁者，随阳而处，似妇人从夫，故昏礼用焉。"○《荆楚岁时记》曰："七月七日，为牵牛织女聚会之夜，傅玄《拟天问》云：七月七日，牵牛织女会天河，此则其事也。"案：秉字疑作乘。○《左》庄二十二年曰："初懿氏卜妻敬仲，其妻占之曰吉，是谓凤皇于飞，和鸣锵锵。"○《左传》篇首曰："故仲子归于我。"○《文选》宋玉《高唐赋》李善注引《襄阳耆旧传》曰："赤帝女曰姚姬，未行而卒，葬于巫山之阳，故巫山之女。楚怀王游于高唐，昼寝，梦见与神遇，自称是巫山之女，王因幸之，遂为置观于巫山之南，号为朝云。"《水经·江水注》曰："丹山西即巫山者也，天帝女居焉。宋玉所谓天帝之季女，名曰瑶姬，未行而亡，封于巫山之阳，精魂为草，实为灵芝，所谓巫山之女，高唐之阻，旦为行云，暮为行雨，朝朝暮暮，阳台之下。"○《西山经》郭注曰："太华之山，上有明星玉女持玉浆，得上服之，即成仙，道险僻不通。《诗含神雾》云。"

动合诗礼，口成轨则。晨昏展敬，事极于移天；蘋藻絜诚，义申于中馈。女郎砧石，响夜月而思秋风；织妇机床，听寒蛩而催络纬。用曹大家之明训，执宋伯姬之贞节。加以心依八觉，理会三空。游智刃于檀林，泛仙舟于法海。几神独照，默言象而无施；空有兼忘，束筌蹄而不用。以上闻德。

曹子建《洛神赋》曰："羌习礼而明诗。"○《史记·律书》曰："物度轨则，壹禀于六律。"《晋书·后妃传》：明帝立庾皇后册曰："虔恭中馈，思媚轨则。"○《左》桓十五年杜注曰："妇人在室则天父，出则天夫。"《仪礼·丧服传》曰："夫者，妻之天也。"○《诗·采蘋》曰："于以采蘋，南涧之滨。于以采藻，于彼行潦。"《序》曰："采蘋，大夫妻能循法度也。"○《易·家人》六二曰："无攸遂，在中馈贞吉。"○《水经·沔水注》上曰："五丈溪南注汉水，南有女郎山，山上有女郎冢，远望山坟，巍巍然高，及其所裁有坟形，山上直路下出，不生草木，世人谓之女郎道，下有女郎庙及捣衣石，言张鲁女也。"《述异记上》曰："捣衣山一名灵山，在琅琊郡，山南绝险严〔岩〕有方石，背〔昔〕有神女于此捣衣，其石明莹，谓之玉女捣练磶。"○织妇一作织女，《御览·地部》十六引《荆楚岁时记》曰："张骞寻河源，得一石，示东方朔，朔曰：此是天上织女支机石，何至于此？"（今本《荆楚岁时记》无此文。）《古今注》中曰："蟋蟀一名蛩，济南呼为懒妇。莎鸡一名促织，一名络纬。促织谓鸣声如急织，络纬谓其鸣声如纺绩也。"○《后汉书·列女传》曰："扶风曹世叔妻者，同郡班彪之女也，名昭，字惠班，一名姬。和帝数召入宫，令皇后诸贵人师事焉，号曰大家，作《女诫》七章。"○《列女传·贞顺传》曰："伯姬者，鲁宣公之女，成公之妹也。嫁于宋恭公，恭公卒，伯姬寡，伯姬尝夜遇失火，左右曰：夫人少避火。伯姬曰：妇人之义，保傅不俱，夜不下堂，待保傅来也。保母至矣，傅母未至也，左右又曰：夫人少避火。伯姬曰：妇人之义，傅母不至，夜不可下堂，越义而生，不如守义而死，遂逮于火而死。"○《八大人觉经》言一世间无常觉，二多欲为苦觉，三心无厌足觉，四懈怠坠落觉，五愚痴生死觉，六贫苦多怨觉，七五欲过患觉，八生死炽然苦恼无量觉。○三空谓空、无相、无愿之三解脱也。此三者，共明空理，故曰三空。《俱舍论》三十八曰："空谓非我，无相谓灭四，无愿谓馀十诸行相相应，此通净无漏无漏三脱门。"僧肇《维摩诘所说经注序》曰："道越三空，非二乘所议。"○王简栖《头陁寺碑文》曰："智刃所游，日新月故。"《涅槃经·寿命品》曰："如旃檀林，纯以旃檀而为围绕。"《西域记叙》曰："擢秀檀林。"○《生经》四曰："法为舟船，度诸未度。"《大乘超信论》曰："法性真如海。"○《易·系辞上》曰："唯几也，故能成天下之务；唯神也，故不疾而速，不行而至。"徐孝穆在北齐《与杨仆射书》曰："几神之本，无寄名言。"○任彦昇《答陆倕感知赋》曰："言象可废。"○《后汉书·西域传论》曰："详其清心释累之训，空有兼遣之宗，道书之流也。"《佛地论》四曰："菩萨藏佛灭后，千载已前一昧，千载已后，兴空、有二论。"○《庄子·外物篇》曰："荃者所以在鱼，得鱼而忘荃；蹄者所以在兔，得兔而忘蹄；言者所以在意，得意而忘言。"《释文》曰："荃，香草也，可以饵鱼。（从此说则筌为荃之借字。）一云鱼笱也。蹄，兔罥也，又云：兔弶也，系其脚，故云蹄也。"

人生天地，寿非金石。银台窃药，想奔月而何年？金殿煎香，思反魂而无日。以某年月日终于平康里之私第。越上元三年十月二十日，合葬于城南之毕原，礼也。齐侯寝侧，杜氏阶前。对文王之毕原，用周公之合葬。偃松千古，长无寡鹤之悲；文梓百寻，还见双鸳之集。铭曰：以上卒葬。

《文选·古诗》曰："人生天地间，忽如远行客。"又曰："寿无金石固。"《文选》张平子《思玄赋》聘王母于银台兮，旧注曰："银台，王母所居。"《淮南子·览冥训》曰："羿请不死之药于西王母，恒娥窃以奔月。"高注曰："恒娥，羿妻。"○《十洲记》曰:"聚窟洲在西海,中有神鸟山,山多大树,名返魂树,伐其木根心于玉釜中煮取汁,更微火煎,令可丸之,名曰惊精香,或名之为返生香,或名之为却死香。征和二年,武帝幸安定,西胡月支国王遣使献香四两。后元元年,长安城内病者数百,亡者太半,帝试取月支神香烧之,其死未三月者皆活。"金殿一作玉釜,一作金釜。○《长安志》有平康坊。康一作原,恐非。○上元,高宗年号,三年十一月,改元仪凤。○《元和郡县志》曰:"京兆府万年县:毕原在县西南二十八里。"(今陕西长安县西南。)○《晏子春秋·内篇谏下》曰:"景公成路寝之台,逢於何遭丧,遇晏子于途,再拜乎马前曰:於何之母死,兆在路寝之台牖下,愿请命合骨。晏子曰:诺。遂入见公曰:有逢於何者,母死,兆在路寝,当如之何?愿请合骨。公作色不说曰:古之及今,子亦尝闻请葬人主之宫者乎?晏子对曰:古之人君,其宫室节,不侵生民之居;台榭俭,不残死人之墓,故未尝闻诸请葬人主之宫者也。今君侈为宫室,夺人之居;广为台榭,残人之墓,是生者愁忧不得安处,死者离易不得合骨。生者不得安,命之曰蓄忧;死者不得葬,命之曰蓄哀。蓄忧者怨,蓄哀者危。君不如许之。公曰:诺,逢於何遂葬其母路寝之牖下。"○《礼记·檀弓上》曰:"季武子成寝,杜氏之葬在西阶之下,请合葬焉,许之。"○《史记·周本纪》曰:"武王上祭于毕。"《集解》引马融曰:"毕,文王墓地名也。"○《檀弓上》曰:"李武子曰:周公盖祔。"郑注曰:"祔谓合葬,合葬自周公以来。"○《抱朴子·对俗篇》曰:"千岁松树,有如偃盖。"王褒《洞箫赋》曰:"孤雌寡鹤娱优乎其下。"○《搜神记》十一曰:"宋康王舍人韩凭娶妻何氏美,康王夺之,凭乃自杀,其妻乃阴腐其衣,王与之登台,妻遂自投台,左右揽之,衣不中手而死。遗书于带曰:愿以尸骨,赐凭合葬。王怒弗听,使里人埋之,冢相望也,宿昔之间,便大梓生于二冢之端,旬日而大盈抱,屈体相就,根交于下,枝错于上,又有鸳鸯雌雄各一,恒栖树上,晨夕不去,交颈悲鸣,音声感人。宋人哀之,遂号其木曰想思树。"

　　合葬非古,周公所存。死生千载,棺椁双魂。野旷风急,天寒日昏。烟霾杳嶂,雾失遥村。纪黄绢之碑表,对青松之墓门。

　　□此文极似子山,前人误入子山集中,正以此故耳。

　　合葬二句,谢惠连《祭古冢文》。○《祭古冢文》曰:"还祔双魂。"。《释名·释天》曰:"霾,晦也。"○《诗·墓门》曰:"墓门有梅。"《文选》丘希范《与陈伯之书》李注引仲长统《昌言》曰:"松柏梧桐以识其坟。"潘安仁《寡妇赋》曰:"长松萋兮振柯。"

卢昇之

　　卢照邻,字昇之,或曰:子昇,字照邻,幽州范阳人。十岁从曹宪、王义方受《苍雅》。调邓王府典签,转新都尉,因染风疾去官,处太白山,得方玄明膏饵之。会父丧,号呕药辄出,由是疾益甚。客东龙山,疾甚足挛,一手又废,徙居阳翟之具茨山下,豫为墓,偃卧其中,病既久,不堪其苦,遂自投颍水而死。《旧唐书》入《文苑传》,《新唐书》入《文艺传》。

乐府杂诗序

　　《汉书·礼乐志》曰:"高祖时,叔孙通制宗庙乐,又有房中祠乐。孝惠二年,使乐府令夏侯宽备其箫管。至武帝定郊祠之礼,乃立乐府,采诗夜诵。"颜师古注曰:"乐府之名,盖起于此。"郑渔仲《通志·乐略·正声序论》曰:"乐府在汉初虽有其官，然采诗入乐自汉武始。李孝光《郭茂倩乐府诗集序》曰：乐府，教乐之官也，于殷曰瞽宗，周因殷，周官又有大司乐之属，至汉乃有乐府名。"顾亭林《日知录》卷二十八曰："乐府是官署之名，后人乃以乐府所采之诗，即名之乐府。"

闻夫歌以永言，庭坚有歌虞之曲；颂以纪德，奚斯有颂鲁之篇。四始六义，存亡播矣。八音九阕，哀乐生焉。是以叔誉闻诗，验同盟之成败；延陵听乐，知列国之典彝。王泽竭而颂声寝，伯功衰而诗道缺。秦皇灭学，星琯千年；汉武崇文，市朝八变。通儒作相，征博士于诸侯；中使驱车，访遗编于四海。发诏东观，缝掖成阴；献书南宫，丹铅踵武。王风国咏，共骊翰而升沉；里颂途歌，随质文而沿革。以少卿长别，起高唱于河梁；平子多愁，寄遥情于垅坂。南浦动关山之役，作者悲离；东京兴党锢之诛，词人哀怨。以上叙诗之由来，及两汉乐府之作。

《书·舜典》曰："歌永言。"案《汉书·艺文志》引作哥咏言。张刻《幽忧子集》亦作咏。○《书·益稷》曰："皋陶拜手稽首，乃赓载歌。"班孟坚《西都赋序》曰："皋陶歌虞。"《左传》文十八年杜注曰："庭坚，皋陶字。"○《诗序》曰："颂者美盛德之形容。"○《文选·两都赋序》曰："奚斯颂鲁。"李善注曰："《韩诗·鲁颂》曰：新庙奕奕，奚斯所作。薛君曰：奚斯，鲁公子也。言其新庙奕奕然盛，是诗公子奚斯所作也。"王延寿《鲁灵光殿赋》李善注同。《后汉书·曹褒传》注引《韩诗薛君传》云："是诗公子奚斯所作也。"《法言·学行篇》曰："公子奚斯尝晞正考甫矣。"李弘范（轨）注曰："奚斯，鲁僖公之臣也。慕正考甫作《鲁颂》。《后汉书·曹褒传》：褒谓诸生曰：昔奚斯颂鲁，考甫咏殷，王文考《鲁灵光殿赋序》曰：奚斯颂僖，歌其路寝。曹子建《承露盘铭序》曰：奚斯颂鲁。皆以《閟宫》之诗为奚斯作，与毛传以为作庙义异。"案《左传》闵二年，奚斯，鲁大夫公子鱼也。○《诗序》曰："风、小雅、大雅、颂，是谓四始，诗之至也。"郑笺曰："始者王道兴衰之所由。"孔疏引郑答张逸云："风也，小雅也，大雅也，颂也，此四者人君行之则为兴，废之则为衰。"○《诗序》曰："诗有六义焉，一曰风，二曰赋，三曰比，四曰兴，五曰雅，六曰颂。"庾子山《谢赵王示新诗启》曰："四始六义，实动性情。"○《周礼·春官·大师》曰："皆播之以八音，金石土革丝木匏竹。"案：九阕犹九成，《礼记·文王世子》郑注曰："阕，成也。"《书·益稷》曰："箫韶九成。"孔疏引郑注曰："成犹终也。"《吕氏春秋·古乐篇》曰："昔葛天氏之乐，三人操牛尾，投足以歌八阕。"高注曰："阕，终也。"○《礼记·乐记》曰："其哀心感者，其声噍以杀；其乐心感者，其声啴以缓。"《孔子闲居》曰："哀乐相生。"○《左》襄二十六年曰："齐侯郑伯如晋，晋侯兼享之。晋侯赋《嘉乐》，国景子相齐侯，赋《蓼萧》，子展相郑伯，赋《缁衣》，叔向命晋侯拜二君曰：寡君敢拜齐君之安我先君之宗祧也？敢拜郑君之不贰也？"《礼记·檀弓下》曰："赵文子与叔誉观乎九原。"郑注曰："叔誉，叔向也。"○《左》襄二十九年曰："吴公子札来聘，请观于周乐，使工为之歌《周南》《召南》，曰：美哉始基之矣。为之歌《邶》《鄘》《卫》，曰：美哉渊乎！忧而不困者也。吾闻卫康叔武公之德如是，是其卫风乎！为之歌《王》，曰：美哉思而不惧，其周之东乎！为之歌《郑》，曰：美哉！其细已甚。为之歌《齐》，曰：美哉泱泱乎，大风也哉！表东海者，其太公乎！为之歌《豳》，曰：美哉荡荡乎！乐而不淫，其周公之东乎！为之歌《秦》，曰：此之谓夏声。夫能夏则大，大之至也，其周之旧乎！为之歌《魏》，曰：美哉沨沨乎！大而婉，险而易行。以德辅此，则明主也。为之歌《唐》，曰：思深哉！其有陶唐氏之遗民乎！为之歌《陈》，曰：国无主，其能久乎？自《郐》以下无讥焉。"○《西都赋序》曰："昔成、康没而颂声寝，王泽竭而诗不作。"○《诗序》曰："《下泉》，思治也。曹人疾共公侵刻下民，不得其所，忧而思明王贤伯也。"○《史记·秦始皇本纪》曰："李斯请史官非秦记，皆烧之，非博士官所职，天下敢有藏诗书百家语者，悉诣守尉杂烧之，有敢偶语诗书者弃市，以古非今者族。"○徐孝穆《与王僧辩书》曰："弥留星琯。"○《史记·儒林传序》曰："及今上即位，赵绾、王臧之属明儒学，而上亦乡之。于是招方正贤良文学之士。及窦太后崩，武安侯田蚡为丞相，绌黄老刑名百家之言，延文学儒者数百人，而公孙弘以《春秋》，白衣为天子三公，天下之学士靡然乡风矣。"○陆士衡《门有车马客行》曰："朝市忽迁易。"案：八变谓汉、魏、晋、宋、齐、梁、陈、隋也。○《史记·儒林传》曰："王臧为郎中令，赵绾为御史大夫，请立明堂，乃言师申公。于是天子使使，束帛加璧，安车驷马，迎申公。"《汉书·武帝纪》曰："建元元年，议立明堂，遣使者安车蒲轮，束帛加璧，征申公。"《楚元王传》曰："文帝时，申公为博士。"又《儒林传》曰："公孙弘以治《春秋》为丞相封侯，弘为学官，悼道之郁滞，与太常臧、博士平等议，为博士官置弟子五十人。"○《汉书·艺文志》曰："成帝时，以书颇散亡，使谒者陈农求遗书于天下。"○《后汉书·和帝纪》曰："永元十三年春正月，帝幸东观，览书林，阅篇籍，博选术艺之士，以充其官。"《安帝纪》曰："永初四年二月，诏谒者刘珍及五经博士校定东观五经，诸子传记，百家艺术，整齐脱误，是正文字。"章怀注引《洛阳宫殿名》曰："南宫有东观。"○《礼记·儒行》曰："衣逢掖之衣。"郑注曰："逢犹大也，大掖之衣，大袂襌衣也，此君子有道艺者所衣也。"《后汉书·吴延史卢赵传赞》曰："逢掖临师。"章怀注曰："逢，相承本作缝，义亦通。"刘孝标《广绝交论》曰："鹤盖成阴。"〇《后汉书·张酺传》曰："永平九年，显宗为四姓小侯开学于南宫。"《贾逵传》曰："建初元年，诏入讲南宫云台。"〇《后汉书·儒林传》曰："四方学士，莫不抱负坟策，云会京师。范升、陈元、郑兴、杜林、卫宏、刘昆、桓荣之徒，继踵而集。"《西京杂记》卷上曰："杨雄怀铅提椠。"《离骚》曰："及前王之踵武。"〇《诗·国风》有《王风》，然此文但谓王朝及诸国之风咏耳，非取不能复雅之义也。〇《礼记·檀弓上》曰："夏后氏尚黑，戎事乘骊；殷人俺白，戎事乘翰。"郑注曰："马黑色曰骊。翰，白色马也。"〇《白虎通·三正篇》引《尚书大传》曰："王者一质一文，据天地之道。"又引《礼三正记》曰："质法天，文法地也。"《大戴礼·少间篇》卢辩注曰："凡质以天德，文以地德。"《礼含文嘉》曰："殷援天而王，周据地而王也。"〇李少卿《与苏武诗》曰"携手上河梁，游子暮何之？"《汉书·李陵传》曰："陵字少卿，将步兵五千人出居延，至浚稽山，与单于相直，骑可三万，围陵军。汉军南行，未至鞮汗山一日，五十万矢皆尽，士卒多死，遂降。"《苏武传》曰："武字子卿。天汉元年使匈奴，单于欲降之，徙武北海上无人处，使牧羝。昭帝即位，数年，匈奴与汉和亲，汉求武等，于是李陵置酒贺武曰：异域之人，壹别长绝，因与武决。"锺仲伟《诗品》上曰："逮汉李陵，始著五言之目。"梁昭明太子《文选序》曰："降将著《河梁》之篇。"皆以《河梁》诗为陵作。《文心雕龙·明诗篇》曰："成帝品录三百馀篇，朝章国采，亦云周备，而辞人遗翰，莫见五言。所以李陵、班婕妤见疑于后代也。"始以陵作为疑。〇《文选》张平子《四愁诗序》曰："张衡不乐久处机密，阳嘉中，出为河间相。时天下渐弊，郁郁不得志，为《四愁诗》，依屈原以美人为君子，以珍宝为仁义，以水深雪雾为小人，思以道术相报，贻于时君，而惧谗邪不得以通"云云。其三思曰："我所思兮在汉阳，欲往从之陇阪长。"李善注曰:"《汉书》曰:天水郡明帝改曰汉阳(《地理志》元注)。应劭曰:天水有大阪名曰陇阪。"案:陇阪字本当作陇阪,此文作坢者,通借字,坂亦阪之或体字。《后汉书·张衡传》曰:"衡字平子,南阳西鄂人也。"○《楚辞·九歌·河伯》曰:"送美人兮南浦。"案:此当指《汉横吹曲》陇头、出关、入关、出塞、入塞等作(见《乐府古题要解》及《乐府诗集》)。言南浦者,特借喻送别耳。○《后汉书·党锢传》曰:"河内张成,善说风角,推占当赦,遂教子杀人。李膺为河南尹,督促收捕,既而逢宥获免,膺竟案杀之。初成以方技交通宦官,帝亦颇谇其占,成弟子牢修因上书诬告膺等。天子震怒,班下郡国,逮捕党人,遂收执膺等,其辞所连及,陈寔之徒二百馀人。明年皆赦归田里,禁锢终身。自是海内希风之流,遂共相标榜,指天下名士,为之称号。张俭乡人李并承望中常侍侯览意旨,上书告俭与同乡二十四人共为部党,图危社稷。灵帝诏刊章捕俭等,大长秋曹节因此讽有司,奏捕前党,故司空虞放、太仆杜密、长乐少府李膺等百馀人,皆死狱中,其死徙废禁者六七百人。"案《古乐府·艳歌何尝行》曰:"飞来双白鹄,乃从西北来。十十将五五,罗列行不齐。忽然卒疲病,不能飞相随。五里一反顾,六里一徘徊。吾欲衔汝去,口噤不能开。吾欲负汝去,羽毛日摧颓"云云。又《枯鱼渡河泣》曰:"枯鱼渡河泣,何时悔复?作书与鲂鱮,相教慎出入。"吴挚甫先生评二诗,皆以为因钩党而作,与此文可以相证。

其后鼓吹乐府,新声起于邺中;山水风云,逸韵生于江左。言古兴者,多以西汉为宗;议今文者,或用东朝为美。落梅芳树,共体千篇;陇水巫山,殊名一意。亦犹负日于珍狐之下,沉萤于烛龙之前。辛勤逐影,更似悲狂,罕见凿空,曾未先觉。潘、陆、颜、谢,蹈迷津而不归；任、沈、江、刘，来乱辙而弥远。其有发挥新体，孤飞百代之前；开凿古人，独步九流之上。自我作古，粤在兹乎！以上言魏、晋以后作者但知效古，罕能创造。

《古今注》卷中曰："汉乐有黄门鼓吹。"《晋书·孙绰传》：绰每云：三都二京，五经之鼓吹。○《文心雕龙·乐府篇》曰："魏之三祖，气爽才丽，宰割辞调，音靡节平，观其北上众引，秋风列篇，或述酣宴，或伤羁戍，志不出于淫荡，辞不离于哀思，虽三调之正声，实韶夏之郑曲也。"《诗品序》曰："及建安曹公父子，笃好斯文，平原兄弟（曹子建尝封平原侯），郁为文栋。刘桢、王粲为其羽翼，次有攀龙托凤，自致于属车者，盖将百计。彬彬之盛，大备于时矣。"案：谢灵运有《拟魏太子邺中集诗》。○《文选》沈休文《宋书·谢灵运传论》曰："遗风馀烈，事极江右。有晋中兴，玄风独振。爰逮宋氏，颜、谢腾声。"李善注曰："江右，西晋也。"案《宋书》作江左。《文心雕龙·明诗篇》曰："江左篇制，溺乎玄风；宋初文咏，体有因革。庄老告退，而山水方滋。俪采百字之偶，争价一句之奇，情必极貌以写物，辞必穷力而追新，此近世之所竞也。"○《宋书·乐志》四："汉鼓吹铙歌十八曲有《芳树曲》。"《乐府古题要解》上：《横吹曲》有《梅花落》。《乐府诗集》卷二十四《横吹曲辞·梅花落》载鲍照、吴均、陈后主、徐陵、苏子卿、张正见、江总等作。卷十七《鼓吹曲辞·芳树》载谢朓、王融、梁武帝、梁元帝、费昶、沈约、丘迟、李爽、顾野王、张正见等作。○《宋书·乐志》四："汉鼓吹铙歌十八曲有《巫山高》。"《乐府古题要解》上：《横吹曲》有《陇头吟》。（注曰：一曰《陇头水》。）《乐府诗集》卷二十一《横吹曲辞》，《陇头》陈后主作；《陇头水》载梁元帝、刘孝威、车螯、陈后主、徐陵、顾野王、谢燮、张正见、江总等作。卷十七《鼓吹曲辞·巫山高》载虞义、王融、刘绘、梁元帝、范云、费昶、王泰、陈后主、萧诠等作。○《列子·杨朱篇》曰："昔者宋有田夫，常衣缊黂，自曝于日，不知天下之有广厦隩室，绵纩狐貉。顾谓其妻曰：负日之暄，人莫知者，以献吾君，将有重赏。"○左太冲《吴都赋》曰："亦犹棘林萤耀，而与夫桿木龙烛也。"案：馀见杨炯《彭城公夫人墓志》注。○枚叔《谏吴王书》曰："人性有畏其影而恶其迹，却背而走，迹逾多，影逾疾。"《庄子·渔父篇》曰："人有畏影恶迹而去之走者，举足愈数而迹愈多，走愈疾而影不离身，自以为尚迟，疾走不休，绝力而死，不知处阴以休影，处静以息迹，愚亦甚矣。"○《汉书·张骞传》曰："然骞凿空。"注引苏林曰："凿，开也；空，通也。骞始开通西域道也。"颜曰："空，孔也，犹言始凿其孔穴也。"○《孟子·万章上》："伊尹曰：使先觉觉后觉也。"○《晋书·潘岳传》曰："岳字安仁，荥阳中牟人。"《陆机传》曰："机字士衡，吴郡人。"《宋书·颜延之传》曰："延之字延年，琅邪临沂人。"《谢灵运传》曰："灵运，陈郡阳夏人。"论曰："潘、陆、谢、颜，去之弥远。"○《梁书·任昉传》曰："昉字彦昇，乐安博昌人。"《沈约传》曰："约字休文，吴兴武康人。"《江淹传》曰："淹字文通，济阳考城人。"《刘孝绰传》曰："孝绰字孝绰，彭城人，本名冉。潜字孝仪，孝绰弟也。孝绰尝曰：三笔六诗，三即孝仪，六孝威也。"○谢惠连《雪赋》曰："瞻云鴈之孤飞。"○《后汉书·逸民·戴良传》："良曰：我独步天下，谁与为偶？"○《汉书·艺文志》有儒家者流，道家者流，阴阳家者流，法家者流，名家者流，墨家者流，从横家者流，杂家者流，农家者流，小说家者流，曰诸子十家，其可观者，九家而已。又《叙传》述《艺文志》曰："刘向司籍，九流以别。"郭璞《尔雅序》曰："诚九流之津涉。"范宁《穀梁传序》曰："九流分而微言隐。"杨士勋疏引《艺文志》：自儒家至农家为九流，而不数小说家。邢叔明《尔雅疏》同。或曰：九流别乎儒家而言也。○张平子《西京赋》曰："自君作故。"

乐府者，侍御史贾君之所作也。君升堂入室，践龟字以长驱；藏翼蓄鳞，展龙图以高视。林宗一见，许以王佐之才；士季相看，知有公卿之量。南国蛟龙之耀，下触词锋；东家科斗之书，来游笔海。朝阳弄翮，即践中京；太行垂耳，先鸣上路。当赤县之枢钥，作高台之羽仪。动息无格于温仁，颠沛安由乎正义。玉阶覆奏，谨依汲直之闻；铜术埋轮，先定雍门之罪。霜台有暇，文律动于京师；绣服无私，锦字飞于天下。以上贾侍御之官守及文学。

贾侍御盖贾言忠也。《旧唐书·文苑传》曰："贾曾，河南洛阳人也。父言忠，乾封中为侍御史。"《新唐书·贾曾传》亦载言忠事，此文言侍御史，官合。《新唐书·地理志》言乾封中复九成宫，时亦合。文云洛阳之才，地又合，则为贾言忠殆无疑也。○《论语·先进篇》曰："由也升堂矣，未入于室也。"《法言·吾子篇》曰："如孔氏之门用赋也，则贾谊升堂，相如入室矣。"《诗品》上曰："孔氏之门如用诗，则公幹升堂，思王入室。"○《艺文类聚·祥瑞部》引《尚书中候》曰："河龙图出，雒龟书威，赤文像字，以授轩辕。"又曰："尧沉璧于雒，玄龟负书出，背甲赤文，成字止坛。"○成公子安《慰志赋》曰："惟潜龙之勿用，戢鳞翼而匿景。"任彦昇《宣德皇后令》曰："隐鳞戢翼。"○《后汉书·王允传》曰："允字子师，太原祁人也。同郡郭林宗尝见允而奇之曰：王生［一］日千里，王佐才也。"蔡伯喈《郭有道碑文》曰："先生讳泰，字林宗，太原界休人也。"○《世说新语·赏誉篇上》曰："王濬冲、裴叔则二人总角诣锺士季，须臾去，后客问锺曰：向二童何如？锺曰：裴楷清通，王戎简要，后二十年，此二贤当为吏部尚书，尔时天下无滞才。"

《魏志·锺会传》曰:"会字士季,颍川长社人。"○《西京杂记》上曰:"董仲舒梦蛟龙入怀,乃作《春秋繁露》词。"○庾子山《周上柱国齐王宪神道碑》曰:"水涌词锋。"○《魏志·邴原传》注引原别传:"孙崧曰:郑君学览古今,君乃舍之,所谓以郑为东家丘者也。"《颜氏家训·慕贤篇》曰:"鲁人以孔子为东家丘。"《晋书·卫恒传》:"恒为四体书势曰:汉武时,鲁恭王坏孔子宅,得《尚书》《春秋》《论语》《孝经》,时人以不复知有古文,谓之科斗书。"○笔海见王子安《上武侍极启》注。○《诗·卷阿》曰:"凤皇鸣矣,于彼高冈。梧桐生矣,于彼朝阳。"郭景纯《江赋》曰:"鹓雏弄翩乎山东。"○《楚策》四:"汗明见楚春申君曰:夫骥之齿至矣,服盐车而上太行,中坂迁延,负辕不能上。"贾生《吊屈原赋》曰:"骥垂两耳,服盐车兮。"○《左》襄二十一年:"州绰曰:平阴之役,先二子鸣。"○《史记·孟子荀卿列传》曰:"邹衍以为儒者所谓中国者,于天下乃八十一分居其一分耳。中国名曰赤县神州,赤县神州内自有九州,禹之序九州是也。"○《唐六典》卷十三曰:"梁、陈、后魏、北齐、隋皆曰御史台,皇朝因之。"《易·渐》上六曰:"其羽可用为仪。"○《公羊》庄三十一年,何注曰:"格,拒也。"《礼记·学记》郑注曰:"扞格,坚不可入之貌。"《全唐文》格作隔。《汉书·河间献王传》曰:"王温仁恭俭。"○《论语·里仁篇》曰:"颠沛必于是。"《孟子·离娄篇》曰:"义,人之正路也。"○班孟坚《西都赋》曰:"玉阶彤庭。"○《史记·汲黯传》曰:"黯字长孺,濮阳人也。内行修洁,好直谏,数犯主之颜色。"案:谨依《全唐文》作依然。○铜术即铜街。《御览·居处部》引华延儁《洛阳记》曰:"铜驼街在洛阳西。"《说文》曰:"术,邑中道也。"《汉书·刑法志》:园圃术路。颜注曰:"术,大道也。"《后汉书·张纲传》曰:"汉安元年,选遣八使,徇行风俗,馀人受命之部,而纲独埋其车轮于洛阳都亭曰:豺狼当路,安问狐狸?

遂奏大将军冀（梁冀）无君之心十五事，书御，京师震竦。"〇《说苑·立节篇》曰："越甲至齐，雍门子狄请死之，曰：昔者王田于囿，左毂鸣，车右请死之，曰：为其鸣吾君也，遂刎颈而死。今越甲至，其鸣吾君也，岂左毂之下哉？车右可以死左毂，而臣独不可死越甲也？遂刎颈而死。是日越人引甲而退七十里。"〇《通典·职官》六曰："御史台御史为风霜之任，弹纠不法，百僚震恐，官之雄俊，莫之比焉。"〇《汉书·隽不疑传》曰："暴胜之为直指使，衣绣衣持斧。"〇《晋书·列女传》曰："窦滔妻苏氏，名蕙字若兰，滔苻坚时秦州刺史，被徙流沙，苏氏思之，织锦为迴文旋图诗以赠滔，凡八百四十字。"案：此借用。

九成宫者，信天子之殊庭，群山之一都也。五城既远，得崑阆于神京；三山已沉，见蓬莱于右辅。紫楼金阁，雕石壁而镂群峰；碧甃铜池，俯银津而横众壑。离宫地险，丹磶四周；徼道天迴，翠屏千仞。卫尉寝蒙茸之署，将军无刁斗之警。中岩罢燠，飞霜为之夏凝；太谷生寒，层厓以之秋冱。天子万乘，驱凤辇于西郊；群公百僚，扈龙轩而北辅。春秋络绎，冠盖满于青山；寒暑推移，旌节喧于黄道。夕宿鸡神之野，朝登凤女之台。青鸟时飞，白云无极。千年启圣，邈同汾水之阳；七日期仙，颇类缑山之曲。经过者徒知其美，揄扬者未歌其事。恭闻首唱，遂属洛阳之才；俯视前修，将丽长安之道。以上贾之杂诗。案：据此知贾诗殆为九成宫作。

《元和郡县志》曰："关内道凤翔府麟游县：九成宫在县西一里（《新唐书·地理志》作五里），即隋仁寿宫。义宁元年废，贞观五年复修旧宫，以为避暑之所。"《新唐书·地理志》曰："永徽二年曰万年宫。乾封二年复曰九成宫。"《清一统志》曰："陕西凤翔府：九成宫在麟游县西。"○《史记·封禅书》曰："将以望祀蓬莱之属，冀至殊庭焉。"○五城、崑阆，并见王子安《益州绵竹县净惠寺碑》注。○三山、蓬莱，见王子安《还冀州别洛下知己序》注。○《元和郡县志》曰："凤翔府：秦始皇并天下，属内史。高帝更名中地郡，复属内史。景帝更名主爵都尉，武帝太初元年，更名右扶风，与京兆尹、左冯翊谓之三辅。"案：文云右辅，本此。旧作古辅误，今校改。○鲍明远《舞鹤赋》曰："舞飞容于金阁。"○《说文》曰："甓，井壁也。"《汉书·宣帝纪》曰："金芝九茎，产于函德殿铜池中。"○司马长卿《上林赋》曰："离宫别馆，弥山跨谷。"○班孟坚《西都赋》曰："徼道绮错。"○张平子《西京赋》曰："卫尉八屯。"《汉书·杨雄传·甘泉赋》曰："蚩尤之伦，飞蒙茸而走陆梁。"注引晋灼曰："飞者蒙茸而乱，走者陆梁而跳也。"颜曰："茸音人蒙反。"○《史记·李将军传》曰："广行无部伍行阵，就善水草屯舍止，人人自便，不击刁斗以自卫。"《集解》引孟康曰："以铜作鐎，器受一斗，昼炊饭食，夜击持行，名曰刁斗。"○曹子建《七启》曰："清空则中夏含霜。"○曹子建《赠白马王彪诗》曰："太谷何寥廓？"案：此则从泛言大谷。○《西京赋》曰："涸阴沍寒。"案：冱字旧作冱，文义难通，今校改。○《孟子·梁惠王篇》赵注曰："万乘，天子也。"○隋炀帝《步虚词》曰："翠霞乘凤辇。"《易·小畜》曰："自我西郊。"○《书·皋陶谟》曰："百僚师师。"○嵇叔夜《酒会诗》曰："吐醺龙轩。"○《汉书·王莽传下》曰："骆驿道路。"颜注曰："骆驿言不绝。"案：骆驿、络绎同。○《史记·魏公子传》曰："平原君使者，冠盖相属于魏。"○《易·系辞上》曰："寒暑相推而岁成焉。"○《周礼·地官·掌节》曰："道路用旌节。"郑注曰："旌节，今使者所拥节是也。"《汉书·天文志》曰："日有中道，中道者黄道。"案：

此借用。○《史记·封禅书》曰："文公获若石云，于陈仓北阪城祠之，其神或岁不至，或岁数来，来也常以夜，光辉若流星，从东南来，集于祠城，则若雄鸡，其声殷云，野鸡夜雊，以一牢祠，名曰陈宝。"《西京赋》曰："陈宝鸣鸡在焉。"○《水经·渭水注》中曰："雍有五畤祠，又有凤台凤女祠。秦穆公时，有箫史者善吹箫，能致白鹄、孔雀，穆公女弄玉好之，公为作凤台以居之，积数十年，一旦随凤去，云雍宫世有箫管之声焉，今台倾祠毁，不复然矣。"○《海内北经》曰："蛇巫之山，一曰龟山，西王母梯几而戴胜杖其南，有三青鸟为西王母取食，在昆仑虚北。"《大荒西经》曰："西有王母之山，有沃之国，是谓沃之野，有三青鸟，赤首黑目，一名曰大鵹，一名少鵹，一名曰青鸟。"郭注曰："皆西王母所使也。"○《穆天子传》三曰："西王母为天子谣曰：白云在天，山陵（郭注曰陵字）自出。"梁简文帝《与萧临川书》曰："白云在天，苍波无极。"○《庄子·逍遥游》曰："尧见四子藐姑射之山，汾水之阳，窅然丧其天下焉。"○《列仙传》上曰："王子乔，周灵王太子晋也。好吹笙作凤皇鸣，游伊洛之间，道士浮丘公接以上嵩高山，三十馀年，后求之于山上，见桓良曰：告我家，七月七日待我于缑氏山巅，至时果乘白鹤驻山头，望之不得到，举手谢时人，数日而去，亦立庙于缑氏山下，及嵩高首焉。"○班孟坚《两都赋序》曰："雍容揄扬，著于后嗣。"○《参同契》曰："一阴首唱系午后。"○《汉书·贾谊传》曰："贾谊，雒阳人也。河南守吴公闻其秀材，召置门下。"潘安仁《西征赋》曰："贾生洛阳之才子。"○《离骚》曰："謇吾法夫前修兮。"

平恩公当朝旧相，一顾增荣。亲行翰墨之林，先标唱和之雅。于是怀文之士，莫不向风靡然。动麟阁之雕章，发鸿都之宝思。云飞绮札，代郡接于苍梧；泉涌华篇，岷波连于碣石。万殊斯应，千里不违。同晨风之歇北林，似秋水之归东壑。洋洋盈耳，岂徒悬鲁之音？郁郁文哉，非复从周之说。故可论诸典故，被以笙镛。以上许与贾倡和遂行于世。

平恩公谓许圉师也。《旧唐书·许绍传》曰："绍本高阳人也。（《新唐书》绍传曰："安州安陆人。"）少子圉师有器干，博涉艺文，举进士。显庆二年，累迁黄门侍郎同中书门下三品，兼修国史。三年，以修实录，封平恩县男。龙朔中为左相，俄以子杀人隐而不奏，左迁虔州刺史。寻转相州刺史。"《新唐书·宰相表》圉师同中书门下三品，在显庆四年，为左相在龙朔元年，虽小不同，而皆在乾封以前，故称旧相。特圉师不闻进爵为公，则此文公字，乃尊称而非其爵也。○《燕策》二："苏代说淳于髡曰：人有卖骏马者，伯乐还而视之，去而顾之，一旦而马价十倍。"《梁书·萧子显自序》曰："余退谓人曰：一顾之恩，非望而至，遂方贾谊何为哉？"○《汉书·杨雄传》曰："上《长杨赋》，聊因笔墨之成文章，故藉翰林以为主人，子墨为客卿以讽。"○《诗·箨兮》曰："倡予和女。"《左》昭十六年杜注倡作唱，倡乃唱借字。○《史记·儒林传》曰："天下之学士，靡然乡风矣。"○《汉书·苏武传》曰："甘露三年，单于始入朝，上思股肱之美，乃图画其人于麒麟阁。"《三辅黄图》六引《汉宫殿疏》云："天禄麒麟阁，萧何造以藏秘书，处贤才。"○《后汉书·灵帝纪》曰："光和元年，始置鸿都门学生。"章怀注曰："鸿都，门名也，于内置学。"《儒林传》曰："辟雍、东观、兰台、石室、宣明、鸿都，藏典策文章。"○昇之《乔君集序》，亦以雕章、宝思为对。○高伯恭《征士颂》曰："华藻云飞。"○代郡苍梧，以南北言。《汉书·地理志》曰："代郡秦置，苍梧郡武帝元鼎六年开。"案：据《水经·㶟水注》，代郡治高柳，在今山西阳高县西北。据浪水注，苍梧郡治广信，今苍梧县治。○曹子建《王仲宣诔》曰："思若涌泉。"○岷波碣石，以东西言。《汉书·地理志》：蜀郡湔氐道原注曰："《禹贡》：嶓山在西徼外，江水所出。"右北平郡骊成县原注曰："大揭石山在县西南。"○王逸少《兰亭集序》曰："趣舍万殊。"○《易·系辞上》曰："出其言善，则千里之外应之。"○《诗·晨风》曰："鴥彼晨风，郁彼北林。"毛传曰："鴥，疾貌。"○《礼记·郊特牲》曰："水归其壑。"○《论语·泰伯篇》曰："师挚之始，关雎之乱，洋洋乎盈耳哉！"○《论语·八佾篇》曰："郁郁乎文哉，吾从周。"○《书·益稷》曰："笙镛以间。"

爰有中山郎馀令，雅好著书，时称博物。探亡篇于古壁，征逸简于道人。撰而集之，命余为序。时褫巾三蜀，归卧一丘。散发书林，狂歌学市。虽江湖廊庙，宾庑萧条；绮季留侯，神交髣髴。遂复驱俱幽忧之疾，经纬朝廷之言。凡一百一篇，分为上下两卷。俾夫舞雩周道，知小雅之欢娱；击壤尧年，识太平之歌咏云尔。以上撰辑及作序。

□缛采星稠，藻思绮合，极笔歌墨舞之致。

王子安《宇文德阳秋夜山亭宴序》曰："中山郎馀令，风流名士。"《旧唐书·儒林传》曰："郎馀令，定州新乐人，少以博学知名，举进士，累转著作佐郎卒。"《元和郡县志》曰："河北道定州（今定县），战国时为中山国。"案：馀，张、李及《全唐文》并误余。○《左》昭元年曰："晋侯闻子产之言曰：博物君子也。"○《汉书·景十三王·鲁恭王传》曰："鲁恭王馀好治宫室，坏孔子旧宅，以广宫，于其壁中得古文经传。"《艺文志》曰："武帝末，鲁共王坏孔子宅，欲以广其宫，而得古文《尚书》及《礼记》《论语》《孝经》凡数十篇，皆古字也。"○《晋书·束皙传》曰："有人于嵩高山下得竹简二枚。"《梁书·萧琛传》

曰："始琛在宣城，有北僧南度，惟赍一葫芦，中有《汉书序传》。僧曰：三辅旧老相传，以为班固真本，琛固求得之。"《释氏要览》曰："《智度论》云：得道者名为道人，馀出家者，未得道者，亦名道人。"○《易·讼》上六曰："或锡之鞶带。终朝三褫之。"《释文》引王肃曰："褫，解也。"《水经·江水注》曰："益州旧以蜀郡、广汉、犍为为三蜀。"○《汉书序传》曰："棲迟一丘。"案：此盖指去新都尉后，处太白山中也。唐成都府新都县，今四川新都县治。太白山在陕西郿县南。○《后汉书·袁闳传》曰："散发绝世。"杨子云《长杨赋》曰："并包书林。"○《汉书·王莽传上》曰："为学筑舍万区作市。"○《世说新语·品藻篇》曰："明帝问周伯仁，自谓何如庾元规？对曰：萧条方外，亮不如臣；从容廊庙，臣不如亮。"○《史记·留侯世家》曰："吕后使建成侯吕泽刼留侯曰：今上欲易太子，君安得高枕而卧乎？留侯曰：此难以口舌争也。顾上有不能致者，天下有四人，公诚能无爱金玉璧帛，令太子为书，卑辞安车，因使辩士固请，宜来。上知此四人贤，则一助也。于是吕后令吕泽使人奉太子书，卑辞厚礼迎此四人，四人至，客建成侯所，及燕置酒，太子侍，四人从太子，年皆八十有馀，须眉皓白，衣冠甚伟，上怪之，问曰：彼何为者？四人前对，各言名姓曰：东园公，角里先生，绮里季，夏黄公。"（夏黄公为一人，或以夏字属上，非是。）《汉书·王贡两龚鲍传序》曰："汉兴有园公、绮里季、夏黄公、角里先生。"颜注曰："四皓称号，本起于此，更无姓名可称。皇甫谧、圈称之徒及诸地理书说，竟为四人施安姓字，自相错互，语又不经，今并弃略，一无取焉。"○班孟坚《答宾戏》曰："皆竣命而神交。"○《庄子·让王篇》：子州支父曰："我适有幽忧之病。"○《左》昭二十八年曰："经纬天地曰文。"○《诗·周颂·噫嘻》序曰："春夏祈谷于上帝也。"郑笺曰："《月令》孟春祈谷于上帝，夏则龙见而雩，是与。"孔疏曰："谓周公、成王之时，春郊夏雩，以祷求膏雨，而成其谷实，为此祭于上帝。"《周礼·春官·司巫》曰："大旱则帅巫舞雩。"《诗·小雅·甫田》曰："以祈甘雨。"○《艺文类聚·皇王部》一引《帝王世纪》曰："帝尧陶唐氏，天下太和，百姓无事，有五十老人，击壤于道，观者叹曰：大哉帝之德也。老人曰：吾日出而作，日入而息，凿井而饮，耕田而食，帝何力于我哉！"○《公羊》宣十五年曰："什一行而颂声作矣。"何劭公《解诂》曰："颂声者，太平歌颂之声。"

相乐夫人檀龛赞　并序

相乐夫人，益州长史胡树礼之后母，以集中益州长史胡树礼为亡女造画赞知之。树礼新、旧《唐书》皆无传，事迹未详。唐郡县及封爵，亦不闻有相乐之名。

相乐夫人韦氏者，益州都督长史胡公之继亲也。夫人寓迹兰闺，栖情香岫。琢磨六行，与三明而并驱；驰骛四禅，将十训而齐驾。粤以乾封纪岁，流火司辰，敬造灵龛，奉图真相。青莲皓月，争华蚁睫之端；宝树天花，竞爽鸿毛之际。纳须弥于纤芥，尝谓徒言；置由旬于方丈，今过其实。重宣此义，敢为赞云：

《唐六典》三十曰："大都督府长史一人，从三品。"○《后汉书·后妃传赞》曰："班政兰闺。"○《俱舍论》十一曰："大雪山北，有香醉山，雪北香南，有大池水，出四大河。"○《金刚三昧经》曰："大力菩萨言，云何六行？佛言一者十信行，二者十住行，三者十行行，四者十迴向行，五者十地行，六者等觉行。"○三明已见王子安《净惠寺碑》注。○四禅言驰骛，似指四禅天言，《大品经》分初禅、二禅、三禅、四禅。案：初禅天、二禅天、三禅天又各有三天，四禅天有九天，详见下注。○十训未详，当即十诫。《魏书·释老志》曰："其为沙门，初修十诫。"又或即十谛。《法集经》曰："所谓世谛、第一义谛、相谛、差别谛、观谛、事谛、生谛、尽无生智谛、人道智谛、集如来智谛，是名十谛。"○《旧唐书·高宗纪》曰："改麟德三年为乾封元年。"○《诗·豳风·七月》曰："七月流火。"祢正平《鹦鹉赋》曰："少昊司辰。"○《洛阳伽蓝记》一曰："修梵寺有金刚菩提，达摩，云得其真相也。"○《法华经·妙音品》曰："目如广大青莲华叶。"《大般若经》三百八十一曰："世尊面轮，其犹满月。"○《晏子春秋·外篇》第八曰："景公问晏子：天下有极细乎？晏子对曰：有，东海有虫，巢于蠛睫，再乳再飞，而蠛不为惊。臣婴不知其名，而东海渔者命曰焦冥。"○宝树，见王子安《净惠寺碑》。《心地观经》一曰："六欲诸天来供养，天华乱坠徧虚空。"《维摩诘所说经·观众生品》曰："时维摩诘室有一天女，见诸大人，闻所说法，便现其身，即以天华散诸菩萨大弟子上。"○《左传》昭三年曰："二惠竞爽犹可。"《三昧经海》曰："若以一华供养佛时，即当作想身诸毛孔，令一毛孔出无数华云，运想拟意供一切佛。"《史记·韩安国传》曰："冲风之末，力不能漂鸿毛。"○《维摩经·不思议品》曰："若菩萨住是解脱者，以须弥之高广，内芥子中，无所增减，须弥山王本相如故，而四天王忉利诸天不觉不知之所入，唯应度者，乃见须弥入芥子中，是名不可思议解脱法门。"○《维摩经·不思议品》曰："文殊师利言，东方度三十六恒河沙国，有世界名须弥相，其佛号须弥灯王，今现在，彼佛身八万四千由旬，其师子座高八万四千由旬，严饰第一。于是长者维摩诘现神通力，即时彼佛遣三万二千师子座，高广严净，来入维摩诘室，诸菩萨大弟子释梵四天王等昔所未见，其室广博，悉皆包容三万二千师子之座，无所妨碍。"○《翻译名义·数量篇》曰："踰缮那此云限量，又云合应。《西域记》云：夫数量之称踰缮那者，旧曰由旬，又曰踰阇那，又曰由延，皆讹略也。踰缮者，自古圣王一日军行，旧传一踰缮那四十里，印度国俗乃三十里，圣教所载，唯十六里。大论云，由旬三别，大者八十里，中者六十里，下者四十里。"

猗欤宝相，显允神功。规模鹿苑，图写龙宫。分身谛听，列坐谈空。群天飒纚，众宝玲珑。雕窗引月，镂网摇风。一窥妙境，高谢尘蒙。研炼生色。

邢子才《文襄金像铭》曰："宝相外宣。"○曹子建《宝刀赋》曰："撼神功而造象。"○《四十二章经》曰："世尊成道已，于鹿野苑中，转四谛法轮，度憍陈如等五人，而证道果。"《佛国记》曰："仙人鹿野苑，世尊成道已后，后人于此处起精舍。"○《海龙王经·请佛品》曰："海龙王诣灵鹫山，闻佛说法，信心欢喜，欲请佛至大海龙宫供养，佛许之，龙王即入大海，化作大殿，无量珠宝，种种庄严，佛入龙宫，为说大法。"○《法苑珠林》卷十一曰："依《菩萨处胎经》云：尔时世尊示现奇特异象，变一切菩萨，尽作佛身，光相具足，皆异口同音说法，互相敬奉，各坐七宝极妙高座。"《后汉书·西域传论》曰："空有兼遣之宗。"○《法苑珠林》卷二曰："婆沙论中说天有三十二种，欲界有十，色界有十八，无色界有四，合有三十二天也。第一欲界十天者，一名千手天，二名持华鬘天，三名常放逸天，四名日月星宿天，五名四天王天，六名三十三天，七名炎摩天，八名兜率陀天，九名化乐天，十名他化自在天；第二色界有十八天者，初禅有三天，一名梵众天，二名梵辅天，三名大梵天，二禅之中有三天，一名少光天，二名无量光天，三名光音天，第三禅中亦有三天，一名少净天，二名无量净天，三名遍净天，第四禅中独有九天，一名辐生天，二名福庆天，三名广果天，四名无想天，五名无烦天，六名无热天，七名善现天，八名善见天，九名色究竟天；第三无色界中有四天，一名空处天，二名识处天，三名无所有处天，四名非想非非想处天。"班孟坚《西都赋》曰："红罗飒纚。"〇《释迦谱》卷八曰："龙王出七宝台，奉上如来，佛言不须此台，汝但以罗刹石窟施我，诸天闻已，各脱宝衣，以扫佛窟，佛独入石室，自敷坐具，令此石窟，暂为七宝。"又曰："佛踊身入石，犹如明镜，诸天百千供养佛影。"杨子云《甘泉赋》曰："和氏玲珑。"〇鲍明远《甓月诗》曰："玉钩隔琐窗。"〇《楚辞·招魂》曰："网户朱缀。"〇《无量寿经》上曰："一向专志，庄严妙土，所修佛国，恢廓广大，超胜独妙。"〇《齐书·王融传》：融上疏曰："湔拂尘蒙。"

益州至真观主黎君碑

赵德甫《金石录》卷一目录曰："唐《黎尊师碑》，卢子昇字照邻撰，王大义行书，仪凤二年正月。"又卷二十四跋尾曰："唐《黎尊师碑》题曰卢子昇字照邻。按唐史，卢照邻字昇之，与此碑不合，盖唐初人多以字为名尔，至以子昇为昇之，则疑史之误。"

若夫三清上列，瑶关控日月之图；八洞深居，贝阙吐山河之镇。虽复扶桑大帝，传赤字于东华；安宝神君，受青符于南极。犹未能发挥不宰，复归无物之功；开凿妙门，言谢有为之业。其冯冯翼翼，百姓存焉而不知；杳杳冥冥，万族死之而无憾。独为众化之宗者，其惟元始天尊乎！以上推崇元始，盖观奉三清元始天尊也。

《云笈七签》卷二《混元混洞开辟劫运部》曰："三清境者，玉清、上清、太清是也。亦名三天，其三天者，清微天、禹馀天、大赤天是也。"《朱子语类》卷百二十五曰："道家之学，出于老子，其所谓三清，盖仿释氏三身而为之尔。佛氏所谓三身，法身者，释迦之本性也；报身者，释迦之德业也；肉身者，释迦之真身，而实有之人也。今之宗其教者，遂分为三像而骈列之，则既失其旨矣。而道家之徒，欲仿其所为，遂尊老子为三清，元始天尊、太上道君、太上老君，而昊天上帝反坐其下，悖戾僭逆，莫此为甚。且玉清元始天尊，既非老子之法身，上清太上道君，又非老子之报身，设有二像，又非与老子为一，而老子又自为上清太上老君，盖仿释氏之失，而又失之者也。"○《枕中书》曰："元始天王，在天中心之上，名曰玉京山，山中宫殿，并金玉饰之。"○《云笈七签·开辟劫运部》曰："太初之时，老子从虚空而下，为太初之师，口吐《开天经》一部四十八万卷，一卷有四十八万字，一字辟方一百里，以教太初，太初得此开天之经，清浊已分，清气上升为天，浊气下沉为地，三纲既分，从此始有天地，犹未有日月，天欲化物，无方可适，便乃置生日月在其中，下照阁冥。"○八洞，见王子安《净惠寺碑》注。○王子渊《四渎祠碑铭》曰："灵祠岳立，贝阙云浮。"《七签·开辟劫运部》曰："混沌之时，始有山川，老君下为师，教示混沌，以治天下，混沌号生二子，大者胡臣，小者胡灵，胡臣死为山岳神，胡灵死为水神，因即名为五岳四渎。"○《枕中书》曰："扶桑大帝东王公，号曰元阳父。"又曰："扶桑大帝住在碧海之中，宅地四面，并方三万里，上有太真宫碧玉城万里，多生林木，叶似桑，又有椹树，长数千丈，二十围，两木同根耦生，更相依倚，名为扶桑，宫第象玉京也。"○《太平御览·道部》十五引《灵宝经》曰："元始洞元灵宝赤书五篇真文者，于元始之先，空洞之中，灵图革运，元象推迁，乘机应运，于是存焉。"《黄庭内景经》务成子注叙曰："扶桑大帝君命旸谷神王传魏夫人黄庭内景者，一名太上琴心，又一名大帝金书，一名东华玉篇。"注曰："扶桑大帝君宫中尽诵此经，以金简刻书之，故曰金书，东华者，方诸宫名也，东海青童君所居也，其中玉女仙人皆诵咏之，刻玉书之，为玉篇。"○《七签》卷一百一：《青灵始老君纪》，《洞玄本行经》曰："东方安宝华林青灵始老帝君者，往在白气御运于金劫之中，暂生郁悦金映云台那林之天，西娄无量玉国浩明玄岳，厥名元庆，仙道垂成，中值火劫改运，又受气寄胎于洪氏，转为女子，朱灵元年岁在丙午，诞于丹童龙罗卫天洞明玉国丹霍之阿，改姓洪，讳那台，年十四，敬好道法，南极上灵紫虚元君托作佣人，下世教化，授那台灵宝赤书南方真文一篇，于是那台励志殊勤，愿得转身为男，便从墙上，投身掷空，命赴沧海极渊之中，纷然无落，即为水帝神王以五色飞龙捧接女身，俄顷之间，已于悬中，得化形为男子，乘龙策虚，飞至道前，于是元始即命仙都，锡加帝号。"○《老子》曰："生而不有，为而不恃，长而不宰，是谓玄德。"《庄子·达生篇》曰："长而不宰。"郭注曰："任其自长耳，非宰而长之。"《淮南·原道训》高注曰："宰，主也。"○《老子》曰："绳绳不可名，复归于无物。"又曰："玄之又玄，众妙之门。"又曰："道常无为，而无不为。"又曰："损之又损，以至于无为，无为而无不为。"又曰："我无为而民自化。"○《汉书·礼乐志·安世房中歌》曰："桂华冯冯翼翼。"颜注曰："冯冯，盛满也；翼翼，众貌也。"○《易·系辞上》曰："百姓日用而不知。"○《史记·太史公自序》述其父谈论六家要指曰："乃合大道，混混冥冥。"○《老子》曰："夫万物芸芸各复归其根。"《庄子·大宗师篇》曰："夫大块载我以形，劳我以生，佚我以老，息我以死，故善吾生者，乃所以善吾死也。"○《初学记·道释部》引《太玄真一本际经》曰："无宗无上，而独能为万物之始，故名元始。运道一切为极尊，而常处二清，出诸天上，故称天尊。"《隋书·经籍志》卷四曰："道经者，云有元始天尊，生于太元之先，禀自然之气，冲虚凝远，莫知其极，所以说天地沦坏，劫数终尽，略与佛经同。以为天尊之体，常存不灭，每至天地初开，或在玉京之上，或在穷桑之野，授以秘道，谓之开劫度人，然其开劫非一度矣。故有延康、赤明、龙汉、开皇，是其年号，其间相去经四十一亿万载。所度皆诸天仙上品，有太上老君，太上丈人，天真皇人，五方天帝，及诸仙官，转共承受，世人莫之豫也。"

暨乎蹩躠为仁，踶跂为义。鸿胪传小儒之具，缄縢为大盗之术。尧、禹生而天下火驰，姬、孔出而群方鼎沸。则有氤氲帝祖，发皓鬒于东周；兆朕皇舆，飞紫云于西道。凤交开景，返徐甲之营魂；龙光照天，杜宣尼之神气。得一吹万，有大造于苍生；把十蹈五，树灵基于宝祚。能使秦皇东指，见赤舄而长怀；汉帝北游，望青烟而下拜。于是灵山水府，俱为炼玉之场；甲第离宫，多入空歌之地。青牛道士，按锦节于中都；白鹿仙人，列瑶坛于八表。乃剑门西拒，邛关南望。星桥对斗，像牛汉之秋横；月硖萦城，疑兔轮之晓落。武骑迁升之路，冠盖云飞；文翁讲肆之堂，英灵雾集。岩开菌桂，蕴金碧之祥光；磵吐夭桃，积神仙之粹气。以上道教之兴被于益州。

《庄子·马蹄篇》曰："蹩躠为仁，踶跂为义，而天下始疑矣。"《释文》曰："蹩，步结反。李云：蹩躠、踶跂，皆用心为仁义之貌。"《礼记·王制》孔疏曰："跛躃谓足不能行。"案：此云踶跂，亦艰于行义之貌。○《庄子·外物篇》曰："儒以诗礼发冢。"大儒胪传曰："东方作矣，事之何若？小儒曰：未解裙襦，口中有珠。诗固有之，曰：青青之麦，生于陵陂，生不布施，死何含珠为？接其鬓，压其顪，儒（王怀祖据《艺文类聚·宝玉部》引校，儒当作而。）以金椎控其颐，徐别其颊，无伤口中珠。"《释文》曰："苏林注《汉书》云：上传语告下曰胪。"案

《汉书·百官公卿表》曰："典客秦官，武帝更名大鸿胪。注引应劭曰：郊庙行礼赞九宾，鸿声胪传之也。"○《庄子·胠箧篇》曰："将为胠箧探囊发匮之盗而为守备，则必摄缄縢，固扃鐍，此世俗之所谓知也。然而巨盗至，则负匮揭箧担囊而趋，惟恐缄縢扃鐍之不固也。然则乡之所谓知者，不乃为大盗积者也？"《释文》曰："《广雅》云：缄、縢，皆绳也。"(《释器》)○《庄子·天地篇》曰："尧问于许由曰：啮缺可以配天乎？许由：彼且乘人而无天，方且本身而异形，方且尊知而火驰。"郭注曰："贤者当位于前，则知见尊于后，奔竞而火驰也。"又《外物篇》曰："火驰而不顾。"(孙仲容《札迻》五，谓火皆当作灻，恐未确。)又《天地篇》曰："伯成子高辞为诸侯而耕，禹往见之，子高曰，昔尧治天下，不赏而民劝，不罚而民畏，今子赏罚而民且不仁，德自此衰，刑自此立，后世之乱，自此始矣。"○蔡伯喈《释诲》曰："槃旋乎周孔之庭。"韦弘嗣《博弈论》曰："姬公之才，则称周公为姬公"，《汉书·霍光传》曰："今群下鼎沸。"○《神仙传》卷一曰："老子者，名重耳，字伯阳，楚国苦县曲仁里人也。其母感大流星而有娠。或曰母怀之七十二年乃生，生时剖母左腋而出，生而白首，故谓之老子。"《拾遗记》卷三曰："老聃在周之末，居反景日室之山，与世人绝迹。"《七签》卷一百二《混元皇帝圣纪》曰："太上老君者，混元皇帝也。乃生于无始，起于无因，为万道之先，元气之祖也。"又曰："玄妙玉女生后八十一万亿八十一万岁，三气混沌，凝结变化，五色玄黄，大如弹丸，入玄妙口中，玄妙因吞之，八十一年，乃从左腋而生，生而白首，故号为老子。老子者，老君也。此即道之身也，元气之祖宗，天地之根本也。"《易·系辞下》曰："天地絪缊，万物化醇。"《释文》曰："絪，本又作氤；缊，本又作氲。"○《淮南·诠言训》许注曰："朕，兆也。"《离骚》曰："恐皇舆之败绩。"○《史记·老子韩非传》曰："老子见周之衰，乃遂去，至关，关令尹喜曰：子将隐矣，强为我著书。于是老子乃著书上下篇，言道德之意五千馀言而去，莫知其所终。"《集解》引《列仙传》曰："关令尹喜者，周大夫也。善内学星宿，服精华，隐德行仁，时人莫知。老子西游，喜先见其气，知真人当过，候物色而迹之，果得老子。"《索隐》引《列仙传》曰："老子西游，关令尹喜望见其有紫气浮关，而老子果乘青牛而过。"○凤交，盖指徐甲缔婚事。《神仙传》一曰："老子有客徐甲，少赁于老子，约日雇百钱，计欠七百二十万钱。甲见老子出关游行，速索偿不可得，乃倩人作辞诣官，令以言老子，而为作辞者，亦不知甲已随老子二百馀年矣，唯计甲所应得直之多，许以女嫁甲。甲见女美，尤喜，遂通辞于尹，喜得辞大惊，乃见老子。老子问甲曰：汝久应死，吾昔赁汝，为官卑家贫，无有使役，故以太玄真生符与汝，以至今日，汝何以言吾？吾语汝，到安息国，固当以黄金计直还汝，汝何以不能忍？乃使甲张口向地，其太玄真生符立出于地，丹书文字如新，甲成一丛枯骨矣。喜知老子神人，能复使甲生，乃为甲叩头请命，乞为老子出钱还之，老子复以太玄符投之，甲立更生，喜即以钱二百万与甲，遣之而去。"○《老子》曰："戴营魄抱一，能无离乎？"河上公注曰："营魄，魂魄也。"《楚辞·远游》曰："载营魄而登霞兮。"王注曰："抱我灵魂而上升也。"《文选》谢灵运《石门新营所住诗》曰："得以慰营魂。"李善注引《楚辞》作营魂，又引锺会《老子注》曰："经护为营。"《法言·修身篇》曰："荧魂旷枯。"《释文》引柳宗元曰："荧，明也，荧魂，司见之用者也。"案：荧、营字通。○《庄子·天运篇》曰："孔子见老聃归，三日不谈，弟子问曰：夫子见老聃，亦将何规哉？孔子曰：吾乃今于是乎见龙，龙合而成体，散而成章，乘云气而养乎阴阳，予口张而不能嗋，予又何规老聃哉？"《史记·淮南王传》："伍被曰：徐福为伪辞曰：至蓬莱山，有使者铜色而龙形，光上照天。"左太冲《咏史诗》曰："言论准宣尼。"○《老子》曰："昔之得一者，天得一以清，地得一以宁，神得一以灵，谷得一以盈，万物得一以生，侯王得一以为天下贞。"《庄子·齐物论篇》："子綦曰：夫吹万不同，而使其自已也。"○《左传》成十三年："吕相绝秦曰：是我有大造于西也。"杜注曰："造，成也。"《书·益稷》曰："至于海隅苍生。"○《神仙传》一曰："《老子》足蹈三五，手把十文。"○《隋书·音乐志》：中元会大飨歌辞曰："延宝祚，眇无彊〔疆〕。"○《列仙传》卷上曰："安期先生者，琅琊阜乡人也。卖药于东海边，时人皆言千岁翁。秦始皇东游，请见与语，三日三夜，赐金璧度数千万，出于阜乡亭，皆置去，留书以赤玉舄一量为报。"○《史记·封禅书》曰："天子遂东，始立后土，祠汾阴脽丘，如宽舒等议，上亲望拜，如上帝礼，礼毕，天子遂至荥阳而还。"又曰："上遂郊雍，至陇西，西登崆峒，幸甘泉，令祠官宽舒等具太一祠坛，天子始郊拜太一。"○左太冲《吴都赋》曰："首冠灵山。"鲍明远《河清颂》曰："水府清涓。"○鲍明远《从庾中郎游园山石室诗》曰："至哉炼玉人，处此长自毕。"○《汉书·霍光传》曰："甲第一区。"《高帝纪》注引孟康曰："有甲乙次第，故曰第也。"司马长卿《上林赋》曰："离宫别馆，弥山跨谷。"○昇之《赠李荣道士诗》云："空歌迴易分。"○《神仙传》卷十曰："封衡，字君达，陇西人也。遇鲁女生，授还丹诀及五岳真形图，遂周游天下，故山官水神，潜相迎伺，常驾一青牛，人莫知其名，因号青牛道士。"○昇之《赠李荣道士诗》曰："锦节衔天使。"《七签》卷五《经教相承部》曰："宋庐山简寂陆先生，讳修静，门徒得道者，孙游岳、李果之最著。后孔德璋与果之书论先生云：先生道冠中都，化流东国。"《史记·平准书》《索隐》曰："中都犹都内也。"○《神仙传》卷八曰："卫叔卿者，中山人也。服云母得仙。汉元封二年八月壬辰，孝武皇帝闲居殿上，忽有一人乘云车，驾白鹿，从天而下，来集殿前。帝乃惊问曰：为谁？答曰：吾中山卫叔卿也。"又卷十曰："鲁女生，长乐人，入华山，去后五十年，先相识者，逢女生华山庙前，乘白鹿，从玉女三十人，并令谢其乡里故人。"○《后汉书·方术传序》曰："神经怪牒，玉策金绳，关扃于明灵之府，封縢于瑶坛之上者，靡得而窥也。"《太上老君开天经》曰："八表之外，渐渐始分。"○《水经·漾水注》曰："清水又东南迳小剑戍北，西去大剑三十里，连山绝险，飞阁通衢，故谓之剑阁也。"《元和郡县志》曰："剑南道剑州普安县：大剑山亦曰梁山，在县北四十九里，姜维还保剑门以拒锺会，即此也。剑门县梁山在县西南二十四里，即剑门山也。"《清一统志》曰："四川保宁府：大剑山在剑州北，即古梁山也。又有小剑山，与大剑山相属，剑门关在剑州东北（今改剑阁县），即剑阁道也。"○《汉书·王尊传》曰："至邛郲九折阪。"注引应劭曰："在蜀郡严道县。"臣瓒曰："郲，山名也。"《元和郡县志》曰："剑南道雅州荥经县：邛来山在县西五十里，九折坂在县西八十里，邛来镇在县西南八十七里。"《太平寰宇记》曰："剑南西道雅州荥经县：邛郲关在县西南七十里。隋大业十年置。"《清一统志》曰："四川雅州府：邛郲关在荥经县西。"○《华阳国志·蜀志》曰："郡治少城西南两江有七桥，直西门郫江中冲治桥，西南石牛门曰市桥，城南曰江桥，南渡流曰万里桥，西上曰夷里桥，上曰笮桥，桥从冲治桥西出折曰长升桥，郫江上西有永平桥。长老传言李冰造七桥，上应七星。故世祖谓吴汉曰：安军置在七星间。"○牛汉见王子安《上武侍极启》注。○《华阳国志·巴志》曰："其郡东枳有明月硖。"《太平寰宇记》曰："山南西道渝州巴县：明月峡在县东北八十里。"李膺《益州记》云："广阳州东七里水南有遮要三槌石，石东二里至明月峡，峡首南岸壁高四十丈，其壁有圆孔形若满月，因以为名。"《清一统志》曰："四川重庆府：明月峡在巴县东北。"案：巴县去成都颇远，此盖借用耳。○《初学记·天部上》引《五经通义》曰："月中有兔与蟾蜍何？月阴也，蟾蜍阳也，而与兔并明，阴系于阳也。"江总持《芳林园大渊池铭》曰："夜浪浮金，疑月轮之驰水府。"庾子山《象戏赋》曰："月轮新满。"○《华阳国志·蜀志》曰："郡城北十里有升仙桥，桥有送客观，司马相如初入长安，题市门曰：不乘赤车驷马，不过汝下也。"《水经·江水注》作高车驷马。《太平寰宇记》曰："剑南西道益州成都县：升迁桥在县北十里"，引《华阳国志》亦作升迁桥。《史记·司马相如传》曰："相如以赀为郎，事孝景帝为武骑常侍，非其好也。"○班孟坚《西都赋》曰："冠盖如云。"○《汉书·循吏传》曰："文翁为蜀郡守，见蜀地辟陋，乃选郡小吏开敏有才者，遣诣京师受业博士，又修起学官于成都中，招下县子弟以为学官弟子。"《华阳国志·蜀志》曰："始文翁立文学精舍讲堂，作石室（一作玉室），在城南。永初后，堂遇火，太守陈留、高朕更修立，又增造二石室。"《寰宇记》曰："成都县文翁学堂，一名周公礼殿。任豫云：其栾栌节制犹古建，堂基高六尺，夏屋三间，皆画古人之像及礼器瑞物。堂西有二石，李膺记云，后汉中平中，火延学观，厢廊一时荡尽，惟此堂熛焰不及，构制虽古，巧尽特奇。"○《隋书·文学传序》曰："江汉英灵。"曹子建《游观赋》曰："会如雾聚。"○《文选·蜀都赋》曰："菌桂临崖。"刘渊林注引《神农本草经》曰："菌桂圆如竹。"又曰："其树则木兰梫桂。"李善注曰："梫桂，木桂也。"案《离骚》曰："杂申椒与菌桂兮。"洪庆善《补注》曰："菌音窘，《本草》有菌桂，花白蕊黄，正圆如竹菌，一作箘，其字从竹。"朱丰芑《补注》曰："菌读为麕，菌桂，桂梫也，今肉桂也。凡经传言桂，皆非今之木犀。唐以后始名木犀为桂花。"○《文选·蜀都赋》曰："金马骋光而绝景，碧鸡儵忽而曜仪。"刘渊林注曰："《地理志》曰：金马、碧鸡，在越巂青蛉县禺同山（见王子安《净惠寺碑》注），汉宣帝时，方士言益州有金马碧鸡之神，则以醮祭而致也。（致原作置，今依《汉书·王褒传》订。）宣帝使谏议大夫王褒持节而求之，褒道卒，竟不能致也。"○《列仙传》卷上曰："葛由者，羌人也，周成王时，好刻木羊卖之，一旦乘羊而入西蜀，蜀中王侯贵人追之上绥山，绥山多桃（二字据《搜神记》卷一增），在峨眉山西南，高无极也。随之者不复还，皆得仙道。故里谚曰：得绥山一桃，虽不能仙，亦足以豪。山下立祠数十处云。"案：夭桃见朱少连《陈后主论》注。

至真观者，隋开皇二年之所立也。寻属炀帝骄淫，蜀王奢僭。冕旒多事，有惭七圣之游；几杖不朝，未遑八仙之术。紫台初构，霜露霑衣；碧洞新开，蓬莱变海。仙居制度，与云雷而共屯；象帝威仪，将市朝而犹梗。
以上隋立观后，旋遭丧乱。

开皇，隋文帝年号。○《隋书·炀帝纪》曰："炀皇帝讳广，一名英，高祖第二子也。自高祖大渐，暨谅闇之中，烝淫无度。山陵始就，即事巡游。以天下承平日久，士马全盛，慨然慕秦皇汉武之事，乃盛治宫室，穷极侈靡，六军不息，百役繁兴，东西游幸，靡有定居。天下土崩，至于就擒，而犹未之寤也。"○《隋书·文四子传》曰："庶人秀，高祖第四子。开皇元年，立为越王，未几徙封于蜀，拜柱国，益州刺史，总管二十四州诸军事。二年进位上柱国，岁馀而罢。十二年，又为内史令，右领军大将军，寻复出镇于蜀。秀渐奢侈，违犯制度，车马被服，拟于天子，及太子勇以谗毁废，晋王广为太子，秀意甚不平，皇太子阴令杨素谮之。仁寿二年，征还京师，付执法者，下诏数其罪。炀帝即位，禁锢如初。"○东方曼倩《客难》曰："冕而前旒，所以蔽明。"又见《大戴礼·子张问入官篇》。○《庄子·徐无鬼》曰："黄帝将见大隗乎具茨之山，方明为御，昌寓骖乘，张若、詔朋前马，昆阍〔阍〕、滑稽后车，至于襄城之野，七圣皆迷。"○《史记·吴王濞传》曰:"于是天子赐吴王几杖,老不朝。"○《神仙传》卷四曰:"汉淮南王刘安折节下士,天下道书及方术之士,不远千里,卑辞重币请致之。于是乃有八公诣门,皆须眉皓白,门吏先密以白王。王使阍人自以意难问之曰:我王欲求延年长生不老之道,今先生年已耆矣,似无驻衰之术。八公笑曰:薄吾老,今则少矣,言未竟,八公皆变为童子,年可十四五,角髻青丝,色如桃花。门吏大惊,走以白王。王闻之,足不履跣而迎,执弟子之礼。八童子乃复为老人,告王曰:余虽复浅识,备为先学,吾一人能坐致风雨,立起云雾,画地为江河,撮土为山岳。一人能崩高山,塞深泉,收束虎豹,召致蛟龙,使役鬼神。一人能分形易貌,坐存立亡,隐蔽六军,白日为瞑。一人能乘云步虚,越海陵波,出入无间,呼吸千里。一人能入火不灼,入水不濡,刃射不中,冬冻不寒,夏曝不汗。一人能千变万化,恣意所为,禽兽草木,万物立成,移山驻流,行宫易室。一人能煎泥成金,凝铅为银,水炼八石,飞腾流珠,乘云驾龙,浮于太清之上,在王所欲。安乃日夕朝拜,供进酒脯,各试其向所言,无有不效。"○《文选·恨赋》李善注曰:"紫台犹紫宫也。"《御览·道部》十六引《登真隐诀》曰:"上清之境,有丹城紫台,上皇大帝君王尊集处。"○《史记·淮南王传》:"伍被曰:今臣亦见宫中生荆棘露霑衣也。"魏文帝《善哉行》曰:"霜露霑衣。"○王子安《九成宫颂》曰:"丹溪碧洞,吐纳虹霓。"○蓬莱变海,见杨炯《群官寻杨隐居序》注。○《易·屯·象传》曰:"云雷屯。"○《老子》曰:"吾不知谁之子,象帝之先。"王辅嗣注曰:"帝,天帝也。"○梁武帝《移京邑檄》曰:"天邑犹梗。"

　　皇家缵戎牝谷,乘大道而驱除;盘根濑乡,拥真人之阀阅。高祖以汾阳如雪,当金阙之上仙;太宗以峒山顺风,属瑶京之下视。我皇帝凝旒紫阁,悬镜丹台。运璇极而正乾坤，坐阊阳而调风雨。变铜浑于九洛，鳞羽登歌；鸣玉銮于四清，烟霞变色。焚符破玺，更闻绳燧之初；剖斗折衡，重睹人伦之治。银书纪岱，登日观以论功；玉牒封梁，下云丘而校美。千龄胎化，申以驾羽之期；万岁岩音，献以华封之寿。耕田凿井者不知自然；鼓腹击壤者不知帝力。呜呼！岂非道风幽赞之效欤！乃回舆诏跸，亲幸谯谷。奉策老君为太上皇帝。仍令天下诸州，各立观一所。于是碧楼三袭，上接虹蜺；绛阙九成，下交星雨。乘云御气，日夕于关山；荐璧投金，岁时于岳渎。以上唐兴，尊崇道教。

《诗·韩奕》曰："缵戎祖考。"《老子》曰："谷神不死，是谓玄牝。"○《史记·秦楚之际月表序》曰："向秦之禁，适足以资贤者为驱除难耳。"○《史记·老子韩非传》曰："老子者，楚苦县厉乡曲仁里人也。"《正义》曰："厉音赖，《晋太康地记》云：苦县城东有濑乡祠，老子所生地也。"《水经·阴沟水注》曰："濄水迳苦县故城南，又东北屈至赖乡西，谷水注之，谷水又东迳苦县故城中，又东迳赖乡城南，谷水自此东入濄水，濄水又北迳老子庙东，庙前有二碑，在南门外。汉桓帝遣中官管霸祠老子，命陈相边韶撰文。又北濄水之侧，有李母庙，庙在老子庙北，庙前有李母冢，冢东有碑，是永兴元年谯令长沙王阜所立。碑云老子生于曲濄间。濄水又屈东迳相县故城南，其城卑小实中，边韶《老子碑文》云：老子楚相县人也，相县虚荒，今属苦，故城犹存，在赖乡之东，濄水处其阳，疑即此城也。"《元和郡县志》曰："河南道宋州真源县，本楚之苦县。乾封元年，高宗幸濑乡，以玄元皇帝生于此县，遂改为真源县，玄元皇帝祠在县东十四里。"《清一统志》曰："河南归德府：赖乡城在鹿邑县东十里，亦名厉乡。"○《庄子·大宗师篇》曰："不以心捐道，不以人助天，是之谓真人。"《刻意篇》曰："能体纯素，谓之真人。"《史记·高祖功臣侯年表序》曰："古者人臣功有五品，明其等曰伐，积日曰阅。"《汉书·车千秋传》曰："千秋无伐阅功劳。"颜注曰："伐，积功也；阅，经历也。"案：阀后出字（《说文》大徐新附），古止作伐。又案《唐会要》卷十五曰："武德三年五月，晋州人吉善行于羊角山见一老叟，乘白马朱鬣，仪容甚伟，曰：为吾语唐天子，吾汝祖也，今年平贼后，子孙享国千岁。高祖异之，乃立庙于其地。乾封元年三月二十日，追尊老君为太上玄元皇帝。"○《旧唐书·高祖本纪》曰："高祖姓李氏，讳渊，其先陇西狄道人，凉武昭王暠七代孙也。大业十三年，为太原留守。十一月，立代王侑为天子，改元为义宁，二年五月，隋帝遣奉皇帝玺绶于高祖。甲子，即皇帝位于太极殿，改隋义宁二年为唐武德元年。"○《庄子·逍遥游》曰："藐姑射之山，有神人居焉，肌肤若冰雪，淖约若处子。"又曰："尧往见四子藐姑射之山，汾水之阳，窅然丧其天下焉。"《神仙传》一曰："老子或云下三皇时，为金阙帝君。"《七签》卷三《道教本始部》曰："太清境有九仙，一上仙，二高仙，三大仙，四玄仙，五天仙，六真仙，七神仙，八灵仙，九至仙，最上一天名曰大罗，在玄都玉京之上，紫微金阙，七宝骞树，麒麟师子，化生其中。"○《旧唐书·太宗本纪》曰："太宗讳世民，高祖第二子也。武德九年六月甲子，立为皇太子。八月癸亥，高祖传位于皇太子，太宗即位于东宫显德殿。"○《庄子·在宥篇》曰："黄帝立为天子，十九年，闻广成子在于空同之上，故往见之。广成子南首而卧，黄帝顺下风膝行而进。"《御览·皇王部》四引作崆峒。○《枕中书》曰："元始天王，在天中心之上，名之曰玉京山，山中宫殿，并金玉饰之。"○我皇帝，各本我作武，盖传写之误。此文撰于仪凤二年，当高宗时，不应用武后革唐时称也。《旧唐书·高宗本纪》曰："高宗讳治，太宗第九子也。贞观十七年，立为皇太子。二十三年五月己巳，太宗崩，六月甲戌朔，皇太子即皇帝位。咸亨五年秋八月，皇帝称天皇，皇后称天后，改咸亨五年为上元元年，三年十一月，改为仪凤元年。"○陆士龙《喜霁赋》曰："曜六龙于紫阁。"○梁简文帝《谢敕赉中庸讲疏启》曰："未有悬镜独晓，仰均神鉴。"《艺文类聚·灵异部》上引《真人周君传》曰："羡门子曰：子名在丹台玉室之中，何忧不仙？"○《史记·天官书》曰："北斗七星，所谓璇玑玉衡以齐七政。"杨子云《长杨赋》曰："高祖奉命，顺斗极，运天关。"《御览·天部》五引《春秋运斗枢》曰："北斗第一天枢，第二璇，第三玑，第四权，第五玉衡，第六闿阳，第七瑶光。"《礼记·曲礼上》孔疏、《艺文类聚·天部》上《史记·天官书》《索隐》《后汉书·张衡传·思玄赋》章怀注、《文选·思玄赋》李善注引皆作开阳，开、闿字通。○《书·舜典》孔疏曰："蔡邕《天文志》云：言天体者有三家，一曰周髀，二曰宣夜，三曰浑天。宣夜绝无师说，周髀术数具在，考验天象，多所违失，故史官不用。唯浑天者，近得其情，今史所用候台铜仪，则其法也。杨子《法言》云：或问浑天曰：洛下闳营之，鲜于妄人度之，耿中丞象之，几乎几乎，莫之能违也（《重黎篇》）。闳与妄人，武帝时人，宣帝时，司农中丞耿寿昌始铸铜为之象，史官施用焉。后汉张衡作《灵宪》以说其状，蔡邕、郑玄、陆绩、吴时王蕃、晋世姜岌、张衡、葛洪，皆论浑天之义，并以浑说为长。江南宋元嘉年，皮延宗又作《是浑天论》，太史丞钱乐铸铜作浑天仪，传于齐、梁，周平江陵，迁其器于长安，今在太史书矣。"（卢召弓谓书当作署，阮伯元谓当作台。）《旧唐书·天文志》曰："贞观初，直太史李淳风言灵台候仪，是后魏遗范，法制疏略，难为占步。太宗因令淳风改造浑仪，铸铜为之。至七年造成，太宗令置于凝晖阁，以用测候，既在宫中，寻而失其所在。"案《新唐书·天文志》《唐会要》卷四十二，与《旧唐书》志略同。据此文，似高宗时复有修铜浑之事,特史不具耳。《庄子·天运篇》:"巫咸 袑曰:九洛之事,治成德备,监照下土,天下戴之,此谓上皇。" 成玄英疏曰:"九洛之事者,九州聚落之事也。"吕吉甫(惠卿) 注曰:"九洛即洛书九畴"(见《庄子翼》)。案:吕说似近之,然 武后《高宗哀册文》曰:"背九洛而移驭,俟八川而从跸。"李巨 山《咏洛诗》曰:"九洛韶光媚,三川物候新。"是九洛即指洛 水。〇《大戴礼·易本命》曰:"有羽之虫三百六十,而凤皇为 之长,有鳞之虫三百六十,而蛟龙为之长。"《汉书·礼乐志·郊 祀歌》曰:"鸾路龙鳞,罔不肸饰。"又曰:"气远条凤鸟翔。"又 曰:"吾知所乐,独乐六龙。"鲍明远《河清颂》曰:"书史登 歌。"〇《离骚》曰:"鸣玉鸾之啾啾。"《说文》曰:"銮,人君 乘车四马四镳,八銮铃,象鸾鸟之声,声龢则敬也。"案:经传 多借鸾字为之,《河清颂》曰:"奚斯、吉甫之徒,鸣玉鸾于前。" 《真灵位业图》:玉清宫有下元宫高清四元君,四清疑指此。(乐 有二变四清之分,与此无关。)〇《庄子·胠箧篇》曰:"焚符破 玺而民朴鄙,掊斗折衡而民不争。"〇《易·系辞下》曰:"上古 结绳而治。"《艺文类聚·帝王部》一引《礼含文嘉》曰:"燧人 始钻木取火,炮生为熟,令人无腹疾,遂天之意,故为燧人。" 〇班孟坚《东京赋》曰:"四海之内,更造夫妇,肇有父子,君 臣初建,人伦寔始,斯乃伏羲氏之所以基皇德也。"〇《白虎 通·封禅篇》曰:"王者易姓而起,必升封泰山何?报告之义也, 始受命之日,改制应天,天下太平,功成封禅,以告太平。所以 必于泰山者何?万物之始,交代之处也。或曰:封者金泥银绳。 或曰:石泥金绳,封之以印玺。"《巡狩篇》曰:"东方为岱宗者, 言万物更相代于东方也。"〇《水经·汶水注》曰:"应劭《汉官 仪》云:泰山东南山顶名曰日观,日观者,鸡一鸣时,见日始欲 出,长三丈许,故以名焉。"〇《史记·封禅书》曰:"天子至梁 父,礼祠地主。乙卯,令侍中儒者,皮弁荐绅,射牛行事,封太山下东方，如郊祠太一之礼，封广丈二尺，高九尺，其下则有玉牒书，书秘。"《白虎通·封禅篇》曰："梁甫者，泰山旁山名，三王禅于梁甫之山。梁者信也，甫者辅也，信辅天地之道而行之也。"《元和郡县志》曰："河南道兖州乾封县：泰山一名岱宗，在县西北三十里。泗水县：梁父山在县北八十里。"《清一统志》曰："山东泰安府：泰山在泰安县北五里。梁父山在府南一百十里，新泰县西四十里。"○《史记·封禅书》曰："封禅祠，其夜若有光，昼有白云起封中。《东都赋》曰："案六经而校德，眇古音而论功。"《旧唐书·高宗纪》曰："麟德三年春正月戊辰朔，车驾至泰山顿。是日亲祀昊天上帝于封祀坛，以高祖、太宗配飨。己巳，帝升山行封禅之礼。庚子，禅于社首，祭皇地祇，以太穆太皇太后、文德皇太后配飨。皇后为亚献，越国太妃燕氏为终献。辛未，御降禅坛。壬申，御朝坛受朝贺，改麟德三年为乾封元年。"○《文选·舞鹤赋》曰："伟胎化之仙禽。"李善注引《相鹤经》曰："鹤千六百年饮而不食，盖羽族之宗长，仙人之骐骥也。"案：千龄胎化，以仙人控鹤为喻，故下借人皇驾六羽以喻鹤驾，万岁岩音，则以山呼万岁为喻也。○《御览·皇王部》三引《春秋命历序》曰："人皇氏九头，驾六羽，乘云车，出谷口。"又引《三五历记》曰："有神圣人九头，号人皇，马总云，一百六十五代，合四万五千六百年。"○《封禅书》曰："遂东幸缑氏，礼登中岳太室，从官在山下，闻若有言万岁云。"○《庄子·天地篇》曰："尧观乎华，华封人曰：嘻圣人，请祝圣人，使圣人寿。"○击壤，见《乐府杂诗序》注。《老子》曰："道法自然。"《庄子·马蹄篇》曰："夫赫胥氏之时，民居不知所为，行不知所之，含哺而熙，鼓腹而游。"○《易·说卦传》曰："幽赞于神明而生蓍。"○梁武帝《登北顾楼诗》曰："回舆暂游识。"《周礼·夏官·隶仆》注引郑司农曰："跸谓止行者清道，若今时徼跸。"沈初明《从驾送军诗》曰："诏跸水祇惊。"○《旧唐书

·《高宗纪》曰："乾封元年二月己未，次亳州，幸天君庙，追号曰太上玄元皇帝，创造祠堂，其庙置令丞各一员，改谷阳县为真源县，县内宗姓特给复一年。"《元和郡县志》曰："河南道亳州：春秋时为陈之焦邑，汉为谯县。"又曰："谯县汉旧县，属沛郡，晋属谯郡。后魏无谯县，有小黄县。隋大业二年，改小黄县为谯县。三年，以亳州为谯郡，县仍属焉。"又曰："真源县本楚之苦县，汉苦县属陈国，晋属梁郡，成帝更名谷阳。乾封元年，高宗幸濑乡，以玄元皇帝生于此，遂改为真源县。"则谯谷即谓谯郡之谷阳也。谯一作樵，谷一作若，皆误。○鲍明远《中兴歌》曰："碧楼含夜月。"《尔雅·释山》曰："山三袭陟。"郭注曰："袭亦重。"梁元帝《玄览赋》曰："变青门之三袭。"○班孟坚《西都赋》曰："虹霓迥带于棼楣。"案：蜺、霓字同。○孙子荆《遗孙皓书》曰："稽颡绛阙。"《吕览·音初篇》曰："有娀氏有二佚女，为之九成之台。"高注曰："成犹重也。"○《庄子·逍遥游篇》曰："乘云气。"又曰："御六气之辩。"（辩，变之通借字。）○《通典·吉礼》五曰："武德、贞观之制，五岳四镇，四海四渎，年别一祭。"案：此谓五岳四渎之地，皆立有玄元庙，岁时致祭也。《尔雅·释诂》曰："荐，进也。"荐璧之制，见于祭礼，而投金无闻。《吴越春秋》言伍子胥投金于水，与此亦不合，盖投金指捐金兴作，及布施言耳。

此观地当枢要，任切会昌。南邻覆锦之城，西逼吞珠之界。使星连注，皇华结辙。既而绿地榛芜，朱宫板荡。非夫位膺金策，名载琼轩，为紫帝之群宾，列黄庭之上格，孰能居此？栋梁平圃，丹腰长楼，大开流电之庭，广制明霞之宇。以上至真观亟待主持。

《宋书·谢庄传》："大明三年下诏曰：兼选曹枢要，历代斯重。"《全唐文》枢作极。○《蜀志·秦宓传》曰："蜀有汶阜之山，江出其腹，帝以会昌，神以建福。"裴注引《河图括地象》曰："岷山之地，上为东井络，帝以会昌，神以建福。"《蜀都赋》曰："天地运期而会昌。"○《华阳国志·蜀志》曰："夷里桥道西城，故锦官也。锦工织锦，濯其中则鲜明，他江则不好，故名曰锦里也。"《元和郡县志》曰："剑南道成都府成都县：锦城在县南一十里，故锦官城也。"○《蜀志·秦宓传》："宓曰：禹生石纽，今之汶山郡是也。"裴注引《帝王世纪》曰："鲧纳有莘氏女曰志，是为修己，上山行，见流星贯昴，梦接意感，又吞神珠，臆圮胸坼，而生禹于石纽。"（《史记·夏本纪》《正义》《御览·皇王部》七引，臆圮并作薏苡。）又引谯周《蜀本纪》曰："禹本汶山广柔县人也，生于石纽，其地名刳儿坪，见《世帝纪》。"《史记·夏本纪》《正义》引《括地志》曰："茂州汶川县：石纽山在县西七十三里。"《清一统志》曰："四川茂州：石纽村在汶川县西北。"○《后汉书·方术·李郃传》曰："善河洛风星，县召署幕门吏。和帝即位，分遣使者，皆微服单行，各至州县，观采风谣，使者二人，当到益部，投郃候舍。时夏夕露坐，郃因仰观问曰：二君发京师时，宁知朝廷遣二使耶？二人问何以知之，郃指星示云，有二使星，向益州分野，故知之耳。"《秦策》四高注曰："注，属也。"○《诗序》曰："《皇皇者华》，君遣使臣也。"《汉书·文帝纪》："后元二年，匈奴和亲。诏曰：故遣使者，冠盖相望，结辙于道。"○梁武帝《守护晋宋齐诸陵诏》曰："时事浸远，宿草榛芜。"○《后汉书·杨赐传》："赐乃书对曰：不念《板》《荡》之作。"章怀注曰："《诗·大雅序》曰：《板》，凡伯刺厉王也。《荡》，召穆公伤周室大坏也。"○《御览·道部》十四引《茅盈传》曰："盈命飙车，与二弟诣青州，请书名金简。"又十五引《紫书金根经》曰："凡学者勤尚苦志，则玉皇三元，东华太上，当遣真人，授其真经，后圣众莫不先奏金简于东华，投玉札于上清，然后得授大洞真经。"《七签》卷九

《三洞经教部释洞真中黄老君八道秘言经》:"赤松子曰:此经或名八道金策。"〇沈初明《林屋馆碑》曰:"琼轩云构。"〇《周礼·大宗伯》贾疏引《春秋元命包》曰:"紫微宫为大帝。"〇《黄庭经》曰:"上有黄庭,下有关元。"〇《西山经》曰:"槐江之山,实惟帝之平圃。"郭注曰:"即玄圃也。"〇《书·梓材》曰:"惟其涂丹雘。"《释文》引马融曰:"雘,善丹也。"《世说新语·言语篇》:"顾长康曰:遥望层城,丹楼如霞。"〇《神异经》曰:"东荒山中有大石室,东王公居焉,恒与一玉女投壶,每投千二百矫,矫出而脱误不接者,天为之笑。"注曰:"言笑者,天口流火焰灼,今天上不雨而有电光,是天笑也。"〇《十洲记》曰:"昆仑又有墉城金台玉楼,碧玉之堂,琼华之室,紫翠丹房,云锦烛日,朱霞九光,西王母之所治也。"

  观主三洞法师,姓黎讳某,广汉雒人也。金天命秩,即有天地之官;火正分司,实掌羲和之任。夏殷之际,代为伯相。或食邑于鲁,或书社于卫,故鲁之黎城,卫之黎阳,即其地也。魏、晋之交,或立功于吴,剖符于蜀。在吴者,其后封于寿春,黎将故城有黎氏之墓,石文石阙之字在焉。在蜀,苻坚时奉为蜀郡太守,北齐时练山为益州刺史,故子孙因家于蜀。法师,练山之六代孙也。祖宗,父泉,并为州郡都主簿平正之职。任文公之好智,固让朝恩;秦子整之多才,终从郡辟。礼仪体制,乡校取式于公曹;狱讼章程,府主责成于平正。时无留事,复闻坐啸之谈;野有让耕,重听行歌之乐。以上法师之先世。

  《云笈七签》卷六《三洞经教部》引《道门大论》曰:"三洞者,洞言通也,通玄达妙,其统有三,故云三洞。第一洞真,第二洞玄，第三洞神，乃三景之玄旨，八会之灵章，凤篆龙书，金编玉字，修服者因兹入悟，研习者得以还原。"《唐六典》卷四曰："道士修行有三号，一曰法师，二曰威仪师，三曰律师。"〇《汉书·地理志》广汉郡有雒县。《元和郡县志》曰："剑南道汉州雒县，本汉旧县也，属广汉郡，南有雒水，因以为名。隋开皇二年属益州。"《清一统志》曰："四川成都府雒废县，在汉州北。"（今改广汉县）〇《楚语下》："观射父曰：少皞之衰也，九黎乱德，颛顼受之，乃命南正重司天以属神，命火正黎司地以属民，使复旧常，无相侵渎。其后三苗复九黎之德，尧复育重黎之后，不忘旧者，使复典之，以至于夏、商，故重黎氏世叙天地，而别其分主者也。"《史记·太史公自序》曰："昔在颛顼，命南正重以司天，火正黎以司地，唐、虞之际，绍重黎之后，使复典之，至于夏、商，故重黎氏世序天地。"又《楚世家》曰："楚之先祖，出自帝颛顼高阳，高阳生称，称生卷章，卷章生重黎，重黎为帝喾高辛居火正，甚有功能，光融天下，帝喾命曰祝融，共工氏作乱，帝喾使重黎诛之而不尽，帝以庚寅日诛重黎，而以其弟吴回为重黎后，复居火正为祝融。"《左传》昭二十九年："蔡墨曰：木正曰句芒，火正曰祝融，少皞氏有四叔，曰重、曰该、曰修、曰熙，使重为句芒，颛顼氏有子曰犁，为祝融。"《礼记·月令》郑注曰："祝融，颛顼氏之子，黎为火官。"《艺文类聚·帝王部》一引《帝王世纪》曰："少皞号金天氏。"案：重、黎分司天地，在颛顼之世，《左传》所言祝融之犁即黎，亦颛顼氏之子，（说者以为即称者，殆是也。）与少皞四叔之重无关。此云金天命秩，似小误。又案：羲和即重黎后。《吕氏春秋·察传篇》曰："孔子曰：昔者舜欲以乐传教于天下，乃令夔举重黎于草莽之中而进之。"《法言·重黎篇》曰："羲近重，和近黎。"皆其证。又案《史记·自序》：重、黎为二人，《楚世家》重黎为一人，后儒多讥之。《楚世家》《索隐》引刘伯庄曰："少昊氏之后曰重,颛顼之后曰重黎,对彼重则单称黎,若自言当家,则称重黎,故楚及司马氏皆重黎之后,非关少昊之重,其辨最为明晰。"(《诂经精舍文集》卷二:陶定山曰:"《楚世家》重黎既为称孙,称是颛顼子,疑称即是《左传》之犁,高辛氏重黎能继之,故亦称黎,如共公、夷羿之类,恐混为一,故加重字以别之,与句芒之重无与也。"其说亦自有见,故附识之。)○《史记·楚世家》曰:"吴回生陆终,陆终生子六人,一曰昆吾,三曰彭祖。昆吾氏,夏之时尝为侯伯;彭祖氏,殷之世尝为侯伯。"○《汉书·高帝纪》:五年诏曰:"其七大夫以上,皆令食邑。"○《史记·孔子世家》曰:"楚昭王将以书社地七百里封孔子。"《集解》引服虔曰:"书,籍也。"○《汉书·地理志》:东郡黎县注引孟康曰:"《诗》黎侯国,今黎阳也。"臣瓒曰:"黎阳在魏郡,非黎县也。"颜曰:"瓒说是。"《水经·瓠子河注》曰:"瓠河又东迳黎县故城南,世谓黎侯城,昔黎侯寓于卫,《诗》所谓'胡为乎泥中'(《式微》),毛云泥中邑名,疑此城也。"《元和郡县志》:"河南道郓州郓城县:黎丘在县西四十五里,春秋时,黎侯寓于卫,因以为名。"《清一统志》曰:"山东曹州府:黎县故城,在郓城县西,《左传》哀公十一年,卫太叔疾,置其妻娣于犁,犁、黎古字通也。"步瀛案:《左》哀十一年杜注曰:犁,卫邑,此云鲁之黎城,恐误。鲁未闻别有黎城也,岂以黎近郓城,郓为鲁西邑(成四年杜注),遂并以黎城属鲁欤?○《汉书·地理志》:魏郡黎阳县注引晋灼曰:"黎山在其南,河水经其东,其山上碑云县取山之名,取水之阳,以为名。"《水经·淇水注》曰:"淇水又东历枋堰,旧淇水口,东流迳黎阳县界南入河。"《清一统志》曰:"河南卫辉府:黎阳城,在濬县东北。"○《史记·高祖本纪》曰:"六年乃论功,与诸列侯剖符行封。"○在吴者,其后封寿春,事亦无考。《通典·州郡典》十一曰:"寿州,战国时楚地,楚考烈王东徙寿春,命曰郢,即此地也。秦为九江郡,汉高帝更名淮南国。武帝复为九江郡，后汉因之，兼置扬州，魏曰淮南郡，仍旧扬州为重镇。三国时，江淮为战争之地，其间数百里无复人居。"寿春县注曰："汉旧县。"《清一统志》曰："安徽凤阳府：寿春故城，今寿州治。"（今改县）○黎将，疑即黎浆。《水经·肥水注》曰："陂水北迳孙叔敖祠下，谓之芍陂渎。又北分为二水，一水东注黎浆水，黎浆水东迳黎亭南，文钦之叛，吴军北入，诸葛绪拒之于黎浆（见《魏志·邓艾传》），即此水也。东注肥水，谓之黎浆水口。"《清一统志》曰："凤阳府：古黎浆亭，在寿州东南。"○《十六国春秋·前秦录》曰："苻坚，字永固，僭称大秦天王，即位太极殿，改寿光三年为永兴元年。"案：奉，张本作秦，误。今依《全唐文》，然黎奉事亦未详。○北齐无益州，疑北周之讹。此文所叙，盖据黎氏家牒，征之史策，多不足信。○《通典·职官典》十四曰："州之佐史主簿一人，录门下众事，省署文书，汉制也。历代至隋皆有。"又曰："中正，陈胜为楚王，以朱房为中正，而不言职事。两汉无闻。魏司空陈群以天台选用，不尽人才，择州之才优有昭鉴者，除为中正，自拔人才，铨定九品，州郡皆置。吴有大公平，亦其任也。晋宣帝加置大中正，故有大小中正。其用人甚重，齐梁亦重焉。后魏有之，北齐郡县皆有，其本州中正，以京官为之，隋有州都，其任亦重。"注曰："晋王广为雍州牧，司空杨素、太仆高颎，并为州都。"案：之职各本误作七职，职字下又衍之字，今正。其州郡下之都字疑衍，平正疑当作中正，涉下文平正而误，以义尚可通，又无他本可证，姑仍之。○《后汉书·方术传上》曰："任文公，巴郡阆中人也。以占术驰名，辟司空掾。平帝即位，称疾归家。王莽篡后，文公推数，知当大乱，遂奔子公山，十馀年不被兵革，公孙述时，蜀武担石折，文公曰：噫西州智士死，我乃当之。后三月果卒，故益部为之语曰：任文公，智无双。"案：各本任字下有蜀字，非是，盖上句职字下误衍之字，浅人遂以任字属上而增蜀字也，今校改。○《蜀志·秦宓传》曰："宓字子勅，广汉绵竹人也。少有才学，州郡辟命，辄称疾不往。先主既定益州，广汉太守夏侯纂请宓为师友祭酒，领五官掾，益州辟宓为从事祭酒，建兴二年丞相亮领益州牧，选宓，迎为别驾。"案：勅字亦作敕，与整字形相近。王子安《益州德阳县善寂寺碑》曰："秦子整之谈天。"亦用秦宓事，疑唐本《三国志》子勅作子整。○《左传》襄三十一年曰："郑人游于乡校，以论执政。"《唐六典》卷三十曰："汉魏以下，司隶校尉及州郡，皆有功曹、户曹、贼曹、兵曹等员，北齐诸州，有功曹、仓曹、中兵、外兵、甲曹、法曹、士曹、左户等参军事，隋诸州有功曹、户曹、兵曹等参军事，法曹、士曹行参军，郡有西曹、金曹、户曹、兵曹、法曹、士曹等。"○《史记·田完世家》："威王曰：吾使人视即墨，官无留事。"○《后汉书·党锢传》曰："汝南太守宗资，任功曹范滂。南阳太守成瑨，亦委功曹岑晊。二郡又为谣曰：汝南太守范孟博，南阳宗资主画诺；南阳太守岑公孝，弘农成瑨但坐啸。"○《汉书·循吏传》曰："黄霸为颍川太守，下诏称扬曰：颍川太守霸宣布诏令，百姓乡化，田者让畔，道不拾遗。"○《汉书·王襃传》曰："益州刺史王襄欲宣风化于众庶，闻王襃有俊材，请与相见，使襃作中和乐职宣布诗，选好事者，令依《鹿鸣》之声，习而歌之。"

玄珠结庆，剖江汉之圆流；紫胞贻祉，动岷精之垂曜。豫章七岁，非复常材；朝阳五色，岂云凡鸟？初登小学，笑孔、墨之神劳；一见玄书，以彭、聃为己任。玉笈云囊之术，龙缄凤蕴之图，莫不吞楚梦于胸中，指鲁城于掌上。临长水而饮犊，不就尧征；卧巨泽而牧羊，徒劳汉使。冥丘耸驾，左肘符观化之辰；谆壑停装，横目传栖真之地。以上法师之学道。

《庄子·天地篇》："黄帝遗其玄珠。"《释文》曰："玄珠，司马云道真也。"○《管子·揆度篇》曰："南贵江汉之珠。"《文选》颜延年《赠王太常诗》李善注引《尸子》曰："凡水其方折者有玉，其圆折者有珠。"○《南史·梁元帝纪》曰："初武帝梦眇目僧执香炉，称托生王宫，天监七年八月丁巳，生帝，举室中非常香，有紫胞之异。"○左太冲《蜀都赋》曰："远则岷山之精，上为井络。"馀见上注。○《史记·司马相如传》《集解》引郭璞曰："豫章，大木也，生七年乃可知也。"《正义》引温活人曰："豫今之枕木也，章今之樟木也，二木生至七年，枕、樟乃可分别。"○《诗·卷阿》曰："凤皇鸣矣，于彼高冈。梧桐生矣，于彼朝阳。"《世说新语·赏誉篇》曰："张华语陆平原曰：顾彦先凤鸣朝阳。"《南山经》曰："丹穴之山有鸟焉，状如鸡，五采而文，名曰凤皇。"○《世说·简傲篇》曰："嵇康与吕安善，安后来直康不在，喜出户延之不入，题门上作凤字而去，喜不觉，犹以为忻，故作凡（鳳）字，凡鸟也。"○《汉书·艺文志》曰："古者八岁入小学，故《周官》保氏掌养国子，教之六书。"○《史记·太史公自序》述其父谈论六家要指曰："儒者博而寡要，劳而少功，墨者俭而难遵。"又曰："神大用则竭，形大劳则敝。"《淮南子·修务篇》曰："孔子无黔突，墨子无煖席。"○《汉书·叙传·幽通赋》曰："若胤彭而偕老兮。"颜注曰："彭，彭祖也；老，老聃也。"嵇延祖《赠石季伦诗》曰："远希彭聃寿。"○《汉武内传》曰："上元夫人命侍女纪离容径到扶广山，敕青真小童出六甲左佐灵飞致神之方十二事，须臾侍女还，捧五色玉笈凤文之蕴，以出六甲之文。"《太平御览·道部》十八引《三天正法》曰："三天九微元都太真灵箓者，秘在太上灵都之宫，封以紫蕊玉笈，盛以云锦之囊。"又引《黄箓简文经》曰："投金龙一枚，丹书玉札，青丝缠之。"○司马长卿《子虚赋》曰："吞若云梦者八九于其胸中，曾不蒂芥。"○《十六国春秋·

南燕录》曰："刘裕过大岘，举手指天，喜形于色，曰虏已入吾掌中，胜可必矣。"《水经·流水注》曰："岘水北出大岘山。"《通鉴》卷一百十五《晋纪》胡注曰："今有大岘关。"《清一统志》曰："山东沂州府：春秋鲁大岘山，在沂水县东北二十五里，东莞故城今沂水县治，晋属东莞郡，后属慕容燕亦曰团城。"○《高士传》卷上曰："尧让天下于许由，由于是遁耕于中岳颍水之阳，箕山之下。尧又召为九州长，由不欲闻之，洗耳于颍水滨，时其友巢父牵犊欲饮之，见由洗耳，问其故。对曰：尧欲召我为九州长，恶闻其声，是故洗耳。巢父曰：子若处高岸深谷，人道不通，谁能见子？子故浮游，欲闻求其名誉，污吾犊口，牵犊上流饮之。"○《神仙传》卷二曰："黄初平者，丹溪人也。年十五，家使牧羊，有道士见其良谨，便将至金华山石室中，四十余年。"然无汉使事。《后汉书·儒林传》曰："孙期字仲彧，济阴武城人也。家贫，事母至孝，牧豕于大泽中，以奉养焉。郡举方正，遣吏赍羊酒请期，期驱豕入草不顾，司徒黄琬特辟不行。"此事较合，唯牧羊为牧豕耳。○《庄子·至乐篇》曰："支离叔与滑介叔观于冥伯之丘，昆仑之虚，黄帝之所休，俄而柳生其左肘，其意蹶蹶然恶之。支离叔曰：子恶之乎？滑介叔曰：亡，予何恶，生者假借也，假之而生，生者尘垢也，死生为昼夜，且吾与子观化而化及我，我又何恶焉？"○《庄子·天地篇》曰："谆芒将东之大壑，适遇苑风于东海之滨，苑风曰：子将奚之？曰：将之大壑。苑风曰：夫子无意于横目之民乎？"

贞观之末，有昭庆大法师，魁岸堂堂，威仪肃肃。裂圆冠而焚俗制，横大帐而抗山谷。声若坻颓，辩均涛发。仲尼河目，飞电惊人；子贡斗唇，连环动坐。昂昂不杂，如独鹤之映群鸡；矫矫无双，状真龙之对刍狗。于是三蜀耆老，咸相谓曰：兴大道者，其在兹乎！初袭羽毳，且莅贞阳小观；才麾玉柄，已驰天下大名。寻而广汉士人，固请法师为灵集观主。去长桑之故苑，临隐弁之新丘。经之营之，既雕既琢。银台中天而孤出，珠树帀地而丛生。同赤城之建标，有黄房之贞构。观中先有天尊真人石像，大小万馀区，年代寖深，仪范凋缺。沉沉宝座，积万古之埃尘；邈邈琼颜，被千龄之苔藓。法师睹斯而流涕曰：不图先圣尊容，零落至此！乃重跰即路，无胈永哀。栉沐几于四时，栖遑周于百舍。誓将崇辑事毕，然后寝食为期。乡曲争持钱帛，竞施珍宝。费馀巨万，役不崇朝。还开紫翠之容，更表圆明之色。
以上为贞阳、集灵两观主，及募化重新石像事。

贞观，唐太宗年号，昭庆大法师，盖黎法师之师，此文仲尼以上，皆喻昭庆大法师；子贡以下，盖喻黎法师也。○《汉书·江充传》曰："充为人魁岸，容貌甚壮。"颜注曰："魁，大也。岸者，廉棱如崖岸之形。"《广雅·释训》曰："堂堂，容也。"《后汉书·伏湛传》章怀注曰："堂堂，盛威仪也。"○《左传》襄三十一年曰："有威而可畏谓之威，有仪而可象谓之仪。"○《庄子·田子方篇》曰："儒者冠圜冠者知天时，履句屦者知地形。"《释文》曰："圜音圆。"○《御览·道部》十七引《神州经》曰："九河帝君坐玉床，五色帷帐，内外光明。"○《文选》杨子云《解嘲》曰："响若坻隤。"《汉书·杨雄传》坻作阺，皆当作氏。《说文》曰："巴蜀名山岸胁之堆旁箸欲落堉者曰氏，氏崩声闻数百里。杨雄赋响若氏隤。"小徐《系传》曰："响若氏隤，《解嘲》之文。古皆通谓之赋。"《玉篇》曰：氏，承纸切，据《说文》则《汉书》当作阺，《文选》当作坻，皆氏之通借字。故李善注引韦昭曰：音若是理之是，而颜师古、李善音丁礼反，皆非。应劭以为天水陇氏，颜师古已辨其失矣。○班孟坚《答宾戏》曰:"驰辩如波涛。"○《孔丛子·嘉言篇》:"苌弘语刘文公曰:吾观孔仲尼有圣人之表,河目而隆颡,黄帝之形貌也。"宋注曰:"河目言深且广。"○《世说新语·容止篇》曰:"裴令公(楷)目王安丰(戎)眼烂烂如岩下电。"○《文选·王文宪集序》李善注引《论语摘辅相》曰:"子贡山庭斗绕口。"(《御览·人事部》八引作斗星绕口。)○《庄子·天下篇》曰:"连环可解也。"○《晋书·忠义·嵇绍传》曰:"绍始入洛,或谓王戎曰:昨于稠人中见嵇绍,昂昂然如野鹤之在鸡群。"○《文选·东方朔画赞》曰:"矫矫先生。"李善注曰:"矫矫,轻举之貌也。"○《庄子·天运篇》曰:"孔子西游于卫,颜渊问师金曰:以夫子之行为奚如?师金曰:夫刍狗之未陈也,盛以箧衍,巾以文绣,尸祝齐戒以将之。及其已陈也,行者践其首脊,苏者取而爨之而已,将复取而盛以箧衍,巾以文绣,游居寝卧其下,彼不得梦,必且数眯焉。而今夫子亦取先王已陈刍狗,聚弟子游居寝卧其下,故伐树于宋,削迹于卫,穷于商周,是非其梦邪?围于陈、蔡之间,七日不火食,死生相与邻,是非其眯邪?"案:真龙见上注。○《华阳国志·蜀志》曰:"益州以蜀郡、广汉、犍为为三蜀。"《礼记·王制》曰:"耆老皆朝于庠。"○《御览·道部》十七引《三元布经》曰:"太素三元君,服九色龙锦羽裘。"又引《九真中经》曰:"苍华飞羽裘,丹华飞羽裘,白羽飞华裘,亦有墨羽黄羽飞华裘。"○贞阳,《全唐义》作真阳。○《世说·容止篇》曰:"王夷甫(衍)容貌整丽,妙于谈玄,恒捉白玉柄麈尾,与手都无分别。"○孔文举《与曹公论盛孝章书》曰:"孝章要为有天下大名。"○《元和郡县志》曰:"剑南道汉州,即广汉郡之雒县也。"案《华阳国志·蜀志》曰:"广汉郡本治绳乡,元初二年(后汉安帝年号)移涪,后治雒城。"《清一统志》曰:"四川成都:雒废县在汉州北。"(今改广汉县)○《史记·扁鹊传》曰:"舍客长桑君过,扁鹊独奇之。"《七签》一百二《赤明天地纪》引《洞玄本行经》曰："昔禅黎世界队王有女字纽音，生乃不言，王怪之，乃弃女于南浮长桑之阿，空山之中。"○《庄子·知北游篇》曰："知北游于玄水之上，登隐弅之丘。"《释文》曰："弅，符云反，又音纷，又符纷反，李云隐出弅起丘貌。"○《诗·灵台》曰："经之营之。"○《庄子·山木篇》曰："既雕既琢，复归于朴。"○张平子《思玄赋》曰："聘王母于银台兮。"《列子·周穆王篇》曰："周穆王时，西极之国，有化人来，化人以为王之宫室卑陋而不可处，穆王乃为之改筑，五府为虚，而台始成，其高千仞，临终南之上，号曰中天之台。"○《淮南·墜形训》曰："掘昆仑虚以下地中，有增城九重，珠树、玉树、琁树、不死树在其西。"江文通《恨赋》曰："黄尘匝地。"班孟坚《西都赋》曰："神木丛生。"○孙兴公《游天台山赋》曰："赤城霞起而建标。"○《御览·道部》十六引《上清经》曰："有黄房之室，一名玉容之堂，真晨道君居其中。"○梁简文《大法颂》曰："巍巍宝座。"○梁简文《笔赋》曰："照琼颜而俯捻。"○《庄子·天道篇》曰："百舍重趼而不敢息。"《释文》引司马彪曰："趼，胝也。"○《庄子·在宥篇》曰："尧、舜于是乎股无胈，胫无毛。"《释文》曰："胈，畔末反，李扶盖反，云白肉也。"《天下篇》曰："禹胼无胈，胫无毛，沐甚雨，栉疾风。"○《南史·何炯传》曰："头不栉沐。"○班孟坚《答宾戏》曰："圣哲之治，栖栖遑遑。"陆士衡《演连珠》曰："德表生民，不能救栖遑之辱。"《庄子》百舍见上，《释文》引司马彪曰："百舍，百日止宿也。"又《宋策》曰："墨子闻之，百舍重茧，往见公输般。"高诱注曰："百舍，百里一舍也。"○《庄子·胠箧篇》曰："治邑屋州间乡曲者，曷尝不法圣人哉？"○《史记·秦始皇本纪》曰："徐福等费以巨万计。"左太冲《蜀都赋》曰："藏镪巨万。"○《诗·河广》曰："曾不崇朝。"郑笺曰："崇，终也。"○《枕中书》曰："昆仑玄圃，金为墉城，城上安金台五所，紫翠丹房。"○《大戴礼·曾子天圆篇》曰："天道曰圆，地道曰方，方曰幽而圆曰明。"

行益州刺史驸马都尉乔君，主婿懿亲，勋门盛族。任高方面，寄切西南。法师道叶半千，神凝正一。而至真福地，荒凉日久。不有上德，其谁振之？又表请师为至真观主。法师升堂慷慨，吐纳玄科；摄齐嘹唳，分明紫诀。词峰云郁，触剑石以飞扬；义壑泉奔，横玉轮而浩荡。入其门者，披烟雾于九天；闻其音者，听咸韶于三月。由是户外之履，鱼贯江水；堂下之宾，雁行关塞。黄老之学，复于今矣。以上为至真观主。

《新唐书·诸公主传》曰："高祖女庐江公主下嫁乔师望，为同州刺史。"案：昇之有《驸马都尉乔君集序》，当即其人，传不言为益州刺史，盖史略耳。《唐六典》卷三十曰："上州刺史从三品。"《通典·职官》十一曰："大唐驸马都尉从五品，皆尚主者为之。"案：凡阶高拟卑曰行，师望官阶当在金紫光禄大夫正三品以上，特未著明耳。《元和郡县志》曰："剑南道成都府：武德元年为益州总管府，三年置西行台，龙朔三年，复为大都督府。"○《左传》僖二十四年曰："不废懿亲。"杜注曰："懿，美也。"○《南史·文学传》："卞彬曰：卿以一世勋门，而傲天下国士。"（斥孟顗）○《后汉书·冯异传》："异上书谢曰：受任方面，以立微功。"章怀注曰："谓西方一面，专以委之。"○《旧唐书·文苑·员半千传》："王义方尝谓之曰：五百年一贤，足下当之矣。因改名半千。"此文或亦取此义。○《御览·道部》一引《正一真人经》曰："道之淳真，非有言也，借言通意，因置元都正一之化，去真远矣。"○《老子》曰："上德不德，是以有德。"○《七签》卷八十《符图部》："天尊告太上道君曰：当依玄科七宝镇灵黄金为坛，授子神真之道。"○《论语·乡党篇》曰："摄齐升堂。"○《汉武内传》："上元夫人语帝曰：地灵素诀，长生紫书。"○张孟阳《剑阁铭》曰："积石峩峩。"又见上注。○《水经·江水注》曰："江水又迳汶江道，汶出徼外岷山西玉轮坂下而南行。"○《世说·赏誉篇》曰："卫伯玉为尚书令，见乐广与中朝名士谈议，奇之，命子弟造之曰：此人人之水镜也，见之若披云雾睹青天。"○《论语·述而篇》曰："子在齐闻韶，三月不知肉味。"《周礼·春官·大司乐》：一曰舞大咸、大磬。郑注曰："大咸、咸池，尧乐也。大磬，舜乐也。"案：韶、磬字同。○《庄子·列御寇篇》曰："列御寇遇伯昏瞀人，伯昏瞀人曰：善哉观乎，汝处已，人将保汝矣，无几何而往，则户外之屦满矣。"○《魏志·邓艾传》曰："艾自阴平道，行无人之地七百馀里，将士皆攀木悬崖，鱼贯而进。"○《礼记·月令》曰："鸿雁来宾。"○《史记·曹参世家》曰："参闻胶西有盖公，善治黄老言。"《隋书·经籍志》四曰："自黄帝以下，圣哲之士，所言道者，传之其人，世无师说。汉时曹参，始荐盖公能言黄老，文帝宗之，自是相传，道学众矣。"

则有王孙之党，都公之伦，名亚春、陵，气高韩、魏。鹔裘玉剑，散圆庭以陆离；骥子银鞍，委山衢而沛艾。法师以兹众施，即于天宫后起大讲堂，并造长廊二十馀丈。琳堂郁其峙起，星闱忽以环周。仰窅窱以嶙峋，下峥嵘以广朗。阴娥假道，窥玉女于南轩；阳乌迴眷，炤青禽于北阁。又于观内铸铜钟一口，重七十斤，立石坛三级，周迴一百步。悬黍玑于碧落，明月流光；建琼乳于玄都，飞霜蓄韵。坛开锦砌，类江浦之澄霞；庭列瑶阶，疑昆丘之积雪。每至三辰法会，八景真游。霓裳荡耀魄之华，羽盖转风云之路。通天亘景，兼造化之全模；带鸟衔虹，连飞动之奇势。可谓德光而功济，道胜而名扬者也。以上至真观功德。

《史记·淮阴侯传》："漂母曰：吾哀王孙而进食。"《集解》引苏林曰："如言公子也。"《索隐》引刘德曰："秦末多失国，言王孙公子，尊之也。"○《诗·都人士》孔疏曰："都者，聚居之处。"《汉书·眭闳传》颜注曰："公，长老之号。"案《文选·蜀都赋》：王孙之属，邵公之伦，刘渊林注曰："王孙，卓王孙也。"《货殖传》曰："卓王孙田宅射猎之乐，拟于人君。邵公，豪侠也。"杨雄《蜀都赋》曰："若其渔弋邵公之徒，相与如乎巨野。"皆蜀地人，此文疑用之，邵字传写误为都耳。○班孟坚《西都赋》曰："乡曲豪举，游侠之雄。节慕原、尝，名亚春、陵。"李善注曰："《史记》曰：春申君，楚人也，名歇姓黄氏，考烈王以歇为相，封春申君，客三千馀人。"（《春申君传》）又曰："魏公子无忌者，魏安釐王弟也。安釐王封公子为信陵君，食客三千。"（《魏公子传》）○《孟子·尽心上》曰："附之以韩、魏之家。"○《西京杂记》上曰："司马相如初与卓文君还成都，居贫愁懑，以所着鹔鹴裘，就市人阳昌市酒，与文君为欢。"《说苑·善说篇》曰："襄成君始封之日，衣翠衣，带玉剑。"○《楚辞·九章·涉江》曰："带长铗之陆离兮。"王注曰："长铗，剑名也。"《文选》五臣注吕向曰："陆离，剑低昂貌。"王怀祖《读书识馀》卷下曰："陆离，长貌。"○《易林·师》之《泰》曰："与我骐子。"《文选·蜀都赋》曰："并乘骐子。"李善注引《桓谭新论》曰："善相马者曰薛公，得马恶貌而正走，名骐子。"王僧辩《奏凯表》曰："铁马银鞍，陵山跨谷。"○《尔雅·释宫》曰："四达谓之衢。"《汉书·司马相如传·大人赋》：沛艾赳螑，仡以佁儗兮。注引张揖曰："沛艾，駊騀也。"《文选》张平子《东京赋》曰："齐腾骧而沛艾。"薛注曰："沛艾，作姿容貌也。"○《七签》卷二十五《日月星辰部·奔辰·飞登五星法》曰："飞登水星之道，常行之十四年，辰星中太玄上皇真君奏闻高上宫，刻琳房玉札定玉清紫文，位为上清真公。"《西都赋》曰："神明郁其特起。"○《西都赋》曰："焕若列宿，紫宫是环。"张平子《西京赋》曰："譬众星之环极。"○班孟坚《西都赋》曰："又杳窱而不见阳。"张平子《西京赋》曰："望窱窱以径廷。"《广雅·释诂》三曰："窈窕，深也。"杳窱、窱窱、窈窕并同。左太冲《魏都赋》李善注引《埤苍》曰："嶙峋，山崖之貌也。"○《汉书·司马相如传·大人赋》曰："下峥嵘而无地分。"颜注曰："峥嵘，深远貌。"○左太冲《蜀都赋》曰："羲和假道于峻岐，阳乌回翼乎高标。"月中恒娥，已见杨炯《彭城公夫人墓志》注。《吕氏春秋·精通篇》曰："月也者，群阴之本也。"○《文选》王文考《鲁灵光殿赋》曰："玉女窥窗而下视。"李善注引李尤《函谷关铭》曰："玉女流眄而下视。"庾子山《哀江南赋》曰："倚弓于玉女窗扉。"○左太冲《蜀都赋》李善注引《春秋元命包》曰："阳成于三，故日中有三足乌，乌者阳精。"谢玄晖《三日侍华光殿曲水宴应诏诗》曰："龙楼迥嶝。"○《汉书·司马相如传·大人赋》曰："亦幸有三足乌为之使。"颜注引张揖曰："三足乌，三足青鸟也。"王元长《法乐辞》曰："青禽承逸轨。"○《说文》曰："玑，珠不圜者。"《度人妙经》卷上曰："元始悬一宝珠，大如黍米，在空玄之中。"又曰："昔于始青天中，碧落高歌。"上阳子注曰："始青天乃东方第一天，有碧霞遍满，是云碧落。"○《北堂书钞·乐部》四引《乐叶图》曰："君子铄金为钟，四时九乳。"宋均注曰："九乳，法九州，为象天也。"《考工记》曰："凫氏为锺，篆间谓之枚。"郑司农曰："枚，钟乳也。"《御览·道部》十六引《玉京经》曰："玄观玉京山有九宝城，太上无极大道虚皇君之所治也，高仙之玄都焉。"○飞霜句，见王子安《上武侍极启》注。○谢玄晖《晚登三山诗》曰："馀霞散成绮，澄江净如练。"○《穆天子传》卷二曰："天子升于昆仑之丘，以观黄帝之宫。"○《左传》桓二年杜注曰："三辰，日月星也。"《陈书·文学传》曰："岑之敬年十八，预重云殿法会。"
○《玉帝本行经》卷上曰："梵天一切金仙，大乘菩萨，四众八部，皆乘金碧飞云玉舆，九霞流景庆霄，四会三辰，吐芳飞香，八湊雨众妙花，如云而下，遍覆会前。"《七签》卷七《三洞经·教部》曰："三元既立，五行咸具，三五和合，谓之八景。"《真灵位业图》曰："上清有八景城。"《庄子·天运篇》曰："古者谓是采真之游。"○《楚辞·九歌·东君》曰："青云衣兮白霓裳。"《周礼·春官·大宗伯》贾疏引《春秋文耀钩》曰："中宫大帝，其北极星下一明者，为太一之先，合元气以斗布常，是天皇大帝之号也。"郑注曰："天皇北辰曜魄宝。"○《度人妙经》卷上曰："羽盖垂荫。"○沈休文《安陆昭王碑》曰："南接巫衡风云之路。"○《黄庭经》曰："灵台通天临中野。"《文选·西都赋》曰："激日景而纳光。"○《庄子·大宗师篇》曰："伟哉造化。"左太冲《魏都赋》曰："授全模于梓匠。"○《汉书·郊祀志》曰："或如虹气，苍黄若飞鸟，集棫阳宫南。"何平叔《景福殿赋》曰："鸟企山峙。"又曰："施如宛虹。"班孟坚《西都赋》曰："虹霓迴带于棼楣。"

　　前长史范阳公，一代羽仪，门倾四海；前长史谯国公，两朝肺腑，威动百城。并屈银黄，俱伸玄素。法师雍容坐镇，啸傲行藏。虽郭先生之礼峻晋侯，蒙庄子之身轻梁相，不能尚也。若夫言出于口，龙骥所不能追；行成于心，王公所不能及。悲怀徇物，风雨晦而逾勤；苦节横秋，冰霜急而逾固。户居环堵，而岁计有馀；道周秭稗，而日用无竭。又于学射灵山，别立仙居一所，即至真之珠庭也。栽松苮柏，与月树而交轮；刻桷雕甍，共星楼而接翼。苍郊却倚，犹太行之北登；锦肆前通，似灞陵之南望。华表千年之鹤，未见成都；津亭八月之龙，时归乡里。法师出家入道，三十馀年，弟子所得衬施，不可称量。尽入修营，咸供众用。见诸疾苦，便开五色之囊；遇彼饥寒，辄有千金之费。巾拂之外，馀无所留。凡所经过，洪济多矣。法师又于咸亨二年五月十八日，寝疾之际，闻空中有声曰：天上今欲相烦为玉京观主。法师辞以至真功德未就，固请不行。少选之间，所疾便愈。左右侍者，无不同闻。自是远近道俗，咸共惊嗟，曰：天上知余不肖，将弃余矣。以上法师功德感人。

《旧唐书·卢承庆传》曰："承庆（《新唐书》曰字子馀。）幽州范阳人。父赤松，封范阳郡公。承庆少袭父爵，永徽初，出为益州大都督长史。"○《易·渐》上九曰："鸿渐于陆，其羽可用为仪。"○《旧唐书·宗室传》曰："河间王孝恭，子崇义嗣王，降封谯国公，历蒲、同二州刺史，益州都督长史，有威名。"○腑当作附，《汉书·刘向传》曰："臣幸得托肺附。"颜注曰："旧解云，肺附谓肝肺相附着，犹言心膂也。一说肺谓斫木之肺札也，自言于帝室犹肺札附于大木也。"王怀祖《读书杂志》四之八曰："一说近之，肺附皆谓木皮也。《说文》：朴，木皮也；柿，削木札朴也。作肺者假借字耳。言己为帝室微末之亲，如木皮之托于木也。《史记·惠景间侯者表序》曰：诸侯子弟若肺附，今本附作腑，因肺字而误，古书藏府字亦无作腑者。"○庾子山《慕容宁神道碑》曰："百城咸劝。"○《汉书·酷吏传》："上以敕书责杨仆：怀银黄，垂三组。"颜注曰："银，银印也；黄，金印也。"○《云笈七签》卷一《道德部》引《老君指归略例》曰："玄也者，取乎幽冥之所出也。"《列子·天瑞篇》曰："太素者，质之始也。"○任彦昇《为萧扬州荐士表》曰："坐镇雅俗。"○陶渊明《饮酒诗》曰："啸傲东轩下。"○《说苑·善说篇》曰："晋献公之时，东郭民（据下文民当作氏）有祖藏者，上书献公曰：草茅臣东郭氏祖朝，愿请闻国之计。献公召而见之，三日与语，乃立以为师也。"《晋语》四：文公问于郭偃云云，皆与本文未甚合。郭先生疑是唐先生之误。《御览·人事部》十三引《韩子》曰："晋平公与唐亥（《足门》误作彦，此依《腓胀门》引改。）坐而出，叔向入，公曳一足。叔向问之，曰：吾侍唐子，腓痛足痹而不敢申。叔向不悦，公曰：子欲贵，吾爵子，欲富，吾禄子。夫唐先生，无欲也，非正坐，吾无以养之。"○《庄子·秋水篇》曰："惠子相梁，庄子往见之，或谓惠子来欲代子相，于是惠子恐，搜于国中三日三夜。庄子往见之曰：南方有鸟，其名鹓𫛢，子知之乎？夫鹓𫛢发于南海而飞于北海，非梧桐不止，非练实不食，非醴泉不饮，于是鸱得腐鼠，鹓𫛢过之，仰而视之曰吓！今子欲以子之梁国而吓我耶？"《史记·老子韩非列传》曰："庄子者蒙人也，名周。"《集解》曰："《地理志》蒙县属梁国。"○《论语·颜渊篇》：子贡曰："惜乎夫子之说，君子也，驷不及舌。"《集解》引郑注曰："过言一出，驷马追之不及。"《周礼·夏官·庾人》曰："马八尺以上为龙。"《说文》曰："骥，千里马也。"○《荀子·修身篇》曰："礼义重则轻王公矣。"○《诗·风雨》曰："风雨如晦。"○《易·节》上六曰："苦节贞凶。"孔德璋《北山移文》曰："霜气横秋。"○《礼记·儒行》曰："环堵之室。"《庄子·让王篇》曰："原宪居鲁，环堵之室，蓬户不完。"○《庄子·庚桑楚篇》曰："今吾日计之而不足，岁计之而有馀。"○《庄子·知北游篇》曰："东郭子问于庄子曰：所谓道恶乎在？庄子曰：在稊稗。"《天下篇》曰："一尺之棰，日取其半，万世不竭。"○《太平寰宇记》曰："剑南西道益州华阳县：学射山一名斛石山，在县学北十五里。"《清一统志》曰："四川成都府：学射山在成都县北十八里。蜀汉后主尝习射于此，因名。"下别有珠庭，疑此当作殊庭，已见《乐府杂诗序》注。○《太平御览·天部》四引虞喜《安天论》曰："俗传月中仙人桂树，今视其初生，见仙人之足，渐已成形，桂树后生焉。"案：月轮见上。○《楚辞·招魂》曰："仰观刻桷。"案：雕甍已见王子安《滕王阁饯别序》注。○左太冲《吴都赋》曰："飨戎旅乎落星之楼。"《寰宇记》：江南东道升州上元县：引《南徐州记》曰："临沂县前有落星山，吴大帝时，山西江上，置三层高楼，以此为名。"案：此借用《西都赋》曰："列棼橑以布翼。"李善注曰："翼，屋荣也。"又曰："接翼侧足。"○谢玄晖《夏始和刘屠陵诗》曰："威仰弛苍郊。"○魏武帝《乐府苦寒行》曰："北上太行山。"《汉书·地理志》：河内郡埜王县原注曰："太行山在西北山阳县。"原注曰："东太行山在西北。"《禹贡锥指》卷十一上曰："《汉志》以在埜王者为太行，而在山阳者为东太行，其太行之支峰乎？此山实起于济源，盖自河南入山西，迤而东北，延千馀里焉。"○锦肆即锦里，见上注。○《西都赋》曰："南望杜霸。"○华表鹤，见王子安《别洛下知己序》注。○《列仙传》卷下曰："骑龙鸣者（《御览·鳞介部》一引鸣作鸿），浑亭人也。年二十，于池中求得龙子，状如守宫者十馀头，养食结草庐而守之，龙长大，稍稍去，后五十馀年，水坏其庐而去，一旦骑龙来浑亭下，语云：'我冯伯昌孙也，此间人不去五百里，必当死。信者皆去，不信者以为妖。'至八月果水至，死者万计。"案：浑亭此文作津亭，未知孰是。《御览·鳞介部》一引节去浑亭字。○衬一本作榇。《广韵》：榇，里也，初觐切。案：与衬同。○《续齐谐记》曰："弘农邓绍尝以八月旦入华山采药，见一童子，执五綵囊，承柏叶上露。"○《魏书·释老志》曰："道家之原，出于《老子》，其自言也，先天地生，以资万类，上处玉京，为神王之宗，下在紫微，为飞仙之主。"○《吕氏春秋·音初篇》曰："少选发而视之。"高注曰："少选，须臾。"

上座监斋某等，并迴流左映，策地景于丹田；浩气中升，养天倪于紫室。虽复同班玉籍，并列仙宫，每屈宗师之道，仍修弟子之敬。亦犹被衣、啮缺，同德而相尊；云将、鸿濛，比肩而相下。大弟子并仙庭十哲，道家童师。闭门炼火，陪啸父之高烟；卜肆驱筇，托壶公之远御。咸用辑琼台之坠典，正搴树之颓风。散在人间，敷扬道教。可谓庚桑畏垒，致大壤以匡时；范相鸱夷，行计然而济俗。佥曰：吾师也，鳌万物而不以为义，利万代而不以为仁。逍遥乎有无之表，彷徨乎尘垢之外。东郭顺子，无择存而不论；伯昏瞀人，御寇论而不议。岂使为山九仞，道不列于珠庭；筑馆三休，功未书于瑶版。下官迷方看博，邀赤斧于禹山；失路乘槎，问君平于蜀郡。汾阳处子，目击而言忘；汉阴丈人，德全而机谢。是用搜奇井络，题片石于灵丘；观艺协晨，见乘云之飞将。苍苍中野，同销地媪之魂；眇眇太初，独昧天师之化。其词曰：以上勒碑之意。

《老子立德经》曰："道士有上中下，深于道多者名上座。"○《黄庭内景经》曰："玄泉幽阙高崔巍，三田之中精气微。"务成子注曰："《道机经》云：天有三光，日月星，人有三宝，丹田中气，左青右黄，上白下黑也。"《黄庭外景》曰："呼吸庐间入丹田，玉池清水灌灵根，审能修之可长存。"○《庄子·齐物论篇》曰："和之以天倪。"郭注曰："天倪者，自然之分也。"《黄庭内景经》曰："二十四真出自然，高拱无为魂魄安，清净神见与我言，安在紫房帏幙间。立坐室外三五玄，烧香接手玉华前，共入太室璇玑门。"务成子注曰："《洞房经》云：天有太室玉房云庭中央，黄老君之所居也，玉房一名紫房，一名绛宫，通名明堂。"○《御览·道部》四引《后圣例记》曰："若斗中有玄玉箓籍者，皆为上仙。"○张见颐《游匡山简寂馆诗》曰："银牓映仙宫。"○《庄子·大宗师篇》郭注曰："虽天地之大，万物之富，其所宗而师者，无心也。"○《庄子·齐物论篇》曰："啮缺问乎王倪曰，子知物之所同是乎？"《应帝王篇》曰："啮缺问于王倪，四问而四不知，啮缺因跃而大喜，行以告蒲衣子。"《释文》曰："蒲衣子，崔云即被衣，王倪之师也。"《天地篇》曰："许由之师曰啮缺，啮缺之师曰王倪，王倪之师曰被衣。"《知北游篇》曰："啮缺问道乎被衣。"《徐无鬼篇》曰："啮缺遇许由曰：子将奚之？曰：将逃尧。"皆其事也。《淮南·俶真训》高注曰："被衣，尧时隐士，姓名不可得而知，见其被衣而行，因曰被衣。"○《庄子·在宥篇》曰："云将东游，过扶摇之枝，而适遭鸿蒙。"○《吕氏春秋·观世篇》曰："千里而有一士也。"○《历代名画记》卷七曰："江陵天皇寺内有柏堂，张僧繇画卢舍那佛像，及仲尼十哲。"《论语·先进篇》："德行颜渊、闵子骞、冉伯牛、仲弓，言语宰我、子贡，政事冉有、季路，文学子游、子夏。"后人以为十哲，然此孔门十哲也。道家十哲，当别有其人，俟考。○《史记·太史公自序》论六家要指曰："道家使人精神专一，动合无形。"《汉书·艺文志》曰："道家者流，出于史官。"《庄子·徐无鬼篇》曰："黄帝遇牧马童子问涂焉，黄帝再拜稽首，称天师而退。"○《列仙传》卷上曰："啸父者，冀州人，梁母得其作火法，临上三亮山，与梁母别，列数十火而升天。"张平子《东京赋》曰："致高烟乎太一。"○《后汉书·方术传》曰："费长房者，汝南人也。曾为市掾，市中有老翁卖药，悬一壶于肆头，及市罢，辄跳入壶中。长房于楼上睹之异焉。因往再拜，奉酒脯，翁谓之曰：我神仙之人，以过见责，今事毕当去，子宁能相随乎？长房遂欲求道，而顾家人为忧，翁乃断一青竹，度与长房身齐，使悬之舍后，家人见之，即长房形也，以为缢死，遂殡葬之。长房遂随从入深山，使食粪，粪中有三虫，臭秽特甚，长房意恶之，翁曰：子几得道，恨于此不成如何？长房辞归，翁与一竹杖曰：骑此任所之，则自至矣。既至，可以杖投葛陂中也。又为作一符曰：以此主地上鬼神。长房乘杖，须臾来归，即以杖投陂，顾视则龙也。"《神仙传》五曰："壶公者，不知其姓名也。今世所有召军符召鬼神治病玉府符，皆出自公，故总名壶公符。"○《御览·道部》十六引《列仙传》曰："太空琼台，太平道君处之。"（此疑非《列仙传》文。）○搴树当作骞树，已见上注。又《七签》卷八引《高上太素君》曰："月中树名骞树，一名药王，凡有八树，在月中也。"颓风，言道教之衰。○《庄子·庚桑楚篇》曰："老聃之役有庚桑楚者，偏得老聃之道，以北居畏垒之山，拥肿之与居，鞅掌之为使，居三年，畏垒大壤。"《释文》曰："庚桑楚，司马云楚名，庚桑姓也，太史公书作亢桑（《老子韩非传》）。畏本或作隈，垒崔本作累，李云隈垒，山名也，或云在鲁，或云在梁州。壤，而掌反，本又作穰，又如羊反。《广雅》云丰也。"（《释诂》四）○《史记·货殖传》曰："范蠡既雪会稽之耻，乃喟然而叹曰：计然之策七，越用其五而得意，既已施于国，吾欲用之家。乃乘扁舟浮于江湖，变姓名为鸱夷子皮，之陶为朱公。"《集解》徐广曰："计然者，范蠡之师也，名研。"裴骃案《范子》曰："计然，葵丘濮上人，姓辛氏，字文子，其先晋国亡公子也，尝南游于越，范蠡师事之。"○《庄子·大宗师篇》："许由曰：吾师乎，吾师乎！齑吾万物而不为义，泽及万世而不为仁。"郭注曰："皆自尔耳，亦无爱于其间也，安所寄其仁义？"《释文》曰："齑，子兮反，司马云，碎也。"《天道篇》："庄子曰：吾师乎，吾师乎！齑万物而不为戾，泽及万世而不为仁。"○《庄子·大宗师篇》曰："芒然彷徨乎尘垢之外，逍遥乎无为之业。"○《庄子·田子方篇》曰："田子方侍坐于魏文侯，数称谿工，文侯曰：谿工子之师邪？子方曰：非也，无择之里人也，称道数当，故无择称之。文侯曰：然则子无师邪？子方曰：有。曰：子之师谁邪？子方曰：东郭顺子。文侯曰：然则夫子何故未尝称之？子方曰：其为人也真，人貌而天，无择何足以称之？"《释文》曰："田子方，李云魏文侯师也，名无择。"〇《庄子·齐物论篇》曰："六合之外，圣人存而不论；六合之内，圣人论而不议。"〇《庄子·列御寇篇》曰："伯昏瞀人北面而立，敦杖蹙之乎颐，立有间，不言而出。宾者以告列子，列子提屦跣而走，暨乎门曰：先生既来，曾不发药乎？曰已矣，吾固告汝曰：人将保汝，果保汝矣，非汝能使人保汝，而汝不能使人无保汝也。"〇《书》伪古文《旅獒》曰："为山九仞，功亏一篑。"〇卢子行《升天行》曰："珠庭谒老君。"〇《贾子新书·退让篇》曰："楚王飨客于章华之台，上者三休，而乃至其上。"〇宇文逌《庾子山集序》曰："名山海上金縢玉版之书。"〇鲍明远《拟古诗》曰："迷方独沦误。"《异苑》卷五曰："昔有人乘马山行，遥望岫里，有二老翁相对樗蒲，遂下马造焉，以策注地而观之，自谓俄顷，视其马鞭，摧然已烂，顾瞻其马，鞍骸枯朽，还至家无复亲属，一恸而绝。"〇《列仙传》卷下曰："赤斧者，巴戎人也。为碧鸡主簿，能作湎炼丹，与消石，服之三十年，反如童子，毛发生皆赤。"《汉书·地理志》：越嶲郡青蛉县原注曰："禺同山有金马碧鸡。"《清一统志》曰："云南楚雄府：方山在大姚县北三十里，旧志上有巨人迹，及石棋石盘，俗传仙人对局处，人有怀棋去者，不觉失之，仍归其所。"《方舆纪要》卷一百十六曰："《汉志》禺同山，或以为即方山也。"〇《博物志》卷三曰："旧说云，天河与海通，近世有人居海渚者，年年八月，有浮槎去来不失期，人有奇志，立飞阁于槎上，多赍粮乘槎而去，十馀日，奄至一处，有城郭状，屋舍甚严，遥望宫中多织妇。见一丈夫牵牛渚次饮之，牵牛人乃惊问曰：何由至此？此人具说来意，并问此是何处？答曰：君还至蜀郡，访严君平则知之。竟不上岸，因还如期，后至蜀问君平，曰：某年月日，有客星犯牵牛宿,计年月,正是此人到天河时也。"○汾阳处子已见上注。《隋书·地理志》:临汾郡临汾县注云:有姑射山,盖本此。《海内经》列姑射山在海河洲中。毕秋帆、郝兰皋皆以此山当之,而《东山经》有南姑射之山、北姑射之山。《列子·黄帝篇》殷敬顺《释文》引《山海经》与前条合。秦近光、李佐周皆谓《东山经》南北姑射,皆当在《海内北经》,未知确否。李氏又疑《隋志》以姑射属临汾,或后世据《庄子》汾水之阳一语以名其山。(李氏说《庄子集释》引。)殆是。然此文亦以姑射神人属之汾水之阳,则亦以姑射在临汾矣。要之庄生寓言,文人用事,固不必刻舟求剑也。(或谓藐姑射之山,即今之库页岛,亦傅会之说,恐未足据。)○《庄子·田子方篇》曰:"温伯雪子适齐,舍于鲁,仲尼见之而不言,子路曰:吾子欲见温伯雪子久矣,见之而不言何邪?仲尼曰:若夫人者,目击而道存矣,亦不可以容声矣。"《外物篇》曰:"得意而忘言。"○《庄子·天地篇》曰:"子贡南游于楚,反于晋,过汉阴,见一丈人,方将为圃畦,凿隧而入井,抱瓮而出灌,搰搰然用力甚多,而见功寡。子贡曰:有械于此,凿木为机,后重前轻,挈水若抽,数如泆汤,其名为槔。为圃者忿然作色而笑曰:吾闻之吾师,有机械者,必有机事,有机事者,必有机心。吾非不知,羞而不为也。子贡卑陬失色,顼顼然不自得,行三十里而后愈,曰:吾闻之夫子,事求可,功求成,用力少,见功多者,圣人之道。今徒不然,执道者德全,德全者形全,形全者神全,神全者圣人之道也。"○井络见上注。○嵇叔夜《赠秀才入军诗》曰:"远登灵丘。"○《初学记·道释部》引《太上决疑经》曰:"元始天尊在协晨灵观。"○《御览·道部》四引《天仙品》曰:"飞行云中,神化轻举,以为天仙,亦云飞仙。"案《真灵位业图》曰:"二十四官君将吏,千二百官君将吏。"○《大荒南经》郭注引《归藏启筮》曰:"空桑之苍苍,八极之既张。"○《汉书·礼乐志·郊祀歌》曰:"后土富媪。"注引张晏曰："媪，老母称也，坤为母，故称媪。"又曰："媪神蕃釐。"注引李奇曰："媪神，地也。"○《列子·天地篇》曰："太初者，形之始也。"又见上日月注。○天师见上童师注。《魏书·释老志》曰："寇谦之守志嵩岳，精专不懈，以神瑞二年十月乙卯，忽遇大神，乘云驾龙，导从百灵，仙人玉女，左右侍卫，集止山顶，称太上老君，谓谦之曰：往辛亥年，嵩岳镇灵集仙宫主表天曹，称自天师张陵去世已来，地上旷诚修善之人，无所师授。嵩岳道士上谷寇谦之，立身直理，行合自然，才任范轨，首处师位，吾故来观汝，授汝天师之位。"

象帝之先，其谁之子。徒观其妙，莫究其始。果而勿伐，为而不恃。强为之名，谓之道纪。其一

象帝二句见上注。○《老子》曰："常无欲以观其妙。"王注曰："妙者，微之极也，万物始于微而后成，始于无而后生，故常无欲空虚，可以观其始物之妙。"《老子》又曰："迎之不见其首，随之不见其后，执古之道，以御今之有，能知古始，是谓道纪。"○《老子》曰："果而勿伐。"河上公注曰："当果敢推让，勿伐取其美也。"○《老子》曰："为而不恃。"王注曰："智慧自备，为则伪也。"○《老子》曰："有物混成，先天地生，吾不知其名，字之曰道，强为之名曰大。"《初学记·道释部》引《灵宝真一自然经诀》曰："大道者，不可强名也，强名曰大，强字曰道。"

太朴云季，孝慈已彰。邈邈帝祖，绳绳帝乡。曰神曰圣，为龙为光。千年受箓，万古称王。其二

嵇叔夜《难自然好学论》曰："洪荒之世，大朴未亏。"《晋语》一韦注曰："季，末也。"○《老子》曰："六亲不和有孝慈。"○《七签》卷三"道教本始部"，《灵宝纪略〔略纪〕》曰："过去有劫，名曰龙汉，爰生圣人，号曰梵气天尊，出世以灵宝教化，度人无量，其法光显大千之界，龙汉一运，经九万九千九

百九十九劫，气运终极，天沦地崩，四海冥合，乾坤破坏，无复光明，经一亿劫，天地乃开，劫名赤明，有大圣出世，号曰元始天尊，以灵宝教化，其法兴显，具如上说。赤明经二劫，天地又坏，无复光明，具更五劫，天地乃开。太上大道君，以开皇元年，托胎于西方绿那玉国，寄孕于洪氏之胞，凝神琼胎之府，三千七百年，降诞于其国郁察山浮罗之狱，丹玄之阿，名曰器度，字上开元，及其长，乃启悟道真，期心高道，坐枯桑之下，精思百日，而元始天尊下降，授君灵宝大乘之法，十部妙经，元始乃与道君游履十方，宣布法缘，既毕，然后以法委付道君，则赐太上之号，道君即为广宣经箓，传乎万世。"○《老子》曰："绳绳不可名，复归于无物。"《释文》曰："绳绳，梁帝云无涯际之貌。"《庄子·天地篇》曰："乘彼白云，至于帝乡。"○《书》伪古文《大禹谟》曰："乃圣乃神。"○《诗·蓼萧》曰："为龙为光。"毛传曰："龙，宠也。"○《七签》卷三"道教本始部"，《天尊老君名号历劫经略》曰："盘古以道治世，万九千九百九十九载，白日升仙，上昆仑，登太清天中，授号曰元始天王。"

　　於铄帝唐，丕承天秩。道风吹万，玄猷配一。五载乘云，三山礼日。荐璧延士，投金访术。其三

　　《诗·酌》曰："於铄王师。"毛传曰："铄，美也。"《释文》曰："於音乌。"○《书·君奭》曰："丕承无疆之恤。"《孟子·滕文公下》引《书》曰："丕承哉，武王烈。"赵注曰："丕，大也。"《书·皋陶谟》曰："天秩有礼。"○吹万见上注。又谢灵运《九日从宋公戏马台集送孔令诗》曰："吹万群方悦。"○《老子》曰："圣人抱一为天下式。"○《书·舜典》曰："五载一巡狩。"《韩子·难势篇》引《慎子》曰："飞龙乘云。"又《汉书·异姓诸侯王表序》曰："汉亡尺土之阶，繇一剑之任，五载而成帝业。"此盖以汉兴喻唐也。○三山，见王子安《洛下别知己序》

注。○《史记·封禅书》曰："八神，七曰日主，祠成山，成山斗入海。"又曰："天子始郊拜太一，朝朝日，夕夕月，则揖。"

地分舆井，城连剑阙。锦濑开霞，峨峰吐月。白云舒卷，青山迴没。菌阁香飞，桃源花发。其四

《汉书·地理志》曰："秦地于天官，东井舆鬼之分壄也。西南有巴、蜀、广汉、犍为、武都。又西南有牂柯、越巂、益州，皆宜属焉。"《清一统志》曰："四川统部分野，天文井鬼鹑首之次，自魏太史陈卓以诸郡皆为魏分，而后之言天文者，多祖其说，不知益州僻在西南，实邈不相属也。"案《晋书·天文志》载魏太史令陈卓所言郡国宿度，自毕十二度至东井十五度为实沈，于辰在申，魏之分野，属益州；自东井十六度至柳八度为鹑首，于辰在未，秦之分野，属雍州。又云：觜参魏益州，东井舆鬼秦雍州。《隋书·地理志》引《春秋元命包》曰："参伐流为益州。"《史记·天官书》曰："觜觿参益州。"《开元占经》卷六十四曰："参为魏之分野，属益州，汉武帝改梁州为益州，非魏地益州也。"案：此说最为分明，盖汉初本以胃昴毕属冀州，为赵星；觜觿参属益州，为魏星。自武帝别置益州，谈分野者，遂以魏之益州，移于梁州所改之益州矣。此文仍依《汉志》为说耳。○大小剑山见上注。《华阳国志·蜀志》曰："江阳郡江阳县：郡治江中有大阙小阙，季春黄龙堆没，阙即平。"《清一统志》曰："四川泸州：江阳故城，今州治。"（今改县）○锦濑即锦江，见上覆锦之城注。○《华阳国志·蜀志》曰："犍为郡南安县南有峨眉山，去县八十里。"左太冲《蜀都赋》曰："抗峨眉之重阻。"《水经·江水注》一曰："南安县南有峨眉山。"《青衣水注》引《益州记》曰："平乡江东迳峨眉山，在南安县界，去成都南千里，然秋日清澄，望若两山相峙，如蛾眉焉。"《清一统志》曰："四川嘉定府：峨眉山在峨眉县西南。"吴叔庠《登八公山诗》

曰:"疎峰时吐月。"〇菌桂、夭桃,并见上注。

　　紫宸高映,丹宫洞开。岩舒金碧,池起楼台。鹤飞龙度,鸾歌凤迴。星雨交接,风烟去来。其五
《御览・道部》十六引《太一洞真经》曰:"有太极紫房宫,天帝宝神所处也。"庾子山《谢滕王集序启》曰:"紫微悬映。"〇《御览・道部》十六引《上清经》曰:"上清南极长生司命君,藏瑶台丹灵宫。"班孟坚《西都赋》曰:"门闼洞开。"〇陆士衡《拟连珠》曰:"金碧之岩,必辱凤举之使。"〇《封禅书》曰:"其北治大池渐台,乃立神明台,井干楼,辇道相属焉。"〇庾子山《西门豹庙诗》曰:"鹤飞疑逐舜。"潘安仁《任府君画赞》曰:"龙升天路。"〇《大荒南经》曰:"鸾鸟自歌,凤鸟自舞。"

　　宝龟涵影,玉颜乃睠。神剑九光,华冠万变。日轩朝敞,云歌夕转。紫树琼钟,玄坛竹院。其六
《七签》卷十八《三洞经教部》引《老子中经》上曰:"胃为大海,中有神龟。"又卷十九《三洞经教部》引《老子中经》曰:"常以六甲之日,平旦时拊心祝曰:苍林玄龟,流水如河,炎火周身,安能知他,道来归己,道来归己。"〇《诗・皇矣》曰:"乃眷西顾。"《释文》曰:"眷本又作睠。"〇《御览・道部》十七引《龟山元录》曰:"元始皇上丈人,带九天仙炼之剑。"又《玉珮金珰经》曰:"太岳君建三宝九光夜冠。"又《上清经》曰:"玉真九天丈人,建飞精百变之冠。"

　　伟与上士,昭哉至人。笙簧道德,粉泽人伦。汾阳处子,箕山外臣。遂荒白屋,奄有玄津。其七
《老子》曰:"上士闻道,勤而行之。"〇《诗・下武》曰:"昭哉嗣服。"《庄子・逍遥游篇》曰:"至人无己。"〇《抱朴子・安贫篇》曰:"夫士以讲肆为钟鼓,百家为笙簧,使味道者

以辞饱,酣德者以义醒。"○《御览·礼仪部》二引《六韬》曰:"太公对文王曰:礼者治之粉泽也。"○汾阳见上注。○《史记·伯夷列传》:"太史公曰:余登箕山,其上盖有许由冢云。"又见杨炯《群官寻杨隐居序》注。《左传》成三年:"知罃曰:以赐君之外臣首。"《庄子·大宗师篇》:"孔子曰:彼游方之外者也。"○《诗·閟宫》曰:"奄有龟蒙,遂荒大东。"《汉书·萧望之传》:"望之语霍光曰:恐非周公躬吐握之礼,致白屋之意。"颜注曰:白屋,贱人所居也。《文选》刘孝标《辨命论》李善注引《尸子》曰,瑶台九累而尧白屋。○《文选》王简栖《头陀寺碑文》曰:"玄津重椼。"李善注引僧叡师《十二法门序》曰:"济溺丧于玄津。"案:此玄津,借用喻道家。

玉扃将坠,金阶无主。草滋红壁,苔凝绣柱。式伫贤才,崇其蒦矩。福庭霞焕,仙徒雾聚。其八

《说文》曰:"扃,外闭之关也。"○《神异经》曰:"东北大荒中有金阙,中有金阶。"○《离骚》曰:"求榘矱之所同。"王注曰:"榘,法也;矱,度也。"洪校榘一作矩,矱一作蒦。《淮南·氾论训》曰:"音有本主于中,而以知榘蒦之所周者也。○《福地记》曰:"终南周围数百里,名曰福庭。"○梁昭明太子《谢敕参解讲启》曰:"服九丹之华,则仙徒可役。"

缥缈四真,雍容十哲。俱升紫宇,并邀清节。松子排烟,焦君卧雪。辨云悬寓,神游朗彻。其九

《七签》卷四"道教经法传授部",《上清经述》曰:"任城魏华存,字贤安,乃魏阳元之女也。季冬之月,夜半清朗,忽闻室中有钟鼓之响,筎箫之声,须臾有虎辇玉舆,隐轮之车,并顿驾来降夫人之静室,凡四真人,其一自曰我太极真人安度明也,其一人曰我东华大神方诸青童君也,其一人曰我桑碧流旸谷神王景林真人也,其一人曰我清虚真人小有仙人王子登也。"○十哲见

上。○《列仙传》卷上曰："赤松子者，神农时雨师也，能入火自烧。"○《高士传》卷下曰："焦先，字孝然，世不知其所出也。尝结草为庐于河之湄，独止其中，后野火烧其庐，先因露寝，遭冬雪大至，先祖卧不移，人以为死，就视如故。"○辨、办（辦）同字。《考工记》《释文》曰："辨，具也。"《小尔雅·广言》曰："辨，使也。"案：使云犹言御风耳。《说文》寓，宇之籀文。江文通《为萧骠骑上顿上表》曰："草昧县寓，昭晰区宙。"○《列子·黄帝篇》曰："华胥之国，盖非舟车足力之所及，神游而已。"

玉垒庭绅，珠乡胜践。钟鼎纷蔼，江山悠缅。薛县池平，莱州水浅。县日月于鳌极，播天人于凤璨。其十

□瑰丽之词，排奡之气，直轶子安而上之，乃知盈川"愧在卢前，耻居王后"，非无因也。

玉垒，见王子安《净惠寺碑》玉阜注。案：庭绅犹言朝绅。○珠乡犹言珠庭，见上注。○《文选·文赋》曰："虽纷蔼于此时。"李周翰注曰："纷蔼，繁多也。"○支道林《咏怀诗》曰："悠缅叹时往。"《楚语上》韦注曰："缅犹邈也。"○《说苑·善说篇》："雍门子周以琴见孟尝君曰：高台既以坏，曲池既以渐。"《史记·孟尝君传》曰："孟尝君名文，姓田氏，文之父曰靖郭君田婴，婴卒而文代立于薛。"《正义》曰："薛故城在今徐州滕县南四十四里。"案《汉书·地理志》：鲁国有薛县，在今山东滕县东南。○《元和郡县志》曰："河南道莱州掖县：海在县北五十二里。"案：今山东掖县治。水浅即用麻姑语，见杨炯《梁公碑》注。○《淮南子·览冥训》曰："女娲断鳌足以立四极。"高注曰："鳌，大龟，天废顿，以鳌足柱之。"○《考工记·玉人》郑注曰："璨，文饰也。"《七签》卷七《三洞经教部》曰："《紫凤赤书经》云：此经旧文，藏在太上六合紫房之内，有六头狮子巨兽夹墙，玉女玉童侍卫凤文。"案：璨或作橡，误。

卷二　唐文十五首

骆宾王

骆宾王，婺州义乌人。（《义乌县志》云字观光，恐未足信。）初为道王府属，历武功县主簿，调长安主簿，以荐迁侍御史。高宗时，政由武氏，宾王数讽谏，为当时所忌，系狱，后遇赦，除临海县丞，（新、旧《唐书》皆有误，此依陈西桥考订。）弃官去。徐敬业起兵讨武氏，署宾王为府属，为敬业传檄天下，兵败亡命，不知所之。《旧唐书》入《文苑传》，《新唐书》入《文艺传》。

为齐州父老请陪封禅表

《旧唐书·高宗纪》曰："麟德二年冬十月丁卯，将封泰山，发自东都。十二月丙午，御齐州大厅。乙卯，命有司祭泰山。丙辰，发灵岩顿。三年春正月戊辰朔，车驾至泰山顿。是日亲祀昊天上帝于封祀坛。己巳，帝升山行封禅之礼。庚午，禅于社首，祭皇地祇。辛未，御降禅坛。壬申，御朝［觐］坛，受朝贺，改麟德三年为乾封元年，诸行从文武官及朝觐华戎岳牧致仕老人朝朔望者，三品已上赐爵二等，四品已下七品已上加阶，八品以下加一阶，勋一转，诸老人百岁已上，版授下州刺史，妇人郡君，九十、八十节级，齐州给复一年半，管岳县二年，所历之处，无出今年租赋。乾封元年正月五日已前，大赦天下。"又《地理志》曰："河南道齐州：汉济南郡，隋为齐郡，武德元年改为齐州。"案：唐齐州治历城县，今山东历城县治。○骆集陈西桥（熙晋）注最为精博，远非明人旧注所及，今多从之，依前例不尽标出。

臣闻圆天列象，紫宫通北极之尊；大帝凝图，玄猷畅东巡之礼。是知道隆光宅，既辑玉于云台；业绍禋宗，必涂金于日观。以上言古代帝王皆封禅。

《庄子·说剑篇》曰："上法圆天，以顺三光。"宋玉《大言赋》曰："圆天为盖。"案：圆一本作元。○《易·系辞上》曰："在天成象。"韩康伯注曰："象谓日月星辰。"○《汉书·李寻传》："寻说王根曰：《书》云天聪明，盖言紫宫极枢，通位帝纪。"注引孟康曰："紫宫，天之北宫也，极，天之北极星也，枢是其迴转者也。"《天文志》曰："天极，其一明者，太一常居也，太一，天皇大帝也，与通极为一体，故曰通位帝纪也。"《晋书·天文志上》曰："北极五星，钩陈六星，皆在紫宫中，北极，北辰最尊者也，其纽，星天之枢也。"○上官游韶《为朝臣贺凉州瑞石表》曰：凝图作纪。《书·皋陶谟》《释文》引马融曰：凝，定也。案：谓定图箓之瑞也。○《魏书·尉元传》诏曰："尹王法玄猷以御世。"《后汉书·张纯传》："纯奏上宜封禅曰：《书》曰：岁二月东巡狩，至于岱宗，柴。则封禅之义也。"《书序》曰："昔在帝尧，聪明文思，光宅天下。"○《书·舜典》曰："辑五瑞，既月乃日，觐四岳群牧，班瑞于群后。"孔疏曰："辑是合聚之意，下云班瑞于群后，则知辑者，从群后而敛之。"陈曰："五瑞即五玉。"《史记·五帝本纪》《集解》引郑玄注曰："执之曰瑞，陈列曰玉。"○云台盖指泰山，《续汉书·祭礼志上》

刘注引应劭《汉官仪》马第伯《封禅仪》曰："仰视岩石松树，郁郁苍苍，若在云中。"又曰："东北百馀步，得封所，始皇立石及阙在南方，汉武在其北二十馀步，得北垂圆台。"是泰山亦可称曰云台。又《御览·地部》四引袁山松《后汉书》曰："光武封泰山，云气成宫阙。"陈注引《后汉书·朱祐等传论》，云台图画中兴二十八将事，与上辑玉字不合，且与泰山无关也。○《舜典》曰："禋于六宗。"《释文》引马融曰："禋，精意以享也。"孔疏引贾逵曰："六宗者，天宗三日月星也，地宗三河海岱也。"《御览·礼仪部》七引《五经异义》曰："《古尚书说》六宗者，天地属神之尊者，谓天宗三、地宗三，天宗日月北辰也，地宗岱山河海也，日月为阴阳宗，北辰为星宗，岱为山宗，河为水宗，海为泽宗也。祀天则天文从，祀地则地理从。"步瀛案：六宗之说，古今不下数十家，纷纷聚讼。吴先生《尚书故》曰：《古尚书说》者，贾逵说也，岱宗见于《尚书》，天宗见于《月令》，河宗见于《穆天子传》，卢植注《月令》云，天宗，六宗之神，郑《月令》注亦以日月星辰为天宗，并同《尚书说》，驳《异义》乃云山川言望，则六宗无山川，郊祭主日配月，则郊天并祭日月，因以星辰司中司命风师雨师为六宗。唐虞时未必有司中司命等名，此所谓引唐律以断汉狱者也。郊天并祭日月，盖亦周制，五帝三王不同物，唐虞未必尔也。郑谓山川言望，则六宗无山川，然《周礼》注以四望为五岳四镇四渎，而《周礼》四望之下，每别言祀山川，春官大宗伯，则岳渎不兼其馀山川矣。此六宗有岱山河海，而下复言山川，正与《周礼》四望山川并举者同例，不足异也。六宗自汉以来，众家聚讼，应以《古尚书说》为定。○陈曰："《汉书·外戚传》：切皆铜沓冒，黄金涂。然此以封禅必和金为泥封之，故曰涂金也。"步瀛案：《白虎通·封禅篇》曰："或曰封者，金泥银绳。"《御览·礼仪部》十五引《汉官仪》曰："封者，以金泥银绳，印之以玺。"○日观，见卢昇之《黎君碑》注。

伏惟陛下乘乾握纪，纂三统之重光；御辩登枢，应千龄之累圣。故得河浮五老，启赤文于帝期；海荐四神，奉丹书于王会。瑞开三脊，祥洽五云。既而缉总章之旧文，捃辟雍之故事。非烟翼轪，移玉辇于梁阴；若月乘轮，秘金绳于岱巘。以上高宗时祥瑞。

一本无伏惟二字。○陛下见李善《上文选注表》。○《魏书·高祖纪》：太和九年诏曰："朕承乾在位十有五年。"又羊深传上疏曰："大魏承乾统物。"又《良吏传》窦瑗上表曰："陛下应图临宇，握纪承天。"○《尔雅·释诂》曰："纂，继也。"《汉书·律历志上》曰："三代各据一统，明三统常合而迭为首，登降三统之首，周还五行之道也。故三五相包而生，天统之正，始施于子半，日萌色赤，地统受之于丑初，日肇化而黄，至丑半日牙化而白，人统受之于寅初，日孽成而黑，至寅半日生成而青，天施复于子，地化自丑，毕于辰，人生自寅，成于申，故历数三统，天以甲子，地以甲辰，人以甲申，孟仲季迭用事为统首。"《白虎通·三正篇》曰："王者所以存二王之后何也？所以尊先王，通天下之三统也。"○《书·顾命》曰："昔君文王武王宣重光。"○《庄子·逍遥游篇》曰："御六气之辩。"《释文》曰："六气，司马云：阴阳风雨晦明也。李云，平旦为朝霞，日中为正阳，日入为飞泉，夜半为沆瀣，天玄地黄为六气。"又曰："辩如字，变也。"案：辩即变之通借字。谢玄晖《三日侍宴曲水代人应诏诗》曰："于皇克圣，时乘御辩。"陈曰："《庄子》本言道术，此以为首出在位之义，然谢朓诗已作如此用矣。"颜曰："枢即天枢也。"○《晋书·礼志序》曰："创千龄之英范。"《魏书·高祖纪》：太和八年诏曰："朕承累圣之洪基。"○《宋书·符瑞志上》曰："帝尧乃洁斋修坛场于河雒，择良日，率舜等升首山，遵河渚，有五老游焉，盖五星之精也，相谓曰，河图将来告帝以期，知我者重瞳黄姚，五老因飞为流星上入昴。二月辛丑，昧明礼备，至于日昃，荣光出河，休气四塞，白云起，回风摇，乃有龙马衔甲，赤文绿色，临坛而止，吐甲图而去，甲似龟背，广九尺，其图以白玉为检，赤玉为字，泥以黄金，约以青绳。检文曰，阊色授帝舜，言虞、夏、殷、周、秦、汉当授天命，帝乃写其言，藏于东序。"又互见后《姚州破贼露布》注。○《初学记·天部下》引《太公伏符阴谋》曰："武王伐纣，都洛邑，天大阴寒，雨雪十馀日。甲子朝，五车骑止王门之外，欲谒武王，师尚父使人出北门而道之曰：天子未有出时。武王曰：诸神各有名乎？师尚父曰：南海神名祝融，北海神名玄冥，东海神名勾芒，西海神名蓐收，河伯名冯修，使谒者各以名召之，神皆警而见武王。王曰：何以教之？神曰：天伐殷立周，谨来受命，各奉其使。武王曰：予岁时亦无废礼焉。"又互见《露布》注。○《宋书·符瑞志下》曰："赤雀，周文时衔丹书来至。"《周书·序》曰："周室既宁，八方会同，各以其职来献，欲垂法厥后，作王会。"《新唐书·南蛮传》曰："西爨之南，有东谢蛮。贞观三年，其酋元深入朝，冠乌熊皮若注旄，以金银络额，被毛帔韦，行縢着履。中书侍郎颜师古上言，昔周王时，远国入朝，太史次为《王会篇》，今蛮夷入朝，冠服不同，可写为《王会图》，诏可。"○《管子·封禅篇》曰："江、淮之间，一茅三脊，所以为藉也。"又《轻重丁》曰："江、淮之间，有一茅而三脊，毋至其本，名之曰菁茅，请使天子之吏，环封而守之。夫天子则封于太山，禅于梁父，号令天下诸侯曰：诸从天子封于太山，禅于梁父者，必抱菁茅一束，以为禅籍，不如令者，不得从。"○庾子山《周宗庙歌》曰："方定五云官。"又《周祀圆丘歌》曰："五云飞，三步上。"○《御览·礼仪部》十二引《尸子》曰："黄帝曰合宫，有虞氏曰总章，殷人曰阳馆，周人曰明堂。"○《礼记·王制》曰："天子曰辟廱。"郑注曰："辟，明也；廱，和也，所以明和天下。"

案：雝俗作雍，《白虎通·辟雍篇》曰："天子立辟雍何？辟雍所以行礼乐，宣德化也。辟者璧也，象璧圆以法天也，雍之以水，象教化流行也。辟之言积也，积天下之道德；雍之为言壅也，壅天下之仪则，故谓之辟雍也。"○《汉书·艺文志》曰："捃摭遗逸。"颜注曰："捃摭谓拾取之，捃音九问反。"案：捃一本作绍。○《史记·天官书》曰："若烟非烟，若云非云。郁郁纷纷，萧索轮囷。是谓卿云。"《说文·车部》曰："轪，车輨也。"段注曰："《离骚》曰：齐玉轪而并驰。王逸释为车辖，非也。《玉篇·广韵》皆云车辖，辖皆輨之误也。"《说文》又曰："輨，毂耑錔也。"段曰："錔者以金有所冒也，毂孔之里，以金裹之曰釭；毂孔之外，以金表之曰輨，輨之言管也。"《方言》曰："关之东西曰輨，南楚曰轪，赵魏之间曰錬鍺。"（卷九）轪音大。步瀛案：轪，一本作驭。○潘安仁《籍田赋》曰："天子乃御玉辇，荫华盖。"○梁甫，已见卢昇之《黎君碑》注。又《续汉书·祭祀志上》曰："建武三十二年二月二十五日甲午，禅祭地于梁阴。"陈曰："梁阴谓梁甫之阴也。山北曰阴。"《史记·封禅书》《正义》引《括地志》曰："梁父山在兖州泗水县北八十里。"○《魏书·术艺·张渊传》：尝著《观象赋》曰："美景星之继昼，大唐尧之德盛。"原注曰："《瑞应图》曰：景星大如半月，生于晦朔，助月光明，当尧之时，有此星见。"薛玄卿《老氏碑》曰："星光若月，云气飞焰。"○金绳见上注。《新唐书·礼乐志》四曰："乾封元年，封泰山，为圆坛，山南四里如圆丘，三壝，坛上饰以青，四方如其色，号封祀坛。玉策三，以玉为简，长一尺二寸，广一寸二分，厚三分，刻而金文；玉匮一，长一尺三寸，以藏上帝之册；金匮二，以藏配帝之册，缄以金绳五周，金泥玉玺。"

臣等质均刍狗，阴谢桑榆。幸属尧镜多辉，照馀光于连石；轩图广耀，追盛礼于搯金。然而邹、鲁旧邦，临淄遗俗，俱沐二周之化，咸称一变之风。境接青畴，俯瞰获麟之野；山开翠屺，斜连辨马之峰。岂可使稷下遗氓，顿隔陪封之礼；淹中故老，独奉告成之仪？是用就日披丹，仰璧轮之三舍；望云抒素，叫天阍于九重。傥允微诚，许陪大礼。则梦琼馀息，仰仙阙以相憧；就木残魂，游岱宗而载跃。以上请陪封禅。

□宏博典丽，而以肃括出之，故端重不佻。

刍狗，见卢昇之《黎君碑》注。○陈曰：《初学记·天部》引《淮南子》云：日西垂，景在树端，谓之桑榆。按今本《天文训》中无此语，刘铄《拟古诗》：愿垂薄暮景，照妾桑榆时。李善注《东观汉记》光武曰：失之东隅，收之桑榆。○《御览·服用部》十九引《玄中记》曰：尹寿作镜。陈曰：《稗史类编·玄中记》：尹寿，尧臣也。○《淮南子·天文训》曰：日至于连石，是谓下春。高注曰：连石，西北山，连音烂。○《初学记·地部中》引《河图》曰："黄帝云：余梦见两龙挺白图即帝，以授余于河之都，天老曰：天其授帝图乎？试斋以往视之，黄帝乃斋河洛之间，求象见者，至于翠妫泉，大卢鱼折溜而至，乃问天老，子见中河折溜者乎？见之，与天老跪而受之，鱼泛白图，兰采朱文，以授黄帝，舒视之，名曰绿图。"○《文选·子虚赋》：搯金鼓。李注引韦昭曰："搯，击也。音窗。"沈休文《侍游方山应诏诗》曰："搯金浮水若，声跸映山祇。"○《汉书·韦贤传》：韦孟在邹诗曰：济济邹、鲁，礼义唯恭。《元和郡县志》曰：河南道兖州：春秋时为鲁国，邹县本汉驺县地，故邾国，鲁之附庸，鲁穆公改邾为邹，因邹山以为名。《清一统志》曰：山东兖州府：鲁国故城，今曲阜县治，邾国故城在邹县。○《元和郡县志》曰：河南道青州临淄县：古营丘之地，吕望所封，齐之都也。齐州战国时属齐国。《清一统志》曰：山东青州府：临淄故城在今临淄县八里。陈曰：邹鲁谓兖州，临淄谓齐州。○陈曰：二周，西周、东周也。步瀛案：周武王都镐京为西周，平王东迁洛邑为东周。东迁后又有东西周。《史记·周本纪》曰：王赧时，东西周分治。《索隐》曰：西周河南也，东周巩也。《西周策》言楚请道于二周之间，是也。唐以长安为西京，洛阳为东京，故以二周为喻。李令伯《陈情表》曰："沐浴清化。"○《论语·述而篇》曰："齐一变至于鲁，鲁一变至于道。"《魏书·慕容白曜传》：为书喻崔道固曰："临齐境想一变之清风。"○《元和郡县志》曰："河南道青州，《禹贡》青州之地；齐州，《禹贡》兖州之地。"又曰："郓州钜野县：大野泽一名钜野，在县东五里，南北三百里，东西百馀里。《尔雅》十薮，鲁有大野，西狩获麟于此泽。"○《诗·陟岵〔岵〕》毛传：山有草木曰岵。○《论衡·书虚篇》曰：传书或言颜渊与孔子俱上鲁太山，孔子东南望吴阊门外，有系白马，引颜渊指以示之曰：若见吴阊门乎？颜渊曰：见之。孔子曰：门外何有？曰有如系练之状，孔子抚其目而止之，因与俱下，下而颜渊发白齿落，遂以病死。○《水经·淄水注》曰：系水傍城北流迳阳门西，水次有故封处，所谓齐之稷下也。刘向《别录》以稷为齐城门名也。谈说之士，期会于稷门下，故曰稷下也，《左传》昭公二十二年，莒子如齐，盟于稷门之外。○《汉书·艺文志》曰：《礼古经》者，出于鲁淹中。注引苏林曰：里名也。《续汉书·郡国志》：鲁国奄国。刘昭注引《皇览》曰：奄里，伯公冢，在城内祥舍中。案：淹、奄字通。《清一统志》谓奄里在山东兖州府曲阜县城东。○《礼记·礼器》曰：因名山升中于天。郑注曰："名犹大也，升上也，中犹成也，谓巡狩至于岳，燔柴祭天，告以诸侯之成功也。"《白虎通·封禅篇》曰：王者易姓而起，必升封泰山，何？报告之义也。始受命之日，改制应天，天下太平，功成封禅，以告太平也。○《史记·

五帝本纪》曰：帝尧者，就之如日，望之如云。○《晋书·王濬传》：濬上书自理曰：披布丹心。○梁简文帝《谢赐新历表》曰：琯叶璧轮，庆休宝历。○《淮南子·览冥训》曰：鲁阳公与韩构难，战酣，日暮援戈而撝之，日为之退三舍。高诱注曰：舍，次宿也。《文选》郭景纯《游仙诗》李善注引许慎注曰：二十八宿，一宿为一舍。○王子渊《圣主得贤臣颂》曰：敢不略陈愚心，而抒情素？○《楚辞·离骚》曰：吾令帝阍开关兮，倚阊阖而望予。王注曰：帝，谓天帝也；阍，主门者。《招魂》曰：虎豹九关。王注曰：天门九重。杨子云《甘泉赋》曰：选巫咸兮叫帝阍。○庾子山《为杞公让宗师骠骑表》曰：伏愿览青蒲之奏，曲允微诚。○《左》成十七年：声伯梦涉洹，或与己琼瑰，食之，泣而为琼瑰盈其怀。○房乔年《谏伐高丽表》曰：谨罄残魂馀息，预代结草之诚。○《左》僖公二十三年曰：公子取季隗。将适齐，谓季隗曰：待我二十五年，不来而后嫁。对曰：我二十五年矣，又如是而嫁，则就木焉。请待子，杜注曰：言将死入木。○《文选》刘公幹《赠五官中郎将诗》曰：常恐游岱宗，不复见故人。李善注引《孝经援神契》曰：太山，天帝孙也，主招人魂。《尚书》曰：至于岱宗，太山为四岳宗也。谢希逸《庆皇太子玄服表》曰：率天罄世，莫不载跃。

和闺情诗启

集"和"下，有"道士"二字，亦作"学士"。秦近光（恩复）曰："按以《代女道士王灵妃赠道士李荣诗》证之，似即道士李荣也。"陈西桥曰："此盖从学士处，得道士所寄诗并序，近本因启首'学士'二字，遂改题作学士，误矣。"步瀛案：代赠诗可证为闺情，未能证其为和，秦、陈说亦未确，今依《文苑英华》，但题为《和闺情诗启》，不必强其人以实之。

宾王启：学士袁庆隆奉宣教旨，垂示《闺情诗》并序。跪发珠韬，伏膺玉札。类西秦之镜，照彻心灵；同南指之车，导引迷误。以上得其来诗。

学士，见王子安《滕王阁饯别序》注。○陈曰："袁庆隆一作袁庆"，今从《文苑英华》。按《初学记·天部》有袁庆《奉和炀帝月夜观星诗》，《渊鉴类函》作袁庆隆，或是隋臣仕唐，抑别有其人，未能详也。○《晋书·王沈传》："主簿陈廞、褚玤曰：奉省教旨，伏用感叹。"○魏文帝《与锺大理书》曰："捧匣跪发，五内震骇。"《神仙传》卷一《老子传》，引《珠韬玉机金篇内经》。○《礼记·中庸》曰："则拳拳服膺。"伏、服字通。《御览·道部》十五引《紫书金根经》曰："投玉札于上清。"○《西京杂记》卷上曰："高祖初入咸阳宫，周行府库，金玉珍宝，不可称言。其尤惊异者，有方镜，广四尺，高五尺九寸，表里有明，人直来照之，影则倒见，以手掩心而来，则见肠胃五脏，历然无硋，人有疾病在内，掩心而照之，则知病之所在。又女子有邪心，则胆张心动。秦始皇常以照宫人，胆张心动者则杀之。"○《隋书·经籍志》曰："诗者，所以导达心灵，歌咏情志者也。"○《古今注》卷上曰："大驾指南车，起黄帝与蚩尤战于涿鹿之野，蚩尤作大雾，兵士皆迷，于是作指南车以示四方，遂擒蚩尤而即帝位，故后常建焉。旧说周公所作也。周公治致太平，越裳氏重译来贡白雉一、黑雉二、象牙一，使者迷其归路，周公锡以文锦二疋，軿车五乘，皆为司南之制，使越裳氏载之以南，缘扶南林邑海际，朞年而至其国。"《宋书·礼志》五曰："指南车，其始周公所作，以送荒外远使，地域平漫，迷于东西，造立此车，使常知南北。"《鬼谷子》云："郑人取玉，必载司南，为其不惑也。"（《谋篇》）

窃维诗之兴作，肇基邃古。唐歌虞咏，始载典谟；

商颂周雅，方陈金石。其后言志缘情，二京斯盛；含毫沥思，魏晋弥繁。布在缣简，差可商略。李都尉鸳鸯之辞，缠绵巧妙；班婕妤霜雪之句，发越清迥。平子桂林，理在文外；伯喈翠鸟，意尽行间。河朔词人，王、刘为称首；洛阳才子，潘、左为先觉。若乃子建之牢笼群彦，士衡之籍甚当时，并文苑之羽仪，诗人之龟镜。爰逮江左，讴谣不辍。非有神骨仙才，专事玄风道意。颜、谢特挺，戕伐典丽。自兹以降，声律稍精。其间沿改，莫能正本。以上古今诗歌之迁变。

　　《文心雕龙·明诗篇》曰："大舜云：诗言志，歌永言，圣谟所析，义已明矣。昔葛天乐辞，玄鸟在曲，黄帝云门，乐不空絃，至尧有大章之歌，舜造南风之诗，观其二文，辞达而已。"案："歌永言"在《舜典》（今本），此云典谟，通言之耳。亦犹彦和称为圣谟也。○《楚辞·天问》曰："遂古之初，谁传道之？"王而农《通释》曰："遂与邃通，远也。"○《诗谱》曰："商者，契所封之地，十四世至汤定天下，后世有中宗、高宗，此三王有受命中兴之功，时有作诗颂之者。商德之坏，武王伐纣，乃封纣兄微子启为宋公，七世至戴公时，大夫正考父者，校商之名颂十二篇于周太师，以《那》为首，归以祀其先王。孔子录诗之时，则得五篇而已。"又曰："《小雅》《大雅》者，周室居西都丰镐之时诗也。《大雅》之初，起自《文王》，至于《文王有声》，据隆盛而推原天命，上述祖考之美；《小雅》自《鹿鸣》至于《鱼丽》，先其文所以治内，后其武所以治外。此二雅逆顺之次，要于极贤圣之情，著天道之助，如此而已矣。"○《周礼·春官·太师》曰："皆播之以八音，金石土革丝木匏竹。"郑注曰："金，钟镈也；石，磬也，"班孟坚《东都赋》曰："陈金石，布丝竹。"○《文选》陆士衡《文赋》曰："诗缘情而绮靡。"李善注曰："诗以言志，故曰缘情。"〇《文赋》曰："或含毫而邈然。"薛元超《奉和同太子监守违恋诗》曰："沥思叶神飙。"〇《礼记·中庸》曰："布在方策。"〇《蜀志·邓芝等传》曰："杨戏商略，意在不群。"〇《汉书·李陵传》曰："拜为骑都尉。"鸳鸯已见王子安《别洛下知己序》注。《初学记·人部》引作李陵《赠苏武诗》，与《文选》以为苏武古诗异。〇《文赋》曰："诔缠绵而悽怆。"马季长《长笛赋》曰："穷妙极巧。"〇《汉书·外戚传》曰："孝成班倢伃居增成舍，其后赵飞燕姊弟骄妬，倢伃恐久见危，求共养太后长信宫，上许焉。"案：倢伃、婕妤字同。班婕妤《怨歌行》曰："新裂齐纨素，皎洁如霜雪。裁为合欢扇，团团似明月。出入君怀袖，动摇微风发。常恐秋节至，凉风夺炎热。弃捐箧笥中，恩情中道绝。"《诗品》上曰："汉婕妤班姬团扇短章，词旨清捷，怨深文绮，得匹妇之致。"《文心雕龙·明诗篇》曰："成帝品录三百馀篇，朝章国采，亦云周备，而辞人遗翰，莫见五言，所以李陵、班婕妤见疑于后代也。"〇《隋书·文学传序》曰："江左宫商发越，贵于清绮。"鲍明远《舞鹤赋》曰："抱清迥之明心。"〇《后汉书·张衡传》曰："衡字平子；南阳西鄂人也。"案：《文选》张平子《四愁诗》曰："我所思兮在桂林，欲往从之湘水深。侧身南望涕沾襟。"〇《文心雕龙·隐秀篇》曰："夫隐之为体，义主文外。"〇《后汉书·蔡邕传》曰："邕，字伯喈，陈留圉人也。"案：蔡伯喈《翠鸟诗》曰："庭陬有若榴，绿叶含丹荣。翠鸟时来集，振翼修形容（二字疑互倒）。回顾生碧色，动摇扬缥青。幸脱虞人机，得亲君子庭。驯心托君素，雌雄保百龄。"〇梁简文帝《答新渝侯和诗书》曰："风雪吐于行间。"〇陈曰："桂林隐托忧时，故曰理在文外；翠鸟专工赋物，故曰意尽行间。"〇曹子建《与杨德祖书》曰："孔璋鹰扬于河朔。"陈曰："魏都邺，故曰河朔。"〇《魏志·王粲传》曰："粲字仲宣，山阳高平人也。始文帝为五官将，及平原侯植，皆好文学，粲与东平刘桢字公幹，并见友善。"《诗品序》曰："降及建安，曹公父子，笃好斯文，平原兄弟，郁为文栋。刘桢、王粲为其羽翼。"《晋书·陆机传》：唐太宗制曰："故足远超枚、马，高蹑王、刘。"〇洛阳才子，见卢昇之《乐府杂诗序》注。《宋书·谢灵运传论》曰："自汉至魏，四百馀年，辞人才子，文体三变。"陈曰："晋都洛阳。"〇《晋书·文苑传》曰："左思，字太冲，齐国临淄人也。"馀见《乐府杂诗序》注。〇《魏志·陈思王植传》曰："植字子建，善属文。"《淮南子·本经篇》曰："牢笼天地。"《周书·王褒庾信传赞》曰："唯王褒、庾信，奇才秀出，牢笼于一代。"〇谢玄晖《酬德赋》曰："及士衡之藉甚，托壮武之高义。"《汉书·陆贾传》曰："名声籍甚。"案：藉、籍字通。〇《魏书·文苑传序》曰："曹植信魏世之英，陆机则晋朝之秀。"〇《文心雕龙·才略篇》曰："后汉才林，可参西京，晋世文苑，足俪邺都。"羽仪已见卢昇之《黎君碑》注。班孟坚《幽通赋》曰："有羽仪于上京。"〇《隋书·魏澹传》曰："澹别为《魏史义例》曰：此即前代之茂实，后人之龟镜也。"〇《宋书·谢灵运传论》曰："遗风馀烈，事极江左。有晋中兴，玄风独振，为学穷于柱下，博物止乎七篇，驰骋文辞，义单乎此。自建武暨乎义熙，历载将百，虽缀响联辞，波属云委，莫不寄言上听，托意玄珠，遒丽之辞，无闻焉尔。仲文（殷浩）始革孙（绰）许（询）之风，叔元（谢混）大变太元（晋武年号）之气。爰逮宋氏，颜、谢腾声，灵运之兴会标举，延年之体裁明密，并方轨前秀，垂范后昆。"《诗品序》曰："永嘉时贵黄老，稍尚虚谈，于时篇什，理过其辞，淡乎寡味。爰及江表，微波尚传。孙绰、许询、桓、庾诸公诗，皆平典似道德论，建安风力尽矣。"又互见卢昇之《乐府杂诗序》注。〇陈曰："东晋都建业，故曰江左，宋、齐、梁、陈因之。"〇《楚辞·九思·伤时》曰："乘戈䰉兮讴谣。"〇《汉武帝内传》曰："王母遣侍女郭密香与上元夫人相问云，刘彻好道，适来视之，见彻了了，似可成进，然形慢神秽，骨无津液，虽尝语之以至道，殆恐非仙才也。"○《文选》江文通《杂诗》李善注引李充《玄宗赋》曰："慕玄风之遐裔，余皇祖曰伯阳。"○《宋书·颜延之传》曰："延之字延年，琅邪临沂人也。"《谢灵运传》曰："陈郡阳夏人也，袭封康乐公。世共宗之，咸称谢康乐也。"○陈曰："自兹以降，谓齐、梁诸代。"○《谢灵运传论》曰："夫五色相宣，八音协畅，由乎玄黄律吕，各适物宜，欲使宫羽相变，低昂互节。若前有浮声，则后须切响。一简之内，音韵顿殊，两句之中，轻重悉异。妙达此旨，始可言文。"《南齐书·文学·陆厥传》曰："永明末，盛为文章，吴兴沈约、陈郡谢朓、琅邪王融，以气类相推毂，汝南周颙，善识声韵，约等文皆用宫商，以平上去入为四声，以此制韵，不可增减，世呼为永明体。"又载沈约《答陆厥书》曰："宫商之声有五，文字之别累万。以累万之繁，配五声之韵，高下低昂，非思力所举。又非若斯而已也。十字之文，颠倒相配，字不过十，巧历已不能尽，何况复过于此者乎？"《隋书·文学·传序》曰："梁自大同之后，雅道沦缺，渐乖典则，争驰新巧。简文湘东，启其淫放，徐陵、庾信，分路扬镳，词尚轻险，情多哀思。周氏吞并梁、荆，此风扇于关右，流宕忘反，无所取裁。高祖初统万机，每念斲雕为朴，发号施令，咸去浮华。然时俗词藻，犹多淫丽。炀帝初习艺文，有非轻侧之谕，暨乎即位，一变其风。其《与越公书》《东都诏》《冬至受朝诗》及《拟饮马长城窟》，并存雅体，归于典制。虽意在骄淫，而词无浮荡，故当时缀文之士，遂得依而取正焉。"

天纵明睿，卓尔不群。听新声鄘师涓之作，闻古乐笑文侯之睡。以封鲁之才，追自卫之迹。宏兹雅奏，抑彼淫哇。澄五际之源，救四始之弊。固可以用之邦国，厚此人伦。俯屈高调，聊同下里。思入态巧，文随手变，侯调惭其曼声，延年愧其新曲。以上赞其闻情诗之美。

江总持《玄圃石室铭》曰："天纵储睿。"○《汉书·景十三王传赞》曰："夫惟大雅，卓尔不群，河间献王近之矣。"○《韩子·十过篇》曰："昔者卫灵公将之晋，至濮水之上，税车而放马，设舍以宿，夜分而闻鼓新声者而说之，使人问左右，尽报弗闻，乃召师涓而告之曰：有鼓新声者，其状似鬼神，子为听而写之。师涓曰：诺，因静坐抚琴而写之。之晋，晋平公觞之于施夷之台。酒酣，灵公曰：有新声，愿请以示，平公曰善，乃召师涓，令坐师旷之旁，援琴鼓之，未终，师旷抚止之曰：此亡国之声，不可遂也。平公曰：此道奚出？师旷曰：此师延之所作，与纣为靡靡之乐也。及武王伐纣，师延东走，至于濮水而自投，故闻此声必于濮水之上，先闻此声者，其国必削，不可遂。平公曰：寡人所好者音也，子其使遂之，师涓鼓究之。平公曰：此所谓何声也？师旷曰：此所谓清商也。"又见《史记·乐书》。○《礼记·乐记》："魏文侯问于子夏曰：吾端冕而听古乐，则唯恐卧。"○《史记·鲁世家》曰："封周公旦于少昊之虚，是为鲁公。"○《论语·泰伯篇》曰："如有周公之才之美。"○《论语·子罕篇》曰："吾自卫反鲁，然后乐正，雅颂各得其所。"○高士廉《文思集要序》曰："及曲阜佐周，摄政践祚，而又阙里自卫，将圣多能。"陈曰："封鲁谓周公，自卫谓孔子。"○《法言·吾子篇》曰："中正则雅，多哇则郑。"李注曰："多哇，淫声繁越也。"○《汉书·翼奉传》："奉奏封事曰：《易》有阴阳，《诗》有五际，臣奉窃学《齐诗》，闻五际之要。"颜注引孟康曰："《诗内传》曰：五际，卯酉午戌亥也。阴阳终始际会之岁，于此则有变改之政也。"四始，见《乐府杂诗序》注。又《诗·关雎序》孔疏曰："四始者，郑答张逸云，风也，小雅也，大雅也，颂也，此四者，人君行之则为兴，废之则为衰。"案《诗纬·泛历枢》

云,《大明》在亥,水始也;《四牡》在寅,木始也;《嘉鱼》在巳,火始也;《鸿雁》在申,金始也。与此不同者,纬文因金木水火有四始之义,以诗文托之。又郑作《六艺论》引《春秋纬·演孔图》云:"《诗》含五际六情者,郑以《泛历枢》云,午亥之际为革命,卯酉之际为改正,辰在天门,出入候听,卯《天保》也,酉《祈父》也,午《采芑》也,亥《大明》也。然则亥为革命,一际也,亥又为天门出入候听,二际也,卯为阴阳交际,三际也,午为阳谢阴兴,四际也,酉为阴盛阳微,五际也。"○《诗序》曰:"《关雎》后妃之德也,风之始也,所以风天下而正夫妇也,故用之乡人焉,用之邦国焉。"又曰:"先王以是经夫妇,成孝敬,厚人伦,美教化,移风俗。"○马季长《长笛赋》曰:"号钟高调。"○宋玉《对楚王问》曰:"客有歌于郢中者,其始曰:下里巴人,国中属而和者数千人。"○陆士衡《文赋》曰:"其会意也尚巧。"又曰:"因宜适变。"○《淮南子·氾论训》曰:"侯同曼声之歌。"高诱注曰:"二人善歌者,一曰曼长。"《通典·乐典》五引许慎曰:曼声,长声也,盖即《淮南子》注,高注后一说即许义,高以侯同曼声为二人,非也。《风俗通·声音篇》曰:"《汉书》孝武皇帝赛南越,祷词太一后土,始用乐人侯调依琴作坎坎之乐,言其坎坎应节奏也,侯以姓冠章耳。"案:据此则侯调为汉武帝时乐人,即侯同也。调从周声,往往与同字相乱。《离骚》求榘矱之所同,同与下调韵,则当依《淮南·氾论训》作周(孙仲容《札迻》卷十二),《七谏·谬谏》恐榘矱之不同,旧校同一作周,《史记·卫将军传》大当户铜离。《集解》引徐广曰:一作稠离,皆其证也。他本侯调作韩娥,虽见《列子·汤问篇》,然恐后人因不知侯调而改之耳。○《汉书·礼乐志》曰:"至武帝乃立乐府,以李延年为协律都尉,多举司马相如等数十人,造为诗赋,略论律吕,以合八音之调,作十九章之歌。"《佞幸传》曰:"李延年,中山人,身及父母兄弟,皆故倡也。延年坐法腐刑，给事狗监中，延年善歌，为新变声。是时上方兴天地诸祠，欲造乐，令司马相如等作诗颂，延年辄承意弦歌所造诗，为之新声曲。"

走以不敏，谬蒙提及，谨抽词奉和，轻以上呈。未近咏歌，伏深悚恧。谨启。以上奉和。

□庄雅不佻。

《文选·东京赋》曰："走虽不敏，庶斯达矣。"薛注曰："走使之人，如今言仆矣。不敏，犹不达也。"李善注曰："司马迁书曰：太史公牛马走（牛当作先）。"《孝经》曾子曰："参不敏。"○抽词，各本作申字，陈依《文苑英华》改，谢惠连《雪赋》曰："抽子秘思，骋子妍辞。"○《文选》任彦昇《奉答敕示七夕诗启》李善注引《任昉集》："诏曰：聊为七夕诗五韵，殊未近咏歌，卿虽讷于言，辨于才，可即制付使者。"（此梁武帝诏）○梁简文帝《上大法颂表》曰："伏兼悚恧。"

与博昌父老书

《元和郡县志》曰："河南道青州：博昌县本汉旧县，属千乘郡，昌水其势平博，故曰博昌。后汉以千乘郡为乐安国，博昌县仍属焉。高齐省移乐陵县，此属乐安郡。隋开皇三年，罢郡，乐陵县属青州。十六年，改为博昌县。"《清一统志》曰："山东青州府：博昌故城在博兴县南二十里。"乐安故城，今博兴县治。唐总章二年，移博昌来治乐安，即书中言移郡就乐安故城也。

某月日，骆宾王谨致书于博昌父老：承并无恙，幸甚幸甚。云雨俄别，封壤异乡。春渚青山，载劳延想；秋天白露，几变光阴。古人云，别易会难，不其然也。

以上离别之感。

颜师古《匡谬正俗》卷八曰:"应劭《风俗通义》释无恙云:上古之时,草居露宿,恙,噬人虫也,善食人心,人每患苦之,凡相问曰无恙乎,非谓疾也。《尔雅》云:恙,忧心也。(今《释诂》无心字,邵氏、郝氏皆以为旧注之文。)《楚辞·九辩》云:'还及君之无恙,此言及君之无忧,岂谓不被虫噬乎?汉元帝诏贡禹曰:今生有疾,何恙不已,乃上疏乞骸骨,此言病何忧不差,而乞骸骨,岂又被虫食心邪?凡言无恙,谓无忧耳,安得食人之虫总名恙乎?"邵二云《尔雅正义》曰:"颜师古之辩笃矣,应劭本于《易纬》,据许氏《说文》当作它。"案:马氏《意林》:《风俗通》曰:"按《易传》,上古之时,草居露宿,冬则山南,夏则山北,有恙虫善为人作患,故人平居曰无恙。"(《艺文类聚·方术部》《史记·刺客传》《索隐》《御览·人事部》十七、《疾病部》二皆引之,互有同异。)周勤补(广业)注,以为子夏《易传》之文,未知何据。邵氏以为《易纬》,近之。《说文》曰:它,虫也。上古穴居患它,故问无它乎?邵氏申此以抑应氏,然应说亦自有本。古人语源,往往类此,颜氏之辩,亦未必是也。朱丰芑以恙为蛘之借字(《说文通训定声·壮部》)。陈西桥曰:"此博昌父老先有书贻临海,故曰承并无恙也。"○徐孝穆《报尹义尚书》曰:"别离二国,云雨十年。"○谢玄晖《与江水曹诗》曰:"别后能相思,何嗟异封壤。"案:陈本封作风,引裴让之《酬徐陵诗》曰:"方域殊风壤。"○谢玄晖《辞隋王笺》曰:"唯待青江可望,候归艎于春渚。"○《魏书·宗钦传》:"钦与高允书曰:延想积久。"○江文通《别赋》曰:"秋露如珠,秋月如珪,明月白露,光阴往来。"○魏文帝《燕歌行》曰:"别日何易会日难?"《颜氏家训·风操篇》曰:"别易会难,古人所重。"

自解携襟袖,一十五年,交臂存亡,略无半在。张学士溘从朝露，辟闾公倏掩夜台。故吏门人，多游蒿里；耆年宿德，但见松丘。呜呼！泉壤殊途，幽明永隔。人理危促，天道奚言？感今怀昔，不觉涕之无从也。过隙不留，藏舟难固。追维逝者，浮生几何？哀缘物兴，事因情感。虽蒙庄一指，殆先觉于劳生；秦佚三号，讵忘情于怛化？啜其泣矣，尚何云哉？以上哀故人之丧逝。

陶渊明《闲情赋》曰："顾衿袖以缅邈。"陈曰："按集中有《为齐州父老请陪封禅表》，在高宗麟德元年封泰山时作，此书所称'解携襟袖，一十五年'，临海如以麟德元年离齐计，麟德二年、乾封二年、总章二年、咸亨四年、上元二年、仪凤三年，自麟德至是年，凡十五年，次年即调露元年也。据书中'于役不遑'，及'途经密迩'之句，临海盖以行役复至齐境也。证以《边夜》《蓬莱镇》《使海曲》诸诗，当是由燕至齐，疑在调露初也。"○《庄子·田子方篇》曰："交一臂而失之。"○陆士衡《叹逝赋序》曰："余年方四十，而懿亲戚属，亡多存寡，昵交密友，亦不半在。"○《汉书·苏武传》："李陵谓武曰：人生如朝露，何久自苦如此？"江文通《别赋》曰："朝露溘至。"《离骚》王注曰："溘犹奄也。"（谓奄然也。）○阮元瑜《七哀诗》曰："漫浪长夜台。"陆士衡《挽歌诗》曰："送子长夜台。"○《元和姓纂》卷十曰："卫文公支孙，以居楚丘，营辟闾里，因为辟闾氏。"《齐乘》卷五曰："辟闾浑墓在寿光西南三十里，浑，晋幽洲刺史。"案：浑墓在山东寿光县，知辟闾氏为青州著姓，特所称辟闾公，未详其名字事迹耳。陈曰："张学士、辟闾公，并是临海父令博昌时所交游者，故云。"（又曰："张学士或作眭学士。"）○《后汉书·党锢传》曰："又诏州郡，用考党人门生故吏父子兄弟，其在位者，免官禁锢。"○《古今注》卷中曰："《薤露》《蒿里》，并丧歌也，出田横门人。横自杀，门人伤之，为之悲歌，言人命如薤上之露，易晞灭也，亦谓人死魂魄归乎蒿里，故有二章。一章曰：薤上朝露何易晞！露晞明朝还复滋，人死一去何时归？其二曰：蒿里谁家地，聚敛魂魄无贤愚。鬼伯一何相催促？人命不得少踟蹰。至孝武时，李延年乃分为二曲，《薤露》送王公贵人，《蒿里》送士大夫庶人，使挽柩者歌之，世呼为挽歌。"《汉书·武五子传》："广陵厉王胥自歌曰：蒿里召兮郭门阅。"颜注曰："蒿里，死人里。"《晋书·苻生载记》："阊负殊曰：其耆年硕德偶尚父者，则太师鱼遵。"《汉书·武帝纪》曰："谏大夫皆名儒宿德为之。"○《文选·古诗》李善注引仲长子《昌言》曰："古之葬者，松柏梧桐以识其坟。"○潘安仁《寡妇赋》曰："下临兮泉壤。"又《悼亡诗》曰："泉壤永幽隔。"○《文选》陆士衡《乐府塘上行》李善注引司马迁《悲士不遇赋》曰："天道悠昧，人理促兮。"○江文通《恨赋》曰："人生到此，天道宁论？"○潘安仁《为诸妇祭庾新妇文》曰："伏膺饮泪，感今怀昔。"○《礼记·檀弓上》："孔子曰：予恶夫涕之无从也！"《后汉书·耿恭传论》曰："余览耿恭疏勒之事，喟然不觉涕之无从。"○《礼记·三年问》曰："三年之丧，二十五月而毕，若驷之过隙。"《释文》隙本又作郤，空隙之地也。《庄子·知北游篇》曰："人生天地之间，若白驹之过隙，忽然而已。"又《盗跖篇》曰："天与地无穷，人死者有时，操有时之具，而托于无穷之间，忽然无异骐骥之驰过隙也。"○《庄子·大宗师》曰："夫藏舟于壑，藏山于泽，谓之固矣，然而夜半有力者负之而走，昧者不知也。"○魏文帝《与吴质书》曰："既痛逝者，行自念也。"卢子行《劳生论》曰："进惟畴昔，勤矣厥生。"○《庄子·刻意篇》曰："其生若浮，其死若休。"○陆士衡《叹逝赋》曰："哀缘情而来宅。"○《文心雕龙·明诗篇》曰："人禀七情，应物斯感。"《庄子·齐物论篇》曰："以指喻指之非指，不若以非指喻指之非指也。以马喻马之非马，不若以非马喻马之非马也。天地一指也，万物一马也。"郭注曰："今是非无主，纷然殽乱，明此区区者，各信其偏见，而同于一致耳。仰观俯察，莫不皆然。是以至人知天地一指也，万物一马也，故浩然大宁，而天地万物各当其分，同于自得，而无是无非也。"蒙庄，见卢昇之《黎君碑》注。〇《庄子·大宗师》曰："夫大块载我以形，劳我以生，佚我以老，息我以死。"〇《庄子·养生主》曰："老聃死，秦失弔之，三号而出。"《释文》曰："失，本又作佚。"《大宗师篇》曰："子来有病，子犁往问之，曰：叱，避无怛化。"《释文》曰："怛，丁达反，惊也。"〇《诗·中谷有蓷》曰："啜其泣矣，何嗟及矣？"〇司马子长《报任安书》曰："如仆尚何言哉！尚何言哉！"

又闻移县就乐安故城。廨宇邑居，咸徙其地；里闬阡陌，徒有其名。荒径三秋，蔓草滋于旧馆；颓墉四望，拱木多于故人。嗟乎！仙鹤来归，辽东之城郭犹是；灵乌代谢，汉南之陵谷已非。以上感今昔之变迁。

《隋书·地理志》：北海郡博昌县注曰："旧曰乐安，开皇十六年改焉。"《旧唐书·地理志》曰："青州博昌汉县，治故郡城，乐安隋县，武德二年属乘州，州废属青州，总章二年移治于今所。"〇《周书·艺术·黎景熙传》曰："时外史廨宇屡移，未有定所。"《文选·吴都赋》刘渊林注曰："廨犹署也。"〇《文选·蜀都赋》曰："里闬对出。"刘渊林注曰："闬，里门也。"《史记·秦本纪》《索隐》引《风俗通》曰："南北曰阡，东西曰陌，河东以东西为阡，南北为陌。"程易畴《通艺录》六《阡陌考》曰："天下之川皆东流，故川横则浍纵，洫又横，沟又纵，遂又横。遂又横者，其畎必纵，而亩陈于东，是故东亩者，天下之大势也。遂上有径，当百亩之间，故谓之陌，其径东西行，故曰东西曰陌也。遂上之径东西行，则沟上之畛必南北行，畛当千亩之间,故谓之阡,而曰南北曰阡也。此阡陌之通义,通义出于东亩,东亩者,天下之大势也。然天下之川大势虽皆东,而河东之川独南流,河为川之最大者,而或南流,则其亩必南陈而为南亩矣。南亩畎横,则遂纵,径亦纵,而为南北行,岂不南北为陌乎?沟畛亦纵而为东西行,岂不东西为阡乎?由是洫又纵,浍又横,而川则纵而南流矣。河东之川独南流,故特举之以为东西为阡、南北为陌之例,物土之宜,以为阡陌,必具二义也。"○陶渊明《归去来辞》曰:"三径就荒,松菊犹存。"○张景阳《杂诗》曰:"秋草含绿滋。"○《水经·江水注》:一曰:"江水又东迳永安宫南,城周十馀里,背山面江,颓塝四毁,荆棘成林。"又《江水注》二曰:"陆抗城即山为塝,四面天险,江南岸有山孤秀,从江中仰望,壁立峻绝,袁山松为郡,尝登之瞩望焉。故其记云:今自山南上至其岭,岭容十许人,四面望诸山,略尽其势。"○《左》僖三十二年:"公使谓之曰(秦穆公使人谓蹇叔):尔何知?中寿,尔墓之木拱矣。"江文通《恨赋》曰:"拱木敛魂。"○仙鹤二句,见王子安《别洛下知己序》注。○《吴志·吴主传》:"赤乌元年秋八月,诏曰:间者赤乌集于殿前,朕所亲见,若神灵以为嘉祥者,改年宜以赤乌为元。"又《三嗣主传》曰:"孙休永安三年春三月,西陵言赤乌见。"《陆抗传》曰:"永安二年,拜镇军将军,都督西陵。"《晋书·杜预传》曰:"拜镇南大将军,都督荆州诸军事,预好为后世名。常言高岸为谷,深谷为陵,刻石为二碑,纪其勋绩,一沈万山之下,一立岘山之上。曰:焉知此后不为陵谷乎?"陈曰:"言昔吴今晋,迁谢无常。杜预都督荆州,故曰汉南。"○《淮南·兵略训》曰:"若春秋有代谢。"

昔吾先君,出宰斯邑,清芬虽远,遗爱犹存。延首城池,何心天地?虽则山河四塞,是称无棣之墟;松槚十秋，有切维桑之里。故每怀夙昔，尚想经过。于役不遑，愿言徒拥。以上言博昌为其父作宰之地，每欲再至而未得暇。

《史记·孔子世家》曰："公之鱼曰：昔吾先君用之不终。"陈曰："临海父无考，今《义乌志》称宾王父履元官博昌令，殆出私牒，不可为据。"步瀛案：吴之器《临海丞传》称宾王父履元，盖亦据方志为言耳。○陆士衡《文赋》曰："诵先人之清芬。"○《左传》昭二十年曰："及子产卒，仲尼闻之出涕曰：古之遗爱也。"○《艺文类聚·山部上》引刘公幹《黎阳山赋》曰："延首南望，顾瞻旧乡。桑梓增敬，惨切怀伤。"○徐孝穆《在北齐与杨仆射书》曰："瞻望乡关，何心天地？"○《齐策》一："苏秦说齐宣王曰：齐南有太山，东有琅邪，西有清河，北有渤海，此所谓四塞之国也。"○《左传》僖四年："管仲曰：赐我先君履，东至于海，西至于河，南至于穆陵，北至于无棣。"杜注曰："穆陵、无棣，皆齐竟也。"《水经·淇水注》曰："无棣沟又东北迳一故城，北迳盐山，东北入海。"《春秋》僖公四年，齐楚之盟于召陵也，管仲曰：昔召康公赐命先君太公履，北至于无棣，盖四履之所也。《春秋传说汇纂》曰："今直隶盐山县即古无棣也，县南有无棣。"（今属河北省）《清一统志》谓在庆云县东。○《文选》任彦昇《为范始兴求立太宰碑表》曰："松槚成行。"李善注曰：《左传》：伍子胥曰：树吾墓槚（哀十一年）。《说文》曰："槚，楸也。"○《诗·小弁》曰："维桑与梓，必恭敬止。"毛传曰："父之所树，己尚不敢不恭敬。"陈曰："《上裴侍郎书》曰：藜藿无甘旨之膳，松槚缺迁厝之资，谓母乏养，父未归葬，此云松槚千秋，知临海之父卒于博昌，即葬其地，不复迁厝故乡，故云'有切维桑之里'也。"○《古乐府·饮马长城窟行》曰："远道不可思，夙昔梦见之。"○阮嗣宗《咏怀诗》曰："赵、李相经过。"○《诗·王风·君子于役》郑笺曰："君子于往行役。"○谢玄晖《辞隋王笺》曰:"况乃服义徒拥,归志莫从。"

今西成有岁,东户无为。野老清谈,恬然自得;田家浊酒,乐以忘忧。故可洽赏当年,相欢卒岁。宁复惠存旧好,追思昔游?所恨跂予望之,经途密迩。伫中衢而空轸,巾下泽而莫因。风月虚心,形留神往;山川在目,室迩人遐。以此怀劳,增其叹息。情不遗旧,书何尽言?以上慨不能相晤。

  □蒋心馀曰:"是骆丞集中极澹远之作,文固不以繁为贵。"
  《书·尧典》曰:"平秩西成。"《穀梁》桓三年曰:"五谷皆熟为有年也。"○《淮南·缪称训》曰:"昔东户季子之世,道路不拾遗,耒耜馀粮,宿诸畮首。"○刘孝标《金华山栖志序》曰:"田家野老,提壶共至。"《后汉书·郑太传》:"公业对曰:孔公绪清谈高论。"陶渊明《桃花源记》曰:"黄发垂髫,并怡然自乐。"《隋书·房彦谦传》:"虽致屡空,怡然自得。"○杨子幼《报孙会宗书》曰:"田家作苦,岁时伏腊,烹羊炰羔,斗酒自劳。"嵇叔夜《与山巨源绝交书》曰:"浊酒一杯,弹琴一曲,志愿毕矣。"○《论语·述而篇》曰:"乐以忘忧。"左太冲《魏都赋》曰:"准当年而为量。"○《左传》襄二十一年:"叔向曰:《诗》曰:优哉游哉,聊以卒岁。知也。"○《秦策》五高注曰:"存,劳问也。"○魏文帝《与吴质书》曰:"追思昔游,犹在心目。"○《诗·河广》曰:"谁谓宋远?跂予望之。"○睦〔陆〕士龙《与兄书》曰:"经涂轗轲。"梁武帝《与何点手诏》曰:"密迩物色,劳甚山阿。"○《淮南子·缪称训》曰:"圣人之道,中衢而设尊邪。"(今本设误致,从王怀祖《读书杂志》九之十校改。)《文选》王元长《永明九年策秀才文》曰:"纷争空轸。"李善注引《方言》曰:"轸谓相乖戾也。"(《方言》三曰:"轸,戾也。"此疑夺"戾也"二字,谓相乖戾也,乃李氏申《方言》之语。)○《孔丛子·记问篇》:"夫子遂为操曰:巾车命驾。"桂味谷《札朴》卷七曰:"江文通《拟陶田居诗》:日暮巾柴车,李善注云:归去来曰,或巾柴车。郑玄《周礼》注曰:巾犹衣也,是李善本原作或巾柴车,后人改之。张景阳《七命》巾云轩与巾柴车同。段若膺《说文解字》卷七下注曰:以巾拭物曰巾。《周礼》巾车,郑注巾犹衣也。然《吴都赋》吴王乃巾玉路,陶渊明文或巾柴车,皆谓拂拭用之,不同郑说也。陶句见《文选》江淹杂体诗注,今本作或命巾车,不可通矣。"步瀛案:巾字依段说是。○《后汉书·马援传》:"援谓官属曰:吾从弟少游,常哀吾慷慨多大志,曰:士生一世,但取衣食裁足,乘下泽车,御款段马,乡里称善人,斯可矣。"章怀注曰:"《周礼》:车人为车,行泽者欲短毂,行山者欲长毂,短毂则利,长毂则安也。"○《梁书·徐勉传》曰:"常与门人夜集,客有虞暠求詹事五官,勉正色答曰:今夕止可谈风月,不宜及公事。"○郭遐叔《赠嵇康诗》曰:"神往形留。"○徐淑《答夫秦嘉书》曰:"室迩人遐,我劳如何?"○谢宣远《答谢灵运诗》曰:"怀劳奏所诚。"○《后汉书·鲍永传》:张湛曰:"仁不遗旧。"○《易·系辞上》曰:"书不尽言,言不尽意。"

兵部奏姚州破贼设蒙俭等露布

骆集此篇之前,有《兵部奏姚州道破逆贼诺没弄杨虔柳露布》。陈西桥注曰:"《旧唐书·高宗纪》:咸亨三年春正月辛丑,发梁益等一十八州兵,募五千三百人。遣右卫副率梁积寿往姚州击叛蛮。《新唐书·南蛮传》姚州境有永昌蛮,咸亨三年叛,高宗以太子右卫副率梁积寿为姚州道行军总管,讨平之。案:新、旧《唐书》载高宗时征姚州破贼之事只此。考《旧唐书·张柬之传》:神功初,出为合州刺史,寻转蜀州刺史,旧例每岁差兵募五百人,往姚州镇守,路越山险,死者甚多。柬之表论其弊曰：臣窃按姚州者，古哀牢之旧国，绝域荒外，山高水深，本龙朔中，武陵县主簿石子仁奏置之。后长史李孝让、辛文协并为群蛮所杀，前朝遣郎将赵武贵讨击，贵及蜀兵应时破败，噍类无遗。又使将军李义总等往征，郎将刘惠基在阵战死，其州乃废。至垂拱四年，蛮郎将王善宝、昆州刺史爨乾福又请置州，自此蜀中骚扰，于今不息。伏乞省罢姚州，使隶巂府。疏奏，则天不纳。据表中称前朝，谓高宗也。证之《祭赵郎将文》（《为李总管祭赵郎将文》曰：姚州道大总管李义祭赵郎将之灵。陈注以为即张柬之表称郎将赵武贵也。）及露布中载刘惠基（《破逆贼诺没弄杨虔柳露布》曰：臣遣左三军子总管宁远将军前守右骁骑万安府长史折冲都尉上柱国刘惠基云云。）俱与柬之表合，则其时之姚州道大总管，即李义总也。今滇有唐胡间印元唐故使持节河东刺史上护军王府君碑：招慰奏置姚府西廿馀州，既处于僻界荒垂，不能为中国轻重，时复废弃，但云羁縻，然贪戾君长，负远放命，灾我城邑，延□平人，□州刺史蒙俭实始其乱，咸亨之岁，犬羊大扰，枭将失律，元凶莫惩，君武则虓阚，义以愤惋，摆犀衣以奋击，驱虎旅而先□，勋在王室，藏于盟府。案：王府君名仁求，乃王善宝之父，卒于咸亨五年八月，碑称'蒙俭实始其乱'，而露布有'蒙俭、含和等有委众奔驰'之语，碑称'咸亨之岁，犬羊大扰，枭将失律，元凶莫惩'，与《祭赵郎将文》'王师失律，凶狡凭陵'相合，所称'虓阚奋击'，即此役也。碑云君长，又云刺史蒙俭，当是蛮酋袭刺史也，延字下阙文，疑是及字，第州上阙文，不知何州，以露布'削左衽而被朝衣，解椎髻而升华冕'证之，当羁縻廿馀州之一也。柬之表言李义总，不言梁积寿，当是梁积寿、李义总俱为总管，实只一事。《唐·本纪》言讨平永昌叛蛮，而柬之表则云往征之后，其州遂废，意蒙俭遁后复叛，寻至州废，故不叙也。"步瀛案：

陈考极为精详。《通鉴》卷二百二《唐纪》咸亨三年春正月辛丑，太子左卫副率梁积寿为姚州道行军总管，将兵讨叛蛮，而不详其事，与新、旧《唐书》同。又张柬之表称李义总，《祭赵郎将文》作李义，未知孰是，当即一人也。王仁求碑，《金石萃编》卷六十二载之，阙字尤多。陈所据盖别本，《萃编》州上阙二字，则当以彼为是。又碑云"枭将失律"云云，武授堂《金石跋》以为咸亨元年，薛仁贵为吐蕃所败，吐蕃与南诏蛮接壤，仁求或以姚旧官于姚府，而按师防边，得制其逃逸。王兰泉跋则以为当是薛仁贵败绩，仁求佐梁积寿削平姚州叛蛮，皆以枭将失律属薛仁贵大非川之败，似不如陈氏属赵武贵为确。惟李义总与梁积寿果同时为总管，抑先后为之，亦未能得确证也。《元和郡县志》曰："剑南道姚州，本汉云南县之地。武德四年，安抚大使李英，以此中人多姓姚，故置姚州为泸南之巨屏。"《旧唐书·地理志》曰："剑南道姚州：汉益州郡之云南部，古滇王国，后置永昌郡，云南、哀牢、博南皆属邑也。武德四年置姚州，管州二十二。麟德元年，移姚州于弄栋川。"《清一统志》曰："云南楚雄府姚州：唐置姚城县为姚州治，故城在今州北。"案：今改姚安县。○《文心雕龙·移檄篇》曰："明白之文，或称露布。露布者，盖露板不封，布诸视听也。"（露布者至不封八字今本无，又布诸作播诸，今并依《御览·文部》十三引增订。）《隋书·礼仪志》三曰："后魏每攻战克捷，欲天下知闻，乃书帛揭于竿，名为露布，其后相因施行。"（案：贾叔业为马超作露布，见《魏志·王朗传》注，袁彦伯为桓温作北伐露布，见《世说新语·文学篇》。露布之文，其来已久，特书帛揭竿，自魏始尔。）《新唐书·礼乐志》六曰："贼平而宣露布，其日守宫量设群官次，露布至，兵部侍郎奉以奏闻，承制集文武群官客使于东朝堂，中书令遂宣之，兵部尚书进受露布。"

臣闻七纬经天，星墟分张翼之野；八纮纪地，炎洲限建木之乡。西距大秦，杂金行而布气；南通交趾，枕铜柱以为邻。俗带白狼，人习贪残之性；河沦赤虺，川多风雨之妖。水积炎氛，山涵毒雾。竹浮三节，肇兴外域之源；木化九隆，颇为中原之患。年将千纪，代历百王。郑纯之化不追，孟获之风逾煽。故三年疲众，徒闻定筰之讥；五月出师，未息渡泸之役。然则大人拯物，上圣乘期。法乾坤以握枢，体刚柔而建极。知仁义不能禁暴，设刑网以胜残；知揖让不可济时，用干戈而靖乱。以上言异族梗化，虽圣人不能不用武。

《刘子新论·思慎篇》曰："七纬顺度以光天象。"陈曰："七纬，日月五星也。"○《汉书·地理志》曰："周地柳七星，张之分野也，楚地翼轸之分野也。"○《淮南子·墬形训》曰："九州之外，乃有八殥，八殥之外，而有八纮。"高注曰："纮，维也，维落天地而为之表，故曰纮也。"○《十洲记》曰："炎洲在南海中，地方二千里。"《淮南子·墬形训》曰："建木在都广，众帝所自上下，日中无景，呼而无响，盖天地之中也。"○《后汉书·西域传》曰："大秦国一名犁鞬，以在海西，亦云海西国。"《魏书·西域传》曰："大秦国东南通交趾，又水道通益州永昌郡。"徐松龛《瀛环志略》卷三曰："大秦即意大利之罗马，汉人因其人长大平正，有类中国，故称为大秦，其本国并无此名。"○《后汉书·西羌传赞》曰："金行气刚，播生西羌。"案：布陈注本作孕。○《史记·五帝本纪》曰："南至于交趾。"《汉书·地理志》曰："交趾郡，武帝元鼎六年开，属交州。"案：今越南地。○《后汉书·马援传》注引《广州记》曰："援到交趾，立铜柱，为汉之极界也。"《水经·温水注》引《林邑记》曰："建武十九年，马援树两铜柱于象林南界，与西屠国分，汉之南疆也。"○《文选·蜀都赋》曰："陪以白狼，夷歌成章。"刘渊林注曰："白狼夷在汉嘉西界。"（汉嘉各本作汉寿，今依胡果泉《考异》校改。）○《华阳国志·南中志》曰："自僰道至朱提，有水步道，水道有黑水及羊官水，至险难行，步道渡三津亦艰阻，故行人为语曰：犹溪赤水，盘蛇七曲，盘羊乌栊，气与天通。"《读史方舆纪要》卷一百二十三曰："贵州赤水卫：赤水河，一名赤虺河。"○《艺文类聚·杂文部》三引张衡《七辨》曰："桴弱水，越炎氛。"○《后汉书·马援传》：援从容谓官属曰："当吾在浪泊西里间，虏未灭之时，下潦上雾，毒气重蒸，仰视飞鸢，跕跕堕水中。"○《后汉书·西南夷传》曰："夜郎者，初有女子浣于遯水，有三节大竹流入足间，闻其中有号声，剖竹视之，得一男儿，归而养之，及长，有才武，自立为夜郎侯，以竹为姓。今夜郎县有竹王三郎神是也。"又见《华阳国志·南中志》及《水经·温水注》。○《后汉书·西南夷传》曰："哀牢夷者，其先有妇人名沙壹，居于牢山，尝捕鱼水中，触沉木若有感，因怀妊，十月产子男十人，后沉木化为龙，出水，沙壹忽闻龙语曰：若为我生子，今悉何在？九子见龙惊走，独小子不能去，背龙而坐，龙因舐之，其母鸟语谓背为九，谓坐为隆，因名子曰九隆。及后长大，诸兄以九隆为父所舐而黠，遂共推以为王。"又见《华阳国志·南中志》，沙壹作沙壶，九龙作元龙，疑误。○《华阳国志·南中志》曰："益州西部，金银宝货之地，居其官者，皆富及十世。孝明帝初，广汉郑纯独尚清廉，毫毛不犯，夷汉歌咏，表荐无数，明帝嘉之，因以为永昌郡，拜纯太守。"又《士女志》曰："郑纯，字长伯，郪人也。"○《华阳国志·南中志》曰："越巂叟帅高定元叛，益州大姓雍闿杀太守正昂，更以蜀郡张裔为太守，闿执送裔于吴，吴王孙权遥用闿为永昌太守。丞相诸葛亮以初遭大丧，未便加兵，闿使达宁、孟获说夷叟，夷皆从闿。建兴三年春，亮南征，定元部曲杀雍闿，孟获代阁为主，亮既斩定元，夏五月，亮渡泸进征益州，生虏孟获。亮以方务在北，而南中好叛乱，宜穷其诈，乃赦获使还，合军更战，凡七虏七赦，获等心服，夷汉亦思反善，秋遂平四郡。"○《史记·司马相如传》曰："唐蒙已略通夜郎，因通西南夷道，发巴、蜀、广汉卒，作者数万人，治道二岁，道不成，士卒多物故，费以巨万计。蜀民及汉用事者，多言其不便。是时邛筰之君长，闻南夷与汉通，得赏赐多，多欲愿为内臣妾，请吏比南夷。天子乃拜相如为中郎将，建节往使，司马长卿便略定西夷邛筰、冉駹、斯榆之君，皆请为内臣，还报天子，天子大说。相如使时，蜀长老多言通西南夷不为用，唯大臣亦以为然，相如欲谏，业已建之，不敢，乃著书籍以蜀父老为辞，而己诘难之，以风天子。其辞曰：因朝冉从駹定筰存邛，东乡将报，至于蜀都，耆老大夫荐绅先生之徒二十有七人，俨然造焉，辞毕因进曰：今罢三郡之士，通夜郎之涂，三年于兹，而功不竟，士卒劳倦，万民不赡，今又接以西夷，百姓力屈，恐不能卒业，此亦使者之累也。"《索隐》引文颖曰："筰今为定筰县，属越巂。"案：筰《汉书》作筰，《文选》作筰，并同。今四川汉源县。○诸葛孔明《出师表》曰："五月渡泸，深入不毛。"《水经·若水注》引《益州记》曰："泸水源出曲罗巂下三百里曰泸水，两峰有杀气，暑月旧不行，故武侯以夏渡为艰。泸水又下合诸水而总其目焉，故有泸江之名矣。"《元和郡县志》曰："剑南道巂州西泸县：就水在县西一百十二里，诸葛亮征越巂上疏曰：五月渡泸，深入不毛，谓此水也。"《方舆纪要》卷六十六曰："四川泸水，出黎州所（今汉源县）西徼外，其源曰若水，下流曰泸水，经会川卫西（会川卫今为会川县）而入金沙江，其水深广多瘴疠，夏月尤甚，故诸葛武侯以五月渡泸为艰也。"又卷一百十三曰："云南金沙江源出丽江府西北旄牛徼外，东南流环丽江府之三面，东达四川之会川卫，西南而合泸水，于是金沙江亦兼泸水之名，繇会川卫而南过金沙江，即武侯五月渡泸处也。"《清一统志》曰："云南武定州（今改县）：金沙江在州北三百八十里，东达四川会理州界之旧黎溪州（在今会理县西南），沿江多岚瘴，行人以雨中及夜渡可无虞。"○《文选·永明十一年策秀才文》曰："秉箓御天，握枢临极。"李善注引《易通卦验》曰："遂皇氏始出握机矩。郑玄曰：遂皇，遂人也。"○《书·洪范》曰："皇建其有极。"○《左》宣十二年："楚子曰：夫武，禁暴戢兵，保大定功，安民和众丰财者也。"○《吴志·陆抗传》："上疏曰：清澄刑网。"○《论语·子路篇》："子曰："善人为邦百年，亦可以胜残去杀矣。"

伏惟皇帝陛下，祥摘戴玉，拓地轴以登皇；道契寝绳，掩天纮而践帝。玄云入户，纂灵瑞于丹陵；绿错升坛，荐祯图于翠渚。垂衣裳以朝万国，崇玉帛而理百神。昭俭防奢，露台惜中人之产；宣风布政，明堂法上帝之宫。致群生于太和，登品物于仁寿。四神践雪，五老飞星。君囿祥麟，乐班文于仙卉；女床鸣凤，韵归昌于帝梧。四隩同文，五风异色。邓林万里，才疏苑囿之基；曾城九重，未出池隍之域。合璧照临之地，侯月归琛；大炉覆载之间，占风纳赆。以上叙唐德化之远。

《御览·皇王部》三引《春秋命历序》曰："有神人名石耳，仓色大眉，戴玉理，驾六龙出地轴，号皇神农，始立地形，甄度四海。"宋衷注曰："玉理犹玉英玉胜也。"○《淮南子·览冥训》曰："女娲炼五色石以补苍天，断鳌足以立四极，杀黑龙以济冀州，积芦灰以止淫水，苍天补，四极正，淫水涸，冀州平，狡虫死，颛民生，背方州，抱圆天，和春阳夏，杀秋约冬，枕方寝绳。"高注曰：寝绳，直身而卧也。案：寝绳一作书绳。曹子建《与杨德祖书》曰："吾王于是设天网以该之，顿八纮以掩之。"○《初学记·中宫部》引《易坤灵图》曰：其母萌之，玄云入户，蛟龙守门。郑玄注曰："谓庆都天皇之女，天帝以玄云覆卫。"又《帝王部》引《帝王世纪》曰："尧母曰庆都，孕十四月，而生尧于丹陵。"○《水经·洛水注》曰："舜又习尧礼，沉书于日稷，赤光起，玄龟负书，至于稷下，荣光休至，黄龙卷甲，舒图坛畔，赤文绿错以授舜。"《晋书·文苑传序》曰："温洛祯图，绿字符其丕业。"《御览·皇王部》五引《龙鱼河图》曰："尧时与群臣贤者，从翠妫之渊，大龟负图，来出授尧，勑臣下写取，写毕，龟还水中。"案：绿错一作苍箓。○《易·系辞下》曰："黄帝、尧、舜垂衣裳而天下治。"○《诗·时迈》曰："怀柔百神。"○《左》桓二年曰："昭其俭也。"《汉书·哀帝纪》："诏曰：制节谨度，以防奢淫，为政所先，百王不易之道也。"○《汉书·文帝纪赞》曰："孝文皇帝尝欲作露台，召匠计之，直百金。上曰：百金，中人十家之产也，吾奉先帝宫室，常恐羞之，何以台为？"○《后汉书·隗嚣传》："移檄告郡国曰：威命四布，宣风中岳。"○《礼记·明堂位》孔疏引《五经异义》曰："讲学大夫淳于登说云：明堂在国之阳，三里之外，七里之内，丙巳之位，就阳位，上圆下方，八窗四闼，布政之宫，故称明堂。"《诗·灵台》孔疏引袁准《正论》曰："夫明堂法天之宫。"《晋书·礼志上》曰："晋初挚虞议，以为汉、魏故事，明堂祀五帝之神，新礼五帝即上帝，即天帝也，明堂除五帝之位，惟祭上帝。"○《汉书·董仲舒传》："对策曰：群生和而万民殖。"○《汉书·王吉传》："上疏言得失曰：驱一世之民，跻之仁寿之域。"○《五行大义论·诸官》曰："《周书》云：武王营洛邑未成，四海之神皆会，曰周王神圣，当知我名，若不知，水旱败之。明年雨雪十馀旬，深丈馀，五大夫乘车从两骑止王门，太公曰：车骑无迹，谓人之变（《御览·鬼神部》引《太公金匮》作恐是圣人），乃使人持粥进之曰：不知客尊卑何从？骑曰：先进南海御，次东海御，次北海御，次西海御（《御览》引御皆作君），次河伯，次风伯，次雨师。武王问太公，并何名？太公曰：南海神名祝融，东海神名句芒，北海神名玄冥，西海神名蓐收。"○《文选》任彦昇《宣德皇后令》：五老游河，飞星入昴。李善注引《论语比考谶》："仲尼曰：吾闻帝尧率舜等升首山，观河渚，乃有五老游渚，五老曰：河图将浮，龙衔玉苞，刻版题命，可卷金泥玉检封，书成知我者重瞳，黄姚视五老，飞为流星上入昴。注曰：入昴宿则复为星。"○《史记·司马相如传》：《封禅文》曰："般般之兽，乐我君囿。白质黑章，其仪可嘉。"又曰："濯濯之麟，游彼灵畤。"《文选·封禅文》李善注引《春秋考异邮》曰："虎班文者，阴阳杂也。"王仲宣《公䜩诗》注引《字林》曰："卉，草总名也。"○《西山经》曰："女床之山有鸟焉，其状如翟而五采文，名曰鸾鸟。"《广雅·释鸟》曰："鸾鸟，凤皇属也。"《说苑·辨物篇》："天老曰：夫凤晨鸣曰发明，昼鸣曰保常（《御览·羽族部》二，引《韩诗外传》作保章），飞鸣曰上翔（《广雅·释鸟》飞作举），集鸣曰归昌。"（《尔雅·释鸟》。《释文》引陆玑《毛诗疏》作朝鸣曰发明，昼鸣曰上翔，夕鸣曰满昌，昏鸣曰固常，夜鸣曰保章。）又曰："凤乃遂集东囿，食帝竹实，棲帝梧树，终身不去。"（《韩诗外传》八作凤乃止帝东囿，集帝梧桐，食帝竹实，没身不去。）梁元帝《玄览赋》曰："麒麟五色，飞兔双翼，集我君圃之旁，游我帝梧之侧。"○《书·禹贡》曰："四隩既宅。"○《文选·七发》李善注引《遁甲开山图》曰："大庭氏之王有天下，五风异色。"案：五风一作五方，误。○《海外北经》曰："夸父与日逐，走入日（《史记·礼书》《集解》引作日入），渴欲得饮，饮于河渭，河渭不足，北饮大泽，未至，道渴而死。弃其杖，化为邓林。"《列子·汤问篇》曰："夸父弃其杖，尸膏肉所浸生邓林，邓林弥广数千里焉。"○《淮南子·墬形训》曰："掘昆仑以下地中，有增城九重。"高注曰："增，重也。"陈曰："古层字通作增、曾。"○《汉书·律历志上》曰："日月如合璧，五星如连珠。"案：合璧一作六合，非是。○《诗·日月》曰："日居月诸，照临下土。"○《史记·匈奴传》曰："举事而候星月。"《诗·泮水》曰："憬彼淮夷，来献其琛。"毛传曰："琛，宝也。"○《庄子·大宗师篇》曰："今一以天地为大炉。"○《十洲记》曰："月支国使者对曰：臣国去此三十万里，有常占东风入律，百旬不休，青云干吕，连月不散者，当知中国时有好道之君。"《文选·赭白马赋》曰："或逾远而纳赆。"李善注引《苍颉篇》曰："赆，财货也。"

蠢兹蛮貊，敢乱天常。横赤燨以疏疆，背朱提而设险。石林万仞，岩邑千寻。望秦阜以相倾，崤陵失四塞之阻；对梁山而错峙，剑门成一篑之峰。自谓绝壤遐方，中外足以迷声教；凭深负固，江山可以逃灵诛。不知玉弩垂芒，凶水无九婴之眕；瑶阶舞戚，洞庭有三苗之墟。以上蛮方背叛。

《墨子·兼爱下》引《禹誓》曰："蠢兹有苗。"伪古文《大禹谟》袭之。）案：蠢一作于。○貊字同貉，《周礼·夏官·职方氏》郑司农注曰："北方曰貉狄。"《汉书·杨雄传》颜注曰："貉，东北夷也。"此言南蛮，而云苗貊者，貊乃挟字耳。《论语·宪问篇》：禹、稷躬稼而有天下，即其例也。○《左》文十八年："史克曰：傲很明德，以乱天常。"○《五行大义论·五帝》引《河图》曰："南方赤帝赤燨怒，火帝也。"○《汉书·地理志》：犍为郡朱提县下原注曰："山出银。"颜注引苏林曰："朱音铢，提音时，北方人名匕曰匙。"（钱献之《新斠地里志》曰："余得汉汉安洗，朱提字作椹。"案：《玉篇》椹即匙字，是义与苏林合。）《水经·若水注》曰："若水至犍为朱提县西为泸江水。"郦注曰：朱提，山名也。应劭曰："在县西南，县以氏焉，犍为属国也，在郡南千八百许里，建安二十年立朱提郡，郡治县故城，郡西南二百里，得所绾堂琅县，西北行上高山，羊肠绳屈，八十馀里，或攀木而升，或绳索相牵而上，缘陟者若将阶天。"《清一统志》曰："四川叙州府：朱提山在宜宾县西五十里。"○《楚辞·天问》曰："焉有石林。"左太冲《吴都赋》曰："虽有石林之岝崿，请攘臂而麾之。"谢灵运《还旧园诗》曰："石林岂为艰？"案：石一作祟，一作山。○《左传》隐元年："郑庄公曰：制，岩邑也。"○班孟坚《西都赋》曰："于是晞秦岭，睋北阜。"《左》僖三十二年："蹇叔曰：殽有二陵焉。"杜注曰："殽在弘农渑池县西，大阜曰陵。"《释文》曰："殽本又作崤。"《水经·河水注》四曰："河之右侧，崤水注之，水出河南盘崤山，西北流历涧，东北流与石崤水合，水出石崤山，山有二陵。"《元和郡县志》曰："河南道河南府永宁县：二崤山又名嶔釜山，在县北二十八里。"○《齐策》三曰："今秦四塞之国。"高注曰："四面有山关之固，故曰四塞之国也。"○张孟阳《剑阁铭》曰："岩岩梁山。"馀见卢昇之《黎君碑》注。○《论语·子罕篇》曰："譬如平地，虽覆一篑，进吾往也。"○《文选》韦孟《讽谏诗》曰："抚宁遐荒。"李善注曰："荒，荒服也。"○《周礼·夏官·大司马》曰："负固不服则侵之。"又见《司马法·仁本篇》。曹元首《六代论》曰："吴楚凭江，负固方城。"○沈休文《朝丹徒故宫颂》曰："恃崤剑阁，凭深桂岭。"○陈孔璋《檄吴将校部曲文》曰："谓为舟楫足以距皇威，江湖可以逃灵诛。"○梁简文帝《阻归赋》曰："逢玉弩之相惊。"○《淮南子·本经训》曰："尧乃使羿杀九婴于凶水之上。"高注曰："九婴，水火之怪，为人害，北狄之地有凶水。"《汉书·五行志》中之上曰：唯金沴水。注服虔曰："沴，害也。"如淳曰："沴音拂戾之戾，义亦同。"○《淮南子·缪称训》曰："禹执干戚，舞于两阶之间，而三苗服。"《齐俗训》曰："当舜之时，有苗不服，于是舜修政偃兵，执干戚而舞之。"《魏策》一："吴起曰：昔者三苗之居，左彭蠡之波，右洞庭之水。"《史记·吴超传》作昔三苗氏左洞庭，右彭蠡，与《魏策》互异。《五帝本纪》《正义》引策文而说之曰："洞庭湖名，在岳州巴陵（今岳阳县）西南一里南与青草湖连，以天子在北，故洞庭在西为左，彭蠡在东为右。今江州、鄂州、岳州，三苗之地也。"步瀛案：《正义》欲调停《国策》《史记》左右之异，故创为天子在北，西为左、东为右之说，然下文所言左河济、右泰华，左孟门、右太行，仍以东为左、西为右，天子固仍在北也。《正义》亦不能自圆其说矣。考《初学记·地部下》引《史记》裴骃《集解》曰：今太湖中苞山有石穴，其深洞无知其极者，名洞庭。洞庭对彭蠡，则知此穴之名通呼洞庭，是以今江浙之太湖为洞庭，与《吴起传》言左洞庭、右彭蠡相合。今《史记·吴起传》《集解》佚此文，盖汉以前言洞庭者，皆指今湖南之洞庭。《楚辞·九歌·湘君》曰："遭吾道兮洞庭"，《中山经》曰："洞庭之山，帝之二女居之，是常游于江渊，澧沅之风交潇湘之渊。"皆谓湖南洞庭也。自汉以后言洞庭者，往往以太湖当之。王叔师《九歌》注曰："洞庭，太湖也。"刘渊林《吴都赋》注从之。故《史记集解》亦本此说，盖如此方与《史》文左右字合，而不必曲附《国策》也。然疑《史记》左右字本与《国策》同，自太湖之说盛行，后人乃改《史》文，遂与《策》互异耳。《文选》陈孔璋《檄吴将校部曲文》曰："若使水而可恃，则洞庭无三苗之墟，子阳无荆门之败。"

　　臣等谬以散材，忝专分阃。自白招乘候，顺秋帝以扬旌；绛节临边，通夜郎而解辫。营开嶲穴，旆转邛川。峻岐折坂之危，尽忘襟带；滇池漏江之固，曾莫藩篱。唯逆贼设蒙俭等，未革狼心，仍怀豕突。陆梁方命，旅拒偷生。城接祠鸡，竟无希于改旦；山多神鹿，终未息于择音。臣以大帝宣威，有征无战；明王仗顺，先德后刑。弘圣泽于中孚，缓天诛于大造。庶南薰解愠，仰云阙以翔魂；东徙变音，叩辕门而顿颡。而祝禽疏网，徒开三面之恩；毒虺挺妖，逾肆九头之暴。以上言设蒙俭等不可以德化。

　　散材已见王无功《答杜之松书》栎社注。○《文心雕龙·檄移篇》曰："分阃推毂，奉辞伐罪。"○《文选·东京赋》李善注引《河图》曰："白帝神名白招拒。"《周礼·春官·大宗伯》贾疏引《春秋纬文耀钩》曰："秋起白受制，其名白招拒。"《隋书·礼仪志》二曰："秋迎白招拒者，招集，拒大也。言秋时集成万物，其功大也。"○庾子山《赠淮南公诗》曰："传呼拥降（绛）节。"○《文选·丘希范与陈伯之书》曰："夜郎滇池，解辫请职。"李善注曰："《汉书》（《西南夷传》）曰：夜郎、滇池皆椎结，巂、昆明编发，汉拜唐蒙郎中，遂见夜郎侯多同。"《续汉书·郡国志》：益州越巂郡邛都县，刘注曰："河有嶲嶲山，又有温穴，冬夏常热。"《元和郡县志》曰："剑南道巂州邛都县（今四川越巂县），巂山在县西南九里，巂水出巂山下，州郡得名，因此水也。"《水经·若水注》曰："邛都县（今四川西昌县）陷为池，今因名为邛池，南人谓之邛河。"○《文选·蜀都赋》曰："羲和假道于峻岐。"又曰："驰九折之坂。"刘渊林注曰：九折坂在汉寿严道县邛崃山。案：已见王子安《净惠寺碑》注。○《后汉书·文苑传·杜笃论都赋》曰："关梁之险，多所襟带。"张平子《西京赋》曰："衿带易守。"襟、衿字同。○《汉书·地理志》：益州郡有滇池县，原注曰："滇池泽在西北（今云南晋宁县）。牂牁郡有漏江县（王益吾《补注》谓疑今云南通海县地）。"《水经·温水注》曰："温水又西南迳滇池城，池在县西，周三百许里，上源深广，下流浅狭，似如倒流，故曰滇池也。"又《叶榆水注》曰：叶榆水与濮水同注滇池泽于连然、双柏县也（连然、双柏二县名）。叶榆水自泽又东北迳滇池县南，又东迳同并县南，又东迳漏江县伏流山下复出蝮口，谓之漏江。左思《蜀都赋》曰："漏江洑流溃其阿。诸葛亮之平南中也，战于是水之南。"〇贾生《过秦论》曰："曾无藩篱之艰。"〇《左》宣二年，子文曰："狼子野心。"庾子山《郑常神道碑》曰："狼心遂革。"〇《后汉书·刘陶传》上疏曰："恐遂转更豕突上京。"〇《史记·秦始皇本纪》曰："三十三年，略取陆梁地为桂林、象郡、南海。"《索隐》曰："南方之人，其性陆梁，故曰陆梁。"〇《书·尧典》曰："方命圮族。"〇《后汉书·马援传》："援曰：若大姓侵小民，黠羌欲旅距，此乃太守事耳。"《注》曰："旅距，不从之貌。"〇《晋语》八："阳毕曰：畜其心内，知其欲恶，人孰偷生？"〇《汉书·郊祀志下》曰："或言益州有金马碧鸡之神，可醮祭而致，于是遣谏大夫王褒使持节而求之。"注引如淳曰："金形似马，碧形似鸡。"《地理志》越巂郡青蛉县原注曰："禹同山有金马碧鸡。"馀见卢昇之《黎法师碑》注。《周礼·春官》鸡人："大祭祀，夜嘑旦以嘂百官。"〇《华阳国志·南中志》曰："云南郡有熊仓山（熊疑当作点）上有神鹿，一身两头，食毒草。"又见《后汉书·西南夷传》。《左》文十七年曰："鹿死不择音。"杜注曰："音取茠荫之处，古字声同，皆相假借。"孔疏曰："服虔云，鹿得美草，呦呦相呼，至于困迫，将死，不暇复择善音，急之至也。刘炫从服说，以为音声谓不择音声而出之。"顾亭林《左传杜解补正》曰："言其鸣切，《庄子》兽死不择音，郭象注譬之野兽，蹴之穷地，意急情尽则和声不至，是也。当从服虔说。"〇《汉书·严助传》："淮南王安上书曰：臣闻天子之兵，有征而无战。"〇刘越石《劝进表》曰："仗大顺以肃宇内。"〇《管子·势篇》曰："秉时养人，先德后刑。"〇《易·中孚·象传》曰："君子以议狱缓死。"〇《孟子·万章上》引《伊训》曰："天诛造攻自牧宫。"〇《乐记》孔疏曰："《圣证论》引《尸子》及《家语》（《辩乐篇》）云：昔者舜弹五絃之琴，其辞曰：

南风之薰兮，可以解吾民之愠兮；南风之时兮，可以阜吾民之财兮。"○鲍明远《代陆平原君子有所思行》曰："东下望云阙。"○《说苑·说丛篇》曰："枭逢鸠，鸠曰：子将安之？枭曰：我将东徙。鸠曰：何故？枭曰：乡人皆恶我鸣，以故东徙。鸠曰：子能更鸣可矣，不能更鸣，东徙犹恶子之声。"案：徙一本作律，非。○《史记·项羽本纪》曰："召见诸侯将，入辕门，无不膝行而前，莫敢仰视。"《集解》引张晏曰："军行以车为阵，辕相向为门，故曰辕门。"《后汉书·刘玄传论》曰："莫不折戈顿颡。"○《吕氏春秋·异用篇》曰："汤见祝网者置四面，其祝曰，从天坠者，从地出者，从四方来者，皆离吾网。汤曰：嘻尽之矣，非桀其孰为此也！汤收其一面，置其三面，更教祝曰：欲左者左，欲右者右，欲高者高，欲下者下，吾收其犯命者。汉南之国闻之曰：汤之德及禽兽矣！四十国归之。"○《楚辞·招魂》曰："雄虺九首，往来儵忽，吞人以益其心些。"王注曰："雄虺一身九头。"

乃鸠集馀众，蚁结凶徒。儋耳椎髻之渠，千里雾合；凿齿雕题之孽，一呼云屯。凌石菌以开营，拒岩椒而峻垒。崇峦切汉，若登藏宝之山；绝壑凭霄，似瞰封泥之谷。以前月十七日，连营布阵，踞险扬兵，东西三十馀里，马步二十馀万。聚蛟蚋而成响，声若雷霆；纵蛇豕以为群，气冲宇宙。以上设蒙俭等阻兵为乱。

《宋书·自序》曰："赞统后事，鸠集馀众。"○任彦昇《奏弹曹景宗》曰："故使蝟结蚁聚，水草有依。"徐孝穆《陈公九锡文》曰："白羽才撝，凶徒纷溃。"○《后汉书·西南夷传》曰："哀牢人皆穿鼻儋耳。"《新唐书·地理志》曰："诸蛮州九十二，皆无城邑，椎髻皮服。惟来集于都督府，则衣冠如华人焉。"○《书》伪古文《胤征》曰："歼厥渠魁。"案：渠一本作徒。

○《淮南子·墬形训》曰:"自西南至东南凿齿民。"高注曰:"凿齿,吐一齿出口下,长二尺。"《礼记·王制》曰:"南方曰蛮,雕题、交趾,有不火食者矣。"郑注曰:"雕文谓刻其肌以丹青涅之。"孔疏曰:"题谓额也。"○《文选·西京赋》曰:"浸石菌于重崖。"李善注曰:"菌,芝也。"○《汉书·外戚传上》:武帝《悼李夫人赋》曰:"释舆马于山椒兮。"颜注曰:"山椒,山陵也。"《文选·月赋》曰:"菊散芳于山椒。"李善注曰:"山椒,山顶也。"○《广雅·释诂》三曰:"切,近也。"○《史记·赵世家》曰:"简子乃告诸子曰:吾藏宝符于常山上,先得者赏。毋恤曰:已得符矣,从常山上临代,代可取也。"○《小尔雅·广言》曰:"凭,依也。"○《后汉书·隗嚣传》:"王元说嚣曰:元请以一丸泥,为大王东封函谷关。"○《汉书·景十三王传·中山靖王胜》曰:"夫众煦漂山,聚蚊成靁。"注曰:"言众蚊飞声,有若雷也。"王子安《拜南郊颂序》曰:"长蚊蚋之雷霆。"○《左》定四年:"申包胥如秦乞师曰:吴为封豕长蛇,以荐食上国。"○冲一作稽。

臣遣中郎将令狐智通等,拥拔山超海之师,当其步阵;遣银州刺史李大志等,驱跃景腾云之骑,乘其马军。遣嶲州都督府长史行军司马梁待辟等,领劲卒三千,绝其飞走之路;遣临源府果毅马仁静等,勒精兵九百,断其潜伏之军。臣率行军长史韩馀庆等,负霜戈而直进,指云阵以长驱。庶令斩馘七擒,战士挟雷公之怒;伏尸百里,蛮夷识天子之威。以上出师攻讨。

前露布称副总管兼安抚副使定远将军前左骁骑翊府中郎将令狐智通。案《唐六典》卷二十四:左右翊府中郎将各一人,正四品下。○《史记·项羽本纪》:"项王自为诗曰:力拔山兮气盖世。"《孟子·梁惠王上》曰:"挟太山以超北海。"○前露布称副总管兼安抚副使朝议大夫使持节守银州刺史上柱国宜春县开国男李大志。案《元和志》：关内道银州下。《唐六典》卷三十曰："下州刺史，正四品下。"又案：唐银州治儒林县，今陕西米脂县西北。○《古今注》卷中曰："秦始皇有七名马，三曰蹑景。"《文选·赭白马赋》注引崔骃《七依》曰："服飞兔之中乘，骋华騠之骖轮。蹴虚腾云，乘风度津。"○前露布称行军司马朝散大夫守巂州都督府长史上柱国梁待辟。案《旧唐书·地理志》：剑南道有巂州中都督府。《唐六典》卷三十曰："中都督府长史一人，正五品上。"《新唐书·百官志》曰："行军司马，掌弼戎政，居则习蒐狩，有役则申战守之法，器械粮糒，军籍赐予，皆专焉。"又案：巂州治越巂县，今四川西昌县治。○张平子《西京赋》曰："上无逸飞，下无逸走。"○《新唐书·地理志》：陇右道渭州有府四，三曰临源。《唐六典》卷二十五曰："诸府折冲都尉一人，左右果毅都尉各一人。"○江文通《慰劳雍州诏》曰："霜戈电发。"○《南齐书·孔稚珪传》："上表曰：云阵万里。"○《尔雅·释诂》曰："戡，获也。"七擒见上。○《楚辞·远游》曰："右雷公以为卫。"《论衡·雷虚篇》曰："图画之工，图雷之状，累累如连鼓之形，又图一人，若力士之容，谓之雷公，使之左手引连鼓，右手推椎，若击之状。"○《魏策》四："秦王曰：天子之怒，伏尸百万，流血千里。"

于是三略训兵，五申誓众。先登陷敌，无遗大树之功；后拒乱行，必致曲梁之罚。楚人三户，蜀郡五丁，气拥玄云，精贯白日。喑呜则乾坤摇荡，呼吸则海岳沸腾。列旗帜以云舒，似长虹之东指；横剑锋而电转，疑大火之西流。刃接兵交，洞胸达腋。自辰逾午，鱼烂土崩。沸残息于层峰，更切守陴之哭；积圆颅于重阜，殆成京观之封。以上破敌。

《隋书·经籍志》有《黄石公三略》三卷：陈曰："《北堂书钞·武功部》引《孙子兵法论》云：非文无以平治，非武无以治乱。善用兵者，有三略焉，上略伐智，中略伐义，下略伐势。今本《孙子》无之，是三略不始于黄石公矣。"○《史记·孙吴列传》曰："约束既布，乃设鈇钺，即三令五申之。"○《后汉书·冯异传》曰："异为人谦退不伐，每所止舍，诸将并坐论功，异常独屏树下，军中号曰大树将军。"○《左》襄三年："晋侯之弟扬干，乱行于曲梁，魏绛戮其仆。"杜注曰："行，阵次。"宣十五年注曰："曲梁，今广平曲梁县也。"案：今河北永年县。○《史记·项羽本纪》："范增说项梁曰：楚南公曰：楚虽三户，亡秦必楚也。"《集解》引臣瓒曰："楚人怨秦，虽三户犹足以亡秦也。"《汉书·项羽传》注引苏林曰："但令有三户在，其怨深足以亡秦。"○《艺文类聚·山部》上引《蜀王本纪》曰："天为蜀王生五丁力士，能移山，秦王献美女与蜀王，蜀王遣五丁迎女，见一大蛇入山穴中，五丁并引蛇，山崩，秦五女皆上山化为石。"○《楚辞·九歌·大司命》曰："纷吾乘兮玄云。"潘元茂《魏王九锡文》曰："精贯白日。"○《史记·淮阴侯传》："信曰：项王喑噁叱咤，千人皆废。"江文通《尚书符》曰："喑呜则左右激电。"○《十六国春秋·前秦录》六："朱彤曰：啸叱则五岳摧覆，呼吸则江海绝流。"案：海岳一作林壑，非是。○《诗》：蟏蛸在东，毛传曰：蟏蛸，虹也。王文考《鲁灵光殿赋》曰：飞梁偃蹇以虹指。○《文选》张景阳《七命》注引《庄子》曰："此剑一用，如雷之震，电之霍也。"案：今本《说剑篇》作如雷霆之震也。○《诗·豳风》：七月流火。毛传曰："火，大火也；流，下也。"孔疏曰："于七月之中，有西流者，是火之星也。"○《六韬·龙韬》曰："兵不接刃而敌降。"《左》成九年曰："兵交，使在其间。"○司马长卿《子虚赋》曰："洞胸达腋，绝于心系。"○《公羊》僖九年曰："梁亡，鱼烂而亡也。"《史记·主父偃传》：徐乐上书曰："天下之患，在于土崩。"陈孔璋《檄吴将校部曲文》曰："十万之师，土崩鱼烂。"○《梁书·袁昂传》：昂致书曰："草土残息，复罹今酷。"陈曰：残息犹残喘也。○《左》宣十二年曰：守陴者皆哭，杜注曰："陴，城上俾倪。"《说文》曰："陴，城上女墙俾倪也。"《释名·释宫室》曰："城上垣曰睥睨，言于其孔中睥睨非常也。亦曰陴，陴禆也，言禆助城之高也。亦曰女墙，言其卑小，此之于城，若女子之于丈夫也。"○《左》宣十二年：楚子曰："古者明王伐不敬，取其鲸鲵而封之，以为大戮，于是乎有京观，以惩淫慝。"杜注曰："积尸封土其上，谓之京观。"《释文》曰："观，古乱反。"

　　惟贼帅夸千，未悟倾巢之兆，敢怀拒辙之心。独率马军，凭川转斗。惊尘乱起，六合为之寝光；杀气相稽，四溟由是变色。副总管李大志，忠惟徇国，义则忘躯。临危而贞节逾明，制敌而神机独远。丹诚自守，虽九死其如归；白刃交前，岂三军之可夺？投袂则妖徒雾廓，搴旗而凶党冰摧。于是乘利追奔，因机深入。困兽犹斗，如战廪君之魂；穷鸟尚飞，似惊杜宇之魄。斩甲卒七十馀级，获装马五千馀匹。僵尸蔽野，临赤坂而非遥；流血洒途，视丹徼以何远？以上破贼帅夸千。

　　《周礼·秋官·硩蔟氏》曰："掌覆夭鸟之巢。"沈休文《齐安陆昭王碑文》曰："倾巢举落。"○《庄子·人间世》：蘧伯玉曰："汝不知夫螳蜋乎！怒其臂以当车辙，不知其不胜任也。"○《梁书·武帝纪》：中兴二年诏曰："严城劲卒，凭川为固。"○司马子长《报任少卿书》曰："转斗千里。"○《吕氏春秋·审分篇》曰："神通乎六合。"高注曰："六合，四方上下也。"○赵景臻《与嵇茂齐书》曰："白日寝光。"○《礼记·月令》曰："仲秋之月，杀气浸盛。"《说文》曰："稽，留止也。"○《艺文类聚·天部上》引王凝之《风赋》曰:"越四溟而蓬勃。"《庄子·逍遥游》《释文》曰:"北冥本亦作溟,北海也。嵇康云,取其溟漠无极也。"○司马子长《报任少卿书》曰:"常思奋不顾身,以徇国家之急。"○《晋书·忠义传赞》曰:"重义轻生,亡躯徇节。"○潘安仁《马汧督诔》曰:"临危奋节。"○《阴符经》曰:"神机鬼藏。"○《晋书·刘乔传》刘弘与乔笺曰:"披露丹诚,不敢不尽。"○《楚辞·离骚》曰:"虽九死其犹未悔。"《曾子·制言篇》曰:"君子视死如归。"○《庄子·秋水篇》曰:"白刃交于前,视死若生者,烈士之勇也。"○《论语·子罕篇》曰:"三军可夺帅也,匹夫不可夺志也。"○《左》宣十四年曰:"楚子投袂而起。"○《宋书·武帝纪上》曰:"义熙元年三月,天子至自江陵。诏曰:回戈叠挥,则荆汉雾廓。"○《南齐书·高帝纪上》:"顺帝策相国齐公曰:麾钺一临,凶党冰泮。"○《史记·季布栾布传赞》曰:"季布身履军搴旗者数矣。"《汉书》同,注引李奇曰:"搴,拔也。"○《史记·淮阴侯传》:蒯通曰:"楚人乘利席卷,威震天下。"○《左》宣十二年曰:"困兽犹斗,况国相乎?"○《后汉书·南蛮传》曰:"巴郡南郡蛮本有五姓,巴氏、樊氏、瞫氏、相氏、郑氏,皆出于武落锺离山,其山有赤、黑二穴,巴氏之子,生于赤穴;四姓之子,皆生黑穴,未有君长,俱事鬼神,乃共掷剑于石穴,约能中者,奉以为君。巴氏子务相乃独中之,众皆叹,又令各乘土船,约能浮者,当以为君,馀姓悉沉,惟务相独浮,因共立之,是为廪君,四姓皆臣之。廪君死,魂魄世为白虎巴氏,以虎饮人血,遂以人祠焉。"○《荀子·哀公篇》:颜回曰:"鸟穷则啄。"《韩诗外传》二、《新序·杂事》五、《家语·颜回篇》并同。《淮南子·齐俗篇》曰:谚曰:"鸟穷则噣。"《南齐书·王融传》:王奂上疏曰:"虽穷鸟必啄,固等命于梁鹬,困兽斯惊,终并悬于厨鹿。"○《文选·蜀都赋》曰:"鸟生杜宇之魄。"刘渊林注引《蜀记》曰:"昔有人姓杜名宇,王蜀，号曰望帝，宇死，俗说云化为子规，子规鸟名也。蜀人闻子规鸣，皆曰望帝也。"○《史记·淮南王安传》：伍被曰："秦暴兵露师，常数十万，僵尸千里，流血顷亩。"《隋书·杨素传》："帝手诏劳素曰：僵尸蔽野，积甲若山。"○《汉书·西域传》曰："又历大头痛、小头痛之山，赤土身热之坂。"鲍明远《苦热行》曰："赤坂横而阻。"○《史记·蔡泽传》：泽说应侯曰："白起诛屠四十馀万之众，尽之于长平之下，流血成川，沸声若雷。"○《古今注》卷上曰："南方徽色赤，故称丹徼，为南方之极也。"

  首领和舍等，并计穷力屈，面缚军门。宽其万死之诛，弘以再生之路。唯蒙俭脱身挺险，负命穷山。顾巢穴而靡依，延晷漏其何几？况妖徒革面，徼外非复他人；部落离心，舟中皆为敌国。赡言枭首，指日为期。凡在归降，随事招抚。与之更始，复其故业。首丘怀恋，疑临故国之墟；安堵知归，似入新丰之市。以上受降。

  《史记·宋世家》曰："周武王伐纣，克殷，微子乃持其祭器，造于军门，肉袒面缚。"《汉书·项籍传》颜注曰："面谓背之不面向也，面缚亦谓反背而缚之。"《说文》曰："面，颜前也。"段注曰："引伸之为相乡之称，又引伸之为相背之称，《易》：穷则变，变则通也。凡言面缚者，谓反背而缚之。"○《左》文十七年曰："铤而走险。"杜注曰："铤，疾走貌。挺、铤字通。"○《史记·夏本纪》："尧曰：鲧为人负命毁族。"《吴志·陆瑁传》："瑁上疏曰：渊之骄黠（公孙渊），恃远负命。"《华阳国志·二牧志》曰："刘主至巴郡，巴郡严颜拊心叹曰：此所谓独坐穷山，放虎自卫者也。"案：负命一作委命。○《隋书·韩擒传》："擒曰：臣直取金陵，据其府库，倾其巢穴。"○《文选·魏都赋》曰："晷漏肃唱。"张孟阳注曰："晷漏，漏刻也。"○《易·革》上六曰："小人革面。"○《后汉书·明帝纪》曰："永平十二年，益州徼外夷哀牢王相率内属，于是置永昌郡，罢益州西部都尉。"○丘希范《与陈伯之书》曰："部落携离，酋豪猜贰。"○《史记·吴起传》曰："武侯浮西河而下，中流顾而谓吴起曰：美哉乎山河之固，此魏国之宝也。起对曰：在德不在险。若君不修德，舟中之人，尽为敌国也。"○《说文》曰："县，到首也。贾侍中说此断首到县县字，后人借枭字为之。"○为期一作可期。○《周书·韦孝宽传》曰："随机招抚，并即归附。"○司马长卿《上林赋》曰："与天下更始。"○《礼记·檀弓上》曰："古之人有言曰：孤〔狐〕死正丘首，仁也。"郑注曰："正丘首，正首丘也。"○《汉书·高祖纪上》："高祖曰：吏民皆按堵如故。"注应劭曰："按，按次第；堵，墙堵也。"颜曰："言不迁动也。"《蜀志·诸葛亮传》曰："百姓安堵，军无私焉。"○知归一作如归，一作识家。《西京杂记》上曰："高祖乃作新丰，移诸故人实之。高祖既作新丰，并移旧社，衢巷栋宇，物色惟旧，士女老幼，相携首路，各知其室，放犬羊鸡鸭于通涂，亦竞识其家。"

然后班师遡水，振旅禹山。建鸿业于武功，畅玄猷于文教。庶荒陬袭中邦之礼，边疆息外户之虞。华封祝尧，兆皇基于千载；夷歌颂汉，美王泽于三章。宜与夫天帝前星，广赐秦公之册；坤元益地，遥开王母之图。盖亦有云，曾何足纪？以上班师。

《书》伪古文《大禹谟》曰："班师振旅。"○遡水见上竹浮三节注。《水经·温水注》曰："郁水即夜郎豚水也，豚水东北流迳谈藁县，东迳牂牁郡且兰县，谓之牂牁水。水广数里，县临江上，故且兰侯国也，一名头兰，牂牁郡治也。元鼎五年，武帝伐南越，发夜郎精兵下牂牁江同会番禺，是也。"陈曰："豚水，

《后汉书》作遾水，即牂牁江，出贵州都匀府独山州（今县）独山司，迳三角屯（今三合县），又迳都江城至古州城（今榕江县）。又迳下江城（今县》，至永从县丙妹入粤西界，流粤东入海。"○禺同山，已见王子安《净惠寺碑》注。《吴都赋》曰："其荒陬谲诡。"刘渊林注曰："陬四隅，谓边远也。"○《礼记·礼运》曰："盗窃乱贼而不作，故外户而不闭。"孔疏曰："扉从外阖也。"○华封祝尧，见卢昇之碑注。○《后汉书·西南夷传》曰："永平中，益州刺史朱辅在州数岁，宣示汉德，威怀远夷，自汶山以西，白狼、槃木、唐菆等百馀国，举种奉贡。辅上疏曰：白狼、唐菆等慕化归义，作诗三章，襁负老幼，若归慈母。远夷之语，辞意难正，有犍为郡掾田恭颇晓其言，臣辄令讯其风俗，译其辞语，今遣从事史李陵与恭护送诣阙，并上其乐诗。帝嘉之，事下史官，录其歌焉。"○《汉书·天文志》曰："心为明堂大星，天王前后星子属。"陈曰："天帝前星，谓为天之子也。"○张平子《西京赋》曰："昔者大帝说秦缪公而觐之，飨以钧天广乐，帝有醉焉，乃为金策，锡用此土，而翦诸鹑首。"《史记·赵世家》曰："赵简子疾，五日不知人，医扁鹊视之曰：在昔秦缪公尝如此，七日而寤，寤之日，告公孙支与子舆曰：我之帝所甚乐。"○《易·坤·象传》曰："至哉坤元。"○《艺文类聚·帝王部》一引《雒书灵准听》曰："舜受终，西王母授益地图。"《金楼子·兴王篇》曰："尧乃老，使舜摄行天子政，西庄母使使来献白环之玦，益地之图，乘黄之駟。"

斯并玄谋广运，庙略遐覃。一戎而荒景肃清，再鼓而边隅底定。岂臣等提戈擐甲，克全百胜之功；杖节扬麾，能通九变之策？诣藁街而献捷，大帝成规；闻《杕杜》之劳还，小臣何力？不胜庆快之至，谨遣行军司马朝散大夫守巂州都督府长史上柱国梁待辟奉露布以闻，军资器械，别簿录上。以上奉露布上闻。

□宏丽雄骏，四杰本色。

张平子《东京赋》曰："玄谋设而阴行。"案：谋一本作谟。○《晋书·羊祜传》："武帝诏曰：内经庙略。"○《礼记·中庸》曰："壹戎衣而有天下。"（《尚书》伪古文《武成》袭之。）《吴志·周鲂传》与曹休笺曰："鲂远在边隅。"○《吴语》曰："夜中乃令服兵环甲。"韦注曰："环，贯也；甲，铠也。"○《史记·魏世家》："外黄徐子谓太子曰：臣有百战百胜之术。"○《孙子·九变篇》曰："凡用兵之法，将受命于君，合军聚众，圮地无舍，衢地合交，绝地无留，围地则谋，死地则战，途有所不由，军有所不击，城有所不攻，地有所不争，君命有所不受。故将通于九变之利者，知用兵矣。"○《汉书·陈汤传》：汤与延寿上疏曰："斩郅支首，及名王以下，宜县头藁街，蛮夷邸间。"注晋灼曰："《黄图》：在长安城门内。"颜曰："藁街，街名，蛮夷邸在此街也。邸若今鸿胪客馆也。"○《诗序》曰："《杕杜》，劳还役也。"○《左》成二年："晋师归，郤伯见，公曰：子之力也夫！对曰：君之训也，二三子之力也，臣何力之有焉？"《汉书·循吏传》曰："龚遂为渤海太守，数年，上遣使者征遂，议曹王生曰：天子即问君，何以治渤海，宜曰皆圣主之德，非小臣之力也。"○《唐六典》卷二曰："从五品下曰朝散大夫。"馀见前。

崔安成

崔融，字安成，齐州全节人。擢八科高第，累补宫门丞，崇文馆学士。中宗为太子时，充侍读，历著作郎，凤阁舍人，仕至国子司业，以与修武后实录，封清河县子，撰武后哀册文，用思精苦，遂发病卒，谥曰文。新、旧《唐书》皆有传。

嵩山启母庙碑

　　《元和郡县志》曰："河南道河南府登封县：嵩高山在县北八里，亦名方外山。又云，东曰太室，西曰少室，嵩高总名，即中岳也。山高二十里，周迴一百三十里，启母祠在县东北七里。《汉书》武帝祀中岳，见夏启母石是也。应劭云，启生而母化为石。《淮南子》亦同。《嵩山记》：阳翟妇人，今龛中凿石像，汉安帝延光三年立。"案《汉书·武帝纪》："元封元年春正月，行幸缑氏。诏曰：朕用事华山，至于中岳，见夏后启母石。"颜注曰："启，夏后子也，其母涂山氏女也。禹治鸿水，通轘辕山，化为熊，谓涂山氏曰：欲饷，闻鼓声乃来，禹跳石，误中鼓，涂山氏往，见禹方作熊，惭而去，至嵩高山下，化为石，方生启，禹曰归我子，石破北方而启生，事见《淮南子》。"叶封《嵩阳石刻记》曰："《开母庙石阙铭》阙在启母石正南，汉安帝延光二年，颍川守朱宠造。"据此则《元和郡县志》延光三年，三盖二字之误，馀见后注。《清一统志》曰："河南河南府：嵩山在登封县北，启母庙在登封县东北七里。"又案《金石录》卷四目录曰："唐《启母庙碑》崔融撰，沮渠智烈书。永淳二年正月。"又卷二十四跋尾曰："按《淮南子》云：禹治鸿水，通轘辕山，化为熊，涂山氏见之，惭而去，至嵩高山下，化为石，方生启，禹曰归我子，石破北方而启生，其说可谓怪矣。然汉武帝幸缑氏至中岳，见夏后启母石，列于诏书，则固已信之矣。其后郭璞注《山海经》，颜师古注《汉书》，皆具载其语，而融又文其事于碑，流俗安得不惑乎？"又案《旧唐书·高宗本纪》曰："调露二年二月己未，幸嵩阳观及启母庙，并命立碑（是年八月，改元永隆）。永淳二年春正月甲午朔，幸奉天宫，遣使祭嵩岳、少室、箕山、具茨等西王母、启母、巢父、许由等祠。"（是年十二月，改元弘道。)《新唐书·崔融传》曰:"武后幸嵩高,见融铭启母碣,叹美之。"

臣闻天地生成,其法自然之谓道。阴阳鼓舞,其功不测之谓神。然则物或类感,事因通变。乾栋倾而三光北驰,坤舆缺而百川东泻。河沦越巂,有郡邑之为鱼;水陷历阳,有吏人之化鳖。访遗纵〔踪〕于女峡,风雨萧条;征往事于姑泉,絃歌响亮。盈虚靡定,合散焉常?不知谁子,既老氏之多惛;忽然为人,宁贾生之足辩?仰观俯察,裁识幽明之故;原始反终,未穷死生之说。得于道而失于道,义有必然;出于机而入于机,理无或废。知变化者,其知神之所为乎!以上总论鬼神变化之道。

《易·序卦传》曰:"有天地,然后万物生焉。"《春秋繁露·王道通三篇》曰:"天覆万物,既化而生之,有养而成之。"○《老子》曰:"有物混成,先天地生,吾不知其名,字之曰道。"又曰:"天法道,道法自然。"○《易·系辞传上》曰:"一阴一阳之谓道。"又曰:"阴阳不测之谓神。"又曰:"鼓之舞之以尽神。"○《刘子新论·类感篇》曰:"物以类相感,神以气相化。"○《易·系辞上》曰:"通变之谓事。"○《晋书·元帝纪赞》曰:"仰希乾栋。"《淮南子·原道训》高注曰:"三光日月星也。"《列子·汤问篇》曰:"故天倾西北,日月星辰就焉,地不满东南,故百川水潦归焉。"《易·说卦传》曰:"坤为大舆。"○《水经·若水注》曰:"若水南过越巂邛都县。"注曰:"邛都县,汉武帝开邛笮置之,县陷为池,今因名为邛池,南人谓之邛河。"《搜神记》卷二十曰:"邛都县下有一老姥,每食辄有小蛇头上戴角,在床间,姥怜而饴之食,后稍长大,遂长丈馀,令有骏马,蛇吸杀之,令迁怒杀姥,此后每夜辄闻若雷若风,四十许日，百姓相见咸惊语，汝头那忽戴鱼，是夜方四十里，与城一时俱陷为湖。"案：邛都在今四川西昌县东南。○《淮南子·俶真训》曰："历阳之都，一夕反而为湖。（《御览·地部》三十一引反作化）勇力圣知与罢怯不肖者同命。"高注曰："历阳，淮南国之县名，今属九江郡。昔有老妪，常行仁义，有两书生过之，谓曰：此国当没为湖，谓妪视东城门阃有血，便走上北山，勿顾也。自此妪数往视门阃，阃者问之，妪对如是，其暮，门吏故杀鸡涂血门阃，明日，老妪早往视门见血，便走上北山，国没为湖，与门吏言其事，适一宿耳。故曰'一夕反而为湖'也。勇怯同命，无遗脱也。"（注依刘氏《集证》本）《意林》二引许注曰："历阳，淮南县也。有二人告历阳母曰：见城门有血，则走无顾，此后门吏故污血为门限，母便上北山，县果陷水中，母遂化作石也。"（依陶子珍定为许注）案：历阳今安徽和县治。吏人即吏民，唐避太宗讳。○《水经·洭水注》曰："洭水又东南流，峤水注之，水出都峤之溪，溪水下流，历峡南出，是峡谓之贞女峡，峡西岸高岩名贞女山，山下际有石如人形，高七尺，状如女子，故名贞女峡。古来相传，有数女取螺于此，遇风雨昼晦，忽化为石，斯诚巨异，难以闻信，但启生石中，挚呱空桑，抑斯类矣。物之变化，宁以理求乎？"《清一统志》曰："广东连州：贞女山在州南。"（今改县）○《楚辞·远游》曰："山萧条而无禽兮。"○《文选》刘孝标《重答刘秣陵书》曰："盖山之泉，闻弦歌而赴节。"李善注引《宣城记》曰："临城县南四十里盖山，高百许丈，有舒姑泉，昔有舒氏女，与其父析薪，此泉处坐，牵挽不动，乃还告家，比还，唯见清泉湛然。女母曰，吾女本好音乐，乃弦歌，泉涌迴流，有朱鲤一双，今作乐嬉戏，泉固涌出也。"又见《搜神后记》。《清一统志》曰："安徽池州府：舒溪在石埭县南，一名舒姑溪，《文选》注舒姑泉，即今舒溪。○《易·丰·彖传》曰："天地盈虚，与时消息。"○谢灵运《维摩经赞》

曰："莫眤缘合时，当视分散日。"○《老子》曰："吾不知谁之子，象帝之先。"河上公注曰："《老子》言我不知所从生，道自在天帝之前，此言道乃先天地生也。"懵与懜字同，《说文》曰："懜，不明也。"○贾生《鹏鸟赋》曰："忽然为人兮，何足控抟，化为异物兮，又何足患？"○《易·系辞上》曰："仰以观于天文，俯以察于地理，是故知幽明之故，原始反终，故知死生之说。"《后汉书·马援传》注曰："裁，仅也。"案：才之通借字。○《老子》曰："同于道者，道亦乐得之；同于德者，德亦乐得之；同于失者，失亦乐得之。"又曰："失道而后德。"○《庄子·至乐篇》曰："万物皆出于机，皆入于机。"郭注曰："此言一气而万形，有变化而无死生也。"○《易·系辞上》曰："知变化之道者，其知神之所为乎！"

臣谨案启母庙者，盖夏后启之母也。汉避景帝讳，改启之字曰开，厥后相传，或为开母。而顾野王《舆地志》，卢元明《嵩高记》，并不寻避讳之旨，以为阳翟妇人，事不经见，谅无所取。以上证开母异文，并辨阳翟妇人之说。

《汉书·景帝纪》颜注引荀悦曰："讳启之字曰开。"又《武帝纪》元封元年（诏见上）注曰："景帝讳启，今此诏云启母，盖史追书之，非当时文。"○汉延光二年《开母庙石阙铭》曰："九山甄旅□□□文爰纳江山辛癸之间三□□入实勤斯民。"○《陈书、南史·顾野王传》并云：撰《舆地志》三十卷，《隋书、旧唐书·经籍志》《新唐书·艺文志》并同。○《太平御览·地部》四引《嵩高山记》曰："昔有妇女，妊身三十月生子，五岁便入嵩高学道，通神明，为母立祠，号开母祠。"案：此即《元和郡县志》所引阳翟妇人之事，特《御览》所引有删节，故无阳翟字耳。又《魏书、北史·卢元明传》均不言撰《嵩高山记》，《隋志》亦未著录。

粤若玉斗璇玑，李母之居邻北极；金台石室，王母之宅在西山。气为母则群物以萌，月为母则容光必照；坤为母则上下交泰，后为母则邦家有成。故华胥履迹而雄氏孕，女登感神而炎运作；星流华渚而白帝生，月贯幽房而黑精降。明明有夏，穆穆涂山。予娶于度土之辰，女婚于台桑之地。搜奇帝纪，摭异《归藏》。束生发蒙而有迷，韩子称贤而不朽。汉臣之笔墨泉海，陈其令名；秦相之一字千金，叙其嘉应。士歌南国，徒闻候禹之词；石破北方，终见生余之兆。则郭璞所谓阳城西启母石，李彤所谓嵩山南启母祠，《随巢》之说有征，《鸿烈》之言无爽者矣。以上历举古代圣母奇迹，证启母化石之说非诬。

《史记·天官书》曰："北斗七星。"《索隐》曰："《春秋运斗枢》云：斗，第一天枢，第二旋，第三玑，第四权，第五衡，第六开阳，第七摇光。《尚书》璇作璿，马融云：璿，美玉也。"《云笈七签》卷十八"三洞经教部"引《老子中经》曰："璇玑者，北斗君也。"《史记·老子韩非列传》《正义》引《玄妙内篇》曰："李母怀胎八十一载，逍遥李树下，乃割左腋而生。"又曰："玄妙玉女梦流星入口而有娠，七十二年而生老子。"又引《上元经》曰："李母昼夜见五色珠，大如弹丸，自天下，因吞之，即有娠。"《酉阳杂俎》卷二曰："老君母曰玄妙玉女，天降玄黄气如弹丸，入口而孕，凝神琼胎宫三千七百年，赤明开运，岁在甲子，诞于扶刀盖天，西那王国，郁寥山丹玄之阿。"○《枕中书》曰："昆仑玄圃，金为墉城，方四千里，城上安金台五所，玉楼十二，西王母九光所治。"《列仙传》上曰："赤松子常止西王母石室中。"《西山经》曰："嬴母之山，又西三百五十里曰玉山，是西王母之所居，西王母其状如人，豹尾虎齿而善啸，蓬发戴胜，是司天之厉，及五残。"《海内北经》曰："西王母梯几而戴胜杖，其南有三青鸟，为西王母取食，在昆仑虚北。"《大荒西经》曰："昆仑之丘，有人戴胜虎齿有豹尾，穴处，名曰西王母。"案此所言，西王母似介乎人神之间。《大戴礼·少间篇》曰："昔虞舜以天德嗣尧，西王母来献其白琯。"《西山经》郭注引《孔子三朝记》：舜时西王母遣使献玉环。又引《竹书》：穆王五十七年，西王母来见，宾于昭宫，则西王母又为西方国名，与《尔雅·释地》以西王母、与觚竹、北户、日下为四荒正合，而即以国名为其君名。故《穆天子传》三曰：乙丑天子觞西王母于瑶池之上，西王母为天子谣，则文辞尔雅矣。《汉武内传》言西王母着黄金褡襹，文采鲜明，头上太华髻，戴太真晨缨之冠，履玄璃凤文之舄，视之可三十许，修短得中，天姿掩蔼，容颜绝世，竟成美丽庄严之女仙矣。以视所谓豹尾虎齿，司天五残者，何其大不侔也？《集仙录》曰："王母蓬发戴华胜，虎齿善啸者，此乃王母之使，金方白虎之神，非王母之真形也。"则亦知其不可通，而强为之词耳。至神仙家言，或以为太阴之元气（《七签》卷十八引《老子中经》），或称为西汉九光夫人（《枕中书》），或称九灵太妙龟山金母（《七签》卷一百一十四引《墉城集仙录》），或称为太虚九光龟台金母元君（同上），至于造作姓字，或曰姓自然，字君思（《老子中经》），或曰姓侯氏（《集仙录》），或曰杨回，一曰婉妗（《酉阳杂俎》二），益怪诞不可究诘矣。○《庄子·大宗师》曰："夫道有情有信，无为无形，伏戏得之以袭气母。"《释文》引司马绍统曰："气母，元气也。"《汉书·董仲舒传》：仲舒对策曰："天者，群物之祖也。"○《礼记·昏义》曰："天子之与后，犹日之与月，阴之与阳，相须而后成者也。天子修男教，父道也；后修女顺，母道也。故曰天子之与后，犹父之与母也。"《孟子·尽心上》曰："日月有明，容光必照焉。"

〇《易·说卦传》曰:"坤为母。"又《泰·象传》曰:"上下交而其志同也。"〇《礼记·昏义》曰:"天子听外治,后听内职,教顺成俗,外内和顺,国家理治,此之谓盛德。"〇《太平御览·皇王部》三引《诗含神雾》曰:"大迹出雷泽,华胥履之生宓牺。"宋均注曰:"雷泽,地名。华胥,伏牺母。"《五行大义》卷五《论五帝》曰:"大昊帝庖牺者,姓风也,母华胥,履大人跡,而生于成纪,教民取牺牲以充庖厨,故曰庖牺,是谓羲皇,后世音谬,谓之伏牺,或曰宓羲,一号雄皇。"〇《御览·皇亲部》一引《春秋元命苞》曰:"女登生神农。"又引《帝王世纪》曰:"炎帝神农母曰任似,有蟜氏女,名女登,少典妃,游华阳,有神龙首感之(神字据《皇王部》引增),生神农于常羊山。"〇《御览·皇王部》四引《河图》曰:"大星如虹,下流华渚,女节气感,生白帝朱宣。"宋均注曰:"朱宣,少昊氏也。"又引《帝王世纪》曰:"少昊帝名挚,字青阳,姬姓也,母曰女节,黄帝时,有大星如虹,下流华渚,女节梦接意感生少昊,是为玄嚣,以金承土帝,《图谶》所谓白帝朱宣者也,故称少昊,号金天氏。"〇《御览·皇王部》四引《河图》曰:"瑶光之星,如蜺(《皇亲部》一引作虹)贯月,正白,感女枢幽房之宫,生黑帝颛顼。"《初学记·帝王部》引《帝王世纪》曰:"颛顼,黄帝之孙,昌意之子,姬姓也,母曰景仆,蜀山氏女,为昌意正妃,谓之女枢,金天氏之末,瑶光之星,贯月如虹,感女枢幽房之宫。生颛顼于若水。"《五行大义·论五帝》曰:"颛顼高阳氏以水承金,位在北方,主冬,故号颛顼气。"又曰:"金王则白帝之子,水王则黑帝之子。"〇《诗·大明》曰:"明明在上。"《书·召诰》曰:"相古先民有夏。"〇《尔雅·释诂》曰:"穆穆,美也。"《释训》曰:"穆穆,敬也。"〇《书·益稷》:"禹曰:予创若时,娶于涂山,辛壬癸甲,启呱呱而泣,予弗子,惟荒度土功。"伪孔传曰:"涂山国名,辛日娶妻,至于甲日,复往治水,不以私害公。启，禹子也，禹治水，过门不入，闻启泣声，不暇子名之，以大治度水土之功故。"《释文》曰："度，徒洛反。"《楚辞·天问》曰："禹之力献功，降省下土四方，焉得彼嵞山女，而通之于台桑？"王注曰："言禹治水道，娶涂山氏之女，而通夫妇之道，于台桑之地焉。"《吴越春秋·越王无余外传》曰："禹因娶涂山，谓之女娇，取辛壬癸甲，禹行十月，女娇生子启。"《说文·屾部》曰："嵞，会稽山也，一曰九江当涂也。民以辛壬癸甲之日娶嫁。《虞书》曰：予娶嵞山。"段注曰："《左传》禹会诸侯于涂山（哀七年）。《鲁语》昔禹致群神于会稽之山，二传所说，正是一事，故云嵞山即会稽山，嵞、涂古今字，盖大禹以前名嵞山，大禹以后则名会稽山，故许以今名释古名也。一曰者，则一义，谓嵞山在九江当涂也。《地理志·九江郡·当涂》：应劭曰：禹所娶涂山氏国也。《郡国志》九江郡属县有当涂，有平阿，平阿有涂山。按平阿本当涂地，汉当涂即今安徽省凤阳府怀远县东南有涂山，非今在江南太平府治之当涂也。《虞书·咎繇谟》文（伪古文分为《益稷》），此证后说也。"○《御览·皇亲部》一引《帝王世纪》曰："禹纳涂山氏女，曰女娲，（《路史·后纪》十三注引作女娇，殆是。）合婚于台桑，有白狐九尾之瑞。至是为攸女，故《连山易》曰：禹娶涂山之子，名曰攸女，生启是也。"案《隋书·经籍志》史部杂文有《帝王世纪》十卷，皇甫谧撰。○《穆天子传》卷五曰："丙辰天子南游于黄□室之丘，以观夏后启之所居。"郭注曰："疑此言太室之丘嵩高山，启母在此山化为石，而子启亦登仙，故其上有启石也！皆见《归藏》及《淮南子》。"《海外西经》郭注曰："《归藏·郑母经》曰：夏后启筮，御飞龙登于天，吉，明启亦仙也。"案《隋书·经籍志》经部，《易》有《归藏》十三卷，晋太尉参军薛贞注。（《汉学斋》《玉函山房》皆有辑本，今所传三坟书乃伪作，不足辨也。）○《隋书·经籍志》经部小学有《发蒙记》一卷，晋著作郎束晢撰。又史部地理有《发蒙记》一卷，束皙撰，载物产之异。章逢之考证曰："此疑重出，然注特言记物产之异，或名同而书殊也。"步瀛案：今两书皆亡，无由相证。章氏举类书所引诸条，似记物产之异，故入地理类中，所言启母化石事，或亦在此类欤？〇《韩非子》今无称启母之文，诸书所载逸文，亦未见此语，未详。《韩诗外传》亦无称启母事，《孟子·万章上》曰："启贤能敬承继禹之道。"然非《韩子》，且但称启贤，非称启母也。〇《论衡·乱龙篇》曰："刘子骏汉朝智囊，笔墨渊海。"是称刘歆（《隋志》以《列女传颂义》为歆作）。刘孝标《广绝交论》曰："舒向金玉渊海"，则以渊海称向矣。唐人避高祖讳，故改渊为泉。《列女传·母仪传》曰："启母者，涂山氏长女也。夏禹娶以为妃，既生启，辛壬癸甲，启呱呱而泣，禹去而治水，涂山氏独明教训，而致其化也。及启长，化其德而从其教，卒至令名。"〇《史记·吕不韦传》曰："太子政立为王，尊吕不韦为相国，吕不韦乃使客人人著所闻，集论以为八览、六论、十二纪，二十余万言，号曰《吕氏春秋》。布咸阳市门，县千金其上，延诸侯游士宾客，有能增损一字者，予千金。"案：此云嘉应，似指白狐呈祥事。《艺文类聚·祥瑞部下》引《吕氏春秋》曰："禹年三十未娶，行涂山，恐时暮失嗣，辞曰：吾之娶必有应也，乃有白狐九尾而造于禹，禹曰：白者吾服也，九尾者其证也，于是涂山人歌曰：绥绥白狐，九尾庞庞，成于室家，（成于当依《御览·兽部》二十一引《吴越春秋》作成子，《北堂书钞·乐部》二、《御览·乐部》九引并作成家成室，今本《吴越春秋》同，上文又有"我家嘉夷，来宾为王"二句。）我都悠〔攸〕昌，（《书钞》《御览·乐部》引悠〔攸〕并作彼，《御览·兽部》引《吴越春秋》同，今本作"我造彼昌"。）于是娶涂山女。"（《书钞》《御览·乐部》引"于是"并作"禹因"。）《北堂书钞·乐部》二、《御览·乐部》九皆引其文，《书钞·后妃部》一、《御览·皇王部》七则节引之，而《路史·后纪》卷十三注所引间有不同，疑以意改。(《吴越春秋·无余外传》亦载其事。)然今《吕氏春秋》无此文。○《吕氏春秋·音初篇》曰："禹行功，见涂山之女，禹未之遇，而巡省南土，涂山氏之女，乃命其妾往候禹于涂山之阳，女乃作歌，歌曰：候人兮猗，实始作南音也。"○《玉海》卷三十五《艺文部》引《帝王世纪》曰："《连山易》曰：禹娶涂山之子名攸，女生余（《御览·皇亲部》一引作"生启"）。馀见前。○《中山经》曰："泰室之山，上多美石。"郭景纯注曰："即中岳嵩高山也。今在阳城县西，启母化为石而生启，在此山，见《淮南子》。"案《晋书·地理志》："阳城县属河南郡。"《元和郡县志》曰："河南道河南府：登封县本汉崈高县，武帝元封元年置，以奉太室，后省入阳城，累代因之。高宗将有事于中岳，分阳城缑氏置嵩城县。万岁登封元年，则天因封岳，改为登封。"又曰："告成县本汉阳城县。"《清一统志》曰："河南府：阳城故城在登封县东南。"○《隋书·经籍志》史部地理有《圣贤冢墓记》一卷，李彤撰。此文引李彤说，盖出《冢墓记》。○《艺文类聚·地部》引《随巢子》曰："禹产于崐石，启生于石。"注王韶之云：启生而母化为石。《御览·地部》十六引同，惟崐作碨，注而母作母即。（《书钞·帝王部》一曰启生碨石）案《汉书·艺文志》墨家有《随巢子》六篇，原注曰："墨翟弟子。"《隋志》作一卷。○《中山经》《穆天子传》郭注、《汉书·武帝纪》颜注、《元和郡县志》河南道说启母化石，皆云见《淮南子》，《御览·地部》十六引《淮南子》曰："禹娶涂山，化为石，在嵩山下，方生启，曰归我子，石破北方而生启。"《楚辞·天问》洪庆善《补注》亦引之。《北堂书钞·后妃部》一引《淮南子》石破生启，今《淮南》无此文，惟《墬形训》云："江绝汉入海，左还北流，至于开母之北。"高注曰："开母山名，在东海中"，与此不合。《修务训》云：禹生于石。王怀祖谓许慎本作启生于石。《书钞》《御览》及师古注所引，即许慎之注（《读书杂志》九之十九）。孙颐谷亦谓此事出许慎注，语涉怪诞，不似《鸿烈》本书（《读书脞录》四）。然《淮南》逸文，见于类书者，不一而足，至怪诞之语，书中亦时有之。王氏、孙氏之说恐未确，而刘家立竟据王校以改本文，亦嫌武断。又高诱《淮南子叙》曰："淮南子名安，与苏飞、李尚、左吴、田由、雷被、毛被、伍被、晋昌等八人，及诸儒大山、小山之徒，共著此书，号曰《鸿烈》。鸿，大也，烈，明也，以为大明道之言也。"《诗·氓》毛传曰："爽，差也。"

　　昔者鸾川之上，母变空桑；豚水之滨，男生破竹。美人之虹名螮蝀，仙妇之月作蟾蜍。精卫衔木而偿冤，女尸化草而成媚。山崩蜀道，台候妇而无归；石立武昌，亭望夫而不及。论乎诞载，群下莫尊于帝王；语乎迁易，凡百无闻于感致。美矣哉，不可得而称也。以上类举变化之事，以证启母之神异。

　　《吕氏春秋·本味篇》曰："有侁氏女子采桑，得婴儿于空桑之中，献之其君，其君令烰人养之，察其所以然，曰其母居伊水之上，孕，梦有神告之曰：臼出水而东走毋顾，明日视臼出水，告其邻，东走十里，而顾其邑，尽为水，身因化为空桑，故命之曰伊尹。"此伊尹生空桑之故也。《列子·天瑞篇》曰："伊尹生乎空桑。"张注引传记略同。《楚辞·天问》曰："水滨之木，得彼小子。"王注亦同。《水经·伊水注》曰："伊水自熊耳东北迳鸾川亭北，世人谓伊水为鸾水，故名斯川为鸾川也。"○《水经·温水注》曰："郁水即夜郎豚水也。汉武帝时，有竹王兴于豚水。"赵东潜释曰："按《汉志》郁林郡广郁县郁水，首受夜郎豚水，牂柯郡夜郎县豚水东至广郁，然则郁水非即豚水矣。《范史·西南夷传》作遯水，章怀注引《前汉书·地理志》亦作遯水也。"案：豚、遯字通，又见骆宾王《露布》竹浮三节注。○《尔雅·释天》曰："螮蝀，虹也。"郭注曰："俗名谓美人虹。"《释名·释天》曰："虹，又曰蝃蝀。"又曰："美人，阴阳不和，婚姻错乱，淫风流行，男美于女，女美于男，恒相奔随之时，则此气盛，故以其盛时名之也。"《异苑》卷一曰："古语有之曰：古者有夫妻荒年菜食而死，俱化成青绛，故俗呼美人虹。"○《淮南子·览冥训》曰："羿请不死之药于西王母，姮娥窃以奔月。"高注曰："姮娥，羿妻，羿请不死之药于西王母，未及服之，姮娥盗食之，得仙，奔入月中为月精。"《续汉书·天文志上》刘注引张衡《灵宪》曰："羿请无死之药于西王母，姮娥窃之以奔月，将往，枚筮之于有黄，有黄筮之曰吉，翩翩归妹，独将西行，逢天晦芒，毋惊毋恐，后其大昌。姮娥遂托身于月，是为蟾蜍。"《初学记·天部上》引《五经通义》曰："月中有兔，与蟾蜍并，月阴也，蟾蜍阳也，而与兔并，明阴系于阳也。"《御览·天部》四引《春秋元命包》曰："月之为言阙也，两设以蟾蜍与兔者，阴阳双居，明阳之制阴，阴之倚阳。"《尔雅·释鱼》曰："鼁䗇蟾诸。"郭注曰："似虾蟆居陆地。"《释文》诸作蜍，《说文》无蟾蜍字，虫部、黾部并作詹诸，俗又作蟾蜍。○《北山经》曰："发鸠之山有鸟焉，其状如乌，文首白喙赤足，名曰精卫，其名自詨，是炎帝之少女，名曰女娃，女娃游于东海，溺而不返，故为精卫，常衔西山之木石，以堙于东海。"左太冲《魏都赋》曰："抵抵精卫，衔木偿怨。"○《中山经》曰："姑媱之山，帝女死焉，其名曰女尸，化为䔄草，其叶胥成，其华黄，其实如菟丘，服之媚于人。"案《全唐文》媚作媟。○《艺文类聚·鳞介部上》引《蜀王本纪》曰："秦惠王欲伐蜀，知蜀王好色（知字据《御览·鳞介部》下引增），乃献美女五人，蜀王遣五丁迎女，还至梓潼，见一大蛇，入山穴中，一丁引其尾，（一丁元作士，依《御览·鳞介部》引改。）不能出，五丁共引蛇，山崩压五丁，五丁踏蛇而大呼。"《御览·妖异部》四引曰："五丁大呼，秦五女及送迎者，上山化为石。（据《艺文类聚·地部》秦字下删王字，上字下增山字。）蜀王登台，望之不来，因名五妇候台。"○《初学记·地部上》引刘义庆《幽明录》曰："武昌北山上有望夫石，状若人立，古传云，昔有贞妇，其夫从役，远赴国难，携弱子饯送此山，立望夫而化为立石，因以为名焉。"《御览·妖异部》引《列异传》同。○《水经·沔水注》曰："洋川者，汉戚夫人之所生处也。高祖得而宠之，故又目其地为祥川，用表夫人诞载之休祥也。"（戴氏、赵氏皆改诞载为载诞，非是。）○《御览·皇王部》一引《春秋保乾图》曰："天子至尊也，神精与天地通，血气含五帝精，天爱之子之也。"○贾生《鵩鸟赋》曰："斡流而迁兮，或推而还。形气转续兮，变化而蟺。"○《诗·雨无正》曰："凡百君子。"《后汉书·光武帝纪》："中元元年诏曰：盖以感致神祇，表彰德信。"○《论语·泰伯篇》曰："民无得而称焉。"

　　大唐革去故，鼎取新，与运而生，继天而作。握乾坤而造物，海内知春；辟混沌而为家，域中无外。天皇膺历数，顺讴歌。金匮玉版，服皇王之能事；衢室庙堂，承祖宗之茂烈。垂衣裳而作元后，端拱北辰；负黼扆而朝诸侯，向明南面。周邦赫赫，其道洽于成康；汉室巍巍，其化锺于文景。东渐西被，远安迩肃。海三年而无波，云连月而不散。天瑞降，地符升。灵凤五文，岁时来苑囿；神龙八卦，昏旦游池沼。礼云乎哉，无取于周旋揖让；乐之谓也，必在于移风易俗。司禄益富，家国于是乎有馀；司命益年，臣人于是乎不夭。明王三惧，未尝遗戒慎之心；天子四邻，莫能展弼谐之用。家安其业，但听于邻鸡；人得其和，遂同于野鹿。表谶记，奏河图，四十六事之著明，曷云尚也？登太山，禅梁甫，七十二封之可识，何以加乎？以上颂唐功德。

《易·杂卦传》曰："革，去故也；鼎，取新也。"○李萧远《运命论》曰："运之所隆，必生圣明之君。"○《榖梁传》宣十五年曰："继天者君也。"班孟坚《东都赋》曰："体元立制，继天而作。"○《东都赋》曰："握乾符，阐坤珍。"《庄子·大宗师》曰："彼方且与造物者为人。"○班孟坚《答宾戏》曰："函之如海，养之如春。"李善注引《朝错新书》曰："臣闻帝王之道，包之如海，养之如春。"○《庄子·应帝王》《释文》引李曰："浑沌，清浊未分也。"《文选·七启》李善注引《春秋说题辞》曰："元清气以为天，浑沌无形体。"张平子《西京赋》曰："掩四海而为家。"○《老子》曰："域中有四大。"《公羊》僖二十四年曰："王者无外。"○《旧唐书·高宗纪》曰："咸亨五年秋八月壬辰，皇帝称天皇，皇后称天后，改咸亨五年为上元元年。"○《论语·尧曰篇》曰："尧曰：咨尔舜，天之历数在尔躬。"○《孟子·万章上》曰："讴歌者，不讴歌尧之子而讴歌舜。"○《汉书·晁错传》："错对策曰：刻于玉版，藏于金匮。"案：或作柜，俗字。○《易·系辞上》曰："天下之能事毕矣。"○《管子·桓公问篇》曰："黄帝立明台之议者，（《艺文类聚·礼部上》《初学记·礼部上》引明台皆作明堂。）上观于贤也，尧有衢室之问者，下听于人也。"《礼记·月令》曰："仲夏之月，天子居明堂太庙。"○《华严经音义》上引《汉书音义》曰："茂，美盛也。"○《易·系辞下》曰："黄帝、尧、舜垂衣裳而天下治。"《书》伪古文《太誓上》曰："亶聪明，作元后。"○《论语·为政篇》曰："为政以德，譬如北辰，居其所，而众星共之。"案：共、拱字通。○《礼记·明堂位》曰："昔者周公朝诸侯于明堂之位，天子负斧依南面而立。"郑注曰："斧依，为斧文屏风于户牖之间。"《释文》曰："依本又作扆，同于岂切。"《尔雅·释宫》曰："牖户之间谓之扆。"《释器》曰："斧谓之黼。"《考工记》曰："画绘之事，白与黑谓之黼。"○《易·说卦传》曰："圣人南面而听天下，向明而治。"○《诗·正月》曰："赫赫宗周。"《史记·周本纪》曰："成王崩，太子钊立，是为康王，成、康之际，天下安宁，刑错四十馀年不用。"○班孟坚《东都赋》曰："扇巍巍，显翼翼，光汉京于诸夏，总八方而为之极。"○《汉书·景帝纪赞》曰："汉兴扫除烦苛，与民休息，至于孝文，加之以恭俭，孝景遵业，五六十载之间，至于移风易俗，黎民醇厚。周云成、康，汉言文、景，美矣。"○《书·禹贡》曰："东渐于海，西被于流沙，朔南暨声教。"○《南齐书·乐志》："太庙、高宗明皇帝神室歌辞曰：远无不怀，迩无不肃。"○《韩诗外传》五曰："成王之时，有越裳氏重九译而至，献白雉于周公，周公曰，吾何以见赐也！译曰，吾受国之黄发曰，久矣天之不迅风疾雨也，海不波溢也，三年于兹矣。意者中国殆有圣人，盍往朝之！于是来也。"案《文选·东京赋》李善注引《越裳氏》、王元长《三月三日曲水诗序》注引《尚书大传》亦作越裳氏，裳、尝字通。○《十洲记》曰："征和三年，武帝幸安定，西胡月支国王遣使献香四两，又献猛兽一头，使者曰：臣国去此三十万里，国有常占，东风入律，百旬不休，青云干吕，连月不散，当知中国时有好道之君，故搜奇蕴而贡神香，步天林而请猛兽，辛苦蹊路，于今已十三年矣。"○《文选》王元长《曲水诗序》曰："天瑞降，地符升。"李善注引《诗纬》曰："天下和同，天瑞降，地符升。"○《南山经》曰："丹穴之山有鸟焉，其状如鸡，五采而文，名曰凤皇。"○《韩诗外传》八曰："黄帝即位，凤止帝东园，集帝梧桐，食帝竹实，没身不去。"曹子建《贺龙见表》曰："即将栖凤于林囿。"又互见骆宾王《露布》注。○《书·顾命》伪孔传曰："河图八卦，伏羲氏王天下，龙马出河，遂则其文以画八卦。"○《礼记·礼运》曰："龟龙在宫沼。"司马长卿《封禅文》曰："集翠黄乘龙于沼。"○《论语·阳货篇》："子曰：礼云礼云，玉帛云乎哉？"《礼记·仲尼燕居》："子曰：师，尔以为必铺几筵升降，酌献酬酢，然后谓之礼乎？尔以为必行缀兆，兴羽籥，作锺鼓，然后谓之乐乎？"○《礼记·乐记》曰："乐也者，圣人之所乐也，而可以善民心，其感人深，其移风易俗（《汉书·礼乐志》俗下有易字）。故先王著其教焉。"○《艺文类聚·符命部》引《随巢子》曰："昔三苗大乱，天命夏禹于玄宫，有大神人面鸟身，降而福之，司禄益富而国家实，司命益年而民不夭，四方归之，禹乃克三苗而神民不违。"《开元占经》："石氏《中官占》引《黄帝占》曰：文昌六星，第四星司命，主赏功进贤，第六星司禄，佐理宝。"○《韩诗外传》七曰："孔子曰：明王有三惧，一曰处尊位而恐不闻其过，二曰得志而恐骄，三曰闻天下之至道，而恐不能行。"又见《说苑·君道篇》。○《书·益稷》曰："钦四邻。"《皋陶谟》曰："谟明弼谐。"（二篇本一篇，伪古文分为二。）○《老子》曰："小国寡民，使人复结绳而用之，甘其食，美其服，安其居，乐其俗，邻国相望，鸡犬之声相闻，民至老死不相往来。"○《庄子·天地篇》曰："至德之世，不尚贤，不使能，上如标枝，民如野鹿。"郭注曰："放而自得也。"○《续汉书·祭祀志上》刘注引《东观书》曰："群臣奏言登封告成，为民报德，百王所同，陛下辄拒绝不许，臣下不敢颂功述德业，河雒谶书，赤汉九世，当巡封泰山，凡三十六事，传奏左帷，陛下遂以仲月令辰，遵岱岳之正礼，奉图雒之明文，以和灵瑞，以为兆民。"又引曰："上至泰山，有司复奏河雒图记表章，赤汉九世，尤著明者，前后凡三十六事。"此云四十六事，或侈言之邪，抑别有其事邪？俟再考。又《梁书·武帝本纪》曰："齐百官豫章王元琳等八百一十九人，及梁台侍中臣云等一百一十七人，并上表劝进，高祖谦让不受，是日太史令蒋道秀陈天文符谶六十四条，事并明著，群臣重表固请，乃从之。"此云四十六事，数亦不合。○《管子·封禅篇》曰："桓公欲封禅，管仲曰：古者封泰山，禅梁父者，七十二家，而夷吾所记者，十有二焉。"又见《史记·封禅书》。梁父已见骆宾王《请陪封禅表》注。

且夫穷圣神，备道德，滋萌元气，开辟太初。斯乃天皇氏之所以应乎天也。依土地，明神灵，驾六羽而上腾，度九州而下济。斯乃人皇氏之所以顺乎人也。造书契，教畋渔，合五纬而节四时，登九天而类万物。斯乃牺皇氏之所以制人法也。务播殖，该变通，尝药以救兆人，聚货而交天下。斯乃农皇氏之所以兴人利也。振夔鼓，载龙旗，天则玄女授符，地则黄神降斗。斯乃轩辕氏之所以除人害也。均度量，正都邑，总秋令于金天，分瑞官于凤纪。斯乃帝昊氏之所以为人极也。洁祭祀，乂鬼神，履时以象天，养财以任地，斯乃帝顼氏之所以为人教也。秋乘马，春乘龙，顺三辰而天道平，建五正而人事理。斯乃帝辛氏之所以为人政也。明如日，晦如阴，人无识其名，帝何力于我。斯乃帝尧氏之所以昭君德也。闻一善，举八才，帝唱动而烂星云，天歌发而跄鸟兽。斯乃帝舜氏之所以彰后功也。夫三统者道之大，五行者生之宗，三皇法之而列，五帝则之而序。道以三兴，德以五立。非天下之至圣，孰能兼于此乎？以上言唐之功德，兼古帝王。

《易·系辞下》曰："穷神知化。"《孟子·尽心下》曰："大而化之之谓圣，圣而不可知之之谓神。"○《御览·天部》一引《河图》曰："元气无形，汹汹蒙蒙。"又引《帝王世纪》曰："元气始萌,谓之太初。"○《艺文类聚·帝王部》一引颜峻(《初学记·帝王部》《御览·皇王部》三引并作项峻。)《始学篇》曰:"天地立,有天皇十三头,号曰天灵,治万八千岁。"《御览·皇王部》三引徐整《三五历纪》曰:"溟涬始牙,蒙鸿滋萌,岁在摄提,元气肇启,有神灵人十三头,号曰天皇。"○《艺文类聚·帝王部》一引《始学篇》曰:"人皇九头,兄弟各三百岁,依山川土地之势,裁度为九州,各居其一方,因是而区别。"《御览·皇王部》三引《春秋命历序》曰:"人皇氏九头,驾六羽,乘云车,出谷口,分九州。"宋均注曰:"九头,兄弟九人。"○《易·革·象传》曰:"应乎天而顺乎民。"○《易·系辞下》曰:"上古结绳而治,后世圣人易之以书契。"伪孔《尚书序》曰:"古者伏羲氏之王天下也,始画八卦,造书契,以代结绳之政,由是文籍生焉。"○《易·系辞下》曰:"古者包牺氏之王天下也,作结绳而为罔罟,以佃以渔。"○《御览·皇王部》三引《春秋内事》曰:"天地开辟,五纬各在其方,至伏牺乃合,故以为元。"又曰:"伏牺氏始画八卦,定天地之位,分阴阳之数,推列三光,建分八节,以文应气,凡二十四,消息祸福,以制吉凶。"○《楚辞·九歌·少司命》曰:"登九天兮抚彗星。"《易·系辞下》曰:"包牺氏始画八卦,以通神明之德,以类万物之情。"○《初学记·帝王部》引《帝王世纪》曰:"庖牺氏风姓也,继天而王,首德于木,为白王先,帝出于震,未有所因,故位在东方,主春,象日之明,是称太昊,取牺牲以充庖厨,故号庖牺氏,是为牺皇,后世音谬,或谓之伏羲,或谓之密〔宓〕牺。"注:一解云,虑古伏字,后误以虑为密,故曰密牺。《文选·剧秦美新》曰:"上冈显于羲皇。"李善注曰:"伏羲为三皇,故曰羲皇。"○《淮南子·修务训》曰:"古者民茹草饮水,采树木之实,食蠃蛖之肉,时多疾疹,毒伤之害,于是神农乃始教民播种五谷,相土地之宜,燥湿肥墝高下,尝百草之滋味,水泉之甘苦，令民知所避就。"《御览·皇王部》三引《礼含文嘉》曰："神者信也，农者浓也，始作耒耜，教民耕种，其德浓厚若神，故为神农也。"○《易·系辞下》曰："神农氏没，黄帝、尧、舜氏作，通其变，使民不倦。"○《御览·方术部》二引《帝王世纪》曰："炎帝神农氏尝味草木，宜药疗疾，救夭伤人命，百姓日用而不知，著《本草》四卷。"《搜神记》一曰："神农以赭鞭鞭百草，尽知其平毒寒温之性，臭味所主，以播百谷。"《述异记》下曰："太原神金冈中有神农尝药之鼎存焉，成阳山中有神农鞭药处，一名神农原、药草山，山上紫阳观，世传神农于此辨百药。"○《易·系辞下》曰："神农氏作，日中为市，致天下之民，聚天下之货，交易而退，各得其所。"○《风俗通·皇霸篇》曰："《尚书大传》说遂人为遂皇，伏羲为戏皇，神农为农皇。"○《大荒东经》曰："东海中有流波山，入海七千里，其上有兽，状如牛，苍身而无角，一足，出入水则必风雨，其光如日月，其声如雷，其名曰夔，黄帝得之，以其皮为鼓，橛以雷兽之骨，声闻五百里，以威天下。"又见《初学记·帝王部》引《帝王世纪》。○《御览·皇王部》四引《河图挺佐辅》曰："黄帝袚斋七日，衣冠黄冕，驾黄龙之乘，戴交龙之旗，天老五圣皆从，以游河洛之间。"又《兵部》七十一引《河图》曰："风后曰：予告汝，帝王之五旗，东方法青龙曰旗。"○《史记·五帝本纪》《正义》引《龙鱼河图》曰："黄帝以仁义不能禁止蚩尤，乃仰天而叹，天遣玄女下授黄帝兵符（《艺文·帝王部》一引作兵信神符），伏蚩尤。"《云笈七签》卷一百《轩辕本纪》曰："天大雾冥冥，三日三夜，天降一妇人，人首鸟身，帝见，稽首再拜而伏，妇人曰：吾玄女也，有疑问之。帝曰：蚩尤暴人残物，小子欲万战万胜也，玄女教帝三官秘略，五音权谋，阴阳之术，玄女传《阴符经》三百言，帝观之十旬，讨伏蚩尤；授帝灵宝五符真文，及兵信符，帝服佩之，灭蚩尤。"○《御览·皇王部》四引《河图握拒》曰:"黄帝名轩,北斗黄神之精,母地祇之女附宝,之郊野,大电绕斗枢星,耀感附宝生轩,胸文曰黄帝子。"○《史记·五帝本纪》曰:"黄帝者,少典之子,姓公孙,名曰轩辕。"《索隐》曰:"按皇甫谧云:黄帝生于寿丘,长于姬水,因以为姓,居轩辕之丘,因以为名,又以为号。"《汉书·人表》黄帝轩辕氏注:张晏曰:"作轩辕之服,故谓之轩辕。"○《左》昭十七年曰:"郯子来朝,昭子问焉,曰:少皞氏鸟名官,何故也?郯子曰:我高祖少皞挚之立也,凤鸟适至,故纪于鸟,为鸟师而鸟名。凤鸟氏,历正也,五雉为五工正,利器用正度夷民者也。"○《路史·后纪》七曰:"少昊青阳氏,正都邑。"案:罗氏此言,当有所本,然注不言出何书。○金天已见上,又《礼记·月令》曰:"孟秋之月,其帝皞,仲秋之月,季秋之月,并同。郑注曰:"少皞金天氏。"孔疏引《帝王世纪》曰:"少皞帝号曰金天氏。"《左》昭元年曰:金天氏有裔子。杜注曰:"金天氏帝少皞。"《御览·皇王部》四引《古史考》曰:"穷桑氏,瀛姓也,以金德王,故号金天氏,或曰宗师太昊之道,故曰少昊。"○凤纪见上。又《拾遗记》一曰:"少昊号曰穷桑氏,亦曰桑丘氏,一号金天氏,亦曰金穷氏,时有五凤随方之色,集于帝庭,因曰凤鸟氏。"○《大戴礼·五帝德篇》:"孔子曰:颛顼,黄帝之孙,昌意之子也,曰高阳,洪渊以有谋,疏通而知事,养财以任地,履时以象天,依鬼神以制义,治义以教民,洁诚以祭祀。"《史记·五帝本纪》同。○《五帝德篇》:"宰我曰:请问帝喾,孔子曰:玄嚣之孙,蟜极之子也。曰高辛,春夏乘龙,秋冬乘马。"○《鲁语上》:"展禽曰:帝喾能序三辰以固民。"韦注曰:"三辰,日月星,能次序三辰以治历明时,教民稼穑以安也。"《礼记·祭法》曰:"帝喾能序三辰以著众。"○《御览·皇王部》五引《帝王世纪》曰:"帝喾高辛氏三十登帝位,以人事纪官,故以句芒为木正,祝融为火正,蓐收为金正,玄冥为水正,后土为土正，是为五行之官，分职而治诸侯。"○《路史·后纪》十一曰："帝尧陶唐氏仁如天，智如神，明如日，而晦如阴。"注曰："仁以莅之，智以周之，明以察之，晦以畜之。"然注亦不言出何书。○《论语·泰伯篇》："子曰：大哉尧之为君也，荡荡乎民无能名焉。"○帝何力于我，已见卢昇之《乐府杂诗序》击壤尧年句注。○《孟子·尽心上》曰："舜闻一善言，见一善行，若决江河，沛然莫之能御也。"○《左》文十八年：季文子使太史克对曰："昔高阳氏有才子八人，天下之民，谓之八恺。高辛氏有才子八人，天下之民，谓之八元。此十六族也，世济其美，不陨其名，以至于尧，尧不能举，舜臣尧，举八恺使主后土，举八元使布五教于四方，是以尧崩天下如一，同心戴舜以为天子。"○《御览·乐部》一引《尚书大传》曰："舜为宾客，禹为主人，帝乃唱之曰：卿云烂兮，糺缦缦兮，日月光华，旦复旦兮。八伯咸进稽首曰：明明上天，烂然星辰，日月光华，弘于一人。"○《南齐书·乐志》："太庙迎神，奏昭夏乐歌，辞曰：天歌折飨。"《书·益稷》：夔曰："笙镛以间，鸟兽跄跄。"《释文》曰："跄，七羊反，舞貌。"○案：班孟坚《东都赋》曰：斯乃伏羲氏之所以基皇德也。又曰：斯乃轩辕氏之所以开帝功也。又曰：斯乃汤武之所以昭王业也。此文格调仿之。○《公羊》隐三年何休注曰："二月三月，皆有王者，二月殷之正月也，三月夏之正月也，王者存二王之后，使统其正朔，服其服色，行其礼乐，所以尊先圣，通三统，师法之义，恭让之礼，于是可得而观之。"《白虎通·三正篇》曰："正朔有三何？本天有三统，谓三微之月也。三微者何谓也？阳气始施黄泉，万物动微而未著也。十一月之时，阳气始养根株黄泉之下，万物皆赤，赤者盛阳之气也，故周为天正，色尚赤也。十二月之时，万物始牙而白，白者阴气，故殷为地正，色尚白也。十三月之时万物始达，孚甲而出皆黑，人得加功，故夏为人正，色尚黑。"又《五行篇》曰："五行者何谓也？谓金木水火土也，言行者，欲言为天行气之义也。"《五行大义·论五帝》曰："《易》曰：帝出于震（《序卦》于作乎）。此盖人帝之始，始于伏羲。五行之次，以木为先，四时相易，以春为首，故庖羲为五帝之先也。"○《风俗通·皇霸篇》曰："三统者，天地人之始，道之大纲也。五行者，品物之宗也。道以三兴，德以五成，故三皇五帝，三王五霸，至道不远，三五复反，譬若循连环，顺鼎耳，穷则反本，终则复始也。"○《易·系辞上》曰："非天下之至神，其孰能与于此？"

而犹虽休勿休，损之又损。下明诏，发德音。尊天而重人，省方而巡狩。举星毕，曳云梢，召风伯以清尘，命山灵而护野。驰洛邑，鹜襄城，天迴而地游，云合而雾沓。周穆王来游太室，先征夏启之居；汉武帝有事嵩丘，即访姒开之石。以上临观启母庙。

《书·吕刑》曰："虽休勿休。"○《老子》曰："损之又损，以至于无为。"○《汉书·董仲舒传》："仲舒对曰：陛下发德音，下明诏。"○《礼记·礼运》曰："是以尊天而亲地也。"《周礼·秋官·小司寇》郑注曰："小司寇于祀司民，而献民数于王，重民也。"○班孟坚《东都赋》曰："省方巡狩，躬览万国之有无。"○张平子《东京赋》曰："华盖承辰，天毕前驱。"薛注曰："毕，网也，象毕星也。"又司马长卿《上林赋》曰："载云罕。"李善注引张揖曰："罕，罼也"（《汉书·司马相如传》注引作毕），前有九流云罼之车。《西京杂记》下曰："汉朝舆驾祠甘泉汾阴，罼罕左右御马三分。"《晋书·礼志下》曰："康帝建元元年，纳皇后褚氏，五牛旌旗，旄头毕罕并出。"案：是毕罕为车，又为旗矣。○《汉书·杨雄传·河东赋》曰："被云梢。"颜注曰："梢与旓同，旓者，旌旗之流，以云为旓也。"《韩子·十过篇》曰：昔者黄帝合鬼神于泰山之上，风伯进埽，雨师洒道。"《东都赋》

曰："山灵护野，属御方神。雨师汛洒，风伯清尘。"李善注曰："山灵，山神也。"《风俗通》曰："雨师，毕星也；风伯，箕星也。"（《祀典篇》）○《书序》曰："成王在丰，欲宅洛邑。"○襄城见卢昇之《黎君碑》七圣句注。○《文选》张茂先《励志诗》曰："太仪斡运，天迥地游。"李善注引《春秋元命包》曰："天左旋，地右动。"又引《河图》曰："地有四游，冬至地上行，北而西三万里，夏至地下行，南而东三万里，春秋二分其中矣。地常动不止，而人不知，譬如闭舟而行，不觉舟之运也。"○《史记·淮阴侯传》："蒯通曰：天下之士，云合雾集。"《小尔雅·广言》曰："沓，合也。"○周穆、汉武事，并见上。

　　徒观其丹青岁古，霜露年侵，圣情有睠，兴言改葺。其山则古文之外方，其地则新邑之中土。铭坛逦迤，斜分玉女之台；碑阙相望，近对石人之庙。金草生而五色，贝树长而三花。紫云合沓于溪涧，白雾氤氲于岩岭。考之《易林》，信为神明所伏；求之《遁甲》，固以威灵肃然。以上命加修葺。

　　《汉书·地理志》颍川郡崈高县原注曰："武帝置，以奉太室山，是为中岳，有太室、少室山庙，古文以崈高为外方山也。"颜注曰："崈古崇字。"《水经·禹贡山水泽地所在篇》曰："外方山嵩高是也。"亦据古文说。○《书·召诰》曰："周公朝至于洛，则达观于新邑营。"又曰："王来绍上帝，自服于土中。"孔疏曰："《周礼·大司徒》云，日至之影，尺有五寸谓之地中，然则百物阜成，乃建王国焉。马融云：王国，东都王城，今河南县是也。"○《水经·禹贡山水泽地所在篇》引《嵩高山记》曰："山有玉女台。言汉武帝见之，因以名台。"又见杨炯《寻杨隐居诗序》注。《初学记·地部上》引《杂道书》曰："自岳神庙东北二十里至一山，名曰东龙门，其东有三台山，昔汉武东巡，过此山,见学仙女,帝观之,遂以名焉。南有许由山,高大四绝,其北有颍水,尧聘许由,其处犹有坛墠。"吴季重《答东阿王书》曰:"夫登东岳者,然后知众山之逦迤也。"○《文选·古诗》曰:"两宫遥相望,双阙百馀尺。"○《初学记·地部上》引卢元明《嵩高山记》曰:"岳庙尽为神像(《御览·地部》四尽作画),有玉人高五寸,玉色甚光润(玉误五,依《御览》校),制作亦佳,莫知早晚所造,盖岳神之像,相传谓明公,山中人悉云,屡常失之,或经旬乃见。"○《证类本草》六曰:"黄芝一名金芝,生嵩山。"注引《五芝经》曰:"皆以五色,生于五岳。"《抱朴子·仙药篇》曰:"石芝者,石象芝,生于海隅名山,及岛屿之涯,黄者如紫金。"○《御览·地部》四引《嵩高山记》曰:"汉有道士,从外国将贝多子来,于嵩岳西脚下种之,并立浮图,今有四树,与众木有异,一年三花,花白色,其香甚佳。"○《初学记·地部上》引《嵩高山记》曰:"嵩山最是栖神之灵薮,长松绿柏,生于岭涧左右,东北出云,有自然五谷,神芝仙药。"谢玄晖《游敬亭山诗》曰:"合沓与云齐。"○《初学记·地部上》引《仙经》曰:"嵩高山大岠下,有佛图奇妙,有一大金像在中,来语寺僧密公,密公时在嵩寺,寺在嵩山脚下,闻之欣然,即与人披林求索,时白雾昏迷,密公荒迷失路。"谢惠连《雪赋》曰:"氛氲萧索。"○焦氏《易林·避卦》曰:阳城太室,神明所在。○威灵,盖《遁甲开山图》说嵩山之语,今其书久亡,汉寿堂辑本及通行之《说郛》本,皆甚略,无此语。

夫其命有司,乘务隙。因高背下,察隐嶙之馀基;审日观星,揆摧残之落构。周官置臬,郢匠挥斤。异态神行,全模化造。红萉夺日,飞累榭于山间;绮缀冲风,驾〔架〕迴廊于木末。仙人在栋,神女临窗。周施玳瑁之橼,遍覆琉璃之瓦。赤玉为阶墄,黄金作门阙。山如白岸，树似青溪。羞蕰藻于前庭，藉生刍于后径。兰香夹水，居然洗沐之资；竹帚临风，自隔嚣尘之境。梦台云雨，宋玉对而先惊；楚壁山川，屈原书而几倦。以上修葺落成。

《礼记·月令》："仲春、季春、仲夏、孟秋、仲秋、季秋、孟冬，皆有命有司之文。"案《唐六典》卷七曰："工部郎中、员外郎，掌经营兴造之众务，凡兴建修筑，材木工匠，则下少府将作以供其事。"又卷二十三曰："将作监大匠之职，掌供邦国修建土木工匠之政令，丞掌判监事，凡内外缮造，百司供给，大事则听制敕，小事则俟省符，以谘大匠而下于署监，以供其职。凡功有长短，役有轻重，（原注曰：凡计功程者，四月、五月、六月、七月为长功，二月、三月、八月、九月为中功，十月、十一月、十二月正月为短功。）凡营造修理，土木瓦石，不出于所司者，总料其数，上于尚书省。"○《宋书·傅亮传·感物赋》曰："夜清务隙。"○《文选》张平子《西京赋》曰："隐辚郁律。"薛注曰："山形容也。"李善注曰："辚，怜軫切。"案：辚、嶙同。○《考工记》："匠人建国，水地以县，置槷以县，眡以景，为规识日出之景，与日入之景，昼参诸日中之景，夜考之极星，以正朝夕。"郑注曰："槷古文臬假借字，于所平之地，中央树八尺之臬，以县正之，眡之以其景，将以正四方也。日出日入之景，其端则东西正也，又为规以识之者，为其难审也，自日出而画其景端以至日入，既则为规测景，两端之内规之，规之交乃审也，度两交之间，中屈之以指臬，则南北正。日中之景，最短者也，极星谓北辰。"○《庄子·徐无鬼篇》曰："郢人垩墁其鼻端若蝇翼，使匠石斵之，匠石运斤成风，听而斵之，尽垩而鼻不伤。"○张平子《西京赋》曰："命般尔之功匠，尽变态乎其中。"《东京赋》曰："飞阁神行。"○《文选》左太冲《魏都赋》曰："授全模于梓匠。"○张平子《西京赋》曰："蒂倒茄于藻井，披红葩之狒猎。"○《楚辞·招魂》曰:"层台累榭,临高山些。网户朱缀,刻方连些。"王注曰:"朱,丹也;缀,缘也。"○司马长卿《上林赋》曰:"高廊四注。"《楚辞·九歌·湘夫人》曰:"搴芙蓉兮木末。"○《文选》王文考《鲁灵光殿赋》曰:"神仙岳岳于栋间,玉女窥窗而下视。"○《西京杂记》卷下曰:"韩嫣以玳瑁为床。"○《十洲记》曰:"方丈洲有金玉琉璃之宫。"○《说文》曰:"甓,井壁也。"案:此谓阶砌。○《史记·封禅书》曰:"三神山者,其传在渤海中,其物禽兽尽白而黄金银为宫阙。"○谢灵运《归途赋》曰:"发青田之枉渚,逗白岸之空亭。"庾慎之《侍宴诗》曰:"徒嗟白岸远,空想赤城游。"《太平寰宇记》曰:"江南东道温州永嘉县:白岸亭在楠溪西南,去州八十七里,因岸沙白为名石室山,《名山志》云,楠溪入一百三十里有石室,高七丈,广十三丈,深六十步,可坐千人,状如龟背。"《舆地纪胜》曰:"两浙东路温州:石室碑,在永嘉县应符乡大罗山之石室,上有石夫人及古石碑。"○《异苑》卷五曰:"青溪小姑庙,云是蒋侯第三妹。"《舆地纪胜》曰:"江南东路建康府:青溪姑,《金陵览古》云:在上元县东六里。《舆地志》云:青溪岸侧有神祠,谓之青溪小姑,南朝甚有灵验,常见形于人。"○《左》隐三年曰:"涧溪沼沚之毛,蘋蘩蕰藻之菜,可荐于鬼神,可羞于王公。"○《诗·白驹》曰:"生刍一束。"《后汉书·徐穉传》曰:"郭林宗有母忧,穉往吊之,置生刍一束于庐前而去。"○《楚辞·九歌·云中君》曰:"浴兰汤兮沐芳。"○《左》昭三年曰:"景公欲更晏子之宅,曰子之宅近市,湫隘嚣尘,不可以居。"《太平广记》卷五十六引《墉城集仙录》曰:"云华夫人,王母二十三女,名瑶姬,楚大夫宋玉以其事言于襄王,王筑台于高唐之馆,作阳台之宫以祀之。宋玉作《神仙赋》(仙当作女)以寓情,荒淫秽芜,高真上仙,岂可诬而降之也?有祠在山下,世谓之大仙,隔岸神女之石,即所化也。复有石天尊,神女坛,侧有竹，垂之若篝，有槁叶飞物著坛上者，竹则因风扫之，终莹洁不为所污。"○梦台云雨，已见杨炯《彭城公夫人墓志铭》注及上注。○《楚辞·天问》王叔师序曰："屈原放逐，忧心愁悴，彷徨山泽，经历陵陆，见楚有先王之庙，及公卿祠堂，图画天地山川神灵，琦玮僪佹，及古圣贤怪物行事，周流罢倦，休息其下，仰见图画，因书其壁，呵而问之，以渫愤懑舒泻愁思。"

寿宫憺兮不扰，象设安兮逾肃。霜罗曳曳，云锦披披。鸳鸯褥兮翡翠帱，白羽扇兮青丝履。垂玉鸾之佩，若往而若还；戴金雀之钗，不长而不短。其居处也，暧暧昧昧，阴闭阳开。其被服也，煌煌荧荧，霞驳云蔚。鼎俎则麟胎凤卵，烝蕙燃蒻；饵膳则木蜜金膏，玉浆琼酒。以上像设及供张。

《楚辞·九歌·云中君》曰："謇将憺兮寿宫。"王注曰："憺，安也。"《汉书·郊祀志》注引臣瓒曰："寿宫，奉神之宫。"○《楚辞·招魂》曰："像设君室。"朱注曰："设其形貌于室而祠之也。"○《御览·道部》十七引《三元布经》曰："太素元君衣飞霜罗裙。"又引《太上素灵经》曰："太上神仙衣云锦绛章丹裙。"○《西京杂记》卷上曰："赵飞燕为皇后，其女弟在昭阳殿，遗飞燕鸳鸯被、鸳鸯褥，孔雀扇、翠羽扇。"《楚辞·招魂》曰："翡翠珠被，烂齐光些。翡阿拂壁，罗帱张些。"又曰："翡帷翠帐，饰高堂些。"○《古诗为焦仲卿妻作》曰："足下青丝履。"○《离骚》曰："鸣玉鸾之啾啾。"《汉武内传》曰："上元夫人曳六出火玉之佩。"○曹子建《美女篇》曰："头戴金爵钗。"○《离骚》曰："时暧暧其将罢兮。"王注曰："暧暧，昏昧貌。"○《淮南·原道训》曰："与阴俱闭，与阳俱开。"杨子云《甘泉赋》曰："帅尔阴闭，霍然阳开。"○宋玉《高唐赋》曰："煌煌荧荧，夺人目精。"○王文考《鲁灵光殿赋》曰："霞驳云蔚，若阴若阳。"○《神仙传》卷七曰："麻姑擘脯而食之，曰麟脯。"《海外西经》曰："轩辕之丘，在轩辕国北，其丘方，四蛇相绕，此诸夭之野，（郝兰皋谓此字衍，夭乃沃之省文，郭注夭音妖，妖乃沃之讹。）鸾鸟自歌，凤鸟自舞，凤皇卵民食之。"《大荒西经》曰："沃之野，凤鸟之卵是食。"《楚辞·九歌·东皇太一》曰："蕙肴烝兮兰藉。"《文选》张平子《东京赋》李善注引《田俅子》曰："尧为天子，蓂荚生于庭。"○《古今注》下曰："木蜜生南方，合体皆甜嫩，枝及叶皆可生噉，味如蜜。"《穆天子传》卷一曰："乃披图视典，用观天子之瑶器，曰天子之瑶，玉果、璿珠、烛银、黄金之膏。郭注曰：金膏亦犹玉膏，皆其精沴也。"《搜神后记》：张华曰："此仙馆大夫所饮者，玉浆也。"梁简文《七励》曰："澄琼浆之素色。"

当是时也，合五岳，讯九魁，选太阴，命玄阙。冯夷鸣鼓，女娲清歌。左苍龙兮吹篪，右白虎兮絙瑟。金真拂座，玉女焚香。肃肃习习，天媛来风雨；雾雾霏霏，神姬下霜雪。孔雀飞而仪凤舞，弄玉邀欢；軿车合而罗绮陈，智琼陪宴。麻姑服道，变海水而来游；织妇希风，填河津而下谒。洛妃绰约，江妃绵眇。玄女以明月为珠，素女以颓云作髻。九天真母，八极夫人，毕集于兹矣。青霞衣兮翠云裳，灵连蜷兮既留。车迴风兮马飞电，视倏忽兮无见。以上神宫既成，仙灵会集。

《楚辞·九叹·远逝》曰："合五岳与八灵兮，讯九魁与六神。"王注曰："五岳，五方之山也，东为泰山，西为华山，南为衡山，北为恒山，中央为嵩山。讯，问也。九魃谓北斗九星也，魃一作魁。"洪《补注》曰："北斗七星辅一星，在第六星旁，又招摇一星在杓端。"○《淮南·道应训》曰："卢敖游乎北海，经乎太阴，入乎玄阙。"许注曰："太阴，北方也。玄阙，北方之山也。"○曹子建《洛神赋》曰:"冯夷鸣鼓,女娲清歌。"案《楚辞·远游》曰:"令海若,舞冯夷。"王注曰:"冯夷,水仙人。"《庄子·大宗师篇》曰:"冯夷得之,以游大川。"《释文》引司马云:"《清泠传》曰:冯夷,华阴潼乡隄首人也,服八石,得水仙,是为河伯。一云八月庚子,浴于河而溺死,一云渡河溺死。"《文选·雪赋》李善注引《抱朴子·释鬼篇》曰:"冯夷以八月上庚日,渡河溺死,天帝署为河伯。"皆以冯夷为河伯。而《酉阳杂俎·诺皋记》引《河图》言姓吕名夷。《庄子·秋水篇》《释文》曰:"一云姓吕名公子,冯夷是公子之妻。"盖出《龙鱼河图》(见《御览·神鬼部》一引),益荒诞不可究诘矣。《庄岳委谈》卷上、《日知录》卷二十五皆据《竹书》帝芬十六年,洛伯用与河伯冯夷斗,帝泄十六年,殷侯微以河伯之师伐有易,谓河伯为诸侯。胡以河为国名,顾以为国居河上,持论甚正。然古来神话类此者多矣,安能一一辨之也?至于冯夷,《海内北经》作冰夷,《穆天子传》一作无夷,《淮南·原道训》许本作冯迟(从陶子珍说),其实一也。○《大荒西经》郭注曰:"女娲,古神女而帝者。"《礼记·明堂位》曰:"女娲之笙簧。"郑注引《世本》曰:"女娲作笙簧。"张平子《西京赋》曰:"女娥坐而长歌,声清畅而蜲蛇。"○张平子《西京赋》曰:"白虎鼓瑟,苍龙吹篪。"《楚辞·九歌·东君》曰:"緪瑟兮交鼓。"王注曰:"緪,急张絃也。"《礼记·曲礼上》曰:"左青龙而右白虎。"○《御览·道部》二引《玉清隐书》曰:"玉名金格,当为上真。"又引《登真隐诀》有金华真人。○《神异经》曰:"东荒山中有大石室,东王公居焉,恒与一玉女投壶。"○《书·洪范》曰:"曰肃,时雨若。"《诗·谷风》毛传曰:"习习,和舒貌。"○《中山经》曰:"洞庭之山,帝之二女居之,是常游于江渊,澧沅之风交潇湘之渊,是在九江之间,出入必以飘风暴雨。"郭注曰:"天帝之二女,而处江为神,即《列仙传》江妃二女也。"○《诗·信南山》

曰：" 雨雪雰雰。"毛传曰：" 雰雰，雪貌。"《采薇》曰：" 雨雪霏霏。"毛传曰：" 霏霏，甚也。"○《淮南·天文训》曰：" 至秋三月，地气下藏，青女乃出降霜雪。"高注曰：" 青女天神，青霄（《初学记·岁时部上》《玉烛宝典》卷七并引作青要。）玉女主霜雪也。"○《书·益稷》曰：" 凤皇来仪。"《列仙传》上曰：" 萧史者，秦穆公时人也，善吹箫，能致孔雀白鹤于庭，穆公有女字弄玉好之，公遂以妻焉。日教弄玉作凤鸣，居数年，吹似凤声，凤皇来止其屋，公为作凤台，夫妇止其上不下数年，一日皆随凤皇飞去。"○《搜神记》卷一曰：" 魏济北郡从事掾弦超字义起，以嘉平中，夜独梦有神女来从之，自称天上玉女，东郡人，姓成公字智琼，早失父母，天帝哀其孤苦，遣令下嫁从夫，如此三四夕。一旦显然来游，驾辎𫐌，从八婢，服罗绮之衣，姿颜容体，状若飞仙，车上有壶榼，青白琉璃五具，饮啖奇异，馔具醴酒，与超共饮食。"○麻姑海水，见杨炯《寻杨隐居诗序》注。○织妇河津，即用织女渡河事，已见杨炯《彭城公夫人墓志》注。《续齐谐记》曰：" 成武丁谓其弟曰：七月七日，织女当渡河，弟问曰：织女何事渡河？答曰：暂诣牵牛。至今云织女嫁牵牛。"《玉烛宝典》卷七曰：陈思王《九咏》曰：" 乘迴风兮浮汉渚，目牵牛兮眺织女。交[有]际兮会有期"。注曰：" 牵牛为夫，织女为妇，虽为匹偶，岁一会也。"又曰：" 织女、牵牛二星名，处河之旁，七月七日得一会同也。"《白帖》卷二十九引《淮南子》曰：" 乌鹊填河成桥渡织女。"今《淮南》无此文。《尔雅·释天》曰：" 箕斗之间，汉津也。"○《楚辞·天问》曰：" 妻彼雒嫔。"王注曰：" 雒嫔水神，谓宓妃也。"《文选·洛神赋序》曰：" 余朝京师，还济洛川，古人有言，斯水之神，名曰宓妃。"李善注引《汉书音义》如淳曰：" 宓妃，宓羲氏之女，溺死洛水为神。"《庄子·逍遥游》曰：" 淖约若处子。"《释文》曰：" 李云，淖约，柔弱貌。司马云，好貌。"案：淖、绰同。○《列仙传》上曰：" 江妃二女，出游于江汉之滨，逢郑交甫，见而悦之，曰：愿请子之佩。二女手解佩与交甫，交甫悦，受而怀之，去数十步，视佩，空怀无佩，顾二女，忽然不见。"《文选·江赋》曰："江妃含嚬而矊眇。"李善注曰："矊眇，远视貌，矊音绵。"案：矊、绵字通。司马长卿《上林赋》曰："微睇绵邈"，亦同。王怀祖以为好视貌。胡枕泉《文选笺证》卷二以为微视貌，义并通。○玄女见上注。《洛神赋》曰："缀明珠以耀躯。"○《史记·封禅书》曰："或曰太帝使素女鼓五十弦瑟悲，帝禁不止，故破其瑟为二十五弦。"《三洞珠囊》卷八引《大有经》上曰："赤圭玉女，头作颓云髻也。"○《御览·道部》二引《太上正法经》曰："九真者，九天之真气凝而成也。"○《大荒南经》郭注引《归藏·启筮》曰："八极之既张。"《御览·道部》四引《登真隐诀》曰："女真则称元君夫人。"案：南极夫人，见《墉城集仙录》。○《楚辞·九歌·东君》曰："青云衣兮白霓裳。"《御览·道部》十七引《八表经》曰："白素元君衣黄绿曜光云文之裘。"○《九歌·云中君》曰："灵连蜷兮既留。"王而农《楚辞通释》曰："连蜷，云行回环貌。"○《九歌·少司命》曰："乘回风兮载云旗。"又曰："儵而来兮忽而逝。"洪校儵一作倏。《补注》引《庄子疏》曰："儵为有，忽为无。"(《应帝王篇》)司马长卿《大人赋》曰："视眩眠而无见兮。"

　　昔者济阴山下，降尧母之精灵；湘川水曲，留舜妃之响像。壝坛或在，徒闻介福之名；栋宇不修，谁辨安歌之处？岂知夫三仙福地，百姓尊祠，挟王者之都畿，当圣人之顺动？牺牲玉帛，可以洽气和神；幼妇外孙，可以披文相质。虔奉纶旨，式陈壮观。虽周人作诗，自得后妃之美；而魏臣献赋，终惭神女之工。敢作铭曰：
以上撰文。

《汉书·地理志》济阴郡成阳县元注曰："有尧冢灵台。"《水经·瓠子河注》曰："今成阳城西二里有尧陵，陵南一里，有尧母庆都陵，于城为西南，称曰灵台，乡曰崇仁，邑号修义，皆立庙，四周列水，潭而不流，水泽通泉，泉不耗竭，至丰鱼笱，不敢采捕。"○《史记·秦始皇本纪》曰："浮江至湘山祠，逢大风，几不得渡。上问博士曰：湘君何神？博士对曰：闻之尧女舜之妻而葬此。"《水经·湘水注》曰："湘水又北迳黄陵亭西，右合黄陵水口，其水上承大湖，湖水西流，迳二妃庙南，世谓之黄陵庙也。言大舜之陟方也，二妃从征，溺于湘江，神游洞庭之渊，出入潇湘之浦。潇者，水清深也。《湘中记》曰：湘川清照五六丈，下见底石如樗蒲矢，五色鲜明，白沙如霜雪，赤崖若朝霞，是纳潇湘之名矣。故民为立祠于水侧焉。荆州牧刘表刊石立碑，树之于庙，以旌不朽之传矣。"《楚辞·远游》曰："使湘灵鼓瑟兮。"○王文考《鲁灵光殿赋》曰："忽眇眇以响像。"○《仪礼·聘礼》曰："为墠坛。"郑注曰："墠土象坛也。"《释文》曰："墠刬一垂反，一音以癸反，封土曰坛。"《周礼·鬯人》注曰："墠谓委土为坛堋所以祭也。"○《易·晋》六二曰："受兹介福，于其王母。"《诗·小明》曰："介尔景福。"毛传曰："介、景皆大也。"郑笺曰："介，助也。"○《易·系辞下》曰："上栋下宇。"○《九歌·东皇太一》曰："疏缓节兮安歌。"王注曰："徐歌相和以乐神也。"○三台见上注。杜光庭《洞天福地岳渎名山记》曰："终南山内皆福地。"○《周礼·夏官·职方氏》曰："方千里曰王畿。"馀见杨炯《寻杨隐居诗序》下都句注。○《易·豫·象传》曰："圣人以顺动，则刑罚清而民服。"○《左》庄十年："公曰：牺牲玉帛，弗敢加也，必以信。"○《隋书·音乐志中》："北齐五郊迎气乐辞曰：和气洽，具物滋。"○幼妇外孙，见杨炯《彭城公夫人墓志铭》色丝注。○陆士衡《文赋》曰："碑披文以相质。"○《礼记·缁衣》曰："王言如丝，其出如纶。"○司马长卿《封禅文》曰："天下之壮观。"○《毛诗序》曰："《关雎》后妃之德也，《苤苢》后妃之美也。"○曹子建《洛神赋序》曰："感宋玉对楚王神女之事，遂作斯赋。"

九州地险，五岳天中。皎龙洞穴，日月仙宫。蓄泄云雾，震荡雷风。笙歌近接，钟鼓遥通。其一

《书·禹贡》曰："九州攸同。"《左》襄四年："魏绛称辛甲虞人之箴曰：芒芒禹迹，画为九州。"昭四年："司马侯曰：四岳三涂，阳城太室，荆山中南，九州之险也。"《易·坎·彖传》曰："地险山川丘陵也。"○《尔雅·释山》曰："泰山为东岳，华山为西岳，霍山为南岳，（郭璞曰：霍山今在庐江灊县西南即天柱山，灊水所出，汉武帝以衡山辽旷，因谶纬皆以霍山为南岳，故移其神于此，今其土俗皆呼之为南岳，南岳本自以两山得名，非从近也。）恒山为北岳，嵩高为中岳。"《白虎通·巡狩篇》曰："中央为嵩高者何？言其高大也。中央之岳，独加高字者何？中央居四方之中而高，故曰嵩高山。"○《搜神后记》曰："嵩高山北有大穴，晋初有一人堕入穴中，西行有天井，其中多蛟龙。"○《艺文类聚·山部上》引《仙经》曰："嵩高山东南大岩下，石孔方圆一丈，西方北入五六里有太室，高三十馀丈，周围三百步，自然明烛相见，如日月无异，中有十六仙人，云月光童子常在天台时，亦往来此中，人非有道，不得望见。"○云雾并见上注。○《易·说卦传》曰："雷风相薄。"○《列仙传》一曰："王子乔者，周灵王太子晋也。好吹笙作凤皇鸣，游伊洛之间，道士浮丘公接以上嵩高山。"○傅休奕《歌词》曰："雷师鸣钟鼓。"《河南府志》曰："少室山时闻钟声。"

昔在妫帝，洪泉未塞。昏垫下人，氾滥中国。於铄大禹，显允天德。龙画旁分，螺书遍刻。其二

《书·尧典》曰："釐降二女于妫汭。"《史记·五帝本纪》

曰："舜居妫汭。"《汉书·元后传》曰："舜起妫汭，以妫为姓。"《水经·河水注》四曰："河东郡南有历山，妫汭二水出焉。南曰沩水，北曰汭水。《尚书》所谓釐降二女于妫汭也。马季长曰：水所出曰汭，然则汭似非水名，而今见有二水异源，同归浑流，西注入于河。"○司马长卿《难蜀父老》曰："夏后氏戚之，乃堙洪塞源。"《汉书·司马相如传》作堙洪原。颜注曰：水本曰原。案：此洪泉字，疑亦当作原。○《书·益稷》："禹曰：洪水滔天，浩浩怀山襄陵，下民昏垫。"伪孔传曰："言天下民瞀瞀垫溺，皆困水灾。"○《孟子·滕文公上》曰："洪水横流，氾滥于中国。"案《说文》氾训滥，汎训浮，义异，俗恒通用。○《诗·酌》曰："於铄王师。"毛传曰："铄，美也。"《释文》曰："於音乌。"《诗·采芑》显允方叔。孔疏释为明信之方叔。《易·乾·象传》曰："天德不可为首也。"○《御览·皇王部》七引《黄帝玄女兵法》曰："禹乃决江口，鸣角会稽，龙神为见，玉匮浮，禹乃开而视之，中有《天下经》十二卷，禹未及持之，其四卷飞上天，禹不能得也。其四卷复下陂池，禹不能拯也。禹得中四卷开而视之。"又引《尚书中候伯》："禹曰：臣观河有白面长人鱼身（参《休征部》一引），出曰：吾河精也，授臣河图。"《路史·后纪》十三注引《遁甲开山图》曰："游龙门口神采玉简授之，长尺二寸，禹执简平定水土。"○蠡，疑当作蜊。《十洲记》曰："禹经诸五岳，使工刻石识其里数高下，其字科斗书。"

佩文北海，省土南方。还从碣石，更下台桑。予娶有礼，我都攸昌。八年不顾，四载维荒。其三

《路史·后纪》十三注引《河图》曰："禹治水功大，大帝以宝文大字赐禹佩，免北海溺水之难。"（《古微书·河图挺佐辅》作渡北海，免弱水之难。）○巡省南土，已见上注。又《淮南·精神训》曰："禹南省方，济于江，黄龙负舟。"○《书·禹贡》

曰："夹右碣石入于海。"《汉书·地理志》：右北平郡骊成县元注曰："大揭石山在县西南。"辽西郡絫县元注曰："有揭石水。"是揭石跨两县之境（揭石即碣石）。故郭璞《北山经注》、郦道元《濡水注》皆临渝（絫县罢属临渝）、骊成两县合举，郦注且以天柱桥当之，（《河水注》载碣石沦海之说，殆不足信。胡朏明据以为实，非是。）并与《汉志》相合（本杨守敬说）。惟其山所在，诸家聚讼，或谓在河北昌黎县西南，或谓在西北，或谓即县北之仙人台，或谓在乐亭县西南，或又分大小碣石，或又分左右碣石，又或别指山东无棣县之马谷山当之，甚有谓在辽海、在朝鲜者。要之此等考证，当更求之实验，不能专据故书矣。聊志于此，俟有志舆地者探验焉。○台桑以下三句，并见上注。○《孟子·滕文公上》曰："禹八年于外，三过其门而不入。"○《书·益稷》："禹曰：予乘四载。"又曰："惟荒度土功。"伪孔传曰："所载者四，谓水乘舟，陆乘车，泥乘輴，山乘樏。"又曰："大治度水土之功。"《史记·夏本纪》曰："陆行乘车，水行乘舟，泥行乘橇，山行乘檋。"《河渠书》曰："陆行载车，水行载舟，泥行蹈毳，山行即桥。"徐广曰："桥一作檋。"《汉书·沟洫志》即桥作则桐。《说文·木部》曰："檋，山行所乘者。"引《虞书》曰：予乘四载，而说之曰：水行乘舟，陆行乘车，山行乘檋，泽行乘輴。《益稷》孔疏引《尸子》曰："山行乘檋，泥乘蕝。"《河渠书》《集解》引《尸子》亦作山行乘樏。又云：行涂以楯，行险以樶，行沙以軌。《吕氏春秋·慎势篇》曰："水用舟，陆用车，涂用輴，沙用鸠，山用樏。"《文子·自然篇》曰："水用舟，沙用肆（乃鸟切），泥用輴，山用樏。"《淮南·齐俗训》许注曰："水宜舟，陆地宜车，沙地宜肆，泥地宜楯。"《修务训》高注曰："山行用藁，水行用舟，陆行用车，泽行用蕝。"又《益稷》疏引《慎子》曰："为毳者，患涂之泥也。"是《慎子》书亦谓泥行乘毳矣。观以上诸说，水陆舟车无异外，而輴軌楯橇毳蕝为一物，欂櫨桐桥欞樸橐为一物，至沙行鸠轵肆趈为一物，则不在四载中矣。

宛委既登，轩辕仡凿。家室误往，熊罴方作。天道幽秘，生涯纠错。其化则迁，其灵是托。其四

《吴越春秋·越王无余外传》曰："禹伤父功不成，愁然沉思，乃案《黄帝中经历》，盖圣人所记曰：在于九山东南天柱，号曰宛委，赤帝在阙，其岩之巅，承以文玉，覆以磐石，其书金简，青玉为字，编以白银，皆瑑其文。禹乃东巡，登衡岳，血白马以祭，不幸所求，禹乃登山仰天而啸，因梦见赤绣衣男子，自称玄夷苍水使者，闻帝使文命于斯，故来候之，东顾谓禹曰：欲得我山神书者，斋于黄帝岩岳之下，三月庚子，登山发石，金简之书存矣。禹退又斋，三月庚子，登宛委山，发金简之书。"案：金简玉字，得通水之理。《太平寰宇记》曰："江南东道越州会稽县石篑山，在县东南十五里。贺循记山形似篑，在宛委山上，《开山图》曰："禹开宛委山，得赤珪如日，碧珪如月，长尺有二寸。"《清一统志》曰："浙江绍兴府：宛委山，在会稽县东南十五里（今并入绍兴县），会稽山东三里。"○轩辕以下，并见题注。案《秦策》："张仪曰：秦下兵三川，塞轩辕缑氏之口。"《元和郡县志》曰："河南道河南府缑氏县：轩辕山，在县东南四十六里，道路险隘，凡十二曲，将去复还，故曰轩辕。后汉河南尹何进所置八关，此其一也。"《清一统志》曰："河南府：轩辕山，在偃师县东南，接巩、登封二县界。"○《左》昭十二年：子产曰："天道远，人道迩，非所及也，何以知之？"○《庄子·养生主篇》曰："吾生也有涯。"贾生《鵩鸟赋》曰："纠错相纷。"

虙妃之馆，仙女之台。物类通感，精魂去来。巫山庙立，汉水祠开。壝坛岁古，栋宇年摧。其五

《东京赋》曰："虙妃攸馆，神用挺纪。"《楚辞·九叹·愍

命》曰："迎宓妃于伊雒。"王注曰："宓妃神女，盖伊雒水之精也。"馀见上注。○仙女台见上注。○马季长《长笛赋》曰："可以通感灵物。"○《楚辞·招魂》曰："魂兮归来。"王注曰："魂者，阳之精也。"○巫山庙见上注，及杨炯《彭城公夫人墓志铭》注。《清一统志》曰："四川夔州府：神女庙在巫山县东。"○《水经·沔水注》上曰："汉水又东迳汉庙堆下，昔汉女所游，水侧为钓台，后人立庙于台上，世人睹其颓基崇广，因谓之汉庙堆。"（在今南郑县西南。）

皇矣大唐，丽哉神圣。膺图受箓，体元居正。赫赫高祖，天有成命。明明太宗，于兹为盛。其六

《诗·皇矣》曰："皇矣上帝。"毛传曰："皇，大也。"○张平子《东京赋》曰："高祖膺箓受图。"○《左氏春秋经》隐元年杜注曰："凡人君即位，欲其体元以居正，故不言一年一月也。"○《诗·大明》曰："明明在下，赫赫在上。"○《诗·周颂》有《昊天有成命》。"○《论语·泰伯篇》曰："唐、虞之际，于斯为盛。"

重光累洽，下武嗣文。负扆而化，垂衣以君。三灵胼蠁，六气氤氲。鱼鳖咸若，鸡犬相闻。其七

《书·顾命》曰："昔君文王、武王，宣重光。"《东都赋》曰："至于永平之际，重熙而累洽。"○《毛诗序》曰："《下武》，继文也，武王有圣德，复受天命，能昭先人之功焉。"其诗曰："下武维周。"毛传曰："武，继也。"郑笺曰："下犹后也，后人能继先祖者，维有周家最大。"○负扆垂衣，并见上注。○《文选》杨子云《甘泉赋》曰："逆釐三神。"李善注曰："三神，天地人也。"又曰："胼蠁丰融。"又司马长卿《上林赋》曰："胼蠁布写。"李善注引《说文》曰："胼蠁，布也。"案：今《说文·十部》作胼，𧖌布也。段若膺注据《选》注改曰，按虫部，蠁，

知声虫也，肸蠁者，盖如知声之虫，一时云集。春秋晋羊舌肸字叔向。《释文》许两切，即蠁字，知肸蠁之语甚古，胡枕泉《文选笺证》卷十谓字当作响，即振动之义，亦通。又班孟坚《典引》曰："答三灵之蕃祉。"李善注曰："三灵，天地人也。"与《甘泉赋》三神正同。○《左》昭元年：医和曰："天有六气，曰阴阳风雨晦明也。"《庄子·逍遥游》曰："御六气之辩。"《释文》引李曰："平旦为朝霞，日中为正阳，日入为飞泉，夜半为沆瀣，天玄地黄为六气。"《易·系辞下》曰："天地絪缊。"《释文》作烟煴，本又作氤氲。○《书》伪古文《伊训》曰："暨鸟兽鱼鳖咸若。"○鸡犬句见上注。

重译请命，殊邻禀朔。化及中孚，风移大朴。天秩百礼，人和万乐。汾水可游，昆山何邈。其八

《文选》应吉甫晋武帝《华林园集诗》曰："越裳重译。"李善注引《尚书大传》曰："成王之时，越裳重译而来朝，曰道路悠远，山川阻深，恐使之不通，故重三译而朝也。郑玄曰：欲其转相晓也。"○《魏都赋》曰："思禀正朔。"○《易·中孚》曰："化及豚鱼。"○大朴，见卢昇之《黎君碑》注。○《书·皋陶谟》曰："天秩有礼。"《诗·宾之初筵》曰："以洽百礼。"○《东都赋》曰："万乐备，百礼暨。"○《庄子·逍遥游》曰："尧往见四子邈姑射之山，汾水之阳，窅然丧其天下焉。"○《穆天子传》卷二曰："辛酉天子升于昆仑之丘，以观黄帝之宫。"

随巢旧说，夏启遗居。盛德不泯，嘉声在诸。周王转跸，汉帝迴舆。聿怀降鉴，其祀如初。其九

随巢见上注。○《左》昭八年：史赵曰："臣闻盛德，必百世祀。"○蔡伯喈《郭有道碑文》曰："聆嘉声而响和。"○周王谓穆王也，已见游太室句注。○汉帝谓武帝也，见上注。○《诗·大明》曰："聿怀多福。"又《殷武》曰："天命降监。"《东都赋》

曰："上帝怀而降监。"

虞衡掌木，班、倕葺宇。虹亘梅梁，龙盘桂柱。草积庭院，水周堂庑。石室置俸，轩宫为辅。其十

《周礼·地官》："山虞掌山林之政令，林衡掌巡林麓之政令。"《左》昭二十年：晏子曰："山林之木，衡鹿守之。"○《汉书·杨雄传·甘泉赋》曰："般倕弃其剞劂兮。"颜注曰："般，公输般也；倕，共工也。"又《叙传·答宾戏》曰："班输搉巧于斧斤。"颜注曰："班输即鲁公输班也。一说班鲁班也，与公般氏为二人，皆有巧艺也。"《古乐府》云："谁能为此器，公输与鲁班。"案：班、倕盖皆古时巧工之通名。公输般请以机封季康子母，见《礼记·檀弓下》；为楚造机欲攻宋，见《宋策》《墨子·公输篇》《列子·汤问篇》《吕氏春秋·爱类篇》（《御览·兵部》五十八引《尸子》）。《宋策》及《吕览》高注云：公输，鲁般之号，则与《檀弓》以公般为氏者，恐非一人。《孟子·离娄上》赵注云：或以为昭公之子。《海内经》般作弓矢。吴斗南谓故此称鲁般以别之。梁曜北亦谓取古人命名，以斯知般之为巧工通名也。《淮南子·齐俗训》许注、《本经训》高注皆云：倕，尧时巧工。《荀子·解蔽篇》杨注云：舜之共工。而《玉篇》以为黄帝时巧人，《切韵》以为神农时巧人，以斯知倕之为巧工通名也。至其字班或作斑（《郙阁颂》），或作般，或作盘（《墨子·公输》）；倕或作垂（《书·舜典》《礼·明堂位》《汉书·人表》《墨子·非儒》），特各本不同耳。○《舆地纪胜》曰："两浙东路绍兴府：禹庙，在会稽东南十二里。《越绝书》云：少康立祠于禹陵，得一木为梁，即梅梁也。"今《越绝书》无此文。《御览·居处部》十五引《吴越春秋》曰："夏禹庙以梅木为梁。"（今《吴越春秋》亦无此文。）又曰："梅梁禹庙，在会稽县。梁时修庙，欠一梁，俄风雨至，湖中得一木，取为梁。即梅梁也。夜忽大雷

雨，梁辄失去，比归，水草被其上，人以为神。縻以大铁绳，然犹时一失之。"班孟坚《西都赋》曰："抗应龙之虹梁。"○《三辅黄图》四曰："昆明池中有灵波殿，皆以桂为殿柱，风来自香。"○《楚辞·九歌·湘君》曰："水周兮堂下。《湘夫人》曰："建芳馨兮庑门。"洪《补注》引《说文》曰："庑，堂下周屋也。"（今本《说文·广部》周下有庑字，盖误衍。《文选·魏都赋》李善注，慧琳《一切经音义》卷三十二、卷四十二、卷八十七引并云：堂下周屋也。）○《初学记·地部上》引戴延之《西征记》曰："嵩高山东谓太室，西谓少室，嵩其总名也。谓之室者，以其下各有石室焉。"○《文选》谢希逸《月赋》曰："扬采轩宫。"李善注引《淮南子》曰："轩辕者，帝妃之舍（《天文篇》）。高诱曰："轩辕星名。"（今本失此注。）

　　珠簾洞卷，玉座含清。金翠玓瓅，罗縠轻明。仪形若动，侍卫疑生。依稀有物，惝怳无声。其十一

　　《汉武故事》曰："帝起神屋堂，以白珠为簾。"○《文选》谢希逸《宋孝武宣贵妃诔》曰："金釭暖兮玉座寒。"李善注引《易是类谋》曰："假威出，座玉床。"○《洛神赋》曰："戴金翠之首饰。"《史记·司马相如传·上林赋》曰："明月珠子，玓瓅江靡。"○《晋书·石崇传》曰："崇尽出其婢妾数十人，皆蕴兰麝，被罗縠。"○《老子》曰："其中有物。"○潘安仁《寡妇赋》曰："超惝怳兮恸怀。"

　　帝子湘川，天孙汉曲。翩绵缥眇，踌躇踯躅。神女弄珠，灵妃启玉。倏来忽往，星繁电烛。其十二

　　《楚辞·九歌·湘夫人》曰："帝子降兮北渚。"王注曰："帝子谓尧女也。"馀见上注。○《史记·天官书》曰："织女，天女孙也。"馀见上注。○陆士龙《寒蝉赋》曰："翩眇微妙。"木玄虚《海赋》曰："群仙缥眇。"○《毛诗·静女》曰："搔首踟

蹈。"《文选·琴赋》注引《韩诗》作踌躇，曰：踌躇，犹踯躅也。《文选》张平子《南都赋》曰："游女弄珠于漠皋之曲。"李善注引《韩诗外传》（外当作内）曰："郑交甫将南适楚，遵彼汉皋台下，乃遇二女，佩两珠，大如荆鸡之卵。"○《文选》郭景纯《游仙诗》曰："霞妃顾我笑，粲然启玉齿。"李善注曰："灵妃，宓妃也。"○倐来见上注。○张景阳《七命》曰："万燧星繁。"杨子云《甘泉赋》曰："流星旄以电烛兮。"

壮矣丽矣，神之听之。聪明是属，景福无欺。夫人立馆，幼妇镌辞。巍巍皇室，万万馀基。其十三

宋玉《神女赋》曰："盛矣丽矣，难测究矣。"○《诗·伐木》曰："神之听之，终和且平。"《小明》曰："神之听之，介尔景辐。"○《左》庄三十二年："史嚚曰：神聪明正直而壹者也。"○夫人立馆，盖即楚襄王为云华夫人筑台高唐之馆事，见上注。○幼妇注见上。○《文选》扬子云《剧秦美新》曰："令万世常戴巍巍。"李善注曰："巍巍，高大也。"○班孟坚《西都赋》曰："图皇基于亿载。"《诗·伐檀》毛传曰："万万曰亿。"

张文成

张鷟，字文成，深州陆泽人。调露初登进士第，授岐王府参军。凡八应举皆甲科，再授长安尉，迁鸿胪寺丞，四参选判，策为铨府最。员半千称鷟文辞犹青铜钱，万选万中，时号鷟为"青钱学士"。开元初，为御史李全交所劾，贬岭南。刑部尚书李日知讼斥太重，得内徙，终司门员外郎。新、旧《唐书》皆见《张荐传》，荐，鷟之孙也。

公主出降礼钱判

永安公主出降，有司奏礼钱，加长公主二十万，造第宅费亦如之，群下有疑。

案：此文成《龙筋凤髓判》卷一，公主二条之一也。《新唐书·艺文志》《郡斋读书志》《直斋书录解题》《文献通考·经籍考》"别集类"，皆载有《龙筋凤髓判》十卷，清《四库书目》著录刘氏注本四卷（《学津》本二卷无注），改入"类书类"。○《旧唐书·后妃传上·太宗文德顺圣皇后长孙氏传》曰："后所生长乐公主，太宗特所锺爱，及将出降（下嫁长孙冲），敕所司资送，倍于长公主。魏徵谏曰：'昔汉明帝时，将封皇子，帝曰：朕子安得同于先帝子乎？然谓长主者，良以尊于公主也，若令公主之礼有过长主，理恐不可。'太宗以其言，退而告后，后叹曰：'尝闻陛下重魏徵，殊未知其故，今闻其谏，实乃能以义制主之情，可谓正直社稷之臣矣。'因请遣中使赍帛五百匹，诣征宅以赐之。"案：唐人书判，多影射古今事迹，发为问题。此判即隐取长乐公主事，永安即长乐之庾词也。又案：蔡伯喈《独断》上曰："帝之女曰公主，帝之姊妹曰长公主。"○今《龙筋凤髓判》明刘敬虚（允鹏）注，清陈东为（春）补正，虽未尽善，亦多可采，准前例不复标出。

金机札札，灵婺皎洁于云间；银汉亭亭，少女倭迟于巽位。故潇湘帝子，乘洞浦而扬波；巫峡仙妃，映高唐而散雨。以上言帝子之尊。

《文选·古诗》曰："迢迢牵牛星，皎皎河汉女。纤纤擢素手，札札弄机杼。"五臣注张铣曰："札札，机杼声。"○《广雅·释天》曰："婺女谓之娵女。"《左》昭十年杜注曰："婺女为既嫁之女，织女为处女。"谢灵运《咏牛女诗》曰："云汉有灵匹。"○《白帖》卷一天河第十九曰："天河谓之天汉。"注曰："银汉银河河汉天津绛河明河。"《文选》张平子《西京赋》薛注曰："亭亭，高貌也。"司马长卿《长门赋》李善注曰："亭亭，远貌。"○《易·说卦传》曰："巽，东南也。"陆士衡《拟古诗》曰："织女东南倾。"《毛诗·四牡》曰："周道倭迟。"传曰："倭迟，历远之貌。"刘曰："少女即星占处女也。"○《中山经》曰："洞庭之山，帝之二女居之，是常游于江渊，澧沅之风交潇湘之渊，是在九江之间，出入必以飘风暴雨。"《楚辞·九歌·湘夫人》曰："帝子降兮北渚。"又曰："望涔阳兮极浦。"谢玄晖《新亭渚别范零陵诗》曰："洞庭张乐地，潇湘帝子游。"○《说文》曰："浦，水濒也。"刘曰："洞浦，洞庭之滨也。"○《水经·江水注》二曰："江水又东迳巫峡，杜宇所凿以通江水也。江水历峡东迳新崩滩。郭景纯云：丹山在丹阳，属巴，丹山西即巫山者也。天帝女居焉，宋玉所谓天帝之季女，名曰瑶姬，未行而亡，封于巫山之阳，精魂为草，实为灵芝。所谓巫山之女，高唐之岨，旦为行云，暮为行雨，朝朝暮暮，阳台之下，旦早视之，果如其言，故为立庙，号朝云焉，其间首尾百六十里，谓之巫峡，盖因山为名也。"又互见杨炯《彭城公夫人墓志》注。

公主秾华发彩，薿萼延祥。六珈玉步之辰，百两香飞之日。三公主婚，鹓鸾接羽。百枝灯烛，光沁水之田园；万转笙竽，杂平阳之歌舞。玲珑玉佩，振霞锦于仙衣；熠爚花冠，点星珠于宝胜。飞鸾镜匣，向满月以开轮；仙风楼台，映浮云而写盖。弄珠分态，江姊为之含嚬；飞箭成婚，天公为之蹙笑。以上公主出降礼之繁盛。

《毛诗序》曰："《何彼襛矣》，美王姬也。虽则王姬，亦下嫁于诸侯，车服不系其夫，下王后一等，犹执妇道，以成肃雝之德也。"其诗曰："何彼襛矣，唐棣之华。"郑笺曰："兴者，喻王姬颜色之美盛。"案：襛，俗误作秾。○《诗·有女同车》曰："颜如舜华。"毛传曰："舜，木槿也。"《说文·草部》引作蕣。《吕氏春秋·仲夏纪》《淮南·时则训》高注、《孟子·尽心上》赵注引并同。《诗·常棣》郑笺曰："承华者曰鄂。"案：鄂字亦作萼。○《诗·君子偕老》曰："副笄六珈。"毛传曰："副者，后夫人之首饰，编发为之。笄，衡笄也。珈，笄饰之最盛者，所以别尊卑。"郑笺曰："珈之言加也，副既笄而加饰，如今步摇上饰，古之制所有未闻。"孔疏曰："以言六珈，必饰之有六，但所施不可知。"《周礼·天官·追师》贾疏曰："《诗》有副笄六珈，谓以六物加于副上，未知用何物，故郑云古之制所未闻，是也。"○《礼记·玉藻》曰："行则鸣佩玉。"○《诗·鹊巢》曰："之子于归，百两御之。"毛传曰："百两，百乘也。"○《初学记·岁时部下》引张文恭《七夕诗》曰："星桥百枝动，云路七香飞。"○刘注引《杜阳杂编》卷下：公主下降，七宝步辇，四面缀香囊，贮避邪香，乃同昌公主下嫁事，以在文成后，不得引，而改自两汉至皇唐公主出降之盛，未之有也，为汉唐公主下降，使人疑为汉唐通制，则有意舞文矣。○《汉书·高帝纪下》注引如淳曰："《公羊传》曰：天子嫁女于诸侯，必使诸侯同姓者主之（庄元年），故谓之公主。"颜曰："天子不亲主婚，故谓之公主。"○司马长卿《子虚赋》曰："鹓鶵孔鸾。"○百枝见上，《艺文类聚·火部》引孙惠《百枝灯赋》。○《后汉书·窦宪传》曰："宪恃宫掖声势，遂以贱直请夺沁水公主园田。"注曰："沁水公主，明帝女。"○左太冲《咏史诗》曰："北里吹笙竽。"○《汉书·外戚传》曰："孝武卫皇后字子夫，为平阳主讴者，帝过平阳主，既饮，讴者进，帝独说子夫，因奏子夫送入宫。"案：李子至（适）《侍宴长宁公主东庄应制诗》曰：歌舞平阳第，园亭沁水林，亦用此二事。○《文选·东都赋》注引《埤苍》曰："玲珑，玉声也。"○《拾遗记》卷二曰："因祇国人来献，有云昆锦，文似云，从山岳中出；有列堞锦，文似云霞，覆城雉楼堞。"《御览·道部》十七引《三五顺行经》曰："玉景真人衣玄云锦衣。"○《诗·东山》郑笺曰："熠耀其羽，羽鲜明也。"○《西山经》曰："西王母蓬发戴胜。"郭注曰："胜，玉胜也。"○鸾镜已见王子安《上武侍极启》注。○凤台已见卢昇之《乐府杂诗序》及崔安成《嵩山启母庙碑》注。○弄珠见崔安成《嵩山启母庙碑》注。又《文选·江赋》曰："感交甫之丧佩。"注引《韩诗内传》曰："郑交甫遵彼汉皋台下，遇二女，与言曰：愿请子之佩。二女与交甫，交甫受而怀之，超然而去，十步循探之，即亡矣。回顾二女，亦即亡矣。"○江姊即江妃，亦见《嵩山启母庙碑》注。○《神异经》曰："东荒山中有大石室，东王公居焉，与一玉女投壶，每投千二百矫，设有入不出者，天为之噓嘘，矫出而脱误不接者，天为之笑。"注曰："言笑者，天口流火焰灼，今天上不雨而有电光，是天笑也。"

　　肃雝之制，盖异常伦。筑馆之规，特优恒典。小不加大，必上下和平；卑不凌尊，则亲疏顺序。先帝女之仪注，旧有章程；长公主之礼容，岂容逾越？以上公主出降，资送不得逾长公主。

　　○藻采鲜妍，风华掩映，"万选万中"之誉，非虚也。

　　《诗·何彼禯矣》曰："曷不肃雝，王姬之车。"毛传曰："肃敬雝和。"郑笺曰："言其嫁时始乘车，则已敬和。"○江文通《杂诗》嵇中散《言志》曰："高步超常伦。"○《春秋》庄元年："筑王姬之馆于外。"○《左》隐三年：石碏曰："贱妨贵，少陵长，远间亲，新间旧，小加大，淫破义，所谓六逆也。"○《礼记大传》曰："不以卑临尊也。"○《隋书·经籍志》仪注属史部，新、旧《唐志》亦有仪注类。○《汉书·高祖本纪》

曰："张苍定章程。"○《文选·闲居赋》李善注引《春秋考异邮》曰："饰礼容，成文法。"

宋延清

宋之问，一名少连，字延清，虢州弘农人（《新唐书》云汾州人）。高宗时，为东台详正学士。武后时，召与杨炯分直习艺馆，累转尚方监丞，坐附张易之，左迁泷州参军。武三思用事，起复，累转考功员外郎修文馆学士，下迁汴州长史，未行，改越州长史。睿宗即位，诏流钦州，先天中赐死。《旧唐书》入《文苑传》，《新唐书》入《文艺传》。

早秋上阳宫侍宴序

《旧唐书·地理志》曰："河南道东都：宫城在都城之西北隅，上阳宫在宫城之西南隅，南临洛水，西距谷水，东即宫城，北连禁苑，宫内正门正殿皆东向，上阳之西，隔谷水有西上阳宫，虹梁跨谷，行幸往来，皆高宗龙朔后置。"

臣闻神器至大，非圣无以光临；宝位至尊，非神无以长守。我金轮圣神皇帝垂妙觉，抚鸿勋。出轩宫而镇紫微，卷羣衣而袭玄衮。释罝祝网，万族咸宁；革故维新，五刑不用。润玉律而含元气，转金浑而调顺晷。穷荒极远，重译左言之俗；负阻凭危，背德殊风之类，莫不厥角稽颡，执贽来庭。烟火通于万方，车书混于千里。庆延八室，享配于明祇；辟水三雍，讲论乎道义。麐凤荐祉，龟龙奉图。石铭显瑞于郊畿，玉书告祥于宫掖。

以日继月，纷纶葳蕤。竹帛书之而未穷，夷夏歌之而不极。圣人之具品周矣，天子之能事毕矣。自千古以下，迄于梁、隋，何功于人，比我全德？以上颂武后功德。

《老子》曰："天下神器，不可为也。"○《易·系辞下》曰："圣人之大宝曰位。"○《旧唐书·则天皇后本纪》："长寿二年秋九月，上加金轮圣神皇帝号，大赦天下。"○《淮南子·天文训》曰："轩辕者，后妃之舍也。"《晋书·天文志》曰："紫微大帝之座，天子之常居也。"○《周礼·天官·内司服》曰："掌后之袆衣。"郑注曰："雉，伊雒而南，素质皆备成章曰翚，袆衣画翚者。"《春官·司服》曰："王享先王则衮冕，祭群小祀则玄冕。"○祝网已见骆宾王《露布》注。张平子《东京赋》曰："解罘放麟。"○《易·乾·彖传》曰："万国咸宁。"○革故见崔安成《启母庙碑》注。《诗·文王》曰："周虽旧邦，其命维新。"○《史记·周本纪》曰："成、康之际，天下安宁，刑错四十馀年不用。"○《续汉书·律历志》曰："殿中候用玉律十二。"班孟坚《东都赋》曰："降烟煴，调元气。"○金浑即浑天仪也。《书·舜典》孔疏曰："蔡邕《天文志》云：言天体者有三家，一曰周髀，二曰宣夜，三曰浑天。宣夜绝无师说，周髀术数具在，考验天象，多所违失，故史官不用。惟浑天近得其情，今史所用候台铜仪，则其法也。"《旧唐书·天文志》曰："贞观初，直太史李淳风言，灵台候仪，是后魏遗范，法制疏略，难为占步。太宗因令淳风改造浑仪，铸铜为之，七年造成，太宗令置于凝晖阁，以用测候。"案《文苑英华》作轮金浑，或作浑金轮，皆非是，今依《全唐文》。○《文选》王元长《曲水诗序》曰："左言入侍。"李善注引《尚书大传》曰："成王时，越裳氏重九译而献白雉。"又引《蜀王本纪》曰："椎髻左言。"○庾子山《周五声调曲》曰："殊风共轨。"○《孟子·尽心下》曰："若崩厥角稽首。"赵注曰："百姓归周，若崩厥角，额角犀厥地，稽首拜命，亦以首至地也。"《汉书·诸侯王表序》曰:"厥角稽首。"注引应劭曰:"厥者顿也,角者额角也,稽首首至地也。"颜曰:"稽与稽同。"《文选》扬子云《羽猎赋》李善注引应劭曰:"蹶,顿也。"案:厥、蹶字通。又扬子云《长杨赋》曰:皆稽颡树领。○司马长卿《封禅文》曰:"百蛮执贽。"《诗·常武》曰:"徐方来庭。"○《史记·律书》曰:"烟火万里,可谓和乐者乎。"○《礼记·中庸》曰:"今天下车同轨,书同文。"庾子山《哀江南赋》曰:"混一车书。"○班孟坚《两都赋·白雉诗》曰:"永延长兮膺天庆。"案:延字与下句辟水不对。《考工记·匠人》曰:"周人明堂,度九尺之筵。"此庆延疑是度筵之误。《晋书·贺循传》曰:"时宗庙始建,循议以为既有八神,则不得不于七室之外,权安一位也。永熙元年,告世祖谥于太庙八室,此是苟有八神,不拘于七之旧例也。"《旧唐书·则天皇后纪》曰:"垂拱四年春二月,毁乾元殿,就其地造明堂。载初元年九月丙戌,初立武氏七庙于神都,追尊神皇父太原王士彟为孝明皇帝。"《新唐书·则天本纪》曰:"追尊周文王曰始祖文皇帝,四十代祖平王少子武曰睿祖康皇帝,太原靖王曰严祖成皇帝,赵肃恭王曰肃祖章敬皇帝,魏义康王曰烈祖昭安皇帝,周安成王曰显祖文穆皇帝,忠孝太皇曰太祖孝明高皇帝。十月,改唐太庙为享德庙,以武氏七庙为太庙。"○《汉书·景十三王传》曰:"河间献王德修学好古,武帝时,献王来朝,献雅乐,对三雍宫。"注引应劭曰:"辟雍、明堂、灵台也。雍,和也,言天地君臣人民皆和也。"班孟坚《东都赋》曰:"盛三雍之上仪。"《白虎通·辟雍篇》曰:"辟者璧也,象圆璧以法天也。雍者壅之以水,象教化流行也。"班孟坚《西都赋》曰:"讲论乎六艺。"○《礼记·礼运》曰:"麟凤龟龙,谓之四灵。"案:麟本字当作麐,《礼运》孔疏引《孝经援神契》曰:"德至鸟兽,则凤皇来,麒麟臻;德至深泉,(当作渊,唐人避讳改。)则河出龙图,洛出龟书。"○《旧唐书·则天纪》曰:"垂拱四年夏四月,魏王武承嗣伪造瑞石文云:圣母临人，永昌帝业，令雍州人唐同泰表称获之洛水，皇太后大悦，号其石为宝图。五月，皇太后加尊号曰圣母神皇。秋七月，大赦天下，改宝图曰天授圣图。"《新唐书·则天纪》曰："五月，得宝图于洛水。六月，得瑞石于汜水。"《太平御览·休征部》二引《祥瑞图》曰："张掖之柳谷有石，始见于建安，成形于黄初，文备于太和，其石状象龟，嶷然盘峙，广一丈六尺，长一丈七尺，周围五丈馀，苍质，麟凤龙马，炳焕成形，文字灿然，斯盖大晋受终，圣德兼该之应也。"《拾遗记》曰："孔子生之夕，有麟吐玉书于阙里。"○《史记·司马相如传·封禅文》曰："纷纶葳蕤。"《索隐》引张揖曰："乱貌。"○《墨子·兼爱下》曰："书于竹帛。"○《礼记·乐记》郑注曰："极犹穷也。"○《易·系辞上》曰："天下之能事毕矣。"

于是宁宴坐，展豫游，顺四时，乘六辨。先王洛食，上帝河都。枢机正于域中，雨露均于天下。徒观其离宫别殿，弥复道而亘南端；高阁重甍，瞰崇墉而连北斗。沧洲晓气，化为宫阙之形；闾阎秋风，乱起金银之树。以上叙东都上阳宫早秋。

《维摩结所说经·弟子品》曰："夫宴坐者，不于三界现身意，是为宴坐。"○《易·豫·象传》曰："豫顺以动。"《孟子·梁惠王下》晏子引夏谚曰："吾王不游，吾何以休？吾王不豫，吾何以助？"○《易·乾·文言传》曰："夫大人者，与四时合其序。"○《庄子·逍遥游篇》曰："乘六气之辩。"案：辩、辨皆变之通借字，六气见崔安成《嵩山启母庙碑》注。○《书·洛诰》："周公曰，我乃卜涧水东，瀍水西，惟洛食；我又卜瀍水东，亦惟洛食。"《诗·黍离》孔疏引郑注曰："观召公所卜之处，皆可长久居民，使服田相食。"孙渊如（星衍）《尚书今古文注疏》卷十九曰："郑解经'惟洛食'之义，伪孔以为龟兆食墨，非也。食墨不必尽吉，且《周礼·占人》云，凡卜，君占体，大夫占色，史占墨，卜人占坼。此卜作洛，是王之事，宜占体，不宜占墨也。"○《元和郡县志》曰："河南府：显庆二年置东都，则天改为神都。"《西山经》曰："昆仑之丘，是实为帝之下都，河水出焉。"○《公羊》文十四年何注曰："北斗天之枢机，玉衡七政所出。"《老子》曰："域中有四大。"○《史记·周本纪》曰："成王使召公复营洛邑，周公复卜申视，卒营筑居九鼎焉。曰此天下之中，四方入贡道里均。"○班孟坚《西都赋》曰："离宫别馆，三十六所。"○《西都赋》曰："弥明光而亘长乐。"张平子《东京赋》曰："启南端之特闱。"薛敬文注曰："端门，南方正门。"李善注曰："《洛阳宫舍记》曰：洛阳有端门。"○何平叔《景福殿赋》曰："高甍崔嵬。"○刘子骏《甘泉宫赋》曰："居北辰之闳中。"○阮嗣宗《为郑冲劝晋王笺》曰："临沧洲而谢支伯。"《梁书·张充传》："充与王俭书曰：濯足沧洲。"《史记·天官书》曰："海旁蜃气象楼台，广野气成宫阙。"○《说文》曰："闾阖，天门也。"《淮南·天文训》曰："凉风至，四十五日闾阖风至。"高注曰："兑卦之气也。"○《西京杂记》上曰："上林苑有金叶梨，金枝李，又金明树二十株，白银树十株，黄银树十株。"

降琱舆而式宴，簪绂凝严；披镂槛而升高，山河在目。参光有地，游日月于天边，眇远无穷，见城池于掌上。四达分九重之路，积树梢云；双茎当铁锁之桥，流珠耿汉。霞浆玉醴，与湛露而俱倾；凤管龙丝，杂商飚而共奏。以上侍宴。

张平子《思玄赋》曰："辖琱舆而树葩兮。"《诗·鹿鸣》曰："嘉宾式燕以敖。"案：燕、宴字通。○杨续安《德山池宴集诗》曰："簪绂启宾馆。"○张平子《西京赋》曰："镂槛文㮰。"○《庄子·在宥篇》："广成子曰：吾与日月参光。"○《尔雅·

释宫》曰："四达谓之衢。"《楚辞·九辩》曰："君之门以九重。"《天问》曰："圜则九重。"○《文选》郭景纯《江赋》李善注引《孙氏瑞应图》曰："梢云瑞云，若树木梢梢然也。"义与此异，此当为挦之借字。《文选·羽猎赋》李善注引韦昭曰：挦，拂也，此言树木之高拂云耳。○班孟坚《西都赋》曰："抗仙掌以承露，擢双立之金茎。"《元和郡县志》曰："河南府河南县：天津桥在县北四里，隋炀帝造此桥以架洛水，用大缆维舟，皆以铁锁钩连之。《尔雅》：箕斗之间，为天汉之津（《释天》），故取名焉。"○江文通《别赋》曰："秋露如珠。"○《洞冥记》曰："东方朔曰：王公饴之以丹霞之浆。"张平子《思玄赋》曰："饮青岑之玉醴兮。"○《诗·湛露》曰："湛湛露斯。"序曰："湛露，天子饮诸侯也。"毛传曰："湛湛，露茂盛貌。"○鲍明远《登庐山诗》曰："倾听凤管宾。"《西京杂记》下曰："赵后有宝琴。皆以金玉隐起，为龙螭鸾凤之像。"○《南齐书·武帝本纪》曰："永明五年九月己丑，诏曰：九日出商飚馆登高，宴群臣。"《拾遗记》曰："师涓善造新曲，秋有商飚白云，落叶吹蓬之曲。"（飚今本作风，依《太平广记·乐部》一订。）

圣皇乃望芝田，赋葛天，和者万，唱者千。乃命小臣，编纪众作，流汗拜首，而为序云。以上作序。

□蒋曰："道宕之气，直逼子安而上之矣。"

《文选》曹子建《洛神赋》曰："秣驷乎芝田。"李善注曰："《嵩高山记》曰：山上神芝。《十洲记》曰：锺山仙家，耕田种芝草。"○葛天见李善《上文选〔注〕表》注。司马长卿《上林赋》曰："奏陶唐（当依《汉书·司马相如传》颜注及《后汉书·马融传》章怀注作阴康）之舞，听葛天氏之歌，千人唱，万人和。"《文心雕龙·事类篇》曰："陈思王《报孔璋书》云：葛天氏之乐，千人唱，万人和，听者因以蔑韶夏矣。案：葛天氏之歌，唱和三人而已，相如《上林》，滥侈葛天，推三成万，信赋妄书，致斯谬也。"纪晓岚曰："千人万人，自指汉时之歌舞者，不过借陶唐、葛天点缀其事，非指上二事也。子建固误，彦和亦未详考也。"梁曜北曰："千唱万和，乃总承上文，非专属葛天，谬在陈思，不在相如。"（《史记志疑》卷三十四）梁茝林说同（《文选旁证》卷十）。

李巨山

李峤，字巨山，赵州赞皇人。弱冠擢进士第，调安定尉，举制策甲科，迁长安，授监察御史，迁给事中。武后时为鸾台侍郎平章事，中宗朝拜中书令，封赵国公。玄宗即位，贬为滁州别驾，改庐州卒。峤初与王勃、杨盈川接，中与崔融、苏味道齐名，晚诸人没，而为文章宿老，一时学者取法焉。新、旧《唐书》皆有传。

神龙历序

《旧唐书·历志》曰："中宗时，南宫说造《景龙历》。"案：即《神龙历》。《中宗纪》："神龙三年九月，改元为景龙。"《玉海》卷十曰："中宗反正，太史丞南宫说以《麟德历》上元五星有入气加减，非合璧连珠之正，以神龙元年，岁次乙巳，故治乙巳元历，推而上之，积四十一万四千三百六十算，得十一月甲子朔夜半冬至，七曜起牵牛之初，其术有黄道而无赤道，推五星先步定合加伏日，以求定见，佗与淳风术同（李淳风《麟德历》）。所异者，推平合加减差。既成而睿宗即位，罢之。"又原注曰："《神龙历》正因《麟德历》法，李峤为序。"案：历（歷）、历（曆）字同。

昔者龙负河图，八卦列明时之象；龟呈洛字，九畴开叶纪之文。青岩启而六甲飞，黄壤堙而五行缺。故知乾笅远，坤符灵。秘法效用，常邀乎圣期；研几测深，必贯于神道。皇轩于是乎合而不死，帝皞于是乎推而致福。自重黎并命，叔仲分官。理八节而调四时，部三元而齐七政。权衡度律，在虞、夏而兼修；正朔阴阳，及殷、周而备举。以上历法之由来。

《易·系辞上》曰："河出图，洛出书，圣人则之。"孔疏曰："如郑康成之义，则《春秋纬》云，河以通乾出天苞，洛以流坤吐地符，河龙图发，洛龟书感，河图有九篇，洛书有六篇。孔安国以为河图则八卦是也，洛书则九畴是也。"《书·顾命》伪孔传曰："河图八卦，伏羲王天下，龙马出河，遂则其文，以画八卦，谓之河图。"孔疏曰："《汉书·五行志》，刘歆以为伏羲氏继天而王，受河图，则而画之，八卦是也。王肃亦云，河图，八卦也。"案：此皆伪孔所本。又《洪范》伪孔传曰："畴，类也，天与禹，洛出书，神龟负文而出，列于背，有数至于九，禹遂因而第之，以成九类。"孔疏曰："《汉书·五行志》，刘歆以为禹治洪水，锡洛书，法而陈之，《洪范》是也。"《易·革·象传》曰："君子以治历明时。"《书·洪范》曰："协用五纪。"协、叶字通。又五纪，五曰历数。○《隋书·经籍志》诸子，五行有《遁甲开山图》三卷，荣氏撰。又有《遁甲开山图》一卷，注云：梁《遁甲开山经图》一卷。《路史·后纪》一注引《真原赋》曰：广成子以《灵飞六甲箓》《八卦镇方箓》乃卜法，授伏羲。又引《三坟》云：伏羲三十易草木而立土，立二十二易草木而河；图出，又二十二易草木而造天书，后一易草木作甲历，岁起甲寅。○《书·洪范》曰："鲧堙洪水，汩陈其五行。"《后汉书·赵咨传》曰："藉以黄壤。"（此犹言黄土，与《禹贡》黄壤专指雍州异。）

○《易·系辞上》曰："乾之策二百一十有六。"筴、策字通。○坤符见上。○《易·系辞上》曰："夫《易》，圣人之所以极深而研几也。"○《史记·五帝本纪》曰："黄帝者，名曰轩辕。"《史记·封禅书》曰："公孙卿有札书曰，黄帝迎日推策，后率二十岁复朔旦冬至，凡二十推，三百八十年，黄帝仙登于天。"《汉书·律历志上》："诏御史：盖闻古者，黄帝合而不死。"注应劭曰："言黄帝造历得仙。"孟康曰："合，作也，言黄帝作历，历终而复始，无穷已也。故曰不死。"臣瓒曰："黄帝圣德与神灵合契，升龙登天，故曰合而不死。"○《路史·后纪》一注引《春秋内事》曰："自开辟后，五纬各居其方，至伏羲乃消息祸福，以制吉凶，始合之以为元。"又引陈鸣《历书序》曰："伏羲推策作甲子。"○《楚语下》："观射父曰：少皞之衰也，九黎乱德，民神杂糅，不可方物。颛顼受之，乃命南正重司天以属神，命火正黎司地以属民，使复旧常，无相侵渎。其后三苗复九黎之德，尧复育重黎之后，不忘旧者，使复典之，以至于夏殷。"韦注曰："尧继高辛氏平三苗之乱，绍育重黎之后，使复典天地之官，羲氏、和氏是也。"○《书·尧典》曰："乃命羲和，钦若昊天，历象日月星辰，敬授人时。分命羲仲，宅嵎夷，申命羲叔，宅南交，分命和仲，宅西，申命和叔，宅朔方。"《释文》引马融曰："羲氏掌天官，和氏掌地官，四子掌四时。"○《汉书·律历志上》曰："人者，继天顺地，统八卦，调八风，理八政，正八节。"案：八节谓春分秋分、冬至夏至，立春立夏、立秋立冬，见《左》僖五年孔疏。○《书·尧典》曰："以闰月定四时。成岁。"○《礼记·王制》孔疏曰："按《律历志》云：十九岁为一章，四章为一部，二十部为一统，三统为一元，则一元有四千五百六十岁。"《太平御览·人事部》七引《春秋元命包》曰："舜重瞳子，是为慈原，上应摄提，下应三元。"○《书·舜典》曰："在璿玑玉衡，以齐七政。"伪孔传曰："七政，日月五星。"

○《舜典》曰："同律度量衡。"○《尚书·虞书》孔疏曰："马融、郑玄、王肃别录题皆曰《虞夏书》，以虞夏同科。"○《汉书·律历志上》曰："尧授舜曰：咨尔舜，天之历数在尔躬。舜亦以命禹。至周武王访箕子，言大法九章，而五纪明历法，故自殷周皆创业改制，咸正历纪，顺其时气，以应天道。"

既而王风板荡，战国纵横。瞽史忘三家之言，畴人失二官之业。履端阙而归馀坏，摄提差而孟陬殄，废时乱日，非直羲和沉湎；亡甲丧子，岂惟商辛暴虐？汉兴草创，肇谋纪纲，而方士异词，天官横议。张苍从甲乙之术，未叶变通；邓平用丁丑之元，旋闻疏阔。当涂纪隔，典午陵迟。戎狄升僭伪之坛，寓县乏神祇之主。三辰九野，压析景而分躔；二象七衡，孰当期而合度？建元高而不竞，沿木火而无讥。兴百代之阙文，复千龄之大统。匪我昌运，畴能离此？以上自周以来，历代历法之失。

《诗谱》曰："平王徙居东都王城，于是王室之尊，与诸侯无异，其诗不能复雅，故贬之，谓之王国之变风。"《诗序》曰："《板》，凡伯刺厉王也。"其诗曰："上帝板板。"毛传曰："板板，反也。"《诗序》曰："《荡》，召穆公伤周室大坏也。厉王无道，天下荡荡然，无纲纪文章，故作是诗也。"其诗曰："荡荡上帝。"郑笺曰："荡荡，法度废坏之貌。"《后汉书·杨赐传》："赐乃书对曰：不念《板》《荡》之作。"○刘子政《战国策》叙曰："苏秦、张仪、公孙衍、陈轸、代、厉之属，生从横短长之说，左右倾侧。"○《周语上》：邵公曰："瞽史教诲。"韦注曰："瞽，乐太师；史，太史也。掌阴阳天时礼法之书，以相教诲者。单襄公曰：吾非瞽史，焉知天道？"《晋书·天文志》曰："古言天者有三家，一曰盖天，二曰宣夜，三曰浑天。"○《汉书·律历志上》曰："历数之起上矣，传述颛顼命南正重司天，火正黎司地，其后三苗乱德，二官咸废，而闰馀乖次，孟陬殄灭，摄提失方，尧复育重黎之后，使纂其业。三代既没，五伯之末，史官丧纪，畴人子弟分散，或在夷狄。"注引如淳曰："家业世世相传为畴。"〇《左》文元年曰："先王之正时也，履端于始，举正于中，归馀于终。"杜注曰："步历之始，以为术之端首，昔之日三百六十有六日，日月之行，又有迟速，而必分为十二月，举中气以正月，有馀日则归之于终，积而为闰，故言归馀于终。"〇摄提、孟陬见上。颜注引孟康曰："正月为孟陬，历纪废绝，闰馀乖错，不与正岁相值，谓之殄灭也。摄提星名，随斗枸所指，建十二月，若历春正月当指辰，而乃指巳，是为失方也。"又《刘向传》：向上奏曰："摄提失方，孟陬无纪。"〇《书序》曰："羲和湎淫，废时乱日，胤往征之，作《胤征》。"伪孔传曰："羲氏和氏，世掌天地四时之官，自唐、虞至三代，世职不绝。承太康之后，沉湎于酒，过差非度，废天时，乱甲乙。"《史记·夏本纪》曰："帝中康时，羲和湎淫，废时乱日。"〇《韩子·说林上》曰："纣为长夜之饮，惧以失日，问其左右，尽不知也。使人问箕子，箕子谓其徒曰：为天下主，而一国皆失日，天下其危矣。一国皆不知，而我独知之，吾其危矣。辞以醉而不知。"《史记·殷本纪》曰："帝辛，天下谓之纣。"〇《汉书·律历志》注曰："方士，方术之士也。"〇《史记·天官书》《索隐》曰："案天文有五官，官者，星官也，星座有尊卑，若人之官曹列位，故曰天官。"〇《汉书·律历志上》曰："汉兴，方纲纪大基，庶事草创，袭秦正朔，以北平侯张苍言，用《颛顼历》，比于六历，疏阔中最为微近。然正朔服色，未睹其真，而朔晦月见，弦望满亏，多非是。至武帝元封七年，大中大夫公孙卿、壶遂、太史令司马迁等言，历纪坏废，宜改正朔。于是以七年为元年，遂诏卿、遂、迁与侍郎尊、大典星射姓等，（颜曰：姓射，名姓也。）议造汉历，乃以前历上元泰初四千六百二十七岁，至于元封七年，复得阏逢摄提格之岁，中冬十一月甲子朔且冬至，日月在建星，太岁在子，已得太初本星度新正，姓等奏不能为算，愿募治历者，更造密度，各自增减，以造汉《太初历》，乃选治历邓平及长乐司马可、酒泉候宜君、（颜曰：可者，司马之名也，宜君亦候之名也。）侍郎尊，及与民间治历者，凡二十馀人，方士唐都、巴郡落下闳与焉。（颜曰：姓唐名都，姓落下名闳。）乃诏迁用邓平所造八十一分律历，罢废尤疏远者十七家，复使校历律昏明，宦者淳于陵渠复覆《太初历》晦朔弦望，皆最密，日月如合璧，五星如连珠。陵渠奏状，遂用邓平历，以平为太史丞。"蔡伯喈《历数议》曰："汉兴承秦历用《颛顼》，元用乙卯，百有二岁。孝武皇帝始改正朔，历用《太初》，元用丁丑。"（《续汉书·律历志中》引汉兴二字作是以，盖误。今依《宋书·历志上》及《御览·时序部》一引正。）○《魏志·文帝纪》裴注曰："李云上事云，当涂高者，魏也。象魏者，两观阙是也。当道而高大者魏，魏当代汉。"○《蜀志·谯周传》曰："文立从洛阳归蜀，过见周，周语次，因书板示立曰，典午忽兮，月酉没兮。典午者，谓司马也。"案：此文指晋，晋姓司马也。○戎狄二句，指五胡乱华，东晋以后，偏安江左也。○《史记·秦始皇本纪》："之罘刻石曰：宇县之内，承顺圣意。"《集解》曰："宇，宇宙，县，赤县。"《说文》："宇，籀文作寓。"《诗·卷阿》曰："百神尔主矣。"《左》桓二年："三辰旗旗。"杜注曰："三辰，日月星也。"《吕氏春秋·有始篇》曰："天有九野，中央曰钧天，其星角亢氐；东方曰苍天，其星房心尾；东北曰变天，其星箕斗牵牛；北方曰玄天，其星婺女虚危营室；西北曰幽天，其星东壁奎娄；西方曰颢天，其星胃昴毕；西南曰朱天，其星觜巂参东井；南方曰炎天，其星舆鬼柳七星；东南曰阳天，其星张翼轸。"○厌疑当作厌。谢玄晖《和伏武昌登孙权故城诗》曰："三光厌分景。"《吕氏春秋·圜道篇》高注曰："躔，舍也。"○《晋书·王坦之传》:"坦之《与殷康子书》曰:夫乾道确然示人易矣,坤道隤然示人简矣。二象显于万物,两德彰于群生。"《太平御览·天部》一引《孝经援神契》曰:"周天七衡六间,相去一万九千八百三十三里三分里之一,合十一万九千里,从内衡以至中衡,中衡以至外衡,各五万九千五百里。"○《易·系辞上》曰:"乾之策二百一十有六,坤之策百四十有四,凡三百有六十,当期之日。"○元,北魏姓;高,北齐姓。○北周木德,隋火德。○《楚辞·天问》王注曰:"离,遭也。"

　　国家草昧区夏,权舆品物。万方同会,狱讼之往南河;五纬运谋,神灵之入东井。然玄珪受命,紫篆登枢。回玉斗而察璿玑,把珠囊而膺历数。勤于水土,大禹之平涤山川;礼乎方圆,高辛之迎送日月。应天神龙皇帝,大横纂极,元良继体。乃神乃圣,三王接袂而扶毂;允武允文,五伯连衡而拥篲。于是乎东明捧日,西掖占风。南震雄王之麾,北清骄子之落。粟同水火,人类胥庭。狴圄徒施,干戈不用。上庠讲道而宣化,比屋畊田而凿井。功成理定之业,协律登歌;畴德瑞圣之符,陈郊谒庙。万官咸事,百度已康。犹且存省阙遗,征求典故。以为钦若历象,哲后之恭天事神;敬授人时,明君之劝农辟土。自麟德创纪,四十馀年,虽斗宪未移,而浑仪渐变。蔡伯喈所谓术无恒是,洛下闳所谓历后当差。昔太初肇规,便易高皇之制;元和新造,旋移孝武之法。因时通变,厥有前闻。爰命典司,更从刊正。以上中宗命修历。

　　《易·屯·彖传》曰:"天造草昧。"《书·康诰》曰:"用肇造我区夏。"○《尔雅·释诂》曰:"权舆,始也。"《易·坤·彖传》曰："品物咸亨。"○《孟子·万章上》曰："尧崩，三年之丧毕，舜避尧之子于南河之南，天下诸侯朝觐者，不之尧之子而之舜，讼狱者，不之尧之子而之舜。"《文选》陆士衡《答贾长渊诗》李善注引作狱讼，此文同，疑唐本有作狱讼者。○《文选》张平子《西京赋》曰："自我高祖之始入也，五纬相汁，以旅于东井。"又曰："天启其心，人甚之谋。"李善注曰："五纬，五星也。"《汉书》曰："汉元年十月，五星聚于东井，沛公至灞上。"（《高帝纪》灞作霸。案：五星本以秦十月聚东井，乃夏七月。高帝以夏十月入秦，史家欲神其事，故傅会为一耳。详见《魏书·高允传》及《纬略》引崔浩《考古今历》。）○《书·禹贡》曰："禹锡玄圭，告厥成功。"○唐中宗《授张锡工部尚书制》曰："紫枢伫俊。"《旧唐书·高祖纪》曰："大业十三年十一月，立代王侑为天子，改元为义宁。隋帝加高祖大丞相，进封唐王，总录万机。二年五月，隋帝逊于旧邸，高祖即皇帝位于太极殿，改隋义宁二年为唐武德元年。"○《书·舜典》曰："在璿玑玉衡。以齐七政。"伪孔传曰："在，察也。"《史记·天官书》曰："北斗七星，所谓璇玑玉衡以齐七政。"○《开元占经·五星占》引《尚书考灵曜》曰："天失日月，遗其珠囊。"○《书·禹贡》曰："九山刊旅，九川涤源。"○《大戴礼·五帝德》曰："高辛历日月而迎送之。"又见《史记·五帝本纪》。○《旧唐书·中宗纪》曰："嗣圣元年二月，皇太后废帝为庐陵王，其年五月，迁于均州，寻徙居房陵。圣历元年，召还东都，立为皇太子。神龙元年正月，凤阁侍郎张柬之等迎皇太子监国。乙巳，则天传位于皇太子，丙午，即皇帝位于通天宫。十一月戊寅，加皇帝尊号曰应天。"○《史记·孝文本纪》曰："丞相陈平、太尉周勃，使人迎代王，代王犹与未定，卜之龟卦，兆得大横，占曰：大横庚庚，余为天王，夏启以昌。"○《礼记·文王世子》曰："语曰：乐正司业，父师司成，一有元良，万国以贞，世子之谓也。"○《书》

伪古文《大禹谟》曰："乃圣乃神。"○杨子云《羽猎赋》曰："齐桓曾不足使扶毂。"○《诗·泮水》曰："允文允武。"○《史记·孟子荀卿列传》曰："驺子如燕，昭王拥彗先驱。"案：彗、篲字同。○《后汉书·东夷传》曰："索离国王侍儿生男，名曰东明，东明之夫馀而王之焉。"《魏志》同。《魏书·高勾丽传》："东明作朱蒙，朱蒙告水曰，我是日子，河伯外孙。"《魏志·程昱传》注引《魏书》曰："昱少时尝梦上泰山，两手捧日。"○《水经·河水注》引应劭《地理风俗记》曰："张掖，言张国臂以威羌狄。"此文西掖，或本此义。占风见崔安成《启母庙碑》注引《十洲记》。○《史记·南越传》曰："南越王尉佗下令国中曰：吾闻两雄不俱立。"○《汉书·匈奴传》曰："胡者，天之骄子也。"○《孟子·尽心上》曰："圣人治天下，使有菽粟如水火。"○《庄子·胠箧篇》曰："大庭氏，赫胥氏。"《释文》引司马彪曰："皆古帝王。"○《诗·小宛》："宜岸宜狱。"《释文》曰："岸，《韩诗》作犴，乡亭之系曰犴，朝廷曰狱。"《后汉书·皇后纪》曰："家婴缧继于图犴之下。"注曰："图圄，周狱名也，乡亭之系曰犴。"○《乐记》曰："车甲衅而藏之府库，而弗复用，倒载干戈，包之以虎皮。"○《王制》曰："有虞氏养国老于上庠。"《汉书·董仲舒传》：对策曰："所以承流而宣化也。"○《汉书·王莽传上》曰："唐、虞之时，可比屋而封。"凿井已见卢升之《乐府诗集序》注。○《乐记》曰："王者功成作乐，治定制礼。"○班孟坚《两都赋序》曰："外兴乐府协律之事。"又曰："白麟赤雁芝房宝鼎之歌，荐于郊庙。"○《文选》潘安仁《西征赋》李善注曰："畴犹酬也。"○《书》伪古文《旅獒》曰："百度惟贞。"○司马长卿《封禅文》曰："舜在假典，顾省阙遗。"○《旧唐书·高宗纪》："麟德二年五月辛卯，以秘阁郎中李淳风造历成，名《麟德历》颁之。"《历志》曰："高宗时，太史奏旧历加时寖差，宜有改定，乃诏李淳风造《麟德历》。初隋末刘焯造《皇极历》，其道不行，淳风约之为法，时称精密。"案：自高宗麟德二年乙丑，至中宗神龙元年乙巳，凡四十一年。○《隋书·律历志》曰："乾维难测，斗宪易考。"○浑仪见宋延清《侍宴序》铜仪注。○蔡伯喈《历数议》曰："历数精微，去圣久远，得失更迭，术无常是。"《续汉书·律历志中》引复术字，是字属下以字读，今依《御览·时序部》一引正之。《宋书·历志上》引作"历数精微，术无常是"，节引亦不误。○《御览·时序部》一引《益部耆旧传》曰："巴郡落下闳，汉武帝时改《颛顼》更作《太初历》，曰后八百岁，此历差一日，当有圣人定之。"案：落、洛字通。○《续汉书·律历志上》曰："自太初元年，始用《三统历》，施行百有馀年，历称后天，朔先于历，朔或作晦，月或见朔，至元和二年，《太初》失天益远，日月宿度，相觉浸多。章帝知其谬错，以问史官，虽知不合，而不能易，故召治历编䜣、李梵等综校其状。"蔡伯喈《历数议》曰："孝章皇帝改从四分，元用庚申。"

  金紫光禄大夫行秘书监驸马都尉上柱国杨慎交锺鼎贵游，山河宝气。赤泉疏社，轩裳接于五公；朱轮赠言，翰墨连于七子。资玉环之旧德，拥金埒之新庆。箫吹凤管，朝升乌鹊之楼；渐阅龙章，暮下麒麟之阁。临西山典籍之府，总东壁文章之事。九源百氏之说，尽入胸襟；六家三统之书，咸归掌握。永言董率，实竚详明。左散骑常侍兼修国史上柱国陈留县开国公柳冲望重簪缨，才高瑚琏。家风推其直道，帝范藉其谟明。吐白凤而草玄言，垂紫貂而步黄阁。参司国典，时望允谐；副掌天书，朝寄斯在。镇国大将军右骁卫将军知太史局事迦行志、中散大夫守礼部侍郎上骑都尉严善思、正议大夫行太史令上护军傅志忠等，或礼阁兵钤，以贤才而入用；或天门地理，缘道术而见知。皆学富偃韦，艺超甘石。穷神尽智之妙，暗落铜丸；测远穷高之方，悬裁玉表。朝请大夫行太史令瞿昙悉达、朝请郎行司历徐保文、承议郎行司历南宫说等，或善分天部，或工言算法。稽长短之效，无烦于验谶披图；察休咎之征，非假于登台上库。凡此众哲，各承朝委。悉达等则专司课务，据蘙其真；志忠等则监共讨论，用裨其阙。虽异体而各术，并同心而合契。以上修历诸人。

《旧唐书·杨恭仁传》曰："弘农华阴人。弟子思训，尚安平公主。思训孙睿交，本名璬，少袭爵观国公，尚中宗女长宁公主，预诛张易之有功，神龙中为秘书监。"《新唐书》作眘交，眘古慎字。又《新唐书·诸公主传》曰："中宗女长宁公主，韦庶人所生，下嫁杨慎交。"《唐六典》卷二曰："凡叙阶二十九，正三品曰金紫光禄大夫。"又卷十曰："秘书省监一人，从三品。"又卷二曰："凡勋十有二等，十二转为上柱国，此正二品。"《通典·职官》十曰："大唐驸马都尉从五品，皆尚主者为之。"○《周礼·地官·师氏》曰："凡国之贵游子弟学焉。"○《史记·吴起传》曰："武侯浮西河而下曰：美哉乎山河之固，此魏国之宝也。"○《史记·项羽本纪》曰："封杨喜为赤泉侯。"《索隐》曰："南阳有丹水县，疑赤泉后改。"案：丹水故城在今河南淅川县西。《汉书·高惠高后文功臣表》有赤泉严侯杨喜。《礼记·祭法》曰："诸侯自为立社曰侯社。"《文选》谢灵运《述祖德诗》注曰："疏，开也。"《后汉书·杨震传》曰："弘农华阴人也。八世祖喜，高祖时有功，封赤泉侯。高祖敞，昭帝时为丞相，封安平侯。震延光二年为太尉，五子，中子秉，延熹五年为太尉。秉子赐，光和五年拜太尉；赐子彪，兴平元年为太尉。"

五公殆指敞、震、秉、赐、彪也。又震传曰："自震至彪，四世太尉，与袁氏俱为东京名族云。"《小学绀珠》曰："袁氏五公，袁安、安子敞、敞子汤、汤子逢、逢弟隗"，此云接于五公，言与袁氏五公相接耳。○《汉书·杨敞传》：敞子恽，《报孙会宗书》曰："恽家方隆盛时，乘朱轮者十人。"《魏志·王粲传》注引魏文帝《典论》曰："今之文人，鲁国孔融、广陵陈琳、山阳王粲、北海徐幹、陈留阮瑀、汝南应场、东平刘桢，斯七子者，于学无所遗，于职无所假。"案：此后人所谓建安七子也。《王粲传》曰："弘农杨修等亦有文采，而不在此七人之例。"○《搜神记》卷二十曰："汉时弘农杨宝，年九岁时，至华阴山北，见一黄雀，为鸱枭所搏，坠于树下，宝取归，置巾箱中，食以黄花，百馀日，毛羽成，朝去暮还，一夕三更，有黄衣童子向宝再拜曰：我西王母使者，使蓬莱不慎，为鸱枭所搏，君仁爱见拯，实感盛德，乃以白环四枚与宝曰：令君子孙洁白，位登三事，当如此环。"○《世说新语·汰侈篇》曰："王济好马射，买地作埒，编钱匝地，时人号曰金沟。"注曰："沟一作埒。"《晋书》："王济尚常山公主。"○凤箫见崔安成《启母庙碑》注。又江总持《东飞伯劳歌》曰："南飞乌鹊北飞鸿，弄玉兰香时会同。"○渐阅，渐字疑误。《礼记·明堂位》曰："周龙章。"○《汉书·苏武传》曰："甘露三年，单于始入朝，上思股肱之美，乃图画其人于麒麟阁。"○《穆天子传》卷二曰："癸巳，至于群玉之山，先王之所谓策府。"郭注曰："言往古帝王以为藏书册之府，所谓藏之名山者也。"○《晋书·天文志上》曰："东壁二星主文章，图书之秘府也。"○《北史·文苑传序》曰："九源竞逐，一致之理同归。"然此九源疑九流之误，已见卢昇之《乐府杂诗序》注。《汉书·叙传》曰："总百氏，赞篇章。"○蔡伯喈《历数议》曰："案历法，黄帝、颛顼、夏、殷、周、鲁凡六家，各自有元。"《汉书·律历志上》曰："孝成世，刘向总六历，列是非，作《五纪论》，向子歆究其微眇，作《三统历》。"○《旧唐书·儒学传》曰："柳沖，蒲州虞乡人也。赐爵河东县男。景龙中，累迁为左散骑常侍，修国史。不言封陈留县公。"《唐六典》卷八曰："门下省左散骑常侍二人，从三品。"又卷二曰："封爵凡有九等，五曰县公，正二品。"○梁昭明太子《锦带书》三月启曰："想簪缨于几载。"○《论语·公冶长篇》》："子贡问曰：赐也何如？子曰：女器也。曰何器也？曰瑚琏也。"○《论语·微子篇》曰："柳下惠为士师。三黜，人曰，子未可以去乎？曰：直道而事人，焉往而不三黜？"○《北史·柳庆传》：庆曰："窃闻君有不达者为不明，臣有不争者为不忠。"《书·皋陶谟》曰："谟明弼谐。"○《西京杂记》上曰："杨雄著《太玄经》，梦吐白凤凰，集《玄》之上，顷之而灭。"（白字依《御览·羽族部》二增。）○《后汉书·光武十王·东平王苍传》曰："帝以苍冒涉寒露，遗谒者赐貂裘。"梁元帝《谢东宫赉貂蝉表》曰："东平紫貂之赐，非闻暖额。"《晋书·舆服志》曰："武冠左右侍臣通服之，侍中、常侍则加金珰附蝉为饰，插以貂毛，黄金为竿。"《汉旧仪》卷上曰："丞相厅事閤曰黄閤。"字亦作阁。○《通典·职官》二十二、《旧唐书·职官志》皆载辅国大将军正二品，镇军大将军从二品，皆武散官，不言镇国，疑当作镇军。《唐六典》卷二十四曰："左右骁卫将军各二人，从三品。"又卷十曰："秘书省太史局令二人，从五品下。贞观元年，为浑天监，不隶麟台，又改为浑仪监。长安二年复为太史局，还隶麟台。开元十四年隶秘书。"又卷二曰："正四品上曰正议大夫，正五品上曰中散大夫。"又卷四曰："礼部侍郎一人，正四品下。"又卷二曰："十转为上护军，比正三品；六转为上骑都尉，比正五品。"《旧唐书·方技传》曰："严善思，同州朝邑人也。神龙初，迁给事中。"案：迦行志、傅志忠，新、旧《唐书》皆无传。○《汉书·艺文志》阴阳家有《宋司星子韦》三篇。原注曰："景公之史。"又曰："数术者，皆明堂羲和史卜之职也。春秋时，晋有卜偃，宋有子韦，六国时，楚有甘公，魏有石申。"《左传》闵元年杜注曰："卜偃，晋掌卜大夫。"《晋语》一韦注曰："郭偃，晋大夫卜偃也。"《吕氏春秋·制乐篇》高注曰："子韦宋之太史，能占宿度者。"《淮南·道应训》许注曰："子韦，司星者也。"《史记·天官书》曰："于宋子韦，在齐甘公，魏石申。"《集解》引徐广曰："或曰：甘公名德也。本是鲁人。"《正义》引《七录》曰："甘公楚人，战国时作《天文星占》八卷。石申魏人，战国时作《天文》八卷。"又《张耳陈馀传》甘公，《集解》引文颖曰："善说星者甘氏也。"《隋书·经籍志》诸子部，天文有《石氏星簿经赞》一卷，《星经》一卷，《甘氏四七法》一卷，《星经》不言为甘石作，晁氏《郡斋读书志》有《甘石星经》一卷，盖后人伪托。○《易·系辞下》曰：穷神知化。○《后汉书·张衡传》曰："复造候风地动仪，以精铜铸成，圆径八尺，合盖隆起，形似酒尊，中有都柱，傍行八道，施关发机，外有八龙，首衔铜丸，下有蟾蜍，张口承之，其牙机巧制，皆隐在尊中，覆盖周密无际。如有地动，尊则振龙，机发吐丸，而蟾蜍衔之，振声激扬，伺者因此觉知。虽一龙发机，而七首不动，寻其方面，乃知震之所在，验之以事，合契若神。"○《隋书·天文志上》曰："祖暅《错综经》注，以推地中，其法曰：先验昏旦，定刻漏，分辰次，乃立仪表于淮平之地，名曰南表，漏刻上水，居日之中，更立一表于南表影末，名曰中麦。夜依中表以望北极枢，而立北表，令参相直，三表皆以县准定，乃观三表直者，其立表之地，即当子午之正。"○《唐六典》卷二曰："从五品上曰朝请大夫，正六品下曰承议郎，正七品上曰朝请郎。"又卷十曰："太史局司历二人，从九品上。"《开元占经》卷首署曰银青光禄大夫太史监门下同三品臣瞿昙悉达等奉敕修撰，其官与此不同。清《四库书目》卷一百八曰："考《玉海》：开元六年，诏瞿昙悉达译

《九执历》,则悉达之为太史监,在开元初。"案《唐六典》卷十曰:"开元二年,又改令为监;十四年,又改为局,复为太史令。"则悉达为太史监在开元二年后也。又案:瞿昙悉达、徐保文、南宫说,新、旧《唐书》皆无传。〇《左传》僖五年曰:"王正月辛亥朔,日南至,公既视朔,遂登观台以望。"昭十八年曰:"夏五月,宋、卫、陈、郑皆火,梓慎登大庭氏之库望之。"

于是精研六位,通考十端。立东西之定仪,采南北之遗事。会数于天九地十,起元于子二丑三。追日暮之行,按星分之度。以推四时之发生,以步三元之盈缩。然后分至启闭,无愆于玉衡;弦望朓朒,必应于铜史。才窥幽室,已见飞灰。杂候清台,仍看合璧。追论古法,师验前章。八十一寸为日分,徒言精密;六百八年为岁纪,终非允当。历祀之所纰缪,异端之所穿凿,莫不裁之绳准,格以铨衡。究天道之精微,开日官之轨宪。容成再出,不能参黍累之功;寿王重生,无以议分毫之失。岂比夫时乖两闰,始载邹人之语;亥有二首,方闻绛老之年?以上新历之精密。

《易·乾·象传》曰:"六位时成。"孔疏曰:"六爻之位,依时而成。"《魏书·律历志上》崔光上《神龟历表》曰:"成六位,定七曜。"〇《春秋繁露·官制象天篇》曰:"天有十端,天为一端,地为一端,阴为一端,阳为一端,火为一端,金为一端,木为一端,水为一端,土为一端,人为一端,凡十端而毕天之数也。"〇《汉书·律历志上》曰:"乃定东西,立晷仪。"《隋书·天文志上》曰:"又以春秋二分之日旦,始出东方半体,乃立表于中表之东,名曰东表,令东表与日及中表参相直,是日之夕。日入西方半体,又立表于中表之西,名曰西表,亦从中表西望西表,及日参相直,乃观三表直者,即地南北之中也。"○《隋书·律历志中》曰:"宋氏元嘉,何承天造历,迄于齐末,相仍用之。梁武初兴,因循齐旧,天监中,方改行宋祖冲之甲子元历,陈武受禅,亦无创改。后齐文宣用宋景业历,西魏入关,用李业兴历,逮于周武帝,乃有甄鸾造甲寅元历,遂参用推步焉。"○《易·系辞上》曰:"天九地十。"○《史记·律书》曰:"生锺分,子一分,丑三分二。"《汉书·律历志上》曰:"太极元气,函三为一,极中也,元始也,行于十二辰,始动于子,参之于丑,得三。"此文子二,疑是子一之误。○《史记·五帝本纪》《索隐》曰:"周天三百六十五度四分度之一,是天度数也,而日行迟,一岁一周天,月行疾,一月一周天,日一日行一度,月一日行十三度十九分度之七,至二十九日半强,月行天一帀,又逐及日而与会,一年十二会,是为十二月,每月二十九日过半,年分出小月六,是每岁馀六日,又大岁三百六十六日,小岁三百六十五日,举全数云六十六日,其实一岁唯馀十一日弱,未满三岁,已成一月,则置闰。"○《汉书·律历志上》曰:"元封七年,诏造汉历,以追二十八宿,相距于四方,以定朔晦分至,躔离弦望。"注臣瓒曰:"离,历也,日月之所历也。"邓展曰:"日月践历度次。"○《左》僖五年曰:"凡分至启闭,必书云物。"杜注曰:"分,春秋分也。至,冬夏至也。启立春立夏,闭立秋立冬。"○《文选·新刻漏铭》曰:"铜史司刻,金徒抱箭。"李注曰:"张衡漏水转浑天仪制曰:盖上又铸金铜仙人居左壶,为胥徒居右壶,皆以左手抱箭,右手指刻,以别天时早晚。"○《续汉书·律历志上》曰:"候气之法,为室三重,户闭涂衅,必周密,布缇缦室中,以木为案,每律各一,内庳外高,从其方位,加律其上,以葭莩灰,抑其内端,案律而候之,气至者灰动,其为气所动者,其灰散,人及风所动者,其灰聚,殿中候用玉律十二,惟二至乃候灵台,用竹律六十。"○《汉书·律历志上》曰："杂候上林清台，课诸历疏密。"合璧已见上。○《汉书·律历志上》曰："落下闳运算转历，其法以律起历日，律容一龠，积八十一寸，则一日之分也。"○《宋书·历志上》，何承天上历表云："臣更建《元嘉历》，以六百八为一纪。"○《左》桓十七年曰："天子有日官。"《后汉·张衡传》注曰："日官，史官也。"○《书·舜典》孔疏引《世本》曰："容成造历。"《淮南·修务训》同。高注曰："容成，黄帝臣，造作历，知日月星辰之行度。"《吕氏春秋·勿躬篇》曰："容成作历。"《汉书·艺文志》：阴阳家，有《容成子》十四篇。○《孙子算经》曰："称之所起起于黍，十黍为一絫。"○《汉书·律历志上》曰："元凤三年，太史令张寿王上书言：历者，天地之大纪，上帝所为，传黄帝调律历。汉元年以来用之，今阴阳不调，宜更历之过也。诏下主历使者鲜于妄人诘问，寿王不服，妄人请与治历大司农中丞麻光等二十馀人，杂候日月晦朔弦望，八节二十四气，钧校诸历用状，奏可，诏与丞相御史大将军右将军史各一人，杂候上林清台，课诸历疏密。"○《左》襄二十七年曰："十一月乙亥朔，日有食之，辰在申，司历过也，再失闰矣。"杜注曰："谓斗建指申，周十一月，今之九月，斗当建戌，而在申，故知再失闰也。"《汉书·律历志下》曰："襄公二十七年，距辛亥百九岁，九月乙亥朔，是建申之月也。鲁史书十二月乙亥朔，日有食之。传曰：冬十一月乙亥朔，日有食之，于是辰在申，司历过也，再失闰矣，言时实行以为十一月也，不察其建，不考之于天也。"《论语·八佾篇》："或曰：孰谓鄹人之子知礼乎？"《集解》引孔安国曰："鄹，孔子父叔梁纥所治邑也。"《说文》曰："邹，鲁下邑，孔子之乡。"则本字作郰，此文作邹，通借字。若郦道元《泗水注》合邹与郰为一，则误矣。朱丰芑《说文通训定声》需部曰："在山东兖州府邹县西北之东邹郰，西邹集，孔子生于郰之阙里，长徙曲阜，仍号阙里。"○《左》襄三十年曰："三月癸未，晋悼夫人食舆人之城杞者。绛县人或年长矣，无子，而往与于食。有与疑年，使之年，曰：臣生之岁，正月甲子朔，四百有四十五甲子矣。其季于今，三之一也。吏走问诸朝。师旷曰：鲁叔仲惠伯会郤成子于承匡之岁也，七十三年矣。史赵曰：亥有二首六身，下二如身，是其日数也。士文伯曰：然则二万六千六百有六旬也。"杜注曰："所称正月，谓夏正月也，三分六甲之一，得甲子甲戌尽癸未。会承匡在文十一年，亥字二画在上，并三六为身，如算之六，下亥上二画竖置身旁。"孔疏曰："文十一年至此年，为七十四年，而云七十三年。案：文十一年正月甲子朔，为夏之正月，是其年三月也，此年之二月癸未，是夏之十二月，计为七十三年，犹尚年未终也，假作全年算之。"承受亶《说文引经证例》卷十九曰："二首者，上二画也，六身者，亥下厂，如积算马之六也，下二如身则作艸，如筹算二千六百六十之数也。古积算法丄为六，丅亦为六也。篆体与大篆稍异，然非正说也。乃一时傅会之言耳。"案：诸家释此，皆多胶葛，唯承氏最明确，故取其说，而诸说皆不录。

序临安宁，岁次强圉；皇帝抚天下之三载也。珍图改御，宝历初调。授以丹凤之官，颁之玄鸟之署。候耕耘之节，非藉杏花；亶昏夕之期，讵须蓂叶？参幽明而制术，迈古今而垂范。玉仪既正，金镜逾明。知圣祉之无疆，识怀生之永泰。元符允合，可以观天地之心；能事毕甄，可以为帝王之式。盛矣美矣，无得而称。纪次勒成，名曰《大唐神龙历》云尔。以上名《神龙历》之故。

□典丽精实，仍寓疏宕之气，故自可珍。

《尔雅·释天》曰："冬为安宁。"《御览·天部》四引《尸子》同。《尔雅》邢疏引《尸子·仁意篇》，宁作静。○《释天》曰："太岁在丁曰强圉。"《淮南·天文训》曰："在丁曰强圉。"

高注曰："言万物刚盛，故曰强圉也。"案：唐中宗神龙三年丁未，是年九月改元景龙。○《左》昭十七年：郯子曰："少皞为鸟师而鸟名，凤鸟氏，历正也；玄鸟氏，司分者也。"杜注曰："凤鸟知天时，故以名历正之官。玄鸟，燕也，以春分来，秋分去。"○《文选》王元长《永明九年策秀才文》曰："将使杏花菖叶，耕获不愆。"李善注引《氾胜之书》曰："杏始华荣，辄耕轻土弱土，望杏花落复耕之，辄蔺之，此谓一耕而五获。"《文选》张平子《东京赋》薛注曰："蓂荚，瑞应之草，王者贤圣太平和气之所生，生于阶下，始一日一荚，至月半生十五荚，十六日落一荚，至晦日而尽，小月则一荚厌而不落，王者以证知月之小大。尧时夹阶生之。"李善注引《田俅子》曰："尧为天子，蓂荚生于庭，为帝成历。"《尔雅·释诂》曰："亶，信也。"○《御览·天部》二引《尚书考灵曜》曰："观玉仪之旋昏明主时。"郑注曰："以玉为浑仪，故曰玉仪也。"《文选》刘孝标《广绝交论》曰："圣人握金镜。"李善注引《雒书》曰："秦失金镜。"郑玄曰："金镜，喻明道也。"司马长卿《封禅文》曰："怀生之类，沾濡浸润。"○《文选》扬子云《长杨赋》曰："方将俟元符。"李善注引晋灼曰："元符，大瑞也。"○《易·复·彖传》曰："复其见天地之心乎！"○《易·系辞上》曰："天下之能事毕矣。"《后汉书·班固传下》注曰："甄陶，谓造成也。"○《论语·泰伯篇》曰："民无得而称焉。"

张道济

张说，字道济，一字说之，其先范阳人，徙河南之洛阳。武后策贤良方正，说对第一，后署乙等，授太子校书郎。中宗朝，历工部、兵部侍郎，加弘文馆学士。睿宗即位，迁中书侍郎。景云二年，同中书门下平章事，转尚书左丞，罢政事，既而拜中书令，封燕国公。开元九年，拜兵部尚书同中书门下三品。明年为朔方节度大使，十七年，复为右丞相，迁左丞相，授开府仪同三司。十八年卒，谥文贞。新、旧《唐书》皆有传。

洛州张司马集序

《旧唐书·地理志》曰："河南府，隋河南郡，武德四年置洛州总管府，其年十一月罢总管府，置陕东道大行台。九年，罢行台，置洛州都督府。贞观十八年废都督府，显庆二年置东都，官员准雍州。"《职官志》曰："上州司马一人，从五品下。"王闻修（志坚）曰："张司马无可考。《唐·艺文志》亦无此书名。"（《法海》）

夫言者志之所之，文者物之相杂。然则心不可蕴，故发挥以形容；辞不可陋，故错综以润色。万象鼓舞，入有名之地；五音繁杂，出无声之境。非穷神体妙，其孰能与于此乎？以上总论。

《毛诗·关雎》序曰："诗者志之所之也，在心为志，发言为诗。"○《易·系辞下》曰："物相杂，故曰文。"○《易·乾·文言传》曰："六爻发挥。"又《系辞上》曰："拟诸其形容。"○《系辞上》曰："参伍以变，错综其数，通其变，遂成天下之文；极其数，遂定天下之象。"《论语·宪问篇》曰："东里子产润色之。"班孟坚《两都赋序》曰："润色鸿业。"○《易·系辞上》曰："鼓之舞之以尽神。"○《老子》曰："有名万物之母。"○《楚辞·九歌·东皇太一》曰："五音纷兮繁会。"○《礼记·孔子闲居》曰："无声之乐。"○《易·系辞下》曰："穷神知化，德之盛也。"《系辞上》曰："非天下之至神，其孰能与于此？"

案：集无"其于此"三字，今依《全唐文》。

洛州司马张公名希元，中山人也。族高辰象，气壮河山。神作铜钩，天开金印。孝友内植，礼乐外滋。励行闺庭，乡人谓之曾子；飞名都邑，诸儒号曰圣童。下帷覃思，穿墙嗜古。蓬山芸观之书，群玉悬金之记，鲁宫藏篆，汲冢遗编，无不日览万言，暗识三箧。博学吞九流之要，处盈若虚；雄辩敌四海之锋，退藏于密。以上家世及才学。

中山见卢昇之《乐府杂诗序》注。〇徐孝穆《杂曲》曰："张星旧在天河上，从来张姓本连天。"《元和姓纂》曰："黄帝第五子青阳生挥，为弓正，观弧星，始制弓矢，主祀弧星，因姓张氏。"（孙渊如据《秘笈新书》补。）〇《开元占经》卷六十三："南方七宿张宿，引齐伯曰：张者，生于江水之山为天库，一曰生于道泽之山为周库，又为都官。"〇《搜神记》卷九曰："京兆长安有张氏，独处一室，有鸠自外入，飞入怀，以手探之，则不知鸠之所在，而得一金钩，遂宝之，自是子孙渐富，资财万倍。蜀贾至长安，闻之，乃厚赂婢，婢窃钩与贾，张氏既失钩，渐渐衰耗，而蜀贾亦数罹穷厄，于是赍钩以反张氏，张氏复昌，故关西称张氏传钩云。"案：金钩《艺文类聚·鸟部下》《御览·羽族部》八引作金带钩。《太平广记·征应部》三引《法苑编珠》作铜钩（《法苑珠林》卷五十六引作钩）。〇《搜神记》卷九曰："常山张颢为梁州牧，天新雨后，有鸟如山鹊，飞翔入市，忽然坠地，化为圆石，颢椎破之，得一金印，文曰忠孝侯印，颢以上闻，藏之秘府，颢后官至太尉。"〇《诗·六月》曰："张仲孝友。"毛传曰："张仲，贤臣也。"〇《后汉书·张奋传》：奋在家上疏曰："圣人所美，政道至要，本在礼乐，五经同归，而礼乐之用尤急。"〇《后汉书·张霸传》曰："霸字伯饶，蜀郡成都人也。年数岁而知孝让，虽出入饮食，自然合礼，乡人号为张曾子。"○《后汉书·张堪传》曰："堪字君游，南阳宛人也。年十六，受业长安，志美行厉，诸儒号曰圣童。"○《汉书·董仲舒传》曰："孝景时为博士，下帷讲论，盖三年不窥园，其精如此。"○《西京杂记》上曰："匡衡勤学而无烛，邻舍有烛而不逮，衡乃穿壁引其光，以书暎光而读之。"案：穿墙一作穿床。《北齐书·魏收传》曰："收折节读书，夏月坐板床，随树阴讽诵，积年，板床为之锐减，而精力不辍。"○《后汉书·窦章传》曰："学者称东观为老氏藏室，道家蓬莱山，康（太仆郑康）遂荐章入东观为校书郎。"《香谱》引鱼豢《典略》曰："芸香辟纸鱼蠹，故藏书台称芸台。"○群玉见李巨山《神龙历序》典籍之府注。悬金见崔安成《启母庙碑》一字千金注。○《汉书·艺文志》曰："武帝末，鲁共王坏孔子宅，欲以广其宫，而得古文《尚书》及《礼记》《论语》《孝经》凡数十篇，皆古字也。"又《景十三王传》曰："鲁恭王馀坏孔子旧宅，于其壁中得古文经传。"○《晋书·束皙传》曰："太康二年，汲郡人不准盗发魏襄王墓，或言安釐王冢，得竹书数十车，《纪年》十三篇，（《隋书·经籍志》《春秋左传后序》孔疏皆作十二卷，与后总数相合。）《易经》二篇，《易繇阴阳卦》二篇，《卦下易经》一篇，《公孙段》二篇，《国语》三篇，《名》三篇，《师春》一篇，《琐语》十一篇，《梁丘藏》一篇，《缴书》二篇，《生封》一篇，《大历》二篇，《穆天子传》五篇，《图诗》一篇，又《杂书》十九篇，大凡七十五篇，七篇简书折坏，不识名题，漆书皆科斗字。初发冢者，烧策照取宝物，及官收之，多烬简断札，文既残缺，不复诠次。武帝以其书付秘书校缀次第，寻考指归，而以今文写之，皙在著作，得观竹书，随疑分释，皆有义证。"○《太平御览·道部》十一引《仙经》曰："韩众服菖蒲十三年，日视书万言，皆诵之。"○三箧，见李善《上文选注表》注。○九流，见卢子昇

〔昇之〕《乐府杂诗序》注。○《论语·泰伯篇》："曾子曰：实若虚。"○隋炀帝《赐释慧觉书》曰："义端雄辩。"○《易·系辞上》曰："圣人以此洗心，退藏于密。"

汉王问策，知帝者之师；楚子闻名，实诸侯之选。故得雄飞白简，鹰扬丹笔。卷襜帷于天郡，设钩距于皇都。若乃抗埋轮之章，执惊马之议，旌贤有通德之教，疾恶存署背之文。继轨前途，遇物成兴。理关刑政，咸归故事之台；义涉箴规，尽入名臣之奏。以上仕绩。

《史记·留侯世家》曰："父出一编书曰：读此则为王者师矣。旦日视其书，乃太公兵法也。"又："留侯乃称曰：今以三寸舌为帝者师。"○《左》昭五年曰："楚子朝其大夫薳启彊曰：张趯张骼，皆诸侯之选也。"○《后汉书·赵典传》曰："兄子谦，谦弟温，温初为京兆郡丞，叹曰：大丈夫当雄飞，安能雌伏？"任彦昇《奏弹曹景宗》曰："臣谨奉白简以闻。"《晋书·傅玄传》曰："每有奏劾，或值日暮，捧白简，整簪带，竦踊不寐，坐而待旦。于是贵游慑伏，台阁生风。"○《诗·大明》曰："时维鹰扬。"○《隋书·儒林·刘炫传》：炫自为赞曰："名不挂于白简，事不染于丹笔。"《初学记·政理部》引谢承《后汉书》曰："盛吉为廷尉，每至冬节，罪囚当断，妻夜执烛，吉持丹笔，夫妻相对，垂泣决罪。"案：据此二句，则希元尝为侍御史矣。○襜帷，见王子安《滕王阁饯别序》注。马季长《广成颂》曰："宅兹天邑，总风雨之会，交阴阳之和。案天郡犹言天邑，谓洛州也。"○《汉书·赵广汉传》曰："犹善为钩距以得事情。"注引晋灼曰："钩，致也；距，闭也。使对者无疑，若不问而自知，众莫觉所由，以闭其术为距也。"案：皇都亦谓洛州。○埋轮见卢昇之《乐府杂诗序》注。○《史记·张释之传》曰："拜释之为廷尉，顷之，上行出中渭桥，有一人从桥下走出，乘舆马惊，于是使骑捕，属之廷尉。廷尉奏当一人犯跸，当罚金。文帝怒曰：此人亲惊吾马，吾马赖柔和，令他马固不败伤我乎？而廷尉乃当之罚金！释之曰：法者，天子所与天下公共也。今法如此，而更重之，是法不信于民也。良久，上曰：廷尉当是也。"○《后汉书·郑玄传》曰："玄字康成，北海高密人也。国相孔融深敬于玄，告高密县为玄特立一乡曰：昔齐置士乡，越有君子军，皆异贤之意也。今郑君乡宜曰郑公乡，可广开门衢，令容高车，号为通德门。"○《后汉书·李燮传》曰："擢迁河南尹。先是颍川甄邵谄梁冀，为邺令，有同岁生得罪于冀，亡奔邵，邵伪纳而阴以告冀，冀即捕杀之，邵当迁为郡守，会母亡，邵且埋尸于马屋，先受封然后发丧，邵还至洛阳，燮行途遇之，使卒投车于沟中，笞捶乱下，大署帛于其背曰：谄贵卖友，贪官埋母。乃具表其状，邵遂废锢终身。"○《隋书·经籍志》史部有《汉武帝故事》二卷，《晋故事》四十三卷，《晋建武故事》一卷，又有《汉名臣奏事》三十卷，《魏名臣奏事》四十卷。案：此言关于政刑奏进等作，不必尽编入集中。

加以许与气类，交游豪杰。仕遘夷险，身更否泰。昔尝摄戎幽易，谪居邛嶲。亭皋漫漫，兴去国之悲；旗鼓汹汹，助从军之乐。时复江莺迁树，陇雁出云。梦上京之台沼，想故山之风月。发言而宫商应，摇笔而绮绣飞。逸势孤标，奇情新拔。灵仙变化，星汉昭回。感激精微，混韶武于金奏；天然壮丽，缔云霞于玉楼。当代名流，翕然崇尚。以上身世所经，发为著作，故文词壮丽，为世崇尚。

《文选》任彦昇《王文宪集序》曰："弘长风流，许与气类。"○《御览·人事部》四十四引陆机《要览·诸葛亮》曰："历夷险而益固。"（《交论》）。○潘安仁《西征赋》曰："信人事之否泰。"○唐河北道幽州治蓟县，在今北京西南，易州治易县，今河北易县治。○唐剑南道邛州治临邛县，今四川邛崃县治；巂州治越巂县，今四川西昌县治。○司马长卿《上林赋》曰："亭皋千里。"《离骚》曰："路漫漫其修远兮。"○丘希范《与陈伯之书》曰："见故国之旗鼓。"○王仲宣《从军诗》曰："从军有苦乐，但问所从谁。"○丘希范《与陈伯之书》曰："暮春三月，江南草长，杂花生树，群莺乱飞。"○江文通《恨赋》曰："陇雁少飞，岱云寡色。"○班孟坚《西都赋》曰："实用西迁，作我上都。"又《幽通赋》曰："有羽仪于上京。"○谢灵运《初发石首城诗》曰："故山日已远。"○《诗·关雎》序曰："声成文谓之音。"郑笺曰："声谓宫商角徵羽也。声成文者，宫商上下相应。"○刘孝仪《叹别赋》曰："校小文于摇笔。"陆士衡《文赋》曰："炳若缛绣。"○《水经·涑水注》曰："盐道山，奇峰霞举，孤标秀出。"○《世说新语·文学篇》曰："羊孚与仲堪道齐物，殷难之，羊云，君四番后，当得见同，殷笑曰，乃可得尽，何必相同？乃至四番后一通，殷咨嗟曰：仆便无以相异，叹为新拔者久之。"○孙兴公《游天台山赋》曰："灵仙之所窟宅。"○《诗·云汉》曰："昭回于天。"○班孟坚《东都赋》曰："韶武备。"《周礼·春官》："锺师掌金奏。"郑注曰："金奏，击金以为奏乐之节，金谓锺及镈。"○《文心雕龙·原道篇》曰："云霞雕色，有逾画工之妙。"○《世说新语·言语篇》曰："桓征西治江陵城甚丽，会宾僚出江津望之，顾长康时为客，在坐目曰：遥望层城，丹楼如霞。"《十洲记》曰："昆仑有玉楼十二所。"《文选·景福殿赋》李善注曰："綷犹杂也。"○《世说新语·品藻篇》曰："孙兴公、许玄度皆一时名流。"○《史记·太史公自序》曰："天下翕然。"《晋书·羊祜传》曰："吴人翕然悦服。"

　　自大夫之颂成室，太史之赋京都。魏则十龙儒雅，晋则三阳藻缀。朝分南北，运迄周隋。文人才子，重世间出。岂止柟榴体物，陈琳得以示人；鹔鹴寄辞，阮籍称其王佐！故以开国籍，鳞次乎史传之首；入文场，羽仪乎天下之半。公增繁荣叶，桂林之一枝；弥广源流，荆江之九派。宗门多士，斯为盛欤！以上宗门人才之盛。

《礼记·檀弓下》曰："晋献文子成室，晋大夫发焉。张老曰：美哉轮焉，美哉奂焉，歌于斯，哭于斯，聚国族于斯。文子曰：武也得歌于斯，哭于斯，聚国族于斯，是全要领以从先大夫于九京也（郑注京当为原）。北面再拜稽首，君子谓之善颂善祷。"○《后汉书·张衡传》曰："衡拟班固《两都》，作《二京赋》，因以讽谏，精思傅会，十年乃成。"○《广博物志》卷十八引《语林》曰："魏张鲁有十子，时人语曰：张氏十龙，儒雅温恭。"○《晋书·张载传》曰："载字孟阳，安平人也，性闲雅博学，有文章。协字景阳，少有儁才，与载齐名。亢字季阳，才藻不逮二昆，亦有缀属。又解音乐伎术，时人谓载、协、亢、陆机、云，曰二陆三张。"○《吴志·张纮传》曰："纮字子纲，广陵人。"注引《吴书》曰："纮见柟榴枕，爱其文，为作赋。陈琳在北见之，以示人曰：此吾乡里张子纲所作也。"○《晋书·张华传》曰："华字茂先，范阳方城人也。初未知名，著《鹔鹴赋》以自寄，陈留阮籍见之叹曰：王佐之才也。由是声名始著。"○《周礼·秋官·小行人》曰："各以其国之籍礼之。"《魏书·李彪传》：彪上表曰："综理国籍，以终前志。"○李伯仁《辟雍赋》曰："攒罗鳞次。"○《文心雕龙·总术篇赞》曰："文场笔苑，有术有门。"○羽仪见卢昇之《乐府杂诗序》注。左太冲《吴都赋》曰："灌注乎天下之半。"○《荀子·赋篇》杨注曰："荣，华也。"○《晋书·郤诜传》曰："累迁雍州刺史，武帝于东堂会送问诜曰：卿自以为何如。诜对曰：臣举贤良对策为天下第一，犹桂林之一枝，昆山之片玉。"○《书·禹贡》曰："荆及衡阳惟荆州九江孔殷。"郭景纯《江赋》曰："流九派乎浔阳。"案：《新唐书·宰相世系表》张氏有襄阳、洛阳、河东、始兴、冯翊、吴郡、清河、河间、中山、魏郡、汲郡等房，故以荆江九派为比。

且如承家旧德之基，宾王历官之序；玉琯铜浑之数，黄公玄女之符；落猿蘙咒之巧，顾鹊迴鸾之妙，详诸别传，可略言焉。以上家世历官及技能，皆不详叙。○此以不叙叙之，意在包埽一切，宜用此法。

《易·师》上六曰："开国承家。"《讼》六三曰："食旧德。"班孟坚《西都赋》曰："国藉十世之基，家承百年之业，士食旧德之名氏，农服先畴之畎亩。"○《易·观》六四曰："观国之光，利用宾于王。"○《晋书·律历志上》曰："黄帝作律，以玉为管，长尺六，孔为十二月音。"案：琯同管，铜浑即金浑，见宋延清《早秋侍上阳宫宴序》注。○黄公见杨炯《梁公神道碑》黄石兵符注。玄女见崔安成《启母庙碑》注。又《隋书·经籍志》子部兵家有《玄女战经》一卷，《黄帝问玄女兵法》四卷。○落猿见杨盈川《梁公神道碑》啼猿注。《诗·吉日》曰："蘙此大兕。"○《御览·工艺部》五引庾元威《论书》有金鹊书。《晋书·索靖传》："靖为草书状曰：漂若惊鸾。"庾慎之（肩吾）《书品序》曰："波迴堕镜之鸾，楷顾雕陵之鹊。"庾子山《谢赵王示新诗启》曰："玻璃彤管，鹊顾鸾迴。"○《世说新语》刘孝标注引有《郭泰别传》《郗鉴别传》等。

某室迩兰芬，族联棣萼。荷千里之嘉奖，接四友之良游。谨撰令引，式题前集。七子赋诗，期取类于郑志；一家垂范，庶齐衡于孔丛。来日新文，请俟君子。起仪凤之后，迄景龙以前，凡若干卷，列之如目。以上作序。

□燕公之文，以气势胜。此篇词句秀丽，隶事精切，又兼徐、庾之长。

《大戴礼·曾子疾病篇》曰："与君子游，苾乎如入兰芷之室，久而不闻，则与之化矣。"《说苑·杂言篇》曰："与善人居，如入兰芷之室，久而不闻其香，则与之俱化矣。"又见《家语·六本篇》。○《诗·常棣》曰："常棣之华，鄂不韡韡。"毛传曰："鄂犹鄂鄂然，言外发也。"郑笺曰："承华者曰鄂，不当作拊，拊，鄂足也。"《晋书·张载传赞》曰：景阳棣萼相辉。"案：萼、鄂字同。○《诗·绵》孔疏引《尚书大传》："孔子曰：文王得四臣，吾亦得四友，自吾得回也，门人加亲，是非疏附与？自吾得赐也，远方之士至，是非奔走与？自吾得师也，前有辉，后有光，是非先后与？自吾得由也，恶言不至于门，是非御侮与？"○《左》襄二十七年曰："郑伯享赵孟于垂陇，子展、伯有、子西、子产、子大叔，二子石从。赵孟曰：七子从君，以宠武也，请皆赋以卒君贶。武亦以观七子之志。"○藂、丛字同。《隋书·经籍志》经部"《论语》家"有《孔丛》七卷，注曰："陈胜博士孔鲋撰。"又曰："其孔丛《家语》并孔氏所传仲尼之旨。"宋咸《孔丛子序》曰："《孔丛子》者，乃孔子八世孙鲋字子鱼仕陈胜为博士，以言不见用，托目疾而退，论集先君仲尼、子思、子上、子高、子顺之言，及己之事，凡二十一篇，为六卷，名之曰《孔丛子》。盖言有善而丛聚之也。至汉武朝，太常孔臧又以其所为赋与书，谓之《连丛》上下篇为一卷，附之于末。"《朱子语类》卷七十八曰："《尚书》孔安国传，此恐是魏、晋间人所作，托安国为名。今观序文，亦不类汉文章，如《孔丛子》亦然，皆是那一时人所为。"又卷百三十七曰："《孔丛子》乃其所注之人伪作，读其首几章，皆法《左传》句，已疑之，及读其后序，乃谓渠好《左传》，便可见。"《郡斋读书志》入《孔丛子》于子部杂家类，《直斋书录解题》入儒家类，后人多从之，清《四库书目》九十一曰：《家语》出王肃依托，《隋志》既误以为真，则所云《孔丛》出孔氏所传者，亦未为确证。即如《舜典》禋于六宗，其说与伪孔传、伪《家语》并同，是亦晚出之明证也。〇《论语·先进篇》："冉有曰：如其礼乐，以俟君子。"〇仪凤，唐高宗年号；景龙，中宗年号，自仪凤元年至景龙四年，凡二十五年。

故开府仪同三司上柱国赠扬州刺史大都督梁国公姚文贞公神道碑　奉敕撰

《明皇杂录》卷上曰："姚元崇与张说同为宰辅，颇疑阻，屡以其相侵，张衔之颇切。姚既病，诫诸子曰：张丞相与我不叶，衅隙甚深，然其人少怀奢侈，尤好服玩，吾身殁之后，以吾尝同寮，当来吊，汝其盛陈吾平生服玩宝带重器，罗列于帐前，若不顾汝，速计家事，举族无类矣。目此，吾属无所虞，便当录其玩用，致于张公，仍以神道碑为请。既获其文，登时便写进，仍先砻石以待之，便令镌刻。张丞相见事迟于我，数日之后当悔。若却征碑文，以刊削为辞，当引使视其镌刻，仍告以闻上讫。姚既殁，张果至，目其玩服三四，姚氏诸孤悉如教诫，不数日文成，叙述核详，时为极笔。后数日，张果使使取文本，以为词未周密，欲重为删改，姚氏诸子仍引使者示其碑，乃告以奏御，使者复命，悔恨拊膺曰：死姚崇犹能算生张说，吾今知才之不及也远矣。"王修闻曰："按姚崇以开元九年九月丁未卒于东都，时张说在并州，九月癸亥，说进兵部尚书同中书门下三品，时帝在长安，说亦应至长安，明年二月帝至东都，则崇已葬矣。未葬以前，说无由赴吊，既葬而吊，去崇死已半年，说在帝左右已三四月，不应久不修隙，至碑文既成而后悔之也。《唐书》《通鉴》俱不取此，极有见。"案：王辩甚是，且张说之文集，此篇题下，有奉敕撰三字，则《明皇杂录》传闻之谬，尤为明证。

叙曰：八柱承天，高明之位定；四时成岁，亭毒之功存。画为九州，禹也，尧享鸿名。播时百谷，弃也，舜称至德。由此言之，知人则哲，非贤罔乂。致君尧舜，何代无人？有唐元宰曰梁文贞公者，位为帝之四辅，才为国之六翮；言为代之轨物，行为人之师表。盖维岳降神，应时间出者也。以上总叙。

《楚辞·天问》曰："八柱何当？"王注曰："言天有八山为柱，皆何当值？"洪《补注》曰："《神异经》云：昆仑有铜柱焉，其高入天，所谓天柱也。"○《易·坤·象传》曰："乃顺承天。"○《礼记·中庸》曰："天地之道，高也明也。"○《书·尧典》曰："以闰月定四时成岁。"○《老子》曰："故道生之，德畜之，长之，育之，亭之，毒之。"《释文》曰："亭，别也；毒，今作育。"案：河上公注本亭作成，毒作熟。陆希声注曰："权其成谓之亭，量共用谓之毒。"○《左》襄四年，"辛甲虞人之箴曰：芒芒禹迹，画为九州。"《书序》曰："禹别九州。"○《书·舜典》："帝曰：弃，黎民阻饥，汝后稷，播时百谷。"○《书·皋陶谟》曰："知人则哲，能官人。"○《书》伪古文《说命下》曰："惟后非贤不乂。"○应休琏《与从弟君苗君胄书》曰："思致君于有虞。"李善注引《孟子·万章上》伊尹曰："吾岂若使是君为尧、舜之君哉？"○王元长《曲水诗序》曰："元宰比肩于尚父。"○《书·洛诰》曰："乱为四辅。"《礼记·文王世子》曰："虞、夏、商、周有师保，有疑丞，设四辅及三公。"孔疏引《尚书大传》曰："天子必有四邻，前曰疑，后曰丞，左曰辅，右曰弼。"○《说苑·尊贤篇》："赵简子曰：吾门左右客千人，吾尚可谓不好士乎？舟人古乘对曰：鸿鹄高飞远翔，其所恃者六翮也。背上之毛，腹下之毳，无尺寸之数，去之满把，飞不能为之益卑，益之满把，飞不能为之益高，不知门下左右客千人者，存六翮之用乎？将尽毛氄也？"又见《韩诗外传》六。○《左》隐五年：臧僖伯曰："君将纳民于轨物者也。"○《史记·太史公自序》曰："国有贤相良将，民之师表也。"○《诗·崧高》曰："维岳降神。"

公讳崇，字元之，姚姓，有虞之后。远自吴兴，近徙于陕，今家洛阳焉。烈考长沙文献公，树勋王室，建旟旧府。公纨绮而孤，克广前业。激昂成学，荣问日流。武库则矛戟森然，文房则礼乐尽在。以上先世及其学术。

《旧唐书·姚崇传》曰："本名元崇，突厥叱利元崇构逆，则天不欲元崇与之同名，乃改为元之，避开元尊号，又改名崇。"《新唐书》崇传曰："字元之，始名元崇，以与突厥叱剌同名，武后时以字行，至开元世，避帝号，更以今名。"○《新唐书·宰相世系表》曰："姚姓，虞舜生于姚墟，因以为姓。陈胡公裔孙敬仲仕齐为田氏，其后居鲁，至田丰，王莽封为代睦侯，以奉舜后，子恢避莽乱，过江居吴郡，改姓为妫，五世孙敷复改姓姚，居吴兴武康。陕郡姚氏亦出武康。"崇祖父即系陕郡下。○胡皓《巂州都督赠幽州都督吏部尚书谥文献姚府君碑铭》曰："公讳懿，字善意，其先吴兴郡大姓，明考以宦历陕圻，遂留家于硖石也。曾祖宣业，陈征东将军（世系表陈作梁）吴兴郡公。祖安仁，隋青、汾二州刺史。父祥，隋怀州长史，检校函谷关都尉。公都尉之季子，年十八，属乱隋无象，群盗生郊，授公本县令。太宗济河，闻公名，密遣相闻，公因间道入谒，高祖嘉叹者久之。太宗东伐王充，授鹰扬郎将，长沙县男，水陆道总管。龙朔初，除公使持节巂州都督，以二年十二月一日终于官舍，春秋七十有三。景龙年特旨追赠幽州都督，又制赠吏部尚书，谥曰文献。"案《旧唐书》传云：父善懿，《新唐书》传云：父懿字善懿，皆误（《世系表》不误）。又案：唐河南道陕州硖石县，今河南陕县东南。○《周礼·春官·司常》曰："鸟隼为旟。"又曰："州里建旟。"案：儁州见上篇注。○《汉书·叙传》曰："伯在于绮襦纨绔之间，非其好也。"颜注曰："纨，素也；绮，今细绫也，并贵戚子弟之服。"○《晋书·杜预传》曰："朝野称美，号曰杜武库，言其无所不有也。"徐孝穆《与王僧辩书》曰："霜戈电戟，无非武库之兵。"○任彦昇《与江颖革书》曰："文房之职，总卿昆季。"

弱冠补孝敬挽郎，又制举高第，历佐濮、郑，并有声华。入为司刑丞。天授之际，狱吏峻密，公持法无颇，全活者众。进夏官员外郎、郎中、侍郎，朝廷曰能，遂掌军国。迁凤阁侍郎，监修国史，兼相王府长史。始则天人让王，承置醴之顾；终以飞龙利见，延参乘之恩。自时厥后，恒当大任。凡三处兵部尚书，三入中书令，一为礼部尚书，左庶子，又肃政大夫，总灵武军兵马，又司仆卿，知陇右监牧使，出典亳、宋、常、越、许、申、徐、潞、扬、同十郡，景云初，以藩邸旧僚，封梁国公，食赋百室。以上历仕。

《曲礼上》曰："人生二十曰弱冠。"○《北堂书钞·设官部》八引《续汉书·百官志》曰："辒车拂挽为公卿子弟，六卿十人挽两边，白素帻委貌冠都布衣也。"（今《续汉志》无此文）可见挽郎之设，起于后汉。《世说·纰漏篇》曰："任育长年少时，甚有令名，武帝崩，选百二十挽郎，一时之秀，育长亦在其中。"《书钞》又引《晋要事》曰："咸康七年，尚书仆射诸葛恢奏恭皇后今当山陵，依旧公卿六品清官子弟为挽郎，非古也。岂牵曳国士，为之役夫？请悉罢之。"此晋时挽郎也。《南齐书·高逸传》："何求元嘉末为宋文帝挽郎。"《周书·檀翥传》："年十九，为魏孝明帝挽郎。"此南北朝时挽郎也。唐代尚沿之耳。○《新唐书》

崇传曰："授濮州司仓参军。"案：唐河南道濮州治鄄城县，今山东濮县东。《唐六典》卷三十曰："上州（濮即上州）司仓参军事一人，从七品下。"又案：唐河南道郑州治管城县，今河南郑县治。○《新唐书·百官志》曰："龙朔二年，改刑部曰司刑。"○《旧唐书·则天纪》曰："载初元年九月九日壬午，革唐命，改国号为周，改元为天授。"《通鉴·唐纪》二十曰："时告密者往往得五品，朝士人人自危，相见莫敢交言，道路以目，或因入朝，密遭掩捕，每朝，辄与家人诀曰：未知复相见否。"○《旧唐书》崇传曰："五迁夏官郎中，时契丹寇陷河北数州，兵机填委。元崇剖析若流，皆有条贯。则天甚奇之，超迁夏官侍郎。"《新唐书·百官志》曰："光宅元年，改兵部曰夏官。"《唐六典》卷五曰："兵部尚书一人，正三品；侍郎二人，正四品。兵部尚书、侍郎之职，掌天下军卫武官选授之政令。"又曰："郎中二人，从五品上，一人掌考武官之勋禄品命，一人掌判簿以总军戎差遣之名数。"又曰："员外郎二人，从六品上，一人掌贡举及诸杂请之事，一人掌选院，谓之南曹。"○《旧唐书·则天纪》曰："圣历元年冬十月，夏官侍郎姚元崇同凤阁鸾台平章事。"《新唐书·百官志》曰："武后垂拱元年，改门下省曰鸾台，光宅元年，改中书省曰凤阁。"又曰："唐世宰相，名尤不正。初唐因隋制，以三省之长，中书令（中书省之长）、侍中（门下省之长）、尚书令（尚书省之长）共议国事，此宰相职也。其后以太宗尝为尚书令，臣下避不敢居其职，由是仆射为尚书省长官，与侍中、中书令号为宰相。其品位既崇，不欲轻以授人，故常以他官居宰相职，而假以他名，或曰参议得失、参知政事之类，皆宰相职也。贞观八年，仆射李靖以疾辞位，诏疾小瘳，三两日一至中书门下平章事，而'平章事'之名，盖起于此。"○《旧唐书·则天纪》曰："大足元年三月，姚元崇为凤阁侍郎，依旧知政事。冬十月，改元为长安。"《唐六典》卷九曰："中书令二人，正三品，掌执军国之政令，盖以佐天子而执大政者也。侍郎二人，正四品上，掌贰令之职，凡邦国之庶务，朝廷之大政，皆参议焉。"○《新唐书·则天纪》曰："圣历二年正月（即十一月）壬戌，封皇嗣旦为相王。"《睿宗纪》曰："讳旦，高宗第八子也。武后废中宗，立为皇帝，其改国号周，以为皇嗣。中宗自房州还，复为皇太子。武后封皇嗣为相王。"○《旧唐书》崇传曰："长安四年，元之以母老，表请解职侍养，言甚哀切。则天难违其意，拜相王府长史，罢知政事，俾获其养。"《新唐书》崇传曰："迁凤阁侍郎，俄兼相王府长史，以母老，纳政归侍。乃诏以相王府长史侍疾。"《宰相表》曰：长安元年十一月甲午，元崇加相王府长史。四年六月辛酉，元崇罢为相王府长史，一事以上并同三品。《唐六典》卷二十九曰："亲王府长史一人，从四品上，掌统理府僚纪纲职务。"○天人已见王子安《滕王阁饯别序》注。○《庄子》有《让王篇》。○《汉书·楚元王传》曰："元王敬礼申公等，穆生不耆酒，元王每置酒，常为穆生设醴。"颜注曰："醴，甘酒也，少麹多米，一宿而熟，不齐之。"○《易·乾》九五曰："飞龙在天，利见大人。"○《史记·孝文本纪》曰："代王乃命宋昌参乘，张武等六人乘传，诣长安，即天子位，皇帝即日夕入未央宫，乃夜拜宋昌为卫将军，镇抚南北军。"《汉书·文帝纪》作骖乘。颜注曰："乘车之法，尊者居左，御者居中，又有一人处车之右，以备倾侧，是以戎事则称车右，其馀则曰骖乘。骖者三也，盖取三人为名义耳。"○《新唐书》崇传曰："睿宗立，拜兵部尚书，同中书门下三品，进中书令。玄宗在东宫，太平公主干政，宋王成器等分典闲厩禁兵，崇与宋璟建议，请主就东都，出诸王为刺史，以一人心。帝以谓主，主怒，太子惧，上疏以崇等基间王室，请加罪，贬为申州刺史。先天二年，玄宗讲武新丰，密召崇，崇至，帝曰：卿宜遂相朕。崇知帝大度，锐于治，乃先设事以坚帝意，即阳不谢，帝怪之，因跪奏十事曰：垂拱以来，以峻法绳下，臣愿政先仁恕可乎？朝廷覆师青海，未有牵复之悔，臣愿不幸边功可乎？比来壬佞，冒触宪网，皆得以宠自解，臣愿法行自近可乎？后氏临朝，喉舌之任，出奄人之口，臣愿宦竖不与政可乎？戚里贡献，以自媚于上，公卿方镇，寖亦为之，臣愿租赋外一绝之可乎？外戚贵主，更相用事，班序荒杂，臣愿戚属不任台省可乎？先朝褒狎大臣，亏君臣之严，臣愿陛下接之以礼可乎？燕钦融、韦月将以忠被罪，自是诤臣沮折，臣愿群臣皆得批逆鳞犯忌讳可乎？武后造福先寺，上皇造金仙、玉真二观，费钜百万，臣请绝道佛营造可乎？汉以禄、莽、阎、梁乱天下，国家为甚，臣愿推此鉴戒，为万代法可乎？帝曰：朕能行之。崇乃顿首谢。翌日拜兵部尚书同中书门下三品，迁紫微令。"《宰相表》曰：景云元年六月戊申，许州刺史姚元之为兵部尚书同中书门下三品，七月丙寅，元之兼中书令，十一月戊申，元之为中书令兼兵部尚书。开元元年十月甲辰，同州刺史姚元之为兵部尚书同中书门下三品，十二月壬寅，元之兼紫微令。《百官志》曰："开元元年，改中书省为紫微省，中书令为紫微令。"○《旧唐书》崇传曰："元之上言，臣事相王，知兵马不便。臣非惜死，恐不益相王，则天深然其言，改为春官尚书。"《新唐书·宰相表》在长安四年八月辛酉。《唐六典》卷四曰："礼部尚书一人，正三品，光宅元年为春官尚书。礼部尚书、侍郎之职，掌天下礼仪祠祭燕飨贡举之政令。"○《宰相表》曰：景云元年七月丁巳，元之兼太子左庶子。《唐六典》卷二十六曰："太子左春坊左庶子二人，正四品上，掌侍从赞相礼仪，驳正启奏，监省封题。"○《宰相表》曰：长安四年九月壬子，元之兼摄右肃政台御史大夫。十月辛酉，权检校左台大夫。《唐六典》卷十三曰："御史台御史大夫一人，从三品，光宅元年改曰左肃政台，专知在京百司，更置右肃政台，专知按察诸州，加右台大夫一人。御史大夫之职，掌邦国刑宪典章之政令，以肃正朝列。"○《旧唐书》崇传曰："张易之请移京城大德僧十人，配定州私置，寺僧等苦诉，元之断停，易之屡以为言，元之终不纳，由是为易之所潜，改为司仆卿，知政事如故，使充灵武道大总管。"《宰相表》曰：长安四年八月庚辰，元崇为司仆卿，九月壬子，元之为灵武道行军大总管，十月辛酉，元之为灵武道安抚大使。《通典·职官典》十四曰："行军大总管，盖有征伐则置于所征之道，以督军事。"《唐六典》卷十七曰："太仆寺卿一人，正三品，掌邦国厩牧车舆之政令，光宅元年改为司仆寺。"○《宰相表》曰：长安四年九月壬子，元之知群牧使。《唐会要》卷六十六曰："仪凤三年十月，太仆寺少卿李思文检校陇右诸牧监使，自兹始有使号，其后苏幹、夏侯亮、魏元忠、姚元之等，相次为之。"○《新唐书》崇传曰："武后迁上阳宫，中宗率百官起居，王公相庆，崇独流涕。柬之等曰：今岂涕泣时邪？恐公祸从此始。崇曰：违旧主而泣，人臣终节也。由此获罪，甘心焉。俄为亳州刺史，历宋、常、越、许四州。睿宗立，拜兵部尚书同中书门下三品，贬为申州刺史，移徐、潞二州，迁扬州长史，政条简肃，人为纪德于碑。徙同州刺史。"《宰相表》曰：神龙元年二月甲寅，同中书门下三品元之罢为亳州刺史。景云二年二月甲申，元之贬申州刺史。案：唐河南道亳州治谯县，今安徽亳县治；宋州治宋城县，今河南商丘县南；江南道常州治晋陵县，今江苏武进县治；越州治会稽县，在今浙江绍兴县东；河南道许州治长社县，今河南许县治；申州治义阳县，在今河南信阳县南；（唐河南道申州，乾元初改属淮南道。）徐州治彭城县，今江苏铜山县治；河东道潞州治上党县，今山西长治县治；淮南道扬州治江都县，今江苏江都县治；关内道同州治冯翊县，今陕西大荔县治。○《旧唐书》崇传曰："神龙元年，张柬之、桓彦范等诛易之兄弟，会元之自军还，遂预谋，以封功梁县侯，赐实封二百户。先天二年（即开元元年），代郭元振为兵部尚书，同中书门下三品，迁紫微令。

进封梁国公，固辞实封，乃停其旧封，特赐新封一百户。"案：此与碑言景云初封公不合，《新唐书》崇传亦然，当以碑为是。

公性仁恕，行简易。虚怀泛爱，而泾渭不杂；真率径尽，而应变无穷。常推是心，以御于物。故所莅必旺庶风偃，骛很化从。言不厉而教成，政不威而事理。去思睹颂，来暮闻歌。既登邦政，卒乘辑睦；及在宗伯，神人允谐。今之中书，是为理本。谋事兼于百揆，论道总于三台。公执国之钧，金玉王度。大浑顺序，休征来臻。懋德格天，名遂身逊。拜开府仪同三司，崇其秩，逸其志也。以上总叙其政绩。

《诗·邶·谷风》曰："泾以渭浊。"毛传曰："泾渭相入而清浊异。"○《论语·子路篇》曰："草上之风必偃。"○《汉书·循吏传》曰："王成、黄霸、朱邑、龚遂、郑弘、召信臣等所居民富，所去见思。"○《后汉书·廉范传》曰："范字叔度，京兆杜陵人。迁蜀郡太守，旧制禁民夜作，以防火灾，而更相隐蔽，烧者日属。范乃毁削先令，但严使储水而已，百姓为便，乃歌之曰：廉叔度，来何暮？不禁火，民安作。平生无襦今五袴。"○《周礼·夏官·序官》曰："乃立夏官司马，使帅其属而掌邦政，以佐王平邦国。"○《左》僖十五年："吕甥曰：群臣辑睦，甲兵益多。"○《周礼·春官·序官》曰："乃立春官宗伯，使帅其属而掌邦礼，以佐王和邦国。"○《书·舜典》曰："纳于百揆，百揆时叙。"○《周礼·考工记》曰："坐而论道，谓之王公。"《地官·序官》郑注曰："三公者内与王论道。"《续汉书·礼仪志上》》刘注引《月令》卢植注曰："天子之三公，坐而论道。"《晋书·天文志上》曰："三台六星，两两而居，起文昌，列抵太微，一曰天柱，三公之位也，在人曰三公，在天曰三台。"○《诗·节南山》曰："秉国之均。"毛传曰："均，平也。"《汉书·律历志上》引作钧。○《左》昭十二年：子革述《祈招》之诗曰："思我王度，式如玉，式如金。"○《续汉书·天文志上》刘注引蔡邕《表志》曰："言天体者有三家，一曰周髀，二曰宣夜，三曰浑天。"案：此大浑谓天，犹言大圜也，《易林·坤》之《姤》曰："阴阳顺序。"○《书·洪范》曰："休征。"伪孔传曰："叙美行之验。"○《书·君奭》曰："成汤既受命，时则有若伊尹，格于皇天。"○《旧唐书》崇传曰："频面陈避相位，荐宋璟自代，俄授开府仪同三司，罢知政事。"《宰相表》曰：开元四年闰十二月己亥，元之罢为开府仪同三司。《通典·职官典》十六曰："汉文帝元年，始用宋昌为卫将军，位亚三司。后汉章帝建初三年，始使车骑将军马防班同三司，'同三司'之名自此始也。殇帝延平九年，邓骘为车骑将军仪同三司，'仪同'之名自此始也。魏黄权以车骑将军开府仪同三司，'开府'之名自此始也。大唐以开府仪同三司为文散官，开元以前旧例，开府、特进，虽不带职事，皆给俸禄，得与朝会，班列依本品之次，皆崇官盛德、罢剧就闲者，居之。"

初，太夫人在堂，公授职西掖，颇限扃禁，求侍晨昏。优诏既许，寻令还职。公固请以泣。制曰：家有令弟，足慰母心。国有栋臣，安可暂阙？其后剖符江表，敦谕起复。衰麻外墨，栾棘内毁。变礼中权，通识所贵。神龙之首，与闻兴复。畴其井赋，累让而停。夫以革故鼎新，大来小往，得丧而不形于色，进退而不失其正者，鲜矣。君子曰：忠不忘亲，仁也；哀不违事，义也；让功辞邑，礼也；济代全名，智也。仁以长人，义以和下，礼以安上，智以周身。宜其光辅四帝，轩冕三纪，池台琴筑，优游暮齿，传爵土于祚胤，保禄位于终始矣。以上总叙其德操。

《姚府君碑》曰:"公初娶张氏、李氏,并早殂殁,后娶刘氏,累封彭城郡夫人,隋左常侍降之孙,唐襄州长史志达之女。今紫微令崇,故宗正少卿元景之母也。"潘安仁《闲居赋序》曰:"太夫人在堂。"○《初学记·职官部上》引《汉官仪》曰:"前世文士,以中书在右,因谓中书为右曹,又称西掖。"《唐六典》卷七曰:"兴礼门内曰宣政殿,殿前东廊曰日华门,门东门下省,殿前西廊曰月华门,门西中书省。"案:元之为凤阁侍郎,故曰西掖。《汉书·成帝纪》颜注曰:"掖门在两旁,言如人臂掖也。"○《新唐书·宰相世系表》载元素宗正少卿,即崇弟也。(兄元景,潭州刺史。)○《诗·凯风》曰:"有子七人,莫慰母心。"○《魏志·高柔传》:"柔上疏曰:今公辅之臣,皆国之栋梁。"○《懿府君碑》曰:"夫人以神龙三年正月八日,终于洛阳慈惠坊之私第。"案:元之超复一事,新、旧《唐书》崇传皆不载。《旧唐书·张说传》曰:"景龙中,丁母忧去职,起复授黄门侍郎,累表固辞,言甚切至,优诏方许之。是时风教类紊,多以起复为荣,而说固节恳辞,竟终其丧制,大为识者所称。"《新唐书》说传亦载之,然则说此举胜崇多矣,文中详叙起复事,不无微词,岂略寓以直报怨之意乎?○《仪礼·丧服》曰:"疏衰裳齐牡麻绖冠布缨,削杖布带疏屦,三年者,传曰:父卒则为母。"《左传》僖三十二年曰:"子墨衰绖。"杜注曰:"晋文公未葬,故襄公称子,以凶服从戎,故墨之。"○《诗·素冠》曰:"庶见素冠兮,棘人栾栾兮。"序曰:"刺不能三年丧也。"毛传曰:"棘,急也,栾栾,瘠貌。"《礼记·曲礼上》曰:"居丧之礼,毁瘠不形。"○《礼记·丧服四制》曰:"丧有四制,变而从宜,取之四时也。有恩有理,有节有权,取之人情也。恩者仁也,理者义也,节者礼也,权者知也,仁义礼知,人道具矣。"○《旧唐书·中宗纪》曰:"嗣圣元年二月,皇太后废帝为庐陵王。五月,迁于均州,寻徙居房州。圣历元年,召还东都,立为皇太子。时张易之与弟昌宗潜图逆乱，神龙元年正月，张柬之、崔玄暐、敬晖、桓彦范、袁恕己等定策，诛易之、昌宗，迎皇太子监国。乙巳，则天传位于皇太子。丙午，即皇帝位于通天宫。"○《文选》潘安仁《西征赋》李注曰："畴犹酬也。"《周礼·地官·小司徒》郑注曰："方十里为一成，积百井九百夫，其中六十四井，五百七十六夫出田税，三十六井三百二十四夫治洫。"《文心雕龙·指瑕篇》曰："《周礼》井赋，旧有匹马。"○《易·杂卦传》曰："革，去故也；鼎，取新也。"○《易·泰》曰："小往大来。"○《魏书·高允传》曰："失不系心，得不形色。"○《易·乾·文言传》曰："知进退存亡而不失其正者，其唯圣人乎！"○《易·乾·文言传》曰："君子体仁足以长人，利物足以和义。"○《孝经》曰："安上治民，莫善于礼。"○杜元凯《春秋序》曰："圣人包周身之防。"○《左传》襄二十七年："子木归，以语王，王曰：尚矣哉，能歆神人，宜其光辅五君，以为盟主也。"○四帝，谓则天、中宗、睿宗、玄宗。○杨子云《羽猎赋》曰："俄轩冕杂衣裳。"○《书》伪古文《毕命》曰："既历三纪。"伪孔传曰："十二年曰纪。"案：自武后永昌元年己丑称皇帝，至玄宗开元九年，凡三十三年，此三纪盖大略言之。○《诗·卷阿》曰："优游尔休矣。"○《诗·既醉》曰："永锡祚胤。"毛传曰："胤，嗣也。"郑笺曰："天又长予汝福祚，至于子孙。"

享年七十有一，开元九年九月寝疾，薨于东都之慈惠里。皇上悼焉，国人慕焉。抚床辍舂，曾未云比。制赠扬州大都督，谥曰文贞，礼也。十年二月，葬于万安山之南原。在疾也，王人赐膳，御医视药。于薨也，中使吊临，羽仪哀送。君臣之义，厚莫重焉。以上薨逝及葬。

徐星伯《唐两京城坊考》卷五：慈惠坊为长夏门第二街第六坊，曰：《河南志》引韦述记（《两京新记》）曰：此坊半已北即雒水之横堤。○《后汉书·桓荣传》曰："荣疾笃，帝幸其家，抚荣赐以床茵帷帐。"《史记·商君传》："赵良曰：五羖大夫死，舂者不相杵。"《集解》引郑玄曰："相谓送杵声，以声音自劝也。"○《唐六典》卷三十曰："大都督府都督一人，从二品。"○《元和郡县志》曰："河南道河南府颍阳县：大石山一名万安山，在县西北四十五里。"《寰宇记》曰："河南府洛阳县：大石山一名万安山，在县西南（西当作东）四十五里。《九州要记》云：魏孝文帝测之，高二百丈。"《清一统志》曰："河南河南府：姚崇墓在洛阳县东南万安山。"○《公羊》僖八年传曰："王人者何？微者也。曷为序乎诸侯之上？先王命也。"○《唐六典》卷十一："殿中省尚药局奉御二人，直长四人，侍御医四人，司医四人，医佐八人。奉御掌合和御药及诊候之事，直长为之贰，侍御医诊候调和，司医、医佐掌分疗众疾。"○《宋书·袁粲传》曰："中使相望。"贾山《至言》曰："古之贤君于其臣也，死则往吊哭之，临其大敛小敛。"案：此则遣中使为之，不亲往也。○羽仪谓羽葆仪仗也。许敬宗《尉迟恭碑》曰："给班剑四十人，及羽葆鼓吹。"又曰："仪仗鼓吹，送至墓所。"与此可相证。

子异、弈，思缀遗美，以实冈极。有诏掌文之官叙事，盛德之老铭功。将以宠宗臣，扬英烈。帝乃洒恩仙翰，镂泽丰砥。日月照临于佳城，烟云变态于神道。宝其文字，别为群玉之山；禁其樵苏，即表三司之墓。铭曰：以上奉敕作碑文。

《旧唐书》崇传曰："崇长子彝，开元初光禄少卿，次子异，坊州刺史，少子弈，开元末为礼部侍郎尚书右丞。彝男闶为侍御史，玄孙合给事中。"《新唐书》崇传曰："三子彝、异、弈"，此碑不载彝名。案：崔善冲（沔）《大唐朝议大夫光禄少卿虢县开国子姚府君（彝）神道碑》曰："粤以开元四年岁次景辰（唐讳丙为景）八月二十六日，遘疾终于东都慈惠里第"，则此时彝已卒，故不书。○《说文》曰："寰，塞也。"《诗·蓼莪》曰："欲报之德，昊天罔极。"○《汉书·萧何曹参传赞》曰："为一代之宗臣。"颜注曰："言为后世之所尊仰，故曰宗臣也。"○佳城、神道，并见杨炯《梁公神道碑》注。○群玉之山，已见《张司马集序》注。○《文选》任彦昇《为卞彬谢修卞忠贞墓启》曰："樵苏之刑，远流于皇代。"李善注曰："《战国策》颜触谓齐王曰：秦攻齐，令曰：敢有去柳下季垄五十步樵采者，罪死不赦。"（《齐策》四）案《晋书·卞壸传》曰：改赠壸侍中骠骑将军开府仪同三司，谥曰忠贞。

　　源深白虞，派别从吴。避地鲁、陕，居家洛都。神明远契，岳渎冥符。翊圣斯偶，生贤不孤。

《续汉书·郡国志》吴郡：刘注曰："顺帝分会稽置。"案：后汉吴郡治吴县，今江苏吴县治。晋吴兴郡武康县，今浙江武康县治。○案《世系表》居鲁在居吴之先，此殆因行文之便耳。汉鲁国鲁县，今山东曲阜县治。蔡伯喈《陈太丘碑》曰："禀岳渎之精。"

　　仁将勇济，孝与忠俱。学刃攒植，文锋迅驱。才安卑位，即骋长途。惟实惟有，若虚若无。再三军国，一二訏谟。戎柄尤重，王纶最枢。兼司任切，久政荣殊。黼藻弥焕，丹青靡渝。以宽容物，以鉴分区。外或形放，中恒礼拘。箴虽缄口，净亦忘躯。但睹浑璞，谁详瑾瑜。伊皋尺寸，管乐锱铢。名正身遂，言诚愿孚。方辞汉禄，更辱齐租。既积而散，穷欢尽娱。

《论语·泰伯篇》：曾子曰："有若无，实若虚。"○《诗·抑》曰："訏谟定命，远犹辰告。"毛传曰："訏大，谟谋，犹道，辰时也。"○《史记·袁盎传》：盎曰："绛侯为太尉，主兵柄。"《礼记·缁衣》：子曰："王言如丝，其出如纶。王言如纶，其出如綍。"○《隋书·艺文〔经籍〕志》（集部）序曰："黼藻相辉。"《法言·学行篇》曰："吾未见好斧藻其德，若斧藻其楶者也。"李注曰："斧藻犹刻桷丹楹之饰，与黼藻义小异。"○《汉书·苏武传》："李陵曰：虽古竹帛所载，丹青所画，何以过子卿？"扬子《法言·君子篇》曰："或问圣人之言，炳若丹青，有诸？曰：吁！是何言与？丹青初则炳，久则渝，渝乎哉！"○《说苑·敬慎篇》曰："孔子之周，观乎太庙，右陛之前，有金人焉，三缄其口，而铭其背曰：古之慎言人也。"又见《家语·观周篇》。○浑璞见杨炯《寻杨隐居诗序》注。○《史记·屈原传》："渔父曰：何故怀瑾握瑜，而自令见放为？"○《楚辞·九叹·愍命》曰："伊、皋之伦以充庐。"王注曰："伊，伊尹；皋，皋陶也。"○《楚辞·卜居》曰："尺有所短，寸有所长。"○《蜀志·诸葛亮传》曰："每自比于管仲、乐毅。"《礼记·儒行》曰："虽分国，如锱铢。"郑注曰："言君分国以禄之，视之轻如锱铢矣。八两曰锱。"孔疏曰："案算法十黍为絫，十絫为铢，二十四铢为两，八两为锱。"○《史记·留侯世家》："留侯曰：今以三寸舌为帝者师，封万户，位列侯，此布衣之极，于良足矣。愿弃人间事，欲从赤松子游耳。"○《说苑·尊贤篇》曰："齐桓公使管仲治国，管仲对曰：贫不能使富。桓公赐之齐国市租一年"○《礼记·曲礼上》曰："积而能散。"

川归东极，日去西晡。上恻旒扆，旁悲路衢。蓝田美玉，荔浦明珠。载广休庆，爰弘典谟。丰碑乃立，盛业其铺。帝念频轸，仙毫特纡。镂金刻石，凤篆龙图。七耀〔曜〕光动，三泉泽濡。铨能叙事，理郁词敷。求旧铭实，惭殚恶芜。缅思云雾，尚想江湖。有道之德，其何以逾？延陵之墓，空此呜呼。存没终始，遐哉邈乎！
　　□不事铺张驰骤，而气象万千，自是大手笔。
　　《淮南子·墬形训》曰："江出岷山，东流至于东极。"○《淮南子·天文训》曰："日至于悲谷，是谓餔时。"《说文》曰："餔，日加申时食也。"字亦作晡。《文选·神女赋序》曰："晡夕之后。"李善注曰："晡，日昳时也。"○《礼记·曲礼下》《释文》曰："扆状如屏风，画为黼文。"○《文选》班孟坚《西都赋》曰："蓝田美玉。"李善注引《范子计然》曰，"玉英出蓝田。"○《汉书·地理志》，苍梧郡有荔浦县。《水经·漓水注》曰："濑水又东南流入荔浦县。"《御览·珍宝部》二引《邹子》曰："珠生于南海。"案：美玉明珠喻崇子。○《礼记·檀弓下》："公肩假曰：公室视丰碑。"○《楚辞·九章·哀郢》王注曰："轸，痛也。"○唐太宗《帝京篇》曰："玉匣启龙图，金绳披凤篆。"○《后汉书·刘陶传》："陶上疏曰：上齐七曜。"《春秋穀梁传序》曰："七曜为之盈缩。"杨疏曰："日月五星，皆照于天下，故谓之七曜。"○《史记·秦始皇本纪》曰："始皇初即位，穿治郦山，及并天下，天下徒送诣七十馀万人，穿三泉，下铜而致椁。"《汉书·贾山传》：山上《至言》曰："死葬乎骊山，吏徒数十万人，旷日十年，下彻三泉。"颜注曰："三重之泉，言其深也。"○云雾喻高远，江湖喻深广。○《世说新语·德行篇》注引司马彪《续汉书》曰："郭泰，字林宗，太原介休人。及卒，蔡伯喈为作碑曰：吾为人作铭，未尝不有惭容，惟为郭有道碑颂无愧耳。"○《集古录跋尾》卷七曰："右古篆文曰：呜呼有吴延陵季子之墓，自前世相传以为孔子所书。据张从申记云：旧石堙灭，开元中，玄宗命殷仲容揭本，遂传于世（以上别本据真迹）。然则开元之前，自有真本，至大历中，萧定又刊于石，则转相传摹，失其真远矣。按孔子平生未尝至吴，以《史记·世家》考之，其列聘诸侯，南不逾楚，推其岁月，踪迹未尝过吴，不得亲铭季子之墓。又其字特大，非古简牍所容。"《广川书跋》卷三曰："延陵季子墓字，世传仲尼书，今入《淳化官帖》中，其字如书简牍，不类丰碑石柱上所刻也，而书亦少异于籀文，疑当吴季子时，书文宜尽从籀学，不得有所异同。又夫子未尝至吴，其书是非不可考也。"（严铁桥《全上古文》观吴季札之子葬题字，作"於虖有吴延陵君子之葬"，谓孔子便于贡观葬后题字，唐宋人不识篆文，释葬为墓，未知是否。）〇司马长卿《封禅文》曰："遐哉邈乎。"

苏廷硕

苏颋，字廷硕，京兆武功人。父瓌，封许国公，谥文贞。颋弱冠第进士，授乌程尉。累迁左台监察御史，神龙中迁给事，加修文馆学士，拜中书舍人。时瓌同中书门下三品，父子同掌枢密，时以为荣。景云中袭爵许国公。开元四年，迁紫微侍郎同紫微黄门平章事。八年，罢为礼部尚书检校益州大都督府长史。十三年，从驾东封泰山，俄知吏部选事，十五年卒，谥文宪。新、旧《唐书》皆有传（附瓌传后）。

太清观钟铭

《唐会要》卷五十曰："昭成观颁政坊，（案《长安志》卷十：颁政坊在朱雀街之第三街，即皇城西第一街，街西从北次南第三坊。）本杨士建宅，咸亨元年九月二十三日，皇后为母度太平公主为女冠，因置观。初名太清观，寻移于大业坊。（案《长安志》七在朱雀街东第二街，北当皇城南面之安上门，街东从北起次南第七坊。）垂拱二年遂改为魏国观。载初元年，改为崇福观。开元二十七年，为昭成皇后追福，改为昭成观。"《长安志》卷七曰："大业坊东南隅太平女真观,仪凤二年吐蕃入寇,求太平公主和亲不许,乃立此观,公主出家为女冠。初以颁政坊为太平观,寻徙于此,公主居之。其颁政坊观改为太清观。"卷十曰:"颁政坊西北隅昭成观,咸亨元年太平公主立为太平观,寻移于大业坊,改此观为太清观,高宗御书飞白额。"

大矣哉钟之为用,轩辕氏和音乐之,夏后氏陈义听之,此皇王所宝也。太微君上真抚之,紫虚君元方抚之,此仙圣所珍也。以上言钟之用大。

《吕氏春秋·古乐篇》曰:"黄帝又命伶伦与荣将铸十二钟,以和五音,以施英韶,以仲春之月,乙卯之日,日在奎,始奏之,命之曰咸池。"○《淮南子·氾论训》曰:"禹之时,以五音听治,悬钟鼓磬铎置鞀,以待四方之士,为号曰:教寡人以道者击鼓,谕寡人以义者击钟,告寡人以事者振铎,语寡人以忧者击磬,有狱者摇鞀。"又见《鬻子》上《禹政篇》。○《御览·道部》二引《玉清隐书》曰:"太微天帝君,命太微上真敕使群灵。"《道部》十九引《洞景金元经》曰:"玉帝命太微天帝君,坐万灵于房轩,散华香于玉宇。"○《御览·道部》二十引《南岳魏夫人内传》曰:"夫人姓魏,讳华存,字贤安,任城人,晋司徒魏舒女也。季冬月夜半,四真人来降于室,乃命北寒玉女宋联涓弹九气之璈,东华玉女燕景珠击西盈之钟,云林玉女(《太平广记》五十八引云作神)贾屈庭吹凤唳之箫,飞玄玉女鲜于灵金(《广记》引作鲜于虚)拊九合玉节,乃别去。夫人守静日进,在世八十三年,以晋成帝咸和九年,用藏景之法,托形剑化,扶桑太帝君遣八元仙伯,五方天帝君,授夫人玉札金文,位为紫虚元君,领上真司命,南岳夫人,此秩仙公。"

国家诞发玄系,丕承景业。与时偕行,惟道则祐。

以太清观金庭晃朗，玉京崇绝。七映严饰，四明洞开。戛云璈，椎雷鼓，尝有之矣。然而陶铸三品，大造融于得一；范围四名，大空合于吹万，其凫氏鸿钟欤！以上言钟为道观所需。

李太白《化城寺大钟铭序》曰："系玄元之英蕤。"案：唐为老子裔，见卢昇之《黎君碑》注。○《孟子·滕文公下》引《书》曰："丕承哉，武王烈。"《书》伪古文《君牙》袭之。《易·系辞上》曰："盛德大业。"《尔雅·释诂》曰："景，大也。"○《易·乾·文言传》曰："与时偕行。"○《道德指归论》曰："人之动作不顺于道者，道不祐也。"○《真诰》卷十一曰："越桐柏之金庭，句曲之金陵，养真之福境，成仙之灵墟也。"《文选》潘安仁《秋兴赋》曰："天晃朗以弥高兮。"李善注曰："晃朗，明貌。"○玉京见《黎君碑》注。○《云笈七签》卷一百一引《洞真大洞真经》曰："上清高圣太上玉晨大道君，治蕊珠日阙馆，七映紫房。"○《云笈七签》卷八《释三十九章经》第十四章：玉晨太上大道君曰："道君保形景于法化之内，回眄镜于上清之上，解襟带于玉映之室，乘八素入于四明之门，四明者，上清玉帝之南门也。"○《御览·道部》二引《空洞灵章》曰："真人弹云璈。"《太平广记》卷五十八引《南岳魏夫人传》曰："王母击节而歌三元，夫人弹云璈而答歌。"○《周礼·地官·鼓人》曰："以雷鼓鼓神祀。"郑注曰："雷鼓，八面鼓也。"《后汉书·光武帝纪上》曰："乃椎鼓数十通。"○《书·禹贡》：扬州：厥贡惟金三品。孔疏引郑注曰："铜三色也。"孙渊如疏："三色者，盖青白赤也。"○《考工记》曰："凫氏为锺，两栾谓之铣。"郑注曰："铣，锺口两角。"《记》又曰："铣间谓之于，于上谓之鼓，鼓上谓之钲，钲上谓之舞。"注曰："此四名者，锺体也。"案：锺，钟（鐘）之通借字。○《释名·释器》曰："钟，空也，内空受气多，故声大也。"吹万见《黎君碑》注。○张平子《西京赋》曰："洪钟万钧。"案：洪、鸿字通。

工以思专，神以响会。炉用乃息，器或云聚。攫蹲兽而俯捧，俨旋虫而上扶。号远则传，声希以节。广于已日，普集诸天。契九仙于福堂，起六幽于苦海。重以珍珠为阙，琉璃作地。皓魄初满，清霜始飞。近召香童，遥征羽使。时环而载击载考，律应而不舒不疾。西升路接，韵闻阊之清风；北斗城连，含未央之夕漏。非与其至妙，孰臻于此乎？以上钟铸既成，极有益于道教。

《考工记》曰："梓人为簨虡，天下之大兽五，脂者，膏者，臝者，羽者，鳞者。宗庙之事，脂者膏者以为牲，臝者羽者鳞者，以为簨虡。"郑注曰："乐器所悬，横曰簨，植曰虡。"又曰："大声而宏，则于锺宜，若是者以为锺虡。"又曰："凡攫挐援簭之类，必深其爪，出其目，作其鳞之而。"郑注曰："谓簨虡之兽也；之而，颊颔也。"○《考工记》曰："凫氏为锺，锺县谓之旋，旋虫谓之干。"郑注曰："旋属锺柄，所以县之也。郑司农云：旋虫者，旋以虫为饰也。玄谓今时旋有蹲熊盘龙辟邪。"○陆士衡《演连珠》曰："乘风载响，则音徽自远。"○《老子》曰："大音希声。"○《易·革》曰："已日乃孚。"《集解》引干宝曰："天命已至之日也。"案：此谓钟已成之日耳。○《梓潼本愿真经》曰："尔时元始天尊在清微天宫黄金阙内，会诸天帝君与无极圣众。"○九仙见《黎君碑》注。《魏书·刑罚志》："帝曰：夫人幽苦则恩善，故囹圄与福堂同居。"○《文选》班孟坚《典引》曰："光被六幽。"蔡伯喈注曰："六幽谓上下四方也。"《后汉书·班固传》章怀注曰："六幽，六合幽远之地。"《楞严经》卷四曰："引诸沉冥出于苦海。"《翻译名义》卷十九曰："若打钟时，一切恶道诸苦，并得停止。"李太白《化城寺大钟铭》曰："息剑轮于苦海。"○王元长《法乐辞》曰："羽文珠阙。"

○《十洲记》曰："方丈洲有金玉琉璃之宫。"○《参同契·养性立命章》曰："阳神日魂，阴神月魄。"梁简文帝《相官寺碑文》曰："珠生月魄，钟应秋霜。"案：已见王子安《上武侍极启》。○《度人妙经》卷上（上阳子注本）密咒曰："无上玄元太上道君召出臣身中三五功曹左右官使者，侍香金童，传言玉女，五帝直符直日香官，各三十二人，关启所言。"○《神仙传》八曰："沈羲者，吴郡人。学道于蜀中，有三仙人，羽衣持节，以白玉简、青玉介、丹玉字授羲。"○《诗·山有枢》曰："子有钟鼓，弗鼓弗考。"毛传曰："考，击也。"○《考工记》曰："凫氏为钟，钟大而短，则其声疾而短闻，钟小而长，则其声舒而远闻。"○《新唐书·艺文志》子部道家类，神仙家有戴铣《老子西升经义》一卷，韦处玄《集解老子西升经》二卷。○阊阖见宋延清《上阳宫侍宴序》注。○《三辅黄图》卷一曰："长安故城南为南斗形，北为北斗形，至今人呼汉京为斗城，是也。"○《元和郡县志》曰："关内道京兆府长安县，汉未央宫在县西北十五里，并在长安故城中。"谢希逸《宋明堂歌》曰："晨晷促，夕漏延。"

在昔图旂常，勒彝鼎者，所以建功树善，纪德昭事。未有万人斯和，倾耳归真，四魔是革，调心服道，彻于千界，扬我巨唐之声；悬于亿劫，齐我巨唐之算。安可不篆铭于铣者哉？其词曰：以上作铭。

《周礼·夏官·司勋》曰："凡有功者，铭书于王之大常，祭于大烝，司勋诏之。"又《春官·司常》曰："日月为常，交龙为旂。"又《巾车》，建大常十有二斿。郑注曰："大常，九旗之画日月者。"○《礼记·祭统》曰："夫鼎有铭，铭者自名也，自名以称扬其先祖之美，而明著之后世者也。故卫孔悝之鼎铭曰：勒大命施于烝彝鼎。"郑注曰："彝，尊也。"○《左》襄十九年曰："季武子以所得于齐之兵作林钟，而铭鲁功焉。臧武仲谓季孙曰：

非礼也。夫铭，天子令德，诸侯言时计功，大夫称伐。"○司马长卿《上林赋》曰："千人唱，万人和。"○班孟坚《东都赋》曰："背伪而归真。"○《大道玉清经》有《威魔品》，梁武帝答释明彻敕曰："方除四魔。"○铣见上注。

碧落朱宫兮郁其崇。金振玉叩兮殷而鸿。九牧是献兮百神工。成之不日兮铿乘风。声无已兮福无穷。

□敛典丽为肃括，易铺排为包扫，摆落一切，直趣深微，诚大手笔也。

碧落见《黎君碑》注。○《孟子·万章下》曰："金声而玉振之也。"《易·豫·释文》引马融曰："殷，盛也。"《淮南·原道训》高注曰："鸿，大也。"○《左》宣三年："王孙满曰：昔夏之方有德也，远方图物，贡金九牧，铸鼎象物。"○《诗·灵台》曰："不日成之。"《礼记·乐记》曰："钟声铿。"乘风见上注。

王摩诘

王维，字摩诘，太原祁人。开元十九年擢进士第，（《旧唐书》作九年，今依《唐才子传》。徐星伯《唐登科记考》曰：《旧唐书》九上脱十字。）天宝末，为给事中，安禄山陷两都，维为贼所得，服药阳瘖，贼平，责授太子中允，后仕至尚书右丞。《旧唐书》入《文苑传》，《新唐书》入《文艺传》。

送秘书晁监还日本诗序

《新唐书·东夷传》曰："日本在海中岛而居，长安元年，其王文武立，改元曰大宝。（黄公度《日本国志·国统志》：文武天皇讳珂瑠。《中东年表》：文武帝元年，当唐武后神功元年；改元大宝，当唐大足元年，即长安元年。）遣朝臣真人粟田贡方物。朝臣真人者，犹唐尚书也。开元初，（《中东年表》元明帝和铜六年，当唐玄宗开元元年；元正帝灵龟元年，当开元三年；养老元年，当开元五年；圣武帝神龟元年，当开元十二年。）粟田复朝，请从诸儒授经，其副朝臣仲满，慕华不肯去，易姓名曰朝衡，历左补阙，仪王友，多所该识，久乃还。天宝十二载，（《中东年表》：圣武帝天平十四年，当天宝元年；孝谦帝天平胜宝五年，当天宝十二年。）朝衡复入朝。上元中擢左散骑常侍安南都护。"〇《唐六典》卷十曰："秘书省监一人从三品，秘书监之职，掌邦国经籍图书之事。"案：《新唐书》不言朝衡为秘书监，疑史阙漏。《说文》曰："鼂，杜林以为朝旦，非。"然《楚辞·九章·哀郢》王注曰："鼂，古朝字。"是朝、鼂字通，又作晁。赵松谷（殿成）《王右丞集笺注》曰："晁，旧本作朝。"案：此篇亦多取赵注，依前例不悉标出。

舜觐群后，有苗不服。禹会诸侯，防风后至。动干戚之舞，兴斧钺之诛，乃贡九牧之金，始颁五瑞之玉。以上言古代域外向化之难。

《书·舜典》曰："肆觐东后。"又曰："群后四朝。"《韩子·五蠹篇》曰："当舜之时，有苗不服，禹将伐之，舜曰不可，上德不厚而行武，非道也。乃修教三年，执干戚舞，有苗乃服。"又互见骆宾王《露布》注。〇《鲁语下》："仲尼曰：昔禹致群神于会稽之山，防风氏后至，禹杀而戮之。"韦注曰："群神，谓主山川之君，为群神之主，故谓之神也。防风，汪芒氏君之名也，违命后至，故禹杀之，陈尸为戮也。"〇《鲁语上》："臧文仲曰：大刑用甲兵，其次用斧钺。"〇《左》宣三年：王孙满曰："昔夏之方有德也，远方图物，贡金九牧，铸鼎象物，百物而为之备，使民知神奸。"○《书·舜典》曰："辑五瑞，既月乃日，觐四岳群牧，班瑞于群后。"

我开元天地大宝圣文神武应道皇帝，大道之行，先天布化。乾元广运，涵育无垠。若华为东道之标，戴胜为西门之候。岂甘心于邛杖？非征贡于包茅。亦由呼韩来朝，舍于蒲萄之馆；卑弥遣使，报以蛟龙之锦。牺牲玉帛，以将厚意；服食器用，不宝远物。百神受职，五老告期。况乎戴发含齿，得不稽颡屈膝？以上唐帝德被四方，异域来朝。

《旧唐书·玄宗纪》曰："天宝八载六月，闰月丙寅，群臣上皇帝尊号为开元天地大宝圣文神武应道皇帝。"○《礼记·礼运》曰："大道之行也，三代之英。"○《易·乾·文言传》曰："先天而天弗违。"○《易·乾·彖传》曰："大哉乾元。"《书》伪古文《大禹谟》曰："帝德广运。"○《宋书·顾觊之传》："觊之著《定命论》曰：夫圣人虚怀以涵育。"《淮南子·原道训》曰："出于无垠之门。"○《楚辞·天问》曰："羲和之未扬，若华何光？"王注曰："言日未出之时，若木何能有明赤之光华乎？"又《离骚》曰："折若木以拂日兮。"案：古言若木有二。《山海经·大荒北经》曰："洞野之山，上有赤树，青叶赤华，名曰若木。"又《海内经》曰："南海之内，黑水青水之间，有木名若木。"《淮南子·墬形训》曰："若木在建木西，末有十日，其华照下地。"此西极之若木也。《说文》曰："叒日初出东方汤谷，所登榑桑叒木也。"叒读曰若，故亦作若木。此东极之若木也。赵注本误作苦垂，且谓若华非东方之木，是特知其一未知其二耳。《左》僖三十年：烛之武曰："若舍郑以为东道主。"《文选》郭景纯《江赋》曰："玉垒作东别之标。"李注曰："标，表也。"○《大荒西经》曰："昆仑之丘，有人戴胜虎齿，有豹尾，穴处，名曰西王母。"

《汉书·杨雄传·解嘲》曰："东南一尉，西北一候。"案：此文盖以城门之候为比。《汉书·百官公卿表》曰："城门校尉掌京师城门屯兵，有司马十二城门候。"颜注曰："门各有候是也。"○《史记·大宛传》："张骞曰：臣在大夏时，见邛竹杖蜀布，问曰：安得此？大夏国人曰：吾贾人往市之身毒，身毒在大夏东南可数千里。"○《左》僖四年曰："齐侯以诸侯之师伐楚，楚子使言于师曰：不虞君之涉吾地也，何故？管仲对曰：尔贡包茅不入，王祭不共，无以缩酒，寡人是征。"○由、犹字通假。○《汉书·宣帝纪》曰："甘露三年春正月，行幸甘泉，匈奴呼韩邪单于稽候狦来朝，赞谒称藩臣而不名。"《匈奴传》曰："囊知牙斯立为乌珠留若鞮单于，哀帝建平四年，单于上书愿朝。元寿二年单于来朝，上以太岁厌胜所在，舍之上林苑蒲陶宫。"案：古人往往两事合用。赵注以此是乌珠留单于，非呼韩邪，盖误用，殆亦未知此例耳。○《三国志·魏志·东夷传》曰："倭国乱相攻伐历年，乃共立一女子为王，名曰卑弥呼。景初二年六月，倭女王遣大夫难升米等诣郡，求诣天子朝献。其年十二月，诏书报女王曰：制诏亲魏倭王卑弥呼，我甚哀汝，今以绛地交龙锦五匹，绛地绉粟罽十张，蒨绛五十匹，绀青五十匹，答汝所献贡直。"案《日本国志·国统志》曰："仲哀天皇亲征熊袭，卒于军，在位九年，皇后气长足姬摄位，是为神功皇后，后为男妆，率师渡海，征新罗降之。高丽、百济皆归款，后遂遣使于魏。"又《邻交志》曰："神功皇后四十七年（当魏景初二年），遣大夫难升米等诣带方郡，求诣天子朝献。"○《左》襄八年："子驷曰：牺牲玉帛，待于二竟。"○《书》伪古文《旅獒》曰："不宝远物，则远人格。"○《礼记·礼运》曰："故礼行于郊，而百神受职焉。"○五老见骆宾王《求陪封禅表》及《姚州破贼露布》注。○《列子·黄帝篇》曰："戴发含齿，倚而食者谓之人。"○《汉书·杨雄传·长杨赋》曰："皆稽颡树颔。"《司马相如传·喻巴蜀檄》曰："屈膝请和。"

海东国日本为大，服圣人之训，有君子之风。正朔本乎夏时，衣裳同乎汉制。历岁方达，继旧好于行人；滔天无涯，贡方物于天子。司仪加等，位在王侯之先；掌次改观，不居蛮夷之邸。我无尔诈，尔无我虞。彼以好来，废关弛禁。上敷文教，虚至实归。故人民杂居，往来如市。以上叙日本之通中国。

《左》桓六年：斗伯比曰："汉东之国，随为大。"○《山海经·海外东经》曰："君子国衣冠带剑，其人好让不争。"《淮南子·墬形训》："东方有君子之国。"高注曰："东方木德仁，故有君子之国。"○《日本国志·天文志》曰："日本亦用夏正，自推古以前，统称之为太古历。当时历博士征之百济，第袭用汉历而已，未尝习学其术也。推古十年十月，百济僧观勒来献历本，十二年岁次甲子正月朔，始用新历。是岁当隋仁寿四年，观勒所献，乃宋何承天之《元嘉历》也。持统四年十一月，始行《元嘉历》兼《仪凤历》，盖兼用二历之法。是岁为唐嗣圣七年。《仪凤历》，唐所谓《麟德历》也。至文武元年，遂废《元嘉历》，专用《仪凤历》。孝谦天平宝字七年八月，又废《仪凤历》，用《大衍历》，是岁当唐广德元年。《大衍历》，僧一行开元中所作也。"○《北史·倭传》曰："其服饰男子衣裙襦，其袖微小，履如屦形，漆其上，系之脚，人庶多跣足，不得用金银为饰，故时衣横幅，结束相连而无缝，头亦无冠，但垂发于两耳上。至隋，其王始制冠，（《日本国志·礼俗志》曰："至推古帝始定冠位，以冠色分等。"案《年表》推古帝元年，当隋开皇十三年。）以锦彩为之，以金银为饰，妇人束发于后，亦衣裙襦，裳皆有襈。"（襈元误撰，依《御览·四夷部》三引改。《释名·释衣服》曰：襈，撰也，青绛为之缘也。）○《左》桓十八年曰："来修旧好。"《周礼・秋官》:"大行人,掌大宾之礼,及大客之仪,以亲诸侯。"○《书・尧典》曰:"浩浩滔天。"《书・微子》曰:"若涉大水,其无津涯。"○《书》伪古文《旅獒》曰:"无有远迩,毕献方物。"○《周礼・秋官》:"司仪,掌九仪之宾客,摈相之礼,以诏仪容辞令揖让之节。"○《汉书・宣帝纪》:"甘露二年下诏曰:今匈奴单于称北藩臣,朝正月,其以客礼待之,位在诸侯王上。"○《周礼・天官・掌次》曰:"诸侯朝觐会同,则张大次小次,孤卿有邦事,则张幕设案。"○《汉书・元帝纪》曰:"建昭三年,甘延寿、陈汤攻郅支单于,斩其首,传诣京师,县蛮夷邸门。"颜注曰:"蛮夷邸若今鸿胪客馆。"《三辅黄图》六曰:"蛮夷邸在长安城内藁街。"○《左》宣十五年曰:"宋及楚平,华元为质,盟曰:我无尔诈,尔无我虞。"○《左》昭二十年曰:"使有司宽政,毁关去禁。"○《书・禹贡》曰:"三百里揆文教。"○《庄子・德充符篇》曰:"虚而往,实而归。"

晁司马结发游圣,负笈辞亲。问礼于老聃,学诗于子夏。鲁借车马,孔丘遂适于宗周;郑献缟衣,季札始通于上国。名成太学,官至客卿。必齐之姜,不归娶于高、国;在楚犹晋,亦何独于由余?游宦三年,愿以君羹遗母;不居一国,欲其昼锦还乡。庄舄既显而思归,关羽报恩而终去。以上晁监来游,及其将归。

《史记・李将军传》:广曰:"且臣结发而与匈奴战。"《索隐》曰:"广言自少时结发而与匈奴战。"谢玄晖《游后园赋》曰:"乃游圣兮知方。"○《后汉书・李固传》注引谢承《后汉书》曰:"固负笈追师。"○《史记・孔子世家》曰:"鲁南宫敬叔言鲁君曰:请与孔子适周,鲁君予之一乘车两马,一竖子俱,适周问礼,盖见老子云。"又《家语・观周篇》:"孔子谓南宫敬叔曰:吾闻老聃之博古知今,通礼乐之原,明道德之归,则吾师也。今将往矣。对曰：谨受命，遂言于鲁君曰：今孔子将适周，君盍以乘资之？公曰诺。与孔子车一乘，马二匹，竖子侍御，敬叔与俱至周，问礼于老聃。"○《经典释文叙例》曰："孔子既取周诗，上兼商颂，凡三百一十一篇，以授子夏，子夏遂作序焉。徐整云：子夏授高行子，高行子授薛仓子，薛仓子授帛妙子，帛妙子授河间人大毛公，毛公为《诗故训传》于家，以授赵人小毛公。一云子夏传曾申，申传魏人李克，克传鲁人孟仲子，孟仲子传根牟子，根牟子传赵人孙卿子，孙卿子传鲁人大毛公。"○《诗·正月》曰："赫赫宗周。"○《左》襄二十九年曰："吴公子札聘于郑，见子产如旧相识，与之缟带，子产献纻衣焉。"又昭二十七年曰："吴子使延州来季子聘于上国。"○《诗·衡门》曰："岂其娶妻，必齐之姜？"《左》定九年曰："齐侯伐晋夷仪，敝无存之父将室之，辞以与其弟曰，此役也不死，反必娶于高、国。"○《左》昭三年曰："郑罕虎如晋贺夫人，且告曰：楚人日征敝邑以不朝立王之故，宣子使叔向对曰：君其往也，苟有寡君，在楚犹在晋也。"○《史记·秦世家》曰："戎王使由余于秦，由余其先晋人也，亡入戎，能晋言。闻缪公贤，故使由余观秦。"○《左》隐元年曰："颍考叔为颍谷封人，有献于公，公赐之食，食舍肉。公问之，对曰：小人有母，皆尝小人之食矣，未尝君之羹，请以遗之。"○《汉书·李陵传》曰："贤者不独居一国。范蠡遍游天下，由余去戎入秦。"○《汉书·项籍传》曰："富贵不归故乡，如衣锦夜行。"（《史记·项羽本纪》锦作绣。）又《朱买臣传》："上拜买臣会稽太守，上谓买臣曰：富贵不归故乡，如衣绣夜行。"○《史记·张仪传》曰："陈轸曰：王闻夫越人庄舄乎？王曰：不闻。曰：越人庄舄仕楚执珪，有顷而病，楚王曰：舄故越之鄙细人也，今仕楚执珪，贵富矣，亦思越不？中谢（《索隐》曰：谓侍御之官也。）对曰：凡人之思，故在其病也，彼思越则越声，不思越则楚声。使人往听之，犹尚越声也。"

○《蜀志·关羽传》曰："先主使羽守下邳城，曹公东征，禽羽以归，拜为偏将军，礼之甚厚。袁绍遣大将军颜良攻东郡太守刘延于白马。羽刺良斩其首，解白马围。曹公即表封羽为汉寿亭侯。初曹公察其心神无久留之意，谓张辽曰：卿试以情问之，既而辽以问羽，羽叹曰：吾极知曹公待我厚，然吾受刘将军厚恩，誓以共死，不可背之。吾终不留，吾要当立效以报曹公。辽以羽言报曹公，曹公义之，及羽杀颜良，曹公知其必去，重加赏赐，羽尽封其所赐，拜书告辞，而奔先主于袁军，左右欲追之，曹公曰：彼各为其主，勿追也。"

于是稽首北阙，裹足东辕。篋命赐之衣，怀敬问之诏。金简玉字，传道经于绝域之人；方鼎彝樽，致分器于异姓之国。琅邪台上，回望龙门；碣石馆前，复然鸟逝。鲸鱼喷浪，则万里倒迥；鹢首乘云，则八风却走。扶桑若荠，郁岛如萍。沃白日而篸三山，浮苍天而吞九域。黄雀之风动地，黑蜃之气成云。淼不知其所之，何相思之可寄？<small>以上归国情况。</small>

稽首北阙，谓辞唐阙而去也。赵注本作驰，反以作稽为非，则谬矣。又下句作里（裹）者为裹之误，不待辨也。盖古人行远，则缠裹其足。《吕氏春秋·爱类篇》《淮南子·修务训》皆言墨子裂裳裹足至于郢。《文选》李斯《上秦始皇书》：裹足不入秦。五臣注刘良曰："言虽裹足以欲游秦而不得入。"亦本古义。今人往往以裹足不入为束缚其足不使入之义，失之矣。○《史记·高祖本纪》曰："八年，萧丞相营作未央宫，立东阙北阙。"○《汉书·李广传》："上报曰：将军其率师东辕。"○《汉书·匈奴传》曰："孝文后二年，使使遗匈奴书曰：皇帝敬问匈奴大单于无恙。"○《吴越春秋》："《越王无余外传》曰：禹登宛委山，发金简之书。"案：金简玉字，得通水之理。又《御览·道部》十五引《大有经》曰:"大有经金镂玉字,以明其篇。"又见卢昇之《黎法师碑》注。○《左》昭七年曰:"晋侯赐子产莒之二方鼎。"杜注曰:"方鼎,莒所贡。"孔疏引服虔曰:"鼎三足则圆,四足则方。"《周语中》曰:"出其尊彝。"韦注曰:"尊彝皆受酒之器。"《周礼·春官·序官》司尊彝。郑注曰:"彝亦尊也。"案:樽,尊之俗字。○《左》昭十二年:"楚子曰:四国皆有分,我独无有。"《书序》曰:"武王既胜殷,邦诸侯,班宗彝,作分器。"《书》伪古文《旅獒》曰:"分宝玉于伯叔之国。"○《海内北经》曰:"琅琊台在渤海间。"郭注曰:"今琅琊在海边,有山嶕峣特起,状如高台,此即琅琊台也。"《史记·秦始皇本纪》曰:"二十八年,徙黔首三万户琅琊台下。"《正义》引《括地志》曰:"密州诸城县东南百七十里有琅邪台,越王句践观台也。台西北十里有琅邪。"又曰:"琅邪山在密州诸城县东南百四十里。始皇立层台于山上,谓之琅琊台,孤立众山之上。"《清一统志》曰:"山东青州府:琅邪山在诸城县东南二百五十里。"○《楚辞·九章·哀郢》曰:"顾龙门而不见。"王注曰:"龙门,楚东门也。"案:此文泛称,不必泥定楚城门,亦非指《禹贡》龙门也。碣石已见崔安成《启母庙碑》注。○《文选》木玄虚《海赋》曰:"望涛远决,冏然鸟逝。"○《古今注》卷中曰:"鲸鱼者,海鱼也。大者长千里,小者数十丈,常以五六月,就岸边生子,至七八月,导从其子,还大海中,鼓浪成雷,喷沫成雨,水族惊畏,皆逃匿莫敢当者。"《淮南子·本经训》曰:"龙舟鹢首,浮吹以娱。"高注曰:"鹢,大鸟也。画其像著船头,故曰鹢首。"○《淮南子·墬形训》曰:"何谓八风?东北曰炎风,(高注曰:一曰融风。)东方曰条风,(高注曰:一曰明庶风。)东南曰景风,(高曰:一曰清明风。)南方曰巨风,(高曰:一曰恺风。)西南曰凉风,西方曰飂风,西北曰丽风,(高曰:一曰阊阖风。)北方曰寒风。(高曰:一曰广莫风。)"《左传》隐五年孔疏引《易纬·通卦验》曰:"立春调风至,春分明庶风至,立夏清明风至,夏至景风至,立秋凉风至,秋分阊阖风至,立冬不周风至,冬至广莫风至。"又与《淮南子》不同。○《梁书·东夷传》曰:"扶桑国者,齐永元元年,其国有沙门慧深来至荆州,说云扶桑在大汉国东二万馀里,地在中国之东,其土多扶桑木,故以为名。扶桑叶似桐,而初生如笋,国人食之,实如梨而赤,绩其皮为布,以为衣,亦以为锦。"《颜氏家训·勉学篇》曰:"《罗浮山记》云:望平地树如荠。故戴嵩诗云:长安树如荠(《度关山诗》)。又邺下有一人咏树诗云:遥望长安荠。"○《海内东经》曰:"都山在海中,一曰郁州。"郭注曰:"今在东海朐县界,世传此山自苍梧从南徙来,上皆有南方物也。郁音鬱。"《水经·淮水注》引作郁山在海中。《太平寰宇记》曰:"河南道海州东海县,本秦末田横所保鬱洲,亦曰郁州。"又曰:"县理城在郁洲上。"引《山海经》及《水经注》证之。又曰:"苍梧山在县东北二里,古老相传此山在海中,后飞至此。"《清一统志》:"江苏海州(今改县),鬱林山在州东北海中鬱洲。《太平寰宇记》谓之苍梧山。"刘伯伦《酒德颂》曰:"如江汉之载浮萍。"○《文选》木玄虚《海赋》曰:"荡云沃日。"三山见王子安《别洛下知己序》注。○《文选·海赋》曰:"浮天无岸。"又潘元茂《册魏公九锡文》注引《韩诗》曰:"奄有九域。"(《玄鸟》毛诗作九有。)薛君《章句》曰:"九域,九州也。"○《御览·天部》九引周处《风土记》曰:"南中六月则有东南长风,风六月止,俗号黄雀长风,时海鱼变为黄雀,因为名也。"○《史记·天官书》曰:"海旁蜃气象楼台。"○《文选》郭景纯《江赋》曰:"状滔天以森茫。"○《文选·古诗》曰:"客从远方来,遗我一书札。上言长相思,下言久离别。"

嘻!去帝乡之故旧,谒本朝之君臣。咏七子之诗,佩两国之印。恢我王度,谕彼藩臣。三寸犹在,乐毅辞燕而未老;十年在外,信陵归魏而逾尊。子其行乎!余赠言者。以上赠别。

□兴会飙举,情景交融。

此送晁监,故用《左传》七子饯赵武事,已见张道济《张司马文集序》注。赵注以建安七子当之,恐非是。○《史记·苏秦传》:"苏秦喟然叹曰:使我有雒阳负郭田二顷,吾岂能佩六国相印乎?"○《左》昭十二年《祈招》之诗曰:"思我王度,式如玉,式如金。"○《史记·留侯世家》:"留侯曰:今以三寸舌为帝者师。"又《张仪传》曰:"张仪谓其妻曰:视吾舌尚在不?其妻笑曰:舌在也。仪曰:足矣。"《史记·乐毅传》曰:"燕昭王封乐毅于昌国,号为昌国君。乐毅下齐七十馀城,唯独莒、即墨未服,会燕昭王死,子立为燕惠王。惠王自为太子时,常不快于乐毅,及即位,田单闻之,乃纵反间于燕,于是燕惠王乃使骑劫代将而召乐毅。乐毅畏诛,遂西降赵,赵封乐毅于观津,号曰望诸君,尊宠乐毅,以警动于燕齐。燕惠王后悔,又恐赵用乐毅,而乘燕之弊以伐燕,乃使人让乐毅,且谢之。乐毅报遗燕惠王书,于是燕王复以乐毅子闲为昌国君,而乐毅往来复通燕。"○《史记·魏公子传》曰:"魏公子无忌者,魏昭王少子,而魏安釐王异母弟也。安釐王封公子为信陵君。公子已却秦存赵,使将将其军归魏,公子留赵十年不归。秦闻公子在赵,日夜出兵东伐魏,魏王患之,使使往请公子,公子归救魏,魏王见公子,相与泣,而以上将军印授公子。公子遂将,率五国之兵,破秦军于河外,走蒙骜,遂乘胜逐秦军至函谷关,抑秦兵,秦兵不敢出。当是时,公子威震天下。"○赠言已见王子安《滕王阁饯别序》注。又《史记·孔子世家》曰:"孔子适周问礼,盖见老子云,辞去而老子送之曰:吾闻富贵者送人以财,仁人送人以言,吾不能富贵,窃仁人之号,送子以言。"

杨公南

杨炎，字公南，凤翔天兴人。河西节度使吕崇贲辟掌书记。副元帅李光弼奏为判官，不应召，拜起居舍人，辞禄就养岐下，父丧，庐墓侧，号泣不绝声，服阕，起为司勋员外郎，迁中书舍人，与常衮同时知制诰。自开元以来，言诏制之美者，时称常、杨焉。宰相元载重炎，擢吏部侍郎，载败，坐贬道州司马。德宗即位，拜门下侍郎同中书门下平章事。以诛刘晏，帝意衔之，又与卢杞不协，罢为左仆射，贬崖州司马，未至赐死。后诏复其官，谥肃愍。左丞孔戣驳之，更曰平厉。新、旧《唐书》皆有传。

大唐燕支山神宁济公祠堂碑

《元和郡县志》曰："陇右道甘州删丹县：本汉旧县，属张掖郡，焉支山一名删丹山，故以名县。山在县南五十里，东西一百馀里，南北二十里。"《明一统志》曰："陕西行都指挥使司：焉支山，在山丹卫城东南一百二十里。唐哥舒翰建神祠于山麓，天宝间，封山神为宁济公。"又曰："宁济公祠在焉支山南麓，唐建。"《清一统志》曰："甘肃甘州府：宁济公祠在山丹县东南，焉支山麓。旧《镇志》：唐天宝间，封焉支山神为宁济公，立祠祀之于此。"案：燕支山即焉支山。

西北之巨镇曰燕支，本匈奴王庭。昔汉武纳浑邪，开右地，置武威、张掖，而山界二郡之间，连峰委会，云蔚黛起。积高之势，四面千里。阳崖有栝柏之材，备干革；阴壑有坚刚之璞，化五兵。维人气雄，其畜多马，虏得之以制阴国，主天街。周以之兴，秦以之霸，汉得之以断右臂，却南牧。西距于海，北潴于河，自外而望上也。熊熊乎一气。旁荫朔卤，前衡塞门，与积石来朝，昆仑相长。洎陟苍苍，隔峻极，则形变六合，空同大荒，青冥在混元之中，绝壁揭宇宙之外。旧史云：封祀之山八，中国之外三。自夏缺秩奠，汉攘疆土，时更百王，莫能配天。其意者将缵禹之业，以俟圣人乎！以上山之形势。

《周礼·夏官·职方氏》郑注曰："镇名山，安地德者也。"○《史记·骠骑将军传》曰："元狩二年春，以冠军侯去病为骠骑将军，将万骑出陇西有功，天子曰：骠骑将军率戎士转战六日，过焉支山千有馀里。"《匈奴传》曰："汉使骠骑将军去病将万骑出陇西，过焉支山千馀里，破得休屠王祭天金人。"《集解》引《汉书音义》曰："匈奴祭天处，本在云阳甘泉山下，秦夺其地，后徙之休屠王右地。"《正义》引《括地志》曰："焉支山一名删丹山，在甘州删丹县东南五十里。《西河故事》云：匈奴失祁连、焉支二山，乃歌曰：亡我祁连山，使我六畜不蕃息，失我焉支山，使我妇女无颜色。其慜惜如此。"《太平御览·服用部》二十一引《西河旧事》作燕支山，《太平寰宇记》：陇右道甘州删丹县引《西河旧事》云：焉支山东西百馀里，南北二十里，亦有松柏五木，其水草美茂，宜畜牧，与祁连山同云云。《御览·地部》十五引《凉州记》同。○《史记·匈奴传》曰："单于之庭，直代云中。"《索隐》曰："按谓匈奴所都处为庭。乐彦云：单于无城郭，不知何以国之，穹庐前地若庭，故云庭。"传又曰："骠骑封于狼居胥山，禅姑衍，临翰海而还。是后匈奴远遁，而幕南无王庭。"《元和郡县志》曰："陇右道凉州，自六国至秦，戎狄及月氏居焉。后匈奴破月氏，使休屠王及浑邪王居其地。

○《史记·匈奴传》曰："单于怒浑邪王、休屠王居西方，为汉所杀虏数万人，欲召诛之。浑邪王与休屠王恐，谋降汉，汉使骠骑将军往迎之，浑邪王杀休屠王，并将其众降汉。"《元和郡县志》曰："陇右道甘州，汉初为匈奴右地。"○《汉书·武帝纪》曰："元狩二年秋，匈奴昆邪王杀休屠王，并将其众，合四万馀人来降，置五属国以处之。以其地为武威、酒泉郡。元鼎六年，分武威、酒泉地，置张掖、敦煌郡。"钱晓征《廿二史考异》七曰："敦煌为酒泉所分，则张掖必武威所分。"步瀛案：《水经·禹贡山水泽地所在注》曰："武威县，武威郡治。"《旧唐书·地理志》曰："甘州张掖，汉武开置张掖郡及觻得郡所治也。"《清一统志》曰："甘肃凉州府：武威故城在镇番县北；甘州府：觻得故城在张掖县西北。"○《全唐文》黛作岱。○宋延清《太平公主山池赋》曰："阳崖夺景，阴壑生风。"《书·禹贡》曰："杶榦栝柏。"《尔雅·释木》曰："栝，柏叶松身。"《释名·释兵》曰："矢其体曰榦，言挺榦也。"案：榦《文粹》作簳，字同。《蜀志·彭羕传》注曰："革犹兵也。"○《秦策》三："应侯曰：郑人谓玉未理者璞。"案：此以璞喻诸矿耳，非指璞玉也。五兵之说，极为纷纭。先郑以戈、殳、戟、酋矛、夷矛为五兵（《周礼·夏官·司兵》注引），其说盖本《世本》（《路史·后纪》四注引），后郑以为车之五兵，而以士之五兵为弓矢、殳、矛、戈、戟，其说盖本《司马法》（《周礼·夏官·司右》注），樊文深《七经义纲格论》从之（《御览·兵部》七十引）。此外以矛、戟、楯、弓、鼓为五兵者，《五经异义》引《公羊说》也（《周礼·春官·肆师》疏引）。以矛、戟、钺、楯、弓矢为五兵者，范武子（宁，《穀梁》庄二十五年注）、麋南山也（信，见《穀梁》疏引）。以刀、剑、矛、戟、矢为五兵者，高诱（《吕览·季秋纪》注，又《淮南·氾论训》注）、韦弘嗣也（《齐语》注）。以弓弩、戟、盾、刀剑、甲铠为五兵者，卫仲敬（《汉旧仪》卷下，《北堂书钞·设官部》三十一引作弩、盾、刀、钩、铠)、应仲远也(《续汉书·百官志》五注引《汉官仪》)。以矛、戟、弓、剑、戈为五兵者,颜师古也(《汉书·吾丘寿王传》注)。又或谓分配五行者,《太玄·玄类》是也。或谓分配五方者,徐仙民(《穀梁》疏引)、何子季(《礼·曾子问》疏引《礼记隐义》)、颜师古(《匡谬正俗》卷三)是也。或谓分配四时及季夏者,《淮南·时则训》是也。此言坚刚之璞,则当为金属之矿所作者,特未知公南主何说耳。○《史记·匈奴传》曰:"其畜之所多则马牛羊。"○《汉书·天文志》曰:"自河山以南者中国,中国于四海内,则在东南为阳,阳则日、岁星、荧惑、填星,占于街南,毕主之。其西北胡、貉、月氏旃裘引弓之民为阴,阴则月、太白、辰星,占于街北,昴主之。"又见杨炯《彭城公夫人墓志》注。○《汉书·地理志》曰:"秦地西有金城、武威、张掖、酒泉、敦煌,于《禹贡》时,跨雍、梁二州。《诗》风兼秦、豳两国。昔后稷封斄,公刘处豳,太公徙邠,文王作酆,武王治镐,其民有先王遗风。"《左》文三年曰:"秦穆公遂霸西戎。"班孟坚《西都赋》曰:"周以龙兴,秦以虎视。"○《汉书·张骞传》:"骞曰:诚以此时厚赂乌孙,招以东居故地,则是断匈奴右臂也。"○贾生《过秦论》曰:"胡人不敢南下而牧马。"○《水经·河水注》二曰:"湟水又东南迳卑禾羌海,北有盐池。阚骃曰:县西有卑禾羌海者也。世谓之青海,东去西平二百五十里。"《清一统志》曰:"青海在西宁府西五百馀里,一名西海,又名卑禾羌海,即古鲜水也。"○《河水注》二曰:"河水屈而东北流,迳析支之地,是为河曲矣。东北历敦煌、酒泉、张掖南。"案:黄河在张掖南,此文云北潴,似但就大势言之,不据燕支山方向而言也。又疑此所谓河者,殆指今张掖河而言。《汉书·地理志》:觻得县原注曰:"羌谷水出羌中,东北至居延入海。"《史记·夏本纪》《正义》引《括地志》曰:"合黎一名羌谷水,一名鲜水,今名张掖河，南自吐谷浑界流入甘州张掖县。"《清一统志》曰："甘州府：张掖河在张掖县西，即古羌谷水也。"与北潴似合。《书·禹贡》《释文》引马融曰："水所停止，深者曰猪。"《周礼·稻人》作潴，字同。○《西山经》曰："南望昆仑，其光熊熊，其气魂魂。"郭注曰："皆光气炎盛相焜耀之貌。"《唐文粹》熊熊作雄雄。○《说文》曰："卤，西方咸地也。"○《文选》颜延年《赭白马赋》曰："简伟塞门。"李善注曰：塞，紫塞也。有关故曰门。"鲍明远《芜城赋》曰："北走紫塞雁门。"注曰："崔豹《古今注》（卷上）曰：秦所筑长城，土色皆紫，汉塞亦然，故称紫塞。"○《汉书·地理志》：金城郡河关县原注曰："积石山在西南羌中。"《元和郡县志》曰："陇右道河州枹罕县：积石山今名小积石山，在县西北十里。"按河出积石山，在西南羌中，故今人目彼山为大积石，此为小积石。案：《清一统志》积石山在兰州府河州（今导河县）西北，西宁府西宁县东南，即小积石山也。大积石山即大雪山，在青海，即《禹贡》之积石山也。○《汉书·地理志》金城郡临羌县原注曰："有昆仑山祠，后人遂误以为昆仑山在县境内。"《十六国春秋·前凉志》曰："酒泉太守马岌上言，酒泉南山，即昆仑之体。周穆王见西王母乐而忘归，即谓此山。"《隋书·地理志》：张掖郡福禄县有昆仑山。《史记·秦本纪》《正义》引《括地志》曰："昆仑山在肃州酒泉县南八十里。"《元和郡县志》同。《清一统志》曰："甘肃肃州：昆仑山在州西南。"案：今改酒泉县。然此乃别一昆仑，非河所出之昆仑也。《清一统志》又曰："青海枯尔坤山，在青海西境，译言昆仑，在积石之西，河源所出。"然此文所指，当即酒泉之昆仑耳。○《汉书·王莽传》注曰："洎，及也。"《尔雅·释天》曰："苍苍天也。"《庄子·逍遥游》曰："天之苍苍，其正色耶！"○《诗·崧高》曰："峻极于天。"○六合，见骆宾王《露布》注。《淮南子·原道训》高注曰："孟春与孟秋为合，仲春与仲秋为合，季春与季秋为合，孟夏与孟冬为合，仲夏与仲冬为合，季夏与季冬为合，故曰六合。一曰四方上下为六合。"案：后说与《吕氏春秋·审分篇》注同。此文六合，当以四方上下为言。○《文选》左太冲《吴都赋》刘渊林注曰："大荒谓海外也。"○《文选·王文宪集序》曰："弘以青冥之期。"李善注曰："锺会集言程盛曰：丹霄之凤，青冥之龙。"许敬宗《奉和行经破薛举战地应制诗》曰："混元分大象。"○《史记·封禅书》曰："天下名山八，而三在蛮夷，五在中国。"○《书·舜典》曰："望秩于山川。"《禹贡》曰："奠高山大川。"案《全唐文》秩作壤。○司马长卿《难蜀父老》曰："随流而攘。"《左》僖四年杜注曰："攘，除也。"案：谓开土地也。《全唐文》作汉疆土宇。○时更百王，《文粹》作于时更而王者，今依《全唐文》。○《左传》庄二十二年曰："山岳则配天。"○《诗·閟宫》曰："缵禹之绪。"○《礼记·中庸》曰："百世以俟圣人而不惑。"

维唐百有十载，赍玄化之纪，息金革之虞。蠢蠢蒸蒸，萃于圣泽。于是左丹穴，右崆峒，古所未宾，咸顿首于路门之外。天子登神宫，勒金版，将复美于群岳，告成于旻苍。议夫此山，天合气以正秋方，地与神以主西国，俾虬螭者为师为旅，貔虎者为妾为臣，不在于巨灵乎！其封神为宁济公，锡之鞶带，备厥礼物。诏邦牧太子少保哥舒公卜吉日，筑灵祠于高麓之阳。每岁盛秋，以笙镛之器，锜釜之品，率封内以望之，索群神以会之。亚旅师氏，旄头弩牙，金鼓七校，车徒十万，从飨于庙庭，大阅于山外。所以因天界以崇圣功，乘地险而恢远略也。以上唐之封山。

自唐高祖武德元年至玄宗天宝十五载，凡一百一十年。

○《说文》曰:"贲,饰也。"○《尔雅·释诂》曰:"蠢,动也;烝,进也。"蒸,烝之借字。《全唐文》蠢蠢作茫蠢,蒸蒸作蒸然。○《尔雅·释地》曰:"岠齐州以南戴日为丹穴,北戴斗极为空桐。"《淮南·氾论训》高注曰:"丹穴,南方当日下之地。"《庄子·在宥篇》《释文》引司马彪曰:"空桐当北斗下山也。"皆与《尔雅》合。《释文》又载一说:空桐在梁国虞城东三十里,未知何据。钱献之《释地》注以顺天府蓟州东北空桐山当之,恐亦未确。又《史记·五帝本纪》曰:"黄帝西至于空桐。"《汉书·武帝纪》:"元鼎五年逾陇登空同。"空桐、空同、崆峒并同。而《隋书·地理志》临洮郡临洮县,张掖郡福禄县,皆云有崆峒山,一在今甘肃岷县,一在今甘肃毛目县。《五帝本纪》《正义》引《括地志》前一说在福禄县,后一说谓即鸡头山,在平高县西。胡胐明《禹贡锥指》卷十谓平高当作平凉。《清一统志》亦谓在平凉县西,而以崆峒即鸡头。钱献之谓即固原县之六盘山,此外诸说又各不同。然《五帝本纪》空同、鸡头并言,似非一山也。○《尔雅·释诂》曰:"宾,服也。"《周礼·天官·阍人》先郑注曰:"王有五门,外曰皋门,二曰雉门,三曰库门,四曰应门,五曰路门。"后郑谓雉门三门也。《玉海》卷一百五十九宫室引崔灵恩《三礼义宗》曰:"天子宫门有五,曰皋门、库门、雉门、应门、路门。"从后郑说也。○《隋书·音乐志·献雅曲》曰:"神宫肃肃。"○《周礼·秋官·职金》曰:"旅于上帝,则共其金版。"《通典·礼典·吉礼》五:"开元元年,太常奏,伏准唐礼,祭五岳四渎祝版皆进署。"○复美,《全唐文》美作义。○《白虎通·封禅篇》曰:"天下太平,功成封禅,以告太平也。"《尔雅·释天》曰:"春为苍天,秋为旻天。"旻,《全唐文》作昊。○《文粹》议夫作议云。○《说文》曰:"虬,龙子有角者,无角曰螭。"○《书·牧誓》曰:"如虎如貔。"伪孔传曰:"貔,执夷,虎属也。"○巨灵,指燕支山灵而言。○《易·讼》

上九曰："或锡之鞶带。"○《旧唐书·哥舒翰传》曰："哥舒翰，突骑施首领哥舒部落之裔也。蕃人多以部落称姓，因以为氏。天宝六载，充陇西节度副使，王忠嗣被劾，代为陇右节度支使营田副大使，知节度事。十二载，进封凉国公，加河西节度使，寻封西平郡王。十三载，拜太子太保。"《白虎通·封公侯》篇曰："州伯唐虞谓之牧。"《新唐书·百官志》曰："少师、少傅、少保各一人，从二品。"○《周礼·地官·序官》郑注曰："山足曰麓。"《诗·殷其靁》毛传曰："山南曰阳。"○《全唐文》筑下无灵字。○《书·益稷》曰："笙镛以间。"○《诗·采蘋》曰："维锜及釜。"毛传曰："锜，釜属，有足曰锜，无足曰釜。"○《书·舜典》曰："望于山川，遍于群神。"《礼记·郊特牲》曰："合聚万物而索飨之也。"郑注曰："谓求索也，飨者，祭其神也。"○《书·牧誓》曰："亚旅师氏。"伪孔传曰："亚，次；旅，众也。众大夫其位次卿师氏大夫官，以兵守门者。"○《后汉书·光武纪下》注引《汉官仪》曰："旧选羽林郎为旄头，被发先驱。"《书》伪古文《太甲》伪孔传曰："机，弩牙也。"《汉书·韩延寿传》曰："令骑士居马上，抱弩负籣。"○《左传》僖二十三年："子鱼曰：金鼓以声气也。"《汉书·刑法志》曰："武帝平百粤，内增七校。"颜注曰："《百官表》：中垒、屯骑、步兵、越骑、长水、胡骑、射声、虎贲凡八校尉。胡骑不常置，故此言七也。"○《公羊传》桓六年曰："大阅者何？简车徒也。"○陶渊明《九日诗》曰："杳然天界高。"○《易·坎·象》："地险山川丘陵也。"

观夫丛岩悬抱，烟雨屑窣。宫庭晃其昏暮，林石古而幽阴神以居之，可以祷安静矣。拊空桑，变锺石，神其听之，可以感和乐矣。大玉通帛，熊蹯桂浆，粢其倾筐，采章煌煌，神其歆之，可以祚有年矣。维石岩岩，日月不老，维灵是与，生此熊罴，神其荐之，可以奉吾君矣。於戏！陈信克享，正祠幽感。宜乎有祈而降，有祭而歆。龙也无风雨之愆，蛇也无气焰之作，此神之职，又何羞焉？乃作颂曰：以上妥神及作颂。

　　屑，先结切；窣，苏骨切。柳子厚《惩咎赋》曰："暮屑窣以淫雨兮。"亦用屑窣字。○《全唐文》昏作闲。○《周礼·春官·大司乐》曰："空桑之琴瑟。"郑注曰："空桑，山名。"○《汉书·礼乐志·郊祀歌》曰："殷殷钟（鏞）石羽籥鸣。"案：锺，钟（鏞）之借字。○《诗·伐木》曰："神之听之，终和且平。"○《周礼·春官·肆师》曰："立大祀，用玉帛牲牷。"《书·顾命》曰："大玉在东序。"○《左》文元年："请食熊蹯。"《释文》曰："蹯音烦。"《楚辞·九歌·东君》曰："援北斗兮酌桂浆。"○《诗·卷耳》曰："不盈顷筐。"《释文》曰："顷音倾。"○有年，见骆宾王《与博昌父老书》注。○《诗·节南山》曰："维石岩岩。"○《书·牧誓》曰："尚桓桓，如熊如罴。"《康王之诰》曰："则亦有熊罴之士。"○《尔雅·释诂》曰："荐，进也。"○《左》襄二十七年曰："其祝史陈信于鬼神无愧辞。"○《淮南子·说林训》曰："人不见龙之飞举而能高者，风雨奉之。"○《左》庄十四年曰："初内蛇与外蛇斗于郑南门中，内蛇死，六年而厉公入，公闻之问于申繻曰：犹有妖乎？对曰：人之所忌，其气焰以取之，妖由人兴也。"○《书》伪古文《武成》曰："无作神羞。"○《唐文粹》乃作作而作。

　　揭灵山兮天地界。势奔突兮风云骇。峰蹲龙兮入天门。气变蛇兮烟岚昏。祐自天兮得终古。被华虫兮驾朱虎。

　　□吴先生曰：崖州之文，力追孟坚，其魄力近之矣。

《文选》张平子《东京赋》曰："揭以熊耳。"薛注曰："揭犹表也。"○左太冲《吴都赋》曰："巨鳌赑屃，首冠灵山。"○嵇叔夜《琴赋》曰："颠波奔突。"又曰："风骇云乱。"○《御览·人事部》十八又三十四并引《春秋演孔图》曰："孔子坐如蹲龙。"《淮南·原道训》曰："沦天门。"高注曰："沦，入也。"○《易·大有》上九曰："自天祐之。"《楚辞·九歌·礼魂》曰："长无绝兮终古。"○《书·益稷》（本《皋陶谟》）："日、月、星辰、山、龙、华虫。"伪孔传曰："华虫，雉也，画三辰、山、龙、华虫于衣服旌旗。"《楚辞·九歌·山鬼》曰："乘赤豹兮从文狸。"《拾遗记》三曰："西王母乘翠凤之辇，文虎文豹前列。"此朱虎犹言赤豹，文狸即文虎也，非谓舜臣朱虎。又唐人讳虎，岂原文为武，而后人改正欤？

常袞

常袞，京兆人。天宝末举进士第，由太子正字累授补阙起居郎。宝应二年选为翰林学士，考功员外郎，知制诰。永泰元年，迁起居舍人，加集贤院学士。大历元年迁礼部侍郎。十二年，拜门下侍郎同中书门下平章事。德宗即位，袞奏贬崔祐甫为河南少尹，帝怒，使与祐甫换秩，再贬潮州刺史。建中元年，迁福建观察使。四年卒，赠左仆射。新、旧《唐书》皆有传。

贞懿皇后哀册文

《旧唐书·皇后传上》曰："代宗贞懿皇后独孤氏，以美丽入宫，嬖幸专房，故长秋虚位，诸姬罕所进御。后始册为贵妃，生韩王迥、华阳公主。大历十年五月（五字误，《旧唐书》载此文作十月，《通鉴》卷二百二十五亦作十月。）贵妃薨，追谥曰贞懿皇后，殡于内殿，累年不忍出宫。十三年十月，方葬，命宰臣常衮为哀册，帝追思不已，每事欲极哀情，常衮当代才臣，诏为哀词，文旨悽悼，览之者恻然。"《新唐书·后妃传》曰："代宗贞懿皇后，失其何所人。"又曰："衮极道凄婉，以中帝意。"

　　维大历十年，岁在乙卯，十月辛酉朔，六日丙寅，贵妃独孤氏薨。粤明日，追谥曰贞懿皇后，殡于内殿之西阶。十三年十月癸酉，乃命门下侍郎同平章事常衮，持节册命，以其月二十五日丁酉，迁座于庄陵，礼也。素纱列位，黼帷周庭。辂升玉缀，轩軿珠棁。皇帝悼鸾掖以追怀，感麟趾而增恸。备百礼以殷遣，命六宫而哀送。宗祝荐告，司仪降收。爰诏侍臣，纪垂鸿休。其辞曰：

　　《礼记·檀弓上》曰："周人殡于西阶之上。"○《文选》颜延之《宋文元皇后哀策文》曰："将迁座于长陵，礼也。"○《唐会要》卷二十一曰："大历十三年七月，将葬贞懿皇后，命起陵寝在章敬寺后，常游幸近地，左右莫敢言。于是右补阙姚南仲上疏，上感悟。"《新唐书·后妃传》曰："始诏于都左治陵，欲朝夕望见之。补阙姚南仲谏而止，乃葬庄陵。"案《元和郡县志》曰："关内道京兆府富平县：代宗元陵在县西北四十里檀山。"（《新唐书·地理志》云：二十五里，《长安志》卷十九云：三十里。）诸地理书皆不言贞懿庄陵所在。盖祔葬泰陵，如德宗昭德王皇后徙靖陵也。特史文不具耳。○《通典·凶礼》七：启殡朝庙，引《大唐元陵仪注》曰："启日之晨，奉礼郎设御位于太极殿之东间，当帷门西向，诸王位在后，以南为上，典仪设鄫公介公，皇亲诸亲，文武九品以上，及前资常参官，都督刺史版位于太极东庭，又设蕃客酋长位于承天门外之西，僧道位于承天门外之东，并以北为上云。"特此为皇帝启殡设位之仪，未言皇后之仪，故录此以推见大略，后仿此。○《周礼·天官》："幕人掌帷幕幄帟绶之事。"先郑注曰："帟，平帐也。"后郑注曰："帟，王在幕若幄中，坐上承尘，幄帟皆以缯为之。"《礼记·檀弓上》注曰："帟，幕之小者。"《释名·释床帐》曰："小幕曰帟，张在人上，帟帟然也。"《书·益稷》孔疏曰："《考工记》云：白与黑谓之黼。《释器》云：斧谓之黼。孙炎云：黼文如斧形，盖半白半黑，似斧刃白而身黑。"《通典·凶礼》八，荐车马明器及饰棺，引《唐元陵仪注》曰："前二日，所司设文武群官次于太极门外东西廊下，又设帐殿庭，帐内设吉幄，幄内设神座南向，又设龙輴素幄于吉幄之右。"○《书·顾命》曰："大辂在宾阶面，缀辂在阼阶面。"伪孔传曰："大辂玉，缀辂金。"孔疏曰："《周礼》巾车掌王之五辂，玉辂、金辂、象辂、革辂、木辂，是为五辂也。大辂辂之最大，故知大辂，玉辂也。缀辂系缀于下，必是玉辂之次，故为金辂也。"案：此文玉缀，盖言大辂以玉缀之，故与下珠襦为对，不必泥定金辂。《通典·凶礼》八祖奠，引《大唐元陵仪注》曰："礼官一人，朝服赞，尚辇奉御以腰舆繖扇，诣神座前，各以序立，内谒者中官舁香出，内侍捧几置舆内，举繖扇，侍奉以出，中官帅其属舁衣箱以从，遂诣玉辂，礼官于辂后立，赞登车，繖扇分蔽左右，内谒者帅香案进于辂前，内侍奉几登辂，其腰舆亦进居路前，中官以衣箱授尚衣奉御，置玉辂及副车，内侍并乘马从辂，于是侍中进龙輴南，跪奏称请龙輴进发，司徒帅挽士奉引次出。"○《文选》颜延之《宋文元皇后哀策文》曰："眇泣素轩。"李善注曰："素轩犹素车也。"案：梫与襦同。《说文》曰："襦，楯间子也。"段注曰："阑楯为方格，又于其横直交处为圜子，如绮文珑玲，故曰襦。"《左传》："车曰恩灵，亦其意也。"步瀛案：《左》定九年阳虎载葱灵。孔疏引贾注曰："葱灵，衣车也，有葱有灵，即谓有囱有襦也。"軮、缺字同。轩缺珠襦,盖谓辒辌车也。《通典·凶礼》八遣奠,引《大唐元陵仪注》曰:"龙輴至承天门外,礼官赞止哭,侍中进龙輴,前跪奏称请升辒辌车,司徒帅舁梓宫,奉梓宫升辒辌车。"《汉书·霍光传》曰:"载光尸柩以辒辌车。"颜注曰:"辒辌本安车也,可以卧息,后因载丧,饰以柳翣,故遂为丧车耳。辒者密闭,辌者旁开窗牖,各别一乘,随事为名,后人既专以载丧,又去其一,总为藩饰,而合二名呼之耳。"○王子安《乾元殿颂》曰:"齐玉镜于鸾门。"《汉书·成帝纪》曰:"阑入尚方掖门。"颜注曰:"掖门在两傍,言如人臂掖也。"○《诗序》曰:"《麟之趾》,《关雎》之应也。"案:《旧唐书》趾作迹,非。○《诗·载芟》曰:"以洽百礼。"班孟坚《东都赋》曰:"百礼暨。"《易·豫》《释文》引马融曰:"殷,盛也。"○《礼记·昏义》曰:"古者天子后立六宫。"《周礼·天官·内宰》曰:"以阴礼教六宫。"○《礼记·礼运》曰:"宗祝在庙。"孔疏曰:"宗,宗伯也;祝,大祝也。"《唐六典》卷四曰:"礼部尚书一人,周之春官卿也(大宗伯);侍郎一人,周之春官小宗伯。礼部尚书、侍郎之职,掌天下仪礼祠祭、燕飨贡举之政令。"又卷十四曰:"太常寺太祝三人,掌出纳神主于太庙之九室,而奉享荐禘祫之仪。"○《周礼·春官》有司仪。《唐六典》卷十八曰:"鸿胪寺司仪署,司仪令一人,丞一人。司仪令掌凶礼之仪式,及供丧葬之具,丞为之贰。"《书·顾命》曰:"太保降收。"伪孔传曰:"太保下堂,则王亦可知,有司于此尽收彻。"○《通典·凶礼》八遣奠,引《大唐元陵仪注》曰:"太祝持版西北向,跪读祝文。"又曰:"少府监设读哀册褥于奠东,礼官引册案进至褥东西面,以册东向,礼官引中书令进跪读册讫,俛伏兴,退复位,举册者以授秘书监,秘书监以授符宝郎。"

祚祉悠久,宠灵诞受。元魏戚藩,周隋帝后。五侯迭兴，七贵居右。肇启皇运，光膺文母。以上后之家世。

《周书·独孤信传》曰："魏之初有三十六部，其先伏留屯者，为部落大人，与魏俱起。祖俟尼，和平中以良家子自云中镇武川，因家焉。父库为领民酋长，少雄豪有节义，北州咸敬服之。信美容仪，善骑射，孝武西迁，以信为卫大将军都督三荆州诸军事，荆州刺史。孝闵帝践阼，迁太保大宗伯，封卫国公。信长女周明敬后，第四女元贞皇后（唐高祖之母），第七女隋文献后，周隋及皇家（唐），三代皆为外戚。自古以来，未之有也。"《元和姓纂》卷十曰："独孤其先本姓刘氏，后魏代北三十六部有伏留屯为部大人，居云中，和平中以贵人子弟镇武川，因家焉。伏留屯之后有俟尼生库者，后魏司空，生信。"○《周书·皇后传》曰："明帝独孤皇后，太保卫国公信之女。帝之在藩也，纳为夫人。二年正月，立为王后。四月崩，葬昭陵。武成初，追崇为皇后。世宗崩，与后合葬。"《隋书·后妃传》曰："文献独孤皇后，河南洛阳人，周大司马河内公信之女也。信见高祖有奇表，故以后妻焉。"○《汉书·元后传》曰："河平二年，成帝悉封诸舅王谭为平阿侯，商成都侯，立平阳侯，根曲阳侯，逢时高平侯，五人同日封，故世谓之五侯。"○《文选》潘安仁《西征赋》曰："窥七贵于汉庭。"李善注曰："七姓谓吕、霍、上官、赵、丁、傅、王是也。"○《旧唐书·高祖纪》曰："皇考讳昞，周安州总管大将军，袭唐国公，谥曰仁。武德初，追尊元皇帝，庙号世祖，陵曰兴宁。"《唐会要》卷一曰："世祖元皇帝讳昺，武德元年六月二十二日追尊元皇帝，庙号世祖。"又卷三曰："元皇帝皇后独孤氏，谥元贞，武德元年六月二十二日追谥。"○《诗·雝》曰："亦右文母。"毛传曰："文母，太姒也。"

缵女是因，以纲大伦。生知阴教，育我蒸人。瑞云呈彩，瑶星降神。聪明睿知，婉丽贞仁。以上后之才德。

《诗·大明》曰："缵女维莘。"毛传曰："缵，继也；莘，大姒国也。"陈硕甫疏曰："言能继行大任之德者，其女有莘也。"（孔疏谓继大任之女事，以女字上属，恐非。）案：此言贞懿能继元贞之行也。○《礼记·昏义》曰："天子理阳道，后治阴德，天子听外治，后职〔听〕内职，教顺成俗，外内和顺，国家治理，此之谓盛德。"○育我蒸人，犹言堪为天下母也。《毛诗·烝民》传曰："烝，众也。"《孟子·告子上》引作蒸，唐讳民为人。○《御览·皇亲部》一引《春秋合诚图》曰："尧母庆都，盖大帝之女，生于斗维之野，常在三河之东南，庆都长大，常有黄云覆盖之。"○瑶星贯月感女枢，已见崔安成《启母庙碑》注。○《礼记·中庸》曰："聪明睿知，足以有临也。"

维昔天监，搜求才淑。龙德在田，葛覃于谷。周姜胥宇，汉后推毂。王业惟艰，嫔风已穆。以上后之被选。

《诗·大明》曰："天监在下。"○《易·乾》九二曰："见龙在田。"案：此言代宗为广平王时。○《诗序》曰："《葛覃》，后妃之本也，后妃在父母家，则志在于女功之事，躬俭节用，服澣濯之衣，尊敬师傅，则可以归安父母，化天下以妇道也。"其诗曰："葛之覃兮，施于中谷。"毛传曰："覃，延也。葛所以为絺绤，女功之事烦辱者。施，移也。中谷，谷中也。"○《诗·绵》曰："古公亶父，来朝走马。率西水浒，至于岐下。爰及姜女，聿来胥宇。"毛传曰："古公，豳公亶父字。姜女，大姜也。胥，相；宇，居也。"孔疏曰："亶父避狄之难，至于岐山之下，于是与其妃姜姓之女曰大姜者，自来相土地之可居者，言大王既得民心，又有贤妃之助，故能克成王业。"○《史记·冯唐传》："唐曰：臣闻上古王者之遣将也，跪而推毂。"此对汉文帝之言。此文汉后，似应指皇后事。《魏其武安传》曰："推毂赵绾。"尤与此不合。此盖言广平王为元帅，贞懿侍从军中事。汉后事未详，俟考。○《诗序》曰："《七月》，陈王业也。周公遭变，故陈后稷先公风化之所由，致王业之艰难也。"

继文传圣，嗣徽克令。不曜其光，乃终有庆。祗奉园陵，肃恭灵命。越在哀茕，聿追孝敬。以上代宗即位及宅忧，后从之皆能尽礼。

《旧唐书·代宗纪》曰："代宗睿文孝武皇帝讳豫，肃宗长子，初名俶，年十五封广平王。禄山之乱，京师陷贼，从肃宗蒐兵灵武，以上为天下兵马元帅。两都恢复，二圣迴銮。乾元二年四月，立为皇太子，改名豫。宝应元年四月，肃宗大渐，张皇后引越王係于宫中，将图废立。乙丑，皇后矫诏召太子，中官李辅国、程元振素知之，乃勒兵于凌霄门，俟太子至，即卫从太子入飞龙厩以俟其变。是夕勒兵于三殿，收捕越王係及内官朱光辉、马英俊等，禁锢之，幽皇后于别殿。丁卯，肃宗崩，元振等始迎上于九仙门，见群臣，行监国之礼。己巳，即皇帝位于柩前。"○《诗·思齐》曰："太姒嗣徽音。"○《易·坤·象传》曰："乃终有庆。"○《新唐书·后妃·代宗贞懿皇后传》曰："天宝中，帝为广平王时，贵妃杨氏外家贵冠戚里，秘书少监崔峋妻韩国夫人以其女女皇孙为妃，妃生子偲，所谓召王者。妃倚母家颇骄媢，诸杨诛，礼寖薄。及薨，后以姝艳进，居常专夜，王即位，册贵妃，生韩王迥、华阳公主。"○《后汉书·光武帝纪下》章怀注曰："园谓茔域也，于中置寝。"《续汉书·祭祀志下》曰："古不墓祭，汉诸陵皆有园寝，承秦所为也。说者以为古宗庙前制庙、后制寝，以象人之居前有朝、后有寝也。《月令》有先荐寝庙，《诗》称寝庙奕奕，言相通也。庙以藏主，以四时祭；寝有衣冠几杖，象生之具，以荐新物。秦始出寝起于墓侧，汉因而弗改，故陵上称寝殿，起居衣服象生人之具，古寝之意也。"○《诗·闵予小子》曰："嬛嬛在疚。"《释文》曰："嬛崔本作茔。"○《诗·文王有声》曰："遹追来孝。"《礼记·礼器》引遹作聿。

文织丝组，朱绿玄黄。上供祭服，以祀明堂。法度有节，不待珩璜。篇训之制，自盈缣绤。以上妇功及女学。

《周礼·天官·典丝》曰："凡饰邦器者，受文织丝组焉。"郑注曰："谓茵席屏风之属。"孙仲容《正义》曰："谓掌饰器之有司来受丝物，此则官授之也。"○《礼记·祭义》曰："及良日，夫人缫，三盆手，遂布于三宫夫人世妇之吉者使缫，遂朱绿之，玄黄之，以为黼黻文章。服既成，君服以祀先王先公，敬之至也。"《孟子·滕文公下》曰："夫人蚕缫以供衣服，衣服不备，不敢以祭。"○《通典》卷一百十五载《开元礼》亲桑曰："皇后既至采桑位，尚功奉金钩，自北陛升坛进，典制奉筐从升，皇后受钩采桑，典制奉筐受桑，皇后采桑三条止，内外命妇一品各采五条，二品、三品各采九条止，典制等受钩，与执筐者退复位，司宾各引内外命妇采桑者退复位，司宾引婕妤一人诣蚕室，尚功帅执钩筐者以次从至蚕室，尚功以桑授蚕母，蚕母受桑切之以授婕妤，婕妤食蚕，洒一簿讫，司宾引婕妤还本位，尚仪前奏礼毕。"○《通典·吉礼》三曰："大唐武德初，迄于贞观之末，竟未议立明堂。季秋大享，则于圜丘行事。永徽二年奉太宗配祠明堂，有司遂以高祖配五天帝，太宗配五人帝，下诏造明堂，内出九室样，群儒纷竞，各执异议，不定而止。乾封初，复议立明堂，左仆射于志宁等请为九室，太常博士唐昕等请为五室，高宗令于观德殿依两议张设，亲与公卿观议，上以五室为便，不定又止。总章三年三月，具明堂规制，诏下之后，犹详议未决，后竟不立。武后临朝，垂拱四年二月，毁东都之乾元殿，就其地造明堂。开元五年行幸东都，将行大享之礼，以武太后所造明堂有乖典制，遂拆依旧造乾元殿，季秋大享，依旧于圜丘行事。"《文献通考·郊祀考》七曰："代宗永泰二年，礼仪使杜鸿渐奏季秋大享明堂，祀昊天上帝，以肃宗配，制可。"○《诗·郑风·鸡鸣》曰："杂佩以报之。"毛传曰："杂佩者，珩、璜、琚瑀、冲牙之类。"《释文》曰："珩者，衡佩上玉也；璜音黄，半璧曰璜，佩玉名。"《大戴礼·保傅篇》曰："上车以和鸾为节，下车以佩玉为度。上有双衡，下有双璜，冲牙玭珠以纳其间，琚瑀以杂之，进则揖之，退则扬之，然后玉锵鸣也。"○《汉书·艺文志》曰："《史籀篇》者，周时史官教学童书也，与孔氏壁中古文异体。《苍颉七章》者，秦丞相李斯所作也；《爰历六章》者，车府令赵高所作也；《博学七章》者，太史令胡母敬所作也。文字多取《史籀篇》，而篆体复颇异，所谓秦篆者也。汉兴，闾里书师合《苍颉》《爰历》《博学》三篇，断六十字以为一章，凡五十五章，并为《仓颉篇》。武帝时，司马相如作《凡将篇》，无复字。元帝时，黄门令史游作《急就篇》，成帝时，将作大匠李长作《元尚篇》，皆《苍颉》中正字也。《凡将》则颇有出矣。至元始中，征天下通小学者以百数，各令记字于庭中。杨雄取其有用者，以作《训纂篇》，顺续《苍颉》。又易《苍颉》中重复之字，凡八十九章。"○《说文》曰："缣，并丝缯也"，新附缃字曰："帛浅黄色。"案：此谓缣缃所制书帙也。

叙我邦族，风于天下。始于忧勤，协成王化。慈厚诸女，宠临下嫁。登进贤才，劳谦日夜。以上内治。

《诗·黄鸟》曰："复我邦族。"○《诗序》曰："《关雎》，后妃之德也，风之始也，所以风天下而正夫妇也。"○《汉书》司马长卿《难蜀父老》曰："且夫王事未有不始于忧勤，而终于佚乐者也。"○毛《诗序》曰："《何彼秾（襛）矣》，美王姬也。虽则王姬，亦下嫁于诸侯。"案《新唐书·诸公主传》曰："代宗十八女，如永清公主下嫁裴仿，齐国昭懿公主始封升平，下嫁郭暖",在大历十年以前者皆是。○子夏《诗序》曰:"是以《关雎》乐得淑女,以配君子,爱在进贤,不淫其色,哀窈窕,思贤才,而无伤善之心焉,是《关雎》之义也。"

服缯示俭,脱簪申诫。访问后言,谦游凤退。内和群娣,动有矜诲。外睦诸亲,泣辞封拜。以上戒慎。

《后汉书·明德马皇后纪》曰:"常衣大练,裙不加缘,朔望,诸妃主朝请,望见后朝衣疏麤,反以为绮纨,就视乃笑。后辞曰:此缯特宜染色,故用之耳。六宫莫不叹息。"○《列女传·贤明传》曰:"周宣姜后者,齐侯之女也。宣王尝早卧晏起,姜后脱簪珥待罪于永巷,使其傅母通言于王曰:妾不才,至使君王失礼而晏朝,敢请婢子之罪。王曰:寡人不德,实自生过,非夫人之罪也。遂复姜后而勤于政事,早朝晏退,卒成中兴之名。"○《后汉书·和熹邓皇后纪》曰:"入掖庭为贵人,恭肃小心,动有法度,承事阴后,夙夜战兢,若并时进见,则不敢正坐离立,行则偻身自卑,帝每有所问,常逡巡后对不敢先。"○《后汉书·明德马皇后纪》曰:"帝幸濯龙中,并召诸才人,下邳王已下皆在侧,请呼皇后。帝笑曰:'是家志不好乐,虽来无欢。'是以游娱之事希尝从焉。"《诗·硕人》:"大夫夙退。"○《诗·韩奕》曰:"诸娣从之。"毛传曰:"诸娣,众妾也。"郑笺曰:"媵者,必娣姪从之,独言娣者,举其贵者。"孔疏曰:"众妾之名,有姪,有娣,有媵,媵又有姪娣,其名不尽为娣,以众妾之中,娣为最贵,故举娣以言众妾,明诸言可以兼姪娣也。"○《后汉书·和熹邓皇后纪》曰:"帝每欲官爵邓氏,后辄哀请谦让,故兄骘终帝世不过虎贲中郎。"案《旧唐书·后妃传上》曰:贞懿皇后父颖,左威卫录事参军,以后贵,赠工部尚书。大历初,后宠遇无双,以恩泽官其宗属,叔太常少卿卓为少府监,后兄良佐,太子中允。

阙翟有日，亲蚕俟时。忽归清汉，言复方祇。万乘悼怀，群臣慕思。玉衣追庆，金钿同仪。呜呼哀哉！以上薨逝及追号为皇后。

《周礼·天官·内司服》曰："掌王后之六服，袆衣、揄狄、阙狄、鞠衣、展衣、缘衣。"先郑注曰："袆衣，画衣也；揄狄、阙狄，画羽饰。"后郑注曰："狄当为翟，翟，雉名。伊雒而南，素质五色皆备成章曰翚；江淮而南，青质五色皆备成章曰摇。王后之服，刻缯为之形而采画之，缀于衣以为文章，袆衣画翚者，揄翟画摇者，阙翟刻而不画，此三者皆祭服。从王祭先王则服袆衣，祭先公则服揄翟，祭群小祀则服阙翟。"又曰："推次其色，则阙狄赤，揄翟青，袆衣玄。"《旧唐书·舆服志》曰："武德令：皇后服有袆衣、鞠衣、钿钗礼衣三等。袆衣首饰花十二树，并两博鬓，其衣以深青织成为之，文为翚翟之形，素纱中单黼领罗縠褾襈，蔽膝大带以青，衣革带，青韈舄，白玉双珮，玄组双大绶，受册助祭朝会诸大事则服之；鞠衣亲蚕则服之；钿钗礼衣十二，钿服通用杂色，制与上同，唯无雉及珮绶，宴见宾客则服之。"○亲蚕见上注。○《文选·古诗》曰："皎皎河汉女。"又曰："河汉清且浅。"江总持《赋得谒帝承明庐诗》曰："谒帝升清汉，何殊入紫虚？"○《文选》颜延年《宋文元皇后哀册文》曰："圆精初铄，方祇始凝。"李善注曰："言天地始分也。"《吕氏春秋》曰：天道圆，地道方。"（《圜道篇》）○《孟子·梁惠王上》赵注曰："万乘谓天子也。"○《汉书·霍光传》曰："赐衣五十箧，璧珠玑玉衣，梓宫、便房、黄肠题凑各一具。"颜注引《汉仪注》曰："以玉为襦，如铠状，连缀之，以黄金为缕，要以下玉为札，长尺，广二寸半，为甲，下至足，亦缀黄金缕。"《魏志·后妃传》文昭甄皇后注引《魏书》曰："后每寝寐，家中髣髴见有人持玉衣覆其上者，常共怪之。"○徐孝穆《玉台新咏序》曰："反插金钿。"马镐《中华古今注》卷中曰。"隋炀帝宫人，插钿头钗子。"案：钿钗已见上注。

去昭阳兮窅然，乘云驾兮何在？人代宛兮如旧，炎凉倏兮已改。翠葆森以成列，素旗俨而相待。言从玉兆之贞，永閟瑶华之彩。以上卜葬。

《汉书·外戚传下》曰："孝成赵皇后弟绝幸，为昭仪，居昭阳舍。"《庄子·逍遥游》曰："窅然丧其天下焉。"《释文》曰："窅，徐鸟了反，郭武骈反，李云窅然犹怅然。"○《庄子·天地篇》曰："乘彼白云，至于帝乡。"○人代即人世，唐避太宗讳故作代。○张平子《西京赋》曰："垂翠葆，建羽旗。"○《周礼·春官》："太卜掌三兆之法，一曰玉兆，二曰瓦兆，三曰原兆。"郑注曰："兆者，灼龟发于火，其形可占者，其象似玉瓦原之疊罅，是用名之焉。杜子春云：玉兆帝颛顼之兆。"《释文》曰："兆亦作垗。"《通典·凶礼》七引《大唐元陵仪注》曰："既定陵地，择地使就其所卜筮之。"○《楚辞·九歌·大司命》曰："折疏麻兮瑶华，将以遗兮离居。"

别长秋之西苑，过望春兮南登。招帝子于北渚，从母后于东陵。下土清兮动金翠，外无像兮中有凭。合箫挽以攒咽，结云雨之凄凝。以上葬于庄陵，并祔以华阳公主。

《三辅黄图》卷二曰："长乐宫有长信长秋殿。"（《玉海》卷一百三十六引作长乐殿西有长信宫、长乐殿）又卷三曰："后宫在西，秋之象也。秋主信，故宫殿皆以长信长秋为名。"《水经·渭水注》二曰："明渠又东迳汉高祖长乐宫，本秦之长乐宫也。殿西有长信长秋诸殿。"《汉书·百官公卿表上》曰："将行秦官，景帝中六年更名大长秋。"颜注曰："秋者，收成之时，长者，恒久之义，故以为皇后宫名。"《后汉书·明德马皇后纪》曰："永平三年春，有司奏立长秋宫。"章怀注曰："皇后所居宫也。长者久也，秋者万物成孰之初也，故以名焉。请立皇后，不敢指言，故以宫称之。"《雍录》卷九曰："唐大内有三，西内苑也，东内苑也，禁苑也，西内苑在太极宫之北。"○《新唐书·地理志》：京兆府万年县，在南望春宫临浐水西岸，有北望春宫。《长安志》卷十一曰："万年县：唐望春宫在县东十里，临浐水西岸，在大明宫之东。"《雍录》卷九曰："南望春亭、北望春亭在禁苑东南高原之上，旧记多云望春宫。其东正临浐水也。"《清一统志》曰："陕西西安府：望春宫在咸宁县东。"案：今并入长安县。○《楚辞·九歌·湘夫人》曰："帝子降兮北渚。"《旧唐书·后妃传上》曰：贞懿皇后生华阳公主。大历九年，公主薨，先葬于城东，地卑湿，至是徙葬，祔于庄陵之园。故哀词云：招帝子于北渚，从母后于东陵。○《文选》颜延年《宋元皇后哀策文》曰："伦昭俪升，有物有凭。"李善注曰："言天地未分之前，已明伦匹之义。又升伉俪之道，皆有物象，有所凭依。"○《史记·绛侯周勃世家》曰："常为人吹箫给丧事。"《通典·凶礼》七曰："大唐元陵之制，挽歌二部，各六十四人，八八为列。"

　　吾君感于幽期，俯层亭而望思。惨嫔媛以延竚，极容卫以尽时。摇巾袂兮远诀，隔轩槛兮群悲。不复见兮回御辇，伤如何兮轸睿慈。以上帝之哀悼。

　　《汉书·武五子·戾太子传》曰："上怜太子无辜，乃作思子宫，为归来望思之台于湖，天下闻而悲之。"○庾子山《周祀方泽歌》曰："丘陵容卫。"又《和宇文内史入重阳阁诗》曰："南宫容卫疏。"又《周大将军赵公墓志铭》曰："容卫灵归。"卢子行《彭城王挽歌》曰："容卫俨未归，空山照秋月。"王摩诘《故西河郡杜太守挽歌》曰："容卫都人惨，山川驷马嘶。"赵秋谷注谓，容卫即是仪卫之义。○《楚辞·九章·哀郢》王注曰："轸，痛也。"

下兰皋兮背芷阳，旄悠悠兮野苍苍。带白花兮掩泪，衣玄帉兮断肠。当盛明兮共乐，忽幽处兮独伤。去故廷兮日远，即新宫兮夜长。襚无文绣之饰，器无珠贝之藏。盖自我之立制，刑有国之大方。呜呼哀哉！以上丧葬之合礼制。

《楚辞·离骚》曰："步余马于兰皋兮。"又《招魂》曰："皋兰被径兮斯路渐。"《史记·秦本纪》曰："昭襄王四十年，悼太子归葬芷阳。"《正义》引《括地志》曰："芷阳在雍州蓝田县西六里。"四十二年，宣太后葬芷阳郦山。《正义》曰："在雍州新丰县南十四里。"《吕不韦传》曰："孝文王后曰华阳太后，与孝文王会葬寿陵，夏太后子庄襄王葬芷阳，故夏太后别葬杜东，曰：东望吾子，西望吾夫，后百年，旁当有万家邑。"《索隐》曰："《地理志》云：京兆霸陵县故芷阳。案在长安西也。"《正义》曰："秦庄襄王陵在雍州新丰县南三十五里。"《清一统志》曰："霸陵故城在咸宁县东。"《史记·汉兴以来将相名臣年表》：孝文九年，以芷阳乡为霸陵。按《旧唐书·地理志》：武德二年，分万年县置芷阳县，七年废，其地亦在今县东。《史记》秦悼太子、昭襄、庄襄俱葬芷阳（《秦始皇本纪》芷作茝）。宣太后葬芷阳骊山。《项羽纪》：沛公从骊山道芷阳，间行归霸上。《括地志》：芷阳在蓝田县西六里。《长安图》：自骊山以西，皆芷阳县地，盖秦时芷阳地甚广，不止霸上也。○《诗·车攻》曰："悠悠旆旌。"○《晋书·后妃传下·成恭杜皇后传》曰："咸康七年三月，后崩，年二十一。先是三吴女子相与簪白花，望之如素柰，传言天公织女死，为之著服，至是而后崩。"○《说文》曰："楚谓大巾曰帉。"《广雅·释器》曰："帉，幡也。"○蔡文姬《胡笳十八拍》曰："空断肠兮思愔愔。"○左太冲《蜀都赋》曰："营新宫于爽垲。"案：此文新宫，指园陵言。○《公羊》隐元年曰："货财曰赙，衣被曰襚。"○《礼记·檀弓上》曰："葬者藏也。"《汉书·文帝纪赞》曰："先治霸陵，皆瓦器，不得以金银铜锡为饰。"○《礼记·礼运》郑注曰："刑犹则也。"《后汉书·桓谭传》章怀注曰："方犹法也。"案：此言制大法，为有国者所则也。

见送往之空归，叹终焉之如此。方士神兮是与非，甘泉画兮疑复似。遗音在于玉瑱，陈迹留于金戺。献万寿兮无期，存二南之馀美。呜呼哀哉！

□文自凄惋动人，然以视《文选》颜、谢等作，则骨力不逮远矣。

《文选》陶渊明《挽歌诗》曰："向来相送人，各已归其家。"○《汉书·外戚传上》曰："李夫人少而蚤卒，上怜闵焉，图画其形于甘泉宫。上思念李夫人不已，方士齐人少翁言能致其神，乃夜张灯烛，设帐帷，陈酒肉，而令上居他帐，遥望见好女如李夫人之貌，还幄坐而步，又不得就视，上愈益相思悲感，为作诗曰：是邪非邪，立而望之，偏何姗姗其来迟！"○《诗·君子偕老》曰："玉之瑱也。"毛传曰："瑱，塞耳也。"○《汉书·外戚传下》曰："昭阳舍切皆铜沓冒，黄金涂。"颜注曰："切，门限也。沓，冒其头也。涂，以金涂铜上也。"《后汉书·班固传·西都赋》曰："玄墀釦切。"《文选》作砌。《学林》卷四曰："切者，户限也。铜沓冒者，以铜包之，而以黄金涂之，故班固赋云釦切者。按字书：釦，金饰器也，所谓黄金涂，乃以金饰之，而《文选》改切为砌，非也。户限谓之切者，其限齐如刀之切物。"步瀛案：《广雅·释宫》曰："柣，戺，砌也。"王怀祖《疏证》曰："《尔雅》柣谓之阈。孙炎注：门限也，郭璞音切。《说文》，楣，限也。楣与切古亦同声。《淮南·氾论训》枕户橉而卧，是橉为切也，字亦作辚，《说山训》牛车绝辚，《说林训》不发户辚。高诱注并云楚人谓门切为橉。"朱兰坡《文选集释》卷一曰:"《广雅》字虽作砌,而仍为门限之训。"○《诗序》曰:"然则《关雎》《麟趾》之化,王者之风,故系之周公,南言化自北而南也。《鹊巢》《驺虞》之德,诸侯之风也,先王之所以教,故系之召公。《周南》《召南》,正始之道,王化之基。"

令狐毂士

令狐楚,字毂士,自言德棻之裔。(德棻宜州华原人,先世居敦煌,为河西右族。)贞元七年进士第,李说、严绶、郑儋相继镇太原,高其行义,皆辟为从事,自掌书记至判官。宪宗时累擢职方员外知制诰。元和十四年,授中书侍郎同中书门下平章事。穆宗即位,出为宣歙观察使。敬宗、文宗朝,历宣武、天平、河东节度使,入为吏部尚书,转太常卿,进拜左仆射,封彭阳郡公,充山南道节度使,卒谥曰文。新、旧《唐书》皆有传。

代李仆射谢子恩赐状

《旧唐书·李说传》曰:"说,淮安王神通之裔也,以门荫历仕,累佐使幕。马燧为河阳三城、太原节度,皆辟为从事,累转御史郎官御史中丞太原少尹,出为汾州刺史。节度使李自良复奏为太原少尹。贞元十一年五月,自良病凡六日而卒,匿丧阳言病甚,数日发丧。先是都虞候张瑶久在军,素得士心,尝请假迁葬,自良未许,至是说与监军王定远谋,乃给瑶假,以大将毛朝阳代瑶,然后遣使告自良病,中使第五国珍急迟〔驰〕至京,先说使至,乃下制以通王领河东节度大使,以说为行军司马,充节度留后北都副留守,寻拜河东节度使,检校礼部尚书。说在镇六年,十六年十月卒,赠左仆射。"《新唐书·

宗室传》曰："淮安靖王神通子孝节，孝节四世孙说字岩甫。"又曰："卒赠尚书右仆射。"又《宗室世系表》大郑王房河东节度使说，子太子舍人公敏。○《唐六典》卷八曰："章表制度，自汉以后，多相因循，隋令有奏钞奏弹等，唐因之，其驳议表状等，至今常行。"是状表自汉迄唐皆通行。然检汉魏诸家之文，大抵言奏而不言状。（严铁桥辑《全汉文》二十七，有赵充国条上屯田便宜十二事状，《汉书·充国传》并无状字。）唐代则与表并用，而其体与表有别。表首皆云臣某言，而状之前先标明所言之事件，故状首用"右"字，（即指前所标之事件，然文集中多删去此项，故右字之义不显矣。）而不用"臣某言"字。

　　右臣得进奏院状报：前月二十九日，中使某至，奉宣进止赐臣男公敏岁料羊酒面等。

《旧唐书·代宗纪》曰："大历十二年五月，诸道邸务在上都名曰留后，改为进奏院。"

　　臣自领北藩，于今五稔。曾无明略，以奉大猷。孤直愚忠，未足报陛下万分之一。自叙。

唐河东节度使治河中府，在上都东北，故曰北藩。○《左》僖二年："卜偃曰：不可以五稔。"杜注曰："稔，熟也。"案：谓五年。李说以贞元十一年为节度使，五稔，则此状上自十五年也。○《诗·巧言》曰："秩秩大猷。"

　　男公敏伏缘医疗，勒赴京都。尚未平除，爰逢岁节。岂意翩蜎微物，飞舞于东风；霡霂轻生，霑濡于春雨？降少牢而颁赐，迨中使以宣传。面起玉尘，酒含琼液。鼷鼠饮河之腹，闻以满盈；老牛舐犊之心，喜无终极。以上蒙赐羊酒面等物。

《诗·泮水》毛传曰："翩，飞也。"《尔雅·释虫》曰："蜎，蠉。"《释文》引《字林》曰："蜎，虫貌也。"陆贾《新语·道基篇》曰："蜎飞蠕动之类。"《淮南·俶真训》曰："蠉飞蠕动。"○梁武帝《游锺山大爱敬寺诗》曰："当道兰霾靡。"《晋书·石崇传论》曰："春畦霾靡。"○《仪礼·少牢馈食礼》疏引郑目录曰："羊豕曰少牢。"○逗、迂同，此为纡之借字。纡，屈也。○何仲言《雪诗》曰："谁言非玉尘。"○郭景纯《蜜蜂赋》曰："吮琼液于悬峰。"○《庄子·《逍遥游》曰："偃鼠饮河，不过满腹。"《释文》引李曰："鼹，鼠也。"○《后汉书·杨彪传》曰："子修为曹操所杀，操见彪问曰：公何瘦之甚？对曰：愧无日磾先见之明，犹怀老牛舐犊之爱。操为之改容。"

深恩似海，宏覆如天。宁惟感激一门？实亦光明九族。何阶报答？终日惭惶。空将许国之身，誓竭在边之力。所守有限，不获陈谢，无任感恩忭跃之至。以上陈谢。

□隶事生动，犹得子山遗意。

班孟坚《答宾戏》曰："涵之如海。"○《史记·五帝本纪》曰："帝尧者，其仁如天。"○《诗·葛藟〔䕒〕》孔疏引《五经异义》曰："九族，今《戴礼》《尚书》欧阳说云：九族乃异姓有亲属者，父族四，五属之内为一族，父女昆弟人者与其子为一族，己女昆弟适人者与其子为一族，己之子适人者与其子为一族；母族三，母之父姓为一族，母之母姓为一族，母女昆弟适人者为一族；妻族二，妻之父姓为一族，妻之母姓为一族。《古尚书》说九族者，上从高祖下至玄孙凡九，皆为同姓。"司马子长《报任少卿书》曰："以为宗族交游光宠。"○《晋书·陆玩传》："复自陈曰：诚以身许国，义忘曲让。"○《左》昭十一年：申无宇曰："五大不在边。"

卷三 唐文十六首

冯拱之

冯宿，字拱之，婺州东阳人。贞元中登进士第，徐州节度张建封表掌书记，后召为太常博士，再迁都官员外郎。元和十二年，从裴度征淮西，表为彰义军节度判官，淮西平，拜比部郎中。太和二年，拜河南尹，四年，入为工部侍郎，六年，迁刑部兵部，出为剑南东川节度使。开平元年卒，谥曰懿。新、旧《唐书》皆有传。

兰溪县灵隐寺东峰新亭记

《舆地纪胜》曰："两浙东路婺州：《东峰亭记》冯宿文，在兰溪囷寺。"（疑有误字）《清一统志》曰："浙江金华府：东峰亭在兰溪东，唐贞元中，县令洪少卿建，东阳冯宿记。"

东阳实会稽西部之郡，兰溪实东阳西鄙之邑。岁在戊寅，天官署洪君少卿以为之宰。君之始至，则用信待物，用勤集事。信故人阜，勤故公济。未期月而其政成。后三年夏六月，余过其邑，洪君导余以邑之胜赏，于是乎有东峰亭之游。以上叙洪少卿政绩，及游东峰亭。

《元和郡县志》曰："江南道婺州：秦属会稽郡，今之州界分得会稽郡之乌伤、太末二县之地。本会稽西部，常置都尉。孙皓始分会稽置东阳郡。隋平陈，置婺州，盖取其地于天文为婺女之分野。"《太平寰宇记》曰："炀帝初废州为东阳郡，唐武德四年，平李子通，置婺州。"《旧唐书·地理志》曰："天宝元年改婺州为东阳郡，乾元元年，复为婺州。"又曰："兰溪县：咸亨五年（《元和志》亨作通误）析金华县西界置，以溪水为名。"《清一统志》曰："浙江金华府：兰谿故城今兰谿县界。"案：谿、溪字同。○唐德宗贞元十四年戊寅。○《唐六典》（卷二）曰："吏部尚书，周之天官卿也。"又曰："吏部尚书、侍郎之职，掌天下官吏选授、勋封、考课之政令。"

背城之闉，半里而近，初届佛刹，刹之上方而亭在焉。松门盖空，石道如带。足倦累息，然后造夫极焉。向之池隍馆宇之多，旗亭阛阓之喧，途道往来之众，簿书鞅掌之繁，顾步之馀，忽焉如失。但山风飗飗，岭云峩峩。飞轩凭虚，洞壑在下。向背殊状，昏明易色。指遥青而点黛者问之，则曰某山某岩，某林某墅。指远白而曳练者问之，则曰某洲某渚，某湫某塘。高深互呈，心目相竞，飘若象外，意其幻成。以上亭中所见之景。

《诗·出其东门》毛传曰："闉，曲城也。"○刹见王子安《净惠寺碑》注。○《说文》曰："隍，城池也，有水曰池，无水曰隍矣。"○《文选》张平子《西京赋》曰："旗亭五重。"薛注曰："旗亭，市楼也。"又曰："通阛带阓。"薛注曰："阛，市营也。阓，中隔门也。"《说文》曰："阓，市门也。"○《汉书·贾谊传》："谊上疏陈政事曰：大臣特以簿书不报期会之间，以为大故。"《诗·北山》曰："或王事鞅掌。"毛传曰："鞅掌，失容也。"郑笺曰："鞅犹何也（疏举何作荷），掌谓捧之也，负何捧持以趋走，言促遽也。"○颷当作飂。《说文》曰："高风也。"又作飅。《文选》左太冲《吴都赋》曰："翼飈风之飅飅。"刘渊林注曰："飅飅，风利貌。"（利原作初，胡果泉《考异》谓当作利。）○洲本字当作州。《说文》曰："水中可居曰州。"《尔雅·释水》曰："水中可居者曰洲，小洲曰陼。"《说文》引《尔雅》陼作渚。盖《说文》本字，《尔雅》借字也。○《说文》曰："湫，隘下也，一曰有湫水在周地。"《春秋传》曰："晏子之宅湫隘。"（《左》昭三年）安定朝那有湫渊。案：古湫之义止此。唐以来乃以为水池之名。《集韵》曰："北人呼水池为湫。"《周语下》："太子晋曰：陂塘污庳以锺其美。"宋公序《补音》作唐，曰今俗本多加土于傍，《说文》无塘字。○《文选·游天台山赋》曰："散以象外之说。"李善注引《荀粲别传》（别原误作列，今依胡氏《考异》校改。）曰："粲答兄俣云：立象以尽意，此非通乎象外者也。象外之意，故蕴而不出矣。"

余既谐其私，爰究其本。先是邑微登攀游观之所，洪君曾是挈俸钱二万，经斯营斯，因地于山，因材于林，因工于子来，因时于农隙，又何易也？崇山浚谷，佳境胜概，绵亘伏匿，一朝发朗，又何能也？以上建亭之始末。

《礼记·祭义》郑注曰："微犹少也。"○《诗·雾台》曰："经之营之。"又曰："庶民子来。"《左》隐五年曰："皆于农隙以讲事也。"

君在建中、兴元之间，为江南西道节度曹王所知。时方军兴，贼寇压境，供亿仓卒，赋平人和，王实赖之。故御史郑滑节度卢公群与君尝同寮，每号之曰：精金百炼，良骥千里。诚矣。然则是境之理，兹亭之胜，于君之分，不为难能。夫播芳尘而鼓馀波者，非文莫可。遂揽笔为记，刊于石而附诸地志焉。以上叙洪之才，与起段相应，而以作记结之。

□气息渊雅。

韩退之《曹成王碑》曰："王姓李氏，讳皋，字子兰，谥曰成。其先王明，以太宗子国曹，绝复封，传五王，至成王。"又曰："李希烈反，迁御史大夫，授节帅江西以讨希烈。"又曰："天子西巡于梁，希烈北取汴郑，东略宋，围陈，西取汝，薄东都，王坐南方北向，落其角距，贼死咋不能入尺寸，亡将卒十万，尽输其南州。"《旧唐书·德宗纪》曰："建中三年冬十月辛亥，以湖南观察使嗣曹王皋为洪州刺史江西节度使。"又曰："兴元元年二月丁卯，车驾幸梁州。"《李皋传》曰："上至梁州，皋以上蒙尘于外，乃于西塞山上游大洲屯军，驾还京师，又遣伊慎、王锷将兵围安州，城中出降。希烈又遣兵援随州，伊慎击于厉乡，大破之。希烈惧，乃戢兵。"○《左》隐十一年曰："不能共亿。"杜注曰："供，给；亿，安也。"○《旧唐书·卢群传》曰："群字载初，范阳人。李希烈叛，诏诸将讨之，以群为监察御史，江西行营粮料使。兴元元年，江西节度嗣曹王皋奏为判官。贞元六年，拜群天成军节度，郑滑观察等使。"○《诗·板》曰："及尔同寮。"毛传曰："寮，官也。"案：僚之借字。○《世说新语·文学篇》曰："袁宏始作《东征赋》，都不道陶公，胡奴诱之狭室中，临以白刃，曰：先公勋业如是，君作《东征赋》，云何相忽略？宏窘蹙无计，便答我大道公，何以云无？因诵曰：精金百炼，在割能断。功则治人，职思靖乱。长沙之勋，为史所赞。"○《文选》吴季重《答东阿王书》曰："犹绊良骥之足，而责以千里之任。"

吕和叔

吕温，字和叔，一字化光，河中人。贞元末登进士第，与韦执谊厚，因善王叔文，再迁为左拾遗。二十年冬，以侍御史副工部侍郎张荐使吐蕃。明年，德宗崩，顺宗即位，荐卒于青海，吐蕃以中国有丧，留温不遣，时叔文秉权，与游者皆贵显，温在绝域常自悲叹。元和元年使还，而柳宗元等皆坐叔文贬，唯温以奉使免，进户部员外郎，累迁刑部郎中，贬均州刺史，再贬道州，久之徙衡州卒。新、旧《唐书》皆有传（附其父渭传后）。

药师如来绣像赞　并序

《药师瑠璃光如来本愿功德经》曰："佛告曼殊室利，东方去此过十殑伽沙等佛土有界，名净瑠琉，佛号药师瑠璃光如来，发十二小愿，令诸有情，所求皆得。"

药师如来像者，余妻兰陵萧氏之所绣也。贞元二十年，余奉德宗皇帝之命西使吐蕃。辞高堂而出万死，介单车而驰不测。国故遽至，戎情猜闭。坎险一遇，星霜再周。以上使吐番。

兰陵，萧氏郡望也。《南齐书·高帝纪》曰："汉相国萧何子侍中彪免官居东海兰陵县。晋元康元年，分东海为兰陵郡，中朝乱，淮阴令整过江居晋陵武进县之东城里，寓居江左者，皆侨置本土，加以南名，于是为南兰陵。"○《旧唐书·吕温传》曰："贞元二十年冬，副工部侍郎张荐为入吐蕃使，行至凤翔，转侍御史，赐绯袍牙笏。"○《新唐书·吐蕃传》曰："吐蕃本西羌属，盖百有五十种，散处河湟江岷间，有发羌、唐旄等，居析支水西，祖曰鹘提勃悉野，健武多智，稍并诸羌，据其地。蕃、发声近，故其子孙曰吐蕃，而姓勃窣野，号君长曰赞普。贞元二十年，赞普死，遣工部侍郎张荐吊祠。"○司马子长《报任少卿书》曰："出万死不顾一生之计。"○《史记·魏公子传》曰："今单车来代之。"○《易·坎》九二曰："坎有险。"

夫人盥馈之馀，膏铅不御。日乱蓬首，坐销蕣华。异域无期，良时自晚。始怨冬釭之久，而红芳已阑；方苦夏景之长，而碧树将落。书委尘箧，迹沦苔阶。渐昧音容，孰知存没？黩龟不告，因梦难征。触虑成端，沿情多绪。黄昏望绝，见偶语而生疑；清旭意新，闻疾行而误喜。循环何极？刻舟靡寻。浩隔理求，宐非计得。以上怀远人。

《礼记·郊特牲》曰："厥明妇盥馈。"《内则》曰："鸡初鸣，咸盥漱，以适父母舅姑之所。"又曰："问所欲而敬进之，饐醷酒醴，芼羹菽麦，蕡稻黍粱秫，唯所欲。"○《急就篇》曰："芬芳脂粉膏泽筩。"颜师古注曰："粉谓铅粉及米粉，皆以傅面，取光洁也。膏泽者，杂聚取众芬以膏煎之，乃用涂发，使润泽也。"○《诗·伯兮》曰："自伯之东，首如飞蓬，岂无膏沐？谁适为容？"毛传曰："妇人夫不在，无容饰。"○《诗·有女同车》曰："颜如舜华。"毛传曰："舜，木槿也。"《说文》曰："蕣，木堇，朝华莫落者。"引《诗》作蕣。今隶变作舜，舜其借字耳。《吕氏春秋·仲夏纪》《淮南·时则训》高诱注、《文选·神女赋》李善注、《齐民要术》十、《御览·百卉部》六引《诗》皆作蕣。○《文选》苏子卿诗曰："嬿婉及良时。"○江文通《别赋》曰："冬釭凝兮夜何长？"○《易·蒙》曰："渎则不告。"案：黩通借字。《诗·小旻》曰："我龟既厌，不我告犹。"○《文选》司马长卿《长门赋》曰:"日黄昏而望绝兮。"○《汉书·张良传》曰:"往往数人偶语。"○郭景纯《江赋》曰:"翯雾漧于清旭。"○《燕策》二:"苏代约燕王曰:其言如循环。"○《吕氏春秋·察今篇》曰:"楚人有涉江者,其剑自舟中坠于水,遽契其舟曰:是吾剑之所从坠,舟止,从其所契者入水求之。"案:契一作刻。

如闻东方有金界极乐,药师大雄,散琉璃之宝光,照河沙之国土。能度群品,出诸幽厄。一念必应,万感皆通。是用浚发慧根,妙求真相。断鸣机躬织之素,染懿筐手绩之丝。尽瘁庄严,彰施绘绣。缠苦心于香缕,注精意于针锋。指下而露洗青莲,思尽而云开白日。然后练时洁室,华设珍供。夕炬传照,晨炉续烟。斋献至诚,泣敷恳愿。以上绣佛供养。

《妙法莲华经·从地涌出品》曰:"善哉善哉,大雄世尊。"又《授记品》曰:"大雄猛世尊,诸释之法王。"又《序品》曰:"如来放眉间白毫相光,照东方万八千佛土。"又见《宝塔品》曰:"佛放白毫一光,即见东方五百万亿那由他恒河沙等国土诸佛。"○《大乘义章》四曰:"于法观达,目之为根,慧能生道,故名慧根。"○《洛阳伽蓝记》一曰:"修梵寺有金刚,鸠鸽不入,鸟雀不棲。菩提达摩云,得其真相也。"○谢玄晖《有所思》曰:"望望下鸣机。"《玉台新咏·古诗》曰:"故人工织素。"○《诗·七月》曰:"女执懿筐。"毛传曰:"懿筐,深筐也。"又曰:"八月载绩。"○《法华经·序品》曰:"又见诸佛土,以众宝庄严。"《探玄记》曰:"庄严有二义,一是具功德,二文饰义。"○《书·益稷》曰:"以五采彰施于五色。"○《法华经·妙音菩萨品》曰:"是菩萨目如广大青莲华叶。"○《梁书·处士传》曰:"陶弘景年十岁,得葛洪《神仙传》,曰:仰青天,睹白日,不觉为远。"《汉书·礼乐志·郊祖歌》曰:"练时日。"颜注曰："练，选也。"

遂得慈舟密济，觉路潜引。当道场发念之日，是荒裔来归之辰。幽赞冥符，一何昭焯？乃知织迴文之锦，无补离忧；登望归之台，空为废日。与夫心谐妙理，手结胜因，进则有济度之功，退不离清净为本，从长择善，岂同日而言哉？以上感应。

梁简文帝《石像铭》曰："乍动慈舟，时延宝乘。"○《楞严经》六曰："无上觉路。"○《大唐西域记》八曰："菩提树垣正中，有金刚座，贤刦千佛坐之而入金刚定，故曰金刚座焉。证圣道所，亦曰道场。"《后汉书·文苑传》：杜笃《论都赋》曰："展武乎荒裔。"○《易·说卦传》曰："幽赞于神明而生蓍。"《晋书·艺术传序》曰："幽赞冥符，弼成人事。"○《晋书·列女传》曰："窦滔妻苏氏，始平人也，名蕙，字若兰。滔苻坚时为秦州刺史，被徙流沙，苏氏思之，织锦为迴文旋图诗以赠，宛转回环以读之，词甚悽惋。"○《楚辞·九歌·山鬼》曰："思公子兮徒离忧。"李太白《长干行》曰："岂上望夫台？"苏子瞻《望夫台诗》自注曰："在忠州南数十里。"《清一统志》："四川忠州：望夫台在州南十里。"（今改县）○《法华经·方便品》曰："终不以小乘，济度于众生。"○《法华经·譬喻品》曰："演畅清净法。"《后汉纪》卷十曰："浮屠者，佛也。其教以修善慈心为主，专务清净。"

余感其志效，爰用赞叙。虽在妻子，亦无愧词。藏诸闺门，永以传信。赞曰：以上作赞。

《左传》襄二十七年曰："其祝史陈信于鬼神无愧辞。"○《礼记·仲尼燕居》曰："以之闺门之内有礼。"○《榖梁传》桓四年曰："春秋之义，信以传信，疑以传疑。"

地万里兮天一极。往无由兮来不得。解脱愿兮慈悲力。五色绣兮黄金饰。澄氛昏兮圆相开。湛水月兮莲花台。慈眼睇兮犷心迴。死别离兮生归来。海为田兮劫为灰。身念念兮无穷哉。

　　□松秀流利，宛转关生，其写情切至处，颇近子山。

《文选·古诗》曰："相去万馀里，各在天一涯。"○《大乘义章》十八曰："言解脱者，自体无累，名为解脱，又免羁缚，亦曰解脱。"○《智度论》二十七曰："大慈与一切众生乐，大悲拔一切众生苦。"○《普贤观经义疏》下曰："释迦牟尼佛，名毘卢舍那，此即圆佛果成相也。"○《智度论》六曰："解了诸法，如水中月。"案：世间有绘水月观音相。○《智度论》八曰："梵天王座莲华上，是故诸佛随世俗故，于宝华上，结跏趺坐。"《大日经疏》十五曰："如世人以莲华为吉祥清净，能悦可众心，今秘藏中，亦以大悲胎藏妙法莲华为秘密吉祥一切加持法门之身，坐此华台也。"○慈眼指如来，犷心指吐蕃。○《文选·古诗》曰："与君生别离。"《古诗为焦仲卿妻作》曰："生人成死别。"《苏武诗》曰："生当复来归。"○海为田已见畅炯《寻杨隐居序》注。○《三辅黄图》四曰："武帝元狩四年（《汉书》在三年），穿昆明池，得黑土，帝问东方朔，朔曰：西域胡人知。乃问胡人，胡人曰：劫烧之馀灰也。"《搜神记》十三曰："汉武帝凿昆明池极深，悉是灰墨，无复土，举朝不解，以问东方朔，朔曰：臣愚不足以知之，试问西域人。帝以朔不知，难以核问，至后汉明帝时，西域道人入来洛阳时，有忆方朔言者，乃试以武帝时灰墨问之，道人云：经云天地大劫将尽则劫烧，此劫烧之馀也，乃知朔言有旨。"（《御览·地部》三十二引曹毗《志怪》同。）

元微之

　　元稹，字微之，河南人。九岁工属文，十五擢明经，判入等，补校书郎。元和元年，举制科对策第一，拜左拾遗。屡上书言事，为当道者所忌，出为河南尉，丁母忧，服除，拜监察御史，贬江陵士曹参军。元和末，召拜膳部员外郎，穆宗即位，擢祠部郎中，知制诰，俄迁中书舍人，翰林承旨学士。长庆二年三月，进同中书门下平章事。六月，罢为同州刺史，徙浙东观察使。三年入为尚书左丞。四年，拜武昌节度使卒。新、旧《唐书》皆有传。

许刘总出家制

　　《旧唐书·穆宗纪》曰："长庆元年二月，幽州节度使刘总奏请去位落发为僧。三月，以幽州卢龙军节度副大使知节度事押奚契丹两蕃经略等使检校司空同中书门下平章事楚国公刘总，可检校司徒，兼侍中，天平军节度使。刘总请以私第为佛寺，乃遣中使赐寺额曰报恩。幽州奏刘总坚请为僧。又赐以僧衣，赐号大觉。总是夜遁去。夏四月，易定奏刘总已为僧，三月二十七日，卒于当道界。"《刘怦传》曰："怦，幽州昌平人也。贞元元年，朝廷授怦幽州大都督府长史幽州卢龙节度副大使知节度事，卒，子济继为幽州节度使，总，济之第二子也。性阴贼险谲，元和五年，济奉诏讨王承宗，使长子绲假为副使领留务，总署行营都兵马使。师久无功，总与判官张玘、孔目官成国宝及帐内小将为谋，使诈自京至曰：朝廷以相公逗留不进，除副大使为节度使矣。济惊惶愤怒，不知所为，因杀主兵大将数十人，乃追绲，以张玘兄代知留务，济渴索饮，总因置毒而进之。济死，绲行至涿州，緫矫以父命杖杀之。緫遂领军务。朝廷不知其事，因授以斧钺，累迁至检校司空。是时吴元济尚存，王承宗方跋扈，宪宗暂务姑息，加緫同中书门下平章事。及元济就擒，李师道枭首，王承宗忧死，田弘正入镇州，緫既无党援，每谋自安之计。初緫弑逆后，每见父兄为祟，甚惨惧。乃于官署后置数百僧，令昼夜乞恩谢罪。晚年恐悸尤甚，故请落发为僧，冀以脱祸。乃以判官张皋为留后。緫以落发，上表归朝，穆宗授天平军节度使。既闻落发，乃赐紫，号大觉师。緫行至易州界暴卒。"《新唐书·藩镇·卢龙传》曰："緫上疏愿朝请，且欲割所治为三，以幽涿营为一府，请张弘靖治之；瀛莫为一府，卢士玫治之；平蓟妫檀为一府，薛平治之，尽籍宿将荐诸朝。会穆宗冲逸，宰相崔植、杜元颖无远谋，欲宠弘靖重其权，故全付緫地，唯分瀛莫置观察使。拜緫检校司徒，兼侍中，天平节度使。又赐浮屠服，号大觉，榜其第为佛祠。"○《唐六典》卷九曰："凡王言之制有七，二曰制书，行大赏罚，授大官爵，厘革旧政，赦宥降虏，则用之。"微之制诰自序曰："元和十五年，余以祠部郎中知制诰，又明年，召入禁林，专掌内命。"白乐天《元稹除中书舍人翰林学士赐紫金鱼袋制》曰："朝散大夫守尚书祠部郎中知制诰上柱国赐绯鱼袋元稹，去年拔自祠曹员外，试知制诰云云，可守中书舍人，充翰林学士，仍赐紫金鱼袋。"正在长庆元年，而白乐天撰《元公墓志铭》及新、旧《唐书》传皆不载某月。案：此制在长庆元年二月，当是内制撰自翰林学士，知微之为翰林学士当在二月以前矣。（钱晓征《潜研堂文集》十二答问曰：凡两制官结衔云翰林学士知制诰者，内制也；其但称知制诰者，外制也。其云翰林学士中书舍人者，以舍人为寄禄官，仍内制也；其但称中书舍人者，外制也。其说极为分明。）

门下：朕闻西方有金仙子，自著书云，昔我于无量劫中，舍国城妻子，以求法要，朕尝闻其语，未见其人。
以上自佛以后，弃富贵而出家者不可见。

　　《文选》傅季友《为宋公修张良庙教》篇首有纲纪二字。李善注曰："纲纪谓主簿也，教主簿宣之，故曰纲纪。犹今诏书称门下也。"案：天子曰制，（《独断》上曰：制书，帝者制度之命也。）诸侯曰教，（《文选》注引《独断》。）二者不同。李氏以制况教，使人易晓耳，然亦以自门下省宣之，故曰门下也。《唐六典》卷八曰："自晋始有门下省，历宋齐梁陈、后魏北齐、隋、国初，皆曰门下省。龙朔二年，改为东台。咸亨元年复旧。光宅元年，改为鸾台。神龙元年复旧。开元元年，改为黄门。五年复旧。"又曰：侍中之职，掌出纳帝命，又有传制八人。"○唐人多称佛为金仙，如宋延清《奉和幸三会寺应制诗》曰："双树谒金仙。"张子寿《与生公寻幽居处诗》曰："偶访金仙道。"杜子美《写怀诗》曰："归匿金仙术。"岑参《登总持阁诗》曰："常愿奉金仙。"皆是也。《玉帝本行集经》卷上云："梵天一切金仙指佛言。"又曰："修行三千二百劫，始证金仙。"则就道教言，殆不足据，而佛经实未见金仙之名。《后汉书·西域传》曰："世传明帝梦见金人长大，顶有光明，以问群臣，或云西方有神名曰佛，其形长丈六尺，而黄金色。"《法华经·安乐品》曰："诸佛身金色，百福相庄严。"金字之义盖取此。吾友刘综尧（培极）曰：《华严经》卷十云：如是妙严好，皆由大仙力。密宗《大日经》卷三云：住是真言行，必定当成佛，古佛大仙说，故应当忆念。盖佛有寿量无数之义，译者遂以中国"仙"字当之。又《大日经》卷一云：大日胜尊现，金色具晖曜；又云：庄严金色身。盖吾国因此遂将"金"字"仙"字并为一名耳。○《佛说菩萨本行经》卷上曰："世尊往昔无数劫来，放舍身命，头目髓脑，肌肉骨血，国城妻子，施与一切，为众生故，起大弘誓，当为众生，作大光明，乃过去无央数劫时，阎浮提有大国王，名度阇那谢梨，告傍臣命请中有智慧者，为吾说法云云，佛言尔时国王者，则我身是。"微之盖综此经之义而引之耳。○《论语·季氏篇》曰："吾闻其语矣，未见其人也。"

安知股肱之间，目验兹事？脱身羁网，诚乐所从。舍我縶维，能无永叹？遂其高尚，良用怃然！以上言大臣果有请出家者，然实不忍允其所请。

《书·益稷》曰："臣作朕股肱耳目。"○萧云英《净住子序》曰："语善则人天胜果，得之于目验。"○《佛本行经·出家品》曰："尘劳之网，以自结缚。"《魏书·彭城王勰传》："高祖手诏世宗曰：何容仍屈素业，长婴世网？"○《诗·白驹》曰："縶之维之。"○《诗·常棣》曰："况也永叹。"○《易·蛊》上九曰："不事王侯，高尚其事。"○《孟子·滕文公上》赵注曰："怃然犹怅然也。"

具官刘緫，五岳孕灵，三台降瑞。位兼将相，代袭勋庸。视轩冕若浮云，弃妻孥犹脱屣。屡陈章表，恳愿舍家。勉谕再三，终焉不夺。朕又移之重镇，宠以上公。莫顾中人之情，遂超开士之迹。以上緫请出家，欲留不得。

人名上宜具举其官，如刘緫当书检校司徒侍中同中书门下平章事楚国公天平军节度使等官是也。草制者省书"具官"二字，署行时自当增入耳。其不书名但作"具官某"者，亦然。○《诗·崧高》曰："维岳降神。"○三台，见张道济《姚文贞公神道碑》注。○《周礼·夏官·司勋》曰："王功曰勋，民功曰庸。"○《庄子·缮性篇》曰："古之所谓得志者，非轩冕之谓也。"《论语·述而篇》："子曰：不义而富且贵，于我如浮云。"○《汉书·郊祀志上》："天子曰：诚得如黄帝，吾视去妻子如脱屣耳。"颜注曰：

屣，小履，脱屣者，言其便易无所顾也。"《史记·封禅书》妻子作妻孥，屣作蹝。○重镇指天平。《旧唐书·宪宗纪》曰："元和十四年二月，淄青都知兵马使刘悟斩李师道请降，师道所管十二州平。三月，以马总为郓濮曹等州观察等使，薛平充平卢节度淄青齐登莱等州观察等使，王遂充沂海兖密等州都团练观察等使。析李师道所据十二州为三镇也。《穆宗纪》曰："元和十五年秋七月，郓曹濮等州节度赐号天平军。"《新唐书·马总传》曰："长庆初，刘总上幽镇地，诏总（刘）徙天平，而召总（马）还。"○上公谓司徒。《唐六典》卷一曰："大尉、司徒、司空，三公论道之官也，自隋文帝罢三公府僚，皇朝因之，其或亲王拜者，亦但存其名位耳。"《书》伪古文《微子之命》曰："庸建尔于上公。"○慧琳《一切经音义》卷十玄应撰《明度无极经音义》曰："开士谓以法开道士也，梵云扶萨。"又卷十六《文殊师利佛土严净经》下卷《音义》曰："开士，梵语菩萨者也，谓以法开道之士，故名开士也。"

於戏！张良却粒，尚想高踪；范蠡登舟，空瞻遗象。功留鼎鼐，誓著山河。长存鱼水之欢，勿忘香火之愿。宜赐法号大觉，仍赐僧腊五十夏，主者施行。以上许其出家，并赐法号僧腊。

□词旨渊雅，隶事精当，制诏如此，殊不易得也。

《诗·烈文》曰："於乎！前王不忘。"《礼记·大学篇》引作於戏。《释文》曰："於音乌，戏，好胡反。"《匡谬正俗》卷二曰："乌呼，叹辞也。或嘉其美，或伤其悲，其语备在《诗》《书》，不可具载，文有古今之变，义无美恶之别。末代文字，辄为体例，若哀诔祭文即为呜呼，其封拜册命即为於戏。於读如字，戏读为羲，谓呜呼为哀伤，於戏为叹美。妄为穿凿，不究根本。且许氏《说文解字》、李登《声类》并云，於即古乌字耳。"

步瀛案：《说文》乌古文作於，段注曰：古者短言於，长言乌呼，於、乌一字也。按经传汉书乌呼，无有作呜呼者。唐石经误为呜者，十之一耳。近今学者，无不加口作呜，殊乖大雅。朱丰芑《说文通训定声》豫部曰："《小尔雅•广训》：乌乎，吁嗟也。《书•洪范》呜呼，《汉书•五行志》作乌嘑，《礼记•大学》於戏，《诗•云汉》於乎，《汉书•武帝纪》乌虖，《北海相景君碑》歑歔，皆同。"○《史记•留侯世家》曰："留侯乃称曰：愿弃人间事，欲从赤松子游耳，乃学辟谷道引轻身。"孙兴公《游天台山赋序》曰："非夫遗世玩道，绝粒茹芝者，乌能轻举而宅之？"○《越语下》曰："范蠡辞于王，遂乘轻舟以浮于五湖，莫知其所终极，王命金工以良金写范蠡之状而朝礼之。"韦注曰："以善金铸其形状而自朝礼也。"○《尔雅•释器》曰："鼎绝大谓之鼐。"○誓山河，见杨炯《彭城公夫人墓志》注。○《蜀志•诸葛亮传》曰："先主与亮，情好日密，关羽、张飞等不悦，先主解之曰：孤之有孔明，犹鱼之有水也，愿诸君勿复言。羽、飞乃止。"○《旧唐书•突厥传上》："太宗令骑告突利曰：尔今将兵来，何无香火之情耶？"○《智度论》二十曰："佛名为觉，于一切无明睡眠中最初觉，故名为觉。"《法华文句》一曰："西竺言佛陀，此言觉者、知者，对迷名知，对愚名觉。"○玄应《一切经音义》卷十四曰："《风俗通》曰：夏曰嘉平，殷曰清祀，周曰大蜡，汉曰腊（《祀典篇》今作"汉改为腊"），诸经律中亦名岁，如《新岁经》等。《尔雅》注云，一终名岁（《释天》），今比丘或言腊，或云夏，或言雨，亦尔，皆取一终之义。按天竺多雨，名雨安居，从五月十五日至八月十五日也。土火罗诸国至十二月安居，今言腊者，亦近是也。此方言夏安居，各就其事制名也。"

李义山

李商隐，字义山，怀州河内人。初为令狐楚所知，楚工章奏，因授之。商隐开成二年擢进士第，会昌二年又试书判拔萃中选，王茂元镇河阳，辟掌书记，以子妻之。茂元为李德裕所厚，令狐楚与德裕相仇怨，故楚子绹薄义山背德，后绹为相，义山陈情，憾终不解。义山历入郑亚、卢弘正幕，后柳仲郢节度剑南东川，辟为判官，检校工部员外郎，府罢，客荥阳卒。《旧唐书》入《文苑传》，《新唐书》入《文艺传》。

为张周封上杨相公启

冯孟亭（浩）《樊南文集》注曰："《新唐书·艺文志》：张周封《华阳风俗录》一卷，字子望，西川节度使李德裕从事，试协律郎。按《酉阳杂俎》屡称工部员外郎张周封（卷一、卷八、卷十五、卷十九），又称补阙张周封也（卷十七）。李卫公太和六年十二月，由西川入朝，张久不在其幕矣。又据《尚书故实》云：顾长康《清夜游园图》，本张惟素物，后入内，复流人间。惟素子周封泾川从事，秩满居京，有人将此求售，遽以绢数匹赎得。余初疑泾川即王茂元幕，然此图寻被豪士以计取奉王涯，则在茂元之前矣。《旧唐书·文宗纪》：开成三年正月，户部尚书杨嗣复同中书门下平章事。按嗣复至武宗立乃罢相，张于嗣复相后尚充边幕，乃据昔日之口惠，而重希其升进也。约当开成三四年。"步瀛案：杨嗣复字继之，於陵子。新、旧《唐书》皆有传。又案：张孟劬《玉谿生年谱会笺》，定此启上于开成四年。又案：顾亭林《日知录》卷二十四曰：魏王粲《从军行》："相公征关右，赫怒震天威。"杨子云《羽猎赋》：

相公乃乘轻轩，驾四路（见《艺文类聚·产业部》《初学记·武部》），相公二字，似始见此。步瀛案：魏武称相公者，因以丞相封公也。（《魏志·武帝纪》建安十三年为丞相，十八年策命为魏公。）后世沿其称丞相，非公者亦称相公矣。（杨继之封弘农伯，未封公，下篇李文饶会昌五年封卫国公，然李贻孙上书时，犹是赞皇伯耳。）○义山之文，多取冯孟亭注，而徐艺初（树谷）、仲章（炯）兄弟笺注亦间取之，其在补编者，则取钱楞仙（振伦）、笏仙（振常）兄弟笺注，仍依前例，不悉标出，诸家注引书皆不载篇名或卷数，今皆补之，以便参检。

某启：某闻不祥之金，大冶所恶；自衒之士，明时不容。斯实格言，足为垂训。然或顾逢伯乐，但伏盐车；听属锺期，不调绿绮。皋壤摇落，老大伤悲。同刘胜之寒蝉，效子綦之枯木。则亦迹归弃世，行阙扬名。以上言既遇知己，不能不言。

《庄子·大宗师篇》曰："大冶铸金，金踊跃曰：我且必为镆铘，大冶必以为不祥之金。"○曹子建《求通亲亲表》曰："自衒自媒者，士女之丑行也。"○《魏志·崔琰传》：琰书谏曰："此周孔之格言。"《文选》潘安仁《闲居赋》曰："奉周任之格言。"李善注引《论语考比〔比考〕谶》赐问曰："格言成法，亦可以次序也。"○《楚策》四：汗明曰："夫骥之齿至矣，服盐车而上太行，中阪迁延，负辕不能上，伯乐遭之，下车攀而哭之，骥于是俛而喷，仰而鸣，彼见伯乐之知己也。"○《吕氏春秋·本味篇》曰："伯牙鼓琴，锺子期听之，方鼓而志在太山。锺子期曰：善哉乎，巍巍乎若泰山。少选之间，而志在流水，锺子期又曰：善哉乎鼓琴，汤汤乎若流水。"○《文选》张孟阳《拟四愁诗》曰："佳人遗我绿绮琴。"李善注引傅玄《琴赋序》曰："齐桓公有鸣琴曰号锺，楚庄有鸣琴曰绕梁，中世司马相如有绿绮，蔡邕有焦尾，皆名琴也。"○《庄子·知北游》曰："山林与，皋壤与，使我欣欣然而乐与，乐未毕也，哀又继之。"谢玄晖《辞随王笺》曰："皋壤摇落，对之惆怅。"○《文选·乐府·长歌行》曰："少壮不努力，老大徒伤悲。"○《后汉书·党锢·杜密传》：密曰："刘胜位为大夫，见礼上宾，而知善不荐，闻恶无言，隐情惜己，自同寒蝉。"○《庄子·齐物论》曰："南郭子綦隐机而坐，颜成子游曰：何居乎？形固可使如槁木，而心固可使如死灰乎？"

某价乏琳琅，誉轻乡曲。麤沾科第，薄涉艺文。锥不颖于囊中，水竟深于山上。淹留莲幕，栖托戎麾。插羽佩鞬，从相公于关右；束书载笔，随校尉于河源。自北徂南，已秋复夏。心惊于急絃〔弦〕劲矢，目断于高足要津。而又永念敝庐，空馀乔木。山中桂树，远愧于幽人；日暮柴车，莫追于傲吏。抒须理鬓，霜雪呈姿；弔影扬音，烟霞绝想。以上自述为边幕之情形。

《书·禹贡》曰："雍州：厥贡惟璆琳琅玕。"《尔雅·释地》曰："西北之美者，有昆仑虚之璆琳琅玕焉。"○《淮南子·主术训》曰："朝廷之所不举，乡曲之所不誉。"司马子长《报任少卿书》曰："仆少负不羁之才，长无乡曲之誉。"○《史记·平原君传》："平原君曰：贤士之处世也，譬若锥之处囊中，其末立见。毛遂曰：臣乃今日请处囊中耳，使遂蚤得处囊中，乃颖脱而出，非特其末见而已。"○《易·蹇·彖传》曰："蹇，难也。"《象传》曰："山上有水蹇。"《魏志·邓艾传》曰："初艾当伐蜀，梦坐山上而有流水，以问于殄虏护军爰邵，邵曰：按《易》卦山上有水蹇，蹇繇曰：利西南不利东北。往必克蜀，殆不还乎？艾怃然不乐。"○莲幕，已见杨炯《彭城公夫人墓志铭》芙蓉之水注。

义山文屡用之。又《自桂林奉使江陵途中感怀诗》曰："下客依莲幕。"○《晋书·明帝纪》曰："推诚将相，以总戎麾。"○《魏志·武帝纪》曰："建安二十年，公西征张鲁。"注曰："是行也，侍中王粲作诗以美曰：相公征关右，赫怒震天威。"○《汉书·张骞传》曰："骞以校尉从大将军击匈奴。又汉使穷河源，其山多玉石采来，天子案古图书，名河所出山曰昆仑云。"鲍明远《东武吟》曰："始随张校尉，占募到河源。"○陆士衡《长歌行》曰："年往迅劲矢，时来亮急絃〔弦〕。"○《文选·古诗》曰："何不策高足，先据要路津？"○《左》襄二十三年：杞梁之妻曰："犹有先人之敝庐在。"○《孟子·梁惠王下》曰："所谓故国者，非谓有乔木之谓也。"○《楚辞·招隐士》曰："桂树丛生兮山之幽。"○巾〔柴〕车，见骆宾王《与博昌父老书》注。○郭景纯《游仙诗》曰："漆园有傲吏。"陶渊明《归去来辞》曰："倚南窗以寄傲。"冯曰："此联言无以为家，不能高隐也。"○《吴志·朱桓传》曰："桓捋孙权须。"《晋书·王恭传》曰："自理须鬓，神无惧容。"○曹子建《上责躬诗表》曰："形影相弔，五情愧赧。"

　　徒以相公远敦世故，容在恩门。存赵氏之孤，受梁王之礼。竽将滥吹，石有参琼。咳唾随风，眄睐成饰。追维畴曩，曾是逢迎。蜀郡登文翁之堂，上国醉曹参之酒。吹嘘尽力，抚爱形颜。虽以捧承，莫能衔戴。以上追叙旧谊。

《史记·赵世家》曰：屠岸贾攻赵氏，灭其族。赵朔妻有遗腹生男，程婴、公孙杵臼谋取他人婴儿负之，衣以文葆，匿山中，婴出，谬谓诸将军曰，吾告赵氏孤处，诸将皆喜，许之，发师随程婴攻公孙杵臼，遂杀杵臼与孤儿，赵氏真孤乃反在。○《汉书·文三王·梁孝王传》曰："孝王招延四方豪桀，自山东游士莫不至,齐人羊胜、公孙诡、邹阳之属。"○《韩非子·内储说上》曰:"齐宣王使人吹竽,必三百人,南郭处士请为王吹竽,廪食与三百人等。宣王死,湣王立,好一一听之,处士逃。"《御览·乐部》十九引之。又云:一一听之,乃知其滥吹也。○《诗·著》曰:"尚之以琼华乎而。"毛传曰:"琼华,美石,士之服也。"郑笺曰:"琼华,石色似琼也。"○《庄子·渔父篇》曰:"孔子游乎缁帷之林,有渔父者,下船而来。孔子曰:幸闻咳唾之音。"夏侯孝若《抵疑》曰:"咳唾成珠玉。"李太白《妾薄命》曰:"咳唾落九天,随风生珠玉。"○任彦昇《到大司马记室笺》曰:"咳唾为恩,眄睐成饰。"卢子谅《赠刘琨诗》曰:"借曰如昨,忽为畴曩。"○《燕策》三曰:"田光造燕太子,跪而逢迎,却行为道。"○文翁堂,已见卢昇之《黎君碑》注。○《左》成七年曰:"通吴于上国。"《史记·曹相国世家》曰:"曹参为汉相,日夜饮醇酒,卿大夫已下吏及宾客见参不事事,来者皆欲有言。参辄饮以醇酒间之,欲有所言,复饮之,醉而后去。"○《后汉书·郑太传》:太曰:"孔公绪(伷)清谈高论,嘘枯吹生。"○《尔雅·释言》郭注曰:"恅,爱抚也。"《汉书·张安世传》曰:"安世瘦惧,形于颜色。"

况许之高选,光彼宦情。以曲台之任用犹轻,宪署之发挥方盛。仍期官牒,不越岁时。今则节迈白藏,候临玄律。燕虽恋主,马亦嘶风。郭伋还州,尚不欺于童子;文侯校猎,宁爽约于虞人?苟四时之信是孚,亦一诺之恩斯及。以上前许内授宪官,今望其践言。

《后汉书·王畅传》曰:"是时政事多归尚书。桓帝特诏三公,令高选庸能。"○《晋书·阮裕传》:"裕曰:吾少无宦情。"○《汉书·儒林传》曰:"后苍说礼数万言,号曰《后氏曲台记》。"《艺文志》注曰:"行礼射于曲台,后苍为记。曲台,天子射宫也。西京无太学，于此行礼也。"《唐六典》十四曰："太常寺协律郎二人，正八品，掌扣六律六吕。"冯曰："协律郎属太常寺，亦礼官之属，故用曲台。"○《后汉书·袁绍传》注引《晋书》曰："汉官御史为宪台。"《唐六典》十三曰："御史台殿中侍御史六人，从七品下；监察御史十人，正八品上。"冯曰："此谓许内授宪官。"○《汉书·匡衡传》："杨兴曰：但以无阶朝廷，故随牒在远方。"颜注曰："随牒，谓随选举之恒牒。"《后汉书·李固传》曰："固奏免百馀人，此等遂共作飞章，虚诬固罪曰：其列在官牒者，凡四十九人。"○《尔雅·释天》曰："秋为白藏，冬为玄英。"○谢惠连《雪赋》曰："玄律穷，严气升。"○《南史·孝义·张景仁传》附《卫敬瑜妻传》曰："所住户有燕巢，常双飞来去，后忽孤飞，女感其偏栖，乃以缕系脚为志，后岁此燕果复更来，犹带前缕。女复为诗曰：昔年无偶去，今春犹独归。故人恩既重，不忍复双飞。"○《文选·古诗》曰："胡马依北风。"李善注引《韩诗外传》曰："代马依北风，飞鸟栖故巢，皆不忘本之谓也。"○《后汉书·郭伋传》曰："伋在并州，始至，行部到西河美稷，有童儿数百，各骑竹马道次迎拜，及事讫，复送至郭外，问使君何日当还？伋谓从事，计日当告之，既还，先期一日，伋为违信于诸儿，遂止于野亭，须期乃入。"○《韩非子·外储说左上》曰："魏文侯与虞人期猎，明日会天疾风，左右止文侯，不听，曰：不可以风疾之故而失信，遂自驱车往，犯风而罢虞人。"按《魏策》一作"是日饮酒乐，天雨"，与疾风异。○《吕氏春秋·贵信篇》曰："天地之大，四时之化，而不能以不信成物也。"○《史记·季布传》："楚人谚曰：得黄金百斤，不如得季布一诺。"

况自元和已后，公侯冢嫡，卿士子孙，与之同时，历然可数。莫不翔逾鸟道，泳出龙津。或并命南台，或迭居青琐。金朱照耀，轩盖追随。某虽忝伊人，亦惟华胄。比王、谢之弟子，诚有重轻；在嵇、吕之交朋，宿常连接。而独分光邻女，贷润监河。野鹤天麟，绝比伦于朝右；髯参短簿，困拟议于军前。窃听重言，常兴深叹。以上言己之族阀，不逊于诸人，而同辈皆飞升朝贵，已独沉沦幕僚。

冯曰："鸟道犹云路，如鸿渐鹏抟之类，非谓峻险。"《晋书·郤诜等传赞》曰："鸟道曾飞，龙津派泳。"○《艺文类聚·鳞介部上》引《辛氏三秦记》曰："河津一名龙门，大鱼集龙门下数千，上者为龙。"○《通典·职官》六曰："御史台，梁及后魏、北齐或谓之南台。"○《汉书·元后传》曰："赤墀青琐。"《续汉书·百官志》三刘注曰："《汉旧仪》：黄门郎属黄门令，日暮对青琐门拜，名曰夕郎。《宫阁簿》：青琐门在南宫，卫瓘（当作权）注《吴都赋》曰：青琐，户边青镂也，一曰：天子门内有眉格再重，里青画曰琐。"○《法言·学行篇》："或曰：使我纡朱怀金，其乐不可量已。"○曹子建《公讌诗》曰："飞盖相追随。"○《晋书·石季龙载记上》曰："镇远王擢表衣冠华胄，宜蒙优免。"《南史·何昌寓传》："昌寓笑曰：遥遥华胄。"○冯曰："王、谢门才最盛，详《晋书》《南史》。"○《晋书·嵇康传》曰："东平吕安服康高致，每一相思，辄千里命驾，康友而善之。"○向子期《思旧赋序》曰："余与嵇康、吕安居止接近。"○《史记·甘茂传》："茂曰：贫人女与富人女会绩，贫人女曰：我无以买烛，而子之烛光幸有馀，可分我馀光，无损子明，而得一斯便焉。"○贷润监河，见王子安《滕王阁饯别序》涸辙注。○野鹤，见卢昇之《黎君碑》注。《陈书·徐陵传》曰："陵年数岁，宝志手摩其顶曰，天上石麒瞵也。"○《晋书·郄超传》曰："桓温迁大司马，超为参军，温倾意礼待，时王珣为主簿，亦为温所重。府中语曰：髯参军，短主簿，能令公喜，能令公怒。超髯，王珣短故也。"○《庄子·寓言篇》曰："寓言十九，重言十七。"郭注曰："寄之他人，则十言而九见信；世之所重，则十言而七见信。"

是以愿驰蹇步，誓奉光尘。傥或厕错薪之斯翘，咏归荑于自牧。少窥上路，试睨重霄。击水三千，暂随鹏运；澄流十二，免使鱼劳。犹能赞叙燮调，讴歌镕范。庶无雅拜，以累于君公；不使繁声，见忧于仲子。心怀台席，梦结边城。寓尺牍而畏达空函，写丹诚而惭非健笔。仰望恩顾，下情无任攀恋感激惶惧之至。以上言苟蒙擢拔，不至遗累荐主。

□蒋心馀曰："樊南手笔，气焰虽短，熨贴自平，存为初学程式，固不患于迷途也。"

沈休文《让五兵尚书表》曰："驽足蹇步，终取踬于盐车。"○《老子》曰："和其光，同其尘。"《吴志·陆逊传》："逊与关羽书曰：延慕光尘，思禀良规。"○《诗·汉广》曰："翘翘错薪，言刈其楚。"案：此盖兼用《史记·汲黯传》：黯谓汉武帝用人如积薪之意。○《诗·静女》曰："自牧归荑，洵美且异。"○"击水"二句，见王子安《滕王阁饯别序》扶摇注。○徐注曰："澄当作澂。《水经·浊漳水注》：魏武王堨漳水迴流东注，号天井堰，里中作十二澂，澂相去三百步，令互相灌注，一源分为十二流，皆悬水门，故左思之赋《魏都》，谓'澂流十二，同源异口'也。《诗·汝坟》笺：鱼劳则尾赤。"案：澄流十二，徐注是也。冯氏谓其事本为灌溉田野，与鱼劳无涉，此处取升进之义，当用龙门事，徐所引似未然。案：冯所疑未是。唐人合二事为一用者甚多，即取鱼登龙门事，亦可合澂流十二用之，不当疑其无涉也。其补注云：《文选》刘渊林注，今邺下有十二澂，似亦以此说为是矣。(《魏都赋》当云张孟阳注，今《文选》题刘渊林注者误也。)又澄流亦不必改。○王元长《策秀才文》曰："且有后命，复兹镕范。"○《汉书·何武传》曰："武字君公，徙京兆尹，二岁，坐举方正所举者，召见槃辟雅拜，有司以为诡众虚伪，武坐左迁楚内史。"《周礼·春官》："大祝辨九拜，七曰奇拜。"注曰："读为奇偶之奇，谓先屈一膝，今雅拜是也。"○《后汉书·宋弘传》曰："弘字仲子，荐沛国桓谭，帝令鼓琴，好其繁声，弘闻之不悦，悔于荐举。"○《汉书·游侠传》曰："陈遵性善书，与人尺牍，主皆臧去以为荣。"《晋书·殷浩传》曰："浩废为庶人，徙陈阳，后桓温将以浩为尚书令，遗书告之，浩欣然答书，虑有谬误，开闭者数十，竟达空函，大忤温意，由是遂绝。"○《晋书·刘乔传》：刘弘与乔笺曰："披露丹诚，不敢不尽。"徐孝穆《让五兵尚书表》曰："虽复陈琳健笔，未尽愚怀。"

为李贻孙上李相公启

冯曰："按《唐文粹》(卷九十三)《四门助教欧阳詹文集序》，李贻孙作，玩其所自述，则贻孙于太和中，曾为福建团练副使，至大中六年，为福建观察使。《酉阳杂俎》有云：夔州刺史李贻孙(续集卷八)。《书史会要》曰：李贻孙工书(卷五)，《金石录》有会昌五年九月，李贻孙《神女庙诗碑》(目录十)，《全蜀艺文志》有会昌五年，夔州刺史李贻孙《都督府记》(卷三十四下)，则上此启后，即刺夔矣。"○《旧唐书·武宗纪》曰："开成五年九月，以淮南节度使检校尚书左仆射李德裕为吏部尚书同中书门下平章事，寻兼门下侍郎。"《李德裕传》曰："德裕字文饶，赵郡人，父吉甫，赵国忠公，元和初宰相。开成五年正月，武宗即位，五月，召德裕于淮南，九月，授门下侍郎同平章事。"《新唐书·宰相表》曰："会昌二年正月，德裕为司空，三年六月，为司徒，四年八月，守太尉。"冯曰："此启是杨弁已诛，刘稹尚未平，会昌四年四五月所上，故尚称司徒，且有'景风中吕'之语。"

月日，从侄某官某谨斋沐裁诚，著于启事，跪授仆者，上献于司徒相国叔父阁下：某伏远墙藩，叹逾年籥。抱徽音于故器，虽赏逐时迁；窃馀润于奥云，亦情由类至。中阿弭节，末路增怀。沉吟易失之时，怅望难邀之会。石崇著引，徒愿思归；殷浩裁书，其如慕义。以上总叙上启之意。

蔡伯喈《独断》上曰："与天子言，不敢指斥，故呼在陛下者而告之，因卑达尊之意也。上书亦如之。及群臣庶士，相与言殿下、阁下、足下、侍者、执事之属，皆此类也。"《酉阳杂俎》卷一曰："秦汉以来，二千石长史言阁下。"案：阁、閤字通。○杨子云《甘泉赋》曰："电倏忽于墙藩。"○《说文》曰："籥乐之竹管三孔，以和众声也。"案：作籥者，龠之通借字。《尔雅·释乐》曰："大籥谓之产。"郭注曰："籥如笛三孔而短小。"冯曰："籥又与律同义。《汉书志》（《律历志上》）：黄帝制十二籥，以听凤之鸣，比黄钟之宫，而皆可以生之，是为律本。《尚书》（《舜典》）声依永，律和声。疏引之作十二籥也。年籥犹云岁律，义取于此。"○《史记·周本纪》曰："太师疵、少师彊抱其乐器而犇周。"《周礼·春官》："典同，掌六律六同之和。凡为乐器，以十有二律为之数度，以十有二声为之齐量，凡和乐亦如之。"郑注曰："和谓调其故器也。"○奥云未详，冯曰："王弼《老子注》：奥犹暖也，可得庇荫之辞，奥云馀润，义相似也。"○情由类至，冯曰："谦言不入时宜，而同宗之情不敢忘也。类是族类之类。"○颜延之《秋胡诗》曰："弭节停中阿。"○邹阳

《上书吴王》曰:"秦倚曲台之宫,悬衡天下,至其晚节末路,张耳陈胜连从之兵,以叩函谷,咸阳遂危。"王子渊《四子讲德论》曰:"曩从末路,望听玉音。"○《文选·古诗十九首》曰:"沉吟聊踯躅。"《史记·淮阴侯传》:蒯通曰:"时者难得而易失也。"○《文选》石季伦《思归引序》曰:"困于人间烦黩,常思归而永叹。寻览乐篇,有《思归引》,倪古人之情,有同于今,故制此曲。"《晋书·石崇传》(附父苞传后)曰:"崇字季伦。"○殷浩空函事,已见前篇注。冯曰:"按殷浩空函,非此所用。浩传又有致笺简文,具自申述之事,然是陈让,亦不相合,当有典未详。"步瀛案:此即用殷浩投桓温书事,因上书情急,故言其如慕义。前篇《上杨相公启》云:寓尺牍而畏达空函,即此意也。冯氏深求,反失之。○邹阳于狱中上书自明曰:"王奢、樊於期去二国,死两君者,行合于志,慕义无穷也。"《史记·吴太伯世家》:"太史公曰:慕义无穷。"

  伏惟相公,丹青元化,冠盖中州。群生指南,命代先觉。语姬朝之旧族,庄、武惭颜;叙汉代之名门,韦、平掩耀。将邻三纪,克佐五君。动著嘉猷,行留故事。陶冶于无形之外,优游于不宰之中。始者主上以代邸承基,琅琊缵业。明发不寐,怀清庙之景灵;日晏忘餐,念苍生之定命。爰征元老,允在宾臣。五载于兹,六符斯炳。以上总称李公之功德。

  《盐铁论·相刺篇》:"文学曰:公卿者,四海之表仪,神化之丹青也。"○班孟坚《西都赋》曰:"冠盖如云。"《汉书·司马相如传》颜注曰:"中州,中国也。"○指南,见骆宾王《和闺情诗启》注。○《汉书·楚元王传赞》曰:"传曰:圣人不出,其间必有命世者焉。"案《孟子·公孙丑下》曰:"其间必有名世者。"《文选·三国名臣赞》李善注引以证命世。又引《广雅》

曰："命，名也。"（《释诂》三）《孟子·万章上》："伊尹曰：予天民之先觉者也。"〇《左》隐四年曰："郑武公、庄公，为平王卿士。"〇《汉书·韦贤传》曰："贤兼通《礼》《尚书》，以《诗》教授，号称邹鲁大儒。本始三年，代蔡义为丞相，封扶阳侯，少子玄成，复以明经，历位至丞相。"《平当传》曰："当以明经为博士，哀帝即位，征当为光禄大夫，至丞相，赐爵关内侯。子晏以明经历位大司徒，封防乡侯。汉兴唯韦、平父子至宰相。"《旧唐书·李德裕传》曰："初德裕父吉甫年五十一出镇淮南，五十四自淮南复相。今德裕镇淮南复入相，一如父之年。"〇三纪、五君，并见张道济《姚文贞公神道碑》注。冯曰：按《旧唐书·德裕传》："自元和中，累辟诸府从事，十四年入朝，真拜监察御史，至会昌，历事宪、穆、敬、文、武五朝。"〇《礼记·坊记》引《君陈》曰："尔有嘉谋嘉猷。"《书》伪古文《君陈》袭之。〇《史记·鲁世家》曰："咨于固实。"《集解》引徐广曰："固一作故。"韦昭曰："故实，故事之是者。"《汉书·苏武传》曰："明习故事。"《后汉书·郑弘传》曰："为尚书令，前后所陈，补益王政者，皆著之南宫，以为故事。"〇《淮南子·要略》曰："陶冶万物。"〇不宰，见卢昇之《黎君碑》注。〇《汉书·文帝纪》曰："孝文皇帝，高祖中子，立为代王。高后崩，诸吕谋为乱，丞相陈平、太尉周勃、朱虚侯刘章等共诛之，遂使人迎代王，代王诣长安，入代邸，群臣从至，上议，遂即天子位。"〇《晋书·元帝纪》曰："元皇帝讳睿，宣帝曾孙琅邪恭王之子也。年十五，嗣位琅琊王，永嘉初，镇建业。建武元年春二月，群臣请为晋王。大兴元年春三月，愍帝崩问至，百寮上尊号，即皇帝位。"案《旧唐书·武宗本纪》曰："讳炎，穆宗第五子，封颍王，开成五年正月，文宗崩，皇太弟于柩前即皇帝位。"〇《诗·小宛》曰："明发不寐，有怀二人。"〇《诗序》曰："《清庙》，祀文王也。"《晋书·凉武昭王传》：《述志赋》曰：

"承景灵之冥符。"○《书·无逸》曰:"文王自朝至于日中昃,不遑暇食。"○《书·益稷》曰:"至于海隅苍生。"《左》成十三年:"刘子曰:民受天地之中以生,所谓命也。是以有动作礼义威仪之则,以定命也。"○《诗·采芑》曰:"方叔元老。"○《后汉书·陈元传》:元上疏曰:"臣闻师臣者帝,宾臣者王。"○五载,冯曰:"武宗即位之年,至是五载。"○《汉书·东方朔传》:朔曰:"愿陈泰阶六符。"注引应劭曰:"《黄帝六符经》曰:泰阶者,天之三阶也。上阶为天子,中阶为诸侯公卿大夫,下阶为士庶人,三阶平则阴阳和,风雨时,天下大安,是为太平。"

顷单于故境,獯鬻遗疆,屡缘丧荒,亟致携贰。夙沙自缚其主,冒顿忍射其亲。遂去北边,欲事南牧。既赫斯而贻怒,乃密勿以陈谋。管氏初来,屡发新柴之井;留侯每入,便闻借箸之筹。群帅受成,中枢独运。前军露板,方事于羽驰;清禁寿觞,旋闻于月捷。仍其贵种,慕我华风。或辨姓写诚,推诸右校;或释兵伏义,列在周庐。潞子离狄而《春秋》书,徐夷朝周而《大雅》咏。其馀麕惊鸟散,风去雨还,亘绝幕以销魂,委穷沙而丧胆。胡琴公主,已出于襜褴;毳幕天骄,行遗其种落。向若非薛公料敌,先陈三策;充国为学,尽通四夷,则何以雪高庙称臣之羞,全肃祖复京之好?此庙战之功一也。以上策败回鹘。

《史记·匈奴传》,《集解》引《汉书音义》曰:"单于者,广大之貌,言其象天单于然。"《汉书·文帝纪》颜注曰:"单于,匈奴天子之号也。单音蝉。"○《史记·匈奴传》曰:"唐虞以上,有山戎、猃狁、荤粥。"《集解》引晋灼曰:"尧时曰荤粥,周曰猃狁,秦曰匈奴。"案:《周本纪》作薰育,《汉书·匈奴传上》作薰粥，《孟子·梁惠王下》作獯鬻。焦里堂《正义》曰："薰与獯通，粥、育与鬻通也。"《旧唐书·回纥传》曰："其先匈奴之裔也，在后魏时，号铁勒部落，近谓之特勒，后称回纥焉。贞元十一年，改为回鹘，义取回旋轻捷如鹘也。"○《周礼·天官·小宰》曰："凶荒受其啥裮币玉之事。"○《后汉书·公孙述传》：荆邯说述曰："发间使，招携贰。"○《吕氏春秋·用民篇》曰："夙沙之民，自攻其主，而归神农；密须之民，自缚其主，而与文王。"高注曰："夙沙，大庭氏之末世也，其君无道，故攻之。"又见《淮南子·道应训》。○《史记·匈奴传》曰："单于有太子名冒顿，冒顿从其父单于头曼猎，以鸣镝射头曼，其左右亦皆随鸣镝而射，杀单于头曼，冒顿自立为单于。"《索隐》曰："冒音墨，又如字。"○《汉书·武帝纪》：元朔六年诏曰："今中国一统，而北边未安。"○贾生《过秦论》曰："胡人不敢南下而牧马。"○《诗·皇矣》曰："王赫斯怒。"○《汉书·刘向传》：上封事谏曰："《诗》曰：密勿从事，不敢告劳。"颜注曰："此《小雅·十月之交》篇。密勿犹黾勉从事也。"案：毛传作黾勉。○《管子·中匡篇》曰："公与管仲父而将饮之，掘新井而柴焉。"尹注曰："新井而又柴盖之，欲以清洁，示敬之。"○《汉书·张良传》曰："良从外来谒汉王，汉王方食，曰：客有为我计挠楚权者，具以郦生计告良曰：于子房何如？良曰：谁为陛下画此计者？陛下事去矣，臣请借前箸以筹之。"○《史记·天官书》曰："斗为帝车，运于中央，临制四乡。"《礼记·曲礼上》孔疏引《春秋运斗枢》曰："北斗七星，第一天枢。"○《汉书·高帝纪下》："上曰：吾以羽檄召天下兵。"颜注曰："檄者，以木简为书，长尺二寸，用征召也。其有急事，则加以鸟羽插之，示速疾也。"《魏武奏事》云：今边有警，辄露檄插羽。《文心雕龙·檄移篇》曰："檄者皦也，宣露于外，皦然明白也。插羽以示迅，露板以宣众。"冯曰："露布专是捷书。露版即露章，如

《魏志·崔琰传》：琰露版答太祖。《晋书·赵王伦传》：郎景师露版奏请手诏。《南史·谢灵运传》：孟顗表其异志，露板上言。此句取警急入告之义，下句乃指报捷。"又曰："露布、露板究同，如《后汉书·李云传》：忧国将危，露布上书，移副三府。注：露布谓不封之也。《魏书·傅永传》：高祖每叹曰：上马能击贼，下马作露布，惟傅修期耳。《通鉴》（《齐纪》七）载之作露板。"步瀛案：有谓露布为露板者，冯氏后说所引是也。有谓不封之奏章为露板者，冯氏前说所引是也。特此文露板即露布耳。○《汉书·兒宽传》曰："从东封泰山还登明堂，宽上寿曰：臣宽奉觞再拜上千万岁寿，制曰，敬举君之觞。"○《诗·采薇》曰："一月三捷。"○《史记·匈奴传》曰："诸大臣皆世官，呼衍氏兰氏，其后有须卜氏，此三姓其贵种也。"○《晋书·刘曜载记论》曰："习以华风。"○《左》襄二十五年：东郭偃曰："男女辨姓。"《蜀志·诸葛亮传》：陈寿《上诸葛亮集表》曰："亮深谓备（刘备）雄姿杰出，遂解带写诚，厚相结纳。"○《史记·陈涉世家》曰："秦左右校。"《索隐》曰："即左右校尉军也。"《汉书·百官表上》曰："武帝置中垒、屯骑、步兵、越骑、长水、胡骑、射声、虎贲，凡八校尉。"《卫青传》颜注曰："校者，营垒之称，故谓军之一部为一校。"冯曰："此谓右军诸卫皆有左右，合称左右两军也。"○《史记·封禅书》："上议曰：古者先振兵释旅。"又曰："释兵须如。"《集解》引徐广曰："古释字作泽。"○《史记·秦始皇本纪》曰："周庐设卒甚谨。"《文选·西都赋》曰："周庐千列。"李善注引《汉书音义》张晏曰："止宿曰庐。"《后汉书·班固传》章怀注曰："谓宿卫之庐周于宫也。"○《汉书·景武昭宣元成功臣表序》曰："《春秋》列潞子之爵，许其慕夏也。"注引应劭曰："潞子离狄内附，《春秋》嘉之，称其爵，列诸盟会间。"○《功臣表序》曰："《诗》云：徐方既俫。"颜注曰："《大雅·常武》之诗曰：王猷允塞，徐方既来。言周之王道信能充实，则徐方淮夷并来朝也。倈古来字。"《汉书·李陵传》：陵曰："各鸟兽散，犹有得脱归报天子者。"沈休文《宿东园诗》曰："惊麕去不息。"○鲍明远《舞鹤赋》曰："风去雨还，不可谈悉。"○杨子云《羽猎赋》曰："蹴踈〔竦〕詟怖，魂亡魄失。"○《后汉书·吴汉等传论》曰："戎羯丧其精胆。"○《文选》石季伦《王明君词序》曰："昔公主嫁乌孙，令琵琶马上作乐，以慰其道路之思。"《宋书·乐志》一曰："傅玄《琵琶赋》曰：汉遣乌孙公主嫁昆弥，念其行道思慕，故使工人裁筝筑为马上之乐，欲从方俗语，故名曰琵琶，取其易传于外国也。《风俗通》曰：以手琵琶，因以为名。杜挚云：长城之役，弦鼗而鼓之，并未详孰是。"冯曰："傅休奕赋序：柱十有二，配律吕也；四弦，法四时也。《通典》引之，而曰：今清乐奏琵琶，俗谓之秦汉子。又曰：五弦琵琶稍小，盖北国所出。又曰：旧弹琵琶，皆用木拨，贞观中，始有手弹之法，今谓搊琵琶是也（《乐典》四）。是琵琶五絃，分列为二。马氏《通考》于'搊琵琶'下曰：唐时谓之秦汉子，赵璧之弹五弦即此。（《乐考》十。案：以上冯引《通考》乃意改，非原文。）"恐有混误矣。胡琴古无此名，《通考》曰："唐文宗朝，女伶郑中丞善弹胡琴（同上），亦不细言其制度。此谓胡琴公主，正用乌孙公主事，以琵琶为胡琴，亦可不必细剖耳。"○《史记·廉颇蔺相如列传》曰："李牧大破杀匈奴十馀万骑，灭襜褴。"《集解》曰："襜，都甘反；褴，路谈反。"徐广曰："一作临。又引如淳曰：胡名也，在代北。"又《冯唐传》："灭澹林。"《集解》引徐广曰："澹一作襜。"《索隐》曰："一本作襜褴。"是襜褴、襜临、澹林并同。吴让之《通鉴地理今释》二，谓在今张家口外。○《文选·答苏武书》曰："韦韝毳幕，以御风雨。"《汉书·匈奴传上》曰："单于遣使与汉书云：胡者，天之骄子也。"冯曰："种落一作湩落，误。按乌介以数百骑走，则其部落尽遗弃矣，必当作种落。"○《旧唐书·回纥传》曰：

"回鹘（纥）自咸安公主殁后，屡请继前好。至元和末，其请弥切，许之。宪宗崩，穆宗即位，逾年，封第十妹为太和公主，出降回纥。"《新唐书·回鹘传》曰："穆宗立，回鹘固求婚，许之。俄而可汗死，使者临册所嗣为登啰羽录没密施句主毗伽崇德可汗，诏以太和公主下降。主，宪宗女也。敬宗即位之年，可汗死，其弟曷萨特勒立，遣使册为爱登里啰汩没密施合毗伽昭礼可汗。太和六年，可汗为其下所杀，从子胡特勒立，明年，册为爱登里啰汩没密施合句禄毗伽彰信可汗。开成四年，其相掘罗勿作难，引沙陀共攻可汗，可汗自杀，国人立馺馭特勒为可汗，方岁饥，遂疫，又大雪，羊马多死，渠长句录莫贺与黠戛斯合骑十万攻杀可汗，焚其牙，诸部溃，于是可汗牙部十三姓奉乌介特勒为可汗，南保错子山。黠戛斯已破回鹘，得太和公主。又自以为李陵后，与唐同宗，故遣使者达干奉主来归。乌介怒，追击达干杀之，劫主南渡碛，进攻天德城，振武节度使刘沔屯云伽关拒却之。"《旧唐书·李德裕传》曰："乌介突入朔州，大纵掠，卒无拒者。德裕曰：今乌介所恃者公主，如令勇将出奇，夺得公主，虏自败矣。上即令德裕草制，以出奇形势授刘沔，沔令大将石雄急击可汗于杀胡山，败之，迎公主还宫。"《通鉴》卷二百四十七《唐纪》曰："会昌三年春正月，回鹘乌介可汗帅众侵逼振武，沔遣麟州刺史石雄、都知兵马使王逢帅、沙陀朱邪赤心三部，及契苾拓跋三千骑，袭其牙帐，沔自以大军继之。雄至振武，登城望回鹘之众寡，见毡车数十乘，从者皆衣朱碧，类华人，使谍问之，曰：公主帐也。雄使谍告之曰：公主至此，家也，当求归路，今将出兵击可汗，请公主潜与侍从相保，驻车勿动。雄乃凿城为十馀穴，引兵夜出，直攻可汗牙帐，至其帐下，虏乃觉之，可汗大惊，不知所为，弃辎重走。雄追击之。庚子，大破回鹘，走杀胡山，可汗被疮，与数百骑遁去，雄迎太和公主以归。乌介可汗走保黑车子族，其溃兵多诣幽州降。二月庚寅，太和公主至京师，改封安定大长公主，诏宰相帅百官迎谒于章敬寺前，公主诣光顺门，去盛服，脱簪珥，谢回鹘负恩、和蕃无状之罪，上遣中使慰谕，然后入宫。"○《史记·黥布传》曰："布反书上闻，滕公言之上曰：臣客故楚令尹薛公者，其人有筹筴之计，可问。上乃召见问薛公，薛公对曰：使布出于上计，山东非汉之有也；出于中计，胜败之数未可知也；出于下计，陛下安枕而卧矣。上曰：是计将安出？对曰出下计。"○《汉书·赵充国传》曰："充国为人，沉勇有大略，少好将帅之节，而学兵法，通知四夷事。"○《旧唐书·突厥传》：上曰："始毕可汗咄者，启民可汗子也。高祖起义太原，遣府司马刘文静聘于始毕，引以为援。始毕卒，立其弟俟利弗设，是为处罗可汗；处罗卒，立弟咄苾，是为颉利可汗。"《新唐书·突厥传》曰："贞观元年，颉利拥兵窥边，明年，诏兵部尚书李靖击马邑，颉利走，于是诏并州都督李世勣出通漠道，李靖出定襄道，左武卫大将军柴绍出金河道，灵州大都督任城王道宗出大同道，幽州都督卫孝节出恒安道，营州都督薛万淑出畅武道，凡六总管，师十馀万，皆受靖节度以讨之。道宗战灵州，俘人畜万计，突利及郁射设、荫奈特勒帅所部来奔，捷书日夜至。帝谓群臣曰：往国家初定，太上皇以百姓故，奉突厥，诡而臣之，朕尝痛心病首，思一刷耻于天下。今天诱诸将，所向辄克，朕其遂有成功乎！四年正月，靖进屯恶阳岭，夜袭颉利，颉利惊，退牙碛口，走保铁山，兵犹数万，令执失思力来，阳为哀言谢罪请内属，帝诏鸿胪唐俭、将军安修仁等持节慰抚，靖知俭在虏所，虏必安，乃袭击之，尽获其众。颉利得千里马，独奔沙钵罗，行军副总管张宝相禽之，沙钵罗设、苏尼失以众降，其国遂亡。"○《旧唐书·肃宗纪》曰："至德二载九月，回纥叶护太子率兵四千，助国讨贼。丁亥，元帅广平王统朔方、安西、回纥、南蛮、大食之众二十万，东向讨贼。癸卯，广平王收西京，冬十月壬戌，广平王入东京，癸亥上自凤翔还京。丁卯，入长安，乃封叶护为忠义王，约每年送绢二万匹。"○《孙子·始计篇》曰："夫未战而庙算胜者得算多也。"《淮南子·兵略训》曰："庙战者帝，神化者王。所谓庙战者，法天道也；神化者，法四时也。"（《文子·自然篇》袭之）又曰："凡用兵者，必先自庙战。"

惟彼参伐，实兴皇家。天汉美名，方之尚陋；舂陵王气，比此非多。而物众藏奸，地宽长孽。敢起在行之众，因兴逐帅之谋。遂使起义堂边，台臣夙驾；晋阳宫下，逆竖宵奔。翻势将冀于连鸡，勇斗尚同于困兽。讵知长算，已出奇兵？金仆灵钲，靡留于旬朔；筱舆贯木，已集于都街。此庙战之功二也。以上勘定太原。

《史记·秦始皇本纪》后载班孟坚论曰："据狼弧，蹈参伐。"《天官书》曰："参下有三星，兑曰罚，为斩艾事。"《正义》曰："罚亦作伐。"《晋书·天文志》曰："参十星，一曰参伐。"《左》昭元年："子产曰：迁实沈于大夏，主参，唐人是因，故参为晋星。"○唐高祖太原起义，故曰实兴皇家。○《汉书·萧何传》曰："项羽立沛公为汉王，汉王怒，欲谋攻项羽，何曰：《周书》曰：天予不取，反受其咎。语曰天汉，其称甚美。"○《后汉书·光武帝纪论》曰："望气者苏伯阿为王莽使，至南阳，遥望见舂陵郭，喟曰：气佳哉，郁郁葱葱然。"○在行之众，冯：
"《左传》（成二年）韩厥曰：属当戎行。又（襄十年）季武子曰：今寡君在行。按杨弁率横水戍卒赴榆社，因以起乱，故谓行役之众，非仅行伍之谓，当从户庚切，或从户刚切，皆通。"○《旧唐书·武宗纪》曰："会昌四年春正月乙酉朔，杨弁逐太原节度使李石。"《李石传》曰："王师之讨泽潞也，王逢军于榆社，诉兵少，请益之，诏石以太原之卒赴榆社，石乃割横水戍卒一千五百人，令别将杨弁率之，以赴王逢。旧例发军人给二缣，石以支计不足，量减一匹，军人聚怨，又将及岁除，促令上路，众愈不悦。杨弁乘其釁谋乱，出言激动军人，四年正月，军乱，逐石。朝廷乃以晋绛观察使崔元式代还。"○《旧唐书·高祖本纪》曰："大业十三年，为太原留守，郡丞王威、武牙将高君雅为副。太宗与晋阳令刘文静首谋劝举义兵，君雅恐高祖为变，相与疑惧，请高祖祈雨于晋祠，将为不利。晋阳乡长刘世龙知之，以告高祖，高祖阴为之备。五月甲子，高祖与威、君雅视事，太宗密严兵于外，遣开阳府司马刘政会告威等谋反，即斩之以徇，遂起义兵。"《玄宗纪》曰："开元十一年，上亲制《起义堂颂》及书，刻石纪功于太原府之南街。"《元和郡县志》曰："河东道太原府晋阳县：《起义堂碑》在乾阳门街，开元十一年，玄宗幸太原所立，御制并书。"《清一统志》曰："山西太原府起义堂，在太原县东。"○《旧唐书·李石传》曰："石字中玉，(《新唐书·宗室宰相传》曰：神符五世孙。)太和九年，迁户部侍郎同平章事。会昌三年，加检校司空太原尹北都留守，河东节度观察等使，代刘沔。四年正月，军乱，逐石。"冯曰："李石先于太和九年为相，故曰台臣。时石奔汾州。"○《魏书·地形志》曰："太原郡晋阳县：武定初，齐献武王始置晋阳宫。"《元和郡县志》曰："太原府晋阳县府城：故老传晋并州刺史刘琨筑，城中又有三城，其一曰大明城，即古晋阳城也，高齐后帝于此置大明宫，因名大明城。姚最《序行记》曰：晋阳宫西南有小城，内有殿号大明宫，即此也。又一城南面因大明城，西面连仓城，北面因州城，东魏孝静帝于此置晋阳宫，隋文帝更名新城，炀帝更置晋阳宫。"《清一统志》曰："太原府：晋阳宫在太原县北。"○《秦策》一秦惠王谓寒泉子曰："诸侯不可一，犹连鸡之不能俱止于棲，亦明矣。"冯曰："《通鉴》（卷二百四十七）：杨弁使其侄诣刘稹约为兄弟，稹大喜，故曰'逆竖宵奔而冀连鸡之势'。"○《左》宣十二年：士贞子曰："城濮之役，晋师三日谷，文公犹有忧色，曰：得臣犹在，忧未歇也。困兽犹斗，况国相乎？"○《左》庄十一年曰："乘丘之役，公以金仆姑射南宫长万。"杜注曰："金仆姑，矢名。"又昭十年曰："公卜使王黑以灵姑銔率吉，请断三尺焉而用之。"杜注曰："灵姑銔，公旗也。"徐孝穆《陈公九锡文》曰："裁举灵銔，亦抽金仆。"○《史记·张耳传》曰："廷尉以贯高事辞上闻，上使泄公持节问之箯舆前。"《集解》引徐广曰："箯音鞭"，又引韦昭曰："舆如今舆床，异以行。"《汉书·张耳传》颜注曰："编竹木以为舆，高时委困，故以处之也。"《文选》司马子长《报任少卿书》曰："衣赭衣，关三木。"李善曰："三木在项及手足也。"案：关，贯之通借字。○《后汉书·冯绲传》："诏策绲曰：郅支、夜郎、楼兰之戎，头悬都街。"○《旧唐书·武宗纪》曰："会昌四年二月辛酉，太原送杨弁与其同恶五十四人来献，斩于狗脊岭。"《李德裕传》曰："三年十二月，太原横水戍兵因移榆社，乃倒戈入太原城，逐节度使李石，武宗以贼积未殄，又起太原之乱，心颇忧之。遣中使元贯往太原宣谕，元贯受杨弁赂，欲全之。四年正月，德裕奏曰：杨弁微贼，决不可赦。即时请降诏，令王逢起榆社军，又令王元逵兵自土门入，会于太原。河东监军吕义忠闻之，即日召榆社本道兵诛杨弁以闻。"冯曰："杨弁之起乱在积后，而其擒诛在积前，故先叙。"

而潞寇不惩两竖之凶，徒恃三军之力。干我王略，据其父封。袁熙因累叶之资，卫朔拒大君之诏。人将自弃，鬼得而诛。蛙觉井宽，蚁言树大。招延轻险，曾微吴国之钱；藏匿罪亡，又乏江陵之粟。所谋者河朔遗事，所恃者岩险偷生。今则赵魏俱攻，燕齐并入。奉规于帷幄，遵命于指踪。亚夫拒吴，惊东南而备西北；韩信击魏，舣临晋而渡夏阳。百道无飞走之虞，一缕见倾危之势。计其反接，当不逾时。是则陈曲逆之六奇，翻成屑屑；葛武侯之八阵，更觉区区。此庙战之功三也。以上征讨泽潞。

《旧唐书·地理志》曰："昭义军节度使治潞州，领潞、泽、邢、洺、磁五州。"案：唐潞州治上党县，在今山西长治县治。○冯曰："两竖谓吴元济、李同捷，因父死承袭逆朝命而诛灭者。"案：《新唐书·宪宗纪》曰："元和九年闰八月，彰义军节度使吴少阳卒，其子元济自称知军事。九月丁亥，山南东道节度使严绶，忠武军都知兵马使李光颜，寿州团练使李文通，河阳节度使乌重胤讨之。十二年九月甲寅，李愬及吴元济战于吴房，败之，十月，克蔡州，十一月，吴元济伏诛。"《敬宗纪》曰："宝历二年四月，横海军节度使李全略卒，其子同捷反。"《文宗纪》曰："太和三年四月，沧景节度使李祐克德州，李同捷降，沧德宣慰使柏耆以同捷归于京师，杀之于将陵。"○《左》成二年曰："兄弟甥舅，侵败王略，王命伐之。"○《旧唐书·武宗纪》曰："会昌三年四月，昭义节度使刘从谏卒，三军以从谏侄稹为兵马留后，上表请授节钺。寻遣使赍诏潞府，令稹护从谏之丧归洛阳，稹拒朝旨。"《新唐书·藩镇·泽潞传》曰："从谏从子稹，父从素，仕右骁卫将军，从谏以为嗣。"○《后汉书·袁绍传》曰："绍累世台司，宾客所归。"又曰："绍有三子，谭、熙、尚，后妻刘有宠，而偏爱尚，数称于绍，绍乃以谭继兄后，出为青州刺史，以中子熙为幽州刺史。"○《春秋》桓十六年十有一月，"卫侯朔出奔齐"。《公羊传》曰："朔何以名？绝。曷为绝之？得罪于天子也。"《穀梁传》曰："朔之名恶也，天子召而不往也。"○《左》僖十一年曰："天王使召武公内史过赐晋侯命，受玉惰，过归告王曰：晋侯其无后乎！王赐之命，而惰于受瑞，先自弃也已。"○《庄子·庚桑楚篇》曰："为不善乎幽闲之中者，鬼得而诛之。"冯曰："《左传》（成十年）：晋侯梦大厉，被发及地，搏膺而踊曰：杀余孙不义，余得请于帝矣。亦可借用以切晋地。"○《后汉书·马援传》曰："援留西州，隗嚣甚敬重之。时公孙述称帝于蜀，嚣使援往观之，归谓嚣曰：子阳井底蛙耳，而妄自尊大。"○冯曰："《符子》（御览·虫豸部》四引）：群蚁相要乎海畔，欲观鳌焉，月馀日，鳌潜未出，群蚁将反，遇长风激浪，崇涛万仞，海水沸地雷震，群蚁曰：此将鳌之作也，数日风止雷默，海中隐如岳，群蚁曰：鳌之冠山，何异我之戴粒、逍遥封壤之巅，归乎窟穴。此乃物我之适，自己而然，何用数百里劳形而观之乎？此蚁言树大之意也，当更有典，未详。"○《史记·吴王濞传》曰："吴有章郡（章上原有豫字，依《汉书·吴王濞传》注校改。）铜山，濞则招致天下亡命者盗铸钱。"（盗各本作益，今依王怀祖《读书杂志》卷三之五校改。）○《汉书·武帝纪》元鼎元年诏曰："方下巴蜀之粟，致之江陵。"○《新唐书·藩镇泽潞传》曰："诸将乃诣监军崔士康邀说，请如河朔故事，士康懦不敢拒，乃至丧次，扶稹出见三军。"○张平子《西京赋》曰："岩险周固。"冯曰："岩险谓羊肠、天井。"○《旧唐书·李德裕传》曰："泽潞节度使刘从谏卒，军人以其侄稹擅总留后，三军请降旄钺，帝与宰臣议可否。德裕曰：泽潞国家内地，不同河朔，若不加讨伐，何以号令四方？若因循授之，则藩镇相效，自兹威令去矣。帝曰：卿算用兵必克否？对曰：刘稹所恃者，河朔三镇耳，但得魏、镇不与稹同，破之必矣。请遣重臣一人，传达圣旨，言泽、潞命帅，不同三镇，自艰难已来，列圣皆许三镇嗣袭，已成故事。今国家欲加兵诛稹，禁军不欲出山东，其山东三州，委镇、魏出兵攻取，上然之。乃命御史中丞李回使三镇谕旨，赐魏、镇诏书云：卿勿为子孙之谋，欲存辅车之势。何弘敬、王元逵承诏，耸然从命。初议出兵，朝官上疏相继，请依从谏例，许之继袭，而宰臣四人亦有以出师非便者。德裕奏曰：如师出无功，臣请自当罪戾，请不累李绅、让夷等。及弘敬、元逵出兵，德裕又奏曰：贞元、太和之间，朝廷伐叛，诏诸道会兵，才出界，便费度支供饷，迟留逗挠，以困国力，或密与贼商量，取一县一栅以为胜捷，所以师出无功。今请处分元逵、弘敬，只令收州，勿攻县邑，帝然之。及王宰、石雄进讨，经年未拔泽潞，及弘敬、元逵收邢、洺、磁三州，积党遂离，以至平殄，皆如其筭。"○《汉书·高帝纪下》："上曰：夫运筹帷幄之中，决胜千里之外，吾不如子房。"○《史记·萧相国世家》曰："高祖以萧何功最盛，封为酇侯，所食邑多，功臣皆曰：臣等身被坚执锐，多者百馀战，少者数十合，攻城略地，大小各有差，今萧何未尝有汗马之劳，徒持文墨议论不战，顾反居臣等上，何也？高帝曰：诸君知猎乎？曰：知之。知猎狗乎？曰：知之。高帝曰：夫猎，追杀兽兔者狗也，而发踪指示兽处者人也。今诸君徒能得走兽耳，功狗也；至如萧何，发踪指示，功人也。"《汉书》踪作纵。颜注曰："发纵谓解而放之也。纵音子用反，而读者乃为踪迹之踪，非也。"胡梅磵《通鉴》卷十一注引洪氏《隶释》汉碑以纵为踪，谓汉人固多借用，颜注殆未然。钱可庐（大昭）《汉书辨疑》卷十七曰："《说文》无踪字，踪迹字古作纵，小颜乃疑非踪迹之踪，非也。"○《史记·绛侯世家》曰："吴、楚反，亚夫为太尉，东击吴、楚，坚壁不出，吴兵乏粮饥，数欲挑战终不出，夜军中惊，内相攻击，扰乱至于太尉帐下，太尉终卧不起，顷之复定。后吴奔壁东南陬，太尉使备西北，已而其精兵果奔西北，不得人。吴兵既饿，乃引而去。"○《史记·淮阴侯传》曰："信为左丞相击魏，魏王盛兵蒲坂，塞临晋，信乃为疑兵，陈船欲渡临晋，而伏兵从夏阳以木罂缻渡军袭安邑，魏王豹惊，引军迎信，信遂虏豹。"《项羽本纪》曰："乌江亭长檥船待。"《集解》引如淳曰：南方人谓整船向岸曰檥。案：艤，檥之俗字。○《晋书·张重华传》（附《张轨传》后）曰："麻秋进攻枹罕，围堑数重，云梯电车，地突百道，皆通于内。"左太冲《吴都赋》曰：

"穷飞走之楼宿。"〇《汉书·枚乘传》：枚奏书谏吴王曰："夫以一缕之任，系千钧之重，上县无极之高，下垂不测之渊，虽甚愚之人，犹知哀其将绝也。"〇《史记·陈丞相世家》曰："以节召樊哙，哙受诏，即反接载槛车。"《汉书·陈平传》颜注曰："反缚两手也。"〇《魏志·邓艾传》：诏曰："兵不逾时，战不终日。"《通鉴》卷二百四十八《唐纪》曰："会昌四年八月辛卯，镇、魏奏邢、洺、磁三州降。宰相入贺。李德裕曰：昭义根本，尽在山东，三州降，上党不日有变矣。上曰：郭谊必枭刘稹以自赎。德裕曰：诚如圣料。"〇《史记·陈丞相世家》曰："更以陈平为曲逆侯。"又曰："凡六出奇计，辄益邑，凡六益封，奇计或颇秘，世莫得闻也。"〇《左》昭五年：女叔齐曰："屑屑焉习仪以亟。"〇《蜀志·诸葛亮传》曰："亮推演兵法，作八阵图。"《水经·江水注》一曰："江水东迳诸葛亮图垒南，石碛平旷，望兼川陆，有亮所造八阵图，东跨故垒，皆累细石为之，自垒西去，聚石八行，行间相去二丈，今以水漂荡，岁月消损，高处可二三尺，下处磨灭殆尽。"《太平寰宇记》曰："山南东道夔州奉节县：八阵图在县西南七里。盛弘之《荆州记》云，垒西聚石为八行，行八聚，聚间相去二丈许，谓之八阵图，因曰：八阵既成，自今行师，更不复败。八阵及垒，皆图兵势行藏之权，自后深识者所不能了。桓温伐蜀经之，以为常山蛇势。"此盖意言之。〇《广雅·释训》曰："区区，小也。"〇冯曰："《通鉴》：李德裕奏，向日用兵，或阴与贼通，借一县一栅据之，自以为功，坐食转输。今令王元逵取邢州，何弘敬取洺州，王茂元取泽州，李彦佐、刘沔取潞州，毋得取县，上从之。彦佐发徐州，行甚缓，德裕请以天德防御使石雄为之副，俟至军中，令代之。王元逵前锋入邢州已逾月，何弘敬尚未出师，德裕请遣王宰将忠武全军径魏博，直抵磁州，以分贼势，弘敬必惧。此攻心伐谋之术，从之。诏王宰选精兵自相、魏趋磁州，何弘敬恐军中有变，苍黄出师。王宰久不进军，又奏请刘沔镇河阳，令以义成精兵直抵万善，处宰肘腋之下。王宰遂进攻泽州，官军四合，捷书日至（以上卷二百四十七）。潞人闻三州降，大惧，郭谊、王协谋杀刘稹以自赎，遂斩之，收稹宗族，至襁褓中子皆杀之（以上卷二百四十八）。按必详述其指画之方，乃知亚夫数联运古极精。"

孤寇行静，万方率同。将荡海腾区，夷山拓宇。高待泥金之礼，雄专瘗玉之辞。烟阁传形，革车就国。尽人臣之极分，焕今古之高名。承上泽潞事作一总束。

孤寇指刘稹。《汉书·杨雄传上》颜注曰："行，且也。"又《郊祀志上》注曰："且，将也。"○《诗·閟宫》曰："至于海邦，淮夷来同。"○荡海，见骆宾王《姚州露布》注。又《晋书·文苑·赵至传》："《与嵇蕃书》曰：荡海夷岳。"○泥金，见骆宾王《为齐州父老请陪封禅表》注。○《汉书·武帝纪》曰："天汉三年三月，行幸泰山修封，还过祠常山，瘗玄玉。"○《旧唐书·太宗纪下》曰："贞观十七年春正月，诏图画司徒赵国公无忌等勋臣二十四人于凌烟阁。"○《礼记·明堂位》曰："成王以周公有勋劳于天下，是以封周公于曲阜，地方七百里，革车千乘。"○《史记·齐太公世家》曰："封师尚父于齐营丘，东就国。"○"尽人臣"二句，冯曰："言德裕将削平海内，封岱勒成，而全功名于始终也。"

况又奉以嘉声，谐兹国检。斗文赐糗，远箴醉饱之徒；晏子朝衣，横厉轻肥之俗。以上美其俭德。

《魏志·高堂隆传》：隆上疏切谏曰："闻之四夷，非嘉声也。"○《法言·修身篇》曰："天下有三检，众人用家检，贤人用国检，圣人用天下检。"《晋书·庾峻传》：上疏曰："出言合于国检。"○斗原作傅，今依徐校改。《楚语下》："斗且语其弟曰：昔斗子文三舍令尹，无一日之积，恤民之故也。成王闻子文之朝不及夕也，于是乎每朝设脯一束，糗一筐，以羞子文，至于今令尹秩之。"○《礼记·礼器》曰："晏平仲澣衣濯冠以朝。"《论语·雍也篇》曰："乘肥马，衣轻裘。"

比周息虑，孤介归仁。绍续勋家，扶持旧族。罔容私谢，皆事公言。景风至而庆赏先行，仲吕协而贤良必遂。岂直杜伯山之令子，大邑传家；陶彭泽之孤孙，西曹受署？以上美其用贤。

《左》文十八年："史克曰：帝鸿氏有不才子，醜类恶物，是与比周。"《管子·重令篇》曰："比周之人，将以此阿党取与。"○《汉书·张安世传》（附父汤传）曰："尝有所荐，其人来谢，安世大恨，以为举贤达能，岂有私谢邪！绝勿复为通。"○《史记·孝文本纪》宋昌曰："所言公，公言之。"○《御览·天部》九引《易通卦验》曰："夏至景风至，辩大将，封有功。"《淮南子·天文训》曰："景风至，施爵禄，赏有功。"○《礼记·月令》曰："孟夏之月，律中中吕，命太尉，赞桀俊，遂贤良，举长大，行爵出禄，必当其位。"○《后汉书·杜林传》曰："林字伯山，建武二十二年，代朱浮为大司空。明年薨，帝亲自临丧送葬，除子乔为郎。诏曰：公侯子孙，必复其始。贤者之后，宜宰城邑。其以乔为丹水长。"○《晋书·隐逸·陶潜传》曰："为彭泽令。"《梁书·太祖五王·安成康王秀传》曰："为江州刺史，闻前刺史取征士陶潜曾孙为里司，秀叹曰：陶潜之德，岂可不及后世？即日辟为西曹。"冯曰："受署言补吏职也。见《汉书·张敞传》《孙宝传》。"又曰："此数语隐为朋党洗脱，然德裕实不专事朋党，如举用白敏中、柳仲郢之类可见。《国史补》云：德裕为相，清直无党。"（卷中）

重以心游书囿，思托文林。提枹于绝艺之场，班杨扫地；鞠旅于无前之敌，江鲍舆尸。故矫枉则黄冶之赋兴，游道则知止之篇作。辞穷体物，律变登高。文星留伏于笔间，彩凤翱翔于梦里。此固谈扬绝意，仿效何阶。
以上美其文章。

　　司马长卿《上林赋》曰："翱翔乎书圃。"○公孙乘《月赋》曰："文林辨圃。"○《史记·田叔传》：褚先生曰："臣为郎时闻之，田仁故与任安相善，有诏召见田仁：提桴鼓，立军门，使士大夫乐死战斗，仁不及任安。"桴与枹同。○班杨句，徐曰："班固、杨雄。"《后汉书·孔融传》："魏文帝深好融文词，叹曰：杨班俦也。"《汉书·魏豹传赞》曰："秦灭六国，而上古遗烈埽地尽矣。"○《诗·采芑》曰："陈师鞠旅。"《魏志·吕布张邈传》："陈宫说邈曰：吕布善战无前。"○江鲍句，徐曰："江淹、鲍照。"《易·师》六五曰："弟子舆尸。"○《汉书·郊祀志下》："谷永说上曰：黄冶变化。"注引晋灼曰："黄者，铸黄金也，道家言冶丹砂令变化，可铸作黄金也。"案：文饶《黄冶赋序》曰："蜀道有青城峨眉山，皆隐沦所托。辛亥岁，有以铸金术干余者，窃叹刘向累世懿德，为汉儒宗，其所述作，根于圣道，犹爱信鸿宝，几婴时戮，况流俗之士，能无惑于此乎？因作赋以正之。又有《黄冶论》。"○文饶《自叙诗》自注曰："非尚子遍游五岳，其诗曰：五岳径虽深，遍游心已荡。苟能知止足，所遇皆清旷。七十难可期，一丘乃微尚。遥怀少室山，常恐非吾望。"○陆士衡《文赋》曰："赋体物而浏亮。"○《汉书·艺文志》曰："登高能赋，可以为大夫。"○文星，见李巨山《神龙历序》东壁注。《晋书·天文志》二曰："凡五星见伏留行，逆顺迟速应历度者，为得其行。"○梦凤，亦见《神龙历序》注。又《艺文类聚·鸟部》一引《罗含传》曰："含少时昼卧，忽梦一鸟，文色异常，飞来入口，含因惊起，心胸间如吞物，意甚怪之。叔母谓曰：鸟有文章，汝后必有文章，此吉祥也。含于是才藻日新。"冯曰："瑞鸟谓凤。梁昭明十二月启：吞罗含之彩凤，辩圃日新。"

○《汉书·杨恽传》（附父敞传后）曰："转相仿效。"○《旧唐书·李德裕传》曰："德裕虽位极台辅，而读书不辍，吟咏终日，在长安私第，别构起草院，院有精思亭，每朝廷用兵，诏令制置而独处亭中，凝然握管，左右侍者，无能预焉。有文集二十卷。"

若某者，徒预宗盟，早尘清鉴。而行藏迁贸，歧路差池。今将抽实吐诚，椎心叙款。缄犹未写，词已失烦。某爱自弱龄，实抱孤操。寒郊映雪，暑草搜萤。虽有谢于天姿，或无惭于力学。庾持奇字，信未皆通；敬礼小文，颇常留意。太和中，敢扬微抱，窃献短章。方候明诛，忽蒙复命。荆州一纸，河东百金。叨延月旦之评，长积竹林之恋。竟以事将愿背，蹇与身期。离索每多，交攀莫遂。武陵被病，洛表求医。未及上言，先蒙受代。肩舆而至，杜门以居。蓬藋荒凉，风霜迅厉。今已稍痊美疢，获托休辰。殷钧体羸，尚能为郡；马卿疾罢，犹可言文。退无井臼之资，进乏交朋之助。是以徘徊轩楹，托附缄封。冀陈蔡之及门，庶江黄之列会。敢渝孤直，仰累清光。东浪惊年，西飙结欷。矢心佩赐，毕命衔辉。道阻且跻，书不尽意。金楹假荫，望同相贺之禽；珠岸回光，庶及不枯之草。明悬肝胆，唯所炉锤。干冒尊严，伏用兢灼。谨启。以上自述所经，并属望援引之意。

□风发泉涌，藻采纷披。此等文直欲追媲孝穆。○冯氏云："此篇是以全力赴之者，尚未道及佳处。"

《左》隐十一年："公使羽父请于薛侯曰：周之宗盟，异姓为后。"○《魏志·王粲等传评》曰："刘廙以清鉴著。"○《诗·燕燕》曰："差池其羽。"○《文选·答苏武书》曰："仰天椎心而泣血也。"○《艺文类聚·天部》下曰："孙康家贫，常映雪读书。"《初学记·天部》下、《御览·天部》十二，皆引作宋齐语。○《晋书·车胤传》曰："胤家贫不能得油，练囊盛数十萤火以照书。"○《陈书·庾持传》曰："持好为奇字。"案《英华》庾作屡，非。《辨证》卷二已正之。○曹子建《与杨德祖书》曰："昔丁敬礼尝作小文，使仆润饰之。"○太和，文宗年号。○颜延之《五君咏刘参军》曰："颂酒虽短章，深衷自此见。"○《晋书·刘弘传》曰："为镇南将军都督荆州诸军事，每有兴废，手书守相，丁宁款密，所以人皆感悦争赴之，咸曰得刘公一纸书，贤于十部从事。"○《史记·季布传》曰："季布为河东守。"馀见上篇一诺注。○《后汉书·许劭传》曰："劭字子将，汝南平舆人也。与从兄靖俱有高名，好共覈论乡党人物，每月辄更其品题，故汝南俗有月旦评焉。"○《晋书·嵇康传》曰："所与神交者，惟阮籍、山涛，豫其流者向秀、刘伶、籍兄子咸、王戎，遂为竹林之游，世所谓竹林七贤也。"徐曰："竹林七贤有阮咸，籍兄子也，贻孙以咸自比。"○《礼记·檀弓上》："子夏曰：吾离群而索居。"○《后汉书·马援传》曰："建武二十四年，武威将军刘尚击武陵五溪蛮夷，深入军没，援请行，明年三月，进营壶头，贼乘高守隘，水疾船不得上，会暑甚，士卒多疫死，援亦中病，遂困，乃穿岸为室以避炎气。"○《后汉书·章帝八王·清河孝王庆传》曰："后上言外祖母王年老，遭忧病，下土无医药。愿乞诣洛阳疗疾，于是诏宋氏悉归京师。"○《晋书·王献之传》（附父羲之传后）曰："献之尝经吴郡，闻顾辟疆有名园，先不相识，乘平肩舆径入。"○《史记·商君传》："赵良曰：公子虔杜门不出，已八年矣。"○沈休文《郊居赋》曰："入蓬藋之荒茫。"○庾子山《小园赋》曰："聊以避风霜。"○《左》襄二十三年：臧孙曰："美疢不如恶石。"○《梁书·殷钧传》曰："出为明威将军临川内史。钧体羸多疾，闭阁卧治，而百姓化其德，劫盗皆奔出境。"○《史记·司马相如传》曰："相如善著书，常有消渴疾。"冯曰："相如病免游梁，其后乃奏《上林赋》，及使蜀还，又每称病闲居，乃奏《哀二世赋》《大人赋》，故曰疾罢。言韦贻孙当于太和中为官，而以病罢，今病痊，求其援引也。"○《东观汉记·冯衍传》曰："衍娶北地任氏女为妻，忌不得畜媵妾，儿女常自操井臼。"○《论语·先进篇》："子曰：从我于陈、蔡者，皆不及门也。"○《春秋》僖公三年："齐侯宋公、江人、黄人会于阳谷。"○《隋书·房彦谦传》："彦谦谓高颎曰：清介孤直，未必高名。"○东浪句，冯曰："谓年华易逝。"○《说文》曰："飙，扶摇风也。"冯曰："此谓悲秋之感。"○《诗·蒹葭》曰："道阻且跻。"毛传曰："跻，升也。"○《易·系辞上》曰："书不尽言，言不尽意。"○何平叔《景福殿赋》曰："金楹齐列。"《淮南子·说林训》曰："大厦成而燕雀来贺。"○《大戴礼·劝学篇》曰："玉居山而木润，渊生珠而岸不枯。"《荀子·劝学篇》《淮南·说山训》《文子·上德篇》《史记·龟策传》皆有此二语。○《后汉书·窦融传》：融上书曰："故遣刘钧口陈肝胆。"○《庄子·大宗师篇》："意而子曰：夫无庄之失其美，据梁之失其力，黄帝之亡其智，皆在炉捶之间耳。"《释文》曰："捶本又作锤。"成玄英疏曰："炉，灶也；锤，锻也。"

上尚书范阳公启

《旧唐书·卢简辞传》曰："简辞范阳人。弟弘正字子强，大中三年检校户部尚书，出为徐州刺史武宁军节度使。"《文苑·李商隐传》曰："大中三年入朝，京兆尹卢弘正奏署掾曹。明年，令狐绹作相，商隐屡启陈情，绹不之省，弘正镇徐州，又从掌书记。"义山《樊南乙集序》曰："十月，尚书范阳公以徐戎凶悍，节度阙判官，奏入幕。"冯孟亭《玉谿生年谱》曰："按弘正表辟在十月，奏为判官，非掌书记，本传误也。"张氏《会笺》曰："《旧唐书》本传云云，马谱信之，因列除辟于四月终，《乙集叙（序）》明言十月，则固在三年也。且系奏为判官，非掌书记，时初得侍御史，《咏怀寄秘阁旧僚诗》：柏台成口号，芸阁暂肩随；薛逢《重送徐州李从事商隐》诗：莲府望高秦御史，可证。其后多称李侍御矣，而二传则浑书于王茂元镇河阳，皆误也。至屡启陈情，自绹内召已然，而是年则篇什为尤多，岂必待大中四年令狐作相时哉？"

某启：仰蒙仁恩，俯赐手笔。将虚右席，以召下材。承命恐惶，不知所措。某幸承旧族，蚤预儒林。邺下词人，凤蒙推与；洛阳才子，滥被交游。而时亨命屯，道泰身否。成名逾于一纪，旅宦过于十年。恩旧雕零，路歧悽怆。荐祢衡之表，空出人间；嘲杨子之书，仅盈天下。以上自述。

《汉书·王嘉传》：嘉上疏曰："吏或居官数月而退，中材苟容求全，下材怀危内顾。"○《魏志·王粲传》曰："始文帝为五官将，及平原侯植皆好文学，王粲与徐幹、陈琳、阮瑀、应场、刘桢并见友善。"馀见王子安《滕王阁饯别序》邺水句注。○洛阳才子，见骆宾王《和闺情诗启》。○冯曰："按义山开成二年登进士第，四年为校书郎，调弘农尉，至是则或逾一纪，或过十年。"○《后汉书·文苑·祢衡传》：孔融上疏荐之曰："使衡立朝，必有可观。若衡等辈，不可多得。"○《汉书·杨雄传》曰："雄方草《太玄》，泊如也。或嘲雄以玄尚白，而雄解之，号曰《解嘲》。"案：嘲与謿字同。又案：子云之姓，俗作从手之扬，非也。（段若膺曰：刘贡父《汉书注》云：扬氏两族，赤泉氏从木，子云自序其受氏从手，而杨修书称修家子云，又似震族，贡父所见雄自序，必是唐以后伪作。王怀祖曰：《汉郎中郑固碑》云：君之孟子，有杨乌之才。乌即雄之子也，则雄姓之不从手明矣。）各本皆沿俗作扬子，今正之。他仿此。又案：仅字有多少两义，（即一积极，一消极。）如杜子美《泊岳阳城下诗》曰："山城仅百层。"韩退之《张中丞传后叙》曰："士卒仅万人。"《与李翱书》曰："家累仅三十口。"皆取多意。此文"仅"字义同，即俗用之"尽"字也。

去年远从桂海，来返玉京。无文通半顷之田，乏元亮数间之屋。隘佣蜗舍，危托燕巢。春畹将游，则蕙兰绝径；秋庭欲埽，则霜露霑衣。免调天官，获升甸壤。归惟却埽，出则卑趋。仰燕路以长怀，望梁园而结虑。以上近来情事。

冯曰："桂海谓桂州，江淹《杂体诗》：文轸薄桂海。"○玉京，见卢昇之《黎君碑》注。冯曰："以玉京喻帝京，诗家习用。"○《旧唐书·文苑·李商隐传》曰："郑亚廉察桂州，请为观察判官，大中初，亚贬循州。"商隐随亚在岭表累载，三年入朝，此言其事也。○江文通《与交友论隐书》曰："望在五亩之宅，半顷之田，鸟赴簷上，水匝阶下，则请从此隐。"陶渊明《归田园居诗》曰："方宅十余亩，草堂八九间。"《晋书·隐逸传》曰："陶潜字渊明，或云渊明字元亮。"○《古今注》卷中曰："蜗牛，陵螺也，野人结圆舍如蜗牛之壳，故曰蜗舍，亦曰蜗牛之舍也。"《魏志·管宁传》裴注引《魏略》：焦先作瓜牛庐止其中，谓瓜当作蜗。○《左传》襄二十九年曰："吴公子札自卫如晋，将宿于戚，闻钟声，曰：异哉！夫子获罪于君以在此，犹燕之巢于幕上。"○《离骚》曰："余既滋兰之九畹兮，又树蕙之百亩。"○霜露沾衣，见《黎君碑》注。冯曰："甸壤谓京县尉，京兆奏署掾曹，此京尹非卢弘正，弘正于三年五月出镇矣。"○江文通《恨赋》曰："敬通见抵，归惟却埽。"○孔文举《论盛孝章书》曰："向使郭隗倒悬而王不解，则士亦将高翔远引，莫有北首燕路者矣。"○《西京杂记》上曰:"梁孝王好宫室苑囿之乐,筑兔园。"又谢惠连《雪赋》曰:"梁王不悦,游于兔园,乃置旨酒,命宾友,召邹生,延枚叟。"

尚书道光士范,德冠民宗。恺悌之化既流,镇静之功方懋。窃思上国投刺,东都及门。惟交抵掌之谈,遂辱知心之契。载惟浮泛,频涉光阴。岂期咫尺之书,终访蓬蒿之宅?感义增气,怀仁识归。便当焚游赵之簦,毁入秦之屩,束书投笔,仰副嘉招。谒谢未间,下情无任感恋之至。谨启。以上谢其见聘。

□蒋曰:"稍有气概,便自出群。"

蔡伯喈《陈太丘碑文》曰:"谥曰文范先生,文为德表,范为士则,存诲没号,不亦宜乎?"○任彦昇《王文宪集序》曰:"既道在廊庙,则理擅民宗。"班孟坚《西都赋》曰:"流大汉之恺悌。"案:《旧唐书·卢弘正传》曰:"大中初,转户部侍郎,充盐铁转运使。前是安邑解县两池盐法积弊,课入不充,弘正特立新法,课入加倍,至今赖之。"案:恺悌之化,似兼指此。○《旧唐书·弘正传》曰:"徐方军士骄怠,有银刀都,前后屡逐主帅。弘正在镇朞年,皆去其首恶,谕之忠义,迄于受代,军旅无哗。"冯曰:"此言其定乱后,绥和镇静。"○唐以河南府为东都,则上国盖指长安。《释名·释书契》曰:"书姓字于奏上曰画刺,作'再拜起居'字,皆达其体使尽边,徐引笔书之如画者也。下官刺曰长刺,书中央一行;又曰爵里刺,书其官爵及郡县乡里也。"冯曰:"按此三者,至今用之也,投刺字见《后汉书·童恢传》。"○《秦策》一曰:"苏秦见赵王,说于华屋之下,抵掌而谈。"高注曰:"抵,据也。"案:字当作扺。《说文》曰:扺,侧击也。○《文选》李陵《答苏武书》曰:"人之相知,贵相知心。"○《赵策》四:范座遗信陵君书曰:"赵王以咫尺之书来。"《汉书·韩信传》曰:"奉咫尺之书。"颜注曰:"八寸曰咫,言或长咫,或长尺,喻轻率也。"○《文选》江文通《诣建平王书》李善注引《三辅决录》曰:"张仲蔚,平陵人,隐身不仕,所居蓬蒿没人。"○袁彦伯《三国名臣赞》曰:"懦夫增气。"○《礼记·礼器》曰:"君子有礼,故物无不怀仁。"○《史记·虞卿传》曰:"虞卿蹑蹻担簦。"蹻,属之借字。○《秦策》一曰:"苏秦去秦而归,赢縢履蹻。"鲍注本赢作蠃。吴氏正之曰:"一本作蠃是也。蠃与缧、累字通用。"○潘安仁《河阳县诗》曰:"弱冠忝嘉招。"冯曰:"按为判官,非书记,故曰东书投笔,而上文曰右席也,古称僚幕中之重者为右职。义山时在判官,故曰右席。"(《新唐书》言义山为卢弘正掌书记,冯辨其误。)

上河东公启

《旧唐书·柳公绰传》曰:"公绰,京兆华原人也。子仲郢字谕蒙,元和十三年进士擢第。大中年转梓州刺史剑南东川节度使。"冯曰:"仲郢辟商隐为判官。河东,柳氏郡望也。仲郢后至咸通初封河东男。"案:冯撰《玉谿生年谱》,以柳仲郢为东川使,在大中六年七月,是年卢弘正卒于镇,徐府罢,入朝,复以文章干令狐绹,乃补太学博士。会河南尹柳仲郢镇东蜀,辟为节度书记检校工部郎中。十月,改判上军。《会笺》据《四证堂碑》定仲郢除东川,在大中五年,谓冯撰年谱,泥于卢弘正大中三年镇徐,及镇徐四年之文,定为大中六年,不知弘正出镇年月已不足据也,因以徐府罢,义山入朝,及入仲郢东川幕府,皆五年中事。可正冯氏之失。

商隐启:两日前,于张评事处,伏睹手笔,兼评事传指意,于乐籍中赐一人以备纫补。先述其事。

义山有《为同州张评事潜谢辟并聘钱启》二首,未知此文张评事即其人否。○徐曰："乐籍，妓女之隶教坊者也，诸州皆有乐籍。"○《礼记·内则》曰："衣裳绽裂，纫箴请补缀。"

某悼伤已来，光阴未几。梧桐半死，才有述哀；灵光独存，且兼多病。眷言息胤，不暇提携。或小于叔夜之男，或幼于伯喈之女。检庾信荀娘之启，常有酸辛；咏陶潜通子之诗，每嗟漂泊。以上自述妻亡子幼。

《旧唐书·文苑》商隐传曰："王茂元镇河阳，辟为掌书记，茂元爱其才，以子妻之。"冯曰："义山于大中五年丧妻王氏"，又《年谱》曰："《乙集序》所云三年已来，丧失家道也。其亡在深秋，《属疾》一章可证。"○枚叔《七发》曰："龙门之桐，高百尺而无枝，其根半死半生。"○冯曰："《文选》江淹《杂体诗》有潘黄门岳《述哀》，谓悼妇诗。"○王文考《鲁灵光殿赋序》曰："自西京未央建章之殿，皆见隳坏，而灵光岿然独存。"○《晋书·嵇康传》曰："康字叔夜。"又《绝交书》曰："男年八岁，未及成人。"○《后汉书·蔡邕传》曰："邕字伯喈。"《艺文类聚·乐部》四引《蔡琰别传》曰："琰字文姬，邕之女。少聪慧秀异，年六岁，邕鼓琴絃绝，琰曰：第二絃。邕故断一絃，琰曰：第四絃。"○庾子山有《谢赵王赉息荀娘丝布启》。案《周书·庾信传》：信子名立。倪鲁玉《庾开府集》注曰："荀娘岂立小字耶！"○陶渊明《责子诗》曰："通子年九龄，但觅梨与栗。"义山《骄儿诗》曰："衮师我骄儿，美秀乃无匹。"又有《杨本胜说于长安见小男阿衮诗》。

所赖因依德宇，驰骤府庭；方思效命旌旄，不敢载怀乡土。锦茵象榻，石馆金台，入则陪奉光尘，出则揣摩铅钝。兼之早岁，志在玄门；及到此都，更敦夙契。自安衰薄，微得端倪。至于南国妖姬，丛台妙妓。虽有涉于篇什，实不接于风流。以上自述风怀久淡。

《晋语》四：寺人勃鞮曰："今君之德宇何不宽裕也？"○谢玄晖《谢随王笺》曰："荣立府庭，恩加颜色。"○潘安仁《寡妇赋》曰："易锦茵以苦席。"《齐策》三曰："孟尝君出行国至楚，献象牙床。"○《文选》鲍明远《放歌行》李善注引《上谷郡图经》："黄金台，易水东南十八里，燕昭王置千金于台上，以延天下之士。"○光尘，见《上杨相公启》。○《秦策》一曰："苏秦得阴符之书，伏而读之，简练以为揣摩。"班孟坚《答宾戏》曰："搦朽磨钝，铅刀皆能一断。"○《迦才净土论》上曰："净土玄门。"○祢正平《鹦鹉赋》曰："嗟禄命之衰薄。"○《庄子·大宗师篇》曰："不知端倪。"○曹子建《杂诗》曰："南国有佳人。"又《名都篇》曰："名都多妖女。"○《文选》张平子《东京赋》曰："赵建丛台于后。"薛注曰："《史记》赵武灵王起丛台。"《水经·浊漳水注》曰："牛首水东迳丛台南，六国时赵王之台也。"○《汉书·地理志》曰："赵地倡优女子，弹弦跕躧，游媚富贵，遍诸侯之后宫。"曹子建《七启》曰："才人妙妓，遗世绝俗。"《后汉书·梁冀传》曰："发取妓女御者。"明北监刊本附刘攽曰："案：古无妙女，当作妓。"按：此则旧本作妙女御者，刊时改之耳，似可为此妙字之据。

况张懿仙本自无双，曾来独立。既从上将，又托英僚。汲县勒铭，方依崔瑗；汉庭曳履，犹忆郑崇。宁复河里飞星，云间堕月，窥西家之宋玉，恨东舍之王昌？诚出恩私，非所宜称。伏惟克从至愿，赐寝前言。使国人尽保展禽，酒肆不疑阮籍。则恩优之理，何以加焉？干冒尊严，伏用惶灼。谨启。以上辞赐妓事。

□清新俊逸，工于言情。

张懿仙，盖即所赐之妓姓名。○《古诗为焦仲卿妻作》曰：

"精妙世无双。"○《汉书·外戚传》：李延年歌曰："北方有佳人，绝世而独立。"○《后汉书·崔瑗传》曰："迁汲令，开稻田数百顷，百姓歌之。"《北堂书钞·政术部》九引《崔氏传》（即《崔氏家传》）曰："瑗为汲令，吏民立碑，颂德纪迹。"○《汉书·郑崇传》曰："哀帝擢为尚书仆射，数求见谏争，上初纳用之，每见曳革履。上笑曰：我识郑尚书履声。"冯曰："汲县顶英僚，汉庭顶上将，皆以喻其所欢。"○河里飞星，用织女渡河事，见杨炯《彭城夫人墓志铭》、崔安成《启母庙碑》注。○谢灵运《东阳溪中赠答诗》曰："可怜谁家郎，绿流乘素舸。但问情若为，月就云中堕。"○宋玉《登徒子好色赋》曰："臣东家之子，嫣然一笑，惑阳城，迷下蔡。然此女登墙窥臣三年，至今未许也。"○义山《代应诗》曰："谁与王昌报消息？"冯注曰："梁武帝《河中之水歌》：恨不早嫁东家王。洪容斋《随笔》所云不早嫁东家王，莫详其义（案：此见《三笔》卷十一）。《襄阳耆旧传》：王昌，字公伯，为东平相，散骑常侍，早卒，妇任城王曹子文女（《御览·服章部》六引）。钱希言《桐薪》意其人身为贵戚，出相东平，则姿仪俊美，为世所共赏可知。按王昌，唐人习用，崔颢云：十五嫁王昌（《王家少妇诗》），上官仪云：东家复是忆王昌（《和太尉戏赠高阳公诗》），必有事实，今无可考耳。再检《襄阳耆旧传》云：昌弟式字公仪，妇是尚书令桓阶女，昌母有典教，二妇入门，皆令变服下车，不得逾侈。后阶子嘉尚魏主，欲金缕衣见式，妇归，嘉止之曰：其姬严，不须持往，犯人家法（亦《御览·服章部》六引）。则诗之王昌，必非用此，旧注引之谬也。又按《隋书·诚节·刘子翊传》，昔长沙人王毖，汉末为上计，诣京师，既而吴、魏隔绝，毖于内国更娶，生子昌，毖死后，为东平相，始知吴之母亡，便情系居重，不摄职事，当即东平相之王昌也，与所云'昌母有典教，二妇入门'之事又不相合，总非唐人艳体所用之王昌矣。"○《诗·巷伯》毛传曰:"鲁人有男子,独处于室,邻之釐妇(釐、嫠字通)室坏,趋而托之,男子闭户而不纳,妇人自牖与之言曰:子何不若柳下惠然?妪不逮门之女,国人不称其乱。"《荀子·大略篇》曰:"柳下惠与后门者同衣,国人不称其乱。"段若膺《诗经小学》曰:"此俗所谓坐怀不乱也,后门即不逮门,不及门,无宿处也。"《礼记·乐记》注曰:"以体曰妪。"○《世说新语·任诞篇》曰:"阮公邻家妇有美色,当垆沽酒,阮与王安丰常从妇饮,阮醉便眠其妇侧,夫始殊疑之,伺察终无他意。"

祭全义县伏波庙文

《元和郡县志》曰:"岭南道桂州全义县,本汉始安县之地。武德四年,分置临源县,大历三年改为全义县。"《太平寰宇记》曰:"桂州临桂县:伏波庙在郭中府之东北二里,即马伏波之祠。唐乾符二年敕封为昭灵王。"案:兴安县(宋避太宗讳改全义为兴安),即今广西兴安县治。不载伏波庙。又案:此文乃义山大中元年在桂幕作。

年月日,观察处置使兼御史中丞郑某,谨遣全义县令韦必复,以酒牢之奠,昭赛于汉伏波将军新息侯马公。越城旧疆,汉将遗庙。一派湘水,万重楚山。比颍川哀氏之台,悲同异日;方汝水周公之渡,感极当时。以上因祭伏波庙,而兴吊古之感。

《旧唐书·宣宗纪》曰:"大中元年二月,以给事中郑亚为桂州刺史御史中丞桂管防御等使。"《郑畋传》曰:"荥阳人也。父亚,字子佐。元和十五年,擢进士第,李德裕深知之,出镇浙西,辟为从事。会昌初,为监察御史给事中,德裕罢相,授亚正议大夫,出为桂州刺史御史中丞桂管都防御经略使。"冯孟亭

《玉豁生年谱》曰："大中元年，郑亚廉察桂州，请商隐为掌书记。"（《会笺》曰：案《樊南甲集叙》：大中元年被奏入岭掌表记；《补编》：《为荥阳公上荆南郑相公状》云：李支使商隐虽非上介，曾受殊恩，抒其投迹之心，遂委行人之任。《新唐书·百官志》：观察使副使支使判官掌书推官巡官衙推随军要籍进奏官各一人，是义山以支使而兼掌书记。新、旧《唐书》本传皆言请公判官，非也。）○《后汉书·马援传》曰："援字文渊，扶风茂陵人也。建安十七年，交阯女子征侧及女弟征贰反，攻没其郡，九真、日南、合浦蛮夷皆应之，寇略岭外六十馀城，于是玺书拜援伏波将军，南击交阯。援缘海而进，随山刊道千馀里，十八年春，军至浪泊上，与贼战，破之，追征侧等数败之。明年正月，斩征侧、征贰，封援为新息侯。"○《元和郡县志》曰："桂州全义县：故越城在县西南五十里，汉高后时，遣周灶击南越，赵佗据险为城，灶不能踰岭，即此也。"○《元和郡县志》曰："全义县，湘水出县东南八十里阳朔山下，经零陵郡西十里，阳朔山即零陵山也。其初则觞为之舟，至洞庭，日月若出入其中。"案《水经·湘水篇》曰："出零陵始安县阳海山。注曰：即阳朔山也。"《清一统志》曰："广西桂林府：阳海山在兴安县南九十里。"○《水经·颍水注》曰："颍又东南，汝水枝津注之，水上承汝水别渎于奇洛城东三十里，世谓之大㶏水也，汝水别渎又东迳公路台北，台临水方百步，袁术所筑也。汝南别渎又东迳西门城，即南利也。"《清一统志》曰："河南陈州府：南利城在商水县南。"○《水经·汝水注》曰："汝水又东迳成安县故城北，又东为周公渡，借承休之徽号，而有周公之嘉称也。汝水又东，黄水注之，水出梁山，东南迳周承休县故城，东为承休水。"《汉书·恩泽侯表》曰："武帝元鼎四年，封周子南君姬嘉，传至初元五年，更封君延年为周承休侯。"《清一统志》曰："河南汝州：承休故城在州东。案今为临汝县。"

呜呼！昔也投隙建功，因时立志。隗将军坐谈西伯，弃去无归；梁伯孙自降王姬，虽来不起。以若画之眉宇，开聚米之山川。扶风里中，讵守钱而为虏？德阳殿下，宁相马以推工？怅望关西，趋驰陇右。事嫂冠戴，诫侄书成。龙伯高之故人，出言有所；公孙述之刺客，相待何轻。以上总述伏波平生志事。

《后汉书·公孙述传论》曰："不能因隙立功，以会时变。"《窦融传论》曰："拔起风尘之中，以投天隙，此徼功趣势之士也。○《后汉书·马援传》："援尝谓宾客曰：丈夫为志，穷当益坚，老当益壮。"○《马援传》曰："援避地凉州，因留西州，隗嚣甚敬重之。建武四年，嚣遣援奉书洛阳。援归陇右，嚣雅信援，故遂遣长子恂入质，援因将家属随恂归洛阳。"《隗嚣传》曰："嚣字季孟，天水成纪人也。共推为上将军，遣诸将徇陇西、武都、金城、武威、张掖、酒泉、敦煌皆下之。更始二年，遣使征嚣，遂至长安，更始以为御史大夫。赤眉入关，三辅扰乱，嚣亡归天水，复招聚其众，据故地，自称西州上将军。"论曰："若嚣命会符运，敌非天力，虽坐论西伯，岂多嗤乎？"○《马援传》曰："援尝有疾，梁松来候之，独拜床下，援不答，松去后，诸子问曰：梁伯孙帝婿，贵重朝廷，大人奈何独不为礼？援曰：我乃松父友也，虽贵何得失其序乎？松由是恨之。援营壶头，中病，（文已见《为李贻孙上李相公启》，此节引。）耿舒与兄好畤侯弇书，弇奏之，帝乃使虎贲中郎将梁松乘驿责问援，因代监军，会援病卒，松遂因事陷之。帝大怒，追收援新息侯印绶。"《梁松传》（附父统传后，统安定乌氏人。）曰："松字伯孙，少为郎，尚光武女舞阴长公主，再迁虎贲中郎将。"○《马援传》曰："援为人明须发，眉目如画。"注引《东观汉记》曰："援长七尺五寸，色理发肤眉目容貌如画。"○《马援传》曰："建武八年，帝西征嚣至漆，诸将多以王师之重，不宜远入险阻，计尤豫未决。会召援夜至，帝大喜，引入，具以群议质之，援因说隗嚣将帅有土崩之势，兵进有必破之状。又于帝前聚米为山谷，指画形势，开示众军所从道径往来，分析曲折，昭然可晓。帝曰：虏在吾目中矣。"〇汉右扶风茂陵县在今陕西兴平县东北。〇《马援传》曰："转游陇、汉间，因处田牧，至有牛马羊数千头，谷数万斛，既而叹曰：凡殖货财产，贵其能施赈也，否则守钱虏耳。乃尽散以班昆弟故旧。"〇《后汉书·锺离意传》注引《汉宫殿名》曰："北宫中有德阳殿。"《艺文类聚·居处部》二引《汉官典职》曰："德阳殿周旋容万人，激洛水于殿下。"〇《马援传》曰："援好骑，善别名马，于交阯得骆越铜鼓，乃铸为马式，还上之。马高三尺五寸，围四尺四寸。有诏置于宣德殿下。"冯曰："文以宣德为德阳，《英华辨证》已疑之。(《英华辨证》有公孙渊一条，无此，似误记。) 而徐曰：《艺文类聚》引《东观汉记》云：诏置马德阳殿下（《兽部上》），义山本此，不可谓误也。愚考援二十四年征五溪蛮，明年病卒，而《锺离意传》永平三年大起北宫，意上疏谏，后出为鲁相，德阳殿成，百官大会，帝思意言，谓公卿曰：锺离尚书若在，此殿不立。然则置马德阳，诚已有误，义山又踵其误耳。"〇"怅望关西"二句，冯曰："援家本关西，久留陇右，二句遡其来归光武之先，非指建武十一年拜援陇西太守。"〇《马援传》曰："敬事寡嫂，不冠不入庐。"〇《马援传》曰："兄子严、敦并喜讥议，而通轻侠客，援在交阯，还书诫之。"〇《马援传》："《诫兄子书》曰：龙伯高敦厚周慎，口无择言，谦约节俭，廉公有威，吾爱之重之，愿汝曹效之。"〇《马援传》曰："建武四年冬，嚣使援奉书洛阳，引见于宣德殿，援曰：臣与公孙述同县，少相善，臣前至蜀，述陛戟而后进臣，臣今远来，陛下何知非刺客奸人，而简易若是？"《文苑英华》述作渊，《辨证》卷二曰：渊集作弘，俱非，疑当作述。案：

《全唐文》及徐、冯二本皆改正。

鸢泊启行，蛮溪请往。铜留铸柱，革誓裹尸。男儿自立边功，壮士犹羞病死。漓湘之浒，祠宇依然。岂独文宣之陵，不生刺草？更若武侯之垅，仍有深松。以上叙其征蛮病死，留有祠庙。

《马援传》曰："援劳飨军士，从容谓官属曰：当吾在浪泊西里间，下潦上雾，毒气重蒸，仰视飞鸢，跕跕堕水中。"〇"蛮溪"句见上注。《水经·沅水注》曰："辰水又右会沅水，名之为辰溪口。武陵有五溪，谓雄溪、樠溪、无溪（《南史·蛮传》作武溪）、酉溪、辰溪其一焉。夹溪悉是蛮左所居，故谓此蛮为五溪蛮也。"《清一统志》曰："湖南辰州府：酉水在沅陵县西北，一名酉溪。辰水在辰溪县西南，亦名辰溪。雄溪在辰溪县西。沅州府：无水，在郡城（今芷江县）西南。惟不载樠溪所在。当亦在旧郡沅、辰间也。"〇《水泾·温水注》曰："昔马文渊积石为塘，达于象浦，建金标为南极之界。"俞益期笺曰："马文渊立两铜柱于林邑岸北，有遗兵十馀家不返，居寿泠岸南，而对铜柱，悉姓马，自婚姻。交州以其流寓，号曰马流，山川移易，铜柱今复在海中，正赖此民以识故处也。《林邑记》曰：马援树两铜柱于象林南界，与西屠国分汉之南疆也。"〇《马援传》曰："初援军还将至，故人多迎劳之，平陵人孟冀贺援，援谓之曰：男儿要当死于边野，以马革裹尸还葬耳，何能卧床上，在儿女子手中邪？冀曰：谅为烈士，当如此矣。"〇《水经·漓水篇》曰："漓水亦出阳海山。"注曰："漓水与湘水出一山而分源也。湘、漓之间，陆路广百馀步，谓之始安峤，峤即越城峤也。"《清一统志》曰："广西桂林府：漓江源出兴安县阳海山，至汉潭与众流汇，乃分湘、漓二流，南流为漓水。"《诗·葛藟》毛传曰："水厓曰浒。"〇《水经·泗水注》曰："今泗水南有夫子冢墓，茔方一里，在鲁城北六里泗水上。《皇览》曰：弟子各以四方奇木来植，故多诸异树，不生棘木刺草。今则无复遗条矣。"《旧唐书·礼仪志》四曰："开元二十七年制曰：夫子既称先圣，可追谥为文宣王。"《清一统志》曰："山东兖州府：孔林在曲阜县北二里。"〇《蜀志·诸葛亮传》曰："亮遗命葬汉中定军山，因山为坟，冢足容棺。景耀六年，魏镇西将军锺会征蜀至汉川，合军士不得于亮墓所左右刍牧樵采。"《水经·沔水注》一曰："沔水又东迳沔阳县故城南，其城南临汉水，北带通逵，南对定军山。诸葛亮之死也，遗令葬于其山，因即地势，不起坟垅，唯深松茂柏，攒蔚川阜，莫知墓茔所在。"《清一统志》曰："陕西汉中府：诸葛武侯墓，在沔县南定军山。"

　　向我来思，停车展敬。一樽有奠，五马忘归。及申望岁之祈，又辱有秋之泽。云兴柱础，电绕墙藩。何烦玉女之投壶，方闻天笑？不待樵人之取箭，已见风迴。敢忘黍稷之馨，用报京坻之赐。属以时非行县，不获躬诣灵坛。词托烟波，意传天壤。既谢三时之泽，兼论千载之交。勿负至诚，以孤玄契。以上致祭。

　　□考义按部，选辞就班，循循规矱之作，而情韵不匮，隐有寄托，尤为难得。〇祭文骈俪不用韵，六朝已有此体。

《诗·采薇》曰："今我来思。"《汉广》毛传曰："思辞也。"〇胡元任《苕溪渔隐丛话前集》卷六曰："《邂斋闲览》云：世谓太守为五马，庞几先云：古乘驷马车，至汉时太守出则增一马，事见《汉官仪》也。《学林新编》云：古《陌上桑（罗敷行）》曰：使君从南来，五马立踟蹰。子美诗，用'五马'甚多，注诗者引《陌上桑》五马以释之，非也。"案：《陌上桑》亦用五马为使君事者也。说者谓《汉官仪》朝臣出使以四马，太守加一马为五马。《苕溪渔隐》曰，五马事当以《邂斋》《学林》二说出《汉官仪》者为是。《楚辞·九歌·东君》曰："观者憺兮忘归。"
○《淮南子·说林训》曰："山云蒸，柱础润。"○"电绕"句，见上篇注。○玉女投壶，见崔安成《启母庙碑》注。○《后汉书·郑弘传》注引孔灵符《会稽记》曰："射的山南有白鹤山，此鹤为仙人取箭，汉太尉郑弘尝采薪，得一遗箭，顷有人觅弘还之，问何所欲。弘识其神人也，曰常患若耶溪载薪为难，愿旦南风、暮北风，后果然，故若耶溪风至今犹然，呼为郑公风也。"冯曰："风迴兼用《书·金縢》天乃雨返风，禾则尽起。"○《左》僖六年引《周书》曰："黍稷非馨，明德惟馨。"《书》伪古义《君陈》取之。○《诗·甫田》曰："曾孙之庾，如坻如京。"毛传曰："京，高丘也。"郑笺曰："庾，露积谷也。坻，水中之高地也。"○冯曰："行县，刺史巡行属县，如《汉书·隽不疑传》：为京兆尹，行县录囚。亦曰行部，如《后汉书·光武帝纪》：考察黜陟，如州牧行部事。"○应休琏《与岑文瑜书》曰："躬自暴露，拜起灵坛。"○曹子建《洛神赋》曰："托微波而通辞。"○《左》桓六年：季良曰："三时不害。"

道士胡君新井碣铭　并序

《云笈七签》卷一百二十一《道教灵验记》曰："胡尊师名宗，自称曰欓（孚郭切），居梓州紫极宫，尝沿江入峡，道中遇神人授真仙之道，辨博赅赡，文而多能，斋醮之事，未尝不冥心涤虑以祈感通。梓之连帅，皆贤相重德，幕下尽皆时英硕才，如周相国李义山，毕加敬致礼，其志亦泊如也。"《舆地纪胜》：潼川路潼川府载碑记曰：《道士胡君新井碣铭》，见《李义山集》。

梓潼帅所治，城东北一里，有宫曰紫极宫，宫有道士，曰胡君宗一。东都佐汉，尚书即谏于探筹；南国仕梁，游击还闻于奉镜。既还闺紫府，纳陛丹台；遂摆落家声，而削除世系。今乃玄元之遐胄，玉皇之后昆。以上叙其先世，及其归依道教。

《元和郡县志》曰："剑南道梓州，今为东川节度使理所。"《旧唐书·地理志》曰："剑南道梓州，隋新城郡，武德元年改为梓州，天宝元年改为梓潼郡，乾元元年复为梓州。乾元后分蜀为东西川，梓州恒为东川节度使治所。"案：唐梓州治郪县，在今四川三台县南。○《旧唐书·玄宗纪》曰："天宝二年三月，改西京玄元庙为太清宫，东京为太微宫，天下诸郡为紫极宫。"○《后汉书·胡广传》曰："广迁尚书仆射，顺帝欲立皇后，而贵人有宠者四人，莫知所建，议欲探筹，以神定选，广与尚书郭虔、史敞上疏谏，帝从之。"○钱曰："《梁书·王珍国传》：珍国为游击将军。迁宁朔将军。义师起，东昏召珍国以众还京师，入顿建康城，义师至，使珍国出屯朱雀门，为王茂先所败，乃入城。仍密遣郄纂奉明镜献诚于高祖。"按：奉镜事与胡无涉，惟《梁书·武帝纪》云：永元三年十月，东昏遣征虏将军王珍国率军胡兽牙等列阵于航南大路，一时土崩，珍国斩东昏，送首义师，文疑因此牵合。○《尔雅·释宫》曰："宫中之门谓之闱，其小者谓之闺。"《十洲记》曰："青丘有紫府宫，天真仙女游于此地。"○《汉书·王莽传上》曰："朱户纳陛。"注孟康曰："纳，内也，谓凿殿基际为陛，不使露也。"《白帖》卷二十六曰："紫阳真人周季通入蒙山，遇羡门子，再拜乞长生诀，羡门子曰：名在丹台玉室中，何忧不仙？"○陶渊明《饮酒诗》曰："摆落悠悠谈。"○《魏志·管宁传》注引《傅子》曰："宁著氏姓歌，以原本世系。"○玄元见卢昇之《黎君碑》注。○《初学记·道释部》引《龟山元录经》曰："高上玉皇上圣帝君九天玉真，皆德空洞以为宇，合二气以为名。"

青骨绿筋，玄邱白志，洞士之须面，处子之肌肤。舌响琼钟，骨摇金鏁；霞烘帔薄，箨嫩冠攲。开天上之文房，应收笔砚；入人间之武库，未见戈矛。其禀质之秀也如此。以上禀质。

《黄庭内景经》曰："骨青筋赤髓如霜。"《酉阳杂俎》卷二曰："白志见腹，名在璚简者；目有绿筋，名在金赤书者，皆上仙也。其次腹有玄丘，亦仙相。"○"处子"句，见卢昇之《黎君碑》注。○琼钟，见《黎君碑》。○《净住子》曰："若善庄严不解，众生肢节得佛钩锁骨相。"○《御览·道部》十七引《太极金书》曰："元始天帝被九色罗帔丹绛之裙，珠绣霞帔。"又引《雌一五老经》曰："太素三元君服紫气浮云帔。"○《南齐书·高逸·明僧绍传》曰："高祖遗僧绍竹根如意笋箨冠。"○《梁书·江革传》：任昉与革书曰："此段雍府，妙选英才，文房之职，总卿昆季。"○《晋书·陆机传》："弟云尝与书曰：君苗见兄文，辄欲烧其笔砚。"○武库，见王子安《滕王阁饯别序》注。《世说新语·赏誉篇上》裴令公曰："见锺士季，如观武库，但睹矛戟。"

青囊药圣，缃扆方神，华阳之洞里茯苓，汤谷之肆中甘草，神忧智藏，鬼谢秋夫。以刮云长者为凶，以针孟德者为忍。郭太医两难之说，无乃疎乎？徐从事九转之方，既闻命矣。其造微之术也又如此。以上医术。

《晋书·郭璞传》曰："有郭公者，精于卜筮，璞从之受业，公以青囊中书九卷与之，由是遂洞五行天文卜筮之术。"《拾遗记》二曰："周昭王梦有人衣服并皆毛羽，因名羽人，梦中与语，问以上仙之术，羽人乃以指画王心，应手即裂，王乃惊寤，因患心疾，即却膳撤乐，移于旬日，忽见所梦者复来语王曰：先欲易王之心。乃出方寸绿囊，中有续脉明丸补血精散，以手摩王之臆,俄而即愈,王即请此药,贮以玉缶,缄以金绳。"○钱曰:"衺疑当作袭。《北堂书钞》(《艺文部》十):《华佗别传》云:佗以绿缣为书袭,中有秘要之方。"○《南史·隐逸下·陶弘景传》曰:"永明中,脱朝服挂神虎门,上表辞禄,诏许之,赐以束帛,敕所在月给茯苓五斤,白蜜五升,以供服饵。于是止于句容之句曲山,恒曰,此山下是第八洞宫,名金坛华阳之山,周回一百五十里。昔汉有咸阳三茅君得道,来掌此山,故谓之茅山,乃山中立馆,自号华阳隐居。"○《三洞珠囊》卷三曰:"甘草丸方,出《南岳魏夫人传》。"《御览·道部》十三引《上元宝经》曰:"清虚王真人授南岳魏夫人谷仙甘草丸方。"《黄庭内景经》务成子注叙曰:"扶桑大帝君命旸谷神仙王传魏夫人。"又互见《黎君碑》注。案:汤谷即旸谷,《书·尧典》旸谷,《史记·五帝本纪》《索隐》谓旧本作汤谷,其引《淮南子》日出汤谷,今《天文训》作旸谷,即其证也。○《隋书·艺术·许智藏传》曰:"智藏,高阳人也。秦孝王俊有疾,上驰召之,后夜中,梦其亡妃崔氏泣曰:本来相迎,比闻许智藏将至,其人若到,当必相苦,为之奈何,明夜俊又梦崔氏曰:妾得计矣,当入灵府中以避之。及智藏至,为俊诊脉曰:疾已入心,即当发痫,不可救也。果如言。"○《南史·徐文伯传》(附《张劭传》后)曰:"徐熙子秋夫,仕至射阳令,尝夜有鬼呻,声甚凄怆,秋夫问何须?答言姓某,家在东阳,患腰痛,死虽为鬼,痛犹难忍,请疗之。秋夫曰:云何厝法?鬼请为刍人,案孔穴针之,秋夫如言,为灸四处,又针肩井三处,设祭埋之,明日见一人谢恩,忽然不见,当世服其通灵。"○《蜀志·关羽传》曰:"羽字云长,尝为流矢所中,贯其左臂,后创虽愈,每至阴雨,骨常疼痛。医曰:矢镞有毒,毒入于骨,当破臂作创,刮骨去毒,然后此患乃除耳。羽便伸臂令医劈之,时羽适请诸将,饮食相对,臂血流离,盈于盘器,而羽割炙引酒,言笑自若。○《后汉书·方术下·华佗传》曰:"曹操召佗，常在左右，操积苦头风眩，佗针随手而差。"○《后汉书·方术下·郭玉传》曰："广汉雒人也。和帝时为太医丞，多有效应，而医疗贵人，时或不愈。帝乃令贵人羸服变处，一针即差，诘问其状，对曰：夫贵者，处尊高以临臣，臣怀怖慑以承之，其为疗也，有四难焉。自用意而不任臣，一难也。将身不谨，二难也。骨节不强，不能使药，三难也。好逸恶劳，四难也。"钱曰："两当作四。"○钱曰："按《隋书·经籍志》所录徐氏方书甚多，撰者徐叔向、徐嗣伯、徐大山、徐文伯、徐悦、徐滔、徐奘诸人，此从事未知何指，抑别有人也。又有《太极真人九转还丹经》一卷。"

　　膺是美禄，以资玄游。叹楚俗之醉稀，怨中山之醒早。历城伏日，会稽暮春。麴枕凌晨，莲筩落晚。覆景升之伯雅，倒季伦之接䍦。比者解醒，多调琬涎；向来已渴，例用琼浆。千锺粗戒于初筵，百榼未成于荒宴。其寄情之远也又如此。以上耽酒。

　　《汉书·食货志下》曰："酒者，天下之美禄。"○《庄子·知北游》曰："知北游于玄水之上。"○《搜神记》卷十九曰："狄希，中山人也，能造千日酒，时有州人姓刘名玄石好饮酒，往求之，希饮之曰：只此一杯，可眠千日也。石至家醉死，家人葬之，经三年，希曰：玄石必应酒醒，往石家，命其家人凿冢破棺看之，冢上汗气彻天，遂命发冢，方见开目张口，引声而言曰：快哉醉我也。"又见《博物志》五。○《酉阳杂俎》卷七曰："历城北有使君林，魏正始中，郑公悫三伏之际，每率宾僚避暑于此，取大莲叶置砚格上，盛酒二升，以簪刺叶，令与柄通，屈茎上轮菌，如象鼻传噏之，名为碧筩杯。"○王逸少《兰亭集序》曰："永和九年，岁在癸丑，暮春之初，会于会稽山阴之兰亭，修禊事也。"○刘伯伦《酒德颂》曰："捧罂承槽，衔杯漱醪。奋髯箕踞，枕麹藉糟。"○《后汉书·刘表传》曰："表字景升。"《意林》卷五引《典论》曰："荆州牧刘表，跨有南土，子弟骄贵，以酒器名三爵，上者曰伯雅，受七胜，(《御览·人事部》一百三十八引胜作升，下同。周耕崖《意林注》曰：胜、升古字通用。)中雅受六胜，季雅受五胜。"○《晋书·山简传》(附父涛传后)曰："简字季伦，永嘉三年镇襄阳，唯酒是耽，诸习氏荆土豪族，有佳园池，简每出游嬉，多之池上，置酒辄醉，名之曰高阳池。时有童儿歌曰：山公出何许，往至高阳池。日夕倒载归，酩酊无所知。时时能骑马，倒著白接䍦。举鞭向葛疆，何如并州儿？"《广韵》五支曰："接䍦，白帽。"○《世说新语·任诞篇》曰："刘伶病酒渴甚，从妇求酒，妇捐酒毁器，涕泣谏曰：君饮太过，非摄生之道，必宜断之。伶曰：甚善，我不能自禁，唯当祝鬼神，自誓断之耳。便可具酒肉。妇曰：敬闻命，供酒肉于神前，请伶祝誓，伶跪而祝曰：天生刘伶，以酒为名，一饮一斛，五斗解酲，妇人之言，慎不可听。便引酒进肉，隗然已醉矣。"(刘孝标注曰：见《竹林七贤论》。)案：酲原误醒。○钱曰："涎疑当作液。《拾遗记》：王母荐穆王琬液清觞。"(《拾遗记》卷三曰：西王母荐清澄琬琰之膏以为酒，而无此文，盖据类书引而误。)○《楚辞·九思·疾世》曰："吮玉液兮止渴。"○《楚辞·招魂》曰："华酌既陈，有琼浆些。"○《孔丛子·儒服篇》曰："平原君与子高饮，强子高酒曰：昔有遗谚：尧舜千锺，孔子百觚，子路嗑嗑，尚饮十榼。古之圣贤，无不能饮也。"○《诗序》曰："《宾之初筵》，卫武公刺时也，幽王荒废，媟近小人，饮酒无度，天下化之。"○荒宴，见杜之松《答王绩书》注。

不横何筯，靡对朱杯。昆仑之禾，徒称于商徽；桄榔之面，浪出于丹区。朱鸟含津，苍龙炼气。用庖书为外典，以食蔬为空言。日色九芒，便同业鼎；露华五色，已当僖盘。其绝絫之至也如此。以上导气辟谷。

《晋书·何曾传》曰："曾日食万钱，犹曰无下箸处。"案：筯与箸同。○《汉书·朱博传》曰："博为人廉俭，不好酒色游宴，自微贱至富贵，食不重味，案上不过三桮。"○《海内西经》曰："海内昆仑之墟，在西北帝之下都，上有木禾，长五寻，大五围。"钱曰："商微犹言西域。"○《后汉书·西南夷传》曰："句町县有桄榔木，可以为面。"《南方草木状》卷中曰："桄榔树似栟榈，皮中有屑如面，多者至数斛，食之与常面无异。"《御览·木部》九引《博物志》曰："蜀中有树名桄榔，皮里出屑如面，用作饼食之，谓之桄榔面。"○钱曰："丹区犹言南邦。"○《黄庭内景经》曰："朱鸟吐缩白石源。"梁丘子注曰："朱鸟舌象，白石齿象，吐缩导引津液，谓阴阳之气，流通不绝，故曰源。"○《云笈七签》卷十四《黄庭遁甲缘身经》曰："夫肝者，震之气，水之精，其色青，其神如龙。"又卷四十三《老子存思图》第十四曰："凡行道时所存，清旦先思青云之色，帀满斋堂中，青龙师子，备守前后。"○庖书谓《易》也。《易·系辞下》曰："庖牺氏始画八卦。"孔疏引《帝王世纪》曰："太皞取牺牲以充庖厨，故号庖牺氏。"《莲社高贤传·慧远传》曰："安师许令不废外典。"案：释家以儒书为外典，道家亦然。○食疏原误蔬，今校改。《南齐书·虞悰传》曰："悰善为滋味，和齐皆有方法。豫章王嶷盛馔享宾，谓悰曰：今日肴羞，宁有所遗〔不〕？悰曰：恨无黄颔〔颌〕臛。何曾《食疏》所载也。"○《真诰》卷九东卿司命曰："先师王君，昔见授太上上明堂玄真上经，清斋休粮，存日月在口中，昼存日，夜存月，令大如环，日赤色，有紫光九芒；月黄色，有白光十芒。存咽服光芒之液，常密行之无数。"○钱曰："业疑当作莘。《史记·殷本纪》，阿衡欲干汤而无由，乃为有莘氏媵臣，负鼎以滋味说汤，致于王道。"○《洞冥记》卷二曰："东方朔游吉云之地，帝曰：何为吉云？朔曰：

其国俗以云气占吉凶，若乐事则满室云起，五色照人，著于草树，皆成五色露珠甚甘。帝曰：吉云露可得乎？东方朔走至夕而返，得玄露青露，盛青琉璃，各受五合，跪以献帝，遍赐群臣。群臣得尝者，老者皆少，疾者皆愈。"○《左》僖二十四年曰："晋公子重耳至曹，僖负羁乃馈盘飧寘璧焉。"

至于直置形骸，混齐歌笑。或久留白社，或暂诣丹麾。迟迴而稍至墙东，倏忽而还居灶北。由来箕踞，祢正平未曰狂生；所过粪除，王伯齐□称道士。则固非一端可定，二教能拘。谅不测于仙阶，亦难论其乡品。以上言神化难测，力为下文作势。

江文通《杂诗》拟《殷东阳（仲文）兴瞩》曰："直置忘所宰。"《庄子·大宗师篇》曰："修行无有而外其形骸。"○卢景宣（播）《阮籍铭》曰："混齐荣辱。"阮嗣宗《咏怀诗》曰："歌笑不终宴。"○《晋书·隐逸·董京传》曰："京至洛阳，被发而行，逍遥吟咏，常宿白社中。"○梁昭明太子《和武帝游锺山大爱敬寺诗》曰："谷虚流凤管，野绿映丹麾。"○《后汉书·逸民·逢萌传》曰："萌与平原王君公相友善，君公侩牛自隐，时人为之论曰：避世墙东王君公。"○《后汉书·独行·向栩传》曰："栩性卓诡不伦，恒读《老子》，状如学道，常于灶北，坐板床上，如是积久，板乃有膝踝足指之处。"○《后汉书·文苑·祢衡传》曰："衡字正平，曹操闻衡善击鼓，召为鼓史，衡为渔阳参挝，声节悲壮（壮），颜色不怍。孔融退而数之，见操说衡狂疾，今求得自谢。衡乃坐大营门，以杖捶地大骂，吏白外有狂生，坐于营门。"○王伯齐，伯字上有彦字。钱曰："彦字衍，齐字下脱一字。《后汉书·第五伦传》：伦自以为久宦不达，遂将家属客河东，变姓名自称王伯齐，载盐往来太原、上党，所过辄为粪除而去，陌上号为道士。"○《梁书·徐勉传》曰："勉以孔释二教，殊途同归，撰《会林》五十卷。"○李义府《在巂州遥叙封禅诗》曰："仙阶溢秘柜。"○《世说新语·尤悔篇》曰："温公初受刘司空使劝进，母崔氏固驻之，峤绝裾而去，迄于崇贵，乡品犹不过也。"

然而能持慈宝，不蠹玄枢。忽闻济物之功，聊有寄言之路。尚书河东公作镇之三载也，雨苗均惠，风草驰声。郤元帅之诗书，那宜夺席？曹相国之黄老，未足争鞭。君忽唱曰：斯民也，凡带城闉，毕趋宫井。且蛮沙易滥，寰壤多疎。不可家置银床，人开玉甃。其或踆乌未上，赵尊之户扇方扃；顾兔犹毚，曼倩之窗槅未启。则词人卧病，莫冀沾唇；穷子号冤，无容洒面。况北通上路，南际殊邻。有渡汉之灵牛，有还燕之骏马。少阳用事，抱莹角以来思；畏景无阴，踠奔蹄而至止。苟亏上善，或致中干。君乃于宫之西南，载考水经，仍穷井德。一八四八，鲍侍郎邃尔廋辞；九二九三，郑司农蔼然深义。以上建议浚井。

《老子》曰："我有三宝，持而宝之，一曰慈，二曰俭，三曰不敢为天下先。"○《吕氏春秋·尽数篇》曰："流水不腐，户枢不蝼，动也。形气亦然。"《意林》卷二引蝼作蠹。○柳喻蒙为东川节度使，在大中六年，已见《上河东公启》注。○《诗·下泉》曰："芃芃黍苗，阴雨膏之。"○《论语·子路篇》曰："草上之风必偃。"○《左》僖二十七年曰："晋作三军，谋元帅。赵衰曰：郤縠可，臣亟闻其言矣，说礼乐而敦《诗》《书》，君其试之。"○《后汉书·儒林·戴凭传》曰："拜凭虎贲中郎将，以侍中兼领之，正旦朝贺，百僚毕会，帝令群臣能说经者，更相诘难，义有不通，辄夺其席以益通者，凭遂重坐五十馀席。"

○《史记·曹参世家》曰："参为齐丞相，其治要用黄老术，故相齐九年，齐国安集，大称贤相。二年，萧何卒，参代何为汉相国，举事无所变更，一遵萧何约束。"○《晋书·刘琨传》曰："琨与范阳祖逖为友，闻逖被用，与亲故书曰：吾枕戈待旦，志枭逆虏，常恐祖生先吾著鞭。"○《说文》曰："闉，城曲重门也。"（依段注本）○左太冲《蜀都赋》曰："其间则有金沙银砾。"○杨子云《蜀都赋》曰："东有巴賨。"《华阳国志·巴志》曰："阆中有渝水，賨民多居水左右。"○《宋书·乐志》四：《淮南王篇》曰："后园凿井银作床，金缾素绠汲寒浆。"○江道载（逌）《井赋》曰："穿重壤之十仞兮，构玉甃之百节。"○《淮南子·精神训》曰："日中有踆乌。"高注曰："踆犹蹲也，谓三足乌。"○钱曰："《乐府·神絃歌·宿阿曲》：苏林开天门，赵尊闭地户。（《乐府诗集》卷四十七）按《文选·恨赋》李善注引司马彪《续汉书》曰：赵壹闭门却扫，非德不交。又《后汉书·赵壹传》不道屈尊门下，注：尊谓壹也，敬之故号尊，未知神絃曲之赵尊即赵壹与？抑别一人也。"《说文》："扉，扉也。"○《楚辞·天问》曰："厥利维何，而顾菟在腹？"王注曰："言月中有菟，何所贪利，居月之腹而顾望乎？"洪校菟一作兔。《补注》曰："菟与兔同。"《说文》曰："毚，狡兔也。"○《汉书·东方朔传》曰："朔字曼倩。"《汉武故事》曰："西王母降，东方朔于朱鸟牖中窥之。"《说文》曰："楄，楣间子也。"○"词人"句，钱曰："似用相如消渴事。"案：见《上李相公启》注。○"穷子"句，钱曰："似用《左传》茅经事。"案：见朱少连《陈后主论》注。○张孟阳《剑阁铭》曰："南通邛僰，北达褒斜。"上路，见《上李相公启》末路注。杨子云《长杨赋》曰："遐方疏佐，殊邻绝党之域。"○"渡汉"句，见崔安成《启母庙碑》注。○《燕策》一：郭隗先生曰："臣闻古之君人，有以千金求千里马者，三年不能得，涓人言于君曰：请求之。君遣之三月，得千里马，马已死，买其骨五百金，反以报君。君大怒曰：所求者生马，安事死马而捐五百金？涓人对曰：死马且买之五百金，况生马乎？天下必以王为能市马，马今至矣。于是不能期年，千里之马至者三。"○《汉书·丙吉传》曰："吉代魏相为丞相，吉尝出，逢清道群斗者死伤横道，吉过之不问。吉前行，逢人逐牛，牛喘吐舌，吉止驻，使骑吏问逐牛行几里矣？掾吏独谓丞相前后失问，或以讥吉。吉曰：民斗相杀伤，长安令京兆尹职所当禁备逐捕，岁竟，丞相课其殿最，奏行赏罚而已，非所当于道路问也。方春少阳用事，未可大热，恐牛近行用暑故喘，此时气失节，恐有所伤害也。三公典调和阴阳，职所当忧，是以问之。掾吏乃服，以吉知大体。"○《世说新语·汰侈篇》曰："王君夫有牛名八百里驳，常莹其蹄角。"《诗·无羊》曰："尔牛来思。"○《庄子·渔父篇》曰："人有畏影恶迹，而去之走者，举足愈数，而迹愈多，走愈疾而影不离身，自以为尚迟，疾走不休，绝力而死，不知处阴以休影，处静息迹，愚亦甚矣。"《汉书·枚乘传》奏书吴王同此，影作景。○《文选》班孟坚《东都赋》曰："马踠馀足。"李善注曰："踠，屈也。"《诗·夜如何其》曰："君子至止。"○《老子》曰："上善若水，水善利万物而不争。"○《左》僖十五年：庆郑曰："外强中干。"○《隋书·经籍志》史部，地理有《水经》三卷，郭璞注。（《旧唐书志》作郭璞撰，《新唐书志》作桑钦。）又《水经》四十卷，郦善长注。○《易·系辞下》曰："井，德之地也。"○《南史·鲍照传》（附《宗室·临川烈武王道规传》后）曰："照字明远，东海人。尝谒义庆（道规甍，义庆袭封临川王。）奏诗，义庆奇之，赐帛二十匹。寻擢为国侍郎。"案：鲍明远《井字谜诗》曰："二形一体，四支八头。四八一八，飞泉仰流。"《晋语》五："范文子曰：有秦客廋辞于朝。"韦注曰："廋，隐也，谓以隐伏谲诡之言，问于朝也。"○《后汉书·郑玄传》曰："公车征为大司农，以病自乞还家。"《易·井》九二曰："井谷射鲋。"《文选》左太冲《吴都赋》刘渊林注引郑曰："九二坎爻也。坎为水，下直巽九三，（《选》注下作上，巽作鱼，九三作生一，皆误。今依王伯厚、惠定宇及诸家辑郑注校改。）艮爻也，艮为山，山下有井，必因谷水，所生鱼无大鱼，但多鲋鱼耳。"又《井》九三曰："井渫不食，为我心恻。"《文选》王仲宣《登楼赋》李善注引郑曰："谓已浚渫也，犹臣修正其身以事君也。"

将就厥志，必求所同。时则有若我同僚六君子者，窦将军之府内，玄甲朱旗；王太尉之幕中，红莲渌水。偕崇虚室，并摄灵台。阴功共矢于三千，久际同期夫八百。倒夫筐篚，竭以杼机。君乃指此甘凉，毕其沟沼。烟移宋畲，雷动刘锹。晋块咸除，泾泥尽漉。靡逾浃日，遂洌寒泉。复博采贞珉，遐求怪琢。混沌之凿，几裂云根。朴属之车，争驰风磴。武都引镜，东海分桥，下壁立以呈坚，上觚棱而显巧。方流与洁，灵沼分清。丹灶飞华，宁有代僵之李？赤箫遗响，终无半死之桐。隅落松门，藩篱桧殿。未飞劫烬，尚纽坤维。武夷重谯于曾孙，宣岳更歌夫阿母。亦永绝无禽之咎，终微射鲋之虞。以上幕中同僚相助浚井成功。

《后汉书·班固传》（附父彪传后）曰："永元初，大将军窦宪出征匈奴，以固为中护军，与参议。"《窦宪传》（附曾祖融传后）曰："会南单于请兵北伐，乃拜宪车骑将军，以执金吾耿秉为副，与北单于战于稽落山，大破之。宪、秉遂登燕然山，刻石勒功，纪汉威德，令班固作铭。"案：班孟坚《燕然山铭》曰："玄甲耀日，朱旗绛天。"〇《南齐书·王俭传》曰："俭薨，追赠太尉。"馀见杨炯《彭城公夫人墓志》芙蓉之水注。〇《庄子・人间世篇》曰:"虚室生白,吉祥止止。"又《淮南・俶真训》高注曰:"虚室,心也。"○《庄子・庚桑楚篇》曰:"不可内于灵台。"郭注曰:"灵台,心也。"○《真诰》卷五曰:"积功满千,虽有过故得仙。"《七签》卷八十九,《诸真语论》,天尊告圣行真士曰:"有三千善,则为圣真仙曹掾。"○《老子》曰:"有国之母,可以长久,是谓深根固柢,长生久视之道。"案:柢、视字同。《列子・力命篇》曰:"彭祖之智,不出尧、舜之上,而寿八百。"○《世说新语・贤媛篇》曰:"王右军郗夫人谓二弟司空中郎曰:王家见二谢倾筐倒庋,见汝辈来平平尔。"○《诗・大东》曰:"杼轴其空。"案:杼原误抒,依钱校改。○《左》襄九年春,"宋灾,乐喜为司城,使伯氏司里陈畚挶。"杜注曰:"畚,篑笼。"○《尔雅・释器》曰:"锹谓之锸。"《晋书・刘伶传》曰:"伶常乘鹿车,携一壶酒,使人荷锸而随之,谓曰死便埋我。"○《左》僖二十三年曰:"晋公子重耳出于五鹿,乞食于野人,野人与之块。"○《汉书・沟洫志》曰:"大始二年,赵中大夫白公奏穿渠引泾水,名曰白渠,民得其饶。歌之曰:泾水一石,其泥数斗。"《说文》曰:"浚,浚也。"○《周礼・天官》太宰之职曰:"挟日而敛之。"郑注曰:"从甲至甲谓之挟日,凡十日。"《释文》曰:"挟字又作浃,同。"○《易・井》九五曰:"井冽寒泉食。"《释文》曰:"冽,洁也。"案:冽原作洌,误,今依《易》校改。《说文》曰:"珉,石之美者。"○《书・禹贡》曰:"铅松怪石。"钱曰:"琜字字书所无,疑璞字之误。"○《庄子・应帝王篇》曰:"南海之帝为儵,北海之帝为忽,中央之帝为浑沌,儵与忽时相与遇于浑沌之地,浑沌待之甚善,儵与忽谋报浑沌之德曰:人皆有七窍,以视听食息,此独无有,尝试凿之,日凿一窍,七日而浑沌死。"○陆士衡《感时赋》曰:"凝行雨于云根。"○《考工记》曰:"察车自轮始,凡察车之道,欲其朴属而微至。"郑注曰:"朴属犹附着坚固貌也。"○鲍明远

《过铜山掘黄精诗》曰："既类风门磴，复象天井壁。"○《华阳国志·蜀志》曰："武都有一丈夫，化为女子，美而艳，盖山精也。蜀主纳为妃，不习水土，无几物故。蜀王哀之，乃遣五丁之武都担土，为妃作冢，盖地数亩，高七丈，上有石镜，今武都北角武担是也。"○《述异记》上曰："秦始皇作石桥于海上，欲过海观日出处，有神人驱石，去不速，神人鞭之，皆流血。"○张孟阳《剑阁铭》曰："壁立千仞。"○班孟坚《西都赋》曰："设璧门之凤阙，上觚棱而栖金爵。"○颜延年《赠王太常诗》曰："玉水记方流。"○《诗·灵台》曰："王在灵沼。"○江文通《别赋》曰："守丹灶而不顾。"抱朴子《仙药篇》曰："丹砂汁因泉渐入井，是以饮其水而得寿。"○《宋书·乐志》三《鸡鸣古辞》曰："桃生露井上，李树生桃旁。虫来啮桃根，李树代桃僵。"○《御览·妖异部》二引《白泽图》曰："故井之精名观，状如美女，好吹箫，以其名呼之，即去。"《乐部》十九引《凉州记》曰："吕纂咸宁二年，有盗发张骏墓，得白玉罇、玉笛、紫玉箫。"○魏明帝《猛虎行》曰："双桐生空井。"案：半死见《尚书范阳公启》注。○《说文》曰："隅，陬也。"《后汉书·循吏传》章怀注曰："《广雅》曰：落，居也。"（《释诂》二）案：今人谓院曰落也。○《太平寰宇记》曰："河南道亳州谯县，太清宫玄元旧宅，今有桧树鹿迹存焉。"○劫烬，见吕和叔《药师如来绣像赞》注。○《文选》张景阳《杂诗》曰："大火流坤维。"李注引《淮南子》曰："坤维在西南。"案今《淮南》无此文。《天文训》曰："西南为背阳之维。"高注曰："四角为维也。"○《史记·封禅书》曰："祠武夷君用干鱼。"《索隐》曰："顾氏案《地理志》云：建安有武夷山，溪有仙人葬处，即《汉书》所谓武夷君。"陆鸿渐《武夷山记》曰："武夷君于八月十五日置幔亭，化虹桥，通山下村人，是日太极玉皇太姥、魏真人、武夷君三座，空中告呼村人为曾孙，命男女分坐会酒肴，须臾乐作，乃命行酒,令彭令昭唱人间可哀之曲。"案:义山《武夷山诗》曰:"只得流霞酒一杯,空中箫鼓几时回?武夷洞里生毛竹,老尽曾孙更不来。"○《文选》颜延年《赭白马赋》曰:"觐王母于崑墟,要帝台于宣岳。"李善注曰:"《山海经》有宣山。"(《中山经》)《汉武内传》曰:"阿母今以琼笈妙韫,发紫台之文,赐汝八会之书,五岳真形,至珍且贵矣。"○《易·井》初六曰:"旧井无禽。"○射鲋见上注。

君更以我辈数人,一时之彦,具惟方枭,盍议雕刊。疑余曾梦彩毫,或吞文石。屡回隆顾,亟□斯文。八斗知惭,四科奚取?天长地久,同衔写琰之规;古往今来,无复结茆之困。言之不足,乃作铭云: 以上为铭。

陆士龙《与杨彦明书》曰:"清才俊类,一时之彦。"○枭原误臭,今依钱校改。案:枭已见《启母庙碑》注。○《南史·江淹传》曰:"尝宿于冶亭,梦一丈夫,自称郭璞,谓淹曰:吾有笔在卿处多年,可以见还。淹乃探怀中,得五色笔一以授之,尔后为诗,绝无美句,时人谓之才尽。"○《西京杂记》卷上曰:"五鹿充宗受学于弘成子,成子少时,尝有人过己,受以文石,大如燕卵,成子吞之,遂大明悟,为天下通儒。成子后病,吐出此石,以授充宗,充宗又为硕学也。"○义山《可叹诗》曰:"用尽陈王八斗才。"冯曰:"《释常谈》:文章多谓之八斗之才。谢灵运尝曰:天下才有一石,曹子建独占八斗,我得一斗,天下共分一斗。按所本未详,或标《南史》,检寻亦未见。"○《论语·先进篇》皇疏曰:"四科者,德行也,言语也,政事也,文学也。"《后汉书·郑玄传》:"玄曰:仲尼之门,考以四科。"○《老子》曰:"天长地久。"○写琰原作泻炎,误,今依钱注校改。钱曰:"写琰即勒石之意,唐玄宗《孝经序》,'写之琬琰,庶有补于将来',可证也。"○《淮南子·齐俗训》曰:"往古来今谓之宙。"

○结茆即茅经也，见朱少连《陈后主论》注。○《乐记》曰："言之不足，故长言之。"

　　光芒井络，郁勃天彭。於惟教父，诞此仙卿。闻□秦畤，见腊嘉平。黄宁虚位，绿字题名。其一

　　《史记·天官书》曰："填星其色黄，光芒井络。"见卢昇之《黎君碑》任切会昌句注。又《文选》左太冲《蜀都赋》曰："远则岷山之精，上为井络。"刘渊林注曰："《河图括地象》曰：岷山之地，上为井络，帝以会昌，神以建福，上为天井。言岷山之地，上为东井维络；岷山之精，上为天之井星也。"○《华阳国志·蜀志》曰："李冰为蜀守，冰能知天文地理，谓汶山为天彭门，乃至湔氐道，见两山对如阙，因号天彭阙。"《水经·江水注》曰："《益州记》曰：大江泉源，即今所闻，始发羊傅岭下，缘崖散漫，小水百数，殆未滥觞矣。东南下百馀里，至白马岭而历天彭阙，亦谓之为天彭谷也。秦昭王以李冰为蜀守，冰见湔氐道有天彭山，两山相对，其形如阙，谓之天彭门，亦曰天彭阙。江水自此已上至微弱，所谓发源滥觞者也。江水自天彭阙东迳汶关而历湔氐道北。"案：《华阳志》湔氐道误作湔及县。《水经注》又误作氐道县，今依杨惺吾《水经注疏要删》校改。《续汉书·郡国志》蜀郡湔氐道注引《蜀王本纪》曰："县前有两石对如阙，谓之彭门。"与《华阳国志》《水经注》并合。湔氐道在今四川松潘县西北。《文选》左太冲《蜀都赋》曰："远出彭门之阙。"刘渊林注曰："岷山，都安县有两山相对立，号曰彭门。"《元和郡县志》曰："剑南道彭州导江县：灌口山在县西北二十六里。又灌口山西岭有天彭阙，亦曰天彭门，两石相对如阙，故名之。"《清一统志》曰："四川成都府：导江故城在灌县东，彭门山在灌县西北。"朱兰坡《文选集释》卷六谓彭门之名，先由湔氐道，而导江之彭门，特后人因其名以名之耳。○《诗·文王》毛传

曰："於，叹辞。"《释文》曰："於音乌。"《老子》曰："强梁者不得其死，吾将以为敦父。"○《枕中书》曰："墨翟为太极仙卿，治马迹山。"案：卿原误乡，今依钱校改。○《史记·封禅书》曰："秦襄公既侯，居西垂，自以为主少皞之神，作西畤，祠白帝，其后文公作鄜畤，郊祭白帝焉。宣公作密畤于渭南，祭青帝；灵公作吴阳上畤，祭黄帝，作下畤祭炎帝；献公作畦畤栎阳，而祀白帝。"○《太平广记》卷五引《洞仙传》曰："茅濛字初成，咸阳南关人也。即东卿司命君盈之高祖也。入华山，静斋绝尘，修道合药，乘龙驾云，白日升天。先是其邑歌谣曰：神仙得者茅初成，驾龙上升入太清，时下玄洲戏赤城，继世而往在我盈，帝若学之腊嘉平。秦始皇闻之，因改腊为嘉平。"○《黄庭内景经》曰："何不食气太和精，故能不死入黄宁。"梁丘子注曰："黄宁，黄庭之道成也。"○《御览·道部》十五引《金书玉字上经》曰："骨命已定于元阁，绿字已有生名仙籍故也。"

　　徐瓠留犀，扁桑分水。虢麂赵梦，齐痁秦痔。金绳续脉，玉管捐髓。蛇胆明眸，虎须牢齿。其二

《南史·徐文伯传》（附《张劭传》后）曰："文伯，濮阳太守熙曾孙也。熙好黄老，隐于秦望山，有道士过求饮，留一瓠𤬛与之曰：君子孙宜以道术救世。熙开之，乃《扁鹊镜经》一卷，因精心学之，遂名震海内。"○《史记·扁鹊传》曰："扁鹊少时为人舍长，舍客长桑君过，间与语曰：我有禁方，年老欲传与公，乃出其怀中药予扁鹊，饮是以上池之水，三十日当知物矣。乃悉取其禁方书尽与扁鹊，扁鹊以其言饮药，三十日，视见垣一方人，以此视病，尽见五藏症结，特以诊脉为名耳。"○《史记·扁鹊传》：赵简子疾，五日不知人。扁鹊入视病出，董安于问扁鹊，扁鹊曰：血脉治也，而何怪？昔秦穆公尝如此，七日而寤，今主君之病与之同，不出三日必间，间必有言也。居二日

半，简子寤，语诸大夫曰：我之帝所甚乐云云。又曰：扁鹊过虢，虢太子死，扁鹊至虢宫门下曰：臣能生之，虢君闻之大惊，出见扁鹊于中阙，扁鹊曰：若太子病，所谓尸蹶者也，乃使弟子子阳厉针砥石，以取外三阳五会，有间太子苏。○《左》昭二十年曰："齐侯疥，遂痁，期而不瘳。"杜注曰："痁，疟疾。"《释文》曰："痁，失廉反。"《庄子·列御寇篇》曰："秦王有病，召医破痈溃痤者，得车一乘，舐痔者得车五乘。"○《拾遗记》卷三曰："浮提之国献神通善书二人，乍老乍少，隐形则出影，闻声则藏形，出肘间金壶四寸，上有五龙之检，封以青泥，壶中有黑汁如淳漆，洒地及石，皆成篆隶科斗之字，记造化人伦之始，佐老子撰《道德经》垂十万言，写以玉牒，编以金绳，贮以王函，昼夜精勤，形劳神倦，及金壶汁尽，二人剟心沥血以代墨焉。递钻脑骨，取髓代为膏烛，及髓血皆竭，探怀中玉管，中有丹药之屑，以涂其身，骨乃如故。老子曰：更除其繁紊，存五千言，及至经成工毕，二人亦不知所往。"○《晋书·孝友·颜含传》曰："含嫂樊氏因疾失明，含尽心奉养，医人疏方，应须髯蛇胆，而寻求备至，无由得之。含尝昼独坐，忽有一青衣童子，持一青囊授含，开视乃蛇胆也。"○《酉阳杂俎》卷十六曰："仙人郑思远尝骑虎，故人许隐齿痛求治，郑曰：唯得虎须，及热插齿间即愈，郑为拔数茎与之，因知虎须治齿也。"

酕醄过市，酩酊经垆。浔阳傲令，富渚狂奴。三春竹叶，九日茱萸。延年裸袒，孟祖号呼。其三

《广韵》六豪曰："酕醄，醉也。"《史记·刺客传》曰："荆轲嗜酒，日与狗屠及高渐离饮于燕市，酒酣以往，高渐离击筑，荆轲和而歌于市中，相乐也，已而相泣，旁若无人者。"○酩酊，见上季伦句注。《世说新语·伤逝篇》曰："王濬冲（戎）为尚书令，着公服，乘轺车，经黄公酒垆下过，顾谓后车客，吾昔与嵇

叔夜、阮嗣宗共酣畅于此庐，竹林之游，亦预其末。自嵇生夭、阮公亡以来，便为时所羁绁，今日视此虽近，邈若山河。"○《宋书·隐逸·陶潜传》曰："潜字渊明，寻阳柴桑人也。为彭泽令。"馀见《为张周封上杨相公启》注。○《后汉书·逸民·严光传》曰："光少与光武同游学，及光武即位，隐身不见，帝令以物色访之，至舍于北军，司徒侯霸与光素旧，遣使奉书，光口授曰：怀仁辅义天下悦，阿谀顺旨要领绝。霸得书封奏之，帝笑曰：狂奴故态也。除为谏议大夫，不屈，乃耕于富春山，后人名其钓处为严陵濑焉。"○《文选》张景阳《七命》曰："乃有荆南乌程，豫北竹叶。"李善注曰："苍梧竹叶青，宜城九酝酒也。"○《西京杂记》上曰："戚夫人侍儿贾佩兰说在宫内时，九月九日佩茱萸，食蓬饵，饮菊华酒，令人长寿。"○《南史·颜延之传》曰："延之字延年，琅邪临沂人也。文帝尝召延之，传诏频不见，常日但酒店裸袒挽歌，了不应对。"○《晋书·光逸传》曰："逸字孟祖，乐安人也。胡母辅之与谢鲲、阮放、毕卓、羊曼、桓彝、阮孚散发裸袒，闭室酣饮，逸将排户入，守者不听，逸便于户下脱衣露顶，于狗窦中窥之而大叫。辅之惊曰：他人决不能尔，必我孟祖也，遽呼入，遂与饮。"

龟咽存元，熊经养秀。旷矣鼎鼐，悠哉笾豆。秽若食带，鄙同探鷇。竹实虽繁，山梁不觏。其四

《抱朴子·杂应篇》曰："或问聪耳之道，曰：能龙导虎引，熊经龟咽，燕飞蛇屈鸟伸，天俛地仰，令赤黄之景，不去洞房，猿据兔惊，千二百至，则聪不损也。"○《庄子·齐物论》曰："蝍且甘带。"《释文》曰："蝍且字或作蛆。《广雅》云：蜈公也（《释虫》蜈作吴）。带，司马云小蛇也。蝍蛆好食其眼。"○《史记·赵世家》曰："公子成、李兑围主父宫，主父欲出不得，又不得食，采爵鷇而食之，三月馀而饿死沙丘。"《集解》引綦毋遂

曰："鷇，爵子也。"○《诗·卷阿》郑笺曰："凤皇之性，非梧桐不棲，非竹实不食。"○《论语·乡党篇》曰："山梁雌雉，时哉时哉，子路共之，三嗅而作。"《集解》曰："言山梁雌雉，得其时，而人不得其时，故叹之。子路以其时物，故共具之，非本意，不苟食，故三嗅而作起也。"案：嗅，䑛之或体字。《玉篇》引正作䑛。

爰嗟繘井，载隔搴林。拜异疏勒，穿殊汉阴。膏融土脉，乳瀵泉心。匠得凫舃，工分凤簪。其五

《易·井》曰："汔至亦未繘井。"《释文》曰："繘音橘。郑云绠也。《方言》云：关西谓绠为繘。郭璞云：汲水索也（卷五）。"○搴林，钱曰："搴疑当作骞。《云笈七签》：月晖之围，纵广二千九百里，白银琉璃水精映其内，城郭人民与日宫同，有七宝玉池，八骞之林生乎内。"（卷二十七引《黄气阳精三道顺行经》）○《后汉书·耿恭传》（附《耿夔传》后）："恭为戊己校尉，以疏勒城傍有涧水可固，乃引兵据之，匈奴遂于城下拥绝涧水，恭于城中穿井十五丈不得水，吏士渴乏，笮马粪而饮之。恭仰叹曰：闻昔贰师将军拔佩刀刺山，飞泉涌出，今汉德神明，岂有穷哉？乃整衣服向井再拜，有顷水泉奔出。"《清一统志》曰："喀什噶尔，汉为疏勒国。"○汉阴，见《黎君碑》注。○张平子《东京赋》曰："农祥晨正，土膏脉起。"○《说文》曰："瀵，水漫也。"○《后汉书·方术传上》：《王乔传》曰："显宗世为叶令，乔有神术，每月朔望，常自县诣台朝，帝怪其来数而不见车骑，密令太史伺望之，言其临至，辄有双凫从东南飞来，于是候凫至举罗张之，但得一只舃焉。乃诏上方诊视，则四年中所赐尚书官属履也。"○《续汉书·舆服志上》曰："太皇太后、皇太后簪上为凤皇。"案：此疑用泄井得金钗事。《御览·服用部》二十引梁阳济《泄井得金钗诗》。

吾党具采，藩条是赞。千寻建木，万丈绝岸。华裾上榻，白珩素案。明月离云，钩星在汉。其六

钱曰："采疑当作来，见《诗》。"(《诗·頍弁》曰：兄弟具来。)○《隋书·循吏·公孙景茂传》："诏曰：景茂宜升戎秩，兼进藩条。"○《淮南子·墬形训》曰："建木在都广，众帝所自上下，日中无景，呼而无响，盖天地之中也。"孙兴公《游天台山赋》曰："建木灭景于千寻。"○郭景纯《江赋》曰："绝岸千丈。"○《孔丛子·儒服篇》曰："子高衣长裾，振褒袖，见平原君。"上榻盖用徐孺子下陈仲举榻事，见王子安《滕王阁饯别序》注。○《楚语下》："赵简子问于王孙围（一作圉）曰：楚之白珩犹在乎？"《南史·循吏·郭祖深传》曰："祖深常服故布襦，素木案，食不敢一肉。"○贾浪仙《夕思诗》曰："天姥月离云。"○《文选》何平叔《景福殿赋》曰："烈若钩星在汉。"李善注引《广雅》曰："辰星或谓之钩星。"（《释天》）案：离云喻出山，在汉喻入幕。

燕齐宾客，杨许师资。养生著论，招隐裁诗。玄中领悟，尘外襟期。共防绠短，同虑瓶羸。其七

《史记·封禅书》曰："宋毋忌、正伯侨、充尚、羡门子高最后皆燕人，为方仙道，形解销化，依于鬼神之事，驺衍以阴阳主运，显于诸侯，而燕齐海上之方士传其术不能通。"○《云笈七签》卷一百六《许迈真人传》曰："许迈字叔玄，丹阳句容人也，第五弟谧小名穆，（《真诰》卷二十曰：名谧字思玄。）官至护军长史散骑侍郎。"《杨羲真人传》曰："杨羲者，不知何许人也。仕晋简文帝为舍人。"卷一百七《华阳隐居先生本起录》曰："始往茅山，便得杨、许手书真迹，欣然感激。"又曰："《真诰》七卷，此一诰并是晋兴宁中众真降授杨、许手书遗迹，顾居士已撰，多有漏谬，更诠次叙注之尔。"《老子》曰："善人者，不善

人之师；不善人者，善人之资。"○《晋书·嵇康传》曰："康尝修养性服食之事，以为神仙禀之自然，非积学所得至，于导养得理，则安期、彭祖之伦可及，乃著《养生论》。"○左太冲有《招隐诗》。○《庄子·至乐篇》曰："绠短者不可汲深。"○《易·井》曰："羸其瓶。"《释文》曰："羸蜀才作累，郑读曰虆。"

　　古有三巴，今分二蜀。萦纡九折，峥嵘七曲。玄鹤华表，仙人棊局。我刻斯铭，永暾朝旭。其八

　　三巴，见杨炯《梁公碑》注。○二蜀见上注。○班孟坚《西都赋》曰："步甬道以萦纡。"九折，见王子安《净惠寺碑》注。○《汉书·司马相如传下》颜注曰："峥嵘，深远貌。"《太平寰宇记》：剑南东道剑州梓潼县引《郡国志》云："张恶子昔至长安，见姚苌谓曰：却后九年，君当入蜀，若至梓潼七曲山，幸当见寻。"《舆地纪胜》："利州路隆庆府：灵应庙即梓潼庙，在梓潼县北十八里七曲山。"《清一统志》曰："四川绵州：七曲山在梓潼县北。"○"玄鹤"句，见王子安《别洛下知己序》注。○《述异记》上曰："信安郡石室山，晋时王质伐木至，见童子数人棊而歌，质因听之，童子以一物与质如枣核，质含之，不觉饥饿，顷童子谓曰：何不去？质起视斧柯尽烂，既归，无复时人。"○暾原作暾，误，依钱校改。钱曰："《楚辞·九歌》（《东君》）暾将出兮扶桑。注始出其形暾暾盛大也。"《说文》曰："旭，旦日出皃。"

温飞卿

　　温庭筠，字飞卿，本名岐，太原人。数举进士，以士行不检，由是累年不第。徐商镇襄阳，往依之，署为巡官。咸通中失

意归，徐商知政事，欲白用，商罢，杨收疾之，贬为方城尉，迁隋县，卒。飞卿才思艳丽，与李义山齐名，时称温、李。《旧唐书》入《文苑传》，《新唐书》附《温大雅传》。

上学士舍人启二首

《新唐书·百官志》曰："唐制，文书诏令，中书舍人掌之。自太宗时，名儒学士，时时召以草制，然犹未有名号。乾封以后，始号北门学士。玄宗初置翰林待诏，掌四方表疏批答，应和文章，既而又以中书务剧，文书多壅滞，乃选文学之士，号翰林供奉，与集贤学士分掌制诏书敕。开元二十六年，又改翰林学士，别置学士院，专掌内命。其后选用益重，至号为内相。凡充共职者，无定员，自诸曹尚书，下至校书郎，皆得与选。"又曰："中书省舍人六人，正五品上，掌侍进奏参议表章，凡诏旨制敕，玺书册命，皆起草进画，既下则署行。又以一人知制诰。开元初，以它（他）官掌诏敕策命，谓之兼知制诰。肃宗即位，又以他官知中书舍人事。"案：飞卿有《上杜舍人启》，疑是杜审权。《旧唐书·审权传》云："正拜中书舍人，十年（大中）权知礼部贡举，十一年选士三十人，后多至达官。"《新唐书·审权传》云："宣宗时入为翰林学士。"（附《杜如晦传》）此云学学士舍人，疑亦审权也。

其 一

盖闻七桂希声，契冥符于渌水；两栾孤响，接元韵于清霜。感达真知，诚参神妙。其有不待奔倾之状，宁闻击考之功？亦有芝砌流芳，兰扃袭馥。已困雕陵之弹，犹惊卫国之弦。而暗达明心，潜申谠议。重言七十，俄变于荣枯；曲礼三千，非由于造诣。始知时难自意，道不常艰。以上言人力推挽，始得进用。

起八句言自然之感应。七桂当作七柱，以琴为喻，琴七絃，故云七柱也。《老子》曰：大音希声。《淮南子·俶真训》曰："手会绿水之趋。"高注曰："绿水，舞曲也，一曰古诗也。"嵇叔夜《琴赋》曰："初涉渌水。"○两栾以钟喻，见苏廷硕《太清观钟铭》注。霜钟，见王子安《上武侍极启》注。○"奔倾"句指琴，《琴赋》曰："状若诡赴。"又曰："奔邀相逼。"○"击考"句指钟，亦见《太清观钟铭》注。○"亦有"以下十二句，言亦有怀才不遇，赖知己汲引，而后得伸。○《世说新语·言语篇》曰："谢太傅问诸子侄，子弟亦何预人事，而正欲其佳？车骑答曰：譬如芝兰玉树，欲使其生于阶庭耳。"○王子安《上武侍极启》曰："席宠芝扃。"○《庄子·山木篇》曰："庄周游手雕陵之樊，睹一异鹊自南方来者，感周之颡而集于栗林，庄周蹇裳躩步，执弹而留之。"○卫当作魏，《楚策》四曰："更嬴（当作赢）谓魏王曰：臣为王引弓虚发而下鸟，有间雁从东方来，更赢以虚发而下之。魏王曰：然则射可至此乎？更赢曰：此孽也，故疮未息，闻弦音引而高飞，故疮陨也。"○《书·益稷》孔疏引《声类》曰："谠，善言也。"○《庄子·寓言篇》曰："重言十七。"此文七十盖误倒。○《礼记·中庸》曰："礼仪三百，威仪三千。"又《曲礼上》孔疏曰："《艺文志》云：帝王为政，世有损益，至周曲为之防，事为之制，故曰经礼三百，威仪三千。是二礼互而相通，皆有曲称也。"

某苟铎摇车，邕琴入爨。委悴佋人之末，摧残膳宰之前。不遇知音，信为弃物。以上自序。

《晋书·荀勖传》曰："勖于路逢赵贾人牛铎，识其声，及掌乐，音韵未调，乃曰：得赵人之牛铎则谐矣。"○《后汉书·蔡邕传》曰："吴人有烧桐以爨者，邕闻火烈之声，知其良木，因请而裁为琴，果有异音。"○《诗·定之方中》曰："命彼倌人。"毛传曰："倌人，主驾者。"○《礼记·文王世子》曰："命膳宰曰，未有原。"○《文选》古诗曰："但恨知音希。"○《后汉书·文苑·赵壹传》："壹遗书勑子曰：士如弃物，岂有性情？"

伏以学士舍人阳葩挈秀，夏采含章。静观行止之规，已作陶钧之业。遂使枯鱼被泽，病骥追风。永辞平坂之劳，免作穷途之恸。恩如可报，虽九死而奚施？躯若堪捐，岂三思而后审？下情无任……以上谢其擢取。

《晋书·文苑·庾阐传》："阐弔贾谊文曰：阳葩熙冰。"○《易·坤》六三曰："含章可贞。"○《汉书·邹阳传》："上梁王书曰：独化于陶钧之上。"注张晏曰："陶人名模下转圜者为钧。"○枯鱼，见王子安《滕王阁饯别序》涸辙注。○病骥，见李义山《为张周封上杨相公启》注。追风，见杨炯《梁公碑》注。○穷途，见《滕王阁饯别序》注。○《离骚》曰："虽九死其犹未悔。"○《论语·公冶长篇》》曰："季文子三思而后行。"

其　二

某步类寿陵，文渐涣水。登高能赋，本乏才华。独立闻诗，空尊诣道。在蜀郡而惟希狗监，沂河流而未及龙门。常叹美玉在山，但扬异彩；更恐崇兰被径，每隔殊榛。徒自沉埋，谁能攀撷？一旦雕于敏手，佩以幽襟，免使琳惭，宁贻蕙叹？以上自序。

《庄子·秋水篇》曰："且子独不闻夫寿陵馀子之学行于邯郸与？未得国能，又失其故行矣。直匍匐而归耳。"○《文选》陈孔璋《为曹洪与魏文帝书》曰："游睢涣者，学藻缋之彩。"李善注引《陈留记》曰："襄邑涣水出其南，睢水经其北。传云睢涣之间出文章，故其黼黻絺绣，日月华虫，以奉宗庙御服焉。"

○"登高"句，已见李义山《新井碣铭》，又《诗·定之方中》毛传曰："升高能赋，可以为大夫。"《韩诗外传》七："孔子曰：君子登高必赋。"○《论语·季氏篇》曰："尝独立，鲤趋而过庭，曰：学诗乎？对曰未也。曰：不学诗，无以言。鲤退而学诗。"○狗监，见王子安《滕王阁饯别序》杨意注。○龙门，见李义山《上杨相公启》注。○《荀子·劝学篇》曰："玉在山而草木润。"○《楚辞·招魂》曰："氾崇兰些。又曰：皋兰被径兮斯路渐。"○司马长卿《上林赋》曰："腾殊榛。"○陆士衡《叹逝赋》曰："嗟芝焚而蕙叹。"

潜虞末路，未有良期。今乃受荐神州，争雄墨客。空持砚席，莫识津涂。既而临汝运租，先逢谢尚；丹阳传教，取觅张凭。辉华居何准之前，名第在冉耕之列。俄生藻绣，便出泥沙。谁言献辂车輄，先期毕命？犹惧吹竽乐府，未称知音。倘更念毛犊，终思翼长。赎彼在途之厄，仍遣生刍；脱于鸣坂之劳，兼贻半菽。平生企望，终始依投。不任感恩干冒之至。以上既谢受知，终希援手。

□飞卿之文，宛转动宕，不如义山，而句之坚卓过之；藻采秾丽，亦足相埒。

《史记·孟荀列传》曰："驺衍以为儒者所谓中国者，于天下乃八十一分居其一分耳。中国名曰赤县神州。"案：此云受荐神州，似借喻京兆府送贡进士也。○《汉书·杨雄传》曰："上《长杨赋》，聊因笔墨之成文章，故藉翰林以为主人，子墨为客卿以风。"○《北史·元晖传》曰："周文礼之，命与诸子游处，每同砚席。"○《魏书·尉元传》曰："夏水虽盛，无津涂可因。"○《晋书·文苑·袁宏传》曰："少孤贫，以运租自业，谢尚时镇牛渚，秋夜乘月，与左右微服泛江，会宏在舫中讽咏，声既清会，辞又藻拔，遂驻听久之，遣问焉。答云是袁临汝郎诵诗，即其咏史之作也。尚即迎升舟，与之谭论，申旦不寐，自此名誉日茂。"案：晋临汝县，今江西临川县西。○《晋书·张凭传》曰："诣惔（刘惔），惔处之下坐。会王濛就惔清言，有所不适，凭于末座判之，言旨深远，足畅彼我之怀，一坐皆惊。惔延之上坐，清言弥日，留宿至旦，遣之。凭既还船，须臾惔遣传教，觅张孝廉船，便召与同载，遂言之于简文帝。"○《晋书·外戚·何准传》曰："兄充为骠骑将军，劝其令仕。准曰：第五之名，何减骠骑？准兄弟中第五，故有此言。"○《论语·先进篇》曰："德行颜渊、闵子骞、冉伯牛，《史记·仲尼弟子传》曰："冉耕，字伯牛。"案：据此文，则飞卿省试在第四名，恐礼部试不能及第，故更希其资助也。○班孟坚《西都赋》曰："裹以藻绣。"○郭景纯《江赋》曰："或混沦于泥沙。"○辂，疑当作路，《仪礼·乡饮酒礼》注曰："献，进也。"○吹竽，见李义山《上杨相公启》注。○班孟坚《两都赋序》曰："外兴乐府协律之事。"馀见卢昇之《乐府杂诗序》注。○《诗·崧高》曰："德輶如毛。"又《四牡》毛传曰："輶，轻也。"○张景阳《七命》曰："长翼临云。"○《韩诗外传》八曰："田子方出见老马于道，以问御者曰：此何马也？曰：故公家畜也，罢而不为用，故出放也。田子方曰：少尽其力，而老去其身，仁者不为也，束帛而赎之。穷士闻之，知所归心矣。"○《诗·白驹》曰："生刍一束。"○鸣坂，见《上杨相公启》注。○《汉书·项籍传》曰："今岁饥民贫，卒食半菽。"

司空表圣

司空图，字表圣，河中虞乡人。(《旧唐书》曰：本临淄人。)咸通十年进士，召拜礼部员外郎，寻迁郎中。黄巢陷长安，僖宗出幸，图从之不及，退还河中。僖宗次凤翔，召图知制诰，迁中书舍人。僖宗出幸宝鸡，从之不及，复还河中。景福中拜谏议大夫，不赴，后又以户部侍郎召，身谢阙下，数日即引去。昭宗在华，召拜兵部侍郎，以足疾辞，隐中条山王官谷。朱全忠篡唐，召为礼部尚书不起，闻哀帝被弑，不食卒。《旧唐书》入《文苑传》，《新唐书》入《卓行传》。

擢英集述

新、旧《唐书·艺文志》皆不载《擢英集》，未知果成书否。表圣集此篇与《疑经后述》《绝麟集述》《寿星集述》注《愍征赋述》又《后述》，似皆易序为述者，然《三贤赞》《观音赞》皆有并"序"字，似又与避家讳而改"序"曰"引"者不同也。（刘梦得父名绪，苏明允父名序，故集中"序"皆称"引"。）

名利之机，古今相轧。混惟一致，弘则两忘。或高视于揆天，或雄张于击水。捨麟作凤，孰降等夷？捐璧握珠，自能辉映。遇则以身行道，穷则见志于言。各擅英灵，宁甘顿挫。以上言立言不朽，同于立功。

《易·系辞上》曰："一致而百虑。"○《庄子·大宗师篇》曰："与其誉尧而非桀也，不如两忘而化其道。"○左太冲《蜀都赋》曰："摘藻揆天庭。"○《庄子·逍遥游篇》曰："鹏之徙于南冥也，水击三千里。"案：揆天喻文章，击水喻功绩。○《汉书·张良传》曰："今诸将皆陛下故等夷。"颜注曰："夷，平也，言故时皆齐等。"○曹子建《与杨德祖书》曰："人人自谓握灵蛇之珠。"○《北史·柳遐传》："谢誉谓人曰：江汉英灵，见于此矣。"

自昭明妙选，振起斯文。荣虽著于方将，恨皆缠于既往。当西施之靓镜，不赏蛾眉；岂伯乐之停车，空收骏骨？乃使盛时才子，翻衔泣玉之冤；异代沉魂，只掷凌云之誉。九原谁诧？千载徒悬。思格前规，用伸来者。以上言昭明《文选》，不录同时人之文，此集改其旧例。

　　昭明《文选》，已见李善表注。〇《诗·硕人》曰："螓首蛾眉。"〇伯乐，见杨炯《梁公神道碑》注。〇骏骨，见李义山《上李相公启》注。任彦昇《天监三年策秀才文》曰："倾心骏骨。"〇《韩非子·和氏篇》曰："和乃抱其璞而哭于楚山之下，三日三夜，泪尽而继之以血。"〇凌云，见王子安《滕王阁饯别序》注。〇《礼记·檀弓下》曰："赵文子与叔誉观乎九原，文子曰：死者如可作也，吾谁与归？"〇《方言》三曰："格，正也。"王俭《褚渊碑》曰："无替前规。"〇《史记·太史公自序》曰："故述往事，思来者。"

　　至若金犀照灼，纨绮追攀。裕之则管乐通期，峻之则彭韩绝倒。人人骥路，云台之此日豪华；处处鸾丛，仙馆则当时寥落。各铭钟鼎，竞焕缇油。耻发誉于雕虫，肯争英于墨客？世上之九霄梯级，纵阻争先；机中之五色烟霞，无妨倍价。知音嘿已，作者谁尤？思慰穷津，用征逸藻。以上言显达者不必以文传，此集所录，皆非显达。

　　金犀谓金鱼犀带也。《唐会要》卷三十一曰："景云二年四月二十日敕文：鱼袋著紫者金装，著绯者银装。"《旧唐书·裴度传》曰："赐之犀带。"〇《汉书·叙传》曰："伯与王、许子弟为群，在于绮襦纨袴之间，非其好也。"〇《蜀志·诸葛亮传》曰："每自比于管仲、乐毅。"〇《文选》刘孝标《辨命论》曰："视彭韩之豹变，谓鸷猛致人爵。"李善注曰："彭，彭越；韩，韩信。"《晋书·卫玠传》曰："王澄每闻卫玠言，辄叹息绝倒。"案：谓使韩、彭心服。〇骥路，见杨炯《梁公碑》注。〇《后汉书·朱祐等传》曰："显宗追感前世功臣，乃图画二十八将于南宫云台。"○《晋书·苻坚载记》曰："百姓歌之曰：下走朱轮，上有鸾栖。"○《晋书·许迈传》曰："放绝世务，以求仙馆。"案：此句喻不复隐居，故云仙馆寥落。○《墨子·鲁问篇》曰："以为铭于钟鼎。"○《汉书·循吏传》："宣帝下诏，其以贤良高第扬州刺史黄霸为颍川太守，秩比二千石，居官赐车盖，特高一丈，别驾主簿车，缇油屏泥于轼前，以章有德。"○《法言·吾子篇》曰："或问吾子少而好赋？曰然。童子雕虫篆刻，俄而曰壮夫不为也。"案：雕，彫之借字。○墨客，见温飞卿启第二首注。○谢灵运《登石门最高顶诗》曰："共登青云梯。"○梁元帝《鸳鸯赋》曰："文连新锦之机。"

想其黎黄洞奏，锦绣毕陈。涵经天纬地之源，胸襟万象；骄晤月吟风之态，嵩华一毫。固当触兴牢笼，忘情蒂芥。况牙弦入契，郢握称珍。欣传赏奏之征，免茹投光之叹。固已翘心不朽，抚掌浮云。操奇而角富骊泉，炫采而夸勍鱼域。以上言不求荣显，专心文章。

黎黄犹玄黄。《孟子·滕文公下》曰："篚厥玄黄。"《史记·卫将军传》《索隐》曰："黎，黑也。"《淮南·原道训》高注曰："洞，通也。"《家语·弟子行》"敷奏其勇"，王注曰："奏，荐也。"此犹言玄黄之帛并荐耳。○班孟坚《西郡〔都〕赋》曰："若摛锦布绣。"○《诗·皇矣》毛传曰："经纬天地曰文。"○孙兴公《游天台山赋》曰："浑万象以冥观。"○韩退之《调张籍诗》曰："流落人间者，太山一豪芒。"案：豪、毫字同。○《淮南子·本经训》曰："牢笼天地。"○司马长卿《子虚赋》曰："吞若云梦者八九于其胸中，曾不蒂芥。"○骆宾王《上张司马启》曰："赏流水于牙弦。"馀见李义山《为张周封上杨相公启》注。○刘越石《答卢谌书》曰："和氏之璧，焉得独曜于郢握？"○刘越石《答卢谌诗》曰："音以赏奏。"○邹阳《上梁王书》

曰："臣闻明月之珠，夜光之璧，以暗投人于道，众莫不按剑相眄者，何则？无因而至前也。"○《左传》襄二十四年："穆叔曰：大上有立德，其次有立功，其次有立言，虽久不废，此之谓不朽。"○王逸少《与谢万书》曰："故以为抚掌之资。"浮云，见元微之《许刘总出家制》注。○《汉书·食货志》曰："操其奇赢，日游都市。"颜注曰："奇赢谓有馀财而畜聚奇异之物也。一说奇谓残馀物也。音居宜反。"○《庄子·列御寇篇》曰："夫千金之珠，必在九重之渊，而骊龙颔下。"案：唐避高祖讳，以泉为渊。○《说文》曰："勍，强也。"《搜神记》卷十二曰："南海之外有鲛人，水居如鱼，不废织绩，其眼泣则能出珠。"

夫著言纪事，在演致于全篇；赋象缘情，或标工于偶句。虽豹文必备，方成隐雾之姿；而翠羽已零，犹称凌波之玩。诚欲兼搜于笔海，亦当间掇于兰丛。人不陋今，才惟振滞。韵笙簧于骚雅，资粉泽于风流。事窃推公，盖止交游之内；僭将罪我，益知褒采之难。题以擢英，庶能耸听。有唐仪曹外吏司空图。以上采录及命名。

□词意皆工，但有时渐启俗调。

陆士衡《文赋》曰："诗缘情而绮靡。"○《列女传·贤明传》陶答子妻曰："妾闻南山有玄豹，雾雨七日而不下食者，何也？欲以泽其毛而成文章也。故藏而远害。"○曹子建《洛神赋》曰："或拾翠羽。"又曰："凌波微步，罗袜生尘。"○笔海，见崔安成《启母庙碑》注。○《楚辞·招魂》曰："光风转蕙，氾崇兰些。"○杜子美《陈拾遗故宅诗》曰："有才继骚雅。"○上官游韶《请封禅表》曰："敷神化之粉泽。"○《孟子·滕文公下》曰："是故孔子曰：知我者，其惟《春秋》乎？罪我者，其惟《春秋》乎？"○谢玄晖《辞隋王笺》曰："褒采一介。"案：此文疑当作衮采。○《唐六典》卷四曰："礼部尚书，后魏称仪曹尚书，魏、晋、宋、齐、梁、陈、后魏、北齐有仪曹郎。隋初礼部曹置侍郎一人，炀帝除侍字，又改为仪曹。皇朝因称郎中。武德三年复为礼部。"案：表圣尝为礼部员外郎郎中，故署曰仪曹外吏，非因朱梁礼部尚书之辟也。

顾垂象

顾雲，字垂象，池州人。咸通十五年进士第，授校书郎。高骈镇淮南，辟为从事。毕师铎之乱，退居霅川，杜门著书。大顺中，与陆希声、司空图等分修德、宣、懿三朝实录，书成加虞部员外部。乾宁初卒。见《唐诗纪事》卷六十七及《池州府志》。

题致仕武宾客嵩山旧隐诗序

《新唐书·隐逸传》曰："武攸绪，则天皇后兄惟良子也。授太子通事舍人，累迁扬州大都督长史鸿胪少卿。后革命，封安平郡王，从封中岳，固辞官愿隐居。后疑其诈，许之，以观其所为。攸绪庐岩下如素逌者，后遣其兄攸宜敦谕，卒不起，后乃异之，盘桓龙门、少室间，冬蔽茅椒，夏居石室，所赐金银铛鬲野服皆不御，市田颍阳，使家奴杂作，自混于民。中宗初以安车召，拜太子宾客，苦祈还山，诏可。安乐公主出降，又以玺书迎之，将至，帝勒有司即两仪殿设位行问道礼，诏见日，山帔葛巾，不名不拜。攸绪至，更冠带，仗入，通事舍人赞就位，攸绪趋就常班再拜，帝愕然，礼不及行。朝廷叹息，赐予无所受。亲贵来谒，道寒温外，默无所言。及还，中书门下学士朝官五品以上，并祖城东，俄而诸韦诛，武氏连祸，唯攸绪不及，睿宗下诏慰谕，复召拜太子宾客，不就，开元十一年卒。"《旧唐书》附《外戚·武承嗣传》。

宾客讳攸绪，则天皇后从侄也。天授中，封安平郡王，迁殿中监，出为扬州大督府长史。圣历中，弃官隐居嵩山，避荣宠也。以上先叙明其事。

《唐六典》卷二十六曰："太子宾客四人，正三品，掌侍从规谏，赞相礼仪而先后焉。凡皇太子有宾客宴会，则为之上齿。"○《新唐书·外戚传》曰："武士彟娶相里氏，生子元庆、元爽。又娶杨氏，生三女，元女妻贺兰氏早寡，季女妻郭氏不显，（仲女即武后）士彟卒后，诸子事杨不尽礼，衔之。后立，封杨代国夫人，进为荣国，后姊韩国夫人，于时元庆已官宗正少卿，元爽少府少监，兄子惟良卫尉少卿，杨讽后上疏出元庆等于外，由是元庆斥龙州，元爽濠州，惟良始州，元庆死，元爽流振州。乾封时，惟良及弟淄州刺史怀运与岳牧集泰山下，于是韩国有女在宫中，帝尤爱幸，后欲并杀之，即导帝幸其母所，惟良等上食，后置堇焉，贺兰食之暴死，后归罪惟良等诛之。讽有司改姓蝮氏，绝属籍。元爽缘坐死，家属投岭外，后取贺兰敏之为士彟后。荣国卒，敏之流雷州，道中自经死，乃还元爽之子承嗣奉士彟后，宗属悉原。承嗣讽后革命，追王先世，立宗庙，承嗣为魏王，元庆子三思为梁王，惟良子攸宜建安王，攸绪安平王。"○《旧唐书·则天皇后本纪》曰："载初元年九月九日，革唐命，改国号为周，改元为天授。"○《唐六典》卷二曰："司封郎中、员外郎，掌邦之封爵，凡有九等，二曰郡王，从一品，食邑五千户。"○《唐六典》卷十一曰："殿中省监一人，从三品，掌乘舆服御之政令，总尚食、尚药、尚衣、尚乘、尚舍、尚辇六局之官属，备其礼物而供其职事。"又卷三十曰："大都督府长史一人，从三品。"○《旧唐书·则天纪》曰："圣历二年二月戊子，幸嵩山。"

想其始来，扪危选胜，驾迥裁基。钿走伊波，控隐士饮牛之渚；螺排嵕峤，对仙人驾鹤之峰。移紫府之全模，写清都之胜槩。王桃植砌，董杏栽坛。帐合萝高，床平石古。飞流界练，贯幽响于风湍；曙景张屏，挂清光于露壑。时或春花发尽，秋雨晴初。虚籁调风，斜窗印月。吞露华兮，漱烟液而乐天和；吟酒赋兮，唱琴歌焉知帝力？以上武后时，隐居嵩山，赋诗自乐。○吞露华四句俗调。

白乐天《春来诗》曰："曲江碾草钿车行。"伊波谓伊水。《元和郡县志》曰："河南道河南府洛阳县：伊水在县东南十八里。"饮牛，见卢昇之《黎君碑》注。○刘梦得《望洞庭诗》曰："白银盘里一青螺。"《元和郡县志》曰："河南府缑氏县：缑氏山在县东南二十九里。王子晋得仙处。"驾鹤，见王子安《别洛下知己序》"谢时人"句注。○紫府，见李义山《新井碣铭注》。○左太冲《魏都赋》曰："授全模于梓匠。"○《列子·周穆王篇》曰："王实以为清都紫微，钧天广乐，帝之所居。"○《汉武帝内传》曰："侍女以玉盘盛仙桃七颗，大如鸭卵，形圆青色，以呈王母，母以四颗与帝，三颗自食。桃味甘美，口有盈味，帝食辄收其核。王母问帝，帝曰：欲种之。母曰：此桃三千年一生实，中夏地薄，种之不生，帝乃止。"○《神仙传》卷六曰："董奉者，字君异，侯官人也。日为人治病，亦不取钱，重病愈者，使栽杏五株，轻者一株，如此数年，计得十万馀株，郁然成林。"○《水经·庐江水注》曰："悬流飞瀑，望之连天，若曳飞练于霄中矣。"○唐玄宗《赵法师精院诗》曰："风湍闻夜流。"○李太白《庐山谣》曰："屏风九叠云锦张。"○《庄子·齐物论篇》："子綦曰：夫大块噫气，其名曰风，作则万窍怒呺。子游曰：地籁则众窍是已。"○元微之《鄂州寓馆严涧宅诗》曰："月入斜窗晓寺钟。"○《庄子·知北游篇》曰："啮缺问道乎被衣，被衣曰：若正汝形，一汝视，天和将至。"

○《文选》孔德璋《北山移文》曰："琴歌欲断。"○帝力,见卢昇之《乐府杂诗序》注。

及龙图去吕,龟鼎还刘。中宗皇帝方欲访道崑岩,鸣鸾茨岫。遥飞鹤版,亲授蒲轩。扣蓬藋之荒扉,远征枚乘;埽皋夔之右席,强走严陵。莫不黄屋翘襟,高霞叠梦。由是轻鸥出浦,明月离云。才拜宸阶,旋登甲观。以公尝栖洞府,不喜尘机。虽当挂佩垂绅,愈若投罗触罝。及飞章上阙,雪涕辞天。帐祖席于青门,辖仙装于紫陌。乃知飞霜匝野,冰厓留不死之蚕;烈日荧溟,珠岸有不枯之草。故能振清风于戚里,飞逸驾于云逵。宜乎与禄、产分镳,夷、齐结辙。比夫吞腥咽腐,怀禄偷安者,不亦优乎?以上中宗时,被召入朝,复归嵩山,品格之高,非他外戚所能及。

龙图,见骆宾王《请陪封禅表》《姚州露布》,宋延清《上阳宫侍宴序》,李巨山《神龙序》等注。《史记·孝文本纪》曰:"高后崩,诸吕吕产等欲为乱,以危刘氏,大臣共诛之,使人迎代王即天子位。"○《后汉书·宦者传》曰:"魏武因之,遂迁龟鼎。"章怀注曰:"龟鼎,国之守器,以谕帝位也。"○《庄子·天地篇》曰:"黄帝游乎赤水之北,登乎昆仑之丘。"《穆天子传》二曰:"辛酉,天子升于昆仑之丘,以观黄帝之宫。"郭注曰:"黄帝巡游四海,登昆仑山,起宫室于其上,见《新语》。"案:崑岩即指昆仑(崑崙)山也。○班孟坚《西都赋》曰:"大路鸣銮。"《说文》曰:"人君乘车四马,四镳八銮铃,象鸾鸟声和则敬也。"案:经传多以"鸾"字为之。茨岫即具茨之山,见杨炯《群官寻杨隐居诗序》注。○《文选》孔德璋《北山移文》曰:"鹤书赴陇。"李善注曰:"萧子良《古今篆隶文体》曰:鹤头书与偃波书,俱诏板所用,在汉则谓之尺一简,髣髴鹄头,故有其称。"王子安《上绛州上官司马书》曰："鹤板征贤，累发非常之诏。"○《汉书·武帝纪》曰："建元元年议立明堂，遣使者安车蒲轮，束帛加璧，征鲁申公。"颜注曰："以蒲裹轮，取其安也。"《后汉书·逸民传》曰："光武侧席幽人，求之若不及，旌帛蒲车之所征贲，相望于岩中矣。"○庾子山《哀江南赋》曰："掩蓬藋之荒扉。"○《汉书·枚乘传》曰："乘字叔，淮阴人也。武帝即位，乘年老，乃以安车蒲轮征乘。"○《说苑·君道篇》曰："昔者虞舜左禹右皋陶，不下堂而天下治。"○严陵，已见李义山《新井碣铭》狂奴注。○《汉书·高帝纪》曰："纪信乃乘车黄屋左纛。"注李斐曰："天子车以黄缯为盖裹。"○孔德璋《北山移文》曰："高霞孤映。"○"轻鸥"二句，喻其应召出山也。杜子美《小寒食舟中诗》曰："片片轻鸥下急湍。""明月"句，见《新井碣铭》。○《文选》王元长《三月三日曲水诗序》曰："得一奉宸。"李善注曰："《尚书》曰：惟辟奉天（伪《泰誓》中）。宸与辰同。"案：盖取北辰天极之义，故关于皇帝者，多以"宸"称之，如行幸曰宸游，皇城曰宸垣等，皆是也。○"甲观"句，指拜太子宾客也。《汉书·成帝纪》曰："元帝在太子宫，生甲观画堂。"注如淳曰："甲观，观名。《三辅黄图》云：太子宫有甲观。"颜曰："甲者，甲乙丙丁之次也。"○《汉书·疏广传》曰："广为太傅，兄子受为少傅，父子俱移病，满三月赐告，广遂称笃，上书乞骸骨，上以其年老，皆许之。公卿大夫故人邑子设祖道供张东都门外。"注苏林曰："长安东郭门也。"案《三辅黄图》卷一曰："长安城东出南头第一门曰霸城门，民见门色青，名曰青城门，或曰青门。"○《汉书·南粤传》曰："王太后饬治行装。"唐玄宗《游兴庆宫诗》曰："离宫紫陌陲。"○《拾遗记》卷十曰："员峤山有冰蚕，长七寸，黑色，有角有鳞，以霜雪覆之，然后作茧，长一尺，其色五彩。"○珠岸，见李义山《为李贻孙上李相公启》注。○《汉书·万石君传》曰："高祖召其姊为美人，徙其家长安中戚里。"颜注曰："于上有姻戚者，则皆居之，故名其里为戚里。"〇云逵，犹言云路、云衢。〇《史记·吕后本纪》曰："吕后长兄周吕侯死事，封其子产为交侯，次兄吕释之为建成侯，释之卒，嗣子有罪废，立其弟禄为胡陵侯。（《集解》徐广曰：释之少子。）六年十月，以吕产为吕王。七年二月，吕王产徙为梁王。秋，吕禄立为赵王。八年七月，禄为上将军，军北军，产居南军。"《外戚世家》曰："高祖崩，禄、产等谋作乱，大臣征之，卒灭吕氏。"梁武帝答刘之遴诏曰："源本分镳，指归殊致。"〇《史记·伯夷列传》曰："伯夷、叔齐，孤竹君之二子也，父欲立叔齐，及父卒，叔齐让伯夷，伯夷曰：父命也，遂逃去。叔齐亦不肯立而逃之。武王已平殷乱，天下宗周，而伯夷、叔齐耻之，义不食周粟，隐于首阳山。"陆士衡《赠弟士云诗》曰："遵途结辙。"〇鲍明远《代升天行》曰："何时与汝曹，啄腐共吞腥？"〇杨子幼《报孙会宗书》曰："怀禄贪势，不能自退。"

今则八桂森指，五芝零落。立松崖而尽日，不见王孙；埒石壁以题诗，别招逋客。岂无来哲，能绍玄踪？聊剖短章，用旌高烈。时睿文英武明德至仁广孝皇帝御宇十二岁也。龙集辛卯，律中林锺，十二日丙寅题。以上作序。

〇蒋心馀斥其渐开俗派，固也。然精警处实不可没。

《文选》孙兴公《游天台山赋》曰："八桂森挺以凌霜，五芝含秀而晨敷。"李善注曰："《山海经》曰：桂林八桂，在贲隅东。"（《海内南经》作番隅，郭注曰："番隅今番隅县。"案：即今广东番禺县也。《续汉书·郡国志》五刘注、《水经·浪水注》引皆作贲隅，与《游天台山赋》注同。而《文选》司马长卿《上林赋》、张平子《四愁诗》注及《初学记》八引作番禺。郝兰皋谓盖古有二本，是也。）郭璞曰："八树成林，言其大也。贡隅音番禺。"《神农本草经》曰："桂叶冬夏常青不枯。"又曰："赤芝一名丹芝，黄芝一名金芝，白芝一名玉芝，黑芝一名玄芝，紫芝一名木芝。"冯衍《显志赋》曰："食五芝之茂英。"○《楚辞》刘安《招隐士》曰："王孙游兮不归，春草生兮萋萋。"○孔德璋《北山移文》曰："请迴俗士驾，为君谢逋客。"○班孟坚《幽通赋》曰："诉来哲以通情。"○孙兴公《游天台山赋》曰："蹑二老之玄踪。"○《旧唐书·懿宗纪》曰："咸通三年春正月，左仆射门下侍郎平章事杜悰率百寮上徽号曰睿文明圣孝德皇帝，十二年春正月，宰相路岩率文武百寮上徽号曰睿文英武明德至仁大圣广孝皇帝。"○懿宗咸通十二年辛卯，龙集犹言岁在也。《论衡·难岁篇》曰："太岁与青龙无异。"《御览·时序部》二引《尚书考灵曜》曰："青龙，岁也。"《左》襄二十八年杜注曰："龙，岁星也。"则龙之为岁明矣。○《礼记·月令》曰："季夏之月，律中林锺。"

韩致尧

韩偓，字致尧，（《新唐书》偓传作致光。《苕溪渔隐丛话前编》作致元，《唐诗纪事》《唐才子传》皆作致尧，今从之。）京兆万年人。龙纪元年，擢进士第，佐河中幕府，召拜左拾遗，累迁左谏议大夫，入翰林为学士，迁中书舍人。从昭宗幸凤翔，迁兵部侍郎，承旨。昭宗反正，励精图治，偓处置机密，与帝意合，欲相者三四，让不敢当，以不附朱全忠，贬濮州司马，再贬荣懿尉，徙邓州司马。天祐二年复原官，偓不敢入朝，挈其族南依闽王审知卒。《新唐书》有传。

香奁集自序

《新唐书·艺文志》集部别集类，有《韩偓诗》一卷，又《香奁（匳）集》一卷。方虚谷（回）《瀛奎律髓》曰："《香奁》之作，为韩偓无疑也。或以为和凝之作，嫁名于韩。刘潜夫误信之。考诸同时，吴融集有依韵倡和者，何可掩哉？"震曼殊（钧）《香奁（籢）集发微序》曰："韩致尧，有唐之屈灵均也，《香奁集》，有唐之《离骚·九歌》也。自后人不善读，而古人之命意晦，自后人不能尚论古人，而古人扶植纲常之词，且变为得罪名教之作矣。不亦重可惜哉！致尧官翰林承旨，见怒于朱温，被忌于柳灿，斥逐海峤，使天子失股肱之痛。唐季名臣，未有或之先者。似此大节彪炳，即使其小作艳语，如广平之赋梅花，亦何贬于致尧？乃夷考其辞，无一非忠君爱国之忱，缠绵于无穷者。然则灵均《九歌》所云'满堂兮美人，忽独与余兮目成'，信为名教罪人乎？《香奁》之作，亦犹是也。即以其序所云，若有责其不经，亦望以功掩过，夫果为艳诗，亦何足言功？作者深心，于兹可会。"案：籢与匳同。

余溺于章句，信有年矣。诚知非士大夫所为，不能忘情，天所赋也。自庚辰辛巳之际，迄己亥庚子之间，所著歌诗，不啻千首。其间以绮丽得意者，亦数百篇。往往在士大夫口，或乐官配入声律。粉墙椒壁，斜行小字，窃咏者不可胜纪。大盗入关，缃帙都坠。迁徙流转，不常厥居。求生草莽之中，岂复以吟咏为意？或天涯逢旧识，或避地遇故人，醉咏之暇，时及拙唱。自尔鸠集，复得百篇。不忍弃捐，随即编录。以上序鸠集旧作。

震曼殊曰："序中所书甲子，大都迷谬其词，未可信也。其谓庚辰辛巳迄己亥庚子之间者，考其时在僖宗之代，（案：懿宗咸通元年庚辰，二年辛巳，僖宗乾符六年己亥，广明元年庚子。）致尧乃居翰林也，而一卷《香奁》，全属旧君故国之思，彼时安所用此？此未可信也。又所谓'大盗入关'者，似指黄巢矣，而云'迁徙不常厥居，求生草莽之中'，岂复以吟咏为意？则益可疑。考巢贼乱后，致尧始贵，并无避地之举。直至梁移唐祚，致尧始不常厥居，所谓'天涯逢故旧，避地遇故人'者，正此时也。然则大盗盖指朱温，而避地则贬濮州，贬荣懿，徙邓州，南依王审知，均是也。故无题诗序云，丙寅年，在福建寓止，可征《香奁》一卷，编于晚年。梁氏既禅以后，故不得不迷谬其词，以求自全云尔。"〇《世说新语·言语篇》：张敷曰："当由忘情故不泣，不能忘情故泣。"〇魏文帝《善哉行》曰："绮丽难忘。"〇《汉书·艺文志》曰："雅乐声律，世在乐官。"〇李泌《舞春风词》曰："粉墙画壁宋家东。"梁元帝《县名诗》曰："椒壁杂风吹。"〇梁昭明太子《文选序》曰："飞文染翰，则卷盈乎缃帙。"五臣注："吕向曰：缃，浅黄色也；帙，书衣也。"〇《书·盘庚上》曰："不常厥邑。"〇《左传》定四年："申包胥曰：寡君越在草莽。"〇《尔雅·释诂》曰："鸠，聚也。"〇此段《全唐文》无之。

遐思宫体，未敢称庾信工文；却诮《玉台》，何必倩徐陵作序？粗得捧心之态，幸无折齿之惭。柳巷青楼，未尝穗秅；金闺绣户，始预风流。咀五色之灵芝，香生九窍；咽三危之瑞露，春动七情。若有责其不经，亦望以功掩过。玉山樵人韩致尧序。以上序著作之意。

□美人香草之思，不当以侧艳目之。

《梁书·简文帝纪》曰："雅好题诗，其序云，余七岁有诗癖，长而不倦，然伤于轻艳，当时号曰宫体。"又《徐摛传》曰：

"摘文体既别，春坊尽学之，宫体之号，自斯而起。"《周书·庾信传》曰："父肩吾，为梁太子中庶子，东海徐摛为左卫率，摛子陵及信，并为抄撰学士，文并绮艳，故世号为徐庾体。"○《香奁集》敢作降，一作解，工作攻，今依《全唐文》。○徐孝穆集有《玉台新咏序》。《隋书·经籍志》集部总集有《玉台新咏》十卷，原注曰：徐陵撰。案：刘肃《大唐新语》卷三曰："梁简文为太子，好作艳诗，境内化之，浸以成俗，谓之宫体。晚年改作，追之不及，乃令徐陵撰《玉台集》以大其体。"○《香奁集》倩作使。○《庄子·天运篇》曰："西施病心而矉其里，其里之丑人见而美之，归亦捧心而矉其里。"○《晋书·谢鲲传》曰："邻家女有美色，鲲尝调之，女投梭折其两齿，时人为之语曰：任达不已，幼舆折齿。"○《南齐书·东昏侯纪》曰："世祖兴光楼，上施青漆，世谓之青楼。"《晋书·麹允传》曰："西州为之语曰：南开朱门，北望青楼。"曹子建《美女篇》曰："青楼临大路"，皆与此文青楼不同。翟晴江《通俗编》卷二十四曰："后人例呼妓馆为青楼，则始于梁刘邈《采桑行》：倡女不胜愁，结束下青楼。太白《楼船观妓诗》亦云，对舞青楼妓，双鬟白玉童也。"○《世说新语·排调篇》曰："王文度、范荣期俱为简文所要，王在范后，王因谓曰：簸之扬之，穅秕在前。范曰：洮之汰之，沙砾在后。"○《文选》江文通《别赋》曰："金闺之诸彦。"李善注曰："金闺，金马门也。"谢玄晖《始出尚书省诗》曰："既通金闺籍。"注曰："金闺，金门也。"案：此与绣户连文，则不必指为金门矣。胡元范《奉和太子纳妃诗》曰："金闺未息火。"卢纶《七夕诗》曰："何事金闺子，空传得网丝。袁晖《正月闺情诗》曰："正月金闺里，微风绣户间。"正与此同。震曰："'粗得捧心之态'云云，均致尧自况语也。夫以香奁艳语连篇，而云得捧心之态，无折齿之惭，金闺绣户，始足与此，此岂论诗之优劣乎？直是自叙其身世耳。"○张平子《西京赋》曰："濯灵芝之朱柯。"《抱朴子·仙药篇》曰："石芝者，石象芝，生于海隅名山及岛屿之涯，有积石者其状如肉象，有头尾四足，良似生物也。赤者如珊瑚，白者如截肪，黑者如泽漆，青者如翠羽，黄者如紫金，而皆光明洞彻如坚冰也。若得石象芝，捣之三万六千杵，服方寸七日，至尽一斤，则得千岁，十斤则万岁。"又曰："五德芝状如楼殿，茎方，其叶五色各具而不杂。"○《周礼·天官·疾医》曰："九窍之变。"郑注曰："阳窍七，阴窍二。"《庄子·齐物论》曰："百骸九窍六藏赅而存焉。"○《吕氏春秋·本味篇》曰："水之美者，三危之露。"高注曰："三危西极山。"陆士衡《琴赋曰："叶泫三危之露。"○《礼记·礼运》曰："何谓人情？喜怒哀乐爱恶欲，七者弗学而能。"○《香奁》春作美。○《史记·孟荀列传》曰："邹衍其言闳大不经。"○《汉书·陈汤传》："刘向上疏曰：君子以功覆过。"○"玉山"以下八字，《全唐文》无之，一作玉樵山人。《唐诗纪事》《唐才子传》皆作玉山樵人，则玉山是也。福建闽侯县东有玉枕山，玉山之号，其在依王审知之后乎？又《唐诗纪事》曰：偓字致尧，今日致光，误矣。清《四库书目》卷一百五十一曰："刘向《神仙传》称偓佺，尧时仙人，尧从而问道，则偓字致尧，于义为合。致光、致元，皆以字形相近误也。"

韦端己

韦庄，字端己，京兆杜陵人。乾宁元年登进士第。李询为西川宣谕和协使，举庄为判官，后王建辟掌书记，寻擢起居舍人，建表留之，及建僭位，授庄吏部侍郎同平章事。见《郡斋读书志》卷十八、《唐诗纪事》卷六十八、《唐才子传》卷十。

又玄集序

《唐诗纪事》卷六十八曰："庄集诗人一百五十人,得诗三百章,为《又玄集》。"案《读书志》,庄《浣花集》五卷,《宋史·艺文志》作十卷,而不及《又玄集》,盖佚。

谢玄晖文集盈编,止诵澄江之句;曹子建诗名冠古,唯吟清夜之篇。是知美稼千箱,两歧綦少;繁絃九变,大濩殊稀。入华林而珠树非多,阅众籁而紫箫唯一。所以撷芳林下,拾翠岩边。沙之汰之,始辨辟寒之宝;载雕载琢,方成瑚琏之珍。故知颔下采珠,难求十斛;管中窥豹,但取一斑。以上言古人之文,不能尽美,选者当取其精华。

《南齐书·谢朓传》曰:"朓字玄晖,陈郡阳夏人也。文章清丽。"《诗品》中曰:"齐吏部谢朓,奇章秀句,往往警遒,足使叔源失步,明远变色。"《隋书·经籍志》曰:"齐吏部郎谢朓集十二卷。"案谢玄晖《晚登三山还望京邑诗》曰:"馀霞散成绮,澄江静如练。"○《魏志·陈思王植传》曰:"植字子建,善属文。"《诗品》上曰:"陈思王植骨气奇高,词彩华茂,情兼雅怨,体被文质。粲溢今古,卓尔不群。故孔氏之门如用诗,则公幹升堂,思王入室。"曹子建《公讌诗》曰:"清夜游西园,飞盖相追随。"○《后汉书·张堪传》曰:"堪为渔阳守,民歌之曰:桑无附枝,麦秀两歧。张公为政,乐不可支。"○《周礼·春官·大司乐》曰:"若乐九变,则人鬼可得而礼矣。"又舞大濩。郑注曰:"大濩,汤乐也。"○《海外南经》曰:"三珠树在厌火北,生赤水上,其为树如柏,叶皆为珠。"又《海内西经》曰:"开明北有珠树、文玉树、玗琪树。"○紫箫,见李义山《新井碣铭》注。又杜牧之《杜秋娘诗》曰："闲捻紫箫吹。"自注曰："晋书，盗开凉州张骏冢，得紫玉箫。"〇拾翠，见司空表圣《擢英集序》注。〇沙汰，已见韩致尧《香奁集自序》稴秕注。〇《酉阳杂俎》十六曰："噉金鸟出昆明国，魏明帝时，其国来献此鸟，饲以真珠及龟脑，常吐金屑如粟，宫人争以鸟所吐金为钗珥，谓之辟寒金，以鸟不畏寒也。"李义山《碧城诗》曰："犀辟尘埃玉辟寒。"〇《论语·公冶长篇》》曰："瑚琏也。"《礼记·明堂位》曰："夏后氏之四连，殷之六瑚。"郑注曰："皆黍稷器。"《释文》曰："连本又作琏。"〇颔下珠，见《擢英集序》骊泉注。〇乔知之《绿珠篇》曰："明珠十斛买娉婷。"〇《晋书·王献之传》：门生曰："此郎亦管中窥豹，时见一斑。"

　　自国朝大手名人，以至今之作者，或百篇之内，时纪一章；或全集之中，微征数首。但掇其清词丽句，录在西斋；莫穷其巨派洪澜，任归东海。总其记得者，才子一百五十人；诵得者，名诗三百首。长乐暇日，陋巷穷时，聊撼膝以书绅，匪攒心而就简。以上选录。

　　《旧唐书·张说传》曰："为文俊逸，用思精密，朝廷大手笔，皆特承中旨撰述。"〇《新唐书·艺文志》史部目录类有《吴氏西斋目录》十卷，注曰吴兢。〇《全唐诗话》卷四曰："长乐坊安乐寺红楼，睿宗在藩时舞榭，东禅院亦曰木塔院。"《长安志》卷八曰："朱雀门东第四街，即皇城之东第二街，街东从北第一长乐坊。"〇《论语·卫灵公篇》曰："子张书诸绅。"

　　盖诗中鼓吹，名下笙簧。击凫氏之钟，霜清日观；淬雷公之剑，影动星津。云间分合璧之光，海上运摩天之翅。夺造化而云雷涌起，役鬼神而风雨奔驰。但思其食马留肝，徒云染指；岂虑其烹鱼去乙，或至伤鳞？自惭乎鼷腹易盈，非嗜其熊蹯独美。然则律者既采，繁者是除。何知黑白之鹅？强识淄、渑之水。左太冲十年三赋，未必无瑕；刘穆之一日百函，焉能尽丽。是知班张屈宋，亦有芜辞；沈谢应刘，犹多累句。虽遗妍可惜，而备载斯难。亦由执斧伐山，止求嘉木；挈瓶赴海，但汲甘泉。等同于风月烟花，各是其樝梨橘柚。以上自明约选之意。

　　鼓吹，见卢昇之《乐府杂诗序》注。笙簧，见《黎君碑》注。○凫氏钟，见苏廷硕《太清观钟铭》注；日观，见《黎君碑》注。○雷公剑，见王子安《上武侍极启》注。○《汉书·律历志上》曰："日月如合璧。"○白乐天《代鹤诗》曰："谁念深笼中，七换摩天翮。"○《后汉书·张衡传论》曰："制作侔造化。"○《神仙传》卷四："八公告淮南王曰：一人能召致蛟龙，使役鬼神。"○《史记·儒林传》："景帝曰：食肉不食马肝，不为不知味。"○《左》宣四年曰："子公怒，染指于鼎，尝之而出。"○《礼记·内则》曰："鱼去乙。"郑注曰："乙，鱼体中害人者名也。今东海鳐鱼有骨名乙，在目旁，状如篆乙，食之鲠人不可出。"案《尔雅·释鱼》曰："鱼肠谓之乙。"郑注与《尔雅》义异。○皮袭美《射鱼诗》曰："伤鳞浮殿红。"○鼷鼠，已见令狐楚《代李仆射谢状》"鼷鼠饮河"句注。《广雅·释兽》作鼶鼠。○《孟子·告子上》曰："舍鱼而取熊掌者也。"《左》文元年曰："王请食熊蹯而死。"○御览·羽族部》六引《秦记》曰："苻殷食鹅炙，知黑白之处，人不信，既而试之果然。"○《吕氏春秋·精喻篇》："孔子曰：淄、渑之合者，易牙尝而知之。"高注曰："淄、渑，齐之两水名也。易牙，齐桓公识味臣也。能别淄、渑之味也。"《淮南子·道应训》作菑渑。○《文选》左太冲《三都赋》李善注引臧荣绪《晋书》曰："左思，字太冲，齐国人。少博览丈史,欲作三都赋,乃指著作郎张载访岷邛之事,遂构思十稔,门庭藩溷,皆著纸笔,遇得一句即疏之。赋成,张华见而咨嗟,都邑豪贵,竞相传写。"○《宋书·刘穆之传》曰:"穆之字道和,东莒莞人,世居京口。穆与朱龄石并便尺牍,常于高祖坐,与龄石答书,自旦至中,穆之得百函,龄石得八十函,而穆之应对无废也。"○《庄子·天运篇》曰:"故譬三皇五帝之礼义法度,其犹柤梨橘柚邪!其味相反,而皆可于口。"《释文》曰:"柤,侧加反。"案:柤,樝之借字。《说文》曰:"樝果似梨而酢。"

昔姚合所撰《极玄集》一卷,传于当代,已尽精微。今更采其玄者,勒成《又玄集》三卷。记方流而目眩,阅丽水而神疲。鱼兔难存,筌蹄是弃。所以金盘饮露,唯采沆瀣之精;花界食珍,但享醍醐之味。非独资于短见,亦可贻于后昆。采实去华,俟诸来者。光化三年七月二日,前左补阙韦庄述。以上命名《又玄》之意。

□发挥选政,贵精之旨,颇见切当。

《新唐书·姚崇传》曰:"三子彝、昇、弈,弈曾孙合,元和中进士及第,调武功尉,善诗,世号姚武功者,终秘书监。"《艺文志》总集类有姚合《极玄集》一卷。○《文选》颜延年《赠王太常诗》曰:"玉水记方流。"李善注引《尸子》曰:"凡水其方折者有玉,其圆折者有珠。"○《韩子·内储说上》曰:"荆南之地,丽水之中生金。"○鱼兔筌蹄,见杨炯《彭城公夫人墓志铭》注。○《汉书·郊祀志上》颜注引《三辅故事》曰:"建章宫承露盘高二十丈,大七围,以铜为之,上有仙人掌,承露和玉屑饮之。"○司马长卿《大人赋》曰:"呼吸沆瀣兮餐朝霞。"《楚辞·远游》王注引陵阳子《明经》曰:"冬饮沆瀣,沆瀣者,北方夜半气也。"○《说文》新附字曰:"醍醐,酪之精者也。"○张思光《与豫章王笺》曰:"区区短见,深有恨然。"○《书》伪古文《仲虺之诰》曰:"垂裕后昆。"○光化,唐昭宗年号。

欧阳炯

炯,蜀人,历官武德军判官翰林学士中书舍人,善文章,尤工诗词,见《十国春秋》卷五十六。

花间集序

《直斋书录解题》卷二十一曰:"《花间集》十卷,蜀欧阳炯作序称卫尉少卿字宏基者所集,未详何人。其词曰:温飞卿以下十八人,凡五百首,此近世倚声填词之祖也。"清《四库书目》卷一百九十九曰:"后蜀赵崇祚编,崇祚字宏基,事孟昶为卫尉少卿,而不详其里贯。《十国春秋》亦无传。"案:蜀有赵崇韬,为中书令廷隐之子,崇祚疑即其兄弟行也。诗馀体变自唐,而盛行于五代,自宋以后,体制益繁,选录益众,而溯源星宿,当以此集为最古。唐末名家词曲,俱赖以仅存。

镂玉雕琼,拟化工而迥巧;裁花剪叶,夺春艳以争鲜。是以唱云谣则金母词清,挹霞醴则穆王心醉。名高白雪,声声而自合鸾歌;响遏青云,字字而偏谐凤律。杨柳大隄之句,乐府相传;芙蓉曲渚之篇,豪家自制。莫不争高门下,三千玳瑁之簪;竞富樽前,数十珊瑚之树。则有绮筵公子,绣幌佳人,递叶叶之花笺,文抽丽锦;举纤纤之玉指,拍按香檀。不无清绝之辞,用助娇娆之态。自南朝之宫体,扇北里之倡风。何止言之不文?

所谓秀而不实。以上历代词曲之变迁。

　　《艺文类聚·宝玉部》引《纪年》曰：桀伐岷山，岷山庄王女于桀二女，曰琬曰琰，斲其名于苕华之玉。○贾生《服鸟赋》曰："造化为工。"○《大业拾遗记》曰："炀帝筑西苑，宫树秋冬凋落，乃翦彩为花叶缀于条。"○《穆天子传》卷三曰："天子觞西王母于瑶池之上，西王母为天子谣曰：白云在天，山陵（郭注曰陵字）自出，道里悠远，山川间之，将子无死，尚能复来。"○《拾遗记》卷三曰："周穆王东巡大騎之谷，指春宵宫，集诸方士仙术之要，西王母乘翠凤之輦而来，共玉帐高会，荐清澄琬琰之膏以为酒。又进洞渊红蓱，嵊州甜雪。"吴叔庠《游仙诗》曰："霞液朝可饮。"○宋玉《对楚王问》曰："客有歌于郢中者，其为阳春白雪，国中属而和者，不过数十人。"○《海外西经》曰："诸夭之野，鸾鸟自歌，凤鸟自舞。"○《列子·汤问篇》："秦青抚节悲歌，声振林木，响遏行云。"○《吕氏春秋·古乐篇》曰："伶伦听凤皇之鸣，以别十二律。"○《乐府诗集》四十八引《古今乐录》曰："《襄阳乐》者，宋随王诞之所作也。又有《大堤曲》，亦出于此。"李正己《襄阳曲》曰："襄阳堤路长，草碧杨柳黄。"○《乐府诗集》五十引《古今乐录》曰："《采莲曲》：和云采莲渚，窈窕舞佳人。"梁简文帝《采莲曲》曰："棹动芙蓉落。"梁元帝《采莲曲》曰："愿袭芙蓉裳。"○《史记·春申君传》曰："赵平原君使人于春申君，春申君舍之于上舍，赵使欲夸楚，为瑇瑁簪，刀剑室以珠玉饰之，请命春申君客，春申客三千馀人，其上客皆蹑珠履以见赵使，赵使大惭。"《古乐府·有所思曲》曰："双珠瑇瑁簪。"《正字通》曰："瑇，俗作玳。"○《晋书·石崇传》曰："崇与贵戚王恺、羊琇之徒，以奢靡相尚，恺以饴沃釜，崇以蜡代薪，恺作紫丝布步幛四十里，崇作锦步障五十里以敌之。崇、恺争豪如此，武帝每助恺，尝以珊瑚树赐之，高三尺许，恺以示崇，崇便以铁如意击之，命左右悉取珊瑚树，有高三四尺者六七株，条干绝俗，光彩耀日。"○陈伯玉《春夜别友人诗》曰："金尊对绮筵。"杜子美《乐游园歌》："公子华筵特地高。"○《学斋佔毕》卷三曰："古妆镜铭曰：绮窗绣幌，俱涵影中。"宋子侯《董娇娆诗》曰："叶叶自相当。"○《邺侯外传》曰："夜梦见赐御制中和诗于金花笺上。"○《诗·葛屦》曰："掺掺女手。"毛传曰："掺掺犹纤纤也。"《古诗》曰："纤纤出素手。"○杜牧之《宣州赠裴坦诗》曰："画堂檀板秋拍碎。"○庾子山《哀江南赋序》曰："不无危苦之辞。"陆士龙《与平原书》曰："昔读《楚辞》，意不大爱之，顷日视之，实自清绝滔滔。"○《说文》曰："娆一曰嬛也。"《韵会》曰："音饶，娇娆，妍媚貌。"○宫体，见韩致尧《香奁集自序》注。○《史记·殷本纪》曰："纣使师涓作新淫声，北里之舞，靡靡之乐。"曹子建《七启》曰："扬北里之流声。"○《左》襄二十五年："仲尼曰：言之无文，行而不远。"○《论语·子罕篇》："子曰：秀而不实者，有已〔矣〕夫。"

有唐已降，率土之滨，家家之香径春风，宁寻越艳？处处之红楼夜月，自锁嫦娥。在明皇时，则有李太白应制清平乐调四道，近代温飞卿复有《金荃集》。迩来作者，无愧前人。以上言唐以来作家之盛。

《诗·北山》曰："率土之滨，莫非王臣。"○罗昭谏《真娘墓诗》曰："还应伴西子，香径夜深游。"《太平寰宇记》曰："江南道苏州：香山在吴县五十里。《吴地记》云：吴王遣美人采香于此，山以为名，故有采香径。"王昌龄《采莲曲》曰："吴姬越艳楚王妃。"○李太白《陌上赠美人诗》曰："美人一笑搴珠箔，遥指红楼是妾家。"○嫦娥，见杨炯《彭城公夫人墓志铭》。又《学斋佔毕》卷三曰："余尝观《汉志》，黄帝使羲和占日，常仪占月，（《史记·历书》《索隐》引《世本》及《律历志》，然今

《汉书·律历志》无之，见《晋书·律历志》中。）每疑所谓常娥即常仪字之误。及读《周礼》注云：仪、义二字，古皆音俄，（此二语亦出《隶释》卷九《司隶校尉鲁峻碑》跋语，然《周礼·地官·大司徒》郑注曰：故书仪或为义，杜子春读为仪，《春官·小宗伯》注同。又《肆师》注曰：故书仪为义，郑司农云，义读为仪。《典命》注同。然无"义、仪二字古皆音俄"八字。吴才老《韵补》七歌义下曰：《周官》注仪作义，古皆音俄。疑洪景伯《隶释》盖因此而误，《学斋》又承其失欤？）而洪丞相适引《诗》'实维我仪，协在彼中河'（《鄘·柏舟》），'乐且有仪，协在彼中阿'（《菁菁者莪》），《太玄》亦以'各遵其仪，协不偏不颇'（《争首》），而汉碑凡蓼莪皆作蓼仪（以上并《隶释》九）。然自信其说，诸人妄以常仪为常娥明矣。"《丹铅总录》卷十三曰："月中嫦娥，其说始于《淮南》及张衡《灵宪》，其实因常仪占月而误也。古者羲和占日，常仪占月，皆官名也。见于《吕氏春秋》（《勿躬篇》），后讹为嫦娥，以仪、娥音同耳。"○李太白集有《清平调词》三首，乐史《李翰林外（别）集序》《太真外传》《乐府诗集》卷八十引《松窗录》，皆言白作《清平调词》三章，《碧鸡漫志》卷五谓明皇宣白进清平调，乃是令白于清调平调制词，不用侧调。○《新唐书·艺文志》有温庭筠《金荃集》十卷。

今卫尉少卿字弘基，以拾翠洲边，自得羽毛之异；织绡泉底，独殊机杼之功。广会众宾，时延佳论。因集近来诗客曲子词五百首，分为十卷。以烱麤预知音，辱请命题，仍为叙引。昔郢人有歌《阳春》者，号为绝唱，乃命之为《花间集》。庶使西园英哲，用资羽盖之欢；南国婵娟，休唱莲舟之引。广政三年夏四月，大蜀欧阳烱叙。以上集词及命名作序。

□生香活色,旖旎风流,但终不免律赋句调,去六朝、初唐远矣。

　　《唐六典》卷十六曰:"卫尉寺卿一人,从三品,少卿二人,从四品上。卫尉卿之职,掌邦国器械文物之政令,总武库、武器、守宫三署之官署,少卿为之贰,后蜀殆沿唐制而设官也。"○拾翠,已见《司空表圣序》注。○《文选》左太冲《吴都赋》曰:"泉室潜织而卷绡,渊客慷慨而泣珠。"刘渊林注曰:"水居,鲛人水底居也。俗传鲛人从水中出,曾寄人家积日卖绡,绡者竹孚俞也,鲛人临去,从主人索器,泣而出珠,满以与主人。"又见司空表圣《擢英集序》注。○《乐记》曰:"审声以知音。"○西园羽盖,见韦端己《又玄集序》注。○曹子建《杂诗》曰:"南国有佳人。"《文选·吴都赋》五臣注吕向曰:"婵娟,美貌。"《古诗》曰:"江南可采莲。"《梁书·羊侃传》曰:"侃有舞人张静婉,容色绝世,侃尝自造采莲棹歌两曲,有新致,乐府谓之张静婉《采莲曲》。"○广政,后蜀主孟昶年号,广政三年,当石晋天福五年。

卷四　宋文二十四首

徐鼎臣

徐铉，字鼎臣，会稽人。（《东都事略》铉传云：扬州广陵人，《宋史·文苑传》同。行状云：其先东海剡人，自烈考以下，皆生于会稽。墓志云：其先会稽人，自言生于扬州。陆务观《南唐书·徐锴传》云会稽人。）仕吴为校书郎，又仕南唐知制诰，迁中书舍人，历兵部侍郎翰林学士御史大夫吏部尚书。宋师围金陵，江南主李煜遣铉求缓兵，及至，虽不能缓兵，而入见辞归，礼遇皆与常时同。及随煜入朝，太祖责之声甚厉。铉对曰：臣为江南大臣，国亡皋当死，不当问其它。太祖叹曰：忠臣也。命为太子率更令。太宗时直学士院，从征太原，师还加给事中，历左散骑常侍，贬静难行军司马卒。《宋史》入《文苑传》。

大宋左千牛卫上将军追封吴王陇西公墓志铭　并序

《新五代史·南唐世家》曰："李煜，字重光，初名从嘉，景第六子也。建隆二年，立煜为太子，景卒，煜嗣立于金陵。七年，召煜赴阙，煜称疾不行。王师南征，煜遣徐铉等奉表求缓师，不答。八年十二月，王师克金陵。九年，煜俘至京师，太祖赦之，封煜违命侯，拜左千牛卫将军。"《宋史·南唐世家》曰:"太宗即位,始去违命侯,加特进,封陇西郡公。太平兴国三年七月卒,年四十二,废朝三日,赠太师,追封吴王。"又《职官志》有左右千牛卫上将军、大将军、将军,曰诸卫上将军、大将军、将军并为环卫官,无定员。又曰:"诸卫上将军为从三品,大将军为从四品,开国郡公为正二品,王为正一品"○《东轩笔录》(卷一)曰:"太平兴国中,吴王李煜薨,太宗诏侍臣撰《吴王神道碑》,时有与徐铉争名而欲中伤之者,面奏曰:知吴王事迹,莫若徐铉为详,太宗未悟,遂诏铉撰碑。铉遽请对而泣曰:臣旧事李煜,陛下容臣存故主之义,乃敢奉诏。太宗始悟让者之意,许之。故铉之为碑,但推言历数有尽,天命有归而已。太宗览读称叹。"

盛德百世,善继者所以主其祀;圣人无外,善守者不能固其存。盖运历之所推,亦古今之一贯。其有享蕃锡之宠,保克终之美,殊恩饰壤,懿范流光,传之金石,斯不诬矣。以上总叙

《左传》昭八年:史赵曰:"臣闻盛德必百世祀。"○《公羊》僖二十四年曰:"王者无外也。"○《书》伪古文《仲虺之诰》曰:"推亡固存。"○《易·晋》曰:"晋,康侯用锡马蕃庶。"○《书》伪古文《太甲上》曰:"克终允德。"○《晋书·礼乐志》:"成帝咸康七年诏曰:重壤之下,岂宜崇饰?"○《榖梁》僖十五年曰:"德厚者流光。"○《墨子·兼爱下》曰:"镂于金石。"

王讳煜,字重光,陇西人也。昔庭坚赞九德,伯阳恢至道。皇天眷祐,锡祚于唐。祖文宗武,世有显德。载祀三百,龟玉沦胥。宗子维城,蕃衍万国。江淮之地,独奉长安。故我显祖,用膺推戴。淳耀之烈,载光旧吴。

二世承基，克广其业。以上先世，及南唐立国。

《旧唐书·高祖本纪》曰："姓李氏，讳渊，其先陇西狄道人。凉武昭王暠七代孙也。"陆氏《南唐书·烈祖本纪》曰："名昪，字正伦，徐州人，姓李氏。唐宪宗第八子建王恪之玄孙。"○《新唐书·宗室世系表》曰："李氏出自嬴姓，帝颛顼高阳氏生大业，大业生女华，女华生皋陶，字庭坚，为尧大理，生益，益生恩成，历虞、夏、商世为大理，以官命族，为理氏。至纣之时，理徵得罪而死，其妻陈国契和氏，与子利贞逃难于伊侯之墟，食木子得全，遂改理为李氏。利贞生昌祖，为陈大夫，家于苦县，生彤德，彤德曾孙硕宗，周康王赐采邑于苦县，五世孙乾，为周上御史大夫，娶益寿氏女婴敷生耳，字伯阳，一字聃，周平王时为太史，其后昙入秦为御史大夫，生四子，崇、辨、昭、玑，崇为陇西房。"○《书·皋陶谟》曰："亦行有九德，宽而栗，柔而立，愿而恭，乱而敬，扰而毅，直而温，简而廉，刚而塞，强而义。"○《史记·老子传》曰："著书上下篇，言道德之意五千馀言。"《庄子·在宥篇》曰："至道之精，窈窈冥冥。"○《书》伪古文《微子之命》曰："皇天眷佑，诞受厥命。"○《诗·既醉》曰："君子万年，永锡祚胤。"○唐自高祖武德元年戊寅，至昭宣帝天祐四年丁卯，为朱梁所篡，凡二百九十年，言三百，举成数也。○《论语·季氏篇》曰："龟玉毁于椟中。"《诗·抑》曰："无沦胥以亡。"○《诗·板》曰："宗子维城。"○《诗·椒聊》曰："蕃衍盈升。"○《新五代史·南唐世家》曰："李昪少孤，流寓濠泗间，杨行密攻濠州，得之，奇其状貌，养以为子，而杨氏诸子不能容。行密以乞徐温，乃冒姓徐氏，名知诰。杨溥僭号，拜太尉中书令，太和五年封齐王，天祚三年，溥传位于昪，国号齐，改元昇元，二年复姓李氏，改名昪，改其国号曰唐，志在守吴旧地而已。然吴人亦赖以休息，七年昪卒，谥曰光文肃武孝高皇帝，庙号烈祖。子景立，景初名景通，昪长子也。既立，又改名璟，保大十三年改名景，以避周庙讳。交泰元年，周师复取海、泰、扬州。世宗遂至大江，景表尽献江北诸州，世宗许之。景下令去帝号，称国主，奉周正朔。建隆二年，景卒，从嘉嗣，遣使入朝，愿复景帝号。太祖许之，乃谥曰明德崇道文宣孝皇帝，庙号元宗。"《郑语》曰："以淳燿敦大，天明地德。"案《宋文鉴》淳作焜。

皇宋将启，玄贶冥符。有周开先，太祖历试。威德所及，寰宇将同。故我旧邦，祗畏天命，贬大号以禀朔，献地图而请吏。故得义动元后，风行域中。恩礼有加，绥怀不世。鲁用天王之礼，自越常钧；鄅存纪侯之国，曾何足贵？以上南唐贬号献地，犹得自存。

《广雅·释言》曰："玄，天也。"《宋书·孝武帝纪赞》曰："庶藉天贶。"《晋书·隐逸·郭瑀传》：张天锡遗瑀书曰："心与至境冥符。"○《宋史·太祖本纪》曰："讳匡胤，姓赵氏，涿郡人也。世宗即位，典禁兵，三年春，从征淮南。南唐节度皇甫晖、姚凤众号十五万，塞清流关，击走之，追至城下，手刃晖中脑，并姚凤禽之。四年春，从征寿春，下寿州。冬从征濠泗，为前锋，攻泗州下之，拔楚州，进破唐人于鋬江口，直抵南岸，焚其营栅，又破之于瓜步，淮南平。"○《礼记·中庸》曰："有开必先。"○《书序》曰："虞舜侧微，尧闻之聪明，将使嗣位，历试诸难，作《舜典》。"○张平子《东京赋》曰："杖朱旗而建大号。"颜延年《曲水诗序》曰："穷居之君，内首禀朔。"○《史记·司马相如传》曰："邛筰之君长，多欲愿为内臣妾，请吏北南夷。"○《礼记·明堂位》曰："成王命鲁公，世世祀周公以天子之礼乐，是以鲁君孟春乘大路，载弧韣，旂十有二旒，日月之章，祖帝于郊，配以后稷，天子之礼也。"《史记·鲁世家》曰："鲁有天子礼乐者，以褒周公之德也。"○《春秋》庄三年秋，纪季以酅入于齐。《公羊传》曰："纪季者何？纪侯之弟也。何以不名？贤也。何贤乎纪季？服罪也。其服罪奈何？鲁子曰：请后五庙，以存姑姊妹。"何注曰："纪与齐为雠不直，齐大纪小，季知必亡，故以酅首服，先祖有罪于齐，请为五庙后，以酅共祭祖，存姑姊妹，称字贤之者，以存先祖之功，则除出奔之罪，明其知权。"《穀梁传》曰："酅，纪之邑也，入于齐者，以鄎事齐也。"

王以世嫡嗣服，以古道驭兄。钦若彝伦，率循先志。奉蒸尝，恭色养，必以孝，宾大臣，事耆老，必以礼。居处服御必以节，言动施舍必以时。至于荷全济之恩，谨藩国之度。勤修九贡，府无虚月，祗奉百役，知无不为。十五年间，天眷弥渥。以上煜嗣位后，尽事大之礼。

《诗·下武》曰："昭哉嗣服。"郑笺曰："服，事也。明哉武王之嗣，行祖考之事。"○《周礼·天官》大宰之职曰："六曰礼俗，以驭其民。"○《书·尧典》曰："钦若昊天。"《洪范》曰："彝伦攸叙。"○《魏书·高祖纪》："承明元年诏曰：思隆先志。"○《礼记·祭统》曰："秋祭曰尝，冬祭曰烝。"潘安仁《闲居赋序》曰："尚何能违膝下色养，而屑屑从斗筲之役乎？"○《礼记·中庸》曰："敬大臣则不眩。"《周语上》："樊穆仲曰：敬事耆老。"案：《文鉴》耆作耆，又时作仁。○《周礼·天官》大宰之职曰："以九贡致邦国之用。一曰祀贡，二曰嫔贡，三曰器贡，四曰币贡，五曰材贡，六曰货贡，七曰服贡，八曰斿贡，九曰物贡。"○颜延年《曲水诗序》曰："逾沙轶漠之贡，府无虚月。"○《左传》襄十四年："戎子驹支曰：晋之百役，与我诸戎，相继于时，以从执政。"僖九年："荀息曰：公家之利，知无不为，忠也。"《宋史·南唐世家》曰："煜每闻朝廷出师克捷，及嘉庆之事，必遣使犒师修贡。其大庆，即更以买宴为名，别奉珍玩为献。吉凶大礼，皆别修贡助。乾德元年，煜上表乞呼名，诏不许。三年献银二万两，金银龙凤茶酒器数百事。开宝四年，又以占城、阇婆、大食国所送礼物来上。又遣弟从谦奉珍宝器用金帛为贡，且买宴，其数皆倍于前。是冬以将郊祀，又遣弟从善来贡，会岭南平，煜惧，上表遂改唐国主为江南国主，唐国印为江南国王印，又上表请所赐诏呼名，许之。煜又贬损制度，下书称教，改中书门下省为左右内使府，尚书省为司会府，御史台为司宪府，翰林为文馆，枢密院为光政院，降封诸王为国公，官号多所改易。五年，长春节，别贡钱三十万，遂以为常。是岁煜又贡米麦二十万石，虽外示畏服，修藩臣之礼，而内实缮甲募兵，潜为战备。太祖虑其难制，令从善谕旨于煜使来朝，煜但奉方物为贡。"

然而果于自信，怠于周防。西邻起衅，南箕构祸。投杼致慈亲之惑，乞火无里妇之辞。始劳因垒之师，终后涂山之会。太祖至仁之举，大赉为怀。录勤王之前效，恢焚谤之广度。位以上将，爵为通侯，待遇如初，宠锡斯厚。以上江南国灭。

杜元凯《春秋左氏传序》曰："圣人包周身之防。"《左》僖十五年曰："西邻责言，不可偿也。"案：《东轩笔记》作"东邻遘祸，南箕扇疑"。东邻谓钱俶也。《乐善录》亦作东邻，陆氏《南唐书·后主纪》曰："王师进拔芜湖及雄远军，吴越王亦大举兵，遣将犯常、润，国主贻之书曰：今日无我，明日岂有君？一旦明天子易地赏功，王亦大梁一布衣耳。吴越王表上其书。"○《诗·巷伯》曰："哆兮侈兮，成是南箕。"毛传曰："南箕，箕星也。"郑笺曰："箕星哆然，踵狭而舌广，今谗人之因寺人之近嫌，而成言其罪，犹因箕星之哆而侈大之。"○《秦策》二：甘茂曰："昔者曾子处费，费人有与曾子同名族者而杀人，人告曾子母曰：曾参杀人，曾子之母曰，吾子不杀人，织自若。有顷焉，人又曰："曾参杀人，其母尚织自若也。顷之一人又告之曰：曾参杀人，其母惧，投杼踰墙而走。夫以曾子之贤与母之信也，而三人疑之，则慈母不能信。臣之贤不及曾子，而王之信臣，又未若曾子之母也，疑臣不适三人，臣恐王为臣之投杼也。"○《汉书·蒯通传》：通曰："臣之里妇与里之诸母相善也，里妇夜亡肉，姑以为盗，怒而逐之。妇晨去，过所善诸母，语以事而谢之。里母曰：女安行，我今令而家追女矣。即束缊请火于亡肉家曰：咋暮夜犬得肉，争斗相杀，请火治之。亡肉家遽追呼其妇。"○《左》僖十九年：子鱼言于宋公曰："文王闻崇德乱而伐之，军三旬而不降，退修教而复伐之，因垒而降。"○《鲁语下》："仲尼曰：丘闻之，昔禹致群神于会稽之山，防风氏后至，禹杀而戮之。韦注曰：群神谓主山川之君，为群神之主，故谓之神也。防风汪芒氏君之名也，违命后至，故禹杀之，陈尸为戮也。"案：涂山见崔安成《启母庙碑》注。○《论语·尧曰篇》曰："周有大赉。"《新五代史·南唐世家》曰："太祖之出师南征也，煜遣其臣徐铉朝于京师，铉居江南，以名臣自负，其来也，欲以口舌驰说存其国。朝于庭，仰而言曰：李煜无罪，陛下出师无名。太祖徐召之升，使毕其说。铉曰：煜以小事大，如子事父，未有过失，奈何见伐？其说累数百言，太祖曰：尔谓父子者为两家，可乎？铉无以对而退。"《东都事略·李煜传》曰："铉等既还，煜复遣入奏，乞缓兵以全一邦之命。太祖怒，按剑谓铉曰：不须多言，江南亦有何罪？但天下一家，卧榻之旁，岂容他人鼾睡？铉皇恐而退。"○《左》僖二十五年："狐偃言于晋侯曰：求诸侯，莫如勤王。"○《后汉书·光武帝纪上》曰："更始二年四月，进围邯郸，连战破之。五月甲辰，拔其城，诛王郎，收文书，得吏人与郎交关谤毁者数千章，光武不省，会诸将军烧之，曰令反侧子自安。"○《宋史·南唐世家》曰："开宝八年冬，城陷，曹彬等驻兵于宫门，煜率其近臣迎拜于门，彬等上露布,以煜并其宰相汤悦等四十五人上献,太祖御明德楼,以煜尝奉正朔,诏有司勿宣露布,止令煜等白衣纱帽至楼下待罪,诏并释之,赐冠带器币鞍马有差。诏曰:江南伪主李煜,承奕世之遗基,据偏方而窃号,实为外臣,庆我恩德。比禅与皓,又非其伦。特升拱极之班,赐以列侯之号。式优待遇,尽舍尤违。可光禄大夫检校太傅右千牛卫上将军,仍封违命侯,召升殿抚问。"案:马令《南唐书·后主书》作左千牛卫上将军。《新五代史》作左千牛卫上将军,二者相同。《宋史·世家》及《太宗纪》,《续资治通鉴长编》十七,《东都事略·太祖纪》《李煜传》,陆氏《南唐书·后主纪》,皆作右千牛卫上将军。○《汉书·高纪下》通侯诸将注:"应劭曰:旧曰彻侯,避武帝讳曰通侯,通亦彻也,通者,言其功德通于王室也,张晏曰:后改为列侯,列者,见序列也。"

今上宣猷大麓,敷惠万方。每侍论思,常存开释。及飞天在运,丽泽推恩。擢进上公之封,仍加掌武之秩。侍从亲礼,勉谕优容。方将度越等彝,登崇名数。呜呼!阅川无舍,景命不融。太平兴国三年秋七月八日遘疾,薨于京师里第,享年四十有二。皇上抚几兴悼,投瓜轸悲。痛生之不逮,俾殁而加饰。特诏辍朝三日,赠太师,追封吴王,命中使莅葬,凡丧祭所须,皆从官给。即其年冬十月日,葬于河南府某县某乡某里,礼也。以上太宗时加封及卒。

《宋史·太宗本纪》曰:"讳炅,初名匡义,改赐光义,即位之二年,改今讳。太祖即位,以帝领殿前都虞候大内都部署,加同平章事,行开封尹,再加兼中书令,改东都留守,封晋王,序班宰相上。开宝九年冬十月癸丑,太祖崩,帝遂即皇帝位。"○《书·舜典》曰:"纳于大麓。"○班孟坚《两都赋》序曰:

"并朝夕论思，日月献纳。"〇《易·乾》九五曰："飞龙在天。"案《文鉴》天作龙。〇《易·兑·象传》曰："丽泽兑，君子以朋友讲习。"〇《史记·留侯世家》："四人说建成侯曰：君何不急请吕后承间为上泣言，今诸将皆陛下故等夷？"《集解》徐广曰："夷犹侪也。"案：此以彝字为之。〇《左》庄十八年曰："王命诸侯，名位不同，礼亦异数。"〇《论语·子罕篇》："子在川上曰：逝者如斯夫！不舍昼夜。"《释文》曰："舍音捨。"陆士衡《叹逝赋》曰："川阅水以成川，水滔滔而日度。世阅人而为世，人冉冉而行暮。"〇《诗·既醉》曰："乐命有仆。"王仲宝《诸渊碑文》曰："景命不永。"《方言》一曰："融，长也。"〇《长编》十九曰："太平兴国三年秋七月乙酉朔壬辰，赠太师吴王李煜卒。"《宋史·太宗纪》亦作壬辰，与墓志言八日正合。陆氏《南唐书》云七月辛卯殂，是日七夕也。后主盖以是日生，以《宋史》及《长编》证之，似误。又马氏《南唐书》曰：太平兴国三年，公病，命翰林医官视疾，中使慰论者数四，翌日薨。盖当日情事如此，而《默记》有赐牵机药之说，似李煜不得其死者。小说家言，不足信也。（王性之《默记》曰："徐铉归朝，为左散骑常侍，迁给事中。太宗一日问会见李煜否？铉对以臣安敢私见之？上曰：卿第往，但言朕令卿往相见可矣。铉遂径往其居，望门下马，但一老卒守门，徐言愿见太尉，卒言有旨不得与人接，岂可见也？铉云我乃奉旨来见，老卒往报，徐入立庭下，久之，老卒遂入，取旧椅子相对。铉遥望见，谓卒曰：但正衙一椅足矣。顷间，李主纱帽道服而出，铉方拜，而李主遽下阶引其手以上，铉告辞宾主之礼。主曰：今日岂有此礼？徐引椅少偏乃敢坐。后主相持大哭，乃坐默不言，忽长吁叹曰：当时悔杀了潘祐、李平。铉既去，乃有旨再对，询后主何言？铉不敢隐，遂有秦王赐牵机药之事。牵机药者，服之前却数十回，头足相就，如牵机状也。又后主在赐第，因七夕命故妓作乐，声闻于外。太宗闻之大怒，又传'小楼昨夜又东风'，及'一江春水向东流'之句，并坐之，遂被祸云。")《行营杂录》曰："后主归朝，每怀故国，且念嫔妾散落，郁郁不自聊。尝作长短句：帘外雨潺潺，春意阑珊。罗衾不奈〔耐〕五更寒。梦里不知身是客，一晌贪欢。独自莫凭栏，无限江山。别时容易见时难。流水落花春去也，天上人间。意思悽惋，不久下世。"所记似近情实。○集"里第"作"里之第"，今依《文鉴》。《晋书·刘毅传》曰："太康六年卒，武帝抚几惊曰：失吾名臣，不得生作三公。即赠仪同三司。"○《南史·任昉传》曰："出为新安太守，卒于官。武帝闻问，方食西苑绿沈瓜，投之于盘，悲不自胜，即日举哀，哭之甚恸。追赠太常，谥曰敬子。"○《陆书》曰："葬洛阳北邙山。"周雪客（在浚）注曰：《湖广总志》，李后主墓在通山县（今属湖北），且言李煜卒，以五十二棺同日出葬，为疑冢，此志之误。

夫人郑国夫人周氏，勋旧之族，是生邦媛。肃雍之美，流咏国风。才实女师，言成阃则。子左千牛卫大将军某，襟神俊茂，识度渊通。孝悌自表于天资，才略靡由于师训。日出之学，未易可量。以上并叙其妻子。

《宋史·南唐世家》曰："煜妻周氏，封郑国夫人。"又曰："以其子神武右厢都指挥使仲寓为左千牛卫大将军。"陆书《后妃诸王传》曰："后主昭惠国后周氏，小字娥皇，司徒宗女，十九岁来归。后主嗣位，立为后，卒年二十九，葬懿陵。后主国后周氏，昭惠后妹也。昭惠卒未几，后主居圣尊后丧，故中宫久虚。宋开宝元年，始议立后为继室。（马书《女宪传》曰：后自昭惠殂，常在禁中，后主乐府词有'衩（刬）袜步香阶，手提金缕鞋'文，类多传于外，至纳后乃成礼而已。）被宠过于昭惠。国亡，从后主北迁，封郑国夫人，后主殂，后悲哀不自胜，亦卒。"（《默记》曰：后岁时例随命妇入宫朝谒，每入必留内数日，出对后主，辄涕泣骂詈，后主常婉转避之。案：此殆亦诬妄之说。）又曰："仲寓字叔章，（《唐馀纪》曰：昭惠后周氏所生。）后主四年，封清源郡公，归宋授右千牛卫大将军。居后主丧，哀毁过制，太宗怜之，遣使劳问，终丧赐积珍坊第一区，久之上言族大家贫，求治郡，拜郢州刺史，在郡以宽闲为治，士民安之。淳化五年八月卒，年三十七。子正言亦好学，早卒无嗣，后主之后遂绝。江南之民闻之，犹为兴悼云。"○《诗・君子偕老》曰："邦之媛也。"毛传曰："美女为媛。"○肃雍，见张文成《公主出降礼钱判》，雝、雍字同。又《大雅・思齐》曰："雝雝在宫，肃肃在庙。"毛传曰："雝雝，和也；肃肃，敬也。"○《诗・葛覃》曰："言告师氏。"毛传曰："师，女师也。古者女师教以妇德、妇言、妇容、妇工。"《汉书・外戚・班婕妤传》曰："诵《诗》及《窈窕》《德象》《女师》之篇。"颜注曰："皆古箴戒之书。"○《曲礼上》曰："内言不出于梱。"郑注曰："梱，门限也。"《释文》曰："本又作阃。"颜延年《宋元后哀策文》曰："坤则顺承。"《说苑・建本篇》："师旷曰：臣闻之，少而好学，如日出之阳。"

  惟王天骨秀异，神气清粹。言动有则，容止可观。精究六经，旁综百氏。常以为周孔之道，不可暂离。经国化民，发号施令，造次于是，终始不渝。酷好文辞，多所述作。一游一豫，必颂宣尼，载笑载言，不忘经义。洞晓音律，精别雅郑。穷先王制作之意，审风俗淳薄之原。为文论之，以续《乐记》。所著文集三十卷，杂说百篇。味其文，知其道矣。至于弧矢之善，笔札之工，天纵多能，必造精绝。本以恻隐之性，乃好竺乾之教。草木不杀，禽鱼咸遂。赏人之善，常若不及；掩人之过，唯恐其闻。以至法不胜奸，威不克爱，以厌兵之俗，当用武之世。孔明罕应变之略，不成近功；偃王躬仁义之行，终于亡国。道有所在，复何愧欤？呜呼哀哉！二室南峙，三川东注。瞻上阳之宫阙，望北邙之云树。旁寂寂兮迥野，下冥冥兮长暮。寄不朽于金石，庶有传于竹素。其铭曰：以上总述其材德及勒铭之意。

《新五代史》曰："煜为人仁孝，善属文，工书画，而丰额骈齿，一目重瞳子。"僧文莹《湘山野录》卷中曰："江南李后主煜性宽恕，威令不素著。神骨秀异，骈齿，一目有重瞳，笃信佛法，知国势危削，自叹曰：天下无周公仲尼，君道不可行，但著杂说百篇以见志。"《钓矶立谈》曰："后主天性喜学问，尝命两省丞郎［给］谏词掖，集贤勤政殿学士，分夕于光政殿，赐之对坐，与相剧谈，至夜分乃罢。"《山谷题跋》曰："观江南李主手改表章，笔力不减柳诚悬。"马书曰："后主少聪悟，喜读书，工书画，知音律。"《渑水燕谈录》卷八曰："南唐后主留心笔札，所用澄心堂纸，李廷珪墨，龙尾石砚，三物为天下之冠。"陆书曰："后主天资纯孝，事元宗尽子道，居丧哀毁，杖而后起。嗣位初，属保大军兴后，国势削弱，帑庾空竭，专以爱民为急，蠲赋息役，以裕民力，尊事中原，不惮卑屈，境内赖以少安者，十有五年。宪司章疏有绳纠过忤，皆寝不下，论决死刑，多从末减。有司固争，乃得少正，犹垂涕而后许之。狙问至江南，父老有巷哭者。然酷好浮屠，崇塔庙，度僧尼不可胜算，罢朝辄造佛屋，易服膜拜，故颇废政事。又置澄心堂于内苑，引能文士及徐元机、元榆、元枢兄弟居其间，中旨由之出，中书密院乃同散地。兵兴降御札移易将帅，大臣无知者。皇甫继勋诛死后，夜出万人斫营，招讨使但署牒遣兵，竟不知何往。皆澄心堂直承宣命也。长围既合，内外隔绝，城中人惶怖欲死，后主方幸净居室，听沙门德明、云真、义伦、崇节讲《楞严圆觉经》，用鄱阳隐士周惟简为文馆《诗》《易》侍讲学士,延入后苑,讲《易·否卦》,赐惟简金紫。群臣皆知亡国在旦暮,而张洎犹谓北师已老将遁,后主甘其言,益自安,命户部员外郎伍乔于围城中放进士孙确等三十八人及第。其施为大抵类此。故虽仁爱足感遗民,而卒不能保社稷云。"〇《文鉴》秀异作秀颖。〇《礼记·哀公问》曰:"君子言不过辞,动不过则。"〇《左》襄三十一年曰:"容止可观。"〇《汉书叙传》曰:"纬六经,缀道纲,总百氏,赞篇章。"〇《中说·王道篇》曰:"卓哉周孔之道,其神之所为乎!"〇《左》隐十一年曰:"礼经国家。"孔疏曰:"经谓纪理之。"《礼记·学记》曰:"君子如欲化民成俗,其必由学乎!"〇《书》伪古文《冏命》曰:"发号施令,罔有不臧。"〇《论语·里仁篇》曰:"造次必于是。"〇《诗·羔裘》曰:"舍命不渝。"〇《孟子·梁惠王下》曰:"一游一豫。"〇《文选》左太冲《咏史诗》曰:"言论准宣尼。"〇《诗·氓》曰:"载笑载言。"〇《汉书·张禹传》曰:"讲论经义。"〇《论语·阳货篇》曰:"恶郑声之乱雅乐也。"《法言·吾子篇》曰:"中正则雅,多哇则郑。"〇《宋史·艺文志》有《后主集》十卷、《杂说》二卷,与此卷数不合。〇至于弧矢之善,"至"字依《文鉴》增。〇《易·系辞下》曰:"弧矢之利,以威天下。"〇《汉书·游侠·楼护传》曰:"长安语曰:谷子云笔札,楼君卿唇舌。"〇《论语·子罕篇》:"子贡曰:固天纵之将圣,又多能也。"〇《孟子·公孙丑上》曰:"恻隐之心,仁之端也。"〇《祖庭事苑》曰:"竺乾即天竺国,或[云]西天西乾,皆译师之义立。《甄正论》曰:合云乾竺,乾者天也,后人抄写,误升竺字于乾上,故云竺乾。"〇《盐铁论·刑德篇》曰:"法者所以督奸也。"〇《书》伪古文《胤征》曰:"爰克厥威允罔功。"〇《蜀志·诸葛亮传》评曰:"可谓识治之良才,管萧之亚匹矣。然连年动众,未能成功,盖应变将略非其所长欤!"〇《韩子·五蠹篇》曰:"徐偃王处汉东，地方五百里，行仁义，割地而朝者，三十有六国。荆文王恐其害己也，举兵伐徐，遂灭之，故偃王行仁义而亡其国。"《淮南·说山训》曰："徐偃王以仁义亡国。"《史记·秦本纪》曰："周缪王西巡狩，乐而忘归，徐偃王作乱，造父为缪王御，长驱归周，一日千里以救乱。"《赵世家》曰："缪王日驰千里马，攻徐偃王，大破之。"《后汉书·东夷传》曰："偃王处潢池东，地方五百里，行仁义，陆地而朝者，三十有六国。穆王后得骥騄之乘，乃使造父御以告楚，令伐徐，一日而至，于是楚文王大举兵而灭之。偃王仁而无权，不忍斗其人，故致于败。"○二室，谓太室、少室二山也。见《启母庙碑》注。○《史记·秦本纪》《集解》引韦昭曰："有河、洛、伊，故曰三川。"《太平寰宇记》曰："河南府河南县：洛水在县北四里，伊水在县东南十八里；洛阳县：洛水在县西南三里；巩县：黄河西自偃师县流入。"《清一统志》曰："河南府：黄河自陕州（今县）流入，经渑池县北，又东经新安、孟津、巩县北入汜水县界。洛水自卢氏县流入，东北经永宁县（今洛宁县）南，又东北经宜阳县北，又东北经洛阳县南，与涧、瀍二水合。又东径偃师县南合伊水。伊水自卢氏县熊耳山发源，流经嵩县南，东北经伊阳县界至洛阳县南，又东北至偃师县西南合洛水。"○上阳宫，见宋延清《早秋上阳宫侍宴序》注。○《寰宇记》曰："河南县：芒山一作邙山，在县北十里，都城所枕；洛阳县：北邙山在县北二里。"《清一统志》曰："河南府：北邙山在洛阳县东北。"○《楚辞·远游》曰："野寂漠其无人。"○《文选·古诗》曰："下有陈死人，杳杳即长暮。"○《左》襄二十四年："范宣子曰：古人有言曰：死而不朽。"○《华阳国志·后贤志序》曰："竹素宜阐。"

天鉴九德，锡我唐祚。绵绵瓜瓞，茫茫商土。裔孙有庆，旧物重睹。开国承家，强吴跨楚。以上南唐开国。

九德见上。○《诗·緜》曰："绵绵瓜瓞。"○《诗·玄鸟》曰："宅殷土芒芒。"案：茫、芒字通。○《诗·楚茨》曰："孝孙有庆。"《左》哀元年曰："祀夏配天，不失旧物。"○《易·师》上六曰："大君有命，开国承家。"○《新五代史·楚世家》曰："马殷子希萼臣于李景，景册封希萼为楚王，希崇囚希萼于衡山，景遣边镐入楚，尽迁马氏之族于金陵，封希萼楚王，居洪州，希崇领舒州节度使，居扬州。"

丧乱孔棘，我恤畴依？圣人既作，我知所归。终日靡俟，先天不违。惟藩惟辅，永言固之。以上降为藩属。

《诗·采薇》曰："俨犹孔棘。"郑笺曰："孔，甚；棘，急也。"○《书》伪古文《五子之歌》曰："予将畴依。"○《易·乾·文言传》曰："圣人作而万物睹。"《北史·吐谷浑传》曰："阿豺曰：水尚知归，吾虽塞表小国，而独无所归乎？遣使通宋（刘宋）。"○《易·系辞下》曰："君子见几而作，不俟终日。"○《易·乾·文言传》曰："先天而天弗违。"○《诗·板》曰："价人维藩。"《史记·三王世家》《封策》曰："为汉藩辅。"

道或汙隆，时有险易。蝇止于棘，虎游于市。明明大君，宽仁以济。嘉尔前哲，释兹后至。以上宋用兵灭江南。

《礼记·檀弓上》："子思曰：道隆则从而隆，道汙则从而汙。"○班孟坚《两都赋序》曰："道有夷隆，时有险易。"○《诗·青蝇》曰："营营青蝇，止于棘。谗人罔极，交乱四国。"○《魏策》二："庞葱谓魏王曰：今一人言市有虎，王信之乎？王曰否。二人言市有虎，王信之乎？王曰：寡人疑之矣。三人言市有虎，王信之乎？王曰：寡人信之矣。"○后至见上注。

亦觏亦见，乃侯乃公。沐浴玄泽，徊翔景风。如松

之茂，如山之崇。奈何不淑，运极化穷。以上受封及卒。

《诗·草虫》曰："亦既见止，亦既觏止。"○《诗·白驹》曰："尔公尔侯。"庾元规《让中书令表》曰："沐浴玄风。"○王子渊《圣主得贤臣颂》曰："恩从祥风翔。"《尔雅·释天》曰："四时和为通正，谓之景风。"○《诗·天保》曰："如南山之寿，不骞不崩。如松柏之茂，无不尔或承。"

旧国疏封，新阡启室。人谋之谋，卜云其吉，龙章骥德，兰言玉质。邈尔何往？此焉终毕。以上营葬。

《文选》谢灵运《述祖德诗》李善注曰："疏，开也。"杜子美《秋日夔府咏怀诗》曰："几处有新阡。"○张平子《西京赋》曰："人綦之谋。"《诗·四牡》郑笺曰："谋，告也。"《文鉴》作綦。○《诗·定之方中》曰："卜云其吉。"○《晋书·嵇康传》曰："人以为龙章凤姿，天质自然。"《论语·宪问篇》："骥不称其力，称其德也。"○《易·系辞上》曰："同心之言，其臭如兰。"孙兴公《徐君墓颂》曰："玉质幽潜。"

俨青盖兮裶裶，驱素虬兮迟迟。即隧路兮徒返，望君门兮永辞。庶九原之可作，与缑岭兮相期。垂斯文于亿载，将乐石兮无亏。以上既葬勒铭。

□蒋心馀曰："尚存古意。"

《吴志·三嗣主·孙皓传》裴注引干宝《晋纪》曰："皓使尚广筮并天下，遇《同人》之《颐》，对曰吉。庚子岁，青盖当入洛阳。"○司马长卿《子虚赋》曰："纷纷裶裶。"○杨子云《甘泉赋》曰："驷苍螭兮六素虬。"《左》僖二十五年杜注曰："阙地通路曰隧，王之葬礼也。"○《楚辞·九辩》曰："君之门以九重。"○《礼记·檀弓下》："赵文子与叔誉观乎九原。文子曰：死者如可作也，吾谁与归？"○缑岭，见王子安《洛下别知己序》注。《清一统志》曰："河南府：缑氏山在偃师县南四十里。"

○颜师古《匡谬正俗》卷八曰："或问曰：秦始皇《峄山刻石文》云：刻兹乐石，乐石何也？答曰：许慎《说文解字》曰：磬，乐石也。乐石即磬也。《禹贡》称徐州：峄阳孤桐，泗滨浮磬。言泗水之滨，有石可以为磬。盖秦之所刻，即是磬石，近泗滨，故谓之乐石尔，所以独峄山之文以称之，他刻石文则无此语也。而近代文士遂总用碑碣之事，盖失之矣。"○《楚辞·九歌·大司命》曰："愿若今兮无亏。"

王元之

王禹偁，字元之，济州钜野人。太平兴国八年，擢进士第，授武成主簿，徙知长洲县。太宗闻其名，召试擢右拾遗，直史馆，拜左司谏，知制诰，未几，判大理寺，坐论庐州妖尼诬告徐铉事，贬商州团练副使，移解州。召拜左正言，直弘文馆，出知单州，寻召为礼部员外郎，再知制诰。至道元年入翰林院为学士，知审官院，又坐谤讪，出知滁州，徙扬州。真宗即位，召还复知制诰，又坐实录直书，出知黄州，徙蕲州卒。《宋史》有传。

谢赐御草书诗表

《玉海》卷三十二载淳化五年五月戊寅，赐近臣御飞白书各一轴。庚辰，初伏，上亲书红绫扇赐近臣各一，下载元之《谢赐御书红绫扇上草书赵嘏绝句诗表》。案：是年五月壬子朔，则戊寅为十七日，庚辰为十九日，与此表言五日皆不合。又此表不言扇，则扇字亦衍。考《长编》卷三十四：淳化四年八月己卯，授右正言，命直昭文馆。卷三十六：淳化五年五月丙辰，赐近臣御飞白书各一轴。戊辰正合五日，然不言书红绫，盖未尽载耳。元之谢表，当在是时也。

臣某言：今月五日，伏蒙圣慈，赐臣红绫上御草书赵嘏《南亭绝句》诗一首。绛绡半幅，霞舒舞鹄之纹；宸翰三行，云遶迴鸾之势。天恩曲被，凡目荣观。佩服战兢，神魂飞越　中谢。○以上序赐红绫御书赵嘏诗句。

唐赵嘏，字承祐，山阳人。其南亭诗曰："孤亭影在乱花中，怅望无人此醉同。听尽暮钟犹独坐，水边襟袖起春风。"○张景源《对恩赐绫锦出关判》曰："绫开鷟鹤，映睢浦以成文。"案：鹄、鹤字古书往往通用。○迴鸾，见张道济《张司马集序》注。○中谢，本当作"臣某惶惧惶惧顿首顿首"，盖稿本以"中谢"二字代之。《齐东野语》卷十三曰："今臣僚上表所称诚惶诚恐（《辞学指南》作惶惧惶惧）及诚欢诚喜（《指南》作欢忭欢忭）顿首顿首者，谓之中谢、中贺。自唐以来，其体如此。盖臣某以下，亦略叙数语，便入此句，然后敷陈其详。如柳子厚《平淮西贺表》，'臣负罪积衅，违尚书笺表十有四年'云云，怀印曳绂，有社有人，语意未竟也。其下即云'臣诚惶诚恐'，盖以此一句结上数语云尔。今人不察，或于首联之后凑用两短句，言震惕之义，而复接以'中谢'之语，则遂成重复矣。前辈表章，如东坡、荆公，多不失此体。近时周益公为相，谢复封表云：'莘阳黑水，裂地而封，旧物青毡，从天而下。磨玷之勤未泯，执珪之宠弥加。臣诚惶诚恐。'或以为疑，尝以问公，公答之正如此。"

伏惟尊号皇帝陛下：书穷八法，学洞九流。英断睿谟，运玄功而多暇；飞文染翰，纵草圣以为娱。闲裁浙水之绫，爰写渭南之句。宫中刀尺，蔚云雾于赤城；笔下风雷，走龙蛇于碧落。遍令中使，宣赐近臣。岂期琐材，亦预宸眷？以上颂御书之妙，何期得预其赏？

宋太宗尊号，在淳化五年，应称"法天崇道皇帝"，此亦稿本从省耳。《宋太宗纪》曰："太平兴国三年八月甲戌，群臣请上尊号曰应运统天圣明文武皇帝，许之。六年九月癸酉，群臣三奉表上尊号曰应运统天睿文英武大明广孝皇帝，许之。雍熙元年九月壬戌，群臣表三上尊号曰应运统天睿文英武大圣至仁明德广孝皇帝，不许。端拱二年十二月庚申，诏令四方所上表只称皇帝，群臣请复尊号，不许。辛酉，上法天崇道文武皇帝，诏去文武二字，馀许之。淳化三年九月乙卯，群臣上尊号法天崇道明圣仁孝文武皇帝，凡五表终不许。"○许叔重《说文解字叙》曰："秦书有八体，一曰大篆，二曰小篆，三曰刻符，四曰虫书，五曰摹印，六曰署书，七曰殳书，八曰隶书。"鲍明远《飞白书势铭》曰："超工八法。"○九流，见卢昇之《乐府杂诗序》注。○《魏志·刘劭传》注引《草书序》曰："弘农张伯英者，临池学书，池水尽黑，下笔必为楷则，号匆匆不暇草，寸纸不见遗，至今世人尤宝之。韦仲将谓之草圣。"○《旧唐书·李德裕传》曰："出德裕为浙西观察使，又诏进可幅盘绦缭绫一千匹。德裕论曰：玄鹤天马，掬豹盘绦，文彩珍奇，只合圣躬自服，今所织千匹，费用至多。"○《新唐书·艺文志》集部有赵嘏《渭南集》三卷，又编年诗二卷。注曰："字承祐，大中渭南尉。"○云霞赤城，见张文成《公主出降判》注。○李太白《赠从孙诗》曰："落笔生绮绣，操刀振风雷。"又《草书歌行》曰："时时只见龙蛇走。"碧落，见卢昇之《黎君碑》注。

捧持失次，传翫增辉。忻千载之遭逢，极一时之荣遇。读尽二十八字，列宿韬光；宣来三十六宫，天香尚在。岂止藏于箧笥？亦将传付子孙。堪笑二王，非墨妙笔精之作；如逢伯禹，得金简玉字之书。感恩空抆于涕洟，受赐更铭于肌骨。臣无任戴天荷圣激切屏营之至。以上得赐及陈谢。

□典赡切当。

绝句诗七言四句，故共二十八字。《周礼·春官·冯相氏》曰："二十有八星之位。"《淮南子·天文训》曰："二十八宿。"高注曰："东方角亢氐房心尾箕，北方斗牛女虚危室壁，西方奎娄胃昴毕觜参，南方井鬼柳星张翼轸。"○班孟坚《西都赋》曰："离宫别馆三十六所。"骆宾王《帝京篇》曰："汉家离宫三十六。"○庾子山《浮图诗》曰："天香下桂殿。"○《南史·张融传》（附《张邵传》后）曰："融善草书，常自美其能。帝曰：卿书殊有骨力，但恨无二王法。答曰：非恨臣无二王法，亦恨二王无臣法。"《小学绀珠》卷七曰："二王，王羲之逸少，子献之子敬。"○江文通《别赋》曰："虽渊云之墨妙，严乐之笔精。"○《书·舜典》曰："伯禹作司空。"金简玉字，见崔安成《启母庙碑》注。○《文选》王子渊《洞箫赋》曰："擎涕抆泪。"李善注曰："擎，拭也。《广雅》曰，抆亦拭也。"《易·萃》上六曰："赍咨涕洟。"《释文》引郑注曰："自目曰涕，自鼻曰洟。"○《文选》曹子建《上责躬应诏诗表》李善注引《孝经钩命诀》曰："削肌刻骨，挈挈勤思。"○《广雅·释训》曰："屏营，征伀也。"《文选》陆士衡《谢平原内史表》曰："臣不胜屏营延仰。"案：依《辞学指南》谢表之式，此下尚有"谨奉表称谢（贺表则作'称贺'）以闻，臣某惶惧惶惧顿首顿首谨言"等语。文集多不载者，以当日定式皆然，故删去耳。后皆仿此。

杨大年

杨亿，字大年，建州浦城人。雍熙初，年十一，太宗闻其名，召试诗赋，授秘书省正字。淳化中命试翰林，赐进士第，迁光禄寺丞。真宗即位，超拜右正言，修太宗实录书成，乞补外，知处州，召还拜左司谏，知制诰。为王钦若、陈彭等所谗，授太常少卿分司西京，进秘书监知汝州。天禧二年，迁工部侍郎，四年，复为翰林学士，卒谥曰文。《宋史》有传。

驾幸河北起居表

《宋史·真宗纪》曰："咸平二年十一月乙未，诏幸河北。己酉，以李沆为东京留守。十二月戊午，驻跸澶州。冀州言败契丹兵于城南。甲子，次大名，躬御铠甲于中军，契丹攻威虏军，本军击败之。三年春正月庚子，至自大名府。"王修闻曰："真宗以咸平二年十月幸澶州，是时亿出守处州。"（《法海》）

臣某言：今月八日，得进奏院状报：去年十二月三日，御札取五日车驾暂幸河北者。毳幕稽诛，銮舆顺动。羽卫方离于象魏，天威已震于龙荒。慰边甿徯后之心，增壮士平戎之气。臣某　中谢。〇以上车驾幸河北。

《宋史·职官志》曰："门下省进奏院隶给事中，掌受诏敕，及三省枢密院宣劄，六曹寺监百司符牒，颁于诸路。"〇毳幕，见李义山《为李贻孙上李相公启》注。〇王元长《勒功碑》曰："历稔通寇，累代稽诛。"〇《易·豫·彖传》曰："豫顺以动。"〇徐孝穆《与裴之横书》曰："朋卫相郁。"〇《周礼·天官·太宰》曰："乃县治象之法于象魏。"郑司农曰："象魏，阙也。"〇《书》伪古文《泰誓上》曰："肃将天威。"〇《汉书叙传》曰："龙荒幕朔，莫不来庭。"颜注曰："龙，匈奴祭天龙城。"〇《书》伪古文《仲虺之诰》曰："徯予后，后来其苏。"

臣闻涿鹿之野，轩皇所以亲征；单于之台，汉帝因之耀武。用歼夷于凶酿，遂厎定于边陲。五材并陈，盖去兵之未可；六龙时迈，固犯顺以必诛。矧朔漠馀妖，腥膻杂类，敢因胶折之候，辄为鸟举之谋。固已命将出师，擒俘献馘。虽达名王之帐，未焚老上之庭。是用亲御戎车，躬行天讨。劳军细柳之壁，巡狩常山之阳。师人多寒，感恩而皆同挟纩；匈奴未灭，受命而孰不忘家。行当肃静塞垣，削平夷落。枭冒顿之首，收督亢之图。使辽阳八州之民，专闻声教；榆关千里之地，尽入提封。蛇豕之穴悉除，干戈之事永戢。然后登临瀚海，刻石以铭功；陟降云亭，泥金而展礼。逮追八九之迹，永垂亿万之年。以上祝亲征契丹之成功。

《史记・五帝本纪》曰："黄帝乃征师诸侯，与蚩尤战于涿鹿之野，遂禽杀蚩尤。"《正义》引《括地志》曰："涿鹿故城在妫州东南五十里。"《清一统志》曰："直隶宣化府：涿鹿山在保安州东南。"案：今为察哈尔怀来县。○《汉书・武帝纪》曰："元封元年，出长城北登单于台，至朔方，临北河，勒兵十八万骑，威震匈奴，遣使者告单于曰：单于能战，天子自将待边，不能，亟来臣服。"《通典・州郡典》十：云中郡云州云中县注曰："单于台在今县西北百馀里。"案：唐云中县，今山西大同县治。○《左》襄二十七年："子罕曰：天生五材，民并用之。废一不可，谁能去兵？"○《易・乾・象传》曰："时乘六龙以御天。"《诗・时迈》曰："时迈其邦。"○司马长卿《谕巴蜀檄》曰："夫不顺者已诛。"○《新五代史・四夷附录》曰："契丹自后魏以来，名见中国，或曰与库莫奚同类而异种。其居曰枭罗箇没里，没里者河也，是谓黄水之南，黄龙之北，得鲜卑之故地，故又以为鲜卑之遗种。"○《汉书・晁错传》："错复言欲立威者，始于折胶。"苏林曰："秋气至，胶可折，弓弩可用。匈奴常以为候而出军。"○《史记・韩长孺传》："安国曰：匈奴迁徙鸟举，难得而治也。"《诗・泮水》曰："在泮献馘。"○杜子美《后出塞诗》曰："虏其名王归。"○班孟坚《燕然山铭》曰："焚老上之龙庭。"《史记·匈奴传》曰："冒顿死,子稽粥立,号曰老上单于。"○《书·皋陶谟》曰："天讨有罪。"○《汉书·文帝纪》曰："后六年,周亚夫为将军,次细柳。"注如淳曰："长安细柳仓在渭北。"又《周亚夫传》(附父勃传),以亚夫为将军,军细柳以备胡,上自劳军。《元和郡县志》曰："关内道京兆府咸阳县：细柳仓在县西南二十里。汉旧仓也。周亚夫军次细柳,即此是也。"《清一统志》曰："陕西西安府咸阳县：细柳仓在县西南。"○《穆天子传》一曰："天子至于钘山之下。"郭注曰："即钘山,今在常山石邑县。钘音邢。"案：晋石邑县在今河北获鹿县东南。○《左》宣十二年冬,"楚子伐萧,申公巫臣曰：师人多寒,王巡三军,拊而勉之。三军之士,皆如挟𬘓"。○《史记·骠骑将军传》曰："天子为治第,令骠骑视之,对曰：匈奴未灭,何以家为!"○冒顿,见李义山《为李贻孙上李相公启》。○《史记·刺客传》曰："燕督亢之地图。"《集解》引刘向《别录》曰："督亢膏腴之地。"《正义》曰："督亢坡在幽州范阳县东南十里,今固安县南有督亢陌,幽州南界。"○《辽史·地理志》：东京辽阳府,辖州府军城八十七,不得云八州。案：《五代会要》卷二十九曰："契丹本鲜卑之种也,居辽泽之中,潢水之南。辽泽去榆关一千一百二十里,榆关去幽州七百一十四里,其地东南接海,东际辽河,西北包冷陉,北界松陉,山川东西三千里,地多松柳,泽饶蒲苇。其族本姓大贺氏,后分为八部。一曰且利皆部,二曰乙室活部,三曰实活部,四曰纳尾部,五曰频没部,六曰内会鸡部,七曰集解部,八曰奚嗢部,管县四十一,每部有刺史,每县有令,酋长号契丹王。"案：此文辽阳八州,疑据其先世浑言之耳。○《通典·州郡》九：平州卢龙县有汉令支县城,临闾关今名临榆关,在县城东一百八十里。《清一统志》曰：直隶永平府：山海关在临渝县东门,本古渝关地也。《辽史·兵卫志》曰："其点兵多在幽州北千里鸳鸯泊,及行并取居庸关、榆关等路。"○《汉书·刑法志》曰:"一同百里,提封万井。"李奇曰:"提,举也,举四封之内。"颜注曰:"李说是也。说者或以为积土而封谓之提封,既改文字,又失义也。"案:《文选》班孟坚《西都赋》注引韦昭曰:积土为封限也,即小颜所驳,此文盖用其义,殆非是。然颜从李奇说亦非是。《广雅·释训》曰:"堤封,都凡也。"王氏《疏证》曰:"堤封亦大数之名,犹今人言通共也。但此文提封解为通共,则不词矣。"○《左》定四年:"申包胥曰:吴为封豕长蛇,以荐食上国。"○《诗·时迈》曰:"载戢干戈。"○《史记·匈奴传》曰:"骠骑将军去病封狼居胥山,禅于姑衍,登临翰海。"《索隐》引崔浩曰:"翰海,北海名,群鸟解羽,伏乳于此。因名也。"《通鉴地理今释》三曰:"瀚海今苏尼特旗北大戈壁,为度漠大路。"○《后汉书·窦宪传》曰:"遂登燕然山,去塞三千馀里,刻石勒功,纪汉威德。"○《史记·封禅书》曰:"管仲曰:古者封泰山、禅梁父者,七十二家,而夷吾所记者十有二焉。昔无怀氏封泰山,禅云云,伏羲、神农、炎帝封泰山,禅云云,黄帝封泰山,禅亭亭。"《正义》引《括地志》曰:"云云山在兖州博城县西南三十里,亭亭山同。"又见崔安成《启母庙碑》注。泥金,见骆宾王《代齐州父老请陪封禅表》注。○八九,谓古封禅者七十二家。

臣忝守方州,莫参法从。空励请缨之志,惭无扈跸之劳。唯聆三捷之音,远同百兽之舞。以上奉表。

□工整。

班孟坚《典引》曰:"卓荦乎方州。"《晋书·殷仲堪传》曰:"为荆州刺史,每语子弟云,人物见我受任方州,谓我豁平昔时意,今吾处之不易。"○《汉书·杨雄传》曰:"每上幸甘泉,常法从。"颜注曰:"法从者,以言法当从耳,一曰从法驾也。"○《汉书·终军传》曰:"军自请愿受长缨,必羁南越王而致之阙下。"〇上官游韶《过旧宅应制诗》曰:"扈跸颂王游。"〇《诗·采薇》曰:"一月三捷。"〇《书·益稷》曰:"百兽率舞。"

欧阳永叔

欧阳修,字永叔,庐陵人。天圣八年,举进士,试南宫第一,擢甲科,试秘书省校书郎,充西京留守推官。入朝为馆阁校勘,坐范仲淹贬,贻书责高若讷,贬夷陵令。久之,复校勘改集贤校理。庆历三年,知谏院,拜右正言,知制诰。时杜衍、富弼、范仲淹等以党议去朝,修慨然上疏,于是敌党益忌之,因其甥张氏狱诬以罪,虽得白,犹左迁知滁州。嘉祐五年,拜枢密副使,六年,参知政事,与韩琦同心辅政。神宗即位,力求退,罢为观文殿学士刑部尚书,知亳州、青州,徙蔡州,连乞谢事,又以请止散青苗钱,为王安石所诋,故求归愈切。熙宁四年,以太子少师致仕,五年卒,赠太子太师,谥文忠。《宋史》有传。

谢致仕表

《四六集》原注曰:"熙宁四年六月。"〇《欧阳文忠年谱》曰:"熙宁四年辛亥,公在蔡,累章告老,六月甲子,以观文殿学士太子少师致仕,七月归颍。"

臣某言:今月十七日进奏院递到敕告:伏蒙圣恩,除臣太子少师,依前观文殿学士致仕者。愚诚恳至,曲轸于皇慈;宠命优殊,特加于常品。本期得谢,更此叨荣。臣某 中谢。〇以上除太子太师,许其致仕。

进奏院已见上篇。又《宋史·职官志》一曰:"进奏院,熙宁四年，诏应朝廷擢用材能，赏功罚罪，事可惩劝者，中书检正，枢密院检详官月以事状录付院，誊报天下。"○《宋文·职官志》二曰："国初师傅不常设，多以前宰执为致仕官，若太子太师太傅太保，以待宰相官未至仆射者，及枢密使致仕，亦随本官高下，除授太子少师少傅少保，以待前执政，惟少师非经顾命不除。"又《志》八曰："太子少师为从一品。"○《职官志》二曰："学士之职，资望极峻，无吏守，无职掌，惟出入侍从，备顾问而已。"又曰："观文殿本隋炀帝殿名，国初为文明殿学士，庆历七年，宋庠言文明殿学士称呼，正同真宗谥号，兼禁中无此殿额，其学士理自当罢，乞择见今正朝或祕殿以名学士易之。乃诏改为紫宸殿学士，以参知政事丁度为之。时学士多以殿名为官称，丁遂称曰丁紫宸。八年，御史何郯以为紫宸不可为官称，于是改延恩殿为观文殿，即殿名置学士，仍以度为之。自后非曾任执政者弗除。"又《志》八曰："观文殿学士为正三品。"

伏念臣猥以庸近之材，早遘休明之运。不通之学，既泥古以难施；无用之文，复虚言而少实。是以三朝被遇，四纪服劳。蒙德重于丘山，论报亡于毫发。而年龄晚暮，疾病尪残。辄希知止于前人，不待及期而后请。自陈悃愊，屡至渎烦。既久历于岁时，始曲蒙于开可。仍超加于异数，非止赐于残骸。道愧师儒，乃忝春宫之峻秩；身居畎亩，而兼书殿之清名。至于头垂两鬓之霜毛，腰束九环之金带，虽异负薪之里，何殊衣锦之归？使闾巷咨嗟，共识圣君之念旧；搢绅感悦，皆希后福之有终。岂惟愚臣，独受大赐？以上叙屡次陈乞，始得许可，而依前观文殿学士，除太子少师，尤感君恩之厚。

三朝谓仁宗、英宗、神宗。○四纪，自天圣八年庚午，至熙宁四年辛亥，凡四十二年，故举成数而言。○鲍明远《白头吟》

曰："毫发一为瑕，丘山不可胜。"已以丘山、毫发为对。○《荀子·正论篇》杨注曰："尪，废疾之人。"○《老子》曰："知止不殆。"○《汉书·刘向传下》诏曰："发愤悃愊，信有忧国之心。"颜注曰："悃愊，至诚也。"○《史记·项羽本纪》：范增曰："愿赐骸骨归卒伍。"○《周礼·地官·大司徒》曰："四曰连师儒。"贾疏曰："师儒，致仕贤者，使教乡闾子弟。"○《左》隐三年杜注："太子不敢居上位，故常处东宫。"孔疏曰："四时东为春，万物生长在东，以此太子常处东宫也。"王子渊《皇太子箴》曰："春宫养德。"○《孟子·万章上》曰："处畎亩之中，由是以乐尧舜之道。"○杜牧之《长安杂题诗》曰："将军携镜泣霜毛。"○《隋书·李德林传》曰："别赐九环金带一腰。"○负薪之里，指故乡也。欧公归颍上，不归庐陵，故曰"异负薪之里"。《曲礼下》曰："问庶人之子，长曰能负薪矣。"《史记·滑稽传》曰："孙叔敖死，其子穷困负薪。"《汉书·项籍传》曰："羽怀思东归，曰富贵不归故乡，如衣锦夜行。"○《左》昭四年曰："王思旧勋。"○《史记·封禅书》曰："搢绅者不道。"《集解》引李奇曰："搢，插也，插笏于绅，绅，大带。"○《后汉书·左雄传》："虞诩上疏曰：容容多后福。"

　　此盖伏遇皇帝陛下无私覆物，博爱推仁。以其夙幸遭逢，密契风云之感会；曾经服御，不忘簪履之贱微。致此便蕃，萃于衰朽。虽伏枥之马，悲鸣难恋于君轩；而曳尾之龟，涵养未离于灵沼。馀生易毕，鸿造难酬。以上陈谢。

　　□永叔四六，情韵俱佳，不尚藻丽，一出自然，遂开宋代之体。

《礼记·孔子闲居》曰："天无私覆。"○《周语下》韦注曰："博爱于人为仁。"韩退之《原道》曰："博爱之谓仁。"○《易·

乾·文言传》曰："云从龙，风从虎。"《后汉书·朱祐等传论》曰："咸能感会风云，奋其智勇。"○《韩诗外传》九曰："孔子出游少源之野，有妇人中泽而哭，其音甚哀。孔子使弟子问焉，妇人曰：乡者刈蓍薪亡吾蓍簪，吾是以哀也。弟子曰：刈蓍薪而亡蓍簪，有何悲焉？妇人曰：非伤亡簪也，盖不忘旧也。"《贾子新书·谕城篇》曰："昔楚昭王与吴人战，楚军败，昭王走而屦决，背而行失之，行三十步，复旋取屦，及至于随，左右问曰：王何曾惜一踦屦乎？昭王曰：楚国虽贫，岂爱一踦屦哉？恶与偕出弗与偕反也。"《文选》谢玄晖《拜中军记室辞随王笺》曰："如其簪履或存，衽席无改。"○《左》襄十一年引《诗》曰："便蕃左右。"杜注曰："便蕃，数也。"（《毛诗·采菽》作"平平左右"，《释文》引《韩诗》作"便便"。）○伏枥，见杨炯《梁公碑》注。○《庄子·秋水篇》曰："庄子钓于濮水，楚王使大夫二人往先焉，曰：愿以竟内累矣。庄子持竿不顾曰：吾闻楚有神龟，死已三千岁矣，王巾笥而藏之庙堂之上，此龟者宁其死为留骨而贵乎？宁其生而曳尾于涂中乎？二大夫曰：宁生而曳尾涂中。庄子曰：往矣，吾将曳尾于涂中。"○《诗·灵台》曰："王在灵沼。"《礼记·礼运》曰："龟龙在宫沼。"○上官游韶《为朝臣贺梁州瑞石表》曰："臣等自省微生，幸霑鸿造。"

上随州钱相公启

《四六集》钱相公下旁注曰：惟演。又题下注曰：明道二年。初惟演以使相判河南府，后落平章事，以崇信军节度使归本镇。案《宋史·钱惟演传》曰：惟演字希圣，吴越王俶之子也。拜枢密使，（据《续通鉴长编》在乾兴元年七月丙子。案：是年二月戊午真宗崩。）宰相冯拯言惟演以妹妻刘美，乃太后姻家，不可与机政，请出之，乃罢为镇国军节度观察留后，即日改保大军节度使（《宋史·地理志》：鄜州，保大军节度）知河阳（十一月丁卯）。逾年请入朝，加同中书门下平章事，判许州（天圣三年十一月乙丑）。未及行，冀复用，侍御史鞠咏奏劾之，惟演乃亟去。天圣七年，改武胜军节度使（《地理志》：邓州，武胜军节度），明年来朝（八年四月辛亥），上言先茔在河南，愿守宫钥，即以判河南府。（八月丁未，徙判陈州。九年正月丁未，改判河南府。）再改泰宁军节度使（《地理志》：袭庆府，泰宁军节度）。惟演雅意柄用，抑郁不得志。及帝耕籍田，求侍祠，因留为景灵宫使（明道元年三月壬申），太后崩（三月甲午），诏还河南（四月癸丑），惟演不自安，请以庄献明肃太后、庄懿太后并配真宗庙室，以希帝意（五月丁卯）。御史中丞范讽劾惟演擅议宗庙，且与后家通婚姻，落平章事，为崇信军节度使，归本镇。（二年九月丙寅。案：以上年月日并据《长编》。）《地理志》曰："随州，崇信军节度。"案：宋随州治随县，今湖北随县治。

比者及期被代，投版言归。宿官早愧于迷方，书课堇能于自脱。以上自言西京推官，官秩将满而受代，而功绩殊无可言。

《欧阳文忠年谱》曰："天圣八年庚午五月，授将仕郎试秘书省校书郎，充西京留守推官。天圣九年辛未三月，公至西京，明道二年癸酉十二月，进阶承奉郎，景祐元年甲戌三月，西京秩满归襄城，是去职尚在明年。然《长编》卷一百十四曰：钱惟演以明道二年九月去西京，王曙继之，曙寻拜枢密使，景祐元年正月，王曾始为留守，度其至时，修已不在西京矣。故于明道二年十二月，即有受代言归之语也。"○《周礼·天官·序官》，司书：贾疏曰："古有简策以记事，若在君前，以笏记事，后代用簿，簿今手版。"○迷方，见卢升之《黎君碑》注。○留守推官掌文书，今将任满去官，故脱于书课也。

徒以无庸之迹，曾希一眄之荣。当怀檄以云初，属拥旄之方始。相公坐于雅俗，镇以无为。民丰四鬴之年，市息三丸之盗。行郊憩树，绝无两造之辞；托乘载宾，惟奉百金之宴。而况西河慕府，最盛于文章；南国兰台，莫非乎英俊。岂伊末迹，首玷初筵？至于怜嵇懒之无能，容祢狂而不辱。告休漳浦，许淹卧以弥旬；偶造习家，或忘归而终日。但觉从军之乐，岂知为吏之劳？以上蒙留守相待之优。

《诗·兔爰》毛传曰："庸，用也。"〇《列子·黄帝篇》曰："始得夫子一眄而已。"〇《后汉书·陈寔传》曰："寔为郡西门长，寻转功曹。时中常侍侯览托太守高伦用吏，伦教署为文学掾，寔知非其人，怀檄请见言：此人不宜用。"〇《文选》任彦昇《宣德皇后令》曰："及拥旄司州。"李善注引班孟坚《涿邪山祝文》曰："杖节拥旄。"〇《后汉书·郭太传赞》曰："林宗雅俗无所失。"〇《老子》曰："我无为而民自化。"〇《周礼·地官·廪人》曰："以岁之上下数邦用，以知足否，以诏谷用，以治年之凶丰。凡万民之食食者，人四鬴上也。"郑注曰："六斗四升曰鬴。"〇《汉书·酷吏·尹赏传》曰："长安中奸猾浸多，闾里少年群辈，杀吏受赇报雠，相与探丸为弹，得赤丸者斫武吏，得黑者斫文吏，白者主治丧，赏一朝会长安吏，车数百两，分行收捕，内虎穴中，覆以大石，数日皆相枕藉死。"〇《史记·燕召公世家》曰："召伯巡行乡邑，有棠树，决狱政事其下，召公卒而民人思召公之政，怀棠树不敢伐，歌咏之，作《甘棠》之诗。"《诗·甘棠》曰："召伯所憩。"〇《书·吕刑》曰："两造具备，师听五辞。"《周礼·秋官》大司寇之职曰："以两造禁民讼。"郑注曰："造，至也。"〇《晋书·谢安传》曰："又于土山营墅，楼馆林竹甚盛，每携中外子侄，往来游集，肴馔亦屡费百金。"○《后汉书·班彪传》曰："避地河西，河西大将军窦融以为从事。及融征还京师，光武问曰：所上章奏，谁与参之？融对曰：皆从事班彪所为。"又子固传：奏记东平王苍曰："窃见幕府新开，广延群俊。"○宋玉《风赋》曰："楚襄王游于兰台之宫，宋玉、景差侍。"案《年谱》曰："钱文僖公惟演为留守，幕府多名士，与尹师鲁、梅圣俞尤善，日为古文歌诗，遂以文章名冠天下。"陆士衡《叹逝赋》曰："解心累于末迹。"○《诗·宾之初筵》毛传曰："筵，席也。"○嵇叔夜《与山巨源绝交书》曰："性复疏懒，筋驽肉缓，头面常一月十五日不洗，不大闷痒，不能沐也。每常小便，而忍不起，令胞中略转乃起耳。又纵逸来久，情意傲散，简与礼相背，懒与慢相成，而为侪类见宽，不攻其过。"○祢狂，见李义山《新井碣铭》注。又《后汉书·文苑下·祢衡传》："操谓融曰：祢衡竖子，孤杀之犹雀鼠耳。顾此人素有虚名，远近将谓孤不能容之。今送与刘表，视当如何？"○刘公幹《赠五官中部将诗》曰："余婴沉锢疾，窜身清漳滨。"徐孝穆《与李那书》曰："卧病清漳之滨。"○习家，见李义山《新井碣铭》"季伦"句注。案《文忠集》卷首载《四朝国史传》曰：调西京推官，留守钱惟演器其材，不撄以吏事，俾以故益尽力于学。○王仲宣《从军诗》曰："从军有苦乐，但闻所从谁。"

  芘德已深，游藩未几。既而持山国之瑞节，改戎乘而启行。荆州遽失于所依，周南遂留于滞迹。稍以引去，无复并游之人；岿然自存，时有思归之叹。每临风而结想，徒零涕以怀思。以上述钱移崇信军后，时切怀思。

  《周礼·地官·掌节》曰："凡邦国之使节，山国用虎节。"案《说文》曰："卪，瑞信也。"节乃卪之通借字。○《诗·六月》曰："元戎十乘，以先启行。"○《魏志·王粲传》曰："以西京扰乱，乃之荆州依刘表。"○《史记·太史公自序》曰："是岁天子始建汉家之封，而太史公留滞周南。"（此太史公马迁父谈也。）《集解》引徐广曰："古之周南，今之洛阳。"○《史记·平原君传》曰："宾客门下舍人稍稍引去者过半。"○《汉书·枚乘传》曰："乘久为大国上宾，与英俊并游。"○《文选》王文考《鲁灵光殿赋序》曰："而灵光岿然独存。"○王仲宣《登楼赋》曰："昔尼父之在陈兮，有归欤之叹音。"○《楚辞·九歌·少司命》曰："临风怳兮浩歌。"○《诗·小明》曰："涕零如雨。"

  相公以彝鼎之勋，极公台之重。独立不倚，群言互兴。中山之箧虽盈，南海之车终辩。《系辞》有云：崇高莫大乎富贵。古人叹曰：富贵必履于危机。伏惟推盈虚消长之言，究动静吉凶之理。秉珪璋之德，何恤瑕疵？挺松筠之心，不变霜雪。虽流路之谤，未免三年以居东；而在廷之臣，岂无一言之悟主？俟闻来复，以庆终亨。愿无以理而自明，当要既久而复见。区区之志，实在于斯。徒有恋轩之心，未知报恩之所。以上归本镇后，望其早得原复。

  □言情运事皆佳，然已纯为宋调矣。

  彝鼎，见苏廷硕《太清观钟铭》注。○《晋书·天文志上》曰："三台六星，两两而居，起文昌，列抵大微，一曰天柱，三公之位也，在人为三公，在天为三台。"○《礼记·中庸》曰："中立而不倚。"○《诗·沔水》曰："谗言其兴。"○《吕氏春秋·乐成篇》曰："魏攻中山，乐羊将，已得中山，还反报文侯，有贵功之色。文侯知之，命主书曰：群臣宾客所献书者，操以进之。主书举两箧以进，令将军视之，书尽难攻中山之事也。"○《后汉书·马援传》曰："初援在交阯，常饵薏苡实，用能轻身省欲，以胜瘴气。南方薏苡实大，援欲以为种，军还，载之一车，时人以为南土珍怪，权贵皆望之。援时方有宠，故莫以闻，及卒后，有上书谮之者，以为前所载还，皆明珠文犀。马武与於陵侯侯昱等，皆以章言其状，帝益怒，援妻孥惶惧，不敢以丧还旧茔，裁买城西数亩地槀葬而已。宾客故人莫敢弔。会严与援妻子草索相连，诣阙请罪，帝乃出松书以示之，方知所坐，上书诉冤，前后六上，辞甚哀切，然后得葬。"○崇高莫大乎富贵，见《系辞传上》。○《晋书·诸葛长民传》曰："长民弟黎民轻狡好利，固劝之，长民犹豫未发，既而叹曰：贫贱常思富贵，富贵必履危机。"○《易·丰·彖传》曰："天地盈虚，与时消息。"《泰·彖传》曰："君子道长，小人道消也。"《否·彖传》曰："小人道长，君子道消也。"○《易·系辞上》曰："动静有常，刚柔断矣。方以类聚，物以群分，吉凶生矣。"○《礼记·聘义》："孔子曰：君子比德于玉焉。瑕不揜瑜，瑜不揜瑕，忠也。珪璋特达，德也。"《左》僖四年："楚文王谓申侯曰：不女瑕疵也。"○《礼记·礼器》曰："如竹箭之有筠也，如松柏之有心也，故贯四时而不改柯易叶。"《庄子·让王篇》曰："天寒既至，霜雪既降，吾是以知松柏之茂也。"○《书·金縢》曰："管叔及其群弟乃流言于国曰：公将不利于孺子。周公居东二年，则罪人斯得。"孔疏曰："《诗·东山》之篇，歌此事也。序云：东征，知居东者，辽东往征也，虽征而不战，故言居东也。《东山》诗曰：自我不见，于今三年。又云三年而归，此言二年者，诗言初去及来，凡经三年，此直数居东之年，除其去年，故二年也。"案：此文三年，盖即从孔疏之说。○《汉书·车千秋传》曰："千秋特以一言寤意，旬月取宰相封侯，世未尝有也。"司马子长《报任少卿书》曰："左右亲近不为一言。"《汉书·霍光金日磾赞》曰："金日磾以笃敬寤主。"○《易·复》曰："七日来复。"○司马子长《报任少卿书》曰："要之死日，然后是非乃定。"

王介甫

王安石，字介甫，临川人。擢进士上第，签书淮南判官。旧制，秩满，许献文求试馆职，安石独否，再调知鄞县，通判舒州，后知常州，移提点江东刑狱，入为度支判官。安石慨然有矫世变俗之志，于是上万言书。后安石当国，其所注措，大抵皆祖此书也。俄直集贤院，知制诰，纠察在京刑狱。以母忧去，终英宗世，召不赴。神宗在藩邸，闻其名，甫即位，命知江宁府，数月，召为翰林学士兼侍讲。熙宁二年二月，拜参知政事，设置三司条例司，而农田、水利、青苗、均输、保甲、免役、市易、保马、方田诸役，相继并兴，号为新法。三年十二月，拜同中书门下平章事。七年，罢为观文殿大学士知江宁府，自礼部侍郎超九转为吏部尚书。八年二月复拜相。《三经义》成，加尚书左仆射，兼门下侍郎，屡谢病求去，罢为镇南军节度使同平章事判江宁府。明年，改集禧观使，封舒国公，屡乞还将相印。元丰三年，复拜左仆射观文殿大学士，换特进，改封荆。哲宗立，加司空，元祐元年卒，赠太傅。绍圣中谥曰文。《宋史》有传。

贺致政赵少保启

《宋史·赵抃传》曰："抃字阅道，衢州西安人。拜资政殿学士知杭州，改青州，以大学士复知成都，乞知越州，复徙杭，以太子少保致仕。"案：苏子瞻《赵清献公神道碑》曰："公年未七十，告老于朝，不许，请之不已，元丰二年二月，加太子少保致仕，时年七十二矣。退居于衢，有溪石松竹之胜，东南高士多从之游。朝廷有事郊庙，再起公侍祠，不至。"《续资治通鉴长编》卷一百九十六曰："元丰二年春正月己丑，资政殿大学士右谏议大夫知杭州赵抃为太子少保致仕。"

窃审抗言辞宠,得谢归荣。繇西省谏诤之官,序东宫师保之位。殿庭鸣玉,尚仍前日之班;里舍挥金,甫遂高年之乐。以上叙致政。

西省谏诤之官,指右谏议大夫也。《宋史·职官志》一曰:"中书省右谏议大夫,与门下省同,但左属门下,右属中书。"《通典·职官》三曰:"时谓门下省为左省,中书省为右省。"案:右省一曰西省。《晋书·徐邈传》曰:"始补中书舍人,在西省。"○东宫见上篇注。《楚语下》:"赵简子鸣玉以相。"韦注曰:"鸣玉,鸣其佩玉,以相礼也。"潘安仁《西征赋》曰:"飞翠緌,拖鸣玉,以出入禁门者众矣。"《汉书·疏广传》曰:"广上疏乞骸骨,许之,加赐黄金二十斤,太子赠以五十斤。广既归乡里,日令家共具酒食,请族人故旧宾客相与娱乐,数问其家,金馀尚有几所,趣卖以共具。"

伏惟庆慰资政少保,懋昭贤业,寅亮圣时。伯夷之直惟清,仲山之明且哲。所居之名赫赫,岂独后思?尔瞻之节岩岩,方当上辅。遂从雅志,实激贪风。未即披承,徒深钦仰。以上颂其德望,以申贺意。

▢用古能化,荆公所长。

《书》伪古文《仲虺之诰》曰:"王懋昭大德。"○《尔雅·释诂》曰:"寅,敬也;亮,相导也。"班孟坚《封燕然山铭序》曰:"寅亮圣皇。"○《书·舜典》:"帝曰:咨四岳,有能典朕三礼。金曰伯夷。帝曰:俞,咨伯,汝作秩宗,夙夜惟寅,直哉惟清。"○《诗·烝民》曰:"肃肃王命,仲山甫将之。邦国若否,仲山甫明之。既明且哲,以保其身。"○《汉书·何武传》曰:"居官无赫赫之名,后常见思。"○《诗·小雅》曰:"节彼南山,维石岩岩。赫赫师尹，民具尔瞻。"

英德殿上梁文

《临川集》作《景灵宫修盖英宗皇帝神御殿上梁文》，今依《宋文鉴》。○《宋史·礼志》十二曰："景灵宫刱于大中祥符五年，圣祖临降，为宫以奉之。天圣元年，诏修宫之万寿殿以奉真宗，署曰奉真。治平元年，又诏就宫之西园建殿以奉仁宗，署曰孝严。四年，建英德殿奉英宗神御。"又曰："神御殿，古原庙也，以奉安先朝之御容。熙宁二年，奉安英宗御容于景灵宫，帝亲行酌献。"《挥麈录》卷一曰："大中祥符中，建景灵宫天兴殿，以奉圣祖，其后真宗之奉真，仁宗之孝严，英宗之英德，皆在其侧也。元丰中，改英德曰治隆。"《事实类苑》卷十九曰："学士之职，所草文辞，土木兴建曰上梁文。"《爱日斋丛钞》卷五曰："上梁文，吴氏《漫录》考其所始，云后魏温子昇有阊阖门上梁祝文云：'惟王建国，配彼大微。大君有命，高门启扉。良辰是简，枚卜无违。雕梁乃驾，绮翼斯飞。八龙杳杳，九重巍巍。居辰纳祜，就日垂衣。一人有庆，四海爰归。'乃知上梁有祝文矣。第不若今时有诗语也。"今《能改斋漫录》无此条。《困学纪闻》卷二十亦引温子昇文，以为上梁文之始。○沈文起（钦韩）《王荆公文注》，详于典章职秩，多可取，今悉录入。

儿郎伟！天都左界，帝室中经。诞惟仙圣之祠，夙有神灵之宅。嗣开宏构，追奉晬容。方将广舜孝于无穷，岂特倚汉仪之有旧？以上言景灵宫始奉圣祖，后建神御殿奉安御容。

楼大防（钥）《跋姜氏上梁文藁》曰："上梁文必言'儿郎伟'，旧不晓其义，或以为唯诺之'唯'，或以为奇伟之'伟'，皆所未安。在敕局时，见元丰中获盗推赏，刑部例皆节元案，不改俗语，有陈棘云，'我部领你憞厮逐去深州，边吉云我随你憞去'，憞本音闷，俗音门，犹言辈也。独秦州李德一案云，'自家伟不如今夜去云'，余亚然笑曰：得之矣。所谓'儿郎伟'者，犹言'儿郎憞'，盖呼而告之，此关中方言也。上梁有文尚矣。唐都长安循袭之，然尝以语尤尚书延之、沈侍郎虞卿、汪司业季路诸公，皆博洽之士，皆以为前所未闻，或有云用相儿郎之伟者，殆误矣。"（《攻媿集》卷七十）《爱日斋丛钞》卷五曰："《吕氏春秋·月令》，举大木者，前呼舆謣，后呼应之。高诱注为举重劝力之歌声也（《淫辞篇》）。与（舆）謣注或作邪謣。《淮南子》曰邪许（《道应训》）。岂伟亦古者举木隐和之音。"案：《困学纪闻》则取《攻媿》之说。沈文起曰："憞今同作们，儿郎谓禁兵也。始于唐末方镇，以衙内亲兵将校为义儿。马端临《文献通考》（卷四）后唐庄宗务姑息将士，每乘舆出次近郊，禁兵卫卒必控马首告曰：儿郎辈寒冷，望与振救！儿郎之称，亦涉于天子前矣。"○《淮南子·泰族训》曰："登太山，履石封以望八荒，视天都若盖，江河若笠。"王摩诘《韦氏逍遥谷讌集序》曰："天都近者，王官有之。"韩退之《乌氏庙碑》曰："作庙天都，以致其孝。"则天都即谓帝京也。○《史记·周本纪》曰："粤詹伊雒，毋远天室。"《正义》曰："言审慎瞻伊雒二水之阳，无远离此为天室也。"○孙兴公《游天台山赋序》曰："灵仙之所窟宅。"○《文选·魏都赋》曰："有晬其容。"《孟子·尽心上》赵注曰："晬，润泽貌也。"《宋史·乐志》十《真宗奉圣祖玉清昭应宫御制乐章》曰："金像晬容。"又曰："晬容金铸。"○《礼记·中庸篇》，子曰："舜其大孝也与。"○《隋书·经籍志》史部仪注篇，有《汉旧仪》四卷，卫敬仲撰。

先皇帝道该五泰，德贯三仪。文摘云汉之章，武布风霆之号。华夏归仁而砥属，蛮夷驰义以骏奔。清跸甫传，灵舆忽往。超然姑射，山无一物之疵；邈矣寿丘，台有万人之畏。已葬鼎湖之弓剑，将游高庙之衣冠。以上英宗功德，宜建原庙。

《荀子·赋篇》曰："请占之五泰。"杨注曰："五泰，五帝也。"○《易·系辞上》曰："易有太极，是生两仪。"任彦昇《到大司马记室笺》曰："道冠二仪。"○《诗·棫朴》曰："倬彼云汉，为章于天。"○《书》伪古文《伊训》曰："布昭圣武。"《礼记·礼运》曰："风霆流形。"○《论语·颜渊篇》曰："天下归仁焉。"《史记·五帝本纪》曰："帝颛顼日月所照，莫不砥属。"《集解》引王肃曰："砥，平也，四远皆平而来服属。"○《汉书·陈汤传》："刘向上疏曰：乡风驰义，稽首来宾。"《诗·清庙》曰："骏奔走在庙。"○姑射山，见卢照邻《黎君碑》"如雪"句注。○《海外西经》曰："轩辕之国，在此穷山之际，其不寿者八百岁，穷山在其北，不敢西射，畏轩辕之丘。"《太平御览·皇王部》一引《帝王世纪》曰："黄帝母曰附宝，孕二十五月，生黄帝于寿丘。"○《史记·封禅书》曰："黄帝采首山铜，铸鼎于荆山下，鼎既成，有龙垂胡髯下迎黄帝，黄帝上骑，群臣后宫从上者七十馀人，龙乃上去，馀小臣不得上，乃悉持龙髯，龙髯拔堕，堕黄帝之弓，百姓仰望，黄帝既上天，乃抱其弓与胡髯号，故后世因名其处曰鼎湖，其弓曰乌号。"《水经·河水注》三曰："阳周县故城南桥山，山有黄帝冢，帝崩，惟弓剑存焉，故世称黄帝仙矣。"○《史记·叔孙通传》曰："高寝衣冠，月出游高庙。"《集解》应劭曰："月出高帝衣冠，备法驾，名曰游衣冠。"如淳曰："《三辅黄图》：高寝在高庙西，高祖衣冠藏在高寝，月出游于高庙。"

今皇帝孝奉神明，恩涵动植。篡禹之服，期成万世之功；见尧于羹，未改三年之政。乃眷熏修之吉壤，载营馆御之新宫。考协前彝，述追先志。孝严列峙，寝门可象于平居；广拓旁开，辇路故存于陈迹。官师肃给，斤筑隆施。揆吉日以庀徒，举修梁而考室。敢申善颂，以相欢谣。以上建英德殿，及作上梁文。

《孝经》曰：“孝悌之至，通于神明。”○薛元卿《隋高祖颂》曰：“仁霑动植。”○《书》伪古文《仲虺之诰》曰：“表正万邦，纂禹旧服。”○《后汉书·李固传》曰：“昔尧殂之后，舜仰慕三年，坐则见尧于墙，食则睹尧于羹。”○《论语·学而篇》曰：“三年无改于父之道，可谓孝矣。”○《礼记·文王世子》曰：“至于寝门外。”○班孟坚《西都赋》曰：“辇路经营。”○《左》襄九年杜注曰：“庀，具也。”王简栖《头陀寺碑文》曰：“庀徒揆日。”《诗序》曰：“《斯干》，宣王考室也。”○《礼记·檀弓下》曰：“君子谓之善颂善祷。”○《诗·生民》毛传曰：“相，助也。”

儿郎伟！抛梁东，圣主迎阳坐禁中。明似九天昇晓日，恩如万国转春风。

梁简文帝《南郊颂》曰：“配天道尊，迎阳义重。”

儿郎伟！抛梁西，瀚海兵销太白低。王母玉环方自献，大宛金马不须赍。

瀚海，已见杨大年《驾幸河北起居表》注。○《史记·天官书》曰：“察日行以处位太白，曰西方秋司兵。”○《御览·天部》七引《天宫星占》曰：“太白位在西方，大将之象也。”○《宋书·符瑞志上》曰：“舜即帝位，西王母献白环玉玦。”○《史记·大宛传》曰：“天子既好宛马，闻之甘心，使壮士车令等持千金及金马，以请宛王贰师城善马。”

儿郎伟！抛梁南，丙地星高每岁占。千障灭烽开岭徽，万艘输贶引江潭。

　　《晋书·天文志上》曰："老人一星在弧南，一曰南极，常以秋分之旦见于景（唐讳丙作景），春分之夕而没于丁，见则治平主寿昌，常以秋分候之南郊。"○《史记·酷吏传》《正义》曰："障谓塞上要险之处，别筑城置吏士守之，以扞寇盗也。"《后汉书·光武帝纪下》章怀注曰："边方备警急，作高土台，台上作桔皋，桔皋头有兜零，以薪草置其中，常低之，有寇即燃火举之以相告，曰烽。"白乐天《东南行》曰："岭徼云成栈。"○《说友》曰："艠船总名。"《广韵》六豪曰：亦作艘。《文选·魏都赋》张孟阳注曰："贶，礼贽也。"李注引《苍颉篇》曰："贶，财货也。"

　　儿郎伟！抛梁北，边头自此无鸣镝。即看呼韩渭上朝，休夸窦宪燕然勒。

　　边头，集作边城，今依《文鉴》。鸣镝，见李义山《为李贻孙上李相公启》注。○《汉书·匈奴传下》曰："呼韩邪单于款五原塞愿朝。甘露三年正月，朝天子于甘泉宫，汉宠以殊礼，位在诸侯王上，赞谒称臣而不名，礼毕，使使者导单于先行，宿长平。上自甘泉宿池阳宫。上登长平，诏单于毋谒，其左右当户之群臣皆得列观，及诸蛮夷君长王侯数万，咸迎于渭桥下，夹道陈，上登渭桥，咸称万岁。"○燕然，见李义山《为李贻孙书》。

　　儿郎伟！抛梁上，仿佛神游今可想。风马云车世世来，金舆玉斝年年享。

　　《列子·黄帝篇》曰："黄帝梦游于华胥氏之国，盖非舟车足力之所及，神游而已。"○傅休奕《吴楚歌》曰："云为车兮风为马。"柳子厚《雷塘祷雨文》曰："风马云车，肃焉徘徊。"○庾慎之《暮游山水应令诗》曰："入径转金舆。"刘孝标《广绝交论》曰："霑玉斝之馀沥。"《说文》曰："斝，玉爵也。"

儿郎伟！抛梁下，万灵隲祉扶宗社。天垂嘉种已丰年，地产珍符方极化。

《汉书·杨雄传·河东赋》曰："发祥隲祉。"颜注曰："隲，降也；祉，福也。"○《诗·生民》曰："诞降嘉种。"○司马长卿《封禅文》曰："珍符固不可辞。"

　　伏愿上梁之后，圣躬乐豫，宝命灵长。松茂献两宫之寿，椒繁占六寝之祥。宗室蕃维之彦，朝廷表干之良。家传庆誉，代袭龙光。肩一心而显相，保馈祀之无疆。皇帝万岁！

　　□典雅是荆公四六之长。

《诗·天保》曰："如松柏之茂。"《宋史·神宗纪》曰："治平四年正月丁巳，英宗崩，帝即皇帝位。己未，尊皇太后曰太皇太后，皇后曰皇太后。"案：太皇太后乃光献曹皇后也，皇太后乃宣仁高皇后也。两宫当指此。○《诗·椒聊》曰："椒聊之实，蕃衍盈升。"案：繁、蕃字通。《周礼·天官》：宫人掌王之六寝之修。郑注曰："六寝者，路寝一，小寝五。"○王简栖《头陀寺碑文》曰："乃诏西中郎将郢州刺史江夏王观政藩维，树风江汉。"案：蕃，藩之通借字。○《吴志·张昭传》注引《典略》曰："如此其人，信一时之良干。"○《易·丰》六五曰："来章有庆誉吉。"○《诗·蓼萧》曰："为龙为光。"○《书·盘庚下》曰："永肩一心。"《诗·清庙》曰："肃雝显相。"○《诗·七月》曰："万寿无疆。"

苏子瞻

　　苏轼，字子瞻，一字和仲，眉州眉山人。嘉祐二年进士第，又以对制策入三等，除大理评事，签书凤翔府判官，入判登闻鼓院，召试直史馆，丁父忧，熙宁二年还朝，判官告院，权开封府推官，出判杭州，知密、徐、湖三州。尝以诗托讽，御史李定等指为讪谤，逮赴台狱，谪黄州团练副使安置，筑室于东坡，自号东坡居士，移汝州，乞居常州。哲宗立，复朝奉郎知登州，召为礼部郎中，迁起居舍人，寻除翰林学士兼侍读，拜龙图阁学士，出知杭州，召为翰林承旨。数月，知颍州、扬州，复召为兵部尚书兼侍读，改礼部兼端明殿翰林、侍读两学士，出知定州。绍圣初贬宁远军节度副使惠州安置，又贬琼州别驾，居昌化。徽宗立，移舒州团练副使，徙永州，更三赦，遂提举玉局观，复朝奉郎。建中靖国元年卒于常州。高宗时谥文忠。《宋史》有传。

除吕公著特授守司空同平章军国事加食邑实封馀如故制

《宋史·吕公著传》曰："公著字晦叔，元祐元年，拜尚书右仆射兼中书侍郎，与司马光同心辅政。三年四月，恳辞位，拜司空同平章军国事。宋兴以来，宰相以三公平章重事者四人，而公著与父（夷简）居其二。士艳其荣。"《长编》卷四百九曰："元祐二年夏四月辛巳，金紫光禄大夫守尚书右仆射兼中书门下侍郎吕公著为司空同平章军国事，仍一月三赴经筵，二日一朝，因至都堂议事。制词学士苏轼所草也。"○《经进东坡文集事略》宋郎晔之（晔）撰，苏诗注家颇多，而苏文惟此可供参考。

门下：仁莫大于求旧，智莫良于用众。既得天下之大老，彼将安归？以至国人皆曰贤，夫然后用。今朕一举，仁智在焉。宜告治朝，以孚大号。以上总括大意。

《书·盘庚上》："迟任有言曰：人惟求旧。"《论语·先进篇》："仍旧贯。"邢疏引郑注曰："《鲁论》仍为仁。"臧在东（庸）曰："言仁在旧贯，仁、仍音相近也。"（郑注辑本。）

○《论语·颜渊篇》：" 樊迟退，见子夏曰：乡也吾见于夫子而问知。子曰：举直错诸枉，能使枉者直，何谓也？子夏曰：富哉言乎！舜有天下，选于众，举皋陶，不仁者远矣。"○《孟子·离娄上》曰："伯夷、太公，二老者，天下之大老也，而归之，是天下之父归之也。天下之父归之，其子焉往？"○《孟子·梁惠王下》曰："国人皆曰贤，然后察之。见贤焉，然后用之。"○叶少蕴《避暑录话》卷上曰："前辈作四六，不肯多用全经语，恶其近赋也。然意有适会，亦有不得避者。但不当强用之尔。子瞻作吕申公制云：'既得天下之大老，彼将安归？乃至国人皆曰贤，夫然后用。'气象雄杰，格律超然，固不可及。"○《周礼·天官》大宰之职曰："王眂治朝，则赞听治。"郑注曰："治朝在路门外，群臣治事之朝。"○《易·涣》九五曰："涣汗其大号。"王辅嗣注曰："处尊履正，居巽之中，散汗大号，以荡险厄者也。"

金紫光禄大夫守尚书右仆射兼中书侍郎上柱国东平郡开国公食邑七千一百户食实封二千三百户吕公著，訏谟经远，精识造微。非尧舜不谈，昔闻其语；以社稷为悦，今见其心。三年有成，百揆时叙。维乃烈考，相于昭陵。盖清净以宁民，亦劳谦而得士。凡我仪刑之老，多其宾客之馀。在武丁时，虽莫追于前烈；作召公考，固无易于象贤。以上嘉其功绩，能继父相业。

《宋史·职官志》一曰："尚书省左右仆射，掌佐天子议大政，贰令之职，与三省长官，皆为宰相之任。中书省侍郎，掌贰令之职，参议大政。"《职官志》八曰："金紫光禄大夫开国郡公上柱国，为正二品。"○《诗·抑》曰："訏谟定命，远犹辰告。"毛传曰："訏，大；谟，谋；犹，道；辰，时也。"○《孟子·公孙丑上》："孟子曰：我非尧、舜之道，不敢以陈于王前。"○《论语·季氏篇》曰："口闻其语矣。"○《孟子·尽心上》曰："有安社稷者，以安社稷为悦者也。"○《左》二十五年曰："子产始知然明，问为政焉，对曰，视民如子，见不仁者诛之，如鹰鹯之逐鸟雀也。子产喜，以语子大叔，且曰：他日吾见蔑之面而已，今吾见其心矣。"○《论语·子路篇》：子曰："苟有用我者，朞月而已，可也，三年有成。"○《书·舜典》曰："纳于百揆，百揆时叙。"○"维乃烈考"二句，郎注曰："烈考即申公，夷简尝相仁宗，仁宗山陵号永昭。"案：《宋史·仁宗纪》曰："天圣七年二月丙辰，以吕夷简同中书门下平章事集贤殿大学士，明道二年夏四月己未，吕夷简罢，冬十月戊午，以吕夷简同中书门下平章事昭文馆大学士。嘉祐八年三月辛未，帝崩于福宁殿，谥曰神文圣武明孝皇帝，庙号仁宗。十月甲午，葬永昭陵。"《吕夷简传》曰："夷简字坦夫，先世莱州人，祖龟祥知寿州，子孙遂为寿州人。薨赠太师中书令，谥文靖。"○《史记·曹相国世家》曰："盖公为言，治道贵清静，而民自定。"○《易·谦》九三曰："劳谦君子，有终吉。"○《诗·文王》曰："仪刑文王。"○《史记·张耳传》曰："于是上贤张王诸客，客从张王入关，无不为诸侯相郡守。"○《书·君奭》曰："在武丁时，则有若甘盘。"○《诗·江汉》曰："虎拜稽首，对扬王休，作召公考，天子万寿。"毛传曰："考，成也。"郑笺曰："作，为也。虎既拜而答王策命之诗，称扬王之德美，君臣之言，宜相成也。王命召虎，用召祖命，故虎对王，亦为召康公受王命之时，对成王命之辞，谓如其所言也。如其所言者，天子万寿以下是也。"○《礼记·郊特牲》曰："继世以立诸侯，象贤也。"郑注曰："贤者子孙，恒能法其先父德行。"

而乃屡贡封章，力求退避。朕重失此三益之友，而悯劳以万机之繁。是用迁平土之司，释文昌之任，毋废议论，时游庙堂。以上许其罢尚书右仆射，而除司空平章事。

《论语·季氏篇》："孔子曰：益者三友，友直，友谅，友多闻，益矣。"《汉书·刘向传赞》曰："岂非直谅多闻，古之益友与？"〇《书·皋陶谟》曰："一日二日万几。"《书·舜典》："佥曰伯禹作司空。帝曰：俞，咨禹，汝平水土，惟时懋哉！"〇《晋书·天文志上》曰："文昌六星，在北斗魁前，天之六府也，二曰次将，尚书正左右，三曰贵相，太常理文绪。"〇《管子·形势篇》曰："抱蜀不言，而庙堂既修。"《困学纪闻》卷二十曰："庙堂二字，见《汉书·徐乐传》，云修之庙堂之上，而销未形之患。《梅福传》云：庙堂之议，非草茅所当言也。刘向《九叹》曰：始结言于庙堂。王逸注，言人君为政举事，必告宗庙，议于明堂。"原注曰：皆谓人君，今以为宰相，误矣。阎百诗曰："《淮南·主术训》，在卿相人君揄策于庙堂之上，亦兼君相言之。"

於戏！大事虽资于房乔，非如晦莫能果断；重德无逾于郭令，而裴度亦寄安危。罔俾斯人，专美唐世。可特授司空同平章军国事，加食邑七百户，食实封三百户，馀如故。仍一月三赴经筵，二日一入朝，因至都堂，议军国事。以上勉勖。

▢用经语如己出，而出以大方，非如南宋诸家专以成语偶对见长矣。然实已开其风矣。

《新唐书·房杜传》曰："房玄龄，字乔，（《旧唐书·房玄龄传》曰："房乔字玄龄。"）齐州临淄人。太宗即位，为中书令，进尚书左仆射。杜如晦，字克明，京兆杜陵人。检校侍中摄吏部尚书，进位尚书右仆射，与玄龄共筦朝政。每议事帝所，玄龄必曰：非如晦莫筹之，及如晦至，率用玄龄策也。盖如晦长于断，而玄龄善谋，两人相知，故能同心济谋，以佐佑帝，当世语良相，必曰房、杜云。"○《新唐书·郭子仪传》曰："子仪字子仪，华州郑人。封汾阳王。以身为天下安危者二十年，校中书令考二十四。"《裴度传》曰："度字中立，河东闻喜人，晋国公。其威誉德业，比郭汾阳，而用不用常为天下重轻。"○《书》伪古文《说命下》曰："罔俾阿衡，专美有商。"○《宋史·职官志》一曰："大尉、司徒、司空为三公。"又曰："宋承唐制，以同平章事为真相之仕。"

谢赐对衣金带马表

赵德麟《侯鲭录》卷一曰："东坡年十馀岁，在乡里，见老苏诵欧公《谢宣召赴学士院仍谢对衣金带并马表》，老苏令坡拟之，其间有云：'匪伊垂之带有馀，非敢后也马不进。'老苏喜曰：此于他日当自用之。至元祐中，再召入院，作承旨，仍益之曰：'枯羸之质，匪伊垂之带有馀；敛退之心，非敢后也马不进。'"郎氏《经进东坡文集事略》引此驳之曰："公自入翰院，与除承旨，凡两被赐，至以龙学（龙图阁学士之简称）知颍州，复拜此赐，故后表中有'四年三锡'之语，今德麟谓之除承旨时者误也。"案：王宗稷《东坡年谱》从《侯鲭录》，载在元祐六年六月；王文诰《苏诗总案》则载在八月，除龙图阁学士知颍州军州事进上谢表后，与郎注正合。

右臣伏蒙圣慈，特赐臣对衣一袭、金腰带一条、银鞍辔马一匹者。锡之上驷，敢忘致远之劳？佩以良金，无复忘腰之适。执鞭请事，顾影知惭。以上叙明赐对衣、金带及马。

《汉书·昭帝纪》曰："赐衣被一袭。"颜注曰："一袭，一称也，犹今言一副也。"○《史记·孙吴列传》："孙膑谓田忌曰：今以君之下驷与彼上驷，取君上驷与彼中驷，取君中驷与彼下驷。"○《易·系辞下》曰:"服牛乘马,引重致远,以利天下。"○《庄子·达生篇》曰:"忘足,履之适也;忘腰,带之适也。"○《论语·述而篇》:"子曰:虽执鞭之士,吾亦为之。"○谢玄晖《和王长史诗》曰:"顾影才骈服。"

  恭惟皇帝陛下,禹俭中修,尧文外焕。长辔以御,率皆四牡之良;所宝惟贤,岂徒三品之贵?出捐车服,收辑事功。以上作颂扬语,与带、马相关。

《书》伪古文《大禹谟》曰:"克俭于家。"○《书·尧典》曰:"钦明文思安安。"○《南齐书·太祖纪》:"太祖曰:若长辔缓御,则必遣予入质。"○《诗·四牡》曰:"四牡骓骓。"○《书》伪古文《旅獒》曰:"所宝维贤。"○《书·禹贡》曰:"厥贡惟金三品。"○《书·益稷》曰:"车服以庸。"

  而臣衰不待年,宠常过分。枯羸之质,匪伊垂之而带有馀;敛退之心,非敢后也而马不进。徒坚晚节,难报深恩。臣无任……以上陈谢,仍绾定带、马。

  □运典极精切,又极活动,可悟推陈出新之法。

《诗·彼都人士》曰:"匪伊垂之,带则有馀。"○《论语·雍也篇》曰:"孟之反不伐,奔而殿,将入门,策其马曰:非敢后也,马不进也。"

秦少游

  秦观,字少游,一字太虚,扬州高邮人。举进士不中,见苏轼于徐州,为《黄楼赋》。轼以为有屈、宋才,介其诗于王安石,亦谓清新如鲍、谢。轼勉以应举为亲养,始登第,调定海主簿,蔡州教授。元祐初,轼以贤良方正荐于朝,除秘书正字,兼国史院编修官。绍圣初,坐党籍,出判杭州,以增损实录,贬监处州酒税,使者承风旨伺过失,削秩编管黄州,徙雷州。徽宗立,复宣德郎,放还,至藤州卒。《宋史》入《文苑传》。

贺吕相公启

已见苏子瞻《吕公著制》注。《宋史·哲宗本纪》曰:"元祐元年夏四月壬寅,以吕公著为尚书右仆射兼中书侍郎。"

伏审光膺宸命,显正台司。凡在生成,举同抃蹈。窃以娲皇补天之际,高宗梦帝之初,未就泥金,正资陶铸;不调琴瑟,方赖更张。是谓大有为之时,必得非常人之佐。以上言国家变政之时,亟需良相。

《南齐书·王僧虔传》曰:"会迁侍中左光禄大夫开府仪同三司,谓兄子俭曰:汝任重于朝,行当有八命之礼,我若复此授,则一门有二台司。"○《淮南·览冥训》曰:"女娲炼五色石以补苍天。"又见《列子·汤问篇》。案:此喻宣仁也。《宋史·后妃传上》曰:"英宗宣仁圣烈高皇后,亳州蒙城人。哲宗嗣位,尊为太皇太后,驿召司马光、吕公著未至,迎问今日设施所宜先,至并命为相,使同心辅政。一时知名士汇进于廷,凡熙宁以来,政事弗便者,次第罢之。"○《史记·殷本纪》曰:"武丁夜梦得圣人名曰说,以梦所见,视群臣百吏,皆非也。于是乃使百工营求之野,得说于傅险中。是时说为胥靡,筑于傅险,见于武丁,武丁与之语,果圣人,举以为相,殷国大治。遂以傅险姓之,号曰傅说。帝武丁崩,子帝祖庚立,立其庙为高宗。"《书》伪古文《说命上》曰:"王宅忧,亮阴三年,既免丧,其惟弗言,群臣咸谏于王,王庸作书以诰曰:梦帝赉予良弼,其代予言。"○泥金,见骆宾王《为齐州父老请陪封禅表》注。○《庄子·逍遥游》

曰："犹将陶铸尧、舜者也。"○《汉书·董仲舒传》："仲舒对策曰：窃譬之琴瑟不调，甚者必解而更张之，乃可鼓也。"○《孟子·公孙丑下》曰："故将大有为之君，必有所不召之臣。"○《汉书·武纪》元封五年诏曰："盖有非常之功，必待非常之人。"

恭惟中书仆射相公，累朝元老，当世大儒。力足以扶持颠危，风足以兴起贪懦。青天白日，奴隶亦知其明；璞玉浑金，鉴识莫名其器。既天资之笃实，加地胄以高华。四世五公，勋在王室；一门万石，宠冠廷臣。宗族谓之小许公，夷狄以为真汉相。果从人望，爰享天心。方司左辖之严，遽践鸾台之峻。献可替否，而思矫激之过；解纷挫锐，而有调和之能。必欲成仁之始终，非特洁身之去就。以上颂其德望，及已著之勋业。

《诗·采芑》曰："方叔元老。"○《荀子·儒效篇》曰："大儒之效。"○《论语·季氏篇》曰："危而不持，颠而不扶，则将焉用彼相矣？"○《孟子·尽心下》曰："故闻伯夷之风者，顽夫廉，懦夫有立志，奋乎百世之上，百世之下，闻者莫不兴起也。"○韩退之《与崔群书》曰："青天白日，奴隶亦知其光明。"○"璞玉浑金"二句，见杨炯《群官寻杨隐居序》注。○《史记·商君传》：太史公曰："商君，天资刻薄人也。"韩退之《与鄂州柳中丞书》曰："此由天资忠孝。"○《颜氏家训·杂艺篇》曰："王褒地胄清华。"○《蜀志·先主传》：先主曰："袁公路四世三公，海内所归。"案《后汉书·袁安传》：安字邵公，汝南汝阳人也。章和元年为司徒，子京、敞，敞元初三年为司空；京子汤，桓帝初为司室；汤子成、逢、隗，成灵帝时为司空，隗献帝初为太傅。又《袁术传》曰："术字公路，司空逢之子也。大会群下，因谓曰：吾家四世公辅。"○《史记·万石君传》曰："万石君名奋,姓石氏,奋为太子太傅。及景帝即位,以为九卿,徙为诸侯相。长子建,次子甲,次子乙,次子庆,皆以驯行孝谨,官皆至二千石。于是景帝曰:君及四子皆二千石,人臣尊宠乃集其门,号奋为万石君。"○小许公即苏廷硕颋也,事已见前。《唐诗纪事》卷十曰:"颋文章盖代,及帝平内难,日夕制诰络绎,无非颋之作,时称小许公。"○《汉书·王商传》曰:"代匡衡为丞相,天子甚尊任之,为人多质,有威重,长八尺馀,身体鸿大,容貌甚过绝人。河平四年,单于来朝,引见白虎殿,丞相商坐未央廷中,单于前拜谒商,商起离席与言,单于仰视商貌,大畏之,迁延却退。天子闻而叹曰:此真汉相矣。"○《后汉书·卢植传》:"彭伯曰:卢尚书海内大儒,人之望也。"○《书》伪古文《咸有一德》曰:"克享天心。"○《隋书·元寿传》曰:"拜尚书左丞,曰:臣谬膺朝寄,忝居左辖。"杜子美《上韦左丞丈诗》曰:"左辖频虚位,今年得旧儒。"《宋史·哲宗纪》曰:"元丰八年秋七月戊戌,以资政殿大学士吕公著为尚书左丞。"○《旧唐书·职官志》二曰:"自晋始置门下省,南北朝皆因之。龙朔改为东台,光宅改为鸾台,神龙复。"案《长编》卷三百六十八曰:"元祐元年闰二月壬辰,金紫光禄大夫尚书左丞吕公著为门下侍郎。"○《左》昭二十年:"晏子曰:君所谓可,而有否焉,臣献其否,以成其可。君所谓否,而有可焉,臣献其可,以去其否。"《晋语》九:"史黯曰:夫事君者,荐可而替否。"《魏志·高柔传》:柔上疏曰:"非大臣献可替否之谓也。"○《老子》曰:"挫其锐,解其纷。"○《礼记·表记》:"子曰:仁之难成也久矣,惟君子能之。"○《孟子·万章上》曰:"归洁其身而已矣。"

繇是端人坌集,异党寝微。宽大之泽四覃,苛刻之风一变。名既得功而并立,位当与德而俱崇。明诏始班,吉士交庆。太公入国，固知天下之父归；伊尹得君，益见圣人之任重。以上言朝廷命相得人。

《汉书·司马相如传下》注引张揖曰："垄，并也。"○《汉书·成帝纪》颜注曰："寖，渐也。"○《尔雅·释言》曰："覃，延也。"○《汉书·成纪》："建始元年诏：凡事恕己，毋行苛刻。"○《书·立政》曰："继自今立政，其勿以憸人，其惟吉士。"○天下之父，见上篇注。○《孟子·万章上》曰："伊尹思天下之民，匹夫匹妇有不被尧、舜之泽者，若已推而内之沟中，其自任以天下之重如此。"

某猥缘幸会，叨被题评。昔陪北海之樽，有同梦寐；今望平津之馆，如隔云天。但欣众正之路开，始信太平之责塞。愿稽故事，就封富民之侯；请与诸生，复上得贤之颂。以上致贺。

□运古生新，而骨格要自凝重。

《后汉书·隗嚣传》注曰："猥犹滥也。"○《后汉书·孔融传》曰："宾客日盈其门，常叹曰：坐上客常满，尊中酒不空，吾无忧矣。"○《汉书·公孙弘传》曰："元朔中为丞相，封平津侯，于是起客馆，开东阁，以延贤人。"○《汉书·刘向传》：上封事曰："杜闭群枉之门，广开众正之路。"○王子渊《圣主得贤臣颂》曰："太平之责塞，优游之望得。"○《史记·太史公自序》曰："余所谓述故事，整齐其世传。"○《汉书·食货志上》曰："武帝末年，悔征伐之事，乃封丞相为富民侯。"○《史记·叔孙通传》："通曰：臣愿征鲁诸生，与臣弟子共起朝仪。"○《汉书·王褒传》曰："益州刺史奏褒有轶材，上乃征褒，为《圣主得贤臣》颂其意。"

晁无咎

晁补之，字无咎，济州钜野人。十七岁从父官杭州倅，以所著《七述》谒通判苏轼，轼亟称之，遂知名，举进士，试开封及礼部别院皆第一。元祐初为太学正，李清臣荐堪馆阁，召试除秘书省正字，迁校书郎，以秘阁校理通判扬州，召还为著作佐郎。绍圣初，出知齐州，降应天府通判，改亳州，又贬监处、信二州酒税。徽宗立，复以著作召，既至拜吏部员外郎礼部郎中，党论起，出知河中府，后主管鸿庆宫，还家号归来子。大观末，起知达州，改泗州卒。《宋史》入《文苑传》。

亳州谢到任表

《宋史·文苑·晁补之传》曰："章惇当国，出知齐州，坐修神宗实录失实，降通判应天府亳州。"案：宋淮南东路亳州治谯县，今安徽亳县治。

臣补之言：臣昨知齐州，缘旧公坐，正月十日，准敕降通判南京，碍亲回避，九月三日，准敕就差通判亳州。于当月二十五日到任上讫。咎悔难追，已更寒暑。嫌疑自列，敢惮道涂？再服宽恩，重增感涕。臣补之诚惶诚惧顿首顿首。以上叙贬秩，及到任。

宋京东路齐州治历城县，今山东历城县治。〇实录案起自绍圣元年。《宋史·哲宗纪》曰："绍圣元年十二月甲午，范祖禹、赵彦若、黄庭坚坐史事，责授散官，永丰黔州安置。"黄子耕（𫘧）《山谷先生年谱》载于绍圣二年，冯星实（应榴）谓盖十二月降旨，次年正月闻命（《苏诗合注》卷三十九），是也。此云正月十日准敕，盖同。○《宋史·职官志》七曰："通判，宋初惩五代藩镇之弊，乾德初，下湖南，始置诸州通判；建隆四年，诏知府公事，并须长史、通判签议连书，方许行下。时大郡置二员，馀置一员，不及万户不置。凡兵民钱谷，户口赋役，狱讼听断之事，可否裁决，与守臣通签书施行。"○宋南京应天府治宋城县，今河南商丘县治。

伏念臣粗知学问，本乏材能。仕岂为贫？惭居卑之亦分；家虽积善，伤馀庆之已微。尝念居不可以求安，福孰先于无祸？故六年迁徙，甘常困于米盐；而群从凋零，只自怜其形影。未敢当江湖飞集之数，何足挂朝廷论议之间？每钦宥过无大之仁，则思见危致命之义。未试以事，孰明此心？谅与釜之已多，诚挈瓶之何有？但知揣己，皆是踰涯。以上自陈。

《孟子·万章下》曰："仕非为贫也，而有时乎为贫。为贫者，辞尊居卑。"○《易·坤·文言传》曰："积善之家，必有馀庆。"案《晁补之传》曰：宗悫曾孙。宗悫仁宗时参知政事，宗悫父迥，仕至礼部尚书，以太子少保致仕。《宋史》皆有传。○《论语·学而篇》曰："君子居无求安。"○《淮南子·诠言训》曰："福莫大无祸。"○无咎《齐州谢到任表》曰："丐广陵之贰政，在元祐之五年，从簿书中，以著作召。"自元祐五年，自此正六年矣。《史记·酷吏传》曰："减宣为左内史，其治，米盐事大小皆关其手。"○《世说新语·贤媛篇》："王凝之妻谢夫人曰：群从兄弟，则有封、胡、遏、末。"○李令伯《陈情表》曰："形影相弔。"○杨子云《解嘲》曰："譬若江湖之崖，渤澥之岛，乘鴈集不为之多，双凫飞不为之少。"○《汉书·董仲舒传》曰："朝廷如有大议，使使者就其家而问之。"○《书》伪古文《大禹谟》:"皋陶曰:宥过无大。"○《论语·子张篇》曰:"士见危致命。"○《论语·雍也篇》曰:"子华使于齐,冉子为其母请粟,子曰:与之釜。"《集解》引马融曰:六斗四升曰釜。"○《左》昭七年:"谢息曰:人有言曰:虽有挈瓶之知,守不假器。"杜注曰:"挈瓶汲者喻小知,为人守器,犹知不以借人。"○萧茂挺《莲蕊散赋》曰:"感知己于名公,降踰涯之厚恩。"

恭惟皇帝陛下,惟时宪天,常善救物。稽先朝之美意,与治古以同兴。谓荡荡民无能名,佑启我以正;故业业日致其孝,继序思不忘。盖欲得万国之欢心,足以敛五福而敷锡。虽甚微鄙,不终弃捐。以上颂君德。

《书》伪古文《说命中》曰:"惟天聪明,惟圣时宪。"○《论语·泰伯篇》曰:"大哉尧之为君,荡荡乎民无能名焉。"○《孟子·滕文公下》引《书》曰:"佑启我后人,咸以正无缺。"《书》伪古文《冏命》袭之,无作罔。○《汉书·董仲舒传》:对策曰:"故尧兢兢日行其道而舜业业日致其孝。"○《诗·闵小子》曰:"於乎皇王,继序思不忘。"○《孝经》曰:"故得万国之欢心,以事其先王。"○《书·洪范》曰:"敛时五福,用敷锡厥庶民。"

重念臣顷迫养亲,久从补外。昨由公坐得谴,止以佐官连书。亦既累年,实更三赦。事虽自致,情则无他。庶省循苟免于人非,或湔洗稍容于国是。犬马能报,况服冠裾;樗栎无堪,犹供燔燎。终自知其死所,不敢爱于身先。瞻望阙廷,臣无任感天荷圣激切屏营之至。以上自明其志。

□宛转恳挚,语能感人。

《长编》曰:"哲宗元祐元年十二月庚寅,太学正晁补之为正字（卷三百九十二）。五年秋七月己巳，正字晁补之为校书郎（卷四百四十五）。十二月戊申，校书郎晁补之通判扬州（卷四百五十三）。"○《宋史·哲宗纪》曰："元祐四年十一月辛巳，大飨明堂，赦天下。六年十一月癸巳，祀天地于圜丘，赦天下。八年八月戊辰，赦天下。"文云"更三赦"，盖指此。○《庄子·天道篇》曰："故知天乐者无天怨，无人非。"○《说苑·杂事》二："楚庄王问于孙叔敖曰：寡人未得所以为国是也。"○《史记·三王世家》，"大司马去病上疏曰：臣窃不胜犬马心。"○《南史·张充传》（附《张裕传》后）充与王俭书曰："伫簪裾而辣叹。"○《隋书·李士谦传》：客曰："邢子才云，岂有松柏后身，化为樗栎？"○《尔雅·释天》曰："祭天曰燔柴。"《周礼·秋官·司烜氏》曰："共坟烛庭燎。"郑注曰："树于门外曰大烛，于门内曰庭燎。"

汪彦章

汪藻，字彦章，饶州德兴人。入太学，中进士第，累迁著作佐郎。与王黼不协，提点江州太平观，投闲八年。钦宗立，召为屯田员外郎，迁太常少卿，起居舍人。高宗即位，召试中书舍人，擢给事中，迁兵部侍郎兼侍讲，拜翰林学士，除龙图阁直学士，历知湖、抚、徽、宣等州，忤秦桧，言者论，夺职，居永州卒。《宋史》入《文苑传》。

隆祐太后告天下手书

《浮溪集》隆祐太后作皇太后。○《建炎以来系年要录》曰："建炎三年（即靖康二年，五月庚寅朔始改元。）三月丁酉，金人册张邦昌为皇帝（卷三）。夏四月癸亥，邦昌请元祐皇后入居延福宫。甲戌，元祐皇后告天下手书云云。先是，御史胡舜陟上书请后降诏诸路，使知中国有主，康王即位有日，以破乱臣贼子之心。吕好问言，今日布告之书，当令明白易晓，不必须词臣，遂命太常少卿汪藻草书，御封付御史台看详，然后行下（卷四）。"《三朝北盟会编》卷九十三曰："靖康二年四月十一日庚午，太后御内东门小殿，垂帘听政，下手诏播告天下。"《宋史·高宗纪》曰："甲戌，皇后手书告中外。"甲戌为十五日，与《系年要录》同，盖据手书布告之日也。《宋史·后妃传》曰："哲宗昭慈圣献孟皇后，洺州人，眉州防御使赠太尉元之孙女也。绍圣三年，诏废后，出居瑶华宫，号华阳教主玉清妙静仙师，法名冲真。靖康初，瑶华宫火，徙居延宁宫；又火，出居相国寺前之私第。金人围汴，钦宗与近臣议再复后，尊为元祐太后，诏未下而京城陷。时六宫有位号者皆北迁，后以废独存。张邦昌僭位，尊后为宋太后，迎居延福宫，受百官朝。胡舜陟、马伸又言政事当取后旨，邦昌乃复上尊号元祐皇后，迎入禁中，垂帘听政。后闻康王在济，遣尚书左右丞冯澥、李回及兄子忠厚持书奉迎，寻降手书，播告天下。王至南京，后遣宗室士㒟及内侍邵成章奉圭宝乘舆服御，迎王即皇帝位，改元，后以是日撤帘，尊后为元祐太后。尚书省言元字犯后祖名，请易以所居宫名，遂称隆祐太后。"

比以敌国兴师，都城失守。祲缠宫阙，既二帝之蒙尘；诬及宗祐，谓三灵之改卜。众恐中原之无统，姑令旧弼以临朝。虽义形于色，而以死为辞；然事迫于危，而非权莫济。内以拯黔首将亡之命，外以舒邻国见逼之威。遂成九庙之安，坐免一城之酷。以上二帝北狩，金人立张邦昌。

《宋史·钦宗本纪》曰："靖康元年十一月乙酉，斡离不军至城下。癸巳，黏罕军至城下。壬子，金人攻通津宣化门，范琼以千人出战，渡河冰裂，没者五百馀人，自是士气益挫。丙辰，妖人郭京用六甲法，尽令守御人下城，大启宣化门出攻金人，兵大败，京托言下城作法，引馀兵遁去。金兵登城，众皆披靡，金人焚南薰诸门，京城陷。丁巳，命何㮚及济王栩使金军。戊午，何㮚入言金人邀上皇出郊。帝曰：上皇惊忧而疾，必欲之出，朕当亲往。辛酉，帝如青城。十二月癸亥，帝至自青城。甲子，大索金帛。丙寅，遣陈过庭、刘韐使两河割地。二年春正月，遣聂昌、耿南仲、陈过庭出割两河地，民坚守不奉诏，凡累月，止得石州。庚子，金人索金银急，何㮚、李若水劝帝亲至军中，从之。二月丙寅，金人令推立异姓，孙傅方号恸，乞立赵氏不允。丁卯，金人要上皇如青城。辛未，金人偪上皇召皇后皇太子入青城。三月丁酉，金人立张邦昌为楚帝。丁巳，金人胁上皇北行。夏四月庚申朔，金人以帝及皇后、皇太子北归。"○《左传》昭十五年杜注曰："祲，妖气也。"○《左传》僖二十四年：臧文仲曰："天子蒙尘于外。"○《周语中》：仓葛呼曰："今将大泯其宗祊。"韦注曰："庙门谓之祊，宗犹宗庙也。"○《文选》陆士衡《汉高祖功臣颂》曰："三灵改卜。"李善注引《春秋元命苞》曰："造起天地，铸演人君，通三灵之贶，交错同端。"○旧弼谓张邦昌也。《宋史·叛臣上·张邦昌传》曰："邦昌字子能，永静军东光人也。钦宗即位，拜少宰，俄进太宰，兼门下侍郎，力主和议。时粘罕兵又来侵，上书者攻邦昌私敌，遂黜邦昌为观文殿大学士中太一宫使。其冬，金人陷京师，帝再出郊，留青城。明年春，吴开、莫俦自金营持文书来，令推异姓堪为人主者，从军前备礼册命。留守孙傅等不奉命，表请立赵氏，金人怒，复遣开、俦促，劫傅等召百官杂议，众莫敢出声，相视久之，计无所出。适尚书员外郎宋齐愈至自外，众问金人意所主，齐愈书张邦昌三字示之，遂定议以邦昌治国事。孙傅、张叔夜不署状，金人执之，置军中。王时雍时为留守，再集百官诣秘书省，至即闭省门，以兵环之，俾范琼谕众以立邦昌，众意唯唯。有太学生难之，琼恐沮众，厉声折之，遣归学舍。时雍先署状以率百官，御史中丞秦桧不书，抗言请立赵氏宗室，且言邦昌当上皇时，专事谄游，党附权奸，金人怒，执桧，开、俦持状赴军前，邦昌入居尚书省。金人促劝进，邦昌始欲引决，或曰：相公不前死城外，今欲涂炭一城耶？适金人捧册宝至，邦昌北向拜舞受册，即伪位，僭号大楚，拟都金陵，遂升文德殿，设位御床西受贺，遣阁门传令勿拜，时雍率百官遽拜，邦昌但东面拱立。外统制官宣赞舍人吴革，耻屈节异姓，首率内亲事官数百人，皆先杀其妻孥，焚所居，谋举义金水门外。范琼诈与合谋，令悉弃兵杖，乃从后袭杀百餘人，捕革并其子皆杀之，又擒斩十餘人。是日风霾，日晕无光，百官惨沮，邦昌亦变色，唯时雍、开、俦、琼等欣然鼓舞，若以为有佐命功云。"○《公羊》桓二年曰："孔父正色而立于朝，则人莫敢过而致难于其君者，孔父可谓义形于色矣。"《公羊》桓十一年曰："庄公死已葬，祭仲将往省于留，涂出于宋，宋人执之，谓之曰：为我出忽而立突。祭仲不从其言，则君必死，国必亡；从其言，则君可以生易死，国可以存易亡。少辽缓之，则突可故出，而忽可故反，是不可得则病，然后有郑国。古人之有权者，祭仲之权是也。权者何？权者反于经然后有善者也。"○《礼记·祭义》曰："明命鬼神，以为黔首则。"郑注曰："黔首谓民也。"孔疏曰："《史记》云：秦命民为黔首。"(《始皇本纪》)○《宋史·徽宗本纪》曰："崇宁三年冬十月己巳，立九庙，复翼祖、宣祖。"《礼志》十曰："高宗绍兴五年，吏部员外郎董棻言，元祐之初，翼祖既祧，正合典礼。至于崇宁，适当蔡京用事，乃建言请立九庙，自我作古，其已祧翼祖、宣祖，并即依旧，循沿至今。"○聚珍板《浮溪集》案曰："李心传《系年要录》及选宋人四六者，并删改'义形于色'二句，盖因其回护张邦昌也。惟《永乐大典》全载，今仍之。"

乃以衰癃之质，起于闲废之中。迎置宫闱，进加位号。举钦圣已行之典，成靖康欲复之心。永言运数之屯，坐视邦家之覆，抚躬独在，流涕何从？以上叙邦昌迎己听政。

《后汉书·光武帝纪下》注引《苍颉篇》曰："癃，病也。"《宋史·张邦昌传》曰："金师既还，邦昌降手书赦天下。吕好问谓邦昌曰：人情归公者，劫于金人之威耳。金人既去，能复有今日乎？康王居外久，众所归心，曷不推戴之？又谓曰：为今计者，当迎元祐皇后，请康王早正大位，庶获保全。监察御史马伸亦请奉迎康王，邦昌从之，乃册元祐皇后曰宋太后，入御延福宫，遣蒋师愈赍书于康王，自陈所以勉循金人推戴者，欲权宜一时，以纾国难也。敢有他乎？王询师愈等，具知所由，乃报书邦昌。邦昌寻遣谢克家献大宋受命宝，复降手书请元祐皇后垂帘听政，以俟复辟。书既下，中外大悦。太后始御内东门小殿垂帘听政，邦昌以太宰退处内东门资善堂，寻遣使奉乘舆服御物于东京。"○《说文》曰："屯，难也。"

缅惟艺祖之开基，实自高穹之眷命。历年二百，人不知兵；传序九君，世无失德。虽举族有北辕之衅，而敷天同左袒之心。乃眷贤王，越居近服。已徇群情之请，俾膺神器之归。鬶康邸之旧藩，嗣我朝之大统。汉家之厄十世，宜光武之中兴；献公之子九人，惟重耳之尚在。兹为天意，夫岂人谋？尚期中外之协心，共定安危之至计。庶臻小愒，同底丕平。用敷告于多方，其深明于吾意。以上言顺人心，迎康王即位。

□彦章此文，为当时传诵，实能感动人心。

《书·舜典》曰："归格于艺祖。"伪孔传曰："归告至文祖之庙。艺，文也。"案：宋人称太祖为艺祖。○《尔雅·释天》曰："穹苍，苍天也。"郭注曰："天形穹隆。"○《旧唐书·安禄山传》曰："天下承平日久，人不知战，闻其兵起，朝廷震惊。"案：宋自太祖、太宗、真、仁、英、神、哲、徽、钦凡九君。自太祖建隆元年庚申，至钦宗靖康二年丁未，凡一百六十八年。言二百，举成数耳。○杜子美《奉先咏怀诗》曰："北辕就泾渭。"○敷、溥、普字并通。《皋陶谟》翕受敷施，《史记·夏本纪》作普施；《诗·北山》溥天之下，《左》昭七年、《东周策》《孟子·万章上篇》《荀子·君子篇》《韩子·说林上篇》《忠孝篇》《吕氏春秋·慎人篇》引，皆作普天。○《汉书·高后纪》曰："太尉勃行令军中曰：为吕氏右袒，为刘氏左袒，军皆左袒，勃遂将北军。"○《宋史·高宗本纪》曰："高宗皇帝讳构，字德基，徽宗第九子，封广平郡王，进封康王。靖康元年，给事中王云使金，云归言金人坚欲得地。十一月，诏帝使河北，至磁州，守臣宗泽请留磁，磁人以云将挟帝入金，遂杀云，时粘罕、斡离不已率兵渡河，相继围京师。帝还相州。闰月，钦宗遣阁〔閤〕门祗候秦仔持蜡诏至相，拜帝为河北兵马大元帅。十二月，帝帅兵次大名府。建炎元年（即靖康二年）二月，次济州。三月，金人立张邦昌为帝，称大楚，夏四月，粘罕退师，钦宗北迁。癸亥，邦昌尊元祐皇后为宋太后，遣人至济州访帝，又遣吏部尚书谢克家来迎。十二月，谢克家以大宋受命之宝至济州，帝恸哭跪受命。戊辰，济州父老请帝即位于济。会宗泽来言南京乃艺祖兴王之地，取四方中，漕运尤易，遂决意趋应天。是夕，邦昌手书上延福宫太后尊号曰元祐皇后，入居禁中，以尚书左丞冯澥为奉迎使，皇后又遣兄子卫尉少卿孟忠厚持手书遗帝，皇后垂帘听政，邦昌权尚书左仆射，率在京百官上表劝进，不许。甲戌，皇后手书告中外,俾帝嗣统。"○近服指南京应天府。○《老子》曰:"天下神器。"○《书》伪古文《武成》曰:"大统未集。"○《汉书·杨雄传·反骚》曰:"汉十世之阳朔兮。"注晋灼曰:"十世数高祖、吕后至成帝也。"《叙传·幽通赋》曰:"皇十纪而鸿渐兮。"注应劭曰:"十纪,汉十世也。"张晏曰:"成帝时,班况女为倢伃,是十世指成帝,言王氏篡汉之祸,成于成帝时也。"《后汉书·光武帝纪》曰:"世祖光武皇帝,高祖九世之孙也。"《明帝纪》:永平二年诏曰:"仰惟先帝,受命中兴。"○《左》僖二十四年:介之推曰:"献公之子九人,唯君在矣。"案:君谓晋文公重耳。○《南史·梁武帝纪论》曰:"岂曰人谋?亦惟天命。"○《书·吕刑》曰:"三后协心。"○《诗·民劳》曰:"汔可小愒。"○《书·康王之诰》曰:"昔君文、武丕平富。"○《书·多方》曰:"告尔四国多方。"

建炎三年十一月三日德音

《宋史·高宗纪》曰:"建炎三年冬十月癸未,帝至杭州,复如浙东。壬辰,帝至越州。十一月丁未,诏降杂犯死罪,释流以下囚。《建炎以来系年要录》曰:建炎三年冬十月丙子朔壬辰,上至越州,入居州廨,百司分寓。晚朝谓宰执曰:朕自建康至此,不无扰民,欲赦所经州县,朕诚知数赦非良民之幸,但金人榜文要动摇民心,使归怨国家,强使从彼,因敕谕以朕意,谓巡幸非出得已,事定当议蠲,令词臣深知此意。(卷二十八)十有一月乙巳朔丁未,以上至越州,德音释诸路徒以下囚。(卷二十九)"《三朝北盟会编》卷一百三十四曰:"建炎三年十一月乙巳朔,车驾幸明州。三日丁未,德音。"旧校曰:"是诏汪藻撰。"○后世恩诏,唐宋谓之德音。《诗·皇矣》曰:"貊其德音。"《汉书·董仲舒传》:仲舒对册曰:"陛下发德音,下明诏。"德音之名,盖取诸此。

御敌者莫如自治，动民者当以至诚。朕自缵丕图，即罹多故。昧绥怀之远略，贻播越之深忧。虽眷我中原，汉祚必期于再复；而迫于强敌，商人几至于五迁。兹缘仗卫之行，尤历江山之阻。老弱扶携于道路，饥疲蒙犯于风霜。徒从或苦绎骚，程顿不无烦费。所幸天人协相，川陆无虞。仿治古之时巡，即奥区而安处。以上言为强虏所逼，屡致播迁。

杜牧之《罪言》曰："上策莫如自治。"《后汉书·章帝纪》："建初元年诏曰：各推精诚，专急人事。"○《诗·商颂谱》孔疏引《中候握河纪》云：尧曰："嗟朕无德，钦奉丕图。"○锺士季《檄蜀文》曰："方国家多故，未遑修九伐之征也。"○《旧唐书·许绍传》："高祖降勑书曰：绥怀士庶。"《后汉书·鲜卑传》："蔡邕议曰：武帝情存远略。"《左》昭二十六年："王子朝使告于诸侯曰：兹不穀震荡播越，窜在荆蛮。"○《后汉书·光武帝纪下》："建武十四年，大司空融等奏议曰：陛下德横天地，兴复宗统。"○《书序》曰："盘庚五迁，将治亳殷，民咨胥怨，作《盘庚》三篇。"《盘庚上》曰："不常厥居，于今五邦。"伪孔传曰："汤迁亳，仲丁迁嚣，河亶甲居相，祖乙居耿，我往居亳，凡五徙国都。"（五迁之说，诸家纷纭，俞曲园《群经平议》五主此说，诸家姑不具列。）案《系年要录》曰："建炎元年五月庚寅朔，兵马大元帅康王即皇帝位于南京（卷五）。冬十月丁巳朔，上登舟幸淮甸，翌日发南京，癸未，上至扬州，驻跸州治（卷十）。建炎三年二月壬戌，上至杭州，以州治为行宫（卷十九）。五月乙酉，上至江宁府，驻跸神霄宫，以江宁府为建康府（卷二十三）。秋七月辛卯，升杭州为临安府（卷二十五）。冬十月癸未，上至临安府。庚寅，上御舟幸浙东。壬辰，上至越州（卷二十八）。"案：以上皆避金兵，故云"迫于强敌，商人几至于五迁"也。○《系年要录》卷二十七曰："闰八月丁丑朔，定东巡之策。乙未，隆祐皇太后舟过落星寺，六宫及后宫舟飘覆者数十，惟太后舟无虞。"又曰："庚子，从官已下先行，是夜大雨，上虑禁卫劳苦，自于禁中焚香祷天，诘朝雨霁。"○《诗·常武》曰："徐方绎骚。"毛传曰："绎，陈；骚，动也。"郑笺曰："绎当作驿。"○《文选》沈休文《齐安陆昭王碑文》李善注曰："顿犹舍也。"○班孟坚《西都赋》曰："天人合应。"《诗·生民》毛传曰："相，助也。"○《诗·时迈》序曰："《时迈》，巡守，告祭柴望也。"郑笺曰："武王既定天下，时出行其邦国，谓巡守也。"○张平子《西京赋》曰："寔惟地之奥区神皋。"

言念连年之纷扰，坐令率土之流离。乡闾遭焚劫之裁，财力困供输之役。肆夙宵而轸虑，如冰炭之交怀。嗟汝何辜？由吾不德。故每畏天而警戒，誓专克己以焦劳。欲睦邻休战，则卑辞厚礼以请和；欲省费恤民，则贬食损衣而从俭。苟可坐销于氛祲，殆将无爱于发肤。以上悯百姓之苦，亟欲谋利民之事。

《诗·北山》曰："率土之滨，莫非王臣。"○《诗·緜》毛传曰："肆，故今也。"陈硕疏曰："凡肆者，皆承上启下之词，肆兼'故、今'两义。"○《楚辞·七谏·自悲》曰："冰炭不可以相并兮。"韩退之《听颖师弹琴诗》曰："无以冰炭置我肠。"○《系年要录》曰："建炎三年闰八月丁丑朔，御笔：朕嗣位累年，凡可以和戎息兵者，卑辞降礼，无所不至，而敌人猖獗，迫逐陵犯，未有休息之期云云。（卷二十八）九月己巳，御笔：朕累下宽恤之诏，而迫于经费，未能悉如所怀。今闻东南和预买绢，其弊尤甚，可下江浙减四分之一，以宽民力，仍俟见钱违寔之法。令尚书省榜谕。（卷二十八）"

然边陲岁骇，而师徒不免于屡兴；馈饷日滋，而征敛未遑于全复。惟八世祖宗之泽，岂汝能忘？顾一时社稷之忧，非予获已。少俟寇攘之息，首图蠲省之宜。以上言军事方兴，未能即言蠲省，事定即当首议。

《礼记·大学》曰："道盛德至善，民之不能忘也。"○《孟子·滕文公下》曰："予不得已也。"○《诗·荡》曰："寇攘式内。"○《广雅·释诂》三曰："蠲，除也。"案：捐之通借字。

况昨来蒙蔽之俗成，致今日凌夷之祸亟。虽朕意日求于民瘼，而人情终壅于上闻。主威非特于万钧，堂下自遥于千里。既真伪有难凭之患，则遐迩衔无告之冤。已敕辅臣，相与虚怀而听纳；亦令在位，各须忘势以咨询。直言者勿遭危疑，忠告者靡拘微隐。所期尔众，咸体朕怀。以上求民隐。

《后汉书·皇后纪上》章怀注曰："陵夷犹衰替。"○《尔雅·释诂》曰："瘼，病也。"《潜夫论·班禄篇》引《诗》曰："求民之瘼。"今《毛诗·皇矣》作莫。蔡伯喈《和熹皇后谥议》引亦作瘼，说者以为皆《鲁诗》。○《汉书·武帝纪》："元朔元年诏曰：是化不下究，而积行之君子雍于上闻也。"颜注曰："雍读曰壅。"案：本字当作邕，俗作壅，拥（攘）则通借字。○《汉书·贾山传》：《至言》曰："今人主之威，非特雷霆也，势重非持万钧也。"○《管子·法法篇》曰："堂下远于千里。"○《孟子·梁惠王上》曰："此四者，天下之穷民而无告者。"

尚虑四民兴失职之嗟，百姓有夺时之怨。科需苛急，人心难侯于小康；犴狱繁滋，邦法有稽于末减。乃用迎长之节，特颁在宥之恩。以上下诏之意。

《穀梁》成元年曰："古有四民，有士民，有商民，有农民，有工民。"○《孟子·梁惠王上》曰："百亩之田，勿夺其时。"○《礼运》曰："是谓小康。"《诗·民劳》曰："汔可小康。"○《诗·小宛》：宜岸宜狱，《释文》引《韩诗》岸作犴。曰：乡亭之系曰犴，朝廷曰狱。○《左》昭十四年，仲尼曰："叔向，古之遗直也，三数叔鱼之恶，不为末减。"杜注曰："末，薄也；减，轻也。"○《礼记·郊特牲》曰："郊之祭也，迎长日之至也。"郑注以为建卯之月，后儒多驳之。《礼记集说》卷六十五引石林叶氏曰："以郊为迎长日之至，下言郊之用辛，周之始郊日以至，正以别鲁。郑氏反之，强以建卯为日至，甚矣其诬也。冬至之日，祭天于圜丘，此周之正礼不可易者也。"严陵方氏曰："郊之祭在建子之月，而阳生于子，故曰迎长日之至。至犹来也，与《月令》仲夏日长至异矣。"案：文言迎、至，亦与叶、方义同，盖宋以冬至祭圜丘，故有恩赦之事也。○《庄子·在宥篇》曰："闻在宥天下，不闻治天下也。"成玄英疏曰："宥，宽也。"

　　於戏，王者宅中，夫岂甘心于远狩？皇天助顺，其将悔祸于交侵。惟我二三之臣，与夫亿兆之众，亟攘外侮，协济中兴。以上申明远狩之不获已，而望臣民同御外侮，以图中兴。

　　□剀切动人，宜其与隆祐手书，并重于当时也。

　　张平子《东京赋》曰："彼偏据而规小，岂如宅中而图大？"○《易·系辞上》曰："天之所助者顺也。"○《左》隐十一年："郑伯曰：天其以礼悔祸于许。"○《诗·六月》序曰："小雅尽废，则四夷交侵，中国微矣。"○《诗·常棣》曰："外御其侮。"○《诗·烝民》序曰："烝民，尹吉甫美宣王也，任贤使能，周室中兴焉。"

孙仲益

孙觌，字仲益，晋陵人。崇宁元年举进士，（见《鸿庆集》《送方嘉谟判官序》，《直斋书录解题》卷十八言大观三年进士，岂崇宁未及第，至大观始中隽欤？）政和四年词科，累至侍御史。靖康初为中书舍人。建炎元年，充徽猷阁待制，知秀州，坐为张邦昌权直学士院，责授副团练归州安置，旋召试中书舍人。二年，充显谟阁待制，知平江府，又召赴行在，进给事中，御史中丞，吏部侍郎。三年，试户部尚书，以龙图阁直学士知温州，又再知平江府，以言者论觌尝建明王安石常平聚敛之法，夺职提举鸿庆宫。四年，复徽猷阁待制。又以范宗尹荐，复龙图阁待制，知临安府。绍兴元年，吕颐浩、秦桧为相，觌不为二相所喜，引疾乞祠，乃命提举江州太平观。二年，除名羁管象州，及二相免，始上书诉枉，乃得放还。既而桧复相，遂隐居太湖，二十馀年不敢出。及桧死，二十六年，上书自辨，乃复旧秩。又后十年，孝宗朝命编类蔡京、王黼等事实，上之史官。乾道五年卒，年八十九。案：仲益《宋史》无传，今据本集及周益公序，证以《建炎系年要录》《三朝北盟会编》《直斋书录解题》，犹可得其事实。今揭其大略。而清《四库书目》卷一百五十七载其事迹，先后颠倒，极为谬误。（《万姓统谱》所载，尚不如此之谬误。）不可据也。○仲益力主和议，诋李伯纪、陈少阳、岳鹏举，而亲万俟卨，为世所恶。《直斋书录解题》谓其生平出处不足道。《桯史》卷五斥其李靖墓志，媚及阉寺。《宾退录》卷十斥其韩忠武、万俟卨墓志，颠倒是非。清《四库书目》谓立身一败，诟辱千秋，清词丽句，转有求其摩灭而不得者。吴孟举（之振）《宋诗钞》，谓嘉靖间，常州欲刻《鸿庆集》，邑人徐向曰：觌有罪名教，其集不当行世，遂止。今不废其诗者，以见有诗如此，而不得列于作者，欲立言者知所自重耳。（《鸿庆集钞》）今案仲益之文，实不愧南宋一作家，君子不以人废言可也。

西徐上梁文

仲益自岭南放归，即居西徐，其《送智海上人诗》曰："若要诗翁淡生活，穿云涉水到西徐。"

践蛇茹蛊，脱身五岭之陬；补劓息黥，归老三家之市。桑麻接畛，鸡犬交音。已免贾生问鵩之忧，遂谐韩公见蝎之喜。富阳故侯，炎海虫蛇之侣，玉川虮虱之臣。属开晏婴齐屦之言，遂解锺仪楚冠之絷。蜗盘两角，已同堕甑之观；貉共一丘，岂恨虚舟之触？向空而书咄咄，击缶而和乌乌。望故家以终焉，羡吾生之休矣。以上自象郡得归。

韩退之《忆昨行》曰："践蛇茹蛊不择死。"○《后汉书·吴祐传》："祐曰：踰越五领。"章怀注曰："领者，西自衡山之南，东至于海，一山之限耳。别标名则有五焉。裴氏《广川记》云（川当作州）：大庾、始安、临贺、桂阳、揭阳是为五岭。邓德明《南康记》曰：大庾一也，桂阳甲骑二也，九真都庞（本或作宠，非）三也，临贺萌渚四也，始安越城五也。裴氏之说，则为审矣。"案：《水经·耒水注》曰：黄水出黄岑山，山则骑田之峤，五岭之第二岭也。《锺水注》曰：都山即部龙之峤也，五岭之第三岭也，与《南康记》甲骑都庞不同。戴东原（震）校改部龙为都庞。赵诚夫（一清）《水经注释》曰：考《班志》：九真郡有都庞县，应劭曰：庞音龙。师古曰：音龚。而桂阳之部龙乃岭峤之名，王象之《舆地纪胜》曰：山之绝顶曰都逢，土人语讹曰庞也，不知都、部字相似，庞、龙音相联，而强以都逢为土音"山之绝顶"之说，殆因岭峤而傅会耶？此与九真之都宠县无涉，邓记误也。当以南平部龙为是。杨惺吾（守敬）《水经注疏要删》曰："据《南康记》：五岭由东而西，则第三岭自当在桂阳、临贺之间，若九真之都庞已至极南，不得为第三。按南平自有都庞，宋本《寰宇记》：蓝山本汉南平也，有黄蘗山，今谓之都庞山，即是五岭从东第三都庞岭也。而部龙之名无闻焉。然则作都庞是也。《南康记》九真二字，或浅人求都庞于南平不得，但见九真有都庞县而增改之与？"案：杨氏说是，岭与领同，今大庾岭在江西大庾县南，一也；黄岑山一名骑田岭，在湖南郴县南，二也；黄蘗山即都庞岭，在湖南蓝山县北，三也；萌渚岭在湖南江华县西南，四也；越城岭在广西兴安县北，五也。宋广南西路象州治阳寿县，今广西象县治，在五岭之南。《说文》曰：陬，阪隅也。○《庄子·大宗师篇》：意而子曰："庸讵知夫造物者之不息我黥而补我劓，使我乘成以随先生耶？"○苏子瞻《雪浪石诗》曰："气压岱北三家村。"○贾生《鵩鸟赋》曰："请问于鵩，予去何之？"○韩退之《送文畅师北游诗》曰："昨来得京官，照壁喜见蝎。"○《陈书·孙玚传》曰："玚字德琏，吴郡吴人也，封富阳县侯。"案：此仲益以姓自此。《史记·萧相国世家》曰："召平者，故秦东陵侯。"○韩退之《别知赋》曰："侣虫蛇于海陬。"○《鸿庆集》文津馆本"玉川"句上有"嵩阴处士"四字，他本无。案：无者是。○卢仝《月蚀诗》曰："玉川子又涕泗下心祷，再拜额揭砂土中，地上虮虱臣仝告诉帝天皇。"○《左》昭三年曰："初景公欲更晏子之宅，曰：子之宅近市，湫隘嚣尘，不可以居，请更诸爽垲者。辞曰：君之先臣容焉，臣不足以嗣之，于臣侈矣。且小人近市，朝夕得所求，小人之利也。敢烦里旅？公笑曰：子近市，识贵贱乎？对曰：既利之，敢不识乎？公曰：何贵何贱？于是景公繁于刑，有鬻踊者，故对曰：踊贵屦贱。景公为是省于刑。"○《左》成九年曰："晋侯观于军府，见钟仪，问之曰：南冠而絷者谁也？有司对曰：郑人所献楚囚也，使税之，召而弔之，再拜稽首。"○《庄子·则阳篇》曰："有国于蜗之左角者曰触氏，有国于右角者曰蛮氏，时相与争地而战，伏尸数万，逐北旬有五日而后反。"○《后汉书·郭太传》曰："孟敏，字叔达，钜鹿杨氏人也。客居太原，荷甑堕地，不顾而去。林宗见而问其意，对曰：甑已破矣，视之何益？"○《汉书·杨恽传》（附父敞传后）恽曰："古与今如一丘之貉。"○《庄子·山木篇》曰："方舟而济于河，有虚舟来触，虽有惼心之人不怒。"○《晋书·殷浩传》曰："浩虽被黜放，口无怨言，但终日书室，作'咄咄怪事'四字而已。"○《汉书·杨恽传》报孙会宗书曰："仰天拊缶，而呼乌乌。"○杜子美《寄岳州贾司马巴州严八使君诗》曰："吾道卜终焉。"○陶渊明《归去来辞》曰："感吾生之行休。"

迺占吉日，爰举修梁。邻翁无争畔之嫌，山灵有筑垣之助。地偏壤沃，井洌泉甘。岂徒恋三宿之桑？故将面九年之壁。老蟾驾月，上千岩紫翠之间；一鸟呼风，啸万木丹青之表。黄帽钓寒江之雪，青袠披大泽之云。行随乌鹊之朝，归伴牛羊之夕。拥百结之褐，扪虱自如；拄九节之筇，送鸿而去。里闾缓急，皆春秋同社之人；兄弟团栾，共风雨对床之夜。盍申善颂，以佐欢谣？以上筑室。

《韩非子·难一》曰："历山之农者侵畔，舜往耕焉，朞年甽亩正。"○庾子山《终南山义谷铭》曰："山灵景从。"《传灯录》卷四曰："慧忠禅师欲创法堂，初筑基，有二神人定其四角，复潜资夜役，遂不日而成。"○井洌，见李义山《新井碣铭》注，或作冽，非。○《后汉书·襄楷传》：上疏曰："浮屠不三宿桑下，不欲久生恩爱，精之至也。"○《神僧传》卷四《达摩传》曰："初止嵩山少林寺，终日面壁而坐，九年遂逝焉。"○苏子瞻《留题延生观后山上小堂诗》曰："应逐嫦娥驾老蟾。"○杜子美《韦讽宅观曹将军画马诗》曰："龙媒去尽鸟呼风。"○《诚斋诗话》曰："孙仲益作《上梁文》云，老蟾驾月云云。"周茂振曰："既呼又啸，易啸为响。"步瀛案：上用呼风，与啸字虽略复，尚无大害，易为响字则滞矣，宜《鸿庆集》仍为啸字也。○杜子美《有怀台州郑十八司户诗》曰："黄帽映青袍，非供折腰具。"柳子厚《江雪诗》曰："孤舟蓑笠翁，独钓寒江雪。"○《后汉书·逸民·严光传》曰："帝思其贤，乃令以物色访之，后齐国上言，有一男子披羊裘钓泽中，帝疑其光，乃备安车玄纁，遣使聘之，三反而后至。"○魏武帝《短歌行》曰："乌鹊南飞。"○《诗·君子于役》曰："日之夕矣，羊牛下来。"○《太平御览·服章部》六引王隐《晋书》曰："董威辇于市得残许缯，辄结以为衣，号曰百结衣。"○《晋书·载记》十四：《王猛传》曰："桓温入关，猛被褐而谒之，一面谈当世之事，扪虱而言，旁若无人。"○杜子美《望岳诗》曰："安得仙人九节杖？"高千里（骈）《筇竹杖寄僧诗》曰："坚轻筇竹杖，一枝有九节。"○嵇叔夜《送秀才从军诗》曰："目送归鸿，手挥五絃。"○《礼记·月令》曰："仲春之日，择元日命民社；仲秋之日，择元日命民社。"《白虎通·社稷篇》引《孝经援神契》曰："仲春祈谷，仲秋获禾，报社祭稷。"《独断》上曰："百姓已上则共一社，今之里社是也。"○苏子瞻《与子由别于郑州诗》曰："夜雨何时听萧瑟？"自注曰："尝有夜雨对床之言，故云尔。"王注曰：韦苏州《与元常全真二生》诗：那知风雨夜，复此对床眠？次公曰：子由与先生在怀远驿，常读韦诗至此句，恻然感之，乃相约早退，共为闲居之乐。正在京师同侍老泉时近事，故今诗及之。其后子由与先生于彭城相会，作三小诗。其一曰：逍遥堂后千寻木，长送中宵风雨声。误喜对床寻旧约,不知漂没在彭城。至先生《在东府雨中作示子由诗》有曰:对床空悠悠,夜雨今萧瑟。盖皆感叹追旧之言也。"王直方《诗话》又举子由使虏在神水馆赋诗云:夜雨从来对榻眠,兹行万里隔胡天。东坡在御史狱有云:他年夜雨独伤神。其同转对有云:对床贪听连宵雨。又云:对床欲作连夜雨。又云:对床老兄弟,夜雨鸣竹屋。见《苕溪渔隐丛话前集》卷三十八。案:仲益兄观早没,弟岘同居,见醮谢青词。

抛梁东!卧占宽闲五百弓。一榻清风残酒里,半窗花影日曈曈。

《大唐西域记》卷二曰:"分一拘卢舍为五百弓,分一弓为四肘,分一肘为二十四指,分一指节为七宿麦。"

抛梁南!弥勒年来共一龛。绕树时闻乌攫攫,弯弓莫向虎眈眈。

褚登善《与法师帖》曰:"复闻久弃尘滓,与弥勒同龛,一食清斋,六时禅颂。"苏子瞻《自金山放船至焦山诗》曰:"老僧下山惊客至,迎笑喜作巴人谈。自言久客忘乡井,只有弥勒为同龛。"○《汉书·循吏·黄霸传》曰:"吏出不敢舍邮亭,食于道旁,乌攫其肉。"颜注曰:"攫,搏持之也,攫音钁。"苏子瞻《客徂〔狙〕经旬无肉诗》曰:"使君不复怜乌攫。"○《易·颐》六四曰:"虎视眈眈。"《释文》曰:"眈,丁南反。"引马融曰:"虎下视皃。"

抛梁西!落日投林急鸟栖。一抹残红犹未敛,半钩新月挂簷低。

杜子美《独坐诗》曰:"仰羡黄昏鸟,投林羽翮轻。"

抛梁北!一取单衣老无力。且令斗水百忧宽,莫遣家书万金直。

杜子美《春望诗》曰："家书抵万金。"

抛梁上！万壑烟云集遐想。颠倒山公白接篱〔䍦〕，光芒太一青藜杖。

白接篱〔䍦〕，见李义山《新井碣铭》注。○《三辅黄图》卷六曰："刘向于成帝之末，校书天禄阁，专精覃思，夜有老人，着黄衣，植青藜杖，叩阁而进，见向暗中独坐诵书，老父乃吹杖端烟然，因以见向，授五行洪范之文，恐词说繁广忘之，乃裂裳及绅以记其言，至曙而去，请问姓名，云我是太乙之精，天帝闻卯金之子有博学者，下而观焉。"又见《拾遗记》卷六。

抛梁下！去去从今事桑柘。好与龟鱼作主人，更伐豚羔燕同社。

赵阅道《次毛维瞻溪庵诗》曰："鸥鹭后前如旧物，龟鱼游泳不疑人。"○苏子瞻《盐官部役戏同事诗》曰："已酿白酒买豚羔。"

伏愿上梁之后，千饼解祟，三揖送穷。人面看年年岁岁之同，花枝见夜夜朝朝之好。以二百五十亩公田之入，尽归酒姥之家；为三万六千日醉乡之游，独占地仙之籍。

□一序惊奇兀傲，为《鸿庆集》压卷之作，而当时得名，乃属《高丽王赐乐谢表》，徒以彼循乎当时体格，确合榘矱耳。以视此文，何啻仙凡之别？

周希稷《端午诗》曰："谁家解祟吐千饼。"○韩退之《送穷文》曰："三揖穷鬼而告之曰：闻子行有日矣。"○《全唐诗话》卷一曰："刘希夷尝为《白头翁咏》云：今年花落颜色改，明年花开复谁在？既而自悔曰：我此诗谶，与石崇'白首同所归'何异？乃更作一联云：年年岁岁花相似，岁岁年年人不同。既而又叹曰：此句复仍似向谶矣。"○《陈书·后主纪》曰："其曲有《玉树后庭花》《临春乐》等，其略曰：壁月夜夜满，琼树朝朝新。"○《汉书·食货志上》曰："六尺为步，步百为畮，畮百为夫，夫三为屋，屋三为井，井方一里，是为九夫，八家共之，各授私田百畮，公田十畮，是为八百八十畮，馀二十畮以为庐舍。民受田，上田夫百畮，中田夫二百畮，下田夫三百畮。"颜注曰："畮，古亩字。"案：古言公田，无言二百五十亩者，而仲益《捨田记》，亦言赵若拙买田二百五十亩，岂当日买田常取此数耶？抑仲益有田偶同此数耶！○《列仙传》卷下曰："呼子先者，汉中关下卜师也，老寿百馀岁，临去呼酒家老妪曰：急装，当与妪共应中陵王，夜有仙人持二茅狗来至，呼子先，子先持一与酒家妪，得而骑之，乃龙也，上华阴山，常于山上大呼言'子先酒家母在此'云。"施希圣（肩吾）《春日钱塘杂兴诗》曰："酒姥溪头桑袅袅。"○李太白《襄阳歌》曰："百年三万六千日，一日须倾三百杯。"王无功《醉乡记》曰："阮嗣宗、陶渊明等十数人，并游于醉乡，没身不返，死葬其壤，中国以为酒仙云，今子将游焉，故为之记。"○《御览·道部》五引《秘要经》曰："立三百善功，可得存为地仙，居五岳洞府之中。"

洪景伯

洪适，字景伯，初名造，字温伯，亦字景温，饶州鄱阳人。父皓使金国，适年甫十三，能任家事。绍兴十二年中博学宏词科，除敕令所删定官，改秘书省正字，甫数月，皓归忤秦桧，出知饶州，适亦出为台州通判，皓谪英州，适复论罢，往来岭南，省侍者九年。桧死，皓还道卒，适服阕，起知荆门军，孝宗隆兴二年，除太常少卿，兼权直学士院礼部侍郎，除中书舍人。乾道元年，拜尚书右仆射同中书门下平章事兼枢密使。二年，以春久雨，引咎乞退，除观文殿学士，提举江州太平兴国观，寻起知绍兴府，浙东安抚使。四年以观文殿学士提举临安府洞霄宫。淳熙十一年卒，谥文惠。《宋史》附父皓传。

汤思退罢尚书左仆射同中书门下平章事兼枢密使特授观文殿大学士提领江州太平兴国宫依前特进岐国公制

《宋史·孝宗纪》曰："隆兴元年秋七月癸巳，以汤思退为尚书右仆射同中书门下平章事兼枢密使。十二月丁丑，以汤思退为尚书左仆射。二年十一月辛卯，汤思退罢。"《汤思退传》曰："思退字进之，处州人。绍兴二十六年，除知枢密院事，明年拜尚书右仆射。（《系年要录》曰：二十七年六月戊申，汤思退守尚书右仆射，同中书门下平章事。）又二年进左仆射，明年，侍御史陈俊卿论其挟巧诈之心，济倾邪之术，观其所为，多效秦桧，遂罢，以观文殿大学士奉祠。（《系年要录》在三十年十二月乙巳朔。）隆兴元年，符离师溃，召思退复相。金帅纥石烈志宁遗书三省枢密院，索海、泗、唐、邓四郡，思退欲与和，奏以吏部侍郎王之望为通问使，知閤门事龙大渊副之。二年，思退令之望、大渊驿疏兵少粮乏，楼橹器械未备，人言委四万众以守泗州非计，上颇惑之，命思退作书许金四郡。既而金专事杀戮，上意中悔，命思退都江淮军，辞不行，言者极论思退急和彻备之罪，遂罢相，寻责居永州。"

门下：冢宰佐王治国，意实注于安危；大臣以道事君，时具瞻于进退。眷惟雅望，久翊繁机。既殚上印之诚，宜厚秉钧之礼。诞扬坦制，宣告群工。以上揭明罢相下制之意。

《周礼·天官·序官》曰："乃立天官冢宰。"郑注曰："冢宰，大宰也。"又大宰之职曰："掌建邦之六典，以佐王治邦国。"○《史记·陆贾传》："贾曰：天下安，注意相；天下危，注意将。"韩退之《赠太师董公行状》曰："子弟有私问者，公曰：宰相所职系天下，天下安危，宰相之能与否可见，欲知宰相之能与否，如此视之其可。"○《论语·先进篇》："子曰：所谓大臣者，以道事君。"○《诗·节南山》曰："民具尔瞻。"《魏志·高堂隆传》：上疏曰："公辅之臣，皆国之栋梁，民所具瞻。"《礼记·表记》曰："事君难进而易退。"○《史记·蔡泽传》曰："应侯因谢病请归相印。"《汉书·孔光传》曰："策免光曰：君其上丞相博山侯印绶。"○《汉书·律历志上》引《诗》曰："秉国之钧。"毛传《节南山》作均，字通。○《易·履》《释文》引《广雅》曰："坦坦，明也"，此坦制犹云明诏。○《书·盘庚中》曰："诞告用亶。"《释文》曰："亶，丁但反，诚也。"

具官某，器宇清明，材猷超诣。乐尧、舜之道，阿衡专美于有商；品渊、骞之篇，扬雄度越于诸子。轩然俊域，籍甚要津。烜赫北门，拟丝纶于雅诰；从容右府，运帷幄之良筹。结慈陛之深知，应台阶之上象。粤予纂绍，复俾赞襄。积熙载之忠规，馨安边之潜虑。循名责实，所期公耳忘私；应变守文，常以今而视昔。以上称其才德及相业。

《晋书·安平王孚传论》曰："器宇高雅。"○《新唐书·高俭窦戚传赞》曰："以才猷结天子。"○《孟子·万章上》曰："伊尹耕于有莘之野，而乐尧、舜之道焉。"馀见苏子瞻《吕公著特授守司空同平章事制》。○《法言》序曰："仲尼之后，讫于汉道，德行颜、闵，股肱萧、曹，爰及名将，尊卑之条，称述品藻，撰渊、骞。"《汉书·杨雄传赞》："桓谭曰：若使遭遇时君，为所称善，则必度越诸子矣。"案：宋人以杨子云之姓作扬字，辨已见前，以本集如此，姑因之。○韩退之《岳阳楼别窦司直诗》曰："轩然大波起。"班孟坚《西京赋》曰："英俊之域。"○《史记·陆贾传》曰："陆生以此游汉廷公卿间，名声籍甚。"徐孝穆《与李那书》曰："籍甚清徽。"《文选·古诗》曰："力登要路津。"○《旧唐书·文苑中·元万顷传》曰："拜著作郎。时天后讽高宗广召文词之士，入禁中修撰，朝廷疑议，及百司表疏，皆密令万顷等参决，以分宰相之权，时人谓之北门学士。"《系年要录》曰："绍兴十九年四月庚午，尚书司封员外郎汤思退试秘书少监（卷一百五十九）。二十一年四月乙巳，汤思退试起居舍人权直学士院。"○《礼记·缁衣篇》曰："王言如丝，其出如纶；王言如纶，其出如綍。"○右府谓枢密院也。吕公著尝知枢密院事，其《定州谢上表》曰："尸荣右府，无裨庙算之奇。"正指知枢密院事也。《宋事实类苑》卷二十五曰："唐以中官为枢密使，与中尉谓之内贵。梁为崇政殿使，后唐旧有带相印者，分东西二院，晋废，国初复置，与中书为二府。"《系年要录》曰："绍兴二十五年六月辛巳，尚书礼部侍郎兼权直学士院汤思退为端明殿学士签书枢密院事，权参知政事（卷一百六十八）。二十六年五月甲辰，汤思退知枢密院事（卷一百七十二）。"○《汉书·高纪下》："上曰：夫运筹帷幄之中，决胜千里之外，吾不如子房。"○《后汉书·郎顗传》："拜章曰：三公上应台阶。"章怀注引《春秋元命苞》曰："魁下六星，两两相比，曰三台。《黄帝泰阶六符经》曰：泰阶者，天之三台也。"○《书·皋陶谟》曰："思曰赞赞襄哉。"《书·舜典》："有能奋庸熙帝之载。"○《汉书·赵充国传》曰："充国及长史董通年以为选择良吏，知其俗者，拊循和辑，此全师保胜安边之册。"○《邓析子·无厚篇》曰："循名责实，君之事也。"《淮南子·主术训》曰："循名贵实，使有司任而弗诏，责而弗教。"○《汉书·贾谊传》："上疏陈政事曰：主耳忘身，国耳忘家，公耳忘私。"○《新唐书·姚崇宋璟传赞》曰："唐史臣称崇善应变以成天下之务，璟善守文以持天下之正。"○王逸少《兰亭集序》曰："后之视今，亦犹今之视昔。"

方仰成之无间，何引去之甚坚？选众举皋陶，任盖尊于一相；事亲若曾子，养已洎于千锺。遂其尝药之怀，失我和羹之助。兹推渥典，用贲归途。鼎秘殿之崇资，食珍台之优禄，式笃股肱之义，以全体貌之恩。以上罢相奉祠。

《书》伪古文《毕命》曰："予小子垂拱仰成。"○韩退之《送温处士序》曰："愈縻于兹，不能引去。"○选众举皋陶，见苏子瞻制注。○《公羊》隐五年曰："一相处乎内。"○《孟子·离娄上》曰："事亲若曾子者，可也。"○《庄子·寓言篇》曰："曾子再仕而心再化，曰吾及亲仕，三釜而心乐；后仕三千锺，不洎吾心悲。"○《曲礼下》曰："亲有疾饮药，子先尝之。"○《书》伪古文《说命下》曰："若作和羹，尔惟盐梅。"○《易·序卦传》曰："贲者饰也。"王文考《鲁灵光殿赋》曰："乃立灵光之祕殿。"案：此即谓观文殿。○杨子云《甘泉赋》曰："盖天子穆然珍台闲馆，琁题玉英，蜵蜎蠖濩之中。"案：此借此兴国宫。○《书·益稷》：帝曰："臣作朕股肱耳目。"○《汉书·贾谊传》："上疏陈政事曰：夫尝已在贵宠之位，天子改容而体貌之矣。"

於戏！明哲以保其身，靡失青毡之旧；喜愠不形于色，可娱绿野之游。无起遐心，斯能终誉。以上勉谕。

□用古皆如己出，绝无牵缀之痕，故自可喜。

明哲保身，已见王介甫启注。○《晋书·王献之传》（附父羲之传后）曰："献之夜卧斋中，而有偷人入其室，盗物都尽，献之徐曰：偷儿！青毡我家旧物，可特置之。群偷惊走。"○蔡伯喈《陈留太守胡公碑》曰："喜愠不形于外。"《世说新语·德行篇》:"王戎云:与嵇康居二十年,未尝见其喜愠之色。"〇《旧唐书·裴度传》曰:"度以年及县舆,王纲版荡,不复以出处为意。东都立第于集贤里,筑山穿池,竹木丛萃,有风亭水榭,梯桥架阁,岛屿迴环,极都城之胜槩。又于午桥创别墅,花木万株,中起凉台暑馆,名曰绿野堂,引甘水贯其中,酾引脉分,映带左右。度视事之隙,与诗人白居易、刘禹锡酬宴终日,高歌放言,以诗酒琴书自乐,当时名士,皆从之游。"〇《诗·白驹》曰:"无金玉尔音,而有遐心。"〇《诗·振鹭》曰:"庶几夙夜,以永终誉。"

周子充

周必大,字子充,一字洪道,其先郑州管城人。祖诜,宣和中倅庐陵,因家焉。绍兴二十年第进士,又中博学宏词科,教授建康府,召试馆职,授正字,累至监察御史。孝宗践阼,除起居郎中书舍人给事中,历兵部侍郎兼太子詹事礼部尚书兼翰林学士,知枢密院。淳熙十四年拜右丞相,十六年进左丞相。光宗受禅,转少保,进封益国公。宁宗即位,以少傅致仕,卒谥文忠。《宋史》有传。

岳飞叙复元官制

《周益公集·掖垣类稾》原注曰:"七月十三日圣旨:故岳飞起自行伍,不逾数年,位至将相,而能事上以忠,御众有法,屡立功效,不自矜夸,馀烈遗风,至今不泯。去冬出戍,鄂渚之众,师行不扰,动有纪律,道路之人,归功于飞。飞虽坐事以殁,而太上皇念之不忘,今可仰承圣意,与追复原官,以礼改葬,访求其后,特与录用。"《系年要录》卷二百曰:

"绍兴三十有二年六月丙子,上行内禅之礼。秋七月戊申,诏追复岳飞元官,以礼改葬,访求其后,特与录用。"《宋史·孝宗纪》一,亦作七月戊申,《系年》七月壬寅朔,则戊申七日也。《金陀续编》卷十三载此诏,作十月十六日,殆以奉到之日计之耳。《宋史·岳飞传》曰:"飞字鹏举,相州汤阴人。绍兴十年,金人攻拱、亳,刘锜告急,令飞驰援,飞遣兵东援刘锜,西援邹浩,自以其军长驱以阚中原。授少保,河南北诸路招讨使。郾城再捷,进军朱仙镇,距汴京四十五里,与兀术对垒而阵。遣骁将以背嵬骑五百奋击,大破之。兀术遁还汴京,自燕以南,金号令不行。飞方指日渡河,而秦桧欲画淮以北弃之,风台臣请班师,一日奉十二金字牌。飞愤惋泣下,东向再拜曰:十年之力,废于一旦。飞班师既归,所得州县,旋复失之。飞力请解兵柄,不许。帝授飞两镇节,兀术遗桧书曰:必杀飞,始可和。桧亦以飞不死,终梗和议,己必及祸,故力谋杀之。以谏议大夫万俟卨与飞有怨,风卨劾飞,又风中丞何铸、侍御史罗汝楫交章弹论,飞累章请罢枢柄,还镇节,充万寿观使奉朝请。桧志未伸也。又谕张俊,令劫王贵,诱王俊,诬告张宪谋还飞兵,桧遣使捕飞父子证张宪事,初命何铸鞫之。飞裂裳以背示铸,有'尽忠报国'四大字,深入肤理,既而阅实无左验,铸明其无辜,改命万俟卨。卨傅会其狱,岁暮狱不成,桧手书小纸付狱,即报飞死,时年三十九。云弃市,籍家赀,徙家岭南。桧死,议复飞官。万俟卨谓金方愿和,一旦录故将,疑天下心,不可。及绍兴末,金益猖獗,太学生程宏图上书讼飞冤,诏飞家自便。中丞汪澈宣抚荆襄,故部曲合辞讼之,哭声雷震。孝宗诏复飞官,以礼改葬,赐钱百万,求其后悉官之,建庙于鄂,号忠烈。"

敕:仁皇在位,亲明利用之勋;神祖御邦,首祭狄青之像。盖念旧者不忘于拔拭，而劝功者当急于褒崇。朕祇禀睿谟，眷怀宿将。兹仰承于素志，肆尽洗于丹书。
以上言宋之先代褒崇良辅，故承上皇之意，有此敕命。

《宋史·曹利用传》曰："利用字用之，赵州宁晋人。拜枢密使，同中书门下平章事。初章献太后临朝，中人与贵戚，稍能轩轾为祸福，而利用以勋旧自居，不恤也。凡内降恩，力持不予，左右多怨。内侍罗崇勋得罪，太后使利用召崇勋戒敕之，利用去崇勋冠帻，诟斥良久，崇勋恨之。会从子汭为赵州兵马监押，而州民赵德崇诣阙告汭不法事，奏上，崇勋请往按治，遂穷探其狱。汭坐被酒衣黄衣令人呼万岁，杖死，利用旧谪知随州，又贬崇信军节度副使，房州安置，命内侍杨怀敏护送，行至襄阳驿，怀敏不肯前，以语逼之，利用素刚，遂投缳而绝，以暴卒闻。明道二年，追复节度兼侍中，后赠太傅，还诸子官，赐谥襄悼，命学士赵槩作神道碑，帝为篆其额曰旌功之碑。"○《宋史·狄青传》曰："青字汉臣，汾州西河人。拜枢密使。嘉祐中，罢为同中书门下平章事出判陈州，卒谥武襄。熙宁元年，神宗考次近世将帅，以青起行伍，而名动夷夏，深沉有智略，能以畏慎保全终始，慨然思之，命取青画像入禁中，御制祭文，遣使赍中牢祠其家。"○柳子厚《贺雨表》曰："睿谟潜运。"案：此睿谟谓高宗。○《魏策》二曰："魏惠王起境内众，将太子申而攻齐，客曰：田盼宿将也。"○《文选》任彦昇《为范尚书让封侯表》李善注引王隐《晋书》，甄彬奏曰："不宜违人之素志。"○《左》襄二十三年曰："斐豹隶也，著于丹书。"杜注曰："以丹书其罪。"孔疏曰："近世魏律，缘坐配没为工乐杂户者，皆用赤纸为籍，其卷以铅为轴，此亦古人丹书之遗法。"

故前少保武胜定国军节度使武昌郡开国公食邑六千一百户食实封二千六百户岳飞，拔自偏裨，骤当方面。

智略不专于古法，沉雄殆得于天资。事上以一忠，至无嫌于辰告；行师有律，几不犯于秋毫。外摧孔炽之狂胡，内戢方张之剧盗。名之难掩，众所共闻。会中原方议于櫜弓，而当路立成于投杼。坐急绛侯之系，莫然内史之灰。以上言岳飞功大而冤死。

据《金陀续编》卷二：绍兴四年九月，检校少保进封武昌郡开国公。六年三月，特授武胜定国军节度使。十年六月，特授少保。案：武胜军已见欧阳永叔《上钱相公启》注。○《汉书·冯奉世传》曰："韩昌为偏裨。"《晋书音义》卷中曰："裨，副将也。"《宋史·岳飞传》曰："宣和四年，真定宣抚刘韐募敢战士，飞应募，相有剧贼陶俊、贾进和，飞请百骑灭之，遣卒伪为商入贼境，贼掠以充部伍，飞遣百人伏山下，自领数十骑逼贼垒，贼出战，飞阳北，贼来追之，伏兵起，先所遣卒擒俊及进和以归。康王至相，飞因刘浩见，命招贼吉倩，倩以众三百八十人降，补承信郎。"○《后汉书·冯异传》：异上书曰："受任方面，以立微功。"○《汉书·霍去病传》曰："上尝欲教之孙吴兵法，对曰：顾方略何如耳，不至学古兵法。"《岳飞传》曰："迁秉义郎，隶留守宗泽，战开德、曹州皆有功，泽大奇之曰：尔勇智才艺，古良将不能过，然好野战，非万全计。因授以阵图。飞曰：阵而后战，兵法之常，运用之妙，存乎一心。泽是其言。"○《后汉书·宗室·四王传赞》曰："齐武沉雄。"《周书·李弼传》曰："性沉雄有深识。"○《岳飞传》曰："帝手书精忠岳飞字，制旗以赐之。"○《诗·抑》曰："远犹辰告。"○《易·师》曰："师出以律。"○《史记·淮阴侯传》："信曰：大王之入武关，秋毫无所害。"《岳飞传》曰："卒有取民麻一缕以束刍者，立斩以徇。卒夜宿，民开门愿纳，无敢入者。军号冻死不拆屋，饿死不卤掠。"○《诗·六月》曰："玁狁孔炽。"案：摧狂胡，《岳飞传》

如复建康、战郾城、捷朱仙镇等皆是。○翦剧盗，案《岳飞传》如降曹成、败李成、擒杨么等皆是。○《诗·时迈》曰："载櫜弓矢。"毛传曰："櫜，韬也。"笺曰："兵不复用。"孔疏曰："櫜者弓衣，一名韬，故纳弓于衣，谓之韬弓。"○投杼，见徐鼎臣《吴王墓志铭》注。○《史记·绛侯世家》曰："绛侯周勃者，沛人也，有上书告勃欲反，下廷尉。廷尉下其事长安，逮捕勃治之，及系急，薄昭为言薄太后，太后亦以为无反事，文帝朝，太后以冒絮提文帝曰：绛侯绾皇帝玺，将兵于北军，不以此时反，今居一小县，顾欲反邪？文帝既见绛侯狱辞，乃谢曰：吏事方验而出之。"○《史记·韩长孺传》曰："安国坐法抵罪，蒙狱吏田甲辱安国，安国曰：死灰独不复然乎？田甲曰：然即溺之。居无何，梁内史缺，汉使使者拜安国为梁内史。"

　　逮更化之云初，示褒忠之有渐。思其姓氏，既仍节制于岳阳；念尔子孙，又复孤惸于岭表。欲尽还其宠数，乃下属于眇躬。是用峻升孤棘之班，叠畀斋坛之组。近畿礼葬，少酬魏阙之心；故邑追封，更慰辕门之望。不徒发幽光于既往，庶几鼓义气于方来。以上复官改葬。

　　《汉书·董仲舒传》："对策曰：为政而不行，甚者必变而更化之，乃可理也。"○《岳飞传》曰："桧恶岳州同飞姓，改为纯州。至是仍旧。"《系年要录》曰："绍兴二十五年六月癸卯，诏改岳州为纯州，岳阳军为华容军。先是左朝散郎姚岳献言秦桧，岳州以叛臣故地，又与其同姓，事下本路诸司，于是直秘阁知荆南府孙汝翼等言，案《水经》汨水西迳罗县，与纯水合，罗渊即今巴陵郡是也，纯之为字，有纯臣之义焉，足以洗叛臣之污，故有是命（卷一百六十八）。三十有一年十二月癸卯，御史中丞汪澈言岳飞之叛，固自有公论，以姓名而易州名，尤悖于理，乞改岳州军名额依旧，从之（卷一百九十五）。"○《系年要录》卷一百四十三曰：">绍兴十一年十二月癸巳，岳飞赐死于大理寺，仍籍其赀，流家属于岭南，天下冤之。"案《类藁》，此制下，有岳飞妻李氏与复楚国夫人，男云追复左武大夫忠州防御使，雷追复忠训郎閤门祗候，霖（《金陀续编》作霖）右承事郎，与合入差遣，震、霭与补保义郎，云妻巩氏复恭人等告。《金陀续编》卷十三又有云男申、甫二人，雷男经、纬、纲、纪四人，并特与补承信郎，云女大娘、雷女二娘、三娘，候出嫁日，夫各与补武进校尉劄。○《周礼·秋官·朝士》："掌建邦外朝之法，左九棘，孤卿大夫位焉。"郑注曰："树棘以为位者，取其赤心而外刺。"《书》伪古文《周官》曰："少师、少傅、少保曰三孤。"○《史记·淮阴侯传》：王曰："以为大将。"何曰："王必欲拜之，择良日斋戒，设坛场具礼乃可耳。"江文通《为萧骠骑让表》曰："兼金叠组。"案：此言复其两节镇。○吴震《南宋相眼》曰："诏临安府访求岳将军尸，其坟在钱塘门外，当时私号贾宜人坟。"○《庄子·让王篇》：公子牟谓瞻子曰："身在江海之上，心居乎魏阙之下，奈何？"○《穀梁》昭八年曰："置旃以为辕门。"范注曰："辕门，卬车以其辕表门。"案：慰辕门之望，谓其荆襄故部也。○韩退之《答崔立之书》曰："发潜德之幽光。"

嗟夫！闻李牧之为人，殆将抚髀；阙西平而未录，敢缓旌贤？如其有知，可以无憾。感叹作结。

□此南宋快事，亦益公快文，读之令人起舞。

《史记·冯唐传》曰："上既闻李牧为人，良说而搏髀曰：嗟乎！吾独不得廉颇、李牧时为吾将，岂忧匈奴哉？"○《旧唐书·李晟传》曰："晟字良器，陇右临洮人，封西平郡王。贞元五年九月，晟与侍中马燧见于延英殿，诏曰：昔我列祖，则亦有熊罴之士，不二心之臣，左右经纶，参翊缔构，昭文德，恢武功，威不若，康不乂，用端命于上帝，付畀四方。宇宙既清，日月既贞，王业既成，太阶既平，乃图厥容，列于斯阁。今则李晟等保宁朕躬，咸宣力肆勤，光复宗社，订之前烈，夫岂多谢？阙而未录，孰谓旌贤？有司宜叙年代先后，各图其像于旧臣之次。"〇《金陀续编》此下有"可特追复少保武胜定国军节度使，武昌郡开国公，食邑六千一百户，食实封二千六百户，奉敕如右，牒到奉行"四十三字。盖当日原制如此，编文集者不载耳。

杨廷秀

杨万里，字廷秀，吉州吉水人。绍兴二十四年进士第，为永州零陵丞。张浚勉以正心诚意之学，遂自名其读书之室曰诚斋。历官国子太常博士吏部右侍郎将作少监，知漳州、常州，提举广东常平茶盐，擢东宫侍读，迁秘书少监。以高宗配飨事，上疏诋翰林学士洪迈，孝宗览疏不悦，由是以直秘阁出知筠州。光宗即位，召为秘书监，寻出为江东转运副使，总领淮西、江东军马钱粮。朝议行铁钱，万里不奉诏，改赣州，乞祠，自是不复出。当韩侂胄柄国，忧愤成疾，闻其用兵事，恸哭呼纸书曰：奸臣专权，谋危社稷，吾头颅如许，报国无路，惟有孤愤。又书十四言别妻子，笔落而逝，谥文节。光宗尝为书"诚斋"二字，学者称诚斋先生。《宋史》入《儒林传》。

辞免赣州得祠进职谢表

《宋史·儒林·杨万里传》曰："朝议欲行铁钱于江南诸郡，万里疏其不便，不奉诏，忤宰相意，改知赣州，不赴，乞祠，除秘阁修撰，提举万寿宫。"《攻媿集》卷三十五有《直龙图阁知赣州杨万里秘阁修撰提举隆兴府玉隆万寿宫制。《诚斋集》卷三十三亦载之。原注曰："绍熙四年三月二十三日。"则此表亦上于四年矣。又《宋史·地理志》四曰："江南西路赣州，本虔州南康郡昭信军节度，大观元年升为望郡，建炎间，置管内安抚使。始兴十五年罢，复置江西兵马钤辖兼提举南安军南雄州兵甲司公事。二十二年改今名。"案：宋赣州治赣县，今江西赣县治；隆兴府志治南昌县，今江西南昌县治。

谢病摧颓，尚赋珍台之饩；属文论譔，复超延阁之班。上无弃人，下则徽福。臣　中谢。○以上得祠进职。

珍台，见洪景伯制注。○《唐六典》卷十曰："汉氏文籍，往往而出，并藏之书府，在外则有太常、太史、博士掌之，内则有延阁、广内、石渠之藏。"《晋书·挚虞束晳传论》曰："或摄官延阁，裁成言事之书。"《宋史·职官志》三曰："秘阁修撰，政和六年置，以待馆阁之资深者。"○《左》僖四年徽福《释文》曰："徽，古尧反，要也。"

伏念臣老不事事，才非奇奇。三圣旁招，蚤堕鹭廷之数；初潜豫附，晚参鹤禁之僚。方众贤依乘风云之秋，乃微臣僵卧山林之日。把麾江海，此朝士之荣光；丽日崆峒，亦诗人之佳郡。矧席过家之宠，曾微待次之淹。夫何右臂之偏枯，虚辱左符之重寄。陈力就列，不能者止；投闲置散，乃分之宜。籲天以闻，伏地而俟。闵劳均佚，仁不遐遗；进律示褒，礼亦异数。以上自陈经历。

《史记·曹相国世家》曰："卿大夫已下吏及宾客，见参不事事，皆欲有言。"○韩退之《进学解》曰："不专一能，怪怪奇奇。"○三圣谓高宗、孝宗、光宗也，《书》伪古文《太甲上》曰："旁招俊彦。"○《禽经》曰："寀寮雒雒，鸿仪鹭序。"注曰："鹭，白鹭也，小不逾大，飞有次序，百官缙绅之象。"○《易·乾》初九曰："潜龙勿用。"○《白帖》卷十一引《汉宫阙疏》曰："白鹤太子所居，凡人不得辄入，故云鹤禁也。"《唐六典》卷二十八曰："太子左右监门率府，垂拱中改为鹤禁卫，神龙初复旧。"○《新唐书·李靖李勣传赞》曰："遂能依乘风云，勒功帝籍。"○江文通《报袁叔明书》曰："僵卧深窟。"○杜牧之《将赴吴兴登乐游原诗》曰："欲把一麾江海去，乐游原上望昭陵。"《梦溪笔谈》卷四曰："今人守郡，谓之建麾，盖用颜延年诗'一麾乃出守'，此误也。延年谓'一麾'者，乃指麾之麾，非旌麾之麾也。延年《阮始平诗》云：屡荐不入官，一麾乃出守。谓山涛荐咸为吏部郎，三上，武帝不用。后为荀勖（宋讳勖字）一挤，遂出始平，故有此句。延年被摈，以此自托耳。自杜牧《登乐游原诗》，始谬用一麾，自此遂为故事。"案：颜延年《五君咏》见《文选》卷二十一，李善注曰：麾，指麾也，言为勖所指麾也。沈说本此。张仲雅《选学胶言》卷十曰："沈休文《齐安陆王碑》建麾作牧，在牧之前久矣，且牧之诗适有'一麾'二字，遂谓误用颜诗耳，安知其不用建麾故事？不必麾字定出颜诗也。"○苏子瞻《郁孤台诗》曰："日丽崆峒晓。"王注引赵次公曰："崆峒在虔州西之极处。"《舆地纪胜》曰："江南西路赣州：崆山，又名崆峒山，章、贡二水夹以北驰，直属于州治，盖州治地脉之母也。"《清一统志》曰："江西赣州府：崆峒山在赣县南六十里。"○《后汉书·韩棱传》曰："迁南阳太守，特听棱得过家上冢，乡里以为荣。"○《荀子·王制篇》曰："贤能不待次而举。"○杜子美《清明诗》曰："右臂偏枯耳半聋。"○《汉书·文帝纪》曰："二年九月，初与郡守为铜虎符竹使节。"颜注曰："与郡守为符者，谓各分其半，右留京师，左以与之。"《宋史·兵志》十曰："康定元年颁铜符木契传信牌铜符，上篆刻曰某处发兵符，下铸虎豹为饰而中分之，右符伍，左旁作虎豹头四，左符五，右旁为四窍，令可勘合。又以篆文相向，侧刻十干字为号，一甲己，二乙庚，三丙辛，四丁壬，五戊癸，左符刻十干半字，右符止刻甲己等两半字，右五符留京师，左符降总管钤辖知州军官高者掌之。"○《论语·季氏篇》：孔子曰："周任有言曰：陈力就列，不能者止。"《集解》引马融曰："言当陈其才力，度己所任，以就其位，不能则当止也。"○韩退之《进学解》曰："投闲置散，乃分之宜。"○《书·召诰》曰："以哀籲天。"《释文》曰："籲，呼也。"○《汉书·淮南厉王传》：上书谢罪曰："追念皋过，恐惧伏地。"○《诗·东山》序曰："君子之于人，序其情而闵其劳。"《晋书·孝友·庾衮传》曰："均劳逸，通有无。"○《易·泰》九二曰："不遐遗。"○《礼记·王制》曰："加地进律。"○《左》庄十八年曰："王命诸侯，名位不同，礼亦异数。"案：此借用。

兹盖伏遇皇帝陛下，笃叙故旧，惠兹罢癃。轸少原之遗簪，是将厚俗；存子方之老马，非取长涂。以上颂帝之德。

《史记·平原君传》："躄者曰：臣不幸有罢癃之病。"○少原遗簪，已见欧阳永叔《谢表》。○《韩诗外传》八曰："昔者田子方出，见老马于道，喟然有志焉，以问于御者曰：此何马也？曰故公家畜也，罢而不为用，故出放也。田子方曰：'少尽其力，而老去其身，仁者不为也。'束帛而赎之。穷士闻之，知所归心矣。"又见《淮南子·人间训》。杜子美《江汉诗》曰："古来存老马，不必取长途。"案：涂、途字同。

而臣萧然卧疴，行矣归尽。烛青藜而谈古，岂复与英俊游？立白茅而祝釐，尚能使圣人寿。以上陈谢。

□其精切如玉合子底，配玉合子盖，竟是鬼斧神工。

陶渊明《五柳先生传》曰："环堵萧然。"案：本又作荼，疑是萧，盖蕭之误。《庄子·齐物论》曰："荼然疲役，而不知所归。"《文选》谢灵运《过始宁墅诗》注引作蕭，司马彪曰："极貌也。"卢抱经《庄子音义考证》曰:"荠当作茶,荠音义与此异。"○陶渊明《归去来辞》曰:"聊乘化以归尽。"○青藜,见孙仲益《上梁文》注。○与英俊游,见欧阳永叔《上钱相公启》注。○《史记·封禅书》曰:"天子又刻玉印曰天道将军,使使衣羽衣,立白茅上,五利将军亦衣羽衣,夜立白茅上受印。"《汉书·文帝纪》:"十四年诏曰,祠官祝釐。"注如淳曰:"釐,福也。"颜曰:"釐本字作禧,假借用耳,同音僖。"○《庄子·天地篇》:"华封人曰:请祝圣人,使圣人寿。"

陆务观

陆游,字务观,越州山阴人。荫补登仕郎,锁厅荐送第一。秦桧孙埙适居其次,桧怒至罪主司。明年试礼部,主事复置游前列,桧显黜之,由是为所嫉。桧死,始赴福州宁德簿,以荐者除敕令所删定官。孝宗即位,迁枢密院编修官,兼编类圣政所检讨官,赐进士出身。以言龙大渊、曾觌招权事,出通判建康府,寻易隆兴府。言者论其交结台谏,鼓唱是非,免归。久之通判夔州。王炎宣抚川陕,辟为干办公事。范成大帅蜀,游为参议官,以文字交,不拘礼法,人讥其颓放,因自号放翁。后累迁江西常平提举,召还与祠,起知严州,过阙陛辞,上谕曰:严陵山水胜处,职事之暇,可以赋咏自适。后除军器少监,迁礼部郎中兼秘书监。嘉泰三年升宝章阁待制致仕。嘉定三年卒。《宋史》有传。(《宋史·陆游传》作二年卒,误。今依钱晓征《陆放翁年谱》订。)

谢葛给事启

《宋史·葛邲传》曰:"邲字楚辅,其先居丹阳,后徙吴兴。累迁中书舍人,迁给事中。"案:此启乃谢知严州也。《陆放翁年谱》曰:"淳熙九年壬寅,五十八岁,除朝奉大夫主管成都玉局观。十二年乙巳六十一岁,以玉局将满,陈乞再任。(原注曰:南宋宫观,京官以上一任二年,选人三年。)十三年丙午六十二岁,春除朝请大夫权知严州军州事,七月三日到严州任。"

杜门讼六十年之非,久安散地;起家忝二千石之重,忽奉明恩。惊衅垢之渐除,扶衰残而下拜。以上因知严州致谢。

《庄子·则阳篇》曰:"蘧伯玉行年六十,而六十化。"《淮南子·原道训》曰:"蘧伯玉年五十,而知四十九年非。"○《新唐书·郭子仪传》曰:"议者谓子仪有社稷功,乃置散地非所宜。"○《汉书·百官公卿表》曰:"郡守,秦官,掌治其郡,秩二千石。"○虞伯施(世南)《出塞诗》曰:"思酬明主恩。"

伏念某,学由病废,仕以罪归。冥心鸿鹭之行,投迹鸡豚之社。海三山之缥缈,钓鳌已愧于初心;楚七泽之苍茫,瘖兕亦成于昨梦。但欲负耒慕许行之学,岂复叩角歌宁戚之诗?偶逢公朝使过之时,蹑畀近郡承流之寄。所蒙过矣,自揆茫然。天际郁葱,望九重之云气;道周蔽芾,扫四世之棠阴。得遂此行,孰为之地?以上自述。

李巨山《为水潦陈情表》曰:"愿辞鵷鹭之行。"○韩退之《南溪始泛诗》曰:"愿为同社人,鸡豚宴春秋。"○《史记·封禅书》曰:"三神山,其传在渤海中。"白乐天《长恨歌》曰:"山在虚无缥缈间。"○《列子·汤问篇》曰:"龙伯大人一钓而连六鳌,合负而归。"李太白《赠薛校书诗》曰:"空郁钓鳌心。"○司马长卿《子虚赋》曰:"臣闻楚有七泽,尝见其一,未睹其馀也。臣之所见，特其小小者耳，名曰云梦。"○《楚策》一曰："楚王游于云梦，有狂兕牂车，依轮而至，王亲引弓而射，壹发而殪，王抽旃旌而抑兕首，仰天而笑曰：乐哉今日之游也。"○《孟子·滕文公上》曰："陈良之徒陈相，与其弟辛，负耒耜而自楚之滕，陈相见许行而大悦，尽弃其学而学焉。"○《楚辞·离骚》曰："宁戚之讴歌兮，齐桓闻以该辅。"王注曰："宁戚卫人。该，备也。宁戚修德不用，退而商贾，宿齐东门外，桓公夜出，宁戚方饭牛，叩角而商歌，桓公问之，知其贤，举用为客卿，备辅佐也。"案：又见《九章·惜往日》及《吕氏春秋·举难篇》，《淮南子·主术训》《谬称训》《道应训》《氾论训》，《说苑·尊贤篇》《善说篇》《新序·杂事》五，而《吕氏春秋》高诱注以为歌《硕鼠》之诗，《后汉书·马融传》注引《说苑》宁戚饭牛于商衢，击车辐而歌《硕鼠》，今本《善说篇》作"顾见"，则《硕鼠》之误也。《管子·小问篇》曰："桓公使管仲求宁戚，宁戚应之曰：浩浩乎。管仲不知，婢子曰：《诗》有之，浩浩者水，育育者鱼，未有室家，而召我安居。宁子其欲室乎？"《列女传·辩通·齐管妾婧传》曰："宁戚击牛角而商歌甚悲，桓公使管仲迎之，宁戚称曰，浩浩乎白水！管仲不知，其妾笑曰：古有《白水》之诗云云"，则称《诗》与商歌非一事。（《庭立纪闻》引蔡铁耕说，以浩浩白水为商歌，恐非。）而《史记集解》引应劭述其歌词"南山矸，白石烂"云云，《离骚》洪《补注》引《三齐记》同。《文选·啸赋》李善注，《艺文类聚·乐部》三，又各引一章，与前并异，后世选古诗者，遂辑为三章，疑出后人伪撰，与高诱所举《魏风·硕鼠》三章不合也。○《后汉书·独行·索卢放传》曰："初署门下掾，更始时，使者督行郡国，太守有事当就斩，放前言曰：夫使功不如使过。"章怀注曰："若秦穆赦孟明，而用之霸西戎。"○《汉书·董仲舒传》："对册曰：今之郡守县令，民之师帅，所使承流而宣化也。"○《后汉书·光武帝纪论》曰:"望气者苏伯阿,遥望见舂陵郭,喈曰:气佳哉,郁郁葱葱然。"〇李文饶《南梁行》曰:"九重钟漏紫云间。"〇《诗·唐风》曰:"有杕之杜,生于道周。"毛传曰:"周,曲也。"又《杕杜》传曰:"杜,赤棠也。"《召南》曰:"蔽芾甘棠。"传曰:"蔽芾,小貌;甘棠,杜也。"《尔雅·释木》曰:"杜,甘棠。"郭注曰:"今之杜梨。"又曰:"杜,赤棠,白者棠。"注曰:"棠色异,异其名。"郝兰皋《义疏》曰:"上云杜,甘棠,此云赤棠,盖杜实兼二名,今亦通名杜梨也。"陈硕甫《毛诗·甘棠》《传疏》曰:"《说文》云:棠,牡曰棠,牝曰杜,杜,甘棠也,《小雅》'有杕之杜,有皖其实',此即牝杜之义证,杜有实,棠则华而不实。《说文》亦是通杜于棠,而别棠于杜。牡、牝之说,足以补雅传之未及,而与雅传并无不合。《杕杜》《正义》引《义疏》云:赤棠与白棠同耳,但子有赤白美恶,子白色为白棠,甘棠也,少酢滑美;赤棠子涩而酢无味,俗语云'湿如杜'是也。依陆说,棠亦有子,白棠为甘棠,赤棠涩如杜,则诗之杜其赤棠与,其白棠与?乃始与古说相混耳。"案:务观合杜、甘棠为一,盖亦本雅训,而不从元恪之说。〇四世者,盖谓其高祖赠太傅轸也。务观《先太傅遗像跋》曰:"先太傅皇祐中以吏部郎中直昭文馆,自会稽移守新定,期年请老,得分司西京以归,迨今百四十年,而某自奉两玉局起为是邦,实继遗躅,于是知建德县事苏君林,以父老之请,筑祠宇于兜率佛寺。淳熙十四年春正月丙辰,备车旗仪物,大合乐,奉遗像于祠。"(《渭南集》卷二十七)则四世棠阴,谓太傅莅官遗迹也。庾子山《周柱国大将军长孙俭神道碑》曰:"高视棠阴。"

此盖伏遇侍讲给事,道本文王之正,学师孟氏之醇。腾茂实而蜚英声,久隆上眷;息邪说而距诐行,遂擅儒宗。方与万物而皆春,不忍一天之独泣。以上称葛之德望,及其惠施。

《宋史・葛邲传》不言加侍讲,盖史阙。○《孟子・滕文公下》引《书》曰:"丕显哉文王谟,咸以正无缺。"○韩退之《读荀子》曰:"孟氏醇乎醇者也。"○司马长卿《封禅文》曰:"蜚英声,腾茂实。"○《孟子・滕文公下》曰:"我亦欲正人心,息邪说,距诐行。"○《庄子・德充符篇》曰:"使日夜无郤〔隙〕,而与物为春。"○《汉书・刑法志》曰:"古人有言,满堂而饮酒,有一人乡隅而悲泣,则一堂皆为之不乐。"

某偶阶末契,遂借馀光。虽饭豆羹藜,不敢望功名于老大;然书绅铭座,尚思复玷缺之艰难。以上致谢及自勉。

□虽用当时体格,而神气骏迈,吐属不凡。

陆士龙《叹逝赋》曰:"托末契于后生。"○馀光见李义山《为张周封上杨相公启》注。○王子渊《圣主得贤臣颂》曰:"羹藜含糗者,不足与论太牢之滋味。"苏子瞻《和子由柳湖久涸忽有水诗》曰:"饭豆羹藜思两鹄。"○《论语・卫灵公篇》曰:"子张书诸绅。"《文选》有崔子玉《座右铭》。

王才臣

王子俊,字才臣,吉州吉水人。为周子充、杨廷秀所赏识,尝引以草笺奏书记,黄畴若知成都,子俊入其幕,安丙为四川制置大使,子俊为其属官,又尝举顾问科及著作科,观其《谢使长黄侍郎职状》曰:年开七帙,恩与一官,知其得官在晚岁矣。《宋史》无传,仅就《格斋四六文》所载,以《宋史・安丙、黄畴若传》推其大要而已。(朱竹垞《曝书亭集》卷五十八有《格斋四六跋》，亦不能考其事迹，故清《四库提要》卷一百五十九谓其始末未详也。）

知成都谢到任表

《格斋四六》原注曰："代竹坡黄畴若。"案《宋史·黄畴若传》曰："畴若字伯庸，隆兴丰城人。权户部侍郎，进华文阁待制，知成都府，蜀自吴曦叛后，制置使移司兴元，朝论有偏重之嫌，朝廷择人，故辍畴若以往，三辞不允，避讳改宝谟阁待制。诏凡属军民利病，吏治臧否，并许谘访以闻。"

掌邦教于迩联，畴庸弗效；殿帅藩于远服，闻命若惊。亟怀绶以遄征，已褰帷而莅止。具以朝廷宽大之意，告诸田里愁苦之民　中谢。〇以上言由户部侍郎，出知成都到任。

《书》伪古文《周官》曰："司徒掌邦教。"《周礼·地官》小司徒之职曰："五家为比，五比为联。"《唐六典》卷三曰："尚书户部侍郎，周之地官小司徒中大夫也。"〇《书·尧典》："帝曰：畴咨若时登庸。"〇《周礼·夏官·职方氏》曰："又其外方五百里曰藩服。"〇《老子》曰："宠辱若惊。"〇《汉书·朱买臣传》曰："拜为太守，买臣衣故衣，怀其印绶，步归郡邸。"〇《后汉书·贾琮传》曰："为冀州刺史，旧典，传车骖驾赤帷裳，迎于州界，琮之部，升车言曰：刺史当远视广听，何有反垂帷裳以自掩塞乎？乃命御者褰之。"

伏念臣一介妄庸，半生艰苦。饥寒不恤，姑为投牒觅举之谋；州县徒劳，不作结绶登几之梦。试邑偶逃于吏议，入京遂厕于朝行。岁月推延，驯至上当于言责；风波横溃，几何不蹈于祸机？保全迄赖于皇慈，献纳晋升于禁路。奉云阳之瑄玉,莫输许国之忠;问杜曲之桑麻,渐起归田之兴。属庙谟之经远,移制慕以改絃。掖垣忽误于出纶,井络遂从而分阃。蕃锡有加于彝典,察廉旁暨于邻封。仍疏次对之恩,增重十连之寄。宠逾深而莫报,责愈重而难胜。以上述已往经历,及此时任命。

《书·秦誓》曰:"若有一介臣。"《后汉书·杜诗传》:诗上疏曰:"臣诗伏自维忖,本以史吏一介之才,遭陛下创制大业。"《汉书·高五王·齐悼惠王传》:灌婴曰:"人谓魏勃勇,妄庸人耳,何能为乎?"○《新唐书·选举志上》曰:"举选不繇馆学者,谓之乡贡,皆怀牒自列于州县。"《旧唐书·杨绾传》:绾上疏条奏贡举之弊曰:"今之取人,令投牒自举,非经国之体也。"韩退之《答崔立之书》曰:"见有举进士者,人多贵之,仆诚乐之,就求其术,或出礼部所试赋诗策等以相示,仆以为可无学而能,因诣州县求举。"《宋史·黄畴若传》曰:"淳熙五年举进士。"○"州县"句,《黄畴若传》曰:"授祁阳县主簿,又调灵川令。"○颜延年《秋胡诗》曰:"结绶登王畿。"○司马子长《报任少卿书》曰:"因为诬上,卒从吏议。"○韩退之《和卢云夫寄示送盘谷子诗》曰:"十年蠢蠢随朝行。"《黄畴若传》曰:"迁太府寺主簿,又迁将作监丞,兼皇弟吴兴郡王府教授,迁太府寺丞,又迁秘书丞兼权礼部郎官兼资善堂说书,迁著作郎。"○《孟子·公孙丑下》曰:"有言责者不得其言则去。"《黄畴若传》曰:"拜监察御史。"○谢灵运《魏太子诗》曰:"天地中横溃。"○《独断》上曰:"天子所居曰禁中,禁中者门户有禁,非侍御者不得入,故曰禁中。"《黄畴若传》曰:"迁殿中侍御史兼侍讲。"○《史记·封禅书》曰:"公卿言皇帝始郊见太一云阳,有司奉瑄玉。"《汉书·郊祀志上》注引孟康曰:"璧大六寸谓之瑄。"○杜子美《曲江诗》曰:"自断此生休问天,杜陵自有桑麻田。"○《宋书·乐志》四《上邪篇》曰:"琴瑟殊未调,改絃当更张。"○刘公幹《赠徐幹诗》曰:"隔此西掖垣。"纶,见洪景伯制注。○井络,见李义山《新井碣铭》注。○《易·晋》曰:"晋,康侯用锡马蕃庶。"○《汉书·武帝纪》:"元朔元年有司议曰:不察廉不胜任也。"○《礼记·王制》曰:"十国以为连,连有帅。"

陛下天拱一堂,子来万宇。不泄迩,不忘远,要皆如出于京畿;在知人,在安民,是以不轻于牧守。不责催科之巧,宁无悃愊之华?亶时肫愚,蒙此临遣。以上称颂。

《风俗通》卷一曰:"皇者天,天不言,四时行焉,百物生焉,三皇垂拱无为设言而民不违,道德玄泊,有似皇天,故称曰皇。"○《诗·灵台》曰:"庶民子来。"○《孟子·离娄下》曰:"武王不泄迩,不忘远。"赵注曰:"泄,狎;迩,近也。不泄狎近贤,不遗忘远善,近谓朝臣,远谓诸侯。"○《书·皋陶谟》曰:"在知人,在安民。"○《新唐书·卓行·阳城传》曰:"当上考功第,城自署曰:抚字心劳,催科政拙,考下下。"○悃愊,见欧阳永叔表注。

顾惟四境,颇异平时。内而闾阎凋瘵之弊深,外则羌獠招怀之道阙。一龙蛇,一赤子,人谓斯何?为保鄣,为茧丝,策将安出?岂系绵谫,所克堪任?臣惟当精白一心,展布四体,既庶矣加之富矣,愿遵洙、泗之言;欲安之非以胜之,或收渤海之效。以上陈治成都之见。

□文有气势,非徒以属对之工为长;即以属对论,亦有天造地设之妙。

《尔雅·释诂》曰:"瘵,病也。"木玄虚《海赋》曰:"为凋为瘵。"○《左》僖七年：管敬仲言于齐侯曰："臣闻招携以礼，怀远以德。"《黄畴若传》曰："当征积欠十餘万，畴若亟命榜九邑尽蠲之，考官吏冗员，非敕命差注者悉罢之，为民代输六年布估钱，计二十万二千四百缗，又别立库储二十五万三千缗，期于异日接续代输，又籴米十五万石有奇，足广惠仓之储，又减他赋之重者，民力遂宽。初沈黎蛮屡犯边，畴若至，则镂榜晓以祸福，青、弥两羌遂乞降。"○韩退之《郓州谿堂诗序》曰："一以为赤子，一以为龙蛇。"孙良臣（汝听）注曰："以恩待之，故若赤子；以武威之，故若龙蛇。"（《五百家注》引）序又曰："昔者人谓斯何，今者人谓斯何！"○《晋语》九曰："赵简子使尹铎为晋阳，请曰：以为茧丝乎，抑为保鄣乎？"韦注曰："茧丝赋税，保鄣蔽捍也。"《史记·黥布传上》曰："是计将安出？"○《左》隐元年服虔注曰："系发语声。"（《诗·泂酌》孔疏引）《汉书·严助传》注曰："绵，弱也。"《史记·李斯传》：胡亥曰："能薄而材谞。"《集解》引《史记索隐》曰："谞，宰显反。"案：谞与譄字同。○《汉书·贾山传》：《至言》曰："天下之士，莫不精白以承休德。"颜注曰："厉精而为洁白也。"○《左》定四年：子鱼辞曰："臣展四体，以率旧职。"○《论语·子路篇》曰："子适卫，冉有仆，子曰：庶矣哉。冉有曰：既庶矣，又何加焉？曰：富之。"○《礼记·檀弓上》：曾子曰："吾与汝事夫子于洙、泗之间。"《水经·泗水注》曰："洙、泗二水，交于鲁城东北十七里，阙里背洙面泗，南北百二十步，东西六十步，四门各有闱，北门去洙水百步。"○《汉书·循吏·龚遂传》曰："上以为勃海太守，宣帝谓遂曰：勃海废乱，朕甚忧之，君欲何以息其盗贼，以称朕意？遂对曰：海濒遐远，不霑圣化，其民困于饥寒，而吏不恤，故使陛下赤子盗弄陛下之兵于潢池中耳，今欲使臣胜之邪？将安之也？上闻遂对，甚说。答曰：选用贤良，固欲安之也。"

李居厚

清《四库》卷一百六十一曰：李廷忠，字居厚，橘山其号也。于潜人。淳熙八年进士，历无为教官，旌德知县，终于夔州通判。又曰：廷忠名位不显，故集中启劄为多，大抵候问酬谢之作，而第十四卷内，乃皆贺正贺至笺表，中有"乘轺护漕"等语，与廷忠仕履不合，必非其所为。案：洪迈《容斋四笔》称宋时所在州郡相承，以表奏书启委教授，因而饷以钱酒，则此必廷忠为教官时，代州守及宪臣所作。特原本未及注明，遂不可辨耳。○孙禹见（云翼）《橘山四六注》，清《四库书目》讥其芜杂，然亦可供参考。

谢王枢使荐举启

《宋史·孝宗纪》曰："淳熙五年三月己未，以王淮知枢密院事，十一月丁丑，以王淮为枢密使。"《王淮传》曰："淮字季海，婺州金华人。"

三鳣地冷，幸依通德之门；一鹗天高，误入翘材之阁。顾小器因人而后重，而洪钧与物以何私？屈者见伸，喜而知惧。以上被荐。

《后汉书·杨震传》曰："有冠雀衔三鳣鱼，飞集讲堂前，都讲取鱼进曰：蛇鳣者，卿大夫服之象也，数三者，法三台也，先生自此升矣。"章怀注曰："冠音贯，即鹳雀也，鳣音善。《韩子》云鳣似蛇（《说林下》）。案《续汉》及谢承书，鳣字皆作鳝（鱓），然则鳣、鳝古字通也。鳣（当作鳝）鱼长者不过三尺，黄地黑文，故都讲云：蛇鳝大夫之服象也。郭璞云：鳣鱼长二三丈

（《释鱼》注），音知然反。安有鹳雀能胜二三丈乎？此为鱣（当作鳝）明矣。"案：章怀之别甚析，其两鱣字当作鳝者，盖传写之误。杜子美《秋日夔府咏怀诗》曰："求饱或三鱣"，则读知然切。《学林》卷十、《缃素杂记》卷四，皆以杜诗押平声为误。《能改斋漫录》卷四，又据《杨震碑》云，贻我三鱼，谓称鱣称鳝，皆不得其真。然鱼者统称，鳝者实物，安得谓不得其真耶？要之司马及谢书作鳝者，乃本字，范书作鱣者，乃借字，后人因字既作鱣，遂并读其音为知然切者，久之或成方音。老杜因沿用之，此文盖又承杜诗而读为平声耳。○《后汉书·郑玄传》曰："玄字康成，北海高密人也。国相孔融深敬于玄，履屣造门，告高密县为玄特立一乡曰郑公乡，广开门衢，令容高车，号为通德门。"○孔文举《荐祢衡表》曰："鸷鸟累百〔百〕，不如一鹗。"○《西京杂记》下曰："平津侯自以布衣为丞相，乃开东阁，营客馆，以招天下之士，其一曰钦贤馆，以待大贤；次曰翘材馆，以待大才；次曰接士馆，以待国士。其有德任毗赞，佐理阴阳者，处钦贤之馆；其才堪九列将军二千石者，居翘材之馆。"○《后汉书·马援传》："援曰：朱勃小器速成。"○贾生《鵩鸟赋》曰："大钧播物兮坱圠无垠。"杜子美《上韦左相诗》曰："一气转洪钧。"○《易·系辞下》曰："尺蠖之屈，以求伸也。"○《后汉书·周燮黄宪等传序》曰："太原闵仲叔应司徒侯霸之辟曰，始蒙嘉命，且喜且惧。"

窃以一国之望，四海所归。以尊崇乡校为先，以鉴拔人才为急。后难居上，远不间亲。此大臣公以持心，故寒士悦于知己。历观今昔之见遇，率由贵贱之两忘。携手以上者，叔向取其片言；徒步而过者，定国与之钧礼。或小识坐间之异，或大推跨下之奇。初不缘势利以相求，又岂有媒介之为助？兹事久废，我公复兴。阅人于闲暇之中，取士于廉退之域。自非璨颖，曷称品题？以上言王之举人，一本古道。

《史记·汲黯传》：黯曰："陛下用群臣，如积薪耳，后来者居上。"○《左》隐四年：石碏曰："贱妨贵，少陵长，远间亲，新间旧，小加大，淫破义，所谓六逆也。"○《史记·刺客传》：豫让曰："士为知己者死，女为说己者容。"○《庄子·大宗师篇》曰："不如两忘而化其道。"○《左》昭二十八年：魏子曰："昔叔向适郑，鬷蔑恶，欲观叔向，从使之收器者而往，立于堂下，一言而善，叔向将饮酒，闻之曰：必鬷明也。下执其手以上。"○《汉书·于定国传》曰："定国为人谦恭，尤重经术，士虽卑贱，徒步往过，定国皆与钧礼，恩敬甚备。"○《晋书·孟嘉传》曰："嘉少知名，太尉庾亮领江州，褚裒时为豫章太守，正旦朝亮，裒有器识，亮大会州府人士，嘉坐次甚远，裒问亮，闻江州有孟嘉，其人何在？亮曰：在坐，卿但自觅。裒历观，指嘉谓亮曰：此君小异，将无是乎？亮欣然而笑。"○《史记·淮阴侯传》曰："淮阴市中少年侮信者，众辱之曰：信能死，刺我。不能死，出我袴下蒲伏。"《集解》徐广曰："袴一作胯，胯，股也，音同。《汉书》作跨，同耳。"传又曰："滕公奇其言，言于上。"○《汉书·张耳陈馀传赞》曰："势利之交，古人羞之。"○《后汉书·马援传》："援上疏：无公辅一言之荐，左右为容之助。"○《蜀志·秦宓传》："或谓宓曰：足下欲自比于巢许四皓，何故扬文藻见璨颖乎？"○李太白《上韩荆州书》曰："一经品题，便作佳士。"

如某者，懦质自持，寒根寡与。三已而三无愠，空惊忧废之馀；四问而四不知，可笑庸虚之甚。身飘飘而负愧，时矕矕以过中。既不能饰固陋之心以取容，复未免折凄凉之腰而逐食。第薄言依藻芹之水，敢妄意登桃李之场？客有荐雄文，始置在十科之列；生迺与哙伍，犹未离七选之阶。塞上之马，屡得而屡亡；梦中之蝶，孰非而孰是？盖薄命自尔不偶，岂化工于我独悭？以上自述频年不遇。

《晋书·王濬传》：濬复表曰："臣孤根独立，朝无党援。"○《论语·公冶长篇》：子张问曰："令尹子文三仕为令尹，无喜色，三已之，无愠色。"○《庄子·应帝王篇》曰："啮缺问乎王倪，四问而四不知。"○《楚辞·九辩》曰："时亹亹而过中兮，蹇淹留而无成。"王注曰："亹亹，进貌。"《文选》五臣注吕延济曰："过中谓渐衰暮也。"○邹阳上书吴王曰："饰固陋之心，则何王之门不可曳长裾乎？"○《宋书·隐逸·陶潜传》：潜叹曰："我不能为五斗米折腰，向乡里小人。"杜子美《官定后戏赠》曰："不作河西尉，凄凉为折腰。"○《诗·泮水》曰："思乐泮水，言采其芹。"又曰："言采其藻。"○黄山谷《古诗上苏子瞻》曰："江梅有佳实，托根桃李场。桃李修不言，朝露借恩光。"○《汉书·杨雄传》曰："客有荐雄文似相如者。"○《宋史·哲宗纪》曰："元祐元年秋七月辛酉，设十科举士法。"《玉海》卷百十六载元祐十科曰：元祐元年七月六日辛酉，宰臣司马光请设十科以举士，一曰行义纯固，可为师表科；二曰节操方正，可备献纳科；三曰智勇过人，可备将帅科；四曰公正聪明，可备监司科；五曰经术精通，可备讲读科；六曰学问该博，可备顾问科；七曰文章典丽，可备著述科；八曰善听狱讼，尽公得实科；九曰善治财赋，公私俱便科；十曰练习法令，能断请谳科。绍圣元年闰四月癸酉（二日）罢。绍兴二年十一月乙亥，复十科举士之制。○《史记·淮阴侯传》曰："信常过樊将军哙，哙拜跪送迎，言称臣，曰：大王乃肯临臣，信出门笑曰：生乃与哙等为伍。"○《宋史·选举志》四曰："其铨选之法，紧上州司理判司，下州、中下州录事参军。中下县、下县令，紧望县主簿，学究七选。"案：凡十选，此其第七。○《淮南子·人间训》曰："近塞上之人有善术者，马无故亡而入胡，人皆吊之。其父曰：此何遽不为福乎？居数月，其马将胡骏马而归，人皆贺之。其父曰：此何遽不能为祸乎？家富良马，其子好骑，堕而折其髀，人皆吊之，其父曰：此何遽不为福乎？居一年，胡人大入塞，丁壮者引弦而战，近塞之人，死者十九，此独以跛之故，父子相保。故福之为祸，祸之为福，化不可极，深不可测也。"○《庄子·齐物论》曰："昔者庄周梦为胡蝶，栩栩然胡蝶也，自喻适志与！不知周也。俄然觉，则蘧蘧然周也，不知周之梦为胡蝶与？胡蝶之梦为周与？周与胡蝶，则必有分矣。此之谓物化。"○《汉书·霍去病传》曰："诸宿将常留落不耦。"颜曰："留谓迟留，落谓坠落，故不谐耦而无功也。"案：偶，耦之通借字。《史记·骠骑将军传》作遇。

辱在乔木之邦，曲为小草之地。陋阿买之不识字，亦许缠红；怜广文之久到官，仅能破白。出澜翻之荐口，起陆沉之滞踪。虽十夫不得以挠椎，信百金难比于重诺。以上被荐。

《孟子·梁惠王下》曰："所谓故国者，非有乔木之谓也。"○《世说新语·排调篇》曰："谢公始有东山之志，后严命屡臻，势不获已，始就桓公司马，于时人有饷桓公药草，中有远志，公取以问谢，此药又名小草，何一物而有二称？谢未即答，时郝隆在坐，应声答曰：此甚易解，处则为远志，出则为小草。谢甚有愧色。"《汉书·灌夫传》曰："独不为李将军地乎？"○韩退之《醉赠张秘书诗》曰："阿买不识字，颇知书八分。"《五百家注》引赵尧夫曰："或问鲁直翁，阿买是退之何人？答云：退之侄。必有所据而云。"黄鲁直《次韵子瞻诗》曰："诚堪婿阿巽，买红缠酒缸。"任子渊注曰："山谷在黔州，与王泸州帖云：小子相今年十四，骨气差厖厚。以此帖观之，在京师时，三四岁矣。阿巽盖苏迈伯达之女，东坡之孙，山谷虽有此言，其后契阔，竟不成婚，嫁范子功之孙溱，溱字箕叟，敷文学士苏符仲虎伯达之子也。其言云耳。"案：此牵二事用，前人有此法，而二事比喻，别有风趣。○杜子美《戏简郑广文诗》曰："广文到官舍，系马堂阶下。"《新唐书·文艺中·郑虔传》曰："虔郑州荥阳人，玄宗爱其才，欲置左右，以不事事，更为置广文馆，以虔为博士，虔闻命，不知广文曹司何在，诉宰相。宰相曰：上增国学，置广文馆以居贤者，令后世言广文博士自君始，不亦美乎？虔乃就职，久之雨坏庑舍，有司不复修完，寓治国子馆，自是遂废。"○《燕翼诒谋录》卷五曰："元祐元年十二月，以改官员多，吏部侍郎孙觉请岁以百人为额，从之。绍圣三年，吏部乞以每申〔甲〕五人引见不拘数，则是岁有三百馀员也。中兴以来，改官人数绝少，岁不过数十人，虽令选人举官，逐员放散，数亦不增。至绍熙初，号为顿增，亦仅三十馀员。庆元以后，岁有溢额，盖孤寒路绝，得举官五员俱足，而不得者多不破白，势使然也。"李申甫《谢董侍郎举状》曰："心感恩于破白。"孙禹见笺引此，且申之曰："破白，宗人语。"其说甚是。而注橘山此文云：晋阮籍能为青白眼，遇所憎则待以白眼，遇所喜则破白为青。检《晋书·阮籍传》及《世说新语·简傲篇》注引《晋百官名》皆无"破白为青"句，疑未足据也。○韩退之《记梦诗》曰："挈携陬维口澜翻。"又《寄崔斯立诗》曰："几欲犯颜出荐口。"○《庄子·则阳篇》曰："方且与世违，而心不屑与之俱，是陆沉者也。"郭注曰："人中隐者，譬无水而沉也。"○《汉书·景十三王·中山靖王胜传》："胜对曰：朋党执虎，十夫桡椎。"颜注曰："桡，曲也，音女教反。"案：挠、桡字通。○百金重诺，见李义山《为张周封上杨相公启》注。

兹盖伏遇某官，栋梁王室，冠冕儒流。思天下之溺，天下之饥，志存康济；蕴贤人之德，贤人之业，已益谦虚。方宸嵝之至浓，乃岩瞻之久郁。退安家食，坐轸国忧。谢傅之卧东山，将复为苍生而起；潞公之居洛水，岂徒从耆老之游？激扬颓风，训奖下辈。要使群木皆归匠石之囿，百药俱萃医师之门。一朝膺宅揆之求，四顾免乏材之叹。遂令顽顿，亦预褒升。以上谢荐。

《后汉书·陈球传》曰："球潜与司徒刘郃谋诛宦官，尚书刘纳亦深劝于郃曰：公为国栋梁。"○王仲宝《褚渊碑文》曰："濯缨登朝，冠冕当世。"李善引庾冰疏曰："臣因循家宠，冠冕当世。"○《孟子·离娄下》曰："禹思天下有溺者，由己溺之也；稷思天下有饥者，由己饥之也。"《易·系辞上》曰："可久则贤人之德，可大则贤人之业。"○《说文》曰："眷，顾也。"《史记·樊哙传》曰："吕须媱属。"则借媱字为眷，此文盖仿之。○岩瞻即取《诗·节南山》之字，屡见前注。○《易·大畜》曰："不家食吉。"孔疏曰："不使贤人在家自食，如此乃吉也。"曹子建《杂诗》曰："甘心赴国忧。"○《晋书·谢安传》曰："高崧戏之曰：卿累违朝旨，高卧东山，诸人每相与言：安石不肯出，将如苍生何！苍生今亦将如卿何！"又曰："安薨时年六十六，赠太傅，谥曰文靖。"○《宋史·文彦博传》曰："封潞国公。"又曰："既归洛，与富弼、司马光等十三人，用白居易九老会故事，置酒赋诗相乐，序齿不序官，为堂绘像其中，谓之洛阳耆英会，好事者莫不慕之。"○韩退之《为人求荐书》曰："以某在公之宇下非一日，而又辱居姻娅之后，是生于匠石之园，长于伯乐之厩者也。"又《进学解》曰："大木为𣏒，细木为桷，欂栌侏儒，椳闑扂楔，各得其宜，施以成室者，匠氏之工也。"又曰："玉札丹砂，赤箭青芝，牛溲马勃，败鼓之皮，俱收并蓄，待用无遗者，医师之良也。"○《书·舜典》曰："使宅百揆。"○司马子长《报任少卿书》曰："今朝廷虽乏人。"○《汉书·陈平传》："平曰：士之顽顿耆利无耻者，亦多归汉。"注如淳曰："顽顿谓无廉隅也。"颜曰："顿读曰钝，耆读曰嗜。"案《史记·陈丞相世家》顿作钝，顿借字。

某敢不躬佩斯言，力耕所学？从兹生理，有黄阁老之可凭；何以酬恩？惟丹石心之不改。以上自矢。

□工细中时见新颖。清《四库书目》评云："好博务新，转伤繁冗，然织组尚为工稳，其佳处要不可掩"，良然。

《礼运》曰："故人情者，圣王之田也，修礼以耕之，陈义以种之，讲学以耨之。"○杜子美《将赴成都草堂寄严郑公诗》曰："生理只凭黄阁老。"《汉旧仪》卷上曰："丞相听事，阁曰黄阁。"○《吕氏春秋·诚廉篇》曰："石可破也，而不可夺坚，丹可磨也，而不可夺赤。"谢玄晖《始出尚书省诗》曰："既秉丹石心，宁流素丝涕？"

魏华甫

魏了翁，字华甫，号鹤山，邛州蒲江人。庆元五年进士第。时方讳言道学，了翁策及之，授佥书剑南西川节度使判官公事。开禧元年召试学士，韩侂胄方谋开边，一时忧骇无敢言者。了翁极论其不可，策出，众大惊，改秘书省正字，知嘉定府，值吴曦之变，奉亲归里。侂胄诛，朝廷收召诸贤，了翁预焉。会史弥远入相专权，了翁力辞召命，丁生父忧解官，筑室白鹤山下，士争负笈从之。历知汉州、眉州，累迁秘书监起居舍人。理宗即位，迁起居郎，以集英殿修撰知常德府，降三官靖州居住。后复职，授潼川路安抚使，诏权礼部尚书兼吏部尚书，以端明殿学士同金书枢密院事，督视京湖军马，旋命兼督视江淮军马，进封临邛县开国侯，召为金书枢密院事，以疾力辞不拜。嘉熙元年，知福州兼福建安抚使，卒谥文靖。《宋史》入《儒林传》。

潼川路安抚到任谢表

《宋史·理宗纪》曰："绍定五年八月己未，魏了翁以宝章阁待制潼川安抚使，知泸州。"《儒林·魏了翁传》曰："嘉定十七年迁秘书监，寻以为起居舍人，再辞而后就列，入奏，其言剀切，无所忌避，而时相始不乐矣。理宗即位，明年，改元宝庆，权尚书工部侍郎，了翁以疾力辞，乃以集英殿修撰知常德府，越二日，谏议大夫朱端常遂劾了翁欺世盗名，朋邪谤国，诏降三官，靖州居住。绍定四年复职，主管建宁府武夷山冲佑观。五年，提举江州太平兴国宫，寻知遂宁府，辞不拜，进宝章阁待制潼川路安抚使，知泸州。"《职官志》七曰："经略安抚司经略安抚使一人，以直秘阁以上充，掌一路兵民之事。旧制安抚总一路兵政，以知州兼充，太中大夫以上或曾历侍从乃得之，品卑者止称主管某路安抚司公事。中兴以后，职名稍高者，出守皆可兼使。"《地理志》五曰："潼川府路：府二，潼川、遂宁；州九，果、资、普、昌、叙、泸、合、荣、渠；军三，长宁、怀安、广安；监一，富顺。"《舆地纪胜》卷一百五十四曰："中兴以来，四路各建帅府，分委边防，而夔路钤辖犹兼于泸南，张魏公浚宣抚川陕，奏请各专其任，而夔、梓始分，乃各升本路安抚，惟泸州止带沿边安抚，统隶不过三州。其后王之奇以检详建言，乞以泸南为潼川府路安抚使，俾得刺举一道，自是权任益重，泸州为一路安抚自梁介始。案：宋泸州治泸川县，今四川泸县治。"

王三锡命,误新渥于松阶;国十为连,忝旧封于梓部。莫俞巽牍,敢后寅车?臣某惶惧惶惧顿首顿首。

《师》九二曰:"王三锡命。"○《艺文类聚·帝王部》一引《符子》曰:"尧曰:余坐于华殿之上,森然而松生于栋。"《群书治要》引《帝王世纪》曰:"墨子以为尧、舜堂高三尺,土阶三等。"○十国为连,见王才臣《成都谢表》注。○《舆地纪胜》曰:"潼川府路潼川府梓州梓潼郡,秦为蜀郡地,汉高帝分置广汉郡,后汉因之,蜀先主定蜀,分广汉置梓潼郡,国朝诏梓州升为潼川府,以梓州路为潼川府路,自中兴以来,升泸南为潼川府路安抚使,俾举刺一道。"○《易·巽·象传》曰:"重巽以申命。"○《诗·六月》曰:"元戎十乘。"毛传曰:"夏后氏曰钩车,先正也。殷曰寅车,先疾也。周曰元戎,先良也。"

伏念臣才不适时,学惟事道。际遇两朝之久,践扬三纪之间。为诗遗王,名曰《鸱鸮》,本期救乱;取彼谮人,投畀豺虎,皇恤伤谗?尚凭高庙之神灵,敢赖天王之明圣。返湘累之初服,释楚絷之南冠。讫俾生还,誓言死报。以上述直言被谪,幸蒙复职。

隋炀帝《遗江总书》曰:"公等文儒自立,器用适时。"○《孟子·万章下》曰:"然则孔子之仕也,非事道与?曰:事道也。"○两朝谓宁宗、理宗。○《书》伪古文《毕命》曰:"既历三纪。"○《书·金縢》曰:"公乃为诗以贻王,名之曰《鸱鸮》。"《诗序》曰:"《鸱鸮》,周公救乱也。成王未知周公之志,公乃为诗以遗王,名之曰《鸱鸮》焉。"○《诗序》曰:"《巷伯》,刺幽王也。寺人伤于谗,故作是诗也。"其诗曰:"取彼谮人,投畀豺虎。"○韩退之《拘幽操》曰:"天王圣明。"○《离骚》曰:"退将复修吾初服。"《汉书·杨雄传·反骚》曰:"钦弔楚之湘累。"颜注引李奇曰:"屈原赴湘死,故曰湘累也。"○楚紫,见孙仲益《上梁文》注。〇杜子美《述怀诗》曰:"朝廷愍生还。"

矧又授钺于赤甲白盐之下,予麾于玉堂金壁之间。犹未厌于宸心,复浡颁于阃寄。地连巴益,分四千石虎竹之符;江接牂渝,理十六载龟琴之梦。维时多故,历变方新。民夷有侏儒扰杂之难齐,郡国有赤子龙蛇之未定。而民力张弓之莫弛,边氛煽燎之方扬。岂惟鹈在梁之羞?抑亦虿负山之惧。厥惟忝冒,实出会逢。以上命为潼川安抚。

《文选》张平子《东京赋》曰:"授钺四七。"薛综注曰:"授,与也;钺,斧钺也。四七,二十八将也。"杜子美《夔州绝句》曰:"赤甲白盐俱刺天。"《太平寰宇记》:山南东道(后为夔州路)夔州奉节县:赤甲城,公孙述筑,不生树木,土石悉赤,如人袒臂,故曰赤甲。白盐山在州城涧东。《清一统志》曰:"四川夔州府:赤甲山在奉节县东十五里,白盐山在奉节县东十七里。"〇颜延年《五君咏》曰:"一麾乃出守。"杨子云《解嘲》曰:"历金门上玉堂有日矣。"〇《史记·冯唐传》曰:"臣闻上古王者之遣将也,跪而推毂曰,阃以内者,寡人制之;阃以外者,将军制之。"〇《汉书·地理志》:巴郡、蜀郡原注皆云:秦置巴郡,治江州县,今四川巴县治。蜀郡治成都县,今四川成都县治。〇《汉书·百官公卿表上》曰:"武帝元封五年初置部刺史,掌奉教条察州,秩六百石。成帝绥和元年更名牧,秩二千石。郡守秦官,秩二千石,景帝中二年更名太守。"案:华甫以安抚使知泸州,兼牧守之任,故曰四千石也。《文帝纪》曰:"三年九月,初与郡守为铜虎符、竹使符。"注应劭曰:"铜虎符第一至第五,国家当发兵,遣使者至郡合符,符合乃听之。竹使符皆以竹箭五枚,长五寸,镌刻篆书第一至第五。"〇《水经·温水注》曰:"豚水东北流迳谈藁县,东迳牂柯郡且兰县,谓之牂柯郡水。"《元和郡县志》曰:"剑南道渝州,古之巴国也。汉高帝为汉王,王巴蜀,天下既定,乃分巴蜀置广汉郡。武帝又置犍为郡,刘璋为益州牧,分巴郡自垫江以下为永宁郡。先主又以固陵为巴东郡,由是巴郡分而为三,号曰三巴。梁武陵王萧纪于巴郡置楚州。隋开皇九年改楚州为渝州,因渝水为名。"《九域志》曰:"夔州路渝州治巴县。"《舆地纪胜》:"夔州路重庆府,唐为渝州,皇朝平蜀,分川蜀四路,改隶夔州路,后更名恭州,中兴以光宗皇帝潜藩,升为重庆府。"《清一统志》曰:"贵州贵阳府:牂牁江在定番州(今县)南,一名都泥江,出州西北三十里乱山中,曰蒙潭,经州南界,又南入广西泗城府界。"○华甫以宁宗嘉定十年主管潼川路公事,至理宗绍定五年,正十六年。《东都事略·赵抃传》曰:"迁龙图阁直学士,知成都府。神宗即位,召知谏院,及谢,神宗谓曰:闻卿匹马入蜀,以一琴一龟自随,为政简易,亦称是邪?"○《礼记·乐记》:"子夏曰:今夫新乐,奸声以滥,溺而不止,及优侏儒,獶杂子女。"《释文》曰:"儒音儒。"○赤子龙蛇,见王才臣表。○《礼记·杂记下》:"子曰:张而不弛,文武弗能也;弛而不张,文武弗为也。一张一弛,文武之道也。"郑注曰:"张弛,以弓弩喻人也,弓弩久张之则绝其力,久弛之则失其体。"○《诗·正月》曰:"燎之方扬,宁或灭之?"郑乱笺曰:"火田为燎。"○《诗·候人》曰:"维鹈在梁,不濡其翼,彼其之子,不称其服。"○《庄子·应帝王篇》:狂接舆曰:"其于治天下也,犹涉海凿河而使蚉负山也。"

兹盖恭遇皇帝陛下,德歌九功,明见万里。畅皇威于海岱,允矣东渐;纡庙算于岷嶓,睠焉西顾。谓南维之绝徼,实北定之良图。念及微忠,复加隆委。_{以上颂德。}

《左》文七年：邵缺曰："九功之德，皆可歌也，谓之九歌。"○《后汉书·窦融传》曰："玺书既至河西，咸惊以为天子明见万里之外。"○杜子美《洗兵马诗》曰："已喜皇威清海岱。"○《书·禹贡》曰："东渐于海。"○《孙子·计篇》曰："夫未战而庙算胜者，得算多也。《书·禹贡》曰："岷嶓既艺。"○《诗·皇矣》曰："乃眷西顾。"《释文》曰："眷本又作睠，《大东》曰睠言顾之。《荀子·宥坐篇》引作眷焉。"○《淮南子·天文训》曰："西南为背阳之维。"《新唐书·天文志》曰："江源自南纪之首，循梁州南徼达华阳，而与地络相会。"韩退之《湘中酬张功曹诗》曰："休垂绝徼千行泪。"○《宋书·武帝纪》：司马休之上表曰："太尉南剿卢循，北定广固。"

　　臣敢不修其可愿，钦乃攸司？销带牛佩犊之风，导之务本；坚使马如羊之誓，廉以安边。以上自勉。

　　□警悚处可以发皇耳目。

《书》伪古文《大禹谟》曰："敬修其可顾。"○《书》伪古文《周官》曰："钦乃攸司。"○《汉书·循吏·龚遂传》曰："遂至渤海，选用良吏尉，民有带持刀剑者，使卖剑买牛，卖刀买犊，曰：何为带牛佩犊？"○《后汉书·张奂传》曰："迁安定属国都尉，羌豪帅感奂恩德，上马二十匹，先零酋长又遗金鐻八枚，奂并受之，而召主簿于诸羌前，以酒酹地曰：使马如羊，不以入厩；使金如粟，不以入怀。悉以金马还之。"

李公甫

　　李刘，字公甫，号梅亭，抚州崇仁人。嘉定七年进士第，除宁乡主簿，权善化丞。卫泾为湖南安抚，辟权司户。蜀帅董居谊辟充成都抚幹，后历守荣、眉二州，进总漕事，总蜀帅，知成都府守本路宪，四川都大茶马等司，历中书舍人直学士院吏部侍郎宝章阁待制。理宗尝书"梅亭"以赐之。见孙禹见（云翼）《梅亭先生小传》及《宋史翼》卷二十九《文苑传》。○孙禹见《梅亭四六标准笺释》，较《橘山四六注》为胜，今多取之。

贺丞相明堂庆寿并册皇后礼成平淮寇奏捷启

《宋史·理宗本纪》一曰："绍定三年十二月甲子诏，逆贼李全反形日著，今乃肆为不道，已敕江淮制臣率兵进讨，有能擒斩全以降者，加以不次之赏。丁卯，册命贵妃谢氏为皇后。癸未，上寿明仁福慈睿皇太后尊号册宝。四年春正月戊子，皇太后七十有五，上诣慈明殿行庆寿礼，大赦，史弥远以下进秩有差。壬寅，赵范、赵葵等诛李全于新塘，诏各进两秩，馀推恩有差。"《史弥远传》曰："弥远，字同叔，浩之子也，拜右丞相兼枢密使。宁宗崩，拥立理宗。"

邦庆频仍，王勋赫奕。事天明，事母孝，新《周南》正始之基；有文德，有武功，策召公平夷之绩。一相主内，四夷具瞻。以上总叙。

《尔雅·释诂》曰："仍，厚也。"郭注口："频，仍。"○《周礼·春官·司勋》曰："王功曰勋。"何平叔《景福殿赋》曰："赫奕昭铄。"○《孝经》曰："明王事父孝，故事天明，事母孝，故事地察。"○《毛诗序》曰："《周南》《召南》，正始之道，王化之基。"○《诗·六月》曰："文武吉甫。"孔疏曰："王师所以得胜者，以有文德武功之臣，尹吉甫，其才略可为万国之法。"○《毛诗序》曰："《江汉》，尹吉甫美宣王也，能兴衰拨乱，命召公平淮夷。"○《公羊传》隐五年曰："一相处乎内。"

恭惟某官,气塞乾坤,心贯日月。大钧播物,风霆不显其流形;直柄当权,水火共成于正味。无妄式遄于勿药,有孚信利于涉川。理身理国,厥既两全;治内治外,粲然兼举。以上先浑称史之德业。

大钧见李居厚《启》洪钧注。○《礼记·孔子闲居》曰:"风霆流形,庶物露生。"○韩退之《石鼎联句》曰:"直柄未当权。"○《左传》昭二十年:晏子曰:"和如羹焉,水火醯醢盐梅以烹鱼肉,宰夫和之,齐之以味。"○《易·无妄》九五曰:"无妄之疾,勿药有喜。"《诗·烝民》曰:"式遄其归。"《理宗本纪》曰:"绍定三年十二月诏,史弥远敷奏精敏,气体向安,未欲劳以朝谒,可十日一赴都堂治事。"○《易·中孚》曰:"利涉大川。"○《后汉书·崔寔传·实政论》曰:"盖为国之法,有似理身,平则致养,疾则攻焉。"○《毛诗序》曰:"《天保》以上治内,《采薇》以下治外。"

肃雍显相而於穆清庙;涓选休成而爰熙紫坛。太姒嗣徽音,正九重之宝册;王母受介福,奉万岁之玉卮。以上庆寿及册后。

《诗·清庙》曰:"於穆清庙,肃雍显相。"○《汉书·礼乐志·郊祀歌》曰:"涓选休成,天地并况,惟予有慕,爰熙紫坛,思求厥路。"颜注曰:"熙,兴也;紫坛,檀紫色也。"○《诗·思齐》曰:"太姒嗣徽音。"○梁简文帝《菩提树颂》曰:"宝册葳蕤。"○《易·晋》六二曰:"受兹介辐,于其王母。"○《汉书·高纪》曰:"上奉玉卮为太上皇寿。"《宋史·后妃传》曰:"宁宗恭圣仁烈杨皇后,或云会稽人。嘉定十四年,帝养宗室子贵和立为皇子,赐名竑,史弥远为丞相,既信任于后,遂专国政。竑不能平,弥远欲立他宗室子昀为皇子,十七年闰八月丁酉,帝大渐。弥远夜召昀入宫,后拊其背曰:汝今为吾子矣。遂矫诏废竑为济王，立昀为皇子，即帝位，尊皇后曰皇太后，同听政。"又曰："理宗谢皇后讳道清，天台人。"

岂谓孽臣之奸骄，敢负湛恩之汪濊？楚氛甚恶，动兵邦域之中；汉相有真，折冲尊俎之上。薄言讨伐，亟遂殄歼。南方之强与，北方之强与，风移俗易；东夷之人也，西夷之人也，气夺胆寒。风声鹤唳，不但平淮；雪夜鹅鸣，更观擒蔡。信君子不战战必胜，知人臣无将将则诛。以上平李全。

元次山《大唐中兴颂》曰："孽臣奸骄。"案：此孽臣指李全也。全，潍州北海人，便弓马，能运铁枪，人号李铁枪。时金主还汴，赋敛益横，河北、山东遗民群聚为盗，全亦聚众千人抄掠山东，袭取金、青、莒州。嘉定十年归于宋，宋以为京东路总管，又进安抚使，兼京东总管。宝庆二年，蒙古围李全于青州，三年，全降蒙古。李全妻杨氏与其党李福逐淮东制置使姚翀，宋改楚州为淮安军，张林等归淮安，讨李福平之。李全自青州复入淮安，杀张林等。绍定三年，起复赵范、赵葵节制镇江滁州军马。李全寇扬州，范葵击败之，诛全，其乱始平。见《宋史·叛臣·李全传》。○司马长卿《难蜀父老》曰："湛恩汪濊。"○《左传》襄二十七年：伯夙谓赵孟曰："楚氛甚恶。"○《论语·季氏篇》曰："且在邦域之中矣。"又曰："而谋动干戈于邦内。"○真汉相，见秦少游《启》注。○《齐策》五：苏子说齐闵王曰："拔城于尊俎之间，折冲席上者也。"○《诗·六月》曰："薄伐玁狁。"○《书》伪古文《泰誓下》曰："殄歼乃雠。"○《礼记·中庸》曰："南方之强与，北方之强与！"《汉书·贾谊传》：上疏曰："夫移风易俗，使天下回心而乡道，类非俗吏之所为也。"○《孟子·离娄下》曰："舜东夷之人也，文王西夷之人也。"案：此借用其语。○《名臣言行录前集》卷七（范仲淹引《名臣传》曰:"公与韩琦协谋,必欲收复灵夏、横山之地,边上谣曰:军中有一韩,西贼闻之心骨寒。军中有一范,西贼闻之惊破胆。"○《晋书·载记·苻坚下》曰:"坚为流矢所中,单骑遁还于淮北,闻风声鹤唳,皆谓晋师之至。"○《新唐书·李愬传》曰:"夜半至悬瓠城,雪甚,城旁有鹅鹜池,愬令击之,以乱军声。"○《孟子·公孙丑下》曰:"故君子有不战,战必胜矣。"○《公羊传》昭元年曰:"君亲无将,将则诛焉。"《汉书·叔孙通传》:"博士诸生三十馀人前曰:人臣无将,将则反,罪死无赦。"注臣瓒曰:"将谓为逆乱也。"颜曰:"将有其意。"

　　非能人百而已千,畴见兼三而施四?补成帝略,悉出庙谟。近使观其知,烦使观其能,曾不陈于声色;无事用之礼,有事用之战,悉显奏于肤公。非无敌用儒者之真,孰自任以天下之重?黄河如带山如砺,畴高萧相之功?西平有子我有臣,请继柳侯之雅。以上总颂其功业。

《中庸》曰:"人一能之,已百之,人十能之,已千之。"○《孟子·离娄上》曰:"周公思兼三王以施四事。"○《后汉书·邓禹传赞》曰:"明启帝略。"○《后汉书·光武本纪赞》曰:"明明庙谟。"○《庄子·列御寇篇》曰:"故君远使之而观其忠,近使之而观其敬,烦使之而观其能。"○《礼记·聘义》曰:"故勇敢强有力者,天下无事,则用之于礼义,天下有事,则用之于战胜。"○《诗·六月》曰:"以奏肤公。"毛传曰:"奏,为;肤,大;公,功也。"○《法言·寡见篇》曰:"如用真儒,无敌于天下。"○《孟子·万章上》曰:"其自任以天下之重如此。"○《汉书·高惠高后文功臣表序》曰:"封爵之誓曰:使黄河如带,泰山若厉。国以永存,爰及苗裔。"○《史记·萧相国世家》曰:"高祖以萧何功最盛,封为酂侯。"○柳子厚《平淮西〔夷〕雅》曰:"皇曰咨愬,裕乃父功。"又曰:"西平有子,惟我有臣。"《音辩》曰:"李愬父李晟,事德宗平朱泚,封西平王。"案:史弥远父浩,《宋史》浩传曰:"字直翁,明州鄞县人。除参知政事。隆兴元年,拜尚书右仆射,出知绍兴。淳熙五年,复为右丞相,谥文惠。"故以西平父子为比。然如弥远之奸,实为浩不肖子,而李全之乱,亦由弥远养成,幸赵湘为江淮制置使,能从赵范、赵葵出师平贼耳。此文归功弥远,亦谀词也。

某久违光范,遂守夜郎。揆分虽一蚁之微,闻喜极六鳌之抃。燕雀贺厦,岂惟免风雨之忧?鸿雁宾秋,更乞遂江湖之乐。以上致贺。

□运古入化,文亦极飞动之致。

韩退之《上宰相书》曰:"谨伏光范门下,再拜献书相公阁下。"《玉海》卷二百七十《宫室》曰:"唐光范门在大明宫含元殿西。"○《史记·西南夷传》曰:"西南夷君长以什数,夜郎最大。"案:公甫《荣州到任谢桂制置启》曰:"惟和义之斗绝,实夜郎之奎隁。"则夜郎谓荣州也。宋潼川府路荣州和义郡治荣德县,今四川荣县治。○《楚辞·天问》曰:"鳌戴山抃,何以安之?"《列子·汤问》曰:"龙伯之国有大人,一钓而连六鳌。"○《淮南子·说林训》曰:"大厦成而燕雀来贺。"○《法言·吾子篇》曰:"震风陵雨,然后知夏屋之为帡幪也。"○《礼记·月令》曰:"季秋之月,鸿雁来宾。"○韩退之与《孟东野书》曰:"江湖吾乐也。"

方巨山

方岳,字巨山,号秋崖,歙州祁门人。绍定五年试别省第一,殿试已首选,以语侵史弥远,抑置第七,调南康军及滁州教授，除淮东安抚司干官，制置使赵葵深倚之，秩满进官。先是史嵩之在鄂渚，主和议，北使王楫有割江之请，岳尝代葵书稿责嵩之，嵩之怒，嗾言者论之，闲居四年，及嵩之去，乃以礼兵部架阁召。后知南康军，以杖舟卒，忤荆帅贾似道，改知邵武军，后以劾大豪廖复之奏格不下，三上疏求去，改知饶州知宁国，皆未上而罢。起知袁州。丁大全预政，以先求举荐不得怒之，除为吏部尚书左郎官，而嘱沿江副使袁玠劾罢之。贾似道相，起知抚州，辞不赴，卒。见《宋史翼》卷十七列传。

两易邵武军谢庙堂启

《宋史翼·方岳传》曰："知南康军，郡故当左蠡之冲，置闸以便泊舟，湖广总领所纲梢据闸邀民钱，非万钱不得入，舟多覆溺。岳取纲梢榜之百，京湖闻贾似道怒，谓无体统，移文令岳具析，岳谓湖广总领所岂可于江东郡寻体统？大书判数百语，且曰：岂不知天地间有一方岳？因还其文。似道益不堪，遂劾诸朝，朝不直似道，因两易之，以岳知邵武军，力乞祠不许。"案：宋福建路邵武军治邵武县，今福建邵武县治。《宋史·理宗纪》曰："淳祐十年三月庚寅，以贾似道为端明殿学士，两淮制置大使。"《奸臣·贾似道传》曰："似道字师宪，台州人。其姊入宫，有宠于理宗。淳祐五年，为沿江制置副使。一岁中再迁京湖制置使，兼知江陵府。九年，加宝文阁学士京湖安抚制置大使。十年，以端明殿学士移镇两淮。"则知巨山易知邵武，亦在淳祐十年也。又案《理宗纪》：淳祐九年闰二月甲辰，以郑清之为左丞相，赵葵为右丞相，则十年庙堂执政者，即此二人也。

同舟遇风，其敢视人之溺？邻国为壑，不虞按吏之遥。脱非覆帱以如天，谁与转移而易地？某知自矣，请具陈之。以上先述其大意。

《孙子·九地篇》曰:"夫吴人与越人相恶也,当其同舟济而遇风,其相救也如左右手。"○《孟子·告子下》曰:"今吾子以邻国为壑。"○《礼记·中庸篇》曰:"辟如天地之无不持载,无不覆帱。"○《孟子·离娄下》曰:"禹、稷、颜子,易地则皆然。"○《中庸》曰:"知风之自。"○杜子美《上韦左丞丈诗》曰:"贱子请具陈。"

伏念某穷且益坚,愚而自用。当汲黯之妄发,不能为性命而忍须臾;虽李广之数奇,未尝以屈辱而遽摧沮。故知有是非,不知有利害。毋得罪茕独,宁得罪高明。平生所为,每坐如此。以上自述平日行事。

穷且益坚,见王子安《滕王阁饯别序》注。○《中庸》曰:"愚而好自用。"○《史记·汲黯传上》曰:"吾不闻汲黯之言,今又妄发矣。"○《汉书·贾山传》:《至言》曰:"愿少须臾无死。"○《史记·李将军传》曰:"大将军青亦阴受上诫,以为广(李广)老数奇。"○《列子·黄帝篇》曰:"七年之后,从心之所念,庚无是非;从口之所言,庚无利害。"○《书·洪范》曰:"无虐茕独而畏高明。"

会守庐山之荒垒,正临汇泽之重湖。飞扬舳舻,惟踔舟之凑集;隳突阛阓,甚群盗之欢呼。每挺刃以骇吾民,至杀人而尸诸市。可为太息,莫敢孰何。岂图雄霸之风,乃见清平之世?此而不戢,乱亦非难。痛绳治之,真是驱龙蛇而搏虎豹;稍惩艾矣,幸无舞鳅鳝而号狐狸。独有湖广之纲梢,敢据康庐之石闸。薄人于险,竟致漂沦。吁天何辜,有来赴愬。然则为之长者,得不追而杖之?夫奚桀黠吏之单辞,已触权贵人之盛怒?冠虽弊不以苴履，人谓斯何？水之激可使在山，虑不及此。其所谓之体统，实可骇于文移。纵自卧上床，使客卧下床，未除豪气；然君处北海，寡人处南海，胡涉吾疆？骤腾劾奏之章，重费并包之度。以上述知南康军杕舟卒，忤湖帅之始末。

《舆地纪胜》曰："江南东路南康军：星子县，为南康军治。庐山去城北十五里。"《清一统志》曰："江西南康府：庐山在星子县西北二十里。"○《书·禹贡》曰："东汇泽为彭蠡。"《太平寰宇记》曰："江州德化县：彭蠡湖在县东南，与都昌县分界。南康军都昌县左蠡山在县西八十里，临彭蠡湖。"《清一统志》曰："南康府：彭蠡湖在星子县东南，及都昌县西一里，即鄱阳湖。"○《汉书·武帝纪》曰："元封五年冬，行南巡守，自寻阳浮江，舳舻千里。"注李斐曰："舳，船后持柂处也；舻，船前头刺櫂处也。"颜曰："舳音轴，舻音卢。"○《诗·黍苗》笺曰："营谢转餫之役。"《释文》曰："餫本作运。"○《文选》陈孔璋《为袁绍檄豫州》曰："操又特置发丘中郎，摸金校尉，所过隳突，无骸不露。"又张平子《西京赋》曰："通阓带阛。"《古今注》卷上曰："阓，市墙也；阛，市门也。"○柳子厚《憎王孙文》曰："啸呼群萃。"○柳子厚《读毛颖传后题》曰："若捕龙蛇，搏虎豹，急与之角，而力不敢暇。"○苏子瞻《祭欧阳文忠文》曰："譬深山大泽，龙亡而虎逝，则变怪杂出，舞鰌鱓而号狐狸。"案：鳅与鰌，鳝与鱓，同。○韩退之《上留守郑相公启》曰："人有告人辱骂其妹与妻，为其长者，得不追而问之乎！追而不至，为其长者，得不怒而杕之乎！"○宋人于运送公家之物，多以纲名，如茶纲、盐纲以至花石纲等是也。篙工曰梢子，纲梢即运送之舟卒也。此湖广之纲梢，属于湖广总领所。《建康以来朝野杂记》甲集卷十一曰："总领财赋，古无其名。靖康末，高宗以大元帅驻军济州，命随军转运使梁扬祖总领措置财用，然未以名官也。建炎末，张魏公用赵应祥总领四川财赋，始置所系衔，总领之官自此始。其后大军在江上，间遣版曹或太府司农卿少调其钱粮，皆暂以总领为名。而四川改置都转运司，故总领又废。绍兴十一年，诸将既罢兵，乃置三总领，以朝臣为之，皆带专一报发御前军马文字。盖又使之与闻军政，不独职馈饷而已。凡镇江诸军钱粮，隶淮东总领，治镇江；建康、池州诸军钱粮，隶淮西总领，治建康；鄂州、荆南、江州诸军钱粮，隶湖广总领，治鄂州。"○《左》文十二年："胥甲赵穿当军呼曰：不待期而薄人于险，无勇也。"○《书》伪古文《泰誓中》曰："无辜吁天。"○《孟子·梁惠王下》曰："欲赴愬于王。"○《史记·货殖传》曰："桀黠奴，人之所异〔患〕也。"《宋史·食货志》曰："凡一纲计其舟车役人之直，给付主纲吏顾募。"○韩退之《柳子厚墓志铭》曰："皇考讳镇，以不能事权贵，失御史，权贵人死，乃复拜侍御史。"○《汉书·贾谊传》：上疏陈政事曰："冠虽蔽不以苴履。"颜注曰："苴者，履中之藉也。音子苴反。"○人谓斯何，已见王才臣表注。○《孟子·告子上》曰："今夫水，激而行之，可使在山。"○《魏志·陈登传》（附《张邈传》后）曰："登字元龙。许汜曰：陈元龙无主客之意，久不相与语，自上大床卧，使客卧下床。"○《左》僖四年："楚子使与师言曰：君处北海，寡人处南海，唯是风马牛不相及也。不虞君之涉吾地也，何故？"○司马长卿《难蜀父老》曰："驰骛乎兼容并包。"

此盖伏遇某官以皇极容受，以大明照临。谓尔湖广，谓我江东，瞭然汉《地理》之《志》；劼此邻邦，劼彼朝士，岂乎唐藩镇之忧。于其不得已之中，示以聊复尔之意。蔽自密运，薄言对移。失一老兵，得一老兵，初无伤于毫发；待以国士，报以国士，敢敬布其腹心。以上谢其调护之意。

《书·洪范》曰:"五皇极,皇建其有极。不协于极,不罹于罚,皇则受之。"伪孔传曰:"凡民之行,虽不合于中,而不罹于咎恶,皆可进用大法受之。"○《礼记·昏义》曰:"大明生于东。"《书》伪古文《泰誓下》曰:"若日月之照临。"○《汉书》有《地理志》。○《新唐书》有《藩镇传》。○《世说新语·任诞篇》:"阮仲容曰:未能免俗,聊复尔耳。"○《晋书·谢奕传》(附《谢安传》后)曰:"奕与桓温善,温辟为安西司马,犹推布衣好。奕每因酒,无复朝廷礼,常逼温饮,温走入南康主门避之。奕遂携酒就听事,引温一兵帅共饮,曰:失一老兵,得一老兵,亦何所在?温不之责。"○《史记·刺客传》:"豫让曰:智伯国士遇我,我故国士报之。"○《左》宣十二年:"郑伯曰:敢布腹心。"

尚念某草茅之习固然,萍梗之踪方定。若曰统临之部,本无界限之分,恐郡国难而朝廷处之亦难。既江东可则福建奚其不可?畏首畏尾,吾身馀几,谁云天地之宽?何蓑何笠,尔牧来思,孰与山林之密?敢因摧谢,并以恳祈。以上并及请退之意。

□傲岸不凡,可见作者风骨。

《说苑·善说篇》曰:"晋献公之时,东郭氏有祖朝者,上书献公曰:草茅臣东郭氏祖朝愿请闻国家之计。"○欧阳詹《许州途中诗》曰:"随萍逐梗见春光。"○《左》文十七年:郑子家与赵宣子书曰:"古人有言曰:畏首畏尾,身其馀几?"○岑参《送张秘书赴江外诗》曰:"九州天地宽。"○《诗·无羊》曰:"尔牧来思,何蓑何笠。"《释文》曰:"何,何可反。"○韩退之《上宰相书》曰:"唯恐入山之不深,入林之不密。"

文宋瑞

文天祥初名雲孙，字天祥，后改名天祥，字宋瑞，一字履善，吉水人。宝祐四年举进士，理宗亲擢第一。后迁刑部郎官，守瑞州，改江西提刑，迁尚书左司郎官，累为台官论罢，后除军器监，权直学士院，忤贾似道，使台臣劾罢之，遂致仕。咸淳九年，起为湖南提刑，十年，改知赣州。德祐初，元军南犯，诏天下勤王。天祥捧诏涕泣，发郡中豪杰，并结溪峒山蛮，有众万人，尽出其家资为军费。元军陷常州，伯颜进军皋亭山，宋太皇太后遣使奉玺降，以天祥为右承相兼枢密使，如元军与伯颜抗论，伯颜怒，执之北，至镇江逃归，入真州，遂浮海入温州。益王昰立于福州，召天祥至，拜右丞相，寻与陈宜中等议不合，乃以同都督诸路军马出江西，收兵入汀州，移漳州，后收兵出丽江浦。卫王昺立，加少保、信国公。元张弘范袭天祥于五坡岭，执之，送元大都，不屈，囚之三年，元世祖至元十九年十二月，杀之。临刑，从容南面再拜死。《宋史》有传。

贺赵侍郎月山启

《信国集》原注曰："太平州赴召。"又集有《与新知太平州赵月山书》，原注曰："名曰起。集英殿修撰，川人。"案：文有"前行为兵部"句，当是尚书兵部侍郎。又有"勒功浯溪"句，当是文山为湖南提刑时也。又案：宋江南东路太平州治当涂县，今安徽当涂县治。

选表扬纶，归中持橐。采石洲之明月，光照海山；通明殿之红云，影摇河汉。介圭觐只，会弁骤如。以上自太平赴召。

《汉书·赵充国传》曰:"破羌将军武贤在军中时,与中郎将卬共语,卬(卬,充国子。)道车骑将军张安世始尝不快上,上欲诛之,卬家将军以为安世本持橐簪笔,事孝武数十年,见谓忠谨,宜全度之。"注张晏曰:"橐,契囊也,近臣负橐簪笔,从备顾问,或有所纪也。"颜曰:"橐所以盛书也,有底曰囊,无底曰橐。"○《旧唐书·文苑下·李白传》曰:"崔宗之谪官金陵,与白诗酒唱和,尝月夜乘舟,自采石达金陵,白衣宫锦袍,于舟中顾瞻笑傲,傍若无人。"《舆地纪胜》曰:"江南东路太平州:采石山在当涂县北二十馀里,牛渚北一里。《江源记》云:商旅于此取石,因名采石山。北临江有矶曰采石。"《明一统志》曰:"太平府:采石山在府城北二十五里牛渚北,有矶曰采石,唐李白尝乘月与崔宗之自采石至金陵,着宫锦袍坐舟中,即此。"○苏子瞻《上元侍饮诗》曰:"侍臣鹄立通明殿,一朵红云捧玉皇。"王注引李淳曰:"《翊圣保德传》云:张守真朝玉皇大殿,睹其扁曰通明,不晓其旨,因焚香告曰:通明之谊,窃所未喻,敢祈真教。真君:上帝上升金殿,殿之光明照于帝身,身之光明照于金殿,光明通彻,故为通明殿。赵次公曰:"《翼圣传》载,玉帝坐处,常有红云拥之,虽真仙亦不得见其面也。"○《诗·韩奕》曰:"以其介圭,入觐于王。"○《诗·淇澳》曰:"会弁如星。"郑笺曰:"会谓弁之缝中饰之以玉,皪皪而处,状似星也。"《孟子·尽心上》曰:"骅虞如也。"

恭惟某官玉粹金刚,冰悬雪跨。《清庙》《生民》之作,脍炙诸公;干将莫邪之锋,指麾馀子。自榜天而行斗牛之渚,便拔地而起湖海之楼。出入兵间,月柝灯棨之耿耿;驱驰江上,参旂井钺之堂堂。儒臣知兵,从古所少;天子谋帅,必在其中。方建纛而前,千军绕帐而不动；及还笏而去，二童随马而有馀。以上述其才干功绩。

孙兴公《原宪赞》曰："冰清玉粹。"《梁书·张充传》与王俭书曰："金刚水柔。"○梁简文帝《梅花赋》曰："且冰悬而雹布。"○李义山《韩碑诗》曰："涂改《清庙》《生民》诗。"○林降神（嵩）《周朴诗集序》曰："一篇一咏，脍炙人口。"○《吴越春秋·阖闾内传》曰："干将铸作名剑二枚。干将者，吴人也，与欧冶子同师，俱能为剑，二枚一曰干将，二曰莫耶。莫耶，干将之妻也。干将曰：昔吾师作冶，金铁之类不销，夫妻俱入冶炉中，于是干将妻乃断发剪爪，投于炉中，使童女童男三百人，鼓囊装炭，金铁刀濡，遂以成剑。阳曰干将，阴曰莫耶，阳作龟文，阴作漫理。干将匿其阳，出其阴而献之。"○《后汉书·文苑下·祢衡传》：衡曰："馀子碌碌，莫足数也。"○《太平寰宇记》曰："江南西道太平州：牛渚山在县北三十五里，突出江中，谓为牛渚圻，古津渡处也。《舆地志》云：牛渚山昔有人潜行，云此处通洞庭，傍达无底，见金牛状异，乃惊怪而出。"案：此云斗牛之渚，兼用乘槎至天河见一丈夫牵牛渚次饮之之事，已见卢昇之《黎君碑》注。《尔雅·释天》曰："星纪斗牵牛也。"故并言之耳。○《魏志·陈登传》曰："许汜与刘备共论天下人。汜曰：陈元龙湖海之士，豪气不除云云（已见方巨山《启》注），备曰：君有国士之名，今天下大乱，帝主失所，望君忧国忘家，有救世之意，而君求田问舍，言无可采，是元龙所讳也，何缘当与君语如小人，欲卧百尺楼上，卧君于地，何但上下床之间邪？"○《后汉书·光武帝纪下》曰："初帝在兵间久，厌武事。"○韩退之《晚秋郾城夜会联句》曰："灯明夜观棊，月暗秋城柝。"○《史记·天官书》曰："参为白虎，其西有句曲九星，三处罗，一曰天旗。"《正义》曰："参旗九星在天西，天旗也。"又曰："东井为水事，其西曲星曰钺。"《正义》曰："东井八星，钺一星。"○《新唐书·唐休璟传》曰："休璟似〔以〕儒者号知名

〔兵〕。"○《左》僖二十七年曰:"晋作三军,谋元帅。"○《史记·项羽本纪》曰:"傅左纛。"《集解》李斐曰:"纛,毛羽幢也,在乘舆车衡左方上柱之。"蔡邕曰:"以犛牛尾为之,如斗,或在騑头,或在衡上也。"○绕帐不动,见李义山《为李贻孙上李相公启》注。○《新唐书·诸遂良传》曰:"遂良因致笏殿阶,叩头流血曰:还陛下此笏,丐归田里。"○苏子瞻《司马温公神道碑》曰:"公来自西,一马二童。"

悠悠四顾于山河,落落一麾于江海。啸吟水石,酹谪仙捉月之魂;上下风樯,访舍人麾军之迹。慨然有神州陆沉之叹,发而为中流击楫之歌。属传风景于岘山,忽骇波涛于天堑。长江为备不数处,可共险于万人;朝廷养兵三十年,当成功于儒者。以上知太平州之功。

《史记·吴起传》曰:"魏武侯浮西河而下,顾而谓吴起曰:美哉山河之固。"又见《魏策》一、《说苑·贵德篇》。○一麾江海,见杨廷秀《表》注。○《舆地纪胜》曰:"太平州:捉月亭在当涂县,取李白醉中捉月故事。"《明一统志》曰:"太平府:捉月亭在采石山。世传李白过采石,酒狂水中捉月,后人因以名亭。"宋梅尧臣诗:"采石月下逢谪仙,夜被锦袍坐钓船,醉中爱月江底悬,以手弄月身翻然。"○杜牧之《李贺集序》曰:"风樯阵马,不足为其勇也。"○《建炎以来系年要录》卷一百九十四曰:"绍兴三十一年十一月丙子,中书舍人督视江淮军马府参谋军事虞允文,督舟师拒金主亮于东采石,却之。允文未至采石十馀里,闻鼓声振野,从者皆劝允文还建康,曰:事势至此,皆为他人坏之。且督府直委公犒师耳,非委督战也,奈何代人任责?允文不听,策马至采石,趋水滨,望江北敌营,不见其后,王权馀兵才万八千人,马数百而已。诸将已为遁计,允文召其统制张振、王琪、时俊、戴皋、盛新等与语,问之曰:敌万一得济,汝辈走亦何之？今前控大江，地利在我，孰若死中求生？且朝廷养汝辈三十年，顾不能一战报国？众曰：岂不欲战？谁主张者？允文曰：李显忠。众皆曰：得人矣。允文曰：今显忠未至，而敌以来日过江，我当身先进死，与诸军努力决一战，且朝廷出内帑金帛九百万缗，给节度、承宣、观察使告身皆在此，有功即发帑赏之，书告授之。众皆曰：今既有所主，请为舍人一战。允文即与俊等谋，整步骑陈于江岸，而以海鳅及战船载兵驻中流击之，布阵始毕，风色作。金主亮自执小红旗，麾舟自杨林口尾尾相衔而出，敌始谓采石无兵，且诸将尽伏山崦，未之觉也。一见大惊，欲退不可，敌舟将及岸，官兵小却，允文往来行间，顾见时俊，抚其背曰：汝胆略闻四方，今可作气否？若立阵后，则儿女子耳。俊回顾曰：舍人在此。即手挥双长刀，出阵待敌，风色忽止，官军以海鳅船冲敌舟，舟分为二，官军呼曰：王师胜矣。遂并击金人，金人所用舟底阔如箱，极不稳，且不谙江道，皆不能动。其能施弓箭者，每舟十数人而已，遂尽死于江中。敌既败去，允文即具捷以闻。"○《世说新语·轻诋篇》曰："桓公入洛，过淮泗，践北境，诸僚属登平乘楼，眺瞩中原，慨然曰：遂使神州陆沉，百年丘墟，王夷甫诸人不得不任其责。"○《晋书·祖逖传》曰："逖渡江，中流击楫而誓曰：祖逖不能清中原，而复济者，有如大江。"○《舆地纪胜》曰："淮南西路和州：大岘山在含山县西北十三里，小岘山又名昭关，在含山县北二十里，两山峙立，庐、濠往来之冲，其口可守御。隆兴壬午，张魏公因山筑城，置水柜遏虏。"《清一统志》曰："安徽和州：斗岘山在州（今改县）西三十里，旧置关于此山之西麓，曰小岘山。"○《南史·孔范传》曰："隋师将济江，群官请为备防。范奏曰：长江天堑，古来限隔南北，虏军岂能飞度？"○《吴志·三少主·孙皓传》注引干宝《晋纪》曰："吴陟奉使如魏，晋文王飨之，问吴之戍备几何？对曰：自西陵以至江都，五千七百里。又问曰：

道里甚远，难为坚固。对曰：疆界虽远，而其险要必争之地，不过数四，犹人虽有八尺之躯，靡不受患，其护风寒，亦数处耳。"〇《汉书·朱买臣传》曰："买臣言故东越王居保泉山，一人守险，千人不得上。"陈孔璋《为曹洪与魏文帝书》曰："汉中地形险固，一人挥戟，万人不得进。"〇《系年要录》曰："允文至镇江，谒招讨使刘锜问疾，锜执允文手曰：疾何必问？朝廷养兵三十年，我辈一技不施，今日大功乃出于一儒者，我辈愧死矣。"

乃畴庸于东掖，仍趣贰于西曹。太乙灵旗，出陪豹尾；钩陈玉槛，进逼鳌头。青天白日，凤凰之声名；高山深林，龙虎之气势。前行为兵部，小纡帷幄之谋；大本在中书，亟正钧枢之拜。以上赴召后拜官。

东掖即左掖。《文献通考·职官》五曰："宋制，中书省在左掖门外。"〇《容斋续笔》卷十一曰："唐因隋制，尚书置六曹，吏部、兵部分掌铨选。文属吏部，武属兵部。两部各列三铨，曰尚书铨，尚书主之。曰东铨，曰西铨，侍郎二人主之。吏居左，兵居右，是为前行。故兵部班级在户、刑、礼之上。"据此则西曹即指兵部，侍郎为尚书之贰，故曰贰于西曹也。〇《史记·封禅书》曰："亳人谬忌奏祠太一方，曰天神贵者太一。"又曰："作甘泉宫，中为台室，画天地太一诸鬼神，而致祭具，以致天神。"又曰："为伐南越，告祷太一，以牡荆画幡日月北斗登龙，以象太一三星，为太一锋，命曰灵旗。为兵祷，则太史奉以指所伐国。"〇《汉书·杨雄传》曰："是时赵昭仪方大幸，海上甘泉，常法从，在属车豹尾中。"注服虔曰："大驾属车八十一乘，最后一乘县豹尾。"《三辅黄图》卷六曰："天子出，车驾次第谓之卤簿。有大驾，有法驾，有小驾。大驾属车八十一乘，备千乘万骑出长安，祠天于甘泉备之，百官有其仪注，名曰甘泉卤簿。"《容斋续笔》卷十一曰："元丰官制行，一切更改，凡选事，无论文武，悉以付吏部。苏东坡当元祐中拜兵部谢表云：'恭惟先帝复六卿之名，本欲后人识三代之旧。古今殊制，闲剧异宜。且武选隶于天官，兵政总于枢辅。故司马之职，独省文书。'盖纪其实也。今本曹所掌，惟诸州厢军名籍，及每大礼，则书写蕃官加恩告，虽有所辖司局如金吾街仗司、骐骥车辂象院、法物库仪鸾司，不过每季郎官一往耳。"《文献通考·职官》六曰：宋兵部"但掌三驾仪仗，卤簿字图"云云，正可与此文相证也。〇《文选》班孟坚《西京赋》曰："周以钩陈之位，卫以严更之署。总礼官之甲科，群百郡之廉孝。"李善注曰："服虔《甘泉赋注》曰：紫宫外营，勾陈星也。（《汉书·杨雄传》注亦引之。）然王者亦法之。"案：此谓郎官宿卫，非指卫卒，此文疑比学士，特月山是否兼学士，无文可稽耳。〇《邻几杂志》曰："刘子仪侍郎三入翰林，意望两府，颇不怿。诗云：蟠桃三窃成何事？上尽鳌头迹转孤。"〇韩退之《与崔群书》曰："凤凰芝草，贤愚皆以为美瑞。青天白日，奴隶亦知其清明。"〇韩退之《殿中少监马君墓志》曰："当是时见君于北亭，犹高山深林，钜谷龙虎，变化不测杰魁人也。"〇兵部前行，已见上注。〇帷幄，见李义山《为李贻孙上李相公启》注。〇《石林燕语》卷三曰："自两汉以来，谓中书为政本，盖中书出令，而门下省覆之，王命之重，莫大于此。故唐以后同中书门下平章事为宰相者，此也。"〇韩退之《示儿诗》曰："凡此座中人，十九持钧枢。"案：言其将拜参政也。

某滥巾剧部，望履修门。班汉从于甘泉宫，喜称知己；勒唐功于浯溪石，已戒有司。以上进贺。

□气象峥嵘，字句新颖，沿用俗式，自铸雅词，南宋四六得此，可为后劲。

《文选》孔稚圭《北山移文》曰："滥巾北岳。"案：李善注谓巾为隐者之饰,此止摘用其字,以为仕宦者之饰也。李昭[玘]《永兴提刑谢到任启》曰:"素称剧部。"○《楚辞·招魂》曰:"魂兮归来,入修门些。"王注曰:"修门,郢城门也。"○《汉书·杨雄传》曰:"从上甘泉。"《三辅黄图》卷三曰:"甘泉宫,一曰云阳宫。"案:下云"喜称知己",盖宋瑞权知学士院时,赵月山为集英修撰,尝同僚也。○欧阳永叔《集古录跋尾》卷七曰:"《大唐中兴颂》,元结撰,颜真卿书,书字尤伟,而文辞古雅,碑在永州,摩崖石而刻之。黄鲁直书摩崖碑后曰:春风吹船著浯溪,扶藜上读中兴碑。"《清一统志》曰:"湖南永州府:浯溪在祁阳县西南五里,摩崖碑在祁阳县南浯溪北崖石上,镌唐元结所撰《大唐中兴颂》。"

整理后记

高步瀛(1873—1940)是现代文史大家,在古诗文选注笺证方面,成就尤为突出,著作甚夥,影响广远。其中《唐宋诗举要》《唐宋文举要》,堪称代表,解放后整理出版,一版再版,颇受欢迎。只是两版均为繁体竖排,所以才有了这个简体横排的整理本。

高先生最以诗文选注名家,著述特点突出。这种特点,自然首先体现在遴选的独具只眼。如上述两种《举要》,选目固然多有众见所及者,也不乏特见独出者。而后一种分甲乙两编,甲编散体,乙编骈体,可谓创例,从而使人不仅再度熟悉陆宣公的奏疏,也得以欣赏并不多觏"上梁文"等。

其次,这种特点,尤其体现在注解笺释的详尽透辟。两种《举要》,作者简介之外,题下有导读,文后有注释,还有评点——历代名家的、著者自己的。导读主要介绍写作背景,有的要言不烦,有的则就主题申论,征引论列,篇幅甚至超过原文不少。如韩文公《禘祫议》一文的导读,超出原文数倍,主题的议论剖析,可谓深入透彻。

注释亦复如是。字面注释固然必不可少,特出的是,几乎全以古籍引文出之。借经典文句释义,当更能使人准确领会,且可在寻绎源头中体会"无一字无来处"。此外,人物、史事、舆地、职官等方面的注释,均十分详尽,有的甚至引述大段文献乃至整篇文章，读一文而可获"得兼"之效。如此注释，堪称繁复，而这也正是两书的特色，既有益于文字的理解，天文、地理、人事、名物、典章，乃至草木鸟兽虫鱼，也可获"多识"之益。

应该说明的是，或限于某种原因，两书细节规范多有不一。比如征引《水经注》，有时作"《水经·江水》注"，有时作"《水经·江水注》"，有时又作"《水经·江水篇》"；征引正史列传时，有的简作"《唐书·愈传》"，有的则作"《唐书》愈传"。诸如此类，尚有不一。此次整理时，各依原本，略作统一。

此外尚需说明者，略举数端：

书中注释，较为注重文字形体的区别辨白，故多有异体（书称"或体"）字，甚或极为少见之形体，且有的与正文并不直接相关。整理时一律保留，但因原文不甚清晰而容或有一二不确者。同时，辨析字形，非繁体不能明瞭者，整理时直接使用繁体字，或简体后随文括注繁体。

字形之外，注释中尤重通假（书称"通借"）字，故而诗文中，不无与当下通行本不一致的文字。相应地，原书行文中诸如（楚）辞/词之类，也均一仍其旧。引用文献（及其与正文）中的不一，同样两存之。

书中征引文献，多有删节甚或些微改动之处，整理时一般照旧。遇有错漏而可能导致误解的（包括标点），则适当处理。如王安石《和冲卿雪诗并示持国》诗"料知短兵不敢接，军师西门伫献捷"，"军师"当为"车师"，因以〔〕随文注出。

无论诗文原文、征引文献、著者文字，除错讹以〔〕、异文以（）随文注出之外，衍字径删，敚字则以［］随文注出。至于标点，一般原文照旧；明显错漏的，则一律径予改正。如引《史记·淮阴侯传》："王曰：'以为大将何？'曰……""何"为萧何，应下属，则参考正史径改之。

书中引用古文献，常用的古籍，名称多有略称、别称等——

这也是古来学人的习惯。诸如《汉书·艺文志》《隋书·经籍志》之简称《汉志》《隋志》，《新唐书》《旧唐书》之简称《新书》《旧书》及《新史》《旧史》，《大清一统志》之省称《清统志》甚至《统志》者，整理时亦仍其旧。《淮南子》篇名多称"篇"而极少缀以"训"，照旧不改。其他类似问题，也多遵从原书。人所熟知的先秦、秦汉古籍，以及正史书、志，其"上中下"之类，则按习惯略作技术性处理；除此之外，此类亦不改动。

评点有文间插评，有段末点评，还有诗文末尾的总评。整理时，文间、段末的评点，均以别体小字出之。诗文末尾的总括性评论，原书本亦随文，整理时摘出另行，有的并作技术性处理，以收显豁之效。

两种《举要》，篇幅不小，内容丰富，涉及广泛。尽管整理者勤慎从事，但学力工夫等所限，不仅诸多不尽人意之处，亦复难免错讹疏失。凡此种种，均请读者诸君有以是正，谨致衷心谢忱。

整理者
辛丑春日